dtv

Mit seinem 1868/69 erschienenen Roman ›Krieg und Frieden‹ gelang Leo Tolstoi (1828–1910) jener Wurf, der ihn zum Homer des 19. Jahrhunderts machte: das Meisterstück eines epischen Titanen. Eingebettet in die Epoche der Napoleonischen Kriege zwischen 1806 und 1812, an deren Ende der große Sieg Rußlands stand, wird die Geschichte zweier Adelsfamilien erzählt, deren Schicksale durch die historischen Ereignisse bestimmt werden. Im Widerspiel von Krieg und Frieden, von erfundenen Romanfiguren und historischen Gestalten entfaltet Tolstoi das breite Spektrum menschlicher Gefühle, Triebkräfte und Verhaltensweisen: dem Leben auf den Landgütern und in der Stadt mit seinen Festen, Bällen, Jagden und Schlittenfahrten sind Kämpfe, Märsche und militärische Lagebesprechungen gegenübergestellt. Diese Kontrastierung, die bereits im Titel signalisiert wird, findet in den Charakterzeichnungen der Romangestalten ihren Höhepunkt.
In einem Nachwort setzt sich Heinrich Böll unter dem Titel ›Annäherungsversuche‹ mit dem von ihm bewunderten Werk auseinander, versucht, als »lesender Autor« der literarischen Virtuosität dieses Monumentalwerkes auf die Spur zu kommen.

Leo Nikolajewitsch Tolstoi wurde am 9. 9. 1828 auf Gut Jasnaja Poljana geboren. Nach seinem Studium in Kazan verwaltete er das heimatliche Gut, heiratete und widmete sich ganz der schriftstellerischen Tätigkeit sowie praktisch-humanitärer Arbeit. In seinem letzten Lebensjahr verließ er seine Familie, um in asketischer Einsamkeit zu leben. Er starb am 20. 11. 1910 in Astapovo. Mit seinen beiden Hauptwerken ›Krieg und Frieden‹ (1864–69) und ›Anna Karenina‹ (1873–76) gilt er als einer der bedeutendsten russischen Autoren des 19. Jahrhunderts.

Leo Tolstoi

Krieg und Frieden

Gesamtausgabe
in einem Band

Aus dem Russischen übertragen
von Werner Bergengruen

Mit einem Nachwort
von Heinrich Böll

Deutscher Taschenbuch Verlag

Titel der Originalausgabe:
›Voina i mir‹ (Moskau 1868/69)

Von Leo Tolstoi
ist im Deutschen Taschenbuch Verlag erschienen:
Anna Karenina (12494)

Gesamtausgabe
September 1990
6. Auflage Dezember 2002
Deutscher Taschenbuch Verlag GmbH & Co. KG,
München
www.dtv.de
Lizenzausgabe mit freundlicher Genehmigung des
Paul List Verlages, München

Umschlagkonzept: Balk & Brumshagen
Umschlagbild: unter Verwendung eines
Gemäldes von Louis François Lejeune © AKG, Berlin
Gesamtherstellung: Druckerei C. H. Beck, Nördlingen
Gedruckt auf säurefreiem, chlorfrei gebleichtem Papier
Printed in Germany · ISBN 3-423-13071-7

Buch 1

ERSTER TEIL

I

„Eh bien, mon prince, Gênes et Lucques* ne sont plus que des apanages, des Güter, de la famille Buonaparte. Non, je vous préviens que si vous ne me dites pas que nous avons la guerre, si vous vous permettez encore de pallier toutes les infamies, toutes les atrocités de cet Antéchrist (ma parole j'y crois) — je ne vous connais plus, vous n'êtes plus mein ergebener Sklave, comme vous dites.[1] Nun, seien Sie mir willkommen, seien Sie mir willkommen! Je vois que je vous fais peur[2], setzen Sie sich und erzählen Sie!"

So sprach im Juni 1805 Anna Pawlowna Scherer, die bekannte Hofdame und Vertraute der Kaiserin Marja Feodorowna*, während sie den einflußreichen und hochgestellten Fürsten Wassilij empfing, der als erster zu ihrer Soiree erschienen war. Anna Pawlowna hustete seit einigen Tagen, sie hatte, wie sie sagte, die Grippe — „Grippe" war damals noch ein neues und nur von ganz wenigen gebrauchtes Wort. Die Einladungskarten, die sie morgens durch einen rotlivrierten Lakaien hatte austragen lassen, hatten denn auch alle ohne Ausnahme den folgenden Wortlaut:

„Si vous n'avez rien de mieux à faire, M. le comte" (oder mon prince), „et si la perspective de passer la soirée chez une pauvre malade ne vous effraye pas trop, je serai charmée de vous voir chez moi entre 7 et 10 heures. Annette Scherer."[3]

* Anm. am Schluß des Buches.

1 Lieber Fürst, Genua und Lucca sind doch nichts anderes mehr als eine Staatsrente oder Domänengüter der Familie Bonaparte. Ich warne Sie! Wenn Sie nicht zugeben, daß wir Krieg haben, wenn Sie sich noch dazu erlauben, alle diese Schändlichkeiten, alle Greuel dieses Antichrist (ich glaube wahrhaftig, er ist es) zu beschönigen — dann kenne ich Sie nicht mehr, dann sind Sie nicht mehr mein Freund, nicht mehr „mein ergebener Sklave", wie Sie sich gerne nennen.

2 Ich sehe, ich erschrecke Sie.

3 Wenn Sie nichts Besseres vorhaben, Graf (oder Fürst), und wenn die Aussicht, einen Abend bei einer armen Kranken zu verbringen, Sie nicht zu sehr erschreckt, so würde ich mich freuen, Sie heute zwischen 7 und 10 Uhr bei mir zu sehen. Anna Scherer.

„Dieu, quelle virulente sortie!"[1] antwortete, ohne sich durch diesen Empfang aus der Fassung bringen zu lassen, der soeben in seiner gestickten Hofuniform, langen Strümpfen und Eskarpins, die Ordenssterne auf der Brust, eingetretene Fürst mit einem munteren Ausdruck seines flachen Gesichts.

Er sprach jenes gezierte Französisch, in dem unsere Großväter nicht nur redeten, sondern auch dachten, und zwar mit jenem gleichmütigen, gönnerhaften Ton, wie er hochgestellten, in der großen Welt und bei Hofe ergrauten Männern eigen ist. Er trat auf Anna Pawlowna zu, beugte sich über ihre Hand, so daß sie gerade seine parfümierte, schimmernde Glatze vor Augen hatte, und setzte sich dann gemächlich auf den Diwan.

„Avant tout dites-moi, comment vous allez, chère amie![2] Beruhigen Sie Ihren Freund", sagte er, ohne seine Stimme zu verändern, und in einem Ton, bei dem durch alle Höflichkeit und Anteilnahme dennoch Gleichgültigkeit und sogar etwas Spott durchklang.

„Wie kann man sich gesund fühlen ... wenn man seelisch leidet? Kann man denn in unserer Zeit ruhig bleiben, wenn man überhaupt noch ein fühlendes Herz hat?" sagte Anna Pawlowna. „Ich hoffe doch, Sie verbringen den ganzen Abend bei mir?"

„Und das Fest beim englischen Gesandten? Heute ist doch Mittwoch. Ich muß mich da sehen lassen", antwortete der Fürst. „Meine Tochter kommt nachher und holt mich dahin ab."

„Ich glaubte, das heutige Fest sei abgesagt worden. Je vous avoue que toutes ces fêtes et tous ces feux d'artifice commencent à devenir insipides."[3]

„Wenn man geahnt hätte, daß Sie das wünschen, dann wäre das Fest sicher abgesagt worden", meinte der Fürst, der es gewohnt war, wie ein aufgezogenes Uhrwerk irgendwelche Dinge zu sagen, von denen er nicht einmal wünschte, daß sie Glauben fänden.

„Ne me tourmentez pas. Eh bien, qu'a-t-on décidé par rapport à la dépêche de Novosiltzoff? Vous savez tout."[4]

„Was soll ich Ihnen darauf antworten?" meinte der Fürst in gleichgültigem und gelangweiltem Ton. „Qu'a-t-on décidé? On a décidé que Buonaparte a brûlé ses vaisseaux, et je crois que nous sommes en train de brûler les nôtres."[5]

Fürst Wassilij sprach immer träge und unbeteiligt, etwa wie ein

[1] Mein Gott, welch ein heftiger Ausfall!

[2] Erzählen Sie mir zuerst einmal, verehrte Freundin, wie geht es Ihnen?

[3] Ich finde, daß alle diese Feste und Feuerwerke allmählich geschmacklos werden.

[4] Spannen Sie mich nicht auf die Folter! Was ist nun auf die Depesche Novosiltzoffs hin beschlossen worden? Sie wissen ja alles.

[5] Was man beschlossen hat? Man ist zu der Erkenntnis gekommen, daß Bonaparte seine Schiffe verbrannt hat, und wir sind scheinbar auf dem besten Wege, auch die unsern zu verbrennen.

Schauspieler in einem alten und abgedroschenen Stück seine Rolle spricht. Anna Pawlowna Scherer dagegen war trotz ihren vierzig Jahren noch immer voller Lebhaftigkeit und Leidenschaftlichkeit.

In der Gesellschaft hatte sie nun einmal die Rolle der Enthusiastin, und um die Erwartung der Menschen, die sie eben als Enthusiastin kannten, nicht zu enttäuschen, gab sie sich gelegentlich sogar dann als solche, wenn es ihr gar nicht danach zumute war. Das verhaltene Lächeln, das immer auf Anna Pawlownas Gesicht spielte, obwohl es eigentlich zu ihren verlebten Zügen gar nicht passen wollte, dieses Lächeln besagte, etwa wie bei einem verwöhnten Kind, daß sie sich ihrer liebenswürdigen Schwäche zwar ständig bewußt sei, sich von ihr aber weder frei machen wolle noch könne, noch das überhaupt für nötig halte.

Mitten in diesem Gespräch über die politische Lage geriet Anna Pawlowna auch jetzt wieder in Hitze.

„Ach, reden Sie mir nicht von Österreich! Ich verstehe ja vielleicht nichts davon, aber Österreich hat den Krieg nie gewollt und will ihn auch jetzt nicht. Österreich verrät uns. Rußland allein muß der Retter Europas werden. Unser kaiserlicher Wohltäter kennt seine hohe Bestimmung und wird ihr treu bleiben. Das ist das einzige, worauf ich mich verlasse. Unserem guten, wundervollen Kaiser steht die gewaltigste Rolle der Welt bevor, und er ist so herrlich und gut, daß Gott ihn nicht im Stich lassen wird. Er wird tun, wozu er ausersehen ist, er wird die Hydra der Revolution erwürgen, die jetzt in der Gestalt dieses Mörders und Bösewichts noch furchtbarer erscheint als zuvor. Wir allein müssen das Blut des Gerechten sühnen ... Auf wen können wir denn noch rechnen, frage ich Sie? England mit seinem Krämergeist hat kein Verständnis für die Seelengröße des Kaisers Alexander und kann es auch gar nicht haben. Es hat sich geweigert, Malta zu räumen. Es will erst noch sehen, es sucht nach Hintergedanken in allem, was wir tun. Was haben sie Nowosilzew für eine Antwort gegeben? Gar keine. Sie haben die Selbstverleugnung unseres Kaisers nicht begriffen, sie können sie gar nicht begreifen, weil er eben nichts für sich selbst begehrt, sondern nur an das Heil der ganzen Welt denkt. Und was haben sie versprochen? Nichts. Und selbst was sie versprochen haben, werden sie nicht halten! Preußen hat schon erklärt, Bonaparte sei eben unüberwindlich, und ganz Europa vermöge nichts gegen ihn ... Kein Wort glaube ich diesen beiden, weder Hardenberg noch Haugwitz. Cette fameuse neutralité prussienne, ce n'est qu'un piège.[1] Ich glaube nur an Gott und an die hohe Bestimmung unseres geliebten Kaisers. Er wird Europa retten!"

[1] Diese berühmte Neutralität Preußens ist ja doch nur eine Falle.

Sie hielt plötzlich inne mit einem spöttischen Lächeln über die Hitze, in die sie sich hineingesteigert hatte.

„Ich glaube", meinte der Fürst lächelnd, „hätte man Sie an Stelle unseres lieben Wintzingerode geschickt, Sie hätten das Einverständnis des Königs von Preußen im Sturm erobert. Sie sind von so gewaltiger Beredsamkeit. Wollen Sie mir eine Tasse Tee geben?"

„Gleich. – Apropos", setzte sie hinzu, nachdem sie sich wieder beruhigt hatte, „heute werden zwei sehr interessante Menschen bei mir sein, le vicomte de Mortemart, il est allié aux Montmorency par les Rohans [1], eine der besten französischen Familien. Das ist einer von den anständigen, von den richtigen Emigranten. Und dann l'Abbé Morio: kennen Sie diesen tiefen Geist? Er ist vom Kaiser empfangen worden, Sie wissen wohl?"

„Ah! Ich werde mich sehr freuen", antwortete der Fürst. „Sagen Sie doch", setzte er nachlässig hinzu, als sei ihm das nur eben so eingefallen, obwohl er eigentlich nur um dieser Frage willen gekommen war, „ist es wahr, daß l'impératrice-mère die Ernennung des Barons Funke zum ersten Sekretär in Wien wünscht? C'est un pauvre sire, ce baron, à ce qu'il paraît." [2]

Fürst Wassilij wollte gern seinem Sohn diese Stelle verschaffen, die andere wiederum auf dem Umwege über die Kaiserin Marja Feodorowna dem Baron zuzuschanzen suchten.

Anna Pawlowna schloß die Augen fast gänzlich, um damit anzudeuten, daß weder sie noch irgend jemand anders sich ein Urteil darüber erlauben dürfe, was der Kaiserin beliebe oder passe.

Sie sagte nur in melancholischem, trockenem Ton: „Monsieur le baron de Funke a été recommandé à l'impératrice-mère par sa sœur." [3]

Als Anna Pawlowna die Kaiserin erwähnte, hatte ihr Gesicht plötzlich den Ausdruck tiefster und aufrichtiger Hingebung und Verehrung und zugleich einer Art von Kummer angenommen, was übrigens jedesmal der Fall war, wenn sie im Gespräch ihre hohe Gönnerin erwähnte. Sie setzte hinzu, Ihre Majestät habe geruht, dem Baron Funke beaucoup d'estime [4] zu bezeigen, und wieder glitt ein Schatten von Wehmut über ihr Gesicht.

Der Fürst nahm eine gleichgültige Miene an und schwieg. Anna Pawlowna hatte mit ihrer höfischen und weiblichen Gewandtheit und ihrem rasch begreifenden Taktgefühl dem Fürsten eins auswischen wollen, weil er es fertiggebracht hatte, über eine von der

[1] Der Vicomte Mortemart, er ist mit den Montmorency, und zwar durch die Rohans, verwandt.
[2] Dieser Baron scheint ein armer Schlucker zu sein.
[3] Baron Funke ist der Kaiserinmutter durch seine Schwester empfohlen worden.
[4] viel Aufmerksamkeiten.

Kaiserin protegierte Persönlichkeit abfällig zu urteilen. Jetzt wollte sie ihn aber wieder trösten.

„Mais à propos de votre famille",[1] sagte sie, „wissen Sie, daß Ihre Tochter, seit sie ausgeht, fait les délices de tout le monde? On la trouve belle comme le jour."[2]

Der Fürst verbeugte sich, um seine Verehrung und Dankbarkeit auszudrücken.

„Ich denke oft", fuhr Anna Pawlowna nach einer kurzen Pause fort, rückte dabei näher an den Fürsten heran und lächelte ihm freundlich zu, als wolle sie damit sagen, daß nunmehr die Themen der Politik und der großen Welt erledigt seien und ein intimeres Gespräch beginne, „ich denke oft, wie ungerecht doch das Glück im Leben verteilt ist. Warum hat Ihnen das Schicksal zwei so prächtige Kinder gegeben — abgesehen von Ihrem jüngsten Sohn Anatol, den ich gar nicht liebe", schaltete sie in einem Tone ein, der jeden Widerspruch ausschloß, und zog dabei die Augenbrauen in die Höhe, „so reizende Kinder? Und Sie wissen sie wahrhaftig weniger zu schätzen als alle anderen und sind sie darum auch gar nicht wert."

Und sie lächelte wieder ihr enthusiastisches Lächeln.

„Que voulez-vous? Lavater aurait dit que je n'ai pas la bosse de la paternité",[3] sagte der Fürst.

„Lassen Sie das Scherzen. Ich wollte ernsthaft mit Ihnen sprechen. Wissen Sie, ich bin mit Ihrem jüngeren Sohn unzufrieden. Unter uns gesagt — hier nahm ihr Gesicht wieder einen Ausdruck von Bekümmertheit an —, „bei Ihrer Majestät ist von ihm gesprochen worden, und man bedauert Sie . . ."

Der Fürst antwortete nicht, aber sie sah ihn schweigend und bedeutungsvoll an, als erwartete sie eine Antwort. Der Fürst runzelte die Stirn.

„Was wollen Sie, was soll ich denn dabei machen!" sagte er endlich. „Sie wissen, ich habe für die Erziehung meiner Söhne alles getan, was ein Vater tun kann, und was ist dabei herausgekommen? Des imbéciles.[4] Ippolit ist wenigstens noch ein ruhiger Narr, aber Anatol ein unruhiger. Das ist der ganze Unterschied", sagte er und lächelte dabei gezwungener und betonter als sonst, und bei diesem Lächeln trat in den Falten um seinen Mund mit besonderer Schärfe ein überraschend roher und unangenehmer Zug hervor.

„Warum werden nur solchen Leuten wie Ihnen überhaupt Kinder geboren? Wenn Sie nicht Vater wären, fände ich überhaupt nichts an

[1] was Ihre Familie betrifft.
[2] . . . das Entzücken der ganzen Gesellschaft ist. Man findet sie schön wie den jungen Tag.
[3] Was wollen Sie? Lavater würde sagen, daß ich keine Anlage zur Vaterschaft habe.
[4] Trottel.

Ihnen, was ich tadeln könnte", sagte Anna Pawlowna und schlug nachdenklich die Augen auf.

„Je suis votre getreuer Sklave, et à vous seule je puis l'avouer. Meine Söhne — ce sont les entraves de mon existence.[1] Das ist mein Kreuz. So fasse ich das auf. Que voulez-vous ..."[2]

Er verstummte und drückte durch eine Gebärde seine Ergebung in dieses harte Geschick aus.

Anna Pawlowna überlegte.

„Haben Sie nie daran gedacht, Ihren verlorenen Sohn Anatol zu verheiraten? Man sagt immer, alte Jungfern ont la manie des mariages[3]. Bei mir habe ich allerdings diese Schwäche noch nicht festgestellt, aber ich habe da eine petite personne, die sich bei ihrem Vater sehr unglücklich fühlt, une parente à nous[4], une princesse Bolkonskaja."

Fürst Wassilij antwortete nicht, deutete aber mit der schnellen Auffassungs- und Kombinationsgabe des Weltmannes durch eine Kopfbewegung an, daß er das Gehörte in Erwägung ziehe.

„Nein, wissen Sie, daß dieser Anatol mich vierzigtausend Rubel im Jahr kostet?" sagte er dann, offensichtlich nicht imstande, seinem trüben Gedankengang zu wehren. Wieder schwieg er eine Zeitlang und fuhr dann fort: „Was soll eigentlich nach fünf Jahren werden, wenn das so weitergeht? Voilà l'avantage d'être père.[5] Ist sie reich, Ihre Prinzessin?"

„Der Vater ist sehr reich und geizig. Er lebt auf dem Lande. Wissen Sie, es ist dieser bekannte Fürst Bolkonskij, der noch zu Lebzeiten des hochseligen Kaisers seinen Abschied bekam und der den Spitznamen ‚König von Preußen' hat. Er ist ein sehr kluger Mensch, aber wegen seiner Schrullen ist es schwer, mit ihm auszukommen. La pauvre petite est malheureuse comme les pierres.[6] Sie hat einen Bruder, der kürzlich Lise Meinen geheiratet hat, er ist Adjutant bei Kutusow. Er wird heute abend auch bei mir sein."

„Ecoutez, chère Annette",[7] sagte der Fürst, ergriff plötzlich ihre Hand und zog sie ohne rechten Grund nach unten. „Arrangez moi cette affaire, et je suis votre[8] allertreuester Sklave à tout jamais. — ‚Schklafe', comme mon Dorfältester m'écrit in seinen Berichten. Sie ist aus guter Familie und reich. Das ist alles, was ich brauche."

[1] und Ihnen allein kann ich es gestehen. Meine Kinder — das sind die Fesseln meiner Existenz.
[2] Was wollen Sie?
[3] sind leidenschaftliche Ehestifterinnen.
[4] eine Verwandte von uns.
[5] Das ist der Vorteil, Vater zu sein.
[6] Die arme Kleine ist todunglücklich.
[7] Hören Sie, liebe Annette.
[8] Bringen Sie diese Sache für mich ins reine, und ich bin für immer Ihr ...

Und mit den leichten, familiären und graziösen Bewegungen, die ihn auszeichneten, ergriff er die Hand der Hofdame, küßte sie und schwenkte sie einige Male hin und her, während er sich auf dem Diwan zurücklehnte und zur Seite sah.

„Attendez",[1] sagte Anna Pawlowna überlegend. „Ich spreche heute abend noch mit Lise – la femme du jeune Bolkonskij. Vielleicht läßt es sich arrangieren. Ce sera dans votre famille que je ferai mon apprentissage de vieille fille."[2]

II

Anna Pawlownas Salon begann sich allmählich zu füllen. Es kam die vornehmste Welt Petersburgs, Menschen, die an Lebensalter und Charakter gänzlich voneinander verschieden waren, denen aber die Gesellschaft, der sie angehörten und in der sie lebten, eine gewisse Gleichartigkeit verlieh. Da kam die Tochter des Fürsten Wassilij, die schöne Hélène, die ihren Vater abholen wollte, um mit ihm auf das Fest des Gesandten zu fahren. Sie war in Balltoilette und trug die „Chiffre", die Brosche mit dem Namenszuge der Kaiserin, das Abzeichen der ehemaligen Zöglinge des Fräuleinstiftes. Dann kam die als la femme la plus séduissante de Pétersbourg[3] bekannte junge, kleine Fürstin Bolkonskaja, die im letzten Winter geheiratet hatte und jetzt mit Rücksicht auf ihre Schwangerschaft große gesellschaftliche Veranstaltungen nicht mehr besuchte, aber wohl noch zu kleineren Soireen erschien. Ferner kam Fürst Ippolit, der Sohn des Fürsten Wassilij, mit Mortemart, den er vorstellte, dann erschien der Abbé Morio und viele andere.

„Haben Sie ma tante noch nicht gesehen, oder sind Sie am Ende noch gar nicht mit ihr bekannt?" fragte Anna Pawlowna die eintretenden Gäste und führte sie sehr zeremoniell zu einer kleinen alten Dame mit hohen Bandschleifen auf der Haube, die beim Eintreten der ersten Gäste aus dem Nebenzimmer zum Vorschein gekommen war. Anna Pawlowna nannte den Namen eines jeden Gastes, ließ ihre Augen langsam von dem Gast zu ma tante hinübergleiten und trat dann zurück. Alle Gäste absolvierten die Zeremonie der Begrüßung mit dieser lieben Tante, die niemand kannte, für die sich niemand interessierte und für die niemand Verwendung

[1] Warten Sie.
[2] Ich werde also in Ihrer Familie das Gewerbe der alten Jungfern erlernen.
[3] die verführerischste Frau von Petersburg.

hatte. Anna Pawlowna verfolgte diese Begrüßungen mit bekümmerter und feierlicher Anteilnahme und beifälligem Schweigen. Ma tante sprach mit jedem in genau den gleichen Ausdrücken über sein Befinden, über ihr Befinden und über das Befinden Ihrer Majestät, das heute, Gott sei Dank, besser sei. Alle, die der Tante ihre Reverenz gemacht hatten, verließen dann die Alte, ohne höflichkeitshalber ihre Eile merken zu lassen, mit einem Gefühl der Erleichterung, wie nach Erfüllung einer schweren Pflicht, um sich ihr den ganzen Abend hindurch nicht ein einziges Mal mehr zu nähern.

Die junge Fürstin Bolkonskaja war mit einer Handarbeit in einem goldgestickten Samtbeutelchen gekommen. Ihre hübsche Oberlippe mit den kaum wahrnehmbaren schwarzen Schnurrbarthärchen war ein wenig zu kurz für ihre Zähne, aber um so anmutiger war es, wenn sie sich öffnete und gar, wenn sie sich dazwischen vorschob und die Unterlippe zu erreichen suchte. Wie das immer bei sehr anziehenden Frauen der Fall ist, erschienen auch ihre Mängel — die Kürze der Lippe und der halbgeöffnete Mund — als ganz besondere, gerade ihr eigene Schönheiten. Es machte allen Freude, diese hübsche, von Gesundheit und Leben strotzende angehende Mutter zu sehen, die ihren Zustand so leicht ertrug. Den alten Herren und den blasierten, düster vor sich hin blickenden jungen Leuten war es bei ihrem Anblick, als würden sie selbst ihr ähnlich, wenn sie auch nur eine kurze Zeit in ihrer Nähe gewesen waren und sich mit ihr unterhalten hatten. Wer mit ihr sprach und bei jedem seiner Worte ihr fröhliches Lächeln und ihre glänzenden weißen Zähne sah, die ununterbrochen sichtbar wurden, der mußte glauben, er sei heute abend ein ganz besonders liebenswürdiger Gesellschafter. Und das glaubte auch jeder.

Den Arbeitsbeutel in der Hand, ging die kleine Fürstin in ihrem schaukelnden Gang, mit ihren kleinen, schnellen Schrittchen um den Tisch herum, setzte sich in der Nähe des silbernen Samowars auf den Diwan und strich sich so vergnügt ihr Kleid zurecht, als sei alles, was sie auch tun mochte, eine partie de plaisir [1] für sie selbst und für ihre ganze Umgebung.

„J'ai apporté mon ouvrage",[2] sagte sie, an alle zugleich gewandt, während sie ihr Ridikül öffnete.

„Sehen Sie, Annette, ne me jouez pas un mauvais tour", wandte sie sich dann an die Hausherrin. „Vous m'avez écrit, que c'était une toute petite soirée; vous voyez, comme je suis attifée." [3]

Und sie breitete die Arme aus, um ihr spitzenbesetztes, elegantes

[1] ein Vergnügen.
[2] Ich habe meine Arbeit mitgebracht.
[3] Spielen Sie mir keinen schlechten Streich; Sie schrieben mir, daß eine ganz kleine Gesellschaft sein würde. Sie sehen, daß ich nicht passend angezogen bin.

graues Kleid zu zeigen, das ein wenig unterhalb der Brust mit einem breiten Band umgürtet war.

„Soyez tranquille, Lise, vous serez toujours la plus jolie",[1] antwortete Anna Pawlowna.

„Vous savez, mon mari m'abandonne", fuhr sie zu einem General gewandt, im gleichen Ton fort, „il va se faire tuer. Dites-moi, pourquoi cette vilaine guerre?"[2] sagte sie dann zum Fürsten Wassilij und wandte sich, ohne dessen Antwort abzuwarten, zu seiner Tochter, der schönen Hélène.

„Quelle délicieuse personne que cette petite princesse!"[3] sagte Fürst Wassilij leise zu Anna Pawlowna.

Bald nach der kleinen Fürstin erschien ein massiger, dicker junger Mensch mit kurzgeschorenem Kopf, einer Brille, hellen Beinkleidern, wie die Mode sie damals vorschrieb, hohem Jabot und zimtfarbenem Frack. Dieser dicke junge Mann war der illegitime Sohn eines berühmten Machthabers aus der Zeit der Kaiserin Katharina, des Grafen Besuchow, der jetzt in Moskau im Sterben lag. Der junge Mann bekleidete keinerlei Staatsposten, war eben erst aus dem Auslande, wo er erzogen worden war, zurückgekehrt und befand sich zum ersten Male in Gesellschaft. Anna Pawlowna begrüßte ihn mit der Verbeugung, die in ihrem Salon für die auf der niedrigsten hierarchischen Stufe stehenden Gäste vorgesehen war. Aber obwohl Anna Pawlowna diese geringschätzigste Form der Begrüßung für ausreichend erachtet hatte, drückte sich beim Anblick des eintretenden Pierre auf ihrem Gesicht eine Unruhe und Furcht aus, wie sie einen wohl beim Anblick eines allzu ungeheuerlichen und zu seiner Umgebung in keinem Verhältnis stehenden Gegenstandes überkommt. Obwohl Pierre in der Tat etwas größer war als die anderen Männer im Salon, so konnte diese Furcht doch nur dem klugen und zugleich schüchternen, beobachtenden und unbefangenen Blick gelten, durch den er sich von allen andern Anwesenden unterschied.

„C'est bien aimable à vous, monsieur Pierre, d'être venu voir une pauvre malade",[4] sagte Anna Pawlowna und wechselte einen sehr besorgten Blick mit der Tante, zu der sie ihn begleitete.

Pierre murmelte etwas Unverständliches und fuhr fort, irgend etwas mit den Augen zu suchen. Er lächelte harmlos und froh, während er der kleinen Fürstin wie einer guten Bekannten eine Verbeugung machte, und trat dann auf die liebe Tante zu. Anna

[1] Seien Sie unbesorgt, Lise, Sie werden immer die Hübscheste sein.
[2] Sie wissen, mein Mann verläßt mich. Er geht möglicherweise in den Tod. Sagen Sie mir doch, warum muß dieser abscheuliche Krieg sein?
[3] Welch reizende Person — diese kleine Fürstin!
[4] Es ist sehr liebenswürdig von Ihnen, Monsieur Pierre, daß Sie gekommen sind, nach einer armen Kranken zu sehen.

Pawlownas Furcht war keineswegs unbegründet gewesen, denn ohne erst zu Ende zu hören, was die Tante über das Befinden Ihrer Majestät sagte, wandte sich Pierre wieder von ihr ab. Erschrocken hielt Anna Pawlowna ihn mit den Worten fest:

„Kennen Sie den Abbé Morio? Ein sehr interessanter Mensch . . ."

„Ja, ich habe von seiner Idee eines ewigen Friedens gehört, sie ist sehr interessant, aber wohl kaum durchführbar . . ."

„Meinen Sie?" sagte Anna Pawlowna, um nur irgend etwas zu sagen und sich dann wieder ihren Wirtinnenpflichten zuzuwenden.

Aber jetzt beging Pierre die entgegengesetzte Unhöflichkeit. Vorher hatte er eine Dame verlassen, ohne sie bis zu Ende angehört zu haben; jetzt hielt er eine Dame, die ihn verlassen wollte, durch sein Gespräch auf. Den Kopf vorgebeugt, die unförmigen Beine gespreizt, begann er Anna Pawlowna auseinanderzusetzen, warum er den Plan des Abbé für eine Chimäre hielt.

„Wir wollen nachher darüber sprechen", sagte Anna Pawlowna lächelnd.

Damit ließ sie den jungen Menschen stehen, der so gar keine Lebensart hatte, und kehrte zu ihren Wirtinnenpflichten zurück. Wieder lauschte und spähte sie nach allen Seiten, bereit, sofort da einzuspringen, wo etwa die Unterhaltung erlahmen würde. Wie der Herr einer Spinnerei, nachdem er den Arbeitern ihre Plätze angewiesen hat, in seinem ganzen Betriebe umhergeht und, sobald er wahrnimmt, daß eine Spindel stillsteht oder sich mit einem ungewöhnlichen, knarrenden, überlauten Geräusch dreht, rasch hinzutritt und sie anhält oder in Gang bringt, so bewegte sich auch Anna Pawlowna durch ihren Salon, trat an eine ins Schweigen oder auch in allzu lautes Reden geratene Gruppe heran und brachte durch ein Wort oder einen kleinen Platzwechsel die Gesprächsmaschine wieder in ihren gleichmäßigen Schicklichkeitsgang. Aber inmitten dieser Sorgen war ihr doch jene ganz besondere Furcht anzumerken, die Pierre in ihr wachgerufen hatte. Sorgenvoll beobachtete sie ihn, während er herantrat, um zu hören, was in der Gruppe geredet wurde, die sich um Mortemart gebildet hatte, und dann zu einer andern Gruppe ging, in welcher der Abbé das Wort führte. Diese Soiree bei Anna Pawlowna war die erste, die der im Auslande erzogene Pierre in Rußland mitmachte. Er wußte, daß hier die ganze Intelligenz Petersburgs versammelt war, und seine Augen liefen hin und her wie die eines Kindes in einem Spielwarenladen. Er fürchtete immer, irgendein kluges Gespräch, das er anhören könnte, möchte ihm entgehen. Wenn er die selbstbewußten und aristokratischen Gesichter der Versammelten ansah, dann erwartete er jeden Augenblick irgend etwas ganz besonders Kluges zu Gehör zu bekommen. Endlich trat er zu Morio. Die Unterhaltung in diesem Kreis erschien ihm interessant, er blieb stehen und wartete auf eine Gelegenheit, seine eigenen Gedanken auszusprechen, wie junge Leute das lieben.

III

Die Soiree bei Anna Pawlowna war in vollem Gange. Überall schnurrten die Spindeln gleichmäßig und ohne Unterbrechung. Abgesehen von ma tante, bei der nur eine angejahrte Dame mit verhärmtem, magerem Gesicht saß, die in dieser glänzenden Gesellschaft etwas befremdend wirkte, hatte sich die ganze Gesellschaft in drei Gruppen geteilt. Den Mittelpunkt der einen, die zum größten Teil aus Herren bestand, bildete der Abbé; den der zweiten, in der sich vornehmlich die Jugend zusammengefunden hatte, die schöne Prinzessin Hélène, die Tochter des Fürsten Wassilij, und die hübsche, rotwangige, aber für ihre jungen Jahre ein wenig zu volle, kleine Fürstin Bolkonskaja; den der dritten Mortemart und Anna Pawlowna.

Der Vicomte war ein gut aussehender junger Mann mit weichen Zügen und angenehmen Umgangsformen, der sich offenbar für eine Berühmtheit hielt, aber, wohlerzogen wie er war, es der Gesellschaft, in der er sich befand, bescheiden anheimstellte, ihn zu genießen.

Es war offenbar, daß Anna Pawlowna ihn sozusagen ihren Gästen vorsetzte. Wie ein guter Maître d'hôtel dasselbe Stück Rindfleisch, das niemand essen möchte, der es in der schmutzigen Küche gesehen hätte, als etwas geradezu übernatürlich Schönes serviert, so servierte Anna Pawlowna bei dieser Soiree ihren Gästen zuerst den Vicomte und dann den Abbé als etwas geradezu übernatürlich Feines. In Mortemarts Gruppe kam das Gespräch gleich auf die Ermordung des Herzogs von Enghien. Der Vicomte meinte, der Herzog von Enghien sei als ein Opfer seiner eigenen Großmut ums Leben gekommen, und die Erbitterung Bonapartes auf ihn habe ihre besonderen Gründe gehabt.

„Ah! voyons. Contez-nous cela, vicomte",[1] sagte Anna Pawlowna und hatte dabei das freudige Gefühl, daß dieses: „Contez-nous cela, vicomte" irgendwie an Louis XV. gemahnte.

Der Vicomte verbeugte sich zum Zeichen seines Gehorsams und lächelte höflich. Anna Pawlowna sorgte dafür, daß sich um den Vicomte ein Kreis bildete, und forderte alle auf, seine Erzählung anzuhören.

[1] Bitte, Vicomte, erzählen Sie uns das.

„Le vicomte a été personellement connu de monseigneur", flüsterte Anna Pawlowna dem einen zu. „Le vicomte est un parfait conteur", sagte sie zu einem zweiten. „Comme on voit l'homme de la bonne compagnie",[1] meinte sie zu einem dritten, und so wurde der Vicomte der Gesellschaft in der prächtigsten und für ihn selbst am vorteilhaftesten Beleuchtung vorgesetzt, wie ein mit Gemüse garniertes Roastbeef auf einer heißen Schüssel.

Der Vicomte wollte seine Erzählung beginnen und lächelte verbindlich.

„Kommen Sie doch hierher, chère Hélène", sagte Anna Pawlowna zu der schönen Prinzessin, die ein wenig entfernt saß und den Mittelpunkt des zweiten Kreises bildete.

Die Prinzessin Hélène lächelte; sie erhob sich mit jenem sich immer gleichbleibenden Lächeln der vollkommen schönen Frau, mit dem sie in den Salon eingetreten war. Mit einem leichten Rauschen ihres weißen, mit Efeu und Moos garnierten Ballkleides ging sie schimmernd in der Weiße ihrer Schultern, dem Glanz ihres Haares und ihrer Brillanten zwischen den Platz machenden Männern hindurch geradewegs auf Anna Pawlowna zu, ohne einen einzelnen anzusehen, aber allen zulächelnd und gleichsam liebenswürdig jedem das Recht zuerkennend, sich bewundernd an der Schönheit ihres Wuchses, ihrer vollen Schultern, ihrer nach damaliger Mode sehr weit entblößten Brust und ihres Rückens zu freuen; es war, als habe sie allen Glanz des Balles mit sich in den Salon hineingetragen. Hélène war so schön, daß an ihr nicht nur kein Schatten von Koketterie zu bemerken war, sondern sie schien sich im Gegenteil noch ihrer unbestreitbaren und allzu starken und siegreichen Schönheit zu schämen. Es war, als wollte sie den Eindruck dieser Schönheit abschwächen, ohne es doch zu können.

„Quelle belle personne!"[2] sagte jeder, der sie sah. Gleichsam aufs höchste überrascht von etwas ganz Ungewöhnlichem, zuckte der Vicomte die Achseln und schlug die Augen nieder, als sie sich vor ihn hinsetzte und nun auch ihn mit dem gleichen unveränderlichen Lächeln anstrahlte.

„Madame, je crains pour mes moyens devant un pareil auditoire",[3] sagte er mit einem lächelnden Neigen des Kopfes.

Die Prinzessin legte ihren entblößten, vollen Arm auf das Tischchen und hielt es nicht für nötig, etwas zu erwidern. Sie wartete lächelnd. Während der ganzen Erzählung saß sie aufrecht da, blickte dazwischen auf ihren vollen, schönen Arm, dessen Form der Druck

[1] Der Vicomte war persönlich mit dem Herzog bekannt ... Der Vicomte ist ein hervorragender Erzähler ... Man erkennt doch gleich den Mann aus der guten Gesellschaft ...
[2] Welch schöne Person!
[3] Ich fürchte, daß einer solchen Zuhörerschaft meine Ausdrucksmöglichkeit nicht genügt.

des Tisches ein wenig verändert hatte, oder auf ihre noch schönere Brust, auf der sie ihren Brillantenschmuck zurechtrückte. Einige Male strich sie die Falten ihres Kleides glatt, und sooft die Erzählung besonders eindrucksvoll wurde, blickte sie auf Anna Pawlowna, nahm sofort den gleichen Ausdruck an, den sie auf dem Gesicht der Hofdame bemerkt hatte, und ging dann doch wieder zu ihrem ruhigen, strahlenden Lächeln über. Nach Hélène kam auch die kleine Fürstin vom Teetisch herüber.

„Attendez-moi, je vais prendre mon ouvrage", sagte sie. „Voyons à quoi pensez-vous?" wandte sie sich an den Fürsten Ippolit. „Apportez-moi mon ridicule." [1]

Lächelnd und nach allen Seiten sprechend hatte die Fürstin auf diese Weise eine Verzögerung hervorgerufen. Als sie endlich saß, legte sie noch ihr Kleid vergnügt zurecht, sagte dann: „Jetzt habe ich alles, wie ich es brauche", bat, die Erzählung möge beginnen, und machte sich an ihre Handarbeit.

Fürst Ippolit hatte ihr das Ridikül gebracht, sich hinter sie gestellt, darauf sich einen Sessel dicht an den ihren herangeschoben und sich neben sie gesetzt.

Le charmant Hippolyte überraschte jeden durch seine erstaunliche Ähnlichkeit mit seiner schönen Schwester und noch mehr dadurch, daß er trotz dieser Ähnlichkeit ausgesprochen häßlich war. Seine Gesichtszüge glichen durchaus denen seiner Schwester, aber wenn bei ihr alles von einem lebensfrohen, in sich selbst glücklichen, jugendlichen, unveränderlichen Lächeln und der außergewöhnlichen, antiken Schönheit ihres Körperbaus überstrahlt war, so war bei ihrem Bruder das gleiche Gesicht von Idiotie umdüstert und zeigte den unveränderlichen Ausdruck selbstgefälliger Verdrießlichkeit, und sein Körper war mager und schwächlich. Die Augen, die Nase, der Mund — alles war gleichsam in eine einzige ausdruckslose und öde Grimasse zusammengepreßt, und Arme und Beine nahmen immer irgendeine unnatürliche Haltung ein.

„Ce n'est pas une histoire de revenants?"[2] sagte er, nachdem er sich neben die Fürstin gesetzt und seine Lorgnette hastig an die Augen geführt hatte, als könnte er ohne dieses Instrument kein Wort herausbringen.

„Mais non, mon cher", sagte der Erzähler mit erstauntem Achselzucken.

„C'est que je déteste les histoires de revenants",[3] sagte er in einem Ton, dem man anmerkte, daß er sich erst, nachdem er diese

[1] Warten Sie, ich nehme meine Arbeit ... Woran denken Sie denn? ... Bringen Sie mir bitte meinen Beutel.
[2] Es ist doch keine Gespenstergeschichte?
[3] Ich verabscheue nämlich Gespenstergeschichten.

Worte von sich gegeben hatte, darüber klargeworden war, was sie eigentlich bedeuteten.

Bei dem großen Selbstbewußtsein, mit dem er sprach, konnte niemand dahinterkommen, ob das, was er sagte, eigentlich sehr klug oder sehr dumm war. Er trug einen dunkelgrünen Frack, Hosen von der Farbe „cuisse de nymphe effrayée", wie er selbst sagte, Strümpfe und Eskarpins.

Der Vicomte erzählte sehr hübsch eine damals kursierende Anekdote: Der Herzog von Enghien sei heimlich zu einem Rendezvous mit Mademoiselle George nach Paris gekommen und dabei mit Bonaparte zusammengetroffen, der sich ebenfalls der Gunst der berühmten Schauspielerin erfreute. Bei diesem Zusammentreffen mit dem Herzog habe Napoleon gerade einen jener Ohnmachtsanfälle gehabt, die gelegentlich über ihn kamen, und sich infolgedessen in der Macht des Herzogs befunden. Diese Macht habe der Herzog aber nicht ausgenutzt, und Bonaparte habe sich dann später für diese Großmut durch die Ermordung des Herzogs gerächt.

Diese Erzählung war sehr hübsch vorgetragen und interessant, besonders an der Stelle, wo die beiden Nebenbuhler einander plötzlich erkannten, und die Damen machten einen recht aufgeregten Eindruck.

„Charmant", sagte Anna Pawlowna und sah die kleine Fürstin fragend an.

„Charmant", flüsterte die kleine Fürstin und steckte die Nadel in ihre Handarbeit, wie um damit anzudeuten, daß sie bei einer so interessanten und reizvollen Erzählung unmöglich weiterarbeiten könne.

Der Vicomte wußte dieses stillschweigende Lob zu schätzen, lächelte dankbar und fuhr fort; aber in diesem Augenblick bemerkte Anna Pawlowna, die ununterbrochen auf diesen fürchterlichen jungen Menschen gesehen hatte, daß er allzu hitzig und allzu laut mit dem Abbé sprach, und sie eilte nach dem gefährlichen Punkt, um Hilfe zu bringen. In der Tat war es Pierre gelungen, mit dem Abbé in ein Gespräch über das politische Gleichgewicht zu kommen, und der Abbé breitete, von dem treuherzigen Eifer des jungen Menschen sichtlich gefesselt, seine Lieblingsidee vor ihm aus. Beide benahmen sich im Zuhören wie im Reden allzu lebhaft und ungeniert, und eben das mißfiel Anna Pawlowna.

„Das Mittel ist das europäische Gleichgewicht und das droit des gens[1]", sagte der Abbé. „Es braucht nur ein einziger mächtiger Staat, zum Beispiel das als barbarisch verschriene Rußland, uneigen-

[1] Menschenrecht.

nützig an die Spitze eines Bundes zu treten, der sich das europäische Gleichgewicht zum Ziel setzt – und er wird die Welt retten!"

„Wie wollen Sie denn so ein Gleichgewicht herstellen?" begann Pierre. Aber in diesem Augenblick trat Anna Pawlowna auf die beiden zu, sah Pierre mit einem strengen Blick an und fragte den Italiener, wie er das hiesige Klima vertrage. Das Gesicht des Italieners veränderte sich plötzlich und nahm den abstoßenden heuchlerisch-honigsüßen Ausdruck an, der ihm im Gespräch mit Frauen offenbar zur Gewohnheit geworden war.

„Ich bin so bezaubert von den Reizen des Geistes und der Bildung der Gesellschaft, und ganz besonders der weiblichen, in die aufgenommen zu sein ich das Glück habe, daß ich noch gar nicht dazu gekommen bin, an das Klima zu denken", sagte er.

Anna Pawlowna ließ den Abbé und Pierre nicht mehr los, und um sie bequemer beobachten zu können, brachte sie sie in den allgemeinen Kreis.

IV

In diesem Augenblick betrat eine neue Person den Salon. Diese neue Person war der junge Fürst Andrej Bolkonskij, der Mann der kleinen Fürstin. Fürst Bolkonskij war nicht sehr groß, aber ein sehr hübscher junger Mann mit scharfgeschnittenen, kalten Gesichtszügen. Alles an ihm, von dem müden, gelangweilten Blick bis zu dem langsamen, gemessenen Gang, stand im schärfsten Gegensatz zu seiner kleinen, lebhaften Frau. Es war deutlich zu sehen, daß er nicht nur alle im Salon Versammelten kannte, sondern ihrer auch so überdrüssig war, daß es ihm die größte Langeweile verursachte, sie anzusehen und sie reden zu hören. Und von all den Gesichtern, die ihn langweilten, schien ihm das seiner hübschen Frau am allermeisten zuwider zu sein. Mit einer Grimasse, die sein schönes Gesicht entstellte, wandte er sich von ihr ab. Er küßte Anna Pawlowna die Hand und betrachtete blinzelnd die ganze Gesellschaft.

„Vous vous enrôlez pour la guerre, mon prince?"[1] sagte Anna Pawlowna.

„Le général Koutouzoff", sagte Bolkonskij und betonte den Namen nach französischer Art auf der letzten Silbe, „a bien voulu de moi pour aide de camp ..."[2]

„Et Lise, votre femme?"[3]

„Sie geht aufs Land."

[1] Sie haben sich zum Kriegsdienst gemeldet, Fürst?
[2] Der General Kutusow wünscht mich als Adjutanten.
[3] Und Lise? Ihre Frau?

„Aber wissen Sie denn gar nicht, daß Sie sich geradezu versündigen, wenn Sie uns Ihrer reizenden Frau berauben?"

„André", sagte seine Frau und wandte sich an ihren Mann mit dem gleichen koketten Ton, mit dem sie sich auch an alle anderen zu wenden pflegte, „was für eine Geschichte uns der Vicomte von Mademoiselle George und Bonaparte erzählt hat!"

Fürst Andrej kniff die Augen zusammen und wandte sich ab. Pierre, der seit dem Eintreten des Fürsten Andrej seinen freudigen und freundschaftlichen Blick nicht von ihm verwandt hatte, trat jetzt auf ihn zu und ergriff seine Hand. Ohne aufzusehen, verzog Fürst Andrej sein Gesicht zu einer ärgerlichen Grimasse, weil jemand seine Hand berührte, aber als er Pierres lächelndes Gesicht sah, lächelte er ein überraschend gutmütiges und freundliches Lächeln.

„Nun, so etwas! Also auch du in der großen Welt?" sagte er zu Pierre.

„Ich wußte, daß Sie hier sein würden", antwortete Pierre. „Ich komme nachher zu Ihnen zum Abendessen", setzte er leise hinzu, um den weitererzählenden Vicomte nicht zu stören. „Darf ich?"

„Nein, du darfst nicht", sagte Fürst Andrej lachend und gab Pierre mit einem Händedruck zu verstehen, daß es da gar keiner Frage bedürfe.

Er wollte noch etwas sagen, aber in diesem Augenblick erhob sich Fürst Wassilij mit seiner Tochter, und die beiden jungen Leute standen auf, um sie vorbeizulassen.

„Entschuldigen Sie mich, mein lieber Vicomte", sagte Fürst Wassilij zu dem Franzosen, faßte ihn freundschaftlich am Ärmel und drückte ihn auf seinen Stuhl zurück, um ihn am Aufstehen zu verhindern. „Dieses unglückselige Fest beim Gesandten beraubt mich eines Vergnügens und verursacht Ihnen eine Unterbrechung. Es tut mir sehr, sehr leid, Ihren entzückenden Abend verlassen zu müssen", sagte er zu Anna Pawlowna.

Seine Tochter, Prinzessin Hélène, ging, die Falten ihres Kleides ein wenig zusammenraffend, zwischen den Stühlen hindurch, und das Lächeln auf ihrem wunderschönen Gesicht strahlte noch heller. Pierre sah das schöne Mädchen mit fast erschrockenen, verzückten Augen an, als es an ihm vorbeiging.

„Sie ist wunderschön", sagte der Fürst Andrej.

„Ja", sagte Pierre.

Im Vorbeigehen ergriff Fürst Wassilij Pierre am Arm und wandte sich an Anna Pawlowna: „Erziehen Sie mir diesen Bären ein wenig", sagte er. „Da lebt er schon einen ganzen Monat bei mir, und heute sehe ich ihn zum ersten Male in einer Gesellschaft. Ein junger Mensch braucht nichts so sehr wie die Gesellschaft kluger Frauen."

Anna Pawlowna lächelte und versprach, sich Pierres anzunehmen, der, wie sie wußte, durch seinen Vater mit dem Fürsten Wassilij verwandt war. Die angejahrte Dame, die vorher neben ma tante gesessen hatte, stand eilig auf und holte den Fürsten Wassilij im Vorzimmer ein. Der bisher gewaltsam zur Schau getragene Ausdruck des Interesses für die Gesellschaft war von ihrem Gesicht verschwunden, und dieses gute, verhärmte Gesicht drückte nur noch Unruhe und Angst aus.

„Was für einen Bescheid geben Sie mir wegen meines Boris, Fürst?" sagte sie, als sie ihn im Vorzimmer eingeholt hatte. Sie sprach den Namen Boris mit einer besonders deutlichen Betonung des „o" aus. „Ich kann nicht länger in Petersburg bleiben. Sagen Sie mir, was für Nachrichten kann ich meinem armen Jungen bringen?"

Obwohl Fürst Wassilij die angejahrte Dame unlustig und fast unhöflich anhörte und sogar deutlich seine Ungeduld merken ließ, lächelte sie ihn freundlich und rührend an und nahm ihn bei der Hand, damit er nicht wegginge.

„Es kostet Sie ja nur ein Wort beim Kaiser, und er wird sofort zur Garde versetzt", sagte sie bittend.

„Glauben Sie mir, ich tue, was ich kann, Fürstin", antwortete Fürst Wassilij, „aber es ist nicht leicht für mich, dem Kaiser mit so einer Bitte zu kommen. Ich möchte Ihnen raten, sich über den Fürsten Golizyn an Rumjanzew zu wenden. Das wäre gescheiter."

Die angejahrte Dame trug den Namen einer Fürstin Drubezkaja und gehörte somit einer der besten Familien Rußlands an, aber sie war arm, hatte sich längst von der großen Welt zurückgezogen und ihre früheren Verbindungen verloren. Sie war jetzt gekommen, um für ihren einzigen Sohn die Versetzung zur Garde zu erwirken. Nur um den Fürsten Wassilij zu treffen, hatte sie sich an Anna Pawlowna herangemacht und war zu dieser Soiree gekommen, und nur zu diesem Zweck hatte sie die Erzählung des Vicomte angehört. Jetzt erschrak sie über die Worte des Fürsten Wassilij, und auf ihrem ehemals schönen Gesicht prägte sich ein Gefühl der Erbitterung aus, aber es hielt nur einen Augenblick an. Dann lächelte sie wieder und packte die Hand des Fürsten Wassilij noch fester.

„Hören Sie mich an, Fürst", sagte sie, „ich habe Sie noch nie um etwas gebeten und werde Sie auch nie wieder um etwas bitten, ich habe Sie nie an die Freundschaft erinnert, die mein Vater für Sie gehegt hat. Aber jetzt beschwöre ich Sie bei Gott, tun Sie dies eine für meinen Sohn, und ich werde in Ihnen meinen Wohltäter sehen", setzte sie eilig hinzu. „Nein, seien Sie nicht böse, sondern versprechen Sie es mir. Ich habe Golizyn gebeten, aber er hat es mir abgeschlagen.

Soyez le bon enfant que vous avez été",[1] sagte sie und gab sich Mühe zu lächeln, während ihre Augen voll Tränen standen.

„Papa, wir kommen zu spät", sagte die Prinzessin Hélène, die wartend an der Tür stand, und wandte den schönen Kopf auf den antiken Schultern den beiden zu.

Aber der Einfluß in der großen Welt ist ein Kapital, mit dem man sparsam umgehen muß, um es nicht zu erschöpfen. Fürst Wassilij wußte das, und nachdem er sich einmal klargemacht hatte, daß, wenn er für alle bitten wollte, die ihn darum baten, er bald nicht mehr in der Lage sein würde, für sich selbst noch um etwas bitten zu können – machte er von seinem Einfluß nur noch selten Gebrauch. Allein in der Angelegenheit der Fürstin Drubezkaja empfand er nach ihrem letzten Appell an ihn etwas wie Gewissensbisse. Es stimmte schon, woran sie ihn erinnert hatte: Die ersten erfolgreichen Schritte auf seiner dienstlichen Laufbahn verdankte er ihrem Vater. Außerdem hatte er aus ihrer ganzen Art gemerkt, daß sie eine von jenen Frauen und besonders eine von jenen Müttern war, die, wenn sie sich einmal irgend etwas in den Kopf gesetzt haben, nicht nachlassen, bis man ihren Willen getan hat, andernfalls aber bereit sind, einem täglich, ja alle Augenblicke in den Ohren zu liegen und sogar Szenen zu machen. Diese letzte Erwägung machte ihn schwankend.

„Chère Anna Michailowna", sagte er mit dem sich ewig gleichbleibenden Ausdruck von Familiarität und Gelangweiltheit in seiner Stimme, „es ist für mich nahezu unmöglich, das zu tun, was Sie wollen. Aber um Ihnen zu beweisen, wie gern ich Sie habe und wie sehr ich das Gedächtnis Ihres seligen Vaters ehre, will ich das Unmögliche tun: Ihr Sohn wird zur Garde versetzt werden, da haben Sie meine Hand darauf. Sind Sie nun zufrieden?"

„Mein Lieber, mein Wohltäter! Etwas anderes habe ich auch nicht von Ihnen erwartet. Ich wußte ja, wie gut Sie sind."

Er wollte aufbrechen.

„Warten Sie, noch zwei Worte. Une fois passé aux gardes ..."[2] Sie wurde verlegen. „Sie sind so gut mit Michail Ilarionowitsch Kutusow bekannt, empfehlen Sie ihm meinen Boris als Adjutanten. Dann wäre ich beruhigt, und dann wäre auch ..."

Fürst Wassilij lächelte.

„Das kann ich Ihnen nicht versprechen. Sie wissen nicht, wie Kutusow belagert wird, seitdem er zum Oberkommandierenden ernannt ist. Er hat es mir selbst gesagt, daß alle Moskauer Damen sich verschworen haben, ihre sämtlichen Söhne als Adjutanten bei ihm unterzubringen."

[1] Seien Sie das gute Kind, wie Sie es früher waren.
[2] Wenn er einmal zur Garde versetzt ist.

„Nein, versprechen Sie es mir, ich lasse Sie nicht los, mein Lieber, mein Wohltäter ..."

„Papa", wiederholte das schöne Mädchen im gleichen Ton wie vorhin, „wir kommen zu spät."

„Nun, au revoir, leben Sie wohl. Sie sehen ..."

„Und Sie werden es also morgen dem Kaiser vortragen?"

„Bestimmt, aber wegen Kutusow kann ich Ihnen nichts versprechen."

„Nein, versprechen Sie es mir, versprechen Sie es mir, Basile", rief Anna Michailowna ihm mit dem Lächeln einer jungen Kokette nach, einem Lächeln, das ihr einst gut gestanden haben mußte, jetzt aber zu ihrem abgemagerten Gesicht nicht mehr passen wollte.

Offenbar hatte sie ihre Jahre vergessen und gewohnheitsmäßig alle ihre alten weiblichen Hilfsmittel in Anwendung gebracht. Aber kaum war er fort, als ihr Gesicht wieder den kalten, gekünstelten Ausdruck von vorhin annahm. Sie kehrte zu dem Kreise zurück, in dem der Vicomte seine Erzählung fortsetzte, und gab sich wieder den Anschein, als höre sie zu, während sie doch nur darauf wartete, nach Hause fahren zu können, da ja ihr Werk getan war.

V

„Aber wie finden Sie diese ganze letzte Komödie du sacre de Milan?"[1] sagte Anna Pawlowna. „Et la nouvelle comédie des peuples de Gênes et de Lucques, qui viennent présenter leurs vœux à M. Buonaparte assis sur un trône et exauçant les vœux des nations! Adorable! Non, mais c'est à en devenir folle! On dirait que le monde entier a perdu la tête."[2]

Fürst Andrej lächelte und sah dabei Anna Pawlowna gerade ins Gesicht.

„Dieu me la donne, gare à qui la touche", sagte er (es waren die Worte, die Napoleon bei der Krönung gesprochen hatte). „On dit qu'il a été très beau en prononçant ces paroles",[3] setzte er hinzu und wiederholte noch einmal diese Worte auf italienisch: „Dio mi la dona, guai a chi la tocca."

„J'espère enfin", fuhr Anna Pawlowna fort, „que ça a été la goutte

[1] der Salbung von Mailand.

[2] Und nun die neue Komödie der Bevölkerung von Genua und Lucca, die dem Herrn Bonaparte, der auf einem Throne sitzt, ihre Wünsche unterbreitet, und er befriedigt die Wünsche der Völker! Wirklich reizend! Darüber kann man wirklich wahnsinnig werden! Man könnte glauben, daß die ganze Welt den Kopf verloren hat.

[3] Gott gibt sie mir, wehe dem, der daran rührt ... Man sagt, er habe wunderbar ausgesehen, als er diese Worte sprach.

d'eau qui fera déborder le verre. Les souverains ne peuvent plus supporter cet homme qui menace tout."[1]

„Les souverains? Je ne parle pas de la Russie", sagte der Vivomte höflich und hoffnungslos zugleich. „Les souverains, madame! Qu'ont ils fait pour Louis XVIII, pour la reine, pour madame Elisabeth? Rien", fuhr er lebhafter fort. „Et croyez-moi, ils subissent la punition pour leur trahison de la cause des Bourbons. Les souverains? Ils envoyent des ambassadeurs complimenter l'usurpateur."[2]

Er seufzte verächtlich und nahm wieder eine andere Stellung ein. Bei diesen Worten des Vicomte wandte sich plötzlich der Fürst Ippolit, der ihn eine lange Zeit über durch seine Lorgnette betrachtet hatte, mit einer Drehung seines ganzen Körpers der kleinen Fürstin zu, erbat sich von ihr eine Nadel und begann, indem er mit der Nadel auf dem Tisch zeichnete, ihr das Wappen der Condés zu erklären. Er erläuterte ihr dieses Wappen mit einer so wichtigen Miene, als habe die Fürstin ihn darum gebeten.

„Bâton de gueules, engrêlé de gueules d'azur — maison Condé",[3] sagte er.

Die Fürstin hörte ihm lächelnd zu.

Mit der Miene eines Menschen, der gar nicht darauf hört, was andere sagen, sondern in einer Sache, die er besser als alle anderen kennt, nur dem Zuge seiner eigenen Gedanken folgt, fuhr der Vicomte in seinen Ausführungen fort.

„Wenn Bonaparte noch ein Jahr auf dem französischen Thron verbleibt", erklärte er, „so werden die Dinge einfach zu weit gehen. Durch Intrigen, Gewalttaten, Verbannungen und Hinrichtungen wird die Gesellschaft, ich meine die gute französische Gesellschaft, für immer vernichtet sein, und dann . . ."

Er zuckte die Achseln und machte mit den Händen eine Gebärde der Ratlosigkeit. Pierre, den dies Gespräch interessierte, wollte etwas sagen, aber Anna Pawlowna, die ihn sorgfältig überwachte, unterbrach ihn sofort:

„Kaiser Alexander", sagte sie mit jenem bekümmerten Ton, der jede ihrer Äußerungen über Mitglieder der kaiserlichen Familie begleitete, „hat erklärt, er wolle es den Franzosen selbst anheimstellen, sich ihre Regierungsform zu wählen. Und ich denke, es kann doch gar keinem Zweifel unterliegen, daß sich die ganze Nation in die Arme ihres legitimen Königs werfen wird, wenn sie erst von diesem

[1] Ich hoffe, daß dies endlich der Tropfen war, der den Becher zum Überlaufen bringt. Diesen Menschen, der alles bedroht, können die Souveräne nicht länger dulden.

[2] Die Souveräne? Ich rede nicht von Rußland . . . Die Souveräne! Was haben sie für Ludwig XVIII., für die Königin, für Elisabeth getan? Nichts. Und glauben Sie mir, sie werden für ihren Verrat an der Sache der Bourbonen ihre Strafe erhalten. Die Souveräne? Sie schicken Gesandte, um den Thronräuber willkommen zu heißen.

[3] Gezähnter roter Querstreifen im Wappen mit azurnen Feldern — das Haus Condé.

Usurpator befreit ist." Anna Pawlownas Worte waren von dem Bestreben getragen, dem Emigranten und Royalisten etwas Liebenswürdiges zu sagen.

„Das scheint mir nicht so sicher", meinte Fürst Andrej. „Monsieur le vicomte hat durchaus recht, wenn er meint, die Dinge seien schon zu weit gegangen. Ich denke mir eine Rückkehr zum alten Regime schwierig."

„Soviel ich gehört habe", griff Pierre errötend wieder ins Gespräch ein, „ist bereits der ganze Adel zu Bonaparte übergegangen."

„Das behaupten die Bonapartisten", sagte der Vicomte, ohne Pierre anzusehen. „Die wirkliche Meinung der französischen Gesellschaft kennenzulernen, ist jetzt nicht so einfach."

„Buonaparte l'a dit",[1] sagte Fürst Andrej lächelnd.

Offenbar gefiel der Vicomte ihm nicht, und wenn er ihn dabei auch nicht angesehen hatte, so waren seine Worte doch an ihn gerichtet gewesen.

„Je leur ai montré le chemin de la gloire", sagte er nach einer kurzen Pause und wiederholte damit einen Ausspruch Napoleons, „ils n'en ont pas voulu; je leur ai ouvert mes antichambres, ils se sont précipités en foule"... Je ne sais pas à quel point il a eu le droit de le dire."[2]

„Aucun", antwortete der Vicomte. „Nach der Ermordung des Herzogs haben selbst seine leidenschaftlichsten Anhänger aufgehört, in ihm einen Heros zu sehen. Si même ça a été un héros pour certaines gens" — hier wandte er sich an Anna Pawlowna —, „depuis l'assassinat du duc il y a un martyr de plus dans le ciel, un héros de moins sur la terre."[3]

Anna Pawlowna und die anderen hatten noch keine Zeit gehabt, diese Worte des Vicomte mit einem bewundernden Lächeln zu quittieren, als Pierre wieder in das Gespräch eingriff, und obwohl Anna Pawlowna bereits eine Vorahnung hatte, er werde etwas Unschickliches sagen, konnte sie ihn doch nicht mehr zurückhalten.

„Die Hinrichtung des Herzogs von Enghien", sagte Monsieur Pierre, „war eine politische Notwendigkeit, und gerade darin sehe ich einen Beweis von Seelengröße, daß Napoleon sich nicht scheute, die Verantwortung für diese Tat ganz allein auf sich zu nehmen."

„Dieu! Mon Dieu!" flüsterte Anna Pawlowna entsetzt.

„Comment, M. Pierre, vous trouvez que l'assassinat est grandeur

[1] Bonaparte hat es gesagt.

[2] „Ich zeigte ihnen den Weg zum Ruhm, sie haben ihn nicht gewählt; ich habe ihnen meine Vorzimmer geöffnet, da drängten sie in Massen herein ...!" Ich weiß nicht, inwieweit er das Recht hatte, so zu sprechen.

[3] Gar keins ... Mag er auch für gewisse Leute ein Heros gewesen sein, so gibt es doch nun nach der Ermordung des Herzogs im Himmel einen Märtyrer mehr und auf Erden einen Helden weniger.

d'âmce?"[1] sagte die kleine Fürstin lächelnd und zog ihre Handarbeit näher zu sich heran.

„Ah! Oh!" ließen sich verschiedene Stimmen vernehmen.

„Capital!" sagte Fürst Ippolit auf englisch und schlug sich einige Male mit der flachen Hand auf das Knie.

Der Vicomte zuckte nur die Achseln. Pierre sah über seine Brille hinweg triumphierend die Zuhörer an.

„Ich sage das deshalb", fuhr er tollkühn fort, „weil die Bourbonen vor der Revolution geflohen sind und das Volk der Anarchie preisgaben. Napoleon allein vermochte die Revolution zu begreifen und zu überwinden, und darum konnte er, wo es das Wohl des Ganzen galt, nicht vor dem Leben eines einzelnen Menschen haltmachen."

„Wollen Sie nicht vielleicht mit an den anderen Tisch kommen?" fragte Anna Pawlowna.

Aber Pierre fuhr fort, ohne ihr zu antworten.

„Nein", sagte er und wurde jetzt immer lebhafter, „Napoleon ist so groß, weil er über der Revolution stand, weil er ihre Auswüchse gewaltsam beseitigte, aber das Gute, was sie gebracht hat, beibehielt: die Gleichheit aller Bürger, die Freiheit des Wortes und der Presse — und nur darum ist er auch zu dieser Macht gelangt."

„Ja, wenn er diese Macht, nachdem er sie erlangt hatte, nicht zum Mord mißbraucht, sondern sie dem legitimen König übergeben hätte", sagte der Vicomte, „dann würde ich ihn auch einen großen Mann nennen."

„Das konnte er nicht. Das Volk hatte ihm ja die Macht nur übertragen, damit er es vor den Bourbonen rettete, und weil das Volk eben einen großen Mann in ihm sah. Die Revolution war eine große Tat", fuhr Monsieur Pierre fort und bewies durch diesen tollkühnen und herausfordernden Nachsatz seine große Jugendlichkeit und seine Neigung, sein Herz so gründlich wie möglich auszuschütten.

„Revolution und Königsmord eine große Tat? ... Dann allerdings ... Aber wollen Sie nicht vielleicht mit an den anderen Tisch kommen?" wiederholte Anna Pawlowna.

„Contrat social", meinte der Vicomte mit einem nachsichtigen Lächeln.

„Ich spreche ja gar nicht vom Königsmord. Ich spreche von den Ideen."

„Ja, die Ideen des Raubes, des Mordes und des Königsmordes", unterbrach ihn wieder die ironische Stimme des Franzosen.

„Das waren selbstverständlich Exzesse, aber darauf kommt es gar nicht so sehr an. Worauf es ankommt, das sind die Menschenrechte, das ist das Freiwerden von Vorurteilen, das ist die Gleichheit aller

[1] Aber, Monsieur Pierre, Sie finden, daß Meuchelmord von Seelengröße zeugt?

Bürger, und alle diese Ideen hat Napoleon in ihrem ganzen Umfange beibehalten."

„Freiheit und Gleichheit", sagte der Vicomte verächtlich, als sei er entschlossen, diesem Jüngling endlich allen Ernstes die ganze Torheit seiner Ergüsse klarzumachen, „das sind alles rauschende Worte, die sich längst selbst kompromittiert haben. Wer sollte Freiheit und Gleichheit nicht lieben? Schon unser Heiland hat Freiheit und Gleichheit gepredigt. Sind denn die Menschen nach der Revolution vielleicht glücklicher geworden? Im Gegenteil. Wir wollten die Freiheit, und Napoleon hat sie vernichtet."

Fürst Andrej sah lächelnd bald Pierre, bald den Vicomte und bald die Hausherrin an. Im ersten Augenblick war Anna Pawlowna über Pierres hitzigen Ausfall trotz aller ihrer Weltgewandtheit in Entsetzen geraten; als sie aber sah, daß der Vicomte trotz Pierres gotteslästerlichen Reden durchaus ruhig blieb, und als sie sich überzeugt hatte, daß sich diese Reden ohnehin nicht mehr vertuschen ließen, da raffte sie alle ihre Kräfte zusammen, nahm die Partei des Vicomte und griff den Redner an.

„Mais, mon cher M. Pierre", sagte sie, „wie können Sie nur einen Menschen für groß erklären, der den Herzog oder überhaupt einfach einen Menschen ohne Urteilsspruch und ohne Schuld hinrichten läßt?"

„Ich möchte fragen", sagte der Vicomte, „wie monsieur den achtzehnten Brumaire auffaßt! War denn das kein Betrug? C'est un escamotage qui ne ressemble nullement à la manière d'agir d'un grand homme." [1]

„Und die Gefangenen in Afrika, die er hat umbringen lassen?" sagte die kleine Fürstin. „Schrecklich!" Und sie zuckte die Achseln.

„C'est un roturier, vous aurez beau dire",[2] meinte Fürst Ippolit.

Monsieur Pierre wußte nicht, wem er antworten sollte, sah alle an und lächelte. Sein Lächeln glich wenig dem Lächeln anderer Menschen, bei denen es doch immer mit einem Ernst gepaart erscheint, der eigentlich kein Lächeln kennt. Aber wenn er lächelte, so verschwand augenblicks sein ernstes und sogar ein wenig verdrießliches Gesicht, und es kam ein ganz anderes Gesicht zum Vorschein — ein kindliches, gutmütiges, sogar ein wenig törichtes und gewissermaßen um Verzeihung bittendes Gesicht.

Dem Vicomte, der ihn zum ersten Male sah, wurde es klar, daß dieser Jakobiner durchaus nicht so schrecklich war wie seine Reden. Alle schwiegen.

„Wie soll er es eigentlich anfangen, allen auf einmal zu antwor-

[1] Das ist Taschenspielerei und gleicht gar nicht der Handlungsweise eines wirklich großen Mannes.

[2] Sie können sagen, was Sie wollen, er ist ein Abenteurer.

ten?" sagte Fürst Andrej. „Außerdem muß man bei allen Handlungen eines Staatsmannes immer die Handlungen des Menschen, des Heerführers oder des Kaisers voneinander trennen. Wenigstens scheint mir das so."

„Ja, ja, selbstverständlich", fiel Pierre ein, erfreut über die Hilfe, die ihm plötzlich zuteil wurde.

„Man muß zugeben", fuhr Fürst Andrej fort, „daß Napoleon sich als großer Mann gezeigt hat, so auf der Brücke von Arcole, im Hospital von Jaffa, wo er den Pestkranken die Hand gab, aber ... aber es gibt auch andere Taten, die er getan hat und die sich nur schwer rechtfertigen lassen."

Fürst Andrej, der offenbar den Eindruck, den Pierres ungeschickte Reden hervorgerufen hatten, durch sein Eingreifen wieder hatte abschwächen wollen, erhob sich jetzt, um aufzubrechen, und gab seiner Frau ein Zeichen.

Plötzlich stand Fürst Ippolit auf, machte ein paar Handbewegungen und bat alle, sich doch noch einmal zu setzen.

„Ah", sagte er „aujourd'hui on m'a raconté une anecdote moscovite, charmante; il faut que je vous en régale. Vous m'excusez, vicomte, il faut que je raconte en russe. Autrement on ne sentira pas le sel de l'histoire." [1]

Und Fürst Ippolit begann mit einer Aussprache Russisch zu sprechen wie ein Franzose, der etwa ein Jahr in Rußland gewesen ist. Alle hatten den Aufbruch verschoben, so lebhaft und dringend hatte Fürst Ippolit um Aufmerksamkeit für seine Geschichte gebeten:

In Moscou gibt es une dame. Und sie ist sehr geizig. Sie brauchte zwei valets de pied für Wagen. Und sehr große von Wuchs. Das war ihr Geschmack. Und sie hatte une femme de chambre [2], noch größer von Wuchs. Sie sagte ..."

Hier wurde Fürst Ippolit nachdenklich, und es war zu merken, daß er angestrengt über den Fortgang der Geschichte nachsann.

„Sie sagte ... ja, sie sagte: „Mädchen, zieh livrée an und fahr mit mir, hinten auf Wagen, faire des visites [3]."

Hier wieherte Fürst Ippolit los, und zwar lachte er viel früher als seine Zuhörer; natürlich machte das einen Eindruck, der für den Erzähler nicht gerade sehr vorteilhaft war. Immerhin lächelten viele, darunter die angejahrte Dame und Anna Pawlowna.

„Sie fuhr. Plötzlich kommen ein starke Wind. Das Mädchen verlor ihr Hut, und die lange Haare gingen los ..."

[1] Heute habe ich eine reizende Moskauer Anekdote gehört, die ich Ihnen unbedingt erzählen muß. Vicomte, entschuldigen Sie, ich muß sie russisch erzählen, sonst geht die eigentliche Würze der Geschichte verloren.

[2] Lakaien — eine Zofe.

[3] Besuche machen.

Hier konnte er schon nicht mehr an sich halten, er begann ruckartig zu lachen und sagte unter fortwährendem Gewieher:

„Und alle Welt wußte . . ."

Damit war die Anekdote zu Ende. Obgleich es unverständlich blieb, warum er sie erzählt hatte und warum es so unbedingt notwendig gewesen war, sie gerade auf russisch zu erzählen, waren Anna Pawlowna und manche andere dem Fürsten Ippolit doch für die weltmännische Liebenswürdigkeit dankbar, mit der er Monsieur Pierres unliebenswürdigen und unangenehmen Ausfall zu einem so angenehmen Abschluß gebracht hatte. Als die Anekdote erledigt war, zersplitterte sich die Unterhaltung in kleine, unbedeutende Einzelgespräche, man sprach vom letzten Ball und vom nächstbevorstehenden, vom Theater und davon, wann und wo man sich wiedersehen würde.

VI

Die Gäste bedankten sich bei Anna Pawlowna für die „charmante soireé[1]" und begannen aufzubrechen.

Pierre war recht ungewandt. Dick, von ungewöhnlicher Körpergröße, breit, mit mächtigen roten Händen, verstand er, wie man zu sagen pflegt, weder einen Salon zu betreten noch ihn zu verlassen, das heißt vor dem Weggehen irgend etwas besonders Liebenswürdiges zu sagen. Außerdem war er zerstreut. Beim Aufstehen ergriff er statt seines Hutes einen Dreimaster mit einem Generalsfederbusch, hielt ihn fest und zupfte an den Federn herum, bis der General sich ihn zurückerbat. Aber all seine Zerstreutheit und sein Unvermögen, einen Salon zu betreten und sich an einer salonmäßigen Unterhaltung zu beteiligen, wurde durch seinen gutmütigen, treuherzigen und bescheidenen Ausdruck wieder wettgemacht. Anna Pawlowna wandte sich zu ihm, nickte ihm mit christlicher Milde zu, was bedeuten sollte, daß sie ihm seinen Ausfall verziehen habe, und sagte:

„Ich hoffe Sie bald wiederzusehen, aber ich hoffe auch, Sie werden Ihre Ansichten ändern, mein lieber Monsieur Pierre."

Als sie ihm das gesagt hatte, gab er keine Antwort, sondern verbeugte sich nur und ließ alle noch einmal sein Lächeln sehen, das nichts anderes besagte als etwa: „Ansichten hin, Ansichten her, aber ihr seht doch, was ich für ein guter, braver Kerl bin." Und alle, darunter auch Anna Pawlowna, empfanden das unwillkürlich.

Fürst Andrej trat ins Vorzimmer hinaus, hielt dem Lakaien die

[1] reizende Abendgesellschaft.

Schultern hin, um sich den Umhang umlegen zu lassen, und hörte gleichgültig dem Geplauder seiner Frau mit dem Fürsten Ippolit zu, der ebenfalls ins Vorzimmer hinausgetreten war. Fürst Ippolit stand neben der hübschen schwangeren Fürstin und betrachtete sie starr und ungeniert durch seine Lorgnette.

„Gehen Sie wieder hinein, Annette, Sie werden sich erkälten", sagte die kleine Fürstin und verabschiedete sich von Anna Pawlowna. „C'est arrêté",[1] setzte sie leise dazu.

Anna Pawlowna hatte schon Gelegenheit gefunden, mit Lisa über die Heirat zu sprechen, die sie zwischen Anatol und der Schwägerin der kleinen Fürstin stiften wollte.

„Ich verlasse mich ganz auf Sie, meine Liebe", sagte Anna Pawlowna ebenfalls leise, „schreiben Sie ihr und lassen Sie mich wissen, comment le père envisagera la chose. Au revoir."[2] Und sie ging wieder hinein.

Fürst Ippolit trat an die kleine Fürstin heran, näherte sein Gesicht dem ihrigen und sagte ihr etwas, halb im Flüsterton.

Zwei Lakaien, der der Fürstin und der seinige, standen mit ihrem Schal und seinem Redingot da und warteten, bis sie ihr Gespräch beendet haben würden, dieses ihnen unverständliche französische Gespräch, dem sie mit einer Miene zuhörten, als verstünden sie wohl alles, was gesprochen würde, wollten es aber nicht zeigen. Wie immer lächelte die Fürstin beim Sprechen und lachte beim Zuhören.

„Ich bin sehr froh, daß ich nicht zum Gesandten gefahren bin", sagte Fürst Ippolit, „so etwas Langweiliges ... Es war ein netter Abend, nicht wahr, wirklich ein netter Abend?"

„Es hieß, der Ball sollte sehr hübsch werden", antwortete die Fürstin und zog die kurze Lippe mit den Schnurrbarthärchen in die Höhe. „Alle schönen Frauen der Gesellschaft sind da."

„Nicht alle, nicht alle, Sie sind ja nicht da", sagte Fürst Ippolit mit einem vergnügten Lachen, nahm dem Lakaien, den er dabei zur Seite stieß, den Schal ab und legte ihn der Fürstin um.

Aus Ungeschicklichkeit oder mit Absicht (das hätte niemand zu entscheiden vermocht), ließ er die Hände noch nicht gleich wieder sinken, obgleich der Schal schon um die Schultern der Fürstin lag, und umarmte auf diese Weise gewissermaßen die junge Frau.

Mit einer graziösen Bewegung machte sie sich von ihm los, aber immer noch lächelnd, wandte sich dann ab und sah ihren Mann an. Fürst Andrej hatte die Augen geschlossen und schien müde und schläfrig.

„Sind Sie soweit?" fragte er seine Frau, ohne sie anzusehen.

[1] Abgemacht.
[2] ... wie der Vater der Sache gegenübersteht. Auf Wiedersehen.

Fürst Ippolit zog hastig seinen Redingot an, der ihm nach der neuesten Mode bis über die Fersen reichte, und verwickelte sich in ihn mit den Füßen, während er hinter der Fürstin auf die Freitreppe hinausstürzte; ein Lakai hatte ihr eben in den Wagen geholfen.

„Princesse, au revoir!"[1] schrie er und stolperte dabei mit der Zunge ebenso wie mit den Füßen.

Die Fürstin raffte ihr Kleid zusammen und setzte sich in der Finsternis des Wagens zurecht, ihr Mann brachte sein Säbelgehenk in Ordnung, und Fürst Ippolit störte alle beide unter dem Vorwande, ihnen behilflich sein zu wollen.

„Err=lauben Sie, mein Herr", wandte sich Fürst Andrej mit unfreundlicher Trockenheit in russischer Sprache an den Fürsten Ippolit, der ihm im Wege war.

„Ich erwarte dich, Pierre", sagte dann freundlich und herzlich dieselbe Stimme des Fürsten Andrej.

Der Vorreiter setzte sich in Bewegung, und der Wagen rollte geräuschlos davon. Fürst Ippolit ließ ein abgerissenes Lachen hören, während er auf der Freitreppe stand und auf den Vicomte wartete, den nach Hause zu bringen er versprochen hatte.

*

„E bien, mon cher, votre petite princesse est très bien, très bien", sagte der Vicomte, nachdem er neben Ippolit im Wagen Platz genommen hatte. „Mais très bien." Er küßte seine Fingerspitzen. „Et tout à fait française."[2]

Ippolit lachte prustend.

„Et savez=vous que vous êtes terrible avec votre petit air innocent", fuhr der Vicomte fort. „Je plains le pauvre mari, ce petit officier, qui se donne des airs de prince régnant."[3]

Ippolit prustete wieder und sagte lachend:

„Et vous disiez que les dames russes ne valaient pas les dames françaises. Il faut savoir s'y prendre."[4]

Pierre, der als erster das Haus des Fürsten Andrej erreicht hatte, war als Freund des Hauses ungeniert in das Kabinett des Fürsten gegangen, hatte sich nach seiner Gewohnheit auf den Diwan gelegt, sich vom Regal irgendein Buch genommen, das ihm gerade in die Hände gefallen war — es waren Cäsars Kommentare —, es in der

[1] Prinzessin, auf Wiedersehen.
[2] Mein Bester, Ihre kleine Fürstin ist ganz reizend, ganz allerliebst und ganz Französin.
[3] Aber wissen Sie, trotz Ihrer Unschuldsmiene sind Sie ein ganz schrecklicher Mensch. Ich bedaure den armen Gatten, diesen kleinen Offizier, der sich die Allüren eines regierenden Fürsten anmaßt.
[4] Und Sie sagten, daß die russischen Damen nicht an die französischen heranreichten. Man muß sie nur zu nehmen wissen.

Mitte aufgeschlagen und mit aufgestützten Ellbogen zu lesen begonnen.

„Was hast du nur mit der Mademoiselle Scherer gemacht? Sie wird jetzt gewiß ganz krank davon", sagte der eintretende Fürst Andrej und rieb sich seine kleinen, weißen Hände.

Pierre drehte sich mit dem ganzen Körper nach ihm um, so daß der Diwan knarrte, wandte dem Fürsten Andrej lächelnd und mit lebhaftem Ausdruck sein Gesicht zu und machte eine wegwerfende Handbewegung.

„Nein, dieser Abbé ist ein sehr interessanter Mensch, er greift die Sache nur nicht richtig an ... Meiner Meinung nach wäre ein ewiger Friede möglich, aber ich weiß nicht, wie ich mich ausdrücken soll ... Allerdings nicht vermittels des politischen Gleichgewichts ..."

Fürst Andrej hatte für diese abstrakten Gedankengänge offensichtlich kein Interesse.

„Man muß nicht immer alles aussprechen, was man denkt, mon cher. — Nun, hast du dich endlich für irgend etwas entschieden? Willst du zur Chevaliergarde oder zur Diplomatie?" fragte Fürst Andrej nach kurzem Schweigen.

Pierre hatte sich mit untergeschlagenen Beinen auf dem Diwan hingesetzt.

„Stellen Sie sich vor, ich weiß es noch immer nicht! Mich lockt weder das eine noch das andere."

„Aber für irgend etwas mußt du dich doch entscheiden! Dein Vater wartet darauf."

Pierre war im Alter von zehn Jahren mit seinem Hofmeister, einem Abbé, ins Ausland geschickt worden, wo er sich bis zu seinem zwanzigsten Lebensjahre aufgehalten hatte. Als er nach Moskau zurückgekehrt war, hatte sein Vater den Abbé entlassen und zu dem jungen Manne gesagt: „Fahre jetzt nach Petersburg, sieh dich dort um und triff dann deine Wahl. Ich bin mit allem einverstanden. Da hast du einen Brief an den Fürsten Wassilij, und da hast du Geld. Schreibe mir nur über alles, ich werde dir bei allem behilflich sein." Pierre war nun schon seit drei Monaten damit beschäftigt, sich eine Laufbahn zu wählen, und tat sonst nichts. Diese Wahl hatte Fürst Andrej gemeint. Pierre rieb sich die Stirn.

„Er muß Freimaurer sein", sagte er und meinte damit den Abbé, mit dem er auf der Soiree zusammengewesen war.

„Das ist ja alles Unsinn", unterbrach ihn Fürst Andrej wieder, „lasse uns lieber von deiner Angelegenheit sprechen. Bist du bei der Garde zu Pferde gewesen?"

„Nein, ich war noch nicht da, aber da ist mir etwas eingefallen, worüber ich mit Ihnen reden wollte. Jetzt haben wir doch Krieg gegen Napoleon. Wenn das ein Krieg für die Freiheit wäre, dann könnte ich es verstehen, dann würde ich als erster in die Armee eintreten. Aber England und Österreich in ihrem Kampf gegen den größten Mann der Welt beizustehen ... das ist nicht das Richtige ..."

Fürst Andrej zuckte über Pierres kindische Worte nur die Achseln. Seine Miene besagte, daß es sich seiner Meinung nach nicht lohne, auf derartige Albernheiten überhaupt zu antworten. Und in der Tat wäre es schwer gewesen, auf diese naive Frage eine andere Antwort zu finden als die seinige.

„Wenn alle nur auf Grund ihrer Überzeugungen Krieg führen wollten", sagte er, „dann würde es überhaupt keine Kriege geben."

„Das wäre doch ausgezeichnet", meinte Pierre.

Fürst Andrej lächelte.

„Es ist sehr möglich, daß das ausgezeichnet wäre, aber es wird eben niemals sein ..."

„Nun, warum gehen Sie denn in den Krieg?" fragte Pierre.

„Warum? Ich weiß nicht. Das muß eben sein. Außerdem gehe ich ...", er hielt inne. „Ich gehe deswegen in den Krieg, weil das Leben, das ich hier führe, nichts für mich ist."

VII

Im Nebenzimmer hörte man das Rauschen eines Frauenkleides. Fürst Andrej fuhr zusammen, als erwache er eben, und sein Gesicht nahm wieder den gleichen Ausdruck an, den es in Anna Pawlownas Salon zur Schau getragen hatte, Pierre nahm die Füße vom Diwan. Die Fürstin trat ein. Sie trug bereits ein anderes, mehr auf das Haus zugeschnittenes Kleid, das aber darum nicht weniger elegant und frisch war. Fürst Andrej erhob sich und rückte ihr höflich einen Sessel heran.

„Ich denke oft darüber nach", sagte sie, wie immer auf französisch, und ließ sich schnell und geschäftig auf dem Sessel nieder, „warum Annette eigentlich nicht geheiratet hat. Was seid ihr doch alle dumm, messieurs, daß niemand von euch sie zu seiner Frau gemacht hat. Entschuldigt, aber von Frauen versteht ihr wahrhaftig nichts. Aber was Sie auch für ein Kampfhahn sind, monsieur Pierre!"

„Ich streite mich auch mit Ihrem Mann immer herum, ich verstehe nicht, warum er in den Krieg gehen will", sagte Pierre ganz ohne jenes befangene und gekünstelte Wesen, das doch im Verkehr zwischen jungen Männern und jungen Frauen die Regel ist.

Die Fürstin zuckte zusammen. Es war deutlich zu merken, daß Pierres Worte bei ihr einen wunden Punkt berührt hatten.

„Ach, das ist ja gleich, was ich auch sage!" antwortete sie. „Ich verstehe es nicht, ich verstehe es ganz einfach nicht, warum die Männer nicht ohne Krieg leben können! Warum wollen denn wir Frauen nichts, warum brauchen wir nichts? Nun, Sie sollen jetzt den Richter spielen. Ich sage ihm immer wieder: hier ist er Adjutant bei seinem Onkel, es ist die glänzendste Stellung, die sich denken läßt. Alle kennen ihn, alle schätzen ihn. Bei Apraxins hörte ich neulich eine Dame fragen: ‚C'est ça le fameux prince André?' Ma parole d'honneur!" [1] Sie lachte. „Er ist überall so gern gesehen, es wäre für ihn eine Kleinigkeit, Flügeladjutant zu werden. Sie wissen doch, daß der Kaiser so gnädig mit ihm gesprochen hat! Annette und ich meinen, es ließe sich sehr leicht arrangieren. Was halten Sie davon?"

Pierre sah den Fürsten Andrej an, und da er merkte, daß dies Gespräch seinem Freunde mißfiel, gab er keine Antwort.

„Wann reisen Sie?" fragte er.

„Ah! ne me parlez pas de ce départ, ne m'en parlez pas. Je ne veux pas en entendre parler", [2] sagte die Fürstin mit demselben kapriziös-spielerischen Ton, in dem sie im Salon mit Ippolit gesprochen hatte und der so gar nicht zu dem Familienkreise paßte, dem auch Pierre wie ein wirkliches Mitglied angehörte. „Als ich heute dachte, ich müßte alle diese wertvollen Beziehungen abbrechen ... Und dann, du weißt doch, André? Sie blinzelte ihrem Mann vielsagend zu. J'ai peur, j'ai peur!" [3] flüsterte sie und zog schaudernd den Rücken zusammen.

Ihr Mann betrachtete sie mit einem Blick, als wundere er sich darüber, daß überhaupt außer ihm und Pierre noch jemand im Zimmer war; und mit kalter Höflichkeit wandte er sich fragend an seine Frau:

„Wovor fürchtest du dich, Lisa? Das verstehe ich nicht."

„Was doch die Männer für Egoisten sind! Alle, alle sind sie Egoisten! Er selbst verläßt mich um irgendwelcher Launen willen, Gott weiß warum, und verbannt mich aufs Land, in die Einsamkeit."

„Vergiß nicht, daß mein Vater und meine Schwester auch da sind", sagte Fürst Andrej leise.

„Trotzdem bin ich da einsam, ohne *meine* Freunde ... Und da verlangt er noch, ich soll mich nicht fürchten."

Ihr Ton war bereits zänkisch geworden, die kurze Oberlippe zog sich in die Höhe, aber das gab ihrem Gesicht keinen fröhlichen Ausdruck, sondern geradezu einen tierischen, an ein Eichhörnchen erinnernden. Sie schwieg, als fände sie es unpassend, in Pierres Ge-

[1] Ist das der berühmte Fürst Andrej? Mein Ehrenwort!
[2] Ach, sprechen Sie mir nicht von dieser Abreise! Ich will nichts davon hören.
[3] Ich fürchte mich, ich fürchte mich!

genwart über ihre Schwangerschaft zu sprechen, die im Grunde doch der Kern der ganzen Sache war.

„Trotzdem habe ich immer noch nicht verstanden, de quoi vous avez peur",[1] sagte Fürst Andrej langsam, ohne den Blick von seiner Frau zu wenden.

„Non, André, je dis, que vous avez tellement, tellement changé ..."[2]

„Dein Arzt dringt doch darauf, daß du dich früher zu Bett legst", sagte Fürst Andrej. „Du solltest schlafen gehen."

Die Fürstin sagte nichts, aber ihre Oberlippe mit den Schnurrbarthärchen fing plötzlich zu zittern an; Fürst Andrej erhob sich, zuckte die Achseln und ging im Zimmer auf und ab.

Mit naivem Staunen sah Pierre bald ihn, bald die Fürstin durch seine Brille an und machte eine Bewegung, als wolle er auch aufstehen, aber er besann sich wieder.

„Was mache ich mir daraus, daß monsieur Pierre dabei ist!" sagte die kleine Fürstin plötzlich, und ihr niedliches Gesicht verzog sich auf einmal zu einer weinerlichen Grimasse. „Ich wollte es dir schon längst sagen, André: warum bist du so anders gegen mich geworden? Was habe ich dir getan? Du fährst zur Armee und hast gar kein Mitleid mit mir. Warum denn?"

„Lise!" sagte Fürst Andrej nur.

Aber in diesem einen Wort lag sowohl eine Bitte als auch eine Drohung und vor allem der Ausdruck der festen Überzeugung, daß sie selbst ihre Worte bereuen werde; allein sie fuhr hastig fort:

„Du behandelst mich wie eine Kranke oder wie ein Kind. Ich merke aber alles. Vor einem halben Jahr warst du noch ganz anders."

„Lise, ich bitte Sie aufzuhören", sagte Fürst Andrej mit noch größerem Nachdruck.

Pierre, der während dieses Gesprächs immer erregter geworden war, stand auf und ging auf die Fürstin zu. Es sah aus, als könne er den Anblick ihrer Tränen nicht ertragen und sei nahe daran, selbst in Tränen auszubrechen.

„Beruhigen Sie sich, Fürstin. Das scheint Ihnen nur so, weil, ich versichere Sie, ich habe es von ihm selbst ... weil nämlich ... da also ... Nein, verzeihen Sie, ein Fremder ist hier überflüssig ... Nein, beruhigen Sie sich ... Leben Sie wohl ..."

Fürst Andrej ergriff ihn am Arm und hielt ihn zurück.

„Nein, warte doch, Pierre. Die Fürstin ist viel zu gut, als daß sie mich des Vergnügens berauben möchte, den Abend mit dir zu verbringen."

[1] Wovor Sie Angst haben.
[2] Nein, Andrej, ich muß dir sagen, daß du dich sehr, sehr verändert hast ...

„Nein, er denkt nur an sich", sagte die Fürstin, unfähig, ihre Zornestränen zurückzuhalten.

„Lise", sagte Fürst Andrej trocken, aber sein Ton zeigte deutlich, daß seine Geduld erschöpft war.

Plötzlich wich der böse Eichhörnchenausdruck auf dem hübschen Gesicht der Fürstin einem anziehenden und mitleiderregenden Ausdruck von Furcht; mit ihren schönen Augen sah sie ihren Mann von der Seite her an, und auf ihrem Gesicht erschien jener schüchterne und schuldbewußte Ausdruck, wie ihn ein Hund hat, der schnell, aber nur ganz schwach mit dem herabhängenden Schwanze wedelt.

„Mon Dieu, mon Dieu!" sagte sie, raffte mit einer Hand ihr Kleid zusammen, trat dann auf ihren Mann zu und küßte ihn auf die Stirn.

„Bonsoir, Lise", sagte Fürst Andrej, erhob sich und küßte ihr höflich die Hand wie einer fremden Dame.

VIII

Die Freunde schwiegen. Keiner von beiden versuchte ein Gespräch in Gang zu bringen. Pierre sah den Fürsten Andrej an, und der Fürst Andrej rieb sich mit seiner kleinen Hand die Stirn.

„Gehen wir zum Abendessen", sagte er mit einem Seufzer, stand auf und ging auf die Tür zu.

Sie traten in das elegante, neu und luxuriös eingerichtete Speisezimmer. Alles, von den Servietten bis zum Silber, Porzellan und Kristall, hatte jenes besondere Gepräge der Neuheit, das in der Wirtschaft junger Eheleute vorzuherrschen pflegt.

Mitten während des Essens stützte Fürst Andrej die Ellbogen auf den Tisch, und wie ein Mensch, der schon lange etwas auf dem Herzen hat und sich plötzlich entschließt, sich auszusprechen, sagte er mit einem Ausdruck nervöser Gespanntheit, den Pierre noch nie auf dem Gesicht seines Freundes wahrgenommen hatte:

„Heirate nie, heirate nie, mein Freund! — Laß mich dir einen Rat geben, heirate wenigstens nicht eher, als bis du dir sagen kannst, du habest alles an Leistungen vollbracht, was in deinen Kräften stand, und heirate nicht eher, als bis du aufgehört hast, die Frau, die du dir erwählt hast, zu lieben, das heißt, nicht eher, als bis du sie mit aller Klarheit zu überschauen vermagst. Sonst begehst du einen schwerwiegenden und nicht wiedergutzumachenden Fehler. Heirate als Greis, wenn du doch zu nichts mehr gut bist ... Sonst geht alles Gute und Hohe in dir zugrunde. Alles geht auf elende Kleinigkeiten darauf! Ja, ja, ja. Sieh mich nicht so erstaunt an! Wenn du von dir selbst etwas für die Zukunft erwartet hast, so wirst du bei jedem Schritt spüren, daß für dich alles zu Ende ist, alles verschlossen außer dem Salon, wo du im Grunde doch keine andere Rolle spielst als ein Hoflakai und Idiot ... Das ist dann so das Richtige!"

Er machte eine energische Bewegung mit der Hand.

Pierre nahm die Brille ab, was den Ausdruck seines Gesichts veränderte und ihm noch mehr Güte verlieh, und sah seinen Freund erstaunt an.

„Meine Frau", fuhr Fürst Andrej fort, „ist eine ausgezeichnete Frau. Sie ist eine von den wenigen Frauen, bei denen man für seine Ehre gänzlich unbesorgt sein kann. Aber, mein Gott, was würde ich jetzt dafür geben, wenn ich unverheiratet wäre! Du bist der erste und einzige Mensch, dem ich das sage, weil ich dich liebe."

Als Fürst Andrej dieses sagte, war er jenem Bolkonskij, der sich in Anna Pawlownas Sesseln herumgeräkelt und mit halbzugekniffenen Augen und nur halbgeöffnetem Munde nachlässig französische Phrasen hingeworfen hatte, noch unähnlicher als zuvor. Sein ganzes mageres Gesicht zitterte vor nervöser Erregung eines jeden Muskels; die Augen, in denen vorhin jedes Lebensfeuer erloschen zu sein schien, blitzten jetzt in einem hellen, scharfen Glanz. Es war deutlich zu merken, daß er in diesen Augenblicken einer beinahe krankhaften Sensibilität um so mehr mit Energien geladen war, je lebloser er für gewöhnlich wirkte.

„Du verstehst nicht, warum ich so spreche", fuhr er fort. „Ja, das ist eben eine ganze Lebensgeschichte. Du sagst, Bonaparte und seine Karriere", er sagte das, obwohl Pierre gar nicht von Bonaparte gesprochen hatte, „also du sagst, Bonaparte ... aber wenn Bonaparte arbeitete, so ging er Schritt für Schritt auf sein Ziel los, er war frei, er hatte nichts außer diesem Ziel — und darum erreichte er es auch. Aber binde dich an eine Frau — und du hast jede Freiheit verloren wie ein angeschmiedeter Sträfling. Und alles, was an Hoffnungen und Kräften in dir lebt, alles das wird für dich zu einer Bürde und quält dich mit steter Reue. Salons, Klatschgeschichten, Bälle, Ehrgeiz, Erbärmlichkeiten — das ist der verhexte Kreis, aus dem ich nicht mehr hinausfinden kann. Ich gehe jetzt in den Krieg, in den gewaltigsten Krieg, der je geführt worden ist, und ich habe von nichts eine Ahnung und tauge zu nichts. Je suis très aimable et très caustique",[1] fuhr Fürst Andrej fort, „und bei Anna Pawlowna hört man auf das, was ich sage. Und diese törichte Gesellschaft, ohne die meine Frau nicht leben kann, und diese Frauen ... Wenn du nur wüßtest, was toutes les femmes distinguées[2] und die Frauen über-

[1] Ich bin sehr liebenswürdig und satirisch ...
[2] Alle feinen Damen.

haupt für ein Volk sind! Mein Vater hat recht. Egoismus, Eitelkeit, Stumpfsinn, Erbärmlichkeit in jeder Hinsicht, das sind die Frauen, wenn sie sich einmal ganz so zeigen, wie sie in Wirklichkeit sind. Wenn man sie in Gesellschaft sieht, dann meint man, es müsse etwas dahinterstecken, aber da ist nichts, nichts, nichts! Ja, heirate nicht, mein Lieber, Guter, heirate nicht", schloß Fürst Andrej.

„Es kommt mir lächerlich vor", sagte Pierre, „daß Sie, gerade Sie sich für einen Menschen halten, der nichts taugt, und Ihr Leben für ein verfehltes Leben. Alles, alles liegt ja noch vor Ihnen. Und Sie ..."

Er sprach nicht weiter, aber schon der Ton dieser beiden letzten Worte zeigte, wie hoch er seinen Freund einschätzte und wieviel er noch von ihm für die Zukunft erwartete.

„Wie kann er nur so sprechen!" dachte Pierre. Fürst Andrej galt Pierre als ein Muster aller Vollkommenheit, und zwar vornehmlich deswegen, weil Fürst Andrej in hohem Maße alle die Eigenschaften besaß, die Pierre fehlten und die man wohl am besten unter dem Begriff „Willensstärke" hätte zusammenfassen können. Pierre bewunderte an dem Fürsten Andrej immer wieder seine Fähigkeit, mit Menschen der verschiedensten Art ruhig umzugehen, sein ungewöhnliches Gedächtnis, seine Belesenheit, er hatte alles gelesen, wußte alles, hatte für alles Verständnis, und am meisten seine Fähigkeit, zu arbeiten und zu lernen. Wenn Pierre häufig beim Fürsten Andrej das Fehlen jeder Veranlagung für träumerisch ausschweifendes Philosophieren in Erstaunen setzte – und Pierre selbst neigte dazu ganz besonders –, so sah er auch hierin nicht einen Mangel, sondern ein Zeichen von Kraft.

Auch in der besten, klarsten und schlichtesten Freundschaft ist Schmeichelei oder Lob nicht zu entbehren, genau wie alle Wagenräder Schmiere brauchen, um sich drehen zu können.

„Je suis un homme fini",[1] sagte Fürst Andrej. „Es lohnt sich nicht, von mir zu reden. – Laß uns lieber von dir sprechen", fuhr er fort, nachdem er eine Weile geschwiegen hatte, und lächelte selbst darüber, daß er sich mit solchen Gedanken zu trösten suchte.

Dieses Lächeln fand augenblicks auf Pierres Gesicht seinen Widerschein.

„Und was ist denn über mich zu reden?" sagte Pierre und verzog seinen Mund zu einem harmlosen, fröhlichen Lächeln. „Was bin ich denn eigentlich? Je suis un bâtard!" Und er wurde plötzlich dunkelrot. Offenbar hatte es ihn eine große Anstrengung gekostet, das auszusprechen. „Sans nom, sans fortune ...[2] Und schließlich, ja, wahrhaftig ..." Aber er sagte nicht, worauf sich dieses „ja wahrhaftig" bezog. „Vorläufig bin ich noch frei, und ich befinde mich dabei recht

[1] Ich bin erledigt.
[2] Ich bin ein Bastard ... Ohne Namen, ohne Vermögen ...

wohl. Ich habe nur gar keine Vorstellung davon, was ich eigentlich anfangen soll. Ich wollte mich darüber allen Ernstes mit Ihnen beraten."

Fürst Andrej sah ihn mit seinen guten Augen an. Aber selbst in seinem freundschaftlichen und herzlichen Blick sprach sich das Bewußtsein seiner eigenen Überlegenheit aus.

„Du bist mir besonders deshalb so wert, weil du der einzige lebendige Mensch in unserer ganzen Gesellschaft bist. Du hast es gut. Wähle dir den Beruf, der dir zusagt, einerlei welchen. Du wirst überall obenauf sein, aber laß mich dir einen Rat geben: gehe nicht mehr zu diesen Kuragins und mache dich von dieser Lebensweise los. Es paßt so gar nicht zu dir: immer diese Saufereien, diese Husarenstreiche und alles, was dazu gehört . . ."

„Que voulez-vous, mon cher", sagte Pierre und zuckte die Achseln, „les femmes, mon cher, les femmes!" [1]

„Das verstehe ich nicht", antwortete Andrej. „Les femmes comme il faut [2], das ist etwas anderes, aber les femmes nach Kuraginscher Art, les femmes et le vin [3], das verstehe ich nicht!"

Pierre wohnte bei dem Fürsten Wassilij Kuragin und nahm an dem ausschweifenden Leben seines Sohnes Anatol teil, desselben Anatol, der zu seiner Besserung mit Fürst Andrejs Schwester verheiratet werden sollte.

„Wissen Sie was?" meinte Pierre, als sei ihm plötzlich ein glücklicher Gedanke gekommen. „Im Ernst, ich habe mir das schon vor längerer Zeit gesagt. Bei dieser Lebensweise kann ich weder einen Entschluß fassen noch überhaupt mir etwas richtig überlegen. Immer habe ich Kopfschmerzen und nie Geld. Heute abend hat er mich auch wieder eingeladen, aber ich fahre nicht hin."

„Gib mir dein Ehrenwort, daß du nicht hinfährst!"

„Ehrenwort!"

IX

Es war bereits gegen zwei Uhr nachts, als Pierre seinen Freund verließ. Es war eine richtige Petersburger Juninacht, eine jener Nächte, in denen es nicht dunkel wird. Pierre nahm eine Droschke, um nach Hause zu fahren. Aber je mehr er sich dem Hause des Fürsten Wassilij näherte, um so lebhafter fühlte er die Unmöglichkeit, in dieser Nacht Schlaf zu finden, die mehr einem Abend als einem Morgen glich. Auf den menschenleeren Straßen konnte man

[1] Was wollen Sie, mein Lieber . . . Die Weiber, mein Lieber, die Weiber!
[2] Die Frauen, wie sie sein sollen.
[3] Die Frauen und der Wein.

die Blicke weit schweifen lassen. Unterwegs fiel es Pierre ein, daß sich an diesem Abend bei Anatol Kuragin der gewohnte Spielerkreis hatte zusammenfinden sollen; dem Spiel folgte meist ein Gelage, das mit Pierres Lieblingsvergnügen zu enden pflegte.

Es wäre doch ganz schön, jetzt zu Kuragin zu fahren, dachte er. Aber gleich darauf fiel ihm sein dem Fürsten Andrej gegebenes Ehrenwort ein, daß er nicht mehr zu Kuragin fahren würde.

Aber, wie das bei den Menschen, die man charakterlos nennt, so zu gehen pflegt, im nächsten Augenblick empfand er eine derartig leidenschaftliche Begierde, noch einmal dieses ihm so vertraute liederliche Leben auszukosten, daß er sich entschloß, doch hinzufahren. Und gleich darauf kam ihm auch der Gedanke, daß das gegebene Ehrenwort nichts zu bedeuten habe, da er ja bereits, bevor er dem Fürsten Andrej dieses Ehrenwort gab, dem Fürsten Anatol das Ehrenwort gegeben hatte, zu kommen; schließlich neigte er der Ansicht zu, daß alle diese Ehrenworte eigentlich doch nur ganz konventionelle Dinge ohne rechten Sinn und Verstand seien, besonders, wenn man sich klarmachte, daß man vielleicht heute oder morgen sterben oder daß einem plötzlich irgend etwas Ungewöhnliches zustoßen könne und daß die Begriffe von ehrenhaft und unehrenhaft dadurch aufgehoben würden. Derartige Erwägungen, die alle seine Entschlüsse und Vorsätze zunichte machten, spielten bei Pierre häufig eine wichtige Rolle. Er fuhr also zu Kuragin.

Er ließ vor dem großen Hause in der Nähe der Kaserne der Garde zu Pferde halten, wo Anatol wohnte, stieg die beleuchtete Freitreppe hinan, ging dann im Hause selbst die Treppe hinauf und trat in die offenstehende Tür. Im Vorzimmer war niemand; in wirrem Durcheinander standen und lagen leere Flaschen, Mäntel und Galoschen umher; es roch nach Wein, und aus dem Inneren der Wohnung klang Sprechen und Schreien herüber.

Spiel und Souper waren bereits beendet, aber die Gäste waren noch dageblieben. Pierre legte seinen Mantel ab und ging in das erste Zimmer, wo noch die Überreste des Abendessens standen und ein Lakai, der sich unbeobachtet glaubte, heimlich die stehengelassenen Weingläser austrank. Aus dem übernächsten Zimmer drang lauter Lärm, Lachen und Schreien bekannter Stimmen und das Gebrüll eines Bären. Acht junge Leute drängten sich aufgeregt vor dem offenen Fenster herum. Drei andere tobten mit einem jungen Bären, den der eine an einer Kette umherschleppte, um die anderen zu erschrecken.

„Ich wette hundert für Stevens!" schrie jemand.

„Er darf sich aber nicht festhalten!" schrie ein anderer.

„Ich wette für Dolochow!" schrie ein dritter. „Schlage durch, Kuragin."

„Nun, laßt doch jetzt den Mischka*, hier wird gewettet."
„In einem Zuge, sonst gilt es nicht!" schrie ein vierter.
„Jakow, gib die Flasche her, Jakow!" schrie der Gastgeber, ein hübscher, hochgewachsener Mensch, der in Hemdsärmeln, das feine Hemd über der Brust geöffnet, mitten unter der Gesellschaft stand. „Halt, meine Herren! Da ist ja Petruscha, unser lieber Freund." Und er wandte sich Pierre zu.
Eine andere Stimme, die eines mittelgroßen Mannes mit klaren blauen Augen, die unter allen diesen betrunkenen Stimmen durch ihren nüchternen Klang auffiel, rief jetzt vom Fenster her: „Komm hierher und schlage durch!" Das war Dolochow, ein Offizier im Semeonowskij-Regiment, ein bekannter Spieler und Raufbold, der mit Anatol zusammen wohnte. Pierre lächelte und sah sich vergnügt um.
„Ich verstehe gar nichts. Was ist denn eigentlich los?"
„Halt, der ist noch zu nüchtern. Gib die Flasche her", sagte Anatol, nahm vom Tisch ein Glas und trat damit auf Pierre zu.
„Vor allem trinke!"
Pierre trank ein Glas nach dem anderen, warf dabei einige Seitenblicke auf die betrunkenen Gäste und hörte ihnen zu. Anatol schenkte ihm immer wieder Wein ein und erzählte, Dolochow habe mit diesem Engländer da, mit dem Marineoffizier Stevens gewettet, er, Dolochow, werde eine Flasche Rum austrinken, und zwar im Fenster und mit frei heraushängenden Beinen. Das Zimmer lag im dritten Stock.
„Nun, trinke schon die Flasche ganz aus!" meinte Anatol und schenkte Pierre das letzte Glas ein. „Eher lasse ich dich nicht aus den Händen."
„Nein, ich will nicht", sagte Pierre, schob Anatol beiseite und ging zum Fenster.
Dolochow hielt die Hand des Engländers in der seinen und wiederholte, vornehmlich zu Anatol und Pierre gewandt, klar und bestimmt die Bedingungen der Wette.
Dolochow war mittelgroß, hatte krauses Haar und helle, blaue Augen. Er war fünfundzwanzig Jahre alt. Er trug, wie alle Infanterieoffiziere, keinen Schnurrbart, und so war sein Mund, der am meisten in die Augen fallende Teil seines Gesichts, besonders deutlich zu sehen. Die Linien dieses Mundes waren auffallend fein geschweift. Die Oberlippe senkte sich in der Mitte wie ein spitzzulaufender Keil auf die kräftige Unterlippe herab, was dem Munde einen Ausdruck von Energie gab, und in den Mundwinkeln bildeten sich beständig sozusagen zwei Lächeln, auf jeder Seite eins. Und alles das

* Anm. am Schluß des Buches.

zusammen, besonders aber in Verbindung mit dem festen, kecken und klugen Blick, war so eindrucksvoll, daß dieses Gesicht jedem auffallen mußte. Dolochow war unbemittelt und hatte keinerlei Konnexionen. Und obwohl Anatol Zehntausende und aber Zehntausende durchzubringen pflegte, wohnte Dolochow doch mit ihm zusammen und hatte sich eine solche Stellung zu erringen gewußt, daß Anatol selbst und alle, die sie kannten, Dolochow mehr achteten und schätzten als Anatol. Dolochow verstand sich auf alle Arten von Spiel und gewann fast immer. Wieviel er auch trinken mochte, er verlor doch nie seinen klaren Kopf. Sowohl Kuragin als auch Dolochow waren damals in der Welt der Petersburger Galgenstricke und Zechbrüder zwei Berühmtheiten.

Die Flasche Rum wurde gebracht; den Fensterrahmen, der ein Sitzen auf der äußeren Fensterbrüstung unmöglich machte, suchten zwei Lakaien herauszubrechen, waren aber bei allem Eifer durch die Ratschläge und das Geschrei der um sie herumstehenden Herren offenbar schon ganz verwirrt.

Anatol trat mit seiner Siegermiene ans Fenster. Er hatte Lust, irgend etwas zu zerbrechen, stieß die Lakaien beiseite und rüttelte an dem Rahmen. Aber der Rahmen gab nicht nach. Er zerschlug die Scheibe.

„Na, jetzt mußt du heran, du Kraftmensch", wandte er sich an Pierre.

Pierre packte das Fensterkreuz, rüttelte daran und riß den eichenen Rahmen mit einem lauten Krachen heraus.

„Ganz heraus! Es darf kein Rest drinbleiben! Sonst könnte man glauben, ich hielte mich fest", sagte Dolochow.

„Was der Engländer für ein siegesgewisses Gesicht macht ... Na? ... Ist es soweit?" sagte Anatol.

„Ja", meinte Pierre und sah Dolochow an, der, die Rumflasche in der Hand, zum Fenster ging, durch das man den hellen Himmel und die ineinanderfließende Abend- und Morgenröte sah.

Dolochow sprang mit seiner Rumflasche aufs Fensterbrett. „Achtung!" schrie er, auf dem Fensterbrett stehend, und wandte sich nach der Gesellschaft im Zimmer um. Alles verstummte.

„Ich wette also", er sprach französisch, um von dem Engländer verstanden zu werden, beherrschte diese Sprache aber nicht allzu gut. „Ich wette fünfzig Imperiale* – oder wollen Sie hundert?" setzte er, zu dem Engländer gewandt, hinzu.

„Nein, fünfzig", antwortete der Engländer.

„Gut, fünfzig Imperiale. Also ich wette, daß ich ohne abzusetzen die ganze Flasche Rum austrinke, und zwar im Fenster sitzend, hier

* Anm. am Schluß des Buches.

auf dieser Stelle", er bückte sich und wies auf den abschüssigen, nach außen gehenden Fenstervorsprung, „und ohne mich auch nur im geringsten festzuhalten ... Stimmt es?"

„Sehr gut", sagte der Engländer.

Anatol wandte sich zu dem Engländer, faßte ihn an einem der Knöpfe seines Fracks, sah ihn von oben her an (der Engländer war von niedrigem Wuchs), und begannn ihm die Bedingungen der Wette noch einmal auf englisch zu wiederholen.

„Halt!" rief Dolochow und klopfte mit der Flasche auf das Fensterbrett, um sich Gehör zu verschaffen. „Warte, Kuragin. Hören Sie zu. Wenn jemand es mir nachtut, so zahle ich ihm hundert Imperiale. Verstanden?"

Der Engländer nickte, ohne deutlich zu machen, ob er beabsichtige, diese neue Wette anzunehmen oder nicht. Anatol ließ den Engländer nicht los, und obwohl dieser durch sein Kopfnicken zu verstehen gab, daß er alles durchaus begriffen habe, übersetzte Anatol ihm Dolochows Worte ins Englische. Ein junges, mageres Bürschchen, ein Leibhusar, der an diesem Abend sein ganzes Geld verspielt hatte, stieg auf die Fensterbank, beugte sich hinaus und sah hinunter.

„Oh! Oh! Oh!" sagte er, als er unter dem Fenster die Steine des Bürgersteiges sah.

„Achtung!" schrie Dolochow und riß den Offizier zurück, der sich mit den Sporen verfing und ungeschickt ins Zimmer sprang.

Dolochow stellte die Flasche auf das Fensterbrett, um sie griffbereit zur Hand zu haben, und stieg dann vorsichtig und langsam ins Fenster. Er ließ die Beine hinunterhängen, stützte sich mit beiden Händen auf den Fensterrand, prüfte den Platz, an dem er sich niederlassen wollte, mit den Blicken, setzte sich hin, ließ die Arme los, rückte noch ein wenig nach rechts und nach links und ergriff dann die Flasche. Anatol brachte zwei Kerzen und stellte sie auf das Fensterbrett, obgleich es schon völlig hell war. Dolochows Rücken im weißen Hemd und sein kraushaariger Kopf waren von beiden Seiten her beleuchtet. Alle drängten sich vor dem Fenster zusammen. Der Engländer stand dem Fenster zunächst. Pierre lächelte, ohne ein Wort zu sagen. Einer von den Anwesenden, der älter war als die anderen, drängte sich plötzlich mit erschrockenem und erzürntem Gesicht vor und wollte Dolochow am Hemd packen.

„Meine Herren, das sind Dummheiten, er wird den Hals brechen", sagte dieser Verständigere.

Anatol hielt ihn zurück.

„Rühr ihn nicht an, du erschreckst ihn, und dann kann er sich allerdings den Hals brechen. Was? ... Und was dann ... Wie?"

Dolochow wandte sich um, rückte sich zurecht und stützte sich wieder mit den Händen.

„Wenn sich noch jemand untersteht, mich zu stören", sagte er und stieß die Worte abgehackt zwischen den feinen zusammengepreßten Lippen hervor, „dann werfe ich ihn auf der Stelle hier hinunter. Also!"

Nach diesem „Also!" drehte er sich wieder um, ließ die Brüstung los, ergriff von neuem die Flasche und setzte sie an den Mund, bog den Kopf zurück und hielt den freien Arm in die Höhe, um im Gleichgewicht zu bleiben. Einer der Lakaien, der sich gerade daranmachte, die Scherben aufzusammeln, blieb in seiner gebückten Stellung stehen, ohne die Augen vom Fenster und von Dolochows Rücken zu wenden. Anatol stand in sehr gerader Haltung mit weitgeöffneten Augen da. Der Engländer betrachtete ihn von der Seite, die Lippen weit vorgestreckt. Der Ältere, der Dolochow hatte zurückziehen wollen, lief in eine Ecke des Zimmers und warf sich mit dem Gesicht zur Wand auf den Diwan. Pierre bedeckte sich die Augen mit der Hand, und obwohl seine Miene jetzt Grauen und Angst ausdrückte, lag auf seinem Gesicht ein schwaches Lächeln, als ob es da vergessen worden wäre. Alle schwiegen. Pierre nahm die Hände vom Gesicht: Dolochow saß immer noch in der gleichen Stellung da, nur sein Kopf hatte sich noch weiter nach rückwärts gebogen, so daß die krausen Haare im Nacken den Hemdkragen berührten, und die Hand mit der Flasche hob sich zitternd und mit großer Kraftanstrengung immer höher und höher. Die Flasche leerte sich zusehends und im selben Maße hob sie sich und ließ den Kopf immer weiter nach rückwärts sinken. Warum dauert es denn so lange? dachte Pierre. Es kam ihm so vor, als sei bereits über eine halbe Stunde vergangen. Plötzlich machte Dolochow mit dem Rücken eine Bewegung nach hinten, und seine Hand geriet in ein nervöses Zittern; dieses Zittern genügte aber, um den ganzen Körper auf dem abschüssigen Fenstervorsprung in ein leichtes Gleiten geraten zu lassen. Er bewegte sich von der Stelle, und jetzt zitterten seine Arme und sein Kopf unter der gewaltigen Anstrengung immer stärker. Der eine Arm streckte sich schon aus, um nach dem Fensterbrett zu greifen, aber Dolochow ließ ihn wieder sinken. Wieder schloß Pierre die Augen und nahm sich vor, sie nicht wieder zu öffnen. Dann merkte er plötzlich, daß um ihn herum alles in Bewegung geraten war. Er sah auf: Dolochow stand auf dem Fensterbrett, sein Gesicht war bleich und munter zugleich.

„Leer!"

Er warf die Flasche dem Engländer zu, der sie gewandt auffing. Dolochow sprang vom Fenster herunter. Er roch stark nach Rum.

„Ausgezeichnet! So ein Teufelskerl Das war einmal eine Wette! Hol es der Teufel!" schrien Stimmen von allen Seiten.

Der Engländer zog seine Börse und zählte das Geld ab. Dolochow runzelte die Stirn und schwieg. Pierre sprang auf das Fensterbrett.

„Meine Herren! Wer will mit mir wetten? Ich mache es auch!" schrie er plötzlich. „Und es braucht nicht einmal eine Wette zu sein! Eine Flasche her! Ich mache es auch... Her damit!"

„Lassen Sie ihn nur machen, lassen Sie ihn nur machen!" sagte Dolochow lächelnd.

„Was hast du? Bist du verrückt geworden? Meinst du, wir werden das zulassen? Du wirst ja schon auf der Treppe schwindlig!" schwirrten die Stimmen durcheinander.

„Ich trinke sie aus, her mit der Flasche!" schrie Pierre, schlug mit einer entschlossenen und trunkenen Gebärde auf den Tisch und wollte auf die Brüstung hinaus.

Man packte ihn an den Armen; aber er war so stark, daß er jeden, der sich ihm näherte, weit zurückstieß.

„Nein, so kriegen wir ihn nicht, das ist ausgeschlossen", sagte Anatol, „wartet, ich will ihm etwas vormachen. Höre, ich halte die Wette, aber morgen, und jetzt fahren wir in den..."

„Fahren wir!" schrie Pierre. „Fahren wir!... Und unseren Mischka nehmen wir auch mit."

Und er packte den Bären, umfaßte ihn, hob ihn in die Höhe und drehte sich mit ihm durch das Zimmer.

X

Fürst Wassilij hielt das Versprechen, das er auf der Soiree bei Anna Pawlowna der Fürstin Drubezkaja gegeben hatte, als sie ihn um seine Fürsprache für ihren Boris, ihren einzigen Sohn, gebeten hatte. Er trug die Angelegenheit dem Kaiser vor, und Boris wurde ausnahmsweise als Fähnrich* zur Garde, und zwar zum Semeonowskij-Regiment versetzt. Aber zum Adjutanten bei Kutusow wurde er trotz allen Bemühungen und Intrigen Anna Michailownas doch nicht ernannt und bekam auch keine andere Stelle bei Kutusows Stabe. Bald nach der Soiree bei Anna Pawlowna kehrte Anna Michailowna nach Moskau zurück, geradewegs zu ihren reichen Verwandten, den Rostows, bei denen sie zu wohnen pflegte, wenn sie in Moskau war, und in deren Hause auch ihr vergötterter, eben erst in einem Linienregiment zum Fähnrich befördeter und gleich darauf

* Anm. am Schluß des Buches.

zur Garde versetzter Borenka von klein auf erzogen worden war und manches Jahr zugebracht hatte. Die Garde war schon am 10. August* aus Petersburg ausgerückt, und Boris, der um seiner Equipierung willen noch in Moskau geblieben war, sollte sie auf dem Marsch in Radziwillow einholen.

Bei Rostows wurde ein doppelter Namenstag gefeiert, da die Mutter und die jüngste Tochter beide Natalja hießen. Unaufhörlich drängten sich vom Morgen an die ankommenden oder abfahrenden Wagen mit Gratulanten vor dem ganz Moskau bekannten Hause der Gräfin Rostowa in der Powarskaja-Straße. Die Gräfin saß mit ihrer hübschen älteren Tochter und ihren sich unaufhörlich ablösenden Gästen im Salon.

Die Gräfin hatte ein mageres Gesicht von orientalischem Typus, sie stand im Alter von fünfundvierzig Jahren und hatte offensichtlich einen großen Teil ihrer Kraft in den Geburten ihrer Kinder erschöpft. Die Langsamkeit ihrer Bewegungen und ihrer Sprechweise, die auf ihre Kraftlosigkeit zurückging, gab ihr etwas Vornehmes und Respekteinflößendes. Die Fürstin Anna Michailowna Drubezkaja saß, als zum Hause gehörig, mit der Gräfin im Salon und half ihr die Gäste empfangen und unterhalten. Die Jugend war in den mehr nach hinten gelegenen Zimmern geblieben und hielt es nicht für nötig, sich am Empfang der Gratulanten zu beteiligen. Der Graf dagegen empfing die Kommenden, geleitete die Aufbrechenden und lud alle zum Mittagessen ein.

„Ich bin Ihnen sehr, sehr dankbar, ma chère oder mon cher", (ma chère oder mon cher nannte er alle ohne Ausnahme und ohne den geringsten Unterschied in der Tonart, einerlei, ob es Höher- oder Niedrigerstehende waren) „sehr, sehr dankbar für mich selbst wie für die beiden lieben Namenstagskinder. Seien Sie doch so gut und kommen Sie zu uns zum Essen. Nein, kränken Sie mich nicht durch eine Absage, mon cher. Ich bitte Sie herzlich im Namen meiner ganzen Familie, ma chère." Ohne Ausnahme und ohne die geringste Abweichung sagte er zu allen diese Worte mit dem gleichen Ausdruck seines runden, vergnügten und sauber rasierten Gesichts, mit dem gleichen kräftigen Händedruck und der gleichen kurzen, einige Male wiederholten Verbeugung. Wenn er einen aufbrechenden Gast geleitet hatte, kehrte er wieder zu den Gratulanten oder Gratulantinnen zurück, die sich noch im Salon befanden; er rückte sich einen Sessel heran, spreizte mit einer munteren Bewegung die Beine und legte die Hände auf die Knie, alles mit der Miene eines Menschen, der gern lebt und auch zu leben weiß, wiegte sich vielsagend hin und her, stellte Vermutungen über das Wetter der nächsten Zeit an, gab

* Anm. am Schluß des Buches.

gesundheitliche Ratschläge oder ließ sich solche geben, manchmal in russischer Sprache, manchmal in seinem sehr schlechten, aber mit großem Selbstvertrauen vorgebrachten Französisch; und dann erhob er sich wieder mit der Miene eines zwar ermüdeten, in der Erfüllung seiner Pflicht aber unerschütterlich genauen Menschen, gab fortgehenden Gästen das Geleit, strich sich die spärlichen grauen Haare über die Glatze und sprach wieder seine Einladungen zum Mittagessen aus. Manchmal ging er auf dem Rückwege vom Vorzimmer durch das Blumen- und Dienerzimmer in den großen Marmorsaal, wo eine Tafel zu achtzig Couverts gedeckt wurde, sah den Dienern zu, die das Silber und Porzellan brachten, die Tische aufstellten und die damastenen Tischtücher ausbreiteten, rief Dmitrij Wassiljewitsch zu sich, einen Edelmann, der alle seine Geschäfte zu besorgen hatte, und sagte: „Ja, ja, Mitenka, sieh nur zu, daß alles recht hübsch klappt! — Aha, aha", setzte er dann wohl dazu und betrachtete vergnügt den ungeheuren Ausziehtisch. „Die Hauptsache ist immer die Tafeldekoration. Ja, ja..." Und dann ging er mit einem selbstzufriedenen Ächzen wieder in den Salon.

„Marja Lwowna Karagina nebst Tochter!" meldete mit seiner Baßstimme der riesige gräfliche Vorzimmerlakai, in die Salontür tretend. Die Gräfin überlegte einen Augenblick und nahm aus der goldenen, mit dem Porträt ihres Mannes versehenen Tabatière eine Prise.

„Ich bin schon ganz elend von allen diesen Visiten", sagte sie. „Nun, diese will ich noch als letzte annehmen. Sie ist so übelnehmerisch. Ich lasse bitten", sagte sie dann zu dem Lakaien, und ihre Stimme klang so traurig, als wollte sie sagen: „Na, also bringt mich meinetwegen nur ganz um!"

Den Salon betrat seidenrauschend eine hochgewachsene, stattliche Dame von stolzem Gesichtsausdruck mit einem vollbäckigen, lächelnden Töchterchen.

„Chère comtesse, il y a si longtemps ... elle a été alitée, la pauvre enfant... au bal des Razoumowsky ... et la comtesse Apraksine ... j'ai été si heureuse ..." [1] so schwirrten jetzt lebhafte weibliche Stimmen durcheinander, unterbrachen sich gegenseitig und verschmolzen mit dem Rauschen der Kleider und dem Geräusch des Stühlerückens. Dann begann eins jener Gespräche, wie man sie nur anknüpft, um bei der ersten Pause wieder aufzustehen, wieder mit den Kleidern zu rauschen und zu sagen: „Je suis bien charmée, la santé de maman ... et la comtesse Apraksine ..." [2], und dann rauscht man wieder mit den Kleidern, begibt sich ins Vorzimmer, legt Pelz oder

[1] Teure Gräfin, es ist so lange her ... Sie war bettlägerig, das arme Kind ... auf dem Ball bei Razoumowsky ... und die Gräfin Apraksine ... ich war so glücklich ...
[2] Ich bin entzückt, die Gesundheit von Mama ... und die Gräfin Apraksine.

Mantel an und fährt davon. Das Gespräch behandelte die zur Zeit wichtigste Stadtneuigkeit, die Krankheit des alten Grafen Besuchow, der bekannt war wegen seines Reichtums und wegen der Rolle, die er als schöner Mann zur Zeit der Kaiserin Katharina gespielt hatte. Von ihm war die Rede und von seinem illegitimen Sohn Peter, der sich auf der Soiree bei Anna Pawlowna Scherer so unmöglich benommen hatte.

„Der arme Graf tut mir ja so leid", sagte die Gratulantin, „gesundheitlich geht es ihm ohnehin schon so schlecht, und dazu jetzt noch dieser Kummer, den der Sohn ihm macht! Das muß ihn ja umbringen."

„Um was handelt es sich denn?" fragte die Gräfin, als wisse sie nicht, wovon die Gratulantin sprach, obwohl sie heute vielleicht schon fünfzehnmal hatte hören müssen, worin der Kummer bestand, den Pierre dem Grafen Besuchow gemacht hatte.

„Das sind die Früchte der modernen Erziehung!" sagte die Dame. „Schon im Auslande war dieser junge Mensch gänzlich sich selbst überlassen, und jetzt soll er in Petersburg so unerhörte Dinge angestellt haben, daß er polizeilich ausgewiesen werden mußte."

„Was Sie sagen!" meinte die Gräfin.

„Er hat sich einen schlimmen Umgang gewählt", mischte sich die Fürstin Anna Michailowna ein. „Der Sohn des Fürsten Wassilij, er und ein gewisser Dolochow sollen Gott weiß was für Sachen angestellt haben. Das haben sie jetzt davon! Dolochow ist zum Gemeinen degradiert, und Besuchows Sohn ist nach Moskau ausgewiesen worden. Anatol Kuragin ist von seinem Vater noch irgendwie herausgerissen worden. Aber aus Petersburg mußte er auch weg."

„Und was haben sie eigentlich gemacht?" fragte die Gräfin.

„Richtige Verbrecher müssen es sein, besonders dieser Dolochow", meinte die Dame. „Er ist ein Sohn von Marja Iwanowna Dolochowa, einer sehr achtbaren Dame, und dann macht er so etwas! Stellen Sie sich vor: die drei haben zusammen irgendwo einen Bären aufgetrieben, haben ihn mit in ihren Wagen genommen und sind zu irgendwelchen Schauspielerinnen gefahren. Natürlich kam sehr bald die Polizei, um diesem Unfug ein Ende zu machen. Da nahmen sie den Bezirkskommissar, banden ihn Rücken an Rücken mit dem Bären zusammen und warfen den Bären in die Moika. Der Bär schwimmt und der Bezirkskommissar auf ihm drauf."

„Ach, ma chère, muß der Bezirkskommissar eine schöne Figur gemacht haben!" schrie der Graf und wollte fast umkommen vor Lachen.

„Aber das ist doch entsetzlich! Wie kann man nur darüber lachen, Graf?"

Aber unwillkürlich lachten die Damen mit.

„Der Unglückliche konnte nur mit Mühe gerettet werden", fuhr die Gratulantin fort. „Und auf diese geistvolle Weise amüsiert sich also der Sohn des Grafen Kirill Wladimirowitsch Besuchow! Und es hieß doch, er wäre so gut erzogen und so klug. Da sieht man wieder, was bei dieser ganzen ausländischen Erziehung herauskommt. Ich möchte hoffen, daß ihn hier trotz seines Reichtums niemand empfängt. Mir hat man ihn auch vorstellen wollen, aber ich habe mich rundweg geweigert: ich habe doch Töchter."

„Warum bezeichnen Sie diesen jungen Mann als so reich?" fragte die Gräfin und bog sich ein wenig von den jungen Mädchen weg, die auch sogleich taten, als hörten sie nichts. „Besuchow hat doch nur illegitime Kinder. Und ich möchte annehmen, daß Pierre auch nichts anderes ist."

„Ich glaube, er hat zwanzig illegitime Kinder", sagte die Gratulantin mit einer kummervollen Handbewegung.

Die Fürstin Anna Michailowna mischte sich ins Gespräch; offenbar war ihr daran gelegen, ihre Verbindungen und ihre Vertrautheit mit allen Vorfällen in der Gesellschaft zu zeigen.

„Die Sache liegt so", sagte sie wichtig und ebenfalls in halbem Flüsterton. „Was Graf Kirill Wladimirowitsch für ein Renommee hat, das weiß ja jeder ... Wieviel Kinder er eigentlich hat, das weiß der ja selbst nicht mehr. Aber dieser Pierre ist sein Lieblingssohn."

„Was für ein schöner alter Mann er war!" meinte die Gräfin. „Noch im vorigen Jahr! Ich habe nie einen schöneren Mann gesehen."

„Jetzt hat er sich sehr verändert", sagte Anna Michailowna. „Also, was ich sagen wollte", fuhr sie fort, „durch seine Frau ist eigentlich Fürst Wassilij der direkte Erbe des ganzen Vermögens, aber der Vater hat Pierre immer sehr geliebt, hat sich selbst viel um seine Erziehung gekümmert und hat sich seinetwegen an den Kaiser gewandt ... und so weiß niemand, wem eigentlich das ungeheure Vermögen zufallen wird, Pierre oder dem Fürsten Wassilij, wenn der Graf stirbt, und es geht ihm so schlecht, daß das jeden Augenblick der Fall sein kann, Lorrain ist sogar aus Petersburg zu ihm geholt worden ... Es handelt sich um vierzigtausend Seelen und um Millionen von Rubeln. Ich bin darüber sehr gut unterrichtet, weil Fürst Wassilij es mir selbst gesagt hat. Und dann ist Kirill Wladimirowitsch ja auch durch meine Mutter mit mir verwandt, er ist mein Onkel dritten Grades. Schließlich ist er auch noch der Taufpate meines Boris", setzte sie hinzu, als lege sie diesem Umstande keinerlei Bedeutung bei.

„Fürst Wassilij ist gestern nach Moskau gekommen. Er macht eine Inspektionsreise, habe ich mir sagen lassen", meinte die Gratulantin.

„Ja, aber, entre nous[1]", sagte die Fürstin, „das ist nur ein Vorwand. Er ist gekommen, um den Grafen Kirill Wladimirowitsch noch zu sehen, weil er gehört hat, wie schlecht es ihm geht."

„Alles, was recht ist, ma chère, aber es ist doch ein prachtvoller Streich", sagte der Graf und wandte sich an die jungen Mädchen, als er merkte, daß die Dame ihm nicht zuhörte. „Ich kann mir vorstellen, was dieser Bezirkskommissar für eine schöne Figur abgegeben haben muß."

Und er machte vor, wie der Bezirkskommissar im Wasser mit den Armen um sich geschlagen haben mußte, lachte sein volles, tiefes Lachen, das seinen ganzen gutgenährten Körper erschütterte, ein Lachen, wie es eben Leute lachen, die gewohnt sind, gut zu essen und besonders gut zu trinken. „Also dann darf ich Sie bitten, bei uns zu speisen", sagte er.

XI

Im Gespräch trat eine Pause ein. Die Gräfin sah die Gratulantin mit einem freundlichen Lächeln an, ohne übrigens ein Hehl daraus zu machen, daß sie keineswegs unglücklich sein würde, wenn die Gratulantin sich jetzt erheben und aufbrechen wollte. Die Tochter raffte bereits ihr Kleid und sah die Mutter fragend an, als man plötzlich im Nebenzimmer einige Paare männlicher und weiblicher Füße auf die Tür zulaufen und einen angestoßenen Stuhl polternd umfallen hörte. Gleich darauf kam ein dreizehnjähriges Mädchen, das irgend etwas in seinem kurzen Musselinröckchen versteckt hielt, hereingestürzt und blieb in der Mitte des Salons stehen. Offenbar hatte sie ihren schnellen Lauf nicht mehr zügeln können und war gegen ihre Absicht so weit vorgestürmt. Gleichzeitig erschienen in der Tür ein Student mit himbeerfarbenem Kragen, ein Gardeoffizier, ein fünfzehnjähriges Mädchen und ein dicker, rotbäckiger Junge in einer Kinderjacke.

Der Graf sprang auf, wiegte sich in den Hüften und breitete die Arme weit aus, um das hereinstürzende Mädchen zu umfangen.

„Ah, da ist sie ja!" rief er lachend. „Das Namenstagskind! Mein liebstes Namenstagskind!"

„Ma chère, il y a un temps pour tout",[2] sagte die Gräfin mit erzwungener Strenge. „Du verziehst sie mir zu sehr, Elie", setzte sie, zu ihrem Mann gewandt, hinzu.

[1] unter uns gesagt.
[2] Meine Liebe, alles hat seine bestimmte Zeit.

„Bonjour, ma chère, je vous félicite", sagte die fremde Dame. „Quelle délicieuse enfant!" [1] fuhr sie dann, zur Gräfin gewandt, fort.

Das schwarzäugige, nicht gerade schöne, aber lebensvolle Mädchen mit dem großen Mund, den unbedeckten, kindlich schmalen Schultern, die, vom schnellen Laufen zuckend, aus dem Miederkleid hervorsahen, mit den schwarzen, aufgelöst nach hinten fallenden Locken, den dünnen, nackten Armen, den kleinen Beinen in Spitzenhöschen und den kleinen Füßchen in den ausgeschnittenen Schuhen, stand in jenem anmutigen Lebensalter, in dem das junge Mädchen kein Kind mehr und das Kind doch noch kein junges Mädchen ist. Sie machte sich aus den Armen des Vaters los, lief zur Mutter, verbarg, ohne sich im geringsten um den eben erhaltenen Verweis zu kümmern, ihr erhitztes Gesichtchen in der Spitzenmantille der Mutter und lachte. Unter fortwährendem Lachen erzählte sie in abgerissenen Worten irgend etwas von ihrer Puppe, die sie aus ihrem Kleidchen hervorgeholt hatte.

„Sehen Sie? ... Die Puppe ... Mimi ... Sehen Sie doch!"

Natascha konnte nicht weitersprechen, so spaßhaft kam ihr das alles vor. Sie warf sich auf die Mutter und lachte so schallend und laut, daß alle unwillkürlich mitlachen mußten, sogar die steife Gratulantin.

„Nun mach schon, daß du mit deinem gräßlichen Ding da wegkommst!" sagte die Mutter und schob die Tochter mit erheucheltem Ärger bei Seite. „Das ist meine Jüngste", wandte sie sich dann wieder an die fremde Dame.

Natascha erhob für einen Augenblick das Gesicht vom Spitzentuch der Mutter, sah durch Tränen des Lachens zu ihr auf und verbarg dann wieder ihr Gesicht.

Die Gratulantin, die sich gezwungen sah, dieser Familienszene beizuwohnen, hielt es für nötig, ihr Beteiligtsein auf irgendeine Art zum Ausdruck zu bringen.

„Sagen Sie, meine Liebe", wandte sie sich an Natascha, „wie ist diese Mimi eigentlich mit Ihnen verwandt? Das ist wohl Ihre Tochter, nicht wahr?"

Natascha mißfiel der herablassende und gesucht-kindliche Ton, den die Dame ihr gegenüber anschlug. Sie gab keine Antwort und sah die Dame ernsthaft an.

Das ganze übrige junge Volk, nämlich: Boris, der Offizier, der Sohn der Fürstin Anna Michailowna, Nikolai, der Student, der älteste Sohn des Grafen, Sonja, seine fünfzehnjährige Nichte und der kleine Petja, der jüngste Sohn, hatten sich inzwischen im Salon niedergelassen und waren offenbar bemüht, die lebhafte Lustigkeit,

[1] Guten Tag, meine Teure, ich beglückwünsche Sie ... Welch ein entzückendes Kind!

die noch aus allen Gesichtern sprach, in den Schranken des Anstandes zu halten. Es war deutlich zu sehen, daß sie sich in den Hinterzimmern, aus denen sie alle so eifrig angestürzt gekommen waren, lustiger unterhalten hatten als hier, wo das Gespräch sich um Stadtneuigkeiten, um das Wetter und um die Gräfin Apraxina drehte. Ab und zu sahen sie einander an und konnten nur mit Mühe das Lachen verbeißen.

Die beiden jungen Leute, der Student und der Offizier, waren von klein auf miteinander befreundet und standen im gleichen Alter und waren beide hübsch, sahen einander aber nicht im geringsten ähnlich. Boris war ein hochgewachsener, blonder Jüngling mit regelmäßigen, feinen Zügen und einem Ausdruck von Ruhe auf dem hübschen Gesicht; Nikolai war nur mittelgroß, hatte krauses Haar und ein offenes Gesicht. Auf seiner Oberlippe machten sich einige schwarze Härchen bemerkbar, und in seinem ganzen Gesicht drückten sich Ungestüm und Begeisterungsfähigkeit aus. Nikolai war rot geworden, als er den Salon betrat; offenbar wollte er etwas sagen, ohne daß ihm etwas Passendes einfiel. Boris dagegen fand sich sofort zurecht und erzählte ruhig und scherzhaft, wie er diese Puppe Mimi bereits gekannt habe, als sie noch ein junges Mädchen und ihre Nase noch ganz heil gewesen sei, aber in den fünf Jahren seiner Bekanntschaft mit ihr sei sie stark gealtert und habe jetzt sogar einen gesprungenen Schädel. Nach diesen Ausführungen sah er Natascha an. Natascha wandte sich ab und sah ihren jüngeren Bruder an, der mit zusammengekniffenen Augen dasaß und von verhaltenem Lachen am ganzen Körper zitterte. Endlich konnte sie nicht mehr an sich halten, sprang auf und lief so schnell aus dem Zimmer, wie ihre flinken Beinchen sie nur tragen konnten. Boris war ganz ernst geblieben.

„Sie wollten doch auch ausfahren, maman? Soll ich den Wagen bestellen?“ sagte er mit einem Lächeln zu seiner Mutter.

„Ja, ja, laß ihn nur vorfahren“, antwortete sie und lächelte ebenfalls.

Boris ging langsam hinaus und folgte Natascha; der dicke Junge lief ihnen ärgerlich nach, als sei er böse darüber, daß man ihn in seinem Vergnügen gestört habe.

XII

Von der Jugend waren jetzt, abgesehen von der ältesten Tochter der Gräfin – sie war vier Jahre älter als ihre Schwester und hielt sich schon für erwachsen – und abgesehen von dem zu Besuch gekommenen jungen Mädchen nur noch Nikolai und Sonja, die Nichte, im Salon zurückgeblieben. Sonja war eine feine, sehr zierliche Brünette mit weichem, von langen Wimpern beschattetem Blick, einer zweimal um den Kopf gewundenen schweren schwarzen Flechte und einem gelblichen Schimmer auf der Haut, der indessen im Gesicht nicht so auffiel wie an den entblößten, mageren, aber graziösen und kräftigen Armen und am Halse. Mit der Geschmeidigkeit ihrer Bewegungen, der Weichheit und Biegsamkeit ihrer kleinen Gliedmaßen und ihrem listig zurückhaltenden Wesen erinnerte sie an ein hübsches, aber noch nicht ausgewachsenes Kätzchen, das später einmal eine wunderschöne Katze zu werden verspricht. Sie hielt sich offenbar aus Gründen der Höflichkeit für verpflichtet, durch ein Lächeln ihr Interesse für die allgemeine Unterhaltung darzutun; aber unwillkürlich spähten ihre Augen unter den langen und dichten Wimpern nach dem Vetter, der zur Armee abgehen sollte, und in ihrem Ausdruck lag eine so mädchenhafte und leidenschaftliche Vergötterung, daß ihr Lächeln niemand auch nur auf einen Augenblick täuschen konnte und daß es ganz klar war: das Kätzchen hatte sich nur deshalb hingesetzt, um nachher mit noch größerer Energie aufspringen und das Spiel mit dem Vetter wieder beginnen zu können, sobald nur beide ebenso wie Boris und Natascha diesem Salon entronnen sein würden.

„Ja, ma chère", sagte der alte Graf zu der fremden Dame und deutete auf seinen Sohn Nikolai. „Sein Freund Boris ist zum Offizier befördert worden, und jetzt möchte er eben um seiner Freundschaft willen sich nicht von ihm trennen. Die Universität und mich alten Mann läßt er im Stich und tritt auch in den Kriegsdienst, ma chère. Und dabei war schon ein Posten im Archiv für ihn bereit und so weiter. Das nennt man doch Freundschaft, nicht wahr?"

„Der Krieg soll ja schon erklärt sein", meinte die Dame.

„Das wird schon lange behauptet", antwortete der Graf. „Man behauptet es immer wieder, und bisher ist noch nichts daraus geworden, und die Sache kommt nicht vom Fleck. Ma chère, das nennt man doch Freundschaft!" wiederholte er. „Er tritt bei den Husaren ein."

Die fremde Dame wußte nicht recht, was sie sagen sollte, und machte eine verbindliche Kopfbewegung.

„Um Freundschaft handelt es sich dabei gar nicht", antwortete Nikolai ganz rot geworden und in einem Ton, als müsse er eine schimpfliche Verleumdung zurückweisen. „Um Freundschaft handelt es sich gar nicht, sondern es ist einfach das, daß ich den Beruf zum Soldaten in mir fühle."

Er sah seine Cousine und das zu Besuch gekommene junge Mädchen an: beider Blicke hingen mit beifälligem Lächeln an seinem Gesicht.

„Heute speist Oberst Schubert bei uns, der Kommandeur des Pawlogradschen Husarenregiments. Er war hier auf Urlaub und will jetzt Nikolai mit sich nehmen. Was soll man machen?" sagte der Graf und zuckte die Achseln. Er sprach über diese Angelegenheit in scherzendem Ton, obwohl sie ihm offensichtlich viel Kummer gemacht hatte.

„Ich habe es Ihnen doch schon gesagt, Papachen", fiel der Sohn ein, „daß ich hierbleibe, wenn Sie mich nicht fortlassen wollen. Aber ich weiß, daß ich zu nichts anderem tauge als zum Soldaten, ich bin kein Diplomat, keine Beamtennatur, ich verstehe es nicht, mit meinen Gefühlen hinter dem Berge zu halten", sagte er und sah mit der ganzen Koketterie eines hübschen jungen Menschen Sonja und die fremde junge Dame an.

Das Kätzchen hatte sich mit den Augen förmlich an ihm festgesogen und schien jede Sekunde bereit, das Spiel mit ihm wieder aufzunehmen und seine ganze Kätzchennatur auszutoben.

„Nun, nun, es ist ja gut!" sagte der alte Graf. „Wie er sich immer gleich ereifert! Dieser Bonaparte hat ihnen allen wirklich den Kopf verdreht, allen steht es immer vor Augen, wie der es vom Fähnrich zum Kaiser gebracht hat. Na, Gott geb's", fügte er hinzu, ohne das spöttische Lächeln der fremden Dame wahrzunehmen.

Die Erwachsenen sprachen jetzt von Bonaparte. Julie, die Tochter der Karagina, wandte sich an den jungen Rostow.

„Wie schade, daß Sie am Donnerstag nicht bei Archarows waren. Ich habe mich gelangweilt, weil Sie nicht da waren", sagte sie und lächelte ihm zärtlich zu.

Der junge Mann fühlte sich geschmeichelt, rückte mit jugendlich kokettem Lächeln näher zu ihr heran und ließ sich mit der lächelnden Julie in ein Privatgespräch ein, ohne zu bemerken, daß sein unwillkürliches Lächeln das Herz der rotgewordenen und gezwungen lächelnden Sonja mit dem Messer der Eifersucht durchschnitt. Mitten im Gespräch sah er sich nach ihr um. Sonja blickte ihn leidenschaftlich und zornig an, und kaum imstande, ihre Tränen zurückzuhalten, ein gezwungenes Lächeln auf den Lippen, stand sie auf und verließ das Zimmer. Nikolais ganze Munterkeit war wie ausgelöscht. Er benutzte die erste Gesprächspause und ging mit verstörtem Gesicht hinaus, um Sonja zu suchen.

„Wie die Geheimnisse all dieser jungen Leute doch mit weißen Nähten genäht sind*!" sagte Anna Michailowna und deutete auf den hinausgehenden Nikolai. „Cousinage dangereux voisinage",[1] setzte sie hinzu.

„Ja", sagte die Gräfin, nachdem der mit dem Eintreten der Jugend

* Anm. am Schluß des Buches.
[1] Vetternschaft — gefährliche Nachbarschaft.

in den Salon gefallene Sonnenstrahl wieder erloschen war, als gelte es eine Frage zu beantworten, die niemand an sie gerichtet hatte, die sie aber beständig beschäftigte, „wieviel Kummer, wieviel Beunruhigung hat man überstehen müssen, um sich jetzt an ihnen freuen zu können! Und auch jetzt noch gibt es doch wahrhaftig mehr Sorgen als Freude. Man ist eigentlich immer, immer in Angst. Gerade in diesem Alter gibt es ja für Mädchen ebenso wie für Knaben so viele Gefahren."

„Das hängt doch alles von der Erziehung ab", meinte die Gratulantin.

„Ja, da haben Sie recht", antwortete die Gräfin. „Bis jetzt bin ich ja Gott sei Dank die Freundin meiner Kinder gewesen und habe ihr volles Vertrauen." Sie machte wie viele Eltern den Fehler, daß sie glaubte, ihre Kinder hätten keine Geheimnisse vor ihr. „Ich weiß, daß ich immer die erste confidente[1] meiner Töchter sein werde, und daß Nikolenka, wenn er bei seinem feurigen Temperament auch einmal über die Stränge schlagen sollte – bei einem Jungen geht es ja ohne das nicht ab –, daß Nikolenka es doch nie so treiben wird wie diese jungen Herren in Petersburg."

„Ja, wirklich, es sind ganz prachtvolle Kinder", fiel der Graf ein, der alle verwickelten und für ihn schwierigen Fragen dadurch zu entscheiden pflegte, daß er alles prachtvoll fand. „Da will er eben Husar werden! Was wollen Sie, ma chère?"

„Was für ein liebes Geschöpf ist doch Ihre Jüngste", sagte die Gratulantin. „Ein richtiges Sprühteufelchen."

„Ja, ein Sprühteufelchen!" bestätigte der Graf. „Das hat sie von mir. Und was sie für eine Stimme hat. Sie ist zwar meine Tochter, aber das muß ich doch sagen, die wird einmal eine Sängerin! Eine zweite Salomoni. Wir haben einen italienischen Lehrer für sie genommen."

„Ist es dazu nicht noch zu früh? Ich habe mir sagen lassen, es schade der Stimme, wenn man schon in diesem Alter mit dem Unterricht anfängt."

„O nein, warum soll es zu früh sein?" erwiderte der Graf. „Unsere Mütter haben ja sogar schon mit zwölf, dreizehn Jahren geheiratet."

„Und sie ist ja jetzt schon in Boris verliebt! Wie finden Sie das?" sagte die Gräfin mit einem Lächeln und sah dabei Anna Michailowna an. Dann fuhr sie fort, offensichtlich mit einem Gedanken beschäftigt, der ihr ständig am Herzen lag: „Nun, sehen Sie, ich hätte ja schließlich streng sein und ihr dergleichen verbieten können ... Aber Gott weiß, was sie dann heimlich miteinander getrieben hätten" – die Gräfin meinte, sie hätten sich dann womöglich geküßt –,

[1] Vertraute.

„und so erfahre ich doch jedes Wort, das sie ihm sagt. Abends kommt sie von selbst angelaufen und erzählt mir alles. Vielleicht bin ich zu nachsichtig gegen sie, aber ich glaube wirklich, das ist schließlich immer noch das bessere. Mit meiner Ältesten bin ich strenger gewesen."

„Ja, ich bin ganz anders erzogen worden", sagte die Älteste, die schöne Komtesse Wera, lächelnd.

Aber dies Lächeln verschönte ihr Gesicht nicht, wie es doch sonst wohl zu gehen pflegt, im Gegenteil, es gab ihrem Gesicht einen unnatürlichen und darum unangenehmen Ausdruck. Wera, die Älteste, war schön, war klug, hatte vieles gelernt, war gut erzogen und hatte eine angenehme Stimme; was sie gesagt hatte, war treffend und angebracht; aber sonderbarerweise sahen sowohl die Gräfin als auch die andere Dame sie mit einer Art Erstaunen an, als wüßten sie nicht so recht, warum sie diese Bemerkung gemacht hatte, und hatten dabei ein Gefühl von Peinlichkeit.

„Mit seinen ältesten Kindern stellt man ja immer allerhand Experimente an und will aus ihnen irgend etwas ganz Besonderes machen", sagte die Gratulantin.

„Ja, das läßt sich nicht verhehlen, ma chère, meine liebe Gräfin hat mit Wera auch gehörig herumexperimentiert", meinte der Graf. „Na, das ist ja einerlei. Auf alle Fälle ist sie ein prachtvolles Mädel geworden", setzte er mit einem beifälligen Blick auf Wera hinzu.

Die beiden fremden Damen standen auf, verabschiedeten sich und versprachen zum Mittagessen wiederzukommen.

„Was das für eine Manier ist! Die saßen und saßen ja bis in die Ewigkeit!" sagte die Gräfin, nachdem sie die beiden ins Vorzimmer begleitet hatte.

XIII

Als Natascha aus dem Salon weggelaufen war, da war sie nur bis ins Blumenzimmer gelaufen. Hier blieb sie stehen, horchte auf die Unterhaltung im Salon und wartete darauf, daß Boris auch herauskommen würde. Sie fing schon an, ungeduldig zu werden, stampfte mit dem Füßchen und wollte schon in Tränen ausbrechen, weil er nicht gleich gekommen war, als sie die anständig gemessenen, nicht zu langsamen und nicht zu schnellen Schritte des jungen Mannes hörte. Natascha flüchtete rasch zwischen die Blumenkübel und versteckte sich.

Boris blieb in der Mitte des Zimmers stehen, sah sich um, klopfte einige Stäubchen vom Ärmel seiner Uniform, ging dann auf den Spiegel zu und betrachtete sein hübsches Gesicht. Natascha verhielt sich ganz still und spähte aus ihrem Versteck hervor, gespannt, was er jetzt wohl tun würde. Er blieb eine Zeitlang vor dem Spiegel stehen, lächelte und schritt dann auf die Ausgangstür zu. Natascha wollte ihn anrufen, aber sie besann sich eines anderen. „Mag er mich nur suchen", sagte sie sich. Kaum hatte Boris das Zimmer verlassen, als aus der anderen Tür ganz erhitzt und aufgeregt Sonja ins Zimmer hereinkam, Tränen in den Augen und ein zorniges Gemurmel auf den Lippen. Nataschas erste Regung war die, zu ihr hinzustürzen, aber sie beherrschte sich und blieb in ihrem Versteck, wie unter einer Tarnkappe, um sich von da aus anzusehen, was denn so alles in der Welt passiere. Sie empfand dabei ein ganz besonderes, neuartiges Vergnügen. Sonja flüsterte etwas vor sich hin und sah dabei nach der zum Salon führenden Tür. Durch diese Tür kam jetzt Nikolai.

„Sonja! Was hast du? Wie kann man so sein?" sagte Nikolai und eilte auf sie zu.

„Nichts habe ich, gar nichts, lassen Sie mich!" schluchzte Sonja.

„Nein, ich weiß, was los ist."

„Nun, dann wissen Sie es eben, dann ist ja alles in Ordnung, und Sie können wieder zu ihr gehen."

„So-o-onja! Nur ein Wort! Wie kannst du mich und dich selbst wegen so einer Einbildung quälen?" sagte Nikolai und ergriff ihre Hand.

Sonja entzog sie ihm nicht und hörte auf zu weinen. Mit glänzenden Augen, regungslos, ja, fast ohne zu atmen, lugte Natascha aus ihrem Versteck hervor. „Was wird jetzt kommen?" dachte sie.

„Sonja! Mir liegt ja an der ganzen Welt nichts! Du allein bist ja mein Alles", sagte Nikolai. „Das will ich dir beweisen."

„Ich kann es nicht leiden, wenn du so redest wie vorhin."

„Ich werde es nicht wieder tun, verzeih mir, Sonja!" Er zog sie an sich und küßte sie.

Ach, wie herrlich! dachte Natascha, und als Sonja und Nikolai das Zimmer verließen, ging sie hinter ihnen her und rief Boris zu sich.

„Boris, kommen Sie hierher", sagte sie mit vielsagender und schlauer Miene. „Ich muß Ihnen etwas sagen. Hierher, hierher", und sie führte ihn ins Blumenzimmer an die Stelle zwischen den Blumenkübeln, wo sie sich vorhin versteckt hatte.

Boris folgte ihr lächelnd.

„Was für ein ‚Etwas' ist es?" fragte er.

Sie wurde verlegen, schaute sich ringsum, erblickte ihre Puppe, die sie auf einen Blumenkübel geworfen hatte, und nahm sie in die Arme.

„Küssen Sie die Puppe", sagte sie.

Boris sah mit einem forschenden und freundlichen Blick in ihr erregtes Gesicht und gab keine Antwort.

„Wollen Sie nicht? Nun, dann kommen Sie hierher", sagte sie, zwängte sich noch tiefer in das Durcheinander der Kübel und Gewächse hinein und warf die Puppe wieder fort. „Näher, näher", flüsterte sie.

Sie packte den Offizier mit beiden Händen an den Aufschlägen, und auf ihrem erregten Gesicht lagen Triumph und Furcht zugleich.

„Aber mich wollen Sie küssen?" flüsterte sie fast unhörbar, sah ihn von der Seite her an, lächelte und wollte doch fast weinen vor Aufregung.

Boris errötete.

„Wie komisch Sie sind!" sagte er endlich und beugte sich über sie und errötete immer mehr, unternahm aber nicht das geringste und wartete, was nun weiter geschehen würde.

Sie sprang plötzlich auf einen Blumenkübel, so daß sie höher stand als er, umfaßte ihn, so daß ihre dünnen bloßen Ärmchen ihn oberhalb des Halses umschlangen, warf mit einer Kopfbewegung die Haare in den Nacken und küßte ihn gerade auf die Lippen.

Sie schlüpfte zwischen den Blumentöpfen hindurch auf die andere Seite des Blumenarrangements und blieb dort mit gesenktem Kopfe stehen.

„Natascha", sagte er, „Sie wissen, daß ich Sie liebe, aber ..."

„Sind Sie in mich verliebt?" unterbrach ihn Natascha.

„Ja, ich bin in Sie verliebt, aber bitte, wir wollen das nicht wiedertun, das von eben ... Noch vier Jahre ... Dann werde ich um Ihre Hand anhalten."

Natascha dachte nach.

„Dreizehn, vierzehn, fünfzehn, sechzehn ...", zählte sie an ihren feinen Fingerchen ab. „Gut! Abgemacht?"

Und ein Lächeln der Freude und der Beruhigung glänzte über ihr aufgeregtes Gesicht hin.

„Abgemacht!" sagte Boris.

„Für immer?" sagte das Mädchen. „Bis zum Tode?"

Und dann nahm sie seinen Arm und ging strahlend mit ihm ins Diwanzimmer.

XIV

Die Gräfin war von den vielen Visiten so ermüdet, daß sie niemand mehr empfangen wollte und dem Portier den Befehl gab, alle etwa noch kommenden Gratulanten einfach zum Essen einzuladen. Die Gräfin wollte unter vier Augen mit ihrer Jugendfreundin, der Fürstin Anna Michailowna, sprechen, die sie seit deren Rückkehr aus Petersburg noch gar nicht ordentlich gesehen hatte. Anna Michailowna mit ihrem verhärmten, aber sympathischen Gesicht rückte ihren Sessel näher an den der Gräfin heran.

„Mit dir will ich ganz offen sprechen", sagte Anna Michailowna. „Von unseren Freundinnen sind ja wenig genug übriggeblieben! Darum weiß ich auch deine Freundschaft so ganz besonders zu schätzen."

Anna Michailowna warf einen Blick auf Wera und hielt inne. Die Gräfin drückte ihrer alten Freundin die Hand.

„Wera", sagte sie zu ihrer ältesten, sichtlich wenig geliebten Tochter. „Daß ihr für so etwas so wenig Verständnis habt! Fühlst du denn nicht, daß du hier überflüssig bist? Geh doch zu deinen Geschwistern oder . . ."

Die schöne Wera lächelte geringschätzig, aber offenbar, ohne sich im mindesten gekränkt zu fühlen.

„Wenn Sie mir das eher gesagt hätten, Mamachen, so wäre ich gleich gegangen", sagte sie und ging dann weg, um ihr Zimmer aufzusuchen.

Als sie aber durch das Diwanzimmer kam, sah sie dort zwei Paare symmetrisch an den beiden Fenstern sitzen und blieb mit einem verächtlichen Lächeln stehen. Sonja saß dicht neben Nikolai, der ihr Verse abschrieb – die ersten, die er gemacht hatte. Boris und Natascha saßen am anderen Fenster und verstummten, als Wera hereinkam. Sonja und Natascha sahen Wera gleichzeitig schuldbewußt und glücklich an.

Der Anblick dieser verliebten Mädchen war komisch und rührend zugleich, erweckte aber in Wera offenbar keinerlei angenehme Empfindungen.

„Wie oft habe ich euch gebeten, nicht meine Sachen zu nehmen", sagte sie, „ihr habt doch euer eigenes Zimmer."

Sie nahm Nikolai das Tintenfaß weg.

„Gleich, gleich", sagte er und tauchte rasch noch einmal die Feder ein.

„Ihr müßt auch alles zur Unzeit tun", sagte Wera. „Vorhin kamt ihr in den Salon hereingestürzt, daß alle sich euretwegen schämen mußten."

Obwohl das, was sie sagte, durchaus richtig war, oder vielleicht auch gerade deshalb, antwortete ihr niemand, und alle vier sahen sich nur untereinander an. Das Tintenfaß in der Hand, stand sie unschlüssig im Zimmer.

„Und was für Geheimnisse kann es in eurem Alter denn zwischen Natascha und Boris und zwischen euch beiden geben, das sind doch alles Dummheiten."

„Das ist doch nicht deine Sache, Wera", sagte Natascha als Anwalt der vier mit sanfter Stimme.

Offenbar war sie heute allen Menschen noch gütiger und freundlicher gesinnt als sonst.

„Ich finde das sehr dumm", sagte Wera, „ich schäme mich für euch. Was können das für Geheimnisse sein?"

„Ein jeder hat doch seine Geheimnisse. Wir kümmern uns auch nicht darum, was du mit Berg hast", antwortete Natascha, die jetzt anfing, heftig zu werden.

„Ich glaube, ihr kümmert euch deswegen nicht darum", sagte Wera, „weil ihr in meinem Verhalten niemals etwas Tadelnswertes finden könnt. Aber ich werde es Mama sagen, wie du dich zu Boris benimmst."

„Natalja Iljinitschna benimmt sich gegen mich immer durchaus einwandfrei und nett", sagte Boris. „Ich habe gar keinen Grund, mich zu beklagen."

„Lassen Sie nur, Boris, Sie sind auch so ein Diplomat" (dem Worte „Diplomat" hatte die junge Generation im Rostowschen Hause einen ganz besonderen Sinn beigelegt und wandte es in diesem Sinn sehr häufig an), „aber das geht wirklich zu weit", sagte Natascha, und ihre Stimme zitterte vor Unwillen über die erlittene Kränkung. „Was will sie eigentlich immer von mir! Du wirst das ja nie verstehen", fuhr sie, zu Wera gewandt, hastig fort, „weil du eben nie jemand geliebt hast, du hast überhaupt kein Herz, du bist nur so eine Madame de Genlis*", diesen als sehr kränkend empfundenen Spitznamen hatte Nikolai der älteren Schwester beigelegt, „und dein Hauptvergnügen ist es ja doch nur, anderen Unannehmlichkeiten zu bereiten. Aber dabei kokettierst du mit Berg, soviel du Lust hast!"

„Jedenfalls werde ich nie einem jungen Manne nachlaufen, wenn fremde Gäste dabei sind . . ."

„Na, jetzt hat sie ja erreicht, was sie wollte", fiel Nikolai ein. „Sie hat jedem etwas Böses gesagt und uns allen die Laune verdorben. Gehen wir ins Kinderzimmer!"

Und wie ein aufgescheuchter Vogelschwarm erhoben sich alle vier und verließen das Zimmer.

„Ihr habt mir etwas Böses gesagt, ich keinem", sagte Wera.

„Madame de Genlis! Madame de Genlis!" riefen lachende Stimmen von jenseits der Tür ihr zu.

Die schöne Wera, die auf alle so aufreizend und unangenehm gewirkt hatte, lächelte und trat vor den Spiegel, um ihre Schärpe und Frisur in Ordnung zu bringen, offenbar, ohne sich im geringsten durch das, was ihr gesagt worden war, berührt zu fühlen. Und

* Anm. am Schluß des Buches.

es war, als würde sie noch kälter und ruhiger, je länger sie ihr schönes Gesicht betrachtete.

*

Im Salon hatte unterdessen das Gespräch seinen Fortgang genommen.

„Ah, chère", sagte die Gräfin, „auch in meinem Leben tout n'est pas rose. Glaubst du denn, ich sehe es nicht, daß du train que nous allons[1] unser Vermögen nicht lange mehr vorhalten kann? Das macht der Klub und seine Gutmütigkeit. Und wenn wir auf dem Lande leben, glaubst du, da gäbe es Ruhe und Erholung? Theateraufführungen, Jagden und Gott weiß was alles! Aber wozu rede ich immer von mir? Wie bist du denn eigentlich mit all deinen Angelegenheiten zurechtgekommen? Ich bewundere dich oft, Annette, wie du in deinen Jahren noch ganz allein im Reisewagen bald nach Moskau, bald nach Petersburg jagst, wie du zu allen Ministern, zu allen großen Leuten fährst und mit allen umzugehen verstehst. Wirklich, das bewundere ich an dir! Nun, wie hat sich denn alles arrangieren lassen? Ich verstehe ja nicht das geringste von solchen Dingen."

„Ach, mein liebes Herz", antwortete die Fürstin Anna Michailowna, „Gott gebe, daß du nie erfährst, was es heißt, als Witwe ohne eine Stütze und nur mit einem abgöttisch geliebten Sohn zurückzubleiben! — Aber schließlich lernt man alles", fuhr sie nicht ohne Stolz fort. „Mein Prozeß hat mich darin klug werden lassen. Wenn ich irgendeins von diesen hohen Tieren sprechen muß, dann schreibe ich ihm ein Billett: ‚Princesse une telle[2] wünscht den und den zu sprechen', und dann fahre ich selbst mit einer Droschke hin, zweimal, dreimal, viermal, so lange, bis ich erreicht habe, was ich brauche. Es ist mir ganz einerlei, was man von mir denkt."

„Nun, und an wen hast du dich denn Borenkas wegen gewandt?" fragte die Gräfin. „Ja, dein Sohn ist jetzt schon Gardeoffizier, und Nikoluschka tritt erst als Junker ein. Wir haben niemand, der sich für ihn verwenden könnte. Wen hast du denn gebeten?"

„Den Fürsten Wassilij. Er war sehr nett. Er ging sofort auf alles ein und trug die Sache dem Kaiser vor", sagte Fürstin Anna Michailowna schwärmerisch; sie hatte alle Demütigungen, die sie, um ihr Ziel zu erreichen, hatte auf sich nehmen müssen, anscheinend völlig vergessen.

„Er ist wohl sehr gealtert, der Fürst Wassilij?" fragte die Gräfin. „Ich habe ihn nicht mehr gesehen, seitdem wir bei Rumjanzews zusammen Theater spielten. Ich glaube, er hat mich vergessen. Il

[1] Nicht alles rosig ... bei unserem Lebensstil ...
[2] Prinzessin so und so.

me faisait la cour",[1] setzte sie dazu und lächelte bei diesen Erinnerungen.

„Er ist noch ganz der alte", antwortete Anna Michailowna, „er erschöpft sich in Liebenswürdigkeiten und Gefälligkeiten. Les grandeurs ne lui ont pas tourné la tête du tout.[2] ‚Es tut mir leid, daß ich nicht mehr für Sie tun kann, liebe Fürstin', sagte er zu mir, ‚aber verfügen Sie nur über mich.' Nein, er ist wirklich ein prachtvoller Mensch und ein so guter Verwandter. Aber du weißt ja, wie ich meinen Sohn liebe, Nathalie. Ich wüßte nicht, was ich nicht alles tun würde, um ihn glücklich zu sehen. Aber meine Verhältnisse sind so schlecht", fuhr Anna Michailowna bekümmert und mit gesenkter Stimme fort, „so schlecht, daß ich mich jetzt wirklich in einer fürchterlichen Lage befinde. Mein unglückseliger Prozeß frißt alles auf, was ich noch habe, und kommt doch nicht vom Fleck. Stell dir vor, ich habe keine zehn Kopeken à la lettre[3] und ich weiß nicht, wie ich Boris equipieren soll." (Sie zog ihr Schnupftuch hervor und schluchzte.) „Ich brauche fünfhundert Rubel und habe nichts als einen einzigen Fünfundzwanzigrubelschein. Und in dieser Lage ... Meine einzige Hoffnung ist jetzt Graf Kirill Wladimirowitsch Besuchow. Wenn er sein Patenkind – er ist ja der Taufpate meines Sohnes – nicht unterstützen will und ihm nicht eine Summe zu seinem Unterhalt aussetzt, dann ist alle meine Mühe umsonst gewesen: dann habe ich nichts, um ihn equipieren zu können."

Der Gräfin traten die Tränen in die Augen; sie schwieg und dachte nach.

„Ich denke oft", sagte die Fürstin, „vielleicht ist es ja eine Sünde, aber ich denke oft: da lebt Graf Kirill Wladimirowitsch Besuchow für sich allein ... und dieses ungeheure Vermögen ... und wozu lebt er eigentlich? Das Leben ist ihm eine Last, und Boris fängt doch erst an zu leben."

„Sicher wird er doch Boris etwas hinterlassen", meinte die Gräfin.

„Gott mag es wissen, chère amie! Diese reichen Leute und hohen Herren sind solche Egoisten. Aber auf jeden Fall will ich jetzt gleich mit Boris zu ihm hinfahren und ihm offen sagen, wie die Dinge liegen. Mag man von mir denken, was man will, mir ist wahrhaftig alles einerlei, wenn das Schicksal meines Sohnes davon abhängt." Die Fürstin erhob sich. „Jetzt ist es zwei Uhr, und um vier wird bei euch gegessen. Da habe ich noch Zeit, hinzufahren."

Und als gewandte und praktische Petersburger Dame, die ihre Zeit auszunutzen weiß, ließ Anna Michailowna ihren Sohn rufen und ging dann mit ihm ins Vorzimmer.

[1] Er machte mir den Hof.
[2] Seine Macht ist ihm gar nicht zu Kopfe gestiegen.
[3] buchstäblich.

„Lebe wohl, mein Herz", sagte sie zu der Gräfin, die sie bis an die Tür begleitete, „wünsche mir guten Erfolg", setzte sie dann hinzu, und zwar im Flüsterton, damit der Sohn es nicht hören sollte.

„Sie fahren zum Grafen Kirill Wladimirowitsch, ma chère?" fragte aus dem Speisesaal der Graf und kam ebenfalls ins Vorzimmer. „Wenn es ihm besser geht, so bitten Sie doch Pierre zum Essen zu uns. Er ist ja früher häufig bei uns gewesen und hat mit den Kindern getanzt. Laden Sie ihn bitte recht dringend ein, ma chère. Na, dann wollen wir also sehen, ob wir heute mit unserem Küchenchef Taraß Ehre einlegen. Er sagt, selbst beim Grafen Orlow habe es nie so ein Diner gegeben, wie heute unseres sein wird."

XV

„Mon cher Boris", sagte die Fürstin Anna Michailowna zu ihrem Sohn, als der Wagen der Gräfin Rostowa, in dem sie saßen, über die mit Stroh belegte Straße* in den geräumigen Hof des Grafen Kirill Wladimirowitsch Besuchow fuhr. „Mon cher Boris", sagte die Mutter, zog die Hand unter der alten Saloppe hervor und legte sie mit einer schüchternen und zärtlichen Bewegung auf den Arm des Sohnes, „sei recht liebenswürdig und aufmerksam. Graf Kirill Wladimirowitsch ist immerhin dein Taufpate, und von ihm hängt dein künftiges Schicksal ab. Behalte das im Auge, mon cher, sei so nett, wie du es ja zu sein vermagst."

„Wenn ich nur wüßte, daß dabei etwas anderes herauskäme als lauter Demütigungen . . .", antwortete der Sohn kalt. „Aber ich habe es Ihnen versprochen und werde es um Ihretwillen tun."

Obwohl der Portier den Wagen vor der Auffahrt stehen sah, musterte er Mutter und Sohn – sie waren, ohne sich anmelden zu lassen, geradeswegs in die Glashalle getreten, zu deren beiden Seiten sich je eine Reihe von Statuen in Nischen hinzog – ein wenig von oben herab, warf einen vielsagenden Blick auf die alte Saloppe und fragte dann, zu wem sie wollten, zu den Prinzessinnen oder zum Grafen. Als er hörte, daß sie den Grafen zu sprechen wünschten, erklärte er, Erlaucht befänden sich wieder schlechter und empfingen niemand.

„Da können wir ja wieder fahren", sagte der Sohn auf französisch.

„Mon ami!" flehte die Mutter und berührte wieder den Arm des Sohnes, gleichsam als könnte ihn diese Berührung beruhigen oder anfeuern.

* Anm. am Schluß des Buches.

Boris sagte nichts und sah die Mutter fragend an, ohne seinen Mantel abzulegen.

„Mein Lieber", wandte sich Anna Michailowna mit zärtlicher Stimme an den Portier, „ich weiß, daß Graf Kirill Wladimirowitsch sehr krank ist ... deswegen bin ich ja gekommen ... ich bin eine Verwandte von ihm ... Ich will ihn natürlich nicht belästigen, mein Lieber ... Dann will ich nur den Fürsten Wassilij Sergejewitsch sprechen, er hat doch hier Wohnung genommen. Bitte, melde uns an!"

Der Portier zog verdrießlich an der Schnur, die ins obere Stockwerk ging, und wandte sich ab.

„Die Fürstin Drubezkaja zum Fürsten Wassilij Sergejewitsch!" rief er dem Diener in Frack und Eskarpins zu, der von oben heruntereilte und sich über das Geländer des Treppenabsatzes beugte.

Die Mutter brachte die Falten ihres gefärbten Seidenkleides in Ordnung, warf einen Blick in den venezianischen, aus einer einzigen Scheibe hergestellten Wandspiegel und stieg dann in ihren ausgetretenen Schuhen tapfer die teppichbelegte Treppe hinauf.

„Mon cher, vous m'avez promis",[1] wandte sie sich an ihren Sohn und suchte ihn wieder durch eine Berührung am Arm ihren Wünschen gefügig zu machen.

Der Sohn ging mit niedergeschlagenen Augen ruhig hinter ihr her.

Sie betraten den Saal, aus dem eine Tür in die vom Fürsten Wassilij bewohnten Gemächer führte.

Als sich Mutter und Sohn gerade an einen alten Diener, der sich bei ihrem Eintritt erhoben hatte, mit einer Frage nach dem Fürsten wenden wollten, drehte sich der Bronzegriff der einen Tür, und Fürst Wassilij erschien in einem mit Samt bezogenen Pelz, mit nur einem Ordensstern, also im Hauskostüm, in der Tür und begleitete einen schönen, schwarzhaarigen Mann hinaus. Dieser Mann war der berühmte Petersburger Arzt Dr. Lorrain.

„C'est donc positif?" fragte der Fürst.

„Mon prince, errare humanum est, mais ..."[2] antwortete der Arzt; er schnarrte das „r" und sprach auch die lateinischen Worte nach französischer Art aus.

„C'est bien, c'est bien ..."[3]

Als Fürst Wassilij Anna Michailowna und ihren Sohn bemerkte, verabschiedete er sich mit einer Verbeugung vom Doktor und trat schweigend, aber mit einem fragenden Blick auf die beiden zu. Der Sohn gewahrte, daß sich in den Augen seiner Mutter plötzlich eine tiefe Traurigkeit ausprägte, und lächelte leise.

„Ja, unter was für traurigen Umständen müssen wir uns wieder-

[1] Du hast mir versprochen, mein Lieber ...
[2] Es ist also ganz sicher? ... Irren ist menschlich ,mein Fürst ,aber ...
[3] Gut, gut.

sehen, Fürst ... Nun, wie geht es unserem teuren Kranken?" sagte sie und tat, als bemerke sie den kalten und beleidigenden Blick nicht, mit dem der Fürst sie ansah.

Fürst Wassilij sah erst sie und dann ihren Sohn halb fragend und halb verständnislos an. Boris verbeugte sich höflich. Ohne seine Verbeugung zu erwidern, wandte Fürst Wassilij sich an Anna Michailowna und beantwortete ihre Frage mit einer Bewegung des Kopfes und der Lippen, die erkennen ließ, wie wenig Hoffnung es für den Kranken noch gab.

„Ist es möglich!" rief Anna Michailowna. „Ach, wie schrecklich! Es ist furchtbar, zu denken ... Das ist mein Sohn", setzte sie dazu und wies auf Boris. „Er wollte sich selbst bei Ihnen bedanken."

Wieder machte Boris eine höfliche Verbeugung.

„Glauben Sie mir, Fürst, mein Mutterherz wird nie vergessen, was Sie für uns getan haben."

„Es freut mich, daß ich Ihnen diesen Gefallen habe tun können, meine liebe Anna Michailowna", sagte Fürst Wassilij und glättete sein Jabot. In seinen Gebärden wie im Ton seiner Stimme lag hier in Moskau noch viel mehr Würde und Herablassung gegenüber der von ihm protegierten Anna Michailowna als damals in Petersburg auf der Soiree bei Annette Scherer.

„Seien Sie eifrig im Dienst und zeigen Sie sich der Auszeichnung würdig, die Ihnen zuteil geworden ist", setzte er, zu Boris gewandt, in strengem Tone hinzu. „Ich freue mich ... Sie sind auf Urlaub hier?" fuhr er gleichgültig fort.

„Ich warte auf einen Befehl, Ew. Durchlaucht, um zu meinem Truppenteil abzugehen", antwortete Boris. Er ließ weder Empfindlichkeit über den schroffen Ton des Fürsten merken noch den Wunsch, in ein Gespräch mit ihm zu kommen, sondern sprach so ruhig und ehrerbietig, daß der Fürst ihn mit einem aufmerksamen Blick ansah.

„Sie leben bei Ihrer Mutter?"

„Ich lebe bei der Gräfin Rostowa", antwortete Boris und fügte wieder hinzu: „Ew. Durchlaucht."

„Das ist dieser Ilja Rostow, der die Nathalie Schinschina geheiratet hat", bemerkte Anna Michailowna.

„Ich weiß, ich weiß", sagte Fürst Wassilij mit seiner eintönigen Stimme. „Je n'ai jamais pu concevoir, comment Nathalie s'est décidée à épouser cet ours mal léché! Un personnage complètement stupide et ridicule. Et joueur à ce qu'on dit." [1]

„Mais très brave homme, mon prince", [2] meinte Anna Michai-

[1] Ich habe nie begreifen können, wie Natalie sich hat entschließen können, solch einen ungeschlachten Bären zu heiraten! Ein durchaus dummer und lächerlicher Mensch. Außerdem soll er noch Spieler sein.

[2] Aber ein sehr rechtschaffener Mensch.

lowna und lächelte mit einer nachsichtigen Freundlichkeit, als wisse sie natürlich auch, daß Graf Rostow ein solches Urteil verdiene, bitte aber doch, mit dem armen alten Herrn nicht zu hart zu verfahren. „Was sagen die Ärzte?" fragte sie dann, nachdem sie eine kleine Weile geschwiegen hatte, und wieder zeigte ihr verhärmtes Gesicht den Ausdruck tiefster Betrübnis.

„Es ist wenig Hoffnung", antwortete der Fürst.

„Und ich hätte doch dem *Onkel* so gern noch einmal für alles Gute gedankt, das er Boris und mir erwiesen hat. C'est son filleul",[1] setzte sie in einem Tone hinzu, als müsse diese Mitteilung dem Fürsten Wassilij die größte Freude bereiten.

Fürst Wassilij runzelte nachdenklich die Stirn. Anna Michailowna begriff, daß er in ihr eine Nebenbuhlerin um die Hinterlassenschaft des Grafen Besuchow fürchtete. Sie beeilte sich daher, ihn zu beruhigen.

„Wenn ich an dem *Onkel*", sie sprach dieses Wort mit einer ganz besonderen Sicherheit und Selbstverständlichkeit aus, „wenn ich an dem Onkel nicht mit so aufrichtiger Liebe und Verehrung hinge ... ich kenne ja seinen Charakter, ich weiß, wie edel und geradsinnig er ist ... aber es ist jetzt niemand um ihn als die Prinzessinnen ... Und sie sind doch noch so jung ..." Sie senkte den Kopf und fragte flüsternd: „Hat er seine letzte Pflicht erfüllt, Fürst? Wie kostbar sind diese letzten Minuten! Man darf nicht warten, bis es ihm noch schlechter geht, man muß ihn vorbereiten, wenn es schon jetzt so schlimm steht. Wir Frauen, Fürst" – sie lächelte milde –, „wir wissen immer, wie man solche Dinge zur Sprache bringt. Ich muß ihn unbedingt sehen. Und wenn es mir auch noch so schwer fällt ... ich bin ja gewohnt, zu leiden."

Der Fürst begriff offenbar, worauf sie hinauswollte, und begriff auch, daß es jetzt ebenso schwer sein würde, sie loszuwerden, wie damals auf der Soiree bei Annette Scherer.

„Ich fürchte nur, dies Wiedersehen wird ihn zu sehr angreifen, chère Anna Michailowna", erwiderte er. „Warten wir doch noch bis zum Abend, die Ärzte haben eine Krisis in Aussicht gestellt."

„Aber wir dürfen nicht warten, Fürst, die Minuten sind kostbar. Pensez, il y va du salut de son âme ... Ah! c'est terrible, les devoirs d'un chrétien ..."[2]

Die zu den inneren Gemächern führende Tür öffnete sich, und eine der Prinzessinnen, Nichten des alten Grafen, trat ein. Sie hatte ein mürrisches und kaltes Gesicht und eine im Vergleich mit den Beinen unverhältnismäßig lange Taille.

[1] Das ist sein Patenkind.

[2] Aber bedenken Sie nur, es geht um sein Seelenheil ... ach, es ist schrecklich, die Christenpflichten ...

Fürst Wassilij wandte sich nach ihr um.

„Nun, wie geht es ihm?"

„Unverändert. Und wie könnte es auch anders sein, dieser beständige Lärm . . .", antwortete die Prinzessin und sah Anna Michailowna an, als kenne sie sie nicht.

„Ah, chère, je ne vous reconnaissais plus", sagte Anna Michailowna mit einem glücklichen Lächeln und ging mit ihren zierlichen, flinken Schritten auf die Nichte des Grafen zu. „Je viens d'arriver et je suis à vous pour vous aider à soigner mon oncle. J'imagine combien vous avez souffert",[1] setzte sie mit einem mitleidigen Augenaufschlag dazu.

Die Prinzessin gab keine Antwort, lächelte nicht einmal, sondern verließ das Zimmer. Anna Michailowna zog sich die Handschuhe aus, machte es sich wie in einer eroberten Schanze in einem Sessel bequem und forderte den Fürsten Wassilij auf, neben ihr Platz zu nehmen.

„Boris", sagte sie lächelnd zu ihrem Sohn, „ich gehe zum Grafen, zum Onkel, und du geh solange zu Pierre, mon ami, und vergiß nicht, ihm die Einladung zu Rostows zu überbringen. – Sie bitten ihn nämlich zum Essen. Aber ich denke, er wird wohl nicht hingehen?" wandte sie sich wieder an den Fürsten.

„Ganz im Gegenteil", meinte der Fürst, dessen Laune offenbar immer schlechter wurde. „Je serais content, si vous me débarrassiez de ce jeune homme . . .[2] Es hat gar keinen Sinn, daß er hier herumsitzt. Der Graf hat noch kein einziges Mal nach ihm gefragt."

Er zuckte die Achseln. Ein Diener führte den jungen Mann hinunter und dann auf einer anderen Treppe wieder hinauf zu Peter Kirillowitsch.

XVI

Pierre war in Petersburg nicht dazu gekommen, sich eine bestimmte Karriere zu wählen, und war tatsächlich wegen seiner tollen Streiche nach Moskau ausgewiesen worden. Die Geschichte, die beim Grafen Rostow erzählt worden war, hatte sich wirklich so zugetragen, und Pierre hatte mitgeholfen, den Bezirkskommissar mit dem Bären zusammenzubinden. Jetzt war er vor einigen Tagen in Moskau eingetroffen und hatte wie immer im Hause seines Vaters Wohnung genommen. Er mußte sich zwar sagen, daß die ganze Geschichte in Moskau schon bekanntgeworden sein mußte und daß

[1] Ach, Liebe, ich habe Sie nicht erkannt . . . Ich bin gekommen, um Sie bei der Pflege meines Onkels zu unterstützen. Ich kann mir vorstellen, was Sie durchgemacht haben.

[2] Ich wäre sehr froh, wenn Sie mir diesen jungen Menschen vom Halse schaffen würden.

die Damen, die seinen Vater umgaben und ihm von jeher feindlich gesinnt gewesen waren, die Gelegenheit benutzen würden, um seinen Vater gegen ihn aufzubringen; trotzdem ging er gleich am Tage seiner Ankunft in die von seinem Vater bewohnte Zimmerflucht. Er trat in den Salon, in dem die Prinzessinnen sich gewöhnlich aufzuhalten pflegten, und begrüßte die Damen, die er mit Sticken und Vorlesen beschäftigt fand. Es waren drei. Die Älteste, ein strenges, pedantisches Wesen mit langer Taille, las vor, es war die, von deren Zusammentreffen mit Anna Michailowna bereits die Rede war. Die beiden jüngeren saßen am Stickrahmen; es waren hübsche, rotbäckige Mädchen, die sich nur dadurch voneinander unterschieden, daß die eine einen Leberfleck auf der Oberlippe hatte, der ihr aber sehr gut stand. Pierre wurde empfangen, als ob er ein Gespenst oder ein Pestkranker wäre. Die älteste Prinzessin hielt im Vorlesen inne und sah ihn schweigend und mit erschrocken aufgerissenen Augen an; genau den gleichen Gesichtsausdruck nahm die Jüngere an, die ohne den Leberfleck; die Jüngste aber, die mit dem Leberfleck, ein Mädchen von heiterem und lachlustigem Charakter, beugte sich tief über ihren Stickrahmen, um ihr Lächeln über die komische Szene, die sie kommen sah, zu verbergen. Sie zog einen Wollfaden nach unten und beugte sich vor, als wolle sie das Stickmuster genau betrachten, konnte sich aber nur mit Mühe das Lachen verbeißen.

„Bonjour, ma cousine", sagte Pierre. „Vous ne me reconnaissez pas?"[1]

„Ich erkenne Sie nur zu gut, nur zu gut."

„Wie geht es dem Grafen? Kann ich ihn sehen?" fragte Pierre, unbeholfen wie immer, aber ohne Verlegenheit.

„Der Graf leidet physisch und seelisch, und es scheint, Sie haben sich Mühe gegeben, seine seelischen Leiden noch zu vergrößern."

„Kann ich den Grafen sehen?" fragte Pierre noch einmal.

„Hm . . . Wenn Sie ihn umbringen, wenn Sie ihm noch den Todesstoß versetzen wollen, dann können Sie ihn sehen. Olga, geh doch und sieh nach, ob die Bouillon für den Onkel fertig ist, es muß bald soweit sein", setzte sie dazu, um damit Pierre zu zeigen, daß sie beschäftigt seien; und zwar damit beschäftigt, seinen Vater zu pflegen, während er selbst offenbar nur damit beschäftigt sei, ihn zugrunde zu richten.

Olga ging hinaus. Pierre stand noch eine Weile da und sah die Schwestern an. Dann verbeugte er sich und sagte:

„Ich gehe jetzt auf mein Zimmer. Wenn ich ihn sehen kann, dann geben Sie mir Nachricht."

[1] Guten Tag, Kusine, erkennen Sie mich nicht?

Er ging hinaus, und hinter ihm her klang das helle, aber leise Lachen der Prinzessin mit dem Leberfleck.

Am nächsten Tage traf Fürst Wassilij ein und stieg ebenfalls im Hause des Grafen ab. Er ließ Pierre rufen und sagte zu ihm:

„Mon cher, si vous vous conduisez ici comme à Pétersbourg, vous finirez très mal; c'est tout ce que je vous dis.[1] Der Graf ist sehr, sehr krank, du wirst ihn keinesfalls sehen können."

Seitdem überließ man Pierre sich selbst, und er verbrachte ganze Tage allein oben in seinem Zimmer.

Als Boris in sein Zimmer trat, ging Pierre auf und ab, blieb dazwischen in einer Ecke stehen, wandte sich mit drohenden Gebärden zur Wand, als wolle er einen unsichtbaren Feind mit dem Degen durchbohren, und warf über seine Brille hinweg grimmige Blicke, nahm dann seine Wanderung wieder auf, murmelte undeutliche Worte, zuckte die Achseln und gestikulierte mit den Händen.

„L'Angleterre a vécu", sagte er aufgeregt und stirnrunzelnd und deutete auf irgend jemand mit dem Finger. „M. Pitt comme traître à la nation et au droit des gens est condamne à . . ." [2]

Aber er kam nicht dazu, sein Urteil über Pitt auszusprechen, denn gerade während er in der Rolle Napoleons und zugleich mit seinem Heros zusammen die gefahrvolle Überfahrt über den Pas de Calais gemacht und London erobert hatte, sah er einen jungen, schlanken, gut aussehenden Offizier ins Zimmer treten. Er blieb stehen. Pierre hatte Boris als vierzehnjährigen Knaben zum letztenmal gesehen und konnte sich nicht mehr auf ihn besinnen. Trotzdem ergriff er aber in seiner raschen, treuherzigen Art die Hand des Unbekannten und lächelte ihm freundlich zu.

„Sie entsinnen sich meiner noch?" fragte Boris ruhig mit seinem angenehmen Lächeln. „Meine Mutter und ich sind gekommen, um dem Grafen unsere Aufwartung zu machen, aber wie es scheint, läßt seine Gesundheit zu wünschen übrig."

„Ja, er ist krank. Man quält und beunruhigt ihn zu viel", antwortete Pierre und suchte dahinterzukommen, wer dieser junge Mann wohl sein könnte.

Boris merkte, daß Pierre ihn nicht erkannte, hielt es aber nicht für nötig, seinen Namen zu nennen, und sah ihm ohne die geringste Verlegenheit ruhig in die Augen.

„Graf Rostow läßt Sie bitten, heute bei ihm zu speisen", sagte er nach einer längeren und für Pierre nicht sehr behaglichen Pause.

„Ah! Graf Rostow!" sagte Pierre erfreut. „Sie sind also sein Sohn

1 Mein Lieber, wenn Sie sich hier ebenso benehmen wollen wie in Petersburg, so wird es nicht gut für Sie enden; weiter habe ich Ihnen nichts zu sagen.

2 Mit England ist es vorbei. Herr Pitt, als Verräter der Nation und der Menschenrechte, ist verurteilt . . .

Ilja. Stellen Sie sich vor, ich hatte Sie im ersten Augenblick gar nicht erkannt. Wissen Sie noch, wie wir damals mit Madame Jacquot auf die Sperlingsberge fuhren ... damals? ... Es ist freilich lange her ..."

„Da sind Sie im Irrtum", sagte Boris langsam und mit einem kecken und ein wenig spöttischen Lächeln. „Ich heiße Boris und bin der Sohn der Fürstin Anna Michailowna Drubezkaja. Bei Rostows heißt der Vater Ilja und der Sohn Nikolai. Und eine Madame Jacquot habe ich nie gekannt."

Pierre machte Bewegungen mit Kopf und Armen, als müsse er sich eines Schwarmes von Mücken oder Bienen erwehren.

„Ach, was habe ich da angerichtet! Ich habe alles durcheinandergebracht. Ich habe eben in Moskau so viele Verwandte! Sie sind Boris ... ja. Also jetzt sind wir miteinander im reinen. Also, was halten Sie von der Boulogner Expedition? Was meinen Sie, den Engländern wird es doch schlecht ergehen, wenn Napoleon nur über den Kanal kommt? Ich halte die Expedition für durchaus durchführbar. Wenn nur Villeneuve nichts verpatzt!"

Boris wußte nichts von der Boulogner Expedition, er las keine Zeitungen und hörte den Namen Villeneuve zum erstenmal.

„Hier in Moskau kümmert man sich mehr um Diners und Gesellschaftsklatsch als um die Politik", sagte er mit seinem ruhigen, spöttischen Ton. „Von diesen Dingen weiß ich nichts und kann daher auch keine eigene Meinung haben. Moskau befaßt sich eben vor allem mit Klatsch. Jetzt wird viel von Ihnen und vom Grafen gesprochen."

Pierre lächelte sein gutherziges Lächeln, als fürchte er, Boris könne etwas sagen, was ihm nachher selbst leid tun würde. Aber Boris sprach durchaus überlegt, klar und bestimmt und sah dabei Pierre gerade in die Augen.

„Moskau hat also nichts zu tun als zu klatschen", fuhr er fort. „Alle reden jetzt davon, wem der Graf wohl sein Vermögen hinterlassen wird, obwohl er vielleicht noch uns alle überlebt, was ich ihm von Herzen wünschen möchte."

„Ja, das ist alles sehr traurig", fiel Pierre ein, „sehr traurig."

Pierre fürchtete noch immer, dieser Offizier könnte dem Gespräch unversehens eine Wendung geben, die für ihn, Boris, selbst peinlich werden müßte.

„Sie müssen den Eindruck haben", sagte Boris mit einem leichten Erröten, aber ohne den Ton seiner Stimme oder seine Haltung zu ändern, „Sie müssen den Eindruck haben, als trachteten alle nur danach, etwas vom Reichtum des Grafen zu erwischen."

Ja, das stimmt, dachte Pierre.

„Und um Mißverständnissen vorzubeugen, möchte ich Ihnen ausdrücklich sagen, daß Sie sich sehr täuschen würden, wenn Sie mich und meine Mutter auch zu diesen Leuten rechnen. Wir sind sehr arm, aber wenigstens von mir kann ich das sagen: gerade deswegen, weil Ihr Vater so reich ist, betrachte ich mich nicht als seinen Verwandten, und weder ich noch meine Mutter werden ihn jemals um etwas bitten noch auch etwas von ihm annehmen."

Pierre konnte lange nicht begreifen, worauf Boris eigentlich hinauswollte; als er es aber begriffen hatte, sprang er vom Diwan auf, ergriff den Offizier mit seiner ganzen Raschheit und Unbeholfenheit von unten her bei der Hand und sagte, noch stärker errötend als der andere, mit einem Gemisch aus Scham und Ärger:

„Aber wie kommen Sie denn auf etwas so Sonderbares? Bin ich denn ... und wie kann denn jemand überhaupt auf den Gedanken kommen ... Ich weiß ganz genau ..."

Aber Boris unterbrach ihn wieder.

„Ich freue mich, daß ich das alles herausgebracht habe. Vielleicht war es Ihnen unangenehm, dann bitte ich um Entschuldigung", sagte er in dem Bestreben, Pierre zu beruhigen, anstatt sich von ihm beruhigen zu lassen, „aber ich hoffe, ich habe Sie nicht verletzt. Es ist mein Grundsatz, alles offen herauszusagen ... Also was soll ich ausrichten? Kommen Sie zum Essen zu Rostows?"

Boris wurde es wieder leicht und unbefangen zumut, nachdem er sich einer offenbar schweren Pflicht entledigt hatte, selbst aus einer peinlichen Lage herausgekommen war und einen anderen dafür in eine solche versetzt hatte.

„Nein, hören Sie", sagte Pierre, nachdem er sich einigermaßen beruhigt hatte, „Sie sind wirklich ein merkwürdiger Mensch. Was Sie eben gesagt haben, das ist sehr schön, das ist wirklich sehr schön. Sie konnten mich ja nicht kennen, es ist eben so lange her, daß wir uns zuletzt gesehen haben, wir ... wir waren noch Kinder ... Sie konnten also von mir glauben, ich ... Ja, ich verstehe Sie, ich verstehe Sie durchaus. Ich hätte das nicht fertiggebracht, ich hätte dazu nicht genug Mut gehabt, aber das ist wirklich sehr schön. Ich freue mich sehr, Sie kennengelernt zu haben. Sonderbar", setzte er nach einer Weile lächelnd hinzu, „was Sie mir zugetraut haben!" Er lachte. „Aber was macht das? Wir werden einander schon noch näher kennenlernen. Ich bitte Sie darum." Er drückte Boris die Hand. „Denken Sie sich, ich bin noch kein einziges Mal beim Grafen drin gewesen. Er hat mich auch nicht rufen lassen ... Es tut mir sehr leid, schon allein als Mensch ... Aber was kann ich dabei tun?"

„Und Sie glauben, es wird Napoleon gelingen, seine Armee über den Pas de Calais zu bringen?" fragte Boris lächelnd.

Pierre begriff, daß Boris das Thema zu wechseln wünschte; er war damit durchaus einverstanden und begann ihm die Vorzüge und Nachteile der Boulogner Expedition auseinanderzusetzen.

Ein Lakai erschien und bat Boris zur Fürstin, die aufbrechen wolle. Pierre versprach, zum Diner zu kommen, um mit Boris noch näher bekannt zu werden, drückte ihm kräftig die Hand und sah ihm durch die Gläser seiner Brille freundlich in die Augen. Nachdem er fort war, ging Pierre noch lange in seinem Zimmer auf und ab, aber jetzt durchbohrte er keinen unsichtbaren Feind mehr mit dem Degen, sondern lächelte bei der Erinnerung an diesen liebenswürdigen, klugen und charaktervollen jungen Mann.

Wie es oft bei sehr jungen und noch dazu alleinstehenden Menschen geschieht, empfand er für diesen jungen Mann eine unerklärliche Zärtlichkeit und nahm sich vor, unter allen Umständen mit ihm Freundschaft zu schließen.

Fürst Wassilij geleitete die Fürstin hinaus. Sie hielt ihr Taschentuch an die Augen, und ihr Gesicht war feucht von Tränen.

„Es ist furchtbar, es ist furchtbar!" sagte sie. „Aber wie schwer es mich auch ankommt, ich werde meine Pflicht erfüllen. Ich komme wieder und bleibe dann die Nacht über hier. So darf es mit ihm nicht bleiben. Jede Minute ist kostbar. Ich begreife nicht, warum die Prinzessinnen noch zögern. Vielleicht läßt Gott mich noch ein Mittel finden, um ihn vorzubereiten! ... Adieu, mon prince, que le bon Dieu vous soutienne!" [1]

„Adieu, ma bonne", antwortete Fürst Wassilij und kehrte wieder in das Innere des Hauses zurück.

„Ach, er ist in einem schrecklichen Zustande", sagte die Mutter zu ihrem Sohn, als sie wieder im Wagen saßen. „Kaum, daß er noch irgend jemand erkennt."

„Ich verstehe nicht recht, Mamachen, in was für einem Verhältnis er eigentlich zu Pierre steht."

„Das Testament wird das alles klarstellen, mein Lieber; von dem hängt auch unser Schicksal ab ..."

„Aber wie kommen Sie denn auf den Gedanken, daß er uns etwas hinterlassen könnte?"

„Ach, mein Lieber! Er ist doch so reich, und wir sind so arm!"

„Nun, das ist doch noch kein hinreichender Grund, Mamachen ..."

„Ach, mein Gott, mein Gott! Wie schlimm es um ihn steht!" rief die Mutter.

[1] Leben Sie wohl, Fürst, möge Gott Ihnen Kraft verleihen!

XVII

Nachdem Anna Michailowna mit ihrem Sohn zum Grafen Kirill Wladimirowitsch Besuchow gefahren war, saß die Gräfin Rostowa lange allein da, das Taschentuch an die Augen gepreßt. Endlich klingelte sie.

„Was soll das heißen, meine Liebe?" sagte sie ärgerlich zu dem Mädchen, das sie einige Minuten hatte warten lassen, „es paßt Ihnen hier wohl nicht mehr, wie? Dann werde ich schon einen anderen Platz für Sie ausfindig machen."

Die Gräfin war durch den Gram und die demütigende Anmut ihrer Freundin aus dem Gleichgewicht gebracht worden und war jetzt schlechter Laune. Das äußerte sich immer darin, daß sie das Dienstmädchen mit „meine Liebe" und „Sie" anredete.

„Verzeihen Sie", sagte das Mädchen.

„Bitten Sie den Grafen zu mir."

Der Graf kam wie immer mit seinem schaukelnden Gange und mit etwas schuldbewußter Miene zu seiner Frau.

„Na, kleine Gräfin, was es aber heute für ein sauté au madère von Haselhühnern geben wird, ma chère[1]! Ich habe es probiert. Nicht umsonst habe ich tausend Rubel für Taraß bezahlt. Der ist es wert!"

Er setzte sich neben seine Frau, stützte mit einer flotten Bewegung die Hände auf die Knie und fuhr sich über die grauen Haare.

„Was befehlen Sie, kleine Gräfin?"

„Lieber Freund, ich ... aber was hast du denn da für einen Fleck?" fragte sie und zeigte auf seine Weste. „Das ist wohl vom sauté", setzte sie lächelnd hinzu. „Also, Graf: ich brauche Geld."

Ihr Gesicht nahm einen bekümmerten Ausdruck an.

„Ach, kleine Gräfin ..."

Und der Graf griff geschäftig nach seiner Brieftasche.

„Ich brauche aber viel, Graf, ich brauche fünfhundert Rubel."

Und sie zog ihr Batisttaschentuch und rieb damit an der Weste ihres Mannes.

„Sofort, sofort. He, wer gerade da ist!" rief er, so wie nur Menschen rufen, die ganz genau wissen, daß der Gerufene Hals über Kopf diesem Ruf Folge leisten wird. „Mitenka soll zu mir kommen."

Mitenka war der junge Edelmann, der beim Grafen erzogen worden war und nun alle seine Geschäfte besorgte; er trat jetzt mit leisen Schritten ins Zimmer.

„Weißt du, mein Lieber", sagte der Graf zu dem respektvoll vor ihm stehenden jungen Manne, „bringe mir doch ..." — er überlegte — „ja, siebenhundert Rubel, ja. Aber sieh zu, daß du mir nicht

[1] gebratene Haselhühner in Madeira, meine Liebe.

wieder so zerrissene und schmutzige Scheine bringst wie neulich, sondern hübsch saubere, sie sind für die Gräfin."

„Ja, Mitenka, bitte, recht saubere", sagte die Gräfin mit einem bekümmerten Seufzer.

„Ew. Erlaucht, zu wann befehlen Sie das Geld?" fragte Mitenka. „Sie belieben doch zu wissen, daß ... Übrigens bitte sich deswegen keine Sorgen zu machen", fügte er hinzu, als er merkte, daß der Graf schwer und rasch zu atmen begann, was immer ein Anzeichen aufsteigenden Zornes war. „Natürlich, ich hatte ja ganz vergessen ... Befehlen Sie das Geld sofort?"

„Ja, ja, bringe es nur gleich her. Gib es der Gräfin ab."

„Dieser Mitenka ist doch wirklich Gold wert", meinte der Graf lächelnd, als der junge Mann fort war. „Ein Unmöglich gibt es bei dem nicht, und das kann ich auch nicht leiden. Alles ist möglich."

„Ach, das Geld, Graf, das Geld! Wieviel Kummer hängt auf dieser Welt damit zusammen!" sagte die Gräfin. „Aber dieses Geld brauche ich wirklich dringend."

„Ja, Sie sind als Verschwenderin bekannt, kleine Gräfin", antwortete der Graf, küßte seiner Frau die Hand und ging wieder in sein Kabinett.

Als Anna Michailowna von Besuchow zurückkam, lag das Geld schon auf dem kleinen Tischchen neben der Gräfin, mit einem Taschentuch bedeckt, in lauter neuen Scheinen, und Anna Michailowna merkte der Gräfin eine gewisse unruhige Aufregung an.

„Nun, meine Liebe, wie steht es?" fragte die Gräfin.

„Ach, sein Zustand ist schrecklich! Man erkennt ihn gar nicht wieder, so sehr, sehr schlimm steht es um ihn. Ich war nur einen Augenblick bei ihm, ich kam kaum dazu, zwei Worte zu ihm zu sprechen ..."

„Annette, um Gottes willen, schlage es mir nicht ab", sagte die Gräfin plötzlich und wurde dabei ganz rot, was sich auf ihrem ältlichen, hageren, würdevollen Gesicht seltsam genug ausnahm; sie zog das Geld unter dem Tuch hervor. Anna Michailowna begriff augenblicks, um was es sich handelte, und beugte sich bereits vor, um die Gräfin im richtigen Moment geschickt zu umarmen.

„Das ist von mir für Boris ... für die Stickerei an seiner Uniform."

Und schon umarmte Anna Michailowna weinend die Gräfin. Auch die Gräfin weinte. Sie weinten darüber, daß sie so befreundet waren und darüber, daß sie beide so gute Menschen waren, und darüber, daß zwei alte Jugendfreundinnen sich jetzt mit so gemeinen Dingen befassen mußten wie mit Geldgeschichten, und darüber, daß ihre Jugend dahin war ... aber beider Tränen waren wohltuende und angenehme Tränen.

XVIII

Die Gräfin Rostowa saß mit ihren Töchtern und zahlreichen Damen, die sich bereits eingestellt hatten, im Salon. Die Herren hatte der Graf in sein Kabinett gebeten und ihnen seine mit besonderer Liebhaberei zusammengebrachte Sammlung türkischer Pfeifen angeboten. Von Zeit zu Zeit ging er hinaus und fragte, ob *sie* noch nicht gekommen sei. Mit dieser *sie* war Marja Dmitrijewna Achrosimowa gemeint, die in der Gesellschaft den Spitznamen „le terrible dragon" hatte, eine Dame, die weder durch Reichtum noch durch Rang ausgezeichnet, aber wegen ihres gesunden Menschenverstandes und der ungeschminkten Derbheit ihres Wesens berühmt war. Marja Dmitrijewna war der kaiserlichen Familie ebenso gut bekannt wie ganz Moskau und Petersburg, und beide Städte schüttelten wohl manchmal den Kopf über sie, machten sich im stillen über ihre Grobheit lustig und erzählten sich allerhand Anekdoten von ihr; trotzdem aber wurde sie von allen ohne Ausnahme geachtet und gefürchtet.

In dem von Tabaksrauch erfüllten Kabinett sprach man über den Krieg, der durch ein kaiserliches Manifest erklärt war, und über die Aushebungen. Noch hatte niemand dieses Manifest gelesen, aber alle wußten bereits, daß es erlassen worden war. Der Graf saß auf der Ottomane zwischen zwei rauchenden und lebhaft plaudernden Herren. Er selbst rauchte und plauderte nicht, sondern neigte den Kopf nur bald nach der einen und bald nach der andern Seite, sah den Rauchern mit sichtlichem Vergnügen zu und hörte sich das Gespräch seiner beiden Nachbarn an, die er selbst aufeinandergehetzt hatte.

Der eine der beiden war ein Zivilist mit runzligem, galligem, magerem, glattrasiertem Gesicht, der zwar schon an der Schwelle des Greisenalters stand, sich aber immer noch modisch wie ein junger Elegant kleidete. Er benahm sich wie ein alter Freund des Hauses, hatte die Füße auf den Diwan heraufgezogen, hatte sich das Bernsteinmundstück der Pfeife von der Seite her tief in den Mund geschoben, zog den Rauch stoßweise ein und kniff die Augen zusammen. Es war ein alter Junggeselle namens Schinschin, ein Vetter der Gräfin, und wie man in den Moskauer Salons behauptete, ein arges Lästermaul. Sein Partner, den er mit einer gewissen Herablassung zu behandeln schien, war ein frischer, rosiger Gardeoffizier, untadelig gewachsen, frisiert und gekleidet; das Bernsteinmundstück hielt er genau in der Mitte des Mundes, sog mit seinen rosigen Lippen den Rauch vorsichtig und in kleinen Zügen ein und ließ ihn in kleinen Ringen wieder aus seinem hübschen Munde hinausgehen. Das war der Oberleutnant Berg vom Semeonowskij-Regiment, derselbe, mit dem Boris dem Regiment nachreisen sollte und mit dem Natascha ihre Schwester Wera aufgezogen hatte, indem sie ihn als Verehrer der ältesten Komtesse bezeichnet hatte. Der Graf saß zwischen den beiden und hörte ihnen aufmerksam zu. Außer dem leidenschaftlich geliebten Bostonspiel wußte der Graf sich kein größeres Vergnügen als die Rolle des Zuhörers, besonders wenn es ihm gelungen war, zwei gesprächige Partner aufeinanderzuhetzen.

„Na, gewiß doch, Väterchen, mon très honorable[1] Alfons Karlytsch", sagte Schinschin spöttisch – er hatte die Eigenheit, beim Sprechen die gewöhnlichsten russischen Volksausdrücke mit den gesuchtesten französischen Wendungen zu mischen –, „vous comptez vous faire des rentes sur l'état[2], Sie möchten gern, daß von Ihrer Kompanie auch so ein kleines Einkünftchen für Sie abfällt?"

„Nein, Peter Nikolaitsch, ich will Ihnen nur beweisen, daß man sich bei der Infanterie viel besser stellt als bei der Kavallerie. Versetzen Sie sich doch in meine Lage, Peter Nikolaitsch ..."

Berg sprach immer sehr klar, ruhig und höflich. Aber was er sagte, betraf immer ausschließlich seine eigene Person, und stets schwieg er unerschütterlich, sobald das Gespräch auf ein Thema kam, das in keiner unmittelbaren Beziehung zu ihm selbst stand. Und in dieser Art konnte er stundenlang schweigen, ohne daß er dabei ein Gefühl von Unbehagen selbst empfunden oder bei anderen hervorgerufen hätte. Aber sobald das Gespräch ihn persönlich betraf, begann er ausführlich und mit sichtlichem Vergnügen zu sprechen.

„Versetzen Sie sich in meine Lage, Peter Nikolaitsch: als Kavallerist würde ich nicht mehr als zweihundert Rubel alle vier Monate bekommen, obwohl ich doch Oberleutnant bin, und so bekomme ich zweihundertdreißig", sagte er mit einem freudigen und angenehmen Lächeln und sah dabei Schinschin und den Grafen an, als unterläge es für ihn gar keinem Zweifel, daß sein Vorwärtskommen immer der heißeste Wunsch aller anderen Menschen sein müßte.

„Überdies bin ich infolge meiner Versetzung zur Garde an einer Stelle, wo ich mehr Aufmerksamkeit und Beachtung finde", fuhr Berg fort, „und zudem gibt es bei der Gardeinfanterie auch mehr Vakanzen. Und dann bedenken Sie, Peter Nikolaitsch, daß ich mit zweihundertdreißig Rubel schließlich auskommen kann. Und ich lege sogar noch etwas zurück und schicke es meinem Vater", schloß Berg und stieß einen kleinen Rauchring aus.

„La balance y est ...[3] Der Deutsche drischt auch auf dem Beilrücken noch Korn, comme dit le proverbe[4]", sagte Schinschin,

[1] mein sehr ehrenwerter.
[2] Sie rechnen mit einer Rente durch den Staat.
[3] Das Gleichgewicht ist hergestellt.
[4] Wie das Sprichwort sagt.

zwinkerte dem Grafen zu und schob das Bernsteinmundstück in den anderen Mundwinkel.

Der Graf lachte laut auf. Einige andere Gäste traten heran, um zuzuhören, da sie sahen, daß Schinschin mit jemand ins Gespräch gekommen war. Ohne auf den Spott oder die Gleichgültigkeit der Zuhörer zu achten, erzählte Berg weiter, wie er durch seine Versetzung zur Garde seinen Kameraden vom Kadettenkorps schon um eine Rangstufe voraus sei, wie der Kompanieführer leicht im Kriege fallen und er, als rangältester Kompanieoffizier leicht selbst Kompanieführer werden könne und wie er im Regiment allgemein beliebt und wie zufrieden sein guter Papa mit ihm sei. Es war für Berg offenbar ein hoher Genuß, das alles erzählen zu können, und es kam ihm gar nicht in den Sinn, daß die anderen vielleicht auch ihre eigenen Interessen haben könnten. Aber alles, was er vorbrachte, war so verständig und nett, und die Naivität seines jugendlichen Egoismus lag so deutlich zutage, daß er seine Zuhörer damit völlig entwaffnete.

„Na, Väterchen, Sie werden überall Ihren Weg machen, ob es nun die Infanterie oder die Kavallerie ist, das prophezeie ich Ihnen", meinte Schinschin, klopfte ihm auf die Schulter und nahm die Füße von der Ottomane herunter.

Berg lächelte erfreut. Der Graf verließ das Kabinett und ging in den Salon, und seine Gäste folgten ihm.

*

Es war die Zeit vor dem Diner, wo die Gäste erwarten, jeden Augenblick an das Büfett mit den Vorspeisen gebeten zu werden, und daher kein langes Gespräch mehr anknüpfen, aber es doch für nötig halten, sich zu bewegen und zu plaudern, um damit zu zeigen, daß sie keineswegs ungeduldig darauf warten, zu Tisch gehen zu können. Die Wirte werfen von Zeit zu Zeit einen Blick nach der Tür und sehen sich dann wieder gegenseitig an; und die Gäste suchen aus der Art dieser Blicke zu erraten, auf wen oder auf was noch gewartet wird: auf einen respektvoll zu behandelnden, verspäteten Verwandten oder auf ein Gericht, das noch nicht ganz fertig ist.

Pierre war eben erst angekommen und saß unbeholfen auf dem ersten besten Sessel mitten im Saal, so daß er allen andern den Weg versperrte. Die Gräfin wollte ihn zum Sprechen bringen, aber er sah sich naiv und unbekümmert durch seine Brille um, als suche er jemand, und beantwortete die Fragen der Gräfin nur sehr einsilbig. Er wirkte lästig und war dabei der einzige, der das nicht merkte. Die meisten Gäste, die die Bärengeschichte kannten, betrachteten neugierig diesen großen, dicken, schweigsamen Menschen und konnten nicht recht begreifen, daß dieser friedliche Tolpatsch einen so tollen Spaß fertiggekriegt haben sollte wie den mit dem Bezirkskommissar.

„Sie sind vor kurzem erst nach Moskau gekommen?" fragte ihn die Gräfin.

„Oui, madame", antwortete er und sah sich um.

„Sie haben meinen Mann noch nicht gesehen?"

„Non, madame",[1] und er lächelte völlig unangebracht.

„Sie waren doch kürzlich in Paris? Ich denke mir, das muß doch sehr interessant gewesen sein."

„Ja, sehr interessant."

Die Gräfin warf Anna Michailowna einen Blick zu. Anna Michailowna begriff, daß sie mit diesem Blick gebeten wurde, sich des jungen Menschen anzunehmen, sie setzte sich also neben ihn und begann von seinem Vater zu sprechen; aber er antwortete ihr ebenso wortkarg wie der Gräfin. Die übrigen Gäste waren alle miteinander beschäftigt: „Les Razoumovsky ... Ça a été charmant ... Vous êtes bien bonne ... la comtesse Apraksine ..."[2] so schwirrte es durcheinander. Die Gräfin erhob sich und ging in den Vorsaal.

„Marja Dmitrijewna?" hörte man von da aus ihre Stimme.

„Sie selbst", ließ sich zur Antwort eine tiefe Frauenstimme vernehmen, und gleich darauf trat Marja Dmitrijewna ein.

Alle jungen Mädchen und selbst die verheirateten Frauen mit Ausnahme der ganz alten standen auf. Marja Dmitrijewna blieb in der Tür stehen, hob den fünfzigjährigen Kopf mit den grauen Locken, ließ die Augen von der Höhe ihrer mächtigen Gestalt aus über die Gäste hinschweifen und brachte dann bedächtig die weiten Ärmel ihres Kleides in Ordnung; es sah aus, als wollte sie sie aufstreifen.

Marja Dmitrijewna sprach immer Russisch.

„Meinen Glückwunsch dem Namenstagskinde und den Ihrigen!" sagte sie mit ihrer lauten, tiefen, alle anderen Geräusche verschlingenden Stimme. „Nun, und du, alter Sünder?" wandte sie sich an den Grafen, der ihr die Hand küßte, „dir ist es wohl zu langweilig in Moskau, was? Dir fehlen wohl deine Hetzjagden? Ja, Väterchen, was ist da zu machen? Aber wenn diese Vögelchen hier heranwachsen", sie wies auf die jungen Mädchen, „ob man will oder nicht, da heißt es nach Bräutigamen Umschau halten."

„Na, und du, mein Kosak?" – Marja Dmitrijewna pflegte Natascha „Kosak" zu nennen – meinte sie und streichelte Natascha, die fröhlich und ohne jede Schüchternheit auf sie zugetreten war,

[1] Ja, Madame. Nein, Madame.
[2] Die Rasumovskys ... das war reizend ... Sie sind sehr gütig ... die Gräfin Apraksine.

um ihr die Hand zu küssen. „Ich weiß, was für ein Unkraut du bist, Mädel, aber ich habe dich doch lieb."

Sie zog aus ihrem unförmigen Ridikül ein Paar birnenförmige Saphirohrringe hervor, hielt sie der freudestrahlenden und über und über rot werdenden Natascha hin, wandte sich dann mit einem plötzlichen Ruck ab und machte sich über Pierre her:

„Heda, heda! Mein Lieber! Komm einmal her!" sagte sie und suchte ihrer Stimme mit Gewalt einen sanften Diskant zu geben. „Komm einmal her, mein Liebster ..."

Und dabei streifte sie gleichsam als Drohung ihre Ärmel noch höher auf. Pierre ging auf sie zu und sah sie ungeniert durch seine Brille an.

„Komm nur her, komm nur her, mein Liebster! Ich bin die einzige gewesen, die deinem Vater die Wahrheit gesagt hat, als er hoch in Gunst und Gnaden stand, und dir auch einmal die Wahrheit zu sagen, das ist ganz einfach Gottesgebot."

Sie schwieg. Alle anderen waren ebenfalls verstummt und warteten, was weiter kommen würde; denn ein jeder fühlte, daß dies nur die Einleitung gewesen war.

„Reizend, das muß ich sagen! Ein reizendes Bürschchen! Sein Vater liegt auf dem Sterbebett, und er amüsiert sich damit, Bezirkskommissare auf Bären reiten zu lassen. Schämen sollst du dich, Väterchen, schämen sollst du dich! Es wäre besser, du gingest in den Krieg."

Sie wandte sich ab und legte ihren Arm in den des Grafen, der sich kaum das Lachen verbeißen konnte.

„Na, was meinst du, es ist wohl Zeit, zu Tisch zu gehen?" sagte Marja Dmitrijewna.

Voran gingen der Graf und Marja Dmitrijewna, dann kam die Gräfin, die der Husarenoberst führte, ein Mann, der für Rostows insofern von Wichtigkeit war, als Nikolai mit ihm zusammen seinem Regiment nachreisen sollte. Anna Michailowna wurde von Schinschin geführt. Berg reichte Wera den Arm. Die glücklich lächelnde Julie Karagina ging mit Nikolai zu Tisch. Hinter ihnen kamen, eine lange Reihe durch den ganzen Saal hin bildend, die anderen Paare und zum Schluß einzeln die Kinder, die Hofmeister und Gouvernanten. Diener regten sich geschäftig, Stühle wurden geräuschvoll gerückt, im Orchester setzte die Musik ein, und die Gäste nahmen Platz. Dann trat an die Stelle der Klänge des gräflichen Hausorchesters das Klappern der Messer und Gabeln, die Unterhaltung der Gäste, die gemessenen Schritte der Bedienten. Am einen Ende der Tafel saß obenan die Gräfin, rechts von ihr Marja Dmitrijewna, links Anna Michailowna, dann folgten die übrigen Damen. Am andern Ende saß der Graf, links von ihm der

Husarenoberst, rechts Schinschin und die anderen Herren. Die eine Seite der langen Tafel hatte die schon erwachsene Jugend inne: Wera neben Berg, Pierre neben Boris; auf der anderen Seite saßen die Kinder, Hofmeister und Gouvernanten. Der Graf sah hinter dem Kristall der Flaschen und Fruchtschalen hervor ab und zu nach seiner Frau und ihrer hohen Haube mit den blauen Bändern hinüber und schenkte seinen Nachbarn eifrig Wein ein, ohne sich selbst zu vergessen. Und ebenso warf die Gräfin, ohne ihre Hausfrauenpflichten zu vernachlässigen, über die vor ihr stehende Ananasschale hinweg vielsagende Blicke zu ihrem Mann hinüber, dessen Glatze und Gesicht sich ihr immer mehr mit Röte zu überziehen schienen und dadurch immer deutlicher von seinem grauen Haar abstachen. Auf der Damenseite war ein gleichmäßiges und nicht zu lautes Geplauder zu hören, während die Stimmen der Herren bereits lauter und lauter wurden; besonders ließ sich die des Husarenobersten vernehmen, dessen Gesicht immer röter wurde und der so viel aß und trank, daß der Graf ihn schon den anderen Gästen als Beispiel hinstellte. Berg setzte Wera mit zärtlichem Lächeln auseinander, daß die Liebe kein irdisches, sondern ein himmlisches Gefühl sei. Boris nannte seinem neuen Freunde Pierre die Namen der einzelnen Gäste und wechselte häufige Blicke mit der ihm gegenübersitzenden Natascha. Pierre sprach wenig, betrachtete sich die vielen neuen Gesichter und aß sehr viel. Von den beiden Suppen – er hatte die à la tortue gewählt – und der Pastete bis zu den Haselhühnern ließ er kein einziges Gericht und keine einzige Weinsorte vorübergehen, die der Haushofmeister in serviettenumhüllten Flaschen geheimnisvoll hinter der Schulter des Nachbarn zum Vorschein brachte und bald mit „Dry Madeira" oder „Ungar" oder „Rheinwein" bezeichnete. Pierre hielt ihm das erste beste der vier mit dem Namenszug des Grafen geschmückten Kristallgläser, die vor jedem Gedeck standen, zum Einschenken hin, trank mit dem größten Behagen und sah die anderen Gäste mit immer freundlicher werdenden Blicken an. Die ihm schräg gegenübersitzende Natascha sah Boris so an, wie eben dreizehnjährige Mädchen junge Leute ansehen, mit denen sie sich zum ersten Male geküßt haben und in die sie verliebt sind. Aber mit einem ähnlichen Blick sah sie dazwischen auch Pierre an, und unter dem Blick dieses lachlustigen und lebhaften Mädchens kam ihn selbst eine Lust zu lachen an, ohne daß er gewußt hätte, worüber.

Nikolai saß recht weit von Sonja entfernt neben Julie Karagina, und wenn er mit ihr sprach, lag auf seinem Gesicht das gleiche unwillkürliche Lächeln wie am Vormittag. Sonja lächelte anstandshalber auch, aber es war deutlich zu sehen, daß sie von Eifersucht gequält war: sie wurde bald blaß, bald rot und horchte angestrengt auf die Unterhaltung zwischen Nikolai und Julie. Die Gouvernante sah sich aufgeregt um, anscheinend jederzeit zur Abwehr bereit, wenn jemand auf den Gedanken kommen sollte, den Kindern etwas zuleide zu tun. Der deutsche Hofmeister bemühte sich, die einzelnen Speisen, Weine und Leckereien seinem Gedächtnis einzuprägen, um in einem Brief an seine Angehörigen in Deutschland alle Einzelheiten schildern zu können, und war sehr gekränkt, als der Haushofmeister einmal mit der serviettenumhüllten Flasche an ihm vorüberging. Der Deutsche runzelte die Stirn und suchte durch seine Miene zu zeigen, daß ihm eigentlich an diesem Wein gar nichts gelegen sei; aber er ärgerte sich darüber, daß niemand begreifen wollte, daß er den Wein überhaupt nicht brauche, um seinen Durst oder seine Gier zu stillen, sondern um seiner sorgsamen Wißbegierde Genüge zu tun.

XIX

An der Herrenseite der Tafel wurde die Unterhaltung immer lebhafter. Der Oberst erzählte, das Manifest über die Kriegserklärung sei in Petersburg bereits erschienen, und ein Exemplar, das er selbst gesehen habe, sei soeben durch einen Kurier dem Oberkommandierenden von Moskau zugestellt worden.

„Warum muß uns eigentlich der Teufel reiten, mit Bonaparte Krieg zu führen?" meinte Schinschin. „Il a déjà rabattu le caquet à l'Autriche. Je crains que cette fois ce ne soit notre tour." [1]

Der Oberst, ein stämmiger, hochgewachsener, sanguinischer Deutscher, sichtlich mit Leib und Seele Soldat und Patriot, fühlte sich durch Schinschins Worte verletzt.

„Ich will Ihnen sagen, warum, mein Herr!" sagte er und sprach dabei die russischen Vokale nach deutscher Art aus, „darum, weil der Kaiser es so will. Er hat im Manifest gesagt, er könne gegenüber den Rußland bedrohenden Gefahren nicht gleichgültig bleiben, und die Sicherheit des Staates, seine Würde und die Heiligkeit der Bündnisse ..." – auf das Wort „Bündnisse" legte er aus irgendeinem Grunde einen ganz besonderen Nachdruck, als seien diese Bündnisse bei der ganzen Sache das Allerwichtigste.

Und dann zitierte er mit seinem unfehlbaren Kommandeurgedächtnis aus den Eingangsworten des Manifests: „und der Wunsch, der sein einziges und unverrückbares Ziel bildet, nämlich: den Frieden Europas auf ein sicheres Fundament zu gründen, haben ihn zu dem Entschlusse bewogen, einen Teil seines Heeres über die

[1] Er hat schon Österreich den Mund gestopft. Ich fürchte, jetzt sind wir an der Reihe.

Grenze rücken zu lassen und zur Erreichung seines Zieles mit erneutem Eifer vorzugehen."

„Darum, mein verehrter Herr!" schloß er, leerte mit besonderem Nachdruck sein Glas und sah beifallheischend den Grafen an.

„Connaissez vous le proverbe[1]: Kindel bleib daheim und dreh deine Spindel?" fragte Schinschin stirnrunzelnd und grinsend. „Cela nous convient à merveille.[2] Sogar Suworow haben sie kleingekriegt à plate couture; und wo haben wir jetzt Kerls wie Suworow? Je vous demande un peu",[3] sagte er in seiner wunderlichen, unaufhörlich vom Russischen ins Französische und vom Französischen ins Russische übergehenden Redeweise.

„Wir müssen eben kämpfen bis zum letzten Blutstropfen", antwortete der Oberst und schlug auf den Tisch, „wir müssen eben für unseren Kaiser ster-r-r-ben, dann wird alles schon gut werden. Und räsonieren sollen wir mö-ö-ö-glichst" — er zog das „möglichst" ganz besonders in die Länge — „mö-ö-ö-glichst wenig", schloß er, wieder zum Grafen gewandt. „So denken wenigstens wir alten Husaren, und damit Schluß! Und wie denken Sie darüber, Sie junger Mann und junger Husar?" setzte er zu Nikolai gewandt hinzu.

Nikolai hatte aufgehorcht, als er hörte, daß die Rede auf den Krieg gekommen war, und hatte nun, ohne sich weiter um seine Tischdame zu kümmern, nur noch Augen und Ohren für den Obersten.

„Ich bin ganz Ihrer Meinung", antwortete er jetzt, über und über rot geworden, und drehte seinen Teller und rückte seine Gläser mit einem so entschlossenen Ingrimm, als habe er sich schon in diesem Augenblick in die fürchterlichsten Gefahren gestürzt. „Ich bin überzeugt, daß die Russen sterben oder siegen müssen", setzte er hinzu, hatte aber gleich darauf ebenso wie alle anderen das Gefühl, daß diese Worte in diesem Milieu und bei dieser Gelegenheit allzu enthusiastisch und pathetisch klangen und darum nicht ganz angebracht waren.

„C'est bien beau ce que vous venez de dire",[4] sagte die neben ihm sitzende Julie.

Sonja hatte zu zittern angefangen und war bis über Ohren, Hals und Schultern rot geworden, während Nikolai sprach.

Pierre hatte dem Obersten zugehört und beifällig genickt.

„Sehr gut gesagt", meinte er.

„Ein echter Husar, dieser junge Mann!" schrie der Oberst und schlug wieder auf den Tisch.

1 Kennen Sie das Sprichwort.
2 Das paßt ausgezeichnet auf uns.
3 Bis zur völligen Niederlage ... frage ich Sie!
4 Das war sehr schön, was Sie soeben sagten.

„Was macht ihr denn da für einen Krach?" ließ sich plötzlich über den Tisch hinweg Marja Dmitrijewnas Baßstimme vernehmen. „Was haust du denn so auf den Tisch?" wandte sie sich an den Husaren. „Auf wen bist du denn so wild geworden? Du glaubst wohl, du hättest schon die Franzosen vor dir?"

„Ich sage nur, was wahr ist", entgegnete schmunzelnd der Husar.

„Hier ist von nichts die Rede wie vom Kriege", rief der Graf über die Tafel hinüber. „Mein Sohn geht nämlich auch mit, Marja Dmitrijewna, mein Sohn geht auch mit."

„Und ich habe vier Söhne bei der Armee und lasse deswegen doch nicht den Kopf hängen. Alles steht in Gottes Hand: man kann sterben, wenn man auf dem Ofen liegt, und mitten in der Schlacht kann Gott mit einem Erbarmen haben", antwortete Marja Dmitrijewna, und ihre volle Stimme tönte ohne jede Anstrengung vom anderen Ende der Tafel herüber.

„Das stimmt."

Und dann teilte sich die Unterhaltung wieder in ein Damengespräch am einen und ein Herrengespräch am anderen Ende der Tafel.

„Und du wirst doch nicht fragen", sagte der jüngste Bruder zu Natascha, „du wirst doch nicht fragen!"

„Doch, ich werde fragen!" antwortete Natascha.

Ihr Gesicht begann plötzlich zu glühen und drückte eine tollkühne und lustige Entschlossenheit aus. Sie erhob sich, forderte durch einen Blick den ihr gegenübersitzenden Pierre auf achtzugeben und wandte sich an ihre Mutter:

„Mama!" klang ihre kindliche Bruststimme über den ganzen Tisch hinüber.

„Was hast du?" fragte die Gräfin erschrocken. Dann merkte sie aber am Gesicht ihrer Tochter, daß es sich um irgendeinen Mutwillen handelte, machte mit der Hand eine Bewegung strenger Abwehr und schüttelte drohend und verneinend den Kopf.

Das Gespräch verstummte.

„Mama! Was gibt es heute zum Nachtisch?" fragte Nataschas Stimmchen noch entschlossener und fester als zuvor.

Die Gräfin wollte ein böses Gesicht machen, brachte es aber nicht fertig. Marja Dmitrijewna erhob drohend ihren dicken Finger.

„Kosak!" rief sie drohend.

Die meisten Gäste wußten nicht recht, wie sie diesen Streich aufnehmen sollten, und sahen fragend die Respektspersonen an.

„Na, dir will ich helfen!" sagte die Gräfin.

„Mama! Was gibt es heute zum Nachtisch?" rief Natascha noch einmal keck und mit munterem Eigensinn im voraus überzeugt, daß ihr Mutwille gut aufgenommen werden würde.

Sonja und der dicke Petja konnten sich das Lachen nicht verbeißen und versteckten ihre Gesichter.

„Siehst du, ich habe doch gefragt!" flüsterte Natascha ihrem kleinen Bruder und Pierre zu, dem sie wieder einen Blick zuwarf.

„Eis! Aber du wirst keins kriegen", sagte Marja Dmitrijewna.

Natascha sah schon, daß ihr nichts geschehen würde, und darum fürchtete sie sich nicht einmal vor Marja Dmitrijewna.

„Marja Dmitrijewna! Was für Eis? Crême-Eis mag ich nicht."

„Mohrrübeneis."

„Nein, was für Eis? Marja Dmitrijewna, was für Eis?" Sie schrie beinahe. „Ich will es wissen!"

Marja Dmitrijewna und die Gräfin fingen an zu lachen, und nun lachten auch die übrigen Gäste. Alle lachten nicht über Marja Dmitrijewnas Antwort, sondern über die unbegreifliche Keckheit und Gewandtheit dieses kleinen Mädchens, das mit Marja Dmitrijewna so umzugehen wagte und wußte.

Natascha gab sich erst zufrieden, als sie erfahren hatte, daß es Ananaseis geben würde. Vor dem Eis wurde Champagner gereicht. Wieder setzte die Musik ein, der Graf und die Gräfin küßten sich und die Gäste standen auf, gratulierten der Gräfin und stießen über den Tisch hinweg mit dem Grafen, mit den Kindern und miteinander an. Wieder liefen die Diener herbei, wieder wurden die Stühle geräuschvoll gerückt, und in derselben Reihenfolge wie vorhin, aber mit geröteteren Gesichtern, kehrten die Gäste in den Salon und in das Kabinett zurück.

XX

Die Bostontische wurden aufgestellt, es bildeten sich Gruppen von Spielern, und die Gäste des Grafen verteilten sich auf die beiden Salons, das Diwanzimmer und die Bibliothek.

Der Graf, der den gewohnten Mittagsschlaf sehr entbehrte, breitete die Karten fächerförmig aus und lachte über alles. Die Jugend fand sich auf Anregung der Gräfin um Klavier und Harfe zusammen. Zuerst spielte Julie auf allgemeines Bitten ein Stück mit Variationen auf der Harfe und bat dann gemeinsam mit den anderen jungen Mädchen, Nikolai und Natascha, die als musikalisch bekannt waren, möchten etwas singen. Natascha war offensichtlich stolz darauf, daß man sich ganz wie an eine Erwachsene an sie wandte, aber gleichzeitig war sie doch ein wenig schüchtern.

„Was wollen wir singen?" fragte sie.

„Den ‚Quell' ", antwortete Nikolai.

„Nun, also dann los. Boris, kommen Sie hierher", sagte Natascha. „Aber wo ist denn Sonja?"

Sie schaute sich um, sah, daß ihre Freundin nicht im Zimmer war, und lief weg, um sie zu holen.

In Sonjas Zimmer suchte sie vergeblich und lief dann ins Kinderzimmer; aber auch hier war Sonja nicht zu finden. Jetzt wußte Natascha, wo sie Sonja suchen mußte: auf der Truhe im Korridor. Diese große, zugleich als Schlafgelegenheit für Dienstboten benützte Truhe im Korridor war der Tränen- und Schmollwinkel der weiblichen Jugend im Rostowschen Hause. Und wirklich lag Sonja in ihrem leichten Rosakleidchen, das dabei bedenklich zerknittert wurde, mit dem Gesicht nach unten auf dem schmutzigen, gestreiften Pfühl des Kindermädchens, das auf der Truhe seinen Schlafplatz hatte; die Hände unter das Gesicht geschoben, schluchzte sie stoßweise, daß ihre entblößten schmalen Schultern hin und her zuckten. Nataschas lebhaftes, den ganzen Tag über festlich heiteres Gesicht veränderte sich plötzlich mit einem Schlage: die Augen wurden starr, über den Hals lief ein Zucken, und die Mundwinkel zogen sich nach unten.

„Sonja! Was fehlt dir denn? ... Was hast du, was hast du nur? Hu-huh-hu! ..."

Und Natascha riß ihren großen Mund weit auf, was sie völlig entstellte, und heulte los wie ein kleines Kind, ohne zu wissen warum, und nur deshalb, weil eben Sonja auch weinte. Sonja wollte ihren Kopf heben, wollte Natascha eine Antwort geben, aber sie brachte es nicht fertig und drückte ihr Gesicht nur noch tiefer in das Pfühl. Natascha kauerte sich auf dem blaugestreiften Pfühl zusammen, umarmte die Freundin und schluchzte haltlos. Schließlich raffte Sonja sich ein wenig auf, trocknete ihre Tränen und vertraute Natascha den Grund ihres Kummers an.

„Nikolenka fährt in einer Woche ab ... seine Marschorder ... ist ... gekommen ... er hat es mir selbst gesagt ... Aber deswegen würde ich noch nicht so weinen ..." Sie hielt Natascha ein Blatt Papier hin, das sie in der Hand hatte: es waren die Verse, die Nikolai ihr aufgeschrieben hatte. „Deswegen würde ich noch nicht so weinen, aber du ahnst ja gar nicht ... und das ahnt überhaupt niemand ... was für eine Seele er hat."

Und sie weinte von neuem, und zwar darüber, daß er eine so schöne Seele hatte.

„Du hast es gut ... ich bin ja nicht neidisch ... ich habe dich ja lieb und Boris ebenfalls", sagte sie, nachdem sie sich wieder ein wenig gesammelt hatte, „er ist so ein lieber Mensch ... und für euch gibt es ja auch gar keine Hindernisse. Aber Nikolai ist mein Vetter ... und da müßte doch ... der Metropolit selbst ... und auch dann ist es unmöglich. Und dann Mama ..." – Sonja sah in der Gräfin ihre Mutter und nannte sie auch „Mama" – „Mama wird sagen, ich verderbe Nikolai seine Karriere und ich habe kein Herz und ich bin undankbar, aber wahrhaftig ... ja, bei Gott ..." – sie bekreuzte sich – „ich liebe sie doch so sehr und überhaupt euch alle, Wera allein ist ... Warum denn? Was habe ich ihr getan? Ich bin ja euch allen so dankbar, daß ich glücklich wäre, wenn ich alles für euch opfern könnte, aber ich habe ja nichts ..."

Sonja konnte nicht weitersprechen und verbarg ihr Gesicht wieder im Pfühl. Natascha begann ihr beschwichtigend zuzureden, aber ihr Gesichtsausdruck zeigte deutlich, daß sie den Kummer ihrer Freundin in seiner ganzen Schwere verstand.

„Sonja!" sagte sie plötzlich, als sei sie erst jetzt der eigentlichen Ursache von Sonjas Verzweiflung auf die Spur gekommen, „nicht wahr, Wera hat wohl nach dem Essen mit dir gesprochen? Ja?"

„Ja, diese Verse hatte Nikolai selbst für mich aufgeschrieben, und ich hatte mir noch andere dazugeschrieben, und Wera hat sie bei mir auf dem Tisch gefunden und hat gesagt, sie wollte sie Mama zeigen, und dann hat sie noch gesagt, ich wäre undankbar, und Mama würde ihm nie erlauben, mich zu heiraten, und er würde Julie heiraten. Du siehst doch, daß er den ganzen Tag mit ihr ... Natascha? Warum ..."

Und wieder weinte sie noch bitterlicher als vorher. Natascha richtete sie auf, umarmte sie und suchte sie, selber durch Tränen lächelnd, zu beruhigen.

„Sonja, mein Herzchen, glaube ihr nicht, glaube ihr nur nicht. Weißt du noch, wie wir beide mit Nikolai im Diwanzimmer über das alles gesprochen haben? Weißt du noch, damals nach dem Abendessen? Wir haben doch ganz genau abgemacht, wie alles werden soll. Ich weiß nicht mehr genau, wie es im einzelnen war, aber denke doch nur daran, wie alles wunderschön war und auch ganz leicht zu machen. Siehst du, Onkel Schinschins Bruder hat doch auch seine Cousine geheiratet, und Nikolai ist doch überhaupt nur dein Vetter dritten Grades. Und Boris hat auch gesagt, daß sich das alles machen läßt. Du weißt doch, ich habe ihm alles erzählt. Und er ist doch so klug und so gut ... Nein, weine nur nicht, Sonja, mein Herzchen, mein Liebstes, meine Sonja" – und sie begann sie zu küssen. „Wera ist eben so gräßlich, aber was macht denn das! Alles wird noch gut werden, und Mama wird sie es schon nicht sagen, Nikolenka wird es ihr selbst sagen, und er denkt überhaupt nicht an Julie."

Und sie küßte Sonja auf den Kopf. Sonja richtete sich auf, das Kätzchen wurde wieder lebendig, seine Äuglein blitzten, und es schien wieder bereit, im nächsten Augenblick mit dem Schwänzchen zu wedeln, auf die weichen Pfötchen zu springen und von neuem mit dem Knäuel zu spielen, wie es seine Art war.

„Glaubst du? Wirklich? Bei Gott?" fragte sie und begann rasch ihr Kleid und ihre Frisur wieder in Ordnung zu bringen.

„Wahrhaftig, bei Gott!" antwortete Natascha und steckte ihrer Freundin eine losgegangene, verwirrte Haarsträhne wieder unter den Zopf.

Und dann lachten beide laut auf.

„Na, und jetzt wollen wir den ‚Quell' singen."

„Ja, das wollen wir."

„Aber weißt du, dieser dicke Pierre, der mir gegenübersaß – ist der aber komisch!" sagte Natascha plötzlich und blieb stehen. „Ich bin schrecklich vergnügt!"

Und dann lief sie den Korridor entlang.

Sonja schüttelte die Federn von ihrem Kleide, steckte die Verse in den Halsausschnitt an den etwas vorstehenden Knochen vorbei und lief, ganz rot im Gesicht, mit leichten, munteren Schritten hinter Natascha her durch den Korridor ins Diwanzimmer. Auf Bitten der Gäste sangen die jungen Leute das Quartett „Der Quell", das allgemeinen Beifall fand. Dann sang Nikolai ein Lied, das er sich kürzlich erst eingeübt hatte:

„Oh, welches Glück im Mondenscheine
doch nächtlich der Gedanke schenkt:
Auf dieser Erde gibt es eine,
ja eine, die auch dein gedenkt!
Die mit der Hand, der wunderschönen,
ins Gold der Harfensaiten faßt
und die in sehnsuchtsvollen Tönen
dich ruft: O komm, geliebter Gast!
Ein Tag nur, zwei noch: Himmelswonne!
Doch ach! Dein Freund erlebt es nicht..."

Und er hatte die letzten Worte noch nicht gesungen, als sich die Jugend im Saal bereits zum Tanzen anschickte und die Musikanten sich auf der Galerie schon mit Husten und Trampeln bemerkbar machten.

*

Pierre saß im Salon und sah sich von Schinschin als eben erst aus dem Auslande Heimgekehrter in ein langweiliges politisches Gespräch hineingezogen, an dem sich dann auch einige andere beteiligten. Als die Musik zu spielen begann, kam Natascha in den Salon, ging geradeswegs auf Pierre zu und sagte, lachend und errötend:

„Mama hat gesagt, ich soll Sie zum Tanz bitten."

„Ich fürchte, ich werde alle Figuren in Unordnung bringen", antwortete Pierre, „aber wenn Sie meine Lehrmeisterin sein wollen..."

Und er bückte sich und reichte dem zierlichen kleinen Mädchen seinen dicken Arm.

Während die Paare Aufstellung nahmen und die Musikanten ihre Instrumente stimmten, setzte Pierre sich mit seiner kleinen Dame hin. Natascha war überglücklich: sie hatte einen Erwachsenen zum Herrn, und noch dazu einen, der aus dem Auslande gekommen war. Vor aller Augen saß sie da und unterhielt sich mit ihm, als sei sie auch schon eine Erwachsene. In der Hand hielt sie einen Fächer, den ihr eine junge Dame zu halten gegeben hatte. Sie nahm eine Haltung an, die jeder großen Dame von Welt Ehre gemacht hätte – Gott mochte wissen, wo und wann sie das gelernt hatte –, spielte mit ihrem Fächer und plauderte über den Fächer hinweg lächelnd mit ihrem Kavalier.

„Nein, bitte! Sehen Sie sich nur das an, sehen Sie sich nur das an", sagte die alte Gräfin, die gerade durch den Saal ging, und wies auf Natascha.

Natascha wurde rot und lachte.

„Nun, was ist denn dabei, Mama? Was meinen Sie damit? Was ist denn da so wunderbar?"

Während der dritten Ecossaise wurden im Salon, wo der Graf und Marja Dmitrijewna Karten spielten, die Stühle gerückt, und die meisten Respektspersonen erhoben sich, reckten die vom langen Sitzen steifgewordenen Glieder, steckten ihre Brieftaschen und Börsen wieder ein und gingen in den Tanzsaal. Voran ging Marja Dmitrijewna mit dem Grafen, sie hatten beide vergnügte Gesichter, und der Graf reichte Marja Dmitrijewna mit scherzhafter Höflichkeit wie ein Ballettänzer den elegant gewinkelten Arm. Er richtete sich sehr gerade auf, sein Gesicht wurde von einem pfiffigen und unternehmungslustigen Lächeln erhellt, und kaum war die letzte Figur der Ecossaise zu Ende getanzt, da klatschte er auch schon in die Hände, um die Musikanten aufmerksam zu machen, und rief, zur ersten Violine gewandt, ins Orchester hinauf:

„Semeon! Kennst du den Küfer Danilo?"

Der „Küfer Danilo" war der Lieblingstanz des Grafen, und er hatte ihn noch in seiner Jugend getanzt. Eigentlich war der „Küfer Danilo" nur eine einzelne Figur der Anglaise.

„Sehen Sie nur den Papa!" rief Natascha durch den ganzen Saal – sie hatte vollständig vergessen, daß sie ja einen Erwachsenen zum Kavalier hatte, sie neigte ihr Krausköpfchen bis zu den Knien, und ihr helles Lachen klang durch den ganzen Saal.

Und wirklich sah alles, was im Saale war, mit vergnügtem Lächeln nach dem fröhlichen alten Herrn mit seiner stattlichen

Dame – Marja Dmitrijewna –, die ein gutes Stück größer war als er. Er bog die Arme, schleuderte sie im Takt hin und her, zuckte rhythmisch mit den Schultern nach rechts und nach links, machte mit den Füßen seine Ausfälle und stampfte leicht auf und bereitete die Zuschauer jedesmal, wenn eine besondere Glanzleistung kommen sollte, durch ein Lächeln vor, das immer heller über sein rundliches Gesicht strahlte. Sowie die lustigen und einladenden Klänge des so sehr an einen ausgelassenen Trepak* erinnernden Küfers Danilo ertönten, zeigten sich plötzlich in allen Saaltüren die Gesichter des Hausgesindes – auf der einen Seite die Männer, auf der anderen die Frauen –, das lachend herbeigelaufen kam, um den vergnügten Herrn tanzen zu sehen.

„Seht doch! Unser Väterchen! Wie ein Adler!" klang die laute Stimme der Kinderfrau aus der einen Tür.

Der Graf tanzte gut und wußte das, aber seine Dame tanzte keineswegs gut und legte auch nicht den geringsten Wert darauf. Ihr mächtiger Körper hielt sich steif und gerade, die großen, gewaltigen Arme hingen schlaff herunter – ihr Ridikül hatte sie der Gräfin anvertraut –, und eigentlich tanzte nichts an ihr außer dem strengen, aber schönen Gesicht. Was sich beim Grafen in seiner ganzen rundlichen Gestalt ausdrückte, das drückte sich bei Marja Dmitrijewna nur in ihrem immer heller lächelnden Gesicht und ihrer immer mehr in die Höhe gehenden Nase aus. Aber wenn der Graf, der immer mehr aus sich herausging, die Zuschauer durch seine überraschenden und gewandten Fußstellungen und durch die elastischen Sprünge seiner flinken, geschmeidigen Beine fesselte, so machte Marja Dmitrijewna, obwohl sie sich bei den Schulterbewegungen, beim Einwinkeln der Arme während der raschen Wendungen und beim Aufstampfen viel weniger ins Zeug legte, doch einen ebenso großen Eindruck wie der Graf, da ein jeder ihren mächtigen Körperbau und ihr für gewöhnlich rauhes und ernstes Wesen, dem sie diese Leistung abzwang, dabei in Rechnung stellte. Der Tanz wurde lebhafter und lebhafter. Das zweite Paar, das den beiden vis-à-vis tanzte, konnte sich demgegenüber in der Aufmerksamkeit der Zuschauer nicht behaupten und versuchte es auch nicht einmal. Alles hatte nur Augen für den Grafen und Marja Dmitrijewna. Natascha zupfte jeden, der ihr erreichbar war, am Ärmel oder am Kleide und verlangte, alle sollten ihr Papachen ansehen, obwohl ohnehin niemand ein Auge von den Tanzenden verwandte. In den kurzen Pausen zwischen den einzelnen Figuren schnappte der Graf mühsam nach Luft, gab den Musikanten Zeichen und schrie ihnen zu, sie sollten schneller spielen. Schneller und schneller,

* Anm. am Schluß des Buches.

künstlicher und künstlicher, leichter und leichter drehte sich der Graf, schwebte bald auf den Zehenspitzen, bald auf den Absätzen um Marja Dmitrijewna herum, bis er schließlich seine Dame in ihre Ausgangsstellung zurückwirbelte und dann den letzten Pas ausführte, indem er sein geschmeidiges Bein rückwärts hoch emporwarf, den schweißbedeckten Kopf mit dem lächelnden Gesicht neigte und mit dem rechten Arm unter dem dröhnenden Händeklatschen und Lachen der Zuschauer und ganz besonders seiner Tochter Natascha eine weit ausladende, rundbogige Bewegung machte. Dann blieben beide Tänzer stehen, atmeten schwer und trockneten sich das Gesicht mit ihren batistenen Taschentüchern.

„Jawohl, so tanzte man zu unserer Zeit, ma chère", sagte der Graf.

„Ja, das war ein richtiger Küfer Danilo!" sagte Marja Dmitrijewna zwischen schweren und langsamen Atemstößen und streifte sich die Ärmel in die Höhe.

XXI

Während im Saal bei Rostows nach den Tönen der vor Müdigkeit bereits falsch spielenden Musikanten die sechste Anglaise getanzt wurde und die ermatteten Diener und Köche das Souper herrichteten, erlitt Graf Besuchow seinen sechsten Schlaganfall. Die Ärzte erklärten, es gäbe keine Hoffnung auf Genesung mehr. Dem Kranken wurde eine Beichte abgenommen, bei der er nur durch Zeichen auf die Fragen des Geistlichen zu antworten brauchte, und alsdann das Abendmahl gereicht. Dann wurden die Vorbereitungen zur Letzten Ölung getroffen, und im ganzen Hause herrschten das geschäftige Treiben und die erwartungsvolle Unruhe, die solchen Feiern vorherzugehen pflegen. Draußen, im Torweg, drängten sich, vor den anrollenden Equipagen zurückweichend, die Sargmacher, die für die Beerdigung des Grafen auf einen gewinnbringenden Auftrag rechneten. Der Oberkommandierende von Moskau, der einen Adjutanten nach dem andern geschickt hatte, um ständig über das Befinden des Grafen auf dem laufenden zu sein, kam an diesem Abend selbst angefahren, um vom Grafen Besuchow als einem der berühmten Großwürdenträger aus der Zeit der Kaiserin Katharina Abschied zu nehmen.

Das prachtvolle Empfangszimmer war voll von Menschen. Alle erhoben sich ehrerbietig, als der Oberkommandierende, der etwa eine halbe Stunde lang mit dem Kranken allein gewesen war, aus dessen Zimmer herauskam. Er erwiderte flüchtig die Verbeugungen der anderen und suchte so schnell wie möglich sich den auf ihn gerichteten Blicken der Ärzte, der Geistlichen und der Verwandten des Grafen zu entziehen. Fürst Wassilij, der in diesen Tagen abgemagert und blaß geworden war, geleitete den Oberkommandierenden hinaus und sagte ihm mehrere Male mit gedämpfter Stimme einige Worte.

Nachdem er den Oberkommandierenden hinausgeleitet hatte, setzte Fürst Wassilij sich im Saal ganz allein auf einen Stuhl, schlug ein Bein hoch über das andere, stützte den Ellbogen auf das Knie und bedeckte die Augen mit der Hand. So saß er eine Zeitlang da, stand dann auf und ging mit ungewöhnlich raschen Schritten, ängstlich nach allen Seiten um sich blickend, durch den langen Korridor in den rückwärtigen Teil des Hauses, zu der ältesten Prinzessin.

In dem schwach beleuchteten Empfangszimmer wurde bald leiser, bald weniger leise geflüstert, aber die Sprechenden verstummten jedesmal, wenn sich die Tür zum Zimmer des Sterbenden leise öffnete und jemand herauskam oder hineinging, auf den sich dann alle Augen fragend und erwartungsvoll richteten.

„Die Grenze des menschlichen Lebens", sagte ein alter Geistlicher zu einer neben ihm sitzenden und ihm mit naiver Hingabe zuhörenden Dame, „die Grenze des menschlichen Lebens ist festgesetzt, und niemandem ist es gegeben, sie zu überschreiten."

„Es ist doch wohl noch nicht zu spät zur Letzten Ölung?" fragte, den Titel des Geistlichen hinzufügend, die Dame, in einem Tone, als habe sie selbst in diesem Falle gar keine eigene Meinung.

„Das Sakrament ist ein gewaltig Ding, Mütterchen", antwortete der Geistliche und strich sich mit der Hand über die Glatze, über die sich einige glattgekämmte, halbergraute Haarsträhnen hinzogen.

„Was? War das der Oberkommandierende selbst?" fragte jemand am anderen Ende des Zimmers. „Wie jugendlich er noch aussieht!"

„Ist aber schon hoch in den Sechzigern! Es heißt, der Graf erkennt niemand mehr, ob das stimmt? Er soll die Letzte Ölung bekommen."

„Ich habe einen gekannt, der hat siebenmal die Letzte Ölung gekriegt."

In diesem Augenblick kam die zweite Prinzessin mit verweinten Augen aus dem Krankenzimmer und setzte sich neben Dr. Lorrain, der, die Ellbogen auf den Tisch gestützt, in graziöser Pose unter dem Bilde der Kaiserin Katharina saß.

„Très beau", anwortete er auf eine Frage der Prinzessin nach dem Wetter, „très beau, princesse, et puis, à Moscou on se croit à la campagne."[1]

„N'est-ce pas?"[2] meinte die Prinzessin seufzend. „Darf er jetzt wohl etwas trinken?"

[1] Sehr schön, Prinzessin, und dann fühlt man sich ja in Moskau wie auf dem Lande.
[2] Nicht wahr?

Lorrain überlegte.
„Hat er die Arznei genommen?"
„Ja."
Der Arzt sah auf seine Breguetsche Uhr.
„Nehmen Sie ein Glas gekochtes Wasser und tun Sie une pincée" – er deutete mit einer Bewegung seiner zierlichen Finger an, was er unter „une pincée"[1] verstand – „de cremortartari hinein."
„Ich habe es noch nie erlebt", sagte der deutsche Arzt in seinem gebrochenen Russisch zu einem der Adjutanten, „daß jemand nach dem dritten Schlaganfall noch mit dem Leben davongekommen wäre."
„Und was war er für ein rüstiger Mann!" meinte der Adjutant. „Und wem wird jetzt wohl all dieser Reichtum zufallen?" setzte er im Flüsterton hinzu.
„Es werden sich schon Liebhaber finden", antwortete der Deutsche lächelnd.
Ein Knarren der Tür ließ alle Anwesenden aufblicken: die zweite Prinzessin hatte das Getränk nach Dr. Lorrains Weisungen bereitet und trug es ins Krankenzimmer. Der deutsche Arzt trat auf Lorrain zu.
„Ob es sich noch bis morgen früh hinzieht?" fragte er auf französisch, aber mit schlechter Aussprache.
Lorrain preßte die Lippen aufeinander und machte in Höhe seiner Nase eine strenge und verneinende Bewegung mit dem Finger.
„Heute nacht, nicht später", sagte er leise mit einem wohlerzogenen Lächeln der Selbstzufriedenheit darüber, daß er den Zustand des Kranken so klar zu erkennen und so deutlich zu bezeichnen vermochte. Dann ging er hinaus.

*

Inzwischen hatte Fürst Wassilij die ins Zimmer der Prinzessin führende Tür geöffnet.
Drinnen war es halbdunkel; nur vor den Heiligenbildern brannten zwei Lämpchen, und es roch angenehm nach Räucherwerk und Blumen. Das ganze Zimmer stand voller kleiner Möbelstücke, Chiffonièren, Schränkchen, Tischchen. Hinter dem Bettschirm sah man die weißen Decken eines hochgetürmten Federbetts. Ein Hündchen fing an zu bellen.
„Ach, das sind Sie, mon cousin?"
Die Prinzessin stand auf und strich sich die Haare zurecht, die bei ihr immer und sogar jetzt noch so auffallend glatt lagen, als seien sie mit dem Kopf zusammen aus einem einzigen Stück gemacht und dann mit Lack überzogen.

[1] Eine Fingerspitze voll.

„Ist etwas passiert?" fragte sie. „Ich habe so einen Schrecken bekommen."

„Nein, es ist alles noch beim alten. Ich bin nur gekommen, um mit dir über unsere Sache zu sprechen, Catiche", antwortete der Fürst und ließ sich ermüdet in den Sessel fallen, von dem sie aufgestanden war. „Aber wie warm es hier bei dir ist. Nun, setze dich her. Causons[1]."

„Ich glaubte schon, es wäre etwas passiert", sagte die Prinzessin, setzte sich mit ihrem starren, steinern-strengen Gesichtsausdruck ihm gegenüber und schickte sich an, ihm zuzuhören.

„Ich wollte schlafen, mon cousin, aber ich konnte nicht."

„Nun, wie ist es, meine Liebe?" fragte Fürst Wassilij, ergriff die Hand der Prinzessin und zog sie, wie er das zu tun pflegte, nach unten.

Es war klar, daß sich dieses: „Nun, wie ist es", auf manches bezog, was von beiden auch ohne nähere Bezeichnung ohne weiteres verstanden wurde.

Die Prinzessin saß mit ihrer im Vergleich zu den Beinen unverhältnismäßig langen, schmalen und sehr geraden Taille da und sah den Fürsten starr und leidenschaftslos mit ihren ein wenig vorquellenden grauen Augen an. Dann wiegte sie den Kopf hin und her, seufzte und warf einen Blick auf die Heiligenbilder. Diese Gebärde konnte sowohl Trauer und Ergebung als auch Ermüdung und Hoffnung auf ein baldiges Ausruhen bedeuten. Fürst Wassilij faßte sie als einen Ausdruck von Ermüdung auf.

„Und glaubst du vielleicht, ich sei besser dran?" fragte er. „Je suis éreinté comme un cheval de poste.[2] Aber ich muß trotzdem mit dir sprechen, Catiche, und zwar sehr ernsthaft."

Fürst Wassilij schwieg, und seine Wangen begannen nervös zu zucken, bald die eine und bald die andere; sein Gesicht erhielt dadurch einen unangenehmen Ausdruck, den es nie hatte, wenn er sich in Gesellschaft und in einem Salon bewegte. Auch seine Augen schienen anders als sonst, ihr Blick war bald keck und spöttisch, bald erschrocken.

Die Prinzessin hielt mit ihren harten, mageren Händen das Hündchen auf ihrem Schoße fest und sah dem Fürsten Wassilij aufmerksam ins Gesicht; aber es war deutlich zu sehen, daß sie dieses Schweigen mit keiner Frage unterbrechen würde, und wenn sie bis an den Morgen schweigen müßte.

„Also, sehen Sie, meine liebe Prinzessin und Cousine Katherina Semeonowna", nahm Fürst Wassilij, offenbar nicht ohne einen inneren Kampf, seine Rede wieder auf, „in solchen Augenblicken,

[1] Plaudern wir!
[2] Ich bin abgehetzt wie ein Postpferd.

wie wir sie jetzt durchleben, muß alles bedacht werden. Wir müssen an die Zukunft denken, an euch ... Ich liebe euch ja alle, als wäret ihr meine eigenen Kinder, das weißt du ja."

Die Prinzessin sah ihn noch immer so starr und trübe an wie zuvor.

„Schließlich muß ich auch an meine Familie denken", fuhr Fürst Wassilij fort, ohne sie anzusehen, und stieß dabei das Tischchen mit einer ärgerlichen Bewegung von sich. „Du weißt, Catiche, daß ihr drei Schwestern Mamontow und dazu meine Frau, ja, also, daß wir alle die einzigen direkten legitimen Erben des Grafen sind. Ich weiß, ich weiß, wie schwer es für dich ist, daran zu denken und darüber zu sprechen. Mir selbst geht es ja nicht anders. Aber, meine Liebe, ich komme bald in die Sechzig, und da muß man auf alles gefaßt sein. Weißt du, daß ich nach Pierre geschickt habe? Daß der Graf ausdrücklich nach ihm verlangt, indem er auf sein Bild gezeigt hat?"

Fürst Wassilij sah die Prinzessin fragend an, konnte aber nicht dahinterkommen, ob sie über den Sinn seiner Worte nachdachte oder ihn ganz einfach anblickte, ohne sich mit irgendeinem Gedanken zu beschäftigen.

„Ich bitte Gott nur unablässig um eins, Cousin", antwortete sie, „daß Er sich seiner erbarmen und seiner herrlichen Seele vergönnen wolle, ruhig abzuscheiden aus dieser ..."

„Ja, natürlich", unterbrach Fürst Wassilij sie ungeduldig, fuhr sich über die Glatze und zog das Tischchen wieder mit einer Gebärde des Ärgers an sich heran, „aber schließlich ... schließlich handelt es sich doch darum, das weißt du ja selbst, daß der Graf im vorigen Winter ein Testament gemacht hat, wonach sein ganzes Vermögen unter Übergehung der rechtmäßigen Erben, also unter Übergehung von uns, an Pierre fallen soll."

„Und selbst wenn er solche Testamente gemacht hat!" antwortete die Prinzessin ruhig. „Aber Pierre konnte er ja gar nicht zum Erben einsetzen. Pierre ist doch ein illegitimes Kind."

„Ma chère", sagte Fürst Wassilij heftig, preßte das Tischchen an sich und fing an, hastig und lebhaft zu sprechen, „wenn ich dir aber sage, daß er ein Gesuch an den Kaiser gerichtet hat, in dem er bittet, Pierre legitimieren zu dürfen? Verstehst du, bei den Verdiensten des Grafen müßte diese Bitte Gehör finden ..."

Die Prinzessin lächelte, wie man lächelt, wenn man eine Sache besser zu übersehen glaubt als der, mit dem man redet.

„Ich kann dir noch mehr sagen", fuhr Fürst Wassilij fort und packte ihre Hand, „das Gesuch ist geschrieben, aber noch nicht abgeschickt, wenn auch der Kaiser bereits davon weiß. Es handelt sich nur darum, ob es wieder vernichtet worden ist oder nicht. Wenn nicht, so wird man, wenn alles zu Ende ist" – Fürst Wassilij gab durch einen Seufzer zu verstehen, was er mit diesem „alles zu Ende" meinte –, „die Papiere des Grafen durchwühlen und das Testament mitsamt dem Gesuch dem Kaiser übergeben, und die Bitte des Grafen wird ganz bestimmt erfüllt werden. Pierre wird legitimiert und bekommt alles."

„Und unser Anteil?" fragte die Prinzessin mit einem ironischen Lächeln, als wäre alles möglich, nur das nicht.

„Mais ma pauvre Catiche, c'est clair comme le jour.[1] Dann ist er doch der einzige rechtmäßige Erbe des ganzen Vermögens, und ihr bekommt überhaupt nichts! Du mußt es ja wissen, meine Beste, ob das Testament und das Gesuch an den Kaiser noch existieren oder ob sie vernichtet worden sind. Und wenn sie aus irgendeinem Grunde in Vergessenheit geraten sind, so mußt du doch wissen, wo sie sind, und mußt sie finden können, weil . . ."

„Das hat gerade noch gefehlt!" unterbrach ihn die Prinzessin und lächelte dabei höhnisch, ohne daß sich der Ausdruck ihrer Augen verändert hätte. „Ich bin eine Frau; nach eurer Ansicht sind wir ja alle dumm, aber so viel weiß ich denn doch, daß ein unehelicher Sohn nicht erbberechtigt ist . . . Un bâtard[2]", fügte sie hinzu, in der Annahme, mit der Übersetzung dieses Wortes ins Französische könne sie den Fürsten endgültig davon überzeugen, wie unrecht er habe.

„Aber wie kannst du denn das gar nicht verstehen wollen, Catiche! Du bist doch sonst so klug, das mußt du doch verstehen! Wenn der Graf einen Brief an den Kaiser geschrieben hat, in dem er bittet, Pierre als seinen legitimen Sohn anzuerkennen, dann ist eben Pierre nicht mehr Pierre, sondern ein Graf Besuchow, und dann bekommt er eben alles auf Grund des Testaments! Und wenn das Testament und der Brief nicht vernichtet sind, dann bleibt dir nichts außer dem tröstlichen Bewußtsein, ein gutes Werk getan zu haben, et tout ce qui s'ensuit[3]. Das kannst du mir glauben."

„Ich weiß, daß das Testament geschrieben worden ist, aber ich weiß auch, daß es ungültig ist. Sie halten mich wohl für vollkommen schwachsinnig, mon cousin", sagte die Prinzessin mit jener Miene, die Frauen anzunehmen pflegen, wenn sie etwas ganz besonders Geistreiches und Verletzendes zugleich zu sagen glauben.

„Meine liebe Prinzessin Katherina Semeonowna", fing der Fürst wieder ungeduldig an. „Ich bin nicht zu dir gekommen, um mich mit dir zu zanken, sondern um mit dir als einer lieben, guten, nahestehenden Verwandten über deine eigenen Interessen zu sprechen.

1 Aber, meine arme Catiche, das ist doch sonnenklar.
2 Ein Bastard.
3 . . . und allem, was daraus entsteht . . .

Ich sage es dir zum zehnten Male, wenn sich unter den Papieren des Grafen der Brief an den Kaiser und das zu Pierres Gunsten aufgesetzte Testament finden, dann erbst weder du etwas, mein Täubchen, noch deine Schwestern. Wenn du mir nicht glauben willst, dann glaube den Leuten, die es wissen müssen: ich habe eben erst mit Dmitrij Onufriitsch gesprochen, und er hat mir ganz dasselbe gesagt."

Dmitrij Onufriitsch war der Rechtsbeistand des Hauses.

Offenbar ging plötzlich im Denken der Prinzessin eine Veränderung vor; die schmalen Lippen verloren die Farbe — der Ausdruck der Augen blieb der gleiche —, und als sie jetzt zu sprechen begann, hatte ihre Stimme etwas so Abgerissenes und Erregtes, wie es offenbar ihr selbst unerwartet kam.

„Das wäre ja noch schöner!" sagte sie. „Ich habe nichts gewollt und will auch nichts haben."

Sie warf das Hündchen von ihrem Schoß herunter und strich die Falten ihres Kleides glatt.

„Also das ist der Dank, das ist die Anerkennung für Menschen, die seinetwegen alles geopfert haben", sagte sie. „Wirklich großartig! Herrlich! Ich will gar nichts haben, Fürst!"

„Ja, aber es handelt sich nicht um dich allein, sondern auch um deine Schwestern", erwiderte Fürst Wassilij.

Aber die Prinzessin hörte nicht auf ihn.

„Ich habe das ja längst gewußt, aber ich hatte es wieder vergessen, daß ich in diesem Hause doch nichts zu erwarten hatte als Gemeinheit, Betrug, Neid, Intrigen und Undank, schwärzesten Undank ..."

„Weißt du, wo das Testament ist, oder weißt du es nicht?" fragte Fürst Wassilij, und seine Wangen zuckten noch heftiger als vorher.

„Ja, ich war dumm, ich glaubte noch an Menschen und liebte sie und opferte mich für sie auf. Und Erfolg haben doch nur die, die gemein und schlecht sind. Aber ich weiß, wessen Intrigen dahinterstecken."

Die Prinzessin wollte aufstehen, aber der Fürst faßte ihren Arm und hielt sie zurück. Sie sah aus wie jemand, der plötzlich an der ganzen Menschheit irre geworden ist. Sie starrte den Fürsten gehässig an.

„Noch haben wir Zeit, meine Liebe. Du mußt bedenken, Catiche, daß er es nicht mit böser Absicht getan hat, sondern in einem Augenblick der Erregung, als Kranker, und daß er es dann vergessen hat. Unsere Pflicht ist es, meine Liebe, diesen Fehler wiedergutzumachen und seine letzten Augenblicke dadurch zu erleichtern, daß wir ihn nicht mit dieser Ungerechtigkeit auf dem Herzen sterben lassen, mit dem Bewußtsein, daß er gerade die Menschen ins Unglück gestürzt hat, die ..."

„Die alles für ihn geopfert haben", fiel die Prinzessin ein und wollte wieder auffahren, doch der Fürst hielt sie zurück, „aber er hat das nie zu schätzen gewußt. — Nein, mon cousin", fügte sie mit einem Seufzer hinzu, „ich werde es mir merken, daß man in dieser Welt nicht auf Lohn rechnen darf, daß es in dieser Welt keine Ehre und keine Gerechtigkeit gibt. In dieser Welt muß man schlau und gemein sein."

„Na, voyons[1], beruhige dich nur! Ich weiß ja, was für ein gutes Herz du hast."

„Nein, ich habe ein böses Herz."

„Ich weiß schon, was für ein Herz du hast", wiederholte der Fürst, „mir liegt an deiner Freundschaft, und ich möchte wünschen, daß du mir mit den gleichen Gesinnungen entgegenkämst. Beruhige dich nur und parlons raison[2], solange es noch Zeit ist — vielleicht handelt es sich noch um einen Tag, vielleicht auch noch nur um eine Stunde. Erzähle mir alles, was du über das Testament weißt, und vor allem sage mir, wo es sich befindet: das mußt du doch wissen. Dann nehmen wir es gleich und zeigen es dem Grafen. Er hat es sicher längst vergessen und wird es gewiß vernichten wollen. Du wirst ja verstehen, daß es mein einziger Wunsch ist, seinen Willen treu und gewissenhaft zu erfüllen, nur darum bin ich ja überhaupt hierhergekommen. Ich bin doch nur hier, um ihm und euch zu helfen."

„Jetzt durchschaue ich alles. Ich weiß, wessen Intrigen dahinterstecken. Ich weiß jetzt Bescheid", sagte die Prinzessin.

„Darum handelt es sich ja gar nicht, meine Liebe."

„Das ist Ihre protégée gewesen, Ihre liebe Fürstin Drubezkaja, Anna Michailowna, die ich nicht einmal als Stubenmädchen haben möchte, dieses ekelhafte, infame Frauenzimmer."

„Ne perdons point de temps."[3]

„Ach, reden Sie nicht! Im vorigen Winter hat sie sich hier eingedrängt, hat dem Grafen solche Gemeinheiten über uns alle eingeflüstert, besonders über Sophie — ich kann es gar nicht wiedergeben —, und der Graf ist ganz krank davon geworden und hat uns zwei Wochen lang überhaupt nicht sehen wollen. Und ich weiß, daß er gerade damals dieses infame, ekelhafte Papier geschrieben hat, aber damals glaubte ich, es hätte nichts zu bedeuten."

„Nous y voilà.[4] Warum hast du mir nicht schon früher etwas davon gesagt?"

[1] Sehen wir.
[2] Reden wir vernünftig.
[3] Lassen Sie uns keine Zeit verlieren.
[4] Da haben wir's.

„Es ist in dem Mosaik-Portefeuille, das er unter seinem Kopfkissen liegen hat. Jetzt weiß ich es", sagte die Prinzessin, ohne auf die Frage des Fürsten zu antworten. „Ja, wenn ich eine Sünde, eine große Sünde auf dem Gewissen habe, dann ist es der Haß gegen dieses infame Frauenzimmer!" – Die Prinzessin schien eine völlig andere geworden und schrie diese Worte beinahe. „Und warum muß sie sich hier eindrängen? Aber der will ich noch einmal meine Meinung sagen, der sage ich es noch einmal! Die Zeit wird schon noch kommen!"

XXII

Während im Empfangszimmer und im Zimmer der Prinzessin solche Gespräche geführt wurden, fuhr der Wagen mit Pierre, nach dem geschickt worden war, und mit Anna Michailowna, die es für nötig gehalten hatte, sich ihm anzuschließen, in den Hof des Grafen Besuchow ein. Als die Wagenräder leise raschelnd über das unter den Fenstern ausgebreitete Stroh hinglitten, wandte Anna Michailowna sich mit tröstenden Worten an ihren Begleiter, mußte sich aber davon überzeugen, daß er in seiner Ecke im Wagen eingeschlafen war, und weckte ihn. Pierre fuhr auf, stieg hinter Anna Michailowna aus dem Wagen, und erst jetzt fiel ihm das Wiedersehen mit seinem sterbenden Vater ein, das ihm bevorstand. Er gewahrte, daß sie nicht am Hauptportal, sondern am hinteren Eingang vorgefahren waren. Als er vom Wagentritt stieg, nahm er zwei kleinbürgerlich gekleidete Männer wahr, die sich rasch von der Auffahrt zurückzogen und sich im Schatten der Mauer verbargen. Pierre blieb stehen und erblickte im Schatten rechts und links vom Eingang noch einige andere ähnliche Gestalten. Aber weder Anna Michailowna noch der Lakai oder der Kutscher, die diese Leute doch auch gesehen haben mußten, schenkten ihnen irgendeine Beachtung. „Das muß also wohl so sein", dachte Pierre und ging hinter Anna Michailowna her. Anna Michailowna stieg mit hastigen Schritten die schmale, schwachbeleuchtete steinerne Treppe hinauf und rief Pierre, der ein wenig zurückgeblieben war, zu, er möchte sich beeilen. Pierre begriff nicht, warum er eigentlich zum Grafen sollte, und noch weniger, warum sie gerade über die Hintertreppe gingen, aber die sichere und rasche Art Anna Michailownas überzeugte ihn davon, daß das alles wohl so sein müsse. Etwa auf halber Höhe der Treppe wären sie beinahe von einigen Leuten mit Eimern umgerannt worden, die ihnen hastig und geräuschvoll entgegenkamen. Diese Leute drückten sich an die Wand, um Pierre und Anna

Michailowna vorbeizulassen, und zeigten bei ihrem Anblick nicht die geringste Verwunderung.

„Geht es hier zu den Zimmern der Prinzessinnen?" fragte Anna Michailowna einen von ihnen.

„Jawohl", antwortete der Lakai mit einer dreisten und lauten Stimme, als könne man sich jetzt bereits alles erlauben, „die Tür links, Mütterchen."

„Vielleicht hat der Graf mich überhaupt nicht rufen lassen", sagte Pierre, während sie den Vorflur betraten. „Ich will lieber in mein Zimmer gehen."

Anna Michailowna war stehengeblieben, damit Pierre sie wieder einholen konnte.

„Ah, mon ami!" sagte sie und berührte seinen Arm mit derselben Gebärde, mit der sie am Morgen ihren Sohn zum Eingehen auf ihre Wünsche zu bewegen gesucht hatte. „Croyez que je souffre autant que vous, mais soyez un homme."[1]

„Soll ich wirklich zu ihm gehen?" fragte Pierre und sah Anna Michailowna durch seine Brillengläser freundlich an.

„Ah, mon ami, oubliez les torts qu'on a pu avoir envers nous, pensez que c'est votre père ... peut-être à l'agonie." Sie seufzte. „Je vous ai tout de suite aimé comme mon fils. Fiez-vous à moi, Pierre. Je n'oublierai pas vos intérêts."[2]

Pierre begriff nichts, aber wieder schien es ihm, daß das alles so sein müsse, und diese Empfindung wurde immer stärker in ihm. So ging er gehorsam hinter Anna Michailowna her, die bereits die Tür aufklinkte.

Diese Tür führte in das Vorzimmer des Hinterhauses. In einer Ecke saß der alte Diener der Prinzessinnen mit einem Strickstrumpf. Pierre war noch nie in diesem Teil des Hauses gewesen und hatte überhaupt nichts von seinem Vorhandensein gewußt. Anna Michailowna fragte ein Mädchen, das mit einer Karaffe auf einem Tablett an ihnen vorbeikam, wie es den Prinzessinnen gehe, und nannte sie dabei „meine Liebe" und „mein Täubchen". Dann zog sie Pierre weiter hinter sich her durch den mit Steinfliesen ausgelegten Korridor. Aus diesem Korridor führte die erste Tür links in die von den Prinzessinnen bewohnten Zimmer. Das Stubenmädchen mit der Karaffe hatte in ihrer Hast – wie denn in dieser Zeit in diesem Hause nichts ohne Hast abging – die Tür offengelassen, und Pierre und Anna Michailowna warfen im Vorübergehen unwillkürlich einen Blick in das Zimmer, in dem die älteste Prinzessin und Fürst

[1] Ach, mein Freund, glauben Sie mir, ich leide ebensosehr wie Sie, aber ermannen Sie sich.
[2] Mein Freund, vergessen Sie das Unrecht, das man Ihnen angetan hat; denken Sie daran, daß es Ihr Vater ist, der jetzt vielleicht schon im Sterben liegt. Ich habe Sie vom ersten Augenblick an wie einen Sohn liebgewonnen. Haben Sie Vertrauen zu mir. Ich werde Ihre Interessen wahrnehmen.

Wassilij dicht nebeneinander saßen. Fürst Wassilij sah die beiden vorübergehen, machte eine ärgerliche Bewegung und bog sich in seinem Sessel nach hinten über, während die Prinzessin wütend aufsprang und mit voller Kraft die Tür zuwarf, daß es krachte.

Diese Gebärde des Zornes widersprach derartig der sonst so unerschütterlichen Ruhe der Prinzessin, und der Schrecken, der sich in der Miene des Fürsten Wassilij ausdrückte, paßte so wenig zu seiner sonstigen würdevoll gemessenen Haltung, daß Pierre stehenblieb und seine Führerin über die Brille hinweg fragend ansah. Anna Michailowna zeigte sich jedoch keineswegs erstaunt, sie lächelte nur ein wenig und ließ einen Seufzer hören, als wollte sie damit andeuten, daß sie nie etwas anderes erwartet habe.

„Soyez homme, mon ami, c'est moi qui veillerai à vos intérêts",[1] sagte sie als Antwort auf seinen Blick und beschleunigte ihren Schritt.

Pierre begriff nicht, um was es sich handelte, und noch weniger, was dieses „veiller à vos intérêts" bedeutete, aber er sagte sich, daß das alles eben so sein mußte. Durch den Korridor gelangten sie in den halberleuchteten Saal, der an das Empfangszimmer des Grafen stieß. Es war einer jener kalten und prunkvollen Räume, die Pierre vom Haupteingang her kannte. Aber auch dieser Raum war sonderbar verändert, denn in seiner Mitte stand eine leere Badewanne, und auf dem Teppich war Wasser vergossen. Ein Lakai und ein Kirchendiener mit einem Räucherfaß kamen ihnen auf den Zehenspitzen entgegen, ohne sie aber zu beachten. Sie traten in das Pierre wohlbekannte Empfangszimmer mit den beiden italienischen Fenstern, dem Ausgang zum Wintergarten, der großen Büste und dem lebensgroßen Porträt der Kaiserin Katharina. Im Empfangszimmer saßen, noch immer miteinander flüsternd, dieselben Menschen wie vorher, und fast noch in denselben Stellungen. Jetzt verstummten alle und sahen die eintretende Anna Michailowna mit ihrem blassen, verhärmten Gesicht und den dicken, großen Pierre an, der mit gesenktem Kopf willig hinter ihr herging.

Auf Anna Michailownas Gesicht prägte sich das Bewußtsein dessen aus, daß der entscheidende Augenblick gekommen war; durchaus gewandte und vielerfahrene Petersburgerin, betrat sie das Zimmer, noch sicherer und mutiger als am Morgen und ohne Pierre auch nur einen Schritt von ihrer Seite zu lassen. Sie fühlte, daß sie jetzt ganz sicher vorgelassen werden mußte, da sie den mit sich brachte, den der Sterbende zu sehen wünschte. Mit einem raschen Blick überflog sie die Anwesenden, bemerkte den Beichtvater des Grafen, glitt mit flinken, kleinen Schritten rasch auf ihn zu und

[1] Seien Sie ein Mann, mein Freund, ich werde Ihre Interessen nicht aus dem Auge verlieren.

nahm, plötzlich kleiner geworden, ohne sich doch eigentlich gebückt zu haben, erst seinen Segen und dann den eines andern Geistlichen entgegen.

„Gott sei Dank, daß Sie noch rechtzeitig gekommen sind!" sagte sie zu dem Geistlichen. „Wir Angehörigen waren alle schon so in Angst. Dieser junge Mann ist der Sohn des Grafen", fügte sie mit gedämpfter Stimme hinzu. „Welch ein schrecklicher Augenblick!"

Dann trat sie auf den Arzt zu.

„Cher docteur", sagte sie, „ce jeune homme est le fils du comte ... y a-t-il de l'espoir?" [1]

Der Arzt zuckte schweigend mit einer raschen Bewegung die Achseln und warf einen Blick nach oben. Anna Michailowna machte die gleiche Bewegung mit den Achseln und mit den Augen, die sie dabei fast ganz geschlossen hatte, stieß einen Seufzer aus und wandte sich dann auffallend respektvoll und zugleich mit zärtlicher Wehmut an Pierre.

„Ayez confiance en Sa miséricorde", [2] sagte sie, zeigte auf einen kleinen Diwan, um ihm damit anzudeuten, er möge sich setzen und auf sie warten, huschte dann geräuschlos auf die Türe zu, öffnete sie fast unhörbar und verschwand, von den Blicken der Anwesenden verfolgt.

Entschlossen, sich in allem seiner Führerin unterzuordnen, ging Pierre zu dem Diwan, auf den sie gezeigt hatte. Kaum war Anna Michailowna verschwunden, als er auch schon bemerkte, daß alle Anwesenden ihn mit einer Aufmerksamkeit betrachteten, die weit über eine gewöhnliche Neugier oder Anteilnahme hinausging. Er bemerkte, daß alle miteinander tuschelten und mit den Augen auf ihn deuteten, und zwar mit einer Scheu, in der schon etwas von serviler Kriecherei lag. Sie bekundeten vor ihm einen Respekt, wie er ihm bisher noch nie entgegengebracht worden war: eine ihm unbekannte Dame, die sich mit den Geistlichen unterhielt, stand auf und bot ihm ihren Platz an; ein Adjutant hob den Handschuh auf, den Pierre hatte fallen lassen, und überreichte ihn ihm; die Ärzte verstummten ehrerbietig, als er an ihnen vorbeikam, und traten zur Seite, um ihm den Weg freizulassen. Pierre hatte sich eigentlich auf einen andern Platz setzen wollen, um die Dame nicht zu stören, hatte seinen Handschuh selbst aufheben und um die Ärzte, die ihm nicht im geringsten im Wege waren, herumgehen wollen; aber plötzlich fühlte er, daß das nicht angebracht gewesen wäre, er fühlte, daß er in dieser Nacht eine Person geworden war, die irgendeine furchtbare, von allen erwartete Zeremonie vollziehen müsse, und daß er daher vom Diensteifer aller anderen Menschen Gebrauch zu

[1] Lieber Doktor, dieser junge Mann ist der Sohn des Grafen. Besteht noch Hoffnung?
[2] Vertrauen Sie Seiner Barmherzigkeit.

machen habe. Er nahm schweigend den Handschuh entgegen, den der Adjutant ihm reichte, setzte sich auf den Platz der Dame, legte seine großen Hände auf die symmetrisch gestellten Knie und saß in der seltsam naiven Haltung einer ägyptischen Statue da. Wieder sagte er sich, alles dies müsse so sein, und er dürfe an dem heutigen Abend nicht nach seinem eigenen Ermessen handeln, sondern, um nicht aus der Rolle zu fallen und irgendeine Dummheit zu begehen, müsse er sich völlig dem Willen derer unterordnen, die ihn führten und leiteten.

Noch nicht zwei Minuten waren vergangen, als Fürst Wassilij in einem langschößigen Rock mit drei Ordenssternen, in majestätischer Haltung und mit hocherhobenem Kopf ins Zimmer trat. Er erschien noch magerer als am Morgen; als er sich im Zimmer umsah und dann Pierre bemerkte, schienen seine Augen größer als sonst. Er trat auf Pierre zu, nahm seine Hand — was er früher nie getan hatte — und zog sie nach unten, als wollte er sich davon überzeugen, wie fest sie säße.

„Courage, courage, mon ami. Il a demandé à vous voir. C'est bien",[1] und er wollte weitergehen.

Aber Pierre hielt es für nötig, ihn zu fragen: „Wie ist das Befinden ..."

Er stockte, da er nicht wußte, ob es passend war, vom Sterbenden als vom „Grafen" zu sprechen; andererseits hielt ihn eine Art von Schamgefühl ab, ihn „Vater" zu nennen.

„Il a eu encore un coup, il y a une demi heure. Er hat noch einen Schlag erlitten. Courage, mon ami ..."[2]

Pierre befand sich in einer solchen Verwirrung, daß er bei dem Worte „Schlag" an einen Schlag mit irgendeinem Gegenstand dachte. Er sah den Fürsten Wassilij unsicher an und machte sich erst ein wenig später klar, daß man mit dem Worte „Schlag" eine Krankheitserscheinung bezeichnet. Fürst Wassilij flüsterte dem Doktor Lorrain im Vorbeigehen einige Worte zu und ging dann auf den Zehenspitzen zur Tür. Aber das Gehen auf den Zehenspitzen verstand er nicht so recht und machte mit dem ganzen Körper ungeschickt hüpfende Bewegungen. Hinter ihm ging die älteste Prinzessin, dann kamen die Geistlichen und Kirchendiener, und auch die Hausdienerschaft schloß sich an. Durch die Tür hindurch hörte man im Empfangszimmer, wie die Menschen sich drinnen hin und her schoben, und endlich kam Anna Michailowna mit dem gleichen blassen, aber zu äußerster Pflichterfüllung entschlossenen Gesicht eilig heraus, faßte Pierre am Arm und sagte:

[1] Mut, Mut, mein Freund. Er möchte Sie gerne sehen. Es ist gut.
[2] Vor einer halben Stunde wurde er wiederum vom Schlage getroffen ... Mut, mein Freund.

„La bonté divine est inépuisable. C'est la cérémonie de l'extrême-onction qui va commencer. Venez." [1]

Pierre ging über den weichen Teppich hin zur Tür und bemerkte, daß jetzt auch der Adjutant und die unbekannte Dame und noch der eine oder andere von der Dienerschaft ihm folgten, als brauche man jetzt nicht mehr erst um die Erlaubnis zu bitten, bevor man hineinginge.

XXIII

Dies große, durch eine bogenüberspannte Säulenreihe in zwei Hälften geteilte, ganz mit Perserteppichen ausgeschlagene Zimmer war Pierre wohlbekannt. Der eine Teil des Zimmers, hinter der Säulenreihe, wo auf der einen Seite das hohe Mahagonibett mit den seidenen Vorhängen und auf der anderen der riesige Schrein mit den Heiligenbildern stand, war von rötlichem Licht hell erleuchtet wie eine Kirche während des Abendgottesdienstes. Unter den glänzenden Metallbeschlägen des Bilderschreines stand ein hoher Voltaire-Lehnstuhl, und in diesem Lehnstuhl erblickte Pierre halb sitzend, halb liegend, auf schneeweißen, noch gänzlich unverdrückten, offenbar soeben frisch bezogenen Kissen, bis an die Hüften in eine hellgrüne Decke gehüllt, die wohlbekannte imposante Gestalt seines Vaters, des Grafen Besuchow, mit der grauen, löwenähnlichen Haarmähne über der breiten Stirn und den mächtigen, charaktervoll und edel gezeichneten Falten auf dem schönen, rötlichgelben Gesicht. Er lag unmittelbar unterhalb der Heiligenbilder des Schreines; seine beiden großen, dicken Hände hatte man unter der Decke hervorgeholt und auf den hellgrünen Stoff gelegt. In die Rechte, die mit der Handfläche nach unten dalag, hatte man ihm zwischen Daumen und Zeigefinger eine Wachskerze gesteckt, die ein alter Diener festhielt, der sich von hinten her über den Lehnstuhl beugte. In der Nähe des Lehnstuhls standen die Geistlichen in ihren prunkvollen, funkelnden Gewändern, mit den lang herabfallenden Haaren, brennende Kerzen in den Händen, und sprachen langsam und feierlich die Gebete. Ein wenig hinter ihnen standen die beiden jüngeren Prinzessinnen, die Taschentücher an die Augen gepreßt, und vor ihnen Catiche, die älteste; mit einem Ausdruck von Ingrimm und Entschlossenheit sah sie starr zu den Heiligenbildern auf, als wolle sie damit allen andeuten, sie könne keine Verantwortung für das übernehmen, was sie tun würde, wenn sie sich nur einmal umsähe. Anna Michailowna stand mit dem Ausdruck

[1] Die Güte Gottes ist unerschöpflich. Die heilige Handlung der Letzten Ölung wird gleich ihren Anfang nehmen. Kommen Sie!

sanfter Traurigkeit und alles verzeihender Milde neben der fremden Dame an der Tür. Fürst Wassilij stand an der andern Seite der Tür, näher zum Lehnstuhl des Grafen, hinter einem geschnitzten, samtüberzogenen Stuhl, auf dessen Lehne er den Ellbogen des linken, die Kerze haltenden Armes gestützt hatte; mit der rechten Hand bekreuzte er sich und richtete jedesmal den Blick nach oben, wenn er die zusammengelegten Finger an die Stirn führte. Sein Gesicht drückte ruhige Andacht und Ergebung in Gottes Willen aus und schien allen sagen zu wollen: „Um so schlimmer für euch, wenn ihr diese Empfindungen nicht zu verstehen vermögt."

Hinter ihm standen der Adjutant, die Ärzte und die männliche Dienerschaft. Wie in der Kirche standen Männer und Frauen gesondert. Alles schwieg und bekreuzte sich. Es war nichts zu hören als das Verlesen der Gebete, der tiefe, gedämpfte Baßgesang und in den kurzen Pausen zwischen Gebet und Gesang das Atemholen und das Geräusch ihre Stellung wechselnder Füße. Mit einer vielsagenden Miene, die deutlich zeigte, daß sie genau wisse, was sie tue, ging Anna Michailowna durch das ganze Zimmer auf Pierre zu und gab ihm eine Kerze. Er zündete sie an, aber er war durch alles, was ihn umgab, so verwirrt, daß er sich mit derselben Hand, in der er die Kerze hielt, zu bekreuzen begann.

Die jüngste Prinzessin, die mit dem Leberfleck, die rotbackige, lachlustige Sophie, sah ihn an, lächelte, verbarg dann ihr Gesicht hinter dem Taschentuch und ließ es eine geraume Zeit hindurch nicht mehr zum Vorschein kommen; als sie dann aber wieder Pierre ansah, mußte sie von neuem lachen. Sie fühlte sich offenbar nicht stark genug, um ihn anzusehen und dabei nicht zu lachen, konnte sich aber doch nicht enthalten, ihn anzusehen, und trat daher, um jeder Versuchung aus dem Wege zu gehen, leise hinter eine Säule. Mitten in der gottesdienstlichen Handlung verstummten plötzlich die Geistlichen, flüsterten miteinander, und der alte Diener, der die Hand des Grafen hielt, richtete sich auf und wandte sich an die Damen. Anna Michailowna trat vor, beugte sich über den Kranken und gab hinter ihrem Rücken dem Doktor Lorrain einen Wink. Der französische Arzt hatte bisher ohne brennende Kerze an eine Säule gelehnt dagestanden, in jener respektvollen Haltung des Ausländers, die zeigen soll, daß man trotz dem Glaubensunterschiede die ganze Tragweite der Zeremonie versteht und sie sogar gutheißt. Jetzt trat er mit dem leisen und elastischen Gang eines Mannes in den besten Jahren an den Kranken heran, nahm mit seinen schlanken, weißen Fingern die auf der grünen Decke liegende linke Hand des Grafen, fühlte mit zur Seite gewandtem Gesicht den Puls und überlegte dann einen Augenblick. Man gab dem Grafen irgend etwas zu trinken, um ihn herum geriet alles in Bewegung, dann kehrte man wieder an seinen Platz zurück, und der Gottesdienst nahm seinen Fortgang. Während dieser Unterbrechung hatte Pierre bemerkt, daß Fürst Wassilij hinter seiner Stuhllehne hervorgekommen und mit derselben Miene („ich weiß, was ich tue, und wenn ihr mich nicht versteht – um so schlimmer für euch") nicnt auf den Kranken zu, sondern an ihm vorbeigegangen und gemeinsam mit der ältesten Prinzessin in der Tiefe des Schlafzimmers in der Richtung auf das hohe Bett mit den Seidenvorhängen verschwunden war. Von dort aus hatten sich beide durch die Hintertür entfernt, hatten aber noch vor dem Wiederbeginn des Gottesdienstes einer nach dem andern wieder ihre Plätze eingenommen. Pierre hatte diesem Umstand nicht mehr Beachtung geschenkt als allem andern, was um ihn her geschah, da er sich ein für allemal gesagt hatte, alles, was heute abend hier geschehe, müsse notwendigerweise geschehen, und zwar gerade so, wie es eben geschah.

Jetzt verstummte der Kirchengesang, und man hörte die Stimme des Geistlichen, der den Kranken respektvoll zum Empfang des Sakraments beglückwünschte. Der Kranke lag noch immer regungslos und ohne ein Zeichen des Lebens da. Um ihn herum kam wieder alles in Bewegung, man hörte Schritte und flüsternde Stimmen, unter denen die der Anna Michailowna am vernehmlichsten war.

Pierre hörte sie sagen: „Man muß ihn unter allen Umständen wieder aufs Bett herüberbringen, hier kann er auf keinen Fall bleiben..."

Die Ärzte, die Prinzessinnen und die Bedienten drängten sich derartig um den Kranken, daß das rötlichgelbe Gesicht mit der grauen Mähne Pierres Blicken jetzt vollkommen entschwand, während er es den ganzen Gottesdienst lang keine Sekunde aus den Augen verloren hatte, obwohl er auch die Gesichter der andern betrachtet hatte. Aus den vorsichtigen Bewegungen der um den Lehnstuhl Beschäftigten erriet Pierre, daß sie den Sterbenden aufhoben, um ihn hinüberzutragen.

„Halte dich an meinem Arm fest, sonst läßt du ihn fallen", hörte er einen der Bedienten erschrocken flüstern. „Von unter her ... es muß noch einer anfassen", sprachen verschiedene Stimmen durcheinander, und die schweren Atemzüge und die kurzen Schritte wurden immer hastiger, als ginge die Last über die Kräfte der Träger.

Zu denen, die den Grafen trugen, hatte sich auch Anna Michailowna gesellt; sie kamen jetzt an dem jungen Mann vorüber, und einen Augenblick lang sah er über die Rücken und Nacken der Tragenden hinweg die entblößte, hohe, volle Brust und die mächtigen Schultern des Kranken, die von den Trägern, die ihn unter den Achseln hielten, in die Höhe gehoben wurden; dann sah er den grauen, kraushaarigen Löwenkopf mit der auffallend breiten Stirn, den starken Backenknochen, dem schönen, sinnlichen Munde und dem majestätischen, kalten Blick. Auch die Nähe des Todes hatte dieses Gesicht nicht zu entstellen vermocht. Es war noch immer das gleiche, das Pierre vor drei Monaten gesehen hatte, damals, als der Graf ihn zur Reise nach Petersburg verabschiedete. Aber jetzt schwankte dieser Kopf bei den ungleichmäßigen Bewegungen der Träger hilflos hin und her, und der kalte, teilnahmslose Blick blieb nirgends mehr haften.

Einige Minuten lang herrschte ein geschäftiges Gedränge um das hohe Bett, dann traten die Leute, die den Kranken getragen hatten, auseinander. Anna Michailowna berührte Pierre am Arm und sagte: „Venez."[1] Pierre trat mit ihr an das Bett, auf dem der Kranke in einer feierlichen Pose, die offenbar in Beziehung zu der eben vollzogenen gottesdienstlichen Handlung stand, hingebettet lag. Durch Kissen gestützt, lag sein Kopf recht hoch; die Hände ruhten mit den Handflächen nach unten symmetrisch auf der grünseidenen Decke. Als Pierre zu ihm trat, sah der Graf ihm gerade ins Gesicht, aber er sah ihn schon mit einem jener Blicke an, deren Sinn und Bedeutung menschliche Urteilskraft nicht mehr zu erkennen vermag. Entweder besagte dieser Blick überhaupt nichts außer dem einen, daß eben Augen irgendwohin blicken müssen, solange sie Augen sind, oder aber er besagte allzuviel. Pierre blieb stehen, er wußte nicht, was er tun sollte, und sah seine Führerin Anna Michailowna fragend an. Anna Michailowna gab ihm rasch einen Wink mit den Augen: sie deutete auf die Hand des Kranken und macht mit den Lippen die Bewegung eines Kusses. Pierre befolgte ihren Rat, streckte den Hals weit vor, um die Decke nicht zu verschieben, und küßte die breitknochige, fleischige Hand. Aber weder die Hand noch ein Muskel im Gesicht des Grafen zuckte. Wieder sah Pierre Anna Michailowna fragend an, als bäte er um einen Hinweis, was er jetzt tun solle. Anna Michailowna wies mit den Augen auf den neben dem Bett stehenden Lehnstuhl. Pierre setzte sich gehorsam hin, und seine Augen fragten wieder, ob er das Richtige getan habe. Anna Michailowna nickte beifällig. Pierre nahm wieder die symmetrisch naive Haltung einer ägyptischen Statue an, bedauerte offenbar, daß sein plumper und dicker Körper soviel Raum einnahm, und gab sich die größte Mühe, so klein wie möglich auszusehen. Er blickte den Grafen an. Der Graf schaute immer noch dahin, wo sich Pierres Gesicht befunden hatte, während er stand. Anna Michailowna brachte in ihrer ganzen Haltung zum Ausdruck, daß sie sich durchaus dessen bewußt war, wieviel Rührendes und Bedeutungsvolles in diesem letzten Wiedersehen zwischen Vater und Sohn liege. Das dauerte zwei Minuten, die Pierre wie zwei Stunden vorkamen. Plötzlich ging

[1] Kommen Sie!

ein Zucken über die mächtigen Muskeln und Falten im Gesicht des Grafen. Das Zucken nahm zu, der schöne Mund verzerrte sich – und erst in diesem Augenblick begriff Pierre, wie nahe sein Vater dem Tode war – und aus dem verzerrten Munde kam ein undeutlicher, heiserer Laut. Anna Michailowna sah dem Kranken aufmerksam in die Augen, sie suchte zu erraten, was er wollte, zeigte fragend bald auf Pierre, bald auf das Trinkgefäß, bald nannte sie in fragendem Flüsterton den Namen des Fürsten Wassilij, bald zeigte sie wieder auf die Decke. Augen und Gesicht des Kranken drückten Ungeduld aus. Er machte eine Anstrengung, um dem Bedienten, der immer noch, ohne sich zu rühren, am Kopfende des Bettes stand, einen Blick zuzuwerfen.

„Der Herr Graf wünschen, daß man ihn auf die andere Seite legt", flüsterte der Bediente und beugte sich vor, um den schweren Körper des Grafen mit dem Gesicht nach der Wand zu drehen.

Pierre stand auf, um dem Diener zu helfen.

Während sie den Grafen umwandten, fiel sein einer Arm hilflos herunter, und der Graf machte eine vergebliche Anstrengung, ihn wieder zurückzuziehen. Ob der Graf nun den entsetzten Blick wahrgenommen hatte, mit dem Pierre diesen leblosen Arm betrachtete, oder ob in diesem Augenblick irgendein anderer Gedanke durch den Kopf des Sterbenden zuckte, jedenfalls blickte er auf den ungehorsamen Arm, dann auf Pierres entsetztes Gesicht, dann wieder auf den Arm, und auf seinem Gesicht erschien ein schwaches, leidendes Lächeln, das so gar nicht zu seinen Zügen passen wollte und eine Art Spott über seine eigene Kraftlosigkeit ausdrücken zu wollen schien. Beim Anblick dieses Lächelns empfand Pierre ein jähes Zucken in seiner Brust und ein Zwicken in der Nase, und Tränen umnebelten ihm den Blick. Der Kranke war inzwischen herumgedreht worden und lag nun mit dem Gesicht zur Wand. Er seufzte.

„Il est assoupi", sagte Anna Michailowna, als sie sah, daß eine der Prinzessinnen gekommen war, um sie abzulösen. „Allons." [1]

Pierre verließ das Zimmer.

XXIV

Im Empfangszimmer war niemand mehr als Fürst Wassilij und die älteste Prinzessin, die unter dem Bilde der Kaiserin Katharina saßen und eifrig miteinander redeten. Als sie Pierre mit seiner Führerin eintreten sahen, verstummten sie. Die Prinzessin versteckte irgend etwas, wie es Pierre scheinen wollte, und flüsterte:

[1] Er ist eingeschlafen ... Gehen wir.

„Ich kann dieses Frauenzimmer nicht sehen."

„Catiche a fait donner du thé dans le petit salon", sagte Fürst Wassilij zu Anna Michailowna. „Allez, ma pauvre Anna Michailowna, prenez quelque chose, autrement vous ne suffirez pas."[1]

Zu Pierre sagte er nichts, sondern drückte ihm nur gefühlvoll den Arm ein wenig unterhalb der Achsel. Pierre und Anna Michailowna gingen in den petit salon.

„Il n'y a rien qui restaure comme une tasse de cet excellent thé russe après une nuit blanche",[2] sagte mit einem Ausdruck von verhaltener Lebhaftigkeit Lorrain, der in dem kleinen, runden Salon vor dem Tisch stand und aus einer zierlichen, henkellosen chinesischen Tasse Tee schlürfte. Um den Tisch mit dem Teegeschirr und einem kalten Imbiß hatten sich alle versammelt, die diese Nacht im Hause des Grafen Besuchow zubrachten, und wollten sich ein wenig stärken. Pierre hatte diesen kleinen, runden Salon mit den Spiegeln und Tischchen noch von früher her in lebhafter Erinnerung. Wenn es im Hause des Grafen einen Ball gab, dann hatte Pierre, der nicht tanzen konnte, gern in diesem Spiegelzimmerchen gesessen und beobachtet, wie die Damen in ihren Balltoiletten, Brillanten und Perlen über den entblößten Schultern durch das Zimmer kamen und sich in den hell beleuchteten Spiegeln betrachteten, die ihr Bild vervielfältigt zurückwarfen. Jetzt war dieses selbe Zimmer nur von zwei Kerzen erleuchtet, und mitten in der Nacht standen auf einem kleinen Tischchen Teegeschirr und kalte Speisen unordentlich durcheinander, und in diesem selben Zimmer saßen jetzt alle möglichen, wenig festlich aussehenden Menschen, unterhielten sich im Flüsterton und zeigten mit jeder Bewegung und jedem Wort deutlich, daß keiner von ihnen vergaß, was jetzt im Schlafzimmer geschah oder doch sehr bald geschehen würde. Pierre aß nichts, obwohl er sehr hungrig war. Er blickte fragend nach seiner Führerin und sah, daß sie wieder auf den Zehenspitzen ins Empfangszimmer ging, wo Fürst Wassilij mit der ältesten Prinzessin zurückgeblieben war. Pierre nahm an, daß auch das so sein müsse, und folgte ihr nach kurzem Zögern. Anna Michailowna stand neben der Prinzessin, und beide sprachen im Flüsterton aufgeregt aufeinander ein.

„Gestatten Sie, daß ich das selbst beurteile, Fürstin, was nötig und was nicht nötig ist", sagte die Prinzessin, die sich offensichtlich in dem gleichen Zustande von Erregung befand wie vorhin, als sie die Tür ihres Zimmers zugeschlagen hatte.

„Aber, liebe Prinzessin", antwortete Anna Michailowna sanft

[1] Catiche hat im kleinen Salon Tee reichen lassen. Gehen Sie, meine arme Anna Michailowna, und nehmen Sie etwas zu sich, sonst reichen Ihre Kräfte nicht aus.

[2] Nach einer Nacht ohne Schlaf erfrischt nichts so sehr wie eine Tasse dieses ausgezeichneten russischen Tees.

und überredend und vertrat ihr dabei den Weg zum Schlafzimmer, „wird das für den armen, lieben Onkel nicht zu angreifend sein, und gerade jetzt, in einem Augenblick, wo er so dringend der Ruhe bedarf? In solch einem Augenblick ein Gespräch über weltliche Dinge, wo seine Seele sich bereits anschickt . . ."

Fürst Wassilij saß im Sessel in seiner ungezwungenen Lieblingsstellung, ein Bein hoch über das andere geschlagen. Seine Wangen zuckten heftig und hingen so tief herab, daß sie unten auffallend dick aussahen; aber er trug die Miene eines Menschen zur Schau, den die Auseinandersetzung dieser beiden Damen kaum interessierte.

„Voyons, ma bonne Anna Michailowna, laissez faire Catiche.[1] Sie wissen, wie der Graf sie liebt."

„Ich weiß auch gar nicht, was in diesem Papier steht", sagte die Prinzessin zum Fürsten Wassilij und deutete auf das Mosaik-Portefeuille in ihrer Hand. „Ich weiß nur, daß das richtige Testament in seinem Schreibtisch liegt, dies hier ist ein Papier, das er schon lange vergessen hat . . ."

Sie wollte an Anna Michailowna vorbei, aber die warf sich ihr mit einem Satz wieder in den Weg.

„Ich weiß ja, liebe, gute Prinzessin", sagte Anna Michailowna und ergriff das Portefeuille mit einer solchen Gewaltsamkeit, daß man unschwer merken konnte, sie würde es nicht so leicht wieder loslassen. „Liebe Prinzessin, ich bitte Sie, ich flehe Sie an, schonen Sie ihn. Je vous en conjure . . ."[2]

Die Prinzessin schwieg. Es war nichts zu hören als das Geräusch des erbitterten Ringens um das Portefeuille. Man sah es der Prinzessin an, daß, wenn sie den Mund aufgemacht hätte, Anna Michailowna keine Schmeicheleien zu hören bekommen hätte. Anna Michailowna wollte das Portefeuille um keinen Preis loslassen, aber trotzdem behielt ihre Stimme ihre süße Modulationsfähigkeit und Milde.

„Pierre, kommen Sie her, mein Freund. Ich denke, bei einem Familienrat ist er keineswegs überflüssig, nicht wahr, Fürst?"

„Warum sagen Sie nichts, mon cousin?" rief die Prinzessin plötzlich so laut, daß die im Salon Befindlichen ihre Stimme hörten und zusammenfuhren. „Warum sagen Sie denn kein Wörtchen, wenn sich Gott weiß wer erlaubt, sich hier einzumischen und an der Schwelle eines Sterbezimmers solche Szenen zu machen. Intrigantin!" zischte sie wütend und riß aus Leibeskräften am Portefeuille.

Aber Anna Michailowna machte rasch einige Schritte, um das Portefeuille nicht aus den Händen zu verlieren, und griff jetzt mit der andern Hand zu.

[1] Überlassen Sie es nur Catiche, meine gute Anna Michailowna.
[2] Ich beschwöre Sie.

„Oh", sagte Fürst Wassilij vorwurfsvoll und erstaunt und stand auf. „C'est ridicule. Voyons[1], lassen Sie los. Ich sage es Ihnen."

Die Prinzessin ließ das Portefeuille los.

„Sie auch!"

Anna Michailowna hörte nicht auf ihn.

„Lassen Sie los, sage ich Ihnen. Überlassen Sie die ganze Sache mir. Ich werde selbst hingehen und ihn fragen. Jawohl, ich selbst. Das wird Ihnen wohl genügen."

„Mais, mon prince",[2] sagte Anna Michailowna, „lassen Sie ihm doch einen Augenblick Ruhe, nachdem er eben erst das Allerheiligste Sakrament empfangen hat. Ah, Pierre, sagen Sie, was Sie dazu meinen", wandte sie sich an den jungen Mann, der ganz nah an die Gruppe herantrat und voller Staunen das erbitterte, alle Gebote des Anstandes außer acht lassende Gesicht der Prinzessin und die zuckenden Wangen des Fürsten Wassilij betrachtete.

„Machen Sie es sich klar, daß Sie für alle Folgen haften werden", sagte Fürst Wassilij streng. „Sie wissen nicht, was Sie tun."

„Unverschämtes Frauenzimmer!" schrie die Prinzessin, warf sich plötzlich auf Anna Michailowna und entriß ihr das Portefeuille.

Fürst Wassilij senkte den Kopf und gestikulierte mit den Händen.

In diesem Augenblick wurde die Tür, diese fürchterliche Tür, nach der Pierre vorhin so lange gestarrt hatte und die sich sonst immer so leise und vorsichtig öffnete, rasch und geräuschvoll aufgerissen, so daß sie gegen die Wand schlug, und die zweitälteste Prinzessin stürzte ins Zimmer und schlug aufgeregt die Hände zusammen.

„Was macht ihr?" rief sie verzweifelt. „Il s'en va et vous me laissez seule."[3]

Die älteste Prinzessin ließ das Portefeuille fallen. Anna Michailowna bückte sich rasch, ergriff den Gegenstand des Streites und eilte ins Schlafzimmer. Als die älteste Prinzessin und Fürst Wassilij wieder zu sich gekommen waren, gingen sie ebenfalls hinein. Einige Minuten später kam als erste die älteste Prinzessin wieder heraus, ihr Gesicht war bleich und starr, und sie biß sich auf die Unterlippe. Als sie Pierre sah, trat ein Ausdruck von unbeherrschter Wut in ihr Gesicht.

„Ja, jetzt können Sie sich freuen", sagte sie, „darauf haben Sie ja nur gewartet."

Und aufschluchzend barg sie das Gesicht im Taschentuch und lief aus dem Zimmer.

[1] Das ist lächerlich. Also . . .
[2] Aber mein Fürst . . .
[3] Er stirbt, und ihr laßt mich allein.

Nach der Prinzessin erschien Fürst Wassilij. Er ging mit schwankenden Schritten auf den Diwan zu, auf dem Pierre saß, bedeckte die Augen mit der Hand und ließ sich auf den Diwan fallen. Pierre bemerkte, daß er blaß war und daß seine Kinnlade auf und nieder flog, als hätte er Schüttelfrost.

„Ach, mein Freund!" sagte er und faßte Pierre am Ellbogen; in seiner Stimme lag so viel echtes Gefühl und eine solche Mattigkeit, wie Pierre sie noch nie an ihm wahrgenommen hatte. „Wie oft sündigen wir! Wie oft suchen wir andere zu täuschen! Und wozu das alles? Ich komme bald in die Sechzig, mein Freund . . . Und auch mit mir . . . Alles ist mit dem Tode zu Ende, alles. Der Tod ist etwas Entsetzliches." Er weinte.

Als letzte kam Anna Michailowna aus dem Schlafzimmer. Mit leisen, langsamen Schritten ging sie auf Pierre zu.

„Pierre!" sagte sie.

Pierre sah sie fragend an. Sie küßte den jungen Mann auf die Stirn und benetzte ihn dabei mit ihren Tränen. Eine Weile schwieg sie.

„Il n'est plus . . ."

Pierre sah sie durch seine Brillengläser an.

„Allons, je vous reconduirai. Tâchez de pleurer. Rien ne soulage comme les larmes." [1]

Sie führte ihn in den dunklen Salon, und Pierre war froh, daß dort niemand sein Gesicht sehen konnte. Anna Michailowna verließ ihn, und als sie nach einer Weile wieder zurückkam, fand sie Pierre in festem Schlaf, die eine Hand unter den Kopf geschoben.

Am folgenden Morgen sagte Anna Michailowna zu Pierre:

„Oui, mon cher, c'est une grande perte pour nous tous. Je ne parle pas de vous. Mais Dieu vous soutiendra, vous êtes jeune et vous voilà à la tête d'une immense fortune, je l'espère. Le testament n'a pas été encore ouvert. Je vous connais assez pour savoir que cela ne vous tournera pas la tête, mais cela vous impose des devoirs, et il faut être homme." [2]

Pierre schwieg.

„Peut-être plus tard je vous dirai, mon cher, que si je n'avais pas été là, Dieu sait ce qui serait arrivé. Vous savez, mon oncle avant-hier encore me promettait de ne pas oublier Boris. Mais il n'a

[1] Er ist nicht mehr . . . Wir wollen gehen, ich werde Sie begleiten. Versuchen Sie zu weinen. Nichts erleichtert so sehr wie Tränen.

[2] Ja, mein Freund, das ist ein großer Verlust für uns alle, ganz besonders für Sie. Aber Gott wird Ihnen Kraft geben. Sie sind jung und, wie ich hoffe, jetzt im Besitze eines riesigen Vermögens. Das Testament ist noch nicht eröffnet. Ich kenne Sie genügend, um zu wissen, daß Ihnen das Geld nicht zu Kopfe steigen wird, aber es legt Ihnen Verpflichtungen auf, und Sie müssen ein Mann sein.

pas eu le temps. J'espère, mon cher ami, que vous remplirez le désir de votre père." [1]

Pierre begriff nichts und sah die Fürstin Anna Michailowna schweigend und mit verlegenem Erröten an. Nach dieser Unterredung mit Pierre fuhr Anna Michailowna wieder zu Rostows und legte sich schlafen. Als sie sich ausgeschlafen hatte, erzählte sie Rostows und allen anderen Bekannten, wie es beim Tode des Grafen Besuchow zugegangen war. Sie sagte, der Graf sei so gestorben, wie sie sich selbst zu sterben wünsche, sein Ende sei nicht nur rührend, sondern auch erbaulich gewesen: das letzte Wiedersehen von Vater und Sohn habe etwas so Ergreifendes gehabt, daß sie gar nicht ohne Tränen daran denken könne und daß sie nicht zu sagen wisse, wessen Verhalten in diesen schrecklichen Augenblicken sie mehr rühmen solle: das des Vaters, der in diesen letzten Augenblicken noch an alles und an jeden gedacht und zu seinem Sohne so zu Herzen gehende Worte gesagt habe, oder das Pierres, den man nicht ohne Mitleid hätte ansehen können, wie tödlich er selbst getroffen gewesen wäre und wie er trotzdem versucht hätte, seinen Kummer zu verheimlichen, um dem sterbenden Vater das Herz nicht schwerzumachen. „C'est pénible, mais cela fait du bien; ça élève l'âme de voir des hommes comme le vieux comte et son digne fils", [2] sagte sie. Von dem Verhalten der Prinzessin und des Fürsten Wasilij erzählte sie auch, und zwar mit ernster Mißbilligung, aber nur im Flüsterton und unter dem Siegel der tiefsten Verschwiegenheit.

XXV

In Lysyja Gory, dem Gute des Fürsten Nikolai Andrejewitsch Bolkonskij, wurde täglich die Ankunft des jungen Fürsten Andrej und seiner Gattin erwartet; aber diese Erwartung hatte keinerlei Einfluß auf die festgefügte und regelmäßige Ordnung, nach der sich das Leben im Hause des alten Fürsten abspielte. Der General en chef Fürst Nikolai Andrejewitsch, in der Gesellschaft unter dem Spitznamen „le roi de Prusse" bekannt, lebte, seit er unter dem Kaiser Paul aufs Land verbannt worden war, beständig auf seinem Gut Lysyja Gory, ohne es jemals zu verlassen, mit seiner Tochter, der Prinzessin Marja und deren Gesellschafterin Mlle Bourienne.

[1] Später, mein Freund, werde ich Ihnen vielleicht erzählen, daß Gott weiß was alles hätte geschehen können, wenn ich nicht hiergewesen wäre. Sie müssen wissen, daß mein Onkel mir noch vorgestern versprach, daß er Boris nicht vergessen werde. Aber er hatte keine Zeit mehr. Ich hoffe, mein Freund, daß Sie den Wunsch Ihres Vaters erfüllen werden.

[2] Das ist schmerzlich, aber es tut einem gut; es ist erhebend, solche Menschen wie den alten Grafen zu sehen und seinen Sohn, der seiner würdig ist.

Auch unter der neuen Regierung hatte er, obwohl ihm nun das Betreten der beiden Hauptstädte wieder freigestellt worden war, sein Gut kein einziges Mal verlassen; er pflegte zu sagen, wenn jemand etwas von ihm wolle, so möge er ruhig die anderthalbhundert Werst von Moskau nach Lysyja Gory machen, was aber ihn angehe, so brauche er niemanden und nichts. Seiner Meinung nach entsprangen alle menschlichen Laster nur zwei Quellen: dem Müßiggang und dem Aberglauben, und ebenso gab es für ihn nur zwei Tugenden: Tätigkeit und Verstand. Er hatte selbst die Erziehung seiner Tochter in die Hand genommen und unterrichtete sie, um diese beiden Haupttugenden in ihr zu entwickeln, immer noch in der Algebra und Geometrie, obwohl sie schon zwanzig Jahre alt war, und hatte ihren Tag so eingeteilt, daß eine Beschäftigung immer ohne Unterbrechung die andere ablöste. Er selbst war ständig beschäftigt, bald mit der Niederschrift seiner Memoiren, bald mit Aufgaben aus dem Gebiet der höheren Mathematik, bald an der Drehbank mit dem Drechseln von Tabaksdosen, bald mit Gartenarbeiten oder Beaufsichtigung der Bauten, die auf seinem Gut niemals ruhten. Weil aber Ordnung die wichtigste Voraussetzung für jede Tätigkeit ist, so war seine ganze Lebensweise bis in die allergeringfügigsten Einzelheiten geregelt. Zu den Mahlzeiten erschien er unter unveränderlich genau beobachteten Regeln nicht nur immer zur gleichen Stunde, sondern sogar zur gleichen Minute. Mit allen Menschen seiner Umgebung, von seiner Tochter bis zu der Dienerschaft, ging er schroff um, stellte an einen jeden unnachsichtig hohe Ansprüche und verbreitete so, ohne grausam zu sein, einen Dunstkreis von Furcht und Respekt um sich her, wie es kaum der grausamste Mensch vermocht hätte. Obwohl er sich längst im Ruhestand befand und in staatlichen Dingen nichts mehr zu sagen hatte, hielt es doch jeder höhere Beamte des Gouvernements, in dem das Gut des Fürsten lag, für seine Pflicht, seine Aufwartung zu machen, und wartete ebenso wie der Baumeister, der Gärtner oder die Prinzessin Marja im sehr hohen Geschäftszimmer die Stunde ab, die der Fürst zur Audienz bestimmt hatte. Und ein jeder empfand in diesem Geschäftszimmer das gleiche Gefühl von Respekt, ja sogar von Furcht, wenn die riesige, hohe Tür zum Kabinett sich öffnete und die kleine Greisengestalt erschien, mit gepuderter Perücke, mit den kleinen, dürren Händen und den grauen, buschigen Brauen, die dazwischen, wenn er die Stirn runzelte, das Feuer seiner klugen und noch durchaus jugendlich blitzenden Augen überschatteten.

An dem Tage, an dem die jungen Eheleute schließlich eintrafen, betrat Prinzessin Marja wie gewöhnlich zu der für die Mathematikstunde festgesetzten Zeit das Geschäftszimmer, um ihrem Vater einen guten Morgen zu wünschen, bekreuzte sich ängstlich und sprach ein stilles Gebet. Jeden Tag betrat sie zu dieser Zeit das Geschäftszimmer, und jeden Tag betete sie, daß das tägliche Zusammensein mit dem Fürsten glücklich ablaufen möge.

Der alte gepuderte Diener, der im Geschäftszimmer saß, erhob sich leise und sagte flüsternd: „Bitte eintreten zu wollen."

Durch die Tür ließ sich das gleichmäßige Geräusch einer Drehbank vernehmen. Die Prinzessin zog die Tür, die sich leicht und ohne zu knarren in den Angeln bewegte, hinter sich zu und blieb dann stehen. Der Fürst arbeitete an der Drehbank, sah flüchtig auf und setzte dann seine Arbeit fort.

Das riesige Kabinett war mit allerhand Gegenständen angefüllt, die offenbar unaufhörlich im Gebrauch waren. Ein großer Tisch, auf dem Bücher und Zeichnungen lagen, hohe Bücherschränke mit Glastüren, in denen die Schlüssel steckten, ein Stehpult zum Schreiben, auf dem ein aufgeschlagenes Heft lag, eine Drehbank mit allem Zubehör, von Abfallspänen umgeben – alles das zeugte von beständiger, mannigfaltiger und systematisch geordneter Tätigkeit. Und die Bewegungen des kleinen, mit einem silbergestickten tatarischen Stiefelchen bekleideten Fußes, das feste Zupacken der sehnigen, hageren Hand zeigten deutlich, daß im Fürsten noch immer die zähe und widerstandsfähige Kraft rüstigen Greisenalters lebte. Er ließ die Scheibe noch einige Umdrehungen machen, nahm dann den Fuß vom Trittbrett der Drehbank, wischte den Drehstahl ab, warf ihn in eine an der Drehbank befestigte lederne Tasche, trat an den Tisch und rief seine Tochter zu sich. Er pflegte seine Kinder nie zu segnen, hielt also der Prinzessin nur seine stoppelige, noch unrasierte Backe hin und sagte mit einem strengen und doch auch wieder aufmerksam-zärtlichen Blick: „Gesund? ... Na, dann setze dich!" Er nahm das eigenhändig geschriebene Geometrieheft und zog sich mit dem Fuß einen Sessel heran.

„Für morgen!" sagte er, während er rasch eine bestimmte Seite aufschlug und mit einem Strich seines harten Nagels einige Paragraphen bezeichnete.

Die Prinzessin beugte sich über das auf dem Tisch liegende Heft.

„Warte, da ist ein Brief für dich", sagte plötzlich der Alte, nahm aus einer am Tisch angebrachten Tasche ein von einer Frauenhand adressiertes Kuvert und warf es auf den Tisch.

Das Gesicht der Prinzessin bedeckte sich beim Anblick des Briefs mit roten Flecken. Sie nahm ihn rasch an sich und beugte sich über ihn.

„Von der Heloise?" fragte der Fürst mit einem kalten Lächeln, das seine immer noch kräftigen, gelblichen Zähne sehen ließ.

„Ja, von Julie", sagte die Prinzessin, sah den Fürsten zaghaft an und lächelte ebenso zaghaft.

„Zwei Briefe lasse ich noch passieren, den dritten lese ich durch", sagte der Fürst streng. „Ich fürchte, ihr schreibt einander zuviel Albernheiten. Den dritten lese ich."

„Sie können doch schon diesen lesen, mon père", erwiderte die Prinzessin, wurde noch röter und hielt ihm den Brief hin.

„Den dritten, habe ich gesagt, den dritten", rief der Fürst barsch, stieß den Brief zurück, stützte die Ellbogen auf den Tisch und zog das Heft mit den geometrischen Figuren näher heran.

„Nun, mein gnädiges Fräulein", begann der Alte, beugte sich dicht neben seiner Tochter über das Heft und legte den einen Arm über die Lehne des Sessels, auf dem die Prinzessin saß, so daß sie sich von allen Seiten von dem wohlbekannten Dunstkreis des Vaters — Tabaksgeruch und greisenhaft scharfriechende Hautausdünstung — umschlossen fühlte. „Nun, mein gnädiges Fräulein, diese Dreiecke sind sich also ähnlich. Du siehst wohl: der Winkel a b c . . ."

Die Prinzessin sah erschrocken in die so dicht neben ihr blitzenden Augen des Vaters, rote Flecken glitten über ihr Gesicht hin, und es war deutlich zu sehen, daß sie ihm nicht folgen konnte und Angst vor ihm hatte und daß diese Angst sie hindern mußte, auch den weiteren Ausführungen ihres Vaters zu folgen, mochten sie so klar und deutlich sein, wie sie wollten. Ob nun daran der Lehrer oder die Schülerin schuld war, genug, dieser Vorgang wiederholte sich Tag für Tag: der Prinzessin verschwamm alles vor den Augen, sie sah nichts und hörte nichts, sie fühlte nur das hagere Gesicht des strengen Vaters neben sich, spürte seinen Atem und seinen Geruch und konnte keinen andern Gedanken fassen, als wie sie nur am schnellsten aus dem Kabinett entrinnen und in aller Ruhe die Aufgabe in ihrem Zimmer durchgehen könnte.

Der Alte geriet außer sich, er rückte geräuschvoll mit seinem Sessel hin und her, suchte sich mühsam zu beherrschen, um nicht loszubrechen, und brach doch fast jedesmal los, begann zu schimpfen und schleuderte bisweilen sogar das Heft auf den Fußboden.

Die Prinzessin gab ihm eine falsche Antwort.

„Na, wie dumm du aber auch bist!" schrie der Fürst, stieß das Heft weg und wandte sich mit einem Ruck ab; gleich darauf erhob er sich, ging ein wenig auf und nieder, berührte mit den Händen das Haar der Prinzessin und setzte sich wieder.

Er rückte mit seinem Sessel näher heran und fuhr mit seinen Auseinandersetzungen fort.

„So geht es nicht, Prinzessin, so geht es nicht", sagte er, als die Prinzessin das Heft mit den Aufgaben für die nächste Stunde bereits an sich genommen und geschlossen hatte und sich schon zum Weggehen anschickte. „Die Mathematik ist eine wichtige Angelegenheit, mein gnädiges Fräulein. Und ich will doch nicht, daß du so eine wirst wie unsere dummen Fräuleins. Gib dir nur rechte Mühe, dann wird es dir auch noch Freude machen.“ — Er streichelte ihre Wange. — „Die Dummheiten müssen heraus aus dem Kopf.“

Sie wollte gehen, aber er hielt sie mit einer Handbewegung zurück und nahm vom Stehpult ein neues, noch unaufgeschnittenes Buch.

„Da schickt dir deine Heloise noch irgend so einen ‚Sakramentsschlüssel‘. Das ist auch so eine Fromme. Aber in Glaubenssachen mische ich mich nicht ein. ... Ich habe es mir angesehen. Da hast du es. Und jetzt geh nur, geh nur.“

Er klopfte ihr auf die Schulter und schloß selbst hinter ihr die Tür.

Die Prinzessin Marja kehrte in ihr Zimmer zurück mit dem bekümmerten, eingeschüchterten Ausdruck, der sie nur selten verließ und ihr unschönes und kränkliches Gesicht noch unschöner machte, und setzte sich an ihren Schreibtisch, auf dem Miniaturporträts, Hefte und Bücher herumstanden und -lagen. Die Prinzessin war ebenso unordentlich, wie ihr Vater ordentlich war. Sie legte das Geometrieheft beiseite und öffnete ungeduldig den Brief. Er war von ihrer besten Jugendfreundin, von derselben Julie Karagina, die zur Namenstagsfeier bei Rostows gewesen war.

Julie schrieb in französischer Sprache:

„Liebe teure Freundin, wie schrecklich und entsetzlich ist es doch, voneinander getrennt zu sein! Wenn ich mir auch immer wieder sage, daß Sie die eine Hälfte meines Daseins und Glücks bilden und daß unsere Herzen trotz der räumlichen Trennung durch unauflösliche Bande miteinander verknüpft sind, so bäumt sich mein Herz dennoch gegen das Geschick auf, und trotz aller Vergnügungen und Zerstreuungen, die mich umgeben, kann ich doch einer gewissen heimlichen Traurigkeit nicht Herr werden, die ich in der Tiefe meines Herzens empfinde, seit wir voneinander getrennt sind. Warum können wir nicht jetzt in Ihrem großen Kabinett auf dem blauen Kanapee, dem Kanapee der Herzensergießungen und Bekenntnisse, sitzen, wie in diesem Sommer? Warum kann ich nicht mehr wie vor drei Monaten neue seelische Kräfte aus Ihrem so sanften, so ruhigen und so tiefeindringenden Blick schöpfen, jenem Blick, den ich so sehr liebe und den ich jetzt während des Schreibens immer vor mir zu sehen glaube!“

Als Prinzessin Marja bis hierher gelesen hatte, seufzte sie auf und blickte in den rechts von ihr stehenden Trumeau. Der Spiegel zeigte ihr einen unschönen, schwächlichen Körper und ein mageres Gesicht. Ihre Augen, in denen ein Ausdruck von Trauer lag, sahen sie jetzt aus dem Spiegel mit einer ganz besonderen Hoffnungslosigkeit an. „Sie will mir schmeicheln“, dachte die Prinzessin, wandte sich dann vom Spiegel ab und las weiter. Aber Julie hatte ihrer Freundin keineswegs schmeicheln wollen, denn die großen, tiefen und leuchtenden Augen der Prinzessin, von denen manchmal ganze Strahlenbündel eines warmen Lichtes auszugehen schienen, diese Augen waren so schön, daß sie trotz der Reizlosigkeit der übrigen Gesichtsteile die Prinzessin oft reizvoller erscheinen ließen als eine anerkannte Schönheit. Aber diesen anmutigen Ausdruck ihrer Augen hatte die Prinzessin noch nie zu sehen bekommen, jenen Ausdruck, den sie annahmen, wenn sie gar nicht an sich selbst dachte. Wie bei allen Menschen, so nahm auch ihr Gesicht, sobald sie in den Spiegel sah, einen unnatürlich=gespannten Ausdruck an. Sie las weiter:

„Ganz Moskau spricht nur noch vom Kriege. Der eine von meinen Brüdern ist schon im Auslande, der andere marschiert mit der Garde auf die Grenze zu. Unser geliebter Kaiser hat Petersburg verlassen und will, wie man behauptet, sein kostbares Leben selbst den Wechselfällen des Krieges aussetzen. Gott möge das korsische Scheusal, das Europas Ruhe stört, zu Boden schmettern lassen durch den Engel, den der Allmächtige in seiner Gnade uns zum Herrscher gegeben hat! Ganz abgesehen von meinen Brüdern hat mich dieser Krieg eines Verkehrs beraubt, der meinem Herzen ganz besonders teuer war. Ich meine den jungen Nikolai Rostow, der in seinem Enthusiasmus ein untätiges Zurückbleiben nicht ertragen konnte und die Universität verlassen hat, um sich in die Armee einreihen zu lassen. Ja, liebe Marja, ich will es Ihnen eingestehen, daß Nikolai Rostows Abreise zur Armee trotz seiner noch sehr, sehr großen Jugend doch ein großer Kummer für mich war. Der junge Mensch – ich habe Ihnen ja diesen Sommer schon von ihm erzählt – hat eine so edle Gesinnung und so viel echte Jugendlichkeit, wie man sie in unserem Jahrhundert unter unseren zwanzigjährigen Greisen nur noch selten antrifft. Er hat soviel Freimut und Herz, er ist in seinem ganzen Wesen so unberührt und poetisch, daß meine Beziehungen zu ihm, so flüchtig sie auch waren, zu den süßesten Freuden meines Herzens gehörten, dieses armen Herzens, das schon so viel gelitten hat. Später werde ich Ihnen noch einmal erzählen, wie wir Abschied nahmen und was er mir beim Scheiden gesagt hat. All das ist jetzt noch gar zu frisch. Ach, liebe Freundin, wie glücklich sind Sie, daß Sie diese Freuden und diese bitteren Schmerzen nicht kennen. Ja, darin sind Sie glücklich, denn gewöhnlich sind die letzteren die stärkeren! Ich weiß sehr gut, daß Graf Nikolai zu jung ist, als daß er mir jemals mehr werden könnte als ein Freund, aber mein Herz braucht diese süße Freundschaft, diese poetischen und reinen Beziehungen. Aber sprechen wir nicht mehr davon. Die große Tagesneuigkeit, die ganz Moskau beschäftigt, ist der Tod des alten Grafen Besuchow und seine Hinterlassenschaft. Stellen Sie sich vor, die drei Prinzessinnen haben nur ganz wenig bekommen. Fürst Wassilij nichts, und Monsieur Pierre hat alles geerbt und ist überdies als legitimer Sohn anerkannt worden, so daß er jetzt also Graf Besuchow und Besitzer des größten Vermögens von Rußland ist. Man will wissen, Fürst Wassilij habe in dieser ganzen Geschichte eine sehr wenig schöne Rolle gespielt und sei ziemlich begossen wieder nach Petersburg abgereist.

Ich muß gestehen, daß ich von all diesen Erbschafts- und Testamentsgeschichten nur sehr wenig verstehe; aber das weiß ich, und es amüsiert mich, das zu beobachten, daß, seitdem der junge Mann, den wir unter dem Namen Monsieur Pierre kannten, Graf Besuchow und Besitzer eines der größten Vermögen Rußlands geworden ist, alle mit heiratsfähigen Töchtern gesegneten Mamas und auch die jungen Damen selbst ihren Ton und ihr Benehmen gegenüber diesem Individuum völlig geändert haben, das mir übrigens, nebenbei bemerkt, immer den Eindruck eines recht unbedeutenden Jünglings gemacht hat. Wie man sich schon seit zwei Jahren damit amüsiert, mich mit Männern zu verloben, die ich meistens überhaupt nicht kenne, so macht mich jetzt die Moskauer Heiratschronik bereits zur Gräfin Besuchowa. Aber Sie können es sich ja denken, daß ich nicht im geringsten danach strebe, es zu werden. Aber apropos Heiraten, wissen Sie, daß mir letzthin die Allerweltstante Anna Michailowna unter dem Siegel des tiefsten Geheimnisses ein Heiratsprojekt für Sie anvertraut hat? Es handelt sich um nicht mehr und nicht weniger als darum, Anatol, den Sohn des Fürsten Wassilij, durch eine Heirat mit einem reichen Mädchen aus gutem Hause wieder zu rangieren, und dabei ist die Wahl der Eltern auf Sie gefallen. Ich weiß nicht, wie Sie sich dazu stellen werden, aber ich hielt es für meine Pflicht, Sie davon in Kenntnis zu setzen. Er soll sehr schön, aber ein ziemlicher Tunichtgut sein, das ist alles, was ich über ihn in Erfahrung bringen konnte.

Aber genug mit diesem Geplauder! Mein zweiter Briefbogen geht schon zu Ende, und Mama läßt mich rufen, weil ich mit ihr zum Diner zu Apraxins fahren soll. Lesen Sie das mystische Buch, das ich Ihnen schicke und das hier großes Aufsehen erregt hat. Obwohl es Dinge enthält, an die unser schwacher Menschenverstand nicht heranreicht, ist es ein bewundernswertes Buch, dessen Lektüre die Seele beruhigt und erhebt. Leben Sie wohl. Meine Empfehlungen an Ihren Herrn Vater und meine Grüße an Mademoiselle Bourienne. Ich umarme Sie in aller Liebe.

Julie.

PS. Lassen Sie doch einmal hören, wie es Ihrem Bruder und seiner reizenden kleinen Frau geht."

Eine kleine Weile sann die Prinzessin gedankenvoll und mit einem schwermütigen Lächeln vor sich hin, und ihr Gesicht erschien, von den leuchtenden Augen erhellt, völlig verwandelt. Dann stand sie plötzlich auf und ging mit ihren schweren Schritten auf den Tisch zu. Sie legte sich einen Bogen Papier zurecht, und ihre Hand mit der Feder glitt schnell darüber hin. Ihre ebenfalls französisch geschriebene Antwort lautete:

„Liebe teure Freundin! Ihr Brief vom 13. hat mir eine große Freude bereitet. Sie lieben mich also immer noch, meine poetische Julie. Die Trennung, über die Sie so klagen, hat also auf Sie ihren Einfluß nicht auszuüben vermocht. Sie beklagen sich über unsere Trennung – aber was sollte ich erst sagen, wenn ich es überhaupt *wagte*, mich zu beklagen, ich, die ich all derer beraubt bin, die mir teuer sind? Ach, wenn wir den Trost der Religion nicht hätten, so wäre unser Leben wohl sehr traurig! Warum glauben Sie aber bei mir ein so strenges Urteil voraussetzen zu müssen, wenn Sie mir von Ihrer Zuneigung für einen jungen Mann erzählen? Nur gegen mich selbst bin ich in solchen Dingen streng, bei anderen aber lasse ich diese Gefühle gelten, und wenn ich sie auch nicht gerade loben kann, weil ich sie ja selbst nie empfunden habe, so verurteile ich sie doch keineswegs. Es will mir nur scheinen, als sei die christliche Liebe, die Liebe zum Nächsten und die Liebe zu unseren Feinden, verdienstlicher, süßer und schöner als die Gefühle, die die schönen Augen eines jungen Mannes in einem poetischen und liebevollen jungen Mädchen, wie Sie es sind, wachrufen können.

Die Nachricht vom Tode des Grafen Besuchow war schon vor Ihrem Briefe zu uns gelangt, und mein Vater war sehr ergriffen. Er sagt, Besuchow sei der vorletzte Repräsentant des großen Jahrhunderts gewesen, und jetzt sei er selbst an der Reihe, aber er wolle sein Möglichstes tun, um so spät heranzukommen, wie es irgend gehe. Gott wolle uns vor diesem schrecklichen Unglück bewahren! Ihre Meinung über Pierre, den ich von klein auf gekannt habe, kann ich nicht teilen. Er schien mir immer ein sehr gutes Herz zu haben, und das ist die Eigenschaft, die ich an einem Menschen am höchsten schätze. Was seine Erbschaft angeht und die Rolle, die Fürst Wassilij dabei gespielt hat, so ist das für alle beide recht traurig. Ach, liebe Freundin, das Wort unseres göttlichen Erlösers, daß ein Kamel leichter durch ein Nadelöhr geht als ein Reicher in das Reich Gottes, dieses Wort enthält eine furchtbare Wahrheit. Fürst Wassilij tut mir leid, aber noch mehr bedauere ich Pierre. So jung und mit solchem Reichtum belastet – welche Versuchungen wird er da zu bestehen haben! Wenn man mich fragte, was ich mir auf der Welt am meisten wünsche, so würde ich mir wünschen, noch ärmer zu sein als der ärmste Bettler. Tausend Dank, liebe Freundin, für das Werk, das Sie mir schicken und das bei Ihnen so viel Aufsehen erregt. Aber da Sie mir schreiben, es enthalte neben manchem Guten auch vieles, an das der schwache Menschenverstand nicht heranreicht, so scheint es mir ziemlich unnütz, sich mit einer Lektüre zu beschäftigen, die unverständlich bleibt und darum auch keine Früchte tragen kann. Nie habe ich die Passion mancher Menschen verstehen können, die es lieben, sich den Sinn durch mystische Schriften zu verwirren, die den Geist nur in Zweifel geraten lassen, die Einbildungskraft überreizen und zu Übertreibungen führen, die der christlichen Einfalt geradezu widersprechen. Was wir lesen sollen, das sind die Schriften der Apostel und die Evangelien. Aber die Mysterien, die sie enthalten, sollen wir nicht zu ergründen suchen; denn wie dürften wir elende Sünder es wagen, in die furchtbaren und heiligen Geheimnisse der Vorsehung eindringen zu wollen, solange wir noch diese fleischliche Hülle tragen, die zwischen uns und dem Ewigen wie ein undurchdringlicher Schleier liegt? Begnügen wir uns damit, die erhabenen Lehren uns zu eigen zu machen, die unser göttlicher Erlöser uns für unseren irdischen Lebenswandel hinterlassen hat; suchen wir uns nach ihnen zu bilden und ihnen nachzuleben, machen wir es uns klar, daß wir Gott desto wohlgefälliger sind, je weniger Spielraum wir unserem schwachen menschlichen Geist geben; denn Er verwirft alle Weisheit, die nicht von ihm stammt, und je weniger wir das zu ergründen suchen, was Er unserer Kenntnis zu entziehen für gut befunden hat, um so eher wird Er es uns durch Seinen Heiligen Geist erkennen lassen.

Mein Vater hat mir von einem Bewerber um meine Hand nichts gesagt, er hat mir nur mitgeteilt, er habe einen Brief vom Fürsten Wassilij erhalten und erwarte seinen Besuch. Was das Heiratsprojekt für mich angeht, so muß ich Ihnen sagen, teure Freundin, daß die Ehe meiner Meinung nach eine göttliche Einrichtung ist, der wir uns zu fügen haben. Und wie schwer es mir auch fallen mag, wenn der Allmächtige mir jemals die Pflichten einer Gattin und Mutter auferlegen sollte, so werde ich sie so treu zu erfüllen suchen, wie es in meinen Kräften steht, ohne meine Gefühle gegen denjenigen, den Er mir zum Gatten bestimmt, erst überängstlich zu prüfen und zu erforschen.

Von meinem Bruder bekam ich einen Brief, in dem er mir seine und seiner Frau bevorstehende Ankunft in Lysyja Gory ankündigt. Es wird leider nur eine Freude von kurzer Dauer sein, denn er verläßt uns wieder, um an diesem unglückseligen Kriege teilzunehmen, in den wir, Gott weiß wie und warum, mit hineingezogen worden sind. Nicht nur bei Ihnen, im Mittelpunkt aller politischen Händel und im Mittelpunkt der Gesellschaft, spricht man nur noch vom

Kriege, sondern auch hier, inmitten der ländlichen Arbeiten und jenes Friedens der Natur, der nach der Vorstellung der Stadtbewohner auf dem Lande waltet, macht der Lärm des Krieges sich hörbar und schmerzlich spürbar. Mein Vater spricht nur noch von Märschen und Contre=Märschen, Dingen, von denen ich nichts verstehe; und als ich vorgestern bei meinem gewöhnlichen Spaziergang die Dorfstraße entlangging, wurde ich Zeugin einer herzzerreißenden Szene ... Es war ein Trupp Rekruten, die bei uns ausgehoben waren und zur Armee transportiert wurden ... Man mußte nur sehen, in welchem Zustande sich die Mütter, die Frauen und Kinder der Abmarschierenden befanden, man mußte nur hören, wie sie beide weinten, die Aufbrechenden und die Zurückbleibenden! Man möchte sagen, die Menschheit habe die Gesetze ihres göttlichen Erlösers vergessen, der uns doch gelehrt hat, einander zu lieben und einander alle Beleidigungen zu vergeben, und suche nun ihr größtes Verdienst in der Kunst, sich gegenseitig zu morden.

Leben Sie wohl, liebe gute Freundin, mögen unser göttlicher Erlöser und Seine Allerheiligste Mutter Sie in ihren heiligen und mächtigen Schutz nehmen. Marja."

„Ah, vous expédiez le courrier, princesse, moi j'ai déjà expédié le mien. J'ai écrit à ma pauvre mère",[1] sagte, das „r" schnarrend, rasch die angenehme, vollklingende Stimme der lächelnden Mlle. Bourienne, und damit drang in die lastende, ernste, trübe Atmosphäre der Prinzessin Marja ein Hauch aus einer völlig anderen Welt, einer Welt leichtlebiger und fröhlicher Selbstzufriedenheit.

„Princesse, il faut que je vous prévienne", setzte sie mit gesenkter Stimme hinzu, „le prince a eu une altercation", das Wort „altercation" sprach sie ganz besonders schnarrend aus und fand offenbar Vergnügen daran, sich selbst dieses Wort aussprechen zu hören, „une altercation avec Michel Ivanoff. Il est de très mauvaise humeur, très morose. Soyez prévenue, vous savez."[2]

„Ah, chère amie", antwortete Prinzessin Marja, „je vous ai priée de ne jamais me prévenir de l'humeur dans laquelle se trouve mon père. Je ne me permets pas de le juger, et je ne voudrais pas que les autres le fassent."[3]

Die Prinzessin sah auf die Uhr, und als sie merkte, daß bereits

[1] Ach, Sie schicken Ihre Post ab, Prinzessin; ich habe meine bereits abgeschickt. Ich habe meiner armen Mutter geschrieben.

[2] Prinzessin, ich muß Sie darauf vorbereiten, der Fürst hat einen Wortwechsel gehabt mit Michel Iwanow. Er ist sehr schlechter Laune, sehr mürrisch. Seien Sie vorsichtig, Sie wissen ...

[3] Liebe Freundin, ich habe Sie gebeten, mich niemals vor der Laune meines Vaters zu warnen. Es steht mir nicht zu, darüber zu urteilen, und ich wünsche auch nicht, daß andere dies tun.

fünf Minuten von der für das Klavierspielen vorgesehenen Zeit verstrichen waren, ging sie mit erschrockener Miene ins Diwanzimmer. Nach seiner genau festgesetzten Tageseinteilung schlummerte der Fürst von zwölf bis zwei Uhr, und die Prinzessin spielte während dieser Zeit Klavier.

XXVI

Der grauhaarige Kammerdiener saß im Halbschlaf im riesigen Kabinett und horchte auf das Schnarchen des Fürsten. Vom anderen Ende des Hauses her hörte man durch die geschlossenen Türen hindurch wohl zwanzigmal die schwierigen Passagen einer Dussekschen Sonate.

Um diese Zeit fuhren am Portal eine Kutsche und eine Britschka vor. Aus der Kutsche sprang Fürst Andrej, half seiner kleinen Frau beim Aussteigen und ließ ihr dann den Vortritt. Der grauhaarige Tichon tauchte, die Perücke auf dem Kopf, in der Tür des Geschäftszimmers auf, meldete flüsternd, der Fürst schlafe eben, und schloß eilig wieder die Tür. Tichon wußte, daß weder die Ankunft des Sohnes noch sonst ein ungewöhnliches Ereignis die Tagesordnung stören durfte. Fürst Andrej wußte das offenbar ebensogut wie Tichon; er warf einen Blick auf die Uhr, als wollte er sich davon überzeugen, daß die Gewohnheiten seines Vaters sich während seiner Abwesenheit nicht verändert hätten, und als er festgestellt hatte, daß sie gänzlich unverändert geblieben waren, sagte er zu seiner Frau:

„In zwanzig Minuten steht er auf. Gehen wir zur Prinzessin Marja."

Die kleine Fürstin war in der letzten Zeit stark geworden, aber ihre Augen und ihre kurze Oberlippe mit den Schnurrbarthärchen, die sich beim Sprechen in die Höhe zog, sahen noch genauso lustig und niedlich aus wie früher.

„Mais c'est un palais", meinte sie zu ihrem Manne und ließ ihre Augen ringsumher schweifen, mit demselben Ausdruck, mit dem man bei einem Ball dem Gastgeber Komplimente sagt. „Allons, vite, vite!"[1] Und während sie sich umblickte, lächelte sie Tichon zu und ihrem Mann und dem Lakaien, der sie geleitete.

„C'est Marie qui s'exerce? Allons doucement, il faut la surprendre."[2]

[1] Aber das ist ja ein Palast! Gehen wir, schnell, schnell!
[2] Ist es Marie, die übt! Wir wollen leise sein, um sie zu überraschen.

Fürst Andrej ging mit höflicher, aber gedrückter Miene hinter ihr.

„Du bist alt geworden, Tichon", sagte er im Weitergehen zu dem Greise, der ihm die Hand küßte.

Vor dem Zimmer, aus dem die Töne des Klaviers kamen, stießen sie auf die hübsche, blonde Französin. Mlle Bourienne kam aus einer Seitentür herausgestürzt und schien vor Entzücken fast den Verstand verloren zu haben.

„Ah! quel bonheur pour la princesse", rief sie. „Enfin! Il faut que je la prévienne."[1]

„Non, non, de grâce ... Vous êtes Mademoiselle Bourienne, je vous connais déjà par l'amitié que vous porte ma belle-sœur", sagte die Fürstin und küßte die Französin. „Elle ne vous attend pas?"[2]

Sie gingen auf die Tür des Diwanzimmers zu, durch die sich, unaufhörlich wiederholt, die Töne derselben Passage vernehmen ließen. Fürst Andrej blieb stehen und runzelte die Stirn, als erwarte er etwas Unangenehmes.

Die Fürstin trat ein. Die Passage brach unvermittelt ab; man hörte einen Aufschrei, die schweren Schritte der Prinzessin Marja und das Geräusch von Küssen. Als Fürst Andrej eintrat, hielten sich die Prinzessin und die Fürstin, die sich bisher nur einmal, bei der Hochzeit des Fürsten Andrej, flüchtig gesehen hatten, fest umschlungen und küßten sich immer wieder genau in derselben Stellung, in der sie sich im ersten Augenblick in die Arme gefallen waren. Mlle. Bourienne stand mit andächtigem Lächeln daneben, die Hände aufs Herz gedrückt und offensichtlich ebenso bereit zum Weinen wie zum Lachen. Fürst Andrej zuckte die Achseln und runzelte wieder die Stirn, wie das ein musikalischer Mensch tut, der einen falschen Ton hört. Endlich ließen die beiden Frauen einander los; aber als fürchteten sie, etwas zu versäumen, ergriffen sie einander bei den Händen, küßten sich gegenseitig die Hände und entzogen sie sich wieder und begannen dann einander wieder aufs Gesicht zu küssen, und plötzlich brachen beide, für den Fürsten Andrej völlig unerwartet, in Tränen aus und fingen dann wieder an, sich zu küssen. Mlle. Bourienne weinte ebenfalls. Dem Fürsten Andrej war das alles offenbar peinlich und unangenehm; aber den beiden Frauen kam es durchaus natürlich vor, daß sie weinten, und sie schienen es sich gar nicht anders denken zu können, als daß es bei einem solchen Wiedersehen gerade so und nicht anders zugehen müsse.

„Ah, chère ... Ah! Marie!" fingen beide gleichzeitig an und brachen in Lachen aus. „J'ai rêvé cette nuit ... Vous ne nous atten-

[1] Ach, wie glücklich wird die Prinzessin sein ... Endlich! Ich muß sie benachrichtigen.
[2] Nein, nein, bitte nicht. Sie sind Mlle Bourienne, ich kenne Sie schon durch die Freundschaft, die meine Schwägerin für Sie hegt ... Erwartet sie uns nicht?

diez donc pas ... Ah! Marie, vous avez maigri ... Et vous avez repris ..."[1]

„J'ai tout de suite reconnu madame la princesse",[2] fiel Mlle. Bourienne ein.

„Et moi qui ne me doutais pas! ..." rief Prinzessin Marja. „Ah! André, je ne vous voyais pas."[3]

Fürst Andrej gab seiner Schwester die Hand und küßte sie und sagte, sie sei noch genau dieselbe pleurnicheuse[4] wie früher. Prinzessin Marja wandte ihr Gesicht dem Bruder zu, und der leicht von Tränen verschleierte, liebevolle, warme und sanfte Blick ihrer großen leuchtenden und in diesem Augenblick wunderschönen Augen ruhte auf dem Gesicht des Fürsten Andrej.

Die Fürstin plauderte ohne Unterbrechung. Die kurze Oberlippe mit den Schnurrbarthärchen zog sich immer wieder für einen Augenblick nach unten, berührte die rote Unterlippe und öffnete sich dann wieder zu einem Lächeln, das Zähne und Augen blitzen ließ. Die Fürstin erzählte von einem Unfall, der ihnen unterwegs auf dem Spaskaja-Berge zugestoßen war und der ihr bei ihrem Zustande leicht schlimm hätte bekommen können, und berichtete gleich darauf, daß sie alle ihre Kleider in Petersburg gelassen hätte und hier Gott weiß wie umhergehen würde und daß Andrej gänzlich verändert sei und daß Kitty Odynzowa einen alten Mann geheiratet habe, und daß sich für die Prinzessin Marja pour tout de bon[5] ein Freier gefunden habe, aber darüber würden sie nachher noch ausführlicher sprechen. Die Prinzessin Marja sah immer noch schweigend ihren Bruder an, und in ihren schönen Augen lag Liebe und Kummer. Offensichtlich hatten die Gedanken, die ihr jetzt durch den Kopf gingen, mit dem Gerede ihrer Schwägerin nichts zu tun. Mitten in einer Erzählung der Fürstin über das letzte Fest in Petersburg wandte Prinzessin Marja sich an ihren Bruder.

„Und es ist also ganz beschlossene Sache, daß du in den Krieg gehst, André?" sagte sie mit einem Seufzer.

Jetzt wurde auch Lise aufmerksam und zuckte unwillig zusammen.

„Ja, und sogar morgen schon", antwortete der Bruder.

„Il m'abandonne ici, et Dieu sait pourquoi, quand il aurait pu avoir de l'avancement ..."[6]

Prinzessin Marja hörte nicht mehr hin, was sie sagte, sondern

[1] Ach, meine Liebe ... Ach, Marie, ich habe in der vergangenen Nacht geträumt ... Sie haben uns also nicht erwartet ... Ach, Marie, Sie sind schlanker geworden ... Und Sie haben etwas zugenommen.
[2] Ich habe die Fürstin sofort erkannt.
[3] Und ich habe nichts vermutet! Ach Andrej, dich habe ich ja gar nicht gesehen.
[4] Heulliese.
[5] trotzdem
[6] Er läßt mich hier zurück, und Gott weiß warum, wenn er doch eine Beförderung hätte haben können.

spann ihren Gedankenfaden weiter; dann wandte sie sich ihrer Schwägerin zu, deutete mit einem liebevollen Blick auf deren Leib und fragte:

„Ist es sicher?"

Das Gesicht der Fürstin wechselte den Ausdruck, und sie seufzte.

„Ja, es ist sicher", antwortete sie. „Ach! Es ist fürchterlich ..."

Lisas Lippe zog sich nach unten. Sie näherte ihr Gesicht dem der Schwägerin und brach wieder, allen unerwartet, in Tränen aus.

„Sie braucht jetzt zunächst Ruhe", sagte Fürst Andrej mit finsterem Gesicht. „Nicht wahr, Lisa? Führe du sie in ihr Zimmer, ich gehe unterdessen zum Vater. Wie geht es ihm? Immer noch der alte?"

„Immer noch, er ist ganz unverändert; ich glaube, du wirst das auch finden", antwortete die Prinzessin fröhlich.

„Und noch genau die gleiche Stundeneinteilung und die gleichen Spaziergänge durch die Alleen?" fragte Fürst Andrej mit einem kaum wahrnehmbaren Lächeln, an dem man sehen konnte, daß er trotz aller Liebe und aller Achtung für seinen Vater doch dessen Schwächen kannte.

„Die gleiche Stundeneinteilung und die Drehbank und meine Geometrielektionen", antwortete die Prinzessin Marja, so fröhlich, als gehörten diese Geometrielektionen zu den frohesten Eindrücken ihres Lebens.

Als die zwanzig Minuten bis zum Aufstehen des alten Fürsten um waren, erschien Tichon, um den jungen Fürsten zu seinem Vater zu rufen. Der alte Herr hatte zu Ehren der Ankunft seines Sohnes nun doch eine Abweichung von seiner Tageseinteilung gestattet und befohlen, den Sohn bereits kommen zu lassen, während er sich zum Mittagessen wieder ankleidete. Der Fürst trug nach altmodischer Art immer noch Kaftan und gepuderte Haare. Und als Fürst Andrej in das Ankleidezimmer seines Vaters trat – nicht mit dem mürrischen Gesichtsausdruck und Wesen, mit denen er sich in den Salons der Gesellschaft bewegte, sondern mit dem lebensvollen Gesicht, das er bei seinem Gespräch mit Pierre gehabt hatte –, saß der Greis im Pudermantel in einem breiten, saffianbezogenen Lehnstuhl und hatte seinen Kopf den Händen Tichons überlassen.

„Aha! Da ist ja der Krieger! Also du willst Bonaparte bekriegen?" sagte der alte Herr und schüttelte den gepuderten Kopf, soweit das der Zopf zuließ, den Tichon gerade zum Flechten in Händen hatte. „Dann gehe ihm nur gehörig zu Leibe, sonst macht er schließlich noch uns alle zu seinen Untertanen. Willkommen!" Und er hielt ihm die Backe hin.

Jetzt, nach seinem Vormittagsschlaf, war der Alte besonders guter Laune. (Er pflegte zu sagen, der Schlaf nach dem Essen sei Silber, der vor dem Essen aber Gold.) Unter den dichten, buschigen Brauen hervor sah er jetzt den Sohn vergnügt von der Seite her an. Fürst Andrej trat auf den Vater zu und küßte ihn auf die durch die Gebärde des alten Herrn bezeichnete Stelle. Auf das Lieblingsthema des Vaters, geringschätzige Witzeleien über die Militärs der Gegenwart und besonders über Bonaparte, ging er nicht ein.

„Ja, Väterchen, da bin ich also, und meine schwangere Frau habe ich auch mitgebracht", sagte Fürst Andrej und verfolgte mit lebhaften und respektvollen Blicken das Mienenspiel auf dem Gesicht des Vaters. „Wie steht es mit Ihrem Befinden?"

„Krank sind nur Dummköpfe und Wüstlinge, Bruder, aber wie ich bin, das weißt du ja: vom Morgen bis zum Abend beschäftigt, und dazu mäßig. Folglich bin ich gesund."

„Gott sei Dank", sagte der Sohn lächelnd.

„Gott hat damit gar nichts zu tun. Na, erzähle", fuhr er, auf sein Steckenpferd zurückkommend, fort, „erzähle mir nur, was für eine neue Wissenschaft die Deutschen euch gelehrt haben, die sogenannte Strategie, mit der ihr dem Bonaparte zu Leibe gehen wollt!"

Fürst Andrej lächelte.

„Lassen Sie mich erst ein wenig zu mir kommen, Väterchen", sagte er, und wieder zeigte sein Lächeln, daß die Schwächen seines Vaters seiner Liebe und Achtung für ihn keinen Eintrag taten. „Ich habe mich ja noch nicht einmal nach meinem Zimmer umgesehen."

„Dummes Zeug, dummes Zeug", schrie der Alte, schüttelte sein Zöpfchen, um zu probieren, ob es auch fest genug geflochten war, und packte den Sohn am Arm. „Die Wohnung für deine Frau ist bereit. Prinzessin Marja wird sie hinführen und ihr alles zeigen und drei Körbe voll mit ihr zusammenschwatzen. Das ist gerade so etwas für die Weiber. Na, ich freue mich. Setze dich hin, erzähle. Was die Armee Michelson soll, das begreife ich, die Armee Tolstoi ebenfalls ... eine gleichzeitige Landung ... Aber was soll die Südarmee? Preußen bleibt neutral, das weiß ich. Aber was ist mit Österreich?" Er stand auf und ging im Zimmer herum und ließ sich von dem hinter ihm her laufenden Tichon die einzelnen Kleidungsstücke zureichen. „Und wie steht es mit Schweden? Wie ist der Durchmarsch durch Pommern gedacht?"

Angesichts der Hartnäckigkeit, mit welcher der Vater auf seinem Verlangen bestand, begann Fürst Andrej, anfangs nur ungern, dann aber mit immer größerer Lebhaftigkeit und unwillkürlich mitten in seinen Ausführungen gewohnheitsmäßig vom Russischen zum Französischen übergehend, den Operationsplan des bevorstehenden Feldzuges auseinanderzusetzen. Er erklärte, eine Armee von neunzigtausend Mann müsse Preußen bedrohen, um es zur Aufgabe seiner Neutralität zu nötigen und mit in den Krieg hineinzuziehen;

ein Teil dieser Truppen solle sich in Stralsund mit den Schweden vereinigen; in Italien und am Rhein sollten zweihundertundzwanzigtausend Österreicher im Verein mit hunderttausend Russen operieren, und fünfzigtausend Russen und fünfzigtausend Engländer sollten in Neapel landen. Auf diese Weise würde im ganzen eine Armee von fünfmalhunderttausend Mann die Franzosen von allen Seiten her angreifen. Der alte Fürst bekundete für diese Auseinandersetzung nicht das geringste Interesse, und es war, als höre er überhaupt nicht zu; er setzte seinen Rundgang durch das Zimmer fort, vervollständigte dabei seine Toilette und unterbrach seinen Sohn auf die unerwartetste Weise und hinderte ihn dadurch am Weitersprechen. Das erste Mal schrie er: „Die weiße! Die weiße!"

Das bedeutete, daß Tichon ihm nicht die Weste gereicht hatte, die er anziehen wollte.

Das zweite Mal blieb er plötzlich stehen und fragte:

„Und wann kriegt sie das Kind?" Dann schüttelte er vorwurfsvoll den Kopf und sagte: „Schlimm! Schlimm! Na, erzähle nur weiter."

Die dritte Unterbrechung bestand darin, daß der Alte, als Fürst Andrej seine Ausführungen zum Abschluß bringen wollte, mit seiner Greisenstimme gänzlich falsch zu singen anfing: „Malbroug s'en va-t-en guerre, Dieu sait quand reviendra." [1]

Der Sohn lächelte nur.

„Ich will nicht gerade sagen, daß dieser Plan mir besonders glücklich erscheint", sagte er. „Ich habe Ihnen nur auseinandersetzen wollen, was geplant ist. Napoleon wird ebenfalls schon seinen Plan gemacht haben, und der wird nicht schlechter sein als unserer."

„Na, viel Neues hast du mir nicht gerade erzählt." Und der Alte versank in seine Gedanken und murmelte hastig vor sich hin: „Dieu sait quand reviendra. Geh ins Eßzimmer."

XXVII

Zur festgesetzten Stunde erschien der Fürst gepudert und rasiert im Eßzimmer, wo ihn bereits seine Schwiegertochter, die Prinzessin Marja, Mlle. Bourienne und sein Baumeister erwarteten. Der letztere speiste auf Grund einer sonderbaren Laune des Fürsten bei Tisch mit, obwohl dieser seiner ganzen Stellung nach höchst unbedeutende Mensch eigentlich auf eine solche Ehre gar keinen Anspruch machen konnte. Für gewöhnlich sah der Fürst streng auf sorgfältige Innehaltung von Standesunterschieden und duldete selbst hohe Gou-

[1] Marlborough zieht in den Krieg, Gott weiß, wann er zurückkommt.

vernementsbeamte nur selten an seiner Tafel; aber dann hatte er es sich plötzlich einmal in den Kopf gesetzt, an dem Beispiel des Baumeisters Michail Iwanowitsch, der sich immer in eine Ecke des Zimmers zurückzog, wenn er sich in sein kariertes Taschentuch schneuzen wollte, darzutun, daß alle Menschen gleich seien, und er predigte seiner Tochter oft genug, daß Michail Iwanowitsch um nichts schlechter sei als er selbst und als sie. Und bei Tisch wandte sich der Fürst an niemand so häufig wie an den schweigsamen Michail Iwanowitsch.

Im Eßzimmer, das wie alle Räume des Hauses auffallend hoch war, warteten die Hausgenossen und die hinter den einzelnen Stühlen stehenden Diener auf das Erscheinen des Fürsten; der Haushofmeister musterte, eine Serviette in der Hand, den gedeckten Tisch, gab den Lakaien allerhand Winke und ließ seine Augen beständig voller Unruhe zwischen der Wanduhr und der Tür, durch die der Fürst kommen mußte, hin und her wandern. Fürst Andrej betrachtete eine ihm noch unbekannte, riesige goldgerahmte Darstellung des fürstlich Bolkonskijschen Stammbaums, die gegenüber einem ebenfalls in riesigem Rahmen steckenden Bilde hing, das offenbar von der Hand eines der fürstlichen Leibeigenen stammte und in recht schlechter Ausführung einen regierenden Fürsten mit der Krone auf dem Kopfe zeigte: es sollte ein Nachkomme Rjuriks und der Ahnherr der Familie Bolkonskij sein. Fürst Andrej betrachtete kopfschüttelnd den Stammbaum und lächelte mit einer Miene, wie man sie angesichts eines geradezu lächerlich ähnlichen Porträts zu machen pflegt.

„Daran erkenne ich ihn wieder, wie er leibt und lebt!" sagte er zur Prinzessin Marja, die neben ihn getreten war.

Prinzessin Marja sah ihren Bruder an und begriff nicht, worüber er lächelte. Alles, was der Vater tat, nahm sie mit einer Ehrfurcht und Andacht auf, die durch nichts in Frage gestellt werden konnte.

„Jeder hat seine Achillesferse", fuhr Fürst Andrej fort. „Mit seinem gewaltigen Verstande donner ainsi dans ce ridicule!" [1]

Der Prinzessin Marja war die Kühnheit, mit der ihr Bruder am Vater Kritik übte, vollkommen unverständlich, und sie schickte sich gerade zu einer Erwiderung an, als sich vom Kabinett her die erwarteten Schritte vernehmen ließen: der Fürst trat ein, schnell und munter, wie er stets zu gehen pflegte, als wolle er mit diesen flinken Bewegungen bewußt einen Gegensatz zu der strengen und steifen Hausordnung schaffen. Im selben Augenblick schlug die große Uhr zwei, und mit ihrem hellen Stimmchen antwortete ihr eine andere aus dem Salon. Der Fürst blieb stehen; unter den dichten, buschigen

[1] sich so lächerlich zu machen.

Brauen hervor blitzten seine lebhaften, strengen Augen alle Anwesenden an und blieben dann auf der jungen Fürstin haften. Die junge Fürstin empfand in diesem Augenblick jenes Gefühl der Angst und Ehrfurcht, das die Hofleute beim Eintritt des Zaren überkommt und das auch dieser alte Mann in allen hervorrief, die mit ihm zu tun hatten. Er fuhr der Fürstin mit der Hand über den Kopf und klopfte ihr dann mit einer ungeschickten Bewegung den Nacken.

„Freue mich, freue mich", meinte er und sah ihr eindringlich in die Augen; dann wandte er sich rasch ab und setzte sich an seinen Platz. „Setzt euch! Setzt euch! Michail Iwanowitsch, setzen Sie sich!"

Er wies seiner Schwiegertochter den Platz an seiner Seite an. Ein Diener rückte ihr den Stuhl zurecht.

„Ho, ho!" sagte der Alte und betrachtete ihre rundlich gewordene Taille. „Du hast es ja recht eilig gehabt. Das will mir nicht gefallen."

Er lachte gemessen, kalt und unangenehm, und zwar nur mit dem Munde, ohne daß die Augen an diesem Lachen teilhatten.

„Du mußt gehen, du mußt gehen, soviel wie möglich, soviel wie möglich", meinte er.

Die kleine Fürstin hatte seine Worte nicht gehört oder hatte sie nicht hören wollen. Sie schwieg, anscheinend verlegen.

Der Fürst fragte sie nach ihrem Vater, und jetzt begann die Fürstin zu sprechen und zu lächeln. Er fragte sie nach gemeinsamen Bekannten, und die Fürstin wurde immer lebhafter und begann zu erzählen, dem Fürsten Grüße zu bestellen und allerhand Stadtklatsch zu berichten.

„La comtesse Apraksine, la pauvre, a perdu son mari, et elle a pleuré les larmes de ses yeux",[1] sagte sie mit ständig wachsender Lebhaftigkeit.

Der Fürst sah sie immer strenger und strenger an, je lebhafter sie wurde, und wandte sich plötzlich, als habe er sie nun hinreichend studiert und ein genügend klares Bild von ihr gewonnen, von ihr ab und Michail Iwanowitsch zu:

„Na, wissen Sie, Michail Iwanowitsch, unserem guten Bonaparte wird es jetzt übel ergehen. Wie Fürst Andrej" — er nannte seinen Sohn nie anders, wenn er von ihm sprach — „mir erzählt hat, ja, was werden jetzt gegen den für Streitkräfte aufgeboten! Und wir beide haben ihn doch immer für einen windigen Hohlkopf gehalten."

Michail Iwanowitsch hatte zwar keine Ahnung davon, wann „wir beide" eigentlich derartige Bemerkungen über Bonaparte gemacht haben sollten, immerhin begriff er, daß er dem alten Fürsten als Anknüpfungspunkt für sein Lieblingsthema dienen sollte, und sah

[1] Die Gräfin Apraksin, die Ärmste, hat ihren Gatten verloren und hat sich die Augen ausgeweint.

erstaunt den jungen Fürsten an, da er sich kein rechtes Bild davon machen konnte, wie die Sache sich weiter entwickeln würde.

„Das ist nämlich ein gewaltiger Taktiker!" sagte der Fürst zu seinem Sohn und deutete auf den Baumeister.

Und dann bewegte sich das Gespräch wieder um den Krieg, um Bonaparte, um die derzeitigen Generäle und Staatsmänner. Der alte Fürst war anscheinend fest überzeugt, daß alle führenden Männer dumme Jungen waren, die nicht einmal das Abc der Kriegs- und Staatskunst kannten, und daß Bonaparte ein kümmerliches kleines Französchen war und seine Erfolge nur dem Umstand verdankte, daß man ihm keinen Potemkin und Suworow mehr entgegenstellen konnte. Aber darüber hinaus war er sogar überzeugt, daß es im Grunde überhaupt keine politischen Verwicklungen in Europa und auch gar keinen Krieg gäbe, sondern daß das alles nur irgend so eine Puppenkomödie war, die die heutige Generation spiele, um so tun zu können, als täte sie etwas. Fürst Andrej nahm den Spott seines Vaters über die Männer der neuen Zeit mit heiterer Ruhe hin, regte ihn mit sichtlichem Vergnügen zu weiteren Ausfällen an und hörte ihm aufmerksam zu.

„Es scheint also, daß früher alles besser bestellt gewesen sein muß", sagte er, „aber ist nicht dieser selbe Suworow in die Falle gegangen, die Moreau ihm gestellt hatte, ohne daß er wieder herauszufinden vermocht hätte?"

„Wer hat dir das gesagt? Wer hat das gesagt?" schrie der Fürst. „Suworow!" – und er warf seinen Teller weg, den indessen Tichon gewandt auffing – „Suworow! ... Denk einmal nach, Fürst Andrej. Zwei Kerle: Friedrich und Suworow ... Moreau! Moreau wäre gefangengenommen worden, wenn Suworow nur die Hände frei gehabt hätte. Aber ihm waren ja die Hände gebunden durch diese Hofkriegswurstschnapsräte. Dagegen kann selbst der Teufel nicht an. Marschiert nur los, ihr werdet diese Hofkriegswurstschnapsräte schon kennenlernen! Suworow ist mit denen ja nicht einmal fertig geworden, wie soll Michail Kutusow mit ihnen fertig werden? Nein, Freundchen", fuhr er fort, „ihr mit euren Generälen könnt gegen Bonaparte nicht aufkommen, da muß man schon Franzosen nehmen, damit gleich auf gleich schlägt. So hat man ja auch den Deutschen Pahlen nach New York, nach Amerika, geschickt, um den Franzosen Moreau zu holen" – er spielte damit darauf an, daß Moreau in diesem Jahre eine Aufforderung erhalten hatte, in russische Dienste zu treten. – „So etwas! ... Sind denn Potemkin, Suworow, Orlow etwa Deutsche gewesen? Nein, Bruder, entweder seid ihr alle verrückt geworden, oder ich habe vor Alter den Verstand verloren. Gott helfe euch, aber wir werden ja sehen. Die halten Bonaparte gar noch für einen großen Feldherrn! Na! ..."

„Ich behaupte ja gar nicht, daß alle seine Maßregeln richtig wären", sagte Fürst Andrej, „aber ich verstehe nur nicht, wie Sie so über Bonaparte urteilen können. Lachen Sie, soviel Sie wollen, Bonaparte bleibt deswegen doch ein großer Feldherr."

„Michail Iwanowitsch!" schrie der alte Fürst den Baumeister an, der sich mit seinem Stück Braten beschäftigte und bereits hoffte, man würde ihn vergessen. „Ich habe Ihnen doch gesagt, daß Bonaparte ein großer Taktiker ist? Siehst du, der sagt das auch."

„Gewiß, Ew. Durchlaucht", antwortete der Baumeister.

Der Fürst lachte wieder sein kaltes Lachen.

„Bonaparte ist in einem Glückshemd zur Welt gekommen. Er hat ausgezeichnete Soldaten. Und dann hat er sich zuerst auf die Deutschen geworfen. Und um die Deutschen nicht zu schlagen, dazu muß man schon ein Waschlappen sein. Solange die Welt steht, sind die Deutschen von allen geschlagen worden. Und sie selbst haben niemand geschlagen. Nur sich gegenseitig. Bei ihnen hat er sich seinen Ruhm geholt."

Und der Fürst begann sämtliche Fehler auseinanderzusetzen, die Bonaparte seiner Meinung nach in allen seinen Kriegen und sogar in politischen Fragen gemacht hatte. Der Sohn widersprach ihm nicht, aber es war klar, daß er trotz aller Argumente seines Vaters von seiner Meinung ebensowenig abzugehen vermochte wie der alte Fürst von der seinigen. Fürst Andrej hörte zu, machte keinerlei Einwände und staunte unwillkürlich darüber, daß dieser alte Mann, der doch so viele Jahre ohne die geringste Unterbrechung auf seinem Gut saß, es fertigbrachte, mit einer so feinen Kenntnis aller Einzelheiten die gesamte europäische Kriegs- und Staatsgeschichte der letzten Jahre zu behandeln und zu beurteilen.

„Du glaubst wohl, ein alter Mann wie ich könne den jetzigen Stand der Dinge nicht mehr begreifen?" sagte er zum Schluß. „O ja! Und ich will dir auch sagen, woher das bei mir kommt. Ich kann nachts nicht schlafen. Nun, und wo hat sich denn dein Bonaparte als so großer Feldherr gezeigt?"

„Das würde uns wohl zu weit führen", entgegnete der Sohn.

„Ach, geh doch zu deinem Bonaparte! Mlle Bourienne, voilà encore un admirateur de votre goujat d'empereur!" schrie er in seinem tadellosen Französisch.

„Vous savez que je ne suis pas bonapartiste, mon prince."[1]

„Dieu sait quand reviendra ...", sang der Fürst und lachte dann. Wenn sein Gesang schon falsch klang, so klang sein Lachen noch falscher; dann erhob er sich und ging hinaus.

Die kleine Fürstin hatte während der ganzen Debatte und, ab-

[1] Mademoiselle Bourienne, da ist noch ein Bewunderer Ihres kaiserlichen Flegels! ... Sie wissen, mein Fürst, daß ich keine Bonapartistin bin.

gesehen von ihrem anfänglichen Gespräch mit dem alten Fürsten, auch während der ganzen übrigen Zeit des Essens geschwiegen und verängstigt bald die Prinzessin Marja, bald ihren Schwiegervater angesehen. Als man vom Tisch aufgestanden war, nahm sie den Arm ihrer Schwägerin und ging mit ihr ins Nebenzimmer.

„Comme c'est un homme d'esprit votre père", sagte sie. „C'est à cause de cela peut=être qu'il me fait peur." [1]

„Ach, er ist ja so gut!" erwiderte die Prinzessin.

XXVIII

Fürst Andrej reiste am nächsten Abend ab. Ohne von seiner gewohnten Tageseinteilung abzuweichen, war der alte Fürst nach dem Essen auf sein Zimmer gegangen. Die kleine Fürstin war bei ihrer Schwägerin. Fürst Andrej hatte einen Reiserock ohne Epauletten angezogen und befaßte sich in den ihm zur Verfügung gestellten Zimmern unter Mitwirkung seines Kammerdieners mit Packen. Nachdem er sich noch einmal die Kalesche und die Unterbringung seiner Koffer angesehen hatte, gab er Befehl zum Anspannen. Im Zimmer waren nur noch diejenigen Gegenstände zurückgeblieben, die Fürst Andrej auf Reisen immer in seiner unmittelbaren Nähe hatte: eine Schatulle, ein großes silbernes Necessaire, zwei Pistolen und ein Säbel — türkische Waffen, die sein Vater bei Otschakow erbeutet und ihm geschenkt hatte. Alle diese Reiseutensilien hielt Fürst Andrej überaus ordentlich; alles sah sauber und gut erhalten aus und stak in sorgfältig verschnürten Tuchfutteralen.

Im Augenblick einer Abreise, die eine Änderung der ganzen Lebensgestaltung mit sich bringt, kommt über einen jeden, soweit er überhaupt fähig ist, über sein Tun und Lassen nachzudenken, gewöhnlich eine ernste Stimmung; man betrachtet prüfend den zu Ende gehenden Zeitabschnitt und macht Pläne für die Zukunft. Fürst Andrej ging, die Hände auf dem Rücken, mit gedankenvollem und mildem Gesichtsausdruck, raschen Schrittes von einer Zimmerecke zur anderen, sah vor sich hin und wiegte den Kopf nachdenklich hin und her. Schreckte ihn der Gedanke an den Krieg, dem er entgegenging, oder empfand er die Trennung von seiner Frau schmerzlich? Vielleicht war beides der Fall. Als er Schritte auf dem Flur hörte, nahm er rasch die Hände vom Rücken, blieb vor dem Tisch stehen, als sei er gerade dabei, das Futteral der Schatulle zuzu=

[1] Was ist Ihr Vater für ein geistreicher Mann, vielleicht ist das der Grund, daß ich mich etwas vor ihm ängstige.

schnüren, und nahm seinen gewöhnlichen, ruhigen und undurchdringlichen Gesichtsausdruck an. Offenbar wünschte er nicht, von irgend jemand in einer Haltung gesehen zu werden, die Rückschlüsse auf seine Stimmung gestattete. Die schweren Schritte, die er gehört hatte, waren die der Prinzessin Marja.

„Ich höre eben, daß du schon Befehl zum Anspannen gegeben hast", sagte sie ganz außer Atem (offenbar war sie gelaufen), „und ich möchte so gern noch ein paar Worte mit dir allein sprechen. Gott weiß, für wie lange Zeit wir uns jetzt schon wieder trennen. Du bist mir doch nicht böse, daß ich gekommen bin? Du hast dich sehr verändert, Andrjuscha", fügte sie hinzu, wie um ihre Frage damit zu erklären.

Beim Wort „Andrjuscha" hatte sie selbst gelächelt. Offenbar erschien ihr der Gedanke seltsam, daß dieser strenge, stattliche Mann derselbe Andrjuscha sein sollte wie der eckige, wilde Knabe, der Gespiele ihrer Kindheit.

„Und wo ist Lise?" fragte er, nur mit einem Lächeln auf ihre Frage antwortend.

„Sie war so müde, daß sie in meinem Zimmer auf dem Diwan eingeschlafen ist. Ach, André! Quel trésor de femme vous avez",[1] sagte sie und setzte sich, dem Bruder gegenüber, auf den Diwan. „Sie ist noch ein Kind durch und durch, so ein liebes, fröhliches Kind. Ich habe sie sehr liebgewonnen."

Fürst Andrej schwieg, aber die Prinzessin bemerkte den ironischen und geringschätzigen Ausdruck seines Gesichts.

„Man muß Nachsicht mit ihren kleinen Schwächen haben. Wer hat solche Schwächen nicht, André? Vergiß nicht, daß sie mitten in der großen Welt erzogen und aufgewachsen ist. Und dann ist auch ihre jetzige Lage keineswegs rosig. Man muß sich in jeden Menschen hineinversetzen. Tout comprendre, c'est tout pardonner.[2] Bedenke doch, was es für die Ärmste heißt, sich nach dem Leben, das sie gewohnt ist, von ihrem Mann zu trennen und allein auf dem Lande zurückzubleiben, und noch dazu in ihrem Zustande. Das ist gewiß nicht leicht."

Fürst Andrej sah seine Schwester an und lächelte, wie wir lächeln, wenn wir einen Menschen reden hören, den wir bis aufs letzte zu übersehen glauben.

„Du lebst ja auch auf dem Lande und findest dieses Leben nicht so schrecklich", sagte er.

„Bei mir ist das etwas ganz anderes. Von mir ist jetzt gar nicht die Rede! Ich wünsche mir kein anderes Leben, und ich kann es mir auch gar nicht wünschen, weil ich gar kein anderes Leben kenne.

[1] Welchen Schatz hast du zur Frau!
[2] Alles begreifen heißt alles verzeihen.

Aber mache dir doch klar, André, was es für eine junge Frau von Welt bedeutet, sich in ihren schönsten Lebensjahren auf dem Lande zu begraben. Und sie wird recht einsam sein, weil Papa ja immer beschäftigt ist, und ich ... du weißt ja, wie ich bin ... wie arm en ressources [1] für eine Frau, die bessere Gesellschaft gewohnt ist. Nur Mlle. Bourienne ..."

„Sie gefällt mir nicht besonders, eure Bourienne", meinte Fürst Andrej.

„O nein, sie ist sehr lieb und gut, vor allem aber ist sie ein Mädchen, das Mitleid verdient. Sie hat niemand, buchstäblich niemand. Wenn ich offen sein soll – sie ist mir nicht nur entbehrlich, sondern sogar lästig. Du weißt ja, daß ich immer ein wenig menschenscheu war, und jetzt bin ich es noch mehr als früher. Ich bin am liebsten allein ... Mon père hat sie sehr gern. Sie und Michail Iwanowitsch, das sind die beiden Menschen, gegen die er immer gut und freundlich ist, weil er ihnen Gutes getan hat. Sterne sagt: ‚Wir lieben die Menschen weniger um des Guten willen, das sie uns, als vielmehr um des Guten willen, das wir ihnen getan haben.' Mon père hat sie als Waise sur le pavé [2] aufgelesen, und sie ist wirklich ein sehr gutes Wesen. Und mon père hört sie so gern vorlesen. Abends muß sie ihm immer vorlesen. Sie liest sehr gut vor."

„Na, schön. Aber Hand aufs Herz, Marie, ich glaube, du hast es nicht immer leicht, so wie der Vater nun einmal ist?" fragte Fürst Andrej unvermittelt.

Prinzessin Marja war erst nur erstaunt, dann aber geradezu erschrocken über diese Frage.

„Ich? ... Ich? ... Ich soll es nicht leicht haben?!" meinte sie.

„Er hat ja von jeher seine Schroffheiten gehabt. Aber jetzt scheint es mir damit noch ärger geworden zu sein", sagte Fürst Andrej, und es war, als spräche er absichtlich über den Vater in dieser etwas leichtfertig anmutenden Weise, um seine Schwester zu verblüffen oder auf die Probe zu stellen.

„Du bist sonst so gut, André, aber du hast so eine Art von geistigem Hochmut", antwortete die Prinzessin, die mehr ihrem eigenen Gedankengange als dem Gange des Gesprächs folgte, „und das ist eine große Sünde. Darf man sich denn über seinen Vater ein Urteil erlauben? Und selbst wenn man das dürfte – kann wohl ein Mensch wie mon père ein anderes Gefühl erwecken als vénération [3]? Und ich bin ja so zufrieden und glücklich im Zusammenleben mit ihm. Ich wollte nur, ihr alle wäret ebenso glücklich wie ich."

Der Bruder schüttelte ungläubig den Kopf.

[1] an Geldmitteln.
[2] auf der Straße.
[3] Verehrung

„Nur eins bedrückt mich – ich will es dir offen sagen, André –, das ist Vaters Denkungsart in religiösen Dingen. Ich verstehe nicht, wie ein Mensch von so gewaltigem Verstande das nicht sehen kann, was doch so klar ist wie der Tag, und wie er in solche Irrtümer verfallen kann. Das ist mein einziger Kummer. Aber auch hier glaube ich in der letzten Zeit Anzeichen zu sehen, die auf eine Wandlung hindeuten. In der letzten Zeit ist sein Spott nicht mehr so ätzend, und er hat neulich sogar einen Mönch empfangen und sich lange mit ihm unterhalten."

„Na, ich fürchte, du und dieser Mönch, ihr werdet euer Pulver umsonst verschießen, meine Liebe", sagte Fürst Andrej spöttisch, aber freundlich.

„Ah! mon ami. Ich bete deswegen zu Gott und ich hoffe, Er wird mich noch erhören. – André", setzte sie nach einer Pause schüchtern hinzu, „ich habe eine große Bitte an dich."

„Was denn, meine Liebe?"

„Nein, versprich mir erst, daß du es mir nicht abschlagen wirst. Es wird dich gar keine Mühe kosten, und es ist nichts dabei, was deiner unwürdig sein könnte. Aber mir wird es ein Trost sein. Versprich es mir, Andrjuscha", sagte sie, fuhr mit der Hand in ihr Ridikül und ergriff dort irgend etwas, aber noch ohne es herauszuholen, gleich als ob dies der Gegenstand ihrer Bitte sei und als könne sie es nicht eher hervorziehen, als bis der Bruder ihr versprochen hätte, ihre Bitte zu erfüllen.

Sie sah den Bruder schüchtern und mit einem flehentlichen Blick an.

„Und selbst wenn es mich große Mühe kosten würde ...", antwortete Fürst Andrej, und es war, als habe er bereits erraten, um was es sich handelte.

„Denke darüber, wie du willst! Ich weiß ja, daß du darin genauso bist wie mon père. Du kannst ja denken, was du willst, aber tu es mir zuliebe. Tu es, ich bitte dich! Schon Vaters Vater, unser Großvater, hat es in allen Kriegen getragen ..." Sie hatte die Hand mit dem Gegenstand darin immer noch nicht aus dem Ridikül herausgezogen. „Also du versprichst es mir?"

„Gewiß. Um was handelt es sich?"

„André, ich möchte dich mit einem Heiligenbild segnen, und du mußt mir versprechen, es nie von dir zu lassen. Versprichst du mir das?"

„Wenn es nicht zwei Pud schwer ist und mir den Hals nicht herunterzieht ... Wenn es dir Freude macht ...", sagte Fürst Andrej, aber gleich darauf tat ihm sein Scherzwort auch schon leid, als er den bekümmerten Gesichtsausdruck seiner Schwester gewahrte. „Ich freue mich sehr, wirklich, meine Liebe, ich freue mich sehr", setzte er hinzu.

„Selbst gegen deinen Willen wird Er dich behüten und Sich deiner erbarmen und dein Herz zu Sich kehren, weil in Ihm allein Wahrheit und Friede ist", sagte sie mit vor Erregung zitternder Stimme und hielt dem Bruder in beiden Händen mit feierlicher Gebärde ein ovales, altertümliches Bildchen des Heilands mit schwarzem Gesicht und silberner Fassung entgegen, das an einem zierlich gearbeiteten Silberkettchen hing.

Sie machte das Zeichen des Kreuzes, küßte das Bildchen und überreichte es Andrej.

„Bitte, André, mir zuliebe . . ."

Aus ihren großen Augen strahlte ein gütiger, zart verschämter Schimmer. Diese Augen verklärten ihr mageres, kränkliches Gesicht und machten es wunderschön. Der Bruder wollte das Bildchen an sich nehmen, aber sie hielt ihn noch zurück. Andrej verstand sie, bekreuzte sich und küßte das Bild. Er war gerührt, und sein Gesicht zeigte zugleich einen zärtlichen und einen spöttischen Ausdruck.

„Merci, mon ami."

Sie küßte ihn auf die Stirn und setzte sich dann wieder auf den Diwan. Beide schwiegen.

„Was ich dir vorhin schon sagte, André, sei gut und großmütig, wie du es immer warst. Urteile nicht zu streng über Lise", begann sie dann. „Sie ist so lieb, so gut, und sie ist doch jetzt in einer sehr schweren Lage."

„Aber Mascha, ich habe doch gar nichts davon gesagt, daß ich meiner Frau irgend etwas vorwerfe oder mit ihr unzufrieden bin. Warum sagst du mir denn das alles?"

Prinzessin Marjas Gesicht überzog sich mit roten Flecken. Sie gab keine Antwort, als fühlte sie sich schuldig.

„Ich habe dir nichts gesagt, aber andere werden dir schon so etwas erzählt haben. Und das tut mir leid."

Die roten Flecken auf der Stirn, den Wangen und dem Halse der Prinzessin Marja traten jetzt noch deutlicher hervor. Sie wollte etwas sagen und brachte es doch nicht heraus. Der Bruder erriet, was geschehen war: die kleine Fürstin hatte nach dem Essen zu weinen begonnen, hatte gesagt, ihr ahne eine unglückliche Entbindung und sie fürchte sich davor, und hatte sich über ihr Schicksal, ihren Schwiegervater und ihren Mann beklagt. Schließlich hatte sie sich in den Schlaf geweint. Fürst Andrej empfand Mitleid mit seiner Schwester.

„Das eine kannst du mir glauben, Mascha, ich mache meiner Frau nicht den geringsten Vorwurf, habe ihr nie einen Vorwurf gemacht und werde es auch nie tun und auch mir selbst habe ich ihr gegenüber nichts vorzuwerfen. Und das wird auch immer so bleiben, einerlei, in was für Lagen ich komme. Aber wenn du die Wahrheit wissen willst ... wenn du wissen willst, ob ich glücklich bin: nein! Ob sie glücklich ist: nein! Und warum das so ist: ich weiß es nicht ..."

Damit stand er auf, trat auf seine Schwester zu, beugte sich über sie und küßte sie auf die Stirn. Seine schönen Augen leuchteten in einem ungewöhnlich klugen und guten Licht, aber er sah nicht auf seine Schwester, sondern über ihren Kopf hinweg in das Dunkel der offenen Tür.

„Laß uns jetzt zu ihr gehen, ich muß Abschied nehmen. Oder geh du allein und wecke sie, ich komme gleich nach. Petruschka!" rief er seinen Kammerdiener, „komm her und nimm das Gepäck! Dies hier kommt unter den Sitz und das da auf die rechte Seite."

Prinzessin Marja stand auf und ging zur Tür. Dann blieb sie wieder stehen.

„André, si vous aviez la foi, vous vous seriez adressé à Dieu, pour qu'il vous donne l'amour, que vous ne sentez pas, et votre prière aurait été exaucée." [1]

„Ja, das kann schon sein!" entgegnete Fürst Andrej. „Geh nur, Mascha, ich komme gleich nach."

Auf dem Wege zum Zimmer seiner Schwester begegnete Fürst Andrej in der Galerie, die beide Teile des Hauses miteinander verband, der liebenswürdig lächelnden Mlle.Bourienne, die ihm an diesem Tage bereits zum drittenmal mit schwärmerisch-naivem Lächeln in einem einsamen Gang in den Weg kam.

„Ah! je vous croyais chez vous",[2] sagte sie, wurde dabei ohne erkennbaren Grund rot und schlug die Augen nieder.

Fürst Andrej sah sie streng an. Sein Gesicht hatte plötzlich einen Ausdruck von Erbitterung. Er sagte nichts, sondern streifte nur ihre Stirn und ihre Haare, ohne ihr in die Augen zu sehen, mit einem so verächtlichen Blick, daß die kleine Französin noch heftiger errötete und sich schweigend entfernte. Als Fürst Andrej ans Zimmer seiner Schwester kam, war die Fürstin bereits wach, und durch die offene Tür ließ sich ihr munteres Stimmchen vernehmen, das hastig ein Wort nach dem andern hervorsprudelte. Sie redete mit einem Eifer, als gelte es, eine durch langes Stillschweigen verlorene Zeit wieder einzubringen.

„Non, mais figurez-vous, la vieille comtesse Zouboff avec de fausses boucles et la bouche pleine de fausses dents comme si elle voulait défier les années ...[3] Hahaha, Marie!"

Genau dieselbe Phrase über die Gräfin Subowa und dasselbe Ge-

[1] André, wenn du den Glauben hättest, so würdest du Gott darum bitten, daß er dir die Liebe gibt, die du nicht empfindest, und dein Gebet würde erhört werden.
[2] Oh, ich vermutete Sie in Ihrem Zimmer.
[3] Stellen Sie sich nur vor, die alte Gräfin Zuboff mit falschen Locken, den Mund voll falscher Zähne, als ob sie damit dem Alter Einhalt gebieten könnte ...

lächter hatte Fürst Andrej schon fünfmal von seiner Frau zu hören bekommen, wenn sie sich mit dritten Personen unterhielt. Er trat leise ins Zimmer. Die Fürstin saß, rundlich und rotwangig, mit einer Handarbeit in einem Sessel, redete ununterbrochen und packte allerhand Petersburger Erinnerungen und sogar Petersburger Phrasen aus. Fürst Andrej trat auf sie zu, fuhr ihr mit der Hand über das Haar und fragte, ob sie sich von der Reise ausgeruht habe. Sie beantwortete seine Frage und fuhr dann in ihrem Geplauder fort.

Die sechsspännige Kalesche stand vor dem Portal. Die Nacht war finster und herbstlich, und der Kutscher konnte nicht einmal die Wagendeichsel sehen. Auf der Freitreppe liefen Diener mit Laternen herum. Die großen Fenster des riesigen Hauses waren hell erleuchtet. Im Vorzimmer drängte sich das Hausgesinde, das vom jungen Fürsten Abschied nehmen wollte. Im Saal standen alle Hausgenossen: Michail Iwanowitsch, Mlle. Bourienne, Prinzessin Marja und die Fürstin. Fürst Andrej war zu seinem Vater, der unter vier Augen von ihm Abschied nehmen wollte, ins Kabinett gerufen worden. Alle warteten darauf, daß die beiden wieder herauskommen würden.

Als Fürst Andrej das Kabinett betrat, saß der Fürst schreibend am Tisch, die altmodische Brille auf der Nase und in seinem weißen Schlafrock, in dem er außer seinem Sohn niemand empfing. Er sah jetzt von seiner Arbeit auf.

„Du fährst?" Und er schrieb wieder weiter.

„Ich komme, um Abschied zu nehmen."

„Küsse mich hierher." Er hielt ihm die Backe hin. „Danke, danke!"

„Wofür danken Sie mir?"

„Dafür, daß du nicht zauderst und dich nicht an einen Weiberrock hängst. Der Dienst geht allem andern vor. Danke, danke!" Und wieder schrieb er weiter, daß die Tintenspritzer aus der knisternden Feder flogen. „Wenn du etwas zu sagen hast, so sprich. Diese beiden Dinge kann ich gleichzeitig erledigen", setzte er hinzu.

„Was meine Frau ... Es drückt mich, daß ich Ihnen das zumute ..."

„Mach keine Flausen. Sage, was du zu sagen hast."

„Wenn es soweit ist mit meiner Frau, dann lassen Sie doch bitte einen Accoucheur[1] aus Moskau kommen ... Der mag dann dabeisein."

Der alte Fürst hielt im Schreiben inne und sah seinen Sohn streng an, als habe er ihn nicht verstanden.

„Ich weiß ja, daß niemand helfen kann, wenn die Natur sich nicht selbst hilft", sagte Fürst Andrej sichtlich verlegen. „Ich gebe ja zu,

[1] Geburtshelfer

daß in einer Million von Fällen nur ein unglücklicher vorkommt, aber das ist so ein Gedanke, der sich bei ihr und auch bei mir festgesetzt hat. Sie hat sich so etwas einreden lassen, sie hat einen Traum gehabt, und sie fürchtet sich."

„Hm . . . hm . . .", machte der alte Fürst und schrieb weiter. „Ich werde es tun."

Er setzte mit einigen Schnörkeln seinen Namen unter den Brief, wandte sich dann rasch zu seinem Sohn um und fing an zu lachen.

„Eine böse Sache, was?"

„Was soll böse sein, Väterchen?"

„Die Frau!" sagte der alte Fürst kurz und mit Nachdruck.

„Ich verstehe Sie nicht", erwiderte Fürst Andrej.

„Da ist nichts zu machen, Freundchen", sagte der alte Fürst. „Alle sind sie sich gleich, und scheiden lassen kann man sich nicht. Keine Angst, ich sage es niemand. Und du weißt es ja selbst."

Er ergriff mit seiner knochigen, kleinen Hand die des Sohnes, schüttelte sie, blickte ihm mit seinen lebhaften und im buchstäblichen Sinne durchdringenden Augen ins Gesicht und ließ dann wieder sein kaltes Lachen hören.

Der Sohn seufzte, und dieser Seufzer zeigte, daß der Vater ihn verstanden hatte. Der Alte machte sich jetzt daran, seinen Brief zu falten und zu siegeln, und griff mit seiner gewohnten Hast nach Siegellack, Petschaft, Papier, um es nach dem Gebrauch rasch wieder hinzuwerfen.

„Was ist da zu machen? Hübsch ist sie! Ich mache alles. Sei ganz ruhig", sagte er abgehackt, während er den Brief siegelte.

Andrej schwieg; es war ihm lieb und unlieb zugleich, daß sein Vater wußte, wie es um ihn und seine Ehe bestellt war. Der Alte erhob sich und übergab seinem Sohn den fertigen Brief.

„Höre", sagte er, „um deine Frau brauchst du dir keine Sorgen zu machen: alles, was geschehen kann, wird geschehen. Jetzt höre: diesen Brief gib Michail Ilarionowitsch* ab. Ich habe ihm geschrieben, er soll dich an einen anständigen Platz stellen und nicht zu lange Adjutant spielen lassen, es ist doch eine widerliche Stellung! Sage ihm, ich hätte ihn in gutem Andenken behalten und hätte ihn gern. Und schreibe mir, wie er zu dir ist. Ist er anständig zu dir, so diene ihm. Aber bloß um sich lieb Kind zu machen, darf der Sohn von Nikolai Andrejewitsch Bolkonskij niemandem dienen. So, und jetzt komm her."

Er sprach so schnell, daß er die Hälfte seiner Worte verschluckte; aber der Sohn war daran gewöhnt und verstand ihn trotzdem. Er führte den Sohn an den Schreibtisch, schlug den Deckel zurück, zog

* Anm. am Schluß des Buches

eine Schublade auf und entnahm ihr ein mit seinen mächtigen, langen und eng zusammengedrängten Buchstaben vollgeschriebenes Heft.

„Ich werde doch wohl vor dir sterben. Das sind meine Memoiren, und wenn ich tot bin, sollen sie dem Kaiser übergeben werden. Und dieses hier ist ein Pfandbrief nebst dem dazugehörigen Schreiben, eine Prämie, die ich für den künftigen Geschichtsschreiber der Suworowschen Feldzüge aussetze. Das soll der Akademie zugeschickt werden. Und diese Aufzeichnungen hier lies nach meinem Tode für dich durch, sie können dir nützen."

Andrej sagte seinem Vater nicht, daß er gewiß noch recht lange leben würde. Er wußte, daß dergleichen nicht nötig war.

„Ich werde das alles besorgen, Väterchen", sagte er.

„Na, und jetzt lebe wohl!" Er hielt seinem Sohn die Hand zum Kuß hin und umarmte ihn. „Vergiß das eine nicht, Fürst Andrej: wenn du fallen solltest, so wird das für mich alten Mann ein Schmerz sein ..." Er brach jäh ab und fuhr dann plötzlich mit schreiender Stimme fort: „Aber wenn ich hören müßte, du hättest dich anders geführt als sich für Nikolai Bolkonskijs Sohn ziemt, das wird ... das wird eine Schmach für mich sein!" kreischte er.

„Das brauchten Sie mir nicht erst zu sagen, Väterchen", meinte der Sohn lächelnd.

Der Alte schwieg.

„Ich möchte Sie noch um etwas bitten", fuhr Fürst Andrej fort. „Wenn ich fallen sollte und wenn mir ein Sohn geboren wird, so lassen Sie ihn nicht von sich fort; wie ich schon gestern sagte, ich möchte, daß er bei Ihnen aufwächst ... darum wollte ich Sie noch bitten."

„Deiner Frau soll ich ihn nicht überlassen?" fragte der Alte und lachte.

Sie standen sich schweigend gegenüber. Die lebendigen Augen des Alten waren gerade auf die des Sohnes gerichtet. Über den unteren Teil seines Gesichts lief ein Zucken.

„Jetzt haben wir Abschied genommen ... also geh!" sagte er unvermittelt. „Geh doch!" schrie er mit zorniger und lauter Stimme und machte die Tür des Kabinetts auf.

„Was gibt es? Was ist denn?" fragten die Fürstin und die Prinzessin, als sie den Fürsten Andrej und die für einen Augenblick sichtbar werdende Gestalt des zornig schreienden alten Herrn im weißen Schlafrock, ohne Perücke und mit seiner altfränkischen Brille erblickten.

Fürst Andrej seufzte und gab keine Antwort.

„Nun?" sagte er zu seiner Frau.

In diesem „Nun?" lag ein Ton von so kaltem Spott, als wollte er damit sagen: „Also jetzt führen Sie Ihre törichte Posse auf!"

„André, déjà!“ [1] sagte die kleine Fürstin und sah ihren Mann schreckensbleich an.

Er umarmte sie. Sie schrie auf und sank ohnmächtig gegen seine Schulter.

Er zog behutsam die Schulter weg, an der sie lag, sah ihr ins Gesicht und setzte sie vorsichtig in einen Sessel.

„Adieu, Marie“, sagte er leise zu seiner Schwester, sie küßten sich und schüttelten sich die Hände, und dann ging er mit raschen Schritten hinaus.

Die Fürstin lag im Sessel, und Mlle. Bourienne rieb ihr die Schläfen. Prinzessin Marja stützte ihre Schwägerin, sah mit ihren verweinten schönen Augen immer noch nach der Tür, durch die Fürst Andrej hinausgegangen war, und machte hinter ihm das Zeichen des Kreuzes. Aus dem Kabinett hörte man den Alten sich wiederholt grimmig schneuzen, und es klang, als würde geschossen. Kaum war Fürst Andrej hinausgegangen, da wurde die Tür zum Kabinett rasch aufgerissen, und auf der Schwelle erschien die Gestalt des streng aussehenden Greises im weißen Schlafrock.

„Ist er weg? Na, also gut!“ sagte er, warf einen zornigen Blick auf die ohnmächtige kleine Fürstin, schüttelte vorwurfsvoll den Kopf und schlug die Tür wieder hinter sich zu.

[1] André, schon jetzt!

ZWEITER TEIL

I

Im Oktober 1805 besetzten russische Truppen Dörfer und Städte des Erzherzogtums Österreich. Immer neue Regimenter langten aus Rußland an und bezogen Unterkünfte im Raume der Festung Braunau, wo sich das Hauptquartier des Oberkommandierenden Kutusow befand; für die Bevölkerung bedeuteten diese Einquartierungen eine schwere Belastung.

Am 11. Oktober 1805 stand eins der soeben im Raume von Braunau angelangten Infanterieregimenter eine halbe Meile von der Stadt entfernt und erwartete den Oberkommandierenden, der es besichtigen wollte. Trotz der unrussischen Landschaft und dem unrussischen Milieu – Obstgärten, steinerne Umfassungsmauern, Ziegeldächer und Berge am Horizont – und trotz der fremdländischen Bevölkerung, die den Soldaten neugierig zuschaute, sah das Regiment genauso aus wie irgendein russisches Regiment, das sich irgendwo im Innern Rußlands zu einer Besichtigung bereitgemacht hat.

Am Abend zuvor – das Regiment war noch auf dem Marsch – war ein Befehl eingetroffen, wonach der Oberkommandierende das Regiment unterwegs zu besichtigen wünschte. Aus dem Wortlaut des Befehls hatte der Kommandeur nicht ganz klug werden können, und es hatte sich die Frage erhoben, ob das Regiment feldmarschmäßig antreten sollte oder nicht. Schließlich war auf Grund einer Besprechung mit den Bataillonskommandeuren beschlossen worden, das Regiment im Paradeanzug antreten zu lassen, und zwar mit der Motivierung, daß es immer besser ist, zuviel Umstände zu machen als zuwenig. Und die Soldaten schlossen also nach einem Tagesmarsch von dreißig Werst die ganze Nacht über kein Auge, putzten und flickten; die Adjutanten und Kompaniechefs zählten ab und teilten ein, und an Stelle des langgezogenen, unordentlichen Haufens, den das Regiment noch am Abend vorher auf dem Marsch gebildet hatte, stellte es am Morgen eine wohlgegliederte Masse von zweitausend Mann dar, von denen jeder einzelne seinen Platz und seine Obliegenheiten genau kannte und jeden Knopf und jedes Riemchen, vor Sauberkeit glänzend, an der richtigen Stelle sitzen hatte. Und nicht nur äußerlich war alles in Ordnung, sondern wenn es dem Oberkommandierenden beliebt hätte, einen Blick unter die Uniformen zu werfen, so hätte er bei jedem einzelnen ein reines Hemd und in jedem Tornister genau die vorschriftsmäßigen Gegenstände gefunden, „das ganze Gelumpe", wie die Soldaten sagen. Nur einen Umstand gab es, der allen Sorgen machte, und das war das Schuhzeug. Mehr als die Hälfte der Leute hatte zerrissene Stiefel. Aber der Regimentskommandeur war an diesem Mangel unschuldig, denn trotz mehrfachen Anforderungen hatte ihm die österreichische Intendantur kein Leder geliefert, und das Regiment hatte einen Marsch von tausend Werst hinter sich.

Der Regimentskommandeur war ein nicht mehr junger General von sanguinischem Temperament, ein stämmiger Mann, dessen Augenbrauen und Backenbart schon grau zu werden begannen und der so breit gebaut war, daß Brust und Rücken weiter voneinander entfernt lagen als die eine Schulter von der andern. Er trug eine nagelneue Uniform, die aber einige durch das Liegen im Feldkoffer entstandene Falten aufwies, und dicke goldene Epauletten, die seine mächtigen Schultern nicht hinunterzudrücken, sondern sogar noch in die Höhe zu ziehen schienen. Er machte jetzt den Eindruck eines Menschen, der hochbeglückt eine der feierlichsten Handlungen seines Lebens vornimmt. Er ging vor der Front auf und ab, und die Bewegung eines jeden Schritts teilte sich ruckhaft seinem ganzen Körper mit und ließ seinen Rücken sich jedesmal leicht biegen. Man sah es dem Regimentskommandeur an, daß er stolz war auf sein Regiment und so glücklich, daß er sich an ihm gar nicht satt sehen konnte und daß alle seine Gedanken ausschließlich dem Regiment gehörten; abgesehen davon schien aber auch sein ruckhaft wiegender Gang zu besagen, daß in seinem Herzen außer für militärische Dinge auch noch recht viel Raum war für allerhand gesellschaftliche Interessen und für das weibliche Geschlecht.

„Na, Väterchen Michaila Mitritsch", wandte er sich an einen Bataillonskommandeur; dieser Bataillonskommandeur trat lächelnd vor, und man sah es allen beiden an, wie glücklich sie waren. „Na, das war eine Nacht, was? Aber ich glaube, da ist nichts zu sagen, das Regiment kann sich sehen lassen, was?"

Der Bataillonskommandeur verstand die fröhliche Ironie dieser Worte und lachte.

„Selbst auf der Kaiserwiese in Petersburg könnte es mit Ehren bestehen."

„Aber sicher!" meinte der Kommandeur.

In diesem Augenblick erschienen auf dem mit Signalposten besetzten Wege von der Stadt her zwei Reiter. Es waren ein Adjutant und ein hinter ihm reitender Kosak.

Der Adjutant war vom Hauptquartier geschickt worden, um dem Regimentskommandeur denjenigen Punkt im gestrigen Befehl klarzumachen, der nicht deutlich genug ausgedrückt gewesen war, nämlich, daß der Oberkommandierende das Regiment in genau dem Zustande zu sehen wünschte, in dem es den Marsch gemacht hatte, also in Mantel und Überzug und ohne irgendwelche Vorbereitungen.

Bei Kutusow war am Abend vorher ein Mitglied des Hofkriegsrats aus Wien eingetroffen, mit dem Vorschlag oder vielmehr mit der Forderung, er solle sich so schnell wie möglich mit der Armee des Erzherzogs Ferdinand und des Generals Mack vereinigen, und Kutusow, der diese Vereinigung nicht für günstig hielt, wollte in Ergänzung seiner sonstigen Argumente dem österreichischen General zeigen, in welchem traurigen Zustande sich die eben aus Rußland eingetroffenen Truppen befänden. Und zu diesem Zweck wollte er dem anmarschierenden Regiment entgegenfahren, und in je weniger schönem Zustande sich das Regiment präsentierte, um so angenehmer mußte es dem Oberkommandierenden sein. Dem Adjutanten waren diese Einzelheiten zwar nicht bekannt, aber er überbrachte dem Regimentskommandeur den strengen Befehl des Oberkommandierenden, die Leute in Mänteln und Überzügen antreten zu lassen; andernfalls werde der Oberkommandierende sehr unzufrieden sein. Der Regimentskommandeur hörte den Adjutanten an, ließ den Kopf hängen, zuckte die Achseln und begann dann lebhaft mit den Händen zu gestikulieren.

„Na, da haben wir was angerichtet!" rief er. „Und ich sagte es Ihnen doch noch, Michaila Mitritsch, ist man einmal auf dem Marsche, so sind auch Mantel und Überzug das einzig Richtige", wandte er sich vorwurfsvoll an den Bataillonskommandeur. „Ach, mein Gott!" setzte er hinzu und trat dann entschlossen vor. „Die Herren Kompanieführer!" schrie er mit seiner befehlsgewohnten Stimme. „Die Feldwebel! — Wird der Oberkommandierende bald hier sein?" wandte er sich an den aus dem Hauptquartier gekommenen Adjutanten mit einem Ausdruck von ehrerbietiger Höflichkeit, der sich offenbar auf die Person bezog, von der er sprach.

„Ich nehme an, in einer Stunde."

„Kommen wir noch zurecht, wenn wir die Leute sich jetzt umziehen lassen?"

„Ich weiß nicht, General ..."

Der Regimentskommandeur trat selbst an die Reihen heran und gab den Befehl zum Wiederanziehen der Mäntel. Die Kompanieführer stürzten zu ihren Kompanien, die Feldwebel hasteten geschäftig umher (die Mäntel waren nämlich nicht ganz in Ordnung), und die vor kurzem noch so regelmäßigen und ruhigen Karrees gerieten augenblicklich in Bewegung und lösten sich unter summendem Stimmengewirr auf. Überall rannten Soldaten herum, reckten die Schultern, um sich die Tornister über den Kopf zu ziehen, schnallten die Mäntel ab und fuhren mit den hochgereckten Armen in die Ärmel.

Nach einer halben Stunde war die alte Ordnung wiederhergestellt, nur die Karrees waren nicht mehr schwarz, sondern grau. Der Regimentskommandeur trat wieder mit seinem ruckhaft wiegenden Gang vor die Front und musterte das Regiment aus einiger Entfernung.

„Was ist denn das noch? Was soll das heißen?" schrie er plötzlich und blieb stehen. „Kompanieführer der dritten Kompanie!"

„Kompanieführer der dritten Kompanie zum General! Kompanieführer zum General! Dritte Kompanie zum Kompanieführer! ..." wurde es durch die Reihen weiter geschrien, und der Adjutant stürzte davon, um den Offizier zu suchen, der noch immer nicht zur Stelle war.

Als das Geschrei der eifrigen Stimmen, die bereits alles durcheinandergeworfen hatten und schon: „Der General zur dritten Kompanie" riefen, endlich sein Ziel erreicht hatte, tauchte aus seiner Kompanie der verlangte Offizier auf und eilte im Laufschritt auf den General zu, obwohl er bereits ein nicht mehr junger und an das Laufen nicht mehr recht gewöhnter Mensch war, der alle Augenblicke mit den Fußspitzen stolperte. Das Gesicht des Kapitäns zeigte den unruhigen Ausdruck eines Schülers, der seine Lektion hersagen soll und sie nicht gelernt hat. Auf seiner Nase, deren rote Farbe offenbar vom Trunk herrührte, traten dunkle Flecken hervor, und seine Lippen gingen aufgeregt hin und her. Der Regimentskommandeur musterte den Kapitän vom Kopf bis zu den Füßen, während er ganz außer Atem herankam und seine Gangart mäßigte, je mehr er sich dem Vorgesetzten näherte.

„Nächstens werden Sie Ihren Leuten noch Sarafans anziehen! Was hat das zu bedeuten!" schrie der Regimentskommandeur, streckte den Unterkiefer weit vor und zeigte auf einen Soldaten in den Reihen der dritten Kompanie, dessen Mantel durch seine Farbe und sein Extratuch von allen anderen Mänteln abstach. „Und wo haben Sie denn überhaupt gesteckt? Der Oberkommandierende wird erwartet, und Sie verlassen Ihren Platz? Was? ... Ich werde Sie lehren, Ihre Leute zur Besichtigung in Theaterkostüme zu stecken! Was?"

Der Kompanieführer wandte kein Auge von seinem Vorgesetzten

und preßte die beiden Finger immer fester an den Mützenschirm, als sähe er darin seine einzige Rettung.

„Na, warum sagen Sie nichts? Wer ist denn das, der in Ihrer Kompanie wie ein Zigeuner herumläuft?" sagte der Regimentskommandeur höhnisch und scharf.

„Ew. Exzellenz . . ."

„Ach, Sie mit Ihrem ‚Ew. Exzellenz! Ew. Exzellenz! Ew. Exzellenz!' Aber was Sie mit Ihrem ‚Ew. Exzellenz' eigentlich wollen, das weiß kein Mensch."

„Ew. Exzellenz, das ist Dolochow, der Degradierte . . .", antwortete der Kapitän leise.

„Ja, ist er denn zum Feldmarschall degradiert worden oder zum Soldaten? Wenn er zum Soldaten degradiert ist, dann soll er sich auch vorschriftsmäßig anziehen wie alle anderen."

„Ew. Exzellenz haben es ihm für den Feldzug selbst erlaubt."

„Ich habe es erlaubt? Ich erlaubt? Aber so seid ihr immer, ihr jungen Leute", sagte der Regimentskommandeur und wurde schon ein wenig ruhiger. „Ich habe es erlaubt? Da macht man einmal so eine Andeutung, und ihr denkt gleich . . ." Der Regimentskommandeur verstummte für ein Weilchen. „Da macht man einmal so eine Andeutung, und ihr denkt gleich . . . Ach was!" schrie er dann mit wieder aufflammender Wut, „sorgen Sie gefälligst dafür, daß Ihre Leute anständig angezogen sind!"

Und der Regimentskommandeur warf einen Blick auf den Adjutanten und ging dann mit seinem ruckhaft wiegenden Gange näher auf das Regiment zu. Offenbar gefiel er sich selbst in seiner Gereiztheit und suchte jetzt auf seinem Rundgang durch das Regiment nach neuen Vorwänden für seinen Zorn. Nachdem er einen Offizier wegen eines nicht genügend blankgeputzten Abzeichens und einen anderen wegen der angeblich unordentlichen Aufstellung seiner Leute heruntergemacht hatte, gelangte er zur dritten Kompanie.

„Wie stehst du denn daaaa? Wo hast du deinen Fuß? Wo du deinen Fuß hast!" schrie der Regimentskommandeur im Tone eines Menschen, der einen wütenden Schmerz zu verbeißen hat, als er noch fünf Rotten weit von dem in einen bläulichen Mantel gekleideten Dolochow entfernt war.

Dolochow rückte langsam den schief aufgesetzten Fuß wieder gerade und sah dem General mit seinen hellen, frechen Augen gerade ins Gesicht.

„Was soll dieser blaue Mantel? Herunter damit! . . . Feldwebel! Er kriegt einen anderen Mantel . . . so ein Halun —" Er kam nicht dazu, das Wort zu vollenden.

„General, ich bin verpflichtet, Befehle auszuführen, aber ich bin nicht verpflichtet . . .", sagte Dolochow rasch.

„Mund halten im Gliede! Mund halten, Mund halten!"
„Nicht verpflichtet, mir Beleidigungen gefallen zu lassen", sagte Dolochow mit seiner lauten, klangvollen Stimme.
Die Augen des Generals und des Soldaten begegneten einander. Der General schwieg und zog mit einem zornigen Ruck die straff sitzende Schärpe nach unten.
„Ziehen Sie sich bitte um", sagte er und ging weiter.

II

„Er kommt!" schrie in diesem Augenblick der Signalposten.
Der Regimentskommandeur wurde dunkelrot, stürzte auf sein Pferd zu, ergriff mit zitternden Händen den Steigbügel, warf sich mit einem Schwung in den Sattel, setzte sich zurecht, zog den Degen, riß den Mund mit einem Ruck nach der Seite zu auf und schickte sich mit verklärtem und entschlossenem Gesichtsausdruck zum Schreien an. Das Regiment machte eine Bewegung wie ein Vogel, der sein Gefieder schüttelt, dann erstarrte es.
„Stillgestanden!" hatte der Regimentskommandeur mit seiner durch Mark und Bein dringenden Stimme geschrien, und aus seiner Stimme klangen gleichzeitig seine eigene Freude, seine sorgsame Strenge gegen das Regiment und seine ehrerbietige Begrüßung für den näherkommenden Oberbefehlshaber heraus.
Auf der breiten, von Bäumen eingefaßten unchaussierten Landstraße kam, leise in den Federn rasselnd, in raschem Trabe eine hohe, blaue, langgespannte Wiener Kalesche gefahren. Hinter der Kalesche ritt die Suite und eine Eskorte von Kroaten. Neben Kutusow saß der österreichische General in einer weißen Uniform, die seltsam von den schwarzen Monturen der Russen abstach. Die Kalesche hielt vor dem Regiment an. Kutusow und der österreichische General sprachen leise miteinander, und Kutusow lächelte leicht, während er schwerfällig über das Trittbrett aus dem Wagen stieg, als seien diese zweitausend Mann, die ihn und den Regimentskommandeur mit angehaltenem Atem ansahen, überhaupt nicht da.
Ein Kommandoruf erscholl, wieder lief ein Zucken klirrend durch das Regiment: es präsentierte. Durch die Totenstille klang die schwache Stimme des Oberkommandierenden. Das Regiment brüllte: „Gesundheit wünschen wir, Ew. Ex=e=enz!" und erstarrte dann wieder. Bis jetzt hatte Kutusow, ohne sich zu rühren, auf derselben Stelle gestanden, nun aber begann er mit dem General in der weißen Uniform, von seiner Suite gefolgt, die Front abzuschreiten.
Wie der Regimentskommandeur vor dem Oberkommandierenden salutierte, wie er an seinen Augen hing, wie er sich reckte und

streckte, wie er mit vorgeneigtem Oberkörper hinter den Generälen die Front entlangging, seine ruckhaften Bewegungen mühsam und nur unvollkommen unterdrückend, wie er bei jedem Wort und jeder Bewegung des Oberkommandierenden herbeisprang — das alles ließ deutlich erkennen, daß er seine Untergebenenpflichten mit noch größerem Vergnügen erfüllte als seine Vorgesetztenpflichten. Dank der Strenge und Sorgfalt seines Kommandeurs war das Regiment im Vergleich mit den anderen damals bei Braunau angelangten Regimentern in einem ausgezeichneten Zustande. Der Abgang an Maroden und Kranken hatte nicht mehr als zweihundertundsiebzehn Mann ausgemacht. Und bis auf das Schuhwerk war alles in tadelloser Ordnung.

Kutusow ging die Reihen entlang, blieb ab und zu stehen und sprach einige freundliche Worte mit Offizieren oder auch Soldaten, die er vom Türkenkriege her kannte. Beim Anblick des Schuhwerks schüttelte er einige Male bekümmert den Kopf und machte den österreichischen General darauf aufmerksam; seine Miene schien dabei zu sagen, er wolle ja niemandem einen Vorwurf deswegen machen, aber es lasse sich nun einmal nicht verhehlen, daß es damit sehr schlimm bestellt sei. Der Regimentskommandeur stürzte alle Augenblicke etwas mehr nach vorn, um nur ja kein Wort des Oberkommandierenden, das sein Regiment betraf, zu verlieren. Hinter Kutusow folgte seine aus etwa zwanzig Offizieren bestehende Suite, in einem Abstande, der sie jedes selbst leise gesprochene Wort hören ließ. Die Herren von der Suite unterhielten sich und lachten hin und wieder. Dem Oberkommandierenden am nächsten ging ein stattlicher und gut aussehender Adjutant. Es war der Fürst Bolkonskij. Neben ihm ging sein Kamerad Neswizkij, ein hochgewachsener, auffallend dicker Stabsoffizier mit einem gutmütig lächelnden roten Gesicht und feuchten Augen; Neswizkij konnte sich kaum das Lachen verbeißen, zu dem ihn ein neben ihm gehender schwarzhaariger Husarenoffizier reizte. Dieser Husarenoffizier blickte mit todernstem Gesicht unentwegt, und ohne eine Miene zu verziehen, nach dem Rücken des Regimentskommandeurs und ahmte jede seiner Bewegungen nach. Jedesmal, wenn der Regimentskommandeur zusammenzuckte und sich vornüber bog, zuckte der Husarenoffizier genauso zusammen und bog sich genauso vornüber. Neswizkij lachte und stieß die anderen an, sie sollten sich den Spaßmacher auch ansehen.

Langsam und müde ging Kutusow an den Tausenden von Augen vorbei, die fast aus den Höhlen sprangen, während sie dem Oberbefehlshaber folgten. Bei der dritten Kompanie blieb er plötzlich stehen. Die Suite, die darauf nicht vorbereitet war, geriet unwillkürlich hart an ihn heran.

„Ah, Timochin!" sagte der Oberkommandierende, der den Kapitän mit der roten Nase erkannt hatte – denselben, dem der blaue Mantel so scharfe Vorwürfe eingetragen hatte.

Man hätte es für unmöglich halten sollen, daß ein Mensch sich noch mehr recken könnte, als Timochin es getan hatte, während der Regimentskommandeur ihn abkanzelte. Aber als ihn jetzt der Oberkommandierende anredete, da reckte sich der Kapitän derart, daß man glauben mußte, er könnte es unmöglich überleben, wenn er den Oberkommandierenden noch länger so ansähe: und darum wandte Kutusow, der sich in den Kapitän hineinversetzen konnte und ihm von Herzen alles Gute wünschte, rasch wieder ab. Über Kutusows rundliches, durch eine Narbe entstelltes Gesicht glitt ein kaum wahrnehmbares Lächeln.

„Noch ein Bekannter von Ismail her", sagte er. „Ein tapferer Offizier! Bist du mit ihm zufrieden?" fragte er den Regimentskommandeur.

Und der Regimentskommandeur, der, ohne es zu ahnen, jede seiner Bewegungen in dem Husarenoffizier widerspiegelte, zuckte zusammen, sprang vor und antwortete:

„Sehr zufrieden, Ew. Hohe Exzellenz." *

„Wir haben ja alle unsere Schwächen", sagte Kutusow lächelnd und ging weiter. „Er hatte früher eine große Vorliebe für Bacchus."

Der Regimentskommandeur erschrak, er wußte nicht recht, ob in dieser Bemerkung nicht am Ende ein Vorwurf für ihn liegen sollte, und gab keine Antwort. Der Husarenoffizier bemerkte in diesem Augenblick das Gesicht des Kapitäns mit der roten Nase und dem eingezogenen Bauch und ahmte sein Gesicht und seine Haltung so täuschend nach, daß Neswizkij sich nicht mehr enthalten konnte, laut aufzulachen. Kutusow wandte sich um. Aber der Husarenoffizier hatte sein Gesicht so in der Gewalt, daß er im selben Augenblick auch schon seinen Ausdruck völlig geändert und die ernsthafteste, respektvollste, unschuldigste Miene von der Welt angenommen hatte.

Die dritte Kompanie war die letzte, und Kutusow wurde nachdenklich und schien sich auf irgend etwas besinnen zu wollen. Fürst Andrej kam aus der Suite hervor und sagte leise auf französisch:

„Sie haben befohlen, Sie an den degradierten Dolochow zu erinnern, der in diesem Regiment steht."

„Wo ist hier Dolochow?" fragte Kutusow.

Dolochow, der bereits einen grauen Kommißmantel anhatte, wartete nicht erst, bis er gerufen wurde. Die schlanke Gestalt des blonden Soldaten mit den hellen blauen Augen trat aus dem Gliede.

* Anm. am Schluß des Buches.

Er ging auf den Oberkommandierenden zu und präsentierte das Gewehr.

„Eine Beschwerde?" fragte Kutusow mit leichtem Stirnrunzeln.

„Das ist Dolochow", sagte Fürst Andrej.

„Ah!" machte Kutusow. „Hoffentlich wird diese Lektion dich auf den rechten Weg bringen. Halte dich brav. Der Kaiser ist gnädig. Und auch ich werde dich nicht vergessen, wenn du dich dessen würdig zeigst."

Die blauen, hellen Augen sahen den Oberkommandierenden ebenso keck an wie vorhin den Regimentskommandeur, und es war, als durchbrächen sie mit ihrem Ausdruck die konventionelle Scheidewand, die den Oberkommandierenden vom Soldaten trennt.

„Ich bitte nur um eins, Ew. Hohe Exzellenz", sagte er mit seiner klangvollen, festen, bedächtigen Stimme. „Ich bitte mir Gelegenheit zu geben, mein Vergehen wiedergutzumachen und meine Ergebenheit für den Kaiser und für Rußland zu beweisen."

Kutusow wandte sich ab. Über sein Gesicht glitt dasselbe Lächeln — ein Lächeln, das eigentlich nur im Ausdruck seiner Augen lag — wie vorhin, als er sich vom Kapitän Timochin abwandte. Dann runzelte er die Stirn, als wollte er damit andeuten, daß ihm alles, was Dolochow gesagt hatte, und ebenso alles, was er ihm darauf erwidern könne, längst, längst bekannt sei, daß ihm dieses alles bis zum Überdruß langweilig sei und daß all das überhaupt nicht das sei, worauf es ankomme. Er wandte sich ab und ging wieder zu seiner Kalesche.

Das Regiment hatte sich in Kompanien aufgelöst und marschierte nach den ihm angewiesenen Quartieren in der Nähe von Braunau, wo es nach seinen anstrengenden Märschen auf Schuhwerk, Kleidung und Ruhe hoffte.

„Sie haben mir doch nichts übelgenommen, Prochor Ignatitsch?" meinte der Regimentskommandeur, der um die nach ihrem Unterkunftsort marschierende dritte Kompanie herum und auf den voran marschierenden Kapitän Timochin zugeritten kam. Aus dem Gesicht des Regimentskommandeurs sprach nach dem glücklichen Verlauf der Besichtigung eine unbändige Freude. „Ja, im kaiserlichen Dienst ... es ist nun mal nicht anders ... Vor der Front ist man wohl manchmal so ... Aber ich bin auch der erste, der sich entschuldigt, Sie kennen mich ja ... Er hat sich sehr anerkennend ausgesprochen!" Und damit reichte er dem Kompaniechef die Hand.

„Aber ich bitte, General, was sollte ich denn da übelgenommen haben?" antwortete der Kapitän lächelnd, und seine Nase wurde dabei noch röter; wenn er lächelte, sah man, daß ihm zwei Vorderzähne fehlten, die ihm bei Ismail ein Kolbenhieb ausgeschlagen hatte.

„Und dem Herrn Dolochow sagen Sie, er soll nur ruhig sein, ich werde ihn nicht vergessen. Ja, ich wollte Sie schon längst danach fragen, sagen Sie bitte, was für ein Mensch ist er eigentlich, wie führt er sich, und überhaupt wie ..."

„Im Dienst ist er sehr ordentlich, Ew. Exzellenz ... Aber was seinen Charakter angeht ...", antwortete Timochin.

„Wieso? Was ist mit seinem Charakter?" fragte der Regimentskommandeur.

„Er hat so seine Tage, Ew. Exzellenz", erwiderte der Kapitän, „er ist klug, anstellig und gutmütig. Aber wenn es so über ihn kommt, dann ist er wie ein wildes Tier. In Polen hat er einmal einen Juden beinahe totgeschlagen, wie Sie wohl wissen ..."

„Na ja, na ja", sagte der Regimentskommandeur, „immerhin muß man mit dem jungen Menschen Mitleid haben, wo er so ins Unglück geraten ist. Er hat ja auch sehr gute Verbindungen ... Also Sie werden schon ..."

„Zu Befehl, Ew. Exzellenz", antwortete Timochin und gab durch ein Lächeln zu erkennen, daß er verstanden hatte, was sein Vorgesetzter meinte.

„Na ja, na ja."

Der Regimentskommandeur hatte Dolochow in den Reihen entdeckt und parierte sein Pferd.

„Im ersten Gefecht die Epauletten!" sagte er.

Dolochow sah ihn an, gab keine Antwort und um seinen Mund lag das gleiche spöttische Lächeln wie sonst.

„Na, also gut", fuhr der Regimentskommandeur fort. „Die Leute sollen auf meine Rechnung jeder ein Glas Schnaps kriegen", setzte er so laut hinzu, daß die Soldaten es hören konnten. „Ich danke euch allen! Und Gott sei gedankt!" Und er ritt an der Kompanie entlang zu einer anderen.

„Da ist nichts zu sagen, er ist wirklich ein guter Kerl, bei dem kann man es schon aushalten", sagte Timochin zu dem neben ihm gehenden Subalternoffizier.

„Mit einem Wort, ein Herzkönig!" — diesen Spitznamen hatte der Regimentskommandeur — meinte lachend der Subalternoffizier.

Die aufgeräumte Stimmung der Offiziere nach der Besichtigung hatte sich auch den Soldaten mitgeteilt. Die Kompanie marschierte flott, und von allen Seiten schwirrten die Stimmen der Soldaten durcheinander.

„Wieso heißt es denn immer, Kutusow sei auf einem Auge blind?"

„Na, stimmt das vielleicht nicht? Er hat doch bloß ein Auge."

„Nein, Bruder, der kann besser sehen als du. Stiefel und Fußlappen — alles hat der sich angesehen."

„Wie er mir auf die Füße geguckt hat, Brüderchen! Na! dachte ich ..."

„Aber dieser andere, der da mit ihm kam, der Österreicher! Wie mit Kreide beschmiert. Weiß wie Mehl! Na, die mögen was zu putzen haben an ihrer Uniform!"

„Du, Fedjuscha! Hat er was gesagt, wann es losgehen soll? Du hast doch näher gestanden. Alle sagen, der Bunnaparte soll selbst in Brunow* stehen!"

„Der Bunnaparte? Was du für Unsinn redest, du Dummkopf! Du hast auch von nichts eine Ahnung. Jetzt wird doch der Preuße aufsässig. Aber der Österreicher wird ihn wohl schon kleinkriegen. Und wenn mit dem Frieden gemacht ist, dann fängt der Krieg mit dem Bunnaparte an. Und der will mir einreden, daß Bunnaparte in Brunow steht! Da sieht man schon, was für ein Dummkopf du bist. Paß doch besser auf, wenn dir was gesagt wird."

„Na, diese Quartiermacher, das sind auch die richtigen! Solche Schweinehunde! Guck, die fünfte Kompanie schwenkt schon in ihr Dorf ein, die können jetzt gleich ihre Grütze kochen, und wir sind immer noch nicht da."

„Gib mir einen Zwieback, du Satan!"

„Hast du mir vielleicht gestern was von deinem Tabak abgegeben? Ja, Bruder, so ist es! Na, nimm schon, in Gottes Namen!"

„Hätten Sie uns doch wenigstens haltmachen lassen, jetzt soll man noch fünf Werst laufen, ehe man was in den Bauch kriegt."

„Ja, das wäre so was, wenn die Deutschen einem Kaleschen anspannen würden. Da könnte man fahren, weißt du, wie so ein großer Herr."

„Na, Brüderchen, hier sind wir aber auch zu einem ganz verdrehten Volk gekommen. Da war es ja mit den Polen noch besser, das war doch immer noch ein Stück von der russischen Krone. Aber jetzt, Brüderchen, hier – da gibt es ja nichts wie Deutsche."

„Liedersänger vor!" schrie der Kapitän.

Etwa zwanzig Mann stürzten aus den einzelnen Reihen nach vorn. Der Vorsänger, der zugleich Trommler war, wandte sich im Gehen nach rückwärts, mit dem Gesicht zu den Sängern, gab ein Zeichen mit dem Arm und stimmte die getragene Melodie des Soldatenliedes an, das anfängt: „Wenn die Sonne aufgeht in der Früh'" und mit den Worten endigt: „Und mit Vater Kamenskij, Brüder, wolln wir Ruhm erwerben!" Das Lied war in der Türkei entstanden und wurde jetzt bei den Truppen in Österreich gesungen, nur mit dem Unterschied, daß es statt „Vater Kamenskij" – „Vater Kutusow" hieß.

Der Trommler, ein hagerer, gut aussehender Soldat von etwa

* Anm. am Schluß des Buches.

vierzig Jahren, brach bei den letzten Worten nach soldatischer Art kurz ab, machte eine Handbewegung, als schleuderte er etwas auf die Erde, warf den übrigen Sängern einen strengen Blick zu und schloß für einen Moment die Augen. Dann überzeugte er sich durch einen raschen Blick davon, daß aller Augen auf ihn gerichtet waren, und machte eine Bewegung, als hielte er mit beiden Händen irgendeinen unsichtbaren kostbaren Gegenstand vorsichtig über seinem Kopf in die Höhe, ließe ihn einige Sekunden lang in dieser Stellung ruhen und würfe ihn dann mit einer plötzlichen Kraftanstrengung zu Boden: „Ach, du Hütte, meine liebe Hütte!"

Und: „Ach, du Hütte, meine liebe Hütte!" fielen zwanzig Stimmen ein, und der Löffelträger, der die großen Löffel zum Abkochen und Schöpfen trug, sprang trotz seines schweren Gepäcks vor der Kompanie munter hin und her, vorwärts und wieder rückwärts, warf die Schultern hin und her und machte gleichsam drohende Bewegungen mit den hochgeschwungenen Löffeln. Die Soldaten warfen die Arme nach dem Takt des Liedes und gingen, ganz von selbst in den Takt der Melodie fallend, mit weitausgreifenden Schritten munter vorwärts. Hinter der Kompanie ließ sich Räderrollen, das Rasseln von Wagenfedern und Hufgetrappel vernehmen. Kutusow kehrte mit seiner Suite zur Stadt zurück. Der Oberkommandierende winkte ab, die Kompanie sollte ohne Ehrenbezeigungen weitermarschieren und sich im Singen nicht stören lassen; auf seinem Gesicht und auf allen Gesichtern der Suite war deutlich zu sehen, wieviel Vergnügen allen der Gesang, der tanzende Soldat und die munter und frisch marschierende Kompanie machten. Im zweiten Gliede auf dem rechten Flügel, wo die Kalesche die Kompanie überholte, fiel jedem unwillkürlich der blauäugige Dolochow auf, der ganz besonders munter und graziös im Takt des Liedes marschierte und die Insassen des Wagens und die Reiter mit einem Ausdruck ansah, als bemitleide er einen jeden, der in diesem Augenblick nicht mit der Kompanie marschieren dürfe. Der Husarenkornett in Kutusows Suite, der vorhin den Regimentskommandeur nachgemacht hatte, blieb ein wenig zurück und ritt an Dolochow heran.

Der Husarenkornett Sherkow hatte in Petersburg eine Zeitlang zu der wilden Gesellschaft gehört, deren Seele Dolochow gewesen war. Im Auslande war Sherkow ihm als gemeinem Soldaten begegnet, hatte es aber nicht für nötig gehalten, ihn wiederzuerkennen. Jetzt, nachdem Kutusow mit dem Degradierten gesprochen hatte, redete er ihn mit dem erfreuten Ton eines alten Freundes wieder an:

„Herzensfreund! Wie geht es dir denn?" fragte er in das Singen hinein und paßte die Gangart seines Pferdes dem Marschtempo der Kompanie an.

„Wie es mir geht?" erwiderte Dolochow kalt. „Du siehst ja."

Der frische Gesang gab gleichsam einen besonders günstigen Hintergrund für den Ton zwangloser Munterkeit, mit dem Sherkow fragte, und für die bewußte Kälte, mit der Dolochow antwortete.

„Nun, wie stehst du mit deinen Vorgesetzten?“ fragte Sherkow.

„Ich kann nicht klagen, es sind ordentliche Leute. Wie hast du es denn fertiggebracht, dich in den Stab hereinzuschieben?“

„Ich bin zukommandiert, habe Tagesdienst.“

Beide schwiegen.

„Und sie ließ den Falken fliegen
aus dem rechten Ärmel raus ...“

sangen die Soldaten, und dieses Lied rief unwillkürlich in allen Hörern ein Gefühl frischer und fröhlicher Munterkeit hervor. Auch das Gespräch der beiden hätte sich wahrscheinlich anders gestaltet, wenn sie nicht gerade bei den Klängen dieses Liedes miteinander gesprochen hätten.

„Stimmt es eigentlich, daß die Österreicher geschlagen worden sind?“ fragte Dolochow.

„Weiß der Teufel, man sagt so.“

„Freut mich“, antwortete Dolochow kurz und so deutlich, wie der laute Gesang es nötig machte.

„Komm doch einmal abends zu uns, wir spielen Pharo“, sagte Sherkow.

„Seid ihr denn auf einmal so dick im Gelde?“

„Komm nur.“

„Ausgeschlossen. Hab's verschworen. Trinke nicht und spiele nicht, bis ich wieder befördert bin.“

„Na, beim ersten Gefecht ...“

„Das wird man dann sehen.“

Wieder schwiegen beide.

„Wenn du irgendwas brauchst, dann komm nur, im Stab läßt sich alles arrangieren“, sagte Sherkow.

Dolochow lächelte.

„Mach dir darum keine Sorgen. Wenn ich was brauche, bitte ich nicht erst, sondern nehme es mir selbst.“

„Na, aber, ich meinte ja nur ...“

„Ich auch.“

„Auf Wiedersehen.“

„Leb wohl ...“

„Und so flog er in die Höhe,
flog zur fernen Heimat hin ...“

Sherkow gab seinem Pferde die Sporen, es trat erst unruhig von einem Fuß auf den andern, ungewiß, ob es rechts oder links angaloppieren sollte, sprang dann entschlossen an und jagte ebenfalls im Takte des Liedes an der Kompanie vorbei der Kalesche nach.

III

Von der Besichtigung zurückgekehrt, ging Kutusow mit dem österreichischen General in sein Kabinett, rief seinen Adjutanten und befahl ihm, verschiedene Schriftstücke zu bringen, die sich auf den Zustand der aus Rußland angelangten Truppen bezogen, ferner Briefe, die vom Erzherzog Ferdinand, dem Führer der Avantgarde, eingelaufen waren. Fürst Andrej Bolkonskij kam mit den verlangten Papieren ins Kabinett des Oberkommandierenden. Kutusow und das österreichische Hofkriegsratsmitglied saßen vor einer auf dem Tisch ausgebreiteten Landkarte.

„Ah ...", machte Kutusow und warf einen Blick auf Bolkonskij, als wollte er mit diesem Laut den Adjutanten auffordern, noch ein wenig zu warten, und fuhr dann in dem begonnenen, in französischer Sprache geführten Gespräch fort.

„Ich möchte nur auf das eine hinweisen, General", sagte Kutusow mit der angenehm wirkenden Gewähltheit seiner Ausdrucksweise und der Feinheit seiner Betonung, die den Hörer zwang, auf jedes einzelne seiner langsam gesprochenen Worte zu achten. (Offenbar hörte Kutusow sich selbst nicht ohne Vergnügen reden.) „Ich möchte nur auf das eine hinweisen, General, daß der Wille Sr. Majestät des Kaisers Franz längst zur Ausführung gelangt wäre, wenn die Sache von meinem persönlichen Wunsch abhinge. Ich hätte mich schon längst mit dem Erzherzog vereinigt. Und glauben Sie mir bei meiner Ehre, daß es für mich persönlich eine Freude gewesen wäre, den Oberbefehl über die Armee einem an Wissen und Können reicheren General zu übergeben, an denen Österreich ja Überfluß hat, und diese schwere Verantwortung von mir abzuwälzen. Aber die Umstände sind eben oft stärker als wir, General."

Und Kutusow lächelte mit einer Miene, als wolle er sagen: „Sie haben durchaus das Recht, mir nicht zu glauben, und es ist mir sogar vollkommen gleichgültig, ob Sie mir glauben oder nicht, aber Sie haben gar keine Veranlassung, mir das zu sagen. Und das ist die Hauptsache."

Der österreichische General machte ein unzufriedenes Gesicht, aber er konnte nicht umhin, Kutusow mit der gleichen Höflichkeit zu antworten.

„Im Gegenteil!" sagte er in einem verdrießlichen und gereizten Ton, der zu dem schmeichelhaften Wortlaut seiner Antwort im schroffsten Widerspruch stand. „Im Gegenteil, Seine Majestät schätzt die Mitwirkung Ew. Exzellenz bei unserer gemeinsamen Sache überaus hoch, aber wir sind der Meinung, daß angesichts dieses Zögerns den tapferen russischen Truppen und ihrer Führung die Lorbeeren entgehen könnten, die sie auf dem Schlachtfelde zu ernten gewohnt sind", schloß er seinen Satz, den er sich offenbar vorher zurechtgelegt hatte.

Kutusow verbeugte sich, ohne daß sein Lächeln sich geändert hätte.

„Aber ich bin davon überzeugt und halte es auf Grund des letzten Briefes, mit dem Seine Hoheit der Erzherzog Ferdinand mich beehrt hat, für ganz sicher, daß die österreichischen Truppen unter der Leitung eines so geschickten Führers, wie General Mack es ist, jetzt bereits einen entscheidenden Sieg davongetragen haben und unserer Hilfe nicht mehr bedürfen", antwortete Kutusow.

Der General runzelte die Stirn. Obwohl noch keine positiven Nachrichten von einer Niederlage der Österreicher vorlagen, gab es doch nur zu viele Umstände, welche die allgemein verbreiteten bösen Gerüchte zu bestätigen schienen; und darum mußte es durchaus wie Spott wirken, wenn Kutusow einen österreichischen Sieg annahm. Aber Kutusow lächelte freundlich, und seine Miene zeigte unverändert, daß er sich zu einer solchen Annahme berechtigt fühle. Und in der Tat berichtete der letzte Brief, den er von der Armee Mack erhalten hatte, von einem Siege und von der außerordentlich günstigen strategischen Stellung der Armee.

„Gib mir doch den Brief einmal her", sagte Kutusow zum Fürsten Andrej. „Wollen Sie bitte sehen!"

Und Kutusow las mit einem spöttischen Lächeln um die Mundwinkel dem österreichischen General folgenden Passus aus dem deutsch geschriebenen Brief des Erzherzogs Ferdinand vor: „Wir haben vollkommen zusammengehaltene Kräfte, nahe an 70 000 Mann, um den Feind, wenn er den Lech passiert, angreifen und schlagen zu können. Wir können, da wir Meister von Ulm sind, den Vorteil, auch von beiden Ufern der Donau Meister zu bleiben, nicht verlieren; mithin auch jeden Augenblick, wenn der Feind den Lech nicht passiert, über die Donau setzen, uns auf seine Kommunikationslinie werfen, die Donau unterhalb repassieren und dem Feinde, wenn er sich gegen unsere treuen Alliierten mit ganzer Macht wenden wollte, seine Absicht alsobald vereiteln. Wir werden auf solche Weise dem Zeitpunkt, wo die Kaiserlich Russische Armee ausgerüstet sein wird, mutig entgegenharren und sodann leicht gemeinschaftlich die Möglichkeit finden, dem Feinde das Schicksal zu bereiten, so er verdient."*

Kutusow seufzte erleichtert auf, als er mit dieser Periode fertig war, und sah dann das Hofkriegsratsmitglied aufmerksam und freundlich an.

„Aber Sie kennen doch die weise Regel, Ew. Exzellenz, wonach man immer den ungünstigsten Fall annehmen soll?" meinte der

* Anm. am Schluß des Buches.

österreichische General, der offenbar den Wunsch hatte, den Redensarten ein Ende zu machen und wirklich zur Sache zu kommen.

Unwillkürlich sah er sich nach dem Adjutanten um.

„Entschuldigen Sie, General", unterbrach ihn Kutusow und wandte sich ebenfalls nach dem Fürsten Andrej um. „Höre, mein Lieber, laß dir von Koslowskij alle unsere Kundschaftermeldungen geben. Hier hast du zwei Briefe vom Grafen Nostitz und hier den Brief von Sr. Hoheit dem Erzherzog Ferdinand, und da noch was", sagte er und übergab dem Fürsten Andrej noch einige Papiere. „Und aus dem allem stelle mir hübsch klar und säuberlich in französischer Sprache ein Memorandum zusammen, eine übersichtliche Zusammenfassung aller Nachrichten, die wir über die Operationen der österreichischen Armee haben. Also mach das und stelle es dann Sr. Exzellenz zu."

Fürst Andrej neigte den Kopf zum Zeichen, daß er von den ersten Worten an alles verstanden hatte, und zwar nicht nur das, was Kutusow ausgesprochen hatte, sondern auch, was er damit hatte sagen wollen. Er nahm die Papiere, machte beiden Generalen eine Verbeugung und ging über den Teppich mit leisen Schritten hinaus ins Empfangszimmer.

Obwohl erst eine kurze Zeit vergangen war, seit Fürst Andrej Rußland verlassen hatte, war doch bereits eine große Veränderung mit ihm vorgegangen. In seinem Gesichtsausdruck, seinen Bewegungen, in seinem Gange war fast nichts mehr von seinem früheren gekünstelten Wesen, seiner früheren Müdigkeit und Schlaffheit wahrzunehmen; er wirkte wie ein Mensch, der keine Zeit hat, darüber nachzudenken, was er auf andere für einen Eindruck macht, weil er ganz von Dingen in Anspruch genommen ist, die ihn fesseln und ihm Freude machen. Seine Miene drückte Zufriedenheit mit sich und seiner Umgebung aus; sein Lächeln und sein Blick waren heiterer und anziehender geworden.

Kutusow, den er noch in Polen eingeholt, hatte ihn sehr freundlich aufgenommen und ihm versprochen, ihn nicht zu vergessen; so hatte er ihn vor den anderen Adjutanten ausgezeichnet, ihn nach Wien mitgenommen und ihm manchen wichtigen und ernsten Auftrag anvertraut. Von Wien aus hatte Kutusow an seinen alten Kameraden, den Vater des Fürsten Andrej, geschrieben: „Ihr Sohn verspricht ein durch Kenntnisse, Ausdauer und Zuverlässigkeit ausgezeichneter Offizier zu werden. Ich schätze mich glücklich, einen solchen Untergebenen um mich zu haben."

In Kutusows Stabe, unter den gleich ihm zum Hauptquartier kommandierten Kameraden und in der Armee überhaupt, gab es zwei einander völlig entgegengesetzte Meinungen über den Fürsten Andrej, genauso, wie es in der Petersburger Gesellschaft gewesen war. Die einen – sie waren in der Minderheit – sahen in ihm etwas ganz Besonderes und von allen anderen Menschen Unterschiedenes, erwarteten große Dinge von ihm, hörten auf ihn, schwärmten für ihn und suchten ihn nachzuahmen; und ihnen gegenüber gab Fürst Andrej sich harmlos und freundlich. Die anderen, welche die Mehrzahl bildeten, mochten ihn nicht, hielten ihn für aufgeblasen und kalt und überhaupt für einen unangenehmen Menschen. Aber auch mit diesen wußte Fürst Andrej sich so zu stellen, daß sie ihn achteten und sogar fürchteten.

Als er mit den Papieren aus Kutusows Kabinett ins Empfangszimmer kam, ging er auf seinen Kameraden, den diensttuenden Adjutanten Koslowskij zu, der mit einem Buch am Fenster saß.

„Na, Fürst, was gibt es?" fragte Koslowskij.

„Ich soll ein Memorandum zusammenstellen, warum wir nicht vorrücken."

„Nun, und warum rücken wir denn nicht vor?"

Fürst Andrej zuckte die Achseln.

„Ist von Mack nichts gekommen?" fragte Koslowskij.

„Nein."

„Wenn es wahr wäre, daß er völlig geschlagen ist, dann müßte doch schon eine Nachricht dasein."

„Vermutlich", sagte Fürst Andrej und ging auf die Ausgangstür zu.

Aber in diesem Augenblick wurde die Tür aufgerissen, und ins Zimmer kam eilig ein offenbar eben eingetroffener österreichischer General von hoher Gestalt im Überrock, eine schwarze Binde um den Kopf und den Maria-Theresia-Orden am Halse. Fürst Andrej blieb stehen.

„Wo ist der General en chef Kutusow?" fragte der General hastig mit seiner harten deutschen Aussprache, sah sich nach rechts und links um und ging dann ohne weiteres auf die Kabinettstür zu.

„Der General en chef ist beschäftigt", sagte Koslowskij, ging rasch auf den fremden General zu und versperrte ihm den Weg zur Tür. „Wen darf ich melden?"

Der fremde General sah den nur mäßig großen Koslowskij geringschätzig von oben bis unten an, als wundere er sich darüber, daß es Leute gebe, die ihn nicht kennen.

„Der General en chef ist beschäftigt", wiederholte Koslowskij ruhig.

Das Gesicht des Generals verfinsterte sich, seine Lippen zuckten; er zog ein Notizbuch hervor, schrieb rasch etwas mit dem Bleistift hinein, riß das Blatt heraus, reichte es Koslowskij, ging dann hastig zum Fenster, ließ seinen schweren Körper auf einen Stuhl fallen und sah die im Zimmer Anwesenden an, als wollte er fragen: was guckt ihr mich so an? Dann hob er den Kopf, reckte den Hals vor, als wollte er etwas sagen, aber er brachte nur einen sonderbaren Laut hervor, als finge er ganz in Gedanken an, irgend etwas vor sich hin zu singen, brach aber sofort wieder ab. Die Tür des Kabinetts öffnete sich, und auf der Schwelle erschien Kutusow. Der General mit dem verbundenen Kopf ging gebückt, wie vor einer Gefahr flüchtend, mit langen Schritten seiner mageren Beine auf Kutusow zu.

„Vous voyez le malheureux Mack",[1] sagte er mit gebrochener Stimme.

Das Gesicht Kutusows, der auf der Schwelle des Kabinetts stand, blieb einige Augenblicke lang vollkommen regungslos. Dann lief wie eine Welle ein Runzeln über sein Gesicht hin, und seine Stirn zog sich in Falten; er neigte höflich den Kopf, schloß die Augen, ließ Mack schweigend den Vortritt und schloß selbst hinter ihm und sich die Tür.

Das bereits vorher verbreitete Gerücht von einer Niederlage der Österreicher und der Kapitulation der ganzen Armee bei Ulm erwies sich als zutreffend. Bereits eine halbe Stunde später waren nach verschiedenen Richtungen Adjutanten mit Befehlen unterwegs, nach denen nunmehr auch die russischen Truppen, die bisher an den Operationen nicht teilgenommen hatten, mit dem Feinde zusammengeraten sollten.

Fürst Andrej war einer von den wenigen Offizieren des Stabes, deren Hauptinteresse dem Verlauf der gesamten militärischen Operationen galt. Nachdem er Mack gesehen und die Einzelheiten der Katastrophe erfahren hatte, begriff er, daß der Feldzug zur Hälfte verloren war, er begriff die ganze schwierige Lage der russischen Truppen und malte sich lebhaft aus, was der Armee bevorstand und was er selbst dabei für eine Rolle spielen würde. Unwillkürlich empfand er ein Gefühl freudiger Erregung bei dem Gedanken an die Schmach, die das selbstbewußte Österreich getroffen hatte, und bei der Aussicht, selbst vielleicht schon in einer Woche einen Zusammenstoß zwischen Russen und Franzosen, den ersten seit den Tagen Suworows, zu erleben und an ihm teilzunehmen. Aber er fürchtete auch das Genie Napoleons, dem vielleicht alle Tapferkeit der russischen Truppen nicht gewachsen sein würde, und sträubte sich doch zugleich gegen den Gedanken, daß seinem Heros die Schmach einer Niederlage zuteil werden könnte.

Durch diese Gedanken aufgeregt und ein wenig überreizt, wollte Fürst Andrej in sein Zimmer gehen, um einen Brief an seinen Vater zu schreiben, was er jeden Tag tat. Auf dem Korridor begegnete er Neswizkij, mit dem er das Zimmer teilte, und dem Spaßmacher Sherkow; wie immer, hatten sie auch jetzt etwas zu lachen.

[1] Da sehen Sie den unglücklichen Mack.

„Warum siehst du denn so böse aus?" fragte Neswizkij, als er das bleiche Gesicht und die erregt blitzenden Augen des Fürsten Andrej gewahrte.

„Zum Lustigsein liegt gar kein Anlaß vor", antwortete Bolkonskij.

In dem Augenblick, in welchem Fürst Andrej mit Neswizkij und Sherkow zusammengetroffen war, kamen ihnen vom anderen Ende des Korridors her zwei österreichische Generale entgegen: es waren der General Strauch, der dem Stabe Kutusows zugeteilt war, um für die Verpflegung der russischen Truppen Sorge zu tragen, und das am Abend zuvor eingetroffene Mitglied des Hofkriegsrats. Der Korridor war so breit, daß die Generäle bequem an den drei Offizieren hätten vorbeigehen können, aber Sherkow drängte Neswizkij mit einer Handbewegung beiseite und sagte aufgeregt:

„Sie kommen! ... Sie kommen! ... Machen Sie Platz, bitte machen Sie Platz!"

Die Generäle kamen näher, und man sah es ihnen an, daß sie lästigen Ehrenbezeigungen gern aus dem Wege gegangen wären. Auf dem Gesicht des Possenreißers Sherkow erschien plötzlich ein einfältiges Lächeln, und es sah aus, als könne er vor Freude gar nicht mehr an sich halten.

„Ew. Exzellenz", sagte er auf deutsch, trat vor und wandte sich an den einen General, „ich habe die Ehre, Sie zu beglückwünschen."

Er neigte den Kopf und begann, ungeschickt wie ein Kind, das tanzen lernen soll, abwechselnd bald mit dem einen und bald mit dem andern Bein Kratzfüße zu machen.

Das Hofkriegsratsmitglied sah ihn streng an; da er aber das einfältige Lächeln für echt hielt, glaubte er nicht anders zu können, als ihm einen Augenblick Gehör zu schenken. Er zog die Augenbrauen zusammen, um damit anzudeuten, daß er zuhörte.

„Ich habe die Ehre, Sie zu beglückwünschen, General Mack ist ja völlig unversehrt angekommen, nur da hat er eine Kleinigkeit abgekriegt", sagte Sherkow mit strahlendem Lächeln und deutete dabei auf seinen Kopf.

Der General machte ein finsteres Gesicht, wandte sich ab und ging weiter.

„Gott, wie naiv!" sagte er unwillig, als er einige Schritte weit entfernt war.

Neswizkij fiel dem Fürsten Andrej laut lachend in die Arme, aber Bolkonskij, der noch bleicher geworden war als vorher, stieß ihn empört zurück und wandte sich an Sherkow. Die nervöse Gereiztheit, in die ihn der Anblick Macks, die Nachricht von dessen Katastrophe und der Gedanke an alles, was der russischen Armee bevorstand, versetzt hatten, entlud sich in der Entrüstung über Sherkows unangebrachten Scherz.

„Wenn Sie ein Hanswurst sein wollen, mein Herr", sagte er scharf, und seine Kinnlade bebte dabei vor Erregung, „dann kann ich Sie daran nicht hindern. Aber ich mache Sie darauf aufmerksam: wenn Sie sich unterstehen, noch einmal in meiner Gegenwart Ihre dummen Späße zu machen, dann werde ich es Ihnen schon beibringen, wie Sie sich zu benehmen haben."

Neswizkij und Sherkow waren über diesen heftigen Ausfall so erstaunt, daß sie Bolkonskij schweigend mit weit aufgerissenen Augen ansahen.

„Was denn, ich habe ihn doch nur beglückwünscht", sagte Sherkow endlich.

„Ich scherze nicht mit Ihnen, halten Sie gefälligst den Mund!" schrie Bolkonskij, ergriff Neswizkij am Arm und zog ihn mit sich von Sherkow fort, der keine Antwort mehr fand.

„Na, aber, Bruder, was hast du denn?" meinte Neswizkij beschwichtigend.

„Was ich habe?" erwiderte Fürst Andrej und blieb aufgeregt stehen. „Aber verstehe doch: entweder sind wir Offiziere, die ihrem Kaiser und Vaterland dienen und sich über einen gemeinsamen Erfolg freuen und sich einen gemeinsamen Mißerfolg zu Herzen nehmen, oder wir sind Lakaien, die sich um das, was ihren Herrn angeht, nicht zu kümmern brauchen. Quarante mille hommes massacrés et l'armée de nos alliés détruite; et vous trouvez là le mot pour rire" – er fiel ins Französische, als könne ihm das zu besonderer Bekräftigung seiner Meinung dienen. – „C'est bien pour un garçon de rien comme cet individu dont vous avez fait un ami, mais pas pour vous, pas pour vous.[1] Nur dumme Lümmel können sich mit so etwas amüsieren!" Die letzten Worte sprach Fürst Andrej russisch und sprach das „dumme Lümmel" mit französischem Akzent aus, da er bemerkt hatte, daß Sherkow ihn noch hören konnte.

Er wartete, ob der Kornett ihm noch etwas antworten würde. Aber der Kornett wandte sich um und verließ den Korridor.

IV

Das Pawlogradsche Husarenregiment stand etwa zwei Meilen von Braunau. Die Schwadron, der Nikolai Rostow als Junker angehörte, lag in dem deutschen Dorf Salzeneck im Quartier. Das beste Quar-

[1] Vierzigtausend Mann sind niedergemetzelt, und die Armee unserer Verbündeten ist vernichtet, und Sie finden darin noch einen Grund zum Lachen?! Das wäre begreiflich bei einem nichtsnutzigen Bengel, wie jenem Individuum, mit dem Sie Freundschaft geschlossen haben, aber nicht bei Ihnen, nicht bei Ihnen!

tier im Ort hatte der Schwadronschef Rittmeister Denissow inne, der in der ganzen Kavalleriedivision unter dem Namen Waska Denissow bekannt war. Der Junker Rostow wohnte, seit er das Regiment in Polen eingeholt hatte, ständig mit dem Schwadronschef zusammen.

Am 11. Oktober, demselben Tage, an dem im Hauptquartier alles durch die Nachricht von Macks Niederlage in aufgeregte Geschäftigkeit versetzt worden war, ging beim Stab der Schwadron das Lagerleben gemächlich wie immer dahin. Denissow hatte die ganze Nacht über Karten gespielt und war noch nicht zu Hause, als Rostow am frühen Morgen vom Fouragieren zurückkehrte. Er kam in seiner Junkeruniform angeritten, trieb das Pferd bis dicht an die Haustürstufen heran, schwang mit einer jugendlich elastischen Bewegung das Bein über den Sattel, blieb noch einen Augenblick im Bügel stehen, als falle es ihm schwer, sich von seinem Pferde zu trennen, sprang endlich zur Erde und rief die Ordonnanz.

„He, Bondarenko, mein guter Kerl!" sagte er zu dem Husaren, der Hals über Kopf auf das Pferd zugelaufen kam. „Führe es umher, Freundchen", setzte er dann mit jener brüderlichen, fröhlichen Freundlichkeit hinzu, die gutmütigen jungen Menschen im Umgang mit allen Leuten eigen ist, wenn sie sich glücklich fühlen.

„Zu Befehl, Ew. Erlaucht!" antwortete der Kleinrusse mit vergnügtem Nicken.

„Aber sieh zu, daß du es auch gründlich genug herumführst!"

Ein anderer Husar wollte sich ebenfalls auf das Pferd stürzen, aber Bondarenko hatte ihm schon den Trensenzügel über den Kopf gezogen. Offenbar gab der Junker gute Trinkgelder, und es lohnte sich schon, ihm Dienste zu leisten. Rostow streichelte seinem Pferde den Hals und die Kruppe und blieb dann auf den Haustürstufen stehen.

„Herrlich! Das wird noch mal ein Pferd!" sagte er zu sich selbst und sprang, lächelnd und den Säbel festhaltend, sporenklirrend die Stufen hinauf. Der deutsche Quartierwirt guckte in Wams und Zipfelmütze, in der Hand die Mistgabel, mit der er den Kuhstall ausgemistet hatte, aus der Stalltür. Das Gesicht des Deutschen wurde ganz vergnügt, als er Rostow erblickte. Er lächelte freundlich, zwinkerte ihm zu und sagte: „Schönen guten Morgen, schönen guten Morgen!" Es machte ihm offenbar Spaß, den jungen Menschen zu begrüßen.

„Schon fleißig?" antwortete Rostow deutsch mit dem frohen, brüderlichen Lächeln, das fast nie von seinem Gesicht wich. „Hoch Österreicher! Hoch Russen! Kaiser Alexander hoch!" rief er dem Deutschen zu und wiederholte damit einen Ausruf, den er manches Mal von seinem Quartierwirt gehört hatte.

Der Deutsche lachte, kam aus der Stalltür heraus, riß die Mütze ab, schwenkte sie über seinem Kopf und schrie:

„Und die ganze Welt hoch!"

Rostow schwenkte seine Mütze ebenso wie der Deutsche über dem Kopf und schrie lachend: „Und vivat die ganze Welt!" Und obwohl weder für den Deutschen, der eben seinen Kuhstall ausgemistet hatte, noch für Rostow, der eben mit dem Zuge, zu dem er gehörte, vom Heuholen zurückgekommen war, irgendein Grund zu besonderer Freude vorlag, sahen sich diese beiden glücklich und mit einer Art von brüderlicher Zuneigung an, nickten sich zum Zeichen ihrer gegenseitigen Liebe zu und gingen dann lächelnd auseinander, der Deutsche in seinen Kuhstall und Rostow in die Stube, die er mit Denissow bewohnte.

„Wo ist dein Herr?" fragte er Lawruschka, Denissows Burschen, der im ganzen Regiment als durchtriebener Pfiffikus bekannt war.

„Seit gestern abend noch nicht zurückgekommen. Haben jedenfalls verloren", antwortete Lawruschka. „Das kenne ich schon, wenn er gewonnen hat, dann kommt er früh nach Hause, um damit dickzutun, aber wenn er morgens noch nicht da ist, so heißt das, er ist ausgemistet, und wenn er kommt, dann ist er wütend. Befehlen Sie Kaffee?"

„Jawohl, nur her damit!"

Nach zehn Minuten brachte Lawruschka den Kaffee. „Er kommt!" sagte er. „Jetzt ist gleich der Teufel los." Rostow sah durchs Fenster und erblickte den heimkehrenden Denissow. Denissow war von kleiner Figur, hatte ein rotes Gesicht, blitzende schwarze Augen, einen schwarzen struppigen Schnurrbart und ebensolche Haare. Er trug eine aufgeknöpfte Attila, faltig herabhängende Reithosen und im Nacken eine verknitterte Husarenmütze. Finster und mit gesenktem Kopf ging er auf den Hauseingang zu.

„Lawruschka!" schrie er laut und böse und sprach dabei wie immer das „r" nicht nach russischer Art mit der Zungenspitze, sondern hinten im Gaumen aus. „Na, so komm doch und nimm mir meine Sachen ab, du Lümmel!"

„Das tu ich ja schon von selbst", ließ sich Lawruschkas Stimme vernehmen.

„Ah, du bist auch schon auf", sagte Denissow, als er ins Zimmer kam.

„Schon lange", erwiderte Rostow, „ich bin schon nach Heu gewesen und habe dabei Fräulein Mathilde gesehen."

„Na also! Und mich haben sie gestern ausgemistet, Bruder, daß es eine Schweinerei war!" schrie Denissow. „So ein Pech! So ein Pech! Kaum warst du weg, da fing es an. Holla! Tee!"

Denissow verzog das Gesicht zu einer Art von Grinsen, das seine kurzen, kräftigen Zähne sichtbar werden ließ, und begann mit beiden kurzfingerigen Händen im Urwalddickicht seiner schwarzen Haare zu wühlen.

„Daß mich auch der Teufel reiten mußte, zu dieser Ratte zu gehen!" – das war der Spitzname des Offiziers, in dessen Quartier er gespielt hatte. „Stell dir vor, keine Karte, nicht eine einzige Karte, auf die ich hätte gewinnen können!" sagte er und fuhr sich mit beiden Händen über Stirn und Gesicht.

Dann nahm er die ihm gereichte angerauchte Pfeife, umschloß sie fest mit der Faust, stieß sie so heftig gegen den Fußboden, daß er das Feuer verschüttete, und fuhr schreiend fort:

„Ich kriege Simple, er biegt Paroli, ich kriege Simple, er biegt Paroli!"

Er hatte alles Feuer aus dem Pfeifenkopf verschüttet, zerbrach die Pfeife und warf sie weg. Er verstummte und sah Rostow mit seinen blitzenden schwarzen Augen plötzlich vergnügt an.

„Wenn es hier wenigstens Weiber gäbe! Aber man kann hier ja nichts tun wie saufen. Wenn es doch bald losginge ... Holla, wer ist da?" schrie er zur Tür hin, hinter der das Stampfen und Stehenbleiben dicker sporenklirrender Stiefel und ein respektvolles Hüsteln hörbar wurde.

„Der Wachtmeister!" sagte Lawruschka.

Denissows Gesicht wurde noch finsterer.

„Verdammt!" sagte er und warf eine Börse mit einigen Goldstücken auf den Tisch. „Rostow, zähle einmal nach, mein Täubchen, wieviel noch drin ist, und dann steck die Börse unters Kopfkissen." Dann ging er zum Wachtmeister hinaus.

Rostow steckte die Börse unter das Kopfkissen und drückte die alten und eins von neuen Goldstücken auf und begann zu zählen.

„Ah! Teljanin! Guten Morgen! Na, die haben mich gestern ausgemistet!" ließ sich nebenan Denissows Stimme vernehmen.

„Bei wem? Bei Bykow, der Ratte? Na, das wußte ich ja", sagte eine andere, hohe Stimme, und gleich darauf trat der kleine Oberleutnant Teljanin, ein Offizier von derselben Schwadron, ins Zimmer.

Rostow nahm das Geld, schichtete mechanisch ein Häufchen von kleine, feuchte Hand, die der andere ihm hinhielt. Teljanin war vor dem Feldzuge wegen irgendeines Vergehens von der Garde zu den Pawlogradschen Husaren versetzt worden. Er führte sich in seinem neuen Regiment ausgezeichnet, aber er war nicht beliebt, und besonders Rostow konnte ihn nicht leiden und machte aus seiner übrigens ohne einen besonderen Anlaß entstandenen Abneigung gegen ihn kein Hehl.

„Na, Sie junger Kavallerist, wie sind Sie mit meiner ‚Krähe' zufrieden?" fragte er. „Krähe" war das Pferd, das Rostow sich von Teljanin zu seinem Dienstpferde hinzugekauft hatte.

Der Oberleutnant sah dem Menschen, mit dem er gerade sprach, nie in die Augen; überhaupt liefen seine Augen beständig von einem Gegenstand zum anderen.

„Ich sah vorhin, daß Sie sie gerade geritten haben."

„Da ist nichts zu sagen, ein gutes Pferd", antwortete Rostow, obwohl das Pferd, für das er siebenhundert Rubel bezahlt hatte, nicht die Hälfte wert war. „Auf dem linken Vorderfuß hat es angefangen zu lahmen ...", setzte er hinzu.

„Wird wohl eine Hornspalte haben! Das hat nichts auf sich. Ich will Ihnen zeigen, wie man das nietet."

„Ja, bitte, zeigen Sie es mir", sagte Rostow.

„Natürlich zeige ich es Ihnen, es ist ja kein Geheimnis. Und für das Pferd werden Sie mir noch einmal dankbar sein."

„Dann werde ich das Pferd also vorführen lassen", sagte Rostow, der sich von Teljanin losmachen wollte, und ging hinaus, um die „Krähe" vorführen zu lassen.

Im Hausflur hockte Denissow, wieder eine Pfeife im Munde, zusammengekauert auf der Schwelle. Vor ihm stand der Wachtmeister und rapportierte. Als der Schwadronschef Rostow erblickte, deutete er mit dem Daumen über die Schulter nach dem Zimmer, in dem Teljanin saß, runzelte die Stirn und schüttelte sich mit einer Gebärde des Widerwillens.

„Hu, wie unangenehm mir der Kerl ist!" sagte er, ohne sich wegen der Anwesenheit des Wachtmeisters Zwang anzutun.

Rostow zuckte die Achseln, als wollte er sagen: „Mir auch, aber was soll man dabei machen?", traf draußen seine Anordnungen wegen des Pferdes und kehrte dann zu Teljanin zurück.

Teljanin saß immer noch in der nachlässigen Haltung da, in der Rostow ihn verlassen hatte, und rieb sich die kleinen weißen Hände.

„Was gibt es doch für widerwärtige Gesichter!" dachte Rostow, als er wieder ins Zimmer trat.

„Nun, haben Sie angeordnet, daß das Pferd vorgeführt werden soll?" fragte Teljanin, stand auf und sah sich träge um.

„Ja."

„Also dann gehen wir. Ich war eigentlich nur gekommen, um Denissow nach der Order von gestern zu fragen. Haben Sie sie bekommen, Denissow?"

„Nein, noch nicht. Aber wo wollen Sie hin?"

„Ich will dem jungen Mann zeigen, was er mit dem Huf seines Pferdes machen muß", sagte Teljanin.

Sie traten aus dem Hause hinaus und gingen in den Pferdestall.

Der Oberleutnant zeigte Rostow das Nieten des Hufes und ging dann nach Hause.

Als Rostow zurückkam, lag auf dem Tisch neben einer Flasche Schnaps eine Wurst. Denissow saß am Tisch und fuhr mit einer kreischenden Feder über ein Blatt Papier. Er sah Rostow finster ins Gesicht.

„Ich schreibe an sie", sagte er.

Er stützte den Arm, der die Feder hielt, mit dem Ellbogen auf den Tisch und, offenbar erfreut über die Möglichkeit, die Gedanken, die er aufschreiben wollte, mündlich schneller formulieren zu können, setzte er Rostow auseinander, was in dem Brief stehen sollte.

„Siehst du, Freund", sagte er. „Wir schlafen, solange wir nicht lieben. Wir sind Kinder des Staubes ... aber verliebe dich und du bist ein Gott, du bist rein wie am ersten Schöpfungstag ... Wer ist denn da schon wieder? Ach, jage ihn doch zum Teufel! Ich habe jetzt keine Zeit!" schrie er Lawruschka an, der sich aber nicht im geringsten einschüchtern ließ, sondern ruhig auf ihn zuging.

„Was glauben Sie denn, wer es ist? Sie haben es doch selbst befohlen. Der Wachtmeister ist gekommen, um das Geld abzuholen."

Denissow runzelte die Stirn, machte den Mund auf, als wollte er irgend etwas schreien, blieb aber stumm.

„So eine verdammte Geschichte!" brummte er vor sich hin. „Wieviel Geld ist noch in der Börse?" fragte er dann Rostow.

„Sieben neue und zehn alte."

„Ach, verdammt! Na, was stehst du da noch herum, du alte Vogelscheuche? Hol doch den Wachtmeister herein!" schrie Denissow seinen Burschen an.

„Bitte, Denissow, nimm doch Geld von mir, ich habe ja noch welches", sagte Rostow errötend.

„Meine Freunde borge ich nicht gern an, nein, das tu ich nicht gern", brummte Denissow.

„Aber wenn du von mir als deinem Kameraden kein Geld annehmen willst, so kränkst du mich. Wirklich, ich habe noch welches", wiederholte Rostow.

„Ich sage dir doch, ich will nicht."

Und Denissow ging zum Bett, um die Börse unter dem Kopfkissen hervorzuholen.

„Wo hast du sie hingelegt, Rostow?"

„Unter das untere Kissen."

„Da ist sie aber nicht."

Denissow warf beide Kissen auf den Fußboden. Die Börse war nicht da.

„Na, so was!"

„Halt, vielleicht hast du sie mit den Kissen zusammen herunter=

geworfen!" sagte Rostow, hob beide Kissen nacheinander auf und schüttelte sie.

Er nahm die Decke ab und schüttelte auch sie. Die Börse war nicht da.

„Habe ich vielleicht vergessen, wo ich sie hingetan habe? Nein, ich dachte noch, du wolltest sie wie einen Schatz unter dem Kopf liegen haben", sagte Rostow. „Ich habe die Börse hierhergelegt. Wo ist sie?" wandte er sich an Lawruschka.

„Ich bin ja gar nicht mehr ins Zimmer gekommen. Wo Sie sie hingelegt haben, da muß sie auch sein."

„Sie ist aber nicht da!"

„So sind Sie immer, schmeißen eine Sache irgendwohin, und nachher haben Sie es vergessen. Sehen Sie doch in Ihren Taschen nach."

„Nein, wenn mir nicht gerade der Gedanke an den Schatz gekommen wäre", sagte Rostow. „Aber so erinnere ich mich ganz genau, daß ich sie unter das Kopfkissen gelegt habe."

Lawruschka durchwühlte das ganze Bett, sah unter dem Bettgestell nach, unter dem Tisch, durchsuchte die ganze Stube und blieb endlich mitten im Zimmer stehen. Denissow hatte schweigend alle Bewegungen Lawruschkas verfolgt, und als Lawruschka jetzt mit einer erstaunten und ratlosen Handbewegung erklärte, die Börse sei nirgends zu finden, da heftete er seinen Blick auf Rostow.

„Rostow, laß deine Schuljungenwitze . . ."

Rostow fühlte Denissows Blick auf sich ruhen, hob die Augen zu ihm auf und schlug sie auch in der gleichen Sekunde wieder zu Boden. Alles Blut, das irgendwo unterhalb der Kehle eingeschlossen gewesen war, schoß ihm in Gesicht und Augen. Der Atem versagte ihm.

„Und hier im Zimmer ist doch niemand gewesen außer dem Oberleutnant und Ihnen selbst. Hier ist sie nirgends", sagte Lawruschka.

„Na, du verfluchtes Gestell, tummle dich, zum Teufel, such!" schrie Denissow plötzlich und stürzte sich dunkelrot im Gesicht mit einer drohenden Gebärde auf den Burschen. „Schaff die Börse her, oder ich lasse dich totpeitschen! Alle lasse ich totpeitschen!"

Rostow wich Denissows Blick aus, knöpfte seine Attila zu, schnallte den Säbel um und setzte die Mütze auf.

„Ich sage dir, du sollst mir die Börse herschaffen!" schrie Denissow, packte seinen Burschen an den Schultern, schüttelte ihn hin und her und stieß ihn an die Wand.

„Denissow, laß ihn, ich weiß, wer sie genommen hat", sagte Rostow und ging mit niedergeschlagenen Augen auf die Tür zu.

Denissow blieb stehen, überlegte einen Augenblick, begriff dann offenbar, worauf Rostow anspielte, und packte ihn am Arm.

„Unsinn!" schrie er, und die Adern an Hals und Stirn schwollen ihm an wie Stricke. „Ich sage dir, du bist verrückt geworden, das lasse ich nicht zu! Die Börse ist hier! Ich werde diesem Halunken das Fell abziehen, dann wird sie plötzlich zur Stelle sein."

„Ich weiß, wer sie genommen hat", wiederholte Rostow mit zitternder Stimme und ging zur Tür.

„Und ich sage dir, untersteh dich nicht ...", schrie Denissow und stürzte auf den Junker zu, um ihn zurückzuhalten.

Aber Rostow entwand sich ihm und heftete seinen Blick fest und gerade und mit einem solchen Ausdruck von Ingrimm auf Denissow, als sei dieser sein ärgster Feind.

„Verstehst du denn, was du sagst?" fragte er, und seine Stimme zitterte wieder. „Außer mir war niemand im Zimmer. Folglich, wenn ich nicht recht habe, so ..."

Er konnte nicht weitersprechen und stürzte hinaus.

„Ach, hol der Teufel dich und alle anderen!" hörte er noch Denissows Stimme hinter sich.

Rostow ging zu Teljanins Quartier.

„Der Herr sind nicht zu Hause, sind in den Stab geritten", sagte Teljanins Bursche. „Ist vielleicht etwas passiert?" fügte er hinzu, voller Verwunderung über das verstörte Gesicht des Junkers.

„Nein, passiert ist nichts."

„Wenn Sie ein wenig früher gekommen wären, hätten Sie ihn noch getroffen", meinte der Bursche.

Der Regimentsstab lag drei Werst von Salzeneck entfernt. Rostow ging nicht erst nach Hause, sondern ließ sich ein Pferd geben und ritt hin. In dem Dorf, wo der Stab lag, gab es ein Wirtshaus, das von den Offizieren viel besucht wurde. Rostow ritt zu diesem Wirtshaus und sah vor der Tür Teljanins Pferd stehen.

Im Hinterzimmer des Wirtshauses saß der Oberleutnant vor einem Teller mit Würstchen und einer Flasche Wein.

„Ah, sind Sie auch gekommen, junger Mann?" sagte er lächelnd und zog die Augenbrauen in die Höhe.

„Ja", antwortete Rostow, und es war, als kostete es ihn große Mühe, dieses kleine Wörtchen herauszubringen. Dann setzte er sich an den Nebentisch.

Beide schwiegen. Im Zimmer saßen außer ihnen noch zwei Deutsche und ein russischer Offizier. Niemand sagte etwas, und es war nichts zu hören als das Klappern des Messers auf dem Teller des Oberleutnants und das Geräusch seines Kauens. Als Teljanin mit seinem Frühstück fertig war, zog er eine Doppelbörse aus der Tasche, schob mit seinen nach auswärts gebogenen kleinen weißen Fingern die Ringe zurück, nahm ein Goldstück heraus und gab es mit hochgezogenen Brauen dem Kellner.

„Bitte möglichst schnell", sagte er.

Das Goldstück war ein neues. Rostow erhob sich und trat zu Teljanin hin.

„Erlauben Sie mir doch, Ihre Börse anzusehen", sagte er so leise, daß es kaum zu hören war.

Mit unruhig umherirrenden Augen, aber immer noch hochgezogenen Brauen reichte Teljanin ihm die Börse.

„Ja, eine hübsche Börse ... Ja... ja ...", sagte er und wurde plötzlich bleich. „Sehen Sie sie sich nur an, junger Mann", setzte er hinzu.

Rostow nahm die Börse in die Hand, warf einen Blick auf die Börse, einen zweiten auf das Geld darin und einen dritten auf Teljanin. Der Oberleutnant sah sich, wie es seine Art war, unruhig nach allen Seiten um und schien dann plötzlich überaus vergnügt zu werden.

„Wenn wir erst in Wien sind, so bringe ich all mein Geld durch, aber hier in diesen elenden Drecknestern weiß man ja nicht, wohin damit", sagte er. „Na, nun geben Sie die Börse wieder her, junger Mann, ich will aufbrechen."

Rostow schwieg.

„Wollen Sie eigentlich auch frühstücken? Es gibt hier ganz anständige Sachen", fuhr Teljanin fort. „Geben Sie her."

Er streckte die Hand aus und griff nach der Börse. Rostow ließ sie los. Teljanin nahm die Börse und steckte sie in die Tasche seiner Reithose; seine Augenbrauen zogen sich wieder lässig in die Höhe, und er öffnete ein wenig den Mund, als wollte er sagen: „Ja, ja, ich stecke meine Börse in die Tasche, und das ist eine ganz harmlose und selbstverständliche Sache und geht niemanden etwas an."

„Nun, junger Mann?" sagte er mit einem leichten Seufzer und sah Rostow unter den hochgezogenen Brauen hervor an.

Aus Teljanins Augen sprang ein eigentümliches Licht mit der Schnelligkeit eines elektrischen Funkens in Rostows Augen hinüber und wieder zurück und dann noch einmal hinüber und wieder zurück, alles in einem einzigen Augenblick.

„Kommen Sie hierher", sagte Rostow, ergriff Teljanins Hand und zog ihn fast gewaltsam ans Fenster. „Das Geld gehört Denissow, Sie haben es genommen ...", flüsterte er ihm ins Ohr.

„Was? ... Was? ... Was unterstehen Sie sich? Was?" murmelte Teljanin.

Aber diese Worte klangen wie ein kläglicher Verzweiflungsschrei und ein Flehen um Verzeihung. Als Rostow diesen Ton aus Teljanins Stimme heraushörte, wälzte sich wie ein ungeheurer Stein jeder Zweifel von seiner Seele. Er empfand Freude, aber zugleich Mitleid mit dem unglücklichen Menschen, der da vor ihm stand; aber das einmal Begonnene mußte nun auch zu Ende geführt werden.

„Die Leute hier können ja weiß Gott was denken", murmelte Teljanin, ergriff seine Mütze und ging in das kleine, leerstehende Zimmer nebenan. „Wir müssen darüber reden ..."

„Ich weiß es und ich werde es beweisen", sagte Rostow.

„Ich ..."

Alle Muskeln in Teljanins verstörtem, bleichem Gesicht begannen zu zittern; seine Augen liefen noch ebenso unruhig hin und her wie sonst, aber sie liefen jetzt unten am Boden hin und her, ohne daß er sie zu Rostows Gesicht aufschlug. Er ließ einen Ton hören, der wie ein Aufschluchzen klang.

„Graf! ... richten Sie einen jungen Menschen nicht zugrunde ... hier ist das Unglücksgeld, nehmen Sie es ..." Er warf es auf den Tisch. „Ich habe einen alten Vater, eine Mutter! ..."

Rostow nahm das Geld, vermied es, Teljanin anzusehen, und wollte schweigend das Zimmer verlassen. Aber an der Tür machte er halt und kehrte noch einmal um.

„Mein Gott", sagte er mit Tränen in den Augen, „wie konnten Sie das tun?"

„Graf", antwortete Teljanin und ging auf den Junker zu.

„Rühren Sie mich nicht an!" sagte Rostow und trat einen Schritt zurück. „Wenn Sie in Not sind, so nehmen Sie dieses Geld." Er warf ihm seine eigene Börse hin und stürzte hinaus.

V

Am selben Abend gab es in Denissows Quartier unter den Offizieren der Schwadron eine lebhafte Auseinandersetzung.

„Und ich sage Ihnen, Rostow, Sie müssen sich beim Regimentskommandeur entschuldigen", wandte sich ein hochgewachsener Stabsrittmeister* mit ergrauenden Haaren, einem gewaltigen Schnurrbart und grobgeschnittenem, faltigem Gesicht an den vor Aufregung dunkelrot gewordenen Rostow.

Der Stabsrittmeister Kirsten war zweimal zum Gemeinen degradiert worden und hatte sich zweimal wieder heraufgedient.

„Ich kann es niemand erlauben, mir zu sagen, ich lüge!" schrie Rostow. „Er hat zu mir gesagt, ich lüge, und ich habe zu ihm gesagt, er lüge selbst. Und dabei bleibt es. Und wenn er mich Tag für Tag auf Strafwache schickt und mich einsperren läßt, das kann er tun – aber niemand kann mich zwingen, um Entschuldigung zu bitten, denn wenn er als Regimentskommandeur es für unter seiner Würde hält, mir Satisfaktion zu geben, so ..."

* Anm. am Schluß des Buches.

„Halt, Väterchen, jetzt hören Sie mich einmal an", unterbrach ihn der Stabsrittmeister mit seiner mächtigen Baßstimme und strich sich ruhig den Schnurrbart. „Sie sagen in Gegenwart anderer Offiziere zum Regimentskommandeur, ein Offizier habe gestohlen ..."

„Ich kann doch nichts dafür, daß andere Offiziere während dieses Gesprächs dabei waren. Vielleicht war es nicht richtig, daß ich es in ihrer Gegenwart sagte, aber ich bin eben kein Diplomat. Und darum bin ich ja gerade Husar geworden, weil ich dachte, hier brauchte ich solche Kniffe und Winkelzüge nicht. Und er sagt mir, ich lüge ... dann soll er mir doch auch Satisfaktion geben ..."

„Das ist ja alles ganz schön und gut, und kein Mensch hält Sie für feige, aber darum handelt es sich doch gar nicht. Fragen Sie Denissow, ob so was überhaupt erhört ist, daß ein Junker von seinem Regimentskommandeur Satisfaktion verlangt!"

Denissow hatte mit finsterem Gesicht, seinen Schnurrbart durch die Zähne ziehend, dem Gespräch der beiden zugehört und wünschte offenbar nicht, sich daran zu beteiligen. Bei den letzten Worten des Stabsrittmeisters schüttelte er verneinend den Kopf.

„Sie erzählen dem Regimentskommandeur in Gegenwart anderer Offiziere, daß die und die infame Geschichte vorgekommen ist", fuhr der Stabsrittmeister fort, „Bogdanytsch hat Ihnen den Mund gestopft."

Der Regimentskommandeur wurde Bogdanytsch genannt.

„Er hat mir nicht den Mund gestopft, sondern gesagt, ich spräche die Unwahrheit."

„Na ja, und daraufhin haben Sie dummes Zeug geredet und müssen ihn jetzt um Entschuldigung bitten."

„Um keinen Preis!" schrie Rostow.

„Das hätte ich nicht von Ihnen gedacht", sagte der Stabsrittmeister ernst und streng. „Sie wollen ihn nicht um Entschuldigung bitten, und dabei sind Sie, Väterchen, nicht nur an ihm, sondern am ganzen Regiment, an uns allen schuldig geworden. Und zwar folgendermaßen. Anstatt sich die Sache zu überlegen und sich mit jemand anderem darüber zu beraten, was Sie tun sollten, haben Sie sofort Hals über Kopf Radau geschlagen, und zwar noch in Gegenwart anderer Offiziere. Was soll der Regimentskommandeur jetzt machen? Soll er den betreffenden Offizier dem Gericht übergeben und damit Schande über das ganze Regiment bringen? Um eines Halunken willen das ganze Regiment in so infamer Weise bloßstellen? Ist das Ihre Meinung, ja? Aber unsere Meinung ist das nicht. Und Bogdanytsch ist ein braver Kerl, er hat Ihnen gesagt, Sie sprächen die Unwahrheit. Das ist unangenehm, Väterchen, aber da ist nichts zu machen, Sie haben sich das selbst eingebrockt. Und jetzt, wo man die Geschichte in aller Stille abtun will, da wollen Sie sich aus

Empfindlichkeit und Hochmut nicht entschuldigen, sondern lieber die Sache in die ganze Welt hinausschreien. Sie fühlen sich gekränkt, weil Sie Strafwachen bekommen haben, aber halten sich für zu gut, einen alten, ehrenvollen Offizier um Entschuldigung zu bitten! Was man von Bogdanytsch auch sonst sagen mag, jedenfalls ist er ein ehrenwerter und tapferer alter Oberst. Also das scheint Ihnen unmöglich, aber Schande über das ganze Regiment zu bringen, das macht Ihnen weiter nichts aus?" Die Stimme des Stabsrittmeisters begann zu zittern. „Sie, Väterchen, werden hier im Regiment doch nicht warm, heute sind Sie hier, morgen kommen Sie als Adjutant weiß Gott wohin. Sie können drauf spucken, wenn es heißt: ‚Unter den Pawlogradschen Offizieren gibt es Diebe!' Aber uns ist das nicht einerlei. Was, Denissow? Uns ist das nicht einerlei, was?"

Denissow schwieg noch immer und warf nur ab und zu aus seinen blitzenden schwarzen Augen einen Blick auf Rostow.

„Ihnen ist Ihr dünkelhafter Stolz das Höchste, und so wollen Sie sich nicht entschuldigen", fuhr der Stabsrittmeister fort, „aber wir alten Kerle, die wir im Regiment aufgewachsen sind und, so Gott will, auch in ihm sterben werden, uns steht die Ehre des Regiments am höchsten, und Bogdanytsch weiß das. Und wie hoch uns die Ehre des Regiments steht, das wissen Sie noch gar nicht, Väterchen! Aber was Sie da machen, das ist nicht schön, das ist nicht schön! Nehmen Sie es mir ruhig übel oder lassen Sie es bleiben, das ist mir einerlei, ich bin gewohnt, ohne Umschweife die Wahrheit zu sagen. Nein, das ist nicht schön!"

Und der Stabsrittmeister erhob sich und wandte Rostow den Rücken.

„Er hat recht, hol's der Teufel!" schrie Denissow aufspringend. „Na also, Rostow, na also!"

Rostow wurde bleich und rot und sah von einem zum andern.

„Nein, meine Herren, nein ... Sie müssen nicht glauben ... ich verstehe durchaus ... Sie beurteilen mich falsch, wenn ... ich ... für mich ... für die Ehre des Regiments habe ich ... Ach was, das werde ich im Gefecht zeigen, und für mich ist die Ehre der Fahne ... Nun, einerlei, gewiß, ich bin selbst schuld!" Die Tränen standen ihm in den Augen. „Ich bin schuld, natürlich bin ich schuld ... Nun, was wollen Sie noch weiter?"

„Na, das ist recht, Graf!" rief der Stabsrittmeister, wandte sich wieder zu Rostow um und schlug ihm mit seiner großen Hand auf die Schulter.

„Ich sage dir", schrie Denissow, „er ist ein famoser Junge."

„Ja, Graf, das war schön von Ihnen", sagte der Stabsrittmeister wieder, als wollte er ihn für das Eingeständnis seiner Schuld dadurch belohnen, daß er ihn wieder mit seinem Titel anredete. „Und jetzt gehen Sie hin und entschuldigen Sie sich, Ew. Erlaucht, jawohl."

„Meine Herren, ich will alles tun, und niemand soll von mir weiter ein Wort darüber zu hören bekommen", sagte Rostow mit flehender Stimme, „aber entschuldigen kann ich mich nicht, bei Gott, ich kann es nicht, machen Sie mit mir, was Sie wollen! Ich kann mich doch nicht entschuldigen, kann doch nicht um Verzeihung bitten wie ein kleiner Junge!"

Denissow lachte.

„Das wird Ihr eigener Schaden sein. Bogdanytsch ist nachtragend; Sie werden für Ihren Eigensinn zu büßen haben", sagte Kirsten.

„Bei Gott, es ist nicht Eigensinn! Ich kann es Ihnen nicht beschreiben, was für ein Gefühl es ist, aber ich kann nicht ..."

„Nun, wie Sie wollen", meinte der Stabsrittmeister und fragte dann Denissow: „Und was ist denn jetzt mit dem Halunken?"

„Hat sich krank gemeldet, morgen soll er gestrichen werden", antwortete Denissow.

„Der ist auch krank, anders läßt es sich gar nicht erklären", sagte der Stabsrittmeister.

„Ob er krank ist oder nicht, aber mir soll er nur noch mal unter die Augen kommen! Umbringen tu ich ihn!" knurrte Denissow gehässig.

In diesem Augenblick betrat Sherkow das Zimmer.

„Wie kommst du hierher?" wurde er sofort von den Kameraden gefragt.

„Es geht los, meine Herren. Mack hat kapituliert, mit seiner ganzen Armee."

„Schwindel!"

„Ich habe ihn selbst gesehen."

„Was? Du hast Mack lebendig gesehen? Mit Armen und Beinen, wie er leibt und lebt?"

„Es geht los! Es geht los! Gebt ihm eine Flasche Wein für diese Neuigkeit! Aber wie kommst du denn hierher?"

„Sie haben mich wieder zum Regiment zurückgeschickt, wegen dem Teufel, dem Mack. Ein österreichischer General hat sich über mich beschwert. Ich hatte ihm zu Macks Ankunft Glück gewünscht. ... Was hast du denn, Rostow, du siehst ja aus, als kämst du aus dem Schwitzbad?"

„Hier bei uns ist gestern eine böse Geschichte passiert, Bruder."

Der Regimentsadjutant kam herein und bestätigte die Nachricht, die Sherkow mitgebracht hatte. Am nächsten Tage sollte das Regiment aufbrechen.

„Es geht los, meine Herren!"

„Na, Gott sei Dank! Wir haben lange genug hier herumgehockt!"

VI

Kutusow zog sich in der Richtung auf Wien zurück und zerstörte hinter sich die Innbrücke bei Braunau und die Traunbrücke bei Linz. Am 23. Oktober überschritten die russischen Truppen die Enns. Russischer Train, Artillerie und Infanteriekolonnen zogen um die Mittagszeit durch die Stadt Enns und drängten sich auf der Straße zu beiden Seiten des Flusses.

Es war ein warmer und regnerischer Herbsttag. Die weite Fernsicht, die sich von der Höhe erschloß, auf der die zum Schutz der Brücke bestimmten russischen Batterien standen, wurde bald plötzlich von dem durchsichtigen Schleier eines schräg fallenden Regens verhüllt, bald öffnete sie sich wieder dem Blick ebenso plötzlich, und man konnte im Sonnenschein selbst die fernsten Gegenstände glänzen sehen, als seien sie mit Lack überzogen. Unterhalb der Höhe sah man das Städtchen mit seinen weißen Häusern und roten Dächern, mit der Kirche und der Brücke, zu deren beiden Seiten sich die russischen Truppen in dichten Massen drängten. An einer Krümmung der Donau wurden Schiffe und Inseln und ein Schloß mit einem Park sichtbar, umgeben von der Donau und der an dieser Stelle in sie einmündenden Enns. Man sah das felsige, fichtenbewaldete linke Donauufer und dahinter in geheimnisvoller Ferne grüne Höhenzüge und bläulich schimmernde Schluchten. Man sah die Türme eines Klosters, die aus einem wilden, anscheinend noch gänzlich unberührten Fichtenwald hervorragten; und mehr nach vorne zu sah man auf dem Berge jenseits der Enns die feindlichen Vorposten.

Zwischen den Geschützen stand vorne auf der Anhöhe der General, der die Arrièregarde führte, mit einem Offizier à la suite und betrachtete die Gegend durch ein Fernrohr. Etwas weiter zurück saß auf einer Lafette Neswizkij, der vom Oberkommandierenden mit einem Auftrag zur Arrièregarde geschickt worden war. Der Kosak, der ihn begleitete, reichte ihm eine Tasche und eine Flasche, und Neswizkij traktierte die Offiziere mit Pastetchen und echtem Doppelkümmel. Sie drängten sich vergnügt um ihn, einige knieten, andere hockten nach türkischer Art mit untergeschlagenen Beinen im feuchten Grase.

„Ja, dieser österreichische Fürst war kein Dummkopf, daß er sich das Schloß gerade an dieser Stelle gebaut hat. Ein herrliches Fleckchen. Aber warum essen Sie nicht, meine Herren?“ meinte Neswizkij.

„Danke gehorsamst, Fürst“, antwortete einer der Offiziere, dem es offenbar Freude machte, sich mit einem so hohen Herrn unterhalten zu dürfen, wie es ein Offizier vom Stabe seiner Meinung nach war. „Eine wunderschöne Stelle. Wir sind dicht am Park vorbei=

gekommen und haben zwei Hirsche gesehen. Und was für ein wundervolles Gebäude!"

„Sehen Sie, Fürst", sagte ein anderer, der sehr gern noch ein Pastetchen genommen hätte, sich aber genierte und daher so tat, als habe er nur Augen für die Gegend, „sehen Sie doch, unsere Infanteristen sind schon eingedrungen! Dort, auf der kleinen Wiese, hinter dem Dorf, schleppen drei Mann schon irgend etwas weg. Die werden das Schloß schön zurichten", setzte er mit sichtlicher Billigung hinzu.

„Ja, ja", meinte Neswizkij. „Nein, was ich mir wünschte", fuhr er dann fort und schob den Rest eines Pastetchens in seinen hübschen, feuchten Mund, „ich wünschte, wir könnten uns einmal das da vornehmen."

Er zeigte auf das Kloster mit den Türmen, das auf dem Berge sichtbar war. Er lächelte, kniff die Augen zusammen und strahlte.

„Ja, das wäre so etwas, meine Herren!"

Die Offiziere lachten.

„Wenn wir diese Nönnchen nur ein bißchen in Schrecken jagen könnten. Es sollen junge Italienerinnen drin sein. Wahrhaftig, fünf Jahre meines Lebens wollte ich drum geben."

„Die haben gewiß auch Langeweile", meinte lachend und mit noch deutlicherer Betonung ein anderer Offizier.

Inzwischen hatte der weiter vorn stehende Offizier à la suite den General auf irgend etwas aufmerksam gemacht, und der General nahm wieder das Fernrohr vor.

„Ja, natürlich", sagte der General ärgerlich, ließ das Fernrohr wieder sinken und zuckte die Achseln, „natürlich, sie werden die Brücke unter Feuer nehmen. Warum machen die nicht schneller?"

Auf der anderen Seite des Flusses war der Feind und besonders eine seiner Batterien, über der jetzt eine milchweiße kleine Rauchwolke aufstieg, schon mit unbewaffnetem Auge zu erkennen. Unmittelbar nachdem das Wölkchen aufgestiegen war, ertönte ein ferner Schuß, und man sah, wie unsere über die Brücke marschierenden Truppen ihr Tempo verstärkten.

Neswizkij erhob sich mit einem Seufzer und ging lächelnd auf den General zu.

„Darf ich Ew. Exzellenz nicht einen Bissen anbieten?" fragte er.

„Eine böse Sache", sagte der General, ohne ihm zu antworten, „unsere Leute haben sich zu viel Zeit gelassen."

„Soll ich hinreiten, Ew. Exzellenz?" fragte Neswizkij.

„Ja, bitte, reiten Sie hin", sagte der General und wiederholte ihm kurz den Befehl, den er bereits einmal in ausführlicher Form herübergeschickt hatte. „Und sagen Sie den Husaren, sie sollen als letzte über die Brücke marschieren und sie dann wie befohlen anzünden, und vorher soll das Brennmaterial unter der Brücke noch einmal nachgesehen werden."

„Sehr wohl", antwortete Neswizkij.

Er rief den Kosaken, der sein Pferd hielt, befahl ihm, die Tasche und die Flasche an sich zu nehmen, und warf seinen schweren Körper mit einem leichten Schwung in den Sattel.

„Wahrhaftig, jetzt reite ich mal auf Besuch zu den Nönnchen", sagte er zu den Offizieren, die ihm lächelnd nachsahen, und ritt dann auf dem schmalen, gewundenen Fußpfade bergab.

„Na, dann wollen wir mal sehen, wie weit wir kommen, Kapitän, fangen Sie an", sagte der General zum Batteriechef. „Legen Sie los, damit Sie nicht vor Langeweile umkommen."

„An die Geschütze!" kommandierte der Offizier.

Und im selben Augenblick stürzten die Artilleristen auch schon von ihren Lagerfeuern auf die Geschütze zu und begannen zu laden.

„Erstes Geschütz!" ertönte das Kommando.

Das erste Geschütz schoß und sprang mit einem Ruck zurück. Die Kanone erdröhnte von dem betäubenden metallischen Klang, und über die Köpfe all der Unsrigen am Fuß des Berges hinweg flog pfeifend die Granate, erreichte aber auch nicht annähernd den Feind und ließ durch ein Rauchwölkchen die Stelle erkennen, wo sie einschlug und krepierte.

Die Gesichter der Soldaten und Offiziere hatten sich bei diesem Ton aufgehellt; alle waren aufgestanden und verfolgten jetzt gespannt die deutlich wie auf dem Handteller erkennbaren Bewegungen unserer Truppen und des weiter vorne anrückenden Feindes. In diesem Augenblick trat die Sonne völlig aus den Wolken heraus, und der kraftvolle Schall des einzelnen Schusses und der Glanz der hellen Sonne flossen für alle zu einem einzigen Eindruck von Kühnheit und Fröhlichkeit zusammen.

VII

Über die Brücke waren schon zwei feindliche Artilleriegeschosse hinweggeflogen, und auf der Brücke herrschte ein ziemliches Gedränge. In der Mitte der Brücke stand abgesessen der Fürst Neswizkij, den wohlgenährten Körper dicht an das Geländer gepreßt. Er sah sich lachend nach seinem Kosaken um, der, beide Pferde am Zügel haltend, einige Schritte hinter ihm stand. Sooft Fürst Neswizkij auch weiterzukommen versuchte, jedesmal wurde er von Soldaten und Fuhrwerken wieder zurückgedrängt und gegen das Geländer gepreßt, und so blieb ihm nichts anderes übrig als zu lächeln.

„Heda! Du, Brüderchen!" sagte der Kosak zu einem Bagage=

kutscher, der mit seinem Fuhrwerk rücksichtslos auf die Infanteristen losfuhr, die sich dicht um Wagenräder und Pferde drängten. „Heda, du! Warte doch ein bißchen, du siehst doch, daß ein General vorbei will."

Aber der Bagagekutscher ließ sich durch den Generalstitel nicht im geringsten einschüchtern und rief den Soldaten, die ihm den Weg versperrten, zu: „He! Landsleute, haltet euch links, paßt auf!" Aber die Landsleute marschierten, Schulter eng an Schulter gedrängt, so daß die Bajonette gegeneinanderklirrten, in einer einzigen festgeschlossenen Masse über die Brücke, ohne ihm Platz zu machen. Fürst Neswizkij sah über das Geländer auf die schnellen, rauschenden, niedrigen Wellen der Enns, die mit kleinen weißen Schaumkämmen zusammenflossen, gegen die Brückenpfeiler prallten und einander weitertrieben. Dann blickte er wieder auf die Brücke und gewahrte dort die ebenso einförmigen, lebendigen Wogen der Soldaten, Fangschnüre, Tschakos in Überzügen, Tornister, Bajonette, lange Gewehre und unter den Tschakos Gesichter mit breiten Backenknochen, eingefallenen Wangen und einem Ausdruck von harmloser Müdigkeit, und Füße, die sich unentwegt durch den klebrigen Schmutz durcharbeiteten, der die Bohlen der Brücke bedeckte. Ab und zu tauchte in den gleichförmigen Wellen der Soldaten wie ein weißes Schaumkrönchen in den Wellen der Enns ein Offizier im Umhang auf und mit einer von der der Soldaten völlig verschiedenen Physiognomie. Ab und zu spülte die über die Brücke flutende Infanterie einen zu Fuß gehenden Husaren, einen Offiziersburschen oder einen Einheimischen mit sich fort wie ein Holzspänchen, das in einem Fluß schwimmt; wie ein Balken auf einem Fluß schwamm, von allen Seiten dicht umdrängt, ab und zu ein hochbepackter, mit Lederbezügen bedeckter Wagen mit Kompanie= oder Offiziersgepäck über die Brücke.

„Guck einer an, das strömt ja wie bei einem Dammbruch", sagte der eingekeilte Kosak hoffnungslos. „Wieviel seid ihr denn noch?"

„Eine Million weniger einen Mann!" sagte mit lustigem Zwinkern ein Soldat im zerrissenen Mantel, der dicht an dem Kosaken vorüberkam, und verschwand wieder, während hinter ihm ein alter Soldat auftauchte.

„Wenn er — ‚er' war der Feind — jetzt anfängt, die Brücke zu beaasen", sagte der alte Soldat finster zu seinem Kameraden, „dann brauchst du dir nie wieder den Kopf zu kratzen."

Dann war auch der alte Soldat vorüber. Hinter ihm fuhr ein anderer auf einem Wagen.

„Wo hast du denn die Fußlappen hingetan, du Satan?" fragte ein Offiziersbursche, der hinter dem Wagen herlief und dabei in ihm herumwühlte.

Auch der Wagen und der Offiziersbursche glitten vorüber. Dann kamen einige sehr aufgeräumte und offenbar angetrunkene Soldaten.

„Und wie der Kerl ihm einfach mit dem Kolben in die Zähne schlug ...", sagte ein Soldat mit hochgeschürztem Mantel vergnügt und machte dabei eine weitausholende Handbewegung.

„Ja, ja, das war aber auch ein feiner Schinken!" antwortete ein anderer mit lautem Lachen.

Und dann waren sie auch schon vorüber, ohne daß Neswizkij erfahren hätte, wer diesen Kolbenhieb in die Zähne bekommen und was der Schinken damit zu tun hatte.

„Wie ihr auch gleich laufen müßt! Da hat er einmal über ihre Köpfe weg geschossen, und schon bilden sich alle ein, sie wären hin", sagte ärgerlich und vorwurfsvoll ein Unteroffizier.

„Wie die Kugel an mir vorbeiflog, Onkelchen", meinte ein junger Soldat mit auffallend großem Munde, der sich vor Lachen kaum zu fassen wußte, „da war ich ganz starr. Wirklich, bei Gott, ich habe mich so erschrocken, es war schon schauderhaft!" sagte er mit einer Miene, als sei er auf dieses Erschrecken ganz besonders stolz.

Auch er glitt vorüber. Hinter ihm kam ein Wagen, der ganz anders aussah als alle bisher vorübergekommenen Fuhrwerke. Es war ein zweispänniger Wagen von landesüblicher Bauart, anscheinend mit einer ganzen Hauseinrichtung beladen; neben dem Gespann ging ein Deutscher und führte es, hinten war eine schöne, bunte Kuh mit mächtigem Euter angebunden. Oben lagen Federbetten, und darauf saß eine Frau mit einem Säugling, ein altes Weib und ein kräftiges, rotbäckiges, junges Mädchen, eine Deutsche. Offenbar durften diese flüchtenden Einwohner auf Grund einer besonderen Genehmigung über die Brücke. Die Augen aller Soldaten waren auf die Frauen gerichtet, und solange der Wagen, der nur Schritt für Schritt vorwärtskam, über die Brücke fuhr, bezogen sich alle Bemerkungen der Soldaten nur auf die Frau und das Mädchen. Auf allen Gesichtern ließ das gleiche Lächeln die gleichen unsauberen Gedanken an diese Frauen erkennen.

„Sieh doch, der Wurstmacher* macht auch, daß er wegkommt!"

„Verkauf uns deine Frau!" sagte, den letzten Vokal lang hindehnend, ein anderer Soldat zu dem Deutschen, der mit gesenkten Augen und ärgerlichem und ängstlichem Gesicht weit ausgreifenden Schritts weiterging.

„Und wie sie sich herausgeputzt hat! Das sind so die Richtigen!"

„Zu denen müßtest du ins Quartier kommen, Fedotow."

„Das ist auch schon dagewesen, Bruder!"

„Wohin wollt ihr?" fragte ein Infanterieoffizier, der einen Apfel

* Anm. am Schluß des Buches.

aß und ebenfalls mit einem leichten Schmunzeln das hübsche Mädchen betrachtete.

Der Deutsche schloß die Augen und deutete durch Gebärden an, daß er nicht verstünde.

„Wenn du magst, nimm nur", sagte der Offizier und hielt dem Mädchen den Apfel hin.

Das Mädchen lächelte und griff zu. Neswizkij verwandte, wie alle anderen auf der Brücke, kein Auge von den Frauen, bis sie vorüber waren. Nach ihnen kamen wieder Soldaten und immer mehr Soldaten mit genau den gleichen Redensarten, und endlich blieb alles stehen. Wie das so häufig geschieht, wollten am Brückenausgang die Pferde einer Kompaniebagage plötzlich nicht weiter, und alles, was hinter ihnen kam, mußte warten.

„Warum geht es denn nicht weiter? Was ist denn das für eine Wirtschaft?" redeten die Soldaten durcheinander. „Warum drängst du denn so? Du Satan! Kannst du nicht warten? Das kommt noch ganz anders, wenn er erst die Brücke in Brand schießt. Sieh mal, der Offizier da kann auch nicht vom Fleck!" So scholl es von allen Seiten durch die zum Stehen gekommene Menschenmasse; alle sahen einander an und drängten nach vorne, dem Ausgang zu.

Neswizkij sah gerade von der Brücke auf das Wasser der Enns hinunter, als er plötzlich einen ihm noch neuen Ton hörte; es war, als käme irgendein großer Gegenstand rasch näher und fiele dann klatschend ins Wasser.

„Sieh doch, wie weit er schon heranreicht!" sagte mürrisch ein Soldat, der in Neswizkijs Nähe stand, und wandte sich nach dem Geräusch um.

„Der will uns Beine machen, damit wir schneller über die Brücke kommen", sagte unruhig ein anderer.

Die Menge geriet wieder in Bewegung. Neswizkij begriff, daß das eine Kanonenkugel gewesen war.

„He, Kosak, bring mir mein Pferd!" sagte er. „Na, ihr da! Ausweichen! Ausweichen! Macht Platz!"

Mit der größten Anstrengung arbeitete er sich bis zu seinem Pferde durch. Ununterbrochen auf die Soldaten losschreiend, ritt er vorwärts. Die Soldaten drängten sich beiseite, um ihm Platz zu machen, drängten aber doch wieder auf ihn zu, so daß ihm das Bein gequetscht wurde, und konnten doch nichts dafür, denn das Drängen ihrer Hintermänner war noch stärker.

„Neswizkij! Neswizkij! Holla, du, Menschenskind!" hörte er jetzt hinter sich eine heisere Stimme.

Neswizkij sah sich um und erblickte in einer Entfernung von fünfzehn Schritt, durch die wogende Masse der Infanterie von ihm getrennt, unter dem zerzausten schwarzen Haar das rote Gesicht

Waska Denissows, dem die Mütze tief im Genick saß und der Dolman flott von der Schulter hing.

„Befiehl doch diesen verdammten Satanskerlen, daß sie Platz machen!" schrie Denissow, der offenbar einen seiner Wutanfälle hatte; seine blutunterlaufenen kohlschwarzen Augen rollten blitzend umher, und seine kleine unbehandschuhte Faust, die ebenso rot war wie sein Gesicht, fuchtelte mit dem in der Scheide steckenden Säbel wütend herum.

„Hallo! Waska!" antwortete Neswizkij erfreut. „Was ist denn los?"

„Die Schwadron kann nicht durch!" schrie Waska Denissow, fletschte grimmig seine weißen Zähne und gab seinem hübschen Vollblutrappen, dem „Beduinen", die Sporen. Das Pferd bewegte unruhig die Ohren, scheute vor den Bajonetten, schnob, daß ihm der Schaum vom Gebiß spritzte, schlug mit den Hufen dröhnend gegen die Brückenbohlen und wäre offenbar am liebsten über das Geländer gesetzt, wenn sein Reiter ihm das erlaubt hätte.

„Was soll das heißen? Wie eine Hammelherde! Genau wie eine Hammelherde! Weg da ... mach Platz ... Halt dort! Du mit dem Wagen, zum Teufel! Ich haue dir mit dem Säbel die Knochen entzwei!" schrie er, zog wirklich den Säbel aus der Scheide und fuchtelte mit ihm umher.

Die Soldaten schoben sich mit erschrockenen Gesichtern noch enger aneinander, und Denissow gelangte zu Neswizkij.

„Wie kommt es denn, daß du heute nicht betrunken bist?" fragte Neswizkij, als Denissow sich bis zu ihm durchgearbeitet hatte.

„Nicht einmal dazu hat man ja Zeit!" antwortete Waska Denissow. „Den ganzen Tag wird das Regiment bald hierhin, bald dorthin gehetzt. Wenn es ein Gefecht gibt, gut, da bin ich dabei. Aber was das für eine Wirtschaft ist, das mag der Teufel wissen."

„Wie elegant du heute aussiehst!" meinte Neswizkij mit einem Blick auf Denissows neuen Dolman und neue Schabracke.

Denissow lächelte, zog aus der Säbeltasche ein stark parfümiertes Schnupftuch und hielt es Neswizkij unter die Nase.

„Ja, das mache ich nicht anders. Wenn es zum Gefecht geht, dann rasiere und parfümiere ich mich vorher und putze mir die Zähne."

Neswizkijs stattliche Erscheinung, der Kosak in seiner Begleitung und das bestimmte Auftreten Denissows, der wie ein Rasender schrie und mit dem Säbel fuchtelte, wirkten so, daß sie sich einen Weg zum anderen Ende der Brücke bahnen und dort die Infanterie aufhalten konnten. Am Brückenausgang fand Neswizkij den Obersten, dem er den Befehl zu überbringen hatte, und als er seinen Auftrag ausgerichtet hatte, ritt er wieder zurück.

Nachdem Denissow den Weg frei gemacht hatte, blieb er am

Brückeneingang halten. Er blickte auf die ihm entgegenkommende Schwadron, während er seinen Hengst, der zu den anderen Pferden wollte und unruhig ausschlug, mit nachlässigen Handbewegungen zügelte. Auf den Brückenbohlen ertönte lauter Hufschlag, als ob einige galoppierende Pferde kämen, und die Schwadron marschierte, die Offiziere an der Spitze, zu vieren über die Brücke und erreichte das jenseitige Ufer.

Die zurückgehaltenen Infanteristen drängten sich im zerstampften Schmutz vor der Brücke und betrachteten die sauberen, stutzerhaft anmutenden, in guter Ordnung an ihnen vorübermarschierenden Husaren mit jenem ganz besonderen mißgünstigen Gefühl der Fremdheit und des Spottes, das Truppen verschiedener Waffengattungen einander entgegenzubringen pflegen.

„Was das für geleckte Jüngelchen sind! Die sollten sich in Moskau auf dem Podnowinskij-Boulevard sehen lassen!"

„Aber was hat man denn von denen? Die werden ja doch bloß zum Staat gehalten!" meinte ein anderer.

„Infanterie, mach keinen Staub!" spottete ein Husar, dessen Pferd hin und her tänzelnd einen Infanteristen mit Schmutz bewarf.

„Wenn man dich mit dem Tornister auf dem Buckel zwei Tagemärsche zu Fuß machen ließe, dann solltest du mal sehen, wie deine Schnüre aussehen würden", sagte der Infanterist und wischte sich mit dem Ärmel den Schmutz aus dem Gesicht. „Du bist ja überhaupt kein Mensch — hockst da oben wie ein Vogel!"

„Ja, Sikin, dich müßte man auf ein Pferd setzen, du würdest dich hübsch machen", spottete ein Gefreiter über den mageren, vom schweren Tornister gekrümmten kleinen Soldaten.

„Nimm einen Knüppel zwischen die Beine, dann hast du ein Pferd", rief der Husar.

VIII

Der Rest der Infanterie drängte sich am Brückeneingang trichterförmig zusammen und marschierte dann schnell hinüber. Endlich waren alle Fuhrwerke vorbei, das Gedränge ließ nach, und das letzte Bataillon betrat die Brücke. Nur die Husaren von Denissows Schwadron waren jetzt jenseits auf der dem Feinde zugekehrten Seite des Flusses. Der Feind, den man von dem gegenüberliegenden Berge aus in der Ferne erkennen konnte, war unten, von der Brücke aus, noch nicht sichtbar, weil der Gesichtskreis unten im Flußtal durch die gegenüberliegende, etwa eine halbe Werst entfernte Anhöhe begrenzt wurde. Bis zu der Anhöhe zog sich eine kahle Fläche hin, auf der man hin und wieder unsere Kosakenpatrouillen reiten sah.

Plötzlich erschienen auf der gegenüberliegenden Anhöhe Truppen in langen blauen Mänteln und gleich darauf auch Artillerie. Das waren die Franzosen. Die Kosakenpatrouillen gingen im Trabe bergabwärts zurück. Alle Offiziere und Mannschaften von Denissows Schwadron gaben sich zwar Mühe, von ganz anderen Dingen zu reden und zur Seite zu sehen, aber tatsächlich dachten sie doch an nichts als an das, was dort auf dem Berge vorging, und spähten unaufhörlich nach den am Horizont auftauchenden Farbflecken, in denen sie die feindlichen Truppen erkannt hatten. Das Wetter hatte sich nachmittags wieder aufgeklärt, und die Sonne senkte sich hell leuchtend über der Donau und den dunklen Bergen an ihren Ufern herab. Es war windstill, und ab und zu kamen vom Berge her Hornsignale und Kommandorufe der feindlichen Truppen. Zwischen der Schwadron und dem Feinde war jetzt niemand mehr als einige schwache Patrouillen. Ein freier Raum von etwa dreihundert Klafter Ausdehnung trennte die Husaren von den Franzosen. Der Feind hatte aufgehört zu schießen, und nun machte sich jene strenge, gefahrdrohende, unzugängliche und doch kaum zu bezeichnende Grenzlinie bemerkbar, die zwei feindliche Heere voneinander scheidet.

„Einen Schritt über die Grenze hinaus, diese bedeutungsvolle Grenze, die die Lebenden von den Toten trennt — und man sieht unbekannten Leiden, man sieht dem Tode ins Auge. Und was ist dort? Wer ist dort? Dort hinter diesem Felde, diesem Baum, diesem sonnenbeschienenen Dache? Niemand weiß es, aber jeder möchte es wissen; jeder fürchtet sich davor, diese Grenze zu überschreiten, und möchte es doch tun; jeder weiß, daß er sie früher oder später überschreiten müsse und erfahren wird, was dort drüben, jenseits dieser Grenze ist, ebenso wie er unweigerlich erfahren wird, was dort drüben, jenseits des Todes ist. Und dabei ist man doch noch stark und gesund und froh und übermütig, und rings um einen sind Menschen, die ebenso gesund und ebenso sprühend von Leben sind." So denkt ein jeder, und wenn er auch nicht so denkt, so empfindet er doch so, wenn er den Feind vor sich sieht, und diese Empfindung verleiht allem, was in solchen Augenblicken vorgeht, einen ganz besonderen Glanz und eine ganz besondere Freudigkeit und ganz besonders eindrucksvoll und scharf gezeichnete Umrisse.

Auf der Anhöhe, auf der die Feinde standen, stieg ein Rauchwölkchen auf, und eine Kanonenkugel flog pfeifend über die Köpfe der Husarenschwadron hin. Die Offiziere, die auf einem Haufen zusammengedrängt gehalten hatten, ritten an ihre Plätze. Die Husaren richteten die unruhig werdenden Pferde aus. In der Schwadron herrschte Schweigen. Alle sahen auf den Feind und auf den Schwadronschef, von dem sie ein Kommando erwarteten. Eine zweite und eine dritte Kugel kamen geflogen. Offenbar galten die feindlichen Geschosse den Husaren, aber sie flogen mit gleichmäßigem Pfeifen über deren Köpfe weg und krepierten irgendwo weiter hinten. Die Husaren sahen sich nicht um, aber jedesmal, wenn man das Pfeifen eines vorübersausenden Geschosses hörte, hob sich die ganze Schwadron – wie auf Kommando in den Bügeln, mit ihren bei aller Gleichförmigkeit doch so voneinander verschiedenen Gesichtern, hielt den Atem an, solange die Kugel über sie hinflog, und ließ sich dann wieder in die Sättel zurücksinken. Ohne die Köpfe zu wenden, schielten die Soldaten neugierig einander an, um zu sehen, welchen Eindruck die vorüberfliegenden Kugeln auf die Kameraden machten. Auf jedem Gesicht von Denissow bis zum Trompeter zeigte sich ein bei allen gleicher Ausdruck von Kampflust, Spannung und Aufregung. Der Wachtmeister ließ finstere und prüfende Blicke über die Leute hingleiten, als wollte er ihnen irgendeine Strafe androhen. Der Junker Mironow bückte sich jedesmal, wenn eine Kugel vorbeikam. Rostow auf seiner trotz den nicht ganz einwandfreien Beinen recht stattlich aussehenden „Krähe" stand auf dem linken Flügel und hatte den glücklichen Gesichtsausdruck eines Schülers, der in Gegenwart eines zahlreichen Publikums zum Examen aufgerufen wird und fest überzeugt ist, er werde sich auszeichnen. Mit frischer und heiterer Miene sah er alle an, als bäte er einen jeden, doch ja darauf zu achten, wie ruhig er trotz den vorbeisausenden Geschossen dastand. Aber ohne daß er es wollte, zeigte sich auch in seinem Gesicht in der Gegend des Mundes jener Ausdruck einer ihm selbst noch neuen strengen Entschlossenheit.

„Wer macht da Verbeugungen? Junker Mironow! Das tut man nicht! Sehen Sie mich an!" schrie Denissow, der es nicht mehr auf einem Fleck aushalten konnte und vor der Front der Schwadron auf und ab tänzelte.

Waska Denissows stülpnasiges, von schwarzen Haaren umrahmtes Gesicht und seine ganze stämmige kleine Gestalt mit der nervigen, kurzfingerigen, behaarten Faust, in der er den Griff des bloßen Säbels hielt, sah genauso aus wie sonst, namentlich abends, wenn er seine zwei Flaschen Wein getrunken hatte, nur daß er noch röter war als gewöhnlich. Er warf seinen zottigen Kopf in die Höhe wie ein Vogel beim Trinken, drückte dem braven „Beduinen" schonungslos mit seinen kleinen Füßen die Sporen in die Weichen, galoppierte mit zurückgelehntem Oberkörper zum anderen Flügel der Schwadron und schrie mit seiner heiseren Stimme, die Leute sollten ihre Pistolen nachsehen. Dann ritt er zu Kirsten heran. Der Stabsrittmeister, der auf einer breitgebauten, kräftigen Stute saß, ritt Denissow im Schritt entgegen. Der Stabsrittmeister mit dem langen

Schnurrbart war ernst wie immer, nur seine Augen blitzten lebhafter als sonst.

„Was ist da zu machen!" sagte er zu Denissow, „zum Dreinhauen kommt es doch nicht. Du wirst schon sehen, wir müssen wieder zurück."

„Weiß der Teufel, was die wieder anrichten!" brummte Denissow. „Ah! Rostow!" schrie er dem Junker zu, als er dessen frohes Gesicht bemerkte. „Na, jetzt bist du ja soweit, hast lange genug darauf warten müssen."

Und er lächelte wohlgefällig, offenbar erfreut über die Haltung des Junkers. Rostow fühlte sich uneingeschränkt glücklich. In diesem Augenblick erschien der Befehlshaber der Arrièregarde auf der Brücke. Denissow galoppierte auf ihn zu.

„Ew. Exzellenz! Ich bitte um die Erlaubnis, attackieren zu dürfen, Ich werfe sie zurück!"

„Wer spricht hier von Attackieren?" sagte der General verdrießlich und verzog das Gesicht, als belästige ihn eine Fliege. „Und warum stehen Sie denn überhaupt hier? Sie sehen doch, daß unsere Patrouillen auch schon zurückkommen. Führen Sie die Schwadron zurück."

Die Schwadron marschierte über die Brücke und gelangte aus dem Bereich des Feuers, ohne einen einzigen Mann verloren zu haben. Hinter ihr kam noch die zweite Schwadron, die die Vorpostenkette gebildet hatte, und dann räumten auch die letzten Kosaken das jenseitige Ufer.

Nachdem sie die Brücke überschritten hatten, marschierten die beiden Schwadronen vom Pawlogradschen Regiment wieder auf die diesseits des Flusses gelegene Anhöhe. Der Regimentskommandeur Karl Bogdanowitsch Schubert ritt zu Denissows Schwadron und kam dabei im Schritt an Rostow vorüber, ohne ihn im geringsten zu beachten, obwohl sich die beiden in diesem Augenblick zum erstenmal seit ihrem Zusammenstoß in der Teljaninschen Angelegenheit wieder begegneten. Rostow, der sich hier im Gliede ganz in der Gewalt des Mannes fühlte, dem gegenüber er sich jetzt selbst für schuldig halten mußte, verwandte kein Auge von dem athletischen Rücken, dem blonden Hinterkopf und dem roten Halse des Regimentskommandeurs. Einmal kam es Rostow so vor, als tue Bogdanytsch nur so gleichgültig und wolle in Wirklichkeit jetzt die Tapferkeit des Junkers auf die Probe stellen; und er richtete sich auf und sah keck um sich. Dann wieder schien es ihm, als sei Bogdanytsch nur deswegen so nahe herangeritten, um Rostow seine Kaltblütigkeit sehen zu lassen. Dann glaubte er wieder, sein Feind werde jetzt absichtlich die Schwadron zu einer tollkühnen Attacke vorschicken, um gerade ihn, Rostow, zu bestrafen. Und dann malte er sich aus, wie er nach der Attacke zu ihm, dem Verwundeten, herantreten und ihm großmütig die Hand zur Versöhnung bieten werde.

Die im Regiment wohlbekannte hochschultrige Gestalt Sherkows — seit einigen Tagen war er wiederum vom Regiment fort — kam auf den Regimentskommandeur zugeritten. Sherkow war, nachdem man ihn vom Hauptquartier zu seinem Regiment zurückgeschickt hatte, nicht lange bei seiner Truppe geblieben; er hatte geäußert, er werde doch kein Narr sein und sich im Frontdienst abschinden, wenn er bei irgendeinem Stabe, ohne das geringste zu tun, viel besser Karriere machen könnte, und tatsächlich hatte er es verstanden, sich als Ordonnanzoffizier zum Fürsten Bagration kommandieren zu lassen. Er kam jetzt mit einem Befehl vom Führer der Arrièregarde zu seinem alten Regimentskommandeur geritten.

„Oberst", sagte er mit seinem finstersten Ernst zu Rostows Feind und sah sich dabei zugleich nach seinen Kameraden um, „es ist doch befohlen worden, haltzumachen und die Brücke zu verbrennen."

„Wer hat das befohlen?" fragte der Oberst ärgerlich in seinem schlechten Russisch.

„Ich weiß nicht, wer das befohlen hat, Oberst", antwortete der Kornett düster und wiederholte dabei mit todernstem Gesicht einen grammatikalischen Fehler, den der Oberst in seiner Frage gemacht hatte. „Ich weiß nur, daß der Fürst zu mir gesagt hat: Reite hin und sage dem Obersten, die Husaren sollen schneller zurückgehen und die Brücke in Brand stecken."

Gleich nach Sherkow kam der Offizier à la suite mit demselben Befehl und unmittelbar danach auf einem Kosakenpferde, das ihn im Galopp nur mit größter Mühe tragen konnte, auch der dicke Neswizkij.

„Was heißt denn das, Oberst?" schrie er ihm schon von weitem zu. „Ich habe Ihnen gesagt, Sie sollten die Brücke in Brand stecken, und Sie denken gar nicht daran! Beim Stabe sind alle schon außer sich, und kein Mensch begreift, was hier eigentlich los ist."

Der Oberst ließ ruhig das Regiment haltmachen und wandte sich dann zu Neswizkij.

„Sie haben mir nur etwas über die Zündstoffe gesagt", antwortete er, „aber davon, daß die Brücke in Brand gesteckt werden soll, haben Sie mir nichts gesagt."

„Aber ich bitte Sie, Väterchen", sagte Neswizkij, parierte sein Pferd, nahm die Mütze ab und strich sich mit seiner feisten Hand die schweißnassen Haare zurecht. „Wieso habe ich Ihnen nichts davon gesagt, daß die Brücke in Brand gesteckt werden soll, wenn der Zündstoff doch schon bereitlag?"

„Ich bin für Sie kein ‚Väterchen', Herr Stabsoffizier, und Sie haben mir nichts davon gesagt, daß ich die Brücke in Brand stecken sollte. Ich kenne den Dienst und ich bin gewohnt, jeden Befehl auf das genaueste auszuführen. Sie haben mir gesagt, die Brücke würde in Brand gesteckt werden, aber wer sie in Brand stecken sollte, das konnte ich mir doch nicht vom Heiligen Geist offenbaren lassen . . ."

„Na ja, natürlich, es ist ja immer so", sagte Neswizkij mit einer resignierten Handbewegung. „Wie kommst du denn hierher?" wandte er sich dann an Sherkow.

„Aus demselben Anlaß wie du. Aber du bist ja pudelnaß, warte, ich werde dich auswringen."

„Sie sagten, Herr Stabsoffizier . . .", fuhr der Oberst gereizt fort.

„Oberst", unterbrach ihn der Offizier à la suite, „jetzt heißt es sich beeilen, sonst bringt der Feind inzwischen seine Geschütze auf Kartätschenschußweite heran."

Der Oberst sah schweigend den Offizier à la suite, den dicken Stabsoffizier und Sherkow an und runzelte die Stirn.

„Also ich werde die Brücke in Brand stecken", sagte er mit einer Feierlichkeit, die offenbar besagen sollte, er sei bereit, seine Schuldigkeit zu tun trotz aller Unannehmlichkeiten, die man ihm bereitet habe.

Der Oberst schlug mit seinen langen, muskulösen Beinen auf das Pferd ein, als sei dieses an allem schuld, ritt vor und befahl der zweiten Schwadron, derselben, in der Rostow unter Denissows Kommando diente, zur Brücke zurückzureiten.

„Ja, so ist es", dachte Rostow, „er will mich auf die Probe stellen!" Das Herz krampfte sich ihm zusammen, und das Blut schoß ihm ins Gesicht. „Soll er doch sehen, ob ich ein Feigling bin oder nicht!"

Wieder trat auf alle die munteren Gesichter der Schwadronsangehörigen jener ernste Zug, den sie gehabt hatten, als die Schwadron unter dem Artilleriefeuer an der Brücke gestanden hatte. Rostow verwandte kein Auge von seinem Feinde, dem Regimentskommandeur, und suchte in dessen Gesicht nach einer Bestätigung seiner Vermutungen. Aber der Oberst sah ihn nicht ein einziges Mal an, sondern blickte wie immer, wenn er vor der Front hielt, strenge und feierlich vor sich hin. Ein Kommandoruf ertönte.

„Schnell, schnell!" hörte Rostow einige Stimmen in seiner Nähe.

Die Husaren saßen eilig ab, sporenklirrend und mit den Säbeln sich in den Zügeln verfangend, ohne zu wissen, was sie jetzt tun sollten. Sie bekreuzten sich. Rostow hatte keine Zeit mehr, nach dem Gesicht des Regimentskommandeurs auszuspähen. Das Herz klopfte ihm vor Furcht, er könnte vielleicht nicht schnell genug mit den anderen Husaren mitkommen. Seine Hand zitterte, als er dem Pferdehalter die Zügel übergab, und er fühlte, wie ihm das Blut mit lautem

Pochen zum Herzen strömte. Denissow ritt mit zurückgelegtem Oberkörper an ihm vorbei und schrie irgend etwas. Rostow sah nichts als die Husaren, die um ihn her auf die Brücke zuliefen, sich mit den Sporen verfingen und mit den Säbeln klapperten.

„Die Tragbahren!" schrie weiter hinten eine Stimme.

Rostow dachte nicht darüber nach, was dieser Ruf nach den Tragbahren zu bedeuten hatte; er rannte vorwärts, und sein einziger Gedanke war der, alle anderen zu überholen und als erster an der Brücke zu sein. Aber dabei sah er nicht vor seine Füße, und dicht vor der Brücke geriet er in den zähen, auseinandergetretenen Schmutz, stolperte und fiel auf die Hände. Die anderen überholten ihn.

„An beiden Seiten, Rittmeister", hörte er den Regimentskommandeur sagen, der vorgeritten war und nun mit feierlicher und freudiger Miene unweit der Brücke hielt.

Rostow wischte sich die beschmutzen Hände an der Reithose ab, sah sich nach seinem Feinde um und wollte weiterlaufen, in der Meinung, je weiter er vorlaufe, um so besser sei es. Aber Bogdanytsch, der nur flüchtig hinsah und Rostow nicht erkannte, schrie ihm wütend zu:

„Wer läuft denn da noch mitten auf der Brücke herum? Rechts halten! Zurück, der Junker!"

Dann wandte er sich zu Denissow, der, mit seiner Tapferkeit kokettierend, ebenfalls auf die Brücke geritten war, und sagte:

„Wozu setzen Sie sich denn unnütz der Gefahr aus, Rittmeister? Sie täten besser, abzusitzen."

„Ach was! Die Kugel trifft doch, wenn sie will", antwortete, sich im Sattel umwendend, Waska Denissow.

*

Währenddessen standen Neswizkij, Sherkow und der Offizier à la suite außer Schußweite beieinander und sahen bald nach diesem geschäftig an der Brücke durcheinanderwimmelnden kleinen Häufchen von Menschen in gelben Tschakos, dunkelgrünen verschnürten Jacken und blauen Reithosen, bald nach der gegenüberliegenden Flußseite, nach den in der Ferne sichtbar werdenden und immer näher kommenden blauen Mänteln und den aus Menschen und Pferden zusammengesetzten Gruppen, die man leicht als Geschütze mit Bespannung und Bedienung erkennen konnte.

„Werden sie nun die Brücke noch in Brand kriegen oder nicht? Wer wird schneller sein? Bringen es die Unsrigen noch rechtzeitig fertig, die Brücke anzuzünden, oder kommen die Franzosen eher auf Kartätschenschußweite heran und schießen sie zusammen?" Diese Fragen legte sich unwillkürlich beklommenen Herzens jeder einzelne in der großen Menge von Truppen vor, die auf der Anhöhe oberhalb der Brücke standen und beim hellen Glanz der Abendsonne auf die Brücke und die Husaren und auf die jenseits des Flusses näher kommenden blauen Mäntel mit ihren Bajonetten und Geschützen blickten.

„Oh, oh, die Husaren wird's noch erwischen!" sagte Neswizkij, „die Franzosen sind schon auf Kartätschenschußweite heran."

„Es war ganz falsch, daß er so viele Leute hingeführt hat", meinte der Offizier à la suite.

„Da haben Sie recht", antwortete Neswizkij. „Wenn man zwei gewandte Kerle hingeschickt hätte, so wäre es auch genug gewesen."

„Ach, Ew. Erlaucht", mischte sich Sherkow ins Gespräch, ohne ein Auge von den Husaren zu wenden, und zwar in seiner gewöhnlichen naiven Manier, die nie erraten ließ, ob er nun eigentlich im Ernst sprach oder nicht, „ach, Ew. Erlaucht! Was denken Sie nur? Wenn er nur zwei Mann hingeschickt hätte, wer würde ihm dann den Wladimirorden am Bande verleihen? Aber so kann man doch die Schwadron herausstreichen und kann selbst ein buntes Bändchen kriegen, selbst wenn die Sache ein bißchen schief abläuft. Unser Bogdanytsch weiß schon, wie es gemacht wird."

„Aha!" sagte der Offizier à la suite, „jetzt gibt es Kartätschen."

Er wies auf die französische Artillerie, die abprotzte und rasch zurückfuhr.

Auf der französischen Seite erschien jetzt über den Gruppen, in denen sich die Geschütze befanden, ein Rauchwölkchen, und dann fast gleichzeitig ein zweites und drittes, und im selben Augenblick, in welchem der Schall des ersten Schusses bis zu den Russen gelangte, erschien ein viertes. Wieder hörte man zwei Abschüsse gleich nacheinander und dann noch einen.

„Oh, oh", stöhnte Neswizkij wie unter der Einwirkung eines brennenden Schmerzes und ergriff die Hand des Offiziers à la suite. „Sehen Sie, da ist einer gefallen, gefallen, gefallen!"

„Es scheint, zwei."

„Wenn ich der Zar wäre, würde ich nie Krieg führen", sagte Neswizkij und wandte sich ab.

Die französische Artillerie lud wieder, in größter Eile. Die Infanterie in den blauen Mänteln ging im Laufschritt in Richtung der Brücke vor. Wieder erschienen, aber jetzt mit ungleichmäßigen Zwischenräumen, die weißen Rauchwölkchen, und wieder prasselten und krachten die Kartätschen auf die Brücke nieder. Aber dieses Mal konnte Neswizkij nicht mehr sehen, was auf der Brücke vorging. Von der Brücke stieg dichter Rauch auf. Es war den Husaren gelungen, sie noch rechtzeitig in Brand zu stecken, und jetzt schossen die französischen Batterien schon nicht mehr deshalb, um die Hu=

saren am Anzünden der Brücke zu hindern, sondern einfach deshalb, weil die Geschütze nun einmal gerichtet waren und weil es jemanden gab, den man beschießen konnte.

Die Franzosen konnten noch drei Kartätschenladungen abfeuern, bevor die Husaren wieder bei den Pferdehaltern ankamen. Zwei Salven blieben wirkungslos, und die Kartätschenkugeln flogen über die Husaren hinweg, aber der letzte Schuß schlug mitten in eine Gruppe Husaren ein und warf drei Mann zu Boden.

Rostow, dessen Gedanken noch ganz von seinem Verhältnis zu Bogdanytsch in Anspruch genommen waren, war auf der Brücke stehengeblieben, ohne zu wissen, was er tun sollte. Zum Niederhauen, so wie er sich immer einen Kampf vorgestellt hatte, war niemand da, und beim Anzünden der Brücke konnte er auch nicht helfen, weil er nicht, wie die anderen Soldaten, eine Strohfackel mitgenommen hatte. Er stand da und sah sich um, als es auf der Brücke plötzlich prasselte, wie wenn Nüsse ausgeschüttet würden, und einer von den Husaren, der ihm zunächst gestanden hatte, mit einem Stöhnen gegen das Geländer fiel. Rostow stürzte mit anderen zusammen auf ihn zu. Wieder schrie jemand: „Die Tragbahren!" Vier Mann faßten den Husaren und wollten ihn aufheben.

„Ooooh! ... Laßt mich, um Christi willen!" schrie der Verwundete, aber sie hoben ihn trotzdem auf und legten ihn auf die Tragbahre.

Nikolai Rostow wandte sich ab und sah, als suchte er etwas, in die Ferne, auf das Wasser der Donau, auf den Himmel, auf die Sonne. Wie schön erschien ihm der Himmel, wie blau, ruhig und tief! Wie leuchtend und feierlich die untergehende Sonne! Wie hold funkelte und glänzte das Wasser der fernen Donau! Und noch schöner waren die fernen, blauen Höhen jenseits der Donau, das Kloster, die geheimnisvollen Schluchten und die bis an die Wipfel in Nebel getauchten Fichtenwälder ... Dort war Stille, war Glück. „Nichts, nichts wollte ich mir wünschen, nichts wollte ich weiter wünschen, wenn ich nur dort sein könnte", dachte Rostow. „In mir allein und in dieser Sonne liegt so viel Glück, aber hier ... Stöhnen, Leiden, Angst ... alles ist schwankend und ungewiß, huscht wirr vorüber ... Da wird schon wieder irgend etwas geschrien, und alle laufen zurück, und ich laufe mit ihnen, und da, das ist er, das ist er, der Tod dort über mir und hier um mich herum ... Noch einen Augenblick, und ich sehe diese Sonne, dieses Wasser, diese Schlucht nie wieder ..."

In diesem Augenblick verschwand die Sonne hinter den Wolken; Rostow sah wieder Tragbahren vor sich, und die Furcht vor dem Tode und vor diesen Tragbahren, und die Liebe zur Sonne und zum Leben — alles das verschmolz in ein einziges Gefühl von fieberkranker Erregtheit.

„Herr Gott! Du, der Du dort in diesem Himmel bist, rette mich, vergib mir und beschütze mich!" flüsterte Rostow vor sich hin.

Die Husaren waren jetzt bei den Pferdehaltern angelangt, die Stimmen wurden wieder lauter und ruhiger, und die Tragbahren waren nicht mehr zu sehen.

„Na, Bruder, hast du Pulver gerochen?" schrie Waska Denissow dicht neben ihm.

„Alles ist vorüber, aber ich bin ein Feigling, ja, ich bin ein Feigling", dachte Rostow, nahm mit einem schweren Seufzer dem Pferdehalter seine „Krähe" ab, die mit seitwärts gespreiztem Bein dastand, und saß auf.

„Das waren wohl Kartätschen?" fragte er Denissow.

„Und was für welche!" schrie Denissow. „Na, die Arbeit haben wir anständig besorgt! Aber eine widerliche Arbeit war's! Eine Attacke — ja, das ist ein Spaß! Da haut man eben zu, aber hier, weiß der Teufel, da ist man ja nichts anderes als eine Schießscheibe."

Und Denissow ritt zum Regimentskommandeur, der mit Neswizkij, Sherkow und dem Offizier à la suite in einer Gruppe zusammenstand.

„Aber es scheint, niemand hat es gemerkt", dachte Rostow. Und wirklich war niemandem etwas aufgefallen, weil jeder dieses Gefühl kannte, das der Junker durchgemacht hatte, als er zum erstenmal im Feuer gewesen war.

„Jetzt werden wir aber auch einen Bericht machen, mit dem Sie zufrieden sein sollen!" sagte Sherkow. „Und paßt auf, jetzt werde ich noch zum Leutnant befördert."

„Melden Sie dem Fürsten, daß ich die Brücke in Brand gesteckt habe", sagte der Oberst feierlich und vergnügt.

„Und wenn nach den Verlusten gefragt wird?"

„Nicht der Rede wert!" brummte der Oberst. „Zwei Husaren verwundet, einer ist *hin*", sagte er mit sichtlicher Freude, außerstande, ein glückliches Lächeln zu unterdrücken, als er klangvoll den schönen Ausdruck „ist hin" anwandte.

IX

Verfolgt von einer hunderttausend Mann starken Armee unter Bonapartes Kommando, umgeben von einer feindlich gesinnten Bevölkerung, ohne Vertrauen auf ihre Verbündeten, unzureichend verpflegt und gezwungen, ihre Operationen von Fall zu Fall gänzlich unberechenbaren Zufällen anzupassen, so ging die von Kutusow geführte, fünfunddreißigtausend Mann starke Armee eilig donauabwärts zurück, machte halt, sobald sie sich vom Feinde eingeholt sah, und wehrte ihn in Nachhutgefechten nur so weit ab, wie es nötig war, um ohne den Verlust der Bagage den Rückzug fortsetzen zu können. Es kam zu Gefechten bei Lambach, Amstetten und Melk; aber trotz der selbst vom Feinde anerkannten Tapferkeit und Standhaftigkeit der russischen Truppen war die einzige Folge dieser Kämpfe nur ein noch schnelleres Zurückweichen. Soweit die österreichischen Truppen bei Ulm der Gefangennahme entgangen waren, hatten sie sich bei Braunau mit Kutusow vereinigt; jetzt trennten sie sich aber wieder von der russischen Armee, und Kutusow war nur noch auf seine eigenen schwachen und erschöpften Kräfte angewiesen. An einen Schutz Wiens war gar nicht mehr zu denken. Statt eines nach den Gesetzen der neuen Wissenschaft, der Strategie, tiefsinnig erdachten Angriffskrieges – der Plan eines solchen war Kutusow während seines Aufenthaltes in Wien vom österreichischen Hofkriegsrat überreicht worden – bestand jetzt Kutusows einziges, aber fast unerreichbares Ziel darin, seine Armee vor einer Katastrophe, wie es die Macks bei Ulm gewesen war, zu bewahren und sich mit den aus Rußland anmarschierenden Truppenteilen zu vereinigen.

Am 28. Oktober ging Kutusow mit seiner Armee auf das linke Donauufer hinüber und machte jetzt zum erstenmal eine Marschpause, nachdem er die Donau zwischen sich und die Hauptstreitkräfte der Franzosen gelegt hatte. Am 30. griff er die auf dem linken Donauufer befindliche Division Mortier an, bei Dürnstein unweit von Krems, und brachte ihr eine vernichtende Niederlage bei.* In diesem Treffen wurden zum erstenmal Trophäen erbeutet, Fahnen und Geschütze, und unter den Gefangenen waren zwei feindliche Generäle. Zum erstenmal nach einem zwei Wochen währenden Rückzug waren die russischen Truppen zum Stehen gekommen und hatten nach dem Kampfe nicht nur das Schlachtfeld behauptet, sondern auch die Franzosen in die Flucht gejagt. Obwohl die Truppen abgerissen, erschöpft und durch Abgang von Marschkranken, Verwundeten, Gefallenen und Erkrankten auf den dritten Teil ihres Bestandes zusammengeschmolzen waren, obwohl man jenseits der Donau Kranke und Verwundete mit einem Schreiben Kutusows, das sie der Menschlichkeit des Feindes empfahl, hatte zurücklassen müssen, obwohl die großen Spitäler und die vielen in Lazarette umgewandelten Häuser in Krems die Menge der Kranken und Verwundeten nicht fassen konnten – trotz alledem hob die Tatsache, daß sie bei Krems ihren Rückzug unterbrachen, stehenblieben und die Division Mortier schlugen, den Geist der Truppe ganz wesentlich.

* Anm. am Schluß des Buches.

In der ganzen Armee und selbst im Hauptquartier waren die hoffnungsvollsten, wenn auch unzutreffendsten Gerüchte von dem angeblichen Anrücken großer Truppenkörper aus Rußland, von einem österreichischen Siege und einem Rückzug des bestürzten Bonaparte in Umlauf.

Fürst Andrej war während des Kampfes dem österreichischen General Schmidt zugeteilt gewesen, der in diesem Gefecht fiel. Dem Fürsten Andrej wurde das Pferd unter dem Leibe verwundet, und er selbst erhielt einen Streifschuß an der Hand. Als Zeichen seiner besonderen Gunst schickte ihn der Oberkommandierende mit der Siegesbotschaft an den österreichischen Hof, der sich nicht mehr in dem von französischen Truppen bedrohten Wien, sondern in Brünn befand. Trotz seiner auf den ersten Blick schwächlich erscheinenden Konstitution konnte Fürst Andrej körperliche Anstrengungen viel besser ertragen als mancher Stärkere, und so verspürte er bei aller Aufregung doch keine Müdigkeit, als er in der Nacht nach dem Kampf mit dem Bericht Dochturows nach Krems zu Kutusow ritt, der ihn noch in derselben Nacht als Kurier nach Brünn sandte. Diese Abkommandierung bedeutete für seine Karriere, ganz abgesehen von den zu erwartenden Auszeichnungen, einen wichtigen Schritt vorwärts.

Dem Sternenschimmer zum Trotz war die Nacht dunkel; der Weg hob sich schwarz von dem weißen Schnee ab, der tags zuvor, am Tage der Schlacht, gefallen war. Während Fürst Andrej in einer Postbritschka dahinjagte, ließ er bald die Eindrücke der Schlacht an sich vorüberziehen, bald malte er sich voller Freude den Eindruck aus, den er mit seiner Siegesnachricht hervorrufen würde, und dachte an die herzlichen Worte, die ihm der Oberkommandierende und die Kameraden beim Abschied gesagt hatten, und hatte bei alldem das Gefühl eines Menschen, der auf ein ersehntes Glück lange hat warten müssen, um dann endlich doch sein Kommen zu erleben. Sobald er die Augen schloß, klangen ihm Gewehrfeuer und Kanonendonner in den Ohren und verschmolzen mit dem Gerassel der Wagenräder und dem Bewußtsein des erkämpften Sieges zu einem einzigen Eindruck. Dann war es ihm wieder, als seien die Russen in die Flucht geschlagen und er selbst gefallen, aber dann erwachte er gleich darauf mit einem Gefühl von Glück, als habe er es eben wieder erfahren, daß das alles ja gar nicht stimmte und daß vielmehr die Franzosen in die Flucht geschlagen waren. Und dann erinnerte er sich wieder an alle Einzelheiten des Sieges, an die männliche Ruhe, die er während des Kampfes bewahrt hatte, und dann schlummerte er beruhigt wieder ein ... Auf die dunkle und dennoch von Sternen erhellte Nacht folgte ein klarer, heiterer Morgen. Der Schnee schmolz in der Sonne, die Pferde jagten rasch dahin, und unablässig zogen rechts und links immer wieder neue und mannigfaltige Wälder, Felder und Dörfer vorüber.

Auf einer Poststation überholte er einen Transport russischer Verwundeter. Der Offizier, der ihn führte, hatte es sich auf dem vordersten Wagen bequem gemacht und schrie gerade einen Soldaten mit groben Schimpfworten an. In den langen, bei der Bevölkerung requirierten Wagen, die auf der steinigen Landstraße unaufhörlich rüttelten und stießen, lagen je sechs oder mehr blasse, verbundene und schmutzige Verwundete. — Einige von ihnen sprachen miteinander, und Fürst Andrej hörte russische Worte, andere aßen Brot, und die Schwerverwundeten sahen schweigend und mit der leisen Neugier kranker Kinder den an ihnen vorbeijagenden Kurier an.

Fürst Andrej ließ halten und fragte einen Soldaten, in welchem Gefecht sie verwundet worden seien. „Vorgestern an der Donau", antwortete der Soldat. Fürst Andrej zog seine Börse und gab dem Soldaten drei Goldstücke.

„Für alle", sagte er zu dem Offizier, der inzwischen herangetreten war. „Kommt nur bald wieder in Ordnung, Kinder", wandte er sich dann wieder an die Soldaten, „es wird noch viel zu tun geben."

„Was gibt es Neues, Herr Adjutant?" fragte der Offizier, der offenbar gern ein Gespräch angeknüpft hätte.

„Nur Gutes! Vorwärts!" rief er dem Kutscher zu und jagte weiter.

Es war bereits vollständig finster, als Fürst Andrej in Brünn eintraf. Er sah sich umgeben von hohen Häusern, hell erleuchteten Läden, lichtstrahlenden Fenstern und Straßenlaternen, von zierlichen Equipagen, die über gepflasterte Straßen rasselten, und von jener ganzen Atmosphäre einer großen und lebhaften Stadt, die für den Soldaten nach langem Lagerleben einen so großen Reiz hat. Trotz der raschen Fahrt und der schlaflos verbrachten Nacht fühlte sich Fürst Andrej, als er zum Schlosse fuhr, noch wacher und munterer als am Abend zuvor. Seine Augen glänzten fiebrig, und in seinem Kopf jagten sich die Gedanken mit ganz besonderer Schnelligkeit und Klarheit. Wieder traten ihm alle Einzelheiten der Schlacht lebhaft vor Augen, aber jetzt nicht mehr verworren und unklar, sondern scharf umrissen und in Form einer gedrängten Darstellung, wie er sie in Gedanken dem Kaiser Franz vortrug. Dann legte er sich rasch einige Zwischenfragen zurecht, die der Kaiser an ihn stellen konnte, samt den Antworten, die er darauf geben würde. Er nahm an, daß er dem Kaiser sofort vorgestellt werden würde. Aber am großen Portal des Schlosses kam ein Beamter zu ihm herausgestürzt, und als er sah, daß er einen Kurier vor sich hatte, führte er ihn zu einem anderen Eingang.

„Vom Korridor aus rechts, Ew. Hochgeboren, dort finden Sie den

Flügeladjutanten", sagte der Beamte. „Der wird Sie zum Kriegsminister führen."

Der Flügeladjutant vom Dienst, der den Fürsten Andrej empfing, bat ihn, sich ein wenig zu gedulden, und ging zum Kriegsminister. Nach fünf Minuten kam er zurück, verbeugte sich mit ganz besonderer Höflichkeit, ließ dem Fürsten Andrej den Vortritt und führte ihn durch den Korridor in das Kabinett, wo der Kriegsminister arbeitete. Es war, als wollte der Flügeladjutant durch seine gespreizte Höflichkeit von vorneherein alle etwaigen Vertraulichkeiten von seiten des russischen Adjutanten unterbinden. Fürst Andrejs freudige Stimmung war bereits beträchtlich gesunken, als er die Tür zum Kabinett des Kriegsministers erreicht hatte. Er fühlte sich verletzt, und dieses Gefühl des Verletztseins ging augenblicks und ihm selbst unbemerkt in ein Gefühl grundloser Verachtung über. Aber sein findiger Verstand zeigte ihm auch sofort den Standpunkt, von dem aus er ein Recht hatte, sowohl den Adjutanten als auch den Kriegsminister mit einer gewissen Verachtung anzusehen. „Natürlich, ihnen, die kein Pulver zu riechen bekommen, ihnen scheint es leicht, einen Sieg zu erfechten!" dachte er. Er kniff die Augen verächtlich zusammen und betrat mit betonter langsamer Gemessenheit das Kabinett des Kriegsministers. Diese Empfindung verstärkte sich noch, als er sah, daß der Kriegsminister ruhig an seinem großen Tisch sitzen blieb und sich die ersten zwei Minuten hindurch überhaupt nicht um den Ankömmling kümmerte. Der Kriegsminister beugte seinen kahlen Kopf mit den grauen Schläfenhaaren zwischen zwei Wachskerzen über einige Papiere, auf denen er im Lesen ab und zu Bleistiftnotizen machte. Als die Tür sich öffnete und die Schritte des Eintretenden hörbar wurden, las er ruhig weiter, ohne den Kopf zu heben.

„Nehmen Sie das und geben Sie es weiter", sagte der Kriegsminister zu seinem Adjutanten und übergab ihm die Papiere, immer noch ohne den Kurier auch nur im geringsten zu beachten.

Fürst Andrej sagte sich, entweder habe der Kriegsminister angesichts aller anderen Angelegenheiten, mit denen er zu tun hatte, für die Operationen der Kutusowschen Armee wirklich nur ein sehr geringes Interesse oder aber er halte es für angebracht, bei dem russischen Kurier diesen Eindruck zu erwecken. „Aber mir ist das vollständig einerlei", dachte er. Der Kriegsminister schob jetzt die noch übrigen Papiere zurück, legte sie sorgfältig zusammen, so daß keins über den Rand des anderen herausragte, und hob dann den Kopf. Dieser Kopf machte einen klugen und charaktervollen Eindruck; aber in dem Augenblick, da der Kriegsminister sich zum Fürsten Andrej wandte, verschwand dieser kluge und charaktervolle Ausdruck aus seinem Gesicht, und zwar offenbar ganz gewohnheitlich und zugleich bewußt, und auf seinem Gesicht war jetzt nichts als ein einfältiges, erheucheltes und seine Heuchelei gar nicht erst verhehlendes Lächeln zurückgeblieben, das Lächeln eines Menschen, der gewohnt ist, Menschen, die mit Anliegen zu ihm kommen, einen nach dem andern zu empfangen und abzufertigen.

„Sie kommen vom Generalfeldmarschall Kutusow?" fragte er. „Hoffentlich bringen Sie gute Nachrichten? Hat es einen Zusammenstoß mit Mortier gegeben? Sieg? Es war auch Zeit!"

Er nahm die Depesche entgegen, die an ihn adressiert war, und begann mit bekümmerter Miene zu lesen.

„Ach mein Gott! Mein Gott! Schmidt!" sagte er auf Deutsch. „Was für ein Unglück! Was für ein Unglück!"

Als er die Depesche überflogen hatte, legte er sie auf den Tisch und sah den Fürsten Andrej an; offenbar überlegte er sich etwas.

„Ach, was für ein Unglück! Sie sagen, die Schlacht sei einwandfrei zugunsten der russischen Armee entschieden worden? Aber Mortier ist doch nicht gefangengenommen worden." Er dachte nach. „Ich freue mich sehr, daß Sie mir gute Nachrichten gebracht haben, wenn dieser Sieg auch mit Schmidts Tod teuer bezahlt ist. Seine Majestät wird Sie gewiß sehen wollen, aber nicht mehr heute. Ich danke Ihnen. Erholen Sie sich. Kommen Sie morgen nach der Parade zur Cour. Übrigens werde ich Ihnen noch Nachricht geben."

Wieder erschien auf dem Gesicht des Kriegsministers das einfältige Lächeln, das während des Gesprächs verschwunden war.

„Auf Wiedersehen. Ich bin Ihnen sehr dankbar. Seine Majestät der Kaiser wird wahrscheinlich den Wunsch haben, Sie zu sehen", wiederholte er und neigte den Kopf.

Als Fürst Andrej das Schloß verließ, war es ihm zumut, als hätte er alles innere Beteiligtsein und alles Glücksgefühl, das ihm der Sieg beschert hatte, jetzt fortgegeben und in die gleichgültigen Hände des Kriegsministers und des höflichen Adjutanten gelegt. Die ganze Art seiner Gedanken war plötzlich eine andere geworden, und die Schlacht stellte sich ihm als die verblaßte Erinnerung an etwas Längstvergangenes dar.

X

Fürst Andrej stieg in Brünn bei seinem Bekannten, dem russischen Diplomaten Bilibin, ab.

„Ah, lieber Fürst, ein angenehmerer Gast konnte gar nicht kommen", sagte Bilibin und ging auf den Fürsten Andrej zu. „Franz, bringe die Sachen des Fürsten in mein Schlafzimmer!" wandte er sich an den Diener, der Bolkonskij hereingeführt hatte. „Nun, Sie kommen als Siegesherold? Ausgezeichnet. Und ich sitze hier als Patient, wie Sie sehen."

Nachdem Fürst Andrej sich gewaschen und umgekleidet hatte, ging er in das luxuriös eingerichtete Kabinett des Diplomaten und setzte sich an den gedeckten Tisch, während Bilibin es sich am Kamin bequem machte.

Fürst Andrej hatte nicht nur während der Fahrt, sondern auch während des ganzen Feldzuges alle Bequemlichkeiten entbehren müssen, die Sauberkeit und Komfort des Lebens gewähren, und empfand jetzt ein angenehmes Gefühl der Erholung inmitten eines luxuriösen Milieus, wie er es von Kindheit an gewohnt gewesen war. Außerdem war es ihm angenehm, nach dem Empfang bei den Österreichern zwar nicht Russisch – denn sie sprachen miteinander Französisch –, aber doch mit einem Russen sprechen zu können, der, wie er annahm, die allgemeine Abneigung der Russen gegen die Österreicher teilte, eine Abneigung, die er selbst gerade jetzt besonders lebhaft empfand.

Bilibin war etwa fünfunddreißig Jahre alt, Junggeselle und gehörte der gleichen gesellschaftlichen Sphäre an wie Fürst Andrej. Sie waren Bekannte bereits von Petersburg her, hatten sich aber erst näher kennengelernt, als Fürst Andrej letzthin mit Kutusow in Wien gewesen war. War Fürst Andrej ein junger Mann, dem man eine glänzende militärische Laufbahn voraussagen konnte, so galt das gleiche auf dem Gebiet des Diplomatischen in noch höherem Maße für Bilibin. Er war wohl noch ein junger Mann, aber kein junger Diplomat mehr, da er schon mit sechzehn Jahren in den diplomatischen Dienst getreten und bereits in Paris und Kopenhagen tätig gewesen war und dann am Wiener Hofe eine recht bedeutende Rolle gespielt hatte. Sowohl der Kanzler als auch der russische Gesandte in Wien kannten ihn und schätzten ihn hoch ein. Er gehörte nicht zu der großen Zahl derjenigen Diplomaten, von denen gewissermaßen nur negative Vorzüge verlangt werden, und die, um als gute Diplomaten zu gelten, nur gewisse Dinge zu unterlassen und gut Französisch zu sprechen brauchen; vielmehr gehörte er zu denjenigen, die gern und gut arbeiten, und trotz seinem Hange zur Bequemlichkeit brachte er manche Nacht am Schreibtisch zu. Seine Leistungen waren immer gleichmäßig gut, einerlei, worin das Wesen der einzelnen Arbeit bestehen mochte. Ihn interessierte nicht das „Warum?", sondern das „Wie?". Um was es sich bei der einzelnen diplomatischen Arbeit handelte, das war ihm gleichgültig; aber kunstvoll, sorgsam und elegant ein Zirkular, ein Memorandum oder einen Bericht abzufassen, das machte ihm das größte Vergnügen. Und abgesehen von seinen schriftlichen Arbeiten, fanden auch seine Leistungen Anerkennung, wo es auf Gewandtheit der Zunge und

Geschicklichkeit im Umgange mit Menschen und vornehmlich solchen der höchsten gesellschaftlichen Sphären ankam.

Bilibin hatte ebenso wie eine Arbeit auch ein Gespräch nur dann gern, wenn dieses Gespräch den Charakter einer geistreichen Eleganz trug. In Gesellschaft wartete er immer eine Gelegenheit ab, die es ihm möglich machte, etwas Bemerkenswertes zu sagen, und griff überhaupt erst dann ins Gespräch ein, wenn diese Möglichkeit gegeben war. Alles, was Bilibin sagte, wirkte dadurch, daß er eine originelle, geistreiche, feingeschliffene Wendung an die andere reihte und dadurch immer eines allgemeinen Interesses sicher sein konnte. Diese Wendungen pflegte Bilibin im Laboratorium seines Geistes absichtlich so zu präparieren, daß sie leichtfaßlich waren und somit auch von den unbedeutendsten Weltleuten bequem behalten und von Salon zu Salon weitergetragen werden konnten. Und tatsächlich, les mots de Bilibine se colportaient dans les salons de Vienne[1] und hatten oft genug Einfluß auch auf sogenannte wichtige Angelegenheiten.

Sein mageres, ausgemergeltes, gelbliches Gesicht war über und über von tiefen Falten durchfurcht, die immer so sorgfältig gepflegt und gewaschen aussahen wie Fingerspitzen nach dem Bade. Die Bewegungen dieser Falten bestritten fast sein gesamtes Mienenspiel. Bald überzog sich seine Stirn mit breiten Runzeln, und die Augenbrauen zogen sich in die Höhe, bald senkten sich die Brauen tief nach unten, und die mächtigen Runzeln erschienen nun auf den Wangen. Seine tiefliegenden, kleinen Augen blickten immer offen und vergnügt.

„Nun, jetzt erzählen Sie also von Ihren Heldentaten", sagte er.

Bolkonskij schilderte in der bescheidensten Weise und ohne auch nur ein einziges Mal seiner selbst Erwähnung zu tun, den Hergang der Schlacht und kam dann auf den Empfang zu sprechen, den er beim Kriegsminister gefunden hatte.

„Ils m'ont recu avec ma nouvelle comme un chien dans un jeu de quilles",[2] schloß er seine Erzählung.

Bilibin lächelte, daß sich alle seine Hautfalten auseinanderzogen.

„Cependant, mon cher", sagte er, betrachtete aus einiger Entfernung seine Fingernägel und zog die Haut über dem linken Auge zusammen, „malgré la haute estime que je professe pour le rechtgläubige russische Heer, j'avoue que votre victoire n'est pas des plus victorieuses."[3]

Er sprach auch weiterhin französisch und brauchte russische Worte

[1] Die Wortspiele Bilibins gingen durch alle Wiener Salons.
[2] Man empfing mich mit meinen Neuigkeiten wie einen Hund beim Kegelspiel.
[3] Im übrigen, mein Freund, bei aller Hochachtung, die ich dem rechtgläubigen russischen Heer entgegenbringe, muß ich doch sagen, daß Ihr Sieg nicht der allersiegreichste ist.

nur dann, wenn er irgend etwas mit leichter Geringschätzung hervorheben wollte.

„Bitte, ihr mit eurer ganzen Truppenmacht seid über den unglückseligen Mortier mit seiner einen Division hergefallen, und zum Schluß habt ihr euch diesen Mortier noch aus den Händen entwischen lassen? Wo ist da ein Sieg?"

„Ernsthaft gesprochen", antwortete Fürst Andrej, „können wir immerhin ohne Überhebung sagen, daß das doch etwas besser ist als eine Affäre à la Ulm ..."

„Aber warum habt ihr uns nicht wenigstens einen Marschall gefangen, einen einzigen Marschall?"

„Darum, weil eben nicht alles so kommt, wie man es gern möchte, und nicht so nach vorher festgelegten Regeln wie bei einer Parade. Wir hatten angenommen, wie ich Ihnen schon sagte, wir würden um sieben Uhr morgens im Rücken des Feindes sein, und dabei waren wir um fünf Uhr nachmittags noch nicht so weit."

„Ja, aber warum wart ihr denn nicht um sieben Uhr morgens so weit? Ihr hättet eben um sieben Uhr morgens so weit sein müssen", sagte Bilibin lächelnd.

„Und warum habt ihr Bonaparte nicht auf diplomatischem Wege klargemacht, daß er besser täte, Genua zu räumen?" fragte Fürst Andrej im gleichen Ton.

„Ich weiß", unterbrach ihn Bilibin, „Sie denken, es sei sehr leicht, Marschälle gefangenzunehmen, wenn man auf dem Diwan am Kamin sitzt. Da haben Sie natürlich recht, aber trotzdem: warum habt ihr ihn nicht gefangengenommen? Und jetzt wundert ihr euch noch, wenn weder der Kriegsminister noch auch der Erhabenste Kaiser und König Franz über euren Sieg besonders beglückt ist und wenn sogar ich unglückseliger Sekretär der russischen Gesandtschaft nicht das Bedürfnis verspüre, meinem Franz als Zeichen meiner Freude einen Taler zu schenken und ihn mit seinem Liebchen in den Prater zu schicken ... Ach so, hier gibt es ja auch gar keinen Prater."

Er sah den Fürsten Andrej an und ließ plötzlich die Hautfalten auf seiner Stirn wieder verschwinden.

„Jetzt bin ich an der Reihe, nach den ‚Warums?' zu fragen, mein Lieber", sagte Bolkonskij. „Ich muß gestehen, daß ich eines nicht begreife, vielleicht handelt es sich um diplomatische Feinheiten, denen mein schwacher Verstand nicht gewachsen ist, aber jedenfalls begreife ich das eine nicht: Mack verliert seine ganze Armee, Erzherzog Ferdinand und Erzherzog Karl geben nicht die geringsten Lebenszeichen und machen einen Fehler nach dem anderen, und endlich trägt Kutusow als einziger einen wirklichen Sieg davon, bricht den Zauber der Franzosen, und der Kriegsminister interessiert sich nicht einmal dafür, die Einzelheiten zu erfahren."

„Eben deswegen, mein Lieber. Voyez-vous, mon cher: hurra, für den Zaren, für Rußland, für den Glauben! tout ça est bel et bon[1], aber was gehen uns, ich meine jetzt den österreichischen Hof, eure Siege an? Bringen Sie uns eine niedliche kleine Siegesnachricht vom Erzherzog Karl oder Ferdinand – un archiduc vaut l'autre[2], wie Sie wissen –, und wenn es nur ein Sieg über ein Bonapartesches Feuerlöschkommando ist, das ist etwas anderes, und dann schießen wir Viktoria! Aber was Sie da bringen, das sieht ja geradezu nach Absicht aus und kann uns nur ärgern. Erzherzog Karl tut überhaupt nichts, und Erzherzog Ferdinand blamiert sich unausgesetzt. Wien laßt ihr im Stich und schützt es nicht mehr, comme si vous nous disiez[3] Gott mit uns und Gott mit euch und Gott mit eurer Hauptstadt. Der einzige General, den wir alle gern hatten, war Schmidt, und gerade den schleppt ihr in den Kugelregen und wollt uns dann noch zum Siege gratulieren! Geben Sie zu, etwas Empörenderes als die Nachricht, die Sie bringen, läßt sich überhaupt nicht ausdenken. C'est comme un fait exprès, come un fait exprès.[4] Und außerdem, selbst wenn ihr einen glänzenden Sieg davontragt und wenn selbst Erzherzog Karl einen glänzenden Sieg davonträgt, was ändert das am Gesamtverlauf der Ereignisse? Jetzt ist es schon zu spät, nachdem Wien bereits von französischen Truppen besetzt ist."

„Was heißt das, besetzt? Wien besetzt?"

„Es ist nicht nur besetzt, sondern Bonaparte residiert in Schönbrunn, und der Graf, unser lieber Graf Wrbna kommt zu ihm, um seine Befehle entgegenzunehmen."

Bolkonskij fühlte sich, ermüdet von der Reise und ihren vielen Eindrücken, vom Empfang beim Minister und besonders von dem Diner, unvermögend, die eben gehörten Worte in ihrer ganzen Tragweite zu erfassen.

„Heute morgen war Graf Lichtenfels hier", fuhr Bilibin fort. „Er hat mir einen Brief gezeigt, in dem ausführlich eine Parade der französischen Truppen in Wien geschildert war. Le prince Murat et tout le tremblement ...[5] Sie sehen also, daß Ihr Sieg gar nicht etwas so Herrliches ist und daß man Sie wirklich nicht als Retter empfangen konnte ..."

„Ach, daran ist mir wirklich nichts gelegen, das ist mir wahrhaftig einerlei", sagte Fürst Andrej, der zu verstehen begann, daß seine Nachricht von einer Schlacht bei Krems angesichts solcher Ereignisse wie der Besetzung der österreichischen Hauptstadt tatsächlich keine so große Bedeutung haben konnte. „Aber wie konnte denn Wien

[1] Sehen Sie, mein Lieber, das ist alles ganz gut und schön.
[2] Ein Erzherzog taugt so viel wie der andere.
[3] Als ob ihr uns sagen wolltet:
[4] Das sieht doch sehr nach Absicht aus.
[5] Der Prinz Murat und der ganze Krempel.

genommen werden? Und die Brücke und der berühmte Brückenkopf und der Fürst Auersperg? Es hieß bei uns, der Fürst Auersperg solle Wien verteidigen."

„Fürst Auersperg steht diesseits des Flusses und schützt uns. Ich glaube, er schützt uns nur sehr mangelhaft, aber immerhin schützt er uns. Wien aber liegt auf der anderen Seite. Nein, die Brücke ist noch nicht genommen, und wie ich hoffe, wird sie auch nicht genommen werden, denn sie ist unterminiert, und es ist befohlen worden, sie in die Luft zu sprengen. Andernfalls wären wir schon lange irgendwo in den böhmischen Bergen, und Sie und Ihre Armee hätten eine böse Viertelstunde zwischen zwei Feuern durchmachen müssen."

„Aber das heißt doch noch nicht, daß die ganze Kampagne zu Ende wäre?" fragte Fürst Andrej.

„Ich glaube, sie ist zu Ende. Und das glauben diese großen Schlafmützen hier auch, wenn sie es auch nicht zu sagen wagen. Es kommt eben so, wie ich es gleich zu Beginn der Kampagne gesagt habe, daß nämlich nicht euer échauffourée de Dürnstein[1] und daß überhaupt nicht Pulver die Sache zur Entscheidung bringt, sondern diejenigen, die das Pulver erfunden haben", sagte Bilibin und wiederholte damit eins seiner mots. Dann zog er wieder seine Stirnfalten auseinander und machte eine kleine Pause. „Die Frage ist nur die, was bei der Berliner Zusammenkunft zwischen Kaiser Alexander und dem König von Preußen herauskommt. Wenn Preußen sich dem Bündnis anschließt, on forcera la main à l'Autriche[2], und es gibt wieder Krieg. Wenn nicht, so handelt es sich nur noch darum, sich auf einen Ort zu einigen, wo die Grundlagen für ein neues Campo Formio ausgearbeitet werden können."

„Aber was für eine unglaubliche Genialität!" rief Fürst Andrej plötzlich, ballte seine kleine Hand zur Faust und schlug mit ihr auf den Tisch. „Und was für ein Glück dieser Mensch hat?"

„Buonaparte?" fragte Bilibin, runzelte die Stirn und deutete damit an, daß er gleich un mot sagen würde. „Buonaparte?" wiederholte er und betonte das „u" mit besonderem Nachdruck. „Ich finde eigentlich, jetzt, wo er Österreich von Schönbrunn aus seine Gesetze diktiert, il faut lui faire grâce de l'u[3]. Ich habe mich bereits zur Einführung dieser Neuerung entschlossen und nenne ihn jetzt Bonaparte tout court[4]."

„Nein, Scherz beiseite", sagte Fürst Andrej, „glauben Sie wirklich, daß der Feldzug zu Ende ist?"

„Ich will Ihnen sagen, was ich glaube. Die Österreicher sind bei

[1] euer Scharmützel von Dürnstein.
[2] Wird man Österreich zwingen.
[3] Sollte man ihm das U erlassen.
[4] ganz einfach.

der ganzen Geschichte die Dummen, und daran sind sie nicht gewöhnt und werden das heimzuzahlen suchen. Und die Dummen sind sie insofern, als erstens ihre Provinzen verwüstet sind – on dit le rechtgläubige Heer est terrible pour le pillage[1] –, die Armee vernichtet, die Hauptstadt vom Feinde besetzt und das alles pour les beaux yeux[2] der sardinischen Majestät. Und darum – entre nous, mon cher[3] – habe ich so das Gefühl, daß sie uns betrügen, ich habe so das Gefühl, daß sie sich mit Frankreich in Verbindung gesetzt haben und sich ganz im geheimen mit Friedensprojekten, und zwar mit Separatfriedensprojekten befassen."

„Das ist doch unmöglich!" sagte Fürst Andrej, „das wäre doch allzu gemein."

„Qui vivra, verra",[4] meinte Bilibin und zog die Stirnhaut wieder auseinander, um damit zu zeigen, daß er dies Gespräch als beendet betrachtete.

Als Fürst Andrej in das für ihn hergerichtete Zimmer kam und sich mit frischer Wäsche angetan auf die Daunenpfühle und parfümierten und gewärmten Kissen legte, da war es ihm, als läge die Schlacht, um derentwillen er hierhergekommen war, weit, weit hinter ihm. Das Bündnis mit Preußen, die Verräterei Österreichs, der neue Triumph Bonapartes, die Cour und die Parade und die morgige Audienz beim Kaiser Franz erfüllten seine Gedanken.

Er schloß die Augen, aber in diesem Augenblick dröhnte ihm auch schon das Gewehrfeuer und der Kanonendonner und das Räderrollen in den Ohren, und wieder stiegen die Musketiere in langgezogenen Linien vom Berge herab, und die Franzosen schossen, und er fühlte, wie sein Herz zusammenzuckte, und er ritt wieder neben dem General Schmidt vorwärts, und die Kugeln pfiffen lustig um ihn her, und wieder empfand er ein Gefühl verzehnfachter Lebensfreude, wie er es seit seiner Kindheit nicht mehr empfunden hatte.

Er erwachte.

„Ja, das alles ist wirklich geschehen!" sagte er mit einem glücklichen, kindlichen Lächeln zu sich selbst und fiel dann in einen festen, jugendlichen Schlaf.

XI

Am folgenden Tage erwachte er recht spät. Er ließ die Ereignisse des gestrigen Tages an sich vorüberziehen und dachte vor allem daran, daß er heute dem Kaiser Franz vorgestellt werden sollte, er

[1] Man sagt, daß das rechtgläubige Heer bei der Plünderung fürchterlich ist.
[2] Für die schönen Augen ...
[3] Unter uns, mein Lieber.
[4] Wer dann lebt, wird's erfahren.

dachte an den Kriegsminister und an den höflichen österreichischen Flügeladjutanten, an Bilibin und an ihr abendliches Gespräch. Zur Fahrt ins Schloß legte er die lange nicht mehr getragene Parade=uniform an und betrat dann frisch, munter und stattlich, die Hand in der Binde, Bilibins Kabinett. Hier fand er vier Herren vom diplo=matischen Korps. Den Fürsten Ippolit Kuragin, der hier Sekretär bei der Gesandtschaft war, kannte Bolkonskij bereits, mit den übrigen machte Bilibin ihn bekannt.

Die Herren, die bei Bilibin zusammengekommen waren, lauter lustige, reiche junge Leute von Welt, bildeten, ebenso wie sie es schon in Wien getan hatten, auch hier einen besonderen Kreis, den Bilibin, die Seele dieses Kreises, „die Unsrigen", les nôtres, nannte. Dieser fast ausschließlich aus Diplomaten bestehende Zirkel hatte offensichtlich seine eigenen Interessen, die mit Krieg und Politik nichts zu tun hatten, sondern lediglich gesellschaftlichen Ereignissen, den Beziehungen zu gewissen Damen und der rein kanzleimäßigen Seite ihres Dienstes galten. Diese Herren nahmen den Fürsten als einen der Ihrigen in ihren Kreis auf und taten das allem Anschein nach gern — eine Ehre, deren sie nur wenige teilhaftig werden ließen. Aus Höflichkeit und um ein passendes Anfangsthema zu haben, richteten sie an ihn einige Fragen, die sich auf die Armee und die Schlacht bezogen, und dann zerstob das Gespräch wieder in allerhand zwanglos aneinandergereihte lustige Scherze und amüsante kleine Klatschgeschichten.

„Aber das Beste war doch", sagte einer, der von einem Miß=geschick eines diplomatischen Kollegen erzählte, „das Beste war doch, daß der Kanzler ihm geradezu sagte, seine Versetzung nach London bedeute eine Beförderung, und als solche möge er sie auch empfinden. Können Sie sich vorstellen, was er bei diesen Worten für ein Gesicht machte? . . ."

„Aber was das Allerschlimmste dabei ist, meine Herren, ich muß Kuragin hier vor Ihnen anklagen: da sitzt nun der arme Teufel in der Patsche, und dieser Don Juan hier, dieser schreckliche Mensch, macht sich das zunutze!"

Fürst Ippolit lag, die Beine quer über die Armlehnen, in einem Voltairesessel. Er lachte.

„Parlez=moi de ça",[1] sagte er.

„Oh, Sie Don Juan! Oh, Sie Schlange!" riefen die andern.

„Sie wissen nämlich noch nicht, Bolkonskij", wandte sich Bilibin an den Fürsten Andrej, „daß alle Schandtaten der französischen Armee, fast hätte ich gesagt, der russischen, nichts sind im Ver=gleich mit den Verheerungen, die dieser Mensch unter den Weibern angerichtet hat."

[1] Erzählen Sie mir etwas davon.

„La femme est la compagne de l'homme",[1] bemerkte Fürst Ippolit und betrachtete seine hochliegenden Füße durch die Lorgnette.

Bilibin und die „Unsrigen" lachten über das Gesicht, das Ippolit machte. Fürst Andrej merkte, daß dieser Ippolit, auf den er – das ließ sich nicht leugnen – früher seiner Frau wegen beinahe eifersüchtig geworden wäre, dieser Gesellschaft als Hanswurst diente.

„Nein, ich muß Ihnen Kuragin noch in seiner Glanznummer vorführen", sagte Bilibin leise zu Bolkonskij. „Wenn er über Politik redet, ist er geradezu charmant. Wie er sich dabei aufplustert, das müssen Sie sehen."

Er setzte sich zu Ippolit, legte die Stirn wie immer in Falten und begann mit ihm ein politisches Gespräch. Fürst Andrej und die übrigen drängten sich aufhorchend um die beiden.

„Le cabinet de Berlin ne peut pas exprimer un sentiment d'alliance", begann Ippolit und sah seine Zuhörer der Reihe nach vielsagend an, „sans exprimer ... comme dans sa dernière note ... vous comprenez ... vous comprenez ... et puis si Sa Majesté l'Empereur ne déroge pas au principe de notre alliance ..."[2]

„Attendez, je n'ai pas fini ..." sagte er zum Fürsten Andrej und faßte ihn bei der Hand. „Je suppose que l'intervention sera plus forte que la non-intervention. Et ..." Er schwieg eine kleine Weile. „On ne pourra pas imputer à la fin de non-recevoir notre dépêche du vingt-huit octobre. Voilà comment tout cela finira."[3]

Und er ließ Bolkonskijs Hand los, um damit zu zeigen, daß er jetzt wirklich fertig sei.

„Demosthènes, je te reconnais au caillou que tu as caché dans ta bouche d'or",[4] sagte Bilibin, dem der Haarschopf vor Vergnügen auf dem Kopfe wackelte.

Alle lachten laut los, und Ippolit am lautesten von allen. Er lachte so, daß es ihm offenbar schon weh tat und er keine Luft mehr bekam, aber er konnte dieses wilde Lachen, das sein sonst immer unbewegliches Gesicht bis zur Unkenntlichkeit verzog, nicht hemmen.

„Was ich sagen wollte, meine Herren", meinte Bilibin, „Bolkonskij ist hier bei mir und überhaupt in Brünn mein Gast, und ich möchte ihm den Aufenthalt hier mit allen Lebensgenüssen verschönern, die hier zu haben sind. Wenn wir in Wien wären, so wäre das eine

[1] Die Frau ist die Gefährtin des Mannes.

[2] Das Kabinett in Berlin kann kein Gefühl der Verbundenheit zum Ausdruck bringen ohne auszudrücken ... wie in seiner letzten Note ... Sie verstehen ... und dann, wenn Seine Majestät der Kaiser nicht grundsätzlich unserem Bündnis zuwiderhandelt ...

[3] Warten Sie, ich bin noch nicht fertig ... Ich nehme an, daß die Intervention wirksamer sein wird als die Nichtintervention ... Man kann schließlich keine Anklage erheben, daß unsere Depesche vom 28. Oktober nicht empfangen wurde. So wird die Sache enden.

[4] Demosthenes, ich erkenne dich an dem Kieselstein, den du in deinem goldenen Munde verborgen hast.

Kleinigkeit, aber hier, dans ce vilain trou morave[1], ist es schon schwieriger, und ich bitte Sie alle um Ihre Beihilfe. Il faut lui faire les honneurs de Brunn.[2] Sie nehmen das Theater auf sich, ich die Gesellschaft, Sie, Ippolit selbstverständlich die Weiber."

„Man muß ihm Amélie zeigen, sie ist doch entzückend!" sagte einer der „Unsrigen" und küßte mit verklärter Miene seine Fingerspitzen.

„Überhaupt ist es unsere Aufgabe, diesen blutdürstigen Kriegsmann zu menschenfreundlicheren Auffassungen zu bekehren", meinte Bilibin.

„Ich glaube, ich werde von Ihren gastfreundlichen Anerbietungen kaum Gebrauch machen können, meine Herren, und jetzt muß ich aufbrechen", erwiderte Bolkonskij mit einem Blick auf die Uhr.

„Wohin?"

„Zum Kaiser."

„Oh! Oh! Oh!"

„Nun, auf Wiedersehen, Bolkonskij! Auf Wiedersehen, Fürst! Kommen Sie doch möglichst früh zum Mittagessen! Wir lassen Sie nicht los", klangen die Stimmen der „Unsrigen" durcheinander.

„Streichen Sie doch nach Möglichkeit die gute Ordnung im Verpflegungs- und Transportwesen heraus, wenn Sie mit dem Kaiser sprechen", sagte Bilibin, der Bolkonskij ins Vorzimmer begleitet hatte.

„Ich würde sie schon gern loben, aber soweit ich Bescheid weiß, geht das leider nicht an."

„Na, sprechen Sie überhaupt soviel wie möglich. Audienzen sind seine Passion, aber selber reden tut er nur ungern, und wie Sie sehen werden, versteht er es auch nicht."

XII

Bei der Cour stand Fürst Andrej auf dem ihm angewiesenen Platz zwischen österreichischen Offizieren, und Kaiser Franz beschränkte sich darauf, ihm starr ins Gesicht zu sehen und ihm mit seinem langen Kopfe zuzunicken. Nach der Cour aber teilte der Flügeladjutant von gestern dem Fürsten Andrej höflich mit, der Kaiser habe den Wunsch, ihn in einer Audienz zu empfangen. Kaiser Franz empfing ihn mitten im Zimmer stehend, und bevor das Gespräch begann, merkte Fürst Andrej zu seiner Überraschung, daß der Kaiser verlegen zu sein schien, offenbar nicht recht wußte, was er sagen sollte, und rot wurde.

[1] in diesem elenden mährischen Nest.
[2] Brünn muß ihn freudig willkommen heißen.

„Sagen Sie, wann begann der Kampf?" fragte er dann hastig.

Fürst Andrej gab ihm die verlangte Auskunft. Auf diese Frage folgten andere, von ebenso einfacher Art, ob Kutusow gesund sei, wann er Krems verlassen habe, und ähnliche. Der Kaiser hatte eine Art zu sprechen, als bestände seine Absicht nur darin, eine bestimmte Zahl von Fragen zu stellen. Dabei war es nur zu deutlich, daß die Antworten auf diese Fragen ihn gar nicht zu interessieren vermochten.

„Um wieviel Uhr hat der Kampf angefangen?" fragte der Kaiser.

„Ich kann Ew. Majestät nicht genau angeben, um wieviel Uhr der Frontkampf überhaupt begonnen hat, aber in Dürnstein, wo ich mich befand, begann unsere Armee den Angriff um sechs Uhr abends", sagte Bolkonskij lebhafter werdend und glaubte, er werde jetzt dazu kommen, die im Kopf bereits fertig ausgearbeitete getreue Schilderung alles dessen zu geben, was er wußte und selbst gesehen hatte.

Aber der Kaiser lächelte und unterbrach ihn:

„Wieviel Meilen sind es?"

„Von wo bis wohin, Ew. Majestät?"

„Von Dürnstein bis Krems."

„Dreieinhalb Meilen, Ew. Majestät."

„Die Franzosen haben das linke Ufer verlassen?"

„Nach Kundschaftermeldungen sind die letzten bei Nacht auf Flößen übergesetzt."

„Ist in Krems genug Fourage vorhanden?"

„Die Fourage wurde nicht in derjenigen Menge geliefert, die ..."

Der Kaiser unterbrach ihn:

„Um wieviel Uhr ist General Schmidt gefallen?"

„Ich glaube, um sieben Uhr."

„Um sieben Uhr. Sehr traurig! Sehr traurig."

Der Kaiser sagte, er danke ihm, und machte eine leichte Verbeugung. Fürst Andrej ging hinaus und sah sich sofort von allen Seiten von Hofleuten umringt. Von allen Seiten kamen freundliche Blicke und freundliche Worte. Der Flügeladjutant von gestern machte ihm Vorwürfe, weil er nicht im Schloß abgestiegen war, und stellte ihm sein eigenes Haus zur Verfügung. Der Kriegsminister kam auf ihn zu und gratulierte ihm zum Maria-Theresia-Orden dritter Klasse, den ihm der Kaiser verliehen habe. Ein Kammerherr der Kaiserin überbrachte ihm eine Einladung zu Ihrer Majestät. Eine Erzherzogin wünschte ihn ebenfalls zu sehen. Er wußte gar nicht, wem er zuerst antworten sollte, und brauchte erst einige Sekunden, um seine Gedanken zu sammeln. Der russische Gesandte faßte ihn an der Schulter, führte ihn an ein Fenster und fing an mit ihm zu sprechen.

Im Gegensatz zu dem, was Bilibin gesagt hatte, wurde die vom Fürsten Andrej gebrachte Nachricht durchaus mit Freude aufgenommen und sogar ein Dankgottesdienst angeordnet. Kutusow wurde das Großkreuz des Maria-Theresia-Ordens verliehen und überhaupt die ganze Armee mit zahlreichen Dekorationen bedacht. Bolkonskij erhielt Einladungen von allen Seiten und mußte den ganzen Vormittag lang Besuche bei den bedeutendsten Würdenträgern Österreichs machen. Gegen fünf Uhr nachmittags war er mit seinen Besuchen fertig und kehrte zu Bilibin zurück, unterwegs in Gedanken mit dem Entwurf eines Briefes an seinen Vater beschäftigt, in dem er ihm die Schlacht und seine Fahrt nach Brünn schildern wollte. Vor dem Portal des von Bilibin bewohnten Hauses stand eine bereits zur Hälfte mit Gepäck beladene Britschka, und Bilibins Diener Franz kam gerade, mühsam einen großen Koffer schleppend, aus der Tür.

Bevor er wieder zu Bilibin fuhr, war Fürst Andrej noch in einer Buchhandlung gewesen, um sich für den weiteren Feldzug mit Lektüre zu versehen, und hatte sich dort etwas länger aufgehalten, als er eigentlich beabsichtigt hatte.

„Was gibt es?" fragte Bolkonskij.

„Ach, Erlaucht!" antwortete Franz auf deutsch und hob den Koffer mit Mühe in den Wagen. „Wir ziehen noch weiter. Der Schuft ist schon wieder hinter uns her."

„Wieso? Was heißt das?" fragte Fürst Andrej.

Drinnen kam Bilibin ihm entgegen. Sein sonst so ruhiges Gesicht machte einen recht erregten Eindruck.

„Non, non, avouez que c'est charmant", sagte er, „cette histoire du pont de Tabor (eine Brücke in Wien). „Ils l'ont passé sans coup férir."[1]

Fürst Andrej begriff nichts.

„Ja, wo kommen Sie denn eigentlich her, daß Sie nichts von dem wissen, was schon allen Kutschern in der Stadt bekannt ist?"

„Ich war bei der Erzherzogin. Dort habe ich nichts dergleichen gehört."

„Und haben Sie auch nicht gesehen, daß überall gepackt wird?"

„Nein... Also was ist denn eigentlich los?" fragte Fürst Andrej ungeduldig.

„Was los ist? Es ist das los, daß die Franzosen über die Brücke gekommen sind, die Auersperg verteidigen sollte, und daß die Brücke nicht gesprengt worden ist und daß Murat jetzt die Straße nach Brünn entlangjagt und heute oder morgen hier sein wird."

[1] Nein, nein, Sie müssen zugeben, daß diese Geschichte von der Taborbrücke reizend ist. Sie haben sie ohne einen Schwertstreich überschritten.

„Was heißt das, hier? Und wieso ist die Brücke nicht gesprengt worden, wo sie doch unterminiert war?"

„Das möchte ich Sie auch fragen. Das weiß niemand, nicht einmal Bonaparte."

Bolkonskij zuckte die Achseln.

„Aber wenn die Brücke passiert ist, dann ist ja auch die Armee verloren: sie muß abgeschnitten werden", sagte er.

„Das ist eben die Geschichte", antwortete Bilibin. „Hören Sie zu. Die Franzosen rücken in Wien ein, wie ich Ihnen ja schon erzählte. Am nächsten Tage, das heißt also gestern, setzen sich die Herren Marschälle Murat, Lannes und Belliard auf ihre Pferde und reiten zur Brücke. Sie müssen wissen, daß alle drei Gascogner sind. ‚Meine Herren', sagt einer von ihnen, ‚Sie wissen, daß die Taborbrücke mit Minen und Gegenminen gespickt ist und daß vor ihr der furchtbare Brückenkopf liegt und ein Heer von fünfzehntausend Mann, das Befehl hat, die Brücke in die Luft zu sprengen und uns nicht hinüberzulassen. Aber Seiner Majestät unserem Kaiser Napoleon wird es sehr angenehm sein, wenn wir die Brücke trotzdem nehmen. Reiten wir also zu dritt hin und nehmen wir diese Brücke.' – ‚Schön, reiten wir', sagten die anderen, und sie reiten hin und nehmen die Brücke und passieren sie und sind jetzt mit ihrer ganzen Armee diesseits der Donau und marschieren gegen uns, gegen euch und gegen eure rückwärtigen Verbindungen."

„Lassen Sie die Scherze", sagte Fürst Andrej niedergeschlagen und ernst.

Fürst Andrej empfand die ganze Schwere dieser Nachricht, aber zugleich kam auch ein Gefühl der Freude über ihn.

Kaum hatte er gehört, daß die russische Armee in eine so hoffnungslose Lage geraten war, als ihm auch schon der Gedanke durch den Kopf schoß, gerade ihm sei es bestimmt, die russische Armee aus dieser Lage zu retten, hier sei sein Toulon, das ihn aus den Reihen der namenlosen Offiziere hinausheben und ihm den Weg zum Ruhme öffnen werde. Während er noch Bilibin zuhörte, malte er es sich bereits aus, wie er nach seiner Rückkehr zur Armee im Kriegsrat seine Meinung auseinandersetzen und seine Vorschläge, die allein die Armee retten konnten, machen und wie man ihm allein dann auch die Ausführung seines Planes übertragen würde.

„Lassen Sie die Scherze", sagte er.

„Ich scherze ja gar nicht", erwiderte Bilibin, „nichts kann wahrheitsgetreuer und zugleich trauriger sein. Also diese Herren kommen ganz allein an die Brücke und winken mit weißen Tüchern; sie versichern, es sei ein Waffenstillstand abgeschlossen worden, und sie, die Marschälle, kämen, um mit dem Fürsten Auersperg die nötigen Vereinbarungen zu treffen. Der wachhabende Offizier gestattet ihnen den Zutritt zum Brückenkopf. Sie erzählen ihm tausend Gascogner Windbeuteleien, sie sagen, der Krieg sei zu Ende, und Kaiser Franz habe sich bereit erklärt, Bonaparte zu empfangen, und sie selbst wünschten den Fürsten Auersperg zu sehen und dergleichen. Der Offizier schickt zu Auersperg, und diese Herren umarmen die Offiziere, scherzen, setzen sich auf die Kanonen, und inzwischen gelangt ein französisches Bataillon unbemerkt auf die Brücke, wirft die Säcke mit den Brennstoffen ins Wasser und kommt zum Brückenkopf. Endlich erscheint der Generalleutnant selbst, unser lieber Fürst Auersperg von Mautern. ‚Geliebter Gegner! Blume des österreichischen Heeres, Held der Türkenkriege! Die Feindschaft ist zu Ende, wir können einander die Hände reichen, Kaiser Napoleon brennt vor Verlangen, den Fürsten Auersperg kennenzulernen.' Kurz, diese Herren, die eben nicht umsonst Gascogner sind, überschütten Auersperg derartig mit schönen Worten, und er findet diese plötzliche Intimität mit den französischen Marschällen so reizend, ist so geblendet von Murats Mäntelchen und seinen Straußenfedern, qu'il n'y voit que du feu et oublie ce lui qu'il devait faire, sur l'ennemi [1]." Trotz der Lebhaftigkeit, mit der Bilibin erzählte, vergaß er nicht, nach diesem mot [2] eine kleine Pause zu machen, um dem Fürsten Andrej Zeit zu lassen, es gebührend zu bewundern. „Das französische Bataillon dringt im Laufschritt in den Brückenkopf ein, vernagelt die Kanonen, und die Brücke ist genommen. Nein, was aber das Allerbeste ist", fuhr er fort, und es war, als ließe seine Aufregung über die Freude an der eigenen Erzählerkunst allmählich nach, „bei der Kanone, auf deren Signalschuß hin die Minen angezündet und die Brücke in die Luft gesprengt werden sollte, war ein Sergeant aufgestellt, und dieser Sergeant wollte bereits schießen, als er die Franzosen im Laufschritt auf die Brücke kommen sah, aber Lannes packte seine Hand und riß sie zurück. Der Sergeant, der offenbar klüger ist als sein General, tritt auf Auersperg zu und sagt: ‚Fürst, man betrügt Sie, da kommen die Franzosen!' Murat sieht, daß das Spiel verloren ist, wenn man den Sergeanten nicht am Weiterreden hindert. Echter Gascogner, wendet er sich mit geheucheltem Erstaunen an Auersperg: ‚Ich erkenne die weltberühmte österreichische Disziplin nicht wieder', sagt er, ‚Sie erlauben einem Unteroffizier, in dieser Weise mit Ihnen zu sprechen!' C'est génial. Le prince d'Auersperg se pique d'honneur et fait mettre le sergent aux arrêts. Non, mais avouez que c'est charmant, toute cette histoire du pont de Tabor. Ce n'est ni bêtise, ni lâcheté . . ." [3]

[1] Daß er nur Feuer sieht und das Feuer vergißt, das er auf den Feind richten sollte.
[2] Wort.
[3] Das ist genial. Fürst Auersperg läßt auf seine Ehre nichts kommen und läßt den Sergeanten arretieren. Sie müssen doch zugeben, daß diese ganze Geschichte von der Taborbrücke reizend ist. Das ist weder Dummheit noch Feigheit.

„C'est trahison peut-être",[1] sagte Fürst Andrej und sah dabei graue Mäntel vor sich, Wunden und Pulverqualm, hörte das Knattern des Gewehrfeuers und empfand ein Vorgefühl des Ruhmes, der ihn erwartete.

„Non plus. Cela met la cour dans de trop mauvais draps", fuhr Bilibin fort. „Ce n'est ni trahison, ni lâcheté, ni bêtise, c'est comme à Ulm . . ." – er suchte nach einem passenden Ausdruck – „c'est . . . c'est du Mack. Nous sommes mackés",[2] schloß er dann, in dem Gefühl, damit ein mot geprägt zu haben, ein neues mot, und zwar ein mot, dem Verbreitung zuteil werden mußte.

Die Falten, die sich auf seiner Stirn zusammengezogen hatten, glätteten sich rasch – ein deutliches Zeichen seiner vergnügter gewordenen Stimmung – und er begann mit einem leichten Lächeln seine Fingernägel zu betrachten.

„Wo wollen Sie hin?" sagte er plötzlich, als Fürst Andrej aufstand und in sein Zimmer gehen wollte.

„Ich fahre."

„Wohin?"

„Zur Armee."

„Aber Sie wollten doch noch zwei Tage bleiben?"

„Jetzt fahre ich aber sofort."

Fürst Andrej traf die erforderlichen Anordnungen für seine Abreise und ging in sein Zimmer.

„Wissen Sie was, mein Lieber?" sagte Bilibin, der ihm in sein Zimmer gefolgt war, „ich habe mir die Geschichte mit Ihrer Abreise noch einmal durch den Kopf gehen lassen. Warum wollen Sie fahren?"

Und wie zum Beweise der Unwiderleglichkeit dessen, was er gegen die Abreise des Fürsten Andrej einzuwenden hatte, verschwanden alle Falten aus seinem Gesicht.

Fürst Andrej sah ihn fragend an und gab keine Antwort.

„Warum wollen Sie fahren? Ich weiß, Sie glauben, es sei Ihre Pflicht, jetzt so schnell wie möglich zur Armee zu fahren, weil die Armee in Gefahr ist. Ich verstehe das, mon cher, c'est de l'héroisme[3]."

„Durchaus nicht", sagte Fürst Andrej.

„Aber Sie sind un philosophe. Seien Sie es ganz und sehen Sie sich die Sachen auch von der anderen Seite an, und Sie werden sehen, daß es ganz im Gegenteil Ihre Pflicht ist, Ihr Leben zu erhalten. Überlassen Sie es doch anderen, die sonst zu nichts zu

[1] Vielleicht ist es Verrat.

[2] Das auch nicht. Das brächte den Hof in eine allzu unangenehme Situation. Das ist weder Verrat noch Feigheit noch Dummheit. Das ist wie bei Ulm . . . das ist — das ist echt Mack, wir sind „gemackt".

[3] Mein Lieber, das ist Heldentum.

brauchen sind ... Sie haben keinen Befehl bekommen, zurückzufahren, und hier sind Sie noch nicht entlassen, folglich können Sie hierbleiben und mit uns fahren, wohin unser unglückliches Schicksal uns verschlägt. Es heißt, wir gehen nach Olmütz. Und Olmütz ist eine sehr nette Stadt. Also fahren Sie ruhig mit mir in meiner Kalesche."

„Hören Sie mit Ihren Späßen auf, Bilibin", sagte Bolkonskij.

„Ich spreche ganz offen und freundschaftlich mit Ihnen. Machen Sie es sich doch klar! Wohin und warum wollen Sie jetzt wegfahren, wenn Sie ebensogut hierbleiben können? Eins von beiden erwartet Sie" — er zog die Haut über der linken Schläfe zusammen —, „entweder Sie kommen gar nicht mehr bis zur Armee und es wird schon vorher Frieden geschlossen, oder aber Niederlage und Blamage mit der ganzen Kutusowschen Armee."

Und Bilibin zog die Haut wieder auseinander, überzeugt, daß dieses Dilemma durch keine Gegenargumente aus der Welt geschafft werden könne.

„Für mich kann es da gar kein Überlegen geben", sagte Fürst Andrej kalt und dachte bei sich: „Ich fahre ja gerade hin, um die Armee zu retten."

„Mon cher, vous êtes un héros",[1] sagte Bilibin.

Bolkonskij verabschiedete sich vom Kriegsminister und fuhr noch in derselben Nacht zur Armee ab, ohne zu wissen, wo er sie finden würde; er mußte sich auf die Möglichkeit gefaßt machen, auf dem Wege nach Krems den Franzosen in die Hände zu fallen.

In Brünn war alles, was zum Hof gehörte, mit Packen beschäftigt, und die größere Bagage war bereits nach Olmütz abgegangen. Bei Getzelsdorf gelangte Fürst Andrej auf die Landstraße, auf der sich in größter Hast und größter Unordnung die russische Armee bewegte. Die Straße war so gedrängt voller Fuhrwerke, daß ein Weiterfahren in der Equipage unmöglich war. Fürst Andrej ließ sich also von einem Kosakenoffizier ein Pferd und einen Begleitkosaken geben und ritt, müde und hungrig, wie er war, an den langen Bagagezügen vorbei weiter, um den Oberkommandierenden und seinen eigenen Gepäckwagen zu suchen. Unterwegs kamen ihm die schlimmsten Gerüchte über den Zustand der Armee zu Ohren, und der Anblick der unordentlich und überstürzt marschierenden Formationen bestätigte diese Gerüchte.

„Cette armée russe que l'or de l'Angleterre a transportée, des extrémités de l'univers, nous allons lui faire éprouver le même sort (le sort de l'armée d'Ulm)"[2] — diese Worte aus einem bei Beginn des

[1] Mein Lieber, Sie sind ein Held.

[2] Dieser russischen Armee, die Englands Gold von allen Enden der Welt zusammengebracht hat, werden wir dasselbe Schicksal bereiten. (Das Schicksal der Ulmer Armee.)

Feldzuges erlassenen Armeebefehl Bonapartes fielen ihm ein und erweckten in ihm ein Gefühl der Bewunderung für den genialen Helden, ein Gefühl beleidigten Stolzes und die Hoffnung auf Ruhm. „Und wenn nun nichts anderes übrigbleibt, als zu sterben?" dachte er. „Nun, wenn es sein muß! Ich werde das nicht schlechter machen als die anderen."

Fürst Andrej streifte mit verächtlichen Blicken diese endlosen, ineinander verhaspelten Marschkolonnen, Wagen, Parks, Artillerie und wieder Wagen, Wagen, Wagen aller nur möglichen Arten, die einander zu überholen suchten, sich zu dreien, zu vieren nebeneinander drängten und die schmutzige Landstraße versperrten. Von allen Seiten, von hinten und von vorn, soweit nur das Ohr reichte, hörte man das Gerassel der Wagenräder, das Rumpeln der Kutschkasten, Wagengestelle und Lafetten, Pferdegetrappel, Peitschenhiebe und Geschrei der Antreibenden, Schimpfen der Soldaten, Offiziersburschen und Offiziere. Zu beiden Seiten der Straße sah man immer wieder gefallene Pferde, abgehäutet oder unabgehäutet, zerbrochene Fuhrwerke, bei denen einzelne Soldaten saßen und auf irgend etwas warteten, oder auch Mannschaften, die sich von ihren Formationen getrennt hatten und in kleineren Trupps in die benachbarten Dörfer gingen oder aus diesen Dörfern kamen und Hühner, Schafe oder mit allerhand Dingen gefüllte Säcke schleppten. An den Stellen, wo es bergab oder bergauf ging, war das Gedränge noch größer, und man hörte ununterbrochenes Ächzen und Schreien. Bis an die Knie im Schmutz watende Soldaten griffen mit den Händen zu, um die Geschütze und Fuhren von der Stelle zu bringen; Peitschen wurden zerschlagen, Hufe glitten aus, Stränge rissen, und alles schrie dazu aus Leibeskräften. Offiziere ritten zwischen den Fuhrwerken auf und ab, vorwärts und wieder zurück, um Ordnung in die Marschkolonnen zu bringen. Bei dem allgemeinen Geschrei konnten sich ihre Stimmen kaum durchsetzen, und man sah es ihren Gesichtern an, daß sie bereits an der Möglichkeit verzweifelten, mit der herrschenden Unordnung zurechtzukommen.

Bilibins Worte fielen Bolkonskij ein. „Voilà le[1] rechtgläubige russische Heer", dachte er.

Um sich bei irgendeinem von diesen Leuten zu erkundigen, wo wohl der Oberkommandierende wäre, ritt er an eine solche Trainkolonne heran.

Er geriet an ein sehr eigenartig aussehendes einspänniges Fuhrwerk, das offenbar von Soldaten hergestellt war, eine Art Mittelding zwischen Bauernwagen, Kabriolett und Kalesche. Ein Soldat kutschierte das Fuhrwerk, und drinnen, hinter dem Spritzleder und

[1] das ist das.

nach oben durch ein ledernes Verdeck geschützt, saß eine ganz in Tüchern gehüllte Frau. Fürst Andrej ritt heran und wandte sich schon mit einer Frage an den Soldaten, als die Frau im Wagen durch ihr verzweifeltes Geschrei seine Aufmerksamkeit erregte. Der Offizier, der den Transport leitete, schlug auf den kutschierenden Soldaten ein, weil er sich an einigen anderen Wagen hatte vorbeidrängen wollen, und die Peitsche hatte das Spritzleder des Wagens getroffen. Die Frau schrie durchdringend. Als sie den Fürsten Andrej erblickte, beugte sie sich über das Spritzleder, fuchtelte aufgeregt mit ihren mageren hinter ihrem Umschlagetuch hervorschießenden Armen und schrie:

„Adjutant, Herr Adjutant ... Um Gottes willen ... beschützen Sie mich ... Was soll nur daraus werden? ... Ich bin die Frau des Arztes vom siebenten Jägerregiment ... Sie lassen mich nicht durch ... wir sind zurückgeblieben ... haben die Unsrigen verloren ..."

„Zu Mus schlage ich dich! Kehr um!" schrie der Offizier in rasender Wut den Soldaten an, „kehr um mit deiner alten Schachtel! Mach, daß du zurückkommst!"

„Herr Adjutant, beschützen Sie uns! Was soll das werden!" schrie die Doktorsfrau.

„Wollen Sie gefälligst diesen Wagen durchlassen. Sehen Sie denn nicht, daß es sich um eine Frau handelt?" sagte Fürst Andrej und ritt dicht an den Offizier heran.

Der Offizier sah ihn an, gab keine Antwort und wandte sich wieder dem Soldaten zu: „Ich will dich lehren, hier andere überholen zu wollen! ... Zurück!"

„Lassen Sie den Wagen vorbei, sage ich Ihnen", wiederholte Fürst Andrej und preßte die Lippen zusammen.

„Wer bist du denn überhaupt?" wandte sich der Offizier jetzt mit der ganzen rasenden Wut des Betrunkenen zu ihm. „Wer bist du eigentlich? Du" — er betonte das Du ganz besonders nachdrücklich — „bist wohl irgend so ein Vorgesetzter, was? Hier bin ich der Vorgesetzte, nicht du. Du, mach, daß du zurückkommst!" schrie er dann wieder. „Ich schlage dich zu Mus!"

Dieser Ausdruck gefiel ihm offenbar ganz besonders gut.

„Na, der hat dem kleinen Adjutanten ja gehörig eins auf die Schnauze gegeben", ließ sich weiter hinten eine Stimme vernehmen.

Fürst Andrej sah, daß der Offizier sich in jenem Zustande von Betrunkenheit befand, in dem die Leute grundlose Wutanfälle bekommen und nicht mehr wissen, was sie reden. Er sah, daß sein Eintreten für die Doktorsfrau im Wagen gerade die Wirkung hatte, die er in der ganzen Welt am meisten fürchtete, nämlich die, die man ridicule[1] nennt; aber sein instinktives Gefühl gab ihm etwas anderes ein. Der Offizier hatte kaum die letzten Worte ausgesprochen, als Fürst Andrej sein Pferd hart an das des Betrunkenen drängte und mit wutverzerrtem Gesicht die Kosakenpeitsche hob.

„Sie ... sol=len ... den ... Wa=gen ... vor=bei=las=sen!"

Der Offizier machte nur noch eine Handbewegung und ritt rasch davon.

„Wo sie hinkommen, richten sie doch nichts als Unordnung an, diese Kerle von den Stäben", brummte er. „Ach, machen Sie meinetwegen, was Sie wollen."

Fürst Andrej ritt eilig von der Doktorsfrau fort, die ihn ihren Retter nannte, und ließ noch einmal mit einem Gefühl des Ekels alle Einzelheiten dieser unwürdigen Szene an sich vorüberziehen, während er dem Dorfe zuritt, wo, wie man ihm gesagt hatte, der Oberkommandierende sich befinden sollte.

Beim Dorf angekommen, saß er ab und ging auf das erste Haus zu, um sich wenigstens einen Augenblick zu erholen, etwas zu sich zu nehmen und Ordnung in die Gedanken zu bringen, die auf ihm lasteten und ihn quälten. „Das ist ja ein Haufe von Halunken, aber keine Armee", dachte er, während er an das Fenster des ersten Hauses trat. In diesem Augenblick rief ihn eine bekannte Stimme bei seinem Namen.

Er sah auf. Aus dem kleinen Fenster steckte Neswizkij sein hübsches Gesicht heraus. Neswizkij kaute mit vollem Munde, winkte mit den Händen und forderte ihn auf, hereinzukommen.

„Bolkonskij, Bolkonskij, hörst du denn nicht? Rasch, komm herein!" schrie er.

Fürst Andrej trat ein und sah Neswizkij und noch einen anderen Adjutanten bei einem Imbiß sitzen. Sie überfielen Bolkonskij gleich mit der Frage, ob er nichts Neues wisse. Auf ihren ihm so wohlbekannten Gesichtern las Fürst Andrej Aufregung und Unruhe. Ganz besonders deutlich prägte sich das auf Neswizkijs sonst immer lachendem Gesicht aus.

„Wo ist der Oberkommandierende?" fragte Bolkonskij.

„Hier im Dorf, in dem Hause da drüben", antwortete der Adjutant.

„Nun, wie ist es? Stimmt es, daß kapituliert und Frieden geschlossen wird?" fragte Neswizkij.

„Das frage ich euch. Ich weiß nichts als das eine, daß ich nur mit Mühe und Not mich bis zu euch durchgearbeitet habe."

„Aber hier bei uns ist ein Zustand, Bruder! Schauerlich! Ich bekenne mich schuldig, Bruder: über Mack haben wir uns lustig ge-

[1] lächerlich.

macht, und uns selbst ergeht es jetzt noch ärger", sagte Neswizkij. „Aber setze dich doch und iß etwas."

„Sie werden weder Ihren Wagen noch sonst irgend etwas finden, Fürst, und Ihr Peter mag Gott weiß wo sein", sagte der andere Adjutant.

„Wo ist das Hauptquartier?"

„In Znaim bleiben wir über Nacht."

„Ich habe alles, was ich brauche, auf zwei Pferde packen lassen", sagte Neswizkij, „und mein Bursche hat das sehr gewandt gemacht. Meinetwegen können wir also selbst durch die böhmischen Berge auskratzen. Ja, es ist schlimm, Bruder. Aber was ist denn mit dir, du bist sicher krank, daß du so zusammenzuckst?" fragte er dann, da er sah, daß Fürst Andrej zusammenfuhr, als sei er mit einer Leydener Flasche in Berührung gekommen.

„Nichts", antwortete Fürst Andrej.

Ihm war gerade wieder seine Begegnung mit der Doktorsfrau und dem Trainoffizier eingefallen.

„Was macht denn der Oberkommandierende hier?" fragte er.

„Ich weiß schon gar nichts mehr", sagte Neswizkij.

„Und ich weiß das eine, daß hier alles ekelhaft ist, ekelhaft, ekelhaft, ekelhaft!" sagte Fürst Andrej und ging auf das Haus zu, in dem der Oberkommandierende sich aufhielt.

Fürst Andrej kam an Kutusows Equipage und an den Reitpferden der Suite und den laut miteinander plaudernden Kosaken vorüber und betrat den Hausflur. Wie die Kameraden dem Fürsten Andrej gesagt hatten, war Kutusow selbst drinnen und mit ihm der Fürst Bagration und Weyrother. Weyrother war der österreichische General, der an die Stelle des gefallenen Schmidt getreten war. Im Hausflur hockte der kleine Koslowskij vor einem Schreiber. Der Schreiber hatte die Ärmel seiner Uniform aufgestreift und schrieb hastig auf einem umgestülpten Kübel. Koslowskis Gesicht machte einen ermüdeten Eindruck, offenbar hatte er die Nacht nicht geschlafen. Er warf dem Fürsten Andrej nur einen flüchtigen Blick zu, begrüßte ihn aber nicht einmal durch ein Kopfnicken.

„Die zweite Linie ... Hast du das geschrieben?" fuhr er zu diktieren fort. „Das Kiewsche Grenadierregiment, das Podolische ..."

„Ich komme nicht mit, Ew. Hochwohlgeboren", antwortete der Schreiber respektlos und ärgerlich und sah Koslowskij an.

Durch die Tür hörte man jetzt Kutusows Stimme lebhaft und unzufrieden sprechen und eine andere unbekannte Stimme ihn unterbrechen. An dem Ton dieser Stimmen, daran, daß Koslowskij kein Wort der Begrüßung für ihn hatte, an der respektlosen Haltung des ermüdeten Schreibers, daran, daß Koslowskij und der Schreiber in so unmittelbarer Nähe des Oberkommandierenden vor einem um=

gestürzten Kübel auf dem Fußboden saßen, und daran, daß die Kosaken, die die Pferde hielten, hart unter den Fenstern des Hauses so geräuschvoll lachten – an alldem merkte Fürst Andrej, daß irgend etwas Schwerwiegendes und Unheilvolles im Gange sein mußte.

Fürst Andrej setzte Koslowskij mit einigen Fragen zu, bis er eine Antwort bekam.

„Gleich, Fürst", sagte Koslowskij, „ich diktiere die Disposition für Bagration."

„Und die Kapitulation?"

„Von einer Kapitulation ist gar nicht die Rede. Es sind Anordnungen zum Kampf getroffen."

Fürst Andrej ging auf die Tür zu, durch die er die Stimmen hörte. Gerade wollte er sie öffnen, als die Stimmen im Zimmer verstummten und die Tür von innen geöffnet wurde und Kutusow mit seinem aufgedunsenen Gesicht und seiner Adlernase auf der Schwelle erschien. Fürst Andrej stand unmittelbar vor Kutusow; aber der Ausdruck seines einzigen sehenden Auges zeigte, daß seine Gedanken und Sorgen ihn so sehr beschäftigten, daß er die Gegenstände seines Blickfeldes gar nicht wahrnahm. Er sah seinem Adjutanten gerade ins Gesicht und erkannte ihn nicht.

„Nun, wie ist es, bist du fertig?" wandte er sich an Koslowskij.

„Sofort, Ew. Exzellenz."

Hinter dem Oberkommandierenden erschien Bagration, ein hagerer mittelgroßer und verhältnismäßig noch nicht alter Mann mit einem energischen, unbeweglichen Gesicht von orientalischem Typus.

„Ich habe die Ehre, mich zur Stelle zu melden", wiederholte Fürst Andrej mit recht lauter Stimme und überreichte das mitgebrachte Schreiben.

„Ah, aus Wien? Gut. Nachher, nachher!"

Kutusow trat mit Bagration auf die Haustürstufen hinaus.

„Nun, also lebe wohl, Fürst", sagte er zu Bagration. „Christus sei mit dir. Ich segne dich zu der großen Tat, die vor dir liegt."

Kutusows Gesicht wurde plötzlich weich, und in seine Augen traten Tränen. Mit der Linken zog er Bagration an sich, mit der ringgeschmückten Rechten machte er mit einer ihm offenbar sehr geläufigen Gebärde das Zeichen des Kreuzes über ihn und hielt ihm dann seine gedunsene Wange zum Kuß hin; Bagration küßte ihn aber nicht auf die Wange, sondern auf den Hals.

„Christus sei mit dir!" sagte Kutusow noch einmal und ging dann zu seiner Kalesche. „Setze dich zu mir", sagte er zu Bolkonskij.

„Ew. Hohe Exzellenz, ich möchte mich gern hier nützlich machen. Erlauben Sie mir bei der Abteilung des Fürsten Bagration zu bleiben."

„Setze dich zu mir", sagte Kutusow, und als er bemerkte, daß

Bolkonskij zögerte, setzte er hinzu: „Gute Offiziere brauche ich selbst, ja, die brauche ich selbst."

Sie setzten sich in die Kalesche und fuhren einige Minuten lang schweigend dahin.

„Wir haben noch viel Arbeit vor uns, viel vor uns", sagte Kutusow endlich, und es war, als hätte er mit dem Scharfblick des Alters alles durchschaut und verstanden, was in Bolkonskijs Innerem vorging. „Wenn morgen von der Abteilung auch nur der zehnte Teil davonkommt, dann will ich Gott danken", setzte er dann halb zu sich selbst sprechend hinzu.

Fürst Andrej sah Kutusow an, und unwillkürlich blieb sein Blick auf den nur eine halbe Elle von ihm entfernten sauber gepflegten Falten der Narbe an Kutusows Schläfe haften, wo ihn bei Ismail die Kugel in den Kopf getroffen und er das eine Auge verloren hatte. „Ja, er hat ein Recht, so ruhig von dem Untergang dieser Leute zu sprechen!" dachte Bolkonskij.

„Eben deshalb bitte ich ja, mich zu dieser Abteilung kommandieren zu wollen", sagte er.

Kutusow antwortete nicht. Er schien bereits vergessen zu haben, was er eben erst gesagt hatte, und saß in Gedanken versunken da. Fünf Minuten später wandte sich Kutusow, gemächlich sich im Takt der Sprungfederbewegungen hin und her wiegend, an den Fürsten Andrej, und sein Gesicht zeigte keine Spur von Erregung mehr. Mit seinem feinen Spott erkundigte er sich beim Fürsten Andrej nach den Einzelheiten seines Zusammenseins mit dem Kaiser, nach dem Widerhall, den die Nachricht von der Kremser Affäre bei Hofe gefunden habe, und nach einigen Frauen aus dem Kreise ihrer gemeinsamen Bekannten.

XIII

Kutusow hatte am 1. November durch einen seiner Kundschafter eine Nachricht erhalten, auf Grund deren ihm die Lage der von ihm kommandierten Armee nahezu hoffnungslos erscheinen mußte. Der Kundschafter hatte die Meldung gebracht, die Franzosen marschierten nach Überschreitung der Wiener Brücke mit sehr beträchtlichen Streitkräften auf die Verbindungslinie zwischen Kutusow und den aus Rußland anrückenden Truppen an. Blieb Kutusow nun im Raume von Krems stehen, so hätte die hundertundfünfzigtausend Mann starke Armee Napoleons ihn von allen seinen Verbindungen abgeschnitten, seine eigene, erschöpfte und nur vierzigtausend Mann zählende Armee eingekreist, und er selbst wäre genau in der gleichen Lage gewesen wie Mack bei Ulm. Verließ Kutusow die Straße, die zur Vereinigung mit den aus Rußland anrückenden Truppen führte, so mußte er sich ohne Weg und Steg in das unbekannte Gebiet der böhmischen Berge werfen, sich dabei gegen überlegene feindliche Kräfte wehren und jede Hoffnung auf eine Vereinigung mit Buxhoevden fahrenlassen. Entschloß Kutusow sich aber auf der Straße Krems-Olmütz zurückzugehen, um sich mit den aus Rußland anrückenden Truppen zu vereinigen, so bestand für ihn die Gefahr, daß die Franzosen, die die Donau bei Wien überschritten hatten, ihm zuvorkommen und ihn auf diese Weise zwingen konnten, auf dem Marsche und mit allen seinen Train- und Bagagekolonnen den Kampf mit dem dreimal stärkeren und ihn von zwei Seiten her packenden Gegner aufzunehmen.

Kutusow wählte diesen letzten Ausweg.

Die Franzosen hatten, wie der Kundschafter meldete, die Wiener Donaubrücke überschritten und rückten jetzt in Eilmärschen auf Znaim zu, das an Kutusows Rückzugsstraße lag, und zwar etwas über hundert Werst vor ihm. Erreichte er Znaim früher als die Franzosen, so konnte er mit einiger Sicherheit hoffen, die Rettung seiner Armee werde ihm glücken; ließ er aber die Franzosen vor ihm in Znaim einrücken, so mußte er seine Armee entweder einer schmachvollen Kapitulation, wie es die Macks bei Ulm gewesen war, oder aber der völligen Vernichtung preisgeben. Allein den Franzosen mit der ganzen Armee zuvorzukommen, war unmöglich, denn ihr Weg von Wien nach Zaim war kürzer und besser als der der Russen von Krems nach Znaim.

Noch in derselben Nacht, in der Kutusow diese Kundschaftermeldung erhalten hatte, schickte er die viertausend Mann starke Avantgarde unter Bagration nach rechts über die Berge von der Straße Krems—Znaim nach der Straße Wien—Znaim. Bagration sollte diesen Marsch machen, ohne unterwegs zu rasten, sollte dann mit der Front gegen Wien und dem Rücken gegen Znaim haltmachen und die Franzosen so lange wie möglich aufhalten, vorausgesetzt, daß es ihm gelungen war, ihnen zuvorzukommen. Kutusow selbst setzte sich mit dem Gros einschließlich der gesamten Bagage in Richtung Znaim in Marsch.

Bagration machte in der stürmischen Nacht mit seinen hungrigen, barfüßigen Soldaten den fünfundvierzig Werst langen Marsch ohne Weg und Steg über die Berge, verlor an Marschkranken den dritten Teil seines Truppenbestandes und erreichte bei Hollabrunn die Straße Wien—Znaim einige Stunden vor den Franzosen, die von Wien aus in Richtung Hollabrunn anrückten. Kutusow brauchte angesichts seiner umfangreichen Train- und Bagagekolonnen noch volle vierundzwanzig Stunden, bis er Znaim erreichte, und daher sollte Bagration, um die Armee zu retten, mit seinen viertausend hungrigen, erschöpften Soldaten die ganze feindliche Armee, mit der er bei Hollabrunn zusammenstieß, volle vierundzwanzig Stunden lang aufhalten. Das war offenbar ein Ding der Unmöglichkeit, aber eine seltsame Schicksalsfügung machte das Unmögliche möglich. Der gute Erfolg jenes Täuschungsmanövers, der die Wiener Brücke ohne Schwertstreich den Franzosen in die Hände gespielt hatte, hatte in Murat den Plan entstehen lassen, ein ähnliches Täuschungsmanöver auch mit Kutusow zu versuchen. Als Murat auf der Straße Wien—Znaim auf die schwache Abteilung Bagration stieß, glaubte er die ganze Armee Kutusows vor sich zu haben und wollte, um diese Armee mit der vollen Sicherheit des Gelingens vernichten zu können, erst die Ankunft weiterer Truppenteile abwarten, die von Wien her im Anmarsch waren. Zu diesem Zweck bot er den Russen einen dreitägigen Waffenstillstand an, und zwar unter der Bedingung, daß die beiderseitigen Truppen ihre Stellungen nicht wechseln und sich überhaupt nicht vom Fleck rühren sollten. Murat versicherte, es würden bereits Friedensverhandlungen geführt, und daher schlüge er diesen Waffenstillstand vor, um unnützes Blutvergießen zu verhindern. Der österreichische General Graf Nostiz, der sich bei der Spitze befand, schenkte den Ausführungen des Muratschen Parlamentärs Glauben und zog sich zurück und ließ damit die Abteilung Bagrations ohne Deckung. Ein anderer Parlamentär war bei der russischen Vorpostenkette erschienen, hatte ebenfalls die Nachricht von den Friedensverhandlungen verkündet und den russischen Truppen ebenfalls einen dreitägigen Waffenstillstand vorgeschlagen. Bagration antwortete, daß er von sich aus einen solchen Vorschlag weder annehmen noch ablehnen könne, und schickte einen seiner Adjutanten mit einer Meldung über den ihm gemachten Vorschlag zu Kutusow.

Dieser Waffenstillstand war für Kutusow das einzige Mittel, um Zeit zu gewinnen, der erschöpften Abteilung Bagrations die Möglichkeit eines Ausruhens zu verschaffen und seinen Train und seine Bagage, deren Bewegungen den Franzosen verborgen geblieben waren, wenigstens um einen weiteren Tagesmarsch an Znaim heranzuschieben. Dieser Waffenstillstandsvorschlag gab ihm die einzige und völlig überraschend kommende Möglichkeit, seine Armee zu retten. Kaum hatte Kutusow die Meldung erhalten, als er auch schon den seinem Stabe zukommandierten Generaladjutanten Wintzingerode ins feindliche Lager schickte. Wintzingerode sollte nicht nur den Waffenstillstand annehmen, sondern gleichzeitig auch Bedingungen vorschlagen, unter denen die russische Armee zur Kapitulation bereit sei, und währenddessen schickte Kutusow seine Adjutanten nach rückwärts, um den Anmarsch der Trains und Bagagen der gesamten Armee auf der Straße Krems—Znaim nach Möglichkeit zu beschleunigen. Nur die erschöpfte, hungrige Abteilung Bagrations sollte im Angesicht eines achtmal stärkeren Gegners als einzige unbeweglich stehenbleiben und damit die Bewegungen der Kolonnen und der ganzen übrigen Armee verschleiern.

Was Kutusow erwartet hatte, traf ein: einerseits gab ihm der zu nichts verpflichtende Kapitulationsvorschlag die Möglichkeit, einen Teil des Trains durchzubringen, und andererseits kam Murats Irrtum sehr bald ans Licht. Kaum hatte Bonaparte, der sich in Schönbrunn, fünfundzwanzig Werst von Hollabrunn, befand, Murats Bericht über das Waffenstillstandsangebot und den Kapitulationsvorschlag erhalten, als er auch schon die Täuschung erkannte und Murat folgenden Brief schrieb:

Schönbrunn, 25. Brumaire 1805, 8 Uhr morgens.

„An den Prinzen Murat.

Ich kann keine Worte finden, um Ihnen meine Unzufriedenheit auszudrücken. Sie kommandieren lediglich meine Avantgarde und haben nicht das Recht, ohne einen ausdrücklichen Befehl von mir einen Waffenstillstand zu schließen. Sie berauben mich der Früchte des ganzen Feldzuges. Brechen Sie auf der Stelle den Waffenstillstand und marschieren Sie gegen den Feind. Lassen Sie ihn wissen, der General, der den Vertrag unterzeichnet hat, sei nach französischer Auffassung dazu nicht berechtigt gewesen, da dieses Recht niemandem zustehe als dem Kaiser von Rußland.

Sollte übrigens der Kaiser von Rußland besagte Konvention ratifizieren, so werde ich sie auch ratifizieren. Aber es handelt sich ja überhaupt nur um eine List. Marschieren Sie, vernichten Sie die russische Armee, Sie haben die Möglichkeit, den Russen ihre Bagage und ihre Artillerie wegzunehmen.

Der Adjutant des Kaisers von Rußland ist ein ... Offiziere besagen nichts, wenn sie keine Vollmachten haben, und dieser hatte keine ... Die Österreicher haben sich bei der Wiener Brücke hinters Licht führen lassen, Sie lassen sich durch einen Adjutanten des Kaisers hinters Licht führen.

Napoleon."

Mit diesem scharfen Briefe jagte ein Adjutant Bonapartes zu Murat, was sein Pferd nur laufen konnte. Bonaparte selbst, der sich auf seine Generäle doch nicht genügend verlassen zu können glaubte, brach mit seiner ganzen Garde zum Kampfplatz auf, da er fürchtete, das schon bereitstehende Schlachtopfer könnte ihm sonst doch noch entschlüpfen. Währenddessen hatte die viertausend Mann starke Abteilung Bagrations lustig ihre Lagerfeuer angezündet, trocknete sich, wärmte sich, kochte sich nach drei Tagen wieder zum erstenmal ihre Grütze, und keiner von den Leuten der Abteilung wußte oder ahnte auch nur, was ihm bevorstand.

XIV

Um vier Uhr nachmittags traf Fürst Andrej, der Kutusow gegenüber seine Bitte doch noch durchgesetzt hatte, in Grund ein und meldete sich bei Bagration. Bonapartes Adjutant war noch nicht bei Murats Abteilung angelangt, und der Kampf hatte daher noch nicht begonnen. Von der allgemeinen Lage wußte man in Bagrations Abteilung so gut wie nichts, man sprach vom Frieden, ohne doch recht an seine Möglichkeit zu glauben. Man sprach auch von einem bevorstehenden Kampf und glaubte doch ebensowenig daran, daß er schon so nahe bevorstand. Bagration wußte, daß Bolkonskij Kutusows Vertrauter und Lieblingsadjutant war, und empfing ihn daher mit der ganz besonderen Auszeichnung und Liebenswürdigkeit des höheren Vorgesetzten. Er teilte ihm mit, daß es aller Wahrscheinlichkeit nach noch heute oder morgen zum Kampfe kommen würde, und stellte es ihm völlig anheim, ob er während des Kampfes in seiner Umgebung bleiben oder aber bei der Arrièregarde für Ordnung beim Zurückgehen sorgen wolle, „was ja ebenfalls sehr wichtig sei".

„Übrigens glaube ich doch nicht, daß es bereits heute zum Kampfe kommen wird", sagte Bagration, als wolle er den Fürsten Andrej beruhigen.

„Wenn er einer von diesen gewöhnlichen Stabsaffen ist, die man zur Truppe schickt, damit sie sich rasch ein kleines Kreuzchen verdienen, kann er sich diese Auszeichnung ja auch bei der Arrièregarde holen, wenn er aber bei mir bleiben will, so mag er das tun. Ist er ein tapferer Offizier, so kann er mir zustatten kommen", dachte Bagration. Ohne sonst noch etwas zu antworten, erbat Fürst Andrej sich die Erlaubnis, die Stellungen abreiten und sich die Verteilung der einzelnen Formationen ansehen zu dürfen, um für den Fall eines Auftrages zu wissen, wohin er zu reiten habe. Der diensttuende Stabsoffizier der Abteilung, ein hübscher, stutzerhaft gekleideter Mann mit einem Brillantring am Zeigefinger, einer der Offiziere, die schlecht, aber dafür gern Französisch sprachen, erbot sich, den Fürsten Andrej zu führen.

Überall sahen sie durchnäßte Offiziere mit mißmutigen Gesichtern, die aussahen, als suchten sie irgend etwas, und Soldaten, die aus dem Dorfe Türen, Bänke und Zaunpfähle heranschleppten.

„Sehen Sie, Fürst, das können wir diesem Volk nicht abgewöhnen", sagte der Stabsoffizier und deutete auf eine dieser Gruppen. „Die Offiziere kümmern sich nicht genug darum. Aber hier", er wies auf ein aufgeschlagenes Marketenderzelt, „hier strömen sie zusammen und sind nicht fortzukriegen. Heute früh erst habe ich sie alle weggejagt, und sehen Sie nur, jetzt ist das Zelt schon wieder voll. Wir müssen hinreiten, Fürst, und sie aufscheuchen. Es ist ja nur eine Augenblickssache."

„Gut, reiten wir heran, ich nehme mir bei der Gelegenheit ein Stück Käse und eine Semmel", sagte Fürst Andrej, der noch nicht dazu gekommen war, etwas zu sich zu nehmen.

„Aber warum haben Sie das nicht eher gesagt, Fürst? Ich hätte Ihnen doch von meinem Vorrat anbieten können."

Sie saßen ab und traten in das Marketenderzelt. Einige Offiziere mit geröteten und ermüdeten Gesichtern saßen an den Tischen, aßen und tranken.

„Na, was soll denn das heißen, meine Herren!" sagte der Stabsoffizier im vorwurfsvollen Ton eines Menschen, der etwas bereits mehrfach Gesagtes wiederholen muß. „Sie können sich doch nicht in dieser Weise von Ihren Formationen entfernen. Der Fürst hat doch befohlen, daß sich niemand hier aufhalten soll. Na, und Sie, Herr Stabskapitän", wandte er sich an einen kleinen, schmutzigen, mageren Artillerieoffizier, der seine Stiefel dem Marketender zum Trocknen gegeben hatte und beim Eintritt der beiden mit einem nicht ganz von Herzen kommenden Lächeln in Strümpfen aufgestanden war. „Ja, schämen Sie sich denn nicht, Kapitän Tuschin? Sie als Artillerist sollten doch den anderen mit gutem Beispiel vorangehen, und jetzt sind Sie ohne Stiefel! Sie werden ohne Stiefel eine schöne Figur machen, wenn plötzlich Alarm geschlagen wird." Der Stabsoffizier lächelte. „Wollen Sie sich bitte auf Ihre Plätze begeben, meine Herren, alle, ohne Ausnahme", schloß er in dienstlichem Ton.

Fürst Andrej mußte beim Anblick des Stabskapitäns Tuschin unwillkürlich lächeln. Schweigend und lächelnd trat er von einem ungestiefelten Fuß auf den anderen und sah mit seinen großen, klugen und guten Augen bald den Fürsten Andrej, bald den Stabsoffizier fragend an.

„Die Soldaten pflegen zu sagen: unbeschuht ist's am bequemsten", meinte der Kapitän Tuschin mit einem schüchternen Lächeln, offenbar bestrebt, aus seiner peinlichen Situation einen Ausweg durch Anschlagen eines scherzhaften Tones zu finden.

Aber er hatte noch nicht zu Ende gesprochen, als er auch schon fühlte, daß sein Scherz unangebracht war und nicht wirkte. Er wurde verlegen.

„Ich bitte die Herren, sich auf Ihre Plätze zu begeben", sagte der Stabsoffizier und gab sich Mühe, ernst zu bleiben.

Fürst Andrej warf noch einen Blick auf die dürftige Erscheinung des Artilleristen. Diese Erscheinung hatte irgend etwas Besonderes, völlig Unmilitärisches, Komisches, aber außerordentlich Anziehendes.

Der Stabsoffizier und Fürst Andrej saßen auf und ritten weiter.

Als sie das Dorf verlassen hatten, trafen und überholten sie unaufhörlich Soldaten und Offiziere verschiedener Truppenteile, die irgendwelche Gänge machten, und erblickten zur Linken im Bau befindliche Verschanzungen, denen der frisch ausgehobene Lehm einen rötlichen Farbton gab. Einige Bataillone arbeiteten an diesen Verschanzungen, die lebhaft durcheinanderwimmelnden Leute waren trotz des kalten Windes in Hemdsärmeln und sahen wie weiße Ameisen aus; über eine Grabenbrüstung wurden von unsichtbaren Händen unaufhörlich Schaufeln voll roten Lehms geworfen. Sie ritten an die Verschanzungen heran, besichtigten sie und ritten weiter. Unmittelbar dahinter kamen sie an einigen Dutzend Soldaten vorbei, die, einander ständig ablösend, die Schanze herunter zu einer Stelle in der Nähe liefen. Die beiden mußten sich die Nasen zuhalten und ihre Pferde in Trab setzen, um möglichst schnell aus der verpesteten Atmosphäre hinauszukommen.

„Voilà l'agrément des camps, monsieur le prince",[1] sagte der diensttuende Stabsoffizier.

Sie ritten die gegenüberliegende Anhöhe hinan. Von dieser Anhöhe aus konnte man bereits die Franzosen sehen. Fürst Andrej blieb halten und begann sich umzuschauen.

„Sehen Sie, hier steht unsere Batterie", sagte der Stabsoffizier und wies auf den höchsten Punkt, „es ist die Batterie von diesem komischen Kauz, der da ohne Stiefel saß. Von da aus können wir alles sehen. Reiten wir doch hin, Fürst."

„Ich danke Ihnen ergebenst, aber ich finde jetzt auch allein weiter", erwiderte Fürst Andrej, der sich von dem Stabsoffizier losmachen wollte. „Bitte bemühen Sie sich nicht mehr." Der Stabsoffizier blieb zurück, und Fürst Andrej ritt allein weiter.

Je weiter nach vorne und je näher zum Feinde er kam, desto ordentlicher und munterer wurde der Anblick, den die Truppen boten. Die größte Unordnung und Niedergeschlagenheit war dem Fürsten Andrej bei den in Richtung Znaim marschierenden Trainkolonnen begegnet, die er am Morgen überholt hatte und die ganze zehn Werst zwischen sich und den Franzosen gehabt hatten. In Grund war ebenfalls eine gewisse Unruhe und Furcht zu spüren. Aber je näher Fürst Andrej an die französische Vorpostenkette herankam,

[1] Das sind die Annehmlichkeiten des Lagerlebens, Fürst.

einen um so selbstbewußteren Eindruck machten unsere Truppen. Soldaten in Mänteln standen in Reih und Glied da, und die Feldwebel und Kompaniechefs zählten sie ab, tippten dabei den Flügelmännern der einzelnen Gruppen mit dem Finger auf die Brust und ließen sie die Hand hochheben; andere Soldaten schleppten, weit über die ganze Fläche zerstreut, Brennholz und Reisig herbei und bauten unter fröhlichem Lachen und Plaudern kleine Hütten; um die Lagerfeuer saßen bekleidete und unbekleidete Soldaten, die Hemden und Fußlappen trockneten oder Stiefel und Mäntel ausbesserten; wieder andere drängten sich um die Kessel, in denen die Grütze kochte. In einer Kompanie war das Essen gerade fertiggeworden, und die Soldaten sahen mit gierigen Gesichtern nach den dampfenden Kesseln und warteten darauf, daß der auf einem Holzklotz vor seiner Hütte sitzende Offizier, dem der Fourageunteroffizier in einem hölzernen Napf die vorgeschriebene Probe brachte, den Befehl zur Ausgabe des Essens geben würde.

In einer anderen, besonders vom Glück begünstigten Kompanie – denn nicht alle Kompanien hatten Branntwein – standen die Soldaten dicht gedrängt um ihren blatternarbigen, breitschultrigen Feldwebel, der, das Fäßchen jedesmal ein wenig überkippend, einem nach dem anderen den hingehaltenen Feldflaschendeckel füllte. Die Soldaten führten die Feldflaschendeckel mit andächtigen Gesichtern zum Munde, leerten sie, ließen den Branntwein im Mund hin und her gleiten, bevor sie ihn hinunterschluckten, wischten sich mit dem Mantelärmel den Mund und traten dann mit vergnügter Miene wieder beiseite. Alle Gesichter waren so ruhig, als gehe dies alles nicht im Angesicht des Feindes vor sich, nicht vor einer Schlacht, in der mindestens die Hälfte der Abteilung auf dem Platze bleiben mußte, sondern irgendwo in der Heimat vor dem Marsch in ein behagliches Quartier. Fürst Andrej kam über ein Jägerregiment zu den Kiewschen Grenadieren, stattlich und schneidig aussehenden Leuten, die er bei ähnlichen friedlichen Beschäftigungen antraf; in der Nähe einer besonders geräumigen und gutgebauten, offenbar für den Regimentskommandeur bestimmten Hütte kam Fürst Andrej an einem in Front aufgestellten Zug Grenadiere vorüber, vor dem ein Mann mit entblößtem Oberkörper am Boden lag. Zwei Mann hielten ihn fest, und zwei andere schlugen taktmäßig mit dünnen biegsamen Gerten auf seinen entblößten Rücken ein. Der Gezüchtigte schrie aus Leibeskräften. Ein dicker Major ging vor der Front auf und ab und sagte unaufhörlich, ohne sich durch das Geschrei stören zu lassen:

„Für den Soldaten ist Stehlen eine Schande, der Soldat soll ehrlich, anständig und tapfer sein. Wer aber seinen eigenen Kameraden bestiehlt, der hat keine Ehre im Leibe und ist ein Halunke. Nur zu, nur zu!"

Und immer weiter hörte man das Klatschen der Gertenhiebe und das verzweifelte, zugleich aber absichtlich übertriebene Geschrei des Bestraften.

„Nur zu, nur zu", wiederholte der Major.

Ein junger Offizier wandte sich mit einem Ausdruck der Ratlosigkeit und des Schmerzes von dieser Szene ab und sah den vorbeireitenden Adjutanten fragend an.

Fürst Andrej war an die vorderste Linie gekommen und ritt die Front entlang. Auf dem linken wie auch auf dem rechten Flügel standen unsere Vorpostenkette und die des Feindes weit voneinander entfernt, im Zentrum aber, an der Stelle, wo am Morgen die Parlamentäre herübergekommen waren, waren sie einander so nah, daß man hüben und drüben die Gesichter unterscheiden und sich sogar miteinander unterhalten konnte. Außer den Soldaten, die hier Posten standen, hatten sich auf beiden Seiten zahlreiche Neugierige eingefunden, die lachend die sie merkwürdig und fremd anmutenden Feinde betrachteten.

Trotz des Verbotes, an die Vorpostenkette heranzukommen, hatten sich die in der vordersten Linie befindlichen Offiziere vom frühen Morgen an der hinzudrängenden Neugierigen nicht zu erwehren vermocht. Die Postenstehenden selbst verhielten sich wie Leute, die irgendeine Rarität zu zeigen haben; sie sahen schon gar nicht mehr auf die Franzosen, sondern machten ihre Glossen über die Dazukommenden und warteten gelangweilt auf die Ablösung. Fürst Andrej blieb halten und betrachtete die Franzosen.

„Sieh nur, sieh nur", sagte ein Soldat zu seinem Kameraden und zeigte auf einen russischen Musketier, der neben einem Offizier an die Vorpostenkette gekommen war und sich lebhaft mit einem französischen Grenadier unterhielt. „Guck doch, wie fix der plappert! Da kann ja selbst der Franzose nicht mit. Da mußt du auch mal loslegen, Sidorow!"

„Warte doch, laß mich nur zuhören! Ja, der versteht's!" antwortete Sidorow, der bei seinen Kameraden aus irgendeinem Grunde für einen großen Kenner des Französischen galt.

Der Soldat, auf den die beiden lachend zeigten, war Dolochow. Fürst Andrej erkannte ihn und hörte ihm zu. Dolochow war vom linken Flügel, wo sein Regiment stand, mit seinem Kompaniechef zur Vorpostenkette gekommen.

„Na, weiter, weiter!" drängte der Kompaniechef und beugte sich vor, um auch nicht ein einziges der für ihn doch unverständlichen Worte zu verlieren. „Bitte, weiter, weiter. Was sagt er?"

Dolochow gab ihm keine Antwort; er hatte sich mit dem französischen Grenadier in eine hitzige Auseinandersetzung eingelassen. Natürlich sprachen sie vom Kriege. Der Franzose, der offenbar Russen und Österreicher verwechselte, wollte ihm beweisen, daß die Russen bei Ulm kapituliert und die Flucht ergriffen hätten; Dolochow aber wollte wieder beweisen, daß die Russen nicht kapituliert, sondern die Franzosen geschlagen hätten.

„Und von hier jagen wir euch auch weg, sobald es befohlen wird", sagte Dolochow.

„Paßt nur auf, daß wir euch nicht mitsamt all euren Kosaken in die Tasche stecken", antwortete der französische Grenadier.

Die anderen Franzosen, die den beiden zusahen und zuhörten, lachten laut auf.

„Euch werden wir noch tanzen lassen, wie Suworow euch hat tanzen lassen", meinte Dolochow.

„Qu'est-ce qu'il chante?" [1] fragte einer der Franzosen.

„De l'histoire ancienne", antwortete ein anderer, der erraten hatte, daß von früheren Feldzügen die Rede war. „L'Empereur va lui faire voir à votre Souvara, comme les autres ..." [2]

„Bonaparte ...", fing Dolochow an, aber der Franzose unterbrach ihn.

„Es heißt nicht Bonaparte! Er ist unser Kaiser! Sacré nom ...[3]", schrie er wütend.

„Der Teufel soll ihn holen, euren Kaiser!"

Und Dolochow fügte noch ein grobes russisches Soldatenschimpfwort hinzu, warf sein Gewehr über die Schulter und wandte sich ab.

„Kommen Sie, Iwan Lukitsch", sagte er zu seinem Kompaniechef.

„Na, der kann aber Französisch", riefen die Soldaten in der Vorpostenkette. „Na, jetzt lege du doch los, Sidorow!"

Sidorow zwinkerte mit den Augen, wandte sich zu den Franzosen und begann mit großer Geläufigkeit allerlei unverständliche Worte daherzuplappern:

„Kari, mala, tafa, safi, muter, kaskà", plapperte er und suchte dabei seiner Stimme eine besonders ausdrucksvolle Klangfarbe zu geben.

„Ho, ho, ho! Ha, ha, ha! Huch, huch!" prasselte bei den Soldaten ein gesundes und fröhliches Lachen los, das unwillkürlich auch auf die französische Vorpostenkette übergriff. Und man hätte meinen sollen, nach diesem Gelächter müßten sie alle die Gewehre entladen, die Artilleriegeschosse sprengen und so schnell wie möglich nach Hause gehen.

Aber die Gewehre blieben geladen, und die Schießscharten an

[1] Was erzählt er da?
[2] Geschichten von früher. Der Kaiser wird es eurem Suworow genau wie den anderen schon klarmachen.
[3] verflucht

den Dorfhäusern und Verschanzungen starrten ebenso drohend geradeaus wie vorher, und die abgeprotzten Kanonen standen noch ebenso gegeneinander gerichtet da wie zuvor.

XV

Nachdem Fürst Andrej die ganze Frontlinie vom rechten bis zum linken Flügel abgeritten hatte, wandte er sich zu der Batterie hinauf, von der aus, wie der Stabsoffizier gesagt hatte, das ganze Gelände zu übersehen war. Hier stieg er vom Pferde und blieb bei der letzten der vier abgeprotzten Kanonen stehen. Vor der Kanone ging ein postenstehender Artillerist auf und ab; er wollte vor dem Offizier Front machen, setzte dann aber auf ein ihm gegebenes Zeichen seine gleichmäßige, einförmige Wanderung wieder fort. Hinter den Kanonen standen die Protzen, noch weiter rückwärts sah man die an eingerammte Pfähle gebundenen Pferde und die Lagerfeuer der Artilleristen. Linker Hand, unweit vom letzten Geschütz, befand sich eine neue, aus Flechtwerk hergestellte Hütte, aus der sich die Stimmen einiger in lebhafter Unterhaltung begriffener Offiziere vernehmen ließen.

Von der Batterie aus übersah man in der Tat die ganze russische Stellung und einen Teil der feindlichen. Der Batterie gerade gegenüber war am Horizont auf einer Anhöhe das Dorf Schöngraben zu sehen; links und rechts davon konnte man an drei verschiedenen Stellen um rauchende Lagerfeuer französische Truppen unterscheiden, während die Hauptmasse der französischen Streitkräfte offenbar im Dorfe selbst und jenseits des Berges lag. Links vom Dorf, wo dichter Lagerfeuerrauch aufstieg, war etwas zu sehen, das einer Batterie glich, indessen ließ es sich mit unbewaffnetem Auge nicht recht erkennen. Unser rechter Flügel hatte eine ziemlich steile, die französische Position beherrschende Anhöhe inne. Hier stand unsere Infanterie und hart am Abhang des Hügels am weitesten rechts Dragoner. Im Zentrum, in dem sich auch die Batterie Tuschins befand, von der aus Fürst Andrej die Stellungen überschaute, war der Abstieg zum Bach, der im Tal zwischen unserer Stellung und Schöngraben dahinfloß, am steilsten und kürzesten. Links lehnten unsere Truppen sich an einen Wald, in dem die Lagerfeuer unserer mit Holzfällen beschäftigten Infanterie rauchten. Die französische Front zog sich weiter hin als unsere, und es war klar, daß die Franzosen die Möglichkeit hatten, uns auf beiden Seiten zu umgehen. Hinter unserer Stellung zog sich eine steile und tiefe Schlucht hin, die für die Artillerie und Kavallerie einen Rückzug beträchtlich erschweren mußte. Fürst Andrej zog sein Notizbuch hervor, stützte sich mit dem Ellbogen auf eine Kanone und machte sich mit ein paar Strichen eine Zeichnung unserer Stellung. An zwei Stellen, auf die er Bagration aufmerksam machen wollte, machte er Bleistiftnotizen. Erstens wollte er vorschlagen, die gesamte Artillerie im Zentrum zusammenzuziehen, und zweitens die Kavallerie hinter die Schlucht zurückzunehmen. Fürst Andrej, der sich ständig beim Stabe des Oberkommandierenden befunden, die Bewegungen der Truppenmassen, die allgemeinen Dispositionen sorgfältig verfolgt und sich dazu noch unausgesetzt mit kriegsgeschichtlichen Fragen beschäftigt hatte, faßte unwillkürlich auch für die bevorstehende Schlacht den Gang der Operationen nur in großen Zügen ins Auge. Er erwog die vorliegenden Möglichkeiten summarisch und im großen und legte sie sich etwa folgendermaßen zurecht: „Wenn der Feind unseren rechten Flügel angreift, so müssen das Kiewsche Grenadierregiment und das Podolische Jägerregiment ihre Stellungen so lange halten, bis die Reserven aus dem Zentrum zur Stelle sind. In diesem Falle können die Dragoner den Feind in der Flanke fassen und zurückwerfen. Richtet sich aber der Angriff gegen das Zentrum, so haben wir auf dieser Anhöhe hier im Zentrum unsere Batterien stehen, ziehen unter ihrem Schutz den linken Flügel zusammen und gehen gestaffelt bis an die Schlucht zurück."

Während er bei der Kanone stehend diese Überlegungen anstellte, hörte er wohl, wie das so zu gehen pflegt, ununterbrochen die Stimmen der Offiziere, die in der Hütte miteinander sprachen, verstand aber von dem, was sie sprachen, nicht ein einziges Wort. Plötzlich überraschte ihn eine dieser Stimmen in der Hütte so sehr durch ihren herzenswarmen Ton, daß er unwillkürlich aufzuhorchen begann.

„Nein, mein Liebster", sagte diese sympathische, dem Fürsten Andrej bekannt vorkommende Stimme, „ich behaupte, wenn man nur wissen könnte, was nach dem Tode kommt, dann würde niemand von uns Furcht vor dem Tode haben. Ganz bestimmt, mein Liebster, so ist es."

Eine andere, offenbar jüngere Stimme unterbrach ihn:

„Man mag sich fürchten oder nicht, man kommt doch nicht daran vorbei."

„Aber man fürchtet sich eben doch! Ach, ihr gescheiten Leute!" sagte eine dritte, fest und männlich klingende Stimme, die den beiden anderen ins Wort fiel. „Ja, ja, ihr Artilleristen, ihr seid gescheite Leute, und zwar darum, weil ihr immer die Möglichkeit habt, etwas mit euch zu führen, ein Schnäpschen und etwas zum Beißen."

Und der Besitzer der männlichen Stimme, offenbar ein Infanterieoffizier, lachte laut auf.

„Aber man fürchtet sich eben doch!" fuhr die erste, dem Fürsten

Andrej bereits bekannte Stimme fort. „Man fürchtet sich vor dem Unbekannten, das ist es. Da mag man noch so viel davon reden, die Seele käme in den Himmel ... wir wissen eben doch, daß es keinen Himmel gibt, sondern nur eine Atmosphäre."

Wieder unterbrach die männliche Stimme den Artilleristen.

„Na, setzen Sie mir doch mal einen Kräuterschnaps vor, Tuschin", sagte sie.

„Aha! Das ist also der Kapitän, der ohne Stiefel im Marketenderzelt stand", dachte Fürst Andrej, und es machte ihm Vergnügen, die sympathische, philosophierende Stimme wiederzuerkennen.

„Ein Kräuterschnäpschen, natürlich", sagte Tuschin, „aber was wir über ein Leben nach dem Tode wissen können, das ist doch ..."

Er kam nicht weiter, denn in diesem Augenblick ließ sich in der Luft ein Pfeifen vernehmen, es kam immer näher und näher, es wurde immer schneller und lauter, immer lauter und schneller, und als habe sie damit noch nicht alles gesagt, was sie zu sagen habe, klatschte eine Kanonenkugel unweit der Hütte auf die Erde nieder, daß es mit einer Gewalt, wie sie keinem Menschen gegeben ist, nach allen Seiten spritzte und die Erde selbst unter dem furchtbaren Schlage zu ächzen schien.

Allen voran sprang in diesem Augenblick der kleine Tuschin, die Pfeife in den Mundwinkel geklemmt, aus der Hütte; sein gutes, kluges Gesicht war ein wenig bleich. Hinter ihm kam der Besitzer der männlichen Stimme, ein stattlicher Infanterieoffizier, und eilte, sich im Laufschritt den Rock zuknöpfend, zu seiner Kompanie.

XVI

Fürst Andrej blieb zu Pferde bei der Batterie halten und schaute nach dem Rauch der Kanone aus, von der die Kugel gekommen war. Er ließ seine Augen in dem weiten Raume umherschweifen und sah nur, daß die bisher regungslosen Massen der Franzosen in Bewegung geraten waren und daß linker Hand tatsächlich eine Batterie stand. Das Rauchwölkchen vor ihr hatte sich noch nicht verzogen. Zwei französische Reiter, wahrscheinlich Adjutanten, galoppierten den Höhensaum entlang. Deutlich erkennbar, marschierte eine kleinere feindliche Kolonne bergab, anscheinend zur Verstärkung der Vorpostenkette. Noch hatte sich der Rauch des ersten Geschützes nicht verzogen, als bereits ein zweites Rauchwölkchen erschien und ein zweiter Schuß krachte. Der Kampf hatte begonnen. Fürst Andrej machte kehrt und ritt eiligst nach Grund zurück, um den Fürsten Bagration zu suchen. Hinter sich hörte er die Kanonade immer heftiger und lauter werden. Offenbar hatten die Unsrigen begonnen, das feindliche Feuer zu beantworten. Unten im Tal, an der Stelle, wo die Parlamentäre herübergekommen waren, erscholl Gewehrfeuer.

Lemarrois war kaum mit Bonapartes scharfem Brief bei Murat angelangt, als Murat, der sich schämte und seinen Fehler wiedergutmachen wollte, auch schon seine Truppen zum Angriff auf das russische Zentrum und zur Umgehung beider Flügel in Bewegung setzte, in der Hoffnung, es werde ihm noch vor dem Abend und der Ankunft des Kaisers gelingen, die schwache Abteilung ihm gegenüber zu erdrücken.

„Es hat angefangen! Es ist da!" dachte Fürst Andrej und fühlte, wie ihm das Blut immer lebhafter zum Herzen strömte. „Aber wo ist mein Toulon, und wie werde ich es erkennen?"

Als er zwischen den Kompanien hindurchschritt, die vor einer Viertelstunde noch ihre Grütze gegessen und ihren Schnaps getrunken hatten, sah er überall die gleichen raschen Bewegungen der ihre Gewehre ergreifenden und in Reih und Glied eilenden Soldaten und erkannte auf allen Gesichtern das gleiche Gefühl gesteigerter Lebendigkeit, das er auch im eigenen Herzen empfand. „Es hat angefangen! Es ist da! Es ist schrecklich und lustig zugleich!" sagte das Gesicht jedes einzelnen Soldaten und Offiziers.

Er war noch nicht bei der im Bau befindlichen Verschanzung angelangt, als er in der abendlichen Dämmerung des trüben Herbsttages eine Anzahl Reiter auf sich zukommen sah. Voran ritt einer in Filzmantel und Lammfellmütze auf einem Schimmel. Es war der Fürst Bagration. Fürst Andrej machte halt und wartete, bis er herankam. Fürst Bagration parierte sein Pferd, erkannte den Fürsten Andrej und nickte ihm zu. Während Fürst Andrej ihm seine Beobachtungen mitteilte, sah er unverwandt nach vorne.

Die Empfindung: „Es hat angefangen! Es ist da!" war sogar auf dem kräftigen, gebräunten Gesicht des Fürsten Bagration mit den halbgeschlossenen, trüben, gleichsam unausgeschlafenen Augen zu lesen. Fürst Andrej betrachtete mit unruhiger Neugier dieses unbewegliche Gesicht und hätte gern gewußt, ob dieser Mensch in diesem Augenblick etwas dachte und empfand und was er dachte und empfand. „Verbirgt sich überhaupt noch irgend etwas hinter diesem unbeweglichen Gesicht?" fragte sich Fürst Andrej, während er Bagration ansah. Fürst Bagration neigte den Kopf, um damit sein Einverständnis mit dem anzudeuten, was Fürst Andrej dargelegt hatte, und sagte dann: „Gut." Und er sagte das mit einem Ausdruck, als sei alles, was jetzt geschah und was ihm berichtet wurde, gerade das, was er vorausgesehen habe. Fürst Andrej, der von seinem raschen Ritt außer Atem gekommen war, hatte sehr schnell gesprochen. Als Fürst Bagration ihm aber einige Worte mit seinem orientalischen Akzent antwortete, da sprach er ganz besonders langsam, als wolle er dem Fürsten Andrej damit bedeuten, es liege nicht der geringste Grund zur Eile vor. Immerhin setzte er jetzt sein Pferd in Richtung auf die Batterie Tuschins in Trab. Fürst Andrej folgte ihm mit den übrigen Offizieren der Suite. Hinter Bagration ritten ein Offizier à la suite, sein persönlicher Adjutant, Sherkow, der Ordonnanzoffizier, der diensttuende Stabsoffizier auf einem hübschen englisierten Pferde und ein Militärbeamter, ein Auditeur, der aus Neugier gebeten hatte, mit ins Gefecht reiten zu dürfen. Der Auditeur, ein rundlicher Mann mit rundlichem Gesicht, sah sich mit einem naiven Lächeln der Freude nach allen Seiten um, torkelte im Sattel hin und her und bot in seinem Kamelotmantel und auf seinem Trainsattel inmitten der Husaren, Kosaken und Adjutanten einen höchst merkwürdigen Anblick.

„Der will sich nämlich mal einen Kampf ansehen", sagte Sherkow zu Bolkonskij und wies auf den Auditeur, „aber es ist ihm jetzt schon schwach geworden."

„Ach, hören Sie doch auf", meinte der Auditeur mit einem strahlenden, naiven und doch zugleich schlauen Lächeln, als fühlte er sich geschmeichelt, Sherkow als Zielscheibe für seine Späße zu dienen, und als suchte er sich dümmer zu stellen, als er in Wirklichkeit war.

„Très drôle, mon monsieur prince",[1] sagte der diensttuende Stabsoffizier. Er entsann sich, daß der Titel „Fürst" im Französischen durch eine besondere Wendung wiedergegeben wird, mit der er aber im Augenblick nicht zurechtkommen konnte.

Sie näherten sich bereits der Batterie Tuschins, und in diesem Augenblick schlug vor ihnen eine Kanonenkugel ein.

„Was ist denn da hingefallen?" fragte der Auditeur mit naivem Lächeln.

„Ein französischer Eierkuchen", sagte Sherkow.

„Also mit so etwas schießt man?" fragte der Auditeur. „Auch eine Passion!"

Und es war, als wisse er sich gar nicht zu lassen vor Vergnügen. Er hatte kaum ausgesprochen, als plötzlich wieder ein furchtbares Pfeifen ertönte, das dann mit einemmal wie mit einem Schlag in irgendeine weiche und feuchte Masse abbrach, und sch-sch-schschwapp! stürzte ein Kosak, der ein wenig rechts hinter dem Auditeur ritt, mit seinem Pferde zu Boden. Sherkow und der diensttuende Stabsoffizier sahen vor sich auf den Sattel und ritten schnell weiter. Der Auditeur blieb in der Nähe des Gestürzten halten und betrachtete ihn mit neugieriger Aufmerksamkeit. Der Kosak war tot, das Pferd schlug noch mit den Beinen.

[1] Sehr drollig, mein Herr Fürst.

Fürst Bagration sah sich mit zusammengekniffenen Augen um, und als er gewahrte, was geschehen war, wandte er sich gleichgültig wieder ab, als wollte er sagen: „Es lohnt sich doch wahrhaftig nicht, sich um solche Dummheiten zu kümmern!" Dann parierte er mit dem geschickten Griff des guten Reiters sein Pferd, beugte sich ein wenig vor und rückte seinen Degen zurecht, der sich in seinem Filzmantel verfangen hatte. Es war ein altertümlicher Degen, keiner von der Art, wie man sie jetzt trug. Dem Fürsten Andrej fiel eine früher einmal gehörte Erzählung ein, wonach Suworow in Italien seinen Degen Bagration geschenkt haben sollte, und dieser Gedanke hatte für ihn gerade jetzt etwas besonders Anziehendes. Sie ritten auf dieselbe Batterie zu, von der aus Bolkonskij sich vorhin das Schlachtfeld angesehen hatte.

„Wessen Kompanie?" fragte Fürst Bagration den Feuerwerker,* der bei den Munitionskästen stand.

Er fragte wohl: „Wessen Kompanie?", aber der Sinn seiner Frage war: „Ihr werdet hier doch keine Furcht haben?" Und der Feuerwerker begriff das.

„Des Kapitäns Tuschin, Ew. Exzellenz", schrie in strammer Haltung und mit munterer Stimme der rothaarige, über und über sommersprossenbedeckte Feuerwerker.

„Richtig, richtig", sagte Bagration, offenbar mit seinen Gedanken beschäftigt, und ritt an den Protzen vorbei auf das letzte Geschütz zu.

Als er sich ihm näherte, krachte aus diesem Geschütz ein Schuß, der ihn und seine Suite für einen Augenblick betäubte; in dem Rauch, der plötzlich das Geschütz umhüllte, sah man die Artilleristen, die die Kanone packten und sie hastig und mit Anspannung aller Kräfte wieder auf ihren Platz zurückschoben. Der breitschultrige, hochgewachsene Kanonier Nr. 1, den Stückwischer in der Hand, sprang mit weit gespreizten Beinen wieder an seine Stelle neben dem Rade zurück. Der Kanonier Nr. 2 schob mit zitternder Hand das Geschoß in den Lauf. Ein kleiner Mann in gebückter Haltung, der Offizier Tuschin, lief, über den rückwärtigen Teil der Lafette stolpernd, nach vorne und sah unter der vorgehaltenen kleinen Hand nach dem Feinde hinüber, ohne den General zu bemerken.

„Noch zwei Linien dazu, dann stimmt es gerade!" rief er mit seiner hohen, feinen Stimme, der er mit Gewalt eine flotte und schneidige, zu seiner ganzen Erscheinung so gar nicht passende Klangfarbe zu geben suchte. „Zweites Geschütz!" Seine Stimme überschlug sich. „Los, Medwedjew!"

Bagration rief den Offizier heran, und Tuschin legte mit einer zaghaften und ungeschickten Bewegung drei Finger an den Mützen-

* Anm. am Schluß des Buches.

schirm und trat auf den General zu. Die Art, mit der er salutierte, glich nicht im entferntesten der herkömmlichen militärischen Ehrenbezeigung, sondern eher der Bewegung, mit der ein Geistlicher den Segen austeilt. Obwohl Tuschins Geschütze eigentlich dazu bestimmt waren, die Talsenkung unter Feuer zu nehmen, beschoß er mit Brandkugeln das jenseits des Tales auf der Anhöhe liegende Dorf Schöngraben, aus dem große Massen von Franzosen hervorquollen.

Tuschin hatte keinerlei Befehle darüber erhalten, wohin und mit was für Geschossen er schießen sollte. So hatte er sich denn mit seinem Feldwebel Sachartschenko beraten, vor dem er großen Respekt hatte, und war daraufhin zu dem Schluß gekommen, es sei wohl das beste, das Dorf in Brand zu schießen. „Gut!" sagte Bagration auf die Meldung des Offiziers hin und begann nun das ganz offen vor ihm liegende Schlachtfeld zu betrachten, als überlege er irgend etwas. Rechts waren die Franzosen am nächsten herangekommen. Unterhalb der Anhöhe, auf der das Kiewsche Regiment stand, in der Senkung, durch die der Bach floß, hörte man das herzbeklemmende, unaufhörliche Knattern des Gewehrfeuers, und noch weiter rechts, noch jenseits der Stellung der Dragoner, machte der Offizier à la suite den Fürsten auf eine französische Kolonne aufmerksam, die unseren rechten Flügel zu umgehen suchte. Links war der Horizont durch einen nahe gelegenen Wald begrenzt. Fürst Bagration befahl zwei Bataillone aus dem Zentrum zur Verstärkung des rechten Flügels. Der Offizier à la suite wagte es, den Fürsten darauf aufmerksam zu machen, daß die Geschütze nach dem Abmarsch dieser Bataillone ohne Bedeckung bleiben würden. Fürst Bagration wandte sich zu ihm und sah ihn mit seinen trüben Augen schweigend an. Dem Fürsten Andrej wollte es scheinen, als sei diese Bemerkung des Offiziers à la suite durchaus zutreffend und als lasse sich dagegen tatsächlich nicht das geringste einwenden. Aber in diesem Augenblick kam der Adjutant des in der Talsenkung postierten Regiments angejagt und meldete, sehr starke französische Streitkräfte seien talab gekommen, das Regiment habe sehr starke Verluste gehabt und ziehe sich auf die Kiewschen Grenadiere zurück. Fürst Bagration neigte den Kopf zum Zeichen seines Einverständnisses und seiner Billigung. Dann ritt er im Schritt nach rechts weiter und schickte seinen Adjutanten zu den Dragonern, mit dem Befehl, die Franzosen zu attackieren. Aber der Adjutant kam nach Verlauf einer halben Stunde zurück und meldete, der Kommandeur der Dragoner sei bereits bis hinter die Schlucht zurückgegangen, er sei so heftig unter Feuer genommen worden, daß er seine Leute nicht weiter unnütz opfern wollte und sie im Walde habe absitzen lassen.

„Gut!" sagte Bagration.

Gerade als er von der Batterie wegritt, ließ sich auch links, im

Walde, der beginnende Lärm des Feuerkampfes vernehmen, und da es bis zum linken Flügel allzuweit war, als daß er selbst noch rechtzeitig hätte hinkommen können, schickte Fürst Bagration Sherkow dorthin ab, um dem dienstältesten General – es war derselbe, dessen Regiment Kutusow bei Braunau besichtigt hatte – zu sagen, er solle so schnell wie möglich hinter die Schlucht zurückgehen, da der rechte Flügel vermutlich nicht stark genug sein würde, um dem Feinde noch lange standzuhalten. Tuschin und das Bataillon, das ihm als Deckung dienen sollte, war vergessen. Fürst Andrej hörte aufmerksam auf alle Befehle und Anordnungen Bagrations und bemerkte zu seinem Erstaunen, daß Fürst Bagration im Grunde genommen überhaupt keine Befehle erteilte, sondern sich nur den Anschein zu geben suchte, als geschehe alles, was unter dem Zwang der Umstände, aus Zufall oder nach dem Willen der einzelnen Unterführer geschah – als geschehe das alles, wenn auch nicht immer auf seinen ausdrücklichen Befehl, so doch in Übereinstimmung mit seinen Absichten. Und dabei mußte Fürst Andrej doch die Wahrnehmung machen, daß trotz der Zufälligkeit der einzelnen Geschehnisse und ihrer Unabhängigkeit von dem Willen des Fürsten Bagration seine Anwesenheit dennoch dank dem großen Takt, den er an den Tag legte, außerordentlich viel bedeutete. Die Kommandeure, die mit aufgeregten Mienen zum Fürsten Bagration geritten kamen, wurden wieder ruhig, die Soldaten und Offiziere begrüßten ihn lustig, wurden durch seine Gegenwart frischer und munterer und legten Wert darauf, sich unter seinen Augen besonders tapfer und kaltblütig zu zeigen.

XVII

Fürst Bagration hatte den höchsten Punkt unseres rechten Flügels erreicht und ritt jetzt wieder bergab, in der Richtung, aus der man ununterbrochenes Gewehrfeuer hörte, ohne daß man wegen des dichten Pulverrauches etwas sehen konnte. Je mehr sie sich der Talsohle näherten, um so weniger war zu sehen, aber um so deutlicher machte sich die Nähe des eigentlichen Schlachtfeldes bemerkbar. Verwundete kamen ihnen entgegen. Einen, dessen unbedeckter Kopf von Blut überströmt war, schleppten zwei Soldaten, die ihn rechts und links unter den Achseln gefaßt hatten. Er röchelte und spie in einem fort Blut. Die Kugel hatte ihn offenbar in den Mund oder in die Kehle getroffen. Ein anderer, dem sie begegneten, ging aufrecht und in strammer Haltung allein und ohne Gewehr, stöhnte laut und schlenkerte vor Schmerzen den Arm hin und her, von dem das Blut wie aus einem Glasgefäß auf seinen Mantel rann. Sein Gesicht trug mehr den Ausdruck des Schreckens als des Leidens. Es war erst einen Augenblick her, daß er verwundet worden war. Nachdem sie einen Fahrweg überquert hatten, ritten sie den steilen Abhang hinunter, an dem einige Gefallene lagen, und begegneten einer Anzahl von Soldaten, unter denen auch schon Unverwundete waren. Die Soldaten stiegen schwer atmend bergan, redeten laut miteinander und schlenkerten mit den Armen, obgleich sie den General bemerkt hatten. Weiter vorn konnte man im Pulverdampf schon die Reihen der grauen Mäntel erkennen; ein Offizier, der Bagration kommen gesehen hatte, lief den bergansteigenden Soldaten schreiend nach und verlangte, sie sollten auf der Stelle umkehren. Bagration ritt an die Reihen heran, in denen bald hier, bald da Schüsse krachten und jedes Wort und jeden Kommandoruf verschlangen. Die ganze Luft war von Pulverdampf erfüllt. Die Gesichter der Soldaten waren vom Rauch geschwärzt und trugen den Ausdruck lebhafter Erregung. Einige stießen mit den Ladestöcken die Ladung in die Gewehre, andere schütteten Pulver auf die Pfannen oder holten Patronen aus den Taschen hervor, wieder andere schossen. Aber worauf sie schossen, das war bei dem Pulverdampf, den kein Wind zerteilte, nicht zu sehen. Recht oft ließ sich das klangvolle Geräusch des Summens und Pfeifens hören. „Was soll das eigentlich vorstellen?" dachte Fürst Andrej, während er auf die Reihen zuritt. „Ein Angriff kann es nicht sein, denn sie bewegen sich ja nicht vom Fleck, und ein Karree kann es auch nicht sein, denn dann müßten sie anders stehen."

Ein hagerer und anscheinend bereits altersschwacher Mann mit einem freundlichen Lächeln und Lidern, die seine greisenhaften Augen bis über die Hälfte verdeckten, was ihm einen Ausdruck von Sanftheit gab – es war der Regimentskommandeur –, ritt auf den Fürsten Bagration zu und empfing ihn wie der Hausherr einen besonders geschätzten Gast. Er meldete dem Fürsten Bagration, französische Kavallerie hätte sein Regiment attackiert, die Attacke sei zwar abgeschlagen worden, aber das Regiment habe mehr als die Hälfte seiner Leute verloren. Der Regimentskommandeur sagte, die Attacke sei abgeschlagen worden, und hatte sich diesen Fachausdruck zurechtgelegt, um das zu bezeichnen, was mit seinem Regiment vor sich gegangen war; in Wirklichkeit wußte er aber selbst nicht, was während dieser halben Stunde mit der ihm anvertrauten Truppe geschehen war, und hätte eigentlich nicht mit Sicherheit sagen können, ob die Attacke abgeschlagen oder aber sein Regiment durch diese Attacke geschlagen worden war. Er wußte nur, daß zu Beginn des Kampfes Bomben und Granaten ins ganze Regiment eingeschlagen und Leute zu Boden geworfen hatten, daß dann jemand geschrien hatte: „Reiterei!" und die Unsrigen daraufhin zu schießen begonnen hatten. Und jetzt schossen sie schon gar nicht mehr auf die Reiterei, die wieder verschwunden war, sondern auf französische Infanterie, die die Talsohle ereicht hatte und auf die Unsrigen schoß. Fürst Bagration neigte den Kopf, um damit anzudeuten, das alles sei genau das, was er gewollt und kommen gesehen habe. Dann wandte er sich zu seinem Adjutanten und befahl ihm, die beiden Bataillone des sechsten Jägerregiments, an denen sie eben vorbeigeritten waren, von der Anhöhe herzuholen. Fürst Andrej war in diesem Augenblick überrascht und betroffen von der Veränderung, die auf Bagrations Gesicht vor sich gegangen war. Sein Gesicht drückte die gesammelte und fröhliche Entschlossenheit eines Menschen aus, der sich an einem heißen Sommertage ins Wasser stürzen will und jetzt den letzten Anlauf dazu nimmt. Da gab es keine trüben, unausgeschlafenen Augen mehr, keine Miene, die tiefes Nachdenken vortäuschen sollte: die runden, entschlossenen Habichtsaugen sahen begeistert und zugleich ein wenig geringschätzig nach vorne, offensichtlich, ohne auf einem bestimmten Gegenstande haften zu bleiben. Nur seine Bewegungen waren noch ebenso langsam und gemessen wie zuvor.

Der Regimentskommandeur wandte sich an Bagration mit der inständigen Bitte, er möge doch zurückreiten, da es hier zu gefährlich sei. „Ich bitte Sie, Ew. Durchlaucht, um Gottes willen!" sagte er und sah sich beistandsuchend nach dem Offizier à la suite um, der sich aber zur Seite wandte. „Bitte, sehen Sie doch selbst!" Und er machte den Fürsten mit einer Handbewegung auf die unaufhörlich um sie herum summenden, zischenden und pfeifenden Kugeln aufmerksam. Er sprach in jenem Ton der Bitte und des Vorwurfs, mit dem wohl der Zimmermann zum vornehmen Herrn spricht, der auch einmal die Axt in die Hand nimmt: „Wir sind das ja gewohnt, aber Sie werden sich Ihre zarten Hände schwielig machen." Er sprach so, als könnten ihm selbst diese Kugeln nichts anhaben, und seine halbgeschlossenen Augen gaben seinen Worten noch mehr Nachdruck. Der Stabsoffizier schloß sich den Vorstellungen des Regimentskommandeurs an. Aber Fürst Bagration gab ihnen keine Antwort und befahl nur, das Feuer einzustellen und für die beiden anmarschierenden Bataillone einen entsprechenden Raum freizumachen. Während er noch sprach, hatte sich ein Windstoß erhoben, und als hätte eine unsichtbare Hand den die Talsohle verhüllenden Rauchvorhang von rechts nach links weggezogen, lag jetzt vor ihren Blicken die jenseitige Anhöhe mit den bergabwärts anmarschierenden Franzosen. Aller Augen richteten sich unwillkürlich auf die französische Kolonne, die in Serpentinenlinien den steilen Abhang herunter gegen uns anrückte. Schon sah man die zottigen Mützen der Soldaten, schon konnte man Offiziere und Mannschaften voneinander unterscheiden; schon konnte man die Fahne um den Schaft flattern sehen.

„Sie marschieren vorzüglich!" sagte irgend jemand in Bagrations Suite.

Die Tête der Kolonne hatte bereits die Talsohle erreicht. Der Zusammenstoß mußte auf dem Abhang diesseits des Tales stattfinden.

Die Überreste unseres soeben im Gefecht gewesenen Regiments ordneten sich hastig und zogen sich nach rechts zurück; einige Nachzügler zur Seite drängend, kamen hinter ihnen in Marschordnung die beiden Bataillone des sechsten Jägerregiments angerückt. Noch waren sie nicht bis zu Bagration gekommen, aber schon ließ sich der schwere, wuchtige Tritt der im Gleichschritt marschierenden Menschenmasse vernehmen. Am linken Flügel ging, am nächsten an Bagration vorüber, ein Kompaniechef, ein stattlicher Mann mit runden Backen und töricht-seligem Gesichtsausdruck, es war derselbe, der vorhin aus der Hütte herausgestürzt war. Er war in diesem Augenblick offenbar keines anderen Gedankens fähig, als wie er möglichst schneidig an seinem Befehlshaber vorbeimarschieren könnte.

Mit dem Selbstbewußtsein des Frontsoldaten ging er auf seinen muskulösen Beinen leicht einher, als schwämme er, hielt sich in seiner stramm herausgereckten Haltung ohne jede Anstrengung und unterschied sich durch diese Leichtigkeit seines Ganges und seiner Haltung von den schwer und wuchtig im Takt seines Schrittes auftretenden Soldaten. Er senkte den entblößten zierlichen und schmalen Degen, einen kleinen, gekrümmten Degen, der kaum wie eine Waffe aussah, hielt den Blick bald auf den Befehlshaber gerichtet, bald sah er, ohne aus dem Tritt zu kommen, sich nach seinen Leuten um und bog sich dabei geschmeidig mit dem ganzen kräftig gebauten Oberkörper in den Hüften. Man sah es ihm an, daß alle seine Seelenkräfte auf das eine Ziel gerichtet waren, so tadellos wie nur irgend möglich an seinem Befehlshaber vorbeizukommen, und da er fühlte, daß ihm das gut gelang, war er glücklich. Es war, als sagte er sich im stillen immer bei jedem zweiten Schritt: „Links ... links ... links ..." Und im gleichen Takt bewegte sich auch die ganze Mauer der mehr oder weniger streng blickenden Soldaten mit ihren schweren Tornistern und Gewehren, und es war, als sagte sich auch von diesen Hunderten von Soldaten jeder einzelne im stillen bei jedem zweiten Schritt: „Links ... links ... links ..." Ein dicker Major machte schnaufend und aus dem Tritt fallend einen Umweg um ein Gebüsch am Wegrande; ein zurückgebliebener Soldat holte, ganz außer Atem gekommen und offenbar selbst erschrocken über seinen Verstoß, im Trabe seine Kompanie ein; eine Kanonenkugel flog, die Luft zur Seite drängend, über die Köpfe des Fürsten Bagration und seiner Suite weg und schlug genau im Takt des „Links ... links!" in die Kolonne ein. „Aufschließen!" erscholl die affektiert klingende Stimme des Kompaniechefs. Die Soldaten machten einen kleinen Bogen um etwas, das an der Einschlagstelle am Boden lag; der Flügelunteroffizier, ein alter, ordengeschmückter Soldat, der sich einen Augenblick bei dem Gefallenen aufgehalten hatte, holte rasch seine Gruppe wieder ein, brachte sich mit einem kleinen Sprungschritt wieder in Tritt und sah finster vor sich hin. „Links ... links ... links ..." schien es aus dem drohenden Schweigen und dem gleichförmigen Klang der taktmäßig auf die Erde schlagenden Füße herauszutönen.

„Brav, Kinder!" sagte Fürst Bagration.

„Wir freu=ö=ö=ö=ö ..." * scholl es aus den Reihen. Ein finster blickender Soldat, der am linken Flügel marschierte, sah, während er mitschrie, den Fürsten Bagration mit einem Ausdruck an, als wollte er sagen: „Wir wissen Bescheid"; ein anderer sah Bagration gar nicht an, als fürchtete er, er könnte sich dadurch ablenken lassen, aber er riß den Mund auf, schrie ebenso wie die anderen und war vorüber.

Es wurde Befehl gegeben, haltzumachen und die Tornister abzunehmen.

Bagration holte die Reihen, die an ihm vorbeimarschiert waren, wieder ein und stieg vom Pferde. Er übergab einem Kosaken die Zügel, zog seinen Filzmantel aus und warf ihn ebenfalls dem Kosaken zu, reckte seine Beine und rückte sich die Mütze zurecht. Die Tête der französischen Kolonne, die Offiziere voran, hatte jetzt die Talsohle überquert und den Fuß des diesseitigen Abhanges erreicht.

„Mit Gott!" rief Bagration mit fester, weithin vernehmlicher Stimme, wandte sich für einen Augenblick zur Front hinter ihm um und ging dann, ein wenig mit den Armen schlenkernd, mit seinem unbeholfenen Kavalleristenschritt über den unebenen Boden vorwärts. Es sah aus, als machte ihm das ungewohnte Gehen besondere Mühe. Fürst Andrej fühlte sich von einer unwiderstehlichen Gewalt vorwärts gerissen und empfand ein Gefühl unbeschreiblichen Glückes. *

Die Franzosen waren bereits ganz nahe herangekommen; Fürst Andrej, der neben Bagration vorwärts ging, unterschied deutlich das Lederzeug, die roten Epauletten und sogar die Gesichter der Franzosen; besonders deutlich sah er einen alten französischen Offizier, der, die Füße in den Stiefeletten auswärts setzend, mühsam bergauf stieg. Fürst Bagration gab kein weiteres Kommando und ging unveränderlich schweigend vor den Reihen her. Plötzlich krachte bei den Franzosen drüben ein einzelner Schuß, dann ein zweiter, ein dritter ... und dann kamen die bisher in starrem Gleichmaß mar=

* Anm. am Schluß des Buches.

schierenden feindlichen Reihen in Bewegung, überall stiegen Rauchwolken auf und knatterte das Gewehrfeuer. Einige unserer Leute fielen, darunter auch der Offizier mit den runden Backen, der vorher so glücklich und beflissen marschiert war. Aber in dem Augenblick, da der erste Schuß gefallen war, hatte Bagration sich zur Front umgewandt und laut „Hurra!" geschrien.

„Hurra=a=a=a!" klang das langgedehnte Geschrei unsere Linie entlang, und dann stürzten sich die Unsrigen, den Fürsten Bagration und sich selbst gegenseitig überholend, in aufgelöstem Schwarm, aber fröhlich und aufgeregt bergab auf die bereits in Unordnung geratenden Franzosen.

XVIII

Der Angriff des sechsten Jägerregiments sicherte den Rückzug des rechten Flügels. Im Zentrum brachte die Tätigkeit der vergessenen Batterie Tuschins, die Schöngraben inzwischen bereits in Brand geschossen hatte, das französische Vorrücken zum Stehen. Die Franzosen waren durch das Löschen der unter dem Einfluß des Windes rasch um sich greifenden Feuersbrunst so in Anspruch genommen, daß die Unsrigen Zeit hatten, sich zurückzuziehen. Der Rückzug des Zentrums über die Schlucht hinaus spielte sich hastig und mit vielem Lärm ab, indessen gelang es doch, die Truppen zurückzunehmen, ohne daß die einzelnen Formationen durcheinandergerieten. Nur der linke Flügel, der aus dem Asowschen und dem Podolischen Infanterieregiment sowie den Pawlogradschen Husaren bestand, war in Unordnung und Auflösung geraten, da er von überlegenen französischen Kräften unter Lannes Führung gleichzeitig frontal angegriffen und von der Seite gepackt worden war. Bagration sandte Sherkow zu dem General, dem der linke Flügel unterstellt war, mit dem Befehl, sich unverzüglich zurückzuziehen.

Sherkow ließ, ohne die Hand vom Mützenschirm zu nehmen, sein Pferd sofort angaloppieren und ritt ab. Aber kaum war er von Bagration fort, da ließen ihn seine Kräfte im Stich, eine unüberwindliche Furcht kam über ihn, und er war außerstande, nach einer Gegend zu reiten, in der es so gefährlich war.

Als er an die auf dem linken Flügel stehenden Truppen herangekommen war, ritt er nicht nach vorne, wo das Feuergefecht im Gange war, sondern suchte den General und die Unterführer da, wo sie gar nicht sein konnten, und überbrachte ihnen daher auch die ihm aufgetragenen Befehle nicht.

Die Führung des linken Flügels kam dem Dienstalter nach dem Kommandeur desselben Regiments zu, das Kutusow bei Braunau besichtigt hatte und dem Dolochow als gemeiner Mann angehörte. Das Kommando über den am weitesten links liegenden Abschnitt des linken Flügels war dem Kommandeur des Pawlogradschen Husarenregiments, in dem Rostow stand, übertragen worden, und daraus ergaben sich Mißhelligkeiten. Beide Kommandeure waren gegeneinander in gereizter Stimmung, und während auf dem rechten Flügel der Kampf bereits längst im Gange war und die Franzosen schon zum Angriff vorgingen, waren die beiden Kommandeure in einem Wortwechsel begriffen, der keinen anderen Zweck als den einer fortgesetzten gegenseitigen Beleidigung hatte. Dabei waren beide Regimenter, sowohl das Kavallerie- als auch das Infanterieregiment, auf das bevorstehende Gefecht wenig vorbereitet. Vom Gemeinen bis zum General rechnete man nicht mit einem Hineingezogenwerden in den Kampf, und die Leute gingen ruhig ihren friedlichen Beschäftigungen nach: die Kavallerie fütterte ihre Pferde, die Infanterie fällte Holz.

„Er steht freilich dem Rang nach über mir", sagte der deutsche Husarenoberst, ganz rot im Gesicht, zu dem Regimentsadjutanten von der Infanterie, „also mag er tun, wozu er Lust hat. Aber ich kann meine Husaren nicht aufopfern. Trompeter! Blase zum Rückzug!"

Aber die Sache wurde eilig. Von rechts und vom Zentrum her krachte, zu einem einzigen langhallenden Donner verschmolzen, Artillerie- und Infanteriefeuer, und die Schützen des Marschalls Lannes in ihren langen Mänteln hatten bereits den Mühlendamm überschritten und traten nun diesseits in einer Entfernung von zwei Gewehrschüssen an. Der Kommandeur des Infanterieregiments ging mit seinem ruckhaft wiegenden Gange zu seinem Pferde, stieg auf, nahm eine ganz besonders korrekte und reiterliche Haltung an und ritt zum Kommandeur der Pawlogradschen Husaren. Die beiden Regimentskommandeure ritten mit höflichen Verneigungen und mit unterdrückter Wut im Herzen aufeinander zu.

„Ich muß Sie noch einmal darauf aufmerksam machen, Oberst", sagte der General, „daß ich nicht die Hälfte meiner Leute hier im Walde umkommen lassen kann. Ich ersuche Sie, ich ersuche Sie", wiederholte er, „Ihre Stellung einzunehmen und sich zur Attacke fertigzumachen."

„Und ich ersuche Sie, sich nicht in meine Angelegenheiten zu mischen", antwortete der Oberst hitzig. „Wenn Sie Kavallerist wären ..."

„Ich bin nicht Kavallerist, Oberst, aber ich bin russischer General, und wenn Sie das noch nicht wissen sollten ..."

„Das weiß ich sehr gut, Ew. Exzellenz", schrie der Oberst, wurde plötzlich dunkelrot im Gesicht und setzte sein Pferd in Bewegung.

„Wollen Sie sich bitte mit zur Vorpostenkette bemühen, dann werden Sie sehen, daß eine Attacke in diesem Gelände ganz unmöglich ist. Ich habe keine Lust, mein ganzes Regiment aufreiben zu lassen, nur um Ihnen ein Vergnügen zu machen."

„Sie vergessen sich, Oberst! Ich denke nicht an mein Vergnügen und lasse mir so etwas nicht sagen."

Der General zeigte sich bereit, die Aufforderung des Obersten zu diesem Wettkampf der Tapferkeit anzunehmen, warf sich in die Brust, machte ein grimmiges Gesicht und ritt dann mit dem Obersten auf die Vorpostenkette zu, als müßte ihre Meinungsverschiedenheit dort, im Kugelregen, zur Entscheidung gelangen. Sie kamen an die Vorpostenkette, einige Kugeln pfiffen über sie hin, und sie blieben schweigend halten. Etwas Neues war in der Vorpostenkette nicht zu sehen, denn schon von dem Platz, wo sie vorher gehalten hatten, war es deutlich wahrzunehmen gewesen, daß in diesem von Gebüschen und Schluchten durchzogenen Gelände für die Kavallerie überhaupt keine Operationsmöglichkeit bestand und daß die Franzosen den linken Flügel umfassen würden. Der General und der Oberst sahen sich scharf und vielsagend an wie zwei Hähne, die sich zum Kampf anschicken, und ein jeder wartete vergeblich darauf, daß der andere ein Zeichen von Feigheit erkennen lassen würde. Beide bestanden aber das Examen. Da es nichts weiter gab, worüber sie hätten reden sollen, und da keiner dem anderen eine Handhabe zu der Behauptung bieten wollte, er sei als erster aus der Feuerzone weggeritten, so wären sie noch lange dort halten geblieben und hätten gegenseitig ihre Tapferkeit erprobt, wenn sie nicht plötzlich im Walde, fast gerade hinter sich, Gewehrfeuer und ein dumpf-verworrenes Geschrei gehört hätten. Die Franzosen hatten die im Walde mit Holzfällen beschäftigten Soldaten überfallen. Für die Husaren gab es bereits keine Möglichkeit mehr, sich mit der Infanterie zusammen zurückzuziehen. Nach links war ihnen der Rückzug durch die französische Vorpostenkette abgeschnitten. Jetzt mußten sie also ohne Rücksicht auf das ungeeignete Gelände doch attackieren, um sich einen Weg zu bahnen.

Die Schwadron, bei der Rostow stand, war eben aufgesessen und stand mit der Front nach dem Feinde. Wieder war, ebenso wie an der Ennsbrücke, zwischen der Schwadron und dem Feinde niemand, und zwischen ihnen lag, sie trennend, die furchtbare Grenzlinie der Ungewißheit und des Schreckens, die die Lebenden von den Toten scheidet. Alle fühlten diese Grenzlinie, und die Frage, ob sie diese Grenzlinie überschreiten würden oder nicht und wie sie sie überschreiten würden, ließ einen jeden erregende Schauer empfinden.

Der Oberst ritt an die Front heran, gab auf die Fragen einiger Offiziere ärgerliche Antworten und erteilte mit der Miene eines

Menschen, der trotz allem von seiner einmal gefaßten Meinung nicht abzugehen vermag, irgendeinen Befehl. Niemand in der Schwadron konnte etwas Bestimmtes sagen, dennoch hatte es sich herumgesprochen, daß es eine Attacke geben sollte. Dann wurde „Richt euch!" kommandiert, dann rasselten die Säbel aus den Scheiden, aber noch bewegte sich niemand. Die Truppen auf dem linken Flügel, sowohl die Infanterie als auch die Husaren, fühlten, daß die Führung selbst nicht recht wußte, was zu tun war, und diese Unsicherheit teilte sich den Mannschaften mit.

„Wenn es nur schneller gehen möchte!" dachte Rostow. Er fühlte jetzt endlich den Augenblick herannahen, da er die wilde Lust einer Attacke, von der seine Kameraden ihm so viel erzählt hatten, selber kennenlernen sollte.

„Mit Gott, Kinder!" scholl jetzt Denissows Stimme. „Trab, marsch!"

Im ersten Gliede gerieten die Kruppen der Pferde in schaukelnde Bewegung. Die „Krähe" legte sich in die Zügel und setzte sich von selbst in Trab.

Rechts und vor sich sah Rostow die ersten Reihen der Husaren und noch weiter vorn etwas wie einen dunklen Streifen, den er nicht genau erkennen konnte, aber für den Feind hielt. Schüsse fielen, aber noch in ziemlicher Entfernung.

„Tempo verstärken!" erscholl das Kommando, und Rostow fühlte, wie die „Krähe" die Hinterhand vorschob und in Galopp fiel.

Rostow hatte nur auf diesen Galopp gewartet, und es wurde ihm immer fröhlicher und fröhlicher ums Herz. Vor sich gewahrte er einen alleinstehenden Baum. Dieser Baum war anfangs noch weit vor ihm, er stand gerade auf der Linie, die Rostow so furchtbar erschien. Aber da waren sie auch schon über diese Grenzlinie hinüber, und es war nicht nur nichts Furchtbares dabei, sondern alles wurde immer fröhlicher und immer mehr von Leben durchglüht. „Oh, wie ich dreinhauen werde!" dachte Rostow und umschloß immer fester den Griff seines Säbels.

„Hur-r-a-a-a!" heulte das Geschrei der Husaren auf. „Na, wer mir jetzt in den Weg kommt!" dachte Rostow, gab der „Krähe" die Sporen und ließ sie, die anderen überholend, in voller Karriere laufen. Vor sich sah er bereits den Feind. Plötzlich fegte etwas wie ein breiter Besen die Front der Schwadron entlang. Rostow hob seinen Säbel und machte sich zum Einhauen bereit, aber in diesem Augenblick entstand ein Zwischenraum zwischen ihm und dem Husaren Nikitenko, der vor ihm galoppierte, und Rostow hatte, ganz wie im Traum, das Gefühl, sich immer noch mit übernatürlicher Schnelligkeit vorwärts zu bewegen und dabei doch nicht von der Stelle zu kommen. Von hinten her prallte der ihm wohlbekannte

Husar Bondartschuk gegen ihn und warf ihm einen wütenden Blick zu. Bondartschuks Pferd scheute und ging durch, und dann war Bondartschuk auch schon vorbei.

„Warum komme ich denn gar nicht von der Stelle? Ich bin gestürzt, ich bin tot", so fuhren ihm Frage und Antwort blitzschnell durch den Kopf. Er war bereits allein mitten auf dem Felde. Er sah keine galoppierenden Pferde und keine Husarenrücken mehr vor sich, sondern ringsumher nichts als den unbeweglichen, mit Stoppeln bedeckten Erdboden. Unter sich spürte er warmes Blut. „Nein, ich bin verwundet, und nur das Pferd ist tot." Die „Krähe" wollte sich auf die Vorderbeine heben, brach aber wieder zusammen und quetschte dabei das Bein ihres Reiters. Vom Kopf des Pferdes rann Blut. Es schlug mit den Beinen und hatte doch nicht mehr die Kraft, sich aufzurichten. Rostow wollte aufstehen und fiel ebenfalls wieder zurück; seine Säbeltasche hatte sich am Sattel verfangen. Wo die Unsrigen, wo die Franzosen waren, wußte er nicht. Ringsumher war niemand zu sehen.

Endlich gelang es ihm, sein Bein frei zu machen, und er richtete sich auf. „Wo, auf welcher Seite ist jetzt die Grenzlinie, die beide Heere so scharf voneinander trennte?" fragte er sich und fand doch keine Antwort. „Ist mir nicht etwas Schlimmes zugestoßen? Kommen solche Situationen häufiger vor, und was hat man in solchen Situationen zu tun?" fragte er sich, während er aufstand; und in diesem Augenblick hatte er ein Gefühl, als hinge irgend etwas Überflüssiges und nicht zu ihm Gehöriges an seinem eingeschlafenen linken Arm. Seine eigene Hand erschien ihm fremd. Er betrachtete sorgsam seinen Arm und suchte vergebens nach Blutspuren. „Aha, da sind ja auch Menschen", dachte er freudig, als er einige Gestalten auf sich zukommen sah. „Die werden mir helfen!" Diesen Gestalten voran lief einer mit einem sonderbaren Tschako und einem blauen Mantel, mit schwarzen Haaren, sonnverbranntem Gesicht und gebogener Nase. Hinter ihm liefen noch zwei, dann folgten noch mehr Leute. Einer von ihnen rief irgend etwas sonderbar und unrussisch Klingendes. Weiter hinten sah Rostow einen russischen Husaren mitten unter Leuten mit ebensolchen sonderbaren Tschakos. Sie hielten ihn an den Armen gepackt, und hinter ihm hielten andere sein Pferd.

„Gewiß einer von uns, den sie gefangengenommen haben ... Ja. Ob sie mich auch gefangennehmen werden? Was sind das überhaupt für Leute?" dachte Rostow, der noch immer nicht seinen Augen traute. „Sind das wirklich Franzosen?" Er starrte auf die näher kommenden Franzosen, und obgleich er ganz vor kurzem nur deshalb losgaloppiert war, um an diese Franzosen heranzukommen und auf sie einzuhauen, empfand er jetzt ihre Nähe als etwas so

Furchtbares, daß er seinen Augen nicht trauen wollte. „Wer sind sie? Warum kommen sie gelaufen? Am Ende auf mich zu? Laufen sie am Ende wirklich auf mich zu? Und warum? Wollen sie mich umbringen? Mich, den doch alle so gern haben?" Er dachte daran, wie seine Mutter, seine Angehörigen, seine Freunde ihn liebten, und es erschien ihm als ganz unmöglich, daß die Feinde wirklich die Absicht haben könnten, ihn umzubringen. „Aber vielleicht wollen sie mich doch umbringen!" Mehr als zehn Sekunden stand er so da, ohne sich vom Fleck zu rühren und ohne seine Lage zu begreifen. Der vorderste Franzose, der mit der gebogenen Nase, war schon so nahe an ihn herangekommen, daß sein Gesichtsausdruck bereits deutlich zu sehen war. Und die aufgeregte, fremdländische Physiognomie dieses Menschen, der mit gefälltem Bajonett und mit angehaltenem Atem hurtig auf ihn zugelaufen kam, flößte Rostow Entsetzen ein. Er griff nach seiner Pistole, aber anstatt zu schießen, warf er sie nach dem Franzosen und lief, so schnell er konnte, auf das Gebüsch zu. Und während dieses Laufens hatte er nicht das Gefühl des Zweifels und des inneren Kampfes, das er auf der Ennsbrücke gehabt hatte, sondern nur das eines vor den Hunden fliehenden Hasen. Sein ganzes Wesen war von einem einzigen, ungeteilten Gefühl erfüllt, dem der Angst um sein junges, glückliches Leben. Rasch die Raine überspringend, flog er über das Feld dahin, mit der gleichen Hast, mit der er früher gelaufen war, wenn sie Fangen spielten, und wandte nur manchmal sein blasses, gutes, junges Gesicht nach rückwärts, und jedesmal lief ihm dann ein kalter Schauer den Rücken entlang. „Nein, ich will lieber gar nicht hinsehen", dachte er, sah sich aber doch noch einmal um, als er am Gebüsch angekommen war. Die Franzosen waren zurückgeblieben, und gerade in dem Augenblick, da Rostow sich umsah, hielt der vorderste im Laufen inne, ließ sich in Schritt fallen, wandte sich um und rief dem Kameraden hinter ihm mit lauter Stimme irgend etwas zu. Rostow machte halt. „Es kann doch wohl nicht sein", dachte er, „es ist doch unmöglich, daß sie mich umbringen wollten." Zugleich fühlte er, daß sein linker Arm so schwer war, als habe man ein Zweipfundgewicht an ihn gehängt. Er konnte nicht weiterlaufen. Der Franzose war ebenfalls stehengeblieben und zielte. Rostow kniff die Augen zusammen und bückte sich. Summend flog eine und dann noch eine zweite Kugel an ihm vorbei. Er raffte seine letzten Kräfte zusammen, hielt den linken Arm mit dem rechten fest und lief in das Gebüsch. In diesem Gebüsch waren russische Schützen.

XIX

Die im Walde überfallenen Infanterieregimenter waren in wilder Flucht aus dem Walde zurückgeflutet, die einzelnen Kompanien waren durcheinandergeraten und wälzten sich in ungeordneten Haufen rückwärts. Ein Soldat hatte in seinem Schrecken den im Kriege so furchtbaren und oft so sinnlosen Ruf: „Wir sind abgeschnitten!" ausgestoßen, und dieser Ruf pflanzte sich samt dem durch ihn hervorgerufenen Gefühl des Entsetzens durch die ganze Menschenmasse fort.

„Wir sind umgangen! Sind abgeschnitten! Verloren!" schrien die Flüchtenden durcheinander.

Im selben Augenblick, da der Regimentskommandeur hinter sich das Schießen und Schreien hörte, begriff er auch, daß mit seinem Regiment irgend etwas Schreckliches vor sich ging, und der Gedanke, daß er, ein vorbildlicher Offizier, der sich in den langen Jahren seiner Dienstzeit nie das geringste hatte zuschulden kommen lassen, daß er vor seinen Vorgesetzten als ein aus Nachlässigkeit oder Mangel an Umsicht Schuldiggewordener dastehen könnte, dieser Gedanke durchschauerte ihn mit einer solchen Gewalt, daß er im selben Augenblick auch schon den widersetzlichen Kavallerieobersten und seine eigene beleidigte Generalswürde, vornehmlich aber alle Gefahr und allen Selbsterhaltungstrieb vergaß, seinem Pferd die Sporen gab, sich am Sattelbogen festhielt und unter einem Hagel von Kugeln, die um ihn herumpfiffen, ihn aber glücklicherweise verfehlten, zu seinem Regiment jagte. Er hatte nur den einen Wunsch: festzustellen, was geschehen war, zu helfen und den Fehler, wenn ein solcher auf seiner Seite lag, um jeden Preis wiedergutzumachen und nicht jetzt schuldig befunden zu werden, nachdem er zweiundzwanzig Dienstjahre lang als Muster eines Offiziers gegolten hatte und nicht ein einziges Mal „aufgefallen" war.

Er kam glücklich an den Franzosen vorbei und galoppierte auf das hinter dem Walde liegende Feld zu, über das die Unsrigen auf ihrer Flucht bergab liefen, ohne mehr auf irgendein Kommando zu hören. Jener Augenblick seelischen Schwankens, der das Schicksal der Schlachten entscheidet, war gekommen. Würden diese aufgelösten Soldatenhaufen jetzt auf die Stimme ihres Kommandeurs hören oder sich nur flüchtig nach ihm umsehen und dann weiterlaufen? Aber ohne auf das verzweifelte Geschrei der sonst so gefürchteten Stimme des Regimentskommandeurs, auf sein rasendes, dunkelrotes, bis zur Unkenntlichkeit verzerrtes Gesicht und auf sein wütendes Degengefuchtel zu achten, rannten die Soldaten weiter, schrien durcheinander, schossen in die Luft und hörten auf kein Kommando mehr. Jenes seelische Schwanken, das die Schicksale der

Schlachten entscheidet, hatte mit einer Entscheidung zugunsten der Furcht geendet.

Der General war vor angestrengtem Geschrei und vor Pulverrauch ins Husten gekommen und blieb jetzt verzweifelt halten. Alles schien verloren. Aber in diesem Augenblick liefen die Franzosen, die die Unsrigen angegriffen hatten, plötzlich ohne eine erkennnbare Ursache zurück, verschwanden hinter der Waldlisiere, und im Walde erschienen russische Schützen. Es war die Kompanie Timochins, die als einzige im Wald in der Hand ihres Führers geblieben war, sich am Waldrande in einem Graben festgesetzt und jetzt die Franzosen von da aus unerwartet angegriffen hatte. Timochin hatte sich mit einem so wilden Geschrei auf die Franzosen gestürzt und war, den Degen in der Faust, mit einer so wahnsinnigen und betrunkenen Entschlossenheit auf den Feind eingestürmt, daß die Franzosen gar nicht erst zur Besinnung kamen, die Gewehre fortwarfen und davonliefen. Dolochow, der Seite an Seite mit Timochin vorgestürmt war, hatte einen Franzosen niedergemacht und als erster einen Offizier am Kragen gepackt und ihn gefangengenommen. Die Flüchtigen kehrten wieder um, die Bataillone sammelten sich, und die Franzosen, die den linken Flügel beinahe durchbrochen hätten, waren vorläufig zurückgeworfen. Die Reserven hatten jetzt Zeit, heranzukommen, und die letzten der Fliehenden kamen zum Stehen. Der Regimentskommandeur hielt mit dem Major Ekonomow an einer Brücke und ließ die abmarschierenden Kompanien an sich vorüberziehen, als ein Soldat auf ihn zutrat, seinen Steigbügel faßte und sich so dicht an ihn herandrängte, daß er sich fast gegen das Bein des Regimentskommandeurs lehnte. Der Soldat trug einen bläulichen Mantel von Extratuch, hatte weder Tornister noch Tschako, um den Kopf hatte er eine Binde und über der Schulter hatte er eine französische Patronentasche hängen. In der Hand hielt er einen Offiziersdegen. Der Soldat sah blaß aus, aber seine hellen Augen blickten dem Regimentskommandeur frech ins Gesicht, und sein Mund lächelte. Obwohl der Regimentskommandeur gerade damit beschäftigt war, dem Major Ekonomow einen Befehl zu geben, konnte er doch nicht anders, als diesem Soldaten seine Aufmerksamkeit zuzuwenden.

„Ew. Exzellenz, hier sind zwei Beutestücke", sagte Dolochow und wies auf den französischen Degen und die Patronentasche. „Ich habe einen Offizier gefangengenommen. Ich habe die Kompanie zum Stehen gebracht." Dolochow atmete mühsam vor Erschöpfung und stieß die Worte abgehackt aus. „Die ganze Kompanie kann es bezeugen. Ich bitte Ew. Exzellenz, sich dessen zu erinnern."

„Gut, gut", sagte der Regimentskommandeur und wandte sich wieder dem Major Ekonomow zu.

Aber Dolochow ging noch nicht weg; er nahm die Binde ab und zeigte die Wunde mit dem geronnenen Blut in seinen Haaren.

„Eine Bajonettwunde, ich bin aber trotzdem in der Front geblieben. Erinnern Sie sich daran, Ew. Exzellenz."

*

Tuschins Batterie war vergessen worden, und erst als das Gefecht schon zu Ende ging und nur aus dem Zentrum noch ununterbrochenes Artilleriefeuer zu hören war, schickte Fürst Bagration seinen Stabsoffizier vom Dienst und nach ihm den Fürsten Andrej hin, um der Batterie den Befehl zu sofortigem Zurückgehen zu überbringen. Die Bedeckung, die bei Tuschins Kanonen gestanden hatte, war auf irgendeinen von irgend jemand gegebenen Befehl hin zur Verwendung im Brennpunkt des Gefechts abmarschiert; aber die Batterie feuerte trotzdem weiter und wurde nur deshalb nicht von den Franzosen genommen, weil der Feind es sich nicht vorstellen konnte, daß vier gänzlich ungeschützte Kanonen die Dreistigkeit haben sollten, ihn in dieser Weise zu beschießen. Vielmehr veranlaßte die energische Tätigkeit dieser Batterie die Franzosen zu der Annahme, hier im Zentrum seien die Hauptstreitkräfte der Russen konzentriert; daher versuchten sie zweimal diesen Punkt anzugreifen, wurden aber beide Male durch das Kartätschenfeuer der völlig einsam auf ihrer Anhöhe stehenden vier Kanonen wieder vertrieben.

Bald nachdem Fürst Bagration die Batterie verlassen hatte, war es Tuschin gelungen, Schöngraben in Brand zu schießen.

„Sieh doch, wie sie da durcheinanderwimmeln! Es brennt! Guck, was für ein Rauch! Das war geschickt gemacht! Großartig! So ein Rauch, so ein Rauch!" schwirrten die lebhaften Stimmen der Bedienungsmannschaft durcheinander.

Alle Geschütze schossen ohne weitere Befehle in der Richtung des Brandes. Als wollten sie einander anfeuern, schrien die Soldaten bei jedem Schuß: „Gut gemacht! So ist es richtig! Jawohl, ja! ... Großartig!" Der Wind trug das Feuer weiter, und es breitete sich rasch aus. Die französischen Kolonnen, die schon vom Dorf aus vormarschiert waren, kehrten wieder zurück; aber als wollte er sich für diesen Mißerfolg rächen, brachte der Feind rechts des Dorfes zehn Geschütze in Stellung und begann Tuschin mit ihnen zu beschießen.

In ihrer kindlichen Freude über den Brand und im Eifer des Gefechtes bemerkten unsere Artilleristen diese Batterie erst, als zwei Kanonenkugeln und gleich darauf vier weitere zwischen den Geschützen einschlugen, von denen eine zwei Pferde zu Boden warf, während eine andere einem Fahrer das Bein wegriß. Aber die muntere Belebtheit der Artilleristen, die nun einmal da war, erlahmte deshalb nicht im geringsten, wenn sie auch eine andere Färbung bekam. Die gefallenen Pferde wurden durch andere, von einer Reservelafette genommene ersetzt, die Verwundeten fortgeschafft und die vier Geschütze gegen die zehn Kanonen starke feindliche Batterie gerichtet. Der zweite Batterieoffizier, Tuschins Kamerad, fiel gleich bei Beginn des Kampfes, und im Verlauf einer Stunde verlor die vierzig Mann starke Batterie deren siebzehn, aber trotzdem blieben die Artilleristen eifrig und lustig wie zuvor. Zweimal wurden am Fuß der Anhöhe, nicht weit von der Batterie, Franzosen beobachtet und beidemal unter Kartätschenfeuer genommen.

Der kleine Mann mit den schwächlichen, ungeschickten Bewegungen ließ sich alle Augenblicke von seinem Burschen, wie er sagte „daraufhin noch ein Pfeifchen" geben, verschüttete aber in seiner Ungeschicklichkeit immer wieder das Feuer, wenn er nach vorn rannte, um unter der vorgehaltenen Hand nach dem Feinde hinüberzuspähen.

„Los, Kinder!" rief er immer wieder und griff selbst mit zu, um das Geschütz nach dem Schuß wieder vorzurücken oder die Schrauben anzuziehen.

Mitten im Pulverdampf, betäubt von den unaufhörlichen Schüssen, die ihn jedesmal zusammenzucken ließen, lief Tuschin, ohne seinen Nasenwärmer aus dem Munde zu nehmen, von einem Geschütz zum anderen, visierte, überzählte die Munition, sorgte dafür, daß die gefallenen oder verwundeten Pferde ersetzt wurden, und schrie dabei mit seiner schwachen, dünnen, unsicher klingenden Stimme. Sein Gesicht wurde immer lebhafter. Nur wenn wieder jemand fiel oder verwundet wurde, dann legte er es in finstere Falten, wandte sich von dem Getroffenen ab und schrie die Leute wütend an, wenn sie, wie es ja immer zu gehen pflegt, zauderten, den Verwundeten oder den Leichnam des Gefallenen aufzuheben. Die Soldaten, zum größten Teil hübsche, stattliche Burschen, wie in allen Batterie-Kompanien, zwei Köpfe größer als ihr Offizier und doppelt so breit, sahen zu ihrem Kommandeur auf, wie es wohl Kinder in einer bedrängten Lage tun, und der Ausdruck seines Gesichts spiegelte sich unverändert auf den ihren wider.

Infolge des furchtbaren Lärms und Tumults und der Notwendigkeit unausgesetzten Achtgebens und Tätigseins spürte Tuschin nicht die geringste unangenehme Anwandlung von Furcht, und der Gedanke, er könnte getötet oder schwer verwundet werden, kam ihm gar nicht in den Sinn. Im Gegenteil, es wurde ihm immer fröhlicher ums Herz. Es war ihm, als läge der Augenblick, in dem er den Feind zu Gesicht bekommen und den ersten Schuß abgegeben hatte, bereits sehr lange zurück, fast, als wäre es gestern gewesen, und als sei dies Stückchen Feld, auf dem er hier mit seiner Batterie stand, ihm ein längst bekannter und heimatlich vertrauter Platz. Obwohl er alles überschaute, alles durchdachte, alles tat, was der beste Offizier in seiner Lage nur tun konnte, befand er sich doch in einem Zustand, der dem eines delirierenden Fieberkranken oder eines Betrunkenen glich.

Aus dem betäubenden Geschützdonner ringsumher, aus dem Pfeifen und Einschlagen der feindlichen Geschosse, aus dem Anblick der schweißbedeckten und mit glühroten Gesichtern um die Geschütze herumhastenden Bedienungsmannschaft, aus dem Anblick des Menschen- und Pferdebluts, aus dem Anblick der Rauchwölkchen da drüben bei den feindlichen Batterien, deren Erscheinen jedesmal das Kommen einer Kanonenkugel ankündigte, die dann in die Erde, in einen Menschen, ein Geschütz oder Pferd einschlug, aus alldem hatte er sich in seinem Kopfe eine phantastische Welt aufgebaut, an der er jetzt seine Freude hatte. Die feindlichen Kanonen waren in seiner Vorstellung keine Kanonen, sondern Tabakspfeifen, aus denen ein unsichtbarer Raucher von Zeit zu Zeit eine Rauchwolke aufsteigen ließ.

„Aha, da hat er wieder mal einen Zug getan", murmelte Tuschin leise vor sich hin, als von der Anhöhe drüben eine Rauchwolke aufstieg und vom Winde streifenförmig nach links davongetrieben wurde. „Jetzt kommt gleich so ein kleiner Ball, den müssen wir ihm zurückwerfen."

„Wie befehlen Ew. Wohlgeboren?" fragte der Feuerwerker, der neben ihm stand und ihn murmeln hörte.

„Nichts, eine Granate . . .", antwortete er.

„Na, und jetzt also unsere Matwjewna", sagte er vor sich hin. Matwjewna hieß in seiner Phantasiewelt eine große Kanone von veralteter Gußart, die letzte in der Reihe. Die Franzosen bei ihren Geschützen da drüben kamen ihm wie Ameisen vor. Und der Kanonier Nr. 1 des zweiten Geschützes, ein hübscher Bursche und scharfer Zecher, war in seiner Welt der „Onkel". Tuschin sah ihm häufiger zu als den andern und hatte seine Freude an jeder seiner Bewegungen. Der Klang des bald nachlassenden, bald wieder auflebenden Gewehrfeuers am Fuß der Anhöhe erschien ihm wie das Atmen irgendeines Unbekannten, und er horchte darauf, wie dieses Atmen bald leiser wurde und bald wieder anschwoll.

„Sieh mal an, wie er jetzt wieder atmet, wie er tief Atem holt", sagte er zu sich selbst.

Und er selbst kam sich wie ein gewaltiger Riese vor, der den Franzosen mit beiden Händen seine Kanonenkugeln zuschleuderte.

„Nun, Matwjewna, mein Mütterchen, laß mich nicht im Stich", sagte er und trat von dem Geschütz zurück, als er dicht über sich eine fremde, unbekannte Stimme rufen hörte:

„Kapitän Tuschin! Kapitän!"

Tuschin sah sich erschrocken um. Es war derselbe Stabsoffizier, der ihn aus Grund weggejagt hatte. Er schrie ihn jetzt atemlos an:

„Sind Sie wahnsinnig geworden? Zweimal haben Sie den Befehl bekommen, zurückzugehen, und Sie ..."

„Warum kriegen die mich denn vor ...?" dachte Tuschin und sah den Vorgesetzten ängstlich an.

„Ich ... ich habe nichts ...", stammelte er, zwei Finger am Mützenschirm, „ich ..."

Ober der Oberst kam nicht dazu, alles zu sagen, was er eigentlich wollte. Eine ganz nahe vorbeifliegende Kanonenkugel ließ ihn sich tief ducken und sich über den Widerrist seines Pferdes beugen. Er schwieg ein Weilchen und wollte dann wieder anfangen, als ihn abermals eine vorbeisausende Kugel innehalten ließ. Er warf sein Pferd herum und jagte davon.

„Zurückgehen! Alles zurückgehen!" schrie er noch aus der Ferne.

Die Soldaten lachten. Gleich darauf kam ein Adjutant mit demselben Befehl angejagt.

Dieser Adjutant war Fürst Andrej. Das erste, was er zu sehen bekam, als er die Hochfläche erreicht hatte, auf der Tuschins Kanonen standen, war ein ausgespanntes Pferd mit zerschossenem Bein, das neben den angespannten Pferden wieherte. Von seinem Bein floß das Blut wie ein Bach. Zwischen den Protzen lagen einige Tote. Während er heranritt, flog eine Kanonenkugel nach der andern über ihn hin, und er fühlte, wie ein nervöses Zittern seinen Rücken entlanglief. Aber der Gedanke allein, er habe ja Furcht, genügte, um ihn seinen Mut wiederfinden zu lassen. „Ich, gerade ich darf keine Furcht haben", dachte er und stieg bei den Geschützen langsam vom Pferde. Er überbrachte den Befehl, ritt aber nicht wieder fort. Er hatte sich vorgenommen, selbst dazubleiben und das Zurückgehen der Batterie persönlich zu überwachen. Neben Tuschin über die herumliegenden Leichen hinwegsteigend, sorgte er unter dem furchtbaren Feuer der Franzosen dafür, daß die Geschütze zum Abfahren fertiggemacht wurden.

„Eben ist schon einer von oben hiergewesen, aber wie schnell der sich wieder verdrückt hat!" sagte der Feuerwerker zum Fürsten Andrej. „Nicht so wie Ew. Wohlgeboren."

Mit Tuschin sprach Fürst Andrej kein Wort. Sie waren beide so beschäftigt, daß sie einander kaum zu sehen schienen. Die beiden Geschütze, die von den vieren noch gebrauchsfähig waren, wurden aufgeprotzt – eine Kanone und eine Haubitze waren so zerschossen, daß sie zurückgelassen werden mußten – dann setzte die Batterie sich bergabwärts in Bewegung. Jetzt ritt Fürst Andrej an Tuschin heran.

„Nun, also auf Wiedersehen", sagte er und streckte Tuschin die Hand hin.

„Auf Wiedersehen, auf Wiedersehen, mein Lieber", antwortete Tuschin. „Sie liebe Seele! Leben Sie wohl, mein Lieber!" Und dabei traten ihm plötzlich die Tränen in die Augen, ohne daß jemand hätte sagen können, warum.

XX

Der Wind hatte sich gelegt, schwarze Wolken hingen tief auf das Schlachtfeld herunter und verschmolzen am Horizont mit dem Pulverdampf. Es war dunkel geworden, und um so deutlicher sah man an zwei verschiedenen Stellen den roten Schein von Feuersbrünsten. Das Artilleriefeuer hatte nachgelassen, aber immer häufiger und immer näher war hinten und zur Rechten das Knattern des Gewehrfeuers zu hören. Kaum war Tuschin mit seinen Geschützen, um die am Boden liegenden Verwundeten herumfahrend, manchmal auch ohne ihnen im Dunklen rechtzeitig ausweichen zu können, aus dem Feuerbereich hinaus und in die Schlucht gelangt, als ihm eine Anzahl höherer Offiziere und Adjutanten begegnete, darunter der Stabsoffizier und Sherkow, der ebenfalls zweimal zu Tuschins Batterie geschickt worden, aber keinmal bis zu ihr hingelangt war. Jetzt konnten sie alle sich gar nicht genug tun im Erteilen und Bestellen von Befehlen, einer unterbrach immer den andern, sie gaben ihm genaue Instruktionen, wie und wohin er zu marschieren habe, machten ihm Vorwürfe und hatten alles mögliche an seinem Verhalten auszusetzen. Tuschin gab seinen Leuten keinerlei Befehle mehr, schien sich um nichts zu kümmern und ritt auf seinem Artillerieklepper schweigend hinter seiner Batterie her: er fürchtete, beim ersten Wort, das er sprechen würde, in Tränen auszubrechen, ohne doch selbst zu wissen, warum. Obwohl Befehl gegeben war, die Verwundeten zurückzulassen, schleppten sie sich doch in großer Zahl hinter den Truppen her und baten, sich auf die Geschütze setzen zu dürfen. Den stattlichen Infanterieoffizier, der vor dem Beginn des Kampfes aus Tuschins Hütte herausgestürzt war, hatten die Artilleristen jetzt mit einer Kugel im Bauch auf die Lafette der Matwjewna gelegt. Am Fuß des Berges trat ein blasser Husarenjunker, der den einen Arm mit dem andern festhielt, auf Tuschin zu und bat, sich auf eins der Geschütze setzen zu dürfen.

„Um Gottes willen, Kapitän, ich habe eine Kontusion am Arm", sagte er schüchtern. „Um Gottes willen, ich kann nicht mehr gehen. Um Gottes willen!"

Offenbar hatte dieser Junker schon mehr als einmal um die Erlaubnis zum Aufsteigen gebeten und war jedes Mal abschlägig beschieden worden. Er brachte jetzt denn auch seine Bitte mit unsicherer, kläglicher Stimme vor.

„Befehlen Sie doch, daß man mich aufsitzen läßt, um Gottes willen."

„Setzen Sie sich, setzen Sie sich nur", sagte Tuschin. „Lege ihm einen Mantel unter, Onkel", wandte er sich an seinen Lieblingskanonier. „Aber wo ist denn der verwundete Offizier geblieben?"

„Wir haben ihn heruntergetan, er war gestorben", antwortete einer der Soldaten.

„Steigen Sie auf! Setzen Sie sich, mein Lieber, setzen Sie sich! Lege ihm einen Mantel unter, Antonow."

Der Junker war Rostow. Er hielt seinen einen Arm mit dem andern fest, war blaß, und sein Unterkiefer zitterte in einem Anfall von Schüttelfrost. Er bekam einen Platz auf der Matwjewna, demselben Geschütz, von dem der gestorbene Offizier heruntergenommen worden war. Der untergelegte Mantel war blutig, und nun befleckte dies Blut auch Rostows Reithosen und Hände.

„Was haben Sie, sind Sie verwundet, mein lieber Freund?" fragte Tuschin und ritt an das Geschütz heran, auf dem Rostow saß.

„Nein, ich habe eine Kontusion."

„Wo kommt denn das Blut an der Lafettenwand her?" fragte Tuschin.

„Das ist von dem Offizier. Ew. Wohlgeboren, der hat es so voll Blut gemacht", sagte der Soldat, als müßte er sich entschuldigen, weil das Geschütz nicht sauber war, und wischte das Blut mit dem Mantelärmel ab.

Mit Hilfe der Infanterie wurden die Geschütze mühsam bergauf geschafft, und als die Batterie dann das Dorf Guntersdorf erreicht hatte, machte sie halt. Es war jetzt bereits so dunkel, daß man auf zehn Schritt keine Uniform mehr erkennen konnte, und das Schießen verstummte allmählich. Plötzlich hörte man von rechts her ganz aus der Nähe wieder Geschrei und Gewehrsalven. Jetzt sah man die Schüsse schon in der Dunkelheit aufblitzen. Es war der letzte Angriff der Franzosen, und die Unsrigen, die sich in den Häusern von Guntersdorf festgesetzt hatten, beantworteten ihn mit Salvenfeuer. Wieder stürzte alles aus dem Dorfe hinaus, aber Tuschins Geschütze konnten nicht von der Stelle, und die Artilleristen, Tuschin und der Junker sahen einander schweigend an und erwarteten ihr Schicksal. Dann flaute das Gewehrfeuer aber wieder ab, und aus einer Seitengasse strömten lebhaft durcheinander sprechende Soldaten heraus.

„Bist du noch heil, Petrow?" fragte einer.

„Na, denen haben wir aber warm gemacht, Bruder. Die kommen nicht so bald wieder", meinte ein anderer.

„Es war ja nichts mehr zu sehen. Wie die auf ihre eigenen Leute losgeknallt haben! Nichts war zu sehen, Brüder. Stockfinster war es. Habt ihr nichts zu trinken da?"

Die Franzosen waren zum letztenmal zurückgeschlagen. Und in dem undurchdringlichen Dunkel setzten sich Tuschins Geschütze wieder in Bewegung, dicht umdrängt von der Infanterie mit ihrem summenden Stimmengewirr; wohin es ging, wußte niemand.

Raunen und Reden von Menschenstimmen, Pferdegetrappel und Rädergerassel rann wie zu einem unsichtbaren, dunklen Strom zusammen, der sich immer in derselben Richtung durch die Finsternis fortwälzte. Aus dem allgemeinen dumpfen Lärm hörte man noch am deutlichsten das Stöhnen und Schreien der Verwundeten im nächtigen Dunkel heraus. Und es war, als erfüllte ihr Stöhnen das ganze Dunkel, das die Truppen einhüllte, und als sei ihr Stöhnen und die Finsternis dieser Nacht ein und dasselbe. Dann ging plötzlich etwas wie eine Aufregung durch die sich im Dunkel fortwälzende Menschenmasse. Irgend jemand ritt, von andern Reitern gefolgt, auf einem Schimmel vorbei und sagte im Vorbeireiten ein paar Worte. „Was hat er gesagt? Wohin geht es jetzt? Wird jetzt haltgemacht, was? Hat er uns gedankt, was?" wurde aufgeregt von allen Seiten gefragt, und dann staute sich die ganze marschierende Menschenmasse — offenbar hatte die Spitze haltgemacht —, und es verbreitete sich das Gerücht, es sei „Halt!" befohlen worden. Alle machten halt, wo sie gerade waren, mitten auf der schmutzigen Landstraße.

Feuer flammten auf, und die Gespräche der Soldaten wurden vernehmlicher. Kapitän Tuschin traf bei seiner Kompanie die nötigen Anordnungen, schickte dann einen Soldaten aus, um sich mit Rücksicht auf den Junker nach einem Verbandplatz oder Arzt umzusehen, und setzte sich dann an das Feuer, das seine Leute auf der Straße angezündet hatten. Rostow schleppte sich ebenfalls ans Feuer. Schmerz, Kälte und Nässe ließen seinen ganzen Körper in Fieberschauern zittern. Er spürte ein unbezwingliches Schlafbedürfnis, konnte aber doch nicht einschlafen, so weh tat ihm der Arm, für den er keine passende Lage finden konnte. Bald schloß er die Augen, bald starrte er in das Feuer, das ihm flammend rot erschien, bald auf die gebückte, kümmerliche Gestalt Tuschins, der mit untergeschlagenen Beinen neben ihm hockte. Tuschins große, gute und kluge Augen waren teilnahmsvoll und mitleidig auf ihn gerichtet. Er sah, daß Tuschin ihm von Herzen gern geholfen hätte und doch nichts für ihn tun konnte.

Überall hörte man die Tritte und das Sprechen vorbeikommender Soldaten zu Fuß und zu Pferde und der Infanterie, die sich ringsum gelagert hatte. Und das Geräusch der Stimmen, der Schritte und der durch den Schmutz stampfenden Pferdehufe und das Knistern des brennenden Holzes in der Nähe und in der Ferne – das alles rann zu einem einzigen dumpf brausenden Getöse zusammen.

Jetzt wälzte sich nicht mehr wie vorhin ein in der Finsternis unsichtbarer Strom dahin, sondern es war wie ein dunkles Meer, das nach dem Sturm hin und her wogend allmählich wieder zur Ruhe kommt. Ohne einen klaren Gedanken damit verbinden zu können, sah und hörte Rostow, was vor ihm und um ihn her vor sich ging. Ein Infanterist kam ans Feuer heran, kauerte sich nieder, hielt die Hände an die Flammen und wandte das Gesicht Tuschin zu.

„Erlauben Ew. Wohlgeboren?" fragte er. „Ich bin von meiner Kompanie abgekommen, Ew. Wohlgeboren, und habe keine Ahnung, wo sie ist. So ein Pech!"

Gleichzeitig war auch ein Infanterieoffizier, ein Kompaniechef, mit verbundener Backe zum Feuer getreten; er wandte sich an Tuschin und bat, er möge doch die Geschütze ein wenig vorrücken lassen, damit er mit seinem Bagagewagen vorbeikönnte. Gleich darauf kamen zwei Soldaten aufs Feuer zugelaufen, die wütend aufeinander losschimpften und schlugen und sich gegenseitig einen Stiefel streitig machten.

„Na, so was! Gefunden willst du ihn haben! So ein Schlauberger!" schrie der eine mit heiserer Stimme.

Gleich darauf kam ein magerer, blasser Soldat, der den Hals mit einem blutigen Fußlappen verbunden hatte, und verlangte von den Artilleristen in gereiztem Ton Wasser.

„Soll ich vielleicht krepieren wie ein Hund, was?" sagte er.

Tuschin ließ ihm Wasser geben. Dann kam ein sehr lustiger Soldat angelaufen und bat für die Infanterie um einen Feuerbrand.

„Einen hübschen kleinen Feuerbrand für die Infanterie! Alles Gute, liebe Landsleute, wir danken für den schönen Feuerbrand, wir werden ihn mit Zinsen zurückerstatten", sagte er und verschwand mit dem rotglühenden Feuerbrand irgendwo im Dunkeln.

Nach ihm kamen vier Soldaten, die auf einem Mantel etwas Schweres trugen, am Feuer vorbei. Einer von ihnen stolperte.

„Seht doch, diese Satans! Mitten auf den Weg haben die ihr Brennholz hingelegt!" brummte er.

„Der ist ja tot, wozu schleppen wir ihn denn noch?" meinte ein anderer.

„Na, paßt nur auf, ihr . . ."

Und sie verschwanden mit ihrer Last in der Finsternis.

„Wie geht es? Tut es sehr weh?" fragte Tuschin den Junker halblaut.

„Ja."

„Ew. Wohlgeboren möchten zum General kommen. Dort, in dem

Hause ist er", sagte der Feuerwerker, der auf Tuschin zugetreten war.

„Sofort, mein Lieber."

Tuschin stand auf, knöpfte seinen Mantel zu, brachte mit ein paar Griffen Degen und Lederzeug in Ordnung und ging.

Nicht weit von dem Lagerfeuer der Artilleristen saß Fürst Bagration in einem für ihn hergerichteten Bauernhause beim Essen und sprach dabei mit einigen Truppenführern, die sich bei ihm versammelt hatten. Da war das alte Männchen mit den halbgeschlossenen Augen, gierig mit dem Benagen eines Hammelknochens beschäftigt, und der General mit den tadellosen zweiundzwanzig Dienstjahren, der von einem Glas Schnaps und dem Essen einen ganz roten Kopf bekommen hatte, und der Stabsoffizier mit dem auffallenden Ring und Sherkow, der seine Augen unruhig über alle Anwesenden hinlaufen ließ, und Fürst Andrej, bleich, mit zusammengepreßten Lippen und fiebrig glänzenden Augen.

In einer Ecke der Stube stand eine erbeutete französische Fahne, und der Auditeur betastete mit naivem Gesichtsausdruck ihr Gewebe und wiegte den Kopf gleichsam erstaunt hin und her; vielleicht interessierte das Aussehen der Fahne ihn wirklich, vielleicht tat er aber auch nur so, weil es ihm schwerfiel, hungrig zuzusehen, wie die andern aßen, während für ihn kein Gedeck da war. Im Nebenzimmer befand sich ein französischer Oberst, den die Dragoner gefangengenommen hatten. Um ihn drängten sich russische Offiziere, um ihn zu betrachten. Fürst Bagration sprach den Kommandeuren der einzelnen Truppenteile seinen Dank aus und erkundigte sich nach den Einzelheiten des Gefechts und nach den Verlusten. Der Kommandeur des Regiments, das Kutusow bei Braunau besichtigt hatte, setzte dem Fürsten auseinander, wie er sich gleich bei Beginn des Kampfes aus dem Walde zurückgezogen, die Holzfäller gesammelt und sie an sich habe vorbeimarschieren lassen und wie er dann mit zwei Bataillonen einen Bajonettangriff gemacht und die Franzosen zurückgeworfen habe.

„Als ich sah, Ew. Durchlaucht, daß das erste Bataillon in Unordnung geraten war, blieb ich am Wege halten und dachte: Am besten lasse ich diese da zurückgehen und empfange den Feind mit ununterbrochenem Pelotonfeuer. Und das tat ich denn auch."

Der Regimentskommandeur wünschte so innig, dies getan zu haben, und es tat ihm so leid, nicht dazu gekommen zu sein, es zu tun, daß es ihm schließlich so vorkam, als hätte er das alles wirklich getan. Und vielleicht hatte er es überhaupt auch getan? Konnte man denn in diesem Durcheinander überhaupt wissen, was getan und was nicht getan worden war?

„Dabei muß ich noch bemerken, Ew. Durchlaucht", fuhr er fort, als ihm Dolochows Gespräch mit Kutusow und sein eigenes letztes Zusammentreffen mit dem Degradierten einfiel, „daß der zum Gemeinen degradierte Dolochow vor meinen Augen einen französischen Offizier gefangengenommen und sich überhaupt ganz besonders ausgezeichnet hat."

„Und ich habe die Attacke des Pawlogradschen Regiments mit angesehen, Ew. Durchlaucht", mischte sich Sherkow ins Gespräch und ließ seine Augen unruhig umhergleiten; tatsächlich hatte er an diesem Tage die Husaren überhaupt nicht zu Gesicht bekommen, sondern nur durch einen Infanterieoffizier von ihnen gehört. „Sie haben zwei Karrees über den Haufen geritten, Ew. Durchlaucht."

Als Sherkow angefangen hatte zu sprechen, da hatten einige gelächelt, weil sie wieder einen von seinen gewöhnlichen Scherzen erwarteten; als sie aber merkten, daß seine Worte ebenfalls dem Ruhm unserer Waffen und des heutigen Tages galten, nahmen sie wieder durchaus ernste Mienen an, obwohl viele ganz genau wußten, daß Sherkows Behauptung eine völlig in der Luft schwebende Lüge war. Fürst Bagration wandte sich an den alten Obersten.

„Ich danke Ihnen allen, meine Herren, alle Truppenteile haben sich heldenmütig geschlagen: Infanterie, Kavallerie und Artillerie. Aber wie ist es denn zugegangen, daß im Zentrum zwei Geschütze zurückgelassen worden sind?" fragte er dann und ließ seine Augen umhergleiten, als suchte er jemand. Nach den Geschützen des linken Flügels erkundigte sich Fürst Bagration gar nicht erst; er wußte bereits, daß dort gleich zu Beginn des Kampfes alle Kanonen im Stich gelassen worden waren. „Ich glaube, ich bat Sie doch ..." wandte er sich an den diensttuenden Stabsoffizier.

„Eins war zerschossen", antwortete der diensttuende Stabsoffizier, „und das andere — ja, das verstehe ich auch nicht. Ich bin ja selbst die ganze Zeit über dagewesen, habe die nötigen Anordnungen getroffen und bin eben erst von dort zurückgekommen. — Es ging dort heiß her, das muß man sagen", fügte er bescheiden hinzu.

Irgend jemand sagte, Kapitän Tuschin stünde jetzt hier im selben Dorfe, und es sei schon nach ihm geschickt worden.

„Sie waren ja auch dort", wandte sich Fürst Bagration an den Fürsten Andrej.

„Natürlich, wir sind ja eine Zeitlang zusammen dagewesen", fiel der diensttuende Stabsoffizier ein und lächelte Bolkonskij gewinnend zu.

„Ich habe nicht das Vergnügen gehabt, Sie dort zu sehen", antwortete Fürst Andrej kalt und schroff.

Alle schwiegen. Auf der Schwelle erschien Tuschin und schlängelte sich schüchtern hinter den Generälen vorbei durch das enge Zimmer. Wie immer in Gegenwart von Vorgesetzten geriet er dabei in Verwirrung, sah die Fahnenstange nicht rechtzeitig und stolperte über sie. Einige Offiziere lachten.

„Wie kommt es, daß die Geschütze zurückgelassen worden sind?" fragte Bagration und sah stirnrunzelnd nicht so sehr den Kapitän als vielmehr die Lachenden an, unter denen Sherkow der lauteste war.

Erst jetzt, angesichts des strengen Vorgesetzten, kam Tuschin seine ganze Schuld und Schande schreckhaft zum Bewußtsein: er selbst war am Leben geblieben und hatte zwei Geschütze verloren. Er war bis jetzt in einer solchen Aufregung gewesen, daß er daran überhaupt noch nicht gedacht hatte. Das Gelächter der Offiziere brachte ihn noch mehr in Verwirrung. Mit zitterndem Unterkiefer stand er vor Bagration und stammelte mühsam:

„Ich weiß es nicht ... Ew. Durchlaucht ... ich hatte nicht mehr genug Leute, Ew. Durchlaucht."

„Die hätten Sie eben aus der Bedeckung nehmen sollen!"

Daß überhaupt keine Bedeckung dagewesen war, das sagte Tuschin nicht, obwohl es die reine Wahrheit war. Er scheute sich, einen andern, im Range über ihm stehenden Truppenführer „hereinzulegen", und sah Bagration starr ins Gesicht, ohne ein Wort zu sagen, etwa wie ein in Verwirrung geratener Schüler seinen Examinator ansieht.

Das Schweigen hielt eine geraume Weile an. Fürst Bagration, der offenbar nicht gern streng vorgehen wollte, wußte nicht recht, was er sagen sollte; die übrigen wagten sich nicht einzumischen. Fürst Andrej sah Tuschin von der Seite an, und seine Finger gerieten in nervöse Bewegung.

„Ew. Durchlaucht", unterbrach Fürst Andrej mit seiner schneidenden Stimme das Schweigen, „Sie hatten mich zur Batterie des Kapitäns Tuschin zu schicken beliebt. Ich war dort und fand zwei Drittel der Mannschaften und Pferde tot, zwei Geschütze völlig zerschossen, eine Bedeckung war überhaupt nicht da."

Fürst Bagration und Tuschin sahen jetzt beide starr den beherrscht und aufgeregt zugleich sprechenden Bolkonskij an.

„Und wenn Sie mir gestatten, meine Meinung zu äußern, Ew. Durchlaucht", fuhr er fort, „so möchte ich sagen, daß wir den Erfolg des Tages in erster Linie der Tätigkeit dieser Batterie und der heldenmütigen Standhaftigkeit des Kapitäns Tuschin und seiner Kompanie verdanken." Und ohne eine Antwort abzuwarten, stand Fürst Andrej sofort auf und trat vom Tische zurück.

Fürst Bagration sah Tuschin an; offenbar wollte er keinen Zweifel an der Richtigkeit des mit solcher Entschiedenheit vorgebrachten Urteils des Fürsten Andrej äußern und fühlte sich doch zugleich nicht imstande, ihm völlig zu glauben. So neigte er den Kopf und sagte zu Tuschin, er könnte wieder gehen. Fürst Andrej folgte ihm.

„Ich danke Ihnen, ich danke Ihnen. Sie haben mich herausgerissen, mein Lieber", sagte Tuschin.

Fürst Andrej sah ihn an und ging dann schweigend fort. Es war ihm trübe und schwer ums Herz. Alles das war so seltsam, so ganz unähnlich dem, was er gehofft hatte.

■

„Wer sind diese Leute? Warum sind sie hier? Was wollen sie? Und wann wird das alles einmal ein Ende haben?" dachte Rostow, während er den unablässig an ihm vorüberhuschenden Schatten nachstarrte. Die Schmerzen im Arm wurden immer quälender. Seine Müdigkeit war unbezwinglich, vor seinen Augen kreisten rote Ringe, und der Eindruck all der Stimmen und Gesichter um ihn her und das Gefühl der Verlassenheit verschmolz mit dem Schmerz im Arm zu einer einzigen Empfindung. Diese Leute um ihn her, diese Soldaten, diese Verwundeten und Unverwundeten, alle diese Leute wälzten sich über ihn und lasteten auf ihm und zerrten an seinen Sehnen und verbrannten ihm das Fleisch in seinem gebrochenen Arm und in der Schulter. Und um sich vor ihnen zu retten, schloß er die Augen.

Für eine Minute schwand ihm das Bewußtsein, aber in dieser kurzen Zeitspanne der Vergessenheit zog eine unendliche Reihe von Bildern durch seinen Traum: er sah seine Mutter und ihre große weiße Hand, sah Sonjas schmale Schultern, er sah Nataschas Augen und hörte ihr Lachen, Denissow erschien ihm mit seiner auffallenden Stimme und seinem Schnurrbart und die ganze Geschichte mit Teljanin und Bogdanytsch. Und diese ganze Geschichte war zugleich dieser Soldat da mit der durchdringenden Stimme, und diese Geschichte und dieser Soldat hatten seinen Arm gepackt und zerrten und rissen ihn immer nach einer Seite, und es tat so unablässig und so quälend weh. Er versuchte sich von ihnen loszumachen, aber sie wichen nicht um Haaresbreite und nicht für eine einzige Sekunde lang von seiner Schulter. Und sie hätte doch gar nicht weh getan, sie wäre ganz gesund gewesen, wenn sie nicht immer wieder daran gezogen hätten; aber er konnte sich nicht von ihnen frei machen.

Er öffnete die Augen und sah in die Höhe. Der schwarze Vorhang der Nacht hing tief herab, bis auf etwa eine Elle über den Lichtschein der glimmenden Kohlen. Durch diesen Lichtschein flogen die feinen Flöckchen des Schneefalls zur Erde. Tuschin war nicht wiedergekommen, der Arzt war auch noch nicht da. Er war allein, nur ein kleiner, unbekannter Soldat saß jetzt ihm gegenüber nackt am Feuer und wärmte seinen mageren, gelblichen Körper.

„Niemand vermißt mich!“ dachte Rostow. „Niemand hilft mir, niemand hat Mitleid mit mir. Und dabei war ich doch auch einmal zu Hause, ich war kräftig und vergnügt und geliebt.“ Er seufzte, und aus diesem Seufzen wurde unwillkürlich ein Stöhnen.

„Es tut wohl weh?“ fragte der kleine Soldat, der gerade sein Hemd über dem Feuer ausschüttelte, räusperte sich und fuhr fort, ohne eine Antwort abzuwarten: „Ja, wie viele haben heute dran glauben müssen! Furchtbar!“

Rostow hörte ihn gar nicht. Er sah auf die über dem Feuer herumflatternden Schneeflöckchen und dachte an den russischen Winter mit dem warmen, hellen Hause, dem flaumigen Pelz, dem schnellen Schlitten, dem gesunden Körper und mit all der Liebe und Sorge der Seinigen. „Und warum bin ich nur hierhergegangen!“ dachte er.

Am folgenden Tage erneuerten die Franzosen ihren Angriff nicht, und die Überbleibsel der Bagrationschen Abteilung vereinigten sich wieder mit der Armee Kutusows.

DRITTER TEIL

I

Fürst Wassilij pflegte seine Pläne nie recht zu überdenken. Noch weniger dachte er daran, anderen Menschen etwas Böses zu tun, um sich selbst einen Vorteil zu verschaffen. Er war nur ein Weltmann, der in der Welt Erfolg gehabt hatte und dem dieser Erfolg zur Gewohnheit geworden war. Je nach den Umständen, je nachdem, an was für Menschen er geriet und wieweit er ihnen nahe kam, entstanden in ihm beständig allerlei Pläne und Kombinationen, über die er sich selbst keine eigentliche Rechenschaft ablegte, die aber trotzdem den ganzen Inhalt seines Lebens ausmachten. Es handelte sich bei ihm nicht etwa um einen oder um zwei derartiger Pläne und Kombinationen, sondern um Dutzende, von denen die einen nur aufstiegen und dann wieder zerstoben, andere verwirklicht wurden, wieder andere sich zerschlugen. Er sagte sich zum Beispiel nicht: „Dieser Mensch ist jetzt obenauf, ich muß mir sein Vertrauen und seine Freundschaft erwerben und mir dadurch eine einmalige Unterstützung verschaffen.“ Oder er sagte sich nicht: „Pierre ist ja jetzt reich, da muß ich ihn dazu bringen, daß er meine Tochter heiratet und mir die vierzigtausend Rubel borgt, die ich brauche.“ Aber wenn ihm ein Mann in den Wurf kam, der eben obenauf war, so flüsterte ihm im gleichen Augenblick auch schon ein Instinkt zu, dieser Mann könne ihm nützlich sein, und Fürst Wassilij benutzte dann die erste Gelegenheit, um sich ihm zu nähern, aber nicht auf Grund eines sorgsam entworfenen Planes, sondern ganz instinktiv; er schmeichelte ihm, er machte sich familiär und brachte dann das vor, worauf es ihm ankam.

So war ihm in Moskau auch Pierre in die Hände geraten, und Fürst Wassilij erwirkte für ihn die Ernennung zum Kammerjunker, welche Stellung damals dem Rang eines Staatsrats gleichkam; er bestand darauf, daß der junge Mann mit ihm zusammen nach Petersburg fuhr und bei ihm Wohnung nahm. Gleichsam ohne eigentliche Absicht, aber doch zugleich mit der unerschütterlichen Überzeugung, daß es so sein müsse, tat Fürst Wassilij alles, was ihm notwendig erschien, um die Heirat Pierres mit seiner Tochter zustande zu bringen. Wäre Fürst Wassilij gewohnt gewesen, seine Pläne vorher zu überdenken und zurechtzulegen, so hätte er nicht eine solche Natürlichkeit, Schlichtheit und Familiarität im Umgang mit allen Menschen haben können, einerlei, ob es sich um Höher- oder Niedrigerstehende handelte. Irgend etwas zog ihn beständig zu solchen Menschen, die mächtiger oder reicher waren als er, und er hatte eine merkwürdige Gewandtheit darin, gerade den Augenblick zu ergreifen, in dem er von diesen Menschen Nutzen ziehen mußte und konnte.

Pierre, der so unerwartet ein reicher Mann und ein Graf Besuchow geworden war, sah sich jetzt, nachdem er noch ganz vor kurzem das Leben eines unbehelligten Einspänners geführt hatte, so sehr von Menschen umringt und so sehr in Anspruch genommen, daß er eigentlich nur in seinem Bett mit sich allein bleiben konnte. Bald mußte er Papiere unterschreiben, bald mit allerlei Amtsstellen verkehren, von deren Bedeutung er keine klare Vorstellung hatte, bald mußte er sich bei seinem Oberintendanten nach diesem oder jenem erkundigen, bald auf seine Moskauer Besitzung fahren und eine Unmenge von Menschen empfangen, die früher von der Tatsache seiner Existenz nichts hatten wissen wollen, jetzt aber beleidigt und gekränkt gewesen wären, wenn er sie nicht hätte sehen wollen. Alle diese so verschiedenen Personen, Geschäftsleute, Verwandte, Bekannte, alle waren sie dem jungen Erben gleichmäßig gut und freundlich gesinnt; alle waren sie offensichtlich und ohne Zweifel von Pierres hohen Vorzügen überzeugt. Unablässig hörte er Worte wie: „bei Ihrer außerordentlichen Herzensgüte" oder: „bei Ihrer so edlen Gesinnung" oder: „Sie selbst sind ja so rein, Graf . . ." oder: „wenn er so klug wäre wie Sie" und dergleichen, so daß er schließlich allen Ernstes an seine außerordentliche Herzensgüte und seinen außerordentlichen Verstand zu glauben begann, und das um so mehr, als er in der Tiefe seiner Seele immer den Eindruck gehabt hatte, er sei wirklich sehr gut und sehr klug. Selbst Menschen, die ihm früher mit Bosheit und unverhohlener Feindseligkeit begegnet waren, zeigten sich jetzt zärtlich und liebevoll. Die so grimmige älteste Prinzessin, die mit der langen Taille und dem puppenkopfartig anliegenden Haar, war nach der Beerdigung in Pierres Zimmer gekommen. Mit gesenktem Blick und über und über rot geworden hatte sie zu Pierre gesagt, sie bedauere die Mißverständnisse, die zwischen ihnen beiden vorgekommen seien, und fühle sich jetzt nicht mehr berechtigt, ihn um etwas zu bitten, es sei denn, um die Erlaubnis, nach dem Schlage, der sie getroffen habe, noch einige

Wochen in diesem Hause bleiben zu dürfen, das ihr so lieb geworden sei und in dem sie so viele Opfer gebracht habe. Sie konnte sich nicht mehr beherrschen und brach bei diesen Worten in Tränen aus. Pierre war ganz gerührt darüber, daß diese statuenhafte Prinzessin sich so hatte verändern können, nahm sie bei der Hand und bat sie um Verzeihung, ohne zu wissen wofür. Und noch am selben Tage begann sie für Pierre eine gestreifte Schärpe zu stricken und änderte überhaupt mit einem Schlage ihr ganzes Benehmen ihm gegenüber.

„Tu das um meinetwillen, mon cher. Sie hat immerhin von dem Verewigten manches auszustehen gehabt", sagte Fürst Wassilij zu ihm und schob ihm irgendein zugunsten der Prinzessin aufgesetztes Papier zur Unterschrift hin.

Fürst Wassilij sagte sich, daß man der armen Prinzessin diesen Knochen, einen Wechsel über dreißigtausend Rubel, für alle Fälle hinwerfen müsse, damit es ihr nur ja nicht in den Kopf käme, etwas über die Rolle auszuschwatzen, die Fürst Wassilij in der Geschichte mit dem Mosaik-Portefeuille gespielt hatte. Pierre unterschrieb den Wechsel, und von da an war die Prinzessin noch herzlicher gegen ihn. Ihre jüngeren Schwestern wurden ebenfalls freundlicher, besonders die jüngste, die hübsche mit dem Leberfleck, verwirrte Pierre häufig durch ihr Lächeln und durch die Verwirrung, in die sie selbst bei seinem Anblick geriet.

Pierre erschien es so natürlich, daß alle ihn gern hatten, und es wäre ihm so unnatürlich erschienen, wenn jemand ihn nicht gern gehabt hätte, daß er nicht anders konnte, als der Aufrichtigkeit der Menschen, die ihn umgaben, völlig zu vertrauen. Er war beständig in Hetze und befand sich beständig in einem Zustande von leichter und vergnüglicher Betrunkenheit. Er empfand sich selbst als Mittelpunkt irgendeines wichtigen, geschäftigen und allgemeinen Treibens; er fühlte, daß man beständig irgend etwas von ihm erwartete; fühlte, daß er viele vor den Kopf stoßen würde, wenn er dieses von ihnen Erwartete unterließ, daß aber alles in schönster Ordnung war, wenn er dieses Erwartete tat; und so tat er denn immer, was man von ihm erwartete, aber dennoch wollte sich dieser erwünschte Zustand, daß nämlich nun wirklich alles in schönster Ordnung war, nicht so recht einstellen.

Mehr als alle anderen hatte sich Fürst Wassilij gleich in dieser ersten Zeit nicht nur aller geschäftlichen Angelegenheiten Pierres, sondern auch seiner Person zu bemächtigen gewußt. Seit dem Tode des Grafen Besuchow ließ er Pierre nicht mehr aus den Händen. Fürst Wassilij hatte das Air eines mit Geschäften überhäuften, müden, erschöpften Mannes, der es aber aus Mitleid schließlich doch nicht über das Herz bringen konnte, diesen hilflosen Jüngling, der après tout[1] der Sohn seines Freundes war, der Willkür des Zufalls und den Machenschaften gieriger Betrüger preiszugeben, noch dazu, da er Besitzer eines so ungeheuren Vermögens war. In der kurzen, nur wenige Tage umfassenden Zeit, die er nach dem Tode des Grafen Besuchow noch in Moskau verbrachte, bat er Pierre häufig zu sich oder ging selbst zu ihm und gab ihm Ratschläge und Vorschriften und setzte ihm auseinander, was alles zu geschehen habe. Und er pflegte dabei einen Ton von Müdigkeit und Sicherheit zugleich anzuschlagen, als wolle er jedesmal hinzufügen: „Vous savez, que je suis accablé d'affaires et que ce n'est que par pure charité que je m'occupe de vous, et puis vous savez bien, que ce que je vous propose, est la seule chose faisable."[2]

„Nun, mein Freund, morgen wollen wir endlich fahren", sagte er eines Tages zu ihm, schloß die Augen und klimperte mit den Fingern auf Pierres Ellbogen herum. Er sprach in einem Ton, als sei das, was er sagte, schon längst zwischen ihnen abgemacht und als gebe es da überhaupt keine andere Möglichkeit. „Morgen fahren wir, und ich gebe dir einen Platz in meiner Kalesche. Ich freue mich sehr. Hier haben wir ja alles Wichtige erledigt. Und ich hätte ja eigentlich schon längst fahren müssen. Siehst du, hier, das habe ich vom Kanzler für dich bekommen. Ich hatte ihn deinetwegen gebeten, und jetzt bist du also dem diplomatischen Korps zugeteilt und zum Kammerjunker ernannt. Jetzt steht dir also die diplomatische Laufbahn offen."

Obwohl der Ton dieser Worte eindringlich die Ermüdung des Fürsten Wassilij und zugleich seine feste Überzeugung von der Richtigkeit dieses Schrittes dartat, wollte Pierre, der sich selbst so viele Gedanken über seine Laufbahn gemacht hatte, jetzt Einwendungen erheben. Aber Fürst Wassilij unterbrach ihn in jenem gurrenden Baßton, der jede Möglichkeit, ihn selber zu unterbrechen, ausschloß und dessen er sich bediente, wenn es ein festes und überzeugtes Beharren galt.

„Mais, mon cher[3], ich habe das ja um meiner selbst willen getan, weil mich eben mein Gewissen dazu drängte, und da gibt es gar nichts zu danken. Es hat sich noch niemand darüber beklagt, daß man ihm zuviel Wohlwollen und Liebe entgegengebracht hätte, und schließlich bist du ja dein freier Herr, und wenn du willst, kannst du dich schon morgen wieder von all dem losmachen. In Petersburg wirst du dir ja selbst dein Urteil darüber bilden können. Und von diesen traurigen Erinnerungen hier hättest du dich schon

[1] letzten Endes.
[2] Sie wissen, daß ich mit Geschäften überhäuft bin und daß ich mich nur aus purer Nächstenliebe mit Ihnen beschäftige, und Sie wissen ferner sehr gut, daß das, was ich Ihnen vorschlage, das einzig Richtige ist.
[3] Aber, mein Lieber.

längst losreißen sollen." Fürst Wassilij seufzte. „Ja, ja, so ist es, mein Bester. Mein Kammerdiener mag in deiner Kalesche fahren. Ach so, das hätte ich beinahe vergessen", setzte Fürst Wassilij noch hinzu, „du weißt doch, mon cher, daß der Verstorbene und ich noch einiges miteinander zu verrechnen hatten, so habe ich etwas von seinem Gut im Gouvernement Rjasan bekommen, und das kann ja vorläufig wohl noch stehenbleiben: du brauchst es ja doch nicht. Und später rechnen wir dann miteinander ab."

Was Fürst Wassilij „etwas von dem Gut im Gouvernement Rjasan" nannte, das waren einige tausend Rubel Pachtgelder, die er für sich behalten hatte.

Ebenso wie in Moskau fühlte Pierre sich auch in Petersburg von lauter zärtlichen und liebevollen Menschen umgeben. Das Amt, oder richtiger gesagt: den Titel — denn zu tun brauchte er dabei nichts —, den der Fürst Wassilij ihm verschafft hatte, konnte er nicht gut ausschlagen, und er geriet in eine solche Menge von Bekanntschaften, Einladungen und gesellschaftlichen Veranstaltungen hinein, daß er noch mehr als in Moskau ein Gefühl von Benommenheit und Hetze hatte und daß es ihm so war, als sei irgendeine beglückende Erfüllung beständig im Anzuge, ohne sich doch je zu vollenden.

Viele aus dem Junggesellenkreise, in dem Pierre früher verkehrt hatte, waren aus Petersburg fort. Die Garde war ins Feld gerückt, Dolochow war degradiert, Anatol befand sich in einer Provinzgarnison, Fürst Andrej war im Auslande. Und so hatte Pierre keine Möglichkeit, seine Nächte so hinzubringen, wie er es früher gern getan hatte, noch auch sich manches, was ihn bedrückte, ab und zu in einer vertraulichen Aussprache mit einem älteren und verehrten Freunde von der Seele zu reden. Seine ganze Zeit verging auf Diners und Bällen und besonders beim Fürsten Wassilij, in der Gesellschaft der dicken Fürstin, der Frau des Fürsten Wassilij, und der schönen Hélène.

Die Art, mit der Anna Pawlowna Scherer Pierre begegnete, brachte ebenso wie die aller anderen deutlich die Veränderung zum Ausdruck, die in der Beurteilung seiner Persönlichkeit durch die Gesellschaft vor sich gegangen war. Früher hatte Pierre in ihrer Gegenwart beständig das Gefühl gehabt, was er sage, sei unpassend, taktlos, unangebracht, werde dumm, sobald er es laut ausspreche, während es ihm doch vorher, solange er es sich in seiner Phantasie zurechtlegte, durchaus klug und verständig erschienen war, und im Gegensatz dazu war es ihm so vorgekommen, als wirkten die dümmsten Redensarten des Fürsten Ippolit klug und angenehm, sobald er sie laut ausgesprochen hatte. Allein jetzt wirkte alles, was er so vorbrachte, charmant. Und wenn Anna Pawlowna das nicht gerade aussprach, so nahm er doch wahr, daß sie es eigentlich aussprechen wollte und das nur aus achtungsvoller Rücksicht auf seine eigene Bescheidenheit unterließ.

Zu Anfang des Winters 1805/06 erhielt Pierre eines Tages von Anna Pawlowna das übliche rosa Einladungsschreiben, und sie hatte noch dazugesetzt: „Vous trouverez chez moi la belle Hélène, qu'on ne se laisse jamais de voir."[1]

Als Pierre diesen Zusatz las, empfand er es zum erstenmal, daß sich zwischen ihm und Hélène eine Gemeinsamkeit gebildet hatte, die bereits von anderen Leuten als etwas durchaus Feststehendes betrachtet wurde; und dieser Gedanke erschreckte ihn, als würde ihm hier eine Verpflichtung auferlegt, der er nicht nachzukommen vermöge; gleichzeitig aber gefiel dieser Gedanke ihm auch und er fand ihn unterhaltend und amüsant.

Die Soiree bei Anna Pawlowna unterschied sich eigentlich nicht im geringsten von der ersten, an der er teilgenommen hatte, nur war die Überraschung, die sie ihren Gästen servierte, diesmal nicht Mortemart, sondern ein Diplomat, der eben aus Berlin gekommen war und die neuesten Einzelheiten von Kaiser Alexanders Besuch in Potsdam mitbrachte, bei dem die beiden hohen Freunde geschworen hatten, in unauflöslichem Bunde die gerechte Sache gegen den Feind des Menschengeschlechts zu verteidigen. Pierre wurde von Anna Pawlowna mit einer leichten Nuance von Betrübtheit empfangen, die sich offensichtlich auf den Verlust bezog, den der junge Mann unlängst erlitten hatte, auf den Tod des Grafen Besuchow – überhaupt fühlten alle sich verpflichtet, Pierre unaufhörlich zu versichern, daß er über das Ableben seines Vaters, den er doch kaum gekannt hatte, sehr betrübt sei. Und der Anflug von Betrübtheit, mit der Anna Pawlowna ihn empfing, entsprach durchaus der ehrfurchtsvollen Wehmut, die sie zum Ausdruck brachte, wenn sie den Namen der erhabensten Kaiserin Marja Feodorowna nannte, und Pierre fühlte sich dadurch geschmeichelt. Anna Pawlowna gruppierte ihre Gäste mit gewohnter Kunst in einzelne Kreise. Der größte dieser Kreise, in dem sich Fürst Wassilij und einige Generäle befanden, tat sich an dem Diplomaten gütlich. Ein anderer Kreis hatte sich um den Teetisch gebildet. Pierre wollte sich zu dem ersten gesellen, aber Anna Pawlowna – sie befand sich in dem gleichen Zustande von Erregung und Nervenanspannung wie ein Feldherr auf dem Schlachtfelde, dem Tausende von neuen, glänzenden Gedanken zufliegen, ohne daß er doch mit einiger Sicherheit hoffen kann, sie alle zur Ausführung zu bringen –, Anna Pawlowna hatte kaum Pierres Absicht wahrgenommen, als sie ihn auch schon mit einem Finger am Ärmel berührte.

[1] Sie werden bei mir die schöne Hélène antreffen, die man immerzu ansehen könnte.

„Attendez, j'ai des vues sur vous pour ce soir." Sie warf dabei einen Blick auf Hélène und lächelte ihr zu. „Ma bonne Hélène, il faut, que vous soyez charitable pour ma pauvre tante, qui a une adoration à vous. Allez lui tenir compagnie pour dix minutes.[1] Und damit Sie sich dabei nicht langweilen – hier haben Sie unsern lieben Grafen, der gewiß nichts dagegen haben wird, sich Ihnen anzuschließen."

Das schöne Mädchen ging zur Tante, Anna Pawlowna hielt Pierre aber noch ein wenig zurück, und ihre Miene war dabei die eines Menschen, der noch eine letzte notwendige Anordnung zu treffen hat.

„Nicht wahr, sie ist doch reizend?" sagte sie zu Pierre und wies auf die majestätisch schöne Hélène, die mit ihrem stolzen und anmutigen Gang auf die Tante zuging. „Et quelle tenue.[2] Und bei einem so jungen Mädchen so viel Takt und eine so meisterhafte Art sich zu benehmen! Das kommt daher, daß sie so ein gutes Herz hat! Wem die einmal zuteil wird, der kann sich glücklich preisen! An ihrer Seite wird auch der weltfremdeste Mann ganz von selbst den glänzendsten Platz in der Gesellschaft einnehmen. Meinen Sie nicht auch? Ich wollte nur hören, wie Sie darüber denken."

Auf solche Weise nach seinem Urteil über Hélènes vollendete gesellschaftliche Haltung gefragt, antwortete Pierre mit aufrichtiger Zustimmung. Wenn er manchmal über Hélène nachgedacht hatte, so hatten seine Gedanken immer an diese ihre beiden Haupteigenschaften angeknüpft, nämlich an ihre Schönheit und an ihre ungewöhnliche Gabe, mit aller Ruhe und Selbstverständlichkeit in Gesellschaft eine schweigsame und würdige Haltung zu bewahren.

Die Tante empfing die beiden jungen Leute in ihrem Eckchen, es war aber, als wolle sie ihre große Verehrung für Hélène diesmal mit einer gewissen Gewaltsamkeit verbergen und statt dessen mehr ihren ein wenig ängstlichen Respekt vor Anna Pawlowna zum Ausdruck bringen. Sie sah ihre Nichte an, als wollte sie fragen, was sie mit diesen beiden Menschen tun sollte. Im Weggehen berührte Anna Pawlowna Pierre noch einmal mit der Fingerspitze am Ärmel und sagte:

„J'espère, que vous ne direz plus qu'on s'ennuie chez moi."[3] Und dabei warf sie wieder einen Blick auf Hélène.

Hélène lächelte, und ihre Miene sagte deutlich, es sei doch ganz unmöglich, daß irgend jemand sie ansehen könnte, ohne von diesem

[1] Warten Sie, mit Ihnen habe ich heute abend etwas Besonderes vor ... Meine liebe Helene, Sie müssen sich meiner armen Tante erbarmen, die eine große Schwäche für Sie hat. Leisten Sie ihr zehn Minuten Gesellschaft.

[2] Und welche Haltung.

[3] Ich hoffe, Sie werden nicht mehr sagen, daß man sich bei mir langweilt.

Anblick entzückt zu sein. Die Tante hüstelte ein wenig, schluckte ihren Speichel hinunter und sagte auf französisch, sie sei sehr erfreut, Hélène zu sehen; dann wandte sie sich mit genau den gleichen Begrüßungsworten und genau der gleichen Miene zu Pierre. Mitten in dem langweiligen und durch häufige Stockungen unterbrochenen Gespräch, das sich nun entspann, sah Hélène Pierre an und lächelte ihm das klare und schöne Lächeln zu, das sie für jedermann hatte. Allein Pierre war dieses Lächeln so gewohnt, und es drückte so wenig ihn persönlich Angehendes aus, daß er keinerlei Aufmerksamkeit darauf verwandte. Die Tante sprach gerade von einer Tabaksdosensammlung, die Pierres verstorbener Vater, der Graf Besuchow, besessen hatte, und zeigte dann ihre eigene Tabaksdose. Prinzessin Hélène bat das auf dieser Dose angebrachte Porträt des Mannes der Tante betrachten zu dürfen.

„Es ist wohl eine Arbeit von Wines", meinte Pierre — Wines war damals ein bekannter Miniaturenmaler — und beugte sich über den Tisch, um die Tabatiere in die Hand zu nehmen, während er doch der Unterhaltung am anderen Tische zuhörte.

Dann besann er sich, wollte aufstehen und um den Tisch herumgehen, um sich die Dose von der Tante geben zu lassen, aber diese reichte sie ihm an Hélènes Rücken vorbei, und Hélène beugte sich vor, um ihr Raum zu geben, und sah sich dabei lächelnd um. Wie immer auf solchen Soireen trug sie ein nach damaliger Mode vorn und hinten sehr weit ausgeschnittenes Kleid. Ihre Büste, die Pierre immer wie aus Marmor gemeißelt erschienen war, war seinem Gesicht so nah, daß er trotz seiner Kurzsichtigkeit unwillkürlich den lebendigen Reiz ihrer Schultern und ihres Halses in sich aufnahm, und ebenso nah war ihre Büste auch seinen Lippen; und er hätte sich nur ein klein wenig vorzubeugen gebraucht, um sie zu berühren. Er spürte die Wärme ihres Körpers, sog den Duft ihrer Parfüms ein und hörte bei jeder ihrer Bewegungen das Knistern ihres Korsetts. Er sah jetzt aber nicht die Marmorschönheit der Büste, die mit dem ausgeschnittenen Kleide, das sie umschloß, ein zusammengehöriges Ganzes zu bilden schien, sondern er sah und fühlte den Reiz ihres ganzen Körpers, für den die Kleidung doch nur eine Verhüllung war. Und nachdem er Hélène einmal mit Blicken dieser Art betrachtet hatte, war er nicht mehr imstande, sie anders zu sehen, wie wir zu einer Täuschung nicht mehr zurückzukehren vermögen, sobald wir uns einmal über sie klargeworden sind.

Es war, als fragte Hélène ihn: „Haben Sie es denn bis jetzt noch gar nicht wahrgenommen, wie schön ich bin? Haben Sie es gar nicht wahrgenommen, daß ich ein Weib bin? Ja", schien ihr Blick zu sagen, „ich bin ein Weib, und es steht einem jeden frei, mich in seinen Besitz zu bringen; auch Ihnen." Und in diesem Augenblick fühlte Pierre, daß sie nicht nur seine Frau werden konnte, sondern daß sie es werden mußte und daß es gar nicht anders sein durfte. Er wußte das in diesem Augenblick mit einer solchen Sicherheit, als stünde er mit ihr schon unter den Brautkronen. Wie und wann das geschehen sollte, das wußte er nicht; er wußte nicht einmal, ob es für ihn gut sein würde, ja er hatte sogar das Gefühl, daß es aus irgendeinem Grunde nicht gut für ihn sein würde, aber er wußte, daß es geschehen würde.

Pierre schlug die Augen nieder, hob sie wieder auf und wollte Hélène wieder als die ferne, die ihm so fremde Schönheit sehen, als die er sie früher Tag für Tag gesehen hatte; aber jetzt vermochte er das schon nicht mehr. Er vermochte das nicht, ebenso wie ein Mensch, der im Nebel einen Steppengrashalm für einen Baum gehalten hat, in diesem Halm nie wieder einen Baum zu sehen vermag, nachdem er ihn einmal als Halm erkannt hat. Sie war ihm plötzlich so nahe, daß ihn ein Gefühl der Angst überkam. Schon hatte sie Gewalt über ihn gewonnen. Und zwischen ihm und ihr lagen schon keine anderen Schranken mehr als die Schranken, die sein eigener Wille errichtete.

„Bon, je vous laisse dans votre petit coin. Je vois que vous y êtes très bien",[1] hörte er plötzlich Anna Pawlownas Stimme.

Pierre erschrak, wurde rot, fragte sich, ob er nicht irgendeinen Verstoß begangen habe, und sah sich um. Es war ihm, als müßten alle anderen es schon ebenso wissen wie er selbst, was ihm geschehen war.

Als er sich bald darauf dem großen Kreise zugesellte, sagte Anna Pawlowna zu ihm:

„On dit que vous embellissez votre maison de Pétersbourg."[2]

Das stimmte: der Architekt hatte gesagt, das müßte so sein, und so ließ Pierre denn sein riesiges Petersburger Haus neu herrichten, ohne selbst zu wissen, warum.

„C'est bien, mais ne déménagez pas de chez le prince Basile. Il est bon d'avoir un ami comme le prince", sagte sie und lächelte dabei dem Fürsten Wassilij zu. „J'en sais quelque chose. N'est-ce pas?[3] Und Sie sind ja noch so jung. Sie können dazwischen schon einen guten Rat brauchen. Seien Sie mir nicht böse, daß ich von den Vorrechten der alten Frauensleute Gebrauch mache."

Sie verstummte erwartungsvoll, wie alle Frauen zu verstummen pflegen, wenn sie etwas über ihr Alter gesagt haben. „Wenn Sie heiraten würden, dann wäre es natürlich etwas anderes." Und sie

[1] Gut, ich lasse Sie in Ihrem Eckchen. Ich sehe, daß Sie dort gut aufgehoben sind.
[2] Man sagt, daß Sie Ihr Haus in Petersburg verschönern lassen.
[3] Das ist gut, aber ziehen Sie nicht von dem Fürsten Wassilij fort ... es ist gut, einen Freund wie den Fürsten zu haben. Ich kann das beurteilen. Nicht wahr?

umfaßte die beiden mit einem Blick. Pierre sah Hélène nicht an, und Hélène sah Pierre nicht an. Aber sie war ihm immer noch so beängstigend nah wie zuvor. Er murmelte irgend etwas vor sich hin und errötete.

Nach Hause zurückgekehrt, konnte Pierre lange nicht einschlafen und dachte über das nach, was ihm geschehen war. Ja, was war ihm denn geschehen? Nichts. Er hatte nur begriffen, daß diese Frau, die er als Kind gekannt, von der er manchmal zerstreut gesagt hatte: „Ja, sie ist schön", wenn jemand anders von ihrer Schönheit gesprochen hatte — daß diese Frau ihm gehören könnte.

„Aber sie ist dumm, ich selbst habe es doch oft genug betont, daß sie dumm ist", dachte er. „In dem Gefühl, das sie in mir wachgerufen hat, liegt etwas Garstiges, etwas Verbotenes. Ich habe gehört, daß ihr Bruder Anatol in sie verliebt gewesen ist und sie in ihn und daß sich die Sache zu einem richtigen Skandal entwickelt hat und daß Anatol deswegen von Hause fortgeschickt werden mußte. Und Ippolit ist auch ihr Bruder . . . Und ihr Vater ist Fürst Wassilij . . . Das ist recht schlimm." Aber während er sich mit diesen Gedanken beschäftigte, ohne sie doch zu Ende zu denken, ertappte er sich bei einem Lächeln und gewahrte, daß eine ganz andere Kette von Gedanken hinter der ersten aufgetaucht war und daß er zwar an Hélènes sehr geringe geistige Fähigkeiten dachte und doch zugleich davon träumte, wie sie seine Frau werden, ihn liebgewinnen und ihr ganzes Wesen ändern könne und wie alles vielleicht, was er von ihr gedacht und was er über sie gehört hatte, gar nicht zutraf. Und dann sah er sie wieder nicht mehr als die Tochter des Fürsten Wassilij, sondern sah ihren ganzen, vom grauen Kleide verhüllten Körper vor sich. „Aber nein, warum ist mir dieser Gedanke denn nicht früher in den Kopf gekommen?" Und dann sagte er sich wieder, es sei doch ganz unmöglich, und es kam ihm so vor, als müsse in einer solchen Heirat etwas Garstiges, Unnatürliches und Gemeines liegen. Hélènes frühere Äußerungen fielen ihm ein, die Art, mit der sie ihn angesehen hatte, und auch die Äußerungen und Blicke derjenigen, die ihn und Hélène zusammen gesehen hatten. Er dachte an die Äußerungen und Blicke Anna Pawlownas, dachte daran, wie sie von seinem Hause gesprochen hatte, tausend kleine Anspielungen des Fürsten Wassilij und anderer Menschen kamen ihm jetzt zum Bewußtsein, und er fragte sich entsetzt, ob er sich nicht schon in irgendeiner Weise verpflichtet habe, einen Schritt zu tun, der offensichtlich falsch war und den er eigentlich nicht tun durfte. Aber während er selbst eben diese Bezeichnungen für eine Heirat mit Hélène fand, tauchte von einer anderen Seite seines Inneren her wieder ihr Bild vor ihm auf, mit allen Reizen weiblicher Schönheit geschmückt.

II

Im November 1805 hatte Fürst Wassilij eine Revisionsreise durch vier Gouvernements zu machen. Er hatte sich diesen Auftrag verschafft, um bei dieser Gelegenheit nach seinen recht verwahrlosten Gütern zu sehen; außerdem beabsichtigte er, seinen Sohn Anatol in dessen Garnison abzuholen und mit ihm zum Fürsten Nikolai Andrejewitsch Bolkonskij zu fahren, um eine Heirat zwischen seinem Sohn und der Tochter des reichen alten Herrn in die Wege zu leiten. Bevor er aber abreiste und diese neuen Aufgaben in Angriff nahm, wollte er unter allen Umständen die Angelegenheit mit Pierre ins reine bringen, der freilich in der letzten Zeit ganze Tage zu Hause, das heißt in der Wohnung des Fürsten Wassilij, bei dem er logierte, zugebracht und sich, sobald er mit Hélène zusammen war, so lächerlich, aufgeregt und töricht benommen hatte, wie es sich eben für einen Verliebten gehört – jedoch immer noch, ohne ihr einen Antrag zu machen.

„Tout ça est bel et bon, mais il faut, que ça finisse",[1] sagte Fürst Wassilij sich eines Morgens mit einem bekümmerten Seufzer und stellte fest, daß Pierre, der ihm doch soviel Dank schuldig war – na, Gott mit ihm, er wollte es ihm ja nicht nachtragen! –, sich in dieser Sache nicht gerade sehr vorbildlich benahm. „Jugend ... Leichtsinn ... na ja, Gott mit ihm, so schlimm ist es ja schließlich nicht", dachte Fürst Wassilij und war dabei leicht gerührt von seiner eigenen Herzensgüte, „mais il faut, que ça finisse. Übermorgen ist Ljoljas* Namenstag, ich lade ein paar Leute ein, und wenn er dann noch nicht begreift, was er zu tun hat, dann wird das Weitere eben meine Sache sein. Jawohl, meine Sache! Schließlich bin ich der Vater!"

Damals vor anderthalb Monaten in der schlaflosen, aufgeregten Nacht nach der Soiree bei Anna Pawlowna war Pierre endlich zu der Überzeugung gelangt, eine Heirat mit Hélène würde ein Unglück für ihn sein, und daher müsse er Hélène aus dem Wege gehen und müsse abreisen. Aber dieser Überzeugung zum Trotz war Pierre beim Fürsten Wassilij wohnengeblieben und mußte entsetzt wahrnehmen, wie in den Augen der Welt jeder Tag das Band, das ihn mit Hélène verknüpfte, immer fester und fester werden ließ; er merkte, daß es ihm unmöglich geworden war, ihr gegenüber zu seiner früheren Auffassungsweise zurückzukehren, daß er sich von ihr schon nicht mehr loszureißen vermochte und daß er nun sein Schicksal an das ihre binden mußte, so schreckliche Folgen das für

[1] Das ist alles schön und gut, aber es muß einmal zu Ende sein.
* Anm. am Schluß des Buches

ihn auch haben konnte. Vielleicht hätte er sich doch noch zurückhalten können; aber es verging kein Tag, ohne daß beim Fürsten Wassilij, der sonst selten Gäste empfing, eine Soiree stattgefunden hätte, an der Pierre teilnehmen mußte, wenn er nicht als Störenfried wirken und die allgemeine Erwartung enttäuschen wollte. Und wenn Fürst Wassilij in einem der seltenen Augenblicke, die er zu Hause zuzubringen pflegte, an Pierre vorüberkam, so ergriff er seine Hand, zog sie, wie das seine Gewohnheit war, nach unten, hielt ihm zerstreut die glattrasierte, faltige Wange zum Kuß hin und sagte: „Auf Morgen!" oder: „Also zum Mittagessen, sonst bekomme ich dich ja gar nicht mehr zu sehen", oder: „Nur deinetwegen bleibe ich heute überhaupt zu Hause", oder etwas Ähnliches. Allerdings sprach Fürst Wassilij mit Pierre keine zwei Worte, auch wenn er nur um seinetwillen zu Hause geblieben sein wollte, aber Pierre fühlte sich trotzdem nicht stark genug, ihn in seiner Erwartung zu täuschen. Tag für Tag sagte er sich das gleiche: „Ich muß mir doch endlich ein zutreffendes Bild von ihrem eigentlichen Wesen machen und mir die Frage beantworten können: wer ist sie eigentlich? Habe ich mich früher in ihr getäuscht oder tue ich das jetzt? – Nein, sie ist nicht dumm, nein, sie ist ein prachtvolles Mädchen!" sagte er sich dazwischen. „Niemals macht sie irgendeinen Fehler, niemals sagt sie etwas Dummes. Sie spricht wenig, aber was sie sagt, ist immer schlicht und klar. Also ist sie nicht dumm. Nie gerät sie in Verwirrung, in Verlegenheit und Unruhe; auch jetzt nicht. Also ist sie nicht schlecht!" Manchmal konnte es geschehen, daß er in ihrer Gegenwart irgendein Thema erörterte, daß er geradezu laut dachte, und jedesmal antwortete sie ihm dann entweder mit einer kurzen, aber durchaus treffenden Bemerkung, aus der er entnehmen konnte, wie wenig sie so etwas interessierte, oder aber mit einem schweigenden Lächeln und mit einem Blick, und gerade das ließ Pierre ihre Überlegenheit über ihn am deutlichsten empfinden. Sie hatte recht, wenn sie alle nachdenklichen Erörterungen im Vergleich mit diesem Lächeln für dummes Zeug hielt.

Wenn sie sich ihm in dieser Zeit zuwandte, so hatte sie immer ein freudiges, zutrauliches Lächeln, ein Lächeln, das ihm allein galt und sich sehr wesentlich von jenem Allerweltslächeln unterschied, das immer ihr Gesicht verschönte. Pierre wußte: alle warteten darauf, daß er endlich ein ganz bestimmtes Wort aussprach, endlich eine ganz bestimmte Grenze überschritt, und er selbst wußte, daß er sie früher oder später überschreiten würde; aber jedesmal packte ihn beim bloßen Gedanken an diesen schrecklichen Schritt eine Angst, die er sich selbst nicht erklären konnte. Tausendmal hatte Pierre sich im Laufe dieser anderthalb Monate, in denen er sich immer tiefer und tiefer in jenen grauenvollen Abgrund hineingezogen fühlte, gesagt: „Ja, was soll denn das heißen? Hier ist Entschlossenheit vonnöten! Kann ich die denn wirklich nicht aufbringen?"

Er wollte zu einem Entschluß kommen, aber er fühlte mit Schrecken, daß ihn in diesem Falle die Entschlußfähigkeit verlassen hatte, die er doch sonst an sich kannte und die auch tatsächlich in ihm steckte. Pierre war einer von den Menschen, die nur dann stark sind, wenn sie sich vollkommen rein fühlen. Aber seit dieses Gefühl des Begehrens Macht über ihn gewonnen hatte, das zum erstenmal auf der Soiree bei Anna Pawlowna über ihn gekommen war, in dem Augenblicke, als die Tante ihm die Tabaksdose gereicht hatte, seit diesem Tage bezeichnete ihm ein unbewußtes Gefühl diese Begehrlichkeit als etwas Unrechtes, ja als eine Schuld und lähmte damit seine Entschlußkraft.

An Hélènes Namenstag soupierte beim Fürsten Wassilij eine kleine Gesellschaft von Verwandten und Freunden, oder wie die Fürstin sich ausdrückte, „von intimsten Leuten". Allen diesen Verwandten und Freunden hatte man zu verstehen gegeben, daß sich an diesem Tage das Schicksal des Namenstagskindes entscheiden müsse. Die Gäste saßen beim Souper. Die Fürstin Kuragina, eine massige, ehemals schön gewesene, immer noch stattlich aussehende Frau, saß auf ihrem Hausherrinnenplatz. Ihr zu beiden Seiten saßen diejenigen Gäste, die vor anderen Anspruch auf eine besonders auszeichnende Behandlung hatten, darunter ein alter General, seine Frau und Anna Pawlowna Scherer; am anderen Ende der Tafel saß die Jugend, solche Gäste, die nicht zu den Respektspersonen zählten, und die Hausgenossen; Pierre und Hélène nebeneinander. Fürst Wassilij nahm am Souper nicht teil: er spazierte um den Tisch herum, überaus wohlgelaunt, und setzte sich bald zu diesem, bald zu jenem Gast. Für jeden hatte er ein rasch hingeworfenes freundliches Wort, außer für Pierre und Hélène, deren Anwesenheit er gar nicht zu bemerken schien. Fürst Wassilij wirkte auf die ganze Gesellschaft belebend. Die Wachskerzen brannten hell, Silber und Kristallgeschirr blitzten, dazu der Schmuck der Damen und das Gold und Silber der Epauletten; Diener in roten Livreen huschten um den Tisch; man hörte das Klappern der Messer, Gläser und Teller und das lebhafte Durcheinander der Unterhaltung, die sich in lauter Einzelgespräche aufgelöst hatte. An dem einen Ende der Tafel hörte man einen alten Kammerherrn einer alten Baronin seine glühende Liebe versichern und hörte sie als Antwort darauf lachen; am anderen Ende war die Rede von einem Mißgeschick, das eine gewisse Marja Viktorowna getroffen hatte. In der Mitte fesselte eine Erzählung des Fürsten Wassilij die Aufmerksamkeit der Zuhörer. Ein munteres Lächeln auf den Lippen, erzählte er den Damen von der Reichsratssitzung am letzten Mittwoch, in der Sergej Kusmitsch

Wjasmitinow, der neue Petersburger Militärgeneralgouverneur, das damals soeben eingegangene und inzwischen bereits so bekanntgewordene Reskript vorlas, in welchem sich der bei der Feldarmee befindliche Kaiser Alexander Pawlowitsch an Sergej Kusmitsch persönlich wandte und erklärte, er erhalte von allen Seiten und aus allen Kreisen seines Volkes Ergebenheitskundgebungen; ganz besonders habe er sich über die aus Petersburg kommenden gefreut, und er sei stolz auf die Ehre, an der Spitze eines solchen Volkes stehen zu dürfen, und er werde bestrebt sein, sich einer solchen Ehre allezeit würdig zu erweisen. Das Reskript begann mit den Worten: „Sergej Kusmitsch! Von allen Seiten wird mir berichtet...", und so weiter.

„Und weiter ist er also gar nicht gekommen als bis zu diesem Sergej Kusmitsch?" fragte eine Dame.

„Tatsächlich, nicht um ein Haar weiter", antwortete Fürst Wasilij lachend. „‚Sergej Kusmitsch ... von allen Seiten ... Von allen Seiten ... Sergej Kusmitsch ...' Der arme Wjasmitinow kam und kam nicht weiter. Einige Male wiederholte er noch seinen Versuch, den Brief vorzulesen, aber er brachte nur heraus: ‚Sergej ...' und dann fing er auch schon an zu schlucken. ‚Ku ... smi ... tsch ...', da kamen ihm schon die Tränen, und das ‚von allen Seiten' wurde schon von seinem lauten Schluchzen verschlungen, und dann konnte er auch schon nicht mehr weiter. Und dann holte er sein Taschentuch hervor, und dann ging es wieder los: ‚Sergej Kusmitsch, von allen Seiten ...' und dann kamen ihm wieder die Tränen, und schließlich mußte man jemand anders bitten, das Reskript zu verlesen."

„Kusmitsch ... von allen Seiten ... und dann diese Tränen ..." wiederholte einer der Gäste lachend.

„Seien Sie nicht so boshaft", drohte Anna Pawlowna vom oberen Tafelende her mit dem Finger, „c'est un si brave et excellent homme, notre bon Vjasmitinoff ..."[1]

Alles lachte laut, und auch am oberen Ende der Tafel, wo die Respektspersonen saßen, schien eine allgemeine Fröhlichkeit und munter angeregte Stimmung zu herrschen. Pierre und Hélène, die mehr nach unten zu, fast schon am Ende des Tisches, ihre Plätze hatten, saßen schweigend da; auf den Gesichtern der beiden lag beständig ein strahlendes Lächeln, das aber nichts mit Sergej Kusmitsch zu tun hatte, ein verschämtes Lächeln, das den Empfindungen des eigenen Herzens galt. Und wie alle anderen auch redeten und lachten und scherzten und wie munter sie ihren Rheinwein tranken und Sauté und Gefrorenes aßen und wie sehr sie es auch

[1] Er ist ein braver und ausgezeichneter Mensch — unser guter Wjasmitinow.

vermieden, Pierre und Hélène anzublicken, und wie gleichgültig und achtlos sie sich ihnen gegenüber stellten: an den Blicken, die immer wieder zu den beiden hinüberglitten, merkte man doch, daß die Anekdote von Sergej Kusmitsch und das Gelächter und die Freude am Essen und Trinken alles doch nur Heuchelei war und daß alle Gedanken der ganzen Gesellschaft doch nur diesem einen Paar galten: Pierre und Hélène. Fürst Wassilij ahmte Sergej Kusmitschs Schluchzen nach und ließ doch gleichzeitig einen raschen Blick zu seiner Tochter hinüberfliegen, und während er lachte, sagte seine Miene deutlich: „Na also, na also, da scheint ja alles in schönster Ordnung; heute muß es sich entscheiden."

Anna Pawlowna drohte ihm zwar mit dem Finger, weil er notre bon[1] Vjasmitinoff lächerlich machte, aber in ihren Augen, die in diesem Moment rasch zu Pierre hinüberblitzten, las Fürst Wassilij ihren Glückwunsch zu seinem künftigen Schwiegersohn und dem beneidenswerten Los, das seiner Tochter zufiel. Die alte Fürstin bot ihrer Nachbarin mit einem bekümmerten Seufzer Wein an und warf dabei einen ärgerlichen Blick auf ihre Tochter, und es war, als wollte ihr Seufzer sagen: „Ja, uns alten Damen bleibt jetzt nichts übrig als uns an den süßen Wein zu halten, meine Liebe; jetzt sind diese jungen Leute an der Reihe, so unverschämt und herausfordernd glücklich zu sein."

„Und wie dumm ist doch alles, was ich da erzähle mit einer Miene, als interessierte ich mich dafür", dachte der unlängst aus Berlin gekommene Diplomat mit einem Blick auf die glücklichen Gesichter der Liebenden. „Das da, das ist das Glück!"

Mitten unter den nichtigen, dürftigen, von aller Natürlichkeit entfernten Interessen, die in dieser Gesellschaft jeden mit dem andern verbanden, war plötzlich ein natürliches, einfaches Gefühl aufgetaucht: nämlich das Zueinanderstreben zweier wohlgeschaffener, gesunder, junger Menschen, eines Mannes und eines Weibes. Und dieses so rein menschliche Gefühl besiegte alles andere und schwebte über all dem künstlichen Geschwätz der anderen. Die Scherze waren unfroh, die Neuigkeiten uninteressant, die herrschende Lebhaftigkeit offensichtlich gezwungen. Und nicht nur die Gäste, sondern auch die bei Tisch bedienenden Lakaien schienen das zu empfinden und vergaßen dazwischen ihre Obliegenheiten, wenn sie wieder in das strahlende Antlitz der schönen Hélène und das rote, dicke, glückliche und unruhige Gesicht Pierres sahen, und es war, als sammle sich auch alles Licht der Kerzen nur auf diesen beiden glücklichen Gesichtern.

Pierre fühlte, daß er der Mittelpunkt des Ganzen war, und dieses

[1] unsern guten

Gefühl freute und beengte ihn gleichzeitig. Er befand sich im Zustande eines Menschen, der ganz in die Beschäftigung vertieft ist, die er gerade vorhat. Darüber hinaus vermochte er nichts klar zu sehen, zu hören und zu erfassen. Nur hin und wieder zuckten abgerissene Gedanken und Eindrücke aus der Außenwelt flüchtig durch sein Inneres.

„Also jetzt ist alles entschieden", dachte er. „Und wie ist das nur gekommen? Und so schnell! Jetzt weiß ich, daß dieses alles nicht nur um ihretwillen, nicht nur um meinetwillen, sondern auch um aller anderen willen unter allen Umständen geschehen muß. Sie alle erwarten dieses mit einer solchen Gewißheit, sie sind so überzeugt davon, daß es geschehen wird; und da kann und kann ich sie nicht enttäuschen. Aber wie wird es sein? Ich weiß es nicht. Aber sein wird es, es wird ganz bestimmt sein!" Und während Pierre diese Gedanken durch den Kopf gingen, ruhten seine Blicke auf ihren Schultern, die dicht vor seinen Augen glänzten.

Dann wieder überkam ihn ein plötzliches Schamgefühl. Es war ihm peinlich, daß er die Aufmerksamkeit aller anderen auf sich allein gerichtet fühlte und von allen als der Glückspilz angesehen wurde, der Paris, der sich die schöne Helena gewann — er mit seinem unschönen Gesicht. „Aber wahrscheinlich ist das immer so und muß überhaupt so sein", suchte er sich zu trösten. „Und was habe ich schließlich dazu getan? Wann hat es angefangen? Ich bin mit dem Fürsten Wassilij zusammen aus Moskau hierhergefahren. Damals gab es doch noch nichts dergleichen. Und warum hätte ich damals nicht bei ihm absteigen sollen? Dann habe ich mit ihr Karten gespielt, habe ihr manchmal ihr Ridikül aufgehoben, bin mit ihr spazieren gefahren. Aber wann hat nun eigentlich gerade dieses angefangen, wann ist alles dieses entstanden?" Und nun saß er neben ihr, als sei er bereits ihr erklärter Bräutigam; er hörte, er sah, er empfand ihre Nähe, ihren Atem, ihre Bewegungen, ihre Schönheit. Und dann war es ihm plötzlich, als sei es gar nicht sie, sondern er selbst, um dessen ungewöhnlicher Schönheit willen alle ihn ansahen, und ganz glücklich über die allgemeine Bewunderung, wölbte er seine Brust vor, warf den Kopf zurück und freute sich über sein Glück. Plötzlich hörte er eine Stimme, eine Stimme, die er doch kannte, etwas zu ihm sagen und dieses noch einmal wiederholen. Aber Pierre war so mit sich selbst beschäftigt, daß er nicht verstand, was diese Stimme ihm sagte.

„Ich frage dich, wann du diesen Brief von Bolkonskij bekommen hast", wiederholte Fürst Wassilij zum drittenmal. „Wie zerstreut du bist, mein Lieber!"

Fürst Wassilij lächelte, und Pierre sah, daß alle, alle ihn und Hélène lächelnd ansahen. „Nun also, wenn Ihr alle es doch schon wißt", sagte Pierre zu sich selbst. „Nun, was ist schließlich dabei, es ist ja wahr", und dann lächelte er sein sanftes kindliches Lächeln, und Hélène lächelte auch.

„Wann hast du den Brief bekommen? Aus Olmütz?" fragte Fürst Wassilij noch einmal, der das anscheinend wissen wollte, um eine Meinungsverschiedenheit zu entscheiden.

„Kann man denn wirklich solche Kleinigkeiten im Kopf haben und von solchen Kleinigkeiten sprechen?" dachte Pierre.

„Ja, aus Olmütz", antwortete er mit einem Seufzer.

Als das Souper beendet war, führte Pierre seine Dame hinter den anderen her in den Salon. Die Gäste brachen auf und einige sogar, ohne sich von Hélène zu verabschieden. Manche traten allerdings für einen Augenblick an sie heran, zogen sich aber gleich wieder zurück, als wollten sie sie nicht in einer wichtigen Beschäftigung stören, und ließen es auch nicht zu, daß Hélène ihnen ins Vorzimmer das Geleit gab. Der Diplomat war schweigsam und niedergeschlagen, als er den Salon verließ. Seine ganze diplomatische Karriere erschien ihm nichtig und hohl im Vergleich mit Pierres Glück. Der alte General schnaubte seine Frau ärgerlich an, als sie ihn fragte, wie es mit seinem Bein ginge. „Ach, du alte Schachtel", dachte er, „sieh dir diese Jelena Wassiljewna an, die wird noch mit fünfzig Jahren eine Schönheit sein!"

„Es scheint, ich kann Ihnen gratulieren", flüsterte Anna Pawlowna der Fürstin zu und küßte sie gerührt. „Wenn ich nicht heute Migräne hätte, würde ich noch bleiben."

Die Fürstin gab ihr keine Antwort; der Neid auf das Glück ihrer Tochter quälte sie. Während Fürst Wassilij und die Fürstin die aufbrechenden Gäste ins Vorzimmer geleiteten, saß Pierre lange Zeit mit Hélène im kleinen Salon allein. In diesen letzten anderthalb Monaten war er wohl häufig mit ihr allein zusammen gewesen, hatte ihr aber nie von Liebe gesprochen. Jetzt fühlte er, daß das notwendig war, konnte sich aber doch zu diesem letzten Schritt auf keine Weise entschließen. Er schämte sich; es war ihm, als nähme er hier an Hélènes Seite einen Platz ein, der eigentlich einem anderen zukäme. „Dieses Glück ist nicht für dich", sagte ihm eine innere Stimme. „Dieses Glück ist für die, die all das nicht haben, was du hast."

Aber irgend etwas mußte er doch sagen, und so fragte er sie schließlich, ob sie mit dem Verlauf der Gesellschaft zufrieden sei. Und klar und einfach wie immer antwortete sie, dieser Namenstag sei für sie einer der angenehmsten gewesen, die sie überhaupt gefeiert habe.

Einige Gäste aus der allernächsten Verwandtschaft waren noch geblieben und saßen im großen Salon. Fürst Wassilij kam langsam auf Pierre zugeschlendert. Pierre erhob sich und sagte, es wäre recht spät geworden. Fürst Wassilij sah ihn so streng und fragend an, als habe er etwas ganz Sonderbares und völlig Unverständliches gesagt. Aber gleich darauf verschwand dieser Ausdruck wieder von seinem Gesicht, Fürst Wassilij ergriff Pierres Hand und zog sie nach unten, drückte Pierre wieder in seinen Sessel zurück und lächelte freundlich.

„Nun, Ljolja, wie geht es dir denn?" wandte er sich dann an seine Tochter mit jenem lässigen Ton von Gewohnheitszärtlichkeit, wie Eltern ihn haben, die ihre Kinder von klein auf liebevoll zu behandeln und zu verhätscheln pflegen, während dieser Ton doch beim Fürsten Wassilij nur darum so natürlich herauskam, weil er ihn einfach von anderen Eltern übernommen hatte.

Dann wandte er sich wieder an Pierre.

„Sergej Kusmitsch, von allen Seiten ..." sagte er und öffnete den obersten Knopf seiner Weste.

Pierre lächelte, aber dieses Lächeln zeigte, daß er sich völlig im klaren darüber war, wie wenig die Anekdote vom Sergej Kusmitsch den Fürsten Wassilij gerade in diesem Augenblick interessierte; und Fürst Wassilij wiederum war sich völlig darüber im klaren, daß Pierre das bemerkt hatte. Plötzlich murmelte er irgend etwas vor sich hin und ging hinaus. Pierre kam es so vor, als sei Fürst Wassilij sogar verlegen. Und der Anblick der Verlegenheit dieses alten Weltmannes rührte ihn geradezu; er sah Hélène an, und auch sie schien verlegen; ihr Blick schien sagen zu wollen: „Was wollen Sie, Sie selbst sind doch schuld daran."

„Ich muß den Schritt über die Grenze tun, ich muß diesen Schritt unter allen Umständen tun, aber ich kann nicht, ich kann nicht", dachte Pierre und fing wieder an, von gleichgültigen Dingen zu reden; er sprach von Sergej Kusmitsch und fragte, worin eigentlich die Komik dieser Anekdote läge; er habe vorhin nicht ordentlich zugehört. Hélène antwortete lächelnd, sie wisse das auch nicht.

Als Fürst Wassilij die beiden allein gelassen hatte und wieder in den größeren Salon zurückkehrte, sprach die Fürstin gerade mit einer bejahrten Dame leise über Pierre.

„Natürlich, c'est un parti très brillant, mais le bonheur, ma chère ..."[1]

„Les mariages se font dans les cieux",[2] antwortete die bejahrte Dame.

Fürst Wassilij tat, als höre er gar nicht, was die Damen miteinander sprachen, ging in eine entfernte Ecke und setzte sich auf den Diwan. Er schloß die Augen, und es sah aus, als sei er ein=

[1] Es ist eine glänzende Partie, aber das Glück, meine Liebe ...
[2] Die Ehen werden im Himmel geschlossen ...

genickt. Der Kopf sank ihm auf die Brust, und nun kam er wieder zu sich.

„Aline", sagte er zu seiner Frau, „allez voir ce qu'ils font." [1]

Die Fürstin schritt auf die Tür zu, ging mit vielsagender, gleichgültiger Miene an ihr vorüber und spähte dabei rasch in den Salon. Pierre und Hélène saßen ebenso wie vorher nebeneinander und unterhielten sich.

„Immer noch dasselbe", antwortete sie ihrem Mann. Fürst Wassilij runzelte die Stirn, zog die Mundwinkel in Falten herab, seine Wangen zuckten hin und her und gaben damit seinem Gesicht seinen charakteristischen unangenehmen und groben Ausdruck; dann schüttelte er sich, stand auf, warf den Kopf zurück und ging mit entschlossenem Gesichtsausdruck an den Damen vorbei in den kleinen Salon. Mit raschen Schritten trat er freudig auf Pierre zu. Sein Gesicht zeigte eine so ungewöhnliche Feierlichkeit, daß Pierre bei seinem Anblick erschrocken aufstand.

„Gott sei gedankt!" sagte Fürst Wassilij. „Meine Frau hat mir alles gesagt!" Er umschlang Pierre mit dem einen, seine Tochter mit dem andern Arm. „Meine liebe Ljolja! Ich bin sehr, sehr froh." Seine Stimme zitterte. „Ich habe deinen Vater sehr lieb gehabt ... und sie wird dir eine gute Frau sein ... Gott segne euch!"

Er umarmte seine Tochter, dann wieder Pierre und küßte ihn mit seinem übelriechenden Munde. Seine Wangen waren wirklich feucht von Tränen.

„Fürstin, komm einmal her!" rief er.

Die Fürstin kam in den Salon und brach in Tränen aus. Die bejahrte Dame drückte ebenfalls ihr Taschentuch gegen die Augen. Alle küßten Pierre, und er küßte der schönen Hélène mehrere Male die Hand. Nach einiger Zeit ließ man die beiden wieder allein.

„Das alles mußte eben so sein und nicht anders", dachte Pierre. „Daher gibt es da gar nichts zu fragen, ob es so gut oder schlecht ist. Gut ist es schon deswegen, weil jetzt alles klar und bestimmt ist und der quälende Zweifel von früher fort ist." Pierre hielt schweigend die Hand seiner Braut in der seinen und blickte auf ihren auf und nieder wogenden schönen Busen.

„Hélène!" sagte er laut und verstummte dann wieder.

„Bei solchen Gelegenheiten sagt man doch immer irgend etwas ganz Besonderes", dachte er. Aber er konnte sich in keiner Weise darauf besinnen, was man nun eigentlich bei solchen Gelegenheiten sagte. Er sah ihr ins Gesicht. Sie neigte sich ihm zu, und ihr Gesicht bedeckte sich mit Röte.

„Ach, nehmen Sie das da doch ab ... wie sagt man doch ... das da ..." sie zeigte auf die Brille.

[1] Aline, sieh mal nach, was sie da treiben.

Pierre nahm die Brille ab, und nun hatten seine Augen jenen sonderbaren Ausdruck, den man immer bei Leuten wahrnimmt, die eine Brille zu tragen pflegen und sie abgenommen haben; aber über diesen sonderbaren Ausdruck hinaus lag in ihnen etwas Erschrockenes und Fragendes. Er wollte sich über ihre Hand beugen und sie küssen, aber sie erhaschte mit einer raschen und unvornehm wirkenden Kopfbewegung seine Lippen und brachte sie an die ihren. Ihr Gesicht überraschte Pierre durch seinen veränderten, unangenehm wirkenden Ausdruck von Verwirrung und Verstörtheit.

„Jetzt ist es schon zu spät, alles ist entschieden; und ich liebe sie ja auch", dachte Pierre.

„Je vous aime!"[1] sagte er, nachdem ihm eingefallen war, daß das die Worte waren, die man bei solchen Gelegenheiten sagte. Aber es kam so dürftig heraus, daß er sich selber schämte.

Anderthalb Monate später fand die Trauung statt, und nun wohnte Pierre, wie sich alle Menschen seiner Bekanntschaft ausdrückten, als glücklicher Besitzer einer schönen Frau und vieler Millionen in dem neu hergerichteten großen Petersburger Hause der Besuchow.

III

Im November 1805 erhielt der alte Fürst Nikolai Andreïtsch Bolkonskij einen Brief vom Fürsten Wassilij, der ihm sein und seines Sohnes Kommen ankündigte. „Ich habe eine Revisionsreise zu machen, und natürlich sind hundert Werst für mich kein Umweg, wenn es einen so hochverehrten Gönner wie Sie zu besuchen gilt", schrieb er. „Mein Anatol begleitet mich und geht dann zur Armee ab; und ich hoffe, Sie werden ihm erlauben, Ihnen persönlich die tiefe Verehrung zu bezeigen, die er Ihnen nach dem Vorbilde seines Vaters entgegenbringt."

„Sieh da, wir brauchen Marie also gar nicht erst auszuführen; die Freier kommen ganz von selbst angefahren", sagte die kleine Fürstin ein wenig unvorsichtig, als sie von dem Briefe des Fürsten Wassilij gehört hatte.

Fürst Nikolai Andreïtsch runzelte die Stirn und schwieg.

Zwei Wochen nach diesem Brief traf eines Abends die Dienerschaft des Fürsten Wassilij ein, und tags darauf sollten er und sein Sohn ankommen.

Der alte Bolkonskij hatte vom Charakter des Fürsten Wassilij nie eine sehr hohe Meinung gehabt, und am allerwenigsten in der

[1] Ich liebe Sie.

letzten Zeit, nachdem Fürst Wassilij unter dem neuen Regime der Kaiser Paul und Alexander zu hohen Würden und Ehrenstellen aufgerückt war. Jetzt begriff er auf Grund der Anspielungen des Briefes und der kleinen Fürstin, was im Werke war, und die geringe Meinung, die Fürst Nikolai Andreïtsch vom Fürsten Wassilij hegte, ging in ein Gefühl feindseliger Verachtung über. Er schnob beständig vor Wut, wenn er von ihm sprach. An dem Tage, an dem Fürst Wassilij eintreffen sollte, war Fürst Nikolai Andreïtsch ganz besonders mißmutig und schlecht aufgelegt. Ob er so schlecht aufgelegt war, weil Fürst Wassilij ankommen sollte, oder ob er sich deswegen so sehr über die Ankunft des Fürsten Wassilij ärgerte, weil er eben schlechter Laune war – genug, er war schlechter Laune, und Tichon hatte dem Baumeister bereits am Morgen geraten, heute lieber nicht mit seinem Bericht zum Fürsten zu gehen.

„Hören Sie doch, wie er geht", hatte Tichon gesagt und den Baumeister auf das Geräusch der Schritte des Fürsten aufmerksam gemacht. „Er tritt mit dem ganzen Absatz auf, und dann wissen wir schon Bescheid ..."

Immerhin unternahm der Fürst gegen neun Uhr wie gewöhnlich in seinem Sammetpelz mit dem Zobelkragen und seiner Zobelmütze seinen gewöhnlichen Spaziergang. Am Abend zuvor war Schnee gefallen. Der Weg, auf dem Fürst Nikolai Andreïtsch zur Orangerie ging, war frei gemacht worden; die Spuren des Besens waren noch auf dem zur Seite gefegten Schnee zu sehen, und in dem locker aufgeschütteten Schneewall zu beiden Seiten des Weges stak eine Schaufel. Der Fürst ging verdrießlich und schweigsam durch die Orangerie, die Leutewohnungen und Neubauten.

„Liegt genug Schnee zum Schlittenfahren?" fragte er seinen Verwalter, einen Mann von ehrwürdigem Aussehen, der in seiner Miene und in seiner Art, sich zu benehmen, seinem Herrn glich.

„Es liegt tiefer Schnee, Ew. Durchlaucht, in der Allee habe ich schon fegen lassen."

Der Fürst senkte den Kopf und ging auf die Freitreppe zu. „Gott sei gedankt!" dachte der Verwalter, „die Gewitterwolke ist vorbeigezogen!"

„Es war schwer durchzukommen, Ew. Durchlaucht", fügte er hinzu. „Als wir hörten, daß der Minister zu Ew. Durchlaucht kommen würde, Ew. Durchlaucht ..."

Der Fürst wandte sich nach dem Verwalter um und starrte ihn mit bösen Augen an.

„Was? Ein Minister? Was für ein Minister? Wer hat das bestimmt?" schrie er mit seiner durchdringenden, rauhen Stimme. „Für die Prinzessin, für meine Tochter, wird der Schnee nicht weggefegt, aber für so einen Minister! Für mich gibt es keine Minister!"

„Ew. Durchlaucht, ich dachte ..."

„Du dachtest!" schrie der Fürst, und die Wort kamen immer hastiger und abgehackter heraus. „Du dachtest! Halunken! Banditen! Ich will dich lehren zu denken!" Und er hob seinen Stock, holte damit gegen den Verwalter Alpatytsch aus und hätte ihn geschlagen, wenn dieser nicht unwillkürlich zur Seite gewichen wäre. „Du dachtest!" schrie er hastig.

Alpatytsch war selbst darüber erschrocken, daß er es gewagt hatte, dem Schlage des Fürsten auszuweichen, und kam gleich darauf, den kahlen Kopf ehrerbietig gesenkt, wieder auf ihn zu. Aber trotzdem oder vielleicht auch gerade deshalb hob der Fürst den Stock nicht zum zweitenmal, sondern schrie nur unausgesetzt: „Ihr Halunken! Der Weg wird wieder zugeschaufelt!" und verschwand dann rasch im Hause.

Vor dem Mittagessen standen die Prinzessin und Mademoiselle Bourienne in Erwartung des Fürsten vor dem gedeckten Tisch; sie wußten beide, daß der Fürst schlechter Laune war. Mademoiselle Bourienne trug ein strahlendes Gesicht zur Schau, und ihre Miene besagte: „Ich weiß von gar nichts und bin nicht anders als sonst", während Prinzessin Marja blaß, verschüchtert und mit niedergeschlagenen Augen dastand. Prinzessin Marja wußte ganz genau, daß sie in solchen Fällen am besten täte, sich ebenso zu geben wie Mademoiselle Bourienne, aber sie brachte es nicht fertig und litt unter dieser Unfähigkeit mehr als unter allem anderen. Sie sagte sich: „Tue ich so, als merkte ich gar nichts, so denkt er, mir ist es einerlei, wie ihm zumute ist; zeige ich mich aber selbst niedergeschlagen und mißmutig, so sagt er, wie ich das ja schon erlebt habe, ich ließe wieder den Kopf hängen und so weiter."

Der Fürst warf einen Blick auf das verschüchterte Gesicht seiner Tochter und schnob.

„Dummheiten! Alberne Person!" brummte er.

„Und die andere läßt sich überhaupt nicht sehen! Der haben sie wohl auch schon die Ohren vollgeblasen!" sagte er zu sich selbst und meinte damit die kleine Fürstin, die gar nicht zu Tisch erschienen war.

„Wo ist die Fürstin?" fragte er. „Die versteckt sich wohl?"

„Sie fühlt sich nicht ganz wohl", antwortete Mademoiselle Bourienne mit ihrem munteren Lächeln. „Sie ist auf ihrem Zimmer geblieben. Bei ihrem Zustande ist das ja begreiflich."

„Hm! Hm! Kch, kch!" brummte der Fürst und setzte sich an den Tisch.

Sein Teller schien ihm nicht sauber genug; er deutete auf einen Flecken und warf den Teller weg. Tichon fing ihn auf und übergab ihn dem Büfettier.

Die kleine Fürstin fühlte sich in Wirklichkeit keineswegs unwohl, aber ihre Angst vor dem Fürsten war so unüberwindlich, daß sie kaum gehört hatte, er sei heute schlechter Laune, als sie auch schon beschloß, auf ihrem Zimmer zu bleiben.

„Ich fürchte für das Kind", hatte sie zu Mademoiselle Bourienne gesagt. „Gott weiß, was ihm zustoßen kann, wenn ich plötzlich erschrecke."

Überhaupt lebte die kleine Fürstin in Lysyja Gory ständig unter dem Druck ihrer Angst vor dem alten Fürsten und ihrer Abneigung gegen ihn; diese Abneigung kam ihr freilich gar nicht zum Bewußtsein, denn die Angst überwog derartig, daß für ein anderes Gefühl kaum Raum blieb. Der Fürst brachte ihr ebenfalls ein Gefühl der Abneigung, noch mehr aber der Verachtung entgegen, und diese Verachtung war so ausgeprägt, daß die Abneigung ihr gegenüber durchaus in den Hintergrund trat. Nachdem die Fürstin sich in Lysyja Gory ein wenig eingelebt hatte, hatte sie sich besonders an Mademoiselle Bourienne angeschlossen. Den größten Teil des Tages brachte sie in ihrer Gesellschaft zu, bat sie, nachts mit ihr zusammen zu schlafen, und sprach sich oft ihr gegenüber abfällig über ihren Schwiegervater aus.

„Il nous arrive du monde, mon prince", sagte Mademoiselle Bourienne, während sie mit ihren rosigen Fingern die weiße Serviette ausbreitete. „Son excellence, le prince Kouraguine avec son fils, à ce que j'ai entendu dire?"[1] fuhr sie fragend fort.

„Hm ... diese excellence ist ein dummer Junge ... ich habe ihn seinerzeit ins Kollegium hereingebracht", antwortete der Fürst gereizt. „Und warum er seinen Sohn mitbringt, das verstehe ich überhaupt nicht. Die Fürstin Lisaweta Karlowna und die Prinzessin Marja werden es vielleicht wissen, ich weiß es jedenfalls nicht, warum er seinen Sohn hierherschleppen muß. Ich brauche ihn nicht." Hier sah er seine errötende Tochter an. „Du bist wohl krank, was? Vielleicht aus Angst vor dem Minister, wie ihn Alpatytsch, dieser Tölpel, vorhin genannt hat?"

„Nein, mon père."

Wenn Mademoiselle Bourienne auch in der Wahl des Gesprächsthemas einen sehr unglücklichen Mißgriff getan hatte, so ließ sie sich dadurch doch nicht zum Schweigen veranlassen, sondern plauderte munter über die Treibhäuser, über die Schönheit einer neuen, soeben aufgeblühten Blume, und der Fürst wurde nach der Suppe etwas freundlicher.

Nach dem Mittagessen ging er zu seiner Schwiegertochter. Die kleine Fürstin saß an einem kleinen Tischchen und plauderte mit

[1] Es kommt Besuch, Fürst... Seine Durchlaucht Fürst Kuragin mit seinem Sohn, wie ich gehört habe?

Mascha, dem Stubenmädchen. Als sie ihren Schwiegervater eintreten sah, wurde sie blaß. Die kleine Fürstin hatte sich sehr verändert. Sie sah jetzt eher häßlich aus als schön. Die Wangen hingen schlaff hernieder, die Oberlippe wölbte sich nach oben, die Augen lagen tiefer als früher.

„Ich fühle so eine Schwere in den Gliedern", antwortete sie auf die Frage des Fürsten nach ihrem Befinden.

„Brauchst du irgend etwas?"

„Nein, merci, mon père."

„Na, dann ist es ja gut."

Er ging wieder hinaus und begab sich zum Geschäftszimmer. Hier fand er Alpatytsch, der mit gesenktem Kopf dastand.

„Ist der Weg zugeschüttet?"

„Jawohl, Ew. Durchlaucht. Verzeihen Sie nur, um Gottes willen ... es ist ja nur aus Dummheit ..."

Der Fürst unterbrach ihn und lachte sein so unnatürlich klingendes Lachen.

„Schon gut, schon gut."

Er reichte ihm die Hand, ließ sie von Alpatytsch küssen und ging in sein Kabinett.

Am Abend kam Fürst Wassilij an. Kutscher und Diener nahmen ihn in der Allee in Empfang, und mit vielem Geschrei wurden Reise- und Gepäckschlitten über den Schnee des absichtlich zugeschütteten Weges zum Seitenflügel geschafft. Fürst Wassilij und Anatol wurden in getrennten Räumen untergebracht.

Anatol hatte sein Kamisol abgelegt und saß, die Arme in die Seite gestemmt, vor einem Tisch, dessen eine Ecke er lächelnd und mit einem Ausdruck von zerstreuter Eindringlichkeit aus seinen schönen großen Augen anstarrte. Er betrachtete sein ganzes Leben als eine ununterbrochene Kette von Vergnügungen, die aus irgendeinem Grunde irgend jemand für ihn zu veranstalten gehalten war. Unter diesem Gesichtspunkt sah er auch jetzt diese Fahrt zu einem boshaften Greise und zu einer reichen und häßlichen Erbin an. Er war geneigt anzunehmen, daß diese ganze Unternehmung sehr hübsch und amüsant verlaufen würde. „Und warum soll ich sie schließlich nicht heiraten, wenn sie so reich ist? Geld kann doch nie schaden", dachte Anatol.

Er rasierte und parfümierte sich nach seiner Gewohnheit sorgfältig und stutzerhaft und ging dann, den hübschen Kopf hoch aufgerichtet, mit seinem natürlichen gutmütigen Siegerausdruck zu seinem Vater in dessen Zimmer. Um den Fürsten Wassilij waren seine beiden Kammerdiener beschäftigt, um ihn anzukleiden. Er selbst sah sich munter um und nickte dem eintretenden Sohn vergnügt zu, als wollte er sagen: „So ist's gut, gerade so wollte ich dich haben."

„Nein, Spaß beiseite, Väterchen, ist sie sehr häßlich? Wirklich?" fragte er, gleichsam ein Gespräch fortsetzend, das sie unterwegs mehr als einmal miteinander geführt hatten.

„Hör doch damit auf. Dummheiten! Vor allem gib dir Mühe, mit dem alten Fürsten respektvoll und vernünftig umzugehen."

„Wenn er anfängt zu schimpfen, dann drücke ich mich aber", meinte Anatol. „Ich kann diese Art von alten Herren nicht ausstehen. Was meinst du dazu?"

„Mache dir nur klar, wieviel für dich auf dem Spiele steht."

Unterdessen war nicht nur die Kunde von der Ankunft des Ministers und seines Sohnes bis ins Mädchenzimmer gelangt, sondern auch das Äußere der beiden war schon Gegenstand eingehender Schilderungen gewesen. Prinzessin Marja saß allein in ihrem Zimmer und suchte vergeblich die Erregung ihres Inneren zu meistern.

„Warum hat man mir davon überhaupt schreiben müssen, und warum hat Lisa mir davon erzählt? Das ist doch eine ganz unmögliche Situation!" dachte sie, während sie sich im Spiegel betrachtete. „Was soll ich nur machen, wenn ich jetzt in den Salon komme? Selbst wenn er mir gefiele, könnte ich ihm jetzt nicht unbefangen und natürlich begegnen." Und der Gedanke daran, wie ihr Vater sie forschend beim Essen angesehen hatte, jagte ihr neue Angst ein.

Die kleine Fürstin und Mademoiselle Bourienne hatten von Mascha, dem Stubenmädchen, bereits alle erforderlichen Nachrichten eingeholt; sie hatten sich schildern lassen, wie hübsch der Sohn des Ministers aussah und was für rote Backen und schwarze Augenbrauen er hatte und wie schwerfällig sein Papa sich die Treppe hinaufgeschleppt habe und wie er hinter ihm her gesprungen sei, behende wie ein junger Adler, und immer mit einem Satz über drei Stufen hinweg. Mit diesen aus dem Mädchenzimmer stammenden Nachrichten gingen die kleine Fürstin und Mademoiselle Bourienne ins Zimmer der Prinzessin, die die lebhaften Stimmen der beiden schon auf dem Korridor gehört hatte.

„Ils sont arrivés, Marie[1], wissen Sie?" sagte die kleine Fürstin, ging mit ihrer umfangreich gewordenen Gestalt schwerfällig auf einen Lehnstuhl zu und ließ sich hineinfallen.

Sie trug nicht mehr das faltige, weite Hauskleid, in welchem sie den Vormittag über in ihrem Zimmer gesessen hatte, sondern hatte inzwischen eines ihrer besten Kostüme angelegt; sie war sorgfältig

[1] Sie sind angekommen, Marie.

frisiert, und auf ihrem Gesicht lag ein Ausdruck von Belebtheit, der indessen über das Welke und Schlaffe ihrer Züge nicht wegtäuschen konnte. Sie war in einer Toilette, wie sie sie gewöhnlich auf ihren Petersburger Gesellschaften getragen hatte, und gerade das ließ es noch deutlicher werden, wieviel häßlicher sie geworden war. Mademoiselle Bourienne hatte auch schon an ihrer Toilette einige kleine Veränderungen vorgenommen, und ihr hübsches, frisches Gesicht wirkte noch anziehender als sonst.

„Eh bien, et vous restez comme vous êtes, chère princesse", sagte sie. „On va venir annoncer, que ces messieurs sont au salon; il faudra descendre et vous ne faites pas un petit brin de toilette!" [1]

Die kleine Fürstin erhob sich aus ihrem Lehnstuhl, läutete nach der Zofe und begann flink und vergnügt einen Plan für die Toilette der Prinzessin Marja zu entwerfen und auszuführen. Prinzessin Marja fühlte sich in dem Gefühl ihrer eigenen Würde gekränkt durch die Erregung, in welche die Ankunft des angekündigten Freiers sie versetzte, und fühlte sich noch mehr gekränkt dadurch, daß ihre beiden Gefährtinnen auch gar nicht auf den Gedanken kamen, es könne anders sein. Aber wenn sie ihnen gesagt hätte, wie sehr sie sich für sich selbst und für sie schämte, so hätte sie damit ihre Aufregung merken lassen; und wenn sie sich gegen eine festlichere Toilette, wie die beiden sie ihr vorschlugen, gesträubt hätte, so hätte sie damit nur endlose Neckereien und hartnäckige Gegenvorstellungen heraufbeschworen. Sie wurde rot, ihre schönen Augen wurden trübe und matt, ihr Gesicht bedeckte sich mit Flecken, und sie überließ sich dem Willen der Mademoiselle Bourienne und der kleinen Fürstin mit jenem opferbereiten Ausdruck, den ihr Gesicht am häufigsten trug und der es so unschön machte. Die beiden anderen gaben sich wirklich ehrliche Mühe, sie so vorteilhaft wie möglich herauszuputzen; sie war ja so häßlich, daß keine von beiden auch nur auf den Gedanken kommen konnte, ihre eigene Erscheinung könnte etwa von der der Prinzessin in den Schatten gestellt werden; und so machten sie sich denn mit der redlichsten Absicht an die Toilette der Prinzessin, ganz erfüllt von der den Frauen eigenen naiven und festen Überzeugung, daß die Art der Kleidung imstande ist, ein Gesicht schön zu machen.

„Nein, wahrhaftig, ma bonne amie, dieses Kleid ist nicht das Richtige", sagte Lisa, die jetzt aus einiger Entfernung einen prüfenden Blick auf die Prinzessin warf. „Du hast doch so ein dunkelrotes, laß das einmal bringen. Wirklich! Vergiß nicht, daß es um

[1] Und Sie bleiben wie Sie sind, Prinzessin. Man wird uns gleich melden, daß die Herren im Salon sind; wir werden uns hinunterbegeben müssen, wollen Sie denn nicht wenigstens etwas Toilette machen?

die Entscheidung deines Lebensschicksals geht. Aber das da ist zu hell, das ist nicht das Richtige, glaube mir, das ist nicht das Richtige!"

Was „nicht das Richtige" war, das war indessen nicht das Kleid, sondern das Gesicht und die ganze Erscheinung der Prinzessin, aber das empfand weder Mademoiselle Bourienne noch die kleine Fürstin; sie waren des Glaubens, man brauche nur ein blaues Band um das hochgekämmte Haar zu schlingen oder eine blaue Schärpe von dem rotbraunen Kleid herabfallen zu lassen oder dergleichen, und alles werde in schönster Ordnung sein. Sie vergaßen ganz, daß der Prinzessin verstörtes Gesicht und ihre ganze Gestalt sich nun einmal nicht ändern ließen und daß daher dieses Gesicht selbst jämmerlich und unschön bleiben mußte, wenn man an seiner Umrahmung und an seinem Schmuck auch noch so viele Änderungen vornahm. Zwei- oder dreimal wurde noch alles geändert, und Prinzessin Marja ließ alles geduldig mit sich geschehen; endlich war das Haar nach oben hochgekämmt, eine Art der Frisur, die das Gesicht vollkommen verändert und entstellt erscheinen ließ; vom rotbraunen Kleid fiel eine blaue Schärpe herab. Die kleine Fürstin ging einige Male um Prinzessin Marja herum, strich mit ihren kleinen Händchen noch hier eine Falte glatt, zupfte dort die Schärpe zurecht und betrachtete dann die Prinzessin mit zur Seite gelegtem Kopf bald von rechts, bald von links.

„Nein, so geht es nicht", sagte sie dann mit großer Bestimmtheit und schlug die Hände zusammen. „Non, Marie, décidément ça ne vous va pas. Je vous aime mieux dans votre petite robe grise de tous les jours. Non, de grâce, faites cela pour moi.[1] Katja", wandte sie sich an die Kammerjungfer, „bringe doch der Prinzessin das graue Kleid! Und passen Sie nur auf, Mademoiselle Bourienne, wie ich die Sache arrangieren werde", setzte sie mit einem Lächeln hinzu, in welchem bereits der ganze Vorgeschmack der Freude an der eigenen Künstlerleistung lag.

Als aber Katja das graue Kleid brachte, saß Prinzessin Marja immer noch regungslos vor dem Spiegel, betrachtete ihr Gesicht und sah, daß ihre Augen voll Tränen standen und um ihren Mund jenes Zittern lag, das dem Aufschluchzen vorhergeht.

„Voyons, chère princesse", sagte Mademoiselle Bourienne, „encore un petit effort."[2]

Die kleine Fürstin nahm der Kammerjungfer das Kleid ab und ging auf die Prinzessin Marja zu.

„Nein, jetzt machen wir es anders", sagte sie, „ganz schlicht und nett."

[1] Nein, Marie, das steht Ihnen absolut nicht. Ich sehe Sie lieber in Ihrem grauen Alltagskleid; bitte tun Sie das doch mir zuliebe.

[2] Nur noch eine kleine Anstrengung, liebe Prinzessin.

Die Stimmen der drei, der kleinen Fürstin, der Mademoiselle Bourienne und Katjas, rannen in ein fröhliches Durcheinander zusammen, das an Vogelgezwitscher erinnerte.

„Non, laissez=moi",[1] sagte die Prinzessin.

Und aus ihrer Stimme klang ein so schwermütiger Ernst, ein solches Leiden, daß das Vogelgezwitscher augenblicks verstummte. Sie sahen die großen, schönen, gedankenvollen, jetzt mit Tränen gefüllten Augen, die sie mit einem so unmißverständlichen Flehen ansahen, und sie begriffen, daß es zwecklos, ja sogar grausam wäre, weiter in die Prinzessin zu dringen.

„Au moins changez de coiffure", sagte die kleine Fürstin. „Je vous disais", wandte sie sich dann vorwurfsvoll an Mademoiselle Bourienne, „Marie a une de ces figures, auxquelles ce genre de coiffure ne va pas du tout. Mais du tout, du tout. Changez de grâce." [2]

„Laissez=moi, laissez=moi, tout ça m'est parfaitement égal",[3] antwortete die Prinzessin, und ihre Stimme zitterte von kaum noch verhaltenen Tränen.

Mademoiselle Bourienne und die kleine Fürstin sahen nun zwar ein, daß Prinzessin Marja in diesem Aufputz sehr häßlich aussah, häßlicher noch als sonst; aber es war bereits zu spät. Sie sah die beiden mit jenem gedankenvollen und traurigen Ausdruck an, den sie so gut an ihr kannten. Dieser Ausdruck flößte ihnen freilich keine Furcht vor Prinzessin Marja ein — Furcht war ein Gefühl, das sie überhaupt niemandem einflößte —, aber sie wußten schon, daß die Prinzessin wortkarg wurde und sich in einem einmal gefaßten Entschluß nicht mehr wankend machen ließ, wenn in ihr Gesicht dieser Ausdruck getreten war.

„Vous changerez, n'est=ce pas?" [4] sagte Lisa. Prinzessin Marja gab keine Antwort, und Lisa verließ das Zimmer.

Prinzessin Marja war allein zurückgeblieben. Sie ließ den Wunsch ihrer Schwägerin unerfüllt, sie nahm keine Änderung an ihrer Frisur vor, ja sie sah nicht einmal mehr in den Spiegel. Sie ließ die Arme schlaff herunterhängen, saß schweigend und mit niedergeschlagenen Augen da und überließ sich ihren Gedanken. Sie stellte sich einen Mann vor, einen richtigen Mann, ein starkes, ihr überlegenes Wesen von unbegreiflicher Anziehungskraft, der sie plötzlich in seine eigene Welt, eine gänzlich andere und glückliche Welt hinübertrug. Und hier, an dieser ihrer eigenen Brust dachte sie sich ein eigenes Kind, so ein Kind, wie sie es gestern bei der Tochter

[1] Nein, lassen Sie mich.
[2] Ändern Sie doch wenigstens die Frisur. Ich habe Ihnen doch gesagt, zu einem Gesicht, wie Marie es hat, paßt eine derartige Frisur absolut nicht. Wirklich ganz und gar nicht. Bitte, ändern Sie sie doch.
[3] Lassen Sie mich, lassen Sie mich, all das ist mir völlig gleichgültig.
[4] Sie ändern sie doch, nicht wahr?

ihrer Amme gesehen hatte. Und der Mann stand neben ihr und sah sie und das Kind zärtlich an. „Aber nein, das kann ja gar nicht sein: ich bin ja viel zu häßlich", dachte sie dann.

„Bitte zum Tee. Der Fürst wird sofort erscheinen", sagte die Kammerjungfer durch die halbgeöffnete Tür.

Sie fuhr auf und erschrak über ihre Gedanken. Sie erhob sich, und ehe sie sich hinunterbegab, trat sie an den Schrein mit den Heiligenbildern, heftete den Blick auf das lämpchenbeglänzte, schwarze Antlitz des großen Heilandsbildes und blieb einige Minuten lang mit gefalteten Händen vor ihm stehen. Auf ihrer Seele lastete ein quälender Zweifel. Konnte es für sie denn die Freuden der Liebe, der irdischen Liebe, der Liebe zu einem Manne geben? In ihren Eheträumen hatte Prinzessin Marja sich auch ein glückliches Familienleben und Kinder ausgemalt, aber der hauptsächlichste, der am deutlichsten gezeichnete und zugleich geheimste Gegenstand ihrer Träumerei war doch die irdische Liebe gewesen. Dieses Gefühl war um so stärker geworden, je mehr sie es vor anderen und sogar vor sich selbst zu verbergen gesucht hatte. „Mein Gott", sagte sie sich jetzt, „wie soll ich nur diese Einflüsterungen des Teufels in meinem Herzen unterdrücken? Wie befreie ich mich nur für immer von diesen bösen Gelüsten, um ruhigen Herzens Deinen Willen zu tun?" Und kaum hatte sie diese Frage ausgesprochen, als Gott ihr auch schon durch ihr eigenes Herz antwortete: „Du sollst nichts für dich selbst begehren; suche nichts, ereifere dich nicht, beneide niemand. Die Zukunft der Menschen und dein eigenes Schicksal müssen dir noch verborgen bleiben; aber lebe so, daß du bereit bist zu allem. Wird es Gott gefallen, dich im Pflichtenkreise des Ehestandes zu prüfen, so sei bereit, Seinen Willen zu tun." Mit diesem ruhespendenden Gedanken, zugleich aber immer noch der Hoffnung voll, ihr verbotener Traum von einer irdischen Liebe möge in Erfüllung gehen, bekreuzte Prinzessin Marja sich mit einem Seufzer und ging dann hinunter, ohne weiter einen Gedanken an ihr Kleid oder ihre Frisur zu wenden oder daran, wie sie eintreten und was sie sagen würde. Denn welche Bedeutung konnte das alles haben, wenn ihres Lebens Gang doch von Gott vorherbestimmt war, ohne dessen Willen kein Haar von eines Menschen Haupte fällt?

IV

Als Prinzessin Marja eintrat, waren Fürst Wassilij und sein Sohn bereits im Salon und plauderten mit der kleinen Fürstin und Mademoiselle Bourienne. Als sie mit ihrem schwerfälligen Gang, mit den Absätzen auftretend, hereinkam, erhoben sich die beiden Gäste und

Mademoiselle Bourienne, und die kleine Fürstin stellte ihre Schwägerin den Herren mit den Worten „Voilà Marie!“ [1] vor. Prinzessin Marja sah alle vier aufmerksam und scharf beobachtend an. Sie sah das Gesicht des Fürsten Wassilij, das beim Eintreten der Prinzessin noch einen Augenblick lang ernst blieb und dann sofort zu lächeln begann; sie sah das Gesicht der kleinen Fürstin, das aus den Gesichtern der Gäste neugierig den Eindruck herauszulesen suchte, den Marie auf sie machte; sie sah Mademoiselle Bourienne mit dem Bande in den Haaren, mit dem hübschen Gesicht und den mit ganz ungewöhnlicher Lebhaftigkeit auf „ihn“ gerichteten Augen; aber „ihn“ selbst konnte die Prinzessin nicht sehen: sie sah nur etwas Großes, Strahlendes und Schönes, das gleich bei ihrem Eintreten in den Salon auf sie zukam. Als erster trat Fürst Wassilij auf sie zu, und sie küßte seinen kahlen Kopf, der sich über ihre Hand beugte, und antwortete auf seine Begrüßungsworte, natürlich erinnere sie sich noch an ihn. Dann trat Anatol auf sie zu. Sie sah ihn immer noch nicht. Sie fühlte nur den Druck einer zarten Hand, die kräftig die ihrige umschloß, und streifte ganz flüchtig mit den Lippen die weiße Stirn unterhalb der pomadisierten, schönen, hellbraunen Haare. Und als sie ihn dann endlich ansah, war sie betroffen von seiner Schönheit. Anatol schob den Daumen der rechten Hand hinter einen geschlossenen Knopf seiner Uniform, wölbte die Brust vor und zog den Rücken ein, wiegte sich auf dem einen, ein wenig zur Seite gestellten Bein, senkte leicht den Kopf und sah die Prinzessin schweigend und fröhlich an, aber sichtlich, ohne weiter an sie zu denken. Anatol war weder besonders geistesgegenwärtig noch findig oder gesprächsgewandt, aber dafür hatte er, was im gesellschaftlichen Leben vielleicht noch wertvoller ist, Gelassenheit und unbeirrbares Selbstvertrauen. Wenn ein Mensch, dem dieses Selbstvertrauen fehlt, im Augenblick des ersten Bekanntwerdens mit einem anderen verstummt, aber sich offensichtlich der Unschicklichkeit dieses Verstummens bewußt ist und daher krampfhaft nach einem Thema sucht, so ist der ungünstige Eindruck bereits da; aber Anatol schwieg ohne jede Verlegenheit, wiegte sich auf einem Bein und sah sich vergnügt die Frisur der Prinzessin an. Man sah gleich, daß er auf diese Weise noch recht lange Zeit mit der größten Seelenruhe würde schweigen können. „Wenn euch anderen dieses Schweigen peinlich ist, dann unterhaltet euch doch gefälligst; ich persönlich habe aber keine Lust dazu“, schien sein Blick zu sagen. Außerdem hatte Anatol Frauen gegenüber jene Art, die besser als alles andere geeignet ist, den Frauen Neugier, Furcht, ja sogar Liebe einzuflößen: nämlich eine Art, im Bewußtsein seiner eigenen Überlegenheit die

[1] da ist Marie

Geringschätzung, die er den Frauen entgegenbrachte, unverhohlen zur Schau zu tragen. Es war, als sagte sein Blick: „Ich kenne euch ja, ich kenne euch, wozu soll ich mich erst noch mit euch abgeben? Ach, und ihr wärt ja so froh, wenn ich es täte!" Vielleicht dachte er das gar nicht, wenn er mit Frauen zusammen war, ja, es ist sogar anzunehmen, daß er das nicht dachte, weil er überhaupt wenig zu denken pflegte, aber sein Aussehen und seine ganze Art, sich zu geben, mußten diesen Eindruck machen. Die Prinzessin empfand das; und da sie ihm zu verstehen geben wollte, er solle sich nur nicht einbilden, Eindruck auf sie gemacht zu haben, wandte sie sich dem alten Fürsten zu. Es entspann sich eine lebhafte allgemeine Unterhaltung, an der das Stimmchen der kleinen Fürstin und ihre kleine Oberlippe mit den Schnurrbarthärchen, die sich in die Höhe zog und die weißen Zähne sichtbar werden ließ, den Hauptanteil hatten. Sie plauderte mit dem Fürsten Wassilij in jenem leicht scherzhaften Ton, dessen sich muntere und schwatzlustige Menschen gern bedienen und dessen Geheimnis darin besteht, daß man so tut, als gäbe es zwischen einem selbst und dem Gesprächspartner schon von alters her gewisse scherzhafte Gemeinsamkeiten und ergötzliche gemeinsame Erinnerungen, von denen die übrigen Anwesenden größtenteils nichts wissen; und das auch dann, wenn, wie bei der kleinen Fürstin und dem Fürsten Wassilij, wirklich nicht die geringsten gemeinsamen Erinnerungen vorliegen. Fürst Wassilij ging gern auf diesen Ton ein; die kleine Fürstin verwob in diese Erinnerungen allerhand komische Vorfälle, die niemals stattgefunden hatten, und zog in diese Erinnerungen sogar Anatol mit hinein, den sie doch fast gar nicht kannte. Mademoiselle Bourienne ließ sich ebenfalls in diese Fiktion gemeinsamer Erinnerungen hineinziehen, und sogar Prinzessin Marja machte es Spaß, sich an diesem munteren Erinnerungsspiel zu beteiligen.

„Wenigstens werden wir Sie jetzt einmal richtig genießen können, lieber Fürst", sagte die kleine Fürstin zum Fürsten Wassilij, selbstverständlich auf französisch, „nicht so wie auf den Soireen bei Annette, wo Sie sich immer so schnell drücken. Denken Sie auch noch an cette chère Annette[1]?"

„Ja, aber bitte fangen Sie nur nicht von Politik an, wie Annette!"

„Und denken Sie auch noch an unsere Ecke am Teetisch?"

„Oh, gewiß!"

„Warum hat man Sie niemals bei Annette zu sehen bekommen?" fragte die kleine Fürstin Anatol. „Ach, ich weiß, ich weiß", und sie zwinkerte und drohte ihm mit dem Finger, „Ihr Bruder Ippolit

[1] diese liebe Annette

hat mir von Ihren Geschichten so einiges erzählt. Oh! Oh! Und ich weiß auch, was Sie noch in Paris für Sachen gemacht haben."

„Und dir hat Ippolit nicht erzählt, was ihm selbst passiert ist?" sagte Fürst Wassilij zu seinem Sohn und ergriff die Fürstin dabei bei der Hand, als bestünde die Gefahr, daß sie weglaufen könnte, und er müßte sie festhalten. „Hat Ippolit dir nichts davon erzählt, wie er selbst sich vor Sehnsucht nach unserer lieben Fürstin verzehrte und wie sie le mettait à la porte[1]?"

„Oh! C'est la perle des femmes, princesse!"[2] wandte er sich dann an die Prinzessin.

Was Mademoiselle Bourienne anbetraf, so versäumte sie keine Gelegenheit, sich an dem lustigen Austausch von Erinnerungen zu beteiligen, sobald nur das Wort „Paris" fiel.

Sie erlaubte sich die Frage, wie lange Anatol schon von Paris fort sei und wie ihm diese Stadt gefallen habe. Anatol antwortete der Französin lächelnd und mit der größten Bereitwilligkeit, plauderte mit ihr über ihr Vaterland und verwandte dabei kein Auge von ihr. Gleich beim ersten Anblick der hübschen Bourienne hatte er sich gesagt, es brauche auch hier in Lysyja Gory keineswegs langweilig zu sein. „Sie ist sehr niedlich!" dachte er, während er sie ansah, „diese demoiselle de compagnie[3] ist sehr niedlich. Hoffentlich bringt sie sie mit, wenn sie mich heiratet, la petite est gentille[4]."

Inzwischen machte der alte Fürst in seinem Kabinett ohne jede Eile seine gewohnte Toilette und überlegte sich verdrießlich, wie er sich verhalten sollte. Die Ankunft der Gäste ärgerte ihn. „Wozu brauche ich den Fürsten Wassilij und sein Söhnchen? Fürst Wassilij ist ein aufgeblasener Geck, na, und sein Sohn wird wohl auch gerade der Richtige sein", brummte er vor sich hin. Es ärgerte ihn, daß die Ankunft dieser Gäste in seinem Inneren wieder jene eine Frage laut werden ließ, die er beständig unterdrückt hatte und die immer unentschieden geblieben war — eine Frage, über die der alte Fürst bisher immer mit einer Selbsttäuschung hinweggeglitten war. Die Frage war die, ob er es je würde über sich gewinnen können, sich von Prinzessin Marja zu trennen und sie einem Manne zur Ehe zu geben. Der Fürst hatte sich bisher nicht entschließen können, sich diese Frage geradezu und ohne alle Umschweife vorzulegen, da er genau wußte, daß er sie beantworten würde, wie es Recht und Billigkeit verlangten; aber eben diese von Recht und Billigkeit eingegebene Antwort ging nicht nur gegen sein Gefühl, sondern stellte geradezu die ganze Form in Frage, die er seinem eigenen Leben gegeben hatte.

[1] . . . ihn vor die Tür setzte.
[2] Oh, das ist die Perle der Frauen, Prinzessin.
[3] diese Gesellschafterin.
[4] Die Kleine ist niedlich.

Obwohl es den Anschein haben konnte, als halte er recht wenig von seiner Tochter, konnte Fürst Nikolai Andreïtsch sich doch ein Leben ohne Prinzessin Marja schlechterdings nicht vorstellen. „Und wozu soll sie schließlich heiraten?" dachte er. „Wahrscheinlich wird sie dabei nur unglücklich werden. Da hat Lisa meinen Andrej bekommen — und einen besseren Mann als ihn wird man heutzutage schwerlich finden — und ist sie vielleicht mit ihrem Lose zufrieden? Und wer wird denn Marja aus Liebe heiraten? Sie ist häßlich und plump. Wenn einer sie nimmt, so tut er das wegen meiner Verbindungen und meines Reichtums. Und kann man schließlich nicht auch als alte Jungfer leben? Das tun doch so viele, und sie sind dabei vielleicht noch glücklicher, als wenn sie verheiratet wären!" Gedanken dieser Art beschäftigten den Fürsten Nikolai Andreïtsch während seiner Toilette; und zugleich spürte er, wie die immer wieder beiseite geschobene Frage nunmehr eine unverzügliche Entscheidung erheischte. Fürst Wassilij hatte seinen Sohn doch offensichtlich mitgebracht, um einen Heiratsantrag zu machen, und aller Wahrscheinlichkeit nach würde er heute oder morgen einen unzweideutigen Bescheid verlangen. Nun, gegen den Namen, gegen die gesellschaftliche Stellung war nichts einzuwenden. „Na, schließlich habe ich nichts dagegen", sagte der Fürst zu sich selbst, „aber er soll ihrer auch würdig sein. Na, und das müssen wir uns noch einmal ansehen."

„Das müssen wir uns noch einmal ansehen!" wiederholte er laut. „Das müssen wir uns noch einmal ansehen."

Und er ging wie immer mit seinen flinken, munteren Schritten in den Salon, ließ einen raschen Blick über alle Anwesenden hingleiten, bemerkte das veränderte Kostüm der kleinen Fürstin, das Bändchen im Haar der Bourienne, die unglückliche Frisur der Prinzessin Marja, das Lächeln der Bourienne und Anatols und die Vereinsamung seiner Prinzessin inmitten des allgemeinen Geplauders. „Herausgeputzt hat sie sich wie eine Närrin!" dachte er und sah seine Tochter erbost an. „Hat sie denn gar kein Schamgefühl im Leibe? Und er will ja überhaupt nichts von ihr wissen!"

Er trat auf den Fürsten Wassilij zu.

„Na, guten Tag, guten Tag. Freue mich, dich zu sehen."

„Geht's zum Freunde, sind sieben Werst kein Umweg",* sagte Fürst Wassilij schnell, selbstbewußt und familiär, wie es seine Art war. „Hier ist mein Zweiter, bitte nehmen Sie ihn freundlich auf."

Fürst Nikolai Andreïtsch sah Anatol aufmerksam an.

„Ein strammer Bursche, ein strammer Bursche!" meinte er dann. „Na, komm her und gib mir einen Kuß", und er hielt ihm die Wange hin.

* Anm. am Schluß des Buches.

Anatol küßte den alten Herrn und sah ihn dann neugierig und mit der größten Gemütsruhe an; er wartete, ob nicht bald irgendeine der Wunderlichkeiten zum Vorschein kommen würde, auf die sein Vater ihn vorbereitet hatte.

Fürst Nikolai Andreïtsch setzte sich auf seinen gewohnten Platz in der Ecke des Diwans, zog für den Fürsten Wassilij einen Sessel zu sich heran, wies auf ihn und erkundigte sich, was es in der Politik Neues gebe. Es hatte den Anschein, als hörte er dem Bericht des Fürsten Wassilij aufmerksam zu, aber dabei verwandte er kein Auge von Prinzessin Marja.

„Also das verlautet aus Potsdam?" sagte er und wiederholte damit die letzten Worte des Fürsten Wassilij. Dann stand er unvermittelt auf und ging zu seiner Tochter.

„Hast du dich für unsere Gäste so herausgeputzt, was?" sagte er. „Na, du siehst ja hübsch aus, wirklich sehr hübsch. Du hast dir für unseren Besuch diese neue Frisur zugelegt, aber ich sage dir in Gegenwart unseres Besuchs, unterstehe dich in Zukunft nicht mehr, etwas an deiner Toilette zu ändern, ohne mich um Erlaubnis gebeten zu haben."

„Daran bin ich schuld, mon père", trat die kleine Fürstin, ganz rot geworden, für Marja ein.

„Sie können machen, was Sie wollen", sagte Fürst Nikolai Andreïtsch mit einer spöttischen Verbeugung zu seiner Schwiegertochter, „aber sie braucht sich nicht erst zu verunstalten, sie ist auch so schon häßlich genug."

Und damit kehrte er wieder auf seinen Platz zurück, ohne sich weiter um seine Tochter zu kümmern, der die Tränen in die Augen traten.

„Im Gegenteil, diese Frisur steht der Prinzessin doch sehr gut", meinte Fürst Wassilij.

„Na, Väterchen, junger Fürst, wie heißt du doch gleich?" wandte sich Fürst Nikolai Andreïtsch an Anatol, „komm, setze dich zu mir, wir wollen ein wenig miteinander plaudern und Bekanntschaft schließen."

„Sieh da, der Spaß fängt also an", dachte Anatol und setzte sich lächelnd zum alten Fürsten.

„Also, mein Lieber, ich habe mir sagen lassen, Sie seien im Auslande erzogen worden. Nicht so, wie dein Vater, und ich, denen noch der Küster Lesen und Schreiben beibringen mußte. Sagen Sie, mein Lieber, Sie stehen jetzt bei der Garde zu Pferde?" fragte der Alte, beugte sich ein wenig vor und sah Anatol aufmerksam an.

„Nein, ich bin zur Linie versetzt worden", antwortete Anatol und hatte Mühe, sich das Lachen zu verbeißen.

„Aha! Das ist recht. Sie wollen also dem Zaren und dem Vater=

lande dienen, mein Lieber, was? Nun ja, es ist ja auch Kriegszeit. Da heißt es für so einen strammen Burschen eben dienen, jawohl, da heißt es dienen. Wie ist es, machen Sie Frontdienst?"

„Nein, Fürst, mein Regiment ist im Felde. Ich habe irgendeine Abkommandierung ... Ja, auf was für einen Posten bin ich eigentlich abkommandiert, Papa?" wandte Anatol sich lachend an seinen Vater.

„Na, der hat ja eine herrliche Dienstauffassung, das muß ich sagen! Auf was für einen Posten bin ich eigentlich abkommandiert! Hahaha!" lachte Fürst Nikolai Andreïtsch.

Auch Anatol lachte jetzt noch lauter als vorher. Plötzlich runzelte Fürst Nikolai Andreïtsch finster die Stirn.

„Na, geh nur wieder", sagte er zu Anatol.

Anatol lächelte und kehrte zu den Damen zurück.

„Du hast also deine Kinder im Auslande erziehen lassen, Fürst Wassilij, was?" wandte sich der alte Fürst wieder an den Fürsten Wassilij.

„Ich habe für ihre Erziehung getan, was in meinen Kräften stand; und ich kann Ihnen sagen, daß die Erziehung im Auslande unvergleichlich besser ist als die bei uns."

„Ja, jetzt ist ja alles anders geworden, alles geht nach der neuen Mode. Ein strammer Bursche, wahrhaftig, ein strammer Bursche! Na, gehen wir zu mir hinüber!"

Er nahm den Fürsten Wassilij bei der Hand und führte ihn in sein Kabinett.

Kaum waren die beiden miteinander allein, als Fürst Wassilij dem alten Fürsten auch schon seine Wünsche und Hoffnungen eröffnete.

„Was glaubst du denn von mir?" sagte der alte Fürst grimmig. „Du denkst wohl, ich will sie festhalten und kann mich nicht von ihr trennen? Was ihr alle euch einbildet! Meinetwegen kann sie morgen heiraten! Aber ich sage dir das eine: ich möchte meinen Schwiegersohn erst genauer kennenlernen. Du kennst ja meine Devise: immer gerade heraus! Morgen frage ich sie in deiner Gegenwart; sagt sie ja, so mag er eine Weile hierbleiben. Er bleibt eine Weile hier, und ich sehe ihn mir dabei noch genauer an." Der Fürst schnob. „Mag sie ihn doch heiraten, mir ist es gleich!" schrie er dann mit eben der durchdringenden Stimme, mit der er geschrien hatte, als sein Sohn von ihm Abschied nahm.

„Ich möchte ganz offen zu Ihnen sprechen", sagte Fürst Wassilij im Tone eines schlauen und verschlagenen Menschen, der zu der Überzeugung gekommen ist, daß es einem so scharfblickenden Verhandlungspartner gegenüber keinen Zweck hätte, seine Diplomatenkünste spielen zu lassen. „Einem Menschenkenner wie Ihnen kann man ja doch nichts vormachen. Anatol ist kein Genie, aber ein braver und anständiger Kerl und ein ausgezeichneter Sohn und Verwandter."

„Na, schon gut, schon gut, wir werden ja sehen."

Wie alle einsam lebenden Frauen, die eine längere Zeit hindurch ohne männliche Gesellschaft gewesen sind, so hatten jetzt auch die drei Frauen im Hause des Fürsten Nikolai Andreïtsch das übereinstimmende Gefühl, ihr Leben sei bisher eigentlich überhaupt kein Leben gewesen. Die Kraft, zu denken, zu fühlen, zu beobachten, hatte sich in allen dreien augenblicks verzehnfacht, und es war, als sei ihr ganzes bisheriges Leben in Dunkelheit getaucht gewesen und nun plötzlich von einem gänzlich neuen und bedeutungsvollen Lichte erhellt worden.

Prinzessin Marja wandte nicht einen einzigen Gedanken mehr an ihr Gesicht und ihre Frisur. Alle ihre Aufmerksamkeit galt dem hübschen, offenen Gesicht des Menschen, der vielleicht ihr Mann werden würde. Er erschien ihr gut, tapfer, entschlossen, männlich und großmütig. Sie war fest davon überzeugt, daß er alle diese Eigenschaften in sich vereinigte. Tausend Träume von ihrem künftigen Ehe- und Familienleben schwirrten unaufhörlich durch ihre Phantasie. Aber sie suchte diese Träume zu verscheuchen und bemühte sich gewaltsam, an etwas anderes zu denken.

„Aber bin ich nicht am Ende zu kalt gegen ihn?" dachte Prinzessin Marja. „Ich bemühe mich, Zurückhaltung zu üben, weil ich mich ihm im tiefsten Inneren bereits allzu nahe fühle; aber er kann ja nicht wissen, wie ich über ihn denke, und könnte auf den Gedanken kommen, er sei mir unangenehm."

Und Prinzessin Marja gab sich alle Mühe, recht liebenswürdig gegen den neuen Gast zu sein, und brachte es doch nicht recht fertig.

„La pauvre fille! Elle est diablement laide",[1] dachte Anatol.

Mademoiselle Bourienne war durch Anatols Ankunft ebenfalls in einen hohen Grad der Erregung versetzt worden, aber ihre Gedanken waren durchaus anderer Art. Es war natürlich, daß sie, ein hübsches junges Mädchen ohne feste gesellschaftliche Stellung, ohne Verwandte und Freunde, ja sogar ohne Heimat, nicht daran dachte, ihr ganzes Leben dem Dienst des Fürsten Nakolai Andreïtsch zu widmen, ihm Bücher vorzulesen und der Prinzessin Marja eine freundschaftliche Gefährtin zu sein. Mademoiselle Bourienne wartete schon längst auf einen russischen Fürsten, der augenblicks ihre Vorzüge vor häßlichen, schlecht angezogenen, linkischen russischen Prinzessinnen erkennen, sich in sie verlieben und sie entführen würde; und jetzt war dieser russische Fürst endlich gekommen. Eine

[1] Das arme Mädchen! Sie ist verteufelt häßlich!

wichtige Rolle spielte in Mademoiselle Bouriennes Innenleben eine Geschichte, die ihr einmal eine ihrer Tanten erzählt und die sie in ihrer eigenen Phantasie bis zu einem besonders schönen Schlusse weitergesponnen hatte, und sie liebte es, diese Geschichte in ihrer Phantasie immer wieder zu durchleben. In dieser Geschichte kam ein verführtes Mädchen vor, dem seine arme Mutter, sa pauvre mère[1], erschien, um ihr Vorwürfe zu machen, weil sie sich ohne den Segen des Priesters einem Manne hingegeben hatte. Mademoiselle Bourienne war oft bis zu Tränen gerührt, wenn sie in ihrer Phantasie diese Geschichte „ihm", dem Verführer, erzählte. Und jetzt war dieser „er" gekommen, und war ein richtiger russischer Fürst. Er würde sie entführen, dann würde ma pauvre mère[2] erscheinen, und er würde sie heiraten. So malte sich in Mademoiselle Bouriennes Köpfchen ihre Zukunft, während sie mit ihm von Paris plauderte. Man hätte nicht sagen können, daß Mademoiselle Bourienne sich dabei von eigentlichen Berechnungen leiten ließ – sie hatte nicht eine Minute lang darüber nachgedacht, was sie tun müsse –, aber alles das lag schon seit langer Zeit in ihrem Kopf ganz fertig da und gruppierte sich nun ganz von selbst um Anatol, da dieser eben derjenige war, der auf die erwartete Art in ihr Leben trat, und so wünschte und versuchte sie denn, ihm zu gefallen, soweit es irgend möglich war.

Der kleinen Fürstin war es ergangen wie einem alten Schwadronspferde, das plötzlich wieder Trompetensignale blasen hörte. Sie vergaß völlig ihren Zustand und setzte zum gewohnten Galopp der Koketterie an, ganz unwillkürlich, ohne jeden Hintergedanken und weit entfernt von der Absicht, irgend jemand dabei ausstechen zu wollen, sondern in einer durchaus naiven, leichtherzigen Fröhlichkeit.

Anatol pflegte sich in Frauengesellschaft den Anschein zu geben, als langweile ihn das Werben der Frauen um seine Aufmerksamkeit und Gunst über alle Maßen; trotzdem empfand er jetzt eine Genugtuung, die seiner Eitelkeit wohltat, als er sah, was für einen Eindruck er auf diese drei Frauen machte. Außerdem war in ihm angesichts der hübschen und so herausfordernd wirkenden Mademoiselle Bourienne jenes leidenschaftliche und rein animalisch bedingte Gefühl wachgeworden, das sich bei ihm so außerordentlich rasch einzustellen und ihn zu den rohesten und gewagtesten Handlungen hinzureißen pflegte.

Nach dem Tee ging die Gesellschaft ins Diwanzimmer hinüber, und die Prinzessin wurde gebeten, etwas auf dem Klavier zu spielen. Die Ellbogen auf das Klavier gestützt, stand Anatol neben Mademoiselle Bourienne und sah vergnügt und mit lachenden Augen die

1 Seine arme Mutter.
2 meine arme Mutter.

vor ihm sitzende Prinzessin Marja an, die mit qualvoller und zugleich freudiger Erregung seinen Blick auf sich ruhen fühlte. Die Klänge ihrer Lieblingssonate trugen sie in eine trauliche und von Poesie verklärte Welt hinüber, und der Blick, den sie auf sich gerichtet fühlte, tauchte diese Welt in einen noch strahlenderen Schimmer von Poesie. Aber obwohl Anatols Blick auf Prinzessin Marja ruhte, galt er gar nicht ihr, sondern dem beweglichen Füßchen der Mademoiselle Bourienne, das er gleichzeitig unter dem Klavier mit seinem Fuße berührte. Mademoiselle Bourienne sah ebenfalls die Prinzessin an, und auch in ihren Augen lag ein Ausdruck, welcher der Prinzessin neu war, ein Ausdruck von Hoffnung und von freudigem Erschrecken.

„Wie lieb sie mich hat!" dachte Prinzessin Marja. „Wie glücklich bin ich jetzt und wie glücklich werde ich erst später sein mit einer solchen Freundin und einem solchen Mann! Wird er wirklich mein Mann werden?" Sie fühlte immer noch seinen Blick auf ihrem Gesicht und wagte ihn nicht anzusehen.

Als man sich nach dem Abendessen trennte, küßte Anatol der Prinzessin die Hand. Sie wußte selbst nicht, woher sie den Mut dazu nahm, aber sie sah ihm gerade in sein schönes, ganz dicht vor ihren kurzsichtigen Augen befindliches Gesicht. Darauf küßte er auch Mademoiselle Bourienne die Hand – eigentlich gehörte sich das nicht, aber er tat es mit einer völlig selbstverständlich und schlicht wirkenden Sicherheit – und Mademoiselle Bourienne wurde purpurrot und warf einen erschrockenen Blick auf die Prinzessin.

„Quelle délicatesse",[1] dachte die Prinzessin. „Amélie" – so hieß Mademoiselle Bourienne – „wird doch nicht denken, ich sei eifersüchtig und könnte die reine Zärtlichkeit und Anhänglichkeit verkennen, die sie für mich hegt?" Sie ging auf Mademoiselle zu und küßte sie herzlich. Anatol küßte indessen der kleinen Fürstin die Hand.

„Non, non, non! Quand votre père m'écrira, que vous vous conduisez bien, je vous donnerai ma main à baiser. Pas avant."[2] Und sie drohte ihm lächelnd mit dem Finger und ging hinaus.

V

Alle gingen auseinander, aber keiner fand in dieser Nacht die rechte Ruhe, abgesehen von Anatol, der sofort einschlief, als er im Bett lag.

„Soll er wirklich mein werden, gerade er, dieser fremde, schöne,

[1] welches Zartgefühl.

[2] Nein, nein, und nochmals nein! Sobald Ihr Vater mir schreibt, daß Sie sich gut führen, will ich Ihnen meine Hand zum Kuß reichen. Nicht eher!

gute Mann? Ja, gut ist er, und das ist ja die Hauptsache", dachte Prinzessin Marja, und ein Bangen kam über sie, das ihr sonst fremd war. Sie fürchtete sich, die Augen aufzuschlagen; es war ihr, als stünde jemand dort hinter dem Bettschirm im Dunklen. Und der da stand, das war der Teufel und doch auch zugleich er, dieser Mann mit der weißen Stirn, den schwarzen Augenbrauen und dem roten Munde.

Sie schellte ihrer Kammerjungfer und bat sie, diese Nacht in ihrem Zimmer zu schlafen.

Mademoiselle Bourienne ging an diesem Abend lange im Wintergarten auf und nieder; vergeblich wartete sie auf irgend jemand und lächelte bald diesem Irgendjemand zu, bald rührte sie sich selbst bis zu Tränen, wenn sie sich die Worte vergegenwärtigte, mit denen die pauvre mère ihr einen getanen Fehltritt vorhielt.

Die kleine Fürstin schalt auf das Stubenmädchen, das ihr Bett nicht sorgfältig genug gemacht habe. Sie konnte weder auf der Seite noch auf dem Bauch liegen. Überall drückte es, überall war es unbequem. Ihr gewölbter Leib, den sie in dieser Zeit überhaupt als eine Last empfand, erschien ihr heute um so lästiger, als Anatols Anwesenheit sie lebhaft in eine andere Zeit zurückversetzte, in der es so etwas nicht gegeben hatte und ihr alles leicht und vergnüglich erschienen war. Sie saß, mit Nachtjacke und Haube bekleidet, im Lehnstuhl. Katja, die schon ganz schläfrig aussah, und deren Zopf wirr und unordentlich herunterhing, schüttelte und wendete bereits zum drittenmal das schwere Federbett und brummte dabei vor sich hin.

„Ich habe es dir doch gesagt, überall waren Erhöhungen und Vertiefungen darin", wiederholte die kleine Fürstin. „Ich wäre ja selbst froh, wenn ich einschlafen könnte, also kann es doch nicht an mir liegen", und ihre Stimme zitterte wie die eines Kindes, das sich anschickt, in Tränen auszubrechen.

Auch der alte Fürst schlief nicht. Tichon hörte ihn im Halbschlaf, wie er ergrimmt auf und nieder ging und durch die Nase schnob. Dem alten Fürsten war es, als sei er selbst in der Person seiner Tochter beleidigt worden. Und eine solche Beleidigung war ärger als jede andere, weil sie sich nicht gegen ihn richtete, sondern gegen einen anderen Menschen, nämlich seine Tochter, die er mehr liebte als sich selbst. Er nahm sich zwar vor, sich die ganze Sache in Ruhe zu überlegen, um so zur Erkenntnis dessen zu kommen, was er billigerweise zu tun habe, aber statt dessen geriet er mehr und mehr in Hitze.

„Der erste beste kommt an — und der Vater und überhaupt alles ist vergessen, sie läuft herauf, frisiert sich und schweifwedelt und kennt sich selbst nicht mehr! Freut sich noch, ihren Vater loszuwerden! Und wußte doch genau, daß mir das nicht entgehen konnte! Brr ... brr ... brr ... Und dabei sehe ich doch, daß dieser Hohlkopf für nichts Augen hat als für die Person, die Bourienne! Aus dem Hause jagen müßte man sie! Wie kann man so wenig Stolz haben, um nicht zu begreifen, wie die Dinge hier liegen! Und wenn Marja schon keinen eigenen Stolz hat, so sollte sie doch wenigstens auf mein Ehrgefühl Rücksicht nehmen. Ich muß es ihr klarmachen, daß dieser Flegel überhaupt nicht an sie denkt und nur Augen für die Bourienne hat. Und wenn sie auch keinen Stolz hat: das werde ich ihr schon klarmachen ..."

Der alte Fürst wußte: wenn er seiner Tochter sagen würde, sie gebe sich einer Täuschung hin und Anatol habe keinen anderen Gedanken als den einer Liebelei mit der Bourienne im Kopf, so würde er sie damit bei ihrem Ehrgefühl packen können und würde damit Erfolg haben, und sein Wunsch, sich nicht von seiner Tochter zu trennen, würde in Erfüllung gehen. Dieser Gedanke beruhigte ihn einigermaßen. Er rief Tichon und begann sich auszukleiden.

„Der Teufel hat mir die beiden ins Haus gebracht!" dachte er, während ihm Tichon das Nachthemd über den mageren, greisenhaften Körper mit der graubehaarten Brust streifte. „Ich habe sie nicht hergebeten. Sie sind gekommen, um mir mein Leben vollends zu zerstören, von dem ohnehin nicht mehr viel übrig ist."

„Zum Teufel!" rief er, während Tichon ihm das Hemd gerade über den Kopf zog.

Tichon kannte die Gewohnheit des Fürsten, seine Gedanken manchmal laut auszusprechen, und begegnete daher mit unerschütterlich gleichbleibendem Ausdruck dem fragenden und grimmigen Blick seines Herrn, dessen Gesicht jetzt unter dem Hemde zum Vorschein gekommen war.

„Sind sie zu Bett?" fragte der Fürst.

Wie alle tüchtigen Bedienten erriet Tichon instinktiv, woran sein Herr dachte. So begriff er auch jetzt, daß die Frage des Fürsten sich auf den Fürsten Wassilij und seinen Sohn bezog.

„Sie beliebten zu Bett zu gehen und haben das Licht ausgelöscht, Ew. Durchlaucht."

„Na, und wenn auch ... na, und wenn auch ..." brummte der Fürst hastig vor sich hin, fuhr mit den Füßen in die Pantoffeln und mit den Armen in die Schlafrockärmel und ging zum Diwan, auf dem er zu schlafen pflegte.

Obwohl zwischen Anatol und Mademoiselle Bourienne nicht ein einziges verfängliches Wort gefallen war, verstanden sie einander doch ausgezeichnet, wenigstens, soweit es sich um den ersten Teil des Romans handelte, bis zum Erscheinen der pauvre mère; sie waren sich darüber klar, daß sie sich vieles im geheimen zu sagen hatten, und suchten daher vom frühen Morgen an nach einer Gelegenheit zu ungestörtem Beisammensein. Als die Prinzessin zur gewohnten Stunde ins Kabinett ihres Vaters gegangen war, trafen sich Mademoiselle Bourienne und Anatol im Wintergarten.

Prinzessin Marjas Herz klopfte dieses Mal ganz besonders ängstlich, als sie sich der Tür des Kabinetts näherte. Es war ihr, als wüßte es nicht nur ein jeder, daß jetzt die Entscheidung über ihr Schicksal fallen würde, sondern als wüßte es auch ein jeder, wie sie selbst darüber dachte. Aus Tichons Gesicht glaubte sie das herauslesen zu können und ebenso aus dem des Kammerdieners, den Fürst Wassilij mitgebracht hatte und der ihr jetzt mit einem Gefäß voll heißen Wassers auf dem Korridor begegnete und eine tiefe Verbeugung machte.

Der alte Fürst behandelte seine Tochter an diesem Morgen auffallend freundlich und mit teilnehmender Fürsorge. Diesen Zug von teilnehmender Fürsorglichkeit, der auch auf seinem Gesicht lag, kannte Prinzessin Marja recht gut; oft genug hatte sie diesen Ausdruck auf seinem Gesicht wahrgenommen, wenn sie eine arithmetische Aufgabe nicht verstanden hatte und er dann die mageren Hände ärgerlich zu Fäusten ballte, aufstand, zurücktrat und ihr dann mit gesenkter Stimme noch einige Male die gleichen Worte wiederholte.

Er kam ohne Umschweife zur Sache und redete Prinzessin Marja im Anfang des Gespräches mit „Sie" an.

„Mir ist im Hinblick auf Sie ein Vorschlag gemacht worden", sagte er mit einem gezwungenen Lächeln. „Sie werden wohl bereits erraten haben, daß Fürst Wassilij und sein Eleve", Fürst Nikolai Andreïtsch bezeichnete Anatol aus einem nicht recht ersichtlichen Grunde als den Eleven des Fürsten Wassilij, „nicht um meiner schönen Augen willen hierhergekommen sind. Gestern ist mir also im Hinblick auf Sie ein Vorschlag gemacht worden. Und in Übereinstimmung mit meinen Grundsätzen, die Sie ja kennen, habe ich geantwortet, das hänge von dir ab."

„Wie soll ich Sie verstehen, mon père?" fragte stammelnd die Prinzessin zwischen Erbleichen und Erröten.

„Wie du das verstehen sollst?!" schrie der Fürst wütend. „Fürst Wassilij meint, du wärest die richtige Schwiegertochter für ihn und macht dir im Namen seines Eleven einen Antrag. So hast du das zu verstehen. Wie soll ich das verstehen?! . . . Und ich frage jetzt dich."

„Ich weiß nicht, wie Sie, mon père . . .", flüsterte die Prinzessin.

„Ich? Ich? Was habe ich denn damit zu tun? Mich lassen Sie nur aus dem Spiel. Er will doch nicht mich heiraten. Ich möchte wissen, was *Sie* dazu meinen."

Die Prinzessin merkte, daß ihr Vater diesem Heiratsplane recht ablehnend gegenüberstand, gleichzeitig aber überkam sie der Gedanke, jetzt oder nie würde die Entscheidung über das Schicksal ihres Lebens fallen. Sie schlug die Augen nieder, um den Blick nicht sehen zu müssen, unter dessen Einfluß es für sie, wie sie wußte, kein Nachdenken, sondern nur gewohnheitsmäßigen Gehorsam gab, und sagte:

„Ich habe nur einen Wunsch, nämlich Ihren Willen zu tun, aber wenn ich meinen eigenen Willen äußern soll, was ich selbst ..."

Er ließ sie nicht weitersprechen. Sie kam nicht weiter. Der Fürst unterbrach sie.

„Das ist ja herrlich!" schrie er. „Er wird dich und deine Mitgift nehmen, und dabei trifft es sich dann so glücklich, daß er auch noch Mademoiselle Bourienne erwischt. Die wird dann seine Frau, und du ..."

Der Fürst hielt inne. Er hatte den Eindruck wahrgenommen, den seine Worte auf die Prinzessin gemacht hatten. Sie senkte den Kopf und wollte in Tränen ausbrechen.

„Na, na, ich mache ja nur Spaß, ich mache ja nur Spaß", sagte er. „Sei überzeugt, Prinzessin, ich halte an meinem Grundsatz fest, daß jedes Mädchen das Recht hat, ihre Wahl selbst zu treffen. Ich lasse dir darin volle Freiheit. Aber halte dir das eine vor Augen: von deiner Entscheidung hängt das Glück deines Lebens ab. Auf mich kommt es dabei überhaupt nicht an."

„Aber, mon père, ich weiß ja nicht ..."

„Da gibt es gar nichts mehr zu reden! Ihm wird ganz einfach befohlen, wen er heiraten soll, dich oder wen du sonst willst, er nimmt auch jede andere. Aber du hast deine freie Wahl ... Geh in dein Zimmer, überlege es dir, und in einer Stunde komme zu mir und sage mir Bescheid: ja oder nein. Ich weiß schon, jetzt wirst du beten. Na, meinetwegen kannst du auch beten. Aber es wird besser sein, wenn du ordentlich nachdenkst. Jetzt geh." Und als die Prinzessin, schwankend und wie von dichtem Nebel umgeben, bereits das Kabinett verlassen hatte, schrie er noch immer: „Ja oder nein, ja oder nein!"

Ihr Schicksal hatte sich entschieden, und es hatte sich glücklich entschieden. Aber was der Vater da von Mademoiselle Bourienne gesagt hatte, das war ja eine schreckliche Anspielung. Es konnte ja unmöglich stimmen, aber schrecklich war es doch, und sie mochte gar nicht daran denken. Sie ging geradeaus durch den Wintergarten, die Augen auf den Boden gerichtet, ohne etwas zu sehen oder zu hören, bis sie plötzlich durch den wohlbekannten Flüsterlaut der Mademoiselle Bourienne aufgeschreckt wurde. Sie sah auf und erblickte zwei Schritte vor sich Anatol, der die kleine Französin in den Armen hielt und ihr etwas zuraunte. Anatol sah Prinzessin

Marja an, und auf sein schönes Gesicht trat ein furchteinflößender Ausdruck, während er immer noch – einen Augenblick lang – die Taille der Mademoiselle Bourienne umschlungen hielt, die das Kommen der Prinzessin noch nicht wahrgenommen hatte.

„Wer kommt denn da? Was gibt es denn? Warten Sie nur ab!" schien Anatols Gesichtsausdruck zu sagen. Prinzessin Marja sah die beiden an, ohne ein Wort zu sagen. Sie begriff nichts. Endlich schrie Mademoiselle Bourienne auf und lief davon. Anatol verbeugte sich mit vergnügter Miene vor der Prinzessin, als wollte er sie auffordern, doch über dieses eigenartige Zusammentreffen zu lachen, dann zuckte er die Achseln und verschwand durch die Tür, durch die er zu seinem Zimmer ging.

Eine Stunde darauf erschien Tichon, um die Prinzessin Marja zum Fürsten zu rufen. Er entledigte sich seines Auftrages und setzte hinzu, auch Fürst Wassilij Sergeïtsch sei im Kabinett. Als Tichon kam, hatte die Prinzessin in ihrem Zimmer auf dem Diwan gesessen und die weinende Mademoiselle Bourienne in den Armen gehalten. Prinzessin Marja strich ihr sanft über das Haar; ihre schönen Augen hatten alle ihre Ruhe und alte Leuchtkraft wiedergewonnen und ruhten jetzt voll von Mitleid und zärtlicher Liebe auf dem hübschen Gesichtchen der Mademoiselle Bourienne.

„Non, princesse, je suis perdue pour toujours dans votre cœur", sagte Mademoiselle Bourienne.

„Pourquoi? Je vous aime plus que jamais", antwortete Prinzessin Marja, „et je tâcherai de faire tout ce qui est en mon pouvoir pour votre bonheur."

„Mais vous me méprisez, vous si pure, vous ne comprendrez jamais cet égarement de la passion. Ah, ce n'est que ma pauvre mère . . ."

„Je comprends tout",[1] erwiderte Prinzessin Marja mit einem traurigen Lächeln. „Beruhigen Sie sich, Liebste. Ich gehe jetzt zu meinem Vater", setzte sie hinzu und verließ das Zimmer.

Das eine Bein hoch über das andere geschlagen, die Tabakdose in der Hand, saß Fürst Wassilij mit dem Fürsten Nikolai Andreïtsch in dessen Kabinett und lächelte gerührt, als Prinzessin Marja eintrat. Sein Gesicht trug einen Ausdruck, als durchtobe ihn ein Sturm von Gefühlen und als bedauere und belächle er gleichzeitig seine eigene Empfindsamkeit. Jetzt führte er hastig eine Prise Tabak zur Nase, stand dann auf und ergriff beide Hände der Prinzessin und sagte:

[1] Nein, Prinzessin, ich habe für immer meinen Platz in Ihrem Herzen verloren. – Warum denn? Ich liebe Sie mehr denn je, und ich will versuchen, alles für Ihr Glück zu tun, was in meinen Kräften steht. – Aber Sie verachten mich, Sie Reine! Sie werden niemals diese Verirrung der Leidenschaft verstehen. Ach, es ist nur meine arme Mutter . . . – Ich verstehe alles.

„Ah, ma bonne, ma bonne." Darauf seufzte er und fuhr fort: „Le sort de mon fils est en vos mains. Décidez, ma bonne, ma chére, ma douce Marie, que j'ai toujours aimée comme ma fille." [1]

Er trat ein wenig zurück. In seinen Augen standen zwei wirkliche Tränen.

„Brr ... brr ...", schnob Fürst Nikolai Andreïtsch.

„Der Fürst macht dir einen Antrag im Namen seines Eleven ... seines Sohnes. Willst du die Frau des Fürsten Anatol Kuragin werden oder nicht? Antworte: ja oder nein?" schrie er. „Und ich behalte mir das Recht vor, daraufhin dann auch meine Meinung zu sagen. Jawohl, meine Meinung, nichts als meine Meinung", setzte Fürst Nikolai Andreïtsch, zum Fürsten Wassilij gewandt, hinzu, gleichsam als Antwort auf einen bittenden Blick, den dieser ihm zugeworfen hatte. „Ja oder nein?"

„Mein Wunsch ist der, mon père, Sie niemals zu verlassen und mein Leben niemals von Ihrem zu trennen. Ich will nicht heiraten", sagte sie bestimmt und sah dabei mit ihren schönen Augen den Fürsten Wassilij und ihren Vater an.

„Unsinn, Dummheiten! Unsinn, Unsinn, Unsinn!" schrie Fürst Nikolai Andreïtsch mit zorniger Miene, nahm seine Tochter beim Arm und zog sie an sich, küßte sie aber nicht, sondern preßte nur seine Stirn gegen die ihrige und drückte ihren Arm, den er umklammert hielt, so heftig, daß sie das Gesicht verzog und einen leisen Schrei hören ließ.

Fürst Wassilij erhob sich.

„Ma chère, je vous dirai que c'est un moment que je n'oublierai jamais, jamais; mais, ma bonne, est-ce que vous ne nous donnerez pas un peu d'espérance de toucher ce cœur si bon, si généreux. Dites que peut-être ... L'avenir est si grand. Dites: peut-être." [2]

„Ich habe Ihnen alles gesagt, Fürst, was mein Herz empfindet. Ich danke Ihnen für die Ehre, die Sie mir zugedacht haben, aber ich werde nie die Frau Ihres Sohnes werden."

„Nun, dann ist die Sache ja erledigt, mein Lieber. Ich habe mich sehr gefreut, dich zu sehen, ich habe mich sehr gefreut, dich zu sehen. Geh wieder auf dein Zimmer, Prinzessin, geh nur", sagte der alte Fürst. „Ich habe mich sehr, sehr gefreut, dich zu sehen", wiederholte er dann und umarmte den Fürsten Wassilij.

„Meine Bestimmung ist eine andere", dachte Prinzessin Marja,

[1] Oh, meine Gute, meine Gute! Das Schicksal meines Sohnes liegt in Ihren Händen. Entscheiden Sie, meine gute, meine liebe, meine süße Marie, die ich immer wie eine Tochter geliebt habe.

[2] Meine Liebe, ich möchte Ihnen sagen, daß dies ein Augenblick ist, den ich nie, niemals vergessen werde; aber, meine Teure, geben Sie uns nicht wenigstens ein klein wenig Hoffnung, daß wir dieses so gütige und großmütige Herz erweichen könnten. Sagen Sie, daß vielleicht ... Die Zukunft kann so vieles bringen. Sagen Sie: vielleicht.

„meine Bestimmung ist, auf eine andere Weise glücklich zu werden, nämlich durch Liebe und Selbstverleugnung. Und wie schwer es mich auch ankommt, ich will das Glück der armen Amélie machen. Sie liebt ihn ja so leidenschaftlich. Und sie bereut so bitter. Ich will alles dazu tun, daß eine Heirat zwischen Amélie und ihm zustande kommt. Wenn er nicht reich ist, will ich ihr die nötigen Mittel geben, ich werde den Vater bitten, ich werde Andrej bitten. Ich werde ja so glücklich sein, wenn sie seine Frau wird. Sie ist ja so unglücklich, fern von der Heimat, einsam und hilflos! Und mein Gott, wie leidenschaftlich muß sie ihn lieben, wenn sie sich so weit vergessen konnte. Vielleicht hätte ich selbst das gleiche getan!"

VI

Rostows waren lange ohne Nachrichten von ihrem Nikoluschka gewesen; erst in der Mitte des Winters erhielt der Graf einen Brief, an dessen Adresse er die Handschrift seines Sohnes erkannte. Kaum hatte er den Brief in Händen, so eilte der Graf auf den Zehenspitzen erschrocken in sein Kabinett und gab sich dabei die größte Mühe, unbemerkt zu bleiben. Er machte die Tür zu und begann zu lesen. Anna Michailowna, der nichts von dem entging, was im Hause geschah, hatte bereits in Erfahrung gebracht, daß ein Brief angekommen war, kam leise ins Kabinett des Grafen und fand ihn lachend und weinend zugleich mit dem Briefe in der Hand.

Obwohl Anna Michailownas Verhältnisse sich inzwischen gebessert hatten, wohnte sie doch immer noch bei Rostows.

„Mon bon ami?" [1] sagte Anna Michailowna in einem wehmütig fragenden Ton, der ihre Bereitschaft zu jeglicher Art von Teilnahme bekundete.

Der Graf schluchzte noch heftiger.

„Nikoluschka ... ein Brief ... verwundet ... gewe ... gewesen ... ma chère ... verwundet ... mein liebster Junge ... und die Gräfin ... er ist Offizier geworden ... Gott sei gedankt ... Was wird nur meine Gräfin dazu sagen!"

Anna Michailowna setzte sich neben ihn, tupfte mit ihrem Taschentuch die Tränen von seinen Augen und von dem Brief, auf den sie gefallen waren, und von ihren eigenen Augen ab, las dann den Brief, redete dem Grafen beruhigend zu und erklärte dann, bis zum Mittagessen, nein, bis zum Tee werde sie die Gräfin vorbereiten und ihr dann nach dem Tee mit Gottes Hilfe alles erzählen.

Während des ganzen Mittagessens sprach Anna Michailowna

[1] Mein guter Freund

ununterbrochen von den Wechselfällen des Krieges und von Nikoluschka; zweimal fragte sie, wann eigentlich der letzte Brief von ihm gekommen sei, obwohl sie das ganz genau wußte, und bemerkte dann, es sei doch sehr möglich, daß heute noch ein Brief ankäme. Und jedesmal, wenn die Gräfin bei diesen Andeutungen unruhig zu werden begann und bald den Grafen, bald Anna Michailowna aufgeregt und ängstlich ansah, brachte Anna Michailowna das Gespräch ganz unmerklich auf gleichgültige Dinge. Natascha, die von allen Familienangehörigen am meisten Witterung für die feinsten Nuancen im Tonfall, im Blick, im Gesichtsausdruck hatte, spitzte gleich bei Beginn des Essens die Ohren und merkte, daß es zwischen ihrem Vater und Anna Michailowna ein Geheimnis gab, daß dieses Geheimnis sich auf ihren Bruder bezog und daß Anna Michailowna mit allem, was sie sagte, die Mutter auf die Eröffnung dieses Geheimnisses vorzubereiten suchte. Nun wußte Natascha aber, wie leicht erregbar die Mutter war, sobald es sich um Nachrichten von Nikoluschka handelte, und so konnte sie sich trotz aller ihrer Keckheit nicht entschließen, bei Tisch eine Frage zu tun; vor lauter Unruhe brachte sie aber keinen Bissen hinunter und rückte auf ihrem Stuhl hin und her, ohne sich um die Bemerkungen ihrer Gouvernante zu kümmern. Kaum war man aufgestanden, so stürzte sie hinter Anna Michailowna her, holte sie atemlos im Diwanzimmer ein und warf sich ihr stürmisch an den Hals.

„Tantchen, liebstes Tantchen, sagen Sie mir doch, was es gibt!"

„Nichts, meine Liebe."

„Nein, mein Seelchen, mein Schatz, mein Täubchen, allerbestes, allergoldenstes Tantchen, ich lasse Ihnen keine Ruhe, ich weiß doch, daß Sie etwas wissen."

Anna Michailowna schüttelte den Kopf.

„Vous êtes une fine mouche, mon enfant",[1] meinte sie.

„Ein Brief von Nikolenka? Sicher!" rief Natascha und las in Anna Michailownas Gesicht die Bestätigung ihrer Vermutung.

„Aber, um Gottes willen, sei vorsichtig: du weißt doch, was deine maman für einen Schreck bekommen kann."

„Alles, was Sie wollen, aber erzählen Sie doch! Sie wollen nicht? Dann gehe ich gleich zu Mama und sage es ihr."

Anna Michailowna teilte Natascha mit ein paar Worten den Inhalt des Briefes mit und nahm ihr das Versprechen ab, niemandem etwas davon zu sagen.

„Ehrenwort, mein heiligstes Ehrenwort!" sagte Natascha und bekreuzte sich zur Bekräftigung. „Ich sage es keinem!" Und sofort stürzte sie zu Sonja.

[1] Du bist ein Schlauberger, mein Kind!

„Nikolenka ... verwundet ... ein Brief ...", stieß sie triumphierend und glücklich hervor.

„Nicolas!" stammelte Sonja und wurde für einen Augenblick bleich.

Natascha gewahrte den Eindruck, den die Nachricht von Nikolais Verwundung auf Sonja machte, und jetzt erst begriff sie, wieviel Trauriges doch in dem Inhalt des eingetroffenen Briefes lag.

Sie warf sich auf Sonja, umschlang sie und brach in Tränen aus.

„Er ist aber nur ein klein wenig verwundet, und obendrein ist er noch zum Offizier befördert worden, jetzt ist er wieder ganz gesund, den Brief hat er ja selbst geschrieben", sagte sie unter Tränen.

„Da sieht man wieder, was ihr Frauenzimmer alle für Heulliesen seid", ließ sich jetzt Petja vernehmen, der mit seinen großen, energischen Schritten im Zimmer umherwanderte. „Ich freue mich sehr darüber, wirklich, ich freue mich sehr, daß unser Bruder sich so ausgezeichnet hat. Aber ihr könnt ja nichts als plärren! Ihr versteht ja gar nichts davon."

Natascha lächelte unter Tränen.

„Du hast den Brief noch nicht gelesen?" fragte Sonja.

„Nein, aber sie hat es mir erzählt, daß alles in Ordnung ist und daß er schon Offizier ist."

„Gott sei gedankt!" sagte Sonja und bekreuzte sich. „Aber vielleicht hat sie dir auch etwas vorgemacht. Laß uns zu maman gehen."

Petja ging wieder schweigend im Zimmer auf und ab. Endlich sagte er:

„Wenn ich an Nikoluschkas Stelle wäre, ich hätte noch viel mehr von diesen Franzosen umgebracht. Solche Schufte! Ich hätte so viele totgeschlagen, daß da so ein ganzer Haufen gelegen hätte."

„Ach, halte doch den Mund, Petja, du bist ja noch so dumm!"

„Ich bin gar nicht dumm, ihr seid selbst dumm, wenn ihr über alles gleich losheult", antwortete Petja.

Natascha schwieg eine Weile. Dann fragte sie: „Besinnst du dich noch auf ihn?"

Sonja lächelte. „Ob ich mich auf Nicolas besinne?"

„Nein, Sonja, ob du dich so auf ihn besinnst, daß du dich ganz genau auf ihn besinnst, daß du dich auf alles besinnst", sagte Natascha mit einer eindringlichen Gebärde, die offensichtlich dartun sollte, was für eine ernste Bedeutung sie diesen Worten beimaß. „Ich besinne mich nämlich auf Nikolenka, ich besinne mich auf ihn", fuhr sie fort. „Aber auf Boris besinne ich mich nicht. Ich kann mich gar nicht auf ihn besinnen ..."

„Wieso? Du kannst dich auf Boris nicht besinnen?" fragte Sonja verwundert.

„Wenn du so willst, kann ich mich natürlich auf ihn besinnen:

ich weiß, wie er aussieht, aber ich kann mich nicht so auf ihn besinnen wie auf Nikolenka. Den habe ich vor mir, wenn ich die Augen zumache, aber Boris nicht." Sie schloß die Augen. „Nein, es ist nichts da!"

„Ach, Natascha", sagte Sonja und sah ihre Freundin so hingerissen und ernst an, als halte sie sie gar nicht für würdig, das zu hören, was sie sagen wollte, und als sage sie das im Grunde zu jemand ganz anderem, mit dem man nicht scherzen dürfte. „Ich habe deinen Bruder einmal liebgewonnen, und was auch mit ihm oder mit mir geschehen mag, mein ganzes Leben lang werde ich nie aufhören, ihn zu lieben."

Ohne ein Wort zu sagen, sah Natascha erstaunt und neugierig Sonja an. Sie fühlte, daß Sonja die Wahrheit gesprochen hatte und daß es eine solche Liebe wie die, von der Sonja sprach, wirklich gab; aber Natascha hatte eine Liebe dieser Art noch nicht kennengelernt. Sie glaubte wohl, daß eine solche Liebe möglich sei, aber sie begriff sie nicht.

„Wirst du ihm schreiben?" fragte sie.

Sonja dachte nach. Die Frage, wie sie an Nicolas schreiben sollte und ob sie ihm überhaupt schreiben sollte, hatte sie schon lange gequält. Jetzt, da er schon Offizier und ein verwundeter Held war, würde es da richtig sein, ihm ihre eigene Person und damit doch auch die Verpflichtungen, die er ihr gegenüber übernommen hatte, ins Gedächtnis zurückzurufen?

„Ich weiß nicht. Ich glaube, wenn er an mich schriebe, dann würde ich ihm auch schreiben", meinte sie errötend.

„Und würdest du dich nicht schämen, ihm zu schreiben?"

Sonja lächelte.

„Nein."

„Aber ich würde mich schämen, an Boris zu schreiben, und ich werde es auch nicht tun."

„Warum würdest du dich denn schämen?"

„Nun, so, ich weiß es nicht. Es wäre mir eben peinlich, und da würde ich mich schämen."

„Aber ich weiß, warum sie sich schämen würde", sagte Petja, der sich immer noch über Nataschas Bemerkung von vorhin ärgerte, „nämlich deswegen, weil sie sich in diesen Dicken mit der Brille verliebt hatte" — so nannte Petja seinen Namensvetter, den neugebacknen Grafen Besuchow — „und weil sie jetzt in diesen Sänger verliebt ist, darum würde sie sich schämen." Damit meinte Petja Nataschas Gesanglehrer, einen Italiener.

„Petja, du bist dumm", sagte Natascha.

„Nicht dümmer als du", antwortete der neunjährige Petja mit einer Miene, als sei er ein alter Brigadier.

Die Gräfin war durch die Andeutungen Anna Michailownas bereits vorbereitet. Nach dem Mittagessen war sie in ihr Zimmer gegangen und saß nun, Tränen in den Augen, in einem Lehnstuhl, ohne einen Blick von dem auf ihrer Tabatiere angebrachten Miniaturporträt ihres Sohnes abzuwenden. Anna Michailowna ging auf den Zehenspitzen zum Zimmer der Gräfin und blieb vor der Tür stehen. Den Brief hatte sie bei sich.

„Bleiben Sie noch draußen", sagte sie zu dem alten Grafen, der ihr gefolgt war. „Nachher können Sie hereinkommen", und dann schloß sie auch schon hinter sich die Tür.

Der Graf legte das Ohr ans Schlüsselloch und begann zu lauschen.

Anfangs hörte er nur ein ruhiges und gleichgültiges Geplauder, dann eine längere Rede Anna Michailownas, dann einen Aufschrei, und dann wurde es still. Darauf hörte er wieder die Stimmen beider Frauen in freudig erregtem Gespräch, darauf Schritte, und dann öffnete Anna Michailowna ihm die Tür. Ihr Gesicht zeigte die stolze Miene eines Operateurs, der eine schwierige Amputation vorgenommen hat und nun das Publikum hineinläßt, damit es seine Kunst nach Gebühr bestaunen kann.

„C'est fait",[1] sagte sie zum Grafen und deutete mit einer Gebärde des Triumphes auf die Gräfin, die in der einen Hand die porträtgeschmückte Tabatiere und in der anderen den Brief hielt, und bald das eine und bald das andere gegen ihre Lippen drückte.

Als sie den Grafen erblickt hatte, streckte sie ihm beide Arme entgegen, umfaßte seinen kahlen Kopf, sah über diesen kahlen Kopf hinweg wieder auf den Brief und das Porträt und schob mit einer sanften Bewegung den kahlen Kopf wieder zur Seite, um beides abermals an ihre Lippen drücken zu können. Wera, Natascha, Sonja und Petja kamen herein, und der Brief wurde vorgelesen. In diesem Brief beschrieb Nikoluschka kurz den Verlauf des Feldzuges und die beiden Gefechte, an denen er teilgenommen hatte, teilte seine Beförderung zum Offizier mit und schrieb, er küsse maman und papa die Hand, bitte um ihren Segen und küsse Wera, Natascha und Petja. Außerdem lasse er Mister Schelling und Madame Schoss und die Kinderfrau grüßen und bitte, in seinem Namen die teure Sonja zu küssen, die er immer noch so lieb habe wie früher und an die er unaufhörlich denke. Sonja wurde purpurrot, als diese Stelle vorgelesen wurde, und bekam Tränen in die Augen. Außerstande, die auf sie gerichteten Blicke zu ertragen, stürzte sie davon, rannte in den Salon, nahm einen Anlauf, wirbelte sich herum, daß ihr Kleid sich aufblähte wie ein Ballon, und setzte sich dann glührot und lächelnd auf den Fußboden.

[1] Das ist erledigt!

Inzwischen hatte die Gräfin zu weinen begonnen.

„Warum weinen Sie, maman?" meinte Wera. „Nach allem, was er schreibt, haben wir Ursache, uns zu freuen, aber nicht zu weinen."

Das war vollkommen richtig, aber der Graf und die Gräfin und Natascha, alle sahen Wera vorwurfsvoll an. „Von wem sie nur diese Art haben mag?" dachte die Gräfin.

Nikoluschkas Brief wurde wohl an die hundert Male vorgelesen, und alle, die würdig schienen, ihn zu hören, mußten zur Gräfin kommen, die ihn nicht aus den Händen ließ. Es kamen die Hofmeister, die Amme, Mitenka, verschiedene Bekannte, und jedesmal las die Gräfin den Brief mit neuer Wonne und entdeckte jedesmal beim Lesen neue Vorzüge an ihrem Nikoluschka. Wie seltsam, wie erstaunlich war es und wie mußte man sich doch zugleich darüber freuen, daß dieser Sohn jetzt dort im fremden Lande und in fremder Umgebung als ein mannhafter Soldat, ganz auf sich selbst gestellt, ohne Hilfe und Anleitung unverständliche Mannesdinge tat — ihr Sohn, derselbe Sohn, der sich vor zwanzig Jahren mit seinen winzigen Gliedern kaum wahrnehmbar in ihrem Leibe bewegt hatte, derselbe Sohn, um dessentwillen sie sich so oft mit dem Grafen, der ihn so verzog, gestritten hatte, derselbe Sohn, der seltsamerweise das Wort „Apfel" früher als das Wort „Mama" sprechen gelernt hatte. Die uralte Allerweltserfahrung, daß Kinder, die vor kurzem noch in der Wiege gelegen haben, sich ganz unmerklich zu Männern entwickeln, existierte für die Gräfin nicht. Das Mannwerden ihres Sohnes war für sie in jeder einzelnen Phase etwas so Überraschendes, als hätte sie nie davon gehört, daß Millionen und Abermillionen von Menschen auf eben diese Weise zu Männern geworden waren. Wie sie es vor zwanzig Jahren nicht hatte glauben können, daß dieses kleine Wesen, das da irgendwo unter ihrem Herzen lebte, jemals schreien und an der Brust zu saugen und zu sprechen anfangen würde, so wollte sie es auch jetzt nicht glauben, daß dieses selbe Wesen zu dem starken, unverzagten Mann geworden sein sollte, Muster eines Sohnes und Mannes, das ihr Nikoluschka jetzt, wie dieser Brief bewies, doch geworden sein mußte.

„Welch ein Stil! Und wie reizend er alles zu beschreiben weiß!" sagte sie immer wieder, wenn sie an die Stellen des Briefes kam, in denen Nikolai Szenen aus dem Feldzuge schilderte oder Bilder aus seiner Umgebung entwarf. „Und was für eine Seele! Von sich selbst spricht er gar nicht . . . kaum ein Wort! Immer wieder ist von einem gewissen Denissow die Rede, und dabei ist er selbst doch sicher tapferer als alle anderen. Und von allem, was er durchgemacht hat, schreibt er nichts. Was für ein Herz! Wie ich ihn daran wiedererkenne! Und wie er an jeden einzelnen gedacht hat! Niemanden hat er vergessen. Ich habe es ja immer gesagt, immer, schon als er noch ganz klein war, ich habe es immer gesagt ..."

Länger als eine Woche sprach das ganze Haus von Briefen an Nikoluschka, machte Entwürfe und schrieb sie ins reine ab; unter der Aufsicht der Gräfin und eifrig geschäftiger Beteiligung des Grafen wurden allerhand Dinge besorgt und zusammengepackt, die der frischbeförderte Offizier zu seiner Equipierung brauchte; außerdem wurde auch Geld für ihn flüssiggemacht. Anna Michailowna hatte es als praktische Frau verstanden, ihrem Sohne durch Protektion allerhand Erleichterungen zu verschaffen, und das sogar in der Beförderung seiner und ihrer Briefe. Sie hatte sich eine Möglichkeit geschaffen, ihre Briefe an den Großfürsten Konstantin Pawlowitsch gehen zu lassen, der die Garde kommandierte. Rostows nahmen an, „Russische Garde im Auslande" sei eine Adresse von hinreichender Deutlichkeit, und wenn ein Brief an den Großfürsten gelangen konnte, der die Garde kommandierte, so gäbe es keinen Grund zu der Annahme, er werde nicht mit der gleichen Sicherheit zum Pawlogradschen Regiment gelangen, das doch da irgendwo in der Nähe sein mußte; und darum wurde beschlossen, die Briefe und das Geld durch den Kurier des Großfürsten an Boris zu schicken, und Boris sollte beides Nikoluschka zustellen. Die Briefe waren von dem alten Grafen, von der Gräfin, von Petja, von Wera, von Natascha, von Sonja; endlich sandte der Graf seinem Sohn sechstausend Rubel zu seiner Equipierung und für verschiedene sonstige Ausgaben.

VII

Am 12. November bereitete sich die Armee Kutusows, die in einem Lager in der Nähe von Olmütz stand, zu einer Parade vor, die beide Kaiser, der russische und der österreichische, am nächsten Tage abnehmen sollten. Die Garde, die eben aus Rußland eingetroffen war, übernachtete fünfzehn Werst vor Olmütz und sollte am nächsten Tage geradewegs auf das Olmützer Feld zu der für zehn Uhr angesetzten Parade marschieren.

Nikolai Rostow erhielt an diesem Tage eine Nachricht von Boris, worin er ihm mitteilte, das Ismailowskij-Regiment übernachte fünfzehn Werst vor Olmütz, und er erwarte ihn dort, um ihm Briefe und Geld einzuhändigen. Rostow konnte das Geld gerade jetzt besonders gut brauchen, wo die Truppen nach Beendigung des Feldzuges bei Olmütz in Ruhe lagen und wohlversehene Marketender und österreichische Juden, die allerhand verführerische Dinge anboten, das Lager erfüllten. Beim Pawlogradschen Regiment folgte ein Gelage dem anderen; bald wurden die während des Feldzuges erworbenen Auszeichnungen gefeiert, bald ritt man nach Olmütz zu der Ungarin Karoline, die vor kurzem dort eingetroffen war und ein Restaurant mit Damenbedienung eröffnet hatte. Rostow hatte kürzlich seine Beförderung zum Kornett gefeiert, hatte Denissow ein Pferd abgekauft, den „Beduinen", und war Kameraden und Marketendern beträchtliche Summen schuldig. Nachdem er die Zuschrift von Boris erhalten hatte, ritt Rostow mit einigen Kameraden nach Olmütz, aß dort zu Mittag, trank eine Flasche Wein und ritt dann allein zum Gardelager, um seinen Kindheitsgefährten aufzusuchen. Rostow war noch nicht dazu gekommen, sich seinem neuen Range gemäß zu equipieren. Er steckte noch immer in seiner abgetragenen Junkerattila mit dem Georgskreuz der Mannschaftsklasse und in seinen alten, mit abgescheuertem Leder besetzten Reithosen, trug aber bereits Offizierssäbel und Portepee; das Pferd, das er ritt, war ein donisches, das er während des Feldzuges einem Kosaken abgekauft hatte; die zerknitterte Husarenmütze trug er keck im Nacken und schief aufgesetzt. Während er auf das Lager des Ismailowskijregiments zuritt, malte er sich aus, wie kriegerisch und echt husarenmäßig er auf Boris und alle seine Kameraden von der Garde wirken würde: man sah es ihm an, daß er im Feuer gewesen war.

Die Garde hatte den ganzen Marsch wie einen Spaziergang zurückgelegt und war auf ihre Sauberkeit und Disziplin besonders stolz. Die einzelnen Tagemärsche waren klein gewesen, die Tornister waren auf den Bagagewagen mitgeführt worden, und für die Offiziere hatten die österreichischen Behörden in allen Quartieren prachtvolle Diners veranstaltet. Die Regimenter waren unter den Klängen ihrer Musik in die einzelnen Städte einmarschiert und anderen Tages ebenso wieder ausgerückt, und den ganzen Marsch hatte die Garde — worauf sie besonders stolz war — auf Befehl des Großfürsten im Gleichschritt zurückgelegt, die Offiziere zu Fuß an ihren Plätzen. Boris war die ganze Zeit über mit Berg zusammen marschiert und hatte auch immer mit ihm zusammen im Quartier gelegen. Berg, der unterwegs zum Kompaniechef aufgerückt war, hatte sich durch seine Zuverlässigkeit und Sorgsamkeit das Vertrauen seiner Vorgesetzten erworben und auch seine wirtschaftliche Lage aufs günstigste zu gestalten gewußt; Boris wiederum hatte während des Marsches mit vielen Leuten Bekanntschaft geschlossen, die ihm nützlich sein konnten; mit Hilfe eines ihm von Pierre zugesandten Empfehlungsbriefes war er mit dem Fürsten Andrej Bolkonskij bekannt geworden und hoffte nun, sich durch dessen Vermittlung einen Posten im Stabe des Oberkommandierenden verschaffen zu können. Berg und Boris hatten sich von dem letzten Tagemarsch erholt und saßen jetzt, sehr sauber und sorgfältig gekleidet, in ihrem reinlichen

Quartier an einem runden Tisch und spielten Schach. Berg hielt eine brennende Pfeife zwischen den Knien. Mit der ihm eigenen Akkuratesse stellte Boris die bereits geschlagenen und aus dem Spiel genommenen Figuren mit seinen weißen, schlanken Fingern zu einer Pyramide zusammen, während er Bergs Zug erwartete, sah dabei seinem Partner ins Gesicht, und seine Gedanken galten offenbar dem Spiel, wie er denn immer nur an das zu denken pflegte, womit er sich gerade beschäftigte.

„Na, jetzt bin ich doch gespannt, wie Sie sich da herausziehen werden", meinte er.

„Ich werde mir schon alle Mühe geben", antwortete Berg und griff nach einem Bauern, ließ ihn aber gleich wieder los.

In diesem Augenblick öffnete sich die Tür.

„Also da ist er endlich!" rief Rostow. „Und Berg ist auch da! Hallo, petits enfants, allez coucher et dormir![1] rief er und wiederholte damit die ständige Wendung ihrer Kinderfrau, über die er und Boris seinerzeit so manches Mal gelacht hatten.

„Herr des Himmels, hast du dich verändert!"

Boris war aufgestanden, um Rostow entgegenzugehen, hatte aber beim Aufstehen nicht vergessen, einige umgefallene Schachfiguren wieder auf ihre Plätze zu stellen. Er wollte seinen Freund umarmen, aber Nikolai entzog sich ihm mit jener eigenartigen Scheu der Jugend vor ausgefahrenen Wegen und ihrer Neigung, neue und eigenartige Formen für den Ausdruck ihrer Empfindungen zu suchen und sich dabei deutlich von der Art zu unterscheiden, die bei älteren Leuten üblich ist und der Jugend heucheleiverdächtig erscheinen mag. So wollte auch Nikolai bei dem Wiedersehen mit seinem Freunde irgend etwas ganz Besonderes tun, etwa ihn kneifen, ihm einen Rippenstoß geben, aber nur nicht ihn küssen, wie das alte Leute taten. Boris dagegen umarmte Rostow ruhig und freundschaftlich und küßte ihn dreimal, wie es Sitte war.

Fast ein halbes Jahr hatten sie sich nicht mehr gesehen; beide waren sie in jenem Alter, in welchem junge Leute ihre ersten Schritte auf ihrem Lebenswege unternehmen, und so entdeckten beide aneinander außerordentlich weitgehende Veränderungen und eine ganz neue Art, die Besonderheiten eben der Kreise, in denen sie ihre ersten Schritte auf dem Lebenswege getan hatten, in ihrem eigenen Gehaben widerzuspiegeln. Beide hatten sich seit ihrem letzten Zusammensein sehr verändert, und beide hatten den Wunsch, sich über diese Veränderungen, die mit ihnen vorgegangen waren, so schnell wie möglich gegeneinander auszusprechen.

„Ach, ihr verdammten Parkettlöwen! Geschniegelt und gebügelt,

[1] Geht schlafen, kleine Kinder!

als ob ihr von einem Bummel kämet! Ja, das ist etwas anderes als wir armen Kerle von der Linie!" sagte Rostow und wies auf seine schmutzbespritzten Reithosen. Der Bariton seiner Stimme und seine Frontallüren waren für Boris etwas völlig Neues.

Die deutsche Quartierwirtin hatte Rostows laute Stimme gehört und steckte den Kopf durch die Türspalte.

„Wie ist es damit, ist sie hübsch?" fragte Rostow zwinkernd.

„Warum schreist du denn so? Du machst ja das ganze Haus scheu", sagte Boris. – „Übrigens hatte ich dich heute noch gar nicht erwartet", fuhr er fort. „Ich hatte dir ja erst gestern meine Benachrichtigung durch Bolkonskij zugehen lassen. Das ist ein Bekannter von mir, Adjutant bei Kutusow. Ich hatte nicht geglaubt, daß er den Brief an dich so schnell besorgen würde ... Na, jetzt erzähle, wie ist es dir ergangen? Bist du schon im Feuer gewesen?"

Statt einer Antwort klapperte Rostow mit dem Georgskreuz, das in der Verschnürung seiner Attila hing, warf einen lächelnden, gleichsam um Aufmerksamkeit bittenden Seitenblick auf Berg und wies auf seinen verbundenen Arm.

„Wie du siehst", sagte er.

„Aha, na, das ist schon etwas!" meinte Boris lächelnd. „Na, was uns angeht, so haben wir wenigstens einen herrlichen Marsch gemacht. Du weißt ja, daß Seine Hoheit die ganze Zeit über mit unserem Regiment geritten ist, und so haben wir alle Annehmlichkeiten und Vorteile gehabt, die man sich denken kann. Wie wir in Polen aufgenommen wurden, was für Diners und Bälle es da gab – das läßt sich gar nicht beschreiben! Und der Thronfolger* war gegen alle Offiziere unseres Regiments immer sehr gnädig."

Und dann erzählten beide Freunde einander, der eine von seinem flotten Husarenleben und den Kämpfen, an denen er teilgenommen hatte, der andere von den Annehmlichkeiten und Vorteilen, welche die dienstliche Berührung mit hochgestellten Vorgesetzten mit sich brachte.

„Nein, diese Garde!" sagte Rostow. „Aber ich will dir etwas sagen: schicke doch nach Wein!"

Boris runzelte die Stirn.

„Wenn du es durchaus willst", antwortete er, ging an sein Bett, zog unter dem sauberen Kopfkissen eine Börse hervor und schickte seinen Burschen nach Wein.

„Ja, und hier habe ich dir also das Geld und den Brief zu übergeben", sagte er dann.

Rostow warf das Geld auf das Sofa, nahm den Brief an sich, stützte beide Ellbogen auf den Tisch und begann zu lesen. Nachdem

* Anm. am Schluß des Buches

er einige Zeilen gelesen hatte, warf er Berg einen bösen Blick zu. Sein Blick begegnete dem des anderen, und nun verbarg Rostow sein Gesicht hinter dem Briefe.

„Na, Sie haben sich ja einen ordentlichen Batzen Geld schicken lassen", sagte Berg mit einem Blick auf die schwere Börse, deren Druck eine Höhlung im Sofabezuge verursachte. „Ja, Graf, wir dagegen müssen uns schon mit unserem Gehalt behelfen. Was mich betrifft, so kann ich Ihnen sagen ..."

„Hören Sie mal, mein lieber Berg", sagte Rostow, „wenn Sie einmal einen Brief von Hause bekommen und mit einem Menschen zusammentreffen, der Ihnen als guter Freund nahesteht und den Sie nach ungezählten Dingen fragen möchten, und ich sollte dabeisein, so werde ich sofort weggehen, um Sie nicht zu stören. Hören Sie, ich bitte Sie, gehen Sie doch weg, irgendwohin, wohin Sie wollen ... ach, gehen Sie doch zum Teufel!" schrie er. Aber gleich darauf legte er ihm freundlich die Hand auf die Schulter und sagte, sichtlich bemüht, den Eindruck seiner groben Worte abzuschwächen: „Sie wissen ja, wie ich bin, seien Sie mir nicht böse, liebster, bester Berg, aber zu Ihnen als einem alten Bekannten rede ich eben frisch von der Leber weg."

„Aber ich bitte Sie, Graf, ich verstehe Sie vollkommen", brummte Berg mit seiner Gutturalstimme und stand auf.

„Gehen Sie doch zu den Wirtsleuten, die haben Sie ja ohnehin aufgefordert, Sie möchten zu ihnen herüberkommen", meinte Boris.

Berg zog einen sehr sauberen Uniformrock an, auf dem nicht das kleinste Fleckchen oder Stäubchen zu entdecken war, strich sich vor dem Spiegel die Schläfenhaare nach oben, so wie der Kaiser Alexander Pawlowitsch sie trug, und verließ mit einem angenehmen Lächeln das Zimmer, nachdem er an dem Blick, den Rostow auf seinen Rock warf, festgestellt hatte, daß dieser Rock die nötige Beachtung gefunden hatte.

„Ach, was für ein Schweinehund bin ich doch!" rief Rostow plötzlich während des Lesens.

„Warum denn?"

„Was für ein Schwein bin ich doch, daß ich ihnen gerade nur ein einziges Mal geschrieben und sie ständig in Ungewißheit und Angst gelassen habe! Ach, was für ein Schwein bin ich doch!" wiederholte er und war plötzlich rot geworden. „Ach was, schicke deinen Gawrila nach Wein! Ach was, laß uns einen trinken!"

Den Briefen seiner Angehörigen war ein Empfehlungsschreiben an den Fürsten Bagration beigelegt; die alte Gräfin hatte es sich auf Anna Michailownas Rat durch Vermittlung von Bekannten verschafft und schickte es jetzt ihrem Sohn mit der Bitte, es an den Fürsten gelangen zu lassen und diese Verbindung auszunutzen.

„Solche Albernheiten! Das habe ich gerade nötig!" sagte Rostow und warf den Brief unter den Tisch.

„Warum wirfst du das weg?" fragte Boris.

„Ein Empfehlungsbrief! Zum Teufel auch, was soll ich damit?"

„Was heißt das: was soll ich damit?" erwiderte Boris, hob den Brief auf und las die Adresse. „Dieser Brief kann dir doch die größten Dienste leisten!"

„Ach was, so etwas kann mir gar keine Dienste leisten! Ich denke nicht daran, irgendwo den Adjutanten zu spielen!"

„Warum nicht?" fragte Boris.

„So ein Lakaienposten!"

„Du hast also noch ebensowenig Sinn für die Notwendigkeiten des praktischen Lebens wie früher, das sehe ich schon", sagte Boris.

„Und du bist immer noch der alte Diplomat. Na, lassen wir das... Wie geht es dir denn eigentlich?" fragte Rostow.

„Du siehst ja. Bis jetzt habe ich es ja recht gut getroffen. Aber ich muß zugeben, daß ich um jeden Preis irgendwo Adjutant werden und keinesfalls im Frontdienst bleiben möchte."

„Warum?"

„Weil ich finde, wenn man schon die militärische Laufbahn eingeschlagen hat, dann soll man auch danach trachten, eine möglichst glänzende Karriere zu machen."

„Sieh mal an!" meinte Rostow, der offenbar an etwas ganz anderes dachte.

Er blickte seinem Freunde eindringlich und fragend in die Augen; es sah so aus, als suchte er vergebens nach einer Antwort auf eine Frage, die ihn beschäftigte.

Der alte Gawrila brachte den Wein.

„Soll man nicht jetzt Alfons Karlytsch wieder hereinkommen lassen?" meinte Boris. „Er wird mit dir trinken, für mich ist das nichts."

„Gewiß, mag er doch kommen! Sage mal, was ist dieser Deutsche denn eigentlich für ein Kerl?" fragte Rostow mit einem geringschätzigen Lächeln.

„Ein sehr, sehr braver Mensch, zuverlässig und sympathisch", erwiderte Boris.

Rostow sah Boris noch einmal forschend in die Augen und seufzte. Berg kam zurück, und bei einer Flasche Wein entspann sich zwischen den drei Offizieren allmählich ein lebhafteres Gespräch. Die beiden Gardisten erzählten Rostow von ihrem Marsch und von allen Empfängen und Feiern, die man der Garde zu Ehren in Rußland, in Polen und im Auslande veranstaltet hatte. Sie gaben einige Äußerungen ihres Kommandeurs, des Großfürsten, wieder und erzählten manche kleine Geschichte, die von seiner Herzensgüte und seinem gelegentlichen Jähzorn zeugte. Wie immer, verhielt Berg sich auch dieses Mal schweigend, solange das Gespräch nicht ihn unmittelbar betraf; als aber die Rede auf den Jähzorn des Großfürsten kam, da erzählte er freudestrahlend, wie sich ihm in Galizien einmal Gelegenheit bot, mit dem Großfürsten zu sprechen, als dieser am Regiment vorbeiritt und zu seinem Ärger eine Reglementwidrigkeit in der Marschordnung zu bemerken glaubte. Mit einem freundlichen Lächeln berichtete Berg, wie der Großfürst wütend auf ihn zugeritten kam und geschrien habe: „Ihr Arnauten!" — das war nämlich ein Lieblingsausdruck des Thronfolgers, den er anwandte, wenn er in Zorn geraten war — und nach dem Kompaniechef gerufen habe.

„Sie können es mir glauben, Graf, ich war nicht im geringsten erschrocken, weil ich ganz genau wußte, daß ich im Recht war. Ich will mich nicht rühmen, Graf, aber ich kann wohl sagen, daß ich immer alle Regimentsbefehle auswendig weiß und daß ich das Reglement kenne wie das Vaterunser. Und darum gibt es auch in meiner Kompanie keine Nachlässigkeiten. Und so hatte ich auch diesmal ein reines und ruhiges Gewissen. Also trat ich vor ihn hin." Berg war aufgestanden und zeigte, wie er, die Hand am Mützenschirm, vor den Thronfolger hingetreten war. Und es wäre tatsächlich schwer gewesen, sich eine Miene vorzustellen, die mehr Ehrerbietung und Selbstzufriedenheit zu gleicher Zeit ausgedrückt hätte als die seinige. „Na, da hat er mir den Kopf gewaschen, wie man zu sagen pflegt, den Kopf hat er mir gewaschen! Auf Mord und Totschlag, wie man zu sagen pflegt. Ihr Arnauten! Und ihr Satanskerle! Und nach Sibirien!" sagte Berg mit einem pfiffigen Lächeln. „Aber ich wußte ganz genau, daß ich alles durchaus richtig gemacht hatte, und darum sagte ich gar nichts. Was meinen Sie, Graf, das war doch gewiß das Gescheiteste? ‚Kannst du nicht reden? Bist du stumm?' schrie er mich an. Aber ich sagte immer noch nichts. Und was glauben Sie, Graf? Am anderen Tage war im Tagesbefehl von der ganzen Geschichte nicht mit einem Wort die Rede! Da sieht man doch, wozu es gut ist, wenn man sich nicht aus der Ruhe bringen läßt. Ja, Graf, so war es", schloß Berg seine Erzählung, zündete seine Pfeife an und begann Ringe zu rauchen.

„Ja, natürlich, das ist immer das Beste", meinte Rostow lächelnd.

Boris merkte, daß Rostow die Absicht hatte, sich über Berg lustig zu machen und lenkte gewandt zu einem anderen Thema über. Er bat Rostow, zu erzählen, wie und wo er verwundet worden sei. Diese Bitte kam Rostow überaus gelegen, und so begann er zu erzählen und geriet dabei mehr und mehr in Hitze. Er schilderte den beiden seine Erlebnisse bei Schöngraben genauso, wie die meisten Kriegsteilnehmer von ihren Erlebnissen erzählen, das heißt so, wie sie gern möchten, daß es gewesen wäre, so, wie sie es von anderen Erzählern gehört haben, so, wie es sich am wirkungsvollsten erzählen läßt, aber keineswegs so, wie es tatsächlich gewesen ist. Rostow war ein wahrheitsliebender junger Mensch und hätte um keinen Preis mit Vorbedacht gelogen. Als er seine Erzählung begann, hatte er durchaus die Absicht, alles genauso zu schildern, wie es sich zugetragen hatte, aber ganz ohne daß er es wollte, ja sogar ohne daß er es bemerkte, aber doch ohne daß er es vermeiden konnte, geriet er in eine gänzlich unzutreffende Schilderung hinein. Wenn er seinen beiden Zuhörern die Wahrheit gesagt hätte – die doch ebenso wie er selbst häufig von Attacken hatten reden hören, sich daher eine ganz bestimmte Vorstellung vom Wesen einer Attacke gebildet hatten und also auch eine ganz bestimmte Art der Erzählung von ihm erwarteten –, so hätten sie ihm entweder nicht geglaubt, oder, was noch schlimmer gewesen wäre, sie hätten denken müssen, Rostow selbst sei schuld daran gewesen, daß er nicht das erlebt hatte, was doch alle Leute erlebt hatten, die überhaupt aus eigener Erfahrung von Kavallerieattacken redeten. Er konnte ihnen doch nicht einfach erzählen, daß alle Trab geritten waren, daß er dabei vom Pferde gefallen war, sich den Arm verstaucht hatte und dann vor den Franzosen in den Wald geflohen war, so schnell er nur laufen konnte. Außerdem hätte er, um wirklich eine ganz wahrheitsgetreue Schilderung zu geben, sich selbst gewaltsam zu einer solchen Art der Erzählung zwingen müssen. Aber es ist sehr schwer, die Wahrheit zu erzählen, und junge Leute sind selten dazu fähig. Die beiden anderen erwarteten eine Schilderung dessen, wie eine rasende Kampfeswut plötzlich durch sein ganzes Wesen geflammt, wie er sturmesgleich und fast von Sinnen auf das Karree losgejagt, wie er in die feindlichen Reihen eingebrochen sei und rechts und links um sich gehauen habe; wie sein Säbel lebendiges Fleisch gekostet habe und wie er selbst endlich erschöpft niedergesunken sei, und dergleichen mehr. Und all das erzählte er ihnen denn auch.

Mitten in seiner Erzählung – er sagte gerade: „Du kannst dir dieses merkwürdige Gefühl von rasender Wut gar nicht vorstellen, das man während einer Attacke empfindet" – betrat Fürst Andrej Bolkonskij, dessen Besuch Boris erwartet hatte, das Zimmer. Fürst Andrej hatte eine gewisse Vorliebe dafür, junge Leute zu protegieren, und fühlte sich geschmeichelt, wenn ihn jemand bat, ihm auf seiner Laufbahn die Wege zu ebnen; auch hatte Boris es tags zuvor verstanden, ihm zu gefallen; so war er Boris recht gewogen und beabsichtigte, den Wunsch des jungen Mannes zu erfüllen. Er war jetzt von Kutusow mit einigen Schriftstücken zum Thronfolger geschickt worden und suchte bei dieser Gelegenheit den jungen Mann auf, in der Hoffnung, ihn allein anzutreffen. Als er bei seinem Eintritt in das Zimmer einen Linienhusaren sah, der seine Kriegsabenteuer zum besten gab – eine Sorte Menschen, die Fürst Andrej nicht vertragen konnte –, lächelte er Boris freundlich zu, sah Rostow mit halb zugekniffenen Augen stirnrunzelnd an und setzte sich mit einer flüchtigen Verbeugung müde und lässig auf das Sofa. Es war ihm unangenehm, in eine Gesellschaft geraten zu sein, die ihm nicht paßte. Rostow merkte das und wurde rot; aber schließlich war Fürst Andrej für ihn ein Fremder, und so ließ er es sich nicht weiter anfechten. Als er aber Boris anblickte, sah er, daß auch dieser sich gewissermaßen der Freundschaft schämte, die ihn mit einem Linienhusaren verband. Trotz dem unangenehmen, spöttischen Ton des Fürsten Andrej, trotz der verallgemeinernden Verachtung, die Rostow von seinem Frontsoldatenstandpunkt aus für alle diese feinen Adjutanten von den Stäben hegte – und zu diesen gehörte seiner Meinung nach auch der neugekommene Besucher –, fühlte er sich verlegen und fand kein Wort, und die Röte, die ihm ins Gesicht gestiegen war, wollte nicht weichen. Boris fragte, was es beim Stabe Neues gebe und was man über die weiteren Pläne höre, wenn es nicht unbescheiden sei, danach zu fragen.

„Wahrscheinlich gehen wir vor", erwiderte Bolkonskij, der anscheinend mit Rücksicht auf die Anwesenheit der beiden anderen nicht mehr sagen wollte.

Berg benutzte die Gelegenheit, sich mit ganz besonderer Höflichkeit die Frage zu erlauben, ob das Gerücht zuträfe, nach welchem die Kompaniechefs bei den Linienformationen von jetzt ab doppelte Fouragegelder bekommen sollten. Fürst Andrej erwiderte lächelnd, über so wichtige Staatsangelegenheiten sei er nicht auf dem laufenden, und Berg nahm diese Antwort mit einem fröhlichen Lachen auf.

„Über Ihre Angelegenheit reden wir ein andermal", wandte sich Fürst Andrej mit einem Seitenblick auf den Husaren an Boris. „Kommen Sie nach der Parade zu mir, ich will alles tun, was ich kann."

Er sah sich im Zimmer um und wandte sich dann an Rostow, ohne sich um dessen kindische, unbesiegliche und jetzt bereits in Erbitterung übergehende Verlegenheit zu kümmern, und sagte:

„Ich glaube, Sie erzählten gerade von dem Gefecht bei Schöngraben? Waren Sie dabei?"

„Allerdings", antwortete Rostow erbittert, und es war, als glaube er den Adjutanten mit dieser Feststellung kränken zu können.

Bolkonskij hatte wohl bemerkt, in was für einer Verfassung sich der Husar befand, und die Situation erschien ihm recht ergötzlich. Er lächelte mit einem leichten Ausdruck von Geringschätzung.

„Ja, über diese Affäre kann man jetzt ja allerhand Erzählungen hören!"

„Allerdings, das kann man", antwortete Rostow mit Betonung und sah abwechselnd bald Boris, bald Bolkonskij an; in seine Augen war plötzlich ein Ausdruck von wilder Wut getreten. „Ja, da gibt es allerdings vielerlei Erzählungen, aber unsere Erzählungen, die Erzählungen derer, die selbst im feindlichen Feuer gewesen sind, unsere Erzählungen haben Gewicht – unsere, und nicht die der Helden von den Stäben, die Orden und Ehrenzeichen einsacken, ohne etwas geleistet zu haben."

„Und zu denen zählen Sie mich wohl auch?" meinte Fürst Andrej mit einem ruhigen und in diesem Augenblick ganz besonders freundlichen Lächeln.

Zu der Erbitterung, die Rostow empfand, gesellte sich ein Gefühl der Hochachtung vor der ruhigen Gelassenheit dieses Mannes, und diese beiden Empfindungen wogten wunderlich vermengt durch seine Seele.

„Ich spreche nicht von Ihnen", sagte er. „Ich kenne Sie nicht und habe, offen gestanden, auch gar nicht den Wunsch, Sie kennenzulernen. Ich spreche im allgemeinen von den Herren bei den Stäben ..."

„Ich will Ihnen etwas sagen", unterbrach ihn Fürst Andrej, und aus seiner Stimme klang ruhige Überlegenheit. „Sie wollen mich beleidigen, und ich gebe zu, daß das nicht weiter schwer ist, wenn Sie nämlich nicht genug Selbstachtung haben. Aber Sie werden zugeben müssen, daß Ort und Zeit dazu schlecht gewählt sind. In den nächsten Tagen werden wir alle an einem größeren und ernsteren Duell teilzunehmen haben, und außerdem kann doch Drubezkoi, der, wie er sagt, ein alter Freund von Ihnen ist, nichts dafür, daß mein Gesicht das Unglück hat, Ihr Mißfallen zu erregen." Er stand auf. „Übrigens kennen Sie meinen Namen und wissen, wo ich zu finden bin. Aber vergessen Sie nicht", fügte er hinzu, „daß ich weder mich selbst noch auch Sie für beleidigt halte und daß ich als der Ältere Ihnen daher den Rat gebe, die Sache auf sich beruhen zu lassen. Und Sie, Drubezkoi, erwarte ich also am Freitag nach der Parade. Auf Wiedersehen!" Er verbeugte sich vor den beiden anderen und ging.

Erst als er schon draußen war, fiel es Rostow ein, was er ihm hätte antworten sollen. Und der Umstand, daß ihm das nicht früher eingefallen war, steigerte seine Wut noch. Er ließ sofort sein Pferd vorführen, verabschiedete sich recht kühl von Boris und ritt zu seiner Schwadron. Sollte er morgen ins Hauptquartier reiten und diesen geschwollenen Adjutanten fordern, oder sollte er die Sache wirklich auf sich beruhen lassen? Den ganzen Heimweg lang quälte ihn diese Frage. Bald malte er es sich grimmig aus, mit welchem Hochgefühl er diesen kleinen, schwächlichen und eingebildeten Menschen vor seiner Pistole zittern sehen würde, bald fühlte er voller Staunen, daß er von allen Menschen, die er kannte, sich keinen so sehr zum Freunde wünschte wie diesen, den er doch so haßte.

VIII

Am Tage nach dem Wiedersehen zwischen Boris und Rostow fand die Besichtigung der österreichischen und russischen Truppen statt, sowohl der eben aus Rußland eingetroffenen als auch derjenigen, die mit Kutusow im Feld gewesen waren. Bei der Besichtigung der verbündeten, achtzigtausend Mann starken Armee hatte der russische Kaiser den Thronfolger, der österreichische einen Erzherzog an seiner Seite.

In ihren vor Sauberkeit blitzenden Uniformen marschierten die Truppen schon frühmorgens an und nahmen auf dem Felde vor der Festung Aufstellung. Da rückten Tausende von Beinen und Bajonetten mit fliegenden Fahnen an, machten auf die Kommandorufe der Offiziere halt, schwenkten ein, marschierten um andere ganz ähnliche, nur anders uniformierte Infanteriemassen herum und stellten sich dann in bestimmten Abständen voneinander auf. Da kam unter gleichmäßigem Hufgetrappel und Waffengeklirr die stattlich anzusehende Kavallerie in ihren gestickten blauen, roten und grünen Uniformen, an der Spitze die farbenleuchtende Regimentsmusik, dann Offiziere und Mannschaften auf Rappen, Füchsen und Schimmeln. Da kroch Artillerie in den Zwischenraum zwischen Infanterie und Kavallerie und nahm an den ihr angewiesenen Plätzen Aufstellung; durch die lange Kolonne tönte das metallische Klirren und Klappern der vor Sauberkeit glänzenden Kanonen, die auf den Lafetten rumpelten, und über dem ganzen Zuge lagerte der Geruch der Luntenstöcke. Nicht nur die Generäle in ihren Paradeuniformen, die Taillen, ob sie nun schlank waren oder nicht, bis an die Grenzen der Möglichkeit zusammengeschnürt, die roten Hälse in die hohen Kragen gezwängt, die Schärpen über den Uniformröcken, im Schmuck aller ihrer Orden, nicht nur die pomadisierten und stutzerhaft herausgeputzten Offiziere, sondern jeder Soldat mit dem frischen, reinlich gewaschenen und rasierten Gesicht und den bis zum äußersten blankgeputzten Ausrüstungsstücken, ja, sogar jedes Pferd, so tadellos gepflegt, daß sein Fell glänzte wie Atlas und in der angefeuchteten Mähne jedes Härchen sauber neben dem anderen lag: sie fühlten, daß etwas Ernstes, Bedeutungsvolles und Feierliches vor sich gehen sollte. Jeder General und jeder Soldat empfand die Kleinheit und Nichtigkeit der eigenen Existenz, kam sich vor wie ein Sandkörnchen in diesem Menschenmeere und fühlte zugleich seine eigene Bedeutung, ja seine Macht als Teil dieses ungeheuren Ganzen.

Schon ganz früh am Morgen hatte diese angestrengte und eifrige Geschäftigkeit begonnen, und gegen zehn Uhr befand sich alles in vorschriftsmäßiger Ordnung. Festgefügt und gegliedert standen die Reihen auf dem weitausgedehnten Felde. Die ganze Armee war in drei Linien aufgestellt. Vorne stand die Kavallerie, hinter ihr die Artillerie und noch weiter hinten die Infanterie.

Zwischen den einzelnen Truppengattungen war eine Art Straße freigeblieben. Abgesehen von dem der Waffengattungen machte sich noch ein anderer Unterschied geltend, der die Armee in drei scharf voneinander gesonderte Teile trennte, nämlich in die Kutusowsche Feldarmee, auf deren rechtem Flügel in der vordersten Linie das Pawlogradsche Husarenregiment stand, in die aus Rußland eingetroffenen Garde- und Linienregimenter und schließlich in das österreichische Heer. Aber alle standen sie in der gleichen Front, unter dem gleichen Oberbefehl und in der gleichen Ordnung.

Wie ein Windstoß durch Blätter, so fuhr ein aufgeregtes Gemurmel die Reihen entlang: „Sie kommen! Sie kommen!" Man hörte einige erschrockene Stimmen, und wie eine Welle liefen einige hastige, durch die letzten Vorbereitungen verursachte Bewegungen von einem Flügel zum anderen.

Vorn in der Richtung von Olmütz tauchte eine näherkommende Reitergruppe auf. Und obwohl es ein windstiller Tag war, ging in diesem Augenblick ein leichter Windhauch über die Armee hin und ließ die Lanzenfähnchen flattern und die entrollten Fahnen gegen ihre Schäfte schlagen. Es war, als wollte die Armee selbst mit dieser leichten Bewegung ihrer Freude über das Herannahen der beiden Kaiser Ausdruck geben. Man hörte eine einzelne Kommandostimme: „Stillgestanden!" rufen. Dann wiederholten, wie Hähne im Morgengrauen, viele Stimmen an verschiedenen Stellen dieses Kommando. Und alles erstarrte.

In die Totenstille hinein klang Hufschlag. Es waren die Kaiser mit ihrem Gefolge. Die Kaiser ritten auf den einen Flügel zu, und jetzt schmetterten die Trompeten des ersten Kavallerieregiments den Generalmarsch. Es war, als bliesen nicht die Trompeten, sondern als sei es ein Naturlaut, mit dem die Armee selbst ihre Freude über das Eintreffen ihres Kaisers laut werden ließ. Durch diese Töne hindurch ließ sich jetzt eine einzelne, jugendlich-freundliche Stimme hören: die Stimme des Kaisers Alexander. Er sprach ein Begrüßungswort, und das erste Regiment schrie: „Hurra!" Und es schrie so betäubend, so langgedehnt und so freudig, daß die Leute selbst vor der riesigen Zahl und vor der Stärke der ungeheuren Masse, die sie bildeten, ein Schauer überlief. Rostow stand in den ersten Reihen der Kutusowschen Armee, an die der Kaiser zuerst herangeritten war, und ebenso wie jeder Mann dieser Armee empfand auch er ein Gefühl der Selbstvergessenheit, eines stolzen Machtbewußtseins und leidenschaftlicher Hingerissenheit für den Mann, um dessentwillen diese Feierlichkeit sich vollzog.

Er fühlte, daß dieser Mann nur ein Wort zu sprechen brauchte, und diese ganze ungeheure Masse, zu der als ein kleines Sandkörnchen auch er selbst gehörte, würde sich ins Feuer und ins Wasser stürzen, würde jedes Verbrechen begehen, würde sich dem Tod in die Arme werfen oder die gewaltigsten Heldentaten vollbringen, und dieses Bewußtsein ließ ihn zittern und sein Herz beim Gedanken an ein solches Wort fast stillstehen.

„Hurra! Hurra! Hurra!" donnerte es von allen Seiten, und ein Regiment nach dem anderen begrüßte den Kaiser mit den Klängen des Generalmarsches; wieder „Hurra!" und Generalmarsch und wieder „Hurra!" und „Hurra!"; und alle diese Musikklänge und Menschenschreie verschmolzen miteinander zu einem immer mehr anschwellenden betäubenden Getöse.

Jedes Regiment glich, solange der Kaiser noch nicht bis unmittelbar zu ihm gekommen war, in seiner regungslosen Stummheit einem leblosen Körper; aber sobald der Kaiser bei ihm angelangt war, erwachte es zum Leben, und sein Schreien mischte sich in das donnernde Gebrüll der anderen Truppenteile, an denen der Kaiser bereits vorbeigeritten war. Und während alle diese Stimmen so betäubend und donnergleich schrien, bewegten sich zwischen diesen regungslos und gleichsam versteinert in ihren Karrees dastehenden Truppenmassen lässig, aber symmetrisch geordnet und vor allem frei und ungebunden einige hundert Reiter: die Suite und an ihrer Spitze zwei Männer, die Kaiser. Und auf diese konzentrierte sich ungeteilt die von gebändigter Leidenschaft getragene Aufmerksamkeit dieser ganzen Menschenmasse.

Vornehmlich galt diese Aufmerksamkeit aber doch dem schönen jungen Kaiser Alexander, der die Uniform der Garde zu Pferde und den Dreimaster mit aufgeschlagener Krempe trug, seinem freundlichen Gesicht und seiner klangvollen, nur mäßig lauten Stimme.

Rostow stand nicht weit von den Regimentstrompetern; mit seinen scharfen Augen hatte er den Kaiser schon von weitem erkannt und verfolgte nun sein Näherkommen. Als der Kaiser bis auf zwanzig Schritte herangekommen war und Nikolai das schöne, junge und glückliche Gesicht deutlich und bis in alle Einzelheiten hinein erkennen konnte, da überkam ihn ein Gefühl der Zärtlichkeit und der Begeisterung, wie er es noch nie empfunden hatte. Alles am Kaiser erschien ihm hinreißend, jeder Zug und jede Bewegung.

Vor der Front des Pawlogradschen Husarenregiments machte der Kaiser halt und machte lächelnd in französischer Sprache eine Bemerkung zum Kaiser von Österreich.

Rostow sah dieses Lächeln, und unwillkürlich begann er selbst zu lächeln und empfand eine noch heißere Aufwallung der Liebe zu seinem Kaiser. Das Verlangen überkam ihn, dieser Liebe irgendeinen Ausdruck zu verleihen. Aber er wußte, daß das unmöglich war, und war daher den Tränen nahe. Der Kaiser rief den Regiments-kommandeur zu sich und sagte ihm einige Worte.

„Herrgott, wie würde mir ums Herz sein, wenn der Kaiser mich anreden wollte!" dachte Rostow. „Ich würde sterben vor Glück."

Dann wandte sich der Kaiser an die Offiziere.

„Ihnen allen, meine Herren" – jedes Wort hatte für Rostow einen klang, als käme es vom Himmel – „danke ich von ganzem Herzen."

Wie glücklich wäre Rostow gewesen, hätte er jetzt für seinen Zaren sterben dürfen!

„Sie haben Ihre Georgsbänder verdient und werden ihrer würdig bleiben."

„Jetzt nur sterben, sterben für ihn!" dachte Rostow.

Der Kaiser sagte noch etwas, was Rostow nicht deutlich verstehen konnte, und die Soldaten schrien: „Hurra!", als wollten sie ihre Lungen sprengen. Rostow reckte sich vor und schrie ebenfalls, so laut er konnte, und hätte sich mit diesem Schreien gern einen Schaden getan, wenn er damit nur seine Begeisterung für den Kaiser so recht hätte zum Ausdruck bringen können. Der Kaiser blieb noch einige Sekunden gleichsam unschlüssig vor der Front des Husarenregiments halten.

„Wie kann der Kaiser unschlüssig sein?" dachte Rostow, aber wie alles, was der Kaiser tat, erschien ihm gleich darauf selbst diese Unschlüssigkeit majestätisch und bezaubernd.

Die Unschlüssigkeit des Kaisers hatte nur einen Augenblick lang angehalten. Dann berührte er mit der feinen, nach damaliger Sitte sehr schmalen Stiefelspitze die Flanke seiner braunen englisierten Stute; die weiß behandschuhte Hand des Kaisers gab eine leichte Zügelhilfe, und dann ritt er weiter, von dem ungleichmäßig wogenden Meere der Adjutanten begleitet. Immer weiter und weiter entfernte er sich, dazwischen bei anderen Regimentern anhaltend, und schließlich sah Rostow nur noch seinen weißen Federbusch aus der Suite der beiden Kaiser herausragen.

Unter den Herren von der Suite hatte Rostow auch den lässig und schlaff zu Pferde sitzenden Bolkonskij bemerkt. Sein gestriger Streit mit Bolkonskij fiel ihm wieder ein, und er legte sich die Frage vor, ob er ihn fordern sollte oder nicht. „Nein, natürlich werde ich ihn nicht fordern", sagte er sich jetzt. „Und kann man denn in einem Augenblick wie diesem überhaupt einen Gedanken oder ein Wort an so etwas verschwenden? Was sind alle unsere Streitigkeiten und Beleidigungen in einem Augenblick wie diesem, in einem solchen Augenblick der Liebe, des Entzückens und der Bereitschaft zu völliger Selbstaufopferung? Jetzt liebe ich alle Menschen und verzeihe allen!"

Nachdem der Kaiser die Front fast aller Regimenter abgeritten hatte, defilierten die Truppen im Parademarsch an ihm vorbei, und Rostow ritt auf dem unlängst von Denissow gekauften „Beduinen" als Schließender seiner Schwadron, das heißt einzeln und dem Kaiser vollkommen frei sichtbar.

Rostow war ein sehr guter Reiter, und kurz bevor er beim Kaiser anlangte, gab er seinem „Beduinen" zweimal die Sporen und brachte ihn glücklich zu der wilden und feurigen Art des Trabens, die er anzunehmen pflegte, wenn er die Sporen fühlte. Der „Beduine" bog das schäumende Maul gegen die Brust, hob den Schweif, warf die Beine hoch und graziös in die Luft, daß er zu fliegen schien, ohne die Erde zu berühren, und trabte dann in dieser schönen und stattlichen Haltung am Kaiser vorbei, dessen auf ihm ruhenden Blick auch das Pferd zu fühlen schien.

Rostow selbst legte die Unterschenkel nach rückwärts und wölbte die Brust vor; er fühlte sich mit seinem Pferde zu einem Geschöpf verwachsen und ritt mit grimmigem, aber glückseligem Gesicht – „ein richtiger Satan", wie Denissow zu sagen pflegte – am Kaiser vorüber.

„Schneidige Burschen, die Pawlogradschen Husaren!" sagte der Kaiser.

„Herrgott, wie glückselig wäre ich, wenn er mir den Befehl geben wollte, mich auf der Stelle ins Feuer zu stürzen!" dachte Rostow.

Nach der Parade traten die Offiziere, die aus Rußland gekommenen und die von der Kutusowschen Armee, zu kleinen Gruppen zusammen und unterhielten sich über verliehene Auszeichnungen und erfolgte Beförderungen, über die Österreicher, deren Uniformen und deren Anteil am letzten Feldzuge; sie sprachen über Bonaparte und davon, wie schlimm es ihm jetzt ergehen würde, namentlich wenn noch das Korps Essen erst dasein und Preußen auf unsere Seite treten werde.

Aber am meisten wurde doch überall vom Kaiser Alexander gesprochen; jedes seiner Worte wurde wiederholt, jede Bewegung geschildert, und das Entzücken wollte kein Ende nehmen.

Alle hatten nur den einen Wunsch: so bald wie möglich unter der Anführung des Kaisers gegen den Feind zu marschieren. Und nach dieser Parade dachte Rostow und mit ihm die Mehrzahl der Offiziere überhaupt, es sei ja gar nicht anders möglich, als daß sie unter dem Kommando des Kaisers siegen müßten.

Alle glaubten nach dieser Parade zuversichtlicher an einen siegreichen Ausgang des Feldzuges, als sie es nach zwei gewonnenen Schlachten hätten tun können.

IX

Am folgenden Tage zog Boris seine beste Uniform an und ritt, von den besten Wünschen seines Kameraden Berg begleitet, nach Olmütz zu Bolkonskij, um dessen Gunst auszunutzen und sich einen möglichst vorteilhaften Posten zu verschaffen, am besten einen Adjutantenposten bei irgendeiner hochgestellten Persönlichkeit, was ihm als das Lockendste in der ganzen Armee erschien. „Rostow kann sich von seinem Vater Summen schicken lassen, die in die Zehntausende gehen! Da hat er freilich gut reden, er wolle sich vor keinem bücken und bei niemandem den Lakaien spielen. Aber ich habe nichts außer meinem Kopf, und da muß ich an meine Karriere denken und darf keine günstige Gelegenheit unausgenutzt vorübergehen lassen."

In Olmütz traf er an diesem Tage den Fürsten Andrej nicht an. Aber der Anblick der Stadt, in der sich das Hauptquartier und das diplomatische Korps befand, und beide Kaiser mit ihrem Gefolge, ihren Hofleuten und allem, was dazu gehörte, wohnten, ließ den Wunsch, selbst zu dieser höheren Welt zu gehören, nur noch stärker in ihm werden.

Er kannte hier niemanden, und trotz seiner eleganten Gardeuniform schienen alle diese hohen Herren, diese Hofleute und Militärs, die in ihren prächtigen Equipagen, mit Federbüschen, Ordensbändern und Ehrenzeichen geschmückt, durch die Straßen rasselten, so unermeßlich hoch über ihm, dem kleinen Gardeoffizier, zu stehen, daß sie von der Tatsache seiner Existenz weder Notiz nehmen wollten noch es überhaupt gekonnt hätten. Im Quartier des Oberkommandierenden Kutusow, wo er sich nach Bolkonskij erkundigte, sahen ihn alle diese Adjutanten und selbst die Offiziersburschen so an, als wollten sie ihm zu verstehen geben, solche Offiziere, wie er einer war, trieben sich hier in großer Menge herum, und sie hätten sie schon satt. Trotzdem oder sogar gerade deshalb ritt er am folgenden Tage — es war der 15. — nach dem Mittagessen wieder nach Olmütz und fragte wieder in dem von Kutusow belegten Hause nach Bolkonskij. Fürst Andrej war zu Hause, und Boris wurde in einen großen Saal geführt, der anscheinend früher zum Tanzen gedient hatte und jetzt fünf Betten und verschiedene andere Möbelstücke enthielt, einen Tisch, Stühle und ein Klavier. Unweit der Tür saß ein Adjutant in einem persischen Schlafrock an einem Tisch und schrieb. Ein anderer, es war der dicke Neswizkij mit seinem roten Gesicht, lag mit den Händen unter dem Kopf auf einem Bett und plauderte lachend mit einem neben ihm sitzenden Kameraden. Wieder ein anderer spielte auf dem Klavier einen Wiener Walzer, und ein weiterer lag oben auf dem Klavier und sang dazu. Bolkonskij war nicht da. Obwohl alle Boris eintreten sahen, ließ sich keiner von diesen Herren stören. Boris wandte sich an den Schreibenden, und dieser drehte sich ärgerlich um und antwortete, Bolkonskij habe de jour[1], und wenn er ihn sehen wolle, so möge er durch die Tür links ins Empfangszimmer gehen. Boris dankte ihm und ging ins Empfangszimmer. In diesem Empfangszimmer befanden sich etwa zehn Offiziere, darunter mehrere Generäle.

Als Boris eintrat, hörte Fürst Andrej, die Augen geringschätzig zukneifend – mit jenem besonderen Ausdruck von Höflichkeit und Ermüdung, der deutlich sagt: „Wenn es nicht meine dienstliche Pflicht wäre, würde ich auch nicht eine Minute lang mit Ihnen reden" – einen alten ordengeschmückten General an, der ihm, fast auf den Fußspitzen stehend und in sehr dienstlicher Haltung, mit einem Ausdruck von nahezu rekrutenmäßiger Unterwürfigkeit auf dem dunkelroten Gesicht über irgend etwas Bericht erstattete.

„Sehr gut, wollen Sie bitte warten", sagte er zu dem General in russischer Sprache, aber mit jenem französischen Akzent, mit dem er das Russische sprach, wenn er seinen Worten einen Ton von Geringschätzung geben wollte; als er Boris bemerkt hatte, kümmerte er sich nicht weiter um den General und wandte sich dem jungen Offizier lächelnd und mit freundlichem Nicken zu; der General lief dem Fürsten Andrej nach und flehte vergeblich um Gehör.

Boris begriff in diesem Augenblick mit völliger Klarheit etwas, was er bereits früher vermutet hatte, daß es nämlich in der Armee außer derjenigen Subordination und Disziplin, die im Reglement erläutert war und die man im Regiment kannte und die ihm bisher vertraut gewesen war, noch eine andere und viel wichtigere Art von Subordination gab, und zwar die Subordination, welche diesen enggeschnürten General mit dem dunkelroten Gesicht dazu zwang, so lange ehrerbietig zu warten, wie es dem Kapitän Fürsten Andrej eben mehr Spaß machte, sich mit dem Fähnrich Drubezkoi zu unterhalten. Und mit größerer Bestimmtheit als je nahm Boris sich vor, seine künftige dienstliche Laufbahn nicht nach jener im Reglement festgelegten, sondern nach dieser ungeschriebenen Subordination zu regeln. Er begriff, daß er aus dem einzigen Grunde, daß er eine Empfehlung an den Fürsten Andrej hatte, bereits jetzt mit einem Schlage über diesem General stand, der unter anderen Umständen, nämlich im Frontdienst, ihn, den Gardefähnrich, geradezu vernichten konnte. Fürst Andrej war auf ihn zugetreten und ergriff jetzt seine Hand.

„Es tut mir sehr leid, daß Sie mich gestern nicht angetroffen haben. Ich habe mich den ganzen Tag mit den Deutschen herumärgern müssen. Ich war mit Weyrother ausgeritten, um die Dis-

[1] Dienst

position zu prüfen. Und wenn die Deutschen erst mit ihrer Akkuratesse anfangen, dann gibt es eben kein Ende!"

Boris lächelte, als verstünde er alles das, worauf Fürst Andrej wie auf etwas allgemein Bekanntes anspielte. Und dabei hörte er den Namen Weyrother und sogar das Wort „Disposition" zum erstenmal.

„Also, wie steht es, mein Lieber, Sie möchten unbedingt Adjutant werden? Ich habe in der letzten Zeit häufig an Sie gedacht."

„Ja, ich dachte daran, den Oberkommandierenden darum zu bitten", sagte Boris und wurde dabei unwillkürlich rot. „Fürst Kuragin hat meinetwegen an ihn geschrieben. Ich wollte nur deswegen darum bitten, weil ich fürchte, die Garde könnte am Ende gar nicht ins Feuer kommen", fügte er hinzu, als wollte er sich entschuldigen.

„Gut! Über das alles können wir nachher noch reden", antwortete Fürst Andrej. „Erlauben Sie mir nur, erst diesen Herrn anzumelden, dann stehe ich Ihnen zur Verfügung."

Fürst Andrej ging ins Kabinett des Oberkommandierenden, um den General mit dem dunkelroten Gesicht anzumelden; und jetzt bohrte dieser General, der Boris' Ansichten über die Vorzüge der ungeschriebenen Subordination offenbar nicht teilte, seine Augen streng in die des frechen Fähnrichs, dessen Eintritt sein Gespräch mit dem Adjutanten unterbrochen hatte, und unter diesem bohrenden Blick wurde Boris unbehaglich zumute. Er wandte sich ab und wartete mit Ungeduld auf die Rückkehr des Fürsten Andrej.

„Wissen Sie, mein Lieber, ich habe mir Ihre Angelegenheit durch den Kopf gehen lassen", sagte Fürst Andrej, nachdem er Boris in den großen Saal mit dem Klavier geführt hatte, „und ich meine, es hat keinen Zweck für Sie, zum Oberkommandierenden zu gehen. Er wird Ihnen einen ganzen Haufen Liebenswürdigkeiten sagen und wird Sie zum Essen einladen." – „Das wäre für meine Laufbahn auf Grund jener neuen Subordination gar nicht so schlecht", dachte Boris. – „Aber weitere Folgen würde das nicht haben, und hier sind wir Adjutanten und Ordonnanzoffiziere ohnehin bald schon ein Bataillon stark. Aber wissen Sie, was wir machen wollen? Ich habe da einen guten Freund, den Generaladjutanten Fürsten Dolgorukow, der ein famoser Mensch ist. Ihnen wird das unbekannt sein, aber die Sache ist die, daß Kutusow und sein Stab und wir alle jetzt tatsächlich nichts mehr zu sagen haben: der Schwerpunkt liegt jetzt durchaus in der Umgebung des Kaisers. So wenden wir uns also an Dolgorukow, ich muß sowieso zu ihm hin und habe ihm auch schon Ihren Namen genannt. Da wollen wir denn schauen, ob er Sie nicht auf irgendeine Weise bei sich oder sonstwo in der näheren Umgebung der Sonne unterbringen kann."

Fürst Andrej wurde immer besonders eifrig und lebhaft, wenn es sich darum handelte, einem jungen Menschen Hinweise zu geben und ihm in der großen Welt weiterzuhelfen. Unter dem Vorwande, für einen anderen um eine solche Hilfe zu bitten, wie er sie für sich selbst mit Rücksicht auf seinen Stolz niemals angenommen hätte, hatte er sich manches Mal jener Sphäre genähert, von welcher der Erfolg in der großen Welt abhing und die für ihn eine so große Anziehungskraft hatte. So machte es ihm denn auch Freude, sich für Boris zu verwenden und mit ihm zum Fürsten Dolgorukow zu gehen.

Es war schon spät am Abend, als sie das Olmützer Schloß betraten, in welchem die beiden Kaiser mit ihrer Umgebung wohnten.

Im Schloß hatte an diesem Tage unter Teilnahme aller Hofkriegsratsmitglieder und beider Kaiser ein Kriegsrat stattgefunden. Entgegen der Ansicht der alten Herren, nämlich Kutusows und des Fürsten Schwarzenberg, war in diesem Kriegsrat beschlossen worden, unverzüglich anzugreifen und Bonaparte eine Hauptschlacht zu liefern. Der Kriegsrat war gerade zu Ende, als Fürst Andrej und Boris ins Schloß kamen, um den Fürsten Dolgorukow aufzusuchen. Alle Angehörigen des Hauptquartiers standen noch völlig unter dem Eindruck der stattgehabten Beratungen und des Sieges, den die Partei der Jungen in diesem Kriegsrat davongetragen hatte. Die Stimmen der Zauderer, die geraten hatten, den Angriff noch aufzuschieben, waren so einhellig übertönt und ihre Argumente durch so unanfechtbare Beweise für das Vorteilhafte eines Angriffes widerlegt worden, daß jeder den Eindruck hatte, der Gegenstand des Kriegsrates, nämlich die bevorstehende Schlacht und der unzweifelhafte Sieg, liege eigentlich gar nicht mehr in der Zukunft, sondern gehöre bereits der Vergangenheit an. Alle Vorteile waren auf unserer Seite: gewaltige, den Truppen Napoleons zweifellos überlegene Streitkräfte, waren auf einem Punkt zusammengezogen; die Truppen waren durch die Gegenwart der beiden Kaiser begeistert und drängten zum Kampf; der strategische Punkt, um den der Kampf gehen sollte, war dem mit der Führung beauftragten österreichischen General Weyrother bis in die geringfügigsten Einzelheiten hinein bekannt, denn ein glücklicher Zufall hatte es gefügt, daß die vorjährigen Manöver der österreichischen Armee gerade auf dem Gelände stattgefunden hatten, auf dem jetzt den Franzosen die Schlacht geliefert werden sollte; dieses bis in alle Einzelheiten bekannte Gelände war überdies mit aller Sorgfalt kartographisch aufgenommen worden; Bonaparte war offenbar durch den voraufgegangenen Feldzug geschwächt und unternahm nichts.

Dolgorukow, einer der hitzigsten Anhänger des Angriffsgedankens, war soeben müde und erschöpft, aber zugleich angeregt und stolz auf den errungenen Sieg aus der Sitzung des Kriegsrats gekommen. Fürst Andrej stellte ihm den von ihm protegierten Offizier vor, und Fürst Dolgorukow drückte Boris zwar höflich und kräftig die Hand, würdigte ihn aber keines Wortes und wandte sich in französischer Sprache an den Fürsten Andrej, sichtlich nicht imstande, die Gedanken für sich zu behalten, die in diesem Augenblick ihn am meisten beschäftigten.

„Na, mein Lieber, da haben wir ja einen Kampf zu bestehen gehabt! Gott gebe nur, daß der andere Kampf, den wir heute durchgesetzt haben, ebenso siegreich ausgeht! Indessen, mein Lieber", er sprach abgehackt und erregt, „ich muß zugeben, daß ich den Österreichern und namentlich Weyrother unrecht getan habe. Was für eine Genauigkeit, was für ein sorgfältiges Eingehen auf alle Details, was für eine Vorausberechnung aller Möglichkeiten, aller Umstände bis in die feinsten Einzelheiten! Nein, mein Lieber, es läßt sich wahrhaftig keine günstigere Situation denken als die, in der wir angreifen wollen. Österreichische Genauigkeit und russische Tapferkeit zusammen — was wollen Sie mehr?"

„So ist der Angriff also endgültig beschlossen?" fragte Bolkonskij.

„Und wissen Sie, mein Lieber, es sieht mir so aus, als sei Bonaparte tatsächlich am Ende seines Lateins. Wissen Sie, daß heute ein Brief von ihm an den Kaiser gekommen ist?" und Dolgorukow lächelte vielsagend.

„Was Sie sagen! Und was schreibt er?" fragte Bolkonskij.

„Lauter Gewäsch, er will ja weiter nichts als Zeit gewinnen. Ich sage Ihnen, wir haben ihn in der Hand. Wahrhaftig! Aber was das Lustigste ist", hier lachte er plötzlich mit einem Ausdruck von harmloser Heiterkeit, „wir konnten schlechterdings nicht herausbringen, wie man eigentlich die Antwort adressieren sollte. Wenn schon nicht ‚An den Konsul', so natürlich noch weniger ‚An den Kaiser'. Also wie mir schien, noch am ehesten ‚An den General Buonaparte'."

„Aber es ist doch ein großer Unterschied, ob man ihm nur den Kaisertitel vorenthalten will oder ob man ihn einfach nur als General Buonaparte bezeichnet", sagte Bolkonskij.

„Das ist eben die Sache", fiel ihm Dolgorukow rasch ins Wort und lachte wieder. „Sie kennen ja Bilibin, er ist ein sehr kluger Mensch. Der hat vorgeschlagen, man solle: ‚An den Usurpator und Feind des Menschengeschlechts' adressieren."

Dolgorukow lachte wieder vergnügt.

„Sonst nichts?" bemerkte Bolkonskij ironisch.

„Immerhin hat Bilibin schließlich die richtige Form gefunden. Er ist ja nicht nur ein witziger, sondern auch ein kluger Mensch."

„Und welche?"

„An das Haupt der Französischen Regierung, au chef du gouvernement français", antwortete Fürst Dolgorukow ernsthafter, aber noch immer mit einem Unterton von Vergnüglichkeit. „Nicht wahr, das ist doch gut?"

„Allerdings, aber ihm wird es durchaus nicht gefallen", meinte Bolkonskij.

„Oh, sogar sehr! Mein Bruder kennt ihn, er hat in Paris häufig bei dem jetzigen Kaiser gespeist und sagt, er habe noch nie einen schlaueren und geriebeneren Diplomaten gesehen. Wissen Sie, so eine Vereinigung von französischer Geschmeidigkeit und italienischer Schauspielerkunst! Sie kennen doch die Geschichte von Buonaparte und dem Grafen Markow? Graf Markow war ja der einzige, der mit ihm umzugehen verstand. Kennen Sie die Geschichte mit dem Schnupftuch? Die ist entzückend!"

Und der redselige Dolgorukow erzählte, bald zu Boris, bald zum Fürsten Andrej gewandt, wie Bonaparte unseren Gesandten, den Grafen Markow, auf die Probe stellen wollte und absichtlich in Markows Gegenwart sein Schnupftuch fallen ließ. Wahrscheinlich habe er geglaubt, Markow werde die Gelegenheit benutzen, um sich ihm gefällig zu zeigen, und so sei er erwartungsvoll stehengeblieben und habe den Gesandten fragend angesehen. Markow aber habe sofort sein eigenes Schnupftuch daneben fallen lassen und es dann aufgehoben, das Bonapartes aber liegen lassen.

„Charmant", sagte Bolkonskij. „Wissen Sie übrigens, Fürst, daß ich mit einer Bitte zu Ihnen komme? Es handelt sich um diesen jungen Mann. Sehen Sie doch zu, ob ..."

Hier wurde Fürst Andrej unterbrochen, da ein Adjutant erschien, um den Fürsten Dolgorukow zum Kaiser zu rufen.

„Ach, wie ärgerlich!" sagte Dolgorukow, stand hastig auf und reichte dem Fürsten Andrej und Boris die Hand. „Sie wissen, daß ich mir ein Vergnügen daraus mache, für Sie und für diesen liebenswürdigen jungen Mann alles zu tun, was in meinen Kräften steht." Er schüttelte Boris noch einmal mit einem Ausdruck von oberflächlicher, aber trotzdem ehrlicher Gutmütigkeit die Hand. „Aber Sie sehen selbst ... Nun, auf ein anderes Mal!"

Der Gedanke daran, wie nah er in diesem Augenblick dem Inbegriff aller Machtvollkommenheit war, hatte für Boris etwas Erregendes. Es kam ihm zum Bewußtsein, daß er hier in Berührung mit den Triebfedern war, die alle diese ungeheuren Menschenmassen in Bewegung setzten, denen er beim Frontdienst in seinem Regiment selbst als ein kleines, gehorsames und bedeutungsloses Teilchen angehörte. Gleich nach dem Fürsten Dolgorukow traten auch Fürst Andrej und Boris auf den Korridor hinaus und begegneten einem Herrn in Zivil, der soeben aus der zu den kaiserlichen Gemächern führenden Tür kam, auf die Dolgorukow zuging. Er war von mäßig hohem Wuchs und hatte ein kluges Gesicht, in das der vorspringende Unterkiefer einen Zug von Schroffheit und Härte brachte, ohne daß dieser Zug das Gesicht entstellte, dem er vielmehr etwas besonders

Lebendiges und Ausdrucksvolles verlieh. Dieser kleine Mann nickte Dolgorukow wie einem guten Bekannten zu und betrachtete den Fürsten Andrej mit einem kalten und starren Blick, während er gerade auf ihn zuging und sichtlich erwartete, Fürst Andrej werde ihn als erster grüßen oder ihm ausweichen. Fürst Andrej tat weder das eine noch das andere. In sein Gesicht trat ein Ausdruck von Unwillen, und der junge Mann wandte sich ab und ging längs der gegenüberliegenden Korridorwand an den beiden vorüber.

„Wer war das?" fragte Boris.

„Einer der ausschlaggebendsten, aber mir persönlich unangenehmsten Menschen. Es war der Minister des Auswärtigen, Fürst Adam Czartoryski*. So sehen die Leute aus", fuhr Bolkonskij fort, während sie das Schloß verließen, und konnte dabei einen Seufzer nicht unterdrücken, „so sehen die Leute aus, welche die Schicksale der Völker entscheiden."

Am folgenden Tage traten die Truppen den Vormarsch an, und Boris fand vor der Schlacht bei Austerlitz keine Zeit mehr, bei Bolkonskij oder Dolgorukow vorzusprechen; so blieb er denn zunächst noch beim Ismailowskij-Regiment.

X

Am 16. November brach Denissows Schwadron, zu der Nikolai Rostow gehörte und die dem Detachement des Fürsten Bagration zugeteilt war, frühmorgens aus ihren Quartieren auf. Wie es hieß, sollte es ins Gefecht gehen; nachdem sie aber etwa eine Werst hinter anderen Kolonnen hermarschiert war, wurde mitten auf der großen Straße Halt befohlen. Rostow sah, wie zuerst Kosaken, dann die ersten beiden Schwadronen des Pawlogradschen Regiments sowie Infanteriebataillone und Artillerie vorübermarschierten und die Generäle Bagration und Dolgorukow mit ihren Adjutanten vorbeiritten. Der dem Gefecht vorhergehende Zustand der Bangigkeit, den er an diesem Tage ebenso durchzumachen gehabt hatte wie früher, der ganze innere Kampf, in welchem er diese Bangigkeit endlich überwunden hatte, alle seine Träume von den echt husarenmäßigen Heldentaten, die er in diesem Gefecht hatte vollbringen wollen, waren vergebens gewesen. Seine Schwadron war der Reserve zugeteilt worden, und Nikolai Rostow würde diesen Tag gelangweilt und verdrießlich hinbringen müssen. Gegen neun Uhr morgens hörte er weiter vorn Gewehrfeuer und Hurrarufen, sah, wie vereinzelte Verwundete nach rückwärts transportiert wurden und wie dann inmitten

* Anm. am Schluß des Buches

einer Kosakenschwadron eine ganze Abteilung französischer Kavalleristen abgeführt wurde. Das Gefecht war also offenbar zu Ende, und offenbar war es ein zwar kleines, aber glücklich verlaufenes gewesen. Zurückkommende Soldaten und Offiziere erzählten von einem glänzenden Siege, von der Besetzung der Stadt Wischau und der Gefangennahme einer ganzen französischen Schwadron. In der Nacht hatte es stark gefroren, jetzt aber war der Tag hell und sonnig, und der fröhliche herbstliche Glanz verschmolz mit der Siegesnachricht zu einem einzigen Eindruck, der nicht nur aus den Erzählungen der Gefechtsteilnehmer herausklang, sondern sich auch auf den freudigen Gesichtern der Soldaten, Offiziere, Generäle und Adjutanten widerspiegelte, die bald in dieser, bald in jener Richtung an Rostow vorüberritten. Und Nikolai wollte es das Herz abdrücken, daß er alle diese Bangigkeit, die für ihn dem Kampf voranging, vergeblich durchlitten hatte und nun diesen frischen und lustigen Tag tatenlos verbringen mußte.

„Rostow, komm hierher, laß uns unsern Ärger wegsaufen!" rief Denissow, der am Straßenrande saß und mit seiner Feldflasche und einem Imbiß beschäftigt war.

Rostow und die anderen Offiziere der Schwadron gesellten sich zu Denissow, ließen sich aus seiner Frühstückstasche bewirten und plauderten.

„Da bringen sie ja noch einen an!" sagte einer der Offiziere und wies auf einen gefangenen französischen Dragoner, den zwei abgesessene Kosaken vorbeiführten.

Einer von ihnen führte das Pferd des Gefangenen, ein schönes, gutgewachsenes französisches Pferd am Zügel.

„Verkaufe das Pferd!" rief Denissow dem Kosaken zu.

„Warum nicht, Ew. Wohlgeboren?"

Die Offiziere standen auf und drängten sich um die Kosaken und den gefangenen Franzosen. Der französische Dragoner war ein junger Bursche, ein Elsässer, der das Französische mit deutschem Akzent sprach. Vor Aufregung konnte er kaum Luft bekommen, und sein Gesicht war ganz rot. Als er hörte, daß die Offiziere Französisch sprachen, begann er hastig auf sie einzureden und wandte sich dabei bald an diesen, bald an jenen. Er sagte, wenn es an ihm gelegen hätte, so wäre er nicht in Gefangenschaft geraten; er sei nicht schuld daran, sondern schuld sei le caporal, der ihn geschickt habe, um die Pferdedecken zu holen, und er habe dem Korporal doch gleich gesagt, daß die Russen schon da seien. Und immer wieder flocht er in seine aufgeregte Rede die Bitte ein: „Mais qu'on ne fasse pas de mal à mon petit cheval",[1] und streichelte dabei sein Pferd. Offenbar hatte er nicht recht begriffen, wo er sich eigentlich befand. Bald entschul-

[1] Aber daß ja meinem Pferdchen nichts zuleide getan wird.

digte er sich, weil er in Gefangenschaft geraten war, bald schien er wieder der Meinung zu sein, er habe seine Vorgesetzten vor sich, und suchte seine militärische Korrektheit und seinen Diensteifer herauszustreichen. Er brachte die den Russen so völlig fremde Atmosphäre des französischen Heeres in ihrer ganzen Frische mit sich zu unseren Truppen.

Die Kosaken schlugen das Pferd für zwei Dukaten los, und Rostow kaufte es; jetzt, nachdem er sein Geld bekommen hatte, war er einer von den reichsten Offizieren des Regiments.

„Mais qu'on ne fasse pas de mal à mon petit cheval!" sagte der Elsässer zutraulich zu Rostow, als die Kosaken das Pferd einem der Husaren übergaben.

Rostow beruhigte lächelnd den Dragoner und schenkte ihm Geld.

„Allöh! Allöh!" sagte der Kosak und zog den Gefangenen am Arm, um ihn zum Weitergehen zu veranlassen.

Plötzlich wurden unter den Husaren Rufe laut: „Der Kaiser! Der Kaiser!"

Alles hastete und lief, und Rostow sah von rückwärts her einige Reiter mit weißen Federbüschen auf den Hüten auf der Straße heranreiten. Augenblicks waren sie alle auf ihren Plätzen und warteten.

Rostow wußte selbst nicht, wie er an seinen Platz gelangt und aufs Pferd gekommen war. Sein Ärger darüber, daß er heute nicht ins Gefecht gekommen war, das Gefühl der Alltäglichkeit, das die zum Überdruß oft gesehenen Gesichter der Kameraden in ihm erweckt hatten, jeder Gedanke an die eigene Person — das alles war jetzt mit einem Schlage ausgelöscht: für nichts war in seinem Herzen Raum als für ein einziges Gefühl der Glückseligkeit, das der Nähe des Kaisers galt. Allein schon durch diese Nähe fühlte er sich für alles entschädigt, was der heutige Tag ihm versagt hatte. Er war glücklich wie ein Liebender, dem nach langem Harren endlich das Wiedersehen mit der Geliebten zuteil wird. Da er sich im Gliede befand, wagte er sich nicht zu rühren und zur Seite zu blicken, aber mit dem Instinkt eines plötzlichen Wonneschauers spürte er „ihn" näherkommen. Und nicht etwa nur am Hufgetrappel der anreitenden Kavalkade nahm er das Herannahen des Kaisers wahr, sondern sein Gefühl erkannte es daran, daß alles um ihn her immer heller, freudiger, bedeutungsvoller und festlicher wurde, je mehr die Reiter sich näherten. Näher und näher kam Rostow dieses Sonnenleuchten und verbreitete Strahlen eines sanften und majestätischen Lichtes um sich, und jetzt fühlte er sich auch schon von diesen Strahlen umfangen, und er hörte seine Stimme — diese freundliche, ruhige, majestätische und doch so schlichte Stimme. Sonst herrschte Totenstille — Rostow hatte die Empfindung, als sei es auch gar nicht anders möglich — und in diese Stille hinein klangen die Worte des Kaisers.

„Les huzards de Pawlograd?“ [1] fragte er.

„La réserve, Sire!“ [2] antwortete eine andere Stimme, und sie klang so menschlich nach jener anderen so gar nicht der Menschenwelt angehörigen Stimme, die da gefragt hatte: „Les huzards de Pawlograd?“

Der Kaiser war inzwischen bei Rostow angelangt und machte halt. Alexanders Gesicht erschien noch schöner als bei der Parade vor drei Tagen. Es leuchtete in einer solchen Heiterkeit und Jugendfrische, einer so unschuldsvollen Jugendfrische, daß es an die kindliche Ausgelassenheit eines vierzehnjährigen Knaben erinnerte, und war doch das Antlitz des erhabenen Kaisers. Der Blick des Kaisers glitt über die Schwadron hin, seine Augen begegneten denen Rostows und blieben zwei Sekunden lang auf ihnen haften. Ob der Kaiser erkannte oder nicht, was in Rostows Seele vor sich ging – Rostow schien es so, als müßte der Kaiser alles erkennen können – jedenfalls blickte er Rostow zwei Sekunden lang mit seinen blauen Augen, aus denen ein weiches und sanftes Licht strömte, ins Gesicht. Dann zog er plötzlich die Augenbrauen in die Höhe, ließ sein Pferd mit einer ruckhaften Bewegung des linken Schenkels anspringen und galoppierte weiter. Der junge Kaiser hatte dem Wunsch nicht widerstehen können, einem Kampf beizuwohnen, und hatte sich, allen Vorstellungen der Hofleute zum Trotz, gegen zwölf Uhr von der dritten Kolonne, mit der er zuerst geritten war, getrennt, um zur Avantgarde zu eilen. Aber schon bevor er bei den Husaren angekommen war, waren ihm einige Adjutanten mit der Nachricht vom glücklichen Ausgange des Gefechtes entgegen gekommen.

Dieses Gefecht hatte eigentlich nur in der Gefangennahme einer französischen Schwadron bestanden, wurde aber jetzt als ein glänzender Sieg über die Franzosen dargestellt, und daher glaubten der Kaiser und die ganze Armee, besonders solange sich der über dem Kampfplatz lagernde Pulverdampf noch nicht verzogen hatte, allen Ernstes, die Franzosen seien geschlagen, und ihr Rückzug erfolge unter dem Zwang des russischen Sieges. Einige Minuten, nachdem der Kaiser vorbeigeritten war, erhielt die Schwadron Denissows den Befehl, vorzumarschieren. In Wischau, einem kleinen deutschen Städtchen, bekam Rostow den Kaiser noch einmal zu sehen. Auf dem Marktplatz, auf dem vor der Ankunft des Kaisers ein recht heftiger Feuerkampf stattgefunden hatte, lagen einige Gefallene und Verwundete, die man noch nicht hatte wegschaffen können. Der Kaiser ritt an diesem Tage nicht das Pferd, das er bei der Parade geritten hatte, sondern eine englisierte Fuchsstute; von seiner aus

[1] Die Pawlogradschen Husaren ...
[2] Die Reserve, Majestät

Militärs und Nichtmilitärs bestehenden Suite umgeben, hielt er jetzt auf dem Marktplatze, beugte sich ein wenig im Sattel zur Seite, brachte mit einer graziösen Bewegung die goldene Lorgnette an die Augen und betrachtete einen Soldaten, der ohne Tschako und mit blutüberströmtem Kopf bäuchlings dalag. Der verwundete Soldat sah so schmutzig, ungeschlacht und garstig aus, daß Rostow der Gedanke geradezu kränkte, ihn in so unmittelbarer Nähe des Kaisers zu sehen. Rostow sah, wie die ein wenig abfallenden Schultern des Kaisers zuckten, als liefe ein Frostschauer über sie hin, wie der linke Fuß die Weiche des Pferdes krampfhaft mit dem Sporn bearbeitete und wie das gut zugerittene und folgsame Pferd sich trotzdem nur gleichgültig umsah, ohne sich von der Stelle zu rühren. Ein Adjutant stieg vom Pferde und faßte den Soldaten unter die Arme, um ihn auf eine inzwischen herangebrachte Tragbahre zu legen. Der Soldat stöhnte auf.

„Vorsichtiger, vorsichtiger, geht es denn nicht vorsichtiger?" sagte der Kaiser, der offenbar viel schwerer litt als der sterbende Soldat, und ritt weiter.

Rostow sah Tränen in den Augen des Kaisers und hörte ihn im Weiterreiten zu Czartoryski sagen:

„Was für eine furchtbare Sache ist der Krieg, was für eine furchtbare Sache! Quelle terrible chose que la guerre!"

Die Truppen der Avantgarde nahmen jenseits von Wischau Aufstellung im Angesicht der feindlichen Vorpostenkette, die sich den ganzen Tag über vor uns zurückzog, sobald die Unsrigen ein paar Schüsse herübersandten. Der Avantgarde wurde die Dankbarkeit des Kaisers kundgetan und die Verleihung von Orden und Ehrenzeichen in Aussicht gestellt, und die Mannschaften erhielten doppelte Branntweinportionen. Noch lustiger als in der Nacht vorher knisterten jetzt die Biwakfeuer und klangen die Lieder der Soldaten. Denissow feierte in dieser Nacht seine Beförderung zum Major, und Rostow, der schon ziemlich angetrunken war, brachte gegen Ende des Gelages die Gesundheit des Kaisers aus, aber „nicht unseres obersten Kriegsherren, Seiner Majestät des Kaisers, wie es bei offiziellen Diners heißt", sagte er, „sondern die Gesundheit unseres guten Kaisers, des bezaubernden, wundervollen Menschen! Trinken wir auf sein Wohl und auf den gewissen Sieg über die Franzosen! Wenn wir uns schon früher mit Ehren geschlagen und die Franzosen nicht durchgelassen haben, wie damals bei Schöngraben, wie wird es erst jetzt sein, wo er selber an unserer Spitze steht? Für ihn sterben wir alle, ja für ihn sterben wir mit Freuden. Nicht wahr, meine Herren? Vielleicht drücke ich mich nicht richtig aus, ich habe schon allerhand zusammengetrunken, aber so empfinde ich es, und das tun Sie alle ja auch. Auf das Wohl Alexanders des Ersten! Hurra!"

„Hurra!“ schrien die Offiziere begeistert.

Und der alte Rittmeister Kirsten schrie genauso begeistert und genauso von Herzen mit wie der zwanzigjährige Rostow.

Als die Offiziere ausgetrunken und die Gläser zerschmettert hatten, füllte Kirsten andere Gläser und ging, nur mit Hemd und Reithose bekleidet, ein Glas in der Hand, zu den Biwakfeuern der Mannschaften und blieb dann, vom Schein der Flammen beleuchtet, stehen, den einen Arm hoch erhoben, stolz und stattlich und wild anzusehen mit seinem langen, grauen Schnauzbart und der bloßen Brust, die unter dem offenstehenden Hemde sichtbar wurde.

„Kinder, auf das Wohl unseres Herrn und Kaisers, auf den Sieg über seine Feinde! Hurra!“ rief er mit seinem husarenmäßigen Bariton, der seinen Jahren zum Trotz immer noch frisch und jugendlich klang.

Die Husaren drängten sich an ihn heran und antworteten mit lautem Geschrei.

Spät in der Nacht, als alle schon auseinandergingen, schlug Denissow seinem Liebling Rostow mit der kleinen Hand auf die Schulter.

„Ja, hier im Felde gibt es sonst niemand zum Verlieben, da hat er sich eben in den Zaren verliebt“, sagte er.

„Denissow, darüber mache bitte keine Witze“, rief Rostow, „das ist ein so hohes, so wundervoll herrliches Gefühl, ein so ...“

„Ich glaube es dir ja, ich glaube es dir ja, Freundchen, ich teile es und billige es ja ...“

„Nein, du verstehst mich nicht!“

Und Rostow sprang auf und ging träumend zwischen den Lagerfeuern auf und ab. Er träumte davon, wie glücklich er sein würde, unter den Augen des Kaisers zu sterben, und nicht einmal, nachdem er dem Kaiser das Leben gerettet haben würde — davon wagte er überhaupt nicht zu träumen —, sondern ganz einfach unter den Augen des Kaisers zu sterben. Er war wirklich in den Zaren verliebt und in den Ruhm der russischen Waffen und in die Hoffnung auf den bevorstehenden glorreichen Sieg der Russen. Und nicht ihm allein ging es so in diesen denkwürdigen Tagen vor der Schlacht bei Austerlitz: neun Zehntel der russischen Armee waren damals, wenn auch vielleicht nicht ganz so leidenschaftlich, in ihren Zaren und in den Ruhm der russischen Waffen verliebt.

XI

Den folgenden Tag verbrachte der Kaiser in Wischau. Einige Male wurde sein Leibarzt Villiers zu ihm gerufen. Im Hauptquartier und bei den in seiner Nähe lagernden Truppen verbreitete sich die Nachricht, der Kaiser sei nicht ganz wohl. Wie die Herren seiner Umgebung verlauten ließen, hatte er nichts gegessen und in dieser Nacht schlecht geschlafen. Schuld an diesem Unwohlsein war der starke Eindruck, den der Anblick der Verwundeten und Gefallenen auf das weiche Herz des Kaisers gemacht hatte.

Im Morgengrauen des 17. November wurde von der Vorpostenkette her ein mit einer Parlamentärsflagge gekommener französischer Offizier, der den russischen Kaiser sprechen wollte, nach Wischau geführt. Dieser Offizier war Savary. Der Kaiser war eben erst eingeschlafen, und daher mußte Savary noch warten. Um die Mittagszeit wurde er vorgelassen, und eine Stunde später ritt er in Begleitung des Fürsten Dolgorukow zur französischen Vorpostenkette.

Wie es hieß, war Savary entsandt worden, um eine persönliche Zusammenkunft zwischen Kaiser Alexander und Napoleon vorzuschlagen. Eine solche wurde jedoch zur stolzen Freude der ganzen Armee abgelehnt, und an Stelle des Kaisers wurde Fürst Dolgorukow, der Sieger von Wischau, zu den Verhandlungen mit Napoleon bestimmt, falls bei Bonaparte wider Erwarten wirklich ein aufrichtiger Wunsch nach Friedensschluß vorliegen sollte. So wurde er mit Savary ins französische Lager geschickt.

Am Abend kehrte Dolgorukow zurück, begab sich geradewegs zum Kaiser und blieb lange mit ihm allein.

Am 18. und 19. November rückten die Truppen noch zwei Tagemärsche weit vor, und die feindlichen Vorposten zogen sich nach unbedeutenden Feuergefechten zurück. In den höheren Sphären der Armee setzte etwa um die Mittagszeit des 19. November eine aufgeregte und hastige Geschäftigkeit ein, die bis zum Morgen des nächsten Tages anhielt. Dieser Tag war der 20. November, an welchem die so denkwürdige Schlacht bei Austerlitz geschlagen wurde. Bis zum Mittag des Neunzehnten beschränkte sich diese unruhige Geschäftigkeit, dieses erregte Hinundherreden und Herumhasten und Hinundherschicken von Adjutanten noch auf das Hauptquartier der beiden Kaiser; am Nachmittag griff es aber auf das Hauptquartier Kutusows und die Stäbe der Truppenführer über. Am Abend war es bereits durch Adjutanten bis in alle einzelnen Teile der Armee weitergetragen worden, und in der Nacht vom Neunzehnten auf den Zwanzigsten erhob sich die achtzigtausend Mann starke Masse des verbündeten Heeres mit dumpf verworrenem Stimmengewoge von ihrem Nachtlager und setzte sich in Bewegung wie ein neun Werst langes Stück Leinwand, das beim Verkauf vom Ballen abgerollt wird.

Die vom Mittelpunkt ausgehende Bewegung, die am Morgen im Hauptquartier der Kaiser begonnen und den Anstoß zur gesamten weiteren Bewegung gegeben hatte, glich der ersten Bewegung des Mittelrades einer großen Turmuhr. Langsam hat sich dieses eine

Rad in Bewegung gesetzt, jetzt beginnt ein zweites, ein drittes sich zu drehen, und nun geraten Räder, Rollen, Zahnräder immer schneller und schneller in Bewegung, das Glockenspiel beginnt zu klingen, die Figuren springen heraus, und um das Resultat dieser ganzen Bewegung anzuzeigen, beginnen die Zeiger gemessen vorzurücken.

Und wie in dem Mechanismus einer Uhr, so pflanzt sich auch im Mechanismus des Kriegswesens die einmal hervorgerufene Bewegung unaufhaltsam bis zum letzten Resultat fort, und ebenso teilnahmslos und unbeweglich verharren bis zu dem Augenblick, in welchem sich die Bewegung ihnen mitteilt, alle Teile des Mechanismus, die vom Getriebe der anderen Teile noch nicht erfaßt sind. Die übrigen Räder aber kreischen auf ihren Achsen, greifen mit den Zähnen ineinander, die Rollen geben unter der Einwirkung der raschen Umdrehung fauchende Töne von sich, aber noch verharrt das Nachbarrad in seiner regungslosen Ruhe, als wolle es noch Hunderte von Jahren so unbeweglich dastehen wie jetzt; aber dann ist der Augenblick gekommen, der Hebel faßt zu, das Rad nimmt gehorsam die Bewegung auf, es beginnt sich knarrend zu drehen und fügt sich so der allgemeinen Tätigkeit ein, deren Resultate und deren Zwecke ihm unbekannt bleiben.

Und wie bei einer Uhr das Resultat der komplizierten Bewegung der zahllosen verschiedenen Räder und Rollen nichts anderes ist als das langsame und gemessene Vorrücken des Zeigers, das die Zeit angibt, so war auch das Resultat all dieser komplizierten Menschenbewegungen, der Bewegungen dieser hundertundsechzigtausend Russen und Franzosen, das Resultat all ihrer Leidenschaften, Wünsche, aller ihrer gefaßten, verworfenen und bereuten Entschlüsse, ihrer Leiden und aller ihrer Gefühlsaufwallungen, mochten sie nun dem Stolz, der Furcht oder der Begeisterung entsprungen sein — nichts anderes als der Verlust der Schlacht bei Austerlitz, der sogenannten Dreikaiserschlacht, das heißt, ein langsames Vorrücken des Zeigers der Weltgeschichte auf dem Zifferblatt der Menschheitsgeschichte.

Fürst Andrej war an diesem Tage Adjutant vom Dienst und als solcher ständig in unmittelbarer Nähe des Oberkommandierenden.

Gegen sechs Uhr abends kam Kutusow in das Hauptquartier der beiden Kaiser und begab sich nach kurzem Aufenthalt beim Kaiser Alexander zum Oberhofmarschall Grafen Tolstoi.

Bolkonskij benutzte diese Zeit, um bei Dolgorukow vorzusprechen und sich nach den Einzelheiten der bevorstehenden Operationen zu erkundigen. Fürst Andrej hatte die Wahrnehmung gemacht, daß Kutusow verstimmt und offenbar mit irgend etwas unzufrieden war, und daß man andererseits im Hauptquartier unzufrieden mit Kutusow war und daß alle Angehörigen des kaiserlichen Hauptquartiers ihm gegenüber einen Ton anschlugen, als wüßten sie irgend etwas,

was andere Leute nicht wüßten; und über das alles wollte er sich gern mit Dolgorukow aussprechen.

„Ah, guten Tag, mon cher", sagte Dolgorukow, der mit Bilibin beim Tee saß. „Na, morgen wird es ja ein Fest geben! Was macht Ihr Alter? Der ist wohl schlechter Laune?"

„Das will ich nicht gerade sagen, aber er möchte wohl gern, daß man ihn hört."

„Aber man hat ihn doch im Kriegsrat angehört, und man wird ihn auch weiter anhören, wenn er wirklich etwas zu sagen hat. Aber es geht doch nicht an, jetzt immer noch zu zaudern und zu warten, wo Bonaparte nichts so sehr fürchtet wie eine Entscheidungsschlacht."

„Sie haben ihn doch gesehen, nicht wahr?" fragte Fürst Andrej. „Na, was für ein Mensch ist dieser Bonaparte denn? Was für einen Eindruck hat er auf Sie gemacht?"

„Ja, ich habe ihn gesehen und habe mich davon überzeugen können, daß er nichts auf der Welt so fürchtet wie eine Entscheidungsschlacht", wiederholte Dolgorukow, der dieser allgemeinen Folgerung, die er aus den von Napoleon gewonnenen Eindrücken ableitete, offenbar einen großen Wert beimaß. „Wenn er eine Schlacht nicht so sehr fürchtete, wozu hätte er diese Zusammenkunft begehrt, wozu Verhandlungen einleiten wollen, und vor allem, wozu wäre er immer wieder zurückgegangen, wo doch das Zurückweichen der ganzen Methode seiner Kriegführung so zuwiderläuft? Glauben Sie mir, er hat Angst, er hat Angst vor einer Entscheidungsschlacht. Seine Stunde ist gekommen, sage ich Ihnen."

„Aber erzählen Sie doch, wie sieht er aus, wie ist er?" fragte Fürst Andrej noch einmal.

„Er hatte einen grauen Rock an und legte großen Wert darauf, von mir ‚Ew. Majestät' genannt zu werden, aber zu seinem Ärger habe ich ihn überhaupt nicht mit irgendeinem Titel angeredet. Ja, so war er eben, und mehr wäre über ihn eigentlich nicht zu sagen", antwortete Dolgorukow und warf Bilibin einen schmunzelnden Blick zu.

„Vor dem alten Kutusow habe ich ja alle mögliche Hochachtung", fuhr er dann fort, „aber schließlich wären wir schön dumm, wenn wir auch jetzt noch auf irgend etwas warten und ihm damit die Möglichkeit geben wollten, sich davonzumachen oder uns mit einer seiner Listen zu übertölpeln, jetzt, wo wir ihn so sicher in der Hand haben. Nein, man soll Suworow und seine Regel nicht vergessen: sich nicht in die Lage des Angegriffenen drängen lassen, sondern selber angreifen! Glauben Sie mir, im Kriege zeigt die Energie der Jüngeren den Weg, den man gehen muß, oft richtiger als alle Erfahrung der alten Cunctatoren."

„Aber in was für einer Stellung sollen wir ihn denn angreifen? Ich war heute in unserer Vorpostenkette und habe nicht feststellen können, wo er eigentlich mit seinen Hauptstreitkräften steht", sagte Fürst Andrej, der Dolgorukow gern einen von ihm selbst entworfenen Angriffsplan auseinandergesetzt hätte.

„Ach, das ist ganz einerlei", antwortete Dolgorukow rasch, stand auf und breitete eine Landkarte auf dem Tisch aus. „Es sind alle Fälle vorgesehen: wenn er bei Brünn steht ..."

Und Fürst Dolgorukow entwickelte hastig und unklar Weyrothers Plan einer Flankenbewegung.

Fürst Andrej machte einige Einwände und begann seinen eigenen Plan darzulegen, der vielleicht ebensogut war wir der Weyrothers, aber den Fehler hatte, daß Weyrothers Plan bereits genehmigt war.

Kaum begann Fürst Andrej die Nachteile des Weyrotherschen Planes und die Vorzüge seines eigenen auseinanderzusetzen, als Fürst Dolgorukow auch schon nicht mehr recht zuhörte und zerstreut nicht mehr die Landkarte, sondern das Gesicht des Fürsten Andrej betrachtete.

„Übrigens findet heute abend bei Kutusow ein Kriegsrat statt. Da können Sie das alles ja vorbringen", meinte Dolgorukow.

„Das will ich auch tun", erwiderte Fürst Andrej und trat von dem Tisch mit der Landkarte zurück.

„Aber worüber machen Sie sich eigentlich Sorgen, meine Herren?" fiel jetzt Bilibin ein, der bisher mit einem vergnügten Lächeln dem Gespräch der beiden zugehört hatte und jetzt offenbar einen Witz auf der Zunge hatte. „Ob es nun morgen einen Sieg gibt oder eine Niederlage, dem Ruhm der russischen Waffen droht jedenfalls keine Gefahr. Außer unserm Kutusow ist ja kein einziger russischer Truppenführer beteiligt. Die Truppenführer sind Herr General Wimpffen, le comte de Langeron, le prince de Liechtenstein, le prince de Hohenlohe et enfin Prschprsch ... et ainsi de suite, comme tous les noms polonais."[1]

„Taisez-vous, mauvaise langue",[2] sagte Dolgorukow. „Es stimmt übrigens nicht, denn wir haben jetzt noch zwei Russen: Miloradowitsch und Dochturow, und wir hätten noch einen dritten, den Grafen Araktschejew, aber der ist mit seinen Nerven nicht in Ordnung."

„Aber mir scheint, Michail Ilarionowitsch ist bereits wieder heraus", meinte Fürst Andrej. „Ich wünsche Ihnen Glück und viel Erfolg, meine Herren", setzte er hinzu, drückte Dolgorukow und Bilibin die Hand und verließ das Zimmer.

Auf der Rückfahrt konnte Fürst Andrej sich nicht enthalten, den

[1] ... und so geht es weiter, wie bei allen diesen polnischen Namen.
[2] Schweigen Sie, Sie Lästerer.

schweigend neben ihm sitzenden Kutusow nach seiner Meinung über die morgige Schlacht zu fragen.

Kutusow sah seinen Adjutanten streng an, schwieg noch eine Weile und sagte dann:

„Ich glaube, wir werden die Schlacht verlieren, und das habe ich auch dem Grafen Tolstoi gesagt und ihn gebeten, es dem Kaiser mitzuteilen. Na, und was glaubst du, was ich für eine Antwort bekommen habe? ‚Eh, mon cher général, je me mêle du riz et des côtelettes, mêlez-vous des affaires de la guerre.‘[1] Ja ... so eine Antwort habe ich bekommen!"

XII

Gegen zehn Uhr abends kam Weyrother mit seinen Plänen in Kutusows Quartier, wo der Kriegsrat stattfinden sollte. Alle Truppenführer waren zum Oberkommandierenden bestellt worden, und bis auf den Fürsten Bagration, der sich hatte entschuldigen lassen, waren alle zur bestimmten Stunde versammelt.

Weyrother, der den Plan für die bevorstehende Schlacht entworfen hatte, bildete mit seiner Lebhaftigkeit und unruhigen Hast einen scharf ausgeprägten Gegensatz zu dem mißmutigen und schläfrigen Kutusow, der nur sehr ungern die Rolle eines Vorsitzenden und Leiters dieses Kriegsrats übernommen hatte. Weyrother fühlte sich offensichtlich als Lenker der Bewegung, die bereits eine unaufhaltsame geworden war. Er war wie ein angeschirrtes Pferd, das mit einer Fuhre bergabläuft. Ob er zog, oder ob er vorwärts gedrängt wurde, das wußte er selber nicht; aber er jagte dahin, so schnell er konnte, und fand dabei schon nicht mehr Zeit, zu überlegen, wohin diese Bewegung führen würde. An diesem Abend war Weyrother zweimal in der Nähe der feindlichen Vorpostenkette gewesen, um sich persönlich ein genaues Bild der Lage zu verschaffen, desgleichen zweimal bei den beiden Kaisern, dem russischen und dem österreichischen, um ihnen Bericht zu erstatten und seine Auffassung der Lage darzulegen, und darauf noch in seiner Kanzlei, wo er seine in deutscher Sprache abgefaßte Disposition diktiert hatte. Als er jetzt zu Kutusow kam, war er recht erschöpft.

Er war offensichtlich so sehr mit den Gedanken an seine Disposition beschäftigt, daß er sogar den Respekt, den er dem Oberkommandierenden schuldet, gelegentlich außer acht ließ: mehrere Male unterbrach er ihn, sprach schnell und undeutlich, ohne sein Gegenüber anzusehen, und ließ mehrere Fragen Kutusows unbeantwortet;

[1] Mein lieber General, ich kümmere mich um den Reis und die Koteletten, kümmern Sie sich um die Angelegenheiten des Krieges.

dazu war seine Uniform mit Schmutz bespritzt, und er sah elend, erschöpft und verwirrt aus und doch zugleich selbstbewußt und stolz.

Kutusow wohnte in einem kleinen Adelsschloß in der Nähe von Ostralitz. Im großen Salon, der zum Kabinett für den Oberkommandierenden eingerichtet war, hatten sich Kutusow selbst, Weyrother und die übrigen Teilnehmer der anberaumten Sitzung versammelt. Sie tranken Tee und warteten nur noch auf den Fürsten Bagration, um den Kriegsrat zu eröffnen. Endlich erschien ein Ordonnanzoffizier des Fürsten Bagration und brachte die Nachricht, der Fürst könne nicht kommen. Fürst Andrej ging zu Kutusow, um diesem davon Meldung zu machen, und blieb dann im Zimmer, da Kutusow ihm gestattet hatte, beim Kriegsrat zugegen zu sein.

„Da Fürst Bagration nicht mehr kommt, können wir anfangen", sagte Weyrother, stand hastig auf und ging auf den Tisch zu, auf dem eine sehr umfangreiche Karte der Umgegend von Brünn ausgebreitet dalag.

Kutusow hatte die Knöpfe seiner Uniform geöffnet, und aus dem Kragen quoll sein feister Hals hervor, als sei es ihm endlich gelungen, sich zu befreien: die greisenhaft gedunsenen Hände symmetrisch auf die Armlehnen gelegt, saß er in einem Voltairesessel und schlief beinah. Als er Weyrothers Stimme hörte, öffnete er mit einiger Anstrengung sein einziges Auge.

„Ja, ja, bitte, es wird sonst zu spät", sagte er nickend, ließ dann den Kopf wieder sinken und schloß wieder sein Auge.

Wenn die Teilnehmer am Kriegsrat anfangs geglaubt hatten, Kutusow stelle sich nur schlafend, so bewiesen die Töne, die während der Verlesung der Disposition aus seiner Nase kamen, daß es sich für den Oberkommandierenden jetzt um etwas viel Wichtigeres handelte als etwa um die Absicht, die Geringschätzung an den Tag zu legen, die er der Disposition oder irgend etwas anderem gegenüber empfand: es handelte sich für ihn einfach darum, ein unwiderstehliches menschliches Bedürfnis zu befriedigen, das Schlafbedürfnis. Er schlief tatsächlich. Mit der Miene eines Menschen, der viel zu beschäftigt ist, als daß er auch nur einen Augenblick von seiner Zeit verlieren dürfte, warf Weyrother einen Blick auf Kutusow, überzeugte sich, daß er schlief, nahm seine Papiere zur Hand und begann mit lauter und eintöniger Stimme die Disposition für die bevorstehende Schlacht vorzulesen. Die Überschrift, die er ebenfalls vorlas, lautete: Disposition zum Angriff auf die feindliche Stellung hinter Kobelnitz und Sokolnitz, 30. November 1805.

Die in deutscher Sprache abgefaßte Disposition war sehr kompliziert und schwer verständlich. So hieß es darin:

„Da der Feind sich mit seinem linken Flügel an die mit Wald bedeckten Berge lehnt und sich mit seinem rechten Flügel längs

Kobelnitz und Sokolnitz hinter die dort befindlichen Teiche zieht, wir im Gegenteil mit unserem linken Flügel seinen rechten sehr debordieren, so ist es vorteilhaft, letzteren Flügel des Feindes zu attackieren, besonders wenn wir die Dörfer Sokolnitz und Kobelnitz im Besitze haben, wodurch wir dem Feind zugleich in die Flanke fallen und ihn auf der Fläche zwischen Schlapanitz und dem Walde von Turas verfolgen können, indem wir den Defileen von Schlapanitz und Bellowitz ausweichen, welche die feindliche Front decken. Zu diesem Endzwecke ist es nötig ... die erste Kolonne marschiert ... die zweite Kolonne marschiert ... die dritte Kolonne marschiert ..." So las Weyrother. Die Generäle hörten diese schwierige Disposition offenbar sehr widerwillig an. Der blonde hochgewachsene General Buxhoevden stand mit dem Rücken an die Wand gelehnt da, starrte auf eine brennende Kerze, und es sah aus, als höre er gar nicht zu, ja als wolle er sogar den Anschein vermeiden, als höre er zu. Weyrother gerade gegenüber, die blitzenden, weitgeöffneten Augen unverwandt auf ihn gerichtet, die Hände auf die Knie gestützt und die Ellbogen scharf nach auswärts gekehrt, saß in martialischer Pose der rotbäckige Miloradowitsch mit seinem emporgezwirbelten Schnurrbart und seinen hochgezogenen Schultern. Er schwieg hartnäckig und verwandte den Blick nur dann von Weyrothers Gesicht, wenn der österreichische Stabschef einmal eine Pause machte. Dann sah Miloradowitsch die anderen Generäle mit vielsagender Miene an. Aber was diese vielsagende Miene nun eigentlich bedeuten sollte, Zufriedenheit oder Unzufriedenheit, Billigung oder Mißbilligung der Disposition, das war nicht zu erraten. Weyrother am nächsten saß Graf Langeron, auf dessen südfranzösischem Gesicht während der ganzen Dauer der Vorlesung ein feines Lächeln lag; er betrachtete seine zierlich gebauten Finger, die eine porträtgeschmückte goldene Schnupftabakdose unaufhörlich rasch um ihre eigene Achse wirbelten. Mitten in einer der längsten Porioden hörte er plötzlich auf, die Tabaksdose zu drehen, hob den Kopf, unterbrach Weyrother mit einem Lächeln von unangenehm wirkender Höflichkeit um die feinen Mundwinkel und wollte etwas sagen, aber der österreichische General ließ sich im Lesen nicht stören, runzelte nur ärgerlich die Stirn und machte eine abwehrende Bewegung mit dem Ellbogen, als wollte er sagen: „Nachher! Nachher können Sie mir alles sagen, was Sie denken. Aber jetzt sehen Sie sich gefälligst die Karte an, und hören Sie zu!" Langeron warf einen erstaunten Blick in die Höhe, sah Miloradowitsch an, als hoffe er doch irgendwo eine Erklärung für das ihm unverständliche Benehmen Weyrothers zu finden; als er aber dem vielsagenden und im Grunde doch gar nichts sagenden Blick Miloradowitschs begegnete, ließ er die

Augen trübselig sinken und begann wieder seine Schnupftabaksdose zu drehen.

„Une leçon de géographie",[1] sagte er, anscheinend für sich selbst, immerhin aber laut genug, um auch von den anderen gehört zu werden.

Przebyszewski legte mit ehrerbietiger, aber dennoch würdiger Höflichkeit die Hand ans Ohr, um Weyrother besser zu hören, und trug dabei eine Miene zur Schau, als wisse er sich vor lauter Aufmerksamkeit gar nicht zu lassen. Der kleine Dochturow, der Weyrother gegenübersaß, bewegte sich mit beflissener und bescheidener Miene über die ausgebreitete Karte und suchte sich gewissenhaft die Disposition einzuprägen und sich mit dem ihm unbekannten Gelände vertraut zu machen. Einige Male bat er Weyrother etwas zu wiederholen, was er nicht recht verstanden hatte; namentlich tat er das, wenn es sich um schwierige Ortsnamen handelte. Weyrother erfüllte seinen Wunsch, und Dochturow machte sich dann jedesmal Notizen.

Die Verlesung der Disposition dauerte über eine Stunde. Als Weyrother fertig war, hemmte Langeron wieder die Bewegung seiner Schnupftabakdose, und ohne Weyrother oder sonst einen einzelnen anzusehen, verbreitete er sich darüber, wie schwierig es sein würde, sich an eine solche Disposition zu halten, welche die feindliche Stellung als bekannt voraussetzte, während sie vielleicht uns durchaus unbekannt sei, da der Feind sich ja in Bewegung befinde. Dieser Einwand Langerons war durchaus berechtigt, aber es lag auf der Hand, daß er diesen Einwand vornehmlich deswegen gemacht hatte, weil er Weyrother, der seine Disposition mit einer Selbstsicherheit vorgebracht hatte, als hätte er Schuljungen vor sich, zeigen wollte, daß er es nicht mit lauter Dummköpfen zu tun habe, sondern mit Leuten, von denen er selbst vielleicht noch manche Kriegskunst lernen könnte. Als Weyrothers eintönige Stimme verstummt war, hatte Kutusow die Augen aufgeschlagen, wie ein Müller, den das plötzliche Verstummen des einschläfernden Rauschens der Mühlenräder aus dem Schlafe auffahren läßt. Er hörte Langeron zu, aber als wollte er sagen: „Seid ihr immer noch bei diesen Dummheiten?" schloß er rasch wieder die Augen und ließ seinen Kopf noch tiefer auf die Brust sinken als zuvor.

Langeron ließ sich offenbar von dem Bestreben leiten, Weyrothers militärische Autoreneitelkeit so empfindlich wie möglich zu verletzen, und so wies er nach, daß Bonaparte leicht selbst angreifen könnte, anstatt sich angreifen zu lassen, und daß er damit die ganze Disposition sinnlos machen würde. Weyrother beantwortete alle Einwände mit dem gleichen geringschätzigen Lächeln, das er offen=

[1] Eine Geographiestunde.

bar von vornherein für jeden Einwand in Bereitschaft hatte, ganz unabhängig davon, worin dieser Einwand bestand.

„Wenn er imstande wäre, uns anzugreifen, so hätte er es heute getan", sagte er.

„Sie sind also der Meinung, er sei dazu zu schwach?" fragte Langeron.

„Wenn er vierzigtausend Mann hat, so ist es viel", erwiderte Weyrother und lächelte dabei wie ein Arzt, dem ein quacksalberndes Frauenzimmer ein Heilmittel vorschlägt.

„Wenn es so steht, dann muß er freilich unseren Angriff erwarten, und dann ist sein Schicksal allerdings besiegelt", sagte Langeron mit einem feinen, ironischen Lächeln und sah wieder den ihm zunächstsitzenden Miloradowitsch an, als erwarte er von ihm eine Bestätigung.

Aber Miloradowitsch dachte in diesem Augenblick offenbar an nichts weniger als an den Gegenstand der Meinungsverschiedenheiten zwischen den anderen Generälen.

„Ma foi",[1] sagte er, „morgen auf dem Schlachtfelde wird sich das alles herausstellen."

Wieder lächelte Weyrother, und dieses Lächeln besagte, es sei doch merkwürdig und geradezu spaßhaft, daß er bei den russischen Generälen auf Einwände stoße und erst noch beweisen solle, wovon nicht nur er selbst bis ins letzte überzeugt sei, sondern wovon er auch beide Kaiser überzeugt habe.

„Der Feind hat seine Feuer gelöscht, und im ganzen Lager ist ununterbrochener Lärm zu hören", sagte er. „Was bedeutet das? Entweder zieht er sich zurück — das ist das einzige, was wir zu befürchten haben —, oder er wechselt seine Stellung." Hier lächelte er wieder. „Aber selbst wenn er eine Stellung bei Turas bezieht, so erspart er uns immer noch Mühe und Scherereien, und alle getroffenen Anordnungen können bis in die geringfügigsten Kleinigkeiten hinein dieselben bleiben."

„Wieso?" fragte Fürst Andrej, der schon lange auf eine Gelegenheit zur Darlegung seiner Bedenken gewartet hatte.

Kutusow erwachte, räusperte sich geräuschvoll und sah die Generäle an.

„Meine Herren, die Disposition für morgen oder vielmehr für heute — denn es geht schon auf ein Uhr — kann nicht mehr geändert werden", sagte er. „Sie haben sie gehört, und wir alle werden unsere Schuldigkeit tun. Aber vor einer Schlacht gibt es nichts Wichtigeres als...", er machte eine kurze Pause, „als sich gehörig auszuschlafen."

[1] Nun

Er machte Miene, sich zu erheben. Die Generäle verbeugten sich und brachen auf. Mitternacht war vorbei. Fürst Andrej ging hinaus.

*

Der Kriegsrat, auf dem es dem Fürsten Andrej wider Erwarten nicht gelungen war, seine Ansicht zu entwickeln, hinterließ bei ihm eine quälende und beunruhigende Ungewißheit. Wer hatte recht: Dolgorukow und Weyrother oder Kutusow, Langeron und die übrigen, die den Angriffsplan nicht billigten? Er wußte es nicht. Aber hätte Kutusow es nicht doch fertigbringen müssen, dem Kaiser geradeheraus zu sagen, wie er dachte? War es denn wirklich nicht anders möglich gewesen? „Müssen denn wirklich um einiger Hofleute und um persönlicher Rücksichten willen so viele tausend Menschenleben aufs Spiel gesetzt werden, und darunter auch meins, auch meins?" dachte er.

„Ja, es kann leicht geschehen, daß ich morgen falle", dachte er weiter. Und bei diesem Gedanken an den Tod wurde plötzlich eine ganze Reihe von Erinnerungen, von fernen und doch seinem Herzen so zuinnerst angehörigen Erinnerungen in ihm lebendig. Er dachte an den letzten Abschied von seinem Vater und seiner Frau, an die ersten Zeiten seiner Liebe zu ihr! Er dachte an ihre Schwangerschaft, und er empfand Mitleid mit ihr und mit sich selber und verließ in einem Zustande nervöser Rührung und Erregung die Bauernstube, in der er mit Neswizkij zusammen einquartiert war, und begann vor dem Hause auf und ab zu gehen.

Es war eine neblige Nacht, und durch den Nebel schimmerte geheimnisvoll das Licht des Mondes. „Ja, morgen, morgen", dachte er. „Morgen ist vielleicht für mich schon alles zu Ende, vielleicht werden alle diese Erinnerungen nicht mehr existieren, vielleicht werden alle diese Erinnerungen für mich ihren Sinn verloren haben. Vielleicht kann ich aber morgen auch, nein, ich habe ein deutliches Vorgefühl, sicher kann ich morgen auch zum ersten Male zeigen, was ich zu leisten vermag." Und dann malte er sich die Schlacht aus, malte sich aus, wie sie einen unglücklichen Verlauf nahm, wie sich der Kampf schließlich auf einen einzigen Punkt konzentriert und wie alle Truppenführer den Kopf verloren haben. Und jetzt ist der große Augenblick da, es ist sein Toulon, auf das er so lange hat warten müssen, endlich ist es da! Klar und bestimmt setzt er Kutusow und Weyrother und den beiden Kaisern seine Meinung auseinander. Alle sind sie betroffen von der Richtigkeit seiner Kombination, aber niemand getraut es sich, seinen Plan zur Ausführung zu bringen, und so nimmt er sich selbst ein Regiment, eine Division und stellt nur die Bedingung, daß ihm niemand etwas dreinzureden haben soll, und dann führt er seine Division gegen den entscheiden=

den Punkt und erringt den Sieg, er ganz allein. „Und der Tod und alle Qualen?" fragt eine andere Stimme. Aber Fürst Andrej gibt dieser Stimme keine Antwort und setzt sein Siegeswerk fort. Die Disposition für die nächste Schlacht macht er allein. Seiner Stellung nach ist er zwar immer noch diensttuender Adjutant bei Kutusow, aber in Wirklichkeit ist er derjenige, der alles macht. Die folgende Schlacht wird von ihm allein gewonnen. Kutusow wird abgesetzt, er tritt an seine Stelle... „Nun, und dann?" fragte wieder die andere Stimme, „und dann, wenn du vorher nicht schon zehnmal verwundet, gefallen oder um alle deine Hoffnungen betrogen bist — was dann?" Und Fürst Andrej gab sich selbst die Antwort: „Nun, was dann weiter sein wird, das weiß ich nicht und will es auch nicht wissen. Aber wenn mein Wille sich solch ein Ziel setzt, wenn ich den Ruhm will und wenn ich von den Menschen gekannt und von ihnen geliebt sein will, dann ist es nicht meine Schuld, daß ich das will, daß ich nichts will als dieses und daß ich nur um dieses Zieles willen lebe. Ja, nur um dieses Zieles willen! Nie werde ich das irgendeinem Menschen gegenüber aussprechen, aber mein Gott, was soll ich denn tun, wenn nichts anderes mich zu entflammen vermag als der Gedanke an den Ruhm und an die Liebe meiner Mitmenschen! Tod, Wunden, der Verlust meiner Angehörigen — nichts vermag mich zu schrecken! Und wie lieb, wie teuer mir viele Menschen auch sein mögen — mein Vater, meine Schwester, meine Frau, die mir die teuersten von allen sind —, aber so grauenhaft und unnatürlich das auch klingen mag, ich würde sie alle auf der Stelle hingeben für einen Augenblick des Ruhmes, des Triumphes und der Herrschaft über die Menschen, für die Liebe aller dieser Menschen, die ich nicht kenne und nie kennenlernen werde, ja gerade für die Liebe solcher fremder Menschen, wie die, deren Stimme ich da eben reden höre!"

Die Stimmen, die er hörte, waren die der Burschen und Bedienten Kutusows, die auf dem Hof vor seinem Quartier das Gepäck des Oberkommandierenden verluden. Eine Stimme — es schien die des Kutschers zu sein — neckte Kutusows Koch, den alten Tit, den Fürst Andrej recht gut kannte.

„Tit, he, Tit!"

„Was gibt's?" fragte der Alte.

„Tit, Tit, Tit — du hast ja falschen Tritt!" sagte der Spaßmacher.

„Ach, scher dich doch zum Teufel!" schrie der Koch, dessen Stimme über dem lauten Gelächter der Burschen und Bedienten kaum zu hören war.

„Und doch glühe ich für nichts als nur für diesen Triumph über alle anderen, und nichts kann mich entflammen als einzig das Geheimnis der Macht und des Ruhmes, die mir hier in diesem Nebel zu Häupten schweben!"

XIII

Rostow war für diese Nacht mit seinem Zuge der vor der Abteilung Bagrations ausgeschwärmten Tirailleurkette zugeteilt. Seine Husaren waren paarweise auf die Kette verteilt, und er selbst ritt die Linie entlang und suchte seiner fast unüberwindlichen Schläfrigkeit Herr zu werden. Wenn er sich zur Seite wandte, so sah er die Lagerfeuer unseres Heeres, die sich über einen riesigen Raum hin verteilten und nur undeutlich und verschwommen aus dem Nebel auftauchten. Vor sich sah er nichts als neblige Finsternis. Und wie angestrengt auch Rostow in diese nebelerfüllte Ferne spähte, er vermochte nichts zu erkennen: bald glaubte er etwas Graues, bald etwas Schwarzes zu sehen, bald kam etwas wie Lichterschein aus der Gegend, in welcher der Feind sein mußte, und bald glaubte er, es sei überhaupt nur ein Flimmern in seinen Augen. Hin und wieder fielen ihm die Augen zu, und dann meinte er bald den Kaiser, bald Denissow vor sich zu sehen, dann wieder stiegen Moskauer Erinnerungen vor ihm auf; und wenn er dann hastig die Augen wieder aufriß, sah er den Kopf und die Ohren seines Pferdes dicht vor sich, und, etwas weiter entfernt, dazwischen die schwarzen Gestalten seiner Husaren, wenn er bis auf sechs Schritt an sie herangekommen war, und dahinter wieder diese neblige Finsternis. „Warum soll es nicht möglich sein?" dachte Rostow, „es kann doch sehr leicht geschehen, daß ich dem Kaiser begegne und daß er mir einen Auftrag gibt, wie jedem anderen Offizier. Vielleicht wird er sagen: ,Reite da und da hin und stelle das und das fest.' Man hört ja soviel davon erzählen, wie er auf diese Weise ganz zufällig irgendeinen Offizier kennengelernt und ihn dann in seine Nähe gezogen hat! Und wenn er nun auch mich auf diese Weise in seine Nähe ziehen wollte? Oh, wie wollte ich über ihn wachen und ihm immer die Wahrheit sagen und alle entlarven, die ihn hintergehen wollen!" Und um sich seine ganze Liebe und Hingabe für den Kaiser recht von Herzen deutlich zu machen, malte Rostow sich aus, wie er irgendeinen Feind oder einen dieser falschen Deutschen mit Freuden nicht nur töten, sondern auch im Angesicht des Kaisers ohrfeigen wollte. Plötzlich ließ ein ferner Schrei ihn auffahren, er zuckte zusammen und riß die Augen auf.

„Wo bin ich? Ach so, in der Tirailleurkette. Parole und Feldgeschrei heißt: ,Deichsel' und ,Olmütz'. Wie dumm, daß unsere Schwadron morgen in der Reserve bleiben soll ..." dachte er. „Ich will bitten, ins Feuer kommen zu dürfen. Vielleicht ist das die einzige Möglichkeit, um den Kaiser zu sehen. Jetzt dauert es nicht mehr lange, bis ich abgelöst werde. Einmal reite ich noch die Linie entlang, dann kehre ich um, reite zum General und trage ihm meine Bitte vor." Er setzte sich im Sattel zurecht und trieb sein Pferd an, um noch einmal die Postenkette abzureiten. Es kam ihm vor, als sei es bereits ein wenig heller geworden. Links zeigte sich eine abschüssige Geländefalte, die etwas heller erschien als ihre Umgebung, und gegenüber erhob sich, steil wie eine Wand, ein schwarzer Hügel. Auf diesem Hügel war ein weißlicher Fleck, den sich Rostow schlechterdings nicht erklären konnte: war es eine mondbeschienene Waldlichtung oder liegengebliebener Schnee oder waren es weiße Häuser? Es war ihm sogar, als bewegte sich etwas auf diesem weißlichen Fleck. „Jedenfalls Schnee ... dieser Fleck ... ein Fleck ... une tache ..." dachte Rostow, „une tache ... na ja ... tache ... na ... tache ... Natascha ... Schwesterchen mit deinen schwarzen Augen ... Na, die wird Augen machen, wenn ich ihr erzähle, daß ich den Kaiser gesehen habe! Natascha ... Natasche ... Tasche ... Säbeltasche ... die Säbeltasche nehmen ..."

„Mehr nach rechts, Ew. Wohlgeboren, hier ist ein Gebüsch", rief ein Husar, an dem Rostow im Einschlafen vorübergeritten war.

Rostow hob den Kopf, der ihm schon bis auf die Mähne seines Pferdes gesunken war, und hielt neben dem Husaren an. Ein unbezwinglicher Kinderschlaf kam über ihn. „Ja, ja, woran dachte ich doch eben? Darauf muß ich mich wieder besinnen. Was ich zum Kaiser sagen soll? Nein, das war es nicht, das ist ja erst morgen. Ach so, ja, die Säbeltasche ... die Tasche ... nach der Tasche greifen ... angreifen ... in die Tasche stecken ... uns in die Tasche stecken ... wen? ... Die Husaren, Husaren, Schnurrbärte ... Ja, einmal ritt so ein Husar in Moskau die Twerskajastraße entlang, ich erinnere mich noch ganz genau, es war gerade gegenüber dem Gurewschen Hause ... Der alte Gurew ... aber Denissow ist doch ein prachtvoller Kerl! Aber das sind ja alles Dummheiten. Die Hauptsache ist doch, daß der Kaiser hier ist. Wie er mich angesehen hat ... er wollte mir etwas sagen, aber er traute sich nicht... nein, ich traute mich nicht. Aber das sind ja alles Dummheiten, die Hauptsache ist, daß ich nicht vergesse, was ich vorhin gedacht habe ... es war doch so etwas Wichtiges ... ja, so, nach der Tasche greifen, angreifen, in die Tasche stecken ... ja, ja, das war es. Jetzt habe ich es." Und dann sank er wieder mit dem Kopf auf den Pferdehals.

Plötzlich hatte er das Gefühl, als würde er beschossen. „Was ist los? Was gibt es? Was ist los? ... Einhauen! Was ist los?" sagte er, aus seinem Schlummer aufgeschreckt. In dem Augenblick, da er die Augen aufriß, hörte er vor sich aus der Richtung der feindlichen Stellung ein langgezogenes, vieltausendstimmiges Geschrei. Beide Pferde, das Rostows und das des Husaren, neben dem er hielt, spitzten die Ohren. An der Stelle, von der das Geschrei kam, flammte ein Feuerschein auf und erlosch wieder, dann blitzte ein zweiter auf, und endlich leuchtete ein Feuer neben dem anderen, die ganze Linie der französischen Truppen auf dem Höhenkamm entlang, und das Geschrei wurde lauter und lauter. Rostow hörte den Klang französischer Worte, konnte aber nichts unterscheiden, da zu viele Stimmen durcheinander schrien. Es war nichts zu hören als „aaah!" und „ööör!"

„Was ist das? Was meinst du wohl?" fragte Rostow den neben ihm haltenden Husaren. „Das ist doch drüben beim Feinde?"

Der Husar gab keine Antwort.

„Ja, hörst du es denn gar nicht?" fragte Rostow wieder, nachdem er einige Zeit lang vergeblich auf eine Antwort gewartet hatte.

„Wer kann das wissen, Ew. Wohlgeboren", antwortete jetzt der Husar unlustig.

„Der Richtung nach muß es doch beim Feinde sein?" meinte Rostow.

„Vielleicht schon, vielleicht auch nicht", sagte der Husar. „So in der Nacht ... wie kann man das wissen? Na! Willst du still sein!" schrie er dann sein Pferd an, das unruhig zu werden anfing.

Auch Rostows Pferd war unruhig geworden, schlug mit dem Fuß gegen den hartgefrorenen Boden, spitzte wieder die Ohren und sah nach dem Feuerschein hinüber. Das Geschrei schwoll mehr und mehr an und verschmolz schließlich zu einem dumpfen Brausen, wie es nur eine vieltausendköpfige Armee hervorbringen kann. Die Feuer dehnten sich immer weiter aus, augenscheinlich das ganze französische Lager entlang. Rostows Schläfrigkeit war verflogen, so belebend wirkte auf ihn das muntere, siegesgewisse Geschrei im feindlichen Heere. „Vive l'empereur, l'empereur!"[1] hörte er jetzt deutlich.

„Es scheint gar nicht so weit zu sein, wohl dort drüben über dem Bach", sagte er zu dem neben ihm haltenden Husaren.

Der Husar gab keine Antwort, sondern seufzte nur und räusperte sich mißmutig. Jetzt hörte man einen Reiter im Trab die Linie entlang kommen, und aus dem nächtlichen Dunkel wuchs plötzlich wie ein riesiger Elefant die Gestalt eines Husarenunteroffiziers.

„Ew. Wohlgeboren, die Generäle!" sagte der Unteroffizier, als er bei Rostow angekommen war.

Den Blick immer noch auf den Feuerschein und die Gegend gerichtet, aus der das Geschrei kam, ritt Rostow den Reitern entgegen, die jetzt die Linie entlang kamen. Einer von ihnen ritt einen Schimmel. Fürst Bagration und Fürst Dolgorukow waren mit einigen Adjutanten ausgeritten, um sich selbst ein Urteil über diese seltsame Erscheinung im feindlichen Lager, die Feuer und das Geschrei, zu bilden. Rostow ritt auf Bagration zu, rapportierte, gesellte sich

[1] Es lebe der Kaiser.

dann zu den Adjutanten und hörte aufmerksam dem Gespräch der Generäle zu.

„Glauben Sie mir", sagte Fürst Dolgorukow zu Bagration, „das ist weiter nichts als eine List. Er zieht sich zurück und läßt bei der Arrièregarde Feuer anzünden und Lärm machen, um uns irrezuführen."

„Kaum", meinte Bagration. „Am Abend habe ich sie noch dort auf der Höhe gesehen. Wenn Bonaparte zurückginge, hätte er die auch zurückgezogen." Dann wandte er sich an Rostow. „Herr Offizier, stehen dort noch Tirailleure?"

„Abends standen sie da noch, Ew. Durchlaucht, ob sie jetzt noch da sind, weiß ich nicht. Wenn Sie befehlen, reite ich mit einigen Husaren hin", antwortete Rostow.

Bagration blieb halten, und ohne gleich zu antworten, suchte er im Nebel Rostows Gesicht zu erkennen.

„Na schön, sehen Sie einmal zu", sagte er nach kurzem Schweigen.

„Zu Befehl."

Rostow rief den Unteroffizier Fedtschenko und noch zwei Husaren und befahl ihnen, ihm zu folgen; dann gab er seinem Pferde die Sporen und ritt im Trabe bergab in der Richtung, aus der immer noch das Geschrei herüberscholl. Es war ihm unheimlich und zugleich froh zumute, als er so mit seinen Husaren als erster in diese geheimnisvolle und gefahrenreiche Nebelweite da vor ihm hineinritt. Bagration rief ihm noch von der Anhöhe nach, er möchte nicht weiter reiten als bis zum Bach, aber Rostow tat, als habe er das nicht mehr gehört, und ritt unaufhaltsam weiter. Alle Augenblicke täuschten ihn im Nebel seine Augen, er hielt Sträucher für Bäume und Wasseradern für Menschen, um sich dann gleich darauf von seinem Irrtum zu überzeugen. Als er bis zur Talsohle getrabt war, sah er weder unsere noch die feindlichen Lagerfeuer mehr, hörte aber das Geschrei der Franzosen lauter und deutlicher. In der Talsohle sah er etwas vor sich, das ihm den Eindruck eines Flusses machte, das er aber beim Näherkommen als einen Fahrweg erkannte. Als er den Weg erreicht hatte, blieb er unschlüssig halten: sollte er dem Wege folgen oder ihn überqueren und über das dunkle Feld bergauf reiten? Es war ungefährlicher, auf dem durch den Nebel schimmernden Wege zu reiten, weil es hier eher möglich war, etwaige menschliche Gestalten zu erkennen.

„Vorwärts, mir nach!" rief er, überquerte den Weg und galoppierte bergauf, der Stelle zu, wo am Abend noch das französische Pikett gestanden hatte.

„Ew. Wohlgeboren, da ist er!" rief einer der Husaren hinter ihm.

Ehe noch Rostow erkennen konnte, was das Schwarze war, das sich jetzt plötzlich im Nebel regte, blitzte etwas auf, ein Schuß krachte, mit einem klagenden Laut summte eine Kugel hoch über den Köpfen der Husaren durch den Nebel, und dann verstummte ihr Summen irgendwo in der Ferne hinter ihnen. Ein zweiter Schuß versagte, und man sah nur das Pulver in der Pfanne aufblitzen. Rostow warf sein Pferd herum und galoppierte zurück. Mit wechselndem Abstande fielen noch vier weitere Schüsse, und die Kugeln verloren sich, jedesmal mit einer anderen Art des Summens oder Pfeifens, irgendwo im Nebel. Rostow parierte sein Pferd, das die Schüsse ebenso wie ihn selbst in einen Zustand erregter Munterkeit versetzt hatte, und ritt im Schritt weiter. „Schießt nur ruhig weiter, schießt nur ruhig weiter!" sagte eine ausgelassene Stimme in seinem Inneren. Aber jetzt schossen die Franzosen nicht mehr.

Erst als er schon wieder in Bagrations Nähe war, ließ er sein Pferd angaloppieren und ritt, die Hand am Mützenschirm, auf ihn zu.

Dolgorukow war immer noch der Meinung, die Franzosen seien zurückgegangen und hätten die Feuer nur angezündet, um uns irrezuführen.

„Und was beweist das überhaupt?" sagte er gerade, als Rostow angeritten kam. „Auch wenn sie abgezogen sind, können sie ja ein paar Piketts zurückgelassen haben."

„Nein, Fürst, offenbar sind sie doch nicht alle abgezogen", meinte Bagration. „Nun, morgen früh! Ja, morgen werden wir es wissen."

„Das Pikett steht immer noch auf dem Berge, Ew. Durchlaucht, genau da, wo es am Abend stand", meldete Rostow in vorgereckter Haltung, die Hand am Mützenschirm; und auf seinem Gesicht lag dabei ein frisches und munteres Lächeln, das der rasche Ritt und besonders das lustige Pfeifen der Kugeln hervorgerufen hatte und das er nicht imstande war zu unterdrücken.

„Schön, schön", meinte Bagration, „ich danke Ihnen, Herr Offizier."

„Ew. Durchlaucht", sagte Rostow, „gestatten Sie mir eine Bitte."

„Ja?"

„Unsere Schwadron soll morgen in Reserve bleiben. Darf ich bitten, mich zur ersten Schwadron abkommandieren zu wollen?"

„Ihr Name?"

„Graf Rostow."

„Na, schön. Bleiben Sie als Ordonnanzoffizier bei mir."

„Ein Sohn von Ilja Andreïtsch?" fragte Dolgorukow.

Aber Rostow gab ihm keine Antwort.

„So kann ich also hoffen, Ew. Durchlaucht . . .?"

„Ich werde es veranlassen."

„Vielleicht, vielleicht werde ich morgen mit einem Auftrag zum Kaiser geschickt", dachte Rostow. „Gott sei gedankt!"

*

Das Geschrei und das Aufflammen der Feuerbrände im französischen Lager war dadurch hervorgerufen worden, daß Napoleon selbst, während den Truppen sein Tagesbefehl vorgelesen wurde, ihre Biwakplätze abritt. Als die Soldaten den Kaiser sahen, zündeten sie Strohbüschel an und liefen ihm mit dem Rufe: „Vive l'empereur!"[1] nach. Napoleons Tagesbefehl lautete:

„Soldaten! Die russische Armee marschiert gegen uns, um die Niederlage zu rächen, die wir der österreichischen bei Ulm beigebracht haben. Es sind dieselben Bataillone, die ihr bei Hollabrunn geschlagen und von da an ununterbrochen bis hierher verfolgt habt. Die Stellungen, die wir innehaben, sind günstig und stark, und wenn der Feind einen Versuch machen sollte, mich von rechts her zu umgehen, so werde ich ihn in der Flanke zu fassen wissen! Soldaten! Ich selbst werde eure Bataillone führen. Ich werde außer Schußweite bleiben, wenn ihr mit gewohnter Tapferkeit Unordnung und Verwirrung in die Reihen des Feindes tragt. Aber wenn der Sieg auch nur einen Augenblick zweifelhaft erscheint, dann werdet ihr euren Kaiser sich als ersten den Streichen des Feindes aussetzen sehen, denn der Sieg kann und darf nicht zweifelhaft sein, besonders an einem solchen Tage, wo es um die Ehre der französischen Infanterie geht, die untrennbar mit der Ehre der Nation verbunden ist.

Es gibt kein Verlassen der Schlachtordnung unter dem Vorwande der Wegschaffung Verwundeter! Jeder muß ganz von dem Gedanken durchdrungen sein, daß wir diese von solchem Haß gegen unsere Nation erfüllten Mietlinge Englands besiegen müssen. Dieser Sieg wird für uns das Ende des Feldzuges bedeuten, und wir können in unsere Winterquartiere zurückkehren, wo sich die neuen französischen Truppen mit uns vereinigen werden, die jetzt in Frankreich in Aufstellung begriffen sind. Und dann wird der Friede, den ich schließen werde, meines Volkes, eurer und meiner selbst würdig sein.

Napoleon."

XIV

Um fünf Uhr morgens war es noch vollkommen dunkel. Die Truppen des Zentrums und der Reserven sowie der von Bagration befehligte rechte Flügel standen noch unbeweglich; aber die Infanterie-, Kavallerie- und Artilleriekolonnen des linken Flügels, die als erste talab aufbrechen sollten, um den rechten Flügel der Franzosen anzugreifen und ihn, wie die Disposition es vorsah, in die

[1] Es lebe der Kaiser.

böhmischen Berge zurückzuwerfen, rührten sich schon, und die Leute erhoben sich von ihrer Nachtruhe. Ein ätzender Rauch stieg von den Lagerfeuern auf, in die alles Überflüssige hineingeworfen wurde. Es war kalt und finster. Die Offiziere tranken hastig ihren Tee und nahmen ihr Frühstück ein, die Mannschaften kauten ihren Zwieback, trippelten von einem Fuß auf den anderen, um sich zu erwärmen, und drängten sich um die Feuer, in die sie die Überreste der abgerissenen Unterkunftshütten, Stühle, Tische, Räder, Fässer hineinwarfen, kurz alles Überflüssige, was nicht mitgenommen werden konnte. Allen Kolonnen waren wegekundige österreichische Offiziere beigegeben worden, und wie Vorboten des Aufbruches sah man diese Österreicher jetzt überall zwischen den russischen Truppen herumhasten. Sowie ein solcher österreichischer Offizier beim Unterstande des Regimentskommandeurs erschien, geriet das betreffende Regiment in Bewegung: die Soldaten verließen eilig die Lagerfeuer, steckten ihre Tabakspfeifen in die Stiefelschäfte, gaben ihre Tornister bei den Bagagewagen ab, griffen zu den Gewehren und traten an. Die Offiziere knöpften die Uniformröcke zu, schnallten Degen und Brotbeutel um, schrien ihre Leute an und schritten vor der Front der Kompanie auf und ab. Burschen und Bagagemannschaften spannten Fuhrwerke an und beluden sie mit zusammengeschnürten Gepäckstücken. Die Adjutanten, die Bataillons- und Regimentskommandeure stiegen zu Pferde, bekreuzten sich, erteilten die letzten Befehle und Anordnungen und gaben den zurückbleibenden Bagagemannschaften noch die letzten Aufträge, und dann ließen Tausende von Füßen ihr gleichmäßiges Stampfen hören. Die Kolonnen marschierten, ohne zu wissen wohin, und ohne angesichts des Rauches und des immer dichter werdenden Nebels die benachbarten Formationen sehen oder die Gegend erkennen zu können, aus der sie kamen oder der sie zustrebten.

Der Soldat wird auf dem Marsche ebenso von seinem Regiment umgeben, beschränkt und vorwärts getragen wie der Seemann von dem Schiffe, auf dem er sich befindet. Wie weit er auch ziehen, in welch seltsame, unbekannte und gefährliche Breiten er auch gelangen mag, immer sind um ihn – ebenso wie um den Seemann immer das gleiche Verdeck, die gleichen Masten, die gleichen Schiffstaue – die gleichen Kameraden, der gleiche Feldwebel Iwan Mitritsch, der gleiche Kompaniehund Shutschka, die gleichen Vorgesetzten. Dem Soldaten liegt meist wenig daran, die Breiten kennenzulernen, in denen sein Schiff sich gerade befindet. Allein am Tage einer Schlacht wird – Gott mag wissen, wie das zugeht und woher das kommt – in der Empfindungswelt einer Truppe eine allen gleicherweise vernehmliche, ernste Note laut, die das Näherkommen eines entscheidenden und feierlichen Ereignisses ankündigt und bei allen eine seltsame und sonst nicht übliche Neugier hervorruft. An solchen Tagen suchen die Soldaten die enge Welt der Regimentsinteressen hinter sich zu lassen, sie horchen nach allen Seiten, sie sehen sich um und erkundigen sich aufmerksam und gespannt nach allem, was um sie her vorgeht.

Der Nebel war so dicht, daß man keine zehn Schritt weit sehen konnte, auch nachdem es Tag geworden war. Sträucher wirkten wie riesenhafte Bäume, und wo ebenes Gelände war, glaubte man Schluchten und Abhänge vor sich zu haben. Überall, auf allen Seiten, konnte man jeden Augenblick mit dem Feinde zusammenstoßen, der auf eine Entfernung von zehn Schritt noch völlig unsichtbar bleiben konnte. Aber die Kolonnen marschierten schon geraume Zeit durch den Nebel, bergab und wieder bergauf, an Gärten und Gemüsepflanzungen vorbei, durch eine fremde, unverständliche Landschaft, ohne irgendwo auf den Feind zu stoßen. Dagegen gewahrten die Soldaten überall, bald vorne, bald hinten, bald zu beiden Seiten russische Kolonnen, die in der gleichen Richtung marschierten wie sie selbst. Und das Bewußtsein, daß noch viele, viele andere von den Unsrigen dem gleichen unbekannten Ziel zumarschierten wie er selbst — dieser Gedanke hatte für jeden Soldaten etwas Wohltuendes.

„Sieh doch, da ist ja auch das Kursker Regiment vorbeigekommen", hieß es in einer der Reihen.

„Ach du, Bruder, guck doch, was da für eine Menge von unseren Leuten zusammengekommen ist! Gestern abend habe ich es so recht gesehen, als die Feuer angezündet waren, da war überhaupt kein Ende zu sehen. Das reine Moskau!"

Obwohl keiner der Kolonnenführer an die Reihen heranritt und die Soldaten ansprach — wie wir beim Kriegsrat gesehen haben, waren alle Kolonnenführer mißgestimmt und unzufrieden mit der eingeleiteten Aktion und führten daher nur schlecht und recht die erteilten Befehle aus, ohne sich viel um die Stimmung der Soldaten zu kümmern —, so waren die Soldaten während des Marsches doch recht munter und vergnügt, wie eigentlich immer, wenn es ins Gefecht geht, vornehmlich zum Angriff. Nachdem sie aber etwa eine Stunde ununterbrochen durch den dichten Nebel marschiert waren, mußte der größte Teil der Truppen haltmachen, und nun verbreitete sich in der Kolonne die unangenehme Empfindung, irgend etwas stimme nicht und die Führung sei unsicher geworden. Es ist in solchen Fällen immer schwer festzustellen, wie sich derartige Empfindungen verbreiten, aber es steht fest, daß sie sich mit auffallender Sicherheit und Schnelligkeit fortpflanzen, wenn sie einmal Boden gefaßt haben, und unmerklich, aber unaufhaltsam weiterrinnen wie Wasser, das einen Abhang hinunterfließt. Wäre das russische Heer allein und ohne Verbündete gewesen, so hätte diese Empfindung, daß irgend etwas nicht stimme, wahrscheinlich längere Zeit gebraucht, bis sie zu einer allgemeinen Überzeugung geworden wäre; jetzt aber wurde die Schuld an der entstandenen Unordnung mit völliger Selbstverständlichkeit, ja sogar mit einer gewissen Genugtuung den einfältigen Deutschen zugeschoben, und alle waren fest davon überzeugt, daß die „Wurstmacher" irgendein ganz böses Durcheinander angerichtet hätten.

„Warum geht es denn nicht weiter? Ist der Weg versperrt? Oder sind wir schon auf den Franzosen gestoßen?"

„Nein, man hört ja noch nichts. Dann müßte doch geschossen werden."

„Erst hat es gar nicht schnell genug gehen können mit dem Abmarsch, und da sind wir losmarschiert, und jetzt stehen wir hier mitten auf dem Felde, und kein Mensch weiß warum. Diese verfluchten Deutschen können auch nichts als Wirrwarr anrichten. Diese blöden Halunken!"

„Wenn's auf mich ankäme, ich würde sie alle als erste ins Feuer jagen. Aber paß nur auf, die drücken sich alle hinten herum. Und jetzt sollen wir uns hier die Beine in den Leib stehen, ohne was Gescheites gegessen zu haben."

„Was ist eigentlich los? Dauert es noch lange? Es heißt, die Kavallerie hat uns den Weg versperrt", sagte ein Offizier.

„Ach, diese verfluchten Deutschen, die kennen ja ihr eigenes Land nicht!" schimpfte ein anderer.

Ein Adjutant kam angeritten und schrie:

„Von welcher Division sind Sie?"

„Von der achtzehnten!"

„Ja, warum stehen Sie dann noch hier? Sie müßten doch längst weiter vorne sein. Jetzt kommen Sie ja vor dem Abend nicht durch!"

„Sind das blödsinnige Befehle! Die wissen ja selbst nicht, was sie tun", sagte der Offizier und ritt davon.

Darauf kam ein General angeritten und schrie wütend in einer Sprache, welche die Mannschaften nicht verstanden.

„Taffa laffa, was der zusammenbrummt, kann auch kein Mensch verstehen", sagte ein Soldat und äffte den wieder davonreitenden General nach. „Totschießen möchte ich sie, diese Schweinehunde!"

„Um neun Uhr sollten wir an Ort und Stelle sein, und jetzt haben wir noch nicht einmal den halben Weg gemacht. Eine schöne Wirtschaft!" klang es von allen Seiten.

Und der kraftvolle Tatendrang, mit dem die Truppen ausgerückt waren, begann allmählich in Ärger und Wut über die törichten Anordnungen und die Deutschen überzugehen.

Der Grund der eingetretenen Stockung war der, daß das Oberkommando, als die österreichische Kavallerie auf dem linken Flügel ihren Vormarsch bereits angetreten hatte, zu der Auffassung gelangt war, der Zwischenraum zwischen Zentrum und rechtem Flügel sei allzu groß; infolgedessen war der Kavallerie der Befehl gegeben worden, auf die rechte Seite hinüberzugehen. Und nun zogen mehrere tausend Mann Kavallerie vor der Infanterie vorbei, und die Infanterie mußte warten.

Bei der Spitze der Infanteriekolonne kam es zu einem Zusammenstoß zwischen dem Führer einer österreichischen Kavallerieabteilung und einem russischen General. Der russische General schrie auf ihn ein und verlangte, er solle die Reiterei halten lassen; der Österreicher suchte ihm klarzumachen, daß die Schuld nicht an ihm, sondern am Oberkommando läge. Die Truppen standen inzwischen untätig da und wurden immer mißmutiger, bis sie endlich nach einstündigem Aufenthalt wieder weiterrücken konnten und nun bergab marschierten. Auf den Höhen hatte sich der Nebel inzwischen zerteilt, aber in den Niederungen, in welche die Truppen jetzt gelangten, hatte er sich um so dichter gelagert. Vorne krachte ein Schuß im Nebel, ihm folgte ein zweiter; anfangs fielen die Schüsse unregelmäßig und mit Pausen von verschiedener Länge: „Tratta . . . tat", dann aber immer regelmäßiger und häufiger, und nun entwickelte sich das Gefecht am Goldbach.

Die Russen hatten nicht darauf gerechnet, unten am Flüßchen auf den Feind zu stoßen, und waren ganz unversehens im Nebel mit ihm zusammengeraten; seitens der höheren Vorgesetzten hatten sie nicht ein einziges anfeuerndes Wort zu hören bekommen; allgemein war unter den Truppen die Empfindung verbreitet, bereits zu spät gekommen zu sein; was aber das Schlimmste war, in dem dichten Nebel konnten sie weder vor sich noch rechts oder links auch nur das geringste erkennen; aus allen diesen Gründen erwiderten sie das feindliche Gewehrfeuer nur träge und langsam. Bald gingen sie ein wenig vor, bald blieben sie wieder stehen, weil die Weisungen der Kolonnenführer und Adjutanten immer zu spät eintrafen; denn in dem dichten Nebel irrten die mit den Befehlen abgesandten Adjutanten durch das unbekannte Gelände, ohne die Truppenteile zu finden, an die sie geschickt waren. Unter solchen Umständen begann die Schlacht für die erste, die zweite und die dritte Kolonne, die ins Tal hinuntergestiegen waren. Die vierte Kolonne, bei der sich Kutusow selbst befand, stand auf den Höhen von Pratzen.

Unten im Tale, wo der Kampf bereits im Gange war, lagerte immer noch dichter Nebel. Oben war es zwar heller geworden, aber man konnte immer noch nichts von dem sehen, was weiter vorne vor sich ging. Ob, wie man bei uns angenommen hatte, die gesamten Streitkräfte des Feindes noch zehn Werst entfernt waren oder ob sie dort in diesen Nebelschwaden steckten, das wußte bis neun Uhr noch niemand.

Es war neun Uhr morgens. Wie ein inselloses Meer lag der Nebel über dem Tal hingebreitet, aber beim Dorfe Schlapanitz, auf der Anhöhe, auf der Napoleon mit seinen Marschällen hielt, war es völlig hell. Über ihm wölbte sich ein klarer, blauer Himmel, und wie der riesige, hohle, dunkelrote Schwimmkorken einer Angelschnur schwankte der ungeheure Sonnenball auf der Oberfläche des milchigen Nebelmeeres. Wie die ganze französische Heeresmacht befand sich auch Napoleon mit seinem Stabe nicht etwa jenseits der Bäche und Niederungen von Sokolnitz und Schlapanitz, über die hinaus wir erst vorrücken wollten, um dann Stellungen einzunehmen und den Kampf zu eröffnen, sondern diesseits und so nah von unseren Truppen, daß Napoleon mit bloßem Auge unsere Reiter von unserem Fußvolk unterscheiden konnte. Napoleon hielt, seine Marschälle in einiger Entfernung hinter sich, auf seinem kleinen arabischen Grauschimmel und trug denselben blauen Mantel, in welchem er den italienischen Feldzug durchgemacht hatte. Schweigend blickte er auf die Hügel, die aus dem Nebelmeer herausragten und auf denen in der Ferne die anmarschierenden russischen Truppen sichtbar wurden, und lauschte dem Gewehrfeuer im Tale. In seinem damals noch mageren Gesicht bewegte sich kein Muskel, und seine blitzenden Augen waren unverwandt auf einen Punkt gerichtet. Seine Annahmen hatten sich als richtig erwiesen: ein Teil der russischen Truppen war bereits bei den Seen und Teichen der Niederung angelangt, während ein anderer Teil gerade im Begriff war, die Pratzener Höhen zu räumen, die Napoleon für den Schlüssel der gesamten Position hielt und gegen die sein Angriff sich richten sollte. Durch den Nebel hindurch sah er die russischen Kolonnen mit ihren blitzenden Bajonetten durch die von zwei Bergen begrenzte Senkung beim Dorfe Pratzen auf die Niederung zumarschieren und dann eine nach der anderen im Nebel verschwinden. Die Nachrichten, die ihm am Vorabend zugegangen waren, das Rädergerassel und die Marschtritte, die seine Vorposten in der Nacht gehört hatten, die so gar nicht gefechtsmäßige Art, mit der die russischen Kolonnen anrückten, das alles zeigte ihm deutlich, daß die Verbündeten ihn weit vor sich glaubten, daß die in der Nähe von Pratzen marschierenden Kolonnen das Zentrum der russischen Armee bildeten und daß dieses Zentrum bereits hinreichend geschwächt war, um erfolgreich angegriffen werden zu können. Aber dessen ungeachtet gab er noch nicht den Befehl zum Angriff.

Es war für ihn heute ein festlicher Tag – der Jahrestag seiner Krönung. Vor Tagesanbruch hatte er einige Stunden geschlafen, war dann zu Pferde gestiegen und aufs Feld hinausgeritten, gesund, heiter, frisch, in jener glücklichen Geistesverfassung, in der einem alles möglich erscheint und alles glückt. Unbeweglich hielt er jetzt auf seinem Schimmel und spähte nach den Höhen hinüber, die aus dem Nebel herausragten, und auf seinem kalten Gesicht lag jener ganz besondere Ausdruck zuversichtlicher Erwartung eines als verdient empfundenen glücklichen Gelingens, den man so häufig auf den Gesichtern verliebter und glücklicher Knaben wahrnimmt. Die Marschälle hielten etwas weiter hinten und wagten es nicht, ihn in seinen Gedanken und Beobachtungen zu stören; immer noch blickte er bald auf die Pratzener Höhen, bald auf die aus dem Nebel auftauchende Sonne.

Als die Sonne endlich den Nebel gänzlich durchbrochen hatte und den Nebel selbst und die Felder unter ihm mit blendendem Glanz übergoß, da streifte er, als habe er nur auf diesen Augenblick gewartet, um die Schlacht zu beginnen, den Handschuh von seiner schönen, weißen Hand, winkte den Marschällen und gab den Befehl zum Angriff. Die Marschälle jagten, von ihren Adjutanten begleitet, in verschiedenen Richtungen davon, und einige Minuten später rückten die Hauptstreitkräfte der französischen Armee auf die Pratzener Höhen zu, die von den sich linkerhand talabwärts ziehenden russischen Truppen immer mehr geräumt wurden.

XV

Um acht Uhr morgens ritt Kutusow nach Pratzen, an der Spitze der vierten, von Miloradowitsch befehligten Kolonne, welche die Positionen der bereits talwärts abmarschierten Kolonnen Przebyszewskis und Langerons einnehmen sollte. Er hatte, als er bei der marschbereiten Kolonne eintraf, die Mannschaften des vordersten Regiments begrüßt und selbst das Kommando zum Abmarsch gegeben und damit gezeigt, daß er diese Kolonne selbst zu führen beabsichtige. Bei Pratzen angelangt, ließ er haltmachen. Hinter ihm hielt Fürst Andrej, der zu der sehr zahlreichen Suite des Oberkommandierenden gehörte. Er fühlte sich nervös und aufgeregt und empfand gleichzeitig doch auch jene gelassene Ruhe, die wohl beim Herannahen eines lange und sehnlich erwarteten Augenblicks über den Menschen kommt. Er war fest davon überzeugt, daß heute der Tag seines Toulon oder seiner Brücke von Arcole sein werde. Das Gelände und die Stellung unserer Truppen waren ihm vertraut, soweit sie überhaupt jemandem in unserer Armee vertraut sein konnten. Wie es geschehen würde, wußte er nicht, aber davon, daß es geschehen würde, war er fest überzeugt. Seinen eigenen strategischen

Plan, an dessen Ausführung jetzt doch nicht mehr zu denken war, hatte er schon so gut wie vergessen. Jetzt hatte Fürst Andrej sich bereits ganz in den Weyrotherschen Plan hineingedacht, ließ sich alle Möglichkeiten durch den Kopf gehen, die sich bei seiner Ausführung ergeben konnten, und erwog neue Kombinationen, die seiner raschen Auffassungsgabe und Entschlußkraft Gelegenheit zu erfolgverheißender Betätigung bieten könnten.

Ohne etwas von den Kämpfenden zu sehen, hörte man linker Hand im Tale Gewehrfeuer. „Dort", dachte Fürst Andrej, „dort wird sich der Kampf konzentrieren, dort wird es Schwierigkeiten geben, und dorthin werde ich mit einer Brigade oder einer Division geschickt werden, und dort werde ich mit der Fahne in der Hand voranstürmen und alles niederwerfen, was sich mir in den Weg stellt."

Fürst Andrej war nicht imstande, die Fahnen der vorbeimarschierenden Bataillone gleichmütig anzusehen. Jedesmal, wenn er eine Fahne sah, mußte er sofort denken: „Vielleicht ist gerade das die Fahne, mit der ich den Truppen vorangehen werde."

Der nächtliche Nebel hatte auf den Höhen morgens nur Reif zurückgelassen, der dann in Tau übergegangen war, im Tale aber lag er noch immer wie ein milchiges Meer. Links, in jenem Tal, in das unsere Truppen hinabzogen und aus dem das Gewehrfeuer herüberklang, war nichts zu sehen. Über den Höhen aber wölbte der Himmel sich dunkelblau und klar, und rechts hatte der riesige Sonnenball den Nebel durchbrochen. Vorne waren in der Ferne auf dem jenseitigen Ufer des Nebelmeeres hoch aufragende bewaldete Hügel sichtbar, auf denen die feindliche Armee stehen mußte und auf denen anscheinend auch wirklich irgend etwas zu erblicken war. Rechts war gerade die Garde in den Bereich des Nebels gelangt, man hörte Getrappel und Rädergerassel und sah ab und zu Bajonette aufblitzen. Links, jenseits des Dorfes, sah man Kavallerie anrücken und im Nebelmeer verschwinden. Vorne und hinten marschierte Infanterie. Der Oberkommandierende hielt jetzt am Dorfausgang und ließ die Truppen an sich vorüberziehen. Kutusow machte an diesem Morgen einen ermüdeten und reizbaren Eindruck. Ohne daß es befohlen war, machte die an ihm vorbeimarschierende Infanterie plötzlich halt, offenbar, weil weiter vorne irgendeine Stockung eingetreten war.

„So lassen Sie doch endlich Bataillonskolonnen formieren und um das Dorf herummarschieren", sagte Kutusow wütend zu dem herbeireitenden General. „Begreifen Sie denn nicht, Exzellenz, daß es gegen den Feind geht? Herr! Da kann man doch nicht lang auseinandergezogen durch das schmale Defilee einer Dorfstraße marschieren!"

„Ich hatte die Absicht, Ew. Hohe Exzellenz, gleich jenseits des Dorfes Bataillonskolonnen formieren zu lassen", erwiderte der General.

Kutusow lachte grimmig auf.

„Sie werden glänzend dabei fahren, wenn Sie Ihre Front im Angesicht des Feindes entwickeln wollen, das sage ich Ihnen."

„Der Feind ist noch weit, Ew. Hohe Exzellenz. Der Disposition nach ..."

„Diese Disposition!" schrie Kutusow wütend. „Wer hat Ihnen das gesagt? Tun Sie gefälligst, was Ihnen befohlen wird."

„Zu Befehl."

„Mon cher", flüsterte Neswizkij dem Fürsten Andrej zu, „Le vieux est d'une humeur de chien." [1]

Auf Kutusow kam ein österreichischer Offizier mit grünem Federbusch auf dem Hut und in weißer Uniform zugejagt und fragte im Auftrage des Kaisers, ob die vierte Kolonne schon ins Gefecht gegangen sei.

Kutusow gab ihm keine Antwort, er wandte sich ab, und dabei fiel sein Blick zufällig auf den hinter ihm haltenden Fürsten Andrej. Als Kutusow Bolkonskij erblickte, wurde der wütende und scharfe Ausdruck seines Blickes ein wenig freundlicher, als komme es ihm zum Bewußtsein, daß der Adjutant ja keine Schuld an all dem hatte, was da vorging. Und ohne dem österreichischen Adjutanten eine Antwort zu geben, sagte er zu Bolkonskij:

„Allez voir, mon cher, si la troisième division a dépassé le village. Dites-lui de s'arrêter et d'attendre mes ordres." [2]

Fürst Andrej wollte bereits abreiten, aber Kutusow hielt ihn noch zurück.

„Et demandez-lui si les tirailleurs sont postés", fügte er hinzu. „Ce qu'ils font, ce qu'ils font!" [3] murmelte er vor sich hin; dem Österreicher schenkte er immer noch keine Beachtung.

Fürst Andrej galoppierte davon, um den erhaltenen Auftrag auszuführen.

Er überholte alle die vor ihm marschierenden Bataillone, brachte die dritte Division zum Stehen und überzeugte sich, daß in der Tat vor der Spitze unserer Kolonnen keine Tirailleur-Kette ausgeschwärmt war. Der Kommandeur des Regiments, das die Spitze bildete, war sehr erstaunt darüber, daß der Oberkommandierende ihm den Befehl erteilte, Tirailleure ausschwärmen zu lassen. Der Regimentskommandeur war der festen Überzeugung, daß er vor sich noch russische

[1] Mein Lieber, der Alte ist in einer Hundelaune.

[2] Stellen Sie fest, mein Lieber, ob die dritte Division das Dorf passiert hat. Lassen Sie sie haltmachen, um meine Befehle abzuwarten.

[3] Und erkundigen Sie sich, ob die Schützen aufgestellt sind. Was machen sie nur! Was machen sie nur!

Truppen habe und daß der Feind wenigstens noch zehn Werst entfernt sein müßte. Und tatsächlich war ja auch weiter vorne nichts zu sehen als ein völlig menschenleeres Gelände, das nach vorne zu abfiel und von dichtem Nebel bedeckt war. Nachdem Fürst Andrej ihm im Namen des Oberkommandierenden befohlen hatte, das Versäumte nachzuholen, ritt er schnell zurück. Kutusow hielt immer noch auf der gleichen Stelle, hatte sein einziges Auge geschlossen und gähnte schwerfällig. Sein feister Körper hing greisenhaft zusammengesunken im Sattel. Die Truppen marschierten nicht mehr, sondern standen Gewehr bei Fuß.

„Schön, schön", sagte er zum Fürsten Andrej und wandte sich dann dem General zu, der mit der Uhr in der Hand äußerte, es sei wohl Zeit, weiterzumarschieren, da alle Kolonnen vom linken Flügel bereits ins Tal gelangt seien.

„Wir kommen noch zur Zeit, Ew. Exzellenz", meinte Kutusow gähnend. „Wir kommen noch zur Zeit!"

In diesem Augenblick erscholl hinter Kutusow in der Ferne das Geschrei, mit dem die Regimenter auf die Begrüßung eines höheren Vorgesetzten antworten, pflanzte sich durch die ganze langgezogene Linie der russischen Kolonnen fort und kam rasch näher. Offenbar ritt derjenige, dem dieses Geschrei galt, sehr schnell. Als die Soldaten des Regiments, an dessen Spitze Kutusow hielt, zu schreien anfingen, ritt er ein wenig zur Seite und sah sich stirnrunzelnd um. Auf dem Wege von Pratzen schien eine ganze Schwadron bunt uniformierter Reiter herangejagt zu kommen. Zwei von ihnen ritten in langem Galopp nebeneinander vor den übrigen. Der eine war in schwarzer Uniform mit weißem Federbusch und ritt einen englisierten Fuchs, der andere trug eine weiße Uniform und saß auf einem Rappen. Es waren die beiden Kaiser mit ihrer Suite. Kutusow nahm plötzlich die Haltung eines altgedienten, vor der Front stehenden Subalternoffiziers an, kommandierte: „Stillgestanden!" und ritt dem Kaiser salutierend entgegen. Seine ganze Erscheinung, sein ganzes Wesen hatte sich mit einem Schlage gewandelt. Er wirkte jetzt ausschließlich als Untergebener, der sich jedes eigenen Urteils zu entschlagen hat. Als er jetzt auf den Kaiser Alexander zuritt und salutierte, legte er eine so übertrieben betonte Ehrerbietung an den Tag, daß der Kaiser sich offenbar unangenehm berührt fühlte.

Aber dieser unangenehme Eindruck lief nur, wie ein letzter Nebelschwaden, über den klar gewordenen Himmel, über das junge und glückliche Gesicht des Kaisers hin und war gleich wieder verschwunden. Er erschien an diesem Tage nach seinem kürzlichen Unwohlsein etwas magerer als damals auf dem Olmützer Felde, wo Bolkonskij ihn zum erstenmal im Auslande gesehen hatte; aber in seinen schönen grauen Augen lag noch die gleiche Vereinigung von Majestät und Milde, und ebenso wie damals schienen auf seinen feingeschwungenen Lippen noch ungesprochen Worte der verschiedensten Gefühlsfärbung zu liegen, vornehmlich aber solche von gutherziger, jugendlicher Unschuld.

Bei der Parade auf dem Olmützer Feld war er majestätischer gewesen, hier war er heiterer und energischer. Er hatte drei Werst im Galopp zurückgelegt, und sein Gesicht war gerötet; jetzt brachte er sein Pferd zum Stehen, holte tief Atem und sah sich nach seiner Suite um, deren Gesichter ebenso jugendlich und lebendig dreinschauten wie das seine. Czartoryski und Nowosilzew und Fürst Bolkonskij und Stroganow und andere, lauter reichgekleidete, muntere junge Leute auf prächtigen, gut gehaltenen, frischen und jetzt ein wenig in Schweiß geratenen Pferden, hielten lächelnd und plaudernd hinter dem Kaiser. Kaiser Franz, ein junger, rotbäckiger Mensch mit langem Gesicht, saß in auffallend gerader Haltung auf einem schönen Rapphengst und sah sich nachdenklich und lässig um. Er rief einen seiner weißen Adjutanten zu sich und fragte ihn irgend etwas. „Sicher fragt er ihn, um wieviel Uhr sie ausgeritten sind", dachte Fürst Andrej und betrachtete seinen alten Bekannten in Gedanken an die Audienz mit einem Lächeln, das er nicht unterdrücken konnte. In der Suite der beiden Kaiser befanden sich ausgewählte, elegant und schneidig aussehende Ordonnanzoffiziere, Russen und Österreicher aus Garde- und Linienregimentern. Zwischen ihnen führten Reitknechte schöne kaiserliche Handpferde mit gestickten Decken auf und ab. Wie wenn durch ein geöffnetes Fenster in ein dumpfiges Zimmer plötzlich die frische Luft des freien Landes hineindringt, so trug die glänzende Schar junger Leute, die mit den beiden Kaisern angaloppiert gekommen war, in Kutusows unfrohen und verdrossenen Stab eine Atmosphäre von Jugend, Energie und Siegesgewißheit hinein.

„Warum fangen Sie denn nicht an, Michail Ilarionowitsch?" wandte Kaiser Alexander sich hastig an Kutusow, sah aber gleichzeitig den Kaiser Franz höflich an.

Kutusow verneigte sich ehrerbietig. „Ich warte noch, Ew. Majestät", erwiderte er dann.

Der Kaiser runzelte ein wenig die Stirn, beugte den Kopf zu Kutusow hin und deutete durch seine Miene an, er habe nicht recht verstanden.

„Ich warte noch, Ew. Majestät", wiederholte Kutusow, und Fürst Andrej bemerkte, wie Kutusows Oberlippe bei dem Wort „warte" merkwürdig zuckte. „Es sind noch nicht alle Kolonnen zusammen, Ew. Majestät."

Der Kaiser hatte Kutusows Worte deutlich verstanden, aber offenbar gefiel ihm diese Antwort nicht. Er zuckte die ein wenig abfallenden Schultern und warf dem neben ihm haltenden Nowosilzew einen Blick zu, der wie eine Beschwerde über Kutusow anmutete.

„Wir sind doch nicht auf der Kaiserinwiese*, Michail Ilarionowitsch, wo die Parade nicht anfängt, bevor alle Regimenter beisammen sind", sagte der Kaiser und sah wieder den Kaiser Franz an, als wolle er ihn auffordern, sich an dem Gespräch zu beteiligen oder doch wenigstens zu hören, was er sage. Aber Kaiser Franz sah sich immer noch nach allen Seiten um und hörte nicht zu.

„Eben deswegen fange ich nicht an, Ew. Majestät", antwortete Kutusow mit lauter Stimme, als wollte er damit die Möglichkeit, nicht verstanden zu werden, von vornherein ausschalten, und wieder zuckte es in seinem Gesicht. „Eben darum fange ich ja nicht an, Majestät, weil wir hier nicht bei einer Parade und nicht auf der Kaiserinwiese sind", setzte er deutlich und bestimmt hinzu.

Die Herren von der Suite sahen sich einen Augenblick lang gegenseitig an, und auf allen Gesichtern lag ein Ausdruck des Unwillens und des Vorwurfs. „Wenn er auch noch so alt ist, das durfte er nicht sagen, das durfte er unter keinen Umständen sagen", konnte man auf allen Gesichtern lesen.

Der Kaiser sah Kutusow aufmerksam und eindringlich an und schien zu warten, ob er nicht noch etwas sagen würde. Und Kutusow hielt den Kopf ehrerbietig geneigt und schien ebenfalls zu warten. Dieses Schweigen dauerte ungefähr eine Minute.

„Aber wenn Ew. Majestät befehlen", sagte Kutusow schließlich und hob den Kopf. Jetzt hatte er wieder ganz den Ton eines beschränkten, über keinen Befehl nachdenkenden, sondern ihn blind ausführenden Generals angenommen.

Er trieb sein Pferd an, rief Miloradowitsch, den Führer der Kolonne, zu sich und gab ihm den Befehl zum Angriff.

Wieder setzten die Truppen sich in Bewegung, und zwei Bataillone des Nowgorodschen und ein Bataillon des Apscheronschen Regiments marschierten am Kaiser vorbei.

Während das letztgenannte Bataillon vorbeizog, galoppierte der rotbäckige Miloradowitsch ohne Mantel, in ordengeschmückter Uniform, auf dem Kopf einen schief aufgesetzten Hut mit einem riesigen Federbusch und aufgeschlagener Krempe vor und parierte, schneidig salutierend, vor dem Kaiser sein Pferd.

„Mit Gott, General!" sagte der Kaiser zu ihm.

„Ma foi, Sire, nous ferons ce qui sera dans notre possibilité, Sire",[1] antwortete er frisch und unbefangen, rief aber bei den Herren der kaiserlichen Suite durch seine schlechte französische Aussprache nichtsdestoweniger ein spöttisches Lächeln hervor.

* Anm. am Schluß des Buches

1 Sire, wir werden unser möglichstes tun, Majestät.

Miloradowitsch warf sein Pferd auf der Hinterhand herum und blieb einige Pferdelängen hinter dem Kaiser halten. Das Bataillon vom Apscheronschen Regiment marschierte, durch die Gegenwart des Kaisers angefeuert, noch die Beine werfend, in flottem und schneidigem Schritt an den beiden Kaisern und ihrer Suite vorüber.

„Kinder!" rief Miloradowitsch mit seiner lauten, selbstbewußten und frischen Stimme, offensichtlich durch das Krachen der Schüsse, die Erwartung der Schlacht und den Anblick der stattlichen Leute vom Apscheronschen Regiment, die noch unter Suworow seine Kameraden gewesen waren und jetzt so schneidig an den beiden Kaisern vorbeimarschierten, in einen Zustand von so aufgeregter Begeisterung versetzt, daß er die Anwesenheit des Kaisers völlig vergessen hatte. „Kinder! Es ist nicht das erste Dorf, das ihr zu stürmen habt!" schrie er.

„Wir freuen uns, uns zu bemühen!" schrien die Soldaten.

Das Pferd des Kaisers scheute bei dem unerwarteten Geschrei. Dieses Pferd hatte den Kaiser bei allen großen Paraden in Rußland getragen und trug den gleichen Reiter auch hier auf dem Schlachtfelde von Austerlitz; es ließ es ruhig geschehen, wenn der Kaiser es zerstreut mit dem linken Fuß in die Seite stieß, und spitzte die Ohren beim Krachen der Schüsse, wie es das auf dem Marsfelde getan hatte, und dabei begriff es doch weder, was dies Schießen bedeutete, noch warum der Rapphengst des Kaisers Franz neben ihm stand, noch alles das, was sein Reiter an diesem Tage sagte, dachte und empfand.

Der Kaiser wandte sich mit einem Lächeln zu einem Herrn seiner Suite, sagte irgend etwas und deutete dabei auf die vorbeimarschierenden stattlichen Leute vom Apscheronschen Regiment.

XVI

Von seinen Adjutanten begleitet, ritt Kutusow im Schritt hinter den Karabiniers her.

Nachdem er etwa eine halbe Werst an der Queue der Kolonne geritten war, machte er bei einem alleinstehenden, verfallenen Hause, anscheinend einer ehemaligen Schenke, an einer Wegegabelung halt. Beide Wege führten bergab, und auf beiden marschierten Truppen.

Der Nebel begann sich zu zerteilen, und in einer Entfernung von zwei Werst konnte man bereits auf den gegenüberliegenden Höhen feindliche Truppen wahrnehmen, wenn auch nur undeutlich. Linker Hand im Tale wurde das Schießen immer vernehmlicher. Kutusow hielt vor dem Hause und sprach mit einem österreichischen General.

Fürst Andrej stand ein wenig hinter ihnen und beobachtete die beiden; dann wandte er sich an einen anderen Adjutanten und bat ihn um sein Fernrohr.

„Sehen Sie doch, sehen Sie doch", sagte der andere Adjutant und sah dabei nicht nach den Truppen in der Ferne, sondern vor sich nach dem Fuß des Berges. „Da sind ja die Franzosen!"

Die beiden Generäle und ihre Adjutanten griffen nach dem Fernrohr und rissen es einander geradezu aus den Händen. Alle Gesichter waren plötzlich verändert, und alle zeigten den Ausdruck größten Schreckens. Man hatte die Franzosen etwa zwei Werst von hier vermutet, und jetzt tauchten sie auf einmal völlig unerwartet vor uns auf.

„Ist das der Feind? . . . Nein! . . . Ja, sehen Sie doch, das ist er . . . wahrhaftig . . . wie kann das sein?" schwirrten die Stimmen durcheinander.

Fürst Andrej sah mit bloßem Auge eine dichtgeschlossene französische Kolonne unten rechts den Apscheronern entgegen bergauf marschieren, nicht weiter als fünfhundert Schritte von der Stelle entfernt, wo Kutusow hielt.

„Das ist er, das ist er, der entscheidende Augenblick! Jetzt bin ich dran!" dachte Fürst Andrej, gab seinem Pferde einen Schlag und ritt an Kutusow heran. „Die Apscheroner müssen haltmachen, Ew. Hohe Exzellenz!" schrie er. Aber in diesem Augenblick war auch schon alles von Rauch überzogen, in nächster Nähe krachte Gewehrfeuer, und in naivem Schrecken schrie ein Soldat, zwei Schritte vor dem Fürsten Andrej: „Brüder, alles ist aus!" Und dieser Schrei wirkte wie ein Kommando, und alles begann zu fliehen.

Aufgelöste, immer wachsende Scharen hasteten zurück nach der Stelle, wo die Truppen noch vor fünf Minuten an den beiden Kaisern vorbeimarschiert waren. Es war nicht nur unmöglich, diese Menschenmasse zum Stehen zu bringen, sondern es war fast ebenso unmöglich, sich nicht von der allgemeinen Flucht mitreißen zu lassen. Bolkonskij suchte sich noch zu halten, sah sich bestürzt um und konnte gar nicht begreifen, was hier unter seinen Augen vor sich ging, geschah. Neswizkij rief mit wütendem, rotem und verzerrtem Gesicht Kutusow zu, er würde sicher gefangengenommen werden, wenn er nicht sofort wegritte. Kutusow blieb aber an derselben Stelle halten und zog, ohne zu antworten, sein Schnupftuch hervor. Von seiner Backe rann Blut. Fürst Andrej arbeitete sich bis zu ihm durch.

„Sind Sie verwundet?" fragte er, und sein Unterkiefer zitterte vor Erregung.

„Die Wunde sitzt nicht hier, sondern dort!" sagte Kutusow, preßte das Tuch gegen die verwundete Backe und wies auf die Fliehenden. „Anhalten die Kerle!" schrie er, gab aber im gleichen Augenblick seinem Pferde einen Schlag und ritt nach rechts; offenbar hatte er sich davon überzeugt, daß ein Anhalten unmöglich war.

Eine neu heranströmende Woge von Fliehenden erfaßte ihn und riß ihn mit sich fort.

Die Truppen flohen in so dicht gedrängten Massen, daß es schwer war, sich herauszuarbeiten, wenn man einmal in ihre Mitte geraten war. Jemand schrie: „Scher dich weiter! Was hältst du uns auf?" Ein anderer wandte sich um und schoß in die Luft. Ein dritter schlug sogar das Pferd, auf dem Kutusow saß. Mit der größten Anstrengung arbeitete sich Kutusow aus dem Strom der Flüchtigen nach links heraus und ritt mit seiner, um über die Hälfte zusammengeschmolzenen Suite auf das in der Nähe krachende Geschützfeuer zu. Fürst Andrej, der sich die größte Mühe gegeben hatte, nicht von Kutusow getrennt zu werden, und dem es ebenfalls gelungen war, dem Gedränge der Fliehenden zu entkommen, erblickte am Bergabhang, von Pulverdampf umhüllt, eine russische Batterie, die immer noch feuerte, während französische Infanterie bereits auf sie zustürmte. Ein wenig weiter bergauf stand russische Infanterie, die weder vorging, um der Batterie zu Hilfe zu kommen, noch auch in einer Richtung mit den Fliehenden zurückging. Von dieser Infanterieabteilung löste sich jetzt ein General und kam auf Kutusow zugeritten. Kutusows Suite bestand nur noch aus vier Mann. Alle waren bleich und sahen sich schweigend an.

„Bringen Sie doch die Schweinehunde zum Stehen!" keuchte Kutusow wütend, und zum Regimentskommandeur gewandt, deutete er auf die Fliehenden, aber wie zur Strafe für diese Worte flog im gleichen Augenblick ein ganzer Vogelschwarm von Kugeln pfeifend auf das Regiment und auf Kutusows Suite zu.

Die Franzosen hatten die Batterie angegriffen, hatten Kutusow erblickt und auf ihn zu schießen begonnen. Bei der ersten Salve griff der Regimentskommandeur nach seinem Bein, einige Soldaten fielen, und der Unterfähnrich, der mit der Fahne in den Händen dastand, ließ sie aus den Händen gleiten, sie schwankte, das Tuch blieb an den Gewehren der ihr zunächst stehenden Soldaten hängen, dann fiel sie zu Boden. Die Soldaten begannen zu feuern, ohne erst ein Kommando abzuwarten.

„Oooh", stöhnte Kutusow und sah verzweifelt um sich. „Bolkonskij", flüsterte er dann mit einer Stimme, aus deren Zittern das Bewußtsein der eigenen greisenhaften Kraftlosigkeit klang, „Bolkonskij", flüsterte er und wies auf das aufgelöste Bataillon und dann auf den Feind, „wie konnte das nur ...?"

Aber er hatte noch nicht zu Ende gesprochen, da sprang schon Fürst Andrej, Tränen der Scham und Wut in der Kehle, vom Pferde und stürzte auf die Fahne zu.

„Kinder, vorwärts!" schrie er mit knabenhaft schriller Stimme.

„Jetzt ist es da!" dachte Fürst Andrej, ergriff den Fahnenschaft und hörte mit einem Gefühl wilder Seligkeit die Kugeln pfeifen, die jetzt offenbar ihm vor allen anderen galten. Einige Soldaten fielen.

„Hurra!" schrie Fürst Andrej, dessen Hände die schwere Fahne kaum halten konnten, und stürmte vorwärts, fest überzeugt, daß das ganze Bataillon ihm folgen werde.

Und wirklich waren es nur wenige Schritte, die er allein zu machen brauchte. Erst setzte sich ein Soldat in Bewegung, dann ein zweiter, und schließlich schrie das ganze Bataillon „Hurra!", stürmte vorwärts und überholte ihn. Ein Unteroffizier lief auf ihn zu, nahm ihm die schwere Fahne ab, die in den Händen des Fürsten Andrej hin und her schwankte, wurde aber sofort erschossen. Wieder ergriff Fürst Andrej die Fahne, obwohl er sie kaum schleppen konnte, und lief mit dem Bataillon weiter. Vor sich erblickte er unsere Artilleristen, die sich teils noch wehrten, teils aber ihre Kanonen bereits im Stich ließen und ihm entgegengelaufen kamen; er sah auch französische Infanteristen, die sich der Artilleriepferde bemächtigten und die Kanonen umdrehten. Fürst Andrej war mit dem Bataillon nur noch zwanzig Schritt von den Geschützen entfernt. Über seinem Kopf hörte er ununterbrochen das Pfeifen der Kugeln, und rechts und links von ihm fiel einer nach dem anderen stöhnend zu Boden. Aber er sah sich nicht nach ihnen um; sein Blick war einzig auf das gerichtet, was vorne, bei der Batterie, vor sich ging. Deutlich erkannte er schon die Gestalt eines rothaarigen Artilleristen, dem der Tschako schief auf dem Kopf saß; er hielt einen Stückwischer am einen Ende fest und suchte ihn zu sich zu ziehen, während ein französischer Soldat am anderen Ende riß. Fürst Andrej unterschied bereits deutlich den verwirrten und zugleich erbitterten Gesichtsausdruck dieser beiden, die offenbar gar nicht wußten, was sie eigentlich taten.

„Was machen die beiden?" dachte Fürst Andrej, den Blick immer auf die beiden gerichtet. „Warum läuft der rothaarige Artillerist nicht davon, wenn er doch keine Waffe mehr hat? Und warum stößt der Franzose nicht mit dem Bajonett zu? Und bevor er auf den Gedanken kommt, wegzulaufen, wird dem Franzosen einfallen, daß er ja ein Bajonett hat, und er wird ihn niederstechen."

In diesem Augenblick stürzte ein anderer Franzose mit gefälltem Bajonett auf die Streitenden zu, und das Schicksal des rothaarigen Artilleristen, der immer noch nicht begriffen hatte, was ihm bevorstand und dem Franzosen den Stückwischer gerade triumphierend aus den Händen riß, mußte sich jetzt entscheiden. Aber Fürst Andrej sah nicht mehr, wie die Sache endete. Plötzlich war es ihm, als schlüge einer der neben ihm laufenden Soldaten ihn aus aller Kraft mit einem Knüppel über den Kopf. Er empfand einen Schmerz von mäßiger Heftigkeit, aber, was ihm als das Schlimmste erschien, dieser Schmerz hinderte ihn weiter zu beobachten, was bei der Batterie geschah.

„Was ist das? Falle ich? Die Beine knicken mir ja ein!" dachte er und fiel auch schon rücklings zu Boden. Er öffnete die Augen, in der Hoffnung, nun endlich zu sehen, was für einen Ausgang der Kampf zwischen dem Franzosen und dem Artilleristen genommen hatte, und gleichzeitig festzustellen, ob die Kanonen verloren oder gerettet waren. Aber er sah nichts. Über ihm war nichts als Himmel, hoher, nicht gerade klarer, aber unermeßlich hoher Himmel mit still und langsam dahinziehenden grauen Wolken. „Wie still, wie ruhig und feierlich das ist", dachte Fürst Andrej, „so ganz anders als all unser Laufen, Schreien und Kämpfen. Wie der Franzose und der Artillerist mit so erbitterten und verstörten Gesichtern einander den Stückwischer streitig machen wollten ... das war so ganz anders als dieser ruhige Wolkenzug an diesem hohen, unendlichen Himmel. Und wie kommt es eigentlich, daß ich diesen hohen Himmel vorhin gar nicht wahrgenommen habe? Und wie glücklich bin ich, daß ich ihn endlich doch noch kennengelernt habe! Ja, alles ist nichtig, alles ist Lug und Trug außer diesem unendlichen Himmel. Es gibt nichts, nichts, gar nichts außer ihm. Aber auch diesen Himmel gibt es ja gar nicht, es gibt überhaupt nichts außer dieser Stille, dieser Ruhe. Und Gott sei Dank, daß es so ist!"

XVII

Bei der Abteilung Bagration auf dem rechten Flügel hatte der Kampf um neun Uhr morgens noch nicht angefangen. Fürst Bagration wollte dem Verlangen Dolgorukows, den Kampf zu beginnen, nicht nachgeben, andererseits aber auch die Verantwortung für die Wahl des Zeitpunkts von sich abwälzen, und so schlug er Dolgorukow vor, einen Ordonnanzoffizier zum Oberkommandierenden zu schicken, um Befehle einzuholen. Dabei wußte er ganz genau, daß die Entfernung vom einen Flügel bis zum anderen fast zehn Werst betrug und daß der Abgesandte daher kaum vor Anbruch der Dämmerung zurück sein konnte, vorausgesetzt, daß er nicht unterwegs erschossen wurde, was sehr wahrscheinlich, und daß er den Oberkommandierenden überhaupt fand, was sehr unwahrscheinlich war.

Bagration ließ seine großen, nichtssagenden, schläfrigen Augen über seine Suite hingleiten, und ganz von selbst fiel ihm Rostows von Aufregung und Hoffnung bleichgewordenes Kindergesicht auf. Er gab ihm also den Befehl, zu reiten.

„Und wenn ich nun Seine Majestät eher treffe als den Oberkommandierenden, Ew. Durchlaucht?" fragte Rostow, die Hand am Mützenschirm.

„Dann können Sie Seine Majestät um einen Befehl bitten", mischte sich Dolgorukow hastig ein, ehe Bagration noch das Wort nehmen konnte.

Nach erfolgter Ablösung hatte Rostow noch Zeit gefunden, vor Tagesanbruch einige Stunden zu schlafen. Daher fühlte er sich jetzt frisch, unternehmungslustig und entschlossen, im Vollbesitz seiner körperlichen Leistungsfähigkeit, erfüllt vom Glauben an sein Glück und in jener Geistesverfassung, in der alles leicht, lustig und ausführbar erscheint.

Alle seine Wünsche waren an diesem Morgen in Erfüllung gegangen: es wurde eine Entscheidungsschlacht geschlagen, und er durfte an ihr teilnehmen; damit nicht genug, war er Ordonnanzoffizier bei einem der tapfersten Generäle der russischen Armee; und auch damit noch nicht genug, durfte er mit einem Auftrage zu Kutusow, ja vielleicht sogar zum Kaiser selbst reiten. Der Morgen war frisch und klar, er hatte ein gutes Pferd unter sich, und es war ihm freudig und glücklich zumute. Als er den Befehl zum Abreiten erhalten hatte, setzte er sein Pferd in Bewegung und ritt zunächst die Frontlinie entlang. Zuerst kam er an den Truppen Bagrations vorbei, die noch nicht eingesetzt waren und unbeweglich dastanden; dann gelangte er zur Kavallerie Uwarows, wo er bereits eine gewisse Bewegung wahrnahm, die auf ein in Kürze bevorstehendes Eingreifen in den Kampf hindeutete; als er die Kavallerie Uwarows hinter sich hatte, hörte er schon deutlich Artillerie- und Infanteriefeuer vor sich. Und dann wurde das Feuer immer lebhafter.

Durch die frische Morgenluft schollen jetzt nicht mehr wie vorher mit ungleichen Zeitabständen je zwei oder drei Gewehrschüsse und dann einer oder zwei Kanonenschüsse; sondern auf den Bergabhängen vor Pratzen rollte jetzt ein ununterbrochenes Gewehrfeuer, von so häufigen Kanonenschüssen übertönt, daß die einzelnen Kanonenschüsse gar nicht mehr voneinander zu unterscheiden waren, sondern zu einem einzigen gewaltigen Getöse verschmolzen.

Es war deutlich zu sehen, wie die Rauchwölkchen der Gewehre gleichsam die Bergabhänge hinunterrollten und einander einholten und wie die großen Rauchwolken des Artilleriefeuers aufstiegen, sich verteilten und dann ineinanderflossen. Und dann konnte man wieder am Aufblitzen der Bajonette zwischen den einzelnen Rauchwolken marschierende Infanteriemassen erkennen und schmale Artilleriekolonnen mit grünen Munitionskarren.

Rostow blieb einen Augenblick lang auf einem Höhenvorsprung halten, um sich anzusehen, was da vorging; aber wie große Mühe er sich auch gab, er konnte kein klares Bild von den Vorgängen gewinnen; durch die Rauchwolken bewegten sich Menschen, marschierten Truppen vor und zurück; aber warum? Was für Menschen und was für Truppen? Und wohin? Das alles blieb ihm unverständlich. Aber weit entfernt, ihn niedergeschlagen oder bänglich zu stimmen, ließ alles, was er sah und hörte, seine Energie und Entschlossenheit nur noch wachsen.

„Na, nur immer weiter, immer weiter! Nur zu, nur zu!" sagte er in Gedanken zu diesem Knattern und Krachen und ritt dann wieder die Frontlinie entlang und kam dabei immer mehr in den Bereich der Truppenteile hinein, die bereits ins Gefecht eingesetzt waren.

„Wie es sich im einzelnen abspielen wird, das weiß ich nicht, aber daß alles gut ausgehen wird, das weiß ich", dachte Rostow.

Nachdem er an einigen österreichischen Truppenteilen vorbeigeritten war, bemerkte er, daß die neben ihnen stehenden Formationen — es war die russische Garde — bereits in den Kampf eingegriffen hatten.

„Um so besser! Ich werde mir die Sache aus der Nähe ansehen!" dachte er.

Er ritt beinahe die vorderste Linie entlang. Reiter galoppierten auf ihn zu. Es waren unsere Leibulanen, die mit aufgelösten Reihen von ihrer Attacke zurückkamen. Rostow gelangte noch gerade an ihnen vorbei, ohne mit ihnen zusammenzuprallen; unwillkürlich fiel ihm einer auf, der ganz von Blut überströmt war. Rostow jagte weiter.

„Mich geht das nichts an!" dachte er. Er war kaum einige hundert Schritte weiter, als von links her eine gewaltige Kavalleriemasse, glänzende, weißuniformierte Reiter auf Rappen quer über das Feld, dessen ganze Ausdehnung sie einzunehmen schien, auf ihn zukam. Rostow ließ sein Pferd ausgreifen, soweit es konnte, um den Reitern aus dem Wege zu kommen, und er wäre auch glücklich an ihnen vorübergelangt, wenn sie ihr Tempo unverändert beibehalten hätten. Aber sie verstärkten ihren Trab, und einige Pferde begannen bereits in Galopp zu fallen. Immer lauter und lauter hörte Rostow Hufschlag und Waffenklirren, immer deutlicher und deutlicher konnte er Pferde, Gestalten und endlich auch Gesichter unterscheiden. Es war unsere Chevaliergarde, die die ihnen entgegenreitende französische Kavallerie attackieren sollte.

Die Chevaliergardes verstärkten ihr Tempo immer mehr, aber noch ohne in Galopp überzugehen. Rostow unterschied bereits alle Einzelheiten ihrer Gesichter und hörte einen Offizier, der sein Vollblut gleichzeitig angaloppieren ließ, das Kommando „Marsch marsch!" geben. Rostow mußte fürchten, über den Haufen geritten oder in die Attacke mit hineingezogen zu werden; er jagte die Front entlang, was er jagen konnte, und kam doch nicht ganz rechtzeitig an den Chevaliergardes vorüber.

Der Flügelmann der Chevaliergardes, ein riesiger, blatternarbiger Geselle, runzelte finster die Stirn, als er Rostow vor sich sah, mit dem er unfehlbar zusammenprallen mußte. Und er hätte ihn mitsamt seinem „Beduinen" niedergeritten — Rostow kam sich ganz klein und schwach vor angesichts dieser riesigen Männer und Pferde —, wenn er nicht darauf verfallen wäre, das Pferd des Chevaliergarde mit seiner Kosakenpeitsche über die Augen zu schlagen. Der Rappe, ein gewaltiges, schweres Pferd, scheute und legte die Ohren zurück, der blatternarbige Chevaliergarde stieß ihm mit einer weit ausholenden Bewegung die ungeheuren Sporen in die Seite, und das Pferd schlug mit dem Schweif um sich und fuhr mit dem Kopf in die Höhe und jagte gleich darauf in noch stärkerem Tempo weiter. Kaum waren die Chevaliergardes an Rostow vorüber, als er auch schon ihr „Hurra!" hörte. Er schaute sich um und sah, wie ihre ersten Reihen sich bereits mit fremden, also französischen Kavalleristen mit roten Epauletten vermengten. Weiter sah er nichts mehr, denn gleich darauf setzte ein heftiges Artilleriefeuer ein, das die ganze Gegend in Rauch hüllte.

Als die Chevaliergardes im Pulverdampf verschwanden, schwankte Rostow, ob er ihnen nachjagen oder seinen Weg in Ausführung des erhaltenen Befehls fortsetzen sollte. Es war jene glänzende Attacke der Chevaliergardes, die selbst den Franzosen Bewunderung abnötigte. Später hörte Rostow erschauernd, daß von dieser ganzen Masse stattlicher, schöner Leute, von all diesen glänzenden, reichen jungen Menschen, Offizieren und Junkern, die auf ihren Pferden, die viele Tausende gekostet, an ihm vorbeigejagt waren, nur achtzehn Mann nach dieser Attacke zurückgekehrt waren.

„Warum soll ich sie beneiden? Meine Stunde wird auch kommen, und jetzt werde ich vielleicht gleich den Kaiser zu sehen kriegen!" dachte Rostow und ritt weiter.

Bei der Gardeinfanterie angelangt, bemerkte er, daß Kanonenkugeln über sie hinflogen und in ihrer Nähe einschlugen; er gewahrte das nicht einmal so sehr an ihrem sausenden Geräusch wie an den unruhigen Mienen der Soldaten und an dem gewaltsamen, kriegerisch triumphierenden Gesichtsausdruck der Offiziere.

Er ritt gerade hinter der Front eines Gardeinfanterieregiments entlang, als er eine Stimme seinen Namen rufen hörte.

„Rostow!"

„Was gibt es?" rief er zurück, ohne Boris zu erkennen.

„Was sagst du jetzt? Wir sind in vorderster Linie eingesetzt! Unser Regiment hat angegriffen!" sagte Boris mit dem glücklichen Lächeln junger Leute, die zum erstenmal ins Feuer gekommen sind.

Rostow machte halt.

„Sieh einmal an!“ meinte er. „Und wie war es?“

„Wir haben sie zurückgeworfen!“ sagte Boris lebhaft und wurde dann ganz gesprächig. „Also stelle dir vor ...“

Und Boris begann zu erzählen, wie die Garde Gewehr bei Fuß dagestanden und vor sich Truppen gesehen habe, die sie für Österreicher hielt, bis sie plötzlich an den einschlagenden Artilleriegeschossen merkte, daß sie in die vorderste Linie geraten war und nun ganz unerwartet in den Kampf eingreifen mußte. Rostow hörte ihm eine Zeitlang zu und setzte dann sein Pferd wieder in Bewegung.

„Wo willst du hin?“ fragte Boris.

„Mit einem Auftrage zu Seiner Majestät.“

„Da ist er ja“, sagte Boris, der statt „Majestät“ „Hoheit“ verstanden hatte.*

Und er wies auf den Großfürsten, der im Helm und Koller der Chevaliergarde etwa hundert Schritte von den beiden entfernt stand und achselzuckend und mit gerunzelten Brauen einem blassen, weißuniformierten österreichischen Offizier etwas zurief.

„Aber das ist doch der Großfürst, und ich muß zum Oberkommandierenden oder zum Kaiser“, sagte Rostow und wollte sein Pferd in Bewegung setzen.

„Graf, Graf!“ schrie Berg, der von der anderen Seite her auf Rostow zugerannt kam und einen ebenso lebhaften und aufgeregten Eindruck machte wie Boris, „Graf, ich bin an der rechten Hand verwundet worden“ – er zeigte seine blutige, mit einem Schnupftuch umwickelte Hand –, „aber ich bin trotzdem in der Front geblieben. Ich nehme den Degen eben in die linke Hand, Graf, denn die Familie von Berg, Graf, hat immer aus tapferen Rittern bestanden.“

Berg redete noch weiter, aber Rostow hörte ihm nicht mehr zu, sondern ritt davon.

Nachdem er bei der Garde vorüber war und dann noch ein von Truppen freies Gelände passiert hatte, ritt er, um nicht wieder in eine Attacke wie die der Chevaliergarde hineinzugeraten, die Linie der Reserven entlang, in ziemlicher Entfernung von der Gegend, aus der das lebhafteste Infanterie- und Artilleriefeuer zu hören war. Plötzlich vernahm er vor sich aus nächster Nähe Gewehrfeuer, und zwar aus einer Gegend im Rücken unserer Truppen, in der er den Feind nicht im geringsten vermutet hätte.

„Was kann das sein? Der Feind im Rücken unserer Truppen? Das ist doch gar nicht möglich“, dachte Rostow, und plötzlich überfiel ihn eine jähe Angst um sein eigenes Leben und um den Ausgang

* Anm. am Schluß des Buches

der ganzen Schlacht. „Aber was es auch sein mag, Umwege darf ich jetzt nicht mehr machen. Ich muß hier den Oberkommandierenden suchen, und wenn alles verloren ist, dann will ich eben das Schicksal all der vielen anderen teilen."

Die böse Ahnung, die über Rostow gekommen war, bestätigte sich immer mehr, je weiter er in das Gelände hinter dem Dorfe Pratzen hineingelangte, wo er überall auf durcheinandergewürfelte Haufen der verschiedensten Truppenteile stieß.

„Was ist das? Was ist das? Auf wen wird denn da geschossen? Und wer schießt da?" fragte Rostow, als ein Haufen russischer und österreichischer Soldaten bunt durcheinandergemischt querfeldein an ihm vorübergelaufen kam.

„Weiß der Teufel! Alle sind hin! Alles ist verloren!" schrien die Fliehenden russisch, deutsch und tschechisch durcheinander; offenbar begriffen sie ebensowenig wie Rostow, was eigentlich geschehen war.

„Haut die Deutschen!" schrie einer.

„Hol sie der Teufel, die Verräter!"

„Zum Henker diese Russen!" brummte ein Deutscher.

Einige Verwundete kamen vorbei, und nun verschmolzen Schimpfen, Schreien und Stöhnen zu einem verworrenen Gebrause. Das Schießen war inzwischen verstummt; wie Rostow später erfahren sollte, hatten russische und österreichische Soldaten einander beschossen.

„Mein Gott, wie ist so eine Wirtschaft denn möglich!" dachte Rostow, „und gerade jetzt, wo doch der Kaiser jeden Augenblick vorbeikommen und das alles sehen kann . . . Aber nein, es handelt sich wohl nur um ein paar vereinzelte Halunken. Es geht vorüber, es hat nichts auf sich, anders ist es ja gar nicht denkbar. Wenn ich nur erst an ihnen vorbei wäre!"

Der Gedanke an eine Niederlage und Flucht wollte Rostow nicht in den Sinn. Obwohl er bereits französische Geschütze und französische Truppen auf den Höhen von Pratzen erblickte — auf eben jenen Höhen, auf denen er den Oberkommandierenden suchen sollte —, konnte und wollte er es nicht glauben.

XVIII

Rostow hatte den Befehl erhalten, Kutusow und den Kaiser in der Nähe des Dorfes Pratzen zu suchen. Aber dort fand er weder einen von diesen beiden noch überhaupt irgendeinen der russischen Heerführer, sondern nur bunt durcheinandergewürfelte, in völliger Auf=

lösung begriffene Soldatenhaufen. Er hetzte sein bereits müde werdendes Pferd weiter, um nur so schnell wie möglich an diesen Haufen vorbeizukommen, aber je weiter er ritt, desto größer war die Auflösung, der er überall begegnete. Er gelangte auf eine große Fahrstraße, und hier drängten sich Kutschen und Bagagefuhrwerke aller Art, russische und österreichische Soldaten aller Waffen, Verwundete und Unverwundete. Das alles summte und lärmte und wimmelte durcheinander, und dazu gesellte sich das unheilverkündende Sausen der Kanonenkugeln aus den französischen Batterien von den Pratzener Höhen.

„Wo ist der Kaiser? Wo ist Kutusow?" fragte Rostow jeden, den er zum Stehen bringen konnte, aber von keinem bekam er eine wirkliche Antwort.

Endlich packte er einen Soldaten am Kragen und zwang ihn so, ihm Rede zu stehen.

„Ach, Bruder! Die sind ja alle schon längst losgezogen!" sagte der Soldat, lachte und riß sich von Rostow los.

Dieser Soldat war augenscheinlich betrunken, und so ließ Rostow ihn laufen und hielt das Pferd eines Reiters an, der wie ein Offiziersbursche oder der Reitknecht irgendeiner hochgestellten Persönlichkeit aussah, und begann diesen auszufragen. Der Reiter erklärte, der Kaiser sei vor einer Stunde in einer Kutsche auf dieser selben Straße davongefahren, was nur die Pferde laufen konnten, und er sei gefährlich verwundet.

„Das ist doch gar nicht möglich!" sagte Rostow. „Das muß jemand anders gewesen sein."

„Aber ich habe es doch selbst gesehen", antwortete der Bursche mit selbstgefälligem Grinsen. „Ich soll wohl den Kaiser nicht kennen? Als ob ich ihn in Petersburg nicht oft genug gesehen hätte! Blaß wie ein Toter saß er in seiner Kutsche. Vier Rappen davor, das ging wie das Donnerwetter! Ich werde doch wohl die Pferde des Zaren kennen, und Ilja Iwanytsch dazu! Und der Kutscher Ilja fährt nie einen anderen als nur den Zaren."

Rostow ließ ihn weiterreiten und wollte seinen „Beduinen" wieder in Gang bringen, als ein vorübergehender verwundeter Offizier ihn ansprach.

„Wen suchen Sie?" fragte der Offizier. „Den Oberkommandierenden? Der ist gefallen, ganz nah von unserem Regiment hat ihm eine Kanonenkugel die Brust zerschmettert."

„Nein, gefallen ist er nicht, er ist nur verwundet", verbesserte ihn ein anderer Offizier.

„Wer denn? Kutusow?" fragte Rostow.

„Nein, nicht Kutusow, sondern dieser ... wie heißt er doch nur? Na, einerlei, viele sind ohnehin nicht mit dem Leben davongekommen. Reiten Sie doch dorthin, in dieses Dorf da, dort haben sich alle diese hohen Tiere zusammengefunden", sagte dieser zweite Offizier, wies auf das Dorf Hostieradek und ging weiter.

Rostow ritt im Schritt weiter, ohne daß er wußte, wohin er reiten sollte und was für einen Sinn es überhaupt hatte, noch weiter zu reiten. Der Kaiser war verwundet, die Schlacht verloren, daran gab es offenbar keinen Zweifel mehr. Er ritt in der Richtung, die der Offizier ihm gewiesen hatte, auf einen Kirchturm zu, der sich in der Ferne vor ihm aufreckte. Wozu sollte er sich jetzt noch beeilen? Was sollte er jetzt dem Kaiser oder Kutusow sagen, selbst wenn sie am Leben und unverwundet waren?

„Reiten Sie diesen Weg hier, Ew. Wohlgeboren, auf dem da werden Sie ja wie nichts totgeschossen!" rief ein Soldat ihm zu. „Wie nichts!"

„Ach, was du auch redest!" meinte ein anderer. „Wieso soll er denn hier reiten? Dort hat er es doch näher."

Rostow dachte einen Augenblick lang nach und schlug dann gerade den Weg ein, von dem der Soldat gesagt hatte, er würde da totgeschossen werden.

„Jetzt ist alles einerlei", dachte er. „Wenn der Kaiser verwundet ist, wozu soll ich mich dann noch in acht nehmen?"

Auf der freien Fläche, die er jetzt durchritt, hatte eine sehr große Menge aus Pratzen flüchtender Russen und Österreicher den Tod gefunden. Die Franzosen waren noch nicht bis hierher vorgedrungen, aber alle Russen, soweit sie überhaupt noch am Leben und nicht gerade schwerverwundet waren, hatten diesen Raum bereits verlassen. Wie Getreidegarben auf einem guten Acker lagen die Toten und Verwundeten auf diesem Felde, wohl zehn oder fünfzehn Mann auf jeder Deßjatine. Die Verwundeten waren zu kleinen Gruppen von zwei oder drei Mann zusammengekrochen, und man hörte ihr quälendes und, wie es Rostow scheinen wollte, mitunter absichtlich übertriebenes Schreien und Stöhnen. Rostow trabte an, um alle diese leidenden Menschen nicht länger sehen zu müssen, und eine plötzliche Bangigkeit überkam ihn. Er fürchtete nicht für sein Leben, sondern für seinen männlichen Mut, dessen er jetzt doch so sehr bedurfte und der dem Anblick dieser Unglücklichen, wie Rostow selbst fühlte, nicht mehr lange gewachsen sein würde.

Die Franzosen hatten bereits aufgehört, dieses mit Toten und Verwundeten übersäte Feld zu beschießen, weil sich hier nicht mehr ein einziger noch gefechtsfähiger Gegner befand; als sie aber jetzt den Ordonnanzoffizier erblickten, richteten sie ein Geschütz auf ihn und schossen einige Kugeln herüber. Der Eindruck dieses schrecklichen Pfeifens rann für Rostow mit dem Anblick der überall herumliegenden Toten zu einem einzigen Gefühl des Entsetzens und des

Mitleides mit sich selbst zusammen. Der letzte Brief seiner Mutter fiel ihm ein. „Was müßte sie empfinden", dachte er, „wenn sie mich jetzt hier sähe, hier auf diesem Felde und unter dem Geschützfeuer der Franzosen!"

Die russischen Truppen, die vom Schlachtfeld zurückgegangen waren und sich jetzt im Dorf Hostieradek befanden, waren zwar von der allgemeinen Auflösung nicht verschont geblieben, immerhin hatte sich hier aber eine gewisse Ordnung wiederherstellen lassen. Die französischen Kanonenkugeln reichten nicht bis hierher, und das Krachen der Abschüsse war nur wie aus weiter Ferne vernehmbar. Hier war man sich bereits ganz allgemein im klaren darüber, daß die Schlacht verloren war, und sprach es auch ganz offen aus. Aber an wen Rostow sich hier auch wandte, niemand konnte ihm sagen, wo der Kaiser oder wo Kutusow war. Die einen meinten, das Gerücht von der Verwundung des Kaisers sei unzutreffend, andere stellten das in Abrede und meinten, die Entstehung dieses unwahren Gerüchts damit erklären zu müssen, daß der Oberhofmarschall Graf Tolstoi, der mit der Kaiserlichen Suite auf das Schlachtfeld geritten war, es bleich und verstört in der Kutsche des Kaisers fluchtartig wieder verlassen habe. Ein Offizier erzählte Rostow, hinter dem Dorfe habe er linker Hand einen der höheren Heerführer gesehen, und Rostow ritt hin, obwohl er eigentlich jede Hoffnung bereits aufgegeben hatte und mit diesem Versuch nur sein Gewissen beruhigen wollte. Nachdem er drei Werst weit geritten und an den letzten russischen Truppen vorbeigekommen war, erblickte er vor einem grabenumflossenen Gemüsegarten zwei vor diesem Graben haltende Reiter. Der eine von diesen beiden trug einen Hut mit weißem Federbusch und kam Rostow bekannt vor; den anderen kannte er nicht, dafür glaubte er aber dessen schönen Fuchs zu kennen. Dieser andere ritt an den Graben heran, gab seinem Pferd die Sporen, ließ ihm die Zügel und setzte mit einem leichten Sprung hinüber. Nur die Hinterhufe des Pferdes schlugen ein wenig gegen die Grabenböschung und ließen einige Erdschollen ins Wasser kollern. Dann warf der Reiter sein Pferd herum, sprang wieder über den Graben zurück und wandte sich ehrerbietig an den mit dem weißen Federbusch; offenbar schlug er ihm vor, seinem Beispiel zu folgen. Der Reiter mit dem Federbusch, dessen Gestalt Rostow bekannt vorkam und unwillkürlich seine Aufmerksamkeit fesselte, machte mit dem Kopf und der einen Hand eine Gebärde der Verneinung, und an dieser Gebärde erkannte Rostow augenblicks seinen vergötterten und jetzt so unbeschreiblich bemitleideten Kaiser.

„Aber das kann er doch nicht sein, so ganz allein mitten auf diesem öden Felde", dachte Rostow. In diesem Augenblick wandte Alexander den Kopf, und Rostow erkannte die geliebten Züge, die sich seinem Gedächtnis so lebendig eingeprägt hatten. Der Kaiser war blaß, seine Wangen waren eingefallen, seine Augen lagen tief in den Höhlen, aber seine Züge erschienen nur desto bezaubernder und sanfter. Rostow war glücklich, als er sah, daß das Gerücht von der Verwundung des Kaisers nicht zutraf. Er war glücklich, ihn zu sehen. Er war glücklich in dem Bewußtsein, daß er sich persönlich an den Kaiser wenden durfte, ja daß er dienstlich dazu verpflichtet war, um den Auftrag auszurichten, den er von Dolgorukow erhalten hatte.

Aber wie ein verliebter Jüngling bebt und bangt und sich nicht entschließen kann, das Wort auszusprechen, das die Träume seiner Nächte erfüllt hat, und wie er sich erschrocken und hilfesuchend umsieht und die Möglichkeit eines Aufschubes oder gar der Flucht erwägt — wenn der ersehnte Augenblick endlich gekommen ist und er *ihr* Auge in Auge gegenübersteht: so wußte auch Rostow jetzt, nachdem ihm zuteil geworden war, was er sich am heißesten gewünscht hatte, nicht, wie er sich dem Kaiser nähern sollte, und es drängten sich ihm tausend Gedanken auf, warum das schwierig, ungehörig, ja gänzlich unmöglich sei.

„Es geht nicht! Es würde ja aussehen, als freute ich mich, den Umstand ausnutzen zu können, daß er allein und in einer solchen Stimmung der Niedergeschlagenheit ist. Und gerade in einer Stunde des Grams muß ihm ein Fremder besonders unwillkommen und schwer zu ertragen sein. Und dann, was könnte ich ihm denn jetzt sagen, wenn mir schon bei seinem bloßen Anblick das Herz fast still steht und die Zunge am Gaumen klebt?"

Wie oft hatte er sich jedes Wort zurechtgelegt, das er zum Kaiser sagen wollte, und jetzt fiel ihm kein einziges ein. Denn fast alle diese Sätze fußten auf gänzlich anderen Voraussetzungen, sollten fast alle in Augenblicken des Sieges und Triumphes gesprochen werden oder aber — und diese Situation spielte in Rostows Einbildungskraft eine besonders große Rolle —, wenn er selbst schwerverwundet auf dem Sterbebett liegen und der Kaiser ihm für sein heldenmütiges Verhalten danken würde und er dem Kaiser noch im Sterben seine mit der Tat bewiesene Liebe aussprechen wollte.

„Und dann — wie kann ich den Kaiser jetzt noch um Befehle für den rechten Flügel bitten, wo es doch schon auf vier Uhr nachmittags geht und die Schlacht verloren ist? Nein, es ist sicherlich das einzig richtige, nicht zu ihm zu reiten. Ich darf ihn in seinen Gedanken nicht stören. Lieber möchte ich tausend Tode sterben, als mir einen zürnenden Blick von ihm zuziehen oder bei ihm eine ungünstige Meinung erwecken!" sagte sich Rostow und ritt davon, Trauer und Verzweiflung im Herzen. Aber wieder und wieder sah er sich dabei nach dem Kaiser um, der immer noch unschlüssig vor dem Graben hielt.

Während Rostow in dieser Weise mit sich zu Rate gegangen und endlich traurig fortgeritten war, hatte der Kapitän von Toll, der zufällig in der Nähe vorbeiritt, den Kaiser erblickt; er ritt auf ihn zu, bot ihm seine Dienste an und half ihm, den Graben zu Fuß zu überschreiten. Der Kaiser fühlte sich sehr angegriffen und empfand das Bedürfnis, sich ein wenig zu erholen; er setzte sich unter einen Apfelbaum, und Toll blieb neben ihm stehen. Voll Neid und Reue sah Rostow aus der Ferne, wie Toll lange und eifrig auf den Kaiser einredete und wie dieser in Tränen ausbrach, die Augen mit der Hand bedeckte und Toll die Hand drückte.

„Und ich könnte jetzt an seiner Stelle sein!" dachte Rostow und konnte kaum den Tränen des Mitleids mit dem Schicksal des Kaisers wehren; in völliger Verzweiflung ritt er weiter, ohne zu wissen, wohin und ohne zu wissen, was sein Ritt jetzt noch für einen Sinn haben sollte.

Seine Verzweiflung war um so größer, als er fühlte, daß doch nur seine eigene Schwäche schuld an seinem Unglück war.

Er hätte zum Kaiser hinreiten können ... nein, er hätte es tun müssen. Es war die einzige Gelegenheit gewesen, bei der er dem Kaiser seine ganze Hingabe und Ergebenheit hätte zeigen können, und diese Gelegenheit hatte er versäumt ... „Was habe ich nur getan?" dachte er. Und er wandte sein Pferd und galoppierte dahin zurück, wo er den Kaiser gesehen hatte, aber jetzt war niemand mehr in der Nähe des Grabens, nur einige Bagagewagen und Kutschen kamen vorübergefahren. Von einem Bagagekutscher erfuhr Rostow, daß Kutusows Stab in der Nähe war, im gleichen Dorfe, auf das die Bagagewagen zufuhren. Rostow ritt hinter ihnen her.

An der Spitze der Kolonne ging Kutusows Pferdepfleger und führte einige Pferde mit Decken auf dem Rücken. Hinter ihm kam ein Fuhrwerk, und darauf folgte ein alter krummbeiniger Leibeigener in Mütze und Halbpelz.

„Tit, he, Tit!" sagte der Pferdepfleger.

„Was gibt's?" erwiderte der Alte zerstreut.

„Tit, Tit! Du hast ja falschen Tritt!"

„Ach, laß mich zufrieden, du Dummkopf!" sagte der Alte wütend und spie verächtlich aus. Eine Zeitlang zogen sie schweigend weiter, und dann wiederholte sich derselbe Spaß.

*

Gegen fünf Uhr nachmittags war die Schlacht an allen Punkten verloren. Mehr als hundert Geschütze waren den Franzosen bereits in die Hände gefallen.

Przebyszewski hatte mit seinem Korps die Waffen gestreckt. Die übrigen Kolonnen hatten fast die Hälfte ihres Bestandes verloren und waren in aufgelösten, bunt durcheinandergemengten Haufen zurückgeflutet.

Die Überbleibsel der Abteilungen Langerons und Dochturows drängten sich in wirrem Durcheinander auf den Dämmen und um die Teichufer beim Dorfe Aujesd.

Das Geschützfeuer der Russen war gänzlich verstummt, und gegen sechs Uhr beschossen die Franzosen, die auf dem Abhange der Pratzener Höhen eine aus zahlreichen Geschützen bestehende Batterie in Stellung gebracht hatten, nur noch einen der unseren Truppen als Rückzugsstraßen dienenden Dämme bei Aujesd.

Bei der Arrièregarde hatten Dochturow und einige andere Führer die zersprengten Bataillone wieder gesammelt und suchten nun die nachsetzende französische Kavallerie durch Gewehrfeuer abzuwehren. Es begann zu dämmern. Auf dem engen schmalen Damm bei Aujesd, auf dem so viele Jahre hindurch der alte Müller, die Zipfelmütze auf dem Kopf, friedlich mit seiner Angelrute dagesessen hatte, während sein Enkel mit aufgestreiften Hemdsärmeln nach den in der Gießkanne zappelnden silbrigen Fischen gehascht hatte, auf diesem Damm, auf dem so viele Jahre hindurch mährische Bauern mit zottigen Mützen und blauen Jacken friedlich ihre zweispännigen, weizenbeladenen Wagen zur Mühle gefahren hatten und mehlbestäubt, die Wagen mit weißen Säcken beladen, wieder zurückgekommen waren, auf diesem selben schmalen Damm drängten sich jetzt mitten unter Bagagewagen und Kanonen, zwischen Pferde und Räder eingekeilt, Menschen mit von Todesangst entstellten Gesichtern, erdrückten einander, starben, gingen über Sterbende hinweg und töteten einander, nur um wenige Schritte weiter selbst ebenso getötet zu werden.

Alle zehn Sekunden spürte man den Luftdruck eines heransausenden Geschosses, und mitten in diese dichtgedrängte Menschenmasse hinein klatschte eine Kanonenkugel oder schlug eine krepierende Granate, tötete einige der Fliehenden und ließ deren Blut über ihre Nebenmänner hinspritzen. Dolochow, der am Arm verwundet war, drängte sich mit einem Dutzend von Leuten seiner Kompanie — er war bereits wieder Offizier — unter der Masse der anderen über den Damm; neben ihm ritt der Regimentskommandeur, und diese wenigen Männer bildeten den Überrest des ganzen Regiments. Von der Menge mit fortgerissen, waren sie bis an den Anfang des Dammes gelangt und standen jetzt dort, von allen Seiten eingekeilt, ohne weiter zu können; denn weiter vorne war ein Artilleriezugpferd gefallen, und die Menge suchte es aus dem Wege zu räumen. Eine Kanonenkugel warf jemand hinter ihnen zu Boden, eine andere schlug vor ihnen ein und bespritzte Dolochow mit Blut. Die Menge drängte verzweifelt vorwärts, preßte sich zusammen, kam einige Schritte weiter und staute sich dann von neuem.

„Wenn ich nur die nächsten hundert Schritt weit vorwärts komme, so bin ich wahrscheinlich gerettet", dachte ein jeder, „bleibe ich aber hier auch nur noch zwei Minuten stehen, so bin ich wahrscheinlich verloren."

Dolochow, der mitten in der Menschenmasse stand, zwängte sich bis an den Rand des Dammes durch, stieß dabei zwei Soldaten um und lief dann auf das schlüpfrige Eis, das den Teich bedeckte.

„Fahrt doch hierher!" schrie er und sprang vom einen Fuß auf den anderen, während das Eis unter ihm schon zu knistern begann. „Fahrt hier herüber", schrie er den Artilleristen zu. „Es trägt!"

Das Eis trug ihn zwar, aber es bog sich und knisterte, und es war klar, daß es nicht nur unter einem Geschütz oder einer größeren Menschenmenge, sondern auch unter Dolochow allein bald bersten mußte. Alle sahen auf Dolochow und drängten sich an den Rand des Dammes, konnten sich aber zunächst noch nicht entschließen, das Eis zu betreten. Der Regimentskommandeur, der zu Pferde am Dammeingang hielt, hob die Hand und öffnete den Mund, um Dolochow etwas zuzurufen. In diesem Augenblick pfiff eine Kanonenkugel so niedrig über die Menge hin, daß alle sich duckten. Dann hörte man ein schwammig-feuchtes Aufklatschen, und der General stürzte mit seinem Pferde in eine Blutlache. Niemand sah sich nach ihm um oder dachte gar daran, ihn aufzuheben.

„Aufs Eis! Aufs Eis! Los! Fahr doch aufs Eis! Kannst du nicht hören! Los!" wurde jetzt, nach dem Einschlage dieser letzten Kugel, die den General niedergeworfen hatte, von allen Seiten geschrien, ohne daß einer gewußt hätte, was und warum er schrie.

Eins der letzten, dem Dammeingang zunächst stehenden Geschütze schickte sich an, aufs Eis zu fahren. Die Soldaten verließen haufenweise den Damm und eilten auf den gefrorenen Teich zu. Unter einem der ersten barst das Eis, und er geriet mit einem Bein ins Wasser; er wollte den Fuß herausziehen, aber jetzt brach er bis zum Gürtel ein. Nun wollten die anderen zurück, der Stangenreiter brachte sein Pferd zum Stehen, aber weiter hinten wurde in einem fort geschrien: „Aufs Eis! Los! Was steht ihr da noch? Vorwärts! Vorwärts! Aufs Eis!" Schreckensschreie wurden laut. Die Soldaten am Geschütz holten aus und schlugen auf die Pferde ein, um sie von der Stelle zu bringen und mit dem Geschütz vom Damm aufs Eis abzubiegen. Und die Pferde zogen an; das Geschütz fuhr die Dammböschung hinunter aufs Eis. Die Fußgänger hatte das Eis mit genauer Not noch getragen, jetzt barst ein ausgedehntes Stück der Teichfläche, vierzig Menschen hasteten auf dem Eis durcheinander, vorwärts und rückwärts, und rissen einander mit hinab.

Mit unveränderter Regelmäßigkeit pfiffen die Kanonenkugeln heran, fielen klatschend aufs Eis nieder, ins Wasser und am häufigsten in die Menschenmasse auf Damm, Teich und Ufern.

XIX

Fürst Andrej lag auf der Höhe von Pratzen an derselben Stelle, an der er mit der Fahne in der Hand niedergefallen war; er blutete stark und stöhnte, ohne es selbst zu wissen, ein leises, klägliches, kindliches Stöhnen.

Gegen Abend hörte er auf zu stöhnen und verstummte gänzlich. Wie lange er bewußtlos dagelegen hatte, wußte er nicht, aber plötzlich fühlte er wieder, daß er lebte und daß ihn ein brennender, zerrender und reißender Schmerz im Kopf quälte.

„Wo ist nur dieser hohe Himmel geblieben, den ich bisher gar nicht gekannt hatte und erst heute zu sehen bekam?" war sein erster Gedanke. „Aber auch eine solche Qual hatte ich bisher nicht gekannt", dachte er weiter. „Ja, bisher hatte ich überhaupt noch nichts gekannt, gar nichts. Aber wo bin ich eigentlich?"

Er vernahm näherkommenden Hufschlag und französische Worte und horchte auf. Er öffnete die Augen, und wieder war über ihm dieser hohe Himmel, und noch höher schwammen Wolken dahin, und durch diese Wolken sah er eine blaue Unendlichkeit hindurchschimmern. Er lag da, ohne den Kopf zu wenden und sich nach den Reitern umzusehen, die, nach dem Geräusch des Hufschlages und dem Klang der Stimmen zu urteilen, auf ihn zugeritten kamen und dann bei ihm halten blieben.

Diese Reiter waren Napoleon und zwei Adjutanten, die ihn begleiteten. Bonaparte ritt das Schlachtfeld ab und erteilte seine letzten Befehle über die Verstärkungen der Batterien, die den Damm von Aujesd beschossen, und sah sich die Gefallenen und Verwundeten an, die auf dem Schlachtfelde liegengeblieben waren.

„De beaux hommes!" [1] sagte Napoleon, während er einen gefallenen russischen Grenadier betrachtete, der, das Gesicht gegen die Erde gepreßt, den pulverdampfgeschwärzten Nacken nach oben, auf dem Bauche dalag und den schon starrgewordenen Arm weit von sich gestreckt hielt.

„Les munitions des pièces de position sont épuisées,[2] sire!" sagte

[1] Schöne Menschen.
[2] Die Munition der hier in Stellung befindlichen Geschütze ist erschöpft.

in diesem Augenblick ein Adjutant. Er war soeben von den Batterien gekommen, die den Damm von Aujesd beschossen.

„Faites avancer celles de la réserve",[1] antwortete Napoleon, ritt ein paar Schritte weiter und blieb dann beim Fürsten Andrej halten, der auf dem Rücken dalag, neben sich die Fahnenstange, die seinen Händen entfallen war. Die Fahne selbst hatten die Franzosen bereits als Trophäe mitgenommen.

„Voilà une belle mort",[2] sagte Napoleon, während er Bolkonskij betrachtete.

Fürst Andrej begriff, daß diese Worte ihm galten und daß Napoleon der Sprecher war. Er hatte gehört, daß derjenige, der diese Worte gesprochen hatte, „sire" angeredet worden war. Aber diese Worte selbst hörte er nicht anders, als er etwa das Summen einer Fliege gehört hätte. Diese Worte vermochten ihn nicht zu interessieren, ja, sie prägten sich ihm nicht einmal ein, und gleich darauf hatte er sie wieder vergessen. Der Kopf brannte ihm. Er fühlte, wie er immer mehr Blut verlor, und sah über sich den fernen, hohen, ewigen Himmel. Er wußte, daß der Mann, der da vor ihm stand, Napoleon war, sein Heros, aber in diesem Augenblick erschien ihm Napoleon als ein so kleiner, nichtiger Mensch im Vergleich mit dem, was jetzt zwischen seiner Seele und diesem hohen, unendlichen Himmel mit den ziehenden Wolken vorging. Es war ihm in diesem Augenblick vollkommen gleichgültig, wer vor ihm stand und was er von ihm sagte; nur darüber war er froh, daß überhaupt Menschen bei ihm waren, und er hatte nur den einen Wunsch, diese Menschen möchten ihm beistehen und ihm ins Leben zurückhelfen — in dieses Leben, das ihm jetzt so wunderschön erschien, weil er es in einem ganz anderen Sinne erfaßt hatte als früher. Er raffte alle seine Kräfte zusammen, um eine Bewegung zu machen und einen Laut von sich zu geben. Er machte eine schwache Bewegung mit dem Fuß und stieß ein schwaches, schmerzliches Stöhnen aus, das ihn selber rührte.

„Ah! Er lebt noch!" sagte Napoleon. „Der junge Mann soll aufgehoben und zum Verbandsplatz geschafft werden."

Darauf ritt Napoleon weiter, dem Marschall Lannes entgegen, der, den Hut in der Hand, lächelnd auf den Kaiser zugeritten kam, um ihn zum erfochtenen Siege zu beglückwünschen.

Fürst Andrej nahm nichts von alledem wahr, was weiter mit ihm geschah; der furchtbare Schmerz, den ihm das Hinaufgehobenwerden auf die Tragbahre, das Rütteln während des Transports und die Sondierung der Wunde auf dem Verbandsplatz verursachten, hatten ihn das Bewußtsein verlieren lassen. Erst spät am Abend kam er wieder zu sich, als er mit anderen verwundeten und in Gefangenschaft ge-

[1] So lassen Sie die Reserve vorrücken.
[2] Das ist ein schöner Tod.

ratenen russischen Offizieren ins Lazarett geschafft wurde. Auf diesem Transport fühlte er sich ein wenig frischer, er vermochte sich umzusehen und sogar zu sprechen.

Die erste Stimme, die er hörte, nachdem er das Bewußtsein wiedererlangt hatte, war die des französischen Offiziers, der die Überführung der Verwundeten ins Lazarett leitete; er sagte hastig: „Wir müssen hier haltmachen, der Kaiser kommt hier gleich vorbei, und es wird ihm Freude machen, diese in Gefangenschaft geratenen Herren zu sehen."

„Ich glaube, es wird ihm schon langweilig geworden sein, heute sind doch so viele gefangengenommen worden, fast die ganze russische Armee", meinte ein anderer Offizier.

„Na, einerlei! Dieser hier soll der Kommandeur der ganzen Garde des Kaisers Alexander sein", sagte der erste und wies auf einen verwundeten russischen Offizier in der weißen Uniform der Chevaliergarde.

Bolkonskij erkannte den Fürsten Repnin, dem er in der Petersburger Gesellschaft häufig begegnet war. Neben ihm stand ein anderer, gleichfalls verwundeter Chevaliergardeoffizier, ein neunzehnjähriger Junge.

Bonaparte kam angaloppiert und machte halt.

„Wer ist hier der Rangälteste?" fragte er und ließ den Blick über die Gefangenen hingleiten.

Der Oberst Fürst Repnin wurde ihm genannt.

„Sie sind der Kommandeur des Chevaliergarderegiments des Kaisers Alexander?" fragte Napoleon.

„Ich habe eine Schwadron kommandiert", antwortete Repnin.

„Ihr Regiment hat seine Schuldigkeit brav getan", sagte Napoleon.

„Das Lob eines großen Feldherrn ist für einen Soldaten der schönste Lohn", antwortete Repnin.

„Dieses Lob kann ich Ihnen mit Vergnügen aussprechen", sagte Napoleon. „Wer ist der junge Mann neben Ihnen?"

Fürst Repnin nannte ihn; es war der Oberleutnant Suchtelen.

Napoleon sah ihn an und meinte lächelnd:

„Il est venu bien jeune se frotter à nous." [1]

„Jugend ist für niemand ein Hindernis, tapfer zu sein", antwortete Suchtelen abgehackt.

„Eine schöne Antwort!" meinte Napoleon. „Sie werden es noch weit bringen, junger Mann."

Fürst Andrej war zur Vervollständigung der Siegestrophäen mit seiner Tragbahre in die vorderste Reihe gestellt worden, wo er dem Kaiser gleich in die Augen fallen mußte. Napoleon erinnerte sich

[1] Er hat sich in sehr jungen Jahren auf eine Kraftprobe mit uns eingelassen.

offenbar daran, daß er ihn auf dem Schlachtfelde bereits gesehen hatte, und er bediente sich auch jetzt der gleichen Bezeichnung „jeune homme", die er vorhin gebraucht und unter der Bolkonskij sich seinem Gedächtnis eingeprägt hatte.

„Et vous, jeune homme?" redete er ihn an. „Wie fühlen Sie sich jetzt, mon brave?"[1]

Obwohl Fürst Andrej den Soldaten, die ihn trugen, noch vor fünf Minuten einige Worte hatte sagen können, schwieg er jetzt und beschränkte sich darauf, Napoleon starr anzusehen. Alle die Dinge, die Napoleon beschäftigten, erschienen ihm in diesem Augenblick so unbedeutend, und sein Heros selber erschien ihm so hohl, so nichtig mit seiner kleinlichen Eitelkeit und Siegesfreude im Vergleich mit diesem hohen, gerechten und guten Himmel, den er gesehen und den er begriffen hatte, daß er sich nicht imstande fühlte, seine Frage zu beantworten.

Aber auch alles andere erschien ihm so sinnlos und nichtig angesichts jener Strenge und Größe der Gedanken, die Blutverlust, Schwäche, Schmerzen und die Erwartung eines baldigen Todes in ihm wachgerufen hatten. Und während er Napoleon in die Augen sah, dachte Fürst Andrej an die Nichtigkeit aller irdischen Größe, an die Nichtigkeit des Lebens, dessen Sinn ihm noch niemand begriffen zu haben schien, und an die noch größere Nichtigkeit des Todes, dessen Sinn überhaupt kein Mensch auf Erden zu begreifen und zu erklären vermochte.

Da Fürst Andrej ihm keine Antwort gab, wandte der Kaiser sich ab und sagte im Wegreiten zu einem der Herren seines Gefolges:

„Ich wünsche, daß für diese Herren gesorgt wird und daß sie in mein Biwak gebracht werden. Mein Leibarzt Larrey soll ihre Wunden untersuchen. Auf Wiedersehen, Fürst Repnin!" Und damit ließ er sein Pferd anspringen und galoppierte davon.

Sein Gesicht strahlte von glücklicher Selbstzufriedenheit.

Den Soldaten, die den Fürsten Andrej getragen hatten, war das silberne Heiligenbild zu Gesicht gekommen, das die Prinzessin Marja ihrem Bruder umgehängt hatte, und sie hatten es ihm abgenommen; jetzt, nachdem sie gesehen hatten, wie freundlich der Kaiser mit den Gefangenen umging, beeilten sie sich, es ihm wiederzugeben.

Fürst Andrej konnte nicht sehen, wer es ihm wieder umhängte oder wie er das tat; aber plötzlich hing das Heiligenbild an der feinen silbernen Kette wieder über dem Uniformrock auf seiner Brust.

„Es wäre ja so schön", dachte Fürst Andrej, während seine Augen auf diesem Heiligenbild ruhten, das seine Schwester ihm mit so gläubigem und andächtigem Herzen umgehängt hatte, „es wäre ja

[1] Und Sie, junger Mann, mein Tapferer?

so schön, wenn alles so klar und einfach wäre, wie es der Prinzessin Marja erscheint. Wie schön wäre es, wenn man wüßte, bei wem man in diesem Leben Hilfe suchen könnte und was einen nach diesem Leben, dort, jenseits des Grabes erwartet! Wie glücklich und ruhig wäre ich, wenn ich jetzt sagen könnte: Herr, erbarme Dich meiner! ... Aber zu wem sollte ich das sagen? Entweder ist diese Kraft, diese unbestimmbare und unfaßbare Kraft, die ich gar nicht mit Worten bezeichnen kann, geschweige denn anzureden wagen dürfte, entweder ist sie das große All oder das Nichts oder es ist jener Gott, den Prinzessin Marja mir hier auf dieses kleine Weihrauchkissen genäht hat... Nein, es gibt nichts, gar nichts Gewisses außer diesem einen: daß alles, was ich zu begreifen vermag, nichtig ist und daß das Große, Gewaltige, das Allerwichtigste gerade das ist, was ich nicht begreifen kann!"

Die Tragbare setzte sich in Bewegung. Bei jedem Rütteln empfand er wieder einen unerträglichen Schmerz; das Fieber nahm zu, und er begann zu phantasieren. Und durch seine Fieberphantasien glitten immer wieder Gedanken an seinen Vater, seine Frau, seine Schwester, den erwarteten Sohn und alle die Gedanken und Empfindungen, die ihn am Vorabend der Schlacht beschäftigt hatten, und die Erscheinung des kleinen, nichtigen Napoleon und endlich der hohe, hohe Himmel, der sich über alledem wölbte.

Er sah das stille Leben und das ruhige Familienglück in Lysyja Gory vor sich. Aber gerade als er dieses Glück recht von Herzen mitgenießen wollte, stand plötzlich der kleine Napoleon vor ihm, aus dessen Blick Teilnahmslosigkeit, Schadenfreude und Beschränktheit sprachen; und nun begannen Zweifel und Qualen, und nur der Himmel konnte Beruhigung verheißen. Gegen Morgen begannen alle diese Phantasien wirr durcheinanderzufließen, und endlich verschmolzen sie in ein chaotisches Dunkel des Selbstvergessens und der Besinnungslosigkeit, und Larrey, Napoleons Leibarzt, hielt es für wahrscheinlicher, daß dieser Zustand mit dem Tode, als daß er mit einer Genesung endigen werde.

„C'est un sujet nerveux et bilieux", sagte Larrey, „il n'en réchappera pas."[1]

Ebenso wie die übrigen hoffnungslos Verwundeten wurde auch Fürst Andrej dann der Fürsorge der Zivilbevölkerung überlassen.

[1] Er ist ein nervöser, galliger Mensch, er wird es nicht überstehen.

VIERTER TEIL

I

Zu Anfang des Jahres 1806 erhielt Nikolai Rostow Heimaturlaub. Denissow fuhr ebenfalls nach Hause, nach Woronesh, und Rostow hatte ihn überredet, die Reise bis Moskau mit ihm zusammen zu machen und in seinem Elternhause abzusteigen. Auf der vorletzten Station hatte Denissow einen Kameraden getroffen und mit ihm drei Flaschen Wein getrunken; und jetzt, während sie sich schon Moskau selbst näherten, lag er auf dem Boden des Postschlittens und war allen Unebenheiten des Weges und allen Stößen des Schlittens zum Trotz nicht zu erwecken. Rostow saß neben ihm und wurde immer ungeduldiger, je mehr sie sich Moskau näherten.

„Noch immer nicht? Noch immer nicht? Ach, diese endlosen Straßen, Läden, Bäcker, Laternen, Droschken!" dachte Rostow, als sie schon am Schlagbaum ihre Urlaubsscheine vorgezeigt und sich in die Meldeliste eingetragen hatten und nun in Moskau einfuhren.

„Denissow, wir sind da! Er schläft!" sagte er und beugte sich mit dem ganzen Körper vor, als könnte er damit die Bewegung des Schlittens beschleunigen.

Denissow gab keine Antwort.

„Da, an der Straßenkreuzung, da ist ja schon die Ecke, wo der Droschkenkutscher Sachar seinen Standplatz hat! Und da ist er ja auch selbst und hat immer noch das gleiche Pferd! Und da ist auch der Laden, wo wir immer Pfefferkuchen kauften! Noch immer nicht? Herrgott, wenn es doch schneller ginge!"

„Vor welchem Hause soll ich halten?" fragte der Kutscher.

„Da, vor dem großen, ganz am Ende, ja, siehst du es denn nicht? Das ist unser Haus", sagte Rostow. „Das ist doch unser Haus! Denissow! Denissow! Jetzt sind wir gleich da."

Denissow hob den Kopf und räusperte sich, ohne zu antworten.

„Dmitrij", wandte sich Rostow an den Lakaien, der auf dem Schlittenrand saß. „Ist dort bei uns nicht Licht?"

„Jawohl, jawohl, auch der Herr Papa haben Licht im Kabinett."

„Sie sind also noch nicht zu Bett? Was? Was meinst du? Vergiß nur nicht, meine neue Attila gleich auszupacken", sagte Rostow und fuhr sich über die Oberlippe mit dem kleinen, eben erst sprossenden Schnurrbärtchen.

„Na, los, los, fahr doch schneller!" rief er dann dem Kutscher zu. „Aber so wach doch auf, Wasja", wandte er sich dann an Denissow, dem der Kopf schon wieder auf die Brust gesunken war. „Los, los, schneller, schneller, du kriegst drei Rubel Trinkgeld!" rief er dem Kutscher zu, als der Schlitten nur noch drei Häuser von der Auffahrt des Rostowschen Hauses entfernt war. Es war ihm, als kämen die Pferde nicht von der Stelle. Endlich bog der Schlitten nach rechts ab, der Auffahrt zu, Rostow sah das wohlbekannte Gesims mit dem abgebröckelten Stück, die Haustürstufen, den Prellstein. Noch bevor der Schlitten hielt, sprang er hinaus und stürzte in den Hausflur. Das Haus stand unbeweglich und ohne irgendein Zeichen von Freude da, als habe es sich nicht darum zu kümmern, wer zu ihm käme. Im Flur war niemand. „Mein Gott, es wird doch nichts passiert sein?" dachte Rostow; er blieb einen Augenblick stehen, und der Herzschlag wollte ihm aussetzen, aber dann lief er gleich wieder weiter durch den Hausflur und die wohlbekannten schiefgetretenen Treppenstufen hinauf. Die Türklinke, über deren Unsauberkeit sich die Gräfin so häufig geärgert hatte, gab noch ebenso kraftlos nach wie früher. Im Vorzimmer brannte eine einzige Talgkerze.

Der alte Michailo lag schlafend auf der Truhe. Der Lakai Prokofij, der bei Ausfahrten auf dem Bock zu sitzen hatte und so stark war, daß er einen Wagen am Hintergestell aufheben konnte, saß da und flocht Schuhe aus Tuchleisten. Als die Tür sich öffnete, sah er auf, und sein gleichgültiges und schläfriges Gesicht nahm plötzlich einen Ausdruck erschrockenen Entzückens an.

„Heiliger Gott! Der junge Graf!" schrie er, als er den jungen Herrn erkannt hatte. „Was ... woher ... Ach, liebster liebster Herr!" Und vor Aufregung zitternd, stürzte Prokofij zur Salontür, offenbar um Nikolais Ankunft zu melden, aber dann besann er sich eines anderen, kehrte um und küßte seinen jungen Herrn auf die Schulter.

„Ist alles gesund und munter?" fragte Rostow und entzog ihm seine Hand.

„Gott sei Dank, Gott sei Dank, ja! Haben soeben zu Abend gespeist. Aber laß dich doch ansehen, Ew. Durchlaucht!"

„Und es ist nichts Schlimmes passiert?"

„Nicht das geringste, Gott sei Dank!"

Rostow hatte Denissow gänzlich vergessen; er wollte nicht, daß irgend jemand ihm selbst mit der Nachricht von seiner Ankunft zuvorkäme, warf seinen Pelz ab und eilte auf den Zehenspitzen in den unerleuchteten großen Saal. Alles war wie früher, die L'hom=bretische und der verhüllte Kronleuchter. Aber irgend jemand mußte den jungen Herrn doch schon gesehen haben, denn er war noch nicht im Salon, da flog aus einer Seitentür wie ein Sturmwind etwas auf ihn zu, umarmte ihn und bedeckte ihn mit Küssen. Und aus einer zweiten, einer dritten Tür flog gleich darauf ein zweites, ein drittes Wesen, und wieder gab es Umarmungen, wieder Küsse, wieder Aufschreie und Freudentränen. Er konnte gar nicht unter=scheiden, wo und wer der Papa war, wo und wer Natascha und Petja. Alle schrien, alle redeten durcheinander, alle küßten ihn zugleich. Nur die Mutter war nicht darunter, das merkte er.

„Und ich wußte ja gar nichts ... Nikoluschka ... liebster Junge! ... Da ist er also! ... unser guter Kolja ... Und wie du dich verändert hast! ... Macht doch Licht! ... Und Tee! ... Gib mir noch einen Kuß! ... Ach, du Allerallerbester ... und mir auch!"

Sonja, Natascha, Petja, Anna Michailowna, Wera, der alte Graf umarmten ihn, und die Leute drängten sich in den Nebenzimmern und ergingen sich in aufgeregten Ausrufen.

Petja hatte sich an Nikolais Beine gehängt.

„Mir auch einen Kuß!" schrie er.

Natascha zog Nikolai an sich und küßte ihm das ganze Gesicht ab, dann ließ sie ihn los, ergriff den einen Schoß seiner Attila und hüpfte mit durchdringendem Kreischen wie eine Ziege auf dem gleichen Fleck herum.

Überall liebende Augen, Augen voller Freudentränen! Überall Lippen, die ihn küssen wollten!

Rot wie Bauerntuch hielt Sonja Nikolais eine Hand in der ihren, sah ihm glückstrahlend ins Gesicht und wartete darauf, daß er sie ansehen würde. Sie war jetzt sechzehn Jahre alt und sehr hübsch, ganz besonders in diesem Augenblick seliger Erwartung. Lächelnd und mit verhaltenem Atem hing sie an seinem Gesicht und ver=wandte kein Auge von ihm. Er sah sie dankbar an, aber er wartete immer noch auf jemand und sah sich suchend um. Die alte Gräfin war noch nicht zum Vorschein gekommen. Jetzt endlich ließen sich hinter der Tür Schritte vernehmen, aber es waren so schnelle Schritte, daß es nicht die der Mutter sein konnten.

Aber sie war es doch, und sie hatte ein neues Kleid an, das er noch gar nicht kannte und das erst während seiner Abwesenheit gemacht worden war. Alle anderen ließen ihn jetzt los, und er stürzte auf sie zu. Sie schluchzte auf und sank an seine Brust. Sie war nicht imstande, ihren Kopf wieder zu heben, und preßte das Gesicht nur gegen die kalte Verschnürung seiner Attila. Inzwischen war, von niemandem beachtet, Denissow hereingekommen; er wischte sich die Augen, als er die beiden beieinander sah.

Dann stellte er sich dem Grafen vor, der ihn fragend ansah. „Wassilij Denissow, ein Freund Ihres Sohnes."

„Ah, ich freue mich sehr. Ich weiß, ich weiß, Nikoluschka hat oft von Ihnen geschrieben", sagte der Graf und küßte und umarmte Denissow. „Natascha, Wera, das ist er, das ist Denissow."

Und alle diese Menschen mit den glückseligen Gesichtern stürzten sich auf den struppig aussehenden Denissow und drängten sich um ihn.

„Lieber, guter Denissow!" kreischte Natascha, die vor Seligkeit gar nicht wußte, was sie tat, sprang auf ihn zu, fiel ihm um den Hals und gab ihm einen Kuß. Alle gerieten in Verlegenheit, und auch Denissow war rot geworden; aber mit einem Lächeln ergriff er Nataschas Hand und küßte sie.

Denissow wurde in ein rasch für ihn hergerichtetes Zimmer geführt, und die Rostows versammelten sich im Diwanzimmer um ihren Nikoluschka.

Die alte Gräfin saß neben ihm, sie ließ seine Hand nicht los und küßte sie alle Augenblicke; die übrigen drängten sich um die beiden, verfolgten jede Bewegung, jeden Blick und jedes Wort von ihm und konnten die glückselig und verliebt schimmernden Augen nicht von ihm wenden. Nikolais Geschwister stritten sich um die Plätze in seiner nächsten Nähe und zankten sich darum, wer ihm seinen Tee, sein Schnupftuch, seine Pfeife bringen durfte.

Rostow war sehr glücklich über all die Liebe, die ihm von den Seinigen entgegengebracht wurde; aber der erste Augenblick des Wiedersehens war so selig gewesen, daß ihn das jetzt empfundene Glück gering deuchte und er immer wieder dachte, es müßte noch etwas anderes, etwas ganz Besonderes dazukommen.

Am nächsten Morgen schliefen die reisemüden Ankömmlinge bis gegen zehn Uhr.

In der vor ihrem Schlafzimmer gelegenen Stube lagen in wirrem Durcheinander Säbel, Säbeltaschen und Packtaschen, geöffnete Koffer und schmutzige Stiefel umher. Zwei Paar geputzte Sporenstiefel waren gerade an die Wand gestellt worden. Diener brachten Waschschüsseln, heißes Wasser zum Rasieren und die gereinigten Kleidungsstücke. Es roch nach Tabak und nach Männern.

„He, Grischka, die Pfeife!" schrie Waska Denissow mit seiner heiseren Stimme. „Rostow, steh auf!"

Rostow rieb sich die schlafverklebten Augen und hob den Kopf mit den wirren Haaren aus den warmen Kissen.

„Was ist los? Es ist wohl schon spät?"

„Allerdings, es geht auf zehn Uhr", antwortete Nataschas Stimme, und im Nebenzimmer ließ sich das Rascheln gestärkter Kleider und das Flüstern und Lachen von Mädchenstimmen hören, und durch die Türspalte schimmerte etwas Blaues, Bänder, schwarze Haare und lustige Gesichter. Es waren Natascha, Sonja und Petja, und sie waren gekommen, um zu sehen, ob der Bruder schon aufgestanden war.

„Nikolenka, steh auf!" rief Natascha wieder durch die Tür.

„Sofort!"

Inzwischen hatte Petja im ersten Zimmer die Säbel erblickt und einen von ihnen an sich genommen. Er fühlte sich ganz von dem Entzücken durchglüht, das Knaben angesichts eines älteren, schon im Waffendienst stehenden Bruders zu überkommen pflegt, und öffnete die Tür, ohne daran zu denken, daß der Anblick entkleideter Männer für Natascha und Sonja doch etwas durchaus Unschickliches war.

„Ist das dein Säbel?" rief er.

Die Mädchen sprangen zurück. Denissow hatte ganz erschrockene Augen bekommen, versteckte seine behaarten Beine unter der Bettdecke und sah sich hilfesuchend nach seinem Kameraden um. Petja kam durch die Tür und zog sie dann hinter sich zu. Draußen hörte man Gelächter.

„Nikolenka, komm doch im Schlafrock heraus", rief Natascha.

„Ist das dein Säbel?" fragte Petja. „Oder ist es Ihrer?" wandte er sich mit ehrerbietiger Höflichkeit an den schnurrbärtigen, schwarzen Denissow.

Rostow fuhr rasch in die Schuhe, zog den Schlafrock an und ging hinaus. Natascha hatte gerade den einen seiner Sporenstiefel angezogen und stieg jetzt in den anderen. Sonja wirbelte sich im Kreise herum und wollte gerade mit einem Schwung ihr Kleid aufblähen und sich niederhocken, als er eintrat. Natascha und Sonja hatten beide die gleichen neuen blauen Kleider an und sahen frisch, rosig und vergnügt aus. Sonja lief weg, Natascha aber nahm den Arm ihres Bruders und führte ihn ins Diwanzimmer, und gleich darauf waren sie auch schon mitten in einem eifrigen Gespräch. Am Abend waren sie noch gar nicht dazu gekommen, einander nach tausend Kleinigkeiten zu fragen und von tausend Kleinigkeiten zu erzählen, die nur für sie beide Interesse hatten. Natascha lachte bei einem jeden seiner oder ihrer Worte, und zwar nicht etwa, weil das, was sie sprachen, lächerlich gewesen wäre, sondern nur, weil es ihr so lustig ums Herz war und sie es nicht über sich brachte, ihre Fröhlichkeit, die in diesem Lachen einen Ausweg suchte, zu beherrschen.

„Ach, wie schön, wie großartig!" sagte sie zu allem.

Rostow fühlte, wie unter den warmen Strahlen dieser ihrer Liebe zum erstenmal seit einem halben Jahr in seiner Seele und auf seinem Gesicht sich knospengleich wieder jenes kindliche Lächeln entfaltete, das er in dieser ganzen Zeit, seit er damals von Hause fortgegangen war, nicht ein einziges Mal mehr gelächelt hatte.

„Nein, höre", sagte sie, „bist du jetzt wirklich ein richtiger Mann? Ich freue mich ja so schrecklich, daß du mein Bruder bist." Sie zupfte an seinem Schnurrbärtchen. „Ich möchte so gern wissen, was ihr Männer eigentlich für Geschöpfe seid. Ebensolche wie wir? Oder nicht?"

„Warum ist Sonja denn weggelaufen?" fragte Rostow.

„Ja, weißt du, das ist eine Geschichte für sich! Wie wirst du Sonja überhaupt anreden? Mit du oder mit Sie?"

„Nun, wie es sich eben macht", meinte Rostow.

„Bitte, sage doch Sie zu ihr, ich werde dir nachher sagen, warum. Nein, ich kann es dir auch gleich sagen. Du weißt doch, daß Sonja meine Freundin ist, und ich liebe sie so sehr, daß ich mir für sie den Arm verbrannt habe. Da, sieh doch!"

Sie streifte den Mousselinärmel auf und zeigte ihm auf ihrem langen, mageren, zarten Ärmchen, weit oberhalb des Ellbogens, schon fast an der Schulter – an einer Stelle, die auch ein Ballkleid noch bedeckt läßt – ein rotes Mal.

„Dort habe ich mich gebrannt, um ihr zu zeigen, wie lieb ich sie habe. Ich habe ganz einfach ein Lineal im Feuer heißgemacht und daraufgedrückt."

Sie saßen auf dem Diwan mit den gepolsterten Armlehnen in demselben Zimmer, in dem sie früher ihre Unterrichtsstunden gehabt hatten, und während Rostow in Nataschas schwärmerisch glänzende Augen sah, fühlte er sich wieder in seine Kinderwelt zurückversetzt, die für niemand anders Sinn und Bedeutung gehabt hatte als für ihn, ihm aber die höchsten Freuden seines Lebens geschenkt hatte; und es kam ihm keineswegs sinnlos vor, daß man sich mit einem Lineal den Arm verbrennen konnte, um zu zeigen, wie lieb man jemand hatte: er verstand das und wunderte sich nicht im geringsten darüber.

„Und dann? Ist das alles?" fragte er.

„Ja, siehst du, so gute Freundinnen sind wir eben! Na, das mit dem Lineal, das war natürlich eine Dummheit, aber wir sind eben Freundinnen für alle Ewigkeit. Wenn sie jemand liebt, so liebt sie ihn auch fürs ganze Leben. Ich kann das aber nicht, ich vergesse zu rasch."

„Nun, und?"

„Ja, also so lieb hat sie mich und dich."

Natascha war plötzlich rot geworden.

„Na, du weißt doch noch, vor deiner Abreise . . . Also jetzt sagt sie, wenn du wolltest, solltest du das alles ruhig wieder vergessen . . . Sie hat gesagt: ‚Ich werde ihn immer lieben, aber er soll frei sein.' Nicht wahr, das ist doch hochherzig und edel? Nicht wahr, nicht wahr? Das ist doch sehr edel? Nicht wahr?" fragte Natascha sehr ernsthaft und sehr aufgeregt, und es war deutlich zu merken, daß sie das alles mehr als einmal und unter Tränen der Rührung mit Sonja besprochen hatte.

Rostow überlegte.

„Ein einmal gegebenes Wort nehme ich unter keinen Umständen zurück", sagte er dann. „Zudem finde ich Sonja so entzückend, daß ich ja ein Narr sein müßte, wenn ich auf so ein Glück verzichten wollte!"

„Nein, nein!" rief Natascha. „Darüber habe ich auch schon mit ihr gesprochen. Wir wußten ja, daß du das sagen würdest. Aber das geht nicht, denn du mußt doch verstehen, wenn du so sprichst, das heißt, wenn du sagst, du fühltest dich durch dein Wort gebunden, dann könnte es ja so aussehen, als habe sie das absichtlich gesagt. Es könnte so aussehen, als heiratest du sie trotzdem nur gezwungenermaßen, und das wäre doch nicht das Richtige."

Rostow sah, daß die beiden sich das alles wohl überlegt hatten. Sonja hatte ihn gestern durch ihre Schönheit überrascht, und heute war sie ihm noch schöner erschienen, obwohl er sie ja nur flüchtig gesehen hatte. Sie war ein entzückendes Mädchen von sechzehn Jahren und liebte ihn offenbar leidenschaftlich — daran zweifelte er keinen Augenblick. Warum sollte er sie also nicht jetzt lieben und später heiraten? Aber dann dachte er daran, daß es gerade jetzt doch noch soviel anderes gab, was ihn beschäftigte und woran er seine Freude haben konnte. „Ja, die beiden haben sich das wohl überlegt", sagte er sich. „Ich muß frei bleiben."

„Na, also gut", meinte er. „Darüber können wir ja immer noch reden. — Ach, wie froh bin ich doch, daß ich wieder mit dir zusammen sein kann!" setzte er hinzu. „Nun, und wie ist es mit dir? Bist du Boris auch nicht untreu geworden?"

„Ach, Unsinn!" lachte Natascha. „Ich denke weder an ihn noch an sonst jemand! Davon will ich nichts mehr wissen."

„Na, so etwas! Was ist denn mit dir los?"

„Mit mir?" antwortete Natascha, und ein glückliches Lächeln verklärte ihr Gesicht. „Hast du Duport gesehen?"

„Nein."

„Du hast den berühmten Duport nicht gesehen, den Tänzer? Nun, dann kannst du mich auch nicht verstehen. Aber jetzt paß einmal auf!"

Natascha faßte mit rundgewinkelten Armen ihr Kleid an wie eine Tänzerin, lief einige Schritte zurück, drehte sich herum, vollführte einen Entrechat, schlug mit den Füßchen gegeneinander und machte dann einige Schritte auf den alleräußersten Spitzen ihrer Schuhe.

„So kann ich schon stehen. Ist das vielleicht nichts?" sagte sie. Aber länger konnte sie sich auch nicht auf den Zehenspitzen halten. „Da siehst du, was ich kann! Heiraten tu ich überhaupt nicht, ich werde Tänzerin. Aber du darfst es niemand sagen."

Rostow lachte so laut und so lustig, daß Denissow nebenan ganz neidisch wurde und daß auch Natascha nicht mehr an sich halten konnte und laut mitlachte.

„Aber nicht wahr, das war doch fein?" fragte sie immer wieder.

„Natürlich! Aber Boris willst du also nicht mehr heiraten?"

Natascha wurde über und über rot.

„Ich will überhaupt nicht heiraten. Und das sage ich ihm auch, wenn ich ihn wiedersehe."

„Na, so etwas!" meinte Rostow.

„Aber das ist ja alles Unsinn", schwatzte Natascha weiter. „Aber sage mal, wie ist eigentlich Denissow? Nett?"

„Ja, sehr."

„Na, also auf Wiedersehen und zieh dich rasch an! Muß man vor Denissow eigentlich Angst haben?"

„Aber warum denn?" fragte Nikolai. „Nein, Waska ist ein famoser Kerl."

„Waska nennst du ihn? Wie komisch? Also du meinst, er ist sehr nett?"

„Ja, sehr."

„Na, dann komm nur bald zum Tee. Alle anderen sind schon da."

Und Natascha stellte sich wieder auf die Zehenspitzen und stolzierte aus dem Zimmer, wie eine Balletteuse, aber mit einem Lächeln, wie nur glückliche fünfzehnjährige Mädchen es zu lächeln vermögen.

Rostow wurde rot, als er bald darauf im Salon mit Sonja zusammentraf. Er wußte nicht recht, wie er sich Sonja gegenüber verhalten sollte. Gestern hatten sie sich im Augenblick der ersten Wiedersehensfreude geküßt, jetzt hatten sie aber beide die Empfindung, daß das nicht angebracht war; Rostow fühlte, wie alle, Mutter und Schwestern, ihn fragend ansahen und gespannt darauf waren, für was für einen Verkehrston er sich Sonja gegenüber entscheiden würde. Er küßte ihr die Hand und nannte sie „Sie" und „Sonja". Aber wenn die Augen der beiden sich begegneten, so nannten sie einander „du" und küßten sich zärtlich. In Sonjas Blick lag eine Bitte um Verzeihung, daß sie es gewagt hatte, ihn durch Natascha an sein Versprechen zu erinnern, und gleichzeitig aber auch ein Ausdruck des Dankes für seine Liebe. Und Rostow dankte ihr mit seinem Blick dafür, daß sie ihm die Freiheit angeboten hatte, und ließ sie zugleich wissen, daß er — so oder so — nie aufhören würde, sie zu lieben, eben weil er gar nicht anders könne.

„Es ist doch sehr merkwürdig, daß Sonja und Nikolai sich jetzt

‚Sie' nennen und überhaupt so fremd miteinander tun", sagte Wera, als das Gespräch einmal einen Augenblick ruhte.

Weras Bemerkung war durchaus richtig, wie es alle ihre Bemerkungen waren, aber wie fast alle ihre Bemerkungen berührte sie alle anderen unangenehm, und zwar nicht nur Sonja, Nikolai und Natascha, sondern auch die alte Gräfin, die immer fürchtete, ihr Sohn könne sich um seiner Liebe zu Sonja willen noch einmal eine glänzende Partie verscherzen. Sie wurde jetzt rot wie ein junges Mädchen. Aber da trat Denissow in den Salon, zu Rostows Erstaunen in einer neuen Uniform, pomadisiert und parfümiert und überhaupt so stutzerhaft hergerichtet, als ginge es zum Gefecht; und er machte den Damen gegenüber in einer Weise den liebenswürdigen Kavalier, wie Rostow es nie von ihm erwartet hätte.

II

Von der Armee nach Moskau zurückgekehrt, war Nikolai Rostow von seinen Angehörigen als der beste Sohn und Bruder von der Welt, als Held und als der unvergleichliche und schlechthin vollkommene Nikoluschka empfangen worden. Der weiteren Verwandtschaft galt er als ein hübscher Husarenoffizier, ein flotter Tänzer und einer der besten Heiratskandidaten von Moskau.

Rostows waren mit ganz Moskau bekannt. Geld hatte der alte Graf in diesem Jahre genug, da er wieder auf alle seine Güter hin bedeutende Summen aufgenommen hatte, und so konnte Nikolai seine Zeit recht lustig hinbringen; er hatte sich einen eigenen Traber angeschafft und trug ein wenig auffallende und in Moskau noch ganz unerhörte Reithosen nach der allerneuesten Mode und ebensolche, vorne sehr spitz zulaufende Stiefel mit kleinen Silbersporen. Er genoß jetzt im elterlichen Hause die Rückkehr zu den angenehmen Lebensformen von einst nach einer längeren Zwischenzeit. Dazu gefiel er sich in der Vorstellung, in jeder Hinsicht gewachsen und zum Manne geworden heimgekehrt zu sein. Sein verzweifelter Kummer über das Durchfallen in der Religionsprüfung, die Anleihen, die er früher gelegentlich zur Bezahlung von Droschkenfahrten bei Gawrilo gemacht, die heimlichen Küsse, die er mit Sonja getauscht hatte — das alles erschien ihm jetzt in der Erinnerung als eine Summe von Kindereien, über die er unendlich weit hinaus war. Jetzt war er ein Husarenoffizier mit silberverschnürtem Dolman und dem noch als Junker erworbenen Georgskreuz der Mannschaftsklasse und fuhr seinen Traber zum Rennen ein, zusammen mit bekannten Pferdeliebhabern und Kennern, älteren Herren, die in der Gesellschaft zu den Respektspersonen zählten. Er unterhielt Beziehungen zu einer Dame, die am Boulevard wohnte und zu der er abends zu fahren pflegte. Er dirigierte die Mazurka auf dem Ball bei Archarows, unterhielt sich mit dem Feldmarschall Kamenskij über den Krieg, verkehrte im Englischen Klub und stand mit einem vierzigjährigen Obersten, dessen Bekanntschaft er Denissow verdankte, auf „du".

Seine Leidenschaft für den Kaiser war in Moskau ein wenig abgeflaut. Aber da er ihn jetzt lange nicht gesehen hatte und es für die nächste Zeit auch keine Möglichkeit dazu gab, so erzählte er häufig vom Kaiser und sprach gern von der Liebe, die er für ihn empfand, und ließ dabei durchblicken, daß er keineswegs alles erzählt habe und daß es mit seiner Liebe zum Kaiser noch etwas ganz Besonderes auf sich habe, das dritten Personen unverständlich bleiben müßte; und so teilte er immerhin von ganzem Herzen die schwärmerische Verehrung für den Kaiser Alexander Pawlowitsch, die in Moskau damals allgemein war und sich auch in dem vielgebrauchten Beinamen „der Engel in Menschengestalt" äußerte.

In der Zeit, die Rostow bis zu seiner abermaligen Abreise zur Armee in Moskau verbrachte, kam er Sonja nicht näher, sondern entfernte sich eher von ihr. Sie war sehr schön, sie war zutraulich und freundlich, und sie war offenbar leidenschaftlich in ihn verliebt; aber er befand sich gerade in dem Alter, wo man so beschäftigt ist, daß man einfach nicht dazu kommt, sich mit solchen Dingen abzugeben, und wo ein junger Mann nichts mehr fürchtet, als sich zu binden und seine so geliebte Freiheit preiszugeben, die er noch zu sehr vielen anderen Erlebnissen nötig zu haben glaubt. Wenn er in dieser Moskauer Zeit an Sonja dachte, so sagte er sich: „Ach, solche Mädchen wie sie wird es noch in Menge geben, und es gibt sie irgendwo auch schon jetzt, bloß ich kenne sie noch nicht. Mit der Liebe kann ich mich immer noch abgeben, sobald ich Lust habe, eben habe ich aber keine Zeit dazu." Zudem wollte es ihm scheinen, als sei weiblicher Umgang etwas seiner jungen Mannhaftigkeit Unwürdiges. Und wenn er auf Bälle fuhr oder sonst Damengesellschaften besuchte, so gab er sich den Anschein, als tue er es nur widerwillig. Rennen, der Englische Klub, Zechereien mit Denissow, Fahrten zu gefälligen Damen — das war etwas anderes: das gehörte sich so für einen schneidigen jungen Husaren.

Anfang März war der alte Graf Ilja Andreïtsch Rostow mit dem Arrangement eines Diners beschäftigt, das im Englischen Klub zu Ehren des Fürsten Bagration gegeben werden sollte.

Der Graf ging im Schlafrock im Saal auf und ab und erteilte dem Ökonomen und dem Oberkoch des Englischen Klubs, dem berühmten Feoktist, seine Anweisungen bezüglich der Spargel, der frischen Gurken, der Erdbeeren, des Kalbfleisches und der Fische für das

Diner. Der Graf gehörte dem Klub seit seiner Gründung an und war auch im Vorstande. Der Klub hatte ihm das Arrangement des Diners zu Ehren Bagrations übertragen, weil es kaum einen anderen gab, der im Veranstalten von Festen so großzügig und geschickt war wie er und der vor allem so bereitwillig aus seiner eigenen Kasse beisteuerte, wenn die ausgesetzten Summen nicht reichten. Der Koch und der Ökonom lauschten mit vergnügten Gesichtern den Anweisungen des Grafen, denn sie wußten schon, daß sie bei einem solchen Diner, dessen Kosten immerhin einige Tausend Rubel ausmachten, niemals ein besseres Geschäft für ihre eigene Tasche machen konnten, als wenn die Leitung in den Händen des Grafen Rostow lag.

„Und sieh zu, daß unter allen Umständen Hahnenkämme in die Schildkrötensuppe kommen, verstehst du!"

„Und es soll also drei kalte Gerichte geben?" fragte der Koch.

Der Graf dachte ein wenig nach.

„Ja, weniger dürfen es nicht sein. Ja, unbedingt drei ... Erstens die Mayonnaise ... zweitens ..."

Und er zählte die drei kalten Gerichte an den Fingern her.

„Also sollen die großen Sterletts genommen werden?" fragte der Ökonom.

„Ja, was soll man machen? Also wenn er sie dir nicht billiger lassen will, dann nimm sie auch so. Ja, Väterchen, das hätte ich ja beinahe vergessen, wir brauchen ja noch ein zweites Entree. Ach du lieber Gott!" – und er griff sich an den Kopf – „Wer wird mir denn die Blumen besorgen! Mitenka! He, Mitenka! Reite doch rasch heraus", wandte er sich an den auf seinen Ruf herbeigeeilten Geschäftsführer, „reite doch rasch heraus" – dieses „heraus" bezog sich auf das unmittelbar in nächster Nähe der Stadt gelegene Rostowsche Gut – „und sorge dafür, daß dem Gärtner Maxim gleich eine Anzahl Fronbauern zur Verfügung gestellt wird. Sage ihm, er soll alles herschaffen, was die Gewächshäuser nur hergeben, aber es soll gut in Filzdecken eingeschlagen werden. Und daß mir zum Freitag zweihundert Blumentöpfe zur Stelle sind!"

Er gab noch diesen und jenen Befehl und wollte gerade zu seiner „kleinen Gräfin" gehen, um sich ein wenig zu erholen, als ihm noch etwas Wichtiges einfiel; er machte also kehrt, ließ den Koch und den Ökonomen zurückholen und fing wieder an, ihnen alle möglichen Anweisungen zu geben. Da klangen von der Tür her elastische, sporenklirrende Männerschritte, und der junge Graf trat ein; er sah bildhübsch aus mit seinen frischen, roten Wangen und seinem kleinen schwarzen Schnurrbärtchen, und es war deutlich wahrzunehmen, wie gut er sich bei dem ruhigen und behaglichen Moskauer Leben erholt und herausgemacht hatte.

„Ach, lieber Junge, ich weiß ja gar nicht mehr, wo mir der Kopf steht", meinte der alte Graf mit einem Lächeln, das ein wenig so aussah, als schämte er sich vor seinem Sohn. „Wenn du mir vielleicht ein bißchen helfen könntest ... Ich brauche nämlich noch Sänger. Musiker habe ich schon. Aber was meinst du, soll man nicht Zigeuner bestellen? Ihr Leute vom bunten Tuch seid doch für so etwas immer zu haben."

„Wahrhaftig, Papachen, ich glaube, Bagration hat sich mit den Vorbereitungen zur Schlacht bei Schöngraben nicht so abgeschunden, wie Sie es jetzt tun", sagte der Sohn lächelnd.

Der alte Graf tat ärgerlich.

„Ja, du hast gut reden, versuche du es nur mal!"

Und er wandte sich an den Koch, der mit schlauer und pfiffiger und zugleich respektvoller Miene Vater und Sohn aufmerksam und freundlich ansah.

„Ja, Feoktist, so ist die Jugend von heute, was?" sagte er. „Machen sich noch lustig über uns alte Gestelle!"

„Ja, Ew. Erlaucht, die wollen eben immer nur gut essen, aber wie das alles zusammengebracht und serviert werden muß, darum kümmern sie sich nicht."

„Natürlich, natürlich!" rief der Graf und ergriff seinen Sohn vergnügt bei beiden Händen. „Höre mal, du kommst mir ja gerade recht! Nimm dir gleich einen Schlitten, einen Zweispänner, und fahre zu Besuchow und sage ihm, Graf Ilja Andreïtsch ließe ihn um Erdbeeren und frische Ananas bitten. Sonst können wir die nirgends bekommen. Wenn er selbst nicht da ist, dann geh zu den Prinzessinnen und sage es denen, und von da fahre gleich auf den Rasguljaiplatz – der Kutscher Ipatka weiß Bescheid – und treibe da den Zigeuner Iljuschka auf, den Kerl, der damals beim Grafen Orlow getanzt hat – weißt du noch, er hatte so einen weißen Kosakenrock an? Und dann bringe ihn her."

„Und die Zigeunerinnen soll ich auch gleich mitbringen?" fragte Nikolai lachend.

„Na, na!"

Inzwischen war Anna Michailowna mit jener geschäftigen, sorgenvollen und zugleich christlich-sanftmütigen Miene, die sie nie verließ, unhörbaren Schrittes in den Saal gekommen. Obwohl sie den Grafen jeden Tag im Schlafrock antraf, wurde er dabei jedes Mal verlegen und entschuldigte sich bei ihr wegen seines Kostüms.

„Das macht ja nichts, lieber Graf", sagte sie und schloß für eine Sekunde mit sanftem Gesichtsausdruck die Augen. „Zu Besuchow will ich aber selbst fahren. Pierre ist jetzt zu Hause, und so werden wir aus seinen Treibhäusern alles bekommen, was wir wollen. Ich muß ihn sowieso sprechen, er hat mir einen Brief von Boris zugeschickt. Boris ist jetzt ja Gott sei Dank beim Stabe."

Der Graf freute sich, daß Anna Michailowna einen Teil seiner Geschäfte übernahm, und befahl, die kleine Kalesche für sie anzuspannen.

„Sagen Sie doch Besuchow, er möchte auch kommen. Ich werde seinen Namen in die Gästeliste eintragen. Ist er jetzt eigentlich mit seiner Frau zusammen hier?"

„Ach, mein Lieber, er ist sehr unglücklich", sagte Anna Michailowna mit bekümmertem Augenaufschlag. „Wenn es wahr ist, was man darüber hört, so ist es schrecklich. Wer hätte das gedacht! Und wir haben uns doch damals noch so über sein Glück gefreut! Und was für eine hochherzige, himmlische Seele ist dieser junge Besuchow! Ja, er tut mir von ganzem Herzen leid, und ich will versuchen, ihn zu trösten, soweit ich irgend kann."

„Aber was ist denn geschehen?" fragten beide Rostows, der alte und der junge.

Anna Michailowna seufzte tief.

„Dolochow, der Sohn von Marja Iwanowna", flüsterte sie geheimnisvoll, „soll sie in der ärgsten Weise kompromittiert haben. Pierre hat ihm zu seinem gesellschaftlichen Wiederaufstieg verholfen, hat ihn in Petersburg in seinem Hause aufgenommen, und da ... Jetzt ist sie hierhergekommen, und dieser Tollkopf mußte ihr natürlich folgen." Anna Michailowna wollte mit diesen Worten eigentlich ihr Mitgefühl für Pierre bekunden, aber es machte sich ganz von selbst so, daß der Ton ihrer Worte und ihr halbes Lächeln eher Teilnahme für diesen Tollkopf, wie sie Dolochow genannt hatte, zum Ausdruck brachten. „Pierre selbst soll der Kummer wirklich beinah umbringen."

„Na, sagen Sie ihm trotzdem, er soll in den Klub kommen, das wird ihn immerhin etwas ablenken. Es wird ein riesiges Fest werden."

Am folgenden Tage – es war am dritten März – erwarteten um zwei Uhr nachmittags zweihundertfünfzig Mitglieder des Englischen Klubs und fünfzig geladene Gäste den Fürsten Bagration, den Helden des österreichischen Feldzuges, als Ehrengast zum Diner. Als die Nachricht von der Schlacht bei Austerlitz eingetroffen war, da war ganz Moskau zunächst wie vor den Kopf geschlagen gewesen. Die Russen waren damals so an Siege gewöhnt, daß die einen die Nachricht von der erlittenen Niederlage einfach nicht glaubten, und die anderen in irgendwelchen ganz außergewöhnlichen Erscheinungen die Erklärung für ein so seltsames Geschehnis suchen zu müssen meinten. Im Englischen Klub, wo alles zusammenkam, was Rang und Geltung und zuverlässige Informationen hatte, war im Dezember, als die Nachrichten einzulaufen begannen, von der letzten Schlacht und überhaupt vom Kriege gar nicht mehr gesprochen worden, als hätten sich alle verabredet, darüber zu schweigen. Die Männer, deren Äußerungen sonst den Klubgesprächen Richtung und Färbung gaben, etwa Graf Rastoptschin, Fürst Jurij, Wladimirowitsch Dolgorukij, Walujew, Graf Markow, Fürst Wjasemskij, zeigten sich nicht im Klub, sondern kamen in ihren Häusern, in intimeren Kreisen, zusammen, und so blieben die Moskauer, die ihre Ansichten nach den Äußerungen solcher Persönlichkeiten zu bilden pflegten – und zu dieser Art von Moskauern gehörte auch Ilja Andreïtsch Rostow –, eine kurze Zeit lang ohne Führer und damit auch ohne eine bestimmte Meinung über den Stand der Dinge auf dem Kriegsschauplatz. Sie fühlten wohl, daß irgend etwas nicht in Ordnung war, hatten aber gleichzeitig auch die Empfindung, daß man sich über die ungünstigen Nachrichten schwer ein Urteil bilden konnte, und hielten es daher für das beste, zu schweigen. Nach einiger Zeit erschienen aber diese Größen, die im Klub die Meinung machten, wieder auf der Bildfläche etwa in der Art, wie Geschworene aus dem Beratungszimmer kommen, und jetzt wurde offen und ohne Umschweife über alles gesprochen, was geschehen war. Jetzt hatten sich die Ursachen eines so unglaublichen, unerhörten und unmöglichen Ereignisses, wie eine russische Niederlage es war, gefunden, jetzt war alles klar, und an allen Ecken und Enden von Moskau konnte man jetzt das Gleiche hören. Und die Ursachen der Niederlagen waren: die Verräterei der Österreicher, die schlechte Verpflegung der Armee, die Verräterei des Polen Przebyszewski und des Franzosen Langeron, die Unfähigkeit Kutusows und – das sagte man allerdings nur leise – die Jugend und Unerfahrenheit des Kaisers, der schlechten und nichtswürdigen Männern sein Vertrauen geschenkt hatte. Aber die Armee, die russische Armee, so sagten alle, sei über jedes Lob erhaben und habe Wunder der Tapferkeit getan. Soldaten, Offiziere, Generäle – alle waren sie Helden. Aber der Held aller Helden war doch Fürst Bagration, der sich in der Schlacht bei Schöngraben ebenso mit Ruhm bedeckt hatte wie beim Rückzuge von Austerlitz, wo er als einziger seine Kolonne in tadelloser Ordnung zurückgeführt und einen ganzen Tag lang einen doppelt so starken Gegner abgewehrt hatte. Der Umstand, daß Bagration in Moskau keinerlei Verbindungen hatte und dort fremd war, hatte übrigens dazu beigetragen, daß ihn gerade Moskau zu seinem Helden erkoren hatte. In seiner Person wurde die schuldige Ehre dem einfachen, allen Intrigen und aller Konnexionswirtschaft fremden russischen Frontsoldaten erwiesen, die dazu noch durch die Erinnerungen des italienischen Feldzuges mit dem Namen Suworows verbunden war – und außerdem ließ sich auch keine bessere Form denken, um die gegen Kutusow empfundene Abneigung und Mißbilligung zum Ausdruck zu bringen.

„Wenn es keinen Bagration gäbe, il faudrait l'inventer[1]", sagte der Witzbold Schinschin in Anlehnung an Voltaires bekannten Ausspruch. Von Kutusow sprach kein Mensch, höchstens schimpfte man halblaut auf ihn und nannte ihn einen höfischen Speichellecker und einen alten Satyr.

Durch ganz Moskau wurde ein Wort des Fürsten Dolgorukij kolportiert: „Wer immer die anderen geleimt hat, bleibt schließlich selber einmal kleben", und dieses Wort wurde insofern als Trost empfunden, als es angesichts der erlittenen Niederlage die Erinnerung an frühere Siege wachrief. Viel wiederholt wurde auch ein Ausspruch Rastoptschins, wonach der französische Soldat mit hochtrabenden Phrasen zum Kampfe angefeuert werden müsse; den Deutschen wieder müsse man nach allen Regeln der Logik klarmachen, daß Fliehen noch gefährlicher sei als vorwärts gehen; aber den russischen Soldaten müsse man nur zurückhalten und ihn bitten: „Nicht zu tollkühn!" Von allen Seiten hörte man immer wieder neue Beispiele von jener heldenmütigen Tapferkeit erzählen, die unsere Soldaten und Offiziere bei Austerlitz an den Tag gelegt haben sollten. Der hatte eine Fahne gerettet, der allein fünf Franzosen getötet, ein dritter wieder allein fünf Kanonen bedient. Und Leute, die ihn gar nicht kannten, sprachen auch von Berg und erzählten, wie er, an der rechten Hand verwundet, den Degen in die Linke genommen habe und vorgestürmt sei. Von Bolkonskij dagegen war nicht die Rede, und nur einige, die ihn näher gekannt hatten, sprachen ihr Bedauern darüber aus, daß er so früh habe sterben und eine schwangere Frau und solch einen Sonderling von Vater habe zurücklassen müssen.

III

Am dritten März schwirrten in allen Räumen des Englischen Klubs laute Stimmen durcheinander, und Klubmitglieder und Gäste in Uniformen und Fräcken, manche aber auch noch in gepuderten Perücken und langschößigen Röcken gingen hin und her, saßen, standen herum, traten zu Gruppen zusammen und gingen wieder auseinander — wie Bienen, die im Frühling den Stock verlassen. Livrierte Lakaien mit gepuderten Köpfen, in Strümpfen und Schnallenschuhen standen an allen Türen und verfolgten aufmerksam jede Bewegung der Gäste und Klubmitglieder, um ihre Dienste anzubieten. Die Mehrzahl der Anwesenden bestand aus älteren respektablen Herren mit vollen und selbstbewußten Gesichtern, dicken Fingern und energischen Stimmen und Bewegungen. Die Gäste und Klubmitglieder die=

[1] Er müßte erfunden werden.

ser Art saßen auf ihren bekannten und gewohnten Plätzen und traten zu ihren bekannten und gewohnten Gruppen zusammen. Nur ein kleiner Teil der Anwesenden bestand aus solchen Gästen, die nicht zu den ständigen Besuchern des Klubs gehörten; meist waren es jüngere Leute, und unter ihnen waren auch Denissow, Rostow und Dolochow, der wieder die Offiziersuniform des Semlonomskij-Regiments trug. Auf den Gesichtern dieser Jüngeren, namentlich soweit sie zur Armee gehörten, lag der Ausdruck jenes geringschätzigen Respekts vor den alten Herren, welcher der älteren Generation gewissermaßen sagt: Wir sind zwar bereit, euch mit aller Achtung und Ehrerbietung zu begegnen, aber vergeßt nicht, daß wir die Zukunft für uns haben.

Als altes Klubmitglied war auch Neswizkij da. Pierre, der auf Befehl seiner Frau wieder lange Haare trug, seine Brille abgelegt hatte und sich modisch kleidete, wanderte mit trübseliger und mißmutiger Miene durch die Säle. Wie immer fühlte er sich auch jetzt von der gleichen Atmosphäre umgeben: Menschen, die sich vor seinem Reichtum beugten und die er, an eine dominierende Stellung bereits gewöhnt, mit geringschätziger Zerstreutheit behandelte.

Den Jahren nach gehörte er eigentlich zu den jungen Leuten, aber sein Reichtum und seine Konnexionen gliederten ihn wieder dem Kreise der älteren und besonders respektvoll zu behandelnden Gäste ein, und so pendelte er denn zwischen Gruppen beider Art hin und her. In den einzelnen Gruppen der Älteren bildete meistens ein besonders respektabler alter Herr den Mittelpunkt, und selbst Unbekannte gesellten sich respektvoll zu solchen Gruppen, um zu hören, was diese alten Herren von sich gaben. Die stärksten Gruppen hatten sich um den Grafen Rastoptschin, Walujew und Naryschkin gebildet. Rastoptschin setzte gerade auseinander, wie die Russen von den fliehenden Österreichern fast erdrückt worden seien und sich mit dem Bajonett den Weg durch die Flüchtigen hätten bahnen müssen.

Walujew teilte unter dem Siegel der Verschwiegenheit mit, Uwarow sei aus Petersburg hergeschickt worden, um festzustellen, welchen Einfluß die Schlacht bei Austerlitz auf die Stimmung in Moskau gehabt habe.

In einer dritten Gruppe erzählte Naryschkin von einer österreichischen Kriegsratssitzung, in der Suworow schließlich, als ihm das Gerede der österreichischen Generäle zu dumm geworden sei, statt einer Antwort wie ein Hahn gekräht haben sollte. Schinschin, der auch bei dieser Gruppe stand, wollte einen Witz machen und sagte, Kutusow habe Suworow nicht einmal diese immerhin nicht allzuschwere Kunst abgelernt, nämlich wie ein Hahn zu krähen; aber die alten Herren sahen den Witzbold streng an und wollten ihm damit zu verstehen geben, daß es gerade an diesem Tage und an diesem Orte durchaus unangebracht sei, in diesem Ton von Kutusow zu sprechen.

Graf Ilja Andreïtsch Rostow kam alle Augenblicke mit seinen weichen Stiefeln hastig und geschäftig aus dem Speisesaal in den Salon, begrüßte eilig und immer mit genau den gleichen Worten bedeutende und unbedeutende Gäste — er kannte alle —, suchte dazwischen mit den Blicken seinen stattlichen, gutgewachsenen Sohn, sah ihn stolz und glücklich an und zwinkerte ihm zu. Der junge Rostow stand an einem der Fenster mit Dolochow zusammen, den er kürzlich kennengelernt hatte und auf dessen Bekanntschaft er großen Wert legte. Der alte Graf trat auf die beiden zu und schüttelte Dolochow die Hand.

„Komm doch mal zu uns, du bist doch mit meinem Jungen bekannt ... ihr seid doch zusammen draußen gewesen und habt gemeinsam eure Heldentaten vollführt ... Ah! Wassilij Ignatitsch ... guten Tag, guten Tag, mein Alter!" wandte er sich an einen alten Herrn, der gerade vorüberging, aber er hatte seine Begrüßungsworte noch nicht zu Ende gebracht, da geriet auf einmal alles in Bewegung, ein Lakai kam ganz aufgeregt hereingestürzt und meldete: „Sie sind da!"

Klingelzeichen ertönten, die Vorstandsglieder stürzten zum Eingang, und die in den verschiedenen Räumen zerstreuten Gäste drängten sich auf einen Haufen zusammen — es erinnerte an das Zusammenrinnen der Roggenkörner auf der Worfschaufel — und blieben im großen Salon an der Saaltür stehen.

In der Tür erschien als erster Bagration, ohne Hut und Degen — beides hatte er, wie die Klubsitte es wollte, beim Portier abgegeben. Er hatte jetzt keine Lammfellmütze auf dem Kopf und keine Kosakenpeitsche über der Schulter — so hatte Rostow ihn damals in der Nacht vor der Schlacht bei Austerlitz gesehen —, sondern er trug eine neue, eng anliegende Uniform mit russischen und ausländischen Orden, darunter den Georgsstern, auf der linken Brustseite. Offensichtlich hatte er sich noch unmittelbar vor dem Diner Haar und Backenbart stutzen lassen, was seine ganze Physiognomie zu ihrem Nachteil veränderte. Auf seinem Gesicht lag ein Ausdruck von naiver Festesfreude, der neben seinen energischen, männlichen Zügen sogar ein wenig komisch anmutete. Bekleschow und Feodor Petrowitsch Uwarow, die mit ihm zusammen gekommen waren, blieben an der Tür stehen, um ihm, als dem Ehrengast, den Vortritt zu lassen. Bagration geriet in Verlegenheit und wollte diese Höflichkeit nicht annehmen; es gab daher einen kleinen Aufenthalt, und schließlich trat Bagration doch als erster ein. Ohne recht zu wissen, wo er seine Hände lassen sollte, ging er verlegen und ungeschickt über das Parkett des Empfangsraumes, und es wäre ihm offenbar vertrauter und leichter gewesen, im Kugelregen über einen Sturzacker zu gehen, wie er es bei Schöngraben an der Spitze des Kurskschen Regiments getan hatte. Die Vorstandsglieder empfingen ihn an der ersten Tür, sagten ein paar Worte, wie sehr sie sich freuten, einen so geschätzten Gast im Klub begrüßen zu dürfen, umringten ihn dann und führten ihn, ohne seine Antwort abzuwarten, wie einen Gefangenen in den Salon. In der Salontür war aber kein Durchkommen, denn Gäste und Klubmitglieder drängten sich dicht zusammen, und jeder suchte über die Schultern seiner Vordermänner hinweg Bagration zu sehen, als sei er ein wildes Tier. Graf Ilja Andreïtsch legte von allen die größte Energie an den Tag, sagte immer wieder lachend: „Platz, mon cher, Platz, Platz!", drängte die Menge zurück, bugsierte Bagration und die beiden mit ihm Gekommenen in den Salon und ließ sie auf dem mittleren Diwan Platz nehmen. Die Klubgrößen umringten nun die drei, und Graf Ilja Andreïtsch zwängte sich wieder durch die Menge und verließ den Salon; eine Minute später erschien er wieder mit einem anderen Vorstandsgliede. Er trug jetzt ein großes silbernes Tablett und hielt es dem Fürsten Bagration hin. Auf dem Tablett lag ein gedrucktes, zu Ehren des Helden verfaßtes Gedicht. Als Bagration das Tablett vor sich sah, schaute er sich erschrocken und gleichsam hilfesuchend um; aber in den Augen aller Umstehenden las er die dringende Forderung, sich dem zu fügen, was über ihn verhängt war. Bagration fühlte, daß er sich in ihrer Macht befand, ergriff mit beiden Händen entschlossen das Tablett und sah den Grafen, der es ihm hingehalten hatte, mit einem wütenden und vorwurfsvollen Blick an. Irgend jemand nahm ihm dienstfertig das Tablett wieder ab – denn es hatte den Anschein, als beabsichtige er, es bis zum Abend mit beiden Händen festzuhalten und auch mit ihm zu Tisch zu gehen – und machte ihn auf das Gedicht aufmerksam. „Na schön, also ich werde es lesen", schien Bagrations Miene zu sagen; er starrte mit seinen schläfrigen Augen auf das Papier und begann mit einem Ausdruck von Konzentration und Ernst zu lesen. Dann nahm ihm aber der Verfasser das Gedicht ab und fing selber an, es vorzutragen. Fürst Bagration senkte den Kopf und hörte zu.

„Mit grünem Lorbeer schmückst du Alexanders Krone,
es schreckt dein Heldenblick der Feinde Übermacht,
es schützt dein starker Arm den Titus auf dem Throne,
du Perikles daheim, du Caesar in der Schlacht!
Nun wagt des Schlachtenglücks verwöhnter Lieblingssohn
nicht Trotz zu bieten mehr den russischen Alciden,
er selbst, Napoleon, er fürchtet Bagration . . ."

Aber er war mit seinem Gedicht noch nicht fertig, da rief auch schon der Haushofmeister mit seiner gewaltigen Stimme: „Das Essen ist angerichtet!" Die Tür ging auf, und aus dem Speisesaal schollen brausend die Klänge der Polonaise: „Rolle, Donner du des Sieges! Tapfres Rußland, freue dich!" Graf Ilja Andreïtsch warf dem Dichter, der immer noch weiter lesen wollte, einen empörten Blick zu und verbeugte sich vor Bagration. Alle erhoben sich, fest überzeugt, daß das Diner wichtiger war als das Gedicht, und man ging zur Tafel, Bagration wieder an der Spitze. Bagration saß ganz oben, und zwar zwischen zwei Alexandern, nämlich Bekleschow und Naryschkin, was als Anspielung auf den Namen des Kaisers seine Bedeutung hatte. Die dreihundert anderen nahmen nach Rang und Würden im Speisesaal Platz, und zwar dergestalt, daß man desto näher an den Ehrengast zu sitzen kam, je mehr Anspruch man selbst auf eine auszeichnende und ehrerbietige Behandlung hatte; und das machte sich ganz natürlich, gleichsam unter der Wirkung desselben Gesetzes, nach welchem das Wasser seine größte Tiefe da erreicht, wo der Boden am niedrigsten liegt.

Unmittelbar vor Beginn des Diners hatte Graf Ilja Andreïtsch dem Fürsten noch seinen Sohn vorgestellt. Bagration erkannte ihn wieder und murmelte einige Worte, die ebenso ungeschickt und nichtssagend waren wie alles, was er an diesem Tage herausbrachte. Graf Ilja Andreïtsch sah, während Bagration mit seinem Sohn sprach, alle Umstehenden mit freudigem Stolz an.

Nikolai Rostow saß mit Denissow und seinem neuen Bekannten Dolochow etwa an der Mitte der Tafel. Ihnen gegenüber hatten Pierre und Fürst Neswizkij Platz genommen. Graf Ilja Andreïtsch saß mit den übrigen Herren vom Vorstande Bagration gegenüber, machte die Honneurs und verkörperte sozusagen die altberühmte treuherzige Moskauer Gastlichkeit.

Seine Mühe und Arbeit war tatsächlich nicht umsonst gewesen. Seine beiden Menüs — denn es gab eins aus Fastenspeisen, eins aus anderen — waren prachtvoll; dennoch wurde er bis zum Schlusse des Diners ab und zu immer wieder unruhig. Bald gab er dem Büfettier einen Wink, bald flüsterte er einem der Lakaien einen Befehl zu, und jedesmal geriet er in Aufregung, wenn wieder eines der ihm wohlbekannten Gerichte aufgetragen werden sollte. Alles war ausgezeichnet. Beim zweiten Gange, als gerade die riesigen Sterletts aufgetragen wurden — bei ihrem Anblick wurde Ilja Andreïtsch ganz rot vor Freude und verlegen — begannen die Lakaien schon die Pfropfen knallen zu lassen und den Champagner einzuschenken. Nach dem Fisch, der durchaus Eindruck gemacht hatte, wechselte Graf Ilja Andreïtsch mit den übrigen Herren vom Vorstande einen Blick. „Es wird viele Toaste geben, darum ist es Zeit anzufangen!"

flüsterte er, ergriff sein Kelchglas und erhob sich. Alle verstummten und warteten auf das, was er sagen würde.

„Auf das Wohl Seiner Majestät des Kaisers!" rief er, und im selben Augenblick traten ihm auch schon Tränen der Freude und Begeisterung in seine herzensguten Augen. Gleichzeitig spielte die Musik: „Rolle, Donner du des Sieges!" Alle standen auf und schrien: „Hurra!" Und Bagration schrie sein „Hurra!" genau mit der gleichen Stimme, mit der er es auf dem Felde von Schöngraben geschrien hatte. Die begeisterte Stimme des jungen Rostow war durch alle die dreihundert Stimmen hindurch zu hören. Er war nahe daran, in Tränen auszubrechen. „Aufs Wohl Seiner Majestät des Kaisers", schrie er, „Hurra!" Er leerte sein Glas mit einem Zuge und schleuderte es zu Boden. Viele folgten seinem Beispiel. Das Hurrarufen dauerte noch eine Zeitlang fort, und als es endlich verstummte, nahmen alle wieder Platz, lächelten über ihr eigenes Geschrei und setzten ihre Unterhaltung fort, während die Lakaien die Glasscherben wegräumten. Graf Ilja Andreïtsch stand wieder auf, warf einen Blick auf den neben seinem Teller liegenden Notizzettel und brachte einen Toast auf den Helden des letzten Feldzuges aus, den Fürsten Peter Iwanowitsch Bagration, und wieder traten ihm Tränen in die blauen Augen. „Hurra!" schrien wieder die dreihundert Festteilnehmer, und statt der Orchestermusik ließen sich jetzt die Sänger vernehmen, die eine von Paul Iwanowitsch Kutusow komponierte Kantate vortrugen:

„Gegen Rußland hilft kein Wehren,
Kühnheit ist des Sieges Pfand.
Bagration mit unseren Heeren
wirft die Feinde in den Sand." usw.

Die Sänger waren kaum zu Ende, als auch schon neue und immer wieder neue Toaste einsetzten, bei denen Graf Ilja Andreïtsch immer gerührter wurde und noch mehr Gläser zerschmettert und noch lauter geschrien wurde. Man trank auf die Gesundheit Bekleschows, Naryschkins, Uwarows, Dolgorukijs, Apraxins, Walujews, auf die Gesundheit des Klubvorstandes, des Präsidenten, aller Klubmitglieder, aller Gäste des Klubs und endlich ganz besonders begeistert auf die Gesundheit des Grafen Ilja Andreïtsch, der das Diner arrangiert hatte. Und bei diesem Toast zog der Graf sein Schnupftuch heraus, verdeckte damit sein Gesicht und überließ sich rückhaltlos seinen Tränen.

IV

Pierre saß gegenüber von Dolochow und Nikolai Rostow. Er aß und trank viel und hastig, wie immer. Allein wer ihn genauer kannte, der nahm doch wahr, daß an diesem Tage eine große Veränderung mit ihm vorgegangen war. Er schwieg während des ganzen Diners, runzelte die Stirn und ließ seine Augen blinzelnd umherschweifen oder starrte offenbar gänzlich zerstreut vor sich hin und bohrte sich mit dem Finger in der Nase. Er sah finster und niedergeschlagen aus. Offenbar hörte und sah er nichts von dem, was um ihn her vorging, und dachte unausgesetzt über eine und dieselbe schwere oder gar unlösbare Frage nach.

Diese unlösbare Frage, die ihn quälte, hing mit den Anspielungen zusammen, welche die Prinzessinnen ihm gegenüber in Moskau über intime Beziehungen Dolochows zu seiner Frau gemacht hatten; dazu hatte er an diesem Morgen einen anonymen Brief erhalten, in welchem mit jenem niederträchtigen, hämischen Spott, der anonymen Briefen so oft eigen ist, gesagt war, er sähe anscheinend doch recht schlecht durch seine Brille, denn er sei der einzige, dem die Beziehungen seiner Frau zu Dolochow ein Geheimnis geblieben seien. Pierre war zwar weit davon entfernt, den Anspielungen der Prinzessinnen Glauben zu schenken, aber es gab ihm jedesmal einen Stich durchs Herz, wenn er den ihm gegenübersitzenden Dolochow ansah. Immer, wenn sein Blick unversehens den schönen, frechen Augen Dolochows begegnete, fühlte er etwas Schreckliches, wenn auch Gestaltloses, in seiner Seele aufsteigen und wandte rasch den Blick zur Seite. Unwillkürlich fiel ihm dann die ganze Vergangenheit seiner Frau und die Art ihres Benehmens gegenüber Dolochow ein, und dann mußte er sich mit aller Deutlichkeit sagen, daß die Behauptung des anonymen Briefschreibers wahr sein könnte oder doch wenigstens wahr scheinen könnte, wenn sie sich auf irgendeine andere Frau als die seine bezogen hätte. Pierre mußte unwillkürlich daran denken, wie Dolochow, der nach dem Kriege militärisch wieder in jeder Beziehung rehabilitiert worden war, ihn nach seiner Rückkehr in Petersburg aufgesucht hatte. Er war Pierres Freund und Kamerad bei seinen ehemaligen Junggesellenvergnügungen gewesen und war nun auf diese alten Beziehungen hin ohne weiteres in sein Haus gekommen, und Pierre hatte ihn bei sich einquartiert und ihm Geld geliehen. Pierre dachte daran, wie Hélène ihm lächelnd ihre Unzufriedenheit darüber geäußert hatte, daß Dolochow bei ihnen wohnte, und wie zynisch Dolochow ihm gegenüber die Schönheit seiner Frau gepriesen und wie er von jener Zeit an bis zur Ankunft in Moskau auch nicht für einen Augenblick von ihnen beiden gewichen war.

„Ja, er ist sehr schön", dachte Pierre, „ich kenne ihn. Für ihn würde ein ganz besonderer Reiz darin liegen, meinen Namen in den Schmutz zu ziehen und sich über mich lustig zu machen, und zwar gerade deshalb, weil ich mir so viel Mühe damit gemacht habe, für ihn zu sorgen und ihm zu helfen. Ich kenne ihn, ich kann es mir denken, was für eine besondere Würze gerade das in seinen Augen einem solchen Betruge geben müßte — wenn es eben wahr wäre. Ja, wenn es eben wahr wäre! Aber ich glaube es nicht, ich habe nicht das Recht, es zu glauben, und ich kann es auch gar nicht glauben." Dann fiel ihm der Ausdruck ein, den Dolochows Gesicht in den Augenblicken annahm, in denen ihn seine Anfälle von wilder Grausamkeit überkamen, wie damals, als er den Polizeikommissar mit dem Bären zusammenband und ins Wasser warf oder wenn er einen Menschen ohne den geringsten Grund zum Duell forderte oder mit einem Pistolenschuß ein Fuhrmannspferd erschoß. Diesen Ausdruck hatte er häufig auf Dolochows Gesicht erblickt, wenn dieser ihn angesehen hatte. „Ja, er ist eben ein Raufbold", dachte Pierre, „es kommt ihm gar nicht darauf an, einen Menschen umzubringen, er muß wohl glauben, alle hätten Furcht vor ihm, und das muß ihm wohl angenehm sein. Er muß wohl glauben, ich hätte auch Furcht vor ihm. Und das habe ich wirklich." Und Pierre merkte, wie bei diesen Gedanken wieder jenes gestaltlose Schreckliche in seiner Seele aufstieg. Dolochow, Denissow und Rostow saßen ihm jetzt gegenüber und machten einen überaus vergnügten Eindruck. Rostow plauderte lustig mit seinen beiden Freunden, von denen der eine ein schneidiger Husar, der andere ein bekannter Raufbold und Galgenstrick war, und streifte ab und zu mit einem spöttischen Blick den ihm gegenübersitzenden Pierre, dessen massige Erscheinung in ihrer Zerstreutheit und Versunkenheit während des Essens allgemein auffiel. Rostow war auf Pierre schlecht zu sprechen, erstens, weil er sich als echter Husar verpflichtet fühlte, eine Abneigung gegen Pierre zu empfinden, der in seinen Augen ein reicher Zivilist, der Mann einer schönen Frau und überhaupt ein Waschlappen war; zweitens, weil Pierre in seiner Zerstreutheit und Versunkenheit Rostow nicht erkannt und seine Verbeugung unerwidert gelassen hatte. Als man auf das Wohl des Kaisers getrunken hatte, war Pierre, in seine Gedanken vertieft, sitzen geblieben und hatte auch nicht nach seinem Glase gegriffen.

„Was ist denn mit Ihnen los?" schrie Rostow ihn an, und seine Augen blitzten vor Begeisterung und Empörung zugleich. „Hören Sie denn nicht: auf das Wohl Seiner Majestät des Kaisers!"

Pierre seufzte, stand gehorsam auf, leerte sein Glas, wartete dann, bis alle sich wieder gesetzt hatten, und wandte sich mit seinem guten Lächeln an Rostow.

„Ich hatte Sie ja gar nicht erkannt", sagte er. Aber Rostow war eben für nichts zu haben, sondern schrie in einem fort: „Hurra!"

„Warum erneuerst du denn nicht deine Bekanntschaft mit ihm?" fragte Dolochow seinen Tischnachbar.

„So ein dummer Kerl! Hole ihn doch der Teufel!" meinte Rostow.

„Die Ehemännner schöner Frauen soll man immer besonders nett behandeln", sagte Denissow.

Pierre hatte nicht gehört, was die drei gesagt hatten, aber gemerkt, daß von ihm die Rede war. Er wurde rot und sah zur Seite.

„Na, jetzt wollen wir auf das Wohl aller schönen Frauen trinken!" sagte Dolochow, erhob sein Glas und wandte sich mit ernster Miene, aber mit einem Lächeln in den Mundwinkeln an Pierre. „Also, lieber Petruscha, auf das Wohl aller schönen Frauen und ihrer Liebhaber!"

Pierre schlug die Augen nieder und trank, ohne Dolochow anzusehen oder ihm eine Antwort zu geben. Ein Lakai, der Kutusows Kantate zu verteilen hatte, legte auch Pierre als einem der respektabelsten Gäste ein Exemplar hin. Pierre wollte es an sich nehmen, aber da beugte Dolochow sich vor, riß ihm das Blatt aus den Händen und begann selbst zu lesen. Pierre sah ihn an, seine Augen wurden groß und starr, und jenes gestaltlose Schreckliche, das ihn schon während des ganzen Diners gequält hatte, stieg in ihm auf und gewann Gewalt über ihn. Mit seinem ganzen schwerfälligen Körper beugte er sich über den Tisch und schrie:

„Wie können Sie sich unterstehen, mir das Blatt wegzunehmen!"

Neswizkij und Pierres rechter Nachbar wandten sich rasch und bestürzt zu Pierre, als sie ihn so schreien hörten und merkten, wem dies Schreien galt.

„Lassen Sie doch, lassen Sie doch, was ist denn nur in Sie gefahren?" flüsterten sie erschrocken.

Dolochow sah Pierre mit seinen hellen, munteren, grausamen Augen an und lächelte dabei, als wollte er sagen: „Gerade so hab ich's gern."

„Ich gebe es nicht her", sagte er langsam und betont.

Bleich und mit zitternden Lippen entriß ihm Pierre das Blatt.

„Sie ... Sie ... sind ein Halunke! ... Ich fordere Sie!" stieß er hervor, schob seinen Stuhl zurück und stand vom Tische auf.

Im Augenblick, da er das getan und diese Worte hervorgestoßen, hatte Pierre gefühlt, daß die Frage, ob seine Frau schuldig war — diese Frage, die ihn alle diese letzten Tage hindurch gequält hatte, endgültig und ohne jeden Zweifel entschieden war: sie war schuldig. Er haßte sie und fühlte sich für immer von ihr geschieden.

Obwohl Denissow ihn bat, sich doch nicht in diese Sache einzumischen, erklärte sich Rostow doch bereit, Dolochow als Sekundant zu dienen, und vereinbarte nach dem Essen mit Besuchows

Sekundanten Neswizkij die Bedingungen des Duells. Pierre war nach Hause gefahren, während Rostow, Dolochow und Denissow noch bis spät in den Abend hinein im Klub saßen und den Zigeunern und dem Sängerchor zuhörten.

„Also dann sehen wir uns morgen in Sokolniki", sagte Dolochow, als er sich vor dem Portal des Klubgebäudes von Rostow verabschiedete.

„Und du bist wirklich so durchaus ruhig?" fragte Rostow.

Dolochow blieb stehen.

„Warte einmal, ich will dir mit zwei Worten auseinandersetzen, was das ganze Geheimnis bei einem Duell ist. Wenn du vor einem Duell dein Testament machst und zärtliche Briefe an deine Eltern schreibst, ja wenn du überhaupt nur daran denkst, du könntest fallen — dann bist du ein Narr und schon so gut wie verloren. Aber du brauchst nur mit der festen Absicht hinzukommen, deinen Gegner so schnell und so sicher wie möglich zu töten, und es ist alles in Ordnung. Unser alter Bärenjäger in Kostroma pflegte zu sagen: ‚Natürlich hat man Angst vor dem Bären, aber sobald man ihn zu Gesicht bekommt, da ist doch alle Angst weg, und man hat nur noch den einzigen Gedanken, daß er einem nicht entkommen soll!' Na, und genauso geht es jetzt mir. A demain, mon cher.[1]"

Am folgenden Tage langten Pierre und Neswizkij gegen acht Uhr morgens im Walde von Sokolniki an und fanden dort Dolochow, Denissow und Rostow bereits vor. Pierre schien mit Gedankengängen beschäftigt zu sein, die mit der Sache, um die es sich hier handelte, nichts zu tun hatten. Sein Gesicht sah schlaff aus und hatte eine gelbliche Farbe; offenbar hatte er in der Nacht nicht geschlafen. Er sah sich zerstreut um und blinzelte dabei, als blende ihn ein heller Sonnenstrahl. Zwei Gedanken beschäftigten ihn ausschließlich: der Gedanke daran, daß seine Frau schuldig war, woran er nach der schlaflos verbrachten Nacht nicht im geringsten mehr zweifelte, und der Gedanke, daß Dolochow schuldlos war, da er ja gar keinen Grund hatte, die Ehre eines ihm fremden Menschen zu schonen. „Vielleicht hätte ich an seiner Stelle das gleiche getan", dachte Pierre. „Ich hätte sogar sicher das gleiche getan; wozu also dieses Duell, dieses Morden? Entweder töte ich ihn, oder er trifft mich in den Kopf, in den Ellbogen, ins Knie. Ach, weglaufen, fliehen, sich irgendwo verstecken!" ging es ihm durch den Kopf. Aber gerade in dem Augenblick, da ihm diese Gedanken kamen, fragte er mit einem ganz besonders ruhigen und nachlässig-zerstreuten Gesichtsausdruck, der den anderen unwillkürlich Respekt abnötigte: „Ist es bald soweit? Ist alles bereit?"

[1] Bis morgen, mein Lieber.

Alle Vorbereitungen waren getroffen, im Schnee staken die Säbel, zur Bezeichnung der Barriere, bis zu der das Vorrücken gestattet war, und die Pistolen waren geladen. Neswizkij trat auf Pierre zu.

„Ich würde mich einer Pflichtversäumnis schuldig machen, Graf", sagte er mit zaghafter Stimme, „und mich Ihres Vertrauens sowie der Ehre, die Sie mir mit der Wahl zu Ihrem Sekundanten erwiesen haben, unwürdig zeigen, wenn ich Ihnen in diesem ernsten und wichtigen Augenblick nicht die ganze Wahrheit sagte. Meiner Meinung nach ist das Vorgefallene kein genügender Grund für ein Duell, und es lohnt sich nicht, deswegen Blut zu vergießen ... Sie hatten unrecht, zum mindesten nicht unbedingt recht, Sie haben sich hinreißen lassen ..."

„Ach ja, es war außerordentlich töricht ...", erwiderte Pierre.

„Erlauben Sie mir also, Ihrem Gegner den Ausdruck Ihres Bedauerns zu überbringen, und ich bin überzeugt, daß er bereit sein wird, Ihre Entschuldigung gelten zu lassen", sagte Neswizkij, der, ebenso wie die anderen Beteiligten und wie überhaupt die meisten, die mit derartigen Affären zu tun haben, noch immer nicht glaubte, daß es wirklich zum Kampf kommen würde. „Sie wissen doch, Graf, es ist viel edler, seinen Fehler einzugestehen, als die Sache bis zu Konsequenzen zu treiben, die sich nicht mehr rückgängig machen lassen. Eine wirklich ernsthafte und beabsichtigte Beleidigung liegt doch auf keiner Seite vor. Erlauben Sie mir also, mit Ihrem Gegner ..."

„Nein, was gibt es denn da überhaupt noch zu reden!" fiel Pierre ihm ins Wort. „Darauf kommt es jetzt gar nicht mehr an. Also ist alles soweit?" fragte er dann. „Sagen Sie mir nur, bis wohin ich vorrücken und wie ich schießen soll", setzte er mit einem Lächeln hinzu, dessen Sanftheit in diesem Augenblick unnatürlich wirkte.

Er nahm die Pistole in die Hand und erkundigte sich nach dem Mechanismus des Abzuges; er hatte bisher noch nie eine Pistole in der Hand gehabt, wollte es aber nicht eingestehen.

„Ach so, ja, ja, natürlich, ich hatte es nur vergessen", sagte er.

„Auf irgendeine Entschuldigung lasse ich mich nicht ein, ich denke gar nicht daran", sagte Dolochow zu Denissow, der ebenfalls einen Versöhnungsversuch hatte unternehmen wollen. Dann begab auch er sich an seinen Platz.

Zum Kampfplatz war eine kleine Fichtenwaldlichtung ausersehen worden, etwa achtzig Schritt von dem Wege entfernt, auf dem die Schlitten halten geblieben waren. Auf der Lichtung lag zwar noch Schnee, war aber infolge des Tauwetters der letzten Tage schon im Schmelzen. Die Gegner standen etwa vierzig Schritt voneinander entfernt, jeder am einen Ende der Lichtung. Beim Abspringen der Distanz hatten die Sekundanten mit ihren Fußspuren im feuchten, hohen Schnee gewissermaßen zwei Wege hergestellt, die von den Plätzen der Duellanten zu den im Schnee steckenden Säbeln führten. Diese Säbel – es waren die Neswizkijs und Denissows – bezeichneten die beiden Barrieren und waren etwa zehn Schritt voneinander entfernt. Das Tauwetter und der Nebel hatten angehalten, und auf vierzig Schritt Entfernung war nichts zu sehen. Schon seit drei Minuten waren alle Vorbereitungen getroffen, trotzdem wurde noch mit dem Beginn des Kampfes gezögert. Alle schwiegen.

V

„Na, fangen wir an!" meinte Dolochow.

„Warum nicht!" sagte Pierre, der immer noch lächelte.

In diesem Augenblick empfanden alle Anwesenden etwas wie einen Schauder. Es kam allen zum Bewußtsein, daß diese so leichthin begonnene Sache durch nichts mehr zum Stillstand gebracht werden konnte, daß sie ganz von selbst weiterlief, von dem Willen der Beteiligten bereits nicht mehr abhängig, und daß sie nun auch ihren Lauf nehmen mußte, bis ans Ende. Denissow trat zwischen die Barrieren und sagte laut und deutlich:

„Da beide Gegner auf eine Versöhnung verzichten, so bitte ich anzufangen. Wollen Sie die Pistolen nehmen und bei ‚Drei!' mit dem Vorrücken beginnen."

„Eins! Zwei! Drei!" schrie er dann grimmig und trat zur Seite.

Beide rückten auf den durch die Fußspuren der Sekundanten gebildeten Wegen vor, gelangten immer näher aneinander heran und erkannten sich nun gegenseitig, dem Nebel zum Trotz. Solange sie ihre Barrieren noch nicht erreicht hatten, stand es den Gegnern frei, zu schießen, wann sie wollten. Dolochow rückte langsam vor, ohne die Pistole zu heben, und sah mit seinen hellen, blitzenden blauen Augen seinem Gegner ins Gesicht. Sein Mund schien wie immer, so auch jetzt zu lächeln.

Pierre war bei „Drei!" mit raschen Schritten vorgegangen, hatte aber bald den ausgetretenen Weg verloren und ging jetzt über den unberührten Schnee. Die rechte Hand mit der Pistole hielt er weit vorgestreckt, als fürchtete er, sich mit dieser Pistole selbst einen Schaden zuzufügen. Die linke Hand behielt er absichtlich auf dem Rücken, da er Neigung empfand, den rechten Arm beim Schuß mit ihr zu stützen, und wußte, daß das unstatthaft war. Als er nach den ersten sechs Schritten den Weg verloren hatte, warf er zuerst einen Blick auf den Schnee vor seinen Füßen, sah dann rasch zu Dolochow hinüber, krümmte den Zeigefinger, wie Neswizkij es ihn gelehrt hatte, und schoß. Der Knall war viel stärker, als Pierre erwartet hatte, und so fuhr er zusammen, lächelte aber gleich darauf über den Eindruck, den sein eigner Schuß ihm gemacht hatte, und blieb dann stehen. Der Pulverdampf war besonders dicht, da er mit dem Nebel zusammenrann, und verwehrte ihm im ersten Augenblick jeden Blick. Pierre wartete auf Dolochows Schuß, aber dieser Schuß kam nicht. Er hörte nichts als die hastigen Schritte seines Gegners, und dann tauchte dessen Gestalt aus dem Pulverdampf auf. Die eine Hand hielt er gegen seine linke Seite gepreßt, die andere hing herab, fest um den Pistolengriff gekrampft. Sein Gesicht war bleich. Rostow lief auf ihn zu und sagte einige Worte.

„Nei=n=n!" stieß Dolochow zwischen den Zähnen hervor, „nein, ich höre nicht auf!" Und er machte noch einige unsichere, strauchelnde Schritte bis an die Barriere und fiel dann neben dem Säbel in den Schnee. Seine linke Hand war ganz blutig, er wischte sie am Rock ab und stützte sich dann auf sie. Sein Gesicht war bleich und finster und zuckte.

„Bitte woll ...", begann Dolochow, konnte aber nicht weitersprechen. „Bitte wollen Sie herankommen!" stieß er schließlich mühsam hervor.

Pierre, der den Tränen nahe war, lief auf Dolochow zu und wollte bereits den Zwischenraum überschreiten, der die beiden Barrieren voneinander trennte, als Dolochow rief: „An Ihre Barriere!" Jetzt begriff Pierre, was er meinte, und blieb an seinem Säbel stehen. Sie standen jetzt nur zehn Schritte voneinander entfernt. Dolochow beugte sich mit dem Kopf über den Schnee und biß gierig hinein, hob dann wieder den Kopf, schob sich zurecht, suchte sein Körpergewicht einigermaßen zu verteilen und brachte sich so in eine sitzende Stellung. Er steckte ein Klümpchen kalten Schnee in den Mund und sog daran; seine Lippen zitterten, aber sein Mund lächelte noch immer, und aus seinen Augen blitzte Wut und die gewaltsame Energie, mit der er seine letzten Kräfte zusammenraffte. Er hob die Pistole und begann zu zielen.

„Stellen Sie sich mehr seitwärts, halten Sie die Pistole als Deckung vor", sagte Neswizkij.

„Decken Sie sich doch!" rief sogar Denissow, der nicht länger an sich halten konnte.

Pierre stand mit einem sanften Lächeln des Mitleids und Bedauerns hilflos da, Arme und Beine gespreizt, die breite Brust Dolochow gerade zugewandt, und sah seinen Gegner traurig an. Denissow, Rostow und Neswizkij schlossen, halb wider Willen, die Augen. Im gleichen Augenblick hörten sie einen Schuß und einen wütenden Schrei Dolochows.

„Vorbei!" schrie Dolochow und sank kraftlos vornüber in den Schnee.

Pierre faßte sich an den Kopf, wandte sich um, lief durch den tiefen Schnee in den Wald und redete mit lauter Stimme unzusammenhängende Worte vor sich hin:

„Dumm ... dumm! Der Tod ... nichts als Lüge!" wiederholte er finster.

Neswizkij holte ihn schließlich ein, hielt ihn an und brachte ihn nach Hause.

Rostow und Denissow transportierten den verwundeten Dolochow in die Stadt.

Dolochow lag schweigend und mit geschlossenen Augen im Schlitten und ließ auch alle Fragen der anderen unbeantwortet. Als der Schlitten aber die Stadt erreicht hatte, kam er plötzlich zu sich, hob mühsam den Kopf und ergriff die Hand des neben ihm sitzenden Rostow. Rostow gewahrte erstaunt und betroffen Dolochows völlig veränderten und jetzt sogar schwärmerischen und zärtlichen Gesichtsausdruck.

„Na, wie geht es dir? Wie fühlst du dich?" fragte Rostow.

„Miserabel! Aber darauf kommt es jetzt nicht an, mein Lieber", erwiderte Dolochow, dem das Sprechen sichtlich schwerfiel. „Wo sind wir? Ach so, ich weiß, in Moskau. Auf mich kommt es ja nicht an, aber ich habe ihr den Todesstoß gegeben, ich habe sie umgebracht ... Das überlebt sie nicht ... das überlebt sie nicht ..."

„Wer?" fragte Rostow.

„Meine Mutter. Meine Mutter, mein Engel, mein guter Engel, meine angebetete Mutter!" Und Dolochow preßte Rostows Hand und schluchzte.

Als er sich ein wenig beruhigt hatte, erzählte er Rostow, er wohne mit seiner Mutter zusammen, und es würde ihr das Herz brechen, wenn sie ihn so, einem Sterbenden ähnlich, zu Gesicht bekäme. Er flehte Rostow an, zuerst allein zu ihr zu fahren und sie vorzubereiten.

Rostow fuhr voraus, um diesen Auftrag auszuführen, und sah zu seinem größten Erstaunen, daß Dolochow, dieser Kampfhahn und Raufbold Dolochow, in Moskau mit seiner alten Mutter und seiner buckligen Schwester zusammen lebte und der zärtlichste Sohn und Bruder war.

VI

Pierre hatte seine Frau in der letzten Zeit nur selten unter vier Augen gesprochen. Sowohl in Petersburg als auch in Moskau war ihr Haus unausgesetzt voll von Gästen. In der Nacht nach dem Duell ging er, was er häufig zu tun pflegte, nicht ins Schlafzimmer, sondern blieb in dem riesigen Kabinett, das schon seinem Vater als

Arbeitsraum gedient hatte und in welchem der alte Graf Besuchow auch gestorben war.

Er legte sich auf den Diwan und wollte einschlafen, um alles zu vergessen, was ihm widerfahren war, aber er fand keinen Schlaf. Ein solcher Sturm von Gefühlen, Gedanken, Erinnerungen stand plötzlich in seiner Seele auf, daß er unmöglich einschlafen, ja daß er es nicht einmal auf einem Fleck aushalten konnte; so sprang er auf und ging mit raschen Schritten im Zimmer auf und ab. Bald stand Hélène vor ihm, wie er sie von der ersten Zeit nach der Hochzeit in der Erinnerung hatte, mit entblößten Schultern und ihrem zugleich trägen und leidenschaftlichen Blick, und schon sah er neben ihr Dolochows schönes, freches, männlich-sicheres und spöttisches Gesicht, wie er es beim Diner im Englischen Klub gesehen hatte, und dann dasselbe Gesicht, bleich, zuckend und schmerzverzerrt, wie es in jenem Augenblick gewesen war, als Dolochow auf den Schnee sank.

„Was ist denn eigentlich gewesen?" fragte er sich. „Ich habe den Liebhaber meiner Frau über den Haufen geschossen, jawohl, ich habe den Liebhaber meiner Frau über den Haufen geschossen. Ja, so war es. Und warum? Wie kam ich dazu?" — „Weil du sie geheiratet hast", antwortete ihm eine Stimme in seinem Innern.

„Aber habe ich denn damit eine Schuld auf mich geladen?" fragte er sich. Und wieder antwortete die Stimme: „Ja, denn du hast sie geheiratet, ohne sie zu lieben, und hast damit dich selbst und sie hintergangen." Und dann vergegenwärtigte er sich jenen Augenblick nach dem Souper beim Fürsten Wassilij, als er ihr jene Worte sagte, die nicht aus seinem Innern gekommen waren: „Je vous aime."[1] Hier lag der Schlüssel zu allem. „Damals habe ich es ja gefühlt, daß es nicht das richtige war", dachte er, „ich habe es ja gefühlt, daß ich kein Recht dazu hatte. Und darum mußte es auch so kommen, wie es gekommen ist."

Dann dachte er an die Flitterwochen zurück und errötete bei diesen Erinnerungen. Besonders lebhaft und mit ganz besonders schmerzlicher Beschämung erinnerte er sich daran, wie er einmal kurz nach der Hochzeit gegen zwölf Uhr mittags in seinem Seidenschlafrock aus dem Schlafzimmer ins Kabinett gekommen war und hier seinen Oberintendanten vorgefunden hatte, der sich ehrerbietig verbeugt und dann Pierres Gesicht und Pierres Schlafrock mit einem leichten Lächeln gestreift hatte, als wollte er mit diesem Lächeln seine ehrerbietige und freudige Teilnahme für das Glück seines Herrn zum Ausdruck bringen.

„Und wie oft bin ich auf sie stolz gewesen", dachte er, „stolz

[1] Ich liebe dich.

gewesen auf ihre majestätische Schönheit, stolz gewesen auf ihre gesellschaftliche Gewandtheit, stolz gewesen auf die Art, mit der sie ganz Petersburg in meinem Hause empfing, stolz gewesen auf ihre Unnahbarkeit und Schönheit. Und jetzt sehe ich, was das alles in Wirklichkeit war, worauf ich so stolz gewesen bin! Damals glaubte ich, ich verstünde sie nicht. Wie oft habe ich damals versucht, mich in ihren Charakter hineinzudenken, und jedesmal sagte ich mir dann, es müsse an mir liegen, wenn ich sie nicht verstünde in ihrer ewigen Ruhe, ihrem Befriedigtsein, dem Fehlen aller ausgesprochenen Neigungen und Wünsche bei ihr. Und jetzt weiß ich, was die furchtbare Lösung dieses Rätsels ist: sie ist ein zuchtloses Frauenzimmer. Und jetzt, nachdem ich dieses furchtbare Wort einmal ausgesprochen habe, jetzt ist mir auch alles klargeworden.

Einmal kam Anatol zu ihr, um sie anzuborgen, und küßte sie auf die nackten Schultern. Sie gab ihm zwar kein Geld, aber sie ließ es zu, daß er sie küßte. Ein anderes Mal versuchte ihr Vater im Scherz, ihre Eifersucht zu erregen. Da lächelte sie ruhig und sagte, sie sei nicht so dumm, eifersüchtig zu sein. ‚Mag er doch tun, was er will', sagte sie und meinte mich damit. Einmal fragte ich sie, ob sie keine Anzeichen von Schwangerschaft fühle. Da lachte sie verächtlich und sagte, sie sei nicht so hirnverbrannt, sich Kinder zu wünschen, und von mir würde sie ganz bestimmt nie Kinder haben."

Dann dachte er an die Roheit und den Zynismus ihrer Denkweise, an die vulgären Ausdrücke, die sie häufig brauchte, obwohl sie doch in den Kreisen der höchsten Aristokratie aufgewachsen war. „Ich bin doch nicht so eine blöde Ziege", „bekleckere dir nur selbst die Schnauze damit", „allez vous promener!"[1] – das waren Wendungen, die sie gern brauchte. Pierre konnte oft, wenn er sah, welchen Erfolg sie bei Männern und Frauen ohne Unterschied des Alters hatte, gar nicht begreifen, warum er sie eigentlich nicht liebte. „Aber ich habe sie ja nie geliebt", sagte er sich jetzt. „Ich habe ja gewußt, daß sie ein zuchtloses Frauenzimmer ist, und nur nicht gewagt, es mir einzugestehen", sagte er einmal über das andere. „Und wenn ich denke, wie dieser Dolochow da auf dem Schnee saß und sich zum Lächeln zwang und jetzt vielleicht sterben wird und aller meiner Reue noch eine Art von künstlich erzwungener Schneidigkeit entgegensetzt!"

Pierre gehörte zu den Menschen, die zwar in vielen äußeren Dingen das an den Tag legen, was man Charakterschwäche nennt, aber sich für das, was sie am tiefsten bekümmert, nie einen Vertrauten suchen.

„Sie ist an allem schuld, ja, sie allein ist an allem schuld", sagte er sich. „Aber was folgt daraus? Warum habe ich mich mit ihr ver-

[1] Schau, daß du weiterkommst.

bunden, warum habe ich dieses ‚je vous aime' ausgesprochen, das doch eine Lüge war, ja etwas noch Schlimmeres als eine Lüge? Das ist meine Schuld, und dafür muß ich büßen. Womit? Mit der Besudlung meines Namens, dem Unglück meines Lebens? Ach was, dummes Zeug. Besudlung des Namens und der Ehre, das sind alles nur konventionelle Begriffe, die mit meinem eigentlichen Wesen nichts zu tun haben.

Ludwig XVI. wurde hingerichtet, weil ‚man' sagte, er sei ein Ehrloser und ein Verbrecher, und damit hatte ‚man' von seinem Standpunkt aus ebenso recht wie diejenigen, die in ihm einen Heiligen sahen und für ihn den Märtyrertod starben. Später wurde Robespierre hingerichtet, weil er ein Despot sein sollte. Wer war im Recht, wer im Unrecht? Niemand. Aber solange man noch das Leben hat, solange soll man auch leben: morgen muß man vielleicht schon sterben, ebenso wie ich heute früh hätte sterben können. Und lohnt es denn überhaupt, sich mit solchen Gedanken zu quälen, wenn doch das ganze Leben, das noch vor einem liegt, im Vergleich zur Ewigkeit nichts ist als eine Sekunde?"

Aber gerade als er sich durch derartige Erwägungen beruhigt zu haben glaubte, da stand sie wieder vor ihm, und zwar so, wie sie in den Augenblicken gewesen war, in denen er ihr seine Liebe – die im Grunde doch nur eine Lüge gewesen war – am allerstärksten zu erkennen gegeben hatte, und er spürte, wie ihm das Blut zum Herzen strömte, und er mußte wieder aufstehen, mußte umherlaufen, mußte alles zerbrechen oder zerreißen, was ihm in die Finger geriet. „Warum habe ich nur gesagt: je vous aime?" sagte er wieder und wieder, und als er sich diese Frage zum zehnten Male vorgelegt hatte, fiel ihm Molières: „Mais que diable allait-il faire dans cette galère?" [1] ein, und er mußte über sich selbst lachen.

Mitten in der Nacht rief er seinen Kammerdiener und befahl ihm zu packen; er fahre nach Petersburg. Er konnte sich nicht vorstellen, wie er nach allem, was geschehen war, noch mit seiner Frau sprechen sollte. So beschloß er denn, am nächsten Morgen abzureisen und ihr einen Brief zu hinterlassen. In diesem Brief wollte er ihr erklären, er beabsichtige, sich für immer von ihr zu trennen.

Als der Kammerdiener am Morgen mit dem Kaffee ins Kabinett kam, lag Pierre schlafend auf der Ottomane, ein aufgeschlagenes Buch in der Hand.

Er fuhr auf und sah sich lange erschrocken um, offenbar außerstande, zu begreifen, wo er sich befand.

„Die Frau Gräfin haben fragen lassen, ob Ew. Erlaucht zu Hause sind", meldete der Kammerdiener.

[1] Zum Teufel, was soll er denn auf dieser Galeere anfangen?

Pierre war sich noch nicht darüber schlüssig geworden, was er dem Kammerdiener antworten sollte, als die Gräfin selbst auch schon ins Zimmer trat. Sie trug einen Morgenrock von weißem Atlas mit Silberstickereien, sie war noch unfrisiert, und zwei mächtige Flechten schlangen sich en diadème zweimal um ihren reizenden Kopf; sie war ruhig und majestätisch wie immer, nur auf ihrer marmorweißen, gewölbten Stirn stand eine Zornfalte. Mit ihrer unerschütterlichen Ruhe schwieg sie, solange der Kammerdiener noch im Kabinett war. Sie wußte bereits von dem Duell und war gekommen, um mit Pierre darüber zu sprechen. Sie wartete, bis der Kammerdiener den Kaffeetisch hergerichtet und das Zimmer verlassen haben würde. Pierre sah sie schüchtern durch seine Brillengläser an und versuchte darauf — wie ein von Hunden umstellter Hase, der im Angesicht seiner Feinde mit zurückgelegten Ohren auf seinem Lager liegenbleibt — seine Lektüre fortzusetzen. Aber dann fühlte er, daß das sinnlos und unmöglich war, und sah sie wieder schüchtern an. Ohne sich zu setzen, sah sie ihn mit einem verächtlichen Lächeln an und wartete, bis der Kammerdiener draußen war.

„Was soll das wieder heißen? Ich möchte Sie fragen, was Sie da wieder angestellt haben?" sagte sie streng.

„Ich? Wieso?" antwortete Pierre.

„Sie haben sich ja plötzlich als Held entpuppt! Antworten Sie mir, was war das für ein Duell? Was hat das zu bedeuten? Darüber möchte ich Auskunft haben. Also?"

Pierre warf sich schwerfällig auf dem Diwan herum und öffnete den Mund, vermochte aber nicht zu antworten.

„Wenn ich keine Antwort bekomme, so will ich es Ihnen selbst sagen", fuhr Hélène fort. „Sie glauben ja alles, was man Ihnen sagt. Da hat man Ihnen also gesagt" — Hélène lachte —, „Dolochow sei mein Geliebter." Sie sprach französisch und brachte das Wort „Geliebter" mit ihrer rohen und zynischen Art ebenso ungeniert heraus wie jedes andere. „Und Sie haben es natürlich geglaubt! Na, und jetzt dies Duell. Glauben Sie denn, Sie haben damit etwas anderes bewiesen, als daß Sie ein Dummkopf sind, que vous êtes un sot? Das wußte ja jeder sowieso. Und was soll jetzt dabei herauskommen? Doch nichts anderes, als daß ich für ganz Moskau zum Gespött werde und jeder Mensch sagen wird, Sie hätten in Ihrer sinnlosen Besoffenheit einen Menschen gefordert, auf den Sie ohne jeden Grund eifersüchtig waren und der" — Hélènes Stimme wurde immer lauter und aufgeregter — „in jeder Beziehung hoch über Ihnen steht ..."

„Hm ... hm ...", brummte Pierre finster, aber ohne sie anzusehen oder überhaupt ein Glied zu rühren.

„Und wie kamen Sie darauf, zu glauben, er sei mein Geliebter? Was? Vielleicht, weil ich gern mit ihm zusammen bin? Wenn Sie klüger und sympathischer wären, würde ich eben lieber mit Ihnen zusammen sein."

„Sprechen Sie nicht weiter . . . ich bitte Sie!" flüsterte Pierre heiser.

„Warum soll ich nicht sprechen? Ich lasse mir nicht den Mund verbieten, und ich sage ganz ungeniert, man wird selten eine Frau finden, die so einen Mann hat, wie Sie es sind, und sich dabei keine Liebhaber zulegt, aber ich habe es nicht getan", sagte sie.

Pierre wollte etwas sagen, sah sie mit einem sonderbaren und ihr unverständlichen Blick an und legte sich wieder hin. In diesem Augenblick litt er körperlich: die Brust war ihm so beklommen, daß er keinen Atem holen konnte. Er wußte, daß er etwas tun mußte, um diesem schrecklichen Zustand ein Ende zu machen, aber das, was er tun wollte, war allzu furchtbar.

„Es ist wohl am besten, wenn wir uns trennen", stieß er abgehackt hervor.

„Wie Sie wollen. Aber nur unter der Bedingung, daß Sie mich materiell sicherstellen", sagte Hélène. „Trennen! Sie glauben wohl, Sie könnten mich damit schrecken?"

Pierre sprang vom Diwan auf und stürzte taumelnd auf sie zu.

„Ich schlage dich tot!" schrie er, packte die schwere Marmorplatte des Tisches mit einer Kraft, die er selbst noch nicht an sich kannte, machte noch einen Schritt in der Richtung auf Hélène und holte aus.

Hélènes Gesicht war fast unkenntlich vor Angst, sie kreischte auf und sprang zurück. Die Natur seines Vaters war plötzlich in Pierre wachgeworden, er fühlte, wie die rasende Wut ihn packte und mit sich fortriß, und fühlte zugleich, welch eine wilde Lust darin lag, sich so fortreißen zu lassen. Er warf die Platte auf den Boden, daß sie zersprang, ging, die Arme mit den geballten Fäusten weit von sich gestreckt, auf Hélène zu und schrie mit einer so schrecklichen Stimme: „Hinaus!", daß das ganze Haus diesen Schrei hörte und erschrak. Gott weiß, was Pierre in diesem Augenblick noch getan hätte, wenn Hélène nicht aus dem Zimmer geflohen wäre.

*

Eine Woche später stellte Pierre seiner Frau eine Vollmacht auf den Nießbrauch aller seiner großrussischen Güter aus, welche die größere Hälfte seines Vermögens bildeten, und reiste allein nach Petersburg ab.

VII

Es waren bereits zwei Monate vergangen, seit die Nachricht von der Schlacht bei Austerlitz und dem Vermißtwerden des Fürsten Andrej in Lysyja Gory eingetroffen war. Allen Nachforschungen zum Trotz war sein Leichnam nicht gefunden worden, und im Ergebnis aller durch die Gesandtschaft beförderten Briefe hatte es sich herausgestellt, daß er sich auch nicht unter den Gefangenen befand. Das Schlimmste für seine Angehörigen war der Umstand, daß da doch noch immer eine schwache Hoffnung bestand, er könnte von Landbewohnern auf dem Schlachtfelde aufgelesen worden sein; denn nun mußten sie denken, er liege vielleicht in der Genesung begriffen oder aber im Sterben irgendwo verlassen unter fremden Menschen, ohne den Seinigen Nachrichten zukommen lassen zu können. In den Zeitungen, denen der alte Fürst die erste Kenntnis der Niederlage von Austerlitz verdankte, hatte wie immer kurz und unbestimmt gestanden, die Russen hätten sich glänzend geschlagen, dann aber zurückgehen müssen, und zwar hätte der Rückzug in der denkbar besten Ordnung stattgefunden. Dieser offiziellen Mitteilung entnahm der alte Fürst, daß die Unsrigen eine vernichtende Niederlage erlitten hatten. Eine Woche nach dieser Zeitung, welche die erste Nachricht über die Schlacht bei Austerlitz gebracht hatte, traf ein Brief von Kutusow ein, in welchem dieser den Fürsten von dem Schicksal seines Sohnes in Kenntnis setzte.

„Ihr Sohn", schrieb Kutusow, „ist mit der Fahne in der Hand unter meinen Augen an der Spitze eines Regiments zusammengebrochen, als ein Held, der seines Vaters und seines Vaterlandes würdig ist. Ob er noch am Leben ist oder nicht, hat sich bisher zu meinem Leidwesen und dem der ganzen Armee noch nicht feststellen lassen. Indessen schmeichle ich mir mit der Hoffnung und möchte diese Hoffnung auch auf Sie übertragen, daß Ihr Sohn am Leben ist, denn im entgegengesetzten Fall würde er unter den auf dem Schlachtfelde gefundenen Offizieren aufgeführt sein, deren Verzeichnis mir durch Parlamentäre zugestellt worden ist."

Diesen Brief erhielt der alte Fürst spät am Abend, während er allein in seinem Kabinett war: am folgenden Tag machte er seinen gewöhnlichen Morgenspaziergang, war aber dem Verwalter, dem Gärtner und dem Baumeister gegenüber sehr wortkarg und sprach niemand an, obwohl er sehr grimmig aussah.

Als Prinzessin Marja zur gewöhnlichen Zeit zu ihm ins Kabinett kam, stand er gerade mit einer Drechslerarbeit beschäftigt an der Drehbank und sah sich, wie er das zu tun pflegte, nicht nach ihr um.

„Ah! Prinzessin Marja" sagte er plötzlich mit affektiert klingender Stimme und warf den Drehstahl hin. Das Rad, das gerade im

Schwung war, drehte sich noch eine Zeitlang von selbst weiter. Prinzessin Marja erinnerte sich später noch lange an das allmählich verhallende Kreischen des Rades, das ihr als untrennbar mit dem, was nun folgte, verbunden erschien.

Sie trat auf ihren Vater zu, sah sein Gesicht, und plötzlich war es ihr, als stürzte etwas in ihr zusammen. Ihre Augen vermochten nichts deutlich zu erkennen, aber an dem Gesicht ihres Vaters, das nicht traurig, nicht erschüttert oder niedergebrochen, sondern zornig und mit unnatürlicher Gewalt beherrscht erschien, sah sie, daß jetzt ein grauenvolles Unglück über ihr hing und jeden Augenblick auf sie herabstürzen konnte, das schlimmste Unglück, das es im Leben gibt, ein Unglück, das ihr bisher erspart geblieben war, aber ein Unglück, das sich weder begreifen noch rückgängig machen ließ, der Tod des Menschen, den sie am meisten liebte.

„Mon père!" sagte die unbeholfene und aller Anmut so bare Prinzessin und sah in diesem Augenblick selbstvergessener Traurigkeit so unsäglich rührend aus, daß ihr Vater ihren Blick nicht ertragen konnte und sich mit einem schluchzenden Laut abwandte.

„Ich habe Nachricht erhalten. Unter den Gefangenen ist er nicht. Unter den Toten auch nicht. Kutusow schreibt", schrie er so durchdringend, als wolle er die Prinzessin mit diesem Schrei aus dem Zimmer jagen, „er ist gefallen!"

Die Prinzessin brach nicht zusammen und empfand auch kein Gefühl des Schwindels. Sie war schon vorher blaß gewesen, als sie aber diese Worte hörte, änderte sich mit einemmal ihr ganzer Gesichtsausdruck, und in ihre leuchtenden schönen Augen trat ein fremder Glanz. Es war, als würde über die große Traurigkeit, die sie empfand, plötzlich eine Freude ausgegossen, eine Freude von höherer Art, die über alle irdische Traurigkeit und Freude erhaben war. Sie vergaß alle Furcht vor dem Vater, trat an ihn heran, ergriff seine Hand, zog ihn an sich und schlang die Arme um seinen mageren, sehnigen Nacken.

„Mon père", sagte sie, „wenden Sie sich nicht von mir, lassen Sie uns zusammen weinen."

„Diese Schweinehunde, diese Schurken!" schrie der Alte und wandte sein Gesicht zur Seite. „Eine ganze Armee ins Verderben zu stürzen! So viele Menschenleben hinschlachten zu lassen! Und wozu? Geh jetzt, geh jetzt und sage es Lisa."

Die Prinzessin sank kraftlos in einen Sessel neben ihrem Vater und weinte. Sie sah jetzt ihren Bruder vor sich, wie er damals mit seinem zärtlichen und zugleich hochmütigen Gesicht von ihr und von Lisa Abschied genommen hatte, sah ihn vor sich, wie er damals zärtlich und spöttisch zugleich sich das Heiligenbild umhängte. „Ist er noch zum Glauben gelangt? Hat er seinen Unglauben noch bereuen können? Ist er jetzt dort? Dort, wo ewige Ruhe und Seligkeit herrschen?" dachte sie.

„Mon père, sagen Sie mir, wie es zugegangen ist", sagte sie unter Tränen.

„Geh doch, geh doch. Er ist in einer Schlacht gefallen, in der man Rußlands beste Männer und Rußlands Ruhm frevelhaft hingeopfert hat. Gehen Sie jetzt, Prinzessin Marja. Gehen Sie und sagen Sie es Lisa. Ich komme gleich nach."

Als Prinzessin Marja ihren Vater verlassen hatte und jetzt zur kleinen Fürstin kam, saß diese bei einer Handarbeit und sah mit jenem merkwürdigen verinnerlichten und von glücklicher Ruhe erfüllten Blick zur Prinzessin auf, der nur schwangeren Frauen eigen ist. Offenbar sahen ihre Augen die Prinzessin Marja überhaupt nicht, sondern sahen in die Tiefe ihres eigenen Innern und in das beglückende Mysterium, das in ihr vorging.

„Marie", sagte sie, ließ von ihrem Stickrahmen ab und lehnte sich in ihrem Sessel zurück, „gib mir doch deine Hand."

Sie nahm die Hand der Prinzessin und legte sie sich auf den Leib. Ihre Augen lächelten erwartungsvoll, ihre Oberlippe mit den kleinen Schnurrbarthärchen zog sich mit einem Ausdruck kindlichen Beglücktseins in die Höhe. Prinzessin Marja ließ sich auf die Knie nieder und barg das Gesicht am Kleide ihrer Schwägerin.

„Da, da! Spürst du es? Mir ist so merkwürdig zumut. Und weißt du, Marie, ich werde es sehr liebhaben", sagte Lisa und strahlte ihre Schwägerin glückselig an.

Prinzessin Marja vermochte den Kopf nicht zu heben: sie weinte.

„Was hast du, Mascha?"

„Nichts ... Mir ist nur so schwer ums Herz ... ich muß immer an Andrej denken", sagte sie und trocknete sich die Tränen am Knie ihrer Schwägerin.

Im Laufe des Vormittags versuchte Prinzessin Marja noch einige Male, ihre Schwägerin vorzubereiten, und brach dabei jedesmal in Tränen aus. Und diese Tränen, deren Ursache die kleine Fürstin nicht begriff, ließen sie unruhig werden, so wenig Beobachtungs- und Auffassungsgabe sie sonst auch hatte. Sie sagte nichts, sah sich aber unruhig um, als suchte sie etwas. Der alte Fürst, vor dem sie immer Angst hatte, kam vor dem Mittagessen in ihr Zimmer und hatte dieses Mal ein ganz besonders unruhiges und grimmiges Gesicht. Aber ohne ein Wort gesagt zu haben, ging er gleich darauf wieder hinaus. Die kleine Fürstin sah ihre Schwägerin an und wurde nachdenklich. In ihre Augen trat jener Ausdruck einer nach innen gerichteten Aufmerksamkeit, den man bei schwangeren Frauen so häufig findet. Plötzlich begann sie zu weinen.

„Habt ihr Nachrichten von Andrej bekommen?" fragte sie.

„Nein, du weißt doch, daß noch nichts da sein kann. Aber mon père beunruhigt sich, und auch mir ist bange zumut."

„Ihr habt also keine Nachricht bekommen?"

„Nein", sagte Prinzessin Marja und sah die Schwägerin mit ihren leuchtenden Augen fest an.

Sie hatte beschlossen, ihr nichts zu sagen, und hatte auch ihren Vater überredet, der jungen Frau die schreckliche Nachricht bis nach ihrer unmittelbar bevorstehenden Entbindung zu verheimlichen. Prinzessin Marja und der alte Fürst verschlossen ihren Kummer in sich, und jeder trug ihn auf seine eigene Weise. Der alte Fürst wollte sich keine Hoffnungen mehr machen: er sagte sich, Fürst Andrej müsse gefallen sein, und obwohl er einen seiner Untergebenen nach Österreich schickte, um an Ort und Stelle nach seinem Sohn oder doch nach Spuren von ihm zu suchen, bestellte er in Moskau ein Denkmal für ihn, das er in seinem Garten aufstellen lassen wollte, und sagte allen, sein Sohn sei gefallen. Er gab sich Mühe, seine gewohnte Lebensweise ohne jede Veränderung fortzusetzen, aber es ging über seine Kräfte: er ging weniger spazieren, aß weniger, schlief weniger und wurde von Tag zu Tag schwächer. Dagegen hoffte Prinzessin Marja noch immer. Sie betete für ihren Bruder, wie man für einen noch Lebenden betet, und erwartete jeden Augenblick die Nachricht seiner bevorstehenden Rückkehr.

VIII

„Ma bonne amie", sagte die kleine Fürstin am Morgen des 19. März nach dem Frühstück, und ihre Oberlippe mit den Schnurrbarthärchen zog sich nach alter Gewohnheit in die Höhe; aber wie seit dem Eintreffen der schrecklichen Nachricht in diesem Hause nicht nur jedes Lächeln, sondern auch der Klang jedes Wortes, ja selbst die Art, mit der jeder einzelne sich bewegte, das Gepräge der Traurigkeit trug, so lag jetzt auch in dem Lächeln der kleinen Fürstin ein Ausdruck, welcher der traurigen Stimmung des ganzen Hauses entsprach, denn unwillkürlich hatte sich die herrschende Stimmung auch ihr mitgeteilt, obwohl sie deren Grund nicht kannte.

„Ma bonne amie, je crains que le fruschtique, comme dit der Koch Foka, de ce matin ne m'ait pas fait du mal." [1]

Prinzessin Marja eilte mit ihren schweren weichen Schritten auf die Schwägerin zu.

„Ja, was hast du denn, Liebste? Du bist ja ganz blaß, ja, du bist sehr blaß", sagte sie erschrocken.

[1] Meine Liebste, ich fürchte, daß mir das heutige Früschtik (wie Foka — der Koch — es nennt) schlecht bekommen ist.

„Ew. Durchlaucht, soll ich nicht nach Marja Bogdanowna schicken?" fragte ein Stubenmädchen, das gerade im Zimmer war. Marja Bogdanowna war eine Hebamme aus der Kreisstadt und wohnte schon seit zwei Wochen in Lysyja Gory.

„Wahrhaftig", stimmte die Prinzessin Marja bei. „Vielleicht ist es wirklich soweit. Ich gehe selbst hin. Courage, mon ange!"[1] Sie gab Lisa einen Kuß und wollte das Zimmer verlassen.

„Ach nein, nein!" und außer der Blässe und dem Ausdruck ihres physischen Unbehagens malte sich auf dem Gesicht der kleinen Fürstin eine kindliche Furcht vor den unabwendbaren Leiden, die ihr bevorstanden. „Non, c'est l'estomac ... dites, Marie, dites ..."[2], und die Fürstin brach in Tränen aus, kindlich, wehleidig, eigensinnig und sogar mit ein wenig absichtlicher Übertreibung, und rang ihre kleinen Hände.

Die Prinzessin stürzte aus dem Zimmer, um Marja Bogdanowna zu holen.

„Mon Dieu! mon Dieu! Oh!" hörte sie hinter sich.

Die Hebamme kam ihr bereits entgegen, sah sie vielsagend und zugleich ruhig an und rieb sich die fleischigen, kleinen weißen Hände.

„Marja Bogdanowna, ich glaube, es fängt an", sagte Prinzessin Marja und starrte die Alte mit weit geöffneten, erschrockenen Augen an.

„Na, Gott sei gelobt, Prinzessin", meinte Marja Bogdanowna, ohne ihre Schritte zu beschleunigen. „Aber so junge Mädchen wie Sie dürfen davon eigentlich noch gar nichts wissen."

„Aber warum ist denn der Doktor aus Moskau noch nicht da?" sagte die Prinzessin. Auf Lisas und des Fürsten Andrej Wunsch war zu dem erwarteten Termin ein Accoucheur[3] aus Moskau bestellt worden, der jetzt jeden Augenblick erwartet wurde.

„Das hat nichts auf sich, Prinzessin, machen Sie sich deswegen nur keine Gedanken", erwiderte Marja Bogdanowna. „Es wird auch ohne Doktor glücklich ablaufen."

Fünf Minuten später hörte die Prinzessin aus ihrem Zimmer, wie etwas Schweres vorübergetragen wurde. Sie steckte den Kopf durch die Türspalte und sah einige Diener den lederbezogenen Diwan, der bisher im Kabinett des Fürsten Andrej gestanden hatte, zu irgendeinem ihr in diesem Augenblick unerfindlichen Zweck ins Schlafzimmer hinübertragen. Auf den Gesichtern der Träger lag eine Art gedämpfter Feierlichkeit.

Prinzessin Marja saß allein in ihrem Zimmer, horchte auf die Geräusche im Hause, öffnete hin und wieder, wenn sie jemand vor-

[1] Nur Mut, mein Engel.
[2] Nein, es ist der Magen ... Marie, sage doch, daß es der Magen ist, sage es doch ...
[3] Geburtshelfer.

beigehen hörte, die Tür und sah nach, was auf dem Korridor vor sich ging. Ab und zu kamen Frauen mit leisen Schritten in dieser oder jener Richtung vorüber, warfen einen Blick auf die Prinzessin und sahen dann wieder zur Seite. Prinzessin Marja wagte sie nicht zu fragen, zog die Tür wieder hinter sich zu, setzte sich bald mit dem Gebetbuch in ihren Lehnstuhl und kniete bald vor dem Schrein mit den Heiligenbildern. Aber zu ihrer Betrübnis und zu ihrem Erstaunen wurde sie gewahr, daß das Gebet ihre Erregung nicht zu beschwichtigen vermochte. Plötzlich öffnete sich leise die Zimmertür, und auf der Schwelle erschien, ein Tuch um den Kopf, ihre alte Kinderfrau Praskowja Sawischna, die sonst angesichts des Verbots des alten Fürsten nie zu ihr kam.

„Ich will ein bißchen bei dir sitzen bleiben, Maschenka", sagte die Alte, „ja und da habe ich auch die Kerzen von der Trauung des Fürsten mitgebracht, die wollen wir vor seinem Schutzheiligen anzünden, mein Herzchen." Und sie seufzte.

„Ach, ich freue mich ja so, daß du da bist!"

„Gott ist gnädig, mein Herzblatt."

Die Kinderfrau zündete vor dem Bilderschrein die mit Flittergold geschmückten Kerzen an und setzte sich mit ihrem Strickstrumpf an die Tür. Prinzessin Marja nahm ein Buch und fing an zu lesen. Nur, wenn sich Schritte oder Stimmen vernehmen ließen, sahen die beiden einander an, die Prinzessin erschrocken und fragend, die Kinderfrau ermutigend und beruhigend. Das Gefühl, das Prinzessin Marja empfand, hatte sich allen Hausgenossen bis in die letzten Winkel des ausgedehnten Gebäudes mitgeteilt. Aber alle taten so, als wüßten sie von nichts, denn es ist ja ein alter Aberglauben, daß die Gebärerin um so weniger zu leiden hat, je weniger Leute von ihren Leiden wissen. Niemand sprach von dem, was vor sich ging; aber wenn auch die Leute ihr gewöhnliches, gemessenes und ehrerbietiges Betragen an den Tag legten und die guten Manieren, die im Hause des Fürsten herrschten, unverändert beobachteten, so merkte man doch ihnen allen eine ganz bestimmte, allen gemeinsame Sorge an, eine Stimmung von Weichheit und Rührung und das Bewußtsein des Großen und Unbegreiflichen, das jetzt vor sich ging.

Im großen Mädchenzimmer war alles Lachen verstummt. Im Dienerzimmer saßen die Leute schweigend da und hielten sich bereit, für den Fall, daß man sie zu irgend etwas brauchen würde. Im Leutehause hatte man Kienspäne und Lichter angezündet, und niemand wollte sich schlafen legen. Der alte Fürst ging, geräuschvoll mit den Absätzen auftretend, in seinem Kabinett auf und ab und schickte Tichon zu Marja Bogdanowna, um zu fragen, wie es stünde. „Sage nur, der Fürst läßt fragen, wie es steht, und dann komme gleich zurück und sage mir, was sie geantwortet hat."

Marja Bogdanowna sah den Abgesandten vielsagend an.
„Melde dem Fürsten, die Geburt hätte begonnen", sagte sie.
Tichon ging und meldete es dem Fürsten.
„Gut", sagte der Fürst und schloß die Tür hinter sich; und von nun an hörte Tichon auch nicht das kleinste Geräusch mehr im Kabinett.
Er wartete ein wenig und ging dann ins Kabinett, als wollte er die Kerzen in Ordnung bringen. Er sah, daß der Fürst auf dem Diwan lag, betrachtete eine Weile ihn und sein verstörtes Gesicht, schüttelte den Kopf, trat schweigend auf ihn zu und küßte ihn auf die Schulter. Dann verließ er wieder das Kabinett, ohne die Kerzen in Ordnung gebracht und ohne ein Wort darüber gesagt zu haben, weshalb er hereingekommen war.
Und das feierlichste Mysterium der Welt nahm seinen Fortgang. Der Abend verging, die Nacht brach an. Und die gespannte Erwartung, die Rührung und Weichheit aller Herzen angesichts des Unbegreiflichen ließ nicht nach, sondern nahm noch zu. Niemand schlief.

*

Es war eine jener Märznächte, in denen der Winter um jeden Preis sein Recht behaupten zu wollen scheint und alles, was er noch an Schnee und Winterstürmen hat, mit grimmiger Wut herunterschüttet. Dem Moskauer Arzt, einem Deutschen, der jeden Augenblick erwartet wurde, waren Relaispferde auf der großen Landstraße entgegengeschickt worden, und an der Stelle, wo von der Landstraße der Fahrweg nach Lysyja Gory abbog, waren Berittene mit Laternen aufgestellt worden, um den Schlitten über die schwieriger zu passierenden Stellen, Wasserlöcher und Unebenheiten auf dem Fahrwege zu geleiten.
Prinzessin Marja las schon lange nicht mehr; sie saß schweigend da und hielt ihre leuchtenden Augen auf das runzlige, ihr bis zu den kleinsten Einzelheiten vertraute Gesicht der Kinderfrau gerichtet, auf die graue Haarsträhne, die unter dem Kopftuch hervorquoll, und auf das herabhängende Hautsäckchen unter dem Kinn.
Die Kinderfrau Sawischna erzählte, den Strickstrumpf in den Händen, mit leiser Stimme und ohne ihre eigenen Worte zu hören oder zu verstehen, die bereits hundertmal erzählte Geschichte, wie die selige Fürstin in Kischinew mit Hilfe einer moldauischen Bäuerin anstelle einer Hebamme die Prinzessin Marja geboren hatte.
„Gott ist barmherzig. Die Doktors braucht man gar nicht", sagte sie.
Plötzlich fuhr ein Windstoß gegen eins der Fenster, und zwar gegen eins, dessen Doppelfenster bereits entfernt war — denn auf Befehl des Fürsten mußte alljährlich, sobald die erste Lerche da war,

aus allen Zimmern je ein Doppelfenster entfernt werden —, der schlecht schließende Riegel gab nach, das Fenster sprang auf, die schweren Damastgardinen flatterten hin und her, ein schneekalter Hauch fuhr ins Zimmer und löschte die Kerze aus. Prinzessin Marja schauerte zusammen, die Kinderfrau legte den Strickstrumpf hin, ging ans Fenster und beugte sich hinaus, um den aufgestoßenen, hin und her schlagenden Fensterflügel zu fassen. Der kalte Wind ließ die Zipfel ihres Kopftuchs und die hervorquellenden grauen Haarsträhnen hin und her flattern.

„Prinzessin, Prinzessin, es kommt jemand die Allee entlanggefahren!" sagte sie und hielt den Fensterflügel fest, ohne ihn noch zu schließen. „Mit Laternen, das muß der Doktor sein."

„Ach, mein Gott! Gott sei gelobt!" sagte Prinzessin Marja. „Ich muß ihm entgegengehen, er versteht ja kein Russisch."

Prinzessin Marja warf sich einen Schal um die Schultern, um dem Ankömmling entgegenzueilen. Als sie durch das Vorzimmer kam, sah sie durch ein Fenster eine Equipage und Diener mit Laternen vor der Auffahrt stehen. Sie ging ins Treppenhaus. Auf einem Geländerpfosten stand eine Talgkerze und flackerte und tropfte im Winde, der durch die offene Tür ins Haus kam. Der Diener Philipp stand, eine Kerze in der Hand, Schrecken und Staunen im Gesicht, weiter unten auf dem ersten Treppenabsatz. Noch weiter unten, auf den untersten Treppenstufen, die den Blicken der Prinzessin entzogen waren, da die Treppe eine Biegung machte, ließen sich jetzt rasch näherkommende Schritte in dicken Reisefilzstiefeln vernehmen, und dann hörte sie eine Stimme sprechen, die ihr bekannt vorkam.

„Gott sei Dank!" sagte diese Stimme. „Und mein Vater?"

„Haben sich schon zu Bett gelegt", antwortete die Stimme des Haushofmeisters Demjan, der auch schon unten war.

Wieder stellte die andere Stimme eine Frage. Wieder antwortete Demja, und dann kamen die Schritte in den weichen Filzstiefeln rasch näher — noch ohne daß die Prinzessin den Ankömmling sehen konnte.

„Das ist Andrej" dachte Prinzessin Marja. „Nein, das kann ja gar nicht sein, das wäre doch zu unglaublich!" Aber im gleichen Augenblick erschien auch schon auf dem Treppenabsatz, wo der Diener mit der Kerze stand, das Gesicht und die Gestalt des Fürsten Andrej, im Pelz, mit schneebedecktem Kragen. Ja, das war er, aber er sah blaß und mager aus, und sein Gesichtsausdruck erschien seltsam verändert, weich und aufgeregt zugleich. Jetzt war er oben und umarmte die Schwester.

„Ihr habt meinen Brief nicht bekommen?" fragte er. Dann kehrte er wieder um, ohne auf eine Antwort zu warten — und eine solche hätte er doch nicht bekommen, denn die Prinzessin war nicht imstande zu sprechen – und kam gleich darauf mit dem Accoucheur wieder herein, der gleich hinter ihm eingetreten war – sie waren auf der letzten Station zusammengetroffen –, stieg mit raschen Schritten die Treppe hinauf und umarmte seine Schwester noch einmal.

„Welch eine Fügung!" sagte er. „Mascha, liebste Mascha!" Dann warf er den Pelz und die Stiefel ab und ging zu seiner Frau.

IX

Die kleine Fürstin lag mit einem weißen Häubchen auf dem Kopf in den Kissen. Die Wehen hatten gerade nachgelassen. Über ihre glühenden, schweißfeuchten Wangen waren einige Strähnen ihres schwarzen Haares gefallen, das hübsche rote Mündchen mit den schwarzen Schnurrbarthärchen auf der Oberlippe stand offen, und sie lächelte freudig. Fürst Andrej trat ins Zimmer und blieb vor ihr stehen, am Fußende des Diwans, auf dem sie lag. Ihre blanken Augen hafteten auf seiner Gestalt, ohne ihren kindlichen Ausdruck von Schrecken und Aufregung zu verlieren. „Ich habe euch alle lieb, ich habe keinem etwas Böses getan, warum muß ich jetzt so leiden? Helft mir doch!" sagten diese Augen. Sie sah wohl, daß ihr Mann jetzt vor ihr stand, aber was das bedeutete, das begriff sie nicht. Fürst Andrej ging um den Diwan herum und küßte sie auf die Stirn.

„Mein Seelchen", sagte er, ein Wort, das er ihr gegenüber noch nie gebraucht hatte, „Gott ist gnädig ..."

Sie sah ihn fragend und mit kindlichem Vorwurf an.

„Ich habe von dir Hilfe erwartet, und nun ist es damit wieder nichts, du willst mir ebensowenig helfen wie alle anderen!" sagten diese Augen. Sie empfand kein Erstaunen darüber, daß er da war; sie begriff überhaupt nicht, daß er soeben angekommen war. Seine Ankunft stand in gar keiner Beziehung zu ihren Leiden und vermochte sie nicht zu lindern. Die Wehen begannen von neuem, und Marja Bogdanowna riet dem Fürsten Andrej, wieder hinauszugehen.

Der Accoucheur trat ein. Fürst Andrej ging hinaus, stieß draußen auf Prinzessin Marja und schloß sich ihr an. Sie sprachen flüsternd miteinander, verstummten aber alle Augenblicke wieder, warteten und horchten.

„Allez, mon ami",[1] sagte Prinzessin Marja.

Fürst Andrej ging wieder zu seiner Frau, setzte sich ins Nebenzimmer und wartete. Aus dem Zimmer kam eine Frau mit angstverstörtem Gesicht und geriet in Verwirrung, als sie den Fürsten Andrej

[1] Gehen Sie, mein Freund.

sah. Er verbarg das Gesicht in den Händen und verharrte einige Minuten in dieser Stellung. Aus dem Nebenzimmer kam ein klägliches, tierisch-hilfloses Stöhnen. Fürst Andrej stand auf, ging zur Tür und wollte sie öffnen. Aber von innen wurde die Klinke festgehalten.

„Jetzt nicht, jetzt nicht!" sagte eine ängstliche Stimme.

Er begann im Zimmer auf und ab zu gehen. Das Stöhnen war verstummt. Einige Sekunden vergingen, dann erscholl plötzlich ein furchtbarer Schrei im Nebenzimmer, aber das konnte nicht sie gewesen sein: so konnte sie nicht schreien! Fürst Andrej stürzte zur Tür. Das Schreien war verstummt, und das Schreien, das er jetzt hörte, war das eines kleinen Kindes.

„Warum haben sie ein kleines Kind da hineingebracht?" dachte Fürst Andrej in der ersten Sekunde. „Ein Kind? Was für ein Kind? Was soll ein Kind da? Oder bedeutet es, daß da ein Kind geboren ist?"

Dann begriff er auf einmal die ganze freudige Bedeutung dieses Geschreis, die Tränen wollten ihn ersticken, er stützte sich mit beiden Ellbogen auf das Fensterbrett und weinte schluchzend vor sich hin, wie Kinder es tun. Die Tür öffnete sich. Ohne Rock, mit aufgestreiften Hemdsärmeln erschien der Doktor, bleich und mit zitternder Kinnlade. Fürst Andrej wollte ihn anreden, aber der Doktor sah ihn verständnislos an und ging vorüber, ohne ein Wort zu sagen. Dann stürzte eine Frau herein und blieb verwirrt an der Schwelle stehen, als sie den Fürsten erblickt hatte. Er ging in das Zimmer seiner Frau. Sie lag tot da, in derselben Haltung, in der er sie vor fünf Minuten gesehen hatte, und bis auf die starr gewordenen Augen und die bleichen Wangen war ihr Gesichtchen mit den schwarzen Schnurrbarthärchen über der Lippe noch unverändert in seinem kindlichen Liebreiz.

„Ich habe euch alle ja so lieb und habe keinem etwas Böses getan. Und was habt ihr mit mir gemacht?" sagte ihr liebliches, klägliches, totes Gesicht.

In einer Ecke des Zimmers grunzte und piepte etwas Kleines, Rotes in den weißen zitternden Händen Marja Bogdanownas.

*

Zwei Stunden darauf ging Fürst Andrej mit leisen Schritten zu seinem Vater in dessen Kabinett. Der Alte wußte schon alles. Er hatte dicht neben der Tür gestanden, und kaum hatte sie sich geöffnet, so fiel er seinem Sohne mit seinen knochigen Greisenarmen schweigend um den Hals, umschlang ihn fest wie ein Schraubstock und weinte wie ein Kind.

*

Drei Tage später wurde das Totenamt für die kleine Fürstin gehalten, und Fürst Andrej stieg, um von ihr Abschied zu nehmen, die Stufen zu dem Sargkatafalk hinan. Auch im Sarge war ihr Gesicht noch unverändert, wenn auch die Augen geschlossen waren. „Ach, was habt ihr mit mir gemacht?" sagte es immer noch, und Fürst Andrej fühlte etwas wie einen Riß in seiner Seele, fühlte eine Schuld auf sich lasten, die sich weder gutmachen noch vergessen ließ. Weinen konnte er nicht. Der Alte trat ebenfalls an den Sarg heran und küßte ihr das wächserne Händchen, das ruhig und ein wenig gewölbt über dem anderen lag, und auch zu ihm sagte ihr Gesicht: „Ach, was habt ihr mit mir gemacht?" Und als der Alte dieses Gesicht sah, wandte er sich grimmig ab.

*

Weitere fünf Tage später wurde der kleine Fürst Nikolai Andrejewitsch getauft. Die Amme hielt das Kind hoch empor und preßte ihr Kinn gegen die Windeln, während der Priester mit einer Gänsefeder die runzligen roten Handflächen und Fußsohlen des Kindes salbte.

Der Großvater, der Patenstelle an dem Kinde übernommen hatte, fürchtete, den Kleinen fallen zu lassen und trug ihn zitternd um das ausgebeulte blecherne Taufbecken herum, um ihn dann Prinzessin Marja als der Patin zu übergeben. Fürst Andrej saß, das Ende der heiligen Handlung erwartend, im Nebenzimmer und war in größter Angst, sein Kind könnte ertrinken. Als die Kinderfrau es zu ihm hereinbrachte, sah er es beglückt an und nickte beifällig, als sie ihm erzählte, im Taufbecken seien die mit ein wenig Wachs zu einem Klümpchen zusammengedrehten Haare des Kleinen nicht untergegangen, sondern hätten sich schwimmend an der Oberfläche des Taufwassers gehalten.

X

Dank den Bemühungen des alten Grafen hatte sich Rostows Teilnahme an dem Duell zwischen Dolochow und Besuchow vertuschen lassen, und Rostow war, anstatt wie er erwartet hatte, degradiert zu werden, als Adjutant zum Generalgouverneur von Moskau kommandiert worden. Daher konnte er nicht mit den übrigen Familiengliedern aufs Land fahren, sondern verlebte den ganzen Sommer in seiner neuen Stellung in Moskau. Dolochow war wieder genesen, und Rostow hatte sich gerade während dieser Genesungszeit ganz besonders eng mit ihm angefreundet. Dolochow hatte die ganze Zeit bis zur Genesung im Hause seiner Mutter gelegen, die ihn leidenschaftlich und zärtlich liebte. Die alte Marja Iwanowna, die Rostow um der Freundschaft willen, die ihn mit ihrem Fedja verband, liebgewonnen hatte, pflegte mit ihm häufig über ihren Sohn zu sprechen.

„Ja, Graf", sagte sie dann wohl, „er ist zu edel, zu seelenrein für die verderbte Welt von heute. Aber die Tugend hat ja keiner gern, die ist eben allen ein Dorn im Auge. Sagen Sie doch selbst, Graf, war es vielleicht richtig und ehrenhaft, wie Besuchow gehandelt hat? Aber Fedja ist eben immer so hochherzig und edelmütig, er hat ihn einmal gern gehabt, und so spricht er auch jetzt nie schlecht über ihn. In Petersburg haben die beiden ihre Dummheiten gemeinsam gemacht, wissen Sie, sie haben sich da irgend so einen Spaß mit einem Polizeikommissar erlaubt — und was glauben Sie, diesem Besuchow ist nicht das geringste geschehen, und Fedja hat alles ausbaden müssen! Und was mußte er alles durchmachen! Freilich, später hat man ihn ja rehabilitiert, aber anders wäre es ja auch gar nicht denkbar gewesen! Ich glaube, so tapfere Männer, so brave Söhne des Vaterlandes wird es da draußen nicht allzu viele gegeben haben. Und jetzt dieses Duell! Haben solche Leute denn gar kein Gefühl mehr, gar keine Vorstellung davon, was wahre Ehre ist? Er weiß, daß es sich um einen einzigen Sohn handelt, und trotzdem fordert er ihn und schießt ganz einfach auf ihn! Nur gut, daß Gott es noch gnädig mit uns gemeint hat. Und warum das alles? Nun, wer hat denn heutzutage nicht seine kleinen Amouren? Und warum wurde er denn mit einemmal so eifersüchtig? Ich finde, er hätte das alles meinem Fedja ja schon früher zu verstehen geben können, es hatte ja schon lange genug gedauert. Aber nein, er fordert ihn ganz einfach zum Duell, in der Annahme, Fedja würde sich nicht mit ihm schlagen, weil er ihm Geld schuldet. Wie erbärmlich, wie gemein! Ich weiß, mein lieber Graf, Sie verstehen meinen Fedja, und darum habe ich Sie auch so sehr gern, das können Sie mir schon glauben. Es gibt so wenig Menschen, die ihn verstehen. Und dabei hat er so eine große, himmlische Seele!"

Was Dolochow selbst anging, so sprach er während seiner Rekonvaleszentenzeit mit Rostow häufig in einer Weise, die dieser nie von ihm erwartet hätte.

„Ich gelte für einen schlechten Menschen", sagte er manchmal, „das weiß ich, aber es ist mir einerlei. Mir liegt an keinem Menschen etwas, außer an denen, die ich wirklich liebe. Aber die liebe ich dafür auch so, daß ich mein Leben für sie hingeben würde. Alle anderen zertrete ich, wenn sie mir im Wege stehen. Ich habe eine angebetete, unvergleichliche Mutter und zwei, drei Freunde, zu denen du auch gehörst. Aber alle anderen Menschen beachte ich überhaupt nur so weit, wie sie mir gerade nützen oder schaden können. Und fast alle können einem nur schaden, ganz besonders die Weiber. Ja, mein Lieber", fuhr er fort, „ich habe wohl schon Männer getroffen, die sich wirklich hinzugeben vermochten, die vornehm dachten und hoher Gedanken fähig waren; was aber die Weiber angeht, da habe ich nichts anderes angetroffen als käufliche Geschöpfe, einerlei ob sie Gräfinnen oder Köchinnen waren. Aber der himmlischen Reinheit und Hingebung, die ich beim Weibe suche, bin ich noch nie begegnet. Wenn ich solch ein Weib fände, würde ich mein Leben für sie hingeben. Aber diese Art Frauenzimmer ...", und er machte eine Gebärde der Verachtung. „Und das kannst du mir glauben, wenn ich überhaupt noch Wert auf mein Leben lege, so tue ich es nur deshalb, weil ich immer noch die Hoffnung nicht aufgegeben habe, so einem himmlischen Wesen zu begegnen, das mir zu einer Wiedergeburt verhelfen, das mich läutern und zu sich emporziehen könnte. Aber das verstehst du ja doch nicht."

„Im Gegenteil, das verstehe ich sehr gut", antwortete Rostow, der sich in allem unter dem Einfluß seines neuen Freundes befand.

*

Im Herbst kehrte die Familie Rostow nach Moskau zurück. Zu Beginn des Winters stellte sich auch Denissow wieder ein und nahm bei Rostows Wohnung. Diese erste Zeit des Winters 1806, die Nikolai Rostow in Moskau zubrachte, gehörte für ihn zu den glücklichsten und heitersten seines Lebens, und ähnlich erging es auch allen seinen Angehörigen. Nikolai brachte sehr viele junge Männer in sein Elternhaus. Wera war ein schönes junges Mädchen von zwanzig Jahren, Sonja mit ihren sechzehn Jahren hatte den ganzen Reiz einer sich eben entfaltenden Blüte, Natascha war halb junge Dame, halb Kind, bald kindlich komisch, bald mädchenhaft bezaubernd.

Im Rostowschen Hause hatte sich in jener Zeit eine ganz besondere Atmosphäre von Verliebtheit gebildet, wie das häufig in solchen Häusern geschieht, wo es besonders anmutige junge Mädchen gibt. Jeder junge Mann, der ins Rostowsche Haus kam, diese jungen, immer über irgend etwas — vermutlich über die eigene Seligkeit — lächelnden Mädchengesichter und dieses muntere und belebte Hin und Her sah und dieses harmlos-oberflächliche, aber immer freundliche, gern auf alles eingehende, von allerhand geheimen Hoffnungen erfüllte Geplauder der weiblichen Jugend, und ihr harmlos-vergnügtes Liedersingen und Musizieren hörte — der mußte auch die gleiche Bereitschaft zur Liebe, die gleiche Glückerwartung empfinden, welche in der Jugend des Rostowschen Hauses lebte.

Unter den jungen Leuten, die Rostow in seinem Elternhause einführte, stand Dolochow an erster Stelle; mit Ausnahme von Natascha gefiel er allen im Hause. Fast hätte sie sich Dolochows wegen mit ihrem Bruder überworfen. Sie blieb hartnäckig bei der Behauptung, Dolochow sei ein schlechter Mensch, bei dem Duell mit Besuchow sei Pierre im Recht, Dolochow im Unrecht gewesen, und er sei überhaupt unsympathisch und falsch.

„Ich will sein Wesen gar nicht verstehen!" rief sie in ihrem hartnäckigen Eigensinn. „Er ist böse und gefühllos. Dein Denissow – siehst du, das ist ganz etwas anderes. Den habe ich gern. Er ist zwar auch ein bißchen leichte Ware, trinkt und bummelt recht reichlich, aber ich habe ihn doch gern und kann mich in ihn hineindenken. Ich weiß nicht recht, wie ich dir das klarmachen soll ... bei Dolochow ist alles berechnet und vorher zurechtgelegt, und das kann ich nicht leiden, aber Denissow ..."

„Na, Denissow – das ist doch etwas ganz anderes", antwortete Nikolai und ließ dabei durchblicken, daß neben Dolochow sogar Denissow überhaupt nicht in Frage komme. „Man muß nur wissen, was Dolochow für eine Seele hat, man muß nur gesehen haben, wie er gegen seine Mutter ist! Der hat wirklich Herz."

„Davon weiß ich natürlich nichts, aber ich fühle mich nie wohl, wenn ich mit ihm zusammen bin. Weißt du übrigens, daß er in Sonja verliebt ist?"

„Was für ein Unsinn!"

„Ich bin ganz fest überzeugt davon. Du wirst es schon selbst sehen."

Nataschas Prophezeiung bestätigte sich. Dolochow, der bisher auf Damengesellschaft nicht den geringsten Wert gelegt hatte, verkehrte eifrig im Rostowschen Hause, und obgleich niemand darüber sprach, waren sich alle doch darüber einig, daß er Sonjas wegen so häufig kam. Und auch Sonja selbst wußte das, obgleich sie nie gewagt hätte, es offen auszusprechen; und jedesmal, wenn Dolochow eintrat, wurde sie rot wie Bauerntuch.

Dolochow aß häufig bei Rostows zu Mittag, versäumte nie eine Theatervorstellung, in der Rostows waren, und erschien sogar auf den von Rostows regelmäßig besuchten Jugendbällen bei Jogel. Er kümmerte sich auffallend viel um Sonja und hatte so flammende Blicke für sie, daß nicht nur sie selbst immer wieder rot wurde, sondern daß auch die alte Gräfin und Natascha unwillkürlich erröteten, wenn sie diese Blicke gewahr wurden.

Offenbar stand dieser kraftvolle und eigenwillige Mann gänzlich im Banne dieses zierlichen schwarzhaarigen Mädchens, das doch einen anderen liebte.

Rostow hatte wohl gemerkt, daß sich zwischen Dolochow und Sonja ein Verhältnis von ganz neuer Art herausgebildet hatte; aber er machte es sich nicht genau klar, worin dieses Neue eigentlich bestand. „Diese jungen Mädchen sind immer in irgend jemand verliebt", dachte er, aber er fühlte sich doch Sonja und Dolochow gegenüber nicht mehr so unbefangen wie früher und war in der nächsten Zeit seltener zu Hause als zuvor.

Seit dem Herbst des Jahres 1806 war wieder allgemein von einem Kriege mit Napoleon die Rede, und zwar sprach man jetzt mit viel mehr Eifer und Erbitterung davon als im Vorjahr. Es war nicht nur eine Aushebung von je zehn Rekruten, sondern auch von je neun Milizleuten auf das Tausend der Bevölkerung angeordnet worden. Überall hörte man Verwünschungen gegen Bonaparte ausstoßen, und in Moskau war von nichts anderem die Rede als von dem bevorstehenden Kriege. Für die Familie Rostow konzentrierte sich das Interesse an all diesen Kriegsvorbereitungen ausschließlich auf einen Umstand: Nikoluschka hatte erklärt, er würde um keinen Preis der Welt in Moskau zurückbleiben und warte nur noch Denissows Rückkehr vom Urlaub ab, um gleich nach den Feiertagen mit ihm zusammen zum Regiment abzureisen. Anderseits hinderte die bevorstehende Abreise ihn nicht im geringsten daran, sich nach Kräften zu amüsieren, sondern spornte ihn noch ganz besonders dazu an, mitzunehmen, was sich ihm bot. Den größten Teil seiner Zeit verbrachte er außerhalb des Hauses, auf Diners, Soireen und Bällen.

XI

Am dritten Weihnachtsfeiertage war Nikolai zum Mittagessen zu Hause, was in der letzten Zeit recht selten der Fall gewesen war. Es war sozusagen ein offizielles Abschiedsdiner, da er gleich nach dem Dreikönigstage mit Denissow zusammen zum Regiment abreisen wollte. Die Tischgesellschaft bestand aus etwa zwanzig Personen, unter denen auch Dolochow und Denissow waren.

Niemals hatte sich im Rostowschen Hause diese Atmosphäre von Verliebtheit und Bereitschaft zur Liebe mit einer solchen Stärke fühlbar gemacht wie in diesen Weihnachtstagen. Es war, als raunte diese Atmosphäre jedem zu: „Ergreife die Augenblicke des Glücks, verliebe dich selbst und sorge dafür, daß andere sich in dich verlieben! Das ist das einzige auf der Welt, was Wert hat, alles übrige ist dummes Zeug. Und das ist ja auch das einzige, was uns alle hier in Atem hält!"

Nikolai hatte wie immer zwei Paar Pferde müde gehetzt und war doch nicht dazu gekommen, alle die Besuche zu machen, die er für notwendig hielt, und überall zu erscheinen, wo man ihn erwartet hatte. Erst unmittelbar vor dem Essen kam er nach Haus, und gleich bei seinem Eintritt merkte und fühlte er die ganz besondere Span=

nung der im Hause herrschenden Liebesatmosphäre; dazu nahm er aber auch eine seltsame Verlegenheit wahr, die sich einiger Teilnehmer an diesem Abschiedsessen bemächtigt hatte. Besonders aufgeregt waren Sonja, Dolochow und die alte Gräfin, ein wenig auch Natascha. Nikolai hatte den Eindruck, daß zwischen Sonja und Dolochow vor dem Essen irgend etwas geschehen sein mußte, und sein großer Herzenstakt ließ ihn während des Essens mit beiden ganz besonders zart und behutsam umgehen. An diesem Abend, also am dritten Feiertage, sollte bei dem Tanzlehrer Jogel einer jener Bälle stattfinden, die er in den Feiertagen für seine Schüler und Schülerinnen zu veranstalten pflegte.

„Nikolenka, kommst du mit zu Jogel? Bitte, bitte", sagte Natascha zu ihm, „er hat dich ganz besonders dringend einladen lassen, und Wassilij Dmitritsch kommt auch." Wassilij Dmitritsch war Denissow.

„Ja, wohin würde ich nicht kommen, wenn die Comtesse es befiehlt!" sagte Denissow, der im Rostowschen Hause scherzweise Nataschas Ritter spielte. „Ich bin sogar bereit, den pas de châle zu tanzen."

„Wenn ich es mit meiner Zeit noch einrichten kann! Ich habe schon bei Archarows zugesagt, sie geben heute eine Soiree", erwiderte Nikolai. „Und du?" wandte er sich an Dolochow und merkte im selben Augenblick, daß er diese Frage nicht hätte stellen sollen.

„Ja, vielleicht ..." antwortete Dolochow kalt und warf einen bösen Blick auf Sonja. Dann runzelte er die Stirn und sah Nikolai mit dem gleichen Blick an, mit dem er auf dem Festessen im Klub Pierre angesehen hatte.

„Da ist irgend etwas nicht in Ordnung", dachte Nikolai, und der Umstand, daß Dolochow unmittelbar nach dem Essen aufbrach, bestärkte ihn noch in dieser Vermutung. Er rief Natascha zu sich und fragte sie, was es gegeben hätte.

„Ich wollte schon gerade zu dir kommen und es dir erzählen", sagte Natascha, als sie zusammensaßen. „Ich habe es ja gleich gesagt, aber du hast mir nicht glauben wollen", fuhr sie triumphierend fort. „Er hat Sonja einen Antrag gemacht."

Obwohl Nikolai sich in der letzten Zeit kaum um Sonja gekümmert hatte, gab es ihm doch einen Riß durchs Herz, als er das hörte. Für Sonja als eine Waise ohne Vermögen war Dolochow eine durchaus passende, in mancher Hinsicht sogar glänzende Partie. Vom Standpunkt der alten Gräfin aus und nach der Anschauungsweise der Gesellschaft durfte dieser Antrag unmöglich abgelehnt werden. Und darum war auch Nikolais erste Empfindung, als Natascha ihm davon erzählte, ein Gefühl der Erbitterung gegen Sonja. Er wollte gerade sagen: „Das ist ja wundervoll! Da darf sie sich natürlich nicht durch ein kindisches Versprechen gebunden fühlen und muß den Antrag annehmen" – aber er kam nicht dazu, das auszusprechen ...

„Und stelle dir vor! Sie hat diesen Antrag abgelehnt, schlankweg abgelehnt!" sagte Natascha lebhaft. Sie schwieg eine Weile und setzte dann hinzu: „Sie hat gesagt, sie liebe einen anderen."

„Meine Sonja konnte ja auch gar nicht anders handeln!" dachte Nikolai.

„Und wie sehr Mama sie auch gebeten hat, sie ist bei ihrer Weigerung geblieben, und ich weiß, wenn sie einmal etwas gesagt hat, dann bleibt sie auch dabei."

„Also Mama hat ihr zugeredet!" sagte Nikolai bitter.

„Ja", antwortete Natascha. „Weißt du, Nikolenka, du mußt nicht böse sein, aber ich weiß, daß du sie doch nicht heiraten wirst. Gott weiß warum, aber ich bin überzeugt, ich bin ganz fest überzeugt, daß du sie doch nicht heiraten wirst."

„Na, das kannst du doch wahrhaftig nicht wissen", sagte Nikolai, „aber jetzt muß ich mit ihr sprechen. Was für ein reizendes Wesen ist Sonja doch!" setzte er lächelnd hinzu.

„Ja, das ist sie! Ich schicke sie gleich zu dir!"

Und Natascha gab ihrem Bruder einen Kuß und lief davon.

Eine Minute später kam Sonja, verschüchtert, verlegen und schuldbewußt. Nikolai ging auf sie zu und küßte ihr die Hand. Es war das erste Mal, daß sie unter vier Augen von ihrer Liebe sprachen, seit Nikolai aus dem Kriege zurück war.

Anfangs war er schüchtern, aber dann wurde er immer unbefangener und zuversichtlicher. „Sophie, wenn Sie diesen Antrag ablehnen wollen, so bedenken Sie, daß es sich für Sie dabei nicht nur um eine glänzende und vorteilhafte Partie handelt! Sondern er ist auch als Mensch wertvoll und mit wenigen zu vergleichen, er ist mein Freund und ..."

Sonja fiel ihm ins Wort.

„Ich habe den Antrag schon abgelehnt", sagte sie rasch.

„Wenn Sie das um meinetwillen getan haben, so fürchte ich, ich ..."

Sonja unterbrach ihn wieder.

„Nikolai, sprechen Sie nicht so zu mir", sagte sie und sah ihn mit einem flehentlichen, erschrockenen Blick an.

„Nein, ich muß es Ihnen sagen. Vielleicht ist das von mir eine Art suffisance[1], aber es ist sicher besser, es auszusprechen. Wenn Sie Dolochows Antrag um meinetwillen abgelehnt haben, so muß ich Ihnen die ganze Wahrheit sagen. Ich glaube, ich liebe Sie mehr als alle anderen Menschen ..."

1 Selbstgefälligkeit

„Dann will ich nicht weiter", sagte Sonja. Sie war flammend rot geworden.

„Nein, ich habe mich schon tausendmal verliebt und werde das gewiß auch weiterhin tun, wenn ich auch für keinen Menschen ein solches Gefühl der Freundschaft, des Vertrauens, der Liebe habe wie für Sie. Und dann denken Sie daran, wie jung ich noch bin. Und dann ist man dagegen. Also, gerade herausgesagt, ich kann nichts versprechen. Und ich möchte Sie sehr bitten, sich Dolochows Antrag noch einmal zu überlegen", sagte er und bedurfte dabei einiger Überwindung, um den Namen seines Freundes über die Lippen zu bringen.

„Sprechen Sie nicht so zu mir, ich will ja nichts. Ich liebe Sie wie einen Bruder, ich werde Sie immer lieben, und weiter will ich nichts."

„Sie sind ein Engel, und ich bin Ihrer nicht wert, ich fürchtete nur, ich könnte falsche Vorstellungen in Ihnen erweckt haben."

Noch einmal küßte Nikolai ihr die Hand.

XII

Die Bälle bei Jogel waren die vergnüglichsten Unternehmungen, die man sich in Moskau denken konnte. Das sagten die Mütter, die ihren „adolescentes"[1] zusahen, wenn sie die eben erst einstudierten Pas ausführten, das sagten die adolescentes und adolescents[2] selbst, die bis zum Umfallen tanzten, und das sagten auch die erwachsenen jungen Mädchen und jungen Leute, die so taten, als bedürfe es für sie einiger Herablassung, um diese Bälle zu besuchen, und die sich dabei doch herrlich amüsierten. In diesem Jahr waren auf den Jogelschen Bällen sogar zwei Ehen zustandegekommen. Die beiden hübschen Prinzessinnen Gortschakow hatten hier Bewerber gefunden und sie geheiratet und damit viel für die Berühmtheit dieser Bälle getan. Die Besonderheit dieser Veranstaltungen bestand darin, daß es dabei weder Hausherrn noch Hausfrau gab und daß statt dessen der gutmütige Jogel wie eine Flaumfeder im Winde überall umherflatterte und nach allen Regeln der Kunst seine Kratzfüße machte, sich im übrigen aber von seinen Gästen für diese Bälle ebenso sein Honorar ausbezahlen ließ wie für die Tanzstunden; ferner darin, daß zu diesen Bällen nur kam, wer eben wirklich tanzen und sich amüsieren wollte, wie das dreizehn- und vierzehnjährige Mädchen wollen, die zum erstenmal lange Kleider anhaben. Mit wenigen Ausnahmen waren alle diese jungen Damen hübsch oder schienen es doch wenigstens: so begeistert lächelten sie und so selig leuchteten

[1] jungen Damen
[2] die männliche und weibliche Jugend

ihre Augen. Manchmal mußten die besten Schülerinnen einen Pas de châle tanzen, und unter diesen war wiederum Natascha die allerbeste und fiel durch ihre Grazie allgemein auf; auf dem heutigen Ball sollte indessen nur Ecossaise, Anglaise und die eben erst in Mode gekommene Mazurka getanzt werden. Einen Saal hatte Jogel im Besuchowschen Hause zur Verfügung gestellt bekommen, und der Ball verlief nach dem übereinstimmenden Urteil aller sehr hübsch. Es waren sehr viele schöne junge Mädchen da, und zu den schönsten gehörten die aus dem Rostowschen Hause. Sie waren ganz besonders glücklich und vergnügt. Sonja war so stolz darauf, daß Dolochow ihr einen Antrag gemacht, daß sie ihn aber abgewiesen und daß sie diese Aussprache mit Nikolai gehabt hatte — daß sie schon zu Hause ganz außer Rand und Band gewesen war; sie war so ungeduldig gewesen, daß das Mädchen ihr kaum hatte die Zöpfe flechten können, und jetzt auf dem Ball strahlte sie übers ganze Gesicht vor immer wieder aufschießender Freude.

Noch glücklicher und nicht weniger stolz darauf, daß sie heute zum erstenmal im langen Kleide einen richtigen Ball mitmachen durfte, war Natascha. Beide trugen Mousselinkleider mit rosa Bändern.

Natascha hatte kaum den Ballsaal betreten, als sie auch schon verliebt war. Nicht verliebt in irgendeinen einzelnen, sondern in alle zugleich. Und wenn sie sich im Saale umsah, so war sie eben gerade in den verliebt, auf den im Augenblick ihr Blick gefallen war.

„Ach, wie schön!" sagte sie immer wieder zu Sonja, zu der sie alle Augenblicke gelaufen kam.

Nikolai und Denissow gingen auf und ab und betrachteten wohlwollend und gönnerhaft die Tanzenden.

„Wie niedlich sie ist. Die wird noch einmal eine richtige Schönheit", sagte Denissow.

„Wer?"

„Komtesse Natascha", antwortete Denissow.

„Und wie sie tanzt! Was für eine Grazie!" sagte er wieder nach einer kleinen Pause.

„Von wem sprichst du eigentlich?"

„Von deiner Schwester natürlich", rief Denissow ärgerlich.

Rostow lächelte.

Der kleine Jogel trat auf Nikolai zu.

„Mon cher comte, vous êtes un de mes meilleurs écoliers. Il faut que vous dansiez", sagte er. „Voyez, combien de jolies demoiselles." [1]

Dann wandte er sich mit der gleichen Bitte auch an Denissow, der ebenfalls früher sein Schüler gewesen war.

[1] Mein lieber Graf, Sie sind einer meiner besten Schüler, Sie müssen unbedingt tanzen. Sehen Sie nur, wie viele reizende junge Damen hier sind!

„Non, mon cher, je ferai tapisserie",[1] sagte Denissow. „Sie wissen doch noch, wie wenig ich leider von Ihrem Unterricht profitiert habe?"

„O nein!" fiel Jogel tröstend ein. „Sie waren nur etwas unaufmerksam, aber Anlagen hatten Sie schon, jawohl, Anlagen hatten Sie."

Die Musik spielte die neue Mazurka. Nikolai konnte Jogel nicht widerstehen und forderte Sonja auf. Denissow setzte sich zu den alten Damen, stützte sich mit den Händen auf seinen Säbelgriff, trat mit den Füßen den Takt, brachte die alten Damen mit allerhand komischen Geschichten zum Lachen und sah der tanzenden Jugend zu. Als erstes Paar tanzten Jogel und Natascha, die sein Stolz und seine beste Schülerin war. Allen voran flog Jogel, weich und zierlich von einem seiner schnallenschuhbekleideten Füßchen aufs andere hüpfend, mit Natascha durch den Saal. Sie war zwar ein wenig ängstlich, führte aber gewissenhaft alle Pas aus. Denissow verwandte kein Auge von ihr und klopfte jetzt den Takt mit dem Säbel. Sein Gesichtsausdruck sagte deutlich, wenn er selbst nicht tanze, so sei es nicht deswegen, weil er nicht könne, sondern weil er nicht wolle. Mitten in einer Figur rief er den gerade vorüberkommenden Rostow zu sich.

„Aber so ist es doch gar nicht!" sagte er, „das soll eine polnische Mazurka sein? Aber sie tanzt ausgezeichnet." Nikolai wußte, daß Denissow mit seiner meisterhaften polnischen Mazurka sogar in Polen Furore gemacht hatte, und eilte jetzt auf Natascha zu.

„Geh doch zu Denissow und fordere ihn auf. Der kann tanzen! Einfach wundervoll!" sagte er.

Als Natascha wieder an der Reihe war, stand sie auf und lief in ihren schleifengeschmückten Schuhchen ganz allein und mit verlegenem Gesicht quer durch den Saal auf Denissow zu, der immer noch in seiner Ecke unter den alten Damen saß. Sie merkte, daß alle sie erwartungsvoll anblickten. Nikolai sah, daß Denissow und Natascha lächelnd miteinander stritten und daß Denissow sich weigerte, dabei aber glücklich und froh lächelte. Er ging rasch zu den beiden hin.

„Ach bitte, Wassilij Dmitritsch", sagte Natascha. „Kommen Sie doch bitte."

„Ach nein, Komtesse, Sie müssen mich schon dispensieren."

„Na, komm schon, Wasja, komm schon", sagte Nikolai.

„Du lockst mich ja, als ob ich wirklich der Kater Wasja wäre",* meinte Denissow scherzend.

[1] Nein, mein Lieber, ich werde Mauerblümchen bleiben.
* Anm. am Schluß des Buches.

„Ich werde Ihnen auch einen ganzen Abend lang vorsingen", sagte Natascha.

„Na, diese Zauberin macht auch alles mit mir, was sie will!" erwiderte Denissow und hakte seinen Säbel ab.

Er trat aus der Stuhlreihe heraus, faßte seine Dame fest bei der Hand, hob den Kopf in die Höhe und setzte in Erwartung des Taktes den einen Fuß zur Seite. Nur wenn Denissow zu Pferde saß und wenn er Mazurka tanzte, fiel sein kleiner Wuchs nicht auf, und er wirkte dann tatsächlich als die schneidige Erscheinung, als die er sich selbst fühlte. Während er auf den Takt wartete, sah er seine Dame siegesgewiß und mit einem Ausdruck von scherzhafter Heiterkeit von der Seite her an, dann stampfte er plötzlich mit einem Fuß auf, schnellte sich in die Höhe, wie ein elastischer Ball, der vom Boden abprallt, und flog, seine Dame mit sich reißend, in einer runden Schleife durch den Saal. Fast unhörbar durchflog er auf einem Bein den halben Saal und schoß gerade auf die vor ihm stehenden Stühle zu, die er anscheinend gar nicht sah; plötzlich aber schlug er die Sporen gegeneinander, spreizte die Beine und blieb eine Sekunde lang auf den Hacken stehen, stampfte unter mächtigem Sporengeklirr mit beiden Beinen auf der Stelle umher, wirbelte sich im Kreise herum, schlug mit dem linken Fuß gegen den rechten und flog dann wieder um den Saal. Natascha erriet alles, was er vorhatte, überließ sich ihm ganz und folgte, ohne selbst zu wissen wie, seiner Leitung. Bald wirbelte er sie einmal an der rechten, einmal an der linken Hand herum, bald fiel er vor ihr auf die Knie, ohne ihre Hand loszulassen, führte sie blitzschnell im Kreise um sich herum, sprang dann wieder auf und jagte so wild vorwärts, als wolle er alle Zimmer durchstürmen, ohne auch nur einmal Atem zu schöpfen; bald blieb er wieder stehen und machte dann plötzlich irgendeine neue und gänzlich unerwartete Wendung. Als er endlich seine Dame bis unmittelbar vor ihren Platz gewirbelt hatte und sich sporenklirrend vor ihr verneigte, da war Natascha nicht einmal imstande, seine Schlußverbeugung zu erwidern. Sie starrte ihn erstaunt und benommen an und lächelte verwirrt, als erkenne sie ihn gar nicht wieder.

„Was war das eigentlich?" murmelte sie fassungslos.

Obgleich Jogel diese Mazurka nicht als die richtige anerkennen wollte, waren alle von Denissows Meisterschaft hingerissen, er wurde unentwegt aufgefordert, und die alten Herren begannen lächelnd von Polen und von der guten alten Zeit zu sprechen. Denissow fuhr sich mit dem Taschentuch über das Gesicht, das vom Mazurkatanzen ganz rot geworden war, setzte sich zu Natascha und wich den ganzen Abend über nicht mehr von ihrer Seite.

XIII

An den nächsten beiden Tagen bekam Nikolai Dolochow weder im Rostowschen Hause zu sehen noch traf er ihn in seiner eigenen Wohnung an. Am dritten Tage erhielt er von Dolochow eine kurze Zuschrift:

„Aus Gründen, die Dir bekannt sind, möchte ich in dem Hause Deiner Eltern nicht mehr verkehren. Da ich dieser Tage zur Armee abgehe, gebe ich meinen Freunden heute abend ein kleines Abschiedsessen. Komm in den Englischen Hof."

Rostow war mit seinen Angehörigen und Denissow im Theater gewesen und fuhr von dort aus gegen zehn Uhr in den Englischen Hof. Er wurde gleich in den schönsten Raum des Hotels geführt, den Dolochow für diese Nacht genommen hatte. Etwa zwanzig Menschen drängten sich um einen Tisch, vor dem Dolochow saß, rechts und links je ein Licht neben sich. Auf dem Tisch lag Gold und Papiergeld, und Dolochow hielt die Bank. Seit dem Tage, an dem er Sonja den Antrag gemacht hatte und abschlägig beschieden worden war, hatte Nikolai ihn noch nicht wieder gesehen und empfand eine gewisse Verlegenheit beim Gedanken daran, wie sich jetzt ihr Zusammentreffen gestalten würde.

Gleich als Rostow eintrat, begegnete er Dolochows klarem, kaltem Blick; es war, als hätte Dolochow ihn schon lange erwartet.

„Wir haben uns eine ziemliche Zeit nicht gesehen", sagte er. „Ich danke dir, daß du gekommen bist. Ich will nur noch ein wenig die Bank halten, dann muß auch gleich Iljuschka mit seinen Sängern kommen."

„Ich war dieser Tage bei dir", sagte Rostow und wurde rot.

Dolochow gab ihm keine Antwort.

„Du kannst mitsetzen", sagte er dann.

Rostow fiel in diesem Augenblick ein merkwürdiges Gespräch ein, das er einmal mit Dolochow gehabt hatte. „Nur Dummköpfe verlassen sich beim Spiel auf ihr Glück", hatte Dolochow damals gesagt.

„Oder hast du Angst, gegen mich zu spielen?" fuhr Dolochow mit einem Lächeln fort, als habe er Rostows Gedanken erraten.

An diesem Lächeln erkannte Rostow, in was für einer Stimmung Dolochow war: in derselben, die ihn während des Diners im Klub beherrscht hatte und die überhaupt manchmal über ihn kam, wenn ihn das Einerlei des täglichen Lebens langweilte und er das unabweisbare Bedürfnis empfand, sich durch irgendeine extravagante und meist von einer gewissen Grausamkeit nicht freie Handlung diesem Einerlei zu entreißen.

Rostow war ein wenig verlegen geworden; vergebens suchte er

nach einem Scherzwort, mit welchem er Dolochow antworten könnte. Er hatte noch immer nichts gefunden, als Dolochow, ihm gerade ins Gesicht blickend, langsam und betont, so daß alle es hören konnten, zu ihm sagte:

„Du erinnerst dich doch, wir sprachen einmal über das Spiel ... ein Dummkopf, wer sich beim Spiel auf das Glück verläßt. Wenn man spielt, muß man ganz genau wissen, was man will. Das möchte ich einmal ausprobieren."

„Will er es mit dem Glück ausprobieren oder mit diesem genauen Wissen?" dachte Rostow.

„Spiele du lieber nicht", fuhr Dolochow fort, riß dann von einem Spiel Karten den Umschlag ab und schlug damit auf den Tisch. „Bank, meine Herren!"

Dolochow schob den Einsatz vor sich hin und begann zu taillieren. Rostow hatte sich neben ihn gesetzt, spielte aber anfangs nicht mit.

Dolochow sah ihn an. „Warum spielst du nicht?" fragte er.

Und merkwürdigerweise hatte Nikolai jetzt das Gefühl, er müsse unter allen Umständen eine Karte nehmen, eine kleine Summe darauf setzen und mitspielen.

„Ich habe kein Geld bei mir", sagte Rostow.

„Ich borge dir!"

Rostow setzte fünf Rubel auf die Karte und verlor; wieder setzte er, und wieder verlor er. Dolochow schlug zehnmal nacheinander Rostows Karte, das heißt: er gewann zehnmal, was Rostow gesetzt hatte.

„Meine Herren", sagte er, nachdem er eine Zeitlang abgezogen hatte, „bitte legen Sie das Geld gleich auf die Karten, ich könnte mich sonst bei der Abrechnung irren."

„Nun, soviel Kredit werde ich doch hoffentlich bei Ihnen haben", sagte einer der Spieler.

„Das schon, aber ich fürchte mich zu irren. Legen Sie bitte gleich auf die Karten, was sie setzen wollen", erwiderte Dolochow. „Mit dir ist es etwas anderes, wenn du kein Geld bei dir hast, verrechnen wir es eben später", setzte er, zu Rostow gewandt, hinzu.

Das Spiel ging weiter. Ein Lakai reichte unaufhörlich Champagner.

Alle Karten, auf die Rostow setzte, wurden geschlagen, und Dolochow hatte ihm schon fast achthundert Rubel angeschrieben. Rostow hatte schon auf eine einzige Karte achthundert Rubel Einsatz geschrieben, aber während der Lakai ihm gerade das Tablett mit den Champagnergläsern präsentierte, besann er sich eines anderen und schrieb wieder seinen gewöhnlichen Einsatz darauf: zwanzig Rubel.

„Laß es doch stehen", sagte Dolochow, obwohl es den Anschein hatte, als habe er gar nicht gesehen, was Rostow zuerst geschrieben hatte. „Du kannst deinen Verlust dann ja mit einem Schlage wieder einholen. Deine Karten schlage ich beständig, an die anderen verliere ich. Fürchtest du dich vielleicht vor mir?"

Rostow gehorchte und ließ es bei dem Einsatz von achthundert Rubeln bleiben; er hatte auf eine Cœursieben mit abgerissener Ecke gesetzt, die er vom Fußboden aufgehoben hatte. Später entsann er sich noch ganz genau, wie diese Karte ausgesehen hatte. Er schrieb also mit einem Stückchen Kreide auf diese Cœursieben in seinen geschweiften, sehr gerade stehenden Ziffern die Zahl Achthundert, leerte das ihm gereichte, bereits ein wenig warm gewordene Glas Champagner, lächelte als Antwort auf Dolochows letzte Worte, starrte dann auf Dolochows Hände mit dem Spiel Karten und wartete auf eine Sieben. Das Herz wollte ihm fast stillstehen. Es hing für ihn sehr viel davon ab, ob diese Cœursieben gewann oder verlor. Am vergangenen Sonntag hatte Graf Ilja Andreïtsch seinem Sohn zweitausend Rubel gegeben und, während er sonst fast nie über pekuniäre Schwierigkeiten sprach, hatte er ihm diesesmal gesagt, es sei das letzte, was er ihm bis zum Mai geben könne, und er bitte ihn, recht sparsam damit umzugehen. Nikolai erwiderte, es sei reichlich genug, und er gebe ihm sein Ehrenwort, bis zum Frühjahr nicht wieder um Geld zu bitten. Von diesen zweitausend Rubeln waren ihm jetzt nur noch zwölfhundert geblieben. Mithin mußte ein Verlieren der Cœursieben für ihn nicht nur einen Verlust von insgesamt sechzehnhundert Rubeln bedeuten, sondern ihn auch in die Notwendigkeit versetzen, sein Wort zu brechen. Mit bebendem Herzen sah er auf Dolochows Hände und dachte: „Nur schnell, schnell diese Karte, und ich nehme meine Mütze, fahre nach Hause und esse mit Denissow, Natascha und Sonja zu Abend, und dann soll nie wieder eine Karte in meine Hände kommen." Und dann stand plötzlich sein ganzes Leben im elterlichen Hause vor ihm – die kleinen Späße mit Petja, die Gespräche mit Sonja, die Duette mit Natascha, das Pikettspielen mit seinem Vater und sogar sein friedliches Bett in dem Hause an der Powarskajastraße – das alles stand so scharf umrissen, so deutlich und mit soviel verlockendem Reiz vor ihm, als sei dieses ganze unersetzliche Glück bereits längst vergangen und verloren. Es war doch gar nicht möglich, daß er all dieses ihm jetzt eben erst zum Bewußtsein gekommenen und in so leuchtenden Farben vor ihm stehenden Glückes verlustig gehen und in einen Abgrund gänzlich unvorstellbaren Unglücks hinabgeschleudert werden sollte – und das alles durch einen dummen Zufall, der eine Sieben früher nach rechts fallen ließ als nach links. Das konnte ja gar nicht sein! Aber trotzdem folgte er bebenden Herzens jeder Handbewegung Dolochows. Diese breitknochigen, roten Hände mit den am Handgelenk unter den Ärmeln zum Vorschein kommenden Haaren legten jetzt das Spiel Karten hin und griffen nach dem Champagnerglase und der Pfeife.

„Also du fürchtest dich nicht, mit mir zu spielen?" fragte Dolochow wieder, und als wollte er eine lustige Geschichte zum besten geben, lehnte er sich in seinem Sessel zurück, grinste und sagte langsam:

„Ja, meine Herren, wie ich gehört habe, kursiert in Moskau das Gerücht, ich sei ein Falschspieler. Ich kann Ihnen also nur raten, mir gegenüber möglichst vorsichtig zu sein."

„Na, so zieh doch schon ab!" fiel Rostow ein.

„Ach, diese Moskauer Klatschbasen!" meinte Dolochow und griff lächelnd wieder nach den Karten.

„Oooh!" Rostows Stöhnen klang fast wie ein Schrei. Er fuhr sich mit beiden Händen in die Haare. Die Sieben, die er so dringend brauchte, lag ganz oben, als erste Karte im Spiel. Er hatte mehr verloren, als er bezahlen konnte.

„Na, die Haare brauchst du dir deswegen doch nicht auszureißen", meinte Dolochow mit einem flüchtigen Blick auf Rostow und zog dann weiter ab.

XIV

Nach anderthalb Stunden nahmen die meisten Spieler ihr eigenes Spiel nicht mehr recht ernst: das Interesse aller galt ausschließlich Rostow. Anstatt der sechzehnhundert Rubel von vorhin hatte Dolochow inzwischen bereits eine lange Zahlenreihe auf seinen Namen gebucht; bis zu zehntausend hatte Rostow noch gezählt, jetzt mußte die Summe, seiner unklaren Schätzung nach, bereits auf fünfzehntausend gestiegen sein. In Wirklichkeit belief sie sich aber schon auf über zwanzigtausend Rubel. Dolochow hatte kein Ohr mehr für die Unterhaltung der übrigen und sagte kein Wort; er beobachtete jede Bewegung, die Rostows Hände machten, und warf ab und zu einen raschen Blick auf die Zahlenreihe, die er zu Lasten Rostows gebucht hatte. Er hatte beschlossen, das Spiel so lange fortzusetzen, bis diese Zahlenreihe dreiundvierzigtausend Rubel ausmachen würde. Diese Zahl hatte er gewählt, weil sein und Sonjas Lebensalter zusammen dreiundvierzig Jahre betrug. Rostow saß, den Kopf in beide Hände gestützt, an dem mit Zahlen und Notizen beschriebenen, weinbefleckten, mit Karten übersäten Tisch. Eine qualvolle Vorstellung ließ ihn nicht los: er war in der Gewalt dieser breitknochigen, roten Hände mit den am Handgelenk unter den Ärmeln zum Vorschein kommenden Haaren, dieser Hände, die er liebte und haßte, zu gleicher Zeit.

„Sechshundert Rubel, As, Viertel, Neun ... ich kann es nicht mehr einholen! ... Und wie schön wäre es jetzt zu Hause ... Der Bube ist auch hin ... das kann ja gar nicht sein! Und warum macht er nur das alles mit mir?" dachte Rostow. Manchmal wollte er ganz ungewöhnlich große Summen setzen, aber Dolochow nahm solche Einsätze nicht an und bestimmte selbst, wie hoch Rostow setzen dürfe. Nikolai fügte sich ihm und betete bald zu Gott wie damals auf der Ennsbrücke, bald setzte er sich in den Kopf, die Karte würde ihn retten, die ihm zuerst in die Hände fallen würde, wenn er in den unter dem Tisch liegenden Haufen verbogener und weggeworfener Karten griffe; dann wieder zählte er die Schnüre an seiner Attila und setzte einen Betrag in Höhe der zuletzt verlorenen Summe auf eine Karte mit der gleichen Augenzahl; bald sah er die anderen Mitspieler hilfesuchend an, bald spähte er in Dolochows kaltes Gesicht und suchte zu ergründen, was in Dolochows Innerem vorging.

„Aber er weiß doch, was dieser Verlust für mich bedeutet! Es ist doch unmöglich, daß er mich geradezu zu Grunde richten will! Er ist doch bis heute mein Freund gewesen. Ich habe ihn doch so gern gehabt ... Aber er ist ja nicht schuld daran; was soll er denn machen, wenn das Glück ihm so nachläuft? Aber ich bin auch nicht schuld", sagte er sich dann. „Ich habe doch nichts Schlimmes getan. Habe ich denn jemand umgebracht, jemand beleidigt, jemandem etwas Böses gewünscht? Womit habe ich dieses grauenhafte Unglück verdient? Und wann hat es eigentlich angefangen? Es ist doch noch gar nicht lange her, daß ich mich an diesen Tisch setzte — mit der Absicht, vielleicht hundert Rubel zu gewinnen, um Mama zum Namenstage die Schatulle zu kaufen, die sie sich wünscht, und dann wollte ich nach Hause fahren. Ich war ja so glücklich, so frei, so vergnügt! Und ich wußte ja gar nicht, wie glücklich ich war! Wann war das alles vorbei, und wann fing dieser grauenhafte, neue Zustand an? Was war eigentlich das Charakteristikum dieses Umschwunges? Ich habe doch immer hier auf dem gleichen Platz, an dem gleichen Tisch gesessen, habe immer auf die gleiche Art Karten ausgewählt und Karten genommen und immer auf die gleichen breitknochigen, geschickten Hände gesehen. Wann ist denn das eigentlich gekommen, und was ist denn überhaupt gekommen? Ich bin gesund und stark, ich bin immer noch der gleiche von vorhin und sitze immer noch auf dem gleichen Platz. Nein, es kann ja gar nicht sein! Ganz gewiß, das alles kann nicht so ein Ende nehmen."

Er war ganz rot geworden, und der Schweiß rann ihm über das Gesicht, obwohl es im Zimmer keineswegs heiß war. Sein Gesicht hatte etwas Schreckenerregendes und Klägliches zugleich, namentlich angesichts seiner vergeblichen Bemühungen, ruhig zu erscheinen.

Sein Verlust näherte sich bereits der verhängnisvollen Zahl

Dreiundvierzigtausend. Rostow wollte gerade ein Paroli von Dreitausend Rubeln biegen, als Dolochow mit seinem Spiel Karten auf den Tisch schlug, es aus der Hand legte, die Kreide nahm und mit seiner klaren, kräftigen Handschrift Rostows einzelne Schuldposten rasch zusammenzuaddieren begann. Die Kreide bröckelte unter seinen energischen Strichen.

„Zum Souper, es ist Zeit zum Souper! Da sind auch schon die Zigeuner!"

In der Tat kamen allerhand dunkelhaarige Männer- und Frauengestalten herein, brachten einen Hauch Kälte ins Zimmer und sagten ein paar Worte in ihrem schlechten Zigeuner-Russisch. Nikolai begriff, daß alles zu Ende war, sagte aber in gleichgültigem Tone:

„Na, wie ist es, magst du nicht mehr? Und ich wollte gerade auf so eine wunderschöne Karte setzen!" Er tat so, als sei es ihm nur um den Reiz des Spieles zu tun.

„Alles ist zu Ende, ich bin verloren", dachte er. „Eine Kugel in die Stirn, das ist das einzige, was mir übrigbleibt." Und gleichzeitig sagte er in möglichst munterem Ton:

„Na, noch ein Kärtchen!"

„Schön", erwiderte Dolochow, der inzwischen die Gesamtsumme errechnet hatte. „Schön! Es soll um diese einundzwanzig gehen", sagte er und deutete auf die Zahl Einundzwanzig, um welche das runde dreiundvierzigste Tausend bereits überschritten war. Dann nahm er das Spiel und schickte sich an abzuziehen. Rostow bog gehorsam die Ecke um und schrieb anstatt, wie er ursprünglich vorhatte, sechstausend sorgsam die Zahl einundzwanzig hin.

„Mir ist es einerlei", sagte er, „es interessiert mich nur, ob du mir diese Zehn schlägst, oder ob sie gewinnt."

Dolochow begann ernsthaft die Karten abzuziehen. Oh, wie Rostow in diesem Augenblick diese roten, kurzfingrigen Hände mit den unter dem Ärmel zum Vorschein kommenden Haaren haßte, diese Hände, die ihn in ihrer Gewalt hatten ...

„Sie schulden mir also dreiundvierzigtausend Rubel, Graf", sagte Dolochow, erhob sich und dehnte die Glieder. „Man wird doch müde von dem langen Sitzen", setzte er hinzu.

„Ja, ich bin auch müde geworden", meinte Rostow.

Dolochow fiel ihm ins Wort, als wollte er ihn darauf aufmerksam machen, daß eine scherzhafte Behandlung der Angelegenheit hier nicht angebracht war.

„Wann wünschen Sie, daß ich das Geld in Empfang nehme, Graf?"

Rostow wurde flammend rot und bat Dolochow ins Nebenzimmer.

„Ich kann dir nicht die ganze Summe auf einmal geben, du mußt einen Wechsel annehmen", sagte er.

Dolochow sah Nikolai in die Augen und machte gar keinen Versuch, sein Lächeln zu verhehlen.

„Höre einmal, Rostow, du kennst doch das Sprichwort: Glück in der Liebe, Unglück im Spiel! Deine Kusine liebt dich. Ich weiß Bescheid."

„Oh! Wie grauenhaft ist es, sich in der Gewalt dieses Menschen zu fühlen!" dachte Rostow. Er war sich klar darüber, wie er seinen Vater und seine Mutter mit der Eröffnung seines Spielverlustes treffen würde; er war sich klar darüber, wie unbeschreiblich schön es sein müßte, plötzlich aus dieser ganzen Affäre herausgezogen zu sein; und er war sich klar darüber, daß Dolochow ganz genau wußte: er war imstande, Rostow vor dieser Schande und diesem Kummer zu retten. Und jetzt fand er noch seine Freude daran, mit ihm zu spielen, wie die Katze mit der Maus.

„Deine Kusine ..." fing Dolochow wieder an, aber Nikolai unterbrach ihn:

„Meine Kusine hat damit gar nichts zu tun, von der ist hier gar nicht die Rede!" schrie er wütend.

„Also wann soll ich das Geld in Empfang nehmen?" fragte Dolochow.

„Morgen", antwortete Rostow und ging hinaus.

XV

„Morgen" zu sagen und dabei einen Ton zu wahren, wie der Anstand ihn vorschreibt — das war nicht schwer; aber jetzt allein nach Hause zu fahren, den Schwestern, dem Bruder, der Mutter, dem Vater gegenüberzutreten, alles zu beichten und um das Geld zu bitten, auf das man nach dem gegebenen Ehrenwort kein Anrecht hatte — das war schrecklich.

Zu Hause war noch alles auf. Die Jugend des Rostowschen Hauses war im Theater gewesen, hatte dann zu Abend gegessen und saß jetzt am Klavier. Nikolai hatte den Saal kaum betreten, als ihn auch schon wieder jene Atmosphäre von Verliebtheit und Poesie umfing, die diesen ganzen Winter über im Rostowschen Hause geherrscht hatte und sich jetzt nach Dolochows Antrag und dem Ball bei Jogel um Sonja und Natascha noch mehr verdichtet hatte, wie die Luft vor einem Gewitter. Sonja und Natascha standen in den blauen Kleidern, in denen sie im Theater gewesen waren, am Klavier, glücklich, lächelnd, hübsch anzusehen und sich dessen bewußt. Wera spielte im Salon mit Schinschin Schach. Die alte Gräfin wartete auf ihren Mann und ihren Sohn und legte mit einer adligen alten Dame, die im Rostowschen Hause lebte, Patience. Denissow saß mit glänzenden Augen und zerzaustem Haar am Klavier, das eine Bein zur Seite gestellt, schlug mit seinen kurzen Fingern auf die Tasten, ließ seine Augen rollen und sang mit seiner heiseren, nicht sehr umfangreichen, aber sicher treffenden Stimme ein selbstverfaßtes Lied: „Die Zauberin", zu dem er eine Melodie zu finden suchte:

„O sag mir, Zaubrin, welch geheime Macht
zieht zu den Saiten mich, die ich so lange mied?
O welche Lust die Finger mir durchglüht!
Welch Feuer hast du mir im Herzen angefacht!"

Er sang mit Leidenschaft und blitzte mit seinen schwarzen Achataugen die erschrockene und zugleich selige Natascha an.

„Herrlich! Ausgezeichnet!" rief Natascha. „Jetzt noch den zweiten Vers!" setzte sie hinzu, ohne den eben eintretenden Nikolai zu bemerken.

„Hier ist alles ganz wie immer", dachte Nikolai, der nun auch einen Blick in den Salon geworfen und dort Wera, Schinschin und seine Mutter mit der alten Dame gesehen hatte.

„Ah, da ist ja auch Nikolenka!"

Natascha kam auf ihn zugelaufen.

„Ist Papa zu Hause?" fragte er.

„Wie froh bin ich, daß du gekommen bist!" sagte Natascha, ohne seine Frage zu beantworten. „Wir sind alle so vergnügt. Weißt du schon, daß Wassilij Dmitritsch mir zu Gefallen noch einen Tag länger bleibt?"

„Nein, Papa ist noch nicht nach Hause gekommen", meinte Sonja.

„Koko, bist du nach Hause gekommen? Komm doch zu mir, mein gutes Kerlchen!" rief die Gräfin aus dem Salon herüber.

Nikolai ging zu seiner Mutter, küßte ihr die Hand und setzte sich schweigend zu ihr an den Tisch. Er sah ihren Händen zu, die die Karten geschäftig über den Tisch verteilten. Aus dem Saal hörte man ununterbrochen Gelächter und lustige Stimmen: Sonja und Denissow redeten auf Natascha ein.

„Na, schön, schön", rief Denissow, „jetzt haben Sie keine Ausrede mehr, jetzt müssen Sie uns die Barcarole singen! Ich flehe Sie an!"

Die Gräfin sah zu ihrem schweigsamen Sohn auf.

„Was hast du?" fragte sie.

„Ach, nichts", sagte er, als müsse er eine Frage beantworten, die ihm durch ihre stete Wiederholung schon langweilig geworden sei. „Kommt Papa bald nach Hause?"

„Ich glaube wohl."

„Hier ist alles wie immer. Sie ahnen nichts! Was soll ich nur machen?" dachte Nikolai und ging wieder in den Saal, in welchem das Klavier stand.

Sonja saß am Klavier und machte sich gerade an das Vorspiel jener Barcarole, die Denissow so liebte. Natascha schickte sich an zu singen. Denissow sah sie mit verzückten Blicken an.

Nikolai begann auf und ab zu gehen.

„Was findet er nur für ein Vergnügen daran, sich von ihr vorsingen zu lassen! Was ist denn an ihrem Gesang dran? Daß die daran Spaß finden!" dachte Nikolai.

Sonja griff den ersten Akkord des Vorspiels.

„Mein Gott, ich bin zugrunde gerichtet, ich bin ein ehrloser Mensch. Eine Kugel in die Stirn, das ist das einzige, was mir noch bleibt. Und die mögen singen!" dachte er. „Weggehen? Aber wohin? Ach einerlei, mögen sie doch singen!"

Und wieder ging Nikolai finster auf und ab und sah dabei Denissow und die beiden Mädchen an, vermied es aber, ihren Blicken zu begegnen.

„Nikolenka, was haben Sie?" fragte Sonjas unverwandt auf ihn gehefteter Blick. Sie hatte gleich gemerkt, daß ihm etwas Schlimmes widerfahren war.

Nikolai wandte sich ab. Die feinfühlige Natascha hatte ebenfalls augenblicklich gemerkt, in was für einem Zustand ihr Bruder sich befand. Aber wenn sie es auch gemerkt hatte, ihr selbst war gerade jetzt so froh und glücklich zumut, aller Gram, aller Kummer, alle Selbstvorwürfe lagen ihr in diesem Augenblick so unendlich fern, daß sie sich selbst absichtlich etwas vormachte, wie junge Menschen das ja häufig tun. „Nein, mir ist jetzt zu vergnügt zumut, als daß ich mir meine Lustigkeit durch Mitleid mit fremdem Kummer verderben möchte" — so empfand Natascha und sagte sich dabei selbst: „Nein, ich habe mich ganz bestimmt getäuscht. Er muß ebenso vergnügt sein wie ich."

„Also fangen wir an, Sonja", sagte sie und stellte sich mitten im Saale auf, weil sie da die beste Resonanz zu haben glaubte. Natascha hob den Kopf und ließ die Arme regungslos herunterhängen, wie es die Ballettänzerinnen zu tun pflegen; mit einer energischen Bewegung trat sie von den Hacken auf die Zehenspitzen, ging in der Mitte des Saals ein wenig auf und ab und blieb dann stehen.

„Ja, das kann ich!" schien sie als Antwort auf die verzückten Blicke Denissows zu sagen, der gierig jeder ihrer Bewegungen folgte.

„Worüber sie sich nur freut?" dachte Nikolai und sah seine Schwester an. „Daß ihr das nicht langweilig wird! Daß sie sich nicht schämt!"

Natascha sang die erste Note, und ihre Kehle weitete sich, ihre Brust wölbte sich vor, ihre Augen nahmen einen ernsthaften Ausdruck an. Sie dachte an niemand und an nichts mehr in diesem Augenblick, und aus ihrem wie zu einem Lächeln leicht verzogenen Munde strömten Klänge; Klänge, wie sie mit den gleichen Zeitabständen und Intervallen jeder hervorbringen kann, die uns aber tausendmal kalt lassen, um uns beim tausendunderstenmal zusammenfahren und Tränen vergießen zu lassen.

Natascha hatte in diesem Winter zum erstenmal sich ernsthaft mit der Ausbildung ihrer Stimme beschäftigt, und zwar vornehmlich deshalb, weil Denissow so entzückt von ihrem Gesang war. Sie sang nicht mehr in der kindlichen Weise von früher, und in ihrem Gesang lag nicht mehr jene komisch wirkende Krampfhaftigkeit, die ihm noch vor kurzem zu eigen gewesen war, aber immerhin sang sie noch nicht gut, wie das alle sachverständigen Kenner sagten, die sie gehört hatten. „Eine noch nicht genügend durchgearbeitete, aber doch schöne Stimme, die eben nur noch der Ausbildung bedarf", sagten alle. Aber gewöhnlich sagten sie das erst eine geraume Weile, nachdem Nataschas Stimme verstummt war. Solange aber diese noch nicht durchgearbeitete Stimme mit ihrer mangelhaften Atemtechnik und ihren ungeschickten Übergängen noch sang, solange sagten selbst diese sachverständigen Kenner nichts, sondern gaben sich ganz dem Genuß dieser undurchgearbeiteten Stimme hin und hatten keinen anderen Wunsch, als sie wieder und wieder zu hören. In dieser Stimme lag eine mädchenhafte Unberührtheit, ein Nichtkennen der eigenen Kräfte und eine sammetartige, noch von keiner Routine umschnörkelte Weichheit, und all das war mit den eigentlichen Kunstmängeln dieser Stimme so eng verbunden, daß es unmöglich schien, etwas an dieser Stimme zu ändern, ohne sie geradezu zu verderben.

„Was bedeutet das eigentlich?" dachte Nikolai, als er ihre Stimme hörte, und riß erstaunt die Augen auf. „Was ist nur mit ihr geschehen? Wie singt sie denn heute?" Und plötzlich konzentrierte sich für ihn die ganze Welt in der Erwartung der nächsten Takte, und der Rhythmus der ganzen Welt fügte sich ihm in drei Tempi: „O, mio crudele affetto ... eins, zwei, drei ... eins, zwei drei ... eins ... O mio crudele affetto ... eins, zwei, drei ... eins. Ach, wie erbärmlich dumm ist unser ganzes Leben!" dachte Nikolai. „Das alles, Unglück und Geld und Dolochow und Haß und Neid und Ehre – das ist doch alles dummes Zeug ... aber das da, das ist das Eigentliche, das Wirkliche ... Ach, Natascha, liebe, liebe Natascha! Wie wird sie nur dieses ‚si' herausbringen? Aha! Da hat sie es! Gott sei Dank!" Und ohne selbst zu merken, daß er mitsang, hatte er, um dieses ‚si' zu verstärken, in der zweiten Stimme die Terz der hohen Note mitgesungen. „Mein Gott! Wie schön! Habe ich es wirklich getroffen? Wie herrlich!" dachte er. Oh, wie rein hatte diese Terz gebebt, und wie regte sich jetzt all das Bessere in Rostows Seele! Und das alles hatte mit der ganzen Welt nichts zu tun und stand weit über dieser ganzen Welt! „Was bedeuten da Spielverluste und Leute wie Dolochow und Ehrenworte! ... Das ist ja alles dummes Zeug! Man kann morden und stehlen und dabei doch glücklich sein ..."

XVI

Schon seit langer Zeit hatte Rostow keine solche Freude an der Musik gehabt wie an diesem Tage. Aber kaum hatte Natascha ihre Barcarole zu Ende gesungen, als ihm auch die Wirklichkeit wieder zum Bewußtsein kam. Ohne ein Wort zu sagen, verließ er den Saal und ging nach unten in sein Zimmer. Eine Viertelstunde später kam der alte Graf, vergnügt und zufrieden, aus dem Klub. Nikolai hörte ihn kommen und ging zu ihm.

„Na, gut amüsiert?" fragte Ilja Andreïtsch und lächelte seinem Sohn mit stolzer Freude zu.

Nikolai wollte „Ja" sagen, brachte es aber nicht heraus. Er war nahe daran, in Tränen auszubrechen. Der Graf zündete sich seine Pfeife an und merkte gar nicht, in was für einem Zustande sein Sohn sich befand.

„Ach, es geht eben nicht anders!" sagte sich Nikolai ein für allemal. Und dann sagte er in einem Ton von lässiger Gleichgültigkeit, der ihm Ekel vor sich selbst erregte, als bäte er um die Equipage für eine Fahrt zur Stadt:

„Papa, ich bin mit einer Bitte zu Ihnen gekommen, fast hätte ich es vergessen. Ich brauche Geld."

„Na, guck einer an!" sagte der Vater, der ganz besonders gut aufgelegt war. „Ich habe es dir ja gleich gesagt, du würdest nicht reichen. Brauchst du viel?"

„Sehr viel", sagte Nikolai mit einem albernen Grinsen, das gleichgültig aussehen sollte und das er sich noch nach langer Zeit nicht verzeihen konnte. „Ich habe ein wenig im Spiel verloren, das heißt viel, sogar sehr viel, dreiundvierzigtausend Rubel."

„Was? An wen? ... Das ist doch nicht dein Ernst?" schrie der Graf, und sein Hals und Nacken bedeckten sich mit einer apoplektischen Röte — die Art, wie alte Leute zu erröten pflegen.

„Ich habe versprochen, morgen zu zahlen", sagte Nikolai.

„Ach!" ächzte der alte Graf, streckte wie in entsetzter Abwehr die Arme aus und sank kraftlos auf den Diwan.

„Was ist da zu machen? Wem passiert sowas nicht einmal?" sagte der Sohn in lebemännisch keckem Ton, während er sich im Herzen selbst einen Nichtswürdigen und Schurken nannte, dessen ganzes Leben nicht ausreichen könnte, um sein Verbrechen zu sühnen. Am liebsten hätte er seinem Vater die Hände geküßt und ihn auf den Knien um Verzeihung gebeten; aber trotzdem sagte er gleichzeitig mit lebemännischer Lässigkeit, ja sogar mit einer gewissen Rauheit im Ton: „Wem passiert sowas nicht einmal?"

Bei diesen Worten schlug Graf Ilja Andreïtsch die Augen nieder und verfiel in eine unruhige Geschäftigkeit, gleich als suche er irgend etwas.

„Ja, ja", murmelte er. „Es wird schwierig sein, ich fürchte, es wird sehr schwierig sein, das Geld aufzutreiben ... Aber wem wäre das nicht passiert! Ja, wem wäre so etwas nicht passiert ..."

Und der Graf warf einen hastigen Blick auf das Gesicht seines Sohnes und verließ das Zimmer. Nikolai hatte auf Widerstand gerechnet, aber das hatte er nicht im entferntesten erwartet.

„Papachen! Papachen!" rief er ihm schluchzend nach, „verzeihen Sie mir!"

Er holte ihn ein, ergriff die Hand des Vaters und küßte sie unter Tränen.

*

Während dieser Auseinandersetzung zwischen Vater und Sohn fand zwischen Mutter und Tochter eine nicht weniger wichtige Auseinandersetzung statt. Natascha war in größter Aufregung zu ihrer Mutter gestürzt.

„Mama! ... Mama! ... Er hat ..."

„Was hat er?"

„Er hat ... er hat mir einen Antrag gemacht. Mama! Mama!" schrie sie.

Die Gräfin traute ihren Ohren nicht. Denissow hatte einen Antrag gemacht. Und wem? Dieser kleinen Natascha, die noch vor kurzem mit Puppen gespielt hatte und jetzt noch Unterrichtsstunden nahm.

„Natascha, höre doch mit diesen Dummheiten auf!" sagte sie und hoffte immer noch, daß sich alles als ein Scherz herausstellen würde.

„Wieso Dummheiten! Ich spreche in vollem Ernst", sagte Natascha und war ordentlich böse geworden. „Ich komme, um Sie zu fragen, was ich tun soll, und Sie sagen einfach: ‚Dummheiten!' "

Die Gräfin zuckte die Achseln.

„Wenn es wahr ist, daß Monsieur Denissow dir einen Antrag gemacht hat, so sage ihm, er wäre ein Narr. Basta."

„Nein, er ist aber kein Narr!" sagte Natascha, die jetzt ernstlich gekränkt war.

„Also, was willst du eigentlich? Ihr seid jetzt ja alle verliebt! Na, wenn du in ihn verliebt bist, dann heirate ihn doch!" sagte die Gräfin mit einem ärgerlichen Lachen. „Meinen Segen habt ihr!"

„Nein, Mama, so richtig verliebt bin ich wohl nicht in ihn, das glaube ich eigentlich nicht."

„Na, dann sage ihm das doch."

„Mama, sind Sie mir böse? Liebste Mama, seien Sie mir doch nicht böse! Ich kann doch nichts dafür."

„Nein, warum sollte ich dir böse sein, Liebling? Wenn du willst, gehe ich hin und sage es ihm", erwiderte die Gräfin lächelnd.

„Nein, ich will selbst hingehen, sagen Sie mir nur, wie ich es machen soll. Sie nehmen die ganze Geschichte so leicht", sagte sie, als sie das Lächeln ihrer Mutter bemerkte. „Aber wenn Sie nur gesehen hätten, *wie* er mir das sagte! Und ich weiß ja auch, daß er es eigentlich gar nicht sagen wollte, aber dann kam es so über ihn, daß er es doch sagen mußte."

„Na, trotzdem muß man ihm abschlägig antworten."

„Nein, das auch wieder nicht. Er tut mir so leid! Er ist doch so reizend."

„Na, dann nimm doch seinen Antrag an. Es ist für dich ja sowieso höchste Zeit zu heiraten", meinte die Mutter ärgerlich und spöttisch.

„Nein, Mama, wenn er mir aber doch so leid tut! Ich weiß nicht, wie ich es ihm sagen soll."

„Dann sage ihm überhaupt nichts, ich werde es selbst besorgen", sagte die Gräfin. Sie ärgerte sich darüber, daß Denissow es sich hatte einfallen lassen, diese kleine Natascha als Erwachsene zu behandeln.

„Nein, auf keinen Fall, ich sage es ihm selbst, Sie können an der Tür stehen und zuhören." Natascha rannte durch den Salon wieder in den Saal, wo Denissow immer noch auf demselben Stuhl am Klavier saß und das Gesicht in den Händen barg.

Als er ihre leichten Schritte hörte, sprang er auf und ging ihr rasch entgegen:

„Nathalie", sagte er, „entscheiden Sie mein Schicksal. Es liegt in Ihren Händen."

„Wassilij Dmitritsch, Sie tun mir ja so leid! ... Nein, Sie sind wirklich ein so famoser Mensch ... Aber es ist unmöglich ... Das, was Sie wollen ... Aber ich werde Ihnen doch immer gut bleiben."

Denissow beugte sich über ihre Hand, und sie hörte einige merkwürdige Laute, die ihr unverständlich blieben. Sie küßte ihn auf das wirre, krause schwarze Haar. In diesem Augenblick ließ sich das flinke Rascheln eines Kleides vernehmen; es war die Gräfin. Sie trat zu den beiden.

„Wassilij Dmitritsch, haben Sie Dank für die Ehre, die Sie uns antun", sagte die Gräfin, und ihre Stimme, die eigentlich verlegen klang, kam Denissow streng und schroff vor. „Aber meine Tochter ist ja noch so jung, und ich hätte es für richtiger gehalten, wenn Sie als Freund meines Sohnes sich zuerst an mich gewandt hätten. Damit hätten Sie mich der Notwendigkeit überhoben, Ihren Antrag in der Weise abzulehnen, wie ich es jetzt tun muß."

„Gräfin", sagte Denissow mit niedergeschlagenen Augen und schuldbewußter Miene. Er wollte noch irgend etwas sagen, geriet aber in Verwirrung und blieb stecken. Natascha konnte seine klägliche Lage nicht ruhig mit ansehen. Sie begann laut zu schluchzen.

„Gräfin, ich bekenne mich schuldig und muß Sie um Verzeihung bitten", fuhr Denissow mit stockender Stimme fort. „Aber ich möchte es nur zum Ausdruck bringen, daß ich Ihre Tochter und Ihre ganze Familie so verehre, daß ich zwei Leben für Sie hingeben möchte ..." Er sah der Gräfin ins Gesicht und bemerkte ihren strengen und abwehrenden Ausdruck. „Nun, leben Sie wohl, Gräfin", sagte er, küßte ihr die Hand und verließ mit raschen, entschlossenen Schritten den Saal, ohne Natascha noch einmal anzusehen.

*

Denissow wollte jetzt auch nicht einen Tag länger in Moskau bleiben und brach bereits am nächsten Tage auf. Alle seine Moskauer Freunde, darunter auch Rostow, verbrachten mit ihm einige geräuschvolle Abschiedsstunden bei den Zigeunern, und Denissow wußte später selbst nicht mehr, wie er eigentlich in seinen Schlitten gelegt worden war und wie er die ersten drei Stationen seiner Reise hinter sich gebracht hatte.

Nach Denissows Abreise blieb Rostow noch zwei Wochen in Moskau, da der alte Graf das Geld nicht auf einmal auftreiben konnte; während dieser ganzen Zeit hielt er sich zu Hause und war meist im Zimmer der jungen Mädchen zu finden.

Sonja war gegen ihn noch zärtlicher und hingebender als früher. Es war, als wollte sie ihm zeigen, daß sie ihn um seines Spielverlustes willen jetzt nur noch mehr liebe, fast als sei dieser Spielverlust eine Art Heldentat gewesen; aber Nikolai hielt sich ihrer jetzt für unwürdig.

Er schrieb eine Unmenge von Versen und Noten in die Alben der jungen Mädchen, und nachdem er schließlich die ganzen dreiundvierzigtausend Rubel an Dolochow abgeschickt und dessen Quittung erhalten hatte, reiste er endlich, ohne von irgendeinem seiner Bekannten Abschied zu nehmen, Ende Januar zu seinem inzwischen bereits nach Polen gelangten Regiment ab.

FÜNFTER TEIL

I

Nach jener Auseinandersetzung mit seiner Frau war Pierre nach Petersburg abgereist. Auf der Station Torshok gab es keine frischen Pferde oder der Posthalter wollte keine herausrücken. Pierre mußte warten. Ohne sich auszukleiden, warf er sich auf einen lederbezogenen Diwan, legte seine großen Füße in den warmen Reisestiefeln auf den davorstehenden runden Tisch und überließ sich seinen Gedanken.

„Befehlen Sie Ihre Koffer? Soll ich Ihnen ein Bett zurechtmachen? Befehlen Sie Tee?" fragte sein Kammerdiener.

Pierre gab ihm keine Antwort; er war so in sich versunken, daß er überhaupt für nichts Augen und Ohren hatte. Bereits auf der letzten Station war er ins Nachdenken geraten, und es war immer der gleiche Gedanke, der ihn auch jetzt noch beschäftigte, und zwar war dieser Gedanke ihm so wichtig, daß er nichts von allem wahrnahm, was um ihn her vorging. Es war ihm ganz gleichgültig, ob er ein wenig früher oder später in Petersburg ankam und ob er auf dieser Station einen bequemen Platz fand, um auszuruhen, oder nicht; ja, neben den Gedanken, die ihn jetzt beschäftigten, war es ihm sogar gleichgültig, ob er auf dieser Station nur einige Stunden oder sein ganzes Leben würde zubringen müssen.

Der Posthalter, dessen Frau, Pierres Kammerdiener und eine Frau, die mit Stickereien und ähnlichen Erzeugnissen des Torshoker Gewerbefleißes handelte, kamen dazwischen herein und boten ihm ihre Dienste an. Pierre starrte sie durch seine Brillengläser an, ohne die Beine vom Tisch zu nehmen, und begriff nicht, was diese Leute von ihm wollten und wie sie überhaupt leben konnten, ohne die Fragen gelöst zu haben, mit denen er sich beschäftigte. Und diese Fragen, die ihn beschäftigten, waren immer die gleichen seit dem Tage, da er nach dem Duell von Sokolniki nach Hause gekommen war und diese erste qualvolle, schlaflose Nacht verbracht hatte;

aber jetzt, während des Alleinseins auf der Reise, hatten diese Fragen noch mit ganz anderer Gewalt von ihm Besitz ergriffen. Und woran er auch denken mochte, immer wieder kehrten seine Gedanken zu diesen Fragen zurück, die er nicht zu lösen vermochte und die er sich dennoch immer, immer wieder vorlegen mußte. Es war, als sei in seinem Kopf die eine, die allerwichtigste Schraube, die, an der sein ganzes Leben hing, überdreht worden. Diese Schraube ging nicht tiefer hinein, sie ging aber auch nicht mehr heraus, sondern drehte sich, ins Leere greifend, immer in der gleichen Windung herum, und dennoch konnte er nicht aufhören, sie immer wieder und wieder zu drehen.

Der Posthalter kam herein und bat demütig, Erlaucht möchten sich doch nur noch zwei Stündchen gedulden, dann würde er für Erlaucht Kurierpferde beschaffen, einerlei, was das für Folgen für ihn selbst haben könnte. Offenbar log der Posthalter und wollte nur von dem Reisenden eine Überschußzahlung herausschlagen.

„Ist das schlecht oder ist das gut?" fragte sich Pierre. „Für mich ist es gut, für einen anderen Reisenden ist es schlecht, und der Posthalter selbst kann wiederum nicht anders handeln, weil er ohne solche Kniffe nichts zu essen haben würde. Er erzählte selbst, ein Offizier hätte ihn einmal wegen solch einer Sache verprügelt. Dieser Offizier hat ihn eben deshalb verprügelt, weil er es aus dringenden Gründen mit dem Weiterkommen eilig hatte. Und ich habe eben auf Dolochow geschossen, weil ich mich für beleidigt hielt, und Ludwig XVI. ist eben deswegen hingerichtet worden, weil man ihn für einen Verbrecher hielt; und ein Jahr später wurden wieder diejenigen umgebracht, die ihn hingerichtet hatten, und wieder fand sich irgendein Grund dafür. Was ist schlecht? Was ist gut? Was muß man lieben und was muß man hassen? Wozu lebt man eigentlich und was bin ich überhaupt? Was ist das Leben und was ist der Tod? Und was ist es eigentlich für eine Kraft, die alles regiert?"

Und auf keine einzige dieser Fragen fand er eine Antwort außer einer einzigen unlogischen Antwort, welche diese Fragen im Grunde unbeantwortet ließ. Diese Antwort lautete: „Einmal stirbst du, und dann ist alles Fragen zu Ende. Und wennn du stirbst, wirst du entweder alles erfahren, oder du wirst nicht mehr die Möglichkeit haben, zu fragen." Aber auch das Sterben war etwas so Grauenvolles.

Die Händlerin aus Torshok bot ihm mit ihrer kreischenden Stimme ihre Waren an, besonders Pantoffeln aus Ziegenleder. „Ich habe Hunderte von Rubeln, ohne daß ich weiß, was ich mit ihnen anfangen soll; und sie steht in einem zerrissenen Pelz vor mir und sieht mich schüchtern an", dachte Pierre. „Aber was will sie denn mit dem Gelde? Kann denn dies Geld ihr Glück, die Ruhe ihrer Seele auch nur um ein Winziges steigern? Gibt es denn irgend etwas in der

Welt, das sie und mich der Gewalt des Bösen und des Todes nicht gerade entreißen, aber uns doch etwas mehr Sicherheit gegen den Zugriff dieser Gewalt geben könnte? Gegen diese Gewalt des Todes, der heute oder morgen kommen muß – einerlei wann, denn im Vergleich mit der Ewigkeit handelt es sich ja nur um einen Augenblick." Und damit drückte er wieder auf die Schraube, die ins Leere faßte, und wieder drehte sie sich, ohne vom Fleck zu kommen, in der gleichen Windung.

Sein Diener reichte ihm ein bis zur Hälfte aufgeschnittenes Buch. Es war ein Roman in Briefen von Madame Souza. Er begann zu lesen und las von den Leiden und dem tugendhaften Kampf einer gewissen Amélie de Mansfeld. „Und warum kämpfte sie überhaupt gegen den Mann, der sie verführen wollte, wenn sie ihn doch liebte?" dachte er. „Es ist doch unmöglich, daß Gott in ihre Seele einen Trieb gelegt haben sollte, der Seinem Willen zuwiderliefe. Meine frühere Frau hat so einen Kampf gar nicht erst gekämpft und hat vielleicht ganz recht daran getan."

Und dann sagte er sich weiter: „Nichts steht fest, nichts ist folgerecht zu Ende gedacht worden. Nichts können wir wissen, außer dem einen, daß wir eben nichts wissen. Und das ist nun der Gipfel aller menschlichen Weisheit."

Alles, was in ihm und um ihn war, erschien ihm wirr, sinnlos und widerwärtig. Aber gerade in diesem Widerwillen gegen alles fand Pierre einen seltsam erregenden Reiz.

„Darf ich die Bitte wagen, Erlaucht möchten nur ein ganz klein wenig Platz machen, für den Herrn da?" sagte der Posthalter; er war mit einem anderen Reisenden eingetreten, der ebenfalls seine Fahrt hatte unterbrechen müssen, weil keine frischen Pferde da waren.

Dieser Reisende war ein untersetzter, breitknochiger älterer Mann mit runzligem, gelblichem Gesicht, buschigen grauen Augenbrauen und blitzenden Augen von unbestimmter, grauer Farbe.

Pierre nahm die Füße vom Tisch, stand auf und legte sich auf das Bett, das sein Kammerdiener für ihn zurechtgemacht hatte. Hin und wieder warf er einen Blick auf den Fremden, der sich, ohne sich um Pierre zu kümmern, schwerfällig und mit mürrischer und ermüdeter Miene mit Hilfe seines Dieners auskleidete. Schließlich setzte der Reisende sich in einem abgetragenen, mit Nanking überzogenen Schafspelz, Filzstiefel an den mageren, knochigen Beinen, auf den Diwan, legte seinen sehr großen, an den Schläfen auffallend breiten, kurzgeschorenen Kopf gegen die Lehne und sah jetzt Besuchow an. Pierre fiel der strenge, kluge und durchdringende Ausdruck dieses Blickes auf, und er empfand plötzlich Lust, mit dem Unbekannten ein Gespräch anzuknüpfen. Er wandte sich also an ihn mit einer Frage nach seinem Reiseziel, aber da hatte der andere bereits die

Augen geschlossen, die runzligen alten Hände gefaltet, deren eine einen großen gußeisernen Ring mit einer Darstellung des als „Adamskopf" bezeichneten Symbols trug, und saß nun regungslos da, entweder einfach um auszuruhen oder — und so wollte es Pierre scheinen — weil er in tiefes, ruhiges Nachsinnen versunken war. Sein Diener war ebenfalls ein alter Mann mit runzligem, gelblichem Gesicht, ohne jede Spur von Bartwuchs; und zwar lag das offensichtlich nicht daran, daß er rasiert war, sondern es war ihm einfach nie ein Barthaar gewachsen. Mit raschen und gewandten Bewegungen packte der Alte einen Reisekasten aus, richtete den Teetisch her und brachte den Samowar mit kochendem Wasser. Als alles fertig war, öffnete sein Herr die Augen, rückte an den Tisch heran und goß sich ein Glas Tee ein; dann füllte er ein zweites und reichte es dem bartlosen Alten. Pierre empfand plötzlich eine seltsame Unruhe und fühlte die Notwendigkeit, ja geradezu die unabweisbare Notwendigkeit, mit dem fremden Reisenden ins Gespräch zu kommen.

Der Diener stellte sein leeres, umgestülptes Glas, auf dessen Untersatz das Stück Zucker lag, von dem er nur eine kleine Ecke abgebissen hatte, wieder auf den Tisch und fragte, ob er noch irgend etwas tun könne.

„Nein, gib mir nur das Buch", sagte der Reisende.

Der Diener reichte ihm ein Buch, wie es Pierre schien, ein Buch geistlichen Inhalts, und der Reisende vertiefte sich in seine Lektüre. Pierre betrachtete ihn. Plötzlich schloß der Reisende das Buch, nachdem er ein Zeichen hineingetan hatte, und legte es weg. Wieder schloß er die Augen, legte sich gegen die Lehne zurück und saß nun in der gleichen Haltung da wie vorher. Pierre sah ihn immer noch an. Plötzlich öffnete der Alte die Augen und richtete seinen festen und ernsten Blick gerade auf Pierres Gesicht, noch bevor dieser Zeit gehabt hatte, seinen Blick von dem Unbekannten abzuwenden.

Pierre fühlte sich verlegen und wäre diesem Blick gern ausgewichen, aber die leuchtenden Augen des Alten zogen ihn unwiderstehlich an.

II

„Wenn ich nicht irre, habe ich das Vergnügen, mit dem Grafen Besuchow zu sprechen", sagte der Reisende ruhig und vernehmlich.

Pierre gab keine Antwort und sah den Unbekannten durch seine Brillengläser fragend an.

„Ich habe von Ihnen gehört", fuhr der andere fort, „von Ihnen, mein Herr, und von dem Unglück, das Sie getroffen hat." Er betonte das Wort „Unglück" auf eine ganz besondere Art, als wollte er sagen:

„Jawohl, Unglück, wenn Sie es vielleicht auch anders bezeichnen; ich weiß es, daß das, was Ihnen in Moskau widerfahren ist, ein Unglück war. – Sie tun mir sehr leid, mein Herr."

Pierre errötete, nahm die Beine hastig vom Bett und beugte sich mit einem gekünstelten und dabei doch schüchternen Lächeln zu dem Alten vor.

„Ich erwähne das nicht aus müßiger Neugier, mein Herr, sondern aus sehr gewichtigen Gründen."

Er schwieg einen Augenblick, ohne den Blick von Pierre zu verwenden, rückte auf dem Diwan ein wenig zur Seite und lud Pierre mit dieser Bewegung ein, sich neben ihn zu setzen. Pierre war es unangenehm, daß seine Unterhaltung mit dem Alten gerade von diesem Gegenstand ausgehen sollte; trotzdem gehorchte er ihm unwillkürlich, ging zu ihm hin und setzte sich neben ihn.

„Sie sind unglücklich, mein Herr", fuhr der Fremde fort. „Sie sind jung, und ich bin alt. Ich möchte Ihnen gerne helfen, soweit es in meinen Kräften steht."

„Ach, ja ...", erwiderte Pierre mit einem gezwungenen Lächeln. „Ich bin Ihnen sehr dankbar ... Woher kommen Sie, wenn ich fragen darf?"

Das Gesicht des unbekannten Reisenden war keineswegs freundlich, sondern sogar kalt und streng; indessen zogen sowohl die Worte als auch die Gesichtszüge seines neuen Bekannten Pierre unwiderstehlich an.

„Aber wenn Ihnen dieses Gespräch mit mir aus irgendwelchen Gründen unangenehm ist", sagte der Alte, „so sagen Sie es bitte nur, mein Herr."

Und plötzlich lächelte er ganz überraschend ein Lächeln von väterlicher Herzlichkeit.

„Ach nein, ganz und gar nicht, ich freue mich im Gegenteil sehr, mit Ihnen bekannt zu werden", erwiderte Pierre. Sein Blick fiel noch einmal auf die Hände seines neuen Bekannten, und er sah sich den Ring aus nächster Nähe an. Er erkannte das maurerische Symbol des Adamskopfes.

„Gestatten Sie mir eine Frage", sagte er. „Sind Sie Freimaurer?"

„Ja, ich gehöre der Brüderschaft der Maurer an", sagte der Reisende und sah Pierre immer tiefer und tiefer in die Augen. „Und in meinem eigenen Namen wie in dem der Brüderschaft strecke ich Ihnen die Bruderhand hin."

Pierre schwankte zwischen dem Vertrauen, das die Persönlichkeit des Maurers ihm einflößte, und der herkömmlichen spöttischen Betrachtungsweise maurerischer Glaubenslehren. „Ich fürchte nur", sagte er lächelnd, „ich fürchte nur, ich bin sehr weit entfernt von der Auffassungsweise ... wie drücke ich mich nur aus? ... Ich fürchte, meine gesamte Weltanschauung ist der Ihrigen so sehr entgegengesetzt, daß wir einander nicht werden verstehen können."

„Ich kenne Ihre Weltanschauung", sagte der Maurer, „und diese Ihre Weltanschauung, von der Sie sprechen und die Sie für das Ergebnis Ihrer Gedankenarbeit halten, ist die Weltanschauung der meisten Menschen und ist bei ihnen allen die gleiche Frucht ihres Hochmuts, ihrer Trägheit und Unwissenheit. Seien Sie nicht böse, mein Herr, aber wenn ich Ihre Weltanschauung nicht kennen würde, hätte ich dieses Gespräch mit Ihnen überhaupt nicht begonnen. Ihre Weltanschauung ist eine traurige Verirrung."

„Genau ebenso könnte ich annehmen, daß Sie mit Ihrer Weltanschauung einer Verirrung verfallen wären", sagte Pierre mit einem schwachen Lächeln.

„Ich werde nie zu behaupten wagen, ich sei im Besitz der Wahrheit", antwortete der Maurer und setzte Pierre durch das Klare und Feste seiner Redeweise mehr und mehr in Erstaunen. „Niemand kann allein und auf sich selbst gestellt zur Wahrheit gelangen, und jener Tempel, der eine würdige Stätte des Großen Gottes sein soll, kann nur Stein für Stein und in gemeinsamer Arbeit aller, von ungezählten Generationen, von unserem Altervater Adam bis auf unsere Zeit errichtet werden." Wieder schloß der Alte die Augen.

„Ich muß Ihnen sagen, ich glaube nicht ... ich glaube nicht an Gott", sagte Pierre. Dieses Geständnis kostete ihn Überwindung, und er empfand ein Bedauern darüber, fühlte aber die Notwendigkeit, die ganze Wahrheit zu sagen.

Der Maurer sah Pierre aufmerksam an und lächelte, wie wohl ein Reicher, durch dessen Hände Millionen gehen, einen Armen anlächeln mag, der ihm gesagt hätte, er habe nicht fünf Rubel, und doch könnten ihn gerade fünf Rubel zu einem glücklichen Menschen machen.

„Ja, Sie kennen Ihn nicht, mein Herr", sagte der Maurer. „Sie können Ihn nicht kennen. Sie kennen Ihn nicht, und darum sind Sie unglücklich."

„Ja, ja, ich bin unglücklich", bestätigte Pierre. „Aber was soll ich denn tun?"

„Sie kennen Ihn nicht, mein Herr, und darum sind Sie so sehr unglücklich. Sie kennen Ihn nicht, und doch ist Er hier. Er ist in mir, er ist in dem, was ich sage, Er ist auch in dir. Er ist sogar noch in den Lästerungen, die du eben ausgesprochen hast!" sagte der Maurer streng. Seine Stimme bebte vor Erregung.

Eine kleine Weile schwieg er und holte tief Atem, sichtlich bemüht, sich wieder zu beruhigen.

„Wenn Er nicht wäre", sagte er dann leise, „so könnte ich mit Ihnen auch nicht von Ihm sprechen, mein Herr. Wovon, von wem sprachen wir? Weißt du denn überhaupt, wen du hast leugnen wollen?" Aus seiner Stimme sprach plötzlich ein feierlicher Ernst und eine gewaltige Kraft. „Wer hätte Ihn erdenken können, wenn Er nicht wäre? Wie bist du überhaupt auf den Gedanken gekommen, es könnte so ein unfaßliches Wesen geben? Wie bist du und mit dir die ganze Welt überhaupt auf den Gedanken gekommen, es könnte solch ein unbegreifliches Wesen geben, ein allmächtiges, ewiges und in allen seinen Eigenschaften unendliches Wesen? . . ."

Er hielt inne und schwieg eine geraume Weile. Pierre konnte und wollte dieses Schweigen nicht unterbrechen.

„Er ist. Aber es ist schwer, Ihn zu begreifen", begann der Maurer wieder, sah aber nicht mehr Pierre an, sondern blickte vor sich hin, und seine Greisenhände, die seine innere Erregung nicht ruhig bleiben ließ, begannen in dem Buche zu blättern. „Wenn es sich um einen Menschen handelte, dessen Dasein du bezweifeltest, so würde ich diesen Menschen zu dir führen, ihn bei der Hand nehmen und dir zeigen. Aber wie soll ich armer Sterblicher all Seine Allmacht, Ewigkeit und Gnadenfülle einem Menschen zeigen, der blind ist oder der doch die Augen schließt, um ihn nicht zu sehen und zu erkennen und damit auch all seine eigene Verworfenheit und Sündhaftigkeit nicht zu sehen und nicht zu erkennen?" Wieder schwieg er eine Weile. Dann fuhr er mit einem finsteren und geringschätzigen Lächeln fort: „Wer bist du? Was bist du? Du wiegst dich in dem Gedanken, ein Weiser zu sein, weil du es fertiggebracht hast, solche Lästerungen auszusprechen, aber du bist dümmer und einfältiger als ein kleines Kind, das mit den Teilen einer kunstvoll hergestellten Uhr spielt und sich erfrecht, zu sagen, da es den Sinn und Zweck dieser Uhr nicht versteht, so glaube es auch nicht an den Meister, der die Uhr gemacht hat. Freilich, es ist nicht leicht, Ihn zu erkennen . . . Jahrtausendelang, vom Altervater Adam bis auf den heutigen Tag, arbeiten wir daran, Ihn zu erkennen, und sind doch immer noch unendlich weit davon entfernt, unser Ziel zu erreichen. Aber wenn wir Ihn noch nicht erkannt haben, so sehen wir darin nur ein Zeichen unserer Schwäche und Seiner Majestät."

Pierre klopfte das Herz bis zum Zerspringen; mit leuchtenden Augen sah er dem Maurer ins Gesicht. Er hörte ihm zu, er unterbrach ihn nicht, er stellte keine Fragen; aber er glaubte mit ganzer Seele an das, was dieser fremde Mensch ihm sagte. Ob er nun den Vernunftschlüssen des Maurers glaubte oder, wie Kinder es tun, dem überzeugten, herzlichen Ton seiner Rede, dem Zittern seiner Stimme, das ihn manchmal fast am Weitersprechen hinderte, oder diesen leuchtenden alten Augen, den Augen eines Mannes, der in einer unerschütterlichen Überzeugung grau geworden war, oder dieser Ruhe, dieser Festigkeit und diesem sicheren Wissen um die eigene Bestimmung, wie es aus dem ganzen Wesen des Maurers hervorleuchtete und Pierre angesichts der eigenen Zerfahrenheit und Hoffnungslosigkeit ganz besonders überraschte und erschütterte: in jedem Falle sehnte er sich von ganzem Herzen danach, zu glauben, und er glaubte und empfand ein freudiges Gefühl der Beruhigung, der inneren Erneuerung und der Rückkehr zum Leben.

„Man begreift ihn nicht verstandesmäßig, sondern nur durch das Leben", sagte der Maurer.

Pierre fühlte mit Schrecken, daß der Zweifel wieder in ihm aufstieg. Er fürchtete, auf unklare und angreifbare Stellen in der Beweiskette des anderen zu stoßen, er fürchtete, seine Glaubenskraft würde in diesem Falle nicht standhalten. „Ich verstehe nicht", sagte er, „ich verstehe nicht, wieso der menschliche Verstand nicht zu der Erkenntnis gelangen kann, von der Sie sprechen."

Wieder lächelte der Maurer sein sanftes väterliches Lächeln.

„Die höchste Weisheit und Wahrheit ist gleichsam eine Flüssigkeit von höchster Lauterkeit, und wir möchten sie in uns aufnehmen", sagte er. „Kann ich – selber ein unreines Gefäß – nun diese lautere Flüssigkeit in mich aufnehmen und mir dann ein Urteil über den Grad ihrer Lauterkeit erlauben? Nur durch innere Läuterung meiner selbst kann ich die Lauterkeit der aufgenommenen Flüssigkeit allenfalls noch bis zu einem gewissen Grade steigern."

„Ja, ja, so ist es", sagte Pierre freudig.

„Die höchste Weisheit gründet sich nicht auf den Verstand allein, nicht auf die weltlichen Wissenschaften, die Physik, Geschichte, Chemie und so weiter, in die sich das verstandesmäßige Wissen gliedert. Die höchste Weisheit ist nur eine, sie ist unteilbar. Die höchste Weisheit kennt nur *ein* Wissen, das Wissen vom All, dasjenige Wissen, welches das ganze Weltgebäude erklärt und den Platz, den der Mensch in ihm einnimmt. Aber wer dieses Wissen in sich aufnehmen will, der muß zuvor seinen inneren Menschen läutern und erneuern, und darum muß man erst glauben und nach innerer Vollkommenheit streben, bevor man versuchen darf, einen Zugang zu diesem Wissen zu finden. Und damit wir diese Ziele erreichen, ist uns ein göttliches Licht in die Seele gelegt worden, nämlich das Gewissen."

„Ja, ja", stimmte Pierre zu.

„Betrachte deinen inneren Menschen mit den Augen des Geistes und frage dich selbst, ob du mit dir zufrieden bist. Du hast dich nur von deinem Verstand leiten lassen; aber was hast du damit erreicht? Was für ein Mensch bist du eigentlich? Sie sind jung, Sie sind reich, Sie sind klug und gebildet, mein Herr. Was haben Sie aus allen diesen Ihnen verliehenen Gütern gemacht? Sind Sie mit sich und Ihrem Leben zufrieden?"

„Nein, ich hasse mein Leben", sagte Pierre stirnrunzelnd.

„Wenn du es hassest, so ändere es, läutere dich selbst, und in dem Maße, wie deine Läuterung fortschreitet, wird auch deine Erkenntnis fortschreiten. Sehen Sie sich Ihr Leben an, mein Herr. Wie haben Sie es verbracht? In wilden Orgien und Ausschweifungen. Ihnen ist Reichtum zuteilgeworden; das heißt, Sie haben alles von der Gesellschaft empfangen und ihr nichts dafür wiedergegeben. Und was für einen Gebrauch haben Sie von diesem Reichtum gemacht? Was haben Sie für Ihren Nächsten getan? Haben Sie je einen Gedanken an die Zehntausende Ihrer Knechte gewandt? Haben Sie ihnen leiblich und sittlich geholfen? Nein. Sie haben sich der Arbeitskraft Ihrer Knechte nur bedient, um selbst ein ausschweifendes Leben führen zu können. Weiter haben Sie nichts getan. Haben Sie sich einen Posten im Staatsdienst gesucht, wo Sie Ihrem Nächsten hätten Nutzen bringen können? Nein. Sie haben Ihr Leben im Müßiggang hingebracht. Dann haben Sie geheiratet, mein Herr, haben die Verantwortung auf sich genommen, eine junge Frau zu führen und zu leiten; und was haben Sie getan? Sie haben ihr nicht geholfen, mein Herr, den Weg der Wahrheit zu finden, sondern haben sie in einen bodenlosen Abgrund der Lüge und des Unglücks gestürzt. Ein Mensch hat Sie beleidigt, und Sie haben ihn auf den Tod verwundet. Und ein Mensch wie Sie sagt dann natürlich, er kenne Gott nicht und hasse sein Leben. Dabei ist doch gar nichts Wunderbares, mein Herr!"

Nach diesen Worten ließ sich der Maurer, wie vom langen Sprechen ermüdet, gegen die Lehne zurücksinken und schloß die Augen. Pierre betrachtete dieses strenge, unbewegliche, greisenhafte, fast erstorbene Gesicht und bewegte die Lippen, ohne einen Laut hervorzubringen. Er wollte sagen: „Ja, ich habe ein schändliches, müßiges, ausschweifendes Leben geführt", und wagte es doch nicht, das Stillschweigen zu unterbrechen.

Der Maurer hüstelte heiser und greisenhaft und rief seinen Diener.

„Gibt es jetzt Pferde?" fragte er, ohne Pierre anzusehen.

„Eben sind Relaispferde gekommen", antwortete der Diener. „Aber wollen Sie nicht noch etwas ausruhen?"

„Nein, laß anspannen."

„Er kann doch unmöglich wegfahren und mich alleinlassen, ohne daß unsere Aussprache zu Ende gekommen ist und ohne daß er mir seine Hilfe versprochen hat?" dachte Pierre. Er stand auf und begann, den Kopf auf die Brust gesenkt, im Zimmer auf und ab zu gehen; hin und wieder warf er einen Blick auf den Maurer. „Ja, es ist mir nie in den Sinn gekommen, aber es ist so: ich habe ein verächtliches, ausschweifendes Leben geführt. Aber ich habe dieses Leben nicht geliebt und habe es im Grunde auch nicht führen wollen", dachte er.

„Aber dieser Mensch kennt die Wahrheit, und wenn er nur wollte, könnte er sie auch mir erschließen."

Pierre wollte dem Maurer diese Gedanken mitteilen, aber er traute sich nicht. Der Fremde packte mit seinen diese Hantierung offenbar sehr gewohnten Greisenhänden seine Sachen zusammen und knöpfte seinen Schafspelz zu. Als er damit fertig war, wandte er sich an Pierre und fragte ihn mit gleichgültiger Höflichkeit:

„Wohin belieben Sie zu reisen, mein Herr?"

„Ich? ... Ich fahre nach Petersburg", erwiderte Pierre, und seine Stimme klang kindlich schüchtern. „Ich danke Ihnen. Ich bin durchaus Ihrer Ansicht. Aber halten Sie mich nicht für ganz schlecht! Es ist mein innigster Wunsch, so zu sein, wie Sie es von mir wollen. Aber ich habe bisher noch nie jemand gefunden, der mir darin geholfen hätte ... Übrigens ist das natürlich vor allem meine eigene Schuld. Helfen Sie mir, zeigen Sie mir den Weg, den ich gehen soll, und vielleicht ..."

Pierre konnte nicht weitersprechen, er brachte nur noch einige schnaufende Nasentöne zuwege und wandte sich ab.

Der Maurer schwieg lange, offenbar mit ganz bestimmten Erwägungen beschäftigt.

„Wirklich helfen kann nur Gott", sagte er endlich, „aber soweit ein Beistand für Sie in den Kräften unseres Ordens steht, wird er es daran nicht fehlen lassen, mein Herr. Sie fahren nach Petersburg. Übergeben Sie das dem Grafen Willarski." Er nahm sein Taschenbuch heraus und schrieb einige Worte auf einen großen, vierfach zusammengefalteten Bogen Papier. „Erlauben Sie mir, Ihnen noch einen Rat zu geben. Wenn Sie in der Residenz sind, so widmen Sie die erste Zeit der Einsamkeit und der Betrachtung Ihrer selbst und betreten Sie nicht wieder Ihren alten Lebensweg. Und damit wünsche ich Ihnen eine glückliche Reise", setzte er hinzu, als er seinen Diener eintreten sah, „und alles Gelingen ..."

Wie Pierre aus dem Postbuch ersah, war dieser Reisende Jossif Alexejewitsch Basdejew – also einer der bekanntesten Maurer und Anhänger von Saint Martin, noch von der Zeit Nowikows her. Noch lange, nachdem Basdejew abgefahren war, legte Pierre sich nicht schlafen und dachte auch nicht daran, sich nach Pferden zu erkundigen: er ging im Zimmer auf und nieder, ließ seine schändliche Vergangenheit an sich vorüberziehen und malte sich mit der ganzen Begeisterung des Erweckten die glückselige, untadelige, tugendhafte Zukunft aus, die ihm so leicht dünkte. Es wollte ihm scheinen, als sei er nur deswegen so lasterhaft gewesen, weil er zufällig vergessen hatte, wie schön es war, tugendhaft zu sein. In seiner Seele war auch nicht eine Spur von seinen anfänglichen Zweifeln zurückgeblieben. Er glaubte fest an die Möglichkeit einer brüderlichen

Gemeinschaft von Menschen, die sich zusammengeschlossen hatten, um einander auf dem Wege der Tugend zu stützen, und als eine solche brüderliche Gemeinschaft erschien ihm die Maurerei.

III

In Petersburg benachrichtigte Pierre niemand von seiner Ankunft, besuchte keinerlei Gesellschaften und verbrachte ganze Tage mit der Lektüre des Thomas a Kempis — eines Buches, das ihm zugesandt worden war, ohne daß er gewußt hätte, von wem. Immer wenn Pierre in diesem Buche las, beherrschte ihn der gleiche freudige, ihm bisher verschlossen gewesene Gedanke, nämlich wie herrlich es war, an diese zwei Möglichkeiten zu glauben, die Jossif Alexejewitsch ihn erkennen gelehrt hatte: die Möglichkeit eines Erreichens der Vollkommenheit und die Möglichkeit einer brüderlichen und werktätigen Liebe unter den Menschen. Eine Woche nach seiner Ankunft trat Graf Willarski, ein junger Pole, den Pierre aus der Petersburger Gesellschaft oberflächlich kannte, eines Abends in sein Zimmer. Sein Gesicht trug den gleichen Ausdruck von offizieller Feierlichkeit, mit dem seinerzeit Dolochows Sekundant zu ihm gekommen war. Willarski schloß hinter sich die Tür, überzeugte sich, daß außer Pierre niemand im Zimmer war, und sagte dann, ohne sich zu setzen:

„Ich komme zu Ihnen, Graf, mit einem Auftrage und einem Vorschlage. Eine Persönlichkeit, die in unserer Brüderschaft eine hohe Stelle einnimmt, hat sich dafür verwandt, daß Sie vor Ablauf der sonst üblichen Wartezeit in unsere Brüderschaft aufgenommen werden sollen. Diese Persönlichkeit hat mir den Vorschlag gemacht, die Bürgschaft für Sie zu übernehmen. Ich halte es für eine heilige Pflicht, den Wunsch dieser Persönlichkeit zu erfüllen. Wollen Sie also unter meiner Bürgschaft in die Brüderschaft der Freimaurer eintreten?"

Pierre überraschte der kühle und sehr ernste Ton dieses Menschen, den er bisher fast nur auf Bällen, mit einem liebenswürdigen Lächeln und in der Gesellschaft der glänzendsten Frauen gesehen hatte.

„Ja, ich will", erwiderte Pierre.

Willarski neigte den Kopf.

„Noch eine Frage, Graf", sagte er, „die ich Sie mit aller Aufrichtigkeit zu beantworten bitte, nicht als angehender Maurer, sondern einfach als Ehrenmann, als galant homme. Haben Sie sich von Ihren früheren Anschauungen losgesagt? Glauben Sie an Gott?"

Pierre dachte nach.

„Ja . . . ja, ich glaube an Gott", sagte er.

„In diesem Falle ...", begann Willarski, aber Pierre unterbrach ihn und sagte noch einmal:

„Ja, ich glaube an Gott."

„In diesem Falle können wir sofort hinfahren", versetzte Willarski. „Mein Wagen steht Ihnen zur Verfügung."

Unterwegs verhielt Willarski sich schweigend, und auf Pierres Fragen, was er tun und wie er sich verhalten und was er antworten solle, erwiderte er nur: „Würdigere Brüder als ich werden Sie prüfen, und Sie brauchen nichts weiter zu tun, als die Wahrheit zu sagen."

Sie fuhren durch den Torweg in den Hof des großen Hauses, das der Loge als Versammlungsraum diente, stiegen eine dunkle Treppe hinauf, gelangten in ein erleuchtetes kleines Vorzimmer und legten ihre Pelze ab, ohne daß ihnen irgendein Diener dabei behilflich gewesen wäre. Von da aus kamen sie in ein zweites Zimmer und sahen einen Mann in seltsamer Kleidung an der Tür stehen. Willarski ging auf ihn zu und sagte ihm einige Worte in französischer Sprache; dann trat er an einen kleinen Schrank, in welchem Pierre allerhand ihm gänzlich fremdartig erscheinende Kleidungsstücke bemerkte. Willarski nahm aus dem Schrank ein Tuch heraus, legte es Pierre über die Augen und knotete es hinten zusammen; da auch ein Teil von Pierres Haaren mit in den Knoten hineingeraten war, war es recht schmerzhaft. Dann bog er Pierre zu sich, küßte ihn, ergriff seine Hand und begann ihn zu führen. Die Schmerzempfindung, die von den mitverknoteten Haaren ausging, war so stark, daß Pierres Stirn sich unwillkürlich zusammenzog. Gleichzeitig empfand er aber etwas wie Schamgefühl und lächelte. Die ungeschlachte Gestalt mit den hängenden Armen, der gerunzelten Stirn und dem Lächeln um den Mund bewegte sich mit ungewissen, zaghaften Schritten hinter Willarski her.

Nach etwa zehn Schritten blieb dieser stehen.

„Was Ihnen jetzt auch widerfahren mag", sagte er, „wenn Sie wirklich entschlossen sind, unserer Brüderschaft beizutreten, müssen Sie alles männlich ertragen." Pierre machte eine zustimmende Kopfbewegung. „Wenn Sie ein Klopfen an der Tür hören, so nehmen Sie die Binde von den Augen", fügte Willarski hinzu. „Ich wünsche Ihnen männlichen Mut und ein glückliches Gelingen." Damit drückte er Pierre die Hand und verließ das Zimmer.

Pierre war allein geblieben und lächelte immer noch. Zwei- oder dreimal zuckte er die Achseln und griff nach der Binde, als wolle er sie abnehmen, ließ aber die Hand wieder sinken. Die fünf Minuten, die er mit verbundenen Augen verbrachte, erschienen ihm wie eine Stunde. Es war ihm, als seien seine Arme angeschwollen, die Beine wollten ihm einknicken, und er fühlte sich sehr müde. Seine Empfindungen waren bunt verworren und aus den verschiedenartigsten

Gefühlstönen zusammengesetzt. Er empfand Furcht vor dem, was ihm bevorstand und eine noch größere Furcht davor, daß jemand ihm diese Furcht anmerken könnte. Er war neugierig und gespannt auf das, was ihm widerfahren und was sich ihm enthüllen würde; vor allem aber freute er sich darüber, daß der Augenblick gekommen war, in welchem er endlich den Weg der inneren Erneuerung, den Weg eines Lebens tätiger Tugend betreten sollte; denn seit seinem Zusammentreffen mit Jossif Alexejewitsch waren diese beiden Gedanken der Gegenstand seiner Sehnsucht, der Inhalt seines seelischen Lebens.

Jetzt erschollen laute Schläge gegen die Tür. Pierre nahm die Binde ab und sah sich um, im Zimmer war es finster, nur an einer Stelle brannte ein Lämpchen, in etwas Weißem. Pierre trat näher heran und sah, daß das Lämpchen auf einem schwarzen Tisch stand, der ein aufgeschlagenes Buch trug. Dieses Buch war das Neue Testament, und das Weiße, worin das Lämpchen brannte, war ein Menschenschädel mit Zähnen und leeren Augenhöhlen. Pierre las die ersten Worte des Johannesevangeliums: „Im Anfang war das Wort, und das Wort war bei Gott." Dann ging er um den Tisch herum und erblickte einen großen Kasten, der offenstand und mit irgend etwas angefüllt war. Es war ein Sarg mit Knochen darin.

Nichts von dem, was er sah, setzte ihn in Erstaunen. Er hoffte ja in ein gänzlich neues, von allem bisherigen durchaus unterschiedenes Leben einzutreten, und so war er auf das Ungewöhnlichste gefaßt, sogar auf noch viel ungewöhnlichere Dinge, als er bis jetzt zu sehen bekommen hatte. Der Schädel, der Sarg, das Evangelium Johannes — ihm war, als habe er das alles erwartet, ja als habe er noch etwas viel Gewaltigeres erwartet. Er sah sich weiter um und gab sich Mühe, ein Gefühl der Rührung in seinem Inneren wachzurufen. „Gott, Tod, Liebe, Verbrüderung der Menschheit", sagte er vor sich hin und verband mit diesen Worten unklare, aber freudige Vorstellungen. Die Tür öffnete sich, und irgend jemand trat ein.

Pierre hatte sich bereits einigermaßen an das schwache Licht gewöhnt und erkannte in dem Eintretenden einen Mann von mäßig großem Wuchs. Dieser Mann blieb zunächst stehen, und es war deutlich zu merken, daß er eben erst aus dem Hellen ins Dunkle gekommen war; dann ging er mit vorsichtigen Schritten an den Tisch und legte seine kleinen in Lederhandschuhen steckenden Hände darauf.

Der Eingetretene trug eine weiße Lederschürze, die ihm von der Brust bis auf die Oberschenkel reichte; um den Hals hatte er etwas Halsbandartiges, das in ein hohes weißes, sein längliches, von unten her beleuchtetes Gesicht einfassendes Jabot überging.

„Was führt Sie hierher?" fragte der Eingetretene, nachdem er auf

Grund eines von Pierre verursachten Geräusches die Richtung erraten hatte, in der dieser stand. „Was führt Sie hierher und was wollen Sie von uns, der Sie nicht an die Wahrheit des Lichts glauben und das Licht nicht sehen? Wollen Sie Weisheit, Tugend, Erleuchtung?"

Als die Tür sich geöffnet hatte und der Unbekannte eingetreten war, hatte Pierre ein Gefühl andächtig-ehrfürchtigen Schreckens empfunden, etwa wie als Kind bei der Beichte: er hatte das Gefühl, Auge in Auge einem Menschen gegenüberzustehen, der ihm im äußeren Leben völlig fremd, aber auf Grund des alle Menschen umschlingenden Bruderbandes vertraut war und ihm nahestand.

Das Herz klopfte ihm so, daß es ihm fast den Atem verschlug. Er ging auf den „Redner" zu, wie in der Maurersprache der Bruder genannt wurde, der den „Suchenden" zur Aufnahme in die Brüderschaft vorzubereiten hatte. Als er vor ihm stand, erkannte er in dem Redner einen Bekannten, einen gewissen Smoljaninow. Der Gedanke, daß er den „Redner" kannte, hatte für ihn etwas Verletzendes: für ihn sollte er eben nur Bruder und Tugendlehrer sein. Pierre war lange nicht imstande, ein Wort herauszubringen, so daß der Redner seine Frage wiederholen mußte.

„Ja, ich ... ich ... ich möchte ... innere Erneuerung ..." brachte Pierre endlich mühsam heraus.

„Gut", sagte Smoljaninow und fuhr dann rasch, aber mit ruhiger Stimme fort: „Haben Sie eine Vorstellung von den Mitteln, mit deren Hilfe unser heiliger Orden Ihnen zur Erreichung Ihres Zieles an die Hand gehen kann?"

„Ich ... hoffe ... auf Anleitung ... auf Hilfe ... zur inneren Erneuerung", sagte Pierre mit zitternder Stimme. Er brachte diese Worte nur mühsam heraus, einmal weil er sehr aufgeregt war und dann, weil er es nicht gewöhnt war, sich über abstrakte Gegenstände in russischer Sprache zu äußern.

„Was für eine Vorstellung haben Sie von der Freimaurerei?"

„Ich fasse die Freimaurerei als eine fraternité[1] und als eine Gleichsetzung aller nach Tugend strebenden Menschen auf", sagte Pierre und wurde sich dabei, je weiter er sprach, mit wachsender Beschämung dessen bewußt, daß die von ihm gewählten Worte in gar keinem Verhältnis zur Feierlichkeit des Augenblicks standen. „Meine Auffassung ..."

„Gut", fiel ihm der Redner hastig ins Wort, offensichtlich von dieser Antwort vollkommen befriedigt. „Haben Sie in der Religion Mittel zur Erreichung Ihres Zieles gesucht?"

„Nein, ich schenkte ihr keinen Glauben und folgte ihr daher auch

[1] Brüderschaft

nicht", erwiderte Pierre. Er hatte diese Worte so leise gesprochen, daß der Redner ihn nicht verstanden hatte und jetzt fragte, was er gesagt habe.

„Ich war Atheist", sagte Pierre.

„Sie suchen die Wahrheit, um Ihr Leben nach ihren Gesetzen zu regeln. Folglich suchen Sie Weisheit und Tugend, nicht wahr?" fragte der Redner nach einer kurzen Pause.

„Ja, ja", bestätigte Pierre.

Der Redner räusperte sich, kreuzte die behandschuhten Hände auf der Brust und begann:

„Jetzt muß ich meinerseits Ihnen das Hauptziel unseres Ordens auseinandersetzen, und wenn dieses Ziel mit dem Ihrigen zusammenfällt, so wird Ihr Eintritt in unsere Brüderschaft für Sie die gewünschten Früchte zeitigen. Das erste und wichtigste Ziel und damit die Grundlage unseres Ordens, auf der er festgegründet dasteht und die keine menschliche Macht vernichten kann, ist die Bewahrung und Weitervererbung eines wichtigen Geheimnisses ... eines Geheimnisses, das wir von den allerältesten Zeiten her, ja sogar vom ersten Menschen überkommen haben und von dem vielleicht das Schicksal des Menschengeschlechts abhängt. Aber da dieses Geheimnis so beschaffen ist, daß niemand zu seiner Kenntnis gelangen und von ihm Nutzen ziehen kann, wenn er sich nicht durch eine langwierige und sorgfältige Selbstläuterung dazu fähig und geschickt macht, so kann nicht jeder hoffen, rasch zur Erkenntnis dieses Geheimnisses zu kommen. Und darum haben wir noch ein zweites Ziel, nämlich das, unsere Mitglieder dazu nach Möglichkeit fähig und geschickt zu machen, ihr Herz zu veredeln, ihren Verstand zu läutern und zu erleuchten und sie damit zur Aufnahme dieses Geheimnisses vorzubereiten und wohlgeeignet zu machen. Und zwar geschieht das mit Hilfe von Mitteln, die durch Überlieferung auf uns gekommen sind und von Männern stammen, die sich dereinst selbst um die Erforschung dieses Geheimnisses gemüht haben. Und indem wir nun die Glieder unseres Ordens läutern und veredeln, mühen wir uns drittens auch um die Veredelung des ganzen menschlichen Geschlechtes, dem wir in Gestalt unserer Ordensbrüder Beispiele der Gottesfurcht und Tugend vor Augen stellen, und so streben wir mit allen Kräften danach, wider das Böse anzustreiten, das in dieser Welt herrscht. Denken Sie darüber nach, in einiger Zeit komme ich wieder zu Ihnen."

Nach diesen Worten verließ er das Zimmer.

„Wider das Böse anzustreiten, das in der Welt herrscht ..." wiederholte Pierre und suchte sich die Tätigkeit vorzustellen, die seiner auf diesem Gebiet harrte. Er glaubte Menschen vor sich zu sehen, wie er selbst noch vor zwei Wochen einer gewesen war, und richtete an sie in Gedanken eine belehrende und ermahnende Ansprache. Dann hatte er es wieder mit Lasterhaften und Unglücklichen zu tun, denen er mit Rat und Tat half; endlich stellte er sich grausame Tyrannen vor, deren Opfer er ihnen aus den Händen riß. Von den drei Ordenszielen, die der Redner erwähnt hatte, lag Pierre das letztgenannte am nächsten: die Veredelung des Menschengeschlechts. Zwar übte auch das wichtige Geheimnis, dessen der Redner gedacht hatte, auf seine Neugier eine gewisse Anziehungskraft aus, aber es schien ihm nicht die Hauptsache zu sein. Und auch das zweite Ziel, die Läuterung und Veredelung seiner selbst hatte für ihn wenig Anziehendes, weil er sich in diesem glücklichen Augenblick bereits völlig veredelt, von seinen früheren Lastern gereinigt und ausschließlich zu guten und tugendhaften Handlungen fähig und bereit fühlte.

Nach einer halben Stunde kehrte der Redner zurück, um den Suchenden in die sieben Tugenden einzuweihen, die den sieben Stufen des Tempels Salomonis entsprächen und die jeder Maurer in sich zu entwickeln habe. Diese Tugenden waren erstens bescheidene Zurückhaltung, worunter die Bewahrung des Ordensgeheimnisses verstanden wurde, zweitens Gehorsam gegenüber den Ordensoberen, drittens Reinheit des Lebenswandels, viertens Liebe zur Menschheit, fünftens männlicher Mut, sechstens mildtätige Freigebigkeit und siebentens Liebe zum Tode.

„Was diese letzte Tugend angeht", sagte der Redner, „so müssen Sie durch häufiges Meditieren über den Tod so weit zu kommen suchen, daß er Ihnen nicht mehr als ein schreckenerregender Feind, sondern als ein Freund erscheint, der die Seele, die sich in den Werken der Tugend gemüht und abgearbeitet hat, aus dem Elend dieses Lebens erlöst und dahin führt, wo sie ihren Lohn und ihre Ruhe findet."

„Ja, so sollte es wohl sein", dachte Pierre, als der Redner nach diesen Worten sich wieder entfernt und ihn seinen einsamen Gedanken überlassen hatte. „So sollte es wohl sein, aber ich bin noch so schwach, daß ich mein Leben liebe, dessen Sinn sich mir erst jetzt allmählich zu erschließen beginnt." Die übrigen fünf Tugenden, die er, an den Fingern abzählend, zusammenbrachte, glaubte Pierre in seiner Seele zu fühlen: den männlichen Mut und die mildtätige Freigebigkeit und die Reinheit des Lebenswandels und die Liebe zur Menschheit und vor allem den Gehorsam, der ihm nicht einmal als eine Tugend, sondern geradezu als ein Glück schien. So glücklich war er, jetzt seiner eigenen Willkür und der Herrschaft seiner Launen enthoben zu sein und seinen eigenen Willen denen unterordnen zu dürfen, die im Besitze der unbezweifelbaren Wahrheit waren. Die siebente Tugend hatte Pierre vergessen und konnte sich beim besten Willen nicht mehr auf sie besinnen.

Zum drittenmal kehrte der Redner jetzt nach etwas kürzerer Abwesenheit zurück und fragte Pierre, ob er noch immer fest bei seiner Absicht beharre und entschlossen sei, sich allem zu unterziehen, was von ihm verlangt werden würde.

„Ich bin zu allem bereit", entgegnete Pierre.

„Ich muß Ihnen jetzt noch mitteilen", sagte der Redner, „daß unser Orden seine Unterweisungen nicht allein in Worten erteilt, sondern auch noch mit Hilfe anderer Mittel, die auf den wahren Weisheits- und Tugendsucher vielleicht noch stärker wirken, als es mündliche Darlegungen vermöchten. Der Tempelraum, in dem Sie sich hier befinden, mit all dem bedeutungsvollen Schmuck, den Sie darin sehen, wird Ihrem Herzen, wenn dieses Herz lauter und ohne Falsch ist, schon mehr gesagt haben, als Worte es könnten. Und vielleicht werden Sie, je mehr Sie in die engeren Kreise des Ordens aufgenommen werden, derartiger Eindrücke und Belehrungen noch manche empfangen. Unser Orden folgt hierin dem Beispiele älterer Vereinigungen, die ihre Lehre nur durch Hieroglyphen weiter überlieferten. Unter einer Hieroglyphe", sagte der Redner, „versteht man die sinnlich wahrnehmbare Darstellung eines den Sinnen nicht zugänglichen Dinges, das aber ähnliche Eigenschaften hat wie das sinnlich Dargestellte."

Pierre wußte ganz genau, was eine Hieroglyphe ist, aber er wagte es nicht zu sagen. Er hörte dem Redner schweigend zu und merkte an allen Anzeichen, daß die Prüfungen jetzt gleich ihren Anfang nehmen würden.

„Wenn Sie fest bei Ihrer Absicht beharren, so ist es meines Amtes, nunmehr zu Ihrer Einführung zu schreiten", sagte der Redner und trat noch näher an Pierre heran. „Ich bitte Sie mir zum Zeichen Ihrer mildtätigen Freigebigkeit alle Ihre Wertsachen zu übergeben."

„Aber ich habe nichts bei mir", antwortete Pierre, der allen Ernstes glaubte, man verlange von ihm die Herausgabe alles dessen, was er überhaupt besaß.

„Was Sie bei sich haben: Uhr, Geld, Ringe ..."

Pierre zog hastig seinen Geldbeutel und seine Uhr hervor, konnte aber den Trauring lange nicht von dem feisten Finger herunterbekommen. Als es endlich soweit war, sagte der Maurer:

„Zum Zeichen des Gehorsams bitte ich Sie, sich zu entkleiden."

Der Redner erklärte Pierre, wie das zu geschehen habe, und nun zog dieser seinen Frack, seine Weste und seinen linken Stiefel aus. Der Maurer öffnete Pierres Hemd und entblößte dessen linke Brustseite. Dann bückte er sich und streifte ihm die Hose am linken Bein bis über das Knie hinauf. Pierre wollte eilfertig auch den rechten

Stiefel ausziehen und die Hose auch am anderen Bein hochziehen, um dem Unbekannten diese Mühe abzunehmen; aber der Maurer sagte ihm, es sei nicht nötig, und tat ihm einen Pantoffel an den linken Fuß. Ohne daß er es verhindern konnte, trat auf Pierres Gesicht ein kindliches Lächeln der Scham, des Zweifels und der Selbstironie, und so stand er da vor dem Bruder Redner mit gespreizten Beinen und ungeschickt herunterhängenden Armen und erwartete dessen weitere Vorschriften.

„Und endlich bitte ich Sie, mir zum Zeichen Ihrer Aufrichtigkeit Ihre Hauptleidenschaft anzugeben", sagte der Maurer.

„Meine Hauptleidenschaft! Ich habe ja so viele Leidenschaften gehabt", antwortete Pierre.

„Diejenige von Ihren Leidenschaften, die Sie mehr als alle anderen auf dem Wege der Tugend hat straucheln lassen", erklärte der Maurer.

Pierre sann schweigend nach.

„Der Wein? Die Völlerei? Der Müßiggang? Die Trägheit? Der Zorn? Die Bosheit? Die Weiber?" Er ging alle seine Laster durch, wog sie in Gedanken gegeneinander ab und wußte doch nicht, welchem er den Vorrang vor den anderen zuerkennen sollte.

„Die Weiber", sagte er dann leise und beinahe unhörbar.

Als er diese Antwort erhalten hatte, verharrte der Maurer eine geraume Zeit in regungslosem Schweigen. Endlich nahm er das auf dem Tisch liegende Tuch, trat an Pierre heran und verband ihm abermals die Augen.

„Noch ein letztes Mal rufe ich Ihnen zu: achten Sie sorgfältig auf sich, zügeln Sie Ihre Triebe und suchen Sie Ihr Glück nicht in der Befriedigung Ihrer Leidenschaften, sondern in Ihrem Herzen. Der Quell der Glückseligkeit liegt nicht außer uns, sondern in uns ..."

Pierre fühlte diesen Quell der Glückseligkeit schon in sich, und dieser Quell überströmte seine Seele mit Freude und Rührung.

IV

Bald darauf kam wieder jemand zu Pierre in das dunkle Gelaß, aber es war nicht mehr der Redner, sondern, wie Pierre an der Stimme erkannte, sein Bürge Willarski. Er fragte wieder, ob Pierre fest bei seinem Entschluß verharrte. Pierre bejahte, und während Willarski ihm einen Degen auf die entblößte, fleischige, linke Brustseite setzte, ging er nun mit einem strahlenden, kindlichen Lächeln vorwärts, zaghaft und ungleichmäßig mit einem beschuhten und einem unbeschuhten Fuße auftretend.

Er wurde aus dem Zimmer durch allerhand gewundene Korridore geführt, bis sie endlich vor der Tür der Loge standen. Willarski hustete, maurerische Hammerschläge antworteten, dann öffnete sich die Tür. Eine Baßstimme — Pierres Augen waren noch immer verbunden — stellte allerlei Fragen an ihn, wie er heiße, wo und wann er geboren sei und dergleichen. Dann wurde er weitergeführt, ohne daß die Binde von seinen Augen genommen wurde; und während er so durch das Dunkel wanderte, sprachen mehrere Stimmen zu ihm in allerlei Allegorien von den Mühseligkeiten seiner Pilgerschaft, von der heiligen Freundschaft, vom ewigen Baumeister der Welt, von dem standhaften Mut, mit dem er alle Mühsale und Gefahren ertragen müsse. Während dieser Wanderung nahm Pierre wahr, daß man ihn bald als den „Suchenden", bald als den „Leidenden", bald als den „Begehrenden" bezeichnete und bei jeder dieser Bezeichnungen auf eine besondere Art mit Hämmern und Degen klopfte. Während er zu irgendeinem Gegenstand geführt wurde, merkte er, daß unter seinen Führern Meinungsverschiedenheiten und eine gewisse Verwirrung entstanden waren. Er hörte, wie die Menschen, die um ihn waren, sich im Flüsterton über irgend etwas stritten und wie einer von ihnen darauf bestand, daß er über einen Teppich geführt werden sollte. Nach diesem kleinen Zwischenfall nahmen sie seine Rechte und legten sie auf einen Gegenstand, während er mit der Linken einen Zirkel auf seine linke Brustseite setzen und dabei die Worte nachsprechen mußte, die ihm vorgelesen wurden: es war der Eid der Treue gegen die Ordensgesetze. Dann wurden Kerzen ausgelöscht und Spiritus angezündet — Pierre merkte es am Geruch — und jemand sagte, er werde jetzt das kleine Licht zu Gesicht bekommen. Die Binde wurde ihm abgenommen, und Pierre sah wie in einem Traum beim spärlichen Schein einer Spiritusflamme einige Männer vor sich, die ebensolche Schürzen trugen wie der „Redner" und Degen gegen seine Brust gerichtet hielten. Einer von ihnen hatte ein weißes, blutbeflecktes Hemd an. Pierre verlangte es plötzlich danach, diese Degen in seine Brust eindringen zu fühlen, und er beugte den Oberkörper vor. Aber die Degen wichen vor ihm zurück, und gleich darauf wurden ihm wieder die Augen verbunden.

„Du hast jetzt das kleine Licht gesehen", sagte eine Stimme. Dann wurden die Kerzen wiederum angezündet, es wurde ihm gesagt, jetzt solle er auch das große Licht sehen, die Binde wurde ihm wieder abgenommen, und etwa ein Dutzend Stimmen sagten auf einmal: „Sic transit gloria mundi." [1]

Pierre kam allmählich wieder zu sich, blickte sich in dem Raume um, in dem er sich befand, und sah sich die Anwesenden an. Um

[1] So vergeht der Ruhm in der Welt.

einen langen, schwarzverhangenen Tisch saßen zwölf Männer in der ihm bereits vertrauten Kleidung. Einige von ihnen kannte Pierre aus der Petersburger Gesellschaft. Auf dem Platze des Vorsitzenden saß ein ihm unbekannter junger Mann, der ein eigentümliches Kreuz um den Hals trug. Rechts von ihm saß der italienische Abbé, den Pierre vor bald zwei Jahren bei Anna Pawlowna gesehen hatte. Ferner erkannte er einen hohen Würdenträger und einen Schweizer, der früher Hofmeister bei Kuragins gewesen war. Alle beobachteten ein feierliches Schweigen und warteten darauf, daß der Vorsitzende, der einen Hammer in der Hand hatte, das Zeichen zum Beginn der Zeremonie geben würde. In die Wand war ein leuchtender Stern eingelassen, auf der einen Seite des Tisches lag ein kleiner Teppich mit verschiedenen Emblemen, auf der anderen stand eine Art Altar mit einem Evangelienbuch und einem Totenschädel. Um den Tisch herum standen sieben große Kandelaber, ähnlich den in der Kirche gebräuchlichen. Zwei Brüder führten Pierre zum Altar, stellten seine Füße rechtwinklig zueinander und befahlen ihm dann, sich niederzuwerfen, und fügten hinzu, er stehe hier vor dem Tor des Tempels.

„Er muß vorher noch eine Kelle bekommen", flüsterte der eine der beiden Brüder.

„Ach, ich bitte Sie, lassen Sie das doch", erwiderte der andere.

Ohne gleich zu gehorchen, sah Pierre sich mit seinen kurzsichtigen Augen verwirrt um, und plötzlich kam der Zweifel wieder über ihn. „Wo bin ich? Was tue ich? Machen sich die nicht lustig über mich? Und werde ich mich nicht später schämen, wenn ich daran zurückdenke?" Aber diese Zweifel hielten nur einen Augenblick lang stand. Pierre sah die ernsten Gesichter der anderen, vergegenwärtigte sich alles, was er schon über sich hatte ergehen lassen, und begriff, daß er unmöglich auf halbem Wege stehenbleiben konnte. Er erschrak darüber, daß dieser Zweifel ihm überhaupt hatte kommen können, warf sich vor dem Tor des Tempels nieder und gab sich alle Mühe, das frühere Gefühl der Rührung wieder in sich wachzurufen. Und wirklich stellte dieses Gefühl sich wieder ein, und jetzt war es noch gewaltiger als zuvor. So lag er eine Zeitlang da, dann hieß man ihn aufstehen, legte ihm ebenso eine weiße Lederschürze um, wie sie die anderen trugen, und drückte ihm eine Kelle und drei Paar Handschuhe in die Hand. Nun wandte der Meister vom Stuhl sich an Pierre und sagte ihm, er solle sich hüten, das Weiß der Schürze, das Sinnbild der Willensstärke und Unsträflichkeit, je zu beflecken; ohne sich weiter über die Bedeutung der Kelle auszulassen, forderte er Pierre auf, mit dieser Kelle sein eigenes Herz von Lastern zu reinigen und das seines Nächsten nachsichtig zu glätten. Dann ging er zu dem ersten Paar Handschuhe über — es waren Männerhandschuhe — und sagte, Pierre könne ihre Bedeutung noch nicht ver=

stehen, solle sie aber aufbewahren, das andere Paar Männerhandschuhe solle er bei den Versammlungen der Loge tragen, und schließlich sagte er über das dritte Paar Handschuhe – es waren Frauenhandschuhe: „Mein lieber Bruder, auch diese Frauenhandschuhe sind Ihnen zugedacht. Übergeben Sie sie der Frau, die Sie von allen am höchsten schätzen. Mit dieser Gabe werden Sie derjenigen, die Sie sich zu einer würdigen Maurerin küren werden, die Versicherung geben, daß Ihr Herz rein und unsträflich ist." Er schwieg ein Weilchen und setzte dann hinzu: „Aber hüte dich wohl, mein Bruder, daß diese Handschuhe nicht unreine Hände schmücken." Pierre war es, als sei der Meister vom Stuhl bei diesen letzten Worten selbst in Verlegenheit geraten. Nun nahm auch Pierres eigene Verlegenheit zu, er errötete, Tränen traten in seine Augen – wie Kinder erröten – und er begann sich unruhig umzusehen. Es herrschte ein befangenes Schweigen.

Dieses Schweigen wurde dadurch unterbrochen, daß einer der Brüder Pierre zum Teppich führte und ihm aus einem Heft eine Erklärung aller auf diesem Teppich abgebildeten Embleme vorzulesen begann: der Sonne, des Mondes, des Hammers, des Richtscheits, der Kelle, des rohen und des kubisch behauenen Steines, der Säule, der drei Fenster und so weiter. Dann wurde Pierre der für ihn bestimmte Platz angewiesen, die Erkennungszeichen der Loge und das Losungswort für den Eintritt wurden ihm mitgeteilt, und endlich erhielt er die Erlaubnis, sich hinzusetzen. Der Meister vom Stuhl begann die Satzungen zu verlesen. Diese Satzungen waren sehr lang, und Pierre war vor Freude, Aufregung und Benommenheit nicht imstande, der Vorlesung zu folgen. Nur die letzten Worte hörte er deutlich, und sie blieben in seinem Gedächtnis haften.

„In unseren Tempeln kennen wir keinerlei andere Unterschiede", las der Meister vom Stuhl, „außer denen, die das Laster von der Tugend scheiden. Hüte dich, irgendeinen anderen Unterschied zu machen, der die Gleichheit zerstören könnte. Wer er auch sei, eile dem Bruder stets zu Hilfe, weise dem Irrenden den Weg, richte den Gefallenen auf und hege nie Zorn oder Feindschaft gegen einen Bruder. Sei milde und freundlich. Fache in allen Herzen das Feuer der Tugend an. Wolle herzlichen Anteil nehmen am Glücke deines Nächsten, und nimmer möge Neid die Reinheit dieser Freude trüben. Deinem Feinde verzeihe, trachte nicht nach Rache, es sei denn, du rächest dich dadurch, daß du ihm Gutes erweisest. Erfüllest du so das Gesetz des Höchsten, so wirst du die Spuren wiederfinden jener erhabenen Größe der Vorzeit, die dir verloren war."

Er schloß, erhob sich, umarmte und küßte Pierre. Die Augen voller Freudentränen, sah Pierre um sich und wußte nicht, was er all denen antworten sollte, die sich jetzt um ihn drängten, ihm Glück wünschten und, soweit sie ihn von früher her kannten, die alte Bekanntschaft erneuerten. Aber in seinem Herzen räumte er diesen alten Bekannten keinerlei Vorzugsstellung vor den neuen ein; in allen diesen Menschen sah er nur seine Brüder und brannte vor Ungeduld, sich in Gemeinschaft mit ihnen an sein Werk zu machen.

Der Meister vom Stuhl klopfte mit dem Hammer, alle nahmen wieder ihre Plätze ein, und ein Bruder hielt eine erbauliche Ansprache über die Notwendigkeit der Demut.

Dann forderte der Meister vom Stuhl zur Erfüllung der letzten Pflicht auf, und der Pierre bekannte hohe Würdenträger, der hier den Titel eines „Almoseniers" trug, ging von einem Bruder zum anderen. Pierre hätte am liebsten alles Geld gezeichnet, was er hatte, aber er fürchtete, es könnte ihm als Hochmut ausgelegt werden, und so zeichnete er etwa ebensoviel wie die übrigen.

Dann wurde die Loge geschlossen. Zu Hause angelangt, war es Pierre, als sei er von einer weiten Reise zurückgekehrt, auf der er Jahrzehnte zugebracht, sich von Grund auf gewandelt hätte und seiner ganzen früheren Lebensweise und allen Gewohnheiten von einst fremd geworden wäre.

V

Am Tage nach seiner Aufnahme in die Loge saß Pierre mit einem Buch zu Hause und suchte in die Bedeutung eines Quadrats einzudringen, bei dem eine Seite Gott, die zweite die geistige, die dritte die körperliche Welt und die vierte die Vereinigung dieser beiden darstellte. Hin und wieder lösten sich seine Gedanken von dem Buch mit dem Quadrat, und dann malte er sich seinen neuen Lebensplan aus. In der Loge war ihm tags zuvor gesagt worden, sein Duell sei gerüchtweise zu Ohren des Kaisers gekommen, und er würde also am besten tun, Petersburg zu verlassen. Pierre hatte sich nun vorgenommen, seine südrussischen Güter zu bereisen und sich dort seiner Bauern anzunehmen. Er dachte gerade in gehobener Stimmung über dieses neue Leben nach, als plötzlich Fürst Wassilij in sein Zimmer trat.

„Mein Freund, was hast du eigentlich in Moskau angestellt? Weshalb bist du denn mit Ljolja auseinander, mon cher?" sagte Fürst Wassilij gleich beim Hereinkommen. „Du irrst dich, ich habe alles festgestellt und kann dir mit aller Bestimmtheit sagen, daß Hélène vor dir ebenso schuldlos ist wie Christus vor den Juden."

Pierre wollte etwas erwidern, wurde aber sogleich unterbrochen.

„Und warum hast du dich nicht offen und ehrlich an mich gewandt? Du weißt doch, daß ich dein Freund bin", sagte der Fürst.

„Ich kenne den Hergang, und ich verstehe das alles. Du hast gehandelt, wie es sich für einen Mann schickt, dem seine Ehre teuer ist. Vielleicht bist du etwas voreilig gewesen, aber das wollen wir jetzt dahingestellt sein lassen. Begreife doch nur das eine: in was für eine Situation bringst du sie und mich in den Augen der Gesellschaft und sogar des Hofes?" Bei diesen Worten senkte er die Stimme. „Sie wohnt in Moskau, und du wohnst hier. Mache es dir doch klar, mein Lieber" — er ergriff Pierres Hand und zog sie, wie er es gewohnt war, nach unten — „das alles ist ja ein einziges Mißverständnis! Ich bin überzeugt, daß du das selbst fühlst. Laß uns gleich gemeinsam einen Brief schreiben, dann kommt sie hierher, und alles klärt sich auf. Andernfalls könntest du leicht schwerwiegende Unannehmlichkeiten haben; das muß ich dir ganz offen sagen, mein Lieber."

Und Fürst Wassilij sah Pierre eindringlich ins Gesicht.

„Ich weiß aus bester Quelle, daß die Kaiserin-Witwe sich für diese ganze Geschichte lebhaft interessiert. Du weißt doch, daß sie Hélène sehr gnädig gesinnt ist."

Pierre hatte bereits mehrere Male einen Versuch gemacht, ebenfalls zu Worte zu kommen; aber einerseits ließ Fürst Wassilij das nicht zu, und andererseits empfand Pierre selbst eine lebhafte Scheu davor, zu seinem Schwiegervater in dem Ton entschiedener Absage und Abwehr zu reden, den er sich doch selbst als den einzig möglichen für seine Antwort vorgenommen hatte. Dazu waren ihm die Worte der maurerischen Satzungen: „Sei milde und freundlich" eingefallen. Er runzelte die Stirn, er wurde rot, er erhob sich und setzte sich wieder hin; er kämpfte mit sich selbst, um sich das abzuringen, was ihm am schwersten von allen Dingen seines Lebens fiel: nämlich einem Menschen etwas Unangenehmes ins Gesicht zu sagen, etwas anderes zu sagen, als dieser, er sei wer er wolle, erwartete. Er hatte sich so daran gewöhnt, diesem lässigen und selbstbewußten Ton des Fürsten Wassilij nachzugeben, daß er sich auch jetzt kaum imstande fühlte, ihm zu widerstehen; gleichzeitig aber empfand er, daß sein ganzes weiteres Schicksal von dem abhing, was er jetzt sagen würde; es hing davon ab, ob er auf dem alten, bisher begangenen Wege weitergehen oder ob er den neuen Weg beschreiten würde, den ihm die Maurer so lockend gewiesen hatten und an den er fest glaubte als an den Weg der Wiedergeburt und eines neuen Lebens.

„Na, mein Lieber", sagte Fürst Wassilij scherzend, „sage nur ‚ja', und ich schreibe ihr von mir aus, und wir schlachten ein gemästetes Kalb."

Aber Fürst Wassilij hatte diese scherzhaft vorgebrachten Worte kaum zu Ende gesprochen, als Pierre mit einem Gesichtsausdruck von rasender Wut, der an seinen Vater erinnerte, ohne die Stimme zu heben und ohne dem Fürsten ins Gesicht zu sehen, sagte:

„Fürst, ich habe Sie nicht hergebeten, gehen Sie, bitte, gehen Sie!" Er sprang auf und öffnete ihm die Tür. „Gehen Sie doch!" sagte er noch einmal und traute dabei seinen eigenen Ohren nicht und empfand zugleich ein Gefühl freudiger Genugtuung, als er die Verwirrung und den Schrecken sah, die sich auf dem Gesicht des Fürsten Wassilij malten.

„Was ist mit dir? Bist du krank?"

„Gehen Sie!" wiederholte Pierre mit zitternder Stimme. Und dem Fürsten Wassilij blieb nichts übrig, als ihn zu verlassen, ohne weitere Aufklärungen erhalten zu haben.

Eine Woche später reiste Pierre, nachdem er von den Maurern als seinen neuen Freunden Abschied genommen und ihnen einen größeren Geldbetrag für Almosen übergeben hatte, auf seine Güter. Seine neuen Brüder gaben ihm nach Kiew und Odessa Briefe an die dortigen Maurer mit und versprachen Pierre, ihm zu schreiben und ihm in seiner neuen Tätigkeit führend und leitend an die Hand zu gehen.

VI

Pierres Ehrenhandel mit Dolochow war vertuscht worden und hatte trotz der Strenge, mit welcher der Kaiser gerade damals gegen Duelle einschritt, weder für die beiden Gegner noch für ihre Sekundanten nachteilige Folgen gehabt. Indessen hatte es sich in der Gesellschaft herumgesprochen, was den Anlaß dieses Duells gebildet hatte, und die Trennung Pierres von seiner Frau hatte diesem Gerede als Bestätigung gedient. Man hatte Pierre herablassend und gönnerhaft behandelt, solange er noch nichts weiter gewesen war als ein illegitimer Sohn; man hatte ihn gehätschelt, und man hatte seinen Ruhm ausposaunt, als er plötzlich zum besten Heiratskandidaten des Russischen Reiches geworden war; dann, als die jungen Mädchen und ihre Mütter nichts mehr von ihm zu erwarten hatten, nach seiner Verehelichung, hatte er in der Schätzung der Gesellschaft stark verloren, und das um so mehr, als er sich weder darauf verstand noch überhaupt Wert darauf legte, sich die Gunst der Gesellschaft zu erwerben. Jetzt gab man ihm allein die Schuld an dem Vorgefallenen; es hieß, er sei von blinder Eifersucht besessen gewesen und neige ebenso wie sein Vater zu plötzlichen Anfällen von blutdürstiger Raserei. Und als Hélène nach Pierres Abreise wieder in Petersburg auftauchte, wurde sie von allen, die sie kannten, nicht nur freudig, sondern auch mit einem Unterton von Ehrerbietung empfangen, der ihrem Unglück galt. Wenn die Rede auf ihren Mann kam, nahm Hélène immer einen Ausdruck von ernster Würde an, den sie sich, ohne eigentlich seine Bedeutung zu verstehen, mit dem ihr eigenen Takt zurechtgelegt hatte. Dieser Ausdruck besagte, sie sei entschlossen, ihr Unglück klaglos zu tragen, und ihr Mann sei für sie eben das Kreuz, das Gott ihr auferlegt habe. Fürst Wassilij sprach seine Meinung offener aus. Wenn die Rede auf Pierre kam, zuckte er die Achseln, deutete auf seine Stirn und sagte:

„Un cerveau fêlé – je le disais toujours."[1]

„Ich habe es prophezeit", sagte Anna Pawlowna. „Ich habe es schon gleich damals gesagt, und zwar früher als alle anderen" – sie legte großen Wert auf die Feststellung ihrer Priorität –, „daß er ein unsinniger junger Mensch ist, den diese zuchtlosen modernen Ideen verdorben haben. Ich habe es schon damals gesagt, als alle noch ganz entzückt von ihm waren, damals, als er gerade aus dem Auslande gekommen war und sich auf einer Soiree bei mir – Sie erinnern sich wohl? – als eine Art Marat gebärdete. Und wozu hatte das geführt? Ich bin schon damals gegen diese Heirat gewesen und habe alles vorhergesagt, und so ist es denn auch gekommen."

An Tagen, an denen Anna Pawlowna keinen Hofdamendienst hatte, gab sie nach wie vor ihre Soireen, für deren geschicktes Arrangement sie so berühmt war und die vor allem den Vorzug hatten, daß auf ihnen, wie Anna Pawlowna selbst sich ausdrückte, „la crème de la véritable bonne société, la fine fleur de l'essence intellectuelle de la société de Pétersbourg"[2] zusammenkam. Und abgesehen von dieser sorgsamen Auswahl der Gäste zeichneten sich Anna Pawlownas Soireen noch dadurch aus, daß sie ihren Gästen jedesmal irgendeine neue, interessante Persönlichkeit vorsetzte und daß man nirgends als auf diesen Soireen ein so zuverlässiges Bild davon gewinnen konnte, wieviel Grad das politische Stimmungsthermometer der höfischen und überhaupt der loyalen Petersburger Gesellschaft zeigte.

Gegen Ende des Jahres 1806, als bereits alle traurigen Einzelheiten von der Vernichtung der preußischen Armee bei Jena und Auerstedt und von der Kapitulation der meisten preußischen Festungen bekanntgeworden waren, als unsere Truppen bereits auf preußischem Boden standen und unser zweiter Feldzug gegen Napoleon schon begonnen hatte, gab Anna Pawlowna wieder einmal eine Soiree. La crème de la véritable bonne société bestand aus der bezaubernden, unglücklichen, von ihrem Gatten verlassenen Hélène, dem gleichfalls bezaubernden, soeben aus Wien gekommenen Fürsten Ippolit,

[1] Er ist nicht richtig im Kopfe; ich habe es ja immer gesagt.
[2] Die Crème der allerersten Gesellschaft, die Blüte der geistigen Elite der Gesellschaft Petersburgs.

Mortemart, zwei Diplomaten, der lieben Tante, einem jungen Mann, der im Salon schlechthin unter der Bezeichnung „un homme de beaucoup de mérite"[1] ging, einer neuernannten Hofdame samt deren Mutter und einigen anderen weniger bemerkenswerten Persönlichkeiten.

Die Person, die Anna Pawlowna auf dieser Soiree ihren Gästen als neuen Leckerbissen auftischte, war Boris Drubezkoi, der eine Adjutantenstelle bei einer hochgestellten Persönlichkeit innehatte und soeben als Kurier von der preußischen Armee gekommen war.

Der politische Thermometerstand, der auf dieser Soiree den Eingeladenen angezeigt wurde, war der folgende: „Wenn auch alle europäischen Herrscher und Feldherren sich noch so viel Mühe geben, diesem Bonaparte alles durchgehen zu lassen und ihn wie ein Schoßkind zu behandeln – ich und überhaupt wir alle empfinden das als ekelhaft und gemein, und unsere Meinung über ihn kann dadurch nicht geändert werden. Wir werden nicht aufhören, geradeheraus zu sagen, wie wir über diesen Punkt denken, und können dem König von Preußen und allen, die es sonst noch angeht, nur sagen: Um so schlimmer für Euch. Tu l'as voulu, George Dandin.[2] Weiter haben wir dazu nichts zu sagen." Das war es, was der politische Thermometerstand auf Anna Pawlownas Soiree anzeigte.

Als Boris, der den Gästen vorgesetzt werden sollte, den Salon betrat, war schon fast die ganze Gesellschaft versammelt, und das von Anna Pawlowna geleitete Gespräch bewegte sich um unsere diplomatischen Beziehungen zu Österreich und um die Hoffnung auf ein abermaliges russisch-österreichisches Bündnis. Boris trug eine elegante Uniform mit den Adjutantenschnüren, sah frisch und rotbäckig aus und machte einen männlich-gereiften und zugleich weltgewandten Eindruck. Als er den Salon betreten hatte, wurde er erst, wie die Sitte es vorschrieb, zur Begrüßung der lieben Tante auf die Seite geführt und dann dem Kreis der Gäste zugesellt.

Anna Pawlowna reichte ihm ihre knochige Hand zum Kuß, machte ihn mit einigen ihrer Gäste bekannt, die ihm noch fremd waren, und charakterisierte jeden mit einigen geflüsterten Worten.

„Le prince Hyppolite Kouraguine – charmant jeune homme. Monsieur Kroug, chargé d'affaires de Kopenhague – un esprit profond." Dann hieß es einfach: „Monsieur Shitoff – un homme de beaucoup de mérite"[3], und das galt dem jungen Mann, dem dieser Titel verliehen worden war.

Boris hatte es im Laufe seiner Dienstzeit dank den Bemühungen

[1] ein Mann mit großen Verdiensten
[2] Du hast's gewollt ...
[3] Fürst Hippolyt Kuragin, ein scharmanter junger Mann. Herr Krug, der dänische Geschäftsträger, ein tiefschürfender Geist. Herr Shitow – ein Mann mit großen Verdiensten.

Anna Michailownas, dank seinen eigenen guten Formen und dank der Eigenart seines Charakters – kluger Zurückhaltung – verstanden, sich eine in jeder Hinsicht hervorragende dienstliche Stellung zu verschaffen. Er war Adjutant bei einer sehr einflußreichen Persönlichkeit, hatte einen sehr wichtigen Auftrag in Preußen auszuführen gehabt und war soeben als Kurier von dort zurückgekommen. Er hatte sich jene in keinem Reglement festgelegte Art der Subordination, die ihm in Olmütz so gut gefallen hatte, vollständig zu eigen gemacht – jene Auffassung der Subordination, nach welcher ein Fähnrich unvergleichlich höher stehen konnte als ein General, und wonach man zu dienstlichen Erfolgen keine Anstrengungen, keine Mühe, keine Tapferkeit und keine Ausdauer brauchte, sondern es nur verstehen mußte, sich mit denen in gute Beziehungen zu setzen, die Beförderungen und Auszeichnungen zu vergeben hatten; und er wunderte sich selbst oft genug darüber, daß er es so schnell zu etwas gebracht hatte und daß mancher andere diese Methode so gar nicht begreifen wollte. Nachdem ihm das alles einmal klargeworden war, hatte er seine ganze Lebensweise, alle seine Beziehungen zu den Bekannten von früher, alle seine Zukunftspläne von Grund auf geändert. Er war nicht reich, aber er ließ sein letztes Geld draufgehen, um besser gekleidet zu sein als andere; er hätte lieber auf manches Vergnügen verzichtet, als daß er es sich gestattet hätte, durch Petersburg in einer unansehnlichen Equipage zu fahren oder sich auf der Straße in einer alten Uniform sehen zu lassen. Verkehr pflegte und suchte er nur mit Leuten, die über ihm standen und ihm daher nützlich sein konnten. Er hatte eine Vorliebe für Petersburg und verachtete Moskau. Die Erinnerung an das Rostowsche Haus und an seine Kinderliebe zu Natascha war ihm unangenehm, und seit seinem damaligen Abgang zur Armee war er noch kein einziges Mal bei Rostows gewesen. Daß er Zutritt zu Anna Pawlownas Salon gefunden hatte, bedeutete für ihn auf seiner Laufbahn einen wichtigen Schritt vorwärts, und es war ihm sofort klar, welche Rolle er hier zu spielen hatte. Er überließ es anfangs Anna Pawlowna, aus dem Interesse, das ihm entgegengebracht wurde, zunächst für sich selbst Kapital zu schlagen; aufmerksam musterte er alle Anwesenden, wog die Vorteile ab, die eine nähere Bekanntschaft mit den einzelnen ihm bringen konnte, und prüfte die Annäherungsmöglichkeiten, die ihm diesem oder jenem gegenüber zu Gebote standen. Er setzte sich auf den ihm angegebenen Platz neben dem der schönen Hélène und hörte dem allgemeinen Gespräch zu.

„Vienne trouve les bases du traité proposé tellement hors d'atteinte, qu'on ne saurait y parvenir même par une continuité de succès les plus brillants, et elle met en doute les moyens qui pour=

raient nous les procurer. C'est la phrase authentique du cabinet de Vienne"[1] – sagte der dänische chargé d'affaires.

„C'est le doute qui est flatteur!"[2] meinte mit feinem Lächeln der „homme à l'esprit profond".

„Il faut distinguer entre le cabinet de Vienne et l'Empereur d'Autriche", warf Mortemart ein. „L'Empereur d'Autriche n'a jamais pu penser à une chose pareille, ce n'est que le cabinet qui le dit."[3]

„Eh, mon cher vicomte", mischte sich Anna Pawlowna ins Gespräche, „l'Uropa" – aus irgendeinem Grunde bediente sie sich der Aussprache l'Uropa, als einer besonderen Feinheit, die sie sich wohl in einem Gespräch mit einem Franzosen erlauben könne – „l'Uropa ne sera jamais notre alliée sincère."[4]

Darauf brachte sie das Gespräch auf den Mut und die Standhaftigkeit des Königs von Preußen, um Boris Gelegenheit zu einer Äußerung zu geben.

Boris hatte aufmerksam jedem, der das Wort führte, zugehört und gewartet, bis er selbst an die Reihe kommen würde, zugleich aber mehrfach Gelegenheit genommen, seine Nachbarin, die schöne Hélène, anzusehen, deren Augen denen des hübschen jungen Adjutanten dabei wiederholt lächelnd begegnet waren.

Da von Preußen die Rede war, so machte es sich ganz natürlich, daß Anna Pawlowna an Boris die Bitte richtete, von seiner Reise nach Glogau und von der Lage, in der er die preußische Armee vorgefunden habe, zu erzählen. Ohne sich zu übereilen, in reinem und einwandfreiem Französisch, erzählte Boris eine Menge interessanter Einzelheiten von der Armee und vom Hof, vermied es aber während seiner ganzen Erzählung sorgfältig, seine eigene Meinung über die von ihm mitgeteilten Tatsachen zu äußern. Eine Zeitlang stand Boris somit im Mittelpunkte des allgemeinen Interesses, und Anna Pawlowna konnte feststellen, daß der von ihr aufgetischte neue Leckerbissen von allen ihren Gästen mit Vergnügen genossen wurde. Am meisten Interesse an der Erzählung des jungen Drubezkoi bekundete Hélène. Sie fragte ihn mehrfach nach allerhand Einzelheiten seiner Reise und interessierte sich augenscheinlich sehr für die Lage der preußischen Armee. Als er fertig war, wandte sie sich mit ihrem gewöhnlichen Lächeln an ihn:

[1] Wien hält die Grundlagen des vorgeschlagenen Vertrages für so unerreichbar, daß man sie nicht einmal durch eine ganze Serie der glänzendsten Erfolge schaffen könnte, und es zweifelt daran, daß wir die Mittel haben, sie zu erzielen. Das ist ein authentischer Ausspruch des Wiener Kabinetts.

[2] Der Zweifel ist sehr schmeichelhaft.

[3] Man muß einen Unterschied machen zwischen dem Wiener Kabinett und dem Kaiser von Österreich. Der Kaiser von Österreich hätte niemals an etwas Derartiges denken können; das sagt nur das Kabinett.

[4] Mein lieber Graf, Europa wird nie unser aufrichtiger Verbündeter sein.

„Il faut absolument, que vous veniez me voir", sagte sie in einem Ton, als sei dieses aus ganz bestimmten, ihm unbekannten Gründen unbedingt notwendig.

„Mardi entre les huit et neuf heures. Vous me ferez grand plaisir." [1]

Boris versprach, ihren Wunsch zu erfüllen, und wollte mit ihr gerade ein Gespräch anspinnen, als Anna Pawlowna ihn zu sich rief, und zwar unter dem Vorwande, die liebe Tante wolle eine Frage an ihn richten.

„Sie kennen doch ihren Mann?" sagte Anna Pawlowna, schloß für einige Sekunden die Augen und deutete mit einer Gebärde des Kummers auf Hélène. „Ach, das ist ja eine so unglückliche und dabei so entzückende Frau! Sprechen Sie in Ihrer Gegenwart nicht von ihm, bitte, tun Sie es ja nicht. Es ist zu schwer für sie."

VII

Boris und Anna Pawlowna kehrten wieder zu den anderen zurück. Hier führte jetzt Fürst Ippolit das große Wort.

Er beugte sich in seinem Sessel vornüber, sagte: „Le Roi de Prusse!" [2] und lachte dann laut auf. Aller Augen richteten sich auf ihn.

„Le Roi de Prusse?" wiederholte Ippolit, dieses Mal im Ton einer Frage, lachte wieder auf und lehnte sich dann ruhig und ernst in seinem Sessel zurück. Anna Pawlowna wartete noch ein wenig, da es aber den Anschein hatte, als wünsche Ippolit nicht das geringste mehr hinzuzufügen, nahm sie das Wort und brachte das Gespräch darauf, daß der gottlose Bonaparte in Potsdam den Degen Friedrichs des Großen gestohlen habe.

„C'est l'épée de Frédéric le Grand, que je ..." [3], begann sie zu zitieren, aber Ippolit unterbrach sie:

„Le Roi de Prusse ...", sagte er wieder, murmelte dann, als alle ihn ansahen, ein Wort der Entschuldigung und verstummte.

Anna Pawlowna runzelte die Stirn. Mortemart, Ippolits Freund, fragte ihn in energischem Ton:

„Voyons, à qui en avez-vous avec votre Roi de Prusse?" [4]

Ippolit lächelte, aber es hatte den Anschein, als schäme er sich dieses Lachens.

„Non, ce n'est rien, je voulais dire seulement ..." Er wollte ein

[1] Sie müssen mich unbedingt besuchen ... Dienstag zwischen acht und neun. Sie würden mir eine große Freude machen.
[2] der König von Preußen
[3] Das ist der Degen Friedrichs des Großen, den ich ...
[4] Nun, was ist denn los mit Ihrem König von Preußen?

Scherzwort wiedergeben, das er in Wien gehört hatte und das er schon den ganzen Abend anzubringen gesucht hatte. „Je voulais dire seulement, que nous avons tort de faire la guerre pour le Roi de Prusse."[1]

Boris lächelte vorsichtig, und zwar so, daß sein Lächeln je nach der Aufnahme des Scherzworts als ironisch oder beifällig aufgefaßt werden konnte. Alle lachten.

„Il est très mauvais, votre jeu de mot, très spirituel, mais injuste", sagte Anna Pawlowna und drohte ihm mit ihrem runzligen Finger. „Nous ne faisons pas la guerre pour le Roi de Prusse, mais pour les bons principes. Ah, le méchant, ce prince Hippolyte!"[2]

Die Unterhaltung verstummte den ganzen Abend über nicht für einen Augenblick und bewegte sich vornehmlich um politische Neuigkeiten. Gegen Ende der Soiree wurde es besonders belebt, als die Rede auf Belohnungen und Auszeichnungen kam, die der Kaiser verliehen hatte.

„Nun, im vorigen Jahr hat N. N. doch auch eine Tabatiere mit dem Porträt Seiner Majestät bekommen", sagte der homme à l'esprit profond. „Warum soll denn S. S. nicht die gleiche Belohnung bekommen können?"

„Je vous demande pardon, une tabatière avec le portrait de l'Empereur est une récompense, mais point une distinction", meinte einer der Diplomaten, „un cadeau plutôt."[3]

„Il y a eu plutôt des antécédents, je vous citerai Schwarzenberg."[4]

„C'est impossible",[5] erwiderte der andere.

„Ich gehe jede Wette ein. Le grand cordon, c'est différent ..."[6]

Als alle sich erhoben, um aufzubrechen, wandte Hélène, die den ganzen Abend über nur wenig gesprochen hatte, sich wieder an Boris und wiederholte freundlich und mit vielsagender Miene ihre Bitte, er möge doch am Dienstag zu ihr kommen.

„Es ist für mich sehr wichtig, daß Sie kommen", sagte sie und sah Anna Pawlowna lächelnd an, und Anna Pawlowna unterstützte Hélènes Wunsch mit jenem wehmütigen Lächeln, das ihre Worte begleitete, wenn von ihrer hohen Gönnerin die Rede war.

Es war, als habe Hélène an diesem Abend aus einigen Bemer-

1 Ich wollte nur sagen, daß wir unrecht haben, wenn wir für den König von Preußen Krieg führen. („Für den König von Preußen" ist im Französischen ein volkstümlicher Ausdruck, der besagt: für nichts.)

2 Ihr Wortspiel ist sehr boshaft, sehr geistreich, aber ungerecht. Wir kämpfen nicht für den König von Preußen, sondern für die guten Grundsätze. Ach, so ein Bösewicht — dieser Fürst Hippolyt!

3 Erlauben Sie, eine Tabatiere mit dem Bilde des Kaisers ist eine Belohnung, aber keineswegs eine Auszeichnung; eher ein Geschenk!

4 Es hat schon Präzedenzfälle gegeben; ich nenne Ihnen nur Schwarzenberg.

5 Das ist unmöglich!

6 Das große Ordensband — das ist etwas anderes!

kungen, die Boris über die preußische Armee gemacht hatte, auf einmal die Notwendigkeit erkannt, ihn bei sich zu sehen. In ihrem Benehmen lag eine Art Versprechen, ihm diese Notwendigkeit näher zu erklären, wenn er am Dienstag zu ihr käme.

Als Boris aber am Dienstag abend in Hélènes luxuriös eingerichteten Salon kam, erhielt er keine deutliche Erklärung, warum sein Kommen so dringend notwendig sein sollte. Es waren noch andere Gäste da, die Gräfin sprach wenig mit ihm, und erst als er ihr beim Abschied die Hand küßte, flüsterte sie plötzlich, und zwar merkwürdigerweise ohne ihr gewöhnliches Lächeln: „Venez demain dîner . . . le soir. Il faut que vous veniez . . . Venez!“ [1]

Boris wurde während seines Petersburger Aufenthalts der Hausfreund der Gräfin Besuchowa.

VIII

Der Krieg war entbrannt, und diesmal lag sein Schauplatz nicht mehr weit von der russischen Grenze. Allenthalben hörte man Verwünschungen gegen Bonaparte als den Feind des Menschengeschlechts; in den Dörfern wurden Milizleute und Rekruten ausgehoben, und vom Kriegsschauplatz kamen die widersprechendsten Nachrichten, lügenhaft wie immer und daher den mannigfachsten Deutungen ausgesetzt.

Im Leben des alten Fürsten Bolkonskij, des Fürsten Andrej und der Prinzessin Marja hatte sich seit dem Jahre 1805 vieles geändert.

Im Jahre 1806 war der alte Fürst zum Oberkommandierenden eines der acht Milizbezirke ernannt worden, in die ganz Rußland eingeteilt worden war. Der alte Fürst hielt sich trotz seiner Altersschwäche — sie hatte sich namentlich damals geltend gemacht, als er seinen Sohn tot glaubte — nicht für berechtigt, ein Amt abzulehnen, in das der Kaiser selbst ihn eingesetzt hatte, und diese neue Tätigkeit belebte ihn und rief seine alten Kräfte wieder wach. Er war unentwegt in den drei zu seinem Bezirk gehörenden Gouvernements unterwegs, legte in der Erfüllung seiner Obliegenheiten eine pedantische Genauigkeit an den Tag, war gegen seine Untergebenen streng bis zur Grausamkeit und kümmerte sich persönlich um die geringfügigsten Einzelheiten. Prinzessin Marja hatte jetzt keinen Mathematikunterricht mehr bei ihrem Vater und kam nur, wenn dieser zu Hause war, morgens in sein Kabinett, und zwar in Begleitung der Amme mit dem kleinen Fürsten Nikolai, wie der Großvater ihn nannte. Dieser Fürst Nikolai — vorläufig noch ein Säugling — be-

[1] Kommen Sie morgen zum Diner . . . am Abend. Sie müssen unbedingt kommen . . . Kommen Sie.

wohnte mit seiner Amme und der Kinderfrau Sawischna die Zimmer der verstorbenen Fürstin, und Prinzessin Marja brachte den größten Teil des Tages im Kinderzimmer zu und ersetzte dem kleinen Neffen die Mutter, so gut sie es vermochte. Mademoiselle Bourienne schien den Knaben gleichfalls leidenschaftlich zu lieben, und Prinzessin Marja überließ häufig ihrer Freundin die Freude, den kleinen Engel – so nannte sie ihren Neffen – zu besorgen und mit ihm zu spielen, obwohl sie sich selbst damit einer großen Freude beraubte.

In der Kirche von Lysyja Gory war in der Nähe des Altars über der Gruft der kleinen Fürstin eine Kapelle errichtet worden; diese Kapelle enthielt ein Marmordenkmal, das man aus Italien hatte kommen lassen; es stellte einen Engel dar, der die Schwingen entfaltete, um gen Himmel zu entschweben. Die Oberlippe des Engels zog sich ein wenig hinauf, als wolle er lächeln, und als Fürst Andrej und Prinzessin Marja eines Tages aus der Kapelle kamen, gestanden sie einander, daß die Züge des Engels sie merkwürdig an das Gesicht der Verewigten erinnerten. Aber was noch merkwürdiger war und was Fürst Andrej seiner Schwester verschwiegen hatte: in dem Ausdruck, den der Künstler zufällig den Zügen des Engels gegeben hatte, glaubte Fürst Andrej jenen sanften Vorwurf wiederzufinden, den er damals auf dem Gesicht seiner toten Frau gelesen hatte: „Ach, warum habt ihr das mit mir gemacht? . . ."

Bald nach der Rückkehr des Fürsten Andrej hatte der alte Fürst das große, etwa vierzig Werst von Lysyja Gory entfernte Gut Bogutscharowo seinem Sohn als selbständiges Eigentum überwiesen. Teils wegen der traurigen Erinnerungen, die für ihn mit Lysyja Gory verbunden waren, teils, weil er sich nicht stark genug fühlte, die Wunderlichkeiten des Vaters immer mit der gleichen Ruhe hinzunehmen, teils auch, weil er ein Bedürfnis nach Einsamkeit empfand, hielt Fürst Andrej sich meistens in Bogutscharowo auf und ließ hier allerhand Neubauten ausführen.

Nach der Schlacht bei Austerlitz hatte Fürst Andrej den festen Entschluß gefaßt, keine Kriegsdienste mehr zu nehmen; als jetzt der neue Krieg ausgebrochen war und jeder wieder in die Armee eintreten mußte, übernahm er, um keinen Frontdienst machen zu müssen, unter dem Kommando seines Vaters einen Posten bei den Milizaushebungen. Nach dem Feldzuge von 1805 hatten Vater und Sohn gewissermaßen die Rollen getauscht. Der alte Fürst, durch seine Tätigkeit angeregt und belebt, erwartete von dem neuen Feldzuge alles Gute; Fürst Andrej dagegen, dem es in den geheimsten Tiefen seiner Seele doch leid tat, daß er am Kriege nicht teilnahm, sah nichts als Schlimmes voraus.

Am 26. Februar 1807 trat der alte Fürst eine Rundreise durch den ihm unterstellten Milizbezirk an. Fürst Andrej blieb, wie er das meistens tat, wenn sein Vater verreist war, in Lysyja Gory. Der kleine Nikoluschka war bereits seit drei Tagen krank. Die Kutscher, die den alten Fürsten gefahren hatten, waren mit Dienstpost und Briefen für den Fürsten Andrej aus der Stadt zurückgekehrt.

Der Kammerdiener, der dem jungen Fürsten die Briefe übergeben wollte, traf ihn in seinem Kabinett nicht an und ging also zu den von Prinzessin Marja bewohnten Räumen; aber auch dort war er nicht, und es wurde dem Kammerdiener gesagt, der Fürst sei ins Kinderzimmer gegangen.

„Ew. Durchlaucht, Petruschka ist mit Papieren gekommen, die er Ew. Durchlaucht übergeben möchte", sagte eins von den Mädchen, die der Kinderfrau zur Hand gingen, zum Fürsten Andrej, der auf einem Kinderstühlchen saß und stirnrunzelnd und mit zitternden Händen Tropfen aus einem Arzneigläschen in ein halbgefülltes Wasserglas träufelte.

„Was gibt es?" fragte er ärgerlich und machte dabei eine unvorsichtige Bewegung mit der Hand, so daß mehr Tropfen aus dem Fläschchen in das Glas fielen, als vorgeschrieben war. Er schüttete den Inhalt des Glases auf den Fußboden aus und verlangte frisches Wasser. Das Mädchen reichte es ihm.

Im Zimmer standen zwei Truhen, ein Kinderbettchen, zwei Sessel, ein Tisch, ein Kindertischchen und ein Kinderstühlchen, eben das, auf dem Fürst Andrej saß. Die Fenster waren verhängt, und auf dem Tisch brannte eine Kerze, vor die ein gebundenes Notenheft gestellt worden war, so daß der Lichtschein nicht auf das Bettchen fiel.

Neben dem Bettchen stand Prinzessin Marja.

„Wäre es doch nicht besser, noch ein wenig zu warten, Liebster?" sagte sie. „Etwas später ..."

„Ach, sei doch so gut und rede nicht lauter dummes Zeug. Du hast nur immer warten und warten wollen, na, und so ist es denn auch soweit gekommen", flüsterte Fürst Andrej gereizt. Offenbar wollte er seiner Schwester wehtun.

„Liebster, es ist wirklich besser, ihn nicht aufzuwecken, er ist gerade eingeschlafen", sagte Prinzessin Marja in flehentlichem Ton.

Fürst Andrej erhob sich und ging, das Wasserglas in der Hand, auf den Zehen zum Bettchen.

„Oder sollte man ihn vielleicht doch nicht aufwecken?" meinte er unschlüssig.

„Wie du willst ... wirklich, ich glaube ... aber wie du willst", erwiderte Prinzessin Marja stockend; es drückte sie offenbar, daß ihre Ansicht recht behalten sollte. Mit einer Gebärde machte sie ihren Bruder auf das Mädchen aufmerksam, das ihn im Flüsterton bat, hinauszukommen.

Es war die zweite Nacht, die alle beide schlaflos mit der Pflege des fiebernden Kindes verbrachten. Zu ihrem Hausarzt hatten sie kein Vertrauen, und so hatten sie, während sie auf das Kommen des Arztes aus der Stadt warteten, in diesen letzten drei Tagen bald dieses, bald jenes Mittel versucht. Müde von den schlaflosen Nächten, aufgeregt und unruhig, ließen sie ihren Kummer und ihre Sorge aneinander aus und machten sich gegenseitig Vorwürfe.

„Petruschka ist da mit Papieren vom Herrn Vater", flüsterte das Mädchen.

Fürst Andrej ging hinaus.

„Der Teufel bringt mir diese Papiere gerade jetzt ins Haus!" murmelte er vor sich hin. Dann hörte er an, was der Vater ihm mündlich sagen ließ, nahm die dienstliche Korrespondenz und den Brief seines Vaters entgegen und kehrte ins Kinderzimmer zurück.

„Nun, wie steht es?" fragte er.

„Es ist immer noch das gleiche. Um Gottes willen, warte noch ein wenig. Karl Iwanowitsch sagt immer, es gäbe kein besseres Heilmittel als den Schlaf", flüsterte Prinzessin Marja mit einem Seufzer.

Fürst Andrej ging zu seinem Kinde und fühlte es an. Es glühte.

„Ach, laßt mich mit eurem Karl Iwanowitsch zufrieden!" Und er nahm das Glas mit der Arznei und ging wieder an das Bettchen.

„André, es ist bestimmt nicht das Richtige", sagte Prinzessin Marja.

Aber er sah sie böse und leidvoll zugleich an und beugte sich, das Glas in der Hand, über den Kleinen.

„Aber ich will es", sagte er. „Bitte, da hast du es, gib es ihm."

Prinzessin Marja zuckte die Achseln, nahm aber folgsam das Glas, rief die Kinderfrau heran und begann dem Kinde die Arznei einzuflößen. Das Kind schrie und fing an zu röcheln. Fürst Andrej runzelte die Stirn, faßte sich an den Kopf, ging dann hinaus und setzte sich im Nebenzimmer auf den Diwan.

Er hatte die Briefe noch in der Hand, mechanisch öffnete er einen und begann zu lesen. Er war auf bläuliches Papier geschrieben und zeigte die großen, länglichen Buchstaben des alten Fürsten und die charakteristischen Abkürzungen, deren er sich zu bedienen pflegte. Fürst Andrej las:

„Durch Kurier erhalte ich eine Nachricht, die, falls keine Lüge, in diesem Augenblick besonders erfreulich. Bennigsen soll bei Eylau Bonaparte völlig geschlagen haben. Großer Jubel in Petersburg. An die Armee ist eine Masse von Auszeichnungen abgegangen. Bennigsen zwar nur Deutscher, trotzdem aller Grund zur Freude. Völlig unverständlich, was Bezirkskommandeur von Kortschewo, ein gewisser Chandrikow, macht: bisher weder Ersatzmannschaften noch Proviant gestellt. Fahre Du sofort hin und sage ihm, ich reiße ihm den Kopf ab, wenn nicht alles in einer Woche zur Stelle. Erhalte soeben einen Brief von Petenka wegen Preußisch=Eylau, war selbst dabei: alles stimmt. Wenn sich nicht immer die einmischen, die es nichts angeht, so schlägt selbst ein Deutscher diesen Bonaparte. Er soll völlig vernichtet fliehen. Also sofort nach Kortschewo und meinen Auftrag ausgeführt!"

Fürst Andrej seufzte und öffnete einen anderen Umschlag. Es war ein Brief von Bilibin, zwei engbeschriebene Bogen. Ohne ihn zu lesen, faltete er ihn wieder zusammen und las noch einmal den Brief seines Vaters durch, der mit den Worten schloß: „Also sofort nach Kortschewo und meinen Auftrag ausgeführt!"

„Nein, nehmen Sie es mir nicht übel, jetzt fahre ich nicht eher, als bis es dem Kleinen wieder besser geht", dachte er, ging zur Tür und warf einen Blick ins Kinderzimmer.

Prinzessin Marja stand noch immer am Bettchen und schaukelte den Kleinen leise hin und her.

Fürst Andrej rief sich noch einmal ins Gedächtnis zurück, was sein Vater geschrieben hatte. „Ach, was war es doch noch gleich, er schreibt doch noch irgend etwas Unangenehmes? Ach so, ja, daß die Unsrigen gerade jetzt, wo ich nicht dabei bin, über Bonaparte gesiegt haben. Ja, ja, er zieht mich ja immer gern auf ... Na, wenn es ihm Spaß macht ..." Und dann machte er sich an den französisch geschriebenen Brief Bilibins. Obwohl seine Gedanken so oft ab=irrten, daß er nur die Hälfte davon verstand, las er ihn doch zu Ende, um wenigstens für kurze Zeit nicht an das denken zu müssen, was seine selbstquälerischen Gedanken schon allzu lange einzig und allein beschäftigt hatte.

IX

Bilibin befand sich in der Eigenschaft eines diplomatischen Ver=treters beim Hauptquartier und schilderte jetzt den bisherigen Ver=lauf des Feldzuges, zwar in französischer Sprache und mit franzö=sischen Scherzen und Wortspielen, aber mit jener nur dem Russen eigenen furcht= und rücksichtslosen Selbstkritik und Selbstverspot=tung. Bilibin schrieb, die Zurückhaltung und Diskretion, die sein Beruf ihm auferlege, seien ihm eine Qual, und er sei glücklich, an dem Fürsten Andrej einen zuverlässigen Brieffreund zu haben, vor dem er alle Galle ausschütten könne, die sich angesichts der Zu=stände und Ereignisse bei der Armee in ihm angehäuft habe. Der Brief war recht lange unterwegs gewesen und noch vor der Schlacht bei Preußisch=Eylau geschrieben.

„Mein lieber Fürst", schrieb Bilibin, „Sie wissen, daß ich nach unseren herrlichen Erfolgen bei Austerlitz das Hauptquartier nicht mehr verlassen habe. Ich habe ganz entschieden am Kriege Geschmack gefunden und befinde mich sehr wohl dabei. Was ich in diesen drei Monaten gesehen habe, ist unglaublich.

Ich beginne ab ovo[1]. Wie Sie wissen, greift der ‚Feind des Menschengeschlechts' die Preußen an. Die Preußen sind unsere getreuen Bundesgenossen, die uns in den letzten drei Jahren nicht mehr als dreimal betrogen haben. Wir machen ihre Sache zu der unseren. Aber es zeigt sich, daß der Feind des Menschengeschlechts sich um unsere schönen Reden nicht im geringsten kümmert, sondern sich in seiner unhöflichen und unzivilisierten Manier auf die Preußen stürzt, ohne daß er ihnen erst Zeit ließe, die Parade zu beenden, die sie doch eben erst angefangen haben. Im Handumdrehen haut er sie in die Pfanne und quartiert sich im Potsdamer Palais ein.

Der König von Preußen schreibt an Bonaparte: ‚Es ist mein innigster Wunsch, daß Ew. Majestät in meinem Palais so aufgenommen und behandelt wird, wie es Ew. Majestät gefällt, und zwar habe ich mich beeifert, zu diesem Zweck alle Maßnahmen zu treffen, welche die Umstände mir gestatten. Hoffentlich ist es mir gelungen!' Die preußischen Generäle suchen sich gegenseitig in Höflichkeiten gegen die Franzosen zu überbieten und strecken bei der ersten Aufforderung die Waffen.

Der Kommandant von Glogau, der eine Garnison von zehntausend Mann befehligt, fragt den König von Preußen, was er tun soll, wenn man ihn auffordert, sich zu ergeben ... Das alles ist buchstäblich wahr.

Kurz: während wir durch unsere kriegerische Attitüde Eindruck auf den Feind zu machen hoffen, stellt es sich heraus, daß wir plötzlich in einen richtigen Krieg hineingeraten sind, und zwar, was die Hauptsache ist, in einen Krieg in der Nähe unserer Grenzen avec et pour le Roi de Prusse.[2] Mit allem sind wir im Überfluß versehen, es fehlt uns nur noch eine Kleinigkeit, nämlich ein Oberkommandierender. Da es sich herausgestellt hat, daß unsere Erfolge bei Austerlitz noch entscheidender hätten sein können, wenn der Oberkommandierende etwas weniger jung gewesen wäre, so läßt man jetzt die achtzigjährigen Generäle Revue passieren, und da es sich um Prosorowskij und Kamenskij handelt, gibt man dem letzteren den Vorzug. Der General trifft frei nach Suworow in einem russischen Schlitten bei uns ein und wird mit Freuden- und Triumphgeschrei empfangen.

Am Vierten langt der erste Kurier aus Petersburg an. Man schafft die Briefpakete in das Kabinett des Feldmarschalls, der die Passion

1 von Anfang an
2 mit dem König und für den König von Preußen

hat, alles selbst zu erledigen. Man ruft mich, um beim Sortieren der Briefe zu helfen und die für uns bestimmten gleich in Empfang zu nehmen. Der Feldmarschall sieht uns beim Sortieren zu und wartet auf die Briefschaften, die an ihn adressiert sind. Wir suchen – aber es sind keine dabei. Der Feldmarschall verliert die Geduld, er macht sich selbst an die Arbeit und findet Briefe des Kaisers an den Grafen T., den Fürsten W. und andere. Da gerät er in rasende Wut, spuckt Feuer und Flammen gegen alle und jeden, bemächtigt sich der Briefe, erbricht sie und liest die vom Kaiser an andere Personen adressierten. ‚Ah, so geht man mit mir um! Man traut mir nicht! Ah, es ist Befehl gegeben worden, mich zu beobachten! Schön. Macht, daß ihr hinauskommt!' Und dann schreibt er seinen berühmten Tagesbefehl an den General Bennigsen:

‚Ich bin verwundet, ich kann daher nicht reiten und infolgedessen auch nicht die Armee führen. Sie haben Ihr Armeekorps nach Ihrer Niederlage in den Raum von Pultusk geführt. Dort bietet das Terrain ihm keinerlei Verteidigungsmöglichkeiten, und es hat weder Holz noch Fourage. Hier muß Abhilfe geschaffen werden, und da Sie sich gestern schon von selbst an den Grafen Buxhoevden gewandt haben, so müssen Sie jetzt den Rückzug auf unsere Grenze ins Auge fassen und ihn heute noch ins Werk setzen.'

Und an den Kaiser schreibt er: ‚Ich habe so viel herumreiten müssen, daß ich mich durchgeritten habe, was es mir im Verein mit meinen alten Beschwerden vollkommen unmöglich macht, zu reiten und eine so starke Armee zu führen. Daher habe ich den Oberbefehl dem nach mir rangältesten General, dem Grafen Buxhoevden, übergeben, habe ihm den ganzen Stab und alles, was dazu gehört, zugeschickt und ihm den Rat gegeben, sich weiter ins Innere Preußens zurückzuziehen, wenn das Brot zu Ende ist. Es ist nämlich nur noch für einen Tag Brot da, und bei manchen Regimentern nicht einmal mehr das, wie die Divisionskommandeure Ostermann und Sedmorezkij gemeldet haben. Und bei der Landbevölkerung ist alles aufgezehrt. Ich selbst werde bis zu meiner erfolgten Ausheilung in Ostrolenka im Lazarett bleiben. Über die Belegung dieses Lazaretts füge ich alleruntertänigst einen Rapport bei und melde gleichzeitig, daß zum Frühjahr nicht ein einziger Mann mehr dienstfähig sein wird, wenn die Armee noch vierzehn Tage im jetzigen Biwak verbleibt.

Ew. Majestät wolle einem alten Manne die Rückkehr auf sein Gut gestatten, der seinen alten guten Namen ohnehin verloren hat, weil er der großen und ruhmvollen Aufgabe, zu der er auserwählt war, nicht gewachsen gewesen ist. Ew. Majestät allergnädigstes Einverständnis mit dieser Bitte werde ich hier im Lazarett erwarten, um nicht beim Heere die Rolle eines Schreibers anstatt der des Oberkommandierenden spielen zu müssen. Mein Scheiden von der Armee wird nicht das geringste Aufsehen hervorrufen, da mit mir nur ein Erblindeter die Armee verlassen hat. Solche Männer, wie ich einer bin, gibt es in Rußland zu Tausenden.'

Der Feldmarschall ist also wütend auf den Kaiser und läßt es uns alle entgelten. Das ist schließlich nicht mehr als logisch.

Also das ist der erste Akt. Es versteht sich von selbst, daß die folgenden Akte immer interessanter und zugleich immer komischer werden. Nachdem der Feldmarschall sich zurückgezogen hat, erweist es sich, daß wir den Feind gerade vor uns haben und daß also eine Schlacht geliefert werden muß. Nach dem Recht der Anciennität ist Buxhoevden Oberkommandierender, aber General Bennigsen teilt diese Auffassung keineswegs, um so weniger, als er mit seinem Korps am weitesten vorn steht und die Gelegenheit benutzen möchte, eine Schlacht auf eigene Hand zu liefern. Er liefert also die Schlacht bei Pultusk, die als großer Sieg angesehen wird, meiner Ansicht nach es aber nicht im geringsten ist. Wie Sie wissen, haben wir Zivilisten, wenn es sich darum handelt, ob eine Schlacht gewonnen oder verloren ist, eine höchst unsympathische Angewohnheit. Wir sagen nämlich: ‚Wer sich nach der Schlacht zurückgezogen hat, der hat sie verloren', und wenn man die Sache so ansieht, sind wir eben bei Pultusk geschlagen worden. Kurz: wir ziehen uns nach der Schlacht zurück, schicken aber einen Kurier mit wundervollen Siegesnachrichten nach Petersburg, und nun denkt General Bennigsen nicht daran, Buxhoevden als Oberkommandierenden anzuerkennen, weil er aus Petersburg in Anerkennung seines Sieges selbst die Bestallung zum Oberkommandierenden erhofft. Während dieses Interregnums führen wir eine ganze Reihe ungewöhnlich interessanter und origineller Manöver aus. Unser Ziel besteht nicht, wie man es doch eigentlich erwarten sollte, darin, dem Feinde auszuweichen oder aber ihn anzugreifen, sondern ausschließlich darin, dem General Buxhoevden auszuweichen, der doch nach dem Recht der Anciennität unser Oberkommandierender sein müßte. Wir verfolgen dieses Ziel so energisch, daß wir sogar nach Überschreitung eines Flusses, der in Furten nicht zu passieren ist, die Brücken hinter uns verbrennen, um uns unsern Feind, der gegenwärtig nicht mehr Bonaparte, sondern Buxhoevden heißt, vom Leibe zu halten. General Buxhoevden wäre einmal um ein Haar von überlegenen feindlichen Streitkräften angegriffen und gefangengenommen worden, und zwar nur infolge eines jener herrlichen Manöver, mit denen wir uns vor ihm retteten. Buxhoevden verfolgt uns, und wir fliehen vor ihm. Kaum kommt er auf unsere Flußseite, so gehen wir wieder aufs andere Ufer. Endlich erwischt unser Feind Buxhoevden uns doch und greift uns an. Die beiden Generäle geraten sich in die Haare. Buxhoevden reagiert mit einer Duellforderung, Bennigsen mit einem epileptischen Anfall. Aber gerade im kritischen Augenblick erscheint der Kurier, der die Pultusker Siegesnachricht nach Petersburg gebracht hat, und bringt uns jetzt aus Petersburg unsere Ernennung zum Oberkommandierenden. Der erste Feind, Buxhoevden, ist besiegt; jetzt können wir also unsere Gedanken auf den zweiten richten, nämlich auf Bonaparte. Aber gerade in diesem Augenblick steht ein dritter Feind gegen uns auf, nämlich die ‚rechtgläubige Heldenschar', die unter großem Geschrei Brot, Fleisch, Zwieback, Heu und was weiß ich sonst noch verlangt! Die Magazine sind leer, die Wege unpassierbar. Die ‚rechtgläubige Heldenschar' beginnt zu marodieren, und zwar so, daß Sie, der Sie doch den letzten Feldzug miterlebt haben, sich nicht die geringste Vorstellung davon machen können. Die Regimenter bestehen zur Hälfte nur noch aus Freibeuterscharen, die mit Feuer und Schwert durchs Land streifen. Die Bevölkerung ist gänzlich ruiniert, die Lazarette quellen über von lauter Kranken, und überall herrscht Hungersnot. Zweimal ist das Hauptquartier von marodierenden Truppen überfallen worden, und der Oberkommandierende hat selbst ein Bataillon anfordern müssen, um sie zu verjagen. Bei einem dieser Überfälle bin ich meinen leeren Koffer und meinen Schlafrock losgeworden. Der Kaiser will allen Divisionskommandeuren das Recht erteilen, Marodeure füsilieren zu lassen, aber ich fürchte, ich fürchte, jetzt wird die eine Hälfte der Armee die andere füsilieren müssen."

Fürst Andrej hatte anfangs nur mit den Augen gelesen, aber obwohl er wußte, wie weit man Bilibin glauben konnte, fesselte ihn doch das, was er las, unwillkürlich immer mehr. Als er bis hierher gelesen hatte, knüllte er den Brief zusammen und warf ihn zu Boden. Er ärgerte sich nicht einmal so sehr über den Inhalt des Briefes als vielmehr über den Umstand, daß dieses ihm jetzt so ferne und fremde Leben ihn doch noch so erregen konnte. Er schloß die Augen, fuhr sich mit der Hand über die Stirn, als wollte er alle Anteilnahme an dem Gelesenen verscheuchen, und horchte auf das, was im Kinderzimmer geschah. Plötzlich glaubte er hinter der Tür einen merkwürdigen Laut zu hören. Angst kam über ihn, und er fürchtete, die Krankheit seines Kindes könnte eine schlimme Wendung genommen haben, während er den Brief gelesen hatte. Auf den Zehen ging er an die Tür des Kinderzimmers und öffnete sie.

Er trat ein und sah, daß die Kinderfrau in diesem Augenblick mit erschrockenem Gesichtsausdruck etwas vor ihm versteckte und daß Prinzessin Marja nicht mehr vor dem Bettchen stand.

„Ach, liebster Andrej", hörte er Prinzessin Marja hinter sich flüstern, und in ihrer Stimme schienen ihm Verzweiflung und Hoffnungslosigkeit zu liegen.

Wie es so häufig Menschen ergeht, die einige Nächte nicht geschlafen haben und längere Zeit hindurch in ununterbrochener Aufregung gewesen sind – überfiel ihn eine grundlose Angst; der Gedanke schoß ihm durch den Kopf, der Kleine sei gestorben. Und alles, was er sah und hörte, schien ihm diese Befürchtung zu bestätigen.

„Alles ist zu Ende", dachte er, und kalter Schweiß trat auf seine Stirn. Völlig aufgelöst ging er auf das Bettchen zu, überzeugt, er würde es leer finden, und es müsse das tote Kind gewesen sein, was die Kinderfrau vor ihm verborgen hatte. Er schlug die Bettvorhänge beiseite, und seine schreckensstarren, irr umherlaufenden Augen konnten lange das Kind nicht finden. Endlich sah er es: der Knabe hatte sich herumgeworfen und lag jetzt quer im Bettchen, sein Kopf war vom Kissen geglitten, seine Wangen waren gerötet, er atmete gleichmäßig und bewegte im Schlaf schmatzend die Lippen.

Als Fürst Andrej den Kleinen sah, da kam eine Freude über ihn, als wäre er ihm bereits verloren gewesen. Er beugte sich über ihn und suchte, wie seine Schwester es ihn gelehrt hatte, mit den Lippen festzustellen, ob er sich fieberheiß anfühlte. Die zarte Stirn war feucht, er berührte den Kopf mit der Hand, und auch die Haare waren naß; so stark hatte der Kleine geschwitzt. Er war nicht nur am Leben geblieben, sondern es war offenbar, daß die Krisis vorüber war und das Kind gesund werden würde. Es drängte ihn, dieses kleine, hilflose Wesen in seine Hände zu nehmen und an seine Brust zu drücken, aber er wagte es nicht. Er stand über das Bettchen gebeugt da, und sein Blick ruhte auf dem Kopf, auf den kleinen Armen und Beinen, die sich unter der Decke abzeichneten. Neben sich hörte er ein leises Geräusch, und ein Schatten glitt unter dem Vorhang über das Bettchen hin. Aber Fürst Andrej sah sich nicht um, sondern blickte in das Gesicht seines Kindes und lauschte seinen regelmäßigen Atemzügen. Der dunkle Schatten war Prinzessin Marja, die mit unhörbaren Schritten zum Bettchen gekommen war, den Vorhang zurückgeschlagen und hinter sich wieder zusammengezogen hatte. Fürst Andrej erkannte sie, ohne daß er sich nach ihr umgesehen hatte, und hielt ihr seine Hände hin. Prinzessin Marja nahm sie und drückte sie.

„Er schwitzt", sagte Fürst Andrej.

„Ich kam zu dir, um dir das zu sagen."

Der Kleine machte im Schlaf einige fast unmerkliche Bewegungen, lächelte und rieb sich mit der Stirn am Kissen.

Fürst Andrej sah seine Schwester an. In dem matten Halbdunkel hinter dem Vorhang glänzten ihre leuchtenden Augen noch heller als sonst: sie standen voller Freudentränen. Sie neigte sich zu ihrem Bruder und küßte ihn. Bei dieser Bewegung streifte sie den Vorhang, es gab ein leises Rascheln, und beide drohten einander lächelnd und mit einem befreiten Scherz. Noch lange standen sie im matten

Halbdunkel hinter dem Vorhang, als könnten sie sich gar nicht trennen von dieser Welt, in der sie zu dritt von allem da draußen so meilenweit geschieden waren. Dann zog sich Fürst Andrej als erster zurück, und sein Haar streifte den Musselinstoff des Vorhanges.

„Ja, das ist das einzige, was mir geblieben ist", sagte er seufzend.

X

Bald nach seiner Aufnahme in die Brüderschaft der Maurer war Pierre ins Gouvernement Kiew abgereist, wo der größte Teil seiner Güter lag. Bei sich hatte er einen förmlichen Leitfaden, den er sich ausgearbeitet hatte und nach dem er sich in allem, was er mit seinen Bauern vorhatte, richten wollte.

In Kiew angelangt, ließ er die Verwalter aller seiner Güter in die Geschäftsräume der Hauptverwaltung kommen und setzte ihnen seine Wünsche und Pläne auseinander. Er sagte ihnen, es sollten sofort alle Maßnahmen zur vollständigen Befreiung der Bauern von der Leibeigenschaft getroffen werden: vorläufig, bis die Freilassung der Bauern sich durchführen ließ, sollten sie nicht mit allzuviel Arbeit belastet, vor allem sollten Mütter von kleinen Kindern nicht mehr zur Arbeit herangezogen werden; den Bauern sei jede erforderliche wirtschaftliche Hilfe zu leisten, etwaige Vergehen seien nicht mit körperlichen Züchtigungen, sondern mit Vorstellungen und Ermahnungen zu bestrafen, und auf jedem Gut seien Krankenhäuser, Armen- und Waisenanstalten, sowie Schulen zu errichten. Einige von den Verwaltern, unter denen manche waren, die nur notdürftig lesen und schreiben konnten, erschraken, weil sie aus dieser Rede herauszuhören glaubten, der junge Graf sei mit ihrer Geschäftsführung unzufrieden und sei hinter ihre Unterschleife gekommen; andere fanden, nachdem sie den ersten Schrecken überwunden hatten, Pierres ausländische Aussprache und die neuen, noch nie gehörten Wendungen, deren er sich bediente, einfach lächerlich; wieder andere fanden es schlechthin unterhaltend, einmal zu hören, was so ein Herr daherredete: und endlich gab es noch eine Gruppe, zu der auch der Oberintendant gehörte, und das waren die Klügsten: die gewannen aus dieser Rede ein Bild davon, wie man mit dem Herrn umgehen müßte, um seine eigenen Ziele zu erreichen.

Der Oberintendant hielt es für geboten, ein lebhaftes Interesse für Pierres Pläne zu bekunden; gleichzeitig bemerkte er aber, es sei, von diesen Umstellungen ganz abgesehen, dringend notwendig, die gesamte Wirtschaftsführung zum Gegenstande sorgfältigster Prüfung zu machen, da die wirtschaftliche Lage keineswegs günstig sei.

Pierre hatte die ungeheuren Reichtümer des alten Grafen Besuchow geerbt, und sein Jahreseinkommen betrug, wie es hieß, fünfhunderttausend Rubel; trotzdem hatte er das Gefühl, er sei nicht entfernt so reich wie damals, als er von dem verstorbenen Grafen regelmäßig seine zehntausend Rubel erhielt. Sein Budget stellte er sich, ohne es je genau durchdacht zu haben, in großen Zügen folgendermaßen vor: An das Pupillenkollegium wurden für alle Güter zusammen an Hypothekenzinsen etwa achtzigtausend Rubel gezahlt; rund dreißigtausend verschlangen das Moskauer und das außerhalb der Stadt bei Moskau gelegene Haus sowie der Lebensunterhalt der Prinzessinnen; ungefähr fünfzehntausend machte die Auszahlung von Pensionen und ebensoviel die Zuwendungen an Wohltätigkeitsanstalten aus; der Gräfin mußten zur Bestreitung ihres Lebensunterhalts hundertfünfzigtausend geschickt werden; an Schuldzinsen waren siebzigtausend aufzubringen; der Bau einer angefangenen Kirche war in diesen zwei Jahren auf rund zehntausend Rubel zu stehen gekommen; der Rest, rund hunderttausend Rubel, ging auf allerhand Ausgaben drauf, er wußte selbst nicht recht, was für Ausgaben das waren, und sah sich immer wieder genötigt, neue Darlehen aufzunehmen. Zudem wußte der Oberintendant jedes Jahr von neuen Schwierigkeiten zu berichten; bald hatte es Feuersbrünste gegeben, bald Mißernten, bald erwiesen sich Umbauten der Fabriken und gewerblichen Betriebe als notwendig. Und so war denn die erste Tätigkeit, die sich Pierre gebieterisch aufdrängte, gerade die, zu der er am allerwenigsten geeignet und geneigt war: die Beschäftigung mit wirtschaftlichen Angelegenheiten.

Und so beschäftigte sich Pierre denn Tag für Tag unter der Anleitung des Oberintendanten mit wirtschaftlichen Angelegenheiten. Aber er fühlte, daß er damit nicht einen Schritt vorwärts kam. Er fühlte, daß diese Art von Beschäftigung neben den eigentlichen Geschäften herlief, daß sie nicht einhakte und die Geschäfte selbst nicht vorwärts brachte. Einerseits rückte der Oberintendant alle wirtschaftlichen Angelegenheiten in die ungünstigste Beleuchtung und wies Pierre die Notwendigkeit nach, Schulden zu bezahlen und die neuen Arbeiten mit den Kräften der leibeigenen Bauern vorzunehmen, womit Pierre sich aber nicht einverstanden erklärte; andererseits verlangte Pierre, das Werk der Bauernbefreiung solle unverzüglich in Angriff genommen werden, worauf der Oberintendant ausführte, zunächst müßte vor allem die Schuld an das Pupillenkollegium abgetragen werden, und daher sei es unmöglich, bereits jetzt der Ausführung dieses Planes näherzutreten.

Der Oberintendant sagte nicht gerade, daß diese Bauernbefreiung an sich unmöglich sei; er schlug zur Erreichung dieses Zieles den Verkauf der Wälder im Gouvernement Kostroma, der Ländereien im unteren Wolgagebiet und des in der Krim gelegenen Gutes vor. Aber wie der Oberintendant die Lage darstellte, waren alle diese Operationen mit so verwickelten Prozessen, Aufhebung von Sequestrierungen, Ablösungen von Requisitionen und Servituten und dergleichen verbunden, daß es Pierre ganz wirr im Kopf wurde und er nur sagte: „Ja, ja, machen Sie es nur so."

Pierre fehlte es durchaus an einer praktischen Veranlagung, die es ihm möglich gemacht hätte, sich selbständig und ohne Beihilfe eines anderen an die Arbeit zu machen, und daher liebte er diese Arbeit auch nicht und gab sich nur dem Oberintendanten gegenüber den Anschein, als fessele sie ihn sehr. Der Oberintendant wiederum suchte beim Grafen den Eindruck zu erwecken, als bringe diese Arbeit dem Herrn zwar einen ungeheuren Nutzen, sei für ihn selbst aber eine schwere Belastung.

In der großen Stadt fanden sich allerlei Bekannte ein. Unbekannte rissen sich darum, Pierres Bekanntschaft zu machen, und als größter Grundbesitzer des Gouvernements, Herr eines gewaltigen Vermögens, wurde der Ankömmling aus der Residenz von allen Seiten freudig empfangen. Und auch was Pierres größte Schwäche anlangte, die Schwäche, die er bei seiner Aufnahme in die Loge eingestanden hatte, so waren hier die Versuchungen so stark, daß Pierre ihnen nicht zu widerstehen vermochte. Und schließlich gingen ihm ganze Tage, Wochen, Monate ebenso wie einst in Petersburg mit Soireen, Diners, Frühstücken und Bällen hin, und seine Zeit war so ausgefüllt und gedrängt, daß er gar nicht zur Besinnung kam. Statt des neuen Lebens, das Pierre zu führen gehofft hatte, lebte er wieder durchaus sein altes, nur in einer anderen Umgebung.

Pierre mußte sich eingestehen, daß er von den drei grundlegenden maurerischen Pflichten derjenigen, nach der jeder Maurer ein Leben von vorbildlicher Sittenreinheit zu führen hatte, nicht entsprach und daß ihm von den sieben Tugenden zwei gänzlich abgingen: Reinheit des Lebenswandels und Liebe zum Tode. Er tröstete sich damit, daß er dafür die zweite Pflicht, nämlich die der Arbeit an der Veredelung des Menschengeschlechts, erfüllte und andere Tugenden hatte: Nächstenliebe und namentlich freigebige Mildtätigkeit.

Im Frühling 1807 beschloß Pierre nach Petersburg zurückzukehren. Unterwegs wollte er seine sämtlichen Güter besuchen und sich persönlich davon überzeugen, was von allen seinen Anordnungen ausgeführt war und in was für Verhältnissen sich jetzt alle die Menschen befanden, die ihm von Gott anvertraut waren und die er so gern glücklich gesehen hätte.

Der Oberintendant hielt alle Pläne des jungen Grafen für Hirngespinste, nahezu für Äußerungen von Verrücktheit, und konnte in ihnen weder für sich selbst noch für Pierre, noch für die Bauern etwas Nutzbringendes gewahren. Dennoch hatte er Pierre einige Zugeständnisse machen müssen, obwohl er die Bauernbefreiung nach wie vor in dieser Form als unmöglich bezeichnete. Aber mit Rücksicht auf die bevorstehende Ankunft des Herrn hatte er den Bau von Schulen, Krankenhäusern und Wohltätigkeitsanstalten auf allen Gütern angeordnet. Überall hatte er Empfänge vorbereitet, nicht solche von geschwollener Feierlichkeit, an denen, wie er wußte, Pierre kein Gefallen fand, sondern einfache Begrüßungen mit religiösem Hintergrunde, welche die Dankbarkeit der Bauern zum Ausdruck bringen sollten, Empfänge mit Vorantragung von Heiligenbildern und Überreichung von Salz und Brot, also Empfänge, die, wie er seinen Herrn kannte, auf ihn wirken und ihn täuschen mußten.

Der südliche Frühling, die behagliche und zugleich schnelle Fahrt in der Wiener Kalesche und die Einsamkeit der Reise – alles das wirkte zusammen, um in Pierre eine Stimmung von Freudigkeit zu erwecken. Er hatte diese Güter noch nie zuvor besucht, und jetzt erschien ihm eins immer malerischer als das andere; überall gewann er den Eindruck, daß die Bauern sich glücklich fühlten, und überall begegnete er rührenden Äußerungen des Dankes für alle seine Wohltaten. Überall waren ihm Begrüßungen und Empfänge vorbereitet, die ihn wohl manchmal in Verlegenheit setzten, ihm aber im tiefsten Herzen Freude machten. In einem Dorf brachten die Bauern ihm Salz und Brot und ein Bild der Apostel Peter und Paul entgegen und baten ihn um die Erlaubnis, zum Zeichen ihrer Liebe und ihrer Dankbarkeit für alle seine Wohltaten in ihrer Kirche seinen Schutzheiligen Peter und Paul auf ihre Kosten einen neuen Altar errichten zu dürfen. In einem anderen Dorf empfingen ihn Frauen mit Brustkindern auf den Armen und dankten ihm dafür, daß sie jetzt mit schweren Arbeiten verschont würden. Auf einem dritten Gut empfing ihn der Geistliche mit dem Kreuz, umgeben von den Kindern, die er jetzt dank der Hochherzigkeit des Grafen, im Lesen und Schreiben und in der Religion unterrichten konnte. Auf allen seinen Gütern sah Pierre jetzt mit eigenen Augen fertige oder noch im Bau begriffene steinerne Schulen, Kranken- und Armenhäuser, die in kurzer Zeit eröffnet werden sollten. Überall sah Pierre aus den ihm vorgelegten Büchern der Verwalter, daß die Fronarbeit gegen früher beträchtlich eingeschränkt worden war, und überall bekam er aus diesem Anlaß rührende Danksagungen von Bauerndeputationen in blauen Kaftans zu hören.

Allerdings wußte Pierre nicht, daß das Dorf, dessen Bauern ihm Salz und Brot überreicht hatten und einen Peter- und Paulsaltar bauen wollten, ein rühriger Handelsort mit einem großen, jährlich am Peter-Pauls-Tage abgehaltenen Jahrmarkt war und daß ein Altar aus diesem Anlaß bereits längst von den reichen Bauern des Dorfes errichtet war — eben von denen, die als Deputation zu ihm gekommen waren —, daß aber neun Zehntel der Bauern sich im Zustande einer gänzlichen wirtschaftlichen Zerrüttung befanden. Er wußte nicht, daß die stillenden Mütter, die auf seinen Befehl nicht mehr zur Fronarbeit herangezogen werden durften, jetzt in ihren eigenen vier Wänden noch schwerere Arbeiten machen mußten. Er wußte nicht, daß der Geistliche, der ihn mit dem Kreuz begrüßt hatte, die Bauern mit viel zu hohen Gebühren belastete, daß die um ihn versammelten Schüler von den Eltern nur unter Tränen zu ihm in die Schule gegeben und nachher für teures Geld wieder losgekauft worden waren. Er wußte nicht, daß die planmäßig errichteten Steingebäude von seinen eigenen Leuten ausgeführt waren und so die bäuerliche Fronarbeit vermehrt hatten, die nur auf dem Papier herabgesetzt worden war. Er wußte nicht, daß überall dort, wo der Verwalter ihm buchmäßig nachwies, daß das Kopfgeld befehlsgemäß um ein Drittel herabgesetzt war, die Fronarbeitspflicht um die Hälfte erhöht war. Und so war Pierre von der Rundreise auf seine Güter ganz begeistert und überließ sich wieder durchaus der philanthropischen Stimmung, in der er aus Petersburg abgereist war, und schrieb an seinen Bruder Lehrmeister, wie er den Meister vom Stuhl nannte, überschwengliche Briefe.

„Wieviel Gutes kann man doch tun, und wie leicht ist es, wie wenig Mühe kostet es!“ dachte Pierre. „Und wie wenig sind wir darauf bedacht!“

Er war glücklich über die Dankbarkeit, die seine Bauern für ihn hegten. Dennoch bedrückten ihn diese Dankesbezeigungen, denn sie zeigten ihm deutlich, wieviel mehr er für diese schlichten, guten Menschen noch tun könnte. Der Oberintendant war beschränkt und schlau zugleich; er durchschaute den klugen, aber naiven Grafen vollkommen und spielte mit ihm wie mit einem Spielzeug; er hatte den Eindruck, den die geschickt inszenierten Empfänge auf Pierre gemacht hatten, wohl bemerkt und suchte ihm jetzt noch entschiedener und nachdrücklicher als zuvor die Unmöglichkeit und, was noch mehr ins Gewicht fiel, die Unnötigkeit einer Bauernbefreiung nachzuweisen; die Bauern seien ja ohnehin durchaus glücklich.

Pierre gab dem Oberintendanten im tiefsten Grunde seines Herzens darin vollkommen recht, daß es schwer sei, sich glücklichere Leute vorzustellen, und daß sie weiß Gott was erwartete, wenn sie einmal freigegeben und sich selbst überlassen sein würden; aber Pierre bestand, wenn auch ohne besonderes Feuer, auf dem einmal für Recht Erkannten. Der Oberintendant versprach alles nur irgend Erdenkliche zu tun, um den Wunsch des Grafen zur Ausführung zu bringen; natürlich wußte er ganz genau, daß der Graf nie imstande sein würde, ihn zu kontrollieren und zu beurteilen, ob wirklich alle

Maßregeln zum Verkauf der Wälder und Güter und zur Abstoßung der Hypothekenschulden beim Pupillenkollegium getroffen worden seien, und daß er wahrscheinlich überhaupt nie wieder fragen und also auch nie erfahren würde, daß die aufgeführten Gebäude vollkommen leer standen und die Bauern auch weiterhin an Fronarbeit und Geldabgaben alles leisten mußten, was sie auf anderen Gütern leisteten, nämlich alles, was sie überhaupt zu leisten imstande waren.

XI

In der glücklichen Gemütsverfassung, in der Pierre von seiner Reise nach Südrußland zurückgekehrt war, führte er eine längst gehegte Absicht aus: er machte einen Besuch bei seinem Freunde Bolkonskij, den er seit zwei Jahren nicht mehr gesehen hatte.

Bogutscharowo lag in einer reizlosen flachen Gegend inmitten von Feldern und von abgeholzten oder noch nicht abgeholzten Fichten- und Birkenwaldungen. Das Herrenhaus stand am Ende des langgestreckten, zu beiden Seiten der Landstraße sich hinziehenden Dorfes vor einem erst kürzlich ausgehobenen und randvoll mit Wasser gefüllten Teich, an dessen Ufern sich noch kein Gras angesetzt hatte. Um das Herrenhaus herum war junger Wald gepflanzt, aus dem einige alte, hohe Kiefern herausragten.

Der Herrenhof bestand aus der Tenne, den Hofgebäuden, den Ställen, dem Badehaus, dem Seitengebäude und endlich dem großen, noch im Bau begriffenen steinernen Wohnhause mit der halbkreisförmigen Vorderfront. Rings um das Haus zog sich ein erst kürzlich angelegter Garten. Zäune und Tore waren neu und von dauerhafter Arbeit; unter einem Vordach standen zwei Feuerspritzen und eine grüngestrichene Wassertonne; die Wege waren schnurgerade angelegt, die Brücken haltbar gebaut und mit Geländern versehen. Über allem lag eine Atmosphäre von Genauigkeit und sorgsamer Wirtschaftsführung. Pierre erkundigte sich bei einigen ihm entgegenkommenden Hofesleuten, wo der Fürst wohne, und sie wiesen auf das kleine neue Seitengebäude hart am Teichufer. Der alte Anton, ein Leibeigner, der ehemals der erste Spielkamerad und Wärter des Fürsten Andrej gewesen war, half Pierre aus der Kalesche, teilte ihm mit, daß der Fürst zu Hause sei, und führte ihn in ein sauberes kleines Vorzimmer.

Pierre fiel die Einfachheit des kleinen, freilich sehr sauberen Häuschens auf, und er verglich sie unwillkürlich mit der luxuriösen Umgebung, in der er seinen Freund zum letzten Mal in Petersburg gesehen hatte. Er trat rasch in einen kleinen Saal, der noch nach

Fichtenholz roch und noch ohne Kalkbewurf war, und wollte weitergehen, aber Anton überholte ihn auf den Zehenspitzen und klopfte an eine Tür.

„Na, was ist los?" ließ sich eine scharfe, unfreundliche Stimme vernehmen.

„Besuch", erwiderte Anton.

„Bitte ihn, zu warten." Man hörte einen Stuhl rücken.

Pierre ging mit schnellen Schritten auf die Tür zu und prallte fast mit dem finster und gealtert aussehenden Fürsten Andrej zusammen, der in diesem Augenblick herauskam. Pierre umarmte ihn, schob die Brille auf die Stirn, küßte ihn auf die Wangen und sah ihn dann aus nächster Nähe an.

„Das hätte ich mir nicht träumen lassen, aber ich freue mich sehr", sagte Fürst Andrej.

Pierre sagte kein Wort; mit einem Ausdruck des Erstaunens sah er seinen Freund unverwandt an. Er war ganz betroffen von der Veränderung, die mit dem Fürsten Andrej vorgegangen war. Fürst Andrejs Worte waren wohl freundlich, und um seine Lippen und auf seinem Gesicht lag ein Lächeln, aber sein Blick war erloschen und tot, und wieviel Mühe Fürst Andrej sich auch geben mochte, es gelang ihm nicht, diesem Blick ein freudiges und munteres Glänzen zu geben. Was Pierre so betroffen machte und im ersten Augenblick so befremdete, das waren nicht alle anderen Veränderungen, die mit seinem hager, blaß und männlicher gewordenen Freunde vorgegangen waren, sondern einzig und allein dieser Blick und die Falte auf der Stirn, die von langem grüblerischem Nachsinnen über ein und denselben Gegenstand sprach.

Wie das zu gehen pflegt, wenn sich Freunde nach langer Trennung wiedersehen, wollte das Gespräch lange Zeit nicht recht in Gang kommen; Dinge, von denen beide wußten, daß sie eingehender Aussprache bedurften, wurden mit kurzen Fragen und Antworten abgetan. Aber dann wurde das Gespräch ruhiger und blieb bei all den Gegenständen haften, denen anfangs nur diese knappen Fragen und Antworten gegolten hatten: bei der Vergangenheit, bei Zukunftsplänen, bei Pierres Reise und seiner geschäftlichen Tätigkeit, beim Kriege und dergleichen. Die in sich gekehrte Versunkenheit und das niedergeschlagene Wesen, die Pierre im Blick des Fürsten Andrej wahrgenommen hatte, traten jetzt noch deutlicher in die Erscheinung; namentlich sprachen sie aus dem Lächeln, mit dem er Pierre zuhörte, der mit freudiger Begeisterung von seinen letzten Erlebnissen oder seinen Zukunftsplänen sprach. Es war, als hätte Fürst Andrej an all dem, was Pierre vorbrachte, gern Anteil genommen, brächte es aber nicht fertig. Pierre begann zu fühlen, daß es nicht angebracht war, seiner Begeisterung, seinen Träumen und

Hoffnungen auf Glück und auf das Gute schlechthin vor dem Fürsten Andrej die Zügel schießen zu lassen. Er schämte sich, alle seine neuen Freimaurergedanken auszusprechen, namentlich die, die auf seiner letzten Reise in ihm wieder wachgeworden waren. Er hielt sich ein wenig zurück und fürchtete, allzu naiv zu erscheinen; gleichzeitig drängte es ihn aber unwiderstehlich, seinem Freunde zu zeigen, daß er jetzt ein ganz anderer und viel besserer Pierre war als jener Pierre in Petersburg.

„Ich kann Ihnen gar nicht sagen, wieviel ich in dieser Zeit erlebt habe. Fast erkenne ich mich selbst nicht wieder."

„Ja, seit jener Zeit sind wir ganz, ganz anders geworden", sagte Fürst Andrej.

„Nun, und Sie? Was für Pläne haben Sie?" fragte Pierre.

„Pläne?" wiederholte Fürst Andrej ironisch. „Was ich für Pläne habe?" Und er wiederholte das Wort „Pläne", als wundere er sich über seinen Sinn. „Na, du siehst ja, ich baue, und im nächsten Jahr will ich ganz hierher übersiedeln ..."

Pierre schwieg und sah Andrej aufmerksam in das altgewordene Gesicht.

„Nein, ich wollte fragen ..." fing Pierre an, wurde aber vom Fürsten Andrej unterbrochen.

„Von mir lohnt es sich nicht zu reden ... Erzähle du lieber etwas, erzähle mir von deiner Reise, von allem, was du auf deinen Gütern gemacht hast."

Pierre begann zu erzählen, was er auf seinen Gütern getan hatte, und suchte dabei seinen eigenen Anteil an den vorgenommenen Reformen möglichst unbedeutend erscheinen zu lassen. Einige Male nahm Fürst Andrej Pierre das Wort vom Munde und sagte selbst das, was Pierre gerade hatte sagen wollen, gleich als sei alles, was Pierre getan hatte, eine längst bekannte Geschichte; und es war, als hörte Fürst Andrej nicht nur ohne jedes Interesse zu, sondern als empfinde er sogar eine Art von Scham über das, was Pierre zu berichten hatte.

Pierre wurde es in der Gesellschaft seines Freundes befangen, ja sogar niedergeschlagen zumut. Er verstummte.

„Ich will dir einen Vorschlag machen, mein Lieber", sagte Fürst Andrej, den das Zusammensein mit seinem Gast offensichtlich ebenfalls befangen und gedrückt machte. „Hier biwakiere ich ja nur, ich war bloß herübergekommen, um einmal nach dem Rechten zu sehen. Ich fahre heute wieder zu meiner Schwester. Ich werde dich mit ihr bekannt machen. Übrigens kennst du sie wohl schon?" Aus allem, was er sagte, sprach das Bestreben, den Gast zu unterhalten, mit dem er sich im Grunde durch nichts mehr verbunden fühlte. „Wir fahren nach dem Mittagessen. Hast du jetzt vielleicht Lust, dir meine Wirtschaft anzusehen?"

Sie gingen hinaus, streiften bis zum Mittagessen umher und sprachen dabei über politische Neuigkeiten und gemeinsame Bekannte, wie es Leute tun, die einander eigentlich wenig zu sagen haben. Mit Wärme und Interesse sprach Fürst Andrej nur von dem neu hergerichteten Gut und seinen Bauplänen, aber auch hier brach er mitten im Gespräch ab — sie standen gerade auf dem Gerüst und Fürst Andrej war dabei, Pierre die künftige Anordnung der einzelnen Wohnräume zu beschreiben. „Übrigens hat das weiter kein Interesse, gehen wir zum Essen und fahren wir dann los", sagte er.

Beim Essen kam das Gespräch auf Pierres Heirat.

„Ich war sehr erstaunt, als ich davon hörte", meinte Fürst Andrej.

Wie immer bei diesem Thema war Pierre rot geworden.

„Ich erzähle Ihnen noch einmal, wie es kam", sagte er hastig. „Aber Sie wissen ja, daß inzwischen alles zu Ende ist, und zwar für immer."

„Für immer?" erwiderte Fürst Andrej. „Nichts ist ‚für immer'."

„Aber Sie wissen doch, was für ein Ende es genommen hat? Haben Sie von dem Duell gehört?"

„Ja, du hast ja auch das durchgemacht."

„Für eins bin ich Gott dankbar: dafür, daß ich diesen Menschen nicht umgebracht habe", sagte Pierre.

„Warum?" erwiderte Fürst Andrej. „Einen bösen Hund töten — das ist doch das beste, was man tun kann."

„Nein, es ist schlimm, einen Menschen zu töten, es ist unrecht ..."

„Wieso unrecht?" meinte Fürst Andrej. „Es ist dem Menschen nicht gegeben, zu entscheiden, was recht und was unrecht ist. Der Mensch hat immer geirrt und wird immer irren, und am meisten dann, wenn er entscheiden will, was recht und was unrecht ist."

„Unrecht ist das, wodurch einem anderen Menschen etwas Böses zugefügt wird", entgegnete Pierre und stellte erfreut fest, daß Fürst Andrej seit seiner Ankunft zum erstenmal lebhaft wurde und wirklich zu reden begann und ihm anscheinend eröffnen wollte, was ihn zu dem gemacht hatte, der er geworden war.

„Aber wer hat dir denn gesagt, wodurch einem anderen Menschen etwas Böses zugefügt wird?" fragte er.

„Etwas Böses? Etwas Böses?" antwortete Pierre. „Das wissen wir doch alle, was für uns etwas Böses ist."

„Ja, das wissen wir allerdings, aber das Böse, das ich für mich selbst als ein solches erkenne, kann ich einem anderen Menschen doch gar nicht zufügen", sagte Fürst Andrej immer lebhafter werdend und offenbar von dem Wunsch erfüllt, Pierre seine neue Denkweise auseinanderzusetzen. „Je ne connais dans la vie que deux maux bien réels: c'est le remords et la maladie. Il n'est de bien que l'absence de ces maux.[1] Und meine ganze Weisheit besteht jetzt darin: lebe für dich selbst und geh nur diesen beiden Übeln aus dem Wege."

„Aber Nächstenliebe und Selbstaufopferung?" fiel Pierre ein. „Nein, ich kann Ihnen nicht recht geben. Nur so zu leben, daß man nichts Böses tut, um keine Gewissensbisse fürchten zu müssen, das ist zu wenig. Ich habe so gelebt, ich lebte für mich selbst und habe mir damit das Leben verpfuscht. Und erst jetzt, wo ich für andere lebe, oder es doch wenigstens versuche", verbesserte sich Pierre bescheiden, „erst jetzt habe ich begriffen, worin das wirkliche Lebensglück besteht. Nein, ich kann Ihnen nicht recht geben, und Sie glauben ja auch selbst nicht an das, was Sie sagen."

Fürst Andrej sah Pierre schweigend an und lächelte spöttisch.

„Du wirst jetzt ja meine Schwester, Prinzessin Marja, kennenlernen. Mit der wirst du dich gut verstehen", sagte er, verstummte dann und fuhr nach einer kleinen Weile fort: „Was dich selbst angeht, so magst du allenfalls recht haben, aber ein jeder lebt nach seiner eigenen Weise: du hast für dich selbst gelebt und sagst, du hättest dir damit beinahe dein Leben verpfuscht und das wirkliche Glück erst kennengelernt, als du anfingst, für andere zu leben. Und ich habe genau das Gegenteil erfahren. Ich habe für den Ruhm gelebt. Nun, und was ist denn der Ruhm? Liegt im Streben nach ihm nicht gleichfalls die Liebe zu den anderen Menschen, der Wunsch, etwas für sie zu tun, der Wunsch, ihre Anerkennung und ihr Lob zu erringen? Auf diese Weise habe ich für andere gelebt und mir damit mein Leben nicht beinahe, sondern ganz und gar verpfuscht. Und erst seit ich für mich allein lebe, bin ich einigermaßen zur Ruhe gekommen."

„Aber wieso leben Sie denn für sich allein?" ereiferte sich Pierre. „Und Ihr Sohn und Ihre Schwester und Ihr Vater?"

„Die gehören alle zu mir, wie Teile von mir selbst, das sind keine ‚Anderen' in diesem Sinne", entgegnete Fürst Andrej. „Aber die anderen, die Nächsten, le prochain, wie ihr beide euch ausdrückt, du und Prinzessin Marja, das ist der Urquell des Irrtums und des Bösen. Le prochain, das sind auch deine Kiewschen Bauern, denen du Gutes tun möchtest." Und er sah Pierre mit einem Blick voll spöttischer Herausforderung an. Offensichtlich wollte er ihn zu weiteren Ausfällen verlocken.

„Sie scherzen", sagte Pierre, immer erregter werdend. „Wieso kann denn dadurch ein Irrtum oder etwas Böses entstehen, daß ich Gutes tun wollte und doch auch ein klein wenig Gutes getan habe,

[1] Ich kenne im Leben nur zwei wirkliche Übel: Gewissensbisse und Krankheit. Das einzig Gute ist das Fehlen dieser Übel.

wenn es auch noch so kümmerlich und wenig gewesen ist? Und was kann denn dadurch Böses entstehen, daß unglückliche Menschen, unsere Bauern, Menschen wie wir auch, die bisher groß wurden und starben, ohne eine andere Vorstellung von Gott und von der Wahrheit zu haben, als daß ihr Wesen in Kulthandlungen und sinnlosen Gebeten bestehe — daß diese unglücklichen Menschen jetzt in den tröstlichen Lehren von einem zukünftigen Leben, von Vergeltung, Lohn und Gnade unterwiesen werden? Und wenn diese Leute bisher in Krankheitsfällen ohne Hilfe waren und umkommen mußten, während es doch so leicht ist, ihnen materiell beizustehen, und wenn ich ihnen jetzt Ärzte und Krankenhäuser und Altersheime gebe — wieso kann darin etwas Böses und ein Irrtum liegen? Und wenn ich dem Bauern und der Bauernfrau mit ihrem Kinde ein wenig Erholung und Muße verschaffe, während sie bisher Tag und Nacht keine Ruhe gehabt haben, ist das nicht ganz ohne Zweifel ein Segen, der sich geradezu mit Händen greifen läßt?" Pierre sprach hastig und geriet dabei ins Lispeln. „Und das habe ich getan, wenn auch nur unvollkommen und in kleinem Maßstabe, aber immerhin habe ich doch etwas dieser Art getan, und Sie werden mir nicht die Überzeugung nehmen können, daß ich damit etwas Gutes getan habe, ja, und Sie werden mir nicht einmal die Überzeugung nehmen können, daß Sie an Ihre eigenen Worte nicht glauben. Was aber das Wichtigste ist", fuhr er fort, „ich weiß jetzt, und ich weiß es ganz gewiß, daß das einzige wirkliche Glück im Leben in der Freude besteht, etwas Gutes zu tun."

„Ja, wenn du die Frage so stellst, so ist es etwas anderes", sagte Fürst Andrej. „Ich führe ein Haus auf, ich lege einen Garten an, und du baust Krankenhäuser. Mit beiden kann man sich die Zeit vertreiben. Aber was recht ist, was gut ist — darüber haben wir kein Urteil. Das überlasse nur dem, der alles weiß. Na, du möchtest disputieren", setzte er hinzu. „Na, also disputieren wir!"

Sie standen vom Tisch auf, gingen hinaus und setzten sich oben auf den Freitreppenvorbau, der die Stelle eines Balkons vertrat.

„Na, also disputieren wir!" wiederholte Fürst Andrej. „Du sagst: Schulen, Unterricht und so weiter", und er machte eine Bewegung, als wolle er Pierres Projekte an den Fingern herzählen. „Das heißt also, du willst ihn" — er wies auf einen vorübergehenden Bauern, der unterwürfig seine Mütze zog — „aus seinem tierischen Zustande hinausführen und ihm geistige Bedürfnisse einimpfen. Ich dagegen bin der Ansicht, daß das rein animalische Glück das einzige überhaupt mögliche Glück ist, und gerade dieses Glück willst du ihm nehmen. Ich beneide ihn, und du willst aus ihm etwas machen, das mir ähnlich sieht, ohne ihm die Hilfsmittel zu geben, die mir zur Verfügung stehen. Ferner sagst du, man müsse ihm seine Arbeit erleichtern. Aber nach meinem Dafürhalten ist die körperliche Arbeit für ihn ebensosehr eine Notwendigkeit, ebensosehr eine Daseinsbedingung wie für mich die geistige. Unsereiner kann nicht leben, ohne zu denken. Um zwei oder drei lege ich mich ins Bett, dann kommen mir allerhand Gedanken in den Kopf, und ich kann nicht einschlafen, ich werfe mich von einer Seite auf die andere und finde keinen Schlaf vor dem Morgen, weil ich eben denke und gar nicht anders kann als denken, ebenso wie er gar nicht anders kann als pflügen und mähen. Will er das lassen, so geht er entweder in die Kneipe oder er wird krank. Ebensowenig wie ich seine harte körperliche Arbeit aushalten kann, die mich in einer Woche umbringen würde, so kann er mein körperliches Nichtstun aushalten; er würde fett werden und sterben. Drittens ... was sagtest du noch?" Fürst Andrej bog den dritten Finger ein. „Ach so, ja, Krankenhäuser, Arzneien. Wenn der Bauer bisher einen Schlaganfall bekam, dann starb er: du willst ihn aber zur Ader lassen und ihn wieder gesund machen. Jetzt wird er zehn Jahre als Krüppel herumkriechen und allen zur Last fallen. Es wäre für ihn wesentlich bequemer und einfacher gewesen, wenn er gestorben wäre. Es werden ja wieder andere geboren, und es gibt ohnehin schon genug. Ich wollte nichts sagen, wenn es dir leid täte, daß dir ein Stück Arbeitskraft verlorengeht — denn das sehe ich im Bauern —, aber du willst ihn aus Liebe zu ihm gesund machen. Aber damit ist ihm ja gar nicht gedient. Und was ist das überhaupt für eine Idee, die Medizin hätte schon irgendeinmal irgend jemand gesund gemacht! Einen Menschen töten — ja, das kann sie!" Er runzelte finster die Stirn und sah zur Seite.

An der Klarheit und Bestimmtheit, mit der Fürst Andrej seine Gedanken aussprach, war deutlich zu merken, daß er über diese Fragen schon mehr als einmal nachgedacht hatte. Er sprach eifrig und rasch wie ein Mensch, der lange Zeit keine Gelegenheit zum Sprechen gehabt hat. Und der Ausdruck seiner Augen wurde immer lebendiger, je hoffnungsloser die Anschauungen wurden, die er entwickelte.

„Aber das ist ja entsetzlich, das ist ja entsetzlich!" sagte Pierre. „Ich verstehe gar nicht, wie man überhaupt noch leben kann, wenn man so denkt. Ich kenne ja solche Augenblicke auch, es liegt noch gar nicht so weit zurück, in Moskau und dann unterwegs ... aber wenn mich solche Stimmungen überkommen, dann bin ich so niedergedrückt, daß ich eigentlich gar nicht mehr lebe und daß mir alles zuwider ist, namentlich ich selbst. Dann esse ich nicht, dann wasche ich mich nicht ... Und Sie ...?"

„Warum sollte ich mich nicht waschen? Das wäre doch unsauber", erwiderte Fürst Andrej. „Im Gegenteil, man muß sich das Leben so angenehm wie möglich zu machen suchen. Ich lebe doch, und es ist nicht meine Schuld. Also muß ich doch dieses Leben zu Ende leben, so gut es eben geht, ohne andere Menschen zu stören."

„Aber was treibt Sie denn überhaupt, noch weiterzuleben, wenn Sie so denken? Das heißt ja stillsitzen, ohne sich zu rühren, ohne etwas zu unternehmen ..."

„Das Leben läßt einen auch so nicht in Ruhe. Ich wäre froh, wenn ich gar nichts zu tun brauchte, aber einmal hat mich der Adel unseres Kreises mit der Wahl zum Adelsmarschall beehrt, und ich habe mich dem nur mit größter Mühe entziehen können. Sie konnten gar nicht verstehen, daß mir alles fehlt, was man zu so einem Amt mitbringen muß, namentlich dieser naive Glaube an die Wichtigkeit solcher Banalitäten, diese leere Geschäftigkeit ... Dann ist da dieses Haus, das ich mir bauen muß, um doch ein Eckchen für mich selbst zu haben, wo ich unbehelligt bleiben kann. Und jetzt auch noch die Miliz."

„Warum sind Sie eigentlich nicht bei der Armee?"

„Nach Austerlitz?" meinte Fürst Andrej finster. „Nein, ich danke ergebenst, ich habe mir gelobt, in der russischen Armee keinen Frontdienst mehr zu tun. Und ich tue es auch nicht! Und selbst wenn Bonaparte schon hier stünde, bei Smolensk, und Lysyja Gory bedrohte, auch dann würde ich nicht wieder in der russischen Armee Dienst nehmen. Na, also das wäre abgetan", fuhr Fürst Andrej, etwas ruhiger werdend, fort. „Mit der Miliz ist es so: mein Vater ist Oberkommandierender des dritten Bezirks, und so gab es nur ein Mittel für mich, um vom Frontdienst verschont zu bleiben, nämlich einen Posten unter ihm zu übernehmen."

„Dann sind Sie also doch im Dienst?"

„Allerdings."

Beide schwiegen eine Zeitlang.

„Und finden Sie nicht doch eine gewisse Befriedigung dabei?"

„Die Sache liegt so. Mein Vater ist einer der tüchtigsten Männer seiner Zeit. Aber er wird alt, und wenn er auch nicht eigentlich grausam ist; er neigt zu sehr zu raschem und scharfem Zupacken. Das Schlimme ist, daß er an unbeschränkte Macht gewöhnt ist und sich daher auch jetzt sehr rasch der Machtstellung angepaßt hat, die der Kaiser mit der Ernennung zum Oberkommandierenden des Milizbezirks in seine Hände legte. Wenn ich vor zwei Wochen nur zwei Stunden später gekommen wäre, so hätte er in Juchnowo den protokollführenden Schreiber hängen lassen." Fürst Andrej lächelte. „So muß ich also schon deswegen diesen Dienst tun, weil außer mir kein Mensch Einfluß auf meinen Vater hat und ich ihn ab und zu vor Handlungen abhalten kann, die ihm nachher selbst Gewissensbisse machen würden."

„Aha, sehen Sie!"

„Ja, mais ce n'est pas comme vous l'entendez",[1] fuhr Fürst Andrej fort. „Diesem Schuft von Schreiber, der die Stiefel gestohlen hat, mit denen die Milizleute ausgerüstet werden sollten, dem habe ich nie etwas Gutes gewünscht und tue es auch heute noch nicht. Ich wäre sogar sehr damit einverstanden, ihn hängen zu sehen, aber mir tat eben mein Vater leid, das heißt also doch, ich selbst tat mir leid."

Fürst Andrej wurde immer lebhafter. In seine Augen war ein fieberhafter Glanz getreten, während er Pierre zu beweisen suchte, daß keiner seiner Handlungen je der Wunsch zugrunde gelegen habe, seinem Nächsten etwas Gutes zu tun.

„Also du willst deine Bauern freilassen", fuhr er fort. „Das ist an sich sehr gut, aber weder für dich, der du, wie ich glaube, noch nie einen hast auspeitschen und nach Sibirien deportieren lassen, noch für die Bauern selbst, und für die sogar am allerwenigsten. Ich glaube, wenn man sie prügelt und auspeitscht und nach Sibirien verschickt, so sind sie deswegen gar nicht schlimmer daran. In Sibirien führt der Bauer sein altes tierisches Leben weiter, die Striemen an seinem Körper verheilen, und er ist genau so glücklich wie früher. Nützlich und notwendig ist eine Freilassung der Bauern vielmehr für diejenigen unserer Standesgenossen, die jetzt moralisch zugrunde gehen, sich Selbstvorwürfe aufladen und diese Selbstvorwürfe nachher gewaltsam zum Schweigen zu bringen suchen und schließlich hart und roh werden, weil sie die Freiheit haben, ganz nach ihrem Belieben heute eine gerechte und morgen eine ungerechte Strafe zu verhängen. Diese Leute tun mir leid, und um ihretwillen möchte ich eine Bauernbefreiung wünschen. Du hast vielleicht nicht gesehen, was ich gesehen habe: nämlich wie gute, aber in den überlieferten Gedankengängen dieser unumschränkten Machtvollkommenheit großgewordene Menschen, wenn sie zu Jahren kommen und immer reizbarer werden, ja, wie diese Menschen schließlich grausam und roh werden und das selbst wissen, aber doch nicht mehr anders können und endlich immer unglücklicher und unglücklicher werden."

Fürst Andrej sagte das mit so viel Gefühl und Lebhaftigkeit, daß Pierre unwillkürlich auf den Gedanken kam, Fürst Andrej müsse wohl durch Beobachtungen, die er an seinem Vater gemacht habe, zu dieser Auffassung gelangt sein.

Er antwortete ihm nicht.

„Diese Menschen sind es, um die es mir leid tut; um deren Menschenwürde, deren Gewissensruhe und Gewissensreinheit tut es mir leid. Aber um die Rücken und Schädel der Bauern tut es mir

[1] Das ist aber nicht so, wie Sie denken.

nicht leid. Die bleiben genau solche Rücken und Schädel, wie oft man sie auch peitschen oder abrasieren läßt."

„Nein, nein, tausendmal nein, ich werde Ihnen nie zustimmen!" sagte Pierre.

XII

Am Abend setzten sich Fürst Andrej und Pierre in die Kalesche und fuhren nach Lysyja Gory. Fürst Andrej sah hin und wieder Pierre an und unterbrach das Schweigen durch ein paar Bemerkungen, die eine gute und ausgeglichene Laune erkennen ließen.

Er zeigte auf die Felder und erzählte Pierre von seinen wirtschaftlichen Verbesserungen.

Pierre schwieg finster, antwortete einsilbig und schien ganz in seine Gedanken vertieft.

Er dachte daran, daß Fürst Andrej unglücklich und irregegangen sei und das Licht der Wahrheit nicht kenne und daß er, Pierre, ihm zu Hilfe kommen, ihn erleuchten und emporziehen müsse. Aber als er sich klarzumachen suchte, wie und was er zu ihm sprechen sollte, da fühlte er sofort, daß Fürst Andrej mit einem einzigen Wort, einem einzigen Argument alle seine Theorien umwerfen würde, und er scheute sich, überhaupt damit anzufangen und sein Lieblingsheiligtum der Möglichkeit einer Verspottung auszusetzen.

Pierre senkte plötzlich den Kopf und sah aus wie ein stößiger Bulle.

„Nein, was hat Sie eigentlich auf solche Gedankengänge gebracht?" fing er an. „Warum denken Sie so? So dürfen Sie doch gar nicht denken."

„Worüber darf ich nicht so denken? Wovon sprichst du eigentlich?" fragte Fürst Andrej erstaunt.

„Ich meine das Leben, die Bestimmung des Menschen. Da können Sie doch gar nicht so denken! Ich habe ja auch so gedacht, und wissen Sie, was mich gerettet hat? Die Maurerei. Nein, lächeln Sie nicht. Die Maurerei, das ist nicht etwa eine religiöse, sich mit Kultformen begnügende Sekte, wie ich früher auch geglaubt habe, sondern die Maurerei ist die beste, die einzige Ausdrucksmöglichkeit für alles Gute und Ewige im Menschen."

Und er begann dem Fürsten Andrej die Maurerei auszulegen, wie er sie auffaßte. Er sagte, die Maurerei sei die Lehre des Christentums, befreit von allen staatlichen und kirchlichen Fesseln, die Lehre der Gleichheit, der Brüderlichkeit und Liebe.

„Nur unsere heilige Brüderschaft hat eine wirkliche Lebensberechtigung und lebt in Wahrheit, alles andere ist wie ein verworrener Nachttraum", sagte Pierre. „Sie müssen doch einsehen, lieber Freund, daß außerhalb dieses Bundes alles voll Lüge und Unwahrheit ist, und ich kann Ihnen darin nur recht geben, daß einem klugen und guten Menschen sonst nichts anderes übrigbleibt, als, wie Sie es tun wollen, ruhig sein Leben zu Ende zu leben und nach nichts anderem zu trachten als danach, andere Menschen so wenig wie möglich zu stören. Aber machen Sie sich unsere Grundgedanken zu eigen, schließen Sie sich unserer Brüderschaft an, überlassen Sie sich vertrauensvoll unserer Führung, und ebenso wie es mir ergangen ist, werden auch Sie sich mit einem Schlage als Glied jener gewaltigen unsichtbaren Kette fühlen, deren Anfang im Himmel verborgen liegt."

Fürst Andrej sah schweigend vor sich hin, während er Pierre zuhörte. Nur einige Male, wenn das Rasseln der Kalesche Pierres Worte übertönt hatte, ließ er sich von Pierre wiederholen, was er nicht recht verstanden hatte. An einem besonderen Glanz, den er in den Augen des Fürsten Andrej wahrzunehmen glaubte, und daran, daß dieser nichts entgegnete, merkte Pierre, daß seine Worte nicht vergeblich gewesen waren, daß Fürst Andrej ihm aufmerksam zugehört hatte und nicht daran dachte, sich über Pierres Ausführungen lustig zu machen.

Sie waren an einen über die Ufer getretenen Fluß gelangt, der mit Hilfe eines Prahms überschritten werden mußte. Kalesche und Pferde wurden auf dem Prahm untergebracht, und die beiden gingen ebenfalls auf den Prahm.

Fürst Andrej lehnte sich an das Geländer und sah schweigend über die weite, in der untergehenden Sonne funkelnde Wasserfläche hin.

„Nun, wie denken Sie darüber?" fragte Pierre. „Warum sagen Sie nichts?"

„Wie ich darüber denke? Ich habe dir zugehört, und das alles ist ja ganz schön und gut", sagte Fürst Andrej. „Aber du sagst: ‚Tritt in unsere Brüderschaft ein, und wir werden dir den Sinn des Lebens und die Bestimmung des Menschen und die Gesetze erschließen, von denen die Welt regiert wird.' Aber wer ist dieses ‚wir'? Doch auch Menschen? Woher wißt ihr denn das alles? Und warum sehe ich allein das nicht, was ihr doch seht? Ihr seht auf der Erde ein Reich des Guten und der Wahrheit, und ich sehe es nicht."

Pierre unterbrach ihn.

„Glauben Sie an ein zukünftiges Leben?" fragte er.

„An ein zukünftiges Leben?" wiederholte Fürst Andrej, aber Pierre ließ ihm gar keine Zeit zu einer Antwort und nahm diese Wiederholung als eine Verneinung, um so mehr, als er von früher her mit den atheistischen Ansichten des Fürsten Andrej vertraut war.

„Sie sagen, Sie können ein Reich des Guten und der Wahrheit auf dieser Erde nicht sehen. Auch ich habe es früher nicht gesehen und man kann es auch gar nicht sehen, solange man der Meinung ist, mit dem Tode sei alles zu Ende. Auf der Erde, hier auf dieser unserer Erde", Pierre deutete auf die Felder am Flußufer, „ist keine Wahrheit, da ist nichts als Lüge und Bosheit. Aber in der Welt, in der ganzen Welt gibt es ein Reich der Wahrheit, und wir sind jetzt wohl Kinder der Erde, aber von Ewigkeit her sind wir Kinder dieser ganzen Welt. Fühle ich es denn nicht in meiner Seele, daß ich ein Teil dieses ungeheuren, harmonischen Ganzen bin? Fühle ich denn nicht, daß ich in dieser ungeheuren, unzählbaren Menge von Wesen, in denen sich die Gottheit offenbart, oder die höchste Kraft, nennen Sie es, wie Sie wollen, daß ich in dieser Menge ein Kettenglied, eine Übergangsstufe von den niedrigeren Wesen zu den höheren bin? Wenn ich diese Stufenleiter sehe, wenn ich sie klar und deutlich sehe, die von der Pflanze zum Menschen führt, wie soll ich dann annehmen, daß diese Stufenleiter bei mir ein Ende hat und nicht im Gegenteil immer weiter und weiter führt? Ich fühle, daß ich nicht nur nicht verschwinden kann, wie überhaupt nichts in der Welt verschwinden kann, sondern daß ich immer sein werde und immer gewesen bin. Ich fühle, daß außer mir und über mir noch Geister leben und daß in dieser ganzen Welt die Wahrheit regiert."

„Ja, das ist die Herdersche Lehre", antwortete Fürst Andrej. „Aber für mich ist nicht diese Lehre das Überzeugende, mein Liebster, sondern überzeugend ist für mich die Tatsache des Lebens und die Tatsache des Todes. Es ist überzeugend, wenn man ein geliebtes, eng mit einem selbst verbundenes Wesen sieht, an dem man schuldig geworden war ... und man hatte gehofft, diese Schuld wieder gutmachen zu können ..." Seine Stimme zitterte, und er wandte das Gesicht zur Seite. – „Und plötzlich muß dieses Wesen leiden, es windet sich in Qualen und ist plötzlich nicht mehr da ... Warum? Darauf muß es doch eine Antwort geben! Und ich glaube, es gibt auch eine ... Ich sage dir, das ist überzeugend! Und das hat mich auch überzeugt."

„Na ja, na ja", sagte Pierre eifrig, „ist das nicht ganz das, was ich auch sage?"

„Nein. Ich meine, davon, daß es ein zukünftiges Leben geben muß, davon können uns nicht logische Beweisgründe überzeugen. Aber überzeugend ist das: man geht in seinem Leben Hand in Hand mit einem Menschen, und plötzlich verschwindet dieser Mensch dort im Nirgendwo, und nun bleibt man selbst vor diesem Abgrund stehen und sieht hinein. Und ich habe hineingesehen ..."

„Aber das ist doch klar! Sie wissen, daß es ein ‚Dort' gibt und daß es ein ‚Jemand' gibt. Dieses ‚Dort' ist das zukünftige Leben. Dieses ‚Jemand' ist Gott."

Fürst Andrej erwiderte nichts. Die Kalesche und die Pferde waren längst am anderen Ufer ausgeladen und zur Weiterfahrt bereitgemacht; die Sonne war schon halb untergegangen, und der Abendfrost zog seine Kristalle über die Pfützen an der Anlegestelle; aber zur Verwunderung der Lakaien, Kutscher und Fährleute standen Pierre und Andrej immer noch auf dem Prahm und redeten.

„Wenn es einen Gott und ein zukünftiges Leben gibt, so gibt es auch Wahrheit und so gibt es auch Tugend", sagte Pierre. „Und des Menschen höchstes Glück liegt ja im Streben nach diesen beiden. Wir sollen leben, wir sollen lieben, und wir sollen glauben, daß wir nicht nur heute leben, nicht nur auf dieser winzigen Erdscholle, sondern daß wir immer gelebt haben und ewig leben werden, dort, im All." Und er deutete auf den Himmel.

Fürst Andrej stützte sich mit den Ellbogen auf das Geländer des Prahms und hörte Pierre zu. Seine Augen ruhten unverwandt auf dem roten Widerschein der Sonne, der auf der bläulichen Wasserfläche lag. Dann verstummte Pierre, und es war völlig still. Der Prahm lag unbeweglich am Ufer, und nur die Wellen der Strömung schlugen mit sanftem Plätschern gegen seinen Rand. Dem Fürsten Andrej war es, als wollte dieses Plätschern der Wellen zu Pierres Worten hinzusetzen: „Es ist wahr, glaube es nur."

Fürst Andrej seufzte und sah mit einem leuchtenden, kindlichen, zärtlichen Blick in Pierres gerötetes, begeistertes Gesicht, das aber immer noch eine Art Schüchternheit angesichts des überlegenen Freundes ausdrückte.

„Ja, wenn es so wäre!" sagte Fürst Andrej. „Aber komm. Steigen wir ein", setzte er hinzu und sah beim Verlassen des Prahms zum Himmel auf, auf den Pierre gedeutet hatte. Zum ersten Male nach dem Tage von Austerlitz sah er wieder diesen hohen, ewigen Himmel, den er gesehen hatte, als er auf dem Felde von Austerlitz lag, und plötzlich erwachte in seiner Seele freudig und jung etwas von dem Besten, das in ihm steckte, etwas, das lange geschlafen hatte. Dieses Gefühl war erloschen, sobald Fürst Andrej wieder in seine gewohnte Lebenssphäre zurückgekehrt war. Aber er wußte, daß es in ihm lebte, obwohl er es nicht weiterzuentwickeln verstanden hatte. Das Wiederzusammensein mit Pierre war für den Fürsten Andrej eine Epoche, mit der für seine innere Welt ein neues Leben begann, wenn auch äußerlich alles im alten Geleise blieb.

XIII

Es dunkelte bereits, als Fürst Andrej und Pierre am Hauptportal des Herrenhauses von Lysyja Gory vorfuhren. Einige Augenblicke vorher hatte Fürst Andrej Pierre lächelnd auf einen kleinen Tumult-

aufmerksam gemacht, den er schon von weitem am Dienstboteneingang bemerkt hatte. Eine zusammengekrümmte Alte mit einem Bettelsack auf dem Rücken und ein kleines, schwarzgekleidetes, langhaariges Männchen waren aus der Tür herausgekommen, stürzten aber beim Anblick der näherkommenden Kalesche wieder hinein. Zwei Frauen waren ihnen hastig gefolgt, und jetzt rannten alle vier unter ängstlichen Blicken auf die Kalesche ins Haus.

„Das sind Maschas Gottesleute", sagte Andrej. „Sie haben uns gesehen und geglaubt, da käme mein Vater. Das ist nämlich das einzige, worin Marja ihm nicht gehorcht: er befiehlt immer wieder, diese Pilger wegzujagen, und sie nimmt sie immer wieder auf."

„Was heißt das, ‚Gottesleute'?" fragte Pierre.

Fürst Andrej kam nicht mehr dazu, ihm zu antworten. In diesem Augenblick kamen ihnen einige Diener entgegen, und er fragte sie, wo der alte Fürst sei und ob man ihn bald zurückerwarte.

Der alte Fürst war noch in der Stadt, und man erwartete ihn jeden Augenblick zurück.

Fürst Andrej führte Pierre in seine Zimmer, die im väterlichen Hause immer für ihn bereitstanden, und ging selbst ins Kinderzimmer.

„Gehen wir zu meiner Schwester", sagte er, als er zu Pierre zurückkehrte. „Ich habe sie noch gar nicht gesehen, sie läßt sich nicht blicken und sitzt mit ihren Gottesleuten zusammen. Sie wird sich freilich etwas genieren, was übrigens nur recht und billig ist, aber dafür bekommst du die Gottesleute zu sehen. C'est curieux, ma parole.[1]"

„Qu'est-ce que c'est que Gottesleute?" [2] fragte Pierre.

„Du wirst schon sehen."

Als sie zu Prinzessin Marja kamen, genierte sie sich wirklich, und ihr Gesicht überzog sich mit roten Flecken. In ihrem behaglichen Zimmer mit den Lämpchen vor den Bilderschreinen saß neben ihr auf dem Diwan, den Samowar vor sich, ein mönchisch gekleideter junger Bursche mit langer Nase und langen Haaren.

Neben ihm saß in einem Lehnsessel eine runzlige, hagere Alte, deren kindliches Gesicht einen Ausdruck von Sanftmut zeigte.

Prinzessin Marja stellte sich vor ihre Pilgersleute wie eine Bruthenne vor ihre Küchlein.

„André, pourquoi ne pas m'avoir prévenue?" [3] sagte sie mit sanftem Vorwurf.

„Charmée de vous voir. Je suis très contente de vous voir",[4] sagte

[1] Das ist in der Tat sehenswert.
[2] Was ist denn das eigentlich — Gottesleute?
[3] Warum haben Sie mir nichts vorher gesagt, André?
[4] Ich bin sehr erfreut, Sie zu sehen. Ich freue mich wirklich, Sie zu sehen.

sie zu Pierre, der ihr die Hand küßte. Sie hatte ihn als kleinen Jungen gekannt, und jetzt nahm seine freundschaftliche Anhänglichkeit für Andrej, sein Unglück und vor allem sein gutes, schlichtes Gesicht sie für ihn ein. Sie sah ihn mit ihren schönen, leuchtenden Augen an, und ihre Miene schien zu sagen: „Ich habe Sie sehr gern, aber bitte, machen Sie sich nicht über meine beiden hier lustig."

Als die ersten Begrüßungsworte gewechselt waren, setzte man sich.

„Ah, da ist ja auch unser Iwanuschka", meinte Fürst Andrej und deutete lächelnd auf den jungen Pilger.

„André!" fiel Prinzessin Marja in flehentlichem Tone ein.

„Il faut que vous sachiez que c'est une femme",[1] wandte sich Andrej zu Pierre.

„André, au nom de Dieu!"[2] flehte Prinzessin Marja wieder.

Es war deutlich zu sehen, daß des Fürsten Andrej etwas spöttisches Verhalten zu den Pilgersleuten und ebenso Prinzessin Marjas vergebliches Eintreten für sie etwas war, das im Verkehr der Geschwister miteinander bereits zu einer feststehenden Gewohnheit geworden war.

„Mais, ma bonne amie", sagte Fürst Andrej, „vous devriez au contraire m'être reconnaissante de ce que j'explique à Pierre votre intimité avec ce jeune homme."[3]

„Vraiment?"[4] fragte Pierre und sah mit einem Ausdruck von Interesse und Ernst, für den Prinzessin Marja ihm besonders dankbar war, durch seine Brillengläser Iwanuschka ins Gesicht, der offenbar begriffen hatte, daß von ihm die Rede war, und jetzt mit seinen schlauen Augen von einem zum anderen sah.

Prinzessin Marja hätte wegen „ihrer beiden" gar nicht verlegen zu werden brauchen: sie hatten sich nicht im geringsten einschüchtern lassen. Die Alte blieb ruhig und unbeweglich in ihrem Lehnstuhl sitzen, hielt die Augen auf den Boden gerichtet und schielte dabei doch ein wenig nach den Eingetretenen; ihre Tasse hatte sie umgekehrt auf die Untertasse gestülpt und ihr angebissenes Stück Zucker danebengelegt; so wartete sie darauf, daß ihr noch einmal Tee angeboten würde. Iwanuschka schlürfte den Tee aus der Untertasse und spähte dabei mit seinen verschlagenen Frauenaugen verstohlen nach den jungen Männern.

„Wo bist du gewesen? In Kiew?" fragte Fürst Andrej die Alte.

„Ja, mein Vater, in Kiew", erwiderte sie redselig. „Und gerade zum Weihnachtsfest bin ich gewürdigt worden, bei den auserwähl=

[1] Das ist eine Frau, müssen Sie wissen.
[2] Um Gottes willen, André!
[3] Aber, meine Teure, du solltest mir im Gegenteil noch dankbar sein, daß ich Pierre deine Vertrautheit mit diesem jungen Menschen erkläre.
[4] Wirklich?

ten Knechten Gottes das heilige Himmelssakrament zu empfangen. Aber jetzt komme ich aus Koljasin, mein Vater, da ist große Gnade erschienen ..."

„Und Iwanuschka war immer mit dir zusammen?"

„Ich pilgere für mich allein, mein Ernährer", sagte Iwanuschka und suchte mit möglichst tiefer Baßstimme zu sprechen. „Erst in Juchnowo bin ich mit Pelagejuschka zusammengetroffen."

Pelagejuschka unterbrach ihren Gefährten; es war deutlich zu sehen, wie sie darauf brannte, selbst zu erzählen, was sie gesehen hatte.

„In Koljasin ist große Gnade erschienen, mein Vater."

„Da gibt es wohl neue Reliquien?" fragte Fürst Andrej.

„Laß doch, Andrej", sagte Prinzessin Marja. „Erzähle es nicht, Pelagejuschka."

„Nicht? Aber warum soll ich es denn nicht erzählen, Mütterchen? Ich habe ihn doch so gern. Er ist so gut, er ist ein Auserwählter Gottes, er ist doch mein Wohltäter, einmal hat er mir zehn Rubel gegeben, ich weiß es noch ganz genau. Als ich in Kiew war, da sagt mir Kirjuscha, ein armer Knecht Gottes – ja, er ist wahrhaftig ein Gottesmann, geht winters und sommers barfuß –, also der sagt zu mir: ‚Was pilgerst du nicht dahin, wo du zu Hause bist? Geh nach Koljasin, da gibt es ein wundertätiges Bild, da hat sich unser Mütterchen, die allerheiligste Gottesmutter, geoffenbart.' Und da nahm ich denn gleich Abschied von den auserwählten Knechten Gottes und ging."

Alle schwiegen, nur die Pilgerin redete mit ihrer gleichmäßigen Stimme und zog dabei die Luft tief ein.

„Also, mein Vater, ich komme hin, und da sagen mir auch schon die Leute: ‚Es ist große Gnade erschienen, unserm Mütterchen, der allerheiligsten Gottesmutter, tropft heiliges Öl aus dem Bäckchen ...'"

„Gut, gut, du kannst ja später weitererzählen", fiel Marja errötend ein.

„Darf ich eine Frage an die Frau stellen?" wandte sich Pierre an Marja und fragte dann die Alte: „Hast du es selbst gesehen?"

„Jawohl, jawohl, mein Vater, ich selbst bin gewürdigt worden, es zu sehen. Das ganze Gesicht leuchtete so wie das himmlische Licht, und aus dem Bäckchen tropfte es dem Mütterchen in einem fort, es tropfte und tropfte ..."

„Aber das ist doch Schwindel!" platzte Pierre heraus, der der Pilgerin aufmerksam zugehört hatte.

„Ach, mein Vater, was redest du da!" sagte Pelagejuschka entsetzt und sah sich beistandsuchend nach Prinzessin Marja um.

„So wird das Volk beschwindelt!" sagte Pierre wieder.

„Herr Jesus Christus!" rief die Pilgerin und bekreuzigte sich.

„Ach, mein Vater, sprich doch nicht so. Ich weiß von einem General, der glaubte auch nicht, der sagte: ‚Die Mönche schwindeln', und als er das gesagt hatte, da wurde er gleich blind. Und dann träumte er, unser Mütterchen aus Kiew, die Muttergottes vom Höhlenkloster, kommt zu ihm und sagt: ‚Glaube an mich, und ich heile dich.' Und da fing er an zu bitten: ‚Führt mich doch zu ihr, führt mich doch zu ihr.' Das ist alles die reine Wahrheit, was ich dir sage, ich selbst habe es gesehen. Sie führten den Blinden also gerade zu ihr, er kam ganz dicht heran, fiel zu Boden und sagte: ‚Heile mich! Ich will dir alles geben, was der Zar mir geschenkt hat.' Das hat er alles gesagt. Und ich selbst habe den Stern gesehen, den er vom Zaren hatte und den er dann ihr umgehängt hat. Und dann konnte er wieder sehen. Ja, es ist eben eine Sünde, so zu sprechen. Dafür straft einen Gott", sagte sie mahnend zu Pierre.

„Gehört denn ein Ordensstern an ein Heiligenbild?" fragte Pierre.

„Die Muttergottes hat jetzt eben Generalsrang", meinte Fürst Andrej lächelnd.

Pelagejuschka wurde plötzlich blaß und schlug die Hände zusammen.

„Mein Vater, mein Vater, was ist das für eine Sünde! Du hast doch einen Sohn!" stieß sie aufgeregt hervor, und die Blässe ihres Gesichtes wich plötzlich einer glühenden Röte. „Gott verzeihe dir, mein Vater, was du da gesagt hast!" Sie bekreuzigte sich. „Herr, vergib ihm." Dann wandte sie sich an Prinzessin Marja. „Mütterchen, was sind das für Dinge . . ." Sie war aufgestanden und begann, den Tränen nahe, ihr Bündel zusammenzupacken. Offenbar empfand sie es als schrecklich und beschämend, in einem Hause Wohltaten entgegenzunehmen, in dem solche Worte möglich waren, und gleichzeitig tat es ihr doch leid, auf die Wohltaten dieses Hauses Verzicht zu leisten.

„Was habt ihr denn davon?" meinte Prinzessin Marja. „Warum seid ihr in mein Zimmer gekommen?"

„Nein, ich mache ja nur Spaß, Pelagejuschka", begütigte Pierre. „Princesse, ma parole, je n'ai pas voulu l'offenser,[1] ich habe es nur so gesagt. Denke nicht mehr daran, es war ja nur Spaß", sagte er mit einem schüchternen Lächeln zur Alten, in dem Wunsch, sein Vergehen wieder gutzumachen. „Er und ich, wir haben ja beide nur im Spaß so geredet."

Pelagejuschka blieb mißtrauisch stehen, aber in Pierres Gesichtsausdruck lag eine so aufrichtige Reue, und Fürst Andrej sah bald Pelagejuschka, bald Pierre so freundlich an, daß sie sich allmählich wieder beruhigte.

[1] Ich habe sie wirklich nicht kränken wollen, Prinzessin.

XIV

Als die Pilgerin sich ganz beruhigt hatte, ließ sie sich wieder ins Gespräch ziehen und erzählte dann ausführlich von dem Vater Amfilochij, dessen Lebenswandel so heilig gewesen war, daß seine Hände nach Weihrauch rochen. Dann berichtete sie, wie ihr Mönche, die sie kannte, bei ihrer letzten Wallfahrt nach Kiew die Schlüssel zu den Höhlenzellen gegeben hatten und wie sie dann mit einem kleinen Vorrat von Hartbrot zwei Tage und zwei Nächte bei den Heiligen in den Höhlen zugebracht hatte. „Ich bete bei dem einen, ich bezeige ihm meine Verehrung, und dann gehe ich zum anderen. Ich schlafe ein wenig, und dann gehe ich wieder hin und erweise wieder einem meine Verehrung. Und da ist dann eine solche Stille, Mütterchen, eine solche Seligkeit, daß man nie wieder an Gottes Tageslicht gehen möchte."

Pierre hörte ihr aufmerksam und ernsthaft zu. Fürst Andrej ging hinaus. Und bald nach ihm führte Prinzessin Marja Pierre in den Salon und ließ die Gottesleute ihren Tee allein austrinken.

„Sie sind sehr gut", sagte sie zu ihm.

„Ach, ich habe die Alte wahrhaftig nicht kränken wollen, ich verstehe ja ihre Gefühle so gut und weiß, wie wertvoll sie sind."

Prinzessin Marja sah ihn schweigend und mit einem zarten Lächeln an. „Ich kenne Sie schon lange und habe Sie gern wie einen Bruder", sagte sie. Und ohne ihm Zeit zu einer Antwort auf ihre freundlichen Worte zu lassen, fragte sie hastig: „Wie finden Sie Andrej? Er macht mir sehr viel Sorge. Seine Gesundheit ist ja in diesem Winter besser, aber im vorigen Frühjahr ist seine Wunde wieder aufgebrochen, und der Arzt meinte, er müsse verreisen und eine Kur brauchen. Und auch sein seelischer Zustand beunruhigt mich sehr. Er ist nicht so wie wir Frauen, die wir unser Weh durch Klagen und Weinen erleichtern können. Er verschließt seinen Gram in sich. Heute ist er freilich frisch und angeregt. Aber das kommt nur von Ihrem Besuch, sonst ist er selten so. Wenn Sie ihn doch zu einer Auslandsreise überreden könnten! Er braucht eine Tätigkeit, und dieses gleichmäßige, stille Leben hier bringt ihn um. Die andern merken das nicht, aber ich sehe es."

Gegen zehn Uhr abends hörte man näherkommendes Schellengeläut: es war die Equipage des alten Fürsten, und die Dienerschaft stürzte zum Eingang. Fürst Andrej und Pierre gingen ebenfalls vor die Tür.

„Wer ist das?" fragte der alte Fürst, als er beim Aussteigen Pierre erblickte.

„Ah! Sehr erfreut! Küsse mich!" sagte er, als er erfahren hatte, wer der unbekannte junge Mann war.

Der alte Fürst war gut gelaunt und ging mit Pierre sehr freundlich um.

Als Fürst Andrej kurz vor dem Abendessen in das Kabinett seines Vaters kam, fand er den alten Fürsten in einem hitzigen Disput mit Pierre. Pierre wollte ihm beweisen, daß eine Zeit kommen würde, in der es keinen Krieg mehr geben würde. Der alte Fürst wollte Pierres Ansicht nicht gelten lassen und machte sich über sie lustig, aber ohne sich zu ärgern.

„Zapfe das Blut aus den Adern und gieße dafür Wasser hinein, dann wird es keinen Krieg mehr geben. Weibergefasel, Weibergefasel", sagte er und klopfte Pierre trotzdem freundlich auf die Schulter. Dann ging er auf den Tisch zu, an dem Fürst Andrej, der offenbar an diesem Gespräch nicht teilzunehmen wünschte, in den Papieren blätterte, die der Fürst aus der Stadt mitgebracht hatte. Der alte Fürst trat auf ihn zu und begann von dienstlichen Angelegenheiten zu sprechen.

„Der Adelsmarschall Rostow, der Graf, hat nur die Hälfte der vorgeschriebenen Mannschaftszahl zusammengebracht. Und da kommt er in die Stadt und läßt sich einfallen, mich zum Diner einzuladen! Dem habe ich aber ein Diner serviert! ... Da, lies das einmal durch ... Na, Bruder", sagte Fürst Nikolai Andreïtsch zu seinem Sohn und klopfte Pierre dabei auf die Schulter, „ein tüchtiger Bursche ist dein Freund, der hat mir gleich gefallen! Der läßt einem warm werden. Ein anderer führt kluge Reden, und man hat doch keine Lust, ihm zuzuhören, aber dieser schwatzt lauter Unsinn zusammen, und ich alter Kerl werde warm dabei. Na, jetzt geht, geht, vielleicht komme ich auch noch und sitze ein bißchen dabei, wenn ihr zu Abend eßt. Dann kann ich mich noch ein bißchen mit ihm zanken." Und als sie schon draußen waren, schrie er Pierre noch durch die Tür nach: „Und schließe gute Freundschaft mit meinem dummen Mädel, der Prinzessin Marja!"

Erst jetzt, hier in Lysyja Gory, lernte Pierre so recht erkennen, wie warm und reizvoll die Freundschaft war, die ihn mit dem Fürsten Andrej verband. Und zwar kam ihm das nicht einmal so sehr im Umgang mit seinem Freunde selbst, als vielmehr in dem mit seinen Angehörigen und sonstigen Hausgenossen zum Bewußtsein. Den alten, mürrischen Fürsten und die sanfte, schüchterne Prinzessin Marja kannte er noch kaum, und doch fühlte er sich ihnen gegenüber vom ersten Augenblick an wie ein alter Freund. Sie hatten ihn alle gern. Die Prinzessin hatte er durch die Freundlichkeit gewonnen, mit der er die Pilgerinnen behandelt hatte, und ihre Augen leuchteten besonders hell, wenn sie ihn ansah; und der kleine einjährige Fürst Nikolai, wie der Großvater ihn nannte, lächelte Pierre an und ließ sich willig von ihm auf die Arme nehmen. Michail Iwa=

nowitsch und Mademoiselle Bourienne sahen ihn mit vergnügtem Lächeln an, wenn er sich mit dem alten Fürsten unterhielt.

An diesem ersten Abend war der alte Fürst beim Abendessen erschienen, offenbar um Pierres willen. Er war zu Pierre während der zwei Tage seines Aufenthalts in Lysyja Gory überaus freundlich und forderte ihn zu häufigem Wiederkommen auf.

Als Pierre abgefahren war und sich alle Familienangehörigen wieder zusammenfanden, äußerte sich jeder über ihn, wie das immer nach der Abreise eines neuen Gastes geschieht und wie es in solchen Fällen nur selten geschieht: alle sprachen von ihm nur Gutes.

XV

Von seinem Urlaub zurückgekehrt, empfand und erkannte Rostow zum erstenmal, wie eng er mit Denissow und mit dem ganzen Regiment verbunden war.

Als er sich dem Regiment näherte, hatte er das gleiche Gefühl wie damals, als er dem Hause in der Powarskajastraße zugefahren war. Als er zum erstenmal wieder einen Husaren erblickte, dessen geöffnete Attila die Farben seines Regiments zeigte, als er den rothaarigen Dementjew erkannte, als er die eingerammten Pfähle mit den angebundenen Füchsen sah, als er Lawruschka vergnügt seinem Herrn zuschreien hörte: „Der Graf ist gekommen! Da!" und als der haarbuschige Denissow, der auf seinem Bett gelegen und geschlafen hatte, aus seinem Unterstand herausstürzte und ihm um den Hals fiel und dann alle Offiziere sich um den Ankömmling drängten – da war es Rostow ebenso zumute wie damals, als sein Vater, seine Schwestern und seine Mutter ihn umarmten, und er konnte nicht sprechen angesichts der Freudentränen, die ihm in die Kehle gekommen waren. Das Regiment war ja auch ein Haus, es war ein Haus wie das elterliche, immer gleich lieb und teuer.

Als er sich dann beim Regimentskommandeur gemeldet hatte und wieder seiner alten Schwadron zugeteilt worden war, als er wiederum Tagesdienst gemacht und das Fouragieren geleitet hatte und nun wieder alle die kleinen Regimentsinteressen teilte und sich wiederum jeder eigenen freien Entscheidung überhoben und in einen unveränderlich engen Rahmen hineingeschmiedet fühlte – da empfand Rostow das gleiche Gefühl der Beruhigung wie unter dem Dach seines elterlichen Hauses, und ebenso wie dort hatte er das Bewußtsein, einen festen Halt zu haben und zu Hause und an seinem rechten Platz zu sein. Hier war nichts von all dem Wirrwarr, wie er in der Welt der freien, selbstherrlichen Entscheidungen herrschte, jener Welt, in der Rostow sich nicht zurechtfand und oft fehlte; hier war keine Sonja, der gegenüber man sich entscheiden mußte, ob man sich ihr erklären wollte oder nicht. Hier war man nicht vor die Wahl gestellt, ob man da- und dahin fahren sollte oder nicht; hier hatte der Tag nicht vierundzwanzig Stunden, die man nach eigenem Ermessen so oder so ausfüllen konnte; hier war nicht so eine Unzahl von Menschen, von denen einem keiner näher, keiner weniger nah stand als der andere; hier gab es nicht diese unklaren, zweideutigen geldlichen Beziehungen zum Vater, nicht die ständige Erinnerung an die fürchterliche Summe, die man an Dolochow verspielt hatte! Hier im Regiment war alles klar und einfach. Hier zerfiel die ganze Welt in zwei ungleiche Teile: der eine war das Pawlogradsche Regiment, der andere alles übrige. Und mit diesem übrigen hatte man nichts zu schaffen. Im Regiment war einem alles vertraut: man wußte, wer Oberleutnant und wer Rittmeister, wer ein guter und wer ein schlechter Kamerad war. Der Marketender gab einem Kredit, sein Gehalt bekam man pünktlich in drei Raten, es gab nichts zu überlegen und keine Entscheidungen zu treffen. Man mußte nur alles unterlassen, was beim Pawlogradschen Regiment als falsch oder schlecht galt, man mußte, wenn man einen Befehl erhalten hatte, das tun, was einem klar und deutlich vorgeschrieben worden war; und alles war gut.

Nachdem Rostow wieder in diese deutlich und scharf umrissenen Lebensbedingungen eingetreten war, wie sie beim Regiment bestanden, kam ein Gefühl freudiger Ruhe über ihn, wie es ein Müder empfindet, der sich ausstreckt, um zu ruhen. Und während dieses Feldzuges lag für Rostow im Leben beim Regiment noch ein ganz besonders erhebender Gedanke: nach seinem Spielverlust an Dolochow, den er sich allem tröstlichen Zureden seiner Angehörigen zum Trotz nicht verzeihen konnte, hatte er den Vorsatz gefaßt, sich auch im Dienst noch mehr Mühe zu geben als früher, um seine Verfehlung wieder gutzumachen: er wollte ein besonders tüchtiger Soldat und ein besonders guter Kamerad sein, mit einem Worte ein ausgezeichneter Mensch werden, was ihm beim Regiment ebenso möglich dünkte, wie es ihm in der Welt, die jenseits des Pawlogradschen Regiments lag, schwer und fast unmöglich erscheinen wollte.

Nach seinem Spielverlust hatte er beschlossen, die seinen Eltern gegenüber eingegangene Schuld innerhalb von fünf Jahren abzutragen. Ihm standen jährlich zehntausend Rubel zur Verfügung, und jetzt hatte er sich vorgenommen, nur zweitausend zu verbrauchen und das übrige seinen Eltern zur Deckung seiner Schuld zu überlassen.

*

Unsere Armee war nach allerhand Rückzügen und Vormärschen und nach den Schlachten bei Pultusk und Preußisch-Eylau im Raume von Bartenstein zusammengezogen worden. Man erwartete das Eintreffen des Kaisers bei der Armee und den Beginn des neuen Feldzuges.

Das Pawlogradsche Regiment hatte zu dem Teil der Armee gehört, der am Feldzuge von 1805 teilgenommen hatte; so hatte es sich in Rußland erst wieder auffüllen müssen und war daher zu den ersten Operationen des neuen Feldzuges zu spät gekommen. Es war weder bei Pultusk noch bei Preußisch=Eylau dabeigewesen und war, nachdem es wieder bei der Feldarme eingetroffen war, für die zweite Hälfte des Feldzuges dem Platowschen Detachement zugeteilt worden.

Das Detachement des Generals Platow operierte unabhängig von der übrigen Armee. Einige Male nahm das Pawlogradsche Regiment an Feuergefechten mit dem Feinde teil, machte Gefangene und erbeutete dabei einmal sogar das Gepäck des Marschalls Oudinot. Im April stand das Regiment einige Wochen hindurch bei einem völlig zerstörten, von allen Einwohnern verlassenen deutschen Dorfe, ohne sich von der Stelle zu rühren.

Es gab Tauwetter, Schmutz und gelegentliche Fröste, das Eis der Flüsse war aufgegangen, die Wege waren unpassierbar geworden; einige Tage lang war weder für die Pferde noch für die Mannschaften Verpflegung geliefert worden. Da jede Zufuhr unmöglich war, zerstreuten sich die Mannschaften über die verödeten Dörfer, um nach Kartoffeln zu suchen; aber auch die waren kaum zu finden.

Alles war aufgezehrt, und die Einwohner waren geflüchtet; was zurückgeblieben war, war ärmer als Bettler, und ihnen ließ sich nichts mehr abnehmen; und so wenig mitleidig die Soldaten im allgemeinen auch waren, oft gaben sie ihnen noch das letzte, was sie hatten, anstatt von ihnen etwas zu nehmen.

Die Verluste des Pawlogradschen Regiments hatten in den Gefechten, an denen es teilgenommen hatte, nur zwei Verwundete betragen, aber infolge von Hunger und Krankheiten hatte es fast die Hälfte seiner Mannschaften eingebüßt. Wer ins Spital eingeliefert wurde, dem war der Tod sicher; und so zogen die Soldaten es vor, auch wenn sie fieberten und von der schlechten Ernährung geschwollene Gliedmaßen hatten, weiter Dienst zu machen und sich gewaltsam in Reih und Glied auf den Füßen zu halten, ehe sie sich krank meldeten. Seit Frühjahrsbeginn fanden die Soldaten oft ein spargelähnliches Gewächs, das sie aus irgendeinem Grunde „das süße Marienwurzelchen" nannten; sie strichen truppweise durch Wiesen und Felder, um dieses in Wirklichkeit sehr bittere süße Marienwurzelchen zu suchen, gruben es mit den Säbeln aus und aßen es, obwohl das angesichts der gesundheitsschädlichen Wirkung verboten war. Im Frühjahr war unter den Soldaten eine neue

Krankheit aufgetreten, Anschwellungen der Arme, der Beine und des Gesichts, die von den Ärzten dem Genuß dieser Wurzel zugeschrieben wurde. Aber dem Verbot zum Trotz aßen die Leute von Denissows Schwadron vorwiegend dieses süße Marienwurzelchen, weil seit mehr als einer Woche mit den zur Neige gehenden Zwiebackvorräten gespart und nicht mehr als ein halbes Pfund auf den Kopf und Tag ausgegeben wurde und die letztgelieferte Kartoffelsendung teils erfroren war, teils gekeimt hatte.

Die Pferde fraßen ebenfalls seit mehr als einer Woche nur noch Stroh von den Hausdächern, waren grauenhaft mager geworden, und das Winterhaar hing ihnen in verfilzten Klümpchen am Leibe.

Trotz dieser jammervollen Lage lebten Offiziere und Mannschaften genau wie sonst; wie immer traten die Husaren zum Appell an, wenn auch mit bleichen und verschwollenen Gesichtern und in abgerissenen Uniformen, gingen in bestimmten Zeiträumen zum Haarschneiden, putzten Pferde, Waffen und Ausrüstungsgegenstände, schleppten statt des Futters das Stroh von den Dächern heran und stellten sich mittags bei den Kochkesseln an, von denen sie hungrig wieder aufstanden; und dabei scherzten sie noch über ihre widerwärtige Nahrung und ihren Hunger. Ebenso wie immer zündeten die Leute in ihren dienstfreien Stunden Lagerfeuer an, an denen sie sich entkleideten, um zu schwitzen, rauchten, entfernten die Keime von den fauligen Kartoffeln, buken diese in der Asche und erzählten sich gegenseitig Geschichten aus den Feldzügen unter Potemkin und Suworow oder Märchen von Aleoscha, dem Schlauberger, oder von Mikolka, dem Popenknecht.

Die Offiziere wohnten in den abgedeckten, halb zerstörten Häusern, wie gewöhnlich immer zwei oder drei zusammen. Die älteren sorgten für Beschaffung von Stroh und Kartoffeln und kümmerten sich überhaupt um die Ernährung der Mannschaften; die jüngeren beschäftigten sich wie immer mit Kartenspielen — denn wenn auch kein Proviant da war, an Geld mangelte es nicht — oder an unschuldigeren Spielen wie Swaika und Kurnik.* Von der allgemeinen Lage auf dem Kriegsschauplatz war wenig die Rede, teils weil man nichts Gewisses wußte, teils weil man eine verworrene Vorstellung davon hatte, daß der Krieg einen keineswegs günstigen Verlauf nahm.

Ebenso wie früher hauste Rostow mit Denissow zusammen, und die Freundschaft, die beide verband, war seit ihrer Urlaubszeit noch enger geworden. Denissow sprach nie von Rostows Angehörigen, aber Rostow merkte an der zärtlichen Freundschaft, die der Schwadronschef dem ihm unterstellten Offizier zeigte, daß die unglückliche Liebe des alten Husaren zu Natascha ihren Anteil an der

* Anm. am Schluß des Buches.

Stärke dieser Freundschaft hatte. Denissow suchte Rostow offenbar möglichst selten gefährlichen Lagen auszusetzen, er hatte ein wachsames Auge auf ihn und begrüßte ihn immer besonders freudig, wenn er heil und unversehrt aus einem Gefecht zurückkehrte.

Eines Tages fand Rostow, als er mit einem dienstlichen Auftrage unterwegs war, in einem verlassenen, zerstörten Dorf, wo er nach Lebensmitteln fahndete, eine polnische Familie, die aus einem alten Mann, seiner Tochter und einem Säugling bestand. Sie hungerten, hatten nichts anzuziehen und besaßen weder Pferd noch Wagen, so daß sie nicht fort konnten. Rostow brachte sie zum Regiment, quartierte sie bei sich ein und sorgte einige Wochen lang für sie, bis der Alte wieder einigermaßen zu Kräften gekommen war. Ein Kamerad Rostows machte sich einmal, als gerade über Frauen gesprochen wurde, über Rostow lustig: er sei doch der schlauste von allen, aber er sollte jetzt auch die Kameraden mit der hübschen Polin bekannt machen, die er gerettet habe, das könne man schließlich verlangen. Rostow faßte diesen Spaß als Beleidigung auf, brauste auf und gab dem Kameraden eine so scharfe Antwort, daß Denissow Mühe hatte, ein Duell zwischen den beiden zu verhindern. Als der andere fortgegangen war und Denissow, der selbst nicht wußte, welcher Art Rostows Beziehungen zu der Polin waren, ihm wegen seines Aufbrausens Vorwürfe machte, da erwiderte Rostow:

„Sage nur, was du willst ... für mich ist sie wie eine Schwester, und ich kann dir gar nicht beschreiben, wie erbitternd es für mich war ... weil ... na, eben weil ... na, eben darum ..."

Denissow schlug Rostow auf die Schulter und, ohne ihn anzusehen, ging er rasch im Zimmer auf und ab, wie er das in Augenblicken seelischer Erregung zu tun pflegte.

„Was seid ihr Rostows doch für eine närrische Sippschaft", sagte er, und Rostow gewahrte Tränen in seinen Augen.

XVI

Im April hob sich die Stimmung der Truppen durch die Nachricht, der Kaiser sei bei der Armee eingetroffen. An der Parade, die der Kaiser in Bartenstein abhielt, konnte Rostow zu seinem Bedauern nicht teilnehmen: das Pawlogradsche Regiment hatte weit vor Bartenstein Vorpostendienst.

Das Regiment biwakierte. Denissow und Rostow wohnten in einem mit Reisig und Rasen gedeckten Unterstand, den die Soldaten für sie ausgehoben hatten. Dieser Unterstand war auf folgende, in jener Zeit gerade aufgekommene Art und Weise gebaut: zuerst war ein Graben von etwa zwei Ellen Breite, drei Ellen Tiefe und viereinhalb Ellen Länge ausgehoben worden. Dann wurden am einen Ende des Grabens Stufen hergestellt, und das war der Eingang, sozusagen das Portal; der Graben selbst war das Zimmer, und bei besonders vom Glück Bevorzugten, wie es ein Schwadronschef war, enthielt dieses Zimmer ein auf Pfählen ruhendes Brett an der den Eingangsstufen gegenüberliegenden Seite; das war der Tisch. An beiden Längsseiten des Grabens war die Erde in einer Breite von etwa anderthalb Ellen aufgeworfen, und das ergab zwei Betten oder Diwans. Das Dach war so angelegt, daß man in der Mitte des Raumes aufrecht stehen und auf den Betten sogar sitzen konnte, wenn man bis unmittelbar an den Tisch heranrückte. Denissows Wohnung war geradezu luxuriös, da die Soldaten seiner Schwadron ihn gern hatten; über dem Eingang war ins Dach ein Brett eingefügt, und in dieses Brett war eine zerbrochene, aber wieder zusammengeleimte Fensterscheibe eingesetzt. Wenn es sehr kalt war, wurde auf einem gebogenen Stück Eisenblech brennendes Holz von den Lagerfeuern der Mannschaften gebracht und an die Stufen gestellt, in das Empfangszimmer, wie Denissow diesen Teil des Unterstandes nannte, und dann wurde es so warm, daß die Offiziere, von denen immer recht viele sich bei Denissow und Rostow aufzuhalten pflegten, in Hemdsärmeln dasaßen.

Im April war Rostow eines Tages Offizier vom Dienst gewesen. Nach einer schlaflos verbrachten Nacht kam er gegen acht Uhr morgens in den Unterstand zurück, ließ Feuer bringen, wechselte die regennasse Wäsche gegen frische, verrichtete sein Gebet, trank Tee, wärmte sich, tat seine Sachen in guter Ordnung in sein Winkelchen und auf den Tisch, legte sich in Hemdsärmeln auf den Rücken und schob die Hände unter den Kopf. Sein Gesicht glühte von dem Wind und Wetter, dem es in der Nacht preisgegeben gewesen war. Er dachte wohlig darüber nach, daß er in den nächsten Tagen in Anerkennung seines letzten Patrouillenritts befördert werden sollte, und wartete auf Denissow, der nicht daheim war und mit dem er gern gesprochen hätte.

Draußen hörte er Denissow aufgeregt schreien. Rostow rückte an das Fenster, um zu sehen, wen Denissow vorhatte, und erblickte den Wachtmeister Toptschejenko.

„Ich habe dir doch befohlen, die Kerls nicht diese Wurzel fressen zu lassen, dieses Marienzeugs!" schrie Denissow. „Und jetzt habe ich selbst gesehen, wie Lasartschuk sich diese Wurzel vom Felde holte."

„Ich habe es verboten, Ew. Hochwohlgeboren, aber sie tun es trotzdem", antwortete der Wachtmeister.

Rostow streckte sich wieder aus und dachte vergnügt: „Mag er sich jetzt abschinden und herumärgern, ich habe das Meinige getan und kann liegenbleiben. Ausgezeichnet!" Durch die Wand hörte er, wie außer dem Wachtmeister nun auch Lawruschka etwas sagte, Denissows findiger und durchtriebener Bursche Lawruschka erzählte etwas von Fuhren, Zwieback und Ochsen, die er gesehen habe, als er nach Proviant geritten sei.

Dann hörte er draußen wieder, schon ein wenig entfernter, Denissow schreien und verstand die Worte: „Satteln! Der zweite Zug!"

„Wohin reiten die wohl?" dachte Rostow.

Fünf Minuten später kam Denissow in den Unterstand, legte sich mit seinen schmutzigen Stiefeln aufs Bett, tat wütend ein paar Züge aus seiner Pfeife, warf alle seine Sachen durcheinander, hing sich Kosakenpeitsche und Säbel um und wollte hinausgehen. Rostow fragte, wohin er wollte, und bekam von Denissow die ärgerlich gebrummte, nichtssagende Antwort, er habe etwas vor.

„Gott im Himmel und unser Kaiser sollen meine Richter sein!" sagte er im Hinausgehen, und dann hörte Rostow draußen die Füße mehrerer Pferde durch den Schmutz stampfen. Rostow war nicht weiter neugierig darauf, wohin Denissow geritten sein mochte. Als es ihm ordentlich warm geworden war, schlief er ein und verließ den Unterstand erst gegen Abend. Denissow war noch nicht zurück. Das Wetter hatte sich aufgehellt. Vor einem benachbarten Unterstande spielten zwei Offiziere und ein Junker Swaika und lachten jedesmal, wenn der Nagel sich in die lockere, schmutzige Erde bohrte. Rostow gesellte sich zu ihnen. Mitten im Spiel gewahrten die Offiziere einige näherkommende Fuhrwerke, hinter denen fünfzehn Husaren auf ihren abgemagerten Pferden ritten. Von den Husaren eskortiert, fuhren die Wagen bis zu dem Platz, wo an Pfähle gebunden die übrigen Schwadronspferde standen, und sofort drängte sich eine Menge Husaren um sie.

„Na also!" sagte Rostow, „da ist Denissow immer so niedergeschlagen gewesen, und jetzt ist doch Proviant gekommen."

„Na so etwas!" riefen die Offiziere. „Da werden die Leute ihre Freude haben!"

Ein wenig hinter den Husaren kam Denissow, begleitet von zwei Infanterieoffizieren, geritten, mit denen er eine erregte Auseinandersetzung hatte.

Rostow ging ihm entgegen.

„Ich warne Sie, mein Herr", sagte einer der Infanterieoffiziere, ein magerer kleiner Mann, dem man Wut und Erbitterung vom Gesicht ablesen konnte.

„Aber ich habe Ihnen doch gesagt, ich gebe es nicht wieder heraus", entgegnete Denissow.

„Dafür werden Sie zur Verantwortung gezogen werden, das ist

ja unerhört! Den eigenen Truppen ihre Transporte wegzunehmen! Unsere Leute haben seit zwei Tagen nichts zu essen."

„Und meine seit zwei Wochen nicht", erwiderte Denissow.

„Das ist Raub, Sie werden sich dafür zu verantworten haben, Herr!" schrie der Infanterieoffizier wieder.

„Warum kommen Sie mir denn so nachgekrochen? He?" schrie Denissow mit plötzlich aufflammender Wut. „Die Verantwortung trage ich, nicht Sie, und jetzt hören Sie auf zu quasseln, sonst sollen Sie was erleben. Marsch!"

„Das ist ja großartig!" schrie der kleine Offizier, ohne sich einschüchtern zu lassen oder gar wegzureiten. „Wenn Sie Straßenraub treiben wollen, so werde ich Ihnen ..."

„Zum Teufel, machen Sie, daß Sie wegkommen, aber rasch! Sonst können Sie noch etwas erleben!"

Und Denissow machte Miene, auf den Offizier zuzureiten.

„Also gut!" sagte der Infanterieoffizier drohend, wandte sein Pferd um und trabte, im Sattel hin und her fliegend, davon. „Hund auf dem Zaun, lebendiger Hund auf dem Zaun!" rief Denissow ihm nach, die grimmigste Äußerung des Hohnes, den der Kavallerist für den reitenden Infanteristen hat. Dann ritt er lachend auf Rostow zu.

„Ich habe der Infanterie einen Transport weggenommen, und zwar mit Gewalt!" sagte er. „Sollen unsere Leute vielleicht vor Hunger verrecken?"

Die Fuhren, die jetzt im Biwak der Husaren angekommen waren, waren für ein Infanterieregiment bestimmt; Denissow hatte von Lawruschka erfahren, daß der Transport für sich allein marschierte, und hatte ihn mit seinen Husaren gewaltsam an sich gebracht. Jetzt wurde an die Soldaten reichlich Zwieback ausgegeben und sogar den anderen Schwadronen wurde von den erbeuteten Vorräten mitgeteilt.

Am nächsten Tage ließ der Regimentskommandeur Denissow zu sich rufen und sagte: „Ich will die Geschichte so ansehen" — er hielt sich die Hand mit den ausgespreizten Fingern vor die Augen, „ich weiß nichts davon und will die Sache nicht untersuchen. Aber ich gebe Ihnen den Rat, zum Stab zu reiten und die Sache dort beim Proviantamt einzurenken und womöglich zu quittieren, daß Sie die und die Proviantmengen empfangen haben. Andernfalls wird die Forderung dem Infanterieregiment angekreidet, es werden Nachforschungen angestellt und es kann ein böses Ende geben."

Denissow ritt vom Regimentskommandeur unmittelbar zum Stabe, ehrlich entschlossen, diesen Rat zu befolgen. Als er am Abend wieder im Unterstande erschien, befand er sich in einem Zustande, in dem Rostow seinen Freund noch nie gesehen hatte. Denissow konnte nicht sprechen und schnappte nach Luft. Rostow fragte ihn, was er habe, und Denissow stieß nur mit heiserer und schwacher Stimme unverständliche Schimpfworte und Drohungen aus.

Rostow erschrak über Denissows Zustand, schlug ihm vor, sich auszuziehen und kaltes Wasser zu trinken, und schickte zum Arzt.

„Mich wegen Raubes verurteilen – oh! Gib mir noch mehr Wasser! Mögen sie mich verurteilen, aber ich werde es mir nie nehmen lassen, einen Halunken zu prügeln, und das sage ich auch dem Kaiser. Eis her!"

Der Regimentsarzt kam und fand einen Aderlaß notwendig. Aus Denissows behaartem Arm schoß ein Strahl schwarzen Blutes, etwa ein tiefer Teller voll, und erst dann war er imstande, zu erzählen was er erlebt hatte.

„Ich komme hin", erzählte Denissow. „‚Na, wo ist hier euer Chef?' Man sagt mir Bescheid. Ob ich nicht so gut sein möchte, ein wenig zu warten? ‚Ich habe meinen Dienst, ich bin dreißig Werst weit hergekommen, habe keine Zeit zu warten, melde mich an.' Gut. Kommt also dieser Oberdieb und glaubt auch, er kann mir gute Lehren geben: ‚Das ist Raub!' – ‚Raub', sage ich, ‚begeht nicht der, der sich Proviant verschafft, um seinen Soldaten zu essen zu geben, sondern wer ihn an sich bringt, um sich die Taschen vollzustopfen!' Ob ich nicht so gut sein wollte, den Mund zu halten? ‚Schön, auch das.' – Dann sagt er: ‚Gehen Sie zum Proviantverwalter und stellen Sie ihm eine Quittung aus, Ihre Angelegenheit muß den Instanzenweg gehen.' Also ich gehe zum Proviantverwalter. Und wie ich hereinkomme ... wer sitzt da am Tisch? Na, wer wohl? Denke einmal nach! Was meinst du, was für einer das ist, der uns krepieren läßt vor Hunger?" schrie Denissow und schlug mit der Faust des noch schonungsbedürftigen Armes so wild auf den Tisch, daß dieser beinahe zusammengebrochen wäre und die daraufstehenden Gläser ins Schwanken gerieten. „Teljanin! – ‚Was, du willst uns vor Hunger krepieren lassen?', und schon kriegt er eins auf die Schnauze, und noch eins, das flog nur so ... ‚Verfluchter Schweinehund.' – Na, und so dresche ich auf ihn los. Es war mir wirklich eine richtige Herzensfreude, das kann ich dir sagen", schrie Denissow und fletschte mit grimmigem Behagen seine weißen Zähne unter dem schwarzen Schnurrbart. Umgebracht hätte ich ihn, wenn sie ihn mir nicht fortgerissen hätten."

„Aber warum schreist du denn so, beruhige dich doch!" sagte Rostow. „Da blutest du ja auch schon wieder. Warte einmal, wir müssen den Verband erneuern."

Der Verband wurde erneuert und Denissow auf sein Bett gelegt. Als er am folgenden Tage erwachte, machte er einen heiteren und ruhigen Eindruck.

Allein gegen Mittag erschien der Regimentsadjutant mit ernstem und niedergeschlagenem Gesichtsausdruck in Denissows und Rostows Unterstand und überreichte voller Teilnahme ein dienstliches Schreiben des Regimentskommandeurs an den Major Denissow, in dem dieser aufgefordert wurde, sich über die Vorfälle von gestern zu äußern. Der Adjutant eröffnete Denissow, die Sache werde wohl eine recht böse Wendung nehmen, es sei eine kriegsgerichtliche Kommission ernannt worden, und angesichts der Strenge, mit der neuerdings gegen jede Art von Marodieren und eigenmächtigem Vorgehen einzelner Formationen eingeschritten werde, könnte die Sache im günstigsten Falle mit einer Degradation enden.

Seitens der Beleidigten war die Sache folgendermaßen dargestellt worden: nachdem er den Transport gewaltsam an sich gebracht habe, sei der Major Denissow ohne jegliche Aufforderung des Oberproviantmeisters in betrunkenem Zustande bei diesem erschienen, habe ihn einen Dieb genannt und mit Schlägen bedroht, und als man ihn veranlaßt habe, sich wieder zu entfernen, sei er in die Kanzlei gestürzt, habe dort zwei Beamte tätlich mißhandelt und einem von ihnen den Arm verrenkt.

Als Rostow daraufhin mit erneuten Fragen in Denissow drang, sagte dieser lachend, anscheinend müsse ihm bei dieser Gelegenheit außer Teljanin noch ein anderer zwischen die Finger geraten sein, aber schließlich sei das alles dummes Zeug und nicht der Rede wert; er dächte gar nicht daran, sich vor irgendeinem Gericht zu fürchten, und wenn diese Halunken wagen sollten, es ihm gegenüber auf eine Kraftprobe ankommen zu lassen, so sollten sie von ihm eine Antwort bekommen, an die sie denken würden.

Denissow behandelte diese ganze Angelegenheit mit betonter Geringschätzung; Rostow kannte ihn aber gut genug, um zu merken, daß er sich im Grunde seines Herzens, obgleich er das vor allen anderen verhehlte, vor dem Gericht fürchtete und unter dem Gedanken an die bösen Folgen litt, die diese Angelegenheit voraussichtlich für ihn haben würde. Tag für Tag kamen nun dienstliche Anfragen und Vorladungen, und am ersten Mai erhielt Denissow den Befehl, seine Schwadron dem nächstältesten Offizier zu übergeben und sich im Stabe des Detachements Platow zu melden, wo die Verhandlung der ihm zur Last gelegten Gewalttätigkeiten stattfinden sollte. Am Tage zuvor unternahm Platow mit zwei Kosakenregimentern und zwei Schwadronen Husaren eine gewaltsame Rekognoszierung. Denissow ritt wie immer über die Vorpostenkette hinaus mit betontem Zurschautragen seiner Tapferkeit. Französische Schützen nahmen ihn unter Feuer, und eine Kugel traf ihn ins Fleisch des Oberschenkels. Unter anderen Umständen hätte Denissow um einer so leichten Wunde willen das Regiment wahrscheinlich gar nicht verlassen, jetzt aber machte er sich diesen Vorfall zunutze, sandte eine Meldung zum Detachementsstab, daß er zum anberaumten Termin nicht erscheinen könne, und ließ sich ins Spital aufnehmen.

XVII

Im Juni fand die Schlacht bei Friedland statt, an der das Pawlogradsche Regiment nicht teilnahm, und gleich darauf wurde den Truppen der Abschluß eines Waffenstillstandes mitgeteilt. Rostow hatte das Fernsein seines Freundes schwer empfunden, und da er seit dessen Aufnahme ins Spital keine Nachrichten mehr von ihm gehabt hatte und sich über das gegen Denissow schwebende Verfahren sowie über seine Wunde Gedanken machte, benutzte er den Waffenstillstand und ließ sich zu einem Besuch Denissows im Spital beurlauben.

Das Spital befand sich in einem kleinen preußischen Marktflecken, der zweimal von russischen und französischen Truppen verwüstet worden war. Und gerade weil es Sommer war und draußen auf dem Felde alles grünte und blühte, bot dieser Marktflecken mit seinen zertrümmerten Dächern und Zäunen, seinen schmutzigen Gassen, mit den abgerissenen Einwohnern und den betrunkenen und kranken Soldaten, die sich dort herumtrieben, einen besonders traurigen Anblick.

Das Spital war in einem steinernen Hause untergebracht, dessen Hof nur noch einzelne Überreste der Umzäunung aufwies und dessen Fensterrahmen und Fensterscheiben großenteils herausgebrochen und herausgeschlagen waren. Einige Soldaten mit blassen Gesichtern und angeschwollenen Gliedmaßen in Verbänden gingen auf dem Hofe herum oder saßen in der Sonne.

In dem Augenblick, da Rostow in die Tür trat, schlug ihm auch schon der von den Ausdünstungen faulenden Fleisches erfüllte Spitalsgeruch entgegen. Auf der Treppe begegnete er einem Militärarzt mit einer Zigarre im Munde, hinter dem ein Feldscher herkam.

„Ich kann mich doch nicht zerreißen", sagte der Arzt. „Komm heute abend zu Makar Alexejewitsch, da kannst du mich sprechen."

Der Feldscher stellte noch eine Frage.

„Ach, mache das doch, wie es dir gut scheint! Als ob das nicht ganz einerlei wäre!" Jetzt gewahrte der Arzt den die Treppe heraufkommenden Rostow. „Was suchen Sie hier, Ew. Wohlgeboren?" fragte er. „Was suchen Sie hier? Da Sie schon keine Kugel getroffen hat, wollen Sie sich wenigstens den Typhus holen, was? Hier haben wir die Leute mit ansteckenden Krankheiten, Väterchen."

„Wieso?"

„Typhus, Väterchen. Wer hier hereinkommt, ist hin. Nur Makejew und ich" – er wies auf den Feldscher – „schinden uns hier noch herum. Von uns Ärzten haben schon Stücker fünf dran glauben müssen. Wenn ein Neuer herkommt, so ist er in knapp einer Woche fertig", sagte der Arzt mit sichtlichem Behagen. „Wir haben preußische Ärzte angefordert, aber unsere lieben Verbündeten reißen sich nicht um solche Posten."

Rostow erklärte ihm, er wünsche den hier liegenden Husarenmajor Denissow zu sehen.

„Kenne ich nicht, Väterchen, keine Ahnung! Machen Sie sich bitte klar, daß ich allein drei Spitäler mit über vierhundert Patienten zu versorgen habe! Es ist nur gut, daß die preußischen Wohltätigkeitsdamen uns Kaffee und Charpie schicken, monatlich zwei Pfund, sonst wären wir gänzlich verloren." Er lachte. „Vierhundert, Väterchen! Und immer schicken sie mir noch neue. Vierhundert sind es doch, was?" wandte er sich an den Feldscher.

Der Feldscher machte einen recht erschöpften Eindruck. Offenbar wartete er mit ungeduldigem Ärger darauf, daß der gesprächige Arzt endlich wegging.

„Major Denissow", wiederholte Rostow. „Er ist bei Mollwitten verwundet worden."

„Wird wohl tot sein. Was meinst du, Makejew?" fragte der Arzt gleichgültig den Feldscher.

Der Feldscher schwieg.

„War das nicht so ein Langer mit roten Haaren?" fragte der Arzt.

Rostow beschrieb Denissows Äußeres.

„Natürlich, natürlich, so einen haben wir gehabt", rief der Arzt, und es schien, als freue ihn diese Tatsache ganz besonders. „Der muß gestorben sein, übrigens kann ich das feststellen lassen, wir haben da so eine Liste. Hast du sie, Makejew?"

„Makar Alexejewitsch hat sie", antwortete der Feldscher. „Aber vielleicht gehen Sie einmal in die Offiziersabteilung? Da können Sie sich ja selbst überzeugen", fügte er, zu Rostow gewandt, hinzu.

„Ach, Väterchen, gehen Sie lieber nicht hinein", meinte der Arzt, „womöglich müssen wir Sie selbst dann noch hierbehalten."

Aber Rostow verabschiedete sich von dem Arzt und bat den Feldscher, ihn hinzuführen.

„Machen Sie aber mir nachher keine Vorwürfe!" rief ihm der Arzt nach, als Rostow und der Feldscher schon fast oben waren.

Sie gelangten in einen dunklen Korridor, in dem der Krankenhausgeruch so stark war, daß Rostow sich die Nase zuhielt und einen Augenblick haltmachen mußte, um neue Kräfte zum Weitergehen zu sammeln. Auf der rechten Korridorseite öffnete sich eine Tür, und ein barfüßiger, nur mit Unterwäsche bekleideter magerer Mann mit gelblicher Gesichtsfarbe kam auf Krücken herausgehumpelt. Er lehnte sich an den Türpfosten und betrachtete die Vorübergehenden mit Augen, aus denen der Neid funkelte. Rostow warf einen Blick durch die Tür und sah Kranke und Verwundete auf Stroh oder Mänteln auf dem Fußboden liegen.

„Kann man hinein und es sich ansehen?" fragte er.

„Was ist da zu sehen?" meinte der Feldscher.

Aber gerade deswegen, weil der Feldscher ihn offenbar nicht gern hineinlassen wollte, betrat Rostow den mit Mannschaften belegten Raum. An den Geruch auf dem Korridor hatte er sich bereits ein wenig gewöhnt; hier roch es viel stärker. Allerdings war der Geruch hier auch von etwas anderer Art; er war schärfer, und man merkte, daß er gerade von hier ausging.

Durch die großen Fenster fielen die Sonnenstrahlen grell in das lange Zimmer; mit den Köpfen zur Wand lagen Kranke und Verwundete in zwei Reihen da, so daß in der Mitte ein Durchgang frei blieb. Die meisten schliefen oder lagen in Halbschlaf und Bewußtlosigkeit da, ohne sich um die Eintretenden zu kümmern. Aber alle anderen, die bei klarem Bewußtsein waren, richteten sich auf oder hoben doch ihre mageren, gelblichen Gesichter in die Höhe und starrten Rostow mit Blicken an, in denen ausnahmslos die Hoffnung des Hilfsbedürftigen und der vorwurfsvolle Neid des Kranken auf fremde Gesundheit lagen. Rostow ging in die Mitte des Raumes, warf durch die offenstehenden Türen einen Blick in die beiden anstoßenden Zimmer und gewahrte hier genau das gleiche Bild. Er stand da und sah sich schweigend um. Auf den Anblick, der sich ihm hier bot, war er nicht gefaßt gewesen. Unmittelbar vor ihm lag ein Kranker auf dem bloßen Fußboden auf dem Rücken, die mächtigen Arme und Beine so weit gespreizt, daß er fast den Durchgang sperrte. Nach dem Haarschnitt zu urteilen, war es ein Kosak. Sein Gesicht war flammendrot, die Augen hatte er so verdreht, daß nur das Weiße zu sehen war, und an seinen nackten bloßen Füßen und den roten Händen spannten sich die Adern wie Stricke. Er schlug ununterbrochen mit dem Hinterkopf gegen den Boden und murmelte mit heiserer Stimme immer wieder das gleiche Wort. Rostow horchte auf und verstand endlich das Wort, das der Kosak unausgesetzt wiederholte. Das Wort hieß: „Trinken — trinken — trinken!" Rostow sah sich um, ob nicht jemand in der Nähe war, der den Kranken wieder auf seinen Platz legen und ihm Wasser bringen könnte.

„Wer hat hier die Kranken zu pflegen?" fragte er den Feldscher.

In diesem Augenblick kam aus dem Nebenzimmer ein Trainsoldat, der Krankenwärterdienst machte, und blieb in strammer militärischer Haltung vor Rostow stehen.

„Gesundheit wünsche ich, Ew. Hochwohlgeboren!" schrie er, die

Augen starr auf Rostow geheftet, den er offenbar für einen zum Spital gehörigen Arzt und somit für seinen direkten Vorgesetzten hielt.

Rostow deutete auf den Kosaken.

„Bringe ihn doch an seinen Platz und gib ihm Wasser", sagte er.

„Zu Befehl, Ew. Hochwohlgeboren", schrie der Soldat mit fröhlichem Lächeln, starrte Rostow noch eindringlicher an und reckte sich noch mehr heraus, aber ohne sich von der Stelle zu rühren.

„Nein, hier ist nichts zu machen", dachte Rostow und sah zu Boden. Schon wollte er den Raum verlassen, da fühlte er von rechts her einen besonders eindringlichen Blick auf sich ruhen und wandte sich um. Ganz hinten in der Ecke saß ein alter Soldat auf seinem Mantel. Er hatte ein strenges, skelettartig abgemagertes, gelbliches Gesicht und wochenalte graue Bartstoppeln. Er sah Rostow unverwandt an, und sein Nachbar deutete ebenfalls auf Rostow und raunte dem Alten einige Worte zu. Rostow merkte, daß der alte Soldat ihn um irgend etwas bitten wollte. Er trat an ihn heran und sah, daß er nur das eine Bein beim Sitzen zusammengekrümmt hielt, und an Stelle des anderen einen oberhalb des Knies endigenden Stumpf hatte. Des Alten anderer Nebenmann lag, etwas weiter von ihm entfernt, regungslos da, den Kopf zurückgeworfen; es war ein junger Soldat, stülpnasig und sommersprossig und von wächserner Gesichtsfarbe. Die Augen hatte er so verdreht, daß die Iris unter den Lidern verschwand. Rostow sah ihn an, und ein plötzlicher Frostschauer lief ihm den Rücken hinab.

„Aber es sieht ja so aus, als sei dieser ...", wandte er sich an den Feldscher.

„Wir haben ja so darum gebeten, Ew. Wohlgeboren", sagte der alte Soldat, und sein Unterkiefer zitterte. „Er ist schon heute früh gestorben. Wir sind doch auch Menschen und keine Hunde ..."

„Ich werde sofort Leute herschicken, jawohl, jawohl, er wird gleich fortgeschafft werden", sagte der Feldscher hastig. „Aber wollen Sie nicht bitte kommen, Ew. Wohlgeboren?"

„Ja, ja, gehen wir", antwortete Rostow eilig und verließ das Zimmer, die Augen zu Boden gesenkt und sorgsam bemüht, möglichst unbemerkt an all den Augen vorbeizukommen, die ihn von beiden Seiten her vorwurfsvoll und neidisch anstarrten.

XVIII

Der Feldscher führte Rostow durch den Korridor zur Offiziersstation, die aus drei durch offenstehende Türen miteinander verbundenen Zimmern bestand. In diesem Zimmer gab es Betten, auf denen die verwundeten oder kranken Offiziere lagen oder saßen. Einige gingen auch in ihren Spitalskitteln in den Zimmern auf und ab. Der erste, dem Rostow hier begegnete, war ein kleines, dürres, einarmiges Männchen, das mit Schlafmütze und Spitalskittel, eine kurze Pfeife im Munde, im ersten Zimmer umherwanderte. Rostow suchte sich vergeblich zu besinnen, wo er diesen Mann schon gesehen hatte.

„Also hier führt Gott uns wieder zusammen", sagte das kleine Männchen, „Tuschin, Tuschin, erinnern Sie sich? Ich habe Sie doch damals bei Schöngraben auf einem meiner Geschütze mitgenommen. Na, jetzt haben sie mir ein Stückchen Fleisch abgeschnitten", und er deutete lächelnd auf seinen leeren Ärmel. Dann, als er erfahren hatte, wen Rostow sprechen wollte, fuhr er fort: „Also Wassilij Dmitrijewitsch Denissow suchen Sie? Der haust hier mit uns zusammen. Hier, hier!" und er führte Rostow ins Nebenzimmer, aus dem mehrstimmiges Gelächter herüberdrang.

„Wie kann man nur hier lachen, ja wie kann man überhaupt hier leben?" dachte Rostow, der immer noch den Leichengeruch aus der Mannschaftsabteilung zu atmen glaubte und immer noch rings um sich, zur Rechten wie zur Linken, die neiderfüllten Blicke und das Gesicht des jungen Soldaten mit den verdrehten Augen zu sehen glaubte.

Denissow lag, die Decke über den Kopf gezogen, im Bett und schlief, obwohl es schon auf die Mittagszeit ging.

„Ah, Rostow? Guten Tag, guten Tag!" schrie er genau so laut, wie er es beim Regiment zu tun pflegte; aber Rostow merkte teilnahmsvoll, wie sich hinter seiner gewöhnlichen ungezwungenen Lebhaftigkeit irgend etwas Fremdes, Trübes, gewaltsam Zurückgedrängtes verbarg, das trotzdem in Denissows Miene, in seiner Stimme und Sprechweise seinen Ausdruck fand.

So unbedeutend seine Wunde auch war, sie war immer noch nicht verheilt, obwohl sie inzwischen schon sechs Wochen alt war. Wie die Gesichter aller Spitalinsassen sah auch das seine bleich und gedunsen aus. Aber das war es nicht, was Rostow so beklemmend auffiel: was ihm so auffiel, war vielmehr der Umstand, daß Denissow sich anscheinend über sein Kommen gar nicht freute und daß das Lächeln, mit dem er ihn empfing, unecht und gezwungen wirkte. Denissow fragte weder nach dem Regiment noch nach dem allgemeinen Verlauf der Kriegsoperationen. Rostow fing einige Male an, davon zu sprechen, aber Denissow hörte nicht zu.

Rostow glaubte sogar zu bemerken, daß es Denissow unangenehm war, an das Regiment und überhaupt an jenes andere freie Leben da draußen außerhalb des Spitals erinnert zu werden. Es war, als suche er dieses Leben von einst zu vergessen und habe überhaupt für nichts mehr Sinn als für seinen Zusammenstoß mit dem Proviantbeamten. Als Rostow ihn fragte, wie die Sache jetzt stünde, zog er gleich unter seinem Kopfkissen ein von der Gerichtskommission eingegangenes Schreiben und den Entwurf seines Antwortbriefes hervor. Er begann Rostow sein Schreiben vorzulesen, und jetzt wurde er ganz lebhaft und machte Rostow besonders auf einige Anzüglichkeiten aufmerksam, die er in sein Antwortschreiben hineinverflochten hatte und mit denen er seine Gegner besonders zu treffen glaubte. Denissows Spitalkameraden, die sich um Rostow als einen neuen Ankömmling aus der Welt der Freiheit zu scharen begonnen hatten, zogen sich einer nach dem anderen wieder zurück, sobald Denissow anfing, sein Schreiben vorzulesen. Rostow merkte an ihren Gesichtern, daß alle diese Herren diese ganze Geschichte bereits mehr als einmal, ja bis zum Überdruß hatten anhören müssen. Nur Denissows Bettnachbar, ein dicker Ulan, blieb auf seinem Lager sitzen, runzelte finster die Brauen und rauchte seine Pfeife; und der kleine einarmige Tuschin hörte ebenfalls noch zu und schüttelte hin und wieder mißbilligend den Kopf. Mitten darin unterbrach der Ulan den vorlesenden Denissow.

„Ich bin der Meinung", sagte er zu Rostow, „er müßte einfach den Kaiser um Begnadigung bitten. Wie es heißt, soll es jetzt überhaupt massenhaft Auszeichnungen und Belohnungen geben, und dabei wird man ihm wohl auch verzeihen . . ."

„Ich soll beim Kaiser um Gnade bitten!" rief Denissow mit einer Stimme, in die er seine alte Energie und aufbrausende Heftigkeit zu legen suchte, aus der aber doch nur eine nutzlose Gereiztheit herausklang. „Weswegen denn? Wenn ich ein Räuber wäre, dann würde ich um Gnade bitten, so aber werde ich ja nur vor Gericht gestellt, weil ich einmal mit dem Finger auf die Leute gezeigt habe, die in Wirklichkeit Räuber sind. Sollen sie doch über mich zu Gericht sitzen! Ich habe vor niemand Angst. Ich habe dem Zaren und dem Vaterlande ehrlich gedient und nicht gestohlen! Mich degradieren und . . . Höre mal, ich werde das ganz offen und ohne Umschweife schreiben; ich werde schreiben: ‚Wenn ich Kommißeigentum unterschlagen hätte . . .'"

„Sehr geschickt formuliert, da ist nichts zu sagen", meinte Tuschin. „Aber darum handelt es sich jetzt nicht, Wassilij Dmitritsch" — er wandte sich zugleich an Rostow —, „man muß gute Miene zum bösen Spiel machen, und gerade das will Wassilij Dmitritsch nicht. Der Auditor hat Ihnen doch gesagt, daß Ihre Sache schlimm steht."

„Na, soll sie doch schlimm stehen!" rief Denissow.

„Der Auditor hat Ihnen doch eine Bittschrift aufgesetzt", fuhr Tuschin fort, „Sie brauchen sie nur zu unterschreiben und durch diesen Herrn befördern zu lassen", er wies auf Rostow. „Er hat doch sicher jemand beim Stab, den er für die Sache interessieren könnte. Eine bessere Gelegenheit wird sich Ihnen nie bieten."

„Aber ich habe Ihnen doch gesagt, daß ich so einen schäbigen Weg nicht einschlage", unterbrach ihn Denissow und las weiter vor. Rostow wagte nicht, Denissow weiter zuzureden, obwohl er instinktiv erkannte, daß der von Tuschin und den anderen Offizieren befürwortete Weg der sicherste war, und obgleich er sich glücklich geschätzt hätte, Denissow behilflich sein zu dürfen; allein er kannte Denissows unbeugsamen Willen und sein bis zur Leidenschaftlichkeit entwickeltes Rechtsempfinden.

Es dauerte über eine Stunde, bis Denissow mit dem Vorlesen seines giftigen Schreibens fertig war. Rostow verlor kein Wort mehr darüber und verbrachte den Rest des Tages in gedrückter Stimmung mit Denissow und dessen Spitalgenossen, die sich wieder eingestellt hatten; er erzählte, was er vom allgemeinen Gang der Ereignisse wußte, und hörte sich an, was die anderen zu erzählen hatten. Denissow hüllte sich den ganzen Abend über in ein mürrisches Schweigen.

Es war schon spät geworden, als Rostow sich anschickte, zurückzureiten; er fragte Denissow, ob er irgendeinen Auftrag für ihn habe.

„Ja, warte", erwiderte Denissow, sah sich nach den anderen Offizieren um, holte unter seinem Kopfkissen seine Schriftstücke hervor, ging ans Fenster, vor dem er sein Tintenfaß stehen hatte, und setzte sich hin, um zu schreiben.

„Es ist ja klar, gegen einen Haufen Mist kann man nicht anstinken", sagte er, als er vom Fenster zurückkam, und übergab Rostow ein großes Kuvert. Es war die von dem Auditor aufgesetzte, an den Kaiser gerichtete Bittschrift, in der Denissow einfach um Gnade bat, ohne mit einem Wort an die Zustände im Proviantamt zu rühren, durch deren Schuld seine Schwadron ohne Verpflegung geblieben war.

„Gib das weiter, ihr habt ja recht, es ist . . ."

Er brach ab und lächelte ein schmerzliches und gezwungenes Lächeln.

XIX

Wieder beim Regiment eingetroffen, berichtete Rostow dem Kommandeur, wie Denissows Angelegenheit stand, und ritt dann mit dem an den Kaiser gerichteten Brief nach Tilsit.

Am 13. Juni fand in Tilsit die Begegnung der beiden Kaiser statt, des französischen und des russischen. Boris Drubezkoi hatte die hochgestellte Persönlichkeit, bei der er Adjutantendienste tat, gebeten, ihn der nach Tilsit bestimmten Suite zuzukommandieren.

„Je voudrais voir le grande homme",[1] sagte er und meinte damit Napoleon, den er bis jetzt, wie es auch alle anderen taten, nur Buonaparte genannt hatte.

„Vous parlez de Buonaparte?"[2] fragte der General lächelnd.

Boris sah seinen General fragend an und begriff sofort, daß es sich um ein scherzhaftes Examen handelte.

„Mon prince, je parle de l'empereur Napoleon",[3] antwortete er.

Der General klopfte ihm lächelnd auf die Schulter. „Du wirst es weit bringen", sagte er und nahm ihn mit.

Am Tage der Kaiserzusammenkunft war Boris mit einer kleinen Zahl anderer Offiziere auf der Memel. Er sah die Flöße mit den verschlungenen Initialen, er sah Napoleon am anderen Ufer an der Front seiner Garde entlangreiten, er sah das nachdenkliche Gesicht des Kaisers Alexander, als dieser schweigend in einem Kruge am Memelufer saß und auf Napoleons Ankunft wartete, er sah beide Kaiser in ihre Boote steigen, er sah, wie Napoleon als erster das zur Zusammenkunft bestimmte Floß erreichte, wie er rasch auf die andere Seite des Floßes hinüberging, an der Alexanders Boot anlegte, wie er ihm die Hand gab, und sah dann beide Kaiser im Pavillon verschwinden. Seit Boris in Fühlung mit den höchsten Kreisen der Armee gekommen war, hatte er es sich zur Gewohnheit gemacht, alles aufmerksam zu beobachten, was um ihn her geschah, und sich Aufzeichnungen darüber zu machen. Während der Tilsiter Kaiserzusammenkunft erkundigte er sich sorgfältig nach den Namen derer, die mit Napoleon gekommen waren, nach den Uniformen, die sie trugen; mit größter Aufmerksamkeit lauschte er auf jedes Wort, das einer der hohen Herren fallen ließ. In dem Augenblick, als die beiden Kaiser im Pavillon verschwanden, sah er nach der Uhr und vergaß auch nicht, das gleiche zu tun, als Alexander wieder aus dem Pavillon herauskam. Die Zusammenkunft hatte eine Stunde und dreiundfünfzig Minuten gedauert: er trug das noch am selben Abend in sein Taschenbuch ein, zusammen mit anderen Tatsachen, denen er historische Bedeutung zuschrieb. Da die Suite des Kaisers zahlenmäßig sehr beschränkt war, so war es für einen Menschen, der Karriere machen wollte, etwas sehr Wichtiges, während der Kaiserzusammenkunft in Tilsit gewesen zu sein; und nachdem Boris es fertiggebracht hatte, nach Tilsit mitgenommen zu werden, glaubte er seine Stellung als durchaus gefestigt ansehen zu können. Man kannte ihn nicht nur, sondern man würdigte ihn auch seiner Aufmerksamkeit und hatte sich daran gewöhnt, ihn zu sehen. Zweimal hatte er

[1] Ich möchte den großen Mann gerne sehen.
[2] Sprechen Sie von Bonaparte?
[3] Ich meine den Kaiser Napoleon, mein Fürst.

Aufträge an den Kaiser selbst ausrichten dürfen, so daß der Kaiser ihn vom Ansehen kannte und seine ganze Umgebung nicht mehr wie früher ihm als einem Neuling gegenüber fremd und steif tat, sondern sich schließlich fast gewundert, wenn er einmal gefehlt hätte.

Boris wohnte mit einem anderen Adjutanten zusammen, dem Grafen Zilinski. Zilinski, ein in Paris erzogener Pole, war sehr reich und liebte alles Französische heiß; während der Tilsiter Tage fanden sich französische Gardeoffiziere oder Herren vom französischen Hauptquartier fast täglich bei Zilinski und Boris zum Frühstück oder zum Mittagessen ein.

Am Abend des 24. Juni gab Graf Zilinski in dem von ihm und Boris gemeinsam bewohnten Quartier ein Souper für seine französischen Bekannten. Ehrengast war ein Adjutant Napoleons, ferner nahmen noch einige französische Gardeoffiziere und einer von den Pagen Napoleons daran teil, noch ein halbes Kind, Träger eines altadligen französischen Namens. Und gerade an diesem Abend langte Rostow, der nicht erkannt werden wollte und darum die Dunkelheit benutzte und Zivilkleidung trug, in Tilsit an und erschien in der Wohnung der beiden.

Der Umschwung in der inneren Haltung gegenüber Napoleon und den Franzosen, die aus Feinden plötzlich Freunde geworden sein sollten, hatte sich zwar in dem zum Hauptquartier gehörigen Boris vollzogen, in Rostow dagegen noch ebensowenig wie in der ganzen übrigen Frontarmee, von der er herkam. In der Armee hatte man ganz allgemein für Bonaparte und die Franzosen noch das Gefühl von früher, das sich aus Wut, Verachtung und Furcht zusammensetzte. Rostow hatte sich noch ganz vor kurzem im Disput mit einem Kosakenoffizier vom Platowschen Detachement auf den Standpunkt gestellt, wenn Napoleon gefangen würde, sei er nicht als Kaiser, sondern als Verbrecher zu behandeln. Und als er unterwegs mit einem verwundeten französischen Obersten zusammengetroffen war, hatte er diesem beweisen wollen, daß von einem Friedensschlusse zwischen einem legitimen Kaiser und einem Verbrecher wie Napoleon überhaupt keine Rede sein könne, und hatte sich dabei gewaltig in Hitze geredet. So war Rostow denn ganz verblüfft und betroffen, als er in Boris' Quartier französische Offiziere in den gleichen Uniformen erblickte, die er von der Vorpostenkette aus unter völlig anderen Bedingungen zu sehen gewohnt war. Kaum gewahrte er beim Öffnen der Tür den ersten französischen Offizier, als auch schon jene ganze Empfindungsreihe von Krieg und Feindseligkeit über ihn kam, die der Anblick des Feindes jedesmal in ihm wachzurufen pflegte. Er blieb auf der Schwelle stehen und fragte in russischer Sprache, ob Drubezkoi hier wohne. Boris hörte eine fremde Stimme im Vorzimmer und kam heraus. Als er Rostow er=

kannte, erschien auf seinem Gesicht für einen Augenblick der Ausdruck eines gewissen Ärgers.

Aber dann trat er lächelnd auf Rostow zu.

„Ach, du bist es! Sehr erfreut, sehr erfreut, dich zu sehen", sagte er.

Allein Rostow war der Ausdruck nicht entgangen, den sein Gesicht im ersten Augenblick gehabt hatte.

„Es scheint, ich komme dir ungelegen", antwortete er. „Ich wäre auch gar nicht gekommen, wenn mich nicht eine ganz besondere Veranlassung herführte", setzte er kalt hinzu.

„Aber durchaus nicht, ich wundere mich nur darüber, wie du plötzlich vom Regiment hierherkommst." Jemand rief seinen Namen, und er antwortete, zum Zimmereingang gewandt: „Dans un moment je suis à vous." [1]

„Ich sehe, ich komme dir ungelegen", wiederholte Rostow.

Der Ausdruck des Ärgers war von Boris' Gesicht bereits verschwunden; er hatte sich offenbar den Fall überlegt und war sich darüber klargeworden, wie er sich zu stellen hatte. Also nahm er Rostow mit der größten Ruhe bei beiden Händen und führte ihn in das anstoßende Zimmer. Seine Augen sahen Rostow unbefangen und fest an, aber es war, als läge noch etwas zwischen ihnen und dem Gegenstand, auf den ihre Blicke trafen, eine Art Schutzvorrichtung — die blaue Brille des gesellschaftlichen Umganges. Das war Rostows Eindruck.

„Aber höre doch auf, ich bitte dich! Wie könntest du mir ungelegen kommen?" meinte Boris.

Boris führte ihn in das Zimmer, in dem der Tisch schon gedeckt stand, machte ihn mit Zilinski und den Gästen bekannt und fügte hinzu, daß Rostow kein Zivilist, sondern Husarenoffizier und ein alter Freund von ihm sei.

„Graf Zilinski, le comte N. N., le capitaine S. S.", stellte er vor. Rostow sah die Franzosen mürrisch an, verbeugte sich widerwillig und sagte kein Wort.

Zilinski empfand offenbar keine sehr große Freude über das Auftauchen dieses neuen russischen Gesichts in seinem Kreise und vermied es, an Rostow das Wort zu richten. Boris schien die durch Rostows Dazukommen entstandene Befangenheit nicht zu bemerken und bemühte sich um die Belebung des Gesprächs, immer noch die gleiche verbindliche Gelassenheit und Zurückhaltung im Blick wie bei ihrer Begegnung im Vorzimmer. Einer der französischen Offiziere wandte sich mit der hergebrachten französischen Höflichkeit an den hartnäckig schweigenden Rostow und meinte, er sei wohl auch nach Tilsit gekommen, um den Kaiser zu sehen.

[1] Noch einen Augenblick, dann stehe ich zu Ihrer Verfügung.

„Nein, ich habe hier zu tun", erwiderte Rostow kurz.

Nachdem Rostow einmal jenen Ausdruck des Mißvergnügens auf Boris' Gesicht wahrgenommen hatte, war er schlechter Laune geworden, und wie es einem in solchen Fällen immer geht, er hatte das Gefühl, von allen mit unfreundlichen Blicken angesehen zu werden und nur störend zu wirken. Und tatsächlich wirkte er störend, da er sich als einziger von der neu in Gang gekommenen Unterhaltung ausschloß. Und die Blicke, welche die anderen auf ihn warfen, sagten deutlich: „Warum sitzt er eigentlich hier?"

Rostow erhob sich und ging auf Boris zu.

„Ich sehe schon, ich störe dich hier", sagte er leise. „Laß uns auf die Seite gehen und von dem sprechen, das mich hergeführt hat, und dann breche ich auf."

„Aber nein, nicht im geringsten", entgegnete Boris. „Aber wenn du müde bist, kann ich dich ja in mein Zimmer führen, du legst dich hin und erholst dich."

„Ja, allerdings ..."

Sie gingen in das kleine Stübchen, in dem Boris schlief. Ohne sich zu setzen, setzte Rostow sofort Denissows Angelegenheit auseinander, und er tat das mit einer Gereiztheit, als habe er Boris irgendwelche Vorwürfe zu machen. Dann fragte er ihn, ob er willens und in der Lage sei, die Bittschrift durch seinen General befürworten und an den Kaiser gelangen zu lassen.

Kaum waren die beiden miteinander allein, als Rostow auch schon zum erstenmal in seinem Leben die Wahrnehmung machte, daß es ihm unangenehm war, Boris in die Augen zu sehen. Boris saß mit übergeschlagenen Beinen da und strich sich mit der linken Hand leicht über die schmalen Finger der rechten; er hörte Rostow zu wie ein General, dem einer seiner Untergebenen etwas vorträgt; bald sah er zur Seite, bald blickte er Rostow in der gleichen Art wie vorhin, als sähe er durch eine blaue Brille hindurch, in die Augen. Und jedesmal, wenn sein Blick Rostow traf, wurde dieser befangen und sah zu Boden.

„Ich habe von einigen ähnlichen Fällen erzählen hören und weiß, daß der Kaiser bei solchen Anlässen sehr streng ist. Ich glaube, es wäre richtiger, nicht an Seine Majestät heranzutreten. Meines Erachtens würde man sich am besten an den Korpskommandeur wenden ... Aber ich möchte überhaupt glauben ..."

„Also du willst in der Sache nichts tun, das konntest du ja auch gleich sagen!" erwiderte Rostow fast schreiend, aber ohne Boris in die Augen zu sehen.

Boris lächelte.

„Im Gegenteil, ich will tun, was ich kann, aber ich glaube ..."

In diesem Augenblick ließ sich hinter der Tür Zilinski vernehmen, der nach Boris rief.

„Na, geh nur, geh nur, geh nur", sagte Rostow und lehnte die Einladung zum Abendessen ab. In dem kleinen Stübchen allein geblieben, ging er noch lange auf und ab, während vom Nebenzimmer ein munteres, französisch geführtes Gespräch herüberschwirrte.

XX

Rostow hätte keinen ungünstigeren Tag wählen können, um in Tilsit etwas für Denissow zu tun, als gerade diesen. Er selbst konnte sich nicht an den General vom Dienst wenden, da er statt der Uniform einen Zivilfrack trug und ohne Erlaubnis seiner vorgesetzten Dienststellen nach Tilsit gekommen war. Aber auch Boris hätte am Tage nach Rostows Ankunft nichts in dieser Sache unternehmen können, selbst wenn er gewollt hätte. An diesem Tage – es war der 27. Juni – wurde der Präliminarfriede unterzeichnet. Beide Kaiser tauschten Orden aus: Alexander erhielt die Ehrenlegion, Napoleon den Andreasorden erster Klasse. Ferner sollte an diesem Tage ein Festessen stattfinden, das ein Bataillon der französischen Garde einem Bataillon des Preobrashenskij-Regiments gab, und beide Kaiser sollten diesem Bankett beiwohnen.

Der Umgang mit Boris war Rostow so peinlich und unbehaglich, daß er sich schlafend stellte, als Boris nach dem Souper zu ihm hereinschaute, und daß er schon am frühen Morgen das Haus verließ, um einer abermaligen Begegnung auszuweichen. In Frack und rundem Hut schlenderte Nikolai durch die Stadt, betrachtete sich die Franzosen und ihre Uniformen und die Straßen und Häuser, in denen der russische und der französische Kaiser wohnten. Auf einem freien Platz sah er aufgestellte Tische und Vorbereitungen zum Festessen und auf den Straßen kunstvoll ineinandergeschlungene Drapierungen aus russischen und französischen Fahnen mit gewaltigen Initialen „A" und „N". Auch die Fenster der Bürgerhäuser waren mit Fahnen und Initialen geschmückt.

„Boris will mir nicht helfen, und ich will mich auch nicht noch einmal an ihn wenden", dachte Rostow. „Aber das steht fest: wir haben nichts mehr miteinander zu schaffen. Dabei gehe ich nicht von Tilsit weg, ehe ich für Denissow nicht alles getan habe, was in meinen Kräften steht, und vor allem, ehe ich nicht seine Bittschrift dem Kaiser übergeben habe. Dem Kaiser? Hier ist er ja!" Unwillkürlich war Rostow wieder an das Haus gelangt, das Alexander bewohnte.

Vor dem Hauses standen Reitpferde; die Suite versammelte sich; offenbar wollte der Kaiser ausreiten.

„Jetzt kann ich ihn jeden Augenblick zu sehen bekommen", dachte Rostow. „Wenn ich ihm nun einfach das Schriftstück überreichte und ihm alles erzählte? Würde er mich wohl in Arrest schicken, weil ich in Zivil bin? Das ist doch unmöglich! Er würde doch gleich sehen, auf wessen Seite das Recht ist. Er versteht alles, er weiß alles. Niemand ist so gerecht, so großmütig wie er. Nun, und wenn ich selbst in Arrest geschickt würde, weil ich hier bin, was wäre schon dabei?" Dann sah er einen Offizier in das Haus hineingehen, das der Kaiser bewohnte. „Da gehen doch auch andere hinein! Ach was! Dummes Zeug! Ich gehe hin und gebe die Bittschrift einfach dem Kaiser ab. Um so schlimmer für Drubezkoi, daß er mich dazu zwingt." Rostow fühlte noch einmal nach dem Brief in seiner Tasche und ging dann plötzlich mit einer Entschlossenheit, die ihm selbst unerwartet kam, gerade auf das vom Kaiser bewohnte Haus zu.

„Nein, dieses Mal lasse ich mir die Gelegenheit nicht wieder entgehen wie damals nach der Schlacht bei Austerlitz", dachte er und war darauf gefaßt, jeden Augenblick dem Kaiser zu begegnen. Er fühlte, wie ihm bei diesem Gedanken das Blut zum Herzen strömte. „Ich werde ihm zu Füßen fallen und ihn bitten. Er wird mich aufheben, wird mich anhören und mir noch dankbar sein." Und dann stellte er sich vor, was der Kaiser wohl sagen würde: „Ich bin glücklich, wenn ich etwas Gutes tun kann, und es gibt ja kein schöneres Glück, als eine Ungerechtigkeit wiedergutmachen zu können." Und von neugierigen Blicken verfolgt, stieg er die Haustürstufen hinan.

Drinnen führte eine breite Treppe nach oben und mündete rechts auf eine geschlossene Tür. Unten am Fuß der Treppe führte eine andere Tür zu den Räumen des Erdgeschosses.

„Zu wem wollen Sie" wurde er gefragt.

„Ich möchte ein Schriftstück überreichen, ein Bittgesuch an Seine Majestät", antwortete Nikolai mit zitternder Stimme.

„Ein Bittgesuch ... Wollen Sie sich an den Offizier vom Dienst wenden, bitte hier!" Rostow wurde zu der ins Erdgeschoß führenden Tür gewiesen. „Aber augenblicklich wird wohl niemand empfangen."

Beim Klang dieser gleichgültigen Stimme erschrak Rostow über das, was er vorhatte. Der Gedanke, im nächsten Augenblick vielleicht schon vor dem Kaiser zu stehen, war so verführerisch und zugleich so schreckenerregend, daß er am liebsten wieder davongelaufen wäre. Aber der Kammerfourier, der ihn in Empfang genommen hatte, öffnete ihm die Tür zum Zimmer des Offiziers vom Dienst, und Rostow trat ein.

In diesem Zimmer stand ein kleiner, dicker, etwa dreißigjähriger Mann in weißen Hosen, Reitstiefeln und einem offenbar eben erst angezogenen Batisthemde. Ein hinter ihm stehender Kammerdiener knöpfte ihm die schönen, neuen, seidengestickten Hosenträger zu, die aus irgendeinem Grunde Rostows Aufmerksamkeit auf sich zogen. Der Mann im Batisthemd unterhielt sich durch die offene Tür mit irgend jemand im Nebenzimmer.

„Bien faite et la beauté du diable",[1] sagte er gerade, brach dann aber stirnrunzelnd ab, als er Rostow erblickte.

„Was wünschen Sie? Eine Bittschrift? . . ."

„Qu'est-ce que c'est?"[2] fragte die Stimme aus dem Nebenzimmer.

„Encore un pétitionnaire",[3] antwortete der Mann mit den Hosenträgern.

„Sagen Sie ihm, er soll später wiederkommen. Der Kaiser kommt gleich, und dann reiten wir ab."

„Später, später, morgen. Jetzt ist es zu spät."

Rostow wandte sich zur Tür und wollte gehen, aber der Mann mit den Hosenträgern hielt ihn zurück.

„Eine Bittschrift von wem? Wer sind Sie?"

„Vom Major Denissow", antwortete Rostow.

„Und wer sind Sie? Offizier?"

„Oberleutnant Graf Rostow."

„Was für eine Dreistigkeit! Lassen Sie die Bittschrift den Instanzenweg gehen. Gehen Sie, gehen Sie . . ."

Und er fuhr in die Uniform, die der Kammerdiener ihm hinhielt.

Rostow trat wieder in den Flur und sah, daß am Eingang schon eine Menge von Offizieren in voller Paradeuniform, darunter auch Generäle, stand, an denen er vorbeigehen mußte.

Er verwünschte seine Dreistigkeit, und das Herz wollte ihm stillstehen bei dem Gedanken, daß er jetzt jeden Augenblick dem Kaiser begegnen und in seiner Gegenwart heruntergeputzt und in Arrest geschickt werden könnte. Jetzt erst ging ihm das Ungehörige seines Vorgehens auf, und er bereute den Weg, den er eingeschlagen hatte. Die Augen auf den Boden geheftet, schlich Rostow sich aus dem Hause, vor dem dicht gedrängt die glänzende Suite stand, als ihn eine bekannte Baßstimme anrief und eine Hand die seine ergriff.

„Väterchen, was tun Sie denn hier im Frack?" fragte die Stimme.

Es war ein Kavalleriegeneral, der sich im Laufe des letzten Feldzuges die besondere Huld des Kaisers erworben hatte, der ehemalige Kommandeur der Division, zu der Rostows Regiment gehört hatte.

Rostow erschrak und wollte sich rechtfertigen; als er aber die gutmütige, vergnügte Miene des Generals sah, trat er mit ihm zur Seite, setzte ihm aufgeregt die ganze Angelegenheit auseinander

[1] Gut gebaut und eine verführerische Schönheit.
[2] Was ist da los?
[3] Noch ein Bittsteller.

und bat ihn, sich für Denissow, den der General kannte, zu verwenden. Der General hörte zu und wiegte dann ernst den Kopf hin und her.

„Ein Jammer um den braven Kerl. Na, gib den Brief her."

Rostow hatte kaum seinen Bericht beendet und dem General den Brief überreicht, als von der Treppe her schnelle, sporenklirrende Schritte kamen. Der General verließ Rostow und trat an den Hauseingang. Die Herren von der kaiserlichen Suite eilten die Treppe hinunter und gingen zu ihren Pferden. Der Reitknecht Ainé, derselbe, der auch bei Austerlitz mit dem Kaiser geritten war, führte das Pferd des Kaisers vor, und jetzt hörte man auf der Treppe leichte, von leisem Stiefelknarren begleitete Schritte, die Rostow augenblicklich erkannte. Er vergaß die Gefahr des Erkanntwerdens, drängte sich mit einigen neugierigen Tilsitern zum Eingang und sah nun zum erstenmal nach zwei Jahren wieder die vergötterten Züge, dasselbe Gesicht, denselben Blick, denselben Gang, dieselbe Vereinigung von Majestät und Milde. Und mit der gleichen Kraft wie damals flammte in Rostows Seele das Gefühl begeisterter Kaiserliebe auf. Der Kaiser trug die Uniform des Preobrashenskij-Regiments, weiße, sämischlederne Beinkleider und hohe Reitstiefel, auf der Brust einen Stern, den Rostow nicht kannte — es war die Légion d'honneur.[1] Während er hinaustrat, hielt er den Hut unter dem Arm und zog sich den Handschuh an. Er blieb stehen, er sah um sich, und es war als fiele mit seinem Blick ein Leuchten über alles, was in seinem Gesichtsfelde stand. Er sagte ein paar Worte zu einigen Generälen, erkannte auch Rostows ehemaligen Divisionskommandeur, und rief ihn lächelnd zu sich.

Die ganze Suite trat zurück, und Rostow sah, wie der General dem Kaiser eine geraume Weile hindurch etwas vortrug.

Der Kaiser antwortete ihm mit einigen Worten und ging dann auf sein Pferd zu. Wieder schob sich die Suite und die neugierige Menge von der Straße, zu der auch Rostow gehörte, näher an den Kaiser heran. Der Kaiser blieb bei seinem Pferde stehen und griff schon mit der Hand nach dem Sattel. In diesem Augenblick wandte er sich noch einmal dem Kavalleriegeneral zu und sagte mit lauter Stimme, offenbar in dem Wunsche, von allen gehört zu werden:

„Ich kann es nicht, General, und zwar kann ich es nicht, weil das Gesetz stärker ist als ich." Damit schob er den Fuß in den Bügel.

Der General neigte ehrerbietig den Kopf, der Kaiser stieg in den Sattel und galoppierte die Straße entlang. Rostow war außer sich vor Begeisterung und stürzte mit der ganzen Menschenmenge hinter ihm her.

[1] Ehrenlegion.

XXI

Auf dem Platz, wohin der Kaiser ritt, stand rechts ein Bataillon vom Preobrashenskij=Regiment, links ein Bataillon französischer Garde in Bärenmützen, beide einander gegenüber.

In dem Augenblick, als der Kaiser sich dem einen Flügel der präsentierenden Bataillone näherte, kam auf dem anderen Flügel ein Reitertrupp angaloppiert, an dessen Spitze Rostow Napoleon erkannte. Es konnte kein anderer sein. Den kleinen Hut auf dem Kopf, das Band des Andreasordens über der Schulter, kam er im geöffneten blauen Uniformrock mit weißer Weste auf einem außerordentlich edlen Araberschimmel mit himbeerfarbener, goldgestickter Schabracke angeritten. Als er mit Alexander zusammentraf, lüftete er den Hut, und bei dieser Bewegung fiel es dem Kavalleristenauge Rostows sofort auf, daß Napoleon schlecht und unsicher zu Pferde saß. Beide Bataillone schrien „Hurra!" und „Vive l'Empereur!"[1] Napoleon sagte einige Worte zu Alexander. Beide Kaiser saßen ab und reichten einander die Hände. Auf Napoleons Gesicht lag ein unangenehmes, gekünsteltes Lächeln. Alexander antwortete auf seine Worte mit freundlichem Gesicht.

Ohne sich um die französischen Gendarmen zu kümmern, die mit ihren Pferden die Menschenmenge zurückzudrängen suchten, verfolgte Rostow jede Bewegung des Kaisers Alexander und Bonapartes, ohne ein Auge abzuwenden. Es kam ihm gänzlich unerwartet und machte ihn betroffen, daß Alexander Bonaparte durchaus als Gleichgestellten behandelte und daß Bonaparte sich völlig ungezwungen gab und mit dem russischen Zaren ebenfalls wie mit einem Gleichgestellten verkehrte, als sei eine so nahe Berührung mit einem Kaiser für ihn etwas durchaus Natürliches und Gewohntes.

Gefolgt von dem langen Schweif der Suite, gingen Alexander und Napoleon zum rechten Flügel des vom Preobrashenskij=Regiment gestellten Bataillons, gerade auf die Menschenmenge zu, die sich hier angesammelt hatte. Damit war diese Menge plötzlich beiden Kaisern so nahe, daß der in den vordersten Reihen stehende Rostow bereits fürchtete, erkannt zu werden.

„Sire, je vous demande la permission de donner la Légion d'honneur au plus brave de vos soldats",[2] sagte eine scharfe, deutliche, jeden Buchstaben klar aussprechende Stimme.

Diese Worte hatte der kleine Bonaparte gesprochen und dabei Alexander von unten her gerade in die Augen gesehen. Alexander

[1] Es lebe der Kaiser!

[2] Majestät, ich bitte um Ihre Erlaubnis, dem tapfersten Ihrer Soldaten den Orden der Ehrenlegion geben zu dürfen.

hörte aufmerksam zu und neigte dann mit einem freundlichen Lächeln den Kopf.

„A celui qui s'est le plus vaillamment conduit dans cette dernière guerre",[1] fügte Napoleon hinzu, jede Silbe scharf betonend, und ließ seine Augen mit einer von Rostow als geradezu aufreizend empfundenen Ruhe und Selbstgewißheit über die Reihen der russischen Soldaten gleiten, die in straffer Haltung, immer noch präsentierend, vor ihm standen und starr auf das Gesicht ihres Kaisers schauten.

„Votre majesté me permettra-t-elle de demander l'avis du colonel?"[2] fragte Alexander und ging hastig auf den Bataillonskommandeur Fürsten Koslowskij zu.

Bonaparte zog währenddessen den Handschuh von seiner weißen, kleinen Hand; der Handschuh zerriß, und Bonaparte warf ihn weg. Sofort stürzte einer der weiter hinten stehenden Adjutanten herbei und hob ihn auf.

„Wer soll die Ehrenlegion bekommen?" fragte Kaiser Alexander halblaut und in russischer Sprache den Fürsten Koslowskij.

„Wie Ew. Majestät befehlen."

Der Kaiser runzelte unzufrieden die Stirn, warf einen Seitenblick auf Bonaparte und sagte:

„Ich muß ihm doch eine Antwort geben."

Koslowskij ließ seinen scharfen und klaren Blick über die Reihen schweifen, und dabei streifte dieser Blick auch Rostow.

„Er wird doch nicht meinen Namen nennen?" dachte Rostow.

„Lasarew!" rief der Oberst mürrisch, und Lasarew, der rechte Flügelmann, trat in strammer Haltung vor die Front und auf Koslowskij zu.

„Wo willst du hin? Hier bleib stehen!" flüsterten ihm einige Stimmen zu, da er offenbar nicht recht wußte, wohin er sollte. Lasarew blieb stehen und schielte erschrocken zum Obersten hinüber, und dabei zuckte sein Gesicht, wie das meistens bei Soldaten der Fall ist, die vor die Front gerufen werden.

Napoleon machte mit dem Kopf eine fast unmerkliche Bewegung nach rückwärts und streckte seine kleine fleischige Hand nach hinten, als wolle er etwas in Empfang nehmen. Die Offiziere von seiner Suite hatten augenblicks erraten, um was es sich handelte; sie bewegten sich aufgeregt hin und her, flüsterten miteinander, und irgendein Gegenstand wurde von Hand zu Hand gereicht. Ein Page – es war derselbe, den Rostow am Abend zuvor bei Boris gesehen hatte – sprang vor, beugte sich ehrerbietig über die ausgestreckte Hand, und ohne sie auch nur eine einzige überflüssige Sekunde

[1] Demjenigen, der im Verlaufe dieses Krieges die größte Tapferkeit gezeigt hat.
[2] Eure Majestät werden mir wohl gestatten, den Oberst nach seiner Meinung zu fragen?

warten zu lassen, legte er einen Orden am roten Bande hinein. Napoleon preßte zwei Finger zusammen, ohne hinzusehen: zwischen diesen beiden Fingern lag der Orden. Napoleon ging auf Lasarew zu, der immer noch seinen eigenen Kaiser so starr ansah, daß seine Augen fast aus ihren Höhlen traten. Napoleon warf dem Kaiser Alexander einen Blick zu, um dadurch anzudeuten, daß er das, was er jetzt vornehmen würde, nur seinem neuen Verbündeten zu Ehren tat. Die kleine weiße Hand mit dem Orden berührte einen der Uniformknöpfe Lasarews. Es war, als sei Napoleon fest von der Überzeugung durchdrungen, dieser Soldat, dessen Brust der Berührung einer solchen Hand gewürdigt worden war, müsse dadurch allein schon für sein ganzes Leben lang glücklich, belohnt und ausgezeichnet vor allen anderen Menschen in der Welt sein. Napoleon legte das Kreuz nur an Lasarews Brust, ließ die Hand sinken und wandte sich zu Alexander, als wisse er, daß das Kreuz an Lasarews Brust haftenbleiben müsse. Und tatsächlich blieb das Kreuz haften.

Russische und französische Hände griffen augenblicks dienstfertig zu und befestigten das Kreuz an der Uniform. Lasarew hatte den kleinen Mann mit den weißen Händen, der da irgendeine Manipulation mit ihm vornahm, finster angesehen, stand immer noch, sein Gewehr präsentierend, unbeweglich da und starrte jetzt wieder Alexander gerade in die Augen, als wolle er ihn fragen, ob er noch länger so stehen sollte oder ob ihm befohlen würde, jetzt vorwärts zu marschieren oder vielleicht noch etwas anderes zu tun. Aber es wurde ihm gar nichts befohlen, und so blieb er ziemlich lange in der gleichen Stellung stehen, regungslos.

Beide Kaiser stiegen zu Pferde und ritten davon. Das Bataillon vom Preobrashenskij-Regiment trat auseinander, die Leute mengten sich mit den französischen Gardisten und setzten sich an die bereitstehenden Tische.

Lasarew saß auf dem Ehrenplatz; russische und französische Offiziere beglückwünschten ihn, umarmten ihn und drückten ihm die Hände. Offiziere und Stadtbürger kamen eigens an die Tische, um Lasarew zu sehen. Um die Tische schwirrte und summte die russisch-französische Unterhaltung und das laute Gelächter der Tafelnden. Zwei Offiziere kamen an Rostow vorbei, aufgeräumt und vergnügt, die Gesichter gerötet.

„Na, das ist aber eine Bewirtung, Bruder! Alles auf Silber!" meinte der eine. „Hast du Lasarew gesehen?"

„Natürlich."

„Wie es heißt, hat das Preobrashenskij-Bataillon für morgen die Franzosen eingeladen."

„Nein, hat dieser Lasarew ein Glück! Zwölfhundert Franken lebenslängliche Pension!"

„Kinder, habt ihr schon einmal so eine Mütze gesehen!" schrie ein Russe, der sich die Bärenmütze eines Franzosen aufgesetzt hatte.

„Fein ist die! Wunderbar!"

„Hast du Parole, Feldgeschrei und Losung gehört?" fragte ein Gardeoffizier einen anderen. „Vorgestern: Napoléon, France, Bravour. Gestern: Alexandre, Russie, Grandeur.[1] Einen Tag setzt unser Kaiser es fest, den folgenden Napoleon. Morgen wird der Kaiser dem tapfersten französischen Gardisten das Georgskreuz verleihen. Natürlich! Er muß sich doch revanchieren."

Auch Boris war mit seinem Kameraden Zilinski hingegangen, um sich das Bankett anzusehen. Auf dem Heimwege bemerkte er Rostow, der an einer Hausecke stand.

„Rostow! Guten Tag. Wir haben uns heute ja noch gar nicht gesehen", sagte er und sah sich veranlaßt, Rostow zu fragen, was ihm fehle: so seltsam finster und verstört sah Rostows Gesicht aus.

„Nichts, nichts", antwortete Rostow.

„Du kommst doch noch zu mir?"

„Ja."

Rostow stand noch lange an der Ecke und sah sich die Schmausenden von weitem an. In seinem Kopfe wirbelten die Gedanken durcheinander, und trotz aller Anstrengung konnte er keinen einzigen Gedankengang klar zu Ende denken. In seiner Seele hatten sich quälende Zweifel erhoben. Bald fiel ihm Denissow und sein verändertes Wesen und seine endliche Unterwerfung ein, und dazu das ganze Spital mit diesen Arm- und Beinstümpfen, mit diesem Schmutz und diesen Krankheiten. Dann war er wieder so fest überzeugt davon, abermals diese Spitalsluft mit ihrem Leichengeruch einzuatmen, daß er sich umsah, um dahinterzukommen, von wo dieser Geruch ausging. Bald mußte er wieder an diesen selbstzufriedenen Bonaparte mit seiner weißen, kleinen Hand denken, der jetzt Kaiser war und von Kaiser Alexander wertgehalten und geschätzt wurde. Wozu eigentlich alle diese Arm- und Beinstümpfe und diese hingeschlachteten Menschen? Dann wieder fiel seine Erinnerung auf den ordengeschmückten Lasarew und auf Denissow, der keine Gnade gefunden hatte und bestraft werden würde. Er ertappte sich selbst auf so sonderbaren Gedanken, daß ihn ein Schrecken ankam.

Der Geruch von den Festtafeln und der eigene Hunger brachten ihn endlich wieder zu sich: bevor er aufbrach, mußte er unbedingt noch etwas essen. Er ging in ein Wirtshaus, das er bereits morgens bemerkt hatte. Hier traf er eine solche Menschenmenge, darunter viele Offiziere, die ebenso wie er in Zivil in die Stadt gekommen waren, daß er Mühe hatte, ein Mittagessen zu bekommen. Zwei Offiziere von seiner Division setzten sich zu ihm. Natürlich kam

[1] Napoleon, Frankreich, Tapferkeit. — Alexander, Rußland, Größe.

das Gespräch auf den Friedensschluß. Die beiden Offiziere waren, wie überhaupt der größte Teil der Armee, sehr schlecht auf die nach der Schlacht bei Friedland eingeleiteten Friedensverhandlungen zu sprechen. Sie waren der Ansicht, man hätte nur noch eine kurze Zeit durchhalten müssen, und Napoleon wäre aus Mangel an Proviant und Munition verloren gewesen. Nikolai aß schweigsam und trank viel. Bald hatte er allein schon zwei Flaschen Wein geleert. Aber immer noch quälten ihn die Gedankengänge, die in ihm wachgeworden waren und mit denen er nicht hatte fertig werden können. Es graute ihm davor, sich seinen Gedanken hinzugeben, und doch konnte er sich nicht von ihnen losmachen. Einer der beiden Offiziere meinte, das Gefühl empöre sich doch gegen den Anblick der Franzosen hier in Tilsit. Da brüllte Rostow plötzlich mit einer aufbrausenden Heftigkeit los, die durch nichts gerechtfertigt war und darum den beiden anderen außerordentlich überraschend kam.

„Wie können Sie sich denn ein Urteil darüber erlauben, was hier das richtige ist?" schrie er, und alles Blut war ihm plötzlich zu Kopf gestiegen. „Wie können Sie sich ein Urteil über das erlauben, was der Kaiser tut? Was für ein Recht haben wir, seine Entschlüsse zu bekritteln. Wir können doch weder die Pläne noch die einzelnen Handlungen des Kaisers verstehen!"

„Aber ich habe ja nicht mit einem Wort vom Kaiser gesprochen", wollte der Offizier sich rechtfertigen. Er konnte sich Rostows Ausfall gar nicht anders erklären, als daß Rostow betrunken sein müsse.

Aber Rostow hörte gar nicht hin.

„Wir sind keine Diplomaten, wir sind Soldaten und sonst nichts", fuhr er fort. „Wenn uns befohlen wird zu sterben, so sterben wir eben. Wenn man uns bestraft, dann heißt das, wir haben es verdient. Wir haben darüber nicht zu urteilen. Wenn es unserem Kaiser gefällig ist, Bonaparte als Kaiser anzuerkennen und mit ihm ein Bündnis zu schließen, dann ist es eben notwendig. Wenn wir anfangen wollen, uns über alles ein Urteil zu erlauben und alles zu bekritteln, dann bleibt ja überhaupt nichts Heiliges mehr. Dann können wir ja auch gleich sagen, daß es keinen Gott und überhaupt nichts gibt!" Nikolai schlug mit der Faust auf den Tisch, und die Auffassung, die er mit so viel Geschrei vertrat, empfanden seine Kameraden zwar als durchaus nicht hierhergehörig, sie war aber das folgerichtige Ergebnis seines Gedankenganges. „Wir haben unsere Pflicht zu tun, wir haben zu kämpfen und nicht zu überlegen, das ist das Ganze!" schloß er.

„Und zu trinken", sagte einer der Offiziere, der keinen Streit aufkommen lassen wollte.

„Jawohl, und zu trinken!" fiel Nikolai ein. „Heda, du, noch eine Flasche!" schrie er.

SECHSTER TEIL

I

Im Jahre 1808 reiste Kaiser Alexander zu einer abermaligen Zusammenkunft mit dem Kaiser Napoleon nach Erfurt, und in den oberen Schichten der Petersburger Gesellschaft sprach man viel von dem festlichen Glanz dieser Zusammenkunft.

Im Jahre 1809 hatte die gegenseitige Annäherung der beiden Beherrscher der Welt, wie man damals Napoleon und Alexander nannte, bereits solche Fortschritte gemacht, daß, als Napoleon in diesem Jahre Österreich den Krieg erklärte, ein russisches Armeekorps die Grenze überschritt, um Bonaparte, der noch unlängst Rußlands Feind gewesen war, gegen Rußlands ehemaligen Verbündeten, den Kaiser von Österreich, zu helfen. Ja, man erwog in den höchsten Sphären der Gesellschaft sogar die Möglichkeit einer Heirat zwischen Napoleon und einer der Schwestern des Kaisers Alexander. Aber neben solchen das Gebiet der Außenpolitik berührenden Erörterungen galt das Hauptinteresse der russischen Gesellschaft damals den inneren Reformen, die in jener Zeit in allen Zweigen der Staatsverwaltung vorgenommen wurden.

Und das Leben selbst, das eigentliche menschliche Leben, mit allen seinen natürlichen Interessen wie Gesundheit Krankheit, Arbeit, Erholung, und mit seinen gedanklich verfeinerten Interessen wie Wissenschaft, Poesie, Musik, Liebe, Freundschaft, Haß, Leidenschaften, dieses Leben ging seinen Gang wie immer, unabhängig von den politischen Verhältnissen, die bald eine größere, bald eine geringere Annäherung an Napoleon Bonaparte mit sich brachten, und unabhängig von den auf allen möglichen Gebieten vorgenommenen Reformen.

*

Zwei Jahre lang hatte Fürst Andrej auf dem Lande gelebt, ohne sich viel vom Fleck zu rühren.

Alle die Unternehmungen, die Pierre auf seinen Gütern vorgehabt und doch zu keinem Ende gebracht hatte, da er immer wieder von einer Sache zur anderen abschweifte, alle diese Unternehmungen hatte Fürst Andrej bei sich durchgeführt, ohne davon Aufhebens zu machen und ohne daß es ihn eine besondere Mühe gekostet hätte.

Er hatte jene Zähigkeit in praktischen Dingen, die Pierre fehlte, im höchsten Grade, und diese Eigenschaft setzte ihn in den Stand, eine Sache in Gang zu bringen, ohne daß es erst weitausholender Vorbereitungen und übertriebener Anstrengungen bedurfte.

Auf einem seiner Güter hatte er die dreihundert dort ansässigen Leibeigenen zu freien Ackerbauern gemacht — eins der ersten Beispiele dieser Art in Rußland —, auf anderen Gütern den Frondienst durch Geldzahlungen abgelöst. Nach Bogutscharowo hatte er auf eigene Kosten eine gelernte Hebamme kommen lassen, um den Wöchnerinnen zur Hand zu gehen, und gegen ein regelmäßiges Gehalt lehrte der Geistliche die Kinder der Bauern und Hofesleute Lesen und Schreiben.

Fürst Andrej verbrachte seine Zeit zur Hälfte bei seinem Vater und seinem Sohn in Lysyja Gory, dessen Erziehung vorläufig noch in den Händen von Kinderfrauen lag, zur anderen Hälfte im Absteigquartier Bogutscharowo, wie der Vater dieses Gut nannte. Wenn Fürst Andrej auch bei seinem Zusammensein mit Pierre eine ausgesprochene Gleichgültigkeit gegenüber allen Vorgängen in der Außenwelt an den Tag gelegt hatte, so verfolgte er doch eifrig den Gang der Ereignisse, ließ sich häufig Bücher kommen und nahm erstaunt wahr, daß die gelegentlich aus Pertersburg, dem Brennpunkt des öffentlichen Lebens, zu ihm oder zu seinem Vater kommenden Gäste über alle außen- und innenpolitischen Ereignisse nicht annähernd so gut Bescheid wußten wie er, der die ganze Zeit auf dem Lande saß, ohne sich von der Stelle zu rühren.

Außer mit der Verwaltung seiner Güter und seiner ausgedehnten Lektüre befaßte sich Fürst Andrej in dieser Zeit mit einer kritischen Untersuchung unserer zwei letzten unglücklichen Feldzüge und mit der Ausarbeitung eines Projekts, das eine Reform unseres Reglements und unserer Felddienstordnung vorsah.

Im Frühjahr 1809 fuhr Fürst Andrej auf die im Gouvernement Rjasan gelegenen Güter seines Sohnes, deren Verwaltung bis zur Großjährigkeitserklärung des Kleinen in seinen Händen liegen sollte.

Von der warmen Frühlingssonne beschienen, saß er in seinem Wagen, sah auf das erste grüne Gras und die ersten Birkenblättchen und die ersten weißen Frühlingswolken, die am klarblauen Himmel dahinzogen. Er ließ alle Gedanken ruhen und sah nur in glücklicher Heiterkeit um sich.

Er ließ sich auf dem gleichen Prahm übersetzen, auf dem er vor einem Jahr jene Aussprache mit Pierre gehabt hatte. Er kam durch ein schmutziges Dorf, fuhr an Dreschtennen und mit Wintersaat bestellten Feldern vorbei zu einer Brücke, an der noch Schnee lag, fuhr über ausgewaschenen Lehmboden hügelan, vorüber an schmalen Stoppeläckern und bereits ein wenig grünwerdendem Buschwerk und gelangte in einen Birkenwald, der sich zu beiden Seiten des Weges hinzog. Hier im Walde war es beinahe schon heiß, und vom Winde war nichts zu spüren. Die mit klebrigen grünen Blättchen ganz übersäten Birken standen regungslos da; aus dem vorjährigen Laube am Boden kamen, das welke Laub in die Höhe hebend, violette Blüten und junges grünes Gras hervor. Vereinzelte kleine Fichten zwischen den Birken riefen mit ihrem finsteren, winterharten Grün die unangenehme Erinnerung an den überstandenen Winter wach. Die Pferde schnoben, als das Fahrzeug in den Wald gelangte, und fingen merklich an zu schwitzen.

Der Lakai Peter machte eine Bemerkung zu dem neben ihm sitzenden Kutscher, und der Kutscher stimmte ihm zu. Aber mit der Zustimmung des Kutschers gab Peter sich offenbar noch nicht zufrieden und so wandte er sich vom Bock aus zu seinem Herrn um.

„Ew. Durchlaucht, wie hübsch das ist!" sagte er mit einem ehrerbietigen Lächeln.

„Wie?"

„So hübsch ist das, Ew. Durchlaucht."

„Was meint er wohl?" dachte Fürst Andrej. „Ach so, er meint wohl den Frühling." Und dann ließ er die Augen nach beiden Seiten schweifen. „Wahrhaftig, hier ist alles schon grün ... Wie schnell das gegangen ist! Birke, Faulbaum, Erle, alles fängt schon an ... Nur von Eichen ist noch nichts zu sehen. Ah, jetzt sehe ich auch eine Eiche."

Am Wegrande stand eine Eiche. Sie mochte zehnmal so alt sein wie die Birken, aus denen sonst der Wald bestand, und sie war auch zehnmal so dick und doppelt so hoch wie eine jede von ihnen. Es war ein mächtiger Baum, zwei Männer hätten ihn kaum umspannen können; die meisten Äste fehlten ihm, offenbar waren sie schon vor langer Zeit abgebrochen, die Rinde war voller Risse und mit uraltem Schorf bewachsen. Mit ihren gewaltigen, ungefügen, unsymmetrisch ausgespreizten, krummen Armen und Fingern stand sie zwischen den lächelnden Birken wie ein altes, grimmiges, verachtungsvolles Ungeheuer. Und neben der Eiche waren die paar vereinzelt dastehenden kleinen Fichten mit ihrem dunklen Grün, das keinen Unterschied der Jahreszeiten kannte, das einzige im Walde, das sich dem Zauber des Frühlings nicht ergeben und weder Frühling noch Sonne sehen wollte.

„Ach, Frühling, Liebe und Glück!" schien diese Eiche zu sagen.

„Daß ihr noch immer nicht genug habt von diesem ewig gleichen, dummen, sinnlosen Schwindel! Immer ist es das gleiche, und immer ist es eine Täuschung! Es gibt keinen Frühling, es gibt keine Sonne, es gibt kein Glück. Macht die Augen auf, seht dort die gedrückten, dunklen Tannen hocken, deren Grün immer gleich bleibt, und seht mich an, ich habe meine rissigen, halbzerstörten Arme und Finger ausgereckt, einerlei, wo sie mir gewachsen sind, im Rücken oder an den Seiten, und wie ich einmal gewachsen bin, so stehe ich da und glaube nicht an eure Hoffnungen und an eure Täuschungen."

Als Fürst Andrej dann weiter in den Wald hineingelangte, sah er sich noch ab und zu nach dieser Eiche um, als erwarte er etwas von ihr. Wohl wuchsen auch zu ihren Füßen Blumen und Gras, aber mitten darunter stand sie ewig starr und unbeweglich da, finster, mißgestaltet und in herrischer Wucht.

„Ja, sie hat recht, diese Eiche, sie hat tausendmal recht", dachte Fürst Andrej. „Mögen andere, mögen junge Leute sich wiederum in die Täuschung verstricken lassen. Aber wir, wir kennen das Leben, unser Leben ist zu Ende!" Und dann zog, von dieser Eiche ausgehend, eine ganze Reihe hoffnungsloser, aber doch von einem wehmütigen Glücksgefühl erfüllter Gedanken durch Fürst Andrejs Seele. Während der Weiterfahrt überdachte er wieder einmal sein ganzes Leben und gelangte zu dem gleichen hoffnungslosen und doch beruhigenden Schlusse wie früher, er müsse, ohne etwas Neues in Angriff zu nehmen, ohne Erregungen und ohne Wünsche sein Leben zu Ende leben, und daneben nur darauf bedacht sein, keinem Menschen etwas Böses zuzufügen.

II

In Angelegenheiten eines der im Gouvernement Rjasan gelegenen Güter, die er für seinen Sohn verwaltete, mußte Fürst Andrej sich mit dem Adelsmarschall des Kreises in Verbindung setzen. Dieser Adelsmarschall war Graf Ilja Andrejewitsch Rostow, und Fürst Andrej fuhr Mitte Mai zu ihm.

Es war die Zeit, da der Frühling schon heiß ist. Der Wald war bereits gänzlich belaubt, auf den Wegen lag Staub, und es war so heiß, daß einen die Lust zu baden anwandelte, wenn man an einem Wasser vorbeifuhr.

Fürst Andrej fuhr in verdrießlicher Stimmung und in Gedanken mit den Fragen beschäftigt, die er dem Adelsmarschall vorlegen wollte, durch die Gartenallee auf das Rostowsche Herrenhaus von Otradnoje zu. Durch die Bäume kam von rechts her ein munteres Geschrei von Mädchenstimmen, und gleich darauf sah Fürst Andrej eine Mädchenschar, die auf seinen Wagen zugelaufen kam. Den anderen voran lief ein schwarzhaariges, ganz auffallend zierlich gebautes schwarzäugiges Mädchen in einem gelben Zitzkleide, um den Kopf ein weißes Taschentuch, unter dem einzelne offene Haarsträhnen hervorquollen. Als sie nicht mehr weit vom Wagen war, rief sie einige Worte; dann aber erkannte sie, daß der Insasse des Wagens ein Fremder war, und lief lachend wieder zurück, ohne ihm einen weiteren Blick zu schenken.

Dem Fürsten Andrej wurde es plötzlich weh ums Herz. Der Tag war so schön, die Sonne strahlte so hell, und rings umher schien alles so fröhlich, aber dieses zierliche und hübsche Mädchen wußte nichts von seiner Existenz und wollte auch nichts von ihr wissen und war glücklich und zufrieden mit ihrem eigenen Leben, das wahrscheinlich recht töricht, jedenfalls aber vergnügt und glücklich war. „Worüber freut sie sich so? Woran denkt sie? Sicher nicht an die Felddienstordnung oder an die Ablösung der Fronarbeit auf den Rjasanschen Gütern. Woran denkt sie? Und was macht sie so glücklich?" fragte sich Fürst Andrej mit unwillkürlicher Neugier.

Graf Ilja Andrejewitsch lebte 1809 in Otradnoje genauso wie früher, das heißt, er hatte ununterbrochen fast das ganze Gouvernement bei sich zu Besuch, zu Jagden, Theatervorstellungen, Diners und musikalischen Unterhaltungen. Wie über jeden neuen Gast, so freute er sich auch über den Fürsten Andrej und behielt ihn fast mit Gewalt über Nacht bei sich.

Der Tag, an dem Fürst Andrej in Otradnoje eingetroffen war, verlief für ihn recht langweilig. Er wurde gänzlich von den älteren Herrschaften und den Respektspersonen unter den Gästen in Anspruch genommen, von denen angesichts des demnächst bevorstehenden Namenstages das Haus des alten Grafen wimmelte. Bolkonskij sah dazwischen zu Natascha hinüber, die immer etwas zu lachen hatte und mit der übrigen Jugend vergnügt war, und er fragte sich immer wieder: „Woran denkt sie? Worüber freut sie sich?"

Am späten Abend war er endlich in dem ihm ungewohnten Zimmer allein; aber er konnte lange nicht einschlafen. Er las eine Zeitlang, dann löschte er die Kerze und zündete sie doch bald wieder an. Die Fensterläden waren geschlossen, und im Zimmer war es schwül. Er ärgerte sich über diesen dummen Alten, wie er Rostow nannte, der ihn mit der Versicherung, einige benötigte Dokumente seien noch nicht aus der Stadt gekommen, zum Dableiben überredet hatte; und auch über sich selbst ärgerte er sich, weil er sich hatte halten lassen.

Fürst Andrej stand auf und ging ans Fenster, um es zu öffnen. Und kaum hatte er die Läden geöffnet, als der Mondschein auch schon ins Zimmer schoß, als hätte er bereits lange vor dem Fenster

Wache gestanden und nur auf das Öffnen gewartet. Fürst Andrej öffnete auch das Fenster. Die Nacht war frisch, windstill und wolkenlos. Unmittelbar vor dem Fenster stand eine Reihe regelmäßig geschorener Bäume, die auf der einen Seite schwarz und auf der anderen von silbrigem Licht übergossen waren. Am Fuß der Bäume zog sich irgendein saftiges, feuchtes, krauses Gewächs hin, dessen Blätter und Stengel an manchen Stellen silbern beleuchtet waren. Etwas weiter erhob sich hinter den schwarzen Bäumen ein Dach, das von Tau funkelte, und rechts davon ein großer Baum mit schnörkligen, lichtweiß glänzenden Ästen, und darüber schwebte der nahezu volle Mond am hellen, fast sternenlosen Frühlingshimmel. Fürst Andrej stützte die Ellbogen auf das Fensterbrett und ließ seine Blicke über diesen Himmel schweifen.

Das Zimmer des Fürsten Andrej lag im Mittelstock; das darüberliegende Zimmer diente ebenfalls als Schlafzimmer, aber auch hier schien man noch wach zu sein. Er hörte über sich zwei Mädchenstimmen miteinander sprechen.

„Nur ein einziges Mal noch", sagte die eine, die Fürst Andrej sofort erkannte.

„Wann willst du denn eigentlich schlafen?" antwortete die andere.

„Überhaupt nicht, ich kann nicht schlafen, was soll ich machen! Na, zum letzten Male also . . .", und die beiden Frauenstimmen sangen ein paar Takte, die offenbar den Schluß einer bestimmten Melodie bildeten.

„Ach, wie wunderschön das ist! Na, jetzt ist es aber genug, jetzt geht es zu Bett."

„Schlafe du nur, ich kann nicht", antwortete die erste Stimme, jetzt ganz dicht am Fenster. Offenbar beugte sich das Mädchen weit über die Fensterbrüstung hinaus; Fürst Andrej hörte das Rascheln ihres Kleides und sogar ihren Atem. Alles war so still, als sei es zu Stein geworden, der Mond und das Licht, das er über die Erde ausgoß, und die Schatten. Auch Fürst Andrej mochte sich nicht rühren, um es nicht offenbar werden zu lassen, daß er die beiden, ohne es zu wollen, belauscht hatte.

„Sonja! Sonja!" ließ sich wieder die erste Stimme vernehmen. „Ach, wie kann man jetzt nur schlafen! Sieh doch, wie wunderschön das ist! Ach, wie wunderschön! So wache doch auf, Sonja" – es klang fast, als sei die Sprecherin den Tränen nahe. – „Solch eine wunderschöne Nacht war ja noch nie! Wirklich noch nie!"

Sonjas Antwort klang widerwillig.

„Nein, sieh nur! Dieser Mond! . . . Ach, wie wundervoll! Komm her! Seelchen, Täubchen, komm doch her! Siehst du es? Ach, da möchte ich mich zusammenkauern, siehst du, so, und mir die Hände gegen die Kniekehlen pressen, so ganz, ganz fest, und dann möchte ich fliegen! Sieh her: so möchte ich es machen!"

„Laß doch! Du wirst fallen!"

Fürst Andrej hörte die beiden Mädchen miteinander ringen. Dann sagte Sonja verdrießlich: „Es geht schon auf zwei Uhr."

„Ach, du mußt mir auch immer meinen Spaß verderben. Na, geh doch, geh doch!"

Dann wurde es wieder still, aber Fürst Andrej wußte, daß sie immer noch dort saß; ab und zu hörte er eine leise Bewegung oder einen Seufzer.

„Ach, mein Gott! Mein Gott! Was mache ich hier eigentlich noch!" rief sie plötzlich. „Jetzt wird aber schlafen gegangen." Und damit schlug sie das Fenster zu.

„Was geht es sie an, ob ich auf der Welt bin oder nicht?" hatte Fürst Andrej gedacht, während er ihren Worten gelauscht und aus irgendeinem Grunde mit einer Art von Furcht darauf gewartet hatte, daß sie etwas über ihn sagen würde.

„Wieder sie! Als müßte es so sein!" dachte er.

Und plötzlich stand in seiner Seele ein so wirres Durcheinander jugendlicher Gedanken und Hoffnungen auf, so völlig entgegengesetzt der ganzen Art seines Lebens, daß er sich nicht imstande fühlte, Klarheit über seinen Zustand zu gewinnen. Darüber schlief er denn ein.

III

Ohne das Erscheinen der Damen abzuwarten, verabschiedete Fürst Andrej sich am nächsten Morgen vom Grafen und machte sich auf den Heimweg.

Es war schon Anfang Juni, als Fürst Andrej auf dem Rückwege wieder durch jenen Birkenhain fuhr, in dem diese alte, knorrige Eiche ihm so aufgefallen war und ihm Anlaß zu so seltsamen Gedanken gegeben hatte. Die Schellen der Pferde klangen jetzt dumpfer im Walde wider als vor anderthalb Monaten; überall war es jetzt dicht belaubt und schattig; auch die hin und wieder zwischen den Birken stehenden jungen Fichten konnten die Schönheit des Gesamtbildes nicht mehr beeinträchtigen und suchten sich ihm mit ihren zarten, flockigen, grünen Sprossen anzupassen.

Den ganzen Tag lang war es schwül gewesen, und jetzt hatte sich irgendwo ein Gewitter zusammengezogen, aber nur aus einem kleinen Wölkchen war ein Sprühregen auf den Staub des Weges und die saftigen Blätter niedergegangen. Die linke Waldseite lag in dunklem Schatten, die rechte blitzte mit ihren feuchten Blättern in der Sonne. Die Kronen der Bäume wiegten sich im leichten Winde, alles stand in Blüten, und die Nachtigallen schlugen und schluchzten bald nah, bald fern.

„Ja, hier, in diesem Walde stand doch die Eiche, mit der ich mich so verwandt fühlte", dachte Fürst Andrej. „Wo ist sie nur?" Fürst Andrejs Augen fielen auf die Bäume zur Linken des Weges und freuten sich bereits an derselben Eiche, die sie suchten, noch ohne sie zu erkennen. Die alte Eiche hatte sich völlig gewandelt, zeltartig breitete sie ihr saftiges, schattendes Laub aus und reckte sich selbstvergessen, fast unmerklich rauschend, in den Strahlen der Abendsonne. Weder krumme Finger noch Schorf, noch uraltes Mißtrauen und uralter Gram – nichts war mehr zu sehen. Durch die harte, hundertjährige Rinde waren, den fehlenden Ästen zum Trotz, saftige, junge Blätter gedrungen, wie man sie dieser Greisin gar nicht hätte zutrauen mögen. „Ja, das ist dieselbe Eiche", dachte Fürst Andrej, und plötzlich überkam ihn, ohne daß er wußte woher, ein Frühlingsgefühl der Freude und Verjüngung. Und plötzlich standen alle die wertvollsten und bedeutendsten Augenblicke seines Lebens vor ihm: Austerlitz mit dem hohen Himmel und das vorwurfsvolle Gesicht seiner toten Frau und Pierre auf dem Prahm und das von der Schönheit der Nacht erregte Mädchen und diese Nacht selbst und der Mond, all das stand plötzlich wieder vor ihm.

„Nein, mit einunddreißig Jahren ist das Leben noch nicht zu Ende", sagte Fürst Andrej sich plötzlich mit unumstößlicher Gewißheit. „Es ist nicht genug, daß ich selbst weiß, was in mir steckt. Alle sollen es erfahren: Pierre und dieses Mädchen, das in den Himmel fliegen wollte, alle sollen mich kennenlernen, mein Leben soll nicht für mich allein hingehen, und sie sollen nicht geschieden von meinem Leben und ohne Berührung mit ihm dahinleben, und mein Leben soll auf alle zurückwirken, und alle sollen sie leben in Gemeinschaft mit mir!"

*

Von seiner Fahrt zurückgekehrt, beschloß Fürst Andrej im Herbst nach Petersburg zu gehen, und dachte sich zur Begründung dieses Entschlusses allerhand Gesichtspunkte aus. Jedesmal, wenn er an diesen Plan dachte, fiel ihm eine ganze Reihe logischer Schlüsse ein, die ihm unwiderleglich die Notwendigkeit dartaten, nach Petersburg zu gehen und sogar wieder eine dienstliche Stellung zu übernehmen. Und es war ihm jetzt sogar unverständlich, daß er jemals an der Notwendigkeit einer tätigen Teilnahme am Leben gezweifelt haben sollte, ebenso wie er noch vor einem Monat nicht hätte begreifen können, wie es ihm in den Sinn kommen könnte, seinen ländlichen Wohnsitz zu verlassen. Es schien ihm ganz klar, daß alle Erfahrungen seines Lebens vergeblich und sinnlos sein müßten, wenn er sie nicht in Taten umsetzte und wieder tätigen Anteil am Leben nahm. Hatte er es früher – und zwar auf Grund ebenso fragwürdiger Vernunftschlüsse – für ausgemacht gehalten, daß für ihn etwas Erniedrigendes darin läge, wenn er nach allem, was das Leben ihn gelehrt hatte, noch daran glaubte, Nutzen bringen, glücklich sein und lieben zu können – so begriff er das jetzt selbst nicht mehr, und seine Vernunft sagte ihm jetzt etwas durchaus anderes. Nach der Rückkehr von seiner Reise war ihm das Leben auf dem Lande leer und langweilig erschienen, seine früheren Beschäftigungen vermochten ihn nicht mehr zu fesseln, und wenn er allein in seinem Kabinett saß, stand er häufig auf, trat vor den Spiegel und betrachtete lange sein Gesicht. Dann wandte er sich ab und ließ den Blick auf dem Porträt der verstorbenen Lisa ruhen, die ihn mit ihren à la grecque[1] frisierten Locken zärtlich und fröhlich aus dem vergoldeten Rahmen ansah. Jetzt hatte sie für ihren Mann nicht mehr diese furchtbare Frage von einst, sie blickte ihn harmlos und fröhlich und ein wenig neugierig an. Und die Hände auf dem Rücken, ging Fürst Andrej lange im Zimmer auf und ab, bald stirnrunzelnd, bald lächelnd, und hing seinen Gedanken nach; es waren Gedanken, die sich mit keiner Logik erfassen, mit keinem Worte umschreiben ließen, Gedanken, die er geheimhielt wie ein Verbrechen, Gedanken, die mit Pierre zusammenhingen und mit dem Ruhm und mit dem Mädchen am Fenster und mit der Eiche und mit Frauenschönheit und Liebe, Gedanken, die seinem ganzen Leben eine andere Richtung gegeben hatten. Und wenn in solchen Augenblicken jemand zu ihm hereinkam, so zeigte er sich trocken, streng und bestimmt und legte namentlich eine auffallende Neigung zu lehrhaft-starrer Logik an den Tag.

„Mon cher", sagte etwa Prinzessin Marja, als sie gerade in so einem Augenblick hereinkam, „Nikoluschka kann heute nicht spazierengehen, es ist sehr kalt."

„Wenn es warm wäre", erwiderte dann wohl Fürst Andrej lehrhaft, „dann könnte er im Hemde ausgehen, da es aber kalt ist, muß man ihm eben etwas Warmes anziehen; denn eigens hierzu sind eben die warmen Kleidungsstücke erfunden worden. Aus dem Umstande, das es kalt ist, hat man diese Schlußfolgerung zu ziehen, nicht aber die, er müsse zu Hause bleiben, obwohl ein Kind frische Luft nötig hat."

Und wenn er auf diese Weise redete und dabei ganz besonderen Wert auf logisch-klare Zusammenhänge legte, so war es, als wollte er jemand anders für die geheime Gedankenarbeit bestrafen, die sich in seinem eigenen Innern vollzog und sich so gar nicht an die Gesetze der Logik hielt.

[1] Nach griechischer Art.

Prinzessin Marja dachte in solchen Fällen, es sei merkwürdig, wie starr und lehrhaft die Beschäftigung mit geistigen Dingen doch die Männer mache.

IV

Im August 1809 traf Fürst Andrej in Petersburg ein. Es war die Zeit, da der Ruhm des jungen Speranskij und die Energie, mit der an der Durchführung seiner Reformen gearbeitet wurde, auf ihrem Höhepunkt standen. Gerade damals war der Kaiser bei einer unglücklichen Fahrt aus dem Wagen geschleudert worden und hatte sich den Fuß verletzt; drei Wochen lang verließ er den Peterhof nicht und war täglich und fast ausschließlich mit Speranskij zusammen. Damals wurden nicht nur jene zwei berühmten und so viel Staub aufwirbelnden Ukase über die Umgestaltung der Hofämter und über die Examina für die Posten der Kollegienassessoren und Staatsräte ausgearbeitet, sondern auch eine vollständige Reichsverfassung, die das ganze Gerichts-, Verwaltungs- und Finanzwesen Rußlands umgestaltete und von der weder der Reichsrat noch die Landgemeindeverwaltung unberührt blieb. Jetzt sollten sich die unklaren liberalisierenden Ideen verdichten und verwirklichen, mit denen Kaiser Alexander den Thron bestiegen hatte und die er früher mit Hilfe seiner Mitarbeiter Czartoryski, Nowosilzew, Kotschubej und Stroganow, die er selbst im Scherz als sein comité du salut publique[1] bezeichnete, durchzuführen gesucht hatte.

An die Stelle aller dieser Männer war jetzt Speranskij für das Gebiet des Bürgerlichen, Araktschejew für das des Militärischen getreten.

In seiner Eigenschaft als Kammerherr war Fürst Andrej kurz nach seiner Ankunft bei Hofe erschienen und hatte sich auch bei der Cour eingefunden. Zweimal war dabei des Kaisers Blick auf ihn gefallen, aber beide Male war er keines Wortes gewürdigt worden. Bereits früher hatte Fürst Andrej den Eindruck gehabt, er sei dem Kaiser antipathisch, der Kaiser habe etwas gegen sein Gesicht und sein ganzes Wesen, und in dem strengen abweisenden Blick, mit dem der Kaiser ihn ansah, fand er diese Annahme in einem noch höheren Grade bestätigt, als er geglaubt hatte. Zur Erklärung der Tatsache, daß der Kaiser ihn keiner Beachtung würdigte, sagten ihm die Herren vom Hofe, Seine Majestät habe es ihm übelgenommen, daß er seit dem Jahre 1805 keine dienstliche Stellung mehr übernommen habe.

„Ich weiß ja aus eigener Erfahrung, wie wenig wir selbst Herren

[1] Staatliches Wohlfahrtskomitee.

unserer Sympathien und Antipathien sind", dachte Fürst Andrej, „und so ist denn gar kein Gedanke daran, daß ich meine Denkschrift über die Umgestaltung des Reglements dem Kaiser persönlich unterbreiten könnte. Aber die Sache wird selber für sich sprechen."

Er setzte also einen alten Feldmarschall, einen Freund seines Vaters, von seiner Denkschrift in Kenntnis. Der Feldmarschall bat ihn zu einer bestimmten Stunde zu sich, empfing ihn freundlich und versprach ihm, die Sache dem Kaiser vorzutragen. Einige Tage später wurde Fürst Andrej angewiesen, sich beim Kriegsminister Grafen Araktschejew zu melden.

*

An dem ihm bestimmten Tage fand sich Fürst Andrej um neun Uhr früh im Empfangszimmer des Grafen Araktschejew ein.

Fürst Andrej kannte Araktschejew nicht persönlich und hatte ihn überhaupt nie gesehen, aber alles, was er von ihm wußte, flößte ihm wenig Achtung vor dem Grafen ein.

„Er ist eben Kriegsminister und genießt das Vertrauen des Kaisers; wie er im persönlichen Leben ist, das geht niemand etwas an; er hat den Auftrag erhalten, meine Denkschrift durchzusehen, folglich ist er auch der einzige, von dem ihr weiteres Schicksal abhängt", dachte Fürst Andrej, während er im Empfangszimmer des Grafen Araktschejew unter zahlreichen anderen Leuten, hochgestellten und weniger hochgestellten, wartete.

Fürst Andrej hatte während seiner Dienstzeit und besonders als Adjutant die Empfangszimmer mancher hoher Herren kennengelernt und wußte mit den charakteristischen Besonderheiten all dieser einzelnen Empfangszimmer recht gut Bescheid. Aber das Empfangszimmer des Grafen Araktschejew hatte seine ganz besondere Note. Auf den Gesichtern der weniger hochgestellten Personen, die im Empfangszimmer des Grafen Araktschejew darauf warteten, bis sie an der Reihe waren und zur Audienz in das Kabinett des Grafen geleitet wurden, lag ein Ausdruck von verschämter Unterwürfigkeit; in den Mienen der Höhergestellten prägte sich ohne Ausnahme eine Befangenheit aus, die sich unter der Maske erkünstelter Zwanglosigkeit und spöttischer Überlegenheit über sich selbst, über die Situation, in der man sich befand, und über die Person, von der man empfangen werden wollte, verbarg. Einige gingen nachdenklich auf und ab; andere lachten und flüsterten miteinander, und Fürst Andrej hörte den Spitznamen „Sila Andreïtsch" * und die Worte: „Der Onkel wird es ihm schon geben", womit Graf Araktschejew gemeint war. Ein General, Angehöriger der Kategorie der Hoch-

* Anm. am Schluß des Buches.

gestellten, fühlte sich offensichtlich gekränkt, weil er so lange warten mußte; die Beine übereinandergeschlagen und ihre Lage zueinander alle Augenblicke wechselnd, saß er da und lächelte geringschätzig vor sich hin.

Öffnete sich aber die Tür, so erschien auf allen Gesichtern augenblicks nur ein einziger Ausdruck, der der Furcht. Nach einiger Zeit wiederholte Fürst Andrej seine an den Adjutanten vom Dienst gerichtete Bitte, ihn anzumelden, erhielt als Antwort aber nur spöttische Blicke und die Mitteilung, er müsse warten, bis er an der Reihe sei. Mehrere der Wartenden waren bereits vom Adjutanten in das Kabinett des Ministers hineingeholt und wieder herausgeleitet worden; dann wurde durch diese Tür des Schreckens ein Offizier hineingeführt, dessen niedergeschlagenes und verstörtes Aussehen dem Fürsten Andrej auffiel. Er blieb ziemlich lange drinnen. Plötzlich hörte man durch die Tür hindurch das Donnergepolter einer unangenehm wirkenden Stimme, und der Offizier kam, bleich und mit zitternden Lippen, wieder zum Vorschein, faßte sich an den Kopf und verließ das Empfangszimmer.

Gleich darauf wurde Fürst Andrej zur Tür des Kabinetts geführt, und der Adjutant vom Dienst sagte halblaut: „Nach rechts, zum Fenster."

Fürst Andrej betrat ein nüchternes, sauber gehaltenes Kabinett und sah am Tisch einen etwa vierzigjährigen Mann mit langer Taille, langem, kurzgeschorenem Schädel, dicken Stirnfalten, gerunzelten Augenbrauen über braun-grünen, stumpfen Augen und hängender, roter Nase. Araktschejew wandte ihm den Kopf zu, aber ohne ihn anzusehen.

„Um was bitten Sie?" fragte Araktschejew.

„Ich ... bitte um nichts, Ew. Erlaucht", erwiderte Fürst Andrej mit ruhiger Stimme.

Araktschejews Augen hefteten sich auf ihn.

„Setzen Sie sich", sagte er. „Fürst Bolkonskij?"

„Ich bitte um nichts, aber Seine Majestät geruhten Ew. Erlaucht eine von mir eingereichte Denkschrift zugehen zu lassen ..."

„Wissen Sie, mein Lieber, ich habe Ihre Denkschrift gelesen", unterbrach ihn Araktschejew. „Sie schlagen neue Reglemente vor? Reglemente gibt es in Hülle und Fülle, man kann nicht einmal alle die alten befolgen. Heutzutage schreibt jeder Reglemente. Und schreiben ist ja auch leichter als handeln." Er hatte nur die ersten Worte in freundlichem Ton gesprochen, dann aber hatte er den Blick vom Gesicht des Fürsten Andrej abgewandt und war mehr und mehr in einen Ton von mürrischer Geringschätzung hineingeraten.

„Ich bin auf Befehl Seiner Majestät des Kaisers gekommen, um Ew. Erlaucht um Bescheid zu bitten, was nach Ew. Erlaucht Wünschen mit meiner Denkschrift geschehen soll", sagte Fürst Andrej höflich.

„Ich habe ein Gutachten über Ihre Denkschrift verfaßt und es dem Komitee zugestellt. Ich kann Ihnen nicht beipflichten", sagte Araktschejew. Dann stand er auf und nahm vom Schreibtisch ein Blatt Papier. „Da!" Er reichte es dem Fürsten Andrej.

Quer über das Blatt Papier stand mit Bleistift, unorthographisch geschrieben, ohne große Anfangsbuchstaben und ohne Interpunktionen, folgende Bemerkung:* „Oberflächlich gemacht, da Nachahmung, abgeschrieben aus dem französischen Militärreglement, durchaus unnötige Abweichung von den Bestimmungen des unseren."

„Was für einem Komitee ist meine Denkschrift übergeben worden?" fragte Fürst Andrej.

„Dem Komitee für Fragen der Militärgesetzgebung, und ich habe beantragt, Ew. Wohlgeboren zum Mitglied des Komitees zu kooptieren. Aber unbesoldet."

Fürst Andrej lächelte.

„Auf Besoldung lege ich auch keinen Wert."

„Als unbesoldetes Mitglied", betonte Araktschejew. „Ich habe die Ehre." Und während er dem Fürsten Andrej eine kurze Verbeugung machte, schrie er dem Adjutanten zu: „He du! Den nächsten! Wer ist noch da?"

V

Während Fürst Andrej auf seine Bestellung als Mitglied des Komitees wartete, erneuerte er einige alte Bekanntschaften, vornehmlich solche, von denen er wußte, daß sie ins Gewicht fielen und ihm nützen konnten. Er hatte jetzt in Petersburg eine ähnliche Empfindung wie damals am Vorabend der Schlacht, als eine unruhige Neugier ihn gequält und ihn unwiderstehlich zu den Höhen des Lebens gezogen hatte, auf denen die Entscheidungen fielen, die Zukunft und Schicksal von Millionen bestimmten. Die Erbitterung der alten Herren, die Neugier der Uneingeweihten, die Zurückhaltung der Eingeweihten, die allgemeine Hast und Geschäftigkeit, die ungezählte Menge von Komitees und Kommissionen – deren er jeden Tag neue kennenlernte –, das alles ließ es ihm zum Bewußtsein kommen, daß jetzt, im Jahre 1809, hier in Petersburg eine gewaltige Schlacht vorbereitet wurde, wenn sie auch nicht von bewaffneten Armeen ausgefochten werden sollte; und Oberkommandierender war ein Mann, den er noch nicht kannte, den aber in den Augen des

* Anm. am Schluß des Buches.

Fürsten Andrej ein Hauch des Geheimnisses und der Genialität umwitterte: Speranskij. Und so wenig er auch im einzelnen davon wußte, das Werk der Reformen und der Mann, der dieses Werk ersonnen und ins Leben gerufen hatte, Speranskij, begannen ihn so leidenschaftlich zu fesseln, daß die Fragen der Militärgesetzgebung in seinem Inneren sehr bald an die zweite Stelle zurückgedrängt wurden.

Die besondere Situation des Fürsten Andrej sicherte ihm eine gute Aufnahme in all den verschiedenen und darunter auch den höchsten Kreisen der damaligen Petersburger Gesellschaft. Die Reformpartei empfing ihn mit Freuden und suchte ihn an sich zu ziehen, erstens weil er für klug und belesen galt, und zweitens, weil er seit der Freilassung seiner Bauern im Geruche des Liberalismus stand. Die Partei der unzufriedenen alten Herren sah in ihm schlechthin den Sohn seines Vaters und erwartete von ihm als solchem ein Einstimmen in die Verdammungsurteile, die sie über die Reformen fällten. Der weibliche Teil der Gesellschaft und überhaupt das, was man im eigentlichen Sinne als „Welt" bezeichnet, nahm ihn freudig auf, weil er eine reiche und ansehnliche Partie bedeutete und nun nach seiner langen Abwesenheit fast als neue Person wirkte, geschmückt mit der Aureole, die ihm die romantische Geschichte seines vermeintlichen Todes und des tragischen Endes seiner Frau verlieh. Dazu stand es ohne Ausnahme für alle fest, die ihn früher gekannt hatten, daß er sich in diesen fünf Jahren sehr zu seinem Vorteil verändert habe, ausgeglichener und männlicher geworden sei und daß an Stelle des gezwungenen, hochmütigen und spöttischen Wesens von einst jene Ruhe getreten sei, die nur die Jahre zu geben vermögen. Man sprach viel von ihm, man interessierte sich für ihn, und jeder wollte mit ihm zusammen sein.

Am Tage nach seinem Besuch beim Grafen Araktschejew war Fürst Andrej auf einer Soiree beim Grafen Kotschubej. Er schilderte dem Grafen sein Zusammensein mit „Sila Andrejewitsch" – so nannte auch Kotschubej den Kriegsminister mit dem gleichen Anflug von Ironie, den Fürst Andrej bei den Wartenden in Araktschejews Empfangszimmer wahrgenommen hatte.

„Ich rate Ihnen, mon cher, Michail Michailowitsch auch hierin nicht zu übergehen. C'est le grand faiseur.[1] Ich will es ihm sagen. Er versprach mir, heute abend zu kommen ..."

„Was hat denn Speranskij mit einem militärischen Reglement zu tun?" fragte Fürst Andrej.

Kotschubej wiegte lächelnd den Kopf hin und her, als wundere er sich über Bolkonskijs Naivität.

[1] Er ist der wichtigste Mann.

„Dieser Tage habe ich mit ihm über Sie gesprochen", fuhr er dann fort, „über Ihre Bauernfreilassung ..."

„Ja, Fürst, was ist denn das? Sie sollen ja Ihre Bauern freigelassen haben?" wandte sich ein alter Herr, der noch aus der Zeit der Kaiserin Katherina stammte, mit entrüsteter Geringschätzung an Bolkonskij.

„Nur auf einem kleinen Gut, das ohnehin nichts einbrachte", erwiderte Bolkonskij, bemüht, die Tragweite seines Vorgehens abzuschwächen, um den alten Herrn nicht unnötig zu reizen.

„Vous craignez d'être en retard",[1] sagte der alte Herr und sah Kotschubej an.

„Eins verstehe ich nicht", fuhr er dann fort. „Wer wird den Boden pflügen, wenn man die Bauern freiläßt? Gesetze schreiben ist leicht, aber regieren schwer. Das ist immer die alte Geschichte, und auch jetzt ist es nicht anders. Ich frage Sie, Graf, wer wird überhaupt noch Präsident einer Kammer werden, wenn jeder erst ein Examen machen soll?"

„Ich denke, wer das Examen besteht", antwortete Kotschubej, schlug ein Bein über das andere und sah um sich.

„Ich habe da einen Beamten unter mir, Prjanitschnikow heißt er, ein prachtvoller Mensch, wirklich Gold wert, aber er ist sechzig Jahre alt. Glauben Sie, der macht noch ein Examen?"

„Ja, es wird natürlich schwierig sein, die Bildung ist eben noch zu wenig Gemeingut geworden, aber ..."

Graf Kotschubej brach ab, erhob sich, nahm den Fürsten Andrej bei der Hand und ging einem eben eintretenden, hochgewachsenen Mann entgegen. Er mochte etwa vierzig Jahre alt sein, hatte spärliches blondes Haar, eine große, offene Stirn und ein längliches, auffallend blasses Gesicht. Er trug einen blauen Frack, ein Ordenskreuz um den Hals und einen Stern auf der linken Brustseite. Es war Speranskij. Fürst Andrej hatte ihn sofort erkannt, und durch sein Herz ging jenes Zucken, das der Mensch oft in entscheidenden Augenblicken seines Lebens verspürt. War es Hochachtung, Neid, Spannung? Er wußte es selbst nicht. Speranskijs ganze Erscheinung hatte etwas so Eigentümliches, daß man ihn sofort erkennen mußte. In der Gesellschaft, in der Fürst Andrej sich gewöhnlich bewegte, hatte er noch bei keinem Menschen eine solche Ruhe, ein solches Selbstbewußtsein gesehen, die sich selbst in seinen unbeholfenen und wenig graziösen Bewegungen aussprachen, einen gleichzeitig so festen und so weichen Blick, wie er aus Speranskijs halbgeschlossenen und ein wenig feuchten Augen fiel, ein so gleichmäßiges und zu nichts verpflichtendes Lächeln, eine so feine, immer gleichblei-

[1] Sie fürchten wohl, Sie kämen zu spät?

bende, leise Stimme, und vor allem ein so zartes Weiß des Gesichts und besonders der ein wenig breiten, auffallend fleischigen, aber doch feingliedrigen und zarten Hände. Eine so weiße und zarte Gesichtsfarbe hatte Fürst Andrej nur bei Soldaten gesehen, die einen langen Spitalaufenthalt hinter sich hatten. Das war Speranskij, Staatssekretär und vortragender Rat des Kaisers; dieser Mann hatte Alexander auch nach Erfurt begleitet und war dort häufig mit Napoleon zusammengewesen.

Speranskij ließ seine Augen nicht hastig vom einen zum andern laufen, wie man das unwillkürlich tut, wenn man in eine größere Gesellschaft tritt, und hatte es keineswegs eilig, zu reden und gehört zu werden. Als er dann sprach, da sprach er leise, in der festen Überzeugung, trotzdem gehört zu werden, und sah nur den an, mit dem er gerade sprach.

Fürst Andrej verfolgte jedes Wort und jede Bewegung Speranskijs mit der größten Aufmerksamkeit. Wie es manche Menschen tun, und vornehmlich solche, die ihren Nächsten mit besonders strengen Maßstäben messen, so wiegte sich auch Fürst Andrej, wenn er einen neuen Menschen kennenlernte, unwillkürlich in der Erwartung, er würde in ihm den Inbegriff aller wertvollen menschlichen Eigenschaften finden; und nun gar noch angesichts eines Mannes wie Speranskij, dessen Ruf er kannte!

Speranskij sprach Kotschubej gegenüber sein Bedauern aus, daß er nicht früher habe kommen können; er sei im Palais aufgehalten worden. Er sagte nicht, der Kaiser habe ihn aufgehalten. Und diese affektierte Bescheidenheit entging dem Fürsten Andrej nicht. Als er von Kotschubej Speranskij vorgestellt wurde, ließ dieser seine Augen langsam zum Fürsten Andrej wandern und sah ihn mit seinem gleichmäßigen Lächeln an.

„Ich freue mich sehr, Ihre Bekanntschaft zu machen. Ich habe von Ihnen gehört, wie wohl jeder hier", sagte er, nachdem er ihn eine Zeitlang schweigend betrachtet hatte.

Kotschubej streifte mit einigen Worten die Aufnahme, die Bolkonskij bei Araktschejew gefunden hatte. Das Lächeln, das auf Speranskijs Gesicht lag, wurde immer unverkennbarer.

„Vorsitzender der Kommission für Fragen der Militärgesetzgebung ist mein guter Freund Magnizkij", sagte er, jede Silbe und jedes Wort mit gleicher Deutlichkeit aussprechend. „Und wenn Sie es wünschen, kann ich Sie mit ihm zusammenführen." Er verstummte für einen Augenblick, und dieses Verstummen entsprach dem Punkt am Satzende. „Ich hoffe, Sie werden bei ihm Interesse und tätige Teilnahme für alles Vernünftige finden."

Um Speranskij hatte sich rasch eine Gruppe gebildet, und auch der alte Herr, der vorhin von seinem Beamten Prjanitschnikow gesprochen hatte, wandte sich mit einer Frage an Speranskij.

Ohne sich am Gespräch zu beteiligen, richtete Fürst Andrej seine ganze Aufmerksamkeit auf Speranskij. Dieser Mann war noch vor gar nicht langer Zeit der unbeachtete Schüler eines Priesterseminars gewesen; jetzt lag in diesen weißen, fleischigen Händen das Schicksal Rußlands. Einen besonders starken Eindruck machte auf den Fürsten Andrej die auffallende, ein wenig geringschätzige Ruhe, mit der Speranskij dem alten Herrn antwortete. Es war, als richte er von einer unermeßlichen Höhe herab einige leutselige Worte an den Alten. Als dieser sich dann ereiferte und etwas zu geräuschvoll wurde, da meinte Speranskij lächelnd, er habe doch wohl kein Urteil darüber, ob das, was dem Kaiser beliebt habe, angebracht oder unangebracht sei.

Speranskij nahm noch eine Zeitlang an der allgemeinen Unterhaltung teil; dann erhob er sich, wandte sich an den Fürsten Andrej und entführte ihn nach dem anderen Ende des Salons. Offenbar hielt er es für angebracht, für Bolkonskij ein besonderes Interesse an den Tag zu legen.

„Dieser ehrenwerte alte Herr hatte mich in ein so angeregtes Gespräch verstrickt, daß ich noch gar nicht dazu gekommen bin, ein paar Worte mit Ihnen zu sprechen, Fürst", sagte er mit einem gleichzeitig milden und geringschätzigen Lächeln; und dieses Lächeln besagte, Fürst Andrej und er seien sich ja darüber einig, wie man diese Leute da, mit denen Speranskij eben gesprochen hatte, zu beurteilen habe, und so lag denn in diesem Lächeln etwas für den Fürsten Andrej durchaus Schmeichelhaftes. „Ich kenne Sie schon lange", fuhr Speranskij fort, „erstens von Ihrer Bauernbefreiung her, das war ja bei uns das erste Beispiel dieser Art, und ich wünschte, es möchten ihm viele folgen; und zweitens kenne ich Sie als einen der wenigen Kammerherren, die sich durch den neuen Ukas über die Stellung der Hofchargen nicht gekränkt gefühlt haben; sonst hat er ja recht viel Klatsch und Tratsch hervorgerufen."

„Ja", antwortete Fürst Andrej, „mein Vater wollte nicht, daß ich von den Vorrechten meiner Kammerherrenstellung Gebrauch machte, und so habe ich denn als Soldat von der Pike auf gedient."

„Ihr Herr Vater, der doch noch ein Mann der alten Schule ist, steht offenbar hoch über den meisten Menschen unserer Generation, die diese Maßnahme so grimmig scharf verurteilen, obgleich sie doch nur die natürliche Gerechtigkeit wiederherstellt."

Fürst Andrej fühlte, wie Speranskijs Einfluß auf ihn zu wirken begann, und suchte dagegen anzukämpfen.

„Ich möchte immerhin glauben, daß auch diese absprechenden Urteile nicht ganz unbegründet sind", meinte er.

Der Gedanke, mit Speranskij in allem einer Meinung zu sein, war ihm nicht angenehm: er wollte ihm auch einmal widersprechen. Aber wenn Fürst Andrej sonst flüssig und überzeugend zu sprechen pflegte, jetzt, im Gespräch mit Speranskij, fiel es ihm nicht leicht, die passenden Wendungen zu finden, so sehr beschäftigte ihn die Persönlichkeit des berühmten Mannes, in dessen Wesen er einzudringen suchte.

„Mag sein, daß sie sich vom Standpunkt des persönlichen Ehrgeizes aus begründen lassen", fiel Speranskij mit seiner leisen Stimme ein.

„Teilweise wohl auch vom Standpunkt der Staatsräson aus", sagte Fürst Andrej.

„Wie meinen Sie das?" fragte Speranskij und senkte gemessen den Blick.

„Ich bin ein Verehrer Montesquieus", erklärte Fürst Andrej. „Und der von ihm vertretene Gedanke, daß le principe des monarchies est l'honneur, me paraît incontestable. Certains droits et privilèges de la noblesse me paraissent être des moyens de soutenir ce sentiment." [1]

Das Lächeln auf Speranskijs weißem Gesicht verschwand, und seine Physiognomie gewann dadurch außerordentlich. Offenbar schien ihm der vom Fürsten Andrej vorgebrachte Gedanke interessant.

„Si vous envisagez la question sous ce point de vue" [2], begann er, und es war deutlich zu merken, daß ihm das Französisch schwerfiel; er sprach jetzt noch langsamer als zuvor, da er sich des Russischen bedient hatte, aber auch jetzt so ruhig wie immer.

Er meinte, es gehe nicht an, das Ehrgefühl, l'honneur, durch Gewährung von Vorrechten zu heben, die auf den Dienst selbst nur schädlich, nachteilig wirken könnten; das Ehrgefühl, l'honneur, sei entweder ein negativer Begriff, soweit es sich nämlich im Unterlassen verwerflicher Handlungen äußere, oder es sei bis zu einem gewissen Grade eine Quelle des Wetteifers um Anerkennung, Auszeichnung und Beförderung als die äußeren Merkmale einer so verstandenen Ehre. Seine Schlußfolgerungen waren gedrängt, einfach und klar.

„Ein Institut zur Belebung des Ehrgefühls in diesem Sinne, also im Sinne eines Anreizes zu wetteiferndem Streben, wie es etwa die Légion d'honneur [3] des großen Kaisers Napoleon darstellt, kann auf den Dienst nicht nachteilig, sondern nur günstig wirken, ganz im Gegensatz zu ständischen Vorrechten oder solchen, die sich auf Hofstellungen gründen."

[1] Daß die Grundlage der Monarchie die Ehre ist, erscheint mir unanfechtbar. Gewisse Rechte und Privilegien des Adels scheinen mir Mittel zu sein, um dieses Gefühl zu stärken.
[2] Wenn Sie die Frage von diesem Standpunkt aus betrachten.
[3] Ehrenlegion.

„Das will ich nicht ganz bestreiten", erwiderte Fürst Andrej. „Aber es läßt sich doch nicht in Abrede stellen, daß das gleiche Ziel auch mittels der Vorrechte der Hofchargen erreicht worden ist. Jeder, der kraft seines höfischen Ranges, also auf Grund eines Vorrechtes, eine dienstliche Stellung erhält, wird es als seine Pflicht ansehen, sie würdig auszufüllen."

„Und doch mochten Sie persönlich von diesen Vorrechten keinen Gebrauch machen, Fürst", sagte Speranskij und ließ durch ein Lächeln erkennen, daß er mit einer Liebenswürdigkeit den Disput abzubrechen wünschte, in dessen Verlauf sein Partner in eine schwer zu verteidigende Position geraten war. „Wollen Sie mir die Ehre erweisen, am Mittwoch zu mir zu kommen?" setzte er hinzu. „Bis dahin werde ich mit Magnizkij gesprochen haben und bin dann in der Lage, Ihnen über alles Auskunft geben zu können, was Sie interessiert; außerdem werde ich dann das Vergnügen einer ausführlicheren Unterhaltung mit Ihnen haben."

Er schloß für eine Sekunde die Augen, verbeugte sich und verließ den Salon à la francaise[1], ohne sich zu verabschieden, so unauffällig wie möglich.

VI

In der ersten Zeit seines Petersburger Aufenthaltes fühlte Fürst Andrej, wie das ganze Gedankensystem, das er sich in der Zeit seiner ländlichen Einsamkeit geschaffen hatte, völlig von all den kleinen Sorgen überwuchert wurde, mit denen er sich in Petersburg auseinanderzusetzen hatte.

Kam er abends nach Hause, so notierte er sich fast immer vier oder fünf notwendige, auf bestimmte Stunden festgesetzte Besuche oder Rendezvous. Einen großen Teil seiner Lebensenergie verschlang bereits der notwendige Mechanismus des Lebens, die sorgfältige Einteilung des Tages, die allein überall ein rechtzeitiges Erscheinen gewährleisten konnte. Er tat nichts, er dachte nichts und hätte dazu auch gar keine Zeit gehabt; so beschränkte er sich darauf, das vorzutragen, was er auf dem Lande hatte durchdenken können, und war damit durchaus erfolgreich.

Dazwischen merkte er zu seinem Mißvergnügen, daß es ihm begegnet war, am gleichen Tage in verschiedenen Gesellschaften ein und dasselbe zu wiederholen. Aber dann war er wieder ganze Tage hindurch so beschäftigt, daß er gar nicht dazu kam, darüber nachzudenken, daß er eigentlich nichts mehr dachte.

[1] Auf französisch.

Speranskij hatte ihm bei ihrem ersten Zusammensein auf der von Kotschubej veranstalteten Soiree einen starken Eindruck gemacht, und den gleichen Eindruck empfing Fürst Andrej auch an jenem Mittwoch, als Speranskij ihn bei sich empfing und unter vier Augen lange und vertraulich mit ihm sprach.

Fürst Andrej hielt eine so riesige Menge von Menschen für verächtliche und unwesentliche Geschöpfe, und es verlangte ihn so sehr danach, in einem anderen das fleischgewordene Ideal jener Vollkommenheit zu finden, nach der er selber strebte, daß die Überzeugung, in Speranskij dieses Ideal eines in allen Stücken vernünftigen und ethisch handelnden Menschen gefunden zu haben, ihn nicht viel Mühe kostete. Wenn Speranskij der gleichen Gesellschaftsschicht entsprossen wäre wie Fürst Andrej, wenn er in den gleichen gewohnten Moralbegriffen erzogen und großgeworden wäre, so hätte Bolkonskij seine schwachen, menschlichen und keineswegs heroischen Seiten wohl rasch herausgefunden; unter diesen Umständen aber flößte ihm diese fremdartige, streng logische Geistesrichtung um so mehr Hochachtung ein, als er ihr nicht ganz folgen konnte. Außerdem kokettierte Speranskij vor dem Fürsten Andrej mit seinem unparteiischen, ruhigen Urteil – sei es nun, daß er die Geistesgaben des Fürsten Andrej wirklich so hoch schätzte, sei es, daß er es für nötig hielt, den Fürsten für sich zu gewinnen – und so behandelte er Bolkonskij mit jener feinen, mit Selbstbewußtsein gepaarten Schmeichelei, die in der stillschweigenden Anerkennung dessen besteht, daß der andere neben einem selbst der einzige Mensch ist, der die ganze Torheit aller übrigen und die ganze Verstandesschärfe und Tiefe der von einem selbst vorgebrachten Gedanken zu erfassen vermag.

Während ihrer langen Unterredung am Mittwoch abend flocht Speranskij in seine Rede häufig Wendungen ein, wie: „Unsereiner wird immer beobachtet, und wenn wir etwas tun, das sich über das althergebrachte Gewohnheitsniveau erhebt ..." Oder er sagte lächelnd: „Aber wir wollen eben, daß die Wölfe zwar satt werden, aber auch, daß die Schafe unversehrt bleiben ..." oder: „Das verstehen die eben nicht ..." Und der Ausdruck, der alle diese Wendungen begleitete, besagte immer wieder: „Wir, das sind Sie und ich, wir zwei wissen genau, wer wir sind und wer die da sind."

Diese erste ausführlichere Unterredung mit Speranskij bestärkte den Fürsten Andrej noch in dem Eindruck, den er bei seinem ersten Zusammensein mit Speranskij gehabt hatte. Er sah in ihm einen sehr scharf und klar denkenden Verstandesmenschen, der die Macht, zu der ihn seine Energie und seine Beharrlichkeit hatten gelangen lassen, lediglich zum Wohle Rußlands benutzte. In den Augen des Fürsten Andrej war Speranskij der Mann, der alle Erscheinungen des Lebens mit seinem scharfen Verstande prüfte und nur das für lebenswert gelten ließ, was vor diesem Verstande als dem alleinigen Maßstab aller Dinge bestehen konnte: das heißt, er sah in ihm genau den Mann, der er, Fürst Andrej, selbst so gern sein wollte. Alles, was Speranskij ausführte, erschien so einfach und klar, daß Fürst Andrej ihm unwillkürlich in allem beipflichten mußte. Wenn er dagegen Einwendungen machte und es auf einen Disput ankommen ließ, so tat er das nur in der ihm selbst durchaus bewußten Absicht, seine Selbständigkeit zu behaupten und sich Speranskijs Ansichten nicht gänzlich unterzuordnen. Dem Fürsten Andrej schien alles an Speranskij gut und in der Ordnung, nur eins störte ihn: das war Speranskijs kalter, spiegelartiger, die eigene Seele gleichsam abriegelnder Blick und seine weiße, zarte Hand, die Fürst Andrej unwillkürlich oft ansah, wie man eben auf die Hände von Menschen schaut, die über Großes gebieten. Aus irgendeinem Grunde hatten der spiegelartige Blick und die zarte Hand etwas Irritierendes für den Fürsten Andrej. Unangenehm empfand er auch noch Speranskijs allzu große Menschenverachtung und die allzu große Mannigfaltigkeit der dialektischen Kunstgriffe, mit denen er seine Auffassungen stützte und zu beweisen suchte. Mit Ausnahme von Vergleichen bediente er sich aller nur denkbaren gedanklichen Waffen und ging dabei, wie es dem Fürsten Andrej scheinen wollte, allzu flott von der einen zur anderen über. Bald stellte er sich auf den Boden des praktisch tätigen Mannes und verurteilte scharf alle träumerischen Ideologen, bald auf den des Satirikers und ironisierte seine Gegner, bald gab er sich als den strengen Logiker, bald erhob er sich in das Gebiet des Metaphysischen. Dieses letzte Mittel der Beweisführung wandte er besonders oft an. Er trieb dann die strittige Frage bis in die höchsten Höhen der Metaphysik hinauf, erging sich in Definitionen des Raumes, der Zeit, des Gedankens, versah sich hier mit brauchbaren Gegenargumenten und ließ sich dann wieder auf den Boden der Diskussion herab.

Was aber dem Fürsten Andrej von allen Zügen, die ihm in Speranskijs Geistesrichtung entgegentraten, den größten Eindruck machte, das war sein von allen Zweifeln freier, unerschütterlicher Glaube an die Macht und Legitimität des Verstandes. Ein dem Fürsten Andrej durchaus geläufiger Gedanke hätte Speranskij offenbar nie in den Kopf kommen können, nämlich der Gedanke, daß man trotz aller dialektischen Fertigkeit doch nicht in allen seinen Ideen eine entsprechende Ausdrucksmöglichkeit finden könne; und jener Zweifel: „Ist nicht vielleicht alles, was ich denke und glaube, lauter Unsinn?", hätte Speranskij nie kommen können. Und gerade diese Eigentümlichkeit der Speranskijschen Verstandeswelt zog den Fürsten Andrej so sehr an.

Während der ersten Zeit ihrer Bekanntschaft brachte Fürst Andrej Speranskij ein ähnliches Gefühl leidenschaftlicher Bewunderung entgegen, wie er es ehemals für Bonaparte empfunden hatte. Es gab manche törichte Leute, die Speranskij als Popensohn und ehemaligen Zögling eines Priesterseminars geringschätzig abtun zu müssen meinten, und gerade dieser Umstand brachte für den Fürsten Andrej einen Zwang mit sich, mit den Äußerungen seiner Sympathie für Speranskij gelegentlich vorsichtig zu sein; aber ohne daß ihm selbst das zum Bewußtsein kam, verstärkte das gerade die Sympathie und Bewunderung, die er im Inneren für Speranskij hegte.

An diesem Abend, dem ersten, den Bolkonskij bei Speranskij zubrachte, kam das Gespräch auf die Legislativ-Kommission, und Speranskij erzählte dem Fürsten Andrej voller Ironie, diese Kommission bestehe bereits seit hundertfünfzig Jahren, verschlinge Millionen und habe keine andere Leistung aufzuweisen, als daß Rosenkampf die einzelnen Artikel einer vergleichenden Zusammenstellung von Gesetzentwürfen mit Etiketten beklebt habe.

„Das ist alles, und dafür hat der Staat Millionen auswerfen müssen!“ sagte er. „Wir wollen dem Senat eine gänzlich veränderte gerichtliche Funktion geben, aber es fehlt uns an Gesetzen zu deren Handhabung. Und darum ist es heutzutage für Menschen wie Sie, Fürst, eine Sünde, sich vom Staatsdienst fernzuhalten.“

Fürst Andrej wandte ein, dazu bedürfe es doch einer juristischen Bildung, die ihm fehle.

„Aber die fehlt ja jedem, also was wollen Sie? Es ist ein circulus vitiosus, aus dem man nur mit Gewalt herausfindet.“

*

Eine Woche später war Fürst Andrej Mitglied der Kommission für Militärgesetzgebung und, was er nicht im entferntesten erwartet hätte, Abteilungsleiter in der Legislativ-Kommission. Auf Speranskijs Bitte nahm er den ersten Teil des auszuarbeitenden bürgerlichen Rechts auf sich und arbeitete mit Hilfe des Code Napoléon und des Justinian an der Redaktion des Abschnittes: Personenrecht.

VII

Vor etwa zwei Jahren, nämlich 1808, war Pierre, von der Reise auf seine südrussischen Besitzungen zurückgekehrt, in den Vorstand der Petersburger Loge geraten, ohne das eigentlich gewollt zu haben. Er hatte Tafel- und Trauerlogen zu veranstalten, er warb neue Mitglieder und bemühte sich um den Zusammenschluß von Logen der verschiedenen Observanzen und die Beschaffung von authentischen Urkunden. Er verwandte viel Geld aus eigener Tasche auf die Ausstattung der Tempelräume und rundete aus eigenen Mitteln die Erträge der Almosensammlungen ab, bei denen die meisten Brüder sich geizig oder unpünktlich zeigten. Der Orden hatte in Petersburg ein Armenhaus errichtet, und die zu seiner Erhaltung nötigen Mittel brachte Pierre fast ganz allein auf.

Dabei verlief sein Leben nicht anders als früher, und in seinen Vergnügungen und Ausschweifungen hatte sich nichts geändert. Noch immer hatte er für gute Diners und gute Getränke die gleiche Vorliebe wie früher, und wenn er es auch selbst für unmoralisch und entwürdigend hielt, er brachte es nicht fertig, sich von den Vergnügungen der Junggesellenkreise, in denen er verkehrte, fernzuhalten.

Dem Taumel aller seiner Beschäftigungen und Vergnügungen zum Trotz begann Pierre doch im Verlauf seines ersten Freimaurerjahres zu fühlen, daß der Boden der Maurerei, auf dem er stand, unter seinen Füßen wich, und zwar um so mehr, je fester er auf ihm Fuß zu fassen suchte. Gleichzeitig aber fühlte er, daß, je mehr dieser Boden unter seinen Füßen wich, er um so weniger imstande war, ihn aus freier Willensentschließung zu verlassen. Als er der Loge beitrat, da war es ihm zumute gewesen wie einem Menschen, der seinen Fuß vertrauensvoll auf die ebene Oberfläche eines Sumpfes setzt. Er hatte den Fuß daraufgesetzt und war eingesunken. In der Absicht, sich davon zu überzeugen, daß der Boden, auf dem er stand, dennoch fest sei, hatte er auch noch den anderen Fuß daraufgesetzt und war jetzt noch tiefer eingesunken, stak nun bis an die Knie im Sumpf, und es hing jetzt nicht mehr von seinem Willen ab, ob er aus dem Sumpf herauskam oder nicht.

Jossif Alexejewitsch war nicht in Petersburg. In der letzten Zeit hatte er sich von allen Petersburger Logenangelegenheiten zurückgezogen und hielt sich jetzt dauernd in Moskau auf. Mit allen Brüdern, allen Mitgliedern der Loge, kam Pierre auch sonst im täglichen Leben häufig zusammen, und es fiel ihm schwer, in ihnen nur seine Maurerbrüder und nicht etwa den Fürsten B. oder Iwan Wassiljewitsch D. zu sehen, die er außerhalb der Loge zum großen Teil als charakterschwache und keineswegs immer sehr wertvolle Menschen kannte. Unter den Maurerschürzen und sonstigen Abzeichen glaubte er ihre Uniformen zu sehen und die Ordenskreuze, denen sie in ihrem weltlichen Leben nachjagten. Wenn er Almosen sammelte und die Zeichnungsliste durchsah, fand er vielleicht zwanzig bis dreißig Rubel eingetragen, und selbst die noch zum großen Teil mit Versprechen späterer Barzahlung; und dabei mochte es sich wohl um zehn Mitglieder handeln, von denen die Hälfte ebenso reich war wie er selbst; dann mußte Pierre an den Ordenseid denken, mit dem jeder Bruder gelobt hatte, alle seine Habe für seinen Nächsten hinzugeben, und dann erhoben sich in seiner Seele Zweifel, mit denen fertig zu werden nicht leicht war.

Alle Brüder, die er kannte, teilte er in vier Kategorien. Zur ersten gehörten für ihn die Brüder, die weder an den Logenarbeiten noch an den humanitären Bestrebungen der Maurerei tätigen Anteil nahmen, sondern sich ausschließlich mit den Mysterien der Ordenswissenschaft befaßten, etwa mit der dreifachen Benennung Gottes, den drei Grundstoffen der Dinge: Schwefel, Merkur und Salz, oder der Bedeutung des Quadrats und der einzelnen Figuren des Tempels Salomonis. Vor dieser Kategorie, der namentlich die älteren Brüder und darunter, wie es Pierre scheinen wollte, auch Jossif Alexejewitsch angehörten, hatte Pierre zwar eine aufrichtige Hochachtung, teilte aber ihre Interessen nicht. Sein Herz zog ihn nicht zur mystischen Seite der Mauerei.

Zur zweiten Kategorie rechnete Pierre sich selbst und einige andere Brüder, die gleich ihm noch suchten und schwankten, einen geraden und klaren Weg in das wahre Wesen der Maurerei noch nicht gefunden hatten, ihn aber zu finden hofften.

Die dritte Kategorie bildete die Mehrzahl der Brüder: es waren die, die in der Maurerei nichts sahen als äußerliche Formen und Riten und auf deren sorgfältige Beobachtung den Hauptwert legten, ohne sich um ihren Inhalt und ihre Bedeutung zu kümmern. Zu dieser Kategorie gehörten Willarski und selbst der Meister vom Stuhl der Großloge.

Zur vierten Kategorie zählte Pierre endlich die ebenfalls sehr zahlreichen Brüder, die nach Pierres Beobachtungen an nichts glaubten, von jedem sittlichen Streben frei waren und nur deswegen Mauer geworden waren, um nähere Beziehungen zu den vielen zukunftsreichen, jungen, wohlhabenden, durch ihre Konnexionen und ihre gesellschaftliche Stellung mächtigen Logenbrüdern zu gewinnen. Unter dieser vierten Kategorie waren die Neuaufgenommenen besonders stark vertreten.

Pierre fing an, sich in seiner Logentätigkeit unbefriedigt zu fühlen. Manchmal hatte er den Eindruck, die Maurerei, wenigstens in der Erscheinungsform, die er hier kennengelernt hatte, gründe sich lediglich auf Äußerlichkeiten. Er war weit davon entfernt, an der Maurerei überhaupt zu zweifeln, argwöhnte jedoch, daß die russische Maurerei auf Abwege geraten sei und sich von ihrem eigentlichen Ausgangspunkt entfernt habe. Und daher reiste Pierre gegen Ende des Jahres ins Ausland, um sich dort in die höheren Mysterien des Ordens einweihen zu lassen.

*

Im Spätsommer 1809 kehrte Pierre nach Petersburg zurück. Unsere Freimaurer standen mit denen des Auslandes in ständigem Briefwechsel, und so war es denn in Petersburg bekanntgeworden, daß Besuchow sich im Auslande das Vertrauen vieler hochgestellter Männer erworben hatte, in viele Mysterien eingedrungen und in die höchsten Logengrade initiiert sei und nun vieles mit sich bringen würde, das der russischen Maurerei sehr zustatten kommen könne. Alle Petersburger Maurer kamen zu ihm, suchten sich bei ihm einzuschmeicheln, und alle waren der Meinung, Pierre verberge ihnen etwas und bereite etwas Außerordentliches vor.

Es wurde eine feierliche Logensitzung des zweiten Grades anberaumt, und Pierre versprach, bei dieser Gelegenheit den Petersburger Brüdern mitzuteilen, was er ihnen von den höchsten Ordensoberen zu bestellen habe. Der Sitzungsraum war gedrängt voll. Nach den üblichen Zeremonien stand Pierre auf und begann mit seiner Ansprache.

„Liebe Brüder!" begann er errötend und stotternd, das Konzept seiner Rede in der Hand. „Es genügt nicht, daß wir in der Stille der Loge unsere Mysterien bewahren ... Wir müssen wirken ... wirken. Wir sind in einen Zustand von Schläfrigkeit hineingeraten, und wir sollen doch wirken."

Pierre schlug sein Heft auf und las den weiteren Teil seiner Ansprache ab.

„Um die lautere Wahrheit zu verbreiten und um den endlichen Triumph der Tugend herbeizuführen", las er, „müssen wir den Menschen ihre Vorurteile nehmen, müssen Leitsätze verbreiten, die dem Geiste der Zeit entsprechen, müssen unser Augenmerk auf die Erziehung der Jugend richten, müssen uns mit den erleuchtetsten Männern zusammentun und diesen Bund durch unauflösliche Bande befestigen, müssen kühn und wohlverständig zugleich den Aberglauben, den Unglauben und die Torheit bekämpfen und besiegen und müssen aus der Zahl unserer Anhänger Männer heranbilden, die ein gleiches Ziel miteinander zu einer festen Einheit verbindet und die daher eine mächtige Kraft bedeuten würden.

Zur Erreichung dieses Ziels müssen wir es dahin bringen, daß die Tugend gegenüber dem Laster das Übergewicht hat, wir müssen es durchzusetzen suchen, daß der ehrenhafte Mensch bereits auf dieser Welt immer wieder für seine Tugend belohnt wird. Allein bei so hohen Bestrebungen stoßen wir auf äußere Hindernisse, auf Hindernisse, die in den politischen Verhältnissen begründet sind. Was sollen wir nun angesichts einer derartigen Sachlage tun? Etwa revolutionären Bestrebungen Vorschub leisten, alles umstürzen, Gewalt mit Gewalt zu vertreiben suchen? ... Nein, davon sind wir weit entfernt. Jede gewaltsam durchgeführte Reform ist zu tadeln, denn sie kann das Übel nicht gutmachen, solange die Menschen bleiben, wie sie sind; und die Weisheit bedarf keiner Gewalt.

Von Grund aus muß der Orden danach trachten, sittlich gefestigte, tugendhafte und durch Gemeinsamkeit der Gesinnung verbundene Männer heranzubilden, und diese gemeinsame Gesinnung muß ihren Ausdruck in dem Bestreben finden, überall und mit allen Kräften Laster und Torheit zu verfolgen, Geistesgaben und Tugend aber zu beschützen und Männer, die dessen würdig sind, aus dem Staube emporzuziehen und unserer Brüderschaft einzureihen. Nur, wenn das geschieht, wird unser Orden die Macht haben, den Begünstigern der Unordnung unmerklich die Hände zu binden und sie zu lenken, ohne daß sie es selber gewahr werden. Kurz, es gilt die Schaffung einer sich auf alles erstreckenden, allbeherrschenden Regierungsform, die sich über die ganze Welt ausdehnt, ohne die Bande der bürgerlichen Ordnung zu zerstören; alle Regierungen könnten dabei in ihrer bisherigen Art und Weise weiterfunktionieren und tun und lassen, was sie wollten, ausgenommen nur das, was durch Tun oder Unterlassen dem hohen Ziel unseres Ordens zuwiderläuft, das heißt dem Siege der Tugend über das Laster. Dieses Ziel hat sich auch das Christentum gesetzt. Es hat die Menschen gelehrt, weise und tugendhaft zu sein und zu ihrem eigenen Vorteil dem Beispiel und den Lehren der besten und weisesten Menschen nachzueifern.

Damals, als alles in Finsternis versunken war, mochte allerdings die Predigt der Lehre noch ausreichen: das Neue der Wahrheit verlieh ihr eine besondere Kraft; heute aber bedarf es für uns weit stärkerer Mittel. Heute ist es notwendig, daß der Mensch, der sich ja von seinen Lustgefühlen leiten läßt, in der Tugend geradezu sinnlich wahrnehmbare Reize findet. Die Leidenschaften lassen sich nicht ausrotten; man muß nur danach trachten, ihnen ein edles Ziel zu geben, und darum muß jeder seinen Leidenschaften innerhalb der von der Tugend gesteckten Grenzen Genüge tun können, und dazu muß unser Orden ihm verhelfen.

Sobald wir erst in jedem Staate eine bestimmte Zahl von würdigen Männern haben werden, deren jeder wiederum von sich aus zwei Gleichgesinnte heranbildet, und sobald erst alle diese untereinander eng verbunden sind, dann wird es für unseren Orden, der ja im geheimen schon so viel für das Wohl der Menschheit getan hat, überhaupt nichts Unmögliches mehr geben."

Diese Rede machte nicht nur einen starken Eindruck, sondern sie rief in der Loge geradezu eine wilde Aufregung hervor. Die meisten Brüder glaubten in ihr den Niederschlag der gefährlichen Illuminatenlehren zu erkennen und nahmen sie daher mit einer für Pierre durchaus überraschenden Kälte auf. Der Meister vom Stuhl begann Pierre zu opponieren, aber Pierre entwickelte seine Gedanken mit immer sich steigernder Glut. Seit langer Zeit hatte es keine so stürmische Sitzung gegeben. Parteien bildeten sich, die einen fielen über Pierre her und warfen ihm Hinneigung zur Lehre der Illuminaten vor, die anderen pflichteten ihm bei. Auf dieser Sitzung empfand Pierre zum ersten Male die unendliche Verschiedenartigkeit aller menschlichen Hirne, die es nicht zuläßt, daß irgendeine Wahrheit sich auch nur zwei Menschen in der gleichen Weise darstellt, und diese Beobachtung überraschte ihn. Sogar diejenigen, die sich auf seine Seite stellten, faßten seine Gedankengänge auf ihre eigene Weise auf, mit allerlei Einschränkungen und Abänderungen, die Pierre nicht gelten lassen konnte, da ihm eben das als das Wichtigste erschien, seine Ideen genauso weiterzugeben, wie sie sich ihm darstellten.

Schließlich wandte sich der Meister vom Stuhl mit mißgünstiger Ironie an Pierre und bemerkte, er habe sich wohl ein wenig fortreißen lassen, und seine Haltung in der Debatte sei wohl nicht nur von Liebe zur Tugend, sondern auch von Rechthaberei beeinflußt gewesen. Pierre gab auf diese Bemerkung keine Antwort, sondern fragte nur kurz, ob sein Antrag angenommen würde. Er erhielt eine verneinende Antwort, verließ, ohne erst die üblichen Formalitäten abzuwarten, die Loge und fuhr nach Hause.

VIII

Wieder befiel Pierre jene Schwermut, die er so sehr fürchtete. Die nächsten drei Tage nach der Logensitzung, in der er seine Rede gehalten hatte, lag er zu Hause auf dem Diwan, nahm keine Besuche an und fuhr auch selbst zu niemand.

In dieser Zeit erhielt er einen Brief von seiner Frau; sie bat ihn inständig, ihr eine Unterredung zu gewähren; sie habe so große Sehnsucht nach ihm und kenne keinen anderen Wunsch, als ihr ganzes Leben ihm zu weihen.

Zum Schluß teilte sie ihm mit, sie werde in den nächsten Tagen aus dem Auslande wieder in Petersburg anlangen.

Kurze Zeit nach dem Eintreffen dieses Briefes drang einer der von ihm weniger geschätzten Logenbrüder in Pierres Einsamkeit ein, brachte das Gespräch auf Pierres Eheverhältnisse und sprach dann in Form eines brüderlichen Rates den Gedanken aus, Pierres Strenge gegen seine Frau sei unbillig, und wenn er ihr trotz ihrer Reue nicht verzeihe, verstoße er gegen die für jeden Maurer geltenden Grundgebote.

Um die gleiche Zeit erhielt Pierre eine Botschaft seiner Schwieger=

mutter, der Frau des Fürsten Wassilij; sie bat ihn inständig um seinen Besuch, und wenn es nur ein paar Minuten sein sollten, sie habe mit ihm eine sehr wichtige Angelegenheit zu besprechen. Pierre merkte, daß es sich um ein Komplott gegen ihn handelte und daß man ihn wieder mit seiner Frau zusammenbringen wollte; und in dem Zustande, in dem er sich jetzt befand, war ihm das gar nicht einmal so unangenehm. Alles erschien ihm gleichgültig, nichts im Leben konnte wirkliche Wichtigkeit beanspruchen, Schwermut lastete auf ihm, und so lag ihm denn weder etwas an seiner eigenen Freiheit noch daran, hartnäckig darauf zu bestehen, daß seine Frau ihre Strafe verbüßte.

„Niemand ist im Recht, niemand ist im Unrecht, also ist auch sie nicht im Unrecht", dachte er.

Wenn Pierre nicht sofort in eine Wiedervereinigung mit seiner Frau einwilligte, so geschah es nur deswegen, weil er in dem Zustand von Schwermut, in dem er sich befand, überhaupt nicht die Kraft hatte, etwas zu tun. Wenn seine Frau jetzt zu ihm gekommen wäre, er hätte sie nicht von sich gestoßen. War es im Vergleich zu dem, was Pierre beschäftigte, nicht einerlei, ob er mit seiner Frau zusammen lebte oder nicht?

Ohne seiner Frau oder seiner Schwiegermutter eine Antwort zukommen zu lassen, machte Pierre sich eines Abends spät auf und fuhr nach Moskau, um Jossif Alexejewitsch wiederzusehen. In der nächsten Zeit machte er folgende Eintragungen in sein Tagebuch:

„Moskau, 17. November.

Eben bin ich bei meinem Wohltäter gewesen und beeile mich, alles zu Papier zu bringen, was ich dort wahrgenommen und empfunden habe. Jossif Alexejewitsch lebt in ärmlichen Verhältnissen und leidet bereits seit über zwei Jahren an einer quälenden Blasenkrankheit. Aber nie hat ihn jemand stöhnen oder murren gehört. Vom frühen Morgen bis spät in die Nacht, ausgenommen die Stunden, in denen er seine überaus einfache Nahrung zu sich nimmt, befaßt er sich mit wissenschaftlichen Arbeiten. Er empfing mich freundlich, und ich mußte mich zu ihm auf das Bett setzen; ich machte ihm das Zeichen der Ritter des Orients und von Jerusalem, und er antwortete mir mit dem gleichen Zeichen, lächelte milde und fragte mich, was ich in den preußischen und schottischen Logen erfahren und mir zu eigen gemacht hätte. Ich erzählte ihm alles, so gut ich es verstand; ich setzte ihm die Richtlinien auseinander, deren Annahme ich in unserer Petersburger Loge beantragt hatte; ich erzählte ihm von der ungünstigen Aufnahme, die ich mit ihnen fand, und von dem Bruch, der daraufhin zwischen mir und den anderen Brüdern eintrat. Jossif Alexejewitsch schwieg eine geraume Weile nachdenklich, und dann setzte er mir auseinander, wie er über alle diese Dinge dachte; und damit hat er mir mit einem Schlage nicht nur alles Vergangene beleuchtet, sondern auch meinen ganzen zukünftigen Lebensweg. Ich war erst ein wenig erstaunt, als er mich fragte, ob ich mich noch dessen erinnere, worin der dreifache Zweck unseres Ordens besteht: 1. In der Bewahrung und Erkenntnis des Mysteriums, 2. in der Läuterung und sittlichen Hebung unser selbst als Vorbedingung für die Aufnahme des Mysteriums und 3. in der sittlichen Hebung des Menschengeschlechts vermittels des Strebens nach solcher Läuterung. Welches von diesen dreien ist das hauptsächlichste und erste? Natürlich die eigene sittliche Hebung und Läuterung. Dies ist ja das einzige Ziel, nach dem wir immer, unabhängig von allen äußeren Umständen, streben können. Aber zugleich verlangt gerade dieses Ziel von uns am allermeisten Mühe und Anstrengung, und darum lassen wir uns leicht von unserer Selbstgerechtigkeit irreleiten und stellen das Streben nach diesem Ziel beiseite und widmen uns entweder dem Mysterium, das zu erfassen wir doch um unserer Unreinheit willen nicht würdig sind, oder der Besserung des Menschengeschlechts, während wir selbst noch geradezu ein Musterbeispiel der Gemeinheit und Sittenlosigkeit bieten. Das Illuminatentum könne schon deswegen nicht die Reinheit der Lehre für sich in Anspruch nehmen, weil es sich in seiner übergroßen Selbstgerechtigkeit auf eine umfassende politische Tätigkeit eingelassen habe. Unter diesen Gesichtspunkten verurteilte Jossif Alexejewitsch meine Rede und meine ganze Tätigkeit, und im Innersten meiner Seele mußte ich ihm recht geben. Wir kamen dann auf meine Familienverhältnisse zu sprechen, und er sagte: ‚Wie ich schon ausführte, ist Selbstvervollkommnung des wahren Maurers erste Pflicht. Nun denken wir oft, wir könnten diesem Ziel um so näher kommen, je mehr wir alles Schwierige von unserem Leben fernhalten. Ganz im Gegenteil, mein Herr! Nur mitten unter den Wirrnissen und Erregungen des Weltlebens können wir uns an die drei Hauptziele heranarbeiten: 1. Selbsterkenntnis, da der Mensch nur durch Vergleiche mit der Umwelt zur Kenntnis seiner selbst gelangen kann, 2. Vervollkommnung, die keinem ohne Kampf zuteil wird, und 3. die Haupttugend: Liebe zum Tode. Denn nur die Wechselfälle des Lebens können uns seine Nichtigkeit erkennen lassen und der uns eingeborenen Liebe zum Tode, das heißt Wiedergeburt zu neuem Leben, nachhelfen.‘ Diese Worte wiegen um so schwerer, als Jossif Alexejewitsch, ungeachtet seiner schweren körperlichen Leiden, leicht am Leben trägt, wenn er auch den Tod liebt, für den er sich trotz aller Reinheit und sittlichen Höhe seines inneren Menschen noch immer nicht genügend vorbereitet fühlt. Dann erklärte mein Wohltäter mir bis ins letzte die Bedeutung des großen Quadrats des Weltgebäudes und legte mir dar, wie alles auf der Dreizahl und der Siebenzahl sich aufbaut. Er gab mir den Rat, mich nicht von der Gemeinschaft mit den Petersburger Brüdern fernzuhalten, und da ich ja in der Loge nur Funktionen des zweiten Grades zu versehen habe, so meinte er, ich solle meine Kräfte darauf verwenden, die Brüder auf den rechten Weg der Selbsterkenntnis und Vervollkommnung zu führen, indem ich sie vor der Gefahr der Selbstgerechtigkeit zu behüten trachte. Was mein persönliches Leben angeht, so riet er mir, vor allen Dingen sorgfältig auf mich zu achten, und gab mir zu diesem Zweck ein Heft. Es ist das, in das ich dieses eintrage und in das ich auch ferner alles eintragen werde, was ich tue."

„Petersburg, 23. November.

Ich lebe wieder mit meiner Frau zusammen. Meine Schwiegermutter kam weinend zu mir und sagte, Hélène sei hier und flehe mich an, ihr Gehör zu schenken; sie sei frei von Schuld, sie sei so unglücklich darüber, daß ich mich von ihr getrennt hätte, und noch vieles andere. Ich wußte genau: wenn ich ihr eine Unterredung bewilligte, so würde ich nicht die Kraft haben, ihr noch weiter die Erfüllung ihres Wunsches zu verweigern. Ich schwankte und wußte nicht, wo ich Hilfe und Rat hätte finden können. Wenn mein Wohltäter hier wäre, hätte er mir wohl gesagt, was ich tun müßte. In der Einsamkeit meines Kabinetts las ich alle Briefe durch, die ich von Jossif Alexejewitsch besitze, vergegenwärtigte mir wieder alle Gespräche, die ich mit ihm gehabt hatte, und gewann aus alledem die Überzeugung, daß ich nicht berechtigt bin, einen Bittenden abzuweisen, sondern jedem die Hand der Hilfe hinstrecken muß; und um wieviel mehr noch einem Menschen, der mir so eng verbunden ist! Ich muß mein Kreuz auf mich nehmen. Aber wenn ich ihr aus Gründen meines Tugendstrebens vergeben habe, so soll auch meine Wiedervereinigung mit ihr nur einen geistigen Zweck haben. Zu diesem Schluß gelangte ich, und in diesem Sinne habe ich auch an Jossif Alexejewitsch geschrieben. Meiner Frau habe ich gesagt, ich bäte sie, alles Vergangene zu vergessen und mir alles, woran ich es ihr gegenüber vielleicht hätte fehlen lassen, zu verzeihen; ihr hätte ich nichts zu verzeihen. Mir war so leicht ums Herz, als ich ihr das sagte. Sie soll gar nicht wissen, wie schwer es mir gefallen ist, sie wiederzusehen. Ich habe mich im Oberstock des großen Hauses eingerichtet und empfinde das Glücksgefühl der inneren Erneuerung."

IX

Wie immer teilte sich die höhere Gesellschaft, die sich bei Hofe und auf den großen Ballfestlichkeiten zusammenfand, auch jetzt in verschiedene Kreise, deren jeder seine besondere Note hatte. Der umfangreichste dieser Kreise war der französische, der den Gedanken des russisch-napoleonischen Bündnisses vertrat und sich um den russischen Kanzler Grafen Rumjanzew und den französischen Botschafter Caulaincourt gruppierte. In diesem Kreise spielte Hélène, seit sie wieder mit ihrem Mann zusammen in Petersburg lebte, eine sehr große Rolle. Bei ihr traf man die Herren von der französischen Botschaft und sehr viele durch ihren Verstand und ihre gesellschaftlichen Talente bekannte Männer, die dieser Richtung angehörten.

Hélène war während der berühmten Kaiserzusammenkunft in Erfurt gewesen und hatte dort Beziehungen zu allen hervorragenden Männern des napoleonischen Europa angeknüpft. Die Erfurter Zeit war für sie eine Kette glänzender Erfolge gewesen. Napoleon selbst war einmal im Theater auf sie aufmerksam geworden und hatte von ihr gesagt: „C'est un superbe animal."[1] Daß sie in ihrer Eigenschaft als schöne und elegante Frau Erfolge gehabt hatte, wunderte Pierre nicht, denn sie war in diesen Jahren noch schöner geworden als früher. Was ihn wunderte, war vielmehr die Tatsache, daß seine Frau in diesen zwei Jahren es fertiggebracht hatte, sich den Ruf „d'une femme charmante, aussi spirituelle que belle"[2] zu erwerben. Der bekannte prince de Ligne schrieb ihr acht Seiten lange Briefe, Bilibin hob sich seine mots[3] auf, um sie in Gegenwart der Gräfin Besuchowa zum erstenmal von sich zu geben. Im Salon der Gräfin Besuchowa empfangen zu werden — das war eine Art Diplom, das einen als Mann von Geist auswies; vor einer Soiree bei Hélène lasen junge Leute wohl dieses oder jenes Buch durch, um in ihrem Salon etwas zum besten geben zu können; Botschaftssekretäre, ja sogar Botschafter selbst vertrauten ihr diplomatische Geheimnisse an, so daß Hélène in mancher Hinsicht tatsächlich eine Macht darstellte. Pierre wußte, wie dumm sie war, und wenn er gelegentlich an ihren Soireen und Diners teilnahm, wo über Politik, Dichtung und Philosophie gesprochen wurde, so empfand er ein sonderbares Gefühl, in dem sich Verblüfftheit und Schrecken mischten. Er kam sich selbst vor wie ein Taschenspieler, der bei jedem seiner Kunststückchen fürchten muß, entlarvt zu werden. Aber lag es nun daran, daß ein gewisses Maß von Beschränktheit einmal dazu gehört, um so einen Salon zu halten, oder daran, daß die Betrogenen selbst Freude am

[1] Das ist ein prachtvolles Geschöpf!
[2] Einer reizenden, ebenso geistvollen wie schönen Frau.
[3] Wortspiele.

Betrogenwerden hatten – jedenfalls kam das Kunststückchen nicht ans Licht, und der Ruf der Gräfin Helena Wassiljewna Besuchowa als der d'une femme charmante et spirituelle war so unerschütterlich fest gegründet, daß sie die abgeschmacktesten Banalitäten und Dummheiten sagen konnte und dennoch alle Zuhörer von jedem ihrer Worte entzückt waren und in ihm einen tiefen Sinn suchten, auf den sie selbst nie verfallen wäre.

Pierre war gerade ein Mann, wie diese glänzende Weltdame ihn brauchte. Er war der zerstreute Sonderling und dabei als Gatte der Grandseigneur[1], der niemand störte und nicht nur den Allgemeineindruck von der feinen Geistigkeit dieses Salons nicht verdarb, sondern mit seiner ganz entgegengesetzten Art noch einen überaus günstigen Hintergrund für die Eleganz und die gesellschaftlichen Talente seiner Frau abgab. Pierre hatte sich in diesen zwei Jahren ununterbrochen und in angestrengter Konzentration mit geistigen Dingen beschäftigt; alles andere galt ihm wenig, und so war es ganz natürlich, daß er sich in dem ihm herzlich gleichgültigen Verkehrskreis seiner Frau jenes Tones von Gleichgültigkeit, Lässigkeit und zu nichts verpflichtendem Wohlwollen bediente, den niemand sich gewaltsam aneignen kann und der eben dadurch zu unwillkürlicher Achtung nötigt. Er ging in den Salon seiner Frau wie ins Theater, war mit allen bekannt, begrüßte alle gleich freundlich und behandelte doch den einen genauso gleichgültig wie den anderen. Gelegentlich griff er in ein Gespräch ein, das ihn gerade interessierte, und brachte dann mit seinem merkwürdigen Lispeln seine Ansichten vor, die oft gar nicht zu dem Ton paßten, auf den das Gespräch gerade abgestimmt war; und er kümmerte sich nicht im geringsten darum, ob les messieurs de l'ambassade[2] dabei waren oder nicht. Aber das Urteil über den Mann de la femme la plus distinguée de Pétersbourg[3] als einen Sonderling stand bereits so fest, daß niemand seine Ausfälle au sérieux[4] nahm.

Zu den vielen jungen Leuten, die nach Hélènes Rückkehr aus Erfurt Tag für Tag in ihrem Hause zu finden waren, gehörte auch Boris Drubezkoi, der in seiner Karriere viel Glück gehabt hatte und jetzt bei Besuchows die Rolle eines vertrauten Hausfreundes spielte. Hélène nannte ihn „mon page"[5] und ging mit ihm um wie mit einem Knaben. Sie hatte freilich für ihn keine andere Art des Lächelns als für alle übrigen, aber bisweilen verursachte doch der Anblick dieses Lächelns Pierre ein unbehagliches Gefühl. Im Umgang mit Pierre legte Boris eine besondere Art würdigen und ge=

[1] Der große Herr.
[2] Die Herren von der Gesandtschaft.
[3] Der distinguiertesten Frau von Petersburg.
[4] Ernst.
[5] Mein Page.

dämpften Respektes an den Tag, und gerade diese Nuance beunruhigte Pierre. Vor drei Jahren hatte Pierre so sehr unter allem gelitten, was seine Frau ihm angetan hatte, daß er sich jetzt vor der Möglichkeit einer Wiederholung erstens dadurch zu retten suchte, daß er nicht im eigentlichen Sinne der Gatte seiner Frau war, und zweitens dadurch, daß er jeden etwa in ihm aufsteigenden Verdacht gewaltsam unterdrückte.

„Nein, jetzt ist sie eben ein bas bleu[1] geworden und hat sich damit für immer von ihren alten Leidenschaften losgesagt", sagte er sich. „Es gibt nicht ein einziges Beispiel dafür, daß ein bas bleu jemals Leidenschaften des Herzens gekannt hätte", redete er sich immer wieder ein und glaubte schließlich fest an dieses Axiom, ohne indessen selbst zu wissen, woher er es abgeleitet hatte. Merkwürdigerweise hatte aber Boris' Anwesenheit im Salon seiner Frau — und hier hielt Boris sich beständig auf — eine seltsame physische Wirkung auf Pierre: es war, als schlüge sie seine Glieder in Fesseln und raubte allen seinen Bewegungen ihre Unbefangenheit und Freiheit.

„Merkwürdige Antipathie!" dachte Pierre. „Und dabei hat er mir doch früher so gut gefallen!"

In den Augen der Welt war Pierre ein Grandseigneur, als Mann einer berühmten Frau ein wenig blind und ein wenig komisch, sonst ein keineswegs dummer Sonderling, der eigentlich nichts tat, aber auch niemandem schadete, alles in allem eine brave Haut. Und während die Gesellschaft so über ihn urteilte, vollzog sich in seinem Inneren eine komplizierte, mühsam mit vielen Widerständen ringende Entwicklung, die ihn vieles erkennen ließ und ihn reich machte an quälenden Zweifeln wie an seelischen Freuden.

X

Sein Tagebuch führte er auch jetzt noch und machte in dieser Zeit folgende Eintragungen:

„24. November.

Ich stand heute um acht Uhr auf und las in der Heiligen Schrift, dann ging ich ins Amt." — Pierre hatte sich auf den Rat seines Wohltäters hin als Mitglied eines der vielen Komitees den Staatsgeschäften gewidmet. — „Zum Mittagessen kam ich zurück und speiste allein, da die Gräfin viele Gäste hatte, die mir unangenehm waren. Ich aß und trank mäßig und kopierte nach dem Essen einige Schrift-

[1] Blaustrumpf.

stücke für die Brüder. Abends ging ich zur Gräfin hinunter und erzählte eine spaßige Geschichte über B., und erst als alle sie bereits geräuschvoll belachten, wurde es mir klar, daß ich sie eigentlich nicht hätte erzählen dürfen.

In glücklicher und ausgeglichener Stimmung gehe ich jetzt zu Bett. Großer Gott, hilf mir Deine Pfade zu gehen, auf daß ich 1. den Zorn durch innere Stille, 2. die Fleischeslust durch Enthaltsamkeit und Abscheu besiege, 3. mich fernhalte von irdisch eitlem Tun, ohne dabei zu vernachlässigen: a) die Angelegenheiten des Staatsdienstes, b) die Sorge für Angehörige und Verwandte, c) die Beziehungen zu meinen Freunden und d) die notwendige Beschäftigung mit wirtschaftlichen Dingen."

„27. November.

Ich stand erst spät auf, denn obwohl ich bereits wach war, lag ich doch noch lange im Bett und überließ mich der Trägheit. Mein Gott! Hilf mir und stärke mich, damit ich Deine Wege gehen kann. Ich las in der Heiligen Schrift, aber ohne die entsprechenden Empfindungen. Dann kam Bruder Urussow, wir sprachen von weltlich eitlen Dingen. Er erzählte von den neuen Plänen des Kaisers. Ich wollte mich schon abfällig über sie äußern, aber dann fielen mir die Leitsätze ein, nach denen ich mein Leben zu regeln suche, und die Worte meines Wohltäters, ein rechter Maurer müsse ein eifriger Mitarbeiter am Staatswesen sein, sobald solche Mitarbeit von ihm verlangt werde, und ein ruhiger Beobachter alles dessen, an dem mitzuarbeiten er nicht berufen ist. Meine Zunge ist mein Feind. Dann kamen die Brüder G. W. und O. zu mir, es handelte sich um eine vorbereitende Besprechung über die Aufnahme eines neuen Bruders. Sie wollen, ich soll dabei als Redner fungieren, aber ich fühle mich zu schwach und unwürdig dazu. Dann kamen wir auf die Erklärung der sieben Säulen und Stufen des Tempels zu sprechen. Sieben Wissenschaften, sieben Tugenden, sieben Laster, sieben Gaben des Heiligen Geistes. Bruder O. sprach sehr formvoll und beredt über dieses Thema. Am Abend fand die Aufnahme des neuen Bruders statt. Es war eine erhebende Feier, wozu die neue Einrichtung der Logenräume viel beitrug. Aufgenommen wurde Boris Drubezkoi. Ich hatte ihn vorgeschlagen und habe dann auch als Redner fungiert. Die ganze Zeit über, die ich mit ihm im dunklen Tempelraum zubrachte, quälte mich eine sonderbare Empfindung. Ich mußte in meinem Innern ein Gefühl des Hasses gegen ihn wahrnehmen, das ich vergeblich zu ersticken suchte. Und gerade aus diesem Grunde empfinde ich den aufrichtigen Wunsch, ihn vom Bösen zu retten und ihn den Weg der Wahrheit zu führen, aber ich habe doch die unbrüderlichen Gedanken nicht loswerden können, die mir seinethalb gekommen sind. Ich hatte den Eindruck, als sei er nur deswegen unserer Brüderschaft beigetreten, um mit einigen unserer Logenmitglieder in nähere Berührung zu kommen und sich bei ihnen in Gunst zu setzen. Ich schließe das daraus, daß er mich mehrfach gefragt hat, ob nicht N. und S. zu unserer Loge gehören, worauf ich ihm natürlich keine Antwort geben konnte; ferner glaube ich beobachtet zu haben, daß er gar nicht fähig ist, unserem heiligen Orden wirklich die echte Achtung und Wertschätzung entgegenzubringen, er ist viel zu sehr mit seinem äußeren Menschen beschäftigt und viel zu selbstzufrieden, als daß er nach einer Vervollkommnung seines inneren Menschen streben könnte. Sonst hatte ich eigentlich keine Veranlassung, an seiner Eignung für die Loge zu zweifeln; aber er machte mir einen Eindruck von Unaufrichtigkeit, und die ganze Zeit, die ich mit ihm unter vier Augen im dunklen Tempelraum zubrachte, war es mir, als habe er für meine Worte nur ein geringschätziges Lächeln, und als ich ihm den Degen auf die entblößte Brust setzte, da hätte ich sie wirklich durchbohren mögen. So brachte ich es nicht fertig, flüssig und gewandt zu sprechen, und konnte es doch auch nicht über mich gewinnen, den Brüdern und dem Meister vom Stuhl von meinen Zweifeln Mitteilung zu machen. Großer Baumeister der Schöpfung, hilf mir die Wege der Wahrheit finden, die da herausführen aus dem Labyrinth der Lüge."

Nach diesen Eintragungen waren drei Blätter im Tagebuch freigelassen; dann kam folgendes:

„Ich hatte ein lehrreiches und langes Gespräch zu zweien mit Bruder W. Er riet mir, mich an Bruder A. zu halten. Ohne Rücksicht auf meine Unwürdigkeit ist mir vieles enthüllt worden. Adonai ist der Name des Weltschöpfers. Elohim ist der Name des Allregierers. Der dritte Name bedeutet das All, aber er ist unaussprechlich. Die Aussprachen mit Bruder W. befestigen, erfrischen, stärken mich auf dem Wege der Tugend. Bin ich mit ihm zusammen, so ist für Zweifel kein Raum. Jetzt ist mir der Unterschied deutlich geworden, der die ärmliche Lehre der menschlichen Wissenschaften von unserer heiligen, allumfassenden Lehre scheidet. Die menschlichen Wissenschaften zerlegen alles, um es zu begreifen, töten alles, um es zu betrachten. Aber in der heiligen Wissenschaft unseres Ordens ist alles eins, alles wird erfaßt in seiner Gesamtheit und Lebensfülle. Die Dreieinigkeit, das bedeutet die drei Urstoffe, Schwefel, Merkur und Salz. Des Schwefels Eigenschaften sind das Ölige und das Feurige; und durch dieses Feurige weckt er, mit dem Salze verbunden, in diesem das brünstige Verlangen, mittels dessen es den Merkur anzieht, ergreift und festhält und in Gemeinschaft mit ihm selbständige Körper hervorbringt. Der Merkur ist das Flüssige, Flüchtige, Geistige — Christus, der Heilige Geist, Er."

„3. Dezember.

Ich wachte spät auf und las in der Heiligen Schrift, blieb dabei aber lau und trocken. Darauf ging ich in den Saal hinüber und wanderte dort auf und ab. Ich wollte nachdenken, statt dessen stellte mir aber meine Einbildungskraft ein schon vier Jahre zurückliegendes Geschehnis vor Augen. Einige Zeit nach dem Duell traf ich Herrn Dolochow in Moskau, und bei der Gelegenheit sagte er zu mir, er hoffe, daß ich jetzt trotz der Abwesenheit meiner Frau innerlich durchaus ruhig sei. Ich gab ihm damals keine Antwort. Jetzt fielen mir alle Einzelheiten dieser Begegnung wieder ein, und in Gedanken gab ich ihm die boshaftesten und anzüglichsten Antworten. Erst als ich gewahr wurde, wie weit ich mich von meinem Zorn hatte hinreißen lassen, kam ich wieder zu mir und wies solche Gedanken ab; dennoch blieb meine Reue unzulänglich. Später kam Boris Drubezkoi und begann allerhand gleichgültige Vorfälle zu erzählen; vom ersten Augenblick an ärgerte ich mich über seinen Besuch, und so machte ich denn auch eine unfreundliche Bemerkung, er entgegnete, ich brauste auf und sagte ihm eine ganze Menge unangenehmer Dinge, ja, ich wurde geradezu grob. Er verstummte, und erst jetzt, als es bereits zu spät war, kam mir mein Verhalten zum Bewußtsein. Mein Gott, ich bringe es einfach nicht fertig, im Umgang mit ihm den richtigen Ton zu finden. Schuld daran ist meine Eigenliebe. Ich bilde mir ein, hoch über ihm zu stehen, und in Wirklichkeit steht er gerade darum über mir, denn er läßt meine Grobheiten freundlich und nachsichtig hingehen, während ich der Geringschätzung, die ich für ihn empfinde, freien Lauf lasse. Schenke mir, mein Gott, gerade, wenn ich mit ihm zusammen bin, die rechte Einsicht in meine eigene Schlechtigkeit, und lasse mich so handeln, wie es auch für ihn gut ist. Nach dem Essen schlummerte ich ein wenig, und gerade als ich einschlief, hörte ich deutlich eine Stimme mir in das linke Ohr sagen: ‚Dein Tag.'

Mir träumte, ich ginge im Dunkeln und würde plötzlich von Hunden umringt, ginge aber furchtlos weiter. Plötzlich packte ein kleiner Hund mich mit den Zähnen an der linken Hüfte und ließ mich nicht los. Ich begann ihn mit den Händen zu würgen. Kaum hatte ich mich von ihm losgemacht, als auch schon ein anderer Hund, und zwar jetzt ein größerer, mich zu beißen anfing. Ich hob ihn empor, aber je höher ich ihn hob, um so größer und schwerer wurde er. Und plötzlich kam Bruder A., nahm mich unter den Arm und führte mich mit sich fort, bis wir an ein Gebäude kamen; aber um in dieses Gebäude zu kommen, mußte man über ein schmales Brett gehen. Ich trat auf dieses Brett, das Brett bog sich und fiel; nun machte ich mich daran, auf einen Zaun zu klettern; dieser Zaun war so hoch, daß ich kaum mit den Händen an seinen oberen Rand reichte. Mit großer Mühe brachte ich meinen Körper hinauf, so daß die Beine nach der einen, der Oberkörper nach der anderen Seite hing. Ich schaute mich um und sah Bruder A. auf dem Zaun stehen; er machte mich auf eine große Allee und einen Garten aufmerksam, und in diesem Garten stand ein großes, prächtiges Gebäude. Ich erwachte. Herr, Großer Baumeister der Welten! Hilf mir, mich von den Hunden, nämlich meinen Leidenschaften loszumachen und vornehmlich von der letzten, welche die Kräfte aller übrigen in sich vereinigt, und hilf mir, in jenen Tempel der Tugend zu gelangen, den ich im Traume schauen durfte."

„7. Dezember.

Im Traum sah ich Jossif Alexejewitsch bei mir in meinem Hause sitzen, und ich freute mich sehr darüber und wollte ihn bewirten. Dabei schwatzte ich aber unaufhörlich mit allen möglichen anderen Menschen, bis mir plötzlich einfiel, daß ihm das doch nicht gefallen könnte. Ich wollte jetzt auf ihn zugehen und ihn umarmen, aber als ich vor ihm stand, da sah ich, daß er ein ganz anderes, verjüngtes Gesicht bekommen hatte; dann sagte er mir leise, so leise, daß ich es nicht verstehen konnte, einiges aus der Ordenslehre. Darauf verließen wir alle das Zimmer, und nun geschah etwas sehr Merkwürdiges. Wir saßen oder lagen auf dem Fußboden. Er sagte etwas zu mir. Und da wollte ich ihm so recht deutlich zeigen, wie es mir wirklich ums Herz war, und ohne auf seine Worte zu achten, begann ich mir selbst den Zustand meines inneren Menschen und die mich überschattende Gnade Gottes lebendig vor Augen zu stellen. Tränen traten mir in die Augen, und ich empfand ein Gefühl der Befriedigung darüber, daß er das wahrnahm. Aber er sah mich böse an, hielt plötzlich im Reden inne und sprang auf. Mir wurde bänglich ums Herz, und ich fragte, ob ich ihn erzürnt hätte. Aber er gab mir keine Antwort, indessen wurde seine Miene wieder freundlich, und bald darauf befanden wir uns plötzlich in meinem Schlafzimmer, wo das Doppelbett steht. Er legte sich darauf, dicht neben den Bettrand, und nun entbrannte ich auf einmal vor Verlangen, ihn zu liebkosen und mich auch dorthin zu legen. Und dann fragte er mich: ‚Sagen Sie mir die Wahrheit — was ist Ihre Hauptleidenschaft? Haben Sie sie erkannt? Ich glaube, Sie werden sie erkannt haben.' Diese Frage setzte mich in Verlegenheit, und ich antwortete, meine Hauptleidenschaft sei die Trägheit. Er schüttelte ungläubig mit dem Kopf. Ich wurde noch verlegener und antwortete, ich lebte zwar, wie er es mir geraten hätte, wieder mit meiner Frau zusammen, aber nicht, wie es ein Mann mit seiner Frau sonst wohl tut. Darauf wandte er ein, ich dürfe meiner Frau eheliche Liebesbezeugungen nicht vorenthalten, und gab mir zu verstehen, daß hier für mich eine Pflicht vorliege. Aber ich gab ihm zur Antwort, ich würde mich schämen, so etwas zu tun, und dann war plötzlich alles verschwunden. Ich erwachte, und meine Gedanken fielen auf die Worte der Heiligen Schrift: ‚Das Leben war das Licht der Menschen, und das Licht scheinet in der Finsternis, und die Finsternis hat's nicht begriffen.' Jossif Alexejewitschs Gesicht hatte ganz verjüngt und hell ausgesehen. An diesem Tage erhielt ich einen Brief von meinem Wohltäter, in welchem er von den Pflichten der ehelichen Gemeinschaft schreibt."

„9. Dezember.

Ich träumte einen Traum, aus dem ich bebenden Herzens erwachte. Ich war in Moskau, in meinem Hause, im großen Diwanzimmer, und aus dem Salon kam Jossif Alexejewitsch. Ich wußte sofort, daß er den Prozeß der Wiedergeburt bereits durchgemacht hatte, und stürzte auf ihn zu. Ich küßte seine Wangen und seine Hände, aber er sagte: ‚Hast du auch wahrgenommen, daß ich ein anderes Gesicht habe?' Ich hielt ihn immer noch umschlungen, ich schaute ihn an und merkte nun, daß sein Gesicht ganz jung aussah, daß er aber keine Haare auf dem Kopfe hatte und daß seine Züge sich völlig gewandelt hatten. Ich sagte: ‚Ich hätte Sie auch erkannt, wenn ich zufällig mit Ihnen zusammengetroffen wäre.' Und dabei dachte ich doch: ‚Ist das auch wahr, was ich da sage?' Und plötzlich sehe ich, daß er daliegt wie ein Toter; dann kam er allmählich wieder zu sich und ging mit mir in das große Kabinett; ich sah jetzt, daß er ein handgeschriebenes Buch in Großformat bei sich hatte. Ich sagte: ‚Das habe ich geschrieben.' Und er antwortete mir mit einem Neigen des Kopfes. Ich öffnete das Buch, und nun fand ich in diesem Buch auf jeder Seite eine schöne Zeichnung. Und da wußte ich, daß diese Bilder die Liebesgeschichte der Seele und ihres Geliebten darstellten. Und dann sah ich auf den Seiten dieses Buches ein wunderschönes Bild: ein Mädchen in durchsichtigem Gewande und mit durchsichtigem Körper, das zu den Wolken emporflog. Und ich wußte, daß dieses Mädchen nichts anderes war als eine Darstellung des Hohen Liedes. Und während ich diese Zeichnungen ansah, hatte ich das Gefühl, etwas Schlechtes zu tun, ohne daß ich mich doch von ihnen hätte losreißen können. Herr, hilf mir! Mein Gott, ist es Dein Werk, daß ich von Dir abgefallen bin, so geschehe Dein Wille! Habe ich solches aber selbst verschuldet, so lehre mich, was ich tun soll. Meine Leidenschaften stürzen mich ins Verderben, wenn Du mich ganz verläßt."

XI

Die Geldverhältnisse der Rostows waren auch während der zwei Jahre, die sie auf dem Lande zugebracht hatten, nicht in Ordnung gekommen.

Zwar war Nikolai Rostow seinem Vorsatz treu geblieben, hatte fern von dem Schauplatz des großen Lebens und der großen Karrieren seinen Dienst bei seinem Regiment getan und verhältnismäßig wenig Geld ausgegeben; aber die ganze Lebenshaltung in Otradnoje und besonders Mitenkas Geschäftsführung war doch so, daß die Schulden von Jahr zu Jahr unaufhaltsam wuchsen. Es lag klar zutage, daß für den alten Grafen eine Stellung im Staatsdienst allein noch Rettung bedeuten konnte; so fuhr er nach Petersburg, um sich eine Stellung zu suchen und, wie er selbst sagte, den jungen Mädchen zum letztenmal Gelegenheit zum Amüsement zu geben.

Kurze Zeit, nachdem Rostows in Petersburg angekommen waren, machte Berg Wera einen Antrag, der auch angenommen wurde.

In Moskau hatten die Rostows zur höchsten Gesellschaftsschicht gezählt, ohne es selbst zu wissen und ohne darüber nachzudenken, zu welcher Gesellschaft sie gehörten; trotzdem war die Gesellschaft, in der sie sich in Petersburg bewegten, eine gemischte und nicht sehr scharf umrissene. In Petersburg waren sie Provinzialen, zu denen sich auch solche Leute nicht ohne weiteres herabließen, die seinerzeit in Moskau von ihnen ohne jede Frage nach ihrer gesellschaftlichen Zugehörigkeit in ihr Haus gezogen und bewirtet worden waren.

In Petersburg lebten die Rostows ebenso gastfrei wie in Moskau, und auf ihren Soupers kamen die verschiedenartigsten Persönlichkeiten zusammen: Gutsnachbarn von Otradnoje her, alte, wenig bemittelte Gutsbesitzer mit Töchtern, die Hofdame Peronskaja, Pierre Besuchow und ein Petersburger Beamter, dessen Vater Postmeister jenes Kreises war, zu dem Otradnoje gehörte. Einige Herren waren im Rostowschen Hause in Petersburg bald Hausfreunde geworden: Boris, Pierre, den der alte Graf auf der Straße getroffen und mit sich nach Hause geschleppt hatte, und Berg, der ganze Tage bei Rostows verbrachte und Wera, der ältesten Komtesse, soviel Aufmerksamkeiten erwies, wie ein junger Mann, der auf Freiersfüßen geht, sie seiner Dame eben erweisen kann.

Nicht umsonst hatte Berg allen Menschen seine in der Schlacht bei Austerlitz verwundete rechte Hand gezeigt und unaufhörlich geschildert, wie er den im Grunde gänzlich überflüssigen Degen in die Linke genommen hatte. Und diesen Vorgang hatte er allen Menschen so oft und so bedeutsam erzählt, daß alle an die Zweckmäßigkeit und den sittlichen Wert seiner Handlungsweise glaubten und daß Berg für sein Verhalten bei Austerlitz zwei Orden erhielt.

Im Finnländischen Kriege war es ihm ebenfalls gelungen, sich auszuzeichnen. Er hatte einen Granatsplitter, der einen Adjutanten des Oberkommandierenden in dessen nächster Nähe getötet hatte, aufgehoben und ihn dem Oberkommandierenden gebracht. Ebenso wie nach der Schlacht bei Austerlitz erzählte er allen auch von diesem Vorgang so hartnäckig und so lange, daß auch in diesem Falle alle schließlich an die Zweckmäßigkeit und Notwendigkeit seines Vorgehens glaubten und daß Berg auch für den Finnländischen Krieg zwei Orden bekam. Im Jahre 1809 war er bereits ein mit mehreren Orden geschmückter Gardekapitän und bekleidete in Petersburg verschiedene besonders vorteilhafte dienstliche Stellungen.

Einige Freidenker pflegten zwar zu lächeln, wenn in ihrer Gegenwart von Bergs Qualitäten gesprochen wurde; immerhin ließ sich nicht bestreiten, daß Berg ein korrekter, zuverlässiger, tapferer Offizier war, dem seine Vorgesetzten das beste Zeugnis ausstellten — ein junger Mann von den schönsten moralischen Eigenschaften, dem man eine glänzende Karriere prophezeite und der innerhalb der Gesellschaft bereits jetzt eine durchaus festgegründete Stellung einnahm.

Vier Jahre zuvor war Berg im Parterre des Moskauer Theaters einmal mit einem Kameraden zusammengetroffen, ebenfalls einem Deutschen, hatte ihm Wera Rostowa gezeigt und dabei in deutscher Sprache gesagt: „Das soll mein Weib werden." Und von diesem Augenblick an war er fest entschlossen, sie zu heiraten. Jetzt, in Petersburg, vergegenwärtigte er sich die Lage, in der die Familie Rostow sich befand, er gelangte zu dem Schlusse, die Zeit sei gekommen, und brachte seinen Antrag vor.

Bergs Antrag wurde zuerst mit einem zweifelhaften Erstaunen aufgenommen, das für ihn nicht gerade schmeichelhaft war. Es erschien anfangs sonderbar, daß der Sohn eines unbedeutenden livländischen Edelmannes einer Gräfin Rostowa einen Heiratsantrag machte; aber Bergs wesentlichster Charakterzug war ja sein naiver und unbefangen-gutmütiger Egoismus, und dieser Charakterzug ließ die Rostows ganz unwillkürlich zu dem Glauben gelangen, wenn er so fest von den Vorteilen dieser Verbindung, und zwar von den außerordentlich großen Vorteilen dieser Verbindung überzeugt war, dann müsse diese Verbindung wirklich vorteilhaft sein. Zudem waren die Vermögensumstände der Rostows sehr zerrüttet, was jeder als Heiratskandidat in Betracht kommende junge Mann wissen mußte, und, was die Hauptsache war: Wera war bereits vierundzwanzig Jahre alt, sie war unentwegt ausgegangen, und trotz ihrer unbestreitbaren Schönheit und Klugheit hatte sie noch keinen Antrag gehabt. So wurde seiner Werbung stattgegeben.

„Sehen Sie", sagte Berg zu seinem Kameraden, den er nur deshalb seinen Freund nannte, weil er wußte, daß alle Leute ihre Freunde haben, „sehen Sie, ich habe mir alles genau überlegt, und ich würde nicht heiraten, wenn ich nicht alle Umstände in Rechnung gesetzt hätte und wenn sich gegen diese Heirat irgend etwas einwenden ließe. Aber es spricht alles dafür, Papa und Mama sind sichergestellt, ich habe ihnen in den Ostseeprovinzen eine vorteilhafte Gutspacht verschafft, und ich werde mich in Petersburg mit meinem Gehalt und dem Vermögen meiner Braut recht gut einrichten können, sparsam und ordentlich bin ich ja, und so wird es recht gut gehen. Ich heirate nicht nach Geld, so etwas halte ich für unanständig, aber natürlich muß die Frau ebenso das Ihrige mitbringen wie der Mann. Ich bringe meine dienstliche Position und mein Gehalt mit, sie ihre Verbindungen und ihre freilich bescheidenen Mittel. Heutzutage will das schon etwas bedeuten, nicht wahr? Aber was die Hauptsache ist, sie ist ein schönes, ehrenwertes Mädchen und liebt mich ..."

Berg wurde rot und lächelte.

„Und ich liebe sie auch, weil sie einen sehr guten und verständigen Charakter hat. Sie hat da noch so eine Schwester — das sind ja zwar leibliche Schwestern, aber sie haben gar keine Ähnlichkeit —, diese andere hat einen so unangenehmen Charakter, viel Verstand hat sie auch nicht, und dann hat sie so etwas ... wissen Sie ... also, mir ist sie unsympathisch ... Aber meine Braut ... Nun, wenn wir erst verheiratet sind, dann kommen Sie zu uns zum —", er wollte sagen „Mittagessen", aber er besann sich noch und sagte: „Tee", und dann ließ er mit einem raschen Vorstoßen der Zunge einen kleinen, runden Rauchring entstehen und wie eine Verkörperung seiner Glücksträume langsam aufsteigen.

Nachdem die Rostowschen Eltern das erste Gefühl zweifelhaften Erstaunens über Bergs Antrag überwunden hatten, kam in der ganzen Familie jene festliche Stimmung von Freude auf, wie sie in solchen Fällen gewöhnlich ist; aber diese Freude war nicht ganz echt, sondern mehr etwas Äußerliches. Den Gefühlsäußerungen der Familienglieder anläßlich dieser Heirat merkte man eine gewisse Verlegenheit und etwas wie Beschämung an. Es war, als schämten sie sich, daß sie Wera so wenig liebten und sie jetzt so bereitwillig hergaben. Am verlegensten war der alte Graf. Den Grund seiner Verlegenheit hätte er vermutlich selbst nicht recht angeben können, aber dieser Grund war seine Vermögenslage. Ihm fehlte jeder Überblick darüber, wieviel er noch besaß, wie hoch sich seine Schulden beliefen und was er Wera an Mitgift würde geben können. Seinen Töchtern hatte er bei ihrer Geburt je dreihundert Seelen* Mitgift bestimmt; aber von den in Frage kommenden Dörfern war eins

* Anm. am Schluß des Buches

bereits verkauft und das andere verpfändet und schließlich hatte auch dieses veräußert werden müssen, da der Graf seinen Zahlungsverpflichtungen nicht rechtzeitig hatte nachkommen können; es war also nicht möglich, Wera ein Gut mitzugeben, und bares Geld war ebensowenig da.

Die beiden waren bereits über einen Monat verlobt, es war nur noch eine Woche bis zur Hochzeit, und der Graf war sich in der Frage der Mitgift immer noch nicht schlüssig geworden, hatte auch mit seiner Frau ihretwegen noch nicht Rücksprache genommen. Bald wollte er Wera das Gut im Gouvernement Rjasan mitgeben, bald wollte er Geld auf Wechsel aufnehmen. Einige Tage vor der Hochzeit erschien Berg frühmorgens im Kabinett des Grafen, lächelte freundlich und bat seinen künftigen Schwiegervater in aller Ehrerbietung um Aufschluß über die Mitgift der Gräfin Wera. Der Graf geriet in Verlegenheit, obwohl er doch diese Frage schon lange hatte kommen sehen, und so antwortete er ihm, ohne lange zu überlegen, mit der ersten, besten Phrase, die ihm einfiel.

„Das finde ich hübsch, daß du auch an die Zukunft denkst, ja, das finde ich hübsch. Na, du wirst schon zufrieden sein ..."

Und dabei klopfte er Berg auf die Schulter und erhob sich, offenbar bestrebt, diesem Gespräch ein Ende zu machen. Aber Berg erklärte mit seinem freundlichen Lächeln, wenn er nicht ganz genau über Weras Mitgift unterrichtet würde und nicht wenigstens einen Teil des ihr Bestimmten im voraus bekäme, so würde er genötigt sein, von der Verlobung zurückzutreten.

„Das müssen Sie ja selbst einsehen, Graf, wenn ich mich jetzt in eine Heirat stürzen würde, ohne genau zu wissen, ob ich meine Frau auch standesgemäß werde unterhalten können, so wäre das von mir eine inkorrekte und unschöne Handlungsweise."

Der Graf wollte sich nicht lumpen lassen und auch späteren Nachforschungen vorbeugen, und so endete das Gespräch damit, daß er Berg einen Wechsel über achtzigtausend Rubel versprach. Berg lächelte wieder sein angenehmes Lächeln, küßte den Grafen auf die Schulter und sagte, er sei ihm sehr dankbar, könne aber nicht rechtzeitig für einen standesgemäßen Zuschnitt der neuen gemeinsamen Lebenshaltung sorgen, wenn er nicht dreißigtausend Rubel bar bekomme.

„Oder doch zwanzigtausend, Graf", setzte er hinzu. „Und nur über sechzigtausend einen Wechsel."

„Na ja, schön, schön", antwortete hastig der Graf. „Aber wenn du nichts dagegen hast, Freundchen, dann gebe ich dir zu den zwanzigtausend in bar außerdem noch einen Wechsel über achtzigtausend. Also das wäre in Ordnung, und jetzt gib mir einen Kuß!"

XII

Natascha war sechzehn Jahre alt, und man schrieb das Jahr 1809. Das war das Jahr, bis zu dem sie damals die noch vor ihr liegenden Jahre an den Fingern abgezählt hatte, damals, als sie vor vier Jahren mit Boris zusammengewesen war und ihn geküßt hatte. Seit jener Zeit hatte sie ihn nicht ein einziges Mal mehr wiedergesehen. Wenn sie mit Sonja oder der Mutter zusammen war und das Gespräch auf Boris kam, so sagte Natascha wohl mit aller Unbefangenheit, als spräche sie von einer gänzlich abgetanen Sache, damals sei alles eine Kinderei gewesen, die längst vergessen sei und über die es sich nicht lohne, ein Wort zu verlieren. Aber in der geheimsten Tiefe ihrer Seele quälte sie doch die Frage, ob ihr Verlöbnis mit Boris ein Scherz oder ein ernstzunehmendes und bindendes Versprechen gewesen war.

Seit Boris im Jahre 1805 Moskau verlassen hatte, um zur Armee abzugehen, hatte er sich bei Rostows nicht mehr sehen lassen. Er war wohl einige Male in Moskau gewesen, war auch gelegentlich in der Nähe von Otradnoje vorbeigekommen, war aber nie bei Rostows gewesen.

Ein paar Male ging es Natascha durch den Kopf, er wolle sie wohl nicht sehen, und die Vermutung fand in dem gedrückten Ton, in welchem ihre Eltern von ihm zu sprechen pflegten, eine Art von Bestätigung.

„Heutzutage macht man sich nichts mehr aus seinen alten Freunden", sagte wohl die Gräfin, wenn sein Name einmal genannt wurde.

Anna Michailowna ließ sich seit einiger Zeit ebenfalls seltener bei Rostows blicken. Sie trug eine etwas zurückhaltende Würde zur Schau und sprach begeistert und hingegeben von den Vorzügen ihres Sohnes und von seinen glänzenden dienstlichen Erfolgen.

Als Rostows nach Petersburg gekommen waren, machte Boris ihnen einen Besuch. Auf dem Wege zu ihnen war er recht aufgeregt. In seinem ganzen bisherigen Leben gab es für ihn keine poetischere Erinnerung als die an Natascha. Dennoch fuhr er jetzt zu Rostows mit der festen Absicht, sie wie ihre Angehörigen mit aller Deutlichkeit fühlen zu lassen, daß die alten Kinderbeziehungen zwischen ihm und Natascha weder für sie noch für ihn verpflichtende Kraft haben könnten. Dank seinen vertrauten Beziehungen zur Gräfin Besuchowa nahm er eine glänzende gesellschaftliche Stellung ein und dank der Protektion einer einflußreichen Persönlichkeit, deren Vertrauen er in weitestem Umfang genoß, eine ebenso glänzende dienstliche Stellung, und so begann er sich allmählich mit einem Heiratsplan zu tragen, dessen Verwirklichung durchaus möglich war und bei dem es sich um eins der reichsten Petersburger Mädchen handelte.

Natascha befand sich in ihrem Zimmer, als Boris den Rostowschen

Salon betrat. Kaum aber hatte sie von seinem Kommen gehört, als sie auch, über und über rot geworden, in den Salon stürzte; ihr ganzes Gesicht strahlte von einem Lächeln, dessen Ausdruck mehr als freundlich war.

In Boris' Gedächtnis lebte noch jene Natascha, die er vor vier Jahren gekannt hatte, das Mädchen im kurzen Kleide mit den schwarzen, blitzenden Augen unter den gelockten Haaren, das Mädchen mit dem kindlich hemmungslosen Lachen. Er war ganz verwirrt, als er eine völlig andere Natascha vor sich sah, und sein Gesichtsausdruck ließ ein hingerissenes Staunen erkennen. Und dieses hingerissene Staunen war für Natascha eine große Freude.

„Na, du erkennst wohl deine ausgelassene kleine Freundin gar nicht wieder?" meinte die Gräfin.

Boris küßte Natascha die Hand und sagte, er sei ganz erstaunt über die Veränderung, die mit ihr vorgegangen sei.

„Wie schön Sie geworden sind!"

„Ja, ja!" antworteten Nataschas lachende Augen.

„Meinen Sie, daß Papa sehr alt geworden ist?" fragte sie. Darauf setzte sie sich hin und musterte ihren alten Kinderbräutigam bis in alle Einzelheiten, ohne sich an seinem und ihrer Mutter Gespräch zu beteiligen. Er fühlte diesen eindringlichen, herzlichen Blick wie ein Gewicht auf sich lasten und sah ab und zu nach ihr hin.

Uniform, Sporen, Halsbinde, Frisur — alles das war bei Boris nach der neuesten Mode und comme il faut[1]. Das hatte Natascha gleich im ersten Augenblick wahrgenommen. Er saß ein wenig zur Seite gewandt auf einem Sessel neben der Gräfin, strich mit der rechten Hand den leuchtend weißen Handschuh an der linken glatt, sprach, die Lippen mit einer ganz besonderen Feinheit einkneifend, über die Vergnügungen der großen Welt von Petersburg und gedachte nicht ohne eine leichte und freundliche Ironie der alten Moskauer Zeiten und Bekannten. Nicht ohne Absicht — wie Natascha deutlich merkte — erwähnte er, als er von den Kreisen der höchsten Aristokratie sprach, den Ball bei einem ausländischen Gesandten, an dem er teilgenommen hatte, sowie an ihn ergangene Einladungen zu N. N. und S. S.

Natascha saß die ganze Zeit über schweigend da und betrachtete ihn halb von der Seite her. Ihr Blick machte Boris immer unruhiger und verlegener. Er sah immer häufiger zu ihr hinüber und stockte immer häufiger in seinen Erzählungen. Nach kaum zehn Minuten stand er auf und empfahl sich. Und bis zum Schluß sahen ihn immer die gleichen neugierigen, herausfordernden und ein wenig spöttischen Augen an.

Nach diesem ersten Besuch sagte sich Boris, Natascha habe für ihn zwar noch ganz die alte Anziehungskraft, er dürfe sich aber diesem

[1] wie es sich gehört.

Gefühl nicht überlassen, denn eine Heirat mit ihr als einem nahezu vermögenslosen Mädchen könne seine ganze Karriere ruinieren; und eine Erneuerung der alten Beziehungen ohne Heiratsabsichten sei unwürdig. Also beschloß Boris, Natascha auszuweichen, erschien aber diesem Entschluß zum Trotz bereits nach einigen Tagen wieder, kam in der Folge recht häufig und verbrachte manchmal ganze Tage im Rostowschen Hause. Er empfand es als eine Notwendigkeit, sich mit Natascha auszusprechen und ihr zu sagen, alles Vergangene müsse vergessen werden, seine Frau könne und könne sie nun ein=mal nicht werden, er sei vermögenslos, und ihre Eltern würden sie ihm nie geben. Aber es wollte sich immer keine Gelegenheit zu einer derartigen Erklärung bieten, die für ihn selbst etwas Quälendes haben mußte. So sah er sich von Tag zu Tag immer mehr verstrickt. Die Mutter und Sonja hatten den Eindruck, daß Natascha in Boris noch ebenso verliebt war wie ehedem. Sie sang ihm seine Lieblings=lieder vor, zeigte ihm ihr Album und ließ sich von ihm etwas hin=einschreiben, sie litt es nicht, daß er von ihren alten Beziehungen sprach, und betonte immer wieder, wie schön dieses neue Verhältnis sei, in dem sie jetzt zueinander stünden; und jedesmal, wenn er das Rostowsche Haus verließ, war er wie benebelt und hatte das, was er sagen wollte, nicht gesagt und wußte selbst nicht, was er eigent=lich tat und warum er gekommen war und zu was für einem Ende das schließlich führen sollte. Seinen Verkehr bei Hélène stellte er ein, und obwohl er täglich vorwurfsvolle Billette von ihr erhielt, brachte er nach wie vor ganze Tage bei Rostows zu.

XIII

Als die alte Gräfin eines Abends in Nachthaube und Nachtjacke — die falschen Locken hatte sie schon abgelegt, und unter der weißen Kaliko=Haube quollen nur ihre eigenen kümmerlichen Haarsträhnen hervor — auf ihrem Teppich kniete und unter tiefen Verneigungen mit Seufzen und Räuspern ihr Abendgebet verrichtete, knarrte ihre Tür, und Natascha stürmte herein, ebenfalls in der Nachtjacke und mit Papilloten, Pantoffeln an den bloßen Füßen, das Gesicht lebhaft und gerötet. Die Gräfin sah sich stirnrunzelnd nach ihr um, sprach ihr Gebet: „Wird dieses Lager vielleicht mein letztes sein?" zwar zu Ende, empfand aber, daß ihre Gebetsstimmung fort war. Als Natascha ihre Mutter beten sah, hielt sie in ihrem raschen Lauf plötzlich inne, kauerte sich nieder und steckte unwillkürlich die Zunge hinaus, als wollte sie sich selbst damit ein Zeichen geben, doch still zu sein und die Mutter nicht in ihrem Gebet zu stören. Als sie wahrnahm, daß die Mutter in ihrem Gebet fortfuhr, huschte sie auf den Zehenspitzen, mit dem einen ihrer kleinen Füßchen immer blitzschnell das andere streifend, zum Bett, schlüpfte aus den Pantoffeln und sprang auf das Lager, von dem die Gräfin eben fürchtete, es könnte ihr letztes werden. Dies Lager war ein hohes Federbett mit fünf Kissen, von denen eins immer kleiner als das andere war. Natascha hüpfte hinein, ließ sich tief in die Kissen fallen, wälzte sich zur Wand und begann unter der Decke allerlei Unsinn zu treiben, legte sich lang hin, zog dann die Knie bis ans Kinn, strampelte mit den Beinen, lachte leise vor sich hin; bald barg sie den Kopf unter der Decke, bald sah sie sich wieder nach der Mutter um. Endlich war die Gräfin mit ihrem Gebet fertig und kam jetzt mit strenger Miene auf das Bett zu; dann sah sie aber, daß Natascha den Kopf wieder unter die Decke gesteckt hatte, und lächelte nun wieder ihr gutmütiges und nachsichtiges Lächeln.

„Na, na, na!“ meinte die Mutter.

„Mama, können wir ein bißchen miteinander plaudern, ja?“ sagte Natascha. „Na, noch einen Kuß auf die Halsgrube, na und noch einen, und dann ist es gut!“ Und sie umschlang den Hals der Mutter und küßte sie unterhalb des Kinns auf den Hals. Natascha legte im Umgang mit ihrer Mutter zwar eine gewisse äußere Derbheit an den Tag, war aber doch zart und behutsam und wußte es immer so einzurichten, daß auch ihre ungestümsten Liebkosungen der Mutter nie weh taten oder unangenehm waren.

Die Mutter legte sich in ihren Kissen zurecht und wartete, bis Natascha sich zweimal um sich selbst gedreht hatte und nun neben ihr unter der Decke lag, die Arme still hielt und ein ganz ernsthaftes Gesicht machte.

„Na, was willst du denn heute von mir?“ fragte sie dann.

Diese nächtlichen Besuche Nataschas, die meistens vor der Rückkehr des Grafen aus dem Klub erfolgten, waren ein Lieblingsvergnügen für Mutter und Tochter.

„Na, also was willst du denn heute von mir? Ich meinesteils muß dir sagen ...“

Natascha schloß der Mutter mit der Hand den Mund.

„Wegen Boris ... ich weiß schon“, sagte sie ganz ernsthaft. „Gerade deswegen bin ich ja auch hergekommen. Nein, Sie brauchen das nicht abzustreiten, ich weiß, Sie wollten gerade von ihm anfangen. Nein, bitte, Mama“, hier zog sie ihre Hand vom Munde der Mutter zurück, „sagen Sie doch, ist er nicht furchtbar nett?“

„Natascha, du bist sechzehn Jahre alt, und ich war in deinem Alter schon verheiratet. Du sagst, Boris sei furchtbar nett. Natürlich ist er das, und ich habe ihn so gern, als wäre er mein eigener Sohn, aber was hast du dir eigentlich in den Kopf gesetzt? Was denkst du überhaupt? Du hast ihm völlig den Kopf verdreht, das sehe ich ...“

Die Gräfin sah bei diesen Worten ihre Tochter an. Natascha lag da und starrte regungslos vor sich hin auf eine der Mahagonisphinxe an den Bettpfosten, so daß die Gräfin nur das Profil ihrer Tochter zu sehen vermochte. Aber was sie von diesem Gesicht sah, das überraschte sie durch seinen ganz besonders ernsten und in sich gekehrten Ausdruck.

Natascha dachte eine Weile über die Worte der Mutter nach.

„Nun, und?" fragte sie dann.

„Du hast ihm also völlig den Kopf verdreht, und wozu das? Was willst du von ihm? Du weißt doch, daß du ihn nicht heiraten kannst."

„Weshalb?" fragte Natascha, ohne ihre Lage zu ändern.

„Deshalb, weil er zu jung ist, deshalb, weil er arm ist, deshalb, weil ihr verwandt seid ... deshalb, weil du ihn ja auch gar nicht wirklich liebst."

„Woher wissen Sie das?"

„Das weiß ich. Das ist nicht das Richtige, mein Liebstes."

„Aber wenn ich es doch so gern möchte ...", sagte Natascha.

„Sprich keine Dummheiten", antwortete die Gräfin.

„Aber wenn ich es doch so gern möchte ..."

„Natascha, ich werde noch ernstlich böse werden ..."

Natascha ließ sie nicht weitersprechen, sie zog die große Hand der Gräfin an sich und küßte sie, erst auf die Außenseite, dann auf die Handfläche, dann drehte sie sie wieder um, nahm sich einen der Finger vor und küßte abwechselnd den Knöchel des obersten Fingergliedes und den Zwischenraum zwischen dem obersten und zweitobersten Knöchel und murmelte dabei: „Januar, Februar, März, April, Mai."

„Warum sagen Sie gar nichts, Mama? Sprechen Sie doch", meinte sie dann und sah die Mutter an, die ihre Tochter mit einem zärtlichen Blick betrachtete und über dem Anschauen ganz vergessen zu haben schien, was sie eigentlich sagen wollte.

„Dabei kann nichts Gutes herauskommen, mein Liebstes. Daß euch eine alte Kinderzuneigung verbindet, werden die wenigsten Menschen berücksichtigen, und es kann dir in den Augen der anderen jungen Leute, die bei uns verkehren, schaden, wenn sie sehen, daß du so vertraulich mit ihm umgehst, und vor allem ist es für ihn eine ganz zwecklose Quälerei. Vielleicht hatte er schon eine reiche und ihm zusagende Partie in Aussicht, und jetzt kommt er völlig von Verstande."

„Meinst du wirklich?"

„Ich will dir etwas von mir selbst erzählen. Ich hatte einen Cousin ..."

„Ich weiß, Kiril Matweïtsch – aber der ist doch ein alter Mann!"

„Das war er auch nicht immer. Aber ich will dir etwas sagen,

Natascha, ich werde einmal mit Boris sprechen. Er soll nicht mehr so oft herkommen ..."

„Warum soll er nicht, wenn es ihm doch Freude macht?"

„Weil ich weiß, daß nichts dabei herauskommen kann."

„Woher wissen Sie das? Nein, Mama, Sie sollen nicht mit ihm sprechen, das ist dummes Zeug!" sagte Natascha im Tone eines Menschen, dem man etwas wegnehmen will, das ihm gehört. „Nun, wenn ich ihn auch nicht heiraten werde, deswegen kann er doch herkommen, wenn es ihm Freude macht und mir dazu." Und sie sah die Mutter lächelnd an.

„Gar nicht wegen Heiraten, sondern bloß so", sagte sie noch einmal.

„Wie meinst du das, Liebstes?"

„Bloß so. Ich brauche ihn ja nicht zu heiraten, aber ... eben bloß so."

„Bloß so, bloß so", wiederholte die Gräfin, und ihren ganzen Leib erschütterte ein plötzliches, gutmütiges Altweiberlachen.

„Hören Sie doch auf zu lachen", kreischte Natascha, „das ganze Bett wackelt ja schon. Sie sind mir doch furchtbar ähnlich, Sie lachen genauso gern wie ich ... Warten Sie mal ..." Sie ergriff beide Hände der Gräfin, küßte den Knöchel des kleinen Fingers: „Juni", und küßte dann „Juli" und „August" auf der anderen Hand weiter. „Ist er sehr in mich verliebt, Mama? Was meinen Sie? Waren Ihre Verehrer in Sie ebenso verliebt? Und er ist doch schrecklich nett, ganz schrecklich nett ist er! Aber so ganz mein Geschmack ist er doch nicht, er ist so schmal wie eine Standuhr ... Verstehen Sie nicht, was ich meine? So schmal, wissen Sie, grau, hell ..."

„Was du wieder für dummes Zeug zusammenschwadronierst!" meinte die Gräfin.

„Verstehen Sie mich wirklich nicht? Nikolenka hätte mich gleich verstanden ... Besuchow, der ist wieder blau, dunkelblau mit etwas Rot, und ganz viereckig."

„Mit dem kokettierst du auch", sagte die Gräfin lachend.

„Nein, der ist ja Freimaurer, das habe ich herausbekommen. Er ist ein netter Kerl, dunkelblau mit Rot ... Wie soll ich Ihnen das erklären ..."

„Kleine Gräfin, schläfst du noch nicht?" ließ sich hinter der Tür die Stimme des Grafen vernehmen.

Natascha sprang auf, nahm ihre Pantoffeln in die Hand und huschte barfuß in ihr Zimmer.

Sie fand lange keinen Schlaf. Sie mußte immer daran denken, daß niemand doch alles das verstand, was in ihr vorging und was ihr doch so leicht verständlich erschien.

„Vielleicht Sonja?" dachte sie mit einem Blick auf das Kätzchen mit der mächtigen Haarmähne, das ganz zusammengerollt dalag und schlief. „Nein, woher sollte die mich verstehen können? Die ist zu tugendhaft dazu. Die hat sich in Nikolenka verliebt, und weiter gibt es nichts für sie. Und Mama, ja, die versteht mich eben auch nicht. Es ist doch merkwürdig, wie klug ich bin und ... und wie nett sie ist", fuhr sie fort, von sich selbst in der dritten Person sprechend und der Vorstellung hingegeben, das sage ein sehr kluger Mann von ihr, ja der klügste und beste von der Welt. „Alles hat sie und alles kann sie", fuhr dieser Mann fort, „sie ist klug, sie ist ungewöhnlich nett, und dann ist sie so klug, so ungewöhnlich klug, und so gewandt, sie reitet und schwimmt famos, und dann diese Stimme! Wirklich eine unglaubliche Stimme, das kann man wohl sagen!"

Sie summte ihre Lieblingsweise vor sich hin, eine Melodie aus einer Oper von Cherubini, warf sich in ihrem Bett herum, lachte vor Vergnügen bei dem Gedanken, daß sie jetzt gleich einschlafen würde, und rief Dunjascha zu, sie möchte kommen und das Licht auslöschen; und Dunjascha war tatsächlich noch nicht aus dem Zimmer, als Natascha schon in eine andere, und zwar eine noch glücklichere Welt hinübergeglitten war, in die Welt der Träume, in der alles ebenso leicht und schön war wie im wachen Leben, aber den ganz besonderen Reiz hatte, daß es eben anders war.

*

Am folgenden Tage ließ die Gräfin Boris zu sich bitten. Sie hatte eine Aussprache mit ihm, und von diesem Tage an stellte er seinen Verkehr im Rostowschen Hause ein.

XIV

Am 31. Dezember 1809 — le réveillon [1] — fand bei einem der alten Würdenträger aus der Zeit der Kaiserin Katharina ein Ball statt, zu dem das gesamte diplomatische Korps eingeladen war. Auch der Kaiser hatte sein Erscheinen in Aussicht gestellt.

Das allen Petersburgern wohlbekannte Haus des Gastgebers — es lag am Englischen Quai — strahlte von ungezählten Lichtern. Vor dem hellbeleuchteten, mit rotem Tuche ausgeschlagenen Hauptportal war Polizei postiert, und zwar handelte es sich nicht nur um Gendarmen, sondern der Polizeimeister selbst war mit einem guten Dutzend Polizeioffizieren erschienen. Ununterbrochen fuhren Equi=

[1] Silvesterabend

pagen vor mit rotlivrierten, federhutgeschmückten Lakaien. Aus den Equipagen stiegen Männer in Uniformen, mit Sternen und Ordensbändern; Damen in Atlas und Hermelin klommen vorsichtig die geräuschvoll heruntergeklappten Wagentritte hinab und gingen rasch und lautlos über das rote Tuch der Portalstufen.

Beinahe jedesmal, wenn eine neue Equipage vorfuhr, lief ein Geflüster durch die Menge, und alle nahmen die Mützen ab.

„Der Kaiser? ... Nein, es ist ein Minister ... ein Prinz ... ein Gesandter ... Siehst du da den Federbusch?" schwirrte es durch die Menge.

Einer unter den Zuschauern, der besser als die übrigen gekleidet war, schien alle zu kennen und nannte jeden einzelnen der damaligen Großwürdenträger beim Namen.

Etwa ein Drittel der Gäste war schon versammelt, während man bei Rostows, die ebenfalls auf dem Ball erwartet wurden, noch in größter Hast bei der Toilette war.

Dieser Ball hatte in der Familie Rostow viel Hinundherreden, viele Vorbereitungen und viele Besorgnisse erregt: würden sie auch eingeladen werden, würden die Toiletten auch zur Zeit fertig sein und würde überhaupt alles klappen?

Zusammen mit Rostows sollte Marja Ignatjewna Peronskaja auf den Ball gehen, eine Freundin und Verwandte der Gräfin, eine dürre und gelbliche Person, ehemals Hofdame der alten Kaiserin, die jetzt die Rostows als Provinzialen in der großen Welt Petersburgs unter ihre Fittiche nahm.

Um zehn Uhr abends sollten Rostows die Hofdame am Taurischen Garten abholen; jetzt fehlten nur noch fünf Minuten bis zehn Uhr, und die jungen Mädchen waren noch nicht angekleidet.

Für Natascha war es der erste große Ball ihres Lebens. Sie war um acht Uhr morgens aufgestanden und den ganzen Tag über in fieberhafter Unruhe und Tätigkeit gewesen. Vom frühen Morgen an hatte sie alle ihre Kräfte an das eine Ziel gesetzt, daß sie alle, sie selbst, die Mama und Sonja sich abends so schön wie nur irgend möglich präsentieren sollten. Sonja und die Gräfin hatten ihr in dieser Sache Generalvollmacht gegeben. Die Gräfin sollte in einem Samtkleid von dunkelroter Farbe erscheinen, und die beiden Mädchen in weißem Kreppflor über rosaseidenen Kleidern, Rosen am Mieder und die Haare à la grecque[1] frisiert.

Alles Wesentliche war bereits getan: Beine, Arme, Hals und Ohren waren schon mit der ganz besonderen Sorgfalt der Ballvorbereitung gewaschen, parfümiert und gepudert, die durchbrochenen Seidenstrümpfe und die Bandschleifenschuhe aus weißem Atlas

[1] Nach griechischer Art.

saßen an den Füßen, und die Frisuren waren fast fertig. Sonja war mit ihrer Toilette fast fertig, die Gräfin desgleichen; aber Natascha, die sich mit der Herrichtung der beiden anderen viele Mühe gemacht hatte, war noch im Rückstande. Sie saß vor dem Spiegel, den Pudermantel um die mageren Schultern. Sonja stand, bereits angekleidet, mitten im Zimmer und befestigte eben das letzte Band, das unter dem Druck ihrer Stecknadel einen knisternden Laut von sich gab; sie preßte ihren zierlichen Finger so fest gegen den Nadelkopf, daß es ordentlich weh tat.

„Nein, Sonja, so geht es nicht“, sagte Natascha, machte dabei eine Bewegung mit dem Kopf, der gerade frisiert wurde, und griff sich mit beiden Händen in die Haare, die das frisierende Dienstmädchen nicht schnell genug hatte loslassen können. „Das mit der Schleife geht so nicht. Komm einmal her.“

Sonja setzte sich vor sie hin. Natascha machte ihr die Schleife ab und befestigte sie dann von neuem.

„Entschuldigen Sie, gnädiges Fräulein, aber wenn ich Sie frisieren soll ...“

„Ach Gott, warte doch einen Augenblick! Siehst du, so, Sonja.“

„Seid ihr bald fertig?“ ließ sich die Stimme der Gräfin vernehmen. „Es ist gleich zehn Uhr.“

„Gleich, gleich! Sind Sie denn soweit, Mama?“

„Ich muß nur noch die Toque anstecken.“

„Tun Sie das nur nicht ohne mich!“ rief Natascha. „Sie verstehen das nicht!“

„Aber es ist schon zehn.“

Sie hatten eigentlich um halb elf auf dem Ball sein wollen, und jetzt mußte Natascha sich noch anziehen, und dann mußten sie doch noch zum Taurischen Garten fahren.

Als die Frisur fertig war, lief Natascha im kurzen Unterröckchen, unter dem die Ballschuhe zu sehen waren, und in der Frisierjacke ihrer Mutter zu Sonja, musterte sie und huschte dann zur Gräfin. Sie ergriff ihren Kopf, drehte ihn hin und her, steckte ihr die Toque fest, nahm sich kaum Zeit, das graue Haar flüchtig zu küssen, und lief dann wieder zu den Mädchen, die ihr den Saum des Kleides einschlagen mußten.

Das einzige, was den Aufbruch noch verzögerte, war jetzt Nataschas Kleid, das zu lang war. Zwei Mädchen waren dabei, den Saum einzuschlagen. Sie bissen dabei hastig die Fäden ab. Eine dritte kam, Stecknadeln zwischen Lippen und Zähnen, aus dem Ankleidezimmer der Gräfin zu Sonja gelaufen, und eine vierte hielt mit ausgestreckten Armen das Kreppkleid, an dem gearbeitet wurde.

„Mawruscha, Täubchen, mach schneller!“

„Geben Sie mir den Fingerhut her, gnädiges Fräulein!“

„Seid ihr nicht bald fertig?" fragte der Graf durch die Tür. „Habt ihr aber Parfüms! Die Peronskaja wird schon sehnsüchtig warten."

„Fertig, gnädiges Fräulein!" sagte das Mädchen, hob mit zwei Fingern das Kreppkleid mit dem eingeschlagenen Saum in die Höhe, schüttelte es hin und her und pustete darüber hin, als wolle sie mit dieser Gebärde die Feinheit und Duftigkeit dessen andeuten, was sie da in der Hand hatte.

Natascha machte sich ans Anziehen.

„Sofort, sofort, Papa, jetzt darfst du noch nicht hereinkommen!" rief sie, das Gesicht unter dem Kreppkleide, dem Vater zu, der die Tür öffnen wollte.

Sonja schlug die Tür zu. Eine Minute später durfte der Graf hereinkommen. Er trug einen blauen Frack, Escarpins und Schnallenschuhe und war reichlich parfümiert und pomadisiert.

„Ach, Papa, wie schön du bist! Wirklich reizend!" sagte Natascha, die mitten im Zimmer stand und die Falten ihres Kleides glattstrich.

„Erlauben Sie, gnädiges Fräulein, erlauben Sie!" sagte eins der Mädchen, das vor Natascha kniete und ihr das Kleid zurechtzupfte und dabei die Stecknadeln in ihrem Munde mit der Zunge aus einem Mundwinkel in den anderen schob.

Sonja musterte Nataschas Kleid und rief voller Verzweiflung: „Sag, was du willst! Sag, was du willst, aber es ist immer noch zu lang!"

Natascha trat ein wenig zurück, um sich im Trumeau zu besehen. Das Kleid war zu lang.

„Bei Gott, gnädiges Fräulein, es ist wirklich zu lang", sagte Mawruscha und rutschte dabei auf dem Fußboden hinter dem gnädigen Fräulein her.

„Na, wenn es zu lang ist, dann schlagen wir noch ein Stück ein, das haben wir in einer Minute gemacht", sagte die energische Dunjascha, zog eine Nähnadel aus ihrem Brusttuch und machte sich, auf den Fußboden hingekauert, wiederum an die Arbeit.

In diesem Augenblick kam die Gräfin mit Toque und Samtkleid herein; sie ging leise, und es war, als schäme sie sich ein wenig.

„Hallo! Da kommt meine Allerschönste!" schrie der Graf. „Wirklich die Schönste von allen!"

Sie wurde ganz rot, er wollte sie umarmen, und sie wich ihm aus, um sich nicht das Kleid zerdrücken zu lassen.

„Mama, die Toque muß mehr auf die Seite", meinte Natascha. „Ich stecke sie Ihnen um." Sie stürzte auf die Mutter zu, die Mädchen, die an dem Kreppröck arbeiteten, konnten nicht schnell genug folgen, und so riß ein Stück ab.

„Herr Gott! Was war das? Bei Gott, ich konnte nicht dafür . . ."

„Hat nichts auf sich, ich nähe es an, man wird nicht das geringste sehen", sagte Dunjascha eifrig.

„Nein, wie du aussiehst! Wirklich ein Prachtmädel!" sagte die Kinderfrau, die eben hereinkam. „Und Sonjuschka! Ach, sind das zwei schöne Mädchen!"

Um ein Viertel nach zehn konnten sie endlich einsteigen und abfahren. Aber jetzt mußten sie erst noch die Peronskaja am Taurischen Garten abholen.

Die Hofdame war schon aufbruchsbereit. So alt und häßlich sie auch war – sie hatte doch genau die gleichen Prozeduren mit sich vorgenommen wie die Rostowschen Damen, wenn auch nicht in solcher Hetze, da sie dergleichen gewöhnt war; aber sie hatte ihren alten, unschönen Körper ebenso gesäubert und gepudert und parfümiert und sich ebenso sorgfältig hinter den Ohren gewaschen; und als sie in ihrem gelben Kleide mit dem Hofdamenabzeichen in den Salon gerauscht war, da hatte ihre alte Zofe sich ebenso an ihrem Aufzuge begeistert, wie es die Dienstboten des Rostowschen Hauses an dem ihrer Herrschaft getan hatten.

Die Peronskaja spendete den Toiletten der Rostowschen Damen ihr Lob, diese wieder lobten den Geschmack und die Kleidung der Peronskaja, und unter allen möglichen Vorsichtsmaßregeln für ihre Frisuren und Kleider setzten sie sich um elf endlich in die Equipagen und fuhren zum Ball.

XV

Für Natascha hatte dieser Tag vom frühen Morgen an auch nicht eine einzige freie Minute gehabt, und sie war gar nicht dazu gekommen, auch nur ein einziges Mal über das nachzudenken, was ihr bevorstand.

In der feuchten, kalten Luft, in der Enge und dem Halbdunkel des hin und her gerüttelten Coupés begann sie sich das, was sie dort, auf dem Balle, in den lichtstrahlenden Sälen, erwartete, zum ersten Mal lebhaft auszumalen: Musik, Blumen, Tänze, den Kaiser, die ganze glänzende Jugend von Petersburg. Was ihrer wartete, das war so wunderschön, daß sie gar nicht daran glauben konnte, es könne Wirklichkeit werden – so wenig paßte es zu den Eindrücken, die sie jetzt umgaben, zu der Kälte, der Enge und Dunkelheit im Coupé. Was ihrer wartete, das begriff sie eigentlich erst, als sie über den roten Stoff des Portals ging, den Vorraum betrat, den Pelz ablegte und dann neben Sonja vor der Mutter her die hellerleuchtete, blumengeschmückte Treppe hinanstieg. Erst jetzt fiel es ihr ein, wie sie sich auf dem Ball benehmen müsse, und nun suchte sie jene majestätische Haltung anzunehmen, die ihrer Meinung nach ein junges Mädchen auf einem Balle beobachten mußte. Aber nun merkte sie, daß ihre Augen ganz von selbst nach allen Richtungen umherwanderten, sie konnte nichts deutlich erkennen, ihr Puls machte hundert Schläge in der Minute, und alles Blut drängte sich ihr an das klopfende Herz. Das war ihr Glück, denn das setzte sie außer Stand, jene Haltung anzunehmen, die sie nur lächerlich gemacht hätte. Fast von Sinnen vor Aufregung ging sie die Treppe hinauf, aus allen Kräften bemüht, ihren Zustand zu verbergen. Und gerade das war die Haltung, die ihr am allerbesten stand. Vor und hinter ihnen gingen in halblautem Gespräch andere Gäste, gleichfalls in Balltoiletten. Die Spiegel im Treppenraum zeigten Damen in weißen, blauen und rosa Kleidern, Brillanten und Perlen um die entblößten Arme und Hälse.

Natascha sah wohl in die Spiegel, konnte aber in dem Bilde, das diese zurückwarfen, sich selbst nicht aus der Menge der anderen Damen herausfinden. Alles floß in eine einzige glänzende Prozession zusammen. Als sie den Saal betraten, war Natascha förmlich betäubt von dem in ein gleichmäßiges Getöse verschmolzenen Geräusch der Stimmen, Schritte und Begrüßungen; die Kerzen und deren Widerschein blendeten sie noch mehr als zuvor. Der Hausherr und seine Frau, die bereits eine halbe Stunde lang an der Eingangstür standen und alle Eintretenden mit den gleichen Worten: „charmé de vous voir"[1] empfingen, begrüßten mit dieser Phrase auch Rostows und die Peronskaja.

Die zwei jungen Mädchen, beide weißgekleidet, beide mit den gleichen Rosen in den schwarzen Haaren, knicksten eine wie die andere, aber die Gastgeberin ließ den Blick doch unwillkürlich länger auf der zierlichen Natascha ruhen. Und während sie Natascha ansah, lächelte sie ihr als einziger ein Lächeln zu, das über das für alle Gäste bereite Wirtinnenlächeln hinausging. Die eigene, goldene, unwiederbringlich dahingegangene Mädchenzeit und der eigene erste Ball mochten ihr dabei wohl in den Sinn kommen. Auch der Hausherr folgte Natascha mit den Blicken und fragte den Grafen, welche von beiden seine Tochter sei.

„Charmante!"[2] sagte er und küßte seine Fingerspitzen.

In Erwartung des Kaisers standen die Gäste an der Eingangstür zusammengedrängt im Saal. Die Gräfin wußte es so einzurichten, daß sie in einer der ersten Reihen zu stehen kam. Natascha hörte manches aus dem Stimmengewirr um sie heraus und merkte, daß manche der zunächst Stehenden sie betrachteten und sich nach ihr erkundigten. Sie begriff, daß sie den Menschen, deren Aufmerk=

[1] Sehr erfreut, Sie zu sehen!
[2] Reizend.

samkeit sie erregt hatte, auch gefiel, und diese Wahrnehmung beruhigte sie ein wenig.

„Hier ist manche, der es so geht wie mir, und darunter manche, die lange nicht so gut aussieht wie ich", dachte sie.

Die Peronskaja nannte der Gräfin die hervorragendsten Persönlichkeiten unter den Ballgästen.

„Das ist der holländische Botschafter, sehen Sie, dort, der mit den grauen Haaren", sagte sie und deutete auf einen alten Herrn mit silbergrauem, aber noch sehr vollem Lockenhaar, der einen ganzen Kreis von Damen um sich hatte und ihn gerade durch irgendeinen Scherz zum Lachen brachte.

„Und das da ist die Königin von Petersburg, die Gräfin Besuchowa", fuhr sie fort und wies auf die eben eintretende Hélène.

„Wie schön sie ist! Die kann sich ruhig neben Marja Antonowna * sehen lassen. Schauen Sie doch nur, wie die Herren um sie herumwedeln, die jungen wie die alten. Sie ist schön und klug, alles beides ... Der Prinz —" sie nannte einen Namen, „soll ihretwegen ganz von Verstande gekommen sein. Und diese beiden da sind zwar nicht gerade schön, aber sie sind noch umschwärmter als die Gräfin." Die Peronskaja deutete auf eine Dame, die eben mit ihrer sehr wenig schönen Tochter durch den Saal ging. „Das ist eine Millionenbraut", sagte sie. „Und da sind auch schon die Freier um sie herum." Dann deutete sie auf einen schönen jungen Mann in der Uniform der Chevaliergarde, der an ihnen vorüberkam und, den Kopf ein wenig zurückgeworfen, zwischen den Damen hindurch ins Leere sah. „Das ist der Bruder der Besuchowa, Anatol Kuragin. Wie gut er aussieht! Nicht wahr? Wie es heißt, wird er dies reiche Mädchen heiraten. Der junge Drubezkoi, Ihr Kusin, bemüht sich auch kräftig um sie. Ja, es soll sich um Millionen handeln ... Natürlich, das ist Caulaincourt, der französische Gesandte", beantwortete sie dann eine Frage der Gräfin. „Sehen Sie doch, er hat wirklich etwas von einem gekrönten Haupt. Und dabei sind die Franzosen von einer so unwiderstehlichen Liebenswürdigkeit. Für gesellschaftliche Anlässe gibt es gar nichts Liebenswürdigeres! Ah, und da ist sie auch! Nein, unsere Marja Antonowna ist doch die schönste von allen! Und wie einfach sie angezogen ist! Wirklich entzückend! Der Dicke da mit der Brille, das ist so ein kosmopolitischer Freimaurer" — sie zeigte auf Besuchow — „sehen Sie nur, wie er neben seiner Frau wirkt: der Hanswurst, wie er im Buch steht!"

Pierre schob sich, seinen dicken Körper hin und her wiegend, durch die Menge und nickte so sorglos und gutmütig nach rechts und links, als schlendere er über einen menschenwimmelnden Marktplatz. Offenbar suchte er jemand.

* Anm. am Schluß des Buches.

Natascha freute sich, Pierres wohlbekanntes Gesicht zu erblicken, wenn ihn die Peronskaja ja auch eben einen Hanswurst genannt hatte; sie wußte, daß er die Rostowschen Damen, und darunter sie, Natascha, im besonderen, unter der Menge der Gäste suchte. Pierre hatte ihr versprochen, auf den Ball zu kommen und ihr recht viele Kavaliere vorzustellen.

Aber bevor er noch bis zu den Rostowschen Damen gekommen war, blieb Besuchow bei einem sehr gut aussehenden brünetten Mann von mäßigem Wuchs stehen, der in seiner weißen Uniform am Fenster stand und sich mit einem hochgewachsenen Herrn mit Stern und Ordensband unterhielt. Natascha erkannte den jungen Mann in der weißen Uniform auf den ersten Blick: es war Bolkonskij, der ihr jünger, heiterer und schöner geworden zu sein schien.

„Da ist noch ein Bekannter, Bolkonskij, sehen Sie ihn, Mama?" sagte sie und deutete auf den Fürsten Andrej. „Wissen Sie noch, er hat damals in Otradnoje bei uns übernachtet."

„Ach, Sie kennen ihn?" meinte die Peronskaja. „Ich kann ihn nicht ausstehen. Il fait à présent la pluie et le beau temps.[1] Und er ist auch von einem grenzenlosen Hochmut! Darin ganz wie der Vater. Er hat sich an Speranskij angeschlossen, und sie hecken miteinander alle möglichen Projekte aus. Sehen Sie doch nur, wie er sich den Damen gegenüber benimmt! Eine spricht mit ihm, und er wendet sich ab! Er sollte sich nur einmal gegen mich so etwas herausnehmen wie gegen diese Damen da, ich wollte es ihm schon eintränken!"

XVI

Plötzlich geriet alles in Bewegung. Durch die Menge lief ein Gemurmel, sie schob sich vorwärts und teilte sich dann, und zwischen den zurückweichenden Reihen trat, von den Klängen der Orchestermusik empfangen, der Kaiser in den Saal. Hinter ihm kamen der Gastgeber und seine Frau. Der Kaiser verbeugte sich im Gehen hastig nach rechts und links, als wollte er diese ersten Augenblicke der Begrüßung so schnell wie möglich hinter sich bringen. Die Musik spielte eine Polonaise, die damals um des zu ihr gedichteten Textes willen sehr im Schwunge war: „Alexander, unsre Wonne, Kaiserin Elisabeth!" Der Kaiser ging in den Salon, die Menge strömte zu den Türen, einige Gäste folgten ihm mit einem Gesichtsausdruck, der gar nicht wiederzuerkennen war, hastig in den Salon, kamen aber bald wieder zurück. Dann gab die Menge die Salontüren wieder frei, da der Kaiser, im Gespräch mit der Hausfrau, im Türrahmen erschien.

[1] Er läßt jetzt regnen und die Sonne scheinen.

Ein junger Mann kam in einiger Verwirrung auf die Damen zu und bat sie, etwas mehr zurückzutreten. Aber einige Damen, deren Gesichtern man ansah, daß sie alle gesellschaftlichen Regeln vergessen hatten, drängten trotzdem vorwärts, ohne sich darum zu kümmern, daß sie sich die Toiletten ruinierten. Die Herren traten nun zu den Damen, und die Paare ordneten sich zur Polonaise.

Alles wich zur Seite, und der Kaiser trat lächelnd aus der Salontür. Er führte die Hausfrau am Arm, ohne seine Schritte dem Takt der Musik anzupassen. Hinter ihm kam der Hausherr mit Marja Antonowna Naryschkina, dann die fremden Gesandten, die Minister, verschiedene Generäle, deren Namen die Peronskaja unermüdlich der Gräfin nannte. Mehr als die Hälfte der Damen hatte bereits Kavaliere und ging in der Polonaise mit oder war gerade im Begriff, sich ihr anzuschließen. Natascha merkte, daß sie mit der Mutter und Sonja unter die kleinere Hälfte der anwesenden Damen geraten war, jene Hälfte, die an die Wand gedrängt und nicht zur Polonaise engagiert war. Sie stand da und ließ ihre schmächtigen Arme herabhängen. Ihre Brust, die sich noch kaum unter dem Kleide abzeichnete, hob und senkte sich in gemessenen, durch die Atempausen bedingten Zwischenräumen. Ihre glänzenden Augen sahen erschrocken in den Saal, und man hätte aus ihrem Ausdruck die gleiche Bereitschaft zum Hinnehmen der höchsten Freude wie des tiefsten Leides herauslesen können. Weder hatte sie einen Gedanken für den Kaiser noch für alle die bedeutenden Persönlichkeiten, auf welche die Peronskaja aufmerksam machte; sie hatte nur den einen Gedanken: „Wird denn wirklich niemand zu mir kommen, werde ich wirklich diesen ersten Tanz nicht mittanzen dürfen, wird denn wirklich von allen diesen Herren kein einziger auf mich aufmerksam werden? Es ist ja, als sähen sie mich überhaupt nicht, und wenn sie mich doch einmal ansehen, dann machen sie dabei ein Gesicht, als wollten sie sagen: ‚Ach, das ist nicht die richtige, da lohnt es sich gar nicht hinzusehen!' Nein, das ist doch nicht möglich, sie müssen doch wissen, wie furchtbar gern ich tanzen möchte und wie famos ich tanzen kann und wieviel Spaß sie davon haben würden, wenn sie mit mir tanzen wollten."

Die Polonaise hielt recht lange an, und ihre Klänge hatten für Nataschas Ohren schon etwas Trauriges wie eine trübe Erinnerung. Am liebsten hätte sie angefangen zu weinen. Die Peronskaja hatte sich entfernt, der Graf war am anderen Ende des Saales, und die Gräfin, Sonja und Natascha standen einsam wie im Walde in dieser fremden Menschenmenge: niemand interessierte sich für sie, niemand bedurfte ihrer. Fürst Andrej kam mit einer Dame an ihnen vorüber und erkannte sie offenbar nicht. Der schöne Anatol machte lächelnd irgendeine Bemerkung zu der Dame, die er führte, und ließ dabei seine Augen auf Nataschas Gesicht ruhen, wie man seine Augen etwa auf einer Wand ruhen läßt. Boris kam zweimal an ihnen vorbei und sah jedesmal zur Seite. Berg und seine Frau, die nicht tanzten, gesellten sich zu ihnen.

Für Nataschas Gefühl lag in diesem engen Zusammenkleben der Familie hier, auf einem Ball, etwas Kränkendes: als ob es für Familienunterhaltungen keinen anderen Ort gäbe als gerade einen Ballsaal. Sie vermied es, Wera anzusehen, und hörte auch nicht hin, als diese ihr etwas von ihrem grünen Kleide erzählen wollte.

Endlich blieb der Kaiser neben seiner Dame stehen, der dritten, mit der er getanzt hatte, und die Musik verstummte. Ein überaus geschäftiger Adjutant kam zu den Rostows gelaufen und bat sie, doch noch ein wenig weiter zurückzutreten, obgleich sie bereits hart an der Wand standen. Und nun kamen vom Orchester, zunächst noch zögernd und behutsam, aber doch schon deutlich die rhythmisch mitreißenden Klänge eines Walzers. Der Kaiser sah sich lächelnd im Saal um. Es verging eine Minute, und noch immer tanzte niemand. Ein Adjutant, der als Vortänzer fungierte, ging auf die Gräfin Besuchowa zu und forderte sie auf. Mit einem Lächeln hob sie den Arm und legte ihn dem Adjutanten auf die Schulter, ohne ihn anzusehen. Der Adjutant, der seine Sache ganz besonders gut verstand, schlang mit einer selbstbewußten, ruhigen und gemessenen Bewegung den Arm fest um seine Dame, glissierte anfangs mit ihr an der Peripherie des Kreises entlang, ergriff, in der Ecke des Saales angekommen, ihre linke Hand und drehte die Gräfin herum; durch die immer schneller werdenden Klänge der Musik hörte man das rhythmische Geklirr der Sporen an seinen hurtigen und gewandten Füßen und sah bei der Wendung nach jedem dritten Takt das Samtkleid seiner Dame sich aufblähen, was jedesmal die Vorstellung einer Explosion hervorrief. Natascha sah den beiden nach und war den Tränen nahe, weil nicht sie es war, die diese erste Walzertour mittanzen durfte.

Fürst Andrej stand in seiner weißen Kavallerieobersten-Uniform, in Escarpins und Schnallenschuhen in einer der vordersten Reihen des Kreises, nicht weit von Rostows. Er fühlte sich angeregt und heiter. Baron Vierhof sprach mit ihm über die erste Sitzung des Reichsrats, die am folgenden Tage stattfinden sollte. Angesichts seiner Beziehungen zu Speranskij und seiner Teilnahme an den Arbeiten der Legislativ-Kommission konnte Fürst Andrej ihm zuverlässige Mitteilungen über die bevorstehende Sitzung machen, über die verschiedene Gerüchte umliefen. Aber er hörte nicht auf das hin, was Vierhof zu ihm sagte, und sah dabei bald nach dem Kaiser, bald nach den Kavalieren, die sich zum Tanz anschickten, aber sich noch nicht recht entschließen konnten, in den Kreis zu treten.

Fürst Andrej beobachtete diese Kavaliere, die sich durch die Anwesenheit des Kaisers so schüchtern machen ließen, und diese Damen, die vor Sehnsucht vergingen, doch endlich zum Tanz engagiert zu werden.

Pierre trat auf den Fürsten Andrej zu und faßte seinen Arm.

„Sie tanzen doch sonst immer. Da ist meine protégée[1], die kleine Rostowa, fordern Sie die doch auf", sagte er.

„Wo?" fragte Bolkonskij. „Entschuldigen Sie", wandte er sich dann an den Baron, „wir wollen unser Gespräch einmal anderswo zu Ende bringen. Ist man einmal auf einem Ball, so soll man auch tanzen."

Er schlug die Richtung ein, die Pierre ihm gewiesen hatte, und dann gewahrte er auch schon Nataschas verzweifeltes, todunglückliches Gesicht. Er erkannte sie gleich wieder, erriet ihren Seelenzustand, begriff, daß sie zum ersten Male an einem solchen Ball teilnahm, dachte an das Gespräch, das er damals am Fenster belauscht hatte, und trat mit einem Gesichtsausdruck von unbefangener Fröhlichkeit zur Gräfin Rostowa.

„Erlauben Sie mir, Sie mit meiner Tochter bekannt zu machen", sagte die Gräfin errötend.

„Ich habe bereits das Vergnügen, mit der Komtesse bekannt zu sein, vorausgesetzt, daß die Komtesse sich noch meiner erinnert", erwiderte Fürst Andrej mit einer höflichen und tiefen Verbeugung, die durchaus nicht zu der Bemerkung der Peronskaja über sein ungeschliffenes Wesen passen wollte, trat zu Natascha und hob bereits den Arm, um ihre Taille zu umfassen, noch bevor er mit seiner Aufforderung zum Tanz zu Ende gekommen war. Er hatte um eine Walzertour gebeten, und plötzlich strahlte ein glückliches, dankbares Kinderlächeln über Nataschas Gesicht, dessen flehentlich gespannter Ausdruck seine Bereitschaft bekundet hatte, tiefste Verzweiflung oder hingerissenes Entzücken in gleicher Weise widerzuspiegeln.

„Ich habe ja schon so lange auf dich gewartet", schien das selig erschrockene Mädchen mit diesem fast schon durch Tränen hindurchfunkelnden Lächeln sagen zu wollen, als sie ihre Hand dem Fürsten Andrej auf die Schulter legte. Die beiden waren das zweite Paar, das in den Kreis trat. Fürst Andrej war einer der besten Tänzer seiner Zeit, und Natascha tanzte wirklich ausgezeichnet. Ihre Füßchen in den Atlasballschuhen taten, was sie zu tun hatten, flink, leicht und fast wie selbständige Wesen, und ihr Gesicht strahlte dazu vor Seligkeit. Ihr entblößter Hals, ihre entblößten Arme waren mager und unschön, wenn man Hélènes Schultern dagegenhielt.

[1] Schützling.

Aber über Hélènes Körper waren schon so viele tausend Blicke hingeglitten, daß sie ihn gleichsam mit einer Art Lack überzogen hatten, während Natascha den Eindruck eines Mädchens machte, das zum ersten Male dekolletiert geht und sich sehr schämen würde, wenn man ihr nicht auf das bestimmteste erklärt hätte, das müsse nun einmal so sein.

Fürst Andrej tanzte gern; in dem Wunsche, sich so rasch wie möglich von den tiefgründigen politischen Gesprächen loszumachen, mit denen sich alle an ihn wandten, und zugleich den ihm unerträglichen Verlegenheitsbann zu brechen, den die Anwesenheit des Kaisers auf die Gesellschaft legte, hatte er ohnehin gerade tanzen wollen und nun Natascha gewählt, weil Pierre ihn auf sie aufmerksam gemacht hatte und weil sie die erste wirklich schöne Erscheinung war, die ihm heute abend vor Augen kam; kaum aber hatte er den Arm um diesen schlanken und geschmeidigen Körper gelegt, kaum spürte er dessen Bewegungen in so unmittelbarer Nähe des seinigen und sah das Lächeln dieses Gesichts so dicht vor sich, als der Rauschtrank ihrer jungen Reize ihm auch schon in den Kopf stieg, und als er sie endlich losgelassen hatte und atemholend dastand und den Tanzenden zuschaute, da fühlte er sich lebendiger und jünger geworden als zuvor.

XVII

Nach dem Fürsten Andrej kam Boris zu Natascha, um sie zu engagieren, und bald darauf der Adjutant, der als Vortänzer den Ball eröffnet hatte, und dann kamen noch so viele andere junge Leute, daß Natascha von ihren überzähligen Kavalieren noch Sonja abgeben konnte, und so tanzte sie den ganzen Abend hindurch selig und mit glühendem Gesicht. Von allem, was die anderen auf diesem Balle interessierte, sah und bemerkte sie nichts: es entging ihr nicht nur, daß der Kaiser sich längere Zeit mit dem französischen Gesandten unterhielt und besonders gnädig mit der und der Dame sprach, daß der Prinz Soundso das und das tat und das und das sagte, daß Hélène einen großen Erfolg hatte und von dem und dem mit ganz besonderen Aufmerksamkeiten bedacht wurde; nein, sie sah nicht einmal den Kaiser, und daß er den Ball verlassen hatte, das merkte sie erst an der größeren Munterkeit, die plötzlich aufkam. Eine der lustigsten Kotillontouren vor dem Souper tanzte Fürst Andrej wiederum mit Natascha. Er erinnerte sie an ihre erste Begegnung in der Allee von Otradnoje und erzählte ihr auch, daß er damals in der Mondnacht nicht habe schlafen können und daher unfreiwilliger Ohrenzeuge ihres Gespräches geworden sei. Natascha wurde bei dieser Erinnerung rot und suchte sich zu rechtfertigen, gleich als liege für sie etwas Schimpfliches in den Empfindungen, bei deren Ausdruck Fürst Andrej sie unfreiwillig belauscht hatte.

Fürst Andrej freute sich wie alle in der großen Welt Aufgewachsenen jedesmal, wenn er in dieser großen Welt etwas traf, was nicht den schlechthin gültigen Stempel dieser großen Welt trug. Und so etwas war Natascha mit ihrem Staunen, ihrer Freude, ihrer Schüchternheit und selbst mit den Fehlern, die sie beim Französischsprechen machte. Er legte ihr gegenüber in Benehmen und Unterhaltung eine ganz besondere Behutsamkeit und Zartheit an den Tag. Während er neben ihr saß und mit ihr von den allergewöhnlichsten und unbedeutendsten Dingen plauderte, hatte er seine Freude an dem frohen Glanz ihrer Augen und ihres Lächelns, der nicht den Gegenständen ihrer Unterhaltung, sondern dem inneren Glücksgefühl galt, das sie erfüllte. Und jedesmal, wenn Natascha wieder zum Tanz aufgefordert worden war, wenn sie lächelnd aufstand und durch den Saal glitt, dann empfand Fürst Andrej eine ganz besondere Freude über ihre schüchterne Grazie. Mitten im Kotillon kam Natascha, noch schwer atmend, nach Beendigung einer Tour auf ihren Platz zurück und wurde gleich darauf von einem neuen Kavalier aufgefordert. Sie war müde und erhitzt und dachte offensichtlich zunächst daran, abzulehnen, aber dann legte sie doch gleich darauf ihre Hand auf die Schulter des Kavaliers und lächelte dem Fürsten Andrej zu.

„Ich würde mich ja so gern etwas erholen und ruhig bei Ihnen sitzen, ich bin ja so müde, aber Sie sehen ja selbst, daß ich schon wieder aufgefordert werde, und ich freue mich so darüber, und ich bin so glücklich, und ich habe alle Menschen so lieb, und Sie können mir ja das alles nachfühlen", sagte dieses Lächeln und noch vieles, vieles andere. Als der Kavalier sie wieder an ihren Platz geführt hatte, mußte sie durch den Saal laufen, um zwei Damen zu einer bestimmten Kotillontour zu holen. Fürst Andrej sah ihr nach.

„Wenn sie zuerst zu ihrer Kusine geht und dann erst zu einer anderen Dame, dann soll sie meine Frau werden", sagte er sich plötzlich zu seinem eigenen Erstaunen. Sie ging zuerst auf ihre Kusine zu.

„Was für Dummheiten einem manchmal in den Kopf kommen können! Aber das ist gewiß, dieses junge Mädchen ist so nett und dabei so eigenartig, daß sie hier nicht einen Monat tanzen wird, ohne sich zu verheiraten . . . So etwas bekommt man hier selten zu sehen", dachte er, als Natascha sich wieder neben ihn setzte und eine Rose, die sich von ihrem Mieder hatte lösen wollen, wieder befestigte.

Als der Kotillon sich seinem Ende näherte, kam der alte Graf in seinem blauen Frack zu den Tanzenden. Er forderte den Fürsten Andrej zu einem Besuch im Rostowschen Hause auf und fragte seine Tochter, ob ihr der Ball auch Spaß mache. Natascha sagte nichts und antwortete nur mit einem Lächeln, das vorwurfsvoll zu sagen schien: „Wie kann man nur so etwas fragen?"

„So wie noch nichts in meinem Leben!" sagte sie dann, und Fürst Andrej sah, wie sie die mageren Arme rasch ausstrecken wollte, um den Vater zu umarmen, sie aber gleich wieder sinken ließ. Natascha war in der Tat so glücklich, wie sie es in ihrem ganzen Leben noch nicht gewesen war. Sie war auf jener höchsten Stuf des Glücks, auf welcher der Mensch ganz von selbst vollkommen gut und hochherzig wird und gar nicht zu glauben vermag, daß es überhaupt Bosheit, Unglück und Kummer geben kann.

*

Pierre empfand auf diesem Balle zum erstenmal die Stellung, die seine Frau in der großen Welt einnahm, als beleidigend für ihn. Er war gereizt und zerstreut. Eine breite Falte spannte sich quer über seine Stirn; er stand am Fenster und starrte durch seine Brillengläser, ohne etwas zu sehen.

Auf dem Wege zum Souper kam Natascha an ihm vorbei.

Pierres finsteres und unglückliches Gesicht fiel ihr auf, sie blieb stehen und hätte ihm gern geholfen, ihm gern aus dem Überfluß des eigenen Glückes etwas mitgeteilt.

„Wie herrlich es ist, Graf", sagte sie. „Finden Sie nicht auch?"

Pierre lächelte zerstreut. Offenbar hatte er gar nicht verstanden, was sie gesagt hatte.

„Ja, ich freue mich sehr", antwortete er.

„Wie kann man nur mit irgend etwas unzufrieden sein!" dachte Natascha. „Und besonders so ein guter Mensch wie dieser Besuchow." In Nataschas Augen waren alle Menschen auf diesem Ball gleichermaßen gut, lieb und schön und liebten einander, und keiner konnte dem andern etwas Böses tun, und darum mußten sie auch alle glücklich sein.

XVIII

Am folgenden Tage erinnerte Fürst Andrej sich wohl an den gestrigen Ball, aber seine Gedanken blieben nicht lange an ihm haften. „Ja, es war ein recht glanzvoller Ball. Ja und dann ... ja natürlich, die Rostowa war sehr nett. Sie hat so etwas Frisches, so etwas Besonderes, etwas so gar nicht Petersburgisches, etwas, das sie von den anderen unterscheidet." Das war alles, was ihm an Ge=

danken über den gestrigen Ball durch den Kopf ging, und als er seinen Tee getrunken hatte, setzte er sich wie sonst an die Arbeit.

Aber er hatte in der Nacht wenig geschlafen und fühlte sich recht müde, und so wurde es ein wenig fruchtbarer Arbeitstag, und Fürst Andrej kam nicht recht von der Stelle, hatte immerfort etwas an seiner eigenen Arbeit auszusetzen, was übrigens häufig vorkam, und war recht froh, als er hörte, daß er Besuch bekam.

Der Ankömmling war ein Mann namens Bizkij, der in verschiedenen Kommissionen tätig war und den man bei allen gesellschaftlichen Ereignissen von Petersburg sehen konnte, ein leidenschaftlicher Verfechter der neuen Ideen und Anhänger Speranskijs, dazu ein eifriger Kolporteur aller Petersburger Neuigkeiten, einer von jenen Leuten, die sich ihre Überzeugung ebenso wie ihren Anzug immer nach der neuesten Mode auswählen und dann gerade aus diesem Grunde als die hitzigsten Parteigänger der herrschenden Denkmode auftreten. Er ließ sich kaum Zeit, den Hut abzulegen, kam überaus geschäftig zum Fürsten Andrej hereingestürzt und fing sofort an zu sprechen. Er hatte eben einige Einzelheiten über die Reichsratssitzung am heutigen Morgen erfahren, die der Kaiser selbst eröffnet hatte, und begann sie nun ganz begeistert wiederzugeben. Der Kaiser hatte in seiner Rede ganz ungewohnte Töne angeschlagen, es war eine Rede gewesen, wie sie eigentlich nur ein konstitutioneller Monarch hätte halten können. „Der Kaiser hat den Reichsrat und den Senat geradezu als ‚staatliche Organe' bezeichnet; er hat gesagt, jede Regierungstätigkeit bedürfe einer festen Basis, die nie in Willkür, sondern nur in festen Grundsätzen bestehen könne. Der Kaiser hat gesagt, das Finanzwesen bedürfe einer Umgestaltung und die Rechenschaftsablegung müsse in Zukunft eine öffentliche sein", erzählte Bizkij, betonte dabei die einzelnen, im Wortlaut zitierten Ausdrücke, die der Kaiser gebraucht hatte, und riß die Augen mit vielsagender Miene weit auf.

„Ja, diese Sitzung heute war ein Ereignis, der Beginn einer neuen Ära, der größten Ära unserer Geschichte", schloß er seinen Bericht.

Fürst Andrej hatte mit solcher Ungeduld der Eröffnung des Reichsrates entgegengeharrt und ihr eine so hohe Bedeutung beigemessen; nun hörte er Bizkijs Erzählung an und wunderte sich, daß dieses Ereignis jetzt, da es Wirklichkeit geworden war, ihn nicht nur kalt ließ, sondern ihm sogar völlig bedeutungslos erscheinen wollte. Er hörte sich Bizkijs begeisterten Bericht mit leichter Ironie an. Was ihm dabei durch den Kopf ging, das war der einfachste Gedanke von der Welt, nämlich: „Was geht das mich und Bizkij an? Was geht es uns an, daß es dem Kaiser gefallen hat, sich im Reichsrat solcher Wendungen zu bedienen? Kann das mich vielleicht glücklicher und besser machen?"

Und dieser so einfache Gedankengang ertötete im Fürsten Andrej alles Interesse, das er früher dem ganzen Reformwerk entgegengebracht hatte. Fürst Andrej sollte an diesem Tage „en petit comité"[1], wie es bei der Einladung geheißen hatte, bei Speranskij speisen. Die Aussicht auf ein Diner im Familien- und Freundeskreise eines Mannes, den er so verehrte, hätte für den Fürsten Andrej noch vor kurzem etwas außerordentlich Reizvolles gehabt, um so mehr, als er noch nie Gelegenheit gehabt hatte, Speranskij in seiner Häuslichkeit zu sehen; jetzt aber war ihm plötzlich nichts mehr daran gelegen.

Trotzdem betrat Fürst Andrej um fünf Uhr mit einer kleinen Verspätung das nicht sehr große, beim Taurischen Garten gelegene Haus, das Speranskij gehörte und sich durch eine ungewöhnliche, fast klösterlich anmutende Sauberkeit auszeichnete. Im großen gepflegten Speisezimmer traf Fürst Andrej dieses „petit comité" von intimen Bekannten des Hausherrn bereits versammelt. Damen waren nicht dabei außer Speranskijs kleiner Tochter, die mit ihrem langen Gesicht an den Vater erinnerte, und ihrer Gouvernante. Die Gäste waren Gervais, Magnizkij und Stolypin.

Bereits im Vorzimmer hatte Fürst Andrej laute Stimmen und ein klangvolles, scharf akzentuiertes Lachen gehört, das an das Lachen auf der Bühne erinnerte. Eine Stimme, welche an die Speranskijs gemahnte, hatte ein deutliches „Ha-ha-ha!" hören lassen. Fürst Andrej hatte Speranskij noch nie lachen hören, und nun machte ihm das klangvolle, helle Lachen des Staatsmannes einen ganz eigenartigen Eindruck.

Als er das Speisezimmer betrat, stand die ganze Gesellschaft an einem kleinen, mit Vorspeisen besetzten Tisch zwischen zwei Fenstern. Speranskij stand mit aufgeräumter Miene mitten unter den Gästen am Tisch. Er trug einen grauen Frack mit einem Ordensstern und dazu offenbar noch dieselbe weiße Weste und dieselbe hohe weiße Halsbinde, die er in der denkwürdigen Reichsratssitzung angehabt hatte. Magnizkij erzählte, zu Michail Michailowitsch gewandt — so hieß Speranskij mit Vor- und Vatersnamen — eine Anekdote, Speranskij hörte ihm zu und lachte schon im voraus über die zu erwartende Pointe. Gerade in dem Augenblick, in welchem der Fürst Andrej eintrat, wurden Magnizkijs Worte wieder vom Gelächter verschlungen. Stolypin, der an einem Käsebrötchen kaute, lachte mit seiner dröhnenden Baßstimme, Gervais prustete gedämpft und zischend, und Speranskij ließ sein helles und scharf akzentuiertes Lachen hören.

Immer noch lachend, reichte Speranskij dem Fürsten Andrej seine zarte weiße Hand.

[1] In kleinem Kreise.

„Ich freue mich sehr, Sie zu sehen, Fürst", sagte er. „Einen Augenblick!" wandte er sich an Magnizkij, der nun in seiner Erzählung innehielt. „Wir haben uns darauf geeinigt, daß das Essen heute ein Vergnügen sein soll und daß kein Wort von geschäftlichen Angelegenheiten gesprochen werden darf." Und dann wandte er sich wieder dem Erzähler zu und lachte abermals.

Dieses Lachen und der Anblick des lachenden Speranskij verursachten dem Fürsten Andrej ein Gefühl des Staunens und schmerzlicher Enttäuschung, und es wollte ihm scheinen, als sei das gar nicht Speranskij, sondern ganz jemand anders. Alles, was ihm früher an Speranskij geheimnisvoll und anziehend erschienen war, lag nun klar und reizlos vor ihm.

Bei Tisch schwieg die Unterhaltung auch nicht einen Augenblick und bestand vorwiegend aus einer langen Reihe komischer Anekdoten. Magnizkij war kaum mit seiner Geschichte fertig, als sich bereits ein anderer anheischig machte, etwas noch Komischeres zu erzählen. Die Anekdoten bezogen sich zum größten Teil, wenn auch nicht auf amtliche Einrichtungen, so doch auf die amtlichen Personen. Es war, als stünde für diese Gesellschaft die völlige Untauglichkeit dieser Personen so unumstößlich fest, daß es für das Verhalten ihnen gegenüber einfach gar keine andere Möglichkeit gab als die einer gutmütigen Ironie. Speranskij erzählte, wie heute morgen im Reichsrat ein schwerhöriger Würdenträger, nach seiner Meinung gefragt, aufs Geratewohl geantwortet habe, er sei durchaus derselben Meinung. Gervais erzählte eine lange Geschichte von einer Revision, bei welcher sich die Torheit der Revidierenden wirklich in einem erstaunlichen Lichte gezeigt hatte. Stolypin mischte sich stotternd ein und begann sich nicht ohne Heftigkeit über die Mißstände auszulassen, die vor Durchführung der Reformen im Schwunge gewesen waren. Das Gespräch drohte nun einen ernsthaften Charakter anzunehmen, aber Magnizkij begann sich über Stolypins Heftigkeit lustig zu machen, Gervais warf ein Scherzwort dazwischen, und so fand die Unterhaltung zu ihrer vorherigen Heiterkeit zurück.

Speranskij liebte es offenbar, sich in einem vertrauten Freundeskreise von der Arbeit zu erholen und harmlos vergnügt zu sein, und seine Gäste wußten das und suchten ihn und damit auch sich selbst zu amüsieren. Für den Fürsten Andrej aber hatte diese Art von Lustigkeit etwas Drückendes und Erzwungenes. Speranskijs helle Stimme klang ihm unangenehm in den Ohren, und das ununterbrochene Gelächter, dessen Unechtheit er herauszuhören glaubte, verletzte sein Gefühl. Fürst Andrej selbst lachte nicht und fürchtete mit seinem Ernst auf der Gesellschaft zu lasten, aber niemand nahm seine so gänzlich andere Stimmung wahr, und alle schienen überaus vergnügt.

Einige Male versuchte er ins Gespräch einzugreifen, aber was er sagte, das blieb wie der Kork auf dem Wasser an der Oberfläche und gelangte nicht bis ins eigentliche Gespräch hinein, und auf den scherzhaften Ton der übrigen einzugehen, vermochte er nicht.

In dem, was vorgebracht wurde, lag durchaus nichts Schlimmes oder Ungehöriges, es war im Gegenteil geistreich und konnte als komisch gelten; aber doch fehlte irgend etwas und gerade das, was das Salz der Heiterkeit darstellt, und es war sogar, als wüßten sie gar nicht, daß es so etwas überhaupt gibt.

Nach dem Essen standen Speranskijs Tochter und die Gouvernante auf. Speranskij streichelte das Kind mit seiner weißen Hand und gab ihm einen Kuß. Aber für das Gefühl des Fürsten Andrej hatte auch diese Gebärde etwas Unnatürliches.

Die Männer blieben nach englischer Sitte noch am Tisch sitzen und tranken Portwein. Das Gespräch kam auf Napoleons militärische Unternehmungen in Spanien, die von allen einmütig gebilligt wurden; allein hier begann Fürst Andrej ihnen zu widersprechen. Speranskij lächelte und erzählte in dem offensichtlichen Wunsche, dem Gespräch eine andere Wendung zu geben, eine Anekdote, die zu diesem Thema in gar keiner Beziehung stand. Für einige Augenblicke waren alle still.

Man hatte noch eine Zeitlang am Tisch gesessen, als Speranskij die Weinflasche zukorkte, sie mit den Worten „Heutzutage muß man mit einem guten Weinchen behutsam umgehen" dem Diener gab und aufstand. Alle erhoben sich und gingen unter lebhaftem Geplauder in den Salon. Speranskij wurden jetzt zwei von einem Kurier abgegebene Kuverts überreicht, mit denen er in sein Kabinett ging. Kaum war er draußen, als die allgemeine Heiterkeit verstummte und die Gäste verständig und ruhig miteinander zu reden begannen.

„Na, jetzt ein kleiner Vortrag!" sagte Speranskij, als er aus seinem Kabinett zurückkehrte. „Er hat nämlich ein ganz erstaunliches Talent", fügte er, zum Fürsten Andrej gewandt, hinzu. Sofort warf Magnizkij sich in Positur und rezitierte einige scherzhafte französische Verse, die er auf einige bekannte Petersburger Persönlichkeiten gemacht hatte. Mehrere Male wurde er von den Beifallsäußerungen der Zuhörer unterbrochen. Als er fertig war, trat Fürst Andrej auf Speranskij zu, um sich zu verabschieden.

„Wohin wollen Sie denn so früh?" fragte Speranskij.

„Ich muß noch zu einer Soiree . . ."

Beide sahen sich einen Augenblick lang schweigend an. Fürst Andrej blickte aus nächster Nähe in diese spiegelgleichen, jeden tieferen Einblick verwehrenden Augen, und es kam ihm komisch vor, daß er von Speranskij und von seiner eigenen, mit Speranskij zusammenhängenden Tätigkeit etwas hatte erwarten und dem, was Speranskij tat, überhaupt hatte Bedeutung beimessen können. Speranskijs pedantisches und im Grunde doch unfrohes Lachen klang ihm noch lange, nachdem er Speranskijs Haus verlassen hatte, in den Ohren.

Zu Hause angelangt, begann Fürst Andrej sein ganzes Leben während dieser vier Petersburger Monate zu überdenken, als sei es für ihn etwas völlig Neues. Er dachte an alles, was er gewollt und mit soviel Eifer in die Tat umzusetzen gesucht hatte, er dachte an das Geschick seines Entwurfes für ein neues Militärreglement, den man zur Kenntnis genommen und alsdann totgeschwiegen hatte, einzig und allein aus dem Grunde, daß bereits eine andere derartige Arbeit, die nichts taugte, fertiggestellt und dem Kaiser vorgelegt worden war. Er dachte an die Sitzungen eines der Komitees, dem auch Berg angehörte; er dachte daran, wie sorgfältig und eingehend in diesen Sitzungen alles behandelt worden war, was die Formen und die Geschäftsordnung der Komiteesitzungen betraf, und wie kurz man sich mit allem gefaßt hatte, was den Kern der Sache anging. Er dachte an seine gesetzgeberische Arbeit, dachte daran, wie eifrig er die einzelnen Artikel der römischen und französischen Gesetzbücher ins Russische übertragen hatte, und er begann sich zu schämen. Dann fiel ihm Bogutscharowo ein, seine Tätigkeit auf dem Lande und seine Reise nach Rjasan, er dachte an seine Bauern, an den Dorfältesten Dron, stellte neben alle diese Menschen das Personenrecht, das er in Paragraphen eingeteilt hatte, und wunderte sich selbst darüber, daß er eine so lange Zeit mit einer so müßigen Arbeit hatte hinbringen können.

XIX

Am folgenden Tage machte Fürst Andrej Besuche bei verschiedenen Familien, die er bisher noch nicht aufgesucht hatte, darunter auch bei Rostows, deren Bekanntschaft er auf dem letzten Ball erneuert hatte. Ganz abgesehen davon, daß die Gesetze der Höflichkeit diesen Besuch von ihm verlangten, verspürte Fürst Andrej die Neigung, zu sehen, wie dieses eigenartige springlebendige Mädchen, das ihm eine so angenehme Erinnerung hinterlassen hatte, sich zu Haus ausnehmen würde.

Natascha begrüßte den Fürsten Andrej kurze Zeit, nachdem er in den Salon gekommen war. Sie hatte ein blaues Hauskleid an, in welchem sie ihm noch schöner vorkam als im Ballkostüm. Sie und die ganze Rostowsche Familie empfingen ihn so schlicht und freudig wie einen alten Freund. Die ganze Familie, über die er früher wohl etwas streng geurteilt hatte, erschien ihm jetzt aus lauter guten angenehmen, natürlichen Menschen zusammengesetzt. Die Gastfreundschaft und ungekünstelte Herzlichkeit des alten Grafen, die in Petersburg ganz besonders auffallen mußten, machten dem Fürsten Andrej einen solchen Eindruck, daß er die Aufforderung, doch zum Mittagessen dazubleiben, nicht abschlagen konnte. „Ja", dachte Bolkonskij, „das sind prächtige Menschen. Sie haben zwar keinen Schimmer davon, was für einen Schatz sie an Natascha besitzen, aber es sind prächtige Menschen, und sie geben einen guten Hintergrund ab für dieses entzückende, eigenartige, lebenssprühende Mädchen!"

Fürst Andrej fühlte in Natascha eine Welt, die ihm gänzlich fremd war, eine ganz eigenartige Welt, angefüllt mit Freuden, die ihm unbekannt geblieben waren, eben jene Welt, über die er sich in der Allee von Otradnoje und dann am Fenster in der Mondnacht den Kopf zerbrochen hatte. Aber jetzt zerbrach er sich über diese Welt nicht mehr den Kopf, wenn sie ihm auch fremd blieb; dann aber gewann er doch einen Zugang zu ihr und fand hier auch für sich neue Freudenquellen.

Auf Bitten des Fürsten Andrej ging Natascha nach dem Essen ans Klavier und begann zu singen. Fürst Andrej stand im Geplauder mit den anderen Damen am Fenster und hörte dabei ihrem Gesang zu. Plötzlich verstummte er mitten in einem Satz: er fühlte, wie ihm ein Schluchzen die Kehle hinaufsteigen wollte, was er früher nie für möglich gehalten hätte. Er sah auf die singende Natascha, und in seiner Seele geschah etwas völlig Neues und Beglückendes. Er war glücklich und traurig zugleich. Er hatte tatsächlich nicht den geringsten Anlaß zu weinen und war doch nahe daran. Um was? Um seine einstige Liebe? Um die kleine Fürstin? Um alle Enttäuschungen, die er erlebt hatte? Um die Hoffnungen, die er für seine Zukunft hegte? ... Es war das alles, und war es doch nicht. Was ihn am meisten den Tränen nahegebracht hatte, das war das plötzliche, lebendige Bewußtwerden eines ihn erschreckenden Gegensatzes zwischen etwas unendlich Großem und Unbegrenztem, das in seinem Inneren lebte, und etwas Beengtem und Körperlichem, das zugleich er selbst war und als das er sogar Natascha empfand. Dieser Gegensatz war es, was ihn während ihres Gesanges traurig und freudig zugleich stimmte.

Sobald Natascha mit ihrem Gesang fertig war, kam sie auf ihn zu und fragte ihn, wie ihm ihre Stimme gefallen habe. Kaum hatte sie diese Frage ausgesprochen, als sie auch schon sehr verlegen wurde, weil es ihr zum Bewußtsein kam, daß sie diese Frage nicht hätte stellen dürfen. Er sah sie lächelnd an und sagte, ihr Singen gefalle ihm ebensogut wie alles andere, was sie tue.

Erst abends spät verabschiedete sich der Fürst von Rostows. Er ging zu Bett, wie er es zu tun pflegte, aber er merkte bald, daß er nicht schlafen konnte. Er zündete das Nachtlicht an, saß bald aufrecht im Bett, stand bald wieder auf, legte sich wieder hin, ohne sich auch nur im geringsten über seine Schlaflosigkeit zu ärgern — ein so neuartiges Gefühl von Freude war in seiner Seele wachgeworden, es war, als sei er aus einem dumpfen Zimmer in Gottes freie Welt hinausgetreten. Er kam gar nicht auf den Gedanken, er könne in die kleine Rostowa verliebt sein; er dachte eigentlich überhaupt nicht an sie, er sah sie bildhaft vor sich, und nun erschien ihm sein ganzes Leben in einem neuen Licht. „Warum quäle und winde ich mich denn nur in diesem engen, starrgeschlossenen Rahmen, während doch das Leben, das ganze Leben mit allen seinen Freuden offen vor mir liegt?" fragte er sich. Und zum ersten Male seit langer Zeit begann er glückliche Zukunftspläne zu schmieden. Er wurde sich darüber klar, daß er etwas für die Erziehung seines Sohnes tun müsse; er beschloß, ihm einen Erzieher zu suchen, dessen Händen er ihn anvertrauen könne; dann wollte er seinen Abschied nehmen und ins Ausland reisen, wollte England, die Schweiz und Italien kennenlernen. „Ich muß von meiner Freiheit Gebrauch machen, solange ich noch so viel Kraft und Jugend in mir fühle", sagte er sich. „Pierre hatte ja so recht, als er sagte, um glücklich zu sein, müsse man an die Möglichkeit des Glücks glauben, und jetzt glaube ich daran. Mögen die Toten ihre Toten begraben, aber solange man lebt, soll man auch leben und glücklich sein."

XX

Eines Morgens erschien der Oberst Adolf Berg bei Pierre, mit dem er bekannt war, wie er eben mit allen Leuten in Moskau und Petersburg bekannt war. Berg hatte eine funkelnagelneue Uniform an, und seine pomadisierten Haare waren an den Schläfen nach vorn gekämmt, genauso wie beim Kaiser Alexander Pawlowitsch.

„Ich komme gerade von der Gräfin, Ihrer Gattin, und hatte dort das Unglück, eine Fehlbitte zu tun. Hoffentlich habe ich bei Ihnen mehr Glück, Graf", sagte er lächelnd.

„Womit kann ich Ihnen dienen, Oberst? Ich stehe ganz zu Ihrer Verfügung."

„Ich bin jetzt in meiner neuen Wohnung vollständig eingerichtet, Graf", berichtete Berg, offenbar überzeugt, daß er mit dieser Mitteilung jedem Zuhörer eine besondere Freude mache, „und darum möchte ich gern für meine Bekannten und die meiner Frau eine kleine Soiree arrangieren." Er lächelte noch liebenswürdiger. „Ich wollte die Gräfin und Sie bitten, uns zu einer Tasse Tee und zum Abendessen die Ehre zu geben."

Nur die Gräfin Jelena Wassiljewna, die im Umgang mit Leuten wie Berg ein Sichwegwerfen an eine niedrigere Sphäre sah, konnte grausam genug sein, um eine solche Einladung abzulehnen. Berg setzte mit der größten Offenheit auseinander, warum er eine kleine, aber ausgesuchte Gesellschaft bei sich zu haben wünschte und warum er sich über eine Annahme seiner Einladung so freuen würde und warum er bereit sei, für eine solche Art Geselligkeit auch materielle Opfer zu bringen, während ihm sein Geld für Kartenspiel und ähnliche Dummheiten zu schade sei, daß Pierre sich außerstande fühlte, seine Einladung abzulehnen, und also zusagte.

„Nur bitte nicht zu spät, Graf, wenn ich es wagen darf, diese Bitte auszusprechen, vielleicht um zehn Minuten vor acht, wenn ich darum bitten darf. Wir machen eine Kartenpartie, unser General wird auch dasein. Er ist mir sehr wohlgesinnt. Und dann essen wir ein bißchen zu Abend, Graf. Also seien Sie so gut!"

Während er sonst gewohnt war, sich zu verspäten, stellte Pierre sich an dem bezeichneten Tage statt um zehn Minuten vor acht bereits um dreiviertel acht bei Bergs ein.

Das Ehepaar Berg hatte bereits alle nötigen Anordnungen getroffen und war zum Empfang der Gäste bereit.

Berg saß neben seiner Frau in dem neuen, sauberen, hell erleuchteten, mit Büsten und Bildern geschmückten, mit neuen Möbeln eingerichteten Kabinett in seiner bis oben zugeknöpften Uniform und setzte Wera gerade auseinander, man könne und dürfe nur mit Menschen verkehren, die über einem ständen, denn nur von solchem Verkehr könne man wirklich etwas haben. „Bei solchem Verkehr kann man sich manches aneignen, was einem zustatten kommt, und man kann solche Leute dann auch gelegentlich um eine Gefälligkeit angehen. Sieh mich an, ich habe es von den untersten Rangstufen an so gehalten." Berg zählte sein Leben nicht nach Jahren, sondern nach den einzelnen Beförderungen, die ihm zuteil geworden waren. „Meine Kameraden von früher haben es zu nichts gebracht, und ich bin schon stellvertretender Regimentskommandeur und habe das Glück, mit dir verheiratet zu sein." Er stand auf und küßte Wera die Hand, strich aber erst den Teppich glatt, dessen eine Ecke sich umgeschlagen hatte. „Und wodurch habe ich das alles erreicht? Vor allen Dingen dadurch, daß ich mir meinen Verkehr richtig auszusuchen gewußt habe. Daß man auch charakterfest und akkurat sein muß, versteht sich ja von selbst."

Berg lächelte im Bewußtsein seiner Überlegenheit über ein schwaches Weib und verstummte, weil er sich sagte, daß seine liebe Frau trotz allem eben nur ein schwaches Weib sei, das doch nicht recht erfassen könne, worauf es bei einem Mann ankomme und was seinen Wert ausmache. Und zugleich lächelte auch Wera im Bewußtsein ihrer Überlegenheit über ihren guten, braven Mann, der aber ihrer Meinung nach ebenso wie alle Männer ein schiefes Bild vom Leben hatte. Berg ging von seiner Frau aus und hielt alle Frauen für schwach und töricht. Wera ging von ihrem Mann aus, übertrug, was sie an ihm beobachtet hatte, auf die Gesamtheit der Männer und glaubte daher, alle Männer hielten nur sich selbst für klug, begriffen dabei aber doch so gut wie nichts und seien hochmütig und selbstsüchtig.

Berg erhob sich, umarmte seine Frau, jedoch mit Vorsicht, um ihr nicht die Spitzenpelerine zu zerdrücken, die ihn so viel Geld gekostet hatte, und küßte sie mitten auf die Lippen.

„Mir liegt nur an dem einen, daß wir nicht zu bald Kinder bekommen", sagte er auf Grund einer Ideenassoziation, die ihm selbst nicht zum Bewußtsein kam.

„Ja", antwortete Wera, „Kinder wünsche ich mir überhaupt nicht. Man muß doch für die Gesellschaft leben."

„Genau dieselbe hatte auch die Fürstin Jussupowa", meinte Berg und deutete mit einem glücklichen und gutmütigen Lächeln auf die Pelerine seiner Frau.

In diesem Augenblick wurde Graf Besuchow gemeldet. Beide Ehegatten wechselten einen Blick lächelnder Selbstzufriedenheit, denn jeder von ihnen glaubte, die Ehre dieses Besuches auf seine Rechnung setzen zu dürfen.

„Ja, ja, so etwas erreicht man eben, wenn man es versteht, die richtigen Bekanntschaften zu machen, und wenn man etwas auf sich hält", dachte Berg.

„Nur unterbrich mich bitte nicht immer, wenn ich die Gäste unterhalte", sagte Wera. „Ich weiß schon, womit man jeden am besten unterhält und was für Gesprächsthemen für die und die Gruppierungen passen."

„Ganz so geht die Sache doch nicht", antwortete er, „wenn Männer dabei sind, muß es dazwischen auch ein Männergespräch geben."

Pierre wurde im neuen Salon empfangen, in welchem man sich nirgends hinsetzen konnte, ohne die Symmetrie, Sauberkeit und Ordnung zu stören, und daher war es durchaus verständlich und keineswegs sonderbar, daß Berg zwar in seiner Großmut nichts dagegen hatte, um eines so verehrten Gastes willen die Symmetrie der Sessel oder des Sofas zu zerstören, die Entscheidung dieser Frage jedoch angesichts seiner eigenen qualvollen Unentschlossenheit dem Ermessen des Gastes überließ. Pierre entschied sich also für Zerstörung der Symmetrie, indem er sich einen Stuhl heranrückte, und nun eröffneten Berg und Wera ungesäumt ihre Soiree, indem sie sowohl den Gast zu unterhalten als auch einander zu unterbrechen begannen.

Wera war mit ihrem Verstande zu Rate gegangen und zu dem Ergebnis gelangt, Pierre müsse mit einem Gespräch über die französische Gesandtschaft unterhalten werden; also fing sie sofort von der französischen Gesandtschaft an. Berg dagegen fand, daß auch ein Männergespräch vonnöten sei, und unterbrach demnach seine Frau mit einem Hinweis auf die Möglichkeit eines Krieges mit Österreich, sprang von einer allgemeinen Erörterung dieses Themas unwillkürlich auf die Anerbietungen über, die man ihm persönlich für eine etwaige Teilnahme an einem solchen Feldzuge gemacht hatte, und entwickelte weiterhin die Gründe, aus denen er diese Anerbietungen abgelehnt hatte. Obwohl nun die Unterhaltung nicht sehr glücklich vonstatten ging und Wera sich darüber ärgerte, daß ihr Mann richtig ein „Männergespräch" eingeschmuggelt hatte, empfanden die Gatten doch mit Genugtuung, daß, obwohl erst ein einziger Gast zur Stelle war, die „Soiree" doch einen durchaus zufriedenstellenden Anfang genommen hatte und jeder andern Soiree mit Geplauder, Tee und Kerzenlicht glich wie ein Wassertropfen dem andern.

Bald darauf erschien Boris, Bergs alter Kamerad. In seinem Benehmen gegen Berg und Wera lag eine Note von gönnerhafter Überlegenheit. Nach Boris kam eine Dame mit einem Obersten, darauf der General in eigener Person, dann traten Rostows ein, und nun konnte es überhaupt keinen Zweifel mehr geben, daß die Soiree verlaufen würde wie alle anderen Soireen auch. Berg und Wera konnten angesichts des Hin und Hers im Salon, des durcheinanderwogenden Stimmengewirrs, des Kleidergeraschels und der vielen Verbeugungen ein freudiges Lächeln nicht unterdrücken. Alles war genauso wie bei den Soireen, welche die anderen gaben; es gab sogar den vorschriftsmäßigen Ehren- und Renommiergast in der Person des Generals, der auch genau das tat, was er zu tun hatte: er lobte die Wohnung, klopfte Berg auf die Schulter und leitete mit väterlicher Selbstherrlichkeit die Aufstellung des Bostontisches. Der General nahm neben dem Grafen Ilja Andrejewitsch als dem nächst ihm vornehmsten Gast Platz. Die Alten saßen zusammen, die Jugend saß zusammen, die Hausfrau waltete ihres Amtes am Teetisch, und auf dem Teetisch stand in einem silbernen Körbchen genau das gleiche Backwerk, das es unlängst auf der Soiree bei Panins gegeben hatte — kurz, alles war genauso wie bei allen anderen Leuten.

XXI

Pierre mußte sich als einer der respektabelsten Gäste mit Ilja Andrejewitsch, dem General und dem Obersten zum Boston zusammensetzen. Es traf sich, daß er Natascha von seinem Platze aus sehen konnte, und es fiel ihm auf, daß sie sich seit dem Balle merkwürdig verändert hatte. Sie war schweigsam und nicht mehr so schön wie damals auf dem Balle, ja, sie hätte sogar geradezu häßlich ausgesehen, wenn ihr Gesicht nicht eine solche Sanftheit und eine solche Gelassenheit gegenüber allen Eindrücken der Außenwelt widergespiegelt hätte.

„Was hat sie nur?" dachte Pierre, während er den Blick auf ihr ruhen ließ. Sie saß neben ihrer Schwester am Teetisch und gab Boris, der sich zu ihr gesetzt hatte, eine lustlose Antwort auf irgendeine Frage.

Pierre spielte einen Trumpf nach dem andern aus und machte zum größten Vergnügen seines Partners fünf Stiche. Dann hörte er Schritte und Begrüßungsworte; und offenbar war ein neuer Gast eingetreten. Pierre richtete, während er seine Stiche zusammenlegte, seinen Blick wieder auf Natascha.

„Was hat sie nur?" fragte er sich jetzt, noch verwunderter als zuvor.

Vor ihr stand Fürst Andrej mit einem Ausdruck von zarter Behutsamkeit und sagte irgend etwas zu ihr. Sie hatte den Kopf ein wenig zurückgelegt und sah ihn an, über und über rot geworden und sichtlich bemüht, ihren erregten Atem zu ruhigem Gang zu zwingen. Von neuem strahlte aus ihrem Gesicht der helle Widerschein eines inneren Feuers, das bereits fast erloschen gewesen war. Sie war völlig verwandelt: sie war jetzt nicht mehr häßlich, sie war wieder dieselbe, die sie auf dem Balle gewesen war.

Fürst Andrej trat zu Pierre, und Pierre gewahrte im Gesicht seines Freundes einen ganz neuen, jugendlichen Ausdruck.

„Zwischen diesen beiden geht etwas Schwerwiegendes vor", dachte Pierre, und ein freudiges und zugleich bitteres Gefühl ließ ihn ganz erregt werden und sein eigenes Leid vergessen.

Nach dem sechsten Robber stand der General auf und erklärte, so könne man doch nicht spielen. Nun war Pierre erlöst. Auf der einen Seite des Teetisches plauderte Natascha mit Sonja und Boris, auf der andern unterhielt sich Wera, ein feines Lächeln auf den Lippen, mit dem Fürsten Andrej. Pierre gesellte sich zu seinem Freunde und setzte sich zu den beiden, nachdem er sich erkundigt hatte, ob auch keine Heimlichkeiten behandelt würden. Wera hatte wohl bemerkt, daß Fürst Andrej Natascha eine ganz besondere Aufmerksamkeit widmete; sie war der Meinung, zu einer Soiree, einer richtigen Soiree, gehörten unter allen Umständen auch feine Anspielungen auf zarte Gefühle, und so hatte sie sich einen Augenblick zunutze gemacht, in welchem Fürst Andrej mit niemand anders plauderte, und hatte begonnen, sich mit ihm über Gefühle im allgemeinen und die ihrer Schwester im besonderen zu unterhalten. Einem so klugen Gast gegenüber, wie Fürst Andrej es in ihren Augen war, hatte sie ihre ganze diplomatische Kunst zu Hilfe nehmen zu müssen geglaubt.

Als Pierre sich zu ihnen gesellte, fiel es ihm auf, daß Wera überaus munter darauflosredete und sich an ihrer eigenen Unterhaltungsgabe berauschte, während Fürst Andrej einen geradezu verlegenen Eindruck machte, was bei ihm selten der Fall war.

„Wie denken Sie darüber, Fürst?" fragte Wera mit einem feinen Lächeln. „Sie sind doch so ein scharfsinniger Denker und erfassen jeden Charakter auf den ersten Blick. Wie denken Sie über Nathalie: kann sie in ihren Neigungen beständig sein, kann sie wie andere Frauen" – Wera meinte sich selbst – „einem Menschen, den sie einmal liebgewonnen hat, für immer Treue halten? Das ist nämlich nach meiner Auffassung die wahre Liebe. Wie denken Sie darüber, Fürst?"

„Ich kenne Ihre Schwester zu wenig", erwiderte Fürst Andrej mit einem spöttischen Lächeln, hinter dem er seine Verlegenheit zu verbergen suchte, „als daß ich eine so knifflige Frage entscheiden könnte. Und dann habe ich auch die Wahrnehmung gemacht, daß eine Frau um so beständiger ist, je weniger sie gefällt", setzte er hinzu und sah Pierre an, der sich gerade in diesem Augenblick zu ihnen gesellt hatte.

„Ja, das stimmt, Fürst", fuhr Wera fort. „Heutzutage" – sie brauchte dieses Wort, wie beschränkte Menschen es gern brauchen, nämlich in dem Glauben, ihr feiner kritischer Verstand habe die besonderen Eigentümlichkeiten ihrer Zeit herausgefunden und die Menschheit habe in jedem einzelnen Zeitalter ihre besonderen, von denen anderer Zeiten verschiedenen Eigenschaften – „heutzutage hat ein junges Mädchen so viel Freiheit, daß le plaisir d'être courtisée oft die wahre Empfindungsfähigkeit in ihr erstickt. Et Nathalie, il faut l'avouer, y est très sensible."[1]

Fürst Andrej runzelte wieder unwillig die Stirn, als Wera auf Natascha zurückkam; er wollte sich erheben, aber Wera fuhr mit einem noch feineren Lächeln fort:

„Ich glaube, kein anderes junges Mädchen ist so courtisée gewesen wie Natascha", meinte sie, „aber bis auf den heutigen Tag hat ihr noch keiner wirklich zugesagt." Sie wandte sich an Pierre: „Sie wissen da ja auch Bescheid, Graf, nicht einmal unser lieber

[1] Das Vergnügen, umschwärmt zu sein ... und Natalie ist in dieser Hinsicht, das muß man zugeben, sehr empfänglich.

Cousin Boris hat das fertiggebracht, obwohl er doch, entre nous, wirklich sehr dans le pays du tendre[1] war . . ."

Fürst Andrej machte ein mißmutiges Gesicht und schwieg.

„Sind Sie nicht auch mit Boris befreundet?" fragte Wera.

„Ja, ich kenne ihn."

„Da hat er Ihnen doch sicher auch von seiner Kinderliebe zu Natascha erzählt?"

„Hat es denn da so eine Kinderliebe gegeben?" fragte plötzlich, rot geworden, Fürst Andrej.

„Ja. Vous savez entre cousin et cousine cette intimité mène quelquefois à l'amour: le cousinage est un dangereux voisinage. N'est-ce pas?"[2]

„Oh, gewiß", sagte Fürst Andrej und begann dann plötzlich Pierre mit gewaltsamer Munterkeit zu necken; er solle im Verkehr mit seinen fünfzigjährigen Moskauer Cousinen doch nur ja vorsichtig sein. Dann aber brach er mitten in diesem scherzhaften Gespräch ab, stand auf, ergriff Pierre am Arm und zog ihn mit sich auf die Seite.

„Was hast du?" fragte Pierre, der verwundert die sonderbare Munterkeit seines Freundes wahrgenommen und auch den Blick beobachtet hatte, den dieser beim Aufstehen auf Natascha geworfen hatte.

„Ich muß dich sprechen, ich muß dich unbedingt sprechen", sagte Fürst Andrej. „Du weißt, was es mit unseren Frauenhandschuhen auf sich hat." Er meinte die Handschuhe, die bei den Freimaurern jedem neu aufgenommenen Bruder zur Weitergabe an die geliebte Frau eingehändigt werden. „Ich . . . Aber nein, ich erzähle dir das ein andermal . . ."

Und dann ging Fürst Andrej mit einem seltsamen Glanze in den Augen und einer merkwürdigen Unruhe in seinen Bewegungen zu Natascha und setzte sich neben sie. Pierre gewahrte, daß er eine Frage an sie richtete und daß sie ihm errötend antwortete.

Allein in diesem Augenblick kam Berg zu Pierre und bat ihn dringend, sich an einem zwischen dem General und dem Obersten entstandenen Meinungsaustausch über den spanischen Feldzug zu beteiligen.

Berg war zufrieden und glücklich. Das freudige Lächeln wich nicht von seinem Gesicht. Die Soiree war durchaus gelungen und glich auf ein Haar allen anderen Soireen, an denen er teilgenommen hatte. Alles war, wie es da gewesen war: das Geplauder der Damen, der Kartentisch und hinter ihm der General mit seiner herausfordernden

[1] . . . der, unter uns gesagt, sehr viel für Zärtlichkeiten übrig hat.

[2] Sie wissen wohl, zwischen Vetter und Kusine führt diese Vertrautheit manchmal zur Liebe. Vetternschaft — gefährliche Nachbarschaft. Nicht wahr?

Stimme und der Samowar und das Gebäck; nur eins fehlte noch, etwas, das es auf allen jenen Soireen gegeben hatte, die er nachzuahmen suchte: es fehlte noch ein geräuschvoller Meinungsaustausch unter den Männern, und zwar mußte es einen Streit über irgendeinen wichtigen Gegenstand geben, der zu klugen Bemerkungen Anlaß bot. Nun hatte der General einen solchen Meinungsaustausch hervorgerufen, und nun wollte Berg auch Pierre mit dazuziehen.

XXII

Am folgenden Tage fuhr Fürst Andrej, einer Einladung des Grafen Ilja Andrejewitsch folgend, zum Mittagessen zu Rostows und verbrachte hier auch die übrigen Stunden des Tages.

Alle im Hause hatten ein Gefühl dafür, um wessen willen Fürst Andrej kam, und er selbst machte auch gar keinen Hehl daraus und suchte den ganzen Tag an Nataschas Seite zu bleiben. Nicht nur über Nataschas erschrockener, dabei aber glücklicher und hingerissener Seele, sondern über dem ganzen Hause lag das bängliche Vorgefühl eines großen, immer näherkommenden Geschehnisses. Die Gräfin sah den Fürsten Andrej aus traurigen und sehr ernsten Augen an, wenn er mit Natascha sprach, und begann schüchtern und gezwungen über einen gleichgültigen Gegenstand zu reden, sobald er sich ihr zuwandte. Sonja fürchtete sich, Natascha allein zu lassen, und fürchtete gleichzeitig auch, ihre Gegenwart könne als störend empfunden werden. Natascha wurde ganz blaß vor lauter Bangen und Erwartung, sobald sie ein paar Minuten lang mit ihm allein zusammen war. Seine Schüchternheit machte sie ganz betroffen. Sie merkte, daß er das Bedürfnis fühlte, ihr etwas zu sagen, und sich doch nicht dazu entschließen konnte.

Abends, als Fürst Andrej nach Hause gefahren war, kam die Gräfin zu Natascha und fragte halblaut:

„Nun, wie steht es?"

„Um Gottes willen, Mama, fragen Sie mich jetzt nichts. Man kann nicht darüber sprechen", antwortete Natascha.

Trotzdem lag Natascha an diesem Abend halb aufgeregt, halb verschüchtert, mit starren Augen lange Zeit bei der Mutter im Bett. Sie erzählte von den Schmeicheleien, die er ihr gesagt hatte; dann habe er geäußert, er wolle ins Ausland reisen, und sie gefragt, wo die Familie Rostow ihren Sommer verbringen würde, und sich dann nach Boris bei ihr erkundigt.

„Aber so wie jetzt ... so ist mir noch nie ums Herz gewesen!" sagte sie. „Wenn ich mit ihm zusammen bin, dann habe ich Angst, immer, immer, wenn er da ist — was bedeutet das? Bedeutet das, daß es jetzt das Richtige ist? Ja? Mama, schlafen Sie?"

„Nein, mein Liebstes, ich habe selbst Angst", antwortete die Mutter. „Geh jetzt!"

„Ach, ich kann ja doch nicht schlafen. Schlafen — daran ist ja gar nicht zu denken! Mamachen, Mamachen, so ist mir noch nie ums Herz gewesen", sagte sie, selber erstaunt und erschrocken über das Gefühl, das sie in ihrem Inneren lebendig spürte. „Wer hätte das denken können!"

Natascha war es, als habe sie den Fürsten Andrej schon damals in Otradnoje liebgewonnen, als sie ihn zum erstenmal sah. Sie erschrak fast über dieses seltsame, überraschende Glück, daß der Mann, auf den damals ihre Wahl gefallen war — denn davon war sie fest überzeugt —, dieser selbe Mann ihr jetzt wieder begegnet war und sie ihm auch nicht gleichgültig geblieben zu sein schien.

„Daß er gerade jetzt nach Petersburg kommen mußte, während wir hier sind! Und daß er uns gerade auf diesem Ball begegnen mußte! Das alles ist Schicksal. Es ist ganz klar, das ist Schicksal, alles mußte gerade so kommen. Kaum hatte ich ihn zum erstenmal gesehen, da hatte ich gleich so ein sonderbares Gefühl."

„Was hat er denn sonst noch zu dir gesagt? Was waren das für Verse? Lies sie mir doch vor", sagte die Mutter nachdenklich. Sie meinte die Verse, die Fürst Andrej Natascha ins Album geschrieben hatte.

„Mama, ist nicht etwas Peinliches dabei, weil er doch Witwer ist?"

„Unsinn, Natascha. Bete zu Gott. Les mariages se font dans les cieux." [1]

„Ach, mein goldenes Mamachen, ich habe Sie ja so schrecklich lieb, und ich bin ja so glücklich!" rief Natascha, umarmte die Mutter und weinte dazu vor lauter Glück und Aufregung.

Zur gleichen Zeit saß Fürst Andrej bei Pierre und erzählte ihm von seiner Liebe zu Natascha und von seinem festen Entschluß, sie zu seiner Frau zu machen.

*

An diesem Tage fand bei der Gräfin Jelena Wassiljewna ein Rout statt. Anwesend waren der französische Gesandte, der Prinz, der seit kurzer Zeit ein häufiger Gast im Hause der Gräfin war, und viele glänzende Damen und Herren. Pierre war unten, schlenderte durch die Säle und fiel allen Gästen durch sein in sich gekehrtes, zerstreutes und finsteres Wesen auf.

Pierre fühlte seit dem Balle wieder einen Anfall von Hypochondrie sich vorbereiten, dem er mit verzweifelter Anstrengung zu wehren

[1] Ehen werden im Himmel geschlossen.

trachtete. Nachdem der Prinz begonnen hatte, sich der Gräfin zu nähern, war Pierre überraschend zum Kammerherrn ernannt worden, und seitdem fühlte er sich in Gesellschaft bedrückt und mit der Empfindung von etwas Schmählichem belastet, und die alten düsteren Gedanken von der Nichtigkeit alles Menschlichen gingen ihm jetzt immer häufiger wieder durch den Kopf. In der nämlichen Zeit gewahrte er das Entstehen einer Neigung zwischen seiner protégée Natascha und dem Fürsten Andrej, und das brachte ihm so recht den Gegensatz zwischen seiner eigenen Lage und der des Freundes zum Bewußtsein und verdüsterte seine Stimmung noch mehr. Und ebenso wie er den Gedanken an seine Frau zurückzudrängen suchte, so tat er es auch mit dem Gedanken an Natascha und den Fürsten Andrej. Wieder erschien ihm alles nichtig im Vergleich zur Ewigkeit, wieder drängte sich ihm die Frage auf: „Wozu?" Und wieder mühte er sich tage- und nächtelang gewaltsam mit maurerischen Arbeiten ab, um so des herannahenden bösen Geistes Herr zu werden.

Um zwölf Uhr hatte Pierre sich aus den Gemächern der Gräfin zurückgezogen und saß nun in seinem abgetragenen Schlafrock in dem niedrigen, verräucherten Zimmer bei sich im Oberstock am Tisch und kopierte gerade schottische Originalakten, als jemand zu ihm hereinkam. Es war Fürst Andrej.

„Ah, Sie sind es", sagte Pierre zerstreut und verdrießlich, „ich war gerade bei der Arbeit." Und er wies auf sein Heft mit der Miene eines Unglücklichen, der sich von der Flucht in seine Arbeit einen Schutz gegen die Unbilden des Lebens erhofft.

Fürst Andrejs Gesicht trug den Ausdruck strahlender Freude und verjüngten Lebensgefühls, als er jetzt vor Pierre stehenblieb und ihn mit dem ganzen Egoismus des Glücklichen anlächelte, ohne seine traurige Miene wahrzunehmen.

„Mein lieber Junge", sagte er, „ich wollte mich schon gestern mit dir aussprechen und komme jetzt eigens zu diesem Zweck zu dir. Ich habe noch nie etwas Ähnliches empfunden. Ich bin verliebt, mein Freund."

Pierre seufzte plötzlich schwer auf und wälzte sich mit seinem mächtigen Körper auf den Diwan neben den Fürsten Andrej.

„In Natascha Rostowa, nicht wahr?" fragte er.

„Ja, ja, in wen sonst? Ich hätte es nie für möglich gehalten, aber dieses Gefühl ist stärker als ich. Gestern habe ich gelitten und mich gequält, aber auch dies Leiden und diese Qual möchte ich für nichts auf der Welt hingeben. Früher habe ich ja gar nicht gelebt! Wirklich leben tu ich erst jetzt, aber ohne sie kann ich nicht leben. Aber kann sie mich denn lieben? Ich bin doch so alt im Verhältnis zu ihr ... Aber warum sagst du nichts?"

„Ich? Ich? Was habe ich Ihnen gesagt? Ich habe mir das immer gedacht", sagte Pierre plötzlich, stand auf und begann im Zimmer hin und her zu wandern. „Dieses Mädchen ist ja so ein Kleinod, so ein . . . Solche Mädchen gibt es nicht viel . . . Lieber Freund, ich bitte Sie, machen Sie sich keine künstlichen Skrupel, zweifeln Sie nicht, sondern heiraten Sie, heiraten Sie, heiraten Sie! Und ich bin überzeugt, daß es keinen glücklicheren Menschen geben wird als Sie."

„Aber Natascha?"

„Die liebt Sie."

„Sprich keine Dummheiten", sagte Fürst Andrej und sah Pierre lächelnd in die Augen.

„Doch, das weiß ich", schrie Pierre ganz grimmig.

„Nein, höre mal", sagte Fürst Andrej und hielt Pierre am Arme fest, „weißt du überhaupt, in was für einer Lage ich bin? Ich muß mich einmal über die ganze Geschichte aussprechen."

„Nun, gut, sprechen Sie sich nur aus, ich freue mich sehr", antwortete Pierre, und wirklich änderte sich sein Gesichtsausdruck, die Stirnfalte glättete sich, und er hörte dem Fürsten Andrej erfreut zu. Fürst Andrej schien ein ganz neuer Mensch geworden zu sein und war es in der Tat. Wo war seine Resignation geblieben, seine Verachtung des Lebens, seine Melancholie? Pierre war der einzige Mensch, dem gegenüber er sich auszusprechen vermochte; aber dafür sagte er ihm nun auch alles, was er auf dem Herzen hatte. Bald entwarf er leicht und mit hoffnungsvoller Kühnheit Pläne, die sich bis auf eine ferne, ferne Zukunft erstreckten, und sprach davon, daß er sein Glück nicht einer Schrulle seines Vaters opfern könne, daß er entweder seinen Vater zwingen werde, in diese Ehe zu willigen und Natascha liebzuhaben, oder daß er sich ohne diese Einwilligung zu helfen wissen werde; bald schilderte er immer wieder sein eigenes Erstaunen über dieses seltsame und fremdartige Gefühl, das ohne sein Zutun über ihn gekommen sei.

„Wenn mir jemand gesagt hätte, ich sei überhaupt imstande, so zu lieben, so hätte ich ihm nicht geglaubt", meinte Fürst Andrej. „Das ist nicht mehr das Gefühl, das ich von früher her kenne. Die ganze Welt ist für mich in zwei Hälften geteilt: die eine ist sie, und hier ist alles Glück, Hoffnung, Licht, die andere Hälfte ist alles, wo sie nicht ist, und dort ist alles trübe und dunkel."

„Trübe und dunkel", wiederholte Pierre. „Ja, ja, das verstehe ich."

„Das Licht muß ich lieben, es geht gar nicht anders, ich kann nichts dafür. Und ich bin sehr glücklich. Du verstehst mich. Ich weiß, daß du dich um meinetwillen mitfreust."

„Ja, ja", versicherte Pierre und sah seinen Freund mit einem gerührten und traurigen Blick an. Je heller sich das Los des Fürsten Andrej vor ihm abzeichnete, um so dunkler wollte ihm das eigene erscheinen.

XXIII

Fürst Andrej bedurfte, um heiraten zu können, der Einwilligung seines Vaters, und so machte er sich andern Tages auf die Reise zu ihm.

Der Vater nahm die Mitteilung seines Sohnes mit äußerer Ruhe, aber mit innerer Empörung auf. Er konnte gar nicht begreifen, daß es Menschen gab, die ihr Leben ändern und noch etwas Neues in ihr Leben hineinfügen wollten, während das seine sich bereits dem Ende zuneigte. „Sie sollen mich doch wenigstens nach meiner Weise ruhig zu Ende leben lassen, nachher können sie ja tun, was sie wollen!" sagte der Greis zu sich selbst. Indessen brachte er dem Sohn gegenüber jene Diplomatie in Anwendung, deren er sich in wichtigen Fällen zu bedienen pflegte. Er nahm einen durchaus ruhigen Ton an und beleuchtete alsdann die strittige Frage.

Erstens sei die Partie, was Verwandtschaft, Reichtum und Stellung der Familie Rostow angehe, nicht gerade glänzend. Zweitens sei Fürst Andrej bereits über die erste Jugend hinaus und seine Gesundheit sei nicht die festeste – auf diese Feststellung legte der Alte besonderen Nachdruck –, während das Mädchen noch sehr jung sei. Drittens habe Fürst Andrej einen Sohn, und es sei vielleicht nicht wohlgetan, ihn einem so jungen Kinde anzuvertrauen. „Viertens endlich", sagte er und sah den Fürsten Andrej dabei spöttisch an, „möchte ich dich um eins bitten: vertage die ganze Sache noch auf ein Jahr, reise ins Ausland, gebrauche eine Kur, suche einen deutschen Erzieher für den Fürsten Nikolai, wie du es ja ohnehin vorhattest, und wenn deine Liebe, deine Leidenschaft, dein Eigensinn, wie du willst, nachher immer noch so groß ist, dann heirate meinetwegen. Und das ist mein letztes Wort, das bitte ich zu beachten, mein allerletztes."

Der alte Fürst hatte in einem Ton geschlossen, der deutlich zeigte, daß ihn nichts mehr zu einer Änderung seines Entschlusses würde veranlassen können.

Der Alte hoffte – darüber war Fürst Andrej sich völlig im klaren –, die Neigung seines Sohnes oder die der Braut werde sich dieser einjährigen Prüfungszeit nicht gewachsen erweisen, oder er, der alte Fürst, werde noch vor dem Ablauf dieser Frist sterben. Er beschloß also, den Willen seines Vaters zu ehren und Natascha zwar schon jetzt einen Antrag zu machen, mit der Heirat selbst aber noch ein Jahr zu warten.

Drei Wochen nach dem letzten bei Rostows verbrachten Abend traf Fürst Andrej wieder in Petersburg ein.

*

Nach der Aussprache mit ihrer Mutter hatte Natascha den ganzen folgenden Tag auf Bolkonskij gewartet, er war aber nicht gekommen. Auch die beiden nächsten Tage hatte sie umsonst gewartet. Da auch Pierre sich in diesen Tagen nicht sehen ließ, konnte Natascha nicht wissen, daß Fürst Andrej zu seinem Vater gefahren war, und vermochte sich also sein Ausbleiben überhaupt nicht zu erklären.

So vergingen drei Wochen. Natascha mochte keinerlei Gesellschaften besuchen und wanderte wie ein Schatten, untätig und trübselig durch die Zimmer. Abends, wenn sie allein war, weinte sie und hatte auch ihre abendlichen Besuche bei der Mutter eingestellt. Alle Augenblicke wurde sie rot und war überaus empfindlich. Es war ihr, als wüßten alle von ihrer Enttäuschung, machten sich über sie lustig und bemitleideten sie. Und nun gesellte sich zu ihrem Herzenskummer noch gekränktes Ehrgefühl, um das Maß ihres Unglücks voll zu machen.

Einmal kam sie zur Gräfin und wollte etwas sagen, brach aber in Tränen aus. Ihre Tränen waren wie die eines gekränkten Kindes, das nicht weiß, weswegen es bestraft worden ist. Die Gräfin suchte Natascha zu beruhigen. Natascha hörte anfangs ruhig an, was die Mutter ihr sagte, dann fiel sie ihr plötzlich ins Wort:

„Hören Sie auf, Mama, ich denke an die ganze Geschichte nicht mehr, und ich will gar nicht an sie denken! Es war eben ganz einfach so: erst ist er gekommen und nun kommt er nicht mehr ..."

Ihre Stimme begann zu zittern, fast wäre sie wieder in Tränen ausgebrochen, aber sie nahm sich zusammen und fuhr ruhig fort:

„Und dann will ich auch überhaupt nicht heiraten. Und dann habe ich auch Angst vor ihm. Ich bin jetzt schon wieder ganz ruhig, jawohl, ganz ruhig ..."

Am Tage nach diesem Gespräch zog Natascha ihr altes Kleid an, in welchem sie manchen Vormittag lang so vergnügt gewesen war und an dem sie daher besonders hing, und nahm gleich am frühen Morgen wieder ihre alte Lebensweise auf, deren sie sich seit dem Balle ganz entwöhnt hatte. Nachdem sie ihren Tee getrunken hatte, ging sie in den Saal, den sie um seiner guten Resonanz willen schätzte, und begann ihre Solfeggien zu singen. Als sie mit der ersten Lektion fertig war, stellte sie sich mitten in den Saal und wiederholte nun mehrmals einige Takte, die ihr besonders gefallen hatten. Freudig, als bedeute es für sie selber eine Überraschung, genoß sie den Reiz der Töne, die, einer sich in den andern ergießend, den ganzen leeren Raum des Saales erfüllten und langsam erstarben, und plötzlich wurde es ihr ganz leicht und froh ums Herz. „Warum soll ich immer darüber nachdenken, es läßt sich ja auch so recht gut leben", sagte sie zu sich selbst und begann im Saale auf und nieder zu wandern. Sie ging über den widerhallenden Parkettboden nicht, wie man sonst geht, sondern trat jeden Schritt von den Absätzen auf die Fußballen – sie hatte ihre neuen Schuhe an, die sie besonders gern hatte – und ebenso freudig, wie vorhin den Klängen ihrer eigenen Stimme, horchte sie jetzt auf dieses taktmäßige Aufschlagen der Absätze und das Knarren der Schuhspitzen. Wenn sie am Spiegel vorbeikam, sah sie hinein, und dabei machte sie ein Gesicht, als wollte sie sagen: „Jawohl, das da bin ich! Nun, es läßt sich ja auch so leben. Ich brauche niemanden."

Ein Lakai wollte herein, um im Saale irgend etwas aufzuräumen; sie ließ es aber nicht zu, schloß hinter ihm wieder die Tür und setzte ihren Spaziergang fort. Sie fand an diesem Vormittag wieder jenen Zustand der Liebe zu sich selbst und des Entzückens an sich selbst zurück, der ihr der liebste war. „Wie ist diese Natascha doch zum Entzücken!" sagte sie wieder vor sich hin, als spräche diese Worte ein anderer Mensch, den sie sich sozusagen als einen Kollektivmann dachte. „Sie ist hübsch, sie hat Stimme, sie ist jung und fällt niemandem lästig, also laßt sie auch nur in Ruhe." Aber wenn man sie auch noch so sehr in Ruhe gelassen hätte, sie hätte doch nicht mehr ganz zu ihrer alten Ruhe zurückfinden können, das fühlte sie im gleichen Augenblick.

Im Vorzimmer wurde die Ausgangstür geöffnet, jemand fragte: „Die Herrschaften zu Hause?", und nun ließen sich auch Schritte vernehmen. Natascha sah in den Spiegel, aber sie vermochte ihre eigene Gestalt nicht wahrzunehmen. Im Vorzimmer hörte sie sprechen. Als sie endlich ihr Gesicht im Spiegel erkennen konnte, da war es blaß. Das war er. Sie wußte das mit aller Gewißheit, obwohl sie durch die geschlossene Tür hindurch den Ton seiner Stimme kaum hatte unterscheiden können.

Blaß und verängstigt kam sie in den Salon gelaufen.

„Mama, Bolkonskij ist gekommen!" sagte sie. „Mama, das ist doch schrecklich, das ist doch gar nicht zum Aushalten! Ich will mich doch nicht schon wieder damit quälen müssen! Was mache ich nur?"

Die Gräfin war noch nicht dazu gekommen, ihr eine Antwort zu geben, als auch schon Fürst Andrej mit aufgeregter und ernster Miene in den Salon trat. Kaum hatte er Natascha erblickt, als er über das ganze Gesicht zu strahlen begann. Er küßte der Gräfin und Natascha die Hand und nahm in der Nähe des Diwans Platz.

„Wir hatten so lange nicht mehr das Vergnügen ...", fing die Gräfin an, aber Fürst Andrej unterbrach sie und beantwortete ihre unausgesprochen gebliebene Frage. Offenbar lag ihm daran, so schnell wie irgend möglich auf das zu kommen, was er zu sagen wünschte.

„Ich habe mich diese ganze Zeit über bei Ihnen nicht sehen lassen, weil ich bei meinem Vater war. Ich mußte mich mit ihm über eine sehr wichtige Angelegenheit aussprechen. Ich bin erst diese Nacht wieder in Petersburg angekommen", sagte er mit einem Blick auf Natascha. Nun schwieg er eine kleine Weile und sagte dann: „Ich muß mit Ihnen sprechen, Gräfin."

Die Gräfin schlug mit einem schweren Seufzer die Augen nieder.

„Ich stehe Ihnen zur Verfügung", antwortete sie.

Natascha wußte, daß sie hinausgehen mußte, aber sie war dazu nicht imstande: etwas preßte ihr die Kehle zusammen, und sie starrte den Fürsten Andrej mit weit geöffneten Augen unhöflich an.

„Jetzt gleich? Ja, schon im nächsten Augenblick! ... Nein, das kann ja gar nicht sein!" dachte sie.

Er sah sie wieder an, und dieser Blick überzeugte sie davon, daß sie richtig vermutet hatte. Ja, jetzt gleich, schon im nächsten Augenblick mußte ihr Schicksal sich entschieden haben.

„Geh, Natascha, ich rufe dich dann", flüsterte die Gräfin.

Natascha sah den Fürsten Andrej und ihre Mutter mit einem angstvollen und flehentlichen Blick an und ging hinaus.

„Ich bin gekommen, um Sie um die Hand Ihrer Tochter zu bitten, Gräfin", sagte Fürst Andrej.

Das Gesicht der Gräfin bedeckte sich mit einer dunklen Röte, aber sie gab keine Antwort.

Endlich fing sie mit gemessener Würde an: „Ihr Antrag ...", Fürst Andrej sah ihr schweigend in die Augen. „Ihr Antrag ..." – hier geriet sie in Verwirrung – „... ist uns durchaus angenehm, und ... und ich nehme ihn mit Freuden an. Auch mein Mann ... das hoffe ich ... aber die Entscheidung muß bei ihr selbst liegen ..."

„Ich werde mit ihr sprechen, sobald Sie mir Ihre Einwilligung dazu geben. Geben Sie sie mir?"

„Ja", antwortete die Gräfin, streckte ihm die Hand hin und küßte ihn, während er sich über ihre Hand beugte, halb scheu, halb zärtlich auf die Stirn. Sie wollte ihn liebhaben wie einen eigenen Sohn, aber dabei fühlte sie doch, daß er für sie ein fremder Mensch war, der ihr Furcht einflößte. „Ich bin überzeugt, daß mein Mann einverstanden sein wird", sagte sie, „aber was Ihren Herrn Vater angeht ..."

„Ich habe meinen Vater von meiner Absicht unterrichtet, und er hat sein Einverständnis an die unerläßliche Bedingung geknüpft, daß die Hochzeit nicht vor Jahresfrist stattfindet", antwortete Fürst Andrej. „Das wollte ich Ihnen gerade mitteilen."

„Ich gebe es ja zu, daß Natascha noch sehr jung ist, aber ein Jahr ist doch eine sehr lange Zeit."

„Anders wollte er es nicht tun", erwiderte Fürst Andrej mit einem Seufzer.

„Ich will sie Ihnen hereinschicken", sagte die Gräfin und verließ den Salon.

„Herr, erbarme Dich unser", betete sie einmal über das andere, während sie ihre Tochter suchte.

Von Sonja erfuhr sie, daß Natascha ins Schlafzimmer gegangen war. Natascha saß auf ihrem Bett, ganz blaß im Gesicht, mit trockenen Augen, sah auf die Heiligenbilder in der Ecke, bekreuzte sich hastig und murmelte etwas Unverständliches vor sich hin.

„Was, Mama? ... Was?"

„Geh zu ihm, geh zu ihm. Er hält um deine Hand an", sagte die Gräfin, und ihr Ton erschien Natascha kalt. „Geh ... geh", wiederholte die Mutter mit einem schweren Seufzer hinter der davonstürmenden Tochter her, und aus ihrer Stimme klangen Trauer und Vorwurf.

Natascha wußte nicht, wie sie bis zum Salon gekommen war. Als sie die Tür öffnete, und ihn vor sich sah, blieb sie stehen. „Ist dieser fremde Mann jetzt wirklich alles für mich geworden?" fragte sie sich und antwortete augenblicks: „Ja, alles: er allein ist mir jetzt teurer als alles auf der Welt."

Fürst Andrej trat auf sie zu, ohne den Blick zu ihr zu heben.

„Ich liebe Sie seit dem Augenblick, da ich Sie zuerst sah. Darf ich hoffen?"

Er sah sie an und war betroffen von der ernsten Leidenschaftlichkeit ihres Gesichtsausdrucks. Dieses Gesicht sagte: „Warum fragen? Warum zweifeln an dem, was man doch so gewiß weiß? Warum reden, wenn man doch nicht mit Worten ausdrücken kann, was man empfindet?"

Sie ging ihm entgegen und blieb wieder stehen. Er nahm ihre Hand und küßte sie.

„Lieben Sie mich?"

„Ja, ja", sagte Natascha, und es klang fast nach ungeduldigem Ärger. Dann seufzte sie laut, einmal über das andere, immer öfter und öfter, und schluchzte dann auf.

„Was ... was ist Ihnen?"

„Ach, ich bin ja so glücklich", antwortete sie, durch Tränen lächelnd, neigte sich zu ihm, überlegte einen Augenblick, als fragte sie sich, ob das auch anginge, und küßte ihn.

Fürst Andrej hielt sie bei beiden Händen, sah ihr in die Augen und konnte jene Liebe, die er bisher für sie empfunden hatte, in seinem Herzen nicht wiederfinden. Plötzlich war in seinem Herzen etwas anders geworden: da war nicht mehr der poesieverklärte und geheimnisvolle Reiz des Begehrens, sondern da war Mitleid mit ihrer weiblichen, ihrer kindlichen Schwäche, da war Furcht vor ihrer Hingabe und ihrem keine Grenzen kennenden Vertrauen, da war ein schwer lastendes und zugleich freudig erhebendes Bewußtsein der Pflicht, die ihn von nun an auf immer mit ihr verband. Und dieses Gefühl war wohl nicht so hauchzart und schwebend wie das frühere, aber es war ernster und stärker.

„Hat Mama Ihnen gesagt, daß es erst in einem Jahr sein darf?" fragte Fürst Andrej, während seine Augen immer noch in ihren ruhten.

„Bin ich das wirklich?" dachte Natascha. „Ich, die von allen immer noch kleines Mädchen genannt wurde? Bin ich jetzt, von diesem Augenblick an, wirklich die gleichberechtigte Frau dieses fremden, guten, klugen Menschen, den sogar mein Vater so hoch schätzt? Ist denn das wirklich wahr? Ist es denn wahr, daß mein Leben nun nicht mehr ein einziger großer Spaß ist, daß ich jetzt auch zu den Großen gehöre, daß ich von jetzt an für alles einstehen muß, was ich sage und tue? Ja richtig, wonach hat er mich doch eben gefragt?"

„Nein", antwortete sie, ohne begriffen zu haben, wonach er gefragt hatte. „Verzeihen Sie mir", sagte Fürst Andrej, „aber Sie sind noch so jung. Ich habe viel erlebt und viel erfahren, ich habe Angst um Sie. Sie kennen sich selbst noch nicht."

Natascha hatte mit angespannter Aufmerksamkeit zugehört und gab sich die größte Mühe, zu verstehen, was er meinte; aber sie brachte es nicht fertig.

„Ich will nicht davon sprechen, wie schwer dieses Jahr, das mein Glück hinausschiebt, auf mir lasten wird", fuhr Fürst Andrej fort. „Sie werden Ihr Herz in diesem Jahre prüfen können. Ich bitte Sie wohl, mich nach Ablauf dieses Jahres glücklich zu machen, aber Sie sind frei: unsere Verlobung wird geheim bleiben, und falls Sie zu der Überzeugung kommen sollten, daß Sie mich doch nicht lieben oder einen anderen lieber haben . . ." Er lächelte gezwungen.

„Warum sagen Sie das?" fiel Natascha ihm ins Wort. „Sie wissen doch, daß ich Sie geliebt habe vom ersten Tage an, seit Sie damals nach Otradnoje kamen." Natascha war fest überzeugt, die volle Wahrheit zu sagen.

„Sie werden sich in diesem Jahr erst selbst richtig kennenlernen . . ."

„Ein ganzes Jahr!" fuhr es Natascha plötzlich heraus, als habe sie erst jetzt begriffen, daß die Hochzeit um ein ganzes Jahr verschoben werden sollte. „Aber warum denn ein Jahr? Warum ein Jahr?"

Fürst Andrej wollte ihr die Gründe auseinandersetzen, aber sie hörte ihn gar nicht an.

„Und geht es denn gar nicht anders?" fragte sie. Fürst Andrej gab keine Antwort, aber sein Gesicht ließ die Unumstößlichkeit der gefallenen Entscheidung erkennen.

„Das ist doch schrecklich! Nein, das ist schrecklich, das ist schrecklich!" rief Natascha plötzlich und begann wieder zu schluchzen. „Ich sterbe ja vorher! Das geht doch nicht, das ist ja zu schrecklich." Sie sah ihren Verlobten an und las Mitleid und Unsicherheit auf seinem Gesicht.

„Nein, nein, ich will ja alles auf mich nehmen", sagte sie und hörte plötzlich auf zu weinen. „Ich bin ja so glücklich!"

Die Eltern kamen in den Salon und segneten Bräutigam und Braut.

Von diesem Tage an verkehrte Fürst Andrej als Bräutigam im Rostowschen Hause.

XXIV

Von einer Verlobungsfeier wurde abgesehen und Bolkonskijs Verlöbnis mit Natascha niemandem angezeigt. Fürst Andrej hatte das so gewollt. Er meinte, er sei die Veranlassung des Aufschubes, und so müsse er auch tragen, was dieser Aufschub an Schwerem mit sich bringe. Was ihn angehe, so habe er sich durch sein Wort auf Lebenszeit gebunden, er wolle aber nicht, daß auch Natascha als gebunden gelten solle, und lasse ihr daher volle Freiheit. Wenn sie, vielleicht nach einem halben Jahre, das Gefühl haben würde, ihn doch nicht von ganzem Herzen zu lieben, so würde sie durchaus recht daran tun, von der Verlobung zurückzutreten. Es versteht sich von selbst, daß davon weder die Eltern noch Natascha etwas hören wollten, aber Fürst Andrej bestand darauf, daß diese Möglichkeit ihr offenstehen sollte. Er war wohl täglich im Rostowschen Hause, verkehrte mit Natascha aber nicht so, wie es sonst ein Bräutigam wohl tut: er nannte sie „Sie" und küßte ihr nur die Hand. Es hatte sich zwischen den beiden in dieser Zeit ein ganz anderes Verhältnis herausgebildet, als es das frühere gewesen war, ein schlichtes Verhältnis gegenseitiger Nähe. Es war, als hätten sie einander erst jetzt kennengelernt. Sie erinnerten sich beide gern daran, wie sie einander vor der Verlobung gegenübergestanden hatten, als sie einander noch nichts fest Umrissenes bedeutet hatten; jetzt fühlten sie sich völlig verwandelt: hatten sie damals im Umgange miteinander noch allerhand Kunstgriffe angewandt, so gaben sie sich jetzt schlicht und wahr. In der Familie waltete anfangs im Verkehr mit dem Fürsten Andrej noch eine gewisse Befangenheit vor; er erschien ihr als Angehöriger einer fremden Welt, und Natascha hatte Mühe, die Hausgenossen an den Fürsten Andrej zu gewöhnen; immer wieder versicherte sie mit einem besonderen Stolz, er mache nur den Eindruck eines solchen Ausnahmemenschen, sei in Wirklichkeit aber genauso wie sie alle, und sie habe gar keine Angst vor ihm, und das brauche überhaupt niemand zu haben. Nach einigen Tagen hatte man sich in der Familie an ihn gewöhnt und führte nun, ohne sich irgendeinen Zwang aufzuerlegen, in seiner Gegenwart das alte Leben weiter, an dem nun auch er teilnahm. Er wußte sich mit dem Grafen über wirtschaftliche Gegenstände, mit der Gräfin und Natascha über Toilettenfragen und mit Sonja über Poesiealben und Stickmuster zu unterhalten. Dazwischen sprach man in der Familie Rostow, wenn man unter sich war, aber wohl in Gegenwart des Fürsten Andrej, darüber, wie merkwürdig doch alles gekommen sei und wie unverkennbare Vorbedeutungen es doch gegeben habe: des Fürsten Andrej Besuch in Otradnoje und die Übersiedlung der Familie Rostow nach Petersburg und die Ähnlichkeit zwischen Natascha und dem Fürsten Andrej, die der Kinderfrau gleich bei seinem ersten Besuch aufgefallen war, und sein Zusammentreffen mit Nikolai im Jahre 1805 und noch vieles andere dieser Art.

Im Rostowschen Hause herrschte jene Atmosphäre poetisch verklärter Langeweile, Bedrücktheit und Schweigsamkeit, die ein Brautpaar immer zu umgeben pflegt. Oft, wenn alle beieinander saßen, sagte keiner ein Wort. Manchmal standen auch die anderen auf und gingen hinaus, und Braut und Bräutigam blieben allein, sagten aber ebenfalls kein Wort. Von ihrem künftigen Leben sprachen sie nur selten. Fürst Andrej redete nicht gern davon, er empfand etwas wie Furcht und eine Art von Gewissensbeunruhigung beim Gedanken an dieses Thema. Natascha teilte auch diese, wie überhaupt alle seine Empfindungen, die sie immer zu erraten wußte. Einmal stellte Natascha verschiedene Fragen an den Fürsten Andrej, die seinem Sohn galten. Fürst Andrej wurde rot, was jetzt häufig vorkam und was Natascha ganz besonders an ihm liebte, und erwiderte, sein Sohn werde nicht mit ihnen zusammen leben.

„Warum?" fragte Natascha besorgt.

„Ich kann ihn seinem Großvater nicht wegnehmen, und dann . . ."

„Ich würde ihn ja so liebhaben!" rief Natascha. Sie hatte sofort erraten, was er noch hatte sagen wollen. „Aber ich weiß, Sie wollen von vorneherein jeden Anlaß unterbinden, aus dem man Ihnen oder mir Vorwürfe machen könnte."

Mitunter kam der alte Graf auf den Fürsten Andrej zu, küßte ihn und fragte ihn in allerlei Dingen um Rat, die Petjas Erziehung oder Nikolais dienstliche Laufbahn betrafen. Die alte Gräfin pflegte zu seufzen, wenn sie den Fürsten Andrej und Natascha ansah. Sonja fürchtete alle Augenblicke zu stören und suchte nach Vorwänden, um die beiden allein zu lassen, auch wenn diese gar kein Verlangen nach Alleinsein hatten. Wenn Fürst Andrej sprach – er erzählte sehr gut –, dann hörte Natascha mit einem Gefühl des Stolzes zu; sprach sie selbst, so nahm sie mit Schrecken und Freude zugleich wahr, daß er sie aufmerksam und prüfend ansah. Dann fragte sie sich zweifelnd: „Was sucht er hinter mir? Irgend etwas sucht er doch mit diesen Blicken zu ergründen. Wenn nun aber das, wonach sein

Blick sucht, gar nicht in mir steckt?" Manchmal kam sie in jene Stimmung von sinnloser Fröhlichkeit hinein, die ihr so gut lag, und dann hatte sie es besonders gern, wenn Fürst Andrej mitlachte. Er lachte selten, aber dafür pflegte er sich auch seinem Lachen ganz und gar zu überlassen, wenn er einmal lachte; und jedesmal, wenn sie ihn lachen gesehen und gehört hatte, fühlte sie sich ihm näher. Natascha wäre vollkommen glücklich gewesen, wenn der Gedanke an die bevorstehende und immer näher rückende Trennung sie nicht erschreckt hätte, ein Gedanke, der auch ihn blaßwerden und Kälteschauer verspüren ließ.

Am Tage vor seiner Abreise aus Petersburg brachte Fürst Andrej Pierre mit, der seit dem Balle noch keinmal bei Rostows gewesen war. Pierre machte einen zerstreuten und verlegenen Eindruck. Während er sich mit der Gräfin unterhielt, setzte Natascha sich mit Sonja an das Schachtischchen und veranlaßte damit den Fürsten Andrej, sich ebenfalls von der übrigen Gesellschaft zu lösen. Er trat zu den beiden jungen Mädchen.

„Sie kennen Besuchow doch schon lange?" fragte er. „Sie haben ihn doch sicher gern."

„Ja, er ist ein famoser Mensch, wenn auch sehr komisch."

Und immer, wenn die Rede auf Pierre kam, begann sie Anekdoten von seiner Zerstreutheit zu erzählen, die zum Teil von irgendwelchen Lästermäulern erfunden waren.

„Sie wissen, ich habe ihm unser Geheimnis anvertraut", sagte Fürst Andrej. „Ich kenne ihn fast von Kindesbeinen an. Er ist lauter wie Gold. Ich bitte Sie, Nathalie — er wurde plötzlich sehr ernst —, „ich fahre ins Ausland, Gott weiß, was alles geschehen kann. Es könnte sein, daß ein anderer Mann . . . nun, ich weiß, ich soll davon nicht sprechen. Aber das eine möchte ich Ihnen sagen, was Ihnen auch geschehen mag, wenn ich fort bin . . ."

„Ja, was sollte mir denn geschehen?"

„Wenn irgendein Kummer über Sie kommt", fuhr Fürst Andrej fort, „in jedem Falle bitte ich Sie, sich um Rat und Hilfe an ihn zu wenden und an keinen andern, was auch geschehen mag. Ich richte diese Bitte zugleich auch an Sie, Mademoiselle Sophie", wandte er sich an Sonja. „Er ist wohl der zerstreuteste und komischste Mensch, den es gibt, aber er ist lauter wie Gold."

Weder der Vater noch die Mutter, noch Sonja, noch auch Fürst Andrej selbst hatten sich vorher einen Begriff davon machen können, wie der Abschied von ihrem Bräutigam auf Natascha wirken würde. Aufgeregt, das Gesicht gerötet, aber die Augen tränenleer, so ging sie an diesem Tage im Hause umher und machte sich mit den gleichgültigsten Dingen zu schaffen, als habe sie noch gar nicht verstanden, was ihrer wartete. Sie weinte nicht einmal in dem Augenblick, als er ihr Abschied nehmend zum letzten Male die Hand küßte. „Fahren Sie nicht weg!" das war das einzige, was sie sagte, aber der Ton ihrer Stimme war so, daß er den Fürsten Andrej noch einmal erwägen ließ, ob er nicht wirklich seine Reise aufgeben sollte. Den Ton dieser Stimme behielt er noch sehr lange im Ohr.

Auch als er weggefahren war, weinte Natascha nicht. Aber sie saß mit tränenleeren Augen mehrere Tage still in ihrem Zimmer, hatte für nichts Interesse und sagte nur hin und wieder: „Ach, warum ist er nur weggefahren?"

Aber ebenso überraschend war es für ihre Umgebung, daß sie zwei Wochen nach seiner Abreise plötzlich von ihrer seelischen Krankheit genas und wieder ganz die alte wurde; nur ihre seelische Physiognomie hatte sich gewandelt, wie denn nach einer langen Krankheit auch Kinder mit einem anderen Gesicht wieder vom Bett aufstehen.

XXV

Die Gesundheit des Fürsten Nikolaj Andrejewitsch Bolkonskij verschlechterte sich in diesem Jahre der Abwesenheit seines Sohnes recht wesentlich, und sein Charakter gewann noch mehr Härten und Schärfen als früher. Seine Reizbarkeit nahm zu, und seine grundlosen Wutausbrüche gingen jetzt größtenteils auf die Prinzessin Marja nieder. Es war, als suche er mit Vorbedacht nach ihren wunden Punkten, um sie physisch mit der größten Grausamkeit quälen zu können. Prinzessin Marja hatte zwei Leidenschaften, mithin zwei Freudenquellen: ihren Neffen Nikoluschka und die Religion, und beides galt dem Fürsten als Lieblingszielscheibe seiner Ausfälle und Spöttereien. Einerlei, von wo das Gespräch ausging, er brachte es doch immer auf den Aberglauben der alten Jungfern oder auf die Verhätschelung von Kindern, mit der nichts als Unheil angerichtet werde. „Du möchtest Nikolenka zu ebenso einer alten Jungfer machen, wie du eine bist", sagte er. „Daraus soll aber nichts werden: Fürst Andrej braucht einen Sohn und kein Mädel." Oder er wandte sich an Mademoiselle Bourienne und fragte sie in Gegenwart der Prinzessin Marja, wie sie die russischen Popen und Heiligenbilder fände, und begann dann über dieses Thema zu witzeln.

Ohne aufzuhören, fügte er der Prinzessin Marja eine schmerzhafte Kränkung nach der andern zu; indessen bedurfte es für die Tochter gar keiner Selbstüberwindung, um ihm zu vergeben. Konnte er denn überhaupt ihr gegenüber in Verschulden geraten, konnte denn ihr Vater ungerecht sein, der sie doch liebte? Denn daß er sie liebte, dessen glaubte sie trotz allem gewiß zu sein. Und was hieß denn überhaupt Gerechtigkeit? Über dieses stolze Wort „Gerechtigkeit" hatte die Prinzessin sich noch nie Gedanken gemacht. Alle die verwickelten Lebensgesetze der Menschheit zogen sich für sie zu einem einzigen schlichten und klaren Gesetz zusammen: zu dem Gesetz der Liebe und Selbstaufopferung, das uns Der überliefert hat, der aus Liebe für die Menschheit gelitten hat, obgleich Er selbst Gott ist. Was hatte sie mit der Gerechtigkeit oder Ungerechtigkeit anderer Menschen zu schaffen? Ihre Sache war Leiden und Lieben, und das tat sie.

Bei seinem Besuch im Winter war Fürst Andrej so aufgeräumt, sanft und zärtlich gewesen, wie Prinzessin Marja ihn seit langem nicht mehr gesehen hatte. Ein ahnungsvolles Gefühl hatte ihr gesagt, daß etwas mit ihm vorgegangen sein müsse, indessen hatte er ihr von seiner Liebe nichts mitgeteilt. Vor seiner Abreise hatte Fürst Andrej eine lange Aussprache mit dem Vater gehabt, und Prinzessin Marja hatte zwischen beiden beim Abschied eine gewisse Verstimmung wahrgenommen.

Bald nach der Abreise ihres Bruders aus Lysyja Gory schrieb Prinzessin Marja einen Brief an ihre Freundin Julie Karagina, die sich damals gerade vorübergehend in Petersburg aufhielt. Wie junge Mädchen gern tun, so gab auch Prinzessin Marja sich dazwischen mit Heiratsplänen für ihre Freundinnen ab und hätte eine Verbindung zwischen dem Fürsten Andrej und Julie Karagina gern gesehen. Der Brief an Julie, die gerade damals ihren in der Türkei gefallenen Bruder betrauerte, lautete:

„Liebste, beste Freundin Julie, es ist wieder einmal offenbar geworden, daß Leid und Kummer unser aller gemeinsames Menschenlos sind. Der Verlust, der Sie betroffen hat, ist so furchtbar, daß ich ihn mir nur als eine besondere Gnade Gottes erklären kann, der in seiner Liebe Sie und Ihre vortreffliche Mutter prüfen will. Ach, liebste Freundin, die Religion, und nur die Religion allein kann uns vor der Verzweiflung bewahren — denn das Wort ‚trösten' wage ich hier nicht zu gebrauchen; die Religion allein kann uns das erklären, was der Mensch ohne ihre Hilfe niemals wird begreifen können: aus welchem Grunde, zu welchem Zweck gute, hochherzige Menschenwesen, die so recht dazu geschaffen scheinen, ein reiches Lebensglück zu finden, die niemandem Schaden zufügen und deren Dasein vielmehr für das Glück anderer unentbehrlich sind — warum gerade diese Menschenwesen zu Gott gerufen werden, während so viele böse, nutzlose, schädliche, ja sogar sich selbst und anderen nur zur Last fallende am Leben bleiben. Der erste Todesfall, dessen Augenzeugin ich war und den ich nie vergessen werde, der Tod meiner lieben Schwägerin, hat meinen Gedanken diese Richtung gegeben.

Und ebenso wie Sie jetzt das Schicksal fragen, warum gerade Ihr herrlicher Bruder sterben mußte, genauso habe ich damals gefragt, warum unsere Lise sterben mußte, dieser Engel, der nie einem Menschen etwas Böses zugefügt hatte und in dessen Seele für nichts Raum war als für Gedanken der Güte. Und glauben Sie mir, meine Freundin, jetzt nach kaum fünf Jahren fange ich mit meinem schwachen Verstande bereits klar zu erkennen an, warum sie sterben mußte und in welchem Sinne dieser Tod nur ein Ausdruck der unendlichen Güte unseres Schöpfers war, dessen Tun nichts ist als die fortgesetzte Offenbarung Seiner unendlichen Liebe zu Seinen Geschöpfen, wenn wir es auch meist nicht zu erfassen vermögen. Ich denke oft, vielleicht war sie zu engelgleich, zu unschuldsvoll, als daß sie allen Mutterpflichten nachzukommen vermocht hätte. Sie war eine untadelige junge Ehefrau, aber vielleicht wäre sie nicht eine ebenso untadelige Mutter gewesen. So aber hat sie uns allen und insbesondere dem Fürsten Andrej einen reinen, ungetrübten Schmerz und eine reine, ungetrübte Erinnerung zurückgelassen und wird sicherlich dort drüben zu jener Stätte eingehen, auf die ich für mich selbst gar nicht zu hoffen wagen darf. Aber auch wenn ich von ihrer Person ganz absehe, muß ich sagen, daß ihr früher und trauriger Tod allem Kummer zum Trotz auf meinen Bruder und mich den wohltätigsten Einfluß gehabt hat. Damals, im Augenblick des Verlierens, war ich für diesen Gedanken noch nicht empfänglich, damals hätte ich ihn mit Abscheu von mir gewiesen, aber jetzt sehe ich das alles so klar und ohne alle Zweifel. Ich schreibe Ihnen das alles nur darum, meine Freundin, um Sie von der Wahrheit des Bibelwortes zu überzeugen, das mir zum Leitwort meines Lebens geworden ist, daß nämlich ohne Seinen Willen kein Haar von unserem Haupte fällt. Sein Wille aber wird allein von der grenzenlosen Liebe geleitet, die Er für uns hat, und darum geschieht auch alles, was nur geschehen kann, zu unserem Besten.

Sie fragen, ob wir den kommenden Winter in Moskau verbringen werden. Trotz meiner großen Sehnsucht nach einem Wiedersehen mit Ihnen glaube und hoffe ich es nicht. Sie werden sich wundern, wenn ich Ihnen sage, aus welchem Grunde. Dieser Grund heißt nämlich Buonaparte. Die Sache liegt so: mit der Gesundheit meines Vaters geht es merklich bergab; er kann keinen Widerspruch vertragen und ist überaus reizbar. Wie Sie ja wissen, erstreckt seine Reizbarkeit sich ganz besonders auf Fragen der Politik. Er kann den Gedanken nicht ertragen, daß Buonaparte mit allen europäischen Herrschern umgeht, als wäre er ihresgleichen, und besonders mit dem unsrigen, dem Enkel der großen Katharina! Sie wissen ja, daß mir politische Fragen vollkommen gleichgültig sind; aus den Erzählungen meines Vaters und aus seinen Unterhaltungen mit

Michail Iwanowitsch erfahre ich indessen alles, was auf der Welt vorgeht, und so bin ich denn auch darüber unterrichtet, welches Maß an Ehre und Auszeichnung man Buonaparte zuteil werden läßt; anscheinend ist Lysyja Gory der einzige Ort auf dem ganzen Erdball, wo er noch nicht als großer Mann, geschweige denn als Kaiser von Frankreich anerkannt wird. Diese Buonaparte-Vergötterung kann mein Vater nicht ertragen. Und mir scheint, hier liegt der Grund dafür, daß er ungern von einer etwaigen Reise nach Moskau spricht. Angesichts seiner politischen Überzeugungen sieht er Zusammenstöße voraus, die er mit allen möglichen Menschen haben müßte, da es ja seine Art ist, niemandem gegenüber mit seiner Meinung hinter dem Berge zu halten. Alles, was er durch die ärztlichen Behandlungsmöglichkeiten in Moskau gewinnen könnte, das würde er durch die unvermeidlichen Debatten über Buonaparte wieder verlieren. In jedem Falle wird sich aber die Frage unserer zeitweiligen Übersiedlung nach Moskau sehr bald entscheiden. Unser Familienleben geht in alter Weise weiter, nur daß eben mein Bruder Andrej fehlt. Wie ich Ihnen ja schon schrieb, hat er sich in der letzten Zeit sehr verändert. Nach dem schweren Kummer, der auf ihm lastete, ist er jetzt, in diesem Jahre, wieder innerlich ganz aufgelebt. Er ist wieder so geworden, wie ich ihn aus seiner Kinderzeit in der Erinnerung habe: gut, zärtlich, ein goldenes Herz, wie ich kein zweites kenne. Ich glaube, er hat eingesehen, daß sein Leben eben doch noch nicht zu Ende ist. Aber gleichzeitig mit diesem inneren Umschwung hat sich sein körperlicher Zustand sehr zu seinem Nachteil verändert. Er ist magerer und nervöser geworden. Ich mache mir manche Sorgen um ihn und bin nur froh, daß er diese Reise ins Ausland gemacht hat, welche die Ärzte ihm schon längst angeraten haben. Ich hoffe, daß diese Reise seine Gesundheit wieder in Ordnung bringen wird. Sie schreiben, in Petersburg gelte er für einen der tätigsten, kenntnisreichsten und klügsten jungen Männer. Verzeihen Sie mir diese schwesterliche Anmaßung, aber ich habe daran noch nie gezweifelt. Es ist gar nicht zu zählen, was er hier allen Gutes getan hat, von seinen Bauern bis zu den Edelleuten. In Petersburg hat er nur die Anerkennung gefunden, die er verdient. Ich finde es geradezu erstaunlich, was alles an Gerüchten von Petersburg nach Moskau gelangt und besonders an unzutreffenden — wie das, von dem Sie mir schreiben: das von einer angeblichen Verbindung zwischen meinem Bruder und der kleinen Rostowa. Ich glaube nicht, daß Andrej je wieder heiraten wird, und die kleine Rostowa noch am allerwenigsten. Und zwar aus folgenden Gründen: Erstens hat der Kummer um den großen Verlust, den er erlitten hat, zu tief in seinem Herzen Wurzel geschlagen, als daß er sich entschließen könnte, eine zweite Frau zu nehmen und unserem kleinen Engel eine Stiefmutter zu geben; das weiß ich, wenn er auch selten von seiner verstorbenen Frau spricht; und zweitens gehört, soweit ich unterrichtet bin, dieses junge Mädchen nicht zu den Frauen, die dem Fürsten Andrej gefallen könnten. Ich kann es mir nicht denken, daß er sich sie zur Frau wählen könnte, und muß offen sagen, daß ich es auch nicht wünschen würde. Aber ich bin ins Schwatzen gekommen, und der zweite Bogen geht schon seinem Ende zu. Leben Sie wohl, meine liebe Freundin, möge Gott Sie unter Seinen heiligen und mächtigen Schutz nehmen. Mademoiselle Bourienne, meine liebe Freundin, küßt Sie.

Marie."

XXVI

Im Hochsommer wurde Prinzessin Marja durch einen Brief des Fürsten Andrej aus der Schweiz überrascht, in welchem er ihr eine seltsame und völlig unerwartete Neuigkeit mitteilte. Dieser Brief enthielt nämlich die Nachricht von der Verlobung des Fürsten Andrej mit der Rostowa. Der ganze Brief atmete eine hingegebene Liebe zu seiner Braut und zärtliche Freundschaft und volles Vertrauen zu seiner Schwester. Er schrieb, er habe noch nie so geliebt, wie er jetzt liebe: erst jetzt sei ihm der Sinn des Lebens aufgegangen. Er bat die Schwester um Verzeihung dafür, daß er ihr damals in Lysyja Gory nichts von seinem Entschluß mitgeteilt habe, obwohl er mit dem Vater darüber gesprochen habe. Er habe es ihr verschwiegen, weil sie sonst den Vater gebeten haben würde, seine Einwilligung zu geben; damit hätte sie nur, ohne ihr Ziel zu erreichen, den Vater gereizt und dann am eignen Leibe die ganze Schwere seiner Mißstimmung erfahren müssen. „Übrigens", schrieb er, „war die Sache damals auch noch nicht so endgültig entschieden wie jetzt. Damals hat der Vater mir eine einjährige Frist gesetzt, von der jetzt bereits sechs Monate, also die Hälfte, vergangen sind, und mein Entschluß steht jetzt vielleicht noch fester als zuvor. Wenn die Ärzte mich nicht hier im Bade zurückhielten, so wäre ich bereits selbst wieder in Rußland, so muß ich die Heimreise noch um drei Monate verschieben. Du kennst mich und weißt, wie ich zum Vater stehe. Ich brauche nichts von ihm, ich bin immer von ihm unabhängig gewesen und werde es auch in Zukunft sein. Allein es würde mir die Hälfte meines Glückes zerstören, wollte ich gegen seinen Willen handeln und mir seinen Zorn zuziehen, während er vielleicht doch nur noch eine kurze Zeit mit uns zusammen bleiben darf. Ich schreibe jetzt in der gleichen Angelegenheit auch an ihn und bitte dich, einen günstigen Augenblick wahrzunehmen und ihm meinen Brief zu übergeben.

Dann schreibe mir bitte, wie er die Sache ansieht und ob Hoffnung besteht, daß er sich mit einer Abkürzung der noch übrigen Wartezeit auf vier Monate einverstanden erklärt."

Nach langem Schwanken, langem Zweifeln und langem Beten übergab Prinzessin Marja dem Vater den Brief. Am nächsten Tage sagte der alte Fürst ganz ruhig:

„Schreibe deinem Bruder, er soll warten, bis ich tot bin. Es ist nicht mehr lange bis dahin. Ich werde ihn bald von mir befreien . . ."

Die Prinzessin wollte etwas entgegnen, aber der Vater ließ sie nicht zu Wort kommen. Seine Stimme wurde jetzt immer lauter und erregter.

„Heirate sie doch, heirate sie doch, mein Bester! Eine feine Verwandtschaft! . . . Wohl kluge Leute, was? Reiche Leute, was? Natürlich! Nikoluschka wird eine schöne Stiefmutter kriegen! Schreibe ihm nur, von mir aus kann er morgen schon heiraten. Sie wird Nikoluschkas Stiefmutter, die kleine Kröte da — na, und ich, ich heirate dann eben das Bouriennchen! Ha-ha-ha, er soll auch eine Stiefmutter kriegen! Aber eins steht fest: noch mehr Weiberwirtschaft kann ich in meinem Hause nicht brauchen. Mag er heiraten, aber dann soll er für sich hausen. Vielleicht ziehst du dann auch zu ihm, was?" wandte er sich an Prinzessin Marja. „Na, dann geh in Teufels Namen, hörst du? Hörst du?"

Nach dieser Explosion erwähnte der Fürst die Angelegenheit mit keinem Wort wieder. Aber sein unterdrückter Ärger über die Genügsamkeit seines Sohnes suchte und fand seinen Ausdruck in den Beziehungen des Vaters zur Tochter. Hatten ihm früher zwei Themen zu Zielscheiben für seinen bissigen Spott gedient, so gesellte sich jetzt ein drittes dazu, nämlich Anspielungen auf eine Stiefmutter für den Fürsten Andrej und die Prinzessin Marja und betonte Liebenswürdigkeit im Umgang mit Mademoiselle Bourienne.

„Warum sollte ich sie nicht heiraten?" sagte er zu seiner Tochter. „Die gibt noch eine gloriose Fürstin ab!"

Und in der Folge mußte Prinzessin Marja zu ihrem Erstaunen und Befremden wahrnehmen, daß der Vater die kleine Französin wirklich immer näher an sich heranzuziehen begann. Prinzessin Marja unterrichtete den Fürsten Andrej über die Aufnahme, die sein Brief bei dem Vater gefunden hatte; indessen suchte sie den Bruder mit der Hoffnung zu trösten, der Vater werde sich schließlich doch noch mit dem Heiratsplan seines Sohnes aussöhnen lassen.

Ihre Trost- und Freudenquellen fand Prinzessin Marja in Nikoluschka und seiner Erziehung, im Gedanken an André und in der Religion; außerdem aber nährte sie in den geheimsten Tiefen ihres Herzens verborgene Träume und Hoffnungen, die ihrem Leben die wichtigsten Kraft- und Trostquellen bedeuteten. Solche geheimen

Hoffnungen hat ja jeder Mensch. Im Falle der Prinzessin Marja stammten diese Träume und Hoffnungen aus ihrem Umgang mit den Gottesleuten, den Pilgern und Gottesnarren, die häufig hinter dem Rücken des Fürsten zu ihr kamen. Je länger Prinzessin Marja auf der Welt war, je besser sie durch Erfahrung und Beobachtung das Leben kennenlernte, um so unbegreiflicher erschien ihr die Kurzsichtigkeit der Menschen, die hier nach irdischen Genüssen, nach irdischem Glück suchten und die um des Phantoms dieses unmöglichen und nur in Sünde verstrickenden Glückes willen sich abplagten, litten, kämpften und einander Böses zufügten. Fürst Andrej hatte seine Frau geliebt, und sie war ihm gestorben, und dennoch meinte er jetzt sein Glück in einer anderen Frau finden zu können. Der Vater wollte das nicht zulassen, weil er für Andrej eine ansehnlichere und reichere Heirat wünschte. Und alle kämpften sie und litten, alle quälten sie sich und ließen ihre Seele, ihre unsterbliche Seele, darüber Schaden nehmen, und das alles um solcher Güter willen, deren Dauer kaum über den Augenblick hinaus währte. „Und nicht genug damit, daß wir das aus eigener Erfahrung wissen, ist noch Christus, der Sohn Gottes, auf die Welt gekommen und hat uns verkündigt, daß dieses Leben rasch wie ein Augenblick vorüberfliegt, daß es nur eine Prüfung ist. Aber wir klammern uns an dieses Leben und glauben immer noch, wir könnten unser Glück in ihm finden. Wie ist es nur möglich, daß niemand das begreift, niemand als diese verachteten Gottesleute, die mit ihren Bündeln auf dem Rücken durch die Hintertür zu mir kommen, in steter Angst, der Fürst könnte sie sehen, und dabei bezieht sich ihre Furcht gar nicht darauf, daß sie etwas von ihm zu leiden haben könnten, sondern nur darauf, daß sie für ihn Anlaß werden könnten, sich zu versündigen. Alles hinter sich zu werfen, Familie und Heimat und alles Sorgen um zeitliche Güter und, an nichts mehr gefesselt, im schlechten Hemde von Hanfleinen, unter fremdem Namen von Ort zu Ort wandern, keinem Menschen Böses tun und für einen jeden beten, beten in gleicher Weise für die, die einen verfolgten, wie für die, die einen beschützen: das ist die höchste Weisheit, das ist das wahre Leben, und es kann nichts Höheres und Wahreres geben als das!"

Unter den Gottesleuten war eine Pilgerin namens Fedosjuschka, eine kleine, stille, blatternarbige Frau von vielleicht fünfzig Jahren, die seit über dreißig Jahren barfuß und in Ketten durch das Land pilgerte. An ihr hing Prinzessin Marja ganz besonders. Einmal hatte Fedosjuschka ihr im dunklen, einzig vom Lämpchen vor dem Heiligenbilderschrein erleuchteten Zimmer aus ihrem Leben erzählt, und da war der Gedanke, Fedosjuschka habe den richtigen Lebensweg gefunden, mit solcher Gewalt über die Prinzessin Marja gekommen, daß sie den Entschluß faßte, selbst auf die Gotteswanderschaft zu gehen. Als Fedosjuschka schlafen gegangen war, dachte Prinzessin Marja noch lange über diesen Plan nach, schließlich aber sagte sie sich, es möge so seltsam scheinen, wie es wolle, sie *müsse* es tun. Sie vertraute ihre Absicht niemandem an als ihrem Beichtvater, dem Vater Akinfij, einem Mönch, und ihr Beichtvater billigte sie. Unter dem Vorgeben, sie wolle eine der Pilgerinnen damit beschenken, beschaffte Prinzessin Marja sich ein vollständiges Pilgerinnenkostüm, das Hemd aus grobem Hanfleinen, die Bastschuhe, den Kaftan und das schwarze Tuch. Das alles hielt sie in einer Kommode verborgen, die für sie eine Art von Heiligtum war. Oft trat Prinzessin Marja zu dieser Kommode, blieb vor ihr stehen und überließ sich, ohne doch zu einem Schluß kommen zu können, dem Gedanken, ob die Zeit nicht schon reif sei zur Ausführung ihres Vorsatzes.

Die schlichten Erzählungen der Pilgerinnen, die diese schon beinahe mechanisch vortrugen, hatten für die Prinzessin einen tiefen verborgenen Sinn, und wenn sie sie anhörte, dann war sie schon mehr als einmal bereit gewesen, alles im Stich zu lassen und sich auf die Wanderschaft zu machen. Sie sah sich bereits mit Fedosjuschka im groben hanfleinenen Hemde mit Pilgerstab und Bettelsack die staubige Landstraße dahinwandern und ohne Haß, ohne irdische Liebe, ohne Wünsche ihren Weg von einem wundertätigen Heiligen zum andern nehmen und endlich dorthin wandern, wo es keinen Kummer und kein Seufzen gab, sondern ewige Freude und Seligkeit.

„Komme ich an irgendeinen Ort, so werde ich da beten; kann ich mich dort nicht heimisch fühlen und den Ort nicht liebgewinnen, ziehe ich weiter. Ich werde gehen, bis meine Füße mich nicht mehr tragen wollen, und dann werde ich mich irgendwo hinlegen und sterben und schließlich in jenen ewigen, stillen Hafen eingehen, wo es keinen Kummer und kein Seufzen gibt", dachte Prinzessin Marja.

Aber wenn sie dann ihren Vater und besonders den kleinen Koko ansah, dann wurde sie doch wieder schwach, weinte im stillen und empfand ihre Sündhaftigkeit: denn sie liebte ihren Vater und ihren Neffen mehr als Gott.

SIEBENTER TEIL

I

Die biblische Überlieferung besagt, die Glückseligkeit des ersten Menschen vor dem Falle sei durch das Fehlen jeder Art von Arbeit, durch den völligen Müßiggang bedingt gewesen. Auch nach dem Sündenfalle hat der Mensch die Liebe zum Müßiggange beibehalten, aber nun lastet ein Fluch auf ihm; nicht nur, daß wir im Schweiße unseres Angesichts unser Brot erwerben müssen, sondern wir können auch auf Grund unserer sittlichen Artung nicht müßig und zu gleicher Zeit von Gewissensbissen frei sein. Eine geheime Stimme sagt uns, daß wir schuldig werden, wenn wir müßig gehen. Wenn der Mensch einen Zustand finden könnte, in welchem er sich dem Müßiggang überlassen und sich gleichzeitig als ein Nutzen bringendes, seine Pflicht erfüllendes Geschöpf fühlen könnte, so hätte er damit einen Teil der Glückseligkeit unserer Voreltern wiedergefunden. Und nun gibt es einen ganzen Stand, der sich eines solchen Zustandes pflichtgemäßer und keinerlei Tadel ausgesetzter Müßigkeit erfreut: den Militärdienst. In diesem pflichtgemäßen und keinerlei Tadel ausgesetzten Müßiggange hat von jeher die besondere Anziehungskraft des Militärdienstes bestanden und wird darin auch in alle Zukunft bestehen.

Nach dem Jahre 1807 lernte Nikolai Rostow diese Glückseligkeit in ihrem ganzen Umfange kennen. Er stand immer noch im Pawlogradschen Regiment und kommandierte bereits die früher von Denissow geführte Schwadron.

Nikolai Rostow hatte sich zu einem braven, ordentlichen, wenn auch etwas rauhbeinigen Menschen entwickelt; seine Moskauer Bekannten hätten ihn freilich ein wenig mauvais genre[1] gefunden, aber von seinen Kameraden, seinen Untergebenen und Vorgesetzten sah er sich geliebt und geachtet, und so war er mit seinem Leben durchaus

[1] ungeschliffen.

zufrieden. In der letzten Zeit, im Jahre 1809, fand er in den Briefen von zu Hause immer häufiger Klagen seiner Mutter über die immer ungünstiger werdenden Vermögensumstände der Familie Rostow und immer häufigere Aufforderungen, nach Hause zu kommen und seine alten Eltern durch seine Anwesenheit zu erfreuen und zur Ordnung ihrer Verhältnisse mitzuhelfen.

Wenn Nikolai diese Briefe las, so empfand er ein Gefühl der Furcht, als wolle man ihn aus der Sphäre herausreißen, in der er so still und ruhig lebte, durch selbst gezogene Schranken von allem Wirrwarr des Lebens geschieden. Er fühlte wohl, daß er früher oder später wieder in den Strudel des Lebens würde hineinspringen müssen, dieses Lebens mit seinen Vermögensschwierigkeiten und Sanierungsversuchen, Verwalterabrechnungen, Streitigkeiten, Intrigen, mit seinem Konnexionssystem, seinen gesellschaftlichen Anforderungen, mit Sonjas Liebe und dem Versprechen, das er ihr gegeben hatte. Das alles war grauenhaft schwer und verwickelt, und so antwortete er auf die Briefe der Mutter denn mit kalten, schulmäßigen Briefen, die „Ma chère maman" anfingen und „Votre obéissant fils" [1] schlossen, dagegen auf die Frage, wann er zu kommen gedenke, nur mit Stillschweigen antwortete. Im Jahre 1810 bekam er einen Brief von zu Hause mit der Nachricht, Natascha habe sich mit Bolkonskij verlobt, die Hochzeit werde aber erst in einem Jahr stattfinden, weil der alte Fürst sonst seine Einwilligung nicht geben wolle. Nikolai fühlte sich durch diese Mitteilung geärgert und gekränkt. Erstens tat es ihm leid, Natascha, die er von allen seinen Angehörigen am meisten liebte, das elterliche Haus verlassen zu sehen, und zweitens tat es ihm von seinem Husarenstandpunkt aus leid, daß er damals nicht selbst zu Hause gewesen war: er hätte es diesem Bolkonskij schon klargemacht, daß eine Verschwägerung mit ihm keineswegs eine so ungeheure Ehre für die Rostows bedeute und daß er sich schließlich auch ohne die Zustimmung seines verschrobenen Vaters behelfen könne, vorausgesetzt, daß er Natascha wirklich liebe. Einen Augenblick schwankte er, ob er sich nicht Urlaub nehmen sollte, um Natascha in ihrer Brautzeit zu sehen, aber die Manöver standen vor der Tür, und dann kamen ihm auch die Gedanken an Sonja und an alle Verwicklungen und Schwierigkeiten, die ihn zu Hause erwarten mußten, und so schob er die Fahrt nach Hause abermals auf. Dann erhielt er aber im Frühling desselben Jahres einen ohne Wissen des Grafen geschriebenen Brief seiner Mutter, und nun sah er ein, daß er fahren müßte. Sie schrieb, wenn Nikolai nicht käme und sich nicht der wirtschaftlichen Angelegenheiten annähme, so müsse das ganze Gut unter den Hammer kommen, und sie selbst könnten betteln gehen. Der Graf sei so schwach, verlasse sich so blind auf Mitenka

[1] Meine liebe Mama — Ihr gehorsamer Sohn.

und sei so gutmütig und lasse sich von einem jeden derartig übers Ohr hauen, daß die Dinge immer schlimmer und schlimmer geworden seien. „Ich flehe dich um Gottes willen an, komme sofort her, wenn du nicht mich und alle deine Angehörigen unglücklich machen willst", schrieb die Gräfin.

Dieser Brief machte auf Nikolai Eindruck. Er hatte jenen gesunden Menschenverstand der Mittelmäßigkeit, der ihm zu sagen vermochte, was getan werden mußte.

Er mußte jetzt nach Hause fahren, und wenn er auch noch nicht seinen Abschied zu nehmen brauchte, so mußte er sich beurlauben lassen. Warum er eigentlich nach Hause fahren mußte, das wußte er selbst nicht. Nach dem Mittagsschlaf ließ er seinen Grauschimmel Mars satteln, einen bösartigen Hengst, den er lange nicht mehr geritten hatte, und als er auf dem schweißnassen Pferde wieder nach Hause gekommen war, da erklärte er Lawruschka – dem früheren Burschen Denissows, den er von diesem übernommen hatte – sowie den abends zu ihm kommenden Kameraden, er würde um Urlaub bitten und nach Hause fahren. Es war freilich ein sonderbarer und nicht leicht hinzunehmender Gedanke, daß er abreisen sollte, ohne vom Regimentsadjutanten erfahren zu haben, ob er im Hinblick auf die letzten Manöver seine Beförderung zum Rittmeister oder aber den Annenorden erhalten würde, eine Frage, die ihn sehr beschäftigte. Es war freilich ein sonderbarer Gedanke, daß er abreisen sollte, ohne dem Grafen Goluchowski die rehbraune Troika verkauft zu haben, wegen deren Verkauf er mit dem Polen in Unterhandlungen stand und deren erhoffter Preis, zweitausend Rubel, Rostow bereits zum Gegenstand einer Wette gemacht hatte. Es war ferner geradezu unfaßlich, daß er bei dem Ball nicht dabeisein sollte, den die Husaren der Panna Przazdecka geben wollten, um damit die Ulanen auszustechen, die einen Ball zu Ehren ihrer Panna Borzozowska gegeben hatten. Indessen wußte er, daß er abreisen mußte, hinaus aus dieser klaren, guten, übersichtlich geordneten Welt an einen ihm fremd gewordenen Ort, wo es nichts gab als Unsinn und Wirrwarr. Eine Woche darauf hatte er die Urlaubsbewilligung. Die Kameraden, nicht nur die von seinem Regiment, sondern von der ganzen Brigade, gaben Rostow ein Diner, dessen Subskriptionspreis fünfzehn Rubel für das Gedeck betrug. Zwei Musikkapellen spielten, zwei Sängerchöre sangen, Rostow tanzte den Trepak mit dem Major Bassow, die betrunkenen Offiziere fielen ihm um den Hals, prellten ihn, wie es bei militärischen Abschiedsfeiern Sitte war, und ließen ihn dabei fallen. Die Mannschaften der dritten Schwadron prellten ihn ebenfalls und schrien dazu Hurra. Dann wurde Rostow in einen Schlitten verstaut und bis zur nächsten Station von den Kameraden begleitet.

Wie das zu gehen pflegt, waren Rostows Gedanken während der ersten Hälfte der Reise, von Krementschug bis Kiew, noch gänzlich bei allem, was er verlassen hatte, bei seiner Schwadron. Als aber die erste Hälfte des Weges hinter ihm lag, da begann er allmählich die rehbraune Troika und seinen Wachtmeister Doshojwejka zu vergessen und sich voller Unruhe die Frage vorzulegen, was ihn in Otradnoje wohl erwartete. Je mehr er sich dem elterlichen Gut näherte, um so mächtiger traten diese Gedanken an das Elternhaus in den Vordergrund – als sei unser Empfindungsleben dem gleichen Gesetz der Fallgeschwindigkeit unterworfen, das die Bewegung des fallenden Körpers sich im Quadrat der Entfernung beschleunigen läßt. Auf der letzten Station vor Otradnoje spornte er den Eifer des Postillons durch ein Trinkgeld von drei Rubeln an, und bald darauf stürmte er atemlos wie ein kleiner Junge die Portalstufen hinan.

Der Jubelsturm der Begrüßung hatte sich gelegt: Nikolai war eines seltsamen Gefühls der Enttäuschung Herr geworden, das angesichts der Kluft zwischen dem Erwarteten und der Wirklichkeit über ihn gekommen war – „alle sind sie genau wie früher, warum habe ich mich denn so beeilt?" – und begann sich nun allmählich in der altvertrauten Welt des väterlichen Hauses wieder einzuleben. Der Vater und die Mutter waren zwar ein wenig gealtert, aber in ihrem Wesen unverändert. Neu war an ihnen eine gewisse Unruhe und dazwischen ein Auseinandergehen der Ansichten, das früher nicht dagewesen war; Nikolai merkte bald, daß diese Veränderung in der zerrütteten wirtschaftlichen Lage ihren Grund hatte. Sonja ging in ihr zwanzigstes Jahr. Ihre Schönheit nahm jetzt nicht mehr zu, und sie verhieß mehr, als bereits da war; aber das war auch genug. Seit Nikolai wieder im Hause war, atmete ihr ganzes Wesen Glück und Liebe, und Nikolai gewahrte die unerschütterliche Liebe dieses Mädchens mit Freude. Am meisten wunderte er sich aber über Petja und Natascha. Petja war bereits ein großer, dreizehnjähriger, hübscher und zu allem witzigen Mutwillen aufgelegter Junge; auch Stimmwechsel hatte er bereits. Aber das Erstaunlichste war doch Natascha; Nikolai mußte immer lachen, wenn er sie ansah.

„Du hast nichts mehr von der Natascha von früher", sagte er.

„Wieso denn? Bin ich häßlicher geworden?"

„Im Gegenteil. Aber du hast so eine besondere Würde! Schon eine richtige Fürstin!" flüsterte er.

„Ja, ja, ja", antwortete Natascha ganz glücklich.

Sie erzählte ihm die Geschichte ihrer Liebe zum Fürsten Andrej, erzählte von seinem Besuch in Otradnoje und zeigte dem Bruder den letzten Brief ihres Verlobten.

„Freust du dich auch?" fragte Natascha. „Mir ist jetzt so ruhig und glücklich ums Herz."

„Gewiß freue ich mich", antwortete Nikolai. „Er ist ein ausgezeichneter Mensch. Bist du auch sehr in ihn verliebt?"

„Wie soll ich dir das sagen?" erwiderte Natascha. „Ich war in Boris verliebt, in meinen Gesanglehrer, in Denissow, aber das war alles etwas ganz anderes. Jetzt ist mir so ruhig und fest zumut. Ich weiß, daß es keinen besseren Menschen gibt als ihn, und darum ist mir auch so ruhig und glücklich ums Herz. Es ist etwas ganz anderes als früher ..."

Nikolai meinte, es wolle ihm nicht gefallen, daß die Hochzeit um ein Jahr hinausgeschoben sei. Aber da griff Natascha den Bruder mit förmlicher Leidenschaft an und erklärte ihm, das ginge nun einmal nicht anders, und es wäre doch durchaus verwerflich, wenn sie gegen den Willen des alten Fürsten in die Familie einträte, und sie selbst habe es gewollt.

„Das verstehst du nicht, das verstehst du eben nicht", sagte sie.

Und Nikolai gab ihr ohne weitere Einwendungen recht.

Er wunderte sich oft, wenn er sie ansah. Sie glich in nichts dem Bilde, das man sich von einer liebenden, von ihrem Bräutigam getrennten Braut macht. Ganz wie früher war sie gleichmäßig ruhig und heiter. Nikolai wunderte sich darüber und begann die Verlobung mit Bolkonskij schließlich mit einem gewissen Mißtrauen zu betrachten. Er wollte nicht recht glauben, daß Nataschas Schicksal bereits ganz festgelegt sein sollte, und konnte das auch um so weniger, als er sie nie mit dem Fürsten Andrej zusammen gesehen hatte. Er konnte sich des Gefühls nicht erwehren, als sei bei diesem Heiratsplan irgend etwas nicht in Ordnung. „Warum dieser Aufschub, warum keine öffentliche Verlobung?" dachte er. Einmal sprach er mit seiner Mutter über diese Dinge und fand dabei zu seinem Erstaunen, aber gewissermaßen auch zu seiner Genugtuung, daß die Mutter genauso wie er dieser Heirat in der Tiefe ihres Herzens manchmal ein gewisses Mißtrauen entgegenbrachte.

Sie zeigte dem Sohn einen Brief des Fürsten Andrej und sagte mit jenem geheimen Gefühl von Mißgunst, mit dem jede Mutter an das künftige Eheglück ihrer Tochter denkt: „Da schreibt er gerade, er könne nicht vor dem Dezember kommen. Was kann ihn denn daran hindern? Wahrscheinlich seine Kränklichkeit! Mit seiner Gesundheit steht es überhaupt schwach. Aber sage Natascha nichts davon. Wenn sie jetzt heiter ist, so darfst du dich dadurch nicht irreführen lassen. Sie will eben noch ihre letzte Mädchenzeit genießen, aber ich weiß, wie es ihr jedesmal ums Herz ist, wenn Briefe von ihm ankommen. Übrigens denke ich, Gott wird schon alles zum besten lenken, und er ist ja auch so ein ausgezeichneter Mensch", pflegte die Gräfin solche Gespräche zu schließen.

II

In der ersten Zeit seiner Anwesenheit in Otradnoje war Nikolai ernst und sogar mürrisch. Ihn quälte die vor ihm liegende Notwendigkeit, sich in diese dummen Wirtschaftsangelegenheiten zu stürzen, um derentwillen die Mutter ihn hergerufen hatte. Um diese Last von seinen Schultern loszuwerden, ging er am dritten Tage nach seiner Ankunft, ohne die Frage, wohin er wolle, zu beantworten, grimmig und mit gerunzelter Stirn zu Mitenka in den Seitenflügel und verlangte von ihm „die Abrechnungen über alles". Was unter solchen „Abrechnungen über alles" zu verstehen war, das wußte Nikolai noch weniger als der erschrockene und wie vor den Kopf geschlagene Mitenka. Die Auseinandersetzung der beiden und Mitenkas Rechenschaftsbericht dauerten nicht lange. Der Gemeindeälteste, sein Gehilfe und der Schreiber, die im Vorzimmer warteten, hörten mit Schrecken und Genugtuung zugleich, wie die Stimme des jungen Grafen aufbrüllte und losdonnerte und wie Schimpfworte und Drohungen immer lauter anschwellend einander jagten.

„Dieb! Undankbares Vieh! Ich schlage dich tot, du Hund! An mir sollst du etwas anderes kennenlernen als an meinem Vater! Viel zu gut war er gegen dich! Bestohlen hast du ihn!" So ging es weiter.

Dann sahen die drei Männer im Vorzimmer, mit nicht geringerer Genugtuung und Angst, wie der junge Graf, ganz rot im Gesicht und mit blutunterlaufenen Augen, Mitenka am Kragen aus dem Zimmer schleppte und ihn mit großer Gewandtheit immer zwischen zwei Schimpfworten abwechselnd mit dem Fuß und dem Knie gegen den Hintern stieß. Dazu schrie er: „Hinaus mit dir! Laß dich hier nie wieder sehen, du Schuft!"

Mitenka flog kopfüber die sechs Stufen hinab und flüchtete in den sogenannten Blumengarten. Dieser Blumengarten war in Otradnoje der bevorzugte Zufluchtsort all derer, die etwas angestellt hatten. Mitenka selbst versteckte sich in diesem Blumengarten, wenn er betrunken aus der Stadt gekommen war, und viele Leute von Otradnoje, die Grund hatten, sich vor Mitenka zu verstecken, hatten die rettende Kraft dieses „Blumengartens" erprobt.

Mitenkas Frau und seine Schwägerinnen steckten die erschrockenen Gesichter aus einer auf den Flur führenden Zimmertür; durch die Türspalte sah man einen kochenden blankgeputzten Samowar und ein hochgetürmtes Bett mit einer aus kleinen Tuchstücken zusammengesetzten wattierten Decke, wie man sie bei Verwaltern und Handelsgehilfen findet.

Der junge Graf ging ganz außer Atem an den Frauen vorüber, ohne sie zu beachten, und kehrte entschlossenen Schrittes ins Herrenhaus zurück.

Die Gräfin hatte durch die Stubenmädchen sofort erfahren, was im Seitenflügel vorgefallen war. Auf der einen Seite war ihr dies Vorkommnis eine gewisse Beruhigung, denn sie glaubte, nun müßten ihre Vermögensverhältnisse wieder in Ordnung kommen; auf der anderen Seite machte sie sich Gedanken darüber, ob dieser aufregende Vorfall nicht nachteilige Folgen für die Gesundheit ihres Sohnes haben könnte. Sie schlich sich einige Male auf den Zehenspitzen an seine Tür und horchte, wie er geräuschvoll eine Pfeife nach der andern rauchte.

Am nächsten Tage rief der alte Graf seinen Sohn beiseite und sagte mit einem schüchternen Lächeln:

„Weißt du, mein lieber Junge, du warst gestern wirklich ohne Grund in solche Hitze geraten! Mitenka hat mir bereits alles erklärt."

„Na, das wußte ich ja", dachte Nikolai, „daß ich hier in dieser Narrenwelt nichts richtig verstehen werde."

„Du warst so böse geworden, weil er diese siebenhundert Rubel nicht eingetragen hatte. Aber sie waren eben als Transport auf der anderen Seite gebucht, und du hattest nicht weitergeblättert."

„Papachen, ein Schuft und ein Dieb ist er, das weiß ich. Und was ich getan habe, das habe ich getan. Aber wenn Sie es nicht wollen, dann werde ich ihm nie wieder etwas sagen."

Der Graf wußte, daß er selbst ein schlechter Haushalter war und vor seinen Kindern und seiner Frau, der das Gut gehörte, eine große Schuld auf sich geladen hatte, ohne daß er wußte, wie das in Ordnung zu bringen gewesen wäre.

„Aber so meine ich es doch nicht, mein lieber Junge", sagte er verlegen, „so meine ich es doch nicht, ich bitte dich sogar sehr herzlich, dich der Wirtschaft anzunehmen. Ich bin alt und ich . . ."

„Nein, Papachen, verzeihen Sie mir, wenn ich etwas getan habe, was Ihnen gegen den Strich geht. Ich verstehe davon ja nicht so viel wie Sie."

„Mag doch der Teufel das alles holen, diese Bauern und diese Geldverrechnungen und diese Transporte auf der anderen Seite! Ich habe wohl einmal etwas vom Parolibiegen, von Bank und Stamm und Einsatz verstanden, aber von diesen Transporten auf der andern Seite verstehe ich den Teufel etwas", sagte er sich und mischte sich von da an nicht mehr in die Geschäfte.

Einmal bat die Gräfin ihren Sohn zu sich und teilte ihm mit, daß sie einen auf zweitausend Rubel lautenden Wechsel von Anna Michailowna hätte. Sie fragte ihn, was sie seiner Meinung nach wohl damit machen sollte.

„Sie haben mich nach meiner Meinung gefragt, und ich will sie Ihnen nicht vorenthalten", sagte Nikolai. „Ich kann Anna Michailowna ebensowenig ausstehen wie Boris, aber sie waren mit uns befreundet und sind arm. Was Sie mit diesem Wechsel machen sollen? Das!" und damit zerriß er den Wechsel, und die alte Gräfin weinte Rührungs- und Freudentränen.

Das war das letztemal, daß der junge Rostow sich um eine geschäftliche Angelegenheit gekümmert hatte. Von da an befaßte er sich mit leidenschaftlicher Hingabe mit der Hetzjagd, die beim alten Grafen in großem Maßstabe getrieben wurde und für Nikolai etwas Neues bedeutete.

III

Der Sommer war vorbei, und die Morgenfröste ließen die vom Herbstregen aufgeweichte Erde erstarren. Die Wintersaat hatte sich bereits verfilzt und zeichnete sich lichtgrün von den Streifen der braun gewordenen, vom Vieh zertretenen Winterstoppeln, der lichtgelben Sommerstoppeln und den rötlichen Buchweizenstreifen ab. Ende August hatten die baumbestandenen Anhöhen und kleinen Waldstücke noch grüne Inseln mitten zwischen den schwarzen Wintersaatfeldern und Stoppeläckern gebildet; jetzt lagen sie als goldige und hellrote Inseln mitten zwischen den lichtgrünen Wintersaatfeldern. Der graue Hase hatte den Haarwechsel schon zur Hälfte hinter sich, die jungen Füchse vom diesjährigen Wurf schwärmten bereits aus, und die jungen Wölfe waren schon größer als Hunde. Es war die beste Zeit zur Jagd. Der junge Rostow war mit dem größten Eifer dabei. Seine Hunde waren nicht nur ihrem Körperzustand und ihrer Dressurstufe nach in jagdmäßiger Verfassung, sondern bereits so wolfsscharf und ungeduldig, daß in einer gemeinsamen Jägerberatung der Beschluß gefaßt wurde, den Hunden noch drei Tage Ruhe zu lassen und am 16. September zur Jagd aufzubrechen; zuerst sollte ein dichter Eichenwald in Angriff genommen werden, in welchem ein noch unaufgescheuchtes Wolfsrudel hauste.

So standen die Dinge am 14. September.

Diesen ganzen Tag über blieben die Jagdgenossen zu Hause; es herrschte scharfer Frost, allein gegen Abend wurde es wärmer und begann zu tauen. Als der junge Rostow in der Frühe des 15. September, noch im Schlafrock, aus dem Fenster blickte, da sah er einen Jagdmorgen, wie er gar nicht schöner hätte sein können: es war, als wolle der ganze Himmel hinschmelzen und sich langsam bei vollkommener Windstille auf die Erde herniederlassen. Die einzige Bewegung, die sich in der Luft wahrnehmen ließ, war das langsame Niedergleiten mikroskopisch kleiner, feuchter Nebeltröpfchen. Im Garten hingen durchsichtige Tropfen an den kahlgewordenen Zweigen und ließen sich auf die erst ganz vor kurzem abgefallenen Blätter sinken. Die Erde im Gemüsegarten glänzte feucht und schwarz wie Mohnkügelchen und rann für den Blick schon auf eine kurze Entfernung mit dem trüben und feuchten Nebelschleier zusammen. Nikolai trat auf die feuchte und von Stiefelspuren schmutzige Freitreppe hinaus: es roch nach welkem Laub und nach Hunden. Die schwarzgefleckte Hündin Milka mit den großen, schwarzen, vorquellenden Augen, die auf ihrem breitgebauten Hinterteil dagelegen hatte, erhob sich, als sie den Herrn erblickt hatte, streckte das Hinterteil und legte sich dann in jener Stellung hin, die der russische Jäger als Steppenhasenstellung bezeichnet; dann sprang sie ganz plötzlich in die Höhe und leckte Nikolai über Nase und Schnurrbart. Ein zweiter Windhund stürzte, kaum daß er den Herrn vom Blumengarten aus erblickt hatte, mit gekrümmtem Rücken auf die Freitreppe zu, hob die Rute und rieb sich an Nikolais Beinen.

„Ahoi!" klang in diesem Augenblick jener mit keiner Schrift der Welt wiederzugebende Jägerruf, der den tiefsten Baß und den schrillsten Tenor in sich vereinigt, und um die Ecke kam der Oberpiqueur und Jagdmeister Danila, das Haar nach ukrainischer Weise verschnitten, ein in seinem Berufe graugewordener Jäger mit verrunzeltem Gesicht. Die langriemige Hetzpeitsche trug er zusammengebogen in der Hand. Auf seinem Gesicht lag jener Ausdruck des Selbstbewußtseins und der geringschätzigen Weltverachtung, der ausschließlich Jägern eigen zu sein pflegt. Er zog vor dem jungen Herrn seine Tscherkessenmütze und sah ihn geringschätzig an. Aber diese Geringschätzung hatte für den Herrn nichts Beleidigendes, denn Nikolai wußte trotz allem, daß dieser Danila, der alles verachtete und sich über alles erhaben fühlte, eben sein Jäger und eigener Mann war.

Angesichts dieses Jagdwetters, dieser Hunde und dieses Jägers fühlte Nikolai jene unwiderstehliche Jagdlust über sich kommen, die den Menschen alle anderen Vorsätze und Pläne vergessen läßt wie die Gegenwart der Geliebten den Liebenden.

„Danila!" sagte Nikolai schüchtern.

„Was befehlen Ew. Erlaucht?" fragte der Oberpiqueur mit seinem vom vielen Hetzgeschrei heiseren Protodiakonsbaß, und zwei schwarze Augen blitzten zu dem Herrn empor, der wieder verstummt war. Es war, als sagten diese beiden Augen: „Nun, du kannst es wohl auch nicht mehr aushalten?"

„Ein schöner Tag, was? Heute so eine kleine Hetzjagd, was?" meinte Nikolai und kraute Milka hinter den Ohren.

Danila zwinkerte ihm nur schweigend zu. „Bei Tagesanbruch habe ich Uwarka geschickt, um sie zu verhören", sagte endlich die Baßstimme. „Er sagt, sie sei nach der Schonung von Otradnoje herübergewechselt, da hätten sie geheult."

Das sollte heißen, die Wöfin, an die sie beide dachten, habe sich mit ihren Jungen in einen nicht sehr großen, von Äckern umgebenen Wald, zwei Werst vom Herrenhause Otradnoje entfernt, verzogen.

„Da müßte man also wohl reiten?" meinte Nikolai. „Komm doch mit Uwarka zu mir."

„Wie Sie befehlen."

„Dann warte also noch mit dem Füttern."

„Zu Befehl."

Fünf Minuten später standen Danila und Uwarka in Nikolais großem Kabinett. Danila war von nicht sehr hohem Wuchse, und doch war es, wenn man ihn so im Zimmer sah, als sähe man ein Pferd oder einen Bären auf dem Parkett mitten zwischen Möbeln und sonstigem menschlichen Hausrat. Danila selbst mochte ein Gefühl dafür haben, und so blieb er auch jetzt wie gewöhnlich dicht an der Tür stehen, gab sich Mühe, so leise wie möglich zu sprechen und keinerlei Bewegungen zu machen, um in den herrschaftlichen Zimmern nicht irgendeinen Schaden anzurichten und so schnell wie möglich zu sagen, was er zu sagen hatte und dann wieder zu machen, daß er aus den vier Wänden des Zimmers unter den grenzenlosen und freien Himmel kam.

Nikolai hatte bald alle nötigen Auskünfte erhalten und Danila, der selbst die größte Lust hatte, loszureiten, ohne Mühe zu der Versicherung gebracht, daß die Meute in jagdbereitem Zustande sei. Er gab also Befehl zum Satteln. Danila wollte gerade das Zimmer verlassen, als Natascha, noch unfrisiert und noch nicht fertig angezogen, in ein großes, der Kinderfrau gehöriges Tuch gehüllt, mit raschen Schritten hereinkam. Gleich hinter ihr stürzte auch Petja ins Zimmer.

„Du reitest?" sagte Natascha. „Das wußte ich doch! Sonja meinte, ihr würdet nicht reiten. Aber ich sagte mir gleich, daß man einen solchen Tag wie heute nicht vorübergehen lassen kann!"

„Ja", antwortete Nikolai unlustig. Er hatte vor, heute eine wirklich ernsthafte Jagd zu veranstalten, und wollte Natascha und Petja daher nicht mitnehmen. „Wir reiten, aber nur auf Wölfe, das kann dir doch keinen Spaß machen."

„Du weißt doch, daß es für mich kein größeres Vergnügen gibt", sagte Natascha. „Das ist nicht hübsch, er selbst will reiten, er läßt schon satteln und hat uns keinen Ton gesagt."

„Gegen Rußland hilft kein Wehren!" zitierte Petja aus dem seinerzeit auf Bagration gedichteten Siegesliede. „Wir wollen reiten!"

„Du darfst ja gar nicht mit, Mama hat es dir doch verboten", sagte Nikolai zu Natascha.

„Nein, ich reite doch, ich reite ganz bestimmt mit", erklärte Natascha entschieden. „Danila", wandte sie sich an den Jagdmeister, „lasse für uns satteln, und Michaila soll mit meiner Koppel reiten."

Danila war es im Zimmer ohnehin befangen und bedrückt zumut, aber es nun auch noch mit dem gnädigen Fräulein zu tun zu haben, das erschien ihm als ein Ding der Unmöglichkeit. Mit niedergeschlagenen Augen machte er, daß er davonkam, als ginge ihn die ganze Sache nichts an, und gab sich dabei die größte Mühe, dem gnädigen Fräulein nicht versehentlich irgendeinen Schaden zuzufügen.

IV

Der alte Graf hatte von jeher eine große Jagd gehalten, neuerdings aber alles, was in dieses Gebiet gehörte, der Leitung und Fürsorge seines Sohnes überlassen. An diesem Tage, dem fünfzehnten September, schickte er sich in der aufgeräumtesten Stimmung zum Mitreiten an.

Nach einer Stunde war die ganze Jagdgesellschaft vor der Freitreppe versammelt. Natascha und Petja wollten Nikolai irgend etwas erzählen, aber er ging mit strenger und ernster Miene an ihnen vorüber und ließ deutlich merken, daß er jetzt für Kindereien keine Zeit mehr habe. Er musterte alles, was bei der Jagd mitzuwirken hatte, und schickte dann einige Koppeln Hunde mit mehreren Jägern um die Schonung herum. Dann setzte er sich auf seinen Fuchs Donez, pfiff den Hunden seiner Koppel und ritt über die Tenne auf das Feld zu, durch das es nach der Schonung ging. Das Pferd des alten Grafen, einen Schweißfuchswallach namens Wifljanka, führte sein Reitknecht, während der Graf selbst im Jagdwagen an Ort und Stelle fahren wollte. Im ganzen wurden vierundfünfzig Hetzhunde unter sechs Piqueuren und Hundewärtern zu Pferde mitgenommen. Außer der Herrschaft waren noch acht Jäger mit vierzig Windhunden von der Partie, so daß im ganzen zwanzig berittene Jäger und einschließlich der herrschaftlichen Koppeln rund hundertdreißig Hunde zur Jagd auszogen.

Jeder Hund kannte seinen Herrn und den Namen, mit dem dieser ihn rief. Jeder Jäger kannte sein Handwerk, seinen Platz und seine Bestimmung. Als sie aus dem Gutshof heraus waren, ritten sie alle ohne Lärm und ohne viel Reden ruhig und mit gleichen Abständen in breiter Front auf dem Wege und über das Feld auf den Wald von Otradnoje zu.

Die Pferde gingen über das Feld wie über einen weichen Teppich, ab und zu, wenn man über Wegekreuzungen kam, durch Wasserlachen patschend. Immer noch schien sich der neblige Himmel unmerklich und gleichmäßig auf die Erde niederlassen zu wollen. Die Luft war unbewegt, warm und still. Nur hin und wieder hörte man den Pfiff eines Jägers oder das Schnauben eines Pferdes oder den Schlag einer Hetzpeitsche und das Winseln eines Hundes, der sich von seinem Platze entfernt hatte.

Die Rostowsche Jagdgesellschaft hatte etwa eine Werst zurückgelegt, als aus dem Nebel fünf ihnen entgegenkommende Reiter mit Hunden auftauchten. Voran ritt ein frischer, stattlich aussehender alter Mann mit großem, grauem Schnauzbart.

„Guten Tag, Onkelchen", sagte Nikolai, als der Alte näher herangekommen war.

„Na, klar doch! Das wußte ich ja", meinte der Onkel, ein entfernter Verwandter und mäßig begüterter Gutsnachbar der Rostows. „Das wußte ich ja, daß es dich nicht zu Hause halten würde. Recht so. Na, klar doch!" Das war die Lieblingswendung des Onkels. „Mach nur gleich, daß du an die Schonung kommst, mein Girtschik hat mir nämlich gemeldet,daß die Ilagins mit allem, was zu einer richtigen Hetzjagd gehört, in Korniki halten. Na, klar doch, die wollen dir die ganze Brut vor der Nase wegnehmen."

„Dahin will ich ja gerade. Aber wollen wir nicht unsere Koppeln zusammentun? Wie wäre es damit?" fragte Nikolai.

Sie taten ihre Hunde zu einer Meute zusammen, und der Onkel und Nikolai ritten nebeneinander weiter. Natascha, in Tücher eingewickelt, aus denen ihr munteres Gesicht mit den blitzenden Augen herauslugte, kam auf die beiden zugaloppiert, gefolgt von ihren unzertrennlichen Begleitern Petja und dem als Jäger und Stallknecht gleichzeitig fungierenden Michaila, der ihr für diese Jagd gewissermaßen als Kinderfrau zugeteilt worden war. Petja lachte aus irgendeinem Grunde, schlug sein Pferd und gab ihm einen Ruck mit der Kandare. Natascha saß gewandt und voller Selbstvertrauen auf ihrem Rappen Arabtschik und parierte ihn ohne Mühe mit sicherer Hand.

Der Onkel warf Petja und Natascha einen mißbilligenden Blick zu. Er konnte es nicht leiden, wenn kindischer Mutwille in eine so ernste Sache hineingetragen wurde, wie es die Jagd für ihn war.

„Guten Tag, Onkelchen, wir reiten auch mit!" schrie Petja.

„Guten Tag, guten Tag, das kann jeder sagen, paßt lieber auf, daß ihr nicht einen von den Hunden überreitet", antwortete der Onkel streng.

„Nikolenka, was für ein reizendes Hündchen ist doch Trunila! Er hat mich gleich erkannt", sagte Natascha, die für diesen Trunila eine besondere Vorliebe hatte.

„Erstens ist Trunila kein Hündchen, sondern ein Hatzrüde", dachte Nikolai und streifte die Schwester mit einem strengen Blick, um ihr den Abstand in die Erinnerung zu rufen, der in diesem Augenblick zwischen ihnen lag. Und Natascha verstand diesen Blick.

„Sie müssen nicht denken, Onkelchen, daß wir einem von Ihnen ins Handwerk pfuschen wollen", sagte Natascha. „Wir werden unsere Plätze einnehmen und uns nicht rühren."

„Sehr brav von Ihnen, Komteßchen", meinte der Onkel. „Fallen Sie mir nur nicht vom Pferde. Im Sattel gibt es nämlich keine Sofalehne. Na, klar doch!"

Wie eine Insel tauchte die Schonung jetzt in einer Entfernung von etwa hundert Klaftern auf, und die Jäger kamen rasch näher. Rostow und der Onkel einigten sich endgültig darüber, wo die Hunde angesetzt werden sollten. Dann wies Nikolai Natascha einen Platz an, an dem wirklich unmöglich etwas vorbeilaufen konnte, und machte sich selbst auf den Weg, um im Bogen um die Schlucht herumzureiten.

„Na, alter Neffe, du wirst an einen Mordskerl von Wolf geraten", sagte der Onkel. „Gib nur acht, daß er dir nicht durch die Lappen geht."

„Wollen sehn, was sich tun läßt", antwortete Rostow. „Karai, huit!" schrie er, gleichsam als Antwort auf die Worte des Onkels. Karai war ein alter und häßlicher Rüde, von jener heute selten gewordenen grauen, schnauzhaarigen Gattung, die eine Kreuzung von Wind- und Schäferhunden darstellt. Er war bekannt dafür, daß er allein den stärksten Wolf annahm.

Alle begaben sich an ihre Plätze.

Der alte Graf kannte die hitzige Jagdleidenschaft seines Sohnes und hatte sich daher beeilt, um nicht zu spät zu kommen. In der Tat hatten die Piqueure noch nicht ihre Plätze eingenommen, als Ilja Andreïtsch auch schon in bester Laune mit gerötetem Gesicht und vom Schütteln des Wagens zitternden Backen mit seinem Rappengespann quer über die Wintersaat auf seinen Platz zugefahren kam. Er schob seinen Pelz zurecht, legte alle zur Jagd gehörigen Ausrüstungsgegenstände an und stieg auf seinen blank geputzten, gut genährten, frommen und friedlichen Wifljanka, der schon ebenso grau geworden war wie er selbst. Die Jagddroschke wurde zurückgeschickt. Graf Ilja Andreïtsch, der zwar kein sehr leidenschaftlicher Jäger war, mit allen Jagdgebräuchen aber genau Bescheid wußte, ritt an seinen Platz im Gebüsch am Waldrande, brachte seine Zügel in Ordnung, schob sich im Sattel zurecht und sah sich dann lächelnd um, in dem Bewußtsein, nunmehr zum Beginn der Jagd fertig zu sein.

Neben ihm hielt Semeon Tschekmar, ein alterprobter Jagdreiter, der mit den Jahren aber schwerfällig geworden war und jetzt beim Grafen die Stelle eines Kammerdieners versah. Tschekmar hielt drei scharfe Wolfshunde an der Koppel, die aber ebenso wie ihr Herr und sein Pferd alt und fett geworden waren. Zwei andere Hunde, bejahrte und erfahrene Tiere, hatten sich ungekoppelt gelagert. Ungefähr hundert Schritte weiter hielt im Gebüsch am Waldsaum ein anderer Reitknecht des Grafen, Mitka, ein sehr waghalsiger Reiter und leidenschaftlicher Jäger. Nach altem Brauch leerte der Graf vor Beginn der Jagd einen silbernen Becher mit auf Gewürz abgezogenem Jägerschnaps, aß einen kleinen Happen und trank dann eine halbe Flasche von seinem Lieblingsbordeaux.

Ilja Andreïtsch war vom Wein und vom raschen Fahren ein wenig rot geworden; seine feuchtschimmernden Augen glänzten, und wie er so, in seinen Pelz eingemummt, im Sattel saß, da erinnerte er an ein Kind, das man zum Spazierengehen hergerichtet hat.

Der hagere, schmalgesichtige Tschekmar machte sich jagdfertig und sah dann seinen Herrn an, mit dem er seit dreißig Jahren ein Herz und eine Seele gewesen war, und da er dessen aufgeräumte Stimmung bemerkte, so erwartete er ein vergnügtes Gespräch mit ihm.

Inzwischen war noch eine dritte Person vorsichtig – als sei sie darauf ganz besonders abgerichtet – am Waldsaum entlang herangeritten und hielt jetzt hinter dem Grafen. Es war ein alter graubärtiger Mann, der einen Weibermantel und eine hohe Nachtmütze trug: ein Narr, der wie ein Frauenzimmer Nastasja Iwanowna genannt wurde.

Der Graf zwinkerte ihm zu und flüsterte: „Also, Nastasja Iwanowna, du brauchst uns bloß unsern Wolf zu verscheuchen, dann wird Danila es dir schon gründlich eintränken."

„Ich bin selber ein Kerl, der Haare auf den Zähnen hat", sagte Nastasja Iwanowna stolz.

„Pst!" zischte der Graf, wandte sich dann an Semeon und fragte: „Hast du Natalja Iljinitschna gesehen? Wo ist sie?"

„Mit Peter Iljitsch in der Gegend der Sharowy-Steppe", erwiderte Semeon lächelnd. „Ist doch eine Dame, und hat dabei so eine große Liebe zur Jagd."

„Und wunderst du dich nicht auch, wie sie zu Pferde sitzt, Semeon, was?" meinte der Graf. „Die kann sich neben jedem Mann sehen lassen!"

„Wie soll man sich da nicht wundern? So schneidig und so gewandt!"

„Und wo ist Nikolascha? Auf der Ljadowskij-Höhe, nicht wahr?" flüsterte der Graf weiter.

„Jawohl. Der junge Herr wissen schon, wo man Aufstellung nehmen muß. Und vom Reiten verstehen der junge Herr so viel, daß Danila und ich immer wieder staunen müssen", erwiderte Semeon, der ganz genau wußte, was der Herr gern hörte.

„Er reitet gut, was? Und was er für einen vorzüglichen Sitz hat, was?“

„Einfach zum Malen, wie ein Bild! Neulich wurde von der Sawarsinskij=Steppe aus ein Fuchs angesetzt. Und der junge Herr hinterher und kriegt ihn, das war wirklich eine Sache! Das Pferd tausend Rubel wert, der Reiter überhaupt nicht zu bezahlen! Ja, solch einen Reiter soll man erst suchen!“

„Soll man erst suchen ...“ wiederholte der Graf, der offenbar Semeon noch lange in dieser Weise hätte zuhören mögen. „Soll man erst suchen“, sagte er noch einmal, schlug die Schöße seines Pelzes zurück und zog die Tabatiere aus der Tasche.

„Und neulich, als der junge Herr in Uniform mit allen Orden und Ehrenzeichen aus der Kirche kamen, also da sagte Michail Sydorytsch ...“ Semeon sprach nicht weiter, denn durch die stille Luft hörte man das Hetzen und Kläffen von zwei oder drei Hatzrüden. Semeon senkte lauschend den Kopf und gab seinem Herrn ein stummes Zeichen, er möge sich ebenfalls ruhig verhalten. „Sie sind an das Wolfslager geraten“, flüsterte er, „sie treiben ihn gerade auf die Ljadowskij=Höhe zu.“

Der Graf hatte ganz vergessen, das Lächeln von seinem Gesicht verschwinden zu lassen; er sah durch die Schneise vor sich in die Ferne und hielt immer noch die Tabatiere in der Hand, ohne zu schnupfen. Unmittelbar nach dem Lautgeben der Hunde verkündete auch Danilas tiefklingendes Horn, daß der Wolf gefunden war. Nun schloß sich den drei ersten Hunden die ganze Meute an, und man hörte die Hatzrüden aufheulen, und zwar mit jenem ganz besonderen Klang der Stimme, der erkennen läßt, daß sie hinter einem Wolfe her sind. Die Piqueure feuerten nun die Hunde nicht mehr mit Peitschenknallen und Hetzgeschrei an, sondern nur noch mit dem Ruf „Uljulju!“, und alle anderen Stimmen wurden von der Danilas bald in dumpfen Baßtönen, bald in gellend durchdringendem Geschrei übertönt. Es war, als erfüllte Danilas Stimme den ganzen Wald, als dränge sie über den Wald noch hinaus und schalle weithin über die Felder.

Der Graf und sein Leibjäger hatten einige Sekunden schweigend gelauscht und dann den Eindruck gewonnen, daß die Hunde sich in zwei Meuten geteilt haben müßten; die eine, und zwar die größere, die ganz besonders wild und hitzig heulte, begann sich zu entfernen, während die andere in nicht allzu großer Entfernung vom Grafen durch den Wald jagte; bei dieser zweiten scholl Danilas Uljulju. Dann verschmolz der Lärm beider Meuten miteinander, und beide entfernten sich.

Semeon bückte sich ächzend, um einen Koppelriemen in Ordnung zu bringen, in den sich ein junger Rüde verwickelt hatte; auch der

Graf ließ ein Ächzen hören, und da er die Tabatiere in seiner Hand bemerkte, öffnete er sie und nahm eine Prise. „Zurück!" schrie Semeon einen Rüden an, der über den Waldsaum hinaus wollte. Der Graf fuhr zusammen und ließ die Tabatiere fallen. Nastasja Iwanowna saß ab, sah sich nach der Tabatiere um und hob sie auf. Der Graf und Semeon beobachteten dabei seine Bewegungen.

Wie das zu gehen pflegt, war der Lärm der Jagd plötzlich wieder aus nächster Nähe zu hören, und es war, als könnten nun jeden Augenblick die bellenden Hundemäuler und der schreiende und hetzende Danila dicht vor den wartenden Reitern auftauchen. Der Graf sah sich um und erblickte rechts neben sich Mitka, der ihn mit hervortretenden Augen ansah und nun, die Mütze abnehmend, nach der entgegengesetzten Seite vor sich hin zeigte.

„Achtung!" schrie er, und es war seiner Stimme anzumerken, daß dieses Wort schon eine ganze Zeit lang sich in qualvoller Spannung von seinen Lippen hatte lösen wollen; dann ließ er die Hunde los und galoppierte auf den Grafen zu.

Der Graf und Semeon preschten aus dem Gebüsch am Waldsaum heraus und sahen linker Hand einen Wolf, der in gleichmäßigen, ruhigen Sprüngen auf eine weiter links gelegene Partie des gleichen Waldsaumgebüsches zulief. Die wütend gewordenen Hunde heulten auf, rissen sich von der Koppel los und stürzten hart an den Pferdebeinen vorbei auf den Wolf zu.

Der Wolf hielt an, wandte mit einer ungeschickten Halsbewegung – es sah aus, als habe er die Halsbräune – seinen breitstirnigen Kopf den Hunden zu, machte dann noch einige Sprünge, ebenso gleichmäßig und ruhig wie zuvor, und verschwand, mit dem Schweif hin und her schleudernd, im Waldsaum. Im gleichen Augenblick fuhr mit einem Heulen, das an Kinderweinen erinnerte, anscheinend verwirrt ein Hatzrüde hervor, es folgte ihm ein zweiter und dritter, und nun stürmte die ganze Meute über das Feld hinweg auf die Stelle zu, an welcher der Wolf in den Wald hineingewechselt war. Hinter den Hatzrüden teilten sich die Haselsträucher, und Danilas Brauner, ganz schwarz vor Schweiß, sprang heraus. Auf seinem langen Rücken saß Danila zu einem Knäuel zusammengeballt, ganz nach vorne herübergebeugt; die Mütze hatte er verloren, und das schweißbedeckte Gesicht glühte rot unter den wirren grauen Haaren.

„Uljuljulju, uljulju!" schrie er. Als er den Grafen sah, funkelte es in seinen Augen auf wie von Blitzen.

„Pfui!" schrie er und drohte dem Grafen mit der erhobenen Peitsche. „Den Wolf vorbeizulassen! Das wollen Jäger sein!" Und als sei ihm der verlegene, erschrockene Graf keines weiteren Wortes wert, schlug er mit der ganzen Wut, die eigentlich dem Grafen galt, auf die schweißnassen Flanken seines braunen Wallachs ein und jagte den Hatzrüden nach. Der Graf stand da wie ein kleiner Junge, der eine verdiente Strafe erhalten hat; er sah sich um und suchte durch ein schwaches Lächeln bei Semeon Mitleid mit seiner Lage zu wecken. Semeon war aber nicht mehr da. Er galoppierte durch das Gebüsch, um dem Wolf den Weg zur Schonung zu verlegen. Von zwei anderen Seiten her versuchten die Piqueure mit den Windhunden das gleiche. Aber der Wolf preschte durch das Gebüsch, und nicht ein einziger von den Jägern vermochte seiner habhaft zu werden.

V

Nikolai Rostow hielt inzwischen in Erwartung des Wolfs an seinem Platz. An dem Anschwellen und Abklingen des Jagdlärms, an der Art, in der die ihm bis ins kleinste vertrauten Hunde bellten, und an dem Lauter= oder Leiserwerden des Jagdgeschreies der Piqueure erkannte er, was in der Schonung vor sich ging. Er wußte, daß sich in der Schonung junge und alte Wölfe aufhielten; er wußte, daß die Hatzrüden sich in zwei Meuten geteilt hatten, daß sie irgendwo hinter einem Wolf her waren und daß nicht alles so gegangen war, wie man es hätte wünschen können. Jeden Augenblick erwartete er den Wolf in seiner Nähe auftauchen zu sehen. Er malte sich tausend verschiedene Situationen aus, suchte sich ein Bild davon zu machen, wie und von welcher Seite der Wolf kommen könnte und wie er ihn dann hetzen würde. Bald war er hoffnungsvoll, bald verzweifelt. Einige Male flehte er Gott an, er möchte doch den Wolf in der Nähe seines Platzes herauskommen lassen. Er betete in leidenschaftlicher Erregung, dabei aber mit jenem Gefühl von Verschämtheit, mit dem man wohl in Augenblicken einer starken, aber von geringfügigen Dingen verursachten Erregung zu beten pflegt. „Na, was kann es Dir schon ausmachen", sagte er zu Gott, „mir diesen Gefallen zu tun! Ich weiß ja, daß Du groß bist und daß es eigentlich eine Sünde ist, Dich um so etwas zu bitten. Aber ich bitte Dich doch, mache um Gottes willen, daß ein alter Wolf hier bei mir herauskommt und daß Karai vor den Augen des Onkelchens, der von seinem Platz aus immer zu mir herüberguckt, ihn an der Gurgel faßt und zur Strecke bringt." Tausendmal im Laufe dieser halben Stunde ließ Rostow seinen unruhigen, gespannten Blick hartnäckig über den Waldrand mit den zwei kahl über die jungen Espen aufragenden Eichen hineilen, über die Schlucht mit dem ausgewachsenen Rande und über die Mütze des Onkelchens, die rechterhand kaum wahrnehmbar hinter einem Busch hervorsah.

„Nein, so ein Glück fällt mir nicht in den Schoß", dachte Rostow,

„und dabei könnte es Gott doch wirklich nichts ausmachen! Nein, das gibt es nicht! Ich muß ja immer Unglück haben, im Kartenspiel, im Kriege und überhaupt immer." Austerlitz und Dolochow huschten rasch, aber scharf umrissen durch seine Phantasie. „Nur ein einziges Mal in meinem Leben möchte ich einen alten Wolf zur Strecke bringen, einen andern Wunsch habe ich nicht!" dachte er, und dann strengte er wieder Gesicht und Gehör an, spähte nach links und spähte nach rechts und lauschte auf die kleinsten Änderungen in der Klangfarbe des Jagdlärmes.

Er spähte gerade nach rechts, als er sah, daß sich etwas über das freie Feld hinweg auf ihn zu bewegte. „Nein, das kann ja gar nicht sein!" dachte Rostow und holte schwer Atem, wie ein Mensch es wohl tut, wenn etwas geschieht, auf das er lange, lange gewartet hat. Ein gewaltiges Glück wurde Wirklichkeit, und ganz einfach und schlicht, ohne Lärm, ohne Glanz, ohne geheimnisvolle Vorzeichen. Rostow traute seinen Augen nicht, und dieser Zustand des Zweifels währte etwas über eine Sekunde. Der Wolf lief weiter und sprang mühsam über einen Wasserlauf, der ihm im Wege lag. Es war ein altes Tier mit grauem Rücken und fettgefressenem, rötlichem Bauch. Er lief ohne große Hast, offenbar überzeugt, daß ihn niemand sähe. Rostow sah sich, ohne zu atmen, nach den Hunden um. Sie lagen und standen umher, ohne den Wolf zu sehen oder etwas von ihm zu wittern. Der alte Karai hatte den Kopf umgewandt und schnappte auf der Suche nach einem Floh ärgerlich an seinen Hinterbeinen herum, daß die gefletschten gelben Zähne knackten.

„Uljuljulju!" flüsterte Rostow mit weit aufgerissenem Munde. Die Hunde sprangen auf, daß das Metallzeug klirrte, und spitzten die Ohren. Karai schnappte noch einige Male über seine Hinterbeine hin, dann erhob er sich ebenfalls, spitzte die Ohren und wedelte ein wenig mit dem Schwanz mit den verfilzten Haarklumpen.

„Koppel loslassen oder nicht?" fragte Nikolai sich selbst, während der Wolf auf ihn zukam und nun, auf dem freien Felde, vom schützenden Walde recht weit entfernt war. Mit einemmal wandelte sich die ganze Physiognomie des Wolfes: er fuhr zusammen, als er plötzlich die wohl noch nie zuvor erblickten Augen eines Menschen auf sich gerichtet sah, und machte halt, den Kopf ein wenig nach dem Jäger hinwendend. „Vorwärts oder rückwärts? Ach, einerlei, also vorwärts!" schien er zu sich selbst zu sagen und lief dann mit seinen gleichmäßigen, ruhigen, keineswegs überhasteten, aber entschlossenen Sprüngen weiter, ohne nach rechts oder links zu sehen.

„Uljulju!" schrie Nikolai mit einer Stimme, die ihm selber fremd erschien, und nun stürmte sein gutes Pferd ganz von selbst Hals über Kopf bergab, setzte über die Wasserrinnen und suchte senkrecht auf die Laufrichtung des Wolfes zu stoßen; noch schneller rannten, das Pferd überholend, die Hunde. Nikolai hörte seinen eigenen Schrei nicht, merkte gar nicht, daß er galoppierte, sah weder die Hunde noch das Gelände, das er durchjagte; er sah nur den Wolf, der, sein Tempo verstärkend, ohne die Richtung zu verändern, durch eine Geländefalte lief. Ihm am nächsten war die schwarzgefleckte Milka mit dem breiten Hinterteil. Sie kam näher und näher, und jetzt war sie schon dicht hinter ihm. Der Wolf warf ihr nur einen flüchtigen Seitenblick zu, und statt zuzufassen, wie sie es sonst immer tat, hob Milka plötzlich die Rute in die Höhe und stemmte die Vorderbeine gegen den Boden.

„Uljuljuljulju!" schrie Nikolai.

Der rote Ljubim sprang hinter Milka hervor, warf sich hitzig auf den Wolf und faßte ihn an den Hinterschenkeln, sprang aber im selben Augenblick erschrocken nach der anderen Seite hinüber. Der Wolf hatte sich hingesetzt und ihm die Zähne gezeigt, dann erhob er sich wieder und setzte seinen Lauf fort, von allen Hunden in einer Entfernung von etwa einer Elle verfolgt, ohne daß sie sich näher an ihn herantrauten.

„Er entwischt! Nein, das ist doch unmöglich!" dachte Nikolai und schrie mit heiserer Stimme immer weiter.

„Karai! Uljuljulju!" brüllte er und suchte mit den Augen den alten Rüden, auf den er jetzt seine einzige Hoffnung setzte. Karai legte sich ins Zeug, soviel seine alten Kräfte ihm nur erlaubten, und lief, ohne dabei den Wolf aus den Augen zu verlieren, schwerfällig zur Seite, um ihm den Weg abzuschneiden. Aber verglich man die Geschwindigkeit des Wolfes mit der schwerfälligen Langsamkeit des Hundes, so lag es auf der Hand, daß Karais Rechnung falsch war. Schon sah Nikolai in geringer Entfernung das Waldstück vor sich, das der Wolf nur zu erreichen brauchte, um aller Wahrscheinlichkeit nach in Sicherheit zu sein. Nun tauchten aber Hunde und ein Jäger auf, die dem Wolf fast in gerader Richtung entgegengaloppierten. Es gab also noch Hoffnung. Ein Hund von einer fremden Koppel, ein wellig gestreifter, langgebauter junger Rüde, den Nikolai nicht kannte, flog von vorne auf den Wolf zu und hätte ihn fast über den Haufen gerannt. Der Wolf fuhr mit einer geradezu überraschenden Schnelligkeit in die Höhe und warf sich auf den wellig gestreiften Rüden; er schnappte mit den Zähnen, und der Rüde schlug blutbedeckt und mit durchbissener Flanke unter durchdringendem Winseln mit dem Kopf gegen den Boden.

„Karai! Liebster Karajuschka! Väterchen!" flehte Nikolai und hatte beinah Tränen in den Augen.

Der alte Rüde mit den verfilzten Haarbüscheln an den Hinterschenkeln, der dem Wolf den Weg hatte abschneiden wollen, war dank dem entstandenen Aufenthalt seinem Gegner bereits bis auf fünf Schritte nahe gekommen. Als sei er sich über die Gefahr klargeworden, warf der Wolf einen Seitenblick auf Karai, klemmte den Schwanz noch mehr zwischen die Beine und verstärkte abermals sein Tempo. Aber jetzt war Karai – Nikolai hatte nur gesehen, daß mit Karai irgend etwas vorgegangen war – plötzlich über dem Wolf, und zu einem Klumpen zusammengeballt, rollten die beiden in eine Wasserlache, die vor ihnen lag. Der Augenblick, in welchem Nikolai die Hunde sich mit dem Wolf in der Wasserlache herumwälzen sah und zwischen ihnen das graue Fell des Wolfes, sein erhobenes eines Hinterbein und seinen Kopf mit den angedrückten Ohren und dem erschrocken um sich schnappenden Maul – Karai hatte ihn an der Kehle gepackt – der Augenblick, in welchem Nikolai dieses alles sah, war der glücklichste seines Lebens. Schon wollte er nach dem Sattelbogen greifen, um abzusitzen, und dem Wolf den Fang zu geben, als sich plötzlich der Kopf des Wolfes aus dem Gewirr der Hunde hervorreckte und dann seine Vorderbeine auf dem Rande der Wasserlache Fuß faßten. Nun hielt Karai ihn auch nicht mehr an der Kehle, der Wolf schnappte um sich, sprang mit den Hinterbeinen aus der Lache, zwischen ihm und den Hunden war ein Zwischenraum entstanden, und der Wolf rannte mit eingeklemmtem Schwanz weiter. Karai kroch mit gesträubten Haaren mühsam aus der Lache heraus; offenbar war er durch Bisse verwundet oder sonst zu Schaden gekommen.

„Mein Gott! Warum schickst Du mir so ein Unglück?" schrie Nikolai verzweifelt.

Der Jäger des Onkels kam von der anderen Seite angaloppiert, um dem Wolf den Weg zu verlegen; seine Hunde brachten das Tier von neuem zum Stehen. Wieder war der Wolf eingekreist.

Nikolai, sein Reitknecht, der Onkel und dessen Jäger ritten um den Wolf und die Hunde herum, schrien Uljulju und hielten sich bereit, jeden Augenblick abzusteigen, sobald der Wolf sich auf die Hinterbeine setzte; sobald der Wolf aber die Hunde von sich abschüttelte und wieder ein wenig Raum in der Richtung auf die Rettung verheißende Schonung gewann, galoppierten sie wieder weiter.

Gleich zu Beginn dieser Phase der Jagd war Danila, als er das Uljulju der vier Jäger hörte, an den Waldsaum galoppiert. Er hatte gesehen, wie Karai den Wolf gefaßt hatte, und hatte, in der Meinung, die Sache sei zu Ende, sein Pferd pariert. Als aber die Jäger nicht absaßen, als der Wolf die Hunde abschüttelte und seine Flucht fortsetzte, da ritt Danila mit seinem Braunen nicht auf den Wolf zu, sondern geradewegs zur Schonung, um dem Tier den Weg abzuschneiden, genau wie Karai es getan hatte. Infolgedessen gelangte er in die Nähe des Wolfes gerade in dem Augenblick, in welchem die

Hunde des Onkels das verfolgte Tier zum zweiten Male zum Stehen brachten.

Das entblößte Jagdmesser in der Linken, kam Danila schweigend angaloppiert und schlug mit der Hetzpeitsche wie mit einem Dreschflegel auf die gestrafften Flanken seines Braunen ein. Nikolai hatte Danila weder gesehen noch gehört, bevor der Braune nicht schweratmend hart an ihm vorbeischnob; fast im selben Augenblick hörte er das Fallen eines Körpers, und dann sah er auch Danila bereits mitten unter den Hunden auf dem Hinterteile des Wolfes liegen, eifrig bemüht, ihn an den Ohren zu packen. Die Hunde, die Jäger, der Wolf – alle wußten, daß es jetzt auf das Ende zuging. Ängstlich die Ohren angedrückt, versuchte der Wolf sich aufzurichten, sah sich aber von den Hunden am Boden gehalten. Danila richtete sich ein wenig auf, machte eine Bewegung, als wolle er sich erschöpft zu Boden fallen lassen, um zu verschnaufen, und ließ sich mit der ganzen Last seines Körpers auf den Wolf fallen; dabei hatte er das Tier an den Ohren gepackt. Nikolai wollte dem Wolf den Fang geben, Danila aber flüsterte: „Nein, nein, wir wollen ihn knebeln!", und er änderte seine Stellung und setzte dem Wolf den Fuß auf den Hals. Nun wurde dem Tier ein Stock in den Rachen geschoben und zaumartig mit einem Koppelriemen festgebunden, darauf wurden ihm die Füße gefesselt, und Danila wälzte den Wolf einige Male von einer Seite auf die andere.

Glück und Erschöpfung in den Mienen, hoben die Jäger den alten Wolf lebend auf ein scheuendes und schnaubendes Pferd und brachten ihn so, von den winselnden Hunden begleitet, zum Stelldicheinplatz. Alle kamen angeritten und angelaufen, um den Wolf zu sehen, der seinen breitstirnigen aufgezäumten Kopf mit dem Stock im Maul hängen ließ und mit seinen großen, glasig gewordenen Augen die vielen Hunde und Menschen um ihn her anstarrte. Wenn man ihn anrührte, so zuckte er mit den gefesselten Beinen und sah Menschen und Tiere mit einem wilden und zugleich einfältigen Ausdruck an. Graf Ilja Andreïtsch war auch angeritten gekommen und berührte den Wolf.

„Was für ein mächtiger alter Kerl!" sagte er. „Ein mächtiger Kerl, was?" fragte er den neben ihm stehenden Danila. Danila nahm hastig seine Mütze ab. „Ein mächtiger Kerl, Ew. Erlaucht", erwiderte er.

Der Graf dachte daran, daß er den Wolf hatte entwischen lassen, und nun fiel ihm auch wieder sein Zusammenstoß mit Danila ein.

„Na, weißt du, Bruder, du kannst aber auch ungemütlich werden!" meinte er.

Danila gab keine Antwort und lächelte nur verlegen ein freundliches und kindersanftes Lächeln.

VI

Der alte Graf fuhr nach Hause. Natascha und Petja versprachen bald nachzukommen. Die Jagd ging aber weiter, da es noch recht früh war. Etwa um die Mittagszeit wurden die Hatzrüden in eine mit dichtem Jungwald bestandene Schlucht hineingeschickt. Nikolai hielt auf einem Stoppelfelde, von dem aus er alle seine Jäger übersehen konnte.

Nikolai gegenüber lag ein Wintersaatfeld, und hier hielt einer seiner Jäger allein in einer Grube hinter einem hochragenden Haselstrauch. Die Hunde waren kaum in der Schlucht, als Nikolai das vertraute Lautgeben seines Hundes Voltorne hörte; andere Hunde gesellten sich zu ihm, bald waren sie still, bald erscholl wieder ihr Jagdgebell. Einen Augenblick später verkündete aus dem felderumzogenen Walde ein Hornsignal, daß ein Fuchs gefunden war, und nun jagte die ganze Meute eng zusammengedrängt an einem kleinen Wasserlauf entlang auf das Feld mit den Wintersaaten zu, fort von Nikolai.

Er sah die Hundewärter mit ihren roten Mützen an den Rändern der dichtbewachsenen Schlucht hingaloppieren, er sah sogar die Hunde und erwartete, daß jeden Augenblick drüben auf dem Wintersaatfelde ein Fuchs zum Vorschein kommen würde.

Der Jäger, der in der Grube gehalten hatte, ritt an und ließ seine Hunde los, und nun sah Nikolai einen roten, merkwürdig niedrig und langgestreckt wirkenden Fuchs, der mit erhobener Rute hastig über die Wintersaaten hinschnürte. Die Hunde jagten ihm nach. Als sie in seiner Nähe waren, begann der Fuchs mit allerlei Winkelzügen immer wieder seine Richtung zu ändern, immer rascher und rascher seine Kreise und Bogen zu beschreiben und mit der buschigen Rute um sich zu schlagen. Plötzlich flog ein weißer Hund — Nikolai wußte nicht, wem er gehörte — auf ihn zu, gleich darauf ein schwarzer, alles verwirrte sich zu einem Knäuel, und dann standen die Hunde plötzlich, die Hinterteile nach außen, fast regungslos da, so daß sie eine sternartige Figur bildeten. Zwei Jäger galoppierten auf die Hunde zu, einer mit roter Mütze, ein anderer, offenbar ein fremder, in einem grünen Rock.

„Was heißt das?" dachte Nikolai. „Wie kommt dieser Jäger hierher? Das ist doch keiner von den Leuten des Onkels."

Die Jäger saßen ab, nahmen den Fuchs an sich und standen dann eine Weile umher, ohne ihn, wie üblich, an den Sattel zu binden. Die Pferde mit den hohen Bocksätteln standen neben ihnen, und die Hunde hatten sich um sie gelagert. Die Jäger gestikulierten lebhaft und nahmen dann irgend etwas mit dem Fuchs vor. Dann erscholl plötzlich das Hornsignal, das Verwicklungen und Streitigkeiten mit einer anderen Jagdgesellschaft anzeigt.

„Das ist ein Jäger von Ilagin, der ist sich mit unserem Iwan in die Haare geraten", sagte Nikolais Reitknecht.

Nikolai schickte den Reitknecht ab, um seine Schwester und Petja zu holen, und ritt im Schritt auf die Stelle zu, an welcher die Piqueure die Hunde sammelten. Einige Jäger galoppierten zu den Streitenden.

Nikolai saß ab und blieb mit den inzwischen eingetroffenen Geschwistern bei den Hatzrüden stehen, um auf Nachrichten von den Streitenden zu warten. Im Waldsaum tauchte jetzt der Jäger auf, der in die Auseinandersetzung um den Fuchs verwickelt gewesen war; den Fuchs am Sattel, kam er auf den jungen Herrn zugeritten. Er war noch eine gute Strecke von ihm entfernt, als er bereits die Mütze abnahm und mit allem Respekt eine Meldung zu machen suchte; aber er schnappte nach Luft, und sein blasses Gesicht sah wütend aus. Sein eines Auge war ganz verquollen von einem eben erhaltenen Schlage, aber das schien er selbst noch gar nicht zu wissen.

„Was hat es denn da bei euch gegeben?" fragte Nikolai.

„Das soll man sich bieten lassen! Unsere Hunde haben die Arbeit gehabt, und der soll die Beute haben! Ja, und meine Hündin, die mausgraue, hat doch den Fuchs gefaßt! Der soll mir nur noch einmal kommen! Greift nach meinem Fuchs! Na, ich habe es ihm mit dem Fuchs gegeben! Da hängt er an meinem Sattelriemen! Oder willst du eins damit haben?" sagte der Jäger und zeigte auf seinen Dolch, offenbar in der Vorstellung befangen, er habe es noch immer mit seinem Gegner zu tun.

Nikolai ließ sich auf kein weiteres Gespräch mit dem Jäger ein, bat seine Geschwister, hier zu warten, bis er zurückkäme, und ritt auf jenen Teil des Waldes zu, in welchem die feindliche Ilaginsche Jagdgesellschaft sich befinden mußte.

Der siegreiche Jäger ritt zu seinen Kameraden, die sich neugierig und teilnahmsvoll um ihn drängten, und schilderte ihnen seine Heldentat.

Die Sache war die, daß Ilagin, mit dem Rostows allerhand Streitigkeiten und Prozesse hatten, in Gegenden jagte, die überlieferungsgemäß den Rostows gehörten; jetzt hatte er, anscheinend mit voller Absicht, seine Leute in das von Feldern umgebene Gehölz reiten lassen, in welchem die Geschwister Rostow jagten, und seinem Jäger erlaubt, sich beim Hetzen die Mitwirkung fremder Hatzrüden zunutze zu machen.

Nikolai hatte diesen Ilagin noch nie gesehen, aber er haßte ihn von ganzer Seele und sah in ihm seinen schlimmsten Feind, lediglich auf Grund der Gerüchte von den Übergriffen und Eigenmächtigkeiten, die er sich erlaubte; Nikolai war ja überhaupt ein Mensch, der in seinen Meinungen und Empfindungen niemals ein vernünftiges Mittelmaß kannte. Aufgeregt und erbittert ritt er jetzt zu ihm, die Faust fest um die Hetzpeitsche geschlossen und durchaus zum entschlossensten und durchgreifendsten Vorgehen gegen seinen Feind bereit.

Er war kaum um die Waldecke herumgeritten, als er einen dicken Herrn mit einer Bibermütze wahrnahm, der, von zwei Reitknechten begleitet, ihm auf einem schönen Rappen entgegengeritten kam.

Statt eines Feindes fand Nikolai in Ilagin einen ansehnlichen und höflichen Herrn, der großen Wert darauf legte, mit dem jungen Grafen bekannt zu werden. Ilagin lüftete im Heranreiten seine Bibermütze und äußerte sein Bedauern über das Geschehene; er werde den Jäger bestrafen lassen, der sich erlaubt habe, sich die Arbeit fremder Hatzrüden zunutze zu machen; er bitte den Grafen, mit ihm Bekanntschaft machen zu dürfen, und stelle ihm gern sein eigenes Jagdrevier zur Verfügung.

Natascha war in Sorge, der Bruder könne irgend etwas Fürchterliches anrichten; so war sie ihm in ihrer Aufregung mit geringem Abstand nachgeritten. Als sie die freundschaftliche Begrüßung der beiden Gegner sah, ritt sie rasch auf sie zu. Nun lüftete Ilagin seine Bibermütze noch höflicher, lächelte liebenswürdig und sagte, die Komtesse sei eine Diana nicht nur an Jagdleidenschaft, sondern auch an Schönheit; von ihrer Schönheit habe er schon viel gehört.

Ilagin wollte offenbar gutmachen, was sein Jäger gefehlt hatte, und bat Rostow inständig, ihn doch zu seinem etwa eine Werst entfernten Hügelwald zu begleiten, den er sich als Jagdrevier für sich selbst reserviert habe und in welchem es Hasen in großer Menge gebe. Nikolai war einverstanden, und die somit auf das Doppelte verstärkte Jagdgesellschaft brach abermals auf.

Der Weg zu Ilagins Hügelwald ging über die Felder. Die Jäger ritten in gleichmäßigen Abständen voneinander. Die Herrschaften ritten zusammen. Beide Parteien betrachteten prüfend die fremden Hunde, aber so, daß es immer die andere Partei nicht merkte, und suchten unruhig festzustellen, welche von den Hunden wohl als Rivalen ihrer eigenen in Betracht kommen könnten.

Rostow war besonders betroffen von der Schönheit eines Tieres aus Ilagins Koppel, einer kleinen, schlank gebauten, reinrassigen rotgefleckten Hündin mit Muskeln wie von Stahl, feiner Schnauze und ein wenig vorquellenden schwarzen Augen. Er hatte bereits manches von dem Feuer und der Schärfe der Ilaginschen Hunde gehört und sah in dieser schönen Hündin eine Nebenbuhlerin seiner Milka.

Mitten in einem höflich gemessenen Gespräch über die diesjährige

Ernte, das Ilagin angesponnen hatte, deutete Nikolai auf die rotgefleckte Hündin.

„Eine schöne Hündin, die Sie da haben", meinte er lässig. „Ist sie auch scharf?"

„Die? Ja, das ist ein tüchtiger Hund, packt gut", erwiderte Ilagin mit gleichgültiger Miene. Er hatte für seine Jorsa vor einem Jahr einem Gutsnachbarn drei Familien Leibeigene gegeben. „Also der Ausdrusch war bei Ihnen auch nicht sehr berühmt, Graf?" fuhr er dann in dem begonnenen Gespräch fort. Er hielt es aber für eine Pflicht der Höflichkeit, gleiches mit gleichem zu vergelten, und so sah er sich die Hunde des jungen Grafen an, und seine Wahl fiel auf Milka, deren breiter Körperbau seine Blicke auf sich gezogen hatte.

„Ihre schwarzgefleckte ist aber wirklich ausgezeichnet gebaut", sagte er.

„Ja, man kann nicht klagen, sie jagt ganz ordentlich", antwortete Nikolai und dachte bei sich: „Wenn jetzt nur ein anständiger Hase über das Feld käme, dann wollte ich dir schon zeigen, was für ein Hund das ist!" Dann wandte er sich an seinen Reitknecht und sagte, wer ihm einen Hasen im Lager auffände, der solle einen Rubel bekommen.

„Ich verstehe gar nicht", fuhr Ilagin fort, „wie es Jäger geben kann, die einander um ihre Jagdbeute oder um ihre Hunde beneiden. Sehen Sie, Graf, mir selbst geht es in dieser Beziehung so: es macht mir schon Spaß, so durch das Gelände zu reiten, da stößt man denn auf so liebenswürdige Gesellschaft ... da kann es doch wirklich nichts Besseres geben!" hier lüftete er wieder seine Bibermütze vor Natascha. „Aber etwa nachzählen, wieviel Felle man mit nach Hause bringt — dafür habe ich keinen Sinn!"

„Natürlich, natürlich."

„Oder daß ich es mir zu Herzen nehmen könnte, wenn ein fremder Hund das Tier packt, und nicht mein eigner ... ich will doch nur meinen Spaß daran haben, die Hunde hetzen zu sehen! Habe ich nicht recht, Graf? Und darum meine ich ..."

„Faß an!" scholl in diesem Augenblick der langgezogene Ruf eines Piqueurs. Er war auf halber Höhe eines abschüssigen Stoppelfeldes halten geblieben, hatte die Hetzpeitsche erhoben und rief noch einmal langgedehnt: „Fa=aß a=an!" Dieser Ruf bedeutete im Verein mit der erhobenen Hetzpeitsche, daß er vor sich einen Hasen im Lager sah.

„Aha, da scheint er einen Hasen gefunden zu haben", meinte Ilagin lässig. „Na, dann hetzen wir also, Graf!"

„Ja, reiten wir hin. Hetzen wir zusammen?" erwiderte Nikolai und verglich mit einem Blick Jorsa und des Onkels roten Rugai, zwei Rivalen seiner Milka, mit denen er bisher seine eigenen Hunde noch nicht hatte messen können. „Wenn sie aber meine Milka hereinlegen?" dachte er, als er neben dem Onkel und Ilagin auf das Lager des Hasen zuritt.

„Ein anständiger Hase?" fragte Ilagin, während sie auf den Jäger zuritten, der den Hasen gefunden hatte. Ilagin sah sich nicht ohne einige Aufregung nach Jorsa um und pfiff ihr.

„Na, und Sie, Michail Nikanorytsch?" wandte er sich an den Onkel.

Der Onkel machte ein verdrießliches Gesicht.

„Was soll ich mich da hineinmischen? Sie beide haben Hunde, von denen jeder ein Dorf gekostet hat, na, klar doch, Tausendrubelbestien sind das. Machen Sie ruhig einen Wettkampf zwischen Ihren Hunden, ich gucke zu!"

„Rugai! Hierher!" schrie er dann. „Rugajuschka!" setzte er hinzu und gab durch diese zärtliche Verkleinerungsform unwillkürlich alle Vorliebe zu erkennen, die er für seinen roten Rüden hegte, und alle Hoffnung, die er jetzt auf ihn setzte. Natascha bemerkte und spürte alle Aufregung, die ihren Bruder und diese beiden alten Männer erfüllte, wenn sie sie auch zu verhehlen suchten, und unwillkürlich teilte sie sich ihr mit.

Der Jäger hielt immer noch mit erhobener Hetzpeitsche auf halber Höhe des Abhanges. Die Herrschaften ritten im Schritt zu ihm. Die Hatzrüden zogen vor der Himmelswand oben auf der Anhöhe entlang; ebenso wie sie entfernten sich auch die Jäger, ausgenommen die Herrschaften, immer mehr von dem Hasen. Alle Bewegungen vollzogen sich langsam und gemessen.

„Nach welcher Richtung liegt er mit dem Kopf?" fragte Nikolai den Jäger, als sie bis auf etwa hundert Schritte herangekommen wären.

Der Jäger hatte aber noch nicht antworten können, als der Hase etwas merkte und plötzlich aus seinem Lager aufsprang. Die Meute stürmte, noch nicht losgekoppelt, kläffend bergab auf den Hasen zu: von allen Seiten her gesellten sich die Windhunde, die nicht angekoppelt gewesen waren, zu den Hatzrüden und stürzten mit ihnen zusammen dem Hasen nach. Und nun galoppierten auch alle die Jäger, deren Bewegungen eben noch so langsam und gemessen gewesen waren, über das Feld und suchten mit lautem: „Halt!" und: „Faß an!" ihre Hunde von falschen Fährten abzubringen und auf den flüchtigen Hasen zu hetzen. Der sonst so ruhige Ilagin, Nikolai, Natascha und der Onkel flogen über das Feld, ohne selbst zu wissen, wie und wohin; sie sahen nur die Hunde und den Hasen und hatten nur die eine Furcht, den Gang der Hetzjagd vielleicht für einen Augenblick aus dem Gesicht zu verlieren. Es zeigte sich, daß der Hase ein großes und stattliches Tier war. Nachdem er aufgesprungen war, rannte er nicht gleich davon, sondern bewegte die Löffel hin und her und horchte auf das plötzlich von allen Seiten erschallende Geschrei und Hufgetrappel. Dann machte er, nicht einmal sehr schnell, ungefähr zehn Sprünge; während dieser Sprünge waren die Hunde ihm schon näher gekommen, und jetzt endlich erkannte er die Gefahr, wählte sich eine Fluchtrichtung, legte die Löffel an den Kopf und rannte nun aus Leibeskräften. Er hatte in einem Stoppelfelde gelegen, nicht weit vor ihm aber begann bereits das Wintersaatfeld mit dem weichen und morastigen Boden. Die beiden Hunde des Jägers, der den Hasen gefunden hatte, waren als die nächsten auch diejenigen gewesen, die den Hasen als erste erblickt und mit seiner Verfolgung begonnen hatten; sie hatten ihn aber noch lange nicht eingeholt, als Ilagins rotgefleckte Jorsa sie überholte, vor ihnen hinter dem Hasen herschoß, diesem bis auf eine Hundelänge nahe kam und nun in äußerster Steigerung ihres Tempos nach dem Schwanz des Hasen schnappte; in der Meinung, ihn gepackt zu haben, überschlug sie sich und kam zu Fall. Der Hase krümmte den Rücken und lief mit noch größerer Geschwindigkeit weiter. Nun jagte die schwarzgefleckte Milka mit dem breiten Hinterteil an Jorsa vorbei und gewann rasch an Boden.

„Milkachen! Mütterchen!" schrie Nikolai triumphierend. Es hatte den Anschein, als würde Milka im nächsten Augenblick den Hasen packen, allein sie holte ihn zwar ein, sauste aber an ihm vorbei, da der Hase einen Haken geschlagen hatte. Nun war die schöne Jorsa wieder die nächste und hing unmittelbar über dem Schwanz des Hasen; anscheinend wollte sie, um sich nicht wieder zum Narren halten zu lassen, diesmal nach dem einen Hinterlauf schnappen.

„Jorsachen! Schwesterchen!" hörte man Ilagins weinerlich und fremdartig klingende Stimme. Jorsa schien sein Flehen gar nicht zu hören. In dem Augenblick, in welchem sie nach der allgemeinen Erwartung den Hasen packen mußte, schlug er wieder einen Haken und sprang auf den Grenzrain zwischen der Wintersaat und dem Stoppelfelde. Wieder jagten Jorsa und Milka wie ein Zweigespann nebeneinander hinter dem Hasen her; auf dem Grenzrain waren die Bodenverhältnisse für den Hasen günstiger, und nun ging das Aufrücken der Hunde nicht mehr so schnell wie bisher.

„Rugai! Rugajuschka! Na klar doch!" schrie in diesem Augenblick eine dritte Stimme, und Rugai, der rote krummrückige Rüde des Onkels, erreichte, immer abwechselnd den Rücken streckend und krümmend, das Zweigespann hinter dem Hasen, überholte es, verstärkte mit beispielloser Hingabe sein Tempo noch mehr, als er bereits ganz dicht hinter dem Hasen war, trieb ihn vom Grenzrain auf das Feld mit der Wintersaat, legte sich jetzt auf dem schmutzigen Felde, in welchem er bis an die Knie einsank, noch grimmiger ins

Zeug, und nun sah man nur noch, wie er mit schmutzbedecktem Rücken sich mit dem Hasen zusammen in einem Klumpen herumwälzte. Ein ganzer Stern von Hunden umstellte die beiden. Einen Augenblick später hielten alle Reiter vor dem Knäuel der Hunde. Als einziger stieg der Onkel glückstrahlend vom Pferde und schnitt dem Hasen einen Hinterlauf ab. Er schüttelte den Hasen hin und her, um das Blut ablaufen zu lassen, ließ dann seine Augen wie im Fieber umherirren, wußte nicht, wo er Hände und Füße lassen sollte, und redete allerhand, ohne zu wissen, an wen er sich wandte und was er sagte. „Na, das war mal etwas . . . das ist doch ein Hund . . . der hat sie alle ausgestochen, die Rubelhunde und die Tausendrubelbestien, na klar doch!" schnaufte er und sah sich dabei grimmig um, als habe er jemanden auszuschimpfen oder als seien alle anderen seine Feinde und hätten ihn alle gekränkt und beleidigt und als sei es ihm erst jetzt endlich geglückt, sich zu rechtfertigen. „Das habt ihr von euren Tausendrubelbestien! Na klar doch!"

„Rugai, da ist dein Lauf!" sagte er dann und warf ihm den abgeschnittenen, noch ganz erdigen Lauf hin. „Den hast du dir wahrhaftig verdient. Na, klar doch!"

„Sie war eben schon übermüdet, ganze drei Male hatte sie ihn eingeholt, allein, wie sie war!" sagte Nikolai, der ebenfalls auf nichts hörte, was einer von den anderen sagte, und sich ebensowenig darum kümmerte, ob jemand ihm zuhörte oder nicht.

„Das ist auch gerade etwas Rechtes! Von der Seite her!" meinte Ilagins Reitknecht.

„Ja, wenn der Hase erst abgehetzt ist, dann packt ihn schließlich jeder Hofhund", sagte gleichzeitig Ilagin, ganz rot im Gesicht und außer Atem von dem scharfen Galopp und der Aufregung. Und im gleichen Augenblick kreischte Natascha vor Freude und Seligkeit mit angehaltenem Atem auf, und so durchdringend, daß allen die Ohren gellten. Und mit diesem Kreischen gab sie denselben Empfindungen Ausdruck, denen die anderen Jäger mit ihren gleichzeitigen Äußerungen Ausdruck gegeben hatten. Und dieses wilde Kreischen hatte etwas so Sonderbares, daß Natascha selbst sich seiner hätte schämen müssen und alle anderen sich sehr gewundert hätten, wenn sie es zu einer anderen Zeit und an einem anderen Ort hätte hören lassen. Der Onkel band den Hasen eigenhändig an den Sattelriemen, warf ihn mit einer raschen und gewandten Bewegung über die Hinterhand des Pferdes, als wolle er mit diesem Schwung den Besitzern der anderen Hunde einen Vorwurf machen, stieg dann auf seinen Hellbraunen mit einem Gesicht, als hätte er keine Lust, noch mit irgend jemand ein Wort zu wechseln, und brach auf. Die übrigen, die sich ohne Ausnahme verstimmt und gekränkt fühlten, ritten nun auch davon und brachten es erst eine geraume Weile später fertig, einen gewissen Gleichmut wenigstens äußerlich zur Schau zu tragen. Noch eine ganze Zeit hindurch sahen sie immer wieder nach dem roten Rugai hin, der, den gekrümmten Rücken mit Schmutz bedeckt, mit seinem Metallzeug klirrend hinter dem Pferde des Onkels hertrottete und die ganze Ruhe des Siegers an den Tag legte.

„Na, ja, ich bin natürlich genauso ein Hund wie alle anderen, solange es sich nicht um eine Hetzjagd handelt. Aber kommt es einmal dazu, dann erlebt ihr eben etwas!" Das war es etwa, was, wie es Nikolai bedünken wollte, Rugais Miene besagte.

Als der Onkel eine ganze Weile später zu Nikolai heranritt und ein Gespräch mit ihm anfing, da fühlte Nikolai sich dadurch geschmeichelt, daß der Onkel ihn nach allem, was geschehen war, überhaupt noch einer Unterhaltung würdigte.

VIII

Als Ilagin sich am Abend von Nikolai trennte, da war Nikolai von zu Hause so weit entfernt, daß er den Vorschlag des Onkels annahm, Jäger und Hunde auf seinem kleinen Gut Michailowka über Nacht bleiben zu lassen.

„Und ihr solltet auch zu mir kommen, na, klar doch!" sagte der Onkel. „Das wäre das einzig Richtige. Seht nur, es ist so ein feuchtes Wetter, da erholt ihr euch eben bei mir, und die kleine Komtesse kann im Wagen nach Hause fahren."

Die Einladung wurde angenommen, ein Jäger wurde nach Otradnoje geschickt, um einen Wagen zu holen, und Nikolai, Natascha und Petja ritten mit dem Onkel auf dessen Gut.

Fünf Leibeigene, halbwüchsige und erwachsene, kamen auf die Freiteppe herausgestürzt, um den Herrn zu empfangen. Dutzende von Frauenzimmern, alten, jüngeren und ganz jungen, drängten sich im Hintergrunde, um die anreitenden Jäger zu sehen. Die Tatsache, daß sie in Natascha eine Frau, eine Dame zu Pferde sahen, ließ die Neugier der Hofesleute so anschwellen, daß viele von ihnen ohne die geringste Scheu auf sie zugingen, ihr in die Augen stierten und ganz laut, ohne sich den mindesten Zwang aufzuerlegen, ihre Bemerkungen über sie machten, als sei sie ein der allgemeinen Schaulust preisgegebenes Wundertier, das eben kein Mensch ist und darum auch nicht hören und verstehen kann, was man von ihm redet.

„Arinka, guck doch, sie sitzt ganz auf der Seite! so sitzt sie da, und die Schleppe hängt nur so herunter ... Sieh doch, sieh doch, da hat sie ja auch so ein kleines Jagdhorn!"

„Himmlischer Vater, und ein Jagdmesserchen!"

„Das ist mir schon die richtige Tatarin!"

Und die keckste wandte sich ganz ungescheut an Natascha und fragte sie: „Wie fängst du das nur an, daß du nicht herunterfällst?"

Der Onkel saß vor der Freitreppe seines hölzernen, gartenumwucherten Häuschens ab, und als er seine Hausleute sah, rief er ihnen gebieterisch zu, wer hier nichts zu suchen habe, solle sich verziehen, und es solle alles getan werden, was zur Aufnahme der Gäste und der übrigen Jagdgesellschaft notwendig sei.

Alles lief auseinander. Der Onkel hob Natascha vom Pferde, reichte ihr den Arm und führte sie die schwankenden Bretterstufen der Freitreppe hinan. Die Balkenwände des Hauses waren nicht geweißt, und es herrschte überhaupt keine große Reinlichkeit; man gewann nicht gerade den Eindruck, daß die Hausbewohner nun etwa ihr Lebensziel darin gesehen hätten, gegen Flecken und kleinere Beschmutzungen anzukämpfen, immerhin konnte man nicht gerade von Verwahrlosung sprechen. Im Flur roch es nach frischen Äpfeln, und an den Wänden hingen Wolfs- und Fuchsfelle.

Durch das Vorzimmer führte der Onkel seine Gäste in einen kleinen Salon mit einem Klapptisch und Stühlen von Mahagoniholz, dann in einen größeren Salon mit einem runden Birkentisch und einem Sofa, dann in sein Kabinett, das einen zerrissenen Diwan, einen verschlissenen Teppich und einige Porträts enthielt; diese stellten Suworow dar, den Vater und die Mutter des Hausherrn und schließlich ihn selbst in Militäruniform. Im Kabinett roch es kräftig nach Tabak und Hunden. Der Onkel bat seine Gäste, sich zu setzen und ganz so zu tun, als ob sie zu Hause wären; er selbst ging hinaus. Rugai, dem noch niemand den Rücken gesäubert hatte, kam in das Kabinett, legte sich auf den Diwan und begann sich mit Zunge und Zähnen zu säubern. An das Kabinett schloß sich ein Korridor, in welchem ein Wandschirm mit zerrissenem Stoffbezuge stand. Hinter dem Schirm hörte man Frauenstimmen lachen und flüstern. Natascha, Nikolai und Petja machten es sich, so gut es gehen wollte, auf dem Diwan bequem. Petja stützte den Kopf mit den Händen und schlief sofort ein; Natascha und Nikolai saßen schweigend da. Ihre Gesichter glühten, sie waren sehr hungrig und sehr guter Laune. Sie blickten einander an, und hier, nach beendeter Jagd, im Zimmer hielt Nikolai es nicht mehr für nötig, der Schwester gegenüber seine männliche Überlegenheit herauszukehren. Natascha zwinkerte dem Bruder zu, und nun dauerte es nicht mehr lange, und die beiden platzten laut heraus, ohne daß sie noch Zeit gehabt hätten, sich für dieses elementar ausbrechende Lachen rechtzeitig einen Vorwand auszudenken.

Bald darauf kam der Onkel wieder ins Kabinett und hatte jetzt einen Halbrock, blaue Hosen und kurze Stiefel an. Und Natascha wollte es scheinen, als sei dieses Kostüm, mit dem ihr der Onkel in Otradnoje oft genug sonderbar und lächerlich vorgekommen war, eigentlich doch ein ganz vernünftiges Kostüm und keineswegs geringer zu achten als Überrock oder Frack. Auch der Onkel war recht aufgeräumt. Als er die Geschwister lachen sah, da fühlte er sich nicht im geringsten gekränkt — er kam überhaupt nicht auf den Gedanken, daß sie über seine ganze Lebensweise lachen könnten — sondern stimmte vielmehr selbst in ihr gegenstandsloses Lachen ein.

„Na, das ist mir eine junge Komtesse, na, klar doch, so eine habe ich noch nicht zu Gesicht bekommen!" sagte er. Er reichte dem jungen Rostow eine Pfeife mit langem Rohr und nahm selbst mit einem Griff, der langjährige Übung verriet, eine kurze, mit mehrfach abgeschnittenem Mundstück zwischen drei Finger. „Den ganzen Tag hat die Komtesse zu Pferde gesessen. Eine Leistung für einen Mann, und dabei tut sie noch, als wäre nichts gewesen!"

Kurze Zeit nach der Rückkehr des Onkels wurde die Tür wieder geöffnet, und zwar, wie man an der Art der Schritte hören konnte, von einem barfüßigen Frauenzimmer. Ein großes Tablett in den Händen, erschien eine dicke, rotbäckige, hübsche Frauensperson von etwa vierzig Jahren mit einem Doppelkinn und vollen roten Lippen. Mit einem freundlichen Lächeln verneigte sie sich ehrerbietig vor den Gästen, und in jedem ihrer Blicke, in jeder ihrer Bewegungen prägte sich eine zuvorkommende und liebenswürdige Gastlichkeit aus. Ihrem beträchtlichen Umfang zum Trotz — dieser Umfang nötigte sie, Brust und Leib vorzuschieben und den Kopf zurückgelegt zu tragen — war ihr Gang überaus leicht und gewandt. Diese Frau war die Wirtschafterin des Onkels. Sie ging zum Tisch, stellte das Tablett hin, nahm geschickt mit ihren weißen, fleischigen Händen Flaschen und Schüsseln und Teller herunter und gab allem seinen Platz auf dem Tisch. Als das geschehen war, trat sie zurück und stellte sich lächelnd an die Tür: „Also das bin ich! Siehst du wohl? Verstehst du jetzt deinen Onkel?" schien ihre ganze Erscheinung zu Rostow zu sagen. Wie hätte er ihn nicht verstehen sollen? Nicht nur Rostow verstand den Onkel, sondern auch Natascha verstand ihn und verstand die Bedeutung seiner zusammengezogenen Brauen und des glücklichen, mit sich und aller Welt zufriedenen Lächelns, das kaum wahrnehmbar um seine Lippen gespielt hatte, als Anisja Feodorowna ins Zimmer gekommen war.

Auf ihrem Tablett hatte sie Kräuterschnaps gebracht, Fruchtbranntweine, eingemachte Pilze, Roggenmehlfladen mit Buttermilch, Scheibenhonig, Met, Äpfel, frische und gedörrte Nüsse und auch Nüsse in Honig. Darauf brachte Anisja Feodorowna noch Eingemachtes in Honig und Eingemachtes in Zucker und ferner Schinken und ein frischgebratenes Huhn.

Das alles stammte aus Anisja Feodorownas Wirtschaft und war von ihr selbst zubereitet. Das alles sah nach Anisja Feodorowna aus, roch und schmeckte nach ihr. Über allem lag ein Hauch ihrer saftigen Vollblütigkeit, ihrer Sauberkeit und ihres freundlichen Lächelns.

„Essen Sie doch, gnädigste Komtesse", redete sie immer wieder zu und reichte Natascha bald dieses, bald jenes.

Natascha aß von allem, und es war ihr, als habe sie noch nie und nirgends solche Fladen mit Buttermilch, so schmackhaftes Eingemachtes, solche Nüsse in Honig und so ein Huhn gesehen und gegessen. Anisja Feodorowna war wieder hinausgegangen.

Rostow und der Onkel tranken nach dem Essen Kirschlikör und plauderten über die heutige und die nächste bevorstehende Jagd, über Rugai und Ilagins Hunde. Natascha saß mit blitzenden Augen sehr gerade auf dem Sofa und hörte ihnen zu. Einige Male versuchte sie, Petja zu wecken, um ihn etwas essen zu lassen, aber er murmelte nur einige unverständliche Worte, offenbar ohne richtig aufgewacht zu sein. Natascha war es in dieser neuen Umgebung so froh und heiter zumut, daß sie nur die einzige Furcht hatte, der Wagen, der sie nach Hause bringen sollte, könnte zu früh kommen. Nach einem zufällig entstandenen Stillschweigen – solche Augenblicke des Stillschweigens treten ja fast immer ein, wenn man Bekannte zum ersten Male bei sich zu Gast hat – sagte der Onkel, als ob er damit auf einen bei seinen Gästen aufgetauchten Gedanken antwortete:

„Ja, also so bringe ich meinen Lebensabend hin. Schließlich stirbt man, na, klar doch! Und was hat man dann? Wozu soll man sich also die Beine ausreißen? Darüber fällt man nur in Sünde."

Das Gesicht des Onkels hatte einen bedeutungsvollen Ausdruck und erschien sogar schön, als er das sagte. Rostow fiel unwillkürlich dabei alles ein, was er Gutes von seinem Vater und dem Nachbarn über den Onkel gehört hatte. Der Onkel hatte im ganzen Gouvernement den Ruf eines überaus ehrenhaften und uneigennützigen Sonderlings. Man holte ihn heran, wenn es Familienzwistigkeiten zu schlichten galt, man ernannte ihn zum Testamentsvollstrecker, man vertraute ihm Geheimnisse an, man wählte ihn zum Friedensrichter und übertrug ihm allerhand ähnliche Funktionen. Aber die Übernahme eines größeren und repräsentativeren Amtes lehnte er hartnäckig ab; den Herbst und Frühling brachte er im Sattel seines hellbraunen Wallachs auf den Feldern zu, im Winter hockte er zu Hause, im Sommer lag er in seinem verwilderten Garten.

„Warum übernehmen Sie eigentlich kein Zivil- oder Militäramt, Onkelchen?"

„Früher habe ich auch gedient, aber ich habe es aufgegeben. Dazu tauge ich nicht, na, klar doch, ich komme damit nicht zurecht. Das ist etwas für euch, bei mir langt der Verstand nicht dazu. Ja, die

Jagd, das ist etwas anderes, na, klar doch! Mach doch die Tür auf", rief er dann. „Warum habt ihr sie denn zugemacht?" Er meinte die Tür, die vom Ende des Korridors oder, wie er sagte, des „Kolidors" ins Jägerburschenzimmer führte; so wurde der Raum genannt, in welchem die zum Gesinde gehörigen Jäger sich aufhielten.

Rasch klatschten nackte Füße über den Boden, und eine unsichtbare Hand öffnete die Tür zum Jägerburschenzimmer. Jetzt kamen deutlich vernehmbar die Töne einer Balalaika aus dem Korridor, und offenbar wurde dieses Instrument von der Hand eines Meisters gespielt. Natascha hatte bereits eine geraume Weile diesen Klängen gelauscht; jetzt, als sie deutlich zu hören waren, ging sie in den Korridor, um ihnen noch näher zu sein.

„Das ist Mitka, mein Kutscher. Ich habe ihm eine gute Balalaika gekauft, weil ich ihn so gern spielen höre", sagte der Onkel.

Der Onkel hatte es so eingeführt, daß Mitka jedesmal, wenn er von der Jagd zurückgekommen war, im Jägerburschenzimmer Balalaika spielte. Der Onkel hatte für diese Art Musik eine ganz besondere Vorliebe.

„Sehr gut, wirklich ausgezeichnet", meinte Nikolai mit unwillkürlicher Lässigkeit, als schämte er sich, zuzugeben, wie große Freude diese Klänge ihm machten.

„Du meinst ‚wirklich ausgezeichnet'?" antwortete Natascha vorwurfsvoll. Sie hatte wohl bemerkt, in was für einem Ton ihr Bruder diese Anerkennung ausgesprochen hatte. „Das ist nicht ausgezeichnet, sondern das ist einfach hinreißend!"

Ebenso wie ihr die eingemachten Pilze, der Honig und die Fruchtbranntweine des Onkels als die herrlichsten Leckerbissen der Welt erschienen waren, so erschien ihr dies Balalaikaspiel in diesem Augenblick als der Höhepunkt alles musikalischen Reizes.

„Noch mehr, bitte, noch mehr", rief Natascha durch die Tür, als die Balalaika verstummt war. Mitka stimmte die Saiten und ließ dann das volkstümliche Tanzlied „Die Herrin" in flotten Rhythmen mit allerlei Läufen und künstlichen Klangfiguren über die Saiten hinklirren. Der Onkel saß lauschend da, den Kopf zur Seite geneigt, ein kaum wahrnehmbares Lächeln auf den Lippen. Der Kutscher ging zu anderen Melodien über, aber das Motiv der „Herrin" kehrte doch immer wieder. Dazwischen stimmte er wieder sein Instrument, und dann klirrten die Saiten von neuem auf, immer dieselben Töne kehrten wieder, aber die Zuhörer wurden ihrer nicht müde, sondern hätten dieses Spiel noch viel länger anhören mögen. Anisja Feodorowna kam herein und lehnte sich mit ihrer ganzen Körperfülle gegen den Türpfosten.

„Sie belieben sich das Spiel anzuhören?" sagte sie zu Natascha, und dabei hatte ihr Lächeln eine außerordentliche Ähnlichkeit mit dem Lächeln des Onkels. „Ja, der spielt herrlich!"

„Diesen Takt da bringt er nicht ganz richtig heraus", fiel plötzlich der Onkel mit einer energischen Handbewegung ein. „Hier muß er die Melodie ganz ruhig hinströmen lassen — na, klar doch! Ganz ruhig muß er sie hinströmen lassen!"

„Verstehen Sie sich denn auch auf das Balalaikaspielen?" fragte Natascha.

Der Onkel lächelte, ohne ihre Frage zu beantworten.

„Sieh doch mal zu, Anisjuschka, ob die Saiten an der Gitarre heil sind. Ich habe sie lange nicht mehr in die Hand genommen, na, klar doch! Ich habe das Gitarrespielen ganz links liegenlassen."

Anisja Feodorowna ging mit ihrem leichten Gange bereitwillig hinaus, um den Auftrag ihres Herrn auszuführen, und kam dann mit der Gitarre wieder.

Der Onkel hatte jetzt nur noch Augen für das Instrument, blies den Staub ab, klopfte mit seinen knochigen Fingern gegen den Resonanzboden, stimmte die Gitarre und rückte sich in seinem Sessel zurecht. Den linken Ellbogen scharf gewinkelt, ergriff er mit einer etwas theatralischen Gebärde die Gitarre oberhalb des Halses, blinzelte Anisja Feodorowna zu und begann. Er fing aber nicht mit der „Herrin" an, sondern griff einen vollen, reinen Akkord und spielte dann mit der größten Sicherheit in langsamem, gemessenem Tempo das bekannte Lied: „Auf der Straße mit den Pflastersteinen". Und nun klang diese Melodie im Takt mit der gleichen gemessenen Fröhlichkeit, eben jener Fröhlichkeit, die auch Anisja Feodorownas ganzes Wesen atmete, in Nikolais und Nataschas Herzen. Anisja Feodorowna wurde rot, zog sich das Kopftuch vor das Gesicht und ging lachend hinaus. Der Onkel spielte rein, sorgsam und mit schwungvoller Kraft weiter und sah dabei mit völlig gewandeltem, begeistertem Gesichtsausdruck nach der Stelle, an der Anisja Feodorowna gestanden hatte. Auf seiner einen Gesichtshälfte unterhalb des grauen Schnurrbarts spielte ein kaum wahrnehmbares Lachen, vornehmlich als die Melodie besonders temperamentvoll wurde, ihr Tempo beschleunigte und schließlich mit einer kunstvollen Klangfigur abbrach.

„Entzückend, Onkelchen, entzückend! Noch mehr, noch mehr!" schrie Natascha, sobald der Onkel fertig war. Sie sprang auf, schlang die Arme um den Onkel und küßte ihn. „Nikolenka, Nikolenka!" sprudelte sie dann und sah sich nach dem Bruder um, als wolle sie ihn fragen, wie so etwas denn nur möglich sei.

Auch Nikolai hatte das Spiel des Onkels ganz besonders gut gefallen. Der Onkel spielte das Lied zum zweitenmal. Nun erschien auch Anisja Feodorownas lächelndes Gesicht wieder in der Tür, und hinter ihr tauchten noch andere Gesichter auf.

„Und da ruft er an der kühlen Quelle:
Schöne Jungfer, schöne Jungfer, bleibe stehn!"

spielte der Onkel, griff wieder geschickt eine künstliche Klangfigur als Schlußakkord und ließ seine Schultern noch einige Male im Rhythmus des eben geendigten Liedes hin und her zucken.

„Ach bitte, bitte, liebstes, liebstes Onkelchen!" seufzte Natascha so flehentlich, als hinge ihr Leben davon ab.

Der Onkel stand auf, und es war, als kämen jetzt die zwei Menschen zum Vorschein, die in ihm steckten: der eine von ihnen lächelte ernsthaft über den anderen, den jungenhaft Lustigen, und dieser jungenhaft Lustige setzte sich jetzt mit einer naiven Fröhlichkeit und zugleich peinlichen Genauigkeit in Positur und nahm die Ausgangsstellung zum Beginn des Tanzes ein.

„Na, also denn los, kleines Nichtchen!" rief der Onkel und warf Natascha mit einer großartigen Bewegung die Hand hin, die eben den letzten Akkord hatte erklingen lassen.

Natascha warf das Tuch ab, das sie um die Schultern gehabt hatte, trat mit einigen hastigen Laufschritten vor den Onkel hin, stemmte die Hände in die Seiten, zuckte einige Male mit den Schultern hin und her und stand dann still.

Wo, wie, wann hatte diese kleine, von einer französischen Emigrantin erzogene Komtesse aus der russischen Luft, die sie atmete, diesen Geist in sich gesogen? Woher kamen ihr diese Bewegungen, die doch eigentlich der pas de châle längst in ihr hätte ersticken müssen? Aber dieser Geist und diese Bewegungen, das alles war eben gerade jenes unnachahmliche, unerlernbare Russische, das der Onkel von ihr erwartete. Kaum hatte sie Aufstellung genommen und triumphierend, stolz und pfiffig-vergnügt gelächelt, da war auch die Besorgnis, die Nikolai und alle anderen Anwesenden überkommen wollte, nämlich die Besorgnis, sie würde ihre Sache nicht richtig machen, auch schon verschwunden, und alle hatten ihre Freude an ihr.

Sie machte alles so zwanglos und richtig, so sicher und glücklich bis in alle Einzelheiten, daß Anisja Feodorowna, die ihr gleich das Tuch gereicht hatte, dessen es zur Ausführung dieses Tanzes bedurfte, allem Lachen zum Trotz die Tränen in die Augen traten, wenn sie diese zierliche, graziöse, ihr so fremde, in Samt und Seide großgewordene Grafentochter sah, die doch gefühlsmäßig alles das erfaßte, was in Anisja lebte und in ihrem Vater und in ihrer Tante und in ihrer Mutter und in jedem russischen Menschen.

„Na, klar doch, Komteßchen!" sagte der Onkel mit einem lustigen Lachen, als der Tanz zu Ende war. „Das ist mir mal eine Nichte! Dir müßte man nur noch einen hübschen jungen Mann aussuchen, na, klar doch!"

„Der ist schon ausgesucht", meinte Nikolai lächelnd.

„Oho!" sagte der Onkel erstaunt und sah Natascha fragend an. Natascha nickte mit einem seligen Lächeln.

„Und was für einer!" sagte sie. Aber kaum hatte sie das gesagt, da erwachte in ihrem Inneren eine Kette ganz anderer, ganz neuer Gedanken und Empfindungen: „Was hatte Nikolais Lächeln zu bedeuten, als er sagte: ‚Der ist schon ausgesucht?' Freut er sich darüber oder nicht? Er denkt wohl, mein Bolkonskij würde es nicht verstehen und nicht gutheißen, daß wir an diesem Tanz so viel Spaß haben? Nein, er würde das durchaus verstehen. Wo er jetzt wohl ist?" dachte Natascha, und ihr Gesicht wurde plötzlich ganz ernst. Aber das dauerte nur eine Sekunde, dann sagte sie sich: „Nicht daran denken, nur nicht daran denken." Und damit setzte sie sich lächelnd wieder zum Onkel und bat ihn, doch noch irgend etwas zu spielen.

Der Onkel spielte noch ein Lied und einen Walzer; dann blieb er eine kleine Weile still, räusperte sich und begann sein Lieblingsjagdlied zu singen:

„Ist ein Spurschnee gegen Abend
auf das Feld gefallen ..."

Der Onkel sang so, wie das Volk singt, mit der festen und naiven Überzeugung, daß der ganze Sinn eines Liedes lediglich in den Worten beschlossen liegt, daß die Melodie sich ganz von selbst einstellt und daß eine Melodie für sich selbst, ohne Worte, überhaupt nicht leben kann, und daß die Melodie eben nur so dazugehört, damit alles seine Richtigkeit hat. Und gerade deshalb hörte sich dieses naive Singen des Onkels so sehr hübsch an, wie es das Singen eines Vogels tut. Natascha war ganz hingerissen von dem Gesang des Onkels. Sie beschloß, ihren Unterricht im Harfespielen aufzugeben und in Zukunft nur noch Gitarre zu spielen. Sie bat sich vom Onkel die Gitarre aus und begann gleich nach den begleitenden Akkorden für das Lied zu suchen.

Gegen zehn Uhr kamen zwei Jagdwagen und drei Reiter aus Otradnoje, um Natascha und Petja nach Hause zu bringen. Der Graf und die Gräfin hatten erst gar keine Vorstellung davon gehabt, wo sie geblieben sein könnten, und sich, wie der mit den Wagen zurückgekehrte Bote berichtete, bereits Sorgen gemacht.

Petja wurde wie ein Toter hinausgetragen und in den einen Wagen gelegt. Natascha und Nikolai setzten sich in den anderen. Der Onkel packte Natascha fürsorglich ein und verabschiedete sich von ihr mit einer ganz neuartigen Zärtlichkeit. Er begleitete die Aufbrechenden zu Fuß bis zu einer Brücke, neben der die Wagen den Fluß in einer Furt durchqueren mußten, und sorgte noch dafür, daß einige Jäger mit Laternen voranritten.

„Leb wohl, liebste Nichte", rief Natascha aus dem Dunkeln eine Stimme nach, und es war nicht die Stimme, die sie früher gekannt hatte, sondern die, welche gesungen hatte: „Ist ein Spurschnee gegen Abend auf das Feld gefallen ..."

Sie fuhren durch ein Dorf, durch dessen Fenster es rötlich schimmerte; es roch lustig nach Rauch.

„Was für ein reizender Mensch ist doch der Onkel!" sagte Natascha, als sie die Landstraße erreicht hatten.

„Ja", antwortete Nikolai. „Ist dir auch warm genug?"

„Natürlich, wunderschön, wunderschön. Ich fühle mich so furchtbar wohl", erwiderte Natascha, ganz erstaunt darüber, daß der Bruder so etwas fragen konnte.

Dann schwiegen sie eine lange Zeit hindurch. Die Nacht war dunkel und feucht. Die Pferde waren nicht zu sehen, und man hörte nur, wie sie durch den unsichtbaren Schmutz stampften.

Was ging wohl in dieser kindlichen, aufnahmefähigen Seele vor, die so begierig nach all den vielgestaltigen Eindrücken des Lebens griff und sie sich zu eigen zu machen suchte? Wie mochte sie das alles verarbeiten? Nun, sie war sehr glücklich.

Sie näherten sich schon dem Elternhause, als Natascha plötzlich das Lied: „Ist ein Spurschnee gegen Abend ..." zu singen begann; den ganzen Weg über hatte sie in ihrem Gedächtnis nach der Melodie gesucht; jetzt endlich hatte sie sie gefunden.

„Hast du die Melodie doch zusammengebracht?" meinte Nikolai.

„Und woran hast du eben gedacht, Nikolenka?" fragte Natascha. Das war eine Frage, die die beiden einander gern vorlegten.

„Ich?" meinte Nikolai und suchte sich zu erinnern. „Ja, das war es, siehst du, erst dachte ich, Rugai, der rote Rüde, sieht doch eigentlich dem Onkel ähnlich, und wenn er ein Mensch wäre, würde er den Onkel doch sicher immer bei sich behalten, weil der Onkel so ein tüchtiger Reiter ist, noch mehr aber, weil er wirklich ganz aus einem Stück gemacht ist. Ja, der Onkel ist wirklich ganz aus einem Stück gemacht! Habe ich nicht recht? Nun, und woran hast du gedacht?"

„Ich? Warte einmal, warte einmal. Ja, ich dachte zuerst, so fahren wir jetzt und glauben, wir fahren nach Hause, und dabei fahren wir doch in dieser Dunkelheit Gott weiß wohin, und plötzlich kommen wir an und sehen, daß wir gar nicht in Otradnoje angekommen sind, sondern in Wolkenkuckucksheim. Und dann dachte ich ... nein, sonst habe ich nichts gedacht."

„Ich weiß schon, du hast natürlich an ihn gedacht", sagte Nikolai, und Natascha erkannte am Ton seiner Stimme, daß er bei diesen Worten lächelte.

„Nein", antwortete Natascha, obwohl sie tatsächlich auch noch an den Fürsten Andrej gedacht hatte und daran, wie der Onkel ihm wohl gefallen würde. „Und dann muß ich immer noch daran denken, wie hübsch es aussah, als Anisja hereinkam, ja, daran mußte ich unterwegs immerzu denken", sagte Natascha, und Nikolai hörte ihr helles, glückliches, gegenstandsloses Lachen. „Aber weißt du, meinte sie dann plötzlich, „ich weiß, daß ich nie wieder so glücklich und so ruhig sein werde wie jetzt."

„Das ist doch dummes Zeug, lauter Dummheiten sind das", sagte Nikolai und dachte dabei: „Was meine Natascha doch für ein famoses Mädchen ist! Solch einen Freund bekomme ich nicht wieder. Warum will sie nur heiraten? Sie sollte ihr ganzes Leben lang so mit mir zusammen fahren!"

„Was für ein famoser Mensch ist doch dieser Nikolai!" dachte Natascha.

„Aha! Im Salon ist noch Licht", sagte sie und deutete auf die Fenster des Hauses, die hell durch die feuchte, samtdunkle Nacht leuchteten.

VIII

Graf Ilja Andreïtsch war von seinem Adelsmarschallposten zurückgetreten, weil er zu viele Ausgaben mit sich gebracht hatte. Aber seine wirtschaftliche Lage wollte doch nicht in Ordnung kommen. Natascha und Nikolai nahmen häufig geheime, sorgenvolle Unterredungen der Eltern wahr und hörten sie davon sprechen, daß das stattliche Rostowsche Familienhaus und das Landhaus in der Nähe von Moskau verkauft werden müßten. Nachdem der Graf sein Amt niedergelegt hatte, hatte er nicht mehr so ausgedehnte gesellschaftliche Verpflichtungen wie zuvor, und das Leben in Otradnoje ging stiller hin als in früheren Jahren; trotzdem waren das geräumige Haus und die Nebengebäude immer noch voll von Menschen, und immer noch fanden sich bei Tisch mehr als zwanzig Personen zusammen. Es waren alles Leute, die schon lange im Rostowschen Hause lebten, Leute, die fast als zur Familie gehörig angesehen wurden oder doch solche, deren Wohnenbleiben im gräflichen Hause nun einmal als eine unabänderliche Notwendigkeit betrachtet wurde. Zu dieser Kategorie gehörten der Musiker Dümmler mit seiner Frau, der Tanzlehrer Vogel mit seiner Familie, ein altes Fräulein Belowa, die schon lange im Hause lebte, und noch viele andere: Lehrer, die Petja zu unterrichten hatten, die ehemalige Gouvernante der jungen Mädchen und schließlich auch Leute, die es einfach für besser und vorteilhafter hielten, bei Rostows zu leben als bei sich zu Hause. Es kamen ja nicht mehr so viele Gäste wie früher, aber im ganzen war die Lebenshaltung doch noch die gleiche, und der Graf und die Gräfin hätten sich eine andere auch gar nicht vorstellen können. Es bestand immer noch das alte Jagdgefolge, ja, Nikolai hatte es sogar vergrößert; immer noch gab es fünfzig Pferde und fünfzehn Kutscher; immer noch mußten zu den Namenstagen kostbare Geschenke gemacht und prachtvolle Diners gegeben werden, zu denen der ganze Kreis eingeladen wurde; immer noch mußte der Graf seine Whist- und Bostonabende haben, und immer hielt dabei der Graf seine Karten so, daß die Nachbarn ihm ohne Schwierigkeiten hineinsehen konnten, so daß er jedesmal Hunderte von Rubeln verlor und die Gutsnachbarn das Recht, mit dem Grafen Ilja Andreïtsch Karten zu spielen, etwa so ansahen wie den Genuß eines überaus vorteilhaften Pachtvertrages. Der Graf stak in seinen wirtschaftlichen Schwierigkeiten wie in einem ungeheuren Vogelnetz; er suchte es sich selbst auszureden, daß er sich darin verstrickt hatte, und verstrickte sich doch mit jedem Schritt tiefer und tiefer; dabei fühlte er sich außerstande, das ihn umspannende Netz zu zerreißen oder es behutsam und geduldig aufzuknüpfen. Die Gräfin mit ihrem mütterlich-liebevollen Herzen merkte wohl, daß für ihre Kinder nicht viel übrigbleiben konnte; aber mit gleich liebevollem Herzen dachte sie auch, der Graf sei nicht schuld daran, er müsse nun einmal so sein, wie er sei, und leide, obwohl er es nicht zeige, selbst unter dem Bewußtsein der für ihn und seine Kinder gleich schlimmen Vermögenslage. So suchte die Gräfin denn von sich aus nach Mitteln, dieser Zerrüttung Einhalt zu tun. Und ihr Frauenverstand sah nur ein Mittel: eine Heirat Nikolais mit einem reichen Mädchen. Sie fühlte, daß das ihre letzte Hoffnung war und daß, wenn Nikolai die Partie, die sie für ihn gefunden hatte, ausschlagen würde, jede weitere Möglichkeit einer wirtschaftlichen Gesundung abgeschnitten sei. Diese Partie war Julie Karagina, die Tochter angesehener und ordentlicher Eltern, mit der Familie Rostow von Kindesbeinen an bekannt und jetzt, nachdem der letzte ihrer Brüder gefallen war, eine sehr reiche Erbin.

Die Gräfin schrieb, ohne jemanden um seine Vermittlung zu bitten, an die Karagina nach Moskau, schlug eine Verbindung zwischen der Karaginschen Tochter und ihrem Sohne vor und fand mit diesem Vorschlage eine freundliche Aufnahme. Die Karagina antwortete, sie ihrerseits sei einverstanden, und das Weitere werde von ihrer Tochter abhängen. Sie bat die Gräfin, Nikolai zu einer Fahrt nach Moskau zu veranlassen.

Die Gräfin sagte jetzt mit Tränen in den Augen mehrfach zu ihrem Sohne, nachdem ihre beiden Töchter versorgt seien, gehe ihre Sehnsucht nur dahin, auch ihn verheiratet zu sehen. Sei das geschehen, so wolle sie sich ruhig in den Sarg legen, und sie denke auch bereits an ein prächtiges Mädchen für ihn. Dann versuchte sie in Erfahrung zu bringen, wie er sich überhaupt zu dem Gedanken einer Verheiratung stellte.

Dann wiederum brachte sie das Gespräch auf Julie, sagte allerhand Rühmliches von ihr und riet Nikolai, er möchte doch einmal nach Moskau fahren und sich dort für die Feiertage amüsieren. Nikolai erriet bald, wo seine Mutter mit solchen Reden hinauswollte, und einmal, als sie wieder von diesen Dingen anfing, bat er sie um völlige Offenheit. Da sagte sie ihm denn geradeheraus, daß alle ihre Hoffnungen, jemals die Vermögensverhältnisse der Familie in Ordnung kommen zu sehen, sich nur noch auf seine Verheiratung mit der jungen Karagina gründeten.

„Wenn ich nun aber ein vermögensloses Mädchen liebte, maman, würden Sie dann wirklich wollen, daß ich meine Gefühle und meine Ehre dem Wohlstand der Familie zum Opfer brächte?" fragte er, ohne die Grausamkeit dieser Frage zu begreifen, lediglich bestrebt, seine hochherzige Gesinnung zum Ausdruck zu bringen.

Die Mutter wußte nicht recht, wie sie sich rechtfertigen sollte.

„Nein, da hast du mich nicht ganz verstanden", sagte sie. „Da hast du mich nicht ganz verstanden, Nikolenka. Ich wünsche ja nichts als dein Glück."

Sie fühlte selbst, daß sie die Unwahrheit sprach und sich in Widersprüche verwickelte. Sie begann zu weinen.

„Weinen Sie doch nicht, Mamachen, sagen Sie mir nur, daß diese Heirat Ihr Wille ist, und Sie wissen, daß ich alles, ja mein ganzes Leben, hingebe, um Sie zu beruhigen", sagte Nikolai. „Ihnen will ich alles opfern, selbst die Neigungen meines Herzens."

Aber so wollte die Gräfin die Frage nicht gestellt wissen. Sie wollte ja gar nicht, daß der Sohn ihr ein Opfer brachte, sie wollte ihm vielmehr ein Opfer bringen.

„Nein, du hast mich falsch verstanden, reden wir nicht weiter davon", sagte sie und trocknete ihre Tränen.

„Ja, vielleicht liebe ich in der Tat ein armes Mädchen", sagte sich Nikolai. „Soll ich in diesem Falle wirklich mein Herz und meine Ehre dem Familienwohlstand zum Opfer bringen? Ich verstehe gar nicht, wie Mama überhaupt so sprechen kann. Also, weil Sonja arm ist, soll ich sie wohl nicht lieben und ihre aufrichtige, hingebende Liebe unerwidert lassen? Und dabei werde ich mit ihr ganz bestimmt glücklicher werden als mit irgendeiner Puppe von Julie. Natürlich werde ich es jederzeit fertigbringen, mein Herz dem Wohl der Familie aufzuopfern, aber befehlen kann ich meinem Herzen auch nicht. Wenn ich Sonja liebe, so ist eben meine Liebe stärker als alles andere, und nichts kann an sie heranreichen."

Nikolai fuhr nicht nach Moskau, und die Gräfin fing auch nicht wieder von ihren Heiratsplänen an; bekümmert und bisweilen sogar erbittert nahm sie unverkennbare Anzeichen einer zunehmenden Annäherung ihres Sohnes an die vermögenslose Sonja wahr. Obwohl sie sich selbst deswegen schalt, war sie gegen Sonja oft unfreundlich und barsch, fiel ihr häufig ohne Grund ins Wort und nannte sie „Sie" und „Meine Liebe". Und was die gute Gräfin am meisten ärgerte, war das, daß diese arme, schwarzäugige Sonja immer so sanft, so gut, ihren Wohltätern so dankbar ergeben war und Nikolai so treu, so unwandelbar, so selbstverleugnend liebte, daß sie wirklich nicht den geringsten Vorwurf verdiente.

Nikolai brachte seinen ganzen Urlaub bei seinen Angehörigen zu. Von dem Bräutigam, dem Fürsten Andrej, kam ein vierter Brief, dieses Mal aus Rom, und er schrieb, er wäre schon längst wieder auf dem Heimwege, wenn seine Wunde nicht in dem warmen Klima ganz überraschend wieder aufgesprungen wäre; so sähe er sich gezwungen, seine Rückkehr bis zum Beginn des nächsten Jahres zu verschieben. Natascha liebte ihren Bräutigam noch genauso wie zuvor, war noch genauso ruhig in ihrer Liebe und noch genauso empfänglich für alle Freuden des Lebens; als aber der vierte Monat der Trennung zu Ende ging, da überkamen sie schon Augenblicke eines Grams, dessen sie sich nicht erwehren konnte. Sie hatte Mitleid mit sich selbst, Mitleid damit, daß sie diese ganze Zeit unnütz und keinem zuliebe hinbringen mußte, eine Zeit, in der sie sich doch zum Lieben und Geliebtwerden geschaffen wußte.

Die Stimmung im Rostowschen Hause war gedrückt.

IX

Weihnachten kam. Außer dem feierlichen Gottesdienst und den langweiligen Gratulationsbesuchen der Nachbarn und der Gutsleute, außer den neuen Kleidern, in denen alle sich zeigten, gab es nichts Besonderes, was diesen Tag gerade als Weihnachten gekennzeichnet hätte; aber bei dieser Windstille, diesen zwanzig Graden Frost, diesem hellen, augenblendenden Sonnenschein am Tage und diesem winterlichen Sternenleuchten in der Nacht fühlte man doch das Bedürfnis, irgend etwas zu tun, das diese Zeit aus der Kette der Tage heraushob. Am dritten Feiertage waren alle Hausgenossen nach dem Mittagessen auf ihre Zimmer gegangen. Es war die langweiligste Zeit des Tages. Nikolai, der am Vormittag einige Besuche in der Nachbarschaft gemacht hatte, schlummerte im Diwanzimmer. Der alte Graf ruhte sich in seinem Kabinett aus. Im Salon am runden Tisch saß Sonja und zeichnete ein Muster nach. Die Gräfin war mit Kartenlegen beschäftigt. Nastasja Iwanowna, der Narr, saß mit zwei alten Weibern trübselig am Fenster. Natascha kam herein, ging zu Sonja und sah ihr ein wenig zu; dann ging sie zur Mutter und blieb neben ihr stehen, ohne etwas zu sagen.

„Warum wanderst du so herum wie eine Obdachlose?" fragte die Mutter. „Was willst du?"

„Ihn will ich. Jetzt gleich, diesen Augenblick will ich ihn bei mir haben", antwortete Natascha mit blitzenden Augen, ohne zu lächeln.

Die Gräfin hob den Kopf und sah ihre Tochter aufmerksam an.

„Sehen Sie mich nicht so an, Mama, sehen Sie mich nicht so an, sonst fange ich gleich an zu heulen."

„Setze dich und leiste mir ein wenig Gesellschaft", meinte die Gräfin.

„Mama, ich brauche ihn doch. Warum muß ich mich hier denn so verzehren, Mama?"

Die Stimme versagte ihr, Tränen rollten ihr aus den Augen, und um sie zu verbergen, wandte sie sich rasch ab und ging hinaus.

Sie ging ins Diwanzimmer, blieb dort eine Weile in Gedanken versunken stehen und ging dann ins Mädchenzimmer. Dort knurrte eine alte Frau vom Hausgesinde gerade ein junges Mädchen an, das eben, vor Kälte ganz außer Atem, vom Hofe hereingestürmt gekommen war.

„Hast wohl genug Mutwillen getrieben", sagte die Alte. „Alles hat seine Zeit."

„Laß sie, Kondratjewna", meinte Natascha. „Geh nur, Mawruscha, geh nur."

Nachdem sie Mawruscha auf diese Weise weitere Vorwürfe erspart hatte, ging Natascha durch den Saal ins Vorzimmer. Hier spielte ein alter Lakai mit zwei jüngeren Kameraden Karten. Als das gnädige Fräulein kam, unterbrachen sie ihr Spiel und standen auf.

„Was könnte ich wohl mit denen da anstellen?" dachte Natascha.

„Ja, was ich sagen wollte, Nikita, geh doch bitte ..." („Wohin könnte ich ihn wohl schicken?" dachte sie.) „Ja, also gehe auf den Hof und bring mir bitte einen Hahn. Ja, und du, Mischa, hole mir ein wenig Hafer."

„Ein wenig Hafer befehlen Sie?" meinte Mischa aufgeräumt und dienstwillig.

„Geh doch, geh doch, mach schnell", mahnte der Alte.

„Feodor, und du kannst mir etwas Kreide herbeischaffen."

Als sie am Büfett vorbeikam, befahl sie den Samowar, obwohl die Zeit zum Teetrinken noch lange nicht da war.

Der Büfettier Foka war der reizbarste und mißtrauischste Mensch im ganzen Hause. Natascha machte es Spaß, ihre Macht über ihn zu erproben. Er traute ihr auch diesmal nicht recht und ging, um sich zunächst zu erkundigen, ob das stimmen könnte.

„Na, das ist schon ein Fräulein!" brummte Foka und zeigte Natascha ein Gesicht von geheuchelter Verdrießlichkeit.

Kein Mensch im Hause jagte die Leute so viel hin und her und verursachte ihnen so viel Arbeit wie Natascha. Sie konnte niemand vom Gesinde sehen, ohne daß sie ihn gleich irgendwohin schicken mußte. Es war, als wolle sie ausprobieren, ob nicht einer von ihnen einmal böse werden und ein schiefes Gesicht ziehen würde; aber die Leute waren niemandem so gern zu Willen wie gerade Natascha. „Was soll ich nur machen? Wohin soll ich jetzt gehen?" dachte Natascha, während sie langsam durch den Korridor wanderte.

„Nastasja Iwanowna, was werde ich für Kinder kriegen?" fragte sie den Narren, der ihr in seiner Frauenjacke entgegenkam.

„Nichts wie Flöhe, Wasserjungfern und Heuschrecken", antwortete der Narr.

„Mein Gott, mein Gott, immer und ewig dasselbe! Ach, wo gehe ich nur hin? Was fange ich nur mit mir an?" Und dann lief sie mit den Schuhen klappernd rasch die Treppe hinauf, die zu den Räumen des Tanzlehrers Vogel und seiner Frau führte.

Bei Vogel saßen die beiden Gouvernanten; auf dem Tische standen Teller mit Rosinen, Walnüssen und Krachmandeln. Die Gouvernanten unterhielten sich darüber, wo das Leben billiger sei, in Moskau oder in Odessa. Natascha setzte sich, hörte ihrem Gespräch mit ernster und nachdenklicher Miene eine Zeitlang zu und stand dann wieder auf.

„Die Insel Madagaskar", sagte sie. „Ma-da-gas-kar", wiederholte sie, jede Silbe deutlich betonend, und ging dann davon, ohne die Fragen der Mademoiselle Schoß, was sie da rede, zu beantworten.

Ihr Bruder Petja hielt sich ebenfalls im Obergeschoß auf: er fabrizierte gerade mit seinem Diener und ehemaligen Kinderwärter ein Feuerwerk, das er in der Nacht abbrennen wollte.

„Petja! Petja!" schrie Natascha ihm zu. „Trag mich hinunter!"

Petja kam angelaufen und hielt ihr seinen Rücken hin. Sie sprang hinauf, umklammerte seinen Hals, und nun lief er in tänzelnden Sprüngen mit ihr auf die Treppe zu.

„Nein, du brauchst mich nicht weiter zu tragen ... Die Insel Madagaskar", sagte sie dann, sprang von Petjas Rücken hinunter und ging nach unten.

Natascha hatte gewissermaßen ihr ganzes Reich durchwandert, hatte überall kleine Machtproben angestellt und sich davon überzeugt, daß alle ihr den schuldigen Gehorsam entgegenbrachten, daß aber trotzdem eigentlich alles langweilig und öde war. Nun ging sie in den Saal, nahm die Gitarre, setzte sich in den dunklen Winkel hinter dem Schränkchen und klimperte an den Baßsaiten herum, um eine Melodie zusammenzubringen, deren sie sich von einem Petersburger, mit dem Fürsten Andrej gemeinsam unternommenen Opernbesuch entsann. Ein gleichgültiger Zuhörer hätte aus ihrem Gitarrenspiel wohl nur ein sinnloses Gewirr von Tönen herausgehört, allein Nataschas Einbildungskraft erschuf sich aus diesen Tönen eine ganze Kette von Erinnerungen. Sie saß hinter ihrem Schränkchen, starrte auf einen Lichtstreifen, der aus der Tür des Anrichtezimmers fiel, hörte ihrem eigenen Spiel zu und versenkte sich ganz in ihre Erinnerungen. Sie war in jenem träumerischen Zustande, in welchem die Erinnerungen mehr gelten als alle Gegenwart.

Ein Glas in der Hand, durchquerte Sonja den Saal in der Richtung auf das Anrichtezimmer zu. Natascha sah ihr nach und sah auf den Türspalt des Anrichtezimmers, und es war ihr, als erinnere sie sich jetzt daran (Sonja war schon früher einmal mit einem Glase in der Hand durch den Saal zum Anrichtezimmer gegangen), daß schon früher einmal solch ein Lichtstreifen aus der Tür des Anrichtezimmers gefallen war. „Ja", dachte Natascha, „das alles habe ich genauso schon einmal gesehen."

„Was gibt es, Sonja?" rief Natascha und klimperte an der Baßsaite.

Sonja schrak zusammen.

„Ach, du bist hier?" sagte sie, trat zu Natascha und hörte ihrem Spiel zu. „Das kenne ich nicht. Das soll wohl ein Sturm sein?" fragte sie zaghaft, offenbar in der Furcht befangen, Nataschas Spiel mißzuverstehen.

Natascha dachte: „Natürlich, genauso schrak sie auch damals zusammen, genauso kam sie damals mit ihrem schüchternen Lächeln an, und genauso hatte ich schon damals das Gefühl, daß ihr irgend etwas abgeht, was andere Menschen haben."

„Nein, es ist der Chor aus dem ‚Wasserträger', hörst du denn nicht?" Und Natascha sang das Chorlied zu Ende, um Sonjas Auffassungsgabe nachzuhelfen. „Wo wolltest du eigentlich hin?" fragte sie dann.

„Ich wollte mir frisches Wasser in das Glas einfüllen. Ich bin gleich mit dem Nachmalen meines Musters fertig."

„Du hast immer irgendeine Beschäftigung vor, und ich kann das gar nicht", meinte Natascha. „Und wo ist Nikolai?"

„Der wird wohl schlafen."

„Sonja, geh doch zu ihm und wecke ihn auf", sagte Natascha. „Sage ihm, er solle kommen und mit mir singen."

Eine Weile saß sie noch da und dachte darüber nach, was das wohl zu bedeuten hätte, daß sie das alles schon früher einmal erlebt hatte, und ohne dieses Problem gelöst zu haben und ohne sich darüber zu grämen, daß sie es nicht lösen konnte, ließ sie sich von ihrer Phantasie wieder in jene Zeit zurücktragen, in der sie mit ihm zusammen gewesen war und er sie mit den Augen eines Liebenden angesehen hatte.

„Ach, wenn er doch nur bald käme! Ich habe solche Angst, er kommt nicht! und vor allem, ich sorge mich so furchtbar ab, das ist das Schlimmste! Und wenn er schließlich kommt, dann wird all das nicht mehr dasein, was jetzt noch in mir lebt. Aber vielleicht kommt er noch heute, vielleicht kommt er noch diesen Augenblick. Vielleicht ist er schon da und sitzt drüben im Salon. Vielleicht ist er überhaupt schon gestern gekommen, und ich habe es nur vergessen." Sie stand auf, legte die Gitarre fort und ging in den Salon.

Die ganze Familie einschließlich der Hofmeister, der Gouvernanten und Gäste saß bereits am Teetisch. Die hierzu bestimmten Leute vom Hausgesinde taten, was sie zu tun hatten. Aber Fürst Andrej war nicht da. Und es war überhaupt alles wie an jedem anderen Tage.

„Na, da ist sie ja", meinte Ilja Andreïtsch, als er Natascha kommen sah. „Na, setze dich zu mir."

Aber Natascha blieb neben der Mutter stehen und sah sich um, als suche sie etwas.

„Mama!" sagte sie halblaut. „Geben Sie ihn mir zurück, tun Sie es, Mama, aber schnell, schnell!" Und wieder unterdrückte sie mühsam ein Aufschluchzen.

Sie setzte sich an den Tisch und hörte zu, wie die ältere Generation und Nikolai, der inzwischen auch dazugekommen war, sich miteinander unterhielten. „Mein Gott, mein Gott, immer die gleichen Gesichter, immer die gleichen Gespräche, und Papa hält seine Tasse auch so wie immer und bläst genauso wie sonst über seinen Tee hin!" dachte Natascha und spürte mit Schrecken, daß sie geradezu einen Ekel vor ihren Angehörigen zu empfinden begann und nur aus dem einen Grunde, daß diese immer die gleichen blieben.

Nach dem Tee gingen Nikolai, Sonja und Natascha ins Diwanzimmer; hier war ihr Lieblingsplätzchen, der Ort für alle vertraulichen Herzensergießungen.

X

„Kennst du das eigentlich auch?" fragte Natascha den Bruder, als sie im Diwanzimmer saßen. „Kennst du das eigentlich auch? Es ist einem so, als würde man überhaupt nichts mehr erleben, rein gar nichts. Alles, was hübsch war, ist vergangen und kommt nicht wieder. Man hat wohl Langeweile und auch Sehnsucht, aber vor allem ist man doch traurig. Kennst du das auch?"

„Und wie!" sagte er. „Manchmal, wenn alles eigentlich sehr hübsch war und alle anderen waren vergnügt, dann kam plötzlich ein Gefühl des Ekels an allem über mich, und ich mußte denken, es wäre schon das beste, wenn alle Menschen stürben. Einmal, ich war damals noch beim Regiment, war ich nicht zur Platzmusik gegangen, und da kam plötzlich so eine Öde und Traurigkeit über mich ..."

„Ach, das kenne ich. Ich weiß, ich weiß", fiel Natascha ihm ins Wort. „Als ich noch klein war, da habe ich auch einmal so etwas erlebt. Weißt du noch, wie ich einmal bestraft wurde, weil ich Pflaumen genascht hatte? Ihr andern tanztet alle, und ich hockte im Unterrichtszimmer und heulte. Ich werde das nie vergessen: ich war so traurig, und alle Menschen taten mir leid, und ich selbst tat mir leid und überhaupt alle. Und die Hauptsache war noch, daß ich ganz unschuldig gewesen war. Weißt du noch?"

„Ja, ich kann mich noch daran erinnern", erwiderte Nikolai. „Ich kann mich noch daran erinnern, daß ich nachher zu dir kam und dich trösten wollte, aber weißt du, ich hatte ein Gefühl von Scham dabei. Wir waren doch damals noch furchtbar komisch. Ich hatte damals so ein Spielzeug, eine Art Hanswurst, und das wollte ich dir schenken. Weißt du noch?"

„Aber weißt du auch noch", sagte Natascha mit einem nachdenklichen Lächeln, „wie uns vor ganz, ganz langer Zeit, als wir noch sehr klein waren, der Onkel einmal in sein Kabinett rief, es war noch im alten Hause, und es war dunkel, und als wir hereinkamen, stand da plötzlich ..."

„Ein Mohr", ergänzte Nikolai mit einem glücklichen Lächeln. „Wie sollte ich das nicht mehr wissen? Aber ich weiß noch heute nicht recht, ob da wirklich ein Mohr stand oder ob wir das geträumt haben."

„Er war grau, weißt du noch? Und dann hatte er weiße Zähne. Er stand da und sah uns so an ..."

„Können Sie sich auch noch darauf besinnen, Sonja?" fragte Nikolai.

„Ja, ja, auf irgend so etwas kann ich mich auch noch besinnen", antwortete Sonja schüchtern.

„Ich habe Papa und Mama nachher nach diesem Mohren gefragt", sagte Natascha. „Aber sie sagten, es sei gar kein Mohr dagewesen. Aber du kannst dich ja auch noch an ihn erinnern!"

„Natürlich, ich sehe seine Zähne noch vor mir, als wäre es eben gewesen."

„Merkwürdig, ganz als hätten wir es geträumt. So etwas finde ich herrlich."

„Und weißt du auch noch, wie wir im Saal Ostereier rollten, und plötzlich waren zwei alte Weiber da und fingen an, sich auf dem Teppich herumzudrehen? War das wirklich so oder nicht? Weißt du noch, wie lustig das war?"

„Ja. Und weißt du auch noch, wie Papa in einem blauen Pelz auf der Freitreppe stand und mit einer Flinte schoß?"

Lächelnd und mit der ganzen Freude, die nicht das greisenhaft trübselige, sondern das jugendlich poesieverklärte Zurückgreifen auf alte Erinnerungen bereiten kann, ließen sie die Eindrücke aus jener weit, weit zurückliegenden Vergangenheit, in der sich Traum und Wirklichkeit mischen, an sich vorüberziehen und lachten leise und freudig auf.

Wie immer, konnte Sonja mit den beiden anderen nicht ganz Schritt halten, obwohl diese Erinnerungen doch eigentlich allen dreien gemeinsam gehörten.

An vieles von dem, an das sich Nikolai und Natascha erinnerten, erinnerte sich Sonja nicht mehr, und auch, was noch in ihrem Gedächtnis haftete, erweckte in ihr nicht jene poesieverklärten Empfindungen, an denen die anderen ihre Freude hatten. So freute sie sich nur an der Freude der anderen, wenn sie sich auch Mühe gab, zu einer ähnlichen Freude auch von sich aus zu gelangen.

Lebendigeren Anteil nahm sie erst, als die Rede auf ihren eigenen Eintritt in den Rostowschen Familienkreis kam. Sonja erzählte, sie hätte sich vor Nikolai gefürchtet, weil er ein verschnürtes Jäckchen trug und die Kinderfrau ihr sagte, sie würde auch in solche Schnüre eingenäht werden.

„Und ich weiß noch, wie man mir sagte, du wärest in einem Sauerkrautfaß zur Welt gekommen", fiel Natascha ein, „und ich weiß noch, daß ich damals nicht wagte, daran zu zweifeln, und dabei wußte ich doch ganz genau, daß das nicht stimmte, und das war dann ein sehr merkwürdiges und bedrückendes Gefühl."

Während dieses Gesprächs erschien in der Hintertür des Diwanzimmers der Kopf eines der Stubenmädchen.

„Gnädiges Fräulein, der Hahn ist zur Stelle", flüsterte das Mädchen.

„Ist nicht mehr nötig, Polja, lasse ihn zurückbringen", sagte Natascha.

Dann sprachen sie weiter, und nun erschien Herr Dümmler im Diwanzimmer und ging zu der in einer Ecke stehenden Harfe. Er nahm das Tuch ab, mit dem sie zugedeckt war, und dabei gab die Harfe einen mißtönenden Klang von sich.

„Eduard Karlytsch, spielen Sie doch bitte mein Lieblingsstück, das Notturno von Monsieur Field", rief die alte Gräfin aus dem Salon herüber.

Dümmler griff einen Akkord, wandte sich zu Natascha, Nikolai und Sonja und meinte: „Die Jugend sitzt da ja überaus gemütlich zusammen!"

„Ja, wir philosophieren ein wenig", erwiderte Natascha, sah ihn einen Augenblick an und redete dann weiter. Die drei sprachen gerade von Träumen.

Dümmler begann zu spielen. Natascha ging auf den Zehenspitzen unhörbar zum Tisch, ergriff die Kerze, trug sie hinaus, kam dann zurück und setzte sich leise auf ihren Platz. Im Zimmer war es dunkel, ganz besonders in der Diwanecke, in der sie saßen, aber durch die großen Fenster fiel der silberne Vollmondschein auf die Diele.

„Weißt du, ich glaube", flüsterte Natascha, als Dümmler mit seinem Spiel fertig war, aber immer noch dasaß und ab und zu leise über die Saiten hinstrich, als wisse er nicht recht, ob er ganz aufhören oder mit einem neuen Musikstück beginnen sollte, „weißt du, ich glaube", und dabei rückte sie näher an Nikolai und Sonja heran, „wenn man so zurückdenkt und zurückdenkt und immer weiter zurückdenkt, dann müßte man schließlich so weit kommen, daß man sich auch an das erinnert, was gewesen ist, bevor man selbst überhaupt auf der Welt war ..."

„Das ist die Seelenwanderung", meinte Sonja, die sich immer im Unterricht ausgezeichnet und nichts vom Gelernten vergessen hatte. „Die Ägypter glaubten, unsere Seelen hätten früher in Tieren gehaust und müßten nachher auch wieder in Tiere eingehen."

„Nein, weißt du, das glaube ich doch nicht, daß unsere Seelen in Tieren gehaust haben", sagte Natascha, immer noch flüsternd, obwohl die Musik schon zu Ende war, „aber ich weiß ganz bestimmt, daß wir früher Engel waren, irgendwo dort oben, dann aber auch hier unten, und daß wir uns noch von damals her an alles erinnern können ..."

„Darf man sich ein wenig zu Ihnen setzen?" fragte Dümmler, der leise herangekommen war, und nahm bei den dreien Platz.

„Wenn wir Engel gewesen wären, was haben wir denn wohl getan, daß wir so tief fallen mußten?" meinte Nikolai.

„Nein, das ist doch unmöglich!"

„Wieso denn so tief? Wer sagt dir denn, daß wir so sehr tief gefallen sind?" antwortete Natascha überzeugt. „Ich will dir auch sagen, woher ich das weiß, daß ich früher ein Engel gewesen bin.

Die Seele ist doch unsterblich, und wenn ich ewig leben werde, so habe ich also auch schon vorher eine ganze Ewigkeit hindurch gelebt."

„Ja, aber es ist für uns doch schwer, uns eine Vorstellung von der Ewigkeit zu machen", meinte Dümmler, der anfangs, als er sich zu den jungen Leuten gesellte, mit nachsichtiger Geringschätzung gelächelt hatte, jetzt aber ebenso ruhig und ernsthaft mitsprach wie die anderen.

„Warum sollte es schwer sein, sich eine Vorstellung von der Ewigkeit zu machen?" sagte Natascha. „Sie wird heute den ganzen Tag über dasein, sie wird morgen dasein, sie wird immer dasein, sie war gestern, sie war vorgestern ..."

„Natascha! Jetzt bist du daran! Sing mir etwas vor", hörte man die Gräfin aus dem Salon. „Was hockt ihr denn da zusammen wie Verschworene?"

„Mama! Wenn ich aber doch gar keine Lust habe!" erwiderte Natascha, stand indessen schon im gleichen Augenblick auf.

Eigentlich hatten sie alle, auch den bereits zu Jahren gekommenen Dümmler nicht ausgenommen, gar keine Neigung, das Gespräch abzubrechen und aus ihrem Diwanwinkel herauszukommen, aber Natascha war nun einmal aufgestanden, und so setzte sich Nikolai ans Klavier. Wie immer, stellte sich Natascha in die Mitte des Saales, was die günstigsten akustischen Vorbedingungen gewährte, und begann das Lieblingslied ihrer Mutter zu singen. Sie hatte gesagt, sie habe keine Lust zu singen; trotzdem sang sie an diesem Abend so gut, wie sie seit langer Zeit nicht mehr gesungen hatte und auch lange Zeit nachher nicht mehr singen sollte. Graf Ilja Andreïtsch besprach gerade mit Mitenka einige geschäftliche Angelegenheiten in seinem Kabinett. Er hörte Natascha singen und gebärdete sich nun wie ein Schuljunge, der gar nicht schnell genug mit seiner Lektion fertig werden kann, um nur so bald wie möglich wieder zu seinen Spielen zu kommen; er gab dem Geschäftsführer allerhand überhastete und verworrene Weisungen und verstummte schließlich ganz, und nun stand Mitenka, ebenfalls dem Gesang zuhörend, wortlos und mit einem Lächeln vor dem Grafen. Nikolai verwandte kein Auge von seiner Schwester und wagte nur zu atmen, wenn auch sie gerade eine Atempause machte. Sonja lauschte den Tönen und dachte dabei an den übergroßen Unterschied zwischen ihr selbst und ihrer Freundin: ihr müßte es doch ganz unmöglich sein, auch nur für einen kurzen Augenblick so bezaubernd und mitreißend zu wirken wie ihre Cousine. Die alte Gräfin saß mit einem glücklichen und zugleich wehmütigen Lächeln da, sie hatte Tränen in den Augen und wiegte dazwischen den Kopf hin und her. Sie dachte an Natascha, aber auch an ihre eigene Jugend, und dann kam ihr immer wieder der Gedanke an das Unnatürliche und Unheildrohende, das für ihr

Empfinden in Nataschas bevorstehender Heirat mit dem Fürsten Andrej lag.

Dümmler hatte sich zur Gräfin gesetzt und lauschend die Augen geschlossen.

„Nein, Gräfin", meinte er schließlich, „das ist ja ein Talent, das sich vor ganz Europa nicht zu verstecken braucht. Da bedarf es ja gar keines weiteren Unterrichts, so viel Weichheit, so viel Zartheit, so viel Kraft . . ."

„Ach, ich mache mir ja so viel Sorge um sie, so viele, viele Sorgen!" sagte die Gräfin, ohne sich recht klarzumachen, mit wem sie eigentlich sprach. Ihr mütterlicher Instinkt sagte ihr, daß bei Natascha einzelne Seiten des Gefühlslebens allzu stark überwogen und daß dieser Mangel an Ausgeglichenheit sie vielleicht nicht zu einem reinen Glück kommen lassen würde.

Natascha hatte noch nicht zu Ende gesungen, als der vierzehnjährige Petja ganz begeistert hereingestürzt kam und die Nachricht brachte, Vermummte seien gekommen.

Natascha hielt plötzlich inne.

„Dummkopf!" schrie sie den Bruder an, lief zu einem Stuhl, ließ sich hinfallen und schluchzte so heftig, daß sie eine geraume Weile hindurch gar nicht aufzuhören vermochte.

„Es hat nichts zu sagen, Mamachen, es hat wahrhaftig nichts zu sagen, Petja hat mich nur so erschreckt", sagte sie und gab sich Mühe zu lächeln, aber dabei strömten ihre Tränen immer noch, und sie konnte kaum sprechen vor Schluchzen.

Die Gutsleute, die sich als Bären, Türken, Kneipwirte, Damen vermummt hatten und grauslich oder komisch anzusehen waren, brachten Kälte und Lustigkeit mit sich herein; anfangs drückten sie sich noch schüchtern im Vorzimmer herum, dann drängten sie einander in den Saal, wobei sich immer einer hinter dem Rücken des anderen zu verstecken suchte; allmählich schwand ihre Verlegenheit, sie wurden munterer und zutraulicher, und nun rückten sie mit ihren Liedern, ihren Tänzen, ihren Reigen und Krippenspielen heraus. Die Gräfin ging wieder in den Salon, nachdem sie die Verkleideten erkannt und ein bißchen über sie gelacht hatte. Graf Ilja Andreïtsch aber saß mit einem strahlenden Lächeln im Saal und klatschte den Spielenden Beifall. Die Jugend war verschwunden.

Eine halbe Stunde später erschienen im Saal unter den Vermummten einige neue Masken, eine alte Dame im Reifrock, das war Nikolai, eine Türkin, das war Petja, ein Bajazzo, das war Dümmler, ein Husar, das war Natascha, und ein Tscherkesse, das war Sonja, die sich mit einem geschwärzten Korken einen Schnurrbart gemalt und die Augenbrauen nachgezogen hatte.

Die nicht Vermummten bezeigten ein liebenswürdiges Staunen,

rieten eine Zeitlang herum, bis sie die Verkleideten erkannten, und rühmten dann die wohlgelungenen Masken. Die jungen Leute waren von ihren Kostümen so entzückt, daß sie sich unbedingt noch von sonst jemand bewundern lassen mußten.

Die Schlittenbahn war ausgezeichnet, und so hatte Nikolai Lust, die ganze Gesellschaft mit seiner Troika zu fahren. Er schlug also vor, ein Dutzend von den verkleideten Gutsleuten mitzunehmen und mit ihnen zum Onkel zu fahren.

„Nein, wozu wollt ihr dem alten Mann ins Haus fallen?" meinte die Gräfin. „Es ist ja auch so eng bei ihm, daß ihr alle euch kaum umdrehen könntet. Wenn ihr schon fahren müßt, dann fahrt lieber zu Meljukows."

Die Meljukowa war Witwe, hatte Kinder verschiedener Altersstufen und wohnte mit ihnen, ihren Hofmeistern und Gouvernanten in Meljukowka, ihrem vier Werst von Otradnoje entfernten Gut.

„Siehst du, ma chère, das ist eine vernünftige Idee", fiel der alte Graf ein, der über diesem Gedanken in eine jugendliche Fröhlichkeit geraten war. „Warte, ich will mich auch rasch verkleiden und fahre mit. Ich will die Meljukowa schon aufkratzen!"

Allein die Gräfin war damit nicht einverstanden, daß der Graf mitfuhr, weil er die letzten Tage hindurch immer Schmerzen in seinem einen Bein gehabt hatte. Es wurde also beschlossen, daß Ilja Andreïtsch nicht mitfahren sollte, wenn aber Luisa Iwanowna – so hieß Mademoiselle Schoß mit Vor- und Vatersnamen – sich anschließen wollte, dann sollten auch die jungen Mädchen mit zur Meljukowa fahren dürfen. Die sonst immer so schüchterne und zurückhaltende Sonja drang jetzt hartnäckiger als alle anderen in Luisa Iwanowna, sie möge ihnen ihre Bitte doch nicht abschlagen.

Sonjas Verkleidung war am allerbesten gelungen. Der Schnurrbart und die schwarzgezeichneten Augenbrauen standen ihr ganz besonders gut zu Gesicht. Alle sagten ihr Schmeicheleien über ihr Aussehen, und so war sie in einer Stimmung von ihr sonst fremder Lebens- und Unternehmungslust. Es war, als sagte ihr eine innere Stimme, heute oder nie werde ihr Schicksal sich entscheiden, und es war wirklich, als habe sie mit dem Männerkostüm einen ganz neuen Menschen angezogen. Luisa Iwanowna war einverstanden, und eine halbe Stunde später fuhren vier dreispännige Schlitten mit Schellengeklingel und Glöckchengeläut vor dem Portal auf dem hartgefrorenen Schnee vor, auf dem die Schlittenkufen knirschten und quietschten.

Natascha hatte als erste ihr ganzes Wesen auf den Ton weihnachtlicher Lustigkeit gestimmt, und diese Lustigkeit nahm, vom einen auf den anderen überspringend, rasch zu und hatte bereits ihren Höhepunkt erreicht, als alle in die Kälte hinaustraten und sich unter lautem Plaudern, Lachen, Kreischen und Schreien auf die Schlitten verteilten. Zwei Schlitten waren mit gewöhnlichen Fahrpferden bespannt, die dritte Troika, die sonst dem persönlichen Gebrauch des alten Grafen diente, hatte als Mittelpferd einen Orlowtraber; bei der vierten, die Nikolais Eigentum war, ging ein kleiner, zottiger Rappe in der Gabel. Nikolai, der über seinem Altweiberkostüm den mit einem Koppel zusammengehaltenen Husarenmantel trug, stand, die gestrafften Zügel in der Hand, mitten in seinem Schlitten.

Es war so hell, daß er im Mondlicht die Metallplättchen an den Köpfen der Pferde ebenso deutlich blitzen sah wie die Augen der Tiere, die sich nach den Einsteigenden umwandten, ganz erschrocken über den Lärm, den diese im Dunkel unter dem Vordach des Portals machten.

In Nikolais Schlitten stiegen Natascha, Sonja, Madame Schoß und zwei der Mädchen; in den Schlitten des alten Grafen setzten sich Dümmler, dessen Frau und Petja; auf die übrigen verteilten sich die maskierten Hofesleute.

„Fahre voran, Sachar!" rief Nikolai dem Kutscher seines Vaters zu; er wollte die Möglichkeit haben, ihn unterwegs zu überholen.

Der Schlitten des alten Grafen fuhr ab, und die Kufen quietschten auf, als seien sie festgefroren gewesen, und dazu klingelte das Glöckchen mit seinem tiefen Ton. Die Beipferde drängten sich an die Gabelstangen, und ihre Hufe stießen in den wie Zucker glänzenden und festen Schnee, daß weiße Staubwölkchen davonstoben.

Als zweiter fuhr Nikolai. Hinter ihm klingelten und kreischten die übrigen Schlitten. Zunächst fuhren sie in kurzem Trabe auf dem engen Wege dahin. Solange sie am Garten entlangfuhren, fielen häufig die Schatten der kahlen Bäume quer über den Weg und warfen schwarze Streifen über den vom hellen Mondlicht beschienenen Schnee; kaum aber lag der Garten hinter den Fahrenden, da öffnete sich vor ihnen nach allen Seiten hin die regungslos daliegende, diamantengleich blitzende, von einem bläulichen Schimmer überhauchte Schneefläche, ganz von Mondschein übergossen. Zweimal ratterte der vordere Schlitten kurz nacheinander über ein von Schlittenkufen ausgefahrenes Loch; genau die gleiche ratternde Bewegung machten an denselben Stellen auch die anderen Schlitten; und so fuhren sie, einer hinter dem anderen, dahin und durchbrachen mit ihrem kecken und frischen Geräusch die verzauberte Stille der Landschaft.

„Eine Hasenspur, eine ganze Menge Spuren!" scholl Nataschas Stimme durch die Luft, die der Frost wie mit stählernen Klammern umspannte.

„Wie deutlich man alles sieht, Nikolas!" sagte Sonja.

Nikolai blickte sich nach Sonja um und beugte sich vor, um ihr

Gesicht deutlicher sehen zu können. Aus dem Zobelpelzwerk schaute ihm ein völlig neues, anmutiges Gesicht entgegen, mit schwarzen Augenbrauen und einem schwarzen Schnurrbart, und dieses Gesicht erschien im Mondlicht zugleich nah und entfernt.

„Das war doch früher Sonja", dachte Nikolai. Er beugte sich noch tiefer zu ihr hinunter und lächelte.

„Was haben Sie, Nicolas?"

„Nichts", erwiderte er und wandte sich wieder seinen Pferden zu.

Sie kamen nun auf die ausgefahrene Landstraße, die von vielen Schlittenkufen glattgestampft war und überall die im Mondlicht deutlich wahrnehmbaren Eindrücke der Schraubstollen von den Huf=eisen der Pferde aufwies. Jetzt legten die Pferde sich ganz von selbst schärfer in die Zügel und verstärkten ihr Tempo. Das linke Beipferd warf den Kopf zur Seite und riß bei seinen Sprüngen an den Strän=gen. Das Mittelpferd nahm eine leicht schaukelnde Gangart an und bewegte die Ohren hin und her, als wollte es fragen: „Soll ich an=fangen, oder ist es noch zu früh?" Vorne, schon recht weit entfernt, sah man vor dem weißen Schnee deutlich Sachars schwarze Troika, deren tief klingendes Glöckchengeläut immer schwächer zu hören war. Aus Sachars Schlitten scholl ein Gewirr lachender und schreien=der Stimmen.

„Na, also jetzt, meine alten Pferdchen!" schrie Nikolai, gab einen Ruck mit der Zügelhand und streckte die andere, welche die Peitsche hielt, weit von sich.

Und nur daran, daß der von vorn kommende Wind nun heftiger zu blasen schien, und daran, daß man spürte, wie die Beipferde, die immer wieder zulegten, nun immer stärker an den Strängen rissen – nur daran konnte man merken, wie rasch der Schlitten eigentlich dahinsauste. Nikolai sah nach rückwärts. Mit Schreien und Quiet=schen und Peitschenschwingen suchten die übrigen Dreigespanne zu folgen und wußten sich nicht anders zu helfen, als daß sie auch die Mittelpferde zum Galopp übergehen ließen. Nikolais Deichselpferd dagegen lief in seinem wiegenden Trabe ruhig unter seinem Krumm=holz dahin und dachte gar nicht daran, in Galopp zu fallen, ließ aber wohl spüren, daß es seine Geschwindigkeit nötigenfalls noch wesent=lich steigern könne.

Nikolai holte den ersten Schlitten ein. Beide fuhren nun neben=einander eine Bodenwelle hinunter und gelangten auf einen sehr breiten, ausgefahrenen Weg, der an einem Flusse entlang durch die Wiesen führte.

„Wo sind wir eigentlich?" dachte Nikolai. „Das muß doch die Schiefe Wiese sein, aber nein, das ist irgend etwas ganz anderes, das ich noch nie gesehen habe. Das ist weder die Schiefe Wiese noch die Djomkina=Höhe, sondern Gott weiß was! Das ist irgend etwas ganz

Neues, irgend etwas Verzaubertes! Na, mag es sein, was es will!" Und nun feuerte er seine Pferde mit einem Zuruf an und begann vor dem neben ihm fahrenden ersten Schlitten ein wenig Feld zu gewinnen.

Sachar parierte leicht seine Pferde und wandte sein bereits bis an die Augenbrauen bereiftes Gesicht für einen Augenblick nach rückwärts.

Nikolai ließ seinen Pferden die Zügel; Sachar streckte die Arme steif nach vorne, schnalzte mit der Zunge und ließ nun auch die seinigen aus Leibeskräften laufen.

„Na, Herr, jetzt halte dich aber dazu!" sagte er.

Noch schneller flogen die beiden Schlitten nebeneinander dahin, und die Beine der galoppierenden Pferde wechselten einander in der Berührung des Bodens so rasch ab, daß ein Zuschauer sie kaum hätte auseinanderhalten können. Nikolai gewann Feld. Sachar hob den einen Arm mit den Zügeln, ohne seine Haltung oder die des anderen Arms zu verändern.

„Du wirst dich noch umgucken, Herr!" schrie er Nikolai zu.

Nikolai ließ nun alle drei Pferde galoppieren, und jetzt hatte er Sachar überholt. Die Pferde überschütteten die Gesichter der Schlitteninsassen mit feinem, trockenem Schneestaub, weithin klirrten und rasselten Glöckchen und Zaumzeug, und die hurtigen Pferdebeine bildeten mit dem Schatten der überholten Troika ein wirr dahinhuschendes Durcheinander. Die Schlittenkufen pfiffen und quietschten auf dem Schnee, und von weiter rückwärts her hörte man kreischende Frauenstimmen.

Wieder verhielt Nikolai die Pferde und sah sich um. Rings um ihn lag immer noch die vom Mondlicht durchtränkte märchenhafte Schneefläche und funkelte, als sei sie mit Sternen übersät.

„Sachar hat mir zugerufen, ich soll mich links halten; aber warum links?" dachte Nikolai. „Fahren wir denn wirklich zu Meljukows, und ist das dort denn wirklich Meljukowka? Gott mag wissen, wohin wir fahren, und Gott mag wissen, was eigentlich mit uns vor sich geht — aber was es auch sei, es ist sehr seltsam und wunderschön."

Nun warf er wieder einen Blick hinter sich in den Schlitten.

„Sieh doch, sein Schnurrbart und seine Wimpern! Alles ist weiß geworden!" sagte eine der sonderbaren, schmucken und fremden Gestalten, die im Schlitten saßen, und diese Gestalt hatte einen zierlichen Schnurrbart und zierliche Augenbrauen.

„Das dort muß Natascha sein", dachte Nikolai, „und das wieder ist Madame Schoß, aber vielleicht ist sie es auch nicht; allein, wer dieser Tscherkesse mit dem Schnurrbart ist, das weiß ich nicht, ich weiß nur, daß ich sie liebe."

„Ist euch nicht kalt?" fragte er.

Sie lachten nur statt der Antwort. Dümmler rief von seinem Schlitten aus irgend etwas herüber, augenscheinlch war es etwas Komisches, aber Nikolai konnte es nicht verstehen.

„Ja, ja", riefen lachende Stimmen zurück.

Aber was für ein verwunschener Wald mit ineinandergleitenden, dunklen Schatten und hellem Diamantengefunkel stand plötzlich da? Und was für eine riesige Marmortreppe, und was für märchenhafte Gebäude mit silbernen Dächern? Und was erscholl jetzt für ein durchdringendes Geschrei, wie es nur wilde Tiere hervorbringen konnten?

„Wenn das wirklich Meljukowka ist, dann ist das doch am allerseltsamsten, daß wir, Gott mag wissen wohin, gefahren und schließlich in Meljukowka angekommen sind", dachte Nikolai.

Es war tatsächlich Meljukowka, und nun kamen Mädchen und Lakaien, Laternen in den Händen, mit vergnügten Gesichtern an die Auffahrt gestürzt.

„Wer ist denn da angekommen?" fragte eine Stimme aus der Haustür.

„Vermummte, aus Otradnoje, ich sehe es an den Pferden", antwortete eine andere Stimme.

XI

Pelageja Danilowna Meljukowa, eine breitgebaute Frau von energischem Wesen, saß, die Brille auf der Nase, in einem offenstehenden Kapotrock mit ihren Töchtern im Salon und gab sich Mühe, keine Langeweile unter ihnen aufkommen zu lassen.

Schweigsam gossen sie Wachs und besahen sich die Schatten der Figuren, die sich dabei ergaben, als plötzlich im Vorzimmer die Schritte und Stimmen der Ankömmlinge laut wurden.

Alle diese Husaren, Damen, Hexen, Bajazzos und Bären wischten sich im Vorzimmer unter lautem Räuspern den Reif von den Gesichtern und gingen dann in den Saal, wo hastig die Kerzen angezündet wurden. Dümmler als Bajazzo und Nikolai als Dame eröffneten den Tanz. Von den jubelnden Kindern umringt, begrüßten die Vermummten die Hausfrau und suchten dabei ihre Stimmen zu verstellen und ihre Gesichter möglichst wenig sehen zu lassen. Dann verteilten sie sich im Saal.

„Ach, aber rein nicht zu erkennen! Und das da ist Natascha! Seht nur, wem sieht sie doch gleich ähnlich? Wahrhaftig, an irgend jemand erinnert sie mich. Und wie famos Eduard Karlytsch aussieht! Den hatte ich erst auch gar nicht erkannt. Und wie er tanzt! Herrgott, und da ist ja auch so etwas wie ein Tscherkesse! Das ist

Sonjuschka, und wie gut ihr das steht, wirklich! Und wer ist denn das da? Na, ihr habt uns wirklich einen herrlichen Spaß gemacht! Rückt doch die Tische beiseite, Nikita, Wanja! Und wir hatten so tranig dagesessen!"

„Hahaha ... der Husar, der Husar! Genau wie ein junger Mann, und die Beine! ... Laßt mich doch auch sehen!" so schwirrten die Stimmen durcheinander.

Natascha, die bei der jungen Meljukowschen Generation eine ganz besondere Beliebtheit genoß, verschwand mit einigen Töchtern vom Hause in den hinteren Zimmern, wohin ein Diener einen geschwärzten Korken und verschiedene Schlafröcke und andere männliche Kleidungsstücke bringen mußte; nackte Mädchenarme nahmen sie durch die einen Spalt breit geöffnete Tür entgegen. Zehn Minuten später hatte sich die ganze Jugend des Meljukowschen Hauses unter die Vermummten aus Otradnoje gemischt.

Pelageja Danilowna traf alle notwendigen Anordnungen, ließ Möbel fortrücken, um Raum zum Tanzen zu schaffen, und sorgte für die Bewirtung der Herrschaften wie der Gutsleute; dann ging sie, ohne die Brille abzunehmen, mit ihrem zurückhaltenden Lächeln unter den Vermummten hin und her und sah jedem aus nächster Nähe ins Gesicht, erkannte dabei aber doch niemand, weder die Rostows noch Dümmler und nicht einmal ihre eigenen Töchter oder doch die Schlafröcke und Uniformstücke, welche die Mädchen anhatten und welche ehemals dem seligen Meljukow gehört hatten.

„Und wer ist das?" fragte sie die Gouvernante, während sie einen Kasanschen Tataren betrachtete, unter dessen Maske sich eine ihrer eigenen Töchter verbarg. „Nun, jedenfalls eine von den Rostowschen Damen. Na, und Sie, Herr Husar, erzählen Sie mir einmal, zu welchem Regiment Sie gehören!" wandte sie sich zu Natascha. „Biete dem Türken doch Obstpaste an, dem Türken da", sagte sie zu dem servierenden Büffetdiener. „Das ist nämlich im Koran nicht verboten."

Die Tanzenden hatten sich ein für allemal gesagt, sie seien eben maskiert und niemand könne sie erkennen, und darum waren sie auch von jeglicher Befangenheit frei. Beim Anblick der skurrilen und lächerlichen Pas, die sie ausführten, verbarg Pelageja Danilowna dazwischen ihr Gesicht im Taschentuch, und nun erschütterte ihren ganzen behäbigen Körper ein gar nicht zum Stillstand zu bringendes, gutmütiges Altweiberlachen.

„Nein, diese Sascha! Diese Sascha!" stöhnte sie.

Als die Gesellschaft aufhörte, russische Volkstänze und Reigen zu tanzen, da stellte Pelageja Danilowna aus allen Gutsleuten und Herrschaften einen großen Kreis zusammen; nun wurden ein Ring, eine Schnur und ein Rubelstück gebracht und allerlei gemeinsame Spiele veranstaltet.

Nach einer Stunde waren alle Kostüme zerknittert und im Zustande der Auflösung. Die mit Korken gemalten Schnurrbärte und Augenbrauen hatten sich mit dem Schweiß der erhitzten und lustigen Gesichter zu wilden Schmutzschichten gemischt. Jetzt begann Pelageja Danilowna die Maskierten zu erkennen, ließ entzückte Lobsprüche über die Kostüme hören, sagte den jungen Mädchen allerlei freundliche und anerkennende Worte über ihr Aussehen und dankte allen für den Spaß, den sie ihr und den Ihrigen gemacht hatten. Dann wurden die Gäste zum Abendessen in den Salon gebeten, während die Gutsleute im Saal bewirtet wurden.

„Nein, das ist doch zu schrecklich! Das Orakel in der Badehütte zu befragen!" sagte bei Tisch eine alte Jungfer, die im Meljukowschen Hause lebte.

„Warum denn?" fragte die älteste Tochter des Hauses.

„Ihr werdet doch nicht hingehen wollen, dazu gehört eine mächtige Courage ..."

„Ich gehe hin", sagte Sonja.

„Erzählen Sie doch, wie es der jungen Dame gegangen ist, von der Sie neulich sprachen", fiel die zweite Meljukowsche Tochter ein.

„Also, da ging eine junge Dame in die Badehütte", erzählte die alte Jungfer, „sie nahm sich einen Hahn mit und zwei Eßbestecke mit Tellern, alles, wie es sich dafür gehört, und setzte sich hin. Wie sie eine Weile dagesessen hat, da hört sie plötzlich: es kommt etwas angefahren. Also da kommt ein Schlitten gefahren mit Schellen und Glöckchen. Und dann hört sie Schritte. Nun kommt jemand herein, und er sieht ganz aus wie ein richtiger Mensch, wie eben ein Offizier aussieht. Er geht auf sie zu und setzt sich zu ihr, gerade vor das zweite Gedeck."

„Ah!" kreischte Natascha und rollte entsetzt die Augen.

„Und dann? Und dann? Hat er auch etwas gesagt?"

„Ja, er sprach wie ein richtiger Mensch, ganz so, wie eben ein Mensch spricht. Und dann fing er an, in sie zu dringen und ihr zuzureden. Nun hätte sie ihn eigentlich mit allerlei Gesprächen bis zum ersten Hahnenkrähen hinhalten müssen, aber da kam die Angst über sie, und in ihrer Angst hielt sie sich die Hände vor das Gesicht. Und da griff er auch schon nach ihr, und es wäre schlimm abgelaufen, wenn nicht gerade in diesem Augenblick einige Stubenmädchen ..."

„Na, nun setzen Sie mir unsere Gäste nicht so in Schrecken!" fiel Pelageja Danilowna ihr ins Wort.

„Aber Mamachen, Sie selbst haben sicher auch einmal die Zukunft erforschen wollen", meinte eine von den beiden Töchtern.

„Und wie macht man es, wenn man das Orakel auf dem Speicher befragen will?" fragte Sonja.

„Da muß man einfach auf den Speicher gehen und horchen. Wenn man ein Geräusch hört, als ob Nägel eingeklopft werden oder als ob gepocht wird, das ist schlimm, wenn es aber klingt, als würde Getreide umgeschaufelt, so bedeutet das etwas Gutes, und das geht dann auch in Erfüllung."

„Mama, erzählen Sie doch, was Ihnen einmal auf dem Speicher begegnet ist."

Pelageja Danilowna lächelte.

„Ach, wozu denn? Ich habe es auch schon vergessen", erwiderte sie. „Von euch traut sich doch keiner hin."

„Nein, ich gehe hin! Pelageja Danilowna, ich gehe hin, bitte erlauben Sie es mir", sagte Sonja.

„Warum nicht? Wenn du keine Furcht hast."

„Luisa Iwanowna, darf ich gehen?" fragte Sonja.

Sonja mochte an den Spielen mit Ring, Schnur und Rubelstück oder wie jetzt an der Tischunterhaltung teilnehmen, Nikolai wich nicht von ihrer Seite und sah sie in einem völlig neuen Licht. Es war ihm, als hätte er sie dank ihrem gemalten Schnurrbart heute zum erstenmal in ihrem wirklichen Wesen kennengelernt. In der Tat war Sonja an diesem Abend auch so lustig, so angeregt und hübsch, wie auch Natascha, die sie doch so genau kannte, sie noch nie gesehen hatte.

„Also so ist ihr eigentliches Wesen! Was war ich doch bisher für ein Dummkopf!" dachte Nikolai und betrachtete ihre blitzenden Augen und ihr glückliches, hingegebenes Lächeln und die Grübchen in den Wangen, die dieses Lächeln unter dem schwarzen Schnurrbart entstehen ließ. So wie heute hatte er sie noch nie lächeln sehen.

„Ich habe vor nichts Furcht", sagte Sonja. „Kann ich gleich jetzt hingehen?" Sie erhob sich.

Sie ließ sich schildern, wo es zum Speicher ging, wie sie sich schweigend hinstellen und horchen müsse. Man gab ihr einen Pelz, sie zog ihn sich über den Kopf und sandte dabei Nikolai einen Blick zu.

„Was für ein entzückendes Mädchen sie ist!" dachte er. „Wo habe ich denn bisher nur meine Gedanken gehabt?"

Sonja trat auf den Korridor hinaus, um sich auf den Weg zum Speicher zu machen. Nikolai sagte, es wäre ihm heiß geworden, und ging hastig auf die Freitreppe vor der Haustür. Tatsächlich war es drinnen unter den vielen Menschen dumpfig und heiß.

Draußen lag unverändert starre Kälte, unverändert flimmerte der Mondschein, nur schien der Schnee das Licht jetzt noch heller zurückzuwerfen. Es war so hell, und auf dem Schnee funkelten so viele

Sterne, daß man gar nicht erst auf die wirklichen Sterne achtete und gar nicht zum Himmel aufsehen mochte. Am Himmel war es schwarz und öde, auf der Erde aber lebendig und fröhlich.

„Ich Dummkopf, ich Dummkopf! Worauf habe ich nur bis jetzt gewartet?" dachte Nikolai, sprang die Freitreppe hinunter und ging um das Haus herum den Pfad, der zum rückwärtigen Hauseingang führte. Er wußte, daß Sonja hier vorbeikommen mußte. Auf halbem Wege standen aufgeschichtete Klafter Brennholz, oben verschneit, und warfen ihre Schatten über den Schnee; über sie und über den Schnee und den durch den Schnee führenden Pfad fielen die ungewiß durcheinandergeflochtenen Schatten der alten, kahlen Linden. Der Pfad führte zum Speicher. Die aus nackten Balken gezimmerte Wand und das schneebedeckte Dach des Speichers glänzten im Mondschein wie aus Edelsteinen geschnitten. Im Garten hörte Nikolai die Rinde eines Baumes platzen, und dann war alles wieder still. Es war ihm, als sei es nicht Luft, was seine Brust einatmete, sondern eine Kraft und Freudigkeit, die keinem Altwerden unterworfen waren.

Die Stufen des rückwärtigen Hauseingangs hinab, die vom Mädchenzimmer in den Hof führten, kamen Schritte. Auf der untersten Stufe lag bereits Schnee, und Nikolai hörte ihn unter den Schritten knirschen. Dann ließ sich die Stimme der alten Jungfer vernehmen:

„Geradeaus, nur geradeaus, Fräulein. Nur sich nicht umsehen!"

„Ich habe keine Furcht", antwortete Sonjas Stimme, und nun kamen die Schritte ihrer dünnen Schuhe knirschend und quietschend auf Nikolai zu.

Sonja hatte sich dicht in ihren Pelz gehüllt. Nur noch zwei Schritte war sie von Nikolai entfernt, als sie seiner ansichtig wurde. Auch sie sah ihn nicht so, wie sie seine Erscheinung kannte und sogar ein wenig fürchtete. Er war in einem Frauenkostüm, die Haare hingen ihm wirr ins Gesicht, und er lächelte ein glückliches Lächeln, das Sonja noch nie an ihm gesehen hatte. Die beiden letzten Schritte, die sie noch von ihm trennten, machte sie fast laufend.

„Eine völlig andere und doch dieselbe", dachte Nikolai, als er ihr in das mondbeschienene Gesicht sah. Er griff mit den Händen unter den Pelz, der ihren Kopf einhüllte, zog diesen Kopf zu sich und küßte Sonjas Lippen, über denen sich der schwarze Schnurrbart hinzog und um die noch ein Geruch von angesengtem Kork lag. Sonja küßte ihn mitten auf die Lippen, dann machte sie ihre kleinen Hände frei und preßte sie an seine Wangen.

„Sonja!" ... „Nicolas!" sagten sie nur. Dann liefen sie zum Speicher und kehrten in das Haus zurück; Nikolai durch die vordere, Sonja durch die rückwärtige Eingangstür.

XII

Beim Aufbruch wußte Natascha, die immer alles sah und alles merkte, es so einzurichten, daß Luisa Iwanowna und sie selbst in einem Schlitten mit Herrn Dümmler fuhren, Sonja aber mit Nikolai und den Mädchen zusammensaß.

Jetzt auf dem Rückwege war Nikolai nichts mehr daran gelegen, die Überlegenheit seiner Troika zu zeigen; so fuhr er in gleichmäßigem Tempo dahin, sah immer wieder in diesem seltsamen Mondlicht Sonja an und suchte in dieser alles verwandelnden Beleuchtung hinter den gemalten Augenbrauen und dem Schnurrbart seine alte und seine jetzige Sonja, von der er sich nie mehr zu trennen entschlossen war. Er sah sie an, und als er erkannt hatte, daß sie im Grunde ganz dieselbe geblieben und doch eine völlig andere geworden war, und als er wieder den Korkengeruch spürte, der sich ihm mit der Empfindung dieses Kusses verbunden hatte und nun seine Erinnerung von neuem belebte, da sog er die kalte Nachtluft tief in die Brust hinein; und als er das Land rechts und links von ihm dahinfliegen und zurückgleiten und den Himmel über sich mit seinen Sternen funkeln sah, da war es ihm wiederum zumut wie in einem Märchenland.

Dazwischen fragte er: „Sonja, bist du auch froh?"

Und Sonja antwortete: „Ja. Und du?"

Auf halbem Wege überließ Nikolai dem Kutscher die Zügel, lief für einen Augenblick zu Nataschas Schlitten und sprang auf das Trittbrett.

„Natascha, weißt du", flüsterte er ihr auf französisch zu, „was Sonja angeht, da bin ich jetzt entschlossen."

„Du hast es ihr gesagt?" fragte Natascha und strahlte plötzlich vor Freude über das ganze Gesicht.

„Ach, wie komisch du aussiehst, Natascha, mit diesem Schnurrbart und diesen Augenbrauen! Freust du dich?"

„Ich freue mich ja so, ich freue mich ja so! Ich war schon ganz wütend auf dich. Ich mochte es dir nicht sagen, aber du hast häßlich an ihr gehandelt. Sie ist ja so ein wundervoller Mensch, Nicolas. Wie ich mich freue! Ich weiß ja, daß ich ein Ekel bin, aber es hat mir doch auf dem Gewissen gelastet, daß ich allein glücklich war und Sonja es nicht sein durfte. Aber jetzt freue ich mich ja so! Na, jetzt laufe aber wieder zu ihr."

„Nein, einen Augenblick bleibe ich noch hier. Ach, wie komisch du aussiehst!" sagte Nikolai, der seine Schwester unverwandt ansah und nun auch an ihr etwas Neues, Ungewohntes und Zärtlich-Bezauberndes entdeckte, das er früher nie an ihr wahrgenommen hatte. „Natascha, es ist doch alles wie im Märchen? Nicht wahr?"

„Ja", antwortete sie, „das war fein von dir, daß du es ihr gesagt hast."

„Wenn ich Natascha nur früher so gesehen hätte, wie ich sie jetzt sehe", dachte Nikolai, „dann hätte ich sie schon längst gefragt, was ich tun sollte, und hätte alles getan, was sie von mir verlangt hätte, und es wäre alles so schön gewesen."

„Du freust dich also und meinst, ich habe das Richtige getan?"

„Ach, natürlich, natürlich! Ich habe mich neulich noch mit Mama deswegen gestritten. Mama sagte, Sonja wolle dich einfangen. Wie kann man so etwas nur sagen? Beinah wäre ich allen Ernstes mit Mama in die Haare geraten. Und ich werde es niemals zulassen, daß jemand, wer es auch sein mag, etwas Schlechtes von Sonja sagt oder denkt, weil sie die Güte selbst ist."

„Ich habe also recht gehandelt?" fragte Nikolai noch einmal und beobachtete dabei den Gesichtsausdruck seiner Schwester, um sich zu vergewissern, daß das wirklich die Meinung ihres Herzens war. Dann sprang er vom Trittbrett, daß seine Stiefel knarrten, und lief wieder zu seinem Schlitten. Und hier saß noch immer derselbe glückselig lächelnde Tscherkesse mit dem Schnurrbärtchen und schaute mit glänzenden Augen unter seiner Zobelmütze hervor, und dieser Tscherkesse war Sonja, und diese Sonja sollte gewiß und wahrhaftig seine glückliche und liebende Frau werden.

Zu Hause angekommen, erzählten sie erst der Gräfin, wie es bei Meljukows gewesen war, und dann zogen die jungen Mädchen sich zurück. Sie kleideten sich aus, wischten ihre Schnurrbärte aber noch nicht weg; so saßen sie noch lange beieinander und sprachen von ihrem Glück. Sie sprachen davon, wie sie ihr Leben einrichten wollten, wenn sie erst verheiratet sein würden, wie freundschaftlich ihre Männer miteinander verkehren und wie glücklich sie selber sein würden. Auf Nataschas Tisch standen noch die Spiegel, die Dunjascha hingestellt hatte, als die jungen Mädchen sich kostümierten.

„Aber wann wird das alles sein? Ich fürchte, nie ... Es wäre ja zu schön!" sagte Natascha, stand auf und ging zu dem Tisch mit den Spiegeln.

„Setze dich hin, Natascha, und sieh in den Spiegel, vielleicht bekommst du ihn zu sehen", meinte Sonja.

Natascha zündete die Kerzen an und setzte sich.

„Ich sehe jemand mit einem Schnurrbart", sagte Natascha, als sie ihr eigenes Gesicht erblickte.

„Lachen darf man dabei aber nicht, gnädiges Fräulein", meinte Dunjascha.

Natascha fand mit Sonjas und Dunjaschas Hilfe die richtige Stellung für die Spiegel heraus; nun wurde ihr Gesicht ernsthaft, und sie sagte nichts mehr. So saß sie eine ganze Zeit hindurch da, starrte auf die Reihe der in immer kleinerer Gestalt von den Spiegeln zurückgeworfenen Kerzen und rechnete darauf, bald einen Sarg, bald ihn, den Fürsten Andrej in diesem letzten, undeutlich und verschwommen widerspiegelnden Viereck wahrzunehmen, wie manche Geschichten von ähnlichen Orakelbefragungen es sie erwarten ließen. Aber so bereit sie auch war, sich den kleinsten Flecken in die Gestalt eines Menschen oder eines Sarges umzudeuten – sie sah nicht das geringste. Schließlich blinzelte sie immer häufiger und trat von dem Spiegeltisch zurück.

„Warum sehen nur andere etwas, und ich sehe gar nichts?" sagte sie. „Na, jetzt setze du dich hin, Sonja, heute mußt du es unter allen Umständen tun. Tu es um meinetwillen, mir ist so bange ums Herz."

Sonja setzte sich vor den Tisch mit den Spiegeln, rückte sie zurecht und sah hinein.

„Ja, Sofja Alexandrowna wird sicherlich etwas sehen", flüsterte Dunjascha. „Aber Sie lachen ja immer."

Sonja hörte das und hörte auch Nataschas ebenfalls geflüsterte Antwort:

„Ich weiß auch ganz bestimmt, daß sie etwas sehen wird; im vorigen Jahr hat sie auch etwas gesehen."

Etwa drei Minuten lang sagte keine ein Wort. „Ganz sicher ..." raunte Natascha, sprach aber nicht weiter, denn Sonja hatte plötzlich einen der Spiegel zur Seite gestoßen und ihre Hand über die Augen gelegt.

„Ach, Natascha!" sagte sie.

„Hast du etwas gesehen? Hast du etwas gesehen? Was hast du gesehen?" rief Natascha und hielt den Spiegel fest, der beinah hingefallen wäre.

Sonja hatte nichts gesehen; gerade als sie Natascha sagen hörte: „Ganz sicher ..." hatte sie noch einmal blinzeln und dann aufstehen wollen. Das erfolglose Dasitzen und Warten war ihr langweilig geworden, und einen Erfolg vortäuschen mochte sie auch nicht. Sie wußte selbst nicht, wie und warum sie aufgeschrien hatte, als sie sich die Hand über die Augen gedeckt hatte.

„Hast du ihn gesehen?" fragte Natascha und preßte ihre Hand.

„Ja. Warte einmal ... ich ... ja, ich habe ihn gesehen", erwiderte Sonja fast gegen ihren Willen, und wußte dabei doch nicht einmal, wen Natascha unter diesem „ihn" verstand, Nikolai oder Andrej.

„Aber warum soll ich nicht sagen, ich hätte etwas gesehen? Andere sehen doch auch etwas! Und wer kann mir denn nachweisen, was ich gesehen und was ich nicht gesehen habe?" fuhr es Sonja durch den Kopf.

„Ja, ich habe ihn gesehen", sagte sie.

„Aber wie? Aber wie? Stand er oder lag er?"

„Nein, ich sah ... also erst sah ich überhaupt nichts, und dann sehe ich plötzlich, er liegt da."

„Andrej lag da? Er ist krank?" fragte Natascha erschrocken und starrte ihre Freundin angstvoll an.

„Nein, im Gegenteil, im Gegenteil, er machte ein sehr vergnügtes Gesicht und wandte sich nach mir um" – und während sie das erzählte, glaubte sie es auch schon selbst.

„Und dann, Sonja?"

„Dann sah ich noch etwas, aber das konnte ich nicht mehr so recht unterscheiden, es war irgend etwas Blaues und Rotes ..."

„Sonja! Wann kommt er zurück? Wann sehe ich ihn wieder? Mein Gott, ich ängstige mich ja so um ihn und dann auch um mich selbst und überhaupt um alles ...", sprudelte Natascha und ohne auf Sonjas tröstendes Zureden zu antworten, legte sie sich ins Bett, und nachdem die Kerzen gelöscht waren, lag sie noch lange mit offenen Augen regungslos da und starrte auf die gefrorenen Fensterscheiben, durch die das kalte Mondlicht ins Zimmer fiel.

XIII

Kurz nach den Feiertagen eröffnete Nikolai seiner Mutter, er liebe Sonja und sei fest entschlossen, sie zu heiraten. Die Gräfin hatte längst wahrgenommen, was zwischen Sonja und Nikolai vor sich gegangen war, und hatte eine solche Erklärung erwartet; sie hörte ihn schweigend an und sagte dann, er könne heiraten, wen er wolle, aber weder sie noch der Vater würde ihm je zu einer solchen Heirat den elterlichen Segen geben. Zum erstenmal fühlte Nikolai, daß die Mutter unzufrieden mit ihm war und daß sie ihm dieses Mal trotz aller Liebe, die sie für ihn hatte, nicht nachgeben würde. Mit kalter Miene und ohne den Sohn anzusehen, sandte sie nach ihrem Mann; der kam, und nun schickte sich die Gräfin an, ihm in Nikolais Beisein kurz und kalt auseinanderzusetzen, um was es sich handelte, aber sie brachte das nicht fertig und ging mit Tränen der Wut aus dem Zimmer. Der alte Graf begann Nikolai unsicher ins Gewissen zu reden und ihn zu bitten, er möchte seine Absicht doch wieder fallenlassen. Nikolai erwiderte, er könne sein einmal gegebenes Wort nicht brechen, und nun wurde der Graf offensichtlich verlegen, seufzte auf und verstummte sehr bald und ging zur Gräfin. Immer, wenn der Graf eine Auseinandersetzung mit seinem Sohn hatte, lastete auf ihm das Bewußtsein der Schuld, die er mit der Zerrüttung des Familienvermögens seinem Sohn gegenüber auf sich geladen hatte, und er konnte ihm daher nicht so recht böse sein, daß er eine gute Partie ausschlug und die vermögenslose Sonja wählte; und lebhafter als sonst kam es ihm jetzt zum Bewußtsein, daß man sich, wenn nicht die wirtschaftlichen Verhältnisse so zerrüttet gewesen wären, für Nikolai gar keine bessere Frau hätte wünschen können als Sonja und daß an dieser Zerrüttung der wirtschaftlichen Verhältnisse niemand anders schuld war als nur er selbst mit seinem Mitenka und seinen Angewohnheiten, die eben doch stärker waren als er selber.

Vater und Mutter sprachen mit dem Sohn nicht weiter über diese Angelegenheit; aber einige Tage darauf ließ die Gräfin Sonja zu sich kommen und warf ihrer Nichte mit einer Härte, die allen beiden überraschend kam, vor, sie habe Nikolai planmäßig umgarnt und sich damit eines schlimmen Undanks schuldig gemacht. Sonja hielt die Augen zu Boden gesenkt, hörte schweigend die harten Worte der Gräfin an und begriff gar nicht, was eigentlich von ihr verlangt wurde. Sie war bereit, ihren Wohltätern alles zu opfern. Der Gedanke der Selbstaufopferung war überhaupt ihr Lieblingsgedanke, aber in diesem Falle konnte sie gar nicht verstehen, wem sie ein Opfer bringen und worin dieses Opfer nun eigentlich bestehen sollte. Sie konnte gar nicht anders, als die Gräfin und überhaupt alle Rostows zu lieben, aber sie konnte auch nicht anders, als Nikolai ebenfalls zu lieben und zu wissen, daß von dieser Liebe sein ganzes Glück abhing. Sie schwieg traurig und machte keinen Versuch, sich zu rechtfertigen.

Nikolai glaubte diesen Zustand nicht länger ertragen zu können und ging also zu seiner Mutter, um sich mit ihr auszusprechen. Er flehte sie an, ihm und Sonja zu verzeihen und einer Heirat zuzustimmen, dann aber drohte er der Mutter, er würde sich ungesäumt heimlich mit ihr trauen lassen, wenn sie Sonja noch länger zusetzen würde.

Mit einer Kälte, die er noch nie an ihr wahrgenommen hatte, erwiderte ihm die Gräfin, er sei mündig, Fürst Andrej wolle ja auch ohne die Zustimmung seines Vaters heiraten, und er könne das gleiche tun, aber sie werde jedenfalls diese Intrigantin niemals als ihre Schwiegertochter betrachten.

Die Bezeichnung „Intrigantin" erbitterte Nikolai vollends, und so sagte er mit erhobener Stimme, er hätte nie geglaubt, daß seine Mutter je von ihm verlangen könnte, er solle sein Herz für Geld verkaufen; wenn die Dinge aber so lägen, so erkläre er ihr jetzt zum letzten Male . . . Aber er kam nicht dazu, das entscheidende Wort auszusprechen, das seine Mutter, ganz erschrocken über seinen Gesichtsausdruck, mit Entsetzen erwartete und das vielleicht für immer als eine furchtbare Erinnerung zwischen ihnen gestanden hätte. Er kam nicht dazu, das auszusprechen, was er sagen wollte, weil Na=

tascha, die an der Tür gehorcht hatte, in diesem Augenblick blaß und sehr ernst hereinkam.

„Nikolenka, du sprichst ja dummes Zeug, sei still, sei still! Ich sage dir, du sollst still sein!“ Sie schrie fast, um seine Stimme zu übertäuben.

„Mama, geliebtes Mamachen, es ist ja überhaupt ganz anders. ... liebste, arme Mama“, wandte sie sich an die Mutter, die in Erwartung eines endgültigen Bruches ihren Sohn entsetzt ansah, aber, eigensinnig und in Hitze geraten, weder nachgeben wollte noch konnte.

„Nikolenka, ich werde dir nachher alles auseinandersetzen, aber gehe jetzt hinaus! Und Sie müssen mich anhören, geliebtestes Mamachen“, sagte sie zu den Streitenden.

Ihre Worte hatten eigentlich gar keinen Sinn, aber sie erreichte mit ihnen doch, was sie gewollt hatte.

Die Gräfin schluchzte auf und barg ihr Gesicht an der Brust der Tochter; Nikolai erhob sich, griff sich an den Kopf und verließ das Zimmer.

Natascha nahm nun ihr Versöhnungswerk in Angriff und brachte es so weit, daß Nikolai von der Gräfin das Versprechen erhielt, sie werde Sonja nicht weiter zusetzen; er selbst versprach dagegen, keinerlei Schritte hinter dem Rücken der Eltern zu tun.

Fest entschlossen, seinen Abschied zu nehmen, sobald er seine Angelegenheiten beim Regiment in Ordnung gebracht haben würde, alsdann nach Hause zu fahren und sich mit Sonja zu verheiraten, reiste Nikolai Anfang Januar wieder zu seinem Regiment. Angesichts des Zerwürfnisses mit seinen Eltern war er niedergeschlagen und ernst, dabei aber, wenigstens seiner eigenen Meinung nach, leidenschaftlich verliebt.

Nach Nikolais Abreise wurde es im Rostowschen Hause trauriger als je zuvor. Die Gräfin war ganz krank geworden von all den Aufregungen der letzten Zeit.

Sonja war sehr bekümmert angesichts der Trennung von Nikolai, noch mehr aber angesichts des feindseligen Tones, den die Gräfin wiederum, fast gegen ihren eigenen Willen, ihr gegenüber anschlug. Der Graf war sorgenvoller als je infolge des argen Zustandes seiner Vermögensverhältnisse, die dringend entscheidende Maßnahmen forderten. Es war unbedingt notwendig, das Moskauer Haus und das Landhaus in der Nähe von Moskau zu verkaufen, und um diesen Verkauf vorzunehmen, ließ sich eine Reise nach Moskau nicht vermeiden. Indessen brachte der ungünstige Gesundheitszustand der Gräfin es mit sich, daß der Aufbruch immer wieder verschoben wurde. Natascha hatte die erste Zeit des Getrenntseins von ihrem Bräutigam leicht und sogar mit Heiterkeit überstanden; jetzt wurde sie von Tag zu Tag aufgeregter und ungeduldiger. Unablässig quälte sie der Gedanke, daß ihre beste Zeit, die ganz in den Dienst ihrer Liebe zu Andrej hätte gestellt werden sollen, jetzt zweck- und sinnlos verlorenging. Seine Briefe wirkten größtenteils verstimmend auf sie. Es lag für sie etwas Kränkendes in dem Gedanken, daß er ein wirkliches, erfülltes Leben lebte, neue Landschaften und neue Menschen sah, die ihn interessierten, während sie selbst nur im Gedanken an ihn lebte. Je fesselnder seine Briefe waren, um so verdrießlicher wirkten sie auf Natascha. Ihre eigenen Briefe an ihn konnten sie nicht trösten, sondern sie empfand sie als Erfüllung einer faden und zur Unaufrichtigkeit zwingenden Pflicht. Sie verstand nicht recht, Briefe zu schreiben, weil sie keine Möglichkeit sah, in einem Briefe wahrheitsgemäß auch nur ein Tausendstel von dem zum Ausdruck kommen zu lassen, was sie mit ihrer Stimme, ihrem Lächeln, ihrem Blick auszudrücken gewohnt war. So schrieb sie schulmäßig einförmige, trockene Briefe, denen sie selbst nicht die geringste Bedeutung beilegte und die von der Gräfin im Unreinen auf orthographische Fehler hin korrigiert wurden.

Der Gesundheitszustand der Gräfin wollte immer noch nicht recht in Ordnung kommen; aber die Reise nach Moskau ließ sich endlich nicht länger aufschieben. Aussteuer und Mitgift mußten beschafft und darum die Häuser verkauft werden; überdies war anzunehmen, daß Fürst Andrej, wenn er aus dem Auslande zurückkam, zunächst nach Moskau gehen würde, wo Fürst Nikolai Andrejewitsch diesen Winter zubrachte; Natascha war sogar überzeugt, daß Fürst Andrej bereits in Moskau eingetroffen sei.

So blieb also die Gräfin auf dem Lande, während der Graf Ende Januar mit Sonja und Natascha nach Moskau aufbrach.

ACHTER TEIL

I

Ohne jeden klar erkennbaren Grund empfand Pierre es nach der Verlobung des Fürsten Andrej mit Natascha auf einmal als unmöglich, sein Leben in der bisherigen Weise weiterzuführen. So fest überzeugt er auch von den Wahrheiten war, die sein „Wohltäter" ihm eröffnet hatte, eine so reiche Freudenquelle ihm auch die erste Zeit der Hingabe an die innerliche Arbeit der Selbstvervollkommnung gewesen war, der er sich mit solchem Feuereifer gewidmet hatte, nach der Verlobung des Fürsten Andrej und Jossif Alexejewitschs Tode – die Nachricht von diesen beiden Ereignissen hatte er fast gleichzeitig erhalten – hatte diese Lebensform plötzlich allen ihren Reiz für ihn verloren. Es blieb ihm eigentlich nur noch ein Skelett des Lebens: sein Haus mit der schönen und glänzenden Frau, die sich jetzt der Gunst einer sehr hochgestellten und einflußreichen Persönlichkeit erfreute, die Bekanntschaft mit ganz Petersburg und seine Kammerherrnfunktion mit ihren öden Formalitäten. Und so erschien Pierre sein bisheriges Leben mit einem Schlage als etwas Abstoßendes. Er kümmerte sich nicht mehr um sein Tagebuch, mied die Gesellschaft der Brüder, begann wieder im Klub zu verkehren, stark zu trinken, den Umgang seiner Junggesellenfreunde zu suchen und sich endlich einem solchen Lebenswandel zu überlassen, daß die Gräfin Jelena Wassiljewna es für nötig hielt, ihm strenge Vorhaltungen zu machen. Pierre fühlte, daß sie im Recht war, und um seine Frau nicht bloßzustellen, siedelte er nach Moskau über.

Sobald er in sein riesiges Moskauer Haus mit den vertrockneten und immer weiter vertrocknenden Prinzessinnen und dem unübersehbar zahlreichen Gesinde eingezogen war, sobald er auf seiner ersten Fahrt durch die Stadt die Kapelle der Iberischen Muttergottes mit den ungezählten Kerzenflammen vor den goldfunkelnden Heiligenbildern und den Kremlplatz mit seiner weiten, kaum von Schlitten befahrenen Schneefläche und die jämmerlichen Hütten der

Siwzew-Wrashek-Straße und die herumjagenden Lohnschlitten gesehen hatte, sobald er wieder mit diesen Moskauer alten Herrn in Berührung gekommen war, die niemals Eile hatten und nichts weiter wünschten, als ihre Tage behaglich zu Ende zu leben, und mit diesen Moskauer alten Edelfrauen, und sobald er wieder auf Moskauer Bällen und im Moskauer Englischen Klub gewesen war — da fühlte er sich wieder zu Hause, im stillen Hafen. Für seine Empfindung war es in Moskau ruhig, warm, traulich und schmutzig wie in einem alten Schlafrock.

Die ganze Moskauer Gesellschaft, von den alten Damen bis zu den Kindern, nahm Pierre wie einen vertrauten und lange erwarteten Gast auf, dessen Platz immer bereitstand und für ihn freigehalten worden war. Für die große Welt Moskaus war Pierre ein sympathischer, herzensguter, gescheiter, munterer und großmütiger Sonderling, zwar ein wenig konfus, aber doch eine Seele von Mensch und ein russischer Edelmann von altem Schrot und Korn. Seine Börse war immer leer, weil sie für einen jeden offen war.

Benefizvorstellungen, schlechte Gemälde, Statuen, Wohltätigkeitsveranstaltungen, Zigeunerkapellen, Schulen, Subskriptionsdiners, Zechereien, Freimaurer, Kirchen, Bücher — man konnte Pierre kommen, womit man wollte, er vermochte nie nein zu sagen, und wenn nicht zwei seiner Freunde, die ihm viel Geld schuldig waren, ihn sozusagen unter ihre Vormundschaft genommen hätten, so hätte er wohl alles fortgegeben, was er besaß. Er fehlte bei keinem Diner oder Souper im Klub. Sobald er, seine zwei Flaschen Margaux im Leibe, sich auf seinem angestammten Diwanplatze herumrekelte, bildete sich ein Kreis von Klubmitgliedern um ihn, es wurde geplaudert, gestritten, gescherzt. Erhob sich irgendwo ein wirklicher Streit, so brachte er ihn allein schon durch sein gutmütiges Lächeln und ein zur rechten Zeit hingeworfenes Scherzwort wieder zum Schweigen. Die Tafellogen der Freimaurer waren langweilig und fade, wenn Pierre einmal fehlte.

Wenn er nach einem Junggesellensouper dem Bitten der lustigen Gesellschaft nachgab und mit seinem freundlichen und gutmütigen Lächeln aufstand, um mit den jungen Leuten in ein öffentliches Haus zu fahren, dann erhob sich jedesmal ein freudiges Jubelgeschrei. Auf Bällen tanzte Pierre, wenn nicht genug Kavaliere da waren. Die Damen, besonders die jungen Mädchen, hatten ihn gern, weil er keiner einzelnen die Cour schnitt, sondern zu allen gleichmäßig liebenswürdig war, vornehmlich nach dem Souper. „Il est charmant, il n'a pas de sexe",[1] pflegten sie von ihm zu sagen.

Pierre war ein beschäftigungsloser, harmlos seine Tage hinlebender Kammerherr, wie es deren in Moskau Hunderte gab.

[1] Er ist charmant, er ist ein Neutrum.

Wie entsetzt wäre er gewesen, wenn ihm damals vor sieben Jahren, gleich nach seiner Rückkehr aus dem Auslande, jemand gesagt hätte, er brauche nach gar keinen neuen Wegen zu suchen, das Geleise, in welchem er sich bewegen werde, sei längst ausgefahren und von undenklichen Zeiten her festgelegt, und er möge sich nur drehen und wenden, wie er wolle, er werde doch nichts anderes sein als jeder seiner Gesellschaftsschicht und wirtschaftlichen Lage. Nie hätte er das für möglich gehalten! War es denn nicht sein heißester Herzenswunsch gewesen, in Rußland die Republik einzuführen oder selbst ein Napoleon zu werden oder ein Philosoph oder ein großer Stratege, ein Besieger Napoleons? Hatte er es nicht für möglich gehalten und leidenschaftlich gewünscht, eine Wiedergeburt dieses sündigen Menschengeschlechtes zu bewirken und sich selbst zur höchsten Stufe der Vollkommenheit zu steigern? Hatte er nicht Schulen und Krankenhäuser eingerichtet und seinen Bauern die Freiheit gegeben?

Und nun lag das alles weit hinter ihm, und er war nichts als der reiche Mann einer untreuen Frau, ein Kammerherr außer Dienst, der an gutem Essen und Trinken seine Freude hatte und wohl auch ein wenig auf die Regierung schalt, wenn er nach einem reichlichen Diner mit aufgeknöpftem Rock dasaß, Mitglied des Moskauer Englischen Klubs und allgemein beliebtes Mitglied der Moskauer Gesellschaft. Eine längere Zeit hindurch konnte er sich auch noch nicht recht mit dem Gedanken abfinden, daß er selbst nun ein richtiger Moskauer Kammerherr außer Dienst sein sollte – ein Typus, den er vor sieben Jahren so grimmig verachtet hatte.

Manchmal tröstete er sich mit dem Gedanken, er führe dieses Leben ja doch nur für eine kurze Zeit, keineswegs für immer; aber dann konnte ein anderer Gedanke ihm Schrecken einjagen, nämlich der Gedanke, daß schon viele Leute nur für eine kurze Zeit, keineswegs für immer, ebenso wie er mit allen Zähnen und allen Haaren in dieses Leben und in diesen Klub hineingegangen und schließlich ohne einen einzigen Zahn und ohne ein einziges Haar daraus wieder aufgetaucht waren.

Manchmal, wenn er über seinen Zustand nachdachte, hatte er freilich auch Anwandlungen von Stolz, und dann wollte es ihm so scheinen, als sei er doch ein völlig anderer Kammerherr außer Dienst und gar nicht zu vergleichen mit denen, die er früher so grimmig verachtet hatte, als seien diese eben platte und törichte Menschen und mit ihrer Lage durchaus zufrieden. „Aber ich bin auch jetzt noch immer unzufrieden und spüre auch jetzt noch das Verlangen, etwas für die Menschheit zu leisten", sagte er sich wohl, wenn er solche Anwandlungen von Stolz hatte. Allein er hatte auch wieder Anwandlungen von Bescheidenheit, und dann sagte er sich: „Vielleicht haben aber auch alle diese anderen ebenso gekämpft wie ich und nach einem neuen, ihrer tiefsten Wesensart zusagenden Lebenswege gesucht und sind schließlich genau dahin gekommen, wohin ich gekommen bin, eben durch die Gewalt der Umstände, durch den Einfluß der Gesellschaft, der Umgebung, in der sie groß geworden sind, durch jene elementare Gewalt, gegen die der Mensch nicht ankämpfen kann." Und nachdem er eine Zeitlang in Moskau gelebt hatte, da verachtete er seine Schicksalsgefährten nicht mehr, sondern fing an, sie gern zu haben, sie zu achten und sie ebenso zu bemitleiden wie sich selbst.

Augenblicke der Verzweiflung, des Weltschmerzes und des Ekels am Leben überkamen Pierre nun nicht mehr wie früher; aber die Krankheit, die sich früher in heftigen Anfällen einen Ausweg gebahnt hatte, war jetzt in das Innere seines Organismus zurückgetrieben worden und verließ ihn keinen Augenblick. „Wozu? Warum? Was geht eigentlich auf der Welt vor?" fragte er sich jeden Tag mehrere Male in völliger Ratlosigkeit, wenn er unwillkürlich über den Sinn aller Lebenserscheinungen nachzugrübeln begann; aber er wußte ja aus Erfahrung, daß es auf Fragen dieser Art keine Antwort gibt, und so suchte er sie so schnell wie möglich wieder von sich abzuschütteln, nahm ein Buch zur Hand oder hastete in den Klub oder zu Apollon Nikolajewitsch, um sich mit dem neusten Stadtklatsch unterhalten zu lassen.

„Jelena Wassiljewna hat niemals etwas anderes geliebt als ihren eigenen Körper", dachte Pierre manchmal. „Sie ist eine der dümmsten Frauenspersonen auf der ganzen Welt, und dabei sehen die Leute in ihr den Gipfel aller Verstandesschärfe und aller Feinheit und beugen sich vor ihr. Napoleon Bonaparte wurde allgemein verachtet, solange er ein wirklich großer Mann war, und kaum ist er ein jämmerlicher Komödiant geworden, so weiß Kaiser Franz nichts Besseres zu tun, als ihm seine Tochter zur illegitimen Frau anzubieten. Die Spanier lassen durch die katholische Geistlichkeit Dankgebete zu Gott aufsteigen, weil sie am vierzehnten Juni die Franzosen besiegt haben, und die Franzosen lassen durch die gleiche katholische Geistlichkeit Dankgebete zu Gott aufsteigen, weil sie am vierzehnten Juni die Spanier besiegt haben. Meine Maurerbrüder schwören einen körperlichen Eid, daß sie bereit sein wollen, alles für ihren Nächsten zu opfern, wenn aber für die Armen gesammelt wird, dann bringt nicht einmal jeder einen Rubel auf. Die Loge Asträa intrigiert gegen den Orden der Mannasucher, und sie geben sich alle Mühe, einen aus dem System der schottischen Maurerei stammenden echten Teppich an sich zu bringen und ein Dokument, dessen Sinn nicht einmal der versteht, der es aufgesetzt hat, und das niemandem Nutzen bringen kann. Wir alle bekennen uns zu dem Gebot des Christentums, wonach der Mensch alle Beleidigungen verzeihen und seinen Nächsten lieben soll, und zu Ehren dieses Gebots haben wir in Moskau viele hundert Kirchen aufgerichtet; aber gestern erst ist ein Deserteur zu Tode geknutet worden und ein Geistlicher, ein Diener eben dieses Gesetzes der Liebe und Vergebung, hat dem Soldaten vor Beginn der Exekution ein Kreuz zum Küssen hingehalten." So philosophierte Pierre, und diese ganze, allen Menschen gemeinsame, von allen durchschaute Lüge setzte ihn jedesmal wieder in Erstaunen, als gewahre er sie zum erstenmal, obwohl er doch seit langem an sie gewöhnt war. „Ich durchschaue diese Lüge und diesen ganzen Wirrwarr", dachte er, „aber wie soll ich den anderen alles klarmachen, was mir selber klargeworden ist? Ich habe es versucht und habe immer wieder die Erfahrung gemacht, daß ihnen im tiefsten Innern die Sache genauso klar ist wie mir, daß sie das alles aber nicht sehen wollen. Vielleicht muß es so sein. Aber was soll ich denn nun tun, was soll ich denn nun tun?" Pierre hatte die unselige Gabe vieler Menschen, und ganz besonders vieler Russen, an die Möglichkeit des Guten und Wahren zu glauben und gleichzeitig die Herrschaft des Bösen und der Lüge im menschlichen Leben allzu deutlich zu sehen, um noch an diesem Leben einen ernsten Anteil nehmen zu können. In seinen Augen gab es kein Arbeitsgebiet, das nicht mit Schlechtigkeit und Trug durchsetzt war. Was er auch zu sein oder zu tun versuchte, überall stießen ihn Schlechtigkeit und Lüge zurück und versperrten ihm alle Wege zu tätiger Mitwirkung. Aber dabei mußte er doch leben, mußte sich doch auf irgendeine Weise beschäftigen! Es war furchtbar und unerträglich, beständig unter dem Druck dieser unlösbaren Lebensfragen zu stehen, und so überließ er sich den ersten besten Zerstreuungen, nur um diese Lebensfragen zu vergessen. Er suchte alle möglichen Gesellschaften auf, trank viel, kaufte Gemälde und baute, besonders aber beschäftigte er sich mit Lektüre. Er las und las alles, was ihm in die Hände geriet; er las so eifrig, daß er bereits ein Buch in der Hand hatte und las, wenn die Diener ihn abends nach seiner Rückkehr in sein Haus auskleideten; und von der Lektüre ging er zum Schlaf über und vom Schlaf zu nichtigem Geschwätz in Salons und Klubräumen, vom nichtigen Geschwätz zum Zechen und zu den Frauenzimmern und von diesen Ausschweifungen wieder zu nichtigem Geschwätz, zu Lektüre und Wein. Das Weintrinken wurde ihm mehr und mehr zu einem körperlichen und zugleich seelischen Bedürfnis. Er trank sehr viel, obgleich die Ärzte ihm sagten, daß ihm der Wein bei seiner Korpulenz schaden könne. Er fühlte sich immer erst dann ganz wohl, wenn er in halber Selbstvergessenheit einige Gläser Wein in seinen großen Mund gegossen hatte; dann spürte er eine wohltuende Wärme in seinem ganzen Körper und eine Zärtlichkeit für alle seine Nächsten, dann war sein Verstand bereit, oberflächlich über alle die Gedanken, die ihn beschäftigten, hinzuhuschen, ohne sich in die Tiefe dieser Gedanken zu versenken. Er mußte immer erst eine Flasche Wein getrunken haben oder deren zwei, um dumpf zu fühlen, daß dieser verworrene, fürchterliche Knoten von Lebensfragen, der ihn noch vor kurzem so geschreckt hatte, im Grunde doch gar nicht so schrecklich war, wie er gemeint hatte. Aber von irgendeiner Seite her sah er diesen Knoten doch immer vor sich, auch wenn sein Hirn schon vom Wein umnebelt war, wenn er schwatzte oder dem Geschwätz anderer zuhörte oder nach dem Diner oder Souper wieder bei seiner Lektüre war. Allein wenn er unter dem Einfluß des Weines stand, dann sagte er sich: „Das hat nichts zu sagen. Damit werde ich schon zurechtkommen. Ich habe auch schon eine Erklärung für das alles, nur eben habe ich keine Zeit, später will ich mir die ganze Sache noch einmal durch den Kopf gehen lassen!" Aber dieses „Später" kam nie.

Morgens früh, wenn er noch nichts zu sich genommen hatte, standen alle die Fragen wieder unlösbar und schrecklich vor ihm, und dann machte Pierre sich hastig über ein Buch her und war froh, wenn jemand zu Besuch kam.

Manchmal fiel Pierre etwas ein, wovon er einmal hatte erzählen hören, nämlich, daß die Soldaten im Kriege, wenn sie in einer befestigten Stellung dem feindlichen Feuer ausgesetzt sind, ohne die Möglichkeit einer Gegenwehr zu haben, sich geflissentlich irgend etwas zu schaffen machen, um leichter über die Gefahr hinwegzukommen. Und nun hatte Pierre die Empfindung, als seien alle Menschen solche Soldaten und suchten sich irgendwelche Beschäftigungen, um darüber zu vergessen, wie schwer und voller Gefahren das Leben war: der suchte seinem Ehrgeiz Befriedigung zu schaffen, der spielte Karten, der arbeitete Gesetze aus, ein anderer befaßte sich mit Frauen, mit Spielereien, mit Politik, Jagd, Wein oder Amtsgeschäften. „Da gibt es nichts Wichtiges und nichts Unwichtiges, es kommt alles auf das gleiche hinaus! Wenn ich mich nur damit vor den Rätseln des Lebens rette, so gut ich es verstehe!" dachte Pierre. „Wenn ich das alles, dieses Furchtbare, nur nicht vor mir zu sehen brauche."

II

Zu Beginn des Winters war Fürst Nikolai Andrejewitsch Bolkonskij mit seiner Tochter nach Moskau gekommen. Angesichts der hinter ihm liegenden Laufbahn, seines Verstandes und seiner Originalität, besonders aber angesichts des Nachlassens des allgemeinen

Enthusiasmus für die Regierung Kaiser Alexanders und angesichts der damals in Moskau herrschenden antifranzösischen und patriotischen Stimmung wurde Fürst Nikolai Andrejewitsch gleich Gegenstand einer besonderen Verehrung seitens der Moskauer Gesellschaft und Mittelpunkt der Moskauer Opposition gegen die Regierung.

Der Fürst war im Laufe des letzten Jahres sehr alt geworden. Unverkennbare Anzeichen des Greisenalters machten sich deutlich bei ihm bemerkbar: plötzliches Einschlafen, Vergeßlichkeit für nur kurze Zeit zurückliegende Ereignisse und ein gutes Gedächtnis für längst Vergangenes; und auch die kindische Eitelkeit gehörte hierher, mit der er die Rolle des Moskauer Oppositionsführers übernommen hatte. Aber allem zum Trotz erweckte der alte Herr bei allen seinen Gästen das gleiche Gefühl respektvoller Hochschätzung, wenn er, namentlich bei Soireen in seinem eigenen Hause, im Hauspelz und mit gepuderter Perücke zum Tee erschien und, von irgend jemand zum Reden gebracht, in seiner abgehackten Sprechweise von vergangenen Zeiten erzählte oder noch abgehackter und knapper sich tadelnd über die Gegenwart ausließ. Einen majestätischen und zugleich freundlichen Anblick bot den Gästen das ganze altertümliche Haus mit den riesigen Wandspiegeln, mit den Möbeln, die samt und sonders aus der Zeit vor der französischen Revolution stammten, und mit den gepuderten Lakaien, und diesen Eindruck verstärkten der Hausherr selbst, der kurz angebundene, kluge alte Herr aus dem vorigen Jahrhundert, seine sanfte Tochter und die hübsche Französin, die beide sich in Bezeugungen ihrer Ehrerbietigkeit dem Alten gegenüber gar nicht genug tun konnten. Aber die Gäste machten es sich nicht klar, daß außer den zwei oder drei Stunden, die sie in diesem Hause verbrachten, der Tag noch zweiundzwanzig oder einundzwanzig andere Stunden hatte, in denen sich das verborgene, innere Leben des Hauses abspielte.

In der letzten Zeit, seit der Übersiedlung nach Moskau, war dies innere Leben für die Prinzessin Marja sehr drückend geworden. Sie war hier in Moskau ihrer beiden schönsten Freuden beraubt, der Gespräche mit den Gottesleuten und der Einsamkeit, die sie in Lysyja Gory frisch erhalten hatten, während das Leben in der Residenz ihr keinerlei Annehmlichkeiten und Freuden bot. Gesellschaften besuchte sie nicht: alle wußten, daß ihr Vater sie nicht von sich ließ, selbst aber wegen seines schlechten Gesundheitszustandes das Haus hütete, und so wurde sie denn zu Diners und Soireen gar nicht erst eingeladen. Die Hoffnung auf eine Heirat hatte Prinzessin Marja völlig aufgegeben. Sie sah, wie kalt und böse Fürst Nikolai Andrejewitsch die jungen Leute empfing und hinauskomplimentierte, die allenfalls als Freier hätten in Betracht kommen können – wenn sie ab und zu im Bolkonskijschen Hause erschienen. Freundinnen hatte Prinzessin

Marja nicht: während dieser Moskauer Zeit war sie an den beiden Mädchen, die ihr am nächsten gestanden hatten, irre geworden. Mademoiselle Bourienne, der gegenüber sie sich auch früher nie ganz offen und ungezwungen hatte geben können, war ihr jetzt zuwider geworden, und sie zog sich aus verschiedenen Gründen immer mehr von ihr zurück. Julie, die in Moskau lebte und mit der Prinzessin Marja fünf Jahre lang ununterbrochen in Briefwechsel gestanden hatte, war ihr völlig fremd geworden, wie es sich beim ersten persönlichen Zusammentreffen erwies. Julie war durch den Tod ihrer Brüder eine der besten Partien von Moskau geworden und hatte sich nun Hals über Kopf in den Strom der gesellschaftlichen Vergnügungen gestürzt. Ständig war sie von jungen Leuten umgeben, die, wie sie glaubte, plötzlich hinter ihre Vorzüge gekommen waren. Julie war in der Situation eines nicht mehr jungen Mädchens der großen Gesellschaft, welches fühlt, daß es sich jetzt um die letzte Heiratschance handelt und daß sich ihr Schicksal jetzt oder nie entscheiden muß. Prinzessin Marja dachte an jedem Donnerstag mit einem trübseligen Lächeln daran, daß sie jetzt niemand hatte, dem sie einen Brief schreiben mußte, da Julie ja hier war und sie sich jede Woche sahen — aber an diesen Begegnungen hatte Prinzessin Marja keinerlei Freude. Sie fühlte sich an jenen alten Emigranten erinnert, der schließlich davon absah, die Dame zu heiraten, bei der er mehrere Jahre lang seine Abende verbracht hatte; ähnlich bedauerte auch Prinzessin Marja, daß Julie hier in Moskau war und sie also an niemanden zu schreiben hatte. Prinzessin Marja hatte in Moskau niemand, mit dem sie sich aussprechen und dem sie ihren Kummer hätte anvertrauen können, und dabei war in dieser Zeit noch manch neuer Kummer zu dem alten hinzugekommen. Der Termin, zu welchem Fürst Andrej zurückkehren und heiraten wollte, kam immer näher, und Prinzessin Marja hatte den übernommenen Auftrag, den Vater darauf vorzubereiten, nicht ausführen können; die Angelegenheit schien jetzt sogar völlig verfahren, denn bereits die Erwähnung der Komtesse Rostowa brachte den alten Fürsten, der ohnehin meistens schlechter Laune war, völlig außer sich. Einen neuen Kummer brachten für die Prinzessin Marja in der letzten Zeit die Unterrichtsstunden, die sie ihrem sechsjährigen Neffen gab. Im Umgang mit Nikoluschka entdeckte sie an sich selbst mit Schrecken die gleiche Reizbarkeit, die ihrem Vater eigen war. Noch so oft mochte sie sich sagen, sie dürfe in den Unterrichtsstunden ihrer Reizbarkeit nicht die Zügel schießen lassen: kaum saß sie mit dem Griffel und der französischen Fibel vor ihm, so empfand sie auch schon ein so brennendes Verlangen, ihr eigenes Wissen so schnell und leicht wie nur möglich in das Kind hinüberströmen zu lassen, das ohnehin bereits von einem Augenblick zum andern mit Angst auf einen Zornesaus=

bruch der Tante wartete, daß sie bei der geringsten Unaufmerksamkeit des Knaben zusammenfuhr, in Hast geriet, hitzig wurde, mit erhobener Stimme schalt und ihn manchmal am Ärmchen packte, ihn schüttelte und in die Ecke stellte. Hatte sie das aber getan, so begann sie über ihre eigene Bosheit und Schlechtigkeit zu weinen, und Nikoluschka, der ihr zur Gesellschaft ebenfalls zu schluchzen begonnen hatte, kam, ohne daß sie es ihm erlaubt hatte, wieder aus seiner Ecke heraus, ging zu ihr, zog ihr die tränenfeuchten Hände vom Gesicht fort und tröstete sie. Aber der größte, schwerste Kummer der Prinzessin war doch die Reizbarkeit ihres Vaters, die sich immer gegen die Tochter richtete und in der letzten Zeit bereits die Formen einer grausamen Härte angenommen hatte. Wenn er sie gezwungen hätte, sich alle Nächte hindurch unaufhörlich im Gebet vor den Heiligenbildern zu verneigen, wenn er sie geschlagen oder sie gezwungen hätte, Brennholz und Wasser zu tragen, so wäre es ihr nie in den Sinn gekommen, ihre Lage als schwer zu empfinden; aber dieser liebende Peiniger, der eben deshalb so grausam war, weil er sie liebte und um dieser Liebe willen sich selbst und sie peinigte, kränkte und demütigte sie nicht nur unaufhörlich mit Vorbedacht und voller Überlegung, sondern wies ihr auch jedesmal nach, daß sie immer und an allem schuld sei. In der letzten Zeit war noch ein neuer Zug zutage getreten, der die Prinzessin mehr quälte als alles andere, nämlich seine immer größer und größer werdende Neigung für Mademoiselle Bourienne. Als er damals von den Heiratsplänen seines Sohnes gehört hatte, da war ihm im ersten Augenblick wie ein boshafter Witz der Gedanke in den Kopf gekommen, wenn Andrej zum zweiten Male heiratete, so könnte er das ja auch tun und die Bourienne nehmen, dann aber gefiel er sich offenbar in diesem Gedanken, und in der letzten Zeit legte er, wie es der Prinzessin Marja scheinen wollte, nur um seine Tochter zu kränken, in sein Benehmen gegen Mademoiselle Bourienne eine ganz besondere Zartheit und Freundlichkeit und gab durch diese an die Bourienne gerichteten Gunstbezeugungen seiner Unzufriedenheit mit seiner Tochter Ausdruck. Eines Tages – sie waren damals bereits in Moskau – küßte der alte Fürst Mademoiselle Bourienne die Hand, zog sie an sich und umarmte sie voller Zärtlichkeit, und zwar in Prinzessin Marjas Beisein, die den Eindruck hatte, der Vater habe es absichtlich so eingerichtet, daß sie es sehen solle. Prinzessin Marja wurde flammend rot und verließ hastig das Zimmer. Einige Minuten später kam Mademoiselle Bourienne zu ihr und erzählte ihr lächelnd mit ihrer hellen Stimme irgendeine komische Geschichte. Prinzessin Marja wischte sich rasch die Tränen ab, trat entschlossenen Schrittes auf die Bourienne zu und schrie sie in zorniger Hast mit sich überschlagender Stimme an, offenbar ohne selbst zu wissen, was sie sagte: „Das ist abscheulich, niedrig und herzlos, sich eine Schwäche so zunutze zu machen und ...", sie brach ab. „Verlassen Sie mein Zimmer!" schrie sie aufschluchzend.

Am folgenden Tage sprach der Fürst nicht mit seiner Tochter; sie nahm aber wahr, daß er bei Tisch den Befehl gab, der Französin zuerst zu servieren. Und als der Lakai Philipp nach beendeter Mahlzeit den Kaffee präsentierte und, wie er es gewohnt war, wieder bei der Prinzessin begann, da bekam der Fürst plötzlich einen Wutanfall, warf seinen Krückstock nach Philipp und befahl sofort, ihn zu den Rekruten zu geben.

„Keiner hört auf mich! ... Ich habe es doch schon zweimal gesagt! ... Keiner hört auf mich! ... Sie ist die Erste in diesem Hause, sie ist meine beste Freundin!" schrie der Fürst wütend.

„Und wenn du" — hier wandte er sich zum ersten Male an diesem Tage an Prinzessin Marja — „dich noch einmal unterstehst, dich ihr gegenüber zu vergessen, wie gestern, dann werde ich dir zeigen, wer hier der Herr im Hause ist. Hinaus! Du kommst mir nicht wieder unter die Augen, bevor du sie um Verzeihung gebeten hast!"

Prinzessin Marja bat also Amalia Jewgenjewna Bourienne um Verzeihung und darauf auch den Vater für sich selbst und im Namen Philipps, der sie gebeten hatte, für ihn einzutreten.

In solchen Augenblicken regte sich in Prinzessin Marjas Herzen ein Gefühl, das einer Art von Stolz auf die von ihr gebrachten Opfer glich. Und dann geschah es plötzlich, daß dieser Vater, mit dem sie in Gedanken ins Gericht gegangen war, in ihrem Beisein nach seiner Brille suchte und mit der Hand um sie herumtastete, ohne sie zu sehen, oder daß er irgend etwas vergessen hatte, was eben erst geschehen war, oder mit seinen schwach gewordenen Beinen einen unsicheren Schritt tat und sich umsah, ob auch niemand seine Schwäche wahrgenommen habe, oder — und das war das Ärgste — beim Mittagessen, wenn keine Gäste da waren, deren Gespräch ihn hätte wach erhalten können, plötzlich einschlief, die Serviette verlor und den zitternden Kopf auf den Teller sinken ließ. „Er ist alt und schwach, und ich unterstehe mich, über ihn zu Gericht zu sitzen!" dachte die Prinzessin in solchen Augenblicken und empfand Abscheu vor sich selbst.

III

Im Jahre 1810 lebte in Moskau ein schnell in die Mode gekommener französischer Arzt, ein hochgewachsener, gut aussehender Mann von echt französischer Liebenswürdigkeit, der, wie es in Moskau hieß, in seinem Fach ungewöhnlich tüchtig sein sollte. Er hieß Métivier. In den Häusern der höchsten Kreise wurde er nicht als Arzt, sondern als Gleichgestellter empfangen.

Fürst Nikolai Andrejewitsch, der sich sonst über die Medizin lustig zu machen pflegte, hatte auf Mademoiselle Bouriennes Anraten diesen Arzt zu sich gerufen und sich in der letzten Zeit so an ihn gewöhnt, daß Métivier zweimal wöchentlich zu ihm kommen mußte.

Am Nikolaustage, also am Namenstage des Fürsten, fuhr ganz Moskau vor seinem Hause vor; aber er hatte Befehl gegeben, niemanden anzunehmen, und nur einige wenige zum Mittagessen einzuladen; von diesen hatte er ein Verzeichnis angefertigt und es seiner Tochter übergeben.

Métivier erschien vormittags, um zu gratulieren; in seiner Eigenschaft als Arzt hielt er es für richtig de forcer la consigne[1], wie er zur Prinzessin Marja sagte, und ging zum Fürsten hinein. Zufällig war dieser gerade am Morgen seines Namenstages in denkbar schlechtester Laune. Er wanderte den ganzen Vormittag durch das Haus, hatte an allen etwas auszusetzen und tat, als verstünde er nicht, was man ihm antwortete, und als würde auch er von allen mißverstanden. Prinzessin Marja kannte diesen Zustand stiller und in sich gekehrter Brummigkeit, der sich schließlich in einem Wutausbruch zu entladen pflegte, ganz genau und ging den ganzen Vormittag über umher, als wisse sie ein geladenes und gespanntes Gewehr auf sich gerichtet und erwarte den unausbleiblichen Schuß. Bis zum Kommen des Arztes war alles noch einigermaßen gutgegangen. Prinzessin Marja hatte den Arzt passieren lassen; nun setzte sie sich mit einem Buch in den Salon, und zwar in die Nähe der Tür, wo sie alles hören konnte, was im Kabinett des alten Fürsten vor sich ging.

Zuerst hörte sie Métiviers Stimme, dann die ihres Vaters, dann sprachen beide Stimmen zugleich, die Tür flog auf, und auf der Schwelle erschien völlig bestürzt der schöne schwarzhaarige Métivier und gleich hinter ihm in Nachtmütze und Schlafrock der Fürst mit einem vor Wut entstellten Gesicht und wild rollenden Augen.

„Du verstehst mich nicht?" schrie der Fürst. „Aber ich verstehe dich! Französischer Spion, Sklave Bonapartes, Spion! Mach, daß du hinauskommst! Hinaus, sage ich!" Und er schlug die Tür zu.

Métivier trat achselzuckend zu Mademoiselle Bourienne, die auf das Geschrei hin aus dem Nebenzimmer herbeigestürzt kam.

„Der Fürst ist nicht ganz wohl — la bile et le transport au cerveau. Tranquillisez-vous, je repasserai demain",[2] sagte Métivier, legte einen Finger an die Lippen und ging rasch davon.

Hinter der Tür hörte man den Fürsten in seinen Pantoffeln durch

[1] Die Sperre zu durchbrechen.

[2] Die Galle und die Durchblutung des Gehirns! Beruhigen Sie sich, ich werde morgen wieder kommen.

das Kabinett schlurfen und dazu immer noch schreien: „Spione, Verräter! Verräter überall! In seinem eigenen Hause hat man keine Minute Ruhe!"

Als Métivier fort war, ließ der alte Fürst seine Tochter kommen, und nun ergoß sich die ganze Gewalt seiner Wut über sie. Sie war schuld daran, daß der Spion hereingekommen war. Er hatte doch gesagt, hatte es ihr ausdrücklich gesagt, daß niemand ins Haus gelassen werden sollte, der nicht auf der Liste stand. Und nun war dieser Halunke doch hereingekommen! Warum? Sie war an allem schuld. Er sagte, er habe keine Minute Ruhe, ja, er werde nicht einmal in Ruhe sterben können, solange sie im Hause sei.

„Nein, Prinzessin, wir müssen auseinandergehen, wir müssen auseinandergehen! Das sollen Sie nur wissen, das sollen Sie nur wissen! Ich halte das nicht länger aus", sagte er und verließ das Zimmer. Und als fürchtete er, sie könne vielleicht an der Festigkeit seines Entschlusses zweifeln, kehrte er noch einmal zurück, suchte eine ruhige Miene anzunehmen und setzte hinzu: „Und glauben Sie nur ja nicht, ich hätte das so in einem Augenblick des Ärgers gesagt, ich bin ganz ruhig und habe es mir wohl überlegt. Es bleibt dabei, wir gehen auseinander. Suchen Sie sich einen andern Winkel!" Aber länger konnte er diese erzwungene Ruhe nicht aufrechterhalten, und mit jenem ganzen Ingrimm, den nur ein Mensch aufbringt, der trotz allem noch ein Gefühl der Liebe in sich hat, schüttelte er jetzt die Fäuste und schrie, offenbar selbst unter seiner Bosheit leidend: „Und wenn Sie wenigstens noch irgendein Dummkopf heiraten wollte!" Dann schlug er die Tür hinter sich zu, riß sie aber gleich darauf wieder auf und rief Mademoiselle Bourienne zu sich, und nun erst wurde es im Kabinett still.

Um zwei Uhr kamen die sechs Auserwählten, die zum Mittagessen eingeladen waren.

Die Gäste erwarteten im Salon das Erscheinen des Fürsten. Es waren der bekannte Graf Rastoptschin, Fürst Lopuchin mit seinem Neffen, General Tschatrow, ein alter Kriegskamerad des Fürsten, und zwei, die der jüngeren Generation angehörten, nämlich Pierre und Boris Drubezkoi.

Boris war vor kurzem auf Urlaub nach Moskau gekommen, hatte sich dem Fürsten Nikolai Andrejewitsch, an dessen Bekanntschaft ihm viel lag, vorstellen lassen und hatte es so gut verstanden, sich bei ihm in Gunst zu setzen, daß der Fürst, der sonst nie ledige junge Leute einlud, bei ihm eine Ausnahme von dieser Regel machte.

Das Haus des Fürsten gehörte nicht eigentlich zu dem, was man als „die große Welt" bezeichnet, allein es vereinigte dazwischen einen kleinen Kreis, von dem in der Stadt zwar nicht sehr viel die Rede war, zu welchem zugelassen zu werden jedoch für ganz beson=

ders schmeichelhaft galt. Das hatte Boris gleich begriffen, als vor einer Woche in seiner Gegenwart der Oberkommandierende den Grafen Rastoptschin für den Nikolaustag zum Diner eingeladen und dieser erwidert hatte, er sei verhindert.

„An diesem Tage pflege ich nämlich zu den Gebeinen des Fürsten Nikolai Andrejewitsch zu wallen, um ihnen die schuldige Verehrung zu zollen."

„Ach ja, natürlich", hatte der Oberkommandierende darauf gesagt. „Nun, was macht er denn?"

Die kleine Gesellschaft, die sich vor dem Essen in dem altmodischen, hohen, mit lauter alten Möbeln eingerichteten Salon zusammengefunden hatte, erinnerte an einen feierlichen Gerichtshof. Alle sechs verhielten sich sehr schweigsam, und wenn einer einmal eine Bemerkung machte, so tat er das fast im Flüsterton.

Endlich erschien Fürst Nikolai Andrejewitsch. Er war wortkarg und ernst. Prinzessin Marja wirkte noch stiller und schüchterner als sonst. Die Gäste bemerkten ihre ungesprächige Stimmung und richteten daher nur ungern das Wort an sie. Graf Rastoptschin berichtete, was es in der Stadt und im politischen Leben an Neuigkeiten gab, und hielt damit fast allein das Gespräch im Gange. Nur Lopuchin und der alte General beteiligten sich außer ihm gelegentlich an der Unterhaltung.

Fürst Nikolai Andrejewitsch hörte Rastoptschins Erzählung an wie ein höherer Gerichtsbeamter den Rapport eines seiner Untergebenen und ließ nur hin und wieder durch ein stummes Nicken oder durch ein kurzes Wort erkennen, daß er das Vorgetragene zur Kenntnis nehme. Bereits der Ton der Unterhaltung ließ merken, daß keiner der Anwesenden billigte, was gegenwärtig in der Sphäre der großen Politik vor sich ging. Es kamen Vorfälle zur Sprache, die deutlich zeigten, daß alles immer schlechter und schlechter ging; auffallend war es jedoch, daß der Redende immer innehielt oder von einem der anderen zum Innehalten veranlaßt wurde, sobald in der Schilderung oder Beurteilung politischer Ereignisse etwas vorkam, das als Kritik an der Person des Kaisers hätte empfunden werden können.

Bei Tisch kam die Rede auf die letzte politische Neuigkeit, nämlich auf die Annexion der Länder des Herzogs von Oldenburg durch Napoleon und auf die Note, die Rußland aus diesem Anlaß an alle europäischen Kabinette gerichtet hatte und in der es gegen diesen Gewaltakt Napoleons Stellung nahm.

„Bonaparte geht mit Europa um wie ein Pirat mit einem gekaperten Schiff", meinte Graf Rastoptschin und gebrauchte damit einen Vergleich, dessen er sich bereits mehrfach bedient hatte. „Erstaunlich ist nur die Langmut oder die Verblendung der Souveräne.

Jetzt ist der Papst an der Reihe, und Bonaparte, der alle Scheu abgeworfen hat, will das Haupt der katholischen Kirche stürzen – und alle schweigen dazu! Unser Kaiser hat als einziger gegen die Annexion der oldenburgischen Territorien protestiert, und das ..." Graf Rastoptschin verstummte; er fühlte, daß er an jener Grenze angelangt war, die er nicht überschreiten durfte.

„Bonaparte hat ihm andere Territorien statt des Herzogtums Oldenburg angeboten", sagte Fürst Nikolai Andrejewitsch. „Er verfährt mit Herzögen, wie ich mit meinen Bauern, wenn ich etwa einige von ihnen aus Lysyja Gory nach Bogutscharowo oder auf die Rjasanschen Güter versetze."

„Le duc d'Oldenbourg supporte son malheur avec une force de caractère et une résignation admirables",[1] gestattete sich Boris respektvoll einzuwerfen.

Er machte diese Bemerkung, weil er auf der Reise von Petersburg nach Moskau die Ehre gehabt hatte, dem Herzog vorgestellt zu werden. Fürst Nikolai Andrejewitsch sah den jungen Mann an, als wollte er auf dessen Bemerkung eingehen; dann aber besann er sich eines anderen, denn offenbar hielt er ihn dazu doch noch für zu jung.

„Ich habe unsere Protestnote anläßlich der oldenburgischen Geschichte gelesen und habe mich über die ungeschickte Redaktion der Note sehr wundern müssen", sagte Graf Rastoptschin im nachlässigen Ton eines Menschen, der über eine ihm sehr genau vertraute Sache urteilt.

Pierre sah Rastoptschin mit naivem Erstaunen an und verstand nicht recht, warum er sich die schlechte Redaktion der Note so zu Herzen nehmen konnte.

„Ist es denn nicht gleichgültig, wie eine Note abgefaßt ist, Graf", meinte er, „wenn nur ihr Inhalt energisch genug ist?"

„Mon cher, avec nos cinq cent mille hommes de troupes, il serait facile d'avoir un beau style",[2] sagte Graf Rastoptschin.

Pierre verstand jetzt, warum Graf Rastoptschin sich die schlechte Redaktion der Note zu Herzen nahm.

„Schreiber und Schmierfinken scheint es jetzt genug und übergenug zu geben", bemerkte der alte Fürst. „Dort in Petersburg schreibt jetzt jeder, und nicht nur Noten, sondern lauter neue Gesetze. Mein Andrejuscha hat für Rußland schon einen ganzen Band Gesetze zusammengeschrieben. Heutzutage muß eben alles schreiben!" Und er lachte gezwungen.

Das Gespräch verstummte für einen Augenblick, dann räusperte

[1] Der Herzog von Oldenburg trägt sein Unglück mit Charakterstärke und einer bewundernswerten Ergebung.

[2] Mein Lieber, mit unserem Heer von fünfhunderttausend Mann sollte es wohl leicht sein, einen guten Stil zu haben.

sich der alte General und machte dadurch die übrigen auf sich aufmerksam.

„Haben Sie schon davon gehört, was es neulich bei der Parade in Petersburg gegeben hat? Was der neue französische Gesandte sich geleistet hat?"

„Wie meinen Sie? Ja, ich habe so etwas gehört. Er hat in Gegenwart Seiner Majestät eine unpassende Bemerkung gemacht."

„Seine Majestät haben den Gesandten auf die Grenadierdivision und ihren Parademarsch aufmerksam gemacht", fuhr der General fort, „und der Gesandte hat nicht das geringste Interesse dafür gezeigt, und hat sich herausgenommen, dem Kaiser zu antworten: ‚Wir in Frankreich haben für solche Possen keinen Sinn.' Seine Majestät würdigten diese Bemerkung keiner Antwort, haben ihn aber bei der folgenden Parade kein einziges Mal mehr angesprochen."

Alle schwiegen; denn hier handelte es sich um ein Ereignis, an dem der Kaiser persönlich Anteil hatte, und da durfte keinerlei Kritik laut werden.

„Ein unverschämtes Pack!" sagte der Fürst. „Kennen Sie Métivier? Ich habe ihn heute zur Tür hinausgeworfen. Er war hier, man hatte ihn hereingelassen, obwohl ich doch dringend gebeten hatte, niemanden zu mir zu lassen." Und er warf seiner Tochter einen bösen Blick zu.

Dann gab er das Gespräch wieder, das er mit dem französischen Arzt gehabt hatte, und setzte die Gründe auseinander, aus denen er Métivier für einen Spion hielt. Obwohl diese Gründe überaus unzureichend und unklar waren, machte niemand irgendeine Einwendung.

Nach dem Braten wurde Champagner gereicht. Die Gäste standen auf und gratulierten dem alten Fürsten. Auch Prinzessin Marja ging zu ihm.

Er sah sie mit einem kalten und bösen Blick an und hielt ihr seine runzlige, glattrasierte Wange zum Kusse hin. Sein ganzer Gesichtsausdruck sagte ihr, daß er das Gespräch vom Vormittage noch durchaus in der Erinnerung habe, daß sein Entschluß in Kraft bleiben solle und daß er ihr das nur jetzt angesichts der Gäste nicht noch einmal wiederholen wolle.

Als im Salon der Kaffee genommen wurde, setzten sich die alten Herren zusammen.

Jetzt begann Fürst Nikolai Andrejewitsch mehr aus sich herauszugehen und auseinanderzusetzen, was er von dem bevorstehenden Kriege hielt.

Er sagte, Rußlands Feldzüge gegen Bonaparte würden so lange unglücklich ausgehen, wie Rußland nach Bündnissen mit den Deutschen strebe und sich in die europäischen Wirren einmenge, in die der Tilsiter Friede es verstrickt habe. Rußland solle weder für noch gegen Österreich Krieg führen. Die russische Politik habe ausschließlich dem Osten zu gelten; was Bonaparte angehe, so bedürfe es nur einer starken Grenzsicherung und einer energischen Politik, dann würde er es nie wieder wagen, wie im Jahre 1807 die russische Grenze zu überschreiten.

„Und wie könnten wir denn überhaupt mit den Franzosen Krieg führen, Fürst?" sagte Graf Rastoptschin. „Können wir denn gegen unsere Lehrmeister und Abgötter das Schwert ziehen? Sehen Sie doch unsere Jugend an, sehen Sie unsere jungen Damen an. Unsere Abgötter sind die Franzosen, unser Himmelreich ist Paris."

Er sprach immer lauter, offenbar, um von allen gehört zu werden:

„Französische Kostüme, französische Gedanken, französische Empfindungen! Ja, Sie haben diesem Métivier eins ins Genick gegeben und ihn zur Tür hinausgeworfen, weil er ein Franzose und Halunke ist, aber unsere Damen liegen vor ihm auf dem Bauch vor lauter Ehrfurcht. Gestern war ich auf einer Soiree, es waren fünf Damen da und darunter drei Katholikinnen, die auf Grund einer päpstlichen Sondergenehmigung auch an Sonntagen auf Canevas sticken durften, und dabei saßen sie fast nackt da, wie auf den Aushängeschildern der öffentlichen Badestuben, mit Erlaubnis zu sagen. Ach, wenn man so die Jugend von heute ansieht, Fürst, dann möchte man sich am liebsten den alten Stock Peters des Großen aus der Kunstkammer holen und ihnen auf gut russisch die Dummheiten herausprügeln!"

Keiner sagte etwas. Der alte Fürst sah Rastoptschin lächelnd ins Gesicht und wiegte den Kopf beifällig hin und her.

„Nun, dann leben Sie wohl, Durchlaucht, und halten Sie sich gesund", sagte Rastoptschin, stand mit einer seiner hastigen Bewegungen auf und streckte dem Fürsten die Hand hin.

„Lebe wohl, mein Lieber, das waren Töne, wie ich sie immer gern höre", erwiderte der alte Fürst, hielt Rastoptschins Hand noch eine Weile in der seinen und reichte ihm die Wange zum Kuß. Mit Rastoptschin hatten sich auch die übrigen erhoben.

IV

Prinzessin Marja hatte wohl mit im Salon gesessen und die Erzählungen und absprechenden Urteile der alten Herren angehört, aber nichts von dem verstanden, was sie gehört hatte; ihre Gedanken galten einzig der Frage, ob die Gäste ihres Vaters feindselige

Gesinnung gegen sie wahrnehmen würden oder nicht. Sie hatte nicht einmal die besondere Aufmerksamkeit und Liebenswürdigkeit wahrgenommen, mit der Drubezkoi, der heute bereits zum dritten Male im Bolkonskijschen Hause war, sie während des ganzen Essens behandelt hatte.

Prinzessin Marja wandte sich mit einem zerstreuten und fragenden Blick zu Pierre, der als letzter der Gäste, den Hut bereits in der Hand, mit lächelndem Gesicht auf sie zutrat, nachdem der alte Fürst den Salon verlassen hatte und sie beide allein zurückgeblieben waren.

„Darf ich mich noch einen Augenblick hinsetzen?" fragte er und ließ seinen dicken Körper in einen Sessel neben der Prinzessin Marja fallen.

„Ach ja, gewiß", antwortete sie; und ihr Blick fragte: „Sie haben doch nichts gemerkt?"

Pierre befand sich in der behaglichen Verfassung, in die er nach dem Diner zu geraten pflegte. Er sah vor sich hin und lächelte.

„Kennen Sie diesen jungen Menschen schon lange, Prinzessin?" fragte er.

„Welchen?"

„Drubezkoi."

„Nein, erst seit ganz kurzer Zeit."

„Und gefällt er Ihnen?"

„Ja, ein ganz netter junger Mensch. Warum fragen Sie mich danach?" antwortete Prinzessin Marja, in Gedanken noch ganz mit der Auseinandersetzung beschäftigt, die sie am Vormittag mit ihrem Vater gehabt hatte.

„Weil ich die Beobachtung gemacht habe, daß die jungen Leute aus Petersburg meist auf Urlaub nach Moskau kommen, um hier gute Partien zu ergattern."

„Das haben Sie beobachtet?"

„Ja", sagte Pierre lächelnd, „und dieser junge Mensch hält es jetzt so, daß er überall sein muß, wo es eine gute Partie geben könnte. Ich lese in ihm wie in einem Buche. Er ist sich nur noch nicht schlüssig geworden, wem sein Sturmangriff gelten soll, Ihnen oder Mademoiselle Julie Karagina. Il est très assidu auprès d'elle.[1]"

„Verkehrt er bei Karagins?"

„Ja, sogar sehr viel. Und wissen Sie auch schon, daß jetzt eine neue Art des Courmachens aufgekommen ist?" fragte Pierre in jener fröhlichen Laune gutmütiger Spottsucht, derentwegen er sich in seinem Tagebuch so oft Vorwürfe gemacht hatte.

„Nein", erwiderte die Prinzessin.

„Um den jungen Damen von Moskau zu gefallen, il faut main=

[1] Er ist ständig um sie.

tenant être mélancolique. Et il est très mélancolique auprès de mademoiselle Karagin",[1] sagte Pierre.

„Vraiment?"[2] fragte Prinzessin Marja, sah dabei in Pierres gutmütiges Gesicht und dachte unaufhörlich an ihren Kummer. „Es würde mir leichter sein", dachte sie, „wenn ich mich entschließen könnte, jemandem anzuvertrauen, was auf mir lastet. Und gerade Pierre würde ich alles so gern sagen. Er ist so gut und edel. Das Herz würde mir leichter werden, und er würde mir sicher raten können!"

„Würden Sie ihn heiraten wollen?" fragte Pierre.

„Ach, mein Gott, Graf, in manchen Augenblicken wäre ich imstande, den ersten besten zu heiraten", entfuhr es der Prinzessin Marja unwillkürlich, und ihre Stimme zitterte von verhaltenen Tränen. „Ach, wie schwer ist es, wenn man einen nahestehenden Menschen liebt und fühlen muß, daß man" — hier zitterte ihre Stimme wieder — „nichts für ihn tun kann, außer daß man sich um ihn grämt, weil man weiß, daß man es doch nicht ändern kann. Dann bleibt einem eigentlich nichts als fortzugehen, aber wohin sollte ich wohl gehen?"

„Was haben Sie denn, Prinzessin? Was ist Ihnen?"

Die Prinzessin brach in Tränen aus.

„Ich weiß selbst nicht, was heute mit mir ist. Hören Sie nicht auf mich, vergessen Sie, was ich gesagt habe."

Pierres ganze Fröhlichkeit war dahin. Ganz besorgt forschte er die Prinzessin aus, bat sie, sich über alles auszusprechen und ihm ihren Kummer anzuvertrauen, aber sie wiederholte nur ihre Bitte, er möge vergessen, was sie gesagt habe, sie selbst wisse überhaupt nicht mehr recht, zu was für Äußerungen sie sich habe hinreißen lassen, und sie habe überhaupt keinen andern Kummer als den, von dem er ja wisse, den Kummer um das angesichts der Heiratspläne ihres Bruders drohende Zerwürfnis zwischen ihrem Vater und dem Fürsten Andrej.

„Haben Sie etwas von Rostows gehört?" fragte sie, um auf einen andern Gesprächsgegenstand zu kommen. „Wie es heißt, sollen sie demnächst nach Moskau kommen. André erwarte ich auch von einem Tage zum andern. Ich würde es gern sehen, wenn die beiden ihr erstes Wiedersehen hier in Moskau hätten."

„Und wie sieht er jetzt die Sache an?" fragte Pierre und meinte dabei mit dem „er" den alten Fürsten.

Prinzessin Marja schüttelte den Kopf.

„Aber was läßt sich da machen? Dieses Jahr des Aufschubes ist

[1] ... muß man melancholisch sein. Und er ist in Mademoiselle Karagins Gesellschaft sehr melancholisch.
[2] Wirklich?

bis auf ein paar Monate herum. Und die Sache sieht sich immer noch als völlig undurchführbar an. Ich wünschte nur, ich könnte meinem Bruder die ersten Augenblicke des Wiedersehens mit meinem Vater ersparen. Hoffentlich kommen Rostows jetzt bald, und hoffentlich verstehe ich mich gut mit ihr. Sie kennen Rostows doch schon so lange. Sagen Sie mir ganz aufrichtig, Hand aufs Herz: was ist sie für ein Mädchen, wie finden Sie sie? Aber ganz aufrichtig, denn das werden Sie ja begreifen, wieviel Andrej riskiert, wenn er sie gegen den Willen des Vaters heiratet, und da möchte ich natürlich gern wissen ..."

Ein unklarer Instinkt sagte Pierre, daß sich in diesen so dringend wiederholten Bitten, ganz aufrichtig zu sein, eine Abneigung der Prinzessin Marja gegen ihre angehende Schwägerin aussprach und daß sie es vielleicht am liebsten hören würde, wenn Pierre die Wahl des Fürsten Andrej nicht billigen würde. Aber er sagte ihr trotzdem wahrheitsgemäß, was er zu sagen hatte, und zwar sprach er eigentlich mehr davon, was er Natascha gegenüber empfand, als davon, wie er über sie dachte.

„Ich weiß nicht recht, wie ich Ihnen antworten soll", meinte er und wurde dabei rot, ohne daß er gewußt hätte, warum. „Ich habe eigentlich gar keine Ahnung davon, was für ein Mädchen sie ist, und bin außerstande, ihr Wesen zu analysieren. Sie ist bezaubernd. Aber warum sie so bezaubernd ist, das weiß ich nicht. Das ist alles, was ich über sie sagen könnte."

Prinzessin Marja seufzte, und ihr Gesichtsausdruck sagte: „Ja, das habe ich erwartet und gefürchtet."

„Ist sie klug?" fragte Prinzessin Marja.

Pierre dachte einen Augenblick nach. „Ich glaube, nein", sagte er dann, „übrigens glaube ich doch, daß sie klug ist, aber es liegt ihr nichts daran, klug zu sein ... Nein, wahrhaftig, sie ist bezaubernd, und nichts als das."

Wieder schüttelte Prinzessin Marja mißbilligend den Kopf.

„Ach, ich möchte sie ja so gern liebgewinnen können! Sagen Sie ihr das bitte, falls Sie sie früher sehen als ich."

„Ich habe gehört, daß Rostows in den nächsten Tagen hier sein sollen", sagte Pierre.

Und nun setzte Prinzessin Marja Pierre auseinander, wie sie sich ihre nächsten Schritte in dieser Sache zurechtgelegt hatte und wie sie gleich nach der Ankunft der Rostows sich ihrer angehenden Schwägerin nähern und sich Mühe geben wollte, den alten Fürsten an Natascha zu gewöhnen.

V

Es war Boris in Petersburg nicht geglückt, eine gute Partie zu machen, und so war er denn nach Moskau gekommen, um hier sein Ziel zu erreichen. Er war jetzt noch unschlüssig, ob er Julie oder Prinzessin Marja wählen sollte. Beide waren sehr gute Partien. Prinzessin Marja hatte für ihn trotz ihrer äußeren Reizlosigkeit eine größere Anziehungskraft als Julie, aber es lag ihm nicht recht, ihr als einer Tochter des alten Bolkonskij den Hof zu machen. Als er sie am Namenstage des alten Fürsten zum letzten Mal gesehen und den Versuch gemacht hatte, sie seine Gefühle ahnen zu lassen, da hatte sie ihm lauter abwegige Antworten gegeben und offenbar gar nicht recht auf seine Worte gehört.

Dagegen ließ sich Julie, freilich in ihrer besonderen Art, seine Bemühungen um sie gern gefallen.

Julie war siebenundzwanzig Jahre alt. Der Tod ihrer Brüder hatte sie sehr reich gemacht. Sie war jetzt völlig reizlos, glaubte aber, nicht nur ebenso hübsch wie früher, sondern noch viel anziehender zu sein als je. In diesem Irrtum wurde sie dadurch erhalten, daß sie erstens eine sehr gute Partie geworden war, und zweitens, daß sie, je älter sie geworden war, daß diese nun zwangloser mit ihr verkehren konnten als früher und die Soupers, Soireen und überhaupt die angeregte Gesellschaft des Karaginschen Hauses mitnehmen konnten, ohne daß ihnen daraus die geringsten Verbindlichkeiten erwuchsen. Mancher, der sich vor zehn Jahren noch gescheut hätte, täglich in ein Haus mit einer siebzehnjährigen Tochter zu kommen, um sie nicht zu kompromittieren und sich selbst nicht zu binden, kam jetzt ungeniert Tag für Tag zu ihr und ging mit ihr nicht wie mit einem heiratsfähigen jungen Mädchen, sondern eben wie mit einer geschlechtslosen guten Bekannten um.

Das Karaginsche Haus war in diesem Winter eines der angenehmsten und gastfreiesten von Moskau. Abgesehen von den Soireen und Diners, zu denen besonders eingeladen wurde, fand sich bei Karagins Tag für Tag eine große, vorwiegend aus Herren bestehende Gesellschaft zusammen, die nach dem um zwölf Uhr stattfindenden Souper meist bis drei Uhr morgens beisammensaß. Es gab keinen Ball, keine Schlittenfahrt, keine Theateraufführung, ohne daß Julie dabeigewesen wäre. Immer war sie nach der letzten Mode gekleidet. Trotzdem trug sie allem gegenüber eine weltschmerzlerische Gleichgültigkeit zur Schau und versicherte einem jeden, sie glaube weder an Freundschaft noch an Liebe, noch an irgendwelche andere Freuden des Daseins und erwartete wirkliche Ruhe nur jenseits des Grabes. Sie hatte den Ton eines Mädchens angenommen, das eine große Enttäuschung zu verwinden hat, etwa den Tod oder die Untreue eines geliebten Mannes. Obgleich ihr nichts dieser Art widerfahren war, wurde ihr doch das Recht zu einer solchen Rolle allgemein zugebilligt, und sie selbst glaubte tatsächlich, viel Schweres in ihrem Leben durchgemacht zu haben. Ihre Melancholie hinderte sie aber keineswegs, sich ausgezeichnet zu amüsieren, und ebensowenig hinderte sie die vielen jungen Leute, die bei Karagins verkehrten, hier ihre Zeit überaus munter zu vollbringen. Jeder Gast des Karaginschen Hauses entrichtete zunächst pflichtschuldigst Julies melancholischer Stimmung seinen Zoll und amüsierte sich dann aufs beste mit Geplauder, mit Tanzen, mit einem jeu d'esprit oder einem Versspiel — denn diese Art der Unterhaltung war im Karaginschen Hause ganz besonders beliebt. Nur einige junge Leute, zu denen auch Boris zählte, versenkten sich tiefer in Julies melancholische Stimmung, und mit diesen jungen Leuten führte sie dann ausgedehnte Gespräche unter vier Augen über die Nichtigkeit alles Irdischen und zeigte ihnen ihre Stammbücher, die Denksprüche und Verse melancholischen Inhalts und dazu passende Zeichnungen enthielten.

Boris wurde von Julie mit besonderer Freundlichkeit behandelt: sie bemitleidete ihn, weil auch er schon so frühzeitig die Nichtigkeit alles Irdischen habe erfahren müssen, und bot ihm jene Tröstungen der Freundschaft an, die sie als eine selber vom Leben so schwer Geprüfte ihm zu gewähren vermochte, und zeigte ihm ihre Stammbücher. Boris zeichnete in ihr Stammbuch zwei Bäume und schrieb dazu: „Arbres rustiques, vos sombres rameaux secouent sur moi les ténèbres et la mélancolie." [1]

Auf ein anderes Stammbuchblatt zeichnete er ihr ein Grabmal und schrieb dazu:

„La mort est secourable et la mort est tranquille.
Ah! contre les douleurs il n'y a pas d'autre asile." [2]

Julie fand das entzückend.

„Il y a quelque chose de si ravissant dans le sourire de la mélancolie", sagte sie ein anderes Mal zu Boris, und zwar hatte sie sich diese Sentenz Wort für Wort aus einem französischen Buche abgeschrieben. „C'est un rayon de lumière dans l'ombre, une nuance entre la douleur et le désespoir, qui montre la consolation possible." [3]

Daraufhin schrieb Boris folgende Verse in ihr Buch:

[1] Ihr ländlichen Bäume, eure dunklen Zweige umhüllen mich mit Dunkelheit und Schwermut.
[2] Der Tod ist die Hilfe, der Tod ist die Ruhe! Nur er ist die Zuflucht gegen die Schmerzen!
[3] Im Lächeln der Melancholie liegt so etwas Wunderbares ... Es gleicht einem Lichtstrahl im Dunkel, einer Nuance zwischen dem Schmerz und der Verzweiflung, die die Möglichkeit eines Trostes andeutet.

„Aliment de poison d'une âme trop sensible,
Toi, sans qui le bonheur me serait impossible,
Tendre mélancolie, ah, viens me consoler,
Viens calmer les tourments de ma sombre retraite
Et mêle une douceur secrète
A ces pleurs, que je sens couler." [1]

Julie spielte Boris auf der Harfe die schwermütigsten Notturnos und er las ihr Karamsins „Arme Lisa" vor und konnte mehr als einmal nicht weiterlesen, wenn ihm die Erregung den Atem verschlug. Trafen Julie und Boris sich in großer Gesellschaft, so sahen sie in einander die einzigen gleichgestimmten und sich gegenseitig verstehenden Menschen auf der Welt.

Anna Michailowna kam häufig ins Karaginsche Haus, beteiligte sich an den Kartenpartien der alten Karagina und erkundigte sich nebenher mit größter Genauigkeit nach der für Julie bestimmten Mitgift. Es erwies sich, daß sie die beiden Güter im Gouvernement Pensa und die Forsten im Gouvernement Nishnij-Nowgorod mitbekommen sollte. Gerührt und voll Ergebung in den Willen der Vorsehung verfolgte Anna Michailowna die zarte Schwermut, die ihren Sohn mit der reichen Julie verband.

„Toujours charmante et mélancolique, cette chère Julie", sagte sie zu der Tochter. „Boris sagt, in Ihrem Hause lindere sich geradezu der Druck auf seiner Seele, er ist ein so zartbesaiteter Mensch und hat so viele Enttäuschungen erleben müssen", sagte sie zu der Mutter. Und zu ihrem Sohne sagte sie: „Ach, mein lieber Junge, ich kann es dir gar nicht beschreiben, wie ich mich seit einiger Zeit zu Julie hingezogen fühle! Die muß aber auch jeder liebhaben! Sie ist wirklich ein himmlisches Wesen! Ach, Boris, Boris!" Sie verstummte für einen Augenblick und fuhr dann fort: „Und wie mir ihre Mama leid tut! Heute zeigte sie mir Abrechnungen und Briefe aus dem Gouvernement Pensa, sie haben dort riesige Besitzungen, und die Ärmste muß sich immer selbst um die Verwaltungsgeschäfte bekümmern, ganz allein, und wird dabei so betrogen!"

Boris lächelte fast unmerklich, wenn er seine Mutter so reden hörte. Im stillen machte er sich wohl über ihre harmlose und offenherzige Schlauheit ein wenig lustig, aber er hörte doch immer aufmerksam zu und stellte dazwischen auch seine Gegenfragen, wenn

[1] Du Gift für die allzu empfindsame Seele,
Du, ohne die das Glück mir fernbleibt,
Zärtliche Melancholie, o komm mir zum Troste,
Lindre die Qualen der dunklen Stille
Und mische eine heimliche Süße
Unter die Tränen, die mir entströmen.
Entzückend wie immer und melancholisch, diese liebe Julie.

sie wieder von den Gütern in den Gouvernements Pensa und Nishnij-Nowgorod anfing.

Julie wartete schon seit langem auf einen Antrag ihres melancholischen Anbeters und war bereit, ihn anzunehmen. Allein ein unbestimmtes, geheimes Gefühl der Abneigung gegen sie und gegen ihre leidenschaftlichen Heiratswünsche und gegen das Unnatürliche ihrer Art hielt Boris noch zurück, und zu diesem Gefühl der Abneigung gesellte sich ein Gefühl des Schreckens, wenn er daran dachte, daß eine Heirat mit Julie eine Verzichtserklärung auf die Möglichkeit einer wirklichen Liebesheirat bedeutete. Seine Urlaubszeit näherte sich bereits ihrem Ende. Jeden Tag, den Gott werden ließ, war Boris bei Karagins, oft brachte er den ganzen Tag bei ihnen zu, und jeden Tag ging er mit sich zu Rate und entschloß sich, am folgenden Tage seinen Antrag zu machen. Aber am folgenden Tage sah er dann wieder Julies gerötetes Gesicht und ihr fast immer zu stark gepudertes Kinn und ihre feuchten Augen und ihre Miene, welche die beständige Bereitschaft bekundete, bereits im nächsten Augenblick von der Melancholie zur verzücktesten Schwärmerei für das Glück der Ehe überzugehen, und dann brachte Boris das entscheidende Wort nicht über die Lippen, obwohl er sich in seiner Phantasie schon längst als Besitzer der Güter in den Gouvernements Pensa und Nishnij-Nowgorod sah und bereits Anordnungen für die Verwendung ihrer Erträge traf. Julie gewahrte seine Unentschlossenheit, und manchmal kam ihr auch der Gedanke, sie sei ihm vielleicht zuwider; aber wie alle Frauen nahm sie dann rasch wieder ihre Zuflucht zum Selbstbetrug und tröstete sich damit, daß sie sich sagte, er sei eben nur aus Liebe zu ihr so schüchtern. Allein ihre Melancholie begann schon in nervöse Reizbarkeit überzugehen, und so ersann sie sich einen Feldzugsplan und begann mit ihren Operationen, kurz bevor Boris wieder abreisen mußte. Gerade gegen Ende seiner Urlaubszeit war Anatol Kuragin in Moskau aufgetaucht, war natürlich häufig im Karaginschen Salon zu finden, und nun ließ Julie überraschenderweise ihre Melancholie fallen, zeigte sich sehr aufgeräumt und behandelte Kuragin mit der größten Liebenswürdigkeit.

„Mon cher", sagte Anna Michailowna zu ihrem Sohn, „je sais de bonne source que le Prince Basile envoie son fils à Moscou pour lui faire èpouser Julie.[1] Und ich habe Julie so lieb, daß sie mir sehr leid täte. Wie denkst du darüber, mein lieber Junge?"

Boris erbitterte geradezu der Gedanke, der Hereingefallene zu sein und diesen ganzen Monat anstrengenden melancholischen Pagendienst bei Julie ohne jedes Ergebnis verloren zu haben und die Erträge der Güter in den Gouvernements Pensa und Nishnij-Now-

[1] Mein Lieber, ich weiß aus zuverlässiger Quelle, daß Fürst Wassilij seinen Sohn nach Moskau schickt, um ihn mit Julie zu verheiraten.

gorod, über die er in seiner Phantasie schon weislich zu diesem oder jenem Zwecke disponiert hatte, in den Händen eines anderen, und zwar gerade in den Händen dieses dummen Anatol zu sehen. Fest entschlossen, seinen Antrag zu machen, fuhr er zu Karagins. Julie empfing ihn mit vergnügter und sorgloser Miene, erzählte nachlässig, wie gut sie sich auf dem gestrigen Balle amüsiert habe, und erkundigte sich, wann er abreisen wolle. Boris war zwar mit der Absicht gekommen, von seiner Liebe zu sprechen und sich daher so zärtlich wie nur möglich zu zeigen; trotzdem begann er gereizt von der Unbeständigkeit der Frauen zu reden; die Frauen seien imstande, mit der größten Leichtigkeit vom ärgsten Gram zur sorglosesten Freude überzugehen, und ihre Gemütsverfassung hänge nur davon ab, wer ihnen gerade die Cour mache. Julie ärgerte sich darüber und sagte, das stimme; eine Frau brauche eben Abwechslung, und schließlich würde es eben jedem Menschen zu viel, wenn er immer und immer nur am gleichen Strang ziehen solle.

„Nun, dann möchte ich Ihnen den guten Rat geben . . .", begann Boris und wollte ihr gerade eine Bosheit sagen, als ihm auch schon der unangenehme Gedanke durch den Kopf zuckte, er könnte gezwungen sein, Moskau zu verlassen, ohne sein Ziel erreicht zu haben, und er könnte, was ihm in seiner ganzen Laufbahn noch nie widerfahren war, alle Mühe umsonst aufgewendet haben.

Er brach also mitten in seinem Satz ab, sah zu Boden, um Julie nicht den unfreundlichen, gereizten und unentschlossenen Ausdruck seines Gesichts wahrnehmen zu lassen, und sagte:

„Ich bin doch nicht hergekommen, um mich mit Ihnen zu streiten. Im Gegenteil . . ."

Er warf einen Blick auf Julie, um sich zu vergewissern, ob er fortfahren könne. Alle ihre Gereiztheit war plötzlich verschwunden, und ihre unruhigen, fragenden Augen hafteten in gieriger Erwartung an seinem Gesicht. „Schließlich kann ich es ja immer so einrichten, daß ich selten mit ihr zusammen bin", dachte Boris. „Und dann habe ich die Sache einmal angefangen und muß sie jetzt auch zu Ende bringen!" Er wurde sehr rot, sah ihr in die Augen und sagte:

„Sie kennen ja meine Gefühle für Sie!"

Eigentlich hätte er weiter nichts zu sagen brauchen, denn Julies Gesicht strahlte bereits von Triumph und Selbstzufriedenheit. Aber sie zwang Boris, alles das auszusprechen, was man in solchen Fällen zu sagen pflegt, daß er sie liebe und daß er noch nie eine Frau so geliebt habe wie sie. Sie wußte, daß sie das für die Güter im Gouvernement Pensa und für die Forsten im Gouvernement Nishnij-Nowgorod verlangen konnte, und sie erhielt, was sie verlangte.

Sie waren Braut und Bräutigam, und von nun an dachten sie nicht mehr an die Bäume, welche dunklen Schatten und Melancholie auf sie herniederfallen ließen, sondern schmiedeten Pläne für ihre künftige Haushaltung in Petersburg, die überaus glänzend sein sollte, machten Besuche und bereiteten alles zu einer glänzenden Hochzeit vor.

VI

Ende Januar traf Graf Ilja Andrejewitsch mit Natascha und Sonja in Moskau ein. Die Gräfin hatte sich noch immer nicht recht erholt und konnte daher nicht mitkommen; andererseits war aber auch ein längeres Hinausschieben der Reise nicht gut möglich, denn Fürst Andrej konnte jeden Tag in Moskau eintreffen, außerdem mußten die Hausverkäufe vorgenommen und Aussteuer und Mitgift beschafft werden, und dann galt es, die Anwesenheit des alten Fürsten in Moskau auszunutzen, um ihm seine künftige Schwiegertochter vorzustellen. Das Rostowsche Haus in Moskau war in diesem Winter noch nicht geheizt worden, außerdem kam man nur für kurze Zeit her, und die Gräfin war nicht mit, und aus diesen Gründen hatte Ilja Andrejewitsch beschlossen, in Moskau bei Marja Dmitrijewna Achrosimowa abzusteigen, die ihm bereits häufig ihre Gastfreundschaft angeboten hatte.

Eines Abends spät fuhren die vier Rostowschen Schlitten in Marja Dmitrijewnas Hof in der Staraja Konjuschennaja ein. Marja Dmitrijewna wohnte für sich allein, ihre Tochter war bereits verheiratet, und ihre Söhne standen außerhalb Moskaus im Zivil- oder Militärdienst.

Sie hielt sich immer noch so gerade wie früher, sagte allen immer noch so unumwunden, laut und bestimmt ihre Meinung, und ihr ganzes Wesen war immer noch wie früher für alle anderen Menschen eine Art unausgesprochenen Vorwurfs wegen all der Schwächen, Leidenschaften und Hemmungslosigkeiten, denen diese Menschen sich zu überlassen pflegten und deren Notwendigkeit Marja Dmitrijewna doch nicht einsehen konnte. Vom frühen Morgen an befaßte sie sich, in eine wollene Jacke gekleidet, mit der Hauswirtschaft, dann fuhr sie aus. An Feiertagen besuchte sie den Gottesdienst und darauf Gefängnisse und Kerker; aber sie sprach nie davon, was sie dort tat. Werktags empfing sie, nachdem sie sich angekleidet hatte, bei sich zu Hause Bittsteller aus allen Ständen, die sich täglich in Mengen bei ihr einfanden, und aß dann zu Mittag; an ihrem mit kräftigen und schmackhaften Speisen besetzten Tisch hatte sie meistens drei oder vier Gäste. Nach Tisch wurde eine Partie Boston gespielt. Vor dem Zubettgehen strickte sie und ließ sich dabei Zeitungen und neuerschienene Bücher vorlesen. Es kam nur ausnahmsweise vor, daß sie Besuche machte, und dann galten diese Besuche nur den einflußreichsten und hochgestelltesten Persönlichkeiten der Stadt.

Sie hatte sich noch nicht hingelegt, als Rostows ankamen und Marja Dmitrijewna an der Vorzimmertür, durch die Rostows mit ihrer Dienerschaft aus der Kälte ins Haus traten, die Rolle gehen hörte. Die Brille auf der Nasenspitze, den Kopf in den Nacken zurückgelegt, stand Marja Dmitrijewna in der Saaltür und sah die Eintretenden streng und scharf an. Wenn sie nicht gleichzeitig bereits ihren Leuten sorgsam durchdachte Anweisungen über die Unterbringung der Gäste und ihres Gepäcks gegeben hätte, so hätte man glauben können, sie ärgere sich über die Ankömmlinge und werde sie im nächsten Augenblick wieder davonjagen.

„Die Sachen des Grafen? Bringe das dorthin!" sagte sie und deutete auf einige Koffer, ohne noch einen der Eintretenden zu begrüßen. „Die jungen Damen kommen dorthin, nach links. Na, was schwänzelt ihr da noch herum?" fuhr sie ihre Dienstmädchen an. „Seht zu, daß der Samowar bald heiß wird!" Dann zog sie Natascha an sich, deren Gesicht unter der Pelzmütze ganz rot vor Kälte war. „Du bist voller und hübscher geworden", sagte sie. „Hu, wie kalt du bist!" Und den Grafen, der ihr die Hand küssen wollte, schrie sie an: „Ja, so zieh doch erst rasch deinen Pelz aus, du mußt ja ganz verfroren sein. — Daß mir Rum zum Tee auf den Tisch kommt! — Sonjuschka, bonjour!" Und mit diesem französischen Begrüßungswort brachte sie Sonja gegenüber eine nicht unfreundliche, aber doch ein klein wenig geringschätzige Herablassung zum Ausdruck.

Als alle die Reisepelze abgelegt und sich ein wenig zurechtgemacht hatten, ging es zum Teetisch, und nun erst küßte Marja Dmitrijewna ihre Gäste der Reihe nach ab.

„Ich freue mich herzlich, daß ihr gekommen seid und bei mir bleiben wollt", sagte sie. „Es war aber auch Zeit." Hier warf sie einen vielsagenden Blick auf Natascha. „Der Alte ist hier, und der Sohn wird täglich erwartet. Ihr müßt jetzt unbedingt so schnell wie möglich mit dem alten Fürsten bekannt werden. Na, davon reden wir nachher noch." Und dabei deutete sie durch einen Seitenblick auf Sonja an, daß sie in deren Beisein nicht weiter über diesen Gegenstand sprechen wollte. Dann wandte sie sich wieder zum Grafen. „Jetzt höre einmal zu. Was hast du denn für morgen vor? Wen möchtest du hier sehen? Schinschin? Das wäre einer. Anna Michailowna, die alte Heulliese? Das wären zwei." Sie zählte an den Fingern ab. „Sie ist mit ihrem Sohn hier. Der Sohn geht auf Freiersfüßen. Ferner Besuchow, nicht wahr? Seine Frau ist übrigens jetzt auch in Moskau. Er war ihr durchgegangen, aber sie sauste ihm sofort nach. Vorigen Mittwoch war er bei mir zum Essen. Na, und diese da", sie wies auf die jungen Mädchen, „die führe ich morgen zur Iberischen Muttergottes, und nachher fahren wir einmal bei der Ober=Schelmin vor. Die zwei werden wohl allerhand neue Sachen nötig haben. An mir dürft ihr euch darin kein Beispiel nehmen; jetzt trägt man Ärmel, ich sage euch, von *dem* Umfang! Neulich war Prinzessin Irina Wassiljewna bei mir: wirklich schauderhaft, als ob sie ihre Arme durch zwei Fässer gesteckt hätte. Heutzutage wechselt die Mode ja mit jedem Tage. Na, und wie ist es mit dir? Was hast du hier für Geschäfte?" wandte sie sich in strengem Ton zum Grafen.

„Es hat sich so allerhand angesammelt, was erledigt werden will", antwortete der Graf. „Ich muß alles mögliche Gelumpe zusammen=kaufen, und dann ist da jemand, der die beiden Häuser kaufen möchte, das Stadthaus und das Landhaus. Wenn Sie erlauben, dann suche ich mir eine passende Zeit aus und fahre für einen Tag nach Marinskoje hinaus und halse Ihnen solange meine Mädels auf."

„Schön, schön, bei mir sind sie ja gut aufgehoben. Genauso, als hättest du sie dem Pupillenkollegium anvertraut. Ich fahre mit ihnen aus, ich mache alle Besorgungen mit ihnen, ich schimpfe sie und streichele sie auch wieder", sagte Marja Dmitrijewna und fuhr Na=tascha als ihrem Liebling und Patenkind mit ihrer großen Hand über die Backe.

Andern Tages führte Marja Dmitrijewna die jungen Mädchen vor=mittags zur Iberischen Kapelle und darauf zu Madame Auber=Chalmé, die vor Marja Dmitrijewna einen so gewaltigen Respekt hatte, daß sie ihr immer ihre Kleider und Toilettengegenstände mit Verlust abließ, um diese energische Dame nur so schnell wie möglich wieder aus ihrem Laden zu bekommen. Marja Dmitrijewna bestellte bei ihr fast die ganze Aussteuer für Natascha. Nach Hause zurückgekehrt, schickte sie bis auf Natascha alle aus dem Zimmer und forderte ihren Liebling auf, neben ihrem Lehnsessel Platz zu nehmen.

„Na, also jetzt plaudern wir einmal ein wenig. Ich gratuliere dir zu deinem Bräutigam. Da hast du einen famosen Kerl erwischt! Ich freue mich für dich. Ich habe ihn schon gekannt, als er noch so groß war." Sie hielt die ausgestreckte Hand etwa eine Elle über den Fuß=boden. Natascha wurde ganz rot vor Freude. „Ich habe ihn gern und seine ganze Familie dazu. Jetzt passe einmal auf. Du weißt ja, daß Fürst Nikolai, der alte Herr, es auf keinen Fall zugeben will, daß sein Sohn zum zweiten Male heiratet. Ein sonderbarer alter Herr! Fürst Andrej ist natürlich kein Kind mehr und kann schließlich auch ohne den Alten fertig werden, das ist klar. Aber es ist doch immer eine dumme Geschichte, wenn man in eine Familie hineinkommt, und das Oberhaupt dieser Familie ist dagegen. So etwas muß sich friedlich und freundschaftlich abspielen. Du bist ein kluges Ding, du wirst dich schon zu benehmen wissen, wie es am besten ist. Sei unbefangen herzlich und zugleich klug. Dann wird schon alles in Ordnung kommen."

Natascha schwieg, wie Marja Dmitrijewna glaubte, aus Verschämtheit; tatsächlich aber war es Natascha unangenehm, wenn andere Menschen sich in ihre und des Fürsten Andrej Liebesgeschichte mengten. Denn diese Liebesgeschichte erschien ihr als etwas so Besonderes, etwas, das mit den Angelegenheiten aller anderen Menschen so wenig verglichen werden konnte, daß hier ihrer Meinung nach kein Mensch das richtige Verständnis aufzubringen vermochte. Sie liebte nur den Fürsten Andrej, sie wußte nur von ihm, er liebte sie und mußte in wenigen Tagen kommen und sie zu sich nehmen. Weiter brauchte sie nichts zu wissen.

„Siehst du, ich kenne ihn ja schon lange, und auch Maschenka, deine Schwägerin, kann ich sehr gut leiden. Es gibt so eine Redensart: ‚Schwägerin, Zwischenträgerin', aber diese kann keiner Fliege etwas zuleide tun. Sie hat mich gebeten, ich möchte euch beide zusammenbringen. Du fährst morgen mit deinem Vater zu ihr, dann sei recht freundlich zu ihr und suche ihr Herz zu gewinnen, du bist ja die Jüngere. Wenn dein Schatz kommt, dann muß schon alles so weit sein, daß du seine Schwester und seinen Vater bereits kennst und sie dich schon gern haben. Habe ich recht oder nicht? Ist das nicht das Beste?"

„Sicher", antwortete Natascha, aber es kam ihr nicht recht von Herzen.

VII

Am nächsten Tage fuhr Graf Ilja Andrejewitsch auf Marja Dmitrijewnas Anraten mit Natascha zum Fürsten Nikolai Andrejewitsch. Der Graf war nicht sehr glücklich aufgelegt, als sie zu diesem Besuch aufbrachen: er hatte sogar ein Gefühl von Bangigkeit. Es war ihm noch durchaus erinnerlich, wie er das letzte Mal mit dem alten Fürsten zu tun gehabt hatte; das war in der Zeit des Milizaufgebots gewesen, er hatte den Fürsten zum Diner einladen wollen und als Antwort einen recht grimmigen Ausputzer bekommen, weil er mit der Mannschaftsstellung im Rückstande geblieben war. Im Gegensatz zu ihrem Vater war Natascha, die ihr bestes Kleid angezogen hatte, in der fröhlichsten und zuversichtlichsten Stimmung. „Es ist ja gar nicht denkbar, daß sie mich nicht liebgewinnen sollten", dachte sie. „Mich haben doch immer alle Leute gut leiden können. Und ich bin ja so bereit, ihretwegen alles zu tun, was sie nur wünschen können, ihn liebzugewinnen, weil er eben sein Vater ist, und sie, weil sie eben seine Schwester ist, und so werden sie gar nicht anders können, als auch mich liebzugewinnen!"

Sie hielten vor dem alten, düster aussehenden Hause in der Wosdwishenka-Straße und traten in den Flur.

„Na, jetzt muß uns Gott seinen Segen schicken!" meinte der Graf halb im Scherz, halb im Ernst; aber es fiel Natascha doch auf, daß ihr Vater hastiger in das Vorzimmer trat, als er sonst zu tun pflegte, und kleinlaut und mit gedämpfter Stimme fragte, ob der Fürst und die Prinzessin zu Hause seien.

Die beiden wurden der Herrschaft gemeldet, und dann war es, als sei unter der Dienerschaft des Fürsten eine gewisse Verwirrung und Bestürzung entstanden. Der Lakai, der die Gäste gemeldet hatte, wurde, als er zurückkam, von einem anderen Diener im Saal angehalten, und sie flüsterten miteinander. Ein Stubenmädchen kam in den Saal gestürzt und machte den beiden Dienern irgendeine hastige Mitteilung, in welcher auch der Name der Prinzessin genannt wurde. Endlich erschien ein alter und grimmig aussehender Lakai und meldete den Gästen, der Fürst könne sie nicht empfangen, aber die Prinzessin lasse bitten. Der Graf und Natascha wurden nun hineingeführt und zunächst von Mademoiselle Bourienne begrüßt. Sie legte dabei eine ganz besondere Höflichkeit an den Tag und geleitete Vater und Tochter zur Prinzessin. Dann kam die Prinzessin mit ihren schweren Schritten den Gästen entgegen; sie versuchte vergebens, unbefangen und erfreut auszusehen, allein ihr Gesicht war erregt, erschrocken und mit roten Flecken bedeckt. Natascha mißfiel ihr gleich beim ersten Blick. Sie machte ihr einen allzu sehr herausstaffierten, leichtsinnigen, vergnügungssüchtigen und eitlen Eindruck. Prinzessin Marja war sich nicht klar darüber, daß sie gegen ihre angehende Schwägerin bereits voreingenommen war, noch ehe sie sie zu Gesicht bekommen hatte, weil sie sie unwillkürlich um ihre Schönheit, ihre Jugend und ihr Glück beneidete und in ihrer großen Liebe zu ihrem Bruder nicht frei von Eifersucht war. Abgesehen von der unüberwindlichen Antipathie, die sie Natascha entgegenbrachte, hatte Prinzessin Marja in diesem Augenblick auch noch einen anderen Grund zur Aufregung: denn kaum waren die Rostows dem alten Fürsten gemeldet worden, als er auch schon geschrien hatte, er wolle nichts mit ihnen zu tun haben, Prinzessin Marja möge sie empfangen, wenn es ihr Spaß mache, aber in sein Kabinett kämen sie ihm nicht herein. Prinzessin Marja hatte beschlossen, Rostows zu empfangen, fürchtete aber jetzt jeden Augenblick irgendeine feindselige Handlung des Fürsten, den das Kommen der Rostows sehr erregt zu haben schien.

„Also, liebe Prinzessin, da bringe ich Ihnen nun mein kleines Singvögelchen", sagte der Graf mit einer Verbeugung und sah sich dabei unruhig um, als fürchte er, der alte Fürst könne plötzlich dazukommen. „Es ist mir eine große Freude, daß Sie beide jetzt miteinander bekannt werden ... Es ist wirklich ein Jammer, daß dem Fürsten seine Gesundheit so viel zu schaffen macht." Und dann brachte er noch einige Redensarten an und erhob sich. „Wenn Sie gestatten, Prinzessin, halse ich Ihnen meine Natascha für ein Viertelstündchen auf und hole sie nachher wieder ab. Ich würde nämlich gern noch einen Besuch bei Anna Semeonowna machen, nur zwei Schritte von hier, am Sobatschja=Platz."

Wie Ilja Andrejewitsch nachher seiner Tochter sagte, hatte er sich diesen diplomatischen Kniff ausgedacht, damit die beiden angehenden Schwägerinnen sich unbefangen miteinander aussprechen könnten, dann aber auch, um ein etwaiges Zusammentreffen mit dem Fürsten zu vermeiden, vor dem er Angst hatte. Diesen zweiten Grund teilte er seiner Tochter freilich nicht mit, aber Natascha verstand ihn und fühlte sich gekränkt. Sie errötete für ihren Vater, geriet nun darüber, daß sie rot geworden war, noch mehr in Ärger, sah die Prinzessin mit einem dreisten und herausfordernden Blick an und wollte ihr damit zu verstehen geben, daß sie sich vor keinem Menschen fürchtete. Die Prinzessin sagte zum Grafen, sie freue sich sehr und bitte ihn, seinen Besuch bei Anna Semeonowna so lange wie möglich auszudehnen, und Ilja Andrejewitsch brach auf.

Mademoiselle Bourienne machte lebhaft Konversation, sprach von den Theatern Moskaus, den gesellschaftlichen Vergnügungen und war nicht aus dem Zimmer zu bringen, obwohl Prinzessin Marja, die mit Natascha gern unter vier Augen gesprochen hätte, ihr einen unruhigen Blick nach dem anderen zuwarf. Natascha fühlte sich gekränkt durch die Bestürzung, die ihr Kommen bei der Dienerschaft hervorgerufen hatte, durch die ängstliche Unruhe ihres Vaters und durch den gezwungenen Ton der Prinzessin. Wie es Natascha scheinen wollte, bildete sich die Prinzessin ein, es sei schon eine Gnade von ihr, daß sie die Braut ihres Bruders überhaupt empfing. So fand Natascha diesen ganzen Besuch widerwärtig. Prinzessin Marja gefiel ihr nicht. Sie erschien ihr häßlich, heuchlerisch und kalt. Natascha rollte sich, bildlich gesprochen, wie ein Igel zusammen und nahm ganz unwillkürlich einen so lässigen Ton an, daß sie die Prinzessin Marja damit nur noch mehr abstieß. Schwerfällig und gezwungen hatte das Gespräch sich fünf Minuten lang hingeschleppt, als sich plötzlich rasch näher kommende, pantoffelschlurfende Schritte hören ließen. In das Gesicht der Prinzessin Marja trat ein Ausdruck des Schreckens, die Tür öffnete sich, und im weißen Schlafrock, die weiße Nachtmütze auf dem Kopf, erschien der Fürst.

„Ach, das gnädige Fräulein", sagte er, „gnädiges Fräulein, Komtesse ... Komtesse Rostowa, wenn ich nicht irre ... ich bitte um

Entschuldigung, ich bitte um Entschuldigung ... Gott weiß es, gnädiges Fräulein, ich hatte keine Ahnung, daß Sie uns gerade die Ehre Ihres Besuches geschenkt haben, ich wollte in diesem Kostüm nur auf einen Augenblick zu meiner Tochter. Ich bitte um Entschuldigung ... Gott weiß es, ich hatte keine Ahnung", wiederholte er und betonte das Wort „Gott" dabei so unnatürlich und so hämisch, daß Prinzessin Marja mit gesenkten Augen dastand und weder ihren Vater noch Natascha anzusehen wagte.

Natascha hatte sich erhoben und eine Verneigung gemacht; nun wußte sie ebensowenig wie die Prinzessin, was sie tun sollte. Nur Mademoiselle Bourienne lächelte verbindlich.

„Ich bitte um Entschuldigung, ich bitte um Entschuldigung! Gott weiß, ich hatte keine Ahnung ...", knurrte der Alte, betrachtete Natascha neugierig vom Kopf bis zu den Füßen und ging dann wieder hinaus.

Als erste nach diesem Zwischenfall fand Mademoiselle Bourienne wieder zu sich; sie begann von dem schlechten Gesundheitszustande des Fürsten zu sprechen. Natascha und Prinzessin Marja sahen einander schweigend an, und je länger sie das taten, ohne das auszusprechen, was sie auf dem Herzen hatten, um so übelwollender wurden die Gedanken, die sie beide gegeneinander hegten.

Als der Graf zurückkehrte, gab Natascha ihrer Freude über sein Kommen in geradezu unhöflicher Weise Ausdruck und hatte es sehr eilig, sich zu verabschieden. In diesem Augenblick empfand sie einen förmlichen Haß gegen diese alte, vertrocknete Prinzessin, die sie in eine so ungemütliche Situation gebracht und es fertigbekommen hatte, mit ihr eine halbe Stunde zusammenzusein, ohne des Fürsten Andrej Erwähnung zu tun. „Und ich konnte doch nicht von mir aus anfangen, über ihn zu sprechen, solange diese Französin dabei war", dachte Natascha. Mit ganz ähnlichen Gedanken quälte sich Prinzessin Marja. Sie wußte wohl, was sie zu Natascha hätte sagen sollen, hatte es aber nicht fertiggebracht, weil die Anwesenheit der Mademoiselle Bourienne sie störte und weil es ihr immer schwerfiel, über diese Heirat zu sprechen, sie wußte selbst nicht, warum. Als der Graf schon wieder draußen war, eilte Prinzessin Marja auf Natascha zu, faßte ihre Hände und sagte mit einem schweren Seufzer:

„Warten Sie noch einen Augenblick, ich muß ..."

Natascha sah Prinzessin Marja spöttisch an, ohne recht zu wissen, worauf dieser Spott sich bezog.

„Liebe Nathalie", sagte Prinzessin Marja, „Sie sollen doch wissen, wie froh ich darüber bin, daß mein Bruder sein Glück gefunden hat ..."

Sie hielt inne, weil sie fühlte, daß sie die Unwahrheit sprach. Natascha bemerkte dieses Innehalten und erriet seine Ursache.

„Ich glaube, Prinzessin, es ist jetzt nicht die rechte Zeit, um über diesen Gegenstand zu sprechen", antwortete Natascha und fühlte Tränen in ihrer Kehle aufsteigen, bewahrte aber äußerlich ihre Haltung und Kühle.

„Was habe ich nur gesagt! Was habe ich nur getan!" dachte sie, sobald sie draußen war.

Natascha kam an diesem Tag sehr verspätet zu Tisch. Sie saß in ihrem Zimmer und weinte wie ein Kind, schluchzend und von häufigem Nasenschneuzen unterbrochen. Sonja beugte sich über sie und küßte sie auf das Haar.

„Natascha, warum weinst du nur so?" sagte sie. „Was brauchst du dich um die zu kümmern? Alles geht vorbei, Natascha."

„Nein, wenn du wüßtest, wie gräßlich das war ... das war ja, als hätte ich ..."

„Sprich nicht davon, Natascha. Du hast ja keine Schuld daran, also was braucht dich das zu grämen? Gib mir einen Kuß!"

Natascha richtete den Kopf auf, küßte ihre Freundin auf die Lippen und schmiegte ihr tränenüberströmtes Gesicht an Sonja.

„Ich kann mir gar nicht mehr erklären, was eigentlich los war, ich weiß es wirklich nicht. Niemand ist schuld daran", sagte Natascha, „ich allein bin daran schuld. Aber das ist alles so schrecklich! Ach, warum kommt er nur nicht!"

Sie erschien schließlich mit rotgeweinten Augen bei Tisch. Marja Dmitrijewna wußte bereits, wie der Besuch der Rostows beim Fürsten sich abgespielt hatte; sie tat jetzt, als sähe sie gar nicht, wie verstört Nataschas Gesicht war, und scherzte bei Tisch munter und geräuschvoll mit dem Grafen und den anderen Gästen.

VIII

Am Abend dieses Tages fuhren Rostows in die Oper, zu der Marja Dmitrijewna ihnen die Billette besorgt hatte.

Natascha hatte eigentlich gar nicht mitfahren wollen, konnte aber Marja Dmitrijewnas freundliche Fürsorglichkeit, die sich doch ausschließlich an sie richtete, nicht gut zurückweisen. Als sie nach beendeter Toilette in den Saal kam und sich hier in Erwartung ihres Vaters im großen Spiegel betrachtete, da sah sie, daß sie hübsch, ja, daß sie sehr hübsch war, und nun wurde ihr noch weher ums Herz; aber es war jetzt bereits die süße Traurigkeit der Verliebten.

„Mein Gott, wenn er jetzt hier wäre, dann würde ich ihm um den Hals fallen, aber nicht mehr mit dieser dummen und grundlosen Schüchternheit von früher, sondern auf eine ganz neue Art, ganz einfach und schlicht, und ich würde mich an ihn anschmiegen, und dann müßte er mich mit seinen suchenden, fragenden Augen ansehen, wie er mich früher so oft angesehen hat, und dann müßte er ebenso lachen, wie er damals gelacht hat. Ach, seine Augen — wie deutlich sehe ich seine Augen vor mir!" dachte Natascha. „Und was brauche ich mich um seinen Vater und um seine Schwester zu kümmern? Ich liebe doch ihn, ihn allein, ihn mit diesem Gesicht und diesen Augen, mit diesem Lächeln, das männlich und kindlich zugleich ist . . . Nein, lieber will ich gar nicht an ihn denken, will ihn vergessen, will ihn für diese ganze Zeit vergessen, bis er selbst kommt. Ich kann ja dieses Warten nicht mehr ertragen, ich heule ja gleich wieder los!" Sie zwang ihre aufsteigenden Tränen nieder und wandte dem Spiegel den Rücken. „Wie kann nur Sonja in ihrer Liebe zu Nikolenka so gleichmäßig und ruhig sein und so lange und so geduldig warten!" dachte sie, als sie die ebenfalls bereits fertig angekleidete Sonja, den Fächer in der Hand, eintreten sah. „Nein, sie ist eben ein ganz anderer Mensch als ich. Ich brächte das nicht zustande!"

Natascha war in diesem Augenblick in einer so weichen Stimmung und so zu Zärtlichkeiten aufgelegt, daß es ihr nicht genug war, zu lieben und sich geliebt zu wissen. Jetzt gleich hätte sie dem geliebten Mann um den Hals fallen und ihm alle die Liebesworte sagen mögen, von denen ihr Herz voll war, und hätte ebensolche Worte von ihm hören mögen. Während sie neben ihrem Vater im Wagen saß und gedankenvoll auf den Laternenschein sah, der hinter der frostbeschlagenen Fensterscheibe vorbeihuschte, da empfand sie ihre Liebe und Traurigkeit noch stärker als vorhin und vergaß völlig, mit wem und wohin sie fuhr. Der Rostowsche Wagen schloß sich jetzt der langen Reihe von Equipagen an, die zur Theaterauffahrt hinstrebten, und gelangte endlich, langsam und mit den Rädern über den Schnee knirschend, bis vor das Portal. Natascha und Sonja nahmen die Röcke hoch und sprangen hastig heraus; ihnen folgte, von den Lakaien unterstützt, der Graf, und nun gingen alle drei durch das Gewirr der hineinströmenden Damen und Herren und der Programmverkäufer durch den Korridor auf die Parterrelogen zu. Durch die nur angelehnten Türen waren schon auf dem Korridor Musikklänge zu hören.

„Nathalie, vos cheveux . . ."[1], flüsterte Sonja. Der Logenschließer glitt mit höflicher Eilfertigkeit vor den Damen her und öffnete die Logentür. Jetzt wurde die Musik deutlicher, durch die Tür sah man die hellerleuchteten Logenreihen glänzen mit den entblößten Schultern und Armen der Damen und das summende, von Uniformen

[1] Dein Haar, Natascha.

funkelnde Parterre. Eine Dame, die gerade die Nachbarloge betrat, betrachtete Natascha mit einem Blick weiblichen Neides. Der Vorhang war noch nicht aufgegangen, und die Musik spielte die Ouvertüre. Natascha strich ihr Kleid glatt, ging mit Sonja durch die Tür, setzte sich und ließ ihren Blick über die hellerleuchteten Reihen der gegenüberliegenden Logen hinschweifen. Die lang entbehrte Empfindung, daß Hunderte von Augen auf ihren entblößten Armen und ihrem entblößten Halse ruhten, überkam sie plötzlich, erfüllte sie halb mit Freude und halb mit Widerwillen und erweckte in ihr einen ganzen Schwarm von entsprechenden Erinnerungen, Wünschen und Wallungen.

Die allgemeine Aufmerksamkeit richtete sich rasch auf Nataschas und Sonjas anziehende Erscheinungen sowie auf den Grafen Ilja Andrejewitsch, den man in Moskau lange nicht mehr gesehen hatte. Außerdem hatten alle etwas von Nataschas Verlobung mit dem Fürsten Andrej läuten hören; sie wußten, daß die Rostows seit der Verlobung auf dem Lande gelebt hatten, und musterten nun voller Neugier die Braut eines der besten Heiratskandidaten von ganz Rußland.

Natascha war, wie man ihr in den letzten Tagen bereits häufig versichert hatte, während dieser Zeit auf dem Lande noch schöner geworden als zuvor, und dank ihrer erregten Stimmung wirkte sie an diesem Abend ganz besonders schön. Ihre Lebensfülle und Anmut, aber auch ihre Gleichgültigkeit gegen die ganze Umwelt fielen manchem auf. Ihre schwarzen Augen glitten über die Menschenmenge hin, ohne ein bestimmtes Ziel zu suchen, ihr zarter, bis hoch hinauf entblößter Arm stützte sich mit dem Ellbogen auf die samtbezogene Rampe, und ihre Hand schloß und öffnete sich, offenbar unbewußt, im Takt der Musik und zerknüllte dabei das Programm.

„Sieh doch, da ist die Alenina", meinte Sonja. „Anscheinend mit ihrer Mutter!"

„Herr des Himmels! Michail Kirileytsch ist ja noch dicker geworden!" sagte der alte Graf.

„Seht doch! Da ist unsere Anna Michailowna! Und was für eine Toque sie hat!"

„Und dort Karagins, da ist Julie, und Boris ist auch dabei. Das sieht doch ganz nach Braut und Bräutigam aus. Hat Drubezkoi ihr denn einen Antrag gemacht?"

„Allerdings, ich habe es heute mit aller Bestimmtheit versichern hören", sagte Schinschin, der in die Loge der Rostows gekommen war.

Nataschas Augen folgten der Blickrichtung ihres Vaters, und sie sah Julie mit seliger Miene neben ihrer Mutter sitzen, ein Perlenkollier um den dicken, roten, wie Natascha von früher her wußte, allzustark gepuderten Hals.

Dahinter tauchte der glattfrisierte, hübsche Kopf des jungen Drubezkoi auf, der sein Ohr lächelnd zu Julies Mund neigte. Er warf einen raschen Blick zu Rostows hinüber und machte lächelnd eine Bemerkung zu seiner Braut.

„Sie reden davon, wie Boris und ich früher zueinander standen!" dachte Natascha. „Wahrscheinlich versichert er ihr, sie habe meinetwegen keinen Grund zur Eifersucht. Darüber brauchen sie sich wahrhaftig keine Gedanken zu machen! Wenn sie wüßten, wie völlig einerlei sie mir alle beide sind!"

Hinter den Karagins saß mit einer grünen Toque auf dem Kopf Anna Michailowna, und ihr glückliches und festtägliches Gesicht drückte stumme Ergebung in den Willen Gottes aus. In der Karaginschen Loge herrschte offenbar jene Atmosphäre, die sich bei der Anwesenheit eines Brautpaares immer einzustellen pflegt, und die Natascha so gut kannte und so gern hatte. Sie wandte sich ab, und plötzlich fielen ihr alle Demütigungen ihres heutigen Vormittagsbesuches ein.

„Mit welchem Recht kann der Alte sich weigern, mich in seine Familie aufzunehmen? Ach, es ist schon am besten, gar nicht daran zu denken, mit keinem Gedanken daran zu denken, bis er da ist!" sagte sie sich und begann nun, die bekannten und unbekannten Gesichter im Parterre zu betrachten. Ganz vorne, gerade in der Mitte des Parterre stand, mit dem Rücken gegen die Rampe gelehnt, Dolochow in persischer Tracht, die krausen Haare zu einem mächtigen Schopf nach oben hinaufgekämmt. Er stand an einer von allen Theaterplätzen aus sichtbaren Stelle, mußte wissen, daß ihm die Aufmerksamkeit aller Anwesenden galt, stand aber so unbefangen da, als sei er in seinem eigenen Zimmer. Um ihn drängte sich die glänzendste Jugend von Moskau, und es war leicht wahrzunehmen, daß er unter ihr eine führende Rolle spielte.

Graf Ilja Andrejewitsch lachte, stieß die errötende Sonja an und machte sie auf ihren ehemaligen Anbeter aufmerksam.

„Hast du ihn wiedererkannt?" fragte er. Dann wandte er sich zu Schinschin: „Wo kommt denn der wieder her? Er war doch irgendwo verschollen?"

„Freilich", erwiderte Schinschin. „Er war im Kaukasus, aber er ist von dort desertiert und soll Minister bei irgendeinem regierenden Fürsten in Persien gewesen sein. Da soll er einen Bruder des Schahs umgebracht haben. Na, die Moskauer Damen sind seinetwegen ganz aus dem Häuschen! Dolochow le Persan, das ist jetzt Trumpf. Man hört bei uns keinen Namen so oft wie seinen, man vergöttert ihn, man lädt Gäste für ihn ein, als ob er ein Sterlett wäre. Dolochow und Anatol Kuragin haben alle unsere Damen wirklich verrückt gemacht."

Eine schöne hochgewachsene Dame betrat jetzt die Nachbarloge; sie hatte auffallend starkes Haar und sehr weit entblößte, volle, weiße Brüste und trug ein doppeltes Perlenkollier um den Hals. Es währte eine geraume Weile, bis sie unter Kleiderrascheln und Seidenrauschen endlich auf ihrem Platz saß.

Natascha betrachtete unwillkürlich bewundernd diesen Hals, diese schönen Schultern, diese großen Perlen und diese Frisur. Nach einiger Zeit konnte sie es nicht lassen, sie wiederum anzusehen, und jetzt schaute die Dame sich um, ihre Blicke begegneten denen des Grafen Ilja Andrejewitsch, und sie nickte ihm lächelnd zu. Es war die Gräfin Besuchowa, Pierres Frau. Ilja Andrejewitsch, der jeden aus der Gesellschaft kannte, beugte sich zur Nachbarloge hinüber und begann mit ihr zu plaudern.

„Seit wann sind Sie denn in Moskau, Gräfin?" fragte er. „Ich muß unbedingt zu Ihnen kommen und Ihnen die Hand küssen. Ich habe gerade geschäftlich in Moskau zu tun und habe meine Mädels mitgebracht. Die Semeonowna soll ja ganz unvergleichlich spielen. Graf Peter Kirillowitsch war uns immer so ein lieber Freund. Ist er auch da?"

„Ja, er wollte kommen", sagte Hélène und musterte Natascha aufmerksam.

Graf Ilja Andrejewitsch setzte sich wieder an seinen Platz.

„Die ist schön, was?" sagte er flüsternd zu Natascha.

„Wundervoll!" antwortete Natascha. „In die könnte man sich verlieben!"

In diesem Augenblick ertönten die letzten Akkorde der Ouvertüre, und man hörte den Kapellmeister mit dem Dirigentenstabe klopfen. Im Parterre suchten einige verspätet gekommene Herren ihre Plätze auf, und nun wurde der Vorhang in die Höhe gezogen.

Mit diesem Augenblick wurde es in den Logen und im Parterre vollkommen still, und alle Herren, die alten wie die jungen, die in Uniformen und die in Fräcken, alle die tiefdekolletierten, juwelengeschmückten Damen wandten ihre ganze Aufmerksamkeit, ihre gespannte Neugier der Bühne zu. Das tat nun auch Natascha.

IX

Die Mitte der Bühne war glatt gedielt, an den Seiten standen bemalte Gegenstände, die Bäume darstellten, und den Hintergrund bildete eine ausgespannte Leinwand. In der Mitte der Bühne saßen Mädchen in roten Miedern und weißen Röcken. Ein sehr dickes Mädchen mit einem weißen Seidenkleide saß abseits auf einem niedrigen Bänkchen, hinter dem sich eine angeklebte grüne Pappwand erhob. Alle sangen irgend etwas. Als sie damit fertig waren, trat die Dicke im weißen Seidenkleide an den Souffleurkasten heran, und nun gesellte sich zu ihr ein Mann mit dicken Beinen, engen Seidenhosen, einem Federhut und einem Dolch. Er begann zu singen und mit den Händen zu fuchteln.

Erst sang der Mann mit den engen Seidenhosen allein, dann sang das Mädchen. Dann schwiegen beide, die Musik spielte, und der Mann begann an der Hand des weißgekleideten Mädchens herumzufingern; offenbar wartete er auf einen bestimmten Takt, um gemeinsam mit dem Mädchen das fällige Duett anzustimmen. Nun sangen sie zu zweien, und das ganze Publikum begann zu klatschen und zu schreien, und der Mann und das Mädchen auf der Bühne, die ein Liebespaar darstellten, begannen zu lächeln, mit den Armen in die Luft zu greifen und sich zu verbeugen.

Natascha war lange Zeit auf dem Lande gewesen und befand sich in einer recht ernsten Stimmung, und so kam ihr dies alles merkwürdig und erstaunlich vor. Weder konnte sie dem Gang der Handlung folgen noch mit einiger Sorgfalt auf die Musik achten. Sie sah nur bemalte Kartons und merkwürdig herausgeputzte Männer und Frauen, die in einer merkwürdig grellen Beleuchtung merkwürdige Bewegungen machten, redeten und sangen. Natascha wußte freilich, was das alles bedeuten sollte, aber es war alles so gekünstelt, so unnatürlich und falsch, daß sie sich bald für die Schauspieler schämte, bald sich über sie amüsierte. Sie sah sich um und suchte in den Gesichtern der anderen Zuschauer nach dem gleichen Gefühl des Spottes und des Erstauntseins, das sie selbst empfand, aber diese Gesichter drückten nichts aus als die gespannteste Aufmerksamkeit für die Vorgänge auf der Bühne und ein, wie es Natascha scheinen wollte, geheucheltes Entzücken. „Wahrscheinlich muß das alles so sein", dachte Natascha. Abwechselnd musterte sie diese Reihen von pomadisierten Köpfen im Parterre und die entblößten Frauen in den Logen, besonders ihre Nachbarin Hélène, die, nahezu halbnackt, mit ihrem stillen und ruhigen Lächeln unverwandt auf die Bühne sah. Dabei wirkten auf Natascha die strahlende, über den ganzen Saal ergossene Lichterhelle und die schwere, von den vielen Menschen erwärmte Luft, und so geriet sie allmählich in eine Art Rausch, wie sie ihn seit langer Zeit nicht mehr kannte. Sie wußte nicht mehr, wer sie war und wo sie war und was eigentlich dort vor ihr geschah. Sie schaute und schaute, sie überließ sich ihren Gedanken, und die Gedanken, die ihr durch den Kopf zuckten, waren sprunghaft und seltsam und standen miteinander in gar keinem Zusammenhange. Bald fühlte sie sich versucht, selbst auf die Bühne zu stürzen und die Arie zu singen, welche die Sängerin gerade vortrug, bald hatte sie

Lust, einem unweit vor ihr sitzenden alten Herrn mit dem Fächer auf den Kopf zu tippen oder sich zu Hélène hinüberzubeugen und sie zu kitzeln.

Es war auf der Bühne gerade für einen Augenblick still geworden, da die Sängerin zu einer Arie ansetzte, als an derselben Seite, an der sich auch die Rostowsche Loge befand, eine der ins Parterre führenden Eingangstüren knarrte und die Schritte eines verspätet gekommenen Herrn sich hören ließen. „Das ist er! Das ist Kuragin!" flüsterte Schinschin. Die Gräfin Besuchowa wandte sich um und lächelte dem Eintretenden zu. Natascha folgte der Blickrichtung ihrer Augen und gewahrte einen ungewöhnlich schönen Offizier mit den Adjutantenschnüren, der mit selbstbewußter und zugleich höflicher Miene näher kam. Es war Anatol Kuragin, der ihr vor langer Zeit einmal auf einem Ball in Petersburg aufgefallen war. Sein gezwungener und betont martialischer Gang hätte lächerlich gewirkt, wenn Anatol Kuragin nicht so schön gewesen wäre und wenn sich auf seinem schönen Gesicht nicht soviel gutmütige Zufriedenheit und Heiterkeit ausgeprägt hätten. Obwohl die Handlung auf der Bühne inzwischen ihren Fortgang genommen hatte, ging er, ohne sich zu beeilen, unter leisem Sporen- und Säbelklirren durch den teppichbelegten Gang, den schönen, parfümierten Kopf anmutig zurückgeworfen. Als er Nataschas ansichtig wurde, ging er zu seiner Schwester, legte die behandschuhte Rechte auf die Rampe ihrer Loge, nickte ihr zu, beugte sich vor, deutete auf Natascha und richtete eine Frage an seine Schwester.

„Mais charmante",[1] sagte er und meinte damit offenbar Natascha; diese hörte das nicht eigentlich, sondern erriet es an der Art, mit der seine Lippen sich bewegten. Dann ging er weiter, bis zur ersten Reihe, und setzte sich neben Dolochow. Diesen selben Dolochow, den die anderen so umwarben und umschmeichelten, stieß er freundschaftlich und lässig mit dem Ellbogen an; dann zwinkerte er ihm aufgeräumt zu, lächelte ihn an und stemmte dabei den einen Fuß gegen die Rampe.

„Diese Ähnlichkeit zwischen den Geschwistern", sagte der Graf. „Wie schön sie alle beide sind!"

Schinschin begann dem Grafen mit halber Stimme irgendeine Geschichte zu erzählen, die Kuragin in Moskau angestellt hatte; Natascha hörte zu, weil Kuragin sie als „charmante" bezeichnet hatte.

Der erste Akt war zu Ende, im Parterre standen alle auf, wimmelten durcheinander, schlenderten im Saal auf und ab oder gingen hinaus.

Boris kam in die Loge der Rostows, nahm überaus unbefangen

[1] Wie reizend ist sie!

die Glückwünsche entgegen, die ihm ausgesprochen wurden, bat mit zusammengezogenen Augenbrauen und zerstreutem Lächeln Natascha und Sonja im Namen seiner Braut, der Hochzeit beizuwohnen, und ging wieder. Ein lustiges und kokettes Lächeln um die Lippen, hatte Natascha mit ihm geplaudert und ihm zur Verlobung gratuliert – und dabei war es derselbe Boris, in den sie früher so verliebt gewesen war. Aber in dem Zustande von Trunkenheit, in welchem sie sich befand, erschien ihr das alles höchst einfach und natürlich.

Neben ihr saß die halbnackte Hélène und lächelte allen Männern gleichmäßig zu, und genau ebenso hatte Natascha eben Boris zugelächelt.

Hélènes Loge füllte sich, und auch von der Parterreseite her drängten sich die ansehnlichsten und geistvollsten Männer um sie und suchten offenbar um die Wette darzutun, wie gut bekannt sie mit der Gräfin Besuchowa waren.

Kuragin stand diesen ganzen Zwischenakt hindurch mit Dolochow vorn an der Rampe und sah nach der Rostowschen Loge hinüber. Natascha wußte, daß er von ihr sprach, und das machte ihr Vergnügen. Sie machte sogar eine Wendung, um sich ihm im Profil zu zeigen, da sie das für ihre vorteilhafteste Stellung hielt. Bevor der zweite Akt begann, erschien im Parterre auch Pierre, den Rostows, seit sie in Moskau waren, noch nicht zu Gesicht bekommen hatten. Seine Miene zeigte einen Ausdruck von Trauer, und er war, seit Natascha ihn zum letzten Mal gesehen hatte, noch dicker geworden. Ohne sich um einen der anderen Theaterbesucher zu kümmern, ging er bis zu den vordersten Reihen. Anatol trat auf ihn zu und begann mit ihm zu plaudern; dabei sah er wieder nach der Rostowschen Loge hinüber und machte auch Pierre auf sie aufmerksam. Kaum war Pierre Nataschas ansichtig geworden, als er plötzlich ganz lebhaft wurde und durch die Sitzreihen auf die Rostowsche Loge zuging. Hier stützte er sich lächelnd mit dem Ellbogen auf die Logenrampe und unterhielt sich lange Zeit mit Natascha. Während Natascha noch mit Pierre sprach, hörte sie in der Loge der Gräfin Besuchowa eine Männerstimme und erkannte sie als die Stimme Kuragins, ohne eigentlich zu wissen, woran. Sie sah sich um und begegnete seinem Blick. Er sah ihr mit einem kaum wahrnehmbaren Lächeln und mit einem so freundlichen und strahlenden Blick in die Augen, daß es ihr ganz seltsam vorkam, ihm so nahe zu sein, ihn so zu sehen und so genau zu wissen, daß sie ihm gefiel, und dabei doch nicht mit ihm bekannt zu sein.

Im zweiten Akt stellten die bemalten Kartons Grabmonumente vor, und in der Leinwand war ein Loch, das den Mond bedeutete, und das Rampenlicht war durch Schirme abgedämpft, und die Trompeten und Kontrabässe gaben dumpfe Baßtöne von sich, und von rechts und links kam eine Menge von Menschen in schwarzen Mänteln. Sie fuchtelten mit den Armen herum und hielten dabei eine Art von Dolchen in den Händen; dann kamen in großer Eile irgendwelche andere Leute dazu und trafen Anstalten, das dicke Mädchen davonzuschleppen, das vorhin ein weißes Kleid angehabt hatte und jetzt ein hellblaues trug. Sie schleppten es aber gar nicht gleich davon, sondern sangen erst noch lange Zeit mit ihm zusammen, und dann schleppten sie es schließlich doch davon. Nun wurde hinter den Kulissen dreimal gegen irgendeinen metallischen Gegenstand geschlagen, und alle sanken in die Knie und sangen ein Gebet. Alle diese Vorgänge wurden mehrfach vom entzückten Beifallsgeschrei des Publikums unterbrochen.

Wenn Natascha während dieses Aktes ins Parterre sah, fielen ihre Blicke jedes Mal auf Anatol Kuragin, der den Arm über die Rückenlehne seines Sessels hängen ließ und Natascha betrachtete. Sie freute sich, daß er sich so stark von ihr angezogen fühlte, und sie kam gar nicht darauf, daß darin etwas Schlimmes liegen könnte.

Als der zweite Akt zu Ende war, erhob sich die Gräfin Besuchowa, wandte ihre völlig entblößte Brust der Rostowschen Loge zu, winkte mit einem ihrer behandschuhten Finger den alten Grafen heran und begann, ein liebenswürdiges Lächeln auf den Lippen, sich mit ihm zu unterhalten, ohne sich um ihre eigenen Logengäste zu kümmern.

„Machen Sie mich doch mit Ihren entzückenden jungen Mädchen bekannt", sagte sie. „Die ganze Stadt schwärmt von ihnen, und ich kenne sie noch gar nicht."

Natascha erhob sich und verbeugte sich vor der majestätischen Gräfin. Daß diese glänzende Schönheit so lobend von ihr gesprochen hatte, das ließ sie vor Freude und Genugtuung ganz rot werden.

„Ich will jetzt ganz zur Moskowiterin werden", sagte Hélène. „Eigentlich müßte Ihnen doch das Gewissen schlagen, daß Sie solche Perlen auf dem Lande haben vergraben mögen!"

Die Gräfin Besuchowa stand im Rufe einer bezaubernden Frau, und das mit Recht. Sie hatte die Gabe, mit der größten Natürlichkeit Dinge zu sagen, an die sie gar nicht dachte, und namentlich wußte sie Schmeicheleien auf die schlichteste und glaubwürdigste Art von der Welt vorzubringen.

„Nein, lieber Graf, Sie müssen mir schon erlauben, mich ein wenig Ihrer jungen Mädchen anzunehmen. Eben bin ich allerdings nur für kurze Zeit in Moskau. Aber Sie ja auch. Und da will ich mir Mühe geben, Ihre jungen Mädchen zu amüsieren." Und dann wandte sie sich mit ihrem gleichmäßig anmutigen Lächeln zu Natascha: „Ich habe schon in Petersburg viel von Ihnen gehört und hätte Sie gern schon längst kennengelernt. Ich hörte von Ihnen durch meinen Pagen Drubezkoi – wissen Sie übrigens, daß er heiraten will? – und dann auch durch einen Freund meines Mannes, Bolkonskij, den Fürsten Andrej Bolkonskij." Bolkonskijs Namen betonte sie ganz besonders, um damit anzudeuten, daß sie über sein Verhältnis zu Natascha unterrichtet war. Sie bat den Grafen um die Erlaubnis, eines der jungen Mädchen für den noch übrigen Teil der Vorstellung mit in ihre Loge nehmen zu dürfen, um nähere Bekanntschaft zu schließen, und so siedelte denn Natascha zu ihr hinüber.

Im dritten Akt stellte die Bühne einen Palast vor, in welchem viele Kerzen brannten und überall Bilder an den Wänden hingen, die spitzbärtige Ritter darstellten. In der Mitte standen ein Mann und eine Frau, offenbar ein König und eine Königin. Der König vollführte einige Bewegungen mit dem rechten Arm, sang recht schlecht, offenbar weil er ängstlich war, seine kleine Partie und setzte sich dann auf den himbeerroten Thron. Nun erschien das erst weiß, dann hellblau gekleidete Mädchen und stellte sich vor den Thron hin. Es hatte jetzt nichts an als ein Hemd und trug das Haar aufgelöst. Es wandte sich zur Königin und sang etwas offenbar sehr Trauriges. Aber der König winkte streng mit der Hand, und jetzt kamen von beiden Seiten Männer mit nackten Beinen und Frauen mit nackten Beinen und begannen alle zusammen zu tanzen. Darauf fingen die Geigen sehr hoch und sehr neckisch zu spielen an, und ein Mädchen mit dicken nackten Beinen und mageren Armen löste sich von der Schar ihrer Gefährtinnen, trat ein wenig hinter die Kulissen, um etwas an ihrem Mieder in Ordnung zu bringen, nahm dann Aufstellung in der Mitte der Bühne und begann nun zu springen und dabei mit dem einen Fuß sehr hurtig gegen den anderen zu schlagen. Im Parterre klatschten alle in die Hände und schrien: „Bravo!" Darauf trat einer der Männer in eine Ecke. Nun spielten die Zimbeln und Trompeten im Orchester wieder lauter, und dann begann dieser Mann mit seinen nackten Beinen sehr hoch zu springen und von einem Fuß auf den anderen zu hüpfen. (Dieser Mann hieß Duport und bekam für diese Kunst sechzigtausend Rubel im Jahr.) Im ganzen Parterre, in den Logen und auf dem Olymp klatschten und schrien alle aus Leibeskräften, und nun blieb der Mann stehen, lächelte und verbeugte sich nach allen Seiten. Darauf tanzten wieder andere, Männer und Frauen mit ebenfalls nackten Beinen. Dann stieß einer aus der Umgebung des Königs einen Ruf aus, zu welchem ihn die Musik begleitete, und nun fingen alle an zu singen. Dann aber erhob sich mit einem Male ein förmlicher Sturm, aus dem Orchester schollen chromatische Tonleitern und Akkorde in der kleinen Septime, und nun liefen alle wieder durcheinander und schleppten einen der Leute auf der Bühne hinter die Kulissen, und der Vorhang fiel. Im Publikum entstand wieder ein furchtbares

Toben und Lärmen, und alle schrien mit verzückten Gesichtern: „Duport! Duport!"

Natascha kam das jetzt gar nicht mehr merkwürdig vor. Sie sah sich glücklich und mit einem vergnügten Lächeln um.

„N'est-ce pas qu'il est admirable – Duport?"[1] meinte Hélène.

„Oh, oui",[2] antwortete Natascha.

X

Im Zwischenakt kam plötzlich ein kalter Lufthauch in Hélènes Loge; die Tür hatte sich geöffnet, und Anatol war, sich bückend und bemüht, niemanden anzustoßen, in die Loge getreten.

„Erlauben Sie, daß ich Ihnen meinen Bruder vorstelle", sagte Hélène und ließ dabei ihre Augen unruhig zwischen Natascha und Anatol hin und her laufen.

Über ihre entblößte Schulter wandte Natascha ihr anmutiges Köpfchen dem schönen Manne zu und lächelte. Anatol, dessen Erscheinung auch aus der Nähe betrachtet nichts von ihrer Wirkung einbüßte, setzte sich zu Natascha und sagte, er habe sich schon längst dies Vergnügen gewünscht, seit dem Balle damals bei Naryschkins, auf dem er zum ersten Male den unvergeßlichen Vorzug gehabt habe, sie zu sehen. Frauen gegenüber gab Kuragin sich viel verständiger und natürlicher als in Männergesellschaft. Er sprach ungekünstelt und unbefangen, und Natascha war überrascht und erfreut darüber, daß dieser so viel verlästerte Mann gar nichts Schreckliches an sich hatte, sondern im Gegenteil so harmlos, vergnügt und gutmütig lächeln konnte.

Kuragin fragte sie nach ihren Eindrücken von der Aufführung und erzählte, bei der letzten Vorstellung sei die Semeonowna einmal auf der Bühne zu Fall gekommen.

„Wissen Sie übrigens, Komtesse", sagte er und hatte dabei plötzlich einen Ton, als rede er mit einer alten Bekannten, „bei Karagins wird nächstens so eine Art Karussell veranstaltet, zu dem alle kostümiert hinkommen. Da sollten Sie auch mitmachen, es wird sicher sehr lustig, alle meine Freunde sind dabei. Bitte, kommen Sie doch! Was meinen Sie dazu?"

Während dieser Worte hatte er aus lächelnden Augen unverwandt ihr Gesicht, ihren Hals und ihre entblößten Arme angesehen. Natascha wußte ganz genau, daß er hingerissen von ihr war. Sie freute sich darüber, aus irgendeinem Grunde aber überkam sie vor Kuragin ein Gefühl bänglicher Scheu. Auch wenn sie ihn nicht ansah, fühlte

[1] Ist Duport nicht wirklich fabelhaft?
[2] O ja, ja.

sie seinen Blick auf ihren Schultern, und dann suchte sie seinen Augen zu begegnen, denn es war ihr doch lieber, daß er ihr ins Gesicht sah. Aber wenn sie ihm in die Augen sah, dann empfand sie mit Schrecken, daß es jene von der Schamhaftigkeit gezogene Grenze, deren Vorhandensein sie im Umgang mit anderen Männern immer so deutlich gespürt hatte, zwischen ihr und ihm gar nicht gab. Sie wußte selbst nicht, wie das zugegangen war, allein bereits in den ersten fünf Minuten war sie diesem Manne — das fühlte sie selbst — geradezu beängstigend nahegekommen. Wandte sie sich einmal ein wenig ab, so hatte sie auch schon Furcht, er könnte sie plötzlich von hinten an ihrem nackten Arm packen und ihren Nacken küssen. Sie sprachen von den alltäglichsten Dingen, allein sie fühlte dabei, daß sie einander so nahestanden, wie sie noch keinem Manne nahegestanden hatte. Natascha sah sich nach Hélène und nach ihrem Vater um, als wollte sie diese fragen, was das zu bedeuten habe; allein Hélène war so durch die Unterhaltung irgendeines Generals in Anspruch genommen, daß sie Nataschas Blick gar nicht erwiderte, und der Blick des Vaters sagte nur das, was er immer sagte, nämlich: „Wenn du dich nur amüsierst, dann bin ich schon glücklich."

In einer Pause befangenen Schweigens, während deren Anatol sie wieder mit seinen ein wenig vorstehenden Augen ruhig und unverwandt ansah, fragte Natascha ihn, um diesem Stillschweigen ein Ende zu machen, wie es ihm in Moskau gefalle. Sie wurde ganz rot bei dieser Frage. Es war ihr die ganze Zeit über zumut, als tue sie etwas Unanständiges, wenn sie sich mit ihm unterhielt. Anatol lächelte, als wollte er sie ermutigen.

„Zuerst hat mir Moskau nicht so recht gefallen, denn was eine Stadt hübsch macht, ce sont les jolies femmes, nicht wahr? Nun, aber jetzt gefällt mir Moskau sehr gut", erwiderte er mit einem vielsagenden Blick auf Nataschas Gesicht. „Kommen Sie zum Karussell, Komtesse? Kommen Sie doch. Vous serez la plus jolie. Venez, chère comtesse, et comme gage donnez-moi cette fleur." [1]

Er hatte die letzten Worte mit gesenkter Stimme gesprochen und dabei seine Hand nach Nataschas Bukett ausgestreckt.

Natascha verstand seine Worte nicht ganz so, wie sie gemeint waren, aber sie fühlte doch aus diesen ihr nicht ganz verständlichen Worten einen unziemlichen Sinn heraus. Sie wußte nicht recht, was sie antworten sollte, und so wandte sie sich ein wenig ab und tat so, als habe sie seine Worte gar nicht gehört. Aber im gleichen Augenblick drängte sich ihr auch schon wieder der Gedanke auf, daß er hinter ihr war, ihr ganz nah.

„Was macht er jetzt? Ist er verlegen? Ist er böse? Habe ich etwas

[1] Das sind die schönen Frauen. — Und Sie werden die Allerschönste sein. Kommen Sie, verehrte Komtesse, und geben Sie mir diese Blume zum Pfande.

gutzumachen?" fragte sie sich. Sie hielt es nicht länger aus und drehte sich wieder nach ihm um. Sie sah ihm in die Augen, und seine Nähe und sein gelassenes Selbstbewußtsein und die gutmütige Freundlichkeit seines Lächelns bezwangen sie. Und während sie ihm noch immer ins Gesicht sah, lächelte sie genauso, wie er es tat. Und wieder empfand sie erschrocken, daß es eigentlich gar keine Scheidewand mehr zwischen ihnen gab.

Der Vorhang ging wieder auf. Anatol verließ ruhig und vergnügt die Loge. Natascha kehrte zu ihrem Vater zurück, bereits ganz der Welt, in der sie sich jetzt befand, hingegeben und hörig. Alles, was um sie her vorging, auf der Bühne und im Zuschauerraum, erschien ihr bereits als etwas durchaus Natürliches, und alles, was sie früher beschäftigt hatte, alle Gedanken an ihren Bräutigam, an Prinzessin Marja, an das Leben auf dem Lande, das alles kam ihr überhaupt nicht mehr in den Sinn, als läge es weit, weit hinter ihr.

Im vierten Akt trat ein Teufel auf, der so lange sang und mit den Armen fuchtelte, bis einige Dielenbretter unter ihm weggezogen wurden und er in einer Versenkung verschwand. Außer diesem Teufel nahm Natascha vom ganzen vierten Akt nicht das geringste wahr; sie befand sich in einer qualvollen Aufregung, und der Gegenstand dieser Aufregung war Kuragin, den ihre Blicke unwillkürlich immer wieder suchten. Beim Verlassen des Theaters trat Anatol auf die Rostows zu, rief ihren Wagen heran und war ihnen beim Einsteigen behilflich. Während er Natascha in den Wagen half, drückte er ihr den Arm oberhalb des Ellbogens. Natascha sah sich erregt und rotgeworden nach ihm um und begegnete seinen glänzenden, zärtlich lächelnden Augen.

*

Erst als Natascha wieder zu Hause war, vermochte sie das, was sie erlebt hatte, mit einiger Klarheit zu überdenken, und nun fiel ihr Fürst Andrej ein, und sie erschrak auf das heftigste; am Teetisch, um den sie nach dem Theater alle miteinander herumsaßen, stöhnte sie ganz laut auf, dann wurde sie flammend rot und lief aus dem Zimmer.

„Mein Gott! Ich bin verloren!" sagte sie zu sich selbst. „Wie konnte ich es nur so weit kommen lassen?" Lange saß sie da, das glühende Gesicht in den Händen verborgen, und trachtete sich Rechenschaft von dem zu geben, was ihr geschehen war, und konnte doch weder das Geschehene selbst verstehen noch die Empfindungen, die es in ihr hervorgerufen hatte. Alles erschien ihr dunkel, verworren und schrecklich. Dort, in diesem riesigen, hellerleuchteten Saale, wo Duport mit nackten Beinen in einem kurzen flitterbunten Jäckchen unter den Klängen der Musik auf den feuchten Brettern umhergehüpft war, wo junge Mädchen und alte Herren und die halbnackte Hélène mit ihrem ruhigen und stolzen Lächeln ihr begeistertes: „Bravo!“ geschrien hatten, dort, im Schatten dieser Hélène, war das alles so einfach und klar gewesen, jetzt aber, da sie allein war, ganz allein mit sich selbst, da verstand sie nichts mehr. „Was bedeutet das alles? Was bedeutete dies Erschrecken, das mich doch zu ihm hinzog? Was bedeuten die Gewissensbisse, die ich jetzt verspüre?“ dachte sie.

Einzig und allein der alten Gräfin hätte Natascha bei einem nächtlichen Besuch in deren Bett alles das wiedergeben können, was sie durchwogte. Sonja mit ihrem jungfräulich strengen Empfinden würde entweder nicht begreifen oder sich über Nataschas Geständnis geradezu entsetzen, das wußte sie schon. Natascha blieb also nichts übrig, als ganz allein nach einer Klärung alles dessen zu trachten, was sie quälte.

„Ist Fürst Andrej mit seiner Liebe jetzt für mich verloren?“ fragte sie sich und beantwortete sich diese Frage mit einem Lächeln der Beruhigung, in welchem aber zugleich ein Anflug von Spott lag: „Was bin ich doch für eine Närrin, daß ich mir solche Fragen vorlege! Was ist denn eigentlich geschehen? Nichts. Ich habe nichts getan und diesem Menschen keinerlei Avancen gemacht. Niemand wird etwas davon erfahren, und ich werde ihn nie mehr wiedersehen. Es ist also ganz klar, daß nichts geschehen ist, daß ich nichts zu bereuen habe und daß Fürst Andrej mich auch so, wie ich jetzt bin, noch lieben kann. Aber was heißt denn das: so wie ich jetzt bin? Bin ich denn eine andere geworden? Ach Gott, ach mein Gott, warum ist er nur nicht hier?“ Natascha beruhigte sich für einen Augenblick, dann aber sagte ihr ein Instinkt, daß das alles freilich zutreffe und nichts geschehen sei, daß aber ihre Liebe zum Fürsten Andrej ihre bisherige Unberührtheit verloren habe. Und nun wiederholte sie sich in ihrer Einbildungskraft das ganze Gespräch mit Kuragin und stellte sich wieder vor, wie dieser schöne und kecke Mann in dem Augenblick, in welchem er ihren Arm drückte, ausgesehen, gelächelt und sich bewegt hatte.

XI

Anatol Kuragin lebte in Moskau, weil sein Vater ihn aus Petersburg fortgeschickt hatte; denn in Petersburg hatte er nicht nur im Laufe eines Jahres mehr als die ihm ausgeworfenen zwanzigtausend Rubel ausgegeben, sondern auch noch Schulden in gleicher Höhe gemacht, und die Gläubiger hatten sich mit ihren Forderungen an seinen Vater gewandt.

Daraufhin hatte der Vater sich zum letzten Male bereit erklärt, dem Sohn die Hälfte seiner Schulden zu bezahlen, aber eine Bedingung daran geknüpft: Anatol sollte als Adjutant des Oberkommandierenden nach Moskau gehen – diese Stellung hatte der Vater ihm bereits erwirkt – und sich dort endlich um eine gute Partie bemühen. Der Vater hatte ihn auf Prinzessin Marja und auf Julie Karagina hingewiesen.

Anatol hatte sich dazu bereit erklärt, war nach Moskau gefahren und hatte bei Pierre Wohnung genommen. Pierre hatte Anatol anfangs nur widerwillig sein Haus geöffnet, dann aber hatte er sich an ihn gewöhnt; manchmal fuhr er mit ihm zusammen zu den tollen Vergnügungen, ohne die Anatol nicht leben konnte, und gab ihm auch häufig Geld, angeblich als Darlehen.

Wie Schinschin durchaus zutreffend gesagt hatte, hatte Anatol, seit er in Moskau war, alle Moskauer Damen verrückt gemacht, und zwar vornehmlich dadurch, daß er sich wenig um sie kümmerte und ihnen ganz offensichtlich Zigeunerinnen und französische Schauspielerinnen vorzog, zu deren ansehnlichster, Mademoiselle Georges, er, wie man sich erzählte, intime Beziehungen unterhielt. Anatol versäumte kein Trinkgelage bei Danilow und anderen Moskauer Zechbrüdern, trank ganze Nächte durch, bis alle anderen unter dem Tisch lagen, und zeigte sich auf allen Soireen und Bällen der großen Gesellschaft. Man munkelte von einigen seiner Liaisons mit Moskauer Damen, und auf allen Bällen machte er mehreren zugleich den Hof. Aber hier handelte es sich meistens um verheiratete Frauen, und mit jungen Mädchen, namentlich mit solchen, die als gute Partien in Betracht kamen, dafür aber zum großen Teil häßlich waren, gab er sich um so weniger ab, als er, was indessen nur seine nächsten Freunde wußten, seit zwei Jahren verheiratet war.

Als Anatol vor zwei Jahren mit seinem Regiment in Polen gestanden hatte, war er von einem kleinen polnischen Gutsbesitzer gezwungen worden, dessen Tochter zu heiraten. Anatol hatte seine Frau sehr bald wieder verlassen und sich gegen regelmäßige, an seinen Schwiegervater zu leistende Zahlungen das Recht ausbedungen, als unverheiratet zu gelten.

Anatol war immer mit seiner Lage, sich selbst und den anderen Menschen zufrieden. Er war instinktiv mit allen Fasern seines Wesens davon überzeugt, daß er gar nicht anders leben könnte, als er eben lebte, und daß er in seinem ganzen Leben noch nie etwas Schlechtes getan habe. Er war nicht imstande, darüber nachzudenken, wie seine Handlungen auf andere Menschen wirken oder was für Folgen sie haben könnten. Seiner Überzeugung nach hatte Gott ihn dazu geschaffen, jährlich dreißigtausend Rubel ausgeben zu können und in der Gesellschaft jederzeit eine überragende Stellung einzunehmen, ebenso wie er die Ente dazu geschaffen hat, beständig im Wasser zu leben. Diese Überzeugung saß in ihm so fest, daß sie sich auch den anderen Menschen mitteilte und sie ihm weder diese überragende Stellung in der Gesellschaft noch die Geldsummen vorenthalten konnte, die er sich immer vom ersten besten geben ließ, ohne je an Rückzahlung zu denken.

Er war eigentlich kein Spieler, wenigstens lag ihm nichts am Gewinn. Er war nicht eitel, und es kümmerte ihn nicht, was die Leute von ihm dachten. Noch weniger hätte man ihm Ehrgeiz zum Vorwurf machen können. Er hatte seinen Vater vielmehr schon mehrfach dadurch gereizt, daß er sich selbst die Karriere verdorben hatte, und lachte über alle Ehrenstellen und Würden. Er war nicht geizig und sagte nie nein, wenn ihn jemand um Geld bat. Das einzige, woran wirklich sein Herz hing, war das Vergnügen und die Frauen; und da er seiner ganzen Art nach in einer solchen Geschmacksrichtung nichts Unedles sehen und sich auch keine Gedanken darüber machen konnte, welche Folgen es für andere Menschen hatte, daß er sich ihr überließ, so hielt er sich für einen durchaus einwandfreien Menschen, empfand für alle Halunken und schlechten Menschen eine durchaus aufrichtige Verachtung und konnte mit gutem Gewissen den Kopf hochtragen.

Die Suitiers, die man als männliche Magdalenen bezeichnen kann, fühlen sich im Innersten ihres Herzens ebenso schuldlos, wie die weiblichen Magdalenen es tun, und gehen dabei, ebenso wie diese, von der Hoffnung auf Vergebung aus. „Ihr wird alles vergeben werden, weil sie viel geliebt hat, und ihm wird auch alles vergeben werden, weil er sich so ausgiebig amüsiert hat."

Dolochow, der in diesem Jahre nach seinen kaukasischen und persischen Abenteuern wieder in Moskau aufgetaucht war und ein luxuriöses Spieler- und Trinkerleben führte, war jetzt auch seinem alten Petersburger Kameraden Kuragin wieder nähergetreten und wußte sich seiner zu seinen Zwecken zu bedienen.

Anatol wußte Dolochows Schneid und Verstand zu schätzen und hatte ihn aufrichtig gern. Dolochow dagegen trieb mit Kuragin nur sein Spiel und nutzte ihn aus, ohne es ihn merken zu lassen, da ihm Anatol Kuragin durch seinen Namen, seine gesellschaftliche Stellung und seine Konnexionen als Aushängeschild dienen konnte, um wohlhabende junge Leute in seinen Spielerkreis zu locken. Aber von allen Berechnungen ganz abgesehen, machte es ihm allein schon Spaß, war es ihm Gewohnheit und Bedürfnis, einen fremden Willen nach dem seinen zu lenken.

Natascha hatte auf Kuragin einen starken Eindruck gemacht. Nach dem Theater setzte er Dolochow beim Souper mit der ganzen Sachkunde des Kenners auseinander, worin die Schönheit ihrer Arme, ihrer Schultern, ihrer Füße und ihrer Haare bestünde, und erklärte, er sei entschlossen, sich an sie heranzumachen. Was aus einer solchen Courmacherei entstehen konnte, vermochte Anatol nicht zu übersehen, wie er ja überhaupt niemals zu übersehen vermochte, was für Folgen eine seiner Handlungen haben konnte.

„Hübsch ist sie freilich, Bruder, aber nichts für uns", meinte Dolochow.

„Ich will meiner Schwester sagen, sie soll sie doch zum Diner einladen", sagte Anatol. „Nicht wahr?"

„Warte lieber, bis sie verheiratet ist . . ."

„Du weißt doch", antwortete Anatol, „j'adore les petites filles.[1] Diese Art zergeht einem förmlich auf der Zunge."

„Du bist schon einmal auf so eine petite fille hereingefallen", erwiderte Dolochow, der von Anatols Heirat wußte. „Nimm dich in acht!"

„Na, zum zweiten Mal könnte mir das nicht passieren! Was meinst du?" lachte Anatol gutmütig.

XII

Am Tage nach der Theatervorstellung fuhren Rostows nicht aus, und es kam auch kein Besuch zu ihnen. Marja Dmitrijewna hatte mit dem Grafen eine Aussprache, deren Gegenstand sie vor Natascha geheimhielt. Natascha kam aber doch dahinter, daß von dem alten Fürsten die Rede gewesen war und daß die beiden sich irgendeinen Plan zurechtgemacht hatten, und das versetzte sie in Unruhe und verstimmte sie tief. Jeden Augenblick, meinte sie, Fürst Andrej müsse kommen, und schickte zweimal an diesem Tage den Hausknecht in die Wosdwishenkastraße, um sich zu erkundigen, ob er nicht schon eingetroffen sei. Er war aber noch nicht da. Jetzt war es ihr noch schwerer ums Herz als in den ersten Tagen ihres Moskauer Aufenthalts. Zu ihrer Ungeduld und ihrem Liebeskummer gesellten sich noch die unerfreuliche Erinnerung an ihr Zusammentreffen mit Prinzessin Marja und dem alten Fürsten und eine Bangigkeit und Unruhe, deren Grund sie selber nicht kannte. Es war ihr, als würde Fürst Andrej nie kommen oder als würde ihr selbst noch irgend etwas zustoßen, bevor er da war. Sie brachte es nicht mehr über sich, sobald sie allein war, ruhig und anhaltend an ihn zu denken. Sobald sie das zu tun versuchte, drängten sich in die Gedanken an

[1] Ich bete die jungen Mädchen an.

ihn gleich die Gedanken an den alten Fürsten, an Prinzessin Marja, an den Opernabend und an Kuragin. Wieder mußte sie sich fragen, ob sie nicht doch eine Schuld auf sich geladen, ob sie dem Fürsten Andrej nicht doch schon die Treue gebrochen habe, und dann ertappte sie sich selbst dabei, wie sie sich jede kleine Einzelheit im Sprechen, im Gestikulieren und im Gesichtsausdruck dieses Mannes zu vergegenwärtigen suchte, der es vermocht hatte, ein so unbegreifliches und schreckliches Gefühl in ihr wachzurufen. Die andern meinten, Natascha sei jetzt lebhafter und angeregter als sonst; tatsächlich war sie aber weit von ihrer ehemals so ruhigen und glücklichen Stimmung entfernt.

Am Sonntag vormittag forderte Marja Dmitrijewna ihre Gäste auf, mit ihr zum Hauptgottesdienst in ihre Pfarrkirche zu fahren; sie war bei „Mariä Himmelfahrt auf dem Friedhof" eingepfarrt.

„Ich habe für diese modischen Kirchen nichts übrig", sagte sie, sichtlich stolz auf ihre unabhängige Denkweise. „Gott ist überall derselbe. Wir haben einen vortrefflichen Popen, der seinen Gottesdienst recht ordentlich und würdig abhält, und so ist auch der Diakon. Wird die Geschichte vielleicht dadurch heiliger, daß auf dem Chor ganze Konzertprogramme heruntergesungen werden? Dafür habe ich nichts übrig, das ist nichts als Firlefanz!"

Marja Dmitrijewna hatte für den Sonntag eine besondere Vorliebe und wußte ihn recht festlich zu gestalten. Ihr ganzes Haus wurde am Sonnabend gescheuert und geputzt, und am Sonntag griffen weder ihre Leute noch sie selbst irgendeine Arbeit an. Alle waren feiertäglich gekleidet und alle nahmen am Gottesdienst teil. Am Herrschaftstisch gab es einige Gerichte mehr als sonst, und die Leute bekamen Schnaps und Gänse- oder Ferkelbraten. Aber das deutlichste Merkmal eines Feiertages war doch immer Marja Dmitrijewnas breites und ernstes Gesicht, das an solchen Tagen einen Ausdruck von starrer Feierlichkeit anzunehmen pflegte.

Nach dem Hauptgottesdienst wurde im Salon, von dessen Möbeln die Überzüge abgenommen waren, Kaffee getrunken, und dabei wurde Marja Dmitrijewna gemeldet, die Equipage stehe bereit. Nun legte sie ihren prächtigsten Shawl um, den sie zu tragen pflegte, wenn sie Visiten machte, und erklärte, sie fahre zum Fürsten Nikolai Andrejewitsch Bolkonskij, um sich Nataschas wegen mit ihm auseinanderzusetzen.

Als sie fort war, erschien eine Modistin aus dem Geschäft der Madame Chalmé, und Natascha verschwand mit ihr im Nebenzimmer und schloß die zum Salon führende Tür. Ganz glücklich darüber, daß sie etwas hatte, was ihre Gedanken auf sich zog und fesselte, widmete sie sich nun dem Anprobieren der neuen Kleidungsstücke. Sie hatte gerade eine vorläufig zusammengeheftete

Taille, an der noch die Ärmel fehlten, angezogen und sah über die Schulter weg in den Spiegel, um den Sitz der Rückenpartie festzustellen, als sie im Salon die Stimme ihres Vaters mit einer weiblichen Stimme angeregt plaudern hörte; und als sie diese weibliche Stimme erkannte, da wurde sie rot, denn diese Stimme gehörte Hélène. Natascha hatte noch keine Zeit gefunden, die neue Taille wieder auszuziehen, als die Tür sich öffnete und die Gräfin Besuchowa in einem dunkelvioletten Samtkleide mit hohem Kragen eintrat, ein strahlendes Lächeln von gutmütiger Freundlichkeit auf den Lippen.

„Ah, ma délicieuse!" sagte sie zu der errötenden Natascha. „Charmante![1] Nein, das wäre ja unglaublich, mein lieber Graf", wandte sie sich dann wieder zu dem hinter ihr eingetretenen Ilja Andrejewitsch. „Wie kann man in Moskau sein und nirgends hingehen wollen? Nein, ich lasse Sie nicht los! Heute abend deklamiert Mademoiselle Georges bei mir, und es sind ein paar Leute da. Und wenn Sie dazu nicht Ihre schönen jungen Mädchen mitbringen, neben denen Mademoiselle Georges sich kaum sehen lassen kann, dann will ich nie wieder etwas von Ihnen wissen. Mein Mann ist nicht da, er ist nach Twer gefahren, sonst hätte ich ihn geschickt, um Sie einzuladen. Sie müssen ganz bestimmt kommen, hören Sie? So gegen neun Uhr."

Sie nickte der ihr bekannten Modistin zu, die sich ehrerbietig verneigte, und setzte sich in einen Sessel neben dem Spiegel, nachdem sie die Falten ihres Samtkleides malerisch geordnet hatte. Nun plauderte sie unermüdlich in ihrer verbindlichen und gutgelaunten Art und konnte gar nicht aufhören, Nataschas Schönheit zu rühmen. Sie betrachtete sich ihre Kostüme und lobte sie, dann lobte sie auch ein neues Kleid en gaze métalliqu[2], das sie selbst sich aus Paris hatte kommen lassen, und riet Natascha, sich auch so ein Kleid zu besorgen.

„Aber schließlich steht Ihnen ja alles, mein entzückendes Kind", sagte sie.

Ein Lächeln der Genugtuung lag auf Nataschas Gesicht und wollte nicht mehr weichen. Sie fühlte sich ganz glücklich und blühte förmlich auf unter den Lobeserhebungen dieser charmanten Gräfin Besuchowa, die ihr früher als unnahbare Dame der großen Welt erschienen war und jetzt so viel Freundlichkeit und Güte für sie an den Tag legte. Natascha war es ganz fröhlich ums Herz geworden, und sie hatte sich fast verliebt in diese so schöne und dabei so freundliche Frau. Was Hélène betraf, so war auch sie aufrichtig von Natascha entzückt und wollte ihr gern ein Vergnügen machen.

[1] Ach, Sie reizendes Geschöpf! Wirklich ganz entzückend!
[2] in metallisch schimmernder Gaze.

Anatol hatte sie gebeten, es so einzurichten, daß er Natascha in ihrem Hause sehen könnte. Auf Grund dieser Bitte war sie zu Rostows gekommen, denn der Gedanke, ihren Bruder mit Natascha zusammenzubringen, machte ihr Spaß.

Früher war sie wohl auf Natascha ein wenig ärgerlich gewesen, weil Natascha ihr in Petersburg den jungen Drubezkoi abspenstig gemacht hatte, allein daran dachte sie jetzt nicht mehr und gönnte Natascha von Herzen alles Gute, so wie sie es eben verstand. Bevor sie sich verabschiedete, nahm sie ihre protégée[1] beiseite.

„Gestern kam mein Bruder zu uns zum Mittagessen. Wir sind fast gestorben vor Lachen. Er wollte nichts essen und seufzte nur nach Ihnen, liebe Kleine. Il est fou, mais fou amoreux de vous, ma chère."[2]

Als Natascha das hörte, wurde sie purpurrot.

„Wie sie rot wird, wie sie rot wird, ma délicieuse!" meinte Hélène. „Sie müssen unbedingt kommen. Si vous aimez quelqu'un, ma délicieuse, ce n'est pas une raison pour se cloîtrer. Si même vous êtes promise, je suis sûre, que votre promis aurait désiré, que vous alliez dans le monde en son absence plutôt que de dépérir d'ennui."[3]

„Sie weiß also, daß ich verlobt bin, sie und ihr Mann, Pierre, dieser so gewissenhafte Pierre, haben davon gesprochen und darüber gelacht, also kann nichts Schlimmes dabei sein", dachte Natascha. Und wiederum unter Hélènes Einfluß empfand sie das, was ihr noch vor kurzem so schrecklich vorgekommen war, als etwas durchaus Einfaches und Natürliches. „Und sie, eine solche grande dame, ist so liebevoll und freundlich und hat mich offenbar von Herzen gern. Und warum sollte ich mich eigentlich nicht einmal amüsieren?" dachte Natascha und sah Hélène mit weitgeöffneten Augen bewundernd an.

Zum Mittagessen kehrte Marja Dmitrijewna zurück; sie war wortkarg und ernst und hatte offenbar bei ihrem Zusammensein mit dem alten Fürsten eine Schlappe erlitten. Der stattgehabte Kampf hatte sie vielzusehr erregt, als daß sie ruhig hätte schildern können, wie ihr Besuch abgelaufen war. Als der Graf sie fragte, erwiderte sie nur, alles stehe gut, und sie würde morgen mehr davon erzählen. Als sie von dem Besuch und der Einladung der Gräfin Besuchowa erfuhr, sagte sie:

„Mit der Besuchowa gehe ich nicht sehr gern um und rate diesen Verkehr auch keinem anderen an. Aber da du nun einmal zugesagt hast, Natascha, so fahre nur hin und zerstreue dich ein bißchen."

[1] Schützling.
[2] Er ist wahnsinnig, ganz wahnsinnig verliebt in Sie, meine Liebe.
[3] Wenn Sie jemanden lieben, Sie entzückendes Geschöpf, so ist das doch kein Grund, sich klösterlich abzuschließen. Auch wenn Sie Braut sind, wird Ihr Verlobter, davon bin ich überzeugt, es vorziehen, daß Sie während seiner Abwesenheit am gesellschaftlichen Leben teilnehmen, als daß Sie vor Langeweile umkommen.

XIII

Graf Ilja Andrejewitsch fuhr mit den jungen Mädchen zur Gräfin Besuchowa. Es waren recht viele Gäste da. Indessen kannte Natascha kaum jemanden von ihnen. Graf Ilja Andrejewitsch bemerkte zu seinem Mißfallen, daß die Gesellschaft vornehmlich aus solchen Herren und Damen bestand, deren sehr freie Umgangsformen allgemein bekannt waren. Mademoiselle Georges stand inmitten einer Schar von jungen Männern in einer Ecke des Salons. Unter den Gästen waren auch einige Franzosen, darunter Métivier, der Hausfreund bei Hélène war, seit sie wieder in Moskau lebte. Graf Ilja Andrejewitsch nahm sich vor, sich nicht am Kartenspiel zu beteiligen, von den beiden jungen Mädchen nicht zu weichen und gleich aufzubrechen, wenn die Georges mit ihrem Vortrag fertig sein würde.

Anatol hatte offenbar die Rostows an der Tür erwartet. Kaum hatte er sich mit dem Grafen begrüßt, als er sich zu Natascha gesellte und nun hinter ihr in den Salon ging. Als Natascha ihn erblickte, kam wieder das Gefühl über sie, das sie in der Oper empfunden hatte, ein freudiges Gefühl befriedigter Eitelkeit, weil sie ihm gefiel, und ein banges Gefühl des Schreckens, weil sie keinerlei moralische Scheidewand zwischen sich und ihm spürte.

Hélène empfing Natascha mit Wärme und erging sich in lauten Lobpreisungen ihrer Schönheit und ihrer Toilette. Kurz nachdem die Rostows gekommen waren, ging Mademoiselle Georges hinaus, um sich umzukleiden. Im Salon wurden die Stühle zurechtgestellt, und man nahm Platz. Anatol rückte einen Stuhl für Natascha heran und wollte sich neben sie setzen, allein der Graf, der kein Auge von Natascha verwandte, schob sich rasch dazwischen und setzte sich selbst neben seine Tochter.

Mademoiselle Georges kehrte zurück, einen roten Schal malerisch über die eine Schulter geworfen; ihre dicken Arme waren entblößt, und man konnte deutlich die Grübchen erkennen. Sie trat in den für sie offengelassenen freien Raum zwischen den Sesseln und blieb dort in einer unnatürlichen Pose stehen. Unter den Gästen erhob sich ein entzücktes Geflüster.

Mademoiselle Georges warf einen ernsten und düsteren Blick auf das Publikum und begann darauf französische Verse zu zitieren, in denen von ihrer verbrecherischen Liebe zu ihrem Sohne die Rede war. Dazwischen erhob sie ihre Stimme, dazwischen sprach sie flüsternd, den Kopf mit feierlichem Ausdruck zurückgeworfen, dazwischen hielt sie inne und kreischte mit heiserer Stimme und ließ dabei die Augen vorquellen.

„Adorable, divin, délicieux!“ [1] klang es von allen Seiten.

Natascha starrte die dicke Georges an, hörte, sah und verstand aber nichts von dem, was sich dort vor ihr abspielte; sie fühlte sich nun wieder, ohne die Möglichkeit einer Rückkehr, in jene seltsame, sinnlose, von ihrem ganzen früheren Leben so weit entfernt liegende Welt versetzt, in jene Welt, in der man gar nicht mehr wissen konnte, was denn eigentlich gut, was schlecht, was vernünftig und was widersinnig war. Hinter ihr saß Anatol; sie empfand seine Nähe und war von einer unbestimmten und bänglichen Erwartung erfüllt.

Nach der ersten Soloszene erhob sich die ganze Gesellschaft, drängte sich um Mademoiselle Georges und sprach ihr begeistert ihr Entzücken aus.

„Wie schön sie ist!“ sagte Natascha zu ihrem Vater, der zugleich mit den anderen aufgestanden war und sich durch die Menge der Gäste zu der Schauspielerin durchzudrängen suchte.

„Wenn ich Sie ansehe, kann ich das nicht finden“, sagte Anatol, der hinter Natascha herging. Er hatte für diese Worte einen Augenblick gewählt, in welchem ihn außer Natascha niemand hören konnte. „Sie sind entzückend ... Kaum hatte ich Sie gesehen, vom ersten Augenblick an, da habe ich auch schon ...“

Inzwischen hatte sich der Graf wieder nach seiner Tochter umgesehen. „Komm doch, komm doch, Natascha“, sagte er. „Wie schön sie doch ist!“

Natascha trat schweigend zu ihrem Vater und sah ihn fragend und erstaunt an.

Mademoiselle Georges deklamierte noch einige Programmnummern und brach dann wieder auf. Die Gräfin Besuchowa bat die Gäste in den Saal.

Der Graf wollte nach Hause, aber Hélène drang in ihn, er möchte ihr doch nicht ihren improvisierten Ball verderben. Rostows blieben. Anatol engagierte Natascha zum Walzer, und während sie tanzten, preßte er seine Rechte plötzlich fest gegen ihre Taille, drückte mit der Linken ihre Hand und sagte ihr, sie sei ravissante [2] und er liebe sie. Bei der Ecossaise, die sie wieder mit Kuragin tanzte, sagte er kein Wort mehr, sondern sah sie nur an. Natascha war zweifelhaft, ob sie das, was er ihr beim Walzer gesagt hatte, nicht am Ende nur geträumt habe. Als die erste Tour der Ecossaise zu Ende war, drückte er wieder ihre Hand. Natascha sah ihm verängstigt ins Gesicht, aber in seinem freundlichen Blick und seinem freundlichen Lächeln lagen so viel ruhige Selbstsicherheit und herzliche Zärtlichkeit, daß sie ihm, Auge in Auge, das nicht zu sagen vermochte, was sie ihm sagen wollte. So sah sie zu Boden.

[1] Anbetungswürdig, göttlich, köstlich.
[2] entzückend.

„Sprechen Sie nicht so zu mir. Ich bin verlobt und liebe jemand anders", sagte sie hastig. Dann hob sie wieder den Blick zu ihm.

Anatol zeigte sich weder betroffen noch gekränkt.

„Warum erzählen Sie mir das? Was geht das mich an?" antwortete er. „Ich sage Ihnen nur, daß ich sinnlos, sinnlos in Sie verliebt bin. Bin ich daran schuld, daß Sie so bezaubernd sind? Aber die zweite Tour fängt schon an."

Natascha sah sich aufgeregt und unruhig mit weitgeöffneten, verängstigten Augen um und wirkte dabei doch heiterer als sonst. Sie begriff eigentlich nichts von dem, was an diesem Abend vor sich ging. Man tanzte Ecossaise und Großvater. Der Vater schlug ihr vor, nach Hause zu fahren, aber sie bat ihn, doch noch zu bleiben. Sie mochte sein, wo sie wollte, sie mochte sprechen, mit wem sie wollte, immer fühlte sie Anatols Blick auf sich gerichtet. Sie entsann sich später, daß sie ihren Vater um Erlaubnis gebeten hatte, in den Garderobenraum zu gehen, um an ihrem Kleide etwas in Ordnung zu bringen, daß Hélène ihr nachgekommen war und lachend von Anatols Verliebtheit in Natascha gesprochen hatte und daß sie dann im kleinen Diwanzimmer Anatol begegnet war und daß Hélène plötzlich verschwunden war und sie beide allein blieben und daß Anatol ihre Hand ergriff und zärtlich sagte:

„Ich kann nicht gut zu Ihnen kommen, aber soll ich Sie denn wirklich nie wiedersehen? Ich liebe Sie wie ein Wahnsinniger. Soll ich Sie wirklich nie mehr sehen?" Und damit vertrat er ihr den Weg und näherte sein Gesicht dem ihrigen.

Die glänzenden, großen Männeraugen waren Nataschas Augen so nahe, daß sie außer diesen Augen nichts mehr wahrzunehmen vermochte.

„Nathalie?!" hörte sie ihn fragend flüstern und spürte seinen fast schmerzhaften Händedruck. „Nathalie?!"

„Ich verstehe nichts, ich habe nichts zu antworten", sagte ihr Blick. Glühende Lippen preßten sich auf die ihren, und im gleichen Augenblick fühlte sie sich wieder losgelassen, hörte Schritte und Kleiderrascheln und merkte daran, daß Hélène wieder hereingekommen war. Natascha sah sich nach Hélène um, dann warf sie, rot geworden und zitternd, einen erschrockenen und fragenden Blick auf Anatol und ging zur Tür.

„Un mot, un seul, au nom de Dieu",[1] sagte Anatol.

Sie hielt inne. Sie hatte eine solche Sehnsucht, dieses eine Wort von ihm zu hören; dieses Wort hätte ihr den Schlüssel zu allem Vorgefallenen geben und ihr helfen müssen, die rechte Antwort zu finden.

[1] Ein Wort, um Gottes willen nur ein einziges Wort!

„Nathalie, un mot, un seul", wiederholte er einmal über das andere. Offenbar wußte er nicht recht, was er eigentlich sagen sollte, und so wiederholte er diese paar Worte so lange, bis Hélène vor ihnen stand.

Hélène und Natascha gingen wieder in den Salon. Rostows brachen noch vor dem Souper auf.

Zu Hause angelangt, konnte Natascha die ganze Nacht über keinen Schlaf finden. Sie quälte sich mit der unlösbaren Frage, wen sie liebe, Anatol oder den Fürsten Andrej. Den Fürsten Andrej liebte sie, sie entsann sich deutlich, wie sehr sie ihn von jeher geliebt hatte. Aber den schönen Anatol liebte sie auch, das stand fest. „Hätte denn sonst das alles geschehen können?" dachte sie. „Wenn ich nach allem, was geschehen war, auf sein Lächeln beim Abschiede mit einem Lächeln antworten konnte, wenn ich es fertigbrachte, alles so weit kommen zu lassen, wie es gekommen ist, so gibt es dafür keine andere Erklärung, als daß ich ihn geliebt habe vom ersten Augenblick an und daß er ein guter, edler und schöner Mensch ist und daß es eben gar nicht anders ging, als daß ich mich in ihn verliebte. Aber was soll ich denn tun, wenn ich ihn liebe und zugleich auch einen anderen?"

Auf diese schreckliche Frage fand Natascha keine Antwort.

XIV

Endlich kam der Morgen und mit ihm die kleinen Forderungen und Geschäfte des Tages. Alle standen auf, gingen hierhin und dorthin, redeten dieses und jenes, wieder kamen Modistinnen, wieder erschien Marja Dmitrijewna und bat zum Tee. Natascha sah sich unruhig mit weitgeöffneten Augen um, und es war, als wolle sie jeden auf sie gerichteten Blick auffangen; dabei gab sie sich Mühe, denselben Eindruck zu machen, den sie sonst immer machte.

Als Marja Dmitrijewna sich nach dem Frühstück in ihren Lehnstuhl gesetzt hatte — dies war ihre liebste Tageszeit — bat sie Natascha und den alten Grafen zu sich und begann:

„Also, meine Lieben, ich habe mir die ganze Sache durch den Kopf gehen lassen und will euch jetzt meinen Rat geben. Ich war gestern, wie ihr wißt, beim Fürsten Nikolai. Ja, also ich habe mit ihm gesprochen, und er ließ es sich einfallen, mich anzufahren. Aber ich lasse mich schon nicht überschreien! Ich habe ihm schon den Marsch geblasen!"

„Nun, und er?" fragte der Graf.

„Er? Er ist ja durch und durch verrückt, will auf niemand hören! Aber was sollen wir länger darüber reden, wir haben das arme Mädel ohnehin schon genug gequält", sagte Marja Dmitrijewna.

„Also ich rate euch, erledigt hier, was ihr noch zu erledigen habt, fahrt dann nach Hause, nach Otradnoje, und wartet dort ab ..."

„Ach nein!" rief Natascha.

„Wirklich, fahrt nach Hause", sagte Marja Dmitrijewna. „Wartet dort das Weitere ab! Wenn der Bräutigam jetzt kommt, und ihr seid noch hier, dann geht es ohne Radau nicht ab. Ist er aber hier mit dem Alten allein, so kann er sich in Ruhe mit ihm aussprechen und dann nach Otradnoje nachkommen."

Ilja Andrejewitsch sah augenblicklich die Gescheitheit dieses Vorschlages ein und billigte ihn. Wenn der Alte erst etwas weicher geworden war, konnte man mit besseren Chancen zu ihm nach Moskau oder Lysyja Gory fahren, wenn nicht, so kam für eine gegen seinen Willen vorzunehmende Trauung doch nur Otradnoje in Betracht.

„Das ist durchaus das Richtige", sagte er. „Es tut mir schon leid, daß ich überhaupt zu ihm gegangen bin und Natascha zu ihm gebracht habe."

„Wieso? Was braucht dir da leid zu tun? Ihr wart einmal hier, und da ging es nicht anders. Na, wenn er jetzt aber nicht will, dann ist das seine Sache", antwortete Marja Dmitrijewna und kramte in ihrem Ridikül. „Die Aussteuer ist so gut wie fertig, worauf wollt ihr also noch warten? Und was noch nicht fertig ist, das schicke ich euch zu. Mir tut's natürlich leid, solche Gäste zu verlieren, aber es ist schon das beste, ihr fahrt. Also, Gott befohlen."

Sie hatte in ihrem Ridikül gefunden, was sie gesucht hatte, und übergab jetzt Natascha einen Brief von Prinzessin Marja.

„Sie schreibt an dich. Wie sie sich quält, die Ärmste! Sie fürchtet, du könntest denken, sie liebe dich nicht."

„Das tut sie auch nicht", erwiderte Natascha.

„Sprich kein dummes Zeug!" rief Marja Dmitrijewna.

„Da kann mir keiner etwas vormachen; ich weiß, daß sie mich nicht leiden kann", entgegnete Natascha keck und nahm den Brief an sich. In ihrem Gesichtsausdruck sprach sich eine so feste und grimmige Entschlossenheit aus, daß Marja Dmitrijewna sie streng und stirnrunzelnd ansah. „Solche Antworten will ich von dir nicht hören, meine Gute", sagte sie. „Was ich dir sage, das ist so. Schreibe ihr einen Antwortbrief."

Natascha sagte nichts und ging auf ihr Zimmer, um Prinzessin Marjas Brief zu lesen.

Prinzessin Marja schrieb, sie sei über das zwischen ihnen vorgefallene Mißverständnis ganz verzweifelt. Die Empfindungen ihres Vaters möchten sein, wie sie wollten, jedenfalls bitte sie Natascha, zu glauben, daß sie selbst Natascha als die von ihrem Bruder erwählte Braut, dessen Glück ihr das Teuerste auf der Welt sei, von Herzen liebhabe.

„Glauben Sie übrigens nicht, mein Vater habe etwas gegen Sie", schrieb sie. „Er ist ein kranker und alter Mensch, dem man manches nachsehen muß, aber er ist gut und hochherzig und wird das Mädchen, das seinen Sohn glücklich macht, liebhaben."

Dann bat Prinzessin Marja, Natascha möchte einen Zeitpunkt ansetzen, zu dem sie sich wiedersehen könnten.

Natascha hatte den Brief durchgelesen und setzte sich jetzt an den Schreibtisch, um Prinzessin Marja zu antworten. Rasch und mechanisch schrieb sie: „Chère Princesse", und hielt dann inne. Was konnte sie jetzt noch schreiben, nach allem, was gestern geschehen war? „Ja, ja, all das ist gewesen, und jetzt ist alles anders", dachte sie, vor dem begonnenen Brief sitzend. „Ich muß ihm abschreiben. Wirklich? Das ist doch entsetzlich!" Und um sich von diesem schrecklichen Gedanken zu lösen, ging sie zu Sonja und begann mit ihr Stickmuster auszusuchen.

Nach dem Mittagessen zog Natascha sich wieder in ihr Zimmer zurück und nahm abermals den Brief der Prinzessin vor. „Ist denn wirklich schon alles zu Ende?" dachte sie. „Ist denn das alles wirklich so schnell gekommen und hat alles ausgelöscht, was früher war?" Sie suchte sich ihre Liebe zum Fürsten Andrej in ihrer ganzen alten Glut wieder zum Bewußtsein zu bringen und empfand doch zugleich, daß sie Kuragin liebte. Sie malte es sich aus, wie sie die Frau des Fürsten Andrej sein würde, stellte sich das ihrer Einbildungskraft von unzähligen Wiederholungen her schon so vertraute Bild ihres glücklichen Lebens mit ihm vor Augen und mußte sich doch, glühend vor Aufregung, alle Einzelheiten ihres gestrigen Zusammenseins mit Anatol wieder vergegenwärtigen.

„Warum wäre denn nicht beides zugleich möglich?" fragte sie sich dazwischen in Augenblicken gänzlicher Verwirrung. „Nur dann könnte ich ganz glücklich sein, jetzt aber soll ich wählen und kann doch nun einmal nicht glücklich sein, wenn ich mich für einen von beiden entscheiden muß. Dabei ist es gleich unmöglich, es dem Fürsten Andrej zu sagen und es ihm vorzuenthalten. Freilich wäre damit, daß ich es ihm vorenthalte, noch nichts verdorben. Ja, ist es denn möglich, für immer von dem Glück Abschied zu nehmen, von dem ich bis jetzt gelebt habe? Und dies Glück war doch nur die Liebe des Fürsten Andrej!"

Ein Dienstmädchen kam ins Zimmer und flüsterte mit geheimnisvoller Miene:

„Gnädiges Fräulein, ein Mann hat mir das hier gegeben und gesagt, ich sollte es Ihnen überreichen." Damit übergab es ihr einen Brief.

„Aber ich sollte es um des Himmels willen nur so einrichten, daß niemand ...", fuhr das Mädchen fort, während Natascha, ohne zu überlegen, mit einer ganz mechanischen Bewegung das Siegel erbrach und Anatols Liebesbrief zu lesen begann. Sie verstand kein Wort von dem, was sie las, sie verstand nur das eine, daß dieser Brief von ihm war, von dem Mann, den sie liebte. „Ja, ich liebe ihn! Sonst wäre ja auch alles ganz unmöglich gewesen, was geschehen ist. Könnte ich denn sonst einen Liebesbrief von ihm überhaupt in der Hand halten?"

Natascha hielt in zitternden Händen diesen leidenschaftlichen Liebesbrief, den Dolochow für Anatol verfaßt hatte, und fand in ihm beim Lesen den Widerhall alles dessen, was sie selbst zu empfinden glaubte.

„Mit dem gestrigen Abend ist mein Geschick entschieden: Ich muß Ihre Liebe erringen oder sterben. Einen anderen Ausweg gibt es nicht", begann der Brief. Des weiteren schrieb Anatol, er wisse, daß ihre Angehörigen sie ihm nie geben würden, und zwar aus geheimen Gründen, die er ihr allein offenbaren könne, allein wenn sie ihn liebe, so solle sie nur das eine Wörtchen „Ja" sagen, und keine menschliche Macht würde sie beide an ihrer Seligkeit hindern können. Die Liebe überwinde alles. Er wolle sie entführen und mit ihr bis ans Ende der Welt fliehen.

„Ja, ja, ich liebe ihn", dachte Natascha, als sie den Brief zum zwanzigsten Male las und in jedem einzelnen seiner Worte nach einem besonderen, tiefen Sinn suchte.

An diesem Abend fuhr Marja Dmitrijewna zu Archarows und schlug den jungen Mädchen vor, sich ihr anzuschließen. Natascha schützte Kopfschmerzen vor und blieb zu Hause.

XV

Sonja kam abends spät zurück, und als sie in Nataschas Zimmer kam, fand sie ihre Freundin zu ihrer Verwunderung unausgekleidet auf dem Diwan schlafen. Auf dem Tische neben ihr lag Anatols Brief. Sonja nahm ihn und begann zu lesen.

Sie las und sah die schlafende Natascha an, um auf ihrem Gesicht eine Erklärung für das zu finden, was sie gelesen hatte, und fand sie doch nicht. Dies Gesicht war still, sanft und glücklich. Sonja griff sich an die Brust, um nicht zu ersticken, ließ sich bleich und zitternd vor Schrecken und Erregung in einen Sessel fallen und brach in Tränen aus.

Wie konnte es nur geschehen, daß ich nichts davon wahrgenommen habe? Wie konnte es nur so weit kommen? Liebt sie denn den Fürsten Andrej wirklich nicht mehr? Und wie konnte sie diesen Kuragin so nahe an sich herankommen lassen? Er ist ein Betrüger und ein Halunke, das ist klar. Wie wird das auf Nicolas, auf diesen lieben, so grundanständigen Nicolas wirken, wenn er das erfährt? Also darum ihr aufgeregtes, entschlossenes, unnatürliches Gesicht vorgestern und gestern und heute! Aber sie kann doch diesen Menschen nicht lieben! Sie hat diesen Brief sicherlich geöffnet, ohne den Absender zu kennen. Sicherlich ist sie sehr böse darüber geworden. Sie kann doch so etwas nicht tun wollen!"

Sonja wischte sich die Tränen ab, trat dicht vor Natascha und sah ihr wieder ins Gesicht.

„Natascha!" sagte sie kaum hörbar.

Natascha erwachte und erblickte Sonja.

„Aha, zurückgekommen?"

Und mit jener gewaltsamen Zärtlichkeit, die im Augenblick des Erwachens über den Menschen zu kommen pflegt, umarmte sie ihre Freundin. Dann aber gewahrte sie Sonjas bestürztes Gesicht, und nun trat auch in das ihre ein Ausdruck der Bestürzung und des Argwohns.

„Sonja, du hast den Brief gelesen?" fragte sie.

„Ja", antwortete Sonja leise.

Natascha lächelte verzückt.

„Nein, Sonja", sagte sie, „ich kann es vor dir nicht länger geheimhalten, es geht nicht länger. Du weißt jetzt, daß wir uns lieben! Sonja, liebste, goldenste Sonja, er schreibt ... Sonja ..."

Sonja starrte Natascha an, als könne sie ihren Ohren nicht trauen.

„Und Bolkonskij?" fragte sie.

„Ach, Sonja, ach, wenn du nur wüßtest, wie glücklich ich bin!" sagte Natascha. „Du weißt ja nicht, was Liebe ist ..."

„Aber Natascha, ist denn wirklich alles Bisherige vorbei?"

Natascha sah Sonja mit großen und weitgeöffneten Augen an, als verstünde sie ihre Frage gar nicht.

„Du willst dich wirklich vom Fürsten Andrej lossagen?" fragte Sonja.

„Ach, du verstehst ja nichts davon, sprich nur keine Dummheiten, höre mich jetzt an!" sagte Natascha mit plötzlich aufzuckendem Ärger.

„Nein, ich kann es nicht glauben", beharrte Sonja. „Ich verstehe es gar nicht. Wie kannst du denn erst ein ganzes Jahr lang einen Mann lieben und dann plötzlich ... Du hast ihn doch nur dreimal gesehen. Natascha, ich glaube dir nicht, du machst dir einen Spaß mit mir. In drei Tagen alles vergessen und ..."

„Drei Tage!" erwiderte Natascha. „Mir ist es so, als liebte ich ihn seit hundert Jahren. Mir ist es so, als hätte ich vor ihm noch nie jemanden geliebt. Das verstehst du eben nicht. Sonja, komm her, setz dich zu mir." Natascha umfaßte und küßte sie.

„Ich habe gehört, daß so etwas vorkommt, und du hast es sicher auch gehört, aber erst jetzt habe ich eine solche Liebe kennenlernen dürfen. Das ist ganz etwas anderes als früher. Kaum sah ich ihn zum erstenmal, da fühlte ich auch schon: er ist mein Gebieter und ich bin seine Sklavin und ich muß ihn ganz einfach lieben. Ja, Sklavin! Was er mir befiehlt, das tue ich. Das kannst du nicht verstehen", sagte Natascha und fragte dann mit glücklichem und zugleich bangem Gesichtsausdruck: „Was soll ich nur tun? Was soll ich nur tun, Sonja?"

„Aber überlege doch nur, was du eigentlich treibst", antwortete Sonja. „Ich kann das einfach gar nicht zulassen. Diese geheimen Briefe ... Wie konntest du ihn nur so weit an dich herankommen lassen?" fragte sie mit einem Entsetzen und einem Widerwillen, die sie nur mit Mühe verhehlen konnte.

„Ich habe dir doch gesagt, daß ich keinen eigenen Willen mehr habe", antwortete Natascha. „Das mußt du doch verstehen können: ich liebe ihn eben!"

„Dann werde ich eingreifen, dann werde ich alles erzählen!" rief Sonja aufschluchzend.

„Was redest du da, um Gottes willen! Wenn du es erzählst, dann bist du meine Feindin!" fuhr Natascha auf. „Du willst mich ins Unglück stürzen, du willst, daß man uns trennt ..."

Angesichts dieses Angstausbruches begann Sonja aus Scham für ihre Freundin und zugleich aus Mitleid noch heftiger zu weinen.

„Aber was hat es denn zwischen euch gegeben?" fragte sie. „Was hat er zu dir gesagt? Warum kommt er nicht hierher?"

Natascha antwortete nicht.

„Um Gottes willen, Sonja, sprich zu keinem davon, quäle mich nicht", bat sie dann. „Du mußt doch begreifen, daß man sich in so etwas nicht einmischen darf. Und ich habe es dir doch auseinandergesetzt ..."

„Aber warum diese Heimlichkeiten? Warum kommt er nicht hierher?" fragte Sonja wieder. „Warum hält er nicht ganz offen um deine Hand an? Fürst Andrej hat dir doch volle Freiheit gelassen, für den Fall, daß du einen anderen liebgewinnen solltest. Aber ich traue diesem Kuragin nicht: Natascha, hast du auch darüber nachgedacht, was für geheime Gründe das sein könnten?"

Natascha sah Sonja erstaunt an. Offenbar war sie noch gar nicht darauf verfallen, sich diese Frage vorzulegen, und wußte nun nicht, was sie antworten sollte.

„Was für Gründe es sind, das weiß ich nicht. Aber in jedem Fall sind es Gründe!"

Sonja seufzte und schüttelte ungläubig den Kopf.

„Wenn es wirklich Gründe gäbe ...", meinte sie.

Natascha gewahrte ihren Zweifel und fiel ihr erschrocken ins Wort.

„Sonja, man darf nicht an ihm zweifeln! Das darf man ganz einfach nicht, verstehst du?" rief sie.

„Liebt er dich?"

„Ob er mich liebt?" wiederholte Natascha und lächelte mitleidig über die Begriffsstutzigkeit ihrer Freundin. „Du hast doch den Brief gelesen, du hast ihn doch gesehen!"

„Aber wenn er nun kein anständiger Mensch ist?"

„Er?! Er kein anständiger Mensch? Wenn du ihn kenntest!" antwortete Natascha.

„Wenn er ein anständiger Mensch wäre, so müßte er entweder offen sagen, was er will, oder er dürfte nicht weiter mit dir zusammenkommen. Und wenn du nicht tun willst, was getan werden muß, dann tue ich es: ich schreibe an ihn und erzähle alles dem Papa", sagte Sonja entschlossen.

„Aber ich kann doch gar nicht leben ohne ihn!" schrie Natascha.

„Natascha, ich verstehe dich nicht. Wie kannst du so etwas sagen? Denke an deinen Vater und an Nicolas."

„Ich brauche keinen anderen Menschen, ich liebe niemanden als ihn. Wie kannst du nur sagen, er sei kein anständiger Mensch? Weißt du denn nicht, daß ich ihn liebe?" schrie Natascha. „Sonja, geh aus dem Zimmer! Ich möchte nicht mit dir auseinanderkommen. Geh aus dem Zimmer, um Gottes willen, geh aus dem Zimmer! Du siehst doch, wie ich mich quäle!" Natascha hatte sich vergeblich bemüht, ihrer zum Äußersten getriebenen Gereiztheit und Verzweiflung Einhalt zu tun. Sonja stürzte aufschluchzend hinaus.

Natascha ging zum Schreibtisch, und nun schrieb sie, ohne auch nur einen Augenblick zu überlegen, jenen Antwortbrief an Prinzessin Marja, den sie in all diesen Vormittagsstunden nicht hatte zustande bringen können. Sie schrieb kurz, alle Mißverständnisse zwischen ihnen könnten als beigelegt gelten; denn Fürst Andrej habe ihr beim Abschied volle Handlungsfreiheit gelassen und sie mache jetzt von seiner Großmut Gebrauch; sie bitte Prinzessin Marja, das Geschehene zu vergessen und ihr zu verzeihen, wenn sie ihr Unrecht getan habe; allein die Frau ihres Bruders könne sie nicht werden.

Während sie das schrieb, erschien ihr alles so leicht, so einfach und so klar.

*

Rostows wollten am Freitag die Rückreise aufs Land antreten. Am Mittwoch fuhr der Graf mit einem Kauflustigen zu seinem Landhause.

Für diesen Mittwoch waren Sonja und Natascha zu einem großen Diner bei Karagins eingeladen, und Marja Dmitrijewna fuhr mit ihnen hin. Bei diesem Diner traf Natascha wieder mit Anatol zusammen, und Sonja bemerkte, daß Natascha mit ihm ein Gespräch hatte, bei welchem sie offenbar von den anderen Gästen nicht gehört werden wollte, und daß sie während des Diners noch aufgeregter war als vorher. Nach Hause zurückgekehrt, begann Natascha ganz von selbst Sonja die Eröffnung zu machen, welche die Freundin erwartet hatte.

„Ja, also Sonja, du hast allerhand unüberlegten und dummen Kram von ihm gesprochen", begann Natascha sanft. Sie sprach in jenem Ton der Sanftheit, dessen sich Kinder bedienen, wenn sie gern gelobt werden möchten. „Heute habe ich mich mit ihm ausgesprochen."

„Nun, und wie ist es jetzt? Was hat er denn gesagt? Natascha, ich bin ja so froh, daß du mir nicht böse bist. Sage mir alles, die ganze Wahrheit. Was hat er gesagt?"

Natascha dachte einen Augenblick nach.

„Ach, Sonja, wenn du ihn nur so kenntest, wie ich ihn kenne! Er hat gesagt ... er hat mich gefragt, wieweit ich mich als Bolkonskijs Braut betrachtete. Er hat sich so gefreut, als ich sagte, es hinge nur von mir ab, das Verlöbnis wieder zu lösen."

Sonja seufzte bekümmert.

„Aber du hast doch Bolkonskij nicht abgeschrieben?" fragte sie.

„Na, vielleicht habe ich das doch getan! Vielleicht ist mit Bolkonskij alles zu Ende. Warum verurteilst du mich so?"

„Ich verurteile dich ja gar nicht, ich verstehe nur nicht ..."

„Warte doch, Sonja, du wirst es schon verstehen. Du wirst schon sehen, was für ein Mensch er ist. Du darfst weder mich noch ihn verurteilen."

„Ich verurteile ja niemand, ich habe euch alle gern, und es tut mir so furchtbar leid um euch. Aber was soll ich denn tun?"

Sonja ging auf Nataschas zärtlichen Ton nicht ein. Je weicher und hingegebener Nataschas Gesichtsausdruck wurde, um so ernster und strenger wurde Sonjas Miene.

„Natascha", sagte sie, „du wolltest nicht, daß ich davon spreche, und so habe ich es auch nicht getan, aber jetzt hast du selbst davon angefangen. Natascha, ich traue ihm nicht. Wozu diese Heimlichkeiten?"

„Fängst du schon wieder davon an?" fiel Natascha ein.

„Natascha, ich habe solche Angst für dich."

„Wovor denn?"

„Ich fürchte, du gehst in dein Verderben", erwiderte Sonja entschlossen und erschrak gleich darauf selbst über das, was sie gesagt hatte.

Nataschas Gesicht wurde wieder ganz grimmig.

„Und wenn ich in mein Verderben gehe, dann gehe ich eben in mein Verderben, und dann will ich so schnell wie möglich in mein Verderben gehen. Das geht euch alle nichts an. Geht es schlimm aus, so trifft es nicht euch, sondern mich. Laß mich, laß mich. Ich hasse dich!"

„Natascha!" rief Sonja entsetzt.

„Ich hasse dich, ich hasse dich! Du bist meine Feindin für immer!" Natascha rannte aus dem Zimmer.

Von da an sprach Natascha nicht mehr mit Sonja und ging ihr aus dem Wege. Sie wanderte durch die Zimmer, immer mit der gleichen Miene der Aufregung, des Staunens und des geheimen Schuldbewußtseins, nahm bald diese, bald jene Beschäftigung vor und warf sie doch gleich wieder hin.

Sonja beobachtete ihre Freundin, ohne ein Auge von ihr zu wenden, so schwer es ihr auch wurde.

Einen Tag, bevor der Graf zurückkehren sollte, gewahrte Sonja, daß Natascha den ganzen Vormittag hindurch am Fenster im Salon saß, als warte sie auf etwas, und daß sie einem vorbeireitenden Offizier, in welchem Sonja Anatol zu erkennen meinte, irgendein Zeichen gab.

Nun begann Sonja ihre Freundin mit geschärfter Aufmerksamkeit zu beobachten, und es fiel ihr auf, daß Natascha während des Mittagessens und auch den ganzen Nachmittag über in einer ganz merkwürdigen und unnatürlichen Verfassung war: auf Fragen, die man an sie richtete, gab sie gänzlich abwegige Antworten, begann Sätze und sprach sie nicht zu Ende und lachte in einem fort.

Nach dem Tee sah Sonja ein Stubenmädchen voller Verlegenheit an Nataschas Zimmertür stehen und auf Natascha warten. Sonja wartete, bis die beiden hineingegangen waren, horchte hinter der Tür und merkte, daß wieder ein Brief abgegeben wurde.

Und plötzlich wurde es Sonja klar, daß Natascha an diesem Abend irgendeinen furchtbaren Plan ausführen wollte. Sie klopfte an. Aber Natascha ließ sie nicht herein.

„Sie will mit ihm davongehen!" dachte Sonja. „Sie ist zu allem imstande. Sie sah heute so ganz besonders gedrückt und entschlossen aus. Und als der Onkel sich verabschiedete, da weinte sie. Ja, sicherlich ist es so, sie will mit ihm davonlaufen! Aber was soll ich nur tun?" Und nun fielen ihr alle die Anzeichen ein, die mit Bestimmtheit dafür sprachen, daß Natascha irgendeine fürchterliche Absicht haben müßte. „Der Graf ist nicht da. Was soll ich tun? An Kuragin schreiben und von ihm eine Erklärung fordern? Aber wie kann ich ihn zwingen, mir zu antworten? An Pierre schreiben? Fürst Andrej wollte das ja haben für den Fall, daß es irgendein Unglück geben sollte. Aber vielleicht hat sie Bolkonskij wirklich schon abgeschrieben, sie hat ja gestern einen Brief an Prinzessin Marja abgehen lassen. Und der Onkel ist nicht da!" Der Gedanke, alles Marja Dmitrijewna zu erzählen, die doch ein so großes Vertrauen in Natascha setzte, erschien Sonja zu schrecklich. „Aber einerlei, wie", dachte Sonja, während sie im dunklen Korridor stand, „jetzt oder nie muß ich zeigen, daß ich dankbar an alles denke, was ich von dieser Familie erfahren habe, und daß ich Nicolas liebe. Nein, ich bleibe hier im Korridor, und wenn ich auch drei Nächte nicht schlafen sollte, ich halte sie mit Gewalt zurück und lasse es nicht zu, daß die ganze Familie in Schande gerät."

XVI

Anatol wohnte seit kurzem bei Dolochow. Dolochow hatte den Entführungsplan bereits vor einigen Tagen ausgeheckt und vorbereitet, und er sollte gerade an dem Tage ausgeführt werden, an welchem Sonja an Nataschas Tür gehorcht und darauf beschlossen hatte, bei ihr Wache zu halten. Natascha hatte versprochen, um zehn Uhr abends vor der Hintertür zu sein. Kuragin sollte hier mit einer Troika auf sie warten und mit ihr nach Kamenka fahren, einem sechzig Werst von Moskau entfernten Dorfe, wo ein abgesetzter Pope bereitstand, um die Trauung zu vollziehen. In Kamenka sollten sie Relaispferde vorfinden, die sie an die Warschauer Heerstraße bringen sollten, und von dieser aus sollte es mit Postpferden ins Ausland gehen.

Anatol besaß einen Paß, einen Postfahrschein, zehntausend Rubel von seiner Schwester und weitere zehntausend Rubel, die ihm Dolochow von irgendeinem Geldgeber verschafft hatte.

In Dolochows Wohnung saßen im Vorderzimmer die beiden Trauzeugen und tranken Tee. Es waren ein ehemaliger Kanzleibeamter namens Chwostikow, der Dolochow beim Spiel Handlangerdienste zu leisten pflegte, und Makarin, ein verabschiedeter Husarenoffizier, ein gutmütiger und schwacher Mensch, den eine unbegrenzte Zuneigung an Kuragin fesselte.

In seinem großen über und über mit persischen Teppichen, Bärenfellen und Waffen geschmückten Kabinett saß Dolochow in hohen Stiefeln und einem reisemäßigen tatarischen Halbrock vor dem geöffneten Sekretär, auf dessen Klappe Banknotenpäckchen und mit Zahlenkolonnen bedeckte Papiere lagen. Anatol kam im aufgeknöpften Uniformrock aus dem Vorderzimmer, in welchem die Trauzeugen saßen, und ging durch das Kabinett in das Hinterzimmer, in welchem sein französischer Kammerdiener mit Hilfe einiger anderer

Dienstboten die letzten Sachen packte. Dolochow zählte Geld und notierte allerlei.

„Also schön", sagte er. „Chwostikow muß man zweitausend Rubel geben."

„Na, gib sie ihm nur", meinte Anatol.

„Makarka" – so wurde Makarin meistens genannt – „geht für dich durchs Feuer und Wasser, ohne auch nur eine Kopeke zu erwarten. Also dann ist die Abrechnung fertig", sagte Dolochow und zeigte Anatol eins der notizenbedeckten Blätter. „Einverstanden?"

„Ja, natürlich bin ich einverstanden", antwortete Anatol, der offenbar gar nicht zugehört hatte und mit seinem stereotypen Lächeln vor sich hin sah.

Dolochow schloß den Sekretär und wandte sich mit einem spöttischen Lächeln Anatol zu.

„Weißt du was? Laß die ganze Geschichte bleiben! Noch ist es Zeit!" sagte er.

„Dummkopf!" erwiderte Anatol. „Sprich keinen Unsinn. Wenn du wüßtest ... Aber weiß der Teufel, es ist eine eigentümliche Geschichte."

„Wirklich, laß es bleiben", sagte Dolochow. „Höre auf mich. Glaubst du denn, es ist ein Kinderspiel, was du da anstellen willst?"

„Fängst du schon wieder damit an? Geh zum Teufel!" Anatol runzelte die Stirn. „Wirklich, ich habe dein dummes Gerede satt." Und er verließ das Zimmer.

Dolochow lächelte ihm mit nachsichtiger Geringschätzung nach.

„Warte einmal!" rief er hinter Anatol her. „Ich scherze nicht, ich will dir vernünftig raten. Komm her, komm einmal her." Anatol kam zurück, sah Dolochow an, dem er sich offenbar unwillkürlich unterworfen fühlte, und suchte seine ganze Aufmerksamkeit auf das zu richten, was Dolochow ihm sagen würde.

„Höre einmal, ich sage es dir jetzt zum letzten Male. Warum glaubst du, ich triebe meinen Spaß mit dir? Habe ich dir jemals Schwierigkeiten gemacht? Wer hat denn alles für dich arrangiert, wer hat den Popen aufgetrieben, wer hat dir den Paß beschafft und das Geld für dich aufgebracht? Alles ich!"

„Nun, dafür danke ich dir ja auch. Hältst du mich denn für undankbar?" Anatol seufzte und umarmte Dolochow.

„Ich habe dir bei allem geholfen, aber jetzt muß ich dir doch die Wahrheit sagen: es ist eine gefährliche und, wenn man es sich richtig überlegt, auch eine dumme Geschichte. Du entführst sie, also schön. Aber glaubst du, man werde das so ruhig hinnehmen? Es wird ans Licht kommen, daß du verheiratet bist. Sie bringen dich vors Kriminalgericht ..."

„Ach, das ist doch alles dummes Zeug!" fuhr Anatol stirnrunzelnd wieder auf. „Ich habe dir doch alles erklärt! Oder nicht?" Und nun wiederholte Anatol die Argumentation, die er Dolochow schon hundertmal auseinandergesetzt hatte. Er tat das mit jener ganz besonderen Passion, mit der unbegabte Menschen sich logischen Schlüssen hinzugeben pflegen, die ihrem beschränkten Verstande gerade noch zugänglich sind. „Ich habe es dir doch auseinandergesetzt, ich habe gesagt: wenn diese zweite Ehe ungültig ist" – hier hob er dozierend einen Finger –, „so kann mir nichts passieren. Na, und wenn sie gültig ist, dann ist es auch einerlei, denn im Auslande kann ja niemand etwas davon wissen. Habe ich recht? Da gibt es doch nicht die geringsten Einwendungen!"

„Wirklich, lasse die Finger davon! Du legst dir nur Fesseln an und ..."

„Scher dich zum Teufel!" sagte Anatol, fuhr sich durch die Haare und ging in das andere Zimmer. Gleich darauf kam er aber wieder zurück und hockte sich mit hochgeschobenen Beinen in einen Lehnstuhl, Dolochow dicht gegenüber. „Aber der Teufel soll wissen, was es für eine Geschichte ist! Was meinst du? Fühle nur, was für Herzklopfen ich habe!" Er nahm Dolochows Hand und legte sie sich aufs Herz. „Ah, quel pied, mon cher, quel regard! Une déesse![1] Was?"

Dolochow lächelte kalt, und in seinen hübschen und frechen Augen blitzte es auf, während er Anatol ansah; offenbar wollte er sich noch ein wenig über ihn lustig machen.

„Na, und wenn das Geld fort ist, was dann?"

„Was dann? Wieso?" fragte Anatol, über diese unnützen Zukunftssorgen aufrichtig erstaunt. „Was dann? Ja, das weiß ich auch nicht... Wozu reden wir hier überhaupt dummes Zeug zusammen?" Er sah nach der Uhr „Es ist Zeit."

Anatol ging wieder ins Hinterzimmer.

„Na, seid ihr bald soweit? Wollt ihr wohl gefälligst nicht so bummeln!" fuhr er die Bedienten an.

Dolochow entfernte das Geld vom Tisch, rief einem Diener zu, es solle vor dem Aufbruch noch etwas zu essen und zu trinken geben, und ging dann zu Chwostikow und Makarin ins Vorderzimmer.

Anatol kehrte ins Kabinett zurück, legte sich auf den Diwan, den Ellbogen aufgestützt, lächelte, in seine Gedanken vertieft, vor sich hin und flüsterte mit seinen schönen Lippen allerhand zärtliche Worte.

„Komm, du mußt etwas essen. Na, trink noch etwas!" rief ihm Dolochow aus dem Nebenzimmer zu.

„Ich mag nicht!" erwiderte Anatol, ohne daß das Lächeln aus seinem Gesicht verschwunden wäre.

[1] O welch ein Fuß, mein Freund, welch ein Blick! Eine Göttin!

„Komm doch, Balaga ist schon zur Stelle."

Anatol stand auf und ging ins Eßzimmer. Balaga war ein bekannter Troikavermieter, der Dolochow und Anatol schon seit sechs Jahren kannte und dessen Troika sie häufig in Anspruch genommen hatten. Als Anatol mit seinem Regiment noch in Twer stand, war er oft abends mit ihm von Twer losgefahren, hatte ihn beim Morgengrauen nach Moskau gebracht und ihn in der folgenden Nacht wieder zurückgefahren. Mehr als einmal hatte er Dolochow mit seinen flinken Pferden vor irgendwelchen Verfolgern in Sicherheit gebracht. Häufig hatte er auch die beiden mit Zigeunerinnen und „solchen Damen", wie Balaga sich auszudrücken pflegte, auf Vergnügungsfahrten durch die Stadt gefahren. Dabei hatte er in Moskau manchmal Menschen oder Lohnfuhrwerke überfahren, und jedes Mal hatten ihn „seine Herren", wie er die beiden nannte, vor behördlichen Scherereien geschützt. Mehr als ein Pferd hatte er in ihrem Dienst zuschanden gejagt. Mehr als einmal hatten sie ihn geprügelt, aber dafür hatten sie ihm auch oft genug Champagner gegeben und Madeira, für den er eine besondere Vorliebe hatte, und er wußte von beiden manche tolle Geschichte, für die ein gewöhnlicher Mensch längst nach Sibirien gekommen wäre. Häufig ließen sie Balaga an ihren Zechgelagen teilnehmen, ließen ihn bei den Zigeunern mit ihnen selbst trinken und tanzen und hatten manchen Tausender durch seine Hände gehen lassen. Zwanzigmal im Jahr riskierte er ihretwegen seine heile Haut und sein Leben, und eigentlich hatte er an den in ihrem Dienst zuschanden gejagten Pferden bereits mehr verloren, als er an ihnen verdient hatte. Aber er liebte die zwei, liebte dieses wahnsinnige Dahinsausen, achtzehn Werst in der Stunde, liebte es, eine Lohndroschke über den Haufen zu jagen, einen Fußgänger in einer Moskauer Straße zu überfahren und im langen Galopp durch die Straßen von Moskau zu fliegen. Er liebte es, hinter sich im Schlitten das wilde Geschrei betrunkener Stimmen: „Schneller! Schneller!" zu hören, selbst wenn ein noch schnelleres Fahren überhaupt nicht mehr im Bereiche der Möglichkeit lag. Er liebte es, einen Bauern mit der Peitsche über den Hals zu schlagen, der schon ohnehin mehr tot als lebendig beiseite gesprungen war. „Richtige Herren!" dachte er.

Anatol und Dolochow hatten ebenfalls eine Vorliebe für Balaga, sowohl weil er ein meisterhafter Fahrer war, als auch weil er die gleichen Neigungen hatte wie sie selbst. Mit anderen Leuten machte Balaga vor Beginn der Fahrt einen Preis aus, nahm ihnen fünfundzwanzig Rubel für eine Fahrt von zwei Stunden ab und fuhr sie selten selbst, sondern schickte meistens seine Leute. Aber seine Herren, wie er sie nannte, fuhr er immer persönlich und verlangte niemals Bezahlung. Nur wenn er durch den Kammerdiener erfahren hatte, daß seine Herren gerade bei Geld waren, dann erschien er, etwa alle paar Monate einmal, morgens früh und völlig nüchtern, verbeugte sich bis zur Erde und bat, ihm aus der Klemme zu helfen. Dann nötigten die Herren ihn jedes Mal Platz zu nehmen.

„Sie müssen mir schon heraushelfen, Väterchen Feodor Iwanowitsch" oder „Euer Durchlaucht", sagte er dann. „Ich habe nicht ein einziges Pferd mehr. Borgen Sie mir, soviel Sie gerade können, ich muß auf den Jahrmarkt und Pferde kaufen."

Und Anatol und Dolochow gaben ihm dann je tausend oder zweitausend Rubel, wenn sie gerade Geld hatten.

Balaga war ein hellblonder Mensch bäuerlichen Standes mit rotem Gesicht und einem ganz auffallend roten, dicken Halse, ein untersetzter, stülpnäsiger Bursche von siebenundzwanzig Jahren, mit kleinen funkelnden Augen und einem kleinen Bärtchen. Gekleidet war er in einen feinen, blauen, seidegefütterten Kaftan, unter dem er einen Halbpelz trug.

Beim Eintreten bekreuzte er sich jetzt vor den Heiligenbildern in der Ecke, ging auf Dolochow zu und streckte ihm seine kleine, schwärzliche Hand hin.

„Meinen Respekt, Feodor Iwanowitsch!" sagte er mit einer Verbeugung.

„Guten Abend, Bruder. Na, da bist du ja."

„Guten Abend, Euer Durchlaucht", sagte Balaga zu Anatol, der jetzt hereingekommen war, und gab ihm ebenfalls die Hand.

Anatol legte ihm die Hände auf die Schultern. „Sage mir einmal, Balaga, hast du mich lieb oder nicht? Wie ist es damit? Du mußt mir jetzt einen großen Dienst erweisen ... Mit welchen Pferden bist du gekommen?"

„Mit Ihren, mit den Verbrechern, wie Ihr Bote es bestellt hatte", antwortete Balaga.

„Jetzt höre einmal zu, Balaga! Jage die ganze Troika zuschanden, aber schaffe uns in drei Stunden zur Stelle. Ja?"

Balaga zwinkerte. „Wenn ich sie zuschanden jage, womit sollen wir denn fahren?" meinte er.

„Laß deine Späße, sonst kriegst du was in die Schnauze!" schrie Anatol, plötzlich wütend geworden, und funkelte ihn grimmig an.

„Wie werde ich denn spaßen?" meinte Balaga grinsend. „Hat es mir für meine Herren vielleicht jemals um ein Pferd leid getan? Wir werden fahren, was die Pferde nur hergeben können."

„Na also!" antwortete Anatol, „setz dich nur."

„Natürlich, setz dich!" fiel Dolochow ein.

„Ich kann doch ebensogut stehen, Feodor Iwanowitsch."

„Ach was, setz dich und trink!" sagte Anatol und schenkte ihm ein großes Glas Madeira ein. In Balagas Augen blitzte es auf, als er den Wein sah. Anstandshalber lehnte er erst noch einmal ab, dann trank er das Glas aus, nahm aus der Mütze sein rotes Seidentuch und wischte sich den Mund ab.

„Also wann fahren wir, Euer Durchlaucht?"

Anatol sah auf die Uhr. „Jetzt gleich. Halte dich dazu, Balaga. Schaffst du es auch rechtzeitig?"

„Je nachdem, wie wir abfahren", erwiderte Balaga. „Geht die Abfahrt glücklich vonstatten, dann ist kein Grund, daß wir es nicht rechtzeitig schaffen sollten. Von Twer bis hier haben wir es einmal in sieben Stunden geschafft. Wissen Sie noch, Euer Durchlaucht?"

„Ja, weißt du, von Twer aus habe ich einmal zu Weihnachten so eine Fahrt gemacht", sagte Anatol zu Makarin, der ihn ganz gerührt anstarrte, und lächelte bei dieser Erinnerung. „Willst du es wohl glauben, Makarta, daß wir gar keine Luft mehr kriegen konnten, so sind wir geflogen! Wir kamen in einen Zug Lastfuhren hinein, und über zwei von ihnen sind wir geradezu hinweggefahren!"

„Na, das waren aber auch Pferde!" griff Balaga Anatols Erzählung auf. „Damals hatte ich ganz junge Beipferde eingespannt, und in der Gabel lief mein Hellbrauner. Willst du wohl glauben, Feodor Iwanytsch", wandte er sich an Dolochow, „sechzig Werst haben die Bestien in diesem Tempo gemacht, halten konnte man sie gar nicht mehr, die Hände waren mir schon ganz starr geworden, so kalt war es. Ich ließ die Zügel fallen. ‚Halte du sie, Euer Durchlaucht', sagte ich und fiel nur so in den Schlitten. Ja, da brauchte man nicht anzutreiben, gar nicht zu halten waren sie, bis wir da waren. In drei Stunden haben sie uns hingebracht, die Teufelsbestien. Nur das linke Beipferd ist verreckt."

Anatol verließ das Zimmer und kam einige Minuten später in einem Pelz mit silbernem Gurt zurück, auf dem Kopf eine keck aufs Ohr gedrückte Zobelmütze, die sehr gut zu seinem hübschen Gesicht paßte. Er betrachtete sich im Spiegel, trat dann in der gleichen Pose, in welcher er sich im Spiegel besehen hatte, vor Dolochow hin und ergriff ein Glas Wein.

„Also, Fedja, lebe wohl! Habe Dank für alles! Leb wohl!" sagte Anatol. „Na, Kameraden und Freunde ...", er dachte ein wenig nach, „Kameraden und Freunde ... meiner ... meiner Jugend, lebt wohl!" Dies galt allen gemeinsam.

Obwohl sie alle mit ihm fahren sollten, wollte Anatol aus diesem Abschiedswort an die Kameraden offensichtlich eine rührende und feierliche Angelegenheit machen. Er sprach langsam und laut, die Brust herausgedrückt, und schlenkerte das eine Bein dazu hin und her.

„Ergreift die Gläser, ihr alle! Du auch, Balaga. Also, Kameraden und Freunde meiner Jugend, wir sind fidel gewesen, wir haben etwas von unserem Leben gehabt, ja, fidel sind wir gewesen! Wann werden wir uns wohl wiedersehen? Ich gehe ins Ausland. Wir haben etwas gehabt von unserem Leben. Lebt wohl, Kinder! Zum Wohl! Hurra!" rief er, leerte sein Glas und schmetterte es zu Boden.

„Dein Wohl!" sagte Balaga, trank ebenfalls sein Glas aus und fuhr sich mit dem Taschentuch über den Mund.

Makarin umarmte Anatol mit Tränen in den Augen.

„Ach, Fürst, wie schwer es mir fällt, mich von dir zu trennen", sagte er.

„Los, los!" schrie Anatol.

Balaga wollte hinausgehen.

„Nein, halt" sagte Anatol. „Mach die Tür wieder zu. Erst müssen wir uns hinsetzen."

Die Tür wurde geschlossen, alle setzten sich und saßen eine kleine Weile schweigend da, wie die russische Abschiedssitte es will.

„Na, und jetzt vorwärts marsch, Kinder!" sagte Anatol und stand auf.

Joseph, der Kammerdiener, reichte Anatol Reisetasche und Säbel, und nun gingen alle ins Vorzimmer.

„Aber wo ist denn der Pelz?" fragte Dolochow. „He, Ignatka! Geh zu Matrjoscha Matwejewna und lasse dir die Zobelsaloppe geben. Ich weiß von anderen, wie es bei solchen Entführungen zugeht", meinte er zwinkernd. „Mehr tot als lebendig stürzt sie zum Hause hinaus, ohne Reisepelz, genau, wie sie dagesessen hat. Wenn es jetzt auch nur einen winzigen Aufenthalt gibt, dann kommen ihr die Tränen, und dann heißt es: ‚Papachen!' und ‚Mamachen!' und sie friert und will wieder zurück, und dann heißt es sie in den Pelz zu packen und in den Schlitten zu stecken!"

Der Diener brachte eine Frauensaloppe von Fuchspelz.

„Dummkopf, den Zobelpelz, habe ich dir doch gesagt! He, Matrjoscha, den Zobelpelz!" schrie er so laut, daß es durch die ganze Wohnung gellte.

Eine hübsche, magere und bleiche Zigeunerin mit blitzenden schwarzen Augen und krausen schwarzen Haaren, über denen ein bläulicher Schimmer lag, kam rasch angelaufen, einen roten Schal um den Hals, eine Zobelsaloppe über dem Arm.

„Natürlich, natürlich, nicht daß es mir um die Saloppe leid täte, nimm sie nur", sagte sie. Offenbar tat es ihr sehr leid um die Saloppe, aber sie hatte Angst vor ihrem Gebieter.

Dolochow nahm ihr stumm den Pelz ab, hing ihn Matrjoscha um und mummte sie sorgsam ein.

„Siehst du, so!" sagte er. „Und dann so!" Nun schlug er den Pelzkragen hoch, schloß ihn und ließ nur eine kleine Partie ihres Gesichts unbedeckt. „Und dann so, siehst du?" Dabei ergriff er

Anatols Kopf und drückte ihn gegen die freigebliebene Partie ihres lächelnden und strahlenden Gesichts.

„Na, leb wohl, Matrjoscha", sagte Anatol und küßte sie. „Ach, nun hat das lustige Leben hier ein Ende! Grüße auch Stjoschka. Also leb wohl, Matrjoscha, wünsche mir Glück!"

„Gott möge dir Glück geben, Fürst, viel Glück!" sagte Matrjoscha in ihrem Zigeuner=Russisch.

Vor dem Hauseingang hielten zwei Dreigespanne mit zwei jungen Burschen als Kutschern. Balaga setzte sich in den vorderen Schlitten und ordnete, die Unterarme weit vorgestreckt, ruhig und ohne Hast die Zügel. Anatol und Dolochow setzten sich zu ihm. Makarin, Chwostikow und der Kammerdiener nahmen in der zweiten Troika Platz.

„Fertig?" fragte Balaga.

„Los!" rief er dann, die Zügel sich um die Hand schlingend, und nun sauste die Troika den Nikitskij=Boulevard hinunter.

„Holla! Weg da, He! . . . Holla!" schrien Balaga und der Bursche, der neben ihm auf dem Bock saß. Auf dem Arbatplatz stieß die Troika gegen eine Kalesche an, man hörte Krachen, man hörte Schreien, und dann schoß die Troika die Arbatstraße entlang.

Balaga fuhr über den Podnowinskij=Boulevard, kehrte um, verlangsamte das Tempo ein wenig und hielt an der Ecke der Staraja=Konjuschennaja.

Der Kutscher sprang vom Bock, um die Pferde zu halten, Anatol und Dolochow gingen auf das Trottoir. Als sie schon dicht vor dem Hoftor waren, pfiff Dolochow. Ein Pfiff antwortete ihm, und gleich darauf huschte das Stubenmädchen heraus.

„Kommen Sie in den Hof, hier könnte man Sie sehen. Sie kommt gleich", sagte sie.

Dolochow blieb am Tor stehen. Anatol trat hinter dem Stubenmädchen ein, bog um eine Ecke und sprang dann die Eingangsstufen der Hintertür hinan.

Der riesenhafte Gawrila, Marja Dmitrijewnas Wagenlakai, trat in diesem Augenblick aus der Tür.

„Die gnädige Frau lassen bitten", sagte er mit seiner Baßstimme und schob sich vor die Tür, um Anatol den Rückweg abzuschneiden.

„Was für eine gnädige Frau? Wer bist du denn?" flüsterte Anatol stockend.

„Darf ich bitten? Die gnädige Frau haben befohlen, Sie zu ihr zu führen."

„Kuragin! Zurück!" schrie Dolochow. „Verrat! Zurück!"

Dolochow kämpfte beim Durchgangspförtchen neben dem Hoftor, an dem er stehengeblieben war, mit dem Hausknecht, der das Pförtchen hinter Anatol hatte schließen wollen. Mit einer letzten

Anstrengung warf Dolochow den Hausknecht zurück, packte den herbeistürzenden Anatol am Arm, zog ihn durch das Pförtchen und stürmte mit ihm zur Troika zurück.

XVII

Marja Dmitrijewna hatte Sonja gänzlich verweint auf dem Korridor getroffen und sie gezwungen, ihr alles zu gestehen. Darauf hatte Marja Dmitrijewna ein Billett Nataschas abgefangen und gelesen; nun ging sie mit dem Billett in der Hand zu Natascha.

„Scheusal, schamlose Person!" sagte sie. „Ich will keine Erklärungen hören!"

Natascha starrte sie bestürzt, aber trockenen Auges an; Marja Dmitrijewna stieß sie zurück, sperrte sie in ihrem Zimmer ein und gab dem Hausknecht Befehl, die Männer, die heute abend ans Tor kommen würden, wohl herein, nicht aber wieder hinaus zu lassen. Dem Wagenlakai befahl sie, diese Männer zu ihr zu führen. Darauf setzte sie sich in den Salon und erwartete die Entführer.

Als Gawrila kam und Marja Dmitrijewna meldete, die beiden Männer seien entkommen, da stand sie mit finsterem Gesicht auf, legte die Hände auf den Rücken, wanderte lange in ihrem Hause auf und ab und überlegte, was zu tun sei. Um zwölf Uhr nachts fühlte sie nach dem Schlüssel in ihrer Tasche und ging zu Nataschas Zimmer. Sonja saß schluchzend im Korridor. „Um Gottes willen, Marja Dmitrijewna, lassen Sie mich zu ihr!" flehte sie. Marja Dmitrijewna gab ihr keine Antwort, schloß die Tür auf und ging hinein. „Schauderhaft, widerlich! ... In meinem Hause ... So ein verfluchtes Mädel ... Mir ist es nur leid um den Vater!" dachte Marja Dmitrijewna und gab sich doch Mühe, ihren Zorn nicht über sich Herr werden zu lassen. „Wenn es auch schwer sein wird, ich werde allen befehlen, den Mund zu halten, und will dem Grafen die Geschichte verheimlichen."

Marja Dmitrijewna war mit energischen Schritten hereingekommen. Natascha lag regungslos auf dem Diwan, die Hände vor das Gesicht geschlagen, sie lag immer noch genauso da, wie Marja Dmitrijewna sie vorhin verlassen hatte.

„Reizend, wirklich reizend!" sagte Marja Dmitrijewna. „Sich Liebhaber in mein Haus zu bestellen! Glaube nicht, du kannst dich noch herausreden. Höre gefälligst zu, wenn ich mit dir rede!" Marja Dmitrijewna schüttelte sie am Arm. „Du sollst zuhören, wenn ich mit dir rede! Du hast dich mit Schande bedeckt wie das verworfenste Frauenzimmer. Ich würde mit dir umgehen, wie man mit solchen Personen umgeht, aber mir tut dein Vater leid. Ich werde die Geschichte vertuschen."

Natascha verharrte immer noch in der gleichen Lage, nur ein lautloses krampfhaftes Schluchzen, das sie beinah erstickt hätte, begann ihren Körper zu schütteln. Marja Dmitrijewna sah sich nach Sonja um und setzte sich neben Natascha auf den Diwan.

„Sein Glück, daß er mir entkommen ist. Aber ich finde ihn noch", sagte sie mit ihrer rauhen Stimme. „Hörst du, was ich sage?"

Sie faßte mit ihrer großen Hand Nataschas Kopf und wandte das Gesicht des Mädchens dem ihrigen zu. Und als sie jetzt Nataschas Gesicht sahen, da waren sie alle beide bestürzt, Marja Dmitrijewna und Sonja. Ihre tränenlosen Augen funkelten, ihre Lippen preßten sich aufeinander, ihre Wangen erschienen ganz eingefallen.

„Lassen Sie mich, lassen Sie . . . mich . . . was soll ich noch . . . ich sterbe . . .", stammelte sie, riß sich mit einer wütenden Anstrengung von Marja Dmitrijewna los und lag nun wieder da wie zuvor.

„Natalja!" sagte Marja Dmitrijewna. „Ich habe es gut mit dir vor. Bleibe liegen, bleibe meinetwegen liegen, ich rühre dich nicht an. Höre nur zu. Ich will dir gar nicht erst vorerzählen, was für eine Schuld du auf dich geladen hast. Das weißt du ja selbst. Aber dein Vater kommt morgen zurück — was soll ich dem sagen? Nun?"

Wieder schüttelte das Schluchzen Nataschas Körper hin und her.

„Ja, dein Vater, dein Bruder, dein Bräutigam!"

„Ich habe keinen Bräutigam mehr, ich habe ihm abgeschrieben", schrie Natascha.

„Einerlei", fuhr Marja Dmitrijewna fort. „Nimm an, sie erfahren es. Meinst du, die lassen die Geschichte auf sich beruhen? Ich weiß doch, wie dein Vater ist. Und wenn er jetzt Kuragin fordert, ist dir das vielleicht recht? Was?"

„Ach, lassen Sie mich doch, warum haben Sie alles gestört? Warum? Warum? Wer hat Sie darum gebeten?" schrie Natascha, richtete sich auf dem Diwan auf und sah Marja Dmitrijewna wütend an.

Jetzt geriet auch Marja Dmitrijewna wieder in Hitze. „Ja, was wolltest du denn eigentlich?" fuhr sie Natascha an. „Hat man dich hier vielleicht eingesperrt gehalten, wie? Wer hat es ihm denn verwehrt, in mein Haus zu Besuch zu kommen? Wozu brauchte er dich denn zu entführen wie ein Zigeunermädchen? . . . Und wenn er dich schließlich entführt hätte, glaubst du, sie hätten ihn nicht gefunden? Dein Vater oder dein Bruder oder dein Bräutigam? Er ist eben ein Schuft, ein Halunke ist er, das ist die Geschichte!"

„Er ist besser als ihr alle!" schrie Natascha und richtete sich wieder auf. „Wenn ihr euch nicht eingemischt hättet . . . Ach, mein

Gott, warum, warum! Sonja, warum hast du mir das angetan? Laßt mich doch allein!"

Und nun schluchzte sie so verzweifelt, wie man nur um einen Kummer weint, von dem man weiß, daß man ihn sich selbst zuzuschreiben hat. Marja Dmitrijewna wollte noch weitersprechen, aber Natascha schrie: „Laßt mich doch allein, laßt mich doch allein! Ihr alle, ihr haßt und verachtet mich ja doch nur!" und damit ließ sie sich wieder auf den Diwan zurückfallen.

Marja Dmitrijewna redete Natascha noch eine Weile zu und betonte immer wieder, vor dem Grafen müsse alles geheimgehalten werden, und überhaupt solle niemand etwas davon erfahren, wenn nur Natascha selbst es über sich bringe, alles zu vergessen und es niemanden durch ihr Wesen oder ihre Miene merken zu lassen, daß irgend etwas geschehen sei. Natascha gab keine Antwort. Sie schluchzte nicht mehr, aber sie zitterte vor Fieber und Schüttelfrost. Marja Dmitrijewna legte ihr ein Kissen unter den Kopf, deckte sie mit zwei Decken zu und brachte ihr selbst heißen Lindenblütentee. Allein Natascha blieb völlig steinern.

„Na, dann soll sie nur schlafen", sagte Marja Dmitrijewna in dem Glauben, Natascha sei eingeschlafen, und verließ das Zimmer.

Aber Natascha schlief nicht, und die weitgeöffneten Augen in dem blassen Gesicht starrten unverwandt vor sich hin. Die ganze Nacht über schlief Natascha nicht, aber weder weinte sie noch hatte sie ein Wort für Sonja, die einige Male aufstand und zu ihr kam.

Wie er versprochen hatte, kehrte Graf Ilja Andrejewitsch am folgenden Tage um die Frühstückszeit von seinem Landhause zurück. Er war sehr gut aufgelegt: das Geschäft war also abgeschlossen, und nun hielt ihn nichts mehr in Moskau zurück, und er konnte zur Gräfin zurückkehren, nach der er schon große Sehnsucht hatte. Marja Dmitrijewna empfing ihn und erklärte, Natascha sei tags zuvor erkrankt, sie hätte nach dem Arzt geschickt, aber jetzt gehe es ihr bereits besser. Natascha verbrachte diesen ganzen Vormittag in ihrem Zimmer. Mit zusammengepreßten, wunden Lippen und starren, tränenlosen Augen saß sie am Fenster, sah unruhig nach den Straßenpassanten und blickte sich hastig um, wenn jemand ins Zimmer kam. Offenbar wartete sie auf Nachrichten von ihm, wartete darauf, daß er selbst kommen oder ihr einen Brief schicken würde.

Der Graf kam. Als sie Männerschritte hörte, wandte sie sich unruhig um, und nun nahm ihr Gesicht wieder den kalten, ja bösen Ausdruck von vorhin an. Sie richtete sich nicht einmal auf, um den Eintretenden zu begrüßen.

„Was fehlt dir, mein Engel? Du bist krank?" fragte der Graf.

Natascha antwortete nicht gleich.

„Ja, ich bin krank", sagte sie dann.

Der Graf fragte beunruhigt, warum sie so verstört sei und ob auch ihrem Bräutigam nichts zugestoßen wäre. Natascha versicherte, es läge gar nichts vor, und bat ihn, sich nicht zu beunruhigen. Marja Dmitrijewna bestätigte dem Grafen, daß nichts geschehen sei. Der Graf machte sich aber doch über die angebliche Krankheit und das verstörte Wesen seiner Tochter sowie über Sonjas und Marja Dmitrijewnas verlegene Gesichter seine Gedanken und merkte deutlich, daß in seiner Abwesenheit irgend etwas vorgefallen war; aber der Gedanke, mit seiner Lieblingstochter könnte etwas Schlimmes oder Schimpfliches geschehen sein, war ihm so schrecklich, und er hing so sehr an seiner guten Laune und Seelenruhe, daß er nicht weiter fragte und sich selbst einzureden suchte, es sei tatsächlich nichts Besonderes vorgefallen; und so grämte er sich nur um das eine, daß die Rückkehr aufs Land wegen Nataschas Erkrankung aufgeschoben werden mußte.

XVIII

Schon bei der Ankunft seiner Frau in Moskau hatte Pierre sich entschlossen, irgendeine Reise zu unternehmen, um nur nicht mit ihr zusammensein zu müssen. Kurze Zeit nachdem Rostows in Moskau eingetroffen waren, veranlaßte ihn der Eindruck, den Natascha auf ihn gemacht hatte, mit größter Beschleunigung an die Ausführung dieser Absicht zu gehen. So fuhr er denn nach Twer zu Jossif Alexejewitschs Witwe, die ihm schon vor langer Zeit versprochen hatte, ihm Papiere ihres seligen Mannes zu übergeben.

Nach Moskau zurückgekehrt, fand Pierre einen Brief von Marja Dmitrijewna vor, die ihn in einer sehr wichtigen, den Fürsten Andrej Bolkonskij und seine Braut betreffenden Angelegenheit zu sich bat. Pierre hatte Natascha bisher zu meiden gesucht. Er meinte für sie mehr zu empfinden, als ein verheirateter Mann es für die Braut seines Freundes dürfe. Und nun brachte das Schicksal ihn doch immer wieder mit ihr zusammen.

„Was wohl passiert ist? Und was mögen sie von mir wollen?" dachte er, während er sich ankleidete, um zu Marja Dmitrijewna zu fahren. Und unterwegs zur Achrosimowa hatte er nur den einen Wunsch: „Möchte doch Fürst Andrej bald kommen und sie heiraten!"

Auf dem Twerskoi-Boulevard rief ihn jemand an.

„Pierre! Seit wann bist du wieder da?" rief eine bekannte Stimme. Pierre sah auf. In einem zweispännigen Schlitten mit zwei grauen Trabern, von deren Hufen der Schnee über den Bock des Schlittens stäubte, sauste Anatol mit seinem unzertrennlichen Begleiter Makarin vorbei. Anatol saß sehr gerade da, in der klassischen Pose des militärischen Stutzers, die untere Gesichtshälfte vom Biberkragen verdeckt und den Kopf ein wenig vorgeneigt. Sein Gesicht war rosig und frisch, der Hut mit dem weißen Federbusch saß ein wenig auf der Seite und ließ einen Teil des gekräuselten, pomadisierten und mit feinem Schnee überpuderten Haares sehen.

„Ja, wirklich, der ist ein richtiger Weiser! Der sieht auf nichts anderes als auf den gegenwärtigen Augenblick und das Vergnügen, das er ihm gewähren kann, nichts kann ihn aus der Ruhe bringen, und darum ist er immer vergnügt und zufrieden. Was wollte ich darum geben, wenn ich so sein könnte wie er!" dachte Pierre neidvoll.

Der Diener, der Pierre im Vorzimmer der Achrosimowa den Pelz abnahm, sagte, Marja Dmitrijewna lasse ihn zu sich ins Schlafzimmer bitten.

Als Pierre die Saaltür öffnete, sah er Natascha mit abgemagertem, blassem und bösem Gesicht am Fenster sitzen. Sie warf einen Blick auf Pierre, zog finster die Augenbrauen zusammen und ging mit einem Ausdruck von kalter Würde hinaus.

„Was ist denn geschehen?" fragte Pierre, als er in Marja Dmitrijewnas Zimmer trat.

„Schöne Geschichten!" antwortete Marja Dmitrijewna. „Achtundfünfzig Jahre habe ich auf dieser Welt gelebt, aber so eine Schande ist mir noch nicht vorgekommen."

Und nachdem sie sich von Pierre ehrenwörtlich hatte Verschwiegenheit geloben lassen, teilte Marja Dmitrijewna ihm mit, Natascha habe ihrem Bräutigam ohne Vorwissen ihrer Eltern abgeschrieben, und der Grund dafür sei Anatol Kuragin, mit dem Pierres Frau sie zusammengeführt habe und mit dem sie in Abwesenheit ihres Vaters habe fliehen wollen, um sich heimlich mit ihm trauen zu lassen.

Die Schultern hochgezogen, hörte Pierre mit offenem Munde zu, was Marja Dmitrijewna ihm erzählte, und traute dabei seinen Ohren nicht. Des Fürsten Andrej so leidenschaftlich geliebte Braut, diese bisher immer so entzückende Natascha Rostowa, sollte Bolkonskij um diesen Dummkopf von Anatol hingeben, der noch dazu, wie Pierre wußte, bereits verheiratet war! Sie sollte diesen Anatol plötzlich so lieben, daß sie sich bereit finden ließ, mit ihm durchzugehen! Nein, Pierre konnte das nicht begreifen, konnte sich das nicht vorstellen.

Er hatte Natascha von ihren Kinderjahren an gekannt, und der Eindruck, den er von ihr hatte, war der einer solchen Lieblichkeit, daß er ihn mit der sich ihm neu aufdrängenden Vorstellung von ihrer Niedrigkeit, Dummheit und Herzlosigkeit gar nicht in Einklang zu bringen vermochte. Er dachte an seine Frau, sagte sich: „Eben eine wie die andere!" und fand dann, er sei eben nicht der einzige, den das Schicksal unseligerweise an eine nichtswürdige

Frau gefesselt habe. Trotzdem hätte er fast Tränen vergießen können aus Mitleid mit dem Fürsten Andrej und seinem verletzten Stolz. Und je mehr Mitleid er mit seinem Freunde empfand, um so größer wurden die Verachtung und der Widerwille, mit denen er an Natascha dachte, die eben erst mit einem solchen Ausdruck von kalter Würde im Saal an ihm vorübergegangen war. Er wußte nicht, daß Nataschas Seele so voll von Verzweiflung, Scham und dem Gefühl der Erniedrigung war und daß es nicht ihre Schuld war, wenn ihr Gesicht unwillkürlich eine so gemessene Würde und Strenge zum Ausdruck brachte.

„Wieso trauen lassen?" erwiderte Pierre. „Das konnte er doch gar nicht. Er ist ja verheiratet."

„Das wird ja immer schöner!" rief Marja Dmitrijewna. „Das ist ja ein reizender Bengel! So ein Halunke! Und sie wartet seit zwei Tagen immer darauf, daß er etwas von sich hören läßt! Das muß man ihr sagen, dann wird sie wenigstens aufhören zu warten."

Marja Dmitrijewna ließ sich nun von Pierre die Geschichte von Anatols Heirat erzählen, schimpfte in sehr kräftigen Ausdrücken über Kuragin und setzte Pierre dann auseinander, warum sie ihn hergebeten habe. Marja Dmitrijewna fürchtete nämlich, der Graf oder Bolkonskij, der jeden Augenblick ankommen konnte, würden, allen ihren Verheimlichungsversuchen zum Trotz, die Geschichte erfahren und Kuragin fordern, und darum bat sie Pierre, er möge in ihrem Namen seinem Schwager den kategorischen Befehl geben, Moskau zu verlassen; er solle sich ja nicht unterstehen, ihr je wieder vor die Augen zu kommen. Pierre versprach, ihren Wunsch zu erfüllen. Jetzt erst hatte er die Gefahr begriffen, die sowohl dem alten Grafen als auch Nikolai und dem Fürsten Andrej drohte. Marja Dmitrijewna hatte ihm knapp und klar auseinandergesetzt, was sie wollte, und schickte ihn dann in den Salon.

„Sei nur vorsichtig, der Graf weiß von nichts, und du mußt tun, als wüßtest du auch nichts", sagte sie noch. „Ich werde jetzt zu ihr gehen und ihr klarmachen, daß ein weiteres Warten keinen Sinn mehr hat. Bleibe doch zum Mittagessen, wenn du Lust hast", rief sie ihm zuletzt noch nach.

Im Salon traf Pierre den alten Grafen. Er war ganz verlegen und verstört, denn an diesem Vormittage hatte Natascha ihm gesagt, daß sie Bolkonskij abgeschrieben habe.

„Ach, mon cher, mon cher", sagte er zu Pierre. „Es ist wirklich etwas Schreckliches mit diesem jungen Mädchen, wenn die Mutter nicht da ist. Ich kann es mir gar nicht verzeihen, daß ich überhaupt nach Moskau gekommen bin. Ich will ganz offen mit Ihnen sprechen. Haben Sie schon gehört, sie hat ihrem Bräutigam abgeschrieben, ohne irgendeinen Menschen um Rat gefragt zu haben! Ich gebe ja zu, ich war über diese Verlobung nie sehr glücklich. Gewiß, gewiß, er ist ein guter und anständiger Mensch, aber gegen den Willen seines Vaters, da hätte das rechte Glück doch gefehlt, und schließlich hätte Natascha auch andere Freier gefunden. Aber jetzt waren sie nun schon so lange verlobt, und dann gleich ein solcher Schritt, und ohne daß Vater und Mutter davon wußten! Jetzt ist sie krank und Gott weiß, was sonst noch alles! Ja, ja, Graf, es ist wirklich etwas Schlimmes, auf seine Töchter aufpassen zu müssen, wenn die Mutter nicht da ist ..."

Pierre sah, wie verstört der Graf war, und suchte das Gespräch auf einen anderen Gegenstand zu lenken, aber der Graf kam doch immer wieder auf seinen Kummer zu sprechen.

Sonja kam ganz aufgeregt in den Salon. „Natascha ist nicht ganz wohl, sie ist in ihrem Zimmer und möchte Sie gern sehen. Marja Dmitrijewna ist bei ihr und läßt auch bitten, Sie möchten hinkommen."

„Ja, Sie sind ja so befreundet mit Bolkonskij, da wird Natascha ihm irgend etwas durch Sie übergeben lassen wollen", sagte der Graf. „Ach, mein Gott, mein Gott! Und wie schön war doch alles noch ganz vor kurzem!"

Dann fuhr er sich mit den Händen über sein spärliches graues Schläfenhaar und ging hinaus.

Marja Dmitrijewna hatte Natascha gesagt, daß Anatol verheiratet war. Natasche hatte ihr nicht glauben wollen und eine Bestätigung aus Pierres eigenem Munde verlangt. Davon setzte Sonja jetzt Pierre in Kenntnis, während sie ihn durch den Korridor zu Nataschas Zimmer führte.

Natascha saß blaß und ernst neben Marja Dmitrijewna und sah Pierre mit ihren fiebrig glänzenden Augen fragend an, als er die Schwelle noch kaum überschritten hatte. Sie lächelte oder nickte ihm nicht zu, wie sie es sonst wohl getan hatte, sondern starrte ihn nur unverwandt an, und ihr Blick schien ihn nur das eine fragen zu wollen; bist du, was mein Verhältnis zu Anatol angeht, mein Freund oder ebenso mein Feind wie alle die anderen? Für sich selbst, von Anatol losgelöst, schien Pierre für sie gar nicht zu existieren.

„Er weiß alles", sagte Marja Dmitrijewna zu Natascha und deutete auf Pierre. „Laß dir von ihm sagen, ob ich die Wahrheit gesprochen habe oder nicht."

Natascha sah bald auf Pierre, bald auf Marja Dmitrijewna, wie ein verfolgtes und krankgeschossenes Tier auf die näherkommenden Hunde und Jäger sieht.

Pierre hatte Mitleid mit ihr, und die Operation, die er vornehmen sollte, widerstrebte ihm aufs äußerste. Er schlug die Augen nieder, als er endlich anfing:

„Natalja Iljinitschna, ob es nun wahr ist oder nicht, das müßte Ihnen eigentlich gleichgültig sein, denn ..."

„Es ist also nicht wahr, daß er verheiratet ist?"

„Nein, es ist wahr."

„Er ist verheiratet? Schon lange? Ehrenwort?" fragte sie.

Pierre gab ihr sein Ehrenwort.

„Ist er noch in Moskau?" fragte sie dann hastig.

„Ja, ich habe ihn eben erst gesehen."

Sie war offenbar nicht mehr imstande, noch ein Wort über die Lippen zu bringen. So bat sie mit einer Handbewegung, die beiden möchten sie allein lassen.

XIX

Pierre blieb nicht zum Essen, sondern brach gleich auf. Er fuhr an verschiedene Orte der Stadt, an denen er Anatol Kuragin vermutete; beim Gedanken an ihn strömte ihm alles Blut zum Herzen, und er hatte Mühe, ruhig Atem zu holen. Auf den Sperlingsbergen, bei den Zigeunern, bei Comoneno traf er ihn nicht an. Pierre fuhr in den Klub. Im Klub ging alles seinen gewöhnlichen Gang, die Gäste, die sich zum Diner zusammengefunden hatten, saßen in Gruppen beisammen, begrüßten Pierre und plauderten über Stadtneuigkeiten. Der Diener, der Pierres Gepflogenheiten, Neigungen und Freunde genau kannte, begrüßte ihn ebenfalls und meldete ihm, im kleinen Speisesaale sei ein Platz für ihn reserviert, Fürst N. N. halte sich in der Blibliothek auf, während Graf T. T. noch nicht gekommen sei. Ein Bekannter Pierres fragte ihn mitten in einem Gespräch über die Witterung, ob er schon von der Entführung der kleinen Rostowa durch Kuragin gehört habe. Die ganze Stadt spräche schon davon; ob es wohl wahr sei? Pierre erklärte lachend, es sei Unsinn, er komme eben selbst von Rostows. Dann erkundigte er sich bei allen Anwesenden nach Anatol. Bald hieß es, er komme heute nicht, bald, er habe zum Diner hier sein wollen. Pierre kam es ganz eigentümlich vor, alle diese vielen ruhigen und gleichgültigen Menschen vor sich zu sehen, deren keiner eine Ahnung von dem hatte, was in seiner Seele vor sich ging. Er wanderte im Saale auf und ab, wartete, bis alle Tischgäste sich versammelt hatten, und da Anatol nicht unter ihnen war, so blieb er auch nicht zum Diner da, sondern fuhr nach Hause.

Während Pierre vergeblich nach Anatol suchte, aß dieser bei Dolochow zu Mittag und beratschlagte gerade mit ihm, wie sich die Schlappe von neulich wieder wettmachen lassen könnte. Dazu schien ihm vor allem eine Zusammenkunft mit der kleinen Rostowa not=

wendig. Gegen Abend fuhr er also zu seiner Schwester, um mit ihr das Arrangement einer solchen Zusammenkunft zu besprechen. Als Pierre, nachdem er vergeblich durch ganz Moskau gefahren war, endlich nach Hause kam, da meldete ihm sein Kammerdiener, Fürst Anatol Wassiljewitsch sei bei der Gräfin.

Pierre ging in den von Gästen erfüllten Salon der Gräfin. Als er Anatols ansichtig wurde, ging er auf ihn zu. Seine Frau, die er seit seiner Rückkehr von der Reise heute zum ersten Male wiedersah, begrüßte er gar nicht erst – er haßte sie in diesem Augenblick noch mehr als sonst.

Die Gräfin kam auf ihn zu. „Ah, Pierre", sagte sie, „Du kannst dir gar nicht vorstellen, in was für einem Zustande unser Anatol ist ..."

Sie hielt inne, denn am gesenkten Kopf ihres Mannes, am Blitzen seiner Augen und an der Entschlossenheit seines Ganges hatte sie die Vorzeichen jener rasenden Wut und Kraft wahrgenommen, die sie so gut kannte und nach seinem Duell mit Dolochow am eigenen Leibe hatte erfahren müssen.

„Wo Sie sind, da ist auch Schamlosigkeit und alles Böse", sagte Pierre zu seiner Frau. „Kommen Sie, Anatol, ich habe mit Ihnen zu sprechen", setzte er auf französisch hinzu.

Anatol warf einen Blick auf seine Schwester, stand gehorsam auf und schickte sich an, Pierre zu folgen. Pierre ergriff seinen Arm, zog ihn an sich und ging mit Anatol hinaus.

„Si vous vous permettez dans mon salon ..." [1], flüsterte Hélène, allein Pierre ging hinaus, ohne ihr zu antworten.

Anatol ging mit seinem gewöhnlichen kecken und graziösen Gang hinter ihm her. Indessen trug sein Gesicht doch einen Ausdruck von Unruhe.

Sie betraten Pierres Kabinett, Pierre schloß die Tür und wandte sich, jedoch ohne ihn anzusehen, an Anatol:

„Sie haben der Komtesse Rostowa die Ehe versprochen und haben sie entführen wollen?"

„Mein Lieber", erwiderte Anatol auf französisch, in welcher Sprache auch das ganze folgende Gespräch geführt wurde, „ich fühle mich nicht verpflichtet, Fragen, die mir in dieser Tonart gestellt werden, zu beantworten."

Pierres Gesicht, das bereits vorher bleich gewesen war, verzerrte sich vor Wut. Mit seiner großen Hand packte er Anatol am Uniformkragen und schüttelte ihn so lange hin und her, bis Anatols Gesicht ganz verstört und verängstigt aussah.

„Wenn ich Ihnen sage, ich habe mit Ihnen zu reden, so ...", schrie Pierre.

[1] Wenn Sie sich in meinem Salon erlauben ...

„Na, das ist doch wirklich dumm, finden Sie das nicht selbst?" sagte Anatol und tastete nach dem Kragenknopf, den Pierre mitsamt dem Tuch abgerissen hatte.

„Sie sind ein Halunke und ein Schuft, und ich weiß nicht, was mich eigentlich hindert, mir das Vergnügen zu machen, Ihnen mit diesem hier den Kopf zu zerschmettern", sagte Pierre, der sich so geschraubt ausdrückte, weil er französisch sprach.

Er hatte einen gewichtigen Briefbeschwerer in die Hand genommen und drohend erhoben; gleich darauf legte er ihn aber hastig wieder zurück.

„Haben Sie ihr die Ehe versprochen?"

„Ich ... ich ... ich denke ja gar nicht daran. Übrigens habe ich ihr schon deswegen nicht die Ehe versprochen, weil ich ..."

Pierre fiel ihm ins Wort.

„Haben Sie Briefe von ihr? Briefe?" fragte Pierre und rückte Anatol noch näher auf den Leib.

Anatol sah ihn an, griff sofort in die Tasche und langte seine Brieftasche heraus. Pierre nahm den Brief, stieß einen ihm im Wege stehenden Tisch beiseite und ließ sich auf den Diwan fallen.

„Je ne serai pas violent, ne craignez rien",[1] sagte Pierre, als er eine ängstliche Gebärde Anatols wahrnahm. „Also die Briefe, das war das erste", fuhr er fort, als sage er sich eine auswendig gelernte Lektion her. Dann schwieg er einen Augenblick, erhob sich darauf und begann in seinem Kabinett auf und ab zu gehen. „Zweitens haben Sie Moskau morgen zu verlassen."

„Aber wie kann ich ..."

„Drittens", fuhr Pierre fort, ohne Anatols Einwurf zu beachten, „dürfen Sie nie etwas darüber verlauten lassen, was zwischen Ihnen und der Komtesse gewesen ist. Ich weiß, daß ich Sie nicht hindern kann, wenn Sie schwatzen wollen, aber wenn in Ihnen auch nur ein Funke von Gewissen steckt ..."

Wieder ging Pierre einige Male schweigend auf und ab.

Anatol saß vor dem Tisch und biß sich mit finster gerunzelten Brauen auf die Lippen.

„Sie müssen doch schließlich einmal einsehen, daß außer Ihrem Vergnügen auch noch das Glück und die Ruhe anderer Menschen in Betracht kommen und daß Sie ein ganzes Leben um Ihres Amüsements willen zerstören wollten. Amüsieren Sie sich meinetwegen mit solchen Weibern, wie meine Frau eins ist – solchen Weibern gegenüber sind Sie in Ihrem Recht, die wissen von vorneherein, was Sie von ihnen wollen, und weil sie in allen Ausschweifungen ebenso erfahren sind wie Sie, so mag das immerhin noch als ein ehrlicher Kampf gelten. Aber einem jungen Mädchen die Ehe versprechen

[1] Ich werde nicht heftig werden, fürchten Sie nichts.

... sie übertölpeln und wegschleppen ... Ja, begreifen Sie denn gar nicht, daß das ebenso gemein ist, wie einen alten Mann oder ein Kind zu mißhandeln?"

Pierre verstummte und sah Anatol mit einem Blick an, in welchem kein Zorn mehr, sondern nur noch eine Frage lag.

„Das weiß ich nicht", antwortete Anatol, der wieder Mut schöpfte, je mehr er Pierre seines Zornes Herr werden sah. „Das weiß ich nicht und will es auch nicht wissen", sagte er und sah Pierre mit einem leichten Zittern des Unterkiefers an. „Aber Sie haben hier Worte gebraucht wie ‚gemein' und dergleichen, und so etwas kann ich comme un homme d'honneur[1] niemandem hingehen lassen."

Pierre sah ihn verwundert an und konnte gar nicht verstehen, worauf Anatol hinauswollte.

„Es war zwar nur unter vier Augen", fuhr Anatol fort, „ich kann aber trotzdem ..."

„Sie wollen wohl Satisfaktion? Ja?" fragte Pierre spöttisch.

„Zum mindesten können Sie Ihre Worte zurücknehmen. Nicht wahr? Wenn Sie wollen, daß ich Ihre Wünsche erfülle, so ... Nicht wahr?"

„Also ich nehme sie zurück", sagte Pierre, „und ich bitte Sie um Entschuldigung." Pierres Blick fiel auf den losgerissenen Knopf. „Und wenn Sie Reisegeld brauchen sollten ..."

Anatol lächelte. Pierre kannte von seiner Frau her dieses verstohlene und gemeine Lächeln und geriet in Empörung.

„Ach, dieses gemeine, herzlose Pack!" sagte er und verließ das Zimmer.

Am folgenden Tage reiste Anatol nach Petersburg ab.

XX

Pierre fuhr zu Marja Dmitrijewna, um ihr mitzuteilen, daß ihre Wünsche erfüllt seien und daß Kuragin aus Moskau verschwinden würde. Das ganze Haus war in Angst und Aufregung. Natascha war sehr krank und hatte, wie Marja Dmitrijewna Pierre unter dem Siegel der Verschwiegenheit erzählte, sich in der Nacht, nachdem sie erfahren hatte, daß Anatol bereits verheiratet war, mit heimlich beschafftem Arsenik das Leben zu nehmen versucht. Als sie ein wenig von dem Gift verschluckt hatte, hatte sie es aber so mit der Angst bekommen, daß sie Sonja geweckt und es ihr erzählt hatte. Die notwendigen Gegenmaßnahmen hatte man auf diese Weise noch recht=

[1] als Ehrenmann.

zeitig treffen können, und so war Natascha jetzt bereits außer Gefahr; immerhin war sie noch so schwach, daß an eine Heimreise nicht gedacht werden konnte, und so hatte man nach der Gräfin geschickt. Pierre sah den verstörten Grafen und die verweinte Sonja, konnte Natascha aber nicht zu sehen bekommen.

Sein Mittagessen nahm Pierre an diesem Tage im Klub ein und hörte dabei überall von der Entführungsgeschichte reden; er stellte alle diese Gerüchte mit großer Hartnäckigkeit als unwahr hin und versicherte allen, es sei weiter nichts geschehen, als daß sein Schwager der Rostowa einen Antrag gemacht habe, aber abgewiesen worden sei. Pierre empfand es als seine Pflicht, die ganze Geschichte zu vertuschen und den guten Ruf der Rostowa wiederherzustellen.

Angstvoll wartete er auf das Eintreffen des Fürsten Andrej und sprach täglich beim alten Fürsten vor, um sich nach seinem Freunde zu erkundigen.

Fürst Nikolai Andrejewitsch wußte durch Mademoiselle Bourienne von allen den Gerüchten, die in der Stadt umgingen, und hatte auch Nataschas Billett an die Prinzessin Marja mit der Aufkündigung des Verlöbnisses gelesen. Er schien aufgeräumter als sonst und erwartete seinen Sohn mit großer Ungeduld.

Einige Tage nach Anatols Abreise erhielt Pierre vom Fürsten Andrej ein Billett, in welchem dieser ihm mitteilte, er sei in Moskau eingetroffen und bitte Pierre, zu ihm zu kommen.

In Moskau angelangt, hatte Fürst Andrej gleich im ersten Augenblick von seinem Vater Nataschas an Prinzessin Marja gerichtetes Billett erhalten, welches Mademoiselle Bourienne der Prinzessin Marja entwendet und dem Fürsten übergeben hatte; auch hatte der Vater ihm die Entführungsgeschichte mit allerhand Ausschmückungen erzählt. Fürst Andrej war abends angekommen. Am folgenden Vormittag fuhr Pierre zu ihm. Pierre hatte erwartet, den Fürsten Andrej in einer ähnlichen Verfassung anzutreffen wie Natascha, und war daher sehr erstaunt, als er, in den Salon eintretend, vom Kabinett des alten Fürsten her die laute Stimme seines Freundes hörte, der lebhaft über irgendeine Petersburger Intrige sprach. Dazwischen wurde er von seinem Vater und noch einer anderen Stimme unterbrochen. Zunächst erschien Prinzessin Marja und begrüßte Pierre. Sie seufzte und deutete mit einem Blick auf die Tür, hinter der Fürst Andrej sich befand, und wollte mit dieser Gebärde offenbar ihre Anteilnahme an seinem Kummer zum Ausdruck bringen; allein Pierre sah ihr am Gesicht doch eine gewisse Freude über das Geschehene sowie über die Art an, mit der ihr Bruder die Nachricht von der Untreue seiner Braut aufgenommen hatte.

„Er sagte, er habe das erwartet", erklärte sie. „Ich weiß, sein Stolz erlaubt es ihm nicht, seine Empfindungen zu zeigen, aber auf jeden Fall hat er es doch viel, viel besser überstanden, als ich erwartet hatte. Ja, es hat wohl so sein müssen ..."

„Aber ist denn nun wirklich alles zu Ende?" fragte Pierre.

Prinzessin Marja sah ihn erstaunt an.

Sie verstand nicht, daß man überhaupt so fragen konnte. Pierre ging ins Kabinett. Fürst Andrej, der sich sehr verändert und offenbar körperlich sehr gut erholt hatte, zwischen dessen Augenbrauen aber eine neue Querfalte entstanden war, stand in Zivilkleidung vor seinem Vater und dem Fürsten Meschtscherskij und diskutierte eifrig und unter energischen Handbewegungen mit den beiden. Man sprach über Speranskij, denn soeben war in Moskau die Nachricht von seiner angeblichen Verräterei und seiner plötzlichen Verbannung eingetroffen.

„Jetzt schmähen und verurteilen ihn alle, die noch vor einem Monat für ihn schwärmten", sagte Fürst Andrej, „desgleichen alle die, die nie imstande waren, seine Absichten zu begreifen. Es ist sehr leicht, einen in Ungnade Gefallenen abzuurteilen und ihm alle Fehler zur Last zu legen, die sich andere haben zuschulden kommen lassen, aber ich sage, wenn die jetzige Regierung irgend etwas Gutes geleistet hat, so ist das sein Verdienst und keines anderen ..."

Er hielt inne, als er Pierre eintreten sah. Sein Gesicht zuckte und nahm gleich darauf einen Ausdruck von Grimm an.

„Und die Nachwelt wird ihm Gerechtigkeit widerfahren lassen", schloß er und wandte sich dann Pierre zu.

„Na, was treibst du? Du wirst ja immer dicker", sagte er lebhaft, aber dabei prägte sich die neuentstandene Falte noch schärfer auf seiner Stirn aus. „Ja, ich bin gesund", beantwortete er lächelnd Pierres Frage.

Pierre verstand, was dieses Lächeln sagen wollte: „Ich bin gesund, aber davon hat ja doch niemand etwas."

Er wechselte mit Pierre einige Worte über den schauderhaften Zustand der Wege von der polnischen Grenze an, erwähnte einiger Bekannten von Pierre, die er in der Schweiz getroffen hatte, und eines Herrn Dessales, den er als Hofmeister für seinen Sohn aus dem Auslande mitgebracht hatte, und beteiligte sich dann wieder eifrig an dem Gespräch über Speranskij, das die beiden alten Herren inzwischen fortgesetzt hatten.

„Wenn er tatsächlich ein Verräter wäre und man Beweise für seine angeblichen geheimen Beziehungen zu Napoleon hätte, so würde man diese Beweise der ganzen Welt bekanntgeben", sagte er hitzig und schnell. „Ich persönlich liebe Speranskij nicht und habe ihn nie geliebt, aber ich liebe die Gerechtigkeit."

Pierre erkannte jetzt die ihm nur zu gut vertraute Neigung seines Freundes wieder, sich über Dinge, die ihm eigentlich fernstanden, aufzuregen und hitzig über sie zu streiten, nur um die schweren, drückenden Gedanken in seinem Innern zu übertäuben.

Als Fürst Meschtscherskij aufgebrochen war, nahm Fürst Andrej Pierre am Arm und führte ihn in das für ihn selbst eingerichtete Zimmer. In diesem Zimmer war ein Bett aufgeschlagen worden, und überall standen geöffnete Koffer und Reisetaschen umher. Fürst Andrej entnahm einem dieser Koffer eine Schatulle und dieser Schatulle ein in Papier gewickeltes Päckchen. Das alles tat er sehr schnell und ohne ein Wort dabei zu sagen. Dann richtete er sich auf und räusperte sich. Sein Gesicht sah finster aus, und die Lippen waren fest aufeinandergepreßt.

„Verzeihe, wenn ich dir mit einer Bitte lästig falle." Pierre begriff, daß Fürst Andrej ihm einen Auftrag für Natascha geben wollte, und sein breites Gesicht nahm einen teilnahmsvollen Ausdruck an. Gerade dieser Ausdruck ärgerte aber den Fürsten Andrej, und nun sagte er laut, energisch und unfreundlich:

„Die Komtesse Rostowa hat mir abgeschrieben, und ich habe so etwas läuten hören, als habe dein Schwager ihr einen Antrag gemacht oder dergleichen. Stimmt das?"

„Es stimmt und es stimmt auch wieder nicht", sagte Pierre und wollte noch mehr sagen, wurde aber vom Fürsten Andrej unterbrochen.

„Da sind ihre Briefe und ihr Porträt", sagte er, nahm das Päckchen vom Tisch und gab es Pierre.

„Übergib das der Komtesse, wenn du sie siehst."

„Sie ist sehr krank", sagte Pierre.

„Sie ist also noch hier? Und Fürst Kuragin?" fragte Andrej rasch.

„Der ist schon vor einiger Zeit abgereist. Sie war dem Tode nahe ..."

„Oh, das tut mir ja sehr leid", sagte Fürst Andrej und lächelte kalt, böse und unangenehm wie sein Vater.

„Herr Kuragin hat die Komtesse Rostowa also doch nicht seiner Hand gewürdigt?" fragte Fürst Andrej.

Er schnob einige Male durch die Nase.

„Er konnte sie nicht heiraten, weil er ja schon verheiratet ist", antwortete Pierre.

Fürst Andrej ließ ein unangenehmes Lachen hören, das wiederum an seinen Vater erinnerte. „Und wo ist dein Schwager jetzt, wenn ich fragen darf?" fragte er.

„Er fuhr von hier nach Peters ... ja, also ich weiß es nicht", erwiderte Pierre.

„Na, das ist ja auch einerlei", meinte Fürst Andrej. „Sage der Komtesse Rostowa, sie war vollkommen frei und ist es noch jetzt, und ich wünsche ihr alles Gute."

Pierre nahm das Päckchen an sich. Fürst Andrej sah ihn starr an, als dächte er darüber nach, ob er ihm nicht noch irgend etwas zu sagen habe, oder als warte er, ob Pierre ihm noch etwas zu sagen wünsche.

„Hören Sie, erinnern Sie sich noch an eine Meinungsverschiedenheit, die wir in Petersburg hatten?" fragte Pierre. „Erinnern Sie sich ..."

„Ja", antwortete Fürst Andrej hastig. „Ich habe damals gesagt, man müßte einer gefallenen Frau verzeihen, aber daß ich selbst das fertigbrächte, das habe ich nicht gesagt. Ich bringe es nicht fertig."

„Aber liegt der Fall nicht jetzt ganz anders?" warf Pierre ein.

Fürst Andrej schnitt ihm scharf das Wort ab:

„Ja, noch einmal um ihre Hand bitten, Großmut üben und so weiter? ... Ja, das wäre natürlich höchst edel, aber ich tauge nicht dazu, sur les brisées de monsieur[1] zu gehen. Wenn dir etwas an meiner Freundschaft liegt, so sprich mir nie wieder von dieser ... von dieser ganzen Geschichte. Na, also leb wohl. Du wirst es ihr also übergeben ..."

Pierre ließ den Fürsten Andrej allein und ging zum alten Fürsten und zur Prinzessin Marja.

Der Alte machte einen lebhafteren und angeregteren Eindruck als sonst. Prinzessin Marja war dieselbe, die sie immer war, aber Pierre spürte doch ihre Freude über das Scheitern des Heiratsplanes hinter all ihrem Mitleid mit dem Bruder hervorzucken. Erst jetzt erkannte Pierre, wenn er die beiden so ansah, die ganze Verachtung und den ganzen Grimm, die sie den Rostows entgegenbrachten, und die völlige Unmöglichkeit, in ihrer Gegenwart auch nur des Mädchens Erwähnung zu tun, das den Fürsten Andrej um irgendeines anderen willen hatte aufgeben können.

Beim Mittagessen kam man auf den Krieg zu sprechen, der offenbar bevorstand und kaum mehr zu vermeiden schien. Fürst Andrej redete unaufhörlich und disputierte bald mit seinem Vater, bald mit Dessales, dem schweizerischen Erzieher, und bekundete einen Eifer und eine Lebhaftigkeit, deren geheimen Grund Pierre genau kannte.

XXI

Am selben Tage fuhr Pierre gegen Abend zu Rostows, um seinen Auftrag auszuführen. Natascha lag im Bett, der Graf war im Klub, und Pierre übergab also Sonja die Briefe und ging dann zu Marja Dmitrijewna, die schon ungeduldig auf eine Nachricht darüber ge-

[1] diesem Herrn ins Gehege zu kommen.

wartet hatte, wie Fürst Andrej die Aufkündigung des Verlöbnisses aufgenommen hatte.

Zehn Minuten später kam Sonja in den Salon, in welchem Marja Dmitrijewna und Pierre saßen.

„Natascha möchte unbedingt den Grafen Peter Kirillowitsch sehen". sagte sie.

„Was denn? Soll er etwa zu ihr kommen? Bei ihr drinnen ist es ja gar nicht aufgeräumt", antwortete Marja Dmitrijewna.

„Nein, sie hat sich angezogen und ist in den Salon gegangen", sagte Sonja.

Marja Dmitrijewna zuckte nur die Achseln.

„Daß die Gräfin auch immer noch nicht da ist!" wandte sie sich zu Pierre. „Natascha hat mich wirklich ganz auf den Hund gebracht. Sei vorsichtig mit ihr und sage ihr nicht alles. Man traut sich ja auch gar nicht, sie zu schelten, so jämmerlich ist sie!"

Natascha stand in der Mitte des Salons, abgemagert, blaß und ernst, aber keineswegs beschämt, wie Pierre erwartet hatte. Als Pierre in der Tür erschien, geriet sie in eine hastige Beweglichkeit, offenbar im Zweifel, ob sie auf ihn zugehen oder ihn auf sich zukommen lassen sollte.

Pierre ging rasch auf sie zu. Er dachte, sie würde ihm die Hand geben, wie sie es sonst tat; aber sie ging ihm jetzt ein paar Schritte entgegen und blieb dann schweratmend stehen und ließ die Arme wie leblos herunterhängen; es war ganz die Haltung, in der sie früher immer sich in die Mitte des Saales gestellt hatte, wenn sie singen wollte, nur ihr Gesichtsausdruck war jetzt ein ganz anderer.

„Peter Kirilytsch", begann sie hastig, „Fürst Bolkonskij war Ihr Freund, ist Ihr Freund", verbesserte sie — es war ihr, als müsse sich alles gewandelt haben und als könne nichts mehr sein, wie es früher gewesen war. „Er sagte mir damals, ich möchte mich an Sie wenden, wenn ..." Pierre sah sie schweigend an und zog geräuschvoll die Luft durch die Nase. In seinem Innern hatte er Natascha bis jetzt mit Vorwürfen überhäuft und sie zu verachten gesucht, jetzt aber tat sie ihm leid, daß in seinem Herzen gar kein Raum mehr war für Vorwürfe.

„Er ist jetzt hier. Sagen Sie ihm ... er möchte mir verz ... er möchte mir verzeihen."

Sie schwieg, und nun ging ihr Atem noch schneller als zuvor. Aber sie weinte nicht.

„Ja ... ich will es ihm sagen", erwiderte Pierre, „aber ..."

Er wußte nicht recht, was er sagen sollte.

Natascha erschrak, offenbar kam ihr zum Bewußtsein, was Pierre jetzt vielleicht von ihr denken könnte.

„Nein", sagte sie schnell, „ich weiß, daß alles zu Ende ist. Nein, das kann nie wieder sein. Mich quält nur das Böse, das ich ihm angetan habe. Sagen Sie ihm nur, ich bäte ihn, mir zu verzeihen, mir zu verzeihen, mir alles zu verzeihen ..."

Sie bebte am ganzen Leibe und setzte sich auf einen Stuhl. Pierres Seele erfüllte ein Gefühl des Mitleids, wie er es noch nie empfunden hatte.

„Ich werde es ihm sagen, ich werde ihm alles noch einmal sagen", versprach er. „Aber ... ich möchte gern eins wissen ..."

„Was ist das?" fragte Nataschas Blick.

„Ich möchte wissen, ob Sie" — Pierre wußte nicht, wie er Anatol bezeichnen sollte, und wurde beim Gedanken an ihn ganz rot — „ob Sie diesen schlechten Menschen geliebt haben."

„Nennen Sie ihn nicht schlecht", sagte Natascha. „Aber ich weiß nichts, ich weiß gar nichts mehr. . ." Jetzt begann sie zu weinen. Und noch stärker überkam Pierre ein Gefühl des Mitleids, der Zärtlichkeit und der Liebe. Er spürte, wie ihm unter den Brillengläsern die Tränen aus den Augen schossen, und hoffte nur, Natascha werde es nicht wahrnehmen.

„Wir wollen nicht mehr davon sprechen, liebe Freundin", sagte er.

Der milde, zärtliche, herzinnige Ton dieser Worte ging Natascha ganz eigentümlich zu Herzen.

„Wir wollen nicht mehr davon sprechen, liebe Freundin. Ich werde ihm alles sagen. Ich bitte Sie um eins: sehen Sie in mir Ihren Freund, und wenn Sie Hilfe oder Rat brauchen oder auch nur einen Menschen, dem Sie Ihr Herz ausschütten können — nicht jetzt, sondern wenn Ihr Herz wieder zur Ruhe gekommen und klar geworden sein wird — dann denken Sie an mich." Er nahm ihre Hand und küßte sie. „Ich wäre glücklich, wenn ich ..."

Pierre wurde verlegen.

„Sprechen Sie nicht so zu mir, ich bin es ja gar nicht wert", rief Natascha und wollte hastig das Zimmer verlassen; allein Pierre hielt sie an der Hand zurück.

Er empfand, daß er ihr noch etwas zu sagen hatte. Als er es aber tat, da wunderte er sich über seine eigenen Worte.

„Grämen Sie sich jetzt nicht länger. Das ganze Leben liegt noch vor Ihnen", sagte er.

„Vor mir? Nein! Für mich ist alles verloren", antwortete sie voller Scham, ganz hingegeben dem Triebe zur Selbsterniedrigung.

„Alles verloren?" erwiderte er. „Wenn ich nicht der wäre, der ich nun einmal bin, sondern der schönste, klügste und beste Mensch auf der ganzen Welt und wenn ich dazu noch frei wäre, dann würde ich Sie in diesem Augenblick auf den Knien um Ihre Hand und um Ihre Liebe bitten."

Natascha weinte zum erstenmal seit vielen Tagen Tränen der

Dankbarkeit und Rührung; sie sah Pierre noch einmal ins Gesicht, dann ging sie hinaus.

Fast im selben Augenblick stürmte Pierre ins Vorzimmer, mühte sich, die Tränen der Rührung und des Glückes hinunterzuschlucken, die ihm in der Kehle aufsteigen wollten, fand beim Anziehen seines Pelzes mit der Hand nicht in das Ärmelloch und setzte sich dann schließlich in seinen Schlitten.

„Wohin befehlen Sie?" fragte der Kutscher.

„Wohin?" fragte sich Pierre. „Wohin kann ich jetzt fahren? Doch nicht jetzt in den Klub oder zu irgendeinem Bekannten?" Alle Menschen kamen ihm bemitleidenswert und arm vor angesichts jenes Gefühls von Rührung und Liebe, das er empfand, angesichts jenes weichen und dankbaren Blicks, mit dem sie ihn zuletzt durch Tränen hindurch angesehen hatte.

„Nach Hause", sagte Pierre und riß den Bärenpelz über der breiten, freudig atmenden Brust auf, obwohl es zehn Grad Kälte waren.

Es war ein klarer Frostabend. Über den schmutzigen, halb finsteren Straßen, über den schwarzen Dächern erhob sich der dunkle, sternenbedeckte Himmel. Pierre sah zum Himmel hinauf und im gleichen Augenblick vergaß er auch schon die erniedrigende Nichtigkeit alles Irdischen angesichts der Gefühlshöhe, in der seine Seele atmete, seit er aus Marja Dmitrijewnas Salon gestürzt war. Als der Schlitten auf den weiten Arbatplatz hinausfuhr, da lag vor Pierres Augen der ganze ungeheure Raum des dunklen, sternenbedeckten Himmels. Fast genau in der Mitte dieses Himmels, gerade über dem Pretschistenskij-Boulevard, stand, von unzähligen Sternen umringt und umdrängt, aber durch seine größere Erdnähe, sein weißes Licht und seinen langen, hochaufragenden Schweif von ihnen unterschieden, der riesige, grelleuchtende Komet des Jahres 1812, der Komet, der, wie die Rede ging, alle erdenklichen Greuel und das Ende der Welt anzeigte. Aber in Pierres Herzen vermochte dieser helle Stern mit dem langen, leuchtenden Schweif keinerlei Bangigkeit zu wecken. Mit tränenfeuchten Augen, Freude in der Seele, sah Pierre vielmehr auf diesen strahlenden Stern, der mit unsäglicher Geschwindigkeit in einer parabolischen Linie den unermeßlichen Weltenraum durchflogen hatte und nun plötzlich wie ein in den Dunstkreis der Erde eingedrungener Pfeil an einer selbstgewählten Stelle des schwarzen Himmels seine Bewegung gehemmt hatte und haftengeblieben war und nun mit mächtig erhobenem Schweif im schimmernden Farbenspiel seines weißen Lichts unter den zahllosen funkelnden Sternen um ihn her leuchtete. Pierre war es, als sei dieser Stern im Grunde nichts anderes als das, was sich in seiner zu neuem Leben entfalteten, weich und doch tatenmutig gewordenen Seele erschlossen hatte.

Buch 2

ERSTER TEIL

I

Gegen Ende des Jahres 1811 begann das westliche Europa seine Rüstungen zu verstärken und seine Streitkräfte zusammenzuziehen, und im Jahre 1812 setzten sich diese Streitkräfte in Bewegung; Millionen von Menschen – eingerechnet alle die, welchen Transport und Verpflegung der Armee oblag – bewegten sich von Westen nach Osten auf die russischen Grenzen zu, an denen genau ebenso seit dem Jahre 1811 die russischen Streitkräfte zusammengezogen worden waren. Am 12. Juni überschritten die westeuropäischen Streitkräfte die russischen Grenzen, und der Krieg begann, das heißt, es vollzog sich ein Geschehnis, das aller menschlichen Vernunft und aller Menschennatur ins Gesicht schlägt. Millionen von Menschen verübten gegeneinander eine so unzählige Menge von Übeltaten, Betrug, Verrat, Diebstahl, Herstellung und Ausgabe falscher Banknoten, Raub, Brandstiftung und Mord, wie sie sonst die Annalen aller Gerichte der Welt in Jahrhunderten nicht zu verzeichnen haben, und dabei sahen jetzt die Leute, welche diese Verbrechen begingen, gar nichts Verbrecherisches in ihnen.

Was bewirkte dieses außerordentliche Geschehnis? Welches waren seine Ursachen? Die Historiker geben mit naiver Sicherheit folgende Ursachen an: die Verletzung der Hoheitsrechte des Herzogs von Oldenburg, die Durchbrechung des Kontinentalsystems, Napoleons Machtgier, Alexanders Unbeugsamkeit, die Fehler der Diplomaten und so weiter.

Danach hätten also nur Metternich, Rumjanzew oder Talleyrand sich zwischen Audienz und Rout rechte Mühe geben und ihren diplomatischen Schriftwechsel sorgfältiger und kunstvoller führen müssen, oder Napoleon hätte an Alexander nur schreiben müssen: „Monsieur mon frère, je consens à rendre le duché au duc d'Oldenbourg" [1] – und es hätte keinen Krieg gegeben.

[1] Mein Herr Bruder, ich bin damit einverstanden, dem Herzog von Oldenburg sein Herzogtum zurückzugeben.

Man kann es verstehen, daß sich die Sache dem damals lebenden Geschlecht so darstellte. Man kann es verstehen, daß Napoleon die Kriegsursache, wie er auch später auf St. Helena geäußert hat, lediglich in den Intrigen Englands sehen zu müssen meinte. Man kann es verstehen, daß die Glieder des englischen Parlaments die Kriegsursache lediglich in Napoleons Machtgier sehen zu müssen meinten: daß der oldenburgische Souverän die Kriegsursache lediglich in dem gegen ihn verübten Gewaltakt sehen zu müssen meinte; daß die Kaufleute die Kriegsursache lediglich in dem Europa wirtschaftlich zerrüttenden Kontinentalsystem sehen zu müssen meinten; daß die alten Soldaten und Generäle die Hauptursache des Krieges in der Notwendigkeit sehen zu müssen meinten, sie wieder einmal in Aktion zu setzen, und die damaligen Legitimisten in der Notwendigkeit einer Wiederaufrichtung der bons principes[1], während die damaligen Diplomaten glaubten, alles sei davon gekommen, daß im Jahre 1809 das russisch-österreichische Bündnis vor Napoleon nicht kunstvoll genug geheimgehalten und das Memorandum Nr. 178 nicht geschickt genug abgefaßt worden war. Man kann es verstehen, daß sich dem Blick der Zeitgenossen diese und noch ungezählte ähnliche Umstände als Kriegsursachen darstellten, Umstände, deren unübersehbare Menge der unübersehbaren Menge menschlicher Standpunkte und Auffassungsmöglichkeiten entspricht; uns Nachgeborenen aber, die wir die Ungeheuerlichkeit des stattgehabten Ereignisses in ihrem ganzen Umfange zu überschauen vermögen und seine furchtbare, klar zutage liegende Bedeutung erkennen, müssen die angeführten Umstände samt und sonders als unzulänglich erscheinen. Wir können es nicht verstehen, daß Millionen von Christenmenschen einander nur deswegen getötet und gequält haben sollen, weil Napoleon machtgierig, Alexander unbeugsam, die englische Politik verschlagen war oder der Herzog von Oldenburg in seinen Rechten verletzt wurde. Wir können nicht verstehen, was diese Umstände mit dem Tatbestand so unzähliger Morde und Gewalttaten zu tun haben sollen, können es nicht verstehen, daß Tausende von Menschen vom andern Ende Europas nur deswegen, weil der Herzog in seinen Rechten verletzt worden war, Menschen aus den Gouvernements Smolensk und Moskau unglücklich gemacht und getötet haben oder aber von ihnen getötet worden sein sollen.

Uns Nachgeborenen, die wir keine Historiker sind und deren gesunder Menschenverstand sich bei Betrachtung dieses Geschehnisses von keiner Forscherbegeisterung umnebeln läßt, stellt sich für dieses Geschehnis eine unübersehbare Menge von Ursachen dar. Je tiefer wir uns in das Studium dieser Ursachen versenken, um so größer wird ihre Zahl, und jede einzelne Ursache für sich genommen,

[1] Der guten Grundsätze.

ebenso aber auch jede beliebig große Anzahl von Ursachen empfinden wir als an und für sich betrachtet gleich richtig und zugleich als gleich unrichtig, sobald wir ihre Bedeutungslosigkeit angesichts der Ungeheuerlichkeit des Geschehens auf uns wirken lassen, und als gleich unrichtig, wenn wir uns klarmachen, daß sie allein, ohne die Mitwirkung aller übrigen Ursachen, nie imstande gewesen wäre, die stattgehabten Geschehnisse herbeizuführen.

Als eine ebenso wichtige Ursache wie Napoleons Weigerung, seine Truppen hinter die Weichsel zurückzunehmen und dem Herzog von Oldenburg sein Land zurückzugeben, stellt sich uns die vorhandene oder fehlende Bereitwilligkeit des ersten besten französischen Korporals zum abermaligen Eintritt in den Heeresdienst dar; hätte dieser nämlich nicht wieder in den Heeresdienst eintreten wollen und hätten ein zweiter und ein dritter Korporal oder gar tausend Korporäle und Soldaten das auch nicht gewollt, so wäre Napoleons Armee um ebenso viele Mann schwächer gewesen, und der Krieg hätte nicht stattfinden können.

Hätte Napoleon sich durch das an ihn gestellte Ansinnen, hinter die Weichsel zurückzugehen, nicht so erbittern lassen und seinen Truppen mithin auch nicht den Befehl zum Vormarsch gegeben, so hätte es keinen Krieg gegeben; wenn aber alle Sergeanten keine Lust gehabt hätten, abermals in den Heeresdienst zu treten, so hätte es gleichfalls keinen Krieg geben können. Ebenso hätte es keinen Krieg geben können, wenn es keine englischen Intrigen und keinen oldenburgischen Souverän gegeben, wenn Alexander sich nicht verletzt und erbittert gefühlt und wenn in Rußland nicht die autokratische Regierungsform geherrscht und wenn es keine französische Revolution mit ihren Folgen — Diktatur und Kaiserreich — und also auch alles das, was die französische Revolution hervorgerufen, nicht gegeben hätte und so weiter. Nichts hätte geschehen können, wenn auch nur eine einzige dieser Ursachen ausgeblieben wäre. Es sind also alle diese Ursachen, diese Milliarden von Ursachen, zusammengekommen und haben das, was geschehen ist, gemeinsam herbeigeführt. Folglich war keine Ursache die ausschließliche Ursache des Geschehens, sondern dieses Geschehen mußte nur deshalb kommen, weil es eben kommen mußte. Und deshalb mußten eben Millionen von Menschen alle menschlichen Empfindungen und alle menschliche Vernunft ausschalten, mußten von Westen nach Osten ziehen, und Menschen ihresgleichen umbringen, genauso wie vor einigen Jahrhunderten Scharen von Menschen von Osten nach Westen gezogen waren und ebenfalls ihresgleichen umgebracht hatten.

Die Handlungen Napoleons und Alexanders, von denen es scheinbar abhing, ob das Geschehen seinen Lauf nahm oder nicht, waren ebensowenig willkürlich wie die Handlungen jedes beliebigen Sol=

daten, der in den Krieg ging, weil ihn das Los zum Militärdienst bestimmt hatte oder weil er ausgehoben worden war. Das war gar nicht anders möglich, denn um den Willen Napoleons und Alexanders – also der Männer, von denen das Geschehen scheinbar abhing – zur Ausführung zu bringen, bedurfte es des Zusammentreffens ungezählter Umstände, deren keiner hätte fehlen können, ohne daß das ganze Geschehen unmöglich geworden wäre. Millionen von Menschen und gerade von den Menschen, in deren Händen die wirkliche, die physische Kraft lag – nämlich Soldaten, die schossen oder Proviant und Kanonen transportierten –, mußten bereit sein, den Willen dieser beiden einzelnen und schwachen Menschen zu erfüllen, und waren es auch auf Grund einer unzähligen Menge vielgestaltiger und mannigfach miteinander verknüpfter Ursachen.

Man kommt in der Geschichte um den Fatalismus nicht herum, wenn man nach Erklärungen für unvernünftige Erscheinungen, das heißt, Erscheinungen, deren Vernünftigkeit wir nicht zu begreifen vermögen, sucht. Je mehr Mühe wir uns geben, derartige historische Erscheinungen im Wege der Vernunft zu erklären, um so unvernünftiger und unverständlicher werden sie für uns.

Ein jeder Mensch lebt sein Leben für sich, gebraucht seine Willensfreiheit zur Erreichung seiner persönlichen Ziele und ist bis in alle Fasern seines Wesens hinein davon überzeugt, daß er im nächsten Augenblick dies und das tun oder aber dies und das lassen kann; hat er aber etwas getan, so ist diese in einem bestimmten Augenblick ausgeführte Tat nicht mehr rückgängig zu machen, sie gehört jetzt der Geschichte an, in der sie nun nicht mehr als von Willensfreiheit bestimmte Tat, sondern als vom Schicksal vorausbestimmtes Geschehnis dasteht. Im Leben eines jeden Menschen gibt es zwei Seiten, ein persönliches Leben – um so freier, je mehr es von immateriellen Dingen bestimmt wird – und ein naturhaftes, triebmäßiges Herdenleben, in welchem der Mensch widerspruchslos den ihm vorgezeichneten Gesetzen gehorcht.

Sein eigenes Bewußtsein sagt dem Menschen, er lebe um seiner selbst willen, in Wirklichkeit aber wirkt er als unbewußtes Werkzeug auf die Ziele hin, die der Geschichte gesetzt sind und der ganzen Menschheit angehören. Die ausgeführte Tat läßt sich nicht rückgängig machen und ist in ihrer Wirkung, die mit den Wirkungen von Millionen anderer Menschentaten zusammenfällt, von geschichtlicher Bedeutung. Auf je höherer gesellschaftlicher Stufe der Mensch steht, je höher gestellt die Menschen sind, mit denen er zu tun hat, um so größer ist seine Macht über andere Menschen, aber um so klarer liegt es auch zutage, daß jede einzelne seiner Handlungen vorausbestimmt und der Entscheidung seines freien Willens entzogen ist.

Die Bibel sagt: „Das Herz des Königs ist in Gottes Hand.“

Der König ist ein Sklave der Geschichte.

Die Geschichte, das heißt das unbewußte, allen Menschen gemeinsame Herdenleben, bedient sich eines jeglichen Augenblicks im Leben der Könige als eines Werkzeuges zur Erreichung ihrer Ziele.

*

Im Jahre 1812 war Napoleon fester als je davon überzeugt, das „Verser le sang de ses peuples“[1] – wie Alexander sich in seinem letzten Briefe an ihn ausdrückte – hänge nur von ihm ab. Dabei war er aber willenloser als je in der Hand jener unentrinnbaren Gesetze, die ihn zwangen, für das Allgemeine, für die Geschichte das zu tun, was eben getan werden sollte, während er des Glaubens war, seine Handlungen und Entscheidungen nach seinem eigenen Willen zu bestimmen.

Die Menschen des Westens zogen nach Osten, um ihresgleichen umzubringen. Und nach dem Gesetz des Zusammenfallens der Ursachen fielen mit diesem Ereignis Tausende von kleineren Ursachen für diesen Völkerzug und diesen Krieg zusammen und wurden ihm ganz von selbst als mitwirkende Ursachen unterschoben: Die Vorwürfe wegen der Durchbrechung des Kontinentalsystems; der Herzog von Oldenburg und der Einmarsch in Preußen, der nach Napoleons Ansicht doch nur den einen Zweck hatte, einen bewaffneten Frieden zu erzielen; die Vorliebe des französischen Kaisers für die Kriegskunst und seine Gewöhnung an das Kriegführen, die beide mit den Neigungen seines Volkes zusammenfielen; die unwiderstehliche Verlockung, welche in dem gigantischen Maßstab der Kriegsvorbereitungen lag; die Kosten dieser Kriegsvorbereitungen und die Einsicht in die Notwendigkeit solcher Kriegsgewinne, die diese Kosten wieder einbringen könnten; der den Blick umnebelnde Weihrauch, den man in Dresden hatte aufsteigen lassen; die diplomatischen Verhandlungen, die, wie die Zeitgenossen glaubten, von aufrichtigem Friedenswillen getragen waren und doch nur das Ehrgefühl der Gegenpartei verwundeten und Millionen und aber Millionen anderer Ursachen, die mit dem Geschehen, das eben seinen Lauf nehmen sollte, zusammenfielen und sich ihm als mitwirkende Ursache unterschoben.

Wenn der Apfel reif geworden ist und zur Erde fällt – warum fällt er? Weil die Anziehungskraft der Erde auf ihn wirkt? Weil der Stengel trocken und dürr geworden ist? Weil der Apfel selbst von der Sonne getrocknet ist? Weil sein Gewicht zu groß geworden ist? Weil der Wind ihn schüttelt? Oder gar, weil der unter dem Baum stehende Junge ihn gern essen möchte?

[1] Das Blut seiner Völker zu vergießen.

Keine dieser Ursachen gibt den Ausschlag, wohl aber alle diese Ursachen gemeinsam, eben das Zusammenfallen aller der Bedingungen, unter welchen alles lebendige, organische, natürliche Geschehen sich abspielt. Und der Botaniker mag wohl meinen, der Apfel falle, weil sein Zellgewebe sich zersetzt habe usw., und das Kind unter dem Baum mag sagen, der Apfel sei gefallen, weil es ihn gern essen wollte und darum gebetet hatte, daß er fallen möchte, und der Botaniker und das Kind haben beide gleich recht. Einer sagt, Napoleon sei nach Moskau gegangen, weil er es eben gewollt habe, und habe dort seinen Untergang gefunden, weil Alexander ihm eben den Untergang bereiten wollte; und ein anderer sagt, ein viele Millionen Pud schwerer Berg, der unterhöhlt wurde und schließlich zusammenstürzte, sei nur infolge des letzten Schlages zusammengestürzt, den der letzte Arbeiter mit seiner Keilhaue geführt habe; und beide haben sie gleich recht und gleich unrecht. Bei den Vorgängen der Weltgeschichte sind die sogenannten großen Männer nur die Etiketts, die diesen Vorgängen den Namen geben, mit diesen Vorgängen selbst aber, ebenso wie Etiketts es tun, nur ganz, ganz wenig zu tun haben.

Eine jede ihrer Handlungen, die ihnen als Akt freier Selbstbestimmung und als um ihrer Personen willen getan erscheint, ist – historisch betrachtet – nicht ein Akt freier Selbstbestimmung, sondern ist als Glied der allgemeinen Entwicklungskette der Geschichte von Ewigkeit her vorbestimmt.

II

Am 29. Mai brach Napoleon von Dresden auf, wo er drei Wochen zugebracht hatte, umgeben von einem Hofstaat aus Prinzen, Herzögen und Königen; ja selbst ein Kaiser war darunter gewesen. Vor seinem Aufbruch hatte Napoleon den Kaiser sowie die Prinzen und Könige, die ihm das zu verdienen schienen, mit Liebenswürdigkeiten und Schmeicheleien überhäuft und die Könige und Prinzen, mit denen er unzufrieden war, gescholten und getadelt; mit Perlen und Brillanten, die ihm gehörten, das heißt, die er anderen Königen weggenommen hatte, hatte er die Kaiserin von Österreich beschenkt, und die Kaiserin Marie Louise hatte er zum Abschied zärtlich umarmt und sie, wie sein Geschichtsschreiber versichert, durch seinen bevorstehenden Aufbruch so in Betrübnis versetzt, daß sie die Trennung kaum überleben zu können schien – diese Marie Louise, die als seine Gattin galt, obgleich eine andere Gattin von ihm in Paris zurückgeblieben war. Obwohl die Diplomaten immer noch fest überzeugt waren, der Krieg werde sich vermeiden lassen, und mit Eifer auf dieses Ziel hinarbeiteten, und obwohl Kaiser Napoleon selbst einen Brief an Kaiser Alexander schrieb, in welchem er ihn „Monsieur mon frère"[1] nannte und ihm in den wärmsten Worten versicherte, er wünsche den Krieg nicht und würde seinem Herrn Bruder allezeit in Liebe und Hochschätzung zugetan bleiben, reiste er doch zu seiner Armee und erließ von jeder Station aus neue Befehle, die den einzigen Zweck hatten, den Marsch der Armee von Westen nach Osten zu beschleunigen. Von Pagen, Adjutanten und Reitereskorten umgeben, fuhr er in einer sechsspännigen Reiseequipage über Posen, Thorn, Danzig und Königsberg nach Osten, und in allen diesen Städten empfingen ihn Tausende von angstbebenden oder begeisterten Menschen.

Die Armee rückte von Westen nach Osten, und dorthin führten ihn auch die sechs Relaispferde vor seiner Reiseequipage. Am 10. Juni holte er die Armee ein und übernachtete im Walde von Wilkowiski, wo auf dem Gut eines polnischen Grafen für ihn Quartier gemacht worden war.

An der Armee vorbei fuhr Napoleon am folgenden Tage an den Njemen, legte hier eine polnische Uniform an und ritt ans Ufer, um die Übergangsstelle zu besichtigen.

Als er jenseits des Flusses les Cosaques sah und das weite ebene Land – les steppes – in dessen Mitte Moscou, la ville sainte[2], lag, die Hauptstadt eines dem Skythenlande vergleichbaren Reiches, in das Alexander von Mazedonien gezogen war, da befahl Napoleon, für alle unerwartet und wider alle strategischen und diplomatischen Erwägungen den Vormarsch, und andern Tages begannen seine Truppen über den Njemen zu setzen.

In der Morgenfrühe des 12. Juni trat er aus seinem Zelt, das man Abend zuvor auf dem steilen linken Ufer des Njemen aufgeschlagen war, und beobachtete durch das Fernrohr das flutartige Hervorströmen seiner Truppen aus dem Wilkowisker Walde, die in drei Kolonnen auf die drei Njemenbrücken zumarschierten. Die Soldaten wußten von der Anwesenheit des Kaisers, suchten ihn mit den Augen, schleuderten, als sie vor dem Zelt auf der Anhöhe eine einzeln vor der Suite stehende Gestalt in Überrock und Hut sahen, ihre Mützen in die Höhe und schrien: „Vive l'Empereur",[3] und ein Truppenteil hinter dem anderen, strömten sie in unerschöpflicher Flut aus dem mächtigen Walde, der sie bis jetzt verborgen hatte, flossen, in drei Kolonnen geteilt, auf die drei Brücken zu und überschritten den Fluß.

„Na, diesmal wird die Sache aber klappen! Ja, wenn er selbst sich

[1] Mein Herr Bruder.
[2] Die Kosaken und die Steppen ... Moskau, die heilige Stadt.
[3] Es lebe der Kaiser!

dahinterklemmt, dann raucht's! ... Herrgott im Himmel, da ist er ja! ... Es lebe der Kaiser! ... Also das da, das sind die Steppen von Asien! Wahrhaftig, eine ekelhafte Gegend ... Auf Wiedersehen, Beauché, ich reserviere dir auch das schönste Palais von Moskau ... Auf Wiedersehen! Alles Gute! ... Hast du ihn gesehen? Den Kaiser? Es lebe der Kaiser! Wenn er mich zum Gouverneur von Indien macht, Gérard, dann mache ich dich zum Minister von Kaschmir, darauf kannst du Gift nehmen ... es lebe der Kaiser! Hurra! Hurra! Hurra! ... Diese Lumpenkerle von Kosaken, wie sie sich dünnmachen! Es lebe der Kaiser! Da ist er! Siehst du ihn? Ich habe ihn zweimal gesehen, ganz nah, so wie von dir zu mir. Der kleine Korporal ... ich habe gesehen, wie er einem alten Kerl das Kreuz überreichte ... Es lebe der Kaiser!" So redeten alte und junge Soldaten, Menschen der verschiedensten Art und der verschiedensten Herkunft. Auf allen ihren Gesichtern lag der gleiche Ausdruck der Freude über den Beginn des längst erwarteten Feldzuges und der gleiche Ausdruck hingebender Begeisterung für den Mann im grauen Überrock dort oben auf der Anhöhe.

Am dreizehnten Juni ließ Napoleon seinen kleinen reinrassigen Araber vorführen, saß auf und galoppierte auf eine der Njemenbrücken zu, unaufhörlich umwogt von einem begeisterten Geschrei, das er offensichtlich nur deswegen ertrug, weil er es den Schreienden nicht gut verbieten konnte, ihre Liebe für ihn auf diese Weise zum Ausdruck zu bringen, obwohl dieses Geschrei, das ihn überall hin begleitete, ihm sehr lästig war und ihn, der seit seiner Ankunft bei der Armee unausgesetzt mit strategischen Plänen beschäftigt war, häufig im Nachdenken störte. Er ritt über eine der schwankenden Pontonbrücken auf das Ostufer, machte eine scharfe Linkswendung und galoppierte in der Richtung auf Kowno weiter; eine Abteilung Gardejäger zu Pferde, ganz berauscht von Seligkeit und Begeisterung, jagte vor ihm her, um ihm den Weg durch seine Truppen freizuhalten. An der breiten Wilija angelangt, parierte er sein Pferd unmittelbar vor einem am Ufer haltenden polnischen Ulanenregiment. „Vivat!" schrien die Polen, ebenso begeistert wie vorhin die Franzosen, und die ganze Front geriet in Unordnung, so stürmisch drängte sich alles vor und stieß einander beiseite, um den Kaiser zu sehen. Napoleon sah über den Fluß hin, stieg vom Pferde und setzte sich auf einen am Ufer liegenden Balken. Auf einen Wink seiner Hand wurde ihm wieder das Fernrohr gebracht, er legte es über die Schulter eines selig herbeigeeilten Pagen und betrachtete das jenseitige Ufer. Dann vertiefte er sich in ein vor ihm über die Balken gebreitetes Kartenwerk. Ohne den Kopf zu heben, sagte er einige Worte, und sofort galoppierten zwei Adjutanten zu den polnischen Ulanen. „Was war es? Was hat er gesagt?" wurde in den

Gliedern des polnischen Ulanenregiments gefragt, als die Adju=
tanten angelangt waren.

Napoleon hatte befohlen, eine Furt zu suchen und über den Fluß zu setzen. Der Oberst der polnischen Ulanen, ein schöner alter Mann, ganz rot geworden und stotternd vor Aufregung, fragte einen der Adjutanten, ob es ihm wohl gestattet sei, mit seinen Ulanen über den Fluß zu schwimmen, ohne erst eine Furt zu suchen. Diese Bitte, unter den Augen des Kaisers durch den Fluß schwimmen zu dürfen, brachte er mit sichtlicher Furcht vor einer abschlägigen Antwort heraus, wie ein kleiner Junge, der um die Erlaubnis bittet, auf ein Pferd steigen zu dürfen.

Der Adjutant meinte, der Kaiser werde gegen diesen freilich überflüssigen Eifer wohl nichts einzuwenden haben.

Kaum hatte der Adjutant das gesagt, als der alte schnurrbärtige Offizier mit strahlendem Gesicht und funkelnden Augen seinen Säbel hob, ein lautes „Vivat! schrie, seinen Ulanen befahl, ihm zu folgen, seinem Pferde die Sporen gab und auf den Fluß zu galoppierte. Wütend trieb er das widerstrebende Pferd vor, platschte mit ihm ins Wasser und hielt gerade auf die reißendste Stromstelle zu. Die Ulanenschwadronen waren hinter ihm hergejagt. In der Mitte des Flusses war die Strömung reißend und keineswegs ungefährlich, und das Wasser war sehr kalt. Die Ulanen klammerten sich aneinander, und viele von ihnen rutschten von den Sätteln. Einige Pferde ertranken, desgleichen einige Leute, während die übrigen, teils im Sattel, teils sich an den Pferdemähnen festhaltend, hinüberzuschwimmen suchten. Sie gaben sich alle erdenkliche Mühe, das andere Ufer zu gewinnen, und obwohl der Fluß ungefähr eine halbe Werst breit war, empfanden sie dabei nichts anderes als Stolz darüber, daß sie hier schwimmen und ertrinken durften unter den Augen des Mannes, der dort auf seinem Balken saß und nicht einmal einen Blick für das hatte, was sie taten. Als der zurückgekehrte Adjutant einen geeigneten Augenblick wahrnahm und die Aufmerksamkeit des Kaisers auf die Hingabe der Polen an seine Person zu lenken sich erlaubte, da stand der kleine Mann im grauen Überrock auf, rief Berthier zu sich und begann mit ihm am Ufer auf und ab zu gehen und ihm Befehle zu erteilen und dabei hin und wieder einige unzufriedene Blicke auf die seine Aufmerksamkeit ablenkenden Ulanen zu werfen, die dort vor seinen Augen ertranken.

Es war für ihn nichts Neues, daß seine Gegenwart die Menschen an allen Enden der Welt, von Afrika bis zu den moskowitischen Steppen zu wilder Begeisterung und sinnloser Selbstpreisgabe anstachelte. Er ließ sich sein Pferd vorführen und ritt in sein Quartier zurück.

Etwa vierzig Ulanen waren ertrunken, obwohl ihnen Boote zu

Hilfe geschickt worden waren. Von den übrigen waren die meisten durch die Strömung wieder an das linke Ufer zurückgetrieben worden. Der Oberst und einige Ulanen waren aber durchgekommen und mit Mühe am jenseitigen Ufer gelandet. Kaum aber waren sie in ihren triefenden Uniformen wieder auf dem festen Lande, als sie auch schon ihr Vivatgeschrei wieder aufnahmen und begeistert nach der Anhöhe hinübersahen, auf der Napoleon gestanden hatte, jetzt aber nicht mehr stand, und in diesem Augenblick fühlten sie sich glücklich.*

Am Abend erließ Napoleon zwischen zwei Befehlen — der erste besagte, die bereits hergestellten falschen russischen Banknoten sollten zwecks Verbreitung in Rußland so schnell wie möglich zur Armee gebracht werden, und der zweite verfügte die Erschießung eines Mannes in Sachsen, in dessen aufgefangenem Brief Mitteilungen über französische Armeedispositionen gestanden hatten — noch rasch einen dritten, nach welchem der polnische Oberst, der sich ohne jede Not in den Fluß gestürzt hatte, in die Ehrenlegion, an deren Spitze Napoleon selbst stand, aufzunehmen sei.

Quos vult perdere — dementat.[1]

III

Der russische Kaiser war inzwischen bereits seit über einem Monat in Wilna und hielt dort Truppenschauen und Manöver ab. Nichts war für den Krieg vorbereitet, den doch alle erwartet hatten und zu dessen Vorbereitung der Kaiser aus Petersburg gekommen war. Es existierte kein allgemeiner Operationsplan. Der Kaiser war einen Monat im Hauptquartier, und dabei schwankte man jetzt sogar noch mehr als früher, welcher von den vielen vorgeschlagenen Kriegsplänen angenommen werden sollte. Jede der drei Armeen hatte ihren eigenen Oberkommandierenden, einen gemeinsamen Oberbefehlshaber für alle drei Armeen gab es aber nicht, und der Kaiser selbst wollte diesen Posten nicht auf sich nehmen.

Je länger der Kaiser in Wilna war, um so weniger Aufmerksamkeit schenkte man eigentlich der Vorbereitung auf den Krieg, den zu erwarten man schließlich müde geworden war. Die Umgebung des Kaisers schien einzig bestrebt, dem Kaiser seine Zeit so angenehm wie möglich zu vertreiben und ihn so den bevorstehenden Krieg vergessen zu lassen.

Bei den polnischen Magnaten der Umgebung, bei den zum Hofe

* Anm. am Schluß des Buches.
[1] Wen Gott verderben will, den schlägt er mit Blindheit.

gehörenden Herren und beim Kaiser selbst hatte bereits eine Unzahl von Bällen und Festlichkeiten stattgefunden; im Juni verfiel einer der polnischen Generaladjutanten auf den Gedanken, sämtliche Generaladjutanten sollten gemeinsam dem Kaiser ein Diner und einen Ball geben. Diesen Gedanken nahmen alle mit Freuden auf, und der Kaiser erklärte sich einverstanden. Die Generaladjutanten brachten die Kosten im Wege der Subskription auf, und eine Dame, von der man glaubte, sie würde dem Kaiser zusagen, wurde aufgefordert, die Honneurs des Balles zu machen. Graf Bennigsen, der im Gouvernement Wilna begütert war, stellte sein vor der Stadt gelegenes Landhaus für die geplante Festlichkeit zur Verfügung, und nun wurde für den 13. Juni Ball, Diner, Wasserkorso und Feuerwerk in Zakret, dem Landsitz des Grafen Bennigsen, angesetzt. Alexander verbrachte also auf Bennigsens Landsitz bei dem Balle, den seine Generaladjutanten ihm gaben, den Abend des gleichen Tages, an dem Napoleon den Übergang über den Njemen befohlen, mit seiner Avantgarde die russische Grenze überschritten und die Kosaken zurückgeworfen hatte.

Es war ein fröhliches, glänzendes Fest. Kenner versicherten, sie hätten selten so viel schöne Frauen beisammen gesehen. Unter anderen dem Kaiser von Petersburg nach Wilna gefolgten russischen Damen nahm an diesem Balle auch die Gräfin Besuchowa teil und überstrahlte die schlanken polnischen Damen mit ihrer massigen, wie man zu sagen pflegt, „russischen" Schönheit. Sie fiel auf, und der Kaiser würdigte sie eines Tanzes.

Auch Boris Drubezkoi war anwesend, wie er sagte, „en garçon" [1], da er seine Frau in Moskau zurückgelassen hatte. Obwohl er selbst nicht Generaladjutant war, hatte er bei der Subskription für den Ball eine recht hohe Summe gezeichnet. Boris war jetzt ein reicher und recht hoch gestiegener Mann, der keine Protektion mehr suchte, sondern als Gleichgestellter mit den ansehnlichsten seiner Kameraden und Altersgenossen umging. Nachdem er Hélène lange Zeit nicht mehr gesehen hatte, war er hier in Wilna wieder mit ihr zusammengetroffen, ohne ihrer ehemaligen Beziehungen Erwähnung zu tun. Da aber Hélène bei einer sehr hochgestellten Persönlichkeit in großer Gunst stand und Boris seit kurzem Ehemann war, so gingen sie miteinander wie gute alte Freunde um.

Um zwölf Uhr nachts wurde noch getanzt. Hélène hatte gerade keinen ihrer würdigen Kavalier und forderte Boris von selbst zur Mazurka auf. Sie bildeten das dritte Paar. Boris sah kaltblütig auf Hélènes glänzende, entblößte Schultern über dem goldgestickten dunklen Gazekleid, erzählte allerhand von alten Bekannten und

[1] als Junggeselle, Strohwitwer.

beobachtete dabei doch unausgesetzt den im gleichen Saale an der Tür stehenden Kaiser, ohne es eigentlich selbst zu merken oder andere merken zu lassen. Der Kaiser tanzte zur Zeit nicht und hielt diesen oder jenen dazwischen mit einigen der herzensfreundlichen Worte an, wie sie nur ihm zu Gebote standen.

Zu Beginn der Mazurka sah Boris den dem Kaiser sehr nahe stehenden Generaladjutanten Balaschow auf diesen zukommen und allem Hofgebrauch zuwider in seiner nächsten Nähe stehenbleiben, obwohl der Kaiser sich gerade mit einer polnischen Dame unterhielt. Der Kaiser sprach noch einige Worte mit der Dame, sah Balaschow dann fragend an, merkte offenbar, daß Balaschow etwas Wichtiges haben müsse, entließ die Dame mit einem leichten Nicken und wandte sich dem Generaladjutanten zu. Schon bei Balaschows ersten Worten nahm des Kaisers Gesicht einen Ausdruck des Erstaunens an. Er ergriff Balaschows Arm und ging mit ihm quer durch den Saal durch eine etwa drei Klafter breite Gasse, welche die ehrerbietig zurückweichenden Ballgäste bildeten, ohne daß es dem Kaiser zum Bewußtsein kam. Boris fiel Araktschejews erregtes Gesicht auf, als dieser den Kaiser mit Balaschow durch den Saal gehen sah. Araktschejew schob sich, fortwährend mit den Blicken den Kaiser suchend und dabei geräuschvoll durch seine rote Nase schnaufend, durch die Menge, offenbar in der Erwartung, der Kaiser werde sich an ihn wenden wollen. Boris begriff, daß Araktschejew Balaschow beneidete und sehr ungehalten darüber war, daß eine offenbar wichtige Neuigkeit zum Kaiser gelangt war, ohne durch seine Hand gegangen zu sein.

Allein der Kaiser ging mit Balaschow vorbei, ohne Araktschejew zu bemerken, und trat durch die Ausgangstür in den hell erleuchteten Garten. Die Hand am Degen, folgte Araktschejew den beiden mit wütenden Blicken in einem Abstande von ungefähr zwanzig Schritten.

Während Boris sich den einzelnen Touren der Mazurka widmete, quälte ihn unaufhörlich der Gedanke, was für eine Nachricht Balaschow wohl gebracht haben und wie er selbst sie wohl früher als die anderen erfahren könnte.

Als er bei einer der nächsten Touren eine Damen zu wählen hatte, flüsterte er Hélène zu, er wolle die Gräfin Potocka holen, die anscheinend auf den Balkon gegangen sei; und nun huschte er über das glatte Parkett bis zur Ausgangstür und blieb stehen, als er von dort aus den Kaiser mit Balaschow vom Garten her wieder auf die Terrasse kommen sah. Der Kaiser und Balaschow waren bereits in der Nähe der Tür, und nun drückte Boris sich mit gesenktem Kopf ehrerbietig gegen den Türpfosten, als sei es ihm nicht mehr gelungen, sich rechtzeitig zurückzuziehen.

Er hörte gerade noch die letzten, mit der ganzen Erregung eines persönlich Beleidigten gesprochenen Worte des Kaisers:

„Ohne Kriegserklärung in Rußland einzufallen! Ich kann erst Frieden schließen, wenn auch nicht ein einziger bewaffneter Feind mehr auf russischem Boden steht."

Wie es Boris vorkam, hatte der Kaiser selbst Freude an dieser Äußerung; er war zufrieden mit der Formulierung, die er für seine Gedanken gefunden hatte, war aber ungehalten, weil Boris seine Worte gehört hatte.

„Es soll niemand etwas davon wissen!" setzte der Kaiser dazu und zog die Brauen zusammen.

Boris begriff, daß dieser Zusatz ihm galt, schloß die Augen und senkte ein wenig den Kopf. Nun kehrte der Kaiser in den Saal zurück und blieb ungefähr noch eine halbe Stunde auf dem Ball.

Auf diese Weise hatte Boris als erster erfahren, daß die Franzosen über den Njemen gegangen waren; so konnte er einigen einflußreichen und wichtigen Persönlichkeiten zeigen, daß ihm vieles zu Ohren kam, was anderen verborgen blieb, und so konnte er in der Schätzung dieser Personen wiederum einen Schritt aufwärts tun.

*

Die bereits an sich überraschende Nachricht vom Njemenübergang wirkte dadurch noch überraschender, daß sie nach einem Monat fruchtlosen Wartens und dazu gerade noch auf einem Balle eintraf. Der Kaiser hatte im ersten Augenblick nach dem Empfang dieser Nachricht, unter dem Einfluß der ersten Erbitterung und Entrüstung, jene nachmals berühmt gewordenen Worte gefunden, die ihm selbst gefielen und seine Empfindungen durchaus wiedergaben. Vom Ball nach Hause zurückgekehrt, ließ der Kaiser zwischen ein und zwei Uhr nachts seinen Kabinettssekretär Schischkow kommen und befahl ihm, einen Armeebefehl sowie ein Reskript an den Feldmarschall Fürsten Saltykow zu entwerfen; unter allen Umständen sollte Schischkow die Wendung anbringen, der Kaiser werde keinen Frieden schließen, solange auch nur noch ein einziger bewaffneter Franzose auf russischem Boden stehe.

Am nächsten Tage wurde folgender Brief an Napoleon geschrieben:

„Mein Herr Bruder!

Ich habe gestern erfahren, daß die Truppen Eurer Majestät trotz der Loyalität, mit der ich mich an meine Eurer Majestät gegenüber eingegangenen Verpflichtungen gehalten habe, die Grenzen Rußlands überschritten haben, und erhalte soeben aus Petersburg eine Note, in welcher Graf Lauriston diesen Angriff damit begründet,

Eure Majestät hätten sich von dem Augenblick an, in welchem Fürst Kurakin seine Pässe verlangt habe, als mit mir im Kriegszustande befindlich betrachtet. Die Gründe, die der Herzog von Bassano dafür anführt, daß er dem Fürsten Kurakin die Aushändigung der Pässe verweigerte, hätten mich nie auf den Gedanken zu bringen vermocht, daß der erwähnte Schritt des Fürsten Kurakin jemals zum Vorwande für einen Angriff genommen werden könnte. Tatsächlich ist mein Gesandter, wie er ja auch selbst erklärt hat, nie zu einem solchen Schritte ermächtigt worden, und sobald ich davon unterrichtet worden war, habe ich ihn mein Mißfallen wissen lassen und ihm Ordre gegeben, auf seinem Posten zu verbleiben. Wenn Ew. Majestät das Blut unserer Völker nicht um eines solchen Mißverständnisses willen zu vergießen gesonnen sind und sich bereit finden, Ihre Truppen aus dem von ihnen betretenen russischen Territorium zurückzunehmen, so werde ich das Vorgefallene als nicht geschehen ansehen, und es wird sich eine Verständigung zwischen uns herstellen lassen. Andernfalls jedoch, Ew. Majestät, werde ich mich gezwungen sehen, einen Angriff zurückzuweisen, der meinerseits nicht im geringsten provoziert worden ist. Gegenwärtig also hängt es noch von Ew. Majestät ab, der Menschheit die Leiden eines neuen Krieges zu ersparen.

Ich bin etc. (gez.) Alexander."

IV

Am Morgen des 14. Juni ließ der Kaiser um zwei Uhr früh Balaschow holen, las ihm seinen Brief an Napoleon vor und befahl ihm, diesen Brief ins französische Hauptquartier zu bringen und dem Kaiser persönlich zu übergeben. Während der Kaiser Balaschow abfertigte, wiederholte er ihm abermals seine Worte, er werde keinen Frieden schließen, solange noch auch nur ein einziger bewaffneter Feind auf russischem Boden stehe, und befahl ihm, diese Worte unter allen Umständen Napoleon gegenüber zu wiederholen. In seinem Brief, der einen letzten Aussöhnungsversuch darstellte, hatte er sich dieser Worte nicht bedient, weil sein feines Taktgefühl ihm sagte, daß sie in einem Brief nicht am Platze seien; er schärfte Balaschow jedoch nachdrücklich ein, sie persönlich zu Napoleons Kenntnis zu bringen.

Balaschow ritt, von einem Trompeter und zwei Kosaken begleitet, unverzüglich ab und stieß beim Morgengrauen im Dorfe Rykonty auf die französischen Vorposten diesseits des Njemen. Er wurde von französischen Kavallerieposten angehalten.

Ein französischer Husarenunteroffizier in himbeerroter Uniform und zottiger Pelzmütze rief den anreitenden Balaschow an und befahl ihm, zu halten. Balaschow parierte sein Pferd nicht gleich, sondern ritt im Schritt auf der Straße weiter.

Der Unteroffizier machte ein grimmiges Gesicht und brummte ein Schimpfwort; er ritt so dicht an Balaschow heran, daß beide Pferde einander fast berührten, faßte an seinen Säbel, schrie den russischen General grob an und fragte, ob er vielleicht taub sei, daß er nicht höre, was man ihm sage. Balaschow nannte seinen Namen. Der Unteroffizier schickte einen Soldaten zu seinem Offizier. Ohne sich weiter um Balaschow zu kümmern, begann der Unteroffizier sich mit seinen Kameraden über Regimentsangelegenheiten zu unterhalten und hatte für den russischen General gar keinen Blick mehr.

Nachdem Balaschow längere Zeit hindurch in unmittelbarer Nähe der höchsten Machtfülle und Majestät seinen Stand gehabt, nachdem er noch vor drei Stunden mit dem Kaiser hatte sprechen dürfen, war es Balaschow, der seiner ganzen dienstlichen Stellung nach überhaupt an größte Ehrerbietung gewöhnt war, ganz eigenartig zumut, als er sich hier auf russischem Boden in dieser feindseligen, vor allen Dingen aber unhöflichen und respektlosen Art seitens eines Vertreters der rohen Gewalt behandelt sah.

Die Sonne begann gerade ihren Aufstieg aus den Wolkenballen; die Luft war frisch und tauig. Die Straße entlang wurde eine Herde aus dem Dorf getrieben. Auf den Feldern stiegen die Lerchen trillernd auf, eine nach der andern, wie Bläschen im Wasser.

Während Balaschow auf das Kommen des Offiziers wartete, sah er sich um. Die russischen Kosaken und der Trompeter und die französischen Husaren warfen einander hin und wieder schweigende Blicke zu.

Der französische Husarenoberst, offensichtlich soeben erst aufgestanden, kam auf einem schönen, gutgenährten Grauschimmel in Begleitung zweier Husaren aus dem Dorf geritten. Der Offizier, die Soldaten und ihre Pferde verbreiteten eine Atmosphäre von keinen Mangel kennender Fülle und reicher und stutzerhafter Eleganz.

Man stand erst im Beginn des Feldzuges, und der Zustand der Truppen war noch der einer parademäßigen Unverbrauchtheit, welchem sich in Kleidung und Ausrüstung ein Anflug frisch und stattlich anzusehenden Feldkriegertums und in der Haltung und dem Geist der Truppen ein Anflug jener Munterkeit und Unternehmungslust beigesellten, welche die Anfänge aller Feldzüge begleiten.

Der französische Oberst unterdrückte mühsam das Gähnen, war aber höflich und wußte Balaschows Bedeutung offenbar zu würdigen. Er führte ihn an seinen Soldaten vorbei hinter die Postenkette und teilte ihm mit, sein Wunsch, dem Kaiser vorgestellt zu werden, werde sich höchstwahrscheinlich sehr rasch erfüllen lassen, da das kaiserliche Hauptquartier, so viel er wisse, ganz nahe sei.

Sie ritten durch das Dorf Rykonty, vorbei an den berittweise angepflockten französischen Husarenpferden, an Posten und anderen Soldaten, die vor ihrem Obersten die vorgeschriebenen Ehrenbezeigungen machten und die russische Uniform neugierig musterten, und gelangten auf die andere Seite des Dorfes. Wie der Oberst sagte, war das Quartier des Divisionskommandeurs, der Balaschow empfangen und an seinen Bestimmungsort begleiten würde, etwa zwei Kilometer entfernt.

Die Sonne stand bereits hoch über dem Horizont und funkelte lustig über dem hellen Grün.

Kaum waren sie an der Schenke vorbei auf eine Höhe gelangt, als sie von unten her eine kleine Kavalkade sich entgegenkommen sahen. Voran ritt auf einem Rappen, dessen Zaumzeug in der Sonne blitzte, ein hochgewachsener Mann mit einem Federhut und bis auf die Schultern fallendem, schwarzem Lockenhaar, in einem roten Mantel, die langen Beine nach Art aller französischen Reiter nach vorne gestreckt. Dieser Mann galoppierte Balaschow entgegen, und in der hellen Junisonne und im leichten Morgenwinde blitzten, rauschten und klirrten seine Federn, Edelsteine und goldenen Verschnürungen.

Balaschow war nur noch zwei Pferdelängen von dem mit theatralischer Feierlichkeit auf ihn zu galoppierenden Reiter mit den Armbändern, Federn, Halsketten und Goldverschnürungen entfernt, als Ulnaire, der französische Oberst, ihm respektvoll zuflüsterte: „Le Roi de Naples!“ [1] Wirklich war es Murat, der jetzt König von Neapel genannt wurde. Warum er gerade König von Neapel war, das war vollkommen unerfindlich, aber er wurde nun einmal so genannt, und er selbst war so überzeugt davon, wirklich König von Neapel zu sein, daß er sich infolgedessen ein viel feierlicheres und wichtigeres Wesen als zuvor angeeignet hatte. Er war so fest überzeugt davon, wirklich König von Neapel zu sein, daß er, als er einen Tag vor seinem Aufbruch von Neapel mit seiner Frau in der Stadt spazieren fuhr und einige Italiener ein: „Viva il re!“ [2] schrien — daß er sich da mit einem mitleidsvollen Lächeln zu seiner Gattin wandte und sagte: „Les malheureux, ils ne savent pas, que je les quitte demain!“ [3]

Aber obwohl er fest davon überzeugt war, König von Neapel zu sein, und obwohl er mit seinen abschiedsbetrübten Untertanen ein aufrichtiges Mitleid empfand, hatte er letzthin, nachdem er den

[1] Der König von Neapel.
[2] Es lebe der König.
[3] Die Unglücklichen, sie ahnen nicht, daß ich sie morgen verlasse.

Befehl zum Wiedereintritt in die Armee erhalten und besonders nachdem sein allergroßmächtigster und allerdurchlauchtigster Schwager Napoleon ihm in Danzig gesagt hatte: „Je vous ai fait roi pour régner à ma manière, mais pas à la vôtre“ [1] – sich vergnügt wieder an sein altvertrautes Handwerk gemacht und sprang nun, da er sich plötzlich wieder eingespannt sah, wie ein sehr reichlich genährtes, trotzdem aber nicht verfettetes Pferd lustig in seiner Gabeldeichsel einher und galoppierte, so bunt und kostbar wie möglich ausstaffiert, zufrieden und guter Dinge auf den polnischen Landstraßen umher, ohne selbst zu wissen, warum und wohin.

Als er den russischen General wahrnahm, warf er mit einer majestätischen, echt königlichen Bewegung den Kopf mit dem bis auf die Schultern fallenden Lockenhaar zurück und sah den französischen Obersten fragend an. Der Oberst teilte Seiner Majestät ehrerbietigst mit, was über Balaschow zu sagen war, brachte aber dessen Familiennamen nicht recht heraus.

„Also de Bal-machève!“ sagte der König, dessen Entschlossenheit die sprachliche Schwierigkeit, an welcher der Oberst gescheitert war, spielend überwand. „Charmé de faire votre connaissance, général“,[2] setzte er dann mit einer von königlicher Gnade getragenen Handbewegung dazu.

Aber sobald der König von dieser formelhaften Wendung zum eigentlichen, von ihm nach seiner Gewohnheit laut und rasch geführten Gespräch überging, fiel auch alle seine königliche Würde augenblicks von ihm ab, und ohne es selbst zu merken, geriet er in einen Ton gutmütiger Familiarität. Er legte seine Hand dem Pferde Balaschows auf den Widerrist.

„Eh bien, général, tout est à la guerre, à ce qu'il paraît“,[3] sagte er, als bedaure er ein Ereignis, über das er sich kein Urteil anmaßen wolle.

„Sire“, erwiderte Balaschow, „l'Empereur mon maître ne désire point la guerre, comme votre Majesté le voit.“ [4] Der Anrede „Votre Majesté“ bediente Balaschow sich während des ganzen folgenden Gespräches unaufhörlich und in allen Casus, und in der gehäuften Anwendung dieses Titels gerade einem Menschen gegenüber, dem diese Art der Titulierung noch etwas Neues war, schien in ihrer Affektiertheit eine Absicht zu liegen. Murats Gesicht strahlte vor alberner Genugtuung, während er dem Monsieur de Balachoff zuhörte. Allein „royauté oblige“ [5], er spürte die Notwendigkeit, mit

[1] Ich habe Sie zum König gemacht, damit Sie nach meinen Grundsätzen, und nicht nach Ihren, regieren.
[2] Ich bin hoch erfreut, Ihre Bekanntschaft zu machen, General.
[3] Nun, General, alles ist zum Kriege bereit, wie es scheint.
[4] Majestät, mein Herr und Kaiser wünscht keinesfalls den Krieg, wie Eure Majestät annehmen.
[5] die Königswürde verpflichtet.

Alexanders Gesandtem über Staatsangelegenheiten als König und Bundesgenosse des Kaisers von Frankreich zu sprechen. Er stieg also vom Pferde, nahm Balaschow am Arm, entfernte sich mit ihm einige Schritte von der in ehrfurchtsvollem Warten dastehenden Suite, begann mit ihm auf und nieder zu gehen und gab sich Mühe, etwas Bedeutendes zu sagen. Er machte also Balaschow darauf aufmerksam, daß das Ansinnen, die Truppen aus Preußen zurückzunehmen, für Kaiser Napoleon beleidigend sei, ganz besonders, da dies Ansinnen zur Kenntnis der Öffentlichkeit gelangt und die Ehre Frankreichs damit verletzt worden sei.

Balaschow entgegnete, in der gestellten Forderung könne doch nichts Verletzendes liegen, da ja ... hier unterbrach ihn Murat.

„Sie halten also Kaiser Alexander nicht für den Anstifter des Krieges?" fragte er plötzlich mit einem törichten und gutmütigen Lächeln.

Balaschow legte ihm die Gründe dar, die ihn in Napoleon den Urheber des Krieges erblicken ließen.

„Eh, mon cher général", fiel Murat ihm wieder ins Wort, „je désire de tout mon cœur, que les Empereurs s'arrangent entre eux et que la guerre commencée malgré moi se termine le plus tôt possible." [1]

Er hatte diese Worte in einem Tone gesprochen, wie ihn wohl Diener zu gebrauchen pflegen, die gern gut Freund miteinander bleiben möchten, wenn auch ihre Herren sich in die Haare geraten sind.

Darauf erkundigte er sich nach dem Großfürsten und nach seiner Gesundheit und erging sich in Erinnerungen an die muntere und vergnügte Zeit, die er mit ihm in Neapel verlebt hatte. Plötzlich schien ihm dann seine königliche Würde wieder einzufallen, er nahm eine feierliche und kerzengerade Haltung an – die gleiche Pose, in der er bei seiner Krönung dagestanden hatte –, machte mit der rechten Hand eine königlich-entlassende Bewegung und sagte:

„Je ne vous retiens plus, général. Je souhaite le succès de votre mission." [2] Und damit ging er zu seiner ehrerbietig wartenden Suite, und wieder blitzten, klirrten und rauschten sein goldverschnürter roter Mantel, seine Federn und seine Edelsteine.

Balaschow ritt weiter und war auf Grund dessen, was Murat ihm gesagt hatte, der Meinung, er würde jetzt bald Napoleon selbst vorgestellt werden. Statt dessen aber wurde er bei der nächsten Ortschaft von den Posten des Davoutschen Infanteriekorps ebenso angehalten wie bei der Vorpostenkette, ein Adjutant des Korpskom-

[1] O mein lieber General, ich wünsche von ganzem Herzen, daß die beiden Kaiser zu einer gegenseitigen Verständigung kommen mögen und daß der gegen meinen Willen begonnene Krieg so bald wie möglich beendet werde.

[2] Ich will Sie nicht länger zurückhalten, General; ich wünsche Ihnen Erfolg für Ihre Mission.

mandeurs wurde geholt, und dieser geleitete ihn dann in die Ortschaft zum Marschall Davout.

V

Davout war der Araktschejew Napoleons; nicht so feige wie Araktschejew, aber ebenso pedantisch-korrekt und grausam und ebensowenig fähig, seine Ergebenheit für seinen Kaiser anders als durch Grausamkeit zum Ausdruck zu bringen.

Im Mechanismus des Staates sind solche Menschen ebenso unentbehrlich wie Wölfe im Organismus der Natur, und sie sind immer da, treten immer wieder auf und behaupten sich, mag es auch noch so sinnlos erscheinen, daß es sie gibt und daß sie der höchsten Spitze der Regierung so nahe stehen. Nur mit der Unentbehrlichkeit solcher Menschen im Mechanismus des Staates läßt es sich erklären, daß ein Mann von der Grausamkeit eines Araktschejew, der den Grenadieren eigenhändig die Schnurrbärte ausriß, dabei aber so nervenschwach war, daß er nicht der geringsten Gefahr standhalten konnte, ein ungebildeter Mensch, der sich nicht einmal am Hofe zu bewegen wußte, dennoch bei dem ritterlich-edlen und menschlich-zarten Alexander so hoch in Gunst stehen und eine solche Machtstellung einnehmen konnte.

Balaschow traf den Marschall Davout im Schuppen eines Bauernhauses auf einem Fäßchen sitzend und mit allerhand Schreibereien beschäftigt. Davout überprüfte gerade verschiedene Rechnungen, und ein Adjutant stand neben ihm. Es wäre durchaus möglich gewesen, ihm eine bessere Unterkunft zu beschaffen, allein der Marschall Davout gehört zu den Leuten, die sich mit Absicht in die trübseligsten Lebensbedingungen hineinstellen, um selbst ein Recht zu finsterer Trübseligkeit zu haben. Das ist auch der Grund, warum Menschen dieser Art immer so hastig und hartnäckig arbeiten.

Davouts Gesichtsausdruck sagte: „Wie kann ich hier an die lichten Seiten des Menschenlebens denken, wenn ich, wie Sie sehen, in einem schmutzigen Schuppen auf einem Fasse sitze und arbeite?" Das Hauptvergnügen solcher Menschen besteht darin, ihre eigene hartnäckige, finstere und trübselige Geschäftigkeit, sobald sie irgendwo auf eine freiere und fröhlichere Lebensregung stoßen, dieser freieren und fröhlicheren Lebensregung tadelnd vorzuhalten – was für diese Art von Menschen geradezu zum Bedürfnis zu werden pflegt. Dieses Vergnügen machte sich auch Davout, als Balaschow zu ihm geführt wurde. Er versenkte sich noch tiefer in seine Arbeit, als der russische General hereinkam, warf durch seine Brillengläser nur einen Blick auf Balaschows von dem schönen Morgen und dem

Gespräch mit Murat belebt und angeregt erscheinendes Gesicht, stand aber nicht auf und machte überhaupt keine Bewegung, sondern runzelte die Stirn nur noch finsterer und lächelte böse vor sich hin. Dann nahm er an Balaschows Miene den durch diese Art des Empfanges hervorgerufenen ungünstigen Eindruck wahr, hob ein wenig den Kopf und fragte kalt, womit er dienen könne.

Balaschow nahm an, Davout könne ihm nur deswegen einen solchen Empfang bereiten, weil er nicht wisse, daß er einen Generaladjutanten des Kaisers Alexander und sogar dessen Vertreter gegenüber Napoleon vor sich habe; so unterrichtete er ihn denn schleunigst über seine Stellung und seinen Auftrag. Wider sein Erwarten wurde Davout jetzt aber nur noch unfreundlicher und gröber.

„Wo haben Sie das Schreiben?" fragte er. „Donnez-le moi, je l'enverrai à l'Empereur."[1]

Balaschow entgegnete, er habe Befehl, das Schreiben dem Kaiser persönlich zu übergeben.

„Die Befehle Ihres Kaisers mögen in Ihrer Armee Geltung haben", antwortete Davout, „aber hier haben Sie zu tun, was man Ihnen sagt."

Und als wollte er dem russischen General seine Abhängigkeit von der rohen Gewalt noch deutlicher zum Bewußtsein bringen, schickte Davout seinen Adjutanten nach dem Offizier vom Dienst.

Balaschow zog das versiegelte Schreiben des Kaisers hervor und legte es auf den Tisch; dieser Tisch bestand aus einer über zwei Fässer gelegten Tür, an der noch die beim Ausheben mitherausgerissenen Angeln hingen. Davout nahm das Schreiben und las die Adresse.

„Sie sind durchaus berechtigt, mich persönlich achtungsvoll oder nicht achtungsvoll zu behandeln", sagte Balaschow. „Aber gestatten Sie mir die Bemerkung, daß ich die Ehre habe, den Posten eines Generaladjutanten Seiner Majestät zu bekleiden."

Davout sah ihn schweigend an, und die Erregung und Verwirrung auf Balaschows Gesicht machte ihm offenbar Vergnügen.

„Die Achtung, die Ihnen zukommt, wird man Ihnen nicht versagen", erwiderte er, schob das Schreiben in die Tasche und verließ den Schuppen.

Einen Augenblick später erschien Herr de Castré, des Marschalls Adjutant vom Dienst, und geleitete Balaschow in das ihm angewiesene Quartier.

Das Mittagessen nahm Balaschow mit dem Marschall zusammen im Schuppen, und den Tisch gab wieder die über die Fässer gelegte Tür ab.

Am folgenden Tage ließ Davout morgens früh Balaschow zu sich rufen und sagte sehr nachdrücklich, er ersuche ihn hierzubleiben,

[1] Geben Sie es mir, ich werde es dem Kaiser schicken.

sich der Bagage anzuschließen, wenn ein Marschbefehl ausgegeben werden sollte, und außer mit Herrn de Castré mit niemandem zu sprechen. Darauf ritt er weg.

Balaschow verlebte vier einsame und langweilige Tage, von den Gefühlen einer Abhängigkeit und seines gänzlichen Mangels an Macht um so mehr gepeinigt, als er noch ganz vor kurzem selbst der Sphäre der Machthaber angehört hatte. Nach einigen Märschen mit der Stabsbagage und sonstigen französischen Truppenteilen, von denen die ganze Gegend wimmelte, wurde er nach Wilna gebracht, das inzwischen von den Franzosen besetzt worden war; er passierte dabei denselben Schlagbaum, unter dem er vor vier Tagen beim Ausritt durchgekommen war. Am folgenden Tage erschien der kaiserliche Kammerherr Monsieur de Turenne bei Balaschow und teilte ihm mit, Kaiser Napoleon wünsche ihn einer Audienz zu würdigen.

Vor fünf Tagen hatten vor dem Hause, in das Balaschow geführt wurde, Posten vom Preobrashenskij-Regiment gestanden; jetzt standen dort zwei französische Grenadiere mit zottigen Pelzmützen in blauen, über der Brust geöffneten Monturen und dazu Husaren- und Ulaneneskorten und eine glänzende Suite von Adjutanten, Pagen und Generälen in Erwartung Napoleons; in ihrer Mitte hielt unmittelbar vor dem Hauseingang Napoleons Mameluck Rustan mit einem der Reitpferde des Kaisers. Napoleon empfing Balaschow im gleichen Wilnaer Hause, aus dem Alexander ihn ausgeschickt hatte.

VI

Balaschow war zwar an höfische Prunkentfaltung gewöhnt, fühlte sich aber durch den Luxus und Glanz des napoleonischen Hofes trotzdem überrascht.

Graf Turenne führte ihn in einen großen Vorraum, in welchem viele Generäle und Kammerherren warteten, außerdem eine große Anzahl polnischer Magnaten, von denen Balaschow manche am Hofe des russischen Kaisers gesehen hatte. Duroc sagte, Kaiser Napoleon würde den russischen General noch vor seinem Spazierritt empfangen.

Balaschow hatte einige Minuten gewartet, als der Kammerherr vom Dienst hereinkam und ihn mit einer höflichen Verbeugung aufforderte, ihm zu folgen.

Er führte Balaschow in ein kleines Zimmer, das dem Kabinett unmittelbar vorgelagert war, dem gleichen Kabinett, in welchem der russische Kaiser ihn abgefertigt hatte.

Hier mußte Balaschow etwa zwei Minuten warten. Dann hörte er rasche Schritte hinter der Tür, beide Türflügel wurden hastig aufgerissen, dann wurde alles wieder still, und jetzt kamen aus dem Kabinett wiederum Schritte, die energisch und entschlossen klangen: es war Napoleon. Er war soeben mit der Toilette für den Spazierritt fertig geworden. Er trug eine blaue Montur, die über der weißen den runden Bauch umspannenden Weste geöffnet war, weiße, prallsitzende sämischlederne Reithosen über den feisten Schenkeln und Stulpenstiefel an den kurzen Beinen. Sein kurzes Haar war offensichtlich soeben erst gekämmt worden, aber eine einzelne Haarsträhne fiel über die Mitte der breiten Stirn. Der weiße gedunsene Hals hob sich scharf von dem schwarzen Uniformkragen ab. Napoleon roch nach Eau de Cologne. Auf seinem jugendlich wirkenden vollen Gesicht mit dem stark vortretenden Kinn lag der Ausdruck eines gnädigen und majestätischen kaiserlichen Grußes.

Er kam sehr rasch herein, den Kopf ein wenig zurückgeworfen, und machte bei jedem Schritt eine zuckende Bewegung. Seine ganze wohlgenährte, kurze Gestalt mit den breiten, dicken Schultern und der unwillkürlich herausgedrückten Bauch- und Brustpartie hatte jenes stattliche und würdige Aussehen, das man bei wohlsituierten und gepflegten Vierzigern so häufig beobachtet. Außerdem sah man es ihm an, daß er an diesem Tage in bester Laune war.

Er beantwortete Balaschows tiefe und respektvolle Verbeugung mit einem Kopfnicken, trat dicht vor ihn hin und fing sogleich an zu sprechen, wie ein Mensch, der jede Minute seiner Zeit zu schätzen weiß und sich nicht erst dazu herabläßt, seine Worte vorzubereiten, sondern fest überzeugt ist, das Nötige schon immer auf die beste Weise herauszubringen.

„Guten Tag, General!" sagte er. „Ich habe den von Ihnen überbrachten Brief des Kaisers Alexander erhalten und freue mich, Sie zu sehen."

Er sah Balaschow mit seinen großen Augen ins Gesicht, ließ sie dann aber gleich wieder von ihm abgleiten.

Balaschows Persönlichkeit interessierte ihn offensichtlich nicht im geringsten. Offenbar interessierte ihn überhaupt nur das, was in ihm selbst vorging. Was außerhalb seines eigenen Geistes war, erschien ihm völlig bedeutungslos, da seiner Meinung nach alles in der Welt ausschließlich von seinem Willen abhing.

„Ich habe den Krieg nicht gewünscht und wünsche ihn auch jetzt noch nicht", sagte er. „Aber er wird mir aufgezwungen. Ich bin auch jetzt noch bereit, alle Erklärungen entgegenzunehmen, die Sie mir geben können." Dieses „auch jetzt noch" hatte er ganz besonders betont.

Und nun begann er klar und kurz auseinanderzusetzen, aus welchen Gründen er mit der russischen Regierung unzufrieden war. Der französische Kaiser sprach in einem so maßvollen, ruhigen und freundlichen Ton, daß Balaschow tatsächlich zu der Überzeugung gelangte, Napoleon wünsche den Frieden und beabsichtige zu verhandeln.

„Sire! L'empereur mon maître ..."[1], begann Balaschow seine lange vorbereitete Rede, als Napoleon mit seinen Darlegungen fertig war und ihn fragend ansah; allein der starr auf ihn gerichtete Blick des Kaisers machte ihn verwirrt. „Sie sind verwirrt, beruhigen Sie sich!" schien Napoleon zu sagen, während er mit einem fast unmerklichen Lächeln die Uniform und den Degen Balaschows betrachtete.

Balaschow hatte sich gefaßt und begann zu sprechen. Er sagte, Kaiser Alexander könne darin, daß Kurakin seine Pässe verlangt habe, keine zureichende Kriegsursache erblicken, Kurakin habe das auf eigene Hand und ohne Zustimmung des Kaisers getan. Kaiser Alexander wünsche den Krieg nicht, und es seien auch keinerlei Abmachungen mit England getroffen worden.

„*Noch* nicht", schaltete Napoleon ein und als fürchtete er zu sehr unter den Einfluß seines Gefühls zu geraten, runzelte er finster die Stirn und nickte obenhin; mit dieser Bewegung wollte er andeuten, daß Balaschow fortfahren könne.

Balaschow brachte alles befehlsgemäß vor und sagte dann, Kaiser Alexander wünsche den Frieden, würde sich aber in Verhandlungen nur unter der Bedingung einlassen, daß ... Balaschow stockte: er entsann sich mit aller Deutlichkeit der Worte, die Kaiser Alexander in seinem Brief zwar fortgelassen, deren Aufnahme in das Reskript an Saltykow er aber strengstens befohlen und deren mündliche Übermittlung an Napoleon er Balaschow eingeschärft hatte. Dieser Worte: „Solange auch nur ein einziger bewaffneter Feind auf russischem Boden steht —", entsann sich Balaschow mit aller Deutlichkeit, allein ein aus mancherlei Empfindungen zusammengesetztes Gefühl hinderte ihn, sie auszusprechen, er brachte sie nicht heraus, obwohl er das hatte tun wollen. Er stockte und fuhr dann fort: „unter der Bedingung, daß die französischen Truppen über den Njemen zurückgehen."

Napoleon hatte Balaschows Verlegenheit beim Aussprechen dieser letzten Worte wahrgenommen, und über sein Gesicht lief ein Zucken, während seine linke Wade ganz leicht zu zittern begann. Nun nahm er wieder das Wort und sprach jetzt, ohne sich vom Fleck zu rühren, mit erhobener Stimme und schneller als vorhin. Während der Kaiser sprach, sah Balaschow mehrmals zu Boden und beobachtete dabei unwillkürlich das Zittern in Napoleons linker Wade, das immer mehr zunahm, je lauter seine Stimme wurde.

[1] Sire, mein Herr und Kaiser.

„Ich wünsche den Frieden nicht weniger als Kaiser Alexander", begann er. „Tue ich seinetwegen seit achtzehn Monaten nicht alles nur Erdenkliche? Seit achtzehn Monaten warte ich auf Aufklärung. Und was verlangt man jetzt von mir, um in Unterhandlungen zu treten?" Er runzelte die Stirn und machte mit seiner kleinen, weißen, fleischigen Hand eine energisch fragende Gebärde.

„Die Zurücknahme der Truppen hinter den Njemen, Majestät", erwiderte Balaschow. „Hinter den Njemen?" wiederholte Napoleon. „Also jetzt wollen Sie, ich soll meine Truppen hinter den Njemen zurückziehen? Nur hinter den Njemen?"

Er sah Balaschow ins Gesicht, und dieser senkte ehrerbietig den Kopf.

Vor Monaten hatte die russische Regierung noch die Räumung Pommerns gefordert, jetzt verlangte sie nur die Zurücknahme der Truppen hinter den Njemen.

Napoleon machte eine rasche Kehrtwendung und begann im Zimmer auf und ab zu gehen.

„Man verlangt von mir, wie Sie sagen, die Zurücknahme der Truppen hinter den Njemen als Vorbedingung für den Eintritt in Unterhandlungen. Aber vor zwei Monaten hat man zum gleichen Zweck von mir verlangt, ich solle meine Truppen hinter die Oder und hinter die Weichsel zurücknehmen, und obwohl ich dieser Forderung nicht nachgekommen bin, sind Sie jetzt auch so zu Verhandlungen bereit."

Er durchmaß schweigend das Zimmer und machte dann wieder vor Balaschow halt. Balaschow bemerkte, daß des Kaisers linke Wade jetzt noch rascher als zuvor zitterte und sein Gesicht gleichsam einen Ausdruck der Versteinerung angenommen hatte. Dieses Zittern der linken Wade war Napoleon eine vertraute Erscheinung, und er sagte einmal: „Wenn meine linke Wade zittert, so hat das immer etwas Großes zu bedeuten."

„Ein solches Ansinnen wie das der Räumung des Gebiets bis zur Oder und Weichsel kann man allenfalls an den Souverän eines Ländchens wie Baden stellen, aber nicht an mich", schrie Napoleon plötzlich, offenbar selbst von diesem Ausbruch überrascht. „Wenn Sie mir Petersburg und Moskau versprechen würden, könnte ich mich auf solche Bedingungen nicht einlassen. Sie sagen, ich hätte diesen Krieg angefangen! Aber wer hat sich zuerst zu seiner Armee begeben? Der Kaiser Alexander und nicht ich! Und jetzt, da ich Millionen ausgegeben habe, da Sie sich mit England verbündet haben und Ihre Lage überaus ungünstig ist — da wollen Sie mir Verhandlungen vorschlagen! Gerade jetzt! Und was bezweckt denn Ihr Bündnis mit England? Was hat England Ihnen dafür gegeben?"

Er hatte sehr hastig gesprochen, und seine Worte verfolgten offen=

bar gar nicht mehr den Zweck, die Vorteile eines Friedensschlusses darzutun und seine Möglichkeit oder Unmöglichkeit zu beleuchten, sondern sollten nur noch die Korrektheit seiner Handlungsweise und die Stärke seiner Position sowie Alexanders Inkorrektheit und Alexanders Fehler nachweisen.

Zu Anfang seiner Rede hatte er offenbar seine günstigere Lage auseinandersetzen und zeigen wollen, daß er trotzdem zum Eintritt in Unterhandlungen bereit sei. Aber je länger und eifriger er sprach, um so weniger konnte er sich in dem, was er sagte, an eine bestimmte Zielrichtung halten. Alles, was er sagte, verfolgte jetzt offensichtlich nur noch den einzigen Zweck, sich selbst zu erhöhen und Alexander herabzusetzen, also gerade das zu tun, was er anfangs hatte vermeiden wollen.

„Wie es heißt, haben Sie mit den Türken Frieden geschlossen?"

Balaschow senkte bejahend den Kopf.

„Der Friede ist geschlossen und ...", begann er.

Allein Napoleon fiel ihm ins Wort. Es war ihm offenbar Bedürfnis, allein und ununterbrochen zu sprechen, und so sprach er denn mit jener Redseligkeit und Unaufhaltsamkeit weiter, die nervösen und verwöhnten Menschen manchmal eigen ist.

„Ja, ich weiß, Sie haben mit den Türken Frieden geschlossen, ohne doch die Moldau und die Walachei zu bekommen. Und ich hätte Ihrem Kaiser diese Provinzen ebensogut gegeben, wie ich ihm Finnland gegeben habe. Ja, ich hatte Ihrem Kaiser die Moldau und die Walachei versprochen und hätte dieses Versprechen auch gehalten. Wie die Dinge jetzt stehen, wird er diese schönen Provinzen nicht zu sehen bekommen. Und dabei hätte er sie seinem Reich angliedern und Rußland vom Bottnischen Meerbusen bis an die Donaumündungen zu einem geschlossenen Herrschaftsgebiet erweitern können. Katharina die Große hätte nichts Gewaltigeres zustande bringen können als das!" – und Napoleon ging, sich immer mehr in Hitze redend, im Zimmer auf und ab und wiederholte dem General fast die gleichen Worte, die er in Tilsit dem Kaiser Alexander selbst gesagt hatte. „Das alles hätte er dank meiner Freundschaft haben können. Ach, was für ein herrliches Reich, was für ein herrliches Reich!" sagte er einmal über das andere, blieb stehen, zog seine goldene Tabatiere aus der Tasche und schnupfte gierig.

„Was für ein herrliches Reich hätte Kaiser Alexanders Reich werden können!" Er sah Balaschow mitleidig an, kaum aber wollte dieser etwas erwidern, als Napoleon ihm abermals hastig ins Wort fiel.

„Was hätte er nur wünschen und suchen können, das meine Freundschaft ihm nicht gewährt hätte?" sagte er mit einem Achselzucken ratloser Verwunderung. „Aber nein, er hielt es für besser, seine Person mit lauter Leuten zu umgeben, die mir feindlich sind!

Und mit was für Leuten? Er hat Leute wie Stein, Armfeldt, Bennigsen, Wintzingerode zu sich geholt. Stein ist ein Verräter und aus seinem eigenen Vaterlande vertrieben, Armfeldt ein Roué und Intrigant, Wintzingerode ein flüchtig gewordener Untertan Frankreichs, Bennigsen ist etwas mehr Soldat als die anderen, trotzdem taugt er nichts, er hat 1807 nicht die geringsten Leistungen vollbracht und müßte beim Kaiser Alexander eigentlich noch in schauderhafter Erinnerung stehen ... Ja, wenn sie noch was taugten, dann könnte man sie noch verwenden", fuhr Napoleon fort, kaum mehr imstande, mit dem Mittel des Wortes seinen unablässig aufzuckenden und weiterjagenden Gedanken zu folgen, die ihm sein Recht oder seine Macht — was in seinen Augen zusammenfiel — erweisen sollten. „Aber nicht einmal das! Sie taugen nichts, weder im Kriege noch im Frieden! Barclay soll sein Handwerk freilich besser verstehen, aber nach seinen ersten Bewegungen zu urteilen, kann ich dem nicht gerade beipflichten. Und was tun sie denn, was tun sie denn, alle diese Hofmenschen? Pfuel proponiert, Armfeldt opponiert, Bennigsen kontrolliert, und Barclay, der eigentlich operieren sollte, weiß nicht, wozu er sich resolvieren soll. Und die Zeit vergeht, ohne daß irgend etwas passiert. Bagration allein ist Soldat. Er ist dumm, aber er hat Erfahrung, Augenmaß und Entschlußkraft ... Und was für eine Rolle spielt Ihr junger Kaiser in dieser unsympathischen Gruppe? Sie kompromittieren ihn und schieben ihm die Verantwortung für alles Geschehene zu. Ein Souverän soll nur dann bei seiner Armee sein, wenn er auch ein Feldherr ist!" Es lag auf der Hand, daß diese herausfordernde Bemerkung sich unmittelbar auf die Person des russischen Kaisers bezog. Napoleon wußte, wie sehnlich es Alexander danach verlangte, ein Heerführer zu sein.

„Der Feldzug dauert jetzt schon eine Woche, und Sie haben nicht einmal Wilna zu decken gewußt. Sie sind in zwei getrennte Hälften zerlegt und aus den polnischen Provinzen verjagt. Ihre Armee murrt."

„Im Gegenteil, Ew. Majestät", erwiderte Balaschow, der kaum behalten konnte, was Napoleon ihm bereits alles an den Kopf geworfen hatte, und diesem Wortfeuerwerk nur mühsam zu folgen vermochte. „Die Armee glüht vor Verlangen ..."

„Ich weiß alles", fiel Napoleon ihm ins Wort, „ich weiß alles, ich kenne die Zahl Ihrer Bataillone genauso gut wie die meiner eigenen. Sie haben nicht einmal zweihunderttausend Mann, ich habe dreimal so viel. Ich gebe Ihnen mein Ehrenwort", sprudelte er hervor, ohne sich klarzumachen, daß dieses Ehrenwort völlig bedeutungslos war, „ich gebe Ihnen mein Ehrenwort, daß ich fünfhundertdreißigtausend Mann diesseits der Weichsel habe. Von den Türken haben Sie keine Hilfe zu erwarten, die sind nichts wert, sonst hätten sie mit Ihnen keinen Frieden geschlossen. Und die Schweden — — — nun, es ist einmal ihre Bestimmung, von wahnsinnigen Königen beherrscht zu werden. Ihr ehemaliger König war verrückt, sie haben sich an seiner Statt einen anderen genommen, Bernadotte, und sofort hat auch der den Verstand verloren, denn ein Schwede muß wahnsinnig sein, um ein Bündnis mit Rußland schließen zu können."

Mit einem bösen Lächeln führte Napoleon die Tabatiere wieder an die Nase.

Balaschow hatte auf jede Behauptung Napoleons einen Einwand zur Hand und hätte ihn gern vorgebracht; immer wieder machte er die Bewegungen eines Menschen, der zu Worte kommen möchte, allein Napoleon ließ ihn nicht den Mund aufmachen. Gegen die Bemerkung von der Verrücktheit der Schweden wollte Balaschow einwenden, daß Schweden eine unangreifbare Insel sei, sobald es in einem freundschaftlichen Verhältnis zu Rußland stehe; aber Napoleons Stimme ging, um die des russischen Generals zu übertäuben, in ein zorniges Geschrei über. Napoleon befand sich in jenem Zustande der Nervenüberreizung, in welchem man reden, reden und wieder reden muß, nur um sich selbst die Richtigkeit der eigenen Behauptungen zu beweisen. Balaschow wurde es unbehaglich: er fürchtete, seiner Würde als Vertreter des Kaisers etwas zu vergeben, und empfand daher die Notwendigkeit, Napoleon zu widersprechen; als Mensch aber kauerte er sich, moralisch gesprochen, vor der sinnlosen Wut, in die Napoleon sich ohne jeden Anlaß hineingeredet hatte, unwillkürlich zusammen. Er sagte sich, alles, was Napoleon eben hervorsprudelte, habe weiter keine Bedeutung, und Napoleon werde sich selbst seiner schämen, sobald er wieder zu sich gekommen sei. Balaschow stand mit gesenkten Augen da, vermied Napoleons Blick und betrachtete die auf und nieder marschierenden dicken Beine des Kaisers.

„Und was können Ihre Bundesgenossen gegen mich ausrichten?" sagte Napoleon. „Meine Bundesgenossen können sich sehen lassen: die Polen! Es sind achtzigtausend Mann, und sie werden kämpfen wie die Löwen. Und bald werden sie zweimalhunderttausend Mann stark sein."

Und nun geriet er in eine noch gewaltigere Erregung, offenbar weil er mit seiner letzten Behauptung eine klar zutage liegende Unwahrheit ausgesprochen hatte und weil Balaschow immer noch in der gleichen Haltung stumm und in sein Schicksal ergeben vor ihm stand, und so machte er eine kurze Kehrtwendung, stellte sich ganz dicht vor Balaschow hin, fuchtelte wild mit seinen weißen Händen und schrie:

„Daß Sie es nur wissen, wenn Sie Preußen gegen mich aufwiegeln, so radiere ich es aus der Landkarte aus! Daß Sie es nur wissen!" Sein Gesicht verzerrte sich vor Wut, und er schlug mit der einen seiner kleinen Hände heftig in die andere. „Jawohl, ich werfe Sie hinter Düna und Dnjepr zurück und richte gegen Sie jene Barriere wieder auf, deren Zertrümmerung Europa in verbrecherischer Blindheit zugelassen hat. Jawohl, dieses Schicksal werde ich Ihnen bereiten, das haben Sie damit gewonnen, daß Sie meine Freundschaft verschmäht haben!"

Er zuckte mit seinen dicken Schultern hin und her und ging einige Male wortlos durch das Zimmer.

Er schob die Tabatiere in die Westentasche, zog sie wieder heraus, hielt sie einige Male an die Nase und blieb dann vor Balaschow stehen. Eine Weile sah er ihm schweigend und spöttisch ins Gesicht und sagte dann halblaut:

„Und dabei hätte Ihr Kaiser doch so ein herrliches Reich haben können!"

Balaschow fühlte die Notwendigkeit, einen Einwand zu machen, und sagte also, russischerseits sähe man die Lage keineswegs so düster an. Napoleon sah ihn immer noch schweigend und spöttisch an und hörte offenbar gar nicht zu. Balaschow bemerkte, in Rußland verspreche man sich vielmehr alles Gute von dem begonnenen Kriege. Napoleon nickte mit nachsichtiger Herablassung, als wolle er sagen: „Ich weiß, Sie müssen nun einmal so reden, aber in Wirklichkeit haben Sie sich von mir überzeugen lassen und glauben es selbst nicht."

Als Balaschow schwieg, zog Napoleon abermals die Tabatiere, schnupfte und stampfte dann zweimal auf, als wolle er ein Signal geben. Die Tür wurde aufgerissen, ein Kammerherr reichte dem Kaiser mit einer ehrfurchtsvollen Verbeugung seinen Hut und seine Handtasche, ein zweiter sein Taschentuch. Napoleon schenkte den beiden keinen Blick und sagte, während er seinen Hut entgegennahm, zu Balaschow:

„Versichern Sie Kaiser Alexander in meinem Namen, daß ich ihm ebenso ergeben bleibe wie früher. Ich kenne ihn genau und weiß seine hohen Qualitäten zu schätzen. Ich will Sie nicht weiter aufhalten, General, mein Antwortschreiben an Ihren Kaiser wird Ihnen zugehen."

Napoleon ging rasch zur Tür, und alle, die im Vorraum gewartet hatten, stürzten vor ihm her die Treppe hinunter.

VII

Nach allem, was Napoleon ihm gesagt hatte, nach diesen Zornesausbrüchen und diesen letzten trocknen und kühlen Worten: „Ich will Sie nicht länger aufhalten, General, mein Antwortschreiben an

Ihren Kaiser wird Ihnen zugehen", war Balaschow überzeugt, daß Napoleon ihn nicht mehr würde sehen wollen, sondern ihm geradezu aus dem Wege gehen werde als einem Parlamentär, den er beleidigt und, was noch schwerer wog, zum Zeugen seiner unschicklichen Heftigkeit gemacht hatte. Allein zu seiner Verwunderung erhielt Balaschow durch Duroc noch selbigen Tages eine Einladung zur Tafel des Kaisers.

An der Tafel nahmen auch Bessières, Caulaincourt und Berthier teil.

Napoleon begrüßte Balaschow heiter und freundlich. Sein Auftreten war völlig frei von Verlegenheit oder von den Spuren geheimer Selbstvorwürfe anläßlich seiner ausfallenden Heftigkeit vom Vormittag: vielmehr suchte er Balaschow Mut zu machen und ihn seine Unbefangenheit wiederfinden zu lassen. Es war deutlich zu merken, daß Napoleon fest überzeugt war, die Möglichkeit des Begehens von Fehlern existiere für ihn schon längst nicht mehr, und alles, was er tue, sei gut, nicht weil es mit den hergebrachten sittlichen Begriffen zusammenfiele, sondern eben weil er es tue.

Von seinem Spazierritt durch Wilna, bei dem eine große Volksmenge ihn begeistert begrüßt und sich ihm angeschlossen hatte, war der Kaiser in bester Laune zurückgekehrt. In den Straßen, durch die er geritten war, hatten aus allen Fenstern Teppiche, Fahnen und bildliche Darstellungen seines Namenszuges herausgehangen, und die polnischen Damen hatten ihn mit Tücherwinken begrüßt.

Bei Tisch ließ er Balaschow neben sich Platz nehmen, wandte sich häufig an ihn und behandelte ihn nicht nur freundlich, sondern so, als gehöre Balaschow zu den Herren seines Hofes, die für seine Pläne eine lebhafte Teilnahme empfinden und sich über seine Erfolge freuen mußten. Unter anderem brachte er das Gespräch auch auf Moskau und erkundigte sich bei Balaschow nach der russischen Residenz, nicht nur wie sich eben ein wißbegieriger Reisender nach einem ihm noch unbekannten Ort erkundigt, den er besuchen möchte, sondern gleichsam in der Überzeugung, Balaschow müsse sich als Russe durch diese Wißbegierde geschmeichelt fühlen.

„Wieviel Einwohner hat Moskau? Wieviel Häuser? Stimmt es, daß Moskau das heilige Moskau genannt wird? Wieviel Kirchen hat Moskau?" fragte er.

Und als Balaschow erwiderte, Moskau habe mehr als zweihundert Kirchen, da meinte er:

„Wozu eine solche Unzahl von Kirchen?"

„Die Russen sind sehr fromm", antwortete Balaschow.

„Ein Übermaß von Klöstern und Kirchen ist aber immer ein Zeichen für die Rückständigkeit eines Volkes", sagte Napoleon darauf und warf einen Blick auf Caulaincourt, um aus dessen Miene eine Bestätigung für diese Sentenz herauszulesen.

Balaschow erlaubte sich dem französischen Kaiser in aller Ehrfurcht zu widersprechen.

„Jedes Land hat eben seine Sitten", bemerkte er.

„Aber in ganz Europa gibt es nirgends etwas Ähnliches", erwiderte Napoleon.

„Ich bitte Ew. Majestät um Verzeihung", versetzte Balaschow. „Außer in Rußland gibt es auch in Spanien sehr viele Klöster und Kirchen."

Diese Antwort Balaschows, die auf die unlängst von den Franzosen in Spanien erlittene Niederlage anspielte, wurde später am Hof des Kaisers Alexander, als Balaschow sie dort widergab, höchlich bewundert und gerühmt; hier an Napoleons Tafel aber machte sie keinen großen Eindruck und ging eigentlich fast unbemerkt vorüber.

Die gleichgültigen und ein wenig unsicheren Gesichter der Herren Marschälle zeigten, daß sie nicht recht dahinterkamen, worin die Pointe dieser Antwort bestehen sollte, deren Vorhandensein Balaschows nachdrückliche Betonung doch anzudeuten schien. Die Mienen der Marschälle besagten: „Wenn eine Pointe drinsteckte, so haben wir sie eben nicht begriffen oder sie ist wohl auch nicht sehr scharfsinnig gewesen." Balaschows Antwort machte so wenig Eindruck, daß sie Napoleon überhaupt nicht auffiel und er Balaschow gleich darauf ganz naiv fragte, durch welche Städte der gerade Weg nach Moskau führe. Balaschow, der während der ganzen Tafel sehr auf der Hut war, antwortete, wie jeder Weg nach Rom führe, so führe auch jeder nach Moskau, und es gäbe sehr viele Wege und unter diesen vielen verschiedenen Wegen sei auch der über Poltawa, den seinerzeit Karl XII. eingeschlagen habe. Balaschow errötete unwillkürlich vor Genugtuung darüber, daß er diese Antwort so glücklich herausgebracht hatte. Aber er hatte seinen Satz noch nicht einmal zu Ende gesprochen, als Caulaincourt bereits von dem schlechten Zustande der Moskau–Petersburger Straße und von seinen eigenen Petersburger Erinnerungen zu sprechen begann.

Nach Tisch begab man sich, um den Kaffee zu nehmen, in Napoleons Kabinett, das noch vor vier Tagen Kaiser Alexanders Kabinett gewesen war. Napoleon setzte sich, nahm aus seiner Sèvrestasse einen kleinen Schluck Kaffee und forderte Balaschow mit einer Handbewegung auf, neben ihm Platz zu nehmen.

Wir alle kennen jene Gemütsverfassung, die nach dem Mittagessen über den Menschen kommt, stärker ist als alle vernünftigen Erwägungen und ihn dazu bringt, mit sich selbst zufrieden zu sein und alle Menschen für seine Freunde zu halten. In dieser Gemütsverfassung befand sich auch Napoleon. Es war ihm, als sei er von lauter Verehrern und Bewunderern umgeben, und er war überzeugt, daß jetzt, nach dem Diner, auch Balaschow sein Freund, Verehrer und Bewunderer geworden war. Er wandte sich mit einem freundlichen und ein klein wenig spöttischen Lächeln ihm zu.

„Man hat mir gesagt, daß auch Kaiser Alexander in diesem Raum gewohnt hat. Merkwürdig, nicht wahr, General?" sagte er, offenbar fest überzeugt, daß diese Bemerkung dem anderen nur angenehm in den Ohren klingen könne, da sie ja seine, Napoleons, Überlegenheit über Alexander zum Ausdruck brachte.

Balaschow wußte nichts zu erwidern und senkte schweigend den Kopf.

„Ja, vor vier Tagen haben in diesem Zimmer noch Wintzingerode und Stein beratschlagt", fuhr Napoleon mit dem gleichen spöttischen, selbstüberzeugten Lächeln fort. „Was ich nicht verstehe, ist dies, daß Kaiser Alexander alle meine persönlichen Feinde zu sich gezogen hat. Das ... das verstehe ich ganz einfach nicht. Ist er denn gar nicht auf den Gedanken gekommen, daß ich das gleiche tun könnte?" fragte er, und offensichtlich brachte ihn das wieder auf die Gedankenkette, die ihn am Vormittag zu solchen Wutausbrüchen hingerissen hatte, und diese Wut war immer noch zu erneutem Aufflackern bereit.

„Er soll nur wissen, daß ich das auch tun werde!" sagte Napoleon, stand auf und stieß seine Tasse zurück. „Ich werde auch aus Deutschland alle seine Verwandten verjagen, Württemberger, Badenser, Weimaraner ... jawohl, die werden verjagt! Er mag ihnen in Rußland nur einen warmen Winkel bereithalten!"

Balaschow neigte den Kopf und gab durch seine Miene zu erkennen, daß er sich am liebsten zurückziehen würde und nur zuhöre, weil sich das eben nicht vermeiden lasse. Allein Napoleon nahm Balaschows Miene gar nicht wahr; er ging mit Balaschow gar nicht mehr um wie mit einem Abgesandten seines Feindes, sondern wie mit einem ihm nunmehr völlig ergebenen Manne, der sich über jede Herabsetzung seines ehemaligen Herrn doch nur freuen könne.

„Und warum hat Kaiser Alexander selbst den Oberbefehl über seine Truppen übernommen? Wozu das? Der Krieg ist mein Metier, seins ist das Regieren, aber nicht das Kommandieren von Truppen. Wozu hat er so eine Verantwortung auf sich genommen?"

Napoleon zog wieder seine Tabatiere aus der Tasche, ging einige Male stumm auf und nieder, trat dann plötzlich auf Balaschow zu, hob die Hand, nahm den vierzigjährigen russischen General am Ohr und zupfte ihn leicht, und das mit einem leisen, nur durch eine kleine Lippenbewegung angedeuteten Lächeln und so selbstüberzeugt, schnell und harmlos, als tue er damit etwas, das für Balaschow nicht nur sehr wichtig, sondern auch überaus angenehm sein müsse.

Am französischen Hofe galt das „Avoir l'oreille tirée par l'Empereur"[1] für eine außerordentliche Ehre und Gnade.

„Aber Sie sagen ja gar nichts, Sie Bewunderer und Höfling des Kaisers Alexander?" meinte er, als sei es eigentlich doch komisch, daß jemand in seiner Gegenwart Bewunderer und Höfling eines anderen Herrschers sein könne. „Sind die Pferde für den General bereit?" setzte er dazu und beantwortete Balaschows Verbeugung mit einem leichten Neigen des Kopfes. „Geben Sie ihm Pferde aus meinem Stall, er hat einen weiten Ritt vor sich."

Der Brief, den Balaschow mitbekam, war Napoleons letztes Schreiben an Alexander. Die stattgehabte Unterredung wurde dem russischen Kaiser bis in alle Einzelheiten geschildert, und der Krieg begann.

VIII

Nach seiner Unterredung mit Pierre fuhr Fürst Andrej von Moskau nach Petersburg, wie er seinen Angehörigen sagte, um geschäftliche Angelegenheiten zu erledigen, tatsächlich aber, um dort den Fürsten Anatol Kuragin zu treffen, den er unbedingt treffen zu müssen glaubte. Gleich nach seiner Ankunft in Petersburg erkundigte er sich nach Kuragin, erfuhr aber, daß er nicht mehr dort war. Pierre hatte seinen Schwager wissen lassen, daß Fürst Andrej hinter ihm her sei, und Anatol Kuragin hatte sich vom Kriegsminister sofort zur Moldauarmee kommandieren lassen. In Petersburg traf Fürst Andrej seinen alten, ihm immer noch wohlgeneigten Vorgesetzten Kutusow, und Kutusow schlug ihm vor, mit ihm zusammen zur Moldauarmee zu gehen, deren Oberbefehl dem alten General übertragen worden war. Fürst Andrej wurde dem Stabe des Hauptquartiers zukommandiert und reiste in die Türkei ab.

Kuragin schriftlich zu fordern, schien dem Fürsten Andrej unangebracht. Fürst Andrej fürchtete durch eine Forderung die Komtesse Rostowa zu kompromittieren, solange nicht ein neuer Anlaß zu einer Forderung vorlag, und so suchte er denn ein persönliches Zusammentreffen mit Kuragin, bei dem sich leicht ein neuer Anlaß zu einem Duell finden lassen würde. Allein auch bei der gegen die Türken aufgestellten Armee gelang es ihm nicht, Kuragins habhaft zu werden, der unmittelbar nach Fürst Andrejs Eintreffen bei der Armee nach Rußland zurückgekehrt war. In einem neuen Lande, in einer neuen Umgebung erschien dem Fürsten Andrej das Leben

[1] Vom Kaiser am Ohr gezupft zu werden.

wieder leichter. Unter dem Treubruch seiner Braut hatte er um so tiefer gelitten, je sorgfältiger er dieses Leiden nach außen hin zu verbergen gesucht hatte; dieser Treubruch hatte ihm das ganze Milieu, in welchem er sich früher wohl gefühlt hatte, und noch mehr die Freiheit und Unabhängigkeit, die er früher so hoch geschätzt hatte, unerträglich gemacht. Er bewegte sich nicht mehr in den Gedankengängen von früher, die ihm zum erstenmal aufgegangen waren, als er auf dem Felde von Austerlitz zum Himmel über sich hinaufgesehen, die er Pierre gegenüber so gern entwickelt hatte und die ihm seine Einsamkeit in Bogutscharowo und später in der Schweiz und in Rom erfüllt hatten, und suchte sich sogar der Erinnerung an diese Gedanken zu entschlagen, die ihm ehedem Ausblicke in eine unendliche und lichterfüllte Ferne erschlossen hatten. Jetzt fesselten ihn nur noch die nächstliegenden, mit allem früheren in keinem Zusammenhang stehenden Interessen des realen Lebens, und er klammerte sich an sie um so gieriger, je unzugänglicher und ferner alles Frühere ihm geworden war. Das grenzenlose, unendlich ferne Himmelsgewölbe, das sich früher über ihm erhoben hatte, war plötzlich gleichsam zu einem niedrigen, begrenzten, ihn erdrückenden Raum geworden, in welchem zwar alles klar und übersichtlich war, das Ewige und Geheimnisvolle aber keine Stätte mehr hatte.

Von den Interessengebieten und Tätigkeitsarten, die für ihn in Frage kamen, war der Militärdienst das Nächstliegende und ihm am meisten Vertraute. Als stellvertretender General vom Dienst beim Stabe Kutusows legte er eine Hartnäckigkeit, einen Eifer, eine Arbeitsfreudigkeit und Pünktlichkeit an den Tag, die Kutusow in Erstaunen setzten. Kuragin hatte Fürst Andrej in der Türkei nicht gefunden, hielt es aber nicht für notwendig, nun wieder auf der Suche nach ihm nach Rußland zurückzujagen; er wußte ja doch, wenn er ihm einmal wieder begegnete, auch nach noch so langer Zeit, so würde er ihn fordern müssen, wie ein hungriger Mensch sich eben auf die Nahrung stürzen muß – trotz aller Verachtung, die er Kuragin gegenüber empfand, und obwohl er sich selbst immer wieder mit allen erdenklichen Argumenten bewies, daß er sich nicht durch einen Zweikampf mit einem Menschen wie Kuragin erniedrigen dürfe. Und dieses Bewußtsein, daß der Schimpf noch nicht gesühnt, daß die aufgespeicherte Wut noch keinen Ausgang gefunden hatte, sondern noch auf seinem Herzen lastete, dieses Bewußtsein vergiftete dem Fürsten Andrej die künstliche Ruhe, die er sich in der Türkei in Form einer mühsamen, auf anstrengende Kleinarbeit gestellten und wohl auch auf Ruhm und Ehre gerichteten Tätigkeit zu verschaffen wußte.

Als im Jahre 1812 die Nachricht vom Ausbruch des Krieges gegen Napoleon in Bukarest eintraf, wo Kutusow seit zwei Monaten wohnte und alle Tage und Nächte bei seiner Walachin zubrachte, da bat Fürst Andrej um seine Versetzung zur Westarmee. Kutusow hatte Bolkonskijs angestrengtes Arbeiten bereits als einen Vorwurf für seine eigene Untätigkeit zu empfinden begonnen und war seiner überdrüssig geworden; so ließ er ihn gern fort und schickte ihn mit irgendeinem Auftrage an Barclay de Tolly.

Die Armee lagerte im Mai an der Drissa, und Fürst Andrej machte den kleinen Abstecher nach Lysyja Gory, das, als nur drei Werst von der großen Smolensker Straße entfernt, fast unmittelbar an seinem Wege lag.

Die letzten drei Jahre im Leben des Fürsten Andrej waren so reich an umstürzenden Änderungen gewesen, er hatte so vieles durchdacht, empfunden, gesehen — er war im Westen und Osten Europas gleich viel herumgekommen —, daß es ihn ganz eigentümlich und überraschend berührte, als er, in Lysyja Gory einfahrend, die Wahrnehmung machte, daß hier das Leben bis in die kleinsten Einzelheiten völlig unverändert hinfloß. Als ginge es in ein verwunschenes, in Zauberschlaf versenktes Schloß, fuhr er durch die Allee und durch das steinerne Tor vor dem Herrenhause. In diesem Hause herrschte noch die gleiche Gemessenheit, die gleiche Sauberkeit, die gleiche Stille. Alles war unverändert geblieben, die Möbel, die Wände, die Geräusche, der Geruch und die verängstigten Gesichter, die freilich ein wenig älter geworden waren. Prinzessin Marja war immer noch ein schüchternes, reizloses, alterndes Mädchen, das ängstlich und unter ewigen seelischen Leiden nutzlos und freudlos ihre besten Lebensjahre hinbrachte. Die Bourienne war immer noch ein selbstzufriedenes und kokettes Frauenzimmer, das jeden Augenblick ihres Lebens freudig auskostete und sich den angenehmsten Zukunftshoffnungen überließ. Nur war, wie es dem Fürsten Andrej vorkam, ihre ganze Art noch selbstsicherer und überzeugter geworden. Der Hofmeister Dessales, den er aus der Schweiz mitgebracht hatte, trug einen russischen Rock und radebrechte russisch mit der Dienerschaft, war aber immer noch der bei aller Klugheit beschränkte, gebildete, tugendsame und pedantische Hofmeister von einst. Der alte Fürst war körperlich unverändert, nur ein Backenzahn fehlte ihm; auch in seinem Wesen und Charakter war er der gleiche geblieben, nur war er noch grimmiger und mißtraute der Realität dessen, was in der Welt vorging, noch mehr als früher. Nur Nikoluschka war gewachsen, hatte sich verändert, rote Backen und dunkles Lockenhaar bekommen, und wenn er lachte und vergnügt war, zog er, ohne es selbst zu wissen, die Oberlippe seines hübschen kleinen Mundes genauso in die Höhe, wie die verstorbene kleine Fürstin es getan hatte. Er als einziger war in diesem verwunschenen, in Zauber=

schlaf versenkten Schlosse dem Gesetz der Unveränderlichkeit nicht untertan.

Obwohl äußerlich alles beim alten geblieben war, hatten sich doch die seelischen Beziehungen dieser Menschen zueinander, seit Fürst Andrej sie nicht gesehen hatte, sehr gewandelt. Der ganze Familienkreis, einschließlich der Hausgenossen, hatte sich in zwei einander fremde und feindliche Lager geteilt, die freilich jetzt mit Rücksicht auf die Anwesenheit des Fürsten Andrej ihre Gepflogenheiten ein wenig änderten und sich etwas besser vertrugen. Zum einen Lager gehörten der alte Fürst, die Bourienne und der Baumeister, zum anderen Prinzessin Marja, Dessales, Nikoluschka und alle Kinderfrauen und Wärterinnen.

Während Fürst Andrej in Lysyja Gory war, speisten alle Hausgenossen gemeinsam zu Mittag, aber alle waren befangen, und Fürst Andrej hatte das Gefühl, ein Gast zu sein, dem zuliebe eine Ausnahme von der Regel gemacht wurde, und alle durch seine Gegenwart zu beengen. Diese unwillkürliche Empfindung ließ ihn am ersten Tage beim Mittagessen recht wortkarg sein. Der alte Fürst empfand ebenfalls das Gezwungene der Situation, hüllte sich in ein verdrießliches Schweigen und zog sich gleich nach Tisch in sein Kabinett zurück. Abends ging Fürst Andrej zu ihm und begann, um ihn ein wenig aufzumuntern, vom Feldzuge des jungen Grafen Kamenskij zu erzählen, aber der alte Fürst fiel ihm ins Wort und beklagte sich bitter über Prinzessin Marjas Aberglauben und ihre Lieblosigkeit gegen Mademoiselle Bourienne, die doch die einzige, wirklich anhängliche Person in diesem Hause sei. Wenn er krank sei, so liege das nur an Prinzessin Marja, die ihn absichtlich ärgere und reize und auch den kleinen Fürsten Nikolai durch ihre Verzärtelung und ihr dummes Gerede verderbe. Der alte Fürst wußte ganz genau, daß er seine Tochter quälte und daß sie ein sehr schweres Leben hatte, aber er wußte auch, daß er nun einmal nicht anders konnte, und glaubte darum, sie verdiene es eben nicht besser. „Warum fängt denn Fürst Andrej, der das alles doch mit ansieht, nicht von seiner Schwester an?" dachte der alte Fürst. „Glaubt er vielleicht, ich sei boshaft oder ein alter Dummkopf, habe mich ohne Ursache von meiner Tochter entfernt und die Französin zu mir gezogen? Er versteht eben die ganze Geschichte nicht, und darum muß ich ihm alles auseinandersetzen, und er muß hören, wie die Dinge liegen." Und nun begann er ihm darzulegen, warum er das abgeschmackte und alberne Wesen seiner Tochter nicht vertragen konnte.

„Wenn Sie mich fragen", antwortete Fürst Andrej und sah seinen Vater dabei nicht an, denn es war das erstemal in seinem Leben, daß er ihm in dieser Weise widersprach, „... ich wollte nicht davon anfangen, aber wenn Sie mich fragen, so will ich Ihnen offen sagen, wie ich darüber denke. Wenn es Unstimmigkeiten und Spannungen zwischen Ihnen und Mascha gibt, so kann ich ihr nicht die Schuld daran geben — ich weiß ja, wie Mascha Sie liebt und verehrt. Wenn Sie mich fragen", fuhr Fürst Andrej gereizt und aufgeregt fort, denn in der letzten Zeit wurde er immer sehr leicht aufgeregt und gereizt, „so kann ich nur das eine sagen: wenn es Unstimmigkeiten und Spannungen gibt, so liegt die Schuld daran nur bei dieser wertlosen Frauensperson, die wirklich nicht die geeignete Gesellschafterin für meine Schwester ist."

Der Alte hatte schon bei den ersten Worten seines Sohnes diesen starr und mit seinem gekünstelten Lächeln angesehen, und bei diesem Lächeln wurde das Fehlen des einen Zahnes deutlich sichtbar, ein Anblick, an den Fürst Andrej sich noch nicht hatte gewöhnen können.

„Gesellschafterin? Was heißt Gesellschafterin, mein Junge? Was? Du hast dich also schon mit Marja darüber ausgesprochen? Was?"

„Lieber Vater, ich habe mir kein Richteramt anmaßen wollen", antwortete Fürst Andrej gallig und schroff, „aber Sie haben mich nach meiner Meinung gefragt, und so habe ich denn gesagt, was ich immer sagen werde, daß nämlich Prinzessin Marja keine Schuld hat, sondern nur diese . . . diese Französin da . . ."

„Aha, ich bin schuld! Ich bin schuld!" sagte der Alte leise und, wie es dem Fürsten Andrej vorkam, mit einer gewissen Verlegenheit. Dann sprang er aber plötzlich auf und schrie: „Hinaus! Hinaus! Daß du dich hier nie wieder sehen läßt!"

*

Fürst Andrej wollte sofort abreisen, allein Prinzessin Marja bat ihn, noch einen Tag dazubleiben. Fürst Andrej sah seinen Vater an diesem Tage nicht mehr; der Alte verließ sein Kabinett nicht, ließ niemanden zu sich als Mademoiselle Bourienne und Tichon und erkundigte sich mehrere Male, ob sein Sohn abgefahren sei. Am folgenden Tage ging Fürst Andrej kurz vor dem Aufbruch in die Zimmer seines Sohnes. Der gesunde, gleich seiner Mutter lockenhaarige Junge setzte sich auf seinen Schoß, und Fürst Andrej begann ihm das Märchen von Blaubart zu erzählen, verstummte aber nachdenklich, noch ehe die Geschichte zu Ende war. Seine Gedanken galten nicht dem hübschen Jungen auf seinen Knien, sondern gingen andere Wege. Vergeblich suchte er in sich nach einem Gefühl der Reue darüber, daß er seinen Vater zum Zorn gereizt hatte, und einem Gefühl des Bedauerns darüber, daß er zum erstenmal in seinem Leben in Unfrieden sein Vaterhaus verlassen sollte, und darüber erschrak er. Vor allem aber suchte er auch vergeblich nach der Zärtlichkeit, die er früher für seinen Sohn empfunden und jetzt da=

durch, daß er den Knaben auf seinem Schoß streichelte und an sich drückte, vergeblich in sich zu erwecken gehofft hatte.

„Na, erzähle doch weiter", sagte der Junge.

Fürst Andrej gab ihm keine Antwort, ließ ihn von seinem Schoß gleiten und ging hinaus.

Kaum hatte Fürst Andrej nicht mehr seine tägliche Arbeit zu erledigen und kaum war er wieder in die Lebenssphäre zurückgekehrt, in der er sich in den Zeiten seines Glücks bewegt hatte, als ihn sein Gram und Lebensekel auch schon wieder mit alter Kraft angefallen hatten; so hatte er es denn eilig, von diesen Erinnerungen loszukommen und so schnell wie möglich wieder einen Wirkungskreis zu finden.

„Du fährst wirklich schon, André?" fragte ihn die Schwester.

„Gott sei Dank, daß ich fahren kann", antwortete Fürst Andrej. „Es tut mir sehr leid, daß du nicht auch weg kannst."

„Wie kannst du nur so reden!" sagte Prinzessin Marja. „Und gerade jetzt, wo du in diesen fürchterlichen Krieg gehst und er schon so alt ist. Mademoiselle Bourienne sagte vorhin, er habe nach dir gefragt ..."

Kaum war sie auf den Vater gekommen, als ihre Lippen zu zucken begannen und ihre Augen sich mit Tränen füllten. Fürst Andrej wandte sich ab und ging im Zimmer auf und nieder.

„Mein Gott! Mein Gott!" sagte er. „Und wenn man bedenkt, was und wer ... was für gleichgültige und wertlose Subjekte einen unglücklich machen können!" Er hatte diese Worte mit einer Wut, die Prinzessin Marja in Schrecken setzte, hervorgestoßen.

Sie begriff, daß er mit diesen wertlosen Subjekten nicht nur Mademoiselle Bourienne meinte, die sie unglücklich gemacht hatte, sondern auch den Menschen, der sein eigenes Lebensglück vernichtet hatte.

„André, ich bitte dich nur um eins, ich flehe dich an", sagte sie, berührte ihn am Ellbogen und sah ihn mit durch Tränen leuchtenden Augen an. „Ich verstehe dich ja." Hier schlug sie die Augen nieder. „Glaube nicht, daß Menschen dir Leid zugefügt haben. Menschen sind nur Seine Werkzeuge." Sie sah über den Kopf des Fürsten Andrej hinweg ein wenig nach oben, mit dem sicheren und gewohnheitsmäßigen Blick, mit dem man auf die wohlbekannte Stelle eines Wandporträts hinsieht. „Leid wird uns von Ihm geschickt, nicht von Menschen. Menschen sind Seine Werkzeuge, sie selbst haben keine Schuld. Wenn du meinst, jemand habe dir gegenüber eine Schuld auf sich geladen, so vergiß das und vergib ihm. Wir haben kein Recht zu strafen. Und dann wirst du empfinden, was für eine Seligkeit im Vergeben liegt."

„Wenn ich eine Frau wäre, würde ich das tun, Marie. Das Ver=

zeihen ist die Tugend der Frau. Aber ein Mann kann und soll nicht vergeben und vergessen", sagte er, und obwohl ihm bis zu diesem Augenblick der Gedanke an Kuragin noch gar nicht gekommen war, stieg jetzt plötzlich sein ganzer, noch durch keine Rache gekühlter Grimm wieder in ihm auf.

„Wenn Prinzessin Marja mir schon bereits zuredet, zu verzeihen, so heißt das, daß ich schon längst hätte strafen müssen", dachte er. Und nun dachte er schweigend an die grimmige Freude des Augenblicks, in welchem er Kuragin begegnen würde; er wußte ja, daß Kuragin bei der Armee war.

Prinzessin Marja flehte ihren Bruder an, doch noch einen Tag zu warten; sie wisse, wie unglücklich der Vater sein würde, wenn Andrej unversöhnt abfahren würde. Fürst Andrej erwiderte, er werde wahrscheinlich bald wieder Gelegenheit zu einem Besuche in Lysyja Gory haben, unter allen Umständen werde er dem Vater schreiben, und zudem würde der Bruch nur noch unheilbarer werden, wenn er jetzt noch bliebe.

„Adieu, André. Rappelez-vous que les malheurs viennent de Dieu et que les hommes ne sont jamais coupables"[1] – das waren die letzten Worte, die er beim Abschied von seiner Schwester hörte.

„So ist es richtig!" dachte Fürst Andrej, als er aus der Allee hinausfuhr. „Sie, ein bemitleidenswertes, schuldloses Geschöpf, bleibt einem irrsinnig gewordenen Greise preisgegeben. Der Alte fühlt selbst, daß er Unrecht tut, aber er kann nicht aus seiner Haut heraus. Mein Junge wächst heran und freut sich seines Lebens, und das Leben wird ihn zu einem Menschen machen, wie wir alle sind: Betrogene oder Selbstbetrüger. Ich gehe zur Armee, ohne zu wissen warum, und will einen Menschen treffen, den ich verachte, und will ihm die Möglichkeit geben, mich zu töten und hämisch über mich zu triumphieren!"

Im Grunde war ja alles auch früher nicht viel anders gewesen, aber früher hatte alles einen sinnvollen Zusammenhang gehabt, jetzt war es brüchig auseinandergefallen. Und Fürst Andrej sah nichts vor sich als sinnlose, durch keinen Zusammenhang miteinander verbundene Erscheinungen.

IX

Ende Juni traf Fürst Andrej im Hauptquartier ein. Die erste Armee, bei der sich auch der Kaiser befand, stand in dem befestigten Lager an der Drissa; die zweite Armee hatte sich mit der ersten

[1] Leb wohl, Andrej. Denke immer daran, daß Schicksalsschläge von Gott kommen und daß die Menschen niemals daran schuld sind.

vereinigen wollen, war aber zurückgegangen, weil sich, wie es hieß, starke französische Kräfte zwischen sie und die erste Armee geschoben hatten. Alle waren mit der Entwicklung der Lage unzufrieden, allein an die Gefahr eines feindlichen Einmarsches in die eigentlichen russischen Gouvernements dachte niemand; niemand vermutete auch nur, daß der Krieg sich über die westlichen, die polnischen Gouvernements hinaus ausbreiten könne.

Fürst Andrej fand Barclay de Tolly, an den er sich zunächst zu wenden hatte am Drissaufer. Im näheren Umkreis des Lagers gab es keinerlei größere Dörfer oder Marktflecken, und so hatte die ganze Riesenmenge der Generäle und Hofleute, die sich bei der Armee befanden, sich in einem Umkreise von zehn Werst auf die besten Häuser der kleinen, zu beiden Seiten des Flusses gelegenen Dörfer verteilt. Barclay de Tolly war vier Werst vom Quartier des Kaisers untergebracht. Er empfing Bolkonskij trocken und kalt und sagte ihm mit seinem deutschen Akzent, er werde dem Kaiser seinetwegen Vortrag halten, damit über seine dienstliche Stellung eine Entscheidung getroffen werde; vorläufig möge er beim Stabe bleiben. Anatol Kuragin, den Fürst Andrej bei der Armee zu treffen gehofft hatte, war nicht im Lager, sondern bereits wieder in Petersburg, allein diese Nachricht war Bolkonskij keineswegs unangenehm. Er war hier im Zentrum des gewaltigen Krieges, und dieser Krieg nahm alle seine Gedanken in Anspruch; so war er froh, für einige Zeit von der Gereiztheit und dem Grimm loszukommen, die jedesmal in ihm aufstiegen, wenn er an Kuragin dachte. In den ersten vier Tagen, in denen von ihm noch keinerlei bestimmte Leistungen verlangt wurden, ritt Fürst Andrej das ganze befestigte Lager ab und suchte sich mit Hilfe seiner strategischen Kenntnisse und häufigen Meinungsaustausches mit gut unterrichteten Kameraden ein zuverlässiges Urteil zu bilden. Allein die Frage, ob dieses Lager vorteilhaft war oder nicht, vermochte er trotzdem nicht zu lösen. Alle seine militärischen Erfahrungen hatten ihn zu der Überzeugung kommen lassen, daß die am tiefsinnigsten erdachten Pläne sich im Kriege oft als wertlos erweisen, wie er das am Tage von Austerlitz selbst gesehen hatte, und daß vielmehr alles davon abhängt, wie man auf unerwartete und gar nicht vorauszusehende Aktionen des Feindes reagiert, sowie davon, wie und von wem die Gesamtheit der Operationen geleitet wird. Um über diese letzte Frage Klarheit zu gewinnen, suchte Fürst Andrej unter Ausnutzung seines Ranges und seiner vielen Bekanntschaften in den Charakter der Armeeführung und der an ihr teilhabenden Personen und Parteien einzudringen, und gewann daraus folgendes Bild von der Lage der Dinge.

Als der Kaiser sich noch in Wilna aufhielt, war die Armee in drei Teile zerlegt worden: die erste Armee stand unter Barclay de Tollys, die zweite unter Bagrations, die dritte unter Tormassows Befehl. Der Kaiser befand sich bei der ersten Armee, aber nicht in der Stellung eines Oberkommandierenden. In den Armeebefehlen war nicht gesagt, der Kaiser würde das Oberkommando übernehmen, sondern nur, der Kaiser würde bei der Armee sein. Außerdem hatte der Kaiser nicht den Stab des Oberkommandos, sondern nur den Stab des kaiserlichen Hauptquartiers um sich, nämlich den Chef des kaiserlichen Stabes, Generalquartiermeister Fürsten Wolkonskij, Generäle, Flügeladjutanten, diplomatische Beamte und eine große Menge von Ausländern, nicht aber den Armeestab. Außerdem befanden sich in seiner Umgebung ohne fest umrissene Funktionen der frühere Kriegsminister Araktschejew, der dienstälteste General Graf Bennigsen, der Großfürst=Thronfolger Konstantin Pawlowitsch, der Kanzler Graf Rumjanzew, der frühere preußische Minister Stein, der schwedische General Armfeldt, ferner Pfuel, der den Hauptanteil am Entwurf des Kriegsplanes hatte, der Generaladjutant Paulucci, ein sardinischer Emigrant, Wolzogen und viele andere. Diese Männer hatten zwar bei der Armee keine bestimmte militärische Funktion, waren ihrer ganzen Stellung nach aber doch sehr einflußreich, und häufig wußte ein Korpskommandant oder sogar der Oberkommandierende gar nicht, in welcher Eigenschaft Bennigsen oder der Großfürst oder Araktschejew oder Fürst Wolkonskij etwas von ihm wissen oder ihm einen Rat geben wollten, ob es sich dabei um einen Rat oder eigentlich um einen Befehl handelte, ob dieser Rat oder dieser Befehl von dem Betreffenden persönlich oder vom Kaiser ausging und ob man ihm also Folge leisten mußte oder nicht. Das alles war aber schließlich nur etwas Äußerliches, denn der eigentliche Sinn der Anwesenheit des Kaisers und aller dieser Männer war, vom höfischen Standpunkt aus gesehen – und wo der Kaiser ist, da wird jeder zum Höfling – einem jeden klar. Es handelte sich um folgendes: der Kaiser hatte zwar nicht Titel und Stellung eines Oberkommandierenden übernommen, aber sich doch die entscheidenden Anordnungen für alle drei Armeen vorbehalten, und die Männer seiner Umgebung gaben dabei seine Gehilfen ab. Araktschejew war des Kaisers treuer Befehlsvollstrecker, Leibwächter und Türhüter; Bennigsen war im Gouvernement Wilna begütert und machte sozusagen die Honneurs des Landes, war aber darüber hinaus ein tüchtiger General und in jeder Beratung von Nutzen; seine besondere Bedeutung bestand darin, daß man ihn immer zur Stelle hatte, um Barclay vorkommenden Falles zu ersetzen. Der Großfürst war da, weil er das so wollte, und der frühere Minister Stein, weil er bei allen Beratungen gut zu brauchen war und weil Kaiser Alexander seine persönlichen Eigenschaften sehr hoch schätzte. General Armfeldt war ein wütender Napoleonhasser und ein Mann von Selbst=

vertrauen, was auf Alexander immer Eindruck machte. Paulucci war da, weil er dreist und energisch zu sprechen verstand. Die Generaladjutanten waren da, weil sie eben überall waren, wo der Kaiser war; und Pfuel endlich, auf den es vor allem ankam, Pfuel war da, weil er den Operationsplan gegen Napoleon aufgestellt und Alexander zum Glauben an die Zweckmäßigkeit seines Planes zu bringen gewußt hatte und überhaupt der eigentliche Leiter des ganzen Krieges war. Wolzogen bildete sozusagen ein Anhängsel von Pfuel und hatte Pfuels Gedanken in einer verständlicheren Form weiterzugeben als Pfuel selbst, ein schroffer, selbstbewußter, hochmütiger Studierstubentheoretiker, es vermochte.

Außer den genannten Russen und Ausländern, unter denen namentlich die Ausländer mit jener Unverfrorenheit, die in fremder Umgebung tätigen Menschen eigen ist, täglich neue und überraschende Ideen vorbrachten, waren noch viele Männer zweiten Ranges da, die sich nur deswegen bei der Armee befanden, weil ihre Chefs es auch taten.

In allen den Gedanken und Meinungsäußerungen dieser kaum übersehbaren, unruhigen, glänzenden und stolzen Welt schienen sich dem Fürsten Andrej schließlich folgende scharf voneinander geschiedene Richtungen und Parteien zu verkörpern.

Die erste Partei waren Pfuel und seine Anhänger, Theoretiker des Krieges, in dem Glauben befangen, es gäbe eine Wissenschaft des Krieges und diese Wissenschaft habe ihre eigenen unveränderlichen Gesetze, etwa die Gesetze des gestaffelten Vorrückens, der Umgehung und so weiter. Nun verlangten Pfuel und seine Anhänger den Rückzug ins Innere des Landes auf Grund dieser detaillierten, von ihrer vermeintlichen Kriegstheorie vorgeschriebenen Gesetze, und sahen in jedem Abweichen von dieser Theorie nichts als Barbarentum, Bildungsmangel oder Böswilligkeit. Zu dieser Partei gehörten die deutschen Prinzen, Wolzogen, Wintzingerode und andere, vornehmlich Deutsche.

Genau das Gegenteil forderte die zweite Partei. Wie immer angesichts extremer Forderungen gab es auch hier Vertreter des anderen Extrems. Die Männer dieser Partei waren es gewesen, die in Wilna den Vormarsch nach Polen und völlige Bewegungsfreiheit gegenüber allen fest umrissenen Kriegsplänen gefordert hatten. Die Vertreter dieser Partei redeten einer kecken und rücksichtslosen Operationsweise das Wort und vertraten zugleich das nationalrussische Element, wodurch sie bei allen Debatten noch einseitiger wurden. Es waren die Russen Bagration, Jermolow, der damals eben aufzusteigen begann, und andere. Damals ging gerade Jermolows später so bekannt gewordenes Bonmot von Mund zu Munde, er wolle sich vom Kaiser nur eine Gnade ausbitten, nämlich Beförderung zum

Deutschen. Die Männer dieser Partei pflegten viel von Suworow zu sprechen und zu sagen, man müsse sich nicht lange den Kopf zerbrechen und die Landkarte nicht mit bunten Fähnchen bestecken, sondern kämpfen, den Feind schlagen, ihn nicht nach Rußland hineinlassen und auf diese Weise den Geist der Truppe frisch und kampfesfreudig erhalten.

Die dritte Partei, zu welcher der Kaiser am meisten Vertrauen hatte, bestand aus Hofleuten, die zwischen den beiden ersten Richtungen zu vermitteln suchten. Die Männer dieser Partei, zu der sehr viele Zivilisten gehörten – doch war auch Araktschejew dabei –, dachten und sagten das, was gewöhnlich Menschen sagen, die keine eigenen Überzeugungen haben, aber solche vortäuschen möchten. Sie sagten, zweifellos erfordere der Krieg, namentlich der Krieg gegen ein solches Genie wie Bonaparte – man nannte ihn jetzt wieder Bonaparte – die tiefsinnigsten Syllogismen und eingehende wissenschaftliche Kenntnisse, und hierin sei Pfuel schlechthin genial; gleichzeitig ließe es sich aber auch nicht leugnen, daß die Theoretiker oft einseitig seien, und daher dürfe man ihnen eben doch nicht ganz uneingeschränkt vertrauen, sondern müsse auch auf das hören, was Pfuels Gegner, die erfahrenen Praktiker des Kriegswesens, sagten, und müsse aus allem die Mitte nehmen. Die Männer dieser Partei setzten sich dafür ein, das Drissalager zwar, wie Pfuels Plan es vorsah, beizubehalten, die Bewegungen der anderen Armeen aber zu ändern. Das hielten sie für das beste, obwohl bei einem solchen Kompromiß doch weder das eine noch das andere Ziel erreicht werden konnte.

Das Haupt der vierten Richtung war der Großfürst-Thronfolger, der die Enttäuschung von Austerlitz nicht verwinden konnte, wo er wie bei einer Parade in Helm und Koller vor seiner Garde hergeritten war, um die Franzosen mit einer schneidigen Attacke über den Haufen zu werfen und schließlich, wider Erwarten in die vorderste Linie geraten, in der allgemeinen Verwirrung nur mit genauer Not davongekommen war. Alles, was die Männer dieser Partei sagten, hatte sowohl die Vorzüge als auch die Mängel der Aufrichtigkeit. Sie fürchteten Napoleon, sahen in ihm den Vertreter der stärkeren, in sich selbst die Vertreter der schwächeren Partei und sprachen das auch ganz offen aus. Sie sagten:

„Bei der ganzen Geschichte kann nichts herauskommen als Unglück, Schande und Untergang! Wir haben Wilna geräumt, wir haben Witebsk geräumt, wir werden auch die Drissalinie räumen. Das einzig Gescheite wäre ein Friedensschluß, und das so schnell wie möglich, bevor man uns auch noch aus Petersburg jagt!"

Diese Auffassung war bei den höheren Kommandostellen stark verbreitet, desgleichen auch in Petersburg, und fand im Kanzler

Rumjanzew, der aus allgemeinen politischen Gründen ebenfalls für einen Friedensschluß eintrat, eine Stütze.

Die fünfte Partei bestand aus den Anhängern Barclay de Tollys, aus Männern, die ihn als Kriegsminister und Oberkommandierenden schätzten, wenn sie auch sein menschliches Wesen gelegentlich preisgaben. Sie sagten: „Er mag sein, wie er will" – so begannen sie immer – „aber er ist ein ehrenhafter und tüchtiger Mann und wir haben keinen besseren. Man muß ihm nur die nötige Machtvollkommenheit geben, weil ein erfolgreicher Krieg ohne einheitlichen Oberbefehl nun einmal nicht denkbar ist, und dann wird er schon zeigen, was er kann, wie er es auch in Finnland gezeigt hat. Es ist nur ihm zu verdanken, wenn die Armee ohne merkliche Verluste und ohne jede Schädigung der Disziplin bis auf die Drissalinie zurückgeführt werden konnte. Wenn Bennigsen jetzt an Barclays Stelle kommt, dann geht die ganze Sache schief, Bennigsen hat ja seine Unbrauchbarkeit schon 1807 dargetan."

Die sechste Partei bildeten die Anhänger Bennigsens. Sie sagten, man könne reden, was man wolle, es gebe keinen tüchtigeren und erfahreneren Mann als Bennigsen, und man könne sich noch so lange sperren und winden, schließlich würde man doch auf ihn zurückgreifen müssen. „Mag jetzt nur ruhig ein Fehler nach dem anderen gemacht werden!" – und die Männer dieser Partei wiesen nach, daß der ganze Rückzug auf die Drissalinie die schimpflichste Niederlage von der Welt und eine ununterbrochene Reihe von Fehlern gewesen sei – „Je mehr Fehler jetzt gemacht werden, um so besser! Um so eher wird man dann dahinterkommen, daß es so eben nicht geht", sagten sie. „Wir brauchen nicht irgend so einen Barclay, sondern einen Mann wie Bennigsen, der schon 1807 gezeigt hat, was er kann, und dem selbst Napoleon hat Gerechtigkeit widerfahren lassen, und so ein Mann, in dessen Hand wir willig und froh alle Macht legen könnten, so ein Mann ist eben doch nur Bennigsen."

Die siebente Partei setzte sich aus Menschen zusammen, wie sie sich überall finden und nirgends häufiger als in der Umgebung junger Monarchen und deren es in der Umgebung des Kaisers Alexander besonders viele gab, Generäle und Flügeladjutanten, die dem Kaiser mit Leidenschaft anhingen und in ihm nicht den Kaiser, sondern den Menschen vergötterten, aufrichtig und ohne selbstsüchtige Hintergedanken, so wie Rostow ihn im Jahre 1805 vergöttert hatte, und in ihm nicht nur alle menschlichen Tugenden, sondern auch alle Fähigkeiten vereinigt zu sehen glaubten. Diese Männer fanden die Bescheidenheit des Kaisers, der auf den Oberbefehl verzichtet hatte, zwar menschlich bezaubernd, tadelten aber trotzdem diese übertriebene Bescheidenheit und hatten nur den einen Wunsch und das eine, beharrlich immer wieder vorgebrachte Verlangen, ihr vergötterter Kaiser möchte dieses übertriebene Mißtrauen in seine eigenen Fähigkeiten von sich werfen und offen erklären, er stelle sich tatsächlich an die Spitze seiner Armee; er sollte das Stabsquartier des Oberkommandos mit seinem persönlichen Hauptquartier vereinigen, um sich von Fall zu Fall mit erfahrenen Theoretikern und Praktikern beraten zu können, aber er selbst sollte seine Truppen führen, deren Begeisterung nur dadurch zu den höchsten Leistungen angefacht werden könnte.

Die achte Gruppe war die zahlenmäßig stärkste und verhielt sich zu den übrigen wie neunundneunzig zu eins. Sie setzte sich aus Leuten zusammen, die weder Frieden noch Krieg, weder Vormärsche noch Defensivstellungen – weder an der Drissa noch irgendwo anders –, weder Barclay noch den Kaiser, weder Pfuel noch Bennigsen wollten, sondern nur eins, das für sie allein Wert und Wichtigkeit hatte: nämlich möglichst viele Vorteile und Annehmlichkeiten für sich selbst. Im trüben Wasser einander überkreuzender und verworren durcheinanderhuschender Intrigen, von denen es im kaiserlichen Hauptquartier wimmelte, ließ sich sehr vieles erreichen, an das zu andrer Zeit gar nicht zu denken gewesen wäre. Einer, der keinen anderen Wunsch hatte, als seine vorteilhafte Stellung nicht einzubüßen, setzte sich heute für Pfuel ein und morgen für dessen Gegner, um übermorgen zu erklären, er enthalte sich in diesem Punkte einer eigenen Meinungsäußerung – nur, weil er die Verantwortung scheute und dem Kaiser nicht unangenehm aufzufallen wünschte. Ein zweiter, der irgendwelche persönlichen Vorteile erreichen wollte, machte den Kaiser dadurch auf sich aufmerksam, daß er mit großem Geschrei etwas, das der Kaiser am vorhergehenden Tage angedeutet hatte, im Kriegsrat vortrug, es geräuschvoll verfocht und dabei an seine Brust schlug und Gegner zum Duell forderte, um damit zu zeigen, daß er bereit sei, seine eigene Person dem Wohl des Ganzen zum Opfer zu bringen. Ein dritter erbat sich ganz einfach zwischen zwei Kriegsratsitzungen und in Abwesenheit seiner Gegner eine Sonderbelohnung für seine treuen Dienste, wohl wissend, daß man sie ihm in der Eile bewilligen würde, um nur rasch wieder zur Sache zu kommen. Ein vierter wußte gerade dann, wenn das Auge des Kaisers zufällig auf ihn fiel, den Eindruck einer ganz besonderen Arbeitsleistung und Überbürdung zu machen. Ein fünfter verfocht geradezu erbittert seine Ansicht von der Richtigkeit oder Unrichtigkeit irgendeines neu aufgetauchten Gedankens und brachte dafür mehr oder weniger gewichtige und zutreffende Gründe vor, nur um ein längst ersehntes Ziel zu erreichen, nämlich zur Kaiserlichen Tafel gezogen zu werden.

Alle Männer dieser Partei angelten nach Rubeln, Ehrenzeichen, Beförderungen und beobachteten bei dieser Angelei sorgsam alle

Schwankungen der Wetterfahne kaiserlicher Gunst. Kaum hatten sie wahrgenommen, daß die Wetterfahne sich nach der und der Seite gedreht hatte, so begann auch der ganze Schwarm der Armeedrohnen der Windrichtung folgend nach dieser Seite hin zu blasen und zu pusten, so daß es dem Kaiser schwer wurde, die Wetterfahne wieder herumzuwerfen. Die Lage war unsicher, ernste Gefahren drohten und gaben der ganzen Atmosphäre eine bange Unruhe, ein Wirbelwind von Intrigen, Selbstsüchteleien, Zusammenstößen verschiedenartiger Auffassungen, Empfindungsweisen und Nationalitäten brauste durch das Hauptquartier, und dazu brachte die achte Partei, die größte, die der Interessenjäger, das Ganze in noch größere Verwirrung und Zerfahrenheit. Was für eine Frage auch neu in die Diskussion trat, der Drohnenschwarm flog, ehe noch der bisherige Beratungsgegenstand abgetan war, auf den neuen zu, und übertönte und verschlang mit seinem Gesumme mehr und mehr die Stimmen derjenigen, die sich sachlich und redlich um die strittige Frage mühten.

Gerade als Fürst Andrej zur Armee kam, bildete sich aus allen diesen Parteien noch eine neunte und begann ihre Stimme zu erheben. Es war die Partei der alten, verständigen, in allen staatlichen Dingen erfahrenen Männer, die sich keiner der einander widerstreitenden Meinungen anschlossen, aber fähig waren, alles, was beim Stabe des Hauptquartiers geschah, unvoreingenommen zu beobachten, und zu erkennen und nach Mitteln zu suchen, mit deren Hilfe ein Ausweg aus dieser Unklarheit, Entschlußlosigkeit, Verwirrung und Schwäche gefunden werden könnte.

Die Männer dieser Partei waren der Überzeugung und sprachen es auch offen aus, die verfahrene Lage sei vorzüglich der Anwesenheit des Kaisers und seines militärischen Hofstaates bei der Armee zuzuschreiben, wodurch jene Unklarheit, Flüssigkeit und vielfältige Verstrickung aller Verhältnisse, die am Hofe nun einmal herrsche und wohl auch herrschen müsse, auf die Armee, in der sie nur Schaden bringen könne, übertragen worden sei; Sache des Kaisers seien die Regierungsgeschäfte, nicht aber die Führung der Truppen; der einzige Ausweg aus dieser Lage bestehe in der Abreise des Kaisers und seines Hofstaates; allein schon die bloße Anwesenheit des Kaisers absorbiere fünfzigtausend Mann, die zur Gewährleistung seiner persönlichen Sicherheit notwendig seien; der schlechteste, aber unabhängige Oberkommandierende sei besser als der beste, sobald diesem durch die Anwesenheit und Machtfülle des Kaisers die Hände gebunden seien.

Gerade in den Tagen, in welchen Fürst Andrej sich noch ohne festumrissene dienstliche Funktionen im Drissalager aufhielt, schrieb der Staatssekretär Schischkow, einer der Hauptvertreter dieser Partei, dem Kaiser einen von Balaschow und Araktschejew mitunter=

zeichneten Brief. Er machte in diesem Brief Gebrauch von der Erlaubnis, die der Kaiser ihm gegeben hatte, sich unumwunden über die allgemeine Lage zu äußern; und unter dem Vorwande, der Kaiser müsse durch seine Anwesenheit in der Residenz die Kriegsbegeisterung des Volkes heben, schlug er ihm in aller Ehrerbietung vor, er möge die Armee verlassen.

Dieses Argument, dem der Kaiser auch Gehör gab, war hier lediglich als Vorwand gebraucht, um den Kaiser zur Abreise von der Armee zu veranlassen, allein dieses Anfachen der Kriegsbegeisterung des Volkes und der Aufruf zum Schutz des Vaterlandes, was beides ohne die persönliche Anwesenheit des Kaisers in Moskau niemals eine solche Wirkung hätte haben können, erwies sich nachher als eine der Hauptursachen des Endsieges der russischen Waffen.

X

Dieser Brief war dem Kaiser noch nicht übergeben worden, als Barclay bei Tische Bolkonskij mitteilte, der Kaiser wolle ihn persönlich sprechen, um sich von ihm Auskünfte über die Lage in der Türkei geben zu lassen, und Fürst Andrej habe sich um sechs Uhr abends in Bennigsens Quartier einzufinden.

Am gleichen Tage war im kaiserlichen Quartier die Nachricht von einer neuen Bewegung Napoleons eingetroffen, die der Armee gefährlich zu werden drohte, eine Nachricht, deren Unrichtigkeit sich einige Zeit darauf herausstellte. Und am Vormittag desselben Tages hatte Oberst Michaud mit dem Kaiser die Drissastellungen abgeritten und dem Kaiser bewiesen, daß dieses nach Pfuels Plänen errichtete feste Lager, das bisher für ein chef-d'œuvre[1] aller Taktik und ein sicheres Werkzeug zum Untergang Napoleons gegolten hatte, tatsächlich ein Irrsinn sei und das Verderben der ganzen russischen Armee bedeuten könne. Fürst Andrej fand sich zur bestimmten Stunde im Quartier des Generals Bennigsen ein, der in einem kleinen Gutshause unmittelbar am Flußufer wohnte. Bennigsen und der Kaiser waren noch nicht da, aber Tschernyschow, einer der Flügeladjutanten des Kaisers, empfing Bolkonskij, und erklärte ihm, der Kaiser reite heute mit dem General Bennigsen und dem Marquis Paulucci bereits zum zweiten Male die Drissastellung ab, deren Eignung neuerdings stark in Zweifel gezogen würde.

Tschernyschow hatte mit einem französischen Roman an einem der Fenster des ersten Zimmers gesessen. Dieses Zimmer war früher offenbar zu Tanzfestlichkeiten benutzt worden; es stand da noch eine

[1] Meisterwerk.

Musikorgel, über die einige Teppiche gebreitet worden waren, und in einer Ecke hatte Bennigsens Adjutant sein Feldbett. Dieser Adjutant war selbst zugegen und saß, offenbar von der Arbeit oder von einem Zechgelage ermüdet, auf dem Bett mit den zurückgeschlagenen Decken und dämmerte vor sich hin. Der Saal hatte außer der Eingangstür noch zwei weitere Türen, die eine führte, der Eingangstür gegenüber, in einen Raum, der früher als Salon benützt worden war, die zweite rechterhand in ein Kabinett. Hinter der ersten Tür hörte man mehrere Stimmen deutsch und mitunter auch französisch sprechen. Hier, im ehemaligen Salon, hatte sich auf Wunsch des Kaisers zwar nicht ein eigentlicher Kriegsrat — denn der Kaiser hatte eine Vorliebe für unverbindliche und ein wenig unbestimmte Veranstaltungen —, sondern eine Anzahl von Männern versammelt, deren Meinung er angesichts der aufsteigenden Schwierigkeiten zu hören wünschte. Es war kein Kriegsrat, aber doch eine Art Conseil, zusammengesetzt aus auserwählten Männern, die gewisse Fragen sozusagen für den Privatgebrauch des Kaisers klären sollten. Zu dieser Veranstaltung, halb Kriegsrat und halb Privatbesprechung, waren geladen: Der schwedische General Armfeldt, der Generaladjutant Wolzogen, Wintzingerode, den Napoleon als einen flüchtig gewordenen französischen Untertan bezeichnet hatte, Michaud, Toll, der Freiherr vom Stein, der doch gar kein Soldat war, und endlich Pfuel selbst, der, wie Fürst Andrej sich hatte sagen lassen, die Seele der ganzen Veranstaltung war. Fürst Andrej hatte Gelegenheit, sich ihn genau anzusehen, da Pfuel bald nach ihm ankam und auf dem Wege in den Salon für einen Augenblick stehenblieb, um irgend etwas mit Tschernyschow zu besprechen.

Auf den ersten Blick kam Pfuel in seiner schlecht sitzenden, nach einer Maskerade aussehenden russischen Generalsuniform dem Fürsten Andrej, der ihn doch noch nie gesehen hatte, bekannt vor. Er hatte Weyrother in sich und Mack und Schmidt und viele andere deutsche Kriegstheoretiker, die Fürst Andrej im Jahre 1805 zu sehen bekommen hatte, aber er wirkte noch typischer als alle diese. Einen solchen deutschen Theoretiker, der alles, was diese anderen an sich gehabt hatten, in so prägnanter Weise in sich vereinigte, hatte Fürst Andrej noch nie gesehen.

Pfuel war mäßig groß, sehr mager, aber von starkem Knochenbau und robuster Gestalt, mit breitem Becken und unter der Uniform deutlich sichtbaren Schulterblättern. Er hatte ein sehr runzliges Gesicht mit tiefliegenden Augen. Die Schläfenhaare waren offenbar in aller Eile glatt nach vorne gebürstet worden, aber das Wirbelhaar stand in kleinen komischen Büscheln in die Höhe. Als er in das erste Zimmer kam, hatte sein Blick etwas Unruhiges und Grimmiges, als erwarte ihn in dem Salon, den er gleich zu betreten hatte, alles nur erdenkliche Üble. Er rückte ungeschickt seinen Degen zurecht, wandte sich an Tschernyschow und fragte in deutscher Sprache, wo der Kaiser sei. Augenscheinlich hatte er es eilig, durch das Zimmer zu kommen, Verbeugungen und Begrüßungen hinter sich zu bringen und sich an seine Landkarte zu setzen, vor der er sich allein zu Hause fühlte. Tschernyschows Auskunft, der Kaiser besichtige die Drissastellung, beantworte Pfuel, der diese Stellung doch auf Grund seiner eigenen Theorie geschaffen hatte, mit einem hastigen Nicken und einem ironischen Lächeln. Schroff und barsch, wie eben selbstüberzeugte Deutsche zu sprechen pflegen, knurrte er in seinem Baß vor sich hin: „Dummkopf ..." oder: „Zu Grunde die ganze Geschichte ..." oder: „'s wird was Gescheites draus werden ..."* Fürst Andrej hörte nicht weiter hin und wollte vorbeigehen, aber Tschernyschow machte ihn mit Pfuel bekannt und sagte dabei, Fürst Andrej sei gerade aus der Türkei gekommen, wo der Krieg so glücklich beendet worden sei. Pfuel sah den Fürsten Andrej nicht eigentlich an, sondern sah vielmehr über ihn hinweg und meinte lachend: „Das muß ein schöner taktischer Krieg gewesen sein."* Dann lachte er noch einmal geringschätzig vor sich hin und ging in den Salon, aus dem ein Gewirr redender Stimmen herausdrang.

Pfuel war immer mit ironischen und gereizten Bemerkungen leicht bei der Hand, heute aber war er offenbar noch ganz besonders erregt, weil man sich unterstanden hatte, sein Lager zu besichtigen und zu kritisieren, ohne ihn hinzuzuziehen. Dank seinen Austerlitzer Erinnerungen konnte Fürst Andrej sich schon nach dieser ersten kurzen Begegnung mit Pfuel ein erschöpfendes Charakterbild von ihm machen. Pfuel war einer jener hoffnungslos, unerschütterlich, fanatisch selbstbewußten Menschen, wie man sie eben nur unter Deutschen findet, und zwar weil nur bei den Deutschen das Selbstbewußtsein auf einer abstrakten Idee basiert, nämlich der Idee der Wissenschaft, das heißt, des vermeintlichen Besitzes der vollkommenen Wahrheit. Das Selbstbewußtsein des Franzosen beruht auf dem Glauben der unwiderstehlich bezaubernden Wirkung seiner geistigen wie körperlichen Erscheinung auf Männer und Frauen. Das Selbstbewußtsein des Engländers fußt auf der Überzeugung, Bürger des am besten eingerichteten Staates der Welt zu sein und daher, eben als Engländer, immer zu wissen, was er zu tun hat und desgleichen immer zu wissen, daß dasjenige, was er, eben als Engländer, tut, ohne Zweifel gut und richtig ist. Das Selbstbewußtsein des Italieners gründet sich darauf, daß er von Hause aus aufgeregt ist und leicht sich selbst und andere vergißt. Das Selbstbewußtsein des Russen

* Anm. am Schluß des Buches.

hat seine Wurzeln darin, daß er nichts weiß und nichts wissen will, weil er nicht glaubt, daß man überhaupt etwas wissen könne. Das Selbstbewußtsein des Deutschen aber ist ärger, hartnäckiger und unangenehmer als das aller anderen Völker, eben weil er sich einbildet, er kenne die Wahrheit, das heißt die Wissenschaft, die er sich selbst ausgedacht hat, aber für die absolute Wahrheit hält.

Ein Deutscher dieser Art war offensichtlich auch Pfuel. Er hatte seine Wissenschaft, nämlich die Theorie des gestaffelten Vorrückens, die er sich aus der Geschichte der friderizianischen Kriege abgeleitet hatte, und alles, was ihm in der neueren Kriegsgeschichte begegnete, erschien ihm als Wahnsinn, Barbarentum und widerliche Katzbalgerei; beide Parteien hatten in den Kriegen der neueren Zeit so viele Fehler gemacht, daß diese Kriege die Bezeichnung von Kriegen schon gar nicht mehr verdienten: sie paßten nicht in die Theorie und konnten daher auch nicht Gegenstände wissenschaftlicher Betrachtung sein.

Im Jahre 1806 war Pfuel einer der Urheber des Operationsplanes für den Krieg gewesen, der mit Jena und Auerstedt sein Ende fand*; trotzdem sah er im Ausgang dieses Krieges nicht den geringsten Beweis gegen seine Theorie. Vielmehr war er der Meinung, der ganze Mißerfolg rühre nur daher, daß man sich eben nicht streng genug an seine Theorie gehalten habe, und bemerkte gelegentlich: „Ich sagte ja, daß die ganze Geschichte zum Teufel gehen werde." Pfuel war einer jener Theoretiker, die so an ihrer Theorie hängen, daß sie deren Zweck, nämlich die Anwendung auf die Praxis, vergessen; in seiner Vorliebe für die Theorie haßte er jede Praxis und wollte nichts von ihr wissen. Er konnte sich sogar über einen Mißerfolg freuen, denn da der Mißerfolg ja nur daher rührte, daß man sich in der Praxis nicht streng genug an seine Theorie gehalten hatte, so war auch er nur ein Beweis für die Richtigkeit seiner Theorie.

Dem Fürsten Andrej und Tschernyschow gegenüber hatte er einige Worte über den gegenwärtigen Krieg fallen lassen, die ihn in der Pose des Mannes erscheinen ließen, der im voraus weiß, daß alles zum Teufel gehen muß, und damit gar nicht einmal unzufrieden ist. Und diese Meinung schienen auch die ungekämmten in kleinen Büscheln aufragenden Wirbelhaare und die eilig glattgebürsteten Schläfenhaare mit besonderer Beredsamkeit auszusprechen.

Er verschwand im Salon, und gleich darauf hörte man von dorther das mürrische Knarren seiner Baßstimme.

* Anm. am Schluß des Buches.

XI

Fürst Andrej war Pfuel kaum mit den Augen bis zur Salontür gefolgt, als Graf Bennigsen hastig eintrat; er nickte Bolkonskij zu, gab, ohne stehenzubleiben, seinem Adjutanten rasch noch einige Befehle und ging ins Kabinett. Gleich nach ihm war der Kaiser zu erwarten; Bennigsen war rasch vorangeritten, um noch einige Vorbereitungen zu treffen und ihn dann empfangen zu können. Tschernyschow und Fürst Andrej gingen vor die Haustür. Der Kaiser, einen Ausdruck von Müdigkeit im Gesicht, stieg gerade vom Pferde. Marquis Paulucci trug ihm mit hitzigem Eifer irgend etwas vor, und der Kaiser hörte ihm, den Kopf nach links geneigt, mit verstimmter Miene zu. Der Kaiser ging auf den Hauseingang zu, offenbar bestrebt, dem Gespräch ein Ende zu machen, aber der aufgeregte, ganz rot gewordene Italiener hatte alle Höflichkeitsregeln vergessen und redete, hinter dem Kaiser hergehend, immer weiter.

„Was den Mann angeht, der zu diesem Drissalager geraten hat", sagte Paulucci gerade, als der Kaiser die Treppenstufen hinaufging und dabei den Fürsten Andrej wahrnahm und sein ihm unbekanntes Gesicht musterte. „Was diesen Mann angeht, Sire", fuhr Paulucci in einem unaufhaltsamen Ausbruch von Leidenschaft fort, „der zu diesem Drissalager geraten hat, so sehe ich für ihn keine andere Möglichkeit als das Tollhaus oder den Galgen."

Der Kaiser hatte Bolkonskij inzwischen erkannt und ohne zu warten, bis Paulucci fertig war, wandte er sich gnädig zu Bolkonskij, als höre er die Worte des Italieners gar nicht:

„Ich freue mich sehr, dich zu sehen. Gehe in das Beratungszimmer und warte dort auf mich."

Der Kaiser begab sich, gefolgt vom Fürsten Peter Michailowitsch Wolkonskij und dem Freiherrn vom Stein, in das Kabinett; die Tür wurde hinter ihnen geschlossen. Fürst Andrej machte Gebrauch von der Erlaubnis des Kaisers und ging mit dem ihm aus der Türkei bekannten Paulucci in den Salon, in welchem die Geladenen sich versammelt hatten.

Fürst Peter Michailowitsch Wolkonskij stellte etwas wie einen Chef des kaiserlichen Stabes vor. Wolkonskij kam mit einigen Landkarten aus dem Kabinett in den Salon, breitete sie auf dem Tisch aus und setzte den versammelten Herren auseinander, über welche Fragen er ihre Meinung zu hören wünschte. Es handelte sich um die in der Nacht eingetroffene, später als Falschmeldung erkannte Nachricht von einer anscheinend auf Umgehung des Drissalagers abzielenden Bewegung der Franzosen.

Als erster äußerte sich General Armfeldt und machte überraschenderweise zur Vermeidung der zu erwartenden Komplikationen einen völlig neuen Vorschlag, für den es keine andere Erklärung gab außer der einen, daß Armfeldt eben zeigen wollte, er könnte auch einmal eine Meinung haben, nämlich er schlug vor, die gesamte Armee in einer Stellung seitwärts der Petersburg–Moskauer Straße zu vereinigen und hier den Feind zu erwarten. Offenbar hatte Armfeldt sich diesen Plan schon vor langer Zeit ausgedacht und brachte ihn jetzt nicht deswegen vor, um die aufgeworfene Frage zu beantworten, die mit diesem Plan ja auch gar nicht beantwortet wurde, sondern nur deswegen, weil er eben die Gelegenheit, ihn vorzubringen, gern ausnutzen wollte. Es war einer von den Millionen von Vorschlägen, die man schließlich ebensogut begründen konnte wie die anderen, da man doch keine Vorstellung davon hatte, wie der ganze Krieg sich weiter entwickeln würde. Einige griffen Armfeldts Vorschlag an, andere traten für ihn ein. Der junge Oberst Toll opponierte dem schwedischen General am hitzigsten, zog während der Diskussion ein vollgeschriebenes Heft aus der Seitentasche und bat um die Erlaubnis, es vorlesen zu dürfen. In diesem weitschweifigen Schriftstück schlug Toll einen dem Armfeldtschen und dem Pfuelschen vollkommen entgegengesetzten Feldzugsplan vor. Paulucci widersprach Toll, empfahl Vormarsch und Angriff und versicherte, das sei das einzige, was die russische Armee aus ihrer unsicheren Lage und aus dieser Mausefalle, wie er das Drissalager bezeichnete, retten könnte. Pfuel schwieg während dieser Diskussionen und desgleichen Wolzogen, der seinen Dolmetscher und seinen Mittelsmann in allen höfischen Dingen bildete. Pfuel schnob nur verächtlich durch die Nase und wandte sich ein wenig zur Seite; damit wollte er andeuten, er könne sich nicht einmal dazu hergeben, auf einen derartigen Unsinn wie den vorgebrachten etwas zu erwidern. Und als Fürst Wolkonskij, der Diskussionsleiter, ihn um eine Meinungsäußerung ersuchte, da sagte er nur: „Warum fragt man mich überhaupt noch? General Armfeldt hat eine wunderschöne Stellung in Vorschlag gebracht, die nur den einzigen Fehler der mangelnden Rückendeckung hat. Schließlich können wir ja auch angreifen, wie dieser italienische Herr es anregt. Ausgezeichnet! Oder wir gehen eben zurück – auch gut! Wozu fragt man mich eigentlich? Sie wissen das ja doch alles besser als ich."

Wolkonskij runzelte die Stirn und machte ihn darauf aufmerksam, daß er ihn im Namen des Kaisers um eine Meinungsäußerung ersucht habe. Nun stand Pfuel auf und fing mit plötzlicher Lebhaftigkeit an:

„Alles ist verdorben und durcheinandergebracht worden, alle wollen alles besser wissen als ich, und jetzt soll ich es plötzlich wieder in Ordnung bringen. Wie man die Lage wieder einrenkt? Da ist nichts mehr einzurenken. Es muß ganz einfach nach den von mir ausgearbeiteten Grundsätzen vorgegangen werden", und dabei klopfte er mit seinen knochigen Fingern auf den Tisch. „Wo steckt denn die Schwierigkeit? Dummes Zeug, Kinderspiel!"

Er neigte sich über die Karte, stieß mit seinem dürren Finger bald hierhin, bald dorthin und führte hastig seinen Nachweis, daß die Zweckmäßigkeit des Drissalagers durch keinerlei unvorbereitet auftretende Ereignisse in Frage gestellt werden könne, daß alle Möglichkeiten vorhergesehen seien und daß der Feind seiner unausbleiblichen Vernichtung entgegensehe, wenn er tatsächlich den Umgehungsversuch wagen sollte.

Paulucci, der kein Deutsch verstand, stellte nun einige französische Fragen. Wolzogen kam seinem im Französischen wenig bewanderten Chef zu Hilfe und begann seine Worte zu übersetzen, konnte mit Pfuel aber kaum Schritt halten; Pfuel wies mit immer größerer Hast nach, daß alles, alles, nicht nur das bis jetzt Geschehene, sondern auch alles, was möglicherweise geschehen könnte, in seinem Plan vorhergesehen und in Rechnung gestellt worden sei und daß die Schuld an den jetzt auftauchenden Komplikationen nur daran liege, daß man sich eben nicht strikt genug an seinen Plan gehalten habe. Dabei stieß er immer wieder sein ironisches Lachen aus und brach schließlich mit einer geringschätzigen Handbewegung ab, wie ein Mathematiker, der sich nicht mehr dazu herbeilassen will, einen bereits bewiesenen Lehrsatz noch mit verschiedenen Methoden auf seine Richtigkeit zu prüfen. An seiner Stelle ergriff jetzt Wolzogen das Wort, entwickelte Pfuels Ideen in französischer Sprache weiter und fragte dabei seinen Chef ab und zu: „Nicht wahr, Exzellenz?" Pfuel aber glich bereits einem Wildgewordenen, der in der Hitze des Gefechts schon anfängt, auch auf seine eigenen Parteigenossen loszuschlagen, und fuhr seinen Freund Wolzogen wütend an: „Nun ja, was soll denn da noch expliziert werden?" Paulucci und Michaud griffen Wolzogen Schulter an Schulter auf französisch an. Armfeldt wandte sich in deutscher Sprache an Pfuel. Toll setzte dem Fürsten Wolkonskij etwas auf russisch auseinander. Fürst Andrej hörte schweigend zu und beobachtete.

Am meisten von allen zog den Fürsten Andrej der erbitterte, unnachgiebige, bis zur Absurdität selbstüberzeugte Pfuel an. Unter allen Anwesenden war er offenbar der einzige, der sich von keinerlei persönlichen, egoistischen Interessen und auch von keinerlei persönlichen Abneigungen leiten ließ; er hatte nur einen einzigen Wunsch, die Verwirklichung des Planes, den er auf Grund seiner in jahrelanger Arbeit ersonnenen Theorien aufgestellt hatte. Er war lächerlich, seine Ironie stieß ab, allein zugleich nötigte er durch seine unbegrenzte Hingabe an eine Idee zu unwillkürlicher Achtung. Sämtlichen Reden sämtlicher Redner mit alleiniger Ausnahme Pfuels war ein Zug gemeinsam, der 1805 im Kriegsrat noch nicht zu beobachten gewesen war: eine panische Furcht vor dem Genie Napoleons, die aus jeder einzelnen Äußerung sprach, sosehr man sie auch zu verhehlen trachtete. Es war einfach eine Prämisse, daß es für Napoleon nichts Unmögliches gab, man erwartete seinen Angriff von allen Seiten, und sein furchtbarer Name war das Argument, mit dem ein jeder dem Vorschlage eines anderen entgegentrat. Pfuel als einziger schien Napoleon für einen ebensolchen Barbaren wie alle anderen Gegner seiner Theorie zu halten. Außer dem Gefühl der Hochachtung zwang Pfuel dem Fürsten Andrej aber auch ein Gefühl des Mitleids ab. Der Ton, den die Hofleute ihm gegenüber anschlugen, die Bemerkung, die Paulucci sich dem Kaiser gegenüber gestattet hatte, vor allem aber die unterdrückte Verzweiflung, die aus Pfuels eigenen Äußerungen sprach — das alles deutete darauf hin, daß er selbst ebenso wie die anderen seinen Sturz nahe fühlte. Und so erregte er Mitleid trotz seiner Selbstüberzeugtheit und seiner echt deutschen, verdrießlichen Ironie, dieser Mann mit den glattgestrichenen Schläfenhaaren und den aufrecht stehenden Haarbüscheln am Wirbel und im Nacken. Er suchte es freilich hinter einem gereizten und geringschätzigen Gebaren zu verbergen, aber er war offensichtlich in Verzweiflung darüber, daß ihm die einzige Gelegenheit entgleiten sollte, an einem Gegenstande von ungeheurer Bedeutung die Richtigkeit seiner Theorie zu erproben und der ganzen Welt zu beweisen.

Die Diskussion zog sich recht lange hin, und je länger sie dauerte, um so mehr erhitzten sich die Gemüter, und schließlich wurde man sogar ausfallend gegeneinander und ließ es auch an persönlichen Anzüglichkeiten nicht fehlen, und nun war es noch unmöglicher als zuvor, aus allem Gesagten eine wirklich verbindliche Schlußfolgerung zu ziehen. Während Fürst Andrej sich diese mehrsprachig geführte Diskussion, diese Vorschläge, Pläne, Einwendungen und Schreiereien anhörte, empfand er nichts als Verwunderung über das, was hier vorging. Und nun wurde ihm eine Vermutung, die ihm während seiner militärischen Tätigkeit schon seit langer Zeit häufig durch den Kopf gegangen war, zur unumstößlichen Gewißheit, nämlich die Vermutung, es gäbe vielleicht überhaupt keine Kriegswissenschaft und daher auch keine sogenannten militärischen Genies und könne beides auch gar nicht geben. „Was für eine Theorie, was für eine Wissenschaft", dachte er, „kann es hier geben, wo alle Vorbedingungen, alle Umstände unbekannt und unbestimmbar sind? Genau ebenso unbestimmbar wie die tatsächliche Kraft einer kriegführenden Partei. Niemand hat je gewußt, noch wird er es je wissen, in welchem Zustande sich die eigene und die feindliche Armee am nächsten Tage befinden wird, und niemand kann wissen, wie hoch die tatsächliche Kraft dieser oder jener Abteilung zu veranschlagen ist. Manchmal, wenn im ersten Gliede statt eines ‚wir sind abgeschnitten' schreienden und davonlaufenden Feiglings ein kecker und schneidiger Kerl steht, der ‚Hurra!' schreit — kann eine Abteilung von fünftausend Mann ebenso viel wert sein wie eine von dreißigtausend, wie das bei Schöngraben war, und ein anderes Mal reißen fünfzigtausend Mann vor achttausend aus, wie das bei Austerlitz war. Was für eine Wissenschaft kann es hier geben, wo sich im Gegensatze zu jeder anderen praktischen Tätigkeit nichts vorher bestimmen läßt und alles von ungezählten Umständen abhängt, deren Bedeutung erst in einem Augenblick erkennbar wird, von dem niemand weiß, wann er eintreten wird. Armfeldt sagt, unsere Armee sei abgeschnitten, Paulucci aber sagt, wir hätten die französische Armee zwischen zwei Feuer gebracht, Michaud sagt, die Drissastellung tauge nichts, weil sie den Fluß hinter sich habe, Pfuel aber sagt, gerade das sei ihre Stärke. Toll schlägt einen Plan vor, Armfeldt einen anderen, ein Plan ist nicht besser und nicht schlechter als der andere, und die Vorzüge jedes dieser beiden Pläne können doch erst in dem Augenblick in die Erscheinung treten, in welchem das Geschehen bereits seinen Lauf nimmt. Und warum spricht man immer von Feldherrngenies? Ist man denn ein Genie, weil man es rechtzeitig verstanden hat, den Zwieback für die eisernen Portionen heranschaffen zu lassen und den einen Truppenteil nach rechts und den andern nach links zu schicken? Daß man überhaupt den Begriff des Feldherrngenies geprägt hat, das liegt ja nur daran, daß jeder militärische Führer mit Glanz und Macht angetan ist, und daß Massen von gemeinen Geistern der Macht schmeicheln, ihr geniale Eigenschaften beilegen, die sie gar nicht hat, und ihre Vertreter als Genies bezeichnen. Ganz im Gegenteil, die besten Generäle, die ich gekannt habe, waren beschränkte oder zerstreute Menschen. Unser bester Mann ist Bagration, das hat sogar Napoleon zugegeben. Und Bonaparte selbst! Ich sehe noch sein selbstzufriedenes und beschränktes Gesicht auf dem Felde von Austerlitz. Ein tüchtiger Feldherr braucht weder Genie noch überhaupt besondere Eigenschaften, im Gegenteil, er darf sogar die höchsten und besten menschlichen Eigenschaften gar nicht haben: Liebe, poetischen Sinn, Zärtlichkeit, philosophischen, fragenden Zweifel. Er muß beschränkt sein, fest davon überzeugt, daß das, was er tut, überaus wichtig ist — sonst muß er ja die Geduld verlieren —, nur dann kann er ein tüchtiger Feldherr sein. Gott bewahre ihn davor, ein Mensch zu sein, etwa Liebe oder Mitleid zu empfinden oder sich Gedanken darüber zu machen, was gerecht und was ungerecht ist! Es ist ja verständlich, daß man den Feldherrn zu Liebe von jeher mit dieser untergeschobenen Theorie vom Genie operiert hat, eben weil die Feldherrn von jeher die Macht dargestellt haben. Aber Mißerfolg oder Erfolg einer militärischen Aktion hängt ja gar nicht von ihnen ab, sondern von dem Kerl im

Gliede, der entweder: ‚Alles verloren!' oder: ‚Hurra' schreit. Und nur als gemeiner Mann im Gliede kann man seinen Dienst in der begründeten Überzeugung tun, einen wirklichen Nutzen zu bringen!"

Solche Gedanken gingen dem Fürsten Andrej durch den Kopf, während er sich die Diskussion anhörte; er kam erst wieder zu sich, als alle bereits aufbrachen und Paulucci ihn anredete.

Am folgenden Tage fragte der Kaiser bei der Wachtparade den Fürsten Andrej, wo und wie er verwendet werden wolle, und Fürst Andrej setzte sich selbst in den Augen der ganzen höfischen Welt für immer dadurch herab, daß er nicht um Verwendung bei der Person des Kaisers, sondern um ein Frontkommando bat.

XII

Noch vor Kriegsausbruch hatte Rostow von seinen Eltern einen Brief bekommen, in welchem sie ihm Nataschas Erkrankung und ihre Entlobung mitteilten – als Grund der Entlobung gaben sie ihm nur an, Natascha habe dem Fürsten Andrej abgeschrieben – und ihn erneut baten, seinen Abschied zu nehmen und nach Hause zurückzukehren. Nikolai traf auf diesen Brief hin jedoch keinerlei Anstalten, um Urlaub oder Abschied einzukommen, sondern schrieb seinen Eltern, Nataschas Krankheit und Entlobung tue ihm sehr leid und er werde nichts unterlassen, um dem Wunsch seiner Eltern zu entsprechen. An Sonja schrieb er gesondert.

„Vergötterte Freundin meiner Seele!" schrieb er. „Nichts als die Ehre könnte mich jetzt an der Rückkehr nach Otradnoje hindern. Aber der Krieg steht vor der Tür, und ich müßte nicht nur allen meinen Kameraden, sondern auch mir selbst ehrlos erscheinen, wenn ich mein persönliches Glück meiner Pflicht und meiner Vaterlandsliebe vorzöge. Dies soll aber auch unsere letzte Trennung sein. Glaube mir, sobald der Krieg zu Ende ist, lasse ich, wenn anders ich dann noch am Leben bin und du mich immer noch liebst, alles im Stich, und fliege zu dir, um dich für ewig an mein flammendes Herz zu drücken."

Es war tatsächlich nur der Beginn des Feldzuges, was ihn hinderte, wie er es versprochen hatte, nach Otradnoje zurückzukehren und Sonja zu heiraten. Der Herbst in Otradnoje mit seinen Jagden und der Winter mit seinen Weihnachtsfeiertagen und mit Sonjas Liebe eröffneten ihm die Perspektiven auf stille, ruhige Landedelmannsfreuden, die er früher gar nicht so recht gekannt hatte, von denen er sich jetzt aber mächtig angezogen fühlte. „Eine herrliche Frau, Kinder, eine anständige Meute Hatzrüden, zehn, zwölf schneidige

Koppeln Windhunde, die Wirtschaft, die Nachbarn, die Ehrenämter ...", dachte er. Aber jetzt gab es Krieg, und da mußte man eben beim Regiment bleiben. Und da das nun nicht anders ging, so war Nikolai Rostow, wie er nun einmal war, auch mit diesem Leben zufrieden, das er bei seinem Regiment führte, und wußte sich auch dieses Leben ganz angenehm zu gestalten.

Bald nachdem Nikolai von seinem Urlaub, freudig von den Kameraden begrüßt, zurückgekehrt war, wurde er zur Remontenbeschaffung nach Kleinrußland abkommandiert; er brachte hervorragendes Pferdematerial mit, an dem er selbst seine Freude hatte und das ihm die Anerkennung seiner Vorgesetzten eintrug. In seiner Abwesenheit war er zum Rittmeister befördert worden, und als das Regiment auf Kriegsstärke gebracht wurde, bekam er wieder seine alte Schwadron.

Der Feldzug begann, das Regiment marschierte nach Polen, es gab Kriegslöhnung, das Doppelte der Friedensbesoldung, neue Offiziere, neue Mannschaften, neue Pferde kamen zum Regiment, und vor allem herrschte jene frische, muntere, unternehmungslustige Stimmung, die den Beginn eines Feldzuges zu begleiten pflegt; und Rostow überließ sich im Bewußtsein der geachteten und bevorzugten Stellung, die er im Regiment einnahm, wieder ganz den Freuden und Interessen des dienstlichen Lebens, obwohl er wußte, daß er früher oder später von ihnen scheiden mußte.

Die Armee ging aus verschiedenen, schwer zu übersehenden Gründen politischer und militärischer Natur von Wilna zurück. Jeden Schritt dieses Rückzuges begleitete im Generalstabe ein kompliziertes Spiel von Interessen, Vernunftschlüssen und Leidenschaften. Für die Husaren des Pawlogradschen Regiments aber war dieser ganze Rückzug, der in der günstigsten Jahreszeit und unter guten Verpflegungsverhältnissen vor sich ging, die einfachste und lustigste Sache von der Welt. Die Köpfe hängen lassen, sich unruhige Gedanken machen und intrigieren — das konnte man nur im Hauptquartier, bei den Fronttruppen aber fragte man nicht lange, wohin und warum man marschierte. Wenn man sich über die Fortsetzung des Rückzuges ärgerte, so tat man es deswegen, weil man etwa von einem behaglichen und liebgewordenen Quartier oder von einer hübschen Polin Abschied nehmen mußte. Kam einem aber doch einmal der Gedanke, die Lage könne besorgniserregend sein, so zwang man sich, wie es einem braven Soldaten zukam, wieder vergnügt zu werden und nicht an die allgemeine Lage, sondern an die nächstliegenden eigenen Pflichten zu denken. Anfangs lagen sie in recht munterer Stimmung in der Nähe von Wilna, verkehrten mit den polnischen Gutsbesitzern, bereiteten sich auf Besichtigungen durch den Kaiser und andere hohe Persönlichkeiten vor und ließen dann diese Besichtigungen in bester Verfassung über sich ergehen. Darauf kam der Befehl zum Rückmarsch auf Swenziany und zur Vernichtung aller Lebensmittelvorräte, soweit sie nicht abtransportiert werden konnten. Swenziany blieb im Gedächtnis der Husaren nur deswegen haften, weil es ein „besoffenes Lager" gewesen war — so nannte es die ganze Armee — und weil in Swenziany eine Unzahl von Beschwerden über die Truppen eingelaufen waren: viele Truppenteile hatten nämlich den Befehl zum Requirieren von Lebensmitteln benutzt, um bei den polnischen Gutsbesitzern unter der generellen Bezeichnung „Proviant" auch Pferde, Equipagen und Teppiche zu requirieren. Rostow behielt Swenziany in der Erinnerung, weil er gleich am Tage des Einmarsches in diesen Marktflecken seinen Wachtmeister durch einen anderen hatte ersetzen müssen und nun mit den Mannschaften, die ohne sein Wissen aus einem der früheren Quartiere fünf Fässer abgelagerten Bieres mitgeführt und sich toll und voll getrunken hatten, nicht recht fertig werden konnte. Von Swenziany aus ging es weiter und weiter zurück, man kam an die Drissa, setzte den Rückmarsch jenseits der Drissa fort und näherte sich jetzt schon den Grenzen des eigentlichen Rußland. Am 13. Juli nahm das Pawlogradsche Regiment zum erstenmal an einem ernsthaften Gefecht teil.

Am Abend zuvor, als es schon auf die Nacht ging, war ein gewaltiger Sturm mit Regengüssen und Hagelschlag ausgebrochen. Überhaupt gab es im Sommer 1812 auffallend viele Stürme und Unwetter.

Zwei Schwadronen des Pawlogradschen Regiments biwakierten mitten in einem Roggenfelde, dessen bereits reif gewordene Ähren von Vieh und Pferden völlig zertrampelt waren. Es regnete stromweise, und Rostow saß mit Iljin, einem jungen, von ihm protegierten Offizier, unter einem rasch errichteten, behelfsmäßigen Schutzdach. Ein Offizier des Regiments, ein Mann mit langem, an beiden Seiten weit über die Wangen hinausragendem Schnurrbart, der auf dem Rückwege vom Regimentsstab vom Regen überrascht worden war, suchte jetzt ebenfalls bei Rostow Schutz.

„Ich komme gerade aus dem Stabe, Graf. Haben Sie schon von Rajewskijs Heldentat gehört?" Und der Offizier begann nun zu erzählen, was er beim Stabe an Einzelheiten vom Treffen bei Saltanowka gehört hatte.

Rostow, dem das Wasser den Hals entlanglief, saß zusammengekauert da, den Kopf tief zwischen die Schultern gezogen, rauchte eine Pfeife, hörte unaufmerksam zu, warf dabei bisweilen einen Blick auf den jungen Iljin, der sich dicht an ihn geschmiegt hatte. Nikolai bedeutete für Iljin, einen sechzehnjährigen Jungen, der erst seit kurzem beim Regiment war, genau das gleiche, was Denissow vor sieben Jahren für Nikolai bedeutet hatte. Iljin suchte es Rostow in allem nachzutun und war in ihn verliebt wie ein kleines Mädchen.

Zdrzinski, der Offizier mit dem langen Schnurrbart, schilderte in schwülstigen Worten, wie der Deich von Saltanowka geradezu zu einem russischen Thermopylae geworden sei und wie General Rajewskij auf diesem Deich Taten verrichtet habe, die ihn den Helden des Altertums an die Seite stellten. Nach Zdrzinskis Schilderung hatte Rajewskij seine beiden Söhne im dichtesten Kugelregen auf den Deich geführt und hatte sich Seite an Seite mit ihnen auf den Feind geworfen. Rostow hörte zu, ohne sich Zdrzinskis enthusiastischen Äußerungen auch nur mit einem Wort anzuschließen, gab sich vielmehr das Ansehen eines Menschen, dem das, was ihm gerade erzählt wird, zwar peinlich ist, der aber nicht die Absicht hat, irgendwelche Einwände dagegen vorzubringen. Auf Grund seiner Erlebnisse in der Schlacht von Austerlitz und den Kämpfen des Jahres 1807 wußte Rostow aus eigener Erfahrung, daß alle Leute zu lügen pflegen, wenn sie von kriegerischen Aktionen erzählen, wie er selbst, wenn er dergleichen erzählte, ja auch gelogen hatte. Dazu verstand er inzwischen genug von der Sache, um zu wissen, daß sich im Kriege alles immer ganz anders abspielt, als wir es uns vorstellen und schildern können. Und daher mißfiel ihm Zdrzinskis Erzählung, wie ihm auch Zdrzinski selbst mißfiel, dessen Gesicht seinen Zuhörern nach seiner Gewohnheit mit seinem über die Wangen hinausstehenden Schnurrbart so nahe kam, daß er ihnen die Enge des engen Raumes noch fühlbarer machte. Rostow betrachtete ihn schweigend und dachte: „Erstens herrschte auf dem Deich, gegen den sich der Angriff richtete, sicher ein solches Durcheinander und eine solche Enge, daß Rajewskijs Verhalten, vorausgesetzt, daß er seine Söhne wirklich in dieser Weise ins Feuer geführt hat, höchstens auf die zehn oder zwölf Menschen, die in seiner nächsten Nähe waren, einen Eindruck machen konnte, während die übrigen überhaupt nicht sehen konnten, ob Rajewskij auf dem Deich vorging und wen er bei sich hatte. Aber auch diejenigen, die es sahen, konnten davon keineswegs zu besonderer Begeisterung hingerissen werden; denn was gingen sie Rajewskijs zarte Vatergefühle an, in einem Augenblick, in welchem es um ihr eigenes Fell ging? Außerdem hing das Schicksal des Vaterlandes ja auch gar nicht davon ab, ob der Deich von Saltanowka genommen wurde oder nicht, wie das bei Thermopylae der Fall gewesen sein mag. Wozu also dieses Opfer? Und warum schleppt er überhaupt seine Kinder dahin? Ich würde meinen Bruder Petja zu solchen Geschichten nicht mitnehmen und würde sogar Iljin, mit dem ich gar nicht verwandt bin, der aber so ein guter Junge ist, irgendwo hinzustellen suchen, wo ihm nichts zustoßen könnte." Das etwa waren Rostows Gedanken, während er Zdrzinski zuhörte. Er sprach aber diese Gedanken nicht aus, denn dazu hatte er schon Erfahrungen genug gesammelt. Er wußte, daß auch diese Geschichte dem Ruhm der russischen Waffen galt, und darum mußte man so tun, als zweifle man an ihr nicht im geringsten. Und so tat er denn auch.

„Aber das geht wirklich zu weit", sagte Iljin, der es bemerkt hatte, daß Rostow sich von Zdrzinskis Unterhaltung nicht sonderlich angezogen fühlte. „Strümpfe und Hemd sind zum Auswringen, und ich habe schon eine richtige Pfütze unter mir. Da suche ich mir lieber einen anderen Zufluchtsort. Der Regen scheint auch nachlassen zu wollen."

Iljin ging. Und nun ritt auch Zdrzinski weiter.

Fünf Minuten später kam Iljin, durch den Schmutz stapfend, wieder zurück.

„Hurra! Rostow, mach schnell! Ich habe was gefunden! Zweihundert Schritt von hier ist eine Kneipe, da sind schon allerhand Leute von uns! Da können wir uns wenigstens trocknen, Marja Genrichowna ist auch da."

Marja Genrichowna war die Frau des Regimentsarztes, eine junge, hübsche Deutsche, die der Arzt in Polen geheiratet hatte. Der Arzt schleppte sie, sei es aus Mangel an Mitteln zu anderweitiger Unterbringung, sei es, weil er sich nicht gleich nach der Hochzeit von der jungen Frau trennen wollte, immer mit sich und dem Regiment herum, und seine Eifersucht mußte häufig für die Husarenoffiziere den Gegenstand mehr oder weniger derber Späße abgeben.

Rostow nahm seinen Mantel um, rief Lawruschka zu, er solle mit trockenen Sachen nachkommen, und ging dann mit Iljin durch das abendliche, ab und zu noch von fernen Blitzen erhellte Dunkel auf die Kneipe zu, bald im feuchten Schmutz ausgleitend, bald mittendurch stapfend. Der Regen war schwächer geworden.

„Rostow, wo bist du?"

„Hier. Was war das wieder für ein Blitz!"

XIII

In der Kneipe, vor welcher der geschlossene Wagen des Doktors stand, hatten sich bereits fünf Offiziere zusammengefunden. Marja Genrichowna, eine volle, blonde Deutsche, saß in Jacke und Nachthaube auf einer breiten Bank vorn in der Zimmerecke. Der Arzt, ihr Mann, lag hinter ihr auf der Bank und schlief. Als Rostow und Iljin eintraten, wurden sie mit lustigen Zurufen und lautem Lachen empfangen. „Na, ihr scheint hier ja recht vergnügt zu sein", meinte Rostow lachend.

„Wollt ihr denn lieber Trübsal blasen?"
„Ihr seht ja schön aus! Wie aus dem Wasser gezogen! Setzt uns nur nicht den Salon unter Wasser!"
„Und macht Marja Genrichownas Kleid nicht schmutzig!"
So klangen die Stimmen durcheinander. Rostow und Iljin sahen sich schleunigst nach einem Eckchen um, in welchem sie ihr nasses Zeug wechseln könnten, ohne Marja Genrichownas Schamgefühl zu nahe zu treten. Sie wollten sich hinter einem Bretterverschlag umziehen, aber in der kleinen Kammer, die er von dem Hauptraum schied, saßen bereits drei Offiziere beim Kartenspiel um eine auf eine leere Kiste geklebte Kerze; damit war der Raum bis aufs letzte ausgefüllt, und sie wollten ihn um keinen Preis hergeben. Also mußte Marja Genrichowna für ein paar Augenblicke mit ihrem Unterrock aushelfen, er diente als Vorhang, und hinter diesem Vorhang zogen Rostow und Iljin sich mit Hilfe Lawruschkas um, der inzwischen mit einem Paket trockener Sachen gekommen war.
In dem zerbrochenen Ofen wurde Feuer gemacht. Dann wurde ein Brett herangeschafft und über zwei Sättel gelegt, darüber wurde eine Pferdedecke gebreitet. Rasch war ein kleiner Samowar zur Stelle, ein Reiseproviantkästchen und eine halbe Flasche Rum, und nun drängten sich alle um Marja Genrichowna und baten sie, die Wirtin zu spielen. Einer bot ihr ein reines Taschentuch zum Abtrocknen ihrer entzückenden Händchen an, ein anderer legte ihr seine Attila vor die Füßchen, damit sie nicht naß würden, ein dritter hängte seinen Mantel vors Fenster, damit sie nur ja keinen Zug bekäme, und ein vierter verscheuchte die Fliegen vom Gesicht ihres Mannes, damit er nur ja nicht aufwachte.
„Lassen Sie ihn nur", sagte Marja Genrichowna mit einem verschämten und glücklichen Lächeln, „nach der schlaflosen Nacht von gestern schläft er auch so ganz gut."
„Nein, nein, Marja Genrichowna", war die Antwort, „dem Arzt muß man immer zu Diensten sein. Dann hat er vielleicht auch einmal Mitleid mit einem, wenn er einem ein Bein oder einen Arm absäbelt."
Es waren nur drei Gläser zur Stelle, das Wasser war so schmutzig, daß es sich nicht entscheiden ließ, ob der Tee stark oder schwach geraten war, und in den Samowar ging nur Wasser für sechs Gläser, aber um so netter und behaglicher war es, der Reihe und dem Dienstalter nach aus Marja Genrichownas weichen Händchen mit den kurzgeschnittenen, nicht ganz sauberen Nägeln sein Glas in Empfang zu nehmen. Alle Offiziere schienen an diesem Abend auch wirklich in Marja Genrichowna verliebt, sogar die Kartenspieler von nebenan ließen schon nach kurzer Zeit ihr Spiel im Stich, kamen zum Samowar herüber, wurden von der allgemeinen Stimmung angesteckt und

machten Marja Genrichowna den Hof. Die Frau, die sich von so viel schneidigen und galanten jungen Edelleuten umgeben sah, strahlte vor Glück, wenn sie das auch zu verbergen suchte und bei jeder unbewußten Bewegung ihres schlafenden Mannes offensichtlich verlegen wurde. Es gab nur einen einzigen Löffel, aber Zucker vollauf, und so kam man mit dem Umrühren nur langsam zurecht, und es wurde bestimmt, die Doktorsfrau solle jedem der Reihe nach seinen Zucker umrühren. Als Rostow sein Glas bekommen und seinen Schuß Rum dazugegossen hatte, bat er Marja Genrichowna, es umzurühren.

„Aber es ist ja noch gar kein Zucker drin!" sagte sie und lächelte, wie sie während der ganzen Zeit lächelte, als sei alles, was sie selbst oder einer der anderen sagte, überaus belustigend und habe dabei immer noch eine Nebenbedeutung.

„Es ist mir nicht um den Zucker zu tun, sondern nur darum, daß Sie es mit Ihren Händchen umrühren."

Marja Genrichowna erklärte sich bereit und begann nach dem Löffel zu fahnden, den inzwischen bereits irgend jemand an sich gebracht hatte. „Tun Sie es mit Ihrem Fingerchen, Marja Genrichowna", sagte Rostow. „Das ist dann noch hübscher."

„Zu heiß!" antwortete Marja Genrichowna, ganz rot geworden vor Vergnügen.

Iljin nahm einen Eimer Wasser, tröpfelte ein wenig Rum hinein, kam damit zu Marja Genrichowna und bat sie, mit dem Fingerchen umzurühren.

„Das ist meine Tasse", sagte er. „Tun Sie nur Ihr Fingerchen hinein, dann trinke ich alles aus."

Als der Samowar leer war, nahm Rostow ein Spiel Karten und schlug vor, mit Marja Genrichowna „Alle vier Könige" zu spielen. Es wurde gelost, wer mit Marja Genrichowna eine Partei bilden durfte. Auf Rostows Vorschlag wurde bestimmt, wer König werde, solle das Recht haben, Marja Genrichownas Händchen zu küssen, wer aber der Dumme sei, müsse für einen neuen Samowar für den Doktor sorgen, sobald dieser aufgewacht sei.

„Wenn nun aber Marja Genrichowna König wird?" fragte Iljin.

„Die ist ohnehin schon Königin! Und ihre Befehle sind Gesetz."

Das Spiel hatte kaum angefangen, als sich hinter Marja Genrichowna plötzlich der wirrhaarige Kopf des Arztes erhob. Er hatte schon seit längerer Zeit nicht mehr geschlafen, sondern dem Geplauder der anderen zugehört, hatte aber in allem, was sie sagten und taten, offenbar nichts Lustiges, Ergötzliches und Komisches finden können. Sein Gesicht war grämlich und melancholisch. Ohne die Offiziere zu begrüßen, brachte er mit ein paar Griffen sein Haar ein wenig in Ordnung und bat, ihn vorbeizulassen, da die vor seiner

Bank stehenden und hockenden Offiziere ihm den Weg versperrten. Kaum war er aus dem Zimmer, als alle Offiziere in ein lautes Lachen ausbrachen; Marja Genrichowna aber wurde so rot, daß ihr die Tränen in die Augen traten, und nun kam sie den Offizieren nur noch anziehender und niedlicher vor. Der Doktor kam zurück, sagte zu seiner Frau — das glückliche Lächeln auf ihrem Gesicht war verschwunden, und sie sah ihn so ängstlich an, als habe sie ihr Urteil von ihm zu erwarten —, es regne jetzt nicht mehr und sie müßten sich zur Nacht in den Wagen legen, sonst würde ihr ganzes Gepäck gestohlen.

„Ich stelle Ihnen einen Posten vor den Wagen ... oder sogar einen Doppelposten!" schlug Rostow vor. „Machen Sie sich deswegen keine Gedanken, Doktor."

„Ich selbst stehe Posten!" beteuerte Iljin.

„Nein, meine Herren, Sie sind ausgeschlafen, ich habe seit zwei Nächten kein Auge zugetan", antwortete der Doktor und setzte sich mürrisch neben seine Frau, um das Ende des Spieles abzuwarten.

Als die Offiziere das mürrische Gesicht des Doktors sahen, der unaufhörlich nach seiner Frau schielte, da wurden sie noch aufgeräumter, und viele von ihnen konnten sich das Lachen nicht verbeißen, für das sie dann immer schnell einen plausiblen Vorwand zu finden suchten. Als der Doktor sich schließlich mit seiner Frau in seinen Wagen zurückgezogen hatte, legten die Offiziere sich auf den Boden und deckten sich mit ihren nassen Mänteln zu; aber von Einschlafen war noch lange keine Rede, bald plauderten sie davon, was für ein böses Gesicht der Doktor und was für ein vergnügtes seine Frau gemacht habe, bald lief einer vor die Tür, kam zurück und berichtete, was sich im Wagen tat. Rostow zog sich mehr als einmal den Mantel über den Kopf, um endlich einzuschlafen, aber dann machte ihn irgendeine Bemerkung wieder munter, das Geplauder hob wieder an, und dann lachten sie wieder alle herzlich und ohne Ursache, wie Kinder zu lachen pflegen.

XIV

Die Uhr zeigte drei, und es war noch keiner eingeschlafen, als ein Wachtmeister erschien und den Befehl zum Abmarsch in Richtung auf den Marktflecken Ostrowno überbrachte.

Immer noch plaudernd und lachend wie zuvor machten die Offiziere sich hastig zurecht. Wieder wurde der Samowar mit schmutzigem Wasser gefüllt und Glut untergelegt. Rostow wartete aber den Tee nicht erst ab, sondern ging zu seiner Schwadron. Es fing bereits an, hell zu werden, die Wolken hatten sich zerteilt, und es regnete nicht mehr. Es war feucht und kalt, namentlich unter dem immer noch nicht recht trocken gewordenen Mantel. Als Rostow und Iljin im ungewissen Dämmerlicht aus der Kneipe kamen, warfen sie einige rasche Blicke unter das regenfeuchtglänzende Lederverdeck des Wagens; unter dem Spritzleder kamen die Füße des Doktors zum Vorschein, und mitten im Wagen hob sich Marja Genrichownas weißes Häubchen vom dunklen Polsterkissen ab; man hörte den ruhigen Atem der Schlafenden.

„Wahrhaftig, sie ist reizend!" sagte Rostow zu Iljin.

„Ein hervorragendes Weib!"erwiderte Iljin mit dem ganzen Ernst eines sechzehnjährigen Jungen.

Eine halbe Stunde später stand die Schwadron in Marschkolonne auf der Landstraße. Auf das Kommando: „Aufgesessen!" bekreuzten sich die Soldaten und stiegen auf die Pferde. Rostow, der an der Spitze hielt, kommandierte: „Marsch!", und nun setzten sich die Husaren, immer zu vieren, in Bewegung und ritten hinter marschierenden Infanteriekolonnen und Batterien unter lautem Hufplatschen und leisem Geplauder säbelklirrend die pfützenbedeckte, birkengesäumte Landstraße dahin.

Die zerrissenen, blauvioletten, nach Osten zu rötlich schimmernden Wolken wurden vom Winde rasch über den Himmel gejagt. Die Helligkeit nahm zu. Das krause Gras und Gestrüpp, das zu beiden Seiten von Landstraßen zu wachsen pflegt, war, noch feucht vom gestrigen Regen, schon deutlich erkennbar; die gleichfalls noch feuchten herabhängenden Birkenzweige schwankten im Winde hin und her und ließen funkelnde, vom Wind seitwärts abgetriebene Tropfen zur Erde fallen. Immer deutlicher ließen sich die Gesichter der Soldaten unterscheiden. Rostow ritt mit Iljin, der nicht von seiner Seite wich, zwischen der doppelten Birkenreihe an der einen Seite der Straße.

Im Felde, wo größere Freiheit gestattet ist, pflegte Rostow statt eines Schwadronspferdes ein Kosakenpferd zu reiten. Kenner und Liebhaber, der er war, hatte er sich kürzlich ein mutiges, kräftiges Donkosakenpferd zugelegt, einen guten Schweißfuchs, auf dem er von keinem überholt werden konnte. Es war für Rostow jedesmal eine Freude, dieses Pferd zu reiten. So dachte er auch jetzt an sein Pferd, an den prächtigen Morgen, an Marja Genrichowna und nicht ein einziges Mal an die bevorstehende Gefahr. Wenn es zum Gefecht ging, hatte Rostow sich früher gefürchtet, jetzt empfand er nicht das geringste Bangen mehr. Das kam nicht daher, daß er sich an das Feuer gewöhnt hätte—an die Gefahr kann man sich nicht gewöhnen —, sondern daß er gelernt hatte, angesichts der Gefahr mit seinem Herzen fertig zu werden. Er hatte sich gewöhnt, wenn es zum Gefecht ging, an alles andere zu denken, nur nicht an das eine, das ihn in diesem Augenblick eigentlich am meisten hätte interessieren müssen, nämlich die bevorstehende Gefahr. Soviel Mühe er sich auch gegeben, so grimmige Vorwürfe er sich wegen seiner Feigheit gemacht, hatte er das doch im Anfang seiner Dienstzeit nicht fertigbringen können, dann aber hatte sich das mit den Jahren ganz von selbst gemacht. Er ritt jetzt Seite an Seite mit Iljin zwischen den Birken durch, riß ab und zu ein paar Blätter von den Zweigen, die ihm gerade in die Hände gerieten, berührte mit dem Fuß die Flanken seines Pferdes und reichte die leergerauchte Pfeife der hinter ihm reitenden Ordonnanz, ohne sich umzuwenden, alles mit so ruhiger und sorgloser Miene, als sei er auf einem Spazierritt. Iljin redete viel und unruhig, und es tat Rostow jedesmal leid, wenn er sein aufgeregtes Gesicht sah, da er ja aus eigener Erfahrung den qualvollen Zustand des bangen Harrens und der Todesfurcht kannte, in welchem der junge Kornett sich befand, und wußte, daß ihm nichts helfen konnte als die Zeit.

Die Sonne kam hinter einer Wolke hervor und stand jetzt frei und unbedeckt am Himmel, und nun legte sich auch der Wind, als wage er es nicht, diesen nach dem abendlichen Gewitter doppelt schönen Sommermorgen zu verderben. Von den Birkenzweigen fielen noch einige Tropfen, aber jetzt senkrecht zur Erde, und dann wurde alles still. Die Sonne, die nun völlig frei sichtbar über dem Horizont gestanden hatte, verschwand abermals in einer über ihr stehenden langen und schmalen Wolke. Einige Minuten später zerriß sie den oberen Rand dieser Wolke und stand nun noch heller und leuchtender am Himmel. Alles blitzte und funkelte auf. Und gleichzeitig mit diesem Aufleuchten, wie als Antwort, dröhnten vorne einige Kanonenschüsse.

Rostow war noch nicht dazu gekommen, sich ein ungefähres Bild von der Entfernung dieser Schüsse zu machen, als aus der Richtung Witebsk ein Adjutant des Grafen Ostermann-Tolstoi angejagt kam und Befehl gab, im Trabe auf der Straße vorzumarschieren.

Rostows Schwadron überholte die nun gleichfalls beschleunigt marschierende Infanterie und Artillerie, ritt bergab, kam durch ein verlassenes Dorf und ritt wieder bergauf. Die Pferde glänzten schweißfeucht, die Leute hatten rote Köpfe.

„Halt! Richt euch!" hörte man weiter vorne die Stimme des Divisionskommandeurs. „Linke Schulter vor, Schritt – Marsch!"

Die Husaren ritten nun an der Infanterie vorbei zum linken Flügel der russischen Stellung und machten hinter den in vorderster Linie stehenden Ulanen halt. Rechts stand eine dicht zusammengedrängte

Infanteriekolonne, die Reserve. Über ihr sah man in der klaren, durchsichtigen Luft im hellen Licht der schrägfallenden Morgenstrahlen auf einer Anhöhe, unmittelbar gegen den blauen Himmel, unsere Kanonen, weiter vorne jenseits einer Geländefalte feindliche Kolonnen und Kanonen. In der Geländefalte selbst war die russische Vorpostenkette schon im Feuergefecht, man hörte ihr lustig klingendes Schießen, konnte sie aber nicht sehen.

Rostow hatte solche Töne lange nicht mehr gehört, und sie ließen es ihm ganz hell und frisch ums Herz werden, wie die lustigste Musik. „Trap—ta-ta-tap!" krachten die Schüsse, bald zugleich, bald dicht hintereinander. Darauf verstummte alles, und dann war es wieder anzuhören, als sei jemand auf Knallerbsen getreten.

Die Husaren hielten etwa eine Stunde lang auf der gleichen Stelle. Inzwischen hatte auch die russische Artillerie den Feuerkampf begonnen. Graf Ostermann kam mit einigen Herren der Suite hinter der Eskadron vorbeigeritten, machte halt, sprach ein paar Worte mit dem Regimentskommandeur und ritt dann bergauf zu den Kanonen.

Kaum war er fort, als bei den Ulanen kommandiert wurde: „Zur Attacke — Kolonne formiert!" Die in Zugkolonne aufgestellte Infanterie weiter vorne machte eine Schwenkung, um die Kavallerie vorbeizulassen. Die Ulanen ritten an und trabten mit flatternden Lanzenfähnchen bergauf, der französischen Kavallerie entgegen, die linker Hand am Fuße der Anhöhe aufgetaucht war.

Kaum waren die Ulanen über die Anhöhe hinüber, als die Husaren Befehl erhielten, zur Bedeckung der Batterie bergauf zu gehen. Während sie den von den Ulanen verlassenen Platz einnahmen, zischten und pfiffen die ersten Infanteriekugeln aus der französischen Vorpostenkette herüber, richteten aber angesichts der großen Entfernung keinen Schaden an. Auch dieses Zischen und Pfeifen hatte Rostow lange nicht mehr gehört, und es wirkte noch freudiger und frischer auf ihn als die Abschüsse vorhin. Er hob sich in den Bügeln, ließ seine Blicke über das von oben aus leicht zu übersehende Schlachtfeld schweifen und nahm mit ganzer Seele an den Bewegungen der Ulanen teil. Die Ulanen flogen auf die französischen Dragoner zu, dann sah man nur im Pulverdampf ein undeutliches Durcheinander, und fünf Minuten später jagten die Ulanen wieder zurück, aber nicht mehr dorthin, wo sie vorher gestanden hatten, sondern weiter nach links. Zwischen den Füchsen und den orangefarbenen Uniformen der Ulanen und hinter ihnen erschienen in dichten Haufen Grauschimmel und blaumontierte französische Dragoner.

XV

Rostow hatte mit seinem scharfen Jägerauge als einer der ersten diese die Ulanen verfolgenden blauen französischen Dragoner wahrgenommen. Näher und näher kamen die aufgelösten Schwärme der Ulanen und die französischen Dragoner hinter ihnen. Schon sah man deutlich die unten am Fuß der Anhöhe unverhältnismäßig klein wirkenden Männer einander einholen, handgemein werden, Arme und Säbel rühren.

Rostow folgte dem Geschehen da vor ihm, wie einer Hetzjagd, mit den Augen. Er fühlte, daß die französischen Dragoner nicht standhalten könnten, wenn man sich jetzt mit den Husaren auf sie stürzte; wollte man das, so mußte es aber jetzt gleich geschehen, noch in diesem Augenblick, sonst war es zu spät. Er sah sich um. Ein neben ihm haltender Kamerad starrte ebenso unverwandt wie Rostow auf die Kavalleriemassen dort unten.

„Andrej Sewastjanytsch", sagte Rostow, „wir könnten sie in den Klump reiten ..."

„Das wäre eine tolle Sache", erwiderte der andere, „aber tatsächlich ..."

Rostow hörte nicht, was er weiter sagte, trieb sein Pferd an, galoppierte vor die Front der Schwadron und hatte sein Kommando noch nicht gegeben, als die ganze Schwadron, die genau den gleichen Instinkt gehabt hatte wie er selbst, sich auch schon hinter ihm in Bewegung setzte. Rostow wußte selbst nicht, wie und warum er so handelte. Er handelte genau so, wie er auf der Jagd zu handeln pflegte, instinktmäßig und ohne nachzudenken. Er hatte gesehen, daß die Dragoner nahe waren und daß ihre Glieder sich bei der Verfolgung gelockert hatten, hatte sich gesagt, sie würden einem Angriff nicht standhalten können, hatte gewußt, es gab nur diesen einen Augenblick, der, einmal versäumt, nie wiederkehren würde. Die Kugeln hatten ihn so aufreizend und anstachelnd umzischt und umpfiffen, das Pferd hatte so unruhig und hitzig vorwärtsgedrängt, daß er diesen Lockungen nicht zu widerstehen vermochte. Er hatte sein Pferd in Bewegung gesetzt, sein Kommando gegeben und im gleichen Augenblick auch bereits hinter sich den Hufschlag der Schwadron gehört, fast wie einen Schuß, der von selbst losgegangen ist. Jetzt ritt er in scharfem Trabe bergab auf die Dragoner zu. Kaum waren die Husaren in der Talsohle angelangt, als sie aus dem scharfen Trabe ganz von selbst in Galopp fielen, und nun wurde dieser Galopp immer schneller und schneller, je näher sie den Ulanen und den sie verfolgenden französischen Dragonern kamen. Jetzt waren sie den Dragonern schon ganz nah. Die vorderen sahen die Husaren und machten kehrt, die weiter rückwärts anreitenden machten halt.

Rostow war es ebenso zumut wie auf der Jagd, wenn es einem Wolf den Weg abzuschneiden galt; genau ebenso suchte er jetzt das Letzte aus seinem Kosakenpferd herauszuholen und jagte von der Seite her auf die aufgelösten Reihen der französischen Dragoner zu. Ein Ulan hielt an, ein zweiter, der sein Pferd verloren hatte, warf sich zur Erde, um nicht niedergeritten zu werden, ein reiterloses Pferd drängte sich zwischen die Husaren. Fast alle französischen Dragoner jagten zurück, Rostow faßte einen von ihnen ins Auge und setzte ihm nach. Ein Strauch stand ihm im Wege, sein gutes Pferd flog über ihn hinweg, und kaum hatte Nikolai sich wieder im Sattel zurechtgesetzt, als er den Feind, den er sich ausgewählt hatte, auch schon so dicht vor sich sah, daß er ihn augenblicks eingeholt haben mußte. Der Franzose, der Uniform nach ein Offizier, jagte zusammengekauert davon und trieb seinen Grauschimmel mit dem Säbel an. Einen Augenblick später stieß Rostows Pferd mit dem Bug gegen die Hinterhand des Grauschimmels und hätte ihn beinah umgerannt; ohne selbst zu wissen warum, hob Rostow den Säbel und schlug nach dem Franzosen.

Im gleichen Augenblick war Rostows ganze Aufregung plötzlich verschwunden. Der Offizier fiel aus dem Sattel, nicht sowohl unter der Einwirkung des Säbelhiebes, der ihn oberhalb des Ellbogens nur leicht am Arm geritzt hatte, als vielmehr aus Furcht und weil er infolge des plötzlichen Zusammenstoßes der Pferde das Gleichgewicht verloren hatte. Rostow parierte sein Pferd durch und sah sich nach seinem Feind um, um dahinterzukommen, wen er denn da eigentlich besiegt hatte. Der französische Dragoneroffizier hing mit dem einen Fuß noch im Bügel und machte mit dem anderen hüpfende Bewegungen, um sich zu erheben. Er blinzelte erschrocken, als erwarte er jeden Augenblick einen zweiten Hieb, und sah mit schreckverzerrtem Gesicht zu Rostow hinauf. Dieses Gesicht war blaß, schmutzbespritzt, jung und von blonden Haaren umflattert, hatte ein Grübchen im Kinn und helle blaue Augen und war so ohne alle Feindseligkeit, so ein harmloses Stubengesicht, daß es gar nicht hierher auf das Schlachtfeld zu gehören schien. Noch bevor Rostow sich darüber schlüssig geworden war, was er mit ihm anfangen sollte, schrie der Offizier: „Je me rends!"[1] Vergeblich mühte er sich mit hastigen Bewegungen ab, seinen Fuß aus dem Bügel zu bekommen, und starrte Rostow dabei mit seinen erschrockenen blauen Augen unverwandt an. Nun sprangen einige Husaren hinzu, machten ihm den Fuß frei und setzten ihn wieder in den Sattel. Überall sah man Husaren mit gefangenen Dragonern; ein Franzose mit blutüberströmtem Gesicht wollte trotz seiner Verwundung sein Pferd

[1] Ich ergebe mich.

nicht hergeben, ein anderer saß hinter einem Husaren auf dem Pferde und hielt sich am Reiter fest, einem dritten half ein Husar auf sein Pferd. Von vorn stürmte französische Infanterie heran, und die Husaren jagten mit ihren Gefangenen zurück. Rostow galoppierte mit den übrigen zurück und hatte ein unangenehmes, herzbeklemmendes Gefühl, es bedrängte ihn irgend etwas Unklares, Verworrenes, das er sich nicht recht erklären konnte, das aber mit der Gefangennahme des französischen Offiziers und dem Säbelhieb, den er gegen diesen geführt hatte, im Zusammenhang stand.

Graf Ostermann-Tolstoi begegnete den zurückreitenden Husaren, ließ Rostow zu sich kommen, sprach ihm seinen Dank aus und sagte, er werde dem Kaiser von seinem schneidigen Vorgehen Meldung machen und ihn zum Georgskreuz eingeben. Als Rostow zum Grafen Ostermann geholt wurde, war er fest überzeugt, Ostermann lasse ihn rufen, um ihn für sein selbständiges Vorgehen zur Verantwortung zu ziehen, weil er ja attackiert hatte, ohne dazu Befehl zu haben. Eigentlich hätte er somit freudig überrascht sein müssen, daß Ostermann ihm so viel Schmeichelhaftes sagte und ihm eine Auszeichnung in Aussicht stellte, aber das unklare, verworrene, herzbeklemmende Gefühl, das über ihn gekommen war, peinigte ihn so, daß er eine Art moralischer Übelkeit empfand. „Ja, was ist es denn eigentlich, was mich quält?" fragte er sich, nachdem der General ihn entlassen hatte. „Der Gedanke an Iljin? Nein, Iljin ist ja heil geblieben. Habe ich mir denn irgendeine Blöße gegeben? Nein, das ist es auch nicht!" Es war auch nicht Reue, was ihn quälte. „Ja, ja, dieser Franzose mit dem Grübchen im Kinn . . . ich weiß ja noch so deutlich, wie mein Arm nicht so recht heranwollte, als ich ihn gegen ihn erhob."

Rostows Blick fiel auf die Gefangenen, die weiter nach rückwärts abtransportiert wurden, und er ritt ihnen nach, um sich seinen Franzosen mit dem Grübchen im Kinn anzusehen. Er saß in seiner fremdartigen Uniform auf einem russischen Gestütspferde und sah sich unruhig um. Die Wunde an seinem Arm war eigentlich gar keine Wunde. Er lächelte Rostow ein wenig gewaltsam zu und machte eine grüßende Handbewegung. Rostow hatte immer noch die peinliche Empfindung eines unklaren, geheimen Schuldbewußtseins.

Den ganzen Tag über, aber auch noch während des folgenden fiel es Rostows Freunden und Kameraden auf, daß er zwar nicht niedergeschlagen oder verärgert, aber doch wortkarg, nachdenklich und in sich gekehrt war. Er trank lustlos ein paar Gläser mit ihnen, suchte sich dann aber abzusondern und überließ sich seinen Gedanken. Immer wieder mußte er an seine Heldentat denken, die ihm zu seinem Erstaunen das Georgskreuz und den Ruf eines ganz besonders schneidigen Soldaten eintrug, und konnte doch nicht hinter die Zusammenhänge kommen. „Also fürchten sich die genauso wie unsereiner und sogar noch mehr!" dachte er. „Und das ist also das, was man Heldentum nennt? Und habe ich es denn um des Vaterlandes willen getan? Und was für eine Schuld hat er denn eigentlich, mit seinem Grübchen im Kinn und seinen blauen Augen? Und was für eine Angst er hatte! Er dachte, ich würde ihn totschlagen. Was hätte ich davon gehabt? Mir zitterte ja der Arm. Und jetzt kriege ich das Georgskreuz dafür. Nein, ich verstehe die ganze Geschichte nicht!"

Allein während Nikolai sich mit diesen Fragen abquälte und sich doch keine klare Rechenschaft darüber gab, was ihn nun eigentlich so beunruhigte, drehte sich, wie das zu gehen pflegt, das Rad des Dienstglückes weiter zu seinen Gunsten. Nach dem Gefecht bei Ostrowno wurde er befördert, bekam ein Husarenbataillon, und wenn irgendein Auftrag einen besonders schneidigen Offizier erforderte, so hielt man sich an ihn.

XVI

Die Gräfin war von ihrer Krankheit noch keineswegs ganz wiederhergestellt, als sie die Nachricht von Nataschas Erkrankung erhielt; trotzdem fuhr sie sofort mit Petja und der erforderlichen Dienerschaft nach Moskau, und nun siedelte die ganze Familie Rostow aus Marja Dmitrijewnas Haus in ihr eigenes über, um vorderhand in Moskau zu bleiben.

Nataschas Krankheit war immerhin so ernst, daß zu ihrem und ihrer Angehörigen Glück angesichts der Krankheit selbst ihre Ursache — Nataschas eigene Handlungsweise und ihr Bruch mit ihrem Bräutigam — durchaus zurücktrat. Sie war so krank, daß der Gedanke an ihr eigenes Verschulden nicht recht aufkommen konnte, sie aß nicht, schlief nicht, magerte merklich ab, hustete und schwebte, wie die Ärzte zu verstehen gaben, in Lebensgefahr. Man durfte an nichts anderes denken als daran, wie ihr geholfen werden konnte. Die Ärzte kamen bald einzeln zu ihr, bald zu mehreren, um Konsilien abzuhalten, sprachen viel Französisch, Deutsch und Lateinisch, kritisierten einander und verordneten die verschiedensten Arzneien gegen alle Krankheiten, die sie kannten; keinem von ihnen kam aber der naheliegende Gedanke in den Kopf, daß die Krankheit, an der Natascha litt, ihnen überhaupt nicht bekannt sein konnte, wie ja überhaupt keine Krankheit, an der ein lebendiger Mensch leidet, bekannt sein kann; denn jeder lebendige Mensch hat seine nur ihm eigenen Besonderheiten und hat immer eine besondere, nur ihm eigene, neue, aus mannigfaltigen Elementen zusammengesetzte, der Heilwissenschaft unbekannte Krankheit, nicht eine Krankheit der Lunge, der

Leber, der Haut, des Herzens, der Nerven und so weiter, wie man sie in den Kompendien der medizinischen Wissenschaft beschrieben findet, sondern eine Krankheit, die aus einer der unzähligen Vereinigungsmöglichkeiten der bei diesen Organen denkbaren Leiden besteht. Auf diesen naheliegenden Gedanken konnten die Ärzte aber nicht kommen, ebensowenig wie ein Zauberer auf den Gedanken kommen kann, er könne vielleicht gar nicht zaubern, weil ihr ganzes Lebenswerk ja darin bestand, Krankheiten zu heilen, weil sie dafür ihr Geld bekamen und weil sie ihre besten Lebensjahre auf dieses Werk verwandt hatten. Vor allem aber konnten die Ärzte auf diesen Gedanken deswegen nicht kommen, weil sie sahen, daß sie so, wie sie nun einmal waren, durchaus nutzbringend wirkten, denn das taten sie wirklich, und zwar nützten sie allen Mitgliedern der Rostowschen Familie. Sie nützten ihnen nicht deshalb, weil sie die Patientin zwangen, allerhand größtenteils schädliche Stoffe zu schlucken – die Schädlichkeit dieser Stoffe machte sich freilich nicht sehr stark bemerkbar, da diese schädlichen Stoffe nur in geringen Dosen verabfolgt wurden –, sondern sie waren ihnen nützlich, ja sogar vollkommen unentbehrlich aus dem gleichen Grunde, aus dem es von jeher angebliche Heilkundige, Zauberer, Homöopathen und Allopathen gegeben hat und geben wird, nämlich weil sie einem seelischen Bedürfnis der Patientin und der Menschen, welche diese Patientin liebten, Genüge taten: dem ewig menschlichen Bedürfnis nach Genesungshoffnung, nach Mitgefühl, nach der tätigen Fürsorge anderer Menschen, das jeder Leidende empfindet, dem ewig menschlichen, in seiner ursprünglichsten Form beim Kinde zutage tretenden Bedürfnis, das die Stelle mit dem Wehwehchen gestreichelt wissen möchte. Hat ein Kind sich gestoßen, so stürzt es sich gleich in die Arme der Mutter oder der Kinderfrau, um sich die schmerzende Stelle küssen und streicheln zu lassen, und wenn man ihm diese schmerzende Stelle streichelt und küßt, dann meint es, eine Erleichterung zu spüren. Das Kind kann sich nicht vorstellen, daß die Erwachsenen, die doch stärker und klüger sind, kein Mittel haben sollten, um ihm seinen Schmerz zu vertreiben. Und die Hoffnung auf Erleichterung und das sichtbare Vorhandensein einer mitleidigen Teilnahme trösten das Kind, wenn die Mutter ihm seine Beule streichelt. Und darin bestand auch der Nutzen, den die Ärzte Natascha brachten, daß sie ihr das Wehwehchen küßten und streichelten und ihr versicherten, alles würde gleich vorbei sein, wenn nur der Kutscher zur Apotheke am Arbat-Platz fahren und für einen Rubel und siebzig Kopeken Pülverchen und Pillen in niedlichen bunten Schächtelchen holen und die Patientin diese Pülverchen pünktlich alle zwei Stunden, aber keinesfalls früher und keinesfalls später, in abgekochtem Wasser einnehmen würde.

Was hätten Sonja, der Graf und die Gräfin wohl anfangen sollen und wie jämmerlich wäre es ihnen zumute gewesen, wenn nicht in einem fort etwas losgewesen wäre, wenn es nicht diese Pillen gegeben hätte, die Natascha zu bestimmten Stunden einnehmen mußte, und die leicht angewärmten Tränke und die Hühnerkoteletts und alle die anderen Einzelheiten der ärztlich vorgeschriebenen Lebensweise, deren sorgsame Beobachtung für Nataschas ganze Umgebung Ablenkung und Trost bedeutete? Wie hätte der Graf die Krankheit seiner Lieblingstochter überstehen sollen, wenn er sich nicht hätte sagen können, Nataschas Krankheit habe schon Tausende von Rubeln verschlungen und ihm würden, wenn es der Kranken nur half, auch weitere Tausende nicht leid tun, wenn er sich nicht hätte sagen können, daß er, wenn sie nicht bald wieder zu Kräften käme, abermals Tausende springen lassen und sie ins Ausland bringen und dort den gelehrtesten Konsilien vorstellen würde, und wenn er nicht die Möglichkeit gehabt hätte, sich in ausführlichen Schilderungen zu ergehen, wie Métivier und Feller nicht recht dahintergekommen seien, was Natascha eigentlich fehlte, wie aber Fries und vor allem Mudrow ganz ausgezeichnet diagnostiziert hätten? Was hätte die Gräfin anfangen sollen, wenn sie nicht ab und zu mit Natascha, welche die ärztlichen Vorschriften nicht immer ganz genau innehielt, ein wenig hätte zanken können?

„Auf diese Weise wirst du nie gesund werden", sagte sie und vergaß ihren Kummer über dem Ärger, „wenn du nicht darauf hörst, was der Arzt sagt, und deine Arznei nicht zur vorgeschriebenen Zeit einnimmst! Mit solchen Dingen darf man nicht spaßen, wenn die Gefahr einer Pneumonie vorliegt!" Und allein schon das Aussprechen dieses ihr – und nicht ihr allein – unverständlichen Wortes gewährte der Gräfin einen großen Trost.

Was hätte Sonja anfangen sollen, wenn sie nicht das freudige Bewußtsein gehabt hätte, in der ersten Zeit der Krankheit drei Nächte lang nicht aus den Kleidern gekommen zu sein, um nur ja für genaueste Befolgung aller ärztlichen Vorschriften sorgen zu können, und auch jetzt noch nachts kein Auge zuzutun, um nur ja nicht die Zeit zu verpassen, zu der Natascha aus dem mit Goldpapier beklebten Schächtelchen die verhältnismäßig unschädlichen Pillen eingegeben werden mußten? Ja, auch bei Natascha selbst war es nicht viel anders; sie sagte freilich, keine Arznei könne sie gesund machen, und das sei alles dummes Zeug, aber es machte ihr doch Freude, daß die ganze Familie um ihretwillen solche Opfer brachte und daß sie selbst zu genau festgesetzten Stunden ihre Arzneien einnehmen mußte. Und dann machte ihr sogar das noch Freude, daß sie gelegentlich die Möglichkeit hatte, alle Vorschriften außer acht zu lassen und dadurch zu zeigen, daß sie an keine Heilung mehr glaubte und daß ihr nichts mehr an ihrem Leben gelegen sei.

Täglich kam der Arzt, fühlte der Patientin den Puls, ließ sich die Zunge zeigen und machte einige Scherze, ohne sich um Nataschas niedergeschlagenes Gesicht zu kümmern. Darauf ging er in das anstoßende Zimmer, die Gräfin eilte ihm nach, er nahm eine ernste Miene an, wiegte den Kopf nachdenklich hin und her und sagte, er hoffe auf die Wirkung der zuletzt verordneten Arznei, wenn er auch zugeben müsse, daß Gefahr vorhanden sei, man müsse Geduld haben und warten, die Krankheit habe eben vornehmlich psychische Ursachen, indessen ...

Darauf drückte die Gräfin ihm ein Goldstück in die Hand und suchte es so einzurichten, daß nach Möglichkeit weder sie selbst noch der Arzt das wahrnahm; und dann kehrte sie jedesmal mit ruhiger gewordenem Herzen zu Natascha zurück.

Die Symptome bestanden darin, daß Natascha apathisch war, wenig aß, wenig schlief und viel hustete. Die Ärzte meinten, die Kranke dürfe ihrer Aufsicht und Hilfe nicht entzogen werden, und hielten sie darum in der dumpfen Stadtluft zurück. Und Rostows gingen also im Sommer 1812 nicht aufs Land.

Obwohl Natascha eine so gewaltige Menge von Pillen, Tropfen und Pülverchen aus allerhand Arzneigläsern und Schächtelchen, deren sich Madame Schoß als Liebhaberin derartiger Gegenstände bereits eine große Sammlung angelegt hatte, verschlucken mußte und ihr das gewohnte Landleben vorenthalten wurde, ließ ihre Jugend sich ihr Recht doch nicht nehmen; ihr Kummer versickerte allmählich unter der Schutzschicht all der Eindrücke dieses Patientendaseins, lastete nicht mehr so schmerzhaft und qualvoll auf ihrem Herzen, begann allmählich ein Ding der Vergangenheit zu werden, und nun kam Natascha nach und nach auch körperlich wieder zu Kräften.

XVII

Natascha war ruhiger, aber nicht heiterer geworden. Sie ging nicht nur allen äußeren Freudebringern, Bällen, Spazierfahrten, Konzerten und Theatervorstellungen aus dem Wege, sondern sie lachte nie, ohne daß man gleichsam verborgene Tränen aus ihrem Lachen herausgehört hätte. Singen konnte sie nicht mehr. Sobald sie anfing zu lachen oder den Versuch machte, für sich allein etwas zu singen, stiegen ihr die Tränen auf: Tränen der Reue, Tränen der Erinnerung an die unwiederbringlich entschwundene Zeit ihrer ersten mädchenhaften Unschuld, Tränen der Wut darüber, daß sie ihr junges, an

Glücksmöglichkeiten so reiches Leben um nichts und wieder nichts zerstört hatte. Lachen und Singen erschienen ihr als Profanation ihres Kummers. Von Koketterie war sie ganz frei und brauchte hierin ihrer Natur gar nicht erst Gewalt anzutun. Sie sagte, alle Männer bedeuteten ihr jetzt nicht mehr als der Narr Nastasja Iwanowna; und so empfand sie in der Tat. Vor ihrem Inneren stand ein Türhüter, der jeder Freude den Eintritt wehrte. Und auch alles, was in ihrer früheren sorglosen, von so viel Hoffnungen beschwingten Mädchenzeit so große Anziehungskraft für sie gehabt hatte, vermochte sie jetzt nicht mehr zu fesseln. Sehr oft dachte sie an den letzten Herbst, an die Jagd, an den Onkel und die mit Nicolas in Otradnoje verlebten Weihnachtstage, und diese Erinnerungen waren für sie schmerzlicher als alle anderen. Was hätte sie dafür gegeben, nur einen einzigen Tag aus jener Zeit zurückrufen zu können! Aber damit war es nun für immer zu Ende. Sie hatte damals ein dunkles Vorgefühl dafür gehabt, daß dieser Zustand der Freiheit und des Aufgeschlossenseins für alle Freuden nie wiederkehren werde, und dieses Vorgefühl hatte recht behalten. Trotzdem hieß es weiterleben.

Es war jetzt einer ihrer Lieblingsgedanken, daß sie nicht, wie sie früher geglaubt hatte, besser, sondern vielmehr schlechter, viel, viel schlechter als alle anderen Menschen auf der Welt sei. Allein mit diesem bloßen Gedanken war nichts gewonnen. Das empfand sie selbst, und so fragte sie sich immer wieder: „Was soll nun weiter sein?" Aber ein solches „Weiter" gab es eigentlich gar nicht. Das Leben hatte keinerlei Freuden, keinerlei Tröstungen mehr für sie, das Leben lief ganz einfach ab. Natascha hatte offenbar nur noch das eine Bestreben, niemandem zur Last zu fallen und niemanden zu stören, für sich selbst aber begehrte sie nichts. Sie zog sich von allen Hausgenossen zurück, und nur Petjas Gesellschaft konnte sie ein wenig trösten. Mit ihm war sie lieber zusammen als mit allen anderen, und manchmal, wenn sie mit ihm allein war, konnte sie sogar ein wenig lachen. Fast nie suchte sie irgendeinen Menschen ihrer Bekanntschaft auf, und auch an den Gästen, die in das Rostowsche Haus kamen, hatte sie mit einer einzigen Ausnahme keine Freude. Diese Ausnahme bildete Pierre. Es ließ sich kein zarterer, behutsamerer und zugleich ernsterer Ton denken als der, in welchem Graf Besuchow mit ihr umging. Natascha hatte ein unbewußtes feines Gefühl für die Zartheit dieses Tones, und darum machte ihr Pierres Anwesenheit jedesmal Freude. Aber sie empfand nicht einmal Dankbarkeit für seine zarte Art. Die große Güte, die Pierre an den Tag legte, wirkte auf sie nie als Ausfluß seines Willens oder einer sittlichen Anstrengung. Seine Güte gegen alle Menschen wirkte als etwas so naturhaft mit seinem Wesen Verbundenes, daß ihr keinerlei Verdienst beigemessen werden konnte. Dazwischen glaubte

Natascha wahrzunehmen, daß Pierre in ihrer Gegenwart verlegen und befangen war, ganz besonders, wenn er ihr irgendeine Freundlichkeit erweisen wollte oder wenn er im Gespräch vorsichtig über etwas hinglitt, von dem er fürchtete, es könnte Natascha auf ihre schweren Erlebnisse bringen. Sie schrieb das seiner zarten Verschämtheit und Herzensgüte zu, die ihrer Meinung nach allen anderen Menschen genau ebenso galt wie ihr. Nach jener plötzlichen, in einem Augenblick größter Erregung fast unwillkürlich über seine Lippen gekommenen Äußerung, wenn er frei wäre, würde er sie auf den Knien um ihre Hand und ihre Liebe bitten, hatte Pierre nie wieder zu ihr von seinen Empfindungen gesprochen, und Natascha war überzeugt, daß er diese Worte, die sie damals als so trostvoll empfunden hatte, nur gesagt hatte, wie man eben, um ein weinendes Kind zu trösten, alle möglichen sinnlosen Worte ausspricht. Nicht, weil Pierre verheiratet war, sondern weil Natascha zwischen sich selbst und ihm mit größter Deutlichkeit jene moralische Scheidewand spürte, deren Nichtvorhandensein sie in ihrem Verhältnis zu Kuragin empfunden hatte, kam ihr nie der Gedanke, aus ihrem Verhältnis zu Pierre könne sich jene ihr aus einigen Beispielen bekannte, offene, zärtliche poetische Freundschaft zwischen Mann und Weib oder gar eine Liebe von ihrer, geschweige denn von seiner Seite entwickeln.

Im Hochsommer, gegen Ende der Peters=Fasten, kam Agrafena Iwanowna Belowa, die ein Gut in der Nähe von Otradnoje hatte, nach Moskau, um in den Moskauer Kirchen vor einigen besonders verehrten Heiligenbildern ihre Andacht zu verrichten. Sie schlug Natascha vor, sich mit ihr gemeinsam zur Kommunion vorzubereiten, und Natascha nahm diesen Vorschlag mit Freuden an. Obwohl die Ärzte ihr das Ausgehen in der Morgenfrühe untersagt hatten, bestand Natascha darauf, sich ernsthaft durch häufigen Kirchenbesuch auf den Empfang des Sakraments vorzubereiten, sich nicht auf die im Rostowschen Hause sonst übliche, im Anhören von drei zu Hause gelesenen Messen bestehende Vorbereitung zu beschränken, sondern nach Agrafena Iwanownas Beispiel eine ganze Woche lang an jedem Vesper=, Haupt= und Frühgottesdienst teilzunehmen.

Der Gräfin gefiel dieser Eifer, denn sie überließ sich der heimlichen Hoffnung, das Gebet werde Natascha vielleicht mehr helfen als alle die mehr oder weniger erfolglos gebliebenen Arzneien; so gab sie ihre Zustimmung zu Nataschas Art der Kommunionsvorbereitung, freilich nicht ohne einiges Bangen, und vertraute Natascha der Belowa an, teilte dem Arzt aber nichts davon mit. Agrafena Iwanowna kam nun jeden Morgen um drei Uhr, um Natascha zu wecken; Natascha war aber meistens schon wach, weil sie große Angst davor hatte, die Frühmesse zu verschlafen. Nun wusch Natascha sich in aller Eile, zog demütig ihr schlechtestes Kleid und ihre älteste Mantille an und ging mit Agrafena Iwanowna, in der Morgenfrische vor Kälte zitternd, durch die unbelebten, vom Frührot erhellten Straßen. Auf Agrafena Iwanownas Rat hatte Natascha sich zur Kommunionsvorbereitung nicht ihre Pfarrkirche, sondern eine andere Kirche ausgesucht, deren Geistlichen die fromme Belowa als einen Priester von großer Strenge und gottgefälligem Lebenswandel rühmte. Die Kirche war immer schwach besucht; Natascha und die Belowa nahmen ihren gewöhnlichen Platz vor einem linker Hand an der rückwärtigen Chorwand angebrachten Muttergottesbilde ein, und Natascha empfand ein ihr neues Gefühl der Demut vor dem großen, unbegreiflichen Gottesgeheimnis, wenn sie zu dieser ungewohnten Morgenstunde das schwarze Gesicht der Muttergottes ansah, das vom Glanz der Kerzen und den durch das Fenster fallenden frühen Sonnenstrahlen beleuchtet wurde, und der Liturgie lauschte, der sie verständnisvoll zu folgen suchte. Wenn sie die Worte der Liturgie verstand, so strömte ihr eigenes Empfinden rückhaltlos in ihr Gebet hinüber; verstand sie die Worte der Liturgie aber nicht, so ließ sie sich von dem Gedanken beseligen, der Wunsch, alles zu verstehen, sei nichts als irdischer Hochmut, man solle gar nicht alles verstehen, sondern nur glauben und sich vertrauensvoll Gott überlassen, dessen Walten sie in solchen Augenblicken mit aller Deutlichkeit in ihrer Seele spürte. Sie bekreuzte sich, sie verneigte sich, und wenn sie den Worten der Liturgie nicht folgen konnte, so bat sie, ganz erschrocken über ihre Verworfenheit, Gott möge ihr alles, alles verzeihen und sich ihrer erbarmen. Ganz besonderen Anteil nahm sie an allen Bußgebeten. Wenn sie nach beendetem Gottesdienst nach Hause zurückkehrte, zu einer so frühen Morgenstunde, daß man auf der Straße noch niemand sah als die Maurer, die zu ihrer Arbeit gingen, und die Hausknechte, die die Straße kehrten, und daß in den Häusern noch alle schliefen, dann empfand Natascha ein Gefühl neuer Hoffnungsfreudigkeit und hielt es nicht mehr für unmöglich, ein anderer, besserer Mensch zu werden und ein neues, reines und glückliches Leben zu beginnen.

Dieses Gefühl nahm während der Woche der Kommunionsvorbereitung von Tag zu Tag zu. Und die heilige Kommunion empfangen zu dürfen oder das allerhochwürdigste Sakrament des Altars zu genießen, wie Agrafena Iwanowna mit kindlich-frommer Wortspielsfreude sagte, erschien ihr als ein so überirdisches Glück, daß es ihr war, als könne sie diesen seligen und gesegneten Sonntag gar nicht erleben.

Aber der glückliche Tag kam doch, und als Natascha an diesem für sie so denkwürdigen Sonntage in ihrem weißen Musselinkleid von der Kommunion zurückkehrte, da fühlte sie sich seit vielen Monaten zum erstenmal innerlich ruhig, befreit von dem lastenden Gedanken an das Leben, das noch vor ihr lag.

Gerade an diesem Tag war auch der Arzt gekommen, untersuchte Natascha und sagte dann, sie solle auch weiterhin noch die ihr vor vierzehn Tagen verordneten Pulver nehmen.

„Unbedingt, ganz unbedingt, jeden Morgen und jeden Abend", betonte er, offenbar gutgläubig und aufrichtig mit seinem Erfolg zufrieden, „nur, bitte, noch pünktlicher als bisher."

Gleich darauf sagte er mit scherzhafter Freundlichkeit, das empfangene Goldstück geschickt unter dem Daumenballen verschwinden lassend, zur Gräfin: „Machen Sie sich nur keine Sorgen, sie fängt bald wieder an zu singen und auf die Bäume zu klettern. Die letzte Arznei hat sehr, sehr viel genützt. Ich finde sie viel, viel frischer."

Die Gräfin flüsterte: „Unberufen!" und spuckte dabei hastig auf ihre Nägel; dann kehrte sie vergnügt in den Salon zurück.

XVIII

In den ersten Julitagen wurden die in Moskau umlaufenden Gerüchte über den Gang des Krieges immer beunruhigender. Der Kaiser sollte, wie es hieß, die Armee verlassen, nach Moskau kommen und einen Aufruf an sein Volk erlassen. Und da am 11. Juli dieser Aufruf immer noch nicht vorlag, so kamen abermals die bösesten und übertriebensten Gerüchte auf. Es hieß, der Kaiser verlasse die Armee deshalb, weil ihre Lage gefährlich geworden sei, Smolensk sei in der Hand des Feindes, Napoleon habe eine Million Mann, und nur ein Wunder könne Rußland noch retten.

Am 11. Juli, einem Sonnabend, traf der Aufruf ein, war aber noch nicht gedruckt; Pierre sprach bei Rostows vor und versprach am Sonntag, also morgen, bei ihnen zu Mittag zu essen und den Aufruf, den er vom Grafen Rastoptschin bekommen zu können meinte, mitzubringen.

An diesem Sonntag fuhren Rostows wie gewöhnlich zur Hauskirche der Rasumowskij, um die Messe zu hören. Es war ein heißer Julitag. Als sie um zehn Uhr vor der Kirche aus dem Wagen stiegen, lag schon in allem und jedem der ganze Tag beschlossen, in der schwülen Luft, im Geschrei der Straßenverkäufer, in den lichten und grellbunten Sommerkleidern der Menschen, den staubbedeckten Blättern der Boulevard-Bäume, in den weißen Hosen eines zur Wachtparade vorbeimarschierenden Bataillons und in den Klängen seiner Musik, im Gerassel der Wagenräder und im grellen Schein der heißen Sonne – in allem und über allem lag jene Stimmung von sommerlicher Mattigkeit, von Behagen und Ungenügen zugleich, die einem an klaren und heißen Tagen ganz besonders in der Stadt zum Bewußtsein kommt. In der Rasumowskijschen Kirche hatte sich alles eingefunden, dessen Namen in Moskau Klang hatte; alle Bekannten der Familie Rostow waren da – sehr viele reiche Familien, die sonst im Sommer aufs Land gingen, waren in diesem Jahr in der Stadt geblieben, als wollten sie irgendein ganz bestimmtes Ereignis abwarten. Als Natascha neben der Mutter hinter dem livrierten Lakaien herging, der für beide Damen eine Gasse durch das dichte Menschengewühl zu bahnen hatte, da hörte sie einen jungen Mann im Flüsterton, aber immer noch zu laut, zu seinem Nebenmann sagen:

„Das ist die Rostowa, wir sprachen ja neulich davon, daß sie . . ."

„Wie mager sie geworden ist! Aber sie sieht noch immer gut aus!" meinte der andere.

Darauf hörte sie Kuragins und Bolkonskijs Namen nennen oder glaubte sie doch nennen zu hören. Übrigens glaubte sie das immer und überall. Von allen Leuten, die sie ansahen, glaubte sie, sie könnten an nichts anderes denken, als an das, was sie, Natascha Rostowa, erlebt hatte. Gequält und angstvoll, wie immer, wenn sie unter vielen Menschen war, ging Natascha in ihrem lila Seidenkleide mit den schwarzen Spitzen durch die Menschenmenge, so wie Frauen in solchen Fällen durch eine Menschenmenge zu gehen wissen: nämlich um so ruhiger und mit um so mehr Haltung, je bitterer der Schmerz und die Scham ist, die sie empfinden. Sie war schön und wußte das; es machte ihr aber nicht mehr die Freude von einst. In dieser Zeit empfand sie ihre Schönheit vielmehr als eine Qual, und ganz besonders an diesem klaren, heißen Stadtsommertage. „Wieder ein Sonntag, wieder eine Woche herum", dachte sie, als es ihr einfiel, daß sie am Sonntag zuvor ebenfalls in der Rasumowskijschen Kirche gewesen war. „Und immer das gleiche leblose Leben und immer die gleiche Umgebung, die gleiche Tretmühle, in der ich doch früher so leicht und vergnügt gegangen bin. Ich bin schön und jung und weiß auch, daß ich jetzt gut bin; früher war ich schlecht, aber jetzt bin ich gut, das weiß ich. Aber meine allerbesten Jahre gehen nutzlos und gleichgültig hin, keinem Menschen zuliebe."

Sie trat neben ihre Mutter und nickte einigen Bekannten in ihrer Nähe zu. Dann sah sie sich gewohnheitsgemäß die Toiletten der Damen an, nahm an der Haltung einer in ihrer Nähe stehenden Dame und an deren lässiger und gleichgültiger Art, das Zeichen des Kreuzes zu machen, Anstoß, um gleich darauf bekümmert zu denken, daß während sie an anderen Anstoß nahm, diese anderen ebenfalls Anstoß an ihr nahmen. Als sie die ersten Worte der Messe vernahm, da kam ihre Verworfenheit ihr plötzlich wieder zum Bewußtsein, sie entsetzte sich über sich selbst, weil sie abermals ihre in der Zeit der Kommunionsvorbereitung errungene Reinheit verloren hatte.

Ein schöner, gepflegt aussehender alter Priester zelebrierte die Messe mit jener sanften Feierlichkeit, die auf die Seelen der Betenden so gewaltig und zugleich beruhigend wirkt. Die Tür zum Allerheiligsten schloß sich, langsam wurde der Vorhang vorgezogen, dann hörte man eine leise und geheimnisvolle Priesterstimme. Tränen, die Natascha selbst nicht zu deuten wußte, quollen ihr vom Herzen zur Kehle, und sie empfand ein Gefühl von schmerzlicher Freude.

„Lehre mich, was ich tun und wie ich leben soll, wie ich für immer, für immer ein besserer Mensch werden kann!" dachte sie. Der Diakon trat jetzt an das Lesepult, griff sich, den Daumen weit abspreizend, in den Nacken, holte einige hinter das Chorhemd gerutschte Strähnen seines langen Haares hervor, strich sie zurecht, bekreuzte sich und begann laut und feierlich die Gebetsworte zu verlesen:

„In Frieden lasset uns beten zum Herrn!"

„Ja, in Frieden, alle zusammen, ohne Unterschied des Standes, ohne Feindschaft, nur in brüderlicher Liebe vereint, so wollen wir beten", dachte Natascha.

„Um den Frieden aus der Höhe und das Heil unserer Seelen!"

„Um den Frieden der Engel und der Seelen aller körperlosen Wesen, die über uns leben", betete Natascha. Beim Gebet für die Krieger dachte sie an ihren Bruder und an Denissow. Beim Gebet für die Seefahrenden und Reisenden dachte sie an den Fürsten Andrej, betete für ihn und bat Gott um Vergebung für alles Böse, das sie dem Fürsten Andrej getan hatte. Beim Gebet „für alle, die uns lieben", betete sie für ihre Angehörigen, ihren Vater, ihre Mutter, Sonja, und wurde sich in diesem Augenblick zum erstenmal der ganzen Schuld bewußt, die sie vor ihnen auf sich geladen hatte, und empfand zum erstenmal, mit welcher Liebeskraft sie an ihnen hing. Beim Gebet „für die, die uns hassen" dachte sie sich allerhand Feinde und Hasser aus, um nur für sie beten zu können. Zu den Feinden rechnete sie die Gläubiger des alten Grafen und alle, die mit ihm geschäftlich zu tun hatten, und beim Gebet für die Feinde und Hasser fiel ihr auch Anatol ein, der ihr so viel Böses zugefügt hatte, und sie betete mit freudiger Inbrunst für ihn wie für einen Feind, obwohl er sie doch keineswegs haßte. Nur wenn sie betete, fühlte sie sich imstande, klar und ruhig an den Fürsten Andrej und an Anatol zu denken, denn die Gefühle, die Natascha diesen beiden gegenüber erfüllten, verschwanden und versanken völlig neben dem Gefühl der Furcht und andächtigen Verehrung, das sie Gott entgegenbrachte. Beim Gebet für die kaiserliche Familie und den heiligen Synod verneigte sie sich besonders tief und sagte sich, während sie das Zeichen des Kreuzes machte, wenn sie etwas nicht verstehe, so sei das kein Grund zum Zweifeln, und so wolle sie auch den Dirigierenden Synod trotz alledem lieben und für ihn beten.

Als die Fürbitten zu Ende waren, legte der Diakon die beiden Enden seiner Stola über der Brust zusammen und sprach:

„Uns selbst und unser Leben übergeben wir Christo, unserem Gott."

„Uns selbst übergeben wir Gott", wiederholte Natascha im stillen. „Mein Gott, ich übergebe mich Deinem Willen. Ich will nichts, ich begehre nichts. Lehre Du mich, was ich tun, wie ich meinen Willen lenken soll! Nimm mich hin, nimm mich hin!" betete Natascha, flammende Sehnsucht im Herzen, ließ, ohne sich zu bekreuzen, ihre schlanken Arme herabhängen, als erwarte sie, jetzt gleich, im nächsten Augenblick, von einer unsichtbaren Kraft hingenommen und von sich selbst, ihren Leiden, Wünschen, Gewissensqualen, Hoffnungen und Lastern befreit zu werden.

Die Gräfin sah während des Gottesdienstes mehr als einmal in Nataschas ergriffenes Gesicht und ihre leuchtenden Augen und bat Gott, ihrer Tochter zu helfen.

Natascha, die mit der gottesdienstlichen Ordnung sehr genau Bescheid wußte, war überrascht, als der Küster mitten im Gottesdienst ein kleines Bänkchen herbeibrachte und es vor der Tür zum Allerheiligsten hinstellte; es war dasselbe Bänkchen, auf welchem der Priester zu Pfingsten die kniend zu verrichtenden Festgebete zu verlesen pflegte. Jetzt erschien, ein violettes Samtkäppchen auf dem Kopf, der Priester, strich sich das Haar glatt und kniete mühsam nieder. Alle taten es ihm nach und sahen einander dabei erstaunt an.

Es handelte sich um ein neues, vom Synod vorgeschriebenes und soeben erst an die einzelnen Pfarreien verteiltes Gebet, ein Gebet um Rettung Rußlands vor dem Einfall der Feinde.

„Herr unser Gott, Du mächtiger Gott, Du Gott unseres Heils", begann der Priester in jenem klaren, von allem Schwulst freien, milden Ton, in welchem nur slawische Geistliche Gebete zu lesen wissen, und der auf ein russisches Herz so unwiderstehlich wirkt.

„Herr unser Gott, Du mächtiger Gott, Du Gott unseres Heils, in Deiner Gnade und Güte wollest Du heute auf Deine demütigen Menschenkinder herabschauen, in Deiner Menschenliebe uns erhören, uns gnädig sein und Dich unser erbarmen! Gegen uns ist der Feind aufgestanden, der Deine Erde zerstört und alle Länder wüste machen will, es haben sich vereint die Menschen, die Dein Gesetz mißachten, zu verheeren Dein Eigentum, zu stürzen Dein wertes Jerusalem, Rußland, Dein Land, das Dir lieb ist, zu schänden Deine Tempel, umzustoßen Deine Altäre und zu entheiligen alles, was uns heilig ist. Wie lange, Herr, wie lange sollen die Gottlosen frohlocken? Wie lange sollen die Verächter Deines Gesetzes ihrer Macht sich erfreuen dürfen? Herr der Herren, Herr Gott! Höre uns, die wir Dich anrufen! Stärke mit Deiner Macht unseren allerfrömmsten Herrscher, Deinen Gesalbten, unseren Herrn und Kaiser Alexander Pawlowitsch, sei eingedenk seiner Wahrhaftigkeit und Treue, vergilt ihm nach seiner Güte, in welcher er auch uns schützen möge, Dein geliebtes Israel. Segne sein Fürnehmen, Beginnen und Tun, befestige sein Reich mit Deiner allmächtigen Rechten und verleihe ihm den Sieg über den Feind, gleich wie Du hast den Sieg verliehen Moses über Amalek, Gideon über Midian und David über Goliath. Beschirme die Scharen seiner Krieger, halte Deine Hand über denen, die in Deinem Namen eherne Bogen spannen und Schwerter ziehen, und gürte sie zum Kampf mit Deiner Stärke. Nimm Schild und Gewaffen und mache Dich auf zu unserem Schutze. Zuschanden und verderbt müssen sie werden, die uns Übles sinnen. Wie Staub vor dem Angesicht des Windes müssen sie werden vor dem Angesicht Deiner getreuen Kriegerscharen, und Dein starker Engel mache sie zuschanden und treibe sie dahin. Möge über sie kommen ein Netz, davon sie nichts ahnen, möge es auf sie fallen, sie decken und fangen, mögen sie stürzen vor den Füßen Deiner Knechte, eine Beute unseren Kriegern, o Herr! Dir ist es ein Kleines, viele zu retten oder wenige. Du bist Gott, kein Mensch vermag etwas wider Dich.

Gott unserer Väter! Gedenke Deiner Barmherzigkeit und Gnade, die von Ewigkeit sind! Verwirf uns nicht vor Deinem Angesicht, sieh nicht an unsere Unwürdigkeit, sondern gedenke unser nach Deiner großen Barmherzigkeit und der Fülle Deiner Gnade, siehe nicht an unsere Sünden und Übertretungen. Schaffe in uns ein reines Herz und gib uns einen neuen gewissen Geist. Vermehre unser aller Glauben an Dich, stärke unsere Hoffnung, entzünde unsere Liebe und lasse sie herzlich sein gegeneinander, wappne uns mit Eintracht zu rechter Verteidigung der Güter, die Du gegeben hast unseren Vätern. Lasse der Gottlosen Szepter nicht erhöhet werden über dem Erbe der Heiligen!

Herr unser Gott, an den wir glauben und dessen wir uns getrösten, erhalte uns in Deiner Gnade und tue ein Zeichen zu unserer Rettung, auf daß es alle inne werden, die da uns hassen und Deine rechtgläubige Kirche, auf daß sie zuschanden werden und verderben und alle Enden der Erde gewahr werden, daß Du allein der Herr bist und wir die Deinen. Lasse uns jetzt, Herr, Deine Gnade sehen und schenke uns Deine Rettung! Fülle mit Freuden das Herz Deiner Knechte in Deiner Gnade, wirf in den Staub unsere Feinde und zertritt sie in Eile unter den Füßen Deiner Getreuen. Denn Du bist der Schutz und die Hilfe und der Sieg derer, die sich Deiner getrösten, und Deinen Namen preisen wir und sagen Lob und Anbetung dem

Vater und dem Sohne und dem heiligen Geiste, jetzt und immerdar und in Ewigkeit. Amen."

Natascha befand sich in einem Zustande stärkster seelischer Aufgeschlossenheit, und so wirkte dieses Gebet ganz besonders auf sie. Sie lauschte auf jedes einzelne Wort vom Siege Moses' über Amalek, Gideons über Midian, Davids über Goliath und von der drohenden Zerstörung Seines Jerusalems und flehte zu Gott, das ganze Herz voll Ergriffenheit und Rührung; aber sie wußte selbst nicht recht, was sie von Gott in diesem Gebet erflehte. Mit ganzer Seele betete sie mit, als die Bitte um den neuen und gewissen Geist, um die Mehrung des Glaubens, die Stärkung der Hoffnung, die Entzündung der Liebe gebetet wurde. Aber um die Vernichtung der Feinde unter den Füßen der Krieger konnte sie nicht beten, da sie ja erst vor wenigen Augenblicken gewünscht hatte, recht viele Feinde zu haben, um nur für sie beten zu können. Ebensowenig aber konnte sie an der Gültigkeit dieses von dem Priester auf den Knien verlesenen Gebetes zweifeln. Ihre Seele erfüllte ein andächtiges und zitterndes Bangen vor der Strafe, die allen Menschen um ihrer Sünden willen und ihr im besonderen um ihrer eigenen Sünden willen verhängt war, und so bat sie Gott, er möge allen Menschen und auch ihr vergeben und allen Menschen und auch ihr ein geruhiges und glückliches Leben schenken. Und es war ihr, als müsse Gott ihr Gebet erhören.

XIX

Seit Pierre, von jenem Besuch bei Rostows zurückkehrend, Nataschas dankbaren Blick noch im Herzen, zu dem am Himmel stehenden Kometen hinaufgesehen und gefühlt hatte, daß ihm etwas ganz Neues aufgegangen war – seit diesem Augenblick war die Frage nach der Nichtigkeit und Sinnlosigkeit alles Irdischen, die ihn früher unausgesetzt gequält hatte, für ihn eigentlich nicht mehr vorhanden. Diese grauenvolle Frage „warum?" und „wozu?", die früher mitten in seinem alltäglichen Tun immer wieder plötzlich vor ihm gestanden hatte, war jetzt mit einem Schlage verdrängt worden, und zwar nicht durch eine andere Frage oder durch eine Beantwortung dieser früheren Frage, sondern einfach durch den Gedanken: Natascha. Wenn er jetzt gleichgültigem und nichtigem Geplauder zuhörte oder selbst daran teilnahm, wenn er jetzt von der Gemeinheit und sinnlosen Verkehrtheit der Menschen las oder hörte, so geschah es ihm nicht mehr wie früher, daß ihn ein plötzliches Erschrecken ankam; er fragte sich nicht mehr, warum die Menschen sich eigentlich so abhasten und abplagen, da doch alles bald wieder vorübergeht und alles im Dunkeln liegt, sondern er dachte an Natascha, stellte sich ihr Bild vor Augen, wie er es zum letzten Male gesehen hatte, und alle seine Zweifel waren geschwunden; nicht weil Natascha ihm eine Antwort auf seine ewige Frage gegeben hätte, sondern weil die Vorstellung „Natascha" ihn augenblicks in einen anderen, hell erleuchteten Bereich seelischer Tätigkeit hinübertrug, einen Bereich, in welchem die Frage: „Gerecht oder schuldig?" gar keine Geltung hatte, den Bereich der Schönheit und der Liebe, welcher das Leben lebenswert machte. Nun mochte ihm an menschlicher Gemeinheit begegnen, was da wollte, er sagte sich: „Wenn auch N. N. Staat und Kaiser bestiehlt und Staat und Kaiser ihn dafür mit Ehrenstellen und Auszeichnungen überhäufen – sie hat mir gestern zugelächelt und hat mich gebeten, bald wiederzukommen, und ich liebe sie, und kein Mensch soll das je erfahren." Und in seiner Seele war es ruhig und klar.

Pierre ging noch ebensoviel in Gesellschaft wie früher, trank genausoviel wie bisher und führte sein altes müßiges und fahriges Leben weiter, weil er außer den Stunden, die er bei Rostows zubrachte, ja auch seine übrige Zeit auf irgendeine Weise hinbringen mußte und weil seine Gewohnheiten und die Bekanntschaften, die er in Moskau gemacht hatte, ihn geradezu zwangen, ein Leben dieser Art zu führen, und weil diese Lebensweise nun einmal von ihm Besitz ergriffen hatte. Seit einiger Zeit aber, nämlich seit vom Kriegsschauplatz immer beunruhigendere Gerüchte kamen und seit es Natascha gesundheitlich besser ging und für das Gefühl fürsorglichen Mitleides, das er ihr gegenüber empfunden hatte, kein unmittelbarer Anlaß mehr vorlag, kam eine steigende Unruhe über ihn, deren Grund er selbst nicht verstand. Er hatte ein Gefühl, als könne sein jetziger Zustand nicht mehr lange anhalten und als nähere sich eine Katastrophe, die seinem ganzen Leben eine andere Gestalt geben mußte; und nun suchte er überall mit Ungeduld nach Vorzeichen, die ihm diese immer näher kommende Katastrophe verkünden und deuten könnten. Einer seiner maurerischen Brüder wies ihn auf folgende, angeblich Napoleon geltende Prophezeiung aus der Offenbarung Johannis hin.

In der Offenbarung Johannis heißt es im dreizehnten Kapitel, Vers 18: „Hier ist Weisheit! Wer Verstand hat, der überlege die Zahl des Tiers; denn es ist eines Menschen Zahl, und seine Zahl ist sechshundertundsechsundsechzig."

Und im selben Kapitel heißt es im fünften Verse: „Und es ward ihm gegeben ein Mund, zu reden große Dinge und Lästerungen, und ward ihm gegeben, daß es mit ihm währte zweiundvierzig Monate lang."

Legt man die hebräische Art der Zahlenbezeichnung zugrunde,

welche die Einer mit den neun ersten und die Zehner mit den folgenden Buchstaben wiedergibt, so bedeuten die einzelnen Buchstaben des französischen Alphabets die folgenden Ziffern:

1	2	3	4	5	6	7	8	9	10	20	30	40	50	60	70	80	90	100	110	120	130	140	150	160
a	b	c	d	e	f	g	h	i	k	l	m	n	o	p	q	r	s	t	u	v	w	x	y	z

Schreibt man nun mit französischen Buchstaben die Worte Le Empereur Napoleon[1] und addiert die Zahlenwerte der einzelnen Buchstaben, so ergibt sich als Summe sechshundertsechsundsechzig; mithin ist Napoleon als jenes Tier anzusehen, von welchem in der Apokalypse die Rede ist. Schreibt man ferner mit den gleichen Buchstaben die Worte quarante-deux[2], also die Bezeichnung der Zeit, die dem Tiere gegeben war, zu reden große Dinge und Lästerungen, so ergibt die Summe der durch diese Buchstaben dargestellten Zahlenwerte wiederum sechshundertsechsundsechzig; mithin bildet das Jahr 1812 für Napoleon die Grenze seiner Macht, da er 1812 zweiundvierzig Jahre alt wurde. Diese Prophezeiung machte auf Pierre einen großen Eindruck, und er legte sich oft die Frage vor, was es wohl sein werde, das der Macht des Tieres, also Napoleons, ein Ende machen werde, und bemühte sich um eine Lösung dieser Frage auf Grund der gleichen Art der Zahlenbezeichnung durch die Buchstaben des französischen Alphabets. So schrieb Pierre als Antwort auf diese Frage hin: „L'Empereur Alexandre?" und „La nation russe?"[3] Aber die hierbei gewonnene Summe war höher oder niedriger als sechshundertsechsundsechzig. Eines Tages, als er sich wieder mit Berechnungen dieser Art abgab, schrieb er seinen eigenen Namen hin: „Comte Pierre Besouhoff."[4] Allein auch jetzt wollte sich die gewünschte Summe nicht ergeben. Nun nahm Pierre einige orthographische Änderungen vor, ersetzte das „s" durch ein „z", schaltete ein „de" ein, oder setzte seinem Namen den Artikel „le" vor; aber auch jetzt wollte das Resultat sechshundertsechsundsechzig sich nicht einstellen. Da kam ihm der Gedanke, wenn die Antwort auf diese Frage tatsächlich in seinem Namen beschlossen sein sollte, so müßte die Antwort auch eine Bezeichnung seiner Nationalität enthalten. Er schrieb also: „Le Russe Besuhof",[5] addierte und erhielt sechshunderteinundsiebzig. Diese Summe war um fünf zu hoch, fünf bedeutete „e", dasselbe „e", das vor dem Worte Empereur im Artikel dem Sprachgebrauch zuwider eingeschoben worden war. Indem Pierre jetzt, freilich dem Sprachgebrauch ebenso zuwider, das „e" fortließ, erhielt er die Antwort: „L'Russe Besuhof", was der Zahl sechshundertsechsundsechzig genau entsprach. Diese Entdeckung erregte

[1] Kaiser Napoleon.
[2] Zweiundvierzig.
[3] Kaiser Alexander? Das russische Volk
[4] Graf Pierre Besuchow.
[5] Der Russe Besuchow.

ihn heftig. Auf welche Weise und durch was für eine Art der Beziehung seine eigene Person mit dem großen, in der Apokalypse geweissagten Geschehnisse verbunden war, wußte er nicht, zweifelte aber nicht einen Augenblick daran, daß eine solche Beziehung tatsächlich gegeben war. Seine Liebe zu Natascha, das Erscheinen des Antichrists, Napoleons Einfall in Rußland, der Komet, die Zahl 666, Le Empereur Napoleon und L'Russe Besuhof — das alles mußte heranreifend und endlich aufbrechend zusammenwirken, um ihn aus der nichtigen Welt seiner Moskauer Gewohnheiten, in der er wie in einem Zauberberge gefangen lag, zu befreien und einer großen Tat und einem großen Glück entgegenzuführen.

*

Pierre hatte am Sonnabend, einem Tag vor jenem Sonntag, an welchem das Kriegsgebet in der Kirche verlesen wurde, Rostows versprochen, sich vom Grafen Rastoptschin, den er gut kannte, den Aufruf an das russische Volk und die letzten Nachrichten von der Armee zu verschaffen und sie ihnen zu bringen. Als er vormittags zum Grafen Rastoptschin kam, traf er bei ihm einen gerade von der Armee eingetroffenen Kurier. Pierre kannte ihn, es war ein beliebter Moskauer Ball=Löwe.

„Ich flehe Sie an, lieber Graf, nehmen Sie mir doch ein Stückchen Arbeit ab!" sagte der Kurier. „Ich habe eine ganze Reisetasche voll von Briefen an Eltern und Verwandte."

Unter diesen Briefen war auch einer von Nikolai Rostow an seinen Vater. Pierre nahm ihn an sich. Außerdem ließ er sich vom Grafen Rastoptschin den Aufruf des Kaisers an seine Residenzstadt Moskau geben, der soeben gedruckt worden war, ferner die letzten Armeebefehle und die letzte, durch Maueranschlag zu verbreitende Bekanntmachung Rastoptschins an die Moskauer Bevölkerung. Pierre sah die Armeebefehle durch und stieß unter den Mitteilungen über Verwundete, Gefallene und Dekorierte auf Nikolai Rostows Namen, der für bewiesene Tapferkeit im Gefecht bei Ostrowno mit dem Georgskreuz vierter Klasse ausgezeichnet worden war; der gleiche Armeebefehl berichtete von der Ernennung des Fürsten Andrej Bolkonskij zum Kommandeur eines Jägerregiments. Der Gedanke, Rostows an Bolkonskij zu erinnern, war Pierre zuwider; andrerseits trieb es ihn, sie mit der Nachricht von der ihrem Sohn verliehenen Auszeichnung zu erfreuen, und so schickte er einen Boten mit dem betreffenden Armeebefehl und Nikolais Brief gleich zu Rostows, während er die übrigen Armeebefehle, den Aufruf und Rastoptschins Bekanntmachung zu sich steckte, um sie Rostows persönlich zu überbringen.

Das Gespräch mit dem Grafen Rastoptschin, dessen sorgenvolles und zugleich zerfahrenes Wesen, das Zusammentreffen mit dem Kurier, der gleichgültig und obenhin davon erzählt hatte, wie ungünstig die Lage im Felde sei, die Gerüchte von angeblich in Moskau aufgedeckten Spionage-Organisationen und von einem in Moskau im Umlauf befindlichen fliegenden Blatt, dem zufolge Napoleon erklärt hatte, bis zum Herbst werde er beide russischen Hauptstädte haben, das Gespräch über die für den folgenden Tag erwartete Ankunft des Kaisers – das alles wirkte zusammen, um in Pierre mit neuer Kraft jenes Gefühl erwartungsvoller Aufregung erstehen zu lassen, das ihn seit dem Erscheinen des Kometen und vornehmlich seit dem Beginn des Krieges nicht mehr verlassen hatte.

Schon vor längerer Zeit war Pierre der Gedanke gekommen, selbst Militärdienste zu nehmen, und er hätte das auch getan, wenn er nicht durch seinen Eid der ewigen Frieden und Abschaffung des Krieges predigenden Freimaurerei verbunden gewesen wäre und wenn es ihm angesichts der sehr zahlreichen Moskauer Bekannten, die sich Uniformen angezogen hatten und Patriotismus predigten, nicht peinlich und genant gewesen wäre, einen solchen Schritt zu tun. Der Hauptgrund, der ihn am Eintritt in die Armee hinderte, war aber jene unklare Vorstellung, daß er, L'Russe Besuhof, mit seinem Namen die Zahl des Tieres 666 verkörpere, daß er von Ewigkeit her zur Mitarbeit an dem großen Werk der Niederwerfung des Tieres, das da große Dinge und Lästerungen sprach, auserkoren sei und daher von sich aus nichts unternehmen dürfe, sondern zu warten habe, was geschehen werde.

XX

Wie immer an Sonntagen speisten auch heute einige Menschen aus ihrem allernächsten Verkehrskreis bei Rostows.

Daher war Pierre ein wenig früher gekommen, um die Familie allein zu treffen.

Pierre war im Laufe dieses Jahres so dick geworden, daß er geradezu mißgestaltet gewirkt hätte, wäre er nicht so hoch gewachsen, so mächtig gebaut und so stark gewesen, daß er die große Last seines schweren Körpers augenscheinlich mit Leichtigkeit trug.

Schnaufend und vor sich hin brummend ging er die Treppenstufen hinauf. Der Kutscher hatte gar nicht erst gefragt, ob er auf ihn warten sollte. Er wußte schon, es dauerte bis gegen Mitternacht, wenn der Graf einmal bei Rostows war. Diener des Rostowschen Hauses stürzten mit offensichtlicher Freude auf ihn zu, um ihm Mantel, Hut und Stock abzunehmen. Pierre pflegte auch Stock und Hut, wie er es vom Klub her gewöhnt war, im Vorzimmer zu lassen.

Das erste Rostowsche Gesicht, das er zu sehen bekam, war das Nataschas. Sie sang Solfeggien im Saal, und Pierre hatte sie schon gehört, noch ehe er ihrer ansichtig geworden war. Er wußte, daß sie seit ihrer Erkrankung noch nicht wieder gesungen hatte, und so war er freudig erstaunt, als er ihre Stimme hörte. Er öffnete leise die Tür und sah Natascha im gleichen lila Kleide, das sie in der Kirche getragen hatte, singend auf und ab gehen. Als er die Tür öffnete, hatte sie ihm gerade den Rücken zugekehrt; bei der nächsten Kehrtwendung sah sie sein dickes, erstauntes Gesicht, wurde ein wenig rot und ging rasch auf ihn zu.

„Ich wollte es wieder einmal versuchen", sagte sie und setzte gleichsam, um sich zu entschuldigen, hinzu: „es ist immerhin eine Beschäftigung."

„Na, das ist doch wunderschön!"

„Ich freue mich ja so, daß Sie gekommen sind! Ich bin heute so glücklich!" sagte sie mit der ganzen Lebhaftigkeit von einst, die Pierre seit langer Zeit nicht mehr an ihr wahrgenommen hatte. „Denken Sie doch, Nicolas hat das Georgskreuz bekommen. Ich bin so stolz auf ihn."

„Ich weiß, ich weiß, ich habe Ihnen ja den Armeebefehl zugeschickt. — Aber ich möchte Sie nicht stören", setzte er hinzu und wollte in den Salon gehen.

Natascha hielt ihn zurück.

„Graf! Ist etwas Unrechtes dabei, daß ich singe?" sagte sie und sah Pierre fragend an; sie war rot geworden, schlug aber den Blick nicht nieder.

„Nein, warum denn? Ganz im Gegenteil ... Aber warum fragen Sie gerade mich danach?"

„Das weiß ich selbst nicht", erwiderte Natascha hastig. „Aber ich möchte nichts tun, was Ihnen nicht gefallen könnte. Zu Ihnen habe ich Zutrauen in allen Stücken. Ich kann Ihnen gar nicht sagen, was Sie für mich geworden sind und getan haben!" Sie hatte diese Worte sehr schnell gesprochen und gar nicht wahrgenommen, daß Pierre darüber ganz rot geworden war. „Ich habe aus dem Armeebefehl gesehen, daß er, Bolkonskij" — sie brachte diesen Namen sehr eilig und im Flüsterton heraus —, „wieder in Rußland und wieder im Dienst ist. Wie denken Sie darüber" — offenbar sprach sie deswegen so schnell, weil sie fürchtete, die Kraft könnte sie verlassen —, „wird er mir jemals verzeihen? Wird er meiner nicht immer mit Ingrimm gedenken? Wie denken Sie darüber? Wie denken Sie darüber?"

„Ich denke ... Er hat Ihnen nichts zu verzeihen", erwiderte Pierre. „Ich an seiner Stelle würde ..."

Pierres Phantasie hatte ihn, eine Erinnerung mit der anderen verknüpfend, augenblicks wieder in jene Zeit zurückversetzt, in der er sie getröstet und ihr gesagt hatte, wäre er nicht eben gerade *er*, sondern der beste Mensch auf der Welt und frei dazu, so würde er sie auf den Knien um ihre Hand bitten, und nun kam das gleiche Gefühl von Mitleid, Zärtlichkeit und Liebe über ihn, und die gleichen Worte wollten abermals über seine Lippen. Aber Natascha ließ ihm gar nicht Zeit, diese Worte auszusprechen.

„Ja, Sie — — Sie ...", sagte sie und legte auf dieses „Sie" einen Ton von ganz besonderer Hingabe und Wärme. „Mit Ihnen ist das auch etwas ganz anderes. Ich kenne ja keinen besseren, gütigeren, großmütigeren Menschen als Sie, und den kann es auch gar nicht geben. Ich weiß gar nicht, was damals ohne Sie aus mir geworden wäre, und weiß auch jetzt nicht, was ohne Sie aus mir werden sollte, weil ..."

Tränen traten ihr plötzlich in die Augen. Sie wandte sich ab, hob das Notenblatt in Gesichtshöhe und begann wieder singend im Saale auf und nieder zu gehen.

In diesem Augenblick kam Petja aus dem Salon gesprungen. Petja war jetzt ein hübscher Junge von fünfzehn Jahren mit frischen Farben und dicken, roten Lippen, Natascha recht ähnlich. Er bereitete sich auf die Universität vor, hatte aber mit seinem Kameraden Obolenskij unlängst den heimlichen Entschluß gefaßt, bei den Husaren einzutreten.

Er kam jetzt zu seinem Namensvetter, um mit ihm über diese Sache zu sprechen; er hatte Pierre nämlich gebeten, sich zu erkundigen, ob er wohl Aussicht hätte, bei den Husaren genommen zu werden.

Pierre wollte in den Salon gehen; offenbar hörte er gar nicht, was Petja zu ihm sagte. Petja nahm seinen Arm, um ihn auf sich aufmerksam zu machen.

„Um Gottes willen, Peter Kirilytsch, sagen Sie mir doch, wie die Sache steht! Sie sind ja meine einzige Hoffnung", sagte Petja.

„Ach so, ja, deine Sache! Zu den Husaren? Ich sage dir noch Bescheid, ich sage dir noch Bescheid. Wir können noch heute über alles sprechen."

„Nun, wie steht es, mon cher, wie steht es? Haben Sie den Aufruf?" fragte der alte Graf. „Meine liebe Gräfin war zum Gottesdienst in der Rasumowskijschen Kirche und hat da ein neues Gebet gehört. Sie sagte, es sei sehr schön gewesen."

„Ja, ich habe ihn", antwortete Pierre. „Morgen kommt der Kaiser. Es ist eine außerordentliche Adelsversammlung anberaumt worden, und, wie es heißt, sollen je zehn Mann vom Tausend eingezogen werden. Ja, und dann wollte ich Ihnen gratulieren."

„Ja, ja, es war eine große Freude! Nun, und was hört man von der Armee?"

„Die Unsrigen sind wieder zurückgezogen. Sie sollen schon bei Smolensk sein", erwiderte Pierre.

„Mein Gott, mein Gott!" seufzte der Graf. „Wo haben Sie den Aufruf?"

„Den Aufruf? Ach so."

Pierre suchte in seinen Taschen nach den Papieren, konnte sie aber nicht finden. Immer noch an seinen Taschen herumtastend, küßte er der inzwischen ebenfalls in den Salon gekommenen Gräfin die Hand und sah sich dabei unruhig um. Offenbar wartete er auf Natascha, die zu singen aufgehört hatte, aber noch nicht in den Salon gekommen war.

„Ma parole[1], ich habe keine Ahnung, wo ich die Papiere hingetan habe", sagte er.

„Na, Sie müssen aber auch wirklich alles verlieren", meinte die Gräfin.

Natascha kam mit gerührter und bewegter Miene herein, setzte sich hin und sah Pierre schweigend an. Kaum war sie hereingekommen, als über Pierres bis jetzt düsteres Gesicht ein helles Leuchten ging; und während er immer noch nach den Papieren suchte, sah er sie einmal über das andere an.

„Bei Gott, ich fahre noch einmal zurück, ich habe sie zu Hause vergessen. Ganz unbedingt ..."

„Dann können Sie aber nicht mehr zum Essen zurück sein!"

„Ach, und der Kutscher ist ja auch schon weg!"

Allein Sonja war inzwischen ins Vorzimmer gegangen, um nach den Papieren zu suchen, und fand sie, sorgfältig hinter das Futter geschoben, in Pierres Hut.

Pierre wollte gleich mit dem Vorlesen anfangen.

„Nein, das wollen wir bis nach dem Essen lassen", meinte der alte Graf, der sich von dieser Lektüre offenbar ein großes Vergnügen versprach.

Bei Tische wurde mit Champagner das Wohl des neuen Georgsritters getrunken. Schinschin berichtete allerhand Stadtneuigkeiten: eine alte georgische Fürstin, eine bekannte Persönlichkeit, sei erkrankt, Métivier sei aus Moskau verschwunden, ein paar einfache Leute hätten zum Grafen Rastoptschin, der es selbst weitererzählt habe, einen Deutschen gebracht und erklärt, das sei ein Champignon — sie meinten „Spion" — und Graf Rastoptschin habe befohlen, den Champignon wieder freizulassen, und habe den Leuten erklärt, es sei kein Champignon, sondern ein ganz gewöhnlicher, alter deutscher Pilz.

„Ja, verhaftet wird jetzt nach allen Seiten", meinte der Graf. „Ich

[1] mein Wort.

habe der Gräfin auch schon gesagt, sie soll nicht mehr so viel französisch sprechen. Die Zeit ist nicht danach angetan."

„Haben Sie schon gehört, daß Fürst Colizyn sich einen russischen Lehrer genommen hat?" fragte Schinschin. „Er lernt jetzt Russisch. Il commence à devenir dangereux, de parler français dans les rues." [1]

„Wie ist es eigentlich mit Ihnen, Graf Peter Kirilytsch?" wandte sich der alte Graf zu Pierre. „Wenn die Miliz herangeholt wird, dann müssen Sie wohl auch in den Sattel?"

Pierre hatte während der ganzen Mahlzeit wortkarg und nachdenklich dagesessen. Jetzt sah er den Grafen an, als verstünde er ihn gar nicht.

„Ja, ja, in den Krieg", sagte er dann. „Nein! Was könnte ich schon für einen Soldaten abgeben! Es ist alles so merkwürdig. Ich verstehe mich selbst nicht. Ich weiß nicht recht, mir liegt aller Geschmack am Militärischen so fern, und dabei kann in dieser Zeit doch kein Mensch wissen, was er selbst im nächsten Augenblick tun wird."

Nach Tisch ließ sich der Graf behaglich im Lehnstuhl nieder und bat Sonja mit ernster Miene, den Aufruf vorzulesen; Sonjas Vorlesekunst war in der Familie berühmt.

„An Unsere alte Thron- und Residenzstadt Moskau!

Der Feind ist mit starken Streitkräften in Rußland eingefallen. Er will Unser geliebtes Vaterland vernichten", las Sonja mit ihrem hellen Stimmchen sehr aufmerksam und eifrig. Der Graf schloß die Augen, hörte gespannt zu und ließ ab und zu einen abgebrochenen Seufzer hören.

Natascha saß sehr gerade da und sah bald ihrem Vater, bald Pierre forschend ins Gesicht.

Pierre fühlte ihren Blick auf sich ruhen und gab sich Mühe, nicht hinzusehen. Die Gräfin schüttelte jedesmal, wenn in dem Aufruf irgendeine Wendung von dunkler Feierlichkeit vorkam, mißfällig und unwillig den Kopf. Alle diese Worte hatten für sie nur den einen Sinn, daß die Gefahren, die ihren Sohn bedrohten, noch nicht so bald vorüber sein würden. Schinschin hatte seinen Mund bereits auf Vorrat zu einem spöttischen Lächeln verzogen, offenbar bereit, sich über das erste beste lustig zu machen, was nur irgend dazu Anlaß geben könnte, über Sonjas Art des Vorlesens, über etwaige Bemerkungen des Grafen, oder in Ermangelung eines geeigneteren Objektes auch über den Aufruf selbst.

Sonja hatte von den Rußland bedrohenden Gefahren gelesen und von den Hoffnungen, die der Kaiser auf Moskau und vornehmlich seinen ruhmreichen Adel setzte, und las nun mit einem Zittern in der Stimme, das in der Hauptsache von der gespannten Aufmerk-

[1] Es wird allmählich gefährlich, auf der Straße französisch zu sprechen.

samkeit ihrer Zuhörer herrührte, die folgenden Worte: „Wir werden nicht zögern, selbst in dieser Unserer Hauptstadt und an anderen Orten unseres Reiches mitten unter Unser Volk zu treten, um mit Unseren Getreuen zu ratschlagen und mit Rat und Tat allen denen zur Seite zu stehen, denen der Schutz des Vaterlandes anvertraut ist, sowohl denen, die sich dem Feinde bereits jetzt in den Weg geworfen haben, als auch denen, die sich noch rüsten, um ihn zu vernichten, wo er auftritt. Möge das Verderben, dem er Uns zu überliefern gesonnen ist, auf sein eigenes Haupt zurückfallen, und möge Europa, von Knechtschaft und Sklaverei befreit, den russischen Namen erheben!"

„Das waren die richtigen Worte!" rief der Graf und schlug die feucht gewordenen Augen auf. Und häufig, als sei ihm ein Riechsalzfläschchen unter die Nase gehalten worden, von Schnauben und Schneuzen unterbrochen, fuhr er fort: „Der Kaiser braucht ja nur ein Wort zu sprechen, und wir opfern alles hin! Kein Opfer soll uns zu hoch sein."

Schinschin hatte den sprungbereit kauernden Witz über den Patriotismus des Grafen noch nicht über die Lippen zu bringen vermocht, als Natascha auch schon aufsprang und auf den Vater zueilte.

„Papa, du bist wirklich herrlich!" rief sie und küßte ihn und sah dann wieder zu Pierre hinüber, und in ihrem Blick lag ihre alte, mit der wiedergewonnenen Lebhaftigkeit zurückgekehrte unbewußte Koketterie.

„Na, das ist aber mal eine Patriotin!" meinte Schinschin.

„Ach was, Patriotin", antwortete Natascha gekränkt, „Sie finden eben alles lächerlich, aber hier handelt es sich wahrhaftig um keinen Spaß . . ."

„Nein, wahrhaftig nicht!" fiel der Graf ein. „Der Kaiser braucht nur ein Wort zu sprechen, und wir alle sind zur Stelle. Wir sind nicht irgendwelche hergelaufene Deutsche, sondern . . ."

„Ist es Ihnen auch aufgefallen", fragte Pierre, „daß in dem Aufruf von Beratungen* die Rede ist?"

„Na, einerlei, mag doch . . ."

In diesem Augenblick trat Petja, um den sich niemand gekümmert hatte, mit flammend rotem Gesicht vor den Vater hin und sagte mit der zwischen männlicher Rauheit und kindlicher Zartheit schwankenden Stimme der Wechseljahre:

„Also, Papachen, jetzt sage ich es Ihnen mit aller Bestimmtheit, und auch Ihnen, Mamachen, also ich sage es Ihnen mit aller Bestimmtheit . . . da können Sie einwenden, was Sie wollen . . . aber jetzt müssen Sie mich zum Militär lassen . . . ich kann doch nicht jetzt . . . Ja, also das war es!"

* Anm. am Schluß des Buches.

Die Gräfin hob rasch den Kopf und sah ihn entsetzt an. Dann schlug sie die Hände überm Kopf zusammen und sagte grimmig zu ihrem Mann:

„Das hast du jetzt von all deinem Gerede!"

Aber der Graf war nach der Aufregung des ersten Augenblicks schon wieder zu sich gekommen.

„Na, na", sagte er. „Da haben wir ja plötzlich einen gewaltigen Kriegshelden unter uns! Schlage dir die Dummheiten aus dem Kopfe, vorläufig mußt du noch büffeln."

„Das sind keine Dummheiten, Papachen, Fedja Obolenskij ist noch jünger als ich und geht auch mit. Und vor allem ist es doch einerlei, büffeln kann ich jetzt doch nicht, während ...", Petja verstummte für einen Augenblick, wieder übergoß sich sein Gesicht mit einer flammenden Röte, und dann stieß er hervor: „... während das Vaterland in Gefahr ist."

„Laß es gut sein, hör mir auf mit den Dummheiten ..."

„Aber Sie haben doch eben selbst gesagt, wir sollten alles hinopfern."

„Petja! Ich habe dir doch gesagt, du sollst aufhören", rief der Graf und sah seine Frau an, die, ganz bleich im Gesicht, ihren jüngsten Sohn anstarrte.

„Und ich habe Ihnen gesagt, ich will Soldat werden. Und Peter Kirillowitsch kann Ihnen ..."

„Ich habe dir doch gesagt, das sind Dummheiten! Bist noch nicht trocken hinter den Ohren und willst schon zum Militär! Merke dir gefälligst, was ich dir gesagt habe."

Und der Graf nahm die Papiere an sich, offenbar, um sie in seinem Kabinett vor dem Mittagsschlummer noch einmal durchzulesen, und wollte gehen. „Na, Peter Kirillowitsch? Rauchen Sie noch ein Pfeifchen mit mir im Kabinett?"

Pierre war verlegen und unentschlossen, und dieser Zustand rührte daher, daß Nataschas heute ganz besonders lebendig glänzende Augen ihn unablässig mit einem mehr als bloße Freundlichkeit verratenden Ausdruck angesehen hatten.

„Nein, ich glaube, ich muß nach Hause ..."

„Wieso nach Hause? Sie wollten doch auch den Abend bei uns verbringen. Sie haben sich in der letzten Zeit ohnehin schon so selten sehen lassen. Und meine Kleine hier" — dabei deutete er mit seiner gewinnenden Freundlichkeit auf Natascha — „ist ja nur vergnügt, wenn Sie da sind."

„Ja, ich habe aber etwas vergessen ... Ich muß unbedingt nach Hause ... Ich habe noch etwas Geschäftliches zu erledigen", erwiderte Pierre eilig.

„Na, also dann auf Wiedersehen", meinte der Graf und ging nun wirklich hinaus.

„Warum wollen Sie denn schon fort? Warum sind Sie so verstimmt? Warum nur?" fragte Natascha und sah ihm herzlich in die Augen.

„Weil ich dich liebe!" wollte er sagen, aber er sagte es nicht; er war über und über rot geworden, Tränen wollten ihm in die Augen treten, und er sah zu Boden.

„Weil es besser ist, wenn ich nicht so oft zu Ihnen komme ... weil ... nein, ich habe ganz einfach geschäftliche Angelegenheiten zu erledigen ..."

„Wieso denn? Nein, Sie müssen es mir sagen", fing Natascha energisch an. Aber dann verstummte sie plötzlich.

Beide sahen einander erschrocken und verwirrt an. Er versuchte zu lächeln, aber es gelang ihm nicht: was Lächeln hatte werden sollen, wurde zu einem schmerzlichen Verziehen des Gesichts. Dann küßte er ihr schweigend die Hand und ging.

Pierre wurde mit sich einig, das Rostowsche Haus zu meiden.

XXI

Petja ging, nachdem die Eltern ihm seinen Wunsch so rundweg abgeschlagen hatten, in sein Zimmer, schloß sich ein und weinte verzweifelt. Als er stumm, finster und mit verweinten Augen zum Tee kam, taten alle, als merkten sie ihm nichts Besonderes an.

Am nächsten Tage traf der Kaiser ein. Einige Leute vom Rostowschen Hausgesinde erbaten sich die Erlaubnis, hingehen und den Zaren sehen zu dürfen. Petja machte an diesem Morgen lange und sorgfältig Toilette. Er richtete sein Haar und seinen Kragen so her, wie die Erwachsenen es taten. Dann machte er vor dem Spiegel versuchsweise ein finsteres und entschlossenes Gesicht, gestikulierte und zuckte die Achseln, setzte endlich seine Mütze auf, ohne jemandem etwas davon zu sagen, und verließ, um nicht bemerkt zu werden, das Haus durch die Hintertür. Petja war entschlossen, geradewegs zum Kaiser zu gehen und einem der Kammerherren — Petja stellte sich den Kaiser unaufhörlich von Kammerherren umgeben vor — unumwunden mitzuteilen, er, Graf Rostow, habe den Wunsch, trotz seiner Jugend dem Vaterlande zu dienen, seine Jugend könne kein Hinderungsgrund sein, wenn sie so viel Begeisterung und Hingabe zu empfinden vermöge, und so sei er denn bereit ... Während er Toilette machte, hatte er sich viele schöne Worte zurechtgelegt, die er dem Kammerherrn sagen wollte.

Petja nahm an, seine Bitte an den Kaiser würde Erfolg haben, und zwar besonders deswegen, weil er doch noch fast ein Kind war – er hatte sich sogar schon ausgemalt, was für ein großes Staunen seine Jugend hervorrufen würde. Gleichzeitig aber suchte er doch durch Frisur und Herrichtung des Kragens und durch langsame und gemessene Gangart älter zu wirken, als er war. Aber je weiter er kam, je mehr er sich durch die immer größer werdenden Volksmassen, die sich auf den Kreml zu bewegten, neugierig machen, fesseln und mitreißen ließ, um so mehr geriet seine Absicht, durch würdiges und gemessenes Auftreten als Erwachsener zu wirken, bei ihm selbst in Vergessenheit. In der Nähe des Kreml mußte er schon sehr aufpassen, um nicht im Gedränge eingekeilt zu werden, und so stemmte er mit drohender Miene die Arme entschlossen in die Seiten. Im Troizkijtor aber drängte ihn die Menge, die höchstwahrscheinlich keine Ahnung davon hatte, was für eine patriotische Absicht ihn zum Kreml trieb, trotz aller seiner Energie so mächtig gegen die Mauer, daß er alle Gegenwehr aufgeben und stehenbleiben mußte, während die Equipagen mit vielfältig sich verstärkendem Gerassel durch das laut hallende gewölbte Tor fuhren. In Petjas Nähe standen zwei Kaufleute, eine Frau mit ihrem Diener und ein ausgedienter Soldat. Nachdem Petja eine Weile dagestanden hatte, versuchte er, ohne erst abzuwarten, bis alle Equipagen vorüber sein würden und die ganze Menschenmenge sich wieder in Bewegung setzte, sich mit kräftiger Ellbogenarbeit Bahn zu schaffen und vorwärts zu kommen. Aber die Frau, die gerade vor ihm stand und gegen die er seine ersten Ellbogenstöße führte, schrie ihn zornig an:

„So stoße doch nicht, junger Herr! Siehst du denn nicht, daß alle anderen auch noch stehenbleiben? Will sich da einfach durchdrängen!"

„Wir kommen alle noch weiter", sagte der Diener, setzte nun ebenfalls seine Ellbogen in Bewegung und drängte Petja in einen stinkenden Winkel des Torweges. Petja wischte sich mit den Händen den Schweiß vom Gesicht und rückte den zerdrückten, verschwitzten Kragen, so gut es gehen wollte, zurecht, mit dem er sich zu Hause vor dem Spiegel so schön und erwachsen vorgekommen war.

Petja fühlte, daß er keineswegs sehr präsentabel aussah, und fürchtete, die Kammerherren würden ihn nicht zum Kaiser lassen, wenn sie ihn so sähen. Es war aber in dem Gedränge ganz unmöglich, sich ein wenig in Ordnung zu bringen und sich einen anderen Platz zu suchen. Einer der vorbeifahrenden Generäle gehörte zum Rostowschen Verkehrskreis. Petja wollte ihn um Hilfe bitten, unterließ es aber, weil es unmännlich hätte erscheinen können. Als alle Equipagen vorüber waren, quoll die Menge ihnen nach und trug auch Petja mit auf den weiten, menschenerfüllten Platz. Aber nicht nur auf dem Platze selbst standen Menschen, sondern auch auf den Mauerböschungen und auf den Dächern. Kaum war Petja auf dem Platz, als er auch schon mit der größten Deutlichkeit das Glockenläuten hörte, das den ganzen Kreml erfüllte, und dazu das frohe und lebhafte Stimmengewirr der Menge.

Eine Zeitlang stand man nun auf dem Platz etwas weniger zusammengedrängt und bequemer, dann aber entblößten sich plötzlich alle Köpfe, und alles drängte nach vorn. Petja wurde so gequetscht, daß er gar keine Luft holen konnte, und alles schrie: „Hurra! Hurra! Hurra!" Petja hob sich auf die Zehenspitzen, puffte und kniff um sich, konnte aber doch nichts sehen als die Menschenmenge um ihn her.

Alle Gesichter trugen den gleichen Audruck der Rührung und Begeisterung. Eine Kaufmannsfrau in Petjas Nähe begann zu schluchzen, und die Tränen strömten ihr aus den Augen.

„Väterchen, Engel, Beschützer!" rief sie immer wieder und wischte sich mit den Fingern die Tränen von den Backen.

„Hurra!" schrie es von allen Seiten.

Die Menge stand noch eine kleine Weile still, dann warf sie sich wieder vorwärts.

Fast von Sinnen, biß Petja die Zähne zusammen, rollte die Augen wie ein wildes Tier, arbeitete sich mit Ellbogenstößen vor und schrie dazu: „Hurra!" als sei er bereit, im nächsten Augenblick sich selbst und alle anderen umzubringen; aber dicht neben ihm drängten, stießen, stürzten Menschen mit genau ebenso wilden und tierischen Gesichtern und genau dem gleichen Hurrageschrei.

„Ja, das alles tun sie um des Kaisers willen!" dachte Petja. „Nein, ihm selbst kann ich meine Bitte gar nicht vortragen, das wäre zu tollkühn!" Trotzdem aber drängte er sich mit verzweifelter Wut immer noch weiter vor, und nun konnte er, wenn auch noch halb verdeckt von den Menschen vor ihm, bereits etwas wie einen freien Raum erkennen, über den ein mit rotem Tuch ausgelegter Gang führte. Aber in diesem Augenblick geriet die Menge ins Schwanken und flutete zurück – denn der Kaiser ging soeben vom Palais in die Uspenskij-Kathedrale, und die zahlreich postierten Polizisten drängten alle zurück, die sich zu nah an den Zug heranwagten. Petja erhielt bei dieser plötzlichen allgemeinen Rückwärtsbewegung einen solchen Rippenstoß und wurde so von allen Seiten gedrängt, daß es ihm plötzlich dunkel vor den Augen wurde und er das Bewußtsein verlor. Als er wieder zu sich kam, sah er vor sich einen Mann in einem abgetragenen blauen Kirchenrock, offenbar einen Küster, einen Menschen mit einem Büschel ergrauter Haare am Hinterkopf; mit der einen Hand hatte er Petja unter die Achsel gegriffen und hielt ihn fest, mit der anderen suchte er die andrängende Menge abzuwehren.

„Den jungen Herrn hier habt ihr ja fast zu Tode gedrückt!" schrie der Küster. „So eine Wirtschaft! ... Langsamer doch! ... Jawohl, erdrückt, erdrückt!"

Der Kaiser war in der Kathedrale verschwunden. Nun strömte die Menge wieder ein wenig auseinander, und der Küster führte den bleichen und kaum atmenden Petja zur Riesenkanone. Einige aus der Menge bemitleideten ihn laut, und plötzlich drängte sich ein ganzer Volkshaufen um ihn. Wer ihm gerade zunächst stand, wollte ihm hilfreich die Hand leisten, sie knöpften ihm den Rock auf, setzten ihn auf den Kanonensockel und schimpften auf die, welche ihn so gedrückt hatten.

„Auf diese Weise kann man einen ja totdrücken. Was soll denn das heißen! Der reine Mord! Guck doch, der hübsche Junge, und wie blaß er ist, wie ein Tischtuch", schwirrten die Stimmen durcheinander.

Petja kam bald wieder zu Kräften, seine Wangen röteten sich, der Schmerz ging vorüber, und um ihn für sein Mißgeschick zu entschädigen, räumte man ihm einen Platz an der Kanone ein, von dem aus er hoffen konnte, den Kaiser bei der Rückkehr aus der Kathedrale zu sehen. An seine Bitte dachte Petja jetzt gar nicht mehr, er wollte schon zufrieden und selig sein, wenn er den Kaiser nur zu Gesicht bekam!

Während des Gottesdienstes in der Uspenskij-Kathedrale, bei dem feierliche Gebete anläßlich der Ankunft des Kaisers mit Danksagungen anläßlich des Friedensschlusses mit den Türken verbunden wurden, hatte die Menge sich ein wenig verringert; nun drängten sich überall laut schreiende fliegende Händler mit Kwas, Pfefferkuchen und Mohnkonfekt hervor, für welche Petja eine besondere Vorliebe hatte. Die Unterhaltung wandte sich Gegenständen des täglichen Lebens zu. Eine Kaufmannsfrau zeigte ihren Schal, der ihr im Gedränge zerrissen worden war, und erzählte, wie teuer sie ihn gekauft hatte; eine andere erging sich in Klagen darüber, daß alles Seidenzeug jetzt so hoch im Preise gestiegen sei. Der Küster, Petjas Retter, klärte einen Beamten darüber auf, wie viele Geistliche heute zusammen mit dem Bischof an dem feierlichen Gottesdienst in der Uspenskij-Kathedrale mitwirkten. Einige Male erwähnte er dabei, die gesamte Parochiegeistlichkeit fungiere heute, eine Wendung, die Petja unverständlich blieb. Zwei junge Kleinbürger trieben ihre Scherze mit zwei nüsseknackenden Bauernmädchen. Aber alle diese Unterhaltungen vermochten Petja jetzt nicht zu fesseln, nicht einmal die Scherzreden der beiden Burschen mit den Bauernmädchen, die für Petja gerade in seinem Alter doch eigentlich eine besondere Anziehungskraft hätten haben müssen; er saß oben auf seiner Kanone, dachte an den Kaiser und an seine Liebe zu ihm, und seine Aufregung hatte sich keineswegs verringert. Und daß er vorhin im Gedränge bei aller Begeisterung so viel Angst und Schmerzen hatte ausstehen müssen, das ließ ihn jetzt die Bedeutung dieses Augenblicks nur noch tiefer und stärker empfinden.

Vom Quai her kam jetzt plötzlich Kanonendonner – es wurde anläßlich des Friedensschlusses mit der Türkei Salut geschossen – und nun stürzte die Menge aufgeregt in der Richtung der Schüsse davon. Petja wollte auch mit, aber der Küster, der den jungen Herrn unter seine Fittiche genommen hatte, ließ das nicht zu. Das Schießen hielt noch an, als aus der Uspenskij-Kathedrale sehr rasch eine Anzahl von Offizieren, Generälen und Kammerherren herauskam, denen weitere uniformierte Gestalten, aber bereits weniger schnell, folgten. Nun schwenkte alles wieder die Mützen, alle, die davongelaufen waren, um das Schießen aus der Nähe zu sehen, strömten zurück, aus der Kathedrale kamen noch vier Herren, breite Ordensbänder über den Uniformen, und nun schrie die Menge abermals: „Hurra! Hurra!"

„Welcher ist es? Welcher ist es?" fragte Petja, Tränen in der Kehle, einen nach dem anderen aus der Menge, erhielt aber keine Antwort, da alle viel zu gespannt und begeistert waren, als daß sie sich um ihn hätten kümmern können. Petja entschied sich also für einen der vier Herren, ohne ihn durch die Freudentränen in seinen Augen deutlich sehen zu können, konzentrierte alle seine Begeisterung auf ihn, obwohl es gar nicht der Kaiser war, brüllte wütend Hurra und gelobte sich, morgen Soldat zu werden, koste es, was es wolle.

Die Menge stürzte dem Kaiser nach, folgte ihm bis ans Palais und zerstreute sich dann allmählich. Es war spät geworden, Petja hatte noch nichts gegessen, und der Schweiß rann ihm stromweise über den Körper; aber er ging nicht nach Hause, blieb mit der zwar kleiner gewordenen, immer aber noch recht ansehnlichen Menschenmenge vor dem Palais stehen, während der Kaiser drinnen dinierte, starrte zu den Fenstern hinauf, wartete, ob nicht noch irgend etwas Begeisterndes kommen würde, und beneidete gleichermaßen die hohen Herren, die beim Portal vorgefahren waren, um an der kaiserlichen Tafel teilzunehmen, und die Kammerlakaien, die bei der Tafel bedienten und dazwischen an den Fenstern vorbeiflimmerten.

Bei der Tafel warf Walujew einen Blick durch das Fenster und sagte:

„Das Volk hofft immer noch, Ew. Majestät zu sehen."

Nach aufgehobener Tafel stand der Kaiser, noch an einem Stück Biskuit kauend, auf und trat auf den Balkon hinaus. Das Volk, Petja mitten darunter, stürzte hinzu.

„Unser Engel! Väterchen! Hurra! Unser Beschützer!" schrie das

Volk, und Petja schrie mit. Und wieder weinten die Frauen vor Glück, und wenn auch ein wenig verhaltener, auch einige Männer, unter ihnen Petja.

Der Kaiser hielt immer noch sein Biskuit in der Hand; ein recht großes Stück brach ab, fiel auf das Balkongeländer und von da zur Erde. Ein Kutscher in ärmellosem Wams, der in nächster Nähe gestanden hatte, warf sich auf das Biskuitstück und erhaschte es. Sofort stürzten sich einige Leute auf den Kutscher. Der Kaiser sah das, ließ sich einen Teller mit Biskuits reichen und begann die Biskuits vom Balkon hinunterzuwerfen. Petja schoß das Blut in die Augen, die Gefahr des Erdrücktwerdens stachelte ihn nur noch mehr an, und er warf sich auf die Biskuits. Er wußte nicht warum, aber er mußte ein Biskuit aus der Hand des Zaren haben und durfte nicht nachlassen, bevor er es hatte. Er stürzte sich auf eine alte Frau, die gerade ein Biskuit an sich bringen wollte, und rannte sie um. Die Alte aber gab sich noch nicht besiegt, obwohl sie auf der Erde lag, sondern streckte von neuem die Hände nach dem Biskuit aus, aber ohne es zu erreichen. Petja stieß ihren Arm mit dem Knie zur Seite, ergriff das Biskuit und schrie sofort, als könne er es gar nicht schnell genug herausbringen, mit seiner schon heiser gewordenen Stimme, abermals sein wütendes Hurra.

Der Kaiser verließ den Balkon, und nun begann die Menge sich bis auf einen kleinen Rest zu zerstreuen.

Überall hörte man strahlende Menschen sagen: „Na, das habe ich ja gleich gesagt, man mußte eben noch warten! Und so war es denn auch!"

In seiner glücklichen Stimmung kam es Petja allzu trübselig vor, jetzt nach Hause zu gehen und zu wissen, daß alle Freuden dieses Tages zu Ende waren. Und darum ging er vom Kreml aus nicht nach Hause, sondern zu seinem gleichaltrigen Kameraden Obolenskij, der ebenso wie er in ein Regiment eintreten wollte. Als er dann schließlich doch nach Hause zurückkehrte, erklärte er mit großer Entschiedenheit, wenn man ihn nicht zum Militär ließe, so müsse er durchbrennen. Und Graf Ilja Andrejewitsch fuhr am Tage darauf, obwohl er sich noch keine bindende Zusage hatte abnötigen lassen, zu einigen seiner militärischen Bekannten, um sich zu erkundigen, wie man Petja an irgendeiner ungefährdeten militärischen Stelle unterbringen könnte.

XXII

Zwei Tage nach der Ankunft des Kaisers, am Vormittag des 15. Juli, hielt eine unzählige Menge von Equipagen vor dem Slobodskij-Palais.

Alle Säle waren gefüllt. Im ersten Saal waren die Edelleute in ihren Uniformen, im zweiten die Kaufmannschaft, Leute mit langen Bärten, in blaue Kaftans gekleidet, Medaillen auf der Brust. Im Adelssaal herrschte ein lautes und lebhaftes Durcheinander. An einem großen Tische, unter dem Wandporträt des Kaisers, saßen auf hochlehnigen Stühlen die einflußreichsten und ansehnlichsten Vertreter der Moskauer Aristokratie, während die große Menge im Saal auf und ab ging.

Es waren alles die gleichen Leute, die Pierre täglich im Klub oder in ihren Häusern sah, aber heute waren sie alle uniformiert. Teils trugen sie Uniformen aus der Zeit Katharinas der Großen, teils aus der Zeit des Kaisers Paul, teils die neuen, unter Alexanders Regierung aufgekommenen, teils auch die keinen Dienstrang verratenden allgemeinen Adelsuniformen; und daß sie alle miteinander Uniform trugen, das gab allen diesen alten und jungen, voneinander so grundverschiedenen, Pierre so gut bekannten Gesichtern etwas eigentümlich Phantastisches. Namentlich fielen ihm die alten Herren auf, diese halb blinden, zahnlosen, glatzköpfigen, gelblich verfetteten oder runzligen und hageren Männer. Meist saßen sie schweigend auf ihren Plätzen. Und wenn sie umhergingen und redeten, so gesellten sie sich vorwiegend zur jüngeren Generation. Ebenso wie auf den Gesichtern der Leute aus dem Volk, die Petja im Kreml gesehen hatte, lagen auch auf Ihren Gesichtern unverkennbar zwei einander schroff entgegengesetzte Empfindungs- und Gedankenkreise: die allen gemeinsame Erwartung eines großen und feierlichen Ereignisses und daneben die Hingabe an das, was ihr Alltagsleben erfüllte, die Bostonpartie, der Koch Petruschka, Sinaida Dmitrijewnas Befinden und so weiter.

Pierre, seit dem frühen Morgen in seine unbequeme, zu eng gewordene Adelsuniform gezwängt, ging aufgeregt durch die Menge. Entgegen allem Herkommen war nicht nur der Adel, sondern auch die Kaufmannschaft zusammengerufen worden — die Stände, états généraux[1] — und dieser Umstand ließ in Pierres Innerem eine ganze Reihe von Gedanken, an die er jetzt seit langem nicht mehr gedacht, von deren Berührung seine Seele aber noch immer tief gefurchte Spuren aufwies, wieder erwachen, Gedanken an den Contrat social[2] und die Französische Revolution. In dem Aufruf war ihm eine Stelle besonders aufgefallen, nämlich die, in der es hieß, der Kaiser komme in seine Hauptstadt, um mit seinem Volk zu beratschlagen, und diese Worte knüpften für Pierre gewissermaßen an die erwähnten Gedankengänge an. Es war ihm, als stehe etwas in diesem Sinne Wichtiges bevor, das er längst erwartet habe; ganz von diesem Ge-

[1] Generalstände.
[2] Gesellschaftsvertrag.

fühl erfüllt, ging er umher, schaute um sich, hörte sich an, was gesprochen wurde, und begegnete doch bei keinem der vielen Anwesenden einer Äußerung der Gedanken, die ihn selbst beschäftigten.

Der Aufruf des Kaisers wurde verlesen und mit Begeisterung aufgenommen. Dann löste sich alles wieder in einzelne, eifrig diskutierende Gruppen auf. Pierre hörte über allerhand alltägliche und gleichgültige Dinge reden, außerdem war die Rede davon, wo die Adelsmarschälle Aufstellung nehmen sollten, wenn der Kaiser den Saal betreten würde; wann man dem Kaiser den geplanten Ball geben solle, ob man sich kreis= oder gouvernementsweise aufstellen solle und so weiter; kam man aber auf den Krieg und den eigentlichen Anlaß dieser Versammlung zu sprechen, so wurden alle Äußerungen unbestimmt und unsicher. Dann wollte jeder lieber hören, was die andern sagten, als selbst den Mund auftun.

Ein Herr mittleren Alters, eine männliche, ansehnliche Erscheinung, in der Uniform eines verabschiedeten Marineoffiziers, führte in einer der Saalräumlichkeiten das Wort, und es hatte sich eine große Menge um ihn geschart. Auch Pierre gesellte sich dazu und lauschte. Graf Ilja Andrejewitsch, der seinen alten, aus der Zeit der Kaiserin Katharina stammenden Wojewoden=Kaftan anhatte und mit seinem verbindlichen Lächeln durch die Menge schlenderte, in der er jeden einzelnen kannte, trat ebenfalls zu dieser Gruppe und hörte zu; wie immer, wenn er jemandem zuhörte, nickte er beifällig zum Zeichen seines Einverstandenseins mit dem Vorgebrachten. Der verabschiedete Marineoffizier sprach sehr geradeheraus und schroff; das sah man außer an dem Gesichtsausdruck seiner Zuhörer auch daran, daß mehrere Männer, die Pierre als besonders kaisertreu und still kannte, sich mißbilligend zurückzogen oder aber widersprachen. Pierre zwängte sich bis in die Mitte der Gruppe hinein und überzeugte sich rasch, daß der Redende tatsächlich ein Liberaler war, wenn auch in einem ganz anderen Sinne als Pierre selbst. Der Marineoffizier sprach in jenem klangvollen, ein wenig singenden Bariton, dem man beim russischen Landadel so häufig begegnet, mit einem nicht unangenehm klingenden Schnarren und mit jenem Verschlucken mancher Konsonanten, kurz, in jenem Ton, in welchem man im Offizierskasino etwa nach einer „Flasche Cha'anjer!" oder einer „Pfeife Ta'ak" oder dergleichen ruft. Er hatte eine richtige Kommando= und Kasinostimme.

„Smolensker haben Ma'estät Miliz angeboten. Schön. Und? Haben Smolensker uns Vorschriften zu machen? Wenn Moskauer Adel für nötig hält, hat er andere Mittel, Ma'estät Ergebenheit zu beweisen. Herren mögen gefälligst an Milizaufstellung 1807 denken! War lediglich Geschäft für Schrreiberseelen, Spitzbuben verrfluchte ..."

Graf Ilja Andrejewitsch lächelte verbindlich und nickte.

„Und was hat Ma'estät viel von Miliz gehabt? Nichts! War nur Genickstoß für Landwirtschaft. Empfehle demgegenüber Rrekruten=aushebung. Miliz kommt zurück, weder Soldat, noch Bauer, Kerrl zu nichts mehr zu brauchen. Adel selbst wird Leben und Blut nicht sparen, kommen alle Mannn, sorgen selbst für Rekruten aus unseren Dörfern, Ma'estät braucht nur zu winken, geben alle jederzeit Blut und Leben für ihn!"

Ilja Andrejewitsch schluckte unentwegt den Speichel hinunter, der ihm vor Vergnügen zusammenlief. Unaufhörlich stieß er Pierre an, aber Pierre, der selbst gern zu Worte kommen wollte, achtete nicht auf ihn. Pierre drängte sich vor und war sehr erregt, ohne daß er wußte, was ihn eigentlich so aufregte und was er denn sagen wollte. Kaum hatte er aber den Mund aufgetan, als ein alter vollkommen zahnloser Senator mit klugem und bösem Gesicht, der in der Nähe des Marineoffiziers stand, Pierre auch schon unterbrach. Er sprach leise, aber vernehmlich, wie einer, der an Debattieren und Disku=tieren gewöhnt ist.

„Meines Erachtens", zischte der Senator, wie eben Menschen ohne Zähne zu zischen pflegen, „meines Erachtens, verehrter Herr, sind wir nicht hierhergerufen worden, um darüber zu debattieren, ob der Staat im Augenblick mit Rekrutenaushebung oder Milizeinberufung besser fährt. Wir sind hierhergerufen worden, um eine entsprechende Antwort auf den Aufruf zu finden, dessen Seine Majestät der Kaiser uns gewürdigt hat. Und das Urteil darüber, was besser ist, Rekruten=aushebung oder Milizeinberufung, das überlassen wir der aller=höchsten Willensmeinung ..."

Pierre fand jetzt plötzlich den geeigneten Ausweg für seine innere Erregung. Er kochte vor Wut angesichts dieses Senators, der die stumpfsinnige Korrektheit und Beschränktheit seiner Denkweise ganz einfach auf diese ganz neu aufgetauchten Aufgaben des Adels übertragen wollte. Pierre drängte sich vor und fiel ihm ins Wort. Er wußte selbst nicht, was er eigentlich sagen wollte, aber er fing mit großer Lebhaftigkeit seine Ausführungen an, ab und zu französische Worte in sein unbeholfenes und papierenes Russisch einstreuend.

„Entschuldigen Sie, Ew. Exzellenz", begann er, denn obwohl er mit dem Senator recht gut bekannt war, hielt er es doch für not=wendig, ihn bei dieser Gelegenheit mit seinem offiziellen Titel an=zureden — „obwohl ich mich keineswegs dem anschließen kann, was der Herr ..." — Pierre stockte, er hatte sagen wollen: mon très honorable préopinant — „der Herr da gesagt hat ... der Herr, que je n'ai pas l'honneur de connaître[1], so meine ich doch, daß der Adel

[1] Meinem sehr ehrenwerten Vorredner ... den zu kennen ich nicht die Ehre habe.

nicht nur zusammengerufen worden ist, um seiner Sympathie und seiner Begeisterung Ausdruck zu verleihen, sondern auch um sich darüber zu äußern, mit welchen Mitteln dem Vaterlande geholfen werden kann." Er geriet immer mehr in Hitze. „Ich meine also, der Kaiser würde selbst ungehalten sein, wenn er an uns nichts anderes fände als einfach Besitzer von soundso viel Bauern, die wir ... die wir ihm zur Verfügung stellen ... eben chair à canon [1] ... Kanonenfutter ... daß wir uns ihm sozusagen nur als Kanonenfutter zur Verfügung stellen, aber nicht als ... als Ra ... Rat ... Ratgeber."

Viele der Anwesenden zogen sich zurück, als sie das verächtliche Lächeln des Senators wahrnahmen und Pierre so freisinnige Ansichten aussprechen hörten; nur Ilja Andrejewitsch war mit Pierres Ausführungen durchaus einverstanden, wie er auch mit den Ausführungen des Marineoffiziers und des Senators und überhaupt immer mit den jeweils zuletzt gehörten Ausführungen einverstanden war.

„Ich meine also", fuhr Pierre fort, „bevor wir uns über die vorliegenden Fragen selbst äußern, müssen wir den Kaiser fragen ... müssen wir Seine Majestät in aller Ehrfurcht bitten, uns mitzuteilen, wieviel Truppen wir haben und in was für einem Zustande sich überhaupt unsere Armee befindet, und erst dann ..."

Pierre kam nicht weiter, denn von drei Seiten her wurde er plötzlich angegriffen. Am wildesten gebärdete sich ein alter Bekannter von ihm, sein ihm bisher immer so wohlgesinnter Boston-Partner Stepan Stepanowitsch Adraxin. Stepan Stepanowitsch war in Uniform, und, ob das nun Schuld der Uniform war oder andere Gründe hatte, Pierre sah heute einen völlig anderen Menschen vor sich. Greisenhafte Wut im Gesicht, fuhr er Pierre an:

„Erstens weise ich Sie darauf hin, daß wir kein Recht haben, derartige Fragen an den Kaiser zu stellen, und zweitens könnte der Kaiser uns doch nicht antworten, selbst wenn Rußlands Adel ein solches Recht haben sollte. Die Bewegungen der Truppen müssen den Bewegungen des Feindes angepaßt werden, die Stärke der Truppen ist bald geringer, bald höher ..."

Adraxin wurde von einem mittelgroßen Vierziger unterbrochen, den Pierre früher manchmal bei den Zigeunern getroffen hatte und als nicht ganz einwandfreien Kartenspieler kannte; auch dieser, der mit der Uniform einen ganz anderen Menschen angezogen zu haben schien, wandte sich gegen Pierre.

„Es ist keine Zeit zu langen Erörterungen", sagte er, „sondern es heißt handeln; der Krieg tobt auf russischem Boden. Der Feind rückt an, um Rußland zu verderben, die Gräber unserer Väter zu entweihen und Weiber und Kinder davonzuschleppen." Er schlug sich

[1] Kanonenfutter.

gegen die Brust. „Wir alle werden aufstehen, werden uns Schulter an Schulter für unser Väterchen, den Zaren, in den Kampf stürzen!" schrie er und rollte die blutunterlaufenen Augen. Einige antworteten mit Beifallsrufen. „Wir sind Russen und werden zur Verteidigung des Glaubens, des Thrones und des Vaterlandes unser Blut nicht schonen. Aber überflüssiges Hinundhergerede hat zu unterbleiben, wenn wie echte Söhne des Vaterlandes sind. Wir müssen Europa zeigen, wie Rußland aufsteht, um Rußland zu verteidigen!" schloß er geräuschvoll.

Pierre wollte etwas entgegnen, konnte sich aber kein Gehör verschaffen. Er merkte selbst, daß seine Stimme, ganz unabhängig von dem, was er sagen würde, sich nie so würde durchsetzen können, wie das geschwollene Geschrei dieses Aufgeregten.

Ilja Andrejewitsch, der weiter hinten stand, billigte alles. Einige andere machten bei den letzten Worten des Schreiers energische Schulterbewegungen und sagten:

„Jawohl, jawohl! Jawohl, so ist es!"

Pierre wollte sagen, daß er ja gar nichts dagegen habe, sein Geld, seine Bauern und seine eigene Person hinzuopfern, daß man aber doch die Lage genau kennen müsse, wenn man helfen wolle. Aber er konnte sich kein Gehör verschaffen. Eine Menge von Stimmen schrie und redete gleichzeitig, so daß Ilja Andrejewitsch gar keine Möglichkeit mehr hatte, allen Rednern durch ein freundliches Kopfnicken seinen Beifall auszudrücken, und die Gruppe schwoll an, zerstreute sich wieder, schwoll abermals an und dehnte sich schließlich summend und brausend bis zum großen Tisch des Hauptsaales aus. Pierre konnte nicht nur nicht zu Wort kommen, sondern wurde auch mit ausgesprochener Grobheit unterbrochen und zur Seite gestoßen, und man zog sich von ihm zurück, als sei er der gemeinschaftliche Feind der ganzen Versammlung. Das kam nicht daher, daß man ungehalten über den Sinn seiner Ausführungen gewesen wäre – denn den hatte man über der großen Menge von anderen Reden, die auf seine Äußerungen gefolgt waren, schon völlig vergessen –, sondern daher, daß die Menge, um sich zu begeistern und ihre Begeisterung auf der Höhe zu erhalten, eben eines greifbaren Gegenstandes für ihre Liebe und eines greifbaren Gegenstandes für ihren Haß bedurfte. Und zu dem Letztgenannten war eben Pierre geworden.

Nach dem aufgeregten Schreier hatte noch eine ganze Reihe von Rednern gesprochen, alle im gleichen Ton. Dabei hatten viele von ihnen auch ganz schön und eigenartig geredet.

Glinka, der Herausgeber des „Russischen Boten" – man hatte ihn erkannt, und überall hatte es geheißen: „Der Schriftsteller, der Schriftsteller!" – hatte gesagt, man müsse „die Hölle mit der Hölle bezwingen"; er habe ein Kind gesehen, das beim Zucken der Blitze und beim Krachen des Donners gelächelt habe, aber „wie dieses Kind wollen wir es doch nicht machen."

„Jawohl, jawohl, beim Krachen des Donners!" wiederholten einige anerkennende Stimmen in den hinteren Reihen.

Die Menge drängte dem großen Tisch zu, an dem, Ordensbänder über den Uniformen, graue, glatzköpfige, siebzigjährige Grandseigneurs saßen, Männer, die Pierre fast alle manch liebes Mal in ihren eigenen Häusern mit ihren Hausnarren spaßen gehört oder in den Klubs Boston spielen gesehen hatte. Das Summen und Brausen der Menge hielt immer noch an. Einer nach dem anderen hielt eine Rede, manchmal sprachen auch zwei zugleich, und jedesmal wurde der Redner von der anflutenden Menge mit dem Rücken gegen die rohe Stuhllehne gedrängt. Wer hinter dem Redner stand, gab acht, ob der Redner nicht irgend etwas ausließ, und fiel dann hastig und geräuschvoll ein, um ihn zu ergänzen. Andere zerbrachen sich in der dumpfen, schwülen Luft, eingekeilt ins Gedränge, die Köpfe, um doch noch irgendeinen Gedanken zu erwischen, und wenn sie ihn erwischt zu haben glaubten, dann konnte es ihnen gar nicht schnell genug gehen, bis sie ihn losgeworden waren. Die alten Grandseigneurs aus Pierres Bekanntenkreis saßen ruhig da, sahen bald diesen, bald jenen an, und ihr Gesichtsausdruck besagte meistens nichts anderes, als daß sie es sehr heiß fanden. Pierre dagegen war sehr aufgeregt, und auch ihm hatte sich der alle ohne Ausnahme beherrschende, weniger in den Worten selbst als vielmehr in den Mienen und dem Klange der Stimmen zum Ausdruck kommende Wunsch mitgeteilt, zu zeigen, daß kein Opfer zu hoch sei. Er wollte die von ihm geäußerten Gedanken keineswegs widerrufen, empfand aber doch eine Art Schuldbewußtsein und hätte sich gern gerechtfertigt.

„Ich habe ja nur gesagt, bevor wir die notwendigen Opfer bringen, müssen wir uns doch erst unterrichten, was für Opfer denn gebraucht werden!" stieß er hervor, aus Leibeskräften bemüht, die anderen zu überschreien.

Einer der alten Grandseigneurs, der in seiner Nähe saß, sah sich nach ihm um, wandte sich dann aber sofort wieder der anderen Seite des Tisches zu, wo sich ein neues Geschrei erhoben hatte.

„Nein, Moskau ergibt sich nicht! Moskau wird die Welt retten!" brüllte jemand.

„Er ist der Feind der Menschheit!" schrie ein anderer. „Erlauben Sie mir ein paar Worte ... meine Herren, Sie erdrücken mich ja ..."

XXIII

In diesem Augenblick trat Graf Rastoptschin in Generalsuniform, das Ordensband über Schulter und Brust geschlungen, mit seinem vorspringenden Kinn und seinen rasch umherschweifenden Augen hastig in den Saal, und die Menge wich zurück und teilte sich.

„Seine Majestät der Kaiser werden sogleich hier sein", sagte Rastoptschin. „Ich komme gerade von Majestät. Meines Erachtens bietet die Lage, in der wir uns befinden, keinen Raum für langes Gerede. Der Kaiser hat uns und die Kaufmannschaft hierher zu rufen geruht. Von dorther" — er deutete nach dem Saal der Kaufleute hin — „sollen die Millionen fließen. Unsere Aufgabe wird es sein, die Miliz zu stellen und uns selber nicht zu schonen ... Das ist das wenigste, was wir tun können!"

Jetzt nahmen die Beratungen ihren Anfang, es beteiligten sich an ihnen aber nur die Grandseigneurs, die am Tische saßen. Die Beratungen verliefen mehr als still. Es wirkte geradezu kläglich, als man nach all dem Lärm von vorhin jetzt die dünnen Greisenstimmen einzeln ihr „Ich bin dafür", sagen hörte; höchstens daß einer zur Abwechslung sagte: „Dieser Meinung bin auch ich", oder etwas dem Ähnliches.

Der Sekretär wurde angewiesen, als Beschluß des Moskauer Gouvernementsadels zu notieren, der Moskauer Adel stelle ebenso wie der Smolensker auf je tausend Leibeigene je zehn Mann mit vollständiger Ausrüstung. Die Grandseigneurs am Tisch standen, offenbar erleichtert, auf, rückten geräuschvoll ihre Stühle und gingen im Saal auf und ab, um sich ein wenig die Füße zu vertreten; ab und zu nahmen sie irgendeinen der übrigen beim Arm und sprachen ein paar Worte mit ihm.

„Der Kaiser! Der Kaiser!" rauschte es plötzlich durch alle Säle, und nun stürzte die ganze Menge zum Eingang.

Rasch bildete sich eine breite Gasse, und durch das Spalier der Edelleute betrat der Kaiser den Saal. Auf allen Gesichtern lag ein Ausdruck ehrerbietiger und erschrockener Neugier. Pierre stand ziemlich weit hinten und konnte nicht genau verstehen, was der Kaiser sagte. An dem wenigen, was er verstand, merkte er, daß der Kaiser von der gefährdeten Lage seines Reiches sprach sowie von den Hoffnungen, die er auf den Moskauer Adel setze. Darauf hörte Pierre eine andere Stimme, die dem Kaiser den soeben zustande gekommenen Beschluß des Adels mitteilte.

„Meine Herren!" sagte die zitternde Stimme des Kaisers.

Durch die Menge ging ein leichtes Rauschen, dann verstummte es wieder, und nun hörte Pierre ganz deutlich die menschlich-gütige, jetzt ganz gerührt klingende Stimme des Kaisers.

„Ich habe nie an der Hingabe des russischen Adels gezweifelt. Heute aber hat er alle meine Erwartungen übertroffen. Ich danke Ihnen im Namen des Vaterlandes. Meine Herren, wir wollen handeln, die Zeit ist kostbar ..." Der Kaiser verstummte, die Menge drängte sich um ihn, und von allen Seiten kamen Ausrufe der Begeisterung.

„Jawohl, jawohl, die Zeit ist kostbar ... Das ist doch einmal ein Kaiserwort!" schluchzte ganz hinten Ilja Andrejewitsch; er hatte eigentlich nichts deutlich gehört, aber sich auf seine Art doch alles zusammengereimt.

Aus dem Saal des Adels ging der Kaiser in den der Kaufmannschaft. Hier hielt er sich etwa zehn Minuten auf. Mit einigen anderen Edelleuten sah Pierre den Kaiser, Tränen der Rührung in den Augen, aus dem Saal der Kaufmannschaft herauskommen. Später erfuhr man, daß dem Kaiser die Tränen aus den Augen gestürzt waren, kaum daß er seine Rede an die Kaufleute begonnen hatte; er hatte nur mit zitternder Stimme zu Ende sprechen können. Als Pierre den Kaiser sah, verließ er gerade in Begleitung zweier Kaufleute den Saal. Pierre kannte den einen, einen dicken Branntweinpächter. Der andere, ein hagerer, gelblicher, schmalbärtiger Mann war der Vorsteher der Kaufmannschaft. Beide weinten. Dem Hageren standen die Tränen nur in den Augen, der dicke Branntweinpächter aber schluchzte wie ein Kind und sagte einmal über das andere:

„Nimm nur unser Leben und unsere Habe hin, Majestät!"

Pierre empfand in diesem Augenblick nichts als den Wunsch, zu zeigen, daß er bereit war, alles hinzugeben, und kein Opfer scheute. Die Erinnerung an seine konstitutionell gefärbte Rede stand vor ihm wie ein Vorwurf, und er suchte nach einer Gelegenheit, seinen Fehler wiedergutzumachen. Als er erfuhr, Graf Mamonow stelle ein ganzes Regiment, da erklärte er sofort dem Grafen Rastoptschin, er wolle ebenfalls ein Regiment, und zwar in Stärke von tausend Mann stellen und für alle Unterhaltskosten aufkommen.

Der alte Rostow konnte, als er seiner Frau erzählte, wie es gewesen war, seine Tränen nicht unterdrücken; er erklärte sich jetzt ohne weiteres mit Petjas Wunsch einverstanden und machte sich auf, um ihn beim Militär unterzubringen.

Am nächsten Tage reiste der Kaiser wieder ab. Die Edelleute zogen ihre Uniformen wieder aus, nahmen wieder ihre gewohnten Sofaplätze zu Hause oder im Klub ein, erteilten ihren Geschäftsführern unter Räuspern und Schneuzen die nötigen Befehle über die Aufstellung der Miliz und wunderten sich selbst über das, was sie getan hatten.

ZWEITER TEIL

I

Napoleon überzog Rußland mit Krieg, weil es gar nicht anders möglich war, als daß er nach Dresden ging, sich dort von dem reichlich gestreuten Weihrauch umnebeln ließ, eine polnische Uniform anlegte und dem Einfluß eines zu frischem und draufgängerischem Handeln reizenden Junimorgens nachgab, und weil er seinen plötzlich aufflammenden Zorn Kurakin und später Balaschow gegenüber nicht zu beherrschen vermochte.

Alexander wollte von keinen Verhandlungen etwas wissen, weil er sich persönlich gekränkt fühlte. Barclay de Tolly war bemüht, die Armee so sorgsam und geschickt wie möglich zu führen, um seine Pflicht zu erfüllen und sich den Ruf eines großen Feldherrn zu erwerben. Rostow attackierte die Franzosen, weil er sein Verlangen, über das freie Feld hinzugaloppieren, nicht zu zügeln vermochte. Und gemäß ihren persönlichen Eigenschaften, Gewohnheiten, Umständen und Wünschen handelten alle die zahllosen Teilnehmer dieses Krieges. Ob sie sich fürchteten, renommierten, sich freuten, unzufrieden waren, kritisierten oder diskutierten – immer glaubten sie zu wissen, was sie taten, und es um ihrer selbst willen zu tun, und waren dabei doch alle nichts als die willenlosen Werkzeuge der Weltgeschichte, als welche sie eine ihnen verborgene, uns Nachgeborenen aber deutliche Arbeit verrichteten. Das ist das ewig gleiche Schicksal aller Handelnden, und sie sind um so weniger frei, je höher sie in der Hierarchie menschlicher Rangordnungen stehen. Jetzt sind die Männer von 1812 längst vom Schauplatz der Begebenheiten abgetreten, ihre persönlichen Interessen sind spurlos untergegangen, und nur die weltgeschichtlichen Ergebnisse jener Zeit liegen noch vor uns.

Geben wir einmal zu, daß Menschen aus ganz Europa unter Napoleons Führung auf Grund einer weltgeschichtlichen Notwendigkeit in das Innere Rußlands einmarschieren und dort zugrunde gehen mußten, so wird uns das ganze widerspruchsvolle, sinnlose grausame Tun der Menschen, die an diesem Kriege teilnahmen, verständlich.

Die Vorsehung zwang alle diese Menschen, während sie ihren persönlichen Sonderzielen nachgingen, gemeinsam zur Erreichung eines einzigen ungeheuren Ergebnisses zu wirken, eines Ergebnisses, von dem kein Mensch, weder Napoleon noch Alexander, geschweige denn irgendeiner der anderen Kriegsteilnehmer auch nur die geringste Ahnung hatte.

Uns Heutigen ist es klar, was der französischen Armee im Jahre 1812 den Untergang gebracht hat. Niemand wird bestreiten wollen, daß die napoleonische Armee ihren Untergang fand erstens, weil sie zu später Jahreszeit, ohne auf einen Winterfeldzug vorbereitet zu sein, in das Innere Rußlands vormarschierte, und zweitens, weil angesichts der Einäscherung russischer Städte und des Erwachens des Franzosenhasses im russischen Volke der Krieg einen Charakter annahm, den Napoleon nicht vorausgesehen hatte. Was aber jetzt klar vor aller Augen liegt, das hatte damals nicht nur kein Mensch vorauszusehen vermocht – daß nämlich eine achtmalhunderttausend Mann starke Armee, die beste der Welt, unter Führung des besten Feldherrn seiner Zeit im Zusammentreffen mit der um die Hälfte schwächeren, unerfahrenen und von unerfahrenen Heerführern kommandierten russischen Armee nur auf diesem und auf keinem anderen Wege zertrümmert werden konnte –, sondern russischerseits waren sogar alle Anstrengungen unentwegt auf das eine Ziel gerichtet, das, was allein Rußland retten konnte, zu verhindern, und französischerseits waren trotz Napoleons Kriegserfahrung und seinem sogenannten Kriegsgenie alle Anstrengungen unentwegt auf das eine Ziel gerichtet, gegen Ende des Sommers bis nach Moskau zu gelangen, also gerade das zu tun, was den Untergang der französischen Armee herbeiführen mußte.

Die französischen Historiker betonen, wenn sie von 1812 sprechen, mit besonderer Vorliebe, Napoleon habe ein Gefühl für die große Gefahr gehabt, die in der ungeheuren Ausdehnung seiner Front wie seiner rückwärtigen Verbindungen lag, er habe eine Schlacht gesucht, es sei ihm von seinen Marschällen geraten worden, in Smolensk haltzumachen, und so weiter. Durch derartige Argumente, deren sie noch manche anzuführen wissen, wollen sie den Nachweis dafür erbringen, daß die Gefahren dieses Feldzuges bereits damals in ihrem ganzen Umfange erkannt worden waren. Und die russischen Autoren betonen mit noch größerer Vorliebe, von Anfang an habe man in Rußland den Plan des sogenannten Skythenkrieges gehabt, das heißt den Plan, Napoleon in das Innere des Landes hineinzulocken, und ein Historiker schreibt diesen Plan Pfuel zu, ein zweiter irgendeinem Franzosen, ein dritter Toll, ein vierter dem Kaiser Alexander selbst, und sie stützen sich dabei auf allerhand Memoiren, Entwürfe und Briefe, in denen sich tatsächlich Hinweise auf einen derartigen Kriegsplan finden. Alle diese Hinweise scheinen, ebenso wie es die Argumente der französischen Historiker zu tun scheinen, die Annahme zu rechtfertigen, daß der Verlauf der Ereignisse auf beiden Seiten vorausgesehen worden sei ... Allein diese Hinweise werden jetzt nur deshalb hervorgehoben und ans Licht gebracht, weil der Verlauf der Ereignisse ihnen eben recht gegeben hat. Wäre das nicht der Fall, so hätte man diese Hinweise vergessen, so wie jetzt Tausende und aber Tausende von Hinweisen, Vermutungen und Prophezeiungen, die genau das Gegenteil besagten und damals ebenfalls weit verbreitet waren, vom Verlauf der Ereignisse aber nicht bestätigt wurden, mit Recht vergessen sind. Über den Ausgang jedes bedeutungsvollen Geschehnisses gibt es immer eine solche Menge von Vermutungen und Prophezeiungen, daß, einerlei wie dieser Ausgang schließlich gewesen ist, sich immer Leute finden, die sagen können: „Ich habe ja schon damals gesagt, so und so müßte es kommen.“ Und man vergißt ganz, daß unter all den zahllosen Vermutungen und Prophezeiungen auch solche vollkommen entgegengesetzter Art waren.

Unter diesem Gesichtspunkt ist auch die Annahme zu betrachten, Napoleon sei sich der Gefahren bewußt gewesen, die in der ungeheuren Ausdehnung seiner Front wie seiner rückwärtigen Verbindungen lagen, und die Russen hätten den Feind mit voller Absicht in das Innere des Landes hineingelockt, und die Historiker müssen den Tatsachen Gewalt antun, um Napoleon derartige Gedankengänge und den russischen Heerführern derartige Pläne unterzulegen. Alle Tatsachen widersprechen derartigen Annahmen. Nicht nur, daß auf russischer Seite während des ganzen Krieges nicht im geringsten der Wunsch bestand, die Franzosen ins Innere des Landes hineinzulocken, nein, sie haben vielmehr alles getan, um ihrem Einmarsch von Anfang an so schnell wie möglich ein Ziel zu setzen. Nicht nur, daß Napoleon in der ungeheuren Ausdehnung seiner Front wie seiner rückwärtigen Verbindungen keinerlei Gefahren sah, nein, er triumphierte vielmehr über jeden Schritt, den er auf Moskau zu tat und ging im Gegensatz zu den Gepflogenheiten seiner früheren Feldzüge keineswegs mit großer Energie darauf aus, es zu einer Schlacht kommen zu lassen.

Zu Beginn des Krieges zerfallen die russischen Streitkräfte in mehrere getrennte Armeen, und das einzige von der russischen Heerführung erstrebte Ziel besteht darin, sie zu vereinigen, obwohl eine Vereinigung der Armeen von gar keinem Vorteil sein kann, wenn es sich darum handelt, weiter zurückzugehen und den Feind in das

Innere des Landes hineinzulocken. Des Kaisers Aufenthalt bei der Armee hat den Zweck, die Truppen zur Verteidigung jedes Zollbreits russischen Bodens zu begeistern, hängt aber keineswegs mit irgendwelchen Rückzugsabsichten zusammen. Vielmehr wird auf Pfuels Plan hin die mächtige Drissastellung angelegt und an einen weiteren Rückmarsch gar nicht gedacht. Wegen jedes Schrittes, der nach rückwärts zu getan wird, macht der Kaiser seinen Heerführern Vorwürfe. Der Kaiser kann es gar nicht fassen, daß man den Feind bis nach Smolensk hat gelangen lassen, geschweige denn, daß Moskau in Flammen aufgegangen ist, und da die Armeen endlich vereinigt sind, da ist er sehr unwillig darüber, daß Smolensk verbrannt und vom Feinde genommen ist, ohne daß vor seinen Mauern eine Entscheidungsschlacht geliefert worden wäre.

Das ist der Standpunkt des Kaisers. Die russischen Heerführer und alle anderen Russen sind aber bei dem Gedanken daran, daß die Armee in das Innere des Landes zurückgeht, noch viel empörter.

Nachdem Napoleon seine Truppen zwischen die einzelnen russischen Armeen geschoben hat, marschiert er in das Innere des Landes und läßt manche günstige Gelegenheit zu Entscheidungsschlachten ungenutzt vorübergehen. Im August ist er in Smolensk und denkt an nichts anderes als an den weiteren Vormarsch, obwohl dieser weitere Vormarsch, wie wir heute wissen, sein Verderben bedeutet.

Die Tatsachen beweisen unwiderleglich, daß weder Napoleon in seinem Vormarsch auf Moskau eine Gefahr sah noch Alexander und die russischen Heerführer damals auch nur daran dachten, Napoleon weiter ins Land hineinzulocken, sondern genau das Gegenteil anstrebten. Daß Napoleon tatsächlich in das Innere des Landes hineingelockt wurde, das geschah nicht kraft irgendeines Planes — ein solcher war schon deswegen unmöglich, weil niemand glaubte, Napoleon würde sich wirklich in das Innere des Landes hineinlocken lassen —, sondern es geschah kraft des Zusammenspiels aller denkbaren Intrigen, Absichten und Wünsche der am Kriege beteiligten Menschen, die es sich gar nicht träumen ließen, was auf Grund des Gesetzes der geschichtlichen Notwendigkeit geschehen mußte und was Rußlands einzige Rettung war. Alles kam anders, als man hatte annehmen können. Zu Beginn des Krieges waren die russischen Armeen voneinander getrennt. Dann sucht man sich zu vereinigen, offensichtlich um mit den vereinigten Streitkräften eine Schlacht zu liefern und den Feind am weiteren Vormarsch zu hindern. Bei diesen Vereinigungsversuchen geht man einer Schlacht mit dem überlegenen Gegner aus dem Wege, geht unwillkürlich in einem spitzen Winkel zurück und führt auf diese Weise die Franzosen nach Smolensk. Aber das ist noch nicht alles: die Russen gehen nicht nur deswegen in einem spitzen Winkel zurück, weil die Franzosen sich zwischen beiden Armeen weiter vorschieben, sondern der Winkel wird noch spitzer und die Russen gehen noch weiter zurück, weil Barclay de Tolly, ein unpopulärer Deutscher, von Bagration, der sich ihm unterstellen soll, gehaßt wird, und weil Bagration, der die zweite Armee führt, seine Vereinigung mit Barclay so lange wie möglich hinauszuschieben sucht, um nicht unter sein Kommando zu geraten. Wenn Bagration die Vereinigung, in der doch alle führenden Persönlichkeiten eine Sache von höchster Wichtigkeit sehen, immer noch verzögert, so begründet er das damit, seiner Ansicht nach müsse eine Bewegung auf Barclay de Tolly zu seine Armee gefährden, und es sei daher am vorteilhaftesten, wenn er mehr nach links und mehr nach Süden zu ausweiche, den Feind in der Flanke und im Rücken beunruhige und seine Truppenbestände in der Ukraine ergänze. Anscheinend hat er sich das aber nur ausgedacht, weil er keine Lust hat, sich dem verhaßten, dienstjüngeren Deutschen zu unterstellen.

Der Kaiser ist bei der Armee, um ihre Begeisterung anzufachen, allein seine Anwesenheit, sein eigenes Schwanken und die ungeheure Menge von Ratgebern und Plänen legen alle Energie der ersten Armee lahm, und die Armee geht zurück.

Die Drissa=Stellung soll unter allen Umständen gehalten werden. Dann aber bringt Paulucci, der selbst nach dem Oberkommando schielt, es zu allgemeiner Überraschung mit seiner Energie fertig, Alexander von der Notwendigkeit einer Änderung zu überzeugen, Pfuels ganzer Plan wird umgestoßen und alles in Barclays Hände gelegt. Aber man hat zu Barclay doch nicht das nötige Vertrauen, und so sucht man seine Machtbefugnisse einzuschränken. Die Armee ist in kleinere Einheiten zerlegt, es gibt keinen einheitlichen Oberbefehl, Barclay ist unpopulär. Dieser Wirrwarr, die Zerlegung der Armee in einzelne Teile und die Unpopularität des deutschen Oberkommandierenden haben zur Folge, daß man unschlüssig und schwankend wird und einer Schlacht aus dem Wege zu gehen sucht, die doch eine Selbstverständlichkeit wäre, wenn die Armeen vereinigt wären und der Oberbefehl nicht gerade in Barclays Händen läge; anderseits nimmt die Mißstimmung gegen die Deutschen stark zu, und ein vaterländischer, national=russischer Geist gewinnt immer mehr an Boden.

Endlich verläßt der Kaiser die Armee, und auf der Suche nach einem glaubwürdigen Vorwand verfällt man nur auf das eine, er müsse von seinen Hauptstädten aus das Volk für den Gedanken eines Volkskrieges begeistern. Und diese Reise des Kaisers nach Moskau verdreifacht die Stärke des russischen Heeres.

Der Kaiser verläßt die Armee, um den Oberkommandierenden als alleinigen Inhaber der höchsten Befehlsgewalt nicht lahm zu legen, und hofft, der Oberkommandierende würde nun entschlossener vorgehen; allein die Befehlsverhältnisse in der Armee werden nur noch verworrener, die tatsächliche Befehlsgewalt noch geringer. Bennigsen, der Großfürst und ein ganzer Schwarm von Generaladjutanten bleiben bei der Armee, um den Oberkommandierenden zu überwachen und seine Energie anzustacheln, und Barclay, der sich unter den Augen aller dieser „Augen des Kaisers" noch weniger frei fühlt als zuvor, wird in allen entscheidenden Fragen jetzt noch vorsichtiger und geht einer Schlacht aus dem Wege.

Barclay ist ein Mann der Vorsicht. Der Thronfolger spielt bereits darauf an, es könne Verrat bei der Sache sein, und fordert eine Entscheidungsschlacht. Lubomirski, Bronnicki, Wlocki und andere ihrer Art gießen so viel Öl ins Feuer, daß Barclay die polnischen Generaladjutanten mit irgendwelchen Papieren zum Kaiser nach Petersburg schickt und endlich mit Bennigsen und dem Großfürsten in offene Feindschaft gerät.

Endlich vereinigten sich beide Armeen bei Smolensk, sosehr Bagration das auch zu hindern gesucht hat.

Bagration kommt in einer Kalesche vor Barclays Quartier vorgefahren. Barclay legt die Schärpe an, geht ihm entgegen und rapportiert Bagration als dem Dienstälteren. Bagration sucht, obwohl er der Dienstältere ist, Barclay an selbstverleugnender Großmut noch zu übertreffen und unterstellt sich ihm; trotzdem verträgt er sich mit ihm noch schlechter als bisher. Auf Befehl des Kaisers pflegt Bagration dem Kaiser unmittelbar Bericht zu erstatten, unter Umgehung Barclays. Er schreibt an Araktschejew: „Des Kaisers Wille ist mir heilig, aber mit diesem Minister" — damit meint er Barclay — „kann ich nicht zusammen arbeiten. Schicken Sie mich um Gottes willen irgendwo anders hin, geben Sie mir meinethalben nur ein Regiment, hier halte ich es nicht aus. Das ganze Hauptquartier ist voll von Deutschen, so daß ein Russe hier einfach nicht zu atmen vermag und daß dabei nie etwas Gescheites herauskommen kann. Ich glaubte, meinem Kaiser und Vaterlande hier wirklich Nutzen bringen zu können, und wenn man genau zusieht, so erweist es sich, daß ich niemandem Nutzen bringen kann als Barclay. Ich muß zugeben, daß ich dazu keine Neigung habe." Der Schwarm der Branicki, Wintzingerode und ähnlicher Leute vergiftet die gegenseitigen Beziehungen der obersten Heerführer noch mehr, und es ergibt sich eine noch ärgere Uneinheitlichkeit. Man beabsichtigt die Franzosen vor Smolensk anzugreifen und schickt also einen General hin, um sich die Positionen anzusehen. Dieser General, ein persönlicher Feind Barclays, reitet zu einem Korpskommandeur, mit dem er befreundet ist, hält sich bei ihm den ganzen Tag über auf, kommt zu Barclay zurück und erstattet ein in allen Punkten ablehnendes Gutachten über das in Aussicht genommene Schlachtfeld, ohne es gesehen zu haben.

Während im Hauptquartier intrigiert und über das in Aussicht genommene Schlachtfeld gestritten wird und während die Russen die französischen Streitkräfte an ganz falschen Stellen suchen, werfen die Franzosen die Division Newerowskijs zurück und gelangen bis vor die Mauern von Smolensk.

Um die rückwärtigen Verbindungen nicht zu verlieren, sieht die russische Heeresleitung sich gezwungen, entgegen ihrer ursprünglichen Absicht bei Smolensk eine Schlacht anzunehmen. Die Schlacht wird geliefert, und auf beiden Seiten fallen Tausende.

Smolensk wird gegen den Willen des Kaisers und des ganzen Volkes aufgegeben. Darauf wird Smolensk von der Einwohnerschaft, die sich von ihrem Gouverneur getäuscht und im Stich gelassen sieht, eingeäschert, und die Einwohner flüchten, an den Bettelstab gebracht, nach Moskau. Auf diese Weise geben sie dem ganzen russischen Volk ein Beispiel und schüren unaufhörlich den Haß gegen den Feind, wobei sie freilich vor allem ihre eigenen wirtschaftlichen Verluste im Auge haben. Napoleon rückt weiter vor, die Russen ziehen sich weiter zurück, und so ergibt sich genau die Situation, die Napoleon den Untergang bringen soll.

II

Am Tage nach der Abreise seines Sohnes ließ Fürst Nikolai Andrejewitsch die Prinzessin Marja zu sich kommen.

„Na, also wie ist es jetzt?" fragte er. „Bist du jetzt zufrieden? Du hast es fertiggebracht, mich mit meinem Sohn auseinanderzubringen! Hast allen Grund, zufrieden zu sein! Das hat dir doch nur noch gefehlt! Also bist du jetzt zufrieden? . . . Mir tut das weh, sehr weh. Ich bin alt und schwach. Du hast ja nichts anderes gewollt. Na, jetzt freue dich nur!"

Eine ganze Woche lang bekam Prinzessin Marja nun ihren Vater nicht mehr zu Gesicht. Er war krank und verließ sein Kabinett nicht.

Zu ihrem Erstaunen nahm Prinzessin Marja wahr, daß der alte Fürst in der Zeit dieser Krankheit auch Mademoiselle Bourienne nicht zu sich ließ. Tichon allein hatte ihn zu pflegen.

Nach einer Woche erschien der Fürst wieder auf der Bildfläche und nahm sein früheres Leben wieder auf; besonders tätig nahm er sich seiner Bauten und Gärten an und schien die ehemaligen Beziehungen zu Mademoiselle Bourienne völlig abgebrochen zu haben.

Die Miene und der kalte Ton, die er im Umgang mit Prinzessin Marja an den Tag legte, besagten: „Da siehst du's jetzt selbst! Du hast dir allerhand Verleumdungen über meine angeblichen Beziehungen zu dieser Französin ausgedacht, hast dem Fürsten Andrej damit die Ohren vollgelogen und mich mit ihm auseinandergebracht. Jetzt siehst du selbst, daß ich weder dich noch diese Französin brauche."

Die eine Hälfte des Tages verlebte Prinzessin Marja bei Nikoluschka, war bei seinem Unterricht zugegen, unterrichtete ihn selbst in der russischen Sprache und in der Musik und unterhielt sich häufig mit Dessales. Die zweite Hälfte des Tages widmete sie ihren Büchern, ihrer alten Kinderfrau und den Gottesleuten, die dazwischen durch die Hintertür zu ihr kamen.

Prinzessin Marjas Gedanken über den Krieg waren die richtigen Frauengedanken. Sie sorgte sich um ihren Bruder, der ja selbst am Kriege teilnahm, entsetzte sich verständnislos vor der Grausamkeit, welche die Menschen einander töten ließ, hatte aber für die Bedeutung gerade dieses Krieges, der ihr ein Krieg wie alle anderen zu sein schien, keinerlei Verständnis, obwohl Dessales — eigentlich der einzige Mensch, mit dem sie sich über solche Dinge unterhalten konnte — den Verlauf des Krieges mit leidenschaftlicher Hingabe verfolgte und ihr immer wieder auseinandersetzte, was er von den einzelnen Kriegsereignissen hielt, und obwohl die Gottesleute, die zu ihr kamen, auf ihre Art mit Entsetzen von den im Volk umlaufenden Gerüchten über das Erscheinen des Antichrists sprachen und obwohl Julie, jetzt Fürstin Drubezkaja, die ihren Briefwechsel mit Prinzessin Marja wiederaufgenommen hatte, ihr aus Moskau patriotische Briefe schrieb.

„Liebe Freundin", schrieb Julie, „ich schreibe Ihnen russisch, weil ich alle Franzosen hasse und mein Haß ebenso ihrer Sprache gilt, die ich weder hören noch selbst sprechen will ... Hier in Moskau sind wir alle voll enthusiastischer Begeisterung für unseren vergötterten Kaiser.

Mein armer Mann erträgt allerhand Strapazen und Hunger in jüdischen Kneipen, aber alles, was ich von ihm höre, facht meine Begeisterung nur noch mehr an.

Sicher haben Sie auch von der Heldentat Rajewskijs gehört, der seine beiden Söhne umfaßte und dabei sagte: ‚Ich will mit ihnen zusammen in den Tod gehen, aber ein Zurück gibt es nicht!' Und sie sind tatsächlich nicht von der Stelle gewichen, obwohl sie einen doppelt so starken Feind vor sich hatten ... Wir bringen die Zeit hier so gut hin, wie es eben geht; Krieg ist Krieg. Prinzessin Alina und Sophie sitzen ganze Tage lang mit mir zusammen, und wir unglücklichen Strohwitwen zupfen Charpie und tauschen dabei unsere begeisterten Gedanken aus, nur Sie fehlen uns, liebe Freundin ..." Und in dieser Weise ging es weiter.

Die Bedeutung dieses Krieges blieb Prinzessin Marja namentlich deshalb verborgen, weil der alte Fürst nie von ihm sprach, ihn stillschweigend verneinte und bei Tisch Dessales auslachte, wenn dieser vom Kriege anfing. Dabei war der Ton des Fürsten so ruhig und selbstgewiß, daß Prinzessin Marja sich von ihm überzeugen ließ, ohne sich lange den Kopf zu zerbrechen.

Den ganzen Juli über war der alte Fürst ungewöhnlich tätig; er schien geradezu aufgelebt. Er legte einen neuen Garten an und errichtete ein neues Leutehaus. Das einzige, was Prinzessin Marja Sorgen machte, war, daß er jetzt so wenig schlief und seine Nächte immer in einem anderen Raum verbrachte; seine alte Gewohnheit, im Kabinett zu schlafen, hatte er aufgegeben. Bald ließ er sich sein Feldbett in der Galerie aufschlagen, bald blieb er im Salon auf dem Diwan oder im Voltairestuhl und schlummerte unausgekleidet, während er sich vorlesen ließ, aber nicht mehr von Mademoiselle Bourienne, sondern von Petruscha, einem jungen Burschen aus dem Gesinde, bald nächtigte er im Eßzimmer.

Am 1. August traf Fürst Andrejs zweiter Brief ein. In seinem ersten, kurz nach seiner Abreise angekommenen Brief hatte er seinen Vater mit aller kindlichen Ehrfurcht gebeten, ihm die Äußerungen zu verzeihen, die er sich erlaubt habe, und ihm wieder gut zu sein. Darauf hatte der alte Fürst ihm durchaus freundlich geschrieben und von da an sich von der Französin zurückgezogen. Der zweite Brief war aus der Gegend von Witebsk, kurz nach der Besetzung der Stadt selbst durch die Franzosen geschrieben und enthielt in der Hauptsache eine kurze Beschreibung des bisherigen Verlaufs des Krieges samt einer Kartenzeichnung und einem Ausblick auf den weiteren Gang des Feldzuges. Außerdem führte Fürst Andrej seinem Vater vor Augen, wie schwierig es für ihn werden könne, wenn er in Lysyja Gory bliebe, so nahe dem Kriegsschauplatz und allen Truppendurchmärschen ausgesetzt, und schlug ihm vor, nach Moskau überzusiedeln.

An diesem Tage hatte Dessales bei Tisch geäußert, wie man höre, seien die Franzosen bereits in Witebsk. Darauf fiel dem alten Fürsten der Brief seines Sohnes ein.

„Ich habe heute einen Brief vom Fürsten Andrej bekommen", sagte er zu Prinzessin Marja. „Hast du ihn nicht gelesen?"

„Nein, mon père", erwiderte die Prinzessin erschrocken.

Wie sollte sie einen Brief gelesen haben, von dessen Eintreffen sie noch nichts gehört hatte?

„Er schreibt über diesen Krieg da", sagte der Fürst mit dem gering=

schätzigen Lächeln, das er sich angewöhnt hatte, sobald die Rede auf den gegenwärtigen Krieg kam.

„Das muß ja sehr interessant sein", meinte Dessales. „Der Fürst ist doch sicher sehr genau unterrichtet..."

„Ach ja, überaus interessant!" stimmte Mademoiselle Bourienne bei.

„Bringen Sie mir bitte den Brief", wandte sich der alte Fürst zu Mademoiselle Bourienne. „Sie wissen ja, auf dem kleinen Tisch, unter dem Briefbeschwerer."

Mademoiselle Bourienne sprang freudig auf.

„Halt, nein!" rief der alte Fürst und zog ein finsteres Gesicht. „Geh du hin, Michail Iwanytsch!"

Michail Iwanowitsch stand auf und ging ins Kabinett. Kaum war er draußen, als der alte Fürst unter unruhigen Blicken auf die anderen seine Serviette hinwarf und selbst nach dem Briefe ging.

„Die haben ja von nichts eine Ahnung! Schmeißen einem alles durcheinander!"

Als er draußen war, wechselten Prinzessin Marja, Dessales, Mademoiselle Bourienne und sogar Nikoluschka schweigende Blicke miteinander. Dann kam der alte Fürst mit Michail Iwanowitsch hastig zurück, in der Hand den Brief und einen Bauplan; beides legte er neben seinen Teller, ohne daß er während des Essens den Brief von sich gegeben hätte.

Als man nach Tisch in den Salon gegangen war, reichte er den Brief Prinzessin Marja, entfaltete den Plan, der den Grundriß eines neuen Gebäudes enthielt, betrachtete ihn unverwandt und befahl der Prinzessin, ihm den Brief vorzulesen. Er selbst schien für nichts Augen zu haben als für den Plan und war offenbar ganz in seine Gedanken vertieft.

„Was halten Sie davon, Fürst?" erlaubte Dessales sich nach einer Weile zu fragen.

„Ich? Ich?" sagte der Fürst gleichsam ärgerlich über diese Störung, ohne den Blick von seinem Grundriß zu wenden.

„Es ist doch durchaus möglich, daß der Kriegsschauplatz uns so nahe rückt, daß..."

„Hahaha! Kriegsschauplatz!" lachte der Fürst höhnisch. „Ich kann Ihnen nur sagen, was ich schon immer gesagt habe, Schauplatz des Krieges ist Polen, und der Feind wird nie über den Njemen kommen."

Dessales sah ganz verblüfft den Fürsten an, der vom Njemen sprach, während der Feind schon am Dnjpr war. Prinzessin Marja aber, die im Augenblick nicht recht wußte, wo der Njemen floß, glaubte, ihr Vater habe recht.

„Wenn erst die Schneeschmelze kommt, werden sie in den polnischen Sümpfen versaufen. Jetzt im Winter ahnen sie noch nichts von diesen Sümpfen", sagte der Fürst und hatte dabei offensichtlich den Feldzug von 1807 im Auge, der seiner Meinung nach erst unlängst gewesen war. „Bennigsen hätte eben eher in Preußen einmarschieren sollen, dann hätte die ganze Geschichte eine andere Wendung genommen . . ."

„Aber Fürst", bemerkte Dessales schüchtern, „in dem Brief ist doch die Rede von Witebsk . . ."

„In dem Brief? So? Ja . . .", erwiderte der Fürst ungehalten. „Ja . . . ja . . .", sein Gesicht verfinsterte sich plötzlich, und er schwieg eine kleine Weile. „Ja, er schreibt, die Franzosen seien geschlagen worden. An welchem Flusse war es doch gleich?"

Dessales sah zu Boden.

„Davon schreibt der Fürst nichts", erwiderte er halblaut.

„Davon schreibt er nichts? Na, ich habe mir das doch nicht ausgedacht!"

Eine ganze Zeit lang sagte niemand ein Wort.

„Ja . . . ja . . . Also, Michail Iwanytsch", sagte plötzlich der Fürst, hob den Kopf und wies auf den Grundriß, „also dann erzähle mir einmal, was für Änderungen du da vornehmen willst . . ."

Michail Iwanowitsch beugte sich über den Plan, und der Fürst sprach mit ihm einiges über das geplante neue Gebäude, warf dann einen grimmigen Blick auf Prinzessin Marja und Dessales und ging in sein Kabinett.

Prinzessin Marja hatte den verlegenen und verblüfften Blick aufgefangen, mit dem Dessales ihren Vater angesehen hatte, hatte auch sein plötzliches Verstummen wahrgenommen und war jetzt sehr überrascht, daß der Vater den Brief auf dem Tische im Salon hatte liegenlassen. Sie scheute sich aber, Dessales zu fragen, warum er so verlegen und stumm geworden war, ja sie scheute sich sogar, darüber nachzudenken.

Gegen Abend erschien bei Prinzessin Marja im Auftrage des Fürsten Michail Iwanowitsch, um den Brief zu holen, den der Fürst im Salon vergessen hatte. Prinzessin Marja gab ihm den Brief. Obwohl ihr diese Frage nicht ganz leicht über die Lippen kam, fragte sie dennoch Michail Iwanowitsch, was der Vater tue.

„Der Fürst sind immer so eifrig bei der Arbeit", antwortete Michail Iwanowitsch mit einem Lächeln ehrerbietigen Spottes, das Prinzessin Marja blaß werden ließ. „Er macht sich jetzt sehr viel Gedanken wegen des neuen Leutehauses. Erst haben der Fürst ein wenig gelesen, sitzen aber jetzt" – Michail Iwanowitsch ließ die Stimme sinken – „am Sekretär und machen sich vermutlich mit dem Testament zu schaffen."

Das Sichten und Ordnen der Papiere, mit denen nach seinem Ableben irgend etwas Besonderes unternommen werden sollte und die er als sein Testament bezeichnete, war seit einiger Zeit eine der Lieblingsbeschäftigungen des Fürsten.

„Und Alpatytsch wird nach Smolensk geschickt?" fragte Prinzessin Marja.

„Gewiß, er ist schon seit einer ganzen Zeit reisefertig."

III

Als Michail Iwanowitsch mit dem Briefe wieder ins Kabinett des Fürsten kam, saß dieser, die Brille auf der Nase, einen Augenschirm um die Stirn, vor dem geöffneten Sekretär, vor dessen Kerzen ebenfalls Schirme standen. Mit ausgestrecktem Arm hielt er einige Papiere, wie er sagte, seine Remarques, die nach seinem Tode dem Kaiser übergeben werden sollten, weit von sich und überlas sie mit einer gewissen Feierlichkeit in Gesichtsausdruck und Haltung.

Als Michail Iwanowitsch hereinkam, standen in den Augen des Fürsten Tränen der Erinnerung an die Zeit, in der er geschrieben hatte, was er jetzt las. Er nahm Michail Iwanowitsch den Brief aus der Hand, schob ihn in die Tasche, legte seine Papiere beiseite und rief den schon seit längerer Zeit wartenden Alpatytsch. Er hatte sich auf einen kleinen Zettel notiert, was Alpatytsch in Smolensk besorgen sollte, und während dieser wartend an der Tür stand, ging er an ihm vorbei im Zimmer auf und ab und erteilte ihm seine Befehle.

„Erstens Briefpapier, hörst du, acht Buch, hier hast du das Muster, mit Goldschnitt, aber genau nach dem Muster hier. Ferner Lack, Siegellack, Michail Iwanytsch hat das bereits notiert."

Er warf im Auf- und Niedergehen einen Blick auf seinen Zettel.

„Dann übergibst du dem Gouverneur persönlich einen Brief, der mein Testament betrifft."

Weiter sollte Alpatytsch noch Riegel für die Türen des neuen Leutehauses besorgen, aber genau von der Fasson, die der Fürst sich ausgedacht hatte. Ferner war beim Buchbinder eine Kassette zu bestellen, die zur Aufnahme des Testaments bestimmt war.

Bereits über zwei Stunden hatte der alte Fürst auf Alpatytsch eingeredet und ihm immer neue Aufträge gegeben. Noch immer machte er keine Miene, ihn zu entlassen. Er setzte sich hin, überlegte, schloß dabei die Augen und schlief ein wenig ein. Alpatytsch rührte sich respektvoll, und der Fürst wachte wieder auf.

„Na, also dann kannst du gehen. Wenn ich noch etwas brauche, werde ich nach dir schicken."

Alpatytsch zog sich zurück. Der Fürst ging wieder zu seinem Sekretär, ließ einen Blick über die herausgezogene Klappe gleiten, strich mit der Hand über seine Papiere hin, schloß den Sekretär zu und setzte sich an den Tisch, um den Brief an den Gouverneur zu schreiben.

Es war schon spät, als er endlich den Brief siegelte und aufstand. Er empfand ein starkes Schlafbedürfnis, wußte aber, daß er doch nicht würde einschlafen können und daß ihm gerade dann, wenn er schlaflos im Bett lag, die ärgsten Gedanken kamen. Er rief Tichon und ging mit ihm durch die Zimmer, um anzuordnen, wo sein Bett für diese Nacht aufgeschlagen werden sollte. Keinen Winkel ließ er unbeachtet.

Überall fand er es schlimm, am schlimmsten aber erschien ihm der altvertraute Diwan in seinem Kabinett. Vor diesem Diwan graute ihm, wahrscheinlich wegen der schweren Gedanken, die auf ihm gelastet hatten, während er auf diesem Diwan gelegen hatte. Überall war es schlimm, am wenigsten schlimm schien ihm die Ecke hinter dem Klavier im Diwanzimmer, weil er hier noch nie geschlafen hatte.

Tichon trug mit Hilfe eines anderen Dieners das Bett in das Diwanzimmer und begann es für die Nacht herzurichten.

„Doch nicht so, doch nicht so!" schrie der Fürst, rückte das Bett einige Zollbreit von der Wand ab und schob es dann wieder etwas näher heran.

„Na, endlich, jetzt habe ich alles in Ordnung und kann mich ausruhen", dachte der Fürst und überließ sich Tichon, der ihn auskleiden mußte.

Er runzelte die Stirn, ärgerlich über die Anstrengung, die ihn das Ablegen des Kaftans und der Hosen kostete, ließ sich dann schwer auf das Bett fallen, und es sah aus, als sei er tief in Gedanken versunken, während er seine gelben, dürr gewordenen Beine geringschätzig musterte. Tatsächlich war er aber keineswegs in Gedanken versunken, sondern konnte sich, da er wußte, wieviel Mühe ihn das kosten würde, nur nicht entschließen, die Beine hinaufzuziehen und sich im Bett so hinzulegen, wie es ihm bequem war. „Ach, wie schwer das doch ist! Ach, wenn diese Mühsal doch bald ein Ende hätte und ihr mich endlich zufriedenlassen würdet!" dachte er. Mit zusammengepreßten Lippen unterzog er sich endlich dieser Anstrengung, die er doch vielleicht schon zwanzigtausendmal gemacht hatte, und legte sich hin. Kaum lag er aber, als plötzlich das ganze Bett unter ihm in rhythmischen Bewegungen vorwärts und rückwärts zu gleiten begann, als ob es schwer und stoßweise atmete. Das geschah ihm fast jede Nacht. Er öffnete wieder die Augen, die er doch eben erst geschlossen hatte.

„Wieder keine Ruhe! Verfluchtes Pack!" knurrte er in seiner Wut, ohne selbst zu wissen, gegen wen sie sich richtete. „Ja, ja, da war noch etwas Wichtiges, etwas sehr Wichtiges, was ich mir für diese Nacht im Bett aufgespart hatte. Die Riegel? Nein, deswegen hab ich Alpatytsch Bescheid gesagt. Nein, irgend etwas anderes, das mit dem Salon zu tun hatte. Prinzessin Marja hat da so etwas zusammengefaselt. Dessales, dieser Dummkopf, hat da so etwas gesagt. Es hing auf irgendeine Weise auch mit meiner Tasche zusammen . . . es will mir nicht einfallen."

„Tischka! Wovon haben wir heute bei Tisch gesprochen?"

„Vom Fürsten Andrej . . ."

„Mund halten, Mund halten, ich weiß schon!" Der Fürst schlug mit der flachen Hand auf den Tisch. „Ja, natürlich, der Brief vom Fürsten Andrej! Prinzessin Marja las ihn vor. Dessales redete irgend etwas von Witebsk. Jetzt will ich ihn lesen."

Er ließ sich den Brief aus der Tasche geben und das Tischchen mit der Limonade und der seilförmig gedrehten Wachskerze ans Bett rücken, setzte die Brille auf und begann zu lesen. Und jetzt in der nächtlichen Stille, bei dem schwachen Licht, das unter dem grünen Schirm hervorleuchtete, begriff er erst den ganzen Ernst des Briefes, den er las.

„Die Franzosen in Witebsk. In vier Tagemärschen können sie bei Smolensk sein. Sind vielleicht schon da. Tischka!" Tichon sprang auf. „Nein, es ist nicht nötig, ist nicht nötig!" rief der Fürst gleich darauf.

Er tat den Brief unter den Leuchter und schloß die Augen. Vor sich sah er die Donau, helles Mittagslicht, das Uferschilf, das russische Lager und er selbst, ein junger General ohne eine einzige Runzel im Gesicht, schneidig, gutgelaunt, rotbäckig, geht in Potemkins buntes Zelt, und nun kommt ein brennendes Gefühl des Neides auf den Günstling der Kaiserin über ihn, und er spürt es noch jetzt ebenso stark wie damals. Und nun fällt ihm auch jedes Wort ein, das damals fiel, damals bei seinem ersten Zusammensein mit Potemkin. Und dann sieht er eine mäßig große, volle, dicke Frau mit feistem und gelblichem Gesicht vor sich, Mütterchen Kaiserin. Er erinnert sich an ihr Lächeln, an die freundlichen Worte, mit denen sie ihn zum erstenmal empfangen hat, er erinnert sich des gleichen Gesichts, wie es später auf dem Katafalk lag, und seines Zusammenstoßes mit Subow, der es ihm verwehren wollte, der im Sarge liegenden Kaiserin die Hand zu küssen.

„Ach, nur zurück, zurück in jene Zeiten, so schnell wie möglich zurück! Daß nur alles, was heute ist, so schnell wie möglich vorbei wäre! Daß sie mich doch endlich zufriedenließen!"

IV

Lysyja Gory, das Gut des Fürsten Nikolai Andrejewitsch Bolkonskij, lag sechzig Werst hinter Smolensk, drei Werst abseits der Moskauer Heerstraße.

Während der Fürst an jenem Abend Alpatytsch seine Aufträge gab, hatte Dessales Prinzessin Marja um eine Unterredung gebeten. Er sagte, da der Fürst offenbar nicht ganz wohl sei und keinerlei Maßnahmen zur Gewährleistung seiner persönlichen Sicherheit treffe, andrerseits aus dem Briefe des Fürsten Andrej aber hervorgehe, daß ein weiterer Aufenthalt in Lysyja Gory nicht ungefährlich sei, so möchte er ihr in allem Respekt den Rat geben, selbst einen Brief an den Gouverneur von Smolensk zu schreiben und ihn um Auskunft über die Lage und die Lysyja Gory etwa drohenden Gefahren zu bitten. Den Brief könne Alpatytsch mitnehmen. Dessales hatte diesen Brief bereits geschrieben, Prinzessin Marja unterzeichnete ihn und er wurde Alpatytsch mit dem Befehl eingehändigt, ihn dem Gouverneur zu übergeben und im Falle drohender Gefahr so schnell wie möglich zurückzukehren.

Alpatytsch hatte jetzt alle seine Aufträge erhalten. Von seinen Angehörigen umgeben, trat er jetzt aus der Haustür, auf dem Kopf einen weißen Biberhut, ein Geschenk des Fürsten, in der Hand einen Stock, wie ihn auch der Fürst zu tragen pflegte, um in den lederüberdeckten, mit drei gutgenährten hellbraunen Pferden bespannten Wagen zu steigen. Der Klöppel des Glöckchens war festgebunden, die Schellen mit Papier umwickelt; der Fürst gestattete in Lysyja Gory niemandem, mit Glöckchengeläut und Schellengeklingel zu fahren. War Alpatytsch aber erst weiter von Hause, so ließ er sich die Freude des Glöckchengeläuts und Schellengeklingels nie entgehen. Sein Hofstaat, bestehend aus dem Gemeindeschreiber, dem Buchführer, der Herrschafts- sowie der Leuteköchin, zwei alten Weibern, einem zu allerhand Aufträgen verwandten jungen Kosakenburschen, den Kutschern und mehreren anderen Leuten vom Hofe, geleitete ihn zum Wagen.

Seine Tochter tat einige daunengefüllte Kattunkissen auf den Sitz und vor die Rücklehne. Seine alte Schwägerin schob heimlich noch ein kleines Bündel hinein. Einer der Kutscher nahm Alpatytschs Arm und half ihm in den Wagen.

„Na, na, dies Weiberpack! Weiber, Weiber!" knurrte Alpatytsch hastig und schnaufend vor sich hin, ganz in der Art, in welcher der Fürst zu reden pflegte. Dann setzte er sich im Wagen zurecht. Alpatytsch gab dem Gemeindeschreiber die letzten Anweisungen über die während seiner Abwesenheit zu erledigenden Arbeiten – hierbei sprach er sehr sachlich und vergaß ganz, die Redeweise des Fürsten nachzuahmen – dann nahm er den Hut von der Glatze und bekreuzte sich dreimal.

„Kommt nur sofort zurück, Jakob Alpatytsch, wenn dort in Smolensk ... Um Christi willen, verlaß uns nicht", kreischte seine Frau und dachte dabei an die Gerüchte vom Anrücken des Feindes.

„Weiber, Weiber, Weiberpack!" brummte Alpatytsch vor sich hin und fuhr ab. Er betrachtete sich die Felder rechts und links, die mit schon gelbem Roggen, die mit dichtem, noch grünem Hafer, und die noch schwarzen, mit deren Umackerung eben erst begonnen worden war. Alpatytsch hatte, während er über die langstreifigen, stellenweise bereits gemähten Roggenfelder hinsah, seine Freude an der überaus günstigen Sommerkornernte dieses Jahres, stellte allerhand kaufmännische Erwägungen über Aussaat und Ernte an und rief sich die vom Fürsten erhaltenen Aufträge ins Gedächtnis zurück. Unterwegs fütterte er zweimal ab und langte am Abend des vierten August in der Stadt an.

Auf seiner Fahrt war Alpatytsch Trainkolonnen und marschierenden Truppen begegnet oder hatte solche überholt. Als er sich der Stadt näherte, hatte er fernes Schießen gehört, sich aber nicht viel dabei gedacht. Den größten und befremdendsten Eindruck hatte es ihm gemacht, daß er unweit von Smolensk Soldaten ein wundervolles Haferfeld abmähen sah, offenbar um den Hafer zu verfüttern, und daß mitten auf dem gleichen Felde Truppen lagerten; dieser Umstand gab Alpatytsch zu denken, aber, da er seine eigenen Sachen im Kopf haben mußte, verlor er ihn bald wieder aus dem Gedächtnis.

Seit über dreißig Jahren hatten sich alle seine Lebensinteressen ausschließlich um den Willen des Fürsten bewegt, und er selbst war nie aus diesem Willensbereich hinausgekommen. Alles, was keinen Bezug auf die Erfüllung von Befehlen des Fürsten hatte, kümmerte Alpatytsch nicht nur nicht, sondern war für ihn überhaupt nicht vorhanden.

Am Abend des vierten August in Smolensk eingetroffen, machte er jenseits des Dnjepr vor Ferapontows Ausspann in der Ratschenka-Vorstadt halt. Hier pflegte er seit Jahren einzukehren. Ferapontow hatte vor langer Zeit mit Alpatytschs wohlwollender Hilfe dem Fürsten ein Gehölz abgekauft und einen Holzhandel eröffnet; jetzt hatte er ein Haus, einen Ausspann und eine Mehlhandlung in Smolensk. Ferapontow war ein dicker, schwarzhaariger, rotbäckiger Vierziger bäuerlichen Standes mit dicken Lippen, einer dicken und klobigen Nase und mit dicken Wülsten über den schwarzen, eng beieinander stehenden Brauen und einem dicken Bauch.

Ferapontow stand, eine Weste über dem Zitzhemde, vor der Ladentür auf der Straße. Als er Alpatytsch kommen sah, ging er ihm ein paar Schritte entgegen.

„Grüß Gott, Jakob Alpatytsch. Andere machen, daß sie aus der Stadt hinauskommen, und du kommst herein", sagte der Wirt.

„Warum denn aus der Stadt hinaus?" fragte Alpatytsch.

„Das sage ich auch: die Leute sind zu dumm. Haben alle Angst vor den Franzosen."

„Weibergeschwätz, Weibergeschwätz!" meinte Alpatytsch.

„So denke ich ja auch, Jakob Alpatytsch. Ich sage, es ist befohlen, den Franzosen nicht hereinzulassen, also wird es auch so sein. Ja, und die Bauern wollen schon drei Rubel für eine Fuhre haben! Richtige Unchristen!"

Jakob Alpatytsch hatte kaum hingehört. Er ließ sich einen Samowar geben und den Pferden Heu vorwerfen. Als er seinen Tee getrunken hatte, legte er sich schlafen.

Die ganze Nacht hindurch zogen Truppen an Ferapontows Ausspann vorbei. Am folgenden Morgen legte Alpatytsch das Kamisol an, das er nur in der Stadt zu tragen pflegte, und machte sich auf den Weg. Es war ein sonniger Morgen, und schon um acht Uhr war es recht heiß gewesen. Alpatytsch meinte, es müßte doch ein herrlicher Tag für die Getreideernte sein. Aus der Gegend vor der Stadt hörte man schon vom frühen Morgen an schießen.

Etwa um acht Uhr gesellte sich zum Gewehrfeuer auch das Krachen von Kanonenschüssen. Auf den Straßen sah man viele Leute in eiliger Bewegung und auch viele Soldaten; die Lohndroschken fuhren aber ebenso wie sonst umher, die Kaufleute standen vor ihren Läden und in den Kirchen fand Gottesdienst statt wie gewöhnlich. Alpatytsch ging in Läden und Kanzleien, auf die Post und zum Gouverneur. In den Kanzleien, in den Läden, auf der Post war von nichts anderem die Rede als von der Armee und vom Feinde, der bereits die Stadt angriff; alle fragten einander, was zu tun sei, und alle suchten sich gegenseitig zu beruhigen.

Vor dem Hause des Gouverneurs sah Alpatytsch eine große Volksmenge, eine Kosakeneskorte und eine Reiseequipage, die dem Gouverneur gehörte. Auf der Freitreppe begegnete er zwei Edelleuten, deren einen er kannte. Dieser, ein ehemaliger Kreischef, schien sehr aufgeregt zu sein.

„Es ist doch wahrhaftig kein Spaß!" sagte er. „Wer keine Familie hat, kann froh sein. Einer allein kommt schon durch, wenn er auch arm ist. Wer aber für dreizehn Mäuler zu sorgen hat, und all sein Eigentum ist zum Teufel ... Alle sind zugrunde gerichtet, soweit hat man es gebracht. Das nennt sich nun Obrigkeit! Aufhängen sollte man alle diese Halunken ..."

„Na na, beruhigen Sie sich nur", sagte der andere.

„Mögen sie es nur hören, mir einerlei! Wir sind doch keine

Hunde!“ fing der ehemalige Kreischef wieder an und erkannte, als er sich gerade umsah, Alpatytsch.

„Ah, Jakob Alpatytsch! Was machst du hier?“

„Muß auf Befehl Seiner Durchlaucht zum Herrn Gouverneur“, antwortete Alpatytsch, den Kopf stolz zurückgeworfen und die Hand über der Brust in den Rockausschnitt gesteckt, wie immer, wenn er den Fürsten erwähnte. „Durchlaucht haben mir befohlen, mich nach der Lage zu erkundigen.“

„Na, dann höre einmal zu!“ schrie der Gutsbesitzer. „Die Halunken haben es glücklich so weit gebracht, daß nicht eine einzige Fuhre mehr zu haben ist! . . . Hörst du, da sind sie schon!“ Und er wies in die Richtung, aus der Kanonendonner und Kleingewehrfeuer herüberkamen.

„So weit haben sie es gebracht, daß wir alle ruiniert sind . . . die Halunken!“ schrie er noch einmal und ging dann hinunter.

Alpatytsch schüttelte den Kopf und stieg die Treppe hinauf. Im Empfangszimmer saßen Kaufleute, Frauen, Beamte, die schweigende Blicke miteinander wechselten. Die Tür des Kabinetts öffnete sich, alle standen auf, und jeder suchte sich vorzudrängen. Aus der Tür kam hastig ein Beamter, sprach einige Worte mit einem der Kaufleute, rief einem dicken, ordengeschmückten Beamten zu, er möge mitkommen, und verschwand mit ihm wieder hinter der Tür, offensichtlich bemüht, sich den Blicken und allen etwaigen Fragen der Anwesenden zu entziehen. Alpatytsch schob sich ganz nach vorne, und als der Beamte wieder herauskam, steckte er die Hand über der Brust hinter den zugeknöpften Rock, wandte sich an den Beamten und hielt ihm seine beiden Briefe hin.

„Für Herrn Baron Asch vom General en chef Fürsten Bolkonskij“, sagte er so feierlich und mit so vielsagender Betonung, daß der Beamte auf ihn aufmerksam wurde und die Briefe entgegennahm. Einen Augenblick später wurde Alpatytsch zum Gouverneur hereingerufen. Der Gouverneur sagte eilig:

„Richte dem Fürsten und der Prinzessin aus, daß mir nichts bekannt gewesen ist, ich habe mich ausschließlich nach den Befehlen von oben gerichtet. Hier!“ Er gab Alpatytsch ein Papier. „Übrigens möchte ich dem Fürsten den Rat geben, nach Moskau zu gehen, da er ja ohnehin krank ist. Ich selbst fahre auch gleich dorthin ab. Sage dem Fürsten . . .“

Der Gouverneur kam nicht weiter, denn ein staub- und schweißbedeckter Offizier stürzte ins Zimmer und machte ihm in französischer Sprache irgendeine Meldung. In das Gesicht des Gouverneurs trat ein Ausdruck des Entsetzens.

„Geh schon“, sagte er zu Alpatytsch, nickte ihm zu und begann den Offizier auszufragen.

Gierige, verstörte, ratlose Blicke richteten sich auf Alpatytsch, als er aus dem Kabinett des Gouverneurs herauskam. Unwillkürlich auf die bereits recht nahen und immer lauter dröhnenden Schüsse horchend, eilte Alpatytsch in den Ausspann. Auf dem Papier, das der Gouverneur ihm gegeben hatte, stand zu lesen:

„Ich gebe Ihnen die Versicherung, daß für die Stadt Smolensk nicht die geringste Gefahr vorliegt. Es ist unwahrscheinlich, daß eine derartige Bedrohung überhaupt eintreten kann. Fürst Bagration und ich sind von zwei verschiedenen Seiten her im Anmarsch, um uns vor Smolensk zu vereinigen. Die Vereinigung selbst erfolgt am 22., und alsdann werden beide Armeen mit vereinten Kräften die Bevölkerung des Ihrer Obhut anvertrauten Gouvernements schirmen, bis die Feinde des Vaterlandes zurückgeworfen oder aber sie selbst bis auf den letzten Mann in ihren tapferen Reihen auf dem Felde der Ehre den Tod gefunden haben. Sie ersehen aus Obengesagtem, daß Sie das volle Recht haben, die Smolensker Bevölkerung zu beruhigen, denn wer von zwei so tapferen Armeen verteidigt wird, kann ihres Sieges gewiß sein."

Es war die Abschrift eines Auszuges aus Barclay de Tollys Ordre an den Zivilgouverneur von Smolensk, Baron Asch.

Alle Straßen wimmelten von aufgeregten Menschen.

Aus den Torwegen kamen überall Wagen, bis obenhin mit Haus- und Küchengeräten beladen, und fuhren durch die Straßen. Vor Ferapontows Nachbarhause standen einige Wagen, und die Frauenzimmer nahmen heulend und plappernd voneinander Abschied. Der Hofhund strich kläffend um Wagen und Pferde herum.

Rascher, als es sonst seine Art war, ging Alpatytsch in den Hof, geradewegs zu seinen Pferden und seinem Wagen, die unter dem Schuppendach standen. Der Kutscher schlief. Alpatytsch weckte ihn, befahl ihm anzuspannen und ging ins Haus. Als er in den Flur trat, hörte er aus dem Wohnraum der Wirtsleute das Weinen eines Kindes, das hysterische Schluchzen einer Frau und das heisere wütende Geschrei Ferapontows. Die Köchin wand und drehte sich im Flur herum wie eine erschrockene Henne.

„Fast zu Tode hat er sie geprügelt! Die Wirtsfrau! Die eigene Frau hat er so verprügelt, hat sie an den Haaren durchs Zimmer geschleift!"

„Und warum?" fragte Alpatytsch.

„Sie hat ihn gebeten, er möchte sie doch wegführen. Wo sie die Frau und die Mutter ist, mußte sie das doch! ‚Nimm den Wagen und schaffe mich fort', hat sie gesagt, ‚laß mich mit den kleinen Kindern hier nicht umkommen. Alle anderen', hat sie gesagt, ‚sind schon weg. Und wir', hat sie gesagt, ‚was sollen wir noch hier?' Und da hat er auch schon auf sie losgeschlagen. Hat sie so verprügelt, hat sie an den Haaren durchs Zimmer geschleift!"

Alpatytsch nickte, als sei er mit dieser Erzählung durchaus einverstanden, und ging, da er keine Lust hatte, sich noch länger Schilderungen dieser Art anzuhören, in das dem Wohnraum der Wirtsleute gegenüberliegende Zimmer; hier hatte er die eingekauften Gegenstände aufgehoben.

„Halunke du, Mörder!" schrie in diesem Augenblick eine magere blasse Frau, die, ein Kind in den Armen, das Kopftuch heruntergerissen, aus der Tür stürzte und die zum Hof führende Treppe hinunterflüchtete.

Ferapontow kam hinter ihr aus der Stube, rückte sich, als er Alpatytsch gewahr wurde, die Weste zurecht, strich sich das Haar aus dem Gesicht, gähnte und folgte Alpatytsch in das andere Zimmer.

„Willst du denn schon wegfahren?" fragte er.

Ohne diese Frage zu beantworten und ohne sich nach dem Wirt umzusehen, packte Alpatytsch seine Einkäufe zusammen und fragte, wieviel Ferapontow von ihm zu bekommen habe.

„Na, das verrechnen wir noch! Warst du denn schon beim Gouverneur?" fragte Ferapontow. „Und was hat er gesagt?"

Alpatytsch erwiderte, der Gouverneur habe ihm eigentlich überhaupt nichts gesagt.

„Wenn man so ein Geschäft hat wie wir, wie soll man dann fort?" meinte Ferapontow. „Außerdem muß man für eine Fuhre bis Dorogobusch ganze sieben Rubel bezahlen. Ich sage ja, wie die Unchristen! Seliwanow, der hat letzten Donnerstag Glück gehabt, hat sein Mehl für neun Rubel den Sack an die Armee verkauft. Na, trinkst du noch ein Glas Tee?"

Während angespannt wurde, tranken Alpatytsch und Ferapontow Tee und sprachen dabei über Getreidepreise, über das zu erwartende Ernteergebnis und das günstige Erntewetter.

„Die Schießerei hat nachgelassen", meinte Ferapontow, der seine drei Tassen Tee getrunken hatte, und stand auf. „Sicher haben unsere Leute die Sache gemacht. Es hieß ja auch gleich, sie würden ihn nicht hereinlassen. Eben doch eine anständige Armee. Wie man hört, hat Matwej Iwanytsch Platow die Franzosen neulich in die Marina gejagt, so daß an einem Tage achtzehntausend Stück ersoffen sind."

Alpatytsch nahm seine Pakete, gab sie dem eintretenden Kutscher und machte seine Rechnung mit dem Wirt. Man hörte den Wagen mit Rädergerassel, Hufgetrappel und Schellengeläute durch den Torweg fahren.

Es war bereits Nachmittag, die eine Hälfte der Straße lag im Schatten, die andere in der grellen Sonne. Alpatytsch warf einen Blick durchs Fenster und ging dann zur Tür. Plötzlich ließ sich ein eigentümlicher Laut vernehmen, ein fernes Pfeifen und ein ferner Schlag, und gleich darauf begannen die Fensterscheiben von dem zu einem einzigen mächtigen Donner verschmelzenden Krachen des Artilleriekampfes zu zittern.

Alpatytsch ging auf die Straße. Zwei Männer liefen an ihm vorbei auf die Brücke zu. Von verschiedenen Seiten her hörte man Kanonenkugeln pfeifen und einschlagen und in der Stadt niedergegangene Granaten krepieren. Aber diese Geräusche waren im Verhältnis zu dem Donner der gewaltigen Kanonade, die sich vor der Stadt abspielte, eigentlich kaum zu hören und fielen auch den Einwohnern weniger auf. Was sie aber hörten, das war das Bombardement, das Napoleon gegen fünf Uhr aus hundertunddreißig Geschützen auf die Stadt hatte eröffnen lassen. Die Bedeutung dieses Bombardements ging der Bevölkerung zunächst noch gar nicht auf.

Der Lärm der einschlagenden Granaten und Kanonenkugeln erweckte fürs erste lediglich Neugier. Ferapontows Frau, die bis jetzt unter dem Schuppendach gekauert und ununterbrochen geheult hatte, verstummte, kam mit ihrem Kinde in den Armen durch den Torweg auf die Straße, betrachtete schweigend die herumstehenden und herumeilenden Leute und horchte auf das Dröhnen in der Luft.

Aus dem Torweg traten nun auch die Köchin und der Ladengehilfe. Mit einer Art vergnüglicher Neugier suchten alle der Bahn der über ihre Köpfe hinfliegenden Kanonenkugeln zu folgen. Um die Straßenecke kamen einige Leute, lebhaft miteinander redend.

„Ja, so etwas hat Kraft!" meinte der eine. „Dach und Decke hat es in Splitter gedroschen!"

„Wie ein Schwein hat es die Erde aufgewühlt", sagte der andere und lachte. „Das ist doch einmal eine Sache. Richtig munter hat er uns damit gemacht. Kannst von Glück sagen, daß du noch zur Seite gesprungen bist, sonst hättest du dein Fett weggehabt."

Alle Anwesenden ließen sich jetzt von den beiden erzählen. Sie blieben stehen und berichteten, wie dicht neben ihnen die Kanonenkugeln in ein Haus geschlagen hätten. Währenddessen flogen unablässig andere Geschosse über die Köpfe der auf der Straße Stehenden hin, bald Kanonenkugeln mit ihrem hastigen, drohenden Pfeifen, bald Granaten mit ihrem gar nicht so unangenehm klingenden Wispern, aber alle flogen sie weiter weg, kein einziges Geschoß schlug in der Nähe ein. Alpatytsch setzte sich in seinen Wagen. Der Wirt stand im Torweg.

„Was hast du hier herumzustehen und zu trödeln?" fuhr er die Köchin an, die in ihrem roten Unterrock mit aufgestreiften Ärmeln, die nackten Ellbogen hin und her schleudernd, zur Straßenecke gegangen war, um zu hören, was die beiden Männer da erzählten.

„Na, das ist doch einmal eine Geschichte!" sagte sie immer wieder, strich sich dann aber, als sie die Stimme ihres Herrn hörte, den hochgeschürzten Unterrock glatt und kam wieder zurück.

Dann, jetzt aber in unmittelbarer Nähe, pfiff irgend etwas wie ein Vogel, der von oben nach unten fliegt, mitten auf der Straße blitzte etwas Feuriges, es gab einen Krach, und dann zog sich eine dunkle Rauchwolke über die Straße.

„Verfluchtes Aas, was machst du da?" schrie der Wirt und lief zur Köchin.

Im selben Augenblick heulten hier und dort Weiberstimmen kläglich auf, ein Kind fing erschrocken an zu weinen, und jetzt drängten sich die Leute mit bleich gewordenen Gesichtern um die Köchin. Deutlich hörte man ihr Stöhnen und Jammern aus der Menge.

„Ach, ach, ach, liebste beste Leute! Ach Gott, ach Gott! Täubchen ihr! Laßt mich doch nicht sterben! Liebste beste Leute!"

Fünf Minuten später war die Straße leer. Die Köchin, der ein Granatsplitter die Hüfte zerschmettert hatte, war in die Küche geschafft worden. Alpatytsch, sein Kutscher, Ferapontows Frau und ihre Kinder sowie der Hausknecht saßen im Keller und lauschten. Der Kanonendonner, das Pfeifen der Geschosse und das jämmerliche Stöhnen der Köchin, das durch allen anderen Lärm hindurch deutlich zu hören war, verstummte nicht für einen Augenblick. Die Frau wiegte bald ihr Kind hin und her und redete ihm tröstend zu, bald fragte sie jeden Hinzukommenden im Flüsterton, wo ihr Mann sei, der nicht mit in den Keller gekommen war. Schließlich kam auch der Ladengehilfe in den Keller und sagte, der Herr sei mit allen anderen in die Kathedrale gegangen, wo das wundertätige Bild der Muttergottes von Smolensk ausgesetzt worden sei.

Mit der Abenddämmerung wurde die Kanonade schwächer. Alpatytsch verließ den Keller und trat aus der Tür. Der an sich ganz klare abendliche Himmel war über und über von Rauchwolken verhangen. Und die junge, hoch am Himmel stehende Mondsichel leuchtete sonderbar durch den Pulverdampf. Nachdem das Kanonengebrüll verstummt war, schien über der Stadt ein unheimliches Schweigen zu liegen, nur unterbrochen durch das Geknister brennenden Holzes, fernes Schreien und Stöhnen und das Geräusch von Schritten, und es war, als seien alle diese Laute gleichmäßig auf alle Gegenden der Stadt verteilt. Das Stöhnen der Köchin war verstummt. An zwei verschiedenen Stellen stiegen über brennenden Gebäuden schwarze Rauchballen auf und rannen am Himmel auseinander. Auf der Straße gingen und liefen in verschiedenen Richtungen Soldaten vorüber, nicht in geschlossenen Abteilungen, sondern wie Ameisen aus einem zerstörten Ameisenhaufen, in buntem Durcheinander der verschiedensten Uniformen. An Alpatytsch vorüber stürzten einige in Ferapontows Hof. Alpatytsch trat aus dem Torweg. Irgendein eilig und dicht zusammengedrängt zurückgehendes Regiment sperrte die Straße.

„Die Stadt wird geräumt, seht nur zu, daß ihr noch wegkommt", sagte ein Offizier, auf Alpatytsch aufmerksam geworden, und schrie dann gleich die Mannschaften an: „Ich will euch lehren, hier in die Höfe zu laufen!"

Alpatytsch ging nun wieder in das Haus, rief seinen Kutscher und sagte, jetzt müßten sie fahren. Nun gingen beide hinaus, und alles, was zum Ferapontowschen Hause gehörte, kam mit auf den Hof. Die Frauenzimmer, die bis dahin still gewesen waren, fingen plötzlich laut zu heulen an, als sie den Rauch und die jetzt in der Dämmerung deutlich sichtbaren Feuersbrände sahen. Wie um ihr Jammergeschrei zu begleiten, kam jetzt vom anderen Ende der Straße her ein ganz ähnliches Geheul. Mit zitternden Händen brachten Alpatytsch und der Kutscher noch unter dem Vordach Zügel und Strangriemen der Pferde in Ordnung.

Als Alpatytsch mit dem Wagen aus dem Torweg kam, sah er in Ferapontows offenstehendem Laden etwa ein Dutzend Soldaten, die laut redend Weizenmehl und Sonnenblumenkerne* in ihre Brotbeutel und Tornister schütteten. Gleichzeitig kam von der Straße her auch Ferapontow in den Laden. Als er die Soldaten sah, wollte er sie erst anschreien, dann aber hielt er plötzlich inne, fuhr sich mit der Hand in die Haare und brach in ein schluchzendes Gelächter aus.

„Schleppt nur alles davon, Kinder! Laßt nichts für diese Teufel übrig!" schrie er, ergriff selbst mehrere Säcke und warf sie auf die Straße. Einige Soldaten erschraken und machten, daß sie wegkamen, andere füllten ihre Taschen ruhig weiter. Als Ferapontow seinen alten Geschäftsfreund sah, schrie er ihm zu:

„Rußland ist hin! Alpatytsch! Rußland ist hin! Jetzt lege ich selbst Feuer an. Alles ist hin!"

Ferapontow rannte in den Hof.

Auf der Straße kamen ununterbrochen Soldaten vorbei und hielten sie versperrt, so daß Alpatytsch nicht abfahren konnte und warten mußte. Ferapontows Frau saß mit den Kindern in einem bäuerlichen Wagen und wartete auf das Freiwerden der Straße.

Inzwischen war es Nacht geworden. Am Himmel standen Sterne, und hin und wieder leuchtete der junge Mond durch die Rauchwolken, die ihn einhüllten. Alpatytsch und die Wirtsfrau hatten endlich abfahren können und kamen zwischen den Reihen der Soldaten und der anderen Fuhrwerke langsam vorwärts. Dort, wo die Straße bergab zum Dnjepr geht, mußten sie an einer Straßenkreu=

* Anm. am Schluß des Buches.

zung wieder halten bleiben. Unweit von ihnen brannten ein Haus und einige Verkaufsbuden in einer Seitengasse. Sie waren schon fast ganz heruntergebrannt, und bald war es, als sei die Flamme erstorben und im schwarzen Rauche erstickt, bald loderte sie wieder grell auf und beschien mit unheimlicher Deutlichkeit die Gesichter der eng zusammengedrängt an der Straßenkreuzung Haltenden. Schwarze Menschengestalten glitten am Feuer vorbei, und durch das unaufhörliche Knistern des Brandes hörte man Reden und Schreien. Alpatytsch sah, daß er mit seinem Wagen nicht so bald weiterkommen würde, und stieg aus. Er ging in die Seitengasse, um sich die Feuersbrunst aus der Nähe anzusehen. Unaufhörlich hasteten Soldaten hierhin und dorthin am Feuer vorbei, und Alpatytsch sah zwei von ihnen mit Hilfe eines Mannes im Friesmantel brennende Balken aus dem Brandhause über die Straße in den Nachbarhof schleppen; andere trugen ganze Arme voll Heu hinüber.

Alpatytsch gesellte sich zu der großen Volksmenge, die gegenüber einem hohen, in hellen Flammen stehenden Speicher stand. Alle Wände brannten bereits, die Hinterwand war schon ganz eingesackt, das Bretterdach hatte sich gesenkt, die Balken brannten lichterloh. Augenscheinlich wartete die Menge auf den Augenblick, der das Dach zum Einstürzen bringen mußte. Auch Alpatytsch blieb stehen und wartete darauf.

„Alpatytsch!" rief plötzlich eine dem Alten wohlbekannte Stimme.

„Väterchen, Ew. Durchlaucht!" antwortete Alpatytsch. Er hatte augenblicks die Stimme seines jungen Fürsten erkannt.

Fürst Andrej hielt im Mantel auf einem Rappen hinter der Volksmenge und sah zu Alpatytsch hinüber.

„Was machst du denn hier?" fragte er.

„Ew. Durch ... Ew. Durchlaucht", stammelte Alpatytsch und schluchzte auf. „Ew. .. Ew. Durch ... sind wir wirklich verloren? Der Vater ..."

„Was machst du hier?" wiederholte Fürst Andrej.

In diesem Augenblick schoß die Flamme grell auf und beleuchtete den Fürsten Andrej so deutlich, daß Alpatytsch sah, wie bleich und ausgemergelt das Gesicht seines jungen Herrn war.

Alpatytsch erzählte, warum er in Smolensk war und wie schwierig es jetzt sei, wieder davonzukommen.

„Wie steht es damit, Ew. Durchlaucht? Sind wir verloren?" fragte er dann wieder.

Ohne ihm zu antworten, nahm Fürst Andrej sein Notizbuch, zog das Knie an, benutzte es als Unterlage und schrieb mit Bleistift auf ein herausgerissenes Blatt an seine Schwester:

„Smolensk wird geräumt, in einer Woche ist der Feind in Lysyja Gory. Fahrt gleich nach Moskau. Antworte mir sofort, wann ihr fahrt, schicke Eilboten nach Uswjash."

Als er fertig war, übergab er Alpatytsch das Blatt und erklärte ihm eingehend, wie die Abreise des Fürsten, der Prinzessin, seines Sohnes und Dessales' ins Werk gesetzt werden und wohin und auf welche Weise ihm selbst Nachricht gegeben werden sollte. Er war noch nicht zu Ende gekommen, als ein Generalstabsoffizier, Suite hinter sich, auf ihn zuritt.

„Sie sind Oberst?" schrie der Generalstabsoffizier mit deutschem Akzent, und seine Stimme kam dem Fürsten Andrej bekannt vor. „In Ihrem Beisein werden Häuser angesteckt, und Sie sehen sich das ruhig mit an? Was soll denn das heißen? Ich mache Sie dafür verantwortlich!" schrie Berg, der jetzt Gehilfe des Stabschefs beim Kommandeur der Infanterie des linken Flügels der ersten Armee war — „ein sehr angenehmer Posten, man wird viel bemerkt und gesehen", wie Berg zu sagen pflegte.

Fürst Andrej warf ihm einen Blick zu und fuhr, ohne ihm zu antworten, in seinen Weisungen an Alpatytsch fort:

„Also sage, ich warte bis zum zehnten auf Antwort, habe ich aber am zehnten noch nicht Bescheid bekommen, daß alle abgereist sind, so lasse ich alles liegen und komme nach Lysyja Gory."

Berg hatte mittlerweile den Fürsten erkannt und lenkte sofort ein:

„Ich sage Ihnen das nur, Fürst, weil ich selbst entsprechende Befehle habe und mich grundsätzlich an die erteilten Befehle aufs strengste halte. Entschuldigen Sie bitte."

Jetzt krachte es im Feuer. Für einen Augenblick ließ die Flamme nach. Unter dem Dach wälzten sich schwarze Rauchwolken hervor. Es krachte noch einmal im Feuer, diesmal viel lauter und grauenvoller, und dann stürzte irgend etwas Mächtiges zusammen.

Die Menge begleitete den Einsturz der Speicherdecke mit einem lauten Aufschrei. Das brennende Getreide gab einen Geruch von sich, der an Kuchenbacken erinnerte. Die Flamme schoß wieder hoch auf und beleuchtete die abgespannten und in diesem Augenblick doch freudig belebten Gesichter der Umstehenden.

Der Mann im Friesmantel reckte die Arme und schrie:

„Großartig! Das geht! Großartig, Kinder!"

„Das ist der, dem das Haus selbst gehört", sagte jemand.

„Dann ist also alles klar", sagte Fürst Andrej zu Alpatytsch, „richte alles so aus, wie ich dir gesagt habe."

Berg hielt immer noch schweigend neben ihm. Fürst Andrej aber setzte, ohne ihm auch nur mit einem einzigen Wort zu antworten, sein Pferd in Bewegung und ritt durch die Seitengasse davon.

V

Der Rückzug wurde von Smolensk aus fortgesetzt. Der Feind rückte den russischen Truppen nach. Am 10. August kam das dem Fürsten Andrej unterstellte Regiment auf der Heerstraße an der Abzweigung des nach Lysyja Gory führenden Nebenweges vorbei. Seit über drei Wochen herrschten Hitze und Dürre. Jeden Tag zogen flockige Wolken über den Himmel und verhüllten hin und wieder die Sonne, abends aber wurde es wieder klar und die Sonne ging in rötlichbraunem Dunst unter. Nur der kräftige Nachttau brachte der Erde einige Erfrischung. Das Getreide verbrannte auf dem Halm und verlor die Körner. Die Sümpfe waren ausgetrocknet, das Vieh fand auf den sonnenversengten Wiesen kein Futter und brüllte vor Hunger. Nur nachts und in den Wäldern war es kühl, solange der Tau noch nicht verdunstet war. Aber auf der Heerstraße, der großen Heerstraße, auf der die Truppen marschierten, war nicht einmal nachts, nicht einmal, wenn es durch Wald ging, etwas von dieser Kühle zu spüren. In dem sandigen Staube der viele Zoll tief aufgefurchten Straße versickerte der Tau ohne jede Wirkung. Jedesmal im Morgengrauen begann das Marschieren. Lautlos zogen sie dahin, Fuhrwerke und Kanonen bis an die Radnaben, Infanteristen bis an die Knöchel in dem weichen, dunstigen, heißen Staube, dem auch die Nacht keine Abkühlung gebracht hatte. Ein Teil dieses Sandstaubes wurde von Füßen und Rädern zusammengeknetet, ein anderer Teil stieg in die Höhe, stand wolkengleich über den marschierenden Kolonnen und nistete sich in den Augen, den Haaren, den Ohren, den Nasenlöchern und vornehmlich den Lungen aller auf dieser Heerstraße marschierenden Menschen und Tiere ein. Je höher die Sonne stieg, um so höher stieg auch die Staubwolke, und man konnte ungeschützten Auges durch diesen feinen, heißen Staub auch dann in die Sonne sehen, wenn keine Wolken sie bedeckten. Die Sonne sah aus wie ein großer, flammend roter Ball. Es war vollkommen windstill, und die Leute erstickten förmlich in dieser regungslosen Luft. Beim Marschieren umwanden sie sich mit Tüchern Nase und Mund. Kam man an ein Dorf, so stürzte sich alles auf die Brunnen. Man schlug und stritt sich um das Wasser und trank die Brunnen bis auf den schmutzigen Bodensatz leer.

Fürst Andrej hatte als Regimentskommandeur viel damit zu tun, sein Regiment in Ordnung und die Mannschaften in einigermaßen gutem Zustande zu erhalten, Befehle entgegenzunehmen und Befehle zu geben. Der Brand und die Preisgabe von Smolensk hatten für den Fürsten Andrej Epoche gemacht. Ein ihm bis dahin unbekanntes Gefühl der Erbitterung gegen den Feind ließ ihn den eigenen Kummer vergessen. Er ging ganz in seinen Kommandeurspflichten auf, sorgte für seine Mannschaften und Offiziere und ging freundlich mit ihnen um. Die Leute nannten ihn „Unser Fürst", waren stolz auf ihn und liebten ihn. Aber gut und freundlich war er nur gegen die Leute seines eigenen Regiments, gegen Timochin und andere gleichen Schlages, gegen Menschen, die für ihn neu waren, einer ihm fremden Umgebung angehörten und von seiner Vergangenheit nichts wissen und verstehen konnten; kam er aber einmal mit einem Stabsoffizier, einem Menschen seines eigenen früheren Lebenskreises, zusammen, so zeigte er sich sofort von einer ganz anderen Seite, gab sich böse, spöttisch, absprechend. Alles, was an Erinnerungen aus seiner Vergangenheit anknüpfen konnte, stieß ihn ab, und darum hatte er bei allen Berührungen mit dieser Welt, die ehedem die seinige gewesen war, kein anderes Bestreben als das, seine Pflicht zu tun und keinen Anlaß zu dienstlich begründeten Vorwürfen zu geben.

Freilich erschien ihm alles in einer düsteren und dunklen Beleuchtung, vornehmlich, nachdem Smolensk, das seines Erachtens hätte gehalten werden können und gehalten werden müssen, am 6. August dem Feinde überlassen worden war und nachdem sein Vater vor die Notwendigkeit gestellt worden war, nach Moskau zu flüchten und das ihm so ans Herz gewachsene, mit so viel eigener Arbeit und Mühe hergerichtete und ausgebaute Lysyja Gory der Plünderung zu überlassen; da Fürst Andrej aber nun einmal Regimentskommandeur war, so vermochte er seine Gedanken doch auch einem anderen, mit diesen Fragen nur mittelbar verknüpften Gegenstande zuzuwenden, nämlich seinem Regiment. Die Kolonne, zu der sein Regiment gehörte, erreichte auf der Moskauer Heerstraße am 10. August die Höhe von Lysyja Gory. Zwei Tage zuvor war Fürst Andrej von der inzwischen erfolgten Abreise seines Vaters, seines Sohnes und seiner Schwester nach Moskau benachrichtigt worden. Obwohl er in Lysyja Gory nun im Grunde nichts mehr zu tun hatte, beschloß er doch, nach Lysyja Gory zu reiten; er neigte ja dazu, die alten Herzenswunden immer wieder gewaltsam aufzureißen.

Er ließ sich sein Pferd satteln und ritt vom Biwak seines Regiments aus zum väterlichen Gut, auf welchem er geboren war und seine Kindheit verlebt hatte. Als er an dem Teich vorbeiritt, an dem sonst Dutzende von schwatzenden Weibern ihre Wäsche mit den Schlegeln bearbeitet und gespült hatten, da fiel es ihm auf, daß kein Mensch am Teichufer war, daß das Floß sich losgerissen hatte und in der Mitte des Teiches umhertrieb, mit der einen Hälfte unter dem Wasserspiegel. Fürst Andrej ritt zum Wächterhäuschen. Beim steinernen Einfahrtstor war niemand zu sehen, und die Tür stand offen. Die Gartenwege waren verwachsen, Kälber und Pferde grasten im englischen Park. Fürst Andrej ritt zur Orangerie: die Fensterscheiben waren zerschlagen, die Bäume in den Kübeln teils umge=

worfen, teils verdorrt. Er rief nach Taras, dem Gärtner. Allein niemand antwortete. Von der Orangerie ritt er auf die Terrasse zu. Der Plankenzaun war vollkommen zertrümmert, die Pflaumen mitsamt den Zweigen abgerissen. Ein alter Bauer, den Fürst Andrej als Kind manchmal am Eingangstor gesehen hatte, saß auf einer grünen Bank und flocht Bastschuhe.

Er war taub, und so hatte er den Fürsten Andrej nicht kommen hören. Er saß auf der Lieblingsbank des alten Fürsten und hatte seine Baststreifen neben der Bank über die Zweige einer geknickten und verdorrten Magnolie gehängt.

Fürst Andrej ritt zum Herrenhause. Einige Linden im alten Garten waren gefällt. Eine Scheckstute ging mit ihrem Fohlen unmittelbar vor dem Hause zwischen den Rosenstöcken herum. Die Fensterläden waren geschlossen. Nur ein Fenster im ersten Stock stand offen. Ein Hofjunge, der den Fürsten Andrej kommen sah, lief schnell ins Haus. Alpatytsch, der seine Familie weggeschickt hatte und allein in Lysyja Gory zurückgeblieben war, saß im Hause und las im Passional. Kaum hatte er von der Ankunft des Fürsten Andrej gehört, als er, die Brille auf der Nase, den Rock unterwegs zuknöpfend, aus dem Hause gestürzt kam. Er eilte auf den Fürsten zu, begann zu weinen und küßte den Fürsten Andrej, ohne ein Wort zu sagen, auf das Knie. Dann wandte er sich ein wenig zur Seite, offenbar ergrimmt über seine eigene Schwäche, und begann Bericht zu erstatten. Alle Wertsachen und Kostbarkeiten waren nach Bogutscharowo gebracht worden, ebenso Getreide in Höhe von etwa hundert Maltern; das Heu und das Sommerkorn, das, wie Alpatytsch sagte, in diesem Jahr ganz besonders gut gestanden hatte, hatten die vorbeiziehenden Truppen noch in grünem Zustande geschnitten und mitgenommen. Die Bauern waren gänzlich zu Grunde gerichtet, die meisten waren mit nach Bogutscharowo gegangen, nur ein kleiner Teil war zurückgeblieben.

Fürst Andrej unterbrach ihn mit der Frage: „Wann sind mein Vater und meine Schwester abgefahren?"

Er hatte dabei an die Abfahrt nach Moskau gedacht, Alpatytsch aber glaubte, Fürst Andrej meine die Abfahrt nach Bogutscharowo, und erwiderte, sie seien am siebten abgefahren. Dann verbreitete er sich wieder über allerhand wirtschaftliche Angelegenheiten und bat um Weisungen.

„Befehlen Sie, daß den einzelnen Formationen gegen Requisitionsscheine Hafer abgegeben wird?" fragte Alpatytsch. „Sechshundert Malter haben wir noch."

„Was soll ich ihm antworten?" dachte Fürst Andrej, starrte auf des Alten Glatze, die den Sonnenschein widerspiegelte, sah ihm ins Gesicht und las in seiner Miene, daß Alpatytsch sich bewußt war, wie wenig seine Fragen im Grunde hiehergehörten, und daß er sie überhaupt nur stellte, um seinen Kummer damit zu übertäuben.

„Ja, gib ihnen meinetwegen Hafer", antwortete er.

„Sie werden die Unordnung im Garten zu bemerken beliebt haben", sagte Alpatytsch. „Es war aber nichts dagegen zu machen, drei Regimenter sind hier durchgekommen und haben hier übernachtet, meistens Dragoner. Ich habe mir den Titel und Namen der Regimentskommandeure notiert, damit man wegen Schadenersatz vorstellig werden kann."

„Nun, und was wirst du jetzt machen? Bleibst du hier, wenn der Feind anrückt?" fragte Fürst Andrej.

Alpatytsch wandte dem Fürsten Andrej sein Gesicht zu, sah ihn voll an und hob dann beide Hände mit einer feierlichen Gebärde zum Himmel.

„Er ist mein Beschützer. Sein Wille geschehe!" sagte er.

Eine Anzahl von Bauern und Leuten vom Hofe kam, die Mützen in der Hand, über die Wiese auf den Fürsten Andrej zu.

„Na, also leb wohl!" sagte Fürst Andrej und beugte sich zu Alpatytsch hinunter. „Am besten wäre es, du führest auch weg. Nimm mit, so viel du kannst, und laß die Leute auf das Gut bei Rjasan oder im Moskauschen Gouvernement gehen."

Alpatytsch schmiegte sich gegen das Bein des Fürsten Andrej und schluchzte auf. Fürst Andrej schob ihn sanft zurück, setzte sein Pferd in Bewegung und galoppierte die Allee hinunter.

Auf der Terrasse saß immer noch der alte Bauer, teilnahmslos wie eine Fliege auf dem Gesicht eines teuren Verstorbenen, und fingerte an seinen Bastschuhen herum; zwei Mädchen, die Kleider vorne hochgenommen und mit Pflaumen gefüllt, die sie von den Bäumen der Orangerie abgerissen hatten, kamen dem Fürsten Andrej entgegengelaufen. Sie erblickten den jungen Herrn, die ältere überkam, wie man an ihrem Gesicht sah, ein großer Schrecken, sie ergriff ihre jüngere Gefährtin an der Hand und versteckte sich mit ihr hinter einer Birke, ohne daß sie in der Eile gewagt hätte, die grünen Pflaumen aufzusammeln, die sie dabei verloren hatte.

Fürst Andrej sah mit ängstlicher Hast nach der anderen Seite; er wollte sie nicht merken lassen, daß er sie gesehen hatte. Ihm tat das hübsche Mädchen leid, das so erschrocken war. Er empfand geradezu Furcht davor, sie anzusehen, gleichzeitig trieb ihn aber ein unwiderstehliches Verlangen, es doch zu tun. Ein neues, beruhigendes und von einer Art Freude nicht weit entferntes Gefühl kam über ihn, als es ihm beim Anblick dieser Mädchen aufging, daß es menschliche Interessen gab, die ihm völlig fremd, aber dabei doch ebenso berechtigt waren wie die, welche ihn selbst beschäftigten. Offensichtlich hatten diese Mädchen mit ganzer Seele nur das eine gewünscht, diese grünen Pflaumen wegzuschaffen und aufzuessen, ohne dabei erwischt zu werden, und Fürst Andrej wünschte ihrem Unternehmen alles Gelingen, ebenso wie sie selbst es taten. Schließlich konnte er doch nicht widerstehen und sah noch einmal nach den beiden hin. Sie glaubten bereits alle Gefahr vorüber, waren hinter ihrem Versteck hervorgesprungen und liefen, mit ihren hellen Stimmchen wie kleine Vögel piepend, die Kleider mit den Pflaumen gerafft, lustig und flink mit ihren sonnenverbrannten nackten Füßchen über das Wiesengras.

Fürst Andrej fühlte sich ein wenig erfrischt, nachdem er eine Zeitlang außerhalb des Bereiches der truppenerfüllten Heerstraße und ihres Staubes gewesen war. Unweit von Lysyja Gory gelangte er nun wieder auf die Straße und holte sein Regiment während einer Marschpause am Damm eines kleinen Teiches ein. Es war zwei Uhr nachmittags. Die Sonne, ein staubumhüllter roter Ball, brannte und sengte unerträglich durch den schwarzen Uniformrock auf den Rücken. Unverändert und unbeweglich stand der Staub über dem Stimmengesumm der rastenden Truppen. Es war völlig windstill. Fürst Andrej ritt auf den Damm und sog die Kühle des Teichs und den Geruch der Wasserpflanzen ein. Er spürte Neigung, ein Bad zu nehmen – mochte das Wasser so schmutzig sein, wie es wollte. Er sah zum Teich hinüber, von dem Schreien und Lachen zu ihm drangen. Der kleine, grünbewachsene, schmutzige Teich war offenbar um mehrere Handbreit gestiegen und hatte den Damm überflutet, so voll war er von den vielen nackten, weißen Soldatenkörpern, die mit ziegelroten Händen, Gesichtern und Hälsen in ihm herumplantschten. All dieses nackte, weiße Menschenfleisch plantschte lachend und kreischend in der schmutzigen Lache wie Karauschen, die man in eine Gießkanne gestopft hat. Von dieser Plantscherei ging eine harmlose Heiterkeit aus, und darum berührte sie den Fürsten nur noch schmerzlicher.

Ein junger, blonder Soldat – Fürst Andrej erkannte ihn noch dazu – ein Mann von der dritten Kompanie, der einen kleinen Riemen unterhalb der Wade um das Bein trug, bekreuzte sich, trat ein wenig zurück, um einen Anlauf nehmen zu können und ins Wasser zu platschen. Ein anderer, ein Unteroffizier mit schwarzen und immer wirr fallenden Haaren, stand bis an die Hüften im Wasser, reckte selig seinen muskulösen Körper, schüttete sich mit seinen an den Handgelenken schwarz erscheinenden Händen Wasser über den Kopf und prustete beglückt. Man hörte klatschende Schläge, Kreischen und Jauchzen.

Überall wimmelte es von weißem, gesundem, muskulösem Fleisch, an den Ufern, auf dem Damm, im Teich. Der Offizier Timochin, der mit der roten Nase, stand auf dem Damm und trocknete sich mit einem Handtuch ab; als er den Fürsten sah, genierte er sich ein wenig, entschloß sich dann aber doch, ihn anzusprechen.

„Das erfrischt, Ew. Durchlaucht, das müssen Sie auch tun!" sagte er.

Fürst Andrej verzog die Stirn. „Es ist zu schmutzig", antwortete er.

„Für Sie werden wir den Teich sofort rein machen." Und Timochin lief, immer noch nackt, zum Teich, um die nötigen Anordnungen zu treffen.

„Der Fürst will baden."

„Welcher? Unser Fürst?" wurde gefragt, und nun gerieten alle so sehr in Eifer, daß Fürst Andrej sie nur mühsam wieder beruhigen konnte. Er hatte sich überlegt, daß er sich doch lieber in der benachbarten Scheune mit Wasser begießen wollte.

„Körper, Fleisch, chair à canon",[1] dachte er, als er an seinem eigenen nackten Körper hinuntersah, und schauderte zusammen, weniger unter der Einwirkung des kalten Wasser als vielmehr unter dem Einfluß eines ihm selbst unverständlichen Abscheus und Entsetzens, das der Anblick dieser riesigen Menge nackter, in schmutzigem Wasser plätschernder Leiber in ihm hervorgerufen hatte.

*

Am 7. August schrieb Fürst Bagration aus seinem Quartier — es war das Dorf Michailowka an der Smolensker Heerstraße — folgenden Brief:

„Sehr geehrter Graf Alexej Andrejewitsch!"

Er schrieb an Araktschejew, da er aber wußte, daß der Kaiser den Brief lesen würde, so überlegte er sich jedes einzelne Wort, so gut er es verstand.

„Ich nehme an, der Minister hat bereits über die Räumung von Smolensk Rapport erstattet. Es ist schmerzlich und niederdrückend, und die ganze Armee ist verzweifelt darüber, daß diese ganz besonders wichtige Stadt unnötigerweise dem Feinde überlassen worden ist. Meinerseits habe ich den Minister mündlich auf das inständigste gebeten und mich schließlich auch noch schriftlich an ihn gewandt, es war aber alles umsonst. Ich schwöre Ihnen bei meiner Ehre, Napoleon war in einem Sack, wie noch nie, er hätte die Hälfte seiner Armee verlieren und Smolensk doch nicht nehmen können. Unsere Truppen haben sich geschlagen wie noch nie und werden das auch in Zukunft tun. Ich habe den Feind mit fünfzehntausend Mann über fünfunddreißig Stunden aufgehalten und zurückgeschlagen; aber er hat nicht einmal vierzehn Stunden standhalten wollen. Es ist gerade=

[1] Kanonenfutter.

zu ein Schandfleck für unsere ganze Armee, und meiner Meinung nach wäre es am besten, wenn er sich eine Kugel in den Kopf schösse. Wenn er hohe Verlustziffern meldet, dann lügt er. Wir haben vielleicht viertausend Mann verloren, keinesfalls mehr, eher weniger. Und wenn es auch zehntausend wären – dafür ist eben Krieg. Und der Feind hat ganz andere Verluste gehabt.

Was hätte es denn ausgemacht, noch zwei Tage standzuhalten? Schlimmstenfalls wäre der Feind von selbst zurückgegangen, weil er kein Wasser für Mann und Pferd mehr hatte. Der Minister hatte mir sein Wort gegeben, er wolle aushalten, Napoleon hatten wir ja geradezu im Sack, und plötzlich läßt er in der Nacht zurückgehen. Auf diese Art läßt sich kein Krieg führen, und so bringen wir den Feind in kurzer Zeit bis Moskau ...

Gerüchtweise verlautet, bei Ihnen denke man an einen Friedensschluß. Davor bewahre uns Gott! Jetzt ein Friedensschluß nach allen diesen Opfern und nach so irrsinnigen Rückzügen! Damit würden Sie ganz Rußland gegen sich in Harnisch bringen, und jeder von uns würde es für eine Schande halten, weiter eine Uniform zu tragen. Man hat die Dinge einmal bis hierher kommen lassen, und nun heißt es auch kämpfen, solange Rußland dazu noch imstande ist und solange wir noch ein paar Kerls auf den Beinen haben.

Kommandieren kann nur einer, nicht zwei. Ihr Minister ist vielleicht in einem Ministerium an seinem Platz, als General aber ist er nicht nur untauglich, sondern nicht besser als ein Stück Dreck! Und dem vertraut man das Schicksal unseres Vaterlandes an! Wahrhaftig, ich könnte rasend werden vor Wut. Verzeihen Sie mir, daß ich so unumwunden schreibe. Wer zum Friedensschluß rät und wer dazu geraten hat, dem Minister den Oberbefehl zu übertragen, der kann den Kaiser nicht lieben, ja, der muß unser aller Verderben wollen. Ich sage Ihnen offen und unumwunden: machen Sie die Miliz kampfbereit. Denn der Minister versteht es geradezu meisterhaft, die Gäste aus dem Auslande hinter sich her in die Hauptstadt zu ziehen. Ferner richtet sich das Mißtrauen der ganzen Armee im höchsten Grade gegen den Flügeladjutanten Wolzogen. Es heißt, er fühle sich Napoleon viel mehr verbunden als uns, und gerade von ihm läßt sich der Minister in allen Stücken beraten. Ich behandle ihn nicht nur höflich, sondern füge mich ihm, als ob ich ein Unteroffizier wäre, obwohl ich doch der Dienstältere bin. So etwas tut weh, allein ich füge mich aus Liebe zu meinem Wohltäter und Kaiser. Mir tut nur der Kaiser leid, daß er seine ruhmreiche Armee solchen Händen überlassen hat. Denken Sie doch, unser Rückzug hat uns über fünfzehntausend Mann an Marsch- und Spitalkranken gekostet. Hätten wir angegriffen, so hätten wir die noch. Um Gottes willen, sagen Sie selbst, was wird unser Rußland, unser aller Mutter, sagen, wenn wir eine solche Angst an den Tag legen, und warum überlassen wir unser gutes und kampfbegeistertes Vaterland diesem Lumpenpack und flößen jedem einzelnen Untertanen des Kaisers nichts als Haß und Schamgefühl ein? Wovor haben wir uns denn zu fürchten, vor wem bange zu sein? Es ist nicht meine Schuld, daß der Minister so unentschlossen, so feige, so hirnverbrannt und langsam ist und alle nur denkbaren schlechten Eigenschaften hat. Die ganze Armee ist niedergeschlagen und schimpft über ihn auf Mord und Totschlag."

VI

Die unzählige Fülle der Lebensformen läßt sich in unzählige Kategorien teilen; wenn man will, kann man sie auch in zwei Kategorien sondern, eine, in welcher der Inhalt, und eine zweite, in welcher die äußere Form überwiegt. Zu dieser letzten Kategorie würde dann im Gegensatz zu dem Leben auf dem Lande, in den kleinen Orten, in den Gouvernementsstädten, ja sogar in Moskau das Petersburger Leben und namentlich das der Petersburger Salons zu rechnen sein. Dieses Leben kennt keine Veränderungen. Seit dem Jahre 1805 hatten wir mit Bonaparte Frieden geschlossen und waren abermals mit ihm in Streit geraten, hatten Verfassungen geschaffen und Verfassungen wieder aufgehoben, aber Anna Pawlownas Salon und Hélènes Salon waren noch genau die gleichen, die sie zuvor gewesen waren, der eine vor sieben, der andere vor fünf Jahren. Immer noch sprach man bei Anna Pawlowna genau wie früher mit fassungslosem Staunen über Bonapartes Erfolge und sah, wie in diesen Erfolgen selbst, so auch darin, daß die Herrscher der übrigen europäischen Länder zu diesen Erfolgen immer wieder ja und amen sagten, nichts anderes als die Wirkung eines böswilligen Komplotts, das keinen anderen Zweck hatte, als dem von Anna Pawlowna repräsentierten höfischen Kreise Unannehmlichkeiten zu bereiten und ihn nicht zur Ruhe kommen zu lassen. Genau ebenso sprach man bei Hélène, deren Salon selbst Rumjanzew mit seinen Besuchen beehrte und die ihm für eine auffallend begabte Frau galt, im Jahre 1812 immer noch mit der gleichen Begeisterung wie im Jahre 1808 von der großen Nation und von dem großen Manne und bedauerte unser Zerwürfnis mit Frankreich, dem nach Ansicht des in Hélènes Salon zusammenkommenden Kreises am besten durch den Abschluß eines Friedens ein Ende gemacht werden mußte.

In der letzten Zeit, nachdem der Kaiser von der Armee zurückgekehrt war, hatte sich in diesen einander entgegengesetzten Salonkreisen eine gewisse Aufregung geltend gemacht, und von seiten beider Kreise hatte es nicht an Demonstrationen gegeneinander gefehlt. Dabei war die Richtung beider Kreise die gleiche geblieben. In Anna Pawlownas Kreise wurden Franzosen nur empfangen, soweit sie hartgesottene Legitimisten waren, und es wurde häufig der patriotische Gedanke ausgesprochen, der Unterhalt der französischen Schauspielertruppe koste ebensoviel wie der eines ganzen Korps und man dürfe ihre Aufführungen nicht mehr besuchen. Mit gierigem Eifer verfolgte man die Kriegsereignisse und verbreitete die für unsere Armee am günstigsten lautenden Gerüchte. In dem französisch orientierten Zirkel Hélènes dagegen, zu dem auch Rumjanzew gehörte, trat man allen Gerüchten von der Grausamkeit des Feindes und dieses Krieges entgegen und sprach viel von allen Versöhnungsversuchen Napoleons. Man fand hier scharfe Worte für die, welche übereilte Maßnahmen angeraten hatten, etwa Vorbereitungen zu einer Übersiedlung des Hofes und der unter dem Protektorat der Kaiserin-Mutter stehenden Fräuleinstifte nach Kasan. Der ganze Krieg galt überhaupt in Hélènes Salon als eine Kette leerer Demonstrationen, denen der Friedensschluß schon sehr bald ein Ende machen würde, und alle beugten sich der Ansicht Bilibins — da jeder Mann von Geist bei Hélène verkehren mußte, so zählte er jetzt in Petersburg zu ihren ständigen Gästen —, daß nämlich nicht das Pulver, sondern diejenigen, die es erfunden hätten, den Ausschlag geben müßten. Mit Ironie und viel Geist, zugleich freilich mit großer Vorsicht machte man sich hier über die Moskauer Begeisterung lustig, von der die Umgebung des Kaisers bei der Rückkehr nach Petersburg viel zu berichten wußte.

Im Gegensatz dazu war man bei Anna Pawlowna ganz hingerissen von diesen Begeisterungsausbrüchen und sprach von ihnen in Tönen, wie sie etwa Plutarch für die patriotischen Bewegungen des Altertums findet. Fürst Wassilij, der noch immer die hohe Stellung von einst bekleidete, bildete das Verbindungsglied zwischen diesen beiden Zirkeln. Er verkehrte bei „ma bonne amie“ [1] Anna Pawlowna und verkehrte „dans le salon diplomatique de ma fille“,[2] und es kam häufig vor, daß er sich bei diesem ewigen Hin und Her zwischen beiden Lagern versprach und etwa bei Hélène etwas sagte, was eigentlich bei Anna Pawlowna angebracht gewesen wäre, und umgekehrt.

Bald nach der Ankunft des Kaisers setzte Fürst Wassilij einmal bei Anna Pawlowna seine Ansicht über die militärische Lage auseinander und griff Barclay de Tolly dabei auf das schärfste an, ohne doch mit Bestimmtheit sagen zu können, wer seiner Meinung nach zum Oberkommandierenden ernannt werden müßte. Ein anderer

[1] meiner lieben Freundin.
[2] in dem diplomatischen Salon meiner Tochter.

von den Gästen, der unter der Marke „un homme de beaucoup de mérite"[1] ging, wußte zu berichten, er habe heute an einer Sitzung des Kameralhofs teilgenommen, bei der auch der zum Befehlshaber der Petersburger Miliz gewählte Kutusow zugegen gewesen sei; die Sitzung habe der Einstellung der Milizleute gegolten, und der Erzähler meinte mit aller Vorsicht, vielleicht sei Kutusow der Mann, der allen Anforderungen gerecht werden könne.

Anna Pawlowna lächelte wehmütig und bemerkte, Kutusow habe dem Kaiser noch nichts als Unannehmlichkeiten bereitet.

„Ich habe in der Adelsversammlung geredet und geredet", fiel Fürst Wassilij ein, „aber man hat nicht auf mich gehört. Ich habe gesagt, seine Wahl zum Befehlshaber der Miliz würde dem Kaiser nicht gefallen. Man wollte aber nicht auf mich hören. Überhaupt herrscht eine richtige Sucht, um jeden Preis zu frondieren. Und gegen wen? Und nur darum, weil wir diesen albernen Moskauer Begeisterungssturm nachäffen wollen", fuhr Fürst Wassilij fort, der für einen Augenblick ganz vergessen hatte, daß man sich über die Moskauer Begeisterungsausbrüche zwar bei Hélène lustig machen mußte, bei Anna Pawlowna dagegen verpflichtet war, von ihnen hingerissen zu sein. Gleich darauf fand er aber wieder auf den richtigen Weg zurück. „Gehört sich das vielleicht, daß Graf Kutusow als ältester russischer General im Kameralhof sitzt? Et il y restera pour sa peine![2] Kann man vielleicht einen Menschen zum Oberkommandierenden ernennen, der nicht mehr auf dem Pferde sitzen kann, der bei jeder Beratung einschläft und einen keineswegs einwandfreien Lebenswandel führt? In Bukarest hat er ja hübsche Dinge angestellt! Ich spreche ja gar nicht von seinen militärischen Eigenschaften, aber kann man vielleicht in einem Augenblick wie dem jetzigen einen klapprigen und blinden, tatsächlich blinden Greis zum Oberkommandierenden ernennen? Eine prächtige Geschichte, so ein blinder General! Er sieht nicht das geringste. Ja, blinde Kuh spielen! Er sieht rein gar nichts!"

Dagegen hatte niemand etwas einzuwenden.

Am 24. Juli war das durchaus richtig. Am 29. Juli aber wurde Kutusow durch Verleihung des Fürstentitels ausgezeichnet. Diese Auszeichnung konnte allerdings bedeuten, daß man ihn loswerden wollte, und deswegen konnte die Auffassung des Fürsten Wassilij vielleicht auch jetzt noch zu Recht bestehen, obwohl er es jetzt nicht mehr so eilig hatte, sie auszusprechen. Am 8. August aber wurde aus dem Generalfeldmarschall Saltykow, Araktschejew, Wjasmitinow, Lopuchin und Kotschubej ein Komitee gebildet, das sich über

[1] ein Mann mit großen Verdiensten.
[2] Und er wird zu seinem großen Kummer dort bleiben.

die militärische Lage gutachtlich äußern sollte. Das Komitee sprach sich dahin aus, daß die bisherigen Mißerfolge auf die unklaren und uneinheitlichen Befehlsverhältnisse zurückzuführen seien, und obwohl die Komiteemitglieder des Kaisers Abneigung gegen Kutusow kannten, schlug das Komitee nach kurzer Beratung Kutusows Ernennung zum Oberkommandierenden vor. Und noch am gleichen Tage wurde Kutusow zum unumschränkten Oberkommandierenden der Armee ernannt; zugleich wurden ihm auch alle Zivilbehörden der vom Kriege betroffenen Gouvernements unterstellt.

Am 9. August traf Fürst Wassilij bei Anna Pawlowna wieder mit dem homme de beaucoup de mérite zusammen. L'homme de beaucoup de mérite machte Anna Pawlowna den Hof, weil er gern Kurator eines Fräuleinstifts werden wollte. Fürst Wassilij kam herein mit der Miene eines glücklichen Siegers, eines Mannes, der sich endlich am Ziel seiner Wünsche sieht.

„Eh bien, vous savez la grande nouvelle. Le prince Koutouzoff est maréchal.[1] Alle Unstimmigkeiten haben ein Ende. Ich bin so glücklich, so froh!" sagte Fürst Wassilij. „Enfin voilà un homme",[2] setzte er hinzu und sah alle im Salon Versammelten vielsagend und ernst an.

L'homme de beaucoup de mérite konnte sich trotz seiner Kuratoriumssehnsucht nicht enthalten, den Fürsten Wassilij daran zu erinnern, wie er sich früher zu diesem Punkt geäußert hatte. Das war eine Unhöflichkeit, sowohl gegen den Fürsten Wassilij, der als Gast in Anna Pawlownas Salon war, als auch gegen Anna Pawlowna selbst, welche diese Nachricht mit der gleichen Freude aufgenommen hatte; aber l'homme de beaucoup de mérite konnte in diesem Augenblick nicht anders.

„Mais on dit, qu'il est aveugle, mon prince?"[3] sagte er, um den Fürsten Wassilij an seinen eigenen Ausspruch zu erinnern.

„Allez donc, il y voit assez",[4] antwortete Fürst Wassilij mit seiner hastigen Baßstimme und seinem Räuspern, jener Stimme und jenem Räuspern, mit denen er alle Schwierigkeiten beiseite zu schaffen pflegte.

„Allez, il y voit assez",[4] wiederholte er. „Und was mich so freut", fuhr er fort, „das ist das, daß der Kaiser ihm eine unumschränkte Befehlsgewalt über alle Armeen und alle vom Kriege betroffenen Gebiete verliehen hat, eine Macht, die noch kein Oberkommandierender gehabt hat. Förmlich ein zweiter Selbstherrscher", schloß er mit triumphierendem Lächeln.

[1] Nun, wissen Sie schon die große Neuigkeit? Der Fürst Kutusow ist zum Marschall ernannt worden.
[2] Das ist endlich ein Mann.
[3] Aber, mein Fürst, er soll blind sein, wie man sagt.
[4] Ach was, er sieht genügend.

„Gebe Gott, gebe Gott", sagte Anna Pawlowna.

L'homme de beaucoup de mérite, in der Hofgesellschaft noch ein Neuling, wollte Anna Pawlowna damit schmeicheln, daß er eine von dieser früher geäußerte Meinung erhärtete, und sagte daher:

„Der Kaiser soll Kutusow diese Macht nicht ganz leichten Herzens übertragen haben. On dit, qu'il rougit comme une demoiselle à laquelle on lirait Joconde, en lui disant: le souverain et la patrie vous décernent cet honneur." [1]

„Peut-être que le cœur n'était pas de la partie",[2] sagte Anna Pawlowna.

„O nein, nein", griff Fürst Wassilij leidenschaftlich ein, der jetzt seinen Kutusow niemandem mehr preisgeben konnte und Kutusow nicht nur für einen Ausbund aller Vortrefflichkeiten, sondern auch für den Gegenstand allgemeiner Vergötterung hielt. „Nein, das ist undenkbar, der Kaiser hat ihn früher ja schon so sehr zu schätzen gewußt", sagte er.

„Gott gebe nur, daß Fürst Kutusow diese Macht tatsächlich ganz in seine Hände bekommen hat und sich von niemandem Knüppel in die Räder werfen läßt, des bâtons dans les roues."

Fürst Wassilij begriff sofort, wem dieses „von niemandem" galt. Er sagte halblaut:

„Ich weiß mit aller Gewißheit, daß Kutusow die unumgängliche Bedingung gestellt hat, daß der Thronfolger nicht bei der Armee bleibt. Vous savez ce qu'il a dit à l'Empereur?" [3] Und Fürst Wassilij zitierte, was Kutusow zum Kaiser gesagt haben sollte: „Ich kann ihn nicht bestrafen, wenn er etwas schlecht macht, und nicht belohnen, wenn er etwas gut macht."

„Oh! Das ist ein Mann von großen Geistesgaben, der Fürst Kutusow, je le connais de longue date [4]."

„Der durchlauchtigste Fürst soll sogar die unumgängliche Bedingung gestellt haben, daß der Kaiser selbst nicht zur Armee kommt", bemerkte l'homme de beaucoup de mérite, dem der richtige Hoftakt noch fehlte.

Kaum hatte er das gesagt, als Fürst Wassilij und Anna Pawlowna sich von ihm abwandten und mit einem Seufzer über seine Naivität einander betrübt ansahen.

[1] Man sagt, er sei errötet wie ein junges Mädchen, dem man die „Joconde" vorliest, als er zu ihm sagte: Der Monarch und das Vaterland erweisen Ihnen diese Ehre.
[2] Vielleicht war er mit dem Herzen nicht dabei.
[3] Wissen Sie, was er dem Kaiser gesagt hat?
[4] Ich kenne ihn seit geraumer Zeit.

VII

Während sich alles dieses in Petersburg abspielte, waren die Franzosen schon über Smolensk hinaus und kamen näher und näher an Moskau heran. Napoleons Geschichtsschreiber Thiers, ebenso wie Napoleons übrige Geschichtsschreiber bestrebt, seinen Helden zu rechtfertigen, sagt, Napoleon sei ohne Zutun seines eigenen Willens zu den Mauern von Moskau hingezogen worden. Er hat ebenso recht wie alle Historiker, welche die Erklärungen geschichtlicher Vorgänge in den Willensregungen eines einzelnen Menschen suchen; er hat ebenso recht wie die russischen Historiker, welche die Behauptung aufstellen, Napoleon sei durch die Kunst der russischen Heerführer nach Moskau gelockt worden. Außer dem Gesetz der Retrospektivität, der rückwärts gerichteten Betrachtungsweise, die alles Vorhergegangene nur als Vorbereitung des schließlich statthabenden Geschehnisses gelten läßt, ist hier aber noch das der Reziprozität in Rechnung zu setzen, das die Übersicht über den ganzen Vorgang so sehr erschwert. Ein guter Schachspieler, der eine Partie verloren hat, ist der aufrichtigen Überzeugung, daß der Verlust der Partie einem von ihm begangenen Fehler zuzuschreiben ist, und sucht diesen Fehler in den ersten Phasen seines Spieles, vergißt aber, daß ihm bei jeder seiner Maßnahmen während des ganzen Spieles ebensolche Fehler unterlaufen sind und daß kein einziger seiner Züge vollkommen gewesen ist. Der Fehler, dem er jetzt seine besondere Beachtung schenkt, erregt seine Aufmerksamkeit nur deshalb, weil der Gegner sich ihn zunutze gemacht hat. Um wieviel verwickelter als eine solche Partie Schach ist aber das Spiel des Krieges, das unter bestimmten, zeitlich bedingten Umständen gespielt wird und bei dem nicht der Wille eines einzelnen leblose Maschinen lenkt, sondern alles aus ungezählten Zusammenstößen und Zusammentreffen verschiedenartigster Willensimpulse resultiert!

Nach Smolensk suchte Napoleon eine Schlacht bei Dorogobush und Wjasma, darauf bei Zarewo-Saimischtsche; aber auf Grund des Zusammentreffens zahlloser Umstände konnten die Russen erst bei Borodino, hundertundzwölf Werst von Moskau, eine Schlacht annehmen. Napoleon traf von Wjasma aus die Anordnungen für den geradewegs auf Moskau gerichteten Vormarsch.

Moscou, la capitale asiatique de ce grand Empire, la ville sacrée des peuples d'Alexandre, Moscou, avec ses innombrables églises en forme de pagodes chinoises,[1] dieses Moscou ließ der Einbildungskraft Napoleons keine Ruhe. Bei dem Marsche von Wjasma nach Zarewo-Saimischtsche ritt Napoleon seinen anglisierten, isabell-

[1] Moskau, die asiatische Hauptstadt dieses großen Reiches, die heilige Stadt der Völker Alexanders, Moskau mit seinen zahllosen Kirchen, in der Art chinesischer Pagoden.

farbenen Paßgänger, begleitet von Teilen seiner Garde, seiner Leibwache, seinen Pagen und Adjutanten. Der Stabschef Berthier hatte sich unterwegs mit dem Verhören eines von der Kavallerie eingebrachten russischen Gefangenen aufgehalten. Von seinem Dolmetscher Lelorme d'Ideville begleitet, holte er Napoleon im Galopp ein und parierte mit vergnügter Miene sein Pferd.

„Eh bien?"[1] fragte Napoleon.

„Un cosaque de Platoff sagt, das Platowsche Korps vereinige sich mit der großen Armee, und Kutusow sei zum Oberkommandierenden ernannt. Très intelligent et bavard!"[2]

Napoleon lächelte und befahl, dem Kosaken ein Pferd zu geben und ihn zu ihm zu bringen. Er wollte selbst mit ihm sprechen. Einige Adjutanten jagten davon, und nach einiger Zeit kam Lawruschka, ein von Denissow Rostow überlassener Leibeigener, in seiner Burschenjacke mit seinem pfiffigen, betrunkenen, vergnügten Gesicht in einem französischen Kavalleriesattel auf Napoleon zugeritten. Napoleon ließ ihn neben sich reiten und begann zu fragen:

„Sie sind Kosak?"

„Jawohl, Ew. Wohlgeboren."

„Le cosaque, ignorant la compagnie, dans laquelle il se trouvait, car la simplicité de Napoléon n'avait rien qui pût rélever à une imagination orientale la présence d'un souverain, s'entretint avec la plus extrême familiarité des affaires de la guerre actuelle",[3] sagt Thiers, der diese Episode überliefert.

Lawruschka hatte sich tags zuvor betrunken und seinen Herrn ohne Mittagessen gelassen; dafür war er durchgepeitscht und darauf in ein Dorf geschickt worden, um Hühner zu holen; hier hatte sein Marodier-Eifer ihn zu weit fortgerissen, und er war von den Franzosen gefangengenommen worden. Lawruschka gehörte zu der Gattung jener unverschämten, mit allen Wassern gewaschenen Bedienten, die es für ihre Pflicht halten, bei allem so niederträchtig und gerissen wie möglich zu Werke zu gehen, die ihrem jeweiligen Herrn in allem und jedem zu Willen sind und alle schlechten Seiten ihrer Herren, namentlich ihre Eitelkeit und ihren Hang zu nichtigen Kleinigkeiten, mit größter Schläue zu erraten wissen.

Als Lawruschka in die Gesellschaft Napoleons geraten war, den er sofort ohne Schwierigkeiten erkannt hatte, blieb er von aller Verlegenheit frei und gab sich die größte Mühe, sich bei seinem neuen Herrn in Gunst zu setzen.

[1] Nun?
[2] Ein Platowscher Kosak. — Sehr aufgeweckt und redselig.
[3] Der Kosak, der nicht ahnte, in welcher Gesellschaft er sich befand, da die Schlichtheit Napoleons in keiner Weise der orientalischen Vorstellung von dem Auftreten eines Herrschers entsprach, unterhielt sich mit der allergrößten Vertraulichkeit über den gegenwärtigen Krieg.

Er wußte ganz genau, daß dieser Mann Napoleon war, aber die Gegenwart Napoleons machte ihm keinen größeren Eindruck als etwa die Gegenwart Rostows oder die des Wachtmeisters mit den zum Auspeitschen bestimmten Ruten; er hatte ja nichts, was ihm der Wachtmeister oder Napoleon hätten abnehmen können.

Er quatschte alles daher, was unter den Offiziersburschen geredet wurde. Vieles davon stimmte. Als aber Napoleon ihn fragte, was die Russen glaubten: ob sie Bonaparte besiegen würden oder nicht, da kniff Lawruschka die Augen zu und dachte nach.

In Napoleons Frage glaubte er eine besonders fein eingefädelte List zu sehen, wie denn Leute seiner Art in allem eine List zu sehen glauben. So verharrte er mit gerunzelten Augenbrauen eine Weile im Schweigen.

Dann sagte er nachdenklich: „Die Sache ist die: wenn es eine Schlacht gibt, nämlich wenn es diese Schlacht bald gibt, dann macht ihr das Geschäft. Das ist sicher. Na, aber wenn noch drei Tage vergehen, nämlich von heute an gerechnet, na, dann ist die Sache die, daß sich das mit der Schlacht eben noch so verschiebt."

Napoleon wurden diese Worte folgendermaßen übersetzt: „Si la bataille est donnée avant trois jours, les Français la gagneraient, mais que si elle serait donnée plus tard, Dieu sait ce qui en arriverait." [1] Napoleon lächelte nicht, obwohl er offensichtlich in bester Stimmung war, und ließ sich diese Worte von dem lächelnden Lelorme d'Ideville wiederholen.

Lawruschka merkte das, und um dem Kaiser etwas Angenehmes zu erweisen, schwatzte er weiter und tat dabei, als wisse er nicht, wen er vor sich hatte.

„Wir wissen wohl, ihr habt euren Bonaparte, und der hat alle in der ganzen Welt verdroschen, na, aber mit uns ist das schließlich wohl eine andere Sache ...", sagte er und wußte selbst nicht, wieso sich in seinen Worten zum Schluß plötzlich so ein prahlerischer Patriotismus breitmachte.

Der Dolmetscher übersetzte Napoleon auch diese Worte, aber ohne die Schlußbemerkung, und Bonaparte lächelte. „Le jeune cosaque fit sourire son puissant interlocuteur", [2] sagt Thiers. Napoleon ritt schweigend weiter, wandte sich dann zu Berthier und sagte, er würde gern feststellen, was für einen Eindruck sur cet enfant du Don [3] die Mitteilung machen würde, daß der Mann, mit dem dieses enfant du Don spreche, der Kaiser selbst sei, eben jener Kaiser, der seinen

[1] Wenn die Schlacht innerhalb der nächsten drei Tage geliefert wird, würden die Franzosen sie gewinnen; wenn sie aber später stattfindet, dann kann nur Gott wissen, was geschieht.

[2] Der junge Kosak gewann seinem mächtigen Gesprächspartner ein Lächeln ab.

[3] auf dieses Kind des Don.

unsterblichen, sieggekrönten Namen auf die Pyramiden geschrieben habe.

Also wurde diese Mitteilung dem enfant du Don gemacht.

Lawruschka begriff, daß dieses geschah, um ihn zu verblüffen, und daß Napoleon darauf rechnete, ihn sehr erschrocken zu sehen; um es also seinem neuen Herrn rechtzumachen, tat er bestürzt und betäubt, sperrte die Augen weit auf und machte dasselbe Gesicht, das er zu machen pflegte, wenn er zur Prügelstrafe abgeführt wurde. „A peine l'interprète de Napoléon", sagt Thiers, „avait-il parlé, que le cosaque saisi d'une sorte d'ébahissement ne proféra plus une parole et marcha les yeux constamment attachés sur ce conquérant, dont le nom avait pénétré jusqu'à lui, à travers les steppes de l'Orient. Toute sa loquacité s'était subitement arrêtée, pour faire place à un sentiment d'admiration naïve et silencieuse. Napoléon après l'avoir récompensé, lui fit donner la liberté, comme à un oiseau qu'on rend aux champs qui l'ont vu naître." [1]

Napoleon ritt weiter und träumte von jenem Moscou, das seine Einbildungskraft so sehr beschäftigte. L'oiseau, qu'on rendit aux champs, qui l'ont vu naître, galoppierte indessen zu den russischen Vorposten und legte sich unterwegs im voraus zurecht, was er erzählen wollte, wenn er wieder drüben bei den Seinigen wäre. Er wollte lauter Dinge erzählen, die sich keineswegs begeben hatten; was er aber wirklich erlebt hatte, das wollte er nicht erzählen, weil es ihm nicht erzählenswert schien. Er kam zu den Kosaken, erkundigte sich, wo er sein dem Korps Platow angehörendes Regiment finden könnte, und gelangte gegen Abend zu seinem Herrn Nikolai Rostow, der in Jankowo im Quartier lag und gerade in den Sattel gestiegen war, um mit Iljin einen Spazierritt durch die Dörfer der Umgegend zu machen. Er ließ Lawruschka ein anderes Pferd geben und nahm ihn mit.

VIII

Prinzessin Marja war nicht in Moskau und keineswegs, wie Fürst Andrej glaubte, außer aller Gefahr.

Nachdem Alpatytsch aus Smolensk zurückgekehrt war, kam über den alten Fürsten etwas wie ein plötzliches Erwachen. Er befahl, die

[1] Napoleons Dolmetscher hatte kaum ausgeredet, als der junge Kosak von einer solchen Verblüfftheit ergriffen wurde, daß er kein Wort mehr hervorbrachte und vorwärts ritt, ohne den Blick von dem Eroberer zu wenden, dessen Name durch die Steppen des Ostens bis zu ihm vorgedrungen war. Sein ganzer Redeschwall war plötzlich wie abgeschnitten, um einem Gefühl von naiver und schweigender Bewunderung Platz zu machen. Nachdem Napoleon ihn beschenkt hatte, ließ er ihm die Freiheit geben wie einem Vogel, den man auf den Feldern wieder fliegen läßt, von denen er stammt.

Milizleute aus den Dörfern kommen zu lassen und sie zu bewaffnen. An den Oberkommandierenden schrieb er einen Brief und teilte ihm mit, er beabsichtige, bis zum Äußersten in Lysyja Gory zu bleiben und sich zu verteidigen; er überließ es dabei dem Ermessen des Oberkommandierenden, ob dieser Maßnahmen zur Verteidigung von Lysyja Gory treffen wolle oder nicht, und deutete dabei die Möglichkeit an, daß in Lysyja Gory einer der ältesten russischen Generäle in Gefangenschaft geraten oder fallen könne. Auch seinen Hausgenossen erklärte er, daß er in Lysyja Gory zu bleiben beabsichtige.

Obwohl selbst zum Dableiben entschlossen, ordnete der Fürst an, daß die Prinzessin und Dessales mit dem kleinen Fürsten nach Bogutscharowo und von dort nach Moskau gehen sollten. Prinzessin Marja, erschrocken über die fieberhafte, auch nicht für Augenblicke zur Ruhe zu bringende Geschäftigkeit, die bei ihrem Vater an die Stelle seiner stumpfen Versunkenheit getreten war, konnte sich nicht entschließen, ihn allein zu lassen, und so nahm sie sich die Freiheit, ihm zum erstenmal in ihrem Leben ungehorsam zu sein. Sie weigerte sich abzureisen, und nun rauschte ein furchtbares Zornesgewitter über sie hin. Der Fürst hielt ihr alle erdenklichen Dinge vor, die sie sich gegen ihn angeblich hatte zuschulden kommen lassen — lauter Dinge, bei denen in Wirklichkeit er ihr Unrecht zugefügt hatte. Bestrebt, sie ins Unrecht zu setzen, sagte er, sie habe ihn unausgesetzt gequält, sie habe ihn mit seinem Sohn entzweit, sie habe ihn in einem schmählichen Verdacht gehabt, sie habe es sich zur einzigen Lebensaufgabe gesetzt, sein Leben zu vergiften. Schließlich jagte er sie aus seinem Kabinett und erklärte dabei, ihm sei es einerlei, ob sie abreise oder nicht. Er wolle von ihrer Existenz nichts mehr wissen, doch solle sie sich nicht unterstehen, ihm wieder unter die Augen zu kommen. Prinzessin Marja fand immerhin darin einen Grund zur Freude, daß er nicht, wie sie gefürchtet hatte, Befehl gab, sie mit Gewalt wegzuschaffen, sondern ihr nur verbot, ihm unter die Augen zu kommen. Sie wußte, das war ein Beweis dafür, daß er sich im tiefsten Herzensgrunde über ihr Dableiben freute.

Am nächsten Morgen, nachdem Nikoluschka abgefahren war, legte der alte Fürst seine Uniform mit allen Orden und Ehrenzeichen an und schickte sich an, zum Oberkommandierenden zu fahren. Die Kalesche war bereits vorgefahren. Prinzessin Marja sah ihn in Uniform und mit allen seinen Orden aus dem Hause treten und in den Garten gehen, um seine bewaffneten Bauern und Hofesleute zu mustern. Prinzessin Marja saß am Fenster und horchte auf seine aus dem Garten herüberklingende Stimme. Plötzlich sah sie einige Leute mit erschrockenen Gesichtern aus der Allee angestürzt kommen.

Prinzessin Marja lief vor das Portal und über den Blumenweg in die Allee. Ihr entgegen kam eine große Schar von Milizmannschaften und Gutsleuten, und mitten in dieser Schar schleppten einige Leute den kleinen Greis in der ordensgeschmückten Uniform, den sie unter den Armen gefaßt hatten, mit sich vorwärts. Prinzessin Marja stürzte auf ihn zu. Bei dem Spiel der kleinen, umherhuschenden Lichtkreise, die durch den Schatten der Lindenallee fielen, vermochte sie sich von der mit seinem Gesicht vor sich gegangenen Veränderung keine Rechenschaft zu geben. Sie nahm nur wahr, daß der früher so strenge und entschlossene Ausdruck seines Gesichts einem Ausdruck schüchterner Unterwürfigkeit gewichen war. Als er seine Tochter sah, bewegte er die kraftlosen Lippen und begann zu röcheln. Was er sagen wollte, blieb unverständlich. Die Leute hoben ihn auf ihre Arme, trugen ihn ins Kabinett und legten ihn auf den Diwan, vor dem er sich in der letzten Zeit so gefürchtet hatte.

Der herbeigerufene Arzt ließ ihn noch in derselben Nacht zur Ader und erklärte, daß ein Schlaganfall auf der rechten Seite vorliege.

Indessen erschien es immer gefährlicher, in Lysyja Gory zu bleiben, und so wurde der Fürst am Tage nach dem Schlaganfall nach Bogutscharowo gebracht. Der Arzt begleitete ihn.

Als sie in Bogutscharowo eintrafen, war Dessales mit dem kleinen Fürsten schon nach Moskau weitergefahren.

Ohne daß eine Änderung eintrat, weder zum Schlimmeren noch zum Besseren, lag der alte Fürst Tage um Tage in Bogutscharowo in dem neuen, vom Fürsten Andrej erbauten Hause. Der alte Fürst war nicht recht bei Bewußtsein; er lag da wie ein kaum mehr kenntlicher Leichnam. Unablässig murmelte er vor sich hin und machte zuckende Bewegungen mit Augenbrauen und Lippen, und es ließ sich nicht feststellen, ob er das, was in seiner Umgebung vor sich ging, noch aufnahm und erfaßte. Sicher erkennen ließ sich nur eins: nämlich daß er litt und das Bedürfnis verspürte, noch irgend etwas zum Ausdruck zu bringen. Allein was das war, dahinter kam niemand: ob es sich nur um irgendeine Laune des Kranken und Halbirrsinnigen handelte oder ob es etwas war, das sich auf den Gang der Kriegsereignisse oder auf Angelegenheiten der Familie bezog.

Der Arzt meinte, die Unruhe im Gehaben des Fürsten habe nichts Besonderes zu bedeuten und sei physischen Ursachen zuzuschreiben; Prinzessin Marja aber glaubte, er wollte ihr irgend etwas sagen, und für diese Vermutung fand sie darin eine Bestätigung, daß seine Unruhe immer zunahm, sobald sie bei ihm war.

Offenbar litt er nicht nur körperlich, sondern auch seelisch. Eine Hoffnung auf Genesung gab es nicht. Fortbringen konnte man ihn nicht. Er hätte zu leicht unterwegs sterben können.

„Wäre es nicht am besten, wenn es zu Ende ginge, ganz und gar zu Ende?" dachte Prinzessin Marja dazwischen. Tag und Nacht beobachtete sie ihn, fast ohne zu schlafen, und — so schlimm es auch ist, das auszusprechen — sie beobachtete ihn oft nicht in der Hoffnung, Anzeichen einer Besserung zu entdecken, sondern häufig hatte sie geradezu den Wunsch, Anzeichen dafür zu finden, daß es dem Ende entgegenging.

Grauenvoll war es für die Prinzessin, als sie sich dieser Empfindungen bewußt wurde. Allein diese Empfindungen lebten in ihr. Und noch furchtbarer war es für Prinzessin Marja, daß seit der Krankheit ihres Vaters — vielleicht hatte es aber auch schon früher angefangen, vielleicht damals, als sie in einer Stimmung ungewissen Erwartens sich entschlossen hatte, bei ihm zu bleiben — alle entschlafen und vergessen gewähnten, persönlichen Wünsche und Hoffnungen wieder in ihr wach geworden waren. Was ihr seit Jahren nicht mehr in den Kopf gekommen war — Gedanken an ein freies Leben ohne die ständige Furcht vor dem Vater, ja sogar Gedanken an die Möglichkeit eines Liebes- und Eheglückes —, das alles wogte jetzt unablässig wie eine teuflische Versuchung durch ihre Einbildungskraft. Und sosehr sie sich auch dagegen zu wehren suchte, immer wieder kam ihr die Frage in den Sinn, wie sie ihr Leben einrichten werde, wenn „es" erst geschehen sein würde. Das waren Versuchungen des Teufels, und Prinzessin Marja wußte das. Sie wußte, daß sie dagegen keine andere Waffe hatte als das Gebet, und sie versuchte zu beten. Sie nahm die äußere Haltung des Gebetes an, sah auf die Heiligenbilder und sprach Gebetsworte, allein zu beten vermochte sie nicht. Sie fühlte, daß eine andere Welt jetzt von ihr Besitz ergriff, eine Welt des Erdenlebens, der Freiheit und der Tätigkeit, durchaus im Gegensatz stehend zu jener Welt des Geistigen, in der sie bis jetzt eingeschlossen gewesen war und in der das Gebet ihren besten Trost gebildet hatte. Sie konnte nicht beten und sie konnte nicht weinen, die Sorgen des Erdenlebens hatten die Oberhand gewonnen.

Es wurde gefährlich, in Bogutscharowo zu bleiben. Von allen Seiten kamen Nachrichten über das Näherrücken der Franzosen, und in einem Dorfe, nur fünfzehn Werst von Bogutscharowo entfernt, war das Herrenhaus von französischen Marodeuren geplündert worden.

Der Arzt bestand darauf, daß der Fürst abtransportiert werden müsse, der Adelsmarschall schickte zur Prinzessin Marja einen Beamten, der ihr zu beschleunigter Abreise zuredete; der Kreischef kam nach Bogutscharowo und riet ihr nachdrücklich das gleiche; die Franzosen seien nur noch vierzig Werst entfernt, in den Dörfern liefen bereits französische Proklamationen um, und wenn die Prinzessin mit ihrem Vater nicht bis zum fünfzehnten abreise, stehe er für nichts.

Die Prinzessin entschloß sich, am fünfzehnten zu reisen. Die Sorge für die Vorbereitungen, das Erteilen von Anweisungen nahmen sie, da jeder einzelne sich an sie wandte, den ganzen Tag über in Anspruch. Die Nacht vom vierzehnten zum fünfzehnten verbrachte sie, wie gewöhnlich unausgekleidet, in einer Stube neben dem Krankenzimmer. Aus dem Schlafe auffahrend, hörte sie mehrere Male sein Ächzen und Murmeln, das Knarren seiner Bettstelle und die Schritte Tichons und des Arztes, die den Kranken von einer Seite auf die andere legten. Mehrmals horchte sie an der Tür, und es war ihr, als murmelte er in dieser Nacht lauter als gewöhnlich und als legten Tichon und der Arzt ihn häufiger von einer Seite auf die andere als sonst. Sie konnte nicht recht schlafen, ging mehr als einmal an die Tür, horchte und empfand den Wunsch hineinzugehen, ohne sich doch dazu entschließen zu können. Obwohl er das ja nicht mehr aussprechen konnte, sah und wußte Prinzessin Marja doch, wie unangenehm ihm jede Äußerung der Besorgnis um seine Person war. Sie bemerkte oft, mit welcher Mißbilligung er ihrem Blick auszuweichen suchte, wenn sie ihn unwillkürlich dazwischen mit einem längeren Blicke ansah. Sie wußte, daß sie ihn nur reizen und erregen würde, wenn sie jetzt zu so ungewohnter Stunde mitten in der Nacht in sein Zimmer käme.

Der Gedanke, ihn verlieren zu müssen, war ihr noch nie so bitter, so schrecklich gewesen wie jetzt. Sie ließ ihr ganzes mit ihm gemeinsam verbrachtes Leben an sich vorüberziehen und fand nun in jedem Worte, in jeder Handlung ihres Vaters einen Ausdruck seiner Liebe zu ihr. Dazwischen schoben sich mitten unter diesen Erinnerungen teuflische Versuchungen in ihre Einbildungskraft, Gedanken daran, wie es sein würde, wenn er gestorben wäre, und wie sie sich dann ihr neues, ihr freies Leben gestalten würde. Aber sie scheuchte diese Gedanken mit Abscheu von sich. Gegen Morgen wurde der alte Fürst stiller, und nun schlief auch die Prinzessin Marja ein.

Sie erwachte spät. Die Aufrichtigkeit, die uns zu eigen ist, wenn wir eben erwacht sind, ließ sie sich darüber klarwerden, welche Gedanken sie während der Krankheit ihres Vaters am meisten beschäftigt hatten. Dann fuhr sie aus ihren Gedanken auf, horchte wieder auf das, was hinter der Tür geschah, und als sie den Kranken ächzen hörte, sagte sie sich mit einem Seufzer, daß noch alles beim alten war.

„Ja, was sollte denn auch anders sein? Was habe ich denn gewollt? Daß er stirbt", rief sie und empfand Abscheu vor sich selbst.

Sie kleidete sich an, wusch sich, verrichtete ihre Morgengebete und trat aus dem Hause. Vor dem Portal standen die noch unbespannten Wagen, auf die das Gepäck verladen wurde. Der Morgen war warm und grau. Prinzessin Marja blieb vor dem Portal stehen, immer noch voller Entsetzen über ihre eigene innere Verworfenheit, und suchte ihre Gedanken zu ordnen und zu sammeln, bevor sie zu dem Kranken ging.

Der Arzt kam aus der Haustür auf sie zu.

„Es geht ihm heute ein wenig besser", sagte er. „Ich suchte Sie schon. Er ist heute klarer im Kopf, einiges von dem, was er sagt, ist verständlich. Kommen Sie. Er verlangt nach Ihnen."

Bei diesen Worten des Arztes begann Prinzessin Marjas Herz so heftig zu klopfen, daß sie ganz bleich wurde und sich an die Tür lehnte, um nicht zu fallen. Ihn zu sehen, mit ihm zu sprechen, unter seinen Blick zu treten, gerade jetzt, während Prinzessin Marjas ganzes Herz voll war von diesen grauenvollen, verbrecherischen Versuchungen, das erfüllte sie mit Qual und Entsetzen und zugleich mit einer geheimen Lust am Schrecklichen.

„Kommen Sie", sagte der Arzt.

Prinzessin Marja betrat das Krankenzimmer und ging zum Bett. Ihr Vater lag, von hohen Kissen gestüzt, auf dem Rücken, die kleinen, knochigen Hände mit den bläulichen, knotenartig hervortretenden Adern vor sich auf der Decke; das linke Auge starrte geradeaus, das rechte schielte zur Seite; Brauen und Lippen rührten sich nicht. Die ganze Gestalt erschien abgemagert, klein und kläglich. Das Gesicht wirkte vertrocknet und gleichsam kleiner geworden, die Züge schienen verschwommen. Prinzessin Marja beugte sich über seine Hand und küßte sie. An dem starken Druck, mit dem seine Linke ihre Hand umschloß, merkte sie, daß er schon lange auf sie gewartet hatte. Er zog ihre Hand noch näher zu sich heran, und seine Augenbrauen und Lippen gerieten in unwillige und grimmige Bewegung.

Sie sah ihn erschrocken an und suchte zu erraten, was er von ihr wollte. Als sie ihre Stellung änderte und so nahe an ihn herankam, daß sein linkes Auge ihr Gesicht übersehen konnte, wurde er ruhiger und sah sie einige Sekunden lang unverwandt an. Dann bewegte er Lippen und Zunge, einige Laute wurden hörbar, und er begann zu reden; dabei sah er sie mit einem Ausdruck ängstlichen Flehens an, offenbar in der Furcht, nicht verstanden zu werden.

Prinzessin Marja legte alle ihre Kräfte in die Aufmerksamkeit, mit der sie seinen Lauten horchte, und sah ihm ins Gesicht. Die lächerlichen Bemühungen, mit denen er seine Zunge hin und her bewegte, ließen Prinzessin Marja die Augen niederschlagen und das aufsteigende Schluchzen nur mühsam unterdrücken. Er hatte irgend etwas gesagt und wiederholte nun mehrere Male seine Worte. Prinzessin Marja konnte sie nicht verstehen; aber sie suchte zu erraten, was er meinte, und wiederholte in fragendem Ton die Worte, die er allenfalls gemeint haben konnte.

„Ha ... ha ... he ... he ... her ... z ...", wiederholte er noch einige Male.

Es war nicht möglich, zu verstehen, was er meinte. Der Arzt glaubte, den Sinn dieser Laute erraten zu haben, und fragte: „Haben Sie Herzbeklemmungen, Ew. Durchlaucht?" Der Fürst schüttelte verneinend den Kopf und gab wieder die gleichen Laute von sich.

„Sie haben etwas auf dem Herzen?" riet Prinzessin Marja.

Er ließ einen Laut der Bestätigung hören, nahm ihre Hand und preßte sie gegen verschiedene Stellen seiner Brust, als suche er den geeigneten Platz für sie.

„Gedanken ... immer Gedanken ... an dich ... Gedanken ...", stammelte er dann, und in der Überzeugung, verstanden zu werden, sprach er jetzt viel deutlicher und klarer als vorhin.

Prinzessin Marja preßte ihren Kopf gegen seine Hand und suchte ihr Schluchzen und ihre Tränen zu verbergen.

Er fuhr ihr mit der Hand über das Haar.

„Die ganze Nacht habe ich nach dir gerufen", sagte er.

„Wenn ich das gewußt hätte ...", antwortete sie unter Tränen. „Ich wagte nicht hereinzukommen."

Er drückte ihre Hand.

„Hast du nicht geschlafen?"

„Nein, ich habe nicht geschlafen", erwiderte Prinzessin Marja und schüttelte verneinend den Kopf.

Unwillkürlich paßte sie ihre Sprechweise der des Vaters an, suchte sich mehr durch Zeichen als durch Worte verständlich zu machen, und es war, als mache es auch ihr Mühe, die Zunge zu bewegen.

„Liebste Marja ..." oder „Liebstes, Armes ..." Prinzessin Marja konnte das nicht so genau verstehen, aber der Ausdruck seines Blickes ließ mit Sicherheit darauf schließen, daß er ein Wort linder Zärtlichkeit gebraucht hatte, wie es bisher noch nie über seine Lippen gegangen war. „Warum bist du nicht gekommen?"

„Und ich, ich habe seinen Tod gewünscht!" dachte Prinzessin Marja.

Eine Zeitlang schwieg er.

„Danke Dir ... meine gute Tochter ... mein Liebling ... für alles, für alles ... verzeihe mir ... danke ... verzeihe mir ... danke!" Dabei liefen ihm die Tränen aus den Augen. Dann sagte er plötzlich: „Ruft doch Adrjuscha her", und während er diese Bitte aussprach, lag auf seinem Gesicht ein kindlich-schüchterner und hilfloser Ausdruck.

Es war, als wüßte er selbst, daß diese Bitte sinnlos war. Wenigstens hatte Prinzessin Marja diesen Eindruck.

„Ich habe einen Brief von ihm bekommen", antwortete Prinzessin Marja.

Er sah sie verwundert und schüchtern an.

„Wo ist er denn?"

„Bei der Armee, mon père, in Smolensk."

Nun schwieg er eine geraume Weile mit geschlossenen Augen; darauf nickte er bestätigend, als beantworte er mit dieser Gebärde einen ihm selbst aufgestiegenen Zweifel und als wolle er damit bekräftigen, daß er jetzt alles begriff und sich an alles erinnerte, und öffnete dann wieder die Augen.

„Ja", sagte er leise, aber vollkommen deutlich. „Rußland ist verloren! Sie haben es ins Verderben gebracht!"

Und nun begann er wieder zu schluchzen, und die Tränen strömten ihm aus den Augen. Prinzessin Marja vermochte sich nicht mehr zu beherrschen und weinte nun auch, den Blick auf sein Gesicht gerichtet.

Abermals schloß er die Augen. Sein Schluchzen verstummte. Er machte mit der Hand ein Zeichen auf seine Augen hin, Tichon verstand es und wischte ihm die Tränen ab.

Nun schlug er die Augen wieder auf und sagte etwas, was eine ganze Weile allen unverständlich blieb. Endlich verstand es Tichon als einziger und übermittelte es den übrigen. Prinzessin Marja hatte den Sinn seiner Worte in der Richtung gesucht, in welcher sich seine letzten Äußerungen bewegt hatten. Sie hatte geglaubt, er rede von Rußland oder vom Fürsten Andrej oder von ihr oder von seinem Enkel oder von seinem Tode, und so war sie nicht dahintergekommen, was er meinte.

Er hatte gesagt: „Zieh dein weißes Kleid an, das habe ich so gern."

Als sie das begriffen hatte, schluchzte Prinzessin Marja noch lauter: der Arzt nahm ihren Arm, führte sie aus dem Zimmer auf die Terrasse hinaus und redete ihr zu, sich zu beruhigen und sich den Abreisevorbereitungen zuzuwenden.

Nachdem Prinzessin Marja hinausgegangen war, fing der Fürst wieder von seinem Sohne, vom Kriege, vom Kaiser an, zuckte grimmig mit den Augenbrauen, steigerte mit Gewalt den Klang seiner heiseren Stimme, und dann traf ihn der zweite und letzte Schlag.

Prinzessin Marja stand auf der Terrasse. Das Wetter hatte sich geklärt, es war ein sonniger und heißer Tag geworden. Sie konnte nichts erfassen, nichts denken und nichts empfinden neben ihrer leidenschaftlichen Liebe für ihren Vater. Und dabei war es ihr, als sei diese Liebe erst jetzt eben in ihr erwacht. Sie lief in den Garten, sie eilte schluchzend hinunter zum Teich auf den Wegen, die Fürst Andrej angelegt und mit jungen Linden eingefaßt hatte.

„Ja . . . ich . . . ich . . . ich habe gewollt, daß er stirbt! Ja, ich habe gewollt, es sollte so schnell wie möglich zu Ende gehen! Ich wollte meine Ruhe haben . . . Aber was wird nun aus mir? Was soll mir diese Ruhe, wenn er nicht mehr da ist!" murmelte sie halblaut vor sich hin, während sie hastig durch den Garten ging und die Hände gegen die Brust preßte, aus der ein krampfartiges Schluchzen brach.

Als sie die Runde um den ganzen Garten gemacht hatte und wieder vor dem Hause angelangt war, sah sie Mademoiselle Bourienne – die Französin war in Bogutscharowo geblieben und hatte nicht fortfahren mögen – in Begleitung eines Fremden auf sich zukommen. Es war der Kreisadelsmarschall, der persönlich angefahren gekommen war, um der Prinzessin die unumgängliche Notwendigkeit einer beschleunigten Abreise vorzustellen. Prinzessin Marja hörte seine Worte, ohne sie zu verstehen, sie führte ihn ins Haus, ließ ihm ein Frühstück vorsetzen und nahm bei ihm Platz. Dann aber entschuldigte sie sich beim Adelsmarschall und ging zur Tür des alten Fürsten. Der Arzt kam mit verstörter Miene heraus und sagte, sie dürfe jetzt nicht hinein.

„Gehen Sie, Prinzessin, gehen Sie, gehen Sie!"

Prinzessin Marja ging wieder in den Garten und setzte sich ins Gras, an einer abschüssigen Stelle in der Nähe des Teichs, wo niemand sie sehen konnte. Sie wußte nicht, wie lange sie dort gekauert haben mochte. Eilige Frauenschritte auf dem Gartenwege ließen sie wieder zu sich kommen. Sie richtete sich auf und sah ihr Stubenmädchen Dunjascha angelaufen kommen. Offenbar suchte Dunjascha ihre Herrin; als sie die Prinzessin erblickte, blieb sie plötzlich stehen, gleichsam erschrocken.

„Bitte ... Prinzessin ... der Fürst ..." Dunjascha brachte die Worte kaum aus der Kehle.

„Sofort, ich komme, ich komme", antwortete die Prinzessin hastig, wich Dunjaschas Blick aus und stürzte auf das Haus zu. Sie hatte nicht erst gewartet, bis das Mädchen seinen Satz zu Ende gesprochen hatte.

An der Eingangstür stieß sie auf den Adelsmarschall. „Es ist Gottes Wille, Prinzessin, Sie müssen sich auf alles gefaßt machen", sagte er.

„Lassen Sie mich, es ist ja nicht wahr!" fuhr sie ihn ingrimmig an.

Der Arzt wollte sie aufhalten. Sie stieß ihn zurück und stürzte zur Tür. „Warum stellen sich mir nur diese Leute mit den verstörten Gesichtern in den Weg? Ich will nichts mit ihnen zu tun haben! Was haben sie hier nur zu schaffen?" dachte sie.

Sie riß die Tür auf und das helle Tageslicht fiel in das bisher halbdunkel gehaltene Zimmer und ließ Prinzessin Marja erschrecken. Im Zimmer waren einige Frauen, darunter Prinzessin Marjas Kinderfrau. Alle traten sie von dem Bett zurück und machten Prinzessin Marja Platz. Der Fürst lag auf dem Bett wie zuvor. Sein ruhiges Gesicht hatte einen solchen Ausdruck von Strenge, daß Prinzessin Marja einen Augenblick an der Schwelle zauderte.

„Nein, er ist nicht tot, das kann ja gar nicht sein!" sagte Prinzessin Marja zu sich selbst und ging dann zu ihm. Ein Schauder ergriff sie, sie überwand ihn, und küßte den Vater auf die Wange. Im gleichen Augenblick aber fuhr sie zurück. Alle Liebeskraft, die sie für ihn in sich gespürt hatte, war mit einem Schlage erloschen und hatte einem Gefühl des Entsetzens angesichts dessen, was dort vor ihr lag, Platz gemacht. „Nein, er ist nicht mehr! Er ist nicht mehr und an seiner Statt ist dort etwas Fremdes und Feindliches, irgendein grausiges, entsetzenerregendes und abstoßendes Geheimnis!" Und Prinzessin Marja schlug die Hände vors Gesicht und sank in die rasch ausgebreiteten Arme des Arztes.

*

In Gegenwart Tichons und des Arztes wuschen ein paar Weiber das, was bisher der alte Fürst gewesen war, banden ein Tuch um den Kopf, damit der offenstehende Mund nicht in dieser Stellung erstarrte, und banden mit einem anderen Tuch die seitwärts auseinanderstrebenden Beine zusammen. Darauf kleideten sie ihn in seine ordensgeschmückte Uniform und legten den kleinen, eingetrockneten Körper auf den Tisch. Gott weiß, wer die nötigen Anordnungen getroffen hatte und wann alles Erforderliche vorgenommen worden war. Alles war gleichsam von selbst geschehen. Am Abend brannten Kerzen rings um den Sarg, über dem Sarge lag eine Decke, der Fußboden war mit Wacholderzweigen bestreut, unter den zusammengetrockneten Kopf war ein gedrucktes Gebet geschoben worden, und in der Ecke saß, Psalmen betend, der Küster.

Wie Pferde sich scheu und schnaubend um ein totes Pferd drängen, so drängten sich um den Sarg im Salon die Menschen, Hausgenossen und Fremde, der Adelsmarschall, der Dorfälteste und allerhand Weiber; und alle hatten verängstigte Gesichter und starre Augen, bekreuzten sich und verneigten sich und küßten die kalte und erstarrte Hand des alten Fürsten.

IX

Bevor Fürst Andrej sich in Bogutscharowo niedergelassen hatte, hatte die Familie Bolkonskij sich wenig um das Gut gekümmert, und die Bauern von Bogutscharowo waren ein ganz anderer Schlag als die von Lysyja Gory. Sie unterschieden sich von ihnen sowohl in der Sprechweise als auch in der Kleidung und in ihren Gebräuchen. Sie hießen allgemein die „Steppenbauern". Der alte Fürst hatte zwar viel Rühmens für ihre Ausdauer bei der Arbeit gehabt, wenn sie nach Lysyja Gory kamen, um bei der Ernte mit Hand anzulegen oder Teiche und Bewässerungsgräben auszuheben, hatte sie aber ihrer Wildheit wegen nicht sehr geschätzt.

Wenn Fürst Andrej in der letzten Zeit, seit er in Bogutscharowo seinen Wohnsitz genommen hatte, mancherlei Neuerungen eingeführt, Krankenhäuser und Schulen errichtet und ihnen Erleichterungen in den Pachtzahlungen gewährt hatte, so hatte all das ihre Sitten keineswegs gesänftigt, sondern im Gegenteil den vom alten Fürsten als Wildheit bezeichneten Zug in ihrem Charakter noch verstärkt. Immer liefen unter ihnen irgendwelche düsteren Gerüchte um: bald war die Rede davon, sie sollten alle zu den Kosaken überschrieben werden, bald hieß es, man wolle sie zu irgendeinem neuen Glauben bekehren, bald munkelte man von irgendeiner Botschaft, die der Zar erlassen haben sollte, bald von einem 1797 vom Kaiser Paul Petrowitsch getanen Schwur, der einer Aufhebung der Leibeigenschaft gegolten habe, dessen Wirkungen aber von den Gutsbesitzern zunichte gemacht worden seien, bald hieß es, in sieben Jahren würde es einen neuen Zaren geben, Peter Feodorowitsch, und unter seiner Herrschaft würde eine Zeit allgemeiner Freiheit anbrechen, und dann würde alles so einfach und klar zugehen, daß es dann gar nichts mehr zu schlichten und zu reden geben würde. Was sie vom Kriege, von Bonaparte und seinem Anmarsch hörten, das verknüpfte sich in ihren Hirnen mit ebenso verschwommenen Vorstellungen vom Antichrist, vom Ende der Welt und von einer unumschränkten Freiheit.

In der Umgegend von Bogutscharowo gab es viele große Kirchdörfer, die teils der Krone, teils einzelnen Gutsbesitzern gehörten. Indessen hatten in dieser Gegend nur sehr wenige Gutsherren ihre Wohnsitze, es gab infolgedessen auch nur sehr wenige gehobene Gutsleute und des Lesens und Schreibens Kundige. Lebendiger und kräftiger als in anderen Gegenden kamen daher hier unter den Bauern jene geheimnisvollen Strömungen der russischen Volksseele zur Geltung, die nach Entstehung und Bedeutung den Zeitgenossen so oft unerklärlich bleiben. Hierher gehörte zum Beispiel eine Bewegung, die vor einigen zwanzig Jahren unter den Bauern dieser Gegend aufgetreten war und bei der es sich um eine eigenmächtige Auswanderung zu irgendwelchen sagenhaften „warmen Flüssen" handelte. Hunderte von Bauern, darunter auch die von Bogutscharowo, fingen plötzlich an, ihr Vieh zu verkaufen und familienweise irgendwohin nach Südosten aufzubrechen. Wie Vögel, die über die Meere fliegen, so strebten diese Männer mit Weibern und Kindern dorthin, nach Südosten, wo nie zuvor einer von ihnen gewesen war. In Karawanen machten sie sich auf den Weg, einzelne hatten sich freigekauft, die anderen liefen ihren Herren einfach davon, und so zogen sie zu Wagen und zu Fuß davon, den warmen Flüssen zu. Viele wurden bestraft und nach Sibirien geschickt, viele starben unterwegs an Kälte und Hunger, viele kehrten von selbst wieder um, und die ganze Bewegung kam schließlich von selbst wieder zum Stillstand, wie sie ohne einen erkennbaren Grund ausgebrochen war. Aber wie die Bauern dieser Gegend nun einmal waren – die unter der Oberfläche rauschenden Strömungen rauschten weiter und sammelten für irgendeinen neuen Ausbruch neue Kräfte, die sich dann wieder ebenso seltsam, ebenso unerwartet und zugleich ebenso einfach, natürlich und kräftig auswirken sollten.

Jetzt, im Jahre 1812, konnte jemand, der mit dem Volke in enger Berührung lebte, leicht die Beobachtung machen, daß diese unter der Oberfläche rauschenden Strömungen lebhafter wallten als sonst und von einem plötzlichen Hervorbrechen nicht mehr weit waren.

Alpatytsch, der kurz vor dem Tode des alten Fürsten in Bogutscharowo angelangt war, hatte beobachtet, daß unter den Leuten eine unterirdische Gärung vor sich ging und daß, während rings um Lysyja Gory im Umkreise von sechzig Werst alle Bauern flüchteten und ihre Dörfer den Kosaken zur Zerstörung überließen, in der Steppengegend um Bogutscharowo die Bauern allem Anschein nach gewisse Beziehungen zu den Franzosen hatten, von diesen irgendwelche Proklamationen bekamen, die sie unter sich zirkulieren ließen, und in ihren Wohnorten verblieben. Durch einige ihm ergebene Hofesleute hatte er in Erfahrung gebracht, daß ein Bauer namens Karp, der in der Dorfgemeinde großen Einfluß hatte, kürzlich bei der Rückkehr von einer Vorspannfuhre die Nachricht mitgebracht hatte, die Kosaken verwüsteten die von ihren Einwohnern verlassenen Dörfer, während die Franzosen sie unangetastet ließen. Er wußte sogar, daß ein anderer Bauer gestern aus dem bereits von den Franzosen besetzten Kirchdorf Wislouchowo eine von einem französischen General unterzeichnete Bekanntmachung mitgebracht hatte, in der den Einwohnern erklärt wurde, es würde ihnen nichts geschehen und für alle bei ihnen vorgenommenen Requisitionen würden Zahlungen geleistet werden, wenn sie an Ort und Stelle blieben. Als Beweisstück hatte dieser Bauer aus Wislouchowo hundert Rubel in Banknoten mitgebracht, die ihm als Vorauszahlung für eine Heulieferung eingehändigt worden waren. Daß sie falsch waren, wußte er nicht.

Schließlich, was das Wichtigste war, hatte Alpatytsch in Erfahrung gebracht, daß am selben Tage, an dem er dem Dorfältesten die Beschaffung der Fuhren zum Abtransport des Gepäcks der Prinzessin aus Bogutscharowo anbefohlen hatte, frühmorgens auf einer Bauernversammlung im Dorf beschlossen worden war, nicht zu flüchten, sondern noch abzuwarten. Inzwischen drängte die Zeit. Der Adels=

marschall war am Todestage des Fürsten, dem 15. August, in Prinzessin Marja gedrungen, noch am gleichen Tage abzufahren, da die Lage immer gefährlicher werde. Nach dem sechzehnten könne er keine Verantwortung mehr übernehmen. Noch am Todestage des Fürsten war er abends abgefahren, hatte aber versprochen, am folgenden Tage zur Beerdigung zu kommen. Allein am folgenden Tage hatte er nicht mehr kommen können, er hatte Nachrichten von einem überraschenden Vorrücken der Franzosen erhalten, und in aller Eile konnte er gerade noch seine Familie und den wertvollsten Teil seiner Habseligkeiten von seinem Gut fortschaffen.

Seit vielen Jahren lag das Amt eines Dorfältesten von Bogutscharowo in den Händen eines Bauern namens Dron, den der alte Fürst immer Dronuschka genannt hatte.

Dron gehörte zur Kategorie jener körperlich und geistig von der Natur so gut ausgestatteten Bauern, die von den Jahren des ersten Bartsprießens an in unverändertem Gleichmaß, ohne ein einziges graues Haar zu bekommen oder einen einzigen Zahn zu verlieren, bis zu ihrem sechzigsten oder siebzigsten Jahr dahinleben und als Sechziger noch genauso stark und aufrecht sind wie als Dreißiger. Dron war bald nach dem Zuge zu den warmen Flüssen, an dem er ebenso wie die anderen Bauern teilgenommen hatte, Dorfältester in Bogutscharowo geworden und hatte sich dreiundzwanzig Jahre hindurch in diesem Amt durchaus bewährt. Die Bauern hatten vor ihm mehr Angst als vor dem Herrn. Die Gutsherrschaft, der alte Fürst ebenso wie der junge und der Verwalter, schätzte ihn hoch und nannte ihn im Scherz den Minister. In diesen ganzen dreiundzwanzig Jahren war Dron nicht ein einziges Mal betrunken oder krank gewesen; nie, weder nach schlaflosen Nächten noch nach irgendwelchen Arbeiten, wie anstrengend sie auch sein mochten, ließ er in seinen Leistungen nach, und nie vergaß er bei den mächtigen Wagenladungen, die er zu verkaufen hatte, die geringste zu verrechnende Geldsumme oder Getreidemenge, obwohl er doch nicht lesen und schreiben konnte, und hatte jederzeit im Kopf, wieviel Getreideschober auf jeder einzelnen Deßjatine der zu Bogutscharowo gehörigen Felder standen.

Diesen Dron also ließ der aus dem geplünderten Lysyja Gory gekommene Alpatytsch am Tage der Beerdigung des Fürsten zu sich rufen und hieß ihn zwölf Pferde für die Equipagen der Prinzessin und achtzehn Fuhren zur Abbeförderung des Gepäcks beschaffen. Obwohl es sich um Zinsbauern handelte, konnte nach Alpatytschs Ansicht die Ausführung dieses Befehls auf keinerlei Schwierigkeiten stoßen, da es in Bogutscharowo zweihundertdreißig bäuerliche Haushaltungen gab und die Leute recht wohlhabend waren.

Der Dorfälteste Dron hörte sich diesen Befehl an, schlug die Augen nieder und sagte nichts. Alpatytsch führte einige Bauern, die er kannte, namentlich auf und befahl ihm, sie zur Gestellung von Vorspann anzuhalten.

Dron erwiderte, die Pferde der Genannten seien alle unterwegs. Alpatytsch machte ihm einige andere Bauern namhaft. Dron aber meinte, auch diese könnten keine Pferde stellen; teils hätten sie ihre Pferde bereits zu behördlichen Fuhren hergeben müssen, teils seien die Pferde nicht genügend bei Kräften, teils seien sie angesichts des Futtermangels krepiert. Wenn man Dron hörte, war es sogar unmöglich, Pferde für die Equipagen zusammenzubekommen, geschweige denn für das Gepäck.

Alpatytsch sah Dron aufmerksam an und runzelte die Stirn. Wie Dron ein vorbildlicher Dorfältester war, so hatte auch Alpatytsch nicht umsonst lange Jahre hindurch die Güter des Fürsten verwaltet und war ein vorbildlicher Verwalter. Er hatte eine aufs feinste entwickelte Befähigung, mit gefühlsmäßiger Witterung die Bedürfnisse und Instinkte des Volkes zu erfassen, mit dem er es zu tun hatte, und eben das machte ihn zu einem so hervorragenden Verwalter. Ein einziger Blick auf Dron sagte ihm, daß Dron mit seinen Einwänden nicht seiner eigenen, Drons, Auffassung Ausdruck gab, sondern der allgemeinen Stimmung der Dorfgemeinde von Bogutscharowo, welcher sich der Dorfälteste nicht hatte entziehen können. Gleichzeitig wußte der Verwalter aber auch, daß der zu Wohlstand gelangte, bei der Bauernschaft verhaßte Dron notwendigerweise zwischen beiden Lagern, dem der Herrschaft und dem der Bauern, schwanken mußte. Dieses Schwanken nahm er auch in Drons Blick wahr, und nun stellte er sich mit gerunzelter Stirn ganz dicht vor Dron hin.

„Du, Dronuschka, hör einmal zu", sagte er. „Rede mir kein dummes Zeug vor. Seine Durchlaucht Fürst Andrej Nikolaitsch haben mir selbst befohlen, alles von hier fortzuschicken und niemand hierzulassen, wenn der Feind kommt. Außerdem gibt es darüber auch einen Befehl des Zaren. Wer zurückbleibt, ist ein Verräter am Zaren. Hörst du?"

„Ich höre", antwortete Dron, immer noch den Blick am Boden.

Aber diese Antwort genügte Alpatytsch noch nicht.

„Dron, Dron", sagte er kopfschüttelnd, „das kann böse für euch abgehen."

„Macht mit uns, was ihr wollt", meinte Dron trübselig.

„Jetzt ist es aber genug, Dron!" sagte Alpatytsch, zog die Hand, die er über der Brust in den Rock gesteckt hatte, wieder hervor und deutete mit einer majestätischen Gebärde auf den Boden unter Drons Füßen. „Nicht nur, daß ich quer durch dich hindurchsehe, ich sehe auch unter dir drei Ellen tief in den Boden.“ Und sein Blick folgte seiner ausgestreckten Hand.

Dron wurde es ein wenig beklommen, er warf einen raschen und flüchtigen Blick auf Alpatytsch und sah dann wieder zu Boden.

„Also rede kein dummes Zeug mehr, sondern sage den Leuten, sie sollen sich fertigmachen, ihre Häuser zu verlassen und nach Moskau zu gehen, und die Fuhren für das Gepäck der Prinzessin müssen morgen früh zur Stelle sein. Gehe du selbst aber nicht mehr zur Gemeindeversammlung. Hörst du?“

Plötzlich warf Dron sich vor Alpatytsch hin.

„Jakow Alpatytsch, nimm mir mein Amt ab! Entlasse mich, nimm mir die Schlüssel ab, um Christi willen!“

„Hör auf!“ sagte Alpatytsch streng. „Ich sehe unter dir drei Ellen tief in den Boden hinein“, wiederholte er.

Alpatytsch wußte, daß er schon seit langer Zeit im Geruch zauberischer Kräfte stand, weil er ein so meisterhafter Imker war, weil er mit so unfehlbarer Sicherheit die zur Haferaussaat geeigneten Tage im voraus bestimmen konnte und weil er es zwanzig Jahre lang verstanden hatte, sich die Zufriedenheit des alten Fürsten zu erwerben und zu erhalten; und er wußte auch, daß man Zauberern das Vermögen zuschreibt, drei Ellen tief unter den Füßen eines Menschen in den Boden hineinzusehen.

Dron stand auf und wollte etwas sagen, aber Alpatytsch fiel ihm ins Wort: „Was fällt euch denn ein? He? Was glaubt ihr denn eigentlich? He?“

„Was soll ich mit diesem Volk machen?“ antwortete Dron. „Sie sind ganz aus dem Häuschen. Und dabei habe ich ihnen doch schon gesagt ...“

„Das sind sie wohl“, sagte Alpatytsch. „Saufen sie?“ fragte er dann kurz.

„Ganz aus dem Häuschen sind sie, Jakow Alpatytsch, haben schon das zweite Faß Schnaps angeschleppt.“

„Jetzt höre einmal zu. Ich fahre zum Kreischef, und du mache ihnen klar, daß sie diesen Unfug lassen sollen und daß die Fuhren zur Stelle sein müssen.“

„Zu Befehl“, antwortete Dron.

Weiter drang Jakow Alpatytsch nicht in ihn. Er hatte lange genug in seiner Verwaltertätigkeit mit Leuten dieses Schlages zu tun gehabt und wußte, daß man diese Leute am besten zum Gehorsam bringt, wenn man es als ganz ausgeschlossen erscheinen läßt, daß sie ungehorsam sein könnten. Jakow Alpatytsch hatte Dron bis zu diesem gehorsamen „zu Befehl“ gebracht; damit begnügte er sich, obwohl ihm der tatsächliche Gehorsam nicht nur zweifelhaft war, sondern er auch mit aller Bestimmtheit glaubte, daß die Bauern ohne das Eingreifen eines Kommandos Soldaten sich nicht zum Stellen der Fuhren bewegen lassen würden.

Und tatsächlich waren die Fuhren am Abend nicht zur Stelle. Im Dorf war bei der Schänke wieder eine Gemeindeversammlung zusammengetreten, und man hatte beschlossen, die Pferde in den Wald zu jagen und keine Fahrzeuge zu stellen. Alpatytsch sagte der Prinzessin nichts davon; er ließ sein eigenes Gepäck von den aus Lysyja Gory gekommenen Fahrzeugen abladen und deren Bespannung für die Wagen der Prinzessin bereitstellen. Indessen fuhr er selbst zur nächsten zuständigen Behörde.

X

Nach der Beerdigung ihres Vaters schloß Prinzessin Marja sich in ihrem Zimmer ein und ließ niemanden zu sich. Eins der Mädchen kam an die Tür, um ihr zu sagen, Alpatytsch sei da, um sich Weisungen hinsichtlich der Abfahrt zu erbitten. (Das war noch vor Alpatytschs Gespräch mit Dron.) Prinzessin Marja, die auf dem Diwan lag, richtete sich halb auf und rief dem Mädchen durch die geschlossene Tür hindurch zu, sie fahre nicht ab, nie und nirgendwohin, und bitte, in Ruhe gelassen zu werden.

Die Fenster des ebenerdigen Zimmers, in welchem Prinzessin Marja lag, gingen nach Westen. Sie lag auf dem Diwan, das Gesicht zur Wand, und ihre Finger spielten mechanisch mit den Knöpfen des Lederkissens, sie sah nichts als dieses Kissen, und ihre verworrenen Gedanken konzentrierten sich immer wieder auf das eine: Sie dachte an die Unabänderlichkeit des Todes und an ihre eigene Verworfenheit, eine Verworfenheit, die sie bisher nicht an sich gekannt hatte und die ihr erst während der Krankheit ihres Vaters aufgegangen war. Sie hatte den Wunsch zu beten, wagte es aber nicht, denn in ihrer augenblicklichen Seelenverfassung wagte sie es nicht, sich an Gott zu wenden. So lag sie lange da.

Die Sonne hatte allmählich den Weg um das Haus gemacht und beschien jetzt mit ihren schräge einfallenden Abendstrahlen durch die offenstehenden Fenster hindurch das Zimmer und ein Stück des saffianledernen Kissens, auf welchem Prinzessin Marjas Blick haftete. Ihr Gedankengang stockte plötzlich. Ohne recht zu wissen, was sie tat, richtete sie sich auf, brachte ihre Haare in Ordnung, erhob sich und trat zum Fenster; dabei sog sie unwillkürlich die kühle Frische des klaren, aber windigen Abends ein.

„Ja, jetzt magst du dich behaglich an so einem Abend freuen! Er ist nicht mehr da, und niemand stört dich", sagte sie zu sich selbst, ließ sich auf einen Stuhl fallen und ließ den Kopf auf das Fensterbrett sinken. Irgend jemand rief vom Garten her mit zärtlicher und leiser Stimme ihren Namen und küßte sie auf den Kopf. Sie sah auf. Es war Mademoiselle Bourienne in einem schwarzen Kleide mit Trauerbesatz. Sie war leise von außen her ans Fenster zur Prinzessin Marja getreten, hatte sie mit einem Seufzer geküßt und brach nun sofort in Tränen aus. Prinzessin Marja sah sie an. Alle Zusammenstöße, die sie mit ihr gehabt, alle Eifersucht, die sie gegen sie empfunden hatte, fielen der Prinzessin wieder ein; dann fiel ihr aber auch ein, wie sehr ihr Vater in der letzten Zeit Mademoiselle Bourienne gegenüber sein Wesen geändert, ja wie er sie gar nicht mehr hatte sehen wollen, und wie ungerecht mithin die Vorwürfe waren, die Prinzessin Marja im stillen Mademoiselle Bourienne gemacht hatte. „Ja, und ich, gerade ich, die ich seinen Tod gewünscht habe, gerade ich habe ein Recht, über andere zu Gericht zu sitzen!" dachte sie.

Prinzessin Marja malte sich Mademoiselle Bouriennes Lage mit Lebhaftigkeit aus: in der letzten Zeit war sie von der häuslichen Gesellschaft ganz getrennt gewesen, hing aber doch von ihr ab und lebte unter ihr in einem Hause, das ihr fremd war. Und nun empfand Prinzessin Marja Mitleid mit ihr, sah sie mit einem Ausdruck zärtlicher Frage an und streckte ihr die Hand hin. Mademoiselle Bourienne küßte unter abermaligen Tränen sofort die Hand der Prinzessin und sprach von dem Kummer, der über die Prinzessin gekommen sei, in einer Weise, die sie selbst als Teilhaberin eben dieses Kummers erkennen ließ. Sie sprach davon, ihr einziger Trost in diesem Kummer bestünde darin, daß die Prinzessin ihr erlaube, ihn mit ihr zu teilen. Alle etwa vorgefallenen Mißverständnisse, sagte sie, müßten angesichts dieses großen Kummers zerstieben, sie fühle sich allen Menschen gegenüber schuldlos und rein und „er" sehe jetzt von droben her ihre Liebe und Dankbarkeit. Die Prinzessin hörte ihr zu, ohne zu verstehen, was ihre Worte bedeuteten, sah sie aber dazwischen an und ließ wenigstens den Ton ihrer Worte auf sich wirken.

„Ihre Lage ist doppelt furchtbar, liebe Prinzessin", sagte Mademoiselle Bourienne nach einer kleinen Pause. „Ich verstehe, daß Sie es nicht fertigbrachten, an sich selbst zu denken, und es auch jetzt noch nicht fertigbringen, aber meine Liebe zu Ihnen zwingt mich, das an Ihrer Stelle zu tun ... War Alpatytsch bei Ihnen? Hat er mit Ihnen über die Abreise gesprochen?"

Prinzessin Marja gab keine Antwort. Sie begriff nicht, wohin denn abgereist werden sollte und um wessen Abreise es sich handelte. Konnte man denn jetzt irgend etwas unternehmen, an irgend etwas denken? War nicht alles einerlei? Sie gab keine Antwort.

„Wissen Sie denn, chère Marie", fuhr Mademoiselle Bourienne

fort, „wissen Sie denn, daß wir in Gefahr sind, daß wir rings um uns her schon die Franzosen haben? Es wäre gefährlich, jetzt reisen zu wollen. Wenn wir uns auf die Reise machen, so geraten wir in Gefangenschaft, das ist beinahe sicher, und Gott weiß ..."

Prinzessin Marja sah ihre Gesellschafterin an, verstand aber immer noch nicht, was sie sagte.

„Ach, wüßte jemand nur, wie einerlei mir jetzt alles, alles ist", erwiderte sie. „Selbstverständlich möchte ich jetzt um nichts in der Welt mich von ihm trennen und abreisen ... Alpatytsch hat mir wohl irgend etwas vom Wegfahren erzählt ... Sprechen Sie mit ihm, ich kann nichts, ich kann nichts und ich will auch nichts ..."

„Ich habe schon mit ihm gesprochen. Er hofft, es wird sich machen lassen, daß wir morgen fahren, ich glaube aber, das beste wäre es, jetzt hier zu bleiben", sagte Mademoiselle Bourienne. „Das müssen Sie doch zugeben, chère Marie, es wäre doch fürchterlich, unterwegs in die Hände von Soldaten oder aufrührerischen Bauern zu fallen."

Mademoiselle Bourienne entnahm ihrem Ridikül eine Bekanntmachung, deren Papier bereits ihre nichtrussische Herkunft verriet. Sie war von dem französischen General Rameau erlassen worden und besagte, die Landeseinwohner sollten ihre Wohnsitze nicht verlassen, und die französischen Behörden würden ihnen den notwendigen Schutz zuteil werden lassen. Diese Bekanntmachung gab sie jetzt der Prinzessin.

„Ich glaube, das beste wäre es, sich an diesen General zu wenden", sagte Mademoiselle Bourienne. „Ich bin überzeugt, daß er Ihnen mit der schuldigen Achtung begegnen wird."

Prinzessin Marja las die Bekanntmachung, und ihr Gesicht zuckte von verhaltenem Schluchzen.

„Durch wen haben Sie diese Bekanntmachung bekommen?" fragte sie.

„Vermutlich hat man gesehen, daß ich Französin bin, eben an meinem Namen", erwiderte Mademoiselle Bourienne errötend.

Die Bekanntmachung in der Hand, stand Prinzessin Marja vom Fenster auf, verließ mit bleichem Gesicht das Zimmer und ging in das ehemalige Kabinett des Fürsten Andrej.

„Dunjascha! Alpatytsch soll kommen, Dronuschka oder irgend jemand!" rief sie. „Und sagt Amalia Karlowna, sie soll jetzt nicht zu mir hereinkommen", setzte sie hinzu, als sie Mademoiselle Bouriennes Stimme hörte. „Nur so schnell wie möglich abreisen! So schnell wie möglich abreisen!" sagte sie dann und empfand ein Grauen vor dem Gedanken, sie könnte, wenn sie bliebe, in die Gewalt der Franzosen fallen.

Fürst Andrej sollte hören müssen, sie sei in die Gewalt der Franzosen gefallen! Sie, die Tochter des Fürsten Nikolai Andrejewitsch

Bolkonskij, sollte Herrn General Rameau um seinen Schutz bitten und von ihm Wohltaten annehmen! Dieser Gedanke jagte ihr Entsetzen ein, ließ sie zusammenzucken, rot werden und ein Gefühl des Grimmes und Stolzes empfinden, das ihr bisher fremd gewesen war. Alles Schwere und besonders alles Erniedrigende ihrer Lage kam ihr lebhaft zum Bewußtsein. „Sie, die Franzosen, nisten sich in diesem Hause ein, Herr General Rameau nimmt sich das Kabinett des Fürsten Andrej! Er macht sich ein Vergnügen draus, die Briefe und Papiere meines Bruders zu durchstöbern und zu lesen. Mademoiselle Bourienne lui fera les honneurs de Bogutscharowo.[1] Mir wird man aus Barmherzigkeit ein Zimmerchen überlassen. Die Soldaten werden Vaters frisches Grab aufreißen, um ihm seine Kreuze und Ordenssterne zu nehmen. Mir werden sie von ihren Siegen über die Russen erzählen und noch Mitleid mit meinem Kummer heucheln." So dachte Prinzessin Marja, obwohl das eigentlich gar nicht in ihrer Denkart lag; allein sie fühlte sich verpflichtet, nun ihrerseits die Gedanken ihres Vaters und ihres Bruders zu denken. Ihr persönlich war es ganz einerlei, wo sie blieb und was aus ihr wurde, aber zugleich fühlte sie sich als Vertreterin ihres toten Vaters und des Fürsten Andrej. So dachte sie unwillkürlich deren Gedanken und empfand deren Empfindungen. Was sie jetzt sagen, was sie jetzt tun würden, das zu sagen und zu tun empfand sie jetzt als unerläßliche Pflicht. Sie war ins Kabinett des Fürsten Andrej gegangen, sie suchte sich hier in seine Gedankenwelt zu versetzen und so ihre Lage zu überdenken.

Die Forderungen des Lebens, die sie mit dem Tode des Vaters zerstoben geglaubt hatte, erhoben sich plötzlich vor Prinzessin Marja mit neuer und fremder Kraft und nahmen von ihr Besitz.

Aufgeregt, ganz rot geworden, ging sie im Zimmer auf und ab, verlangte bald nach Alpatytsch, bald nach Michail Iwanowitsch, bald nach Tichon, bald nach Dron. Dunjascha, die Kinderfrau und die Stubenmädchen konnten nichts darüber aussagen, wie weit das richtig sein mochte, was Mademoiselle Bourienne vorgebracht hatte. Alpatytsch war nicht im Hause, da er ja zur Behörde gefahren war. Michail Iwanowitsch, der Baumeister, den Prinzessin Marja hatte rufen lassen, erschien ganz verschlafen bei ihr und wußte nichts zu sagen. Mit dem gleichen Lächeln der Zustimmung, mit dem er gewohnheitsgemäß fünfzehn Jahre lang unter Verzicht auf jede eigene Meinungsäußerung alle Aussprüche und Forderungen des alten Fürsten quittiert hatte, beantwortete er auch jetzt die Fragen der Prinzessin Marja, so daß sich dem, was er sagte, nichts Positives entnehmen ließ. Auch der alte Kammerdiener Tichon war gerufen

[1] Mademoiselle Bourienne wird die Gastgeberin von Bogutscharowo spielen.

worden. Er stand, den Ausdruck untröstlichen Kummers auf dem schmal gewordenen verfallenen Gesicht, vor Prinzessin Marja, beantwortete alle ihre Fragen mit seinem: „Zu Befehl" und konnte sich kaum des Schluchzens erwehren, wenn er sie ansah.

Endlich kam der Dorfälteste Dron herein, verbeugte sich tief vor der Prinzessin und blieb an der Tür stehen. Prinzessin Marja ging auf ihn zu und stellte sich vor ihn hin.

„Dronuschka", sagte sie und sah dabei in ihm einen Freund, an dessen Treue es gar keinen Zweifel gab – es war ja jener selbe Dronuschka, der ihr von seiner alljährlichen Jahrmarktsfahrt nach Wjasma jedesmal eine besondere Sorte Pfefferkuchen mitgebracht und lächelnd überreicht hatte. „Dronuschka, jetzt, nachdem dieses Unglück über uns gekommen ist...", fing sie an und verstummte gleich darauf, da sie nicht die Kraft fand, weiterzusprechen.

„Wir sind alle in Gottes Hand", sagte er seufzend.

„Dronuschka, Alpatytsch ist eben nicht da, ich habe niemand, an den ich mich wenden könnte. Es heißt, ich könnte nicht mehr wegfahren. Stimmt das?"

„Warum sollst du nicht fahren können, Ew. Durchlaucht? Fahren kann man schon", antwortete Dron.

„Es heißt, es sei gefährlich, wegen des Feindes. Liebster, bester Dron, ich selbst verstehe nichts und begreife nichts, und niemand ist mir zur Seite, ich will um jeden Preis noch in der Nacht oder doch morgen früh fahren."

Dron gab keine Antwort. Er sah Prinzessin Marja geduckt von unten her an.

„Es sind keine Pferde da", sagte er schließlich. „Das habe ich auch schon Jakow Alpatytsch gesagt."

„Wieso nicht?" fragte die Prinzessin.

„Alles wegen der Züchtigung, die Gott hat über uns kommen lassen", erklärte Dron. „Eine Masse Pferde sind zum Militär genommen worden, viele andere sind eingegangen, es ist eben so ein böses Jahr. Es ist nicht Futter genug da für die Pferde, man muß ja fast selbst verhungern! Drei Tage hat man schon nichts mehr zu essen bekommen. Es ist nichts da, alles in Grund und Boden weg."

Prinzessin Marja hatte ihn mit großer Aufmerksamkeit angehört. „Die Bauern sind so am Ende? Haben sie kein Getreide mehr?"

„Sie sterben vor Hunger", erwiderte Dron. „Na, und Vorspann..."

„Warum hast du denn das nicht eher gesagt, Dronuschka? Kann man ihnen nicht helfen? Ich will ja alles tun, was ich kann..."

Es erschien der Prinzessin Marja so sonderbar, daß es jetzt gerade in diesem Augenblick, in welchem ihre Seele so voll Kummer war, noch Reiche und Arme geben sollte und die Reichen den Armen nicht sollten helfen können. Nach einigem, was sie gelegentlich gehört hatte, hatte sie eine dunkle Vorstellung davon, daß es herrschaftliches Getreide gab und daß die Bauern unter Umständen etwas davon abbekamen. Sie wußte auch, daß weder ihr Bruder noch ihr Vater den Bauern, die in Not waren, je eine solche Bitte abgeschlagen hätten. Nur fürchtete sie, nicht ganz die rechten Worte zu treffen, wenn sie jetzt anordnete, daß den Bauern Getreide ausgeteilt werden sollte. Aber sie freute sich, daß sich ihr ein Anlaß zu tätiger Fürsorge bot, ein Anlaß, über dem sie ihren Kummer für eine kleine Weile vergessen konnte, ohne deswegen Gewissensbisse empfinden zu müssen. Sie begann Dronuschka nach Einzelheiten zu fragen, nach den Nöten der Bauern und nach dem herrschaftlichen Getreide in Bogutscharowo.

„Wir haben doch herrschaftliches Getreide, Getreide meines Bruders?" fragte sie.

„Vom herrschaftlichen Getreide ist nichts angerührt", antwortete Dron stolz. „Unser Fürst hat keinen Befehl gegeben, zu verkaufen."

„Verteile es unter die Bauern, sie sollen alles haben, was sie brauchen. Ich ermächtige dich dazu im Namen meines Bruders", sagte Prinzessin Marja.

Dron gab keine Antwort und seufzte schwer.

„Verteile das Getreide an die Bauern, wenn es genug ist. Verteile alles. Ich befehle es dir im Namen meines Bruders. Und sage ihnen: was uns gehört, gehört auch ihnen. Es soll uns auf kein Opfer ankommen, wenn es um unsere Bauern geht. Sage ihnen das."

„Nimm mir mein Amt ab, Mütterchen, um Gottes willen, befiehl, daß die Schlüssel mir wieder abgenommen werden", sagte er. „Dreiundzwanzig Jahre lang bin ich Dorfältester gewesen und habe mir nichts zuschulden kommen lassen. Nimm mir das Amt ab, um Gottes willen!"

Prinzessin Marja begriff nicht, was er von ihr wollte und warum er um die Enthebung von seinem Amt bat. Sie antwortete ihm, sie habe nie an seiner Ergebenheit gezweifelt und sie sei bereit, alles nur mögliche für ihn und die Bauern zu tun.

XI

Eine Stunde später kam Dunjascha zur Prinzessin und sagte, Dron sei gekommen, und alle Bauern hätten sich, wie sie es angeordnet habe, am Speicher versammelt und wollten mit der Herrin sprechen.

„Aber — das habe ich ja gar nicht angeordnet", antwortete Prin=

zessin Marja. „Ich habe doch nur Dronuschka gesagt, er soll Getreide unter sie austeilen."

„Prinzessin, Mütterchen, befehlen Sie nur um Gottes willen, sie wieder wegzujagen, und gehen Sie nicht hin. Es ist alles nur ein einziger Schwindel", sagte Dunjascha. „Jakob Alpatytsch muß bald wieder dasein, und dann fahren wir ab ... Aber um Gottes willen ..."

„Was heißt das: Schwindel?" fragte die Prinzessin erstaunt.

„Ich weiß schon Bescheid, hören Sie doch nur auf mich, um Gottes willen! Oder fragen Sie die Kinderfrau. Man sagte, Sie wollen nicht fort von hier, wie Sie es doch befohlen haben."

„Nein, nein, es ist ganz anders. Ich habe nie so etwas befohlen", antwortete Prinzessin Marja. „Dronuschka soll herkommen."

Dron kam und bestätigte, was Dunjascha gesagt hatte: die Bauern seien zur Stelle, wie die Prinzessin es angeordnet habe.

„Aber das habe ich doch nie angeordnet", entgegnete die Prinzessin. „Du hast mich gewiß mißverstanden und ihnen etwas Falsches gesagt. Ich habe doch nur angeordnet, daß du ihnen Getreide austeilen sollst."

Dron seufzte und gab keine Antwort.

„Wenn Sie befehlen, werden sie wieder gehen", sagte er dann.

„Nein, nein, ich gehe selbst zu ihnen", erklärte Prinzessin Marja. Dunjascha und die Kinderfrau suchten sie davon abzubringen, aber Prinzessin Marja ging hinaus. Dronuschka, Dunjascha, die Kinderfrau und Michail Iwanowitsch schlossen sich ihr an.

„Wahrscheinlich glauben die Leute, ich biete ihnen das Getreide nur an, damit sie hier an Ort und Stelle bleiben, während ich selbst wegfahre und sie der Willkür der Franzosen überlasse. Ich will ihnen Unterkunft und Deputat auf unserm Moskauer Gut versprechen. Ich bin überzeugt, daß Andrej an meiner Stelle noch weiter gehen würde", dachte Prinzessin Marja, während sie durch die Dämmerung auf die Menge zuging, die auf dem Weideplatz beim Speicher stand. Die eng zusammengedrängt dastehende Menge geriet in Bewegung, und die Mützen wurden schnell abgenommen. Den Blick gesenkt, trat Prinzessin Marja dicht an die Leute heran und verwickelte sich dabei mit den Füßen in ihrem Kleidersaum. So viele verschiedene Augenpaare, alte und junge, hafteten an ihr, so viele verschiedene Gesichter waren ihr zugewandt, daß Prinzessin Marja kein einziges deutlich zu erkennen vermochte. Sie empfand es als notwendig, mit allen zugleich zu reden, wußte aber nicht, wie das zu geschehen hatte. Indessen gab ihr das Bewußtsein, an ihres Vaters und ihres Bruders Statt hier zu stehen, wieder Kraft, und so begann sie unerschrocken zu sprechen. Sie hielt den Blick wieder gesenkt und fühlte ihr Herz rasch und heftig pochen, während sie sprach.

„Ich freue mich sehr, daß ihr gekommen seid. Dronuschka hat mir gesagt, wie schwer der Krieg euch getroffen hat. Dieses Leid ist uns gemeinsam, und es kommt mir auf kein Opfer an, wenn ich euch nur helfen kann. Ich selbst fahre weg, weil die Lage hier gefährlich ist ... und weil der Feind anrückt ... und weil ... Ich gebe euch alles, meine Freunde, ich bitte euch, alles zu nehmen, alles, alles Getreide, was uns gehört, damit ihr keine Not leidet. Und wenn man euch vielleicht gesagt hat, ich gebe euch das Getreide, um euch zum Hierbleiben zu veranlassen, so ist das nicht wahr. Ich bitte euch im Gegenteil, mit allem, was ihr habt, auf unser Moskauer Gut zu kommen, und ich verspreche euch, ich werde dafür sorgen, daß ihr keinen Mangel leiden werdet. Ihr bekommt Unterkünfte und Lebensmittel."

Die Prinzessin machte eine Pause. Einige in der Menge seufzten.

„Ich tue das nicht aus mir selbst", fuhr die Prinzessin fort, „sondern ich tue es im Namen meines verewigten Vaters, der euch ein guter Herr war, und ich tue es im Namen meines Bruders und seines Sohnes."

Wieder machte sie eine Pause. Niemand sagte etwas.

„Es ist unser gemeinsames Leid, und wir wollen alles miteinander teilen. Alles, was mir gehört, gehört euch", sagte sie und ließ ihren Blick über die Gesichter vor ihr hingleiten.

Aller Augen sahen sie an, und in allen Augen lag der gleiche Ausdruck, dessen Bedeutung sie nicht verstand. Ob es nun ein Ausdruck der Neugierde, der Ergebenheit, der Dankbarkeit oder der Angst und des Mißtrauens war – der gleiche Ausdruck lag auf allen Gesichtern.

„Sie sind sehr gnädig, und das erkennen wir an. Aber Herrschaftsgetreide zu nehmen, das steht uns nicht zu", sagte eine Stimme weiter hinten.

„Ja, warum nicht?" fragte die Prinzessin.

Niemand antwortete, Prinzessin Marja ließ wieder ihre Blicke über die Menge hingleiten und nahm wahr, daß sich jetzt alle Augen, denen die ihrigen begegneten, sogleich zu Boden senkten.

„Ja, warum wollt ihr das nicht?" fragte sie noch einmal.

Niemand antwortete.

Prinzessin Marja empfand dieses Schweigen als drückend. Sie suchte wenigstens irgendeinen Blick zu erhaschen.

„Warum sagt ihr nichts?" wandte sie sich an einen Greis, der, auf seinen Stock gestützt, vor ihr stand. „Rede doch, wenn du meinst, ihr brauchtet noch irgend etwas. Ich will alles tun."

Es war, als ärgere er sich darüber, daß es ihr gelungen war, seinen Blick zu erhaschen. Er ließ den Kopf jetzt ganz tief hinunterhängen und brummte: „Darauf lassen wir uns nicht ein, wir brauchen kein Getreide."

Jetzt wurden von verschiedenen Seiten Äußerungen laut: „Was, sollen wir hier alles stehen- und liegenlassen? Darauf lassen wir uns nicht ein. Darauf lassen wir uns nicht ein ... Das ist nichts für uns. Du tust uns leid, aber darauf können wir uns nicht einlassen. Du kannst ja wegfahren, aber ohne uns ..."

Und wieder erschien auf allen Gesichtern der gleiche Ausdruck, und jetzt bekundete dieser Ausdruck mit Bestimmtheit nicht etwa Neugier oder Dankbarkeit, sondern grimmige Entschlossenheit.

„Gewiß habt ihr mich falsch verstanden", sagte Prinzessin Marja mit einem traurigen Lächeln. „Warum wollt ihr nicht fort? Ich verspreche euch doch, ich will euch unterbringen und für eure Ernährung sorgen. Und hier wird der Feind euch zugrunde richten."

Aber ihre Stimme verschwand im Stimmengewirr der Menge.

„Darauf lassen wir uns nicht ein! Mag er uns doch zugrunde richten! Wir nehmen dein Getreide nicht! Darauf lassen wir uns nicht ein!"

Wieder suchte Prinzessin Marja wenigstens einen einzigen Blick aus der Menge zu erhaschen, aber keiner richtete sich auf sie, und offenbar mieden alle Blicke den ihrigen. Es wurde ihr unheimlich.

„Guck mal an, wie gerieben sie uns das beibringen will, ja, mit ihr irgendwohin in die Knechtschaft gehen! Schlage dein Haus entzwei, und dann gehe mit und lasse dich irgendwo anbinden! Das wäre so das Richtige! ‚Ich will euch Getreide geben!' sagt sie", so klang es aus der Menge.

Prinzessin Marja schlug den Blick nieder, verließ den Kreis, der sich um sie gebildet hatte, und kehrte ins Haus zurück. Sie befahl Dron noch einmal, Pferde zur Abreise für den nächsten Tag bereitzustellen, ging dann in ihr Zimmer und blieb mit ihren Gedanken allein.

XII

Lange Zeit saß Prinzessin Marja in dieser Nacht am offenen Fenster in ihrem Zimmer und hörte das ferne, undeutliche Stimmengewirr, das aus dem Dorfe herüberkam. Aber ihre Gedanken waren nicht mehr bei den Bauern. Sie fühlte, daß sie die Bauern doch nicht verstehen konnte, soviel sie auch über sie nachdachte. So richtete sie ihre Gedanken auf einen anderen Punkt. Sie dachte an ihren Kummer, der jetzt, von einer dem täglichen Leben angehörenden Sorge abgelöst, bereits zu etwas Vergangenem geworden war. Sie konnte jetzt bereits an ihn zurückdenken wie an etwas Vergangenes, konnte weinen und konnte beten.

Mit Sonnenuntergang war der Wind verstummt. Es war eine stille und frische Nacht. Gegen zwölf Uhr schwiegen auch die Stimmen im Dorf. Ein Hahn krähte. Hinter den Linden begann der Vollmond aufzusteigen. Ein frischer, weißer Nebeltau erhob sich. Über dem Dorf wie über dem Herrenhaus herrschte Stille.

Allerhand Bilder aus der jüngsten Vergangenheit zogen an Prinzessin Marja vorüber, Bilder aus der Krankheit und den letzten Augenblicken des Vaters. Und mit wehmütiger Freude verweilte sie bei diesen Bildern und wies mit Entsetzen nur eines von sich, das letzte Bild, das Bild seines Todes; denn sie fühlte, hier in dieser stillen und geheimnisvollen Nachtstunde war sie nicht stark genug, dieses Bild auch nur in ihrer Phantasie vor sich zu sehen. Und diese Bilder traten ihr mit solcher bis ins kleinste gehenden Deutlichkeit vors Auge, daß Prinzessin Marja sie bald als etwas Gegenwärtiges vor sich sah, bald als etwas empfand, das sie erlebt hatte oder das sie mit Sicherheit noch erleben sollte. Sehr lebhaft stand der Augenblick vor ihr, in welchem ihn nach seinem Schlaganfall die Leute unter die Arme gefaßt hatten und ihn so aus dem Garten in Lysyja Gory schleppten und er mit der kraftlos gewordenen Zunge irgend etwas Unverständliches vor sich hinmurmelte, mit den weißgrauen Augenbrauen zuckte und sie unruhig und schüchtern ansah.

„Schon damals hat er mir das sagen wollen, was er mir nachher an seinem Todestage sagte", dachte sie. „An das, was er mir damals sagte, hat er offenbar schon immer gedacht." Und nun fiel ihr mit allen Einzelheiten wieder jene Nacht in Lysyja Gory ein, einen Tag, bevor der Schlag ihn traf, jene Nacht, in der sie in der Vorahnung eines kommenden Unheils gegen seinen Willen bei ihm geblieben war. Schlaflos hatte sie sich in dieser Nacht auf den Zehenspitzen die Treppe hinabgeschlichen, war an die Tür des Blumenzimmers gegangen, in welchem der Vater sich für diese Nacht eingerichtet hatte, und hatte auf seine Stimme gehorcht. Er sprach gerade mit Tichon, und seine Stimme klang müde und gequält. Er sagte irgend etwas von der Krim, von warmen Nächten, von der Kaiserin. Er hatte offenbar das Verlangen, ein wenig zu plaudern. „Und warum hat er nicht nach mir geschickt? Warum hat er mir nicht erlaubt, einmal an Tichons Stelle zu treten?", so hatte Prinzessin Marja damals gedacht, und so dachte sie auch jetzt. „Niemals mehr wird er jetzt zu irgendeinem Menschen davon sprechen können, was in seinem Inneren vor sich geht. Nie kommt für ihn und für mich der Augenblick wieder, in welchem er mir an Tichons Stelle alles sagen könnte, was er möchte, und ich ihm zugehört und ihn verstanden hätte. Warum bin ich damals nicht zu ihm hineingegangen? Vielleicht hätte er mir schon damals das gesagt, was er mir an seinem Todestag sagte. Er hat auch damals, während er mit Tichon sprach, zweimal nach mir gefragt. Er hat mich sehen wollen, und ich stand da, hinter der Tür. Es drückte ihn, es machte ihn traurig, daß er mit Tichon sprechen mußte, der ihn doch nicht verstand. Ich weiß noch, wie er mit ihm von Lisa zu sprechen begann, als sei sie noch am Leben – er hatte vergessen, daß sie gestorben war – und wie Tichon ihn daran erinnerte, daß sie nicht mehr unter den Lebenden ist, und wie er dann schrie: ‚Dummkopf!' Es war ihm so unangenehm, daß Tichon ihn auf diese Gedächtnisschwäche aufmerksam gemacht hatte. Ich hörte hinter der Tür, wie er ächzte, als er sich aufs Bett legte, und wie er ganz laut schrie: ‚Mein Gott!' Warum bin ich damals nicht hineingegangen? Was hätte er mir denn tun können? Was hätte ich zu verlieren gehabt? Vielleicht wäre er schon damals weichgeworden und hätte mir dieses Wort gesagt." Und Prinzessin Marja sprach laut das zärtliche Wort aus, das er ihr an seinem Todestage gesagt hatte. „Lieb=ling", wiederholte sie einmal über das andere und schluchzte dabei und fühlte, wie die Tränen ihr das Herz leichter machten. Sie sah jetzt sein Gesicht vor sich, nicht das Gesicht, das sie gekannt hatte, so lange sie denken konnte, und das sie immer nur mit einem gewissen Abstand gesehen hatte, sondern das schüchterne, von aller Kraft verlassene Gesicht, das sie mit allen seinen Runzeln und allen kleinen Einzelzügen zum ersten Male in unmittelbarer Nähe gesehen hatte, als sie sich zu seinem Munde hinabgebeugt hatte, um zu hören, was er sagte.

„Lieb=ling", wiederholte sie.

„Was hat er bei sich gedacht, als er dieses Wort aussprach? Was denkt er jetzt wohl?" fuhr es ihr plötzlich durch den Kopf, und als sollte ihr diese Frage beantwortet werden, sah sie ihn auf einmal vor sich mit dem Ausdruck, den sein Gesicht gehabt hatte, als es im Sarge mit dem weißen Tuche umwunden gewesen war. Und das Entsetzen, das damals über sie gekommen war, als sie ihn berührte und damit begriffen hatte, daß das ja gar nicht mehr er war, sondern vielmehr etwas Geheimnisvolles und Abscheuerregendes, dieses Entsetzen kam auch jetzt über sie. Sie wollte an etwas anderes denken, sie wollte beten und vermochte es doch nicht. Mit großen, weit aufgerissenen Augen starrte sie auf das Mondlicht und den Schatten und erwartete jeden Augenblick sein Leichengesicht zu sehen. Sie fühlte, wie die Stille, die über dem Hause und im Hause lag, sich wie eine eiserne Klammer um sie legte.

„Dunjascha!" murmelte sie. „Dunjascha!" schrie sie dann mit fast unkenntlicher Stimme, riß sich vom Grauen dieser Stille los und stürzte zum Mädchenzimmer. Unterwegs schon kamen ihr die Kinderfrau und einige Mädchen entgegengerannt.

XIII

Am 17. August verließen Rostow und Iljin, begleitet von dem soeben aus der Gefangenschaft zurückgekehrten Lawruschka und einer Husarenordonnanz, ihr Quartier in Jankowo, um einen Spazierritt zu machen, Iljins neugekauftes Pferd zu probieren und festzustellen, ob es nicht in den Dörfern der Umgegend noch Heu gab.

Jankowo war fünfzehn Werst von Bogutscharowo entfernt. Bogutscharowo lag seit drei Tagen zwischen beiden feindlichen Armeen. Es war der russischen Arrièregarde ebenso leicht zugänglich wie der französischen Avantgarde, und darum wollte Rostow als vorsorglicher Schwadronschef an sich nehmen, was an Lebens- und Futtermitteln noch in Bogutscharowo war, bevor es den Franzosen in die Hände fiel.

Rostow und Iljin waren in der besten Stimmung von der Welt. Auf dem Wege nach Bogutscharowo, das ja ein fürstliches Gut mit einem entsprechenden Herrenhause war, wo es sicherlich einen großen Haushalt und hübsche Mädchen geben würde, fragten sie Lawruschka nach Napoleon aus, lachten über seine Erzählungen oder ritten um die Wette, um Iljins Pferd auszuprobieren.

Rostow hatte keine Ahnung davon, daß das Dorf, auf das sie zuritten, zum Gut desselben Bolkonskij gehörte, der mit seiner Schwester verlobt gewesen war.

Rostow und Iljin ritten, an dem sanft geneigten Abhang vor Bogutscharowo angekommen, noch ein letztes Mal um die Wette. Rostow überholte Iljin und kam als erster in die Dorfstraße von Bogutscharowo gejagt.

„Du hast das Rennen gemacht", sagte Iljin, der ganz rot geworden war.

„Ja, jedesmal, vorhin auf der Wiese und jetzt wieder", antwortete Rostow und streichelte sein schaumbedecktes Donpferd.

„Aber ich auf meiner Französin, Ew. Erlaucht, ich hätte Sie überholt, aber ich wollte Ihnen doch die Schande nicht antun", sagte der hinter den beiden reitende Lawruschka und meinte mit der „Französin" den Wagenklepper, den er ritt.

Sie ritten im Schritt auf einen Speicher zu, vor dem eine große Menge von Bauern stand.

Einige Bauern nahmen die Mützen ab, andere behielten sie auf dem Kopf und sahen sich die Ankömmlinge an. Zwei alte Bauern, hochgewachsene Leute mit runzligen Gesichtern und schütteren Bärten, kamen aus der Schenke und torkelten lächelnd und mit mißtönendem Gesang auf die Offiziere zu.

„Na, das sind mir ja die Richtigen!" lachte Rostow. „Wie ist es damit? Habt ihr Heu?"

„Wie ähnlich die beiden einander sehen!" meinte Iljin.

„Lau=ter lus=ti=ge Ge=se=he=hel=len!" sang der eine der beiden mit seligem Lächeln.

Aus der Menge löste sich ein Mann und kam auf Rostow zu.

„Was seid ihr? Russen oder Franzosen?" fragte er.

„Franzosen", antwortete Iljin lachend. „Da ist auch Napoleon selbst", sagte er und deutete auf Lawruschka.

„Dann seid ihr also doch Russen?" fragte der Bauer wieder.

„Sind viele von euch hier in der Gegend?" fragte ein anderer, ein kleiner Bauer, der sich zu dem ersten Frager gestellt hatte.

„Natürlich, natürlich", erwiderte Rostow. „Aber warum seid ihr denn alle hier zusammengekommen? Habt wohl einen Festtag? Was?" setzte er hinzu.

„Die alten Leute sind in einer Angelegenheit der Gemeinde zusammengekommen", versetzte der Bauer und entfernte sich wieder.

In diesem Augenblick tauchten auf dem zum Herrenhause führenden Weg zwei Frauen und ein Mann mit einem weißen Hut auf und kamen auf die Offiziere zu.

„Die in rosa ist für mich, da gibt es nichts!" sagte Iljin, als er die entschlossen auf ihn zueilende Dunjascha sah.

„Die wird wohl für uns sein!" sagte Lawruschka und zwinkerte Iljin zu.

„Na, was gibt es, meine Schöne?" fragte Iljin lächelnd.

„Die Prinzessin schickt mich, um zu fragen, von was für einem Regiment Sie sind und wie Sie heißen."

„Dies ist der Schwadronschef Graf Rostow und ich bin Ihr ergebenster Diener."

„Ge=se=he=hel=len . . .!" sang der betrunkene Bauer, lächelte selig und sah Iljin an, während dieser mit dem Mädchen sprach.

Hinter Dunjascha war Alpatytsch gekommen, hatte schon in beträchtlicher Entfernung seinen Hut abgenommen und trat jetzt auf Rostow zu.

„Ich nehme mir die Freiheit, Sie zu belästigen, Ew. Wohlgeboren", sagte er ehrerbietig, aber doch mit einer herablassenden Geringschätzung, die dem jugendlichen Alter dieses Offiziers galt. Die Hand hatte er zudem über der Brust in den Rock gesteckt. „Meine Herrin, die Tochter des am fünfzehnten dieses Monats heimgegangenen Generals en chef Fürsten Nikolai Andrejewitsch Bolkonskij, befindet sich angesichts der Flegelhaftigkeit dieser Leute da" — er deutete auf die Bauern — „in einer schwierigen Lage und bittet Sie, zu ihr zu kommen . . . — Würden Sie vielleicht so gut sein", setzte er dann mit einem melancholischen Lächeln hinzu, „ein wenig auf die Seite zu kommen, weil es doch nicht angenehm ist, in Gegen=

wart von diesen ..." Alpatytsch wies auf die beiden Bauern, die um ihn herumsummten wie Bremsen um ein Pferd.

„Ah! ... Alpatytsch ... Ah, Jakow Alpatytsch ... Na ja, na ja ... Du hast wohl nichts dagegen, was? Schön, schön! Was?" sagten die Bauern und lachten ihn selig an.

Rostow sah die betrunkenen Bauern an und lachte.

„Oder finden Sie das vielleicht schön, Ew. Wohlgeboren?" sagte Jakow Alpatytsch gemessen und deutete mit der Linken auf die zwei Alten, während er die Rechte immer noch vorn im Rock stecken hatte.

„Nein, sehr schön kann man das freilich nicht finden", erwiderte Rostow und ritt ein wenig auf die Seite. „Was ist denn los?" fragte er.

„Ich nehme mir die Freiheit, Ihnen zu melden, Ew. Wohlgeboren, daß dies Pack hier meine Herrin nicht von ihrem Gut fortlassen will und die Pferde auszuspannen droht, so daß Ihre Durchlaucht nicht fahren können, obgleich schon morgens früh alles zur Abreise fertig war."

„Das ist doch nicht möglich!" rief Rostow.

„Ich habe mich beehrt, Ihnen alles wahrheitsgemäß zu berichten", sagte Alpatytsch.

Rostow saß ab, überließ sein Pferd der Ordonnanz, ging mit Alpatytsch auf das Haus zu und erkundigte sich nach weiteren Einzelheiten. Damit, daß die Prinzessin den Bauern Getreide angeboten hatte sowie durch ihre Besprechung mit Dron und ihr Erscheinen vor den Bauern hatte sie die Sache vollkommen verfahren, so daß Dron die Schlüssel endgültig niedergelegt und sich den Bauern angeschlossen hatte. Alpatytsch hatte mehrere Male nach ihm geschickt, aber er war nicht mehr gekommen, und als die Prinzessin früh am Morgen den Befehl zum Anspannen gegeben hatte, um endlich abzufahren, da hatten die Bauern sich Mann für Mann am Speicher eingefunden und der Prinzessin sagen lassen, sie würden sie nicht aus dem Dorf hinauslassen, es liege ein Befehl vor, demzufolge jeder an seinem Wohnort bleiben müsse, und sie würden die Pferde wieder ausspannen. Alpatytsch war einige Male zu ihnen gegangen und hatte ihnen ins Gewissen geredet, aber sie hatten ihm geantwortet, sie könnten die Prinzessin nicht fortlassen, es liege ein Befehl vor, und die Prinzessin solle nur dabeiben, sie wollten ihr wie früher dienstbar sein und ihr in allem gehorchen. Am meisten gesprochen hatte Karp; Dron hatte sich nicht aus der Menge hervorgewagt.

Als Rostow und Iljin angaloppiert kamen, hatte Prinzessin Marja, obwohl Alpatytsch, die Kinderfrau und die Hausmädchen ihr abredeten, Befehl zum Anspannen gegeben und hatte fahren wollen. Aber dann hatte man die angaloppierenden Kavalleristen gesehen und sie für Franzosen gehalten, die Kutscher waren weggelaufen und die Weiber im Hause hatten angefangen zu heulen.

„Väterchen! Unser leiblicher Vater du! Dich hat Gott uns geschickt!" winselten sie jetzt, während Rostow durch den Flur ging. Prinzessin Marja saß ganz verstört und von Kräften gekommen im Saal, als Rostow zu ihr geführt wurde. Sie begriff nicht, wer er war und warum er da war und was weiter mit ihr selbst geschehen würde. Dann aber sah sie sein russisches Gesicht und erkannte in ihm an der Art, mit der er hereinkam, und an den ersten Worten, die er sprach, einen Menschen ihrer Gesellschaftsschicht, und nun sah sie ihn mit der ganzen Tiefe und Leuchtkraft ihres Blickes an und begann mit zitternder und vor Aufregung häufig versagender Stimme zu sprechen. Vom ersten Augenblick an empfand Rostow das Romanhafte dieses Zusammentreffens. „Ein schutzloses, von Kummer geschlagenes Mädchen, allein, der Willkür roher, aufrührerischer Bauern preisgegeben! Und was für eine sonderbare Schicksalsführung hat mich hierhergebracht!" dachte Rostow, während er ihr zuhörte und sie ansah. „Und was für eine Sanftmut, was für ein Adel in ihren Zügen und in ihrer Miene!"

Sie sprach schüchtern. Als sie aber erzählte, daß all dieses am Tage nach der Beerdigung ihres Vaters stattgefunden hatte, da zitterte ihre Stimme. Sie wandte sich ab, sah Rostow dann aber fragend und ängstlich an, als fürchte sie, er könne hinter ihrer Erzählung vielleicht die Absicht vermuten, sein Mitleid durch Übertreibungen und allzu eingehende Schilderung wachzurufen. Rostow traten die Tränen in die Augen. Prinzessin Marja bemerkte das und sah Rostow dankbar an mit einem ihrer leuchtenden Blicke, über denen man die Unschönheit ihres Gesichtes vergessen mußte.

„Ich kann gar nicht sagen, Prinzessin, wie glücklich ich bin, daß ich zufällig herkam und mich Ihnen nun hilfsbereit zeigen kann", sagte Rostow und stand auf. „Wollen Sie bitte abfahren, und ich hafte Ihnen mit meiner Ehre dafür, daß kein Mensch es wagen wird, Ihnen irgendeine Unannehmlichkeit zu bereiten, wenn Sie mir nur gestatten, Sie zu begleiten." Und dabei verbeugte er sich mit einer solchen Ehrfurcht, wie man sie Damen kaiserlichen Blutes gegenüber an den Tag legt, und ging zur Tür.

Es war, als wollte Rostow durch die Ehrerbietigkeit seines Tones zeigen, daß er es zwar für ein Glück hielt, ihre Bekanntschaft gemacht zu haben, aber den Umstand, daß er sie zufällig in dieser unglücklichen Lage angetroffen hatte, nicht zu einer weiteren Annäherung ausnutzen wollte.

Prinzessin Marja verstand das und rechnete es ihm hoch an.

„Ich bin Ihnen sehr, sehr dankbar", sagte sie auf französisch. „Ich hoffe aber, alles war nur ein Mißverständnis, und niemand hat eine Schuld daran." Dann brach sie plötzlich in Tränen aus. „Verzeihen Sie", sagte sie.

Rostow machte mit großem Ernst noch einmal eine tiefe Verbeugung vor ihr und ging hinaus.

XIV

„Na, war sie nett? Nein, Bruder, meine, die im Rosakleide, ist reizend. Dunjuscha heißt sie . . ."

Aber Iljin verstummte sofort, als er Rostows Gesicht sah. Er merkte, daß sein Abgott und Schwadronschef in einer ganz anderen Stimmung war.

Rostow sah Iljin böse an und ging, ohne ihm zu antworten, mit raschen Schritten auf das Dorf zu.

„Ich will es ihnen zeigen, diesen Spitzbuben, denen will ich es eintränken!" sagte er vor sich hin.

Alpatytsch kam hinter ihm hergesegelt, so schnell er konnte, ohne gerade in Laufschritt zu fallen, und holte Rostow mühsam ein.

„Darf ich fragen, was Sie beschlossen haben?" sagte er, als er ihn eingeholt hatte.

Rostow machte halt und wandte sich plötzlich mit geballten Fäusten drohend dem Verwalter zu.

„Beschlossen? Was heißt beschlossen? Du alter Klapperkasten!" schrie er ihn an. „Warum hast du dagestanden und zugeguckt? Was? Die Bauern rotten sich zusammen, und du weißt nicht, wie du mit ihnen fertig werden sollst? Du bist auch so ein Verräter! Ich kenne euch, aber ich werde euch allen das Fell schon abziehen . . ." Und als fürchte er, seinen Vorrat an Wut bereits vor der Zeit zu erschöpfen, ließ er Alpatytsch stehen und ging rasch weiter.

Alpatytsch verschluckte die Kränkung, segelte hastig hinter Rostow her und begann ihm wieder auseinanderzusetzen, wie die Dinge lagen. Die Bauern seien in einem Zustande solcher Verbocktheit, daß es im Augenblick töricht sein würde, allzu energisch gegen sie vorzugehen, solange man nicht ein Kommando Soldaten da habe. Vielleicht wäre es am besten, zuerst nach einem solchen Kommando zu schicken.

„Ich werde ihnen schon zeigen, wie ein Kommando Soldaten aussieht! Schlittenfahren werde ich mit ihnen!" schrie Nikolai wie von Sinnen. Eine irrsinnige, tierische Wut und das Verlangen, diese Wut über irgend jemand hinströmen zu lassen, verschlugen ihm den Atem.

Ohne weitere Erwägungen darüber anzustellen, was eigentlich geschehen sollte, ging er entschlossen und schnell auf die Menschenmenge zu. Und je näher er ihr kam, um so lebhafter hatte Alpatytsch die Empfindung, daß das sinnlose Vorgehen des Rittmeisters doch noch zu einem gescheiten Ergebnis führen würde. Dieses Gefühl hatten auch die Bauern in der Menge, als sie Rostow so rasch und entschlossen und mit so energischer und finsterer Miene kommen sahen.

Nachdem die Husaren in das Dorf eingeritten waren und Rostow zur Prinzessin gegangen war, hatte sich in der Menge Verwirrung und ratlose Uneinigkeit geltend gemacht. Einige Bauern sagten, die Reiter seien Russen und würden vielleicht unangenehm werden, weil man die Herrin nicht weggelassen hätte. Dieser Meinung war auch Dron. Kaum hatte er sich aber in diesem Sinne geäußert, als Karp und einige andere Bauern ihren ehemaligen Dorfältesten wütend angriffen. „Jahre um Jahre hast du mit dem ganzen Dorf Schindluder gespielt!" brüllte Karp ihn an. „Dir ist das ja gleich. Du gräbst dein verscharrtes Geld aus und fährst damit weg. Was liegt dir daran, ob unsere Häuser zum Teufel gehen oder nicht!"

„Es ist doch gesagt worden, alles soll bei seiner Ordnung bleiben, keiner soll weg, und keine Krume soll abgekarrt werden, so ist die Geschichte!" schrie ein anderer.

„Dein Sohn hätte zu den Rekruten gemußt, aber dir ist es um deinen Fettwanst wohl leid gewesen", fiel plötzlich ein kleiner, hastiger Greis über Dron her, „und so hast du statt dessen meinem Wanka die Haare abschneiden lassen. Warte nur, wenn wir zusammen vor Gottes Gericht stehen werden!"

„Jawohl, warte nur, warte nur!"

„Ich habe der Gemeinde nie etwas vorenthalten, was ihr zukam", sagte Dron.

„Was? Nie? Einen Speckbauch hast du dir angefressen!"

Auch die beiden Betrunkenen mischten sich ein.

Inzwischen hatten Iljin und Lawruschka Rostow und Alpatytsch eingeholt. Als die vier näherkamen, löste Karp sich von der Menge und ging ihnen einige Schritte entgegen, die Finger am Gürtel, ein leichtes Lächeln im Gesicht. Dron drückte sich weiter nach hinten, und die Menge drängte sich noch dichter zusammen als zuvor.

„He! Wer ist hier der Dorfälteste?" schrie Rostow und ging rasch auf den Menschenhaufen zu.

„Der Dorfälteste? Was soll der?" fragte Karp.

Er konnte nicht weitersprechen, denn er bekam einen Schlag über den Schädel, daß ihm die Mütze davonflog und der Kopf gegen die Schulter sank.

„Die Mützen herunter, ihr Schufte!" brüllte Rostow. „Wo ist der Dorfälteste?" schrie er weiter.

„Den Dorfältesten, er will den Dorfältesten haben ... Dron Sacharytsch, heran", schollen von allen Seiten hastige und unterwürfige Stimmen, und alle nahmen die Mützen ab.

„Wir müssen doch tun, was man uns befohlen hat, müssen sehen, daß alles seine Ordnung hat", sagte Karp, und gleich darauf riefen einige Stimmen von hinten: „Was die alten Leute beschlossen haben, das gilt. Was gehen uns diese da an? Es ist doch ein Befehl von der Obrigkeit ..."

„Was? Räsonieren? Rebellieren? Ihr Halunken, ihr Verräter!" brüllte Rostow in sinnloser Wut, und seine Stimme war kaum wiederzuerkennen. Er packte Karp am Kragen. „Bindet ihn, bindet ihn!" schrie er, obgleich außer Lawruschka und Alpatytsch eigentlich niemand da war, dem er diesen Befehl hätte geben können.

Allein Lawruschka stürzte sich auf Karp und packte ihn von hinten bei den Armen.

„Soll ich unsere Leute herbeirufen, die dort über dem Berge?" fragt er sehr laut.

Alpatytsch wandte sich an die Bauern, rief zwei von ihnen beim Namen und befahl ihnen, Karp zu fesseln. Die Bauern kamen gehorsam aus der Menge heraus und nestelten ihre Gürtel los.

„Wo ist der Dorfälteste?" schrie Rostow.

Dron kam heraus, finster und bleich im Gesicht.

„Du bist der Dorfälteste? Fesseln, Lawruschka!" schrie Rostow, als könne die Ausführung auch dieses Befehls unmöglich auf irgendwelche Schwierigkeiten stoßen.

Und tatsächlich begannen zwei Bauern Dron zu fesseln, der übrigens von selbst seinen Gürtel losband und ihn den beiden hinhielt, als wollte er ihnen behilflich sein.

„Jetzt hört einmal alle her!" wandte sich Rostow an die Bauern. „Schert euch sofort nach Hause! Und keinen Ton will ich mehr von euch hören!"

„Aber was denn? Wir haben doch keinem etwas getan. Wir haben doch nur so ... na, eben so aus Unverstand ... Ich habe es ja gleich gesagt, so etwas ist eben nicht in der Ordnung ..." So redeten die Leute durcheinander und fingen nun an, einander gegenseitig die Schuld zuzuschieben.

„Seht ihr wohl, ich hatte es euch ja vorher gesagt", betonte Alpatytsch, dessen Position jetzt durchaus wiederhergestellt war. „Das war nicht schön von euch, Kinder!"

„Es war doch nur unser Unverstand, Jakow Alpatytsch", antworteten mehrere Stimmen aus der Menge, die sich nun sofort zu zerstreuen und in der Richtung des Dorfes abzuziehen begann.

Die beiden Gefesselten wurden auf den Gutshof gebracht. Die zwei Betrunkenen folgten ihnen.

„Na, siehst du, das hast du jetzt davon", sagte der eine von ihnen zu Karp.

„Ja, darf man aber auch so mit einem Herrn sprechen? Was hast du dir eigentlich dabei gedacht? Dummkopf du!" fiel der andere ein. „Wahrhaftig, du bist schön dumm gewesen."

Zwei Stunden später standen die Fuhren auf dem Hof. Die Bauern waren eifrig dabei, das herrschaftliche Gepäck aus dem Hause zu schleppen und zu verladen. Dron war in eine Kammer gesperrt, auf Prinzessin Marjas Wunsch aber wieder losgelassen worden und stand jetzt auf dem Hof und leitete das Verladen des Gepäcks.

„Lege sie nicht so unordentlich hin", sagte einer von den Bauern, ein hochgewachsener Mensch mit einem runden, lächelnden Gesicht, indem er mit einem andern zusammen gerade eine Schatulle verpackte, die eins der Stubenmädchen ihnen übergeben hatte. „Die hat doch auch ihren Haufen Geld gekostet. Schmeiße sie doch nicht so und auch nicht so, daß sie unter den Strick kommt, der scheuert ja! So was kann ich nicht ausstehen. Bei mir muß so was anständig und nach seiner Ordnung gemacht werden. Siehst du so, unter die Matte, und dann ein bißchen Heu drüber. Ja, so! Das lasse ich mir gefallen."

„Guck doch, Bücher und schon wieder Bücher!" sagte ein anderer Bauer, der dabei half, die Bücherschränke des Fürsten Andrej herauszuschleppen. „Vorsicht! Nicht anstoßen! Aber die wiegen ihr Teil, Kinder! Na, das sind mir anständige Bücher!"

„Ja, wer die geschrieben hat, der hat sich heranhalten müssen!" meinte mit vielsagendem Zwinkern der hochgewachsene Bauer mit dem runden Gesicht und zeigte auf die zuoberst liegenden Lexika.

Rostow wollte nicht aufdringlich erscheinen und ging daher nicht mehr zur Prinzessin, sondern blieb im Dorf und wartete dort auf ihre Abfahrt. Er wartete so lange, bis die Equipagen der Prinzessin Marja den Gutshof verließen, saß dann auf und geleitete sie, bis sie in Jankowo an die von unseren Truppen besetzte Landstraße gelangte. Vor dem Kruge von Jankowo verabschiedete er sich ehrerbietig von ihr und erlaubte es sich dabei zum erstenmal, ihr die Hand zu küssen.

Prinzessin Marja sprach ihm ihre Dankbarkeit für ihre „Errettung" aus, wie sie sich ausdrückte.

Er wurde ganz rot und sagte:

„Wie können Sie davon reden? Jeder Landgendarm hätte doch das gleiche getan. Ja, wenn wir nur gegen Bauern Krieg zu führen hätten, dann wäre der Feind nicht so weit gekommen." Er empfand ein Gefühl der Beschämung und war bestrebt, das Thema zu wech=

seln. „Ich bin glücklich, daß ich Gelegenheit hatte, Ihre Bekanntschaft zu machen. Leben Sie wohl, Prinzessin, ich wünsche Ihnen viel Glück, und möchten Sie bald Trost finden! Hoffentlich sehen wir uns unter glücklicheren Umständen noch einmal wieder. Bitte, danken Sie mir nicht, wenn Sie nicht wollen, daß ich rot werde."

Aber wenn die Prinzessin auch aufhörte, ihm mit Worten zu danken, so dankte sie ihm doch immer noch mit dem Ausdruck ihres von Dankbarkeit und Zärtlichkeit leuchtenden Gesichts. Sie konnte ihm nicht glauben, daß sie ihm gegenüber keinen Grund zur Dankbarkeit haben sollte. Im Gegenteil, sie war ganz fest davon überzeugt, daß sie ohne sein Dazwischentreten verloren gewesen wäre — angesichts der revoltierenden Bauern wie der anrückenden Franzosen, und daß er sich den ärgsten Gefahren ausgesetzt hatte, um sie zu retten; und noch fester überzeugt war sie davon, daß er ein hochherziger und edeldenkender Mensch war, der für ihre Lage, für ihren Kummer ein herzliches Verständnis hatte. Seine guten, ehrlichen Augen, in denen Tränen gestanden hatten, als sie, selbst unter Tränen, mit ihm von ihrem Verlust gesprochen hatte, wollten ihr nicht mehr aus dem Sinn.

Als Prinzessin Marja nach dem Abschied von Rostow allein geblieben war, fühlte sie plötzlich Tränen in den Augen. Nicht mehr zum erstenmal trat die fremdartige Frage an sie heran, ob sie ihn nicht vielleicht liebte.

Unterwegs, auf der Fahrt nach Moskau fiel es der mit der Prinzessin in der gleichen Kutsche sitzenden Dunjascha mehrfach auf, daß die Prinzessin ihrer wenig erfreulichen Lage zum Trotz mit einem freudigen Lächeln, in das sich freilich auch ein Ausdruck der Wehmut mischte, ihren Kopf zum Kutschenfenster hinausstreckte.

„Nun, und wenn ich ihn liebte, was ist dabei?" dachte Prinzessin Marja.

So beschämend sie es auch empfand, sich eingestehen zu müssen, daß sie als erste diesen Mann liebgewonnen hatte, der sie vielleicht nie wiederlieben würde, war ihr doch der Gedanke ein Trost, daß nie jemand etwas davon erfahren würde und daß sie ja keine Schuld damit auf sich lade, wenn sie bis an ihr Lebensende, ohne je davon zu sprechen, den Menschen liebte, den sie als ersten und zugleich letzten Mann liebgewonnen hatte.

Manchmal, wenn sie an seine Blicke, seine Worte, sein Mitgefühl mit ihrem Schicksal dachte, schien es ihr keineswegs unmöglich, daß sie doch noch glücklich werden könnte. Und wenn es Dunjascha auffiel, daß sie lächelnd aus dem Kutschenfenster sah, so war das gerade in den Augenblicken, in denen der Gedanke in ihr aufstieg.

„Und gerade nach Bogutscharowo mußte er kommen, und gerade in diesem Augenblick!" dachte Prinzessin Marja. „Und gerade seine

Schwester mußte die Verlobung mit dem Fürsten Andrej lösen!" Und Prinzessin Marja sah in dem allem den Willen der Vorsehung.

Auf Rostow hatte Prinzessin Marja einen sehr angenehmen Eindruck gemacht. Sobald er nur an sie dachte, kam ein Gefühl der Fröhlichkeit über ihn, und sobald seine Kameraden, die von seinen Erlebnissen in Bogutscharowo gehört hatten, ihn damit aufzogen, daß er nach Heu geritten sei und sich dabei eine der besten Partien von ganz Rußland gefischt habe, wurde er böse; namentlich deswegen, weil der Gedanke an eine Heirat mit der sanften und freundlichen Prinzessin Marja, von der er einen so wohltuenden Eindruck empfangen und die Besitzerin eines so riesigen Vermögens war, ihm wider Willen schon mehr als einmal durch den Kopf gegangen war. Was ihn persönlich anging, hätte Nikolai sich gar keine bessere Frau wünschen können als Prinzessin Marja; die Gräfin, seine Mutter, wäre glücklich über diese Heirat, mit deren Hilfe ja auch sein Vater wieder rangiert wäre; und dann, das fühlte Nikolai, würde diese Heirat auch Prinzessin Marja glücklich machen.

Aber Sonja? Und das Wort, das er ihr gegeben hatte? Das waren die Gedanken, die Rostow böse werden ließen, wenn seine Kameraden ihn mit der Prinzessin Bolkonskaja aufzogen.

XV

Als Kutusow das Kommando unserer vereinigten Armeen übernommen hatte, entsann er sich auch des Fürsten Andrej und ließ ihn zu sich ins Hauptquartier kommen.

Als Fürst Andrej in Zarewo-Saimischtsche eintraf, hielt Kutusow gerade seine erste Truppenbesichtigung ab. Fürst Andrej hielt im Dorfe beim Hause des Priesters an, vor dem die Equipage des Oberkommandierenden stand, setzte sich auf ein Bänkchen neben dem Tor und wartete auf den „Durchlauchtigsten", wie Kutusow jetzt allgemein genannt wurde. Von den Feldern vor dem Dorfe kamen bald die Klänge einer Regimentsmusik, bald das Geschrei einer riesigen Menge von Stimmen, die dem neuen Oberkommandierenden ihr „Hurra" zuriefen. Vor dem Tor standen, etwa zehn Schritt vom Fürsten Andrej entfernt, zwei Offiziersburschen, ein Kurier und ein Haushofmeister, welche die Abwesenheit des Fürsten und das schöne Wetter genossen. Ein kleiner Husarenoberstleutnant mit schwarzen Haaren und starkem Bartwuchs auf der Oberlippe und den Backen kam angeritten, sah den Fürsten Andrej an und fragte, ob dies das Quartier des Durchlauchtigsten sei und ob er bald komme.

Fürst Andrej erwiderte, er gehöre nicht zum Stabe des Durchlauchtigsten und sei selbst eben erst gekommen. Der Husarenoberstleutnant wandte sich an den überaus geschniegelten Burschen des Oberkommandierenden, und dieser antwortete mit jener ganz besonderen Note von Geringschätzung, mit der die Burschen der Armeekommandeure alle Offiziere zu behandeln pflegen:

„Was? Der Durchlauchtigste? Na, der muß gleich hier sein. Was wollen Sie von ihm?"

Der Husarenoberstleutnant grinste über den Ton des Burschen in seinen Schnurrbart hinein, saß ab, überließ sein Pferd einer Ordonnanz und gesellte sich mit einer leichten Verbeugung zu Bolkonskij. Bolkonskij rückte auf seiner Bank ein wenig zur Seite, und der Husarenoberstleutnant setzte sich zu ihm.

„Warten Sie auch auf den Oberkommandierenden?" fragte der Husar. „Er soll ja für alle zu sprechen sein, Gott sei Dank. Als die Wurstmacher noch obenauf waren, das war eine schauderhafte Wirtschaft! Jermolow wußte schon, was er tat, als er darum einkam, zum Deutschen befördert zu werden. Jetzt wird man vielleicht auch als Russe seinen Mund aufmachen können. Der Teufel soll wissen, was da eigentlich angestellt worden ist. Immer zurück, immer zurück! Waren Sie auch dabei?" fragte er.

„Nicht nur, daß ich das Vergnügen hatte, an diesem Rückzuge teilzunehmen", erwiderte Fürst Andrej, „sondern ich habe bei diesem Rückzuge auch alles verlieren müssen, was mir teuer war. Von meinen Gütern und meinem Vaterhause will ich gar nicht sprechen, aber mein Vater ist vor Kummer gestorben. Ich bin aus dem Gouvernement Smolensk."

„Ah, da sind Sie wohl Fürst Bolkonskij? Freue mich sehr, Ihre Bekanntschaft zu machen. Oberstleutnant Denissow, noch bekannter unter dem Namen Waska" – und Denissow drückte dem Fürsten Andrej die Hand und sah ihm aufmerksam und mit freundlicher Anteilnahme ins Gesicht. „Ja, ich habe davon gehört." Er schwieg eine Weile und fuhr dann fort: „Also das ist jetzt der Krieg nach dem vielbesprochenen Muster der Skythen. So weit ist das ja ganz hübsch, nur nicht für die, denen es dabei selbst in die Bude regnet. Also Sie sind Fürst Andrej Bolkonskij?" Er wiegte den Kopf hin und her. „Freue mich sehr, Fürst, freue mich sehr, Sie kennenzulernen", setzte er noch einmal mit einem melancholischen Lächeln hinzu und drückte dem Fürsten noch einmal die Hand.

Aus Nataschas Erzählungen kannte Fürst Andrej Denissow als ihren ersten ernstlichen Verehrer. Die Erinnerung an Natascha rief ihm süß und schmerzlich zugleich wieder jene wehen Empfindungen ins Bewußtsein, die immer noch in seiner Seele lebten, wenn sie sich in der letzten Zeit auch nicht mehr hervorgewagt hatten. Es war in der letzten Zeit so viel an ernsten Eindrücken und schmerzlichen

Empfindungen auf ihn eingestürmt, der Rückzug von Smolensk, sein Besuch in Lysyja Gory, die eben erst erhaltene Nachricht vom Tode des Vaters, daß ihm die Erinnerungen an Natascha seit langem gar nicht mehr in den Sinn gekommen waren und jetzt bei ihrem Wiederauftauchen bei weitem nicht mehr so stark auf ihn wirkten wie früher. Was Denissow anging, so gehörte für ihn die ganze Kette von Erinnerungen, die Bolkonskijs Name in ihm aufrief, einer poesieverklärten, weit zurückliegenden Vergangenheit an, jener Zeit, da er nach dem Souper Natascha singen gehört und ihr, einem fünfzehnjährigen Mädchen, ohne recht zu wissen, was er tat, einen Antrag gemacht hatte. Er lächelte bei der Erinnerung an jene Zeit und seine Liebe zu Natascha und ging dann unvermittelt zu dem Thema über, das ihn jetzt mit ausschließlicher Leidenschaft beschäftigte. Es handelte sich um einen Feldzugsplan, den er sich ausgedacht hatte, wenn er während des Rückzuges auf Vorhut war. Er hatte diesen Plan Barclay de Tolly unterbreitet und wollte ihn jetzt Kutusow unterbreiten. Der Plan beruhte auf der Erwägung, daß die Operationslinie der Franzosen eine viel zu beträchtliche Ausdehnung angenommen hatte und daß man daher unter Verzicht auf frontale Operationen, die den Franzosen den Weg verlegen sollten, oder doch neben solchen Operationen her, gegen ihre rückwärtigen Verbindungen operieren müßte. Er begann dem Fürsten seinen Plan auseinanderzusetzen.

„Diese ganze Linie können die Franzosen nicht halten. Das ist unmöglich. Ich bürge Ihnen dafür, daß ich durchbreche. Geben Sie mir fünfhundert Mann und ich durchbreche die Linie, wahrhaftig! Hier gibt's nur ein System: kleine Stoßtrupps!"

Denissow stand auf und trug Bolkonskij mit lebhaften Handbewegungen die Einzelheiten seines Planes vor. Er war noch mitten darin, als wieder von den Feldern her Hurrageschrei kam, das jetzt noch disharmonischer klang als zuvor und mit den Klängen von Militärmusik und Soldatenliedern verschmolz. Offenbar schrien jetzt viel mehr über einen weiten Raum verteilte Truppenkörper als vorhin. Gleich darauf hörte man auch im Dorfe Geschrei und Pferdegetrappel.

„Er kommt!" rief ein in der Nähe des Tores stehender Kosak. „Er kommt!"

Bolkonskij und Denissow standen auf. Zur Seite des Hoftors war eine kleine Abteilung angetreten, die Ehrenwache, Bolkonskij und Denissow sahen Kutusow auf einem kleinen Braunen die Dorfstraße herunterkommen. Eine sehr zahlreiche Suite von Generälen ritt hinter ihm. Fast Seite an Seite mit ihm ritt Barclay. Hinter ihnen und um sie herum liefen zahlreiche Offiziere und schrien „Hurra!"

Vor Kutusow her galoppierten einige Adjutanten in den Hof.

Kutusow trieb ungeduldig sein Pferd an, das in weit ausladendem Paßgang die Last des schweren Mannes trug, und legte immer wieder nickend die Hand an die schirmlose, rotgeränderte weiße Chevaliergarde-Mütze, die er aufhatte. Zu der präsentierenden Ehrenwache gekommen, sah er die stattlichen Grenadiere – es waren fast lauter Georgsritter – ein paar Sekunden lang mit dem forschenden und eindringlichen Blick des erfahrenen Truppenkommandeurs an, ohne ein Wort zu sagen, und wandte sich dann zu den vielen Generälen und Offizieren seiner Umgebung. Über sein Gesicht glitt ein Ausdruck von feinem, überlegenem Spott.

„Und mit solchen Teufelskerlen soll man retirieren und immer wieder retirieren!" sagte er und zuckte mit einer Gebärde der Verständnislosigkeit die Achseln. „Na, auf Wiedersehen, General", setzte er hinzu und ritt durch das Tor, am Fürsten Andrej und an Denissow vorüber.

„Hurra! Hurra! Hurra!" wurde hinter ihm hergeschrien.

Seit Fürst Andrej ihn nicht gesehen hatte, war Kutusow noch stärker, gedunsener und fetter geworden. Aber das wohlbekannte weiße Auge, die Narbe und der Ausdruck von Ermüdung in seinem Gesicht und in seiner Haltung waren noch wie früher. Er war im Überrock, und die Reitpeitsche hing ihm an einem dünnen Riemen über der Schulter. Auf dem Kopf hatte er die weiße Mütze der Chevalier-Garde. Schwerfällig hingebettet, schwerfällig sich hin und her wiegend saß er auf seinem mutigen kleinen Pferdchen. „Fü ... fü ... fü ...", pfiff er fast unhörbar vor sich hin, als er auf den Hof geritten kam. Auf seinem Gesicht lag die Freude dessen, dem nach anstrengenden Repräsentationspflichten endlich wieder Ruhe und Erholung winken. Er zog den rechten Fuß aus dem Bügel, wälzte sich mit vor Anstrengung verzerrtem Gesicht mühsam im Sattel hin und her, bis es ihm gelang, das rechte Bein auf den Sattel zu bringen; nun stemmte er das Knie gegen den Sattel, ächzte und ließ sich in die Arme der zugreifenden Kosaken und Adjutanten gleiten.

Dann richtete er sich auf, sah sich blinzelnd um, und sein Blick glitt über den Fürsten Andrej hin, offenbar ohne daß er ihn erkannte. Dann ging er mit seinem schaukelnden Gang auf die Haustürstufen zu. „Fü ... fü ... fü ...", pfiff er und warf dann noch einen Blick auf den Fürsten Andrej. Der Eindruck, den er vom Gesicht des Fürsten Andrej empfing, verband sich erst nach einigen Sekunden mit der Erinnerung an seine Persönlichkeit, wie das ja bei alten Leuten häufig vorkommt. Gleich darauf sah er sich noch einmal um.

„Ah, guten Tag, Fürst! Guten Tag, mein Lieber! Komm gleich mit herein ...", sagte er müde und stieg schwerfällig die unter dem Gewicht seines Körpers knarrenden Haustürstufen hinan.

Er knöpfte sich den Überrock auf und setzte sich auf ein Bänkchen, das auf der kleinen Veranda stand.

„Na, was treibt der Vater?"

„Gestern erhielt ich die Nachricht von seinem Tode", antwortete Fürst Andrej kurz.

Die Augen weit aufgerissen, sah Kutusow den Fürsten Andrej erschrocken an. Dann nahm er die Mütze ab und bekreuzte sich:

„Gott gebe ihm das himmlische Reich! Sein Wille geschehe an uns allen!" Er seufzte so schwer auf, daß seine ganze Brust sich dabei hob und senkte. Eine Zeitlang schwieg er. „Ich habe ihn sehr geliebt und geschätzt und fühle von Herzen mit dir."

Er umarmte den Fürsten Andrej, preßte ihn an seine fette Brust und ließ ihn dann eine geraume Weile nicht wieder los. Als er ihn endlich freigab, sah Fürst Andrej Kutusows aufgedunsene Lippen zittern und Tränen in seinen Augen stehen. Kutusow seufzte und stützte sich mit beiden Händen auf die Banklehne, um aufzustehen.

„Komm, komm zu mir, wir wollen miteinander sprechen", sagte er.

In diesem Augenblick aber kam Denissow, der vor dem Oberkommandierenden genausowenig Furcht hatte wie vor dem Feinde, dreist und sporenklirrend die Stufen herauf, obwohl die Adjutanten ihn mit zornigem Flüstern zurückhalten wollten, und trat auf die Veranda. Kutusow, die Hände immer noch gegen die Banklehne gestemmt, sah den Husaren unwillig an. Denissow nannte seinen Namen und erklärte, er habe Seiner Durchlaucht eine Angelegenheit zu unterbreiten, die das Heil des Vaterlandes betreffe und von großer Wichtigkeit sei. Kutusow musterte Denissow mit einem müden Blick, löste mit einer Gebärde des Ärgers die Hände von der Banklehne und faltete sie über seinem Bauch. „Das Heil des Vaterlandes? Na, also was gibt es? Sprich!" sagte er. Denissow errötete wie ein Mädchen, was auf seinem schnurrbärtigen alten Säufergesicht merkwürdig genug aussah, und begann mit aller Unverfrorenheit seinen Plan einer Durchbrechung der feindlichen Operationslinie zwischen Smolensk und Wjasma vorzutragen. Denissow hatte in dieser Gegend gelebt und wußte hier gut Bescheid. Sein Plan schien gut und einwandfrei, besonders wenn man nach der Energie und Überzeugtheit urteilte, die aus seinen Worten sprachen. Kutusow betrachtete seine Stiefelspitzen und sah sich dazwischen nach dem Hofe des Nachbarhauses um, als habe er von dort her etwas Unangenehmes zu erwarten, und tatsächlich kam, während Denissow noch redete, aus diesem Hause ein General mit einer Mappe unter dem Arm und ging über den Hof auf Kutusows Quartier zu.

„Wie ist es?" fragte Kutusow, während Denissow noch im besten Zuge war. „Ist es schon soweit?"

„Jawohl, Ew. Durchlaucht", antwortete der General.

Kutusow schüttelte ein wenig den Kopf, als wollte er sagen: „Wie kann ein einzelner das nur alles fertigbringen?" und hörte dann wieder auf das, was Denissow ihm vortrug.

„Ich gebe mein Ehrenwort, das Ehrenwort eines russischen Offiziers", sagte Denissow, „daß ich Napoleons Verbindungslinie durchbreche."

„Wie bist du mit Kirill Andrejewitsch Denissow verwandt, mit dem Intendanturrat?" unterbrach ihn Kutusow.

„Er ist mein leiblicher Onkel, Ew. Durchlaucht."

„Oh! Ich war mit ihm befreundet", sagte Kutusow vergnügt. „Gut, gut, mein Lieber. Bleibe hier, bei meinem Stabe. Morgen reden wir noch einmal darüber."

Er nickte Denissow zu, wandte sich zur Seite und griff nach den Papieren, die Konownizyn ihm gebracht hatte.

„Wollen Ew. Durchlaucht sich nicht vielleicht ins Zimmer bemühen?" fragte der General du jour mit einer gewissen Mißbilligung in der Stimme. „Ich muß Ew. Durchlaucht einige Pläne unterbreiten und verschiedene Papiere zur Unterschrift vorlegen."

Ein Adjutant kam aus dem Inneren des Hauses und meldete, im Quartier sei jetzt alles bereit. Kutusow wollte aber offenbar erst dann in sein Zimmer gehen, wenn er alle Dienstgeschäfte hinter sich hatte.

„Nein, lasse mir einen kleinen Tisch hierher herausbringen, mein Lieber", sagte er stirnrunzelnd. „Ich sehe mir die Sachen hier an." Dann wandte er sich zum Fürsten Andrej und setzte hinzu: „Du kannst hierbleiben."

Fürst Andrej blieb auf der Treppe und hörte mit an, was der General du jour vorzutragen hatte.

Während des Vortrages vernahm Fürst Andrej hinter der Eingangstür Frauengeflüster und das Rascheln von seidenen Frauenkleidern. Einige Male, wenn er zur halbgeschlossenen Tür hinübersah, gewahrte er dort eine volle, rotbäckige, hübsche Frau in einem rosa Kleide mit einem lilaseidenen Kopftuch, die mit einer Schüssel dastand und offenbar auf den Oberkommandierenden wartete. Kutusows Adjutant erklärte dem Fürsten Andrej flüsternd, das sei die Hausherrin, die Popenfrau, die Seiner Durchlaucht Salz und Brot überreichen wolle. Ihr Mann habe den Durchlauchtigsten bereits in der Kirche mit dem Kreuz begrüßt, und sie wolle das nun auf ihre Art im Hause tun. „Eine niedliche kleine Person", setzte der Adjutant mit einem Lächeln hinzu. Kutusow sah sich bei diesen Worten um.

Kutusow hörte sich den Vortrag des Generals du jour – der Vortrag galt vor allem einer Kritik unserer Stellungen bei Zarewo-Saimischtsche – genau ebenso an, wie er sich Denissows Vorschlag und wie er sich vor sieben Jahren bei Austerlitz die Diskussionen des Kriegsrats angehört hatte. Offenbar hörte er nur deswegen, weil er nun einmal Ohren hatte, die nicht umhinkonnten zu hören, obwohl in dem einen von ihnen ein Stückchen Schiffstau steckte. Ebenso offensichtlich war es aber auch, daß nichts von dem allem, was der General du jour vorbringen konnte, ihn in Erstaunen zu setzen oder zu interessieren vermochte, sondern daß er alles, was ihm gesagt wurde, bereits vorher wußte und es nur deswegen anhörte, weil es eben angehört werden mußte, wie man etwa beim Gottesdienst die Liturgie anhören muß. Alles, was Denissow vorgebracht hatte, war klug und vernünftig. Was der General du jour vorgebracht hatte, war noch klüger und vernünftiger. Es war aber unverkennbar, daß Kutusow Klugheit und Wissen verachtete und sich dafür an etwas anderes hielt, auf das es seiner Meinung nach allein ankam, etwas anderes, das von Klugheit und Kenntnissen ganz unabhängig war. Fürst Andrej beobachtete aufmerksam das Gesicht des Oberkommandierenden und konnte doch auf diesem Gesicht nichts entdecken als einen Ausdruck der Langeweile, einen Ausdruck der Neugier, die der flüsternden Frauenstimme hinter der Tür galt, und den Ausdruck des Wunsches, den Anstand nicht zu verletzen. Offenbar verachtete Kutusow nicht nur Klugheit und Kenntnisse, sondern sogar das patriotische Gefühl, das aus Denissows Worten gesprochen hatte, aber er verachtete das alles nicht, weil er etwa seine eigene Klugheit, seine eigenen Kenntnisse, sein eigenes Gefühl höher eingeschätzt hätte – denn er gab sich gar keine Mühe, Klugheit, Kenntnisse und Gefühl an den Tag zu legen –, sondern er verachtete sie in einem ganz anderen Sinne. Er verachtete sie angesichts seines Alters und seiner Lebenserfahrung. Das einziges Mal, daß Kutusow von sich aus während dieses Vortrages zu irgendeiner Sache Stellung nahm, war, als der General du jour auf das Marodieren russischer Truppenteile zu sprechen kam. Als letzten Punkt seines Vortrages legte nämlich der General dem Durchlauchtigsten eine Verfügung zur Unterschrift vor, die auf die Eingabe eines Gutsbesitzers hin ein dienstliches Einschreiten gegen verschiedene Truppenführer anordnete, weil ihre Mannschaften grünen Hafer abgemäht hatten.

Kutusow hörte den General an und schmatzte dabei mit den Lippen.

„In den Ofen den Wisch, ins Feuer", sagte er dann. „Alle solche Dinge gehören ins Feuer, mein Lieber, das will ich dir ein für allemal sagen. Die Kerls sollen ruhig in Gesundheit ihr Getreide abmähen und ihr Holz verheizen! Ich befehle so etwas nicht und ich erlaube es auch nicht, aber zur Verantwortung kann ich deswegen auch niemand ziehen. Ohne das geht es nicht ab. Wo Holz gehauen wird, da gibt es Späne." Er warf noch einen Blick auf die Verfügung und sagte kopfschüttelnd: „Ach, diese deutsche Kleinkrämerei!"

XVI

„Na, also das wäre wohl alles", sagte Kutusow, als er mit den Unterschriften fertig war, stand schwerfällig auf, reckte den faltigen, schwammigen, weißen Hals und ging zur Tür. Sein Gesicht war wieder ganz vergnügt geworden.

Der Popenfrau schoß vor Aufregung alles Blut ins Gesicht. Sie packte ihre Schüssel, die sie dem Durchlauchtigsten immer noch nicht hatte überreichen können, obwohl schon längst alle Vorbereitungen dazu getroffen waren. Jetzt hielt sie sie ihm mit einer tiefen Verneigung hin.

Kutusow kniff die Augenlider zusammen und lächelte. Dann griff er der Popenfrau unter das Kinn und sagte:

„Na, so eine Schönheit! Danke, mein Täubchen!"

Er zog einige Goldstücke aus der Hosentasche und legte sie ihr auf die Schüssel. „Wie geht es sonst? Gut, ja?" sagte er und ging in das für ihn hergerichtete Zimmer. Die Popenfrau folgte ihm. Sie lächelte und hatte dabei Grübchen auf den roten Backen. Der Adjutant kam zum Fürsten Andrej auf die Veranda und lud ihn zum Frühstück ein. Eine halbe Stunde später wurde Fürst Andrej abermals zu Kutusow gerufen. Kutusow lag, immer noch mit dem aufgeknöpften Überrock von vorhin, im Lehnstuhl und hatte in der Hand ein französisches Buch. Als Fürst Andrej ins Zimmer kam, legte er einen Brieföffner als Zeichen hinein und klappte es zu. Es war, wie Fürst Andrej am Umschlage sah, ein Werk der Madame de Genlis, und zwar „Les Chevaliers du Cygne"[1].

„Na, setz dich, setz dich da hin, wir müssen miteinander sprechen", sagte Kutusow. „Es ist ja traurig, sehr traurig. Aber denke daran, mein Junge, daß ich dir ein Vater sein will, ein zweiter Vater . . ."

Nun berichtete Fürst Andrej, was er vom Tode seines Vaters wußte und was er beim Durchmarsch in Lysyja Gory gesehen hatte.

„Also so weit . . . also so weit haben sie es kommen lassen!" sagte er plötzlich erregt. Was Fürst Andrej ihm erzählt hatte, das reichte offenbar hin, um ihm mit einem Schlage die Lage des ganzen russischen Reiches vor Augen zu führen.

„Nur ein wenig Zeit soll man mir noch lassen, nur ein wenig Zeit", setzte er mit einem Ausdruck des Ingrimms hinzu und sagte dann, augenscheinlich bestrebt, das Gespräch, das ihn erregte, abzubrechen: „Ich habe dich kommen lassen, um dich hier zu behalten."

„Ich danke Ew. Durchlaucht, ich fürchte aber, ich eigne mich nicht mehr für Stäbe", antwortete Fürst Andrej mit einem Lächeln, das Kutusow wohl bemerkte.

[1] Die Schwanenritter.

Kutusow sah ihn fragend an.

„Vor allem aber habe ich mich an mein Regiment gewöhnt", fuhr Fürst Andrej fort, „habe meine Offiziere liebgewonnen, und ich glaube, auch die Mannschaften hängen an mir. Es würde mir leid tun, mich von meinem Regiment zu trennen. Wenn ich also die Ehre ausschlage, in Ihrer Umgebung Dienst zu tun, so glauben Sie mir bitte ..."

Ein Ausdruck gütigen Verständnisses und zugleich feinen Spottes blitzte über Kutusows aufgedunsenes Gesicht hin. Er fiel Bolkonskij ins Wort.

„Das tut mir leid, ich hätte dich gut brauchen können, aber du hast recht, du hast recht. Männer passen hier nicht her. Leute, die kluge Ratschläge geben, gibt es immer massenhaft, aber keine Männer. Unsere Regimenter wären in einem anderen Zustande, wenn alle die Leute mit den klugen Ratschlägen dort bei ihren Regimentern ihren Dienst so täten wie du. Ich weiß noch, wie du dich bei Austerlitz gehalten hast ... ich weiß, ich weiß, die Geschichte mit der Fahne weiß ich noch ganz genau", sagte Kutusow, und bei dieser Erinnerung stieg in das Gesicht des Fürsten Andrej eine freudige Röte.

Kutusow nahm seinen Arm, zog ihn an sich und hielt ihm die Wange zum Kuß hin, und wieder sah Fürst Andrej Tränen in den Augen des Greises. Freilich wußte er, daß Kutusow zu Tränen neigte und jetzt besonders zärtlich und teilnahmsvoll gegen ihn war, weil er ihm sein Mitgefühl bekunden wollte; trotzdem erfüllte ihn diese schmeichelhafte Erwähnung der Schlacht bei Austerlitz mit Freude.

„Geh mit Gott deinen Weg. Ich weiß, dein Weg ist der Weg der Ehre." Kutusow schwieg eine Weile. „Es hat mir damals sehr leid getan, daß ich dich von Bukarest wieder fortschicken mußte." Und nun ging Kutusow zu einem anderen Thema über, sprach vom Türkenkriege und vom Frieden, der ihn schließlich beendete. „Ja, man hat mir deswegen viele Vorwürfe gemacht", sagte er, „wegen des Krieges und ebenso wegen des Friedensschlusses ... aber es kam doch alles zur rechten Zeit. Tout vient à point à celui qui sait attendre.[1] Leute mit klugen Ratschlägen gab es dort auch nicht weniger als hier", fuhr er fort und kam damit glücklich wieder auf die Leute mit den klugen Ratschlägen, mit denen er sich in Gedanken offenbar häufig beschäftigte. „Ach, diese Leute mit den guten Ratschlägen, diese Leute! Hätte ich auf die alle gehört, so hätten wir dort in der Türkei weder Frieden geschlossen noch den Krieg mit militärischen Mitteln zu einem gescheiten Ende geführt. Alles soll immer so schnell gehen wie nur möglich, aber nachher zeigt es sich, daß das

[1] Alles kommt zur rechten Zeit für den, der zu warten versteht.

Schnellste gerade am längsten gedauert hat. Wenn Kamenskij nicht gestorben wäre, so wäre er doch noch ins Verderben geraten. Er stürmte Festungen mit dreißigtausend Mann. Eine Festung nehmen — das ist nicht schwer. Aber eine Kampagne gewinnen — das ist schwer. Dazu braucht man nicht zu stürmen und zu attackieren, sondern was man dazu braucht, das ist Geduld und Zeit. Kamenskij hat Soldaten gegen Rustschuk geschickt. Ich habe nur diese beiden Dinge ins Feld geschickt: Geduld und Zeit, und habe damit mehr Festungen genommen als Kamenskij und habe die Türken gezwungen, Pferdefleisch zu essen." Er wiegte den Kopf hin und her. „Und die Franzosen werden das auch noch tun, das kannst du mir glauben", rief Kutusow mit plötzlich aufflammender Lebhaftigkeit und schlug gegen seine Brust. „Pferdefleisch werden sie essen, dafür werde ich sorgen!" Und wieder traten Tränen in seine Augen.

„Aber werden wir nicht doch eine Schlacht annehmen müssen?" fragte Fürst Andrej.

„Wenn alle es wollen, dann werden wir es wohl müssen, da läßt sich nichts machen ... Aber glaube mir, mein lieber Junge: es gibt keine stärkeren Kriegsleute als diese zwei, Geduld und Zeit. Die schaffen alles. Aber die Leute mit den guten Ratschlägen n'entendent pas de cette oreille, voilà le mal.[1] Die einen wollen so, und die anderen wieder so. Was läßt sich da tun?" Er hielt inne; offenbar erwartete er eine Antwort auf diese Frage. „Ja, was würdest du tun, wenn du zu bestimmen hättest?" fragte er noch einmal, und aus einem Auge flammte der Ausdruck einer tief in die Dinge schauenden Klugheit. „Ich will dir sagen, was zu tun ist", fuhr er fort, als Fürst Andrej seine Frage unbeantwortet ließ, „ich will dir sagen, was zu tun ist und was ich tue. Dans le doute, mon cher" — er machte eine kurze Pause — „abstiens-toi",[2] sagte er langsam und mit Nachdruck. „Nun, Lebewohl, mein Lieber! Denke daran, daß ich deinen Verlust von ganzem Herzen mit dir empfinde und für dich nicht der Durchlauchtigste, nicht der Fürst und nicht der Oberkommandierende bin, sondern dein zweiter Vater. Wenn du etwas brauchst, so wende dich unmittelbar an mich. Lebe wohl, mein Junge!"

Wieder umarmte und küßte er ihn. Und Fürst Andrej war noch nicht draußen, als Kutusow mit einem Seufzer wiederhergestellter Behaglichkeit abermals nach dem noch nicht zu Ende gelesenen Roman der Madame Genlis griff, nach den „Chevaliers du Cygne".

Fürst Andrej wußte selbst nicht, warum, aber als er nach dieser Begegnung mit Kutusow wieder zu seinem Regiment zurückkehrte, da erfüllte ihn ein Gefühl ruhigen Vertrauens in den weiteren

[1] hören schlecht auf diesem Ohr, das ist das Unglück.
[2] Im Zweifelsfalle ... halte dich zurück.

Ablauf der Ereignisse und den, in dessen Händen die Entscheidungen lagen. Je klarer er erkannte, daß bei diesem Greise nichts im eigentlichen Sinne Persönliches mitsprach, daß es bei ihm keine Leidenschaften mehr gab, sondern allenfalls nur noch gewohnheitsmäßige Leidenschaftsäußerungen, und daß bei ihm auch nicht eigentlich mehr der Verstand, der die Ereignisse in Zusammenhänge bringt und daraus seine Folgerungen ableitet, eine Rolle spielte, sondern nur noch die Fähigkeit ruhiger Beobachtung des Ablaufes der Ereignisse, um so sicherer war er, daß alles so geschehen würde, wie es eben geschehen mußte. „Er wird nichts Individuelles tun, nichts ersinnen, nichts unternehmen", dachte Fürst Andrej, „aber er wird sich alles anhören, auf alles merken, jedem Ding seinen rechten Platz anweisen, nichts Nützliches hindern und nichts Schädliches zulassen. Er hat begriffen, daß es etwas Stärkeres und Bedeutungsvolleres gibt als seinen Willen, und das ist der naturnotwendige und unbeeinflußbare Gang des Geschehens. Und er weiß dieses Geschehen wahrzunehmen und seine Bedeutung zu erkennen und angesichts dieser Bedeutung auf eigenes Eingreifenwollen in den Gang des Geschehens oder gar auf persönliches Sichstemmenwollen gegen den Gang des Geschehens zu verzichten. Vor allem aber kann man Vertrauen zu ihm haben, weil er eben ein Russe ist, obwohl er die Romane der Genlis liest und französische Sprichwörter zitiert, und weil seine Stimme zitterte, als er sagte: ‚So weit haben wir es kommen lassen!', und weil er aufschluchzte, als er davon sprach, daß die Franzosen noch Pferdefleisch essen sollten."

Ein ähnliches, freilich mehr oder weniger dunkles Gefühl hatten damals alle, und eben deshalb wurde auch Kutusows Ernennung zum Oberkommandierenden so einmütig und allgemein vom ganzen Volke gutgeheißen, wenn sie auch den Wünschen der höfischen Kreise nicht entsprach.

XVII

Der Kaiser hatte Moskau verlassen, und das Moskauer Leben ging wieder so sehr seinen gewöhnlichen hergebrachten Gang, daß es schwer war, diese Tage patriotischer Begeisterung und Hingabe als etwas wirklich Gewesenes in der Erinnerung festzuhalten und zu glauben, daß Rußland sich wirklich in Gefahr befand und daß die Mitglieder des Englischen Klubs zugleich auch „Söhne des Vaterlands" waren, denen kein Opfer zu groß schien. An die patriotische Begeisterung der Moskauer Kaisertage erinnerte nichts mehr als die Notwendigkeit, nun die Mannschaften zu stellen und die Zahlungen zu machen, zu denen man sich damals verpflichtet hatte und die nun, nachdem die Verpflichtung einmal übernommen war, zu Objekten eines gesetzlich geregelten Amtsvorganges geworden waren, dem man sich nicht entziehen konnte.

Während der Feind immer näher an Moskau herankam, wurde die Auffassung der Lage in Moskau selbst durchaus nicht ernster, sondern im Gegenteil immer leichtherziger, wie das zu geschehen pflegt, wenn man eine große Gefahr immer näher kommen sieht. In solchen Fällen sprechen zu jedem Menschen zwei innere Stimmen von gleicher Stärke: die eine sagt vernünftigerweise immer wieder, man solle sich den tatsächlichen Umfang der Gefahr klarmachen und auf Mittel denken, ihr zu entgehen; die andere sagt, noch vernünftigererweise, es sei viel zu schwer und viel zu qualvoll, sich überhaupt mit Gedanken an diese Gefahr zu beschäftigen, da der Mensch doch nicht alles voraussehen und sich gegen die ganze Entwicklung der Ereignisse schützen könne, und daher tue man am besten, so lange an das Schwere gar nicht zu denken, als es noch nicht da sei, und seine Gedanken angenehmeren Dingen zuzuwenden. Wenn man allein ist, so gibt man meistens der ersten Stimme Gehör, ist man gesellig mit vielen anderen zusammen, so hält man sich an die zweite. So war es auch jetzt in Moskau. Seit langem hatte man sich in Moskau nicht mehr so amüsiert wie in diesem Jahr.

Die von Rastoptschin erlassenen Flugblätter, auf denen etwa oben eine Schnapskneipe abgebildet war, ein Kneipwirt und der Moskauer Kleinbürger Karpuschka Tschigirin, „der, als er unter die Milizleute eingereiht war, einige Schnäpse über den Durst trank und dann wütend wurde, als er hörte, Bonaparte wolle nach Moskau marschieren, und dann wie ein Rohrspatz auf alle Franzosen schimpfte, bis er schließlich die Schnapskneipe verließ und unter dem ausgehängten russischen Wappenadler eine Rede an das zusammenströmende Volk hielt", wurden nicht anders gelesen und besprochen wie die neuesten Reimereien von Wassilij Lwowitsch Puschkin.

Im Klub kam man im Eckzimmer zusammen, um diese Flugblätter zu lesen, und einigen machte es Spaß, daß Karpuschka sich so über die Franzosen lustig machte und sagte, der russische Kohl ließe sie anschwellen, die russische Grütze ließe sie platzen und die russische Kohlsuppe ließe sie ersticken, sie seien alle nichts als Zwerge und ein altes Weib könne drei von ihnen mit einer Mistgabel zum Teufel jagen. Andere dagegen mißbilligten diesen Ton und erklärten ihn für pöbelhaft und albern. Man erzählte sich, Rastoptschin habe alle Franzosen, ja sogar auch alle anderen Ausländer aus Moskau ausgewiesen, weil unter ihnen Spione und Agenten Napoleons gewesen sein sollten; aber eigentlich erzählte man sich das nur, um bei dieser Gelegenheit ein bonmot kolportieren zu können, das Rastoptschin bei ihrer Ausweisung geprägt hatte. Die Ausländer sollten mit einem Schiff nach Nishnij gebracht werden, und Rastoptschin hatte zu ihnen gesagt: „Rentrez en vousmême, entrez dans la barque, et n'en faites pas un barque de Charon." [1] Man erzählte auch, es seien bereits alle höheren Behörden von Moskau fortgeschafft worden, und knüpfte daran den von Schinschin stammenden Witz, daß Moskau allein schon dafür Napoleon dankbar sein müsse. Ferner erzählte man, Mamonow werde für die Aufstellung des Regiments, dessen Kosten er übernommen hatte, achthunderttausend Rubel aufwenden müssen. Besuchow hätte für die von ihm gestellten Milizmannschaften noch viel mehr ausgeworfen, aber die größte Hochherzigkeit habe er doch damit an den Tag gelegt, daß er selbst in Uniform vor seinem Regiment herreite und für den Anblick, den er dabei biete, nicht einmal ein Eintrittsgeld von den Zuschauern erhebe.

„Sie lassen aber auch an niemand ein gutes Haar", sagte Julie Drubezkaja, während ihre schlanken, mit Ringen bedeckten Finger ein Häufchen gezupfter Charpie zusammenknüllten.

Julie wollte Moskau am folgenden Tag verlassen und gab eine Abschiedssoiree.

„Besuchow est ridicule, aber dabei so ein lieber, guter Kerl. Wie kann man nur sich machen ein Vergnügen daraus und so caustique [2] sein, so etwas über ihn zu sagen!"

„Strafzahlung, Strafzahlung!" fiel ein junger Mann in Milizuniform ein, den Julie „mon chevalier" [3] nannte und der mit ihr nach Nishnij fahren sollte.

In Julies Verkehrskreis wie überhaupt in der Moskauer Gesellschaft galt die Abrede, nur russisch zu sprechen: wer dagegen verstieß und französische Worte brauchte, hatte eine Geldstrafe zu zahlen, die an das Komitee für freiwillige Opferspenden abgeführt wurde.

„Noch eine zweite Strafzahlung für den Gallizismus", sagte ein russischer Schriftsteller, der auch mit im Salon war. „‚Sich machen ein Vergnügen daraus' — das ist unrussisch."

„Sie lassen aber auch an niemand ein gutes Haar", wiederholte Julie, zu dem Milizoffizier gewandt, ohne sich um den Einwurf des Schriftstellers zu kümmern. „Was caustique angeht, so bekenne ich mich schuldig und werde meine Strafe bezahlen, und für das Vergnügen, Ihnen die Wahrheit gesagt zu haben, zahle ich sogar gern noch etwas dazu. Für Gallizismen aber kann man mich nicht verantwortlich machen" — hier wandte sie sich an den Schriftsteller —, „denn

1 Gehen Sie in sich, steigen Sie in den Kahn, und lassen Sie ihn nicht zum Kahne Charons werden.
2 ist lächerlich ... sarkastisch.
3 Mein Ritter.

ich habe weder Geld noch Zeit, um mir einen Lehrer zu nehmen und Russisch zu lernen, wie Fürst Golizyn es tut. Aber da kommt er ja selbst! Quand on[1] ... Nein, nein", wandte sie sich wieder an den Milizoffizier, „ich will mich nicht wieder von Ihnen fassen lassen. Wenn man von der Sonne spricht, dann sieht man sie leuchten", sagte sie mit einem liebenswürdigen Hausfrauenlächeln zu Pierre. „Wir sprechen gerade von Ihnen, wir meinten, Ihr Regiment würde sicherlich noch besser sein als das Mamonowsche", fuhr sie mit der ganzen unbefangenen Lügefertigkeit einer Dame von Welt fort.

Pierre küßte der Hausfrau die Hand und nahm neben ihr Platz. „Ach, reden Sie mir nicht von meinem Regiment", sagte er. „Es hängt mir schon zum Halse heraus."

„Sie werden es sicherlich doch selbst kommandieren?" fragte Julie und warf dem Milizoffizier einen listigen Blick des Spottes zu.

Allein in Pierres Gegenwart war der Milizoffizier gar nicht mehr so caustique und deutete durch sein Mienenspiel an, daß er gar nicht verstünde, was Julies Lächeln besagen sollte. Pierres ganze Persönlichkeit brachte trotz seiner Zerstreutheit und Gutmütigkeit von vorneherein jeden Versuch, sich in seiner Gegenwart über ihn lustig zu machen, zum Schweigen.

„Nein", erwiderte Pierre lachend und ließ den Blick über seinen großen, dicken Körper gleiten. „Die Franzosen hätten es doch zu leicht, mich zu treffen, und außerdem fürchte ich, ich käme gar nicht aufs Pferd hinauf."

Nun wurde eine ganze Anzahl von Persönlichkeiten vorgenommen und durch die Zähne gezogen, und schließlich kam Julie auch auf die Rostows.

„Sie sollen in sehr schlechten Verhältnissen sein", sagte sie. „Und der Graf selbst ist ja auch zu unvernünftig. Rasumowskijs wollten ja sein Stadthaus und auch das andere, das da draußen, kaufen, und dabei schleppt die Geschichte sich immer noch hin. Er verlangt zu viel."

„Nein, es sieht doch so aus, als solle der Verkauf dieser Tage abgeschlossen werden", warf irgend jemand ein. „Obwohl es doch ein Unsinn ist, gerade jetzt in Moskau etwas zu kaufen."

„Warum meinen Sie?" fragte Julie. „Sie glauben doch nicht, daß Moskau im Ernst gefährdet ist?"

„Warum fahren Sie denn weg?"

„Ich? Das ist doch eine komische Frage. Ich fahre eben weil ... na, weil eben alle wegfahren. Schließlich bin ich doch weder eine Jeanne d'Arc noch eine Amazone."

„Nun ja, nun ja. Aber geben Sie mir doch noch ein paar Läppchen zum Zerzupfen."

[1] Wenn man ...

Der Milizoffizier brachte das Gespräch wieder auf Rostows. „Wenn er ein bißchen vernünftiger wirtschaften könnte, so wäre es gar nicht so schwer für ihn, alle seine Schulden zu bezahlen", sagte er.

„Ein guter alter Kerl, aber eben im höchsten Maße ein pauvre sire. Warum sind sie eigentlich so lange hier in der Stadt geblieben? Sie wollten doch schon längst aufs Land. Nathalie ist jetzt doch wieder gesund?" wandte sich Julie mit einem listigen Lächeln an Pierre.

„Sie erwarten ihren zweiten Sohn", erwiderte Pierre. „Er war in Obolenskijs Kosakenregiment eingetreten und nach Belaja Zerkow gefahren. Da wird nämlich das Regiment zusammengestellt. Aber jetzt haben die alten Rostows es durchgedrückt, daß er in mein Regiment versetzt wird, und erwarten ihn von Tag zu Tag. Der Graf wollte schon längst fort, aber die Gräfin will auf keinen Fall etwas davon hören, bevor der Sohn da ist."

„Ich habe sie vorgestern alle zusammen bei Archarows gesehen. Nathalie sieht wieder recht gut aus und machte auch einen ganz vergnügten Eindruck. Sie hat eine Romanze vorgesungen. Wie leicht bei manchen Menschen doch alles vorübergeht!"

„Was soll vorübergehen?" fragte Pierre ungehalten.

Julie lächelte.

„Wissen Sie, Graf, solche Ritter wie Sie gibt es doch eigentlich nur in den Romanen der Madame Souza."

„Was heißt das, solche Ritter? Wie meinen Sie das?" fragte Pierre errötend.

„Na, lassen wir das auf sich beruhen, lieber Graf, c'est la fable de tout Moscou. Je vous admire, ma parole d'honneur."[1]

„Strafe zahlen! Strafe zahlen!" rief der Milizoffizier.

„Nun, in Gottes Namen! Schließlich darf man kein Wort mehr sagen, das ist ja langweilig!"

Pierre war ärgerlich aufgestanden. „Qu'est-ce qui est la fable de tout Moscou?"[2] fragte er.

„Lassen Sie gut sein, Graf. Das wissen Sie doch selbst!"

„Nichts weiß ich", sagte Pierre.

„Ich weiß, daß Sie mit Nathalie befreundet waren, und darum ... nein, ich persönlich habe Wera immer lieber gehabt. Cette chère Véra!"[3]

„Non, Madame", fuhr Pierre ungehalten fort, „es stimmt keineswegs, daß ich bei der Komtesse Rostowa die Rolle eines Ritters übernommen haben soll. Ich bin seit fast einem Monat nicht mehr dort gewesen. Was ich nicht begreife, ist die Grausamkeit, mit der ..."

[1] Das ist das Gesprächsthema für ganz Moskau. Auf mein Wort, ich bewundere Sie.
[2] Welches ist das Gesprächsthema von ganz Moskau?
[3] Diese liebe Wera.

„Qui s'excuse, s'accuse",[1] sagte Julie mit einem Lächeln und einer entsprechenden Bewegung der charpiegefüllten Hand und ging sofort zu einem anderen Gesprächsthema über, um das letzte Wort behalten zu haben. „Aber wissen Sie was? Ich habe heute gehört, die arme Marie Bolkonskaja soll gestern hier in Moskau angekommen sein. Sie wissen doch, daß sie ihren Vater verloren hat?"

„Nein, wirklich? Wo ist sie? Ich würde sie sehr gern wieder einmal sehen", sagte Pierre.

„Ich bin gestern den ganzen Abend mit ihr zusammen gewesen. Sie fährt heute oder morgen früh mit ihrem Neffen auf ihr Moskauer Gut."

„Nun, wie geht es ihr? Was macht sie?" fragte Pierre.

„Na, so. Sie ist sehr niedergeschlagen. Und wissen Sie auch, wer sie gerettet hat? Das ist ein richtiger Roman. Nicolas Rostow. Sie war umringt, sollte ermordet werden, und von ihren Leuten waren schon mehrere verwundet. Er warf sich dazwischen und rettete sie ..."

„Das ist schon der zweite Roman dieser Art", meinte der Milizoffizier. „Ganz bestimmt, diese allgemeine Flucht ist nur arrangiert worden, damit alle alten Jungfern endlich zu Männern kommen. Die erste war Catiche, die zweite ist die Prinzessin Bolkonskaja."

„Wissen Sie, ich glaube tatsächlich, sie ist un petit peu amoureuse du jeune homme."[2]

„Strafe zahlen! Strafe zahlen! Strafe zahlen!"

„Ja wie soll man denn so etwas auf russisch ausdrücken?"

XVIII

Nach Hause zurückgekehrt, fand Pierre zwei an diesem Tage erschienene Flugblätter Rastoptschins vor.

Das erste bezeichnete ein Gerücht als unwahr, nach welchem Graf Rastoptschin den Einwohnern das Verlassen der Stadt untersagt haben sollte; im Gegenteil sei Graf Rastoptschin erfreut darüber, daß die Damen des Adels und der Kaufmannschaft aus Moskau abreisten. „So wird es weniger Angst und weniger Tratsch geben", hieß es in dem Flugblatt, „aber ich hafte mit meinem Leben dafür, daß der Bösewicht nicht nach Moskau kommt." Diese Worte ließen Pierre zum erstenmal die klare Überzeugung gewinnen, daß die Franzosen in Moskau einmarschieren würden. Im zweiten Flugblatt hieß es, das Große Hauptquartier sei in Wjasma, Graf Wittgenstein habe die Franzosen besiegt, da aber viele Einwohner sich zu be-

[1] Wer sich entschuldigt, klagt sich an.
[2] ein klein wenig verliebt in den jungen Mann.

waffnen wünschten, so seien im Arsenal Waffen – Säbel, Pistolen, Gewehre – für sie bereitgelegt und könnten ihnen zu niedrigen Preisen überlassen werden. In diesem Flugblatt herrschte nicht mehr der scherzhafte Ton der Schigirinschen Gespräche. Die Lektüre beider Flugblätter ließ Pierre nachdenklich werden. Es war offenbar: die furchtbare Gewitterwolke, die er mit allen Kräften seiner Seele herbeiwünschte und herbeizubeschwören suchte und die ihn doch gleichzeitig ein unwillkürliches Grauen empfinden ließ – diese Wolke kam näher und näher.

„Was soll ich tun? In den Heeresdienst treten und zur Armee abgehen oder warten?" fragte sich Pierre zum hundertsten Male. Er nahm ein Spiel Karten, das auf seinem Tisch lag, um eine Patience zu legen.

„Geht diese Patience auf", sagte er mit einem Blick auf die Zimmerdecke zu sich selbst, als er die Karten gemischt hatte und anfangen wollte, „geht sie auf, so bedeutet das ... ja, was bedeutet das?"

Er hatte sich noch nicht mit sich selbst darüber geeinigt, was es bedeuten sollte, als die Stimme der ältesten Prinzessin vor der Tür seines Kabinetts fragte, ob man hineindürfe.

„Dann bedeutet es, daß ich zur Armee gehen soll", entschied Pierre, wandte sich dann zur Tür und rief: „Herein, herein."

Von den drei Prinzessinnen lebte nur noch die älteste bei Pierre, die mit der langen Taille und dem steinernen Gesicht; die beiden jüngeren hatten geheiratet.

„Verzeihen Sie, mon cousin[1], daß ich zu Ihnen komme", sagte sie aufgeregt und vorwurfsvoll. „Wir müssen uns doch schließlich für irgend etwas entscheiden. Was soll also geschehen? Alle Bekannten sind abgereist, und das Volk rebelliert. Wozu bleiben wir noch?"

„Im Gegenteil, ma cousine[2], es scheint alles in bester Ordnung zu sein", antwortete Pierre mit jenem Tone der Neckerei, den er sich im Umgang mit der Prinzessin angewöhnt hatte, weil es ihn immer wieder in Verlegenheit setzte, ihr gegenüber als Wohltäter dazustehen.

„Ja, in bester Ordnung ... eine schöne Ordnung! Warwara Iwanowna hat mir heute erzählt, was für bravouröse Stückchen unser Militär sich herausnimmt. Ganz Rußland kann sich darauf etwas einbilden! Ja, und das Volk ist schon vollkommen aufsässig und will nicht mehr gehorchen. Mein Mädchen fängt auch schon an, grob zu werden. Wenn es so weitergeht, werden sie uns nächstens prügeln. Man kann ja gar nicht mehr auf die Straße gehen! Und vor allem werden die Franzosen heute oder morgen hier sein. Also worauf

[1] Mein Vetter.
[2] Meine Kusine.

warten wir? Ich bitte Sie nur eins, mon cousin, lassen Sie mich nach Petersburg fahren! Was ich auch sonst für ein Mensch bin — jedenfalls kann ich nicht unter der Herrschaft dieses Bonaparte leben."

„Aber regen Sie sich doch nicht so auf, ma cousine! Woher haben Sie denn diese Geschichten? Im Gegenteil . . ."

„Ich werde mich Ihrem Napoleon nicht unterordnen! Andere Leute mögen tun, was ihnen gut scheint . . . wenn Sie nicht dafür sorgen wollen, daß ich abreisen kann . . ."

„Ich will es ja, ich will es ja, ich gebe gleich die nötigen Befehle."

Die Prinzessin ärgerte sich offenbar darüber, daß sie jetzt niemand mehr hatte, auf den sie wütend sein konnte. Sie setzte sich auf einen Stuhl und flüsterte vor sich hin.

„Sie sind aber falsch berichtet worden", meinte Pierre. „In der Stadt ist alles ruhig, und von Gefahr ist gar keine Rede. Hier, bitte, ich habe es eben gelesen." Pierre zeigte der Prinzessin die Flugblätter. „Der Graf schreibt, er hafte mit seinem Leben dafür, daß der Feind nicht nach Moskau kommt."

„Ach, dieser Graf! Ihr Graf!" legte die Prinzessin grimmig los. „Dieser Heuchler, dieser Halunke, der das Volk selbst zur Rebellion aufhetzt! Hat er nicht in seinen albernen Flugblättern geschrieben, man soll mir nichts dir nichts jeden beim Schopf nehmen und zur Wache schleppen? Wie kann man so dumm sein? Wer einen Verdächtigen verhaftet, sagt er, der tut damit etwas, was ihm Ehre und Ruhm einbringen muß. Damit will er nur dem Pöbel schmeicheln! Warwara Iwanowna erzählt, die Leute auf der Straße hätten sie beinah totgeschlagen, weil sie französisch gesprochen hat . . ."

„Ja, so ist das nun mal. Sie nehmen aber auch alles gleich zu schwer", sagte Pierre und begann seine Patience zu legen.

Obwohl die Patience aufgegangen war, reiste Pierre nicht zur Armee, sondern blieb in dem verödeten Moskau. Seine Stimmung blieb sich gleich: er war unruhig, unentschlossen und fürchtete und freute sich zugleich, während er irgendein großes, grauenvolles Geschehen erwartete.

Am folgenden Tage fuhr die Prinzessin gegen Abend ab, und zu Pierre kam sein Oberintendant mit der Mitteilung, das zur Ausrüstung des Regiments erforderliche Geld könne nur durch den Verkauf eines Gutes beschafft werden. Überhaupt hielt der Intendant Pierre vor, daß alle diese Aufwendungen für das Regiment seinen Ruin zur Folge haben müßten. Pierre hörte den Oberintendanten an und verbarg nur mühsam sein Lächeln.

„Na, dann wird eben verkauft", entschied er. „Da ist nichts zu machen, ich kann mich jetzt nicht mehr zurückziehen!"

Je ungünstiger die allgemeine Lage und insbesondere der Stand seiner eigenen wirtschaftlichen Verhältnisse wurde, um so lieber war es Pierre, denn um so augenscheinlicher war es, daß die von ihm erwartete Katastrophe näher kam. Von seinen Bekannten war kaum noch jemand in der Stadt. Julie war abgereist, Prinzessin Marja war abgereist. Von seinen näheren Bekannten waren nur noch Rostows da, die Pierre seit längerer Zeit aber nicht mehr aufsuchte.

Um sich ein wenig zu zerstreuen, fuhr Pierre an diesem Tage in das Dorf Woronzowo. Er wollte sich hier den großen Luftballon ansehen, den Leppich konstruierte, um den Feind damit zu vernichten; außerdem noch einen Probeballon, der am folgenden Tage aufsteigen sollte. Der Ballon war noch nicht fertig. Wie Pierre erfuhr, wurde er auf Wunsch des Kaisers gebaut. Der Kaiser hatte in dieser Sache an den Grafen Rastoptschin folgendes geschrieben:

„Aussitôt que Leppich sera prêt, composez-lui un équipage pour sa nacelle d'hommes sûrs et intelligents et dépêchez un courrier au général Koutouzoff pour l'en prévenir. Je l'ai instruit de la chose.

Recommandez, je vous prie, à Leppich d'être bien attentif sur l'endroit où il descendra la première fois, pour ne pas se tromper et ne pas tomber dans les mains de l'ennemi. Il est indispensable qu'il combine ses mouvements avec le général en chef." [1]

Auf der Heimfahrt von Woronzowo kam Pierre über den Bolotnajaplatz. An der Stelle, wo die Exekutionen vollzogen wurden, gewahrte er eine Menschenansammlung, ließ halten und stieg aus. Gerade war ein französischer Koch ausgepeitscht worden, den man der Spionage verdächtigte, und der Henker schnallte den jämmerlich Stöhnenden, einen dicken Mann mit rötlichem Backenbart und blauen Strümpfen, vom Bock los. Neben ihm stand ein zweiter, ein magerer und blasser Mensch, dem man das gleiche Verbrechen zur Last legte. Nach seinem Gesicht zu urteilen, war auch er Franzose.

Pierre drängte sich durch die Menge, und aus seinem Gesicht sprach ebensoviel an Schrecken und Schmerz wie aus dem des mageren Franzosen.

„Was ist hier los? Wer ist das? Warum das?" fragte er.

Allein das Interesse der Menge – all dieser Beamten, Kleinbürger, Kaufleute, Bauern, Frauen in Saloppen und Pelzen – war so lebhaft auf die Vorgänge in der Mitte des Platzes gerichtet, daß Pierre keine Antwort bekam. Der dicke Mann stand mit finsterem Gesicht auf, zuckte mit den Achseln und machte sich daran, sein grünes Kamisol wieder anzuziehen. Er warf keinen Blick um sich und wollte offenbar

[1] Sobald Leppich fertig sein wird, stellen Sie ihm für seine Gondel eine Mannschaft aus zuverlässigen und intelligenten Leuten zusammen, und senden Sie schnellstens einen Kurier an den General Kutusow, um ihn davon zu benachrichtigen. Ich habe ihn schon über die Angelegenheit unterrichtet.
Bitte, empfehlen Sie Leppich, recht genau auf die Gegend zu achten, wo er zum ersten Mal landet, damit er sich nicht irrt und in Feindeshand fällt. Es ist unbedingt nötig, daß er seine Bewegungen mit denjenigen des Oberbefehlshabers in Übereinstimmung bringt.

seine Selbstbeherrschung und Charakterstärke bekunden. Plötzlich aber begannen seine Lippen zu zittern, und er fing an zu weinen, wie erwachsene, sanguinische Menschen zu weinen pflegen, gleichzeitig aus Ärger über sich selbst und seine Schwäche. Jetzt erhob sich in der Menge ein lebhaftes Gerede, und Pierre hatte den Eindruck, als sprächen die Leute nur deswegen so laut, um das Gefühl des Mitleids in sich selbst zu überschreien.

„Irgend so ein Fürstenkoch . . ."

„Na, Mosjö, die russische Soße ist wohl zu sauer für Franzosen, was? Hast wohl stumpfe Zähne gekriegt, was?" sagte ein verrunzelter Amtsschreiber neben Pierre, als der Franzose anfing zu weinen. Der Schreiber sah sich um und erwartete offenbar Beifall für seinen Witz. Einige lachten auch, die anderen aber starrten immer noch auf den Henker, der den zweiten entkleidete.

Pierre schnob durch die Nase und runzelte die Stirn, dann machte er eine rasche Kehrtwendung, ging wieder zu seinem Wagen, stieg ein und brummte dabei unablässig vor sich hin. Sie waren schon eine Strecke gefahren, als er einige Male zusammenzuckte und laut aufschrie.

„Was befehlen Sie?" fragte der Kutscher.

„Wohin fährst du denn?" schrie Pierre den Kutscher an, der gerade auf die Lubjanka fuhr.

„Wie Sie befohlen haben, zum Oberkommandierenden", antwortete der Kutscher.

„Dummkopf! Rindvieh!" brüllte Pierre, der sonst selten schimpfte. „Nach Hause, habe ich doch befohlen, und mach ein bißchen schneller, du Lümmel." Dann sagte er vor sich hin: „Ich muß noch heute abfahren."

Beim Anblick des ausgepeitschten Franzosen und der ihn umdrängenden Menge war Pierre sich endgültig darüber klargeworden, daß er nicht länger in Moskau bleiben konnte, sondern heute noch zur Armee abgehen mußte, und dieser Gedanke hatte so sehr von ihm Besitz ergriffen, daß er meinte, er habe dem Kutscher deswegen bereits Bescheid gesagt oder der Kutscher müsse es doch von selbst wissen.

Zu Hause angekommen, ließ Pierre seinen Stallmeister Jewastafjewitsch rufen, der alles wußte, alles konnte und in ganz Moskau eine bekannte Persönlichkeit war. Pierre eröffnete ihm, daß er noch diese Nacht von Moskau zur Armee abzureisen beabsichtige, und befahl ihm, einige Reitpferde hinzuschicken. An einem Tage ließ sich das alles nicht mehr bewerkstelligen, und so mußte Pierre Jewastafjewitschs Vorstellungen Gehör geben und seine Abreise auf den folgenden Tag verschieben, damit die Relaispferde unterwegs rechtzeitig zur Stelle sein konnten.

Nach einer Reihe bewölkter Tage klärte sich das Wetter am 24. August wieder auf, und Pierre reiste nach dem Mittagessen von Moskau ab. Nachts in Perchuschkowo beim Pferdewechseln hörte er, daß am Abend eine große Schlacht stattgefunden habe. Pierre fragte, wer gesiegt habe, konnte auf diese Frage aber keine Antwort erhalten. (Es handelte sich um den Kampf bei Schewardino am 24. August.) Gegen Morgengrauen kam Pierre nach Moshaisk.

Alle Häuser waren mit Militär belegt, und auch im Gasthofe, in welchem Pierre von seinem Reitknecht und seinem Kutscher in Empfang genommen wurde, war kein Zimmer frei, alles war überfüllt mit Offizieren.

In und um Moshaisk lagerten oder marschierten überall Truppen, Kosaken, Infanterie, Kavallerie, Train, Munitionskolonnen, Kanonen, wohin man sah. Pierre suchte so schnell wie möglich vorwärts zu kommen, und je weiter er sich von Moskau entfernte und je tiefer er untertauchte in dieses Meer von Truppen, um so mehr nahmen Aufregung, Unruhe und ein neues und noch nie empfundenes freudiges Gefühl von ihm Besitz. Dieses Gefühl glich bis zu einem gewissen Grade dem, das sich seiner im Slobodskij-Palais bemächtigt hatte, als der Kaiser angekommen war – es war das Gefühl der unbedingten Notwendigkeit, etwas zu leisten und etwas zu opfern. Mit Freudigkeit wurde er sich dessen bewußt, daß alles, was in den Augen der Menschen das Glück ausmacht – Komfort, Reichtum, ja das Leben selbst – nichts war als schales, leeres Zeug, wenn man es mit etwas anderem verglich. Was nun dieses andere war, darüber konnte sich Pierre allerdings nicht recht klarwerden, und er versuchte auch gar nicht erst, dahinterzukommen, worin diese Opfer, zu denen es ihn so mächtig zog, denn eigentlich bestehen und für wen sie gebracht werden sollten. Er dachte nicht weiter darüber nach, für wen oder für was er Opfer bringen wollte, sondern überließ sich nur dem neuen, freudigen Gefühl, der Opferbereitschaft schlechthin.

XIX

Am 24. war um die Schanze von Schewardino gekämpft worden. Am 25. fiel kein einziger Schuß, weder von der einen noch von der anderen Seite. Am 26. war die Schlacht bei Borodino.

Warum und auf Grund welcher Erwägungen wurden die Schlachten von Schewardino und Borodino angeboten und angenommen? Was für einen Zweck hatte namentlich die Schlacht bei Borodino? Weder für die Franzosen noch für die Russen hatte sie den geringsten Sinn. Sie hatte kein anderes Ergebnis und konnte auch kein anderes haben als dieses: für die Russen beschleunigte sie den Untergang Moskaus – den wir doch mehr fürchteten als alles andere auf der Welt – und für die Franzosen beschleunigte sie den Untergang der ganzen Armee – den wiederum sie mehr fürchtete als alles andere auf der Welt. Ein anderes Ergebnis kam schon damals nicht in Frage, und nichtsdestoweniger wurde diese Schlacht von Napoleon angeboten, von Kutusow angenommen.

Wenn die Führer beider Heere sich von Vernunftgründen hätten leiten lassen, so hätte es für Napoleon eigentlich wohl auf der Hand liegen müssen, daß er gar nichts Verderblicheres tun konnte, als nach einem Marsch von insgesamt zweitausend Werst eine Schlacht anzunehmen, bei der er aller sicheren Voraussicht nach ein Viertel seiner Armee einbüßen mußte; und ebenso mußte es eigentlich für Kutusow auf der Hand liegen, daß er ohne jeden Zweifel Moskau verlieren mußte, wenn er jetzt eine Schlacht annahm, bei der er ebenfalls ein Viertel seiner Armee riskierte. Dies war für Kutusow mathematisch sicher, wie es mathematisch sicher ist, daß ich beim Damespielen verlieren muß, wenn ich einen Stein weniger habe als mein Gegner und trotzdem anfange zu „tauschen", das heißt, durch Schlagen und Widerschlagenlassen mit jedem Zuge die beiderseitigen Bestände immer um einen Stein zu vermindern. Habe ich einen Stein weniger als der andere, so darf ich diese Methode eben nicht anwenden.

Hat der Gegner sechzehn Steine und ich habe vierzehn, so bin ich nur um ein Achtel schwächer als er; verliere ich dann aber dreizehn Steine durch „Tauschen", so ist er dreimal so stark wie ich.

Bis zur Schlacht bei Borodino war das zahlenmäßige Verhältnis zwischen uns und den Franzosen annähernd wie fünf zu sechs, nach der Schlacht aber wie eins zu zwei, das heißt, vor der Schlacht standen hunderttausend Mann gegen hundertundzwanzigtausend, nach der Schlacht aber fünfzigtausend gegen hunderttausend. Trotzdem nahm der kluge, erfahrene Kutusow die Schlacht an. Und Napoleon, der sogenannte geniale Heerführer, bot diese Schlacht an, bei der er den vierten Teil seiner Armee einbüßte und sich zu einer noch weiteren Ausdehnung seiner Operationslinie gezwungen sah. Nun erhebt man freilich den Einwand, Napoleon sei der Meinung gewesen, mit der Einnahme Moskaus wie damals mit der Einnahme Wiens den Krieg beenden zu können; allein diese Auffassung läßt sich leicht widerlegen. Napoleons Geschichtsschreiber erzählen ja selbst, er habe schon bei Smolensk haltmachen wollen; habe die Gefahr einer weiteren Ausdehnung seiner Stellung gekannt und habe gewußt, daß die Einnahme Moskaus keineswegs das Ende des Krieges bedeuten würde, da er ja von Smolensk an gesehen habe, in was für einem Zustand man ihm die russischen Städte überließ, und da er auf wiederholte Bekundungen seiner Bereitwilligkeit zum Eintreten in Unterhandlungen nie eine Antwort erhalten habe.

Napoleon und Kutusow handelten sinnlos und nicht auf Grund eines wirklichen Willensentschlusses, als sie die Schlacht bei Borodino anboten und annahmen. Erst die Historiker haben beiden Heerführern, um ihre weitvorausschauende Genialität zu erweisen, nachträglich allerhand listig ersonnene Kombinationen untergeschoben, während es tatsächlich unter allen den willenlosen Werkzeugen der Weltgeschichte keine sklavischeren und willenloseren gegeben hat als eben diese Heerführer.

Die Alten haben uns vollendete Heldengedichte hinterlassen, in denen die Persönlichkeiten der Helden im Mittelpunkt des Geschehens stehen, und wir können uns noch nicht recht an den Gedanken gewöhnen, daß eine derartige Geschichtsbetrachtung in unserer Epoche keinen Sinn mehr hat.

Was die Frage nach dem Hergang der Schlachten von Schewardino und Borodino angeht, so gibt es hier eine sehr genaue und allgemein bekannte, aber der Wahrheit vollkommen ins Gesicht schlagende Darstellung. Alle Historiker schildern den Hergang folgendermaßen.

Auf dem Rückzuge von Smolensk sah sich die russische Armeeleitung nach der vorteilhaftesten Position für eine Hauptschlacht um und fand diese schließlich bei Borodino.

Die Russen bereiteten die Schlacht dadurch vor, daß sie links von der Moskau-Smolensker Straße, fast genau im rechten Winkel zu ihr, von Borodino bis Utiza, also gerade dort, wo nachher die Schlacht stattfand, entsprechende Verschanzungen anlegten.

Vor diesen Stellungen wurde auf der Höhe von Schewardino zur Beobachtung des Feindes eine Vorfeldbefestigung angelegt. Am 24. griff Napoleon diese Vorfeldbefestigung an und nahm sie. Am 26. griff er dann die ganze russische Armee an, die in ihren Stellungen auf dem Felde von Borodino stand.

So heißt es in den Geschichtsbüchern. Wie sehr diese Darstellung der Wahrheit ins Gesicht schlägt, davon kann sich mit Leichtigkeit jeder überzeugen, der unvoreingenommen in die Tatsachen einzudringen sucht.

Die Russen haben sich keineswegs die beste Position ausgesucht; im Gegenteil, sie sind auf dem Rückzuge an vielen Positionen vorbeigekommen, die wesentlich vorteilhafter gewesen wären als die von Borodino. Bei keiner einzigen von diesen Positionen haben sie haltgemacht, teils weil Kutusow keine Position einnehmen wollte, die er nicht persönlich ausgesucht hatte, teils weil das Bedürfnis nach einer wirklich populären Hauptschlacht sich noch nicht stark genug geltend gemacht hatte, teils weil Miloradowitsch mit der Miliz noch nicht zur Stelle war, teils aus allerhand anderen Gründen, die sich gar nicht zählen lassen. Tatsache ist, daß die Positionen, die früher zur Verfügung gestanden hätten, wesentlich günstiger gewesen wären und daß die Position von Borodino, die schließlich den Schauplatz der Schlacht abgab, nicht nur unvorteilhaft, sondern überhaupt in keinem anderen Sinne eine *Position* war als jeder beliebige Ort im russischen Reiche, den man gefunden hätte, wenn man aufs Geratewohl eine Nadel in die Landkarte gesteckt hätte.

Nicht nur haben die Russen die Position auf dem Felde von Borodino, die sich linker Hand rechtwinklig von der Straße hinzog, das heißt also das Gelände, das den tatsächlichen Kampfplatz abgab, nicht befestigt, sondern sie haben auch vor dem 25. August 1812 überhaupt nicht daran gedacht, daß diese Örtlichkeit den Schauplatz einer Schlacht abgeben könne. Das geht erstens daraus hervor, daß an dieser Stelle am 25. noch überhaupt keine Verschanzungen angelegt waren, ja, daß diejenigen Verschanzungen, mit deren Bau am 25. begonnen wurde, auch am 26. noch nicht fertig waren, und zweitens aus der Lage der Schanze von Schewardino. Diese Schanze, vor der Hauptstellung gelegen, in der nachher die Schlacht angenommen wurde, hat gar keinen Sinn. Warum wurde diese Schanze stärker befestigt als alle übrigen? Und warum mußte sie am 24. so lange verteidigt werden, bis endlich spät in der Nacht alle Anstrengungen erschöpft und sechstausend Mann verloren waren? Zur Beobachtung des Feindes hätte ein Kosakenpikett genügt. Daß die Position, in der schließlich die Schlacht stattfand, nicht von vorneherein ins Auge gefaßt war und daß die Schanze von Schewardino gar nicht als vorgeschobener Stütz- und Beobachtungspunkt dieser Position diente, geht drittens daraus hervor, daß Barclay de Tolly und Bagration die Schanze von Schewardino für den linken Flügel der Gesamtposition hielten und daß Kutusow selbst die Schanze von Schewardino in seinem sofort nach der Schlacht geschriebenen Rapport als den linken Flügel der Gesamtposition bezeichnet. Erst viel später, als man in aller Ruhe eingehende Darstellungen der Schlacht zu Papier brachte, verfiel man, offenbar, um die Fehler des Oberkommandierenden zu vertuschen, an dessen Strategie nicht der geringste Makel haften durfte, auf die merkwürdige und durchaus unzutreffende Version, die Schanze von Schewardino habe als vorgeschobene Vorfeldbefestigung gedient, während sie doch tatsächlich nichts als ein befestigter Punkt des linken Flügels gewesen war, und die Schlacht bei Borodino sei von uns in einer befestigten und vorher ausgesuchten Position angenommen worden, während sie doch tatsächlich auf einem völlig unvorhergesehenen und nahezu unbefestigten Gelände stattfand.

Offenbar hat sich die Sache folgendermaßen abgespielt.

Russischerseits hatte man eine Position am Flusse Kolotscha gewählt, der die große Landstraße nicht in einem rechten, sondern einem spitzen Winkel schneidet, so daß der linke Flügel in der Gegend von Schewardino war, der rechte in der Gegend von Nowoje-Selo und das Zentrum in und um Borodino am Zusammenfluß der Kolotscha mit der Woina. Wenn man davon absieht, wie die Schlacht nachher in Wirklichkeit sich abspielte, und sich das Schlachtfeld von Borodino aufmerksam betrachtet, so sieht man sofort, daß diese Position, die sich an die Kolotscha anlehnte, durchaus den Bedürfnissen einer Armee entsprach, die einen auf der Smolensker Straße gegen Moskau marschierenden Feind zum Stehen bringen wollte.

Als Napoleon am 24. nach Walujewo vorritt, sah er nicht, wie es in den Geschichtsbüchern heißt, die russische Position von Utiza bis Borodino vor sich liegen – die er gar nicht sehen konnte, weil sie ja überhaupt nicht existierte – und sah auch keineswegs eine vorgeschobene russische Vorfeldbefestigung, sondern stieß bei der Verfolgung der russischen Arrièregarde auf den linken Flügel der russischen Stellung, nämlich auf die Schanze von Schewardino, und ließ nun seine Truppen über die Kolotscha gehen. Die Russen hatten das nicht vorausgesehen, sie hatten keine Zeit mehr, eine regelrechte Hauptschlacht in die Wege zu leiten, gingen mit dem linken Flügel aus der ursprünglich vorgesehenen Position zurück und nahmen eine neue ein, die weder vorgesehen noch befestigt war.

Mit dem Übergang über die links der Straße fließende Kolotscha verlegte Napoleon die ganze kommende Schlacht von rechts nach links – von uns gesehen –, und zwar auf das Feld zwischen Utiza, Semeonowskoje und Borodino, also auf ein Feld, das für uns als Position nicht mehr taugte als jedes beliebige Feld in Rußland, und auf diesem Felde ging dann am 26. die ganze Schlacht vor sich. Wie die Schlacht vorgesehen war und wie sie sich nachher in Wirklichkeit abspielte, das läßt sich in großen Zügen aus einer Skizze ersehen.

Wenn Napoleon nicht am Abend des 24. an die Kolotscha vorgeritten wäre und den Angriff auf die Schanze noch für denselben Abend befohlen, sondern ihn erst am folgenden Morgen unternommen hätte, so könnte es bei niemandem einen Zweifel darüber geben, daß die Schanze von Schewardino den linken Flügel unserer Position bildete, und die Schlacht hätte sich dann so abgespielt, wie es von unserer Seite erwartet wurde. Wahrscheinlich hätten wir in diesem Falle die Schanze von Schewardino, eben als unseren linken Flügel, noch hartnäckiger verteidigt, hätten Napoleon im Zentrum oder von rechts her angegriffen, und es wäre bereits am 25. zu einer regelrechten Hauptschlacht in der von uns befestigten und von vornherein ins Auge gefaßten Position gekommen. Da aber der Angriff auf unseren linken Flügel noch am selben Abend gleich nach dem

Rückzuge unserer Nachhut erfolgte, das heißt unmittelbar nach dem Kampf bei Gridnewa, und da die russischen Kommandobehörden noch am selben Abend, dem Abend des 24., eine Hauptschlacht nicht mehr beginnen wollten oder auch bei der Kürze der Zeit nicht mehr konnten, so war bereits am 24. die erste und wichtigste Phase der Schlacht bei Borodino verloren, und daher mußte offensichtlich auch die Schlacht vom 26. verlorengehen.

Nach dem Verlust der Schanze von Schewardino sahen wir uns am Morgen des 25. auf dem linken Flügel jeder Position beraubt und daher gezwungen, unseren linken Flügel zurückzunehmen und ihn sich in aller Eile dort, wohin er gerade geraten war, eingraben zu lassen.

Allein nicht genug, daß die russischen Truppen am 26. August nur schwache und nicht einmal fertiggewordene Verschanzungen zur Verfügung hatten, sondern der Verteidigungswert dieser Verschanzungen wurde noch dadurch verringert, daß die russischen Kommandobehörden sich die vollendete Tatsache – den Verlust der Position des linken Flügels und die Verschiebung des ganzen Geländes der bevorstehenden Schlacht von rechts nach links – nicht eingestehen wollten, daher ihre ganze ausgedehnte Stellung von Nowoje-Selo bis Utiza beibehielten und mithin während der Schlacht ihre Truppen von rechts nach links verschieben mußten. Auf diese Weise hatte unser linker Flügel während der ganzen Schlacht die gesamte französische Armee, mithin eine mehr als doppelte Übermacht gegen sich. Denn die Operationen Poniatowskis gegen Utiza und Uwarows gegen den rechten Flügel der Franzosen – von uns aus gesehen – waren Teiloperationen, die mit dem eigentlichen Ablauf der Schlacht nur in einem lockeren Zusammenhang standen.

So spielte sich denn die Schlacht bei Borodino ganz anders ab, als die offizielle Kriegsgeschichte, die alle Fehler unserer Kommandobehörden verschleiern möchte und auf diese Weise nur den Ruhm des russischen Heeres und Volkes herabsetzt, es darzustellen pflegt. Die Schlacht spielte sich nicht in einer vorher ausgesuchten und befestigten Stellung ab, und es war auch nicht so, daß die russischen Streitkräfte den französischen zahlenmäßig nur um ein geringes unterlegen waren, sondern die Schlacht bei Borodino wurde, nachdem die Schanze von Schewardino verloren war, von den Russen auf offenem und nahezu ganz unbefestigtem Gelände angenommen, und zwar gegen eine doppelt so starke Übermacht, das heißt also unter Verhältnissen, die es undenkbar erscheinen lassen mußten, die Armee auch nur drei Stunden lang vor gänzlicher Auflösung und Flucht zu bewahren, geschweige denn sich zehn Stunden lang zu schlagen und schließlich noch einen unentschiedenen Ausgang der Schlacht zu ermöglichen.

XX

Am 25. war Pierre in der Frühe von Moshaisk abgefahren. An einem sehr steilen Abhang vor der Stadt – rechts davon stand eine große Kirche, in der gerade zum Gottesdienst geläutet wurde – stieg Pierre aus seiner Equipage und ging zu Fuß weiter. Die Sänger voran, kam hinter ihm ein Kavallerieregiment bergab. Von der anderen Seite kam eine Wagenkolonne mit Verwundeten aus der gestrigen Schlacht. Die Fuhrleute, vorspannpflichtige Bauern, liefen, auf ihre Pferde einschreiend und mit den Peitschen auf sie einschlagend, kreuz und quer über den steil bergaufführenden Weg. Die Wagen, auf denen je drei bis vier verwundete Soldaten lagen oder saßen, schütterten und stießen auf den großen, pflasterartig über den steilen Weg hingestreuten Steinen. Die mit Lappen verbundenen Verwundeten, Menschen mit bleichen Gesichtern, aufeinandergepreßten Lippen und finster gerunzelten Brauen, wurden bei jedem Stoß ihres Wagens in die Höhe geworfen und hin und her geschüttelt und suchten sich vergeblich an den Seitenstangen festzuhalten. Pierres weißen Hut und grünen Frack musterten sie fast alle mit kindlich naiver Neugier.

Pierres Kutscher schrie die bäuerlichen Fuhrleute ärgerlich an, sie sollten sich doch an die eine Wegseite halten. Das singende Kavallerieregiment, das den Berg heruntergeritten kam, war schon nicht mehr weit von Pierres Wagen und ließ den verfügbaren Raum auf dem Wege noch enger werden. Pierre blieb stehen und drückte sich dicht an den Rand des in den Berg hineingegrabenen Weges. Der Weg lag so tief zwischen die abschüssigen Bergwände eingebettet, daß die Sonnenstrahlen nicht hineingelangten, so war es kühl und feucht, aber hoch oben über Pierre breitete sich ein leuchtender, von fröhlichem Glockengeläut durchklungener Augustmorgen. Einer von den Wagen mit den Verwundeten hielt unmittelbar neben Pierre am Wegrande an. Ganz außer Atem lief der Fuhrmann in seinen Bastschuhen um den Wagen herum und schob Steine unter die schienenlosen Hinterräder; dann begann er seinem ruhig dastehenden Pferdchen den Umlaufriemen in Ordnung zu bringen.

Ein Verwundeter, ein alter Soldat, der, den Arm in der Binde, hinter dem Wagen hergegangen war, stemmte den unbeschädigten Arm gegen den Wagen und sah Pierre an.

„Na Landsmann, wie ist es damit?" meinte er. „Kommen wir irgendwo hier in der Nähe ins Spital? Oder geht's noch bis Moskau?"

Pierre war so in seine Gedanken vertieft, daß er die Frage überhörte. Bald sah er dem Kavallerieregiment zu, das gerade der Kolonne mit den Verwundeten begegnete, bald betrachtete er den Wagen, der neben ihm haltgemacht hatte und zwei sitzende und einen liegenden Verwundeten enthielt, und es war ihm, als liege hier, unter diesen Leuten, die Lösung der Frage beschlossen, die ihn beschäftigte. Von den zwei Soldaten, die auf dem Wagen saßen, war der eine offenbar an der Wange verwundet worden. Sein ganzer Kopf war mit Lappen umwunden, und die eine Wange bis auf Kinderkopfgröße angeschwollen. Mund und Nase waren dadurch ganz auf die Seite gedrückt. Der Soldat sah zur Kirche hinüber und bekreuzte sich. Der andere, ein junger Bursche, noch ein Rekrut, blond und so weiß, als hätte er keinen einzigen Tropfen Blut mehr in seinem schmalen Gesicht, sah Pierre mit einem gutmütigen Lächeln an, das, gleichsam vergessen, auf seinem Gesicht liegengeblieben war. Der dritte lag auf dem Bauch, und sein Gesicht war nicht zu sehen. Die vor dem Regiment herreitenden Sänger kamen jetzt gerade an dem Wagen vorüber. Sie sangen ein Soldatentanzlied:

„Schatz, mein Schatz, ach so weit,
ja, im fremden Lande . . ."

Und von oben kamen die metallischen Klänge des Glockengeläuts, aus denen ebenfalls Fröhlichkeit sprach — freilich eine Fröhlichkeit von anderer Art —, als wollten sie den Gesang begleiten. Und wieder eine andere Art von Fröhlichkeit sprach aus den warmen Sonnenstrahlen, die über den Höhenrand der gegenüberliegenden Wegseite hinfluteten. Aber unten, in der Tiefe des Hohlwegs, um den Wagen mit den Verwundeten, neben dem keuchenden Pferdchen, bei dem Pierre stand, da war es feucht, düster und traurig.

Der Soldat mit der verschwollenen Wange sah die vorbeireitenden Vorsänger grimmig an.

„Solche Fatzken!" sagte er mißbilligend.

„Heute habe ich nicht nur Soldaten, sondern auch schon bewaffnete Bauern zu sehen gekriegt! Jetzt kriegen sie auch schon die Bauern heran", sagte der Soldat, der hinter dem Wagen stehengeblieben war, mit einem trübseligen Lächeln zu Pierre. „Da gibt's jetzt keinen Unterschied mehr . . . Alles, was Beine hat, will man ihnen jetzt entgegenschmeißen. Na ja, eben: Moskau! Sie wollen die Sache eben zu Ende bringen."

Trotz der Dunkelheit und Verschwommenheit in der Ausdrucksweise des Soldaten verstand Pierre doch genau, was er sagen wollte, und nickte beifällig.

Inzwischen war der Weg frei geworden, und Pierre ging den Berg hinunter und stieg unten wieder in seinen Wagen.

Auf der Weiterfahrt sah er sich nach beiden Seiten hin um und suchte nach bekannten Gesichtern, ohne etwas anderes zu finden als fremde Menschen aller Waffengattungen, die ausnahmslos seinen weißen Hut und grünen Frack mit Erstaunen betrachteten.

Vier Werst hinter dem Abhang stieß er endlich auf den ersten Bekannten und sprach ihn erfreut an. Dieser Bekannte war ein Militärarzt, der eine hohe Charge bekleidete. Er kam Pierre in einer Britschke entgegengefahren, einen jüngeren Mediziner neben sich, und befahl dem ihm als Kutscher dienenden Kosaken anzuhalten, als er Pierres ansichtig geworden war.

„Graf! Ew. Erlaucht, was machen Sie denn hier?" fragte der Arzt.

„Ja, ich wollte mir die Geschichte mal ansehen . . ."

„So, so, na, zu sehen bekommen werden Sie schon was."

Pierre stieg aus seinem Wagen und setzte dem Arzt auseinander, er beabsichtige, an der Schlacht teilzunehmen.

Der Arzt meinte, Besuchow tue am besten, sich unmittelbar an den Durchlauchtigsten zu wenden.

„Es hat für Sie doch keinen Sinn, während der Schlacht in Gott weiß was für einer finsteren Ecke herumzulungern", sagte er, nachdem er mit seinem jungen Kollegen einen Blick gewechselt hatte, „und der Durchlauchtigste kennt Sie ja schließlich und wird Sie liebenswürdig aufnehmen. Also, Väterchen, tun Sie, wie ich Ihnen sage."

Der Arzt machte einen ermüdeten Eindruck und schien es eilig zu haben.

„Also Sie meinen . . . Ja, was ich noch fragen wollte, wo ist eigentlich die Position?" fragte Pierre.

„Die Position?" antwortete der Doktor. „Das gehört nicht in mein Ressort. Fahren Sie über Tatarinowa, da wird unentwegt gebuddelt. Dann steigen Sie auf die Anhöhe, von da aus kann man alles sehen."

„Wirklich? Könnten Sie nicht so gut sein . . ."

Der Arzt fiel ihm ins Wort, während er schon wieder zu seiner Britschke ging.

„Ich würde Sie ja hinbringen, aber ich habe zu tun — bis hier" — der Arzt deutete auf seinen Hals —, „ich muß so schnell wie möglich zum Korpskommandeur. Sie glauben ja nicht, was das hier für ein Zustand ist! Sie müssen wissen, Graf, morgen gibt es eine Schlacht. Auf hunderttausend Mann muß man mindestens zwanzigtausend Verwundete rechnen. Und wir haben knapp für sechstausend Mann Tragbahren, Betten, Ärzte und Sanitätspersonal. Zehntausend Bauernwagen sind freilich da, aber man braucht ja auch sonst noch allerhand. Da heißt es sich dazuhalten."

Erschütternd überkam Pierre der fremdartige Gedanke, daß von diesen Tausenden lebendiger, gesunder Menschen, junger und alter, die mit so harmlos vergnügtem Staunen auf seinen weißen Hut starrten, zwanzigtausend zu Verwundung und Tod bestimmt waren, und darunter vielleicht gerade die, die auch sein eigener Blick berührt hatte.

„Vielleicht werden sie morgen sterben. Wie kommt es, daß sie noch an andere Dinge denken können als an den Tod?" Und auf Grund irgendeiner verborgenen Gedankenassoziation sah er plötzlich wieder den steil bergabführenden Weg bei Moshaisk und die Wagen mit den Verwundeten und die schrägfallenden Sonnenstrahlen und die Kavalleristen vor sich und glaubte das Glockengeläute und die Stimmen der Vorsänger zu hören.

„Die Kavalleristen gehen in die Schlacht und begegnen einem Verwundetentransport und denken nicht einen Augenblick an das, was ihnen bevorsteht, sondern reiten vorbei und zwinkern den Verwundeten zu. Von allen diesen Tausenden sind hier zwanzigtausend zum Tode verurteilt, und dabei wundern sie sich über meinen Hut! Wie sonderbar das ist!" dachte Pierre auf der Weiterfahrt nach Tatarinowa.

Vor dem Gutshause, links von der Straße, hielten Equipagen und verdeckte Bagagewagen. Es wimmelte von Offiziersburschen und Wachmannschaften. Hier hatte der Durchlauchtigste sein Quartier. Aber weder er selbst noch die meisten Offiziere seines Stabes waren anwesend, als Pierre kam. Sie waren bei einem Bittgottesdienst. Pierre fuhr weiter nach Gorki.

Bei der Einfahrt in das kleine, hochgelegene Dorf Gorki sah Pierre zum erstenmal bäuerliche Milizmannschaften in weißen Hemdblusen, Kreuze an den Mützen. Sie arbeiteten munter und schweißüberströmt unter lautem Reden und Lachen um einen großen, grasbewachsenen Hügel rechts von der Straße.

Einige schaufelten, andere fuhren die ausgehobene Erde mit Schubkarren über einen Bohlenweg fort, wieder andere standen untätig dabei.

Oben auf dem Hügel standen zwei Offiziere, welche die Arbeiten leiteten. Als Pierre diese Bauern sah, denen das ungewohnte Soldatentum offenbar noch Spaß machte, da fielen ihm wieder die Verwundeten im Moshaisker Hohlweg ein, und nun erst begriff er ganz, was der Soldat gemeint hatte, als er sagte, jetzt wolle man ihnen alles entgegenschmeißen, was Beine habe. Der Anblick dieser auf dem Schlachtfelde schanzenden bärtigen Bauern mit ihren merkwürdig plumpen Stiefeln, ihren schweißüberströmten Hälsen und den schrägabfallenden Hemdblusenkragen, die manche so weit geöffnet trugen, daß man unter ihnen die sonnverbrannte Schlüsselbeinpartie sehen konnte, machte auf Pierre einen stärkeren Eindruck als alles, was er bisher gesehen oder von der Größe und dem feierlichen Ernst dieser entscheidungsvollen Tage hatte sagen hören.

XXI

Pierre verließ seinen Wagen und stieg, an den schanzenden Milizleuten vorüber, auf den Hügel, von dem, wie der Arzt gesagt hatte, das ganze Schlachtfeld zu sehen sein sollte.

Es war elf Uhr vormittags. Die Sonne stand halblinks hinter Pierre und beleuchtete in der klaren und reinen Luft mit großer Deutlichkeit das mächtige, amphitheatralisch ansteigende Panorama vor ihm.

Linker Hand, dieses Amphitheater durchschneidend, wand sich die große Smolensker Straße bergan. Sie führte durch ein Dorf mit weißer Kirche, das ungefähr fünfhundert Schritt vor dem Hügel und niedriger als dieser lag. Das war Borodino. Unterhalb des Dorfes überschritt die Straße eine Brücke und ging dann in Windungen, bald bergauf, bald bergab, immer höher hinauf bis zu dem in einer Entfernung von sechs Werst auftauchenden Dorfe Walujewo, wo Napoleon sein Quartier hatte. Hinter Walujewo verschwand die Straße in dem gilbenden Walde am Horizont. In diesem Walde – es war ein Birken- und Fichtenwald – blitzten rechts von der Straße in der Ferne das Kreuz und der Kirchturm des Klosters Kolozkoj in der Sonne. In dieser ganzen bläulichen Ferne, rechts und links vom Walde und von der Straße, sah man hier und da rauchende Lagerfeuer und nur undeutlich erkennbare Truppenmassen, die beiden Armeen angehörten. Rechter Hand, an den Flüssen Kolotscha und Moskwa, war das Gelände bergig und von Schluchten zerrissen. Zwischen diesen Schluchten zeigte sich in der Ferne das Dorf Bessubowo und davor Sacharjino. Nach links zu wurde es ebener, hier zogen sich Kornfelder hin, und dann kam ein verbranntes, noch rauchendes Dorf, Semeonowskoje.

Alles, was sich rechts und links Pierres Blicken bot, war so wenig auffallend, daß weder die rechte noch die linke Seite seines Blickfeldes der Vorstellung Genüge tat, die er mitgebracht hatte. Er hatte erwartet, ein Schlachtfeld zu sehen, und sah nun nichts als Felder, Waldlichtungen, Truppen, Baumgruppen, rauchende Lagerfeuer, Dörfer, Hügel, Bäche; und sosehr Pierre sich auch den Kopf zerbrach, er konnte in diesem organischen Gelände keine Position entdecken, ja nicht einmal unsere Truppen von den feindlichen unterscheiden.

„Ich muß jemand fragen, der Bescheid weiß", dachte er und wandte sich an einen Offizier, der Pierres mächtige, unmilitärische Gestalt neugierig musterte.

„Gestatten Sie eine Frage", sagte Pierre zu dem Offizier. „Was ist das für ein Dorf da vorne?"

„Burdino, oder so ähnlich, nicht wahr?" erwiderte der Offizier halb zu seinem Kameraden gewandt.

„Borodino", verbesserte dieser.

Der Offizier, dem offensichtlich die Gelegenheit zu einer kleinen Plauderei willkommen war, gesellte sich zu Pierre.

„Sind das dort unsere?" fragte Pierre.

„Ja, aber dort weiter sind auch Franzosen", erwiderte der Offizier. „Da, da sieht man sie schon."

„Wo denn? Wo denn?" fragte Pierre.

„Man kann sie mit bloßem Auge sehen. Da sind sie!"

Der Offizier wies auf die rauchenden Lagerfeuer links des Flusses, und Pierre fiel dabei der ernste und strenge Ausdruck seines Gesichts auf, ein Ausdruck, den er heute schon auf vielen Gesichtern gesehen hatte.

„Aha, also das sind die Franzosen! Und dort?" Pierre deutete nach links auf einen Hügel, in dessen Umgebung sich ebenfalls Truppen erkennen ließen.

„Das sind unsere."

„Aha, also das sind unsere! Und dort?" Pierre deutete auf einen anderen, noch weiter entfernt liegenden Hügel mit einem großen Baum. Daneben tauchte aus einer Schlucht ein Dorf auf, bei dem ebenfalls Lagerfeuer rauchten und irgend etwas Schwarzes herumwimmelte.

„Das ist ‚er' wieder", sagte der Offizier. Es war die Schanze von Schewardino. „Gestern hatten wir es noch, heute hat er es."

„Und wo ist denn unsere Position?"

„Die Position?" antwortete der Offizier mit einem wohlgefälligen Lächeln. „Das kann ich Ihnen ganz genau auseinandersetzen, weil ich fast alle unsere Verschanzungen gebaut habe. Sehen Sie, dort ist unser Zentrum, dort in Borodino." Er wies auf das Dorf mit der weißen Kirche, das ganz vorne lag. „Dort ist der Übergang über die Kolotscha. Sehen Sie, dort in der Senkung, wo noch das gemähte Heu auf der Wiese liegt, da ist die Brücke. Das ist unser Zentrum. Unser rechter Flügel ist dort" – er zeigte auf eine Schlucht in der Ferne, scharf nach rechts –, „da fließt die Moskwa, und dort haben wir drei sehr starke Schanzen angelegt. Der linke Flügel ..." Der Offizier hielt einen Augenblick inne. „Sehen Sie, es ist nicht ganz leicht, Ihnen das auseinanderzusetzen ... Gestern war unser linker Flügel da, in Schewardino, sehen Sie dort, wo die Eiche steht. Inzwischen haben wir unseren linken Flügel aber zurückgenommen, jetzt ist er dort, sehen Sie, wo das Dorf mit dem Rauch ist. Das ist Semeonowskoje, und das dort gehört auch noch zu unserem linken Flügel" – er wies auf den später Rajewskij-Höhe genannten Hügel. „Aber dort wird die Schlacht kaum stattfinden. Daß er seine Truppen hierhergeführt hat, das ist ein Täuschungsmanöver, er wird sicher rechts von der Moskwa vorgehen wollen. Na, mag es sein wo es will, morgen beim Appell wird mancher sich nicht mehr zur Stelle melden können!"

Während der Offizier sprach, war ein alter Unteroffizier herangekommen und wartete schweigend, bis sein Vorgesetzter mit seinen Darlegungen fertig sein würde. An dieser Stelle aber unterbrach er ihn, offenbar mit den letzten Worten des Offiziers unzufrieden.

„Es muß nach Schanzkörben geschickt werden", sagte er ernst und finster.

Der Offizier wurde ein wenig verlegen, als sei es ihm zum Bewußtsein gekommen, daß man wohl daran denken könne, wer morgen alles beim Appell fehlen würde, daß man darüber aber nicht rede.

„Na ja, dann schicke doch wieder die dritte Kompanie", sagte er hastig. „Sind Sie eigentlich Arzt, oder was haben Sie sonst für eine Funktion?" wandte er sich dann zu Pierre.

„Nein, ich bin nur so hier", erwiderte Pierre und ging dann wieder bergab, an den Milizleuten vorbei.

„Ach, dies verfluchte Volk!" knurrte der Offizier, der hinter Pierre herkam, und hielt sich die Nase zu, während er an den Schanzenden vorüberlief.

„Da kommen sie! ... Da kommen sie! ... Da wird sie gebracht, da sind sie schon ... gleich sind sie da!" riefen plötzlich Stimmen von allen Seiten, und Offiziere, Soldaten und Milizleute liefen auf die Straße.

Bergauf von Borodino kam eine Prozession. An ihrer Spitze marschierte im Gleichschritt eine Abteilung Infanterie, die Tschakos in der Hand, die Gewehre mit der Mündung nach unten. Hinter dieser Abteilung erscholl Kirchengesang. Soldaten und Milizleute liefen barhäuptig der Prozession entgegen und überholten Pierre.

„Das Mütterchen wird gebracht! Die Beschützerin! Das Iberische Gottesmütterchen!"

„Nein, das Gottesmütterchen von Smolensk", verbesserte ein anderer.

Die Milizleute, die sich im Dorf aufgehalten hatten, kamen angerannt, ebenso warfen die beim Bau der Batteriestellung Beschäftigten ihre Spaten weg und liefen der Prozession entgegen. Hinter dem Bataillon, das auf der staubigen Landstraße marschierte, kamen Geistliche in Meßgewändern, ein alter Mönch in Ordenstracht, Hilfsgeistliche, Kirchendiener und Sänger. Hinter ihnen trugen Soldaten und Offiziere ein großes, gerahmtes Heiligenbild mit schwarzem Antlitz. Es war das aus Smolensk mitgenommene und seitdem bei der Armee gebliebene Muttergottesbild. Hinter dem Bilde, vor ihm, rechts und links von ihm, gingen und liefen dichtgedrängte Mengen von barhäuptigen Soldaten, die sich bis zur Erde verneigten.

Auf der Höhe angelangt, machte die Prozession halt. Die Leute, die das Muttergottesbild an Handtüchern getragen hatten, wurden abgelöst, die Mesner zündeten wieder Weihrauch an, und der Gottesdienst nahm seinen Anfang. Die sengende Sonne stand jetzt senkrecht über der Menge. Ein frisches Lüftchen spielte leichthin mit den Haaren der Barhäuptigen und den Bändern, mit denen das Muttergottesbild geschmückt war. Der Gesang der Liturgie klang hier unter freiem Himmel nicht so mächtig wie in der Kirche. Eine ungeheure Menge barhäuptiger Offiziere, Soldaten und Milizleute umdrängte das Bild. Hinter dem Geistlichen und dem Mesner standen auf einem ein wenig hergerichteten Platz die Personen von Rang. Ein glatzköpfiger General mit dem Georgskreuz am Halse stand genau hinter dem Rücken des zelebrierenden Priesters und wartete, ohne sich zu bekreuzen – offenbar war es ein Deutscher –, geduldig auf das Ende des Gottesdienstes, an dem teilzunehmen er sich, vermutlich um den Patriotismus des russischen Volkes zu heben, verpflichtet fühlte.

Ein anderer General stand in kriegerischer Haltung da, machte beim Sichbekreuzen eine Bewegung, als schlenkere er mit der Hand über der Brust hin und her, und sah sich dabei im Kreise um. Unter diesen Personen von Rang erkannte Pierre, der mitten unter den Bauern stand, einige Bekannte, sah aber nicht weiter auf sie hin, seine ganze Aufmerksamkeit war von dem großen Ernst auf den Gesichtern aller dieser Soldaten und Milizleute gefesselt, die alle mit gleicher Inbrunst auf das Bild blickten. Als die schon ziemlich ermüdeten Mesner, die bereits das zwanzigste Gebet sangen, träge und gewohnheitsmäßig das: „Errette aus der Not, Gottesgebärerin, Deine Knechte", anstimmten und Priester und Diakon einfielen: „Denn zu Dir flüchten wir uns, Du unsere Mauer, unser Schutz und unsere Fürbitte", da flammte auf allen Gesichtern wieder jener Ausdruck auf, den Pierre am Abhange des Moshaisker Berges und auch nachher noch immer wieder im Laufe des Vormittags auf so vielen Gesichtern wahrgenommen hatte: der Ausdruck eines tiefen Verständnisses für die Größe und den Ernst des herannahenden Geschehens. Immer häufiger senkten sich jetzt die Köpfe, daß die Haare flatterten, immer häufiger hörte man Seufzer aus der Menge und das Geräusch beim Bekreuzen gegen die Brüste schlagender Hände.

Die Menge um das Heiligenbild flutete plötzlich zur Seite und keilte Pierre ein. Irgend jemand ging auf das Muttergottesbild zu, und nach der Eile zu urteilen, mit der man ihm Platz machte, mußte der Ankömmling wohl eine sehr hochgestellte Persönlichkeit sein.

Es war Kutusow, der die Stellung abgeritten hatte und jetzt auf dem Rückwege nach Tatarinowa zum Gottesdienst kam. Pierre er=

kannte sofort seine auffallende, von allen anderen unterschiedene Gestalt.

Im langen Überrock am unförmig starken Leibe, mit gekrümmtem Rücken, den grauweißen Kopf entblößt, das ausgelaufene weiße Auge im schwammigen Gesicht, trat Kutusow mit seinem wiegenden, schaukelnden Gang in den Kreis und blieb hinter dem Priester stehen. Er bekreuzte sich mit Bewegungen, die ganz Gewohnheit geworden zu sein schienen, verneigte sich so tief, daß seine Hand die Erde berührte, und senkte den grauweißen Kopf mit schwerem Ächzen. Hinter Kutusow waren Bennigsen und die ganze Suite gekommen. Trotz der Anwesenheit des Oberkommandierenden, der die Aufmerksamkeit aller Personen von Rang auf sich zog, beteten die Milizleute und Soldaten ruhig weiter, ohne sich um ihn zu kümmern.

Als der Bittgottesdienst zu Ende war, trat Kutusow an das Bild heran, ließ sich schwerfällig auf die Knie nieder und verneigte sich bis zur Erde. Als er sich wieder erheben wollte, brachte er es angesichts seines Leibesumfanges und seiner Altersschwäche lange Zeit nicht zustande. Sein Greisenkopf zuckte vor Anstrengung. Endlich stand er wieder aufrecht, küßte mit einem kindlich naiven Lippenvorstrecken das Muttergottesbild, verneigte sich dann noch einmal und berührte dabei mit der Hand die Erde. Die Generalität folgte seinem Beispiel, dann drängten sich die Offiziere und nach ihnen Soldaten und Milizleute aufgeregt, einander beiseite schiebend, stoßend und keuchend zum Muttergottesbilde.

XXII

Hin und her taumelnd im Gedränge, in das er geraten war, sah Pierre sich um.

„Graf! Peter Kirillytsch! Wie kommen Sie denn hierher?"

Pierre sah nach der Richtung, aus der die Stimme gekommen war. Boris Drubezkoi kam lächelnd auf Pierre zu und klopfte sich unterwegs den Staub von den Knien, die er sich vermutlich schmutzig gemacht hatte, als er gleich den anderen das Muttergottesbild geküßt hatte. Er war elegant, aber mit einer Schattierung von Frontsoldatentum gekleidet; er war im Überrock und hatte die Reitpeitsche an einem Riemen über der Schulter hängen, genauso wie Kutusow.

Kutusow war inzwischen ins Dorf gegangen und hatte sich im Schatten des nächsten Hauses auf eine Bank gesetzt, die ein Kosak im Laufschritt angeschleppt und ein anderer hurtig mit einem Teppich bedeckt hatte. Um den Oberkommandierenden standen die Herren seiner riesigen, glänzenden Suite.

Das Muttergottesbild wurde, von einer vielköpfigen Menge begleitet, weitergetragen. Dreißig Schritte vor Kutusow blieb Pierre im Gespräch mit Boris stehen.

Pierre erzählte Boris, er beabsichtige an der Schlacht teilzunehmen und sich vorher die Position anzusehen.

„Machen Sie das nur, wie ich Ihnen sagte", meinte Boris. „Je vous ferai les honneurs du camp.[1] Am besten werden Sie alles von Graf Bennigsens Standort aus sehen. Ich bin bei seinem Stabe. Ich will es ihm vortragen. Wenn Sie aber die Position abreiten wollen, so schließen Sie sich uns an, wir reiten gleich zum linken Flügel. Wenn wir zurück sind, dann müssen Sie mir die Freude machen, bei mir zu übernachten, und dann arrangieren wir eine Kartenpartie. Dmitrij Sergejewitsch kennen Sie doch? Das da ist sein Quartier." Und er deutete auf das dritte Haus vom Dorfeingang an.

„Ich würde aber gern auch den rechten Flügel sehen, er soll doch besonders stark sein", antwortete Pierre. „Ich würde gern von der Moskwa an die ganze Position abreiten."

„Nun, das können Sie nachher ja immer noch machen, aber die Hauptsache ist doch der linke Flügel."

„Aha, ja. Und wo ist das Regiment des Fürsten Bolkonskij? Können Sie mir das zeigen?" fragte Pierre.

„Das Regiment von Andrej Nikolajewitsch? Wir kommen daran vorbei, ich führe Sie dann hin."

„Was hat es eigentlich mit dem linken Flügel auf sich?" fragte Pierre.

„Wenn ich Ihnen die Wahrheit sagen soll, entre nous[2], so ist das so eine Geschichte mit dem linken Flügel", antwortete Boris mit vertraulich gedämpfter Stimme. „Graf Bennigsen hatte etwas völlig anderes vorgeschlagen. Er wollte diesen Hügel da durchaus anders befestigt sehen, aber ..." Boris zuckte die Achseln, „der Durchlauchtigste hat es nicht gewollt oder man hat ihm da irgend etwas eingeredet. Ich möchte annehmen ..." Boris brach ab, weil gerade in diesem Augenblick Kutusows Adjutant Kaissarow auf Pierre zukam. „Ah! Paissij Sergeïtsch!" sagte Boris mit unbefangenem Lächeln zu Kaissarow. „Ich bin gerade dabei, dem Grafen unsere Position zu erklären. Erstaunlich, mit welcher Sicherheit der Durchlauchtigste herausgewittert hat, was die Franzosen vorhaben!"

„Sie denken dabei an den linken Flügel?" fragte Kaissarow.

„Ja, natürlich, natürlich. Unser linker Flügel ist jetzt riesig stark, sage ich Ihnen."

Kutusow hatte zwar alle Überflüssigen aus seinem Stabe weggejagt, aber Boris hatte es doch fertiggebracht, sich auch nach den

[1] Ich werde Sie im Lager bewillkommnen.
[2] unter uns.

von Kutusow veranlaßten Personalveränderungen noch im Hauptquartier zu halten. Er hatte es verstanden, sich einen Posten in der Umgebung des Grafen Bennigsen zu verschaffen. Graf Bennigsen hielt wie alle höheren Offiziere, bei denen Boris Dienst getan hatte, den jungen Fürsten Drubezkoi für einen gar nicht hoch genug zu schätzenden Menschen.

In der Führung der Armee standen zwei Parteien einander schroff gegenüber: die Partei Kutusows und die Partei seines Stabschefs Bennigsen. Boris gehörte zur letztgenannten und verstand es meisterhaft, für Kutusow eine kriecherische Ehrfurcht zur Schau zu tragen und dabei immer wieder durchblicken zu lassen, der Alte tauge ja doch nichts mehr und in Wirklichkeit habe Bennigsen alles in der Hand. Jetzt war der entscheidungsvolle Augenblick der Schlacht nahe. Diese Schlacht konnte Kutusow vernichten und das Schwergewicht völlig in Bennigsens Hände übergehen lassen. Oder Kutusow konnte die Schlacht gewinnen, dann mußte man überall, wo es angebracht schien, zu verstehen geben, daß alles Geleistete auf Bennigsens Rechnung zu setzen sei. In jedem Fall aber mußten am folgenden Tage zahlreiche Auszeichnungen verliehen und zahlreiche Beförderungen vorgenommen werden, und allerhand neue Männer mußten hervortreten. Und daher befand sich Boris diesen ganzen Tag über in einem Zustande besonderer Spannung.

Nach Kaissarow gesellten sich noch andere Bekannte zu Pierre, und er hatte Mühe, alle die Fragen nach Moskau zu beantworten, mit denen sie ihn überschütteten, und dabei noch zu hören, was sie zu erzählen hatten. Auf allen Gesichtern lag ein Ausdruck der Unruhe, Spannung und Erregung. Pierre wollte es aber scheinen, als sei die Erregung, die auf diesen Gesichtern lag, hauptsächlich der Frage nach dem persönlichen Erfolge zuzuschreiben, und er konnte jenen anderen Ausdruck der Erregung gar nicht loswerden, den er auf anderen Gesichtern wahrgenommen hatte und der nicht der Beschäftigung mit Fragen des persönlichen Ehrgeizes, sondern mit den großen, allen gemeinsamen Fragen des Leben und des Todes gegolten hatte.

Kutusow fiel Pierres Gestalt und die ihn umstehende Gruppe auf.

„Er soll zu mir kommen", sagte Kutusow zu einem seiner Adjutanten.

Der Adjutant übermittelte Pierre den Wunsch des Durchlauchtigsten, und Pierre ging auf die Bank zu. Aber noch bevor er sie erreicht hatte, war ein gemeiner Milizsoldat an Kutusow herangetreten. Es war Dolochow.

„Was macht denn der hier?" fragte Pierre.

„Das ist so ein Aas, das sich überall durchzigeunert", wurde ihm geantwortet. „Er ist nämlich degradiert worden und will wieder in die Höhe. Hat da irgendwelche Projekte eingereicht und ist nachts in der feindlichen Postenkette herumgekrochen ... Ein Teufelskerl ist er schon!"

Pierre nahm den Hut ab und verbeugte sich vor Kutusow.

„Ich sagte mir, wenn ich Ew. Durchlaucht melde, was ich dabei beobachtet habe, so werden Sie mich vielleicht wegjagen oder sagen, was ich zu melden hätte, das wüßten Sie schon. Aber auch das würde ich ruhig in Kauf nehmen ...", hörte er Dolochow sagen.

„So, so."

„Wenn ich aber recht habe, so nütze ich damit doch meinem Vaterlande, für das mein Leben mir nicht zu schade ist."

„So ... so ..."

„Und wenn Ew. Durchlaucht mal eine besondere Verwendung für einen Menschen haben, dem an seinem Fell nicht viel gelegen ist, dann bitte ich, an mich zu denken ... Vielleicht kann ich Ew. Durchlaucht doch einmal von Nutzen sein."

„So ... so .. ", wiederholte Kutusow und lächelte Pierre mit halbgeschlossenem Auge zu.

In diesem Augenblick trat Boris mit seiner höfischen Gewandtheit zu dem in Kutusows Nähe stehenden Pierre und sagte halblaut, mit größter Unbefangenheit, als handle es sich um die Fortsetzung eines begonnenen Gespräches:

„Diese Leute von der Miliz! Haben sich da eigens für morgen frische weiße Hemden angezogen, um sich auf den Tod vorzubereiten. Was für ein Heroismus, Graf!"

Boris hatte diese Bemerkung offenbar nur deswegen an Pierre gerichtet, damit sie dem Durchlauchtigsten zu Ohren kam. Er wußte, daß Kutusow auf diese Worte aufmerksam werden würde, und wirklich wandte sich der Durchlauchtigste jetzt an ihn und fragte:

„Was erzählst du da von der Miliz?"

„Sie haben sich weiße Hemden angezogen, Ew. Durchlaucht, um sich für morgen auf den Tod vorzubereiten."

„Ah! Ein herrliches Volk, ein unvergleichliches Volk", sagte Kutusow, schloß das Auge und wiegte den Kopf hin und her. „Ein unvergleichliches Volk", sagte er noch einmal und seufzte.

„Sie möchten Pulver riechen?" wandte er sich dann zu Pierre. „Ja, ein angenehmer Geruch. Ich habe die Ehre, zu den Anbetern Ihrer Frau Gemahlin zu gehören. Geht es ihr gut? Mein Quartier steht zu Ihrer Verfügung."

Und wie alte Leute häufig tun, sah Kutusow sich zerstreut um, als hätte er alles vergessen, was er hatte sagen oder tun sollen.

Endlich schien ihm eingefallen zu sein, was er gesucht hatte: er winkte Andrej Sergejewitsch Kaissarow, den Bruder seines Adjutanten, zu sich.

„Wie war doch gleich dies Gedicht von Marin? Wie ging es doch? Dies Gedicht, das er auf Gerakow gemacht hatte: ‚Wirst zuletzt noch Lehrer werden und Dozent im Pagenkorps'... Sage es mir doch einmal her!" Und in Erwartung der Pointe schickte Kutusow sich bereits an loszulachen.

Kaissarow trug das Gedicht vor. Kutusow wiegte den Kopf lächelnd im Takt der Verse.

Als Pierre sich aus Kutusows unmittelbarer Nähe zurückgezogen hatte, kam Dolochow zu ihm und ergriff seine Hand:

„Ich freue mich sehr, Sie hier zu treffen, Graf", sagte er laut und ohne sich durch die Anwesenheit der übrigen irgendeinen Zwang auferlegen zu lassen, und mit einer besonderen, feierlichen Eindringlichkeit. „Gott weiß, wer morgen noch am Leben sein wird. Da ergreife ich gern heute noch die Gelegenheit, Ihnen zu sagen, daß ich die Mißverständnisse bedaure, die zwischen uns gestanden haben, und daß ich wünschte, Sie hätten nichts mehr gegen mich. Bitte, verzeihen Sie mir."

Pierre sah Dolochow lächelnd an und wußte nicht recht, was er sagen sollte. Dolochow traten die Tränen in die Augen, er umarmte Pierre und küßte ihn.

Boris sprach ein paar Worte mit seinem General, und darauf wandte Graf Bennigsen sich zu Pierre. Er schlug ihm vor, mit ihm zusammen die Linie abzureiten.

„Es wird ganz interessant für Sie sein", meinte er.

„Ja, gewiß, gewiß", sagte Pierre.

Eine halbe Stunde darauf ritt Kutusow nach Tatarinowa, und Bennigsen mit seiner Suite, zu der sich auch Pierre gesellt hatte, ritt die Linie ab.

XXIII

Bennigsen ritt von Gorki aus die große Straße hinunter nach der Brücke zu, die der Offizier auf dem Hügel vorhin Pierre als das Zentrum der Position gezeigt hatte und in deren Nähe am Ufer noch das duftende frischgemähte Heu auf den Wiesen lag. Über die Brücke ritten sie nach dem Dorf Borodino, bogen dann links ab, kamen vorbei an ungeheuren Truppenmassen und Mengen von Kanonen und gelangten zu einem hohen Hügel, auf dem Milizleute mit Schanzarbeiten beschäftigt waren. Dies war der damals noch namenlose, nachmals aber Rajewskij-Schanze oder Hügelbatterie benannte Ort.

Pierre wandte dieser Schanze keine besondere Aufmerksamkeit zu. Er konnte ja nicht wissen, daß diese Stelle für ihn die denkwürdigste Örtlichkeit des ganzen Schlachtfeldes von Borodino werden sollte. Dann gelangten sie durch eine Schlucht nach Semeonowskoje, wo die Soldaten gerade die letzten Balken von Häusern und Scheunen wegschleppten. Nun ging es bergab und bergauf durch ein niedergetretenes Roggenfeld, das aussah, als sei es vom Hagelschlag getroffen worden, auf einem von der Artillerie soeben eingefahrenen Wege zu den Pfeilschanzen, an denen ebenfalls noch gearbeitet wurde.

Bei den Pfeilschanzen machte Bennigsen halt und hielt Ausschau nach der tags zuvor noch in unserer Hand gewesenen Schanze von Schewardino, auf der einige Reiter zu sehen waren. Die Offiziere meinten, dort sei wohl Napoleon oder Murat. Und nun spähten alle scharf nach dieser Reitergruppe aus. Pierre sah ebenfalls hin und suchte herauszubekommen, wer von diesen kaum sichtbaren Menschen wohl Napoleon sein könnte. Schließlich verließen die Reiter den Hügel und verschwanden.

Inzwischen war ein General an Bennigsen herangekommen, dieser wandte sich ihm zu und begann ihm die ganze Stellung unserer Truppen auseinanderzusetzen. Pierre konnte alles hören, was Bennigsen sagte, und strengte alle seine Verstandeskräfte an, um zu erfassen, worauf es bei der bevorstehenden Schlacht eigentlich ankam. Aber mit Ärger mußte er bemerken, daß seine Fähigkeiten dazu nicht hinreichten. Er verstand nicht das geringste. Als Bennigsen fertig war, fiel sein Blick auf den aufmerksam zuhörenden Pierre, er wandte sich ihm zu und fragte:

„Ich glaube, das ist für Sie wohl nicht sehr interessant?"

„Doch, doch, im Gegenteil, sogar sehr!" antwortete Pierre nicht ganz aufrichtig.

Von den Pfeilschanzen ritten sie noch weiter nach links auf einem Wege, der sich durch dichten, niedrigen Birkenwald wand. Mitten im Walde sprang vor ihnen ein zimtbrauner Hase mit weißen Läufen auf den Weg, erschrak über das Getrappel der vielen Pferde und geriet dadurch so aus dem Häuschen, daß er eine ganze Zeit lang vor den Reitern auf dem Wege herlief. Alle sahen ihm nach und lachten, und erst, als einige Stimmen ihn anschrien, schlug er einen Haken und war nun im Dickicht verschwunden. Zwei Werst weit ritt man durch den Wald, dann gelangte man auf eine Lichtung. Hier standen die Truppen des Korps Tutschkow, das den linken Flügel decken sollte.

Hier, am äußersten linken Flügel, sprach Bennigsen viel und eifrig und traf eine Anordnung, die Pierre besonders wichtig erscheinen wollte. Vor der Stellung des Korps Tuschkow befand sich eine Anhöhe, die unbesetzt geblieben war. Bennigsen kritisierte diesen Fehler mit lauter Stimme und sagte, es sei überaus töricht, eine das ganze Gelände beherrschende Höhe unbesetzt zu lassen und die Truppen unterhalb dieser Höhe aufzustellen. Ähnlich äußerten sich mehrere andere Generäle. Besonders einer betonte mit militärischer Derbheit, hier hätte man die Leute förmlich auf eine Schlachtbank geschleppt. Bennigsen gab von sich aus den Befehl, die Höhe zu besetzen.

Dieser Vorgang auf dem linken Flügel ließ Pierre seine Befähigung, jemals irgend etwas vom Kriegshandwerk zu begreifen, in einem noch zweifelhafteren Lichte erscheinen. Als er Bennigsen und die Generäle die Stellung der Truppen unterhalb der Höhe tadeln hörte, da hatte Pierre sie durchaus verstanden und sich ihnen innerlich angeschlossen; aber gerade deshalb konnte er nicht dahinterkommen, wie es möglich gewesen war, daß der für diese Anordnung Verantwortliche einen so offensichtlichen und groben Fehler hatte begehen können.

Pierre wußte nicht, daß diese Truppen hier gar nicht aufgestellt waren, um die Position zu verteidigen, wie Bennigsen glaubte, sondern daß sie an dieser verborgenen Stelle im Hinterhalt lagen, das heißt, daß sie hier unbemerkt bleiben und sich plötzlich auf den näherkommenden Feind werfen sollten. Das wußte Bennigsen nicht und schob die Truppen also auf Grund seiner eigenen Erwägungen vor, ohne erst dem Oberkommandierenden davon Mitteilung zu machen.

XXIV

Fürst Andrej lag an diesem klaren Augustabend, dem Abend des 25., mit aufgestemmten Ellbogen in einem halb zerstörten Schuppen am äußersten Ende der Stellung seines Regiments, im Dorfe Knjaskowo. Durch eine Lücke in der zerbrochenen Wand starrte er auf eine Reihe dreißigjähriger Birken, die sich an einem Zaun entlangzogen und deren untere Äste abgehauen waren, auf ein Haferfeld mit umgerissenen Garbenmandeln und auf ein Gebüsch, hinter dem die Feuer der Kochkessel rauchten.

Als wie eng, nutzlos und drückend Fürst Andrej sein Leben jetzt auch empfand – er war doch wie damals vor sieben Jahren bei Austerlitz heute als am Vorabend der Schlacht in einer Stimmung erregter Spannung.

Die Befehle für die morgige Schlacht hatte er erhalten und die entsprechenden Anordnungen getroffen. Zu tun gab es nichts mehr. Aber die Gedanken, ganz einfache, klare und darum um so schrecklichere Gedanken, wollten ihm keine Ruhe lassen. Er wußte, daß die morgige Schlacht die fürchterlichste von allen Schlachten seines bisherigen Lebens werden mußte, und die Möglichkeit des Todes trat ihm zum erstenmal in seinem Leben losgelöst von jeglicher Beziehung auf Dinge des alltäglichen Lebens, losgelöst von allen Erwägungen, wie sein Tod auf andere Menschen wirken würde, vielmehr ausschließlich mit Beziehung auf ihn selbst und auf seine eigene Seele lebhaft, deutlich und furchtbar fast wie etwas Unabänderliches entgegen. Und von der Höhe dieser Vorstellung aus gesehen, stellte sich ihm plötzlich alles, was ihn früher in Anspruch genommen und gequält hatte, in einem kalten, weißen Licht dar, ohne Schatten, ohne Perspektive, ohne deutlich unterscheidbare Umrisse. Sein ganzes Leben kam ihm jetzt vor wie eine Laterna magica, in der er lange durch eine Glasscheibe und bei künstlicher Beleuchtung hineingeschaut hatte. Jetzt aber sah er plötzlich ohne eine solche Glasscheibe bei heller Tagesbeleuchtung diese schlecht hingepinselten Bilder. „Ja, ja, das sind sie, die verlogenen Bilder, die mich so erregt und so hingerissen und so gequält haben", sagte er sich, während er jetzt in seiner Phantasie die Hauptbilder der Laterna magica seines Lebens an sich vorbeiziehen ließ und sie in diesem kalten weißen Tageslichte musterte, das aus dem Gedanken an den Tod strahlte. „Das sind sie, diese grob hingepinselten Figuren, die etwas Herrliches und Geheimnisvolles vorstellen wollten. Ruhm, Hingabe für die Allgemeinheit, Frauenliebe, Vaterland – wie gewaltig und wie reich an tiefer Bedeutung erschienen mir diese Bilder! Und das alles sieht sich jetzt so einfach, so blaß und grob an, in dem kalten, weißen Licht des Morgens, der jetzt, ich fühle das, für mich heraufdämmert." Die drei Dinge, die am meisten Leiden über sein Leben gebracht hatten, standen mit besonderer Deutlichkeit vor ihm: die Liebe zu Natascha, der Tod seines Vaters und der Einfall der Franzosen, der sich über halb Rußland ergossen hatte. „Die Liebe! ... Dieses Mädchen, hinter dem ich so mächtige geheime Kräfte suchte! Ja, ja, ich habe sie geliebt, habe geschwärmt und geträumt von dem Glück, das ich in ihrer Liebe finden würde. Ach, was war ich für ein guter dummer Junge!" sagte er plötzlich mit grimmiger Stimme laut vor sich hin. „Ja, ja, ich glaubte an etwas wie eine ideale Liebe, die mir während des ganzen Jahres der Trennung die Treue dieses Mädchens erhalten sollte. Wie das zärtliche Täubchen in der Fabel, so sollte sie sich nach mir sehnen! Aber es ging alles viel einfacher, viel selbstverständlicher zu ... wie grauenvoll einfach, grauenvoll selbstverständlich, grauenvoll widerwärtig! ... Und dann der Vater: er hat in Lysyja Gory gebaut und geschafft und hat geglaubt, das sei nun sein Fleckchen Erde, seine Luft, seine Bauern, und da ist Napoleon gekommen, der von der Existenz des Vaters überhaupt nichts wußte, hat ihn beiseite geschoben wie ein Holzspänchen, hat ihm Lysyja Gory und sein ganzes Leben zerstört. Und dabei sagt Prinzessin Marja noch, das sei eine vom Himmel geschickte Prüfung. Wozu denn eine Prüfung für den Vater, wenn er doch gar nicht mehr da ist und nie mehr dasein wird? Er wird nie mehr dasein! Er ist nicht mehr da. Wem kann also diese Prüfung gelten? ... Und das Vaterland, der Untergang Moskaus! Und morgen tötet mich irgendeiner, und vielleicht ist es nicht einmal ein Franzose, sondern einer von unseren Leuten! Beinahe wäre das ja gestern schon geschehen, als dieser eine Kerl sein Gewehr dicht an meinem Ohr entladen wollte und es losging. Und dann kommen die Franzosen, packen mich bei Kopf und Füßen und werfen mich in eine Grube, damit ich ihnen nicht unter die Nase stinke; und schließlich entstehen allerhand neue Lebensbedingungen, die dann anderen Menschen ebenso gewohnt und selbstverständlich erscheinen, wie meine mir erschienen sind, und ich weiß nichts mehr von ihnen und bin überhaupt nicht mehr da."

Er sah wieder auf die Birken, die, eine neben der anderen, mit dem unbewegten Gelb und Grün ihrer Blätter und dem Weiß ihrer Rinde in der Sonne funkelten. „Sterben ... Also morgen falle ich ... morgen ... ich bin nicht mehr da .. alles das ist noch da, aber ich nicht mehr." Er malte es sich lebendig aus, wie es sein würde, wenn er an all diesem Leben nicht mehr teilhätte. Und diese Birken mit ihrem Licht und ihrem Schatten und diese Kräuselwölkchen und dieser Kochkesselrauch, alles das wandelte sich für ihn in etwas Grauenvolles und Drohendes. Ein kalter Schauder lief seinen Rücken hinunter. Er stand rasch auf, ging einige Male im Schuppen auf und ab und setzte sich dann wieder hin. Vor dem Schuppen hörte er Stimmen.

„Wer ist da?" rief Fürst Andrej.

Der rotnasige Kapitän Timochin, Dolochows ehemaliger Kompaniechef, jetzt angesichts des herrschenden Offiziersmangels Bataillonskommandeur, kam, wie immer etwas verlegen, in den Schuppen, hinter ihm kam der Regimentsadjutant und der Zahlmeister.

Fürst Andrej stand hastig auf, hörte sich an, was die drei an dienstlichen Angelegenheiten vorzubringen hatten, gab noch einige Befehle und wollte sie gerade entlassen, als er draußen vor dem Schuppen eine wohlbekannte Stimme hörte.

„Que diable!" [1] hatte die Stimme gesagt, offenbar die eines Menschen, der sich irgendwo gestoßen hatte.

Fürst Andrej sah hinaus und gewahrte Pierre, der auf ihn zukam und über eine auf dem Boden liegende Stange gestolpert war; um ein Haar wäre er hingefallen. Fürst Andrej legte im allgemeinen nicht den geringsten Wert darauf, mit Menschen seiner Sphäre zusammenzukommen. Besonders unerfreulich aber erschien ihm jetzt

[1] Zum Teufel!

das Wiedersehen mit Pierre, dessen Erscheinung ihm alle die schweren Augenblicke aus seiner letzten Moskauer Zeit wieder lebendig werden ließ.

„Ah! Sieh mal an!" sagte er. „Wie kommst du denn her? Das nenne ich eine Überraschung!"

Während dieser Worte drückten seine Augen und seine Miene mehr als nur eine nüchterne Gleichgültigkeit aus — es lag in ihnen ein Ausdruck der Feindseligkeit, der Pierre sofort auffiel. Munter und angeregt war Pierre auf den Schuppen zugegangen, als er aber das Gesicht des Fürsten Andrej sah, wurde ihm befangen und unbehaglich zumut.

„Ich bin hier ... na, so ... ich bin hier ... es interessiert mich nun mal", sagte Pierre, der dieses „es interessiert mich" im Laufe des Tages schon unzählige Male hervorgebracht hatte. „Ich wollte mir die Schlacht ansehen."

„Ja, so. Na, was sagen denn die Brüder Maurer zum Kriege? Was meinen die denn, wie man ihn hätte verhüten sollen?" fragte Fürst Andrej spöttisch. Dann wurde er ernst. „Wie sieht es in Moskau aus? Was machen die Meinigen? Sind sie jetzt endlich in Moskau?"

„Ja, ich hörte es von Julie Drubezkaja. Ich wollte zu ihnen, aber sie waren nicht mehr da, sie waren schon vor die Stadt gezogen."

XXV

Die Offiziere wollten sich zurückziehen, aber Fürst Andrej forderte sie auf, doch noch zu bleiben und mit ihm Tee zu trinken, offenbar bestrebt, ein Alleinsein mit seinem Freunde zu vermeiden. Nun wurden Bänke und Tee gebracht. Die Offiziere betrachteten Pierres massige, ungeschlachte Gestalt nicht ohne Verwunderung und ließen sich von Moskau und von der Position erzählen, die er hatte abreiten können. Fürst Andrej verhielt sich schweigsam, und sein Gesicht war so unfreundlich, daß Pierre sich mehr an den gutmütigen Bataillonskommandeur Timochin als an Bolkonskij wandte.

„Du hast also die ganze Aufstellung unserer Truppen verstanden?" fiel Fürst Andrej ihm ins Wort.

„Ja, gewissermaßen schon", meinte Pierre. „Als Zivilist kann ich freilich nicht sagen, daß ich sie ganz verstanden hätte, aber so in großen Zügen immerhin."

„Eh bien, vous êtes plus avancé que qui que cela soit",[1] sagte Fürst Andrej.

„Ach", rief Pierre erstaunt und sah den Fürsten Andrej durch

[1] Na, dann sind Sie klüger als jeder andere.

seine Brille an. „Nun, was sagen Sie denn zu Kutusows Ernennung?“ fragte er.

„Ich habe mich sehr darüber gefreut. Das ist alles, was ich darüber zu sagen hätte“, erwiderte Fürst Andrej.

„Aber was halten Sie von Barclay de Tolly? In Moskau redet man Gott weiß was von ihm. Und Sie?“

„Frage doch die Herren hier“, antwortete Fürst Andrej und deutete auf die Offiziere.

Pierre wandte sich an Timochin, und ganz von selbst erschien auf seinem Gesicht jenes Lächeln der Herablassung, das im Verkehr mit Timochin unwillkürlich jeder annahm.

„Wir hatten das Gefühl, jetzt endlich ginge die Sonne auf, als der Durchlauchtigste kam, Ew. Erlaucht“, sagte Timochin schüchtern und sah dabei unentwegt seinen Regimentskommandeur an.

„Inwiefern?“ fragte Pierre.

„Ja, wenn ich mir diese Bemerkung gestatten darf, allein schon was Holz und Futter angeht. Beim Rückzug von Swenzjany hieß es, wir sollten uns nicht unterstehen, auch nur einen trockenen Ast oder einen Heuhalm anzurühren. Aber wir waren ja auf dem Rückzuge, und da kam das doch nur dem Franzosen zugute, nicht wahr, Ew. Durchlaucht?“ wandte er sich wieder an seinen Fürsten. „Aber wir sollten uns nicht unterstehen! In unserem Regiment kamen zwei Offiziere wegen solcher Geschichten vors Kriegsgericht. Na, als dann der Durchlauchtigste kam, da kam die Sache gleich in die Reihe! Da ging die Sonne auf ...“

„Warum war das unter Barclay de Tolly denn verboten gewesen?“

Timochin sah sich verlegen um und wußte offenbar nicht recht, was er antworten sollte. Pierre wandte sich nun mit der gleichen Frage an den Fürsten Andrej.

„Um das Gebiet, das wir dem Feinde preisgaben, nicht zu verwüsten“, sagte Fürst Andrej mit grimmigem Spott. „Es ist ja sehr plausibel, man darf nicht zulassen, daß das Land geplündert wird und die Mannschaften sich ans Marodieren gewöhnen. Nun, in Smolensk hat er ja auch nach allen Regeln der Logik in Rechnung gestellt, daß die Franzosen uns umgehen könnten und zahlenmäßig stärker waren. Aber was er nicht begreifen konnte“, schrie Fürst Andrej fast mit einem plötzlichen Kreischen, „das war das, daß wir uns dort zum erstenmal für die russische Erde schlugen, daß in den Truppen ein Geist lebte, wie ich ihn bis dahin noch nie gesehen hatte, daß wir die Franzosen zwei Tage nacheinander immer wieder zurückwarfen und daß dieser Erfolg unsere Kräfte verzehnfachte. Er ließ den Rückzug fortsetzen, und so waren alle unsere Mühen und Verluste umsonst. Er dachte ja nicht an Verrat, er gab sich im Gegenteil Mühe, alles so gut wie möglich zu machen, er dachte über alles genau nach, aber gerade deshalb taugt er ja nichts. Er taugt jetzt eben deshalb nichts, weil er über alles so gründlich und akkurat nachdenkt, wie es diese Deutschen nun einmal tun müssen. Wie soll ich dir erklären ... Also, angenommen, dein Vater hat einen deutschen Diener, und zwar einen ausgezeichneten Diener, der deinem Vater alle notwendigen Handreichungen tut, besser als du selbst es könntest. Diesen Diener läßt du ruhig seinen Dienst tun, wenn dein Vater aber auf den Tod krank liegt, dann schickst du diesen Diener weg und machst dich daran, deinen Vater mit deinen eigenen ungeübten und ungeschickten Händen zu pflegen, und das wird ihm mehr wohltun, als wenn es der Diener täte, der bei all seiner Kunstfertigkeit eben ein Fremder bleibt. Genauso war es mit Barclay. Solange Rußland gesund war, konnte der Fremde ihm dienen und einen ausgezeichneten Minister abgeben. Als es aber in Gefahr geriet, da brauchte es einen seiner eigenen Leute, einen leiblichen Verwandten. Bei euch im Klub hat man sich den Gedanken ausgeheckt, er müßte ein Verräter sein. Das ist eine Verleumdung, und damit erreicht man nur, daß man ihn später, wenn man sich einer so ungerechten Beschuldigung schämt, aus einem Verräter plötzlich zu einem Helden oder einem Genie macht, was noch ungerechter wäre. Er ist ein ehrlicher und überaus akkurater Deutscher ..."

„Er soll aber doch ein sehr tüchtiger Heerführer sein", meinte Pierre.

„Ich weiß nicht, was das heißt: ein tüchtiger Heerführer", erwiderte Fürst Andrej spöttisch.

„Ein tüchtiger Heerführer", versetzte Pierre, „nun, das ist doch wohl einer, der alle Möglichkeiten vorhersieht, na, der eben die Pläne des Gegners errät."

„Das gibt's gar nicht", erwiderte Fürst Andrej mit einer Bestimmtheit, als handle es sich um eine längst entschiedene Angelegenheit.

Pierre sah ihn erstaunt an.

„Aber es heißt doch immer, der Krieg habe so viel Verwandtes mit dem Schachspiel", meinte er.

„Ja", entgegnete Fürst Andrej, „nur mit dem kleinen Unterschiede, daß du beim Schach über jeden Zug so lange nachdenken kannst, wie es dir paßt, daß du dabei außerhalb aller Zeiteinteilung stehst, und dann noch mit dem anderen Unterschiede, daß beim Schach ein Springer immer stärker ist als ein Bauer und zwei Bauern immer stärker sind als einer, während im Kriege manchmal ein Bataillon stärker ist als eine Division und ein anderes Mal wieder schwächer als eine Kompanie. Das Stärkeverhältnis zweier Heere ist immer ein vollkommen unbekannter Faktor. Glaube mir, wenn etwas darauf ankäme, was bei den höheren Stäben entworfen und angeordnet wird, dann wäre ich auch dort und würde entwerfen und anordnen helfen. Statt dessen habe ich die Ehre, hier bei meinem Regiment Dienst zu tun, zusammen mit diesen Herren hier, und ich bin überzeugt, daß der morgige Tag in Wirklichkeit von uns abhängen wird und nicht von den Anordnungen der Stäbe ... Der Erfolg hat noch niemals von der Position oder von der Bewaffnung abgehangen und wird es auch nie tun, ja, nicht einmal von der Zahl, noch weniger aber von der Position."

„Und wovon denn?"

„Von dem Gefühl, das in mir, in ihm" — er deutete auf Timochin —, „in jedem Soldaten lebt."

Fürst Andrej hatte dabei Timochin angesehen, und dieser hatte seinem Kommandeur mit einem ängstlichen und verständnislosen Blicke geantwortet. Im Gegensatz zu seiner bisherigen Zurückhaltung und Wortkargheit war Fürst Andrej jetzt sehr aufgeregt und brachte es offenbar nicht mehr fertig, die Gedanken für sich zu behalten, die auf ihn einstürmten.

„Eine Schlacht gewinnt, wer fest entschlossen ist, sie zu gewinnen. Warum haben wir die Schlacht bei Austerlitz verloren? Unsere Verluste waren kaum größer als die der Franzosen, aber wir haben uns zu früh gesagt, die Schlacht sei verloren, und damit war sie es wirklich. Und wir haben uns das gesagt, weil es eigentlich keinen rechten Sinn für uns hatte, uns dort zu schlagen: wir wollten so schnell wie möglich vom Schlachtfelde weg. ‚Wir haben verloren, also laufen wir schon!' hieß es damals. Und so liefen wir eben. Wenn wir mit diesem ‚Wir haben verloren' wenigstens noch bis zum Abend gewartet hätten, dann wäre vielleicht alles anders gekommen. Aber morgen werden wir das nicht sagen. Du redest von unserer Position, du sagst, der linke Flügel sei nicht stark genug, der rechte zu weit auseinandergezogen, aber das ist ja alles dummes Zeug, und darauf kommt es nicht an. Weißt du, was wir statt dessen für morgen vor uns haben? Hundert Millionen der allerverschiedensten Zufallsverknüpfungen, die in einem bestimmten Augenblick dazu führen werden, daß entweder sie oder wir davonlaufen, daß gerade dieser oder gerade jener fällt. Aber was jetzt getrieben wird, das ist alles nichts anderes als bloßer Zeitvertreib. Die Sache ist die, daß die Leute, mit denen du die Linie entlanggeritten bist, den Ablauf der Ereignisse ja gar nicht fördern, sondern ihn hemmen. Sie haben ja nichts im Kopf als ihre kleinen Privatinteressen."

„In so einem Augenblick?" meinte Pierre vorwurfsvoll.

„Jawohl, in so einem Augenblick", wiederholte Fürst Andrej.

„Für diese Leute ist es ja nur ein Augenblick, der sich mehr als andere dazu eignet, einem persönlichen Gegner ein Bein zu stellen und noch ein Kreuzchen oder Bändchen zu den bisherigen zu ergattern. Für mich liegt die Sache so: hunderttausend Mann Russen und hunderttausend Mann Franzosen sind aneinandergeraten, um morgen zu kämpfen, und daß diese zweimalhunderttausend Mann miteinander kämpfen werden, das steht unumstößlich fest. Und wer am wütendsten kämpfen und sich selbst am wenigsten schonen wird, der wird Sieger bleiben. Und wenn du mich fragst, so sage ich dir, mag passieren, was will, und mögen die großen Herren bei den Stäben so viel Dummheiten machen, wie sie wollen: wir werden morgen die Schlacht gewinnen. Morgen gewinnen wir die Schlacht, mag passieren, was will!"

„Bei Gott, Ew. Durchlaucht, das ist wahr! Das ist unumstößlich wahr!" rief Timochin. „Von uns wird keiner sich schonen wollen! Glauben Sie mir, die Leute von meinem Bataillon haben sogar ihren Schnaps ungetrunken gelassen. ‚Dafür ist's nicht der rechte Tag', sagen sie."

Alle schwiegen. Die Offiziere erhoben sich. Fürst Andrej ging mit ihnen hinaus und gab seinem Adjutanten draußen vor dem Schuppen die letzten Befehle. Als die Offiziere fort waren, gesellte Pierre sich wieder zum Fürsten Andrej, um weiter mit ihm zu sprechen, als auf dem Wege unweit des Schuppens der Hufschlag dreier Pferde laut wurde. Fürst Andrej sah sich um und erkannte Wolzogen, Clausewitz und einen Kosaken. Sie kamen ziemlich nahe an den beiden vorübergeritten, ohne ihr Gespräch zu unterbrechen, und Pierre und Fürst Andrej hörten unwillkürlich folgende Sätze: *

„Der Krieg muß im Raum verlegt werden. Der Ansicht kann ich nicht genug Preis geben", sagte der eine.

„O ja", sagte der andere, „da der Zweck ist, nur den Feind zu schwächen, so kann man gewiß nicht den Verlust der Privatpersonen in Achtung nehmen."

„O ja", stimmte der erste zu.

„Ja, ‚im Raum verlegen' ", wiederholte Fürst Andrej, als sie vorbei waren, und schnob grimmig dabei durch die Nase. „Mein Vater und mein Sohn und meine Schwester in Lysyja Gory, die sind ‚im Raum' geblieben! Ihm ist das einerlei. Das ist es ja, was ich dir sagte: diese Herren Deutschen da werden morgen die Schlacht nicht gewinnen, sondern nur Schaden anrichten, soviel in ihren Kräften steht, weil in ihren deutschen Schädeln nichts drinsteckt als abstrakte Theorien, die keine ausgelöffelte Eierschale wert sind, und weil sie gerade das nicht in ihrem Herzen haben, was morgen allein not tut — eben das, was in Timochin lebt. Ganz Europa haben sie ihm preisgegeben, und jetzt sind sie gekommen, um uns zu belehren! Herrliche Schulmeister!" Seine Stimme war wieder ins Kreischen geraten.

* Anm. am Schluß des Buches.

„Sie glauben also, wir werden morgen die Schlacht gewinnen?" fragte Pierre.

„Ja, ja", erwiderte Fürst Andrej zerstreut und schwieg eine kleine Weile. „Weißt du, was ich tun würde, wenn ich zu bestimmen hätte?" begann er dann wieder. „Ich würde verbieten, Gefangene zu machen. Wozu Gefangene? Das soll Ritterlichkeit sein. Die Franzosen haben mein Haus verwüstet und sind auf dem Wege nach Moskau, um Moskau auch zu verwüsten. Sie haben mir alles angetan, was man einem Menschen antun kann, und tun es noch in jedem Augenblick. Sie sind meine Feinde, sie sind für mich ohne Ausnahme Verbrecher. Und ebenso denkt Timochin und die ganze Armee. Sie müssen gezüchtigt werden. Wenn sie meine Feinde sind, so können sie aber nicht zugleich meine Freunde sein, mir einerlei, was sie damals in Tilsit alles geredet haben."

„Ja, ja", stimmte Pierre zu und sah den Fürsten Andrej mit leuchtenden Augen an, „ich empfinde genauso, genauso wie Sie!"

Jene Frage, die vom Moshaisker Berge an den ganzen Tag über in Pierre gebohrt hatte, stand jetzt vollkommen klar und ganz gelöst vor ihm. Er begriff jetzt den ganzen Sinn und die ganze Bedeutung dieses Krieges und der bevorstehenden Schlacht. Alles, was er an diesem Tage gesehen hatte, alle die vielsagenden ernsten Mienen auf den Gesichtern, über die seine Blicke hingeglitten waren, standen jetzt in einem neuen Licht vor ihm. Er verstand jetzt jene – um einen physikalischen Ausdruck zu gebrauchen – latente Wärme des Patriotismus, die alle diese Leute, die er gesehen, in sich hatten und die es ihm klar werden ließ, warum alle diese Männer sich ruhig und gewissermaßen leichtfertig anschickten, zu sterben.

„Keine Gefangenen machen", fuhr Fürst Andrej fort, „das wäre das einzige, was dem ganzen Kriege ein anderes Gesicht geben und ihm einen Teil seiner Grausamkeit nehmen könnte. Wie es jetzt ist, so haben wir eigentlich immer nur Krieg gespielt, das ist das Schlimme. Wir haben mit Großmut und Hochherzigkeit gespielt und so weiter. Diese Großmut und diese Empfindsamkeit ist ja nicht viel anders als die Großmut und Empfindsamkeit einer Dame, der es schlecht wird, wenn sie ein Kalb schlachten sieht: sie ist so seelengut, daß sie kein Blut sehen kann, aber sie verzehrt mit gutem Appetit dasselbe Kalb, wenn es mit schmackhafter Soße übergossen ist. Man faselt uns so viel vor von Kriegsrecht, Ritterlichkeit, Unverletzlichkeit der Parlamentäre, Schonung gegen Unglückliche und dergleichen. Das ist ja alles dummes Zeug. Ich habe im Jahre 1805 Ritterlichkeit und Parlamentärswirtschaft kennengelernt: man hat uns dabei übers Ohr gehauen, und wir haben die Franzosen dabei übers Ohr gehauen. Da werden fremde Häuser ausgeraubt, da wird falsches Papiergeld ausgegeben, da werden meine Kinder und mein Vater umgebracht, was das Allerärgste ist, und dabei spricht man noch von den Regeln, die angeblich im Kriege gelten, und von Großmut gegen die Feinde! Keine Gefangenen machen, sondern töten und selbst dem Tod entgegengehen! Wer zu dieser Auffassung so gekommen ist, wie ich, durch solche Leiden, wie ich ..."

Fürst Andrej hatte wohl geglaubt, es sei ihm gleichgültig, ob die Franzosen auch Moskau nähmen oder nicht, wie sie Smolensk genommen hatten; nun aber sah er sich doch durch einen plötzlich in seine Kehle aufsteigenden Krampf am Weitersprechen gehindert. Er ging einige Male schweigend auf und ab. Seine Augen glänzten wie im Fieber, und seine Lippen zuckten, als er endlich fortfuhr:

„Wenn diese törichte Großmut und Ritterlichkeit keine Rolle im Kriege spielten, so würden wir nur noch dann ins Feld ziehen, wenn es wirklich einen Grund gäbe, wenn es sich wirklich lohnte, dem sicheren Tode entgegenzugehen, so wie es jetzt ist. Dann gäbe es keinen Krieg bloß deswegen, weil Paul Iwanytsch etwa Michail Iwanytsch gekränkt hat. Sondern wenn es wie jetzt Krieg gäbe, dann würde es auch einen richtigen Krieg geben. Und dann würden die Mannschaften auch mit einer ganz anderen Hingabe und Wucht mitmachen als jetzt. Dann wären alle diese Westfalen und Hessen, die Napoleon gegen uns führt, gar nicht nach Rußland mitgekommen, und wir wären auch nie nach Österreich und Preußen gegangen, um uns dort zu schlagen, ohne zu wissen, wofür. Der Krieg ist keine Liebenswürdigkeit, sondern die abscheulichste Sache, die es gibt. Und das muß man sich klarmachen, statt Krieg zu spielen. Mit furchtbarem Ernst muß man diese grauenvolle Notwendigkeit hinnehmen. Es kommt alles darauf an, daß man die Lügen über Bord wirft und den Krieg eben als Krieg ansieht und nicht als ein Spiel. So wie es jetzt ist, ist Krieg ein Lieblingszeitvertreib für müßige und leichtsinnige Menschen. Der Militärstand ist geehrter als jeder andere.

Und was ist eigentlich der Krieg, was braucht man, um im Kriege Erfolg zu haben, was sind die wesentlichen Charakterzüge der militärischen Gesellschaft? Zweck des Krieges ist der Mord, Werkzeuge des Krieges sind Spionage, Verrat und Anstiftung zum Verrat, Verelendung, Ausplünderung und Beraubung der Einwohner zur Verpflegung der Armee, Betrug und Lüge, die man als Kriegslisten bezeichnet. Die wesentlichen Charakterzüge des Militärstandes sind Unfreiheit des einzelnen – man nennt das Disziplin –, Müßiggang, Roheit, Grausamkeit, Trunksucht und Ausschweifung. Und dessen ungeachtet ist das der höchste, von allen geschätzte Stand. Alle Monarchen, ausgenommen der Kaiser von China, tragen Militäruniform und belohnen keinen fürstlicher als den, der die meisten Menschen umgebracht hat.

Man kommt zusammen, wie es morgen sein wird, um einander

umzubringen, man tötet oder verstümmelt Zehntausende von Menschen und hält dann Dankgottesdienste ab, weil es einem gelungen ist, so viele Menschen, deren Zahl man nachher noch übertreibt, umzubringen, und man posaunt seinen Sieg aus und meint dabei, das eigene Verdienst sei um so größer, je mehr Menschen man umgebracht habe. Wie ist das nur möglich, daß Gott von dorther dem allem zusieht und zuhört?" Seine Stimme geriet wieder in jenes schrille Kreischen. „Ach, mein lieber Junge, das Leben ist mir in der letzten Zeit recht schwer geworden. Ich sehe, daß mir zu vieles aufgegangen ist. Und es taugt doch nicht für den Menschen, vom Baume der Erkenntnis des Guten und Bösen zu essen . . . Na, jetzt dauert es ja nicht mehr lange!" setzte er hinzu.

„Aber, du wirst schlafen wollen, und für mich ist es auch Zeit. Reite also nach Gorki", sagte der Fürst plötzlich.

„Nein, nein!" antwortete Pierre und sah den Fürsten Andrej erschrocken und voller Mitleid an.

„Nein, reite nur, reite nur: vor einer Schlacht muß man sich ausschlafen", beharrte Fürst Andrej.

Er ging rasch auf Pierre zu, umarmte und küßte ihn.

„Lebe wohl, geh jetzt", rief er. „Ob wir uns wiedersehen? Nein, nein . . ." Und damit wandte er sich schnell um und ging wieder in den Schuppen.

Es war schon dunkel, und Pierre hatte nicht erkennen können, ob das Gesicht des Fürsten Ingrimm oder Zärtlichkeit ausgedrückt hatte.

Eine kleine Weile blieb Pierre schweigend stehen und überlegte, ob er dem Fürsten Andrej in den Schuppen folgen oder nach Hause reiten sollte. „Nein, er kann mich jetzt nicht brauchen", sagte er sich zuletzt. „Ich weiß, heute haben wir uns zum letzten Mal gesehen."

Er seufzte schwer. Dann machte er sich auf den Rückweg nach Gorki.

Fürst Andrej legte sich im Schuppen auf seine Decke, konnte aber nicht schlafen.

Er schloß die Augen. Bilder auf Bilder glitten an ihm vorüber. Eins hielt er lange und mit Freuden fest. Ein Abend in Petersburg stand lebendig vor ihm. Natascha hatte ihm mit vor Eifer ganz aufgeregter Miene erzählt, wie sie sich im vorigen Sommer einmal beim Pilzesuchen in einem großen Walde verlaufen hatte. Sie beschrieb ihm mit einzelnen, scheinbar zusammenhanglosen Bemerkungen die Öde und Verlassenheit im Walde, schilderte, was sie dabei empfunden hatte, und gab ihr Gespräch mit einem Imker wieder, dem sie begegnet war. Alle Augenblicke unterbrach sie ihre Erzählung und sagte: „Nein, das geht nicht, ich verstehe das doch nicht recht zu erzählen, nein, Sie können sich so gar kein Bild davon machen, was ich meine", obgleich Fürst Andrej doch immer wieder sagte, er verstünde sie schon, und obgleich er wirklich alles verstand, was sie sagen wollte. Natascha genügten ihre eigenen Worte nicht, sie hatte das Gefühl, ihre Erzählung gäbe doch nicht diese Empfindungen poetischer Hingerissenheit wieder, die an diesem Tage über sie gekommen waren und die sie jetzt herausbringen wollte. „Das war so bezaubernd, dieser alte Imker, und dann diese Dunkelheit im Walde ... und so herzensgut war der Ausdruck seiner ... nein, das kann ich doch nicht richtig erzählen", sagte sie, aufgeregt und ganz rot geworden. Fürst Andrej lächelte jetzt das gleiche freudige Lächeln, das er damals gelächelt hatte, als er ihr in die Augen sah. „Ich habe sie verstanden", dachte Fürst Andrej. „Ich habe sie nicht nur verstanden, ich habe die Kraft, die Klarheit und Offenheit ihrer Seele geliebt, ja, ich habe diese Seele geliebt, die so eng an diesen Körper gebunden war, daß sie ohne ihn gar nicht hätte sein können, ja diese Seele, habe ich in ihr geliebt ... mit so viel Kraft, so viel Glücksgefühl habe ich sie geliebt ..." Und dann fiel es ihm plötzlich ein, welch ein Ende diese Liebe gefunden hatte. „Er konnte mit alledem nichts anfangen. Er sah nichts davon und verstand nichts davon. Er sah in ihr doch nur ein hübsches und appetitliches Mädchen, an der ihm aber doch nicht so viel lag, um sein eigenes Schicksal ganz an ihres zu binden. Aber ich? ... Und er ist noch heutigentags vergnügt und munter."

Fürst Andrej sprang auf, als habe ihn ein Feuerbrand versengt, und begann wieder vor dem Schuppen auf und ab zu gehen.

XXVI

Am 25. August, dem Vortage der Schlacht bei Borodino, trafen der kaiserlich-französische Palaispräfekt, Monsieur de Beausset, und der Oberst Fabvier bei Kaiser Napoleon in seinem Quartier bei Walujewo ein. Der erste kam aus Paris, der zweite aus Madrid.

Monsieur de Beausset legte seine Hofuniform an und begab sich in den Vorraum des kaiserlichen Zeltes, wohin er bereits die Kiste hatte schaffen lassen, die er für den Kaiser mitgebracht hatte. Während er sich mit den Adjutanten Napoleons unterhielt, die sich rasch um ihn geschart hatten, packte er die Kiste aus.

Fabvier war nicht mit in das Zelt gekommen, sondern im Gespräch mit einigen ihm bekannten Generälen am Eingang stehengeblieben.

Kaiser Napoleon war noch im Schlafraum mit seiner Toilette beschäftigt. Schnaubend und prustend wand er sich unter der Bürste, mit der sein Kammerdiener bald seinen dicken Rücken, bald seine feiste, behaarte Brust bearbeitete. Ein zweiter Kammerdiener besprengte den gepflegten Körper des Kaisers mit Eau de Cologne, den Finger auf der Öffnung des Fläschchens, und gab dabei durch seine Miene zu erkennen, er wisse als einziger Mensch auf der Erde genau, wieviel Eau de Cologne versprengt werden müsse und wohin jeder einzelne Tropfen zu fallen habe. Napoleons kurzes Haar fiel feucht und wirr auf seine Stirn. Sein Gesicht trug, so gedunsen und gelblich es auch war, den Stempel physischen Wohlbehagens. „Allez ferme, allez toujours",[1] sagte er mehrere Male zu dem Kammerdiener mit der Bürste und schmiegte sich ächzend der Bürste entgegen. Ein Adjutant kam in den Schlafraum, um dem Kaiser die genaue Zahl der gestern eingebrachten Gefangenen zu melden. Als er fertig war, blieb er an der Tür stehen und wartete auf ein entlassendes Wort des Kaisers.

Napoleon zog die Augenbrauen zusammen und warf dem Adjutanten einen flüchtigen Seitenblick zu.

„Point de prisonniers", wiederholte er dann die letzten Worte des Adjutanten. „Ils se font démolir. Tant pis pour l'armée russe." Darauf wandte er sich wieder zu seinem Kammerdiener, krümmte die feisten Schultern, hielt sie der Bürste hin und sagte: „Allez toujours, allez ferme." [2]

„C'est bien! Faites entrer M. de Beausset, ainsi que Fabvier",[3] sagte er dann zu dem Adjutanten und nickte.

„Oui, Sire." [4] Und der Adjutant verschwand.

Die beiden Kammerdiener kleideten Seine Majestät flink an, und nun ging er in der blauen Gardeuniform mit raschen und energischen Schritten in den Empfangsraum.

Beausset war eilig dabei, das von ihm mitgebrachte Geschenk der Kaiserin auf zwei Stühlen aufzustellen. Es sollte beim Kommen des Kaisers bereits fertig dastehen, aber der Kaiser war wider Erwarten schnell mit seiner Toilette fertig geworden und herausgekommen, und so war es Beausset nicht gelungen, mit den Vorbereitungen seiner Überraschung rechtzeitig fertig zu werden.

Napoleon sah sofort, was vor sich ging, und erriet, daß der Palaispräfekt noch nicht fertig war. Er wollte ihm das Vergnügen nicht nehmen, dem Kaiser diese Überraschung zu bereiten, tat daher, als bemerke er ihn gar nicht und rief Fabvier zu sich. Mit strengem Stirnrunzeln hörte Napoleon Fabviers Erzählungen von der Tapferkeit und Hingabe seiner Truppen an, die am anderen Ende Europas, bei Salamanka, im Kampf gestanden hatten. Sie hätten keinen

[1] Nur feste, immer nur zu.

[2] Es gibt keine Gefangenen. Sie lassen sich niedermachen. Um so schlimmer für die russische Armee. — Nur feste, immer weiter nur feste.

[3] Es ist gut. Führen Sie M. de Beausset herein und auch Fabvier.

[4] Jawohl Majestät.

anderen Gedanken gehabt als den einen, sich ihres Kaisers würdig zu zeigen, und hätten nichts gefürchtet als das eine, ihn nicht zufrieden zu stellen. Das Ergebnis der Schlacht war allerdings kein erfreuliches gewesen. Während Fabviers Bericht machte Napoleon ironische Bemerkungen des Inhalts, er habe ja auch gar nicht angenommen, daß die Sache in seiner Abwesenheit einen anderen Verlauf hätte nehmen können.

„Ich muß das in Moskau wiedergutmachen", sagte Napoleon. „A tantôt",[1] setzte er hinzu und rief dann Herrn de Beausset, der unterdessen mit seinen Vorbereitungen fertig geworden war und den auf den beiden Stühlen aufgestellten Gegenstand mit einer Decke verhüllt hatte.

De Beausset machte eine jener tiefen französischen Höflingsverbeugungen, wie nur die alten Diener der Bourbonen sie zu machen wußten, trat heran und überreichte Napoleon ein Kuvert.

Der Kaiser sah ihn freundlich an und zupfte ihn am Ohr.

„Sie haben schnell gemacht, das freut mich. Nun, was sagt Paris?" fragte er, und auf seinem Gesicht war keine Spur von Strenge mehr wahrzunehmen.

„Sire, tout Paris regrette votre absence",[2] antwortete de Beausset, wie er antworten mußte.

Nun wußte Napoleon zwar, daß Beausset dieses oder etwas Ähnliches sagen mußte, und wußte auch in seinen lichten Augenblicken ganz genau, daß alle derartigen Äußerungen gelogen waren; trotzdem klang es ihm sehr angenehm in den Ohren, was Beausset da gesagt hatte, und so würdigte er ihn abermals eines Zupfens am Ohr.

„Je suis fâché de vous avoir fait faire tant de chemin",[3] sagte er.

„Sire! Je ne m'attendais pas à moins qu'à vous trouver aux portes de Moscou",[4] erwiderte Beausset.

Napoleon lächelte, hob zerstreut den Kopf und sah nach rechts. Der Adjutant trat mit elastischen Schritten zu Napoleon und präsentierte ihm die goldene Tabatiere. Napoleon nahm sie.

„Ja, da haben Sie Glück gehabt", meinte er, während er die geöffnete Tabatiere an seine Nase hielt. „Sie haben ja so eine Vorliebe für das Reisen. Nun, in drei Tagen bekommen Sie Moskau zu sehen. Das haben Sie wohl nicht erwartet, daß Sie noch einmal eine asiatische Residenz kennenlernen würden! Sie machen wirklich eine hübsche Reise."

Beausset drückte mit einer Verbeugung seine Dankbarkeit dafür aus, daß der Kaiser seine Vorliebe für das Reisen, von der er bis zu

[1] Auf baldiges Wiedersehn!
[2] Majestät, ganz Paris bedauert Eure Abwesenheit.
[3] Ich bedaure, daß ich Sie diesen langen Weg habe machen lassen.
[4] Ich erwarte nichts Geringeres, als Eure Majestät vor den Toren Moskaus zu finden.

diesem Augenblick selbst nichts gewußt hatte, seiner Beachtung würdigte.

„Ah! Was ist das?" fragte Napoleon, als bemerkte er erst jetzt, daß alle seine Höflinge nach dem verhüllten Gegenstand sahen.

Beausset machte mit höfischer Geschicklichkeit, ohne seinen Rücken zu zeigen, eine halbe Wendung und glitt zwei Schritte zurück. Gleichzeitig zog er die Decke zur Seite und sagte:

„Ein Geschenk der Kaiserin für Ew. Majestät."

Es war das von Gérard mit leuchtenden Farben gemalte Porträt des Knaben, den Napoleon mit der Tochter des Kaisers von Österreich gezeugt hatte und der allgemein der König von Rom genannt wurde, ohne daß man eigentlich recht gewußt hätte, warum.

Ein sehr hübscher, lockiger Junge, dessen Blick dem des Christuskindes auf dem Arm der Sixtinischen Madonna glich, spielte auf diesem Bilde Bilboquet. Die Kugel, mit der das Kind spielte, stellte den Erdball dar, und als Stöckchen hatte es in der anderen Hand ein Szepter.

Was der Maler damit meinte, daß er den sogenannten König von Rom die Erdkugel mit einem Stöckchen durchbohren ließ, das war nicht ganz klar; trotzdem leuchtete diese Allegorie Napoleon durchaus ein und gefiel ihm sehr gut, wie sie auch allen eingeleuchtet und gefallen hatte, die das Bild in Paris gesehen hatten.

„Roi de Rome!" sagte er und wies mit einer graziösen Handbewegung auf das Porträt. „Admirable!"[1]

Mit der den Italienern eigenen Fähigkeit, den Gesichtsausdruck nach Belieben zu ändern, nahm er eine Miene gedankenvoller Zärtlichkeit an, während er dicht an das Bild herantrat. Er fühlte: was er jetzt sagen und tun würde, das mußte der Geschichte angehören. Und bei all seiner majestätischen Größe und Macht, die es seinem Sohn ermöglichte, mit der Erdkugel Bilboquet zu spielen, hielt er es für das beste, jetzt im Gegensatz zu eben dieser majestätischen Größe und Macht eine denkbar schlichte Vaterzärtlichkeit an den Tag zu legen. Über seine Augen legte sich ein Schleier sanfter Rührung, er sah sich nach einem Stuhl um, der darauf schleunigst herbeigerückt wurde, und setzte sich dem Bilde gegenüber. Eine einzige Handbewegung Napoleons – und alle entfernten sich auf den Zehenspitzen und überließen den großen Mann sich selbst und seinen Empfindungen.

So saß er eine Zeitlang da und fuhr mit dem Finger über die unebenen, dick aufgetragenen Lichtstellen des Porträts hin, ohne zu wissen, warum. Dann erhob er sich und rief wieder Beausset und seinen Adjutanten vom Dienst. Er befahl das Porträt vor das Zelt zu

[1] König von Rom. Wundervoll!

bringen, damit die in der Nähe seines Zeltes lagernde alte Garde doch auch das Glück hätten, den König von Rom, den Sohn und Erben ihres angebeteten Kaisers, zu sehen.

Während er selbst Herrn de Beausset der Ehre würdigte, mit ihm zu frühstücken, hörte er, wie er es erwartet hatte, die rasch herbeigeströmten Offiziere und Soldaten der alten Garde vor dem Porträt begeistert rufen:

„Vive l'Empereur! Vive le Roi de Rome! Vive l'Empereur!" [1]

Nach dem Frühstück diktierte Napoleon in Gegenwart Beaussets seinen Armeebefehl.

„Courte et énergique!" [2] sagte er und las dann in einem Zuge und ohne alle nachträgliche Verbesserung den aufs Papier geworfenen Aufruf laut vor.

In dem Befehl hieß es:

„Soldaten, die Schlacht ist da, nach der ihr euch so gesehnt habt. Der Sieg hängt von euch ab. Wir brauchen ihn; er wird uns alles verschaffen, dessen wir bedürfen, bequeme Quartiere und eine baldige Rückkehr ins Vaterland. Tut, wie ihr bei Austerlitz, Friedland, Witebsk und Smolensk getan habt. Mögen noch unsere spätesten Nachfahren mit Stolz der Heldentaten gedenken, die ihr an diesem Tage verrichtet. Von jedem einzelnen von euch soll es später heißen: auch er war in der großen Schlacht vor Moskau!"

„De la Moskowa!" wiederholte Napoleon und lud Herrn de Beausset, der ja bekanntlich eine so große Vorliebe für das Reisen hatte, ein, ihn auf seinem Spazierritt zu begleiten. Sie verließen das Zelt, vor dem die gesattelten Pferde standen.

„Votre Majesté a trop de bonté",[3] erwiderte Beausset auf die Einladung des Kaisers. Lieber hätte er sich freilich nach der langen Reise ausgeschlafen, auch war er kein großer Reiter und fürchtete sich vor Pferden.

Aber Napoleon nickte dem leidenschaftlichen Reisenden zu, und Beausset mußte mit ihm reiten. Als Napoleon aus dem Zelt trat, schrien die Gardisten vor dem Porträt seines Sohnes noch lauter als vorher. Napoleon runzelte die Stirn.

„Bringt ihn wieder weg", sagte er und deutete dabei mit einer Handbewegung von graziöser Erhabenheit auf das Bild. „Es ist noch zu früh für ihn, ein Schlachtfeld zu sehen."

Beausset schloß die Augen, neigte den Kopf und seufzte tief, um damit darzutun, wie gut er die Worte des Kaisers verstehe und ihre Tiefe zu würdigen wisse.

[1] Es lebe der Kaiser! Es lebe der König von Rom! Es lebe der Kaiser!
[2] Kurz und kraftvoll.
[3] Eure Majestät sind zu gütig.

XXVII

Diesen ganzen Tag, den 25. August, verbrachte Napoleon nach den Versicherungen seiner Geschichtsschreiber im Sattel. Er besichtigte das Gelände, befaßte sich mit den Plänen, die seine Marschälle ihm unterbreitet hatten, und erteilte seinen Generälen persönlich die nötigen Befehle.

Die ursprüngliche russische Linie, die sich an der Kolotscha entlanggezogen hatte, existierte nicht mehr. Ein Teil dieser Linie, vornehmlich der linke Flügel, war im Zusammenhang mit dem Verlust der Schanze von Schewardino am 24. zurückgenommen worden. Dieser Teil der Linie stand in unbefestigtem Gelände und genoß auch nicht mehr die Deckung, welche die Kolotscha ihm bisher hatte geben können. Im Gegensatz zu den übrigen Teilen der russischen Linie hatte er ein ziemlich offenes und ebenes Gelände vor sich liegen. Für jeden Soldaten und jeden Zivilisten lag es auf der Hand, daß die Franzosen hier angreifen mußten. Es will scheinen, als könne es dazu gar nicht erst großer Erwägungen oder der aufgeregten und hastigen Geschäftigkeit des Kaisers und seiner Marschälle bedurft haben und noch weniger der als Genialität bezeichneten Begabungsstufe, die man Napoleon so gern nachrühmt; aber die Historiker, die später die Schlacht bei Borodino schilderten, und die Männer, die damals um Napoleon waren, ja auch er selbst, dachten darüber ganz anders.

Napoleon ritt über das Feld, sah sich tiefsinnig die Gegend an, nickte beifällig oder schüttelte den Kopf, und ohne die Generäle seiner Umgebung an den tiefsinnigen Gedankengängen teilnehmen zu lassen, auf Grund deren er endlich zu seinen Entschlüssen gelangte, teilte er ihnen nur die aus diesen Gedankengängen gewonnenen endgültigen Schlußfolgerungen in Form von Befehlen mit. Napoleon hörte sich einen Vorschlag Davouts, des sogenannten Herzogs von Eckmühl an, wonach der linke Flügel der Russen umgangen werden müßte, und erwiderte dann, das sei nicht nötig. Warum er das nicht für nötig hielt, sagte er nicht. General Compans, der zum Angriff auf die Pfeilschanze bestimmt war, schlug vor, seine Division durch den Wald gegen das Angriffsziel zu führen, und Napoleon gab dazu seine Zustimmung, obwohl der sogenannte Herzog von Elchingen, das heißt Ney, sich die Bemerkung gestattete, ein Vorgehen im Walde habe seine Gefahren und könne die Division leicht in Unordnung bringen.

Nachdem Napoleon sich das der Schanze von Schewardino gegenüberliegende Gelände angesehen hatte, überlegte er eine Zeitlang, ohne ein Wort zu sagen, und bestimmte dann die Punkte, an denen bis zum nächsten Tage zwei schwere Batterien zum Bombardement der russischen Verschanzungen eingebaut werden sollten, und die Stellen, an denen neben ihnen die Batterien der Feldartillerie auffahren sollten.

Nachdem er diese und andere Befehle erteilt hatte, kehrte er in sein Quartier zurück und diktierte nun die Disposition der bevorstehenden Schlacht.

Diese Disposition, von der die französischen Historiker mit hingerissener Bewunderung und die Historiker der anderen Nationen mit sehr großer Achtung sprechen, lautete folgendermaßen:

„Bei Tagesanbruch eröffnen die beiden neuen Batterien, die während der Nacht in der vom Herzog von Eckmühl besetzten Ebene eingebaut werden, das Feuer auf die beiden ihnen gegenüberstehenden Batterien des Feindes.

Gleichzeitig rückt der Artilleriekommandeur des ersten Korps, General Pernetti, mit den dreißig Geschützen der Division Compans und sämtlichen Haubitzen der Divisionen Dessaix und Friant vor, eröffnet das Feuer und bewirft die feindliche Batterie mit Granaten, so daß diese Batterie im ganzen beschossen wird von

24 Geschützen der Garde-Artillerie
30 Geschützen der Division Compans
8 Geschützen der Divisionen Friant und Dessaix
Im ganzen: 62 Geschützen.

Der Artilleriekommandeur des dritten Korps, General Foucher, stellt sämtliche Haubitzen des dritten und achten Korps, im ganzen 16, seitlich derjenigen Batterie auf, die zur Beschießung der linken Verschanzung bestimmt ist, so daß für diesen Zweck insgesamt 40 Geschütze zur Verfügung stehen.

General Sorbier hält sich bereit, auf den ersten Befehl mit sämtlichen Haubitzen der Garde-Artillerie gegen diesen oder jenen Teil der Verschanzungen vorzugehen.

Während der Kanonade marschiert Fürst Poniatowski in Richtung Utiza durch den Wald und umgeht die feindliche Stellung.

General Compans rückt durch den Wald vor, um die erste Schanze zu nehmen. Wenn die Schlacht auf diese Weise eröffnet ist, werden weitere Befehle gemäß den Operationen des Feindes erteilt werden.

Die Kanonade auf dem linken Flügel beginnt unverzüglich, sobald die Kanonade auf dem rechten Flügel hörbar wird. Die Schützen der von General Morand und dem Vizekönig befehligten Divisionen eröffnen ein energisches Feuer, wenn sie sehen, daß der Angriff des rechten Flügels einsetzt. Der Vizeköng setzt sich in den Besitz des Dorfes Borodino und überschreitet die drei Brücken. In gleicher Höhe mit ihm avancieren die Divisionen Morand und Gérard, die unter seiner Führung in Richtung der Redoute vorgehen und in die Front der übrigen Truppen der Armee einrücken.

Alles das hat in tadelloser Ordnung vor sich zu gehen (Le tout se fera avec ordre et méthode), und unter möglichst geringer Heranziehung der Reserven.

Gegeben im Kaiserlichen Hauptquartier, bei Moshaisk, den 6. September 1812."*

Wenn es erlaubt ist, Anordnungen Napoleons einmal ohne die vorschriftsmäßige religiöse Scheu vor seinem Genie zu begutachten, so möchte man diese Disposition als überaus unklar und konfus geschrieben bezeichnen. Sie enthält vier Punkte, vier verschiedene Gruppen von Befehlen. Von allen diesen Gruppen von Befehlen konnte keine ausgeführt werden und ist auch keine ausgeführt worden.

In der Disposition hieß es erstens, die an den von Napoleon ausgesuchten Stellen einzubauenden Batterien, das heißt also – die in gleiche Linie mit ihnen einzuordnenden Geschütze Pernettis und Fouchers mit eingerechnet – insgesamt hundertundzwei Geschütze hätten das Feuer zu eröffnen und die russischen Pfeilschanzen und die Redoute zu bombardieren. Das war unmöglich, da diese hundertundzwei Geschütze von den Punkten aus, die Napoleon bestimmt hatte, gar nicht bis zu den russischen Verschanzungen hin trugen und also so lange nutzlos schießen mußten, bis derjenige Truppenkommandeur, der gerade der nächste war, sie entgegen dem Befehl Napoleons weiter vorschob.

Die zweite Gruppe von Befehlen besagt, Poniatowski solle in Richtung auf Utiza durch den Wald vorrücken und den linken russischen Flügel umgehen. Das konnte nicht ausgeführt werden und wurde auch nicht ausgeführt, weil Poniatowski, als er sich anschickte, durch den Wald auf das Dorf zuzumarschieren, dort auf Tutschkow stieß, der ihm den Weg versperrte und es ihm so unmöglich machte, die russische Position zu umgehen.

Drittens heißt es: General Compans rückt durch den Wald vor, um die erste Schanze zu nehmen. In Wirklichkeit nahm die Division Compans die erste Schanze nicht, sondern wurde zurückgeschlagen, weil sie sich nach Verlassen des Waldes erst unter unserem Kartätschenfeuer wieder sammeln und ordnen mußte, welche Möglichkeit Napoleon übersehen hatte.

Viertens: Der Vizekönig setzt sich in den Besitz des Dorfes Borodino und überschreitet die drei Brücken. In gleicher Höhe mit ihm avancieren die Divisionen Morand und Gérard – von denen übrigens nicht gesagt ist, wohin und wann sie aufbrechen sollen –, die unter seiner Führung in Richtung der Redoute vorgehen und in die Front der übrigen Truppen der Armee einrücken.

* Anm. am Schluß des Buches.

Aus diesem unsachlichen und verschwommenen Passus läßt sich nicht viel ersehen; nach den Versuchen zu urteilen, die der Vizekönig machte, um die ihm erteilten Befehle auszuführen, sollte er über Borodino von links gegen die Redoute vorgehen, während die Divisionen Morand und Gérard gleichzeitig frontal vorrücken sollten.

Dieses alles wurde ebensowenig ausgeführt wie die übrigen Punkte der Disposition und konnte auch ebensowenig ausgeführt werden. Nachdem der Vizekönig Borodino passiert hatte, wurde er an der Kolotscha zurückgeschlagen und konnte nicht weiter; die Divisionen Morand und Gérard wurden ebenfalls zurückgeschlagen, ohne die Redoute genommen zu haben, und die Redoute wurde erst am Schlusse der Schlacht von der Kavallerie genommen – ein von Napoleon wohl kaum vorausgesehener und tatsächlich unerhörter Vorgang. Von allen den Gruppen von Befehlen, welche die Disposition enthielt, ist also nicht eine einzige ausgeführt worden und konnte auch keine einzige ausgeführt werden. Dann aber hieß es in der Disposition noch, wenn die Schlacht auf diese Weise eröffnet sei, würden weitere Befehle gemäß den Operationen des Feindes erteilt werden, und daraus könnte man schließen, daß Napoleon im ganzen Verlaufe der Schlacht alle notwendig werdenden Weisungen erteilt hätte; das war aber nicht der Fall und konnte auch gar nicht der Fall sein, weil Napoleon während des ganzen Verlaufes der Schlacht so weit entfernt war, daß er, wie es sich später erwies, über den Gang der Schlacht keineswegs unterrichtet war, und weil daher auch keine der von ihm während der Schlacht erlassenen Weisungen zur Ausführung gebracht werden konnte.

XXVIII

Viele Historiker behaupten, die Schlacht bei Borodino sei von den Franzosen nur deswegen nicht gewonnen worden, weil Napoleon einen Schnupfen hatte; wenn er diesen Schnupfen nicht gehabt hätte, so wären seine die Schlacht vorbereitenden und nachher die Schlacht leitenden Anordnungen noch genialer gewesen, Rußland wäre vernichtet worden, et la face du monde eût été changée.[1] Für diejenigen Historiker, welche die Entstehung des russischen Reiches dem Willensentschluß eines einzelnen Menschen, nämlich Peters des Großen, und die Umwandlung der französischen Republik in ein Kaiserreich und das Eindringen der französischen Truppen in Rußland

[1] und die Welt würde anders aussehen.

ebenfalls dem Willensentschluß eines einzelnen Menschen, nämlich Napoleons, zuschreiben, für diese Historiker ist die Schlußfolgerung, Rußland sei deswegen ein großes und mächtiges Reich geblieben, weil Napoleon am 26. August einen gründlichen Schnupfen hatte, nur folgerecht und durchaus überzeugend. Wenn es nur von Napoleons Willensentschluß abhing, ob er die Schlacht bei Borodino schlug oder nicht, und wenn es nur von seinem Willensentschluß abhing, ob er diese oder jene Anordnung traf, so liegt es auf der Hand, daß der Schnupfen, der die Äußerungen seines Willensentschlusses beeinflußte, zur Ursache der Rettung Rußlands werden konnte und daß daher der Kammerdiener, der am 24. August vergessen hatte, Napoleon die wasserdichten Stiefel zu reichen, Rußlands eigentlicher Retter gewesen ist. Läßt man sich einmal auf eine solche Art der Geschichtsbetrachtung ein, so ist dieser Schluß ohne Zweifel richtig, genauso richtig wie jener Schluß, den Voltaire im Scherz gezogen hat – obwohl er selbst schwerlich den ganzen Hintergrund dieser Komik geahnt hat – als er einmal die Behauptung aufstellte, die ganze Bartholomäusnacht sei lediglich auf eine Magenverstimmung Karls IX. zurückzuführen. Wer aber die Entstehung des russischen Reiches nicht dem Willensentschluß eines einzelnen Menschen, nämlich Peters I., und die Umwandlung Frankreichs in ein Kaiserreich und den Ausbruch des Krieges gegen Rußland ebensowenig dem Willensentschluß eines einzelnen Menschen, nämlich Napoleons, zuschreibt, auf den wirkt eine Argumentation dieser Art nicht nur als etwas Verkehrtes und Unvernünftiges, sondern auch allem eigentlich menschlichen Wesen Widersprechendes. Es gibt eine andere Antwort auf die Frage nach der Ursache welthistorischer Ereignisse, und das ist die, daß eben der Lauf der Dinge dieser Welt von oben her im voraus bestimmt ist und vom Zusammentreffen aller Willensäußerungen der an den Ereignissen beteiligten Menschen nicht abhängt und daß der Einfluß Napoleons auf den Gang dieser Ereignisse nur ein ganz äußerlicher, ja nur fiktiver ist.

Freilich mag uns auf den ersten Blick die Behauptung sehr merkwürdig erscheinen, die von Karl IX. angeordnete Bartholomäusnacht sei nicht einer Willensäußerung dieses Königs zuzuschreiben, sondern es sei ihm nur so vorgekommen, als habe er sie durch seine Anordnungen hervorgerufen, und die Hinschlachtung von achtzigtausend Mann bei Borodino sei nicht einer Willensäußerung Napoleons zuzuschreiben, obwohl er doch durch seine Anordnungen die Schlacht eröffnete und durch weitere Anordnungen ihren Fortgang zu beeinflussen suchte, sondern es sei ihm nur so vorgekommen, als eröffne und beeinflusse er tatsächlich diese Schlacht – diese Behauptung mag uns in der Tat sehr merkwürdig erscheinen, allein der Gedanke der Menschenwürde sagt uns, daß jeder von uns, wenn nicht in einem höheren, so doch keineswegs in einem geringeren Grade Mensch ist als alle Napoleons, und heißt uns diese Frage so beantworten, wie es hier angedeutet wurde; und jede Geschichtsforschung bestätigt die Richtigkeit dieser Behauptung.

In der Schlacht bei Borodino hat Napoleon auf niemanden geschossen und niemanden getötet. Das alles haben die Soldaten getan. Also ist nicht Napoleon es gewesen, der die Opfer der Schlacht getötet hat.

Die Soldaten der französischen Armee stürzten sich bei Borodino nicht auf Befehl Napoleons, sondern ihrem eigenen Triebe folgend in das Gemetzel. Die ganze Armee, Franzosen, Italiener, Deutsche, Polen, hungrig, zerlumpt, von Märschen erschöpft, sah jetzt ein Heer vor sich, das ihr den Weg nach Moskau verlegen wollte, und fühlte, daß: „Le vin est tiré et il faut le boire.“ [1] Wenn Napoleon ihr jetzt verboten hätte, sich mit den Russen zu schlagen, so hätte sie ihn getötet und sich alsdann mit den Russen geschlagen, weil das für sie eine Notwendigkeit darstellte.

Als sie Napoleons Armeebefehl vernahmen, der sie für Verstümmelung und Tod, die ihrer warteten, damit tröstete, die Nachwelt werde einst sagen, auch sie seien bei der Schlacht vor Moskau mit dabeigewesen, da schrien sie: „Vive l'Empereur!“, genauso wie sie vor dem Bilde des die Erdkugel mit einem Bilboquetstäbchen durchbohrenden kleinen Jungen „Vive l'Empereur!“ geschrien hatten und wie sie ihr „Vive l'Empereur!“ auch bei jedem anderen ihnen vorgeredeten Unsinn geschrien haben würden. Sie hatten gar keine andere Möglichkeit, als eben „Vive l'Empereur!“ zu schreien und in den Kampf zu gehen, um zu siegen und sich darauf in Moskau sattessen und ausruhen zu können. Also haben sie ihresgleichen nicht deshalb getötet, weil Napoleon das befohlen hatte.

Und Napoleon hat ja tatsächlich auch gar nicht den Gang der Schlacht geleitet, weil von seiner Disposition nichts zur Ausführung gelangte und weil er während der Schlacht über das, was vorne geschah, überhaupt nicht unterrichtet war. Also ist auch die Art und Weise, auf welche diese Menschen einander umbrachten, gar nicht einer Willensäußerung Napoleons zuzuschreiben, sondern dieses Einanderumbringen vollzog sich auf eine Art und Weise, auf die er gar keinen Einfluß hatte, nämlich auf Grund der Willensäußerungen aller der Hunderttausende von Kampfteilnehmern. Napoleon kam es nur so vor, als spiele sich das alles auf Grund seiner Willensäußerungen ab. Und darum hat auch die Frage, ob Napoleon einen Schnupfen hatte oder nicht, für die Geschichte nicht mehr Interesse als die Frage nach dem Schnupfen des geringsten Trainsoldaten.

[1] Der Wein ist abgezapft, jetzt muß er getrunken werden.

Die Bedeutung des kaiserlichen Schnupfens vom 26. August ist um so geringer, als die Darstellung gewisser Autoren, nach welcher Napoleons Schnupfen die Schuld daran gehabt habe, daß seine Disposition und seine während der Schlacht getroffenen Anordnungen nicht so gut gewesen sein sollen wie seine früheren Dispositionen und Anordnungen, durchaus unrichtig ist.

Die für die Schlacht bei Borodino entworfene Disposition war keineswegs schlechter, sondern sogar besser als alle die früheren Dispositionen, auf Grund deren Napoleon seine Schlachten gewonnen hat. Seine vermeintlichen Anordnungen während der Schlacht waren ebenfalls nicht schlechter als die aus früheren Schlachten, sondern ganz so, wie er sie immer zu treffen pflegte. Es kommt uns nur jetzt so vor, als seien sie schlechter gewesen, weil die Schlacht bei Borodino die erste war, die Napoleon nicht gewann. Die vortrefflichsten und tiefsinnigsten Dispositionen und Anordnungen kommen einem nachher immer sehr schlecht vor, und jeder gelehrte Stratege kritisiert sie mit vielsagender Miene, wenn die Schlacht nicht gewonnen worden ist; und die schlechtesten Dispositionen und Anordnungen kommen einem prächtig vor, und ernsthafte Leute beweisen in ganzen Bänden die Vortrefflichkeit dieser schlechten Anordnungen, wenn die Schlacht gewonnen worden ist.

Weyrothers Disposition für die Schlacht bei Austerlitz war in ihrer Art vorbildlich, ist aber trotzdem angegriffen worden, angegriffen gerade wegen ihrer Vollkommenheit, ihres allzu minutiösen Eingehens auf jedes Detail.

Napoleon machte in der Schlacht bei Borodino seine Sache als Vertreter der höchsten Kommandogewalt ebenso gut und noch besser als in anderen Schlachten. Er tat nichts, was dem Ablauf der Gesamtoperationen hätte schaden können; wo mehrere Auffassungen möglich waren, da entschied er sich durchaus für die vernünftigste; er richtete keinerlei Wirrwarr an, widersprach sich nicht selbst, erschrak nicht und lief nicht vom Schlachtfelde weg, sondern spielte seine Rolle als scheinbarer Lenker der Schlacht ruhig und würdig mit seinem sicheren Takt und seiner großen Kriegserfahrung.

XXIX

Mit großer Sorgfalt hatte Napoleon noch ein zweites Mal die Linie abgeritten. Zurückgekehrt, sagte er:

„Die Figuren sind aufgestellt, morgen fängt die Schachpartie an."

Er ließ Punsch bringen und Beausset zu sich rufen. Er begann mit Beausset ein Gespräch über Paris, über einige Veränderungen, die er in der maison de l'impératrice[1] vorzunehmen gedachte, und überraschte dabei den Palaispräfekten durch sein gutes Gedächtnis für allerhand kleine höfische Einzelheiten.

Er interessierte sich für alle möglichen Bagatellen, scherzte über Beaussets Reisefreudigkeit und plauderte lässig, wie es wohl ein berühmter, seiner selbst und seiner Kunst sicherer Operateur tut, während er sich die Ärmel aufstreift und die Operationsschürze anlegt und der Patient angeschnallt wird. „Ich habe alles im Kopf und alles in der Hand, alles ist klar und bestimmt. Wenn es soweit ist, werde ich alles machen, wie es kein anderer könnte, jetzt kann ich aber scherzen, und je mehr ich scherze und je ruhiger ich bin, desto zuversichtlicher, desto ruhiger müßt ihr sein und desto mehr müßt ihr mein Genie bewundern."

Als Napoleon sein zweites Glas Punsch geleert hatte, zog er sich zurück, um sich vor dem ernsten Werke, das ihm seiner Meinung nach für den kommenden Tag bevorstand, auszuruhen.

Dieses bevorstehende Werk beschäftigte ihn indessen so lebhaft, daß er nicht schlafen konnte, und obwohl die Feuchtigkeit der Nacht seinen Schnupfen hatte schlimmer werden lassen, kam er doch um drei Uhr nachts mit lautem Schneuzen wieder in den Hauptraum des Zeltes. Er fragte, ob die Russen nicht vielleicht zurückgegangen seien. Es wurde ihm geantwortet, die feindlichen Lagerfeuer seien immer noch an den gleichen Stellen zu sehen. Er nickte beifällig.

Der Adjutant vom Dienst kam in das Zelt.

„Eh bien, Rapp, croyez-vous, que nous ferons de bonnes affaires aujourd'hui?" [2] wandte Napoleon sich zu ihm.

„Sans aucun doute, Sire",[3] erwiderte Rapp.

Napoleon sah ihn aufmerksam an.

„Vous rappelez-vous, Sire, ce que vous m'avez fait l'honneur de dire à Smolensk", sagte Rapp, „le vin est tiré, il faut le boire." [4]

Napoleon runzelte die Stirn, stützte den Kopf in die Hände und saß lange schweigend da.

„Cette pauvre armée", sagte er dann plötzlich, „elle a bien diminué depuis Smolensk. La fortune est une franche courtisane, Rapp, je le disais toujours, et je commence à l'éprouver. Mais la garde, Rapp, la garde est intacte?" [5] setzte er fragend hinzu.

„Oui, Sire", antwortete Rapp.

[1] Hofhaltung der Kaiserin.
[2] Nun, Rapp, glauben Sie, daß unsere Sache heute gut ausgehen wird?
[3] Ohne den geringsten Zweifel, Majestät.
[4] Erinnern Sie sich daran, Majestät, daß Sie mir bei Smolensk die Ehre erwiesen zu sagen: Der Wein ist abgezapft, man muß ihn austrinken.
[5] Diese arme Armee . . . sie hat sehr große Verluste gehabt seit Smolensk. Das Glück ist eine freche Dirne, das habe ich immer gesagt, und jetzt fange ich an, es zu spüren. Aber die Garde, Rapp, die Garde, ist sie noch intakt?

Napoleon nahm eine Pastille, schob sie in den Mund und sah nach der Uhr. Er mochte nicht mehr schlafen, und der Morgen war noch weit. Es war schwer, die Zeit totzuschlagen – irgendwelche Anordnungen gab es nicht mehr zu treffen, hier war alles getan und wurde jetzt bereits zur Ausführung gebracht.

„A-t-on distribué les biscuits et le riz aux régiments de la garde?" [1] fragte Napoleon streng.

„Oui, Sire." [2]

„Mais le riz?" [3]

Rapp erwiderte, er habe den Befehl des Kaisers wegen der Ausgabe von Reis weitergegeben, aber Napoleon schüttelte unzufrieden den Kopf, als glaube er nicht, daß sein Befehl ausgeführt worden sei. Ein Diener brachte Punsch. Napoleon ließ für Rapp ein zweites Glas bringen und nahm schweigend in Absätzen einen Schluck nach dem andern.

„Weder Geruch noch Geschmack!" sagte er, an seinem Glase riechend. „Dieser Schnupfen ist mir wahrhaftig zum Ekel geworden. Da redet man von ärztlicher Kunst! Eine schöne Kunst, die einem nicht einmal einen Schnupfen vom Leibe schaffen kann! Corvisart hat mir diese Pastillen gegeben, aber sie helfen nicht. Was können diese Doktoren überhaupt kurieren? Kurieren läßt sich nichts. Notre corps est une machine à vivre. Il est organisé pour cela, c'est sa nature; laissez-y la vie à son aise, qu'elle s'y défende elle-même: elle fera plus que si vous paralysiez en l'encombrant de remèdes. Notre corps est comme une montre parfaite qui doit aller un certain temps; l'horloger n'a pas la faculté de l'ouvrir, il ne peut la manier qu'à tâtons et les yeux bandés ... Notre corps est une machine à vivre, voilà tout." [4]

Napoleon liebte „définitions": einmal ins Geleise geraten, fuhr er fort zu definieren.

„Wissen Sie, Rapp, was die Kriegskunst ist?" fragte er. „Die Kunst, im bestimmten Augenblick stärker zu sein als der Feind, voilà tout."

Rapp gab keine Antwort.

„Demain nous allons avoir affaire à Koutouzoff", [5] sagte Napoleon.

[1] Sind die Biskuits und der Reis an die Garderegimenter verteilt?
[2] Jawohl, Majestät.
[3] Aber der Reis?
[4] Unser Körper ist eine Maschine, die das Leben in Gang hält, dafür ist er geschaffen, das ist seine Aufgabe. Lassen Sie das Leben darin seinen eigenen Weg gehen, damit es sich selbst verteidigen kann, es wird das besser können, als wenn sie es dadurch lähmen, daß sie den Körper mit Arzneien überfüttern. Unser Körper ist wie eine gute Uhr, die eine bestimmte Zeit gehen soll; der Uhrmacher hat nicht die Möglichkeit, sie zu öffnen, er kann nur tastend und gewissermaßen mit verbundenen Augen mit ihr umgehen. Unser Körper ist eine Maschine zum Leben – das ist alles.
[5] Morgen werden wir es mit Kutusow zu tun haben.

„Na, wir wollen sehen. Wissen Sie noch? Von Braunau aus hat er eine Armee kommandiert und sich in drei Wochen nicht ein einziges Mal aufs Pferd gesetzt, um die Verschanzungen zu besichtigen. Na, wir wollen sehen."

Er sah nach der Uhr. Es war erst vier. Schlafen mochte er nicht, der Punsch war ausgetrunken, zu tun gab es immer noch nichts. Er erhob sich, ging einige Male auf und nieder, zog einen warmen Überrock an, setzte den Hut auf und trat aus dem Zelt. Die Nacht war dunkel und feucht; eine kaum wahrnehmbare Nässe sickerte vom Himmel. In der Nähe, bei der französischen Garde, blakten die Lagerfeuer, weiter weg schimmerten die der Russen durch den Rauch. Zu hören war wenig, und um so deutlicher vernahm man das Geklapper und die Marschtritte der französischen Truppen, die bereits aufbrachen, um ihre Positionen einzunehmen.

Napoleon ging vor dem Zelte auf und ab, schaute nach den Feuern hinüber, horchte auf die Marschgeräusche und machte dann vor einem hochgewachsenen Gardisten halt, der in seiner Bärenfellmütze vor dem Zelt Schildwache stand und sich beim Näherkommen des Kaisers wie ein schwarzer Pfosten aufreckte.

„Seit wann im Dienst?" fragte er in jenem Ton gutmütig-kriegerischer Grobheit, den er seinen Soldaten gegenüber anzuschlagen pflegte.

Der Soldat antwortete.

„Ah! un des vieux![1] Habt ihr auch Reis gekriegt?"

„Jawohl, Ew. Majestät."

Napoleon nickte und ging weiter.

Um halb sechs ritt Napoleon nach Schewardino.

Es begann hell zu werden, der Himmel hatte sich aufgeklärt, nur im Osten hing eine schwere Wolke. Die verlassenen Lagerfeuer schwelten im schwachen Morgenlicht.

Rechts fiel ein einzelner dumpf dröhnender Kanonenschuß und verhallte wieder in der allgemeinen Stille. Einige Minuten vergingen. Dann fiel ein zweiter Schuß, ein dritter, die Luft begann zu vibrieren, rechterhand, nicht sehr weit entfernt, krachte ein vierter, ein fünfter majestätisch auf.

Diese ersten Schüsse waren noch nicht verhallt, als neue Schüsse aufdröhnten, häufiger und immer häufiger, miteinander verschmolzen oder einander pausenlos folgten.

Napoleon ritt mit seiner Suite zur Schanze von Schewardino und stieg vom Pferde. Die Schachpartie hatte begonnen.

[1] Ach, einer von den Alten.

XXX

Vom Fürsten Andrej nach Gorki zurückgekehrt, befahl Pierre seinem Reitknecht, ihn in aller Frühe zu wecken und die Pferde bereitzuhalten. Dann legte er sich hinter dem Verschlage in dem ihm von Boris eingeräumten Eckchen nieder und schlief sofort ein.

Als er am nächsten Morgen erwachte, war das Haus schon leer. In den kleinen Fenstern zitterten die Scheiben. Der Reitknecht stand vor ihm und rüttelte ihn wach.

„Ew. Erlaucht, Ew. Erlaucht, Ew. Erlaucht . . ." drängte der Reitknecht hartnäckig und schüttelte Pierre an der Schulter, sah ihn aber schon gar nicht mehr an und hatte die Hoffnung, ihn je wachzubekommen, offenbar bereits aufgegeben.

„Was ist? Geht es schon los? Ist es Zeit?" fragte Pierre, als er sich ein wenig ermuntert hatte.

„Hören Ew. Erlaucht doch nur das Schießen", sagte der Reitknecht, der früher Soldat gewesen war. „Die Herren sind alle schon fort, selbst der Durchlauchtigste ist schon lange vorbeigeritten."

Pierre zog sich hastig an und eilte hinaus. Draußen war es hell, frisch, taufeucht und lustig. Die Sonne, bisher von einer Wolke verdeckt, brach jetzt durch, und ihre Strahlen, von der Wolke noch zur Hälfte gebrochen, sprühten über die Dächer der gegenüberliegenden Straßenseite auf den taufeuchten Straßenstaub, auf Wände und Fenster und Zäune und auf Pierres Pferde, die vor dem Hause standen. Hier draußen war der Kanonendonner noch vernehmlicher. Ein Adjutant trabte mit seinem Begleitkosaken vorüber.

„Es ist soweit, Graf, es ist soweit!" rief der Adjutant.

Pierre befahl dem Reitknecht, ihm mit den Pferden zu folgen, und ging die Straße entlang bis auf die Anhöhe, von der er sich tags zuvor das Schlachtfeld angesehen hatte. Auf der Anhöhe befand sich eine größere Anzahl von Offizieren, man hörte das französisch geführte Gespräch der Stabsoffiziere und sah Kutusows grauweißen Kopf mit der weißen rotbesetzten Mütze und dem grauen, tief in den Schultern versackenden Nacken. Kutusow sah durch ein Fernrohr auf die Landstraße vor ihm.

Pierre stieg die Stufen hinan, die zur Anhöhe führten, schaute dann nach vorne und war ganz überwältigt von der Schönheit des Schauspiels, das sich ihm bot. Es war dasselbe Panorama, das ihn tags zuvor auf dieser Anhöhe schon so gefesselt hatte; jetzt aber war dieses ganze Gelände mit Truppen und Rauchwolken bedeckt, und die schrägen Strahlen der links hinter Pierre aufsteigenden hellen Sonne warfen über das ganze Gelände in der reinen Morgenluft ein scharfes, golden und rosafarben schimmerndes Licht, das sich scharf von den dunklen und langen Schatten abhob. Die fernen Wälder, die das Panorama begrenzten, wirkten wie aus gelblichgrünen Edelsteinen geschnitten und schlossen den Horizont mit der geschweiften Linie ihrer Wipfel, und zwischen ihnen durchschnitt die ganz mit Truppen bedeckte Smolensker Straße hinter Walujewo die Landschaft. In geringerer Entfernung funkelten goldene Felder und kleine Waldungen. Überall waren Truppen zu sehen, vorne, rechts, links. Alles war belebt, majestätisch, neuartig packend; was aber Pierre am meisten betroffen machte, war der Anblick des Schlachtfeldes selbst, des Dorfes Borodino und der Senkung zu beiden Seiten der Kolotscha.

Über der Kolotscha, über Borodino und der Landschaft rechts und links des Dorfes, namentlich links über den sumpfigen Ufern der hier in die Kolotscha mündenden Woina lagerte jener Nebel, der beim Durchbruch der hellen Sonne weicht und auseinanderschmilzt und das Licht durchläßt und alles, was hinter ihm sichtbar wird, in Farben und Linien so wundersam verklärt. Mit diesem Nebel vereinigten sich die Purpurwolken, und in diesem Gebilde von Nebel und Pulverrauch blitzten überall die Strahlen des Morgenlichts, bald im Wasser, bald im Tau, bald auf den Bajonetten der Truppen an den Ufern und in Borodino.

Durch diesen Nebel zeigten sich die weiße Kirche und einzelne Hausdächer von Borodino, weiterhin die dichtgedrängten Massen der Soldaten, wieder an anderer Stelle grüne Munitionskästen und Kanonen. Und das alles bewegte sich oder schien sich zu bewegen, weil der Nebel und der Rauch über diesen ganzen Raum langsam hinwogten. Wie in diesen nebelbedeckten Niederungen um Borodino, so traten auch an den übrigen Stellen des Blickfeldes, weiter oben und besonders zur Linken auf der ganzen Linie, in Feldern, Wäldern, Senkungen und auf den Höhen immer wieder Rauchwolken in die Erscheinung, wie von selbst und aus dem Nichts entstehend, bald einzeln, bald in Gruppen, bald spärlich und bald in großen Mengen anschwellend, wachsend, aufwirbelnd und zusammenrinnend.

Diese Rauchwolken und das Donnern der Abschüsse machten, so merkwürdig das klingen mag, vor allem die Schönheit dieses Schauspieles aus.

Puff! — Plötzlich zeigte sich eine runde, dichte in Lila, Grau und Milchweiß spielende Rauchwolke und bumm, dröhnte gleich darauf der dazugehörige Schuß.

„Puff! Puff!" — erhoben sich zwei Wolken, stießen aneinander und verschmolzen, und bumm, bumm! bestätigte gleich darauf die Gehörswahrnehmung den Eindruck des Auges.

Pierre schaute wieder nach der ersten Wolke, die, als er sie vor einigen Augenblicken hatte entstehen sehen, ein kleiner, dichter, runder Ball gewesen war, und fand an ihrer Stelle jetzt schon mehrere Ballen seitwärts abziehenden Rauches, und „Puff" – kleine Pause – „Puff, puff!" entstanden noch drei, noch vier andere Wolken, und ihr Erscheinen wurde im gleichen Tempo „Bumm! ... Bumm, bumm!" jedesmal von wohlklingenden, vollen Klängen beantwortet. Bald war es, als liefen diese Rauchwolken davon, bald, als stünden sie still, und Wälder, Felder und blitzende Bajonette liefen an ihnen vorüber. Linkerhand in Feldern und Buschwerk entstanden solche große Rauchwolken mit ihrem feierlichen Widerhall ununterbrochen von neuem, und mehr in der Nähe, in den Niederungen und Waldpartien sprangen die kleinen Rauchwölkchen der Gewehrschüsse empor, denen es freilich nicht beschieden war, sich zu solcher Kugelgestalt zu runden, die aber immerhin auch regelmäßig von ihren kleinen Abschußgeräuschen begleitet waren. „Trach-ta-ta-tach!" knatterte das Gewehrfeuer mit ungleichmäßiger Häufigkeit; im Vergleich zu den Schüssen der Kanonen wirkte es ärmlich.

Pierre zog es zu diesen Rauchwolken, diesen funkelnden Bajonetten, diesen Bewegungen, diesen Lauten. Er sah sich nach Kutusow und dessen Suite um, um zu sehen, ob ihnen ein ähnlicher Eindruck wie der, den er selbst empfangen hatte, anzumerken war. Alle sahen sie genauso wie er und, wie es ihm schien, auch mit den gleichen Empfindungen auf das Schlachtfeld vor ihnen. Auf allen Gesichtern leuchtete jetzt jene latente Wärme des Gefühls, die Pierre tags zuvor aufgefallen war und deren Wesen er nach seinem Gespräch mit dem Fürsten Andrej völlig erfaßt hatte.

„Also dann reite, liebster Freund, reite, und Christus sei mit dir", sagte Kutusow, ohne das Schlachtfeld aus den Augen zu lassen, zu einem neben ihm stehenden General. Sofort ging der General an Pierre vorbei zu den von der Anhöhe abwärts führenden Stufen.

„Zur Brücke!" erwiderte der General kalt und streng, als ihn einer der Herren vom Stabe fragte, wohin er reiten sollte.

„Dahin muß ich auch, dahin muß ich auch", dachte Pierre und ging ihm nach.

Der General stieg auf das Pferd, das sein Kosak ihm vorführte. Pierre ging zu seinem Reitknecht, der die Pferde hielt. Er fragte ihn, welches wohl das ruhigste sei, saß auf, hielt sich an der Mähne fest, preßte die Absätze der nach außen gedrehten Füße gegen das Pferd und galoppierte so dem General nach, obwohl er fühlte, daß seine Brille ins Rutschen gekommen war und er doch nicht die Mähne und die Zügel loslassen konnte. Die Stabsoffiziere sahen ihm von der Anhöhe aus lächelnd nach.

XXXI

Der General, hinter dem Pierre herritt, machte, im Tal angelangt, eine scharfe Wendung nach links; Pierre verlor ihn aus den Augen und galoppierte mitten in eine vor ihm her marschierende Infanterieabteilung hinein. Er versuchte wieder herauszukommen, bald nach vorne, bald nach links, bald nach rechts; aber überall waren Soldaten, und alle hatten sie so gleichmäßig ernste Gesichter und waren offenbar alle gleichermaßen mit irgend etwas sehr Wichtigem, wenn auch nicht so ohne weiteres Wahrnehmbarem beschäftigt. Alle sahen sie mit gleichmäßig mißbilligenden und fragenden Blicken auf diesen dicken Menschen mit dem weißen Hut, der, ohne daß jemand wußte, weshalb, plötzlich mit seinem Pferde durch ihre Reihen trampelte.

„Was haben Sie denn da mitten durch das Bataillon zu reiten?" schrie jemand ihn an.

Ein anderer gab dem Pferde einen Kolbenstoß, und Pierre, an den Sattelbogen gepreßt und nur mit Mühe sein scheuendes Pferd in der Hand behaltend, gelangte endlich über die Kolonne hinaus in freies Gelände.

Vor ihm war eine Brücke, und an der Brücke standen Soldaten und schossen. Pierre ritt heran. Ohne zu wissen, was er eigentlich tat, war er so an die zwischen Gorki und Borodino gelegene Kolotschabrücke gekommen, die jetzt in der ersten Phase der Schlacht nach der Besetzung von Borodino von den Franzosen angegriffen wurde. Pierre sah, daß vor ihm eine Brücke war und daß zu beiden Seiten der Brücke und dort auf der Wiese zwischen den Heuschwaden, auf die er gestern kaum geachtet hatte, Soldaten waren, die dort irgend etwas taten. Obwohl hier unaufhörlich geschossen wurde, kam Pierre doch nicht auf den Gedanken, daß gerade hier das Schlachtfeld war. Er hörte nicht das Pfeifen der überall vorbeifliegenden Gewehrkugeln und das Sausen der über ihn hinfauchenden Artilleriegeschosse; er sah nicht den Feind auf dem anderen Ufer des Flusses, und lange Zeit gewahrte er nicht einmal die Gefallenen und Verwundeten, obgleich viele doch gar nicht sehr weit von ihm zusammenbrachen. Er sah sich um, ohne daß das Lächeln von seinem Gesicht wich.

„Was reitet der denn vor der Linie herum?" schrie ihn wieder jemand an.

„Halte dich doch links! Rechts!" schrien andere.

Pierre ritt nach rechts und prallte unvermutet mit einem ihm bekannten Adjutanten des Generals Rajewskij zusammen. Der Adjutant sah Pierre wütend an und wollte ihn offenbar ebenfalls anbrüllen, erkannte ihn dann aber und nickte ihm zu.

„Was machen Sie denn hier?" fragte er, schon im Weiterreiten.

Pierre fühlte, daß er hier nicht an seinem Platz war und nichts Rechtes anfangen konnte, auch fürchtete er wieder irgend jemand in die Quere zu kommen, und so galoppierte er dem Adjutanten nach.

„Was geht hier eigentlich vor? Darf ich mich Ihnen anschließen?"

„Gleich, gleich", antwortete der Adjutant, ritt zu dem dicken Obersten, der dort auf der Wiese stand, richtete ihm irgendeinen Befehl aus und wandte sich dann zu Pierre.

„Wie sind Sie denn hierhergeraten, Graf?" fragte er lächelnd. „Sind Sie so neugierig?"

„Ja, ja", antwortete Pierre.

Aber der Adjutant wendete sein Pferd und ritt weiter.

„Hier geht's ja ganz leidlich, Gott sei Dank", sagte er, „aber auf dem linken Flügel, bei Bagration, ist der Teufel los."

„Wirklich?" fragte Pierre. „Wo ist das?"

„Reiten Sie mit mir nur dort auf den Hügel. Von da aus kann man es sehen. Bei uns in der Batterie läßt es sich noch aushalten", sagte der Adjutant. „Wie ist es? Kommen Sie mit?"

„Ja, ich komme mit", antwortete Pierre und suchte mit den Blicken nach seinem Reitknecht.

Erst jetzt gewahrte Pierre die ersten Verwundeten, teils wankten sie zu Fuß daher, teils wurden sie auf Bahren getragen. Auf der kleinen Wiese mit dem duftigen Heu, über die er am Tage zuvor geritten war, lag quer über den Heuschwaden regungslos ein Soldat; der Tschako war ihm vom Kopf gefallen, und der Kopf selbst hing merkwürdig zur Seite.

„Warum haben die Träger den denn nicht aufgehoben?" wollte Pierre fragen, verstummte aber, als er das finstere Gesicht des ebenfalls auf die kleine Wiese blickenden Adjutanten bemerkte.

Pierre konnte seinen Reitknecht nicht finden und ritt mit dem Adjutanten durch eine tiefgelegene Schlucht auf den Rajewskijhügel zu. Sein Pferd blieb hinter dem des Adjutanten zurück und ließ ihn in gleichmäßigen Abständen im Sattel hin und her stolpern.

„Sie sind das Reiten wohl nicht gewohnt, Graf?" fragte der Adjutant.

„Nein, nicht so recht, aber das Pferd hat auch so eine merkwürdige Art, seine Galoppsprünge zu machen", antwortete Pierre verdutzt.

„Aha! Es ist ja verwundet", sagte der Adjutant. „Das rechte Vorderbein, oberhalb des Sprunggelenks. Es muß eine Gewehrkugel sein. Ich gratuliere Ihnen, Graf, le baptême du feu[1]."

Sie ritten im Pulverdampf an den Stellungen des sechsten Korps

[1] die Feuertaufe.

vorbei, hinter der Artillerie, die aufgefahren war und ohrenbetäubend feuerte, und gelangten zu einem kleinen Walde. Im Walde war es kühl und still und roch nach Herbst. Pierre und der Adjutant stiegen von den Pferden und gingen bergauf.

„Ist der General hier?" fragte der Adjutant, als sie nahezu oben waren.

„War eben noch hier, ist dorthin geritten", antwortete der Gefragte und deutete nach rechts.

Der Adjutant warf einen Blick auf Pierre, als wisse er nicht recht, wo er jetzt mit ihm hinsolle.

„Lassen Sie sich bitte nicht stören!" sagte Pierre. „Ich gehe nach oben. Darf man?"

„Ja, gehen Sie nur, von da aus sieht man alles, und es ist auch keine besondere Gefahr dabei. Ich hole Sie nachher ab."

Pierre ging zur Batterie, und der Adjutant ritt davon. Sie sahen einander nicht wieder, und erst viel später hörte Pierre, daß der Adjutant an diesem Tage einen Arm verloren hatte.

Der Hügel, auf den Pierre stieg, war jene berühmt gewordene Stelle, die bei den Russen später die „Hügelbatterie" oder „Rajewskij-Batterie", bei den Franzosen la grande redoute, la fatale redoute, la redoute du centre[1] hieß. Um diesen Hügel waren viele Tausende aufgestellt, und die Franzosen erblickten in ihm den wichtigsten Punkt der ganzen Position.

Diese Schanze bestand aus einer Anhöhe, die auf drei Seiten von Gräben umgeben war. Innerhalb dieser Gräben standen zehn unaufhörlich schießende Kanonen, die in den Ausbuchtungen der Umwallung aufgestellt waren.

Rechts und links der Anhöhe standen gleichfalls Kanonen, die ebenso ununterbrochen feuerten. Etwas weiter hinten stand Infanterie. Als Pierre auf die Höhe gelangte, da kam er gar nicht auf den Gedanken, daß dieser enge, von Gräben umgebene Raum, auf dem ein paar Kanonen standen und schossen, der wichtigste Punkt des ganzen Schlachtfeldes sein könnte.

Pierre hatte im Gegenteil das Gefühl, dieser Platz müßte — gerade weil er selbst sich dort befand — einer der allerunbedeutendsten sein.

Oben angekommen, setzte Pierre sich am Ende eines der um die Batterie gezogenen Gräben nieder und sah sich mit seinem ihm selbst unbewußten freudigen Lächeln an, was um ihn her geschah. Ab und zu stand er, immer mit dem gleichen Lächeln, auf und schlenderte innerhalb der Batterie umher, bemüht, den ladenden, die Geschütze wieder zurechtrückenden, mit Kartuschen und Geschossen unaufhörlich vorbeilaufenden Soldaten nicht im Wege zu sein. Die Kanonen dieser Batterie feuerten fortwährend, eine nach der anderen,

[1] die große Schanze, die verhängnisvolle Schanze, die mittlere Schanze.

der Lärm war betäubend und die ganze Umgegend in Pulverdampf gehüllt.

Im Gegensatz zu der gedrückten und befangenen Stimmung unter den Infanteristen der Batteriebedeckung herrschte in der Batterie selbst, wo eine kleine Anzahl von Menschen, durch einen Graben von den andern geschieden und abgegrenzt, ganz von ihrer Tätigkeit hingenommen war, eine gleichmäßige, alle wie Glieder einer Familie umschließende frische Lebendigkeit.

Pierres unmilitärische Erscheinung mit dem weißen Hut hatte die Artilleristen zu Anfang unangenehm überrascht. Die Soldaten, die an ihm vorbeikamen, schielten erstaunt, fast ein wenig erschrocken auf ihn. Der Batteriekommandeur, ein hochgewachsener, langbeiniger, blatternarbiger Mensch, kam, als wolle er die Schußergebnisse des am Flügel stehenden Geschützes beobachten, zu Pierre heran und betrachtete ihn neugierig.

Ein ganz junger Offizier mit rundem Gesicht, noch ein vollkommenes Kind, offenbar eben erst aus dem Kadettenkorps entlassen, der mit großer Hingabe bei den ihm anvertrauten zwei Geschützen kommandierte, wandte sich streng zu Pierre und sagte:

„Darf ich Sie bitten, mein Herr, aus dem Wege zu gehen. Hier dürfen Sie sich nicht aufhalten."

Die Soldaten schüttelten mißbilligend die Köpfe, wenn ihre Blicke auf Pierre fielen. Dann aber überzeugten sich allmählich alle, daß dieser Mensch mit dem weißen Hut nicht nur nichts Schlimmes tat, sondern entweder friedlich auf der Redoutenböschung saß oder mit seinem schüchternen Lächeln, den Soldaten höflich ausweichend, in der Batterie unter den einschlagenden Geschossen so ruhig wie auf dem Boulevard umherpromenierte, und nun wich dieses Gefühl des unwilligen Erstaunens langsam dem einer freundlichen und scherzhaften Anteilnahme, wie es die Soldaten wohl für ihre Tiere empfinden, für die Hunde, Hähne, Ziegen und überhaupt für alle Tiere, die bei den einzelnen Truppenteilen gehalten werden. Die Soldaten nahmen Pierre nun sozusagen sofort in ihre Familie auf, machten ihn zu einem der Ihrigen und gaben ihm einen Spitznamen. „Unser gnädiger Herr", hieß er bei ihnen, und untereinander lachten sie freundlich und lustig über ihn.

Zwei Schritt vor Pierre riß eine Kanonenkugel den Boden auf. Er klopfte sich die Erde von den Kleidern und sah sich lächelnd um.

„Ja, haben Sie denn gar keine Angst, gnädiger Herr? Na, so etwas!" wandte sich ein breitschultriger Soldat mit rotem Gesicht an Pierre und grinste, daß man seine kräftigen weißen Zähne sah.

„Fürchtest du dich denn?" fragte Pierre.

„Na, selbstverständlich", antwortete der Soldat. „So ein Ding hat doch kein Mitleid. Wenn die einem auf den Ranzen klatscht, dann sind ja die ganzen Därme draußen! Da muß man sich schon fürchten", lachte er.

Einige Soldaten blieben gut gelaunt und freundlich bei Pierre stehen. Offenbar hatten sie von vorneherein die Empfindung gehabt, er würde ganz anders sprechen, als sie alle es taten, und es freute sie jetzt, ihre Erwartung bestätigt zu sehen.

„Wir sind ja Soldaten, da ist es nun mal nicht anders. Aber ein feiner Herr, das ist doch zum Erstaunen! So ein feiner Herr wie der!"

„An die Plätze!" rief der junge Offizier den Soldaten zu, die sich um Pierre versammelt hatten.

Dieser junge Offizier tat offenbar erst zum ersten oder zweiten Male Dienst und legte darum Untergebenen und Vorgesetzten gegenüber noch eine ganz besondere Genauigkeit und Förmlichkeit an den Tag.

Das rollende Donnern des Artillerie- und Gewehrfeuers schwoll nun über das ganze Schlachtfeld hin an, namentlich zur Linken, wo Bagrations Pfeilschanzen lagen; angesichts des Pulverdampfs konnte aber Pierre von seinem Platz aus nichts erkennen. Zudem wurde Pierres ganze Aufmerksamkeit völlig von der Beobachtung des eigentümlich familiären und gegen alles andere durchaus abgegrenzten Lebens innerhalb der Batterie in Anspruch genommen. Die ihm selber kaum zum Bewußtsein gekommene freudige Erregung von vorhin, durch den Anblick und durch die Laute des Schlachtfeldes hervorgerufen, war seit einiger Zeit, besonders nachdem er den einzelnen Soldaten auf der Wiese hatte liegen sehen, durch andere Empfindungen abgelöst worden. Jetzt saß er auf der Grabenböschung und beobachtete die Leute um ihn her.

Gegen zehn Uhr waren schon etwa zwanzig Mann aus der Batterie weggetragen worden; zwei Geschütze waren zerschossen, immer häufiger schlugen Artilleriegeschosse ein, immer häufiger kamen Gewehrkugeln aus beträchtlicher Entfernung angesummt und angepfiffen. Allein die Leute in der Batterie schienen das kaum wahrzunehmen, und man hörte von allen Seiten vergnügtes Stimmengewirr und allerhand Scherze.

„Eine Pastete mit Füllung!" schrie ein Soldat und meinte damit eine Granate, die pfeifend herangeflogen kam.

„Die ist nicht für uns! Die geht zur Infanterie!" sagte ein anderer lachend, als er sah, daß die Granate vorüberflog und bei der Infanteriebedeckung einschlug.

„Du begrüßt wohl eine Bekannte, was?" lachte ein Dritter, als einer der Vorspannbauern sich vor einer vorüberfliegenden Kanonenkugel zusammenduckte.

Einige Soldaten standen zusammen an der Umwallung und beobachteten, was weiter vorne geschah.

„Siehst du, da haben sie auch die Schwarmlinie zurückgezogen, sind zurückgegangen", sagten sie und deuteten über den Wall hinweg nach vorne.

„Kümmert euch um eure eigenen Sachen!" schrie ein alter Unteroffizier sie an. „Sind sie zurückgegangen, dann heißt es eben, sich hier hinten um so mehr heranhalten."

Und der Unteroffizier packte einen Soldaten von hinten an den Schultern und gab ihm einen Stoß mit dem Knie. Die anderen lachten.

„Fünftes Geschütz! Vorrücken!" wurde von der anderen Seite her gerufen.

„Los! Alle zugleich! Wie die Kahnschlepper!" riefen die Soldaten lustig durcheinander, während sie die Kanone wieder in die Schußstellung rückten.

„Na, so etwas! Das Ding hätte ja unserem gnädigen Herren fast den Hut heruntergeschlagen!" lachte der Spaßvogel mit dem roten Gesicht und zeigte seine Zähne dabei. „Ach, du blödes Ding!" setzte er vorwurfsvoll hinzu und meinte damit ein Artilleriegeschoß, das ein Kanonenrad und zugleich den Fuß eines Kameraden getroffen hatte.

„Na, kommt ihr auch angekrochen, ihr Füchse?" sagte ein anderer lachend zu den gebückt heranschleichenden Milizleuten, die in die Batterie kamen, um den Verwundeten abzutransportieren.

„Euch schmeckt die Grütze hier wohl nicht? Was steht ihr denn da, wie angefroren, ihr Aaskrähen?" schrien die Soldaten den Milizleuten zu, die zaudernd vor dem Kanonier mit dem zerschmetterten Fuß standen.

„Ja, das ist so eine Sache hier, was, Kinder? Das geht euch nicht so glatt ein!" höhnten sie die Bauern.

Pierre fiel es auf, daß die allgemeine Frische und Lebendigkeit jedesmal, wenn ein Geschoß eingeschlagen hatte und jemand getroffen worden war, um so stärker aufflammte. Wie aus einer näherkommenden Gewitterwolke, so flammten auf den Gesichtern aller dieser Menschen, dem äußeren Geschehen um sie her gleichsam zum Trotz, immer häufiger und häufiger, immer heller und heller die Blitze eines im Verborgenen glimmenden Feuers auf.

Pierre sah nicht mehr nach vorn auf das Schlachtfeld und interessierte sich nicht mehr für das, was dort vor sich ging; er versenkte sich völlig in das Anschauen dieses immer heller flammenden Feuers und fühlte dabei, daß die gleiche Glut auch in seiner eigenen Seele brannte.

Um zehn Uhr ging die französische Infanterie, die vor der Batterie im Buschwerk und am Ufer des Kamenka-Flüßchens gestanden hatte, zurück. Man sah von der Batterie aus die Franzosen am Flüßchen entlang laufen und die Verwundeten auf gekreuzten Gewehren mit sich tragen. Irgendein General kam mit seiner Suite auf die Anhöhe, wechselte einige Worte mit dem Obersten, streifte Pierre mit einem bösen Blick und ging wieder talab, nachdem er der hinter der Batterie als Bedeckung stehenden Infanterie befohlen hatte, sich hinzulegen, um dem Feuer weniger ausgesetzt zu sein. Kurze Zeit darauf hörte man in den Reihen der Infanterie rechts von der Batterie Trommelwirbel und Kommandorufe, und dann sah man von der Batterie aus, wie die Reihen der Infanterie vorzurücken begannen.

Pierre schaute über die Umwallung. Besonders fiel ihm ein einzelnes Gesicht auf. Es war das blasse junge Gesicht eines Offiziers, der den Degen gesenkt tragend, rückwärts vor seinen Leuten herging und sich häufig unruhig umsah.

Die Reihen der Infanterie verschwanden im Pulverdampf, man hörte ihr langgezogenes Schreien und heftiges Gewehrfeuer. Ein paar Minuten später kamen scharenweise Verwundete zurück, viele von ihnen auf Tragbahren. Die Artilleriegeschosse schlugen jetzt noch häufiger in die Batterie ein. Schon blieben manche von Getroffenen liegen, ohne daß sie abtransportiert wurden. Die Artilleristen tummelten sich noch geschäftiger und munterer um ihre Kanonen. Auf Pierre achtete niemand mehr. Nur ein paarmal wurde er wütend angeschrien, weil er im Wege stand. Der Kommandeur ging mit großen und raschen Schritten von einem Geschütz zum anderen, das Gesicht in grimmige Falten gelegt. Der kleine blutjunge Offizier hatte ein noch röteres Gesicht und gab seine Kommandos noch eifriger als zuvor. Die Soldaten reichten Geschosse zu, sprangen geschäftig herum, luden und versahen alle ihre kleinen Obliegenheiten mit fast stutzerhaft wirkender Präzision und Freudigkeit. Sie bewegten sich, als hätten sie Sprungfedern unter den Sohlen.

Jetzt war die Gewitterwolke ganz nahe gekommen, und nun leuchtete grell auf allen Gesichtern jenes Feuer, dessen Auflodern Pierre so gefesselt verfolgt hatte. Er stand neben dem Kommandeur. Die Hand am Tschako, kam der kleine Offizier auf den Kommandeur zugesprungen.

„Ich habe die Ehre, zu melden, Herr Oberst, es ist nur noch achtmal Munition da. Befehlen Sie, das Feuer fortzusetzen?" fragte er. Der Kommandeur warf einen Blick über die Umwallung. „Kartätschenfeuer!" schrie er, ohne ihm zu antworten.

Plötzlich geschah etwas: Der kleine Offizier ächzte, krümmte sich, setzte sich auf die Erde wie ein im Fluge angeschossener Vogel. Es war Pierre, als würde vor seinen Augen alles sonderbar, verschwommen, trübe.

Eine nach der anderen, pfiffen Kanonenkugeln heran und schlugen in die Brustwehr, unter die Mannschaften, in die Geschütze. Pierre hatte bisher sich nicht um diese Töne gekümmert, jetzt hörte er nichts mehr außer ihnen. Seitab von der Batterie liefen Soldaten rechter Hand mit Hurrageschrei vorüber, aber wie es Pierre scheinen wollte, nicht vorwärts, sondern zurück.

Eine Kanonenkugel traf unmittelbar in Pierres Nähe in den Rand der Umwallung, daß die Erde nach allen Seiten auseinanderstob, glitt vor Pierres Augen vorüber wie ein schwarzer Ball und schlug im gleichen Augenblick klatschend irgendwo ein. Die Milizleute, die gerade die Batterie hatten betreten wollen, eilten zurück.

„Alle Geschütze Kartätschenfeuer!" schrie der Kommandeur.

Ein Unteroffizier kam angelaufen und meldete dem Kommandeur mit erschrockenem Flüstern, es sei keine Munition mehr da — wie etwa bei einem Diner der Haushofmeister seinem Herrn meldet, von der verlangten Weinmarke sei nichts mehr da.

„Diese Spitzbuben, was richten sie mir da an!" schrie der Kommandeur und wandte sich Pierre zu.

Das Gesicht des Kommandeurs war rot und schweißbedeckt, seine grimmigen Augen funkelten.

„Lauf zur Reserve, Munition holen!" schrie er wütend einen seiner Soldaten an und vermied dabei Pierres Blick.

„Ich werde gehen!" sagte Pierre.

Der Kommandeur ging mit seinen großen Schritten auf die andere Seite der Batterie hinüber, ohne zu antworten.

„Nicht schießen! Warten!" schrie er.

Der Artillerist, der die Munition hatte holen sollen, rannte mit Pierre zusammen.

„Ach, gnädiger Herr, das hier ist doch kein Platz für dich", sagte er und lief bergab.

Pierre eilte ihm nach und machte dabei einen Bogen um die Stelle, an welcher der kleine Offizier am Boden hockte.

Kanonenkugeln, eine, zwei, drei, flogen über ihn hin und schlugen ein, vor ihm, neben ihm, hinter ihm. Pierre lief bergab.

„Wohin eigentlich?" zuckte es ihm plötzlich durch den Kopf, als er schon bei den grünen Munitionskästen angelangt war. Er machte halt und wußte nicht recht, ob er umkehren oder noch weiterlaufen sollte. Plötzlich schleuderte ein furchtbarer Stoß ihn rückwärts zur Erde. Im selben Augenblick flammte ein riesiger Feuerschein auf, und in seine Ohren brach ein betäubendes Donnern, Krachen und Pfeifen.

Pierre kam wieder zu sich und fand sich mit aufgestützten Händen auf der Erde hockend; der Munitionskasten, bei dem er haltgemacht hatte, war nicht mehr da; im verbrannten Grase lagen angekohlte grüne Bretter und Fetzen herum, und ein Pferd rannte davon, mit den Trümmern der Deichsel des Munitionswagens hin und her schlenkernd, während ein zweites ebenso wie Pierre am Boden lag und ein langgezogenes durchdringendes Heulen hören ließ.

XXXII

Vor Angst von Sinnen, sprang Pierre auf und lief zur Batterie zurück, als zum einzigen Zufluchtsort angesichts aller der Schrek-ken um ihn her.

Als er wieder in der Verschanzung anlangte, bemerkte er, daß in der Batterie kein Schießen mehr zu hören war, daß aber irgend-welche Leute dort irgend etwas taten. Pierre konnte in der Eile gar nicht begreifen, was für Leute das waren. Er sah den alten Obersten, der mit dem Rücken zu Pierre auf der Umwallung lag, als halte er Ausschau nach irgend etwas dort unten, und gewahrte gleich darauf einen Soldaten, der ihm von vorhin in der Erinnerung geblieben war; dieser Soldat suchte sich von irgendwelchen Leuten, die ihn am Arme gepackt hatten, frei zu machen und schrie: „Brüder!" Und Pierre sah noch manches andere, was ihm sonderbar vorkam.

Er kam aber nicht dazu, sich klarzumachen, daß der Oberst tot war und der Soldat, der „Brüder!" schrie, gefangengenommen wurde und daß vor seinen Augen ein anderer Soldat mit dem Bajonett in den Rücken gestochen wurde. Denn kaum hatte er die Schanze er-reicht, als ein hagerer Mann mit gelblichem, schweißbedecktem Ge-sicht in blauer Montur, den Degen in der Hand, auf ihn zustürzte und irgend etwas schrie. Beide waren, ohne es zu wollen, gegenein-andergerannt, und Pierre, der sich instinktiv gegen den Anprall des anderen wehrte, streckte die Hände aus und packte diesen Menschen — einen französischen Offizier — mit der einen Hand an der Schulter, mit der anderen an der Gurgel. Der Offizier ließ seinen Degen los und faßte Pierre am Kragen.

Einige Sekunden lang sahen die beiden einander aus erschrockenen Augen in die fremden Gesichter und wußten nicht recht, was sie taten und was sie weiter tun wollten. „Bin ich gefangengenommen, oder habe ich ihn gefangengenommen?" dachte ein jeder. Augen-scheinlich neigte aber der französische Offizier mehr zu der Ansicht, er sei gefangengenommen, weil Pierre in seiner unwillkürlichen Angst ihm mit seiner starken Hand immer kräftiger die Gurgel zusammenpreßte. Der Franzose wollte etwas sagen, als plötzlich eine Kanonenkugel grauenerregend unmittelbar über die Köpfe der bei-den hinwegpfiff; Pierre hatte den Eindruck, als sei dem französischen Offizier der Kopf abgerissen worden, so rasch hatte er sich geduckt.

Pierre hatte gleichfalls den Kopf eingezogen und die Arme sinken lassen. Ohne weiter darüber nachzudenken, wer wohl den anderen gefangengenommen habe, liefen sie davon, der Franzose zurück in das Innere der Batterie, Pierre bergab, über Tote und Verwundete stolpernd, die ihm nach den Beinen zu greifen schienen. Aber er war noch nicht unten, als ihm dichte Scharen laufender russischer Soldaten begegneten, die fallend, stolpernd, schreiend mit stürmischer Fröhlichkeit zur Batterie hinaufliefen.

Das war jener Angriff, dessen Ruhm Jermolow sich zuschrieb; er sagte, nur seiner Tapferkeit und seines Glückes wegen habe eine solche Tat gelingen können; es war jener Angriff, bei dem er die Georgskreuze, die er in der Tasche hatte, auf die Anhöhe geschleudert haben soll.

Die Franzosen, welche die Batterie genommen hatten, flohen jetzt. Unsere Truppen trieben die Franzosen mit Hurra so weit zurück, daß unsere Führung Mühe hatte, die Verfolger wieder zum Stehen zu bringen.

Von der Batterie aus wurden die Gefangenen weiter nach hinten abgeführt; unter ihnen war auch ein verwundeter französischer General, um den sich die Offiziere drängten. Ganze Scharen von Verwundeten, Leuten, die Pierre von der Batterie her kannte, und solchen, die ihm fremd waren, Russen und Franzosen, verließen mit von Schmerzen verzerrten Gesichtern gehend oder kriechend oder auf Bahren getragen die Batterie. Pierre begab sich wieder auf die Anhöhe, auf der er vorhin über eine Stunde zugebracht hatte, allein von dem familienhaft verbundenen Kreise, der auch ihn mit umschlossen hatte, fand er niemanden mehr. Es lagen jetzt viele Tote da, die er nicht kannte. Einige aber erkannte er. Der kleine Offizier hockte noch ebenso zusammengekrümmt wie vorhin inmitten einer Blutpfütze an der Umwallung. Der Soldat mit dem roten Gesicht zuckte noch, aber man hatte es offenbar für zwecklos gehalten, ihn abzutransportieren.

Pierre machte, daß er wieder den Berg hinunterkam.

„Nein, jetzt werden sie innehalten, jetzt wird sie ein Grauen ankommen vor dem, was sie getan haben!" dachte Pierre, während er ziellos den unzähligen Tragbahren nachwanderte, die sich vom Schlachtfelde fortbewegten.

Aber die vom Pulverdampf verhüllte Sonne stand noch recht hoch, und vorne und besonders links um Semeonowskoje schien es im Pulverdampf noch immer zu kochen und zu brodeln, und der Lärm der Abschüsse und Einschläge und des Infanteriefeuers ließ nicht nach, sondern schwoll immer noch an und war wie das Schreien eines Menschen, der in seiner Verzweiflung die letzten Kräfte zum Hilferuf in seine Stimme legt.

XXXIII

Die wichtigste Aktion der ganzen Schlacht bei Borodino fand auf einem Raume von etwa tausend Klaftern Ausdehnung zwischen Borodino und Bagrations Pfeilschanze statt. Außerhalb dieses Raumes wurde auf der einen Seite um die Mittagszeit von den Russen, und zwar von der Kavallerie Uwarows, eine Demonstration unternommen, während auf der anderen Seite, hinter Utiza, Poniatowski mit Tutschkow handgemein wurde; allein verglichen mit den Vorgängen im Zentrum des Schlachtfeldes, waren das nur geringfügige Einzeloperationen. Auf dem Felde zwischen Borodino und den Pfeilschanzen fand am Walde auf offenem und von beiden Seiten aus übersehbarem Gelände der Hauptkampf statt, und zwar ging er ohne alle künstlichen Listen auf die denkbar einfachste Weise vor sich.

Die Schlacht begann von beiden Seiten aus mit einer Kanonade, an der mehrere hundert Geschütze teilnahmen.

Dann, als das ganze Feld von Pulverdampf verhüllt war, rückten von rechts her — von den Franzosen aus gesehen — die beiden Divisionen Dessaix und Compans gegen die Pfeilschanzen und von links her die Regimenter des Vizekönigs gegen Borodino vor.

Die Entfernung zwischen der Redoute von Schewardino, auf der Napoleon seinen Standort hatte, und den Pfeilschanzen betrug in der Luftlinie eine Werst, die zwischen der Redoute und Borodino über zwei Werst, und so konnte Napoleon nicht genau sehen, was dort vor sich ging, besonders da sich zum Nebel der Pulverdampf gesellt hatte und nun das ganze Gelände verhüllte. Die Leute der gegen die Pfeilschanzen anrückenden Division Dessaix waren nur zu sehen, solange sie die Schlucht vor den Pfeilschanzen noch nicht erreicht hatten. Kaum waren sie in die Schlucht gelangt, als der Pulverdampf vom Artillerie- und Infanteriefeuer der Pfeilschanzen so dicht wurde, daß er die ganze Anhöhe jenseits der Schlucht verdeckte. Man konnte allenfalls dazwischen für Augenblicke etwas Dunkles durch den Rauchvorhang hindurch wahrnehmen — es mochten Menschen sein —, auch schienen manchmal Bajonette zu funkeln. Aber ob diese Leute sich bewegten oder stillstanden, ob es Franzosen oder Russen waren, das ließ sich von der Redoute bei Schewardino aus nicht unterscheiden.

Die aufsteigende Sonne schien mit ihren schrägfallenden Strahlen Napoleon gerade ins Gesicht, während er unter der vorgehaltenen Hand nach den Pfeilschanzen hinüberspähte. Vor den Pfeilschanzen hing Pulverdampf, und bald war es, als bewegte sich dieser Pulverdampf, bald, als bewegten sich die Truppen. Durch das Schießen hindurch scholl mitunter Geschrei, aber was diese Schreienden dort taten, ließ sich nicht erkennen.

Napoleon schaute von seiner Anhöhe aus durch das Fernrohr, und in dem kleinen, runden Gesichtsfeld des Fernrohrs sah er Pulverdampf und Menschen, bald seine eigenen Leute, bald die Russen; schaute er aber wieder mit bloßem Auge hin, so wußte er nicht mehr, wo das war, was er eben noch gesehen hatte.

Er verließ die Anhöhe und begann an ihrem Fuße auf und ab zu gehen.

Dazwischen machte er halt, horchte auf das Schießen und sah auf das Schlachtfeld.

Weder von hier unten aus noch vom Hügel, auf dem jetzt einige napoleonische Generäle standen, noch von den Pfeilschanzen aus, auf denen jetzt gleichzeitig oder abwechselnd bald Russen und bald Franzosen waren, Tote, Verwundete, Lebende, Ängstliche oder Tobende – konnte man einen wirklichen Einblick in das gewinnen, was hier geschah. Im Verlauf mehrerer Stunden erschienen hier inmitten des unaufhörlichen Artillerie- und Infanteriefeuers bald Russen, bald Franzosen, bald Infanteristen, bald Kavalleristen; sie tauchten auf, fielen, schossen, trafen aufeinander, ohne zu wissen, was sie nun miteinander beginnen sollten, schrien und liefen wieder zurück.

Unaufhörlich kamen vom Schlachtfelde Offiziere zu Napoleon galoppiert, entweder seine Adjutanten, die er mit Aufträgen weggeschickt hatte und die jetzt zurückkehrten, oder Ordonnanzoffiziere seiner Marschälle, die ihm Meldungen über den Verlauf der Kämpfe zu bringen hatten. Diese Meldungen waren aber alle unzutreffend, teils weil man mitten in einer Schlacht beim besten Willen nicht sagen kann, was nun eigentlich in dem und dem Augenblick vor sich geht, teils weil viele von den Adjutanten in Wirklichkeit gar nicht bis zu den einzelnen Kampfstellen geritten waren, sondern bei ihrer Rückkehr berichteten, was sie von anderen gehört hatten, teils weil die Lage bereits eine ganz andere geworden war, während der Adjutant die zwei oder drei Werst bis zu Napoleon zurücklegte, und also die Nachricht, die er brachte, schon nicht mehr zutraf. So kam ein Adjutant des Vizekönigs mit der Meldung angejagt, Borodino sei genommen und die Kolotschabrücke in den Händen der Franzosen. Der Adjutant fragte Napoleon, ob die Truppen über die Kolotscha gehen sollten. Napoleon befahl, sie sollten sich auf dem jenseitigen Ufer von neuem formieren und auf weitere Befehle warten. Aber nicht erst als Napoleon diesen Befehl gab, sondern bereits als der Adjutant von Borodino abgeritten war, war die Brücke von den Russen wieder genommen und verbrannt worden; es war gerade das Gefecht gewesen, dem Pierre zu Beginn der Schlacht beigewohnt hatte.

Mit bleichem und erschrockenem Gesicht kam ein Adjutant von den Pfeilschanzen und meldete Napoleon, der Angriff sei abgeschlagen, Compans verwundet und Davout gefallen; indessen waren in Wirklichkeit die Pfeilschanzen von einer anderen französischen Formation in dem Augenblick genommen worden, in welchem dem Adjutanten mitgeteilt worden war, die Franzosen seien zurückgeworfen; Davout war am Leben und nur leicht verletzt. Auf solchen Meldungen, die gar nicht anders als falsch sein konnten, fußte Napoleon, wenn er seine Anordnungen traf, die entweder schon ausgeführt waren, bevor er sie getroffen hatte, oder überhaupt unausführbar waren und daher auch unausgeführt blieben.

Die Marschälle und Generäle, die dem eigentlichen Schlachtfelde näher waren, aber am Kampf selbst ebensowenig wie Napoleon teilnahmen und nur hin und wieder an die Feuerlinie heranritten, trafen ihre Anordnungen, ohne Napoleon zu fragen, und gaben ihre Befehle, in welcher Richtung und von wo aus geschossen werden, wohin die Kavallerie galoppieren und die Infanterie vorstürmen sollte. Aber selbst ihre Anordnungen wurden nur bis zu einem bestimmten Grade und recht selten ausgeführt, ebenso wie die Napoleons. Meistens geschah das Gegenteil von dem, was sie befohlen hatten. Soldaten, die vorgehen sollten, liefen zurück, nachdem sie ins Kartätschenfeuer geraten waren; Soldaten, die an Ort und Stelle halten bleiben sollten, sahen plötzlich ganz unerwartet Russen vor sich und liefen infolgedessen zurück oder warfen sich auf die Feinde, und die Reiterei jagte den fliehenden Russen nach, auch wenn das gar nicht befohlen war. So galoppierten zwei Kavallerieregimenter durch die Senkung bei Semeonowskoje, waren aber kaum auf der Höhe, als sie kehrtmachten und im stärksten Tempo zurückgingen. Die Infanterie machte es ähnlich und geriet häufig an ganz andere Stellen, als vorgesehen und befohlen war. Alle Anordnungen darüber, wohin und wann die Kanonen vorgeschoben, wann Schützenlinien vorgeschickt werden sollten, wann die Reiterei attackieren sollte, alle diese Anordnungen trafen die nächsten besten an Ort und Stelle befindlichen Truppenführer von sich aus, ohne erst Ney, Davout und Murat zu fragen, von Napoleon gar nicht zu reden. Sie hatten keine Furcht davor, zur Verantwortung gezogen zu werden, weil sie einen Befehl unausgeführt ließen oder eigenmächtige Anordnungen trafen, weil es in der Schlacht um das geht, was jedem Menschen am teuersten ist, nämlich das eigene Leben; manchmal sieht es so aus, als läge das Heil in der Flucht nach rückwärts, manchmal wieder, als hänge es von der Flucht nach vorne ab, und so handelten diese Männer, die in den Brennpunkten der Schlacht standen so, wie der Augenblick es zu gebieten schien. Tatsächlich aber erleichterten oder änderten alle diese Vorwärts- und Rückwärtsbewegungen die Lage der Truppen keineswegs. All ihr Anstürmen und Anreiten gegeneinander brachte ihnen keinen nennenswerten Schaden; was ihnen Schaden brachte, nämlich Tod und Verstümmelung, das waren die Kanonen- und Gewehrkugeln, die überall in dem Raum, in welchem diese Menschen hin und her wogten, herumflogen. Sobald diese Menschen aus dem von Kanonen- und Gewehrkugeln durchflogenen Raume heraus waren, ordneten die Kommandeure, die hinter ihnen stehengeblieben waren, sie unverzüglich wieder zu geschlossenen Formationen, in denen Disziplin herrschte, und führten sie mit Hilfe dieser Disziplin wieder in die Feuerzone zurück, wo sie vermöge der Furcht vor dem Tode die Disziplin wieder verloren und wieder, geleitet von den zufälligen Eingebungen des Augenblicks, durcheinanderwogten.

XXXIV

Napoleons Generäle, Davout, Ney und Murat, die sich in der Nähe dieser Feuerzone aufhielten und dazwischen sogar in die Feuerzone hineinritten, führten einige Male geschlossene und starke Truppenmassen in diese Feuerzone. Es geschah aber genau das Gegenteil von dem, was in allen früheren Schlachten der Fall gewesen war, denn aus der Feuerzone kam nicht etwa eine Meldung von der Flucht des Feindes, sondern die ehemals geschlossenen Truppenmassen fluteten aus dieser Zone aufgelöst und verängstigt zurück. Die Führer formierten sie neu, die Mannschaften wurden aber immer weniger. Gegen Mittag schickte Murat einen seiner Adjutanten zu Napoleon und bat um Verstärkung.

Napoleon saß am Fuß der Anhöhe und trank Punsch, als Murats Adjutant angejagt kam und ihm versicherte, die Russen könnten gänzlich geschlagen werden, wenn Seine Majestät noch eine Division schicken würde.

„Verstärkung?" sagte Napoleon streng und erstaunt, als hätte er nicht recht verstanden, und musterte den schönen jungen Adjutanten, der ebenso wie Murat selbst lange, gelockte schwarze Haare hatte.

„Verstärkung!" dachte Napoleon. „Er bringt es fertig, um Verstärkung zu bitten, während er die halbe Armee zur Verfügung hat und vor sich nichts als den einen Flügel der Russen, noch dazu schwach und unbefestigt!"

„Dites au roi de Naples", sagte Napoleon streng, „qu'il n'est pas midi et que je ne vois pas encore clair sur mon échiquier. Allez . . ." [1]

[1] Sagen Sie dem König von Neapel, daß es noch nicht Mittag ist und daß ich mein Schachbrett noch nicht klar übersehe. Gehen Sie . . .

Der schöne, junge, langhaarige Adjutant seufzte schwer auf, die Hand immer noch am Hut, und galoppierte dann an die Mordstelle zurück.

Napoleon erhob sich, ließ Caulaincourt und Berthier kommen und sprach mit ihnen über allerhand Dinge, die mit der Schlacht nichts zu tun hatten.

Mitten in dieser Unterhaltung, die Napoleon immer lebhafter fesselte, gewahrte Berthier einen General, der mit seiner Suite auf schweißnassem Pferde auf den Hügel zugeritten kam. Es war Belliard. Er saß ab, ging rasch auf den Kaiser zu und begann mit seiner lauten Stimme ohne jede Scheu auseinanderzusetzen, daß er unbedingt Verstärkung haben müsse. Er setzte seine Ehre zum Pfande, daß die Russen verloren seien, wenn der Kaiser ihm noch eine Division gäbe.

Napoleon zuckte die Achseln und nahm seine Wanderung wieder auf, ohne zu antworten. Belliard begann laut und lebhaft mit den Generälen von Napoleons Suite zu sprechen, die sich um ihn gesammelt hatten.

„Sie sind sehr in Hitze geraten, Belliard", sagte Napoleon, als sein Hinundherwandern ihn wieder in die Nähe des Generals geführt hatte. „In der Hitze des Gefechts kann man sich leicht täuschen. Reiten Sie wieder hin, sehen Sie sich die Sache noch einmal an und kommen Sie dann noch einmal zu mir."

Belliard war noch nicht weit fort, als von der anderen Seite ein neuer Abgesandter vom Schlachtfelde heranjagte.

„Eh bien, qu'est-ce qu'il y a?[1] fragte Napoleon im Tone eines durch ewige Störungen gereizten Menschen.

„Sire, le Prince ..."[2] fing der Adjutant an.

„Bittet um Verstärkung?" fiel ihm Napoleon mit einer Gebärde der Wut ins Wort.

Der Adjutant neigte bestätigend den Kopf und begann zu berichten, allein der Kaiser wandte sich ab, machte zwei Schritte, blieb stehen, drehte sich um und rief Berthier zu sich.

„Die Reserven müssen heran", sagte er mit einer leichten Bewegung beider Arme. „Wen soll ich hinschicken, was meinen Sie?" fragte er Berthier, diesen „oison, que j'ai fait aigle"[3], wie er ihn später zu nennen pflegte.

„Vielleicht die Division Claparède, Majestät", sagte Berthier, der alle Divisionen, Regimenter und Bataillone im Kopf hatte.

Napoleon nickte zustimmend.

Der Adjutant jagte zur Division Claparède. Einige Minuten später

[1] Nun, was ist denn los?
[2] Majestät, der Prinz ...
[3] Gänschen, das ich zum Adler gemacht habe.

setzte sich die junge Garde, die hinter der Anhöhe gestanden hatte, in Bewegung. Napoleon sah ihr schweigend nach.

„Nein", wandte er sich plötzlich an Berthier, „ich kann Claparède nicht schicken. Schicken Sie die Division Friant", setzte er hinzu.

Der Befehl wurde ausgeführt, obwohl die Entsendung der Division Friant um nichts vorteilhafter war als die der Division Claparède, vielmehr dadurch, daß Claparède wieder zum Stehen gebracht und Friant in Marsch gesetzt wurde, nichts als offensichtliche Verzögerung und Erschwerung verursacht wurde. Napoleon merkte nicht, daß er mit solchen Anordnungen seinen Truppen gegenüber die Rolle des Arztes spielte, der durch seine Arzneien den natürlichen Verlauf der Dinge stört, eine Rolle, die er, solange es sich um die Ärzte handelte, so richtig durchschaut und verurteilt hatte.

Die Division Friant verschwand ebenso wie die anderen Divisionen im Pulverdampf des Schlachtfeldes. Wieder kamen von verschiedenen Seiten Adjutanten über Adjutanten angaloppiert, und alle sagten sie dasselbe, als hätten sie sich miteinander verabredet. Alle baten um Verstärkungen, alle sagten, die Russen säßen in ihren Stellungen fest und unterhielten un feu d'enfer [1], das die französische Armee förmlich hinschmelzen mache.

Napoleon saß nachdenklich auf seinem Klappstuhl.

Der reisefreudige Monsieur de Beausset, der seit dem Morgen noch nichts genossen hatte, trat auf den Kaiser zu und wagte es, Seiner Majestät untertänigst ein kleines Frühstück vorzuschlagen.

„Ich hoffe, ich darf Ew. Majestät schon jetzt zum Sieg beglückwünschen", meinte er.

Napoleon schüttelte mit schweigender Verneinung den Kopf. Monsieur de Beausset nahm an, daß sich diese verneinende Gebärde auf den Sieg und nicht auf das Frühstück bezog, und gestattete sich die ehrerbietig-scherzhafte Bemerkung, es gäbe doch in der ganzen Welt keine Gründe, die einen am Frühstück verhindern könnten, wenn man dazu Gelegenheit habe.

„Allez-vous-en!" [2] sagte Napoleon plötzlich finster und kehrte ihm den Rücken zu.

Herrn de Beaussets Gesicht überstrahlte ein seliges Lächeln, welches Bedauern, Reue und Begeisterung zugleich ausdrückte. Mit seinem wiegenden Gange glitt er der Gruppe der Generäle zu.

Napoleon hatte ein Gefühl der Bedrückung, ähnlich dem eines Spielers, der bisher immer Glück gehabt und mit unsinnigen Einsätzen immer gewonnen hat, jetzt aber, gerade da er alle Möglichkeiten des Spieles im voraus berechnet zu haben glaubt, plötzlich

[1] Höllenfeuer.
[2] Gehen Sie …

gewahr wird, daß er um so sicherer verlieren wird, je sorgfältiger er sich alles vorher zurechtgelegt hat.

Die Truppen, die Generäle, die Vorbereitungen, die Disposition, die „proclamation courte et énergique" [1], — das alles war dasselbe wie früher; Napoleon selbst, das wußte er, war ebenfalls derselbe; er wußte sogar, daß er jetzt unvergleichlich reicher an Erfahrung und Kriegskunst war als früher; sogar der Feind war derselbe wie damals bei Austerlitz und bei Friedland — aber der zum Vernichtungsschlage erhobene Arm fiel kraftlos nieder, wie durch einen Zauber gelähmt.

Alle die Kunstgriffe der früheren Schlachten, die unweigerlich den Erfolg herbeigezwungen hatten — die Konzentrierung der Batterien auf einen Punkt, der Angriff der Reserven zum Durchbrechen der feindlichen Linie, die Kavallerieattacke der „hommes de fer" [2] —, alle diese Kunstgriffe waren bereits angewandt, und noch immer war der Sieg nicht erfochten, vielmehr kamen von allen Seiten immer die gleichen Nachrichten von Gefallenen und verwundeten Generälen, von der Notwendigkeit, Verstärkungen zu schicken, von der Unmöglichkeit, die Russen zu werfen, von der Auflösung der Truppenverbände.

Früher hatte es zwei oder drei kurzer Anordnungen, zwei oder drei hergebrachter Sätze bedurft, und schon waren die Marschälle und Adjutanten mit vergnügten Gesichtern glückwünschend angaloppiert gekommen und hatten von den Trophäen des Sieges berichtet, von ganzen gefangenen Armeekorps von „des faisceaux de drapeaux et d'aigles ennemis" [3], Kanonen und Gefechtsbagagen, und Murat hatte nur um die Erlaubnis gebeten, seine Kavallerie losreiten zu lassen, um dem Feind auch seine große Bagage abzunehmen. So war es bei Lodi gewesen, bei Marengo, bei Arcole, bei Jena, bei Austerlitz, bei Wagram und so weiter und so weiter. Jetzt aber schien mit seinen Truppen etwas ganz Sonderbares zu geschehen.

Trotz der Meldung von der Einnahme der Pfeilschanzen erkannte Napoleon, daß es sich hier um etwas völlig anderes handelte als in allen seinen früheren Schlachten. Er merkte, daß eine Empfindung wie die seine auch alle die schlachterfahrenen Männer seiner Umgebung erfüllte. Alle Gesichter waren niedergeschlagen, alle Augenpaare vermieden es, einander zu begegnen. Nur Beausset als einziger begriff nicht im geringsten die Bedeutung dessen, was hier geschah. Napoleon aber mit seiner langjährigen Kriegserfahrung wußte ganz genau, was eine nach achtstündigem Kampf vom Angreifer allen gemachten Anstrengungen zum Trotz noch nicht ge-

[1] die kurze und energische Proklamation.
[2] Männer von Eisen.
[3] ganzen Bündeln feindlicher Fahnen und Adler.

wonnene Schlacht in Wirklichkeit zu bedeuten hatte. Er wußte, daß eine solche Schlacht nahezu schon eine verlorene war und daß jetzt, da die Entscheidung auf des Messers Schneide stand, der geringfügigste Zufall ihn und seine Armee verderben konnte.

Als er jetzt diesen ganzen sonderbaren russischen Feldzug in der Erinnerung noch einmal durchging, diesen Feldzug, in welchem keine einzige Schlacht im eigentlichen Sinne gewonnen, in zwei Monaten weder Fahnen noch Kanonen erbeutet noch ganze Armeekorps zu Gefangenen gemacht worden waren, als er die schlechtverhehlte Niedergeschlagenheit auf den Gesichtern seiner Umgebung sah und immer wieder Meldungen erhielt, die vom Standhalten der Russen berichteten, da kam ein Gefühl des Grauens über ihn, wie es einen wohl im Traum packen kann, und nun drängten sich ihm allerlei unglückliche Zufälligkeiten auf, die ihn vernichten konnten. Die Russen konnten sich auf seinen linken Flügel werfen, sie konnten sein Zentrum auseinandersprengen, eine wahnsinnige Kanonenkugel konnte ihn selbst töten. All das war möglich.

In seinen früheren Schlachten hatte er nur an solche Zufälligkeiten gedacht, die seinen Erfolg sichern konnten, jetzt aber drängte sich ihm eine unendliche Menge unheilbringender Zufälligkeiten auf, und es war ihm, als müßten alle diese Möglichkeiten zu Ereignissen werden. Ja, es war wie im Traum, wenn der Träumer einen Mordgesellen auf sich eindringen zu sehen glaubt, darauf mit jener furchtbaren Anstrengung, die — das weiß er! — zur Vernichtung des Angreifers führen muß, zum Schlage ausholt und dann merkt, daß sein Arm schwach und weich wie ein Lappen niedersinkt, und nun über den Hilflosen angesichts des unentrinnbaren Verderbens das Grauen herfällt.

Dieses Grauen wurde in Napoleon durch die Nachricht vom Angriff der Russen gegen den linken Flügel der französischen Armee hervorgerufen. Er saß schweigend am Fuß der Anhöhe auf seinem Klappstuhl, den Kopf gesenkt, die Ellbogen auf den Knien. Berthier kam auf ihn zu und schlug ihm vor, die Linie abzureiten, um sich einen Überblick über die Lage zu verschaffen.

„Was? Was sagen Sie?" antwortete Napoleon. „Ja, lassen Sie mir ein Pferd bringen."

Er stieg in den Sattel und ritt auf Semeonowskoje zu.

Im langsam weichenden Pulverdampf sah Napoleon überall auf dem Gelände, das er durchritt, Pferde und Menschen einzeln oder in ganzen Haufen in Blutpfützen liegen. Etwas so Grauenvolles, eine solche Menge von Gefallenen auf so engem Raume hatte weder Napoleon noch einer seiner Generäle bis zu dieser Stunde gesehen. Der ohrenzerreißende, nun schon seit zehn Stunden ununterbrochen anhaltende Kanonendonner unterstrich noch die Bedeutung dieses

Anblicks, wie die Musik es bei lebenden Bildern tut. Napoleon ritt auf die Höhe von Semeonowskoje und gewahrte durch den Pulverdampf hindurch ganze Reihen von Mannschaften, deren Uniformfarben ihm ungewohnt erschienen. Das waren Russen.

Die Russen standen in dichten Reihen hinter Semeonowskoje und der Höhe, und die ganze Linie entlang donnerten und rauchten ihre Geschütze, ohne aufzuhören. Es war kein Kampf mehr, sondern ein unausgesetztes Hinschlachten, das weder den Russen noch den Franzosen irgendeinen Nutzen bringen konnte. Napoleon parierte sein Pferd und versank wieder in die gleichen Gedanken, denen Berthier ihn mit seinem Vorschlage vorhin entrissen hatte; er konnte das nicht mehr zum Stillstand bringen, was da vor ihm und um ihn her geschah und für ein Werk seines Willens, Ergebnis seiner Befehle galt, und zum erstenmal erschien ihm das jetzt, da ihm der Erfolg versagt blieb, als etwas Unnötiges und Entsetzliches.

Einer von den Generälen, die zu Napoleon geritten kamen, gestattete sich den Vorschlag, die alte Garde möge in den Kampf geführt werden. Ney und Berthier, die neben Napoleon hielten, wechselten einen Blick miteinander und lächelten geringschätzig über den abenteuerlichen Vorschlag dieses Generals.

Napoleon senkte den Kopf und gab lange keine Antwort.

„A huit cents lieues de France je ne ferai pas démolir ma garde",[1] sagte er endlich, wandte dann sein Pferd und ritt zurück nach Schewardino.

XXXV

In sich zusammengesunken, den ergrauten Kopf tief gesenkt, saß Kutusow mit seinem massigen Körper auf der teppichbedeckten Bank an der gleichen Stelle, an der Pierre ihn am Morgen gesehen hatte. Er traf keinerlei Anordnungen, sondern beschränkte sich darauf, das ihm Vorgeschlagene gutzuheißen oder zu verwerfen.

„Ja, ja, tut das" oder „Ja, ja, reite hin, mein Lieber, sieh es dir an" oder „Nein, das ist nicht nötig, lieber warten wir noch ab" — so etwa antwortete er auf die Vorschläge, die ihm bald dieser, bald jener aus seiner Umgebung machte. Er hörte die Meldungen an, die ihm erstattet wurden, und gab Befehle, wenn seine Untergebenen um Befehle ersuchten. Es war aber, als interessierte er sich beim Anhören der Meldungen und Berichte gar nicht für das, was man ihm da vortrug, sondern nur für etwas anderes, nämlich für unwägbare

[1] Ich werde meine Garde nicht achthundert Meilen von Frankreich entfernt vernichten lassen.

Dinge im Gesichtsausdruck und im Ton der Meldenden. Sein in langjähriger Kriegserfahrung geschulter Greisenverstand wußte, daß kein einzelner Mensch Hunderttausende, die um ihr Leben kämpfen, zu lenken vermag und daß das Schicksal einer Schlacht nicht entschieden wird durch die Anordnungen des Oberkommandierenden noch durch das Gelände, auf dem die Truppen stehen, noch durch die Anzahl der Kanonen oder der Gefallenen, sondern durch jene ungreifbare Kraft, die man den Geist der Truppe nennt, und darum beobachtete er diese Kraft und suchte sie zu lenken, soweit das im Bereich seiner Macht stand.

Kutusows Gesichtsausdruck zeugte ununterbrochen von einer ruhigen Aufmerksamkeit und Sammlung, die es indessen nicht leicht hatte, die Müdigkeit des schwachen und alten Körpers zu meistern.

Gegen elf Uhr vormittags erhielt er die Meldung, die von den Franzosen genommenen Pfeilschanzen seien wiedergewonnen, Fürst Bagration aber sei verwundet worden. Kutusow ächzte und wiegte den Kopf hin und her.

„Reite zum Fürsten Peter Iwanowitsch und erkundige dich nach den Einzelheiten", sagte er zu einem seiner Adjutanten und wandte sich gleich darauf an den hinter ihm stehenden Prinzen von Württemberg: „Wollen Ew. Hoheit bitte das Kommando der zweiten Armee übernehmen."

Der Prinz ritt ab, und bald darauf, als er noch nicht bis nach Semeonowskoje gekommen sein konnte, kam der Adjutant des Prinzen, von diesem geschickt, zurück und meldete dem Durchlauchtigsten, der Prinz ließe um Verstärkung bitten.

Kutusow runzelte die Stirn und sandte Dochturow den Befehl, das Kommando der zweiten Armee zu übernehmen; den Prinzen aber ließ er bitten, zu ihm zurückzukehren: in diesen wichtigen Augenblicken könne er ohne ihn nicht fertigwerden.

Als die Meldung eintraf, Murat sei gefangengenommen, und als die Herren des Stabes daraufhin Kutusow beglückwünschten, da lächelte er und sagte: „Warten Sie damit noch, meine Herren. Die Schlacht ist gewonnen, und daß Murat gefangengenommen ist, dabei ist nichts Ungewöhnliches. Wir tun aber wohl besser, mit unserer Freude noch etwas zu warten."

Immerhin schickte er einen Adjutanten weg, der den einzelnen Truppenteilen diese Nachricht übermitteln sollte.

Vom linken Flügel kam Schtscherbinin mit der Meldung angaloppiert, die Franzosen hätten die Pfeilschanzen und den Ort Semeonowskoje genommen. Bevor er mit seiner Meldung begonnen, hatte Kutusow an den vom Schlachtfelde kommenden Geräuschen sowie an Schtscherbinins Gesichtsausdruck gemerkt, daß er keine guten

Nachrichten zu bringen hatte; Kutusow erhob sich also, als wolle er sich ein wenig die Füße vertreten, nahm Schtscherbinins Arm und führte ihn beiseite.

„Reite einmal hin, Freundchen, und sieh zu, ob man da nichts tun kann", sagte er darauf zu Jermolow.

Kutusow hatte seinen Standplatz in Gorki, im Zentrum unserer Position. Napoleons gegen unseren linken Flügel gerichtete Angriffe waren mehrere Male abgeschlagen worden. Im Zentrum hatten die Franzosen noch nicht über Borodino an Boden gewonnen. Ihren linken Flügel hatte Uwarows Kavallerie zum Weichen gebracht.

Gegen drei Uhr hörten die Angriffe der Franzosen auf. Kutusow bemerkte auf den Gesichtern aller vom Schlachtfeld Kommenden und auf denen seiner Umgebung den Ausdruck einer bis zum Äußersten gestiegenen Spannung. Kutusow war zufrieden, der Erfolg des Tages hatte seine Erwartungen übertroffen. Aber die physischen Kräfte verließen den Greis. Mehrere Male sank sein Kopf mit einer gleichsam fallenden Bewegung tief auf die Brust, und er schlummerte ein. Jetzt wurde ihm das Mittagessen gebracht.

Der Flügeladjutant Wolzogen, der damals, am Fürsten Andrej vorüberreitend, gesagt hatte, man müsse den Krieg „im Raum verlegen", dieser von Bagration so sehr gehaßte Wolzogen kam angeritten, während Kutusow aß. Wolzogen brachte eine Meldung von Barclay über die Lage auf dem linken Flügel. Nachdem der überaus verständige Barclay de Tolly die wirre Menge der zurückflutenden Verwundeten und das Durcheinander hinter der Front gesehen und die Lage gründlich überdacht hatte, da entschied er sich für die Auffassung, die Schlacht sei verloren, und schickte seinen Liebling mit einer entsprechenden Meldung zum Oberkommandierenden.

Kutusow kaute mühsam an seinem gebratenen Huhn und sah Wolzogen aus vergnügt zusammengekniffenen Augen an.

Wolzogen ging, mit den Beinen nach dem langen Ritt lässig schlenkernd, auf den Lippen ein Lächeln, das nicht ganz frei von Geringschätzung war, auf Kutusow zu und legte die Hand leicht an den Mützenschirm.

Im Umgang mit dem Durchlauchtigsten legte Wolzogen eine Art von affektierter Nachlässigkeit an den Tag, mit welcher er zeigen wollte, daß er als geistig so hochstehender Stratege es den Russen überlasse, aus diesem überflüssigen Greise einen Götzen zu machen, während er selbst ganz genau wisse, wen er da vor sich habe. „Der alte Herr" — so nannten die Deutschen Kutusow, wenn sie unter sich waren — „macht es sich ja reichlich bequem", dachte Wolzogen, warf einen strengen Blick auf die vor Kutusow stehenden Teller und begann dem „alten Herrn" den Stand der Dinge auf dem linken Flügel so zu schildern, wie Barclay es ihm aufgetragen hatte und wie die

Lage sich ihm selbst auf Grund der an Ort und Stelle gewonnenen Eindrücke darstellte.

„Alle Punkte unserer Position sind in der Hand des Feindes, und es gibt keine Möglichkeit, sie ihm wieder abzunehmen, da wir keine Truppen mehr zur Verfügung haben. Sie fliehen, und wir können sie nicht zum Stehen bringen", berichtete er.

Kutusow hatte aufgehört zu kauen und starrte nun Wolzogen verwundert an, als könne er gar nicht begreifen, was ihm da gesagt wurde.

Wolzogen bemerkte die Erregung des „alten Herrn" und setzte mit einem Lächeln hinzu: „Ich hielt mich nicht für berechtigt, Ew. Durchlaucht meine Wahrnehmungen vorzuenthalten. Die Truppen sind in völliger Auflösung ..."

„Das wollen Sie wahrgenommen haben? Das haben Sie wahrgenommen?" fuhr Kutusow ihn mit böse zusammengezogenen Augenbrauen an, stand rasch auf und trat auf Wolzogen zu. „Wie können Sie ... Wie können Sie sich unterstehen ..." Er machte mit zitternden Händen einige drohende Bewegungen und schrie mit sich überschlagender Stimme: „Wie können Sie sich unterstehen, mir, mir so etwas zu sagen? Herr! Sie haben von nichts eine Ahnung! Richten Sie dem General Barclay aus, ich ließe ihm sagen, daß seine Nachrichten unzutreffend sind und daß ich als Oberkommandierender die tatsächliche Situation besser kenne als er!"

Wolzogen wollte etwas erwidern, aber Kutusow fiel ihm ins Wort.

„Der Feind ist auf dem linken Flügel zurückgeworfen, auf dem rechten vollkommen geschlagen. Herr! Wenn Sie nicht richtig gesehen haben, dann nehmen Sie es sich doch nicht heraus, mir Dinge zu sagen, die Sie nicht überschauen können. Wollen Sie bitte zum General Barclay reiten und ihm ausrichten, ich sei fest entschlossen, morgen den Feind anzugreifen", sagte Kutusow schroff.

Alles schwieg. Nichts war zu hören als das schwere Keuchen des alten Feldherrn, der völlig außer Atem gekommen war.

„Überall sind sie geworfen, und dafür danke ich Gott und unserer braven Armee. Der Feind ist besiegt, und morgen jagen wir ihn von der heiligen russischen Erde", sagte Kutusow und bekreuzte sich. Plötzlich schluchzte er auf und hatte Tränen in den Augen.

Wolzogen zuckte die Achseln und verzog den Mund. Schweigend trat er zur Seite und wunderte sich über die merkwürdigen Eigenheiten des alten Herrn.

„Aha, da kommt ja mein Held", sagte Kutusow zu einem gut aussehenden, beleibten, schwarzhaarigen General, der in diesem Augenblick auf dem Hügel erschien.

Es war Rajewskij, der den ganzen Tag über auf dem wichtigsten Punkt des Schlachtfeldes von Borodino gewesen war.

Rajewskij meldete, die Truppen behaupteten sich fest in ihren Stellungen und die Franzosen wagten nicht mehr anzugreifen.

Kutusow hörte ihn an und sagte:

„Vous ne pensez donc pas *comme les autres* que nous sommes obligés de nous retirer?“[1]

„Au contraire, votre Altesse, dans les affaires indécises c'est toujours le plus opiniâtre qui reste victorieux“, antwortete Rajewskij, „et mon opinion ...“[2]

„Kaissarow!“ rief Kutusow seinen Adjutanten. „Setze dich hin, schreibe den Befehl für morgen. Und du“, wandte er sich an einen anderen, „reite die Linie entlang und gib bekannt, daß morgen *wir* angreifen.“

Während Kutusow noch mit Rajewskij sprach und den Armeebefehl für den folgenden Tag diktierte, kam Wolzogen wieder von Barclay zurück und meldete, General Barclay de Tolly bäte um eine schriftliche Bestätigung des vom Feldmarschall erteilten Befehls.

Ohne Wolzogen anzusehen, verfügte Kutusow das Erforderliche; Barclay als ehemaligem Oberkommandierenden lag begreiflicherweise daran, diesen Befehl schriftlich zu haben, um für alle Fälle gedeckt zu sein.

Und mit Hilfe jenes undefinierbaren, geheimnisvollen Verbindungssystems, durch welches in einer ganzen Armee sich eine und dieselbe Stimmung durchsetzt – das, was man als Geist der Armee bezeichnet und was das wichtigste Nervenzentrum eines Krieges bildet –, gelangten Kutusows Worte und sein Angriffsbefehl im Fluge bis zu den äußersten Enden der russischen Truppenaufstellung.

Was bis in die letzten Glieder dieses Verbindungssystems gelangte, das waren keineswegs Kutusows Worte selbst oder sein Befehl selbst. Was an den einzelnen Enden der russischen Truppenaufstellung von einem zum anderen weitergetragen wurde, das hatte nicht einmal mehr eine schwache Ähnlichkeit mit dem, was Kutusow gesagt hatte, dennoch aber teilte sich der Sinn seiner Worte überallhin mit, weil das, was Kutusow gesagt hatte, nicht aus gelehrten Konstruktionen, sondern aus jener Gefühlswelt geflossen war, die in der Seele des Oberkommandierenden genauso zu Hause war wie in der eines jeden russischen Menschen.

Und als sie gehört hatten, daß *wir* morgen die Angreifer sein würden, und als das von oben her bestätigt worden war, was sie mit soviel freudigem Glauben hinnahmen, da empfanden alle diese erschöpften, aus dem Gleichgewicht gebrachten Männer Trost und Ermutigung.

[1] Sie sind also nicht der Ansicht wie die andern, daß wir uns zurückziehen müßten?
[2] Im Gegenteil, Hoheit, in unentschiedenen Gefechten ist es immer der Hartnäckigste: der siegt. Und meine Meinung ...

XXXVI

Das Regiment des Fürsten Andrej hatte mit anderen zusammen bis gegen zwei Uhr untätig hinter Semeonowskoje in heftigem Artilleriefeuer in der Reserve gestanden. Nachdem es bereits über zweihundert Mann verloren hatte, wurde es auf ein zerstampftes Haferfeld vorgeschoben, in den Raum zwischen Semeonowskoje und der Hügelbatterie, ein Geländestück, auf dem an diesem Tage Tausende von Menschen sterben mußten und auf dem von jetzt an das heftigste konzentrische Feuer mehrerer hundert feindlicher Geschütze lag.

Ohne sich vom Fleck zu rühren und ohne einen einzigen Schuß abzugeben, verlor das Regiment hier noch ein Drittel seines Bestandes. Von vorne und namentlich von rechts her krachten in dem gar nicht mehr weichenwollenden Pulverdampf die Kanonen, und aus diesem geheimnisvollen Dampfbereich, welcher das ganze Gelände zwischen den Russen und Franzosen verhüllte, kamen unaufhörlich hastig zischende Kanonenkugeln und langsamer heranpfeifende Granaten geflogen. Als sollte das Regiment sich ab und zu ein wenig erholen dürfen, verging dazwischen eine Viertelstunde, während deren alle Kanonenkugeln und Granaten über die Köpfe der Leute wegflogen, dann aber wurden wieder innerhalb einer Minute Menschen über Menschen aus dem Gliede gerissen, und unaufhörlich mußten Gefallene auf die Seite geschafft und Verwundete nach rückwärts getragen werden.

Mit jedem neuen Einschlag wurde für die bisher Verschonten die Aussicht, das Leben behalten zu können, immer geringer. Das Regiment stand in Bataillonskolonnen, dreihundert Schritt auseinander, trotzdem aber herrschte im ganzen Regiment genau die gleiche Stimmung. Alle Soldaten des Regiments waren gleichmäßig schweigsam und finster. Nur selten kam ein Gespräch innerhalb der Reihen in Gang, verstummte aber jedesmal, wenn man ein Geschoß einschlagen und darauf nach Tragbahren rufen hörte. Wie befohlen, hockten die Leute meist auf der Erde. Hier hatte einer seinen Tschako abgenommen, schnürte sorgfältig das Futter auseinander und brachte es dann wieder in Ordnung, dort zerrieb einer trocknen Lehm zwischen den Handflächen und putzte mit der pulverisierten Masse sein Bajonett, ein dritter knetete an seinem Riemenzeug herum und schnallte das Bandelier um ein Loch enger, ein vierter machte sich mit großer Sorgfalt an seinen Fußlappen zu schaffen, wickelte sie neu und zog dann wieder seine Stiefel an. Einige bauten kleine Häuschen aus Erdklumpen oder flochten Strohhalme zu allerhand kleinen Gebilden zusammen. Alle schienen ganz vertieft in ihre Beschäftigungen; wenn es Verwundete und Tote gab, wenn Trag=

bahren vorüberkamen, wenn die Unsrigen zurückgingen, wenn durch den Pulverdampf große französische Truppenmassen sichtbar wurden, so kümmerte sich darum niemand. Wenn dagegen unsere Artillerie vorfuhr, unsere Kavallerie vorritt oder unsere Infanterie Gelände gewann, dann hörte man von allen Seiten beifällige Bemerkungen. Vor allem aber galt die Aufmerksamkeit der Soldaten ganz unbedeutenden Vorgängen, die mit der Schlacht selbst nichts zu tun hatten. Es war, als ruhe sich das Wahrnehmungsvermögen dieser gequälten Menschen bei der Beobachtung solcher alltäglichen und unbedeutenden Vorgänge aus. Eine Batterie fuhr an der Front des Regiments vorbei, und dabei trat das Beipferd eines Munitionswagens über den Strang. „Heda, das Beipferd! ... Bringt es zurecht! Es fällt ja ... ach, die sehen es ja gar nicht!" wurde überall im Regiment zugleich aus den Reihen gerufen. Ein anderes Mal zog ein kleines braunes Hündchen die allgemeine Aufmerksamkeit auf sich. Gott mochte wissen, woher, trabte es geschäftig vor den Reihen des Regiments einher, den Schwanz steif in der Höhe, winselte auf, als plötzlich dicht vor ihm eine Kanonenkugel einschlug, zog den Schwanz ein und rannte davon. Im ganzen Regiment wurde darüber gelacht und gekreischt. Zerstreuungen dieser Art hielten jedoch immer nur für Minuten an, und die Leute waren nun schon seit über acht Stunden ohne Nahrung und ohne Tätigkeit, unentwegt vom Grauen des Todes beschattet, und die bleichen und finsteren Gesichter wurden immer bleicher und finsterer.

Ebenso bleich und finster wie alle Leute seines Regiments ging Fürst Andrej, die Hände auf dem Rücken, mit gesenktem Kopfe auf einer Wiese neben dem Haferfelde hin und her, immer von einem Rain zum anderen. Zu tun und zu befehlen hatte er nichts. Alles ging seinen Lauf von selbst. Die Gefallenen wurden hinter die Front getragen, die Verwundeten fortgeschafft, die Reihen wieder geschlossen. Wenn Leute ausgetreten waren, so kamen sie so schnell wie möglich wieder zurück. Im Anfang war Fürst Andrej zwischen den Reihen auf und ab gegangen, weil er es für seine Pflicht hielt, den Mut der Leute zu beleben und ihnen ein gutes Beispiel zu geben; dann aber hatte er sich davon überzeugt, daß er diesen Leuten kein Beispiel und keine Lehre zu geben hatte. Ebenso wie die eines jeden Soldaten richteten sich auch seine Seelenkräfte instinktiv nur auf das eine, die Gedanken von der Beschäftigung mit dieser grauenvollen Lage abzuhalten. Er wanderte auf der Wiese auf und ab, schleifte spielerisch mit dem Fuß, kräuselte mit der Stiefelspitze die Halme, betrachtete den Staub auf seinen Stiefeln; bald machte er sehr große Schritte und bemühte sich, genau in die noch von den Schnittern herrührenden Fußtapfen auf der Wiese zu treten, bald zählte er seine Schritte und stellte etwa Berechnungen an, wie oft er wohl von einem Rain zum anderen gehen müsse, um eine Werst gemacht zu haben, bald rupfte er an den Rainen Wermutblüten ab, zerrieb sie zwischen den Handflächen und sog ihren kräftigen, aromatisch bitteren Geruch ein. Die Gedankenarbeit des Vortages war spurlos verschwunden. Er dachte an gar nichts. Mit seinem ermüdeten Gehör horchte er auf die sich ewig gleichbleibenden zwei Geräusche, das Pfeifen der Geschosse und das Krachen der Schüsse, sah auf die ihm schon zum Überdruß gewordenen Gesichter der Leute vom ersten Bataillon und wartete. „Wieder eine ... wieder zu uns!" dachte er und horchte auf ein Pfeifen, das aus dem verhüllten Rauchbereiche kam. „Eine, noch eine! Die schlägt ein ..." Er machte halt und sah auf die Reihen der Mannschaften. „Nein, drüberhin gegangen. Aber jetzt, die hat eingeschlagen." Und dann machte er sich wieder an seine Wanderung, vergrößerte seine Schritte und suchte mit sechzehn Schritten von einem Rain bis zum anderen zu gelangen. Ein Pfeifen und ein Schlag! Fünf Schritte vor ihm hatte eine Kanonenkugel den trockenen Boden aufgewühlt und war in ihm verschwunden. Unwillkürlich spürte er einen kalten Schauder über seinen Rücken laufen. Wieder warf er einen Blick auf die Reihen. Wahrscheinlich waren wieder viele gefallen. Beim zweiten Bataillon hatten sich die Leute eng zusammengedrängt.

„Herr Adjutant", rief er, „sorgen Sie doch dafür, daß die Leute sich nicht so zusammendrängen!"

Der Adjutant führte diesen Befehl aus und gesellte sich dann zum Fürsten Andrej. Von der anderen Seite her kam ein Bataillonskommandeur angeritten.

„Vorsicht!" rief ein Soldat erschrocken, und wie ein Vögelchen, das im raschen Fluge pfeift und sich dann auf die Erde niederläßt, klatschte zwei Schritte vor dem Fürsten Andrej neben dem Pferde des Bataillonskommandeurs eine Granate verhältnismäßig leise zur Erde. Ohne danach zu fragen, ob es angebracht oder unangebracht war, seine Angst zu zeigen, begann das Pferd zu schnauben und sich zu bäumen, so daß es den Major fast abgeworfen hätte, und preschte seitwärts davon. Das Entsetzen des Pferdes teilte sich den Menschen mit.

„Hinlegen!" schrie der Adjutant und warf sich zu Boden.

Fürst Andrej stand unschlüssig da. Die rauchende Granate drehte sich kreiselartig zwischen ihm und dem an der Erde liegenden Adjutanten neben dem Wermut am Wiesenrain.

„Ist das der Tod?" dachte Fürst Andrej und sah mit einem zum erstenmal in seinem Leben empfundenen Gefühl des Neides nach dem Grase, dem Wermut und dem schmalen Rauchstreifen, der sich aus dem kreiselnden schwarzen Ball herauswand. „Ich kann nicht sterben, ich will nicht sterben, ich liebe das Leben, liebe dieses Gras, diese Erde, diese Luft ..." Diese Gedanken flogen ihm durch den Kopf, und gleichzeitig wurde er sich darüber klar, daß die Augen der Mannschaften auf ihn gerichtet waren.

„Schämen Sie sich", sagte er zu dem Adjutanten, „was für ein ..." Weiter kam er nicht. Im gleichen Augenblick krachte die Explosion, Splitter stoben kreischend auseinander, als sei ein Fenster eingeschlagen worden, es roch atembeklemmend nach Pulver, und Fürst Andrej wurde zur Seite gerissen und fiel, den einen Arm erhoben, auf die Brust.

Einige Offiziere stürzten auf ihn zu. Aus der rechten Seite des Unterleibes rann Blut in einem breiten Bache über das Gras.

Die herbeigerufenen Milizleute mit der Tragbahre waren hinter den Offizieren stehengeblieben. Das Gesicht im Grase, lag Fürst Andrej auf der Brust, sein Atem ging röchelnd und schwer.

„Na, was steht ihr da herum? Heran!"

Die Bauern kamen näher und faßten den Fürsten Andrej bei den Schultern und Beinen, er stöhnte aber so kläglich auf, daß sie sich mit einigen Blicken verständigten und wieder von ihm abließen.

„Greift zu, legt ihn auf die Bahre, das ist nicht anders!" rief jemand.

Zum zweiten Male faßten sie ihn an den Schultern und legten ihn auf die Bahre.

„Mein Gott, mein Gott! Das ist ja ... Der Unterleib! Da ist nichts mehr zu machen! Ach, mein Gott!" scholl es aus der Gruppe der Offiziere.

„Um Haaresbreite ist sie mir am Ohr vorbeigesummt", sagte der Adjutant.

Die Bauern schoben sich die Stangen der Bahre auf den Schultern zurecht und brachen hastig auf dem Wege, den sie auf dem Felde ausgetreten hatten, zum Verbandplatz auf.

„Geht doch im Gleichschritt! ... He! ... Bauernpack!" rief ein Offizier, faßte die Bauern, die ohne Tritt gingen und dadurch die Bahre hin und her schüttern ließen, an den Schultern und hielt sie an.

„Im Gleichschritt, Feodor, im Gleichschritt, du!" sagte der Vorderträger.

„Siehst du, so, so geht es richtig", erwiderte der zweite Träger befriedigt, nachdem er Tritt gefaßt hatte. Timochin kam angelaufen und starrte auf die Bahre.

„Ew. Durchlaucht, Fürst, was ist denn geschehen?"

Fürst Andrej schlug die Augen auf und sah aus seiner Tragbahre, in die sein Kopf tief zurückgesunken war, nach Timochin und ließ dann die Lider wieder sinken.

*

Die Milizleute trugen den Fürsten Andrej zum Walde, wo die Sanitätswagen standen und der Verbandplatz sich befand. Der Verbandplatz bestand aus drei nach vorne zu geöffneten Zelten am Rande des Birkenwaldes. Wagen und Pferde standen im Walde. Die Pferde fraßen Hafer aus den Futtersäcken, um sie her hatten sich Sperlinge gesammelt und klaubten die verschütteten Körner auf. Krähen, die das Blut witterten, flogen mit ungeduldigem Krächzen in den Birkenwipfeln umher. Um die Zelte, auf einem Raum von über zwei Desjatinen Umfang, lagen, saßen, standen blutbesudelte Menschen der verschiedensten Waffengattungen. Die Krankenträger drängten sich, Niedergeschlagenheit und Spannung in den Blicken, um die Verwundeten, und die Offiziere, die hier für Ordnung zu sorgen hatten, suchten sie vergeblich wieder nach vorne zu jagen. Auf ihre Tragbahren gestützt, standen sie da, ohne auf die Offiziere zu hören, und starrten auf das, was hier vor sich ging, als wollten sie hinter den schwer faßlichen Sinn dieses Schauspiels kommen. Aus den Zelten drang bald lautes, wütendes Schreien, bald erbärmliches Stöhnen. Ab und zu kam ein Feldscher aus einem der Zelte, um hastig Wasser zu holen oder um anzugeben, wer hineingeschafft werden sollte. Die Verwundeten, die vor den Zelten warteten, bis sie an der Reihe waren, röchelten, ächzten, weinten, schrien, schimpften, baten um Schnaps. Einige phantasierten. Den Fürsten Andrej als Regimentskommandeur trugen die beiden Milizleute durch die Schar der noch unverbundenen Verwundeten hindurch bis dicht an eins der Zelte heran, machten dann halt und warteten auf Befehle. Fürst Andrej schlug die Augen auf und konnte lange Zeit nicht begreifen, was um ihn her geschah. Ihm fiel die Wiese ein, der Wermut, das Haferfeld, der kreiselnde schwarze Ball und der leidenschaftliche Ausbruch seiner Lebensliebe. Zwei Schritte von ihm entfernt stand laut redend und dadurch im Mittelpunkt der allgemeinen Aufmerksamkeit, auf einen Ast gestützt, ein hochgewachsener, gut aussehender, schwarzhaariger Unteroffizier mit verbundenem Kopf. Er war durch Gewehrschüsse am Kopf und am Bein verwundet. Um ihn hatte sich eine Anzahl von Verwundeten und Krankenträgern gesammelt, die ihm begierig zuhörten.

„Wie wir sie so von da herausschmissen, da warfen sie alles weg, und wir nahmen sogar ihren König gefangen", schrie er und sah sich mit seinen blitzenden schwarzen Augen um. „Da hätte nur die Reserve dasein müssen, dann wäre auch kein Fetzen von ihm nachgeblieben, das kann ich euch aber versichern, Brüder!"

Fürst Andrej sah den Erzähler mit einem aufleuchtenden Blick an, wie auch alle die anderen es taten, und empfand ein Gefühl der Tröstung. Allein dann dachte er: „Aber ist denn jetzt nicht alles einerlei? Und was wird dort sein? Und was habe ich eigentlich hier gehabt? Warum fiel es mir so schwer, mich vom Leben zu trennen? Irgend etwas war in diesem Leben, was ich nicht begriff und auch jetzt noch nicht begreife."

XXXVII

Einer der Ärzte trat jetzt aus dem Zelt. Seine Schürze und seine kleinen Hände waren mit Blut besudelt, und in der einen Hand hielt er vorsichtig zwischen dem Daumen und dem kleinen Finger eine Zigarre, um sie nicht mit Blut zu beflecken. Dieser Arzt hob den Kopf und sah zur Seite, über die Köpfe der Verwundeten weg. Offenbar wollte er einen Augenblick Luft schöpfen. Er wandte den Kopf einige Male nach rechts und nach links, seufzte auf und sah dann zu Boden.

„Gleich, gleich", antwortete er dem Feldscher, der ihn auf den Fürsten Andrej aufmerksam machte, und befahl, ihn ins Zelt zu bringen.

Unter den wartenden Verwundeten entstand ein Murren.

„Da sieht man es wieder, die feinen Herren werden auch in jener Welt noch was Besonderes haben", sagte jemand.

Man hatte den Fürsten Andrej hereingebracht und legte ihn auf einen eben erst frei gewordenen Tisch, von dem der Feldscher irgend etwas abgespült hatte. Fürst Andrej konnte keine Einzelheiten im Zelt unterscheiden. Das jämmerliche Stöhnen, das von allen Seiten kam, der quälende Schmerz in der Hüfte, im Unterleibe und im Rücken ließen ihn wenig auf seine Umgebung achten. Alles, was er um sich sah, rann ihm in einen Allgemeineindruck von entblößten, blutigen Menschenleibern zusammen, die das ganze niedrige Zelt zu erfüllen schienen, wie vor einigen Wochen an jenem heißen Augusttage ebensolche Leiber den schmutzigen Teich an der Smolensker Straße erfüllt hatten. Ja, das waren dieselben Menschenleiber, dasselbe Fleisch, jenes selbe chair à canon[1], dessen Anblick ihm schon damals wie eine Vorverkündigung dessen, was jetzt geschah, einen solchen Seufzer eingejagt hatte.

Das Zelt hatte drei Tische. Zwei waren besetzt, auf den dritten war Fürst Andrej gelegt worden. Eine kurze Zeit lang überließ man ihn sich selbst, und unwillkürlich sah er sich nach dem um, was auf den beiden anderen Tischen vor sich ging. Auf dem ersten Tische saß ein Tatar, nach der Uniform zu urteilen, die unter ihm am Boden lag, offenbar ein Kosak. Vier Soldaten hielten ihn fest. Ein Arzt mit einer Brille nahm irgendeinen Einschnitt an seinem braunen, muskulösen Rücken vor.

[1] Kanonenfutter.

„Uch, uch, uch!" grunzte der Tatar, hob plötzlich sein breitknochiges, stülpnäsiges, schwärzliches Gesicht in die Höhe, fletschte die weißen Zähne, begann zu zucken, versuchte sich loszumachen und ließ ein durchdringendes, schrilles, langgezogenes Winseln hören.

Um den anderen Tisch drängte sich eine ganze Anzahl von Menschen. Hier lag ein großer, beleibter Mann mit zurückgeworfenem Kopf auf dem Rücken. Seine Kopfform, das Gelock und die Farbe seines Haares kamen dem Fürsten Andrej merkwürdig bekannt vor. Einige Feldschere stemmten sich gegen seine Brust und hielten ihn fest. Sein eines Bein, das weiß, groß und rundlich war, zuckte unaufhörlich rasch und fieberhaft hin und her. Er schluchzte und schluckte krampfhaft. Sein anderes Bein war ganz rot, und zwei Ärzte machten sich schweigend mit ihm zu schaffen. Einer von ihnen war bleich und zitterte. Als der Arzt mit der Brille seine Arbeit an dem Tataren getan hatte, wurde diesem ein Mantel übergeworfen, der Arzt aber wischte sich die Hände ab und trat zum Fürsten Andrej.

Er sah dem Fürsten Andrej ins Gesicht und wandte sich dann hastig ab.

„Ausziehen! Was steht ihr da herum?" rief er den Feldscheren ärgerlich zu. Als der Feldscher dem Fürsten Andrej mit aufgekrempelten Ärmeln hastig die Uniform aufknöpfte und ihn entkleidete, mußte Fürst Andrej an seine früheste, fernste Kindheit denken. Der Arzt beugte sich tief über die Wunde, untersuchte sie und seufzte schwer. Dann gab er irgend jemandem ein Zeichen. Und nun ließ ein quälender Schmerz im Inneren des Leibes den Fürsten Andrej das Bewußtsein verlieren. Als er wieder zu sich kam, waren die zerschmetterten Hüftknochen entfernt, die Fleischfetzen weggeschnitten und die Wunde verbunden. Man besprengte sein Gesicht mit Wasser. Als Fürst Andrej die Augen wieder aufgeschlagen hatte, beugte der Arzt sich über ihn, küßte ihn schweigend auf die Lippen und entfernte sich hastig.

Nach den überstandenen Leiden empfand Fürst Andrej ein Gefühl der Seligkeit, das er lange nicht mehr verspürt hatte. Alle die besten und glücklichsten Augenblicke seines Lebens, namentlich Augenblicke seiner fernsten Kindheit, wenn er ausgekleidet und in sein Bettchen gelegt war und die Kinderfrau ihn in den Schlaf sang und er, den Kopf in die Kissen gewühlt, sich im bloßen Bewußtsein des Lebens glücklich fühlte, wurden ihm jetzt wieder lebendig, und nicht als Erinnerungen an Vergangenes, sondern als Wirklichkeiten.

Inzwischen befaßten sich die Ärzte immer noch geschäftig mit dem Verwundeten, dessen Kopfform dem Fürsten Andrej so bekannt vorgekommen war; er wurde aufgerichtet, und man suchte ihn zu beruhigen.

„Zeigen Sie mir doch ... Oooooh! Oh! Ooooh!" stöhnte er angstvoll, immer wieder von Schluchzen unterbrochen; der Schmerz preßte ihm immer neue Jammerlaute aus.

Als Fürst Andrej dieses Stöhnen hörte, hätte er am liebsten geweint. War es nun, weil er einen von keiner Glorie verklärten Tod vor sich sah, war es, weil ihm der Abschied vom Leben so schwer fiel, war es, weil diese Erinnerungen unwiederbringlich verlorener Kindertage in ihm aufgestiegen waren, war es, weil er litt, weil andere Menschen litten und dieser Mensch auf dem anderen Tische so jammervoll stöhnte – in jedem Falle spürte er den Drang zu weinen, kindliche, gute, fast freudige Tränen zu weinen.

Man zeigte dem Verwundeten sein noch im Stiefel steckendes, mit geronnenem Blute bedecktes abgeschnittenes Bein.

„Oh! Ooooh!" schluchzte er wie eine Frau.

Der Arzt, der vor dem Verwundeten gestanden und daher dem Fürsten Andrej das Gesicht des Amputierten verdeckt hatte, trat beiseite.

„Mein Gott! Was ist das? Wie kommt der hierher?" dachte Fürst Andrej.

In dem unglücklichen, schluchzenden, ganz von Kräften gekommenen Menschen, dem soeben das eine Bein abgenommen worden war, hatte er Anatol Kuragin erkannt. Das Sanitätspersonal richtete Anatol wieder ein wenig auf, und einer hielt ihm ein Glas Wasser hin, dessen Rand aber seine zuckenden, geschwollenen Lippen nicht zu fassen vermochten. Anatol schluchzte verzweifelt. „Ja, das ist er. Ja, dieser Mensch ist mir auf irgendeine Weise eng und schmerzhaft verbunden", dachte Fürst Andrej, ohne ganz klar erfaßt zu haben, was soeben vor sich gegangen war. „Aber auf welche Weise ist dieser Mensch mit meiner Kindheit, mit meinem Leben verbunden?" fragte er sich, ohne eine Antwort zu finden. Und jetzt stand plötzlich eine neue, überraschende Erinnerung aus der Welt der Kindheit, der Reinheit, der Liebesfülle vor dem Fürsten Andrej auf. Er sah Natascha vor sich, wie er sie zum ersten Male gesehen hatte, damals auf dem Balle im Jahre 1810, mit dem mageren Halse, den mageren Armen, mit dem ängstlichen und glücklichen Gesicht, das doch nur darauf wartete, in seliger Freude zu erstrahlen, und nun wogten Liebe und Zärtlichkeit mächtiger als je zuvor durch sein Herz. Jetzt wurde ihm auch klar, was ihn mit diesem Menschen verband, der ihn aus seinen verschwollenen, mit Tränen gefüllten Augen trübselig ansah. Nun fiel dem Fürsten Andrej alles ein, er empfand für diesen Menschen ein hingebungsvolles, verzücktes Mitleid, eine hingebungsvolle, verzückte Liebe, welche sein Herz mit Glück füllten.

Den Fürsten Andrej verließ seine Selbstbeherrschung, er weinte von Herzen kommende Liebestränen über die Menschen, über sich selbst, über ihre und seine Verirrungen.

„Mitleid und Liebe für unsere Brüder, für die, die uns lieben, Liebe für die, die uns hassen, Liebe für die Feinde, ja, jene Liebe, die Gott auf Erden verkündigt hat, jene Liebe, die Prinzessin Marja mich lehren wollte und die ich nicht verstehen konnte! Ja, das ist es, was mir das Sterben schwer macht, das ist es, was ich noch vor mir gesehen hätte, wenn ich noch weiter hätte leben dürfen. Aber jetzt ist es schon zu spät. Das weiß ich!"

XXXVIII

Der grauenvolle Anblick des mit Toten und Verwundeten bedeckten Schlachtfeldes hatte im Verein mit diesem schweren Druckgefühl im Kopf und mit den Meldungen über Tod oder Verwundung zwanzig hervorragender Generäle und mit dem Wissen um die Schwäche seines einst so starken Armes einen Eindruck von überraschender Stärke auf Napoleon gemacht, der doch sonst, um, wie er meinte, seine Seelenstärke zu prüfen, so gern die Gefallenen und Verwundeten betrachtet hatte. An diesem Tage aber hatte der grauenvolle Anblick des Schlachtfeldes sich mächtiger gezeigt als diese Seelenstärke, in der er etwas so Verdienstliches, seine Größe so deutlich Beweisendes zu erblicken pflegte. Er hatte das Schlachtfeld eilig wieder verlassen und war zum Hügel von Schewardino zurückgeritten. Gelblich, verschwollen, schwerfällig, die Augen getrübt, die Nase gerötet, die Stimme heiser geworden, so saß er auf seinem Klappstuhl und horchte wider Willen, ohne den Blick vom Boden zu erheben, auf das Krachen des Artilleriefeuers. Gequält erwartete er das Ende jenes Prozesses, an dem er sich beteiligt glaubte, ohne daß er ihn doch hätte zum Stillstand bringen können. Für einen kleinen Augenblick triumphierte ein persönliches, menschliches Gefühl in ihm über das konstruierte Phantom des Lebens, dem er so lange gedient hatte. Er übertrug die Leiden und das Sterben, die er auf dem Schlachtfelde gesehen hatte, auf sich selbst. Das schwere Druckgefühl im Kopf und in der Brust mahnten ihn daran, daß Leiden und Sterben auch über ihn kommen konnten. In diesem Augenblick begehrte er weder Moskau noch Sieg, noch Ruhm — was brauchte er noch Ruhm! —, er begehrte nichts als Aufatmenkönnen, Ruhe, Freiheit.

Vorhin auf der Höhe von Semeonowskoje hatte der Artilleriekommandeur ihm vorgeschlagen, noch einige Batterien auf diese Höhe zu schicken, um das Feuer gegen die bei Knjaskowo massierten russischen Truppen zu verstärken. Napoleon hatte zugestimmt und den Befehl gegeben, ihm über das Resultat Meldung zu erstatten.

Jetzt kam ein Adjutant angeritten und meldete, daß zweihundert Geschütze, wie befohlen, gegen die Russen eingesetzt seien, daß die Russen aber immer noch standhielten.

„Unser Feuer reißt ganze Reihen nieder, aber sie stehen immer noch", sagte der Adjutant.

„Ils en veulent encore!"[1] antwortete Napoleon mit seiner heiser gewordenen Stimme.

„Sire?"[2] fragte der Adjutant, der nicht recht verstanden hatte.

„Ils en veulent encore", krächzte Napoleon stirnrunzelnd. „Donnez-leur-en."[3]

Auch ohne daß er es befohlen hätte, wäre dieses Feuer fortgesetzt worden, obwohl er es doch im Grunde gar nicht wollte und es nur deswegen anordnete, weil er meinte, es würden eben Befehle von ihm erwartet. Und jetzt glitt er wieder in die Welt seiner alten Konstruktionen mit ihren Phantomen von Größe zurück und begann wieder gehorsam die grausame, trostlose, schwere, unmenschliche Rolle zu spielen, die ihm vorbestimmt war, vergleichbar dem Pferde, das gezwungenermaßen auf den abschüssigen Brettern der Tretmühle geht und sich dabei einbildet, dies auf Grund eigener Willensentschließungen zu tun.

Und nicht nur in dieser Stunde und an diesem Tage allein war der Verstand und das Gewissen dieses Mannes verfinstert, der schwerer als alle anderen Teilnehmer der Ereignisse das ganze Gewicht des Geschehenden auf sich lasten fühlte, sondern er hat bis an sein Lebensende niemals ein Gefühl gehabt für das Gute, das Schöne, das Wahre oder für die Bedeutung seiner eigenen Handlungen, die ja auch dem Guten und dem Wahren allzu schroff zuwiderliefen, allzu weit von allem Menschlichen entfernt waren, als daß er für ihre Bedeutung wirklich ein Gefühl, ein Verständnis hätte haben können. Er mußte sich zu seinen Handlungen bekennen, die von der halben Welt in den Himmel gehoben wurden, und darum konnte er sich weder zum Wahren noch zum Guten, noch zu irgend etwas Menschlichem bekennen.

Nicht nur, daß er an diesem Tage, als er beim Abreiten des Schlachtfeldes die dichtgereiht daliegenden — wie er meinte, auf Grund einer seiner Willensäußerungen — zu Leichen oder Krüppeln Geschossenen betrachtete — daß er da Berechnungen darüber anstellte, wieviel Russen auf einen Franzosen kamen, und sich in seiner Selbsttäuschung befangen, freuen zu müssen glaubte, weil auf

[1] Sie wollen noch mehr davon haben.
[2] Majestät?
[3] Sie wollen noch mehr haben ... gut, so gebt es ihnen.

einen Franzosen fünf Russen kamen, nicht nur, daß er an diesem Tage in einem Brief nach Paris schrieb: „Le champ de bataille a été superbe",[1] weil auf ihm fünfzigtausend Leichen lagen — sondern auf der Insel St. Helena in der Stille seiner Einsamkeit, wo er, wie er sagte, seine Muse der Darstellung seiner Großtaten widmen wollte, brachte er es fertig, folgendes zu schreiben:

„Der russische Feldzug hätte der populärste Krieg der Neuzeit werden können: es war der Krieg des gesunden Menschenverstandes und des wohlverstandenen allgemeinen Interesses, der Krieg um die allgemeine Ruhe und Sicherheit, ein rein pazifistischer, rein konservativer Krieg.

Es ging um eine große Sache, es ging darum, aller Katastrophenpolitik ein Ende zu machen und ein Zeitalter der Stabilität einzuleiten. Ein neuer Horizont mit neuen Aufgaben sollte sich eröffnen, Aufgaben, die dem allgemeinen Wohlergehen, dem allgemeinen Glück galten. Das europäische System war geschaffen, es bedurfte nur noch der Organisation.

Einmal hinsichtlich dieser wichtigen Fragen befriedigt und nach allen Seiten hin gesichert, hätte auch ich meinen ‚Kongreß' und meine ‚heilige Allianz' gehabt. Es handelt sich hier um Ideen, die man mir gestohlen hat. In einer solchen Vereinigung von Souveränen großer Staaten hätten wir unsere Interessen unter uns im vertrauten Kreise besprochen und unseren Völkern dann als getreue Haushalter Rechenschaft abgelegt.

Europa wäre in kurzer Zeit auf diese Weise in Wahrheit zu einem einzigen Volke geworden, jeder hätte reisen können, wohin er wollte, und wäre dabei doch stets innerhalb des gemeinsamen Vaterlandes geblieben. Ich hätte es durchgesetzt, daß die schiffbaren Flüsse allen gleichmäßig offengehalten würden, daß die Meere frei wären und die stehenden Heere zu bloßen Leibwachen der Souveräne herabgesetzt würden.

Nach Frankreich, in den Schoß des großen, mächtigen, stolzen, gesichert dastehenden, ruhmbedeckten Vaterlandes zurückgekehrt, hätte ich ein Manifest erlassen und darin erklärt, die jetzigen Grenzen seien unveränderlich, in Zukunft sollte es keine anderen Kriege mehr geben als reine Defensivkriege, und alle weiteren Expansionsbestrebungen sollten als vaterlandsfeindlich gelten. Ich hätte meinen Sohn an der Regierung teilnehmen lassen, meine Diktatur hätte ihr Ende gehabt, seine konstitutionelle Regierung begonnen.

Paris wäre zur Hauptstadt der Welt geworden, der französische Bürger zum Gegenstande des Neides aller anderen Völker!

Meine Mußestunden und meinen Lebensabend hätte ich dann,

[1] Das Schlachtfeld ist prächtig gewesen.

während mein Sohn zu seinem Herrscherberuf vorgebildet worden wäre, dazu verwandt, in Gesellschaft der Kaiserin wie ein richtiges Gutsbesitzerpaar mit eigenen Pferden durch alle Winkel des Reiches zu fahren, Beschwerden entgegenzunehmen, Unrechtmäßigkeiten abzustellen, überall Baudenkmäler meiner Regierung zu errichten und Gutes zu tun."

Er, der von der Vorsehung zu der traurigen Zwangsrolle eines Völkerhenkers bestimmt war, redete sich ein, seine Handlungen hätten auf das Wohlergehen der Völker abgezielt und er sei imstande gewesen, die Geschicke von Millionen zu lenken und ihnen von oben her vermöge seiner Machtfülle Gutes zu tun!

„Von den viermalhunderttausend Mann, die über die Weichsel gingen", schrieb er ferner über den russischen Krieg, „bestand die Hälfte aus Österreichern, Preußen, Sachsen, Polen, Bayern, Württembergern, Mecklenburgern, Spaniern, Italienern und Neapolitanern. Die im engeren Wortverstande kaiserliche Armee setzte sich zu einem Drittel aus Holländern, Belgiern, Rheinländern, Piemontesen, Schweizern, Genfern, Toskanern, Römern, Bewohnern des zweiunddreißigsten Militärbezirkes, Bremens, Hamburgs usw. zusammen; sie zählte kaum 140 000 Mann französischer Muttersprache. Der Feldzug nach Rußland hat das eigentliche Frankreich keine 50 000 Mann gekostet. Die russische Armee hat auf dem Rückzuge von Wilna nach Moskau in den verschiedenen Schlachten viermal soviel verloren wie die französische; der Brand von Moskau hat 100 000 Russen das Leben gekostet, die vor Kälte und Not in den Wäldern umgekommen sind. Schließlich hat die russische Armee auf ihrem Marsch von Moskau bis an die Oder auch noch stark unter der Ungunst der Jahreszeit zu leiden gehabt; bei ihrer Ankunft in Wilna zählte sie nur noch 50 000, in Kalisch knapp 18 000 Mann."

Er bildete sich ein, der Krieg mit Rußland habe sich auf Grund von Äußerungen seines Willens abgespielt, und doch schüttelte ihn kein Schauder angesichts dessen, was dort geschehen war. Die Verantwortung für das Geschehene nahm er dreist auf sich, und sein umdüsterter Verstand fand sich dadurch gerechtfertigt, daß unter den Hunderttausenden zugrunde gegangener Menschen weniger Franzosen gewesen waren als Hessen und Bayern.

XXXIX

Viele Tausende von Menschen lagen tot in verschiedenen Stellungen und Uniformen auf den Feldern und Wiesen, die der Familie Dawydow und einer Anzahl Kronsbauern gehörten, auf eben den Feldern und Wiesen, auf denen die Bauern der Dörfer Borodino,

Gorki, Schewardino und Semeonowskoje durch Hunderte von Jahren gemeinsam Korn geerntet und Vieh geweidet hatten. Auf den Verbandplätzen waren Gras und Erde auf eine Desjatine hin mit Blut getränkt, Massen von Verwundeten und Unverwundeten, Mannschaften verschiedener Truppenteile schleppten sich mit verängstigten Gesichtern einerseits rückwärts auf Moshaisk, anderseits rückwärts auf Walujewo. Andere Menschenhaufen marschierten, erschöpft und hungrig, von ihren Vorgesetzten geführt, wiederum vorwärts. Noch andere blieben stehen, wo man sie hingestellt hatte, und schossen immer weiter.

Über dem ganzen Felde, das vorhin mit den blitzenden Bajonetten und den aufsteigenden Pulverwölkchen so schön und lustig dagelegen hatte, standen jetzt aus Feuchtigkeit und Pulverdampf zusammengesetzte Nebelschwaden, und überall spürte man den merkwürdigen säuerlichen Geruch von Salpeter und Blut. Der Himmel hatte sich bezogen, und ein feiner Regen tröpfelte auf die Toten, auf die Verwundeten, auf die verängstigten, auf die erschöpften und unschlüssigen Menschen. Es war, als sagte dieser Regen: „Genug, genug, ihr Menschen! Hört auf. Kommt zu euch. Was tut ihr?"

Die erschöpften Leute beider Armeen, die den ganzen Tag über weder Nahrung noch Erholung gehabt hatten, begannen gleichermaßen zu zweifeln, ob sie wirklich in ihrem gegenseitigen Vernichtungswerk fortfahren sollten, auf allen Gesichtern prägte sich dieses Schwanken aus, und in jeder einzelnen Seele erhob sich die gleiche Frage: „Warum und um wessen willen soll ich schlachten und geschlachtet werden? Schlachtet, wen ihr wollt, tut, was ihr wollt, aber ich will nicht mehr!" Gegen Abend war dieser Gedanke in jeder einzelnen Seele gleichermaßen herangereift. Jeden Augenblick hätte alle diese Leute angesichts dessen, was sie taten, ein Grauen ankommen, hätten sie alles von sich werfen und Gott weiß wohin davonlaufen können.

Obwohl aber die Leute gegen Ende der Schlacht bereits in vollem Umfange fühlten, wie grauenvoll das war, was sie taten, obwohl sie froh gewesen wären, wenn sie jetzt hätten aufhören können, so leitete sie doch immer noch irgendeine unbegreifliche, geheimnisvolle Macht, und die schweißtriefenden Artilleristen schleppten durch Pulverdampf und Blut, obgleich sie alle miteinander nur noch ein Drittel der ursprünglichen Gefechtsstärke ihrer Batterien ausmachten, wenn sie auch vor Müdigkeit stolperten und kaum Atem holen konnten, immer noch Geschosse herbei, luden, richteten und legten die Lunten an; und die Kanonenkugeln flogen von beiden Seiten immer noch mit gleicher Geschwindigkeit und gleicher Grausamkeit und walzten Menschenkörper zu platten Fetzen, und immer noch nahm das grauenvolle Geschehen seinen Fortgang, das nicht nach menschlichem Willen geschieht, sondern nach dem Willen dessen, der Menschen und Welten lenkt.

Wer den Zustand der Auflösung hinter der russischen Front gesehen hätte, der hätte sich gesagt, es bedürfe nur noch einer kleinen Anstrengung der Franzosen, und die russische Armee hätte aufgehört zu existieren; und wer den Zustand der Auflösung hinter der französischen Front gesehen hätte, der hätte sich sagen müssen, es bedürfe nur noch einer kleinen Anstrengung der Russen, und die Franzosen wären verloren. Aber weder die Franzosen noch die Russen machten diese Anstrengung, und die Flamme der Schlacht brannte allmählich herunter.

Die Russen machten diese Anstrengung nicht, weil sie ja überhaupt nicht der angreifende Teil waren. Zu Beginn der Schlacht hatten sie ganz einfach auf dem Wege nach Moskau gestanden und diesen Weg versperrt gehalten, und ganz genauso, wie sie zu Beginn der Schlacht dagestanden hatten, standen sie auch jetzt an ihrem Ende da. Allein selbst wenn das Kampfziel der Russen darin bestanden hätte, die französische Armee zu vernichten, so hätten sie diese letzte Anstrengung doch nicht machen können, weil alle russischen Verbände durchaus gelockert waren, weil es keinen einzigen Truppenteil gab, der nicht in der Schlacht gelitten hätte, und weil die Russen ihre Stellungen zwar behauptet, die Hälfte ihres Mannschaftsbestandes aber verloren hatten.

Den Franzosen wäre es ein leichtes gewesen, diese Anstrengung zu machen, sie hatten die Erinnerung an alle die Siege der letzten fünfzehn Jahre, waren von Napoleons Unbesieglichkeit überzeugt, wußten, daß sie einen Teil des Schlachtfeldes in der Hand hielten, daß sie nur den vierten Teil ihrer Truppen verloren hatten und daß die Garde in Stärke von zwanzigtausend Mann noch vollkommen intakt war. Die Franzosen hatten die russische Armee mit der Absicht angegriffen, sie aus ihrer Position zu werfen, und hätten darum jetzt diese Anstrengung machen müssen, weil ihr Ziel nicht erreicht war und alle ihre bisherigen Anstrengungen und Verluste vergeblich blieben, solange die Russen ihnen noch genauso wie vor der Schlacht den Weg nach Moskau versperrten. Allein die Franzosen machten diese Anstrengung nicht. Einige Historiker sagen, Napoleon hätte nur seine intakt gebliebene alte Garde einsetzen müssen, und die Schlacht wäre gewonnen gewesen. Aber davon zu sprechen, was gewesen wäre, wenn Napoleon seine Garde eingesetzt hätte, ist nicht anders, als wenn man davon reden wollte, was geschehen wäre, wenn im Herbst der Frühling angebrochen wäre. Es konnte eben nicht geschehen. Napoleon hielt seine Garde nicht deswegen zurück, weil er sie nicht einsetzen wollte, sondern weil es einfach unmöglich war. Alle Generäle, Offiziere und Soldaten der französischen Armee wußten, daß der gesunkene Geist der Truppen ihn nicht zuließ.

Nicht Napoleon allein empfand jenes traumähnliche Gefühl vom kraftlosen Sinken des zum Vernichtungsschlage erhobenen Armes, sondern alle Generäle und Soldaten der französischen Armee empfanden, unabhängig davon, ob sie persönlich am Kampfe teilgenommen hatten oder nicht, jetzt nach allen Erfahrungen aus früheren Schlachten, in denen der zehnte Teil der bei Borodino gemachten Anstrengungen genügt hatte, um den Feind in die Flucht zu jagen, ohne Unterschied ein Grauen vor diesem Feinde, der die Hälfte seiner Truppen verloren hatte und doch immer noch genauso bedrohlich dastand wie zu Beginn der Schlacht. Die moralische Kraft der französischen Angriffsarmee war erschöpft. Der Sieg, den die Russen bei Borodino davongetragen, war nicht jener Sieg, der nach der Anzahl der erbeuteten, an Stangen genagelten und als Fahnen bezeichneten Zeugfetzen oder nach dem von den Truppen vor und nach der Schlacht eingenommenen Raume bemessen wird, sondern der moralische Sieg, jener Sieg, der dem Gegner die Überzeugung von der moralischen Überlegenheit des Feindes und seiner eigenen Ohnmacht beibringt. Die französische Invasionsarmee empfand ihren bevorstehenden Untergang wie ein rasendes Tier, das im wilden Dahinstürmen die Todeswunde erhalten hat; sie konnte aber ihre eigene Vorwärtsbewegung nicht hemmen, wie das nur halb so starke russische Heer seine eigene Rückwärtsbewegung nicht hemmen konnte. Auf Grund des einmal empfangenen Antriebes konnte die französische Armee sich noch bis Moskau fortwälzen, mußte aber dort, ohne daß es dazu neuer Anstrengungen von russischer Seite bedurft hätte, zugrunde gehen, und zwar mußte sie an der bei Borodino erhaltenen Todeswunde verbluten. Die unmittelbaren Folgen der Schlacht von Borodino waren die scheinbar durch nichts begründete Flucht Napoleons aus Moskau, der Rückzug auf der alten Smolensker Landstraße, der Untergang der fünfhunderttausend Mann starken Invasionsarmee und der Untergang des napoleonischen Frankreich, auf das sich bei Borodino zum ersten Male die Hand eines moralisch stärkeren Gegners gelegt hatte*.

* Anm. am Schluß des Buches.

DRITTER TEIL

I

Die vollkommene Kontinuierlichkeit einer Bewegung ist dem menschlichen Verstande unfaßlich. Dem Menschen werden die Gesetze jeder Art von Bewegung nur dann faßlich, wenn er willkürlich aus ihrem Zusammenhang gerissene Teilstücke dieser Bewegung betrachtet. Indessen fließt der größte Teil der menschlichen Irrtümer gerade aus diesem willkürlichen Zerteilen der kontinuierlichen Bewegung. Bekannt ist jener sogenannte Sophismus der Alten, Achill habe nie eine vor ihm her kriechende Schildkröte einholen können, obwohl seine Geschwindigkeit zehnmal größer als die der Schildkröte gewesen sei: denn während Achill den Raum durchmessen habe, der ihn von der Schildkröte trennte, habe die Schildkröte vor ihm wieder ein Zehntel dieser Entfernung zurückgelegt, Achill lege nun wieder eben dieses Zehntel zurück und die Schildkröte währenddessen ein Hundertstel der ursprünglichen Strecke und so weiter bis ins Unendliche. Den Alten stellte sich diese Aufgabe als unlöslich dar. Das Unsinnige der Auffassung, daß Achill die Schildkröte nie einholen könne, entsprang nur dem Umstande, daß man willkürlicherweise voneinander getrennte Einzelstücke dieser Bewegung gelten ließ und betrachtete, während es sich sowohl bei Achill wie bei der Schildkröte um eine kontinuierliche Bewegung handelte.

Wenn wir immer kleinere und kleinere Einzelstücke der Bewegung in Rechnung setzen, so nähern wir uns nur der Lösung der Frage, erreichen sie aber nie. Nur wenn wir eine unendlich kleine Größe und eine von ihr ausgehende Progression bis zum zehnten Gliede setzen und die Summe dieser geometrischen Progression nehmen, gelangen wir zur Lösung der Frage. Ein neuer Zweig der Mathematik hat das Operieren mit unendlich kleinen Größen möglich gemacht und beantwortet jetzt auch bei anderen und komplizierteren Bewegungsproblemen früher für unlösbar gehaltene Fragen.

Dieser neue, den Alten unbekannt gebliebene Zweig der Ma=

thematik, der in Fragen der Bewegung unendlich kleine Größen annimmt, das heißt Größen, bei denen die Hauptbedingung der Bewegung an sich, nämlich die vollkommene Kontinuierlichkeit, wiederhergestellt wird, korrigiert durch die Annahme dieser unendlich kleinen Größen den sonst unvermeidlichen Fehler, den der menschliche Verstand begehen muß, wenn er anstatt einer kontinuierlichen Bewegung aus ihrem Zusammenhang gerissene Einzelstücke der Bewegung betrachtet.

Um genau das gleiche handelt es sich, wenn es gilt, die Bewegungsgesetze der Geschichte zu erforschen.

Die Bewegung der Menschheit, die einer unzählbaren Menge menschlicher Willensanstöße entspringt, vollzieht sich kontinuierlich.

Sinn aller Geschichtswissenschaft ist es, die Gesetze dieser Bewegung zu erfassen. Allein um die Gesetze der kontinuierlichen Bewegung des Ergebnisses aller menschlichen Willensanstöße zu erfassen, hält sich der menschliche Verstand an willkürlich aus ihrem Zusammenhang gelöste Einzelstücke. Die eine Methode der Geschichtswissenschaft besteht darin, eine beliebige Reihe kontinuierlicher Ereignisse vorzunehmen und sie, von den übrigen Ereignissen isoliert, zu betrachten, während doch kein Ereignis einen eigentlichen Anfang hat und auch keinen haben kann, sondern immer kontinuierlich einem anderen Ereignis entspringt. Die zweite Methode besteht darin, die Handlungen eines Einzelmenschen, eines Königs oder Feldherrn, als Summe der Willensanstöße der Menschen überhaupt anzusehen, während in Wirklichkeit die Summe menschlicher Willensanstöße ihren Ausdruck niemals im Handeln einer einzelnen geschichtlichen Person findet.

Die fortschreitende historische Wissenschaft nimmt sich immer kleinere und kleinere Einzelstücke zur Betrachtung vor und sucht sich der Wahrheit auf diesem Wege zu nähern. Aber wie klein auch diese von der historischen Wissenschaft vorgenommenen Einzelstücke sein mögen, wir fühlen doch das in sich selbst von Grund aus Falsche, das in der Annahme eines von seinen Nachbarn getrennten Einzelstückes und damit in der Annahme eines genau bestimmbaren Anfangs irgendeiner Erscheinung und in der Annahme liegt, die Willensanstöße aller Menschen fänden ihren Ausdruck im Handeln einer einzelnen geschichtlichen Person.

Jede von der Geschichtswissenschaft gezogene Schlußfolgerung fällt, ohne daß die Kritik dazu einen Finger zu rühren brauchte, spurlos und wie Staub auseinander, weil eben die Kritik sich immer ein größeres oder kleineres aus der Kontinuität herausgerissenes Einzelstück zur Untersuchung vornimmt, wozu sie ja auch immer berechtigt ist, da es sich bei dem Herausreißen eines Teilstücks der Geschichte ja stets um einen Akt der Willkür handelt.

Nur wenn wir ein unendlich kleines Teilstück vornehmen – das Differential der Geschichte, das heißt die aus völlig gleichem Ursprunge stammenden, auf ein völlig gleiches Ziel gerichteten Bestrebungen der Menschen als die denkbar kleinste geschichtliche Einheit – und wenn wir die Kunst der Integralrechnung der Geschichte beherrschen, das heißt, die Kunst, diese unendlich kleinen Größen zu einer Summe zusammenzufügen, nur dann können wir die Gesetze der Geschichte zu fassen hoffen.

*

Die ersten fünfzehn Jahre des neunzehnten Jahrhunderts lassen in Europa eine ungewöhnliche Bewegung von Millionen von Menschen erkennen. Die Menschen lösen sich von ihren gewohnten Beschäftigungen, ziehen von einem Ende Europas zum anderen, rauben, töten einander, triumphieren und verzweifeln, und der ganze Ablauf des Lebensprozesses gewinnt für einige Jahre ein völlig verändertes Aussehen und läßt eine anfangs wachsende, später erschlaffende gewaltsame Bewegung erkennen. Worin hatte sie ihren Grund, und nach welchen Gesetzen fand sie statt? fragt da der menschliche Verstand.

Als Antwort auf diese Frage setzen uns die Historiker das Tun und Reden von einigen Dutzend Menschen in einem Gebäude der Stadt Paris vor und bezeichnen dieses Tun und Reden mit dem Worte Revolution. Darauf geben sie uns eine bis ins kleinste gehende Biographie Napoleons und einiger seiner Gesinnungsgenossen und Gegner, erzählen uns allerhand von dem Einfluß, den diese Leute wiederum auf andere hatten, und sagen, das alles stelle also nun die Ursache und die Gesetze dieser Bewegung dar.

Allein der menschliche Verstand lehnt es nicht nur ab, diese Erklärung als zutreffend gelten zu lassen, sondern bezeichnet sie geradezu als methodisch falsch, weil sie die schwächere Erscheinung als Ursache der stärkeren hinstellen will. Was in Wirklichkeit sowohl die Revolution als auch Napoleon hervorgebracht hat, war eine Summe von menschlichen Willensanstößen, und nur die Summe dieser Willensanstöße konnte die Revolution und Napoleon erst ertragen und dann vernichten.

„Aber wenn es Eroberungen gab, hat es jedesmal auch Eroberer gegeben, und wenn es Staatsumwälzungen gab, hat es jedesmal auch große Männer gegeben", sagt die Geschichtswissenschaft. Natürlich hat es jedesmal, wenn es Eroberer gab, auch Kriege gegeben, erwidert der menschliche Verstand, aber das beweist doch nicht, daß die Eroberer die Kriege verursacht haben und daß die Gesetze des Krieges sich im persönlichen Handeln eines Einzelmenschen auf=

suchen lassen sollten. Jedesmal wenn ich auf meine Uhr sehe und feststelle, daß der Zeiger auf Zehn rückt, höre ich das beginnende Glockengeläute der benachbarten Kirche; aber daraus, daß jedesmal das Glockengeläut anhebt, wenn der Zeiger auf Zehn rückt, darf ich doch nicht den Schluß ziehen, die Bewegung der Glocken habe ihren Grund in der Zeigerstellung meiner Uhr.

Jedesmal wenn ich eine Lokomotive in Bewegung sehe, höre ich die Pfeife, sehe das Ventil sich öffnen und die Räder sich drehen, aber daraus darf ich doch nicht den Schluß ziehen, die Bewegung der Lokomotive habe ihren Grund im Pfeifen und in den Umdrehungen der Räder.

Die Bauern sagen, der kalte Wind im Spätfrühling bläst deshalb, weil dann die Blütenknospen der Eiche aufbrechen, und tatsächlich bläst jedes Frühjahr der kalte Wind gerade um die Zeit, in der die Eichenknospen aufbrechen. Nun kenne ich zwar den Grund nicht, aus welchem beim Aufbrechen der Eichenknospen dieser kalte Wind weht, kann aber deswegen doch nicht den Bauern darin recht geben, daß der kalte Wind seine Ursache im Aufbrechen der Eichenknospen haben sollte, da das Entstehen des Windes ja außerhalb des Einwirkungsbereiches der Knospen vor sich geht. Ich sehe nur ein Zusammenfallen von Vorkommnissen, wie das sich bei allen Lebenserscheinungen beobachten läßt, und gewahre, daß ein noch so sorgsames Beobachten des Uhrzeigers, des Ventils und der Lokomotivenräder und der Eichenknospen mich nicht zur Erkenntnis der Ursache des Glockengeläuts, der Lokomotivenbewegung und des Frühlingswindes gelangen läßt. Will ich dazu kommen, so muß ich einen vollständig neuen Beobachtungsposten beziehen und muß die für die Bewegungen des Dampfes, der Glocke und des Windes geltenden Gesetze studieren. Ähnlich muß auch die Geschichtswissenschaft zu Werke gehen. Und Ansätze dazu liegen schon vor.

Um hinter die Gesetze der Geschichte zu kommen, müssen wir nach ganz neuen Gegenständen der Betrachtung suchen, müssen uns von den Königen, Ministern und Generälen abwenden und die gleichförmigen, unendlich kleinen Elemente studieren, die das Handeln der Massen bedingen. Niemand kann sagen, wieweit es dem Menschen vergönnt sein wird, auf diesem Wege endlich die Gesetze der Geschichte zu erfassen, es liegt aber auf der Hand, daß dieser Weg die einzige Möglichkeit dazu bietet und daß auf diesem Wege der menschliche Verstand bis jetzt noch nicht den millionsten Teil all der Anstrengungen gemacht hat, welche die Geschichtsschreiber darauf verwandt haben, uns die Taten der einzelnen Könige, Feldherren und Minister darzustellen und uns auseinanderzusetzen, was sie selbst angesichts dieser Taten ihrer Helden denken.

II

Die Streitkräfte von zwölf Völkern mit verschiedener Muttersprache sind in Rußland eingedrungen. Das russische Heer und die Zivilbevölkerung ziehen sich, einem Zusammenstoß aus dem Wege gehend, erst bis Smolensk und dann von Smolensk bis Borodino zurück. Das französische Heer drängt mit beständig zunehmender Kraft der Bewegung auf sein Marschziel, nämlich auf Moskau, zu. Die Kraft dieser Bewegung verstärkt sich, je näher das Heer seinem Marschziel kommt, ähnlich wie sich die Geschwindigkeit eines fallenden Körpers vergrößert, je mehr er sich der Erde nähert. Hinter ihm liegen einige tausend Werst ausgehungerten feindlichen Landes, vor ihm nur noch einige dutzend Werst, die es von seinem Ziel trennen. Das fühlt jeder Soldat der napoleonischen Armee, und so bewegt sich das Invasionsheer ganz von selbst vorwärts, einzig auf Grund des in ihm selbst steckenden Triebes zur Vorwärtsbewegung.

In der russischen Armee flammt, je weiter es zurückgeht, der Geist der Erbitterung gegen den Feind immer heller auf: so konzentriert es sich und wächst, während es zurückgeht. Bei Borodino vollzieht sich der Zusammenstoß. Weder die eine noch die andere Armee zerbricht, die russische geht aber unmittelbar nach dem Zusammenstoß auf Grund der gleichen Notwendigkeit zurück, auf Grund deren eine Kugel zurückprallt, wenn sie von einer anderen, ihr mit größerer Triebkraft entgegenrollenden getroffen worden ist; und die gleiche Notwendigkeit läßt auch die andere Kugel, in diesem Falle also die Invasionsarmee, noch mit einer ziemlichen Geschwindigkeit ein Stück weiter fortrollen, obwohl sie im Zusammenstoß mit der ersten fast ihre ganze Kraft eingebüßt hat.

Die Russen gehen hundertzwanzig Werst weit zurück, bis hinter Moskau, die Franzosen gelangen nach Moskau und bleiben dort halten. Im Verlauf der nächsten fünf Wochen wird nicht gekämpft. Die Franzosen rühren sich nicht vom Fleck. Wie ein auf den Tod verwundetes Tier, das sich verblutet und seine Wunden leckt, bleiben sie fünf Wochen in Moskau, ohne irgend etwas zu unternehmen, und ergreifen dann plötzlich die Flucht, ohne daß für eine Flucht irgendein neuer Grund aufgetaucht wäre, werfen sich auf die Kalugaer Straße, lassen sich in keine ernstliche Schlacht mehr ein, nicht einmal nach einem Siege wie dem bei Malo-Jaroslawez, wo sie doch das Schlachtfeld wiederum behauptet hatten, flüchten immer eiliger auf Smolensk zurück, über Smolensk hinaus, über die Beresina hinüber, über Wilna hinaus und noch weiter.

Am Abend des sechsundzwanzigsten August hielt Kutusow und mit ihm die ganze russische Armee die Schlacht bei Borodino aus voller Überzeugung für gewonnen. In diesem Sinne schrieb Kutusow auch an den Kaiser. Kutusow befahl die Vorbereitung eines neuen Kampfes, um den Feind endgültig zu schlagen, nicht weil er etwa irgend jemanden hätte düpieren wollen, sondern weil er — ebenso wie jeder andere Teilnehmer der Schlacht bei Borodino — der festen Überzeugung war, der Feind sei geschlagen.

Allein noch am gleichen Abend trafen die ersten Meldungen von den unerhörten Verlusten der einzelnen Truppenteile ein, am folgenden Tage kamen weitere, und es ergab sich, daß die halbe Armee verloren war; so war eine neue Schlacht physisch unmöglich.

Eine Schlacht ließ sich unter keinen Umständen liefern, solange noch keine genaueren Nachrichten über die Wirkungen des Schlachttages auf die feindliche Armee vorlagen, solange die Verwundeten noch nicht gesammelt und abtransportiert, die Munitionsbestände ergänzt, die Verluste genau festgestellt und neue Kommandeure an Stelle der gefallenen ernannt waren und die Mannschaften Verpflegung und Schlaf gehabt hatten. Dabei bewegte sich die französische Armee bereits am Morgen nach der Schlacht auf Grund der erwähnten, zur Bewegung drängenden Triebkraft, die in ihr steckte und jetzt gewissermaßen im umgekehrten Verhältnis zum Quadrat der Entfernung gewachsen war, ganz wie von selbst gegen die russische Armee vor. Kutusow und mit ihm die ganze Armee hatte für den nächsten Tag angreifen wollen. Allein der Wille zum Angriff reicht noch nicht aus, es muß auch die Möglichkeit zum Angriff gegeben sein, und diese Möglichkeit lag nicht vor. Es ging gar nicht anders, als daß man zurückging, erst einen Tagemarsch, dann auf Grund der gleichen unumgänglichen Notwendigkeit einen zweiten und dritten, und als die Armee schließlich am ersten September nicht mehr weit von Moskau war, da gebot die Macht der Tatsachen, so heftig sich auch das Gefühl der ganzen Armee dagegen wehrte, den weiteren Rückzug über Moskau hinaus. Und so machte die Armee noch einen Tagemarsch, den letzten, und überließ Moskau dem Feinde.

Viele Leute neigen gewohnheitsmäßig zu der Auffassung, Kriegs- und Schlachtenpläne würden von den Heerführern etwa so entworfen, wie jeder von uns, wenn er in seinem Kabinett vor der Landkarte sitzt, sich Dinge zurechtlegt, von denen er meint, er würde sie wohl in der und der Schlacht befohlen oder getan haben; solchen Leuten scheinen allerhand Fragen nahezuliegen, etwa warum Kutusow auf seinem Rückzuge nicht das und das unternommen, warum er nicht eine Position vor Fili bezogen habe oder warum er nicht von vorneherein, ohne erst die Richtung auf Moskau zu nehmen, auf die Kalugaer Heerstraße zurückgegangen sei und dergleichen mehr. Die Leute, die an diese Art der Blickrichtung gewöhnt sind, vergessen entweder alle die unvermeidlichen Verhältnisse und Bedingungen, unter denen sich stets die Tätigkeit eines Oberkommandierenden abspielt, oder haben nie eine Ahnung von ihnen gehabt. Die Tätigkeit eines Heerführers hat nicht das geringste mit dem Bilde zu tun, das wir uns machen, wenn wir in aller Gemütsruhe in unserem Kabinett sitzen und, wohl vertraut mit der Stärke beider Parteien und dem Gelände, von einem uns ganz genau bekannten Augenblick ausgehend, auf der Landkarte einen der Geschichte angehörigen Feldzug verfolgen. Ein Oberkommandierender hat es niemals mit Dingen zu tun, die deutlich erkennbar den Anfang irgendeines Geschehnisses darstellen, das haben nur wir, wenn wir rückschauend ein solches Geschehnis betrachten. Ein Oberkommandierender befindet sich immer inmitten einer sich bewegenden Reihe von Geschehnissen, und zwar so, daß er nie, in keinem einzigen Augenblick, imstande ist, die ganze Bedeutung des gerade Geschehenden zu übersehen. Jedes Geschehnis prägt sich ganz unmerklich von Augenblick zu Augenblick zu seiner schließlichen Bedeutung, und in jedem Augenblick dieses folgerichtigen und ununterbrochenen Prägungsprozesses steht der Oberkommandierende im Mittelpunkt eines höchst verwickelten Spieles und Gegenspieles von Intrigen, Sorgen, Zwang, Freiheit, Plänen, Ratschlägen, Drohungen, Irrtümern, ständig gezwungen, auf eine unendliche Menge ihm vorgelegter, immer einander widersprechender Fragen antworten zu müssen.

Gelehrte Strategen versichern uns mit gewichtigem Ernst, Kutusow hätte schon lange, lange vor Fili seine Armee auf die Kalugaer Straße führen müssen, und ein entsprechender Plan sei ihm auch vorgelegt worden. Einem Oberkommandierenden aber werden, vornehmlich in kritischen Augenblicken, nicht einzelne Pläne, sondern Pläne gleich in ganzen Dutzenden vorgelegt, und alle diese Pläne fußen auf strategischen und taktischen Gesichtspunkten, und jeder von ihnen widerspricht dem anderen. Es könnte freilich scheinen, als sei die Aufgabe eines Oberkommandierenden nur die, sich für einen von diesen Plänen zu entscheiden. Allein auch das vermag er nicht. Die Ereignisse und die Zeit halten nicht still. Gesetzt den Fall, es wird ihm vorgeschlagen, am achtundzwanzigsten auf die Kalugaer Straße hinüberzugehen, im gleichen Augenblick aber kommt ein Adjutant von Miloradowitsch angejagt und fragt, ob er sich jetzt gleich mit den Franzosen in ein Gefecht einlassen oder aber zurückgehen soll. Es muß ihm augenblicks ein Befehl gegeben werden. Wird ihm der Befehl zum Zurückgehen gegeben, so ist damit der Plan eines Abschwenkens auf die Kalugaer Straße hinfällig geworden. Unmittelbar nach dem Adjutanten fragt der Chef der Intendantur, wohin der Proviant zu schaffen sei und der Referent für Sanitätswesen, wohin die Verwundeten gebracht werden sollen; ein Kurier aus Petersburg bringt einen Brief des Kaisers, in welchem die Preisgabe Moskaus als unmöglich bezeichnet wird; und der Rival des

Oberkommandierenden, der ihm den Boden unter den Füßen zu entziehen sucht – solche Rivalen sind immer zur Stelle, und fast möchte man sagen, zu Dutzenden –, legt einen neuen Plan vor, welcher dem Plan einer Abschwenkung auf die Kalugaer Straße diametral entgegengesetzt ist; und der Körper des Oberkommandierenden selbst fordert gebieterisch Schlaf und Stärkung; und ein verdienstvoller General kommt, um sich über eine erfahrene Zurücksetzung bei der Ordensausteilung zu beklagen; und Leute von der Zivilbevölkerung bitten um Schutz; ein zur Erkundung des Geländes ausgeschickter Offizier kommt angeritten und meldet genau das Gegenteil von dem, was ein unmittelbar vor ihm ausgeschickter Offizier gemeldet hat; und ein Spion, ein Gefangener und ein von einem Rekognoszierungsritt zurückgekehrter General geben drei voneinander grundverschiedene Schilderungen der feindlichen Position. Wer nun nicht gewohnt ist, derartige Dinge, ohne welche die Tätigkeit eines Oberkommandierenden gar nicht denkbar ist, in Rechnung zu setzen oder wer das vergessen hat, der mag uns dann zum Beispiel die Stellung unserer Truppen bei Fili vorrücken und dabei von der Annahme ausgehen, der Oberkommandierende habe am 1. September doch noch volle Freiheit gehabt, sich für Aufgabe oder Verteidigung Moskaus zu entscheiden; nur vergißt er dabei, daß diese Frage ja gar nicht mehr existierte, als die russische Armee fünf Werst vor Moskau stand. Wann war denn die Entscheidung über diese Frage gefallen? An der Drissa und bei Smolensk und mit besonderem Nachdruck am 24. August bei Schewardino und am 26. bei Borodino und ferner an jedem einzelnen Tage und in jeder einzelnen Stunde und in jeder einzelnen Minute des Rückzuges von Borodino nach Fili.

III

Als Jermolow, von Kutusow zur Besichtigung der Position ausgeschickt, dem Feldmarschall sagte, an eine Schlacht unter den Mauern von Moskau sei in dieser Position nicht zu denken und man müsse über Moskau hinaus zurückgehen, da sah Kutusow ihn eine Weile schweigend an.

„Gib mir mal deine Hand", sagte er dann, drehte den Handrücken nach unten, um den Puls fühlen zu können und meinte: „Du bist krank, Freundchen. Bedenke doch, was du da sagst."

Kutusow konnte es noch nicht begreifen, daß es möglich sein sollte, Moskau kampflos preiszugeben.

Kutusow verließ auf dem Poklonnaja-Berge, sechs Werst vor dem Dorogomilowka-Schlagbaum, durch den es in die Stadt Moskau geht, seine Equipage und setzte sich auf eine Bank am Rande des Weges. Eine sehr große Menge von Generälen hatte sich um ihn gesammelt. Graf Rastoptschin, der aus Moskau gekommen war, schloß sich ihnen an. In einige kleinere Kreise geteilt, sprachen alle diese glänzenden Herren über die Vorzüge und Nachteile der Position, über den Zustand der Truppen, über die eingereichten Pläne, über die Lage in Moskau und über allerhand andere militärische Angelegenheiten. Alle hatten das Gefühl, daß es sich hier um einen Kriegsrat handelte, obwohl man sie nicht zu einem solchen gerufen hatte und diese Bezeichnung noch nicht gefallen war. Alle Gespräche bewegten sich um die großen Fragen des Augenblicks. Wenn man in Frage oder Antwort mehr persönliche Neuigkeiten berührte, so geschah das mit gedämpfter Stimme, und man kehrte gleich darauf wieder zu den großen Fragen der Allgemeinheit zurück. Nirgends hörte man unter allen diesen Männern ein Scherzwort oder ein Lachen, nicht einmal ein Lächeln ließ sich wahrnehmen. Offenbar gaben sich alle die größte Mühe, sich auf der Höhe der Situation zu halten. Und jede dieser Gruppen, in denen die einzelnen Gespräche geführt wurden, suchte sich nach Möglichkeit in der Nähe des Oberkommandierenden zu halten, dessen Bank den Mittelpunkt aller dieser Gruppen bildete, und man sprach so, daß man von ihm gehört werden konnte. Der Oberkommandierende hörte zu und ließ sich dazwischen etwas wiederholen, was um ihn her gesagt worden war, nahm aber selbst keinen eigentlichen Anteil am Gespräch und äußerte keine Ansicht. Sehr oft wandte er sich mit einem Ausdruck der Enttäuschung wieder ab, wenn er einer der Gruppen zugehört hatte, so als hätten sie über etwas ganz anderes gesprochen, als was er gern gehört hätte. Die einen sprachen von der gewählten Position und kritisierten dabei nicht so sehr die Position selbst als vielmehr die Fähigkeiten derjenigen, die diese Position gewählt hatten; andere setzten auseinander, der eigentliche Fehler sei bereits vor mehreren Tagen begangen worden, und man hätte bereits vorgestern eine Schlacht annehmen müssen; in einer dritten Gruppe sprach man von der Schlacht bei Salamanca, von der ein eben eingetroffener, eine spanische Uniform tragender Franzose, namens Crossard, zu berichten wußte. Dieser Franzose sprach dann mit einem der deutschen Prinzen, die in der russischen Armee Dienst taten, über die Belagerung von Saragossa und glaubte an die Möglichkeit, nach ähnlichen Gesichtspunkten auch Moskau zu verteidigen. In einer vierten Gruppe sagte Graf Rastoptschin, er sei bereit, mit der Moskauer Miliz unter den Mauern der Residenz zu sterben, könne sich aber doch nicht enthalten, sehr zu bedauern, daß man ihn nicht rechtzeitig über die Lage unterrichtet habe; hätte er das alles früher gewußt, so wäre das jetzt eine ganz andere Sache ... Eine fünfte

Gruppe erging sich in tiefsinnigen strategischen Erörterungen und sprach über die nunmehr einzuschlagende Marschrichtung. Eine sechste Gruppe redete baren Unsinn. Kutusows Gesicht wurde immer sorgenvoller und niedergeschlagener. Kutusow entnahm allen diesen Gesprächen nur eins: eine Verteidigung Moskaus lag außerhalb des Bereiches der physischen Möglichkeit im engsten Wortsinne, das heißt, sie war so unmöglich, daß, wenn irgendein hirnloser Oberkommandierender eine Schlacht befohlen hätte, es nur ein Durcheinander gegeben hätte, ohne daß es zur Schlacht gekommen wäre, ganz einfach, weil alle höheren Truppenführer die Position nicht nur für vollkommen ungeeignet hielten, sondern in allen ihren Gesprächen bereits von nichts anderem mehr sprachen als davon, was nach der außer jedem Zweifel stehenden Aufgabe dieser Position geschehen solle. Wie hätten auch die Truppenführer ihre Leute auf ein Schlachtfeld führen können, das sie selbst für vollkommen unmöglich hielten? Die Unterführer und sogar die Soldaten, die schließlich auch über solche Dinge nachdenken, hielten die Position ebenfalls für unmöglich und konnten doch nicht mit der festen Überzeugung von einer unvermeidlichen Niederlage in den Kampf geschickt werden. Wenn Bennigsen darauf bestand, die Position zu halten, und wenn andere diese Frage noch für diskutabel hielten, so gab es dafür keine in der Sache liegenden Gründe mehr, sondern die ganze Frage hatte keine andere Bedeutung als die eines Anlasses zu Streitigkeiten und Intrigen. Das hatte Kutusow begriffen.

Bennigsen, der die Position ausgesucht hatte, biß seinen russischen Patriotismus heraus, was Kutusow nicht ohne Stirnrunzeln anhören konnte, und blieb dabei, Moskau müsse verteidigt werden. Kutusow war es klar wie der Tag, was Bennigsen damit bezweckte: wenn der Verteidigungsversuch scheiterte, wollte er die Schuld auf Kutusow schieben, der die Armee bis zu den Sperlingsbergen geführt hatte, ohne eine Schlacht anzunehmen; war aber der Verteidigungsversuch erfolgreich, so wollte er ihn als sein eigenes Werk für sich in Anspruch nehmen; wurde sein Vorschlag aber abgelehnt, so wollte er als der Mann dastehen, den an dem Verbrechen der Preisgabe Moskaus keine Schuld traf.

Allein diese Intrigengeschichte war es ja gar nicht, was den Greis in dieser Stunde beschäftigte. Ihn beschäftigte eine einzige Frage von furchtbarer Schwere. Und auf diese Frage konnte er aus allen den Gesprächen um ihn her keine Antwort heraushören. Für ihn handelte es sich jetzt nur um diese eine Frage: „Bin wirklich ich es, durch dessen Schuld Napoleon bis Moskau gekommen ist? Und wann habe ich diese Schuld auf mich geladen? Wann entschied es sich? Etwa gestern, als ich Platow den Befehl gab, zurückzugehen, oder vorgestern abend, als ich vor Müdigkeit die Augen nicht mehr offenhalten konnte und Bennigsen befahl, das Erforderliche anzuordnen? Oder war es noch früher? Aber wann, wann hat sich denn dieses Grauenhafte entschieden? Moskau muß preisgegeben werden. Die Armee muß zurückgehen, und der Befehl dazu muß gegeben werden." Diesen grauenhaften Befehl zu geben, schien ihm nichts anderes zu bedeuten, als das Kommando niederzulegen. Und nicht nur, daß er die Macht liebte und an sie gewöhnt war – schon, als er unter dem Fürsten Prosorowskij in der Türkei gestanden, hatten dessen große Befehlsgewalt und ehrenvolle Stellung ihn gereizt –, nein, er war auch davon überzeugt, daß ihm vom Schicksal die Rettung Rußlands vorbehalten und daß er nur deshalb gegen den Willen des Kaisers und auf Wunsch des Volkes zum Oberkommandierenden ausersehen worden war. Er war überzeugt, daß er als einziger unter so schwierigen Umständen sich an der Spitze der Armee zu behaupten und als einziger in der ganzen Welt dem unbesieglichen Napoleon, ohne zu erzittern, die Spitze zu bieten vermochte; und es überkam ihn ein Entsetzen angesichts des Befehles, den er erteilen sollte. Eine Entscheidung aber mußte getroffen und allen diesen über Gebühr anschwellenden Gesprächen um ihn her ein Ende gemacht werden.

Er rief die dienstältesten Generäle zu sich.

„Ma tête, fût-elle bonne ou mauvaise, n'a qu'à s'aider d'elle-même",[1] sagte er, erhob sich von der Bank und fuhr nach Fili, wo die übrigen Wagen seines Stabes hielten.

IV

In dem geräumigen Hause des Bauern Andrej Sawostjanow, dem besten des Dorfes, versammelte sich um zwei Uhr der Kriegsrat. Die Männer, Weiber und Kinder der großen Familie des Eigentümers hatten sich jenseits des Hausflurs im Hinterzimmer zusammengedrängt. Nur Andrejs Enkelin Malascha, ein sechsjähriges Mädchen, das der Durchlauchtigste beim Teetrinken gestreichelt und mit einem Stück Zucker beschenkt hatte, war in der großen Stube zurückgeblieben und hockte auf dem Ofen. Von hier aus sah sie sich scheu und vergnügt zugleich die Gesichter, Uniformen und Ordenskreuze der Generäle an, die einer nach dem anderen hereinkamen und in der vorderen Hälfte der Stube sich auf die breiten Bänke unter den Heiligenbildern setzten. Das Großväterchen selbst, wie das Mädchen Kutusow bei sich nannte, saß seitab von den übri-

[1] Mein Kopf, möge er gut oder schlecht sein, kann sich nur selbst helfen.

gen in einer dunklen Ecke hinter dem Ofen. Er hatte sich tief in seinen Klappstuhl hineinsinken lassen, räusperte sich unaufhörlich und machte sich in einem fort mit dem Kragen seines Überrocks zu schaffen, der ihm den Hals zusammenzupressen schien, obwohl er geöffnet war. Die Eintretenden gingen einer nach dem anderen auf den Feldmarschall zu, einige begrüßte er mit einem Händedruck, andere mit einem Nicken. Der Adjutant Kaissarow wollte die Gardine am Fenster Kutusow gegenüber zur Seite ziehen, aber Kutusow machte eine ärgerliche Handbewegung, und Kaissarow begriff, daß der Durchlauchtigste sein Gesicht nicht sehen lassen wollte.

Um den bäuerlichen Fichtenholztisch mit den Karten, Plänen, Bleistiften und Papieren hatten sich so viel Menschen versammelt, daß die Offiziersburschen noch eine Bank bringen und neben den Tisch stellen mußten. Auf diese Bank setzten sich Jermolow, Kaissarow und Toll. Gerade unter den Heiligenbildern saß auf dem Ehrenplatz Barclay de Tolly mit seinem blassen, kränklichen Gesicht und der hohen, in die Glatze übergehenden Stirn, das Georgskreuz am Halse. Er litt bereits seit dem Vortage an Fieber, das ihn auch jetzt wieder hin und her schüttelte. Neben ihm saß Uwarow und redete mit gedämpfter Stimme – so sprachen auch alle anderen – und hastigen Handbewegungen auf ihn ein. Der kleine, rundliche Dochturow hörte mit hochgezogenen Augenbrauen aufmerksam zu, die Hände über dem Bauch gefaltet. Auf der anderen Seite saß, offenbar ganz in Gedanken versunken, Graf Ostermann-Tolstoj, den breitgebauten Kopf mit den verwegenen Zügen und den blitzenden Augen in die Hand gestützt. Rajewskij zwirbelte mit einem Ausdruck der Ungeduld gewohnheitsmäßig sein schwarzes Schläfenhaar und sah bald auf Kutusow, bald auf die Eingangstür. Auf Konownizyns entschlossenem, hübschem und gutmütigem Gesicht glänzte ein pfiffiges und vergnügtes Lächeln. Sein Blick war dem der kleinen Malascha begegnet, und jetzt zwinkerte er ihr mit den Augen allerhand Zeichen zu, über die sie lächeln mußte.

Alle warteten auf Bennigsen, der vorgegeben hatte, die Position noch einmal besichtigen zu müssen, in Wirklichkeit aber mit seinem ausgesuchten Diner noch nicht fertig war. Man wartete auf ihn von vier bis sechs Uhr und begann während dieser Zeit die eigentliche Beratung noch nicht, sondern sprach nur mit gedämpfter Stimme über allerhand gleichgültige und abseitsliegende Gegenstände.

Erst als Bennigsen eintrat, kam Kutusow aus seinem Winkel heraus und rückte mit seinem Klappstuhl an den Tisch, aber nicht so weit, daß der Schein der Kerzen auf dem Tische auf sein Gesicht gefallen wäre.

Bennigsen eröffnete den Kriegsrat mit der Frage: „Soll Rußlands heilige, alte Hauptstadt ohne Schwertstreich aufgegeben oder soll sie verteidigt werden?" Der Frage folgte ein langes, allgemeines Schweigen. Alle Gesichter hatten sich verfinstert, und in der Stille hörte man nur Kutusows grimmiges Räuspern und Husten. Alle sahen ihn an. Auch Malascha schaute auf das Großväterchen. Sie war ihm näher als alle anderen und sah, wie sein Gesicht sich mit Runzeln überzog, genauso, als werde er im nächsten Augenblick in Tränen ausbrechen. Indessen dauerte die Stille nicht lange.

„Rußlands heilige, alte Hauptstadt!" sagte Kutusow plötzlich, Bennigsens Anfangsworte grimmig wiederholend und damit die falsche Note zum Ausdruck bringend, die in diesen Worten mitgeklungen hatte. „Gestatten Sie mir die Bemerkung, Ew. Erlaucht, daß diese Frage für einen russischen Menschen sinnlos ist." Er wälzte seinen schweren Oberkörper vornüber. „Eine solche Frage darf nicht gestellt werden, und eine solche Frage ist sinnlos. Die Frage, zu deren Beurteilung ich diese Herren hierher zusammengebeten habe, ist eine Frage ausschließlich militärischer Natur. Die Frage lautet: Ist es, da Rußlands Rettung auf der Armee beruht, vorteilhafter, eine Schlacht anzunehmen und damit den Verlust dieser Armee und den Verlust Moskaus gleichzeitig zu riskieren, oder Moskau kampflos preiszugeben? Das ist die Frage, über die ich Ihre Meinung kennenlernen möchte." Er ließ den Oberkörper wieder gegen die Lehne des Klappstuhles zurücksinken. Nun begann die Debatte. Bennigsen gab sein Spiel noch nicht verloren. Er pflichtete der Ansicht Barclays und der übrigen, die eine Verteidigungsschlacht bei Fili für unmöglich hielten, zwar bei, machte dann aber, von russischem Patriotismus und Liebe zu Moskau durchdrungen, den Vorschlag, die Armee während der Nacht vom rechten Flügel der Position auf den linken herüberzuführen und am folgenden Tage den rechten Flügel der Franzosen anzugreifen. Die Meinungen gingen auseinander, und Bennigsens Vorschlag fand Billigung und Widerspruch. Jermolow, Dochturow und Rajewskij schlossen sich Bennigsen an. Sei es, daß diese Generäle sich von dem Gefühl leiten ließen, es müsse unbedingt noch ein Opfer gebracht werden, bevor man die Hauptstadt preisgäbe, sei es, daß bei ihnen andere, mehr individuelle Gesichtspunkte mitspielten — in jedem Falle war es, als könnten sie gar nicht begreifen, daß ein Rat wie der von Bennigsen gegebene an dem zwangsmäßigen Ablauf der Ereignisse nichts mehr zu ändern vermochte und daß Moskau tatsächlich bereits jetzt aufgegeben war. Die übrigen Generäle hatten das begriffen, ließen Moskau ganz beiseite und sprachen davon, welche Richtung die Armee bei ihrem weiteren Rückzuge einschlagen solle. Malascha, die, ohne die Augen abzuwenden, auf alles achtete, was sich dort vor ihr abspielte, deutete sich diese Beratung ganz anders. Für sie handelte es sich um einen persönlichen Streit zwischen dem Großväterchen und dem Onkel mit den langen Rockschößen, wie sie Bennigsen nannte. Sie sah diese zwei jedesmal böse werden, wenn sie miteinander sprachen, und hatte in ihrem Inneren für das Großväterchen Partei genommen. Mitten im Gespräch fing sie einen hastigen, verschmitzten Blick auf, den das Großväterchen auf den Onkel mit den langen Rockschößen warf, und merkte gleich darauf zu ihrer Genugtuung, daß das Großväterchen mit seinen letzten Worten dem Onkel mit den langen Rockschößen gründlich über den Mund gefahren sein mußte, denn Bennigsen war plötzlich rot geworden und ging wütend im Zimmer auf und ab. Diese Wirkung hatte auf Bennigsen Kutusows ganz ruhigen Tones vorgebrachte Gegenüberstellung der Vorzüge und Nachteile des von Bennigsen gemachten Vorschlages, die Armee nachts vom rechten auf den linken Flügel hinüberzuführen und dann den rechten französischen Flügel anzugreifen, hervorgerufen.

„Meine Herren, ich kann den Plan des Grafen nicht gutheißen", hatte Kutusow dann gesagt. „Es ist immer gefährlich, bei so geringem Abstand vom Feinde Truppenverschiebungen vorzunehmen, und die Kriegsgeschichte gibt dafür genug Beispiele. Ich denke da an ..." Kutusow schien nach einem Beispiel zu suchen und sah dabei Bennigsen mit einem hellen und unbefangenen Blick an. „Ja, also zum Beispiel die Schlacht bei Friedland, die dem Grafen noch recht gut gegenwärtig sein dürfte, ging nur deshalb so ... nun, so nicht ganz erfolgreich aus, weil unsere Armee in so geringem Abstande vom Feinde umgruppiert wurde ..."

Es folgte eine Stille, die allen sehr lang vorkam, obwohl sie nicht länger währte als eine Minute.

Dann wurde die Debatte wiederaufgenommen, doch gab es oft Unterbrechungen, und man hatte wohl die Empfindung, daß es im Grunde nichts mehr zu reden gab.

Während einer dieser Pausen ließ Kutusow ein schweres Ächzen hören, als schicke er sich an, das Wort zu ergreifen. Alle richteten ihre Blicke auf ihn.

„Eh bien, messieurs, je vois que c'est moi qui payerai les pots cassés",[1] sagte er, stand dann langsam auf und trat an den Tisch. „Meine Herren, ich habe Ihre Ansichten gehört. Einige von Ihnen werden mir nicht beipflichten können. Aber ich ..." — hier machte er eine Pause — „kraft der Befehlsgewalt, die mein Kaiser und mein Vaterland mir anvertraut haben, befehle ich ... den Rückzug."

Unmittelbar darauf gingen die Generäle auseinander, mit jener feierlichen und wortkargen Zurückhaltung, mit der man nach einer Beerdigung auseinandergeht.

[1] Nun, meine Herren, ich sehe schon, daß ich das zerbrochene Geschirr werde bezahlen müssen.

Einige von den Generälen hatten dem Oberkommandierenden noch dieses oder jenes zu melden; sie taten das aber jetzt mit gesenkter Stimme und weit entfernt von der Tonlage, in der sie während der Debatte gesprochen hatten.

Malascha, die schon lange von ihren Angehörigen zum Abendbrot erwartet wurde, ließ sich jetzt vorsichtig rücklings von der Ofenpritsche herab, die nackten Füßchen immer gegen die einzelnen Ziegelabsätze stemmend; dann schlängelte sie sich zwischen den Beinen der Generäle hindurch und schlüpfte zur Tür hinaus.

Nachdem Kutusow die Generäle entlassen hatte, saß er mit aufgestützten Ellbogen noch lange am Tisch und grübelte unentwegt der einen, furchtbaren Frage nach: „Wann, ja wann hat es sich denn entschieden, daß Moskau aufgegeben werden muß? Wann ist das getan oder unterlassen worden, was diese Entscheidung gebracht hat, und wer ist schuld daran?"

„Das, gerade das hätte ich nicht erwartet", sagte er zu seinem Adjutanten Schneider, der spät in der Nacht zu ihm ins Zimmer trat. „Das hätte ich nicht erwartet! Das hätte ich nicht gedacht!"

„Durchlaucht bedürfen der Ruhe", sagte Schneider.

Kutusow antwortete nicht. „Aber nein! Sie sollen doch noch Pferdefleisch fressen wie die Türken!" schrie er und schlug mit der schwammigen Faust auf den Tisch. „Und das werden sie auch, wenn erst . . ."

V

Durchaus im Gegensatz zu der Haltung Kutusows stand bei einem Ereignis, das zu gleicher Zeit stattfand, aber noch wichtiger war als der kampflose Rückzug der Armee — bei der Räumung Moskaus durch die Zivilbevölkerung und dem Niederbrennen der Stadt — die des Grafen Rastoptschin, den man uns als den Veranlasser und Lenker dieses Ereignisses darzustellen pflegt.

Dieses Ereignis, die Räumung Moskaus durch die Zivilbevölkerung und der Brand der Stadt, erfolgte ebenso zwangsmäßig wie der kampflose Rückzug der Truppen über Moskau hinaus nach der Schlacht von Borodino.

Jeder russische Mensch hätte das, was jetzt geschah, voraussagen können, nicht auf Grund von Vernunftschlüssen, sondern auf Grund jenes russischen Gefühls, das in uns liegt, wie es in unseren Vätern gelegen hat.

Seit den Kämpfen um Smolensk war in allen Städten und Dörfern der russischen Erde, ohne daß Graf Rastoptschin mit seinen Proklamationen irgend etwas dazu getan hätte, genau das gleiche ge=

schehen, was nachher in Moskau geschah. Das Volk sah dem Kommen des Feindes unbesorgt entgegen, rebellierte nicht, regte sich nicht auf, riß niemanden in Stücke, sondern erwartete ruhig sein Schicksal, weil es in sich die Kraft fühlte, im entscheidenden, schwersten Augenblicke schon zu erkennen, was getan werden müsse. Und sobald der Feind herankam, ließen die wohlhabenderen Bevölkerungselemente ihr Eigentum im Stich und flüchteten; die ärmeren aber blieben und verbrannten und vernichteten, was jene zurückgelassen hatten.

Das Gefühl, daß dieses sein mußte und auch in alle Zukunft sein müssen wird, lag in der Seele jedes russischen Menschen, wie es immer in ihr liegen wird. Und dieses Gefühl, ja mehr als das, nämlich die sichere Vorahnung vom Fall Moskaus, lebte auch im Jahre 1812 in der Moskauer Gesellschaft. Diejenigen, die bereits im Juli oder zu Anfang August Moskau verließen, zeigten damit, daß sie mit dem Fall Moskaus rechneten. Wer aus Moskau flüchtete und nur das bequem Mitzuführende mit sich fortnahm, sein Haus und die Hälfte seines Eigentums aber zurückließ, der tat das kraft jenes latenten Patriotismus, der seinen Ausdruck nicht in Phrasen, nicht im Hinschlachten der eigenen Kinder zur Rettung des Vaterlandes oder ähnlichen Unnatürlichkeiten findet, sondern sich unaufdringlich, schlicht und mit der Eigengesetzlichkeit eines natürlichen Organismus auswirkt und gerade deshalb immer die mächtigsten Ergebnisse zeitigt.

„Vor der Gefahr zu fliehen ist schimpflich! Nur Feiglinge fliehen aus Moskau!" sagte man wohl zu diesen Leuten. Rastoptschin suchte den Moskowitern in seinen Proklamationen einzuschärfen, daß ein Verlassen Moskaus schimpflich sei. Nun schämten sich die Moskowiter wohl, daß sie als Feiglinge bezeichnet wurden, und schämten sich, daß sie wegfuhren, fuhren aber trotzdem weg, weil sie wußten, daß es sein mußte. Warum fuhren sie weg? Es läßt sich nicht annehmen, daß Rastoptschin ihnen mit seinen Hinweisen auf die von Napoleon in bezwungenen Ländern verübten Greuel Angst gemacht haben sollte. Denn wer wegfuhr, das waren zuerst und vor allem wohlhabende und gebildete Menschen, die ganz genau wußten, daß Wien und Berlin unzerstört geblieben waren und die Einwohner dieser Städte während der napoleonischen Okkupationszeit eine überaus vergnügte Zeit mit den bezaubernden Franzosen verlebt hatten, denen damals übrigens auch die russische Herren- und noch mehr die russische Damenwelt von Herzen zugetan war.

Sie fuhren weg, weil für einen Russen die Frage, ob es sich unter französischer Herrschaft in Moskau gut oder schlecht werde leben lassen, überhaupt nicht existierte. Ein Leben unter französischer Herrschaft war ganz einfach unmöglich und das Schlimmste, was überhaupt gedacht werden konnte. Sie fuhren schon vor der Schlacht von Borodino weg und noch überstürzter nach der Schlacht von Borodino, ungeachtet der Proklamationen, die zur Verteidigung der Stadt aufforderten, ungeachtet der Bekanntmachung des Oberkommandierenden von Moskau, er beabsichtige das Bild der Iberischen Muttergottes zum Schutze der Stadt umhertragen zu lassen und selbst in den Kampf zu gehen, ungeachtet der Luftballons, welche die Franzosen vernichten sollten, ungeachtet all der Albernheiten, die Rastoptschin in seinen Flugblättern von sich gab. Sie wußten, daß der Kampf mit den Franzosen Aufgabe der Armee war, und wußten, daß sie selbst doch nicht, wenn die Armee es nicht fertigbrachte, mit ihren Töchtern und Dienstboten auf die Drei Berge ziehen konnten, um mit Napoleon zu streiten, sondern wegfahren mußten, so schwer es ihnen auch fiel, ihr Eigentum zurückzulassen und der Zerstörung auszusetzen. Sie fuhren weg und dachten dabei gar nicht daran, was für eine ungeheure Bedeutung es hatte, daß diese gewaltige, reiche Hauptstadt von ihren Einwohnern verlassen wurde und dann offenbar in Flammen aufgehen würde, da der Charakter des russischen Volkes ja leergewordene Häuser nicht unzerstört und unverbrannt lassen kann; jeder von ihnen fuhr auf Grund eines eigenen Entschlusses weg, und dabei geschah doch gerade infolge ihres Wegfahrens jenes urgewaltige Ereignis, das für ewige Zeiten der schönste Ruhm des russischen Volkes bleiben wird. Jene Dame, die bereits im Juni mit ihren Mohren und Possenreißern von Moskau nach ihrem Gut im Gouvernement Saratow aufbrach, in der unklaren Empfindung, in Bonapartes Dienstbarkeit nicht leben zu können, und in ständiger Furcht, unterwegs auf Befehl des Grafen Rastoptschin angehalten zu werden, hat in aller Schlichtheit und Ehrlichkeit ihren Anteil an dem großen Werke gehabt, das schließlich zur Rettung Rußlands wurde. Graf Rastoptschin dagegen, der bald die Wegfahrenden verunglimpfte, bald selbst den Abtransport behördlicher Institutionen anordnete, der bald untaugliche Waffen an betrunkenes Gassengesindel austeilen, bald Heiligenbilder durch die Straßen tragen ließ, bald Awgustin, dem Metropoliten von Moskau, die Wegschaffung von Reliquien und Heiligenbildern untersagte, bald alle privaten Fuhrwerke in Moskau beschlagnahmte, bald hundertundsechsunddreißig Wagen zur Verfügung stellte, um den von Leppich gebauten Luftballon fortzubringen, der verlauten ließ, er werde Moskau in Flammen setzen, und nachmals erzählte, er habe sein eigenes Haus angezündet, während er den Franzosen in einer schwülstigen Proklamation einen Vorwurf daraus machte, daß sie ein unter seinem Protektorat stehendes Kinderheim zerstört hatten, der sich bald rühmte, Moskau eingeäschert zu haben, bald nichts damit zu tun gehabt haben wollte, der bald dem Volk befahl, alle

Spione aufzugreifen und zu ihm zu schaffen, bald ihm deswegen Vorwürfe machte, der alle Franzosen aus Moskau auswies und dabei gerade mit Frau Auber-Chalmé, die doch der Mittelpunkt der ganzen französischen Kolonie von Moskau gewesen war, eine Ausnahme machte, der den alten, ehrenwerten Postdirektor Kljutscharew, ohne daß dieser sich etwas Besonderes hätte zuschulden kommen lassen, verhaften und verschicken ließ, der das Volk zum Kampf mit den Franzosen nach den Drei Bergen zusammenrief und diesem Volk dann, um es loszuwerden, einen Menschen zur Ermordung überließ und selbst durch die Hintertür seines Palais verschwand, der einerseits sagte, er werde das Unglück Moskaus nicht überleben, anderseits später französische Verse, die auf seine Mitwirkung am Brande Moskaus anspielten, in Poesiealben schrieb* — dieser Mann hatte die Bedeutung dessen, was damals geschah, nicht im geringsten erfaßt, sondern wollte nur irgend etwas inszenieren, die Umwelt zum Erstaunen nötigen, irgend etwas Patriotisches und Heroisches verrichten, er tobte, wie ein kleiner Junge jauchzend, angesichts des gewaltigen und unerbittlich sein müssenden Geschehnisses der Räumung und Einäscherung Moskaus und suchte mit seiner winzigen Hand die mächtig dahinbrausende Strömung des Volksganzen, die ihn selbst mit sich forttrug, bald anzutreiben, bald aufzuhalten.

VI

Hélène, die mit dem Hof von Wilna nach Petersburg zurückgekehrt war, befand sich in einer recht schwierigen Lage.

In Petersburg hatte Hélène sich der besonderen Protektion eines der höchstgestellten Würdenträger des Staates zu erfreuen gehabt. In Wilna hatte sie sich mit einem jungen ausländischen Prinzen eingelassen. Als sie nach Petersburg zurückgekehrt war, waren beide hier, der Prinz und der Würdenträger, wollten beide ihre Rechte geltend machen, und für Hélène ergab sich die in ihrer Laufbahn bisher noch nicht dagewesene Aufgabe, ihre intimen Beziehungen zu allen beiden aufrechtzuerhalten, ohne den einen zugunsten des anderen zurückzusetzen.

Allein, was einer anderen Frau schwer oder gar unmöglich vorgekommen wäre, das nötigte der Gräfin Besuchowa nicht einmal eine besondere Gedankenarbeit ab, und sie galt wohl nicht umsonst für eine so ungewöhnlich kluge Frau. Hätte sie versucht, mit Heimlichkeiten zu Werke zu gehen und sich mit Listen und Ränken aus ihrer

* Anm. am Schluß des Buches.

verwickelten Lage herauszuwinden, so hätte sie gerade damit ihre Sache verdorben, weil es ihr als ein Anzeichen von Schuldbewußtsein ausgelegt worden wäre. Aber Hélène nahm ganz im Gegenteil von vorneherein als wahrhaft großer Mensch, der alles kann, was er will, die Position dessen ein, der im Recht ist, während sie alle anderen in die Position des Unrechts verwies, und tat das in gutem Glauben und aus ganzer Überzeugung.

Als der junge ausländische Prinz es sich zum erstenmal herausnahm, ihr Vorwürfe zu machen, da hob sie stolz den schönen Kopf, kehrte sich ihm mit einer halben Wendung zu und sagte mit Bestimmtheit:

„Voilà l'égoïsme et la cruauté des hommes! Je ne m'attendais pas à autre chose. La femme se sacrifie pour vous, elle souffre, et voilà sa récompense. Quel droit avez-vous, Monseigneur, de me demander compte de mes amitiés, de mes affections? C'est un homme, qui a été plus qu'un père pour moi." [1]

Der junge Prinz wollte etwas sagen, allein Hélène fiel ihm ins Wort.

„Eh bien, oui", meinte sie, „peut-être qu'il a pour moi d'autres sentiments que ceux d'un père, mais ce n'est pas une raison pour que je lui ferme ma porte. Je ne suis pas un homme pour être ingrate. Sachez, Monseigneur, pour tout ce qui a rapport à mes sentiments intimes, je ne rends compte qu'à Dieu et à ma conscience",[2] schloß sie, legte die Hand auf die schön gewölbte Brust und sandte einen Blick zum Himmel.

„Mais écoutez-moi au nom de Dieu."

„Epousez-moi, et je serai votre esclave."

„Mais c'est impossible."

„Vous ne daignez pas descendre jusqu'à moi, vous ..." [3] sagte Hélène und begann zu schluchzen.

Der Prinz suchte sie zu begütigen, Hélène aber sagte unter Tränen, anscheinend ganz hingenommen von ihren Empfindungen, nichts könne einer solchen Ehe im Wege stehen, es gäbe da Beispiele — damals waren solche Beispiele freilich noch sehr selten, aber sie

[1] Da zeigt sich wieder der Egoismus und die Grausamkeit der Männer. Ich habe nichts anderes erwartet! Die Frau opfert sich für Sie, sie leidet für Sie, und das ist ihre Belohnung. Mit welchem Recht verlangen Sie, mein Herr, daß ich Ihnen Rechenschaft über meine Freundschaften und meine Neigungen ablegen soll? Er ist ein Mann, der mehr als ein Vater für mich gewesen ist.

[2] Nun ja, es kann wohl möglich sein, daß er andere Gefühle für mich hegt als ein Vater, aber das ist kein Grund dafür, daß ich ihm meine Tür verschließe. Ich kann nicht undankbar sein, weil ich kein Mann bin. Merken Sie es sich, mein Herr, über alles, was meine innersten Gefühle angeht, lege ich nur vor Gott und meinem eigenen Gewissen Rechenschaft ab.

[3] Aber hören Sie mich doch um Gottes Namen an. — Heiraten Sie mich, und ich werde Ihre Sklavin sein. — Aber das ist unmöglich. — Sie geruhen nicht, sich zu mir herabzulassen, Sie ...

führte Napoleon und andere hochgestellte Persönlichkeiten an – sie sei in Wirklichkeit nie die Frau ihres Mannes gewesen, sie habe bei dieser Heirat nur die Rolle eines Opfertieres gespielt.

„Aber die Gesetze, die Religion ..." erwiderte der Prinz, der schon anfing, schwach zu werden.

„Die Gesetze, die Religion ... Wozu hätte man denn die erfunden, wenn man mit ihrer Hilfe nicht so etwas durchsetzen könnte!" meinte Hélène.

Der große Herr wunderte sich jetzt, daß ihm dieser einfache Gedanke noch gar nicht in den Kopf gekommen war, und wandte sich um Rat an die heiligen Brüder von der Gesellschaft Jesu, zu denen er enge Beziehungen unterhielt.

Einige Tage später wurde Hélène auf einem der entzückenden Feste, die sie in ihrem Sommerhause auf Kamenny Ostrow gab, ein bejahrter Mann mit schneeweißen Haaren und blitzenden schwarzen Augen vorgestellt, der bezaubernde M. de Jobert, un jésuite à robe courte[1], der mit Hélène im Garten, unter den Lichtern der Illumination und den Klängen der Musik von der Liebe zu Gott, zu Christus, zum Herzen der Muttergottes und den für dieses und jenes Leben von der einzig wahren katholischen Religion zu vergebenden Tröstungen sprach. Hélène war gerührt, und einige Male standen ihr und M. de Jobert Tränen in den Augen, und beiden zitterte die Stimme. Ein Tanz, zu welchem Hélène von einem Kavalier engagiert wurde, machte diesem Gespräch mit ihrem künftigen directeur de conscience[2] ein Ende, am folgenden Tage aber erschien M. de Jobert gegen Abend allein bei Hélène und war von da an häufig bei ihr zu finden.

Eines Tages führte er die Gräfin in die katholische Kirche und geleitete sie zu einem Altar, vor welchem sie niederkniete. Der angejahrte bezaubernde Franzose legte ihr die Hände auf den Kopf, und wie sie später selbst erzählte, verspürte sie etwas wie den Hauch eines frischen Windes in ihre Seele wehen. Man erklärte ihr, dies sei la grâce[3] gewesen.

Dann führte man ihr einen Abbé à robe longue[4] zu, der ihr die Beichte abnahm und ihr die Absolution erteilte. Am folgenden Tage bekam sie ein Kästchen mit einer konsekrierten Hostie, die ihr zum Hausgebrauch überlassen wurde. Einige Tage später wurde Hélène zu ihrer Genugtuung mitgeteilt, sie sei jetzt in die wahre katholische Kirche eingetreten, und in Kürze werde dem Papst selbst ihre Sache vorgetragen und er werde ihr ein bestimmtes Papier zugehen lassen.

Alles, was in dieser Zeit um sie und in ihr vor sich ging, alle diese

[1] ein Jesuit in kurzem Rock.
[2] Beichtvater.
[3] die Gnade.
[4] im langen Rock.

Aufmerksamkeit, die so viele kluge Männer ihr widmeten und die sich in so angenehmen und feingeschliffenen Formen äußerte, und die Taubenreinheit, in der sie sich jetzt befand – sie trug während dieser ganzen Zeit weiße Kleider mit weißen Bändern –, all das machte ihr Vergnügen; dieser Empfindung des Vergnügens zum Trotz verlor sie aber ihr Ziel nicht für eine einzige Minute aus den Augen. Und wie es immer zu geschehen pflegt, daß, wo es um Dinge der Schlauheit geht, der Dumme weiterkommt als alle Klugen, so hatte sie begriffen, daß alle diese Besprechungen und eifrigen Bemühungen vor allem darauf hinausliefen, von ihr, nachdem sie katholisch geworden, Geld für die Institutionen der Jesuiten zu bekommen, worüber man es auch an Andeutungen nicht hatte fehlen lassen, und bestand darauf, daß zuerst diese verschiedenen Operationen, mit deren Hilfe sie von ihrem Manne frei werden sollte, vorgenommen würden, ehe sie mit ihrem Gelde herausrückte. Nach Hélènes Begriffen konnte keine Religion einen anderen Sinn haben als den, bei der Befriedigung menschlicher Wünsche für Aufrechterhaltung eines gewissen Anstandes zu sorgen. In der genannten Absicht forderte sie bei einem Gespräch mit ihrem Beichtvater mit allem Nachdruck eine Antwort auf die Frage, bis zu welchem Grade ihre Ehe noch als bindend anzusehen sei.

Sie saßen im Salon am Fenster. Es war dämmerig. Durch das Fenster kam Blumenduft. Hélène war in einem weißen, über Brust und Schultern durchsichtigen Kleide. Der wohlgenährte Abbé mit dem feisten, glattrasierten Kinn, dem angenehmen, kräftigen Munde und den weißen, mildgefaltet auf den Knien liegenden Händen saß Hélène ganz nahe und betrachtete ab und zu, ein feines Lächeln auf den Lippen, mit einem Blick, dem man ein sanftes Entzücken über ihre Schönheit anmerkte, ihr Gesicht und setzte ihr dabei seine Ansicht über die in Rede stehende Frage auseinander. Hélène sah mit einem unruhigen Lächeln auf sein Lockenhaar und seine glattrasierten, bläulich schimmernden feisten Wangen und wartete von Augenblick zu Augenblick darauf, daß das Gespräch eine völlig andere Wendung nähme. Aber der Abbé tat sich wohl offenbar am Anblick ihrer Schönheit gütlich, war aber doch dazu von der Ausübung seiner Amtspflichten zu sehr hingenommen.

Der Gedankengang, den ihr Gewissensberater ihr unterbreitete, war der folgende: „Sie haben in Unkenntnis der Bedeutung eines solchen Schrittes das Gelöbnis ehelicher Treue einem Menschen gegeben, der seinerseits einen Akt der Blasphemie dadurch beging, daß er eine Ehe einging, ohne an die religiöse Bedeutung der Ehe zu glauben. Diese Ehe hatte nicht die zwiefache Bedeutung, die sie eigentlich haben müßte. Dessenungeachtet stellte Ihr Gelöbnis für Sie eine bindende Verpflichtung dar. Dieses Gelöbnis haben Sie verletzt. Was haben Sie damit begangen? Eine läßliche Sünde oder eine Todsünde? Eine läßliche Sünde, péché véniel[1], weil Sie das ohne eine böse Absicht getan haben. Wenn Sie jetzt zum Zwecke der Kindererzeugung eine neue Ehe eingehen, so könnte Ihre Sünde vergeben werden. Indessen gliedert sich diese Frage wiederum in zwei Teilfragen, nämlich erstens ..."

Hélène, die seine Darlegungen zu langweilen begannen, fiel ihm mit ihrem bezaubernden Lächeln ins Wort. „Ich möchte aber doch meinen", sagte sie, „daß ich jetzt, nachdem ich zur wahren Religion übergetreten bin, doch nicht mehr durch eine Fessel gebunden sein kann, in die mich die falsche Religion geschlagen hat."

Der directeur de conscience[2] erstaunte über die große Einfachheit, mit der hier das Ei des Kolumbus vor seinen Augen aufgestellt wurde. Er war ganz hingerissen von der unerwarteten Schnelligkeit, mit der seine Schülerin fortschritt, konnte sich aber von dem scharfsinnigen, mit so viel Sorgfalt errichteten Gebäude seiner Argumente nicht so rasch losmachen.

„Entendons-nous, comtesse",[3] sagte er mit einem Lächeln und machte sich daran, die Auffassung seines Beichtkindes zu widerlegen.

VII

Hélène wußte genau, daß die ganze Geschichte vom geistlichen Standpunkt aus sehr einfach und leicht zu regeln war und daß ihre geistlichen Führer nur deswegen Schwierigkeiten machten, weil sie nicht recht wußten, wie die weltlichen Behörden sich zu der Sache stellen würden.

Infolgedessen gewann Hélène die Überzeugung, daß die Angelegenheit in der Gesellschaft vorbereitet werden müßte. Sie machte also ihren alten Würdenträger eifersüchtig und sagte ihm darauf das gleiche, was sie dem Prinzen gesagt hatte, das heißt, es gäbe nur ein einziges Mittel, sich ein Anrecht auf sie zu sichern, und das sei die Heirat. Der alte Würdenträger war im ersten Augenblick über den Vorschlag, eine Frau zu heiraten, deren Mann noch am Leben war, ebenso verdutzt wie Hélènes junger Liebhaber; aber es machte auf ihn Eindruck, daß Hélène eine solche Heirat für genauso einfach und natürlich hielt wie die eines jungen Mädchens. Hätte Hélène selbst auch nur die geringsten Anzeichen von Unsicherheit, Scham oder Geneigtheit zu Vertuschungsversuchen an den Tag gelegt, so

[1] eine verzeihliche Sünde.
[2] Der Beichtvater.
[3] Verstehen wir uns doch richtig, Gräfin.

wäre ihre Sache ohne Zweifel verloren gewesen; allein von derartigem konnte nicht im geringsten die Rede sein, vielmehr erzählte sie jedem, der ihr nahestand — und das tat ganz Petersburg — durchaus unbefangen und mit gutmütiger Naivität, daß sie sowohl von dem Prinzen als auch von dem alten Würdenträger Heiratsanträge bekommen hätte und daß sie beiden sehr zugetan sei und daher fürchten müsse, einen von ihnen vor den Kopf zu stoßen.

Sofort verbreitete sich in Petersburg das Gerücht, nicht etwa, Hélène wolle sich scheiden lassen — hätte sich ein solches Gerücht verbreitet, so hätte sie sehr viele angesichts einer so ungesetzlichen Absicht gegen sich in Harnisch gebracht —, sondern ganz einfach das Gerücht, die unglückliche, interessante Hélène leide so unter der Ungewißheit, welchen von beiden sie heiraten solle. Es handelte sich also gar nicht mehr um die Frage, wieweit eine neue Heirat überhaupt möglich war, sondern nur um die, welche Partie die vorteilhaftere wäre und wie der Hof die Sache aufnehmen würde. Einige verknöcherte Menschen brachten es freilich nicht fertig, sich zur Höhe dieser Fragestellung aufzuschwingen, und erblickten in diesem Vorhaben eine Beschimpfung des Sakramentes der Ehe: es waren aber nur wenige, und sie sagten nicht viel, während die Mehrzahl sich viel stärker für die Frage interessierte, bei welcher Partie Hélène mehr Glück finden würde und welche überhaupt die vorteilhaftere sei. Davon aber, ob es gut oder schlecht sei, noch zu Lebzeiten des Mannes eine zweite Ehe einzugehen, davon sprachen sie nicht, weil diese Frage offenbar für diejenigen, „die Bescheid wußten und die Sache übersahen", längst entschieden war und man an der Richtigkeit dieser Entscheidung nicht zweifeln durfte, ohne sich selbst als einfältig und zum Leben in der großen Welt untauglich zu entlarven.

Nur Marja Dmitrijewna Achrosimowa, die in diesem Sommer nach Petersburg gekommen war, um einen ihrer Söhne wiederzusehen, nahm sich die Freiheit, ihre Ansicht, die der der Petersburger Gesellschaft schroff entgegengesetzt war, ohne alle Umschweife zu äußern. Eines Abends begegnete sie Hélène auf einem Ball, hielt sie mitten im Saale an und sagte mit ihrer rauhen Stimme inmitten eines Stillschweigens: „Bei euch in Petersburg ist es jetzt wohl Mode geworden, sich noch zu Lebzeiten des Mannes wieder zu verheiraten? Vielleicht glaubst du, du hättest diese neue Erfindung gemacht? Darin sind dir andere schon zuvorgekommen, Mütterchen! Das gibt es längst. So machen es nämlich die Frauenzimmer in jedem Hurenstall!" Und nachdem Marja Dmitrijewna das gesagt hatte, streifte sie mit ihrer gewohnheitsmäßigen Drohgebärde die weiten Ärmel in die Höhe, warf einige strenge Blicke um sich und setzte ihren Gang durch den Ballsaal fort.

Obwohl man in Petersburg vor Marja Dmitrijewna Angst hatte,

sah man in ihr doch vornehmlich eine komische Figur, nahm also von allem, was sie gesagt hatte, eigentlich nur das eine derbe Wort zur Notiz, und einer erzählte es immer dem anderen halblaut weiter, als ob der springende Punkt ihrer Äußerung eben nur der unverblümte Gebrauch des besagten Wortes sei.

Fürst Wassilij, der seit einiger Zeit noch mehr als früher vergaß, was er selbst vor kurzem gesagt hatte und daher hundertmal ein und dasselbe vorbrachte, nahm seine Tochter jedesmal, wenn er ihr begegnete, auf die Seite, zog ihre Hand nach unten und sagte: „Hélène, j'ai un mot à vous dire. J'ai eu vent de certains projets, relatifs à ... Vous savez. Eh bien, ma chère enfant, vous savez, que mon cœur de père se réjouit de vous savoir ... Vous avez tant souffert ... Mais, chère enfant ... ne consultez que votre cœur. C'est tout ce que je vous dis."[1]

Und im Bestreben, seine jedesmal gleich heftige Erregung zu verbergen, streifte er die Wange der Tochter mit der seinen und verzog sich.

Bilibin, der nach wie vor für einen Mann von ganz besonders scharfem Verstande galt und Hélènes uneigennütziger Freund war, einer von jenen Freunden, wie sie sich stets um glänzende Frauen finden und nie und nimmer aus dieser Freundesrolle in die des Liebhabers fallen — Bilibin setzte einmal en petit comité[2] seiner Freundin Hélène auseinander, wie er über die ganze Geschichte dachte.

„Ecoutez, Bilibine", sagte Hélène, die solche Freunde wie Bilibin immer beim Familiennamen zu nennen pflegte, und fuhr mit ihrer ringgeschmückten weißen Hand über seine Frackärmel, „dites-moi, comme vous diriez à une sœur, que dois-je faire? Lequel des deux?"[3]

Bilibin zog die Stirnhaut zusammen und überlegte lächelnd.

„Ihre Frage trifft mich nicht unvorbereitet, vous savez", sagte er. „Comme véritable ami j'ai pensé et repensé votre affaire. Voyez-vous, si vous épousez le prince" — er bog mit der linken Hand den ausgestreckten Zeigefinger der rechten nach unten — „vous perdez pour toujours la chance d'épouser l'autre et puis vous mécontentez la Cour — comme vous savez, il y a une espèce de parenté. Mais si vous épousez le vieux comte, vous faites le bonheur de ses derniers jours, et puis comme veuve du grand ... le prince ne fait plus de

[1] Helene, ich möchte Ihnen etwas sagen.
Mir sind Gerüchte zu Ohren gekommen über gewisse Pläne in bezug auf ... Sie verstehen. Sie wissen wohl, mein liebes Kind, Sie wissen, daß mein Vaterherz sich darüber freut, daß Sie ... Sie haben so viel gelitten ... Aber, mein liebes Kind, lassen Sie nur Ihr Herz sprechen. — Das ist alles, was ich Ihnen sagen möchte.

[2] unter vier Augen.

[3] Sagen Sie mir, wie Sie zu einer Schwester sprechen würden, was soll ich tun? Welchen von beiden?

mésalliance en vous épousant" [1] — und Bilibin ließ die Stirnfalten wieder verschwinden.

„Voilà un véritable ami!" sagte Hélène strahlend und fuhr mit der Hand noch einmal über Bilibins Frackärmel. „Mais c'est que j'aime l'un et l'autre, je ne voudrais pas leur faire de chagrin. Je donnerais ma vie pour leur bonheur à tous deux." [2]

Bilibin deutete mit einem Achselzucken an, wenn die Sache so schwierig liege, wisse nicht einmal er einen Rat.

„Une maîtresse=femme! Voilà ce qui s'appelle poser carrément la question. Elle voudrait épouser tous les trois à la fois",[3] dachte Bilibin.

„Aber sagen Sie bitte, wie stellt sich denn Ihr Mann zu der Geschichte? Ist er einverstanden?" fragte er dann. Sein Ruf war so unerschütterlich, daß er selbst eine so naive Frage riskieren konnte, ohne für ihn fürchten zu müssen.

„Ah! il m'aime tant!" antwortete Hélène, die sich merkwürdigerweise auch noch von Pierre als drittem geliebt glaubte. „Il fera tout pour moi." [4]

Bilibin zog die Stirnhaut zusammen zum Zeichen, daß er ein „mot" [5] von sich zu geben gedachte.

„Même le divorce",[6] sagte er.

Hélène lachte.

Unter denen, die es sich herausnahmen, mit Rücksicht auf die bestehenden Gesetze an der Möglichkeit der geplanten Heirat zu zweifeln, war auch Hélènes Mutter, die Fürstin Kuragina. Von jeher hatte sie ein Gefühl des Neides auf ihre Tochter gequält, und jetzt, da der Neid einem Gegenstande galt, der auch für die Fürstin eine große Anziehungskraft hatte, ließ dieser Neid samt allen Gedanken, die mit ihm zusammenhingen, sie überhaupt nicht mehr zur Ruhe kommen. Sie erkundigte sich bei einem russischen Priester, wieweit eine Scheidung und Wiederverheiratung noch zu Lebzeiten des Mannes möglich sei, und der Pfarrer sagte ihr, eine solche Möglichkeit gäbe es nicht, und wies ihr zu ihrer Freude eine Stelle aus

[1] Sie wissen: Als wahrer Freund habe ich über Ihre Angelegenheiten nachgedacht. Bedenken Sie: Wenn Sie den Fürsten heiraten, verlieren Sie auf immer die Möglichkeit, den anderen zu heiraten, und außerdem erregen Sie die Unzufriedenheit des Hofes. Wie Sie wissen, besteht eine Art Verwandtschaft ... Aber wenn Sie den alten Grafen heiraten, so machen Sie ihm seine letzten Tage glücklich, und dann als Witwe des großen ... dann macht der Prinz keine Mesalliance, wenn er Sie heiratet.

[2] Sie sind mir wirklich ein wahrer Freund. — Aber es handelt sich darum, daß ich sowohl den einen wie den anderen liebe und keinen von beiden betrüben möchte. Ich würde mein Leben dafür geben, wenn ich sie beide glücklich machen könnte.

[3] Ein tolles Weib! Das heißt die Frage geradeheraus stellen. Ich glaube, sie möchte am liebsten alle drei auf einmal heiraten.

[4] Ach, er liebt mich so ... er wird alles für mich tun.

[5] einen weisen Ausspruch.

[6] Selbst die Scheidung.

dem Evangelium nach, welche die Möglichkeit einer Wiederverheiratung bei Lebzeiten des Mannes ohne weiteres ausschloß.

Mit den ihr unwiderleglich scheinenden Argumenten des Priesters bewaffnet, fuhr die Fürstin zu ihrer Tochter, und zwar in aller Frühe, um sie noch allein anzutreffen.

Hélène hörte sich die Einwände ihrer Mutter mit einem sanften und spöttischen Lächeln an.

„Es ist uns an dieser Stelle ausdrücklich gesagt: ‚Wer eine Abgeschiedene freiet ...'" sagte die alte Fürstin.

„Ah, maman, ne dites pas de bêtises. Vous ne comprenez rien. Dans ma position j'ai des devoirs",[1] antwortete Hélène. Sie war vom Russischen zum Französischen übergegangen, weil sie, wenn auf russisch über dieses Thema gesprochen wurde, immer den Eindruck hatte, die Sache sei doch nicht so ganz klar.

„Aber, Liebste ..."

„Ah, maman, comment est-ce que vous ne comprenez pas que le Saint Père qui le droit de donner des dispenses ..." [2]

In diesem Augenblick kam Hélènes Gesellschafterin und teilte mit, Seine Hoheit sei im Saale und wünsche Hélène zu sprechen.

„Non, dites-lui que je ne veux pas le voir, que je suis furieuse contre lui, parce qu'il m'a manqué parole." [3]

Aber da kam auch schon ein blonder junger Mann mit langem Gesicht und langer Nase ins Zimmer und sagte:

„Comtesse, à tout péché miséricorde." [4]

Die alte Fürstin erhob sich respektvoll und machte eine Verbeugung. Der junge Mann kümmerte sich nicht um sie. Die Fürstin nickte ihrer Tochter zu und segelte zur Tür.

„Nein, sie hat recht", dachte die alte Fürstin, die angesichts des persönlichen Erscheinens Seiner Hoheit alle ihre Überzeugungen wanken fühlte. „Sie hat recht. Aber daß wir das alles gar nicht gewußt haben, als wir selbst noch jung waren, und daß diese Zeit jetzt unwiederbringlich vorbei ist! Und wie einfach wäre es doch gewesen!" dachte sie, als sie in ihren Wagen stieg.

*

Anfang August war Hélènes Angelegenheit völlig ins reine gebracht, und sie schrieb ihrem Manne, von dem sie sich so sehr geliebt glaubte, einen Brief, in dem sie ihm mitteilte, sie beabsichtige N. N.

1 Ach, Mama, reden Sie keine Dummheiten. Sie verstehen doch nichts davon. In meiner Stellung habe ich Verpflichtungen.
2 Aber, Mama, warum verstehen Sie denn nicht, daß der Heilige Vater, der das Recht hat, Dispens zu erteilen ...
3 Nein, sagen Sie ihm, daß ich ihn nicht sehen will, daß ich wütend auf ihn bin, weil er sein Wort nicht gehalten hat.
4 Gräfin — jede Sünde findet Vergebung.

zu heiraten und sei zur einzig wahren Religion übergetreten und bitte ihn nunmehr, alle zur Scheidung nötigen Formalitäten zu erledigen, von denen der Überbringer des Briefes ihn in Kenntnis setzen werde.

„Sur ce je prie Dieu, mon ami, de vous avoir sous Sa sainte et puissante garde. Votre amie Hélène." [1]

Als dieser Brief in Pierres Haus gelangte, war er selbst auf dem Schlachtfeld von Borodino.

VIII

Pierre hatte den Rajewskij-Hügel zum zweitenmal verlassen, als die Schlacht von Borodino sich bereits ihrem Ende näherte, schloß sich nun einigen Soldatenhaufen an, die durch eine Schlucht auf Knjaskowo zuströmten, kam zum Verbandplatz und hastete inmitten der Soldatenhaufen weiter, als er dort das Blut sah und Schreien und Stöhnen hörte.

Mit allen Kräften seiner Seele wünschte Pierre jetzt nur noch eins, nämlich aus der Sphäre der entsetzlichen Eindrücke, unter denen er diesen Tag verbracht hatte, so schnell wie möglich in normale Lebensverhältnisse zurückzukehren und in seinem Zimmer, in seinem Bett ruhig einzuschlafen. Er fühlte, daß er nur unter normalen Lebensverhältnissen imstande sein würde, sich selbst und alles Gesehene und Durchgemachte zu verstehen. Aber diese normalen Lebensverhältnisse gab es hier nicht.

Auf dem jetzt von ihm eingeschlagenen Wege pfiffen zwar keine Artilleriegeschosse und Gewehrkugeln, aber ringsumher war es sonst genauso wie auf dem Schlachtfelde selbst: die gleichen von Leiden verzerrten, erschöpften und manchmal so seltsam gleichgültigen Gesichter, das gleiche Blut, die gleichen Soldatenmäntel, die gleichen Töne eines zwar entfernten, aber immer noch Grauen einflößenden Schießens, dazu Schwüle und Staub.

Nachdem Pierre etwa drei Werst auf der großen Moshaisker Landstraße gegangen war, setzte er sich am Straßenrand hin.

Die Dämmerung senkte sich nieder, und der Kanonendonner verstummte. Pierre streckte sich aus, den Kopf in die Hand gestützt, und lag dann in dieser Stellung lange da und starrte auf die Schatten, die im Dunkel an ihm vorüberglitten. Immer wieder hatte er das Gefühl, eine Kanonenkugel käme mit ihrem grauenvollen Pfeifen auf ihn zugeflogen, zuckte zusammen und richtete sich halbwegs

[1] Und nun bete ich zu Gott, mein Freund, daß Er Sie in Seinen heiligen, allmächtigen Schutz nehmen möge. Ihre Freundin Helene.

auf. Er wußte nicht, wie lange Zeit er so am Straßenrande lagerte. Etwa in der Mitte der Nacht kamen drei Soldaten mit Reisigbündeln, ließen sich neben ihm nieder und zündeten ein Feuer an.

Unter ständigen Seitenblicken auf Pierre taten sie ein Kochgeschirr über die Flamme, brockten Feldzwieback hinein und gaben Speck dazu. Der angenehme Geruch des kräftigen und fetten Gerichts mengte sich mit dem Geruch des Rauches. Pierre richtete sich auf und seufzte. Die drei Soldaten aßen, ohne Pierre irgendwelche Beachtung zu schenken, und unterhielten sich dabei.

„Von welchen bist du eigentlich?" wandte sich plötzlich einer der Soldaten an Pierre, und Pierre verstand, daß diese Frage eigentlich noch einen anderen Sinn hatte, nämlich den, wenn du was zu essen haben willst, so kannst du etwas kriegen, mußt aber vorher sagen, ob du auch ein anständiger Kerl bist.

„Ich? Ich?" antwortete Pierre und empfand die Notwendigkeit, seine gesellschaftliche Stellung nach Möglichkeit zu verkleinern, um den Abstand zwischen ihm und den Soldaten zu verringern und sich mit ihnen leichter zu verständigen.

„Ich bin eigentlich Milizoffizier, meine Abteilung ist aber woanders. Ich kam ins Gefecht und habe sie verloren."

„Guck mal an!" sagte einer von den Soldaten.

Einer von den beiden anderen wiegte den Kopf hin und her.

„Na also, wenn du Lust hast, kannst du von unserem Mischmasch mitessen", sagte der erste, leckte seinen Holzlöffel ab und gab ihn Pierre.

Pierre rückte ans Feuer heran und begann zu essen, was im Kochgeschirr war, und dies Essen schmeckte ihm besser als alles, was man ihm in seinem ganzen Leben vorgesetzt hatte. Während er, über das Kochgeschirr gebeugt, sich gierig einen Löffel voll nach dem anderen holte, kaute und schluckte, betrachteten die Soldaten schweigend sein vom Feuer beleuchtetes Gesicht.

„Wo willst du eigentlich hin, du?" fragte einer.

„Nach Moshaisk."

„Du bist wohl ein Herr?"

„Ja."

„Und wie heißt du?"

„Peter Kirillowitsch."

„Na, Peter Kirillowitsch, dann wollen wir uns auf den Weg machen. Wir bringen dich hin."

Durch die undurchdringliche Dunkelheit gingen sie miteinander nach Moshaisk.

Die Hähne krähten schon, als sie vor Moshaisk waren und den steilen Moshaisker Berg hinaufgingen. Pierre wanderte mit den Soldaten dahin, und hatte dabei ganz vergessen, daß sein Gasthaus am Fuße des Berges lag und er es jetzt schon hinter sich hatte. Es wäre ihm auch gar nicht wieder eingefallen — so verwirrt war er —, wenn er nicht auf halber Höhe seinen Reitknecht getroffen hätte, der ihn in der Stadt vergeblich gesucht hatte und jetzt nach dem Gasthaus zurückwollte. Er erkannte Pierre an seinem weißen, durch das Dunkel schimmernden Hut.

„Ew. Erlaucht!" rief er. „Wir waren ja schon ganz verzweifelt. Und zu Fuß? Wohin denn, mit Erlaubnis zu fragen?"

„Ach so, ja!" sagte Pierre.

Die Soldaten waren stehengeblieben.

„Na, was gibt's, hast wohl einen von deinen Leuten gefunden?" meinte einer von ihnen. „Na, leb wohl, Peter Kirillowitsch, so heißt du doch?"

„Leb wohl, Peter Kirillowitsch", sagten die beiden anderen.

„Lebt wohl!" erwiderte Pierre und machte sich mit seinem Reitknecht auf den Weg zum Gasthaus.

„Ich muß ihnen doch etwas geben!" dachte Pierre und griff in die Tasche. „Nein, das ist nicht angebracht", sagte ihm eine innere Stimme.

Drinnen im Gasthause war kein Winkelchen mehr frei. Pierre ging auf den Hof, streckte sich in seiner Kalesche aus und wickelte sich in seinen Mantel.

IX

Pierre hatte kaum den Kopf auf das Kissen gelegt, als er auch schon fühlte, daß er einschlief; auf einmal aber hörte er fast mit der Deutlichkeit eines realen Vorganges das Bumbumbum der Schüsse, das Stöhnen und Schreien, das klatschende Einschlagen der Artilleriegeschosse, roch Blut und Pulver, und es ergriff ihn ein Gefühl des Entsetzens und der Todesangst. Erschrocken schlug er die Augen auf und reckte den Kopf aus dem Mantelkragen. Auf dem Hof war alles still. Nur im Torweg stapfte ein Offiziersbursche durch den Schmutz und sprach dabei mit dem Hausknecht. Über Pierres Kopf schüttelten sich einige Tauben, von Pierres Bewegung aufgeschreckt, im Dunkel hinter den Brettern des Vordachs. Über dem ganzen Hofe roch es, wie es in Gasthöfen riecht, nach Heu, Dünger und Teer, und Pierre spürte diesen kräftigen, friedlichen Geruch mit freudigem Behagen. Zwischen zwei schwarzen Schuppendächern zeigte sich der klare, sternglitzernde Himmel.

„Gott sei Dank, daß das alles nicht mehr da ist!" dachte Pierre und zog sich wieder den Mantelkragen über den Kopf. „Was für ein grauenvolles Ding ist doch die Angst, und wie jämmerlich habe ich mich ihr überlassen! Sie aber ... sie sind die ganze Zeit bis zum Schluß fest und ruhig geblieben ..."

Sie, das waren für Pierre die Soldaten, die in der Batterie und die, die ihm von ihrer Suppe abgegeben hatten, und die, die er vor dem Heiligenbilde hatte beten sehen. Sie, diese sonderbaren, ihm bis jetzt fremd gewesenen Leute, sie grenzten sich jetzt in seinen Gedanken klar und scharf von allen anderen Menschen ab.

„Soldat sein, ganz einfach Soldat sein", dachte Pierre im Eindämmern. „Mit seinem ganzen Wesen in dieses Leben der Gemeinschaft hineingehen, ganz sich von dem durchdringen lassen, was das Besondere dieser Menschen ausmacht. Aber wie kann man sich nur von all diesem überflüssigen, teuflischen Zeug, all diesen dem äußeren Menschen anhängenden Lasten frei machen? Es gab Zeiten in meinem Leben, in denen ich so ein Soldat hätte werden können. Ich hätte meinem Vater durchgehen können, wenn ich nur gewollt hätte. Und auch nach dem Duell mit Dolochow hätte es geschehen können, daß man mich unter die Soldaten gesteckt hätte." Und nun glitt durch Pierres Einbildungskraft jenes Diner im Klub, bei dem er Dolochow gefordert hatte, dann sah er seinen „Wohltäter" in Torshok vor sich und glaubte darauf eine feierliche, in den Räumen des Englischen Klubs stattgehabte Tafelloge noch einmal zu durchleben, und irgendein wohlbekannter, nahestehender, geliebter Mensch saß am Ende des Tisches. Das war er ja, das war sein Wohltäter! „Aber der ist doch gestorben!" dachte Pierre. „Ja, er ist gestorben. Ich wußte gar nicht, daß er doch noch am Leben ist. Es war mir ja so zu Herzen gegangen, daß er starb, und jetzt freue ich mich ja so, daß er wieder am Leben ist!" Auf der einen Seite des Tisches saßen Anatol, Dolochow, Neswizkij, Denissow und andere ihrer Art — diese Menschengattung war in Pierres Traumwelt ebenso eindeutig bestimmbar wie die Gattung derjenigen, die er *sie* nannte — und diese Leute, Anatol, Dolochow und ihresgleichen, schrien laut und sangen; aber durch ihr Geschrei klang unermüdlich die Stimme seines Wohltäters, und seine Stimme klang ebenso bedeutsam, ebenso stetig wie der Schlachtendonner, doch freundlich und voller Trost. Pierre konnte nicht verstehen, was er sagte, wußte aber, daß sein Wohltäter vom Guten sprach, von der Möglichkeit, ebenso ein Mensch zu sein, wie *sie* es waren — denn mit der gleichen Deutlichkeit wie die Menschengattungen unterschied Pierre in seinem Traum auch gedankliche Kategorien. Und *sie* mit ihren einfältigen, guten, unerschütterten Gesichtern drängten sich von allen Seiten um Pierres Wohltäter. Aber wenn sie auch noch so gut waren, Pierre sahen sie nicht, kannten ihn nicht. Pierre wollte etwas sagen, um ihre Aufmerksamkeit zu erregen. Er wollte sich aufrichten, spürte aber im gleichen Augenblick, daß seine Beine entblößt waren und kalt wurden.

Er schämte sich und wollte die Beine, von denen tatsächlich der Mantel herabgeglitten war, mit der Hand bedecken. Während Pierre den Mantel wieder zurechtzog, öffnete er für einen Moment die Augen und sah wieder die Schuppendächer, die Torpfosten, den Hof von vorhin, aber jetzt war alles bläulich, hell und mit blitzendem Tau oder Reif bedeckt.

„Es wird Morgen", dachte Pierre. „Aber darauf kommt es ja nicht an. Ich muß noch meinem Wohltäter zuhören und muß erfassen, was er sagt."

Wieder barg er den Kopf im Mantelkragen, aber jetzt gab es weder eine Tafelloge mehr noch einen Wohltäter. Es gab nur Gedanken, die sich zu klaren Worten formten, Gedanken, die irgend jemand aussprach oder die Pierre selber dachte.

Wenn Pierre später an diese Gedanken dachte, die doch offenbar durch die Eindrücke des Schlachttages hervorgerufen waren, dann war er jedesmal überzeugt, sie seien nicht in seinem Innern entstanden, sondern ein anderer habe sie so laut ausgesprochen, daß er sie habe hören müssen. Niemals, so schien es ihm, hätte er in wachem Zustande solche Gedanken zu denken und in Worte zu fassen vermocht.

„Nichts ist härter für den Menschen", sprach die Stimme, „als seine Freiheit den Geboten Gottes unterzuordnen, und gerade das verlangt der Krieg. Einfalt und Schlichtheit, das ist Gehorsam gegen Gott; Gott kann man nicht entlaufen. Und *sie* haben diese Einfalt und Schlichtheit. *Sie* reden nicht, sondern sie tun. Ein gesprochenes Wort ist von Silber, ein ungesprochenes von Gold. Über nichts kann der Mensch Herr werden, solange er sich vor dem Tode fürchtet. Wer sich aber vor dem Tode nicht fürchtet, dem gehört alles. Wenn es kein Leiden gäbe, würde der Mensch auch keine Grenzen für sich selbst kennen und würde sich selbst nicht kennen. Das Schwerste — dachte oder hörte Pierre träumend weiter — ist das: wir müssen lernen, in unserem Inneren alle Dinge auf ihren wahren Sinn hin zu vereinheitlichen. Zu vereinheitlichen? Nein, nicht zu vereinheitlichen. Man soll Gedanken nicht vereinheitlichen, aber vereinigen, miteinander verknüpfen, gemeinsam umspannen soll man diese Gedanken, das ist es! Ja, vereinigen, verknüpfen, umspannen!" wiederholte Pierre mit einem inneren Entzücken und fühlte dabei, daß sich gerade mit diesen und nur mit diesen Worten das ausdrücken ließ, was er ausdrücken wollte, und daß es für die Frage, die ihn quälte, keine andere Lösung gab.

„Ja, umspannen müssen wir, es ist Zeit, es ist Zeit zum Umspannen!"

„Anspannen müssen wir, es ist Zeit, es ist Zeit zum Anspannen, Ew. Erlaucht!" rief eine Stimme. „Wir müssen anspannen, Ew. Erlaucht, es ist Zeit zum Anspannen."

Es war die Stimme des Reitknechts, der Pierre weckte. Die Sonne schien Pierre gerade ins Gesicht. Pierres Blick fiel auf den schmutzigen Hof des Gasthauses, den Brunnen, an dem Soldaten ihre dürren Gäule tränkten, und den Torweg, durch den Fuhrwerke davonschaukelten. Pierre wandte sich angewidert ab, schloß die Augen und ließ sich schleunigst in den Wagensitz zurückfallen. „Nein, das will ich nicht sehen, davon will ich nichts wissen, das will ich nicht begreifen, ich will nur das eine begreifen, was sich im Traum vor mir aufgetan hat. Nur noch eine Sekunde, und ich hätte alles begriffen. Was soll ich denn tun? Umspannen, ja; aber wie umspannt man alles?" Und Pierre erkannte erschrocken, daß ihm der ganze Sinn des im Traum Gesehenen und Gedachten verlorengegangen war.

Der Reitknecht, der Kutscher und der Hausknecht erzählten Pierre, es sei ein Offizier gekommen und habe die Nachricht gebracht, die Franzosen rückten gegen Moshaisk, und nun gingen die Unsrigen wieder zurück.

Pierre stand auf, befahl, anzuspannen und ihm dann mit dem Wagen nachzukommen; er selbst ging zu Fuß durch die Stadt.

Die Truppen rückten ab und ließen etwa zehntausend Verwundete zurück. Diese Verwundeten lagerten teils auf den Höfen, teils sah man sie hinter den Fenstern der einstöckigen Häuser, teils drängten sie sich auf den Straßen. Auf den Straßen gab es Geschrei, Geschimpf und Schlägereien um die Wagen, welche die wegzuschaffenden Verwundeten abtransportieren sollten. Als Pierre von seiner Kalesche eingeholt war, nahm er einen verwundeten General seiner Bekanntschaft mit hinein, und sie fuhren zusammen nach Moskau. Unterwegs hörte Pierre erzählen, sein Schwager und Fürst Andrej seien gefallen.

X

Am 30. langte Pierre in Moskau an. Er war kaum über den Schlagbaum hinaus, als ein Adjutant des Grafen Rastoptschin auf ihn zukam.

„Wir suchen Sie schon überall", sagte der Adjutant. „Der Graf will Sie unbedingt sprechen. Er bittet Sie, sofort zu ihm zu kommen, es handelt sich um eine sehr wichtige Angelegenheit."

Ohne erst nach Hause zu fahren, nahm Pierre eine Lohndroschke und fuhr zum Oberkommandierenden.

Graf Rastoptschin war erst an diesem selben Morgen von seinem vor der Stadt in Sokolniki gelegenen Landhause nach Moskau hereingekommen. Vorzimmer und Empfangszimmer in seinem Hause waren voll von Beamten, die er zu sich bestellt hatte oder die sich Befehle holen wollten. Wassiltschikow und Platow waren bereits mit dem Grafen zusammengewesen und hatten ihm erklärt, Moskau könne nicht verteidigt und werde aufgegeben werden. Der Bevölkerung wurde das einstweilen noch verborgengehalten, aber die wichtigeren Amtspersonen, die Leiter der einzelnen Verwaltungszweige, wußten ebenso wie Graf Rastoptschin, daß Moskau dem Feinde in die Hände fallen mußte, und darum kamen alle zu ihm als dem Oberkommandierenden der Stadt mit der Bitte um Verhaltungsmaßregeln für die ihnen unterstellten Behörden, um selbst der Verantwortung überhoben zu sein.

Gerade als Pierre das Empfangszimmer betrat, kam aus dem Kabinett des Grafen ein Kurier von der Armee.

Die Wartenden bestürmten ihn mit Fragen, der Kurier aber machte nur eine resignierte Handbewegung und verließ den Raum.

Während des Wartens betrachtete Pierre mit müden Blicken alle die alten und jungen Offiziere und Beamten im Zimmer. Durchwegs machten sie einen unwilligen und unruhigen Eindruck. Pierre gesellte sich zu einer Gruppe von Beamten, unter denen er einen Bekannten gefunden hatte. Man begrüßte Pierre und setzte dann das Gespräch fort.

„Schickt man sie weg, so kann man sie ja wieder zurückkommen lassen, das ist nicht weiter schlimm, aber eine Verantwortung kann man in so einer Lage für nichts übernehmen."

„Aber hier schreibt er doch selbst ...", und der Redende zeigte auf das bedruckte Blatt in seiner Hand.

„Das ist etwas anderes. Für das Volk geht es nicht ohne so etwas", antwortete der erste.

„Um was handelt es sich?" fragte Pierre.

„Da ist wieder eine neue Proklamation."

Pierre nahm es und las:

„Der durchlauchtigste Fürst ist, um sich schneller mit den Truppen zu vereinigen, die zu ihm stoßen sollen, durch Moshaisk durchmarschiert und steht jetzt in einer befestigten Stellung, wo ihn der Feind nicht so ohne weiteres angreifen kann. Von Moskau aus sind achtundvierzig Kanonen mit entsprechenden Munitionsvorräten an ihn abgefertigt worden, und der Durchlauchtigste sagt, er werde Moskau bis zum letzten Blutstropfen verteidigen und sei sogar zum Straßenkampf bereit. Ihr dürft euch nicht daran stoßen, Brüder, daß die Behörden ihre Arbeit eingestellt haben, das ging nicht anders, die mußten in Sicherheit gebracht werden, aber mit den französischen Halunken werden wir schon gehörig abrechnen! Wenn der Augenblick da ist, brauche ich stramme Kerle aus der Stadt und vom flachen Lande. Zwei Tage vorher werde ich eine öffentliche Bekanntmachung erlassen, jetzt braucht es das noch nicht, darum sage ich auch noch nichts. Sehr brauchbar wird dann ein Beil sein, auch ein Jagdspieß ist nicht zu verachten, am besten aber geht es mit so einer dreizinkigen Heugabel, weil ein Franzose ja nicht mehr wiegt als eine Roggengarbe! Morgen nachmittag lasse ich die Iberische Muttergottes ins Hospital der Kaiserin Katharina bringen, zu den Verwundeten. Da wollen wir Wasser weihen lassen, damit sie schneller gesund werden. Ich selbst bin ja auch wieder gesund, hatte eine böse Sache am Auge, kann jetzt aber mit beiden wieder sehen."

„Aber die Militärs vom Fach haben mir doch gesagt, es sei ganz ausgeschlossen, innerhalb der Stadt zu kämpfen und die Position ...", begann Pierre.

„Na ja, davon reden wir ja gerade", fiel ihm der erste Beamte ins Wort.

„Und was soll denn das heißen: ‚Ich hatte eine böse Sache am Auge, kann jetzt aber mit beiden wieder sehen'?" fragte Pierre.

„Der Graf hatte ein Gerstenkorn", antwortete der Adjutant grinsend, „und er beunruhigte sich sehr, als ich ihm sagte, es seien alle möglichen Leute gekommen, um zu fragen, was mit ihm los sei." Plötzlich wandte der Adjutant sich an Pierre und fragte lächelnd: „Und wie steht es bei Ihnen, Graf? Man hörte so etwas von allerhand häuslichen Schwierigkeiten, die Gräfin, Ihre Frau Gemahlin, sollte doch ..."

„Ich habe nichts davon gehört", antwortete Pierre gleichgültig. „Und was haben Sie gehört?"

„Ach, wissen Sie, die Leute saugen sich so etwas ja auch oft aus den Fingern. Ich sage ja auch nur, daß ich so etwas läuten gehört habe."

„Nun, und was haben Sie denn läuten gehört?"

„Ja", erwiderte der Adjutant immer noch mit dem Lächeln von vorhin, „die Gräfin, Ihre Frau, soll doch ins Ausland reisen wollen. Wahrscheinlich ist das ja nur so ein Gerede ..."

„Möglich", sagte Pierre und sah sich zerstreut im Zimmer um. „Wer ist das denn?" fragte er und deutete auf einen alten Mann von niedrigem Wuchs in einem sauberen blauen Kaftan, mit schneeweißem Bart, ebensolchen Augenbrauen und rötlicher Gesichtsfarbe.

„Das? Das ist ein Kaufmann, Wereschtschagin heißt er, er betreibt eine Gastwirtschaft. Sie haben vielleicht die Geschichte mit der Proklamation gehört?"

„Ach, das ist also Wereschtschagin!" sagte Pierre, sah sich das feste und ruhige Gesicht des alten Kaufmannes an und suchte darin irgendeinen Ausdruck von Verräterei zu finden.

„Das ist er nicht selbst. Das ist der Vater von dem, der das Flugblatt geschrieben hat", erklärte der Adjutant. „Er selbst ist ja noch jung, er sitzt im Loch, und allem Anschein nach wird es ihm schlimm gehen."

Ein kleiner Greis mit einem Ordensstern und ein Beamter von deutschem Typus, ein Ordenskreuz am Halse, gesellten sich zu den Plaudernden.

„Sehen Sie, das ist eine verzwickte Geschichte", berichtete der Adjutant. „Dies Flugblatt tauchte etwa vor zwei Monaten auf. Dem Grafen wurde davon Meldung gemacht. Er befahl der Sache nachzugehen. Hier hat Gawrila Iwanytsch die Sache zu untersuchen gehabt. Das Flugblatt ist im ganzen bei dreiundsechzig Menschen gewesen. Fragt man einen: ‚Von wem haben Sie es?', dann heißt es: ‚Von dem und dem.' Jetzt geht es zu diesem: ‚Von wem haben Sie es?' Na, und so weiter bis man zu Wereschtschagin kommt... So ein Kaufmannsjüngelchen, das ein bißchen Bildung aufgeschnappt hat, wissen Sie, diese Art ... was man so einen hoffnungsvollen Jüngling nennt", sagte der Adjutant. „Man fragte ihn: ‚Von wem hast du es?', und dabei wußten wir ja ganz genau, von wem er es hatte, er konnte es nämlich von keinem anderen haben als vom Postdirektor. Die beiden hatten sich aber vorher heimlich verständigt, und so sagt er: ‚Ich habe es von niemand, ich habe es selbst verfaßt.' Man setzte ihm im guten und schlechten zu, aber er blieb dabei, er habe es selbst verfaßt. Man berichtete es also dem Grafen. Der Graf läßt ihn kommen. ‚Von wem hast du das Flugblatt?' — ‚Ich habe es selbst verfaßt.' Na, Sie wissen ja, wie der Graf ist!" sagte der Adjutant mit einem stolzen und scherzhaften Lächeln. „Er wurde unglaublich wütend, aber stellen Sie sich auch vor: so eine unverschämte hartnäckige Lügerei!"

„Aha, der Graf brauchte natürlich eine Denunziation gegen Kljutscharew, ich verstehe!" sagte Pierre.

„Aber keineswegs", antwortete der Adjutant erschrocken. Kljutscharews Sündenregister war sowieso schon voll, und dafür ist er ja auch verschickt worden. Aber die Sache war die, daß der Graf sehr entrüstet war. ‚Wie kannst du denn das verfaßt haben?' sagte er und nahm die ‚Hamburger Zeitung' vom Tisch. ‚Da ist es ja! Du hast es nicht verfaßt, sondern übersetzt und dazu noch schlecht übersetzt, weil du Dummkopf nicht einmal richtig Französisch kannst.' Und was glauben Sie, was er sagt? ‚Nein ich habe keine Zeitungen gelesen, ich habe es selbst verfaßt.' — ‚Ja, wenn es so ist, dann bist du ein Verräter, ich übergebe dich dem Gericht, und du wirst gehängt. Sage doch schon, von wem hast du es?' — ‚Ich habe gar keine Zeitungen zu sehen bekommen, ich habe es verfaßt.' Und dabei blieb er auch. Der Graf ließ auch den Vater kommen, aber der Sohn bleibt dabei. So wurde er dem Gericht übergeben und verurteilt, ich glaube zu Zwangsarbeit. Jetzt ist der Vater gekommen und will um Gnade bitten. Aber der Bengel ist wirklich nichts wert! Wissen Sie, so ein Kaufmannsjüngelchen, ein Zieraffe, der den Lebemann spielen will, hat irgendwo ein bißchen Bildung aufgeschnappt und glaubt jetzt Gott weiß was zu sein. Und wissen Sie, was dieser Bengel noch gemacht hat? In seines Vaters Wirtschaft, dort an der Steinernen Brücke, also in dieser Wirtschaft, müssen Sie wissen, war ein großes Heiligenbild, Gott als Weltherrscher, in der einen Hand das Szepter, in der anderen die Weltkugel, und dies Bild hat er für einige Tage mit sich nach Hause genommen, und was macht er damit? Treibt da so einen verfluchten Pinselschmierer auf ..."

XI

Mitten aus dieser Erzählung des Adjutanten wurde Pierre zum Oberkommandierenden gerufen.

Pierre begab sich in das Kabinett des Grafen Rastoptschin. Als er eintrat, fuhr Rastoptschin sich mit der Hand ärgerlich über Stirn und Augen. Im Kabinett war noch ein niedrig gewachsener Mann, der mit dem Grafen sprach, bei Pierres Eintritt aber verstummte und hinausging.

„Ah, guten Tag, Sie großer Krieger", sagte Rastoptschin, als sie allein waren. „Wir haben schon von Ihren ‚prouesses' gehört! Aber darauf kommt es jetzt nicht an. Mon cher, entre nous, sind Sie Freimaurer?" Graf Rastoptschin stellte diese Frage in einem strengen Ton, als handle es sich da um eine sehr böse Sache, bei der er jedoch mit vergebungsvoller Milde zu verfahren gedenke. Pierre blieb stumm. „Mon cher, je suis bien informé[1], aber ich weiß auch, daß es Freimaurer und Freimaurer gibt, und hoffe, Sie gehören nicht zu denen, die so tun, als wollten sie das Menschengeschlecht retten und dabei doch nur auf den Untergang Rußlands aus sind."

„Ja, ich bin Freimaurer", antwortete Pierre.

„Nun, sehen Sie wohl, mein Lieber. Ich denke, Sie werden schon wissen, daß die Herren Speranskij und Magnizkij dahin geschickt sind, wohin sie gehören. Das gleiche ist auch Herrn Kljutscharew passiert und noch anderen, die so taten, als wollten sie den Tempel Salomonis aufbauen, und dabei nichts anderes im Auge hatten, als den Tempel des eigenen Vaterlandes zu zerstören. Sie können sich denken, daß ich schon meine Gründe habe und daß ich den Moskauer

[1] Heldentaten ... Mein Lieber, unter uns gesagt ... Mein Lieber, ich bin gut unterrichtet.

Postdirektor nicht hätte verschicken können, wenn er nicht wirklich ein Schädling wäre. Jetzt habe ich erfahren, daß Sie ihm zur Abreise aus Moskau Ihre Equipage zur Verfügung gestellt und sogar Papiere von ihm zur Aufbewahrung entgegengenommen haben. Ich habe Sie gern und wünsche Ihnen nichts Schlechtes, und da ich doppelt so alt bin wie Sie, so gebe ich Ihnen den väterlichen Rat, alle Beziehungen zu Leuten dieser Art abzubrechen und selbst so rasch wie möglich Moskau zu verlassen."

„Aber was hat Kljutscharew sich denn zuschulden kommen lassen, Graf?" fragte Pierre.

„Genug, daß ich das weiß! Sie haben mich nicht danach zu fragen!" schrie Rastoptschin.

„Wenn er beschuldigt wird, napoleonische Flugblätter verbreitet zu haben, so ist das doch nicht bewiesen!" sagte Pierre, ohne Rastoptschin anzusehen, „und Wereschtschagin ..."

„Nous y voilà!" [1] fiel Rastoptschin ihm grimmig ins Wort und schrie jetzt noch lauter als zuvor. „Wereschtschagin ist ein Hoch- und Staatsverräter, der seine verdiente Strafe bekommen wird", fuhr Rastoptschin mit jener ganzen Wut fort, mit der manche Leute zu reden pflegen, wenn in ihnen unversehens die Erinnerung an eine erlittene Kränkung wachgerufen wird. „Ich habe Sie indessen nicht herbestellt, um meine Handlungsweise von Ihnen kritisieren zu lassen, sondern um Ihnen einen Rat zu geben, oder, wenn Sie wollen, einen Befehl. Ich ersuche Sie, Ihre Beziehungen zu Herrschaften wie Kljutscharew abzubrechen und Moskau zu verlassen. Ich werde den Moskauern ihre Dummheiten schon austreiben, einerlei, um wen es sich handelt!" Dann schien er selbst den Eindruck zu haben, gegen Besuchow, der sich ja eigentlich nichts Schlimmes hatte zuschulden kommen lassen, doch etwas zu grob und geräuschvoll gewesen zu sein. Er nahm freundschaftlich Pierres Hand und sagte: „Nous sommes à la veille d'un désastre, et je n'ai pas le temps de dire des gentillesses à tous ceux, qui ont affaire à moi. Oft weiß ich schon nicht mehr, wo mir der Kopf steht! Eh bien, mon cher, qu'est-ce que vous faites, vous personellement?" [2]

Pierre sah immer noch zu Boden, und auf seinem Gesicht lag immer noch der gleiche Ausdruck von Versunkenheit.

„Mais rien", [3] antwortete er.

Der Graf runzelte die Stirn.

„Un conseil d'ami, mon cher. Décampez et au plus tôt, c'est tout

[1] Jetzt haben wir es.

[2] Wir stehen am Vorabend einer allgemeinen Katastrophe, und da habe ich keine Zeit, all denen, die mit mir zu tun haben, Liebenswürdigkeiten zu sagen ... Und jetzt, mein Lieber, was gedenken Sie zu tun, Sie persönlich?

[3] Aber gar nichts.

ce que vous dis. A bon entendeur salut![1] Leben Sie wohl, mein Lieber! Ach ja", rief er ihm noch nach, als Pierre schon draußen war, „ist es eigentlich wahr, daß die Gräfin in die Klauen der saints pères de la société de Jésus[2] gefallen ist?"

Pierre gab keine Antwort und verließ Rastoptschin so finster und ingrimmig, wie man ihn noch nie gesehen hatte.

*

Als er nach Hause kam, fing es schon an, dämmrig zu werden. Acht Menschen der verschiedensten Art suchten ihn an diesem Abend noch auf: der Sekretär eines Komitees, der Kommandeur seines Milizregiments, sein Intendant, sein Haushofmeister und einige Bittsteller. Alle hatten ihre Anliegen, und Pierre sollte zu allem Stellung nehmen. Er verstand von geschäftlichen Dingen solcher Art nichts, interessierte sich auch gar nicht für sie und ließ sich bei seinen Antworten nur von dem einen Bestreben leiten, diese Leute so schnell wie möglich loszuwerden. Endlich allein geblieben, erbrach er den Brief seiner Frau und las ihn.

„*Sie*, die Soldaten in der Batterie ... Fürst Andrej ist gefallen ... der alte Wereschtschagin ... Einfalt und Schlichtheit, das heißt Gott gehorchen.... Leiden muß sein ... der wahre Sinn alles Geschehenden ... Vereinigen, umspannen ... meine Frau verheiratet sich wieder ... man muß vergessen und verstehen ..."

Er ging zu seinem Bett, ließ sich unausgekleidet auf die Kissen fallen und war augenblicks eingeschlafen.

Als er am nächsten Morgen erwachte, kam sein Haushofmeister mit der Meldung, es sei ein vom Grafen Rastoptschin eigens zu diesem Zweck geschickter Polizeibeamter dagewesen, um zu fragen, ob Graf Besuchow schon abgereist sei oder doch Abreisevorbereitungen treffe.

Im Salon warteten auf Pierre zehn Personen, die ihn in Geschäften sprechen wollten. Er zog sich hastig an, statt aber zu den Wartenden in den Salon zu gehen, verließ er sein Haus durch die Hintertür.

Von diesem Augenblick an wurde kein Mensch aus dem ganzen Besuchowschen Haushalt seiner mehr ansichtig, bis der Untergang Moskaus sich vollendet hatte, und allen angestellten Nachforschungen zum Trotz wußte niemand, wo er sich aufhielt.

[1] Ich rate Ihnen als Freund, mein Lieber. Brechen Sie so bald wie möglich Ihre Zelte hier ab. Das ist alles, was ich Ihnen zu sagen habe. Wer Ohren hat zu hören, der höre!

[2] ... der heiligen Väter von der Gesellschaft Jesu.

XII

Rostows blieben bis zum ersten September in Moskau, das heißt also bis zum Tage vor dem Einmarsch der Franzosen.

Nachdem Petja bei Obolenskijs Kosaken eingetreten und nach Belaja Zerkow abgereist war, wo das Regiment aufgestellt wurde, konnte die Gräfin ihre Angst nicht mehr loswerden. Der Gedanke an ihre beiden Söhne im Kriege, weit weg von ihren Fittichen, der Gedanke, heute oder morgen könnte einer von ihnen fallen oder gar beide zugleich, wie die drei Söhne einer Bekannten, hatte in diesem Sommer zum erstenmal mit unerbittlicher Klarheit von ihr Besitz genommen. Sie dachte daran, Nikolai reklamieren zu lassen, sie wollte selbst zu Petja fahren und ihn irgendwo in Petersburg unterbringen, aber beides erwies sich als unmöglich. Petja konnte auf keine andere Art zurückkommen als entweder mit dem ganzen Regiment oder dadurch, daß er sich zu irgendeinem anderen Regiment versetzen ließ. Nikolai war irgendwo bei der Armee und hatte seit seinem letzten Briefe, in welchem er sein Zusammentreffen mit Prinzessin Marja ausführlich beschrieben hatte, nichts mehr von sich hören lassen. Nachts lag die Gräfin häufig wach, und wenn sie einschlief, so träumte sie, ihre Söhne seien gefallen. Nach langen Beratungen und Verhandlungen war der Graf endlich auf ein Mittel verfallen, die Gräfin zu beruhigen. Er richtete es ein, daß Petja aus Obolenskijs Regiment in Besuchows Regiment versetzt wurde, das in der Nähe von Moskau aufgestellt wurde. Obgleich Petja also im Heeresdienst blieb, gewährte diese Versetzung der Gräfin doch den Trost, wenigstens einen Sohn in der Nähe ihrer Fittiche zu wissen, und sie hoffte, es so einrichten zu können, daß sie ihren Petja nie wieder herzugeben brauchte, und ihn von Fall zu Fall immer wieder in solchen dienstlichen Stellungen unterzubringen, von denen aus er nie ins Gefecht kommen könnte. Solange Nicolas allein gefährdet war, hatte die Gräfin das Gefühl gehabt, ihr Ältester stehe ihrem Herzen näher als ihre anderen Kinder, und hatte sich sogar Vorwürfe deswegen gemacht; als aber jetzt ihr Jüngster, ihr ausgelassener kleiner Spaßmacher, der dem Lernen so gern aus dem Wege gegangen war, alles im Hause zerbrochen hatte und allen oft genug auf die Nerven gefallen war, Petja, der stupsnäsige Petja mit seinen lustigen schwarzen Augen, seinen frischen Farben und dem schüchternen Flaum auf den Backen, als dieser Petja dorthin unter diese großen, schrecklichen, harten Männer geraten war, die dort irgendwelche unvorstellbare Schlachten lieferten und das sogar noch hübsch fanden, da war es der Mutter, als liebe sie ihn mehr, viel, viel mehr als alle anderen Kinder. Je näher der Zeitpunkt kam, an welchem Petja in Moskau erwartet wurde, um so größer wurde die Unruhe der Gräfin. Manchmal verzweifelte sie schon daran, je diesen Glückstag zu erleben. Nicht nur Sonjas Anwesenheit, sondern auch die ihrer geliebten Natascha und sogar die ihres Mannes fiel der Gräfin auf die Nerven. „Was gehen sie mich an, ich will nichts als meinen Petja!" dachte sie.

In den letzten Augusttagen kam wieder ein Brief von Nikolai. Er schrieb aus dem Gouvernement Woronesh, wohin er abkommandiert war, um Pferde zu holen. Allein die Gräfin wurde auch angesichts dieses Briefes nicht ruhiger, denn jetzt, da sie den einen Sohn außer Gefahr wußte, machte sie sich um so mehr Gedanken um Petja.

Obwohl fast alle Bekannten der Rostows, angefangen vom zwanzigsten August ab, von Moskau abgefahren waren und obwohl alle der Gräfin zugeredet hatten, ebenfalls so schnell wie möglich abzufahren, wollte sie doch von Abreise nichts hören, bevor ihr Herzensschatz, ihr angebeteter Petja, nicht zurückgekommen war. Am achtundzwanzigsten August kam Petja. Die krankhaft leidenschaftliche Zärtlichkeit, mit der die Mutter ihn empfing, mißfiel dem sechzehnjährigen Offizier. Obwohl die Mutter ihr Vorhaben, ihn von nun an nicht mehr aus der Nähe ihrer Fittiche zu lassen, vor Petja geheimhielt, durchschaute er es doch; instinktiv fürchtete er, durch ein Eingehen auf die Art der Mutter weichlich und weibisch zu werden, wie er das nannte, begegnete ihr darum mit Kälte, ging ihr aus dem Wege und hielt sich während seines ganzen Moskauer Aufenthalts ausschließlich an Natascha, der er schon früher stets eine besondere, fast an die eines Verliebten gemahnende brüderliche Zärtlichkeit entgegengebracht hatte.

Angesichts der gewohnten Sorglosigkeit des Grafen war am achtundzwanzigsten August noch nichts für die Abreise vorbereitet, und die von den Rjasanschen und Moskauer Gütern der Familie zur Wegschaffung ihrer Habe erwarteten Fuhren trafen erst am dreißigsten ein.

Vom 28. bis 31. August war ganz Moskau in geschäftiger Bewegung. Tag für Tag passierten Tausende von Verwundeten aus der Schlacht von Borodino den Dorogomilowskaja-Schlagbaum und wurden in der Stadt verteilt, und Tausende von Wagen mit flüchtenden Zivilpersonen und ihren Habseligkeiten verließen Moskau in umgekehrter Richtung. Ungeachtet der Maueranschläge Rastoptschins — entweder ganz unabhängig von ihnen oder gerade durch sie hervorgerufen — liefen in der Stadt die widersprechendsten und sonderbarsten Neuigkeiten um. Der eine sagte, die Abreise aus Moskau sei überhaupt verboten worden, im Gegensatz dazu berichtete ein anderer, alle Heiligenbilder wären aus den Kirchen geschafft, und die Bevölkerung sollte sogar mit Gewalt ausgesiedelt werden; dann wieder hieß es, nach Borodino habe es noch eine Schlacht gegeben, in der die Franzosen geschlagen worden seien, während wieder andere wissen wollten, die ganze russische Armee habe ihren Untergang gefunden; dann war von der Moskauer Miliz die Rede, die, die Geistlichkeit an der Spitze, auf die Drei Berge ziehen sollte; jemand erzählt mit gedämpfter Stimme, dem Metropoliten Awgustin sei die Abreise untersagt worden, man habe die und die Verräter erwischt, die Bauern rebellierten und plünderten die Fliehenden aus, und dergleichen mehr. Das war allerdings nur Gerede, indessen fühlten alle, die Flüchtenden wie die Zurückbleibenden, obwohl der Kriegsrat in Fili, in dem die Aufgabe Moskaus beschlossen wurde, noch nicht stattgefunden hatte, mit aller Deutlichkeit, wenn sie es auch nicht aussprachen, daß Moskau ganz bestimmt aufgegeben werden mußte und daß man selbst am besten tat, so schnell wie möglich das Weite zu suchen und seine Habseligkeiten in Sicherheit zu bringen. Jeder fühlte, daß alles plötzlich zusammenfallen und anders werden mußte, doch war bis zum ersten September noch nichts anders geworden. Wie der zum Schafott geführte Verbrecher weiß, daß er nach wenigen Augenblicken sterben wird, sich aber doch noch umsieht und seine Mütze zurechtrückt, wenn sie nicht richtig sitzt, so führte auch Moskau unwillkürlich sein gewohntes Leben weiter, obwohl es wußte, daß die Zeit des Unterganges, des Zerfalls aller hergebrachten und gewohnten Lebensformen nahe war.

Während dieser drei Tage, die dem Einmarsch der Franzosen vorhergingen, wußte die ganze Familie Rostow sich vor lauter Geschäftigkeit gar nicht zu lassen. Das Familienoberhaupt, Graf Ilja Andrejewitsch, fuhr unaufhörlich in der Stadt herum und sammelte überall die umherschwirrenden Gerüchte: zu Hause beschränkte der Graf sich auf allgemein gehaltene, oberflächliche und überstürzte Anordnungen in betreff der Reisevorbereitungen.

Die Gräfin sah dem Einpacken der Sachen zu, war durch nichts zufriedenzustellen und heftete sich an Petja, der ihr unentwegt auszuweichen suchte, sie war eifersüchtig auf Natascha, mit der er seine ganze Zeit verbrachte. Sonja nahm sich als einzige der praktischen Seite der Angelegenheit an und leitete das Verpacken. Sie war seit einiger Zeit besonders niedergeschlagen und schweigsam. Der Brief, in dem Nicolas von Prinzessin Marja berichtete, hatte die Gräfin veranlaßt, in ihrer Gegenwart sich in den frohesten Hoffnungen zu ergehen und die Begegnung zwischen Prinzessin Marja und Nicolas als eine göttliche Fügung zu bezeichnen.

„Ich habe nie recht froh werden können", sagte die Gräfin, „als Natascha mit Bolkonskij verlobt war, aber das habe ich von jeher gewünscht, daß Nilolenka einmal die Prinzessin heiratet, und ich habe so ein Vorgefühl, daß es werden wird. Und wie wunderschön wäre das doch!"

Sonja war sich darüber im klaren, daß die Gräfin auf ihre Weise recht hatte, daß eine Heirat Nikolais mit einem reichen Mädchen die einzige Möglichkeit war, um Ordnung in die zerrütteten Rostowschen Vermögensverhältnisse zu bringen, und daß die Prinzessin eine gute Partie war. Aber für sie war es doch sehr bitter. Ihres Kummers ungeachtet oder vielleicht auch gerade wegen dieses Kummers nahm sie die mit vielen Schwierigkeiten und Mühen verbundene Leitung des Zusammenpackens und Verstauens auf sich und hatte damit von früh bis spät zu tun. Auch der Graf und die Gräfin wandten sich an sie, wenn sie irgendeine Anordnung getroffen wissen wollten. Im Gegensatz zu Sonja entlasteten Petja und Natascha die Eltern nicht im geringsten, sondern störten eigentlich nur und waren allen im Wege. Den ganzen Tag über hörte man sie durch das Haus laufen, schreien und lachen. Sie jauchzten und lachten keineswegs deshalb, weil es etwa einen besonderen Grund zur Fröhlichkeit gegeben hätte, aber sie waren nun einmal vergnügt und guter Laune, und darum fanden sie in allem, was ihnen begegnete, einen Anlaß zu Gelächter und Heiterkeit. Petja freute sich, weil er, der als halbwüchsiger Junge von Hause fortgefahren, jetzt, wie ihm allgemein versichert wurde, als ein Mann, der sich sehen lassen konnte, zurückgekommen war, er freute sich, weil er zu Hause war, nicht mehr in Belaja Zerkow, von wo aus er schwerlich so bald hätte ins Gefecht kommen können, sondern in Moskau, wo es wohl schon in Kürze zu Kämpfen kommen würde, und vor allem freute er sich, weil Natascha sich freute, deren jeweiliger Stimmung er sich immer anzuschließen pflegte. Natascha wiederum freute sich, weil sie sich wirklich allzulange gegrämt hatte, jetzt aber durch nichts mehr an den Gegenstand ihres Grames erinnert wurde, und weil sie gesund war. Ferner freute sie sich, weil sie jetzt jemanden hatte, der entzückt von ihr war — denn das war nun einmal das Öl, das die Räder ihrer Maschinerie brauchten, um sich ungehemmt bewegen zu können — und Petja war eben von ihr entzückt. Vor allem aber freuten sich alle beide deshalb, weil der Krieg bis vor die Tore von Moskau gekommen war, weil an den Eingängen zur Stadt gekämpft werden sollte, weil Waffen ausgegeben wurden, weil alle flüchteten, hierin oder dorthin abfuhren, und weil überhaupt etwas Ungewöhnliches vor sich ging, denn das stimmt den Menschen immer freudig, besonders solange er noch jung ist.

XIII

Am Sonnabend, dem 30. August, herrschte im Rostowschen Hause ein vollständiges Durcheinander. Alle Türen standen offen, alle Möbel waren hinausgetragen oder weggestellt, Spiegel und Bilder von den Wänden genommen. In allen Zimmern standen Kisten, überall lag in wirren Haufen Heu, Packpapier, Schnüre. Bauern und Gutsleute stampften beim Hinaustragen der Sachen schwer über das Parkett. Der Hof war voll von bäuerlichen Fuhrwerken, die zum Teil schon hoch beladen und verschnürt, zum Teil noch leer waren.

Die Stimmen und Schritte der sehr zahlreichen Dienerschaft und der mit den Wagen gekommenen Bauern schwirrten im Hof und im Hause lärmend durcheinander. Der Graf war schon am Morgen irgendwohin weggefahren. Die Gräfin hatte Kopfweh von all der Unruhe und all dem Lärm um sie her und lag, Essigumschläge um den Kopf, im erst unlängst neu hergerichteten Diwanzimmer. Petja war nicht zu Hause, er war zu einem Kameraden gegangen, mit dem er sich zusammen von der Miliz zur aktiven Armee versetzen lassen wollte. Sonja beaufsichtigte im Saal das Verpacken des Kristalls und Porzellans. Natascha saß in ihrem schon völlig unwohnlich gewordenen Zimmer auf dem Fußboden zwischen einem wirren Durcheinander von Kleidern, Bändern und Schärpen, starrte regungslos vor sich hin und hatte in den Händen ein altes Ballkleid, jenes inzwischen schon ganz aus der Mode gekommene Kleid, in dem sie zum erstenmal in Petersburg auf dem Ball gewesen war.

Natascha war es doch peinlich gewesen, die Hände in den Schoß zu legen, während alle anderen mit so viel Eifer tätig waren, und so hatte sie in den Vormittagsstunden mehrere Male den Versuch gemacht, mit Hand anzulegen, aber ihr Herz war wenig daran beteiligt gewesen, und sie war nun einmal so, daß sie nichts tun konnte, bei dem sie nicht mit ihrem ganzen Herzen und ihrer ganzen Natur dabei war. Sie hatte eine Zeitlang neben Sonja gestanden, die Porzellan einpackte, und hatte ihr helfen wollen, es dann aber gleich wieder aufgegeben und sich in ihrem Zimmer an das Einpacken ihrer eigenen Sachen gemacht. Anfangs hatte sie es ganz vergnüglich gefunden, Garderobenstücke an die Stubenmädchen zu verschenken, dann aber, als sie das Übriggebliebene hätte einpacken sollen, da war ihr die Sache bereits langweilig geworden.

„Dunjascha, du packst es mir doch ein, mein Gutes? Ja? Ja?" Und als Dunjascha ihr gern versprochen hatte, sich um alles Notwendige zu kümmern, hatte Natascha sich auf den Boden gesetzt, das alte Ballkleid in die Hände genommen und sich ihren Gedanken überlassen, die übrigens ganz anderer Art waren, als es gerade in diesem Augenblick nahegelegen hätte. Aus ihrem gedankenvollen Hinbrüten rissen Natascha die Stimmen der Stubenmädchen im benachbarten Mädchenzimmer und ihre vom Mädchenzimmer nach dem hinteren Hauseingang zu rasch verhallenden Schritte. Natascha stand auf und sah durch das Fenster. Auf der Straße hielt ein unendlich langer Wagenzug mit Verwundeten.

Mädchen, Lakaien, die Beschließerin, die Kinderfrau, Köche, Kutscher, Bereiter und Küchenjungen standen im Torwege und sahen sich die Verwundeten an.

Natascha warf sich ein weißes Schnupftuch über die Haare, hielt es mit beiden Händen an den Zipfeln fest und ging auf die Straße.

Die ehemalige Beschließerin, die alte Mawra Kusminitschna, sonderte sich von dem Menschenhaufen an der Einfahrt, trat an einen der Wagen, der ein Mattenverdeck hatte, und begann ein Gespräch mit dem jungen blassen Offizier, der im Wagen lag. Natascha machte einige Schritte auf den Wagen zu, blieb dann schüchtern stehen und hörte, immer noch die Hände an den Tuchzipfeln, der Beschließerin zu.

„Ja, haben Sie denn niemand hier in Moskau?" fragte Mawra Kusminitschna. „Sie hätten es doch in einem Privatquartier viel besser ... etwa bei uns. Die Herrschaften fahren weg."

„Ich weiß nicht, ob das zulässig wäre", antwortete der Offizier mit schwacher Stimme. „Vielleicht fragen Sie ... dort den Transportleiter." Er zeigte auf einen dicken Major, der gerade die Straße hinunter zum Ende der Wagenreihe ging.

Natascha sah dem verwundeten Offizier erschrocken ins Gesicht und ging dann augenblicklich auf den Major zu.

„Können nicht ein paar Verwundete bei uns im Hause bleiben?" fragte sie.

Der Major salutierte schmunzelnd und kniff amüsiert die Augen zusammen.

„Welchen hätten Sie denn gern, Mamsell?"

Natascha wiederholte ruhig ihre Frage, und ihr Gesicht und ihre ganze Haltung drückten, obwohl sie immer noch die Hände an den Tuchzipfeln hatte, einen solchen Ernst aus, daß der Major aufhörte zu schmunzeln, zunächst eine Zeitlang nachdachte, als legte er sich die Frage vor, wieweit das zulässig sei, und dann bejahend antwortete.

„O ja, warum nicht? Das wird sich machen lassen", sagte er.

Natascha verabschiedete sich mit einer Neigung des Kopfes und kehrte flink zu Mawra Kusminitschna zurück, die immer noch vor dem im Wagen liegenden Offizier stand und ihm teilnahmsvoll und mitleidig zuredete.

„Es läßt sich machen, hat er gesagt, es läßt sich machen!" raunte Natascha ihr zu.

Der Offizier unter dem Mattenverdeck wurde in den Hof des

Rostowschen Hauses gefahren, und Dutzende von Wagen mit Verwundeten schwenkten auf die Aufforderungen der Stadtbewohner hin in die Höfe ein oder fuhren vor den Hausportalen der Powarskaja-Straße vor. Natascha fühlte sich offensichtlich von diesen so ganz außerhalb der gewöhnlichen Lebensformen liegenden Beziehungen zu unbekannten Menschen lebhaft angezogen. In Gemeinschaft mit Mawra Kusminitschna suchte sie möglichst viele Wagen mit Verwundeten zum Einschwenken in den Rostowschen Hof zu bringen.

„Wir müssen aber dem Papa auf alle Fälle Bescheid sagen", meinte Mawra Kusminitschna.

„Wozu denn, wozu denn, darauf kommt's doch jetzt gar nicht an! Für den einen Tag können wir uns ja mit dem Salon behelfen. Dann können wir ihnen alle unsere übrigen Räumlichkeiten überlassen."

„Na, Fräulein, was Sie sich wohl denken! Wenn wir ihnen auch nur das Seitenhaus einräumen oder das Zimmer der Kinderfrau oder irgendwelche Kammern, die gar nicht zum Wohnen da sind, so müssen wir doch erst fragen."

„Na, dann frage ich eben."

Natascha lief ins Haus und schlüpfte auf den Zehenspitzen durch die halbgeöffnete Tür in das Diwanzimmer, in welchem es nach Essig und Hoffmannstropfen roch.

„Schlafen Sie, Mama?"

„Ach, was für ein schrecklicher Traum!" sagte die eben erst eingeschlummerte und nun geweckte Gräfin.

„Mama, liebste, beste Mama!" sagte Natascha, kniete vor der Mutter hin und brachte ihr Gesicht ganz nah an das ihre. „Verzeihen Sie mir, bitte, ich will es nie wieder tun, ich habe Sie geweckt. Mawra Kusminitschna schickt mich zu Ihnen. Es sind Verwundete gebracht worden, Offiziere. Erlauben Sie es? Sie wissen sonst nicht, wohin ... ich weiß ja, daß Sie es erlauben werden", sprudelte sie atemlos.

„Was für Offiziere? Wer ist gebracht worden? Ich verstehe nichts", sagte die Gräfin.

Natascha lachte, und nun lächelte auch die Gräfin ein wenig.

„Ich weiß ja, daß Sie es erlauben ... Dann werde ich also gleich Bescheid sagen."

Und Natascha gab ihrer Mutter einen Kuß, stand auf und lief davon.

Im Saal begegnete sie ihrem Vater, der mit schlimmen Neuigkeiten aus der Stadt zurückgekehrt war.

„Daß wir nur so lange hier hocken bleiben konnten!" sagte er mit einem ungewollten Ausdruck von Ärger in der Stimme. „Der Klub ist geschlossen, und die Polizeibehörden verlassen Moskau."

„Papa, Sie haben doch nichts dagegen, daß ich ein paar Verwundete zu uns ins Haus gebeten habe?" fragte Natascha.

„Natürlich nicht", antwortete der Graf zerstreut. „Aber darauf kommt es jetzt ja gar nicht an, ich bitte dich dringend, kümmere dich jetzt nicht mehr um dummes Zeug, sondern hilf beim Einpacken, wir müssen weg, wir müssen weg, morgen müssen wir weg."

Dann gab der Graf dem Haushofmeister und den Leuten entsprechende Befehle. Zum Mittagessen kam Petja zurück, und bei Tische wußte auch er allerhand Neues zu berichten.

Er erzählte, im Kreml seien heute Waffen an die Bevölkerung ausgegeben, und obwohl in Rastoptschins Maueranschlag die Rede davon gewesen war, er würde zwei Tage zuvor eine Bekanntmachung erlassen, so sei doch schon mit aller Bestimmtheit angeordnet worden, morgen sollte die ganze Bevölkerung bewaffnet auf die Drei Berge kommen, wo die große Schlacht stattfinden sollte.

Die Gräfin starrte ihrem Sohn verängstigt und erschrocken in das froh=erregte Gesicht, während er das erzählte. Sie wußte, wenn sie ihm eine Bitte, sich dieser von ihm offenbar so freudig begrüßten Schlacht fernzuhalten, auch nur mit einem Worte andeutete, so würde er irgend etwas von Männern, Ehre und Vaterland sagen, irgend etwas Sinnloses, Männliches, Verbohrtes, gegen das sie nichts würde einwenden können, und damit wäre die Sache völlig verdorben. Dagegen hoffte sie es so einrichten zu können, daß noch vor der geplanten Schlacht abgereist und Petja als Schutz und Schirm mitgenommen wurde; zu Petja sagte sie davon kein Wort, sondern bat nach Tische den Grafen zu sich und flehte ihn unter Tränen an, sie sobald wie möglich fortzuschaffen, wenn es anginge, noch in dieser Nacht. Bisher hatte sie eine vollkommene Furchtlosigkeit an den Tag gelegt, jetzt aber sagte sie mit jener weiblichen Schlauheit, die unwillkürlich zu wirken beginnt, wenn es sich um einen Gegenstand der Liebe handelt, sie stürbe vor Angst, wenn man nicht noch diese Nacht abreiste. Tatsächlich war ihre Furcht jetzt auch ohne Grenzen, und sie brauchte nicht zu heucheln.

XIV

Madame Schoß, die bei ihrer Tochter gewesen war, vermehrte die Furcht der Gräfin noch dadurch, daß sie erzählte, was sie vor einer Schnapsverkaufsstelle in der Mjasnizkaja=Straße gesehen hatte. Um diese Verkaufsstelle hatte eine betrunkene Volksmenge derart getobt, daß Madame Schoß die Straße nicht passieren konnte, eine Lohndroschke nehmen und auf einem Umwege durch eine Quergasse nach Hause fahren mußte. Der Kutscher hatte ihr erzählt, das Volk zertrümmere die Fässer in der Schnapsverkaufsstelle, und das sei behördlicherseits so angeordnet worden.

Nach dem Mittagessen machte sich im Rostowschen Hause alles mit beschwingter Eile an das Einpacken und die letzten Reisevorbereitungen. Jetzt kümmerte sich auf einmal auch der alte Graf um alles, lief unentwegt nach dem Mittagessen vom Hof ins Haus und wieder zurück, schrie die mit größter Hast arbeitenden Leute ganz sinnlos an und suchte sie zu noch größerer Hast anzutreiben. Petja kommandierte im Hof. Sonja wußte nicht mehr, was sie machen sollte, und verlor den Kopf angesichts der einander immerfort widersprechenden Befehle des Grafen. Die Leute rannten schreiend, zankend, lärmend in den Zimmern und im Hof herum. Plötzlich griff auch Natascha mit aller ihr eigenen Leidenschaftlichkeit an. Anfangs wurde ihr Eingreifenwollen in die Packarbeit mit Mißtrauen aufgenommen. Man erwartete von ihr nichts anderes als Späße und Mutwillen und wollte nicht auf sie hören, aber sie forderte so hartnäckig und leidenschaftlich Gehorsam, wurde böse, weinte beinah, weil man ihr nicht folgen wollte, und setzte es schließlich doch durch, daß man sie ernst nahm. Ihr erstes Heldenstück, das sie riesige Anstrengungen kostete und ihr zum nötigen Ansehen verhalf, war das Verpacken der Teppiche. Der Graf hatte allerlei kostbare Gobelins und persische Teppiche in seinem Hause. Als Natascha sich an die Arbeit machte, standen im Saale zwei noch nicht zugenagelte Kisten, eine bis oben hin voll Porzellan, die andere voll von Teppichen. Dabei stand aber noch eine große Menge Porzellan auf den Tischen, und aus der Speisekammer wurde immer noch mehr gebracht. Man mußte also eine neue, dritte Kiste in Angriff nehmen, und ein paar Dienstboten waren schon gegangen, um eine zu holen.

„Sonja, warte doch, wir schaffen es auch ohne das", sagte Natascha.

„Es geht nicht, gnädiges Fräulein, wir haben es schon probiert", meinte der Buffetdiener.

„Nein, warte nur, bitte, bitte!"

Und Natascha begann die in Papier eingeschlagenen Schüsseln und Teller wieder aus der Kiste auszupacken.

„Die Schüsseln müssen hierher, zwischen die Teppiche", sagte sie.

„Gott gebe, daß wir die Teppiche allein in drei Kisten hineinkriegen, dann wollen wir schon zufrieden sein", brummte der Buffetdiener.

„Aber so warte doch, bitte!" Und Natascha kramte flink und gewandt das Porzellan auseinander. „Die Kiewer Teller da können zurückbleiben, aber hier, das Meißner Geschirr muß mit, das kommt zwischen die Teppiche."

„Ach, lasse doch nur, Natascha, wir machen das Packen schon", wandte Sonja vorwurfsvoll ein.

„Ach, gnädiges Fräulein ...", meinte der Haushofmeister halb respektvoll, halb geringschätzig.

Aber Natascha gab nicht nach, packte alles wieder aus, um es umzupacken, und bestimmte, die wertloseren Teppiche und das überflüssige Geschirr sollten zurückgelassen werden. Als alles ausgepackt war, begann das Einpacken. Und nachdem die wertloseren Dinge ausgeschieden waren, ließ sich alles Kostbare in zwei Kisten verpacken. Nur ließ sich der Deckel der Teppichkiste nicht zumachen. Man hätte einiges von den Sachen herausnehmen können, aber Natascha in ihrer Hartnäckigkeit ließ das nicht zu. Sie packte, packte wieder um, drückte zusammen, nötigte den Buffetier und den ebenfalls zum Packen herangezogenen Petja, den Deckel zuzudrücken, und spannte selbst alle Kräfte an.

„Laß doch gut sein, Natascha", sagte Sonja. „Ich sehe ja, du hast recht gehabt, aber nimm jetzt den einen Teppich heraus, den, der zuoberst liegt."

„Das will ich ja gerade nicht!" schrie Natascha, mit der einen Hand das über dem schweißnassen Gesicht aufgegangene Haar festhaltend, mit der anderen die Teppiche zusammendrückend. „Drücke doch, Petja, drücke doch! Wassiljitsch, du auch!"

Die Teppiche gaben nach, und der Deckel ließ sich schließen. Natascha klatschte in die Hände und kreischte vor Freude, und die Tränen rollten ihr aus den Augen. Aber das dauerte nur ein paar Sekunden, dann nahm sie sofort eine andere Arbeit in Angriff und wurde jetzt schon völlig ernst genommen, und auch der Graf hatte nichts mehr einzuwenden, wenn er hörte, Natalja Iljinitschna habe eine seiner Anordnungen umgestoßen, und die Gutsleute kamen zu Natascha, um zu fragen, ob eine Fuhre verschnürt werden dürfe oder ob noch etwas hinzukomme. Dank Nataschas Anordnungen kam die Arbeit vom Fleck: das Überflüssige wurde zurückgelassen, auf diese Weise Raum gewonnen und das Wertvolle verpackt.

Trotz aller Geschäftigkeit wurde man mit dem Einpacken indessen doch nicht vor der späten Nacht fertig, die Gräfin schlief schon, und der Graf verschob die Abreise auf den nächsten Morgen und legte sich ebenfalls nieder. Sonja und Natascha schliefen unausgekleidet im Diwanzimmer. In dieser Nacht kam noch ein Wagen mit einem Verwundeten durch die Powarskaja-Straße, und die am Tor stehende Mawra Kusminitschna suchte ihn zum Einschwenken in den Rostowschen Hof zu bewegen. Wie es Mawra Kusminitschna schien, mußte dieser Verwundete eine sehr hochgestellte Persönlichkeit sein. Er lag in einer Kalesche, die durch das Spritzleder und das heruntergelassene Verdeck ganz geschlossen war. Auf dem Bock saß neben dem Kutscher ein alter respekteinflößender Kammerdiener. Hinter der Kalesche kam ein einfaches ländliches Fahrzeug mit einem Arzt und zwei Soldaten. „Bitte, bitte, kommen Sie zu uns! Die Herrschaften fahren weg, das ganze Haus steht leer", wandte sich die Alte an den Kammerdiener.

Der Kammerdiener seufzte.

„Ach Gott", sagte er, „wir wagen ja kaum mehr zu hoffen, daß wir ihn noch hinkriegen! Wir haben unser eigenes Haus hier in Moskau, aber es ist noch weit. Wohnen tut dort jetzt auch niemand."

„Seien Sie doch so gut, kommen Sie, bei uns finden Sie alles, was Sie brauchen", sagte Mawra Kusminitschna. „Geht es ihm denn sehr schlecht?" fragte sie.

Der Kammerdiener machte eine resignierte Handbewegung.

„Wir kriegen ihn kaum noch bis nach Hause. Ich muß den Doktor fragen."

Und der Kammerdiener stieg vom Bock und ging zu dem Wagen hinter der Kalesche.

„Gut", sagte der Arzt.

Der Kammerdiener kehrte zur Kalesche zurück, sah hinein, schüttelte den Kopf, befahl dem Kutscher, in den Hof einzubiegen, und ließ dann neben Mawra Kusminitschna halten.

„Herr Jesus Christus!" rief sie, als der Verwundete neben ihr hielt.

Mawra Kusminitschna schlug vor, ihn in das Wohnhaus zu tragen.

„Die Herrschaft wird das gern erlauben", sagte sie.

Allein der Transport über die Treppe mußte vermieden werden, und so trug man den Verwundeten in das Seitengebäude und brachte ihn in dem bis jetzt von Madame Schoß bewohnten Zimmer unter. Dieser Verwundete war Fürst Andrej Bolkonskij.

XV

Der letzte Tag von Moskau brach an. Das Wetter war klar und herbstlich schön. Es war ein Sonntag. Wie jeden Sonntag wurde in allen Kirchen zum Gottesdienst geläutet. Es war, als habe noch niemand begriffen, was Moskau bevorstand.

Nur zwei öffentliche Barometer zeigten die wahre Lage der Stadt an: das Verhalten des Straßenpöbels und die Preise. Arbeiter, Gutsleute und Bauern, zu denen sich Beamte, Seminaristen und Edelleute gesellt hatten, waren an diesem Tage in aller Morgenfrühe auf die Drei Berge hinausgezogen. Hier standen sie eine geraume Weile umher, warteten umsonst auf Rastoptschin und kamen zur Überzeugung, daß Moskau den Franzosen überlassen werden sollte. Darauf kehrte die ganze Menge um, verlief sich in der Stadt und erfüllte Schenken und Wirtschaften. Die Preise ließen an diesem

Tage ebenfalls die tatsächliche Sachlage erkennen. Die Preise für Waffen, für Gold, Wagen und Pferde zogen immer stärker an, während der Wert des Papiergeldes und die Preise für Gegenstände eines verfeinerten städtischen Bedarfes immer mehr sanken, so daß um die Mittagszeit manche Fuhrleute sich für den Abtransport wertvoller Dinge, zum Beispiel Tuchwaren, mit der Hälfte der Wagenladung bezahlen ließen und daß man für ein Bauernpferd fünfhundert Rubel gab, wogegen Möbel, Spiegel, Bronzegegenstände beinah verschenkt wurden.

In dem alten, ehrenfesten Rostowschen Hause war von der Auflösung aller bisherigen Lebensformen wenig zu merken. Was die sehr zahlreiche Dienerschaft anging, so passierte nichts weiter, als daß sich in der Nacht drei Mann aus dem Staube machten, ohne aber etwas mitzunehmen. Die Wertsteigerung gewisser Bedarfsgegenstände fand für Rostows ihren Ausdruck darin, daß sich die von ihren Gütern gekommenen dreißig Bauernfuhrwerke plötzlich als ungeheuerliche Werte darstellten, um die man von vielen beneidet und für die einem riesige Summen geboten wurden. Überdies kamen am Abend des 31. August und in der Frühe des 1. September die Burschen und Diener der verwundeten Offiziere, von ihren Herren geschickt, zu Rostows auf den Hof, wohin sich auch einzelne von den bei Rostows und in den Nachbarhäusern untergebrachten Verwundeten schleppten, und alle flehten sie die Rostowschen Leute an, ihnen doch bei der Herrschaft ein Fahrzeug zur Abfahrt aus Moskau zu erwirken. Der Haushofmeister, an den man vorzugsweise solche Bitten herantrug, hatte wohl mit den Verwundeten Mitleid, beschied aber alle abschlägig und sagte, er wage es nicht einmal, diese Bitten dem Grafen vorzutragen. Die zurückbleibenden Verwundeten täten ihm ja von Herzen leid, aber es liege doch auf der Hand, daß, wenn man erst einen Wagen fortgegeben habe, man auch einen zweiten nicht verweigern könne und so weiter und so weiter, bis man schließlich nicht einmal die Herrschaftsequipagen selbst mehr behalten könne. Allen Verwundeten sei ja auch mit dreißig Wagen nicht zu helfen, und es gehe nicht anders, als daß jeder in dem allgemeinen Unglück auch an sich und seine Familie denke. So dachte der Haushofmeister für seinen Herrn.

Am Morgen des 1. September aufgewacht, verließ Graf Ilja Andrejewitsch leise, um die erst spät eingeschlafene Gräfin nicht zu wecken, das Schlafzimmer und trat in seinem lila-seidenen Schlafrock ins Hausportal. Die verschnürten Bauernwagen standen im Hofe. Die Equipagen hielten vor dem Portal. An der Auffahrt stand der Haushofmeister im Gespräch mit einem alten Offiziersburschen und einem jungen blassen Offizier, der den Arm in einer Binde trug. Als der Haushofmeister den Grafen sah, bedeutete er dem Offizier und dem Burschen mit einer nachdrücklichen Bewegung, sie möchten sich entfernen.

„Na, wie ist es? Alles fertig, Wassiljitsch?“ fragte der Graf, fuhr sich mit der Hand über die Glatze, sah den Offizier und den Burschen gutmütig an und nickte ihnen zu. Er freute sich immer über jedes neue Gesicht, das ihm in den Wurf kam.

„Es kann sofort angespannt werden, Ew. Erlaucht.“

„Ah, famos! Die Gräfin wird wohl bald aufwachen, und dann in Gottes Namen los!“ Dann wandte er sich an den Offizier. „Was gibt es, mein Herr? Sind Sie hier bei uns einquartiert?“

Der Offizier trat näher, und plötzlich färbte eine helle Röte sein blasses Gesicht.

„Graf, haben Sie doch die große Güte ... Um Gottes willen ... Erlauben Sie mir doch, irgendwo auf einem Ihrer Fuhrwerke unterzukriechen. Gepäck habe ich nicht. Irgendwo, auf einem Packwagen, ganz einerlei ...“

Er hatte noch nicht zu Ende gesprochen, als der Bursche, der zu einem anderen Offizier gehörte, sich auch für seinen Herrn mit der gleichen Bitte an den Grafen wandte.

„Ah, ja natürlich, ja , ja“, sagte der Graf rasch. „Sehr gern, freut mich sehr. Wassiljitsch, sorge dafür, laß einen oder zwei Wagen abladen, nun also ... so ... also du weißt schon ...“ befahl der Graf schnell und etwas unbestimmt.

Im gleichen Augenblick gab aber der Ausdruck glühender Dankbarkeit auf dem Gesicht des Offiziers dem vage erteilten Befehl bereits den Charakter des Unumstößlichen. Der Graf sah sich um: auf dem Hofe, im Torwege, in den Fenstern des Seitenhauses, überall verwundete Offiziere mit ihren Burschen. Alle hingen mit den Blicken am Grafen und drängten jetzt auf das Portal zu.

„Möchten Ew. Erlaucht sich nicht mit mir in die Galerie bemühen? Ich möchte Ew. Erlaucht dort um Anweisungen bitten, was mit den einzelnen Bildern geschehen soll“, sagte der Haushofmeister.

Der Graf ging mit ihm ins Haus und wiederholte dabei seinen Befehl, den Verwundeten nicht zu wehren, wenn sie mitfahren wollten.

„Was ist denn dabei? Man kann ja dies oder das abladen“, setzte er leise und verstohlen hinzu, als wolle er es vermeiden, daß jemand diese Äußerung hörte.

Um neun Uhr wachte die Gräfin auf, und Matrjona Timofejewna, die früher ihr Stubenmädchen gewesen war und jetzt gewissermaßen das Amt eines Gendarmeriechefs bei der Gräfin innehatte, kam mit der Meldung, Marja Karlowna sei wütend, und die Sommerkleider der gnädigen Fräuleins könnten doch nicht zurückgelassen werden. Die Gräfin erkundigte sich, warum Madame Schoß so wütend sei, und es ergab sich, daß ihr Koffer wieder abgeladen worden war, daß alle Fuhren aufgeschnürt, das Gepäck heruntergenommen und statt dessen Verwundete aufgepackt werden sollten, die der Graf in seiner Harmlosigkeit mitzunehmen befohlen habe. Die Gräfin ließ ihren Mann zu sich rufen.

„Was ist denn los, mein Freund, ich höre, die Sachen werden abgeladen?"

„Weißt du, ma chère, ich wollte es dir gerade sagen ... ma chère, kleine Gräfin ... also, ein Offizier kam zu mir ... also sie baten, man möchte ihnen doch einige Wagen einräumen ... es sind doch Verwundete. Sieh mal, das sind ja alles Sachen, die sich ersetzen lassen, aber denke doch nur, wie schlimm es für sie wäre, hier zurückzubleiben! Wirklich, sie sind nun einmal bei uns, wir haben sie selbst hereingebeten, diese Offiziere sind nun einmal da ... Weißt du, ich glaube wahrhaftig, ma chère ... also siehst du, ma chère ... also mögen sie schon mitfahren ... was ist denn weiter dabei!"

Der Graf hatte das ein wenig kleinlaut vorgebracht, so wie er zu sprechen pflegte, wenn von Geldangelegenheiten die Rede war. Die Gräfin wußte aus Erfahrung, daß dieser Ton immer irgendeine Eröffnung einleitete, die mit dem Ruin ihrer Kinder im Zusammenhang stand, etwas wie den Bau einer Galerie oder Orangerie, die Schaffung eines Haustheaters oder Aufstellung einer Musikkapelle, und hielt es grundsätzlich für ihre Pflicht, allem zu opponieren, was in diesem Ton vorgebracht wurde.

Sie nahm also die für solche Fälle vorgesehene weinerlich=gehorsame Miene an und sagte:

„Höre einmal, Graf, du hast es schon so weit gebracht, daß wir kein Geld für das Haus bekommen haben, und jetzt willst du auch noch alle unsere Sachen, was sage ich, die Sachen der Kinder, umkommen lassen. Du selbst hast ja gesagt, daß unsere Hauseinrichtung ihre hunderttausend Rubel wert ist. Damit kann ich mich unter keinen Umständen einverstanden erklären, mein Freund, hörst du, unter keinen Umständen! Sage, was du willst! Für die Verwundeten ist die Regierung da. Die wird schon wissen! Sieh doch nur, bei Lopuchins, uns gegenüber, ist schon vorgestern alles abgefahren worden, bis auf die letzte Kleinigkeit. So muß man das auch machen! Nur wir sollen die Dummen sein! Wenn ich dir schon nicht leid tue, dann denke doch wenigstens an die Kinder!"

Der Graf machte eine resignierte Handbewegung und ging schweigend hinaus.

„Papa, was hat es denn gegeben?" fragte Natascha, die bald nach ihm ins Zimmer der Mutter gekommen war und einen Teil des Gesprächs mit angehört hatte.

„Gar nichts, darum hast du dich nicht zu kümmern!" erwiderte er ärgerlich.

„Nein, ich habe doch selbst zugehört!" sagte Natascha. „Warum will Mamachen denn nicht?"

„Darum hast du dich nicht zu kümmern!" fauchte der Graf.

Natascha ging ans Fenster und starrte gedankenvoll hinaus.

„Papachen, da kommt Berg angefahren", sagte sie dann.

XVI

Berg, der Schwiegersohn der alten Rostows, war bereits Oberst, hatte den Wladimir- und den Anneorden am Halse und bekleidete immer noch seinen alten, ruhigen und angenehmen Posten, nämlich den Posten eines Gehilfen des Chefs des Stabes, des Gehilfen der ersten Abteilung des Chefs des Stabes des zweiten Korps.

Am ersten September traf er von der Armee kommend in Moskau ein.

Eigentlich hatte er in Moskau gar nichts zu tun, da er aber gesehen hatte, daß sich alle von der Armee nach Moskau beurlauben ließen, um dort irgend etwas zu besorgen, so hielt er es gleichfalls für notwendig, sich zur Besorgung häuslicher und familiärer Angelegenheiten beurlauben zu lassen.

Berg fuhr in seinem peinlich sauber gehaltenen Wägelchen mit den zwei gutgenährten rehbraunen Pferden, genau solchen, wie sie der Fürst Soundso hatte, vor dem Hause seines Schwiegervaters vor. Er warf einen aufmerksamen Blick in den Hof mit den Fuhrwerken, zog, während er zur Haustür hinaufstieg, sein sehr sauberes Taschentuch und machte einen Knoten hinein.

Aus dem Vorzimmer segelte er mit seinem hastigen Gange rasch in den Salon und umarmte den Grafen. Dann küßte er Natascha und Sonja die Hand und beeilte sich, nach dem Befinden der Mama zu fragen.

„Na, wie soll sie sich schon befinden bei diesen Zuständen?" sagte der Graf. „Na, jetzt erzähle aber! Wie steht es bei der Armee? Geht sie zurück, oder gibt es noch eine Schlacht?"

„Papa", erwiderte Berg, „niemand als der allmächtige Gott kann das Schicksal unseres Vaterlandes entscheiden. Die Armee flammt vor Heldengeist, und jetzt sind unsere Schlachtenlenker, wenn ich mich so ausdrücken darf, zu einer Beratung zusammengetreten. Was beschlossen werden wird, das weiß noch niemand. Aber das kann ich Ihnen sagen, Papa, was unser russisches Heer angeht, so hat sie ... so hat es", verbesserte er, „einen solchen Heldengeist, eine so wahrhafte antike Tapferkeit an den Tag gelegt oder bewiesen in diesem Kampf am 26., daß man gar nicht die Worte findet, um das gebührend zu würdigen. Ich sage Ihnen, Papa" – hier schlug er sich gegen die Brust, wie er es vor kurzem von einem General gesehen hatte, der seine Erlebnisse in der Schlacht schilderte, doch tat Berg das etwas zu spät, weil er das nicht bei dem Worte „Papa", sondern bei den Worten „unser russisches Heer" hätte tun müssen –, „ich sage Ihnen ganz offen, wir Kommandeure brauchten die Soldaten nicht nur nicht anzutreiben oder dergleichen, sondern wir hatten Mühe, diese, diese ... ja also, diese wahrhaft antiken Helden an allzu wildem Daraufiosstürmen zu hindern", plapperte er. „General Barclay de Tolly hat sein Leben überall an der Spitze seiner Truppen riskiert, das kann ich Ihnen versichern. Unser Korps stand am Bergabhang. Also stellen Sie sich vor ..."

Und nun erzählte Berg alles, was er von allerlei seit der Schlacht gehörten Erzählungen behalten hatte. Natascha sah ihm unverwandt ins Gesicht, als hoffe sie auf diesem Gesicht die Lösung einer ihr am Herzen liegenden Frage zu finden, und Berg wurde unter diesem Blick etwas unsicher.

„So einen Heldenmut, wie ihn unsere braven Leute, unsere echt russischen Heldensöhne an den Tag gelegt haben, kann man sich gar nicht vorstellen, da ist kein Wort zu hoch gegriffen!" sagte Berg, sah dabei Natascha an und beantwortete ihren unverwandt auf ihn gerichteten Blick mit einem Lächeln, das wie ein Bestechungsversuch wirkte. „Ja, das ist schon wahr: ‚Rußland ist nicht in Moskau, sondern in den Herzen seiner Söhne'. Nicht, Papa?"

In diesem Augenblick kam die Gräfin mit müder und sehr verstimmter Miene aus dem Diwanzimmer. Berg sprang schleunigst auf, küßte der Gräfin die Hand, erkundigte sich nach ihrem Befinden und blieb dann neben ihr stehen, seine Anteilnahme an ihren Sorgen durch ein mitleidiges Hinundherwiegen des Kopfes andeutend.

„Ja, Mamachen, das kann ich wohl sagen, die Zeiten sind schwer und traurig für jeden Russen. Aber Sie müssen sich doch nicht so beunruhigen, Sie kommen ja noch früh genug fort."

„Ich begreife gar nicht, was die Leute eigentlich machen", sagte die Gräfin zu ihrem Mann. „Eben wird mir gesagt, es sei noch nichts fertig. Irgend jemand müßte doch die Sache in die Hand nehmen! Ein Jammer, daß Mitenka nicht da ist. So kommen wir ja nie zu Rande!"

Der Graf schien etwas sagen zu wollen, beherrschte sich aber, stand auf und ging zur Tür.

In diesem Augenblick zog Berg sein Taschentuch, als wolle er sich schneuzen, stutzte, als er den Knoten gewahrte, und wiegte den Kopf vielsagend und trübe hin und her.

„Ja, ich habe noch eine große Bitte an Sie, Papachen", sagte er.

„Hm?" machte der Graf und blieb stehen.

„Ich fuhr gerade am Jussupowschen Hause vorüber", sagte Berg mit einem kleinen Lachen. „Der Verwalter, ich kenne ihn, kam herausgelaufen und fragte, ob ich nicht etwas kaufen wollte. Ich ging hinein, wissen Sie, so aus Neugier, und da sah ich ein Toilettentischchen. Sie wissen ja, daß Wera sich immer so etwas gewünscht hat und daß wir oft darüber debattiert haben." Unwillkürlich war Berg, als er auf das Toilettentischchen gekommen war, in einen Ton verfallen, dem man seinen freudigen Stolz auf die eigene Umsicht und Gewandtheit anmerkte. „Und was für ein entzückendes Ding das war! Mit so viel Schubladen und einem englischen Geheimfach, wissen Sie! So etwas hat Werotschka schon immer wollen. Und jetzt würde ich ihr so gern damit eine Überraschung bereiten. Ich sah vorhin, daß Sie den ganzen Hof voll Bauern haben. Geben Sie mir doch bitte einen von ihnen, ich will ihn gut bezahlen, damit er ..."

Der Graf runzelte die Stirn und hüstelte.

„Da müssen Sie schon die Gräfin bitten, Sie hat die Leitung der Reisevorbereitungen übernommen."

„Wenn es Schwierigkeiten macht, dann schlagen Sie es mir bitte ruhig ab", sagte Berg, „es hätte mich nur so sehr um Weruschkas willen gefreut."

„Ach, packt euch doch alle zum Teufel, zum Teufel! Zum Teufel! Zum Teufel!" schrie der alte Graf los. „Man weiß ja nicht mehr, wo einem der Kopf steht!"

Er verließ das Zimmer. Die Gräfin brach in Tränen aus.

„Ja, ja, Mamachen, die Zeiten sind sehr schwer!" sagte Berg.

Natascha war mit dem Vater zusammen hinaufgegangen; als kämpfe sie mit ihren Gedanken, ging sie erst hinter ihm her, rannte dann aber plötzlich die Treppe hinunter.

Im Portal stand Petja und verteilte Waffen an die zum Mitfahren Bestimmten. Auf dem Hofe standen immer noch die Fuhrwerke, zwei von ihnen waren abgeladen, und auf das eine stieg gerade ein Offizier mit Hilfe seines Burschen.

„Weißt du warum?" fragte Petja, als er Natascha kommen sah.

Natascha begriff, was Petja meinte, nämlich warum die Eltern sich gezankt hätten. Sie gab keine Antwort.

„Weil Papa alle Fuhren den Verwundeten überlassen wollte", sagte Petja. „Wassiljitsch hat es mir gesagt. Meiner Meinung nach ..."

„Meiner Meinung nach", fuhr es Natascha plötzlich wie ein Aufschrei heraus, und sie wandte Petja ihr empörtes Gesicht zu, „meiner Meinung nach ist das eine Gemeinheit, eine Scheußlichkeit, eine ... ach, ich weiß nicht! Sind wir denn vielleicht Deutsche?"

Ein krampfhaftes Schluchzen ließ ihre Kehle zittern, sie fürchtete alle Selbstbeherrschung zu verlieren und die ganze Ladung ihrer Wut ins Leere zu verschießen, machte kehrt und stürmte die Treppe hinauf.

Berg saß neben der Gräfin und tröstete sie mit respektvoller, verwandtschaftlicher Vertraulichkeit. Die Tabakspfeife in der Hand, ging der Graf im Zimmer auf und ab, als Natascha mit wutverzerrtem Gesicht wie ein Wirbelwind ins Zimmer brach und mit einigen Sprüngen auf die Mutter zustürzte.

„Das ist eine Gemeinheit! Das ist eine Scheußlichkeit!" schrie sie. „Das können Sie doch nicht befohlen haben!" Berg und die Gräfin sahen sie verdutzt und erschrocken an. Der Graf blieb am Fenster stehen und horchte auf.

„Mamachen, das ist doch unmöglich!" schrie sie. „Sehen Sie doch, dort auf dem Hof ... Sie bleiben ja hier!"

„Was hast du denn? Wer denn? Was willst du eigentlich?"

„Die Verwundeten natürlich! Das ist doch unmöglich, Mamachen! Das ist doch undenkbar! Nein, Mamachen, liebstes goldenes Mamachen, das geht doch nicht, verzeihen Sie mir, bitte, bitte, liebstes Mamachen ... ach, Mamachen, was nützen uns denn die verladenen Sachen? Sehen Sie doch nur, dort auf dem Hof ... Mamachen. Das ist doch unmöglich!"

Der Graf stand noch immer am Fenster und hörte zu, ohne sich umzuwenden. Plötzlich schnob er durch die Nase und brachte sein Gesicht dicht an das Fenster.

Die Gräfin sah ihre Tochter an, gewahrte deren vor Scham über die Mutter rot gewordenes Gesicht, merkte, wie aufgeregt sie war, begriff, warum ihr Mann sich in diesem Augenblick nicht nach ihr umschaute, und ließ ihren Blick verstört im Zimmer umherwandern.

„Ach, macht nur, was ihr wollt! Als ob ich irgendeinen Menschen hindern wollte!" sagte sie, ohne sich bereits ganz ergeben zu haben.

„Mamachen, liebstes, goldenes Mamachen, verzeihen Sie mir!"

Aber die Gräfin schob die Tochter zurück und ging zum Grafen.

„Mon cher, ordne nur an, was dir richtig scheint ... Ich weiß da ja doch nicht Bescheid", sagte sie und sah dabei schuldbewußt zu Boden.

„Die Eier ... die Eier sind manchmal wirklich klüger als die Henne", sagte der Graf und umarmte, Tränen glücklicher Rührung in den Augen, seine Frau, die froh war, ihr schamrotes Gesicht an seiner Brust verstecken zu können.

„Papachen, Mamachen, darf ich also auf dem Hof Bescheid sagen, ja?" fragte Natascha. „Das Allernötigste können wir ja immerhin noch mitnehmen."

Der Graf nickte bejahend, und Natascha rannte so flink wie

früher beim Haschen durch den Saal ins Vorzimmer und über die Treppe in den Hof.

Die Leute drängten sich um Natascha herum und wollten an den sonderbaren Befehl des Fräuleins nicht eher glauben, als bis der Graf selbst unter Berufung auf seine Frau diesen Befehl bestätigte: alle Fuhren sollen den Verwundeten überlassen, die Kisten aber in die Vorratskammern geschafft werden. Als die Leute begriffen hatten, machten sie sich mit freudiger Emsigkeit an die neue Arbeit. Dem Gesinde kam das jetzt gar nicht mehr merkwürdig vor, sondern es war ihnen im Gegenteil, als könnte das gar nicht anders sein, genau wie es ihnen noch vor einer Viertelstunde gar nicht merkwürdig vorgekommen war, daß die Verwundeten zurückbleiben, die Sachen aber mitgenommen werden sollten, sondern es ihnen eben vorgekommen war, als könnte auch das gar nicht anders sein.

Das ganze Hausgesinde machte sich jetzt mit großer Geschäftigkeit an die neue Arbeit der Unterbringung der Verwundeten, als sollte das bisher Versäumte durch doppelten Eifer gutgemacht werden. Die Verwundeten kamen aus ihren Zimmern hervorgekrochen und drängten sich, die blassen Gesichter von Freude verklärt, um die Fahrzeuge. Das Gerücht von der Überlassung der Fuhrwerke an die Verwundeten verbreitete sich auch in den Nachbarhäusern, und so kamen von allen Seiten Verwundete auf den Rostowschen Hof. Viele baten, die Sachen gar nicht erst abzuladen, sondern sich selbst nur obendrauf zu setzen. Aber mit dem Abladen war einmal angefangen worden, und das ließ sich nicht mehr aufhalten. Es war ja auch einerlei, ob alles dablieb oder nur die Hälfte. Auf dem Hofe standen die noch nicht ins Haus geschleppten Kisten mit den Bronzegegenständen, den Bildern und Spiegeln, mit deren Verpackung man in der vorigen Nacht so viel Mühe gehabt hatte, und immer noch suchte und fand man eine Möglichkeit, dieses und jenes als entbehrlich zurückzulassen und immer noch ein Fuhrwerk frei zu machen.

„Vier kriegen wir noch weg", sagte der Verwalter. „Meine eigene Fuhre gebe ich auch ab, aber es bleiben immer noch welche. Was tun wir mit denen?"

„Gebt ihnen den Wagen mit meinen Kleiderkisten", sagte die Gräfin. „Dunjascha steigt zu mir in die Kalesche."

Also wurde auch der Wagen mit den Kleiderkisten frei gemacht und zum übernächsten Hause geschickt, wo auch noch Verwundete lagen. Die ganze Familie und das Gesinde waren in einem Zustande frischer Angeregtheit, und Natascha fühlte sich so glücklich, so feierlich gehoben wie seit langem nicht mehr.

„Wo soll die denn angebunden werden?" fragten die Leute, bemüht, eine Kiste auf dem schmalen Trittbrett eines herrschaftlichen

Wagens unterzubringen. „Wenigstens einen von den Bauernwagen müßte man doch behalten."

„Was für eine Kiste ist denn das?" fragte Natascha.

„Die mit den Büchern des Grafen."

„Laßt sie hier, Wassiljitsch wird sie wegräumen, die brauchen wir nicht mitzunehmen."

In der Britschke war kein Platz mehr frei, und man wußte nicht so recht, wo Petja sitzen sollte.

„Auf dem Bock! Nicht wahr, Petja?" rief Natascha.

Sonja war ebenfalls sehr geschäftig, doch zielte ihre Geschäftigkeit, mit der Nataschas verglichen, genau auf das Gegenteil: sie sorgte für das Wegräumen der zurückbleibenden Sachen, legte auf Wunsch der Gräfin ein Verzeichnis von allem Zurückbleibenden an und suchte soviel wie möglich mitzunehmen.

XVII

Gegen zwei Uhr standen die vier Rostowschen Equipagen angespannt und reisefertig vor dem Portal. Die Wagen mit den Verwundeten fuhren in langer Reihe zum Hoftor hinaus.

Die Kalesche, in der Fürst Andrej gefahren wurde, erregte im Vorbeifahren Sonjas Aufmerksamkeit; sie war gerade dabei, zusammen mit einem Stubenmädchen in der riesigen, hohen Kutsche, die vor dem Portal hielt, einen Platz für die Gräfin herzurichten.

„Wem gehört denn die Kalesche?" fragte Sonja und steckte den Kopf aus dem Kutschenfenster.

„Wissen Sie denn nicht, Fräulein?" antwortete das Mädchen. „Das ist doch der verwundete Fürst, er hat bei uns doch über Nacht gelegen und fährt jetzt auch mit."

„Und wer ist es? Wie heißt er?"

„Das ist doch unser früherer Bräutigam, Fürst Bolkonskij!" antwortete das Mädchen mit einem Seufzer. „Er soll schon fast im Sterben liegen."

Sonja sprang aus der Kutsche und rannte zur Gräfin. Die Gräfin wanderte, schon reisefertig angetan, mit Hut und Schal, müde im Salon auf und ab und wartete auf die übrigen Hausgenossen, um sich nach der Sitte noch für einen Augenblick bei geschlossenen Türen mit ihnen hinzusetzen und zu beten. Natascha war nicht im Zimmer.

„Maman", sagte Sonja. „Fürst Andrej ist hier, auf den Tod verwundet. Er fährt mit uns."

Die Gräfin riß erschrocken die Augen auf, packte Sonjas Hand und sah sich um.

„Natascha?" fragte sie.

Sowohl für Sonja als auch für die Gräfin hatte diese Neuigkeit im ersten Augenblick nur einen einzigen Sinn. Sie kannten ihre Natascha, und die Furcht vor dem Eindruck dieser Nachricht auf Natascha verschlang bei ihnen jedes Mitleid mit dem Mann, den sie beide so gern gehabt hatten.

„Natascha weiß es noch nicht, aber er fährt mit uns", sagte Sonja.

„Auf den Tod verwundet, sagst du?"

Sonja nickte. Die Gräfin umarmte Sonja und brach in Tränen aus. „Die Wege des Herrn sind unerforschlich!" dachte sie und fühlte, daß in allem, was jetzt geschah, sich eine bisher vor den Augen der Menschen verborgene allmächtige Hand zu offenbaren begann.

Natascha kam aufgeregt ins Zimmer gerannt.

„Also, Mama, jetzt ist alles soweit. Was habt ihr denn noch miteinander vor?" fragte sie.

„Gar nichts", sagte die Gräfin. „Wenn alles soweit ist, dann fahren wir also."

Und die Gräfin beugte sich über ihr Ridikül, um ihr verwirrtes Gesicht nicht sehen zu lassen. Sonja umarmte Natascha und küßte sie.

Natascha sah sie fragend an.

„Was denn? Was ist los?"

„Nichts ... Nein ..."

„Etwas sehr Schlimmes für mich? Was denn?" fragte Natascha mit ihrer feinen Witterung.

Sonja seufzte und gab ihr keine Antwort. Der Graf, Petja, Madame Schoß, Mawra Kusminitschna, Wassiljitsch kamen in den Salon, die Türen wurden geschlossen, und alle setzten sich; ein paar Augenblicke lang saßen sie schweigend da, ohne einander anzusehen.

Als erster erhob sich dann der Graf, seufzte laut auf und bekreuzte sich vor dem Heiligenbilde. Das gleiche taten nun auch die anderen. Darauf umarmte der Graf Mawra Kusminitschna und Wassiljitsch, die in Moskau zurückbleiben sollten, und klopfte ihnen freundlich und mit einigen unklaren Worten der Beruhigung auf den Rücken, während sie nach seiner Hand haschten und ihn auf die Schulter küßten. Die Gräfin ging ins Betzimmer, und Sonja fand sie dort kniend vor den Heiligenbildern, die noch vereinzelt an den Wänden hingen, während diejenigen, denen irgendwelche Familientraditionen einen besonderen Wert gaben, mitgenommen wurden.

Am Portal und auf dem Hof verabschiedeten sich die zum Mitfahren bestimmten Leute von den Zurückbleibenden: Petja hatte sie mit Dolchen und Säbeln bewaffnet, sie hatten die Hosen kriegerisch in die Stiefel gesteckt und die Riemen und Gürtel straff angezogen.

Wie immer beim Abreisen war vieles vergessen oder unzweckmäßig untergebracht worden, und zwei Lakaien standen eine geraume Zeit lang zu beiden Seiten des geöffneten Kutschenschlages mit dem heruntergelassenen Trittbrett in Erwartung der immer noch zögernden Gräfin, der sie hineinhelfen sollten, während Mädchen mit Kissen und Bündeln zwischen dem Hause und den vier Wagen — den zwei Kutschen, der Kalesche und der Britschke — hin und her liefen.

„Die können ja im Leben nichts richtig behalten!" sagte die Gräfin, als sie endlich in der Kutsche war. „Du mußt doch wissen, daß ich so nicht sitzen kann!"

Und Dunjaschka hastete mit zusammengebissenen Zähnen und stummem Vorwurf im Gesicht wieder in die Kutsche, um die nötigen Änderungen vorzunehmen.

„Ja, das ist eine Sippschaft!" brummte auch der Graf und wiegte den Kopf.

Der alte Kutscher Jefim, der einzige, mit dem die Gräfin fahren zu können meinte, saß hoch oben auf seinem Bock und hatte nicht einmal einen Seitenblick für das, was hinter ihm vorging. Aus dreißigjähriger Erfahrung wußte er, daß man ihm noch nicht so bald mit einem „In Gottes Namen!" das Zeichen zum Abfahren geben würde und daß man ihn selbst dann noch zweimal wieder anhalten ließ und Dienstboten nach vergessenen Gegenständen ausschickte und daß die Gräfin ihn dann noch ein drittes Mal halten ließ, ihren Kopf aus dem Fenster steckte und ihn um Jesu Christi und aller Heiligen willen bat, doch beim Bergabfahren möglichst vorsichtig zu sein. Er wußte das alles genau und wartete darum mit großer Geduld auf alles, was noch kommen mußte, und jedenfalls mit größerer Geduld als seine Pferde, von denen besonders der links eingespannte Fuchs „Falke" unruhig mit dem Fuß scharrte und auf dem Gebiß kaute. Endlich war es soweit, alle hatten ihre Plätze eingenommen, das mehrstufige Trittbrett wurde zusammengeschlagen und hochgeklappt, der Schlag geschlossen; dann wurde nach einer vergessenen Schatulle geschickt, die Gräfin steckte den Kopf aus dem Fenster und sagte zu Jefim, was sie sagen mußte. Nun nahm Jefim langsam den Hut ab und bekreuzte sich. Der Stangenreiter und alle anderen Leute taten das gleiche. „In Gotts Namen!" sagte Jefim, setzte den Hut wieder auf und rief: „Los!" Der Stangenreiter trieb sein Pferd an. Das rechte Deichselpferd legte sich ins Geschirr, die hohen Wagenfedern rasselten, und der Kutschkasten geriet ins Schaukeln. Der Lakai sprang auf den Bock, während der Wagen schon in Bewegung war. Als die Kutsche und die drei anderen Fahrzeuge hinter ihr auf das holprige Pflaster gelangten, wurden sie von einigen derben Stößen geschüttelt, dann ging der ganze Zug die Straße hinauf. Alle die Insassen der vier Fahrzeuge bekreuzten sich, als sie an der Kirche auf der anderen Straßenseite vorbeikamen. Die zurückbleibenden Leute gingen noch ein paar Schritte neben den vier Equipagen her, um ihnen das Geleit zu geben.

Natascha war es selten so freudig ums Herz gewesen wie jetzt, als sie neben der Gräfin in der Kutsche sitzend auf die langsam vorbeigleitenden Hauswände der aufgeregt summenden Stadt, die nun bald hinter ihr liegen würde, blickte. Hin und wieder steckte sie den Kopf durch das Wagenfenster und sah bald nach rückwärts, bald nach dem langen Zug der Verwundeten, der vor ihnen herfuhr. Einer der ersten Wagen war die Kalesche mit dem hochgeschlagenen Verdeck, in welcher Fürst Andrej lag. Sie wußte nicht, wer in dieser Kalesche war, und jedesmal, wenn sie ihre Augen über den ganzen Rostowschen Train hingleiten ließ, suchte ihr Blick diese Kalesche. Sie wußte, daß sie ziemlich an der Spitze des Zuges fuhr.

Auf dem Kudrinoplatz trafen, aus der Nikitskajastraße vom Stadtteil Presnja und vom Podnowinskij-Boulevard kommend, noch einige dem Rostowschen ähnliche Wagenzüge zusammen, und auf der Sadowaja mußten die Equipagen und Bauernfuhren schon in zwei Reihen nebeneinander fahren.

Natascha ließ ihre neugierigen Blicke hastig über die Fuhrwerke und Fußgänger auf den Straßen gleiten. Als man um den Sucharewturm herumfuhr, rief sie plötzlich erstaunt und freudig überrascht:

„Himmel! Mama, Sonja, seht doch, da ist er ja!"

„Wer denn? Wer denn?"

„Seht doch, bei Gott, das ist Besuchow!" sagte Natascha, beugte sich aus dem Fenster und starrte auf einen hochgewachsenen, dicken, in einem Kutscherkaftan steckenden Mann, welchen man nach seiner Gangart und seiner ganzen Haltung indessen ohne Mühe für einen verkleideten Herrn aus der Gesellschaft erkannte; mit einem gelblich aussehenden, bartlosen kleinen Manne gesetzten Alters, der einen Friesmantel trug, trat er gerade unter die Wölbung des Sucharewturms.

„Bei Gott, Besuchow im Kaftan und mit irgendeinem alten Knaben!" sagte Natascha. „Bei Gott, seht doch, seht doch!"

„Aber nein, das ist er doch nicht. Wie kann man sich nur so einen Unsinn einbilden!"

„Mama", kreischte Natascha. „Sie können mir den Kopf abhacken lassen, wenn er es nicht ist. Sie können sich gleich selbst überzeugen. Halt, halt!" rief sie dem Kutscher zu.

Der Kutscher konnte aber nicht anhalten, weil aus der Meschtschanskaja abermals Lastfuhren und Equipagen kamen und der Rostowschen Kolonne zugeschrien wurde, sie sollte sehen, daß sie weiterkäme, und den anderen nicht die Straße sperren.

Wirklich sahen jetzt alle Rostows, allerdings schon viel weiter weg als zuvor, Pierre oder doch einen Menschen, der Pierre überraschend ähnlich sah, in einem Kutscherkaftan mit geducktem Kopf und ernstem Gesicht neben einem kleinen, bartlosen, wie ein Diener aussehenden alten Manne die Straße hinuntergehen. Der alte Mann gewahrte das Gesicht, das sich aus dem Kutschenfenster beugte und ihnen nachsah, berührte Pierre respektvoll am Ellbogen, sagte etwas und deutete auf die Kutsche. Pierre war so in seine Gedanken versunken, daß es längere Zeit dauerte, bis er den Alten verstand. Als er endlich begriffen hatte, folgte er mit den Augen dem Finger des Alten, erkannte Natascha und ging sofort, der ersten Regung gehorchend, mit raschen Schritten auf die Kutsche zu. Nach zehn Schritten aber schien er sich an irgend etwas zu erinnern und machte halt. Nataschas Gesicht strahlte von einer mit Spott gemischten Freundlichkeit.

„Peter Kirillytsch, kommen Sie doch! Wir haben Sie ja schon erkannt! Na, so etwas!" rief sie und streckte ihm die Hand hin. „Was machen Sie denn hier? Warum haben Sie sich denn so angezogen?"

Pierre nahm die Hand, die sich ihm aus der fahrenden Kutsche bot, und küßte sie unbeholfen im Nebenhergehen.

„Was ist denn mit Ihnen los, Graf?" fragte jetzt auch die Gräfin erstaunt, Mitleid in der Stimme.

„Was los ist? Was los ist? Warum ich mich so angezogen habe? Fragen Sie mich nicht", antwortete Pierre und sah wieder auf Natascha, deren strahlenden, freudigen Blick mit all seinem Zauber er auch auf sich gefühlt hatte, als sein eigener Blick an der Gräfin gehaftet hatte.

„Was machen Sie denn? Bleiben Sie in Moskau?"

Pierre gab keine Antwort.

„In Moskau?" wiederholte er nach einer Weile fragend. „Ja, ich bleibe in Moskau. Leben Sie wohl."

„Ach, wenn ich doch ein Mann wäre! Dann bliebe ich unbedingt mit Ihnen hier. Ach, wäre das fein!" sagte Natascha. „Mama, erlauben Sie es mir doch, ich will auch hierbleiben."

Pierre sah Natascha abwesend an und wollte etwas erwidern, aber die Gräfin ließ ihn nicht zu Worte kommen:

„Sie waren auch mit in der Schlacht, wie man hört?"

„Ja, das war ich", antwortete Pierre. „Morgen soll es wieder eine Schlacht geben, und dann ..."

Natascha fiel ihm ins Wort.

„Aber was ist denn mit Ihnen los, Graf? Man erkennt Sie ja gar nicht wieder!"

„Ach, fragen Sie nicht, fragen Sie nicht. Ich weiß es ja selbst nicht. Morgen ... Aber nein! Leben Sie wohl, leben Sie wohl! Es ist eine grauenvolle Zeit."

Und damit kehrte er auf den Bürgersteig zurück.

Natascha strahlte ihm, aus dem Fenster gebeugt, noch lange mit ihrem freundlichen, freudigen, ein wenig spöttischen Lächeln nach.

XVIII

Pierre wohnte seit dem Vortage, seit er von Hause verschwunden war, in der leeren Wohnung des verstorbenen Basdejew. Das war folgendermaßen gekommen. Am Morgen nach seinem Wiedereintreffen in Moskau und seinem Zusammensein mit dem Grafen Rastoptschin erwacht, konnte Pierre sich lange Zeit gar nicht darüber klarwerden, wo er eigentlich war und was man von ihm wollte. Als man ihm unter den Namen anderer Personen, die von ihm empfangen werden wollten, auch den jenes Franzosen meldete, der ihm den Brief der Gräfin Jelena Wassiljewna überbracht hatte, da überfiel ihn augenblicks jenes Gefühl der Verwirrung und Hoffnungslosigkeit, zu dem er so sehr neigte. Augenblicks war es ihm, als sei jetzt alles zu Ende, alles unentwirrbar, alles in Trümmer gefallen, als gäbe es weder Schuldige noch Unschuldige mehr, als liege nichts mehr vor ihm und als könne es keinen Ausweg aus dieser Lage mehr geben. Mit einem gewaltsamen Lächeln setzte er sich hilflos auf den Diwan und murmelte etwas vor sich hin, erhob sich wieder, ging zur Tür und sah durch die Spalte ins Empfangszimmer, kehrte dann mit einer müden und verzweifelten Handbewegung wieder zum Diwan zurück und nahm ein Buch zur Hand. Der Haushofmeister kam zum zweitenmal mit der Meldung, der Franzose, der den Brief von der Gräfin gebracht habe, wünsche Pierre auf jeden Fall zu sehen, und wenn es auch nur für einen Augenblick wäre, und die Witwe des Herrn Basdejew habe jemanden geschickt und lasse Pierre bitten, Pierre möge die von ihrem Mann hinterlassenen Bücher in Empfang nehmen; Frau Basdejewa selbst sei auf ihr Gut abgereist.

„Ach so, ja, sofort, warte nur ... oder nein! Nein, nein, geh nur und sage, ich käme sofort", sagte Pierre zu seinem Haushofmeister. Allein kaum war der Haushofmeister draußen, als Pierre seinen auf dem Tisch liegenden Hut ergriff und sein Kabinett durch die Hintertür verließ. Auf dem Korridor war niemand. Pierre ging durch die ganze Länge des Korridors bis zur Treppe und stieg, sich mit beiden Händen über die gerunzelte Stirn fahrend, bis zum ersten Absatz hinunter. Der Portier stand beim Vordereingang. Von dem Treppenabsatz, bis zu dem Pierre gelangt war, führte eine zweite Treppe zum rückwärtigen Hauseingang. Diese Treppe benutzte Pierre und kam auf den Hof. Niemand sah ihn. Kaum aber war er durch den Torweg und auf der Straße, als die Kutscher, die hier mit ihren Equipagen hielten, den wohlbekannten Herrn erblickten und die Mützen vor ihm abnahmen. Ebenso tat der Hausknecht. Pierre fühlte ihre Blicke und machte es wie der Vogel Strauß, der seinen Kopf in einen Busch steckt, um nicht gesehen zu werden: er senkte den Kopf und ging mit hastigen Schritten die Straße hinunter.

Von allem, was an diesem Morgen getan werden sollte, erschien ihm nichts dringender als die Sichtung der Bücher und Papiere Iossif Alexejewitschs.

Er nahm die erste beste Lohndroschke und befahl dem Kutscher, zu den Patriarchenteichen zu fahren, zum Hause der Witwe Basdejewa. Unablässig betrachtete Pierre die von allen Seiten kommenden Wagenzüge der Moskau Verlassenden und mußte dabei seinen mächtigen Körper immer wieder kunstvoll hin und her schieben, um nicht aus der klappernden alten Karosse zu gleiten. Er hatte ein ähnliches Gefühl von Freude wie ein Junge, der aus der Schule gelaufen ist. Er begann mit dem Kutscher zu plaudern. Der Kutscher erzählte, heute würden im Kreml Waffen ausgegeben und morgen sollte alles, was Beine hätte, auf die Drei Berge gejagt werden, und dort würde es dann eine große Schlacht geben.

Bei den Patriarchenteichen angekommen, mußte Pierre erst eine Weile nach Basdejews Haus suchen, in dem er seit langem nicht mehr gewesen war. Endlich gelangte er zu dem kleinen Eingangspförtchen neben der Hofeinfahrt. Gerassim, der gelbliche, bartlose alte Mann, den Pierre vor fünf Jahren in Torshok bei Iossif Alexejewitsch gesehen hatte, kam auf sein Klopfen zum Vorschein.

„Jemand zu Hause?" fragte Pierre.

„Wie die Lage jetzt ist, sind Sofja Danilowna mit den Kindern auf das Gut bei Torshok abgereist. Ew. Durchlaucht."

„Ich muß trotzdem hinein, ich muß die Bücher durchsehen", sagte Pierre.

„Bitte sehr, kommen Sie herein. Makar Alexejewitsch sind dageblieben, der Bruder des seligen Herrn — Gott schenke ihm das Himmelreich! Ew. Durchlaucht wissen ja, daß Makar Alexejewitsch nicht mehr ganz frisch im Kopf sind", sagte der alte Diener.

Pierre wußte, daß Makar Alexejewitsch, Iossif Alexejewitschs Bruder, ein halbverrückter Säufer war.

„Ja, ja, ich weiß. Also gehen wir, gehen wir", sagte Pierre und ging ins Haus.

Im Vorzimmer stand ein alter Mann mit einer Glatze und einer roten Nase im Schlafrock, Galoschen an den bloßen Füßen. Als er

Pierre sah, brummte er grimmig vor sich hin und verschwand im Korridor.

„Makar Alexejewitsch waren ein Herr von großem Verstand, sind aber jetzt schwach im Kopf geworden, wie Ew. Erlaucht sehen", sagte Gerassim. „Ist es Ihnen recht, wenn wir ins Kabinett gehen?"

Pierre nickte.

„Das Kabinett ist noch genauso wie damals, als es versiegelt wurde", fuhr Gerassim fort. „Sofja Danilowna haben befohlen, die Bücher herauszugeben, wenn von Ihnen jemand danach käme."

Pierre begab sich in das düstere Kabinett, das er zu Lebzeiten seines Wohltäters mit solcher Herzensbangigkeit betreten hatte. Das Kabinett war seit Iossif Alexejewitschs Tode nicht mehr angerührt worden, der Staub lag fingerdick, und der ganze Raum wirkte jetzt noch düsterer als damals.

Gerassim öffnete einen Fensterladen und verließ auf den Fußspitzen das Zimmer. Pierre umwanderte das ganze Kabinett, trat dann an den Schrank mit den Manuskripten und zog eines hervor, das zu den allerwichtigsten Ordensheiligtümern gehört hatte. Es waren schottische Originalurkunden mit Anmerkungen und Erläuterungen seines Wohltäters. Pierre setzte sich an den staubbedeckten Schreibtisch, legte die Manuskripte vor sich hin, öffnete sie, schloß sie wieder, schob sie schließlich zurück, stützte den Kopf in die Hand und überließ sich seinen Gedanken.

Einige Male steckte Gerassim seinen Kopf vorsichtig durch die Türspalte und sah Pierre immer noch in der gleichen Haltung dasitzen. Es vergingen über zwei Stunden. Nun erlaubte sich Gerassim einige Geräusche an der Tür, um Pierre aufmerksam zu machen. Pierre hörte es aber gar nicht.

„Soll ich die Droschke wegschicken?"

„Ach ja", schrak Pierre aus seiner Versunkenheit auf und erhob sich hastig. „Höre mal", sagte er, faßte Gerassim an einem der Knöpfe seines Überrocks und ließ seine funkelnden, feuchten, begeistert blickenden Augen langsam über die ganze Gestalt des Alten vom Kopf bis zu den Füßen hingleiten. „Höre mal, du weißt doch, daß es morgen eine Schlacht geben wird?"

„Ja, so sagt man wohl", antwortete Gerassim.

„Bitte sage keinem Menschen, wer ich bin. Und tu, was ich dir jetzt sagen werde ..."

„Alles, wie Sie befehlen", sagte Gerassim. „Soll ich Ihnen etwas zu essen bringen?"

„Nein, es handelt sich um etwas ganz anderes. Ich brauche einen Anzug, wie ihn Leute aus dem Volk tragen, und eine Pistole", sagte Pierre und wurde mit einemmal rot.

Gerassim dachte einen Augenblick nach und sagte dann: „Zu Befehl."

Diesen ganzen Tag verbrachte Pierre in der Einsamkeit des Kabinetts. Gerassim hörte ihn unruhig auf und ab gehen und mit sich selbst sprechen. Zur Nacht ließ er sich im Kabinett ein Bett aufschlagen und schlief hier.

Als ein Diener, der in seinem Leben schon manche sonderbare Herrenlaune gesehen und sich an vieles gewöhnt hatte, nahm Gerassim Pierres Übersiedlung ohne Verwunderung hin, und es schien ihm ganz recht zu sein, daß wieder jemand da war, den er bedienen konnte. Am gleichen Abend noch besorgte er, ohne auch nur sich selbst zu fragen, wozu, für Pierre einen Kaftan und eine Mütze und versprach ihm folgenden Tages die verlangte Pistole zu beschaffen. Makar Alexejewitsch kam im Laufe des Abends zweimal in seinen Galoschen zur Tür geschlurft, blieb hier stehen und sah Pierre forschend an. Kaum aber hatte sich Pierre ihm zugewandt, als er beschämt und ärgerlich die Rockschöße zusammenschlug und sich hastig entfernte.

Als Pierre in seinem Kutscherkaftan, den Gerassim ihm besorgt und ausgekocht hatte, mit dem alten Diener zusammen zum Trödelmarkt am Sucharewturm gegangen war, um sich dort eine Pistole zu kaufen, war er den Rostows begegnet.

XIX

Am 1. September gegen Einbruch der Nacht war Kutusows Befehl über den Rückmarsch der russischen Truppen durch Moskau hindurch auf die Rjasaner Straße ergangen.

Die ersten Kolonnen brachen während der Nacht auf. Ohne sich zu überhasten, marschierten sie ruhig und im gleichen Tempo. Die Kolonnen, die sich erst beim Morgengrauen in Bewegung setzten, sahen jedoch, als sie an die Dorogomilowka-Brücke kamen, vor sich dicht gestaute Truppenmengen, die hastig über die Brücke drängten, auf dem anderen Ufer Straßen und Quergassen verstopften und von unendlichen, nachflutenden Kolonnen weitergedrängt wurden. Und jetzt kam eine ganz grundlose Hast und Unruhe über die Soldaten. Alles stürzte vorwärts, auf die Brücke zu, in die Furten und Kähne. Kutusow ließ sich auf einem Umweg durch einige abseits gelegene Straßen fahren und kam schließlich auf das andere Ufer der Moskwa.

Am 2. September gegen zehn Uhr morgens waren in der weiträumigen Vorstadt Dorogomilowka nur noch die Truppen der Nachhut zurückgeblieben. Das Gros war schon jenseits der Moskwa und jenseits von Moskau.

Zur gleichen Zeit, gegen zehn Uhr morgens am 2. September, hielt Napoleon inmitten seiner Truppen auf dem Poklonnajaberge und betrachtete das Schauspiel, das sich seinen Blicken bot. Vom 26. August bis zum 2. September, also von der Schlacht bei Borodino bis zum Einmarsch des Feindes in Moskau, herrschte an jedem einzelnen Tage dieser aufregenden, dieser denkwürdigen Woche jenes merkwürdige Herbstwetter, über das die Menschen sich immer so wundern: die niedrigstehende Sonne gibt mehr Wärme als im Frühling, in der dünnen, reinen Luft haben alle Dinge einen Glanz, daß einem die Augen wehtun, die würzige Herbstluft gibt jeder atmenden Brust ein Gefühl von Kraft und Frische, selbst die Nächte sind warm, und in den dunklen, warmen Nächten fallen unablässig ganze Schwärme von goldenen Sternen vom Himmel und lassen die Menschen vor Schreck und vor Freude erschauern.

Solches Wetter herrschte auch am zweiten September in der zehnten Vormittagsstunde.

Der Morgen hatte einen zauberischen Glanz. Vom Poklonnajaberge sah man Moskau weit hingebreitet daliegen, mit seinem Fluß, seinen Gärten und Kirchen, und glaubte das Eigenleben dieser Stadt zittern zu fühlen, wie ihre Kirchenkuppeln sternengleich unter den Strahlen der Sonne zitterten.

Beim Anblick dieser seltsamen Stadt mit ihren noch nie gesehenen, sonderbaren Architekturformen empfand Napoleon jene ein wenig neidische und unruhige Neugier, die man wohl beim Anblick ganz fremder, einem selbst unzugänglicher Lebensformen empfindet. Es war deutlich zu merken, daß diese Stadt mit allen Kräften ihr eigenes, ihr allein eigenes Leben lebte. Vom Poklonnajaberge aus spürte Napoleon an jenen unbestimmbaren Anzeichen, die einen schon auf weite Entfernung hin mit aller Sicherheit erkennen lassen, ob man einen lebenden oder toten Körper vor sich hat, das Leben der Stadt zittern und schwingen und nahm das Atmen dieses großen und schönen Körpers wahr.

Jeder russische Mensch, der Moskau sieht, fühlt, daß er seine Mutter vor sich hat; jeder Ausländer, der Moskau sieht und von der Mutterbedeutung dieser Stadt nichts weiß, muß doch das Weibliche ihres Charakters empfinden, und das empfand auch Napoleon.

„Cette ville asiatique aux innombrables églises, Moscou la sainte! La voilà donc enfin cette fameuse ville! Il était temps", sagte Napoleon, stieg vom Pferde, ließ einen Plan von Moskau vor sich ausbreiten und befahl den Dolmetscher Lelorme d'Ideville zu sich. „Une ville occupée par l'ennemi ressemble à une fille qui a perdu son honneur".[1]

[1] Diese asiatische Stadt mit ihren unzähligen Kirchen — das heilige Moskau. Da ist sie nun endlich, die berühmte Stadt . . . es wurde auch Zeit. — Eine Stadt, die vom Feinde besetzt ist, gleicht einem Mädchen, das seine Ehre verloren hat.

dachte er – diesen Gedanken hatte er bereits in Smolensk Tutschkow gegenüber geäußert. Und unter diesem Gesichtswinkel betrachtete er jetzt die vor ihm liegende, nie zuvor erblickte östliche Schöne. Es erschien ihm selbst sonderbar, daß sein alter, lange Zeit für unerfüllbar gehaltener Wunsch jetzt endlich in Erfüllung gegangen war. Im klaren Vormittagslicht schaute er bald auf die Stadt, bald auf den Plan, orientierte sich über einzelne Punkte und fand in der Gewißheit des Besitzes etwas Erregendes und Beängstigendes.

„Konnte es denn aber anders sein?" dachte er. „Da liegt sie, da liegt diese Hauptstadt mir zu Füßen und erwartet ihr Geschick. Wo mag Alexander jetzt sein, und was mag er denken? Eine merkwürdige, schöne, majestätische Stadt! Und wie merkwürdig und majestätisch ist auch dieser Augenblick." Dann fielen ihm seine Truppen ein, und er dachte: „In welchem Licht muß ich jetzt vor ihnen stehen! Da haben sie nun den Lohn ihrer Mühen vor sich, alle diese Kleingläubigen", dachte er weiter und ließ die Blicke über seine Umgebung und die anmarschierenden und Aufstellung nehmenden Truppenkörper schweifen. „Ein Wort von mir, eine Bewegung meiner Hand, und die alte Hauptstadt der Zaren verschwindet vom Erdboden. Mais ma clémence est toujours prompte à descendre sur les vaincus.[1] Ich muß edelmütig und wahrhaft groß sein ... Aber nein, es ist ja gar nicht wahr, daß ich wirklich bis Moskau gekommen sein soll", fuhr es ihm plötzlich durch den Kopf. „Doch, doch, da liegt es ja vor meinen Füßen, und seine goldenen Kuppeln und Kreuze spielen und zittern im Sonnenschein. Ich werde Moskau schonen. Auf die alten Denkmäler der Barbarei und des Despotismus werde ich die großen Worte ‚Gerechtigkeit' und ‚Erbarmen' setzen lassen ... Damit werde ich Alexander am tiefsten treffen, das weiß ich." Napoleon war es, als habe alles, was geschehen war und noch geschah, eigentlich keine andere Bedeutung als die eines persönlichen Kampfes zwischen ihm und Alexander. „Von den Zinnen des Kreml – ja, das dort ist der Kreml, ja! – werde ich ihnen Gesetze voll wahrer Gerechtigkeit geben, werde sie den Sinn der wahren Zivilisation lehren, werde die Bojarengeschlechter so weit bringen, daß sie meines Namens mit Liebe gedenken sollen. Ich werde der Deputation sagen, daß ich den Krieg nicht gewollt habe und auch jetzt noch nicht will, daß ich nur gegen die verlogene Politik ihres Hofes habe kämpfen müssen, daß ich Alexander liebe und hochschätze und hier in Moskau Frieden schließen will, wenn sie mir Bedingungen zugestehen, die mein und meiner Völker würdig sind. Ich will das Kriegsglück nicht ausnutzen, um den Kaiser zu erniedrigen, an dem sie so hängen. ‚Bojaren!' werde ich

[1] Aber immer werde ich bereit sein, gegenüber Besiegten Gnade walten zu lassen.

zu ihnen sagen, ‚ich will keinen Krieg, ich will Frieden und ich will die Wohlfahrt aller meiner Untertanen.' Übrigens weiß ich ja schon jetzt, daß die Anwesenheit der Bojaren meine Gedanken beflügeln wird und daß ich zu ihnen sprechen werde, wie ich immer spreche: klar, feierlich und groß. Aber ist es denn wahr, bin ich wirklich vor Moskau? Ja, das ist Moskau!"

„Qu'on m'amène les boyards",[1] wandte er sich zu seinem Gefolge.

Ein General mit glänzender Suite jagte sogleich davon, um die ‚Bojaren' zu holen.

Zwei Stunden vergingen. Napoleon frühstückte und stand dann wieder auf der Stelle von vorhin, oben auf dem Poklonnajaberge, in Erwartung der Deputation. Seine Rede an die Bojaren hatte er sich in Gedanken schon klar ausgearbeitet. Diese Rede atmete Würde und Größe, so wie er sie verstand.

Der Edelmut, mit dem Napoleon in Moskau verfahren wollte, riß ihn selbst hin. In Gedanken setzte er schon jetzt für bestimmte Tage „réunions dans le palais des Czars"[2] an, bei denen die russischen Würdenträger mit denen des französischen Kaisers zusammenkommen sollten. In Gedanken ernannte er einen Gouverneur, und zwar einen, der es verstände, das Herz des Volkes zu gewinnen. Er wußte, daß es in Moskau so viele wohltätige Anstalten gab, und so beschloß er, alle diese Anstalten mit Beweisen seiner Gnade zu überschütten. Er dachte, wie er in Afrika mit einem Burnus bekleidet in einer Moschee hätte sitzen müssen, so müsse er es in Moskau den Zaren an Gnade gleichtun. Und um die Herzen der Russen vollends zu rühren — kein Franzose kann sich bekanntlich irgend etwas Rührendes vorstellen, ohne daß gleich Redensarten wie: „Ma chère, ma tendre, ma pauvre mère"[3] herhalten müssen —, beschloß er, an allen diesen Anstalten in Riesenbuchstaben die Inschrift „Etablissement dédié à ma chère mère" anbringen zu lassen. „Nein, besser ganz schlicht: ‚Maison de ma mère'[4]", sagte er sich dann und dachte gleich darauf wieder: „Aber bin ich denn wirklich vor Moskau? Ja, dort liegt es vor mir. Aber warum ist denn die Deputation aus der Stadt noch immer nicht da?"

Inzwischen fand unter den mehr im Hintergrunde stehenden Generälen und Marschällen der kaiserlichen Suite eine aufgeregte, im Flüsterton geführte Beratung statt. Der General, der die Deputation hatte holen sollen, war mit der Nachricht zurückgekehrt, Moskau sei leer, alles sei abgereist und geflüchtet. Die Gesichter der Ratschlagenden waren bleich und aufgeregt. Es beunruhigte sie

[1] Man bringe mir die Bojaren her!
[2] gesellige Zusammenkünfte im Palast des Zaren.
[3] Meine liebe, meine zärtliche, meine arme Mutter.
[4] Anstalt, meiner teuren Mutter gewidmet . . . Haus meiner Mutter.

weniger die Tatsache, daß Moskau von der Bevölkerung verlassen worden war, wie wichtig ihnen auch dieses Geschehnis erschien, als vielmehr die Frage, wie man das dem Kaiser unterbreiten könnte, wie man ihm, ohne Seine Majestät in jene fürchterliche Lage zu bringen, welche die Franzosen als „ridicule“ [1] bezeichnen, mitteilen sollte, daß er diese ganze lange Zeit hindurch gänzlich sinnloserweise auf die Bojaren gewartet hatte und daß es in Moskau nichts mehr gab als betrunkene Pöbelhaufen. Einige waren der Ansicht, man müsse um jeden Preis irgend etwas Deputationsähnliches zusammenbringen, andere widersetzten sich dieser Meinung und waren dafür, den Kaiser mit aller Vorsicht und Klugheit vorzubereiten und ihm dann die Wahrheit zu eröffnen.

„Il faudra le lui dire tout de même“, hieß es. „Mais, messieurs.“ [2]

Die Lage war um so schwieriger, als der Kaiser, in seine edelmütigen Pläne vertieft, immer noch geduldig vor dem ausgebreiteten Stadtplan auf und ab wanderte und dazwischen unter der vorgehaltenen Hand mit einem frohen und stolzen Lächeln auf die nach Moskau führende Straße hinunterblickte.

„Mais c'est impossible ...“ [3] sagten die Herren der Suite jetzt achselzuckend, ohne daß sie es gewagt hätten, das schreckliche Wort auszusprechen, das allen im Sinn lag, das Wort: ridicule.

Mittlerweile hatte das vergebliche Warten den Kaiser müde gemacht, dazu spürte er mit seiner feinen Schauspielerwitterung, daß der erhabene Moment, allzusehr in die Länge gereckt, von seiner Erhabenheit einiges zu verlieren begann. So gab er denn ein Zeichen mit der Hand, der einzelne Schuß einer Signalkanone krachte, und nun marschierten die von mehreren Seiten her um Moskau aufgestellten Truppen in die Stadt ein, über den Twerschen, den Kalugaschen und den Dorogomilowka-Schlagbaum. Schneller und schneller, einander überholend, im Laufschritt und im Trabe, rückten die Regimenter vor, verschwanden in den Staubwolken, die sie aufwirbelten, und erfüllten die Luft mit ihrem in eine einzige Lautmasse zusammenrinnenden Geschrei.

Der Vormarsch der Truppen riß nun auch Napoleon fort. Er ritt inmitten der Kolonnen bis zum Dorogomilowka-Schlagbaum, machte dort aber wieder halt, stieg vom Pferde und ging in Erwartung der Deputation eine lange Zeit hindurch auf dem Kammerkollegien-Wall auf und nieder.

1 lächerlich.
2 Man muß es ihm aber trotzdem sagen ... Aber meine Herren.
3 Aber das ist unmöglich.

XX

Aber Moskau war verödet. Wohl waren noch Menschen in der Stadt, wohl war etwa ein Fünfzigstel der früheren Einwohnerzahl noch da, aber die Stadt war verödet. Sie war verödet wie ein dem Aussterben entgegengehender weisellos gewordener Bienenstock.

In einem weisellos gewordenen Bienenstock ist kein Leben mehr, mag er einem oberflächlichen Blick auch noch ebenso lebendig wie andere Bienenstöcke vorkommen.

Ebenso lustig summen die Bienen in den heißen Strahlen der mittäglichen Sonne um den weisellos gewordenen Stock wie um andere, noch in vollem Leben stehende Bienenstöcke; der gleiche Honigduft geht weithin von ihm aus, und die Bienen scheinen noch ebenso aus- und einzufliegen. Man braucht aber nur genauer zuzusehen, um wahrzunehmen, daß in diesem Stock kein Leben mehr ist. Das Aus- und Einfliegen der Bienen ist doch anders als in lebendigen Stöcken, und dem Imker fällt es auf, daß der Geruch und die Geräusche doch nicht die gleichen sind. Klopft der Imker an die Wand des kranken Stockes, so antwortet nicht wie sonst das ganze tausendköpfige Volk der Bienen augenblicks mit einem gemeinsamen, zu einem einzigen Zischlaut verschmelzenden Summen, jenem gleichsam luftigen, lebendigen Klang, den die Bienen durch hastige Flügelschläge hervorbringen, wenn sie drohend die Hinterteile hochstrecken, sondern er bekommt nur ein unzusammenhängendes Summen zur Antwort, das mit hohlem Widerhall von einzelnen Stellen des verwaisten Stockes ausgeht. Aus dem Flugloch dringt nicht mehr wie früher der betäubende, aromatische Geruch des Honigs und des Giftes, es strömt nicht mehr die Wärme der unzähligen, nahe beieinander hockenden Tierleiber aus, sondern in den Honiggeruch mischt sich schon ein Geruch der Verlassenheit und Verwesung. Am Flugloch halten keine todesbereiten Krieger mehr Wache, jeden Augenblick gewärtig, das Hinterteil zu heben und Alarm zu blasen. Verstummt ist jener gleichmäßige und leise Ton, der das Pulsieren der Arbeit anzeigt und so viel Ähnlichkeit mit dem Geräusch kochenden Wassers hat, und es ist nichts zu hören als die dissonierenden, durch keinen Sinn miteinander verbundenen Laute der Ordnungslosigkeit. Scheu und gewandt fliegen schwarze, längliche Raubbienen in den Stock und kommen honigbeschmiert wieder heraus; wird es gefährlich, so machen sie sich davon, ohne zu stechen. Früher flogen nur Bienen mit Honiglasten hinein und trugen nichts, wenn sie hinausflogen; jetzt aber fliegen sie mit Honiglasten hinaus. Der Imker öffnet die untere Stocktür und sieht in den unteren Teil des Stockes hinein. An Stelle der früher bis zu dem Bienenwachs am Stockboden herabhängenden schwarzen Trauben honigtriefender, ganz von ihrer Arbeit

hingenommener, einander an den Füßen haltender und mit unabläs=
sigem, betriebsamem Summen das Wachs ziehender Bienen irren ver=
schlafene, keinen Saft mehr absondernde Tiere, durch keine gemein=
same Tätigkeit verbunden, hierhin und dorthin, am Boden und an
den Wänden des Stockes. Sonst war der Stockboden sauber mit
Klebestoff verkleistert und durch eifriges Flügelschlagen reingefegt,
jetzt liegen kleine Wachshäufchen da, Exkremente, halbtote Tiere,
die kaum mehr die Beinchen bewegen, und Leichen, die niemand
wegschafft.

Der Imker öffnet die obere Klappe und sieht in den Kopf des
Stockes. An Stelle der früher dichtgedrängt in Reihen über den Wa=
benlöchern hockenden und ihre Brut wärmenden Bienen sieht er nur
noch die kunstvolle, komplizierte Arbeit der Waben, aber nicht mehr
in der unberührten Jungfräulichkeit von einst. Alles ist verwahrlost
und besudelt. Schwarze Raubbienen schlüpfen flink und verstohlen
über die Waben; die Bienen des Stockes, eingetrocknet, kleiner ge=
worden, welk und gleichsam gealtert, schweifen langsam umher,
ohne den Räubern zu wehren, ohne irgendeine Willensrichtung zu
bekunden. Das Gefühl für den Sinn ihres Leben ist ihnen abhanden
gekommen. Drohnen, Hornissen, Schmetterlinge fliegen unsachlich
herum und stoßen gegen die Stockwände. Irgendwo zwischen den
von toter Brut und von Honig gefüllten Waben knurrt ab und zu ein
grimmiges Brummen auf. Gewohnheitsmäßig, gedächtnismäßig
suchen zwei Bienen den Stammsitz ihres Volkes zu säubern und eine
tote Biene oder Hummel wegzuschleppen und wissen doch selbst
nicht, warum sie sich an diese Arbeit machen, die weit über ihre
Kräfte geht. In einer anderen Ecke machen zwei alte Bienen sich
träge miteinander zu schaffen, sie kämpfen miteinander oder sie
säubern oder füttern einander und wissen selbst nicht, ob sie ein=
ander etwas Feindliches oder Freundliches antun sollen. In einem
dritten Winkel wirft sich eine dichtgedrängte Schar über irgendein
Opfer, schlägt und würgt es, und die ohnmächtig gewordene oder
schon tote Biene fällt langsam und leicht wie eine Flaumfeder zu
Boden, oben auf den Leichenhaufen. Der Imker dreht zwei Waben in
der Mitte des Stockes um, um nach dem Nest zu sehen. An Stelle
der dichtgedrängten schwarzen Tausende, die, zu Kreisen zusammen=
geschlossen, Rücken an Rücken dasaßen und das Mysterium des
heranreifenden, sich ständig wiedergebärenden Lebens hüteten, sieht
er nur noch Hunderte von melancholischen, halbtoten, sinnlos vor
sich hindämmernden Überbleibseln. Der weitaus größere Teil ist ge=
storben, ohne es selbst gewahr zu werden, hockend auf dem seiner
Hut anvertrauten Heiligtum, das nun nicht mehr ist. Ein Geruch von
Verwesung und Tod liegt über dem Nest. Einzelne rühren sich noch,
richten sich auf, fliegen welk umher und setzen sich ihrem Feinde

auf die Hand, haben aber nicht mehr die Kraft, ihn zu stechen und dabei ihren Tod zu finden; die übrigen, die schon Gestorbenen, fallen leicht zu Boden wie Fischschuppen. Der Imker schließt die Klappe, bezeichnet den Stock mit einem Kreidestrich, und wenn es soweit ist, räumt er ihn aus und vertilgt mit Feuer, was nachgeblieben ist.

So verödet war Moskau, als Napoleon müde, unruhig und verdrießlich am Kammerkollegien-Wall auf und ab wanderte und darauf wartete, daß mit dem Erscheinen einer Deputation einer äußerlichen, nach seinen Begriffen aber unumgänglichen Anstandsforderung Genüge getan wurde.

Nur in einzelnen Winkeln der Stadt rührten und regten sich die Leute immer noch gewohnheitsmäßig wie sonst weiter, ohne zu begreifen, wie sinnlos das geworden war.

Als Napoleon mit der nötigen Behutsamkeit eröffnet wurde, daß Moskau von den Einwohnern verlassen war, warf er dem Meldenden einen wütenden Blick zu, wandte sich ab und setzte seine Wanderung stillschweigend fort.

Bald darauf befahl er seine Equipage.

Er stieg mit dem Adjutanten vom Dienst ein und fuhr in die Vorstadt. „Moscou déserte! Quel événement invraisemblable!"[1] dachte er.

Er fuhr nicht in die Stadt, sondern ließ vor einem Gasthause der Vorstadt Dorogomilowka halten.

Le coup de théâtre avait raté![2]

XXI

Der Durchmarsch unserer Truppen durch Moskau hatte um zwei Uhr nachts begonnen und dauerte bis zwei Uhr nachmittags; die letzten flüchtenden Einwohner und Verwundeten schlossen sich den Kolonnen an.

Das ärgste Gedränge während des Durchmarsches gab es bei der Steinernen Brücke, der Moskworezkij-Brücke und der Jausa-Brücke.

Während sich die Truppen, die um den Kreml, in zwei Flußarme geteilt, herummarschierten, auf der Moskworezkij- und Steinernen Brücke stauten, machten sich sehr, sehr viele Soldaten die eingetretene Marschstockung und das Gedränge zunutze, kehrten an den Brücken um und schlüpften heimlich und still an der Wassilij-Blashennyi-Kathedrale vorüber durch das Borowizkija-Tor und noch weiter nach rückwärts bis hinauf zum Roten Platz, da eine Art Wit-

[1] Moskau — verödet. Welch ein unwahrscheinliches Ereignis.
[2] Der Theatercoup hatte seine Wirkung verfehlt.

terung sie fühlen ließ, daß man dort ohne Mühe fremdes Gut an sich nehmen konnte. Der Kaufhof mit allen seinen Längs- und Quergängen war als ein Stapelplatz wohlfeiler Waren auch heute voll von Menschen. Allein es fehlten die Stimmen der Verkäufer mit ihrer gemachten Freundlichkeit und ihren Lockungen, es fehlten die Hausierer und die bunte Menge der Käuferinnen; man sah nichts als Uniformen und Militärmäntel, Soldaten ohne Gewehre, die mit leeren Händen den Kaufhof betraten und ihn schwerbeladen wieder verließen. Die Kaufleute und Höker, von denen nur wenige zur Stelle waren, schienen sich unter den vielen Soldaten zu verlieren, öffneten und schlossen ihre Buden und schleppten mit Hilfe ihrer Angestellten ihre Waren weg. Auf dem Platze vor dem Kaufhof standen Trommler und gaben Sammelsignale. Aber ihr Trommelschlag ließ die plündernden Soldaten nicht wie sonst zu den Trommeln strömen, sondern im Gegenteil immer weiter von den Trommeln weglaufen. Unter den Soldaten sah man in Buden und Gängen auch Leute in grauen Röcken und mit rasierten Köpfen — Sträflinge. An der Ecke der Ibjinka-Straße sprachen zwei Offiziere miteinander, einer in Waffenrock und Schärpe, der auf einem dürren, dunkelgrauen Pferde saß, und einer zu Fuß, im Mantel. Ein dritter kam auf sie zugaloppiert.

„Der General hat befohlen, alle um jeden Preis sofort vom Kaufhof zu jagen. Das ist ja unglaublich, wie es hier zugeht! Die halbe Mannschaft ist aus dem Gliede gelaufen!"

Drei Infanteristen, ohne Gewehre, mit gerafften Mantelschößen, wollten sich an ihm vorbeidrücken, um zu den Verkaufsständen zu gelangen.

„Halt! Kanaillen!" schrie er sie an.

„Ja, das ist leicht gesagt", antwortete einer der beiden anderen Offiziere. „Die kriegt man nicht zusammen! Man müßte viel schneller marschieren, damit nicht auch noch die letzten durchgehen, das wäre das einzige!"

„Aber wie? Wir mußten doch halten, die Brücke ist verstopft, und man kommt nicht weiter. Vielleicht stellen wir eine Postenkette auf, damit nicht auch die letzten weglaufen?"

„Gehen Sie hin und jagen Sie die Kerls weg!" rief der Dienstälteste.

Der Offizier mit der Schärpe saß ab, rief einen Trommler und ging mit ihm in das Innere des Kaufhofes. Eine Anzahl Soldaten stob dichtgedrängt davon. Ein Kaufmann mit roten Pickeln auf den Backen in der Nähe der Nase und einem Ausdruck von Berechnung, der durch nichts ins Wanken gebracht werden zu können schien, trat hastig und mit wichtigtuerischen Gebärden auf den Offizier zu.

„Ew. Wohlgeboren, seien Sie doch so gut, mich zu beschützen", sagte er. „Ich bin nicht kleinlich, wenn Sie wünschen, bringe ich Ihnen mit dem größten Vergnügen gleich ein, zwei Stück Tuch, so wie ein feiner Herr es trägt, mit dem größten Vergnügen, das ist ja ganz selbstverständlich! Aber was die Leute da anstellen – ja, was soll das denn heißen? Seien Sie doch so gut, stellen Sie uns doch einen Posten her, damit wir wenigstens noch in Ruhe zuschließen können."

Jetzt drängten sich noch einige Kaufleute um den Offizier.

„Ach, das ist ja alles dummes Gefasel", sagte einer von ihnen, ein hagerer Mann mit einem sehr ernsten Gesicht. „Wem der Kopf abgehauen wird, der weint nicht um sein Haar. Soll ruhig jeder nehmen, was ihm Spaß macht!" Und mit einer energischen Handbewegung wandte er sich halb ab.

„Du hast gut reden, Iwan Sidorytsch", sagte der erste Kaufmann grimmig. „Bitte, helfen Sie uns doch, Ew. Wohlgeboren."

„Gut reden"? schrie der Hagere. „Ich habe hier in meinen drei Läden für hunderttausend Rubel Ware. Aber kann ich die vielleicht sichern, da die Armee doch zurückgeht? Ach, ihr Leute, ihr Leute! Was können denn Menschenhände gegen Gottes Willen!"

„Bitte, bitte, Ew. Wohlgeboren", sagte der erste Kaufmann mit flehentlichen Verneigungen.

Man sah es dem Offizier an, daß er nicht recht wußte, was er tun sollte.

„Ach was, das geht mich nichts an!" rief er plötzlich und ging rasch weiter.

Aus einem offenstehenden Laden hörte man Schimpfworte und Schläge fallen, und als der Offizier näherkam, sah er, wie ein Mann im grauen Rock und mit rasiertem Kopf hinausgeworfen wurde.

Der Sträfling schlängelte sich geduckt an den Kaufleuten und dem Offizier vorüber. Der Offizier nahm sich die Soldaten drinnen im Laden vor. Da aber kam von der Moskworezkij-Brücke ein furchtbares, hundertstimmiges Geschrei, und der Offizier stürzte auf den Platz.

„Was ist los? Was ist los?" fragte er, aber sein berittener Kamerad jagte schon an der Wassilij-Blashennyi-Kathedrale vorbei in der Richtung, aus der das Geschrei gekommen war.

Der Offizier setzte sich auf sein Pferd und ritt ihm nach. Als er zur Brücke kam, sah er zwei abgeprotzte Kanonen, Infanterie, die über die Brücke zog, einige umgeworfene Wagen und einige erschrockene Zivilisten unter grinsenden Soldatengesichtern.

Neben den Kanonen stand ein mit zwei Pferden bespannter Bauernwagen, hinter dem sich vier gekoppelte Windhunde drängten. Auf dem Wagen lag ein ganzer Berg Sachen, und obendrauf saß neben einem Kinderstühlchen, dessen Beine in die Luft ragten, eine durchdringend und verzweifelt kreischende Frau. Die Kameraden erzählten dem Offizier, das Aufschreien der Menge und das Angstgekreisch der Frau sei auf den General Jermolow zurückzuführen; Jermolow sei angeritten gekommen, habe die Stockung gesehen, die Mengen von Zivilbevölkerung, die die Brücke verstopften, und die Soldaten, die aus dem Gliede liefen und sich in die Verkaufsläden zerstreuten, und habe einige Geschütze abprotzen lassen und Miene gemacht, als wolle er die Brücke unter Feuer nehmen. Die Menge schrie vor Angst, erdrückte einander fast, drängte vor, riß die Fahrzeuge mit sich und räumte so die Brücke, und nun konnten die Truppen ihren Marsch fortsetzen.

XXII

In der Stadt selbst war es inzwischen ganz öde geworden. Kaum zeigte sich noch jemand auf den Straßen. Alle Haustore und Läden waren geschlossen; allenfalls hörte man, wo Kneipen in der Nähe waren, vereinzelt Geschrei oder betrunkenes Grölen. Wagen sah man gar keine mehr, und die Schritte von Fußgängern waren selten zu hören. In der Powarskaja war es vollkommen still und öde. Auf dem riesigen Hofe des Rostowschen Hauses lagen hier und dort Heuüberreste und Mist von den Pferden des Wagenzuges. Menschen waren nicht zu sehen. Im Haupthause, in dem fast alle Habseligkeiten der Familie zurückgeblieben waren, im großen Salon, waren zwei Menschen. Das waren der Hausknecht Ignat und der Laufjunge Mischka, Wassiljitschs Enkel, den man beim Großvater in Moskau gelassen hatte. Mischka hatte das Klavier geöffnet und schlug mit einem Finger auf die Tasten. Die Arme in die Seiten gestemmt, stand der Hausknecht vor dem großen Spiegel und grinste vergnügt.

„Das geht fein! Was, Onkelchen Ignat?" meinte der Junge und begann plötzlich mit beiden Händen auf die Tasten zu schlagen.

„Ach du!" antwortete Ignat und staunte darüber, daß sein Gesicht im Spiegel immer vergnügter zu grinsen begann.

„So eine Unverschämtheit! Wahrhaftig, das ist ja eine tolle Unverschämtheit!" fuhr die unhörbar eingetretene Mawra Kusminitschna die beiden an. „Guckt in den Spiegel und bewundert seine eigene dicke Schnauze! Als ob es nichts anderes zu tun gäbe! Noch ist nichts in Ordnung gebracht, und Wassiljitsch kann kaum mehr auf den Beinen stehen, so hat er sich ins Zeug legen müssen. Wartet ihr nur!"

Ignat hörte auf zu grinsen, rückte seinen Gürtel zurecht und ging mit gesenktem Kopf gehorsam aus dem Zimmer.

„Tantchen, ich will ja nur ein ganz kleines bißchen ...", sagte der Junge.

„Ich werde dir helfen mit deinem ‚nur ein ganz kleines bißchen!' Halunke du!" fuhr Mawra Kusminitschna ihn an und drohte ihm mit der Hand. „Geh jetzt und stelle für Großvater den Samowar auf."

Mawra Kusminitschna wedelte mit einem Tuch den Staub weg, schloß das Klavier, verließ mit einem schweren Seufzer den Salon und sperrte die Tür ab.

Auf dem Hof angekommen, dachte Mawra Kusminitschna eine Weile darüber nach, wohin sie jetzt gehen sollte, ob zum Teetrinken ins Seitenhaus zu Wassiljitsch oder in die Vorratsräume, wo es noch allerhand zu ordnen gab.

Draußen, auf der stillen Straße, schollen Schritte. Die Schritte machten an der kleinen Pforte neben der Wageneinfahrt halt, und die Klinke klapperte unter einer Hand, die sie niederzudrücken suchte.

Mawra Kusminitschna ging zur Pforte.

„Zu wem wollen Sie?"

„Zum Grafen. Zum Grafen Ilja Andreïtsch Rostow."

„Und wer sind Sie?"

„Ich bin Offizier. Ich möchte ihn sprechen", sagte eine angenehme Stimme, deren Klang einen Angehörigen der Gesellschaft erraten ließ.

Mawra Kusminitschna öffnete die Pforte. Der Ankömmling war ein etwa achtzehnjähriger Offizier mit einem rundlichen Gesicht, dessen Typus dem Rostowschen ähnelte.

„Sie sind weggefahren, Väterchen. Gestern nachmittag sind sie weggefahren", sagte Mawra Kusminitschna freundlich.

Der junge Mann stand an der Pforte, unschlüssig, ob er eintreten sollte oder nicht, und schnalzte mit der Zunge.

„Ach, wie ärgerlich!" sagte er. „Hätte ich doch gestern ... Ach, wie schade!"

Mawra Kusminitschna studierte inzwischen aufmerksam und interessiert die ihr so vertrauten Rostowschen Familienzüge im Gesicht des jungen Mannes, musterte seinen zerrissenen Mantel und seine schiefgelaufenen Absätze.

„Was wollten Sie denn von dem Grafen?" fragte sie.

„Na ja ... was soll man machen?" brummte der Offizier ärgerlich und griff nach der Klinke, als wolle er gehen.

Dann blieb er aber wieder unschlüssig stehen.

„Sehen Sie", sagte er plötzlich, „ich bin ein Verwandter des Grafen, und er ist immer sehr gut gegen mich gewesen. Und jetzt, das sehen Sie ja", er ließ seinen Blick mit einem gutmütigen, lustigen Lächeln über seinen Mantel und seine Stiefel gleiten, „bin ich mit meiner Garderobe ganz heruntergekommen, und Geld habe ich auch nicht, und darum wollte ich den Grafen bitten ..."

Mawra Kusminitschna fiel ihm ins Wort.

„Warten Sie doch einen kleinen Augenblick, einen kleinen Augenblick", sagte sie.

Und kaum hatte der Offizier die Klinke wieder losgelassen, als Mawra Kusminitschna kehrtmachte und mit ihren schnellen Greisinnenschritten über den Hof zu dem weiter hinten liegenden Nebenhause ging, in dem sie ihr Zimmer hatte.

Während Mawra Kusminitschna in ihr Zimmer lief, ging der Offizier im Hofe auf und ab, betrachtete mit gesenktem Kopf seine zerrissenen Stiefel und lächelte dabei. „Wie schade, daß ich den Onkel nicht angetroffen habe. Eine famose Alte ist das aber! Wo mag sie hingerannt sein? Und wie komme ich wohl dahinter, was für einen Weg ich nehmen muß, um mein Regiment wieder einzuholen, das jetzt schon an der Rogoshskaja-Straße sein muß?" dachte der junge Offizier. Mawra Kusminitschna tauchte indessen an der Hofecke wieder auf. Sie hatte ein zusammengefaltetes, kariertes Tüchlein in der Hand, und ihr Gesichtsausdruck bekundete Schüchternheit und Entschlossenheit zugleich. Ein paar Schritte vor dem Offizier nahm sie das Tuch auseinander, zog einen weißen Fünfundzwanzigrubelschein heraus und überreichte ihn schnell dem Offizier.

„Wenn Erlaucht zu Hause wären, hätten Erlaucht ganz bestimmt ... eben wie es unter Verwandten ist ... und jetzt gestatten Sie ..."

Mawra Kusminitschna wurde unsicher und blieb stecken. Aber der Offizier nahm ohne einleitende Ablehnungsversuche und ohne Hast den Schein und bedankte sich bei Mawra Kusminitschna.

„Wenn der Graf zu Hause wäre", sagte Mawra Kusminitschna wieder, als müsse sie sich entschuldigen. „Christus sei mit Ihnen, Väterchen! Gott behüte Sie." Und Mawra Kusminitschna verneigte sich und geleitete den Offizier zur Pforte.

Lächelnd und den Kopf schüttelnd, als mache er sich lustig über sich selbst, eilte der Offizier, fast im Laufschritt, durch die leeren Straßen, um sein Regiment an der Jausa-Brücke einzuholen.

Mawra Kusminitschna aber stand noch lange mit feuchten Augen hinter der geschlossenen Pforte, wiegte den Kopf nachdenklich hin und her und empfand dabei eine plötzliche Welle von mütterlicher Zärtlichkeit und mütterlichem Mitleid für den jungen, ihr unbekannten Offizier.

XXIII

Aus einem noch im Bau begriffenen Hause der Warwarka-Straße, in dessen Erdgeschoß eine Kneipe aufgemacht hatte, erscholl betrunkenes Schreien und Singen. Auf den Bänken vor den Tischen saßen etwa zehn Fabrikarbeiter in dem kleinen schmutzigen Zimmer. Alle waren sie betrunken, hatten schweißige Gesichter und gläserne Augen und sangen aus Leibeskräften irgendein Lied, den Mund weit aufgerissen. Sie sangen holprig, mit Mühe, und offenbar nicht, weil ihnen dies Singen ein Bedürfnis war, sondern weil sie damit dartun wollten, daß sie betrunken waren und bummelten. Ein hochgewachsener blonder Bursche in einem sauberen blauen Rock stand neben ihnen. Sein Gesicht mit der feinen, geraden Nase wäre schön gewesen, wenn die schmalen, eingekniffenen, unablässig sich bewegenden Lippen und die trüben, finsteren, stieren Augen nicht gewesen wären. Er stand neben den Singenden und schwenkte, offenbar irgend etwas Besonderes im Kopf, seinen weißen, bis zum Ellbogen entblößten Arm mit dem zurückgekrempelten Ärmel feierlich und mit eckigen Bewegungen über den Köpfen der Sitzenden hin und her und hatte dabei eine steife und gezwungene Art, die schmutzigen Finger zu spreizen. Der aufgekrempelte Ärmel glitt immer wieder herunter, und der Bursche krempelte ihn mit der linken Hand sorgfältig jedesmal wieder auf, als sei es aus irgendeinem Grunde wichtig, daß dieser weiße, sehnige Arm, den er hin und her schwenkte, gerade entblößt sein müsse. Mitten während des Singens hörte man vom Flur und vom Hauseingang her Geschrei, Schimpfworte und Schläge. Der Bursche machte eine entschiedene Bewegung mit der Hand und schrie befehlend: „Schluß! Da gibt es Keile, Kinder!" und unentwegt seinen rutschenden Ärmel aufkrempelnd, ging er hinaus.

Die Arbeiter folgten ihm. Sie hatten dem Wirt Leder aus ihrer Fabrik gebracht und dafür von ihm Schnaps bekommen. Der lange Bursche mit dem aufgekrempelten Ärmel gab während der ganzen Zecherei den Ton an.

In der Nähe lagen einige Schmiedewerkstätten, die Schmiedegesellen hatten den Lärm in der Kneipe gehört und geglaubt, die Kneipe werde gestürmt und geplündert, und wollten sich nun ebenfalls gewaltsam Eingang verschaffen. Im Hauseingang hatte es dann eine Schlägerei gesetzt.

Der Wirt schlug sich in der Tür mit einem Schmiede, und gerade als die Fabrikarbeiter dazukamen, machte sich der Schmied von dem Kneipwirt los und fiel mit dem Gesicht auf das Pflaster.

Ein zweiter Schmied, der sich den Eingang erzwingen wollte, stemmte sich mit der Brust gegen den Wirt.

Der Bursche mit dem aufgekrempelten Ärmel schlug den Schmied ohne weiteres ins Gesicht, als er ihn eindringen sah, und schrie wild: „Kinder! Sie wollen uns hauen!"

Inzwischen erhob sich der erste Schmied, wischte sich mit den Fingern das Blut vom Gesicht und schrie mit weinerlicher Stimme:

„Hilfe! Mord! Sie schlagen einen tot! Brüder!"

„Väterchen! Vater im Himmel! Da ist einer totgeschlagen!" kreischte ein Frauenzimmer aus dem benachbarten Hoftor.

Um den blutüberströmten Schmied sammelten sich Menschen.

„Ist es dir noch nicht genug, Leuten das Blut auszusaugen und das Hemd vom Leibe zu nehmen?" fuhr jemand den Kneipwirt an. „Mußt du auch noch einen totschlagen? Du Räuber!"

Der lange Bursche stand auf den Eingangsstufen und starrte mit seinen trüben Augen bald den Kneipwirt, bald die Schmiede an, als überlege er, mit wem er jetzt raufen sollte.

„Mörder du!" brüllte er plötzlich den Kneipwirt an. „Bindet ihn, Kinder!"

„Du mich?" schrie der Kneipwirt, wehrte sich gegen die angreifenden Arbeiter, riß seine Mütze vom Kopf und warf sie zu Boden.

Als habe diese Handlung irgendeine geheimnisvoll drohende Bedeutung, blieben die Arbeiter, die den Kneipwirt schon umzingelt hatten, unentschlossen stehen.

„Ich kenne mich mit den Gesetzen aus, das kann ich dir versichern, Bruder! Ich gehe aufs Revier. Glaubst du vielleicht, nicht? Wie ein Straßenräuber einem an die Kehle, das gibt's heutzutage nicht mehr!" schrie der Kneipwirt und hob seine Mütze wieder auf.

„Schön! Gehen wir hin! Schön! Gehen wir hin!" schrien der Kneipwirt und der lange Bursche einander abwechselnd zu und machten sich miteinander auf den Weg.

Der blutüberströmte Schmied ging neben ihnen. Die Fabrikarbeiter und was sich sonst angesammelt hatte, kamen durcheinanderredend und schreiend hinterher.

An der Ecke der Marossejka-Straße vor einem großen Hause mit dem Aushängeschild eines Schuhmachermeisters und jetzt geschlossenen Fensterläden standen etwa zwanzig Schuhmachergesellen, magere, ausgemergelte Leute mit trübseligen Gesichtern, in Kaftans und zerrissenen Kitteln.

„Er soll seine Leute auszahlen, wie es sich gehört!" sagte ein magerer Geselle mit schütterem Bart und gerunzelten Augenbrauen. „Das Blut hat er uns ausgesogen und meint jetzt, das wär so in der Ordnung gewesen. Hat uns dumm gemacht, eine ganze Woche lang hat er uns dumm gemacht! Und jetzt, wo er uns in den dicksten Dreck geritten hat, da ist er selbst losgezogen!"

Er verstummte, als er die Menge und den blutbesudelten Mann sah, und nun schlossen sich alle Schuhmacher mit hastiger Neugier dem Volkshaufen an, der sich durch die Straße wälzte.

„Wohin geht es eigentlich?"

„Na, wohin wohl? Zur Polizei natürlich!"

„Ist es wirklich wahr, daß unsere Leute es nicht geschafft haben?"

„Was du wohl denkst! Paß doch auf, was die da erzählen!"

Fragen und Antworten wirbelten durcheinander. Der Kneipwirt machte sich das Anwachsen der Menge zunutze, drückte sich und kehrte in seine Kneipe zurück.

Der lange Bursche nahm das Verschwinden seines Feindes gar nicht wahr, fuchtelte mit dem entblößten Arm, redete unentwegt und zog die allgemeine Aufmerksamkeit auf sich. Und so drängten sich denn die Leute besonders um ihn, in der Annahme, er könnte ihnen alle ihre vielen Fragen beantworten.

„Der bildet sich ein, er kann andere Leute lehren, was Gesetz ist und was Ordnung ist! Dazu ist die Polizei da! Was, ist es nicht so, ihr Rechtgläubigen?" sagte der lange Bursche und grinste ein wenig. „Der glaubt wohl, es gibt keine Behörden mehr? Als ob es überhaupt ohne Behörde gehen könnte! Da möchte ja jeder über andere herfallen!"

„Was redet der für dummes Zeug!" hieß er in der Menge. „Wie steht es denn? Wird Moskau wirklich aufgegeben? Das hat dir einer aufgebunden, und du bist darauf hereingefallen. Haben wir vielleicht nicht genug Soldaten? Aber sie haben ihn doch bis hierher kommen lassen! Dafür sind die Behörden da. Hört doch nur, was der da redet" — und dabei zeigten sie wieder auf den langen Burschen.

An der Kitajgorodschen Mauer drängte sich ein kleiner Menschenhaufen um einen Mann im Friesmantel, der ein Papier in der Hand hatte.

„Eine Bekanntmachung! Da liest einer eine Verordnung vor! Er liest eine Verordnung vor!" hieß es in der Menge, und nun strömte alles auf die kleine Gruppe um den Mann im Friesmantel zu. Er las eine vom 31. August datierte Proklamation. Als er die vielen Leute um sich sah, kam er ein wenig aus dem Konzept, aber weil der lange Bursche, der sich bis zu ihm durchgedrängt hatte, das unbedingt haben wollte, las er mit einem leichten Zittern in der Stimme die Proklamation noch einmal vor.

„Ich fahre morgen früh zum durchlauchtigsten Fürsten", las er, und der lange Bursche wiederholte voller Feierlichkeit, lächelnd und stirnrunzelnd zugleich: „Zur Durchlaucht!" — „um mit ihm Rats zu pflegen, mit ihm zu handeln und der Armee bei der Vernichtung der Halunken zu helfen. Wir wollen auch mitmachen, wenn ihnen das Fell . . ." Der Vorleser machte eine kleine Atempause, und nun schrie der lange Bursche triumphierend: „Seht ihr? Der wird ihnen schon die Blumentöpfe einschlagen!" — „versohlt wird, und diese ungebetenen Gäste zum Teufel jagen. Zu Mittag bin ich wieder hier, und dann machen wir uns ans Werk. Wir machen uns ans Werk, machen die Sache fertig und machen den Halunken den Garaus."

Während der Mann im Friesmantel die letzten Worte las, herrschte völliges Schweigen. Der lange Bursche ließ trübselig den Kopf hängen. Es lag auf der Hand, daß die letzten Worte keinem mehr einleuchten wollten. Besonders die Stelle „Zu Mittag bin ich wieder hier", mißfiel nicht nur den Zuhörern, sondern auch dem Vorleser in hohem Maße. Die Leute hatte alle auf etwas Großartiges und Erhebendes gespitzt, und was ihnen hier vorgesetzt wurde, das war doch gar zu schlicht und so leicht verständlich, wie es nicht sein durfte. So etwas hätte ja schließlich jeder von ihnen auch sagen können, und darum durfte ein Erlaß, der von so hoher Stelle ausging, nicht so sprechen.

Alle standen niedergeschlagen da und schwiegen. Der lange Bursche schob die Lippen vor und zurück und torkelte.

„Ob man nicht den da fragt? ... Das ist er doch sicher selbst! ... Der wird sich auf nichts einlassen! ... Warum denn nicht? ... Der kann uns schon Bescheid sagen ...", scholl es plötzlich aus den hinteren Reihen der Menge, und nun richtete sich die allgemeine Aufmerksamkeit auf den Wagen des Polizeimeisters, der, von zwei Dragonern eskortiert, auf den Platz gefahren kam.

Der Polizeimeister war an diesem Morgen auf Befehl des Grafen an die Moskwa gefahren, um die Barken anzuzünden, und hatte bei dieser Gelegenheit natürlich eine hübsche Summe verdient, die er eben in der Tasche trug. Als er die Menge sah, die sich auf ihn zuwälzte, ließ er den Kutscher halten.

„Was ist hier los?" schrie er die Leute an, die sich schüchtern vor der Menge her an seinen Wagen heranschoben.

„Was hier los ist, habe ich gefragt!" schrie er noch einmal, da er keine Antwort bekommen hatte.

„Ew. Wohlgeboren", sagte in seiner papierenen Sprache der Kanzleibeamte im Friesmantel, „Ew. Wohlgeboren, sie wollen gern unter Bezugnahme auf den Erlaß Seiner Durchlaucht des Grafen der heiligen und gemeinsamen Sache dienen, ohne Leben, Gut und Blut zu schonen, Schulter an Schulter, aber es ist durchaus nicht etwa ein Versuch zur Rebellion, was Seine Erlaucht der Graf ja auch ..."

„Der Graf ist nicht weggefahren, er ist hier, und es wird alles Nötige angeordnet werden", erklärte der Polizeimeister. Dann rief er seinem Kutscher zu: „Los!"

Die Menge staute sich, drängte sich um die Leute, die gehört hatten, was der Polizeimeister sagte, und starrte auf den davonfahrenden Wagen.

Der Polizeimeister sah sich in diesem Augenblick furchtsam um, sagte etwas zu seinem Kutscher, und nun verstärkten die Pferde ihr Tempo.

„Alles Schwindel, Kinder! Er soll mit uns zum Grafen!" schrie der lange Bursche.

„Laßt ihn nicht weg, Kinder! Er soll uns Rechenschaft geben! Haltet ihn!" schrie man durcheinander und rannte dem Wagen nach.

Unter lautem Stimmengewirr kam die Menge hinter dem Polizei=meister herlaufend in die Lubjanka=Straße.

„Natürlich, die großen Herren und die mit den dicken Geldbeuteln sind weggefahren, und dafür sollen wir hier verrecken! Sind wir vielleicht Hunde, was?" klang es jetzt immer häufiger.

XXIV

Am Abend des ersten September kam Rastoptschin von Kutusow zurück. Er war erbittert und gekränkt, weil er zum Kriegsrat nicht zugezogen worden war und weil Kutusow sein Anerbieten, sich an der Verteidigung der Hauptstadt zu beteiligen, nicht einmal in Erwägung gezogen hatte. Betroffen hatte ihn auch die ihm ganz neue Auffassung gemacht, die im Lager herrschte und der die Frage nach der Ruhe und Ordnung und der patriotischen Stimmung in Moskau nicht nur als eine Frage zweiten Ranges, sondern als eine überhaupt vollkommen belanglose und gleichgültige galt. Nachdem Graf Rastoptschin also erbittert, gekränkt und in betroffenem Staunen nach Moskau zurückgekehrt war, speiste er zu Abend, legte sich unausgekleidet auf ein Kanapee und wurde gegen ein Uhr nachts von einem Kurier geweckt, der ihm einen Brief Kutusows überbrachte. In dem Briefe hieß es, der Graf möge doch so gut sein, da die Truppen über Moskau hinaus auf die Rjasaner Straße zurückgingen, einige Polizeibeamte zu schicken, welche die Truppen durch die Stadt hindurchführen könnten. Für Rastoptschin war das nichts Neues. Nicht erst seit dem gestrigen Zusammensein mit Kutusow auf dem Poklonnaja=Berge, sondern eigentlich schon seit der Schlacht von Borodino, seit alle nach Moskau kommenden Generäle einstimmig sagten, eine Verteidigungsschlacht komme nicht in Frage, und seit mit Genehmigung des Grafen Nacht für Nacht Kroneigentum abtransportiert wurde und die Einwohner Moskau verließen, wußte Graf Rastoptschin, daß die Stadt aufgegeben werden würde. Nichtsdestoweniger überraschte und reizte den Grafen diese Nachricht, die ihm Kutusow noch dazu in Form eines einfachen Zettels und in Verbindung mit einem Befehl zugehen ließ, und zwar mitten in der Nacht, nachdem er eben erst eingeschlafen war.

Als Graf Rastoptschin viel später eine Schilderung seiner Tätigkeit während dieser Zeit gab, da schrieb er in seinen Memoiren mehrfach, er habe damals zwei wichtige Ziele im Auge gehabt: de main=

tenir la tranquillité à Moscou et d'en faire partir les habitants[1]. Sieht man dieses Doppelziel als tatsächlich gegeben an, so steht jede einzelne Handlung Rastoptschins durchaus einwandfrei da. Warum wurden die Moskauer Heiligtümer, die Waffen, Patronen, Pulver= und Kornvorräte nicht weggeschafft? Warum wurden Tausende von Einwohnern mit Absicht in dem irrtümlichen Glauben gelassen, Moskau werde nicht aufgegeben werden, und dadurch ruiniert? Um Ruhe und Ordnung in der Hauptstadt aufrechtzuerhalten, antwortet die Darstellung des Grafen Rastoptschin. Warum wurden völlig nutzlose Papiere ballenweise aus den behördlichen Kanzleien weggeschafft, warum wurde Leppichs Luftballon und so vieles andere abtransportiert? Um die Stadt leer zurückzulassen, antwortet die Darstellung des Grafen Rastoptschin. Man braucht nur gelten zu lassen, daß Ruhe und Ordnung in der Stadt bedroht waren, und alles, was Rastoptschin getan hat, steht gerechtfertigt da.

Alle Willkür= und Terrorakte sind von jeher mit der Sorge für Aufrechterhaltung von Ruhe und Ordnung im Volk begründet worden.

Wovon aber ging 1812 die Befürchtung des Grafen Rastoptschin aus, die Moskauer Bevölkerung könne die Dämme staatlicher Ordnung zerreißen? Was für einen Grund gab es, mit Aufruhrneigungen in der Stadt zu rechnen? Die Einwohner waren zum größten Teil fort, Moskau war voll von den rückmarschierenden Truppen. Wie sollte das Volk sich angesichts dieser Lage zusammenrotten und empören?

Nicht nur in Moskau, sondern auch in ganz Rußland ist beim Einmarsch der Franzosen nicht das geringste vorgekommen, das einem Aufruhr gleichgesehen hätte. Am ersten und zweiten September waren in Moskau noch über zehntausend Menschen, und doch fiel nichts vor, außer daß sich im Hofe des Oberkommandierenden eine Menge zusammenrottete, deren Ansammlung er selbst veranlaßt hatte. Es liegt auf der Hand, daß mit irgendwelchen Gärungen oder Zusammenrottungen noch weniger zu rechnen gewesen wäre, wenn Rastoptschin nach der Schlacht von Borodino, als die Preisgabe Moskaus schon unvermeidlich oder doch wahrscheinlich war, statt das Volk durch seine Proklamationen und durch die Ausgabe von Waffen in Aufregung zu bringen, Maßregeln zum Abtransport aller Heiligtümer, der Pulver= und Munitionsvorräte und der Gelder getroffen und der Bevölkerung unumwunden erklärt hätte, die Stadt werde aufgegeben.

Rastoptschin, ein sanguinischer und leicht erregbarer Mensch, hatte immer nur mit den Kreisen der obersten Beamtenschaft zu tun

[1] die Ruhe in Moskau aufrechtzuerhalten und die Einwohner zu evakuieren.

gehabt; es fehlte ihm nicht an patriotischen Gefühlen, dagegen gänzlich an Verständnis für das Volk, das er zu lenken dachte. Bereits bei der Besetzung von Smolensk hatte Rastoptschin sich in seiner Phantasie die Rolle eines spiritus rector des Volksempfindens für Moskau als das „Herz Rußlands" zurechtgelegt. Er glaubte nicht nur, wie das jeder höhere Beamte tut, die äußeren Handlungen der Moskauer Bevölkerung, sondern auch ihre Stimmung lenken zu können, und zwar vermittels seiner Aufrufe und Maueranschläge, die in jener neckisch sein sollenden und unwürdigen Sprache abgefaßt waren, die der kleine Mann an seinesgleichen geringschätzt und an Höherstehenden nicht begreift. An der schönen Rolle eines spiritus rector des Volksempfindens hatte Rastoptschin so viel Gefallen gefunden und sich so in sie hineingelebt, daß die Notwendigkeit, diese Rolle fallenzulassen, die Notwendigkeit, Moskau ohne jeden heroischen Effekt aufzugeben, ihn wie ein Schlag aus heiterem Himmel traf und ihm den Boden unter den Füßen entzog. Er war vollkommen ratlos. Freilich hatte er gewußt, was kommen mußte, hatte sich aber doch bis zur letzten Minute mit allen seelischen Kräften dagegen gewehrt, an die Preisgabe Moskaus zu glauben, und hatte nichts dazu vorbereitet. Daß die Einwohner die Stadt verlassen hatten, war gegen seinen Wunsch geschehen. Daß die Behörden fortgingen, hatte seinen Grund nur in dem Drängen der Beamten gehabt, denen der Graf widerwillig hatte nachgeben müssen. Er war ausschließlich von seiner selbstkonstruierten Rolle in Anspruch genommen. Wie das ja bei Menschen, die mit einer lebhaften Einbildungskraft begabt sind, oft der Fall ist, hatte er freilich längst gewußt, daß Moskau aufgegeben werden mußte, hatte es aber nur verstandesmäßig gewußt, nicht aber mit seinem Gefühl, und war darum nicht imstande gewesen, sich mit seiner Einbildungskraft in diese neue Lage hineinzuversetzen.

Seine ganze eifrige und energische Tätigkeit – wie weit sie von Nutzen war und im Volke Widerhall fand, ist eine andere Frage –, seine ganze Tätigkeit war nur darauf gerichtet, unter der Bevölkerung das lebendig zu machen, was er selbst empfand, nämlich patriotischen Haß gegen die Franzosen und Vertrauen in die eigene Kraft.

Als aber die Ereignisse die Ausmaße gewannen, in denen sie in die Geschichte eingegangen sind, als es nicht mehr genügte, seinen Franzosenhaß nur in Worten auszudrücken, ja, als man diesen Haß nicht einmal mehr durch eine Schlacht zum Ausdruck bringen konnte, als das Vertrauen in die eigene Kraft sich als sinnlos erwies, da es um Moskau ging, als die ganze Bevölkerung wie ein Mann ihr Eigentum im Stich ließ, aus Moskau fortströmte und durch diese negative Handlung die ganze Kraft ihres vaterländischen Gefühls offenbarte – da hatte plötzlich die Rolle, die Rastoptschin sich ge=

wählt hatte, ihren Sinn verloren. Auf einmal war es ihm, als stehe er allein, schwach und lächerlich da, ohne festen Boden unter den Füßen zu haben.

Als er jetzt, aus dem Schlafe gerissen, Kutusows kalt und dienstlich gehaltenes Schreiben empfangen hatte, war er um so erbitterter, je schuldiger er sich fühlte. In Moskau war alles zurückgeblieben, was gerade ihm anvertraut war, alles der Krone Gehörige, was er hätte wegschaffen sollen. Jetzt ließ sich das nicht mehr nachholen.

„Wer hat schuld daran, wer hat die Dinge so weit kommen lassen? Ich natürlich nicht. Ich hielt alles bereit, ich hatte Moskau schon im Zug! Und jetzt haben sie es dahin kommen lassen! Diese Halunken, diese Verräter!" dachte er, ohne recht zu wissen, wen er mit diesen Halunken und Verrätern meinte, aber gefühlsmäßig von der Notwendigkeit durchdrungen, diese unbekannten Verräter, die ihn in diese schiefe und lächerliche Lage gebracht hatten, aus ganzer Seele zu hassen.

Von allen Seiten kamen Leute zu ihm, um Befehle einzuholen, und er hatte die ganze Nacht über zu tun. Die Offiziere und Beamten seiner Umgebung hatten den Grafen noch nie so mürrisch und reizbar gesehen.

„Ew. Erlaucht, es ist jemand vom Fideikommiß-Departement gekommen, der Direktor bittet um Weisungen ... Vom Konsistorium, vom Senat, von der Universität, vom Findelhause ... Der Weihbischof schickt her und läßt fragen ... Und was soll mit der Feuerwehr werden? Der Gefängnisdirektor ... der Direktor des Irrenhauses ...", so ging es die ganze Nacht über.

Auf alle diese Fragen hatte der Graf kurze und grimmige Antworten, mit denen er dartun wollte, daß jetzt ja alle Weisungen sinnlos geworden seien, daß irgend jemand sein eigenes mit so viel Sorgfalt vorbereitetes Werk verdorben habe und daß dieser jemand allein für alles, was jetzt geschah, verantwortlich gemacht werden müßte.

„Na, also dann sage diesem Idioten vom Fideikommiß-Departement, er soll hierbleiben und seine Akten bewachen. Na, und die Feuerwehr? Was für dumme Fragen man beantworten soll! Wenn sie Pferde haben, dann sollen sie doch nach Wladimir fahren und nichts den Franzosen überlassen!"

„Ew. Erlaucht, und was soll dem Direktor des Irrenhauses geantwortet werden?"

„Dem Direktor des Irrenhauses? Die Angestellten sollen sich davonmachen, weiter weiß ich auch nichts ... Und die Verrückten sollen sie loslassen, mögen sie in die Stadt gehen, wohin sie wollen, wenn Verrückte sogar Armeen kommandieren, dann wird Gott wohl auch diese frei herumlaufen sehen wollen."

Der Gefängnisdirektor fragte, was mit den Sträflingen geschehen sollte.

„Was glaubst du eigentlich?" fauchte der Graf ihn an. „Soll ich dir vielleicht zwei Bataillone zum Abtransport geben? Ich habe keine Bataillone. Laß die Kerls laufen! Fertig!"

„Ew. Erlaucht, es sind auch politische Häftlinge darunter, Meschkow, Wereschtschagin . . ."

„Wereschtschagin! Ist der immer noch nicht gehängt?" rief Rastoptschin. „Schick ihn zu mir her."

XXV

Von der neunten Vormittagsstunde ab, als die Truppen schon durch die Stadt marschierten, kam niemand mehr zum Grafen, um sich Weisungen zu holen. Wer noch die Möglichkeit hatte, wegzufahren, der tat es von selbst, und die Zurückbleibenden verfuhren ebenfalls in allen Dingen nach eigenem Ermessen.

Der Graf hatte seinen Wagen befohlen, um nach Sokolniki zu fahren, und saß jetzt schweigsam in seinem Kabinett, die Arme über der Brust gekreuzt, das gelbliche Gesicht in finstere Falten gelegt.

Jeder höhere Verwaltungsbeamte ist in ruhigen, von keinen Stürmen erschütterten Zeiten der Meinung, die ganze ihm anvertraute Bevölkerung bewege sich nur dank seinen Bemühungen, und das dieser Meinung entspringende Gefühl eigener Unentbehrlichkeit bildet für ihn den größten Lohn seiner Mühen und Anstrengungen. Es ist leicht zu verstehen, daß, solange das Meer der Geschichte ruhig daliegt, der hochgestellte Verwaltungsbeamte, der sich mit einer Stange von seinem brüchigen Boot aus gegen das Schiff des Volkes stemmt und selbst alle Glieder dabei rührt, den Eindruck haben muß, das Schiff, gegen das er sich stemmt, bewege sich dank seinen Anstrengungen. Aber es braucht nur ein Sturm aufzustehen, das Meer braucht nur in Wallung zu geraten und das Schiff in stärkere Bewegung zu geraten, und schon wird der Irrwahn offenbar. Das Schiff geht nun seinen mächtigen Eigengang, die Stange reicht nicht mehr bis an die Wand des rasch dahingleitenden Schiffes, und der hohe Herr, der sich eben noch als Machthaber und Quelle aller Volkskraft fühlte, ist zu einem belanglosen, unnützen und schwachen Menschen geworden.

Das empfand Rastoptschin, und das machte ihn wütend.

Der Polizeimeister, den die Volksmenge angehalten hatte, kam zum Grafen. Zugleich trat Rastoptschins Adjutant ein und meldete, daß die Equipage vorgefahren war. Beide waren blaß, und nachdem der Polizeimeister von der Ausführung des erhaltenen Befehls Meldung gemacht hatte, teilte er dem Grafen mit, auf dem Hofe habe sich eine riesige Menge angesammelt und wolle ihn sehen.

Ohne zu antworten, stand Rastoptschin auf, ging mit raschen Schritten in seinen funkelnden, luxuriösen Salon, trat zur Balkontür, griff nach der Klinke, ließ sie wieder los und ging statt dessen an ein Fenster, von dem aus er die Menschenmenge besser übersehen konnte. Ganz vorne stand der lange Bursche und redete mit strengem Ernst und lebhaften Handbewegungen auf die Umstehenden ein. Neben ihm stand mit finsterer Miene der blutbesudelte Schmied. Obwohl die Fenster geschlossen waren, hörte Rastoptschin das dumpfe Durcheinander der Stimmen.

„Ist die Equipage bereit?" fragte Rastoptschin und verließ das Fenster.

„Jawohl. Ew. Erlaucht", sagte der Adjutant.

Rastoptschin ging wieder zur Balkontür.

„Was wollen die Leute eigentlich?" fragte er den Polizeimeister.

„Ew. Erlaucht, sie sagen, sie seien auf Ew. Erlaucht Befehl zusammengekommen, um sich den Franzosen entgegenzustellen. Dann haben sie irgend etwas von Verrat geschrien. Die Menge ist sehr aufgeregt, Ew. Erlaucht, ich habe Mühe gehabt, mit meinem Wagen durchzukommen. Wenn Ew. Erlaucht gestatten, möchte ich vorschlagen . . ."

„Machen Sie gefälligst, daß Sie wegkommen! Ich weiß auch ohne Sie, was zu tun ist", schrie Rastoptschin böse.

Er stand an der Balkontür und betrachtete die Menge. „Das haben sie also aus Rußland gemacht! Das haben sie also aus mir gemacht!" dachte Rastoptschin und fühlte in seinem Inneren eine unbändige Wut gegen irgend jemand aufsteigen, dem er die Schuld an allem Geschehenen zuschieben könnte. Wie es bei hitzigen Leuten zu geschehen pflegt, war die Wut seiner schon Herr geworden, obwohl er noch keinen Gegenstand für sie gefunden hatte. „La voilà, la populace, la lie du peuple", dachte er, während er auf die Menge hinuntersah, „la plèbe, qu'ils ont soulevée par leur sottise. Il leur faut une victime" [1], schoß es ihm durch den Kopf, als sein Blick auf den langen, mit den Händen fuchtelnden Burschen fiel. Und zwar schoß ihm dieser Gedanke deshalb durch den Kopf, weil ja er selbst ein Opfer, einen solchen Gegenstand für seine Wut, brauchte.

„Ist die Equipage fertig?" fragte er zum zweitenmal.

„Jawohl, Ew. Erlaucht. Was befehlen Sie wegen Wereschtschagin? Er wartet vor dem Eingang", antwortete der Adjutant.

„Ah!" rief Rastoptschin, dem offenbar plötzlich ein Gedanke gekommen war.

[1] Das ist ja der Pöbel, die Hefe des Volkes . . . der Plebs, den sie durch ihre Dummheit aufgewiegelt haben. — Er muß ein Opfer haben.

Dann öffnete er schnell die Tür und trat mit energischen Schritten auf den Balkon hinaus. Augenblicks verstummte die Menge, Mützen und Kappen verschwanden von den Köpfen, und alle Augen hoben sich zu dem Grafen auf dem Balkon.

„Guten Tag, Kinder!" sagte der Graf laut und hastig. „Habt Dank, daß ihr gekommen seid! Ich komme gleich zu euch heraus, wir müssen nämlich vor allem noch mit einem Halunken abrechnen. Wir müssen den Halunken bestrafen, der Moskaus Untergang auf dem Gewissen hat. Wartet einen Augenblick!"

Und ebenso schnell, wie er gekommen war, verschwand der Graf wieder in seinem Salon und schlug die Tür energisch hinter sich zu.

Durch die Menge lief ein beifälliges und befriedigtes Gemurmel. „Da sieht man's, der wird schon mit allen Halunken abrechnen! Und du hast gesagt, er wäre selbst so eine Art Franzose ... Der wird schon allen geben, was ihnen gehört!" sagten die Leute, und es war, als glaubten sie einander jetzt zurechtweisen zu müssen, weil sie nicht genug Zutrauen zu Rastoptschin gehabt hatten.

Einige Minuten darauf trat hastig ein Offizier aus dem Hauptportal, rief dem am Fuß der Freitreppe haltenden Dragonerkommando einen Befehl zu, und die Dragoner machten Front. Die Menge verließ ihren Platz vor dem Balkon und drängte sich gespannt zur Freitreppe. Rastoptschin trat rasch und grimmig heraus und sah sich hastig um, als suche er jemand.

„Wo ist er?" fragte der Graf.

Im gleichen Augenblick sah er auch schon einen jungen Menschen mit langem, dünnem Halse und einem zur Hälfte rasierten, zur Hälfte mit Haar bestandenen Kopf zwischen zwei Dragonern um die Hausecke kommen. Bekleidet war er mit einem ehemals stutzerhaft gewesenen, jetzt aber stark abgescheuerten, blau überzogenen Fuchspelz und schmutzigen, hanfleinenen Arrestantenhosen, die er in die ungeputzten, schiefgelaufenen, dünnen Stiefel gesteckt trug. An den dünnen und schwächlichen Beinen hingen schwere Ketten, die den ohnehin unsicheren Gang des jungen Menschen noch mehr behinderten.

„Ah!" sagte Rastoptschin, wandte den Blick schnell wieder von dem jungen Menschen im Fuchspelz ab, wies auf die unterste Stufe der zum Portal führenden Freitreppe und befahl: „Da stellt ihn hin!"

Der junge Mensch trat kettenklirrend und mit schwerfälligen Bewegungen auf die Stufe, drehte, mit einem Finger in den offenbar zu engen Kragen des Pelzes fahrend, den langen Hals zweimal hin und her, seufzte und legte mit einer Gebärde ergebungsvollen Gehorsams die schlanken, physischer Arbeit augenscheinlich ungewohnten Hände vor dem Unterleibe übereinander.

Währenddessen war es noch einige Sekunden lang still gewesen.

Nur weiter hinten in der andrängenden Menge hatte man Räuspern, Stöhnen, Stoßen und Scharren von Füßen gehört. Rastoptschin hatte gewartet, bis der junge Mensch im Fuchspelz auf dem ihm bezeichneten Platz stand, hatte die Augenbrauen zusammengezogen und war sich mit der Hand übers Gesicht gefahren.

„Kinder!" sagte er jetzt mit seiner klangvollen, metallischen Stimme. „Dieser Mensch ist Wereschtschagin, er ist der Schuft, der Moskaus Untergang auf dem Gewissen hat."

Der junge Mensch im Fuchspelz stand in ergebener Haltung da, ein wenig zusammengekrümmt, die Handgelenke vor dem Unterleibe kreuzweise übereinandergelegt. Sein abgemagertes, hoffnungsloses junges Gesicht, entstellt durch den rasierten Kopf, hatte er gesenkt gehalten, es aber bei den ersten Worten des Grafen langsam gehoben; er ließ seine Augen jetzt von unten her über den Grafen hingleiten, als wolle er ihm etwas sagen oder doch wenigstens seinem Blick begegnen. Allein Rastoptschin sah ihn nicht an. Die Ader an dem langen, dünnen Halse des jungen Menschen spannte sich wie ein dicker, bläulicher Strick, und das Blut stieg ihm plötzlich ins Gesicht.

Alle Augen hingen an ihm. Er sah die Menge an, und als gäbe ihm der Ausdruck, den er auf den Gesichtern der Leute gewahrte, wieder ein wenig Hoffnung, lächelte er traurig und schüchtern. Dann ließ er den Kopf wieder sinken und bewegte ein wenig die Füße.

„Er hat seinen Zaren und sein Vaterland verraten, er hat sich dem Bonaparte verschrieben, er hat als einziger Russe Schande über den russischen Namen gebracht, er hat den Untergang Moskaus auf dem Gewissen", sagte Rastoptschin mit scharfer, aber ruhiger Stimme. Dann aber warf er plötzlich einen Blick auf den unter ihm stehenden Wereschtschagin, in dessen Haltung immer noch der gleiche Ausdruck von Ergebung lag. Als ließe der Anblick des jungen Mannes ihn plötzlich vor Wut ganz außer sich kommen, hob er den Arm und rief den Leuten, fast schon im Brülltone, zu: „Rechnet mit ihm nach Gutdünken ab! Ich übergebe ihn euch!"

Die Leute schwiegen und drängten sich nur enger und enger zusammen. So dicht gedrängt zusammenzustehen, in dieser dumpfen und verbrauchten Luft atmen zu müssen, sich nicht rühren zu können und auf irgend etwas Unbekanntes, Unfaßliches, Grauenhaftes zu warten — das ging schon fast über ihre Kräfte. Die Vornestehenden, die alles, was vor ihnen geschah, gesehen und gehört hatten, standen mit weitaufgerissenen Augen und erschrocken geöffnetem Munde da und mußten alle Kräfte einsetzen, um nicht von den Andrängenden hinter ihnen weiter vorgedrückt zu werden.

„Haut ihn! ... Der Verräter soll sterben und nicht länger eine

Schande für den russischen Namen sein!" schrie Rastoptschin. „Schlagt zu! Ich befehle es!"

Die Menge, die zum größten Teil Rastoptschins Worte gar nicht verstanden, sondern nur die Wut in seiner Stimme wahrgenommen hatte, stöhnte auf und schob sich ein wenig vor, blieb aber gleich wieder stehen.

„Graf!" sagte mitten in die wieder eingetretene Stille hinein die schüchterne und gleichzeitig theatralische Stimme Wereschtschagins.

„Graf, Gott allein, der über uns ...", sagte Wereschtschagin, der den Kopf gehoben hatte, während die dicke Ader an seinem dünnen Halse wieder blau geworden und angeschwollen und sein Gesicht für eine Sekunde rot und dann wieder bleich geworden war.

Er kam nicht weiter, denn Rastoptschin, plötzlich ebenso bleich geworden wie Wereschtschagin, schrie: „Haut ihn nieder! Ich befehle es!"

Der Offizier gab den Dragonern das Kommando: „Zieht das Gewehr!" und zog selbst blank.

Eine zweite, noch stärkere Welle flutete durch die Menge, erreichte die Vornestehenden, stieß sie vor und trug sie schwankend bis unmittelbar vor die Stufen der Freitreppe. Der lange Bursche stand jetzt neben Wereschtschagin, seine Miene schien versteint, der erhobene Arm erstarrt.

„Zuschlagen!" befahl der Offizier den Dragonern, fast im Flüsterton.

Und einer von den Soldaten schlug mit wutverzerrtem Gesicht plötzlich Wereschtschagin mit der flachen Klinge über den Kopf.

„Ah!" schrie Wereschtschagin kurz auf, ohne die Situation noch ganz zu begreifen, und sah sich erschrocken und gewissermaßen verwundert um. Gleiche Verwunderung und gleicher Schreck klangen aus dem Stöhnen, das die Menge durchlief. „Herr du mein Gott", rief jemand angstvoll.

Aber gleich nach dem Ausruf, den jenes unklare Gefühl der Verwunderung dem jungen Mann im Fuchspelz erpreßt hatte, schrie er vor Schmerz jämmerlich auf, und dieser Aufschrei war sein Verderben. Bisher hatte die Menge noch eine freilich schon fast bis zum Bersten durch Gegendruck belastete Schranke menschlichen Gefühles zurückgehalten, jetzt war sie augenblicks zerbrochen. Die Untat war begonnen, nun mußte sie auch zu Ende geführt werden. Das drohende Wutgebrüll der Menge verschlang das klägliche Ächzen des Vorwurfs. Wie die letzte, die siebente Welle, die das Schiff verschlingt, so kam jetzt nun hintenher diese letzte Welle unaufhaltsam angerollt, gelangte bis nach vorne, riß die hier Stehenden um und verschlang alles. Der Dragoner, der Wereschtschagin über den Kopf geschlagen hatte, wollte ihm einen zweiten Schlag ver=

setzen. Wereschtschagin stürzte mit einem Schrei des Entsetzens, die Arme schützend über den Kopf geworfen, auf die Menge zu. Der lange Bursche, gegen den er stieß, verkrallte sich in Wereschtschagins dünnen Hals, schrie wild auf, beide fielen und gerieten unter die Füße der mit Gebrüll anrollenden Menge.

Die einen schlugen und rauften Wereschtschagin, die anderen den langen Burschen. Und das Geschrei der vielen Gequetschten und derjenigen, die den langen Burschen retten wollten, hatte nur die einzige Wirkung, die Raserei der Menge noch mächtiger anzufachen. Es dauerte lange, bis die Dragoner den blutüberströmten, halb zu Tode geschlagenen Fabrikarbeiter endlich befreien konnten. Und es dauerte lange, bis die auf Wereschtschagin einschlagenden, ihn würgenden und hin und her reißenden Leute ihn endlich getötet hatten, obwohl doch die Menge das einmal begonnene Werk mit wütender Hast zu Ende zu bringen suchte; aber sie drängte sich von allen Seiten gegen Wereschtschagins Angreifer, keilte sie fest ein, schwankte mit ihnen wie ein einziger riesiger Körper von einer Seite zur anderen und erlaubte ihnen auf diese Weise weder ihn vollends totzuschlagen noch ihn loszulassen.

„Mit dem Beil! Haut ihn mit dem Beil! ... Ist er erwürgt? ... So ein Verräter! Hat den Heiland verraten! ... Immer noch am Leben? Lebt noch ... Der verdient nichts anderes! Beil her! ... Lebt noch immer?"

Erst als das Opfer alle Abwehrversuche aufgegeben hatte und statt des Schreiens nur noch ein gleichmäßiges, langgezogenes Röcheln hören ließ, begann die Menge rasch von dem blutüberströmten, leblos daliegenden Körper zurückzuweichen. Es bildete sich ein freier Raum, die Leute traten einzeln heran, sahen sich an, was geschehen war, und drängten dann wieder mit erschrockenen, vorwurfsvollen und erstaunten Gesichtern zurück.

„Herr Gott, die Leute sind doch wie die wilden Tiere! Wie soll einer da sein Leben behalten?" hieß es in der Menge. „Und so ein junger Mensch ... sicher ein Kaufmannssohn. Sind das Menschen! ... Es soll auch gar nicht der Richtige sein ... Natürlich ist es nicht der Richtige ... Herr Gott! Da haben sie einen falschen totgeschlagen ... Er soll doch aber noch leben! ... Ach, sind das Menschen! ... Scheuen keine Sünde!" So redeten jetzt dieselben Leute, und sahen mit jammernd verzogenen Gesichtern auf den Leichnam mit dem blauangelaufenen, blut- und staubbedeckten Gesicht und dem zerfetzten, langen dünnen Halse.

Ein eifriger Polizeibeamter fand es ungehörig, daß vor dem Hause Seiner Erlaucht eine Leiche herumlag, und befahl den Dragonern, den Toten auf die Straße zu schleppen. Zwei Dragoner packten ihn bei den verstümmelten Füßen und schleiften ihn hinaus. Der blutüberströmte, schmutz- und staubbedeckte, rasierte, leblose Kopf an dem langen Halse schleifte schlenkernd über den Boden hin. Die Leute drängten sich zur Seite.

Als Wereschtschagin gefallen war und die Menge mit wildem Geschrei angestürmt kam und über ihn hintaumelte, war Rastoptschin plötzlich bleich geworden, und statt zum rückwärtigen Hausportal, vor dem ihn sein Wagen erwartete, war er, ohne zu wissen, wohin und warum, mit gesenktem Kopf rasch durch den Korridor gegangen, der zu den Räumen des Erdgeschosses führte. Sein Gesicht war sehr bleich, und er konnte dem fieberischen Zittern seines Unterkiefers nicht wehren.

„Ew. Erlaucht, hierher ... Wohin wollen Erlaucht denn? ... Hierher, wenn ich bitten darf", hörte er eine zitternde, erschrockene Stimme hinter seinem Rücken.

Graf Rastoptschin hatte nicht die Kraft, etwas zu antworten, machte also gehorsam kehrt und ging, wohin man ihn führte. Vor dem rückwärtigen Hausportal hielt seine Equipage. Der Lärm der brüllenden Menge ließ sich auch hier noch hören. Graf Rastoptschin nahm rasch im Wagen Platz und befahl dem Kutscher, nach Sokolniki zu seinem Landhause zu fahren.

Als er in die Mjasnizkajastraße eingebogen war und vom Geschrei der Menge nichts mehr hörte, begann der Graf sich Vorwürfe zu machen. Er dachte mit Ärger an die Aufregung und Verwirrung, die er angesichts seiner Untergebenen an den Tag gelegt hatte. „La populace est terrible, elle est hideuse", dachte er. „Ils sont comme les loups, qu'on ne peut apaiser qu'avec de la chair."[1] Plötzlich kamen ihm Wereschtschagins Worte: „Graf, Gott allein, der über uns ..." ins Gedächtnis, und ein unangenehmes Kältegefühl lief dem Grafen Rastoptschin den Rücken hinunter. Aber dieses Gefühl hielt nur einen Augenblick lang an, und gleich darauf lächelte Graf Rastoptschin verächtlich übere seine eigene Schwäche. „J'avais d'autres devoirs", dachte er. „Il fallait apaiser le peuple. Bien d'autres victimes ont péri et périssent pour le bien public."[2] Und nun wandte er seine Gedanken den Pflichten zu, die er gegen seine Familie, gegen die ihm anvertraute Hauptstadt und gegen sich selbst hatte, nicht gegen sich als Feodor Wassiljewitsch Rastoptschin – denn Feodor Wasssiljewitsch Rastoptschin brachte seiner Meinung nach sich selbst dem bien public zum Opfer –, sondern gegen sich als Oberkommandierenden von Moskau, den Vertreter der Staatsgewalt und Bevollmächtigten des Zaren. Wenn ich nichts wäre als eben Feodor Wassil-

[1] Der Pöbel ist ekelhaft, scheußlich ... Sie sind wie die Wölfe, die man nur mit Fleisch beruhigen kann.

[2] Ich hatte andere Pflichten. – Man mußte das Volk beruhigen. So viele andere Opfer fielen schon und fallen noch für das Wohl der Allgemeinheit.

jewitsch, ma ligne de conduite aurait été tout autrement tracée[1], allein ich hatte das Leben und die Würde des Oberkommandierenden zu schützen."

Sanft dahinschaukelnd auf den weichen Federn seiner Equipage, ohne daß ihm das grauenhafte Geschrei der Menge noch nachgellte, kam Rastoptschin physisch bald wieder zur Ruhe, und wie das immer zu gehen pflegt, stellte ihm gleichzeitig mit der physischen Beruhigung sein Verstand auch die Argumente zur Verfügung, deren er zu seiner seelischen Beruhigung bedurfte. Der Gedanke, der Rastoptschin seine innere Ruhe wiedergab, war kein neuer. Seit die Welt steht und die Menschen einander umbringen, hat noch nie ein Mensch irgendeine Untat an seinesgleichen verübt, ohne sich dieses Gedankens zu seiner Beruhigung zu bedienen. Dieser Gedanke heißt „Le bien public", bezeichnet also das, was das Wohl aller anderen Menschen ausmacht.

Im Zustande ruhiger Leidenschaftslosigkeit kennt kein Mensch dieses Gemeinwohl; ein Mensch, der ein Verbrechen begeht, weiß aber immer mit aller Bestimmtheit, worin dieses Gemeinwohl besteht. Und Rastoptschin wußte es jetzt auch.

Er dachte nicht einmal daran, sich um seiner Handlungsweise willen Selbstvorwürfe zu machen, sondern glaubte im Gegenteil allen Grund zur Zufriedenheit mit sich selbst zu haben, weil er diese günstige Gelegenheit, einen Schuldigen zu strafen und damit zugleich die aufgeregte Volksmenge zu beruhigen, mit so viel Erfolg auszunutzen gewußt hatte.

„Wereschtschagin ist in einem ordentlichen Gerichtsverfahren zum Tode verurteilt worden", dachte Rastoptschin, obwohl Wereschtschagin tatsächlich vom Senat nur zu Zwangsarbeit verurteilt worden war. „Er war ein Hoch- und Staatsverräter, ich durfte ihn nicht ungestraft lassen und auf diese Weise je faisais d'une pierre deux coups[2]: ich habe das Volk durch ein Opfer beruhigt und einen Bösewicht bestraft."

In seinem Landhause angelangt und vom Ordnen seiner häuslichen Angelegenheiten in Anspruch genommen, beruhigte sich der Graf vollends.

Eine halbe Stunde später fuhr er in starkem Trabe über das Feld von Sokolniki, ohne noch an das zu denken, was hinter ihm lag, ausschließlich mit Gedanken an die nächste Zukunft beschäftigt. Er fuhr jetzt zur Jausa-Brücke, wo Kutusow sich befinden sollte.

Graf Rastoptschin formulierte in Gedanken die grimmigen und treffsicheren Vorwürfe, die er Kutusow machen wollte, weil er sich

[1] hätte ich eine ganz andere Haltung einnehmen können.
[2] Habe ich zwei Fliegen mit einer Klappe geschlagen.

von ihm so hintergangen sah. Er wollte diesem alten Fuchs von Höfling schon klarmachen, daß auf seinen alt und töricht gewordenen Kopf die Verantwortung für alles Unglück falle, das die Preisgabe der Hauptstadt, die nach Rastoptschins Meinung gleichbedeutend mit dem Untergang Rußlands war, im Gefolge haben mußte. Während er sich zurechtlegte, was er Kutusow sagen wollte, rückte er grimmig auf seinem Sitz hin und her und warf wütende Blicke nach allen Seiten.

Das Feld von Sokolniki war recht einsam. Nur an seinem Ende, beim Armenhause und der Irrenanstalt, standen einige kleine Gruppen in weißen Kitteln herum, und einige ebenso gekleidete Leute gingen über das Feld, schrien und fuchtelten mit den Armen.

Einer von ihnen kam querfeldein auf den Wagen des Grafen Rastoptschin zugelaufen. Alle, der Graf selbst, sein Kutscher und die Dragoner seiner Eskorte, sahen auf die freigelassenen Geisteskranken und besonders den, der auf sie zurannte, mit einer unklaren Empfindung des Schreckens und der Neugier.

Mit seinen langen, mageren Beinen rannte dieser Irre torkelnd in seinem flatternden Hospitalkittel schnell über das Feld, ohne Rastoptschin aus den Augen zu lassen, schrie ihm mit heiserer Stimme etwas Unverständliches zu und suchte ihn durch Zeichen zum Haltenlassen des Wagens zu bewegen. Sein mit schütterem, ungleichmäßigem Bartwuchs bestandenes Gesicht war mager und gelblich und hatte einen Ausdruck von düsterer Feierlichkeit. Die schwarzen, an Achatstücke erinnernden tiefsitzenden Pupillen liefen aufgeregt in den safrangelben Augen umher.

„Halt! Halt doch an, habe ich gesagt!" schrie er mit durchdringender Stimme, schnaufte atemlos und schrie dann mit eindringlichen Handbewegungen noch irgend etwas, das trotz seiner beschwörenden Tonstärke unverständlich blieb.

Jetzt hatte er die Equipage erreicht und lief neben ihr her.

„Dreimal bin ich getötet worden, dreimal bin ich auferstanden von den Toten. Sie haben mich gesteinigt und haben mich gekreuzigt ... Ich werde auferstehen ... auferstehen ... auferstehen. Meinen Leib haben sie in Stücke gerissen. Das Reich Gottes wird zerstört werden ... Dreimal werde ich es zerstören und dreimal wieder aufrichten!" schrie er mit immer mächtiger anschwellender Stimme.

Graf Rastoptschin wurde plötzlich bleich, wie er bleich geworden war, als die Menge sich auf Wereschtschagin gestürzt hatte. Er wandte sich ab. „Sch ... schneller!" schrie er mit zitternder Stimme dem Kutscher zu. Der Wagen sauste dahin, was die Pferde nur hergeben wollten, aber Graf Rastoptschin hörte noch lange hinter sich das allmählich abebbende, wahnsinnige, verzweifelte Geschrei und glaubte vor sich das erstaunte, erschrockene, blutüberströmte Gesicht des Verräters im Fuchspelz zu sehen.

Wie frisch diese Erinnerung auch noch war, Rastoptschin fühlte bereits, daß sie sich tief, bis aufs Blut, in sein Herz eingegraben hatte. Er fühlte jetzt mit aller Deutlichkeit, daß die blutige Spur dieser Erinnerung nie verheilen, sondern mit der Zeit vielmehr immer ärger und qualvoller und furchtbarer bis an seinen Tod in seinem Herzen lebendig bleiben werde. Es war ihm, als höre er sich selbst sagen: „Haut zu, ihr haftet mir dafür mit euren Köpfen!" — „Warum habe ich das gesagt? Eigentlich ganz wie von ungefähr. Ich hätte es nicht zu sagen brauchen", dachte er. „Dann wäre nichts geschehen." Er sah das erschrockene und gleich darauf wutverzerrte Gesicht des Dragoners, der diesem halben Knaben im Fuchspelz den ersten Schlag gegeben, er sah den Blick stummen schüchternen Vorwurfs, den dieser auf ihn gerichtet hatte. „Aber ich habe das ja nicht meinetwegen getan. Ich mußte so handeln. La plèbe, le traître . . . le bien public",[1] dachte er.

An der Jausa-Brücke herrschte immer noch ein beträchtliches Truppengedränge. Es war heiß. Kutusow saß finster und melancholisch auf einer Bank in der Nähe der Brücke und spielte mit seiner Reitpeitsche im Sande, als ein Wagen mit lautem Rasseln angejagt kam. Ein Mann in Generalsuniform, den Federhut auf dem Kopf, mit wild umherirrenden, halb grimmigen und halb erschrockenen Augen, kam auf Kutusow zu und redete ihn in französischer Sprache an. Es war Graf Rastoptschin. Er sagte, er sei gekommen, weil es kein Moskau und keine alte Hauptstadt Rußlands mehr gäbe, sondern nur noch eine Armee.

„Alles wäre anders, Ew. Durchlaucht, wenn Sie mir nicht gesagt hätten, Sie würden Moskau nicht aufgeben, ohne noch eine Schlacht geliefert zu haben. Dann wäre dies alles nicht geschehen!" sagte er.

Kutusow sah Rastoptschin an, und als hätte er die Bedeutung dieser Worte nicht verstanden, suchte er mühsam auf dem Gesicht dieses Menschen zu lesen, der ihn da plötzlich angeredet hatte, als müßte auf diesem Gesicht in diesem Augenblick irgend etwas ganz Besonderes geschrieben stehen. Rastoptschin geriet in Verlegenheit und verstummte. Kutusow wiegte den Kopf langsam hin und her, und den forschenden Blick immer noch auf Rastoptschins Gesicht gerichtet, sagte er leise:

„Ja, ich werde Moskau nicht aufgeben, ohne eine Schlacht geliefert zu haben."

Ob Kutusow an etwas ganz anderes dachte, während er diese Worte sagte, oder ob er sie mit voller Absicht sagte, obgleich er sich

[1] Der Plebs, der Verräter . . . das allgemeine Wohl.

ihrer Sinnlosigkeit bewußt war – Graf Rastoptschin antwortete jedenfalls nichts und verließ Kutusow hastig. Und wie sonderbar das auch aussah, der Oberkommandierende von Moskau, der stolze Graf Rastoptschin, nahm eine Kosakenpeitsche in die Hand, ging zur Brücke und suchte unter lautem Geschrei die Wagen, die sich dort gestaut hatten, auseinanderzujagen.

XXVI

Gegen vier Uhr nachmittags zogen Murats Truppen in Moskau ein. Voran ritt eine Abteilung württembergischer Husaren, dann kam mit einer großen Suite der König von Neapel selbst angeritten.

Etwa in der Mitte des Arbatplatzes, unweit der Nikola Jawlennyi-Kirche machte Murat halt und wartete auf eine Meldung von der Spitze, wie es in der städtischen Festung – le Kremlin – aussah.

Um Murat sammelte sich ein kleiner Trupp in Moskau zurückgebliebener Einwohner. Alle starrten sie schüchtern und mit zweifelnder Verwunderung diesen sonderbaren Befehlshaber an mit seinem reichen Gold- und Federschmuck und seinen langen Haaren.

„Wie ist es, ist er das selbst, denen ihr Zar? Ganz ordentlich!" raunten sie.

Der Dolmetscher ritt auf den Menschenauflauf zu.

„Die Mützen herunter ... die Mützen herunter!" hieß es jetzt in der Menge.

Der Dolmetscher wandte sich an einen alten Hausknecht mit der Frage, ob es noch weit bis zum Kreml sei. Der Hausknecht horchte zweifelnd und erstaunt auf den ihm fremden polnischen Akzent, ohne die Worte des Dolmetschers so recht als russisch zu erkennen; da er sie nicht verstand, verkroch er sich hinter die anderen.

Murat ritt auf den Dolmetscher zu und befahl ihm, nach dem Verbleib der russischen Truppen zu fragen. Erst verstand einer von den Leuten, wonach gefragt wurde, und dann begannen schon mehrere Stimmen gleichzeitig dem Dolmetscher zu antworten. Ein Offizier von der Spitze kam zu Murat geritten und meldete, das Festungstor sei verbarrikadiert, und vermutlich läge dort eine Anzahl Russen im Hinterhalt. „Gut", sagte Murat, wandte sich zu einem Herrn seiner Suite und befahl, vier leichte Geschütze auffahren zu lassen und das Tor zu beschießen.

Die Artillerie löste sich im Trabe von der Kolonne hinter Murat und fuhr über den Arbatplatz. Am Ende der Wosdwishenkastraße machte sie halt und nahm auf dem Platze Aufstellung. Einige französische Offiziere gaben ihre Kommandos, wiesen den einzelnen

Kanonen ihre Plätze an und betrachteten sich den Kreml durch ein Fernrohr.

Im Kreml wurde zur Vesper geläutet, und dieser Klang machte die Franzosen bestürzt. Sie glaubten, die Glocken riefen das Volk zu den Waffen. Ein Offizier ging mit einer kleinen Infanterieabteilung im Laufschritt auf das Kutafjewskijator zu. Dieses Tor war mit Balken und Holzplanken verrammelt. Als der Offizier mit seinem Kommando nicht mehr weit vom Tore war, fielen zwei Gewehrschüsse. Der General, der bei den Kanonen hielt, schrie dem Offizier einen Befehl zu, und der Offizier kehrte mit seinen Leuten im Laufschritt zurück.

Aus dem Tor kamen noch drei Schüsse. Einer von ihnen streifte einen französischen Soldaten am Bein, und jetzt hörte man hinter den Balken und Planken des Tores ein paar Stimmen ein sonderbares Geschrei erheben. Wie auf Kommando verließ der Ausdruck heiterer Ruhe die Gesichter des Generals, der französischen Offiziere und Mannschaften, und an seine Stelle trat der konzentrierte, feste Ausdruck der Kampfes- und Leidensbereitschaft. Für sie alle, vom Marschall bis zum letzten Soldaten, war diese Örtlichkeit nicht die Wosdwishenkastraße und die Mochowajastraße, nicht das Kutafjewskijator und das Troizkijator, sondern es war für sie ein neues Schlachtfeld, Stätte eines aller Voraussicht nach schweren und blutigen Kampfes. Und zu diesem Kampf schickten sich nun alle an. Das Geschrei hinter der Barrikade im Tor war verstummt. Die Geschütze wurden noch weiter vorgeschoben. Die Artilleristen fachten die glimmenden Lunten an. Der Offizier kommandierte: „Feu!",[1] und nun gab es gleich nacheinander zwei metallisch aufpfeifende Geräusche. Die Kartätschenkugeln krachten gegen das steinerne Tor, gegen die Balken und Holzplanken, und zwei Rauchwolken stiegen schwankend über den Platz in die Höhe.

Ein paar Augenblicke, nachdem das Einschlagen im Kreml verstummt war, hörten die Franzosen einen merkwürdigen Ton über ihren Köpfen. Ein riesiger Dohlenschwarm war über den Mauern aufgestiegen und kreiste mit tausendfachem Flügelschlag und Gekrächze in der Luft. Gleichzeitig kam aus dem Tor der Schrei einer einzelnen Menschenstimme, und aus dem Rauch tauchte die Gestalt eines barhäuptigen Menschen im Kaftan auf. Er hatte ein Gewehr in der Hand und zielte jetzt auf die Franzosen. „Feu!" kommandierte der Artillerieoffizier wieder, und nun fielen ein Gewehrschuß und zwei Kanonenschüsse zugleich. Wieder verhüllte der Pulverdampf das Tor.

Hinter der Barrikade rührte sich jetzt nichts mehr, und einige französische Infanterieoffiziere gingen mit ihren Leuten hin. Im

[1] Feuer!

Tor lagen drei Verwundete und vier Tote. Zwei Leute in Kaftans liefen an den Mauern entlang auf die Snamenkastraße zu.

„Enlevez=moi ça",[1] sagte ein Offizier und zeigte dabei auf die Balken und Leichname. Die Franzosen töteten die Verwundeten und warfen sie über die Mauer.

Wer diese Leute waren, wußte niemand. „Enlevez=moi ça", das war das einzige Wort, das ihretwegen gesprochen wurde, und dann wurden sie beiseite geschafft und weggeworfen, damit sie nicht stanken. Nur Thiers hat ihrem Andenken ein paar schön geschwungene Zeilen gewidmet: „Ces misérables avaient envahi la citadelle sacrée, s'étaient emparés des fusils de l'arsenal et tiraient (ces misérables) sur les Français ... On en sabra quelques=uns et on purgea le Kremlin de leur présence."[2]

An Murat wurde Meldung geschickt, der Weg sei frei. Die Franzosen passierten das Tor und lagerten sich auf dem Senatsplatze. Die Soldaten warfen Stühle zu den Fenstern des Senatsgebäudes hinaus auf den Platz und benutzten sie dann zum Feueranmachen.

Andere Abteilungen passierten den Kreml und richteten sich in den Häusern der Marossejka=, Lubjanka=, Prokowkastraße ein, wieder andere in der Wosdwishenka, Snamenka, Nikolskaja und Twerskaja. Nirgends trafen die Franzosen Hauswirte an, und so richteten sie sich nicht ein, wie man es sonst in städtischen Quartieren tut, sondern eher wie in einem Lager, das diesmal nur zufällig inmitten einer Stadt aufgeschlagen war.

Die französischen Truppen waren zwar abgelumpt, hungrig, erschöpft und machten nur noch die Hälfte ihres früheren Bestandes aus, als sie in Moskau einrückten, doch vollzog sich der Einmarsch noch durchaus in straffer militärischer Ordnung. Es war ein erschöpftes, stark mitgenommenes, immer aber noch kampffähiges und bedrohliches Heer. Aber ein Heer blieb es nur bis zu dem Augenblick, in welchem die Leute dieses Heeres sich in die Quartiere zerstreuten. Mit dem Augenblick, da die Leute der einzelnen Regimenter sich auf die leerstehenden reichen Häuser verteilt hatten, hatte das Heer endgültig aufgehört zu bestehen, und an seiner Stelle gab es nur noch jenes Mittelding zwischen Zivilisten und Soldaten, das man als Marodeure bezeichnet. Als dieselben Leute fünf Wochen später Moskau verließen, bildeten sie keine Armee mehr. Es war nur noch ein Haufen von Marodeuren, deren jeder mit sich eine wirre Menge von allerlei Sachen schleppte oder fuhr, die ihm wertvoll oder sogar notwendig schienen. Als diese Leute Moskau verließen, dachte keiner

[1] Schafft das weg.

[2] Diese Elenden hatten die heilige Zitadelle überfallen, hatten sich der Gewehre des Arsenals bemächtigt (diese Elenden) und schossen auf die Franzosen ... Man machte einige von ihnen nieder und säuberte den Kreml von ihnen.

von ihnen wie früher daran, sich etwas zu erkämpfen, sondern nur noch daran, das Gewonnene festzuhalten. Wie der Affe, der die Hand in den engen Hals eines Kruges gesteckt und so viel Nüsse, wie er greifen konnte, gepackt hat und nun die Faust nicht aufmachen will, um das Erwischte nicht fahrenlassen zu müssen, und damit sein Schicksal besiegelt, so mußten die Franzosen beim Abmarsch von Moskau zugrunde gehen, weil sie das Geraubte mit sich schleppten, allein sich ebensowenig von dem Geraubten trennen konnten, wie der Affe es über sich gewinnt, sich von seinen Nüssen zu trennen. Zehn Minuten nach dem Einmarsch irgendeines beliebigen Regiments in irgendein beliebiges Moskauer Stadtviertel hatte dieses Regiment keinen einzigen Soldaten und keinen einzigen Offizier mehr. Durch die Fenster sah man Leute in Soldatenmänteln und Stiefeletten lachend in den Zimmern herumgehen, in Kellern und Vorratskammern wirtschafteten ebensolche Leute unter den Lebensmitteln herum, auf den Höfen öffneten oder zertrümmerten ebensolche Leute die Schuppen- und Stalltore, in den Küchen machten sie Feuer, buken mit aufgekrempelten Ärmeln, kneteten und kochten, trieben ihren Mutwillen mit Frauen und Kindern, schreckten sie, brachten sie zum Lachen und taten zärtlich mit ihnen. Solche Leute gab es überall, in Kaufläden und Häusern, ein Heer aber gab es nicht mehr.

Am gleichen Tage erließen die französischen Kommandobehörden Befehle über Befehle: es sollte den Truppen untersagt werden, sich in der Stadt herumzutreiben, alle Gewalttätigkeiten gegen die Bevölkerung, alles Marodieren sollte streng verboten werden, noch am gleichen Abend sollte ein allgemeiner Appell stattfinden. Trotz all diesen Maßnahmen ergossen sich die Leute, die bisher ein Heer gebildet hatten, wie es ihnen gefiel, über die reiche, mit allen Bequemlichkeiten und Vorräten versehene, verlassene Stadt. Wie eine hungrige Herde wohl geschlossen über ein abgegrastes Feld zieht, aber unaufhaltsam auseinanderschwärmt, sobald sie an eine fette Weide kommt, so schwärmten auch die Soldaten in der reichen Stadt unaufhaltsam auseinander.

Einwohner gab es in Moskau kaum mehr, und die Soldaten, die zuerst in den Kreml gelangt waren, lösten sich von hier aus strahlenförmig über die Stadt hin auf und versickerten wie Wassertropfen im Sande. Kavalleristen kamen in ein verlassenes, aber noch mit allen Habseligkeiten gefülltes Kaufmannshaus und fanden hier nicht nur Stallungen für ihre Pferde, sondern im Überfluß auch alles, was sie sich nur wünschen konnten, gingen aber trotzdem in ein Haus nebenan, das ihnen noch besser schien. Viele belegten mehrere Häuser gleichzeitig, beschlagnahmten sie mit Hilfe von Kreideaufschriften für sich und zankten und schlugen sich ihretwegen mit anderen Formationen. Ohne sich noch endgültig einquartiert zu haben, stürzten die Soldaten wieder auf die Straße, um sich die Stadt anzusehen, und da es hieß, alles sei verlassen, so drängten sie dorthin, wo es herrenlose Wertgegenstände geben sollte. Die Offiziere wollten den Soldaten Einhalt tun und wurden doch wider Willen selbst mit hineingezogen. In der Gegend der Wagenfabriken fanden sich noch ganze Lager von Equipagen, und hier wimmelte es von Generälen, die sich Kaleschen und Kutschen aussuchten. Die zurückgebliebenen Einwohner luden die Offiziere zu sich ins Quartier, um dadurch vor Plünderung gesichert zu sein. Wertgegenstände gab es in Riesenmengen, und es ließ sich gar kein Ende absehen, hinter den von den Franzosen bereits durchsuchten Vierteln lagen immer noch neue, unerforschte und unbesetzte, in denen es noch ganz andere Reichtümer geben mußte. Und auf diese Weise schluckte Moskau die Franzosen tiefer und tiefer ein. Wenn sich Wasser auf trockne Erde ergießt, so verschwindet sowohl das Wasser als auch die trockene Erde: genauso verschwand, in die reiche, verlassene Stadt einmarschiert, das hungrige Heer und zugleich die reiche Stadt, und wie an Stelle von Wasser und Erde nur noch Schmutz nachbleibt, so blieben an Stelle des Heeres und der Stadt nur Marodeurhaufen und Brandstätten übrig.

*

Die Franzosen haben den Brand Moskaus au patriotisme féroce de Rastoptchine[1], die Russen der Zerstörungswut der Franzosen zugeschrieben. In Wirklichkeit gibt es keine Ursachen für den Brand Moskaus in dem Sinne, daß man diesen Brand einem oder auch mehreren einzelnen Menschen zur Last legen könnte, und konnte sie auch nicht geben. Moskau ist abgebrannt, weil es in eine Lage gekommen war, in der jede hölzerne Stadt abbrennen muß, unabhängig davon, ob es in ihr hundertdreißig minderwertige Feuerspritzen gibt oder nicht. Moskau mußte abbrennen, weil die Einwohner es verlassen hatten, und zwar mit derselben Notwendigkeit, mit der ein Haufen Hobelspäne abbrennen muß, auf den mehrere Tage lang ununterbrochen Feuerfunken gefallen sind. Eine hölzerne Stadt, in welcher fast jeden Tag Feuersbrünste vorkommen, obwohl die Hauseigentümer und die Polizeibehörden zur Stelle sind, muß unter allen Umständen abbrennen, wenn an Stelle der Einwohner nur noch Soldaten da sind, die ihre Pfeifen rauchen, ihre Lagerfeuer auf dem Senatsplatze mit Senatsstühlen anzünden und sich zweimal täglich ihr Essen kochen. Man braucht nur in Friedenszeiten in die Dörfer einer bestimmten Gegend Rußlands Militär einzuquartieren,

[1] dem wilden Patriotismus Rastoptschins.

und die Zahl der Feuersbrünste in dieser Gegend steigt sofort. Wie groß muß da erst die Wahrscheinlichkeit von Feuersbrünsten in einer von ihren Einwohnern verlassenen hölzernen Stadt sein, in der eine fremde Armee liegt? Le patriotisme féroce de Rastoptchine und die Zerstörungswut der Franzosen haben daran keine Schuld. Moskau ist abgebrannt wegen der Tabakspfeifen, wegen der Küchen, wegen der Lagerfeuer, wegen der Unachtsamkeit der feindlichen Soldaten, die in Häusern wohnten, ohne deren Eigentümer zu sein. Wenn auch Brandstiftungen vorgekommen sein sollten — was aber durchaus zweifelhaft ist, weil niemand einen Grund zu Brandstiftungen hatte, sondern sich damit nur selbst Scherereien und Gefahren ausgesetzt hätte —, so kann man doch in diesen Brandstiftungen niemals den Grund für den Brand Moskaus suchen, der auch ohne sie genauso hätte vor sich gehen müssen.

Wie verführerisch es für die Franzosen auch sein mag, Rastoptschins grausame Härte verantwortlich zu machen, oder für die Russen von damals, dem bösen Napoleon den Brand Moskaus zur Last zu legen, oder für die Russen späterer Zeiten, die heroische Fackel ihrem Volk in die Hand zu geben — es ist doch mit Händen zu greifen, daß der Brand eine so unmittelbare Ursache überhaupt nicht haben konnte, weil Moskau abbrennen mußte, wie jedes Dorf, jede Fabrik, jedes Haus abbrennen muß, das die Einwohner verlassen und fremden Leuten zum Herumwirtschaften und Grützekochen preisgegeben haben. Moskau ist von seinen Einwohnern in Brand gesteckt worden, das stimmt, aber nicht von den zurückgebliebenen, sondern von den geflüchteten. Vom Feinde besetzt, blieb Moskau nur deshalb nicht wie Berlin, Wien und andere Städte unversehrt, weil seine Einwohner den Franzosen nicht Salz und Brot entgegengebracht und die Stadtschlüssel überreicht hatten, sondern fortgegangen waren.

XXVII

Jener Vorgang der Einsaugung der strahlenförmig über Moskau ergossenen Franzosen erreichte das Viertel, in dem Pierre jetzt wohnte, erst gegen Abend.

Nach diesen zwei letzten so ganz einsam und fern von allem Gewohnten verbrachten Tagen befand sich Pierre in einem Zustande, der bereits an Wahnsinn grenzte. Sein ganzes Wesen stand unter der Herrschaft eines einzigen Gedankens, von dem er sich nicht mehr freimachen konnte. Wie und wann dieser Gedanke die Herrschaft über ihn gewonnen hatte, das wußte er selbst nicht, aber dieser Gedanke hatte eine solche Gewalt über ihn, daß er sich an nichts

Vergangenes mehr erinnern und nichts Gegenwärtiges mehr begreifen konnte; alles, was er sah und hörte, glitt an ihm vorbei wie an einem Träumenden.

Pierre hatte sein Haus nur verlassen, um sich von dem unentwirrbaren Durcheinander loszumachen, als welches sich ihm das Leben mit allen seinen Anforderungen jetzt darstellte, von diesem Durcheinander, dem er sich nicht gewachsen fühlte. Daß er die Bücher und Papiere des Verstorbenen hatte ordnen wollen, das war nur ein Vorwand gewesen; in Wirklichkeit war er in Iossif Alexejewitschs Wohnung gefahren, weil es ihn nach einem stillen Zufluchtsort, abseits von aller Lebensunruhe, verlangte, und weil sich für ihn die Erinnerung an Iossif Alexejewitsch mit der Vorstellung von einer Welt auf das Ewige gerichteter, ruhiger und feierlicher Gedanken verband, einer Welt, die den geraden Gegensatz bildete zu dem unruhevollen Durcheinander, in das er sich hineingezogen fühlte. Wenn er nach einem stillen Zufluchtsort gesucht hatte, so hatte er einen solchen in Iossif Alexejewitschs Kabinett wirklich gefunden. Als er sich in der Totenstille des Kabinetts mit aufgestützten Ellbogen vor dem staubbedeckten Schreibtisch des Verstorbenen niedergelassen hatte, da waren alle die Erinnerungen der letzten Tage eine nach der anderen ruhig und bedeutsam vor seiner Einbildungskraft aufgestiegen, besonders die Erinnerung an die Schlacht von Borodino und an das übermächtige Gefühl der eigenen Nichtigkeit und Verlogenheit angesichts der Wahrhaftigkeit, Einfalt und Stärke jener Art von Menschen, die sich unter der Bezeichnung „sie" seinem Herzen so tief eingeprägt hatten. Von Gerassim aus seinem Hinbrüten geweckt, hatte Pierre den Entschluß gefaßt, an der Verteidigung Moskaus durch das ganze Volk, die, wie er wußte, geplant war, teilzunehmen. Und darum hatte er auch Gerassim gebeten, ihm einen Kaftan und eine Pistole zu besorgen, und ihm eröffnet, er gedenke, ohne daß sein Name bekannt werden solle, in Iossif Alexejewitschs Hause zu bleiben. Ab und zu vergebens bemüht, seine Aufmerksamkeit auf die maurerischen Manuskripte zu richten, hatte Pierre den ersten Tag einsam und untätig hingebracht, und während dieses Tages war ihm abermals jener alte Gedanke an die kabbalistische Bedeutung seines Namens in Verbindung mit dem Namen Bonapartes einige Male verworren durch den Sinn gegangen, doch war dieser Gedanke, er, l'Russe Besuhof, sei von der Vorsehung dazu erkoren, der Macht des Tieres ein Ende zu setzen, zunächst noch nicht mehr gewesen als eine jener traumhaft ungreifbaren Vorstellungen, die unsere Einbildungkraft manchmal im Vorbeigleiten flüchtig streifen, ohne einen erkennbaren Grund zu haben oder fortwirkende Spuren zu hinterlassen.

Als Pierre sich — lediglich im Hinblick auf seine Teilnahme an der volkstümlichen Verteidigung Moskaus – den Kaftan gekauft hatte und darauf den Rostows begegnet war und Natascha zu ihm gesagt hatte: „Sie bleiben hier? Ach, wie schön ist das!" – da war plötzlich der Gedanke in ihm aufgestiegen, wie schön es wirklich wäre, selbst für den Fall, daß Moskau genommen würde, wenn er zurückbliebe und täte, wozu ihn die Vorsehung erkoren habe.

Am folgenden Tage ging er auf die Drei Berge hinaus und konnte an nichts denken als an das eine, daß er sich selbst nicht schonen und in nichts hinter „ihnen" zurückstehen wollte. Als er dann aber die Überzeugung gewonnen hatte, daß Moskau doch nicht verteidigt werden würde, und nun nach Hause zurückkehrte, da fühlte er plötzlich, daß, was sich ihm bisher als bloße Möglichkeit dargestellt hatte, jetzt eine unumgängliche Notwendigkeit geworden war. Er mußte, ohne daß sein Name bekannt wurde, in Moskau zurückbleiben, mußte an Napoleon herankommen, ihn töten und damit dem Unglück ganz Europas, das seiner Meinung nach in Napoleon den alleinigen Ausgangspunkt hatte, ein Ende machen oder selbst dabei sein Leben verlieren.

Pierre kannte alle Einzelheiten des von einem deutschen Studenten 1809 in Wien auf Bonaparte gemachten Attentates und wußte auch, daß dieser Student erschossen worden war. Allein die Gefahr, der er sein Leben bei der Ausübung seiner Absicht aussetzte, stachelte ihn nur noch mehr an.

Zwei Empfindungen von gleicher Stärke drängten Pierre unaufhaltsam dieser Tat entgegen. Die erste sagte ihm, inmitten des allgemeinen Unglücks solle und müsse auch er Opfer bringen und Leiden auf sich nehmen; es war die gleiche, die ihn am 25. nach Moshaisk hatte fahren und dann mitten in den Brennpunkt der Schlacht reiten und jetzt aus seinem Hause fliehen lassen, die gleiche, die ihn nun fern von allem gewohnten Luxus und allen Annehmlichkeiten des Lebens unausgekleidet auf einem harten Diwan schlafen und Gerassims Nahrung teilen ließ. Die zweite war jenes unbestimmbare, ausschließlich dem Russen eigene Gefühl der Verachtung alles von Menschen Zurechtgemachten, Gekünstelten und Konventionellen, alles dessen, was der Mehrzahl der Menschen als höchstes Glück der Welt gilt. Zum erstenmal hatte Pierre dieses merkwürdig bezaubernde Gefühl im Slobodskij-Palais empfunden, als ihn plötzlich die Erkenntnis durchzuckt hatte, daß der Wert des Reichtums, der Macht, ja des Lebens selbst, überhaupt alles dessen, was die Menschen so eifrig zu erlangen und zu bewahren trachten, wenn es überhaupt einen Wert hat, nur darin liegt, daß es so herrlich ist, dieses alles von sich zu werfen.

Es war das Gefühl, das den freiwillig unter die Soldaten gehenden Rekruten seine letzte Kopeke vertrinken heißt, das den Betrunkenen treibt, Spiegel und Glasscheiben ohne jeden äußerlich erkennbaren Grund zu zertrümmern, obgleich er doch weiß, daß es ihn sein letztes Geld kosten wird, jenes Gefühl, auf Grund dessen der Mensch Taten verrichtet, die, im Sinne des Alltages genommen, vollkommen hirnlos sind, als wolle er seine persönliche Macht und Stärke damit prüfen und die Existenz eines höheren, jenseits aller menschlichen Lebensbedingungen stehenden Gerichtes über Leben und Tod dartun.

Dieses Gefühl hatte beständig auf Pierre eingewirkt, seit er es damals im Slobodskij=Palais zum ersten Male empfunden hatte, aber erst jetzt überließ er sich ihm ganz. Zudem war Pierre jetzt durch alles, was er bereits in dieser Richtung getan hatte, in seiner Absicht bestärkt worden und der Möglichkeit, sich von ihr loszusagen, verlustig gegangen. Seine Flucht von Hause und sein Kaftan und seine Pistole und seine Rostows gegenüber abgegebene Erklärung, er bleibe in Moskau – alles das hatte nicht nur seinen Sinn verloren, sondern wäre auch verächtlich und lächerlich geworden, wenn er nach all diesem ebenso wie die anderen von Moskau abgereist wäre. Was das Lächerliche angeht, war Pierre sehr feinfühlig.

Mit Pierres seelischem Zustand fiel, wie das ja immer ist, sein körperlicher zusammen. Die ungewohnte grobe Nahrung, der Schnaps, den er in diesen Tagen trank, das Entbehren des Weines und der Zigarren, die schmutzige, nicht gewechselte Wäsche, die halb schlaflosen, auf dem kurzen Diwan ohne Daunenkissen verbrachten zwei Nächte, das alles erhielt Pierre in einem Zustande von Nervenüberreizung, der an Geistesgestörtheit grenzte.

*

Es war bereits zwei Uhr nachmittags. Die Franzosen waren schon einmarschiert. Pierre wußte das, tat aber nichts, sondern dachte nur an sein Vorhaben und suchte sich auch über die geringsten Einzelheiten klarzuwerden. Pierre malte sich in diesen Träumereien nicht so sehr den eigentlichen Hergang des Attentats oder den Tod Napoleons aus, sondern stellte sich mit sehr großer Klarheit und mit einer Art wehmütigen Glücksgefühls seinen eigenen Untergang und den heroischen Mannesmut vor, den er dabei an den Tag legen wollte.

„Ja, einer für alle! Ich muß es vollbringen oder dabei untergehen!" dachte er. „Ja, ich werde hingehen ... und dann plötzlich ... Aber Pistole oder Dolch? Ach, das ist einerlei. Und dann werde ich sagen: Nicht ich, sondern die Hand der Vorsehung richtet dich hin." So legte sich Pierre zurecht, was er sagen wollte, während er Napoleon tötete. „Gut, nehmt mich nur und richtet mich hin!" sagte Pierre dann mit trüber, aber fester Miene und ließ den Kopf sinken.

Während Pierre, mit solchen Gedankengängen beschäftigt, in=

mitten des Zimmers dastand, öffnete sich die Tür des Kabinetts, und auf der Schwelle erschien Makar Alexejewitsch; der früher immer so schüchterne Mann war völlig verwandelt.

Sein Schlafrock stand offen. Sein Gesicht war rot und fast unkenntlich. Offenbar war er betrunken. Als er Pierre sah, geriet er für einen Augenblick in Verlegenheit, dann aber gewahrte er den Ausdruck der Verwirrung auf Pierres Gesicht, wurde nun gleich kecker und schwankte auf seinen dünnen Beinen bis in die Mitte des Zimmers.

„Alle haben sie es mit der Angst gekriegt", sagte er zutraulich mit seiner heiseren Stimme. „Aber ich erkläre: ich ergebe mich nicht! Jawohl, das erkläre ich! Habe ich nicht recht, mein verehrter Herr?"

Er blieb einen Augenblick in Gedanken stehen, dann sah er die Pistole auf dem Tisch liegen, riß sie mit einer Geschwindigkeit, die niemand bei ihm gesucht hätte, an sich und stürzte auf den Korridor hinaus.

Gerassim und der Hausknecht, die Makar Alexejewitsch nachgegangen waren, hielten ihn auf dem Flur an und wollten ihm die Pistole wegnehmen. Pierre war auf den Korridor gegangen und sah den halb wahnsinnigen Greis mitleidig und angeekelt zugleich an. Das Gesicht vor Anstrengung verzerrt, hielt Makar Alexejewitsch die Pistole fest und schrie dabei mit seiner heiseren Stimme, augenscheinlich erfüllt von irgendwelchen unklaren heroischen Phantasien.

„Zu den Waffen! Klar zum Entern! Bilde dir nur nichts ein, du kriegst sie nicht!" schrie er.

„Aber lassen Sie doch nur, bitte, lassen Sie doch! Seien Sie doch so gut, bitte, lassen Sie doch. Bitte, bitte, gnädiger Herr", sagte Gerassim und versuchte Makar Alexejewitsch an den Ellbogen vorsichtig zur Tür zu lancieren.

„Wer bist du denn? Bonaparte bist du!" schrie Makar Alexejewitsch.

„Aber so müssen Sie doch nicht sein, gnädiger Herr. Bemühen Sie sich doch bitte ins Zimmer und erholen Sie sich erst einmal. Bitte, lassen Sie mir doch die kleine Pistole."

„Weg, elender Sklave! Rühre mich nicht an! Siehst du nicht, was ich hier habe?" schrie Makar Alexejewitsch und schwang die Pistole. „Klar zum Entern!"

„Los, pack an!" flüsterte Gerassim dem Hausknecht zu.

Sie packten Makar Alexejewitsch an den Armen und wollten ihn zur Tür schleppen. Der ganze Flur war voll von wildem Getobe und dem betrunkenen, heiseren Geschrei der überschnappenden Stimme.

Plötzlich kam von der Haustür her ein neuer durchdringender Schrei, diesmal der einer Frauenstimme, und gleich darauf stürzte die Köchin in den Flur.

„Sie sind da! Väterchen! Bei Gott, sie sind da! Vier Mann hoch, mit Pferden!" schrie sie.

Gerassim und der Hausknecht ließen von Makar Alexejewitsch ab, es wurde plötzlich still im Korridor, und nun hörte man deutlich das Pochen mehrerer Hände an der Haustür.

XXVIII

Pierre, der es sich in den Kopf gesetzt hatte, bis zur Ausführung seiner Absicht seinen Stand und seine Kenntnis der französischen Sprache geheimzuhalten, da er das aus irgendeinem Grunde für notwendig hielt, stand in der halboffenen Korridortür und gedachte sich sofort zu verstecken, sobald die Franzosen hereinkämen. Aber obwohl die Franzosen hereinkamen, verließ Pierre seinen Platz an der Tür doch nicht, weil ihn eine unüberwindliche Neugier festbannte.

Es waren zwei, ein Offizier, ein hochgewachsener, schöner, martialisch aussehender Mann, und ein untersetzter, magerer, sonnverbrannter Mensch, mit eingefallenen Wangen und stumpfem Gesicht, offenbar der Bursche des ersten. Auf seinen Stock gestützt, tat der Offizier, leicht hinkend, einige Schritte. Darauf schien er sich zu sagen, daß dieses Quartier das richtige sei, er blieb stehen, wandte sich um und rief den draußen vor der Tür gebliebenen Soldaten mit lauter befehlsgewohnter Stimme zu, sie sollten die Pferde einstellen. Nun strich er sich mit einer flotten Bewegung, den Ellbogen hoch emporgewinkelt, den Schnurrbart glatt und hob die Hand an den Hut.

„Bonjour, la compagnie!" [1] sagte er munter und sah sich lächelnd um. Niemand antwortete.

„Vous êtes le bourgeois?" [2] wandte er sich an Gerassim.

Gerassim sah den Offizier ängstlich und fragend an.

„Quartier, quartier, logement", sagte der Offizier und musterte den kleinen Alten von Kopf zu Füßen mit einem leutseligen und gutmütigen Lächeln. „Les Français sont de bons enfants, que diable! Voyons! Ne nous fâchons pas, mon vieux",[3] setzte er hinzu und klopfte dem ängstlich und stumm dastehenden Gerassim auf die Schulter.

„A ça! Dites donc, on ne parle donc pas français dans cette boutique",[4] fuhr er fort und sah sich um. Dabei begegnete sein Blick den Augen Pierres. Pierre zog sich zurück.

[1] Guten Tag, die Herrschaften.
[2] Sind Sie der Herr des Hauses?
[3] Quartier, Quartier, Unterkunft . . . Die Franzosen sind verteufelt gute Burschen. Wir wollen mal sehen. Nicht ärgerlich werden, mein Alter.
[4] Sagen Sie mal, spricht denn niemand Französisch in dieser Bude?

Der Offizier wandte sich wieder an Gerassim und verlangte von ihm, er möchte ihm die Zimmer im Hause zeigen.

„Der Herr ist nicht da ... Nix verstehen ... ich nicht wissen ..." sagte Gerassim und glaubte sich dadurch verständlicher zu machen, daß er absichtlich ein verstümmeltes Russisch sprach. Der französische Offizier lächelte, wedelte dicht vor Gerassim mit den Armen und gab ihm auf diese Weise zu verstehen, daß auch seine Worte ihm unverständlich geblieben waren. Darauf humpelte er auf die Tür zu, an der Pierre stand. Pierre wollte sich davonmachen und sich verkriechen, allein in diesem Augenblick sah er Makar Alexejewitsch mit der Pistole in der Hand in der plötzlich geöffneten Küchentür auftauchen. Mit der pfiffigen Verschlagenheit des Geistesgestörten musterte Makar Alexejewitsch den Franzosen, hob dann die Pistole und zielte.

„Klar zum Entern!" schrie der Betrunkene und tastete mit dem Zeigefinger nach dem Abzug. Der französische Offizier hörte den Schrei, wandte sich um, und im gleichen Augenblick warf Pierre sich auf den Betrunkenen. Im gleichen Augenblick, in welchem Pierre die Pistole zu fassen bekam und nach oben riß, hatte Makar Alexejewitsch endlich den Abzug gefunden, und nun krachte ein betäubender und alle Anwesenden in Pulverdampf einhüllender Schuß. Der Franzose war blaß geworden und stürzte zurück zur Tür.

Pierre vergaß völlig, daß er sich vorgenommen hatte, seine Kenntnis des Französischen geheimzuhalten, rannte, nachdem er dem Wahnsinnigen die Pistole entrissen und sie fortgeworfen hatte, auf den Offizier zu und fragte:

„Vous n'êtes pas blessé?" [1]

„Je crois que non",[2] antwortete der Offizier und befühlte seine Gliedmaßen. „Mais je l'ai manqué belle cette fois-ci", setzte er hinzu und wies auf die abgeschlagene Stukkatur an der Wand. „Quel est cet homme?" [3] fragte er dann und sah Pierre streng an.

„Ah, je suis vraiment au désespoir de ce qui vient d'arriver", sagte Pierre hastig und hatte nun ganz vergessen, welche Rolle er eigentlich hatte spielen wollen. „C'est un fou, un malheureux, qui ne savait pas ce qu'il faisait." [4]

Der Offizier ging auf Makar Alexejewitsch zu und packte ihn am Kragen.

Makar Alexejewitsch ließ die Lippen auseinanderfallen wie ein Einschlafender, taumelte und lehnte sich an die Wand.

„Brigand, tu me la payeras!" sagte der Franzose und zog die

[1] Sie sind doch nicht verwundet?
[2] Ich glaube es nicht ...
[3] Diesmal bin ich mit knapper Not davongekommen ... Wer ist dieser Mann?
[4] Ach, ich bin wirklich verzweifelt über das, was soeben geschehen ist. Das ist ein armer Irrer, der nicht weiß, was er getan hat.

Hand wieder zurück. „Nous autres, nous sommes cléments après la victoire, mais nous ne pardonnons pas aux traîtres",[1] setzte er mit einer Miene von düsterer Feierlichkeit und einer energischen und eleganten Handbewegung dazu.

Pierre drang in den französischen Offizier mit Bitten, er möchte doch diesen betrunkenen, seines Verstandes nicht mächtigen Menschen nicht für seine Tat haftbar machen. Der Franzose hörte ihm eine Weile schweigend zu, ohne daß seine finstere Miene sich aufgehellt hätte. Dann hob er plötzlich mit einem Lächeln den Blick zu Pierre und betrachtete ihn einige Sekunden lang, ohne ein Wort zu sagen. Sein hübsches Gesicht nahm einen Ausdruck von pathetischer Rührung an, und er streckte Pierre die Hand hin.

„Vous m'avez sauvé la vie. Vous êtes Français",[2] sagte er.

Für einen Franzosen war dieser Schluß nur folgerecht. Eine große Tat konnte nur ein Franzose vollbringen, und dem Monsieur Rambal, Kapitän im 13. leichten Reiterregiment das Leben retten, das war zweifellos eine sehr, sehr große Tat.

Wie folgerecht dieser Schluß und die auf ihm aufgebaute Überzeugung des Offiziers aber auch waren, Pierre hielt es doch für notwendig, ihn zu enttäuschen.

„Je suis Russe",[3] sagte er rasch.

„A d'autres, à d'autres!" antwortete der Franzose lächelnd und gestikulierte mit dem Zeigefinger vor seiner Nase hin und her. „Tout à l'heure vous allez me conter ça. Charmé de rencontrer un compatriote. — Eh bien, qu'allons-nous faire de cet homme?"[4] fügte er dann hinzu, und diese Frage trug durchaus schon den Ton einer brüderlichen Vertraulichkeit.

Miene und Ton des französischen Offiziers besagten: selbst wenn Pierre kein Franzose sein sollte, so sei ihm doch nun einmal diese Benennung, die höchste auf der Welt, zuteil geworden, und nun könne er sie nicht ablehnen.

Pierre ging auf die letzte Frage des Offiziers ein, erzählte, was es mit Makar Alexejewitsch auf sich hatte, berichtete, daß dieser betrunkene und geistesgestörte Mensch sich unmittelbar vor dem Kommen der Franzosen in den Besitz der geladenen Pistole gebracht habe, die man ihm in der Eile noch nicht habe abnehmen können, und bat, ihn straflos ausgehen zu lassen.

Der Franzose warf sich in die Brust und machte eine wahrhaft kaiserliche Handbewegung.

[1] Du Schurke, dafür wirst du büßen. Wir, wir sind gnädig nach dem Siege, aber Verrätern gegenüber kennen wir keinen Pardon.
[2] Sie haben mir das Leben gerettet. Sie sind Franzose.
[3] Ich bin Russe.
[4] Na, na, das können Sie anderen weismachen. Gleich können Sie es mir erzählen. Ich bin entzückt, einem Landsmann zu begegnen. Was fangen wir aber mit diesem Kerl an?

„Vous m'avez sauvé la vie! Vous êtes Français. Vous me demandez sa grâce? Je vous l'accorde. Qu'on emmène cet homme",[1] sagte der französische Offizier rasch und energisch und nahm Pierre, den er zum Dank für seine Rettertat zum Franzosen befördert hatte, beim Arm, um mit ihm in die Wohnräume zu gehen.

Die Soldaten hatten auf dem Hofe den Schuß gehört, waren in den Flur gekommen, fragten, was es gegeben habe, und bekundeten ihre Bereitwilligkeit, die Schuldigen zu bestrafen. Allein der Offizier sagte nur barsch:

„On vous demandera quand on aura besoin de vous."[2]

Die Soldaten verzogen sich wieder. Der Bursche, der sich inzwischen in aller Eile schon ein wenig in der Küche umgesehen hatte, trat auf seinen Herrn zu.

„Capitaine, ils ont de la soupe et du gigot de mouton dans la cuisine", sagte er. „Faut-il vous l'apporter?"[3]

„Oui, et le vin",[4] antwortete der Kapitän.

XXIX

Als der Franzose und Pierre hineingegangen waren, wollte Pierre, wie er es für seine Pflicht hielt, dem Kapitän noch einmal versichern, daß er kein Franzose war, und sich dann zurückziehen, allein davon wollte der Offizier nichts hören. Er war derartig höflich, liebenswürdig, gutmütig und Pierre für seine Rettertat so aufrichtig dankbar, daß Pierre es nicht fertigbrachte, seine Aufforderung abzulehnen, und sich also mit ihm im Saal niederließ, den sie als ersten Raum der Wohnung betreten hatten. Als Pierre versicherte, er sei kein Franzose, begriff der Kapitän offenbar nicht, wie jemand eine so schmeichelhafte Benennung zurückweisen könne, zuckte die Achseln und sagte, wenn Pierre denn unbedingt für einen Russen gelten wolle, so möge das gut sein, er selbst aber bleibe ihm dessen ungeachtet bis an sein Ende im Gefühl der Dankbarkeit für seine Rettertat verbunden.

Hätte dieser Mensch auch nur im geringsten die Fähigkeiten gehabt, sich in einen anderen hineinzuversetzen, und hätte er auch nur annähernd erraten können, wie es Pierre zumute war, so hätte Pierre sich höchstwahrscheinlich entfernt; allein gegen die unbefangene Munterkeit dieses Menschen, der nichts begriff, was nicht er selbst war, war Pierre wehrlos.

[1] Sie haben mir das Leben gerettet. Sie sind Franzose. Sie bitten für ihn um Gnade? Ich bewillige sie. Führt diesen Menschen ab.
[2] Ich werde euch rufen lassen, wenn ich euch nötig habe.
[3] Kapitän, es gibt Suppe und Hammelkeule in der Küche. Sollen wir Ihnen etwas davon bringen?
[4] Ja, und auch Wein.

„Français ou prince russe incognito", sagte der Franzose und betrachtete Pierres zwar schmutzige, aber feine Wäsche und den Ring an seiner Hand. „Je vous dois la vie et je vous offre mon amitié. Un Français n'oublie jamais ni une insulte ni un service. Je vous offre mon amitié. Je ne vous dis que ça." [1]

Im Klang seiner Stimme, im Ausdruck seines Gesichts, in seinen Bewegungen lag so viel Gutmütigkeit und Hochherzigkeit – im französischen Sinne –, daß Pierre unwillkürlich mit einem Lächeln auf das Lächeln des Franzosen antwortete und die ihm hingestreckte Hand drückte.

„Capitaine Rambal du 13me léger, décoré pour l'affaire du sept", stellte er sich mit einem selbstzufriedenen Lächeln vor, das er nicht unterdrücken konnte und das seine schnurrbartbeschatteten Lippen verzog. „Voudrez-vous bien me dire à présent, à qui j'ai l'honneur de parler aussi agréablement au lieu de rester à l'ambulance avec la balle de ce fou dans le corps!" [2]

Pierre antwortete, er könne seinen Namen nicht nennen, wurde rot und versuchte in seiner Verwirrung gleich darauf, sich einen Namen auszudenken. Es fiel ihm aber keiner ein, und so wollte er von den Gründen sprechen, die ihn an der Nennung seines Namens hinderten, allein der Franzose fiel ihm rasch ins Wort.

„De grâce", sagte er. „Je comprends vos raisons, vous êtes officier ... officier supérieur, peut-être. Vous avez porté les armes contre nous ... Ce n'est pas mon affaire. Je vous dois la vie. Cela me suffit. Je suis tout à vous. Vous êtes gentilhomme?" Pierre neigte bejahend den Kopf. „Votre nom de baptême, s'il vous plaît? Je ne demande pas davantage. Monsieur Pierre, dites-vous ... Parfait. C'est tout ce que je désire savoir." [3]

Nun wurde Hammelfleisch, Rührei, ein Samowar, Schnaps und Wein gebracht, den Wein hatten die Franzosen einem russischen Keller entnommen und mitgebracht. Rambal bat Pierre, seine Mahlzeit zu teilen, und machte sich selbst, wie ein gesunder und hungriger Mensch es tut, gierig und rasch über das Essen her. Er kaute hastig mit seinen kräftigen Zähnen, schmatzte unaufhörlich und

[1] Sind Sie Franzose oder russischer Fürst inkognito. Ich verdanke Ihnen mein Leben, und ich biete Ihnen meine Freundschaft an. Ein Franzose vergißt niemals eine Beleidigung, aber auch keinen Freundschaftsdienst. Ich biete Ihnen meine Freundschaft an. Ich kann Ihnen nur dieses sagen.

[2] Kapitän Rambal vom 13. leichten Reiterregiment, ausgezeichnet für das Gefecht vom 7ten. Wollen Sie so liebenswürdig sein, mir zu sagen, mit wem ich die Ehre habe, mich so angenehm zu unterhalten, anstatt im Lazarett zu liegen mit der Kugel dieses Wahnsinnigen im Körper?

[3] Verzeihung. Ich weiß Ihre Beweggründe zu würdigen. Sie sind Offizier ... vielleicht höherer Offizier. Sie haben die Waffen gegen uns getragen ... Das geht mich nichts an. Ich verdanke Ihnen mein Leben, das genügt mir. Ich bin Ihnen verbunden. Sind Sie Edelmann? Nennen Sie mir bitte Ihren Vornamen. Mehr wünsche ich nicht. Pierre sagen Sie? Sehr gut. Das ist alles, was ich wissen möchte.

sagte einmal über das andere: „Excellent, exquis!“ [1] Sein Gesicht rötete sich und bedeckte sich mit Schweiß. Pierre war hungrig und tat gern mit. Morel, der Bursche, brachte eine Kasserolle mit warmem Wasser und stellte die Rotweinflasche hinein. Außerdem brachte er eine Flasche mit Kwas, die er probeweise aus der Küche genommen hatte. Die Franzosen kannten dies Getränk schon und hatten bereits eine eigene Bezeichnung dafür. Sie nannten es Limonade de cochon [2], und Morel pries diese limonade de cochon, die er in der Küche gefunden hatte. Aber da der Kapitän seinen Wein hatte, der ihm bei seinem Umherstreifen durch Moskau in die Hände gefallen war, so überließ er Morel den Kwas und hielt sich an den Bordeaux. Er schlug die Flasche bis an den Hals in eine Serviette und schenkte sich und Pierre ein. Das reichliche Essen und der Wein machten den Kapitän noch munterer, und so schwatzte er in einem fort.

„Oui, mon cher monsieur Pierre, je vous dois une fière chandelle de m'avoir sauvé ... de cet enragé ... J'en ai assez, voyez-vous, de balles dans le corps. En voilà une“ – er zeigte auf seine Seite – „à Wagram et deux à Smolensk“, er wies auf eine Backennarbe. „Et cette jambe, comme vous voyez, qui ne veut pas marcher. C'est à la grande bataille du 7 à la Moskowa que j'ai reçu ça. Sacré Dieu, c'était beau! Il fallait voir ça, c'était un déluge de feu. Vous nous avez taillé une rude besogne; vous pouvez vous en vanter, nom d'un petit bonhomme. Et, ma parole, malgré la toux, que j'y ai gagnée, je serais prêt à recommencer. Je plains ceux qui n'ont pas vu ça.“ [3]

„J'y ai été“,[4] sagte Pierre.

„Bah, vraiment! Eh bien, tant mieux“, meinte der Franzose. „Vous êtes de fiers ennemis, tout de même. La grande redoute a été tenace, nom d'une pipe. Et vous nous l'avez fait crânement payer. J'y suis allé trois fois, tel que vous me voyez. Trois fois nous étions sur les canons et trois fois on nous a culbutés et comme des capucins de cartes. Oh! c'était beau, monsieur Pierre. Vos grenadiers ont été superbes, tonnere de Dieu. Je les ai vu six fois de suite serrer les rangs et marcher comme à une revue. Les beaux hommes! Notre roi de Naples, qui s'y connaît, a crié: „bravo! Ah! ah! soldats

[1] Ausgezeichnet, ganz vorzüglich.

[2] Schweine-Limonade.

[3] Ja, mein lieber Monsieur Pierre, ich muß eine mächtige Kerze opfern als Dank dafür, daß Sie mich gerettet haben ... vor diesem Tobsüchtigen. Sehen Sie, ich habe schon genug Kugeln in meinem Körper; eine davon bei Wagram und zwei bei Smolensk. Und dieses Bein, das, wie Sie sehen, nicht mehr recht laufen will. In der großen Schlacht an der Moskwa am 7. habe ich diese Wunde davongetragen. Herrgott, das war schön! Sie hätten es sehen müssen, es war ein Meer von Feuer. Sie haben uns hart zugesetzt und Sie können sich dessen rühmen. Und mein Wort darauf, trotz des Hustens, den ich mir dort geholt habe, wäre ich bereit, von vorne anzufangen. Ich bedaure alle diejenigen, welche das nicht gesehen haben.

[4] Ich bin dabeigewesen.

comme nous autres!" sagte er lächelnd nach einer kleinen Pause. „Tant mieux, tant mieux, monsieur Pierre. Terribles à bataille ... galants ...", er zwinkerte lächelnd, „avec les belles, voilà les Français, monsieur Pierre, n'est-ce pas!" [1]

Der Kapitän war so naiv und gutmütig-heiter, so zufrieden mit sich selbst und so ganz aus einem Stück, daß Pierre seinen Blick vergnügt erwidern mußte und beinahe selbst gezwinkert hätte. Augenscheinlich brachte das Wort „galants" die Gedanken des Kapitäns auf die Lage der Stadt Moskau.

„A propos, dites donc, est-ce vrai que toutes les femmes ont quitté Moscou? Une drôle d'idée! Qu'avaient-elles à craindre?" [2]

„Est-ce que les dames françaises ne quitteraient pas Paris, si les Russes y entraient?" [3] sagte Pierre.

„Ah, ah, ah ...!" lachte der Franzose mit der ganzen Heiterkeit des Sanguinikers und klopfte Pierre auf die Schulter. „Ah, elle est forte, celle-là! Paris? ... Mais Paris, Paris ..." [4]

„Paris, la capitale du monde ..." [5], ergänzte Pierre die Worte des Franzosen.

Der Kapitän sah Pierre an. Es war seine Gewohnheit, mitten im Satz innezuhalten und seinen Gesprächspartner mit seinen lachenden, freundlichen Augen eindringlich anzusehen.

„Eh bien, si vous ne m'aviez pas dit que vous êtes Russe, j'aurais parié, que vous êtes Parisien. Vous avez ce je ne sais quoi, ce ..." [6] und nachdem er dieses Kompliment vorgebracht hatte, sah er Pierre wieder schweigend an.

„J'ai été à Paris, j'y ai passé des années",[7] sagte Pierre.

„Oh, ça se voit bien. Paris! ... Un homme, qui ne connaît pas Paris, est un sauvage. Un Parisien, ça se sent à deux lieues. Paris, c'est Talma, la Duchesnois, Potier, la Sorbonne, les boulevards", und da ihm keine weiteren Steigerungsmöglichkeiten einfielen, setzte

1 Pah, wirklich? Nun, um so besser. Ihr seid stolze Feinde gewesen, trotzdem. Die große Schanze hat sich hartnäckig gehalten, potztausend. Sie haben uns dafür mächtig bezahlen lassen. So wie Sie mich hier sehen, bin ich dreimal losgegangen. Dreimal waren wir bis an Ihre Geschütze gekommen und dreimal hat man uns wieder heruntergeworfen wie Pappsoldaten. Oh, das war schön, Monsieur Pierre, Ihre Grenadiere waren großartig, Donnerwetter. Ich habe sie sechsmal hintereinander die Reihen wieder schließen und wie auf einer Parade marschieren sehen. Schöne Kerls! Unser König von Neapel, der sich darauf versteht, rief Bravo! Ah, ah, Soldaten wie wir ... Um so besser, um so besser, Monsieur Pierre ... Schrecklich in der Schlacht, galant bei den Schönen, das sind die Franzosen, Monsieur Pierre, ist es nicht so?

2 Übrigens, sagen Sie mal, ist es wahr, daß alle Frauen Moskau verlassen haben? Schnurriger Gedanke. Was hatten sie zu befürchten?

3 Würden die französischen Damen denn nicht auch Paris verlassen, wenn die Russen einmarschierten?

4 Haha, es ist sehr stark ... Paris ... aber Paris ...

5 Paris, die Hauptstadt der Welt.

6 Na, wenn Sie mir nicht gesagt hätten, Sie seien Russe, so würde ich wetten, Sie wären Pariser. Sie haben dieses gewisse Etwas, dieses ...

7 Ich bin in Paris gewesen ich habe mehrere Jahre dort verlebt.

er rasch hinzu: „il n'y a qu'un Paris au monde. Vous avez été à Paris et vous êtes resté Russe. Eh bien, je ne vous en estime pas moins." [1]

Unter dem Einfluß des Weines und nach mehreren einsam und in düsteren Gedanken verbrachten Tagen empfand Pierre unwillkürlich an der Unterhaltung mit diesem heiteren und gutmütigen Menschen eine Art von Vergnügen.

„Pour en revenir à vos dames, on les dit bien belles. Quelle fichue idée d'aller s'enterrer dans les steppes, quand l'armée francaise est à Moscou. Quelle chance elles ont manquée, celles-là. Vos moujiks, c'est autre chose, mais vous autres, gens civilisés, vous devriez nous connaître mieux que ça. Nous avons pris Vienne, Berlin, Madrid, Naples, Rome, Varsovie, toutes les capitales du monde ... On nous craint, mais on nous aime. Nous sommes bons à connaître. Et puis, l'Empereur ..." [2], wollte er beginnen, aber Pierre fiel ihm ins Wort.

„L'Empereur", wiederholte Pierre, und in sein Gesicht trat ein niedergeschlagener und verlegener Ausdruck. „Est-ce que l'Empereur ..." [3]

„L'Empereur? C'est la générosité, la clémence, la justice, l'ordre, le génie, voilà l'Empereur! C'est moi, Rambal, qui vous le dis ... Tel que vous me voyez, j'étais son ennemi il y a encore huit ans. Mon père a été comte émigré ... Mais il m'a vaincu, cet homme, il m'a empoigné. Je n'ai pas pu résister au spectacle de grandeur et de gloire dont il couvrait la France. Quand j'ai compris ce qu'il voulait, quand j'ai vu, qu'il nous faisait une litière de lauriers, voyez-vous, je me suis dit: voilà un souverain, et je me suis donné à lui. Eh voilà! Oh, oui, mon cher, c'est le plus grand homme des siècles passés et à venir." [4]

[1] Oh, das kann man gut sehen ... Paris ... Ein Mensch, der Paris nicht kennt, ist ein Wilder. Schon auf zwei Meilen erkennt man einen Pariser. Paris ... das ist Talma, die Duchesnois, Potier, die Sorbonne, die Boulevards ... Es gibt nur ein Paris auf der Welt. Sie sind in Paris gewesen und sind Russe geblieben. Nun, ich schätze Sie darum nicht weniger.

[2] Um auf Ihre Damen zurückzukommen, man sagt, daß sie sehr schön seien. Welch ein lächerlicher Einfall, sich in den Steppen zu vergraben, wenn die französische Armee in Moskau ist. Welche Gelegenheit haben sie versäumt! Diese Frauen! Eure Mushiks, das ist ganz was anderes, aber ihr übrigen, ihr zivilisierten Menschen, ihr müßtet uns doch besser kennen. Wir haben alle Hauptstädte der Welt, Wien, Berlin, Madrid, Neapel, Rom, Warschau erobert. Man fürchtet uns, aber man liebt uns. Es ist gut, uns kennenzulernen. Und dann, der Kaiser ...

[3] Der Kaiser — ist der Kaiser ...?

[4] Der Kaiser? Er ist die Freigebigkeit, die Milde, die Gerechtigkeit, die Ordnung, das Genie — das ist der Kaiser. Ich, Rambal, sage es Ihnen. So wie Sie mich hier sehen, war ich noch vor acht Jahren sein Feind. Mein Vater ist ein Graf und emigrierte ... Aber er hat mich besiegt, dieser Mensch. Er hat mich gefesselt. Ich habe dem Anblick von der Größe und dem Ruhme, die er Frankreich schenkte, nicht widerstehen können. Als ich begriffen hatte, was er wollte, als ich gesehen hatte, daß er uns von Lorbeeren eine Ruhestätte bereitete, da sagte ich mir: das ist ein Herrscher, und ich habe mich ihm ergeben. Das ist es. O ja, mein Lieber, es ist der größte Mann der vergangenen und der kommenden Jahrhunderte.

„Est-il à Moscou?" [1] fragte Pierre stockend und mit einem richtigen Verbrechergesicht.

Der Franzose sah Pierres Verbrechergesicht und grinste.

„Non, il fera son entrée demain",[2] sagte er und fuhr dann in seinen Geschichten fort.

Das Gespräch wurde dadurch unterbrochen, daß vom Hauseingang her das Schreien mehrerer Stimmen kam und gleich darauf Morel eintrat und dem Kapitän meldete, Württemberger Husaren seien gekommen und wollten ihre Pferde auf dem gleichen Hof einstellen, auf dem die Pferde des Kapitäns standen. Die Sache sei besonders schwierig, weil die Husaren ja nicht verstünden, was man ihnen sagte.

Der Kapitän ließ den württembergischen Sergeanten kommen und fragte ihn streng, zu welchem Regiment er gehöre, wer sein Kommandeur sei und wie er es sich herausnehmen könne, ein schon besetztes Quartier belegen zu wollen. Der Deutsche, der schlecht Französisch verstand, beantwortete die beiden ersten Fragen mit der Bezeichnung seines Regiments und dem Namen seines Kommandeurs, die letzte Frage verstand er aber nicht, flocht nun verstümmelte französische Worte in sein Deutsch, antwortete, er sei Regimentsquartiermacher und habe von seinem Kommandeur den Befehl erhalten, hier die ganze Häuserreihe zu beschlagnahmen. Pierre konnte Deutsch, übersetzte also dem Kapitän, was der Deutsche sagte, und dem württembergischen Husaren, was der Kapitän zu antworten hatte. Als der Deutsche begriffen hatte, was ihm gesagt wurde, gab er nach und zog sich mit seinen Leuten zurück. Der Kapitän trat in den Hauseingang und gab mit lauter Kommandostimme irgendwelche Befehle.

Als er in den Saal zurückkehrte, saß Pierre immer noch auf dem gleichen Platz, den Kopf in die Hände gestützt. Sein Gesicht trug den Ausdruck des Leidens, und tatsächlich litt er in diesem Augenblick. Als der Kapitän hinausgegangen und Pierre allein geblieben war, da war ihm plötzlich seine eigene Lage und alles Vergessene wieder zum Bewußtsein gekommen. Was ihn in diesem Augenblick so quälte, war nicht, daß Moskau besetzt war, nicht, daß diese glücklichen Sieger in Moskau nach Willkür schalten und walten konnten und ihn mit gönnerhafter Herablassung behandelten, so schwer Pierre das auch empfand. Was ihn quälte, war das Bewußtsein seiner Schwäche. Die wenigen Gläser Wein, die er getrunken hatte und die Unterhaltung mit diesem gutmütigen Menschen hatten Pierre völlig aus der düsteren, in sich gekehrten und verschlossenen Gemütsver-

[1] Ist er in Moskau?
[2] Nein, morgen wird er seinen Einzug halten.

fassung gerissen, in welcher er diese letzten Tage verbracht hatte und deren er zur Ausführung seines Vorhabens unter allen Umständen bedurfte. Pistole, Dolch und Kaftan waren bereit, Napoleon sollte morgen einziehen. Den Urheber aller Untaten zu töten, das dünkte Pierre noch ebenso verdienstvoll und würdig wie zuvor; allein er fühlte, daß er es jetzt nicht mehr vollbringen würde. Warum, wußte er selbst nicht, aber er hatte das Vorgefühl, daß er sein Vorhaben nicht ausführen würde. Er rang mit dem Bewußtsein seiner Schwäche, fühlte aber dunkel, daß er ihrer nicht Herr werden würde und daß sein düsteres Gebäude von Rache-, Mord- und Selbstaufopferungsgedanken bei der ersten Berührung durch einen gleichgültigen Menschen in Staub zusammenfiel.

Leicht hinkend, vor sich hinpfeifend, war der Kapitän wieder eingetreten.

Das Geschwätz des Franzosen, an dem Pierre vorhin seinen Spaß gehabt hatte, erschien ihm jetzt widerlich. Das Liedchen, das er pfiff, sein Gang, die Geste, mit der er sich den Schnurrbart zwirbelte, alles das empfand Pierre jetzt als Beleidigung. „Ich gehe jetzt augenblicklich weg und spreche kein Wort mehr mit ihm", dachte Pierre, aber obwohl er das dachte, blieb er doch auf seinem Platz sitzen. Ein merkwürdiges Gefühl von Schwäche hielt ihn an diesen Platz gebannt. Er wollte aufstehen und fortgehen und brachte es doch nicht zuwege.

Im Gegensatz zu ihm machte der Kapitän einen sehr vergnügten Eindruck. Er promenierte ein wenig im Saal auf und ab. Seine Augen glänzten, und sein Schnurrbart zuckte ein wenig hin und her, als lächle er ganz still für sich über irgendeinen spaßigen Gedanken.

„Charmant", sagte er plötzlich. „Le colonel de ces Wurttembergeois! C'est un Allemand, mais brave garçon, s'il en fût. Mais Allemand." Er setzte sich Pierre gegenüber. „A propos, vous savez donc l'allemand, vous?" [1]

Pierre sah ihn schweigend an.

„Comment dites-vous asile en allemand?" [2]

„Asile?" wiederholte Pierre. „Asile en allemand [3]: Unterkunft."

„Comment dites-vous?" [4] fragte der Kapitän mißtrauisch und rasch.

„Unterkunft", wiederholte Pierre.

„Onterkoff", sagte der Kapitän und sah Pierre einige Sekunden lang mit seinen lachenden Augen an. „Les Allemands sont de fières bêtes. N'est-ce pas, monsieur Pierre? Eh bien, encore une bouteille

[1] Reizend, der Oberst von den Württembergern. Er ist Deutscher, aber dennoch ein tapferer Bursche. Aber ein Deutscher ... Übrigens, verstehen Sie Deutsch?
[2] Was sagen Sie auf deutsch für „asile"?
[3] „Asile?" Asile auf deutsch?
[4] Wie sagen Sie?

de ce bordeaux moscovite, n'est=ce pas? Morel, va nous chauffer encore une petite bouteille. Morel!" [1] rief er vergnügt.

Morel brachte Kerzen und eine Flasche Wein. Der Kapitän sah Pierre beim Kerzenschein an, und offenbar machte ihn jetzt das verstörte Gesicht seines Gesprächspartners stutzig. Rambal kam auf Pierre zu und beugte sich über ihn, aufrichtige Betrübnis und Teil=nahme im Gesicht.

„Eh bien, nous sommes triste", sagte er und berührte Pierres Hand. „Vous aurais=je fait de la peine? Non, vrai, avez=vous quel=que chose contre moi? Peut=être, rapport à la situation?" [2] über=hastete er seine Fragen.

Pierre antwortete nicht, sah dem Franzosen aber freundlich in die Augen. Dieser Ausdruck von Teilnahme tat ihm wohl.

„Parole d'honneur, sans parler de ce que je vous dois, j'ai de l'amitié pour vous. Puis=je faire quelque chose pour vous? Disposez de moi. C'est à la vie et à la mort. C'est la main sur le cœur, que je vous le dis",[3] sagte er und schlug sich gegen die Brust.

„Merci",[4] antwortete Pierre.

Der Kapitän sah Pierre forschend an, ebenso wie damals, als Pierre ihm gesagt hatte, wie asile auf deutsch heißt, und dann leuchtete sein Gesicht plötzlich auf.

„Ah! Dans ce cas je bois à notre amitié!" [5] rief er vergnügt und schenkte beide Gläser voll.

Pierre ergriff sein gefülltes Glas und leerte es. Rambal trank das seine aus, drückte Pierre noch einmal die Hand und stemmte mit einer Miene von gedankenvoller Melancholie die Ellbogen auf den Tisch.

„Oui, mon cher ami, voilà les caprices de la fortune", fing er an. „Qui m'aurait dit, que je serai soldat et capitaine de dragons au service de Bonaparte, comme nous l'appelions jadis. Et cependant me voilà à Moscou avec lui. Il faut vous dire, mon cher", fuhr er im trübseligen, schleppenden Tonfall eines Menschen fort, der sich anschickt, eine lange, lange Geschichte zu erzählen, „que notre nom est l'un des plus anciens de la France." [6]

[1] Die Deutschen sind gewaltige Dummköpfe, nicht wahr, Monsieur Pierre? Also noch eine Flasche von diesem Moskauer Bordeaux, nicht wahr? Morel, wärme uns noch ein Fläschchen an.

[2] Ach, sind wir traurig? Habe ich Ihnen wehgetan? Nein? Haben Sie etwas gegen mich? Steht es vielleicht im Zusammenhang mit der Lage?

[3] Mein Ehrenwort, ganz abgesehen von dem, was ich Ihnen verdanke, ich fühle Freundschaft für Sie. Kann ich irgend etwas für Sie tun? Verfügen Sie über mich. Im Leben wie im Tode. Hand aufs Herz, ich meine es.

[4] Danke.

[5] Ach, wen es so ist, dann trinke ich auf unsere Freundschaft.

[6] Ja, lieber Freund, das sind die Launen des Glücks. Wer hätte mir voraussagen können, daß ich Soldat und Dragonerkapitän im Dienste Bonapartes, wie wir ihn damals nannten, werden würde. Und dennoch bin ich mittlerweile mit ihm in Moskau. Ich muß Ihnen sagen, mein Freund, daß unser Name einer der ältesten Frankreichs ist.

Und nun erzählte der Kapitän mit der leichten und naiven Aufgeschlossenheit des Franzosen Pierre die Geschichte seiner Vorfahren, seiner Kindheit, seiner Jünglings- und Mannesjahre und setzte ihm alle seine Verwandtschafts-, Vermögens- und Familienverhältnisse auseinander. „Ma pauvre mère" [1] spielte in dieser Erzählung selbstverständlich eine wichtige Rolle.

„Mais tout ça ce n'est que la mise en scène de la vie, le fond c'est l'amour! L'amour! N'est-ce pas, Monsieur Pierre?" sagte er mit wachsender Lebhaftigkeit. „Encore un verre." [2]

Pierre trank wieder aus und schenkte sich ein drittes Glas ein.

„Oh! Les femmes, les femmes!" [3] Und der Kapitän sah Pierre aus feuchtschwimmenden Augen an und begann von der Liebe und von seinen Liebesabenteuern zu sprechen.

Deren gab es eine reichliche Menge, und das glaubte man gern, wenn man das selbstzufriedene, hübsche Gesicht des Offiziers sah und die hingerissene Lebhaftigkeit, mit welcher er von den Frauen sprach, auf sich wirken ließ. Obwohl alle Liebesgeschichten Rambals jenen Charakter von Unflätigkeit hatten, in welchem die Franzosen den einzigen Reiz und die ganze Poesie der Liebe erblicken, erzählte der Kapitän seine Geschichte mit einer solchen Aufrichtigkeit der Überzeugung, daß er als einziger wirklich alle Reize der Liebe erfahren und kennengelernt habe, und wußte seine Frauengestalten so verführerisch zu beschreiben, daß Pierre ihm mit größter Aufmerksamkeit zuhörte.

Es war offenbar, daß l'amour, an welcher der Franzose so hing, weder jene Liebe einfacher und primitiver Art war, wie Pierre sie ehedem für seine Frau empfunden hatte, noch die von ihm selbst gebändigte romantische Liebe zu Natascha — diese beiden Arten der Liebe verachtete Rambal gleichermaßen, die eine als l'amour des charretiers, die andere als l'amour des nigauds [4]; l'amour, welcher der Franzose huldigte, bestand vor allem in einem künstlichen Hinausheben der Beziehungen zwischen Mann und Frau in die Sphäre des Unnatürlichen und in einer Verflechtung von Ungeheuerlichkeiten, die dem Gefühl erst den vollen Reiz geben sollten.

So erzählte der Kapitän die rührende Geschichte von seiner Liebe zu einer fünfunddreißigjährigen Marquise und gleichzeitig zu einem reizenden, unschuldigen, siebzehnjährigen Mädchen, das die Tochter dieser bezaubernden Marquise war. Der Hochherzigkeitswettstreit zwischen Mutter und Tochter, bei dem schließlich die Mutter sich selbst zum Opfer gebracht und dem Geliebten ihre Tochter zur

[1] Meine arme Mutter.
[2] Aber das alles ist nur die Kulisse des Lebens, die Grundlage ist die Liebe. Nicht wahr, M. Pierre? . . . Noch ein Glas.
[3] Oh, die Frauen, die Frauen . . .
[4] Die Liebe der Kärrner . . . Die Liebe der Dummköpfe.

Frau angeboten hatte, regte den Kapitän noch jetzt in der Erinnerung auf, obwohl diese Geschichte doch schon lange zurücklag. Dann erzählte er eine Episode, bei welcher der Ehemann die Rolle des Liebhabers und er selbst, der eigentliche Liebhaber, die Rolle des Ehemanns gespielt hatte, und dann noch einige komische Erlebnisse aus seinen souvenirs d'Allemagne, wo man statt asile Unterkunft sagt, wo les maris mangent de la choucroute und wo les jeunes filles sont trop blondes [1].

Zum Schluß gab er mit lebhaften Gesten und glühendem Gesicht ein Erlebnis aus Polen zum besten, das noch nicht lange zurücklag und in der Erinnerung des Kapitäns noch ganz frisch war. Er hatte einem Polen das Leben gerettet — überhaupt kamen Lebensrettungen in seinen Erzählungen immer wieder vor — und dieser Pole hatte ihm seine bezaubernde Frau — Parisienne de cœur [2] — anvertraut, während er selbst in französische Dienste getreten war. Der Kapitän war selig, die bezaubernde Polin wollte mit ihm fliehen, aber in seiner Hochherzigkeit führte der Kapitän die Frau ihrem Gatten wieder zu und sagte: „Je vous ai sauvé la vie, et je sauve votre honneur!" [3] Als der Kapitän jetzt diese Worte wiederholte, wischte er sich die Augen und schüttelte sich, als wolle er einer Schwäche Herr werden, die ihn bei dieser rührenden Erinnerung anwandelte.

Während Pierre den Erzählungen des Kapitäns zuhörte, nahm er wohl alles in sich auf, was der andere vorbrachte, hing aber gleichzeitig einer Reihe persönlicher Erinnerungen nach, die sich plötzlich in sein Einbildungsvermögen schoben, ohne daß er recht wußte warum; in später Abendstunde und unter dem Einfluß genossenen Weines geht es einem ja oft so. Während er diesen Liebesgeschichten zuhörte, kam ihm plötzlich und unerwartet seine eigene Liebe zu Natascha in den Sinn, er ließ die einzelnen Bilder dieser seiner Liebesgeschichte an sich vorüberziehen und verglich sie in Gedanken mit Rambals Erzählungen. Während Pierre der Darstellung eines Konfliktes zwischen Pflicht und Liebe folgte, stand sein letztes Zusammentreffen mit dem Gegenstande seiner Liebe beim Sucharew-Turm bis in die kleinsten Einzelheiten lebendig vor ihm. Damals hatte dieses Zusammentreffen keinen sehr großen Eindruck auf ihn gemacht, und er hatte sich seiner sogar kein einziges Mal erinnert. Allein jetzt war es ihm, als habe dieses Zusammentreffen doch etwas sehr Bedeutungsvolles und Poetisches gehabt.

Wieder hörte er sie sagen: „Peter Kirillytsch, kommen Sie doch, ich habe Sie ja schon erkannt!" Wieder sah er vor sich ihre Augen,

[1] Erinnerungen an Deutschland, wo die Männer Sauerkraut essen, und die Mädchen zu blond sind.
[2] Ganz und gar Pariserin.
[3] Ich habe Ihnen das Leben gerettet, jetzt rette ich Ihre Ehre.

ihr Lächeln, ihr Reisehäubchen und die Haarsträhne, die sich darunter hervorschlängelte, und aus diesem allem wehte ihn etwas Rührendes, Inniges, Zartes an.

Als der Kapitän mit seiner Geschichte von der bezaubernden Polin fertig war, fragte er Pierre, ob er selbst auch einmal solch ein Gefühl liebender Selbsthingabe und brennenden Neides gegen den legitimen Ehemann empfunden habe.

Durch diese Frage herausgefordert, hob Pierre den Kopf und fühlte sich gedrängt, die Gedanken auszusprechen, die ihn beschäftigten. Er legte also seine etwas andere Auffassung von der Liebe zu einer Frau dar. Er sagte, in seinem ganzen Leben habe er nur eine einzige Frau geliebt, und liebe sie noch, und diese Frau könne ihm doch nie angehören.

„Tiens!“ [1] sagte der Kapitän.

Dann erklärte Pierre dem Franzosen, er habe diese Frau schon geliebt, als sie noch ein kleines Mädchen gewesen sei, aber nicht gewagt, seine Gedanken zu ihr zu erheben, weil sie noch zu jung, er aber ein illegitimer Sohn ohne Namen gewesen sei. Als er dann später Namen und Reichtum gehabt habe, da habe er seine Gedanken deshalb nicht zu ihr zu erheben gewagt, weil er sie dazu zu sehr geliebt und zu hoch über alles in der Welt gestellt habe, und ganz besonders über sich selbst.

Als Pierre so weit gekommen war, fragte er den Kapitän, ob er das wohl verstehen könne.

Der Kapitän deutete ihm durch eine Handbewegung an, er bitte ihn fortzufahren, auch wenn er ihn nicht verstände.

„L'amour platonique, les nuages ...“ [2], murmelte er.

Ob es nun der genossene Wein war oder das Bedürfnis, sein Herz auszuschütten, oder der Gedanke, daß dieser Mensch ja doch keine der handelnden Personen seiner Geschichte kenne oder je kennenlernen werde, oder das alles zusammen, jedenfalls löste sich Pierres Zunge. Und Tränen in den Augen, die irgendwohin in die Ferne sahen, erzählte er ihm stockend seine ganze Geschichte, erzählte von seiner Ehe, von Nataschas Liebe zu seinem besten Freunde, von ihrem Treubruch und von allen den klaren und reinen Beziehungen, die ihn selbst mit ihr verbanden. Auf Rambals Frage hin offenbarte er ihm schließlich auch alles, was er ihm anfangs verheimlicht hatte, setzte ihm seine soziale Stellung auseinander und nannte ihm schließlich sogar seinen Namen.

Von Pierres ganzer Erzählung machte dem Kapitän den größten Eindruck, daß Pierre reich war, daß er zwei Paläste in Moskau besaß und daß er alles im Stich gelassen hatte und nicht aus Moskau ab=

[1] Ach, sieh mal einer an.
[2] Die platonische Liebe, die Wolken.

gereist, sondern unter Verheimlichung seines Namens und Standes in der Stadt geblieben war.

Es war schon spät in der Nacht, als sie beide auf die Straße hinaustraten. Die Nacht war warm und hell. Linker Hand vom Hause leuchtete der Feuerschein eines Brandes an der Petrowka=Straße, des ersten, der in Moskau ausgebrochen war. Rechter Hand stand hoch die junge Mondsichel, und ihr gegenüber hing jener helle Komet, der sich für Pierre so seltsam mit dem Gedanken an seine Liebe verband. Am Tor standen Gerassim, die Köchin und zwei Franzosen. Man hörte ihr Lachen und ihre Unterhaltung, bei der keiner die Sprache des anderen verstand. Sie sahen auf den Feuerschein, der über der Stadt zu sehen war.

Der kleine, weit entfernte Brand in der riesigen Stadt hatte nichts Beunruhigendes.

Pierre empfand ein Gefühl freudiger Rührung, als er den hohen Sternenhimmel, den Mond, den Kometen und den Feuerschein sah. „Wie schön das ist! Was braucht man mehr?" dachte er. Dann aber fiel ihm plötzlich sein Vorhaben ein, ihn schwindelte, er hatte einen Anfall von Schwäche und lehnte sich gegen den Zaun, um nicht zu fallen.

Ohne sich von seinem neuen Freunde zu verabschieden, kehrte Pierre mit unsicheren Schritten ins Haus zurück, ging in sein Zimmer, legte sich auf den Diwan und war gleich darauf eingeschlafen.

XXX

Die zu Fuß und zu Wagen flüchtenden Einwohner und die auf dem Rückzuge befindlichen Truppen sahen den Feuerschein des ersten, am zweiten September ausgebrochenen Brandes von verschiedenen Wegen aus und mit verschiedenen Empfindungen.

Der Wagenzug der Rostows stand in dieser Nacht in Mytischtschi, zwanzig Werst hinter Moskau. Sie waren am 1. September so spät aufgebrochen, die Straße war so von Fuhrwerken und Wagen verstopft gewesen, es waren so viele Sachen vergessen worden, nach denen erst noch geschickt werden mußte, daß man beschlossen hatte, diese erste Nacht nur fünf Werst hinter Moskau zu übernachten. Am nächsten Morgen war man spät aufgewacht, und es hatte im Lauf des Tages wieder so viele Aufenthalte gegeben, daß man nur bis Groß=Mytischtschi gekommen war. Um zehn Uhr abends quartierten sich die Rostowschen Herrschaften und die mit ihnen fahrenden Verwundeten in den Höfen und Häusern des großen Dorfes ein. Die Dienstboten und Kutscher der Rostows und die Burschen der verwundeten Offiziere besorgten erst ihre Herrschaft, aßen dann zu Abend, fütterten die Pferde und standen dann noch ein wenig auf den Stufen vor dem Hauseingang herum.

Im Nachbarhause lag ein verwundeter Adjutant Rajewskijs, dem eine Hand zerschmettert worden war, und die furchtbaren Schmerzen, die er zu leiden hatte, ließen ihn ohne Unterlaß jämmerlich stöhnen, und dieses Stöhnen hatte in der herbstlichen Nachtdunkelheit etwas Grauenvolles. In der ersten Nacht war der Adjutant in demselben Hofe untergebracht gewesen, in dem auch die Rostows sich einquartiert hatten. Nachher hatte die Gräfin gesagt, sie habe über diesem Stöhnen kein Auge schließen können, und in Mytischtschi hatte sie mit dem schlechtesten Bauernhaus vorliebgenommen, um nur etwas weiter weg von diesem Verwundeten zu sein.

Seit langem schon war ein Feuerschein zu sehen, und alle wußten, daß er von Klein=Mytischtschi herrührte: dieses Dorf hatten die Mamonowschen Kosaken angezündet.

Ein Offiziersbursche gewahrte am nachtdunklen Himmel einen zweiten kleinen Feuerschein, der hinter dem hohen Kutschwagen eines an der Einfahrt stehenden Wagens sichtbar wurde.

„Seht doch, Brüder, noch ein Feuer", sagte er.

Alle schauten nach der bezeichneten Richtung.

„Man hört ja, die Mamonowschen Kosaken hätten Klein=Mytischtschi angezündet.

„Klein=Mytischtschi? Nein, nein, das ist weiter."

„Sieh doch, das ist ja, als ob es von Moskau käme."

Zwei von den Leuten gingen die Stufen hinunter, traten an den Wagen und setzten sich auf das Trittbrett.

„Das ist mehr nach links, ganz bestimmt. Klein=Mytischtschi ist doch da, und dies ist überhaupt auf der anderen Seite."

Nun fanden sich noch einige Leute zu ihnen.

„Guck doch, da schießen die Flammen ja ordentlich hoch", sagte einer. „Das brennt in Moskau, meine Herren! Entweder im Suschtschewskaja= oder im Rogoshkaja=Viertel."

Niemand antwortete. Eine geraume Weile sahen alle diese Leute schweigend auf den wachsenden fernen Feuerschein dieses neuen Brandes.

Der gräfliche Kammerdiener, ein alter Mann namens Danila Terentjitsch, trat auf die Gruppe zu und rief nach Mischka.

„Was stehst du da und gaffst, du Faulpelz! Der Graf ruft, und niemand ist da. Los, nimm seinen Anzug vor!"

„Ich war ja nur rasch nach Wasser gegangen", sagte Mischka.

„Was meint Ihr denn, Danila Terentjitsch, das brennt doch in Moskau?" fragte einer von den Lakaien.

Danila Terentjitsch gab keine Antwort, und nun schwiegen wie=

der alle eine ganze Zeit lang. Der Feuerschein schwankte hin und her und wurde größer und größer.

„Gott erbarme sich! ... der Wind und die Trockenheit ...", sagte dann jemand.

„Guck doch, wie es hochkommt! Herrgott, jetzt sieht man auch schon die Feuersbrände in der Luft herumsausen. Herrgott, erbarme dich über uns Sünder!"

„Na, das löschen sie schon noch."

„Wer soll da löschen?" sagte plötzlich Danila Terentjitsch, der bis jetzt geschwiegen hatte. Er sprach sehr ruhig und langsam. „Das ist doch Moskau, Brüder, unser geliebtes Mütterchen." Hier versagte ihm plötzlich die Stimme, und er schluchzte greisenhaft auf.

Und es war, als hätten alle nur darauf gewartet, um zu begreifen, was dieser Feuerschein, den sie dort vor sich sahen, für sie alle zu bedeuten hatte. Überall hörte man jetzt Seufzer und Gebetsworte und dazwischen das Schluchzen des alten gräflichen Kammerdieners.

XXXI

Der Kammerdiener kehrte ins Haus zurück und berichtete dem Grafen, Moskau brenne. Der Graf zog seinen Schlafrock an und ging hinaus, um sich selbst zu überzeugen. Madame Schoß und Sonja, die sich noch nicht ausgekleidet hatte, schlossen sich ihm an. Nur Natascha und die Gräfin blieben im Zimmer. Petja war nicht mehr bei der Familie, sondern marschierte schon wieder mit seinem Regiment auf Troiza zu.

Die Gräfin begann zu weinen, als die Kunde vom Brande Moskaus kam. Natascha, die blaß und mit starren Augen auf der Bank unter den Heiligenbildern saß, immer noch dort, wohin sie sich bei ihrer Ankunft gesetzt hatte, hatte für das, was der Vater sagte, kein Ohr. Sie horchte auf das unaufhörliche Stöhnen des Adjutanten, das man über drei Häuser hinweg hören konnte.

„Ach, wie schrecklich!" sagte Sonja, als sie vom Hofe zurückkam, und schüttelte sich in kaltem Schauder. „Ich glaube, ganz Moskau brennt. Der Feuerschein ist schrecklich! Natascha, sieh doch, jetzt kann man es schon von hier aus durchs Fenster sehen", sagte sie zu Natascha, offenbar in der Absicht, sie von dem Stöhnen des Adjutanten abzulenken.

Aber Natascha sah sie an, als verstünde sie gar nicht, was man ihr da sagte, und starrte wieder in die Ofenecke. Natascha war vom Morgen dieses Tages an in diesem Zustande der Versteinerung, seit Sonja es zum Erstaunen und Ärger der Gräfin für nötig gehalten hatte — unverständlich, warum — Natascha zu erzählen, daß Fürst Andrej unter den Verwundeten des Wagenzuges war. Die Gräfin war auf Sonja so böse geworden wie selten. Sonja hatte geweint und um Verzeihung gebeten und kümmerte sich jetzt besonders liebevoll um Natascha, als wollte sie ihre Schuld wiedergutmachen.

„Sieh doch, Natascha, wie schrecklich es brennt", sagte Sonja.

„Was brennt?" fragte Natascha. „Ach so, ja, Moskau."

Und als wolle sie Sonja nicht durch eine Weigerung verletzen und sie zugleich so schnell wie möglich loswerden, wandte sie den Kopf zum Fenster und starrte irgendwohin, obwohl sie so offenbar gar nichts sehen konnte, und nahm dann wieder ihre frühere Stellung ein.

„Aber du hast ja gar nichts gesehen!"

„Doch, wahrhaftig, ich habe es gesehen", antwortete Natascha, und aus ihrer Stimme klang die flehentliche Bitte, man möge sie doch in Ruhe lassen.

Die Gräfin und Sonja begriffen, daß für Natascha weder Moskau noch der Brand Moskaus noch irgend sonst etwas auf der Welt einen Sinn haben konnte.

Der Graf ging wieder hinter den Bretterverschlag und legte sich hin. Die Gräfin kam zu Natascha, fuhr ihr mit dem Handrücken über den Kopf, wie sie das wohl tat, wenn die Tochter krank war, berührte dann ihre Stirn mit den Lippen, als wolle sie sehen, ob sie fiebere, und küßte sie.

„Frierst du? Du zitterst ja am ganzen Leibe. Du solltest dich hinlegen", sagte sie.

„Hinlegen? Ja, gut, ich will mich hinlegen. Ich lege mich gleich hin", sagte Natascha.

Seit Natascha am Morgen dieses Tages erfahren hatte, daß Fürst Andrej schwerverwundet mit im Wagenzuge fuhr, hatte sie zunächst Fragen über Fragen gestellt, wohin er solle, wie es ihm gehe, ob er sehr gefährlich verwundet sei, ob sie ihn sehen dürfe. Dann aber, als man ihr gesagt hatte, sie könne ihn nicht sehen, er sei zwar schwer verwundet, doch sei sein Leben nicht in Gefahr, da hatte sie aufgehört zu fragen und überhaupt zu sprechen, obwohl sie offenbar nicht glaubte, was man ihr da gesagt hatte; indessen war sie überzeugt, daß sie doch immer dieselben Antworten bekommen würde, wenn sie auch noch so viel fragte. Den ganzen Weg über hatte Natascha mit jenen starren und weitgeöffneten Augen, welche die Gräfin so gut kannte und so sehr fürchtete, regungslos in ihrer Wagenecke gesessen und ebenso saß sie jetzt auf der Bank, auf die sie sich gesetzt hatte, als sie ins Zimmer gekommen war. Sie überlegte irgend etwas, sie suchte irgendeinen Entschluß zu fassen oder hatte jetzt schon einen Entschluß gefaßt — das wußte die Gräfin; was sie aber überlegte, um was für einen Entschluß es sich handelte – das wußte sie nicht, und das ängstigte und quälte sie.

„Natascha, zieh dich aus, liebstes Kindchen, lege dich auf mein Bett." Nur für die Gräfin war ein richtiges Bett aufgeschlagen worden, während Madame Schoß und die beiden jungen Mädchen auf über den Fußboden ausgebreitetem Heu schlafen sollten.

„Nein, Mama, ich lege mich hier auf den Boden", sagte Natascha schroff, ging zum Fenster und öffnete es.

Jetzt war das Stöhnen des Adjutanten noch deutlicher vernehmbar. Natascha steckte den Kopf in die feuchte Nachtluft hinaus, und die Gräfin sah, wie ihr schmächtiger Hals vom Schluchzen erschüttert wurde und gegen den Fensterrahmen zuckte. Natascha wußte, daß es nicht Fürst Andrej war, den sie stöhnen hörte. Sie wußte, daß Fürst Andrej unter demselben Dache mit ihr und ihren Angehörigen lag, jenseits des Flurs, in einer anderen Stube; aber trotzdem brachte dieses furchtbare, nie verstummende Stöhnen sie zum Schluchzen. Die Gräfin wechselte einen Blick mit Sonja.

„Lege dich hin, Natascha, lege dich doch hin, liebstes, bestes Kindchen", sagte die Gräfin und legte ihre Hand leicht auf Nataschas Schulter. „Lege dich doch hin."

„Ja, ja ... ich lege mich ja hin, ich lege mich ja gleich hin", sagte Natascha und begann sich so hastig auszuziehen, daß dabei die Bänder ihrer Unterröcke rissen.

Nachdem sie sich ausgekleidet und die Nachtjacke angezogen hatte, setzte sie sich mit untergeschlagenen Beinen auf das Lager, das man ihr auf dem Fußboden zurechtgemacht hatte, warf ihr nicht sehr langes, dünnes Haar über die Schulter nach vorne und begann es für die Nacht einzuflechten. Ihre langen, schmalen, geübten Finger lösten das Haar rasch, flochten den Zopf und steckten ihn flink und geschickt auf. Nataschas Kopf drehte sich dabei gewohnheitsmäßig bald nach rechts, bald nach links, aber ihre fieberisch geöffneten Augen starrten dabei regungslos geradeaus. Als die Nachttoilette beendet war, streckte sich Natascha still auf das Laken aus, das über das Heu gelegt war, und zwar an seinem äußersten Ende, nach der Tür hin.

„Natascha, lege dich doch mehr in die Mitte", sagte Sonja.

„Ich liege doch schon hier", antwortete Natascha. „Legt ihr euch doch dahin", setzte sie ärgerlich hinzu. Dann vergrub sie ihr Gesicht in das Kissen.

Die Gräfin, Madame Schoß und Sonja kleideten sich rasch aus und legten sich hin. Im Zimmer brannte nur noch das Heiligenlämpchen. Draußen aber war es recht hell von dem Brande von Klein-Mytischtschi, das zwei Werst entfernt lag. Man hörte wildes nächtliches Geschrei aus der Schenke schräg gegenüber, die von den

Mamonowschen Kosaken verwüstet worden war, und von der anderen Seite her das nie verstummende Stöhnen des Adjutanten.

Lange horchte Natascha auf alle die Laute, die aus dem Zimmer selbst und von außen her an ihr Ohr drangen, ohne sich zu bewegen. Erst hörte sie, wie die Mutter betete und seufzte und wie die Bettstelle unter ihr knarrte, dann das wohlbekannte pfeifende Schnarchen der Madame Schoß und das leise Atmen Sonjas. Darauf rief die Gräfin Natascha an. Natascha gab keine Antwort.

„Es scheint, sie schläft schon, Mama", sagte Sonja leise.

Die Gräfin blieb eine Zeitlang still, dann rief sie noch einmal, bekam aber auch diesmal keine Antwort. Auch Sonja sagte jetzt nichts mehr.

Bald darauf hörte Natascha die regelmäßigen Atemzüge der Mutter. Natascha rührte sich nicht, obwohl ihr kleiner nackter Fuß, der unter der Decke hervorgeglitten war, auf dem bloßen Fußboden fror.

In einer Ritze begann ein Heimchen zu zirpen, als frohlocke es über den Sieg, den es über alle die in Schlaf gesunkenen Menschen davongetragen hatte. Ein Hahn krähte in der Ferne, ein zweiter antwortete ihm in der Nähe. Das Geschrei in der Schenke war verstummt. Nur das Stöhnen des Adjutanten war unverändert zu hören. Natascha richtete sich ein wenig auf.

„Sonja, schläfst du? Mama!" flüsterte sie.

Niemand antwortete. Natascha stand langsam und vorsichtig auf, bekreuzte sich und ging auf ihren schmalen, elastischen, nackten Sohlen behutsam über den schmutzigen und kalten Fußboden. Die Dielenbretter knarrten. Nun lief sie mit flinken Trippelschritten wie ein Kätzchen bis zur Tür und ergriff die kalte Klinke.

Es war ihr, als klopfe irgend etwas Schweres mit gleichmäßigen Schlägen gegen alle Wände der Stube; es war ihr Herz, das vor Grauen ersterben, vor Angst und Liebe springen wollte.

Sie öffnete die Tür, überschritt die Schwelle und trat auf den feuchtkalten, ungedielten Boden des Flurs. Die Kälte, die sie um sich spürte, erfrischte sie. Mit dem bloßen Fuß stieß sie leicht gegen einen schlafenden Menschen, ging über ihn hinweg und öffnete die Tür der Stube, in welcher Fürst Andrej lag. In dieser Stube war es dunkel. Nur in der hinteren Ecke stand auf einer Bank eine brennende, seit langem nicht mehr geschneuzte Talgkerze neben einem Bett, in welchem irgend etwas lag.

Natascha war sich gleich am Morgen, als sie gehört hatte, daß Fürst Andrej unter den Verwundeten des Wagenzuges war, darüber klargewesen, daß sie ihn sehen mußte. Sie wußte nicht, warum sie ihn sehen mußte, aber sie wußte, daß dieses Wiedersehen schrecklich sein würde, und war nur um so fester davon überzeugt, daß dieses Wiedersehen eben sein mußte.

Den ganzen Tag hatte sie nur die Hoffnung aufrechterhalten, ihn in der Nacht sehen zu können. Jetzt aber, als der Augenblick da war, überfiel sie ein Grauen vor dem, was sie sehen sollte. Wie würde er zugerichtet sein? Was würde von ihm übriggeblieben sein? Würde er so sein wie etwa der ewig stöhnende Adjutant? Ja, genauso. Ihrer Einbildungskraft stellte er sich als eine Verkörperung dieses grauenhaften Stöhnens dar. Als sie in der Ecke eine undeutliche Masse wahrnahm und seine unter der Decke hochgezogenen Knie für die Schultern hielt, da stellte sie sich einen grauenvoll verstümmelte Körper vor und machte in ihrem Entsetzen halt. Aber eine unwiderstehliche Macht drängte sie weiter. Vorsichtig tat sie noch einen Schritt, darauf einen zweiten und fand sich nun in der Mitte der kleinen, überfüllten Stube. In der Stube lag auf der Bank unter den Heiligenbildern noch ein Mensch — das war Timochin — und auf dem Fußboden lagen zwei weitere Menschen — der Arzt und der Kammerdiener.

Der Kammerdiener richtete sich ein wenig auf und flüsterte irgend etwas. Timochin, der von seiner Beinwunde heftige Schmerzen zu leiden hatte, hatte schlaflos dagelegen und starrte jetzt betroffen auf die seltsame Erscheinung des Mädchens im weißen Hemde, in Nachtjacke und Nachthäubchen. Der Kammerdiener fragte schlaftrunken und erschrocken: „Was wünschen Sie? Was gibt es?" Und diese Frage veranlaßte Natascha, noch schneller auf das, was dort in der Ecke lag, zuzugleiten. Mochte dieser Körper auch zu noch so grausiger Menschenunähnlichkeit entstellt sein, sie mußte ihn sehen. Sie kam an dem Kammerdiener vorbei. Die verkohlte Schnuppe der Kerze fiel herunter, und nun sah sie deutlich den Fürsten Andrej, der, die Arme über die Decke weit von sich gestreckt, dalag und nicht anders aussah, als wie sie ihn früher immer gesehen hatte.

Er war unverändert, aber die fiebrige Röte seines Gesichts, die glänzenden, hingerissen auf Natascha gerichteten Augen und besonders der kindlich zarte Hals, der sich aus dem umgeschlagenen Hemdkragen hob, gaben ihm ein besonders unschuldiges, kinderhaftes Ansehen, das Natascha so noch nie an ihm wahrgenommen hatte. Sie ging auf ihn zu und kniete mit einer raschen elastischen Bewegung ihres jungen Körpers vor seinem Bett nieder.

Er lächelte und streckte ihr die Hand hin.

XXXII

Es war jetzt sieben Tage her, daß Fürst Andrej auf dem Verbandplatz bei Borodino wieder zum Bewußtsein gekommen war. Diese ganze Zeit fast hatte er wiederum bewußtlos verbracht. Das heftige

Wundfieber und die eingetretene Entzündung der verletzten Därme mußten nach Ansicht des Arztes, der den Verwundeten begleitete, zu einem tödlichen Ausgang führen. Indessen genoß der Verwundete am siebenten Tage mit Behagen ein Stückchen Brot und ein wenig Tee, und der Arzt konnte feststellen, daß das Fieber zurückgegangen war. Fürst Andrej hatte das Bewußtsein am Morgen wiedererlangt. In der ersten Nacht nach der Abfahrt von Moskau war es recht warm gewesen, und man hatte den Fürsten Andrej die Nacht in seiner Kalesche zubringen lassen; in Mytischtschi äußerte der Verwundete aber selbst den Wunsch, aus dem Wagen gebracht zu werden und etwas Tee zu trinken. Der Transport in das Haus verursachte ihm heftige Schmerzen, ließ ihn laut stöhnen und abermals das Bewußtsein verlieren. Als er endlich auf dem Feldbett lag, da hielt er die Augen lange geschlossen und rührte sich nicht. Endlich schlug er die Augen auf und flüsterte: „Wie ist es mit dem Tee?" Der Arzt war überrascht davon, daß Fürst Andrej doch noch Sinn für solche kleine Bedürfnisse des Lebens hatte. Er fühlte ihm den Puls und nahm zu seiner Verwunderung und zu seinem Verdruß wahr, daß der Puls ruhiger war. Dieser Verdruß rührte daher, daß der Arzt allen seinen Erfahrungen nach überzeugt war, daß Fürst Andrej doch nicht mit dem Leben davonkommen könnte; starb er nicht jetzt gleich, so mußte er etwas später unter noch größeren Qualen sterben. Mit dem Fürsten Andrej wurde noch ein Major von seinem Regiment transportiert; es war Timochin mit der roten Nase, der ebenfalls in der Schlacht bei Borodino seine Beinwunde erhalten hatte und in Moskau zum Fürsten Andrej gestoßen war. Mit diesen beiden fuhren noch der Arzt, der Kammerdiener des Fürsten, sein Kutscher und zwei Burschen. Man brachte dem Fürsten Andrej den verlangten Tee. Er trank gierig und sah aus fieberisch glänzenden Augen vor sich hin, auf die Tür, und es sah aus, als suche er sich über irgend etwas klarzuwerden oder sich an etwas zu erinnern.

„Mehr will ich nicht. Ist Timochin da?" fragte er.

Timochin schob sich auf seiner Bank näher an den Fürsten Andrej heran.

„Ich bin hier, Ew. Durchlaucht."

„Was macht die Wunde?"

„Meine? Hat nichts auf sich. Aber Ihre?"

Fürst Andrej sank in seine Gedanken zurück, und es war wieder, als suche er sich an irgend etwas zu erinnern.

„Kann ich nicht das Buch bekommen?" fragte er.

„Was für ein Buch?"

„Das Evangelium. Ich habe keins."

Der Arzt versprach, ihm eins zu verschaffen, und begann dann den Fürsten auszufragen, wie er sich fühle. Fürst Andrej beantwortete alle Fragen des Arztes zwar widerwillig, aber doch klar und vernünftig und sagte dann, man möge ihm eine Rolle unterlegen, so liege er unbequem, und der Schmerz sei sehr heftig. Der Arzt und der Kammerdiener hoben den Mantel ab, mit dem er bedeckt war, verzogen die Gesichter vor dem erstickenden Geruch faulen Fleisches, der von der Wunde ausging, und betrachteten die grauenvoll zugerichtete Stelle. Der Arzt war über irgend etwas sehr ungehalten, nahm irgendeine Änderung vor und drehte den Verwundeten dabei herum, so daß dieser wieder aufstöhnte vor Schmerz, während dieses Herumdrehens wieder das Bewußtsein verlor und zu phantasieren begann. Er sprach unentwegt davon, man sollte ihm doch so schnell wie möglich dieses Buch bringen und es ihm als Rolle unter die Knie schieben.

„Das ist doch für euch nur eine Kleinigkeit! Ich habe keins. Schafft es mir doch her, bitte, legt es mir doch nur für einen Augenblick unter", sagte er mit kläglicher Stimme.

Der Doktor ging in den Flur, um sich die Hände zu waschen.

„Na, ihr seid aber auch ein unglaubliches Volk, wahrhaftig!" sagte der Arzt zu dem Kammerdiener, während ihm dieser das Wasser zum Waschen über die Hände goß. „Einen Augenblick lang habe ich mal nicht hingesehen, und schon habt ihr wieder etwas verpatzt. Er muß schauderhafte Schmerzen haben! Ich wundere mich, daß er die aushält."

„Herr Jesus Christus! Ich dachte doch, wir hätten das mit dem Unterlegen ganz richtig gemacht", antwortete der Kammerdiener.

An diesem Tage war Fürst Andrej sich zum erstenmal darüber klargeworden, wo er sich befand und was mit ihm geschehen war. Er erinnerte sich jetzt daran, wie er verwundet worden war und wie er, kaum daß die Kalesche in Mytischtschi haltgemacht, die Bitte geäußert hatte, man möchte ihn ins Haus bringen. Dann hatte er vor Schmerzen das Bewußtsein verloren, war in der Stube wieder zu sich gekommen, als man ihm Tee gebracht hatte, hatte sich darauf wiederum an alles erinnert, was mit ihm geschehen war, und ganz besonders lebhaft den Augenblick in Gedanken wieder durchlebt, in welchem ihm auf dem Verbandplatz beim Anblick der Leiden eines Menschen, den er nicht liebhaben konnte, diese neuen, glückverheißenden Gedanken gekommen waren. Und diese Gedanken, so verworren und unklar sie auch waren, bemächtigten sich auch jetzt wieder seiner Seele. Es war ihm eingefallen, daß er ja jetzt ein neues Glück hatte und daß dieses Glück irgend etwas mit dem Evangelium gemein hatte. Darum hatte er um das Evangelium gebeten. Aber die unbequeme und qualvolle Lage, in die man ihn zur Untersuchung gebracht hatte, das abermalige Herumgedrehtwerden hatte seine Gedanken wieder durcheinandergebracht, und als er zum drittenmal wieder zu sich kam, da war um ihn schon die tiefe Stille der Nacht. Alle, die im Zimmer waren, schliefen bereits. Jenseits des Flurs zirpte ein Heimchen; auf der Straße schrie und sang jemand, Schaben raschelten über den Tisch, über die Heiligenbilder, über die Wände, eine dicke Fliege stieß umhersummend bisweilen gegen sein Kopfkissen und umschwirrte die neben ihm stehende, mit einer großen Schnuppe brennende Talgkerze.

Die Seelenverfassung des Fürsten Andrej war völlig von der eines Gesunden verschieden. Das Denk=, Empfindungs= und Erinnerungs=vermögen des gesunden Menschen hat es gewöhnlich zu gleicher Zeit mit einer zahllosen Menge von Gegenständen zu tun, doch hat er dabei die Macht und die Freiheit, sich eine bestimmte Reihe von Gedanken oder Erscheinungen daraus auszusuchen und auf diese Reihe von Gedanken oder Erscheinungen seine ganze Aufmerksam=keit zu richten. Der gesunde Mensch vermag sich auch der tiefsten Gedankenversunkenheit zu entreißen, um einem Eintretenden ein höfliches Wort zu sagen, und darauf wieder zu seinen Gedanken zurückzukehren. Allein so betrachtet, war die seelische Verfassung des Fürsten Andrej nicht die eines Gesunden. Alle Kräfte seiner Seele waren tätiger, lebendiger als je, wirkten aber außerhalb seiner Willenssphäre. Die verschiedenartigsten Gedanken und Vorstellun=gen beherrschten ihn gleichzeitig. Manchmal begann sein Denk=vermögen plötzlich zu arbeiten, und zwar mit einer solchen Kraft, Schärfe und Tiefe, wie es nie zu arbeiten vermocht hatte, als er noch gesund gewesen war; aber plötzlich hielt es mitten in seiner Arbeit inne, ließ sich von irgendeiner jäh auftauchenden Vorstellung ver=drängen und hatte nachher nicht mehr die Kraft, die begonnene Arbeit wiederaufzunehmen.

„Ja, es hat sich mir ein neues Glück eröffnet, ein Glück, das mir nicht mehr genommen werden kann", dachte er, während er in der halb finsteren, stillen Stube dalag und mit fieberisch weitgeöffneten Augen vor sich hin starrte. „Ein Glück, das außerhalb aller materiellen Kräfte, außerhalb aller materiellen, äußeren Einflüsse liegt, ein Glück, das nur die Seele angeht, ein Glück der Liebe! Dieses Glück kann jeder Mensch kennenlernen, aber Gott allein konnte es in seiner ganzen Tiefe erkennen und es dem Menschen zum Gesetz machen. Aber wieso hat Gott uns dies Gesetz gegeben? Und warum hat Gottes Sohn . . ."

Und plötzlich war diese Gedankenkette zerrissen, und ohne zu wissen, ob er es in seinen Fieberphantasien oder in Wirklichkeit hörte, vernahm Fürst Andrej etwas wie eine leise, flüsternde Stimme, die unaufhörlich im Takt wiederholte „I piti=piti=piti" und dann „I ti=ti" und wieder „I piti=piti=piti" und dann wieder „I ti=ti". Zu=gleich fühlte Fürst Andrej über seinem Gesicht, und zwar genau über der Mitte seines Gesichts, mit den Tönen dieser Flüstermusik etwas wie ein sonderbares luftiges Gebäude aus ganz feinen Nadeln oder Holzspänchen emporwachsen. Er fühlte, daß er sorgfältig darauf bedacht sein müsse, das Gleichgewicht zu erhalten, so schwer ihm das auch war, damit das Gebäude über ihm nicht zusammenstürzte. Trotzdem stürzte es aber zusammen und wuchs darauf unter den Klängen der gleichmäßig flüsternden Musik langsam wieder in die Höhe. „Es dehnt sich aus! Es dehnt sich aus! Es wird immer größer und dehnt sich immer mehr aus", sagte sich Fürst Andrej. Und während er auf die Flüstermusik horchte und das Nadelgebäude sich immer weiter ausdehnen und in die Höhe wachsen fühlte, sah Fürst Andrej zwischendurch immer wieder die rot umrandete Kerzenflamme und hörte das Rascheln der Schaben und das Summen der Fliege, die an sein Kissen oder an sein Gesicht stieß. Und jedesmal, wenn die Fliege sein Gesicht streifte, hatte er das Gefühl, als brenne ihn dort irgend etwas; zugleich aber wunderte er sich darüber, daß die Fliege ohne weiteres in den Bezirk des Gebäudes hineinsauste, das sich über seinem Gesicht erhob, ohne es zu zerstören. Außer diesem allem aber gab es noch etwas sehr Wichtiges. Das war etwas Weißes an der Tür, und zwar war es eine Sphinxstatue, die ihn ebenfalls drückte.

„Aber vielleicht ist das überhaupt mein Hemd auf dem Tisch", dachte Fürst Andrej. „Und das da sind meine Beine, und das ist die Tür. Aber warum dehnt sich denn das alles und wächst in die Höhe mit diesem ‚I piti-piti-piti i ti-ti i piti-piti-piti ...' Genug, hör doch auf, bitte, lasse das doch", bat Fürst Andrej schwer bedrückt irgendeinen Unsichtbaren. Und dann tauchten plötzlich wieder die Gedanken und Empfindungen von vorhin mit gewaltiger Klarheit und Kraft in ihm auf.

„Ja, die Liebe", dachte er wieder mit völliger Geistesklarheit, „aber nicht jene Liebe, die um irgendeinen Lohn liebt, zu irgendeinem Zweck oder aus irgendeinem Grunde, sondern die Liebe, die ich zum erstenmal empfand, als ich fast im Sterben lag und dann plötzlich meinen Feind sah und trotz allem diese Liebe zu ihm verspürte. Da lernte ich dieses Liebesgefühl kennen, das jetzt das wirkliche Sein meiner Seele ausmacht und keinen Gegenstand braucht. Ja, jetzt empfinde ich auch wieder dieses Gefühl der Seligkeit. Seinen Nächsten lieben, seine Feinde lieben ... alles lieben, Gott in allen Erscheinungen lieben. Einen Menschen, der einem teuer ist, kann man auch mit menschlicher Liebe lieben, aber nur den Feind kann man mit göttlicher Liebe lieben. Und darum habe ich auch solch eine Freude empfunden, als ich fühlte, daß ich diesen Menschen liebe. Wie steht es wohl jetzt um ihn? Ist er noch am Leben? ...

Wenn man mit menschlicher Liebe liebt, kann man von der Liebe zum Haß übergehen, die göttliche Liebe ist aber unveränderlich. Nichts, auch nicht der Tod, nichts kann sie vernichten. Sie ist das, was in unserer Seele wirklich ist. Aber wie viele Menschen habe ich in meinem Leben gehaßt! Und von allen diesen Menschen habe ich keinen mehr geliebt und mehr gehaßt als sie." Und nun sah er Natascha lebendig vor sich, nicht mehr so, wie er sie früher vor sich gesehen hatte, nämlich nur in all ihrem beglückenden Liebreiz, sondern jetzt sah er zum erstenmal ihre Seele vor sich. Und nun verstand er ihr Gefühl, ihr Leiden, ihre Scham, ihre Reue. Zum erstenmal erfaßte er jetzt die ganze Grausamkeit seiner Absage, die ganze Grausamkeit seiner schroffen Trennung von ihr. „Wenn ich sie doch nur noch ein einziges Mal sehen könnte! Nur einmal noch in diese Augen sehen und ihr sagen ..." I piti-piti-piti i titi i piti-piti-piti ... Bumm! stieß die Fliege gegen das Kopfkissen. Und nun wandte sich seine Aufmerksamkeit plötzlich einer anderen Welt zu, in der sich Wirklichkeit und Fieberphantasien mengten und in der irgend etwas ganz Besonderes vorging. Immer noch wuchs in dieser Welt das Gebäude in die Höhe, ohne einzustürzen, immer noch gab es da irgendein Sichausdehnen, immer noch hatte die brennende Kerze so einen roten Rand, immer noch lag dieses Weiße, das Hemd und Sphinx zugleich war, an der Tür, aber außerdem gab es da plötzlich ein Knarren, es roch nach einem frischen Luftzug, und an der Tür gab es eine neue weiße Sphinx, die aber nicht lag, sondern aufrecht stand. Und da, wo diese Sphinx ihren Kopf hatte, da war das blasse Gesicht und da waren die glänzenden Augen eben dieser Natascha, an die er gerade jetzt gedacht hatte.

„Ach, wie qualvoll sind doch diese ewigen Fieberphantasien!" dachte Fürst Andrej und bemühte sich, dieses Gesicht aus seinem Geist zu verbannen. Aber dieses Gesicht vor ihm hatte die ganze Kraft der Wirklichkeit und kam ihm immer näher. Fürst Andrej wollte in die frühere Welt des reinen Gedankens zurückkehren, brachte das aber nicht zuwege und fühlte sich wiederum in den Bezirk seiner Fieberphantasien zurückgeworfen. Die leise, flüsternde Stimme raunte immer noch rhythmisch fort, irgend etwas lastete auf ihm und dehnte sich aus, und dabei stand das merkwürdige Gesicht jetzt vor ihm. Fürst Andrej riß alle seine Kräfte zusammen, um zu sich zu kommen; er bewegte sich ein wenig, und plötzlich brauste es ihm in den Ohren, es wurde ihm dunkel vor den Augen, und er verlor das Bewußtsein wie einer, der im Wasser untergeht. Als er wieder zu sich kam, kniete Natascha vor ihm, dieselbe lebendige Natascha, die er von allen Menschen in der Welt am meisten mit jener ihm jetzt offenbarten neuen, reinen göttlichen Liebe hatte lieben mögen. Er begriff, daß dies die lebendige, wirkliche Natascha war, empfand aber keine Verwunderung, sondern nur eine stille

Freude darüber. Natascha kniete vor ihm, unvermögend zu jeder Bewegung, starrte ihn angstvoll an und bezwang ihr Schluchzen. Ihr Gesicht war blaß und regte sich nicht. Nur über ihre untere Gesichtshälfte lief ein Zucken.

Fürst Andrej seufzte befreit auf, lächelte und streckte ihr die Hand entgegen.

„Sie sind es?" sagte er. „Was für ein Glück!"

Natascha rutschte mit einer raschen, aber vorsichtigen Bewegung noch näher auf ihn zu, nahm behutsam seine Hand, beugte ihr Gesicht über ihn und begann sie zart zu küssen, fast ohne sie mit den Lippen zu berühren.

„Verzeihen Sie!" flüsterte sie, hob den Kopf und sah ihn an. „Verzeihen Sie mir!"

„Ich liebe Sie", sagte Fürst Andrej.

„Verzeihen Sie . . ."

„Was soll ich Ihnen verzeihen?" fragte Fürst Andrej.

„Verzeihen Sie mir, was ich Ihnen . . . Ihnen angetan habe", flüsterte Natascha stockend und fast mit unhörbarer Stimme und küßte seine Hand wieder und immer wieder so zart, daß ihre Lippen sie kaum berührten.

„Ich liebe dich jetzt mehr und besser als früher", sagte Fürst Andrej und hob ihr Gesicht mit der Hand so in die Höhe, daß er ihr in die Augen sehen konnte.

Diese Augen waren voll von Glückstränen und sahen ihn schüchtern, mitleidig und mit aller Freudigkeit der Liebe an. Nataschas mageres und bleiches Gesicht war mit den geschwollenen Lippen mehr als unschön, es war abstoßend. Fürst Andrej aber sah dies Gesicht nicht, er sah nur die leuchtenden Augen, und die waren wunderschön.

Hinter sich hörten sie sprechen.

Peter, der Kammerdiener, war inzwischen seiner Schlaftrunkenheit gänzlich Herr geworden und hatte den Arzt geweckt. Timochin, der vor Schmerzen schon die ganze Zeit nicht hatte schlafen können, hatte alles, was da vor sich ging, von Anfang an beobachtet, das Laken sorgfältig über seinen nur notdürftig bekleideten Körper gezogen und sich auf der Bank zusammengerollt wie ein Igel.

„Was ist denn da los?" fragte der Arzt und richtete sich auf seinem Lager auf. „Wollen Sie bitte hinausgehen, Fräulein!"

Zugleich klopfte es an der Tür, die Gräfin hatte die Abwesenheit ihrer Tochter wahrgenommen und eins von den Mädchen ausgeschickt, um sie zu suchen.

Wie eine plötzlich geweckte Nachtwandlerin ging Natascha hinaus und fiel, wieder in ihrer Stube angelangt, schuchzend auf ihr Lager.

*

Von diesem Tage an war Natascha unentwegt um den verwundeten Bolkonskij, während der ganzen weiteren Fahrt der Rostows, immer, wenn haltgemacht oder ein Nachtquartier bezogen wurde, und der Arzt mußte zugeben, daß er nie von einem jungen Mädchen so viel Energie und so viel Geschicklichkeit in der Krankenpflege erwartet hätte.

So fürchterlich der Gräfin auch der Gedanke war, Fürst Andrej könnte – was der Arzt als sehr wahrscheinlich bezeichnet hatte – unterwegs in den Armen ihrer Tochter sterben, so konnte sie Natascha doch nichts in den Weg legen. Obwohl einem angesichts der engen Beziehungen zwischen dem verwundeten Fürsten Andrej und Natascha, die sich jetzt ergeben hatten, schon der Gedanke an eine Erneuerung des früheren Verlobungsverhältnisses für den Fall der Genesung des Fürsten in den Kopf kommen konnte, sprach niemand einen solchen Gedanken aus, am wenigsten Natascha und Fürst Andrej, denn die noch ungelöste Frage: „Leben oder Tod?", die nicht nur über Bolkonskij, sondern auch über Rußland hing, drängte alle anderen Zukunftsgedanken beiseite.

XXXIII

Pierre erwachte am 3. September recht spät. Der Kopf tat ihm weh, die Kleidung, in der er unausgezogen geschlafen hatte, verursachte ihm ein Gefühl körperlichen Unbehagens, und in seiner Seele regte sich das unklare Bewußtsein, am letzten Abend irgend etwas getan zu haben, dessen er sich schämen müsse. Dieses Gefühl galt seinem gestrigen Gespräch mit dem Kapitän Rambal.

Die Uhr zeigte auf elf, draußen schien es aber noch sonderbar trübe und düster zu sein. Pierre stand auf, rieb sich die Augen, erblickte die Pistole mit dem verzierten Schaft, die Gerassim wieder auf den Schreibtisch gelegt hatte, und war sich nun plötzlich darüber klar, wo er sich befand und was der heutige Tag für ihn bringen sollte.

„Es ist doch noch nicht zu spät geworden?" dachte Pierre. „Nein, vermutlich wird er doch nicht vor zwölf in Moskau einziehen."

Pierre wollte sich kein langes Nachdenken mehr über das, was er vorhatte, gestatten, sondern so schnell wie möglich ans Werk gehen.

Er brachte seinen Anzug in Ordnung, nahm die Pistole in die Hand und wollte aufbrechen. Da kam ihm aber zum erstenmal der Gedanke, wie er eigentlich auf der Straße diese Waffe tragen sollte; er konnte sie doch nicht einfach in der Hand halten. Die Pistole war so groß, daß sie sich nicht einmal unter dem weiten Kaftan so recht verbergen ließ. Er konnte sie weder unter dem Gürtel noch unter der Achselhöhle unauffällig unterbringen. Zudem hatte Makar Alexejewitsch sie abgefeuert, und Pierre hatte sie noch nicht wieder geladen. „Einerlei, dann soll es also der Dolch sein", beschloß Pierre, obwohl er sich oft genug, wenn er die Ausführung seines Vorhabens überdachte, gesagt hatte, der Hauptfehler des Studenten von 1809 sei der gewesen, daß er Napoleon mit einem Dolch habe umbringen wollen. Aber als komme es ihm gar nicht so sehr darauf an, die Tat, die er sich zurechtgelegt hatte, wirklich auszuführen, sondern sich vielmehr selbst zu beweisen, daß er sein Vorhaben nicht fallenließ und alles tat, was dazu nötig war, nahm Pierre hastig den Dolch, den er zusammen mit der Pistole am Sucharewturm gekauft hatte, und verbarg die stumpfe, schartige, in einer grünen Scheide steckende Waffe unter seiner Weste.

Darauf gürtete er sich, setzte die Mütze auf, ging, ängstlich bestrebt, keinen Lärm zu machen und dem Kapitän nicht zu begegnen, durch den Korridor und gelangte auf die Straße.

Die Feuersbrunst, die er am Abend zuvor mit so großer Gleichgültigkeit gesehen hatte, hatte sich über Nacht mächtig ausgedehnt. Moskau brannte schon an mehreren Seiten. Es brannten zugleich das Viertel, wo die Wagenfabriken waren, Samoskworetschje, der Kaufhof, die Powarskaja, die Barken auf der Moskwa und der Holzmarkt an der Dorogomilowkabrücke.

Pierres Weg führte ihn durch verschiedene Quergassen auf die Powarskajastraße und von da in die Gegend des Arbatplatzes, zur Nikola-Jawlennyi-Kirche. Hier war die Stelle, die er sich in seinen Phantasien zur Ausführung seiner Tat bestimmt hatte. Tore und Fensterläden der meisten Häuser waren geschlossen, Straßen und Quergassen sehr wenig begangen. In der Luft lag Rauch und Brandgeruch. Ab und zu begegnete Pierre Russen mit unruhigen und ängstlichen Gesichtern und Franzosen, die mitten auf der Straße gingen und deren Anblick einen die städtische Umgebung vergessen und an ein Feldlager denken ließ. Die einen wie die anderen sahen Pierre verwundert an. Die Russen musterten Pierre nicht nur wegen seines großen Wuchses und der Massigkeit seines Körpers, nicht nur wegen des sonderbaren, finster in sich gekehrten und leidenden Ausdrucks seines Gesichts und seiner ganzen Gestalt, sondern auch, weil sie nicht dahinterkommen konnten, welcher Volksschicht dieser Mensch wohl angehören könnte; die Franzosen sahen ihm besonders deswegen erstaunt nach, weil Pierre sich gar nicht um sie kümmerte, während doch alle anderen Russen die Franzosen ängstlich oder neugierig ansahen. Vor einem Hauseingang standen drei Franzosen im Gespräch mit einigen Russen, denen sie sich nicht verständlich machen konnten, hielten jetzt den vorüberkommenden Pierre an und fragten ihn, ob er nicht Französisch könne.

Pierre schüttelte verneinend den Kopf und ging weiter. In einer anderen Quergasse schrie ihn ein Posten an, der bei einem Munitionskarren stand, und Pierre begriff erst, als er den Posten seinen Anruf drohend wiederholen und sein Gewehr klirrend zur Hand nehmen hörte, daß er auf der anderen Straßenseite weitergehen sollte. Er hörte und sah nichts von dem, was um ihn her geschah. Er hastete vor sich hin und trug dabei sein Vorhaben voller Angst mit sich wie irgendein schreckliches und fremdartiges Ding, immer in der durch die Erfahrung der letzten Nacht hervorgerufenen Befürchtung, er könne es auf irgendeine Weise wieder verlieren. Aber es war ihm nicht bestimmt, seine ursprüngliche Gemütsverfassung unerschüttert und unverändert bis an den Ort, auf den er zueilte, zu bringen. Übrigens hätte er seine Absicht, auch wenn ihn unterwegs nichts aufgehalten hätte, doch schon deshalb nicht ausführen können, weil Napoleon bereits vor über vier Stunden von der Vorstadt Dorogomilowka über den Arbatzplatz zum Kreml geritten war und jetzt in überaus düsterer Stimmung im Kremlpalast im Kabinett des Zaren saß und umständliche, bis in die kleinste Einzelheit gehende Befehle über die Maßnahmen erließ, die schleunigst zur Löschung der Feuersbrünste, zur Verhinderung alles Marodierens und zur Beruhigung der Einwohner getroffen werden sollten. Pierre wußte das aber nicht; ganz in Anspruch genommen von dem, was vor ihm lag, quälte er sich ab, wie sich ein Mensch abquält, der sich hartnäckig ein Werk vorgesetzt hat, das unmöglich ist, unmöglich nicht angesichts der mit ihm verbundenen Schwierigkeiten, sondern unmöglich angesichts seiner völligen Unvereinbarkeit mit der ganzen Natur des Menschen, der es sich vorgesetzt hat; er quälte sich mit der Furcht, er werde im entscheidenden Augenblick schwach werden und darüber seine Selbstachtung verlieren müssen.

Obwohl er für nichts Augen und Ohren hatte, schlug er doch instinktiv den richtigen Weg ein und fand auf seinem Wege zur Powarskaja ganz von selbst die richtigen Quergassen.

Je näher Pierre der Powarskaja kam, um so mehr nahm der Rauch zu; sogar die von der Feuersbrunst ausgehende Wärme ließ sich bereits spüren. Hin und wieder züngelten bereits schmale Flammenspitzen hinter den Hausdächern auf. Die Straßen wurden belebter und die Leute auf den Straßen unruhiger und aufgeregter. Pierre fühlte freilich, daß um ihn her etwas Ungewöhnliches vor sich ging, machte sich aber doch nicht klar, daß er sich der Brandregion näherte. Auf einem Fußpfade überquerte er jetzt einen großen unbebauten Platz, der einerseits an die Powarskaja, andrerseits an die zum Hause des Fürsten Grusinskij gehörigen Gärten stieß, als er plötzlich neben sich das verzweifelte Weinen einer Frauenstimme hörte. Er blieb stehen, wie aus dem Schlafe gerissen, und hob den Kopf. Seitab von dem Fußpfade lagen auf dem vertrockneten, staubbedeckten Grase ganze Haufen von Hausrat: Federbetten, ein Samowar, Heiligenbilder, Truhen und Kisten. Neben den Truhen saß eine nicht mehr junge, magere Frau mit langen, vorstehenden Oberkieferzähnen, mit einer schwarzen Saloppe und einem Häubchen bekleidet, auf der Erde. Diese Frau weinte haltlos, schüttelte dabei den Kopf und redete vor sich hin. Zwei Mädchen von zehn bis zwölf Jahren, in schmutzigen kurzen Kleidchen und Saloppen, sahen die Mutter erschrocken an und hatten dabei einen Ausdruck fassungsloser Verwunderung auf den blassen Gesichtern. Ein kleiner Junge von sieben Jahren in einem langen Rock und einer viel zu großen, offenbar nicht ihm gehörigen Mütze weinte in den Armen einer alten Kinderfrau. Ein barfüßiges, schmutziges Dienstmädchen saß auf einer Truhe mit aufgelöster, weißblonder Mähne, zog an ihren versengten Haaren und schnupperte den Brandgeruch ein. Das Familienoberhaupt, ein nicht sehr großer, ein wenig verkrümmter Mensch in Beamtenuniform, mit radartig geschnittenem Backenbart und glattgestrichenem, unter der sehr gerade sitzenden Mütze hervorkommendem Schläfenhaar, rückte die aufeinanderstehenden Truhen und Kisten auseinander und zog irgendwelche Kleidungsstücke unter ihnen hervor.

Als die Frau Pierre sah, fiel sie ihm fast zu Füßen.

„Liebste, gute Menschen, rechtgläubige Christen, rettet, helft! Lieber, guter Mann! Irgend jemand muß mir doch helfen!" schluchzte sie. „Mein kleines Mädchen! Meine Tochter! Meine jüngste Tochter ist zurückgeblieben! Verbrannt! Hu-hu-hu! Und ich habe sie doch immer ... Hu-hu-hu!"

„Laß doch, Marja Nikolajewna", sagte der Gatte leise, offenbar nur mit Rücksicht auf den fremden Mann. „Deine Schwester hat sie doch bestimmt mitgenommen, wo sollte sie sonst wohl sein!" setzte er hinzu.

„Wie kannst du nur so herzlos sein? Gemeiner Mensch du!" schrie die Frau wütend und hatte plötzlich zu weinen aufgehört. „Du hast ja gar kein Herz, daß dir dein eigenes Kindchen nicht leid tut. Ein anderer hätte sie aus dem Feuer geholt. Aber du bist ja gefühllos wie ein Stück Holz, du bist ja gar kein Mensch, kein Vater! Sie sind ein edler Mensch", wandte sie sich an Pierre, überhastete sich in ihren Worten und schluchzte dazwischen wieder. „Neben uns hat es gebrannt, das Feuer sprang zu uns über. Das Mädchen schrie: Es brennt! Wir rafften zusammen, was wir gerade kriegen konnten. So wie wir waren, stürzten wir heraus. Gerade was hier liegt, konnten wir noch mitnehmen, die Heiligenbilder und das Bett, es ist noch von meiner Aussteuer, sonst ist alles hin. Ich packe die Kinder, da sehe ich: Katetschka ist nicht da! Hu=hu=hu! O Gott!" Und sie schluchzte wieder: „Mein süßes Kindchen! Verbrannt! Verbrannt!"

„Ja, wo denn? Wo ist sie denn zurückgeblieben?" fragte Pierre. Sein Gesicht wurde immer teilnahmsvoller und lebhafter, und daran merkte die Frau, daß er ihr vielleicht helfen würde.

„Väterchen! Liebstes, bestes Väterchen!" rief sie und umklammerte seine Beine. „Sie sind ja mein Wohltäter, Sie werden nicht zulassen, daß mir das Herz zerreißt ... Aniska, los, du Ekel, geh mit, führe ihn hin!" schrie sie das Dienstmädchen an, den Mund weit aufgerissen in ihrer Qual und Wut, so daß ihre langen Zähne noch deutlicher zu sehen waren.

„Führe mich hin, führe mich hin, ich ... ich ... ich will sehen, was ich tun kann", stammelte Pierre hastig.

Das schmutzige Dienstmädchen ließ ihre Truhe im Stich, ordnete ihre Haare und ging mit ihren nackten, ausdruckslosen Füßen ächzend voran. Pierre war plötzlich wie nach einer schweren Ohnmacht wieder zu sich gekommen. Er hob den Kopf, in seinen Augen leuchtete ein neuer Lebensglanz, und mit raschen Schritten eilte er dem Mädchen nach, das ihm auf dem Fußpfade vorangegangen war, holte sie ein, und nun gelangten sie auf die Powarskaja. Die ganze Straße war von einer dichten schwarzen Rauchwolke erfüllt. Hier und dort züngelten schmale Flammen aus dieser Wolke hervor. Vor der Brandstelle hatte sich eine große Volksmenge gestaut. Mitten auf der Straße stand ein französischer General und sagte gerade irgend etwas zu seiner Umgebung. Von dem Mädchen geführt, kam Pierre bis in die Nähe des Generals, wurde dann aber von den französischen Soldaten angehalten.

„On ne passe pas",[1] wurde ihm entgegengeschrien.

„Hierher, Onkelchen!" rief das Mädchen. „Wir gehen durch die Quergasse über das Nikulinsche Grundstück."

Pierre kehrte um und folgte ihr und mußte manchmal tüchtige Sprünge machen, um mit ihr Schritt zu halten. Das Mädchen lief die Straße hinab, wandte sich links in eine Quergasse und bog, drei Häuser von der Ecke, rechterhand in einen Torweg ein.

„Da sind wir auch gleich schon", sagte das Mädchen.

Und sie lief über den Hof, öffnete das Pförtchen eines Plankenzaunes, machte halt und zeigte Pierre ein kleines hölzernes Seitengebäude, das lichterloh brannte. Die eine Seite war schon eingestürzt, die andere stand noch in Flammen, und das Feuer schlug grell aus den Fensteröffnungen und aus dem Dachstuhl.

Als Pierre das Pförtchen hinter sich hatte, quoll ihm die Glut entgegen, und er blieb unwillkürlich stehen.

„Welches, welches ist euer Haus?" fragte er.

[1] Nicht weitergehen!

„Hu=hu=hu!" heulte das Mädchen und zeigte auf das Seitengebäude. „Da, da ... da haben wir gewohnt. Verbrannt bist du, verbrannt, unser kleiner Schatz! Katetschka, süßes kleines Fräuleinchen, hu=hu=hu!" heulte Aniska angesichts des Brandes, offenbar in der Meinung, es sei unumgänglich, daß auch sie ihren Gefühlen Ausdruck gebe.

Pierre ging auf das Seitengebäude zu, aber die Glut war so stark, daß er unwillkürlich einen Bogen um den Brandherd machte und sich nun in der Nähe des Haupthauses befand, das erst an einem Dachgiebel brannte. Hier wimmelte es von Franzosen. Sie schleppten allerhand Dinge, und Pierre begriff anfangs nicht, was sie da machten. Als er dann aber einen Franzosen vor sich sah, der auf einen bäuerlich gekleideten Mann mit der flachen Klinge einschlug und ihm einen Fuchspelz entriß, da begriff er verworren, daß hier geplündert wurde, fand aber keine Zeit, bei diesem Gedanken zu verweilen.

Das Prasseln und Krachen der einstürzenden Wände und Decken, das Pfeifen und Zischeln der Flammen, das wilde Geschrei der Volksmenge, die hin und her wogenden Rauchwolken, die sich bald zu schwarzen Klumpen ballten, bald hellgrau in die Höhe stiegen, die blitzenden Feuerfunken und die Flammen, die an den Wänden auf und nieder tanzten, hier garbenförmig, rot, wie aus fester Masse gemacht, dort wieder an goldene Schuppen erinnernd, die Gluthitze und der stickige Rauch und die Schnelligkeit, mit der sich alles abspielte, das alles übte auf Pierre jene erregende Wirkung aus, die jeder bei einer Feuersbrunst empfindet. Bei Pierre war diese Wirkung besonders stark, weil er sich beim Anblick dieses Brandes plötzlich von den Gedanken befreit fühlte, die so schwer auf ihm gelastet hatten. Er fühlte sich jung, frisch, elastisch und entschlossen. Er war um das Seitengebäude herumgerannt bis an die Seite, die dem Haupthause zugewandt war, und wollte bereits in den noch aufrecht stehenden Teil des Hauses stürzen, als er gerade über seinem Kopf einige Stimmen aufschreien und gleich darauf neben sich einen schweren Gegenstand krachend zu Boden schlagen hörte.

Pierre schaute sich um und sah in den Fenstern des Hauses französische Soldaten, die soeben einen anscheinend mit Metallgegenständen gefüllten Kommodenkasten hinuntergeworfen hatten. Andere französische Soldaten, die unten gestanden hatten, machten sich an den Kasten.

„Eh bien, qu'est=ce qu'il veut, celui=là!"[1] schrie einer von ihnen Pierre an.

„Un enfant dans cette maison! N'avez=vous pas vu un enfant?"[2] sagte Pierre.

[1] He, was will der denn hier?
[2] Ein Kind ist noch in diesem Hause. Haben Sie kein Kind gesehen?

„Tiens, qu'est=ce qu'il chante celui=là? Va te promener",[1] schrien einige andere, und ein Soldat ging drohend auf Pierre zu, offenbar in der Furcht, Pierre könnte auf den Gedanken kommen, sich etwas von dem Silber und den Bronzegegenständen aus der Kommode an=zueignen.

„Un enfant?" rief ein Franzose von oben. „J'ai entendu piailler quelque chose au jardin. Peut=être c'est son moutard au bonhomme. Faut être humain, voyez=vous . . ." [2]

„Où est=il? où est=il?" [3] fragte Pierre.

„Par ici! Par ici!" schrie der Franzose im Fenster und zeigte auf den Garten hinter dem Hause. „Attendez, je vais descendre." [4]

Und tatsächlich sprang wenige Augenblicke später der Franzose, ein schwarzäugiger Bursche mit irgend etwas Fleckenartigem auf der Backe, hemdsärmelig aus einem Fenster des Unterstocks, klopfte Pierre auf die Schulter und rannte mit ihm in den Garten.

„Dépêchez=vous, vous autres", schrie er seinen Kameraden zu, „Commence à faire chaud." [5]

Sie liefen hinter das Haus über einen kiesbestreuten Gartenweg, der Franzose zupfte Pierre am Arm und zeigte auf ein Boskett. Unter einer Bank lag ein dreijähriges Mädchen in einem rosa Kleidchen.

„Voilà votre moutard. Ah, une petite, tant mieux", sagte der Franzose. „Au revoir, mon gros. Faut être humain. Nous sommes tous mortels, voyez=vous." [6] Und der Franzose mit dem Flecken auf der Backe rannte wieder zu seinen Kameraden.

Ganz außer Atem vor Freude stürzte Pierre auf das Mädchen zu und wollte es auf den Arm nehmen. Als indessen das skrofulöse, kränkliche, der Mutter ähnliche und keineswegs sehr schön anzu=sehende Mädchen den fremden Mann sah, schrie es auf und wollte davonlaufen. Pierre packte es aber und nahm es auf den Arm. Es kreischte verzweifelt und wütend auf und suchte sich mit seinen kleinen Händen aus Pierres Armen zu befreien und ihn mit seinem trotzigen Munde in die Hände zu beißen. Pierre überkam ein Gefühl des Grauens und Ekels, wie er es manchmal bei der Berührung irgend=welcher kleiner Tiere empfand. Er tat sich aber selbst Gewalt an, um das Kind nicht im Stich zu lassen und eilte mit ihm zum Haupthause zurück. Aber auf dem Wege, auf dem er gekommen war, kam er jetzt nicht mehr weiter, das Dienstmädchen Aniska war auch nicht mehr da, und Pierre rannte durch den Garten, um nach einem

[1] Was schwatzt der denn noch? Fort mit dir!
[2] Ein Kind? Ich habe etwas im Garten immerfort schreien hören. Vielleicht ist das der Bengel, den der Mann sucht. Man muß menschlich sein, nicht wahr?
[3] Wo ist es? Wo ist es denn?
[4] Hierher, hierher. Warten Sie, ich komme gleich herunter.
[5] Eilt euch, ihr anderen, es fängt schon an, heiß zu werden.
[6] Da ist Ihr Bengel. Ach, es ist ein Mädchen, um so besser. Auf Wiedersehen, mein Dicker. Man muß menschlich sein. Wir sind ja alle sterblich, nicht wahr?

anderen Ausgang zu suchen, und hielt dabei das Kind, das kläglich schluchzte und sich naß gemacht hatte, mit einer Mischung von Mitleid und Ekel so behutsam wie möglich an sich gedrückt.

XXXIV

Als Pierre durch allerhand Höfe und Quergassen mit seiner Last wieder zum Garten des Fürsten Grusinskij an der Ecke der Powarskaja gekommen war, erkannte er im ersten Augenblick die Stelle, von der er ausgegangen war, um das Kind zu suchen, gar nicht wieder, so überfüllt war alles von Menschen und allerhand aus den Häusern geschlepptem Hausrat. Außer den russischen Familien, die sich mit ihren Habseligkeiten vor dem Feuer hierher gerettet hatten, waren auch einige französische Soldaten da, deren Kleidungsstücke oft wenig zueinander paßten. Pierre schenkte ihnen keine Aufmerksamkeit. Er wollte so schnell wie möglich die Beamtenfamilie finden, um der Mutter ihr Kind zu übergeben und dann zuzusehen, ob er nicht noch jemand retten könne. Es war ihm, als müsse er noch viel tun, und zwar so schnell wie möglich. Glühend von der Brandhitze und dem schnellen Laufen, empfand Pierre in diesem Augenblick noch stärker als zuvor jenes Gefühl von Jugend, Leben und Entschlossenheit, das über ihn gekommen war, als er sich auf den Weg gemacht hatte, um das Kind zu retten. Das Mädchen war jetzt verstummt, saß auf Pierres Arm, hielt sich mit den kleinen Händen an seinem Kaftan fest und sah sich wie ein scheues kleines Tier um. Pierre sah es hin und wieder an und lächelte dann ein wenig. Er glaubte auf diesem erschrockenen und kränklichen Gesichtchen irgend etwas Rührendes und Unschuldiges wahrzunehmen.

Weder der Beamte noch seine Frau waren noch dort, wo Pierre sie verlassen hatte. Pierre ging mit großen Schritten durch die Menge und musterte alle die verschiedenen Gesichter, an denen er vorbeikam. Unwillkürlich ließ er sich vom Anblick einer georgischen oder armenischen Familie fesseln, die aus einem schönen, sehr alten Mann mit orientalischen Gesichtszügen in einem neu überzogenen Schafspelz und neuen Stiefeln, einer Alten von gleichem Typus und einer jungen Frau bestand. Diese noch sehr junge Frau erschien Pierre als Inbegriff aller orientalischen Schönheit mit ihren scharf gezeichneten, bogenförmigen schwarzen Augenbrauen und dem länglichen, ungewöhnlich zart-rötlichen, schönen, aber ausdruckslosen Gesicht. Inmitten der zerstreut umherliegenden Hausgeräte unter der Menschenmenge auf dem Platze gemahnte sie in ihrer reichen Atlas-Saloppe und ihrem grellvioletten Kopftuch an eine zarte, in den Schnee hinausgeworfene Treibhauspflanze. Sie saß ein wenig hinter der Alten auf einem Bündel und starrte mit den großen, leblos wirkenden, länglichen schwarzen Augen mit den langen Wimpern zu Boden. Man sah es ihr an, daß sie wußte, wie schön sie war, und für diese ihre Schönheit fürchtete. Dies Gesicht war Pierre sehr aufgefallen, und in all seiner Eile sah er sich noch mehrmals nach ihr um, während er am Zaun entlangging. Als er am Ende des Zaunes angekommen war und immer noch nicht die Familie, die er suchte, gefunden hatte, machte er halt und sah sich um.

Jetzt, mit dem Kind auf den Armen, gab Pierre eine noch auffallendere Erscheinung ab als zuvor, und bald hatten sich allerhand Leute, Männer und Weiber, um ihn gesammelt.

„Hast du jemand verloren, lieber Mensch? . . . Sie sind wohl auch einer von den Feinen, was? . . . Wem sein Kind ist denn das?" fragte man durcheinander.

Pierre erwiderte, das Kind gehöre einer Frau in schwarzer Saloppe, die mit ihren anderen Kindern hier gesessen habe, und fragte, ob niemand wisse, wer sie seien und wohin sie wohl gegangen sein können.

„Er meint sicher die Anferows", sagte ein alter Diakon zu einem blatternarbigen Frauenzimmer. „Herr, erbarme dich unser, Herr, erbarme dich unser", setzte er dann mit seiner liturgiegewohnten Baßstimme hinzu.

„Ach, woher wohl?" meinte das Frauenzimmer. „Die Anferows sind ja schon heute früh weggefahren. Entweder ist es das Kind von Maria Nikolajewna oder von der Iwanowa."

„Aber er spricht ja von einer Frau, und Marja Nikolajewna sind doch eine Dame", meinte ein Leibeigener.

„Ihr kennt sie doch sicher, sie hat so lange Zähne, so eine Magere", sagte Pierre.

„Das ist Marja Nikolajewna. Die sind in den Garten gegangen, als die Wölfe da angekrochen kamen", sagte die Alte und deutete auf die französischen Soldaten.

„Herr, erbarme dich unser", betete der Diakon wieder.

„Gehen Sie nur dort durch, da sind sie. Ja, es ist bestimmt Marja Nikolajewna. Sie war ja ganz gebrochen, hat in einem fort geweint", sagte die Alte wieder. „Die ist es. Da wird sie sein, gehen Sie nur dahin."

Pierre hörte aber nicht mehr zu. Bereits seit mehreren Sekunden hingen seine Blicke unverwandt an einem Vorgang, der sich einige Schritte von ihm entfernt abspielte. Zwei französische Soldaten waren auf die armenische Familie zugekommen. Einer von ihnen, ein kleines quecksilbriges Bürschchen, trug einen blauen Mantel, der mit einem Strick umgürtet war. Auf dem Kopf hatte er eine Nachtmütze, und seine Füße waren bloß. Der andere, der Pierres Auf=

merksamkeit noch mehr in Anspruch nahm, war ein langer, blonder, magerer Mensch von schlechter Haltung, langsamen Bewegungen und idiotischem Gesichtsausdruck. Er trug einen langen Bauernrock von Friesstoff, blaue Hosen und große, zerrissene Reitstiefel. Der kleine barfüßige Franzose im blauen Mantel stand jetzt vor den Armeniern, sagte ein paar Worte, griff ohne weiteres nach den Beinen des Alten, und nun begann der Alte hastig seine Stiefel auszuziehen. Der andere, der im Friesrock, stand vor der schönen Armenierin und starrte sie schweigend an, ohne sich zu rühren, die Hände in den Taschen.

„Hier, nimm das Kind!" sagte Pierre rasch und im Befehlston zu der Alten und hielt ihr das Kind hin. „Gib es ihnen ab, hörst du", sagte er fast schreiend, setzte das brüllende Mädchen auf die Erde und wandte den Blick wieder den Franzosen und der armenischen Familie zu.

Der Alte saß bereits barfuß da. Der kleine Franzose hielt schon beide Stiefel in der Hand und schlug mit dem einen gegen den anderen. Der Alte schluchzte und sagte irgend etwas, aber das nahm Pierre nur ganz flüchtig wahr, denn seine ganze Aufmerksamkeit galt jetzt dem Franzosen im Friesrock, der nun langsam und mit schwankenden Bewegungen auf die junge Frau zutrat, die Hände aus den Taschen zog und nach ihrem Halse griff.

Die schöne Armenierin hatte bis jetzt in unveränderter Regungslosigkeit dagesessen, die langbewimperten Augen auf den Boden gerichtet, und anscheinend gar nicht gesehen oder gefühlt, was der Soldat im Sinne hatte.

Während Pierre mit ein paar Sprüngen die kurze Entfernung durchmaß, die ihn von dem Franzosen trennte, hatte der lange Marodeur im Friesrock der Armenierin bereits den Halsschmuck abgerissen, und nun schrie die junge Frau kreischend auf und griff sich mit den Händen nach dem Halse.

„Laissez cette femme!" [1] krächzte Pierre heiser und mit wütender Stimme, packte den langen Soldaten mit dem gebogenen Rücken bei den Schultern und warf ihn zur Seite.

Der Soldat fiel hin, richtete sich wieder auf und machte, daß er wegkam. Sein Kamerad aber ließ die Stiefel fallen, griff nach seinem Seitengewehr und ging drohend auf Pierre los.

„Voyons, pas de bêtises!" [2] rief er.

Pierre war in einer Raserei der Wut, wie sie manchmal über ihn kam, ihm jede Besinnung raubte, seine Kräfte aber verzehnfachte. Er warf sich auf den barfüßigen Franzosen, und bevor dieser noch sein Seitengewehr aus der Scheide hatte, hatte er ihn schon zu Boden

[1] Hände weg von dieser Frau!
[2] Halt, keine Dummheiten!

geworfen und hämmerte mit den Fäusten auf ihn ein. Unter den Umstehenden wurden beifällige Rufe laut. Zugleich bog aber eine französische Ulanenpatrouille um die Ecke. Die Ulanen ritten im Trabe auf Pierre und den Franzosen zu und umringten beide. Was weiter vor sich ging, davon wußte Pierre nachher kaum noch etwas. Er entsann sich nur, daß er jemand geschlagen hatte, daß er selbst auch geschlagen worden war und daß er schließlich gemerkt hatte, wie ihm die Hände gebunden waren und französische Soldaten rings um ihn herumstanden und seinen Anzug durchsuchten.

„Il a un poignard, lieutenant",[1] das waren die ersten Worte, deren Sinn Pierre wieder aufnahm.

„Ah, une arme",[2] sagte der Offizier und wandte sich zu dem barfüßigen Soldaten, der mit Pierre zusammen arretiert worden war. „C'est bon, vous direz tout cela au conseil de guerre." Dann wandte er sich an Pierre: „Parlez-vous français, vous?"[3]

Pierre sah sich mit blutunterlaufenen Augen um, ohne zu antworten. Sein Gesicht mußte wohl einen schreckeneinflößenden Anblick abgeben, denn der Offizier sagte ein paar Worte im Flüsterton, und nun traten vier Ulanen vor und stellten sich rechts und links von Pierre auf.

„Parlez-vous français?" wiederholte der Offizier seine Frage und hielt sich dabei in einiger Entfernung von Pierre. „Faites venir l'interprète."[4]

Aus dem Ulanenkommando löste sich jetzt ein kleiner Mann in russischer Zivilkleidung und ritt auf die Gruppe zu. An seiner Kleidung und Sprache erkannte Pierre in ihm sofort einen Franzosen, der in einem Moskauer Kaufladen angestellt gewesen war.

„Il n'a pas l'air d'un homme du peuple",[5] sagte der Dolmetscher, nachdem er einen Blick auf Pierre geworfen hatte.

„Oh, oh! Ça m'a bien l'air d'être un des incendiaires", meinte der Offizier. „Demandez-lui ce qu'il est!"[6] setzte er hinzu.

„Wer du?" fragte der Dolmetscher. „Du müssen Antwort geben die Offizier."

„Je ne vous dirai pas qui je suis. Je suis votre prisonnier. Ammenez-moi",[7] sagte Pierre plötzlich auf französisch.

„Ah! Ah!" sagte der Offizier stirnrunzelnd. „Marchons!"[8]

1 Er hat einen Dolch, Leutnant.
2 Aha, eine Waffe.
3 Gut so! Über das alles werden Sie vor dem Kriegsgericht aussagen. — Sprechen Sie französisch, Sie?
4 Sprechen Sie französisch? Hole einer einen Dolmetscher.
5 Er sieht nicht aus wie ein Mann aus dem Volke!
6 Ach, der sieht aus wie einer von den Brandstiftern. Fragen Sie ihn, wer er ist.
7 Ich werde Ihnen nicht sagen, wer ich bin. Ich bin Ihr Gefangener. Lassen Sie mich abführen.
8 So, so. Wir wollen gehen.

Um die Ulanen hatte sich eine Menge von Menschen gesammelt. Pierre am nächsten stand das blatternarbige Frauenzimmer mit dem kleinen Mädchen. Als der Zug sich in Bewegung setzte, drängte sie sich vor.

„Wo werden sie dich hinführen, lieber Freund?" sagte sie. „Und das kleine Mädchen, wo soll ich mit dem kleinen Mädchen hin, wenn es vielleicht doch nicht das von den Leuten da ist?"

„Qu'est-ce qu'elle veut cette femme?"[1] fragte der Offizier.

Pierre war wie betrunken. Seine Verzückung wuchs noch beim Anblick des Kindes, das er gerettet hatte.

„Ce qu'elle dit?" sagte er. „Elle m'apporte ma fille, que je viens de sauver des flammes ... adieu!"[2] Und ohne zu wissen, wie ihm diese zwecklose Lüge eigentlich über die Lippen gekommen war, ging er aufrecht und mit einer gewissen Feierlichkeit zwischen den Franzosen einher.

Die Patrouille war eine von denen, die auf Durosnels Befehl durch verschiedene Straßen Moskaus geschickt worden waren, um dem Marodeurwesen zu steuern, namentlich aber um die Brandstifter festzunehmen, denen eine an diesem Tage bei den französischen Kommandobehörden allgemein aufgekommene Ansicht die Entstehung der Brände zuschrieb. Die Patrouille ritt noch einige weitere Straßen ab und verhaftete dabei noch fünf Russen, die aus irgendeinem Grunde verdächtig schienen, den Besitzer einer Verkaufsbude, zwei Seminaristen, einen Bauern und einen zu einem adligen Haushalt gehörenden Leibeigenen, außerdem einige Marodeure. Aber den verdächtigsten Eindruck unter allen diesen Verdächtigen machte Pierre. Als alle Verhafteten für die Nacht in ein großes zur Hauptwache eingerichtetes Gebäude am Subowwall eingeliefert worden waren, da wurde Pierre unter strenger Bewachung von den anderen getrennt untergebracht.

[1] Was will diese Frau da?
[2] Was sie sagt? Sie bringt mir mein Töchterchen, das ich gerade noch aus den Flammen gerettet habe ... Leb wohl ...

VIERTER TEIL

I

In den höchsten Kreisen von Petersburg tobte in dieser Zeit der verwickelte Kampf der Parteien heftiger als je. Hier standen einander die Partei Rumjanzews, die Partei der Franzosen, die Partei der Kaiserin=Mutter Maria Feodorowna, die Partei des Thronfolgers und noch andere gegenüber, und wie immer wurde der Lärm dieses Kampfes durch das Summen der höfischen Drohnen noch übertönt. Allein das ruhige, üppige, nur mit Phantomen, Spiegelbildern des eigentlichen Lebens, beschäftigte Petersburger Leben ging trotzdem seinen alten Gang, und es brauchte große Anstrengungen, um durch all dieses Getriebe hindurch sich der gefahrvollen und schweren Lage bewußt zu werden, in der das russische Volk sich befand. Immer noch gab es die gleichen Hof=Cercles, die gleichen Bälle, das gleiche französische Theater, die gleichen Interessen der verschiedenen Hofkreise, die gleichen dienstlichen Interessen und Intrigen. Nur in den allerhöchsten Sphären versuchte man ernstlich sich die Schwere der gegenwärtigen Lage vor Augen zu halten. Man erzählte sich flüsternd, wie völlig einander entgegengesetzt unter diesen so schwierigen Umständen das Verhalten beider Kaiserinnen war. Die Kaiserin Maria Feodorowna, der die unter ihrem Protektorat stehenden Wohltätigkeits= und Erziehungsanstalten sehr am Herzen lagen, hatte deren Verlegung nach Kasan verfügt, und die Sachen dieser Institute waren schon gepackt. Die Kaiserin Jelisaweta Alexejewna aber hatte auf die Frage, was für Verfügungen sie zu treffen geruhe, mit dem ihr eigenen russischen Patriotismus geantwortet, in betreff staatlicher Institutionen könne sie keine Verfügungen treffen, das sei Sache des Kaisers; und auf die Frage, was sie persönlich vorhabe, hatte sie zu erwidern geruht, sie würde Petersburg als die letzte von allen verlassen.

Am 26. August, also am Tage der Schlacht bei Borodino, gab es bei Anna Pawlowna eine Soiree, deren Krone die Vorlesung eines

Briefes bilden sollte, den der hochwürdigste Metropolit gleichzeitig mit der Übersendung eines Bildes des heiligen Gottesmannes Sergius an den Kaiser geschrieben hatte. Dieser Brief wurde als Muster vaterländischer und geistlicher Wortkunst gerühmt. Vorlesen sollte ihn Fürst Wassilij in eigner Person, der um seiner Vorlesekunst willen berühmt war und auch der Kaiserin hin und wieder vorlesen mußte. Seine Vorlesekunst erblickte man darin, daß er laut und mit singendem Tonfall, zwischen verzweifeltem Geheul und zärtlichem Knurren hin und her pendelnd, die Worte ohne jede Rücksicht auf ihren Sinn hinströmte, so daß es der Zufall vollkommen in der Hand hatte, welches Wort unter das Geheul und welches unter das Geknurr fiel. Diese Vorlesung hatte, wie alle Soireen bei Anna Pawlowna, eine politische Bedeutung. Es sollten einige wichtige Persönlichkeiten kommen, die man mit patriotischer Begeisterung erfüllen und denen man das Gewissen dafür schärfen wollte, daß es eine Schande war, auch jetzt noch, wie sie es taten, regelmäßig das französische Theater zu besuchen. Es hatte sich bereits eine stattliche Anzahl von Gästen versammelt, aber gerade die, auf die man am meisten rechnete, sah Anna Pawlowna in ihrem Salon noch nicht, und darum ließ sie den Brief vorderhand noch ruhen und sorgte dafür, daß sich eine allgemeine Unterhaltung entspann.

Die Neuigkeit des Tages war für die Petersburger die Erkrankung der Gräfin Besuchowa. Die Gräfin war vor einigen Tagen ganz plötzlich erkrankt, war mehreren Gesellschaften ferngeblieben, deren Krone sie sonst immer gebildet hatte, und man erzählte sich, sie empfange niemanden und habe sich dieses Mal nicht den medizinischen Berühmtheiten von Petersburg, von denen sie sich sonst behandeln ließ, sondern einem italienischen Arzt anvertraut, der seiner Behandlung irgendein neues und ungewöhnliches Verfahren zugrunde legte.

Alle wußten ganz genau, daß die Krankheit der reizenden Gräfin ihren Grund nur darin hatte, daß eine Doppelehe sich doch nicht so ganz einfach arrangieren läßt, und wußten ebenso genau, daß das Heilverfahren des Italieners nur darin bestand, daß er an der Behebung dieser Schwierigkeit arbeitete. Allein in Anna Pawlownas Gegenwart wagte man einen derartigen Gedanken nicht zu äußern, ja, es war, als wisse man auch gar nichts mehr davon.

„On dit, que la pauvre comtesse est très mal. Le médecin dit que c'est l'angine pectorale."

„L'angine? Oh, c'est une maladie terrible."

„On dit que les rivaux se sont reconciliés grâce à l'angine . . ." [1]

[1] Der armen Gräfin soll es sehr schlecht gehen. Der Arzt meint, es sei eine Angina pectoris.
Angina pectoris? Oh, das ist eine schreckliche Krankheit! Man sagt, die Rivalen hätten sich angesichts dieser Angina versöhnt . . .

Das Wort „angine" brachte man immer mit besonderer Genugtuung vor.

„Le vieux comte est touchant à ce qu'on dit. Il a pleuré comme un enfant, quand le médecin lui a dit que le cas était dangereux."

„Oh, ce serait une perte terrible. C'est une femme ravissante."

Anna Pawlowna gesellte sich zu den Sprechenden.

„Vous parlez de la pauvre comtesse? J'ai envoyé savoir de ses nouvelles. On m'a dit qu'elle allait un peu mieux. Oh, sans doute, c'est la plus charmante femme du monde", sagte Anna Pawlowna und lächelte dabei über ihren eigenen Enthusiasmus. „Nous appartenons à des camps différents, mais cela ne m'empêche pas de l'estimer, comme elle le mérite. Elle est bien malheureuse." [1]

Ein unvorsichtiger junger Mann meinte, Anna Pawlowna wolle mit diesen Worten ein wenig den Schleier des Geheimnisses lüften, der über der Krankheit der Gräfin lag, und so nahm er es sich heraus, seiner Verwunderung darüber Ausdruck zu geben, daß die Gräfin sich nicht an einen der bekannten Petersburger Ärzte gewandt, sondern sich einem Scharlatan anvertraut habe, der ihr vielleicht gar gefährliche Mittel gäbe.

„Vos informations peuvent être meilleures que les miennes", fiel Anna Pawlowna giftig und rasch über den unerfahrenen jungen Mann her. „Mais je sais de bonne source que ce médecin est un homme très savant et très habile. C'est le médecin intime de la Reine d'Espagne." [2]

Und nachdem Anna Pawlowna so den jungen Mann abgetan hatte, wandte sie sich an Bilibin, der in einer anderen Gruppe über die Österreicher sprach, die Stirnhaut in Falten gezogen, offensichtlich aber gerade im Begriff, sie wieder glatt werden zu lassen und un mot von sich zu geben.

Er war gerade bei dem diplomatischen Schriftstück, mit dem die von Wittgenstein, den man in Petersburg allgemein „le héros de Petropol" [3] nannte, erbeuteten österreichischen Fahnen nach Wien zurückgeschickt worden waren.

„Je trouve que c'est charmant", [4] sagte er.

[1] Der alte Graf ist rührend, wie man sich erzählt. Er hat wie ein Kind geweint, als ihm der Arzt sagte, daß der Fall gefährlich sei.
Ach, es wäre ein schrecklicher Verlust! Sie ist eine bezaubernde Frau.
Sie sprechen von der armen Gräfin? Ich habe gerade jemanden hingeschickt, um zu hören, wie es geht. Man hat mir gesagt, es ginge ihr etwas besser. Oh, ohne Zweifel, sie ist die reizendste Frau der Welt ... Wir stehen zwar in verschiedenen Lagern, aber das hindert mich nicht, sie so hoch zu schätzen, wie sie es verdient. Sie ist sehr unglücklich.

[2] Ihre Informationen mögen wohl besser sein als meine. Ich weiß aber aus guter Quelle, daß dieser Arzt ein sehr erfahrener und sehr geschickter Mann ist, es ist der Leibarzt der Königin von Spanien.

[3] Held von Petropol.

[4] Ich finde, daß es reizend ist.

„Wie? Wovon sprechen Sie?" fragte Anna Pawlowna und sorgte so dafür, daß die nötige Stille eintrat, damit das „mot", das sie bereits kannte, einer entsprechenden Würdigung begegnete.

Und Bilibin führte wörtlich den betreffenden Passus aus dem von ihm selbst verfaßten diplomatischen Schriftstück an:

„L'Empereur renvoie les drapeaux autrichiens, drapeaux amis et égarés, qu'il a trouvés hors de la route." [1]

Damit ließ er seine Stirnfalten wieder verschwinden.

„Charmant, charmant!" bemerkte Fürst Wassilij.

„C'est la route de Varsovie peut-être",[2] sagte Fürst Ippolit laut und ein wenig überraschend.

Alle sahen ihn an und verstanden nicht recht, was er damit gemeint hatte. Fürst Ippolit selbst sah sich mit fröhlichem Erstaunen um. Er verstand ebensowenig wie die anderen, was seine Worte eigentlich besagen wollten. In seiner diplomatischen Laufbahn hatte er häufig wahrgenommen, daß ein paar Worte, die man auf diese Weise plötzlich in die Unterhaltung warf, als überaus geistreich empfunden wurden, und so hatte er denn diese Worte, die ihm gerade irgendwie auf die Zunge gekommen waren, aufs Geratewohl von sich gegeben. „Vielleicht macht es sich sehr gut", hatte er gedacht, „und wenn es nicht sehr wirkungsvoll herauskommt, sie werden schon irgend etwas damit anzufangen wissen." Und tatsächlich hatte er insofern Glück, als gerade in das eben anhebende verlegene Schweigen hinein jene nicht genugsam patriotisch fühlende Persönlichkeit eintrat, auf die Anna Pawlowna gewartet hatte, um sie zu bekehren, und nun drohte die Hausherrin Ippolit lächelnd mit dem Finger, bat den Fürsten Wassilij an einen Tisch, stellte ihm zwei Kerzen hin, gab ihm die Abschrift des Briefes und bat ihn, anzufangen. Alles verstummte.

„Allergnädigster Herr und Kaiser!" deklamierte Fürst Wassilij streng und warf einen Blick über sein Publikum, als wolle er fragen, ob vielleicht jemand etwas dagegen habe. Allein niemand hatte etwas dagegen. „Moskau, die altehrwürdige Thron- und Residenzstadt, das Neue Jerusalem, wird empfangen seinen Gesalbten", das Wort „seinen" betonte er gänzlich unvermittelt, „gleich wie eine Mutter mit liebenden Armen umfängt ihre herzgetreuen Söhne, und durch alles Finster, so über uns hereinbrach, vorschauend den leuchtenden Ruhm Deiner Herrschaft, wird es singen mit Jauchzen: Hosianna, gelobt sei, der da kommt im Namen des Herrn!"

Fürst Wassilij hatte diese letzten Worte mit einer gewissen Weinerlichkeit vorgebracht.

[1] Der Kaiser schickt die österreichischen Fahnen wieder zurück, verlorengegangene Freundesfahnen, die er weit ab von der Straße gefunden hat.

[2] Reizend, reizend. Vielleicht ist es die Straße nach Warschau?

Bilibin betrachtete aufmerksam seine Fingernägel, und viele von den Anwesenden machten so ängstliche Gesichter, als wollten sie fragen, was sie denn eigentlich angestellt hätten. Anna Pawlowna flüsterte wie ein altes Weib beim Kommunionsgebet schon zum voraus die nächsten Worte: „Mag der freche und hoffärtige Goliath..."

Fürst Wassilij fuhr fort:

„Mag der freche und hoffärtige Goliath auch todesschwangere Schrecknisse mit sich tragen von den Grenzen Frankreichs bis über die russischen Lande, dennoch wird die Sanftmut frommen Glaubens, welche da ist die Schleuder des russischen David, unversehens zermalmen das Haupt seines blutdürstigen Stolzes. Dieses Bild des heiligen Sergius, des altüberkommenen Eiferers für das Wohl unseres Vaterlandes, sei Euer Kaiserlichen Majestät dargebracht. Es schmerzt mich, daß meine immer schwächer werdenden Kräfte es mir nicht gestatten, mich im Anschauen Eurer Kaiserlichen Majestät allerhuldreichsten Antlitzes zu beseligen. Heiße Gebete lasse ich aufsteigen gen Himmel, auf daß der Allmächtige erhöhe den Stamm der Gerechten und tue nach dem heilsamen Willen Eurer Majestät."

„Quelle force! Quel style!"[1] Diese Lobeserhebungen galten dem Vorleser und dem Schreiber dieses Briefes zugleich.

Begeistert von dem Gehörten, sprachen Anna Pawlownas Gäste noch lange von der Lage des Vaterlandes und äußerten allerhand Mutmaßungen über den Ausgang der Schlacht, die dieser Tage geliefert worden sein mußte.

„Vous verrez",[2] sagte Anna Pawlowna, „daß wir morgen, am Geburtstage des Kaisers, eine gute Nachricht bekommen. Ich habe so meine Vorahnungen."

II

Anna Pawlownas Ahnung traf tatsächlich ein. Am folgenden Tage fand anläßlich des kaiserlichen Geburtstages ein Gottesdienst im Palais statt, und dabei wurde Fürst Wolkonskij aus der Kirche herausgerufen, da ein Brief vom Fürsten Kutusow eingetroffen war. Es war die Meldung, die Kutusow von Tatarinowa aus am Tage der Schlacht abgeschickt hatte. Kutusow schrieb, die Russen seien keinen Schritt zurückgegangen, die Franzosen hätten viel mehr Leute verloren als die Unsrigen, und er selbst schreibe diese Zeilen in aller Eile vom Schlachtfelde aus, obwohl die Meldungen von einzelnen Truppenteilen noch ausstünden. Es war also ein Sieg, und für diesen Sieg und für seine Hilfe wurde dem Schöpfer gleich im Anschluß an den Gottesdienst in der Kirche der schuldige Dank dargebracht.

[1] Welch eine Kraft! Welch ein Stil!
[2] Sie werden sehen.

Anna Pawlownas Ahnung war eingetroffen, und in der Stadt herrschte den ganzen Vormittag über eine festlich=freudige Stimmung. Allgemein galt der Sieg als eine Tatsache, und es gab sogar schon Leute, die von einer Gefangennahme Napoleons, seiner Absetzung und der Wahl eines neuen Staatsoberhaupts für Frankreich sprachen.

Fern vom Ort des Geschehens und in der mannigfach bedingten Sphäre des höfischen Lebens finden die Ereignisse nur sehr schwer einen Widerhall, der an Tiefe und Stärke ihrer eigentlichen Bedeutung entspricht. Ganz von selbst kommt es so, daß Ereignisse von allgemeiner Bedeutung sich um irgendeine mit ihnen nur locker verbundene Zufälligkeit gruppieren. So freute man sich bei Hofe genau ebenso wie über den Sieg selbst darüber, daß die Siegesnachricht gerade am Geburtstag des Kaisers angelangt war. Das wirkte wie eine hübsch ausgedachte und wohlgelungene Überraschung. In Kutusows Schreiben war auch von den russischen Verlusten die Rede, und er nannte Namen wie Tutschkow, Bagration, Kutaissow. Und nun gruppierte sich auch die traurige Seite dessen, was da geschehen war, hier in der großen Welt von Petersburg ganz wie von selbst um ein einzelnes Ereignis, nämlich um den Tod Kutaissows. Alle hatten ihn gekannt, der Kaiser hatte eine Vorliebe für ihn gehabt, er war jung und interessant gewesen. Immer, wenn sich Angehörige der höfischen Welt an diesem Tage trafen, hieß es:

„Wie wundersam! Gerade während des Gottesdienstes! Aber was für ein Verlust, daß Kutaissow tot ist! Ach, wie schade!"

„Was habe ich Ihnen von Kutusow gesagt?" sagte Fürst Wassilij jetzt in hellem Prophetenstolz. „Ich habe immer gesagt, er allein bringt es fertig, Napoleon zu besiegen."

Aber am folgenden Tage kamen keine Nachrichten von der Armee, und alles war ein wenig beunruhigt. Der Kaiser litt unter dieser Ungewißheit, und dieses Leiden übertrug sich auf den Hof.

„Für den Kaiser ist es doch sehr arg", sagten die Höflinge und hatten nun keine Lobsprüche mehr für Kutusow, wie sie sie eben erst gehabt hatten, sondern schalten auf ihn, weil er es war, der dem Kaiser diese Beunruhigung verursachte. Fürst Wassilij pries jetzt seinen protégé[1] Kutusow auch nicht mehr, sondern schwieg still, wenn das Gespräch auf den Oberkommandierenden kam. Als sollte sich alles vereinigen, um die Petersburger in Angst und Aufregung zu versetzen, gesellte sich dazu am gleichen Abend noch eine schreckliche Neuigkeit. Gräfin Jelena Besuchowa war ganz plötzlich von einer gräßlichen Krankheit, deren Namen man mit so viel Genuß ausgesprochen hatte, dahingerafft worden. Offiziell hieß es

[1] Günstling.

in den Kreisen der großen Welt, die Gräfin Besuchowa sei an einem sehr schweren Anfall von angine pectorale gestorben, im vertrauteren Kreise aber wußte man sich allerlei Einzelheiten zu erzählen: le médecin intime de la Reine d'Espagne[1] habe Hélène geringfügige Dosen von irgendeiner Arznei verordnet, die irgendeine ganz bestimmte Wirkung haben sollte, aber Hélène habe sich so darüber gegrämt, daß der alte Graf einen Argwohn gegen sie hatte und daß ihr Mann, dieser unselige Wüstling Pierre, ihren Brief unbeantwortet ließ, daß sie eine sehr große Dosis der verordneten Arznei auf einmal genommen habe und unter Qualen gestorben sei, bevor man ihr hätte helfen können. Es hieß auch, Fürst Wassilij und der alte Graf hätten gegen den Italiener vorgehen wollen, der Italiener habe aber derartig kompromittierende Aufzeichnungen der armen Verstorbenen in Händen, daß sie von allen weiteren Schritten gegen ihn hätten Abstand nehmen müssen.

Im Mittelpunkt aller Gespräche standen drei traurige Themen: die qualvolle Ungewißheit des Kaisers, der Tod Kutaissows und der Tod Hélènes.

Drei Tage nachdem Kutusows Bericht angekommen war, traf in Petersburg ein Gutsbesitzer aus Moskau ein, und nun durchlief die Nachricht, Moskau werde den Franzosen preisgegeben, die ganze Stadt. Das war grauenvoll! Und wie schrecklich für den Kaiser! Kutusow war ein Verräter, und Fürst Wassilij sagte während der visites de condoléance[2], die man ihm anläßlich des Todes seiner Tochter machte, von Kutusow, den er doch früher so sehr gerühmt hatte, von diesem blinden, greisen Wüstling habe sich auch nichts anderes erwarten lassen. Angesichts seines Kummers fand man es verzeihlich, daß er vergessen zu haben schien, wie er früher über ihn gesprochen hatte.

„Ich wundere mich nur über das eine, daß man es fertiggebracht hat, so einem Menschen das Schicksal Rußlands anzuvertrauen", sagte er.

Solange es sich nur um eine inoffizielle Nachricht handelte, war ein Zweifel noch möglich, am Tage darauf traf aber folgendes Schreiben des Fürsten Rastoptschin ein:

„Ein Adjutant des Fürsten Kutusow hat mir einen Brief überbracht, in welchem der Fürst mich um Polizeioffiziere ersucht, welche die Armee auf die Rjasaner Straße führen sollen. Er sagt, er müsse Moskau zu seinem Leidwesen aufgeben. Kaiser und Herr! Mit Kutusows Handlungsweise ist die Entscheidung über das Los der Hauptstadt und Ihres Reiches gefallen. Durch ganz Rußland wird ein Er-

[1] der Leibarzt der Königin von Spanien.
[2] Beileidsbesuche.

zittern gehen, wenn es erfährt, daß die Stadt aufgegeben ist, in der alle Größe Rußlands ihren Mittelpunkt hat und in der die Gebeine Ihrer Vorfahren ruhen. Ich schließe mich der Armee an. Ich habe dafür gesorgt, daß alles Wertvolle fortgeschafft worden ist. Mir bleibt nichts als das Geschick meines Vaterlandes zu beweinen."

Nach Empfang dieses Schreibens schickte der Kaiser den Fürsten Wolkonskij mit folgendem Reskript an Kutusow:

„Fürst Michail Ilarionowitsch! Seit dem 29. August habe ich keine Nachrichten von Ihnen. Inzwischen habe ich unter dem 1. September vom Oberkommandierenden von Moskau über Jaroslawl die traurige Nachricht erhalten, daß Sie sich entschlossen haben, mit Ihrer Armee Moskau zu verlassen. Sie können sich vorstellen, wie diese Nachricht auf mich gewirkt hat, und Ihr Schweigen vermehrt meine Verwunderung noch. Mit diesem Handschreiben schicke ich den Generaladjutanten Fürsten Wolkonskij zu Ihnen. Er soll sich bei Ihnen über den Zustand der Armee und über die Gründe unterrichten, die Sie zu einem so traurigen Entschluß veranlaßt haben."

III

Neun Tage, nachdem Moskau aufgegeben war, traf ein Bote Kutusows mit der offiziellen Meldung über die Räumung der Stadt in Petersburg ein. Dieser Bote war der Franzose Michaud, der zwar kein Russisch verstand, aber, wie er selbst sagte, quoique étranger, russe de cœur et d'âme [1] war.

Der Kaiser empfing ihn unverzüglich in seinem Kabinett im Kamennyi-Ostrow-Palais. Michaud, der Moskau während des Krieges zum erstenmal zu sehen bekommen hatte und kein Russisch verstand, war doch sehr bewegt, als er jetzt vor notre très gracieux souverain stand, um ihm die Nachricht vom Brande Moskaus zu bringen, dont les flammes éclairaient sa route [2], wie er später selbst schrieb.

Obwohl der chagrin [3] des Herrn Michaud mit dem Kummer, der das Herz der russischen Menschen erfüllte, nicht sehr viel gemein hatte, machte er doch, als er in das kaiserliche Kabinett geführt wurde, ein so trübes Gesicht, daß der Kaiser ihn gleich fragte:

„M'apportez-vous de tristes nouvelles, colonel?"

„Bien tristes, Sire", antwortete Michaud und schlug mit einem Seufzer die Augen nieder, „l'abandon de Moscou."

[1] Obwohl ein Ausländer, so doch mit Leib und Seele Russe.
[2] Unserm allergnädigsten Herrn ... dessen Flammen ihm auf seinem Weg leuchteten.
[3] Kummer.

„Aurait-on livré mon ancienne capitale sans se battre?“ [1] fragte der Kaiser hastig und war plötzlich rot geworden.

Michaud setzte nun ehrfurchtsvoll auseinander, was Kutusow ihm befohlen hatte, nämlich daß eine Schlacht unter den Mauern von Moskau unmöglich gewesen sei, daß man nur die Wahl zwischen dem Verlust Moskaus einerseits und dem gleichzeitigen Verlust Moskaus und der Armee andrerseits gehabt habe und der Feldmarschall daher gezwungen gewesen sei, sich für die erstgenannte Möglichkeit zu entscheiden.

Der Kaiser hatte schweigend zugehört, ohne Michaud anzusehen.

„L'ennemi est-il entré en ville?“ fragte er dann.

„Oui, Sire, et elle est en cendres à l'heure qu'il est. Je l'ai laissée toute en flammes“,[2] antwortete Michaud mit Bestimmtheit. Als er dann aber den Kaiser ansah, erschrak er über das, was er angerichtet hatte.

Der Kaiser atmete schwer und hastig, seine Unterlippe zuckte, und seine schönen blauen Augen waren plötzlich feucht von Tränen.

Allein das währte nur einen Augenblick. Dann runzelte der Kaiser plötzlich die Stirn, als zürne er sich selbst seiner Schwäche wegen, hob den Kopf und sagte mit großer Festigkeit zu Michaud:

„Je vois, colonel, par tout ce qui nous arrive, que la Providence exige de grands sacrifices de nous ... Je suis prêt à me soumettre à toutes Ses volontés. Mais dites-moi, Michaud, comment avez-vous laissé l'armée, en voyant ainsi sans coup férir abandonner mon ancienne capitale? N'avez-vous pas aperçu du découragement?“ [3]

Als Michaud sah, daß sein très gracieux souverain seine Ruhe wiedergefunden hatte, da fand er auch die seinige wieder, hatte aber auf die unumwundene und den Kernpunkt der Lage berührende Frage des Kaisers, die eine klare und eindeutige Antwort erforderte, nicht gleich eine Antwort in Bereitschaft.

„Sire, me permettrez-vous de parler franchement en loyal militaire?“ erwiderte er, um Zeit zu gewinnen.

„Colonel, je l'exige toujours“, antwortete der Kaiser. „Ne me cachez rien, je voux savoir absolument, ce qu'il en est.“ [4]

[1] Bringen Sie mir traurige Nachrichten, Oberst? — Sehr traurige, Majestät ... die Aufgabe Moskaus. — Hat man denn meine alte Hauptstadt ohne Kampf aufgegeben?

[2] Ist der Feind in die Stadt einmarschiert?
Jawohl, Majestät, und in diesem Augenblick liegt sie schon in Schutt und Asche. Sie brannte lichterloh, als ich sie verließ.

[3] Oberst, an allem, was uns widerfährt, sehe ich, daß die Vorsehung große Opfer von uns fordert ... Ich bin bereit, mich völlig ihrem Willen zu unterwerfen; aber, erzählen Sie, Michaud, in welchem Zustand haben Sie die Armee verlassen, die meine alte Hauptstadt ohne einen Schwertstreich aufgegeben hat? Haben Sie keine Mutlosigkeit an ihr wahrgenommen?

[4] Gestatten Majestät, daß ich aufrichtig spreche als biederer Soldat?
Das verlange ich immer, Oberst. Verbergen Sie mir nichts, ich will unbedingt wissen, wie die Lage ist.

Michaud hatte sich inzwischen eine Antwort in Form eines leichten und zugleich ehrfurchtsvollen jeu de mot[1] zurechtgelegt.

„Sire!" sagte er mit einem feinen, kaum wahrnehmbaren Lächeln um die Lippen. „Sire! J'ai laissé toute l'armée depuis les chefs jusqu'au dernier soldat sans exception dans une crainte épouvantable, effrayante . . ."

„Comment ça?" fiel ihm der Kaiser ins Wort und runzelte finster die Stirn. „Mes Russes se laisseront-ils abattre par le malheur . . . Jamais . . ."

Darauf hatte Michaud nur gewartet, um sein höfisch-ehrerbietiges Wortspiel anzubringen.

„Sire", sagte er, „ils craignent seulement que Votre Majesté par bonté de cœur ne se laisse persuader de faire la paix. Ils brûlent de combattre", sagte er als Bevollmächtigter des russischen Volkes, „et de prouver à Votre Majesté par le sacrifice de leur vie, combien ils lui sont dévoués."

„Ah!" sagte der Kaiser erleichtert, und seine Augen leuchteten, während er Michaud freundlich auf die Schulter klopfte. „Vous me tranquillisez, colonel."[2]

Dann ließ er den Kopf sinken und sagte eine Weile nichts. Darauf richtete er sich zu seiner ganzen Größe auf und sagte mit einer freundlichen und sehr kaiserlichen Handbewegung:

„Eh bien, retournez à l'armée et dites à nos braves, dites à tous mes bons sujets partout où vous passerez, que quand je n'aurai plus aucun soldat, je me mettrai, moi-même, à la tête de ma chère noblesse, de mes bons paysans et j'userai ainsi jusqu'à la dernière ressource de mon empire. Il m'en offre encore plus que mes ennemis ne pensent", sagte er mit immer sich steigernder Begeisterung. „Mais si jamais il fut écrit dans les décrets de la Divine Providence", fuhr er fort, und hob seine schönen, milden und im Glanze des Gefühls leuchtenden Augen zum Himmel, „que ma dynastie dût cesser de régner sur le trône de mes ancêtres, alors, après avoir épuisé tous les moyens qui sont en mon pouvoir, je me laisserai croître la barbe jusqu'ici —", der Kaiser deutete mit der Hand auf die Mitte seiner Brust — „et j'irai manger des pommes de terre avec le dernier de mes paysans plutôt que de signer la honte

[1] Wortspiel.

[2] Majestät, ich habe die ganze Armee, von den Kommandeuren bis zum letzten Soldaten ohne jede Ausnahme in einer entsetzlichen, fürchterlichen Angst zurückgelassen . . ., Was? Meine Russen sollten sich durch Unglück entmutigen lassen . . . Niemals . . . Majestät, sie fürchten nur, Eure Majestät könnten sich in Ihrer Herzensgüte überreden lassen, Frieden zu schließen. Sie brennen darauf, zu kämpfen und Eurer Majestät durch das Opfer ihres Lebens zu beweisen, wie sehr sie Ihnen ergeben sind . . .
Sie beruhigen mich, Oberst.

de ma patrie et de ma chère nation, dont je sais apprécier les sacrifices.[1]

Der Kaiser hatte mit großer Erregung gesprochen. Jetzt wandte er sich ab, als wollte er Michaud die Tränen nicht sehen lassen, die ihm in die Augen getreten waren, und ging in die Tiefe des Kabinetts. Hier blieb er eine kleine Weile stehen, dann kehrte er mit großen Schritten zu Michaud zurück und preßte mit einem kräftigen Drucke Michauds Arm etwas unterhalb des Ellbogens. Das schöne, milde Gesicht des Kaisers hatte sich gerötet, und seine Augen blitzten vor Entschlossenheit und vor Zorn.

„Colonel Michaud, n'oubliez pas ce que je vous dis ici; peut-être qu'un jour nous le rappellerons avec plaisir ... Napoléon ou moi", sagte der Kaiser und deutete auf seine Brust. „Nous ne pouvons plus régner ensemble. J'ai appris à le connaître, il ne me trompera plus ..."[2]

Und der Kaiser runzelte die Stirn und brach ab. Als Michaud, der ja „quoique étranger, mais russe de cœur et d'âme" war, diese Worte hörte und den Ausdruck fester Entschlossenheit in den Augen des Kaisers sah, empfand er die Feierlichkeit des Augenblicks, fühlte sich selbst, wie er später sagte, „enthousiasmé par tout ce qu'il venait d'entendre",[3] und brachte mit folgenden Worten seine eigenen Empfindungen und die des russischen Volkes, als dessen Bevollmächtigter er sich fühlte, zum Ausdruck:

„Sire! Votre Majesté signe dans ce moment la gloire de la nation et le salut de l'Europe."[4]

Der Kaiser entließ Michaud mit einem Neigen des Kopfes.

[1] Kehren Sie zur Armee zurück und sagen Sie meinen tapferen Soldaten, sagen Sie es allen meinen braven Untertanen, überall, wo Sie vorbeikommen, daß ich, wenn ich keinen einzigen Soldaten mehr habe, mich selbst an die Spitze meines teuren Adels, meiner getreuen Bauern stellen und so die letzten Mittel meines Reiches heranziehen will. Es stehen mir noch mehr zur Verfügung, als meine Feinde denken ... Wenn es aber in den Beschlüssen der göttlichen Vorsehung geschrieben steht, daß meine Dynastie aufhören muß, auf dem Throne meiner Vorfahren zu regieren, dann werde ich, wenn alle mir zur Verfügung stehenden Mittel erschöpft sind, mir den Bart bis hierher wachsen lassen ... und werde eher mit dem letzten meiner Bauern Kartoffeln essen, als die Schande meines Vaterlandes und meines geliebten Volkes, dessen Opfer ich zu würdigen weiß, zu unterzeichnen ...

[2] Oberst Michaud, vergessen Sie nicht, was ich Ihnen hier gesagt habe, vielleicht werden wir irgendwann einmal mit Vergnügen hieran zurückdenken ... Napoleon oder ich ... Wir können nicht mehr zusammen regieren. Ich habe ihn jetzt erkannt, er wird mich nicht mehr täuschen.

[3] obwohl Ausländer, so doch mit Leib und Seele Russe ... begeistert durch all das, was er soeben gehört hatte.

[4] Eure Majestät besiegeln in diesem Augenblick den Ruhm der Nation und die Rettung Europas.

IV

Unwillkürlich machen wir, die wir diese Zeit nicht miterlebt haben — diese Zeit, da halb Rußland erobert war und die Einwohner Moskaus in entfernte Gouvernements flüchteten und Aufgebot um Aufgebot zum Schutz des Vaterlandes aufgebracht wurde —, uns von dieser Zeit eine Vorstellung, als hätten damals alle russischen Menschen, kleine und große, nichts anderes zu tun gehabt, als sich hinzuopfern, das Vaterland zu retten oder seinen Untergang zu beweinen. Alle Erzählungen und Schilderungen, die dieser Zeit gelten, sprechen ausnahmslos von nichts anderem als von der selbst=losen Hingabe, der Vaterlandsliebe, der Verzweiflung, dem Leid und Heroismus der Russen. In Wirklichkeit lagen die Dinge ganz anders. Wir haben diesen Eindruck nur deshalb, weil wir von dieser ver=gangenen Zeit lediglich die Dinge sehen, die mit dem großen welt=geschichtlichen Ablaufprozeß verbunden sind, und nicht alle die von persönlichen Interessen getragenen Lebensäußerungen der einzelnen Menschen. Dabei sind in Wirklichkeit alle die von persönlichen Interessen getragenen Lebensäußerungen der jeweils lebenden Men=schen so unvergleichlich wichtiger als die großen geschichtlichen Gemeinsamkeiten, daß solche Gemeinsamkeiten angesichts dieser von Privatinteressen getragenen Lebensäußerungen überhaupt nicht empfunden, nicht wahrgenommen werden. Die Mehrzahl der Men=schen jener Zeit kümmerte sich um den allgemeinen Gang der Dinge überhaupt nicht, sondern ließ sich von persönlichen Gegenwarts= und Augenblicksinteressen leiten. Und gerade damit haben diese Menschen damals der Allgemeinheit den denkbar größten Nutzen gebracht.

Diejenigen aber, die den allgemeinen Gang der Dinge zu ver=stehen suchten und mit Heroismus und opferwilliger Selbsthingabe an ihm teilnehmen wollten, waren die nutzlosesten Mitglieder der Gesellschaft; sie sahen alles verkehrt und alles, was sie für nützlich hielten und daher taten, erwies sich als nutzloser Unfug, wie etwa die Regimenter Pierres und Mamonows, die plündernd durch die russischen Dörfer zogen, und die Charpie, die von den Damen ge=zupft wurde und nie bis zu den Verwundeten kam, und dergleichen mehr.

Auch diejenigen, die ihre Weisheit gern von sich gaben und ihre Gefühle gern aussprachen und die Lage Rußlands tiefgründig er=örterten, brachten in alles, was sie sagten, unwillkürlich einen Zug von Heuchelei und Lüge oder von unfruchtbarer Kritikasterei und Gehässigkeit gegen irgendwelche anderen Menschen, denen sie die Schuld an Dingen beimaßen, an denen niemand schuld sein konnte. Der tiefe Sinn dessen, daß es dem Menschen verboten wurde, die

Frucht vom Baume der Erkenntnis zu essen, geht einem nie klarer auf als bei Betrachtung historischer Ereignisse. Nur die unbewußt ausgeübte Tätigkeit bringt Früchte, und der Mensch, der in einem historischen Vorgang eine Rolle spielt, begreift den Sinn dieses Vorgangs nie. Versucht er zu begreifen, so ist sein Tun zur Fruchtlosigkeit verurteilt.

Die Bedeutung dessen, was damals in Rußland vor sich ging, ging den Menschen jener Zeit um so weniger auf, je näher sie selbst den Dingen waren. In Petersburg und in den Gouvernements, die von Moskau weit ablagen, weinten Herren in Milizuniformen und Damen der Gesellschaft über das Schicksal Rußlands und seiner Hauptstadt und sprachen von Selbsthingabe und anderen schönen Dingen mehr. In der Armee aber, die hinter Moskau zurückging, hatte man für Moskau kaum Gedanken oder Worte, und niemand tat beim Anblick des Brandes großartige Racheschwüre, sondern man dachte an die nächste Löhnungsdekade, an das nächste Quartier, an die Marketenderin Matrjoschka und ähnliches mehr.

Nikolai Rostow ging gar nicht von großartigen Aufopferungsgedanken aus, sondern nahm nur auf Grund des Zufalls, daß der Krieg eben während seiner aktiven Militärzeit ausgebrochen war, aus nächster Nähe an der Verteidigung des Vaterlandes unausgesetzt teil und hatte daher auch weder Verzweiflung noch düstere Spekulationen für das, was in Rußland geschah. Hätte man ihn gefragt, wie er über die augenblickliche Lage Rußlands denke, so hätte er gesagt, er hätte überhaupt nicht nachzudenken, dafür seien Kutusow und andere da, was ihn angehe, so habe er gehört, die Regimenter sollten neu aufgefüllt werden, der Feldzug würde sich wohl noch recht lange hinziehen, und wie die Dinge heute lägen, wäre es kein Wunder, wenn er etwa in zwei Jahren ein Regiment bekäme. Da er die Dinge in dieser Weise anzusehen pflegte, grämte er sich keineswegs darüber, daß er eine Abkommandierung nach Woronesh erhielt, um Remonten für die Division zu holen, und also an den folgenden Kämpfen nicht würde teilnehmen können, sondern freute sich vielmehr von Herzen darüber und verhehlte diese Freude keineswegs, wofür seine Kameraden auch volles Verständnis hatten.

Einige Tage vor der Schlacht bei Borodino erhielt Nikolai seine Ausweispapiere und die entsprechenden Geldsummen und fuhr mit der Post nach Woronesh, nachdem er ein Kommando Husaren vorausgeschickt hatte.

Nur wer selbst Ähnliches erfahren, das heißt selbst mehrere Monate ununterbrochen in der Atmosphäre des Kriegs- und Feldlebens verbracht hat, kann die Seligkeit nachfühlen, die Nikolai erfüllte, als er endlich die Zone hinter sich hatte, bis zu der die Armee mit ihren Ausläufern von Fouragierkommandos, Proviantfuhren und

Hospitälern reichte. Als er endlich keine Soldaten, Trainkolonnen, schmutzige Lagerüberreste mehr sah, sondern nur noch Dörfer mit Bauern und Bauernweibern, Herrenhöfe, Felder mit weidendem Vieh, Poststationen mit verschlafenen Postmeistern, da empfand er eine solche Freude, als sähe er all dieses zum erstenmal. Am erstaunlichsten und beglückendsten aber erschienen ihm die Frauen, junge, gesunde Frauen, von denen nicht gleich jede ein Dutzend scharwenzelnder Offiziere an sich hängen hatte, Frauen, die glücklich und geschmeichelt waren, wenn ein durchreisender Offizier ein wenig mit ihnen scherzte.

Nikolai traf in strahlender Laune nachts in Woronesh ein, ließ sich im Gasthause allerlei geben, was er bei der Armee lange Zeit nicht hatte haben können, und fuhr am anderen Morgen in der lange nicht mehr getragenen Paradeuniform, tadellos sauber rasiert, zur vorgesetzten Behörde, um sich zu melden.

Der Milizkommandeur war ein im Generalsrang stehender Beamter, ein älterer Mann, dem die ungewohnte militärische Stellung offenbar sehr viel Spaß machte. Er empfing Nikolai ingrimmig, da er diese Art von Ingrimm für ein Kriterium militärischen Auftretens hielt, und fragte ihn mit viel Wichtigkeit aus, ganz so, als gebe ihm seine Stellung ein Recht darauf, die Gesamtlage zu kritisieren, hier gut zu heißen und dort zu tadeln. Nikolai war aber so guter Laune, daß er auch daran nur seinen Spaß hatte.

Vom Milizkommandeur fuhr er zum Gouverneur. Der Gouverneur war ein kleiner, lebhafter Mann, sehr freundlich und schlicht. Er gab Nikolai die Gestüte an, in denen er Pferde bekommen konnte, empfahl ihm einen Pferdehändler in der Stadt und einen zwanzig Werst von der Stadt wohnenden Gutsbesitzer, die beide gute Pferde zur Verfügung hätten, und versprach, Nikolai in allem behilflich zu sein.

„Sind Sie ein Sohn des Grafen Ilja Andrejewitsch? Meine Frau war mit Ihrer Frau Mutter sehr befreundet. Donnerstags haben wir immer ein paar Menschen bei uns, heute ist Donnerstag, kommen Sie doch ganz ohne Umstände", sagte der Gouverneur beim Abschied.

Unmittelbar im Anschluß an seinen Besuch beim Gouverneur nahm Nikolai einen Relaiswagen und fuhr in Begleitung seines Wachtmeisters zu dem Gestüt des Gutsbesitzers, zwanzig Werst von der Stadt. Jetzt, im Anfang seines Aufenthalts in Woronesh, erschien Nikolai alles lustig und leicht, und wie das so zu gehen pflegt, wenn der Mensch selbst gut aufgelegt ist, es ließ sich auch alles glücklich und leicht an.

Der Gutsbesitzer, zu dem Nikolai jetzt kam, war ein alter Hagestolz, ehemaliger Kavallerist, Pferdekenner, Jäger, Besitzer einer

Teppichweberei, hundertjährigen Gewürzschnapses, alten Ungarweins und vor allem wundervoller Pferde.

Im Handumdrehen waren sie einig, und Nikolai kaufte für sechstausend Rubel siebzehn ausgesuchte Hengste als Schmuckstücke seiner Sammlung, wie er sich ausdrückte. Nachdem er mit dem Gutsbesitzer zu Mittag gegessen und ein wenig zuviel Ungarwein getrunken hatte, küßte er sich mit seinem Wirt, mit dem er schon Duzfreundschaft geschlossen hatte, und fuhr in strahlender Laune auf dem schauderhaften Wege zur Stadt zurück. Unaufhörlich trieb er den Postkutscher zur Eile an, um noch rechtzeitig zur Soiree beim Gouverneur zu sein.

Nachdem er sich den Kopf mit kaltem Wasser begossen, sich umgezogen und parfümiert hatte, machte er sich auf den Weg. Er erschien beim Gouverneur zwar mit einiger Verspätung, hatte dafür aber die fertige Phrase bei der Hand: „Vaut mieux tard que jamais." [1]

Es war kein Ball, und es war auch bei den Einladungen nicht davon die Rede gewesen, daß getanzt werden sollte, aber alle wußten, daß Katerina Petrowna auf dem Klavier Walzer und Ecossaisen spielen und daß man tanzen würde, und da man einmal darauf rechnete, war alles in Balltoilette gekommen.

Das Provinzleben war im Jahre 1812 genau das gleiche wie sonst, nur mit dem einen Unterschied, daß es hier in der Stadt munterer zuging als früher, weil viele wohlhabende, aus Moskau geflüchtete Familien da waren, und daß sich auch hier wie in allem, was damals in Rußland geschah, eine ganz besondere Art flotten und leichten Schwunges in der Lebensführung, so eine Was-kostet-die-Welt-Stimmung, bemerkbar machte. Ein weiterer Unterschied war freilich auch der, daß die gewöhnlichen Alltagsunterhaltungen, wie sie der Mensch nun einmal nicht entbehren zu können glaubt, sich nicht mehr wie früher um das Wetter und um gemeinsame Bekannte, sondern um Moskau, um die Armee und um Napoleon bewegten.

Beim Gouverneur hatte sich die beste Gesellschaft von Woronesh zusammengefunden.

Es waren recht viele Damen da, auch einige, die Nikolai von Moskau her kannte. Unter den Herren gab es keinen, der sich auch nur entfernt mit dem Grafen Rostow als mit einem Ritter des Georgskreuzes, Remonten-Husaren und liebenswürdigen und guterzogenen Menschen hätte messen können. Auch ein gefangener französischer Offizier italienischer Nationalität war unter den Herren, und Nikolai fühlte, wie die Anwesenheit dieses Gefangenen seine eigene Bedeutung als die eines russischen Helden noch mehr hob. Der Gefangene war sozusagen eine Siegestrophäe. Dieses Gefühl

[1] Besser spät als gar nicht.

hatte nicht nur Nikolai, sondern es war ihm auch, als sähen alle anderen in dem Italiener das gleiche, und Nikolai war gegen ihn besonders liebenswürdig, wenn auch nicht ohne eine gewisse würdige Zurückhaltung. Kaum daß Nikolai in seiner Husarenuniform eingetreten war und seinen Wein= und Parfümgeruch hereingetragen und seine Phrase: „Vaut mieux tard que jamais" einige Male angebracht und einige Male von anderen gehört hatte, als auch schon alles auf ihn zukam; alle Blicke hingen an ihm, und er fühlte gleich mit einem Schlage, daß ihm hier die Stellung eines allgemeinen Lieblings zugefallen war, die ihm hier in der Provinz ja auch zukam und ihn immer angenehm berührte, jetzt aber, da er derartige Freuden so lange hatte entbehren müssen, in einen förmlichen Freudenrausch versetzte. Nicht nur auf den Poststationen, in den Gasthöfen und in der Teppichweberei des Gutsbesitzers waren Frauen und Mädchen in dienender Stellung gewesen, denen seine Aufmerksamkeit offenbar geschmeichelt hatte, sondern auch hier, auf der Soiree des Gouverneurs, gab es – so wollte es Nikolai scheinen – eine unzählbare Menge junger Frauen und hübscher Mädchen, die ungeduldig nur darauf warteten, daß Nikolai ihnen sein Augenmerk zuwandte. Die Frauen und Mädchen kokettierten mit ihm, und die alte Generation befaßte sich vom ersten Tage seiner Anwesenheit an mit allerhand Kombinationen, wie man diesen flotten Schlingel von Husaren wohl verheiraten und damit schließlich zu einem würdigen und gesetzten Mann machen könnte. Mit solchen Gedanken beschäftigte sich auch die Frau des Gouverneurs, die Rostow wie einen nahen Verwandten empfing und ihn „Nicolas" und „du" nannte.

Katerina Petrowna begann wirklich Walzer und Ecossaisen zu spielen, und das Tanzen begann, und Nikolai bezauberte diese ganze Provinzgesellschaft durch seine Gewandtheit. Namentlich wurde die ganze besonders legere Manier bewundert, mit der er tanzte. Über diese Manier war Nikolai selbst etwas erstaunt. In Moskau hatte er noch nie so getanzt und hätte sogar eine so legere Manier für durchaus unpassend und mauvais genre[1] gehalten; hier aber empfand er es als notwendig, die ganze Gesellschaft durch irgendwelche Besonderheiten in Erstaunen zu setzen, durch etwas, von dem sie glauben sollten, es sei in Moskau und Petersburg so üblich und nur noch nicht bis zu ihnen in die Provinz gelangt.

Den ganzen Abend über widmete Nikolai seine Aufmerksamkeit vornehmlich einer blauäugigen, vollen und anmutigen Blondine, die mit einem von den Gouvernementsbeamten verheiratet war. Mit der naiven Überzeugtheit lebenslustiger junger Leute, wonach fremde

[1] geschmacklos.

Frauen eigens für sie geschaffen sind, wich Rostow kaum einen Schritt von dieser Dame und behandelte ihren Mann mit besonderer Freundlichkeit, fast so, als stünde er mit ihr schon in einem geheimen Einverständnis und als hätten sie sich wortlos darauf geeinigt, daß sie beide, das heißt Nikolai und die Frau dieses Mannes, doch wirklich ausgezeichnet zueinander paßten. Indessen schien der Mann diese Überzeugung nicht zu teilen und legte darum in sein Benehmen gegen Rostow absichtlich etwas Finsteres. Aber Nikolais gutmütige Naivität war so grenzenlos, daß der Ehemann manchmal, wenn er es auch nicht wollte, Nikolais guter Laune erlag. Gegen Ende der Soiree jedoch wurde das Gesicht des Ehemannes immer trübseliger und düsterer, je glühender und lebhafter das Gesicht der Frau wurde, als sei beiden gemeinsam eine bestimmte Dosis Lebhaftigkeit zugemessen und als müßte die Lebhaftigkeit des Mannes in demselben Maß abnehmen, in welchem die der Frau zunahm.

V

Nikolai saß etwas eingesunken in seinem Sessel, beugte sich unentwegt lächelnd zu der schönen Blondine neben ihm und sagte ihr Komplimente, in denen er sie mit Gestalten der Mythologie verglich. Er saß in einer Wolke von Parfüm, schlug die in prallen Reithosen steckenden Beine flott übereinander, ließ die Blicke wohlgefällig über seine Dame und über sich selbst gleiten, namentlich über seine wohlgeformten Füße in den knappsitzenden Husarenstiefeln mit dem Schnurbesatz, und sagte zu der Blondine, er habe vor, hier in Woronesh eine Dame zu entführen.

„Und wer ist es?"

„Sie ist entzückend, göttlich! Sie hat blaue Augen", Nikolai sah seine Partnerin an, „einen Mund wie Korallen, blütenweiße Haut" — er sah auf ihre Schulter — „einen Wuchs wie Diana selbst ..."

Der Ehemann gesellte sich zu ihnen und fragte seine Frau verdrießlich, wovon die Rede sei.

„Ah, Nikita Iwanytsch!" sagte Nikolai und stand höflich auf.

Und als wollte er Nikita Iwanytsch auch gern an seinen Späßen teilnehmen lassen, erzählte er jetzt auch ihm, er habe vor, eine blonde Dame zu entführen.

Der Ehemann lächelte mißmutig, die Frau vergnügt. Die gute Gouverneurin trat mit mißbilligender Miene zu ihnen.

„Anna Ignatjewna möchte dich sprechen, Nicolas", sagte sie, und an der Betonung, die sie dem Namen Anna Ignatjewna gab, merkte Rostow sofort, daß Anna Ignatjewna eine besonders wichtige Per=

sönlichkeit sein mußte. „Komm, Nicolas – so darf ich dich doch nennen?"

„Gewiß, ma tante.[1] Um wen handelt es sich?"

„Um Anna Ignatjewna Malwinzewa. Sie hat durch ihre Nichte davon gehört, wie du sie gerettet hast... Weißt du jetzt Bescheid?"

„Na, ich habe ja schon allerhand Gelegenheiten gehabt, Damen zu retten", antwortete Nikolai.

„Ihre Nichte, die Prinzessin Bolkonskaja! Sie ist hier in Woronesh bei ihrer Tante. Aha, wie du rot geworden bist! Sollte da vielleicht..."

„Aber ich bitte Sie, ma tante, ich denke ja gar nicht daran."

„Nun, schön, schön... Ja, ja, du bist mir schon einer!"

Die Gouverneurin führte ihn zu einer hochgewachsenen, sehr dicken Alten mit blauer Toque, die eben ihre Kartenpartie mit den Spitzen der Stadt beendet hatte. Das war die Malwinzewa, eine Tante der Prinzessin Marja von Muttersseite her, eine reiche, kinderlose Witwe, die ständig in Woronesh lebte. Sie war vom Spieltisch aufgestanden und rechnete gerade ab, als Rostow kam. Sie sah ihn aus zusammengekniffenen Augen streng und würdevoll an, schalt aber weiter auf den General, der ihr ihr Geld abgenommen hatte.

„Sehr erfreut, mein Lieber", sagte sie dann und gab Rostow die Hand. „Bitte besuchen Sie mich doch einmal."

Nun sprach sie noch ein wenig von Prinzessin Marja und deren seligem Vater, den die Malwinzewa offenbar nicht sehr gern gehabt hatte, erkundigte sich, ob Nikolai etwas vom Fürsten Andrej wüßte, dem sie offenbar ebensowenig gewogen war, wiederholte ihren Wunsch, Nikolai bei sich zu sehen, und entließ ihn.

Nikolai hatte versprochen zu kommen und war wieder rot geworden, als er sich von der Malwinzewa mit einer Verbeugung verabschiedet hatte. Bei der Erwähnung der Prinzessin Marja hatte Rostow ein Gefühl der Befangenheit, ja der Beängstigung empfunden, das er selbst nicht verstand.

Nachdem Rostow die Malwinzewa verlassen hatte, wollte er sich wieder dem Tanz zuwenden, aber die kleine Gouverneurin legte ihr molliges Händchen auf Nikolais Ärmel, sagte, sie müsse etwas mit ihm besprechen und führte ihn in das Diwanzimmer; hier hatten einige Gäste gesessen, verschwanden aber jetzt augenblicks, um die Gouverneurin nicht zu stören.

„Weißt du, mon cher", sagte die Gouverneurin und hatte dabei einen Ausdruck von Ernst auf ihrem kleinen, gutmütigen Gesicht, „das wäre gerade so eine Partie für dich. Soll ich die Sache in die Hand nehmen?"

[1] meine Tante.

„Von wem sprechen Sie, ma tante?" fragte Nikolai.

„Von der Prinzessin! Katerina Petrowna meint freilich, du müßtest Lili heiraten, aber ich bin nicht dafür. Es muß die Prinzessin sein. Einverstanden? Ich bin überzeugt, deine maman wird mir dankbar sein. Wirklich, sie ist schon ein reizendes Mädchen! Und ganz so häßlich ist sie auch gar nicht."

„Keineswegs", antwortete Nikolai fast ein wenig gekränkt. Dann fuhr er fort, ohne daß er Zeit gehabt hätte, sich recht zu überlegen, was er sagte: „Wie es sich für einen Soldaten gehört, ma tante, so bettle ich nicht erst lange und sage nie nein."

„Aber mach dir das eine klar: es ist kein Scherz."

„Natürlich nicht!"

„Ja, ja", sagte die Gouverneurin fast wie im Selbstgespräch. „Und dann ist da noch etwas, mon cher, entre autre. Vous êtes trop assidu auprès de l'autre. La blonde.[1] Der Mann ist schon ganz böse geworden, wahrhaftig ..."

„Ach, nein, wir sind ganz gut Freund miteinander", antwortete Nikolai in seiner Herzenseinfalt. Der Gedanke kam ihm gar nicht, daß das, was für ihn selbst so ein lustiger Zeitvertreib war, für einen anderen vielleicht weniger lustig sein könnte.

„Was habe ich denn der Gouverneurin da für eine Dummheit gesagt!" fuhr es ihm beim Souper plötzlich durch den Kopf. „Sie wird tatsächlich die Sache einleiten. Und Sonja?"

Und als er sich nachher von der Gouverneurin verabschiedete und diese ihm noch einmal lächelnd sagte: „Also, dann denke daran, was wir besprochen haben", da führte er sie ein wenig auf die Seite.

„Ja, also, um Ihnen die Wahrheit zu sagen, ma tante ..."

„Was denn, was denn, mein Lieber? Komm, setzen wir uns noch dahin."

Nikolai verspürte plötzlich eine unwiderstehliche Neigung, dieser Frau, die er doch kaum kannte, alle seine geheimsten Gedanken bloßzulegen, Gedanken, die er weder seiner Mutter noch seiner Schwester, noch irgendeinem Freunde mitgeteilt hätte. Wenn Nikolai später an diesen Ausbruch unbegründeten und unerklärlichen Mitteilungsbedürfnisses, der doch so wichtige Folgen für ihn haben sollte, zurückdachte, so kam es ihm vor — wie es einem in solchen Fällen ja immer vorkommt —, als hätte es sich da nur um eine törichte Augenblickslaune gehandelt; und dabei hatte doch dieser Ausbruch vertrauensseligen Mitteilungsbedürfnisses im Verein mit einigen anderen an sich unbedeutenden Geschehnissen für ihn und seine ganze Familie Folgen von ungeheurer Tragweite.

„Ja also, ma tante, maman möchte mich schon längst mit irgend-

[1] Übrigens, mein Lieber, Sie sind allzuviel um die andere, die Blonde, herum.

einem wohlhabenden Mädchen verheiraten, aber der Gedanke, bloß des Geldes wegen zu heiraten, ist mir so zuwider."

„Gewiß, das verstehe ich", sagte die Gouverneurin.

„Aber mit der Prinzessin Bolkonskaja ist es doch eine andere Sache. Erstens will ich Ihnen ganz offen sagen, daß sie mir sehr gut gefällt, sie wäre durchaus etwas für mich. Und dann habe ich doch oft denken müssen, es ist eine Schicksalsfügung, daß ich ihr gerade unter solchen Umständen und auf eine so merkwürdige Weise begegnet bin. Und dann denken Sie doch, maman hatte schon längst an die Prinzessin gedacht, aber bisher hatte es sich nicht so gemacht, daß ich ihr einmal begegnet wäre. Das geht manchmal ja so: wir waren uns eben nie begegnet. Und solange meine Schwester Natascha mit ihrem Bruder verlobt war, konnte ich ja doch nicht an eine Heirat mit ihr denken*. Dann mußte ich ihr gerade damals begegnen, als Nataschas Verlobung zurückgegangen war, nun, und dann dachte ich immer wieder ... Ja, also so ist es ... Ich habe noch mit keinem Menschen davon gesprochen und will das auch nicht. Sie sind der einzige."

Die Gouverneurin preßte ihm dankbar den Ellbogen.

„Kennen Sie Sophie, meine Cousine? Ich liebe sie, ich habe ihr versprochen, sie zu heiraten, und ich werde sie auch heiraten ... Da sehen Sie eben, daß keine Rede von der Prinzessin sein kann", sagte Nikolai stotternd und wurde ganz rot dabei.

„Mon cher, mon cher, was hast du dir denn für Dinge in den Kopf gesetzt? Sophie hat doch nichts, und du sagst ja selbst, daß dein Vater in recht bedrängten Verhältnissen ist. Und deine maman? Das würde sie ja unter die Erde bringen! Also das ist das eine. Zweitens Sophie selbst: wenn sie wirklich Herz hat, wie soll sie denn so ein Leben ertragen? Die Mutter in Verzweiflung, die Vermögensverhältnisse vollständig zerrüttet ... Nein, mon cher, du und Sophie, ihr müßt das schon begreifen."

Nikolai gab keine Antwort. Eigentlich hörte er diese Argumente recht gern.

„Es geht aber trotzdem nicht, ma tante", sagte er endlich mit einem Seufzer. „Würde mich die Prinzessin denn überhaupt nehmen? Außerdem hat sie jetzt Trauer. Wie kann man überhaupt auf so etwas verfallen!"

„Ja, dachtest du denn, ich wollte dich jetzt im Handumdrehen zur Trauung führen? Il y a manière et manière",[1] sagte die Gouverneurin.

„Was sind Sie aber auch für eine prächtige Freiwerberin, ma tante", sagte Nicolas und küßte ihr molliges Händchen.

* Anm. am Schluß des Buches
[1] es geht so und so.

VI

Als Prinzessin Marja nach ihrem Zusammentreffen mit Rostow in Moskau angelangt war, hatte sie dort ihren Neffen mit seinem Hofmeister vorgefunden und einen Brief vom Fürsten Andrej erhalten, des Inhalts, sie möchte doch nach Woronesh zur Tante Malwinzewa gehen. Die Sorgen der Übersiedlung, die Unruhe um den Bruder, das Sicheinleben im neuen Hause, die neuen Gesichter, die Erziehung des Neffen, das alles drängte in Prinzessin Marjas Seele jenes Gefühl in den Hintergrund, das sie als eine Art Versuchung empfand, jenes Gefühl, das sie während der Krankheit ihres Vaters, nach dessen Tode und vor allem nach dem Zusammentreffen mit Rostow gequält hatte. Sie war traurig, denn der Tod des Vaters, der für sie mit dem Untergang Rußlands zusammenfiel, hatte sie schwer getroffen, und ihr Kummer nahm jetzt, nachdem ein unter äußerlich ruhigen Verhältnissen verbrachter Monat dahingegangen war, immer noch an Stärke zu. Sie war in unruhiger Erregung. Denn der Gedanke an die Gefahren, denen ihr Bruder ausgesetzt war, der einzige, der ihr geblieben war von allen, die ihr nahegestanden hatten, quälte sie unaufhörlich. Viel Sorge machte ihr auch die Erziehung ihres Neffen, und immer wieder zweifelte sie an ihrer Eignung dazu. Dabei lebte aber in ihrem tiefsten Innern doch ein Gefühl des Einklanges mit sich selbst, und dieses Gefühl rührte daher, daß sie bewußt ihre mit Rostow zusammenhängenden Träume, ihre Hoffnungen auf ein persönliches Glück in sich zum Schweigen gebracht hatte.

Am Tage nach der Soiree suchte die Gouverneurin die Malwinzewa auf und sprach mit ihr von ihren Plänen. Sie machte freilich die Einschränkung, daß unter den jetzigen Verhältnissen eine formelle Verlobung undenkbar sei, meinte aber, man könne die jungen Leute trotzdem zusammenbringen und ihnen die Möglichkeit zu einem näheren Kennenlernen geben. Die Tante war damit einverstanden, und als später Prinzessin Marja dazukam, brachte die Gouverneurin das Gespräch auf Rostow, erzählte viel Gutes von ihm und erwähnte, er sei ganz rot geworden, als sie den Namen der Prinzessin genannt habe. Prinzessin Marja empfand darüber indessen weniger Freude als Kummer, denn nun war ihre innere Harmonie dahin, und wieder erhoben sich in ihrem Herzen Wünsche, Zweifel, Selbstanklagen und Hoffnungen.

Zwischen dem Besuch der Gouverneurin und dem Rostows bei der Malwinzewa lagen zwei Tage, und in diesen zwei Tagen dachte Prinzessin Marja an nichts anderes als daran, wie sie sich wohl Rostow gegenüber benehmen sollte. Bald beschloß sie, gar nicht in den Salon zu kommen, wenn er ihrer Tante seinen Besuch machte, weil es doch ihrer Trauer wegen unschicklich für sie sein würde, Besuch zu empfangen. Bald meinte sie, nach allem, was er für sie getan habe, könnte das als Ungezogenheit wirken. Dann kam ihr der Gedanke in den Kopf, ihre Tante und die Gouverneurin möchten vielleicht mit ihr und Rostow etwas vorhaben, und manchmal wollte es ihr scheinen, als fände diese Mutmaßung in gewissen Blicken und Worten der beiden ihre Bestätigung. Dann wieder sagte sie sich, nur sie in ihrer Schlechtigkeit könne solche Gedanken bei anderen voraussetzen, ihre Tante und die Gouverneurin müßten doch wissen, daß derartige Ehestiftungsversuche jetzt, da sie noch nicht einmal ihre Trauerkleidung abgelegt hatte, eine Beschimpfung für sie selbst und das Andenken ihres Vaters sein mußten. Für den Fall, daß sie sich doch noch entschließen würde, in den Salon zu gehen, wenn Rostow seinen Besuch machte, legte sich Prinzessin Marja zurecht, was er wohl zu ihr und was sie wohl zu ihm sagen würde. In den Worten aber, die sie sich zurechtlegte, glaubte sie bald eine Kälte zu finden, die Rostow nicht um sie verdient hatte, bald kamen sie ihr wieder zu bedeutungsvoll und vielsagend vor. Was sie aber am meisten fürchtete, war das: sie würde bei diesem Wiedersehen — das fühlte sie — verwirrt und verlegen werden und sich damit gleich im ersten Augenblick verraten.

Als aber am Sonntag nach dem Hochamt der Diener im Salon meldete, Graf Rostow sei da, ließ die Prinzessin sich doch keine Verwirrung oder Verlegenheit anmerken; nur eine leichte Röte trat ihr auf die Wangen, und ihre Augen gewannen einen neuen, leuchtenden Glanz.

„Sie haben ihn schon gesehen, Tantchen?" fragte Prinzessin Marja ruhig und wußte selbst nicht, wie sie es zuwege brachte, äußerlich so ruhig und natürlich zu sein.

Als Rostow eintrat, senkte die Prinzessin für einen Augenblick den Kopf, als wolle sie dem Gast Zeit lassen, zuerst die Tante zu begrüßen, hob aber gerade in dem Augenblick, in welchem Nikolai sich ihr zuwandte, den Kopf wieder in die Höhe und begegnete seinem Blick mit leuchtenden Augen. Unter freudigem Lächeln erhob sie sich mit vollkommener Würde und Grazie der Bewegungen, reichte ihm ihre feine und zarte Hand und begrüßte ihn mit einer Stimme, in der plötzlich ganz neue, frauenhafte, von Herzen kommende Töne mitschwangen. Mademoiselle Bourienne, die auch im Salon war, sah Prinzessin Marja mit zweifelndem Erstaunen an. Sie war wirklich eine vollendete Kokette und hätte doch beim Zusammentreffen mit einem Mann, dem sie etwa gefallen wollte, nicht geschickter manövrieren können.

„Entweder steht Schwarz ihr ganz besonders, oder sie ist wirklich hübscher geworden, und ich habe es nur nicht gemerkt. Und dann vor allem: diese Grazie und gesellschaftliche Gewandtheit!" dachte Mademoiselle Bourienne.

Wenn Prinzessin Marja in diesem Augenblick eines klaren Gedankens fähig gewesen wäre, so hätte sie sich wohl noch mehr als Mademoiselle Bourienne über die Veränderung gewundert, die mit ihr vorgegangen war. In dem Augenblick, in welchem sie dieses zum Herzen sprechende, geliebte Gesicht wiedergesehen hatte, hatte eine unbekannte und neue Lebenskraft von ihr Besitz genommen und zwang sie nun, zu sprechen und zu handeln, ohne daß ihr Wille etwas damit zu tun hatte. Mit dem Augenblick seines Eintretens war ihr Gesicht plötzlich verwandelt. Wie die mit so viel Sorgfalt hergestellte, künstlich erdachte und ausgeführte Arbeit an den Wänden einer mit Glasmalereien und eingeätzten Ornamenten geschmückten Laterne, die vorher grob, dunkel und sinnlos aussah, plötzlich in unerwarteter und betroffen machender Schönheit in die Erscheinung tritt, sobald das Licht angezündet ist, so hatte sich plötzlich Prinzessin Marjas Gesicht verwandelt. Zum erstenmal trat alle die rein geistige, innere Arbeit, die bisher ihr Leben ausgemacht hatte, jetzt nach außen hin in Erscheinung. Alle ihre innere, immer über sich selbst hinausstrebende Arbeit, ihr Leiden, ihr Ringen nach dem Guten, ihre Ergebenheit, Liebe, Selbstlosigkeit – all das leuchtete jetzt in diesen glänzenden Augen, in ihrem feinen Lächeln, in jedem Zuge ihres seelenvollen Gesichts.

Rostow sah das mit einer Klarheit, als kenne er ihr ganzes Leben. Er fühlte, daß dieses Wesen vor ihm etwas vollkommen anderes, etwas Besseres war als alle, denen er bisher begegnet war, und vor allem etwas Besseres als er selbst.

Die Unterhaltung war so einfach und nichtssagend wie möglich. Sie sprachen vom Kriege und übertrieben, wie alle es taten, unwillkürlich den Kummer, den sie über seinen unglücklichen Verlauf empfanden, sprachen von ihrem damaligen Zusammentreffen, und hierbei suchte Nikolai das Gespräch auf einen anderen Gegenstand zu bringen, sprachen von der guten Gouverneurin und von ihren beiderseitigen Angehörigen.

Prinzessin Marja sprach nicht von ihrem Bruder, sondern ging auf ein anderes Thema über, sooft die Tante von Andrej anfing. Es lag zutage, daß sie über Rußlands Unglück wohl mit jener allgemein üblichen konventionellen Geschraubtheit reden konnte, daß ihr Bruder indessen ihrem Herzen zu nahe stand, als daß sie so leichthin über ihn hätte plaudern mögen oder plaudern können. Nikolai merkte das, wie er überhaupt mit einer durchdringenden, ihm sonst ganz fremden Schärfe der Beobachtung alle kleinen Nuancen in Prinzessin Marjas Wesen bemerkte; und was er da beobachtete, bestärkte ihn noch mehr in der Überzeugung, daß sie ein ganz ungewöhnliches

Geschöpf war. Hierin ganz der Prinzessin Marja ähnlich, wurde Nikolai rot und verlegen, wenn jemand ihm gegenüber die Prinzessin erwähnte oder wenn er auch nur selbst an sie dachte, fühlte sich aber in ihrer Gegenwart völlig frei und sagte keineswegs das, was er sich vorher zurechtgelegt hatte, sondern was ihm im Augenblick gerade in den Kopf kam und sich übrigens jedesmal als durchaus angebracht erwies.

Während seines kurzen Besuches nahm Nikolai, wie man es immer macht, wenn Kinder da sind, in einer Gesprächspause seine Zuflucht zu dem kleinen Sohn des Fürsten Andrej, streichelte ihn und fragte ihn, ob er auch Husar werden wollte. Er nahm den Jungen auf die Arme, schwenkte ihn lustig hin und her und sah dabei die Prinzessin Marja an. Ihr gerührter, glücklicher und zaghafter Blick hing an dem geliebten Knaben auf den Armen des geliebten Mannes. Nikolai nahm diesen Blick war, wurde rot vor Freude, als habe er seine Bedeutung verstanden, und küßte den Jungen mit gutmütiger Fröhlichkeit.

Prinzessin Marja ging mit Rücksicht auf ihre Trauer nicht aus, und Nikolai wollte es nicht passend erscheinen, im Hause der Malwinzewa allzu häufig vorzusprechen. Indessen setzte die Gouverneurin ihr Ehestiftungswerk fort, gab Nikolai alles wieder, was Prinzessin Marja Schmeichelhaftes über ihn gesagt hatte, und umgekehrt, und setzte ihm schließlich zu, er möge sich der Prinzessin Marja erklären. Um eine solche Erklärung herbeizuführen, richtete sie es so ein, daß die jungen Leute vor dem Hochamt beim Bischof zusammenkamen.

Wenn Rostow auch der Gouverneurin gesagt hatte, er werde sich der Prinzessin Marja nicht erklären, so hatte er doch versprochen, hinzukommen.

Wie Rostow sich in Tilsit keinen Zweifel daran erlaubt hatte, daß das von allen für gut Gehaltene tatsächlich gut war, so entschied er sich auch jetzt nach einem kurzen, aber von ihm sehr ernstgenommenen Kampf zwischen seiner Neigung, sich sein Leben nach seinem eigenen Kopf einzurichten, und seiner Neigung, sich der Macht der Verhältnisse gehorsam zu fügen, für das letztere und überließ sich also der Macht, von der er sich unwiderstehlich in unbekannter Zielrichtung fortgerissen fühlte. Er wußte, daß er Sonja die Ehe versprochen hatte und darum mit einer etwaigen Erklärung an Prinzessin Marja etwas tun würde, was er selbst als Gemeinheit bezeichnete. Er wußte auch, daß er ein Mensch war, der keine Gemeinheiten beging. Er wußte aber auch – oder er wußte es nicht eigentlich, fühlte es aber im tiefsten Innern –, daß er nicht nur nichts Schlechtes tat, wenn er sich jetzt der Macht der Umstände und dem Einfluß der um ihn bemühten Menschen überließ, sondern vielmehr etwas ungeheuer Bedeutungsvolles, etwas so Bedeutungsvolles, wie er es in seinem ganzen Leben noch nicht getan hatte.

Nach seinem Wiedersehen mit Prinzessin Marja war seine äußere Lebensform zwar die gleiche geblieben, aber alle früheren Vergnügungen hatten ihre Reize für ihn verloren, und er dachte viel an Prinzessin Marja; nie aber dachte er so an sie, wie er bisher ohne Ausnahme an alle jungen Damen gedacht hatte, mit denen er gesellschaftlich zusammengetroffen war, und auch nicht so, wie er lange und in einer jetzt versunken scheinenden Zeit voller Entzücken an Sonja gedacht hatte. An alle diese jungen Damen hatte er so gedacht, wie es die meisten anständigen jungen Leute tun, nämlich jede einzelne sich als seine künftige Frau vorgestellt und ihr in Gedanken alle Einzelheiten ehelichen Zusammenlebens anprobiert, den weißen Morgenrock, die Hausfrau am Samowar, den Wagen für die Ausfahrten der Frau, die Kinderchen, maman und papa, die Beziehungen der Kinder zu ihr und dergleichen mehr, und das Spielen mit diesen Zukunftsbildern hatte ihm Spaß gemacht. Dachte er aber an Prinzessin Marja, mit der er doch verheiratet werden sollte, so konnte er sich nicht die kleinste Einzelheit ihres künftigen ehelichen Zusammenlebens ausmalen. Und wenn er es versuchte, so gab es immer etwas Schiefes und Verschobenes, über dem ihm nur bänglich zumut wurde.

VII

Die furchtbare Nachricht von der Schlacht bei Borodino, von unseren Verlusten an Toten und Verwundeten und die noch furchtbarere Nachricht von der Besetzung Moskaus trafen in Woronesh Mitte September ein. Prinzessin Marja, welche von der Verwundung ihres Bruders nur aus den Zeitungen erfahren hatte und nichts Genaueres von ihm wußte, dachte daran, wie Nikolai hörte – selbst gesehen hatte er sie nicht –, abzureisen und den Fürsten Andrej zu suchen.

Als Rostow von der Schlacht bei Borodino und der Aufgabe Moskaus gehört hatte, kamen nicht etwa Verzweiflung, Wut oder Rachsucht und ähnliche Empfindungen über ihn, aber es wurde ihm plötzlich alles in Woronesh fade und zuwider, und er fühlte sich gedrückt und mißmutig. Alles, was er in Woronesh reden hörte, kam ihm schief und unnatürlich vor, er wußte nicht, wie er das Geschehene beurteilen sollte, und fühlte, daß er erst bei seinem Regiment würde klarsehen können. Er beschleunigte nun seine Pferdekäufe und wurde oft grundlos heftig gegen seinen Burschen und seinen Wachtmeister.

Einige Tage vor seiner geplanten Abreise war anläßlich des von den russischen Truppen erfochtenen Sieges ein Dankgottesdienst in der Kathedrale angesetzt, und auch Nikolai war dazu erschienen. Er stand unweit des Gouverneurs und folgte dem Gottesdienst äußerlich mit dienstlicher Korrektheit, während seine Gedanken mit ganz anderen Dingen beschäftigt waren. Als die Feierlichkeit zu Ende war, rief die Gouverneurin ihn zu sich.

„Hast du die Prinzessin gesehen?" fragte sie und deutete mit dem Kopf auf eine schwarzgekleidete Dame, die an den Chorschranken stand.

Nikolai erkannte Prinzessin Marja augenblicks, nicht so sehr an ihrem Profil, das zum Teil von ihrem Hut verborgen wurde, als vielmehr an einem Gefühl von behutsamer Teilnahme, von Mitleid und Fürsorglichkeit, das sofort über ihn gekommen war. Prinzessin Marja bekreuzte sich jetzt, offenbar ganz in ihre Gedanken vertieft, beim Verlassen der Kirche. Nikolai sah ihr Gesicht mit Staunen. Es war dasselbe Gesicht, das er früher gesehen hatte, und auch der Ausdruck feiner, innerer, seelischer Arbeit war der gleiche; aber es stellte sich ihm jetzt in einer völlig anderen Beleuchtung dar. Es lag ein rührender Ausdruck von Kummer, betendem Flehen und Hoffnung über ihm. Ohne erst abzuwarten, ob die Gouverneurin ihm raten würde, hinzugehen, und ohne sich selbst die Frage vorzulegen, ob es richtig und angebracht war, hier in der Kirche an sie heranzutreten, ließ er sich, wie er es meistens in ihrer Gegenwart tat, nur von seinem Gefühl leiten, ging auf sie zu und sagte, er habe von ihrem Kummer gehört und leide von ganzem Herzen mit ihr. Kaum hatte sie seine Stimme gehört, als ihr Gesicht plötzlich erglühte, und zwar offenbar in Kummer und Freude zugleich.

„Ich wollte Ihnen nur eins sagen, Prinzessin", fuhr Rostow fort, „nämlich daß es sofort in allen Zeitungen gestanden hätte, wenn Fürst Andrej Nikolajewitsch nicht mehr am Leben wäre, weil er doch Regimentskommandeur ist."

Die Prinzessin sah ihn an, ohne zu verstehen, was er sagte, aber froh über den Ausdruck mitfühlender Sorge, der sich auf seinem Gesicht ausprägte.

„Und ich kenne so viele Beispiele dafür, daß Granatsplitterwunden" – von einer solchen war in der Zeitung die Rede gewesen – „entweder sofort tödlich oder im Gegenteil sehr leicht sind", sagte Nikolai. „Man kann hoffen, daß es sich hier um den zweiten Fall handelt, und ich bin überzeugt . . ."

Prinzessin Marja fiel ihm ins Wort.

„Ach, das wäre ja so schreck . . .", begann sie, war aber so aufgeregt, daß sie ihren Satz nicht beenden konnte. Sie senkte den Kopf mit einer graziösen Bewegung – in seiner Gegenwart war alles graziös, was sie tat – sah ihn dankbar an und ging dann der Tante nach.

Am Abend dieses Tages ging Nikolai nicht aus, sondern blieb zu Hause, um einige Abrechnungen mit Pferdeverkäufern fertigzumachen. Als er diese Arbeit hinter sich hatte, war es schon zu spät, um noch irgendwohin zu gehen, aber noch zu früh, um sich ins Bett zu legen, und Nikolai wanderte nun in der Einsamkeit seines Zimmers auf und ab und dachte über sein Leben nach, was er sonst nur selten tat.

Prinzessin Marja hatte ihm damals bei Smolensk einen sehr sympathischen Eindruck gemacht. Daß er sie unter so eigentümlichen Verhältnissen getroffen und daß seine Mutter ihn gerade auf sie als auf eine reiche Partie hingewiesen hatte, das hatte ihn veranlaßt, sich ganz besonders mit ihr zu beschäftigen. Der Eindruck, den er von ihr während seiner Anwesenheit in Woronesh empfangen hatte, war aber nicht nur ein sympathischer, sondern ein Eindruck von großer Stärke gewesen. Nikolai war ganz betroffen von der eigenartigen seelischen Schönheit, die ihm diesmal an ihr entgegengetreten war. Indessen dachte er doch schon daran, sich reisefertig zu machen, und noch war ihm nicht der Gedanke gekommen, sich deswegen zu grämen, weil er mit seiner Abreise aus Woronesh die Möglichkeit verlor, die Prinzessin weiter zu sehen. Allein diese letzte Begegnung mit Prinzessin Marja in der Kirche hatte sich ihm tiefer ins Herz geprägt – Nikolai fühlte das –, als er es je vermutet hätte, und tiefer, als es ihm eigentlich im Hinblick auf die Ruhe seines Herzens lieb sein konnte. Dieses blasse, feine, traurige Gesicht, dieser leuchtende Blick, diese sanften, graziösen Bewegungen und vor allem diese tiefe und zarte Trauer, die aus ihren Zügen sprach, das alles riß ihn aus seiner Ruhe und zwang ihn zur Teilnahme. An Männern konnte Rostow es nicht ausstehen, wenn ihr Gesicht den Ausdruck höheren, geistigen Lebens zeigte – darum hatte er auch eine Abneigung gegen den Fürsten Andrej – und bezeichnete das verächtlich als Philosophie und Träumerei, bei Prinzessin Marja aber fühlte er sich gerade durch diese Trauer, welche die ganze Tiefe ihrer ihm fremden Innenwelt offenbarte, unwiderstehlich angezogen.

„Sie muß ein herrliches Mädchen sein! Richtig ein Engel!" sagte er sich. „Warum bin ich nicht mehr frei? Warum habe ich es nur mit Sonja so eilig gehabt?" Und unwillkürlich drängte sich ihm ein Vergleich zwischen den beiden auf. Die eine war arm, die andere reich an Gaben des Geistes, die Nikolai selbst nicht hatte und die ihm darum als etwas so Hohes erschienen. Er versuchte sich vorzustellen, wie es sein würde, wenn er frei wäre. Wie würde es sein, wenn er ihr einen Antrag machte und sie sein Frau würde? Nein, das konnte er sich nicht vorstellen. Es wurde ihm ganz bänglich zu=

mut, und es wollten sich keine klaren Bilder einstellen. Ein Zukunftsbild seines Ehelebens mit Sonja hatte er sich schon längst zurechtgemacht, und da war alles einfach und klar gewesen, vor allem weil es sich da um lauter vertraute Dinge handelte und er Sonjas Innenleben genau zu kennen glaubte, allein von einem Zusammenleben mit Prinzessin Marja konnte er sich kein Bild machen, weil er sie nicht verstand, sondern nur liebte.

In den Träumen, die einer gemeinsamen Zukunft mit Sonja galten, war etwas Lustiges und Spielzeugartiges gewesen. Aber die Gedanken an Prinzessin Marja hatten immer etwas Schweres und ein wenig Ängstliches.

„Wie sie betete!" dachte er in der Erinnerung an den Morgen. „Man sah, wie ihre ganze Seele in ihrem Gebet lag. Ja, das ist das Gebet, das Berge versetzen kann, und ich bin sicher, ihr Beten wird erhört. Warum bete ich denn nicht um das, was ich gern hätte? Aber was will ich denn gern haben? Ich will gern frei sein, nicht mehr an Sonja gebunden." Dann fiel ihm ein, was die Gouverneurin gesagt hatte. „Ja, sie hat schon recht", dachte er, „es gibt nichts als Unglück, wenn ich sie heirate. Ein gräßliches, unentwirrbares Durcheinander, maman wird untröstlich sein ... unsere Vermögensverhältnisse ... nein, ein Wirrwar ... gar nicht auszudenken! Und ich liebe sie ja auch gar nicht. Ich liebe sie nicht so, wie es eigentlich sein müßte. Mein Gott! Zeige mir doch einen Ausweg aus dieser grauenhaften und hoffnungslosen Lage!" begann er plötzlich zu beten. „Ja, das Gebet kann Berge versetzen, man muß aber daran glauben und darf nicht so beten wie Natascha und ich als Kinder, wenn wir beteten, der Schnee möchte zu Zucker werden, und dann auf den Hof rannten, um zu probieren, ob aus dem Schnee auch wirklich Zucker geworden war. Nein, jetzt bete ich nicht um Kindereien", sagte er, stellte die Pfeife in die Ecke, faltete die Hände und trat vor das Heiligenbild. Und gerührt von der Erinnerung an Prinzessin Marja, begann er zu beten, wie er lange nicht mehr gebetet hatte. Er hatte Tränen in den Augen und in der Kehle, als plötzlich Lawruschka mit irgendwelchen Papieren eintrat.

„Dummkopf, was hast du mir auf den Leib zu kriechen, wenn ich dich nicht gerufen habe?" sagt Nikolai und nahm rasch eine andere Haltung an.

„Vom Gouverneur", antwortete Lawruschka schlaftrunken. „Es ist ein Kurier gekommen, hat Briefe für Sie mitgebracht."

„Na, schön, danke, mach, daß du wegkommst."

Nikolai nahm die beiden Briefe. Der eine war von der Mutter, der andere von Sonja. Er erkannte die Handschriften und öffnete Sonjas Brief zuerst. Kaum hatte er einige Zeilen gelesen, als er bleich wurde und erschrocken und froh zugleich die Augen aufriß.

„Nein, das kann ja gar nicht sein!" sagte er laut.

Nicht imstande, ruhig sitzen zu bleiben, begann er im Zimmer auf und ab zu wandern und im Gehen zu lesen. Er überflog den Brief, las ihn darauf ein zweites und drittes Mal und blieb dann mitten im Zimmer stehen und starrte mit hochgezogenen Schultern, ausgebreiteten Armen und offenem Munde vor sich hin. Es war geschehen, was er eben von Gott erbeten hatte in der festen Überzeugung, er werde erhört werden. So fest er auch an die Wirkung seines Gebets geglaubt hatte, er war doch so erstaunt, als habe es ihn vollkommen unvorbereitet überrascht, als habe er das nie erwartet und als sei gerade die Schnelligkeit, mit der das nun gekommen war, ein Beweis dafür, daß hier nicht Gott, zu dem er gebetet hatte, eingegriffen hatte, sondern ein ganz gewöhnlicher Zufall.

Der Knoten, der Rostows Freiheit gebunden hatte und ihm unauflöslich erschienen war, hatte jetzt durch Sonjas Brief seine Auflösung gefunden, und zwar durch einen Brief, der, wie es Nikolai scheinen wollte, völlig spontan und ohne eine besondere Ursache geschrieben worden war. Sie schrieb, die traurige Lage, die sich neuerdings ergeben habe, der Umstand, daß die Familie Rostow in Moskau fast alle ihre Habe eingebüßt hätte, der oft genug geäußerte Wunsch der Gräfin, Nikolai möchte die Prinzessin Bolkonskaja heiraten, sein Stillschweigen und die Kälte, die in der letzten Zeit von ihm ausgegangen sei, alles das zusammen habe in ihr den Entschluß reifen lassen, ihm sein Wort zurückzugeben und ihm in allem die Freiheit des Handelns zu lassen.

„Es wäre für mich unerträglich, wenn ich denken müßte, ich sollte Kummer oder Zwietracht über eine Familie bringen, die mich so reich mit Wohltaten überhäuft hat", schrieb sie, „und meine Liebe zielt ja auf nichts anderes ab als auf das Glück derjenigen, die ich liebe. Und darum flehe ich Sie an, Nicolas, betrachten Sie sich als frei und glauben Sie mir, daß kein Mensch Sie trotz allem mehr lieben kann als Ihre Sonja."

Beide Briefe waren aus Troiza. Der zweite war von der Gräfin. Sie beschrieb darin die letzten Tage in Moskau, die Abreise, den Brand und den Verlust des ganzen Vermögens. In diesem Briefe berichtete die Gräfin unter anderem auch, daß Fürst Andrej unter den übrigen Verwundeten mit ihnen gefahren sei. Sein Zustand sei sehr bedenklich gewesen, aber nach der Meinung des Arztes gäbe es jetzt etwas mehr Hoffnung. Sonja und Natascha pflegen ihn wie richtige Krankenschwestern.

Mit diesem Brief fuhr Nikolai am folgenden Tage zu Prinzessin Marja. Weder Nikolai noch Prinzessin Marja äußerten sich auch nur mit einem Wort darüber, was diese von der Gräfin erwähnte Pflegetätigkeit Nataschas wohl für eine Bedeutung haben könnte;

dank diesem Briefe war aber Nikolai der Prinzessin plötzlich näher, ja fast in verwandtschaftliche Beziehungen zu ihr getreten.

Am folgenden Tage begleitete Rostow die nach Jaroslawl reisende Prinzessin Marja noch ein Stück Weges und brach einige Tage später zu seinem Regiment auf.

VIII

Sonjas Brief an Nikolai, der für ihn eine Erfüllung dessen bedeutete, um das er gebetet hatte, war in Troiza geschrieben. Seine Entstehungsgeschichte war die folgende. Der Gedanke an eine reiche Heirat Nikolais nahm die alte Gräfin immer mehr in Anspruch. Sie wußte, daß Sonja das vornehmlichste Hindernis war. Und so war in der letzten Zeit, namentlich nach dem Briefe Nikolais, in dem er von seinem Zusammentreffen mit Prinzessin Marja in Bogutscharowo erzählt hatte, Sonjas Leben im Hause der Gräfin immer schwerer geworden. Die Gräfin ließ sich keine Gelegenheit entgehen, um Anspielungen zu machen, die Sonja kränken, ja, sie aufs grausamste verwunden mußten.

Allein einige Tage vor der Abreise aus Moskau hatte die Gräfin, vollkommen aufgelöst und durcheinandergebracht von allem, was vor sich ging, Sonja zu sich gerufen, und anstatt ihr Vorwürfe und Vorschriften zu machen, hatte sie sie unter Tränen gebeten, sie möchte sich doch für alles, was man an ihr getan habe, dadurch dankbar erweisen, daß sie ein Opfer brächte und ihre Beziehungen zu Nikolai abbräche.

„Ich kann nicht eher wieder ruhig sein, bevor du mir das versprochen hast."

Sonja begann hysterisch zu schluchzen und antwortete mit von Weinen erstickter Stimme, sie werde alles tun und sei zu allem bereit, gab aber kein unumwundenes Versprechen und konnte sich in ihrem Innern auch nicht entschließen, das zu tun, was die Gräfin von ihr verlangte. Sie verstand wohl, daß sie dem Glück der Familie, die sie zu sich genommen und großgezogen hatte, ein Opfer schuldig war. Und Sonja war es ja gewohnt, dem Glück anderer Menschen Opfer zu bringen. Ihre Stellung im Rostowschen Hause war eine solche, daß sie ihren inneren Wert nur durch Opfer erweisen konnte, und so hatte sie sich daran gewöhnt, Opfer zu bringen, und brachte diese Opfer mit Freudigkeit. Aber bei allen diesen Opfern hatte sie bisher das erhebende Bewußtsein gehabt, daß sie mit einem jeden Opfer ihren Wert vor sich selbst und vor den anderen erhöhte und somit ihres über alles in der Welt geliebten Nicolas immer würdiger wurde. Jetzt aber sollte ihr Opfer darin bestehen, daß sie auf das verzichtete, was für sie den einzigen Lohn aller bisher gebrachten Opfer und den ganzen Sinn ihres Lebens ausgemacht hatte. Und zum erstenmal in ihrem Leben empfand sie ein Gefühl der Bitterkeit gegen diese Menschen, die sie nur darum mit Wohltaten überschüttet hatten, um sie jetzt um so schmerzlicher zu verwunden, zum erstenmal in ihrem Leben empfand sie Neid gegen Natascha, die nie Ähnliches durchgekostet hatte, nie Opfer zu bringen brauchte, sondern immer nur Opfer von anderen Menschen annahm und dabei doch von allen geliebt wurde. Und zum ersten Male fühlte Sonja aus ihrer stillen, reinen Liebe zu Nicolas plötzlich eine Leidenschaftlichkeit aufschießen, vor der alle Grundsätze und alle Tugend und alle Religion nichts galten, und unter dem Einfluß dieser Leidenschaftlichkeit gab Sonja, die in ihrer abhängigen Stellung unwillkürlich etwas Verschlossenes und Verstecktes angenommen hatte, der Gräfin nur eine in allgemeinen und unbestimmten Wendungen gehaltene Antwort, ging von nun an allen Auseinandersetzungen mit ihr aus dem Wege und faßte endlich den Entschluß, ein Wiedersehen mit Nikolai abzuwarten, um ihm dann nicht etwa seine Freiheit zurückzugeben, sondern ihn sich vielmehr für immer zu verbinden.

Die geschäftige Tätigkeit und die Schrecknisse der letzten Moskauer Tage hatten die düsteren Gedanken, die auf Sonja lasteten, in den Hintergrund gedrängt. Sie war froh gewesen, in praktischer Tätigkeit einen Schutz vor ihnen zu finden. Als sie aber erfahren hatte, daß Fürst Andrej im Hause war, da hatte sie trotz dem aufrichtigen Mitleid, das sie für ihn und für Natascha hatte, ein abergläubisches Gefühl der Freude empfunden in dem Gedanken, Gott könne ebensowenig wollen, daß sie von Nicolas getrennt bliebe. Sie wußte, daß Natascha im Grunde doch nur den Fürsten Andrej geliebt, ja daß sie nie aufgehört hatte, ihn zu lieben. Sie wußte, daß Fürst Andrej und Natascha einander jetzt, auf eine so furchtbare Weise, wieder zusammengeführt, von neuem liebgewinnen würden und daß Nikolai in diesem Falle wegen des verwandtschaftlichen Verhältnisses, das sich zwischen beiden Familien ergeben müßte, mit Rücksicht auf die Kirchengesetze Prinzessin Marja nicht würde heiraten können. Und so freute sich Sonja, aller Schrecken der letzten Moskauer Zeit und der ersten Reisetage ungeachtet, in diesem Gefühl, diesem Bewußtsein eines Eingreifens der Vorsehung in ihre persönlichen Angelegenheiten.

Im Kloster von Troiza hielten die Rostows den ersten Rasttag auf ihrer Reise.

Im Klosterhospiz waren ihnen drei große Zimmer zur Verfügung gestellt worden, von denen eines dem Fürsten Andrej eingeräumt wurde. Sein Zustand war an diesem Tage ein wesentlich besserer. Natascha saß bei ihm. Im Nebenzimmer saßen der Graf und die

Gräfin in respektvoller Unterhaltung mit dem Abt, der ihnen als langjährigen Freunden und Donatoren des Klosters seine Aufwartung machte. Auch Sonja saß dabei, gequält von Neugier, was Fürst Andrej und Natascha, deren Stimmen sie durch die Tür hindurch hörte, wohl miteinander sprachen. Plötzlich wurde die Verbindungstür zwischen den beiden Zimmern geöffnet, Natascha kam aufgeregt herein, ging auf Sonja zu und ergriff ihre Hand, ohne den Mönch zu bemerken, der sich erhob, um sie zu begrüßen, und, um sie segnen zu können, bereits den weiten Ärmel über der rechten Hand aufstreifte.

„Was ist denn, Natascha? Komm doch her!" sagte die Gräfin.

Natascha kam, der Alte erteilte ihr den Segen und riet ihr, sich an Gott und seine Heiligen um Trost und Hilfe zu wenden.

Als der Abt draußen war, nahm Natascha den Arm ihrer Freundin und ging mit ihr in das dritte Zimmer, in dem sie allein sein konnten.

„Sonja, wird es sein? Bleibt er am Leben?" fragte sie. „Sonja, wie glücklich und wie unglücklich bin ich! Liebste Sonja, es ist alles wieder wie früher. Wenn er nur leben bleibt! Ach, er kann ja nicht ... er kann ja nicht am Leben bleiben ... weil ... weil ..." und Natascha begann zu schluchzen.

„Natascha! Ich wußte ja, daß es so kommen mußte! Gott sei gelobt!" rief Sonja. „Er wird leben bleiben!"

Sonja war nicht weniger aufgeregt als ihre Freundin, und zwar ebenso im Hinblick auf ihre persönlichen, vor allen anderen verborgengehaltenen Gedanken, wie um des Kummers und der Angst willen, die Natascha zu tragen hatte. Sie begann ebenfalls zu schluchzen, küßte Natascha und suchte sie zu trösten. „Wenn er doch nur leben bleibt!" dachte sie. Beide Freundinnen weinten und sprachen noch eine Zeitlang miteinander, wischten sich dann die Tränen ab und gingen an die Zimmertür des Fürsten Andrej. Natascha öffnete vorsichtig die Tür und schaute ins Zimmer. Sonja stand neben ihr an der halbgeöffneten Tür.

Fürst Andrej lag recht hoch, drei Kissen im Rücken. Sein bleiches, Gesicht war ruhig, die Augen waren geschlossen, und man sah ihn ruhig und regelmäßig atmen.

„Ach, Natascha!" sagte Sonja plötzlich – fast hätte sie es geschrien –, packte ihre Kusine bei der Hand und riß sie von der Tür weg.

„Was denn? Was denn?" fragte Natascha.

„Das ist ja ... Das ist ja genau ..." sagte Sonja mit bleichem Gesicht und zitternden Lippen.

Natascha schloß leise die Tür und ging mit Sonja ans Fenster, immer noch ohne zu verstehen, was Sonja meinte.

„Weißt du noch", sagte Sonja ängstlich und mit einer Art feierlichen Ernstes, „weißt du noch ... als ich damals für dich in den Spiegel sah ... in Otradnoje, in der Weihnachtszeit ... weißt du noch, was ich da gesehen habe?"

„Ja, ja", antwortete Natascha mit weitgeöffneten Augen und entsann sich dunkel, daß Sonja damals irgend etwas erzählt hatte, sie habe den Fürsten Andrej liegen sehen.

„Weißt du noch?" fuhr Sonja fort. „Ich habe ihn damals gesehen und habe es allen erzählt, dir auch und Dunjascha auch. Ich habe ihn gesehen, wie er auf einem Bett lag und wie er die Augen geschlossen hatte und mit einer Decke, genau solch einer rosa Decke zugedeckt war und die Hände gefaltet hielt." Und bei jeder dieser Einzelheiten machte sie eine eindrucksvolle Bewegung mit dem ausgestreckten Zeigefinger, und während sie diese Einzelheiten beschrieb, die sie jetzt eben gesehen hatte, wurde ihre Überzeugung, daß sie die gleichen Einzelheiten auch damals gesehen hatte, immer fester.

Tatsächlich hatte sie damals gar nichts gesehen, sondern nur erzählt, sie habe das und das, was ihr gerade einfiel, gesehen. Aber das, was sie sich damals ausgedacht hatte, erschien ihr jetzt ebenso wirklich wie jedes beliebige andere Geschehnis, das zu ihren Erinnerungen gehörte. Sie erinnerte sich nicht nur daran, daß sie damals erzählt hatte, er habe sich nach ihr umgesehen und gelächelt und sei mit irgend etwas Rotem bedeckt gewesen, sondern sie war auch fest davon überzeugt, daß sie bereits damals gesehen und erzählt habe, er sei mit einer rosa, gerade mit einer rosa Decke zugedeckt gewesen und habe die Augen geschlossen gehabt.

„Ja, ja, es war gerade eine rosa Decke", sagte Natascha und glaubte sich jetzt auch zu erinnern, daß damals von einer rosa Decke die Rede gewesen sei, und gerade in diesem Umstande sah sie jetzt einen ganz außerordentlichen und geheimnisvollen Bestandteil der Prophezeiung.

„Aber was bedeutet das wohl?" fragte Natascha nachdenklich.

„Ach, das weiß ich auch nicht! Aber wie merkwürdig ist doch das alles!" sagte Sonja und faßte sich an den Kopf.

Einige Minuten später läutete Fürst Andrej, und Natascha ging zu ihm. Sonja aber blieb in einem Zustande von Erregung und Rührung, wie sie ihn selten durchlebt hatte, vor dem Fenster stehen und dachte über den außerordentlichen Vorfall nach, dessen Zeugin sie geworden war.

*

An diesem Tage gab es eine Gelegenheit, Briefe zur Armee zu schicken, und die Gräfin schrieb einen Brief an ihren Sohn.

„Sonja", sagte die Gräfin und sah von ihrem Briefe auf, als die

Nichte vorbeikam. „Sonja, willst du nicht an Nikolenka schreiben?"

Sie hatte leise und mit zitternder Stimme gesprochen. Und im Blick der müden Augen hinter der Brille las Sonja alles, was die Gräfin mit diesen Worten hatte sagen wollen. Was in diesem Blick Ausdruck gefunden hatte, das war ein flehentliches Bitten, das war die Befürchtung, Sonja könne dieses Bitten abschlägig bescheiden, das war die Scham darüber, daß sie bitten mußte, und die Bereitschaft, eine abschlägige Antwort mit unversöhnlichem Hasse zu vergelten.

Sonja trat dicht an die Gräfin heran, kniete nieder und küßte ihr die Hand.

„Ich will ihm schreiben, maman", sagte sie.

Alles, was an diesem Tage vor sich gegangen war, besonders das geheimnisvolle Eintreffen ihres Gesichts, von dem sie sich eben durch den Augenschein hatte überzeugen können, hatte Sonja in eine weiche, aufgeregte und gerührte Stimmung versetzt. Jetzt, da sie wußte, daß angesichts der Erneuerung der alten Beziehungen zwischen Natascha und dem Fürsten Andrej eine Heirat zwischen Nikolai und Prinzessin Marja nicht mehr in Frage kam, fühlte sie mit Freude jene Stimmung der Opferbereitschaft wiederkehren, die sie so gut kannte und so liebte. Und mit Tränen in den Augen und der ganzen Freude, die dem Menschen das Bewußtsein großmütigen Handelns geben kann, schrieb sie, einige Male von Tränen unterbrochen, die ihre schwarzen Sammetaugen mit Nebeln verhängten, jenen rührenden Brief, dessen Eintreffen auf Nikolai einen so großen Eindruck gemacht hatte.

IX

Auf der Hauptwache, wohin Pierre abgeführt worden war, behandelten ihn der Offizier und die Soldaten, die ihn verhaftet hatten, feindselig, aber nicht ohne Achtung. Ihrem Verhalten ihm gegenüber war sowohl anzumerken, daß sie nicht recht wußten, was sie aus ihm machen sollten — vielleicht war er irgendeine wichtige und einflußreiche Persönlichkeit — als auch, daß ihr erst unlängst stattgehabter persönlicher Kampf mit ihm noch eine feindselige Stimmung bei ihnen hinterlassen hatte.

Als aber am nächsten Morgen die Ablösung kam, da merkte Pierre, daß er für den neuen Personalbestand des Wachtkommandos, für Offiziere und Soldaten nicht mehr das vorstellte, was er für diejenigen vorgestellt hatte, von denen er verhaftet worden war. Und tatsächlich war dieser große, dicke Mensch im bäuerlichen Kaftan für das Wachtkommando des nächsten Tages nicht mehr der Mann, der sich in so rasender Wut mit dem Marodeur und den Soldaten herumgeschlagen und so geschwollen von der Rettung des Kindes gesprochen hatte, sondern einfach der siebzehnte in der Reihe der Russen, die um irgendeines Vergehens willen auf den Befehl irgendwelcher Vorgesetzter verhaftet worden waren. Und wenn Pierre für sie etwas Besonderes hatte, so war das sein entschlossener, nachdenklich in sich gekehrter Gesichtsausdruck und sein gutes Französisch, über das die Franzosen sich nicht genug wundern konnten. Trotzdem wurde Pierre noch am gleichen Tage wieder zu den anderen als verdächtig Verhafteten gebracht, da das Einzelzimmer, in das er zuerst geführt worden war, zur Unterbringung eines Offiziers gebraucht wurde.

Sämtliche Russen, die mit Pierre zusammen eingesperrt waren, gehörten den alleruntersten Ständen an. Und da sie Pierre als großen Herrn erkannten, hielten sie sich von ihm fern, um so mehr, als er Französisch sprach. Pierre merkte mit einer gewissen Betrübnis, daß sie sich über ihn lustig machten.

Am Abend des nächsten Tages erfuhr Pierre, daß allen diesen Verhafteten, darunter wahrscheinlich auch ihm, wegen Brandstiftung der Prozeß gemacht werden sollte. Am dritten Tage wurde Pierre mit den anderen in ein Haus geführt, in welchem ein französischer General mit weißem Schnauzbart, zwei Obersten und noch einige andere Franzosen mit Armbinden saßen. Die Franzosen richteten an Pierre und seine Leidensgefährten mit jener scheinbar jenseits aller menschlichen Schwächen stehenden Bestimmtheit und Präzision, die man gewöhnlich im Umgang mit Angeklagten an den Tag legt, allerlei Fragen, wer er sei, wo er sich aufgehalten, was er vorgehabt habe, und dergleichen mehr.

Diese Fragen, die den Kern der Sache zunächst noch ganz beiseite ließen und nicht die geringste Möglichkeit eröffneten, ihn bloßzulegen, hatten wie alle Fragen, die vor Gericht gestellt werden, nur den einen Zweck, jene Rinne herzustellen, in der die Richter die Antworten des Angeklagten fließen zu sehen wünschten, um ihn auf diese Weise schließlich dort zu haben, wo sie ihn haben wollten, nämlich in der Position des bedingungslos Schuldigen. Sobald er irgend etwas sagen wollte, was zur Erreichung dieses Endziels nicht paßte, wurde die Rinne abgenommen, und das Wasser konnte fließen, wohin es wollte. Pierre hatte das gleiche Gefühl der Verständnislosigkeit dafür, warum diese Fragen an ihn gerichtet wurden, das jeder Angeklagte vor Gericht hat. Es wollte ihm scheinen, als wende man diesen Kunstgriff mit der Aufstellung der Rinne nur aus einer gewissen Leutseligkeit oder einer Art von Höflichkeit an. Er wußte, daß er sich in der Macht dieser Menschen befand, daß nur die Macht ihn hierhergebracht hatte, daß nur die Macht ihnen ein

Recht gab, die Beantwortung ihrer Fragen zu verlangen, und daß diese Leute sich zu keinem anderen Zweck zusammengefunden hatten, als um ihn für schuldig zu erkennen. Und darum waren ja alle diese Kunststücke von Verhör und Gerichtsverhandlung ganz überflüssig, da diese Leute im Besitz der Macht waren und den Wunsch hatten, ihn für schuldig zu erkennen. Es lag zutage, daß alle Antworten, die er geben konnte, doch nur zur Feststellung seiner Schuld dienen mußten. Auf die Frage, was er denn getan habe, als die Patrouille ihn verhaftete, antwortete Pierre mit einem gewissen tragischen Pathos, er habe ein Kind, qu'il avait sauvé des flammes [1], seinen Eltern wiedergegeben. Warum er den Marodeur angegriffen habe? Pierre antwortete, er habe eine Frau verteidigen wollen, und es sei die Pflicht jedes Mannes, für eine Frau einzutreten, die ... Man fiel ihm ins Wort: das gehöre nicht hierher. Was er im Hofe des brennenden Hauses zu tun gehabt habe, wo ihn die Zeugen gesehen hatten? Er antwortete, er sei unterwegs gewesen, um zu sehen, was in Moskau geschehe. Man fiel ihm wieder ins Wort: er sei nicht gefragt worden, warum er überhaupt unterwegs gewesen sei, sondern was er an der Brandstelle zu tun gehabt habe. Dann wurde er wieder gefragt, wer er sei. Auf diese bereits eingangs gestellte Frage hatte er damals erwidert, er vermöge sie nicht zu beantworten, und diese Antwort wiederholte er auch jetzt.

„Nehmen Sie das zu Protokoll, das ist sehr faul. Sehr, sehr faul", sagte der General mit dem weißen Schnauzbart und dem roten Gesicht in strengem Ton, teils zu einem der Beisitzer, teils zu Pierre gewandt.

Am vierten Tage brachen Brände am Subowwall aus.

Pierre wurde mit dreizehn anderen in die Gegend der Krimbrücke transportiert und im Wagenschuppen eines Kaufmannshauses untergebracht. Unterwegs, in den Straßen, verschlug der Rauch, der über der ganzen Stadt zu stehen schien, Pierre fast den Atem. An verschiedenen Stellen brannte es. Pierre wußte damals noch nicht, was der Brand Moskaus zu bedeuten hatte, und war über diese Feuersbrünste sehr erschrocken.

In dem erwähnten Wagenschuppen verbrachte Pierre noch vier Tage und hörte in dieser Zeit aus den Unterhaltungen der französischen Soldaten heraus, daß die Entscheidung des Marschalls über das Schicksal aller hier Untergebrachter täglich fallen könnte. Um welchen Marschall es sich handelte, das brachte Pierre nicht heraus, obwohl er einen Soldaten danach fragte. Unter dem Wort Marschall begriff der Soldat anscheinend irgendein sehr hohes und reichlich geheimnisvolles Glied der Kommandomaschinerie.

[1] ... das er aus den Flammen gerettet hatte.

Diese ersten Tage bis zum 8. September, an welchem Tage die Gefangenen abermals zum Verhör geführt wurden, waren für Pierre die schwersten.

Am 8. September kam zu den Gefangenen in den Wagenschuppen ein Offizier, der, wie sich aus der ehrerbietigen Haltung der Wachtmannschaften schließen ließ, eine sehr hohe Charge bekleiden mußte. Augenscheinlich gehörte er zu irgendeinem Stabe. Er hatte eine Liste in der Hand und rief alle Gefangenen auf. Für Pierre hatte er die Bezeichnung: „Celui qui n'avoue pas son nom."[1] Und dann befahl er dem Wachtoffizier mit einem gleichgültigen und gelangweilten Blick an die Gefangenen, sie ein bißchen anständig herzurichten, bevor sie dem Marschall vorgeführt würden. Eine Stunde darauf traf eine Kompanie Soldaten ein, und Pierre wurde mit den dreizehn übrigen auf das Jungfernfeld gebracht. Nach dem Regen des Vortages war es heute klar und sonnig und die Luft von ungewöhnlicher Reinheit. Der Rauch lagerte sich nicht horizontal wie damals, als Pierre von der Hauptwache am Subowwall zur Krimbrücke transportiert worden war, sondern stieg in der reinen Luft in einzelnen Säulen in die Höhe. Brandfeuer selbst waren nirgends zu sehen, aber diese Rauchsäulen stiegen allenthalben auf, und ganz Moskau schien, so weit Pierre sehen konnte, ein einziges Brandfeld. Überall sah man Öfen mit Schornsteinen als einzige Überreste verbrannter Häuser und hin und wieder die ausgebrannten Mauern steinerner Gebäude. Pierre sah sich die Brandstellen an und erkannte die vertrauten Stadtviertel nicht wieder. Hie und da erhob sich eine Kirche, die vom Brande verschont geblieben war. Der Kreml war unversehrt und leuchtete mit seinen weißen Türmen, darunter dem Iwan Welikij, aus der Ferne. In der Nähe glänzte die Kuppel des Neuen Jungfrauen-Klosters heiter durch die Luft, und das Glockenläuten, das von dorther kam, schien einen besonders hellen Klang zu haben. Das Geläut erinnerte Pierre daran, daß es ein Sonntag und der Feiertag Mariä Geburt war. Allein es war, als denke niemand daran, dieses Fest zu feiern, überall traf das Auge auf die Verwüstungen der Feuersbrünste, und wenn man Russen sah, so waren es nur vereinzelte abgerissene und scheue Menschen, die sich versteckten, wenn sie die Franzosen erblickten.

Die Stadt, die Mutterzelle Rußlands, war augenscheinlich verwüstet und vernichtet. Dafür hatte sich nach der Vernichtung der bodenständigen russischen Lebensordnung, wie Pierre unbewußt fühlte, in dieser verwüsteten russischen Mutterzelle eine neue, ganz andersgeartete, aber festgefügte Lebensordnung, nämlich die französische, erhoben. Pierre empfand das beim Anblick der flott und lustig in

[1] Derjenige, welcher seinen Namen nicht nennen will.

regelmäßigen Reihen marschierenden Soldaten, die ihn und die anderen Häftlinge eskortierten. Er empfand es beim Anblick eines hohen französischen Beamten, der in einer zweispännigen Kalesche, einen Soldaten als Kutscher auf dem Bock, der Kolonne entgegengefahren kam. Er empfand es bei den munteren Klängen einer Regimentskapelle, die von der linken Seite des Feldes herüberschollen. Ganz besonders aber hatte er es empfunden, als der in den Schuppen gekommene französische Offizier an diesem Morgen die Gefangenen an Hand seiner Liste aufgerufen hatte. Pierre war von Soldaten verhaftet und mit einer ganzen Anzahl anderer Leute erst hierhin, dann dorthin gebracht worden; es wäre doch denkbar gewesen, daß er in Vergessenheit geraten oder mit anderen verwechselt worden wäre. Aber nein: die Antworten, die er beim Verhör gegeben hatte, kehrten jetzt in Form dieser merkwürdigen Benennung: „Celui qui n'avoue pas son nom" zurück. Und unter dieser Benennung, die für Pierre etwas Schreckliches hatte, führte ihn die Eskorte jetzt irgendwohin, und auf den Gesichtern der Leute lag die felsenfeste Überzeugung, daß Pierre und alle anderen Gefangenen gerade die Personen waren, auf die es jetzt ankam, und daß sie eben dorthin geführt wurden, wohin man sie haben wollte. Pierre kam sich wie ein ganz kleines Spänchen vor, das in die Räder einer ihm unbekannten, aber nach ganz bestimmten Regeln arbeitenden Maschine geraten war.

Pierre wurde mit den übrigen Häftlingen zu einem großen weißen Hause gebracht, das inmitten eines riesigen Gartens, nicht weit vom Kloster auf der rechten Seite des Jungfernfeldes lag. Es war das Haus des Fürsten Schtscherbatow, Pierre war hier früher häufig zu Gast gewesen, und jetzt hatte hier ein Marschall sein Quartier, der Herzog von Eckmühl, wie Pierre den Gesprächen der Soldaten entnahm.

Sie wurden ans Portal geführt und mußten dann einzeln eintreten, Pierre als der sechste. Durch eine glasgedeckte Galerie, ein Vorzimmer, für Pierre bekannte Räume, wurde er in ein langgestrecktes, niedriges Kabinett geführt, an dessen Tür ein Adjutant stand.

Ganz hinten in diesem Kabinett saß Davout, eine Brille auf der Nase, hinter einem Tisch. Pierre blieb dicht vor ihm stehen. Davout war augenscheinlich gerade dabei, sich an Hand eines vor ihm liegenden Papiers über Pierres Persönlichkeit zu unterrichten. Ohne ihn anzusehen, fragte er leise: „Qui êtes-vous?" [1]

Pierre gab keine Antwort, weil er nicht imstande war, ein Wort über die Lippen zu bringen. Davout war für Pierre nicht nur einfach ein französischer General. Davout war für Pierre ein Mensch, den man um seiner Grausamkeit willen kannte. Pierre sah in das kalte

[1] Wer sind Sie?

Gesicht des Marschalls, der, wie es auch ein strenger Lehrer manchmal tut, bereit schien, einen Augenblick Geduld zu haben und auf Antwort zu warten, und fühlte, daß jede Sekunde, die er mit der Antwort zögerte, ihn das Leben kosten konnte. Allein er wußte nicht, was er sagen sollte. Er konnte sich nicht entschließen, das gleiche zu sagen, was er beim ersten Verhör gesagt hatte; dabei schien es ihm aber gefahrvoll und schimpflich, seinen Stand und seinen Namen zu offenbaren, und so schwieg er noch. Bevor Pierre sich zu irgendeinem Entschlusse hatte durchringen können, hob Davout den Kopf, schob die Brille auf die Stirn, kniff die Augen zusammen und sah Pierre eindringlich an.

„Ich kenne diesen Menschen", sagte er in einem gemessenen und kalten Ton, mit dem er es augenscheinlich darauf anlegte, Pierre einen Schrecken einzujagen. Der kalte Schauer, der Pierre eben über den Rücken gelaufen war, griff jetzt auch auf seinen Kopf über und umschloß ihn wie ein Schraubstock.

„Mon général, vous ne pouvez pas me connaître, je ne vous ai jamais vu ..."

Davout fiel ihm ins Wort. „C'est un espion russe",[1] sagte er zu einem anderen General, der ebenfalls im Zimmer war, den Pierre aber bisher noch nicht gesehen hatte.

Und Davout wandte sich ab. Pierre folgte einer plötzlichen Eingebung und sagte hastig:

„Non, Monseigneur", es war ihm auf einmal eingefallen, daß Davout Herzog war. „Non, Monseigneur, vous n'avez pas pu me connaître. Je suis un officier militionnaire et je n'ai pas quitté Moscou."

„Votre nom?" fragte Davout wieder.

„Besouhof."

„Qu'est-ce qui me prouvera que vous ne mentez pas?"[2]

„Monseigneur!" rief Pierre weniger im Ton des Gekränktseins als vielmehr in dem flehender Bitte.

Davout hob den Blick und sah Pierre aufmerksam an. Einige Sekunden lang hingen ihre Blicke ineinander, und dieser Umstand rettete Pierre. Dieser Blick von Auge zu Auge schuf über Krieg und Gerichtsverhandlung hinaus eine menschliche Beziehung zwischen diesen beiden Männern. Beide durchliefen in diesem einen Augenblick, ohne es selbst recht zu merken, eine unendliche Skala von Empfindungen und begriffen, daß sie beide Kinder der Menschheit, daß sie Brüder waren.

[1] General, Sie können mich nicht kennen, ich habe Sie niemals gesehen ... Es ist ein russischer Spion.

[2] Nein, Euer Gnaden, Sie können mich nicht gekannt haben. Ich bin Milizoffizier und habe Moskau nicht verlassen. — Ihr Name? ... Was kann mir beweisen, daß Sie nicht lügen?

Als Davout zum erstenmal von seiner Liste, in der menschliche Schicksale und Lebensdinge mit Nummern bezeichnet waren, aufgeschaut und Pierre angesehen hatte, da war Pierre für ihn nichts gewesen als das Zubehör zu einer Nummer, und Davout hätte ihn erschießen lassen können, ohne sein Gewissen zu belasten. Jetzt aber sah er in ihm schon einen Menschen. Er dachte einen Augenblick nach.

„Comment me prouverez-vous la vérité de ce que vous me dites?" [1] fragte Davout kalt.

Pierre fiel jetzt der Kapitän Rambal ein, und er nannte dessen Namen und Regiment und auch die Straße, in der das Basdejewsche Haus lag.

„Vous n'êtes pas ce que vous dites",[2] fing Davout wieder an.

Pierre begann mit zitternder und stammelnder Stimme allerhand Dinge vorzubringen, mit denen er die Richtigkeit seiner Angaben beweisen wollte.

In diesem Augenblick trat aber ein Adjutant ein und machte Davout irgendeine Meldung.

Was der Adjutant ihm da mitgeteilt hatte, das ließ Davout plötzlich über das ganze Gesicht erstrahlen, und er machte sich nun daran, seinen Uniformrock zuzuknöpfen. Pierre hatte er offenbar völlig vergessen.

Der Adjutant erinnerte ihn an die Gefangenen. Davout machte ein verdrießliches Gesicht, deutete mit dem Kopf auf Pierre und sagte, man solle ihn abführen. Wohin man ihn aber abführen sollte, das wußte Pierre nicht: ob wieder in den Wagenschuppen oder auf den Richtplatz, auf den ihn die anderen Gefangenen aufmerksam gemacht hatten, als sie über das Jungfernfeld gekommen waren.

Er sah sich über die Schulter nach den beiden um und gewahrte, daß der Adjutant Davout noch nach irgend etwas fragte.

„Oui, sans doute",[3] antwortete Davout. Worauf sich aber die Bejahung bezog, das wußte Pierre nicht.

Pierre hatte kein Gefühl dafür, wie lange und wohin er eigentlich ging. Ohne irgend etwas zu sehen, was um ihn her geschah, bewegte er in einem Zustande vollkommener Gedankenleerheit und Stumpfheit seine Füße, wie die andern es taten, und als sie alle anhielten, da hielt er auch an. Nur ein einziger Gedanke war diese ganze Zeit in Pierres Kopf lebendig. Der Gedanke war dieser: wer, wer hatte ihn denn nun eigentlich zum Tode verurteilt? Die Männer der Kommission, die ihn verhört hatten, waren es nicht gewesen; von denen hatte ihn keiner hinrichten lassen wollen, und offenbar waren sie

[1] Wie werden Sie mir die Wahrheit dessen, was Sie sagen, beweisen?
[2] Sie sind nicht das, was Sie sagen.
[3] Ja, ohne Zweifel.

dazu auch gar nicht befugt gewesen. Auch Davout nicht, der ihm so einen menschlichen Blick zugeworfen hatte. Noch eine Minute, und Davout hätte begriffen, daß man mit Pierre eine Gemeinheit vorhatte, aber gerade zu dieser Minute hatte es der eintretende Adjutant nicht mehr kommen lassen. Auch dieser Adjutant hatte offensichtlich nichts Böses gewollt, aber es wäre doch auch ebensogut möglich gewesen, daß er nicht gekommen wäre. Wer war es denn nun eigentlich, der ihn hinrichtete, ihn tötete, ihm sein Leben nahm, ihm selbst, Pierre, mit allen seinen Erinnerungen, Wünschen, Hoffnungen, Gedanken? Wer war es? Und Pierre begriff, daß es niemand war.

Es war irgendeine Ordnung, irgendein Zusammenfallen von Umständen.

Irgendeine Ordnung, irgendein Zusammenfallen von Umständen tötete ihn, ihn selbst, Pierre; nahm ihm sein Leben, rundhin: vernichtete ihn.

X

Vom Hause des Fürsten Schtscherbatow führten sie die Gefangenen geradewegs das Jungfernfeld hinunter bis zu einem eingefriedigten, linker Hand vom Neuen Jungfrauen-Kloster gelegenen Gemüsefeld, in welchem ein Pfahl stand. Hinter dem Pfahl war eine große Grube ausgehoben — die ausgeworfene Erde war noch frisch —, und um die Grube und den Pfahl stand im Halbkreise eine große Menge Menschen. Diese Menge bestand zum kleineren Teil aus Russen, zum größeren Teil aus napoleonischen Soldaten, die aber nicht in Reih und Glied standen, sondern zum Zuschauen gekommen waren, Deutschen, Italienern und Franzosen in den verschiedenartigsten Uniformen. Rechts und links von dem Pfahl standen geschlossene französische Formationen mit blauen Monturen, roten Epauletten, Stiefeletten und Tschakos.

Die Delinquenten wurden in der Ordnung aufgestellt, die sie schon von der Liste her kannten, Pierre also als sechster, und bis in die Nähe des Pfahls geführt. Rechts und links wurden plötzlich einige Trommeln geschlagen, und Pierre hatte eine Empfindung, als würde ihm mit diesen Trommelschlägen ein Stück von seiner Seele weggerissen. Er war nicht mehr imstande, zu denken und Eindrücke gedanklich zu verarbeiten. Er konnte nur noch sehen und hören. Und er hatte nur einen einzigen Wunsch, den Wunsch, das unbekannte Grausige, das geschehen mußte, möchte so schnell wie möglich geschehen. Pierres Blicke fielen auf seine Schicksalsgenossen, und er musterte sie. Die beiden ersten in der Reihe waren Sträflinge mit rasierten Köpfen. Der eine von ihnen war lang und hager, der andere ein muskulöser Mann, dessen wiedergewachsenes Haar wirr und schwärzlich war und dessen Nase eine stumpfe Abplattung zeigte. Dann kam ein herrschaftlicher Leibeigener von vielleicht fünfundvierzig Jahren mit einem feisten, wohlgenährten Körper und ergrauendem Haar. Der vierte war ein Bauer, ein sehr gut aussehender Mann mit breitem, hellbraunem Bart und schwarzen Augen. Der fünfte war ein Fabrikarbeiter, ein gelblicher, magerer, etwa achtzehn Jahre alter Mensch in einem langen Kittel.

Pierre hörte die Franzosen ratschlagen, wie sie die Erschießungen vornehmen sollten; einzeln oder immer zu zweien. „Zu zweien", sagte schließlich der dienstälteste Offizier mit kalter Ruhe. Durch die Reihen der Mannschaften ging eine Bewegung, und es war zu merken, daß alle sich beeilten, es war aber nicht die Eile dessen, der eine ihm einleuchtende und verständliche Aufgabe zu erfüllen, sondern dessen, der etwas zwar Unumgängliches, aber ihm Unsympathisches und nicht recht Einleuchtendes abzutun hat.

Ein französischer Beamter mit einer Armbinde trat an den rechten Flügel der Delinquenten und verlas das Urteil auf russisch und französisch.

Darauf traten vier Franzosen auf die Delinquenten zu, und je zwei von ihnen nahmen, wie der Offizier es angeordnet hatte, einen der beiden Sträflinge die am Anfang der Reihe standen, in ihre Mitte. Sie gingen mit den Sträflingen zum Pfahl. Während Säcke herangebracht wurden, standen die Sträflinge vor dem Pfahl und sahen sich schweigend um mit Blicken, wie sie ein krankgeschossenes Stück Wild für den näherkommenden Jäger hat. Der eine bekreuzte sich ununterbrochen, der andere kratzte sich auf dem Rücken und bewegte die Lippen hin und her, als wolle er ein Lächeln andeuten. Die Soldaten verbanden ihnen hastig die Augen, zogen ihnen Säcke über und banden sie dann an den Pfahl.

Zwölf Schützen traten mit gleichmäßigen und festen Schritten, die Gewehre geschultert, aus dem Gliede und nahmen acht Schritte vor dem Pfahl Aufstellung. Pierre sah zur Seite, um nicht sehen zu müssen, was jetzt geschehen würde. Plötzlich gab es ein Krachen und Knallen, das Pierre lauter erschien als der furchtbarste Donnerschlag, und nun schaute er wieder hin. Durch eine Rauchwolke sah er, wie die Franzosen sich mit bleichen Gesichtern und zitternden Händen irgend etwas bei der Grube zu schaffen machten. Darauf wurden die beiden nächsten an den Pfahl geführt. Genau ebenso und mit dem gleichen Ausdruck der Augen wie die Sträflinge sahen auch diese beiden alle Anwesenden an und baten sie schweigend und eben nur mit dem Ausdruck der Augen um ihren Schutz, offenbar ohne rechtes Verständnis für das, was geschehen sollte, und ohne recht daran zu glauben. Sie konnten nicht daran glauben, weil sie allein wußten, was ihr Leben für sie bedeutete, und daher nicht verstanden und nicht glaubten, daß man es ihnen nehmen könnte.

Pierre wollte nicht sehen und schaute wieder zur Seite; wieder schlug etwas an sein Ohr wie das Donnern einer fürchterlichen Explosion, und als er fast im selben Augenblick wieder hinsah, da gewahrte er Pulverdampf, Blut und die bleichen und erschrockenen Gesichter der Franzosen, die sich wieder etwas um den Pfahl zu schaffen machten und dabei mit den zitternden Händen gegeneinander stießen. Mühsam atmend sah Pierre sich um, als wollte er fragen: „Was geschieht hier eigentlich?" Und diese Frage lag auch in allen Blicken, die dem seinen begegneten.

Auf den Gesichtern aller Russen und auf den Gesichtern aller französischen Soldaten und Offiziere las er ohne Ausnahme den gleichen Schrecken, das gleiche Entsetzen und den gleichen Kampf, die sein eigenes Herz beherrschten. „Ja, wer tut dieses eigentlich? Sie leiden doch alle genauso darunter wie ich. Wer tut es denn eigentlich? Wer denn?" zuckte es ihm für einen Augenblick durch den Kopf.

„Tirailleurs du 86-me en avant!"[1] schrie jemand. Der fünfte, der neben Pierre stand, sollte allein zum Pfahl geführt werden. Pierre begriff nicht, daß er gerettet war, daß man ihn und die übrigen nur hergeführt hatte, um sie der Vollstreckung der Todesurteile beiwohnen zu lassen. Er sah mit ständig wachsendem Entsetzen auf das, was vor ihm geschah, ohne eine Spur von Freude oder Beruhigung zu empfinden. Der fünfte war der Fabrikarbeiter in dem langen Kittel.

Als die Soldaten ihn packen wollten, fuhr er entsetzt zurück und klammerte sich an Pierre. Pierre überlief ein Schauer, und er machte sich von ihm los. Der Arbeiter war nicht imstande zu gehen, die Soldaten griffen ihm unter die Arme und zogen ihn mit sich fort. Er schrie. Als er beim Pfahl war, verstummte er plötzlich. Es war, als habe er plötzlich irgend etwas begriffen. Ob er nun begriffen hatte, daß sein Schreien ihm doch nicht helfen konnte, oder ob er sich jetzt sagte, es sei doch ganz unmöglich, daß diese Männer ihn wirklich umbringen wollten, jedenfalls stand er jetzt still vor dem Pfahl, wartete darauf, daß er angebunden wurde, wie er es an den anderen gesehen hatte, und sah sich wie ein krankgeschossenes Stück Wild mit funkelnden Augen um.

Pierre konnte es jetzt nicht mehr über sich gewinnen, zur Seite zu sehen oder die Augen zu schließen. Seine Spannung und Erregung waren bei diesem fünften Morde ebenso wie die der ganzen Volksmenge auf den höchsten Grad gelangt. Ebenso wie die anderen

[1] Schützen des Sechsundachtzigsten, vorwärts!

schien auch dieser fünfte recht ruhig: er schlug die Schöße seines langen Kittels übereinander und rieb sich mit dem einen seiner nackten Beine am andern.

Als ihm die Augen verbunden wurden, rückte er selbst den Knoten am Hinterkopf zurecht, der ihm ins Fleisch schnitt. Als er dann gegen den blutbesudelten Pfahl gedrückt werden sollte, ließ er sich selbst rückwärts dagegengleiten, und da ihm diese Haltung unbequem war, schob er sich zurecht, richtete die Füße aus und lehnte sich dann ruhig zurück, Pierre wandte kein Auge von ihm und ließ sich nicht die geringfügigste Bewegung entgehen.

Jetzt mußte das Kommando gefallen sein, und jetzt mußten auf dieses Kommando hin acht Gewehrschüsse gekracht haben. Aber so große Mühe Pierre sich nachher auch gab, sich daran zu erinnern, hatte er doch nicht das geringste davon gehört. Er hatte nur gesehen, wie der Arbeiter aus irgendeinem Grunde plötzlich in den Stricken zusammensackte, wie er an zwei Stellen blutig wurde, wie die Stricke unter der Last des in ihnen hängenden Körpers ein wenig nachgaben, wie der Fabrikarbeiter den Kopf mit einer unnatürlich wirkenden Bewegung vornüberfallen ließ, ein Bein einknickte und zusammensank, als habe er sich hinsetzen wollen. Pierre rannte auf den Pfahl zu. Niemand hinderte ihn. Um den Arbeiter machten sich verstörte und blasse Menschen zu schaffen. Einem alten schnauzbärtigen Franzosen zitterte der Unterkiefer, während er die Stricke aufknotete. Der Körper glitt zur Erde. Die Soldaten schleppten ihn überhastet und ungeschickt hinter den Pfahl und warfen ihn in die Grube.

Offenbar wußten alle mit vollkommener Gewißheit, daß sie Verbrecher waren, die so schnell wie möglich die Spuren ihres Verbrechens zu tilgen hatten.

Pierre schaute in die Grube und sah den Arbeiter mit hochgezogenen, fast den Kopf berührenden Knien darin liegen. Die eine Schulter lag höher als die andere und hob und senkte sich krampfartig, aber in regelmäßigen Zeitabständen. Allein schon fiel eine Schaufel voll Erde nach der anderen über seinen Körper. Einer der Soldaten schrie Pierre ärgerlich, zornig und gequält zu, er solle wieder an seinen Platz gehen. Allein Pierre begriff nicht, was er wollte, und blieb hinter dem Pfahl stehen, und niemand jagte ihn weg.

Als die Grube sich geschlossen hatte, erscholl ein Kommando. Pierre wurde auf seinen Platz geführt, und die französischen Formationen, die rechts und links des Platzes mit dem Pfahl gestanden hatten, machten eine halbe Schwenkung und marschierten im Gleichschritt an dem Pfahl vorüber. Die vierundzwanzig Schützen, welche die Todesurteile hatten vollstrecken müssen und bis jetzt in dem von den Truppen umschlossenen Halbkreise gestanden hatten, nahmen, während die Kompanien an ihnen vorbeimarschierten, im Laufschritt wieder ihre Plätze ein.

Pierre starrte mit leeren Augen diesen Schützen nach, die paarweise im Laufschritt in den Gliedern verschwanden. Bis auf einen hatten sie sich alle wieder ihren Kompanien angeschlossen. Dieser eine, ein junger Soldat, dem der Tschako aufs Genick geglitten war, stand immer noch mit totenblassem Gesicht, das Gewehr zu Boden gesenkt, der Grube gegenüber auf der Stelle, von der aus er geschossen hatte. Wie ein Betrunkener torkelte er hin und her, tat bald ein paar Schritte vorwärts, bald rückwärts, und suchte so seinem Körper, der sich nicht mehr aufrecht halten konnte, das Gleichgewicht zurückzugewinnen. Ein alter Unteroffizier sprang aus dem Gliede, packte den jungen Soldaten an der Schulter und zog ihn in die Truppe hinein. Die Menge, Russen und Franzosen, begann sich zu verlaufen. Alle hatten die Köpfe gesenkt, und kaum einer sprach ein Wort.

„Ça leur apprendra à incendier“ [1] sagte ein Franzose.

Pierre sah sich nach dem Sprecher um und gewahrte, daß es ein Soldat war, der sich selbst irgendwie über das hinweghelfen wollte, was er hatte mitansehen müssen, ohne daß ihm das gelungen wäre. Er sagte kein weiteres Wort, machte eine halb lässige, halb resignierte Handbewegung und entfernte sich.

XI

Nach der Exekution wurde Pierre von den übrigen Gefangenen getrennt und allein in einer kleinen demolierten und verschmutzten Kirche untergebracht. Gegen Abend kam der wachthabende Unteroffizier mit zwei Soldaten in die Kirche und teilte Pierre mit, er sei begnadigt und werde jetzt in die Baracken der Kriegsgefangenen gebracht. Ohne zu verstehen, was ihm gesagt wurde, erhob sich Pierre und folgte den Soldaten. Sie transportierten ihn zu den oberhalb des Feldes aus angekohlten Brettern, Balken und Planken errichteten Schuppen und führten ihn dann in einen hinein. Hier war es finster, und es drängten sich etwa zwanzig Menschen um ihn. Pierre sah sie an und begriff nicht, was für Leute das waren, was sie hier taten und was sie von ihm wollten. Er hörte wohl, was sie zu ihm sagten, begriff aber nicht, was ihre Worte bedeuteten, konnte mit diesen Worten nichts anfangen und ihnen nichts entnehmen. Er selbst beantwortete wohl die Fragen, die an ihn gerichtet wurden, hatte aber keine Vorstellung davon, wem diese Antworten

[1] Das wird sie lehren, Brände zu stiften.

eigentlich galten und wie sie aufgenommen wurden. Er sah Gesichter und Gestalten an, und sie kamen ihm alle gleichermaßen sinnlos vor.

Seit Pierre diese grauenvolle Schlächterei angesehen hatte, die von Menschen gegen ihren eigenen Willen vorgenommen wurde, war aus seiner Seele gleichsam die Uhrfeder herausgerissen, die alles in Ordnung und in Bewegung erhielt, und alles war in einen wirren Haufen sinnberaubten Kehrichts zusammengefallen. Obwohl er sich davon keine Rechenschaft ablegte, war in ihm der Glaube an eine Weltordnung, an die Existenz einer menschlichen Seele, an seine eigene Seele und an Gott zerschlagen. Diesen Zustand kannte Pierre schon von früher her, aber noch nie hatte er ihn so stark empfunden wie jetzt. Wenn derartige Zweifel früher über Pierre gekommen waren, so hatten sie ihre Quelle in einem Verschulden seinerseits gehabt. Und im tiefsten Innern hatte Pierre dann doch gefühlt, daß in ihm selbst auch die Rettung aus dieser Verzweiflung und diesen Zweifeln lag. Jetzt aber fühlte er, daß nicht ein eigenes Verschulden die Welt vor seinen Augen in Trümmer gestürzt und nichts als sinnlose Ruinen übriggelassen hatte. Er fühlte, daß eine Rückkehr zum Glauben an das Leben nicht in seiner Macht stand.

Um ihn herum standen allerlei Menschen in der Dunkelheit; offenbar war etwas an ihm, was die Aufmerksamkeit dieser Leute fesselte. Sie erzählten ihm irgend etwas, fragten ihn nach irgend etwas, führten ihn dann irgendwohin, und schließlich fand er sich in einer Ecke des Raumes unter einer Anzahl von Leuten, die lebhaft miteinander und mit Leuten in den anderen Ecken des Schuppens redeten und lachten.

„Und nun denkt euch, liebe Brüder, also dieser selbe Königssohn, welcher ...", erzählte jemand in der gegenüberliegenden Ecke und betonte dieses Wort „welcher" besonders nachdrücklich.

Pierre saß stumm und regungslos auf einer Strohschütte an der Wand und öffnete und schloß abwechselnd die Augen. Sobald er aber die Augen schloß, sah er vor sich das grauenhafte, in seiner Einfalt so besonders grauenhafte Gesicht des Arbeiters und die in ihrer Gewissensangst noch grauenhafteren Gesichter der unfreiwilligen Mörder. Und dann öffnete er die Augen wieder und starrte gedankenlos in das Dunkel um ihn her.

Neben ihm hockte zusammengekauert irgendein kleiner Mensch, dessen Anwesenheit Pierre zuerst an dem starken, bei jeder Bewegung von ihm ausgehenden Schweißgeruch wahrnahm. Dieser Mensch machte sich irgend etwas mit seinen Füßen zu schaffen, ohne daß sich in der Dunkelheit erkennen ließ, was es war, und obwohl Pierre von seinem Gesicht nichts erkennen konnte, war es ihm doch, als sähe dieser Mensch ihn unverwandt an. Allmählich, als seine Augen sich an die Dunkelheit gewöhnt hatten, merkte

Pierre, daß dieser Mensch seine Fußbekleidung auszog. Und die Art, mit der er das tat, fesselte Pierres Aufmerksamkeit. Er wickelte den Bindfaden ab, mit dem das eine Bein umbunden war, legte ihn mit großer Sorgfalt zusammen und wandte sich dann sofort dem andern Bein zu, den Blick auf Pierre gerichtet. Während die eine Hand noch den Bindfaden irgendwohin hängte, hatte sich die andere schon an das andere Bein gemacht. Nachdem er auf diese Weise mit gewandten, zielsicheren, pausenlos einander folgenden Bewegungen seine Fußbekleidung sorgsam abgelegt hatte, hängte er sie an zwei kleine Pflöcke, die oberhalb seines Kopfes in der Wand staken, zog ein Messerchen, schnitt an irgend etwas herum, klappte es wieder zusammen, legte es unter das Kopfkissen, machte es sich dann im Sitzen bequem, umschlang die hochgezogenen Knie mit beiden Händen und sah Pierre aufmerksam an. Für Pierres Gefühl ging etwas Wohltuendes, Beruhigendes, in sich selbst Geschlossenes von diesen zielsicheren Bewegungen aus, von dieser ganzen praktisch und zweckmäßig eingerichteten Wirtschaft in seiner Ecke, ja sogar vom Geruch dieses Menschen, und so sah nun auch er den anderen unverwandt an.

„Sie haben wohl auch so allerhand Böses erfahren müssen, gnädiger Herr, was?" fragte plötzlich der Kleine. Und ein solcher Ausdruck von Freundlichkeit und Schlichtheit lag in der singenden Stimme dieses Menschen, daß Pierre ihm schon antworten wollte, aber da begann ihm der Unterkiefer zu zittern, und er fühlte aufsteigende Tränen. Der Kleine aber ließ Pierre keine Zeit, seine Verwirrung zu zeigen, sondern sprach gleich mit seiner wohltuenden Stimme weiter.

„Ach, lieber Falke du, gräm dich doch nicht so", sagte er mit jener zärtlich singenden Freundlichkeit des Tones, mit der wohl alte russische Frauen reden. „Gräme dich doch nicht, Freundchen! Eine Stunde leidet man, ein ganzes Leben lebt man! Ja, ja, so ist es, mein Lieber. Jetzt sind wir nun einmal hier, und hier tun sie uns ja auch nichts, Gott sei gelobt. Unter ihnen sind auch schlechte und gute Menschen, wie überall." Unter den letzten Worten ließ er sich mit einer elastischen Bewegung vornüber auf die Knie gleiten, stand dann auf, hustete ein wenig und verschwand dann in der Dunkelheit.

„Gucke mal, du Schelm, bist du auch da?" hörte Pierre dann seine freundliche Stimme aus der anderen Ecke des Schuppens. „So ein Schelm, ist er auch da, denkt noch an mich? Na, na, ist ja gut, ist ja gut!"

Und der Soldat wehrte einem kleinen Hündchen, das an ihm hinaufsprang, kehrte an seinen Platz zurück und setzte sich wieder. In den Händen hatte er einen Lappen, in den irgend etwas eingewickelt war.

„Da, gnädiger Herr, essen Sie", sagte er, wieder zu dem ehr=

erbietigen Tone seiner ersten Frage zurückkehrend, wickelte den Lappen auf und reichte Pierre einige gebackene Kartoffeln. „Mittags gab es Suppe. Aber diese Kartoffeln sind herrlich!"

Pierre hatte den ganzen Tag noch nichts gegessen, und der Geruch der Kartoffeln schien ihm überaus verlockend. Er dankte dem Soldaten und begann zu essen.

„Was, so machst du das?" sagte der Soldat lächelnd und ergriff eine Kartoffel. „Das mußt du doch so machen!"

Er holte wieder sein Taschenmesserchen heraus, zerschnitt die Kartoffel auf der flachen Hand in zwei gleiche Teile, nahm aus dem Lappen etwas Salz, streute es darüber und bot Pierre die beiden Hälften an.

„Ganz herrlich sind die Kartoffeln", sagte er wieder. „Iß nur, wie ich es dir da vorgemacht habe."

Pierre war es, als habe er noch nie etwas Schmackhafteres gegessen.

„Nein, ich selbst kann mich nicht gerade beklagen", sagte Pierre. „Aber warum haben sie nur die Ärmsten totgeschossen! ... Der letzte war ja noch keine zwanzig Jahre alt."

„Pst ... Pst ...", machte der Kleine. „Damit muß man hier vorsichtig sein, ja, ja", setzte er flink hinzu, und als habe er die Worte immer fertig im Munde und als flögen sie unversehens und ganz von selbst hinaus, fuhr er fort: „Wie ist denn das, gnädiger Herr, sind Sie nur so in Moskau zurückgeblieben, oder haben Sie sich dabei was Besonderes gedacht?"

„Ich habe nicht geglaubt, daß sie so schnell dasein würden. Ich bin so hiergeblieben, ohne daß ich mir viel dabei gedacht hätte", erwiderte Pierre.

„Wie haben sie dich denn gefangengenommen, lieber Falke du, haben sie dich aus deinem Hause geholt?"

„Nein, ich war gegangen, um das Feuer zu sehen, und da haben sie mich verhaftet und als Brandstifter vor Gericht gezogen."

„Wo Gericht, da ist auch Ungerechtigkeit", warf der Kleine ein.

„Und bist du denn schon lange hier?" fragte Pierre und kaute dabei an seiner letzten Kartoffel.

„Ich? Letzten Sonntag haben sie mich aus dem Spital in der Stadt geholt."

„Du bist wohl Soldat?"

„Beim Apscheronschen Regiment. Ich war fast hin vor Fieber. Uns hatte ja keiner gesagt, was los war. Wir lagen da zwanzig Mann hoch. Keine Ahnung hatten wir!"

„Und ist es dir sehr arg, daß du hier sein mußt?" fragte Pierre.

„Wie soll es mir nicht arg sein, lieber Falke du? Platon heiße ich, mit Zunamen Karatajew", setzte er hinzu, offenbar weil er es Pierre leichter machen wollte, ihn anzureden. „In der Kompanie nannten sie mich immer Falke. Wie soll das nicht arg sein, lieber Falke du! Moskau ist doch die Mutter von allen Städten. Wie soll es nicht arg sein, wenn man so was sehen muß! Aber der Wurm frißt wohl vom Kohl, und der Kohl hält doch länger aus. So haben nämlich die alten Leute bei uns immer gesagt", setzte er rasch dazu.

„Wie? Was sagst du?" fragte Pierre.

„Ich?" antwortete Karatajew. „Ich sage: ‚Es steht nicht in unserm Verstand, sondern in Gottes Hand.'" Er glaubte damit wirklich nur zu wiederholen, was er eben gesagt hatte, und fuhr gleich darauf fort: „Wie ist das bei Ihnen, gnädiger Herr, haben Sie ein Erbgut? Und haben Sie ein Haus? Sicher doch alles, was Sie nur wünschen können! Und eine Frau haben Sie doch auch? Und leben Ihre alten Eltern noch?"

Und obwohl Pierre es im Dunkeln nicht sehen konnte, so spürte er doch, daß um die Lippen des Soldaten bei diesen Fragen ein verhaltenes freundliches Lächeln lag. Offenbar tat es ihm aufrichtig leid, als er hörte, daß Pierres Eltern tot waren, und besonders bedauerte er ihn, weil er keine Mutter mehr hatte.

„Es heißt wohl: ‚Die Frau zum Küssen, die Schwiegermutter zum Begrüßen', aber dabei gibt es doch nichts Lieberes als die eigene Mutter!" sagte er. „Na, aber Kinderchen haben Sie?" fragte er weiter.

Pierre verneinte, und das tat ihm offenbar auch wieder leid, und er sagte schnell:

„Na, Sie sind ja wohl beide noch jung, da kann Gott Ihnen schon noch welche geben. Hauptsache, Sie leben in guter Eintracht miteinander ..."

„Jetzt ist das doch alles einerlei", sagte Pierre unwillkürlich.

„Ja, mein lieber Mensch du, das ist nicht anders", antwortete Platon. „Bettelsack und Gefängnismauern, das kann über jeden kommen."

Er schob sich zurecht, räusperte sich und schickte sich offenbar zu einer längeren Erzählung an.

„Ja, also so war das, mein lieber Freund, ich war damals noch zu Hause", fing er an. „Wir hatten unsern guten Erbhof, Land genug, bei uns leben die Bauern nicht schlecht, und das Haus war unser Eigentum, Gott sei Dank. Wenn der Vater mähen ging, waren wir sieben Mann hoch. Wir lebten gut. Waren schon ganz ordentliche Bauern. Aber dann kam es ..."

Und Platon Karatajew erzählte eine lange Geschichte, wie er nach Holz in einen fremden Wald gefahren und dem Waldhüter in die Hände gefallen und dann ausgepeitscht und verurteilt und unter die Soldaten gesteckt worden war.

„Aber was hat das zu sagen, lieber Falke du?" meint er dann, und es war seiner veränderten Stimme anzumerken, daß er lächelte. „Sie wollten mir Böses tun, und es ist doch nur Gutes dabei herausgekommen! Wenn ich nicht gesündigt hätte, hätte mein Bruder zu den Soldaten gehen müssen. Und mein jüngerer Bruder hatte fünf Kinderchen, aber ich, siehst du, ich brauchte nur eine Frau zurücklassen, als ich wegmußte. Es war wohl ein kleines Mädchen dagewesen, aber das hatte Gott zu sich genommen, noch bevor ich Soldat wurde. Und dann, also laß mich erzählen, komme ich einmal auf Urlaub und da sehe ich, sie haben es noch besser als früher. Der Hof ist voll von Vieh, die Weiber sind zu Hause, zwei Brüder auf Lohnarbeit fort. Nur Michail, der jüngste, ist zu Hause. Der Vater sagt: ‚Mir', sagt er, ‚ist ein Kind wie das andere: welchen Finger man sich abbeißt, es tut immer gleich weh. Und wenn sie damals nicht Platon zum Soldaten geschoren hätten, dann hätte Michail gehen müssen.' Und dann, denk dir, rief er uns alle zusammen und stellte uns vor den Heiligenbildern auf. ‚Michail', sagte er, ‚komm her, verneige dich bis auf den Boden vor Platon, und du, Frau, verneige dich auch und ihr, Großkinder, verneigt euch auch. Ihr wißt wohl warum!' sagte er. Ja, also so ist das, mein lieber Freund. Das Schicksal weiß schon, auf welchen Kopf es fallen soll. Aber wir knurren immer: das ist schlecht, das ist nicht richtig. Unser Glück, Freundchen, weißt du, das ist, wie wenn man ein Zugnetz im Wasser hat: willst du es herausziehen, da meinst du, es ist dick voll, hast du es draußen, ist nichts drin. So ist das."

Und Platon wechselte seine Stellung auf dem Stroh.

Eine Weile schwieg er noch, dann stand er auf.

„Wie ist das, du wirst wohl schlafen wollen?" meinte er, begann sich dann mit raschen Bewegungen zu bekreuzen und sagte:

„Herr Jesus Christus, heiliger Nikola, Frola und Lawra! Herr Jesus Christus, heiliger Nikola, Frola und Lawra! Herr Jesus Christus, erbarme dich unser und rette uns!" Dann verneigte er sich bis auf den Boden, ächzte und setzte sich wieder auf das Stroh. „Also so ist das."

„Wie einen Stein, Herr Gott, laß mich schlafen,
wie ein frisches Weißbrot erwachen!"

sagte er darauf, legte sich hin und deckte sich mit dem Mantel zu.

„Was hast du da für ein Gebet hergesagt?" fragte Pierre.

„Wie?" fragte Platon, der schon fast eingeschlafen war. „Hergesagt? Gebetet habe ich. Betest du denn nicht?"

„Doch, ich bete auch", erwiderte Pierre. „Aber was hast du da gesagt: Frola und Lawra?"

„Selbstverständlich!" antwortete Platon schnell. „Das muß man schon so wegen der Pferde sagen. Man soll auch Mitleid mit dem Vieh haben . . . Guck doch, so ein Schelm, hat sich da zusammengekringelt! Wärmt sich, das Hundevieh", sagte Karatajew dann, da er den Hund an seinen Füßen liegen fühlte, drehte sich wieder um und war sofort eingeschlafen.

Von draußen her, irgendwo aus der Ferne, kam Heulen und Schreien, und durch die Ritzen des Schuppens sah man Feuerschein, im Schuppen selbst aber war es still und dunkel. Pierre konnte lange nicht einschlafen, lag mit offenen Augen in der Dunkelheit auf seinem Platz, hörte dem regelmäßigen Schnarchen des neben ihm liegenden Platon zu und fühlte die Welt, die schon in Trümmern gelegen hatte, in neuer Schönheit und über neuen und unerschütterlichen Fundamenten in seiner Seele wachsen.

XII

In dem Schuppen, in den Pierre geraten war und in dem er vier Wochen zubringen sollte, wurden dreiundzwanzig Soldaten, drei Offiziere und zwei Beamte gefangengehalten.

Alle diese Leute sah Pierre später, wenn er sich ihrer zu erinnern suchte, nur wie durch einen Nebelschleier, Platon Karatajew aber lebte in Pierres Seele bis an sein Lebensende als stärkste und teuerste Erinnerung, Verkörperung alles Russischen, Guten und Vollkommenen. Als Pierre seinen Nachbarn am folgenden Tage in der Morgendämmerung erblickte, bestätigte sich ihm sein erster Eindruck von etwas vollkommen in sich selbst Geschlossenem, vollkommen Gerundetem. Und Platons ganze Erscheinung in dem strickumgürteten französischen Mantel, der Soldatenmütze und den Bastschuhen hatte etwas Rundes. Der Kopf war völlig rund, Rücken, Brust und Schultern hatten dieses Runde, sogar die Arme, die er so hielt, als schicke er sich an, im nächsten Augenblick irgend etwas zu umfassen, erweckten diesen Eindruck von Gerundetheit, und das gleiche taten sein sympathisches Lächeln und seine großen, braunen, freundlich-sanften Augen.

Platon Karatajew mußte über fünfzig Jahr alt sein, nach den Feldzügen zu schließen, an denen er vor langer Zeit teilgenommen hatte und von denen er jetzt erzählte. Er selbst wußte nicht, wie alt er war, und hatte auch keine rechte Möglichkeit, das festzustellen. Aber seine schneeweiß schimmernden und kräftigen Zähne, die als zwei lückenlose Halbkreise zum Vorschein kamen, wenn er lachte – und das tat er oft –, waren alle noch gut und heil, in seinem Bart und auf seinem Kopf hatte er noch kein einziges graues Haar, und sein ganzer Körper wirkte elastisch, noch mehr aber fest und zäh.

Sein Gesicht trug, den kleinen, rundlichen Runzeln zum Trotz, den Stempel jugendlicher Harmlosigkeit, seine Stimme hatte etwas Singendes und tat dem Ohr wohl. Die hauptsächlichsten Merkmale seiner Redeweise waren Unmittelbarkeit und Mutterwitz. Offenbar dachte er nie darüber nach, was er gesagt hatte oder sagen wollte, und darum hatte seine rasche und ausdrucksvolle Sprache etwas so unwiderstehlich Überzeugendes.

Seine physischen Kräfte und die Geschmeidigkeit seines Körpers waren in der ersten Zeit der Gefangenschaft so groß, daß er von Ermüdung oder Krankheit überhaupt nichts zu wissen schien. Jeden Tag sagte er morgens und abends, beim Aufstehen und Schlafengehen, sein Sprüchlein her. Abends hieß es: „Wie einen Stein, Herr Gott, laß mich schlafen, wie ein frisches Weißbrot erwachen." Und wenn er morgens aufstand, machte er immer die gleiche Schulterbewegung, als schüttelte er sich, und sagte dazu: „Abends eingerüttelt, morgens wachgeschüttelt."

Und wirklich brauchte er sich nur hinzulegen, um augenblicks wie ein Stein zu schlafen und sich morgens nur ein wenig zu schütteln, um sofort, ohne auch nur einen Augenblick zu verlieren, zu jeder Tätigkeit frisch zu sein, so wie Kinder sich gleich nach dem Aufstehen an ihr Spielzeug machen. Er konnte alles, zwar nicht sehr vollendet, aber auch keineswegs schlecht. Er buk, kochte, nähte, hobelte, flickte Stiefel. Immer war er beschäftigt, und erst nach Einbruch der Dunkelheit erlaubte er sich, mit anderen zu plaudern, was er sehr gern tat, und zu singen. Er sang nicht, wie Sänger, die sich dessen bewußt sind, daß man ihnen zuhört, sondern er sang wie ein Vogel, weil es für ihn ein Bedürfnis war, diese Töne von sich zu geben, wie es einem manchmal ein Bedürfnis ist, sich zu dehnen oder sich die Füße zu vertreten; und diese Töne waren fein, zart, wehmütig und fast frauenhaft, und sein Gesicht hatte beim Singen immer etwas sehr Ernstes.

Seit er in Gefangenschaft war und sich wieder den Bart wachsen ließ, hatte er offensichtlich alles ihm Fremde, Soldatische, äußerlich Anerzogene abgelegt und war, ohne es selbst zu wissen, zu seiner ursprünglichen bäuerlichen und volksmäßigen Art zurückgekehrt.

„Ist der Soldat erst aus Reih und Glied, dann läßt er das Hemd wieder über die Hosen fallen, wie er es zu Hause getan hat", sagte er manchmal.

Er sprach nicht sehr gern von seiner Soldatenzeit, obwohl er sich nicht beklagte und des öfteren betonte, daß er während seiner ganzen Dienstzeit nie geschlagen worden wäre. Am liebsten erzählte er Dinge aus seinem alten Bauern- oder, wie er sagte, Christenleben*,

* Anm. am Schluß des Buches.

die offenbar zu seinen liebsten Erinnerungen gehörten. Die sprichwörtlichen Wendungen, die er alle Augenblicke in seine Reden einflocht, waren nicht von der unflätigen und dreisten Art, wie man sie so häufig bei Soldaten findet, sondern jene volkstümlichen Redensarten, die, wenn man sie aus dem Zusammenhang herausreißt, so nichtssagend wirken und doch plötzlich zu tiefen Weisheiten werden, wenn sie zur rechten Zeit und am rechten Orte vorgebracht werden.

Häufig widersprach das, was er sagte, vollkommen dem, was er früher gesagt hatte, aber es hatte beides seine Richtigkeit. Er sprach gern und ohne alle Schwierigkeiten und schmückte seine Rede mit allerhand Koseformen und sprichwörtlichen Wendungen aus, und Pierre hatte den Eindruck, daß er sie sich meistens selbst ausdachte. Aber der Reiz seiner Erzählungen bestand doch vornehmlich darin, daß die allereinfachsten Geschehnisse — darunter manchmal auch solche, deren Zeuge Pierre gewesen war, ohne irgendwelche Aufmerksamkeit auf sie zu verwenden — in seiner Schilderung den Charakter einer sinnvollen und ins Höhere erhobenen Wohlgestalt erhielten. Er hörte gern den Märchen zu, die ein anderer abends manchmal erzählte und die übrigens immer die gleichen waren, am liebsten aber hörte er doch Erzählungen aus dem wirklichen Leben. Dann lächelte er froh, warf kleine Bemerkungen ein und stellte Fragen, mit denen er die Schönheit und Wohlgestalt des Erzählten noch deutlicher herauszuheben suchte. Anhänglichkeiten an bestimmte Personen, Freundschaftsneigungen, Liebesempfindungen von der Art, wie Pierre sie kannte, spielten für Karatajew keine Rolle, aber er empfand und bekundete eine Liebe zu allem, womit das Leben ihn zusammenbrachte, und besonders zu dem Menschen — nicht zu irgendeinem bestimmten Menschen, sondern zu dem Menschen, den er gerade vor sich hatte. Er liebte seinen zottigen kleinen Köter, liebte seine Kameraden, liebte die Franzosen, liebte Pierre, der sein Nachbar geworden war, aber Pierre fühlte, daß Karatajew all der zärtlichen Freundlichkeit zum Trotz, die er für Pierre hatte und mit der er Pierres entwickelterem Innenleben gerecht zu werden suchte, keinen Augenblick über eine etwaige Trennung von ihm traurig sein würde. Und allmählich begann auch Pierre Karatajew gegenüber ähnlich zu empfinden.

Platon Karatajew war für alle übrigen Gefangenen ein Soldat, wie es deren ungezählte gab; sie nannten ihn Falke oder Platoscha, hänselten ihn in aller Gutmütigkeit und gaben ihm allerhand Aufträge. Für Pierre aber blieb er immer das, als was er ihn an jenem ersten Abend empfunden hatte, nämlich die unbegreifliche, vollkommene, ewige Verkörperung des Geistes der Einfalt und Wahrheit.

Platow Karatajew wußte außer seinem Gebet nichts auswendig. Wenn er mit seinen Geschichten anfing, so war es, als wisse er noch gar nicht, womit er sie enden wollte. Wenn Pierre dazwischen einen besonderen Eindruck von dem Gesagten empfangen hatte und ihn dann wohl bat, es zu wiederholen, dann konnte Platon sich nicht mehr an das erinnern, was er einen Augenblick früher gesagt hatte, ebensowenig wie er es fertigbrachte, den Text seines Lieblingsliedes herzusagen. Es war da von „liebster, kleiner Birkenwald" und „Ach, mein Herzenskummer" die Rede, aber wenn Karatajew diese Worte im Sprechen wiederholen sollte, dann ergaben sie keinen rechten Sinn. Er verstand ihre Bedeutung nicht und konnte sie auch nicht verstehen, sobald sie nicht mehr im lebendigen Zusammenhange des gesungenen Liedes standen. Jedes seiner Worte und jede seiner Handlungen war die Offenbarungsform einer ihm unbekannten Wirkungskraft, die eben sein Leben war. Sein Leben aber, wie er es ansah, hatte als Eigenleben keinen Sinn. Es hatte einen Sinn nur als Teil jenes Ganzen, dessen Vorhandensein er beständig spürte. Seine Worte und Handlungen quollen so selbstverständlich, ebenmäßig und unmittelbar aus ihm, wie der Duft einer Blüte entströmt. Er konnte weder den Wert noch die Bedeutung eines aus dem Gesamtzusammenhang des Lebens gelösten, einzeln betrachteten Worts oder Tuns verstehen.

XIII

Kaum hatte Prinzessin Marja von Nikolai erfahren, daß ihr Bruder bei Rostows war und mit ihnen bereits in Jaroslawl eingetroffen sein mußte, als sie auch schon, allen Einwänden der Tante zum Trotz, hinzufahren und auch ihren Neffen mitzunehmen beschloß. Ob das leicht oder schwer, möglich oder unmöglich war, danach fragte sie nicht und wollte es nicht wissen: es war ganz einfach ihre Pflicht, nicht nur selbst bei ihrem Bruder zu sein, der vielleicht dem Tode entgegenging, sondern auch alles in ihren Kräften stehende zu tun, um ihm seinen Sohn zuzuführen, und so schickte sie sich zur Reise an. Wenn Fürst Andrej ihr nicht selbst Nachricht gegeben hatte, so erklärte Prinzessin Marja sich das damit, daß er zu schwach sein mochte, um zu schreiben, oder daß er diese lange Reise für zu schwierig und gefährlich hielt, als daß er sie ihr und seinem Sohn zumuten wollte.

Einige Tage später machte Prinzessin Marja sich auf. Die Kolonne bestand aus der riesigen fürstlichen Kutsche, mit der sie nach Woronesh gekommen war, einer Britschke und einem Packwagen. Mit ihr fuhren Mademoiselle Bourienne, Nikoluschka mit seinem Hofmeister, die alte Kinderfrau, drei Dienstmädchen, Tichon, ein junger Lakai und ein Heiduck, den die Tante ihr mitgegeben hatte.

Es konnte kein Gedanke daran sein, den gewöhnlichen Weg über Moskau zu nehmen, und der Umweg, über Lipezk, Rjasan, Wladimir und Schuja, den Prinzessin Marja einschlagen mußte, war sehr weit und angesichts des überall spürbaren Mangels an Postpferden sehr schwierig, ja in der Gegend von Rjasan, wo bereits Franzosen aufgetaucht sein sollten, sogar gefährlich.

Während dieser schwierigen Reise wunderten sich Mademoiselle Bourienne, Dessales und die Dienerschaft über Prinzessin Marjas Energie und Tatkraft. Sie ging als die letzte zur Ruhe, stand als die erste auf und ließ sich von keinen Schwierigkeiten abschrecken. Dank ihrer Tatkraft und Energie, die sich ihren Reisegefährten mitteilten, waren sie gegen Ende der zweiten Reisewoche nicht mehr weit von Jaroslawl.

In der letzten Zeit ihres Aufenthalts in Woronesh hatte Prinzessin Marja ein Gefühl der Beglückung kennengelernt wie noch nie in ihrem Leben. Ihre Liebe zu Rostow quälte und erregte sie nicht mehr. Diese Liebe erfüllte ihre ganze Seele, verwuchs vollständig mit ihr selbst, und Prinzessin Marja wehrte sich nicht mehr gegen sie. In der letzten Zeit war es ihr, obwohl sie sich das nie mit aller Deutlichkeit klarmachte, zur Gewißheit geworden, daß sie geliebt wurde und liebte. Diese Gewißheit war ihr bei ihrem letzten Zusammensein mit Nikolai gekommen, als er sie aufgesucht hatte, um ihr mitzuteilen, daß ihr Bruder bei seinen Angehörigen war. Nikolai hatte mit keinem Worte auf die Möglichkeit angespielt, jetzt, das heißt im Falle einer Wiederherstellung des Fürsten Andrej, könnten die ehemaligen Beziehungen zwischen ihm und Natascha wiederaufgenommen werden, allein Prinzessin Marja hatte es auf seinem Gesicht gelesen, daß er sich dessen bewußt war und das glaubte. Und dessenungeachtet hatte sein behutsames, zartes und liebevolles Verhalten ihr gegenüber nicht nur keine Änderung erfahren, sondern er schien sich vielmehr darüber zu freuen, daß jetzt ihn und Prinzessin Marja ein verwandtschaftliches Verhältnis verbinden sollte, das ihm gestatten würde, der freundschaftlichen Zuneigung, als die Prinzessin Marja sich seine Gefühle manchmal zu deuten pflegte, einen ungehinderteren Ausdruck zu geben. Prinzessin Marja wußte, daß sie zum ersten und letzten Male in ihrem Leben liebte, und fühlte, daß ihre Liebe erwidert wurde, und war darum glücklich und ruhig.

Aber dieses Glück in der einen Hälfte ihres Herzens hinderte sie nicht, den Kummer um ihren Bruder mit allen seelischen Kräften zu empfinden, vielmehr machte die auf der einen Seite eingetretene Beruhigung ihres Herzens es ihr erst möglich, sich ganz dem Kummer um den Bruder zu überlassen. Dieses Gefühl war bei der Abreise von Woronesh so stark, daß ihre Begleitung beim Anblick ihres erschöpften und verzweifelten Gesichts fest davon überzeugt war, sie würde unterwegs erkranken; dabei waren es aber gerade die von Prinzessin Marja mit so viel Energie angepackten Schwierigkeiten und Sorgen der Reise, die sie zeitweilig vor dem Versinken in ihren Kummer retteten und ihre Kräfte entfesselten.

Wie man das ja auf Reisen immer zu tun pflegt, dachte Prinzessin Marja nur an die Reise selbst und vergaß ganz, zu welchem Zweck sie diese Reise unternommen hatte. Als sie aber nicht mehr weit von Jaroslawl waren und plötzlich alles wieder vor ihr stand, was sie vielleicht erwartete, und zwar nicht erst nach einer ganzen Reihe von Tagen, sondern noch am gleichen Abend, da stieg Prinzessin Marjas Aufregung bis zum Äußersten.

Der Heiduck war vorangeschickt worden, um sich in Jaroslawl nach der Rostowschen Wohnung und dem Zustande des Fürsten Andrej zu erkundigen, und empfing nun die mächtige Kutsche am Schlagbaum bei der Einfahrt ; als er das vor Angst totenblasse Gesicht der Prinzessin sich aus dem Wagenfenster beugen sah, da erschrak er.

„Ich habe alles festgestellt, Ew. Durchlaucht: Rostows wohnen am Hauptplatz, im Hause des Kaufmanns Bronnikow, gar nicht weit von hier, gleich an der Wolga", berichtete der Heiduck.

Prinzessin Marja sah ihm mit ängstlicher Frage ins Gesicht und konnte gar nicht verstehen, warum er sich nicht über die allerwichtigste Frage, über den Zustand ihres Bruders, äußerte. An Stelle der Prinzessin fragte Mademoiselle Bourienne ihn danach.

„Wie geht es dem Fürsten?" fragte sie.

„Seine Durchlaucht wohnen im selben Hause wie Rostows."

„Also lebt er doch noch", dachte die Prinzessin und fragte mit gedämpfter Stimme: „Wie geht es ihm?"

„Es heißt, immer noch unverändert."

Was dieses „unverändert" zu bedeuten hatte, mochte die Prinzessin nicht fragen, sie warf nur einen flüchtigen und verstohlenen Blick auf den siebenjährigen Nikoluschka, der vor ihr saß und sich über das Einfahren in die Stadt freute, senkte dann den Kopf und hob ihn erst, als die schwere, rasselnde, schütternde und schaukelnde Kutsche anhielt. Das Trittbrett klirrte und polterte beim Herabschlagen.

Der Schlag wurde geöffnet. Zur Linken war das Wasser eines großen Flusses, zur Rechten ein Hausaufgang mit einer Anzahl von Menschen, offenbar größtenteils Dienstboten, doch war auch eine junge Dame mit frischer Gesichtsfarbe und langem, schwarzem Zopf darunter, die, wie es Prinzessin Marja scheinen wollte, unangenehm und gewaltsam lächelte. Es war Sonja. Die Prinzessin stürzte hinein, eine Treppe hinauf, das junge Mädchen mit dem gewaltsamen

Lächeln sagte: „Hierher, hierher!", und nun sah sich die Prinzessin im Vorzimmer einer alten Frau von orientalischem Typus gegenüber, die ihr hastig und mit gerührter Miene entgegenkam. Es war die alte Gräfin. Sie umarmte die Prinzessin Marja und küßte sie.

„Mon enfant!" sagte sie. „Je vous aime et vous connais depuis longtemps."[1]

Ihrer Erregung ungeachtet hatte Prinzessin Marja doch begriffen, daß das die alte Gräfin war und daß sie jetzt irgend etwas sagen mußte. Ohne zu wissen, wie, brachte sie einige höfliche, französische Worte heraus, etwa im Tone der Gräfin, und fragte dann: „Wie geht es ihm?"

„Der Arzt meint, es sei keine Gefahr", antwortete die Gräfin, hob aber dabei die Augen mit einem Seufzer zum Himmel, und in dieser Gebärde lag ein Ausdruck, der ihren Worten widersprach.

„Wo ist er? Kann ich ihn sehen, kann ich ihn sehen?" fragte die Prinzessin.

„Gleich, Prinzessin, gleich, Liebste. Das ist also sein Sohn?" wandte sie sich dann an Nikoluschka, der mit Dessales eintrat. „Platz ist für uns alle da, das Haus ist groß. Ach, was für ein reizender Junge!"

Die Gräfin führte die Prinzessin in den Salon. Sonja unterhielt sich mit Mademoiselle Bourienne. Die Gräfin streichelte den Jungen. Der alte Graf kam dazu und begrüßte die Prinzessin. Er hatte sich sehr verändert, seit sie ihn zuletzt gesehen hatte. Damals war er ein rüstiger, vergnügter, selbstbewußter alter Herr gewesen, jetzt wirkte er wie ein bedauernswerter, völlig aus dem Gleichgewicht geworfener Mensch. Während er mit der Prinzessin sprach, sah er sich in einem fort um, als wolle er alle Anwesenden fragen, ob er denn auch täte, was passend und notwendig sei. Der Untergang Moskaus und aller seiner Habe hatte ihn aus dem gewohnten Geleise geschleudert, er wußte jetzt offenbar nicht mehr, was er eigentlich vorstellte, und fühlte, daß er keinen rechten Platz im Leben mehr hatte.

Obwohl Prinzessin Marja keinen anderen Wunsch hatte als den, so schnell wie möglich ihren Bruder zu sehen, und obwohl sie es als sehr störend empfand, daß man sie in diesem Augenblick, in welchem es sie doch nach nichts als nach ihrem Bruder verlangte, in ein Gespräch verstrickte und sich in pflichtschuldigen Lobpreisungen ihres Neffen erging, nahm sie doch alles in sich auf, was um sie her vor sich ging, und fühlte, daß sie sich zunächst dieser neuen Ordnung, in die sie geraten war, unterwerfen mußte. Sie wußte, daß alles dieses nun einmal nicht zu vermeiden war, und es lastete auf ihr, aber sie war den Rostows deswegen nicht böse.

[1] Mein Kind, ich liebe Sie, und ich kenne Sie schon lange.

„Das ist meine Nichte“, sagte der alte Graf und stellte Sonja vor. „Sie kannten sie wohl noch nicht, Prinzessin?“

Die Prinzessin wandte sich dem jungen Mädchen zu, suchte ein in ihrem Herzen aufsteigendes Gefühl der Feindschaft zu ersticken und küßte Sonja. Es war ihr aber bedrückt zumut, weil die Stimmung all dieser Menschen um sie her gar nichts mit dem gemein hatte, was ihre Seele jetzt beherrschte.

„Wo ist er?“ fragte sie noch einmal, ohne sich an eine bestimmte Person zu wenden.

„Er ist unten, Natascha ist bei ihm“, antwortete Sonja errötend. „Wir haben schon zu ihm geschickt. Ich denke aber, Sie werden doch sehr müde sein, Prinzessin?“

Der Prinzessin traten vor Unmut die Tränen in die Augen. Sie wandte sich ab und wollte die Gräfin noch einmal fragen, wo es zu seinem Zimmer ginge, als sich hinter der Tür leichte, flinke, gleichsam fröhliche Schritte vernehmen ließen. Die Prinzessin sah sich um und erblickte die schnell, fast laufend hereinkommende Natascha, dieselbe Natascha, die ihr damals in Moskau so wenig gefallen hatte.

Kaum aber hatte die Prinzessin dieser Natascha ins Gesicht gesehen, als sie auch begriff, daß sie hier eine aufrichtige Genossin ihres Kummers und mithin auch eine Freundin hatte. Sie eilte ihr entgegen, umarmte sie und brach an ihrer Schulter in Tränen aus.

Als Natascha, die neben dem Fürsten Andrej am Kopfende seines Bettes gesessen, von Prinzessin Marjas Ankunft erfahren hatte, da hatte sie mit ihren flinken Schritten, die bei Prinzessin Marja den Eindruck der Fröhlichkeit hervorriefen, leise das Krankenzimmer verlassen und war zu ihr gerannt. Als sie jetzt ins Zimmer gestürzt kam, da lag auf ihrem erregten Gesicht nur ein einziger Ausdruck: der Ausdruck der Liebe, der unbegrenzten Liebe zu ihm, zu ihr, zu allem, was dem geliebten Menschen nahestand, der Ausdruck mitfühlenden Kummers, der Ausdruck des Leidens für andere und des glühenden Verlangens, sich selbst ganz hinzuopfern, um ihnen zu helfen. Offenbar war in Nataschas Seele in diesem Augenblick kein einziger Gedanke lebendig, der ihr selbst und ihrem Verhältnis zum Fürsten Andrej galt.

Prinzessin Marja hatte alles das mit ihrem feinen Witterungsvermögen beim ersten Blick in Nataschas Gesicht erfaßt und weinte jetzt in schmerzlicher Seligkeit an ihrer Schulter.

„Kommen Sie, kommen Sie mit zu ihm, Marie“, sagte Natascha und zog sie mit sich aus dem Zimmer.

Prinzessin Marja hob ihr Gesicht, trocknete ihre Tränen und sah Natascha an. Sie fühlte, daß sie jetzt gleich alles erfahren und verstehen würde.

„Wie ...“ wollte sie anfangen, hielt aber plötzlich inne.

Sie fühlte, daß hier mit Worten weder gefragt noch geantwortet werden konnte. Nataschas Gesicht, Nataschas Augen mußten beredter und klarer sprechen, als Worte es vermochten.

Natascha sah sie an, war aber offenbar ängstlich und im Zweifel, ob sie alles sagen sollte, was sie wußte, oder nicht; es war ihr, als sei es angesichts dieser leuchtenden, ihr bis ins Innerste des Herzens dringenden Augen unmöglich, irgend etwas zu verschweigen und nicht die ganze Wahrheit nach bestem Wissen aufzudecken. Nataschas Lippen begannen plötzlich zu zittern, um ihren Mund entstanden verzerrende Falten, sie brach in Tränen aus und verbarg das Gesicht in den Händen.

Prinzessin Marja verstand, was in Natascha vorging.

Trotzdem hoffte sie immer noch und fragte mit Worten, an die sie selbst nicht glaubte:

„Aber wie ist es mit seiner Wunde? Und überhaupt mit seinem ganzen Zustand?"

„Sie ... Sie ... werden ja sehen." Mehr brachte Natascha nicht heraus.

Nun saßen sie noch eine Weile unten in der Stube neben dem Krankenzimmer, um erst ihre Tränen zu trocknen und ihre Fassung wiederzugewinnen, bevor sie zu ihm gingen.

„Wie war denn überhaupt der Verlauf seiner Krankheit? Seit wann geht es ihm denn wieder schlimmer? Wann ist *das* gekommen?" fragte Prinzessin Marja.

Natascha berichtete, anfangs sei angesichts des hohen Wundfiebers und der durch die Schmerzen verursachten Entkräftung Gefahr vorhanden gewesen, aber in Troiza sei das besser geworden, und der Arzt habe nur noch gefürchtet, es könnte Brand dazukommen. Aber auch diese Gefahr sei vorübergegangen. Nach der Ankunft in Jaroslawl habe die Wunde zu eitern begonnen – Natascha war über alles, was mit Eiterung und ähnlichen Vorgängen zusammenhing, sehr genau unterrichtet – und der Arzt habe gemeint, die Eiterung würde wohl den gewöhnlichen Verlauf nehmen. Dann sei Fieber aufgetreten. Der Arzt habe gesagt, dieses Fieber sei weiter nichts Gefährliches.

„Aber vor zwei Tagen ist dann plötzlich *das* gekommen ..." Natascha unterdrückte gewaltsam ihr Schluchzen. „Ich weiß nicht woher, aber Sie werden ja sehen, wie es jetzt um ihn steht."

„Ist er sehr von Kräften gekommen? Abgemagert?" fragte die Prinzessin.

„Nein, das ist es nicht, es ist etwas viel Schlimmeres. Sie werden sehen. Ach, Marie, er ist ja viel zu gut, er kann nicht am Leben bleiben, er kann es nicht, weil ..."

XIV

Als Natascha mit einem ihr schon zur Gewohnheit gewordenen Griff die Tür öffnete, um Prinzessin Marja vor sich eintreten zu lassen, da fühlte die Prinzessin das aufsteigende Schluchzen in ihrer Kehle. Sosehr sie sich auch auf diesen Augenblick vorbereitet, sosehr sie sich zur Ruhe zu zwingen gesucht hatte, sie wußte jetzt doch, daß sie nicht die Kraft haben würde, ihn wiederzusehen, ohne in Tränen auszubrechen.

Prinzessin Marja hatte verstanden, was Natascha mit den Worten „Vor zwei Tagen ist dann plötzlich *das* gekommen", gemeint hatte. Sie hatte verstanden, dies bedeutete: er ist plötzlich weich geworden, und diese Weichheit, diese Rührung kann nur ein Vorbote des Todes sein. Als sie auf die Tür zutrat, hatte sie im Geist schon das Gesicht ihres Andrjuscha vor sich gesehen, zärtlich, milde, weich, so wie sie es in ihrer Kinderzeit gekannt, später aber nur selten an ihm wahrgenommen hatte — und gerade darum, weil es so selten war, hatte es immer einen so starken Eindruck auf sie gemacht. Sie wußte, er würde ihr jetzt leise und zärtliche Worte sagen, wie es der Vater getan hatte, bevor er starb, und sie würde das nicht ertragen können und vor ihm in Tränen ausbrechen. Aber früher oder später, es mußte sein, und so ging sie ins Zimmer. Das Schluchzen stieg ihr immer mächtiger und mächtiger auf, während seine Gestalt vor ihren kurzsichtigen Augen immer deutlicher wurde und sie schon seine Gesichtszüge zu erkennen suchte, und nun umfaßten ihre Augen plötzlich sein Gesicht, und beider Blicke begegneten einander.

Er lag auf einem Diwan, Kissen rings um sich her, in einem Schlafrock von Eichhornfellen. Er war mager und bleich. Die eine seiner abgemagerten, durchsichtig-weiß gewordenen Hände hielt das Taschentuch, die andere strich mit einer zaghaften Bewegung der Finger über den schütteren Schnurrbart, der ihm während seiner Krankheit gewachsen war. Seine Augen waren auf die Eintretenden gerichtet.

Als Prinzessin Marja sein Gesicht sah und als beider Blicke sich trafen, da verlangsamte sie plötzlich ihren bis dahin schnellen Schritt und fühlte, daß ihre Tränen mit einem Mal versiegten und ihr Schluchzen aufhörte. Nachdem sie den Ausdruck seines Gesichts und seines Blicks aufgenommen hatte, kam eine jähe Beängstigung über sie, und sie empfand ein Gefühl von Schuld.

„Aber worin habe ich mich denn vergangen?" fragte sie sich. Und sein kalter, strenger Blick antwortete: „Darin, daß du lebst und an einen Lebenden denkst, während ich . . ."

In diesem tiefen, weniger aus dem eigenen Innern heraus als vielmehr in das eigene Innere hineinschauenden Blick, mit dem Fürst

Andrej seine Schwester und Natascha zögernd ansah, lag fast eine Art von Feindseligkeit.

Fürst Andrej und seine Schwester küßten sich, Hand in Hand, wie es zwischen ihnen Sitte war.

„Guten Tag, Marie, wie kommst du denn hierher?" sagte er, und in seiner Stimme lag der gleiche Ausdruck von Gelassenheit und Abstandhalten wie in seinem Blick.

Hätte er verzweifelt und kreischend aufgeschrien, so hätte ein solches Aufschreien Prinzessin Marja keinen größeren Schrecken einjagen können, als es jetzt der Klang seiner Stimme tat.

„Und Nikoluschka hast du auch mitgebracht?" sagte er mit der gleichen Gelassenheit und Langsamkeit, und es war, als koste es ihn Mühe, sich auf seinen Sohn zu besinnen.

„Wie ist denn jetzt dein gesundheitliches Ergehen?" fragte Prinzessin Marja und wunderte sich selbst darüber, daß sie so sprach.

„Danach mußt du den Arzt fragen, liebe Marja", antwortete er. Dann zwang er sich abermals gewaltsam zur Freundlichkeit und sagte, offenbar aber nur mit dem Munde und ohne das Gesagte wirklich zu empfinden:

„Merci, chère amie, d'être venue." [1]

Prinzessin Marja drückte ihm die Hand. Er runzelte dabei fast unmerklich die Stirn. Er sagte nichts, und sie wußte auch nicht, was sie sagen sollte. Sie begriff jetzt, was vor zwei Tagen mit ihm vorgegangen war. Aus seinen Worten, aus dem Ton seiner Stimme, besonders aber aus seinem Blick, diesem kalten, fast feindseligen Blick, sprach ein Fremdgewordensein gegenüber allem Irdischen, das bei einem noch lebenden Menschen etwas Grauenhaftes hatte. Offenbar machte es ihm Mühe, Dinge dieses Lebens noch zu verstehen; wie man aber fühlte, lag die Schwierigkeit für ihn nicht darin, daß ihm das Verständnis schlechthin abhanden gekommen wäre, sondern darin, daß er irgend etwas anderes verstehen gelernt hatte, irgend etwas, was die Lebenden nicht verstanden und nicht verstehen konnten und was ihn vollkommen in seinem Bann hielt.

„Ja, sieh doch, wie merkwürdig das Schicksal uns wieder zusammengebracht hat!" brach er endlich das Schweigen und deutete dabei auf Natascha. „Sie sorgt jetzt die ganze Zeit für mich."

Prinzessin Marja hörte seine Wort wohl, begriff aber nicht recht. Er, Fürst Andrej, dieser feinfühlige und zarte Mensch, konnte so etwas in Gegenwart des Mädchens aussprechen, das er liebte und das ihn liebte! Wie war das möglich? Wenn er glaubte, sein Leben behalten zu können, so hätte er das nicht in einem so kalten und verletzenden Ton gesagt. Wenn er nicht überzeugt wäre, daß er

[1] Dank dafür, meine Liebe, daß du gekommen bist.

sterben müßte, wie hätte er dann so ohne Mitleid für Natascha sein und in ihrer Gegenwart so etwas sagen können? Es gab dafür nur die eine Erklärung, daß ihm alles einerlei war, und zwar einerlei deswegen, weil sich ihm etwas anderes, etwas viel, viel Wichtigeres erschlossen hatte.

Das Gespräch schleppte sich ohne Herzlichkeit hin und geriet alle Augenblicke ins Stocken.

„Marie ist über Rjasan gefahren", sagte Natascha.

Es fiel ihm nicht auf, daß sie von seiner Schwester einfach als von Marie gesprochen hatte. Natascha selbst wurde sich gleich darauf dessen bewußt, daß sie das in seiner Gegenwart soeben zum erstenmal getan hatte.

„Nun, und?" sagte er.

„Sie hatte gehört, daß Moskau ganz abgebrannt ist, vollkommen abgebrannt, daß also ..." Natascha hielt inne: es war nicht richtig, noch mehr zu sagen. Denn obgleich er sich offenbar alle Mühe gab, zuzuhören, brachte er es doch nicht fertig.

„Ja, es soll abgebrannt sein", sagte er. „Das ist sehr bedauerlich." Und dann starrte er wieder vor sich hin und fuhr sich mit den Fingern über den Schnurrbart.

Plötzlich schien er den Wunsch zu haben, den beiden Mädchen etwas Angenehmes zu sagen, und fragte:

„Und du bist also mit dem Grafen Nikolai zusammengetroffen, Marie? Er hat hierher geschrieben, er hätte dich sehr liebgewonnen", fuhr er unbefangen und ruhig fort, offenbar gar nicht imstande, sich klarzumachen, was diese Worte für Lebende alles zu bedeuten hatten. „Wenn du ihn auch liebgewonnen hättest, so wäre das sehr gut ... wenn ihr euch heiraten würdet", setzte er etwas schneller dazu, als sei er froh, diese Worte nach langem Suchen endlich gefunden zu haben.

Prinzessin Marja hörte seine Worte, doch hatten sie für sie keinen anderen Sinn, als daß sie ihr dartaten, wie grauenvoll fern er allen Dingen des Lebens gerückt war.

„Was ist schon von mir zu reden?" sagte sie ruhig mit einem Blick auf Natascha.

Natascha fühlte ihren Blick auf sich, sah sie aber nicht an. Wieder schwiegen alle drei.

„André, möch ..." sagte Prinzessin Marja plötzlich mit zitternder Stimme, „möchtest du Nikoluschka sehen? Er hat die ganze Zeit nach dir gefragt."

In Fürst Andrejs Züge trat jetzt zum erstenmal ein kaum wahrnehmbares Lächeln, aber Prinzessin Marja, die sein Gesicht so genau kannte, gewahrte mit Schrecken, daß es nicht ein Lächeln der Freude, nicht ein Lächeln seiner Zärtlichkeit für seinen Sohn war, sondern ein Lächeln leisen, nachsichtigen Spottes darüber, daß Prinzessin Marja jetzt das letzte Mittel anwandte, das ihr zu Gebote zu stehen schien, um ihn seiner Fühllosigkeit zu entreißen.

„Ja, ich werde mich sehr freuen. Geht es Nikoluschka gut?"

*

Als Nikoluschka zum Fürsten Andrej geführt wurde, sah er den Vater ängstlich an, weinte aber nicht, weil die andern auch nicht weinten. Fürst Andrej küßte ihn und wußte offenbar nicht, was er mit ihm reden sollte.

Als Nikoluschka wieder draußen war, beugte Prinzessin Marja sich über ihren Bruder und küßte ihn. Ihre Selbstbeherrschung verließ sie, und sie brach in Tränen aus.

Er sah sie starr an.

„Du weinst um Nikoluschka?" fragte er.

Prinzessin Marja nickte immer noch weinend.

„Marie, du kennst doch das Evan ..." aber plötzlich verstummte er wieder.

„Was sagst du?"

„Nichts. Es ist hier gar kein Grund zum Weinen", sagte er und sah sie jetzt wieder mit dem kalten Blick von vorhin an.

*

Er hatte wohl begriffen, daß Prinzessin Marja im Gedanken an Nikoluschka geweint hatte, weil er vaterlos aufwachsen sollte. Mit Gewalt hatte er sich zu dem Versuch gezwungen, zum Leben zurückzukehren und die Dinge vom Standpunkt der Lebenden anzusehen.

„Ja, ihnen muß es traurig vorkommen!" dachte er. „Und wie einfach ist es doch!"

„Die Vögel unter dem Himmel säen nicht und ernten nicht, und unser himmlischer Vater nährt sie doch", hatte er zu sich selbst gesagt und es auch zur Prinzessin sagen wollen. „Aber nein, sie würden das ja doch nur auf ihre Weise verstehen, sie würden es nicht verstehen! Das können sie nicht verstehen, daß alle diese Empfindungen, die sie für so wertvoll halten, alle unsere Gefühle, alle diese Gedanken, die uns so wichtig erscheinen, daß die alle nichts wert sind. Wir können einander nicht verstehen!" Und darum hatte er geschwiegen.

*

Der kleine Sohn des Fürsten Andrej war sieben Jahre alt. Er konnte knapp lesen und wußte noch fast nichts. Nach diesem Tage sollte er noch vieles erleben, sollte Kenntnisse, Erfahrungen und die Fähigkeit verständnisvollen Beobachtens erwerben. Hätte er aber alle diese Fähigkeiten, die er sich später erwerben sollte, schon damals gehabt, er hätte doch die ganze Bedeutung der Szene, die sich vor seinen Augen zwischen seinem Vater, Prinzessin Marja und Natascha abspielte, nicht besser und tiefer erfassen können, als er sie jetzt erfaßte. Er hatte alles verstanden. Ohne zu weinen, verließ er das Zimmer, ging schweigend auf Natascha zu, die hinter ihm herausgekommen war, sah sie mit seinen gedankenvollen, schönen Augen schüchtern an, seine hochgezogene rote Oberlippe zitterte, er schmiegte seinen Kopf gegen Natascha und brach in Tränen aus.

Von diesem Tage an ging er Dessales und der Gräfin, die immer freundliche Zärtlichkeiten für ihn in Bereitschaft hatte, aus dem Wege und saß entweder für sich allein oder kam schüchtern zu Prinzessin Marja und zu Natascha – denn diese liebte er jetzt anscheinend noch mehr als seine Tante – und schmiegte sich mit scheuer und verlegener Zärtlichkeit an sie.

Als Prinzessin Marja vom Fürsten Andrej kam, da war ihr alles klargeworden, was Nataschas Gesicht vorhin besagt hatte. Sie sprach mit Natascha nicht mehr von der Hoffnung, daß Fürst Andrej ihnen erhalten bleiben könnte. Sie löste sich mit ihr an seinem Lager ab und weinte nicht mehr, sondern betete ohne Unterlaß und hielt ihre Seele auf jenen Ewigen, Unfaßbaren gerichtet, dessen Gegenwart über einem sterbenden Menschen ihr so deutlich wahrnehmbar war.

XV

Fürst Andrej wußte nicht nur, daß er sterben mußte, sondern er fühlte auch, daß er bereits jetzt im Sterben, ja zur Hälfte bereits gestorben war. Er hatte das Bewußtsein, allem Irdischen fremd geworden zu sein, und empfand eine sonderbar beglückende Leichtigkeit des Daseins. Ohne inneres Drängen und ohne Unruhe erwartete er das, was ihm bevorstand. Jenes Drohende, Ewige, Unbekannte und Ferne, dessen Gegenwart er während seines ganzen Lebens unausgesetzt gespürt hatte, war ihm jetzt zu etwas Nahem und, vermöge jener sonderbaren Leichtigkeit des Daseins, die er jetzt empfand, fast zu etwas Verständlichem und Greifbarem geworden.

Früher hatte er sich vor dem Ende gefürchtet. Zweimal hatte er dieses grauenvoll quälende Gefühl der Todesangst durchgekostet: jetzt verstand er es gar nicht mehr.

Zum erstenmal hatte er diese Empfindung kennengelernt, als die Granate sich kreiselartig vor ihm drehte und sein Blick auf das

Haferfeld, die Wermutstauden und den Himmel gefallen war und er gewußt hatte, daß er den Tod vor sich hatte. Als er nach seiner Verwundung wieder zu sich gekommen war und in seiner Seele plötzlich, gleichsam frei geworden vom Gewicht des auf ihr lastenden Lebens, diese Blume der ewigen, freien, den Dingen dieses Lebens nicht unterworfenen Liebe sich entfaltet hatte, da fürchtete er den Tod nicht mehr und dachte nicht mehr an ihn.

Je mehr er in jenen Stunden einsamen Leidens und halben Delirierens, die er nach seiner Verwundung durchmachen mußte, sich in das neue Element der ewigen Liebe hineindachte, das sich vor ihm aufgetan hatte, um so mehr wandte er sich, ohne es selbst gewahr zu werden, vom Leben dieser Erde ab. Alles und alle lieben, allenthalben sich selbst um der Liebe willen verleugnen, das hieß niemanden lieben, das hieß dieses Erdenleben nicht mehr mitleben. Und je mehr er von diesem Element der Liebe durchdrungen wurde, um so mehr wandte er sich vom Leben ab und um so gründlicher riß er jene furchtbare Schranke nieder, die zwischen dem Leben und dem Tode steht, wo diese Liebe fehlt. Jedesmal, wenn ihm in dieser ersten Zeit einfiel, daß er ja doch sterben mußte, sagte er sich: „Und wenn auch, um so besser."

Aber nach jener Nacht in Mytischtschi, in der dem Halbdelirierenden die Ersehnte erschienen war und er ihre Hand an seine Lippen gepreßt und leise Freudentränen geweint hatte, nach dieser Nacht hatte die Liebe zu diesem Mädchen, die Liebe zu einem Einzelmenschen, sich unvermerkt wieder in sein Herz gestohlen und ihn wieder an das Leben gebunden. Nun hatten freudige mit gewissensbeängsteten Gedanken gewechselt. Wenn er sich jenen Augenblick auf dem Verbandplatz, als er Kuragin gesehen, wieder ins Gedächtnis gerufen hatte, so hatte er doch nicht zu dem damals Empfundenen zurückfinden können; die Frage, ob Kuragin noch lebte, hatte ihn gequält, er hatte aber nicht danach zu fragen gewagt.

Seine Krankheit hatte ihren körperlich bedingten Gang genommen, das Ereignis aber, das Natascha mit den Worten: „Dann ist *das* gekommen", gemeint hatte, das war zwei Tage vor Prinzessin Marjas Ankunft eingetreten. Es war der letzte Seelenkampf zwischen Leben und Tod gewesen, und der Tod hatte den Sieg davongetragen.

Es hatte damit angefangen, daß Fürst Andrej sich plötzlich und wider Erwarten dessen bewußt geworden war, daß er doch noch an diesem Leben hing, das sich ihm als eine Liebesgemeinschaft mit Natascha darstellte, dann war ein letzter Anfall von Furcht vor dem Unbekannten über ihn gekommen, und er war dieses Anfalls Herr geworden.

Es war Abend. Er befand sich, wie fast immer nach der Hauptmahlzeit, in einem Zustand leichten Fiebers, und seine Denktätigkeit war besonders rege und klar. Sonja saß am Tisch. Er war eingeschlummert. Plötzlich empfand er ein Gefühl der Beglückung.

„Ah, sie muß gekommen sein!" dachte er.

In der Tat saß an Sonjas Stelle jetzt Natascha, die eben mit unhörbaren Schritten ins Zimmer gekommen war.

Seit seine Pflege in Nataschas Händen lag, hatte er ihr Kommen immer in dieser Weise physisch wahrgenommen. Sie saß jetzt seitlich von ihm in einem Sessel, so daß sie ihm das grelle Licht der Kerze verdeckte, und strickte an einem Strumpf. Sie hatte Strümpfe stricken gelernt, nachdem Fürst Andrej einmal geäußert hatte, niemand verstehe sich so gut auf die Krankenpflege wie die alten Kinderfrauen, die immer Strümpfe strickten, und das Strümpfestricken habe etwas so Beruhigendes. Ihre schmalen Finger ließen die Maschen von einer der ab und zu gegeneinander klappernden Nadeln flink auf die andere gleiten, und das Profil ihres nachdenklich gesenkten Kopfes stand scharf vor dem Kerzenlicht. Sie machte eine unwillkürliche Bewegung, und das Knäuel rollte von ihren Knien. Sie fuhr zusammen, sah sich nach dem Kranken um, hielt die Hand vor das Licht, bückte sich mit einer vorsichtigen, elastischen und zielsicheren Bewegung, hob das Knäuel auf und nahm dann wieder ihre frühere Haltung ein.

Er sah sie an, ohne sich zu regen, und gewahrte, daß sie nach dieser Bewegung das Bedürfnis hatte, tief Atem zu holen, es aber nicht tun wollte und statt dessen leise und vorsichtig atmete.

Im Kloster von Troiza hatten sie von der Vergangenheit gesprochen, und er hatte gesagt, wenn er leben bleibe, würde er Gott bis an sein Ende für seine Verwundung danken, die ihn wieder mit ihr zusammengeführt habe; seitdem hatten sie aber nie wieder von der Zukunft gesprochen.

„Kann es sein oder nicht?" dachte er jetzt, während er sie ansah und dem leisen, stählernen Klappern der Nadeln zuhörte. „Hat mich das Schicksal denn nur darum so sonderbar mit ihr zusammengeführt, daß ich jetzt sterbe? Hat sich mir der wahre Urgrund des Lebens wirklich nur darum eröffnet, daß ich in meinem alten Irrtum weiterlebe? Ich liebe sie mehr als alles auf der Welt. Aber was soll ich denn tun, wenn ich sie so liebe?" Und plötzlich stöhnte er unwillkürlich auf, nach der Gewohnheit, die ihm aus der Zeit der ärgsten Schmerzen geblieben war.

Natascha hörte diesen Laut, legte den Strickstrumpf hin, bog sich vor, sah seine Augen leuchten, glitt mit einem leichten Schritt auf ihn zu und beugte sich über ihn.

„Sie schlafen nicht?"

„Nein, ich sehe Ihnen schon lange zu. Als Sie hereinkamen, da habe ich es gefühlt. Diese weiche Stille ... dieses Licht ... das geht für mich von niemandem aus als von Ihnen. Ich könnte weinen vor Freude."

Natascha beugte sich noch tiefer über ihn. Ihr Gesicht strahlte vor Freude und Seligkeit.

„Natascha, ich liebe Sie zu sehr. Mehr als alles auf der Welt."

„Und ich?" Sie sah für einen Augenblick zur Seite. „Warum zu sehr?" fragte sie.

„Warum zu sehr? ... Wie denken Sie im tiefsten Innern, was glauben Sie im Grunde Ihres Herzens: bleibe ich leben? Was meinen Sie?"

„Das weiß ich ganz bestimmt, das weiß ich ganz bestimmt!" Natascha hatte es förmlich herausgeschrien und mit einer leidenschaftlichen Bewegung seine beiden Hände gepackt.

Eine Zeitlang schwieg er.

Dann sagte er: „Wie wäre das schön!" nahm ihre Hand und küßte sie.

Natascha war in seliger Erregung, dennoch fiel es ihr augenblicklich ein, daß so etwas nicht angängig war und daß er Ruhe nötig hatte.

„Aber Sie haben nicht geschlafen", sagte sie, ihre Seligkeit gewaltsam zurückdrängend. „Versuchen Sie doch einzuschlafen ... ich bitte Sie."

Er drückte ihr noch einmal die Hand und ließ sie dann los, und nun kehrte Natascha an ihren Platz im Kerzenlicht zurück und nahm wieder die Haltung von vorhin ein. Zweimal sah sie sich nach ihm um: beide Male leuchteten seine Augen ihr entgegen. Sie nahm sich ein bestimmtes Strickpensum vor und beschloß, sich nicht eher wieder nach ihm umzusehen, als bis sie es fertig hatte.

In der Tat schloß er bald darauf die Augen und schlief ein. Er schlief aber nur kurze Zeit und fuhr plötzlich auf, unruhig und in kaltem Schweiß.

Im Einschlummern hatte er unentwegt an das eine gedacht, dem in der letzten Zeit alle seine Gedanken gegolten hatten: an das Leben und den Tod. Und an den Tod mehr als an das Leben, denn dem Tode fühlte er sich näher.

„Liebe? Was ist Liebe?" hatte er gedacht. „Liebe stellt sich dem Tod in den Weg. Liebe ist Leben. Alles, alles, was ich erkenne, erkenne ich nur, weil ich liebe. Alles hat Dasein und Sinn nur deshalb, weil ich liebe. Nur durch die Liebe steht alles im Zusammenhang. Die Liebe ist Gott, und wenn ich sterbe, so heißt das, daß ich, ein Liebesatom, wieder zu dem allem gemeinsamen und ewigen Urquell zurückkehre."

Diese Gedanken erschienen ihm tröstlich. Aber es waren doch nur Gedanken. Irgend etwas fehlte ihnen, sie waren einseitig, zu sehr von seinen persönlichen Erlebnissen getragen, zu verstandesmäßig konstruiert, hatten nichts augenscheinlich Zwingendes. Und Unruhe und Ungewißheit blieben bestehen. Er schlief ein.

Im Traum sah er sich im gleichen Zimmer liegen, in welchem er in Wirklichkeit lag, aber nicht als Verwundeter, sondern als Gesunder. Eine große Anzahl von Menschen, nichtssagenden, gleichgültigen Menschen, tauchte vor dem Fürsten Andrej auf. Er redet mit ihnen, disputiert mit ihnen über irgendeine unwesentliche Frage. Sie wollen schon gehen, Fürst Andrej spürt dunkel, daß dieses alles wertlos und gleichgültig ist und daß er andere, viel wichtigere Sorgen hat, aber trotzdem redet er weiter und verblüfft die Zuhörer durch schale Geistreicheleien. Allmählich verschwinden alle diese Personen fast unvermerkt, und jetzt ist plötzlich nichts anderes mehr da als die eine Frage, die des Türschließens. Er erhebt sich und geht zur Tür, um den Riegel vorzuschieben und sie damit zu schließen. Alles, alles, alles hängt davon ab, ob er die Tür noch rechtzeitig schließt oder nicht. Er geht, will sich eilen, aber seine Füße wollen nicht von der Stelle und er weiß, daß er die Tür nicht mehr rechtzeitig schließen können wird, reißt aber trotzdem fieberhaft alle seine Kräfte zusammen. Und nun überkommt ihn eine quälende Angst. Und diese Angst ist die Angst vor dem Tode: was dort vor der Tür steht, das ist *Es*. Endlich hat er kraftlos und ungeschickt schleichend die Tür erreicht, aber in diesem Augenblick drückt das Fürchterliche da draußen von der anderen Seite gegen die Tür und hämmert donnernd gegen die Füllung. Irgend etwas Außermenschliches — der Tod — hämmert gegen die Tür, und er muß sie zuhalten. Er hat die Klinke gepackt, er rafft seine letzten Kräfte zusammen, um sie wenigstens zuzuhalten, denn zum Schließen ist keine Zeit mehr. Aber seine Kräfte lassen nach, er fängt es ungeschickt an, und die Tür öffnet sich gleich darauf wieder.

Noch einmal drückt *Es* von der andern Seite dagegen. Die letzten übermenschlichen Anstrengungen sind umsonst. Beide Türflügel haben sich lautlos geöffnet. Es ist hereingekommen, Es ist der Tod. Und Fürst Andrej ist gestorben.

In diesem Augenblick des Sterbens aber fiel es dem Fürsten Andrej ein, daß er ja nur schlief, und in diesem Augenblick des Sterbens gab er sich einen gewaltsamen Ruck und erwachte.

„Ja, das war der Tod. Ich bin gestorben, ich bin aufgewacht. Ja, der Tod ist ein Erwachen", blitzte es plötzlich in ihm auf, und der Vorhang, der ihm das Unbekannte bis jetzt verhüllt hatte, hob sich vor seinem geistigen Blick. Er fühlte gleichsam das Freiwerden der Kraft, die bisher in ihm gebunden gelegen hatte, und empfand jene seltsame Leichtigkeit, die ihn von nun an nicht mehr verließ.

Als er, in kalten Schweiß gebadet, wieder zu sich gekommen war und sich auf seinem Lager bewegte, da kam Natascha auf ihn zu und fragte ihn, ob er irgend etwas wünsche. Er gab ihr keine Antwort, verstand auch nicht, was sie wollte, und sah sie mit einem eigentümlichen Blick an.

Das war es, was ihm zwei Tage vor Prinzessin Marjas Ankunft begegnet war. Von diesem Tage an nahm das schleichende Fieber, wie der Arzt sagte, eine Wendung zum Schlimmeren. Natascha machte sich nicht viel aus dem, was der Arzt sagte, aber sie sah diese grauenvollen seelischen Anzeichen, die ihr seinen Zustand deutlicher machten, als es die Erklärungen des Arztes vermochten.

Von diesem Tage an hatte für den Fürsten Andrej zugleich mit dem Erwachen aus seinem Traum auch das Erwachen aus dem Leben begonnen. Und verglichen mit der Dauer des Lebens erschien es ihm nicht langsamer als das Erwachen aus dem Traum, verglichen mit der Dauer des Geträumten.

Dieses im Verhältnis langsame Erwachen hatte nichts Schreckliches, nichts Jähes. Seine letzten Tage und Stunden gingen durchaus einfach und schlicht hin. Das empfanden auch Prinzessin Marja und Natascha, die beständig um ihn waren. Sie weinten nicht, es grauste ihnen nicht, und sie empfanden es in dieser letzten Zeit selbst, daß sie ja nicht mehr *ihn* pflegten, sondern nur noch das, was am meisten an ihn erinnerte, nämlich seinen Körper; er selbst war ja nicht mehr da, er hatte sie schon verlassen. Das alles empfanden die beiden so stark, daß die furchtbare Außenseite des Todes ihnen keinen großen Eindruck mehr machte und daß es ihnen unnötig erschien, ihre Wunden noch gewaltsam aufzureißen. Sie weinten weder in seiner Gegenwart, noch wenn sie allein waren, und sprachen nie miteinander über ihn. Beide fühlten, daß sie doch nicht imstande waren, ihre Empfindungen mit Worten auszudrücken.

Sie sahen beide, wie er immer tiefer und tiefer, langsam und ruhig von ihnen weg irgendwohin glitt, wohin sie ihm nicht folgen konnten, und sie wußten beide, daß es so sein mußte und daß es gut so war.

Er beichtete und kommunizierte, und alle kamen an sein Lager, um Abschied von ihm zu nehmen. Als man ihm seinen Sohn zuführte, da streifte er ihn mit den Blicken und wandte sich dann ab, nicht, weil es ihm zu schwer und herzzerreißend gewesen wäre – Prinzessin Marja und Natascha begriffen das –, sondern nur, weil er annahm, das sei alles gewesen, was man von ihm verlange; als ihm dann aber gesagt wurde, er möchte seinen Sohn doch segnen, da kam er auch diesem Verlangen nach und sah sich um, als wollte er fragen, ob er vielleicht noch irgend etwas tun sollte.

Als der Körper, von der Seele bereits verlassen, seine letzten

Zuckungen machte, waren Prinzessin Marja und Natascha an seinem Lager.

„Ist es zu Ende?" sagte Prinzessin Marja, als der Körper einige Minuten regungslos vor ihnen gelegen hatte und bereits kalt zu werden anfing. Natascha sah in die toten Augen und drückte sie rasch zu. Sie drückte sie nur zu, küßte sie aber nicht, und neigte sich ehrfurchtsvoll vor seinem Körper als vor dem, was noch am meisten an ihn erinnerte.

„Wohin ist er gegangen? Wo ist er jetzt?" dachte sie.

Als der Leichnam gewaschen und hergerichtet im Sarge auf dem Tisch lag, kamen alle heran, um Abschied von ihm zu nehmen, und alle weinten.

Nikoluschka weinte, weil etwas Furchtbares, das sich doch nicht verstehen lassen wollte, ihm das Herz zerriß. Die Gräfin und Sonja weinten aus Mitleid mit Natascha und aus Betrübnis darüber, daß Fürst Andrej nun nicht mehr da war. Der alte Graf weinte, weil er fühlte, daß die Stunde des gleichen furchtbaren Ganges nun auch für ihn bald dasein werde.

Natascha und Prinzessin Marja weinten jetzt auch, aber sie weinten nicht aus eigensüchtiger Trauer, sondern ihre Tränen hatten ihren Ursprung in der andächtigen Rührung, die vor dem schlichten und doch so gewaltigen Mysterium des Todes, dessen Zeugen sie gewesen waren, ihre Seelen ergriffen hatte.

FÜNFTER TEIL

I

Die Gesamtheit der Ursachen einer Erscheinung ist dem menschlichen Verstand nicht zugänglich. Allein der Trieb, den Ursachen nachzuspüren, ist dem Menschen angeboren. Und der menschliche Verstand, der in die Unendlichkeit und Kompliziertheit der jede Erscheinung begleitenden Umstände, deren jeder, isoliert betrachtet, wieder als Ursache aufgefaßt werden kann, nicht einzudringen vermag, hält sich an den ersten besten, ihm am leichtesten verständlichen Umstand und sagt: das ist die Ursache. Bei historischen Ereignissen, bei denen die Handlungen von Menschen den Gegenstand der Betrachtung abgeben, stellt sich als bequem greifbarer Umstand dieser Art der Wille der Götter dar, und in zweiter Linie der Wille derjenigen Männer, die an einer dem Auge des Geschichtsbetrachters am besten sichtbaren Stelle stehen, das heißt also der geschichtlichen Helden. Man braucht aber nur in das Wesen jedes beliebigen historischen Geschehnisses einzudringen, das heißt in die Handlungen sämtlicher an dem betreffenden Ereignis beteiligter Menschen, also der Masse, um sich zu überzeugen, daß der Wille des geschichtlichen Helden nicht im geringsten die Tätigkeit der Massen lenkt, sondern selbst fortgesetzt von ihnen gelenkt wird. Man könnte meinen, es spiele keine Rolle, ob man die Bedeutung eines historischen Geschehnisses so oder anders erklärt. Aber wenn einer sagt, die Völker des Westens seien ostwärts gezogen, weil Napoleon das wollte, und ein anderer sagt, es sei deswegen geschehen, weil es eben geschehen mußte, so besteht zwischen diesen beiden derselbe Unterschied wie zwischen den Verfechtern der Ansicht von der Unbeweglichkeit der Erde und der Bewegung der sie umkreisenden Planeten und denjenigen, die da sagten, sie wüßten freilich nicht, wodurch die Erde im Gleichgewicht gehalten würde, wüßten aber, daß sowohl die Bewegung der Erde als auch die der anderen Planeten von ganz bestimmten Gesetzen regiert werde. Historische Geschehnisse haben keine andere Ursache und können keine andere Ursache haben als die einzige Ursache aller Ursachen. Aber es gibt Gesetze, welche die Ereignisse regieren, Gesetze, die wir teils kennen, teils an ihren Wirkungen wahrnehmen. Die Aufhellung dieser Gesetze ist nur dann möglich, wenn wir von jedem Versuch absehen, die Ursachen in den Willensäußerungen eines einzelnen Menschen zu finden, genauso wie die Aufhellung der Gesetze der Planetenbewegung erst möglich wurde, als die Menschen von dem Axiom der Unbeweglichkeit der Erde absahen.

*

Das wichtigste Geschehnis des Krieges von 1812 ist für die Historiker nach der Schlacht von Borodino, dem Einmarsch der Franzosen in Moskau und dem Brande der alten russischen Hauptstadt der Marsch der russischen Armee von der Rjasaner auf die Kalugaer Straße und zum Lager von Tarutino, der sogenannte Flankenmarsch hinter Krasnaja Pachra. Die Historiker schreiben den Ruhm dieses genialen Unternehmens verschiedenen Personen zu und streiten darüber, wer den meisten Anspruch auf ihn hat. Selbst ausländische, ja sogar französische Historiker erkennen die Genialität der russischen Heerführer an, wenn sie auf diesen Flankenmarsch zu sprechen kommen. Warum aber die Vertreter der Kriegsgeschichte und nach ihrem Vorgange auch alle anderen Menschen der Meinung sind, dieser Flankenmarsch sei eine ungeheuer tiefsinnige Erfindung einer einzelnen Person, sei die Rettung Rußlands und das Verderben Napoleons gewesen, das ist sehr schwer zu verstehen. Zum ersten ist schwer zu verstehen, was denn eigentlich an dieser Truppenbewegung so tiefsinnig und genial sein soll, da es doch keines großen Aufwandes an Geist bedarf, um dahinterzukommen, daß eine Armee, wenn sie nicht angegriffen wird, am besten dort aufgehoben ist, wo die Verpflegungsmöglichkeiten am günstigsten sind – und jeder, sogar ein dummer Junge von dreizehn Jahren, konnte unschwer dahinterkommen, daß die Armee im Jahre 1812 nach dem Rückzuge von Moskau keine bessere Stellung finden konnte als die auf der Kalugaer Straße. Mithin ist zum ersten nicht einzusehen, was für Argumente die Historiker veranlaßt haben, in diesem Manöver etwas besonders Tiefsinniges zu sehen. Zum zweiten ist noch schwerer zu verstehen, wieso die Historiker aus diesem Manöver die Rettung der Russen und das Verderben der Franzosen ableiten wollen, da ja dieser Flankenmarsch, einige andere Vorbedingungen, Begleitumstände und Folgen vorausgesetzt, ebensogut das Verderben der russischen und die Rettung der französischen Armee hätte bedeuten können. Wenn die Lage der russischen Armee sich nach diesem

Marsch besserte, so folgt daraus keineswegs, daß dieser Marsch die Ursache der Besserung gewesen sein muß.

Dieser Flankenmarsch hätte der russischen Armee nicht nur keine Vorteile, sondern im Gegenteil das Verderben bringen können, wenn nicht noch allerhand andere Umstände dazugekommen wären. Was wäre geschehen, wenn Moskau nicht abgebrannt wäre? Wenn Murat die Russen nicht aus den Augen verloren hätte? Wenn Napoleon sich aus seiner Tatenlosigkeit aufgerafft hätte? Wenn die russische Armee, wie Bennigsen und Barclay rieten, bei Krasnaja Pachra eine Schlacht geliefert hätte? Was wäre geschehen, wenn die Franzosen die Russen jenseits der Pachra angegriffen hätten? Was wäre geschehen, wenn Napoleon in der Folge die Russen beim Marsch auf Tarutino auch nur mit einem Zehntel der bei Smolensk eingesetzten Energie angegriffen hätte? Was wäre geschehen, wenn die Franzosen auf Petersburg marschiert wären? In allen diesen Fällen hätte die angebliche Rettungsmaßnahme des Flankenmarsches der russischen Armee zum Verderben werden können.

Zum dritten ist es nicht zu verstehen, ja, noch weniger als alles bisher Erwähnte, daß die Leute, die sich die Erforschung der Geschichte zur Aufgabe gesetzt haben, vorsätzlich die Augen davor verschließen, daß der Flankenmarsch nicht einer bestimmten Einzelperson zugeschrieben werden kann, daß ihn niemand vorher ins Auge gefaßt hat, daß dieses Manöver ebensowenig wie der ganze Rückzug es in Fili tat, sich irgendeinem als etwas Ganzes darstellte, sondern sich Schritt für Schritt, Teil für Teil, Stunde für Stunde aus einer unendlichen Zahl verschiedenartigster Umstände ergab und sich als ein geschlossenes Ganzes erst darstellte, als es abgeschlossen und zur Vergangenheit geworden war.

Auf dem Kriegsrat in Fili war der beherrschende Gedanke der russischen Heerführer der als selbstverständlich empfundene Gedanke eines Rückzuges in gerader Linie, das heißt eines Rückzuges auf der Nishnij-Nowgoroder Straße. Das geht daraus hervor, daß sich beim Kriegsrat die meisten Stimmen in diesem Sinne äußerten, und vor allem bezeugt es jene bekannte Unterredung, die der Oberkommandierende nach dem Kriegsrat mit Lanskoi, dem Chef der Intendantur, hatte. Lanskoi machte den Oberkommandierenden darauf aufmerksam, daß die für die Verpflegung der Armee nötigen Vorräte namentlich an der Oka, in den Gouvernements Tula und Kaluga bereitgestellt seien und daß im Falle eines Rückzuges in Richtung Nishnij-Nowgorod die Armee von diesen Vorräten durch den großen Okafluß getrennt sein würde, über den im Herbst und in den ersten Wintermonaten bis zum Eintritt anhaltenden Frostes kein Verkehr möglich sei. Das war das erste Moment, das darauf hindeutete, daß man von der anfangs als selbstverständlich empfundenen Richtung Nishnij-Nowgorod werde abweichen müssen. Die Armee hielt sich mehr südlich in der Gegend der Rjasaner Straße und damit mehr in der Nähe ihrer Verpflegungsbasis. Weiterhin ließen die Untätigkeit der Franzosen, die sogar die Fühlung mit der russischen Armee verloren hatten, die Sorgen um die Verteidigung der Tulaschen Gewehrindustrie und vor allem der Gedanke einer größeren Annäherung an die Verpflegungsbasis die Armee noch weiter nach Süden abbiegen, auf die Tulaer Straße. Ein sehr riskanter Marsch hatte die russische Armee über die Pachra und auf die Tulaer Straße gebracht, und nun dachte die russische Heeresleitung im Raume von Podolsk haltzumachen, und von einer Position bei Tarutino war gar keine Rede: allein eine ungezählte Menge von Umständen, darunter das Wiederauftauchen der französischen Truppen, die bereits jede Fühlung mit den Russen verloren hatten, verschiedene Schlachtenprojekte, und vor allem der Gedanke an die großen, in Kaluga aufgehäuften Verpflegungsvorräte, das alles ließ unsere Armee noch weiter südlich abbiegen und mitten in das Gebiet ihrer Zufuhrwege gehen, nach Tarutino, also von der Tulaer auf die Kalugaer Straße. Genauso, wie es auf die Frage, warum Moskau aufgegeben wurde, keine Antwort gibt, so gibt es auch keine auf die Frage, wann und von wem eigentlich der Entschluß zum Marsch in Richtung Tarutino gefaßt worden ist. Erst nachdem die Armee auf Grund des Einwirkens ungezählter differentialer Kräfte bereits im Raume von Tarutino angelangt war, da erst begannen die Menschen allmählich zu der Überzeugung zu kommen, sie hätten das von vorneherein gewollt und vorgesehen.

II

Der berühmte Flankenmarsch bestand nur darin, daß die russische Armee, die sich bisher in gerade Richtung auf der Verlängerung der französischen Angriffslinie zurückgezogen hatte, jetzt, nachdem die Franzosen nicht mehr angriffen, von der anfänglich eingehaltenen geraden Rückzugslinie abschwenkte und nun, da kein Verfolger sie in eine bestimmte Marschrichtung drängte, natürlicherweise sich dorthin wandte, wohin sie die aufgestapelten Verpflegungsvorräte zogen.

Stellt man sich keine genialen Feldherren an der Spitze der russichen Armee vor, sondern nimmt man ganz einfach eine Armee ohne jede Führung an, so hätte auch eine solche Armee nichts anderes tun können, als wieder ein Stück in Richtung Moskau vorzugehen, und zwar so, daß sie dabei einen Bogen beschrieb, der sie in ein reicheres Gebiet mit günstigeren Verpflegungsmöglichkeiten brachte.

Dieser Übergang von der Nishnij=Nowgoroder auf die Rjasaner, Tulaer und Kalugaer Straße war derartig naturgemäß, daß auch die Marodeure der russischen Armee beim Davongehen diese gleiche Richtung einschlugen und daß von Petersburg aus das Einschlagen gerade dieser Richtung von Kutusow verlangt wurde. Bereits in Tarutino angelangt, erhielt Kutusow ein kaiserliches Reskript, das fast schon ein Verweis dafür war, daß er die Armee auf die Rjasaner Straße geführt hatte und ihn gerade auf die Stellung gegenüber von Kaluga hinwies, die er bereits eingenommen hatte, als der Brief des Kaisers ankam.

Die Kugel der russischen Armee, die in der Richtung des während des ganzen Feldzuges und zuletzt bei Borodino erhaltenen Stoßes zurückgerollt war, nahm, als die Kraft des Stoßes zu wirken aufgehört hatte und neue Stöße nicht mehr erfolgten, die Lage ein, die für sie die natürlichste war.

Das Verdienst Kutusows besteht nicht in irgendeinem genialen strategischen Manöver, wie man wohl sagt, sondern darin, daß er als einziger den Sinn des Geschehenden begriff.

Er als einziger begriff bereits damals, was die Tatenlosigkeit der französischen Armee zu bedeuten hatte; er als einziger beharrte bei der Auffassung, die Schlacht bei Borodino sei ein Sieg gewesen; er als einziger, er, der sich verständlicherweise doch durch seine Stellung als Oberkommandierender am ehesten zum Liebäugeln mit Offensivplänen hätte verlocken lassen können, er als einziger setzte alle seine Kräfte dafür ein, daß die russische Armee vor nutzlosen Schlachten bewahrt blieb.

Das bei Borodino krank geschossene Stück Wild lag irgendwo im Gebüsch, wo der davonhastende Jäger es hatte liegenlassen; ob es aber noch am Leben und bei Kräften, ob es tot war oder sich totstellte, das wußte der Jäger nicht. Plötzlich traf sein Ohr ein Stöhnen dieses Wildes.

Dieses Stöhnen des verwundeten Wildes, der französischen Armee, das seinen kranken Zustand enthüllte, war die Sendung Lauristons in Kutusows Lager mit einer Bitte um Frieden.

Napoleon, nach seiner Art davon überzeugt, daß nicht das gut sei, was tatsächlich gut war, sondern was ihm gerade in den Kopf kam, schrieb an Kutusow einige Worte, wie sie ihm gerade in den Kopf kamen, obwohl sie eigentlich gar keinen Sinn hatten.

„Monsieur le prince Koutouzof", schrieb er, „j'envoie près de vous un de mes aides de camp généraux pour vous entretenir de plusieurs objets intéressants. Je désire que votre Altesse ajoute foi à ce qu'il lui dira, surtout lorsqu'il exprimera les sentiments d'estime et de particulière considération que j'ai depuis longtemps pour sa personne. Cette lettre n'étant à autre fin, je prie Dieu, Monsieur le prince Koutouzof, qu'il vous ait en Sa sainte et digne garde.

Moscou, le 30 octobre, 1812

Signé: Napoléon"

„Je serais maudit par la postérité si l'on me regardait comme le premier moteur d'un accommodement quelconque. Tel est l'esprit actuel de ma nation",[1] antwortete Kutusow und verwandte nach wie vor alle Anstrengungen darauf, jeden Angriff seiner Truppen zu verhindern.

Während des Monats, da die französische Armee in Moskau plünderte und die russische ruhig bei Tarutino stand, vollzog sich im Kräfteverhältnis beider Armeen, und zwar ebensosehr hinsichtlich des Geistes der Truppen wie hinsichtlich der zahlenmäßigen Stärke, eine Verschiebung, derzufolge das Übergewicht auf die Seite der Russen überging. Obwohl Situation und zahlenmäßige Stärke der französischen Armee den Russen nicht bekannt waren, fand die Notwendigkeit eines Überganges zu offensivem Vorgehen, nachdem die erwähnte Kräfteverschiebung eingetreten war, ihren Ausdruck in ungezählten kleinen Einzelheiten. Solche Einzelheiten waren die Sendung Lauristons, der sehr große Reichtum an Verpflegungsvorräten im Raume von Tarutino, die von allen Seiten eintreffenden Nachrichten über den Mangel an Tatenlust und Disziplin im französischen Heer, die Auffüllung unserer Regimenter durch Rekrutenersatz, das günstige Wetter, die lange Erholungszeit, welche die russischen Soldaten hinter sich hatten, und die Ungeduld der Truppen, endlich wieder dazu aufgerufen zu werden, um dessentwillen man sie zusammengebracht hatte, eine Ungeduld, die nach längeren Erholungszeiten immer auftritt, die Neugier, was wohl bei der französischen Armee vorgehen mochte, die man so lange nicht mehr zu sehen bekommen hatte, die Dreistigkeit, mit der die russischen Patrouillen um die in Richtung Tarutino vorgeschobenen französischen Truppenteile herumstrichen, die Nachrichten von den leich-

[1] Fürst Kutusow, ich sende Ihnen einen meiner Generaladjutanten, um mit Ihnen mehrere interessante Fragen zu besprechen. Ich wünsche, daß Eure Hoheit allem, was er Ihnen sagen wird, Glauben schenkt, vor allem, wenn er Ihnen die Gefühle meiner Hochachtung und besonderen Wertschätzung, die ich schon seit langem für Ihre Person hege, zum Ausdruck bringen wird. Dieser Brief bezweckt nichts anderes. Ich bitte Gott, daß er Sie in seinen heiligen Schutz nehmen möge.

Moskau, den 30. Oktober 1812

gez. Napoleon

Ich würde von der Nachwelt verflucht werden, wenn man mich als den Hauptanstifter irgendeines Abkommens, gleich welcher Art, ansehen würde. Das ist die gegenwärtige Geisteshaltung meiner Nation.

ten Siegen, die Bauern und Freischärler über französische Formationen davongetragen hatten, der dadurch wachgerufene Neid, der Durst nach Rache, der, solange die Franzosen in Moskau waren, in der Seele jedes einzelnen lag, und endlich – das war die Hauptsache – das unklare, aber in jedem einzelnen Manne heranreifende Bewußtsein, daß das Kräfteverhältnis sich jetzt verschoben hatte und das Übergewicht jetzt auf unserer Seite war. Das reale Kräfteverhältnis hatte sich verschoben, und damit war ein offensives Vorgehen unvermeidlich geworden. Und kaum war diese Verschiebung im Kräfteverhältnis offenbar geworden, als sich auch schon mit der gleichen folgerechten Pünktlichkeit, mit der die Uhr schlägt und mit der das Glockenspiel ertönt, sobald der Zeiger seinen Kreislauf vollendet hat, in den höchsten Sphären der Armee eine entsprechend lebhaftere Bewegung, Summen und Glockenspielklingen bemerkbar machten.

III

Die Leitung der russischen Armee lag in den Händen Kutusows und seines Stabes, gleichzeitig aber auch in denen des Kaisers in Petersburg. Noch bevor die Nachricht von der Aufgabe Moskaus in Petersburg eingetroffen war, hatte man hier einen bis ins kleinste gehenden Plan für den ganzen weiteren Krieg zusammengestellt und ihn Kutusow als Richtschnur zugeschickt. Obwohl dieser Plan von der Voraussetzung ausging, Moskau sei noch in unserer Hand, wurde er doch vom Stabe gebilligt und zur Ausführung angenommen. Kutusow schrieb nur, Diversionen auf große Entfernungen ließen sich immer schwer durchführen. Und zur Behebung der neu entstandenen Schwierigkeiten wurden aus Petersburg neue Anweisungen geschickt, es kamen neue Männer, die Kutusows Schritte überwachen und über sie berichten sollten.

Außerdem wurde in der russischen Armee der ganze Stab umgestaltet. An die Stelle des gefallenen Bagration und des schmollend abgetretenen Barclay mußten neue Männer treten. Überaus ernsthaft erwog man, was den Vorzug verdiene: entweder A. an die Stelle von B., und B. an die Stelle von C. oder vielmehr C. an die Stelle von A. zu setzen und so weiter, als ob davon irgend etwas abhinge außer der größeren oder geringeren Genugtuung für A. und für B.

Angesichts des schlechten Verhältnisses zwischen Kutusow und seinem Stabschef Bennigsen, angesichts der Anwesenheit kaiserlicher Vertrauensmänner und angesichts dieser Umgruppierungen in der Stellenbesetzung spielte das komplizierte Intrigieren der Par=

teien eine noch größere Rolle als sonst: A. suchte B.s Stellung zu untergraben. C. wiederum D.s Stellung und so weiter durch alle Möglichkeiten der Variation und Kombination. Bei allen diesen Versuchen, die Stellung eines anderen zu untergraben, war der Anlaß der Intrigen zum allergrößten Teil der Gang der militärischen Operationen, deren Leitung alle diese Leute in ihren Händen glaubten; dabei gingen die militärischen Operationen ihren Gang, ganz unabhängig von ihnen, genauso, wie sie eben gehen mußten, das heißt, sie fielen niemals mit dem zusammen, was diese paar Menschen sich ausgeheckt hatten, sondern waren das Ergebnis dessen, was in den großen Massen der Menschen vor sich ging. Alle diese kunstvoll ausgeheckten Anschläge, die sich gegenseitig durchkreuzten und verwirrten, waren nichts anderes als die getreue Widerspiegelung dessen, was zwangsmäßig geschehen mußte, in den höchsten Sphären der Armee.

„Fürst Michail Ilarionowitsch!" schrieb der Kaiser in einem vom zweiten Oktober datierten Brief, der aber erst nach der Schlacht bei Tarutino in die Hände des Adressaten kam. „Seit dem 2. September ist Moskau in den Händen des Feindes. Ihr letzter Rapport ist vom 20., und während dieser ganzen Zeit ist nicht nur nichts unternommen worden, um den Feind zurückzuwerfen und meine alte Thron- und Krönungsstadt zu befreien, sondern Sie sind, wie aus Ihren letzten Rapporten hervorgeht, noch weiter zurückgegangen. Serpuchow ist bereits von einer feindlichen Abteilung besetzt, und Tula mit seinen berühmten, für die Armee unentbehrlichen Werkstätten ist bedroht. Den Rapporten des Generals Wintzingerode entnehme ich, daß ein zehntausend Mann starkes feindliches Korps die Richtung Petersburg genommen hat. Ein weiteres, in Stärke von mehreren tausend Mann, marschiert auf Dmitrow. Ein drittes geht auf der Wladimirschen Straße vor. Ein viertes, recht starkes, steht zwischen Rusa und Moshaisk. Napoleon selbst war jedenfalls am 25. noch in Moskau. Da der Feind, wie aus allen Nachrichten hervorgeht, seine Kräfte durch Entsendung beträchtlicher Abteilungen in verschiedenen Richtungen zersplittert hat und Napoleon selbst mit seiner Garde noch in Moskau ist, ist es doch kaum anzunehmen, daß die Ihnen gegenüberstehenden feindlichen Streitkräfte so bedeutend sein sollen, daß ein Übergehen zur Offensive Ihrerseits unmöglich sein sollte! Im Gegenteil kann man mit einiger Sicherheit schließen, daß es sich bei den Ihnen nachrückenden feindlichen Kräften höchstens um einige Korps handelt, die zusammen viel schwächer sind als die Ihnen anvertraute Armee. Es sieht so aus, als müßten Sie sich diese Umstände zunutze machen, den Ihnen zahlenmäßig unterlegenen Feind in einem günstigen Augenblick angreifen und ihn entweder vernichten oder doch zum Rückzug zwingen können, so daß ein beträchtlicher Teil der jetzt vom Feinde besetzt gehaltenen Gouvernements wieder in unsere Hand käme und damit zugleich die Bedrohung Tulas und unserer übrigen mehr im Innern des Landes gelegenen Städte aufgehoben wäre. Auf Sie fällt die Verantwortung, wenn der Feind es möglich machen sollte, größere Truppenmassen gegen Petersburg abzudetachieren und damit die zweite Residenz zu bedrohen, zu deren Schutz nur wenig Truppen zur Verfügung stehen, denn wenn Sie entschlossen und tatkräftig zu Werke gehen, so haben Sie in der Ihnen anvertrauten Armee alle Mittel, um ein solches neues Unglück fernzuhalten. Halten Sie sich vor Augen, daß Sie dem aufs tiefste getroffenen Vaterlande Rechenschaft für den Verlust Moskaus schulden. Sie wissen aus Erfahrung, wie bereit ich bin, Ihre Verdienste zu belohnen. Ich werde dazu auch in Zukunft bereit sein, aber ich und Rußland haben ein Recht, von Ihnen den Eifer, die Energie und die Erfolge zu erwarten, auf die Ihr Verstand, Ihre militärischen Talente und die Tapferkeit der von Ihnen geführten Truppen uns hoffen lassen."

Während aber dieser Brief, der deutlich zeigt, daß die eingetretene Kräfteverschiebung auch schon in Petersburg ihre Widerspiegelung erfahren hatte, noch unterwegs war, hatte Kutusow die von ihm kommandierte Armee nicht mehr von offensivem Vorgehen abhalten können, und so war eine Schlacht geliefert worden.

Am 2. Oktober hatte der Kosak Schapowalow auf einem Patrouillenritt einen Hasen zur Strecke gebracht und einen zweiten angeschossen. Schapowalow setzte dem angeschossenen Hasen nach, geriet dabei tief in den Wald hinein und stieß auf den linken Flügel der Armee Murat, die ohne jede Sicherung hier lagerte. Wieder bei seiner Truppe angelangt, erzählte der Kosak lachend seinen Kameraden, er sei um ein Haar den Franzosen in die Hände geraten. Sein Chorunshij * hörte das und meldete es dem Kommandeur.

Der Kosak wurde gerufen und ausgefragt. Die Kommandeure der einzelnen Kosakenformationen wollten sich diese Gelegenheit zunutze machen, um sich von den Franzosen Pferde zu holen. Indessen machte einer von ihnen, der Beziehungen zu den höheren Kommandobehörden hatte, einem General vom Armeestabe davon Mitteilung. Im Armeestabe war die Situation in der letzten Zeit überaus gespannt geworden. Vor wenigen Tagen war Jermolow zu Bennigsen gekommen und hatte ihn förmlich angefleht, allen seinen Einfluß auf den Oberkommandierenden geltend zu machen, um ihn zu einem Angriff zu bestimmen.

„Wenn ich Sie nicht besser kennte, so würde ich glauben, daß Sie in Wirklichkeit das Gegenteil von dem wollen, was Sie von mir

* Anm. am Schluß des Buches.

erbitten. Ich brauche ja nur irgendeinen Rat zu geben, und der Durchlauchtigste tut sofort genau das Entgegengesetzte", hatte Bennigsen geantwortet.

Die Richtigkeit der Kosakenmeldung war durch ausgesandte Patrouillen bestätigt worden, und so hatte sie den Beweis dafür erbracht, daß das Ereignis endgültig reif geworden war. Die straffgespannte Saite sprang aus, die Uhr schnurrte, das Glockenspiel ertönte. Trotz seiner angeblichen Machtstellung, trotz seinem Verstande, seiner Erfahrung und Menschenkenntnis konnte Kutusow die schriftliche Eingabe Bennigsens, der auch an den Kaiser eine persönliche Meldung hatte abgehen lassen, den von allen Generälen einhellig geäußerten Wunsch, dessen Vorhandensein er auch beim Kaiser voraussetzen mußte, und die Kosakenmeldung nicht mehr ignorieren und also die unvermeidlich gewordene Bewegung nicht mehr zum Stehen bringen. So erteilte er denn den Befehl zu einem Unternehmen, das er selbst für unnütz und schädlich hielt, das heißt, er gab dem, was sich eben vollziehen mußte, seinen Segen.

IV

Bennigsens Eingabe und die Kosakennachricht von dem Fehlen jeder Sicherung vor dem linken Flügel der Franzosen waren nur die letzten Vorboten dessen gewesen, daß der Befehl zum Angriff zwangsmäßig gegeben werden mußte, und so wurde der Angriff auf den fünften Oktober angesetzt.

In der Frühe des vierten unterzeichnete Kutusow die Disposition für die Schlacht. Toll las sie Jermolow vor und ersuchte ihn, die weiteren Anordnungen auf sich zu nehmen.

„Schön, schön, ich habe aber jetzt keine Zeit", sagte Jermolow und verließ das Zimmer.

Die von Toll entworfene Disposition war prächtig. Es hieß darin, genauso wie in der Disposition von Austerlitz, wenn auch nicht in deutscher Sprache:

„Die erste Kolonne marschiert da und dahin, die zweite Kolonne marschiert da und dahin, und so weiter."

Und alle diese Kolonnen trafen auf dem Papier zur bestimmten Zeit an der bestimmten Stelle ein und vernichteten den Feind. Wie in allen Dispositionen, war alles herrlich ausgeheckt, und wie bei allen Dispositionen gelangte keine einzige Kolonne zur bestimmten Zeit an die bestimmte Stelle.

Als die Disposition in der erforderlichen Anzahl von Exemplaren fertig war, wurde ein Offiizier der Chevaliergarde gerufen und zu

Jermolow abgefertigt, um ihm die Papiere zur weiteren Veranlassung zu übergeben. Der junge Mann, der bei Kutusow Ordonnanzoffizier war, ritt zu Jermolows Quartier, ganz glücklich darüber, daß ihm so ein wichtiger Auftrag anvertraut worden war.

„Ausgeritten", teilte ihm Jermolows Bursche mit.

Der Chevaliergardist begab sich nun zu einem General, bei dem Jermolow sich häufig aufhielt.

„Ist nicht hier, der General auch nicht."

Der Chevaliergardist stieg wieder auf sein Pferd und ritt zu einem andern General.

„Nicht da, weggeritten."

„Die werden mich schön herankriegen, wenn Jermolow die Disposition nicht rechtzeitig bekommt! So eine ärgerliche Sache!" dachte der Offizier. Er ritt das ganze Lager ab. Einer wollte gesehen haben, wie Jermolow mit einigen anderen Generälen in irgendeiner Richtung vorbeigeritten sei, ein anderer sagte, jetzt würde er wohl wieder zu Hause sein. Der Offizier suchte, ohne einen Bissen im Leibe, bis sechs Uhr abends. Jermolow war nirgends, und niemand wußte, wo er sein könnte. Der Offizier schlang in aller Eile bei einem Kameraden etwas hinunter und ritt dann wieder zur Vorhut, zu Miloradowitsch. Miloradowitsch war auch nicht in seinem Quartier, aber hier erfuhr der Chevaliergardist wenigstens, daß Miloradowitsch auf einem Ball beim General Kikin war, wo er wahrscheinlich auch Jermolow finden würde.

„Und wo ist das?"

„Na, dort, in Jetschkino", sagte ein Kosakenoffizier und zeigte auf ein Gutshaus in der Ferne.

„Was? Dort? Das ist doch unmöglich, jenseits der Postenkette!"

„Es sind heute zwei Regimenter an die Kette herausgeschickt worden, da gibt es jetzt eine große Sauferei, eine tolle Sache! Zwei Musikkapellen, drei Sängerchöre!"

Der Offizier ritt über die Postenkette hinaus nach Jetschkino. Er war noch recht weit, als er schon die lustigen Klänge eines im Chor gesungenen Soldatentanzliedes hörte.

„Auf dem Ra-ha-sen ... auf dem Ra-ha-sen ..." scholl es ihm entgegen, untermischt mit Pfeifen und Torbanklängen*, manchmal von lautem Geschrei übertönt. Dem Offizier wurde es über diesen Klängen ganz lustig zumut, zugleich aber doch auch etwas unbehaglich, weil er dachte, es könnte ihm ein Vorwurf daraus gemacht werden, daß er diesen wichtigen Befehl erst so spät überbrachte. Die Uhr ging schon auf neun. Er saß ab und trat in das große, völlig unversehrt gebliebene Herrenhaus, das zwischen beiden

* Anm. am Schluß des Buches

Armeen lag. Im Anrichteraum im Vorzimmer liefen Lakaien mit Weinen und Speisen herum. Unter den Fenstern standen die Sänger. Dem Offizier wurde eine Tür geöffnet, und plötzlich sah er alle die höchsten Generäle der Armee beieinander, darunter auch die hohe, auffallende Gestalt Jermolows. Alle die Generäle standen in einem Halbkreise, trugen die Überröcke geöffnet, hatten rote und muntere Gesichter und lachten laut. Mitten im Saal tanzte ein kleiner, gut aussehender General mit rotem Gesicht flott und geschickt einen Trepak.

„Ha=ha=ha! Guck doch einer diesen Nikolai Iwanowitsch an! Ha=ha=ha!"

Der Offizier hatte das Gefühl, er würde doppelt schlecht empfangen werden, wenn er mit seinem wichtigen Befehl gerade in diesem Augenblick einträte, und wollte warten; aber einer von den Generälen hatte ihn schon gesehen, erkundigte sich, was ihn herführte, und machte dann Jermolow auf ihn aufmerksam. Jermolow kam verdrießlich zu dem Chevaliergardisten, hörte ihn an und nahm dann stillschweigend das Papier an sich.

„Glaubst du, es war Zufall, daß Jermolow heute so schwer zu finden war?" sagte ein Kamerad vom Stabe nachher zu dem Chevaliergardisten. „Das war so ein besonderer Kunstgriff, das hatte er eigens so eingerichtet. Er wollte Konownizyn einen Knüppel zwischen die Beine schmeißen. Paß nur auf, morgen wird es ein schönes Durcheinander geben!"

V

Am nächsten Morgen ließ sich der altersschwache Kutusow in aller Frühe wecken, verrichtete seine Gebete, zog sich an, stieg mit dem unangenehmen Gefühl, eine Schlacht leiten zu müssen, die er nicht gutheißen konnte, in seine Kalesche und fuhr von Letaschowka, fünf Werst hinter Tarutino, dorthin, wo die zum Angriff bestimmten Kolonnen sich sammeln sollten. Unterwegs schlief er ab und zu ein, wachte dann wieder auf und horchte, ob rechter Hand noch kein Schießen zu hören war und die Schlacht noch nicht ihren Anfang genommen habe. Aber noch war alles still. Der feuchte und trübe Herbsttag begann eben erst zu grauen. Unweit von Tarutino bemerkte Kutusow einige Kavalleristen, die ihre Pferde quer über den Weg, den seine Kalesche fuhr, zur Tränke führten. Er sah sie an, ließ die Kalesche halten und fragte, zu welchem Regiment sie gehörten. Es erwies sich, daß ihr Truppenteil einer Kolonne zugeteilt war, die schon lange ganz weit vorne in einem Hinterhalt liegen sollte. „Anscheinend ein Versehen", dachte der alte Oberkomman=

dierende. Als er aber weiterfuhr, gewahrte er Infanterieregimenter, deren Mannschaften die Gewehre zusammengesetzt hatten und in Unterhosen ihre Grütze kochten oder Brennholz anschleppten. Er ließ einen Offizier kommen. Der Offizier meldete, es sei kein Marschbefehl gegeben worden.

„Wieso kein Bef . . ." fing Kutusow an, unterbrach sich aber sofort selbst und befahl den dienstältesten Offizier zu sich. Er kletterte aus seiner Kalesche und begann mit gesenktem Kopf und stoßweisem Atem in Erwartung des Gerufenen stillschweigend auf und ab zu gehen. Als der Befohlene zur Stelle war — es handelte sich um einen Generalstabsoffizier namens Eichen —, lief Kutusows Gesicht blaurot an vor Wut, nicht weil dieser Offizier an dem Irrtum schuld gewesen wäre, sondern weil jetzt endlich ein entsprechender Gegenstand da war, an dem er seine Wut auslassen konnte. Und nun begann der Greis zu zittern und zu keuchen und geriet in jenen Zustand von Raserei, der ihn manchmal so weit bringen konnte, daß er sich vor Wut zu Boden warf und wie in einem Krampf hin und her zuckte. Er fuhr auf Eichen los, drohte ihm mit den Fäusten, schrie und schimpfte in den gemeinsten Straßenausdrücken. Zufällig kam noch ein anderer Offizier vorbei, ein Kapitän Brosin, der nicht das geringste angestellt hatte, und auch über ihn entlud sich ein Ungewitter von gleicher Furchtbarkeit.

„Da kommt ja noch so eine Kanaille! Erschießen müßte man euch! Schweinehunde!" brüllte er heiser, fuchtelte mit den Händen und torkelte hin und her.

Er empfand einen geradezu körperlichen Schmerz. Er, der Oberkommandierende, der Durchlauchtigste, dem immer wieder von allen Seiten vorgehalten wurde, daß noch nie ein Mensch in Rußland eine solche Machtfülle in sich vereinigt hätte wie er, er mußte jetzt so dastehen, blamiert vor seiner ganzen Armee. „Es war also umsonst, daß ich mit so vieler Hingabe für diesen Tag gebetet habe, umsonst, daß ich in der Nacht wachgelegen und immer wieder alles überdacht habe!" sagte er sich. „Als ich noch ein grüner Junge von Fähnrich war, da hätte es niemand gewagt, sich so über mich lustig zu machen . . . Und jetzt!" Er empfand einen körperlichen Schmerz, als habe man ihn ausgepeitscht, und konnte gar nicht anders, als sich in einem wütenden und gequälten Geschrei Luft zu machen. Dann ließen seine Kräfte aber bald nach, er sah sich um und fühlte, daß er vieles gesagt hatte, was sich nicht rechtfertigen ließ, stieg wieder in seine Kalesche und fuhr schweigend in sein Quartier zurück.

Seiner Wut hatte er Luft gemacht, sie war fort und kehrte auch nicht wieder. Mit einem matten Augenzwinkern hört Kutusow die Rechtfertigungen und Entschuldigungen der von ihm verantwortlich Gemachten — Jermolow selbst ließ sich erst am folgenden Tage wieder sehen – und die eindringlichen Darlegungen Bennigsens, Konownizyns und Tolls an, die darauf drangen, die heute mißglückte Bewegung morgen zu wiederholen. Und wieder mußte Kutusow sich einverstanden erklären.*

VI

Am folgenden Tage sammelten sich die einzelnen Truppenteile gegen Abend an den hierzu bestimmten Stellen und setzten sich nach Einbruch der Nacht in Marsch. Es war eine Herbstnacht mit dunkelvioletten Wolken, aber ohne Regen. Der Boden war wohl feucht, aber nicht kotig, und die Truppen marschierten geräuschlos, nur ab und zu hörte man ein leises Klirren von der Artillerie her. Es war verboten, laut zu sprechen, zu rauchen und Feuer anzuzünden; die Pferde wurden am Wiehern gehindert. Das Heimliche der ganzen Unternehmung vergrößerte ihren Reiz. Die Leute marschierten in bester Laune. Einige Kolonnen machten halt, setzten die Gewehre zusammen und lagerten sich auf den kalten Boden, in der Meinung, bereits an Ort und Stelle zu sein; andere – und das war die Mehrzahl – marschierten die ganze Nacht hindurch, kamen aber offenbar nicht an Ort und Stelle.

Graf Orlow=Denissow mit seinen Kosaken – die bedeutungsloseste aller eingesetzten Abteilungen – gelangte als einziger zur rechten Zeit an die rechte Stelle. Diese Abteilung machte hart am Waldrande halt, an einem Fußpfade, der die Dörfer Stromilowa und Dmitrowskoje verband.

Graf Orlow, der eingeschlummert war, wurde kurz vor Tagesgrauen geweckt. Man führte ihm einen Überläufer aus dem französischen Lager vor. Es war ein polnischer Unteroffizier vom Korps Poniatowski. Dieser Unteroffizier erklärte in polnischer Sprache, er sei übergelaufen, weil er sich zurückgesetzt fühle, er hätte wegen seiner hervorragenden Tapferkeit schon längst zum Offizier befördert werden müssen und habe sich darum von seinen Leuten losgesagt und wolle sich an ihnen rächen. Er sagte, Murats Nachtlager sei nur eine Werst entfernt, und wenn man ihm hundert Mann gebe, wolle er ihn lebend gefangennehmen. Graf Orlow=Denissow beratschlagte mit seinen Kameraden. Der Vorschlag war zu lockend, als daß man ihn zurückweisen mochte. Alle wollten selbst mitreiten, alle rieten, es doch zu versuchen. Nach langen Debatten und Überlegungen wurde beschlossen, Generalmajor Grekow und zwei Kosakenregimenter mit dem Unteroffizier reiten zu lassen.

* Anm. am Schluß des Buches

„Na, das eine halte dir aber vor Augen", sagte Graf Orlow-Denissow, als er den Unteroffizier entließ. „Wenn du gelogen hast, lasse ich dich hängen wie einen Hund, wenn du aber die Wahrheit gesagt hast, kriegst du hundert Dukaten."

Der Unteroffizier bestieg schweigend und mit entschlossener Miene sein Pferd und ritt mit der rasch aufgesessenen Grekowschen Kolonne davon. Bald waren sie im Walde verschwunden. Graf Orlow ging, nachdem Grekow fort war, ein paar Schritte über den Waldrand hinaus und beobachtete, in der Frische des aufdämmernden Morgens in seinen Mantel geduckt, erregt im Gedanken an das auf eigene Verantwortung Unternommene, das feindliche Lager, das im Licht des anbrechenden Morgens und der nur noch schwach glimmenden Lagerfeuer verworren dalag. Rechts vom Grafen Orlow-Denissow hätten unsere Kolonnen jetzt auf dem unbewaldeten Abhang auftauchen müssen. Graf Orlow spähte hin, aber obwohl man diese Kolonnen eigentlich schon von weitem hätte wahrnehmen müssen, war nichts von ihnen zu erblicken. Im französischen Lager aber begann es sich jetzt zu rühren, wie es dem Grafen Orlow-Denissow und besonders seinem Adjutanten, der sehr gute Augen hatte, vorkommen wollte.

„Ja, wahrhaftig, es ist schon zu spät", sagte Graf Orlow, während seine Blicke am französischen Lager hingen.

Wie es oft geht, wenn wir einen Menschen, dem wir unser Vertrauen schenkten, nicht mehr vor Augen haben, so war es ihm plötzlich zur untrüglichen Gewißheit geworden, daß dieser Unteroffizier ein Betrüger war, daß er gelogen hatte und nun den ganzen Angriff zu Fall bringen würde, weil die beiden Regimenter, die er Gott weiß wohin führte, im entscheidenden Augenblick nicht zur Stelle sein konnten. Wie hatte man auch nur an die Möglichkeit glauben können, aus einer solchen Truppenmasse den Oberkommandierenden herauszuholen!

„Wahrhaftig, der Halunke ist ein Schwindler", sagte der Graf.

„Man kann sie noch zurückholen", sagte ein Offizier der Suite, der jetzt angesichts des feindlichen Lagers ebenso wie Graf Orlow-Denissow dem ganzen Unternehmen zu mißtrauen begann.

„Wie? Ja, wahrhaftig! Was meinen Sie? Oder läßt man sie? Oder nicht?"

„Befehlen Sie, sie zurückzuholen?"

„Ja, natürlich, natürlich!" sagte Graf Orlow plötzlich mit großem Nachdruck, nachdem er einen Blick auf seine Uhr geworfen hatte. „Es wird zu spät, es ist ja schon ganz hell."

Und nun galoppierte der Adjutant durch den Wald dem Generalmajor Grekow nach. Grekow kam mit seinen Kosaken zurück. Graf Orlow-Denissow war aber inzwischen nervös geworden, weil er diesen Plan hatte fallenlassen müssen und weil er nun schon so lange vergeblich auf die Infanteriekolonnen warten mußte, von denen immer noch nichts zu sehen war, und weil er so nahe am Feinde war, und so entschloß er sich anzugreifen. Seine nervöse Erregung hatte sich dem ganzen Detachement mitgeteilt.

Er kommandierte im Flüsterton: „Aufgesessen!" Die Glieder ordneten sich, die Leute bekreuzten sich ... „Mit Gott!"

„Hurraaaaa!" dröhnte es durch den Wald, und Schwadron um Schwadron, wie aus einem Sack geschüttet, flogen die Kosaken, die Lanzen gefällt, über den Bach auf das Lager zu.

Ein einziger entsetzter Verzweiflungsschrei des ersten Franzosen, der die Kosaken zu sehen bekam – und alles, was im Lager war, rannte halb angekleidet, schlaftrunken davon, ohne nach Kanonen, Gewehren und Pferden zu fragen.

Hätten die Kosaken die Franzosen verfolgt, ohne sich um das zu kümmern, was hinter ihnen und um sie her war, so hätten sie Murat und seine ganze Umgebung gefangengenommen. Die Führer wollten das auch. Die Kosaken waren aber so wild auf Beute und Gefangene, daß sie nicht von der Stelle zu bringen waren. Kein Mensch hörte mehr auf das, was befohlen wurde. An Ort und Stelle wurden fünfzehnhundert Gefangene gemacht, achtunddreißig Geschütze, einige Fahnen und, worauf es den Kosaken am meisten ankam, Pferde, Sättel, Decken und allerlei anderes erbeutet. Jetzt galt es zunächst das abzumachen, was den Kosaken als das Wichtigste erschien, Gefangene an sich zu bringen, Kanonen mit Beschlag zu belegen, Beute zu teilen, so laut wie möglich zu schreien und sich um einzelne Beutestücke zu prügeln. Das alles nahm die Kosaken vollständig in Anspruch. Die Franzosen sahen, daß sie nicht mehr verfolgt wurden, kamen wieder zu sich, sammelten sich nach Formationen und eröffneten das Feuer. Orlow-Denissow glaubte jetzt wieder auf die Infanteriekolonnen warten zu sollen und setzte seinen Angriff nicht fort.

Auf Grund der Disposition: „Die erste Kolonne marschiert usw." hatten sich die von Orlow-Denissow vergeblich erwarteten Infanteriekolonnen, die Bennigsens Kommando unterstanden, genau, wie Toll es angeordnet hatte, inzwischen in Marsch gesetzt und waren auch irgendwohin gekommen, nur nicht dorthin, wo sie hätten hinkommen sollen. Wie es zu gehen pflegt, fingen die in so guter Laune abmarschierten Leute jetzt an, verdrießlich zu werden, es wurden Äußerungen der Unzufriedenheit laut, jeder merkte, daß irgend etwas nicht stimmte, und nun wurde wieder eine andere Richtung eingeschlagen und zurückmarschiert. Die herumgaloppierenden Adjutanten und Generäle schrien, wurden wütend, stritten sich, redeten von falscher Richtung und von Verspätung, schimpften auf irgend jemand usw., und endlich war allen alles einerlei und man marschierte nur noch, um schließlich doch irgendein Ziel zu haben. „Wir werden schon irgendwohin kommen!“ Und tatsächlich kamen die einzelnen Truppenteile auch alle irgendwohin, nur nicht dahin, wohin sie kommen sollten, und wenn einzelnen selbst das gelang, so kamen sie doch so spät hin, daß ihr Eintreffen gar keinen Sinn mehr hatte und sie nur nutzlos dem Feuer der Franzosen ausgesetzt waren. Toll, der in dieser Schlacht dieselbe Rolle spielte, die Weyrother bei Austerlitz gespielt hatte, galoppierte beflissen hierhin und dorthin und mußte überall feststellen, daß alles drunter und drüber ging. So fand er das Korps des Generals Baggehufvudt noch mitten im Walde, obwohl es schon heller Tag war und dieses Korps schon längst dort hätte sein müssen, wo Orlow-Denissow es erwartet hatte. Aufgeregt und gereizt, weil nichts klappte, und in der Meinung, irgend jemand müsse doch dafür verantwortlich gemacht werden können, jagte Toll zum Korpskommandeur, fuhr ihn scharf an und sagte sogar, er verdiene füsiliert zu werden. Baggehufvudt, ein ruhiger, alter Mann und erfahrener Frontsoldat, jetzt aber ebenfalls gereizt durch die ewigen Stockungen, die widersprechenden Befehle und das allgemeine Durcheinander, wurde wütend, ganz gegen seine sonstige Art, so daß seine Umgebung ihn nicht mehr wiederzuerkennen glaubte, und sagte Toll allerhand unangenehme Dinge.

„Ich brauche mir von niemandem Schulmeisterlektionen gefallen zu lassen, ich weiß mit meinen Soldaten ebensogut zu sterben wie jeder andere“, sagte er und rückte mit einer einzigen Division vor.

Als er auf das freie Feld und an die französische Feuerzone gekommen war, da überlegte der brave Baggehufvudt in seiner Aufregung nicht erst lange, ob sein Vorgehen mit einer einzigen Division in diesem Augenblick Sinn hatte oder nicht, sondern ging geradeaus und führte seine Truppen ins Feuer. Gefahr, Bomben, Kugeln — das war es gerade, was er jetzt in seiner Wut brauchte. Eine der ersten Kugeln tötete ihn, die folgenden eine Menge seiner Leute. Und seine Division stand eine geraume Weile vollkommen sinnlos im Feuerbereich der Franzosen.

VII

Inzwischen sollte eine andere Kolonne die Franzosen frontal angreifen. Allein bei dieser Kolonne war Kutusow; er wußte sehr gut, daß bei dieser gegen seinen Willen eingeleiteten Schlacht nichts als ein Durcheinander herauskommen konnte, und hielt die Truppen daher zurück, soweit es in seiner Macht stand. Er ging nicht vor.

Kutusow ritt schweigend auf seinem grauen Pferdchen umher und gab träge und unlustige Antworten, wenn man ihm zuredete, den Befehl zum Angriff zu geben.

Miloradowtisch drängte auf Vorgehen, und Kutusow antwortete:

„Ja, Angreifen, Angreifen! Das ist euer zweites Wort, und dabei seht ihr nicht, daß wir uns auf komplizierte Manöver überhaupt nicht verstehen."

Und zu einem anderen sagte er:

„Heute früh haben wir es nicht fertiggebracht, Murat gefangenzunehmen und rechtzeitig zur Stelle zu sein. Jetzt ist nichts mehr zu machen!"

Als Kutusow gemeldet wurde, daß im Rücken der Franzosen, wo nach den Meldungen der Kosaken vorher keine Truppen gewesen waren, jetzt zwei Bataillone Polen standen, da warf er über die Schulter einen schielenden Blick auf Jermolow, mit dem er seit dem vorhergehenden Tage noch kein Wort gesprochen hatte.

„Das ist es ja, sie drängen immer auf Angreifen, hecken alle möglichen Projekte aus, und wenn es soweit ist, dann ist nichts fertig, der Feind ist gewarnt und trifft seine Maßregeln."

Jermolow kniff die Augen zusammen, als er diese Worte hörte, und lächelte ein wenig. Er hatte begriffen, daß das Ungewitter für ihn vorübergezogen war und daß Kutusow sich mit dieser Anspielung begnügen werde.

„Da macht er sich auf meine Kosten lustig", sagte Jermolow leise und stieß dabei mit dem Knie den neben ihm haltenden Rajewskij an.

Einige Augenblicke später ritt Jermolow an Kutusow heran und sagte respektvoll:

„Es ist noch nicht zu spät, Ew. Durchlaucht. Der Feind ist immer noch vor uns, vielleicht befehlen Sie den Angriff. Sonst kriegt die Garde heute nicht einmal einen Fetzen Pulverdampf zu sehen."

Kutusow sagte nichts. Dann wurde ihm gemeldet, daß Murats Truppen zurückgingen, und nun gab er den Befehl zum Vorgehen, machte aber alle hundert Schritte für dreiviertel Stunden halt.

Die ganze Schlacht bestand in dem Handstreich des Grafen Orlow-Denissow und seiner Kosaken; die übrigen Formationen taten eigentlich nichts, sondern verloren nur einige hundert Mann.

Auf Grund dieser Schlacht erhielt Kutusow einen brillantenbesetzten Orden, Bennigsen Brillanten und hunderttausend Rubel, die andern ebenfalls ihrem Rang entsprechend allerhand Erfreuliches, und nach dieser Schlacht fanden abermals Veränderungen in der Stellenbesetzung des Stabes statt.

„Natürlich, es ist wieder alles ganz anders gekommen, als vorgesehen war, wie es ja bei uns immer ist!" sagten nach der Schlacht bei Tarutino die russischen Frontoffiziere und Generäle, genauso wie sie das noch heutigentags sagen und damit zu verstehen geben wollen, daß da irgendein Dummer alles falsch gemacht hat, während sie selbst es ganz anders gemacht haben würden. Allein die Leute, die so reden, verstehen entweder nichts von dem Gegenstand, über den sie reden, oder betrügen vorsätzlich sich selbst. Jede Schlacht, die von Tarutino, von Borodino, von Austerlitz, überhaupt jede, spielte sich nicht so ab, wie ihre Lenker voraussehen zu können glaubten. Das liegt in den Gesetzen ihres Wesens.

Eine zahllose Menge freier Kräfte — denn nirgends ist der Mensch freier als in der Schlacht, wo es um Leben oder Tod geht — übt ihren Einfluß auf die Richtung, die eine Schlacht nimmt, und diese Richtung kann niemals von vorneherein bekannt sein und fällt nie mit der Richtung irgendeiner Einzelkraft zusammen.

Wenn viele Kräfte zu gleicher Zeit, aber in verschiedenen Richtungen auf einen Körper einwirken, so kann die Richtung, in der schließlich die Bewegung dieses Körpers sich vollzieht, nicht mit der Wirkungsrichtung einer dieser Kräfte zusammenfallen, sondern wird immer die mittlere, kürzeste Richtung sein, also das, was man in der Mechanik als die Diagonale des Parallelogramms der Kräfte bezeichnet.

Wenn wir in den Schilderungen der Historiker, besonders der französischen, immer wieder sehen, wie Kriege und Schlachten sich auf Grund eines vorher festgesetzten Planes abspielen, so können wir daraus nur den einzigen Schluß ziehen, daß diese Schilderungen unzutreffend sind.

Die Schlacht bei Tarutino erreichte augenscheinlich nicht das Ziel, das Toll im Auge hatte, nämlich die Truppen genau in der Ordnung der Disposition in Aktion treten zu lassen, auch nicht das Ziel, das Graf Orlow haben konnte, nämlich Murat gefangenzunehmen, oder das Ziel einer fast augenblicklichen Vernichtung des ganzen feindlichen Korps, das Bennigsen und andere haben konnten, oder das Ziel eines Offiziers, der ins Gefecht zu kommen und sich auszuzeichnen wünschte, oder das Ziel eines Kosaken, der gern noch mehr Beute gemacht hätte, als er tatsächlich schon gemacht hatte und so weiter. Wenn man aber als Ziel das ansieht, was nachher geschah und was damals der gemeinsame Wunsch aller russischen Menschen war, nämlich die Verjagung der Franzosen aus Rußland und die Vernichtung ihrer Armee, dann liegt es klar auf der Hand, daß die Schlacht bei Tarutino gerade infolge der Widersprüche zwischen ihrem Plan und ihrem wirklichen Verlauf genau das war, dessen es in dieser Periode des Feldzuges bedurfte. Es ist schwer, ja es ist unmöglich, sich irgendeinen Ausgang dieser Schlacht zu denken, der zweckentsprechender gewesen wäre als der, den sie gehabt hat. Bei einem ganz geringen Aufwande an Mühe, bei der größten Konfusion und bei denkbar geringen Verlusten wurden hier die wichtigsten Resultate des ganzen Feldzuges erreicht, wurde der Schritt vom Rückzug zur Offensive getan, wurde die Schwäche der Franzosen enthüllt und jener Anstoß gegeben, auf den das napoleonische Heer nur gewartet hatte, um seine Flucht zu beginnen.

VIII

Napoleon zieht nach dem glänzenden Siege de la Moscova in Moskau ein; ein Zweifel an diesem Siege ist nicht erlaubt, da ja die Franzosen Herren des Schlachtfeldes bleiben. Die Russen geben ihre Hauptstadt auf und gehen zurück. Moskau, voll von Lebensmittelvorräten, Waffen, Munition und unübersehbaren Reichtümern, ist in Napoleons Hand. Das russische Heer, nur halb so stark wie das französische, macht einen ganzen Monat lang nicht einen einzigen Angriffsversuch. Napoleons Lage ist eine denkbar glänzende. Um sich mit doppelt so starken Streitkräften auf die Überreste der russischen Armee zu werfen und sie zu vernichten, um einen Friedensschluß unter den günstigsten Bedingungen herbeizuführen oder im Falle einer Ablehnung Petersburg durch einen Vormarsch zu bedrohen, um endlich für den Fall irgendeines Mißerfolges nach Smolensk oder Wilna zurückzukehren oder ruhig in Moskau zu bleiben, kurz, um die glänzende Lage aufrechtzuerhalten, in der das französische Heer sich damals befand, dazu hätte es doch eigentlich keiner besonderen Genialität bedurft. Dazu bedurfte es nur einiger anderer Dinge, und zwar der einfachsten und leichtesten, die sich denken ließen: man mußte nur einem Überhandnehmen des Marodeurwesens steuern, mußte Winterkleidung bereitstellen, die in Moskau für die Bedürfnisse der ganzen Armee ohne Mühe zu beschaffen war, und mußte die Verpflegungsvorräte, deren es, wie die französischen Historiker zugeben, in Moskau so viel gab, daß die ganze Armee davon ein halbes Jahr ernährt werden konnte, systematisch zusammentragen. Napoleon, dieser Genialste aller Genialen, dieser Inhaber unbeschränkter Machtvollkommenheit über seine Armee – so stellen ihn die Historiker hin – tat nichts dergleichen.

Aber nicht nur, daß er nichts dergleichen tat, nein, er wählte vielmehr von allen in Betracht kommenden Wegen den dümmsten und verderblichsten und wandte alle seine Macht an, ihn zu gehen. Napoleon hätte in Moskau überwintern, hätte auf Petersburg oder auf Nishnij-Nowgorod oder rückwärts, entweder mehr nördlich oder mehr südlich – diesen Weg nahm später Kutusow – marschieren können, wählte aber keine dieser Möglichkeiten, sondern tat das

Dümmste und Verderblichste, das die Phantasie sich nur ersinnen konnte: er blieb bis zum Oktober in Moskau und ließ seine Truppen in der Stadt plündern, rückte von Moskau ab, nachdem er lange geschwankt hatte, ob er hier eine Garnison zurücklassen sollte oder nicht und sich endlich doch dafür entschieden hatte, marschierte gegen Kutusow, griff aber nicht an, wandte sich nach rechts, marschierte bis Malo-Jaroslawez, ließ die Gelegenheit zu einem Durchbruch vorübergehen, schlug dann nicht den Weg ein, den nachher Kutusow wählte, sondern ging auf der durch vollkommen verwüstetes Land führenden Smolensker Straße nach Moshaisk zurück, und die Folgen dieser Handlungsweise haben dargetan, daß dieses tatsächlich das Dümmste und Verderblichste war, das sich nur denken ließ. Wollten die kunstvollen Strategen einmal annehmen, Napoleon habe keine andere Absicht gehabt, als seine Armee zugrunde zu richten, sie könnten doch keine andere Reihe von Handlungen erfinden, die mit so zweifelloser Sicherheit und so unabhängig von allen Maßnahmen der russischen Heeresleitung die französische Armee so gänzlich ruiniert hätten, wie das, was Napoleon tat.

Das tat also der geniale Napoleon. Aber nun zu sagen, Napoleon habe seine Armee zugrunde gerichtet, weil er das gewollt habe oder weil er sehr töricht gewesen sei, das wäre ebenso unzutreffend. Weder dadurch, daß die Einwohner fort sind, noch dadurch, daß die Deputation nicht kommt, noch endlich dadurch, daß Moskau in Flammen steht, läßt er sich aus seinem Geleise bringen. Weder das Wohl seiner Armee noch das Verhalten des Feindes, noch das Wohl der Völker Rußlands, noch die Leitung der Pariser Angelegenheiten, noch die diplomatische Vorbereitung der künftigen Friedensverhandlungen läßt er aus den Augen.

IX

Was den Krieg angeht, so befiehlt Napoleon gleich nach seinem Einzuge in Moskau dem General Sebastiani mit allem Nachdruck, die Bewegungen der russischen Armee zu verfolgen, läßt mehrere Korps auf verschiedenen Straßen vormarschieren und trägt Murat auf, die verlorengegangene Fühlung mit Kutusow wiederherzustellen. Außerdem trifft er die sorgfältigsten Maßnahmen zur Befestigung des Kreml. Des weiteren entwirft er einen genialen Plan für einen künftigen Feldzug durch ganz Rußland.

Was das Diplomatische angeht, so läßt Napoleon den völlig ausgeplünderten und abgerissenen Kapitän Jakowlew zu sich kommen, der so gern von Moskau fort möchte und nicht weiß, wie er es anstellen soll, setzt ihm eingehend seine Politik und seine ganze Großmut auseinander, schreibt einen Brief an den Kaiser Alexander, in welchem er es für seine Pflicht hält, seinen Freund und Bruder darauf aufmerksam zu machen, daß Rastoptschins in Moskau getroffene Administrativmaßnahmen vollkommen verkehrt gewesen seien, und schickt Jakowlew mit diesem Brief nach Petersburg. Ebenso eingehend legt er Tutolmin dar, was er vorhat und wie großmütig er ist, und schickt den alten Herrn gleichfalls zu Verhandlungen nach Petersburg.

Was die Jurisdiktion angeht, so ergeht gleich nach dem Aufkommen der Feuersbrüste Befehl, die Schuldigen ausfindig zu machen und zu bestrafen. Und der böse Rastoptschin wird dadurch bestraft, daß seine Häuser befehlsgemäß angezündet werden.

Was die Verwaltung angeht, so wird Moskau mit einer Munizipalverfassung beschenkt. Eine Munizipalität wird geschaffen und folgende Proklamation zur Kenntnis der Bevölkerung gebracht:

„Einwohner Moskaus!

Das Unglück, das über euch gekommen ist, ist hart, aber Seine Majestät der Kaiser und König will ihm ein Ende machen. Schreckliche Exempel haben euch gezeigt, wie er Widersetzlichkeit und Verbrechen ahndet. Es sind strenge Maßnahmen getroffen, um aller Unordnung ein Ziel zu setzen und die öffentliche Sicherheit wiederherzustellen. Eine väterlich-sorgende Administrationsbehörde, aus eurer Mitte gewählt, wird eure Munizipalität oder Stadtverwaltung bilden. Sie wird für euch sorgen, euren Nöten steuern, euren Nutzen befördern. Ihre Mitglieder werden an einem über der Schulter getragenen roten Bande kenntlich sein, und das Stadthaupt wird außerdem noch einen weißen Gürtel tragen. Außerdienstlich werden sie nur eine rote Binde am linken Arm tragen.

Eine städtische Polizei ist auf Grund der bisherigen Gepflogenheiten eingesetzt worden und hat es bereits verstanden, die Ordnung zu heben. Die Regierung hat zwei Generalkommissare oder Polizeimeister ernannt, dazu zwanzig Kommissare oder Quartalsinspektoren für alle Stadtviertel. Ihr werdet sie an der um den linken Arm getragenen weißen Binde erkennen. Einige Kirchen aller Konfessionen sind geöffnet, und der Gottesdienst in ihnen wird ohne Störung vor sich gehen. Eure Mitbürger kehren in immer größerer Zahl in ihre Wohnungen zurück, und es ist durch entsprechende Befehle dafür gesorgt worden, daß sie dort alle Hilfe und allen Schutz finden, die dem Unglück zukommen. Das sind die Mittel, deren die Regierung sich bedient hat, um die Ordnung wiederherzustellen und eure Lage zu erleichtern. Damit aber dieses Ziel erreicht wird, müßt ihr eure Bemühungen mit denen der Regierung vereinigen, müßt die Drangsale, die ihr erlitten habt, nach Möglichkeit vergessen, müßt auf eine glücklichere Gestaltung der Zukunft hoffen und überzeugt sein, daß ein unausbleiblicher und schmählicher Tod diejenigen erwartet, die nach euren Personen oder den euch verbliebenen Habseligkeiten die Hände auszustrecken wagen; endlich dürft ihr nicht daran zweifeln, daß euer Leben und euer Eigentum vollkommen sicher sind, denn so will es der größte und gerechteste aller Monarchen. Soldaten und Bürger, welcher Nation ihr auch angehören mögt, stellt das öffentliche Vertrauen wieder her, welches das Glück eines Staates ausmacht, lebt wie Brüder, laßt euch gegenseitig Hilfe und Schutz angedeihen, vereinigt euch, um die Pläne der Übelgesinnten zuschanden zu machen, gehorcht den militärischen und zivilen Kommandostellen, und eure Tränen werden bald getrocknet sein."

Was die Verpflegung des Heeres angeht, so verfügt Napoleon, die einzelnen Formationen sollen der Reihe nach à la maraude[1] durch Moskau ziehen, um sich Lebensmittelvorräte zu besorgen, damit die Armee für die nächste Zukunft sichergestellt ist.

Was die Religion angeht, befiehlt Napoleon de ramener les popes[2] und Wiederaufnahme des Gottesdienstes in den Kirchen.

Was das wirtschaftliche Leben und die Versorgung der Armee im weiteren Sinne angeht, so wird allerorten die folgende Bekanntmachung ausgehängt:

„Ihr friedlichen Einwohner Moskaus, Männer des Handwerks und der Arbeit, die ihr angesichts des Unglücks der letzten Zeit eure Stadt verlassen habt, und ihr, versprengte Landleute, die ihr euch von einer unbegründeten Furcht noch an euren Zufluchtsorten im Freien zurückhalten laßt, höret! Die Ruhe kehrt in die Stadt zurück, und die Ordnung in ihr wird wiederhergestellt. Eure Landsleute verlassen ohne Furcht ihre Verstecke, da sie sehen, daß sie mit Achtung behandelt werden. Jede Gewalttat gegen sie und ihr Eigentum wird ohne Verzug geahndet. Seine Majestät der Kaiser und König hält seine schirmende Hand über sie und sieht in keinem von euch einen Feind außer in denen, die sich seinen Befehlen nicht fügen wollen. Er will euren Leiden ein Ziel setzen und euch euren Behausungen und euren Familien wiedergeben. Kommt seinen wohltätigen Absichten entgegen und kehrt ohne Furcht zu uns zurück. Bürger! Kommt voller Vertrauen zurück in eure Wohnungen. Ihr werdet rasch Mittel und Wege finden, eure Bedürfnisse zu befriedigen. Ihr fleißigen Handwerker, Meister und Gesellen! Kehrt zurück zu eurer Hantierung: eure Häuser, eure Verkaufsstellen, überall aufgestellte Schutzwachen warten auf euch, und für eure Arbeit

[1] plündernd
[2] die Popen wieder zurückführen.

werdet ihr den gebührenden Lohn empfangen! Und endlich ihr, ihr Bauern, kommt hervor aus den Wäldern, in denen eure Furcht euch Zuflucht suchen ließ, kehrt ohne Besorgnisse zurück in eure Hütten und seid gewiß, daß ihr Schutz finden werdet. Es sind Annahmestellen in der Stadt eingerichtet, wohin die Bauern bringen können, was an Vorräten und Feldfrüchten über ihren eigenen Bedarf hinausgeht. Die Regierung hat folgende Maßnahmen getroffen, um ihnen eine ungehinderte Verwertung ihrer Produkte zu gewährleisten: 1. Von heute an können die Bauern und Bewohner der Umgebung Moskaus ohne alle Besorgnisse ihre Ernteerträge, welcher Art sie auch sein mögen, in die Stadt bringen und sie zu den beiden hierfür bestimmten Annahmestellen, das heißt, zur Mochowajastraße und zum Ochotnyibazar schaffen. 2. Diese Produkte werden ihnen zu Preisen abgenommen werden, welche Käufer und Verkäufer miteinander ausmachen. Erhält der Verkäufer nicht den angemessenen Preis, den er fordert, so hat er volle Freiheit, seine Produkte wieder in sein Dorf zurückzuführen, ohne daß ihn irgend jemand unter irgendeinem Vorwande daran hindern darf. 3. Jeden Sonntag und Mittwoch sollen große Wochenmärkte stattfinden. Daher werden jeden Dienstag und Sonnabend auf allen Landstraßen zum Schutz der Fuhren in entsprechender Entfernung von der Stadt Truppen in ausreichender Menge postiert werden. 4. Die gleichen Maßnahmen werden getroffen werden, um den Bauern mit ihren Wagen und Pferden auch eine ungehinderte Rückkehr zu gewährleisten. 5. Es werden unverzüglich Maßnahmen getroffen werden, um auch die gewöhnlichen Märkte wieder stattfinden zu lassen. Bewohner der Stadt und des flachen Landes, Arbeiter und Handwerker, zu welcher Nation ihr auch gehören mögt! Ihr werdet aufgefordert, die väterlichen Wünsche Seiner Majestät des Kaisers und Königs auszuführen und euch mit ihm in der Arbeit für das allgemeine Beste zu vereinigen. Legt ihm eure Ehrfurcht und euer Vertrauen zu Füßen und säumt nicht, euch mit uns zu vereinigen!"

Was den Geist des Heeres und der Zivilbevölkerung angeht, so werden zu seiner Belebung unaufhörlich Revuen abgehalten, Beförderungen vorgenommen, Orden und Ehrenzeichen verliehen. Der Kaiser durchreitet die Straßen, zieht Einwohner ins Gespräch und redet ihnen freundlich zu und besucht die auf seinen Befehl eingerichteten Theater, obwohl er so sehr mit Regierungsangelegenheiten überhäuft ist.

Was die Wohltätigkeit angeht, die schönste Zierde aller Kronenträger, so tut Napoleon ebenfalls alles, was in seinen Kräften steht. An den wohltätigen Anstalten läßt er die Inschrift „Maison de ma mère" [1] anbringen und vereint so zärtliche Sohnesgesinnung mit

[1] Haus meiner Mutter.

herrlicher Monarchentugend. Er besucht das Findelhaus, läßt sich von den Waisen, die ihm ihre Rettung verdanken, die weißen Hände küssen und plaudert huldvoll mit Tutolmin.

Darauf läßt er, wie Thiers es so schwungvoll schildert, seinen Truppen die Löhnung in dem falschen russischen Papiergeld auszahlen, das er vor Beginn des Feldzuges hatte herstellen lassen. Thiers sagt: „Relevant l'emploi de ces moyens par un acte digne de lui et de l'armée française, il fit distribuer des secours aux incendiés. Mais les vivres étant trop précieux pour être donnés à des étrangers, la plupart ennemis, Napoléon aima mieux leur fournir de l'argent afin qu'ils se fournissent au dehors, et il leur fit distribuer des roubles-papier."[1]

Was die Disziplin der Armee angeht, so werden unausgesetzt Befehle erlassen, nach denen jede Pflichtversäumnis im Dienst streng geahndet und alles Plündern unterbunden werden soll.

X

Merkwürdig war dabei nur eins, nämlich daß alle diese Verfügungen, Anordnungen und Pläne, die durchaus nicht schlechter waren als andere in ähnlichen Fällen bewährte, den Kern der Sache gar nicht berührten, sondern wie die Zeiger auf einem von seinem Mechanismus getrennten Zifferblatt nur ziellos und wie von ungefähr kreisten, ohne die Räder in Bewegung zu setzen.

Was das Militärische angeht, so wurde Napoleons Feldzugsplan nie ausgeführt und konnte auch nie ausgeführt werden, weil er zur Wirklichkeit in gar keinem Verhältnis stand — dieser geniale Feldzugsplan, von dem Thiers sagt, „que son génie n'avait jamais rien imaginé de plus profond, de plus habile et de plus admirable"[2], und dessen Entwurf er in seiner Polemik gegen Herrn Fain mit einem so großen Aufgebot an Scharfsinn auf den vierten statt auf den fünfzehnten Oktober gelegt wissen will. Die Befestigung des Kreml, derentwegen la Mosquée, wie Napoleon die Wassilij-Blashennyi-Kathedrale nannte, zerstört werden sollte, erwies sich als vollständig unnütz. Der einzige Zweck der Unterminierung des Kreml bestand eigentlich darin, daß beim Abzuge von Moskau der

[1] Die Verwendung dieser Mittel erweiterte er durch eine Tat, würdig seiner und der französischen Armee, indem er an die Abgebrannten Unterstützungen verteilen ließ. Da aber die Lebensmittel zu kostbar waren, um sie an Ausländer, die noch dazu in der Mehrzahl feindlich gesinnt waren, zu verteilen, zog Napoleon es vor, sie mit Geld zu versehen, damit sie sich die Lebensmittel von außerhalb besorgen könnten; er ließ daher Papierrubel an sie verteilen.

[2] ... daß sein Genie niemals etwas erdacht habe, was gründlicher, geschickter und bewundernswerter gewesen wäre.

Wunsch des Kaisers, den Kreml in die Luft zu sprengen, das heißt, die Diele zu schlagen, auf der das Kind sich beim Fallen weh getan hat, erfüllt werden konnte. Die Verfolgung der russischen Armee, die Napoleon so am Herzen lag, war eine geradezu unglaubliche Geschichte. Die französischen Truppenführer hatten die sechzigtausend Mann starke russische Armee einfach verloren, und nur, wie Thiers sich ausdrückt, der Kunst Murats oder, wie man wohl mit dem gleichen Recht sagen könnte, seiner „Genialität" gelang es endlich, diese sechzigtausend Mann starke russische Armee wie eine verlorene Stecknadel wiederzufinden.

Was das Diplomatische angeht, so erwiesen sich alle die großartigen Ausführungen über seine Hochherzigkeit und Gerechtigkeit, in denen Napoleon sich vor Tutolmin und Jakowlew erging – Jakowlew hatte überhaupt nichts anderes im Sinn, als zu einem neuen Mantel und zu einem Fuhrwerk zu kommen –, als nutzlos: Alexander empfing diese Abgesandten gar nicht und reagierte auch nicht im geringsten auf die Tatsache ihrer Entsendung.

Was die Jurisdiktion angeht, so brannte nach der Hinrichtung der angeblichen Brandstifter auch noch die andere Hälfte von Moskau ab.

Was die Verwaltung angeht, so konnte auch die Schaffung einer Munizipalität dem Umsichgreifen des Plünderns nicht wehren und brachte nur einigen Personen Nutzen, die dieser Munizipalität angehörten und nun unter dem Vorwande, für Aufrechterhaltung der Ordnung zu sorgen, ihrerseits Moskau plünderten oder doch sich darauf beschränkten, ihr persönliches Eigentum vor Plünderung zu schützen.

Was die Religion angeht, so erreichte Napoleon gar nichts, so leicht er darin in Ägypten vermittels eines einzigen Moscheebesuches zum Ziel gekommen war. Zwei oder drei Priester, die sich in Moskau gefunden hatten, versuchten Napoleon zu Willen zu sein, aber der eine von ihnen wurde von einem französischen Soldaten während des Gottesdienstes geohrfeigt, und, was einen weiteren anlangte, so erstattete ein französischer Beamter folgenden Bericht: „Le prêtre, que j'avais découvert et invité à recommencer à dire la messe, a nettoyé et fermé l'église. Cette nuit on est venu de nouveau enfoncer les portes, casser les cadenas, déchirer les livres et commettre d'autres désordres." [1]

Was das Wirtschaftsleben angeht, so fand der Aufruf an die fleißigen Handwerker und an alle Bauern nicht den geringsten

[1] Der Priester, den ich entdeckt und gebeten hatte, die Messe wieder zu lesen, hat die Kirche gereinigt und verschlossen. Heute nacht sind die Türen aufs neue eingeschlagen, die Vorhängeschlösser erbrochen, die Bücher zerrissen und andere Zerstörungen angerichtet worden.

Widerhall. Fleißige Handwerker gab es nicht, und die Bauern nahmen sich die Kommissare vor, die sich auf ihren Fahrten zur Verbreitung dieses Aufrufs zu weit ins Land hineinwagten, und schlugen sie tot.

Was die Schaffung von Volks- und Armeebelustigungen durch Einrichtung von Theatern angeht, so klappte auch das nicht. Die im Kreml und im Posnjakowschen Hause eingerichteten Theater wurden gleich wieder geschlossen, weil die Schauspielerinnen und Schauspieler ausgeplündert worden waren.

Auch die Wohltätigkeit zeitigte nicht die gewünschten Ergebnisse. Moskau war überflutet von falschen und echten Assignaten, und sie hatten gar keinen Wert. Den Franzosen, die auf Beute ausgingen, war nur an Gold etwas gelegen. Nicht nur die falschen Assignaten, die Napoleon so gnädig an die Unglücklichen hatte verteilen lassen, hatten keinen Wert, sondern auch Silber wurde unter seinem Wert gegen Gold fortgegeben.

So erwiesen sich alle diese von oben ausgehenden Anordnungen als wirkungslos. Das Überraschendste bleibt aber, daß Napoleons Bemühungen, das Plündern zu unterdrücken und die Disziplin wiederherzustellen, keinerlei Erfolg aufzuweisen hatten.

Unter den Rapporten der einzelnen Kommandobehörden finden sich folgende Ausführungen:

„Die Plünderungen in der Stadt nehmen trotz allen gegen sie gerichteten Befehlen ihren Fortgang. Die Ordnung hat sich noch nicht wiederherstellen lassen, und es gibt keinen einzigen Kaufmann, der seinen Handel im Einklang mit den gesetzlichen Bestimmungen ausübte. Nur die Marketender können es wagen, Waren anzubieten, und auch dabei handelt es sich um geraubte Gegenstände."

„La partie de mon arrondissement continue à être en proie au pillage des soldats du 3me corps, qui, non contents d'arracher aux malheureux réfugiés dans des souterrains le peu qui leur reste, ont même la férocité de les blesser à coups de sabre, comme j'en ai vu plusieurs exemples."

„Rien de nouveau outre que les soldats se permettent de voler et de piller, le 9 octobre."

„Le vol et le pillage continuent. Il y a une bande de voleurs dans notre district qu'il faudra faire arrêter par de fortes gardes, le 11 octobre."[1]

[1] Ein Teil meines Bezirkes ist weiterhin der Plünderung durch Soldaten des dritten Korps preisgegeben, die sich nicht damit begnügen, den unglücklichen Flüchtlingen in den Kellern auch noch das Letzte zu nehmen, sondern auch noch die Grausamkeit besitzen, sie durch Säbelhiebe zu verletzen, was ich in mehreren Fällen selbst gesehen habe. Nichts Neues, außer daß die Soldaten sich herausnehmen, weiter zu stehlen und zu plündern. Am 9. Oktober. Diebstahl und Plünderung dauern an. In unserem Bezirk gibt es eine Bande von Plünderern, die man durch stärkere Truppenteile wird festnehmen lassen müssen. Am 11. Oktober.

„Der Kaiser ist überaus ungehalten, daß man trotz den strengen, gegen das Plündern erlassenen Befehlen alle Augenblicke Trupps marodierender Gardisten nach dem Kreml zurückkehren sieht ... In der alten Garde ließen sich gestern, im Laufe der Nacht und heute wieder Fälle von Disziplinlosigkeit und Plünderungssucht beobachten, wie sie bisher noch nicht dagewesen sind. Mit schmerzlichem Unwillen sieht der Kaiser, wie die auserlesenen Mannschaften, in deren Händen der Schutz seiner Person liegt und die allen übrigen Formationen ein Muster an Kriegszucht sein sollten, in ihrer Disziplinlosigkeit so weit gehen, daß sie die für die Armee geschaffenen Keller und Magazine erbrechen. Andere haben ihre Uniform dadurch besudelt, daß sie den Befehlen von Posten und Wachoffizieren keine Folge geleistet, sondern die Betreffenden noch dazu beschimpft und mißhandelt haben."

„Le grand maréchal du palais se plaint vivement", schrieb der Gouverneur, „que malgré les défenses réitérées les soldats continuent à faire leurs besoins dans toutes les cours et même jusque sous les fenêtres de l'Empereur." [1]

Dieses Heer zertrampelte wie eine auseinanderstiebende Herde die Nahrung, die es vor dem Hungertode hätte retten können, es zersetzte sich, es zerfiel mit jedem weiteren Tage seines Moskauer Aufenthalts. Aber es zog nicht ab.

Es floh erst von Moskau, als ihm das Abfangen von Trainkolonnen auf der Smolensker Straße und die Schlacht bei Tarutino plötzlich einen panischen Schrecken eingejagt hatten. Die Nachricht von dieser Schlacht bei Tarutino, die Napoleon ganz unvermutet bei einer Revue erhielt, war es, was, wie Thiers sagt, in ihm den Wunsch erweckte, die Russen zu bestrafen, und so befahl er denn den Aufbruch, nach welchem das ganze Heer bereits verlangt hatte.

Bei ihrem fluchtartigen Abmarsch aus Moskau schleppten die Mannschaften dieses Heeres alles mit, was sie durch Plünderung an sich gebracht hatten. Napoleon führte ebenfalls seinen eigenen „trésor" [2] mit sich. Napoleon bekam, wie Thiers sagt, einen Schrecken, als er diesen Riesentroß sah, der alle Bewegungen der Armee erschweren mußte. Bei aller seiner Kriegserfahrung gab er aber doch nicht den Befehl, sämtliche überflüssigen Fuhrwerke zu verbrennen, wie er es beim Marsch auf Moskau mit der Bagage eines seiner Marschälle hatte machen lassen. Er musterte alle diese Kaleschen und Kutschen, in denen die Soldaten fuhren, und bemerkte, das sei sehr gut, diese Equipagen könnte man zum Transport von Lebensmitteln, Kranken und Verwundeten brauchen.

[1] Der Hofmarschall des Palastes beklagt sich bitter, daß, trotz wiederholter Verbote, die Soldaten weiterhin ihre Notdurft in allen Höfen und sogar unter den Fenstern des Kaisers verrichten.

[2] Schatz.

Die Lage des ganzen Heeres war etwa die eines verwundeten Tieres, das seinen nahen Untergang zwar ahnt, aber nicht weiß, was es tut. Vertieft man sich in die kunstvollen Manöver Napoleons und in die Ziele, welche die Truppen sich setzten, vom Einmarsch in Moskau bis zur völligen Vernichtung dieser Truppen, so ist es, als beobachte man die letzten Todessprünge und Todeszuckungen eines todwunden Wildes. Sehr oft stürzt das krankgeschossene Tier, wenn es irgendein Geräusch hört, dem Jäger gerade vor die Gewehrmündung, rennt vorwärts, rennt rückwärts und beschleunigt selbst sein Ende. Genau dasselbe tat Napoleon unter dem Druck seiner ganzen Armee. Das Geräusch der Schlacht bei Tarutino scheuchte das Wild auf, und nun stürzte es sich dem Jäger vor die Gewehrmündung, rannte auf ihn zu, machte wieder kehrt und floh endlich, wie jedes Tier es tut, auf dem unvorteilhaftesten, gefährlichsten Wege, aber auf der vertrauten, alten Spur zurück.

Napoleon, der sich uns als Lenker dieser ganzen Bewegung darstellte – wie sich den Wilden die Galionsfigur als die schiffslenkende Kraft darstellte –, Napoleon glich in allem, was er in dieser Zeit tat, einem Kinde, das ein im Innern seines Wagens angebrachtes Zwirnbändchen in der Hand hält und sich einbildet, damit die Bewegung des Wagens zu lenken.

XI

Am Morgen des 6. Oktober war Pierre ausgetreten und rückkehrend an der Schuppentür stehengeblieben, um noch ein wenig mit dem langgebauten, krummbeinigen, schmutzig-graublauen Hündchen zu spielen, das um ihn herumtollte. Dieses Hündchen hauste bei ihnen im Schuppen, hatte sein Nachtlager bei Karatajew, lief aber dazwischen in die Stadt und kehrte dann immer wieder in den Schuppen zurück. Vermutlich hatte es nie einen Herrn gehabt, hatte auch jetzt keinen bestimmten Herrn und keinen eigentlichen Namen. Die Franzosen riefen es Azor, der Soldat mit dem Märchen hatte ihm den Namen Femgalka beigelegt, Karatajew und die andern nannten es bald „Grauer", bald „Hängohr". Dem blaugrauen Hündchen machte es gar nichts aus, daß es weder einen Herrn noch einen richtigen Namen, noch auch nur eine Spur von Rasse, ja nicht einmal eine bestimmte Farbe hatte. Sein rundlicher und quastenartiger Schwanz stand steif in die Höhe wie ein Helmbusch, seine krummen Beine dienten ihm so gut, daß es häufig ein Hinterbein mit einer graziösen Bewegung in die Höhe hob und sehr geschickt und flink auf drei Pfoten lief, als sei es nicht auf alle seine vier Beine zugleich angewiesen. Dieser Köter fand in allem einen Grund zur Lustigkeit. Bald wälzte er sich, vor Freude winselnd, auf dem Rücken, bald wärmte er sich mit nachdenklicher und vielsagender Miene in der Sonne, bald tollte er im Spiel mit einem Spänchen oder Strohhalm umher.

Pierres Kleidung bestand jetzt in einem schmutzigen, zerrissenen Hemde, dem einzigen Überbleibsel seiner früheren Garderobe, einer Soldatenhose, die er sich, um es wärmer zu haben, auf Karatajews Rat an den Knöcheln mit Schnüren zugebunden hatte, einem Kaftan und einer Bauernmütze. Pierre hatte sich körperlich in dieser Zeit sehr verändert. Er wirkte nicht mehr so dick, obwohl man ihm immer noch die in seiner Familie erbliche Grobschlächtigkeit und Körperkraft ansah. Backen, Kinn und Oberlippe waren mit starkem Bartwuchs bedeckt, das lange nicht mehr geschnittene, wirre, über und über verlauste Haar sah aus wie eine Pelzmütze. Der Ausdruck seiner Augen war fest und ruhig und doch von einer lebendigen Bereitschaft, wie Pierres Blick sie früher nicht gehabt hatte. Früher hatte man auch seinem Blick seine innere Haltlosigkeit angemerkt, jetzt sprach statt dessen eine energische, tat= und abwehrbereite Straffheit aus seinen Augen. Seine Füße waren unbeschuht.

Pierre sah bald auf das an diesem Morgen von Wagen und Reitern durchzogene Feld hinunter, bald in die Ferne jenseits des Flusses, bald auf das Hündchen, das so tat, als wollte es ihn allen Ernstes beißen, bald wieder auf seine bloßen Füße; es machte ihm Vergnügen, sie bald so, bald so hinzusetzen und dabei mit den schmutzigen, dicken, großen Zehen zu wackeln. Und jedesmal, wenn sein Blick auf die bloßen Füße fiel, huschte ein munteres und zufriedenes Lächeln über sein Gesicht. Der Anblick dieser bloßen Füße erinnerte ihn an alles, was er in dieser Zeit durchgemacht und erkannt hatte, und diese Erinnerung tat ihm wohl.

Das Wetter war bereits seit mehreren Tagen still und klar, und in der Morgenfrühe gab es leichten Frost; ein sogenannter Altweibersommer.

Wo die Sonne hinkam, da war die Luft warm, und es tat besonders wohl, diese Wärme zugleich mit der kräftigenden Frische des in der Luft noch nachwitternden Morgenfrostes zu spüren.

Über allen Dingen, in der Ferne und in der Nähe, lag jener zauberische Kristallglanz, den es nur in dieser Herbstzeit gibt. In der Ferne erhoben sich die Sperlingsberge mit dem Dorfe, der Kirche und dem alleinstehenden großen, weißen Hause. Die kahlen Bäume, der Sand, die Steine, die Hausdächer, der grüne Turmhelm der Kirche, die Konturen des weißen Hauses in der Ferne, das alles zeichnete sich mit scharfen Linien von fast unnatürlicher Klarheit in der durchsichtigen Luft ab.

Mehr in seiner Nähe sah Pierre die Ruinen eines halbverbrannten, ihm ehemals wohl vertraut gewesenen herrschaftlichen Hauses, in dessen Überbleibseln sich jetzt Franzosen eingerichtet hatten, und die noch immer dunkelgrünen Fliederbüsche der Gartenhecke. Und selbst dieses so stark mitgenommene und verwahrloste Haus, das bei trübem Wetter geradezu abstoßend häßlich wirkte, hatte jetzt in dem hellen, regungslosen Glanz, in dem es lag, einen Schimmer von Schönheit und Frieden.

Ein französischer Korporal tauchte, den Uniformrock aufgeknöpft, wie einer, der es sich in seinen eigenen vier Wänden bequem gemacht hat, die Nachtmütze auf dem Kopf, die kurze Pfeife zwischen den Zähnen, hinter einer Ecke des Schuppens auf und kam mit freundlichem Zwinkern auf Pierre zu.

„Quel soleil, 'hein, monsieur Kiril? – So wurde Pierre von allen Franzosen genannt – „On dirait le printemps."

Und der Korporal lehnte sich an die Tür und bot Pierre seine Pfeife an, obwohl er sie ihm schon sehr oft angeboten und Pierre sie jedesmal abgelehnt hatte.

„Si l'on marchait par un temps comme celui-là ..." [1], begann er.

Pierre fragte ihn, was denn über den Abmarsch zu hören sei, und der Korporal erzählte, fast alle Truppen seien bereits im Aufbruch begriffen und es müsse heute noch ein Befehl betreffs der Gefangenen kommen. In Pierres Schuppen lag ein Soldat namens Sokolow auf den Tod krank, und Pierre sagte dem Korporal, es müßte seinetwegen etwas veranlaßt werden. Der Korporal meinte, Pierre könne seinetwegen ganz ruhig sein, dafür gebe es Feld- und Kriegslazarette, und, was die Kranken angehe, so werde alles Nötige veranlaßt, und überhaupt werde von den zuständigen Kommandostellen auf alle nur möglichen Eventualitäten Bedacht genommen.

„Et puis, monsieur Kiril, vous n'avez qu'à dire un mot au capitaine, vous savez. Oh, c'est un ... qui n'oublie jamais rien. Dites au capitaine quand il fera sa tournée, il fera tout pour vous ..."

Der Kapitän, von dem der Korporal sprach, hatte sich häufig mit Pierre eingehend unterhalten und ihm Gefälligkeiten aller Art erwiesen.

„Vois-tu, St.-Thomas, qu'il me disait l'autre jour: Kiril c'est un homme, qui a de l'instruction, qui parle français; c'est un seigneur russe, qui a eu des malheurs, mais c'est un homme. Et il s'y entend le ... S'il demande quelque chose, qu'il me le dise, n'y a pas de refus. Quand on a fait ses études, voyez-vous, on aime l'instruction et les gens comme il faut. C'est pour vous que je dis cela, monsieur

[1] Welch herrlicher Sonnenschein heute, nicht wahr, Monsieur Kiril. Man könnte es beinahe Frühling nennen. Wenn wir bei so einem Wetter marschieren könnten ...

Kiril. Dans l'affaire de l'autre jour si ce n'était grâce à vous ça aurait fini mal."[1]

Und nun plauderte der Korporal noch ein wenig und ging dann. Übrigens hatte es sich bei der Affäre, auf die der Korporal angespielt hatte, um eine Schlägerei zwischen Gefangenen und Franzosen gehandelt, bei der es Pierre gelungen war, seine Gefährten zu beruhigen.

Jetzt hatten einige Gefangene Pierres Gespräch mit dem Korporal beobachtet und fingen nun gleich an, ihn auszufragen, was der Korporal gesagt habe. Während Pierre seinen Kameraden wiedergab, was der Korporal vom Abmarsch erzählt hatte, kam ein magerer, gelblicher, abgelumpter französischer Soldat an die Tür des Schuppens, legte die Hand mit einer raschen und zugleich schüchternen Bewegung grüßend an die Stirn und wandte sich dann an Pierre mit der Frage, ob hier im Schuppen der Soldat Platoche sei, bei dem er sich ein Hemd bestellt habe.

Vor einer Woche hatten die Franzosen Leinwand und Leder empfangen und es den Gefangenen gegeben, die ihnen Stiefel und Hemden davon machen sollten.

„Schon fertig, schon fertig, lieber Falke du!" sagte Karatajew und kam an die Tür, ein sorgsam zusammengelegtes Hemd in der Hand.

Weil es so warm war und Karatajew es bei der Arbeit bequemer haben wollte, so hatte er nur Hosen und ein zerrissenes Hemd an, schwarz wie Ackerkrume. Die Haare hatte er sich nach Handwerkerart mit einem Stückchen Bast zusammengebunden, und sein rundliches Gesicht wirkte nun noch rundlicher und freundlicher.

„Zugesagt — ausgeführt, muß gehn, wie geschmiert. Wie ich gesagt habe, auf Freitag, so habe ich es auch gemacht", erklärte Platon und schlug das von ihm genähte Hemd lächelnd auseinander.

Der Franzose sah sich unruhig um, entledigte sich dann rasch, als sei er seiner Unentschlossenheit Herr geworden, seiner Montur und zog das Hemd an. Unter der Montur hatte er kein Hemd gehabt, sondern nur eine lange, fettige, geblümte Seidenweste, auf dem nackten, gelblichen, mageren Körper. Der Franzose hatte offenbar gefürchtet, die Gefangenen könnten das sehen und ihn auslachen, und so war er mit dem Kopf schleunigst in das Hemd gefahren. Aber

[1] Und dann, Monsieur Kiril, Sie brauchen dem Hauptmann nur ein Wort zu sagen, wissen Sie. Oh, das ist ein ..., der niemals irgend etwas vergißt. Sprechen Sie mit dem Hauptmann, wenn er seine Runde macht, er wird alles für Sie tun ... Weißt du, St. Thomas, sagte er mir kürzlich: Kiril ist ein Mensch mit Bildung, der Französisch spricht; es ist ein russischer Herr, der Unglück gehabt hat, aber er ist ein Mann und er weiß, worauf es ankommt ... Wenn er etwas wünscht, soll er es ruhig sagen, es wird ihm nichts abgeschlagen. Wissen Sie, wenn man selbst studiert hat, liebt man die Bildung und die anständigen Menschen. Ich sage das in Ihrem Interesse, Monsieur Kiril. Die Angelegenheit von neulich hätte ohne Ihre Hilfe ein schlimmes Ende genommen.

keiner von den Gefangenen hatte auch nur ein Wort darüber verloren.

„Siehst du, das sitzt gleich auf Anhieb", sagte Platon und zupfte das Hemd zurecht.

Der Franzose hatte Kopf und Arme hindurchgestreckt, besah nun das Hemd an seinem Leibe und besonders die Nähte.

„Ja, so ist es, mein Falke du, das ist ja hier keine richtige Schneiderwerkstatt, und es gibt auch kein richtiges Werkzeug. Und dabei heißt es doch: Ohne Werkzeug läßt sich nicht einmal eine Laus totschlagen", sagte Platon und lächelte über sein ganzes rundes Gesicht. Offenbar hatte er selbst Freude an seiner Arbeit.

„C'est bien, c'est bien, merci, mais vous devez avoir de la toile de reste",[1] meinte der Franzose.

Karatajew war immer noch ganz vertieft in die Freude über sein Erzeugnis.

„Es wird noch besser sitzen, wenn du es auf den nackten Leib ziehst", sagte er. „Das wird sich gut tragen, daran wirst du deine Freude haben!"

„Merci, merci, mon vieux, le reste ...", wiederholte der Franzose lächelnd, holte einen Geldschein hervor und händigte ihn Karatajew ein. „Mais le reste ..."[2]

Pierre merkte, daß Platon nicht verstehen wollte, was der Franzose sagte, und so sah er die beiden an, ohne sich einzumischen. Karatajew bedankte sich für das Geld und freute sich immer noch an seiner Arbeit. Der Franzose bestand auf der Herausgabe der Leinwandreste und bat Pierre, doch den Dolmetscher zu machen.

„Was will er denn mit den Resten?" meinte Karatajew. „Für uns gäbe das feine Fußlappen. Na, wenn es nicht anders ist, dann also in Gottes Namen!" Und Karatajew zog mit plötzlich verändertem, ganz traurigem Gesicht ein Bündelchen Leinwandreste aus seinem Busen und hielt sie dem Franzosen hin, ohne ihn anzusehen. „Ein Jammer!" sagte Karatajew und verzog sich. Der Franzose betrachtete die Leinwandreste eine kleine Weile, dachte nach, sah Pierre fragend an und schien dann in Pierres Blick eine Antwort zu lesen.

Der Franzose wurde plötzlich rot und rief mit schriller Stimme: „Platoche, dites donc, Platoche! Gardez pour vous!"[3] Damit gab er ihm die Reste, machte kehrt und ging.

„Siehst du wohl", sagte Karatajew und wiegte den Kopf hin und her. „Da sagt man immer, sie sollen Unchristen sein, aber eine Seele haben sie doch auch. Was die alten Leute bei uns immer sagen:

[1] Gut, gut, danke; aber Sie müssen ja noch einen Rest von der Leinwand haben.
[2] Danke, danke, mein Alter, aber der Rest ...
[3] Platoche, hören Sie, Platoche! Behalten Sie es für sich.

Schweißhand gibt, Eishand hält. Er hat selbst kaum was anzuziehen und gibt doch noch was her."

Eine Weile betrachtete Karatajew schweigend und mit einem nachdenklichen Lächeln die Leinwandflicken.

„Aber feine Fußlappen gibt das noch, Freundchen", sagte er und ging dann wieder in das Innere des Schuppens.

XII

Es war jetzt vier Wochen her, daß Pierre in Gefangenschaft war. Obwohl die Franzosen es ihm freigestellt hatten, aus dem Mannschaftsschuppen in den für die gefangenen Offiziere bestimmten überzusiedeln, war er doch dort geblieben, wohin man ihn am ersten Tage gebracht hatte.

In dem verwüsteten und verbrannten Moskau mußte Pierre fast das Äußerste dessen über sich ergehen lassen, was der Mensch an Entbehrungen ertragen kann; allein dank seiner kräftigen Konstitution und robusten Gesundheit, die ihm früher nie zum Bewußtsein gekommen war, namentlich aber weil diese Entbehrungen so allmählich und fast unmerklich über ihn gekommen waren, daß sich nicht recht sagen ließ, wann sie eigentlich begonnen hatten, ertrug er seine Lage nicht nur mit Leichtigkeit, sondern auch mit Freudigkeit. Und gerade in dieser Zeit war er so ruhig und mit sich selbst in Einklang, wie es ihm früher aller Mühe zum Trotz nie beschieden gewesen war. Er hatte in seinem Leben lange hier und dort nach dieser Ruhe, diesem Einklang mit sich selbst gesucht, nach jenem, was ihm bei den Soldaten auf dem Felde von Borodino einen so erschütternden Eindruck gemacht hatte. Er hatte danach gesucht in der Philantropie, in der Maurerei, in den Zerstreuungen der großen Welt, im Wein, in heroischer Selbsthingabe, in seiner romantischen Liebe zu Natascha; er hatte danach auf dem Wege abstrakten Denkens gesucht – und all sein Suchen und Experimentieren hatte ihn irregeführt. Und nun war diese Ruhe, dieser Einklang mit sich selbst über ihn gekommen, als er am wenigsten daran dachte, und zwar hatten ihn das Grauen des Todes, seine Entbehrungen und alles, was er in Karatajew verkörpert erkannte, an dieses Ziel geführt.

Jene grauenvollen Augenblicke, die er während der Exekution durchlebte, hatten aus seiner Einbildungskraft und seinem Gedächtnis gleichsam für immer die unruhigen Gedanken und Empfindungen weggespült, die ihm früher so wichtig erschienen waren. Mit keinem Gedanken dachte er mehr an Rußland, an den Krieg, an die Politik, an Napoleon. Es war ihm klargeworden, daß ihn das alles nichts anging, daß er nicht dazu berufen und daher auch nicht dazu fähig war, über alle diese Dinge zu urteilen. „Rußland und der Sommer, die sind nichts füreinander, Rußland und der Winter, da ist was dahinter", wiederholte er sich eine Redensart Karatajews, und von dieser Redensart ging für ihn etwas sonderbar Beruhigendes aus. Unverständlich und sogar lächerlich erschien ihm jetzt sein Mordplan gegen Napoleon und die Berechnungen, die er mit der kabbalistischen Zahl und dem Tier aus der Apokalypse angestellt hatte. Seine Erbitterung gegen seine Frau und seine Beflissenheit, seinen Namen vor den Franzosen geheimzuhalten, kamen ihm jetzt nicht nur nichtig, sondern geradezu spaßhaft vor. Was ging es ihn an, daß diese Frau dort irgendwo das Leben führte, das ihr gefiel? Konnte irgendeinem Menschen und gar ihm selbst etwas daran gelegen sein, ob die Franzosen nun dahinterkamen oder nicht, daß ihr Gefangener Graf Besuchow hieß?

Oft fiel ihm in dieser Zeit ein Gespräch ein, das er mit dem Fürsten Andrej gehabt hatte. Er stimmte jetzt ganz mit dem Fürsten Andrej überein, nur verstand er den von diesem geäußerten Gedanken etwas anders. Fürst Andrej hatte sich dahin ausgesprochen, das Glück sei etwas Negatives, hatte das aber mit einer Nuance von Bitterkeit und Ironie gesagt. Er hatte das so gesagt, als wolle er damit gleichzeitig zu verstehen geben, alles Trachten nach einem positiven Glück sei nur in uns gelegt, um uns unbefriedigt zu lassen und zu quälen. Pierre aber ließ nun die Auffassung des Fürsten Andrej ohne irgendeinen Hintergedanken gelten. Das Fehlen des Leidens, die Möglichkeit einer Befriedigung seiner Bedürfnisse und mithin die Freiheit in der Wahl der Beschäftigungen, also des Lebensstils, das stellte sich ihm jetzt als das unstreitigste und höchste Glück des Menschen dar. Hier und jetzt war Pierre zum erstenmal dazu gelangt, völlig zu ermessen, welche Seligkeit im Essen liegen kann, wenn einen hungert, im Trinken, wenn einen dürstet, im Schlafen, wenn man müde ist, in der Wärme, wenn einen friert, im Gespräch mit einem Menschen, wenn es einen drängt, zu sprechen und eine Menschenstimme zu hören. Die Befriedigung der Bedürfnisse — gute Nahrung, Sauberkeit, Freiheit — erschien Pierre jetzt, da er sich all dieser Dinge beraubt sah, als Inbegriff des Glücks schlechthin, und die Wahl der Beschäftigung, also das eigentliche Leben, dünkte ihn jetzt, da die Wahlmöglichkeiten für ihn so beschränkte waren, so leicht, daß er ganz vergaß, wie doch ein Überfluß an Annehmlichkeiten alles Glück zunichte machen kann, das dem Menschen die Befriedigung seiner Bedürfnisse gewährt, und wie eine allzu große Freiheit in der Wahl der Beschäftigungen — jene Freiheit, die er auf Grund seiner Erziehung, seines Reichtums, seiner gesellschaftlichen Stellung in seinem bisherigen Leben genossen hatte –, wie also diese Freiheit die Wahl der Beschäftigungen zu einer unüberwindlichen Schwierigkeit macht, ja das Bedürfnis nach Beschäftigungen und Aufgaben und damit auch deren Möglichkeit vernichtet.

Pierre träumte jetzt nur noch von der Zeit, in der er wieder frei sein würde. Dennoch sollte er später bis an sein Lebensende mit Begeisterung an diesen Gefangenschaftsmonat zurückdenken und jedesmal warm werden, wenn er von ihm sprach, an seine Gefangenschaft und an diese nie wiederkehrenden, vollen und freudigen Empfindungen und vor allem an diese gänzliche seelische Ruhe, diese vollkommene innere Freiheit, die er nur in dieser Zeit hatte erfahren dürfen.

Als er am ersten Tage seines Lebens im Schuppen in der Frühe aufgestanden und aus dem Schuppen in das Morgengrauen hinausgetreten war und nun die noch dunklen Kuppeln und Kreuze des Neuen Jungfrauen-Klosters sah und den Rauhreif auf dem staubigen Grase und den Höhenzug der Sperlingsberge und das waldbestandene Ufer des Flusses, dessen Windungen sich endlich in violetter Ferne verloren, als er die Frische der Luft auf seinem Gesicht spürte und die von Moskau her über das Feld fliegenden Dohlen schreien hörte und als dann von Osten her Licht aufsprühte und der Rand der Sonnenscheibe majestätisch hinter einer Wolke auftauchte und nun Kuppeln und Kreuze und Rauhreif und Ferne und Fluß, alles, alles freudig beglänzt auffunkelte, da kam über Pierre ein neues, noch nie empfundenes Gefühl freudigen und starken Lebenswillens.

Und dieses Gefühl blieb Pierre in der Zeit seiner Gefangenschaft nicht nur erhalten, sondern wuchs noch, je größer die Schwierigkeiten seiner Lage wurden.

Dieses Gefühl, ein Gefühl der inneren Straffheit, der Bereitschaft zu allem, wurde in Pierre noch durch die hohe Meinung genährt, die seine Gefährten schon bald nach seiner Einlieferung in den Schuppen von ihm gewonnen hatten. Seine Sprachkenntnisse, die achtungsvolle Behandlung, welche die Franzosen ihm zuteil werden ließen, sein schlichtes Wesen, die Freigebigkeit, mit der er jede Bitte erfüllte – er erhielt die ihm als Offizier zustehenden drei Rubel die Woche –, seine Kraft, die er die Soldaten sehen ließ, wenn er Nägel in die Schuppenwand drückte, die Freundlichkeit und Milde, die er im Umgang mit seinen Gefährten an den Tag legte, seine ihnen unfaßliche Fähigkeit, regungslos und ohne jede körperliche Beschäftigung dazusitzen und zu denken – das alles ließ ihn den Soldaten als ein geheimnisvolles und höheres Wesen erscheinen. Die gleichen Eigenschaften, die ihm in seiner früheren Welt zwar nicht gerade Schaden, aber doch manche Unbequemlichkeit eingetragen hatten, seine physische Robustheit, seine Gleichgültigkeit gegen manche verfeinerten Bedürfnisse, seine Zerstreutheit und seine Schlichtheit schufen ihm hier unter diesen Menschen fast die Stellung eines Helden. Und Pierre fühlte, daß diese Stellung ihn verpflichtete.

XIII

In der Nacht vom 6. zum 7. Oktober nahm der Abmarsch der Franzosen seinen Anfang: Küchen und Schuppen wurden abgerissen, Fuhrwerke beladen, Truppenteile und Wagenkolonnnen setzten sich in Marsch.

Um sieben Uhr morgens stand die französische Eskorte feldmarschmäßig mit Tschako, Gewehr, Tornister und Schnappsack vor den Schuppen, und überall hörte man lebhaft französisch sprechen und schimpfen. Im Schuppen waren alle bereit, angekleidet, gegürtet, beschuht, und warteten nur noch auf den Befehl zum Aufbruch. Nur der kranke Soldat Sokolow hockte bleich und mager, blaue Ringe um die Augen, barfüßig und halbnackt auf seinem Platz, starrte mit den aus dem abgemagerten Gesicht weit vorstehenden Augen fragend die Kameraden an, die sich nicht weiter um ihn kümmerten, und stöhnte halblaut und in regelmäßigen Zeitabständen. Dieses Stöhnen entsprang offenbar nicht so sehr seinem Leiden – er hatte Ruhr –, als vielmehr seinem Kummer und seiner Angst, allein zurückgelassen zu werden.

Pierre hatte gerade seine Schuhe angezogen – sie stammten von einem jener ungegerbten Felle, wie sie an der chinesischen Grenze zum Verpacken der für Rußland bestimmten Teesendungen verwendet werden; dieses war abgefallen, als Karatejew einem Franzosen damit die Stiefel hatte besohlen sollen. Nun band er sich einen Strick als Gürtel um, kam dann auf den Kranken zu und kauerte sich vor ihn hin.

„Das ist ja gar nicht so schlimm, Sokolow, sie gehen ja nicht alle weg! Sie haben ja ein Hospital hier. Vielleicht wirst du es noch besser treffen als wir", meinte Pierre.

„Ach, mein Gott und Herr! Ach, ich werde sterben müssen! Ach, mein Gott und Herr!" stöhnte der Soldat immer lauter.

„Ich will noch einmal fragen gehen", sagte Pierre, stand auf und ging zur Tür.

Pierre war noch nicht an der Tür, als in Begleitung zweier Soldaten der Korporal eintrat, der Pierre gelegentlich seine Pfeife angeboten hatte. Alle drei waren sie feldmarschmäßig, mit Tornistern und Tschakos, und ihre wohlvertrauten Gesichter waren durch die heruntergelassenen Schuppenketten verändert.

Der Korporal kam zur Tür, um sie befehlsgemäß zu schließen. Vor dem Aufbruch sollten die Gefangenen noch einmal überzählt werden.

„Caporal, que fera-t-on du malade?" [1] begann Pierre.

Aber in dem Augenblick, in dem er diese Worte herausbrachte, wurde er zweifelhaft, ob das denn auch der Korporal war, den er doch so gut kannte, oder ein anderer, den er noch nie gesehen hatte — so völlig verändert wirkte der Korporal in diesem Augenblick. Außerdem erscholl in diesem Augenblick von zwei verschiedenen Seiten her ein plötzlicher Trommelwirbel. Der Korporal hatte Pierres Frage gehört, machte ein böses Gesicht, schimpfte sinnlos und schlug die Tür zu. Im Schuppen war es halb dunkel, von zwei Seiten her kam das mitleidslose Trommeln und verschlang das Stöhnen des Kranken.

„Da ist es! . . . Da ist es wieder!" dachte Pierre und spürte unwillkürlich einen kalten Schauder über seinen Rücken laufen. In dem veränderten Gesicht des Korporals, im Ton seiner Stimme, im aufreizenden, alles andere verschlingenden Trommelgerassel erkannte Pierre wieder jene geheimnisvolle, kalt über allem schwebende Macht, welche die Menschen zwang, gegen ihren eigenen Willen ihresgleichen hinzumetzeln, jene Macht, die er bei der Exekution hatte wirken sehen. Hier half keine Furcht, es war sinnlos, sich dieser Macht entziehen zu wollen oder mit Bitten und Vorstellungen an die Menschen heranzutreten, die ihr als Werkzeuge dienten. Pierre wußte das jetzt. Es hieß warten und Geduld haben. Pierre kehrte nicht mehr zu dem Kranken zurück und sah sich auch nicht nach ihm um. Schweigend und finster stand er an der Schuppentür. Als die Tür sich geöffnet hatte und die Gefangenen nun wie eine Hammelherde drängend und stoßend hinausstrebten, da bahnte Pierre sich einen Weg durch die Menge und arbeitete sich bis zu dem Kapitän durch, von dem der Korporal gesagt hatte, er würde Pierre gern jede Gefälligkeit erweisen. Der Kapitän war ebenfalls feldmarschmäßig, und aus seinem kalten Gesicht sah „Es" heraus, jenes „Es", das Pierre in den Worten des Korporals und im Trommelwirbel wiedererkannt hatte.

„Filez, filez",[2] sagte der Kapitän mit strengem Stirnrunzeln, während er die an ihm vorbeidrängenden Gefangenen Revue passieren ließ.

Pierre wußte, daß sein Versuch von vorneherein zum Mißlingen verurteilt war, trat indessen trotzdem an den Kapitän heran.

„Eh bien, qu'est-ce qu'il y a?" fragte der Offizier und sah Pierre kalt an, als erkenne er ihn nicht.

[1] Korporal, was soll man mit dem Kranken machen?
[2] Anschließen, anschließen!

Pierre brachte vor, was er vorzubringen hatte.

„Il pourra marcher, que diable!" sagte der Kapitän. „Filez, filez", drängte er dann weiter, ohne Pierre anzusehen.

„Mais non, il est à l'agonie...", fing Pierre an.

„Voulez-vous bien...!"[1] schrie der Kapitän wütend.

Dram-da-da-dam, dam-dam", rasselten die Trommeln. Und Pierre begriff, daß die geheimnisvolle Macht diese Menschen schon völlig an sich gerissen hatte und daß es sinnlos sein würde, noch irgendein Wort zu sagen.

Die gefangenen Offiziere wurden von den Mannschaften gesondert und sollten vor ihnen marschieren. Auch Pierre gehörte ja zu ihnen. Es waren ihrer etwa dreißig, während die Mannschaften an die dreihundert ausmachten.

Von den Offizieren, die in anderen Schuppen untergebracht gewesen waren, kannte Pierre keinen einzigen. Sie waren wesentlich besser gekleidet als er und musterten ihn und sein merkwürdiges Schuhwerk mißtrauisch und befremdet. Nicht weit von Pierre ging in einem langen, nach Kasaner Art gearbeiteten, mit einem Handtuch umgürteten Rock ein dicker, unter seinen Mitgefangenen offenbar besonders geschätzter Major mit aufgedunsenem, gelblichem, grimmigem Gesicht. Die eine Hand, die den Tabaksbeutel umschlossen hielt, hatte er in den Brustausschnitt gesteckt, mit der andern stützte er sich auf das Pfeifenrohr. Er schnaufte und prustete, brummte vor sich hin und schimpfte auf alle die andern, weil er sich immer einbildete, sie stießen ihn, gingen unnütz schnell, obwohl dazu gar kein Grund vorläge, und täten immer so erstaunt, obwohl es hier gar nichts zu staunen gäbe. Ein anderer Offizier, ein kleiner, magerer Mensch, suchte mit allen anderen ins Gespräch zu kommen und äußerte allerhand Mutmaßungen, wohin man sie wohl führe und wie weit sie heute noch kommen würden. Ein Beamter in Filzstiefeln und Kommissariatsuniform sprang bald hierhin, bald dorthin, betrachtete das abgebrannte Moskau und erging sich in geräuschvollen Äußerungen darüber, zu welchen Gebäuden und Straßenzügen die und die Trümmerstätten wohl gehörten und um welche Stadtviertel es sich bei dem handelte, was man hier und da noch stehen sah. Ein dritter Offizier, seiner Aussprache nach offenbar ein Pole, stritt sich mit dem Kommissariatsbeamten und wollte ihm nachweisen, daß er sich in den einzelnen Stadtvierteln irrte.

„Warum zanken Sie sich eigentlich?" sagte der Major gereizt. „Es ist doch wirklich einerlei, ob das die Nikola- oder die Wlas-Kirche ist. Sie sehen ja, daß doch alles verbrannt ist, na also! — Warum müssen Sie mich denn auf die Hacken treten, haben Sie

[1] Na, was gibt es denn? Zum Teufel, er wird schon laufen können! Anschließen, anschließen! Aber nein, er liegt doch im Sterben! ... Wollen Sie wohl ...

vielleicht nicht Platz genug auf der Straße?" fuhr er dann seinen Hintermann wütend an, der ihn keineswegs getreten hatte.

„Ach Gott, ach Gott, was haben sie da angerichtet!" klang es aber trotzdem von allen Seiten her aus den Reihen der Gefangenen, als sie die Brandfelder daliegen sahen. „Samoskworetschje und Subowo und der Kreml ... Sehen Sie doch nur, halb Moskau ist ja zerstört! Ich habe es Ihnen ja gleich gesagt, daß ganz Samoskwo=retschje weg ist, jetzt sehen Sie es selbst."

„Na, wenn Sie doch wissen, daß alles abgebrannt ist, wozu reden Sie denn da noch?" sagte der Major.

Als sie Chamowniki, eines der wenigen nicht abgebrannten Mos=kauer Stadtviertel, passierten und an einer Kirche vorbeikamen, drängte die ganze Schar der Gefangenen plötzlich nach einer Seite, und es wurden Ausrufe der Empörung und des Ekels laut.

„Nein, diese Schweinehunde! Das wollen noch Christen sein! Ja, das ist ein Toter, tatsächlich, ein Toter! Und beschmiert haben sie ihn auch noch!" Pierre ging ebenfalls etwas näher an die Kirche heran, an der sich der Anlaß der allgemeinen Empörung befand, und sah undeutlich, daß irgend etwas an der Kirchenmauer lehnte. Die andern hatten bessere Augen als er, und ihren Äußerungen ent=nahm er, daß es sich um den Leichnam eines Menschen handelte, der aufrecht gegen die Mauer gestellt und im Gesicht mit Ruß be=schmiert war.

„Marchez, sacré nom ... Filez ... trente mille diables"[1], schimpf=ten die Franzosen und jagten den Haufen der Gefangenen, die den Toten betrachteten, in erneut aufflammender Wut mit ihren Seiten=gewehren auseinander.

XIV

Solange es durch die Gassen von Chamowniki ging, waren die Gefangenen mit ihrer Eskorte und deren hinterherkommenden Fuhr=werken allein; als sie sich aber der Gegend der Proviantmagazine näherten, gerieten sie mitten in die riesige Kolonne der eng zu=sammengedrängt, von Fuhrwerken ziviler Herkunft durchsetzt dahin=ziehenden Bagage einer Artillerieformation.

Hart an der Brücke wurde haltgemacht und gewartet, bis die Kolonne sie passiert hatte. Von der Brücke aus konnten die Gefan=genen vorne und hinten die unendlichen Wagenreihen anderer auf dem Marsch begriffener Bagagekolonnen sehen. Rechter Hand, dort wo die Kalugaer Straße den Bogen um den Neskutschnyi=Garten

[1] Vorwärts, verdammt noch mal ... anschließen in dreißigtausend Teufels Namen!

macht und dann allmählich in der Ferne entschwindet, zogen sich unendliche Reihen von marschierenden Truppen und Wagenkolonnen hin. Es waren die Formationen des als erstes aufgebrochenen Korps Beauharnais. Weiter hinten am Flußufer und über die Steinerne Brücke marschierten die Truppen Neys mit ihren Bagagen.

Die Truppen Davouts, zu denen das Gefangenenkommando gehörte, gingen über die Krim=Brücke und hatten teilweise bereits die Kalugaer Straße erreicht. Aber die Bagage zog sich so lang hin, daß die letzten Trainwagen vom Korps Beauharnais noch nicht auf der Kalugaer Straße waren, als die Spitze des Korps Ney bereits aus der Großen Ordynka=Straße herauskam.

Jenseits der Brücke konnten die Gefangenen immer nur ein paar Schritte weit vorwärts kommen, dann mußte für eine Weile haltgemacht werden, ehe man wieder einige Schritte tun konnte, und von allen Seiten drängten Fuhrwerke und Menschen in immer größerer Menge an. Nachdem sie mehr als eine Stunde für die paar hundert Schritte zwischen der Brücke und der Kalugaer Straße gebraucht und den Platz erreicht hatten, an dem die Straßen von Samoskworetschje mit der Kalugaer zusammentreffen, wurde haltgemacht, und die Gefangenen mußten eng zusammengedrängt mehrere Stunden lang an diesem Knotenpunkt stehen. Von allen Seiten kam ununterbrochen wie Meeresrauschen Rädergerassel und Fußgetrappel und unaufhörliches wütendes Geschrei und Geschimpfe. Pierre stand da, an die Mauer eines niedergebrannten Hauses gedrückt, und horchte auf diesen Lärm, der für ihn mit dem Trommelrasseln von vorhin verschmolz.

Einige von den gefangenen Offizieren waren, um besser sehen zu können, auf die Mauer des niedergebrannten Hauses geklettert, an der Pierre stand.

„So ein Pack! So ein infames Pack! Selbst die Kanonen haben sie noch mit ihrem Gelumpe behängt! Sieh doch, die Pelze da ... Die Aasbande, was die hier alles zusammengeklaut hat ... Und der da, da hinten auf dem Packwagen, der hat ja ... natürlich, das ist von einem Heiligenbilde, weiß Gott! ... Das sind bestimmt Deutsche. Und da ist ja auch ein Bauer, einer von unseren eigenen Kerlen, bei Gott! ... Ach, diese Schufte! ... Guck, der hat sich so bepackt, daß er kaum noch gehen kann! Na und da haben sie sich ja auch noch herrschaftliche Wagen mitgenommen! ... Sieh doch, wie der da auf seinen Kisten hockt. Herr des Himmels! ... Da geraten sie sich in die Haare! ... Ja, so ist es richtig, hau ihn nur in die Fresse, feste in die Fresse! Sonst kommst du nicht mehr vom Fleck, bevor es Abend wird. Und da, guck doch, guckt doch alle ... Das ist sicher von Napoleon selbst. Donnerwetter, sind das Pferde! Mit Namenszug und Krone! Und das da ist ein Zelt zum Zusammenlegen. Der hat einen Sack vom Wagen verloren und sieht es nicht. Da hauen sie sich schon wieder ... Eine Frau mit einem kleinen Kind, na, sie ist gar nicht so häßlich! Natürlich, die lassen sie schon vorbei ... Seht nur, es nimmt wahrhaftig kein Ende. Russische Huren, bei Gott, Huren! Wie die sich in ihren Kaleschen breitmachen!"

Wieder trug wie bei der Kirche in Chamowniki eine Welle gemeinsamer Neugier alle Gefangenen an den Straßendamm, und Pierre konnte dank seinem hohen Wuchs über die Köpfe der andern hinweg das sehen, was die Neugier der Gefangenen so lebhaft erregt hatte. In drei Kaleschen, die, zwischen Munitionswagen eingeklemmt, die Straße entlangfuhren, saßen, eng aneinandergedrängt, grellbunt hergerichtete, geschminkte Frauenzimmer und redeten und schrien schrill durcheinander.

Von dem Augenblick an, da Pierre zur Erkenntnis jener geheimnisvollen Macht gelangt war, kam ihm nichts mehr merkwürdig oder schrecklich vor: weder der Leichnam, den irgend jemand zu seinem Vergnügen mit Ruß beschmiert hatte, noch diese Gott weiß wohin fahrenden Frauenzimmer, noch das Brandfeld von Moskau. Alles, was Pierre jetzt sah, machte fast gar keinen Eindruck mehr auf ihn; es war, als weigere sich seine Seele, die sich zu einem schweren Kampf bereitmachte, Eindrücke aufzunehmen, die sie hätten schwächen können.

Die Frauenzimmer waren vorüber. Nun kamen wieder bäuerliche Fuhrwerke, Soldaten, Bagagewagen, Soldaten, Verdeckwagen, Kutschen, Soldaten, Munitionskarren, Soldaten und ab und zu wieder Frauenzimmer.

Pierre sah nicht die Menschen an sich, sondern sah ihre Bewegung.

Alle diese Menschen und Pferde wurden gleichsam von einer unsichtbaren Macht vorwärts getrieben. Alle, die Pierre während dieser Stunden beobachtete, kamen aus verschiedenen Seitenstraßen auf den Platz geströmt, ohne Ausnahme von demselben Wunsche beseelt: so schnell wie möglich vorwärts zu kommen. Alle ohne Ausnahme wurden wütend, wenn sie mit anderen zusammenstießen, und begannen aufeinander loszuschlagen. Dabei fletschten sie die weißen Zähne, zogen die Augenbrauen zusammen, stießen ewig die gleichen Schimpfworte aus und hatten alle ohne Ausnahme den gleichen Ausdruck tatkräftiger Entschlossenheit und grausamer Kälte, den Pierre am Morgen beim Trommelwirbel mit solcher Betroffenheit auf dem Gesicht des Korporals wahrgenommen hatte.

Gegen Abend ließ der Führer der Eskorte sein Kommando endlich wieder antreten, schob sich mit ihm unter Geschrei und Gezänk in eine Wagenkolonne hinein, und nun gelangten die ringsum eingeschlossenen Gefangenen auf die Kalugaer Straße.

Jetzt wurde sehr schnell und ohne jede Unterbrechung marschiert und erst bei Sonnenuntergang wieder haltgemacht. Die Kolonnen rückten eine nach der anderen an, und die Mannschaften begannen sich zum Nachtlager einzurichten. Alle schienen unzufrieden und gereizt. Lange Zeit hörte man von allen Seiten Wortwechsel, wütendes Geschimpf und den Lärm von Tätlichkeiten. Eine Kutsche, die hinter der Eskorte kam, war gegen einen Bagagewagen der Eskorte gefahren und mit der Deichsel in ihn hineingeraten. Nun kamen von allen Seiten Soldaten auf den Wagen zugelaufen, die einen schlugen die Pferde der Kutsche über die Köpfe, um sie seitwärts vom Fleck zu bringen, andere wurden mit den Leuten von der Kutsche handgemein, und Pierre sah, wie ein Deutscher mit dem Seitengewehr schwer am Kopf verwundet wurde.

Es war, als überkomme alle diese Menschen jetzt, da sie in der kalten Dämmerung des Herbstabends auf freiem Felde hielten, das gleiche Gefühl eines unerfreulichen Erwachens aus dem Taumel und der Hast des Aufbruches und Marsches, von dem keiner recht wußte, wohin er führte. Jetzt, da sie haltgemacht hatten, schienen sie zu begreifen, daß ihr Marschziel ihnen selbst unbekannt war und es unterwegs viel Schweres und Schlimmes geben würde. Die Mannschaften der Eskorte gingen mit den Gefangenen während dieser Rast noch rauher um als beim Abmarsch. Bei dieser Rast empfingen die Gefangenen zum erstenmal Pferdefleisch.

Von den Offizieren bis zum letzten Mann war jedem Franzosen eine Art persönlicher Erbitterung gegen jeden einzelnen Gefangenen anzumerken, die urplötzlich an die Stelle der bisherigen freundlichen Art getreten war. Diese Erbitterung wurde noch größer, als es sich beim Appell erwies, daß ein russischer Soldat, der Leibweh geheuchelt hatte, in dem Wirrwarr des Ausmarsches aus Moskau sich davongemacht hatte. Pierre sah, wie ein Franzose einen russischen Soldaten gröblich mißhandelte, weil dieser zu weit vom Wege abgegangen sein sollte, und hörte, wie der Kapitän, sein angeblicher Gönner, einen Unteroffizier wegen der Flucht des russischen Soldaten anschnauzte und ihn vors Kriegsgericht zu bringen drohte. Der Unteroffizier wollte sich damit herausreden, der Soldat sei krank gewesen und habe nicht weiterkönnen, und nun sagte der Offizier, es sei doch Befehl, alle Zurückbleibenden zu erschießen. Pierre fühlte jene verhängnisvolle Macht, die ihn während der Exekution zu Boden gedrückt hatte und in seiner Gefangenenzeit kaum mehr zu merken gewesen war, wieder seine ganze Existenz beherrschen. Wohl empfand er Bangigkeit, aber er fühlte auch, wie mit jedem neuen Zugriff, den die verhängnisvolle Macht tat, um ihn zu erdrücken, in seiner Seele eine neue, von dieser Macht unabhängige Lebenskraft immer mehr Wachstum und Stärke gewann.

Pierre verzehrte sein Abendbrot, Roggenmehlsuppe mit Pferdefleisch, und plauderte mit seinen Gefährten.

Weder Pierre noch einer der anderen sprach über das, was sie in Moskau gesehen hatten, oder über die schlechte Behandlung durch die Franzosen oder über den Erschießungsbefehl, der ihnen bekanntgegeben worden war, vielmehr waren alle, als wollten sie der Verschlimmerung ihrer Lage Trotz bieten, besonders munter und aufgeräumt. Sie redeten von allerhand persönlichen Erinnerungen und von spaßigen Szenen, deren Zeugen sie unterwegs gewesen waren, und vermieden es durchaus, auf ihre neue Lage zu sprechen zu kommen.

Die Sonne war längst untergegangen. Hier und da flammten hellleuchtende Sterne am Himmel auf. Das rötliche, an Feuerschein gemahnende Licht des aufgehenden Vollmonds ergoß sich über den Horizont, und die riesige rote Scheibe taumelte in dem grauen Nebel wundersam hin und her. Nun wurde es hell. Der Abend war vorbei, aber die eigentliche Nacht hatte noch nicht angefangen. Pierre stand auf, trennte sich von seinen neuen Gefährten und ging zwischen den Lagerfeuern hindurch nach dem gegenüberliegenden Straßenrand, wo, wie es hieß, die gefangenen Mannschaften lagerten. Er hatte Lust, ein wenig mit ihnen zu plaudern. Aber mitten auf der Straße hielt ihn ein französischer Wachtposten an und befahl ihm, umzukehren. Pierre ging zurück, aber nicht zum Lagerfeuer und den andern, sondern zu einem verlassenen und unbespannt dastehenden Fuhrwerk. Mit untergeschlagenen Beinen, den Kopf gesenkt, kauerte er nun neben einem Wagenrade auf der kalten Erde und blieb so in Gedanken lange regungslos sitzen. Es verging über eine Stunde. Kein Mensch störte Pierre. Plötzlich lachte er mit seinem feisten, gutmütigen Lachen so laut auf, daß von verschiedenen Seiten her allerhand Leute sich erstaunt nach dem sonderbaren, einsamen Lacher umsahen.

„Hahaha!" lachte Pierre. Dann sagte er laut zu sich selbst: „Der Soldat hat mich nicht durchgelassen. Sie haben mich gefangengenommen, haben mich eingesperrt. Halten mich gefangen. Was heißt das, mich? Wen denn? Mich, meine unsterbliche Seele!" Und dann lachte er wieder: „Hahaha! Hahaha!", daß ihm die Tränen in den Augen standen.

Irgend jemand erhob sich und kam näher, um zu sehen, worüber dieser merkwürdige, große Mensch so ganz allein wohl lachte. Pierre hörte auf zu lachen, stand auf, zog sich von dem Neugierigen zurück und schaute dann um sich.

Das noch vor kurzem vom Knistern der Lagerfeuer und dem Sprechen der vielen Menschen so laute, riesige unendliche Biwak war verstummt; die roten Flammen der Lagerfeuer waren erloschen oder ganz klein geworden. Hoch am hellen Himmel kam der Vollmond. Jetzt lagen auch die Wälder und Felder jenseits des Lagers, die vorhin nicht zu sehen gewesen waren, dem Blick offen. Und hinter diesen Wäldern und Feldern öffnete sich die helle, wogende, lockende, unendliche Ferne. Pierre sah zum Himmel auf, mitten in die langsam dahingehenden, glitzernden Sterne. „Und das alles gehört mir, und das alles ist in mir, und das alles bin ich!" dachte Pierre. „Und das alles haben sie gefangengenommen und in einen mit Brettern verschalten Schuppen gesperrt!" Er lächelte und ging zu seinen Gefährten, um sich zur Ruhe zu legen.

XV

Noch im ersten Oktoberdrittel erschien bei Kutusow abermals ein Parlamentär mit einem schriftlichen Friedensangebot Napoleons, das, um Kutusow irrezuführen, aus Moskau datiert war, während Napoleon sich tatsächlich schon auf der alten Kalugaer Landstraße und gar nicht mehr weit von Kutusow befand. Kutusow antwortete auf diesen Brief wie auf den ersten, ihm durch Lauriston zugeschickten, von Frieden könne keine Rede sein.

Bald darauf lief vom General Dorochow, der mit seinem Detachement nördlich von Tarutino stand, die Meldung ein, in Fominskoje seien Franzosen gesichtet worden, es handle sich um die Division Broussier, und sie könne, da sie keine Fühlung mit dem Gros der Franzosen habe, ohne Schwierigkeiten vernichtet werden. Soldaten und Offiziere verlangte es wieder nach einer Unternehmung. Die Generäle vom Stabe, noch ganz warm von dem unlängst erfochtenen leichten Siege bei Tarutino, setzten Kutusow zu, Dorochows Anregung aufzugreifen. Kutusow hielt jeden Angriff für unnötig. Man einigte sich auf einen Mittelweg, und wieder geschah, was geschehen mußte: ein kleines Detachement wurde nach Fominskoje geschickt, um Broussier anzugreifen.

Ein merkwürdiger Zufall fügte es, daß gerade Dochturow diesen Auftrag erhielt — und wie sich nachher zeigen sollte, war dieser Auftrag schwierig und von einer ganz besonderen Wichtigkeit —, dieser bescheidene, kleine Dochturow, den uns kein einziger Historiker Schlachtpläne entwerfend, seinen Regimentern stolz voransprengend oder Georgskreuze in feindliche Batterien schleudernd geschildert hat, der gleiche Dochturow, der allgemein für unentschlossen und unintelligent galt, aber auch der gleiche Dochturow, den wir in allen russisch-französischen Kriegen, von Austerlitz bis 1813 immer wieder dort als Kommandierenden finden, wo die Lage am schwierigsten ist. Bei Austerlitz harrt er als der letzte auf dem Damm von Aujesd aus, sammelt die Regimenter, rettet, was noch zu retten ist, während alles flieht und alles zugrunde geht und nicht ein einziger General mehr bei der Arrièregarde ist. Obgleich fieberkrank, geht er mit zwanzigtausend Mann nach Smolensk, um diese Stadt gegen die ganze napoleonische Armee zu verteidigen. Kaum ist er unter Fieberparoxysmen in Smolensk am Malachowskijator ein wenig eingedämmert, als ihn auch schon die Kanonade auf Smolensk weckt, und Smolensk wird einen ganzen Tag lang gehalten. Als in der Schlacht von Borodino Bagration gefallen ist und unser linker Flügel neun Zehntel seiner Gefechtsstärke eingebüßt und die ganze Wucht der französischen Artilleriebeschießung zu tragen hat, da wird kein anderer hingeschickt als gerade der unentschlossene und unintelligente Dochturow: Kutusow beeilt sich, damit seinen Fehler wiedergutzumachen, nämlich daß er erst einen anderen hingeschickt hatte. Und der kleine, stille Dochturow reitet hin, und Borodino wird zur schönsten Ruhmestat der russischen Kriegsgeschichte. Viele Helden finden wir in Versen und Prosa geschildert, von Dochturow aber verlautet kaum ein Wort.

Jetzt wird wieder Dochturow geschickt, nach Fominskoje und von da nach Malo-Jaroslawez, dorthin also, wo die letzte Schlacht gegen die Franzosen stattfindet und wo die Katastrophe der französischen Armee deutlich zu werden beginnt; und auch aus dieser Periode des Feldzuges werden uns die Taten vieler Genies und Helden überliefert, aber auch hier wird Dochturow kaum mit einem Wort erwähnt und höchstens in einem Tone des Zweifels. Und gerade dieses Schweigen tut Dochturows Wert am allerdeutlichsten dar.

Es liegt für einen Menschen, der mit dem Gang einer Maschine nicht vertraut ist, nahe, wenn er sie arbeiten sieht, für ihren wichtigsten Bestandteil das Spänchen zu halten, das zufällig in sie hineingeraten ist und nun in ihr umhersaust und ihren Gang stört. Wer mit der Struktur der Maschine nicht Bescheid weiß, der kann auch nicht verstehen, daß ihr wichtigster Bestandteil nicht dieses in Wirklichkeit nur störende und hemmende Spänchen ist, sondern jenes kleine, völlig lautlos arbeitende Übersetzungsrad.

Am 10. Oktober, also gerade an dem Tage, an welchem Dochturow in dem Dorfe Aristowo, halbwegs zwischen seinem Ausgangsort und Fominskoje, haltmachte und alle Vorbereitungen zu einer denkbar sorgfältigen Ausführung des erhaltenen Auftrages traf, machte die ganze französische Armee, die auf ihrem an Krampfbewegungen eines Kranken gemahnenden Marsche bis zu Murats Position gekommen war, anscheinend, um dort eine Schlacht zu liefern, plötzlich ohne jeden erkennbaren Grund eine Schwenkung nach rechts, auf die neue Kalugaer Straße und begann in Fominskoje einzumarschieren, wo bisher lediglich die Division Broussier gestanden hatte. Unter Dochturows Kommando standen damals außer der Abteilung Dorochow noch die beiden kleinen Freikorps Figner und Seslawin.

Am Abend des 11. Oktober kam Seslawin zum Dochturowschen Stabe nach Aristowo geritten und brachte einen gefangenen französischen Gardisten mit. Der Gefangene gab an, die an diesem Tage in Fominskoje eingerückten Truppen bildeten die Avantgarde der ganzen großen Armee, Napoleon sei ebenfalls da und die Armee sei schon vor fünf Tagen von Moskau abmarschiert. Am selben Abend erzählte ein aus Borowsk gekommener herrschaftlicher Leibeigener, er habe riesige Truppenmengen in die Stadt einziehen sehen. Kosaken vom Detachement Dorochow meldeten, sie hätten französische Garde auf Borowsk zu marschieren gesehen. Alle diese Nachrichten machten es zur Gewißheit, daß jetzt dort, wo man eine einzige Division geglaubt hatte, die ganze Armee der Franzosen war, die von Moskau aus eine von den Russen nicht vorhergesehene Marschrichtung eingeschlagen hatte, nämlich die alte Kalugaer Straße. Dochturow wollte nichts unternehmen, da er angesichts der veränderten Lage nicht recht wußte, was seine Pflicht von ihm forderte. Er hatte Befehl erhalten, Fominskoje anzugreifen. Aber damals hatte in Fominskoje Broussier allein gestanden, jetzt stand dort die gesamte französische Armee. Jermolow wollte nach eigenem Gutdünken vorgehen, Dochturow aber blieb dabei, er brauche einen Befehl vom Durchlauchtigsten. Sie entschieden sich dafür, eine Meldung zum Stabe zu schicken.

Die Wahl fiel auf einen intelligenten Offizier namens Bolchowitinow, der abgesehen von der schriftlichen Meldung auch eine mündliche Darstellung der Situation geben sollte. Gegen Mitternacht erhielt Bolchowitinow das Schreiben und den mündlichen Befehl und galoppierte, von einem Kosaken mit Reservepferden begleitet, in der Richtung des Hauptquartiers ab.

XVI

Es war eine dunkle, warme Herbstnacht. Es regnete bereits seit vier Tagen. Nachdem Bolchowitinow zweimal die Pferde gewechselt und in anderthalb Stunden im zähflüssigen Kot der Landstraße dreißig Werst hinter sich gebracht hatte, traf er zwischen ein und zwei Uhr nachts in Letaschowka ein. Vor einem Bauernhause, dessen geflochtener Zaun ein Schild mit der Aufschrift „Hauptquartier“ trug, saß er ab, überließ sein Pferd dem Kosaken und ging in den dunklen Flur.

„Bitte so schnell wie möglich den General du jour! Etwas sehr Wichtiges!" sagte er zu irgendeinem Menschen, der sich in der Finsternis des Flurs schnaufend aufrichtete.

„Der General sind am Abend sehr unwohl gewesen, haben drei Nächte nicht geschlafen", flüsterte mit besorgter Abwehr eine Stimme, die sich unschwer als die eines Burschen erkennen ließ. „Wecken Sie doch zuerst den Kapitän."

„Etwas sehr Wichtiges, vom General Dochturow", sagte Bolchowitinow, tastete sich zur Tür, öffnete sie und ging hinein.

Der Bursche überholte ihn und suchte irgend jemand zu wecken.

„Ew. Wohlgeboren, Ew. Wohlgeboren, ein Kurier!"

„Was? Was? Von wem?" fragte eine verschlafene Stimme.

„Von Dochturow und von Alexej Petrowitsch. Napoleon ist in Forminskoje", sagte Bolchowitinow, der in der Dunkelheit den Frager nicht sehen konnte, aus der Stimme aber schloß, daß er nicht Konownizyn vor sich hatte.

Der Mensch, den der Bursche geweckt hatte, dehnte sich und gähnte.

„Eigentlich würde ich ihn nur ungern wecken", sagte er und tastete nach irgend etwas. „Er ist leider ziemlich krank! Vielleicht sind es nur Gerüchte."

„Hier ist die Meldung", antwortete Bolchowitinow. „Ich habe Befehl, sie unverzüglich dem General du jour zu übergeben."

„Warten Sie, ich mache Licht. Wo tust du denn immer das Feuerzeug hin, verfluchter Hund?" fuhr er seinen Burschen an. Es war Schtscherbinin, Konownizyns Adjutant. „Na endlich, da ist es ja."

Der Bursche schlug Feuer, während Schtscherbinin tastend nach seinem Leuchter suchte.

„So eine verfluchte Bande!" sagte er wütend.

Beim Schein der Funken sah Bolchowitinow das jugendliche Gesicht Schtscherbinins, der eine Kerze in der Hand hatte, und in der vorderen Ecke noch einen Schläfer. Das war Konownizyn.

Als der Zündfaden endlich am Schwamm Feuer gefangen hatte — erst hatte es eine blaue, dann eine rote Flamme gegeben —, brannte Schtscherbinin die Talgkerze an, von deren Leuchter die Schaben, die am abgetropften Talg genagt hatten, jetzt eilig flüchteten, und musterte den Boten. Bolchowitinow war über und über mit Kot bespritzt und hatte sich, als er sich mit dem Ärmel den Schweiß von der Stirn wischen wollte, auch noch das Gesicht beschmiert.

„Von wem stammt die Meldung?" fragte Schtscherbinin, während er das Kuvert entgegennahm.

„Die Meldung ist durchaus zuverlässig", erwiderte Bolchowitinow. „Die Gefangenen, die Kosaken, die ausgeschickten Spione, alle haben übereinstimmend ausgesagt."

„Also nichts zu machen, dann muß er eben geweckt werden", meinte Schtscherbinin, stand auf und ging zu dem Schläfer mit der Nachtmütze, der mit einem Mantel zugedeckt war. „Peter Petrowitsch!" sagte er. Konownizyn rührte sich nicht. „Eine Meldung ans Hauptquartier!" Und dabei lächelte er, weil er wußte, daß er das nur zu sagen brauchte, um Konownizyn sofort wach zu haben.

Und wirklich fuhr der Kopf in der Nachtmütze augenblicks in die Höhe. Auf Konownizyns hübschem und tatkräftigem Gesicht mit den fiebrig geröteten Backen blieb noch einen Augenblick lang der Ausdruck eines Versunkenseins in von der Wirklichkeit weit abliegende Träume haften, dann aber fuhr er plötzlich zusammen, und sein Gesicht nahm seinen gewöhnlichen Ausdruck ruhiger Energie an.

„Na, was ist los? Von wem?" fragte er ohne Hast, aber doch unverzüglich und zwinkerte gegen das Licht.

Nun hörte Konownizyn die Meldung des Offiziers an, erbrach dann das Kuvert und las das Schreiben. Er war noch kaum zu Ende, als er auch schon die mit Wollstrümpfen bekleideten Füße auf den ungedielten Boden setzte und sich ans Anziehen der Stiefel machte. Darauf nahm er die Nachtmütze ab, ordnete mit zwei Handbewegungen sein Schläfenhaar und setzte die Uniformmütze auf.

„Du bist wohl geritten, was dein Gaul hergab? Komm mit zum Durchlauchtigsten."

Konownizyn hatte sofort erfaßt, daß die ihm überbrachte Nachricht von größter Wichtigkeit war und keinen Aufschub duldete. Ob diese Nachricht gut oder schlecht war, das fragte er sich nicht und hatte dafür keinen Gedanken übrig. Das interessierte ihn nicht. An alle Dinge der Kriegführung ging er nicht mit dem Verstande, nicht mit der Urteilskraft heran, sondern mit ganz etwas anderem. In seiner Seele lebte die tiefe, wenn auch nie ausgesprochene Überzeugung, daß alles schon gut gehen würde, daß man aber nicht zu fest darauf zu bauen und noch weniger davon zu sprechen, sondern ganz einfach seine Sache zu machen habe. Und er machte seine Sache und setzte alle seine Kräfte für sie ein.

Peter Petrowitsch Konownizyn, den man ebenso wie Dochturow eigentlich nur anstandshalber in die Liste der sogenannten Helden von 1812, der Barclays, Rajewskijs, Jermolows, Platows, Miloradowitschs eingetragen hat, galt ebenso wie Dochturow für einen Menschen von sehr beschränkten Fähigkeiten und Kenntnissen, und ebenso wie Dochturow hatte auch Konownizyn niemals große Schlachtenprojekte ausgearbeitet, war aber immer da gewesen, wo es am bösesten zuging; seit er General du jour war, schlief er stets bei offener Tür und hatte Befehl gegeben, ihn bei jeder eintreffenden Meldung zu wecken; während des Gefechts war er immer mitten im Feuer, so daß Kutusow ihm deswegen Vorwürfe machen mußte und ihn ungern aufs Schlachtfeld schickte; und er war ebenso wie Dochturow eines jener kaum bemerkbaren Treibräder, die nicht knarren und nicht quietschen und doch den wichtigsten Bestandteil der Maschine ausmachen.

Als er aus dem Hause in die feuchte, dunkle Nacht hinaustrat, verzog er das Gesicht, teils weil sein Kopfweh schlimmer geworden war, teils weil ihm der ärgerliche Gedanke durch den Kopf ging, wie jetzt dieses ganze Nest von hochmögenden Stabsmenschen bei dieser Nachricht wild aufflattern würde, und ganz besonders Bennigsen, der seit Tarutino vor Ingrimm auf Kutusow kochte, wie sie jetzt mit ihren Projekten kommen, sich zanken, Befehle geben und Befehle zurücknehmen würden. Und dieses Vorgefühl war ihm unangenehm, obwohl er sich sagte, daß das nun einmal nicht anders sei.

Und in der Tat begann Toll, zu dem er gegangen war, um ihm die neue Nachricht mitzuteilen, einem andern General, mit dem er das Quartier teilte, sofort auseinanderzusetzen, was seiner Meinung nach zu geschehen habe, bis Konownizyn, der schweigend und müde zugehört hatte, ihn daran erinnerte, daß sie zum Durchlauchtigsten gehen müßten.

XVII

Wie alle alten Leute schlief Kutusow nachts nur wenig. Tagsüber schlummerte er oft plötzlich ein, nachts aber lag er unausgekleidet auf seinem Bett, konnte meist keinen Schlaf finden und überließ sich seinen Gedanken. So lag er auch jetzt auf seinem Bett, den schweren, großen, ungeschlachten Kopf in die feiste, weiche Hand gestützt, und dachte nach. Sein einziges Auge stand offen und starrte in die Dunkelheit.

Seit Bennigsen, der mit dem Kaiser im Briefwechsel stand und von allen Generälen beim Stabe der einflußreichste war, Kutusow aus dem Wege ging, waren seine Befürchtungen, er und seine Truppen könnten zu nutzlosen Offensivbewegungen gezwungen werden, in den Hintergrund getreten. Die Lehre der Schlacht von Tarutino und ihres Vortages, an die Kutusow nur mit Schmerzen zurückdenken konnte, mußte, so dachte er, doch ebenfalls noch fortwirken.

„Sie müssen doch begreifen, daß wir nur verlieren können, wenn wir zur Offensive übergehen. Geduld und Zeit, das sind meine großen Kriegshelden!“ dachte er. Er wußte, daß man einen Apfel nicht abreißen darf, solange er noch grün ist. Er wird von selber fallen, wenn er reif ist; reißt man ihn aber grün ab, so verdirbt man Apfel und Baum zugleich und holt sich selber stumpfe Zähne. Er, der erfahrene Jäger, er wußte, daß das Wild wund war, so wund, wie es nur die ganze russische Kraft hatte verwunden können; ob die Wunde aber tödlich war oder nicht, die Frage war noch nicht geklärt. Zwar glaubte Kutusow jetzt angesichts der Missionen Lauristons und Berthémys und der von den Freischaren eingehenden Meldungen schon fast mit Bestimmtheit zu wissen, daß die Wunde tödlich war. Aber es bedurfte noch greifbarerer Beweise, und darum mußte noch gewartet werden.

„Sie wollen gleich hinlaufen und sehen, wie sie es zugerichtet haben. Wartet nur, ihr kriegt es schon noch zu sehen. Immer Manöver, immer Angriffe! Wozu denn? Doch nur, um sich persönlich auszeichnen zu können! Gerade so, als wäre es etwas besonders Lustiges, sich mit dem Feind herumzuschlagen. Sie sind genau wie Kinder, bei denen man nie recht herauskriegen kann, wie die Sache eigentlich gewesen ist, weil sie alle nur dartun wollen, wie gut sie sich zu schlagen wissen. Und darauf kommt es doch jetzt gar nicht an. — Und was für kunstvolle Manöver sie mir alle vorschlagen! Sie glauben, wenn sie sich auf zwei oder drei Eventualitäten eingerichtet haben" — hier war ihm der aus Petersburg gekommene Gesamtkriegsplan eingefallen —, „dann hätten sie sich auf alle eingerichtet. Und dabei gibt es deren doch so viele, daß keiner sie zählen kann!"

Schon einen ganzen Monat lang spürte Kutusow die ungeklärte Frage über seinem Haupt schweben, ob die bei Borodino den Franzosen beigebrachte Wunde tödlich war oder nicht. Einerseits hatten die Franzosen Moskau besetzt. Andrerseits fühlte Kutusow mit aller Kraft seines Wesens, daß der furchtbare Schlag, an den er mit allen russischen Menschen seine gesamten Kräfte gesetzt hatte, tödlich gewesen sein mußte. In jedem Falle aber bedurfte es greifbarer Beweise, und auf diese wartete er bereits einen ganzen Monat lang, und je weiter die Zeit vorrückte, desto größer wurde seine Ungeduld. Wenn er in seinen schlaflosen Nächten auf dem Bett lag, tat er genau das, was alle diese jungen Generäle taten, genau das, was er ihnen so verübelte. Er suchte sich, ebenso wie die Jüngern es taten, alle Eventualitäten vorzustellen, nur mit dem Unterschiede, daß er auf Mutmaßungen solcher Art keine Gebäude aufbaute und daß er nicht zwei oder drei, sondern tausend Eventualitäten sah. Je mehr er darüber nachdachte, um so mehr stellten sich ihm vor Augen. Er durchdachte jede nur irgend mögliche Art, in der die napoleonische Armee marschieren konnte, entweder die ganze Armee oder Teile von ihr, gegen Petersburg, gegen ihn, um ihn herum, durchdachte den von ihm am meisten gefürchteten Fall, Napoleon könnte anfangen, ihn mit seiner eigenen Waffe zu bekämpfen, nämlich in Moskau zu bleiben und ihn zu erwarten. Kutusow durchdachte sogar einen Rückmarsch der napoleonischen Armee auf Medyn und Juchnow; eines aber konnte er nicht voraussehen, und gerade das geschah, nämlich jenes unsinnige, krampfartige Hinundherzucken der napoleonischen Armee im Laufe der ersten elf Tage nach dem Abmarsch von Moskau, ein Hinundherzucken, welches das möglich machte, an das Kutusow damals immerhin noch nicht zu denken wagte: die völlige Vernichtung der Franzosen.

Die Meldungen des Generals Dorochow über die Division Broussier, die von den Freikorps einlaufenden Berichte von den in der napoleonischen Armee aufgetretenen Nöten, die Gerüchte von der Zusammenziehung der einzelnen Truppen im Hinblick auf den Abmarsch von Moskau, alles das hatte die Annahme bestätigt, daß die französische Armee sich in einem Zustand der Auflösung befand und ihre Flucht erwartet werden konnte; indessen handelte es sich doch nur um Mutmaßungen, auf die jüngere Leute allenfalls großen Wert legen mochten; Kutusow tat das nicht. Mit seiner fast sechzigjährigen Erfahrung wußte er, wieviel Wert man auf Gerüchte legen darf, wußte, daß Menschen, die etwas Bestimmtes wünschen, alle Nachrichten unwillkürlich so gruppieren, daß sie dem Gewünschten zur Bestätigung dienen können, wußte, daß man in Lagen wie dieser alles der Richtung des eigenen Wunsches Zuwiderlaufende gern unberücksichtigt läßt. Und je mehr Kutusow Vorgänge, wie sie in diesen Nachrichten geschildert wurden, wünschte, um so weniger gestattete er es sich, nun ohne weiteres an sie zu glauben. Diese Frage beschäftigte unausgesetzt seine seelischen Kräfte. Alles übrige bedeutete für ihn nur eine gewohnheitsmäßige Zeitausfüllung. Eine solche gewohnheitsmäßige Zeitausfüllung, ein solches sich dem Leben, wie es nun einmal ist, Unterordnen waren seine Gespräche mit den Offizieren des Hauptquartiers, die Briefe an Madame de Staël, die er von Tarutino aus schrieb, das Lesen von Romanen, die Austeilung von Orden und Ehrenzeichen, die Korrespondenz mit Petersburg usw. Aber das einzige, was seine Seele wirklich erfüllte, war der Wunsch, die Franzosen möchten den Untergang finden, den er als einziger kommen sah.

In der Nacht vom 11. zum 12. Oktober lag er, den Kopf in die Hand gestützt, auf seinem Bett und dachte über diese Dinge nach.

Im Nebenzimmer regte sich etwas, und Kutusow hörte Schritte: die Schritte Tolls, Konownizyns und Bolchowitinows.

„He, wer ist da? Herein, herein! Was gibt es Neues?" rief der Feldmarschall.

Während der Lakai eine Kerze anzündete, gab Toll den Inhalt der Meldung wieder.

„Wer hat sie gebracht?" fragte Kutusow, und Toll war betroffen, als er jetzt beim Schein der eben entzündeten Kerze den kalten und strengen Ausdruck seines Gesichtes wahrnahm.

„Die Meldung ist durchaus zuverlässig, Ew. Durchlaucht."

„Ruf ihn her, ruf ihn her!"

Kutusow saß auf seinem Bett, ließ das eine Bein herunterhängen und das Gesicht seines mächtigen Rumpfes auf dem andern Bein ruhen, das er untergeschlagen hatte. Er kniff sein einziges Auge zusammen, um den Überbringer der Meldung besser sehen zu können, als wolle er aus dessen Zügen eine Lösung der Frage herauslesen, die ihn so beschäftigte.

„Nun laß einmal hören, Freundchen, laß einmal hören", sagte er mit seiner leisen Greisenstimme zu Bolchowitinow und zog das über der Brust aufgegangene Hemd zusammen. „Komm her, noch näher. Was hast du mir denn da für Botschaften gebracht? He? Napoleon ist von Moskau abmarschiert? Stimmt das auch? He?"

Bolchowitinow machte sich daran, alles, was ihm aufgetragen worden war, von Anfang an mit größter Ausführlichkeit zu berichten.

„Schneller, schneller, komm zur Hauptsache, quäl mich nicht", fiel Kutusow ihm ins Wort.

Bolchowitinow erzählte alles und verstummte dann in Erwartung eines Befehls. Toll wollte das Wort ergreifen, aber Kutusow ließ es nicht zu. Kutusow schickte sich selbst an, zu sprechen, plötzlich bedeckte sich aber sein Gesicht mit Runzeln und Falten, er machte eine abwehrende und beschwichtigende Handbewegung auf Toll zu und wandte sich ab, der rechten Vorderecke der Stube zu, die von Heiligenbildern starrte.

„Herr, Du mein Schöpfer! Du hast unser Gebet erhört", sagte er mit zitternder Stimme und hatte die Hände gefaltet. „Rußland ist gerettet. Herr, ich danke Dir!" Und er brach in Tränen aus.

XVIII

Vom Eingang dieser Nachricht bis zum Ende des Feldzuges besteht Kutusows ganze Tätigkeit darin, durch die Autorität seiner dienstlichen Stellung, durch List und durch Bitten seine Truppen von nutzlosen Angriffen, Manövern und Scharmützeln mit der dem Untergang geweihten feindlichen Armee abzuhalten. Dochturow geht nach Malo-Jaroslawez, Kutusow mit dem Gros der Armee aber zögert und gibt Befehl, Kaluga zu räumen, da ihm ein Rückzug über Kaluga hinaus durchaus in Frage zu kommen scheint.

Kutusow geht überall zurück, aber der Feind flieht, ohne erst auf Kutusows Rückwärtsbewegung zu warten, nach der entgegengesetzten Seite.

Die Geschichtsschreiber Napoleons schildern uns sein gegen Tarutino und Malo=Jaroslawez gerichtetes kunstvolles Manöver und ergehen sich in Mutmaßungen darüber, welchen Lauf die Ereignisse wohl genommen hätten, wenn es Napoleon gelungen wäre, rechtzeitig in die reichen südlichen Gouvernements vorzustoßen.

Allein ganz abgesehen davon, daß Napoleon ja nichts hinderte, in diese südlichen Gouvernements zu marschieren, da ihm ja die russische Armee den Weg frei ließ — Napoleons Geschichtsschreiber vergessen, daß nichts Napoleons Armee mehr retten konnte, weil sie schon damals die sicheren Keime des Verderbens in sich trug. Warum hätte diese Armee, die in Moskau einen solchen Überfluß an Lebensmitteln gefunden, ihn aber nicht zu erhalten gewußt, sondern zertrampelt hatte, diese Armee, die in Smolensk die in ihre Hände gefallenen Verpflegungsvorräte nicht als Heeresgut, sondern als Raub= und Verschleuderungsobjekt des einzelnen behandelte, warum hätte diese Armee im Gouvernement Kaluga gesunden sollen, wo die Bevölkerung aus genau ebensolchen Russen bestand wie in Moskau und wo das Feuer ebenso verzehrte, was man ihm überließ, wie in Moskau?

Die Armee konnte nirgends mehr gesunden. Seit der Schlacht von Borodino und der Plünderung Moskaus trug sie alle chemischen Vorbedingungen der Zersetzung in sich.

Die Mannschaften dieser ehemaligen Armee flohen mit ihren Führern, ohne zu wissen, wohin, und hatten vom Kaiser bis zum letzten Soldaten nur den einen Wunsch, so schnell wie möglich für ihre eigene Person einen Ausweg aus dieser hoffnungslosen Lage zu finden, deren Hoffnungslosigkeit jeder, wenn auch nur dunkel, fühlte.

Und darum schloß auch auf dem Kriegsrat in Malo=Jaroslawez, wo alle die Generäle ihre Meinungen vorbrachten und so taten, als ließe sich wirklich noch ratschlagen, der soldatisch schlichte und geradherzige Mouton allen den Mund, als er als letzter seine Meinung äußerte und damit aussprach, was alle dachten, nämlich man sollte machen, daß man so schnell wie möglich davonkäme; und niemand, nicht einmal Napoleon konnte etwas gegen diesen Ausspruch sagen, dessen Wahrheit von allen empfunden wurde.

Wenn sie aber auch alle wußten, daß sie sehen mußten, wie sie davonkamen, so schämten sie sich doch noch, sich die Notwendigkeit der Flucht einzugestehen. Und es bedurfte eines äußeren Anstoßes, damit diese Scham zum Schweigen gebracht wurde. Und als die Zeit dafür reif war, da kam auch dieser Anstoß. Es war jener Vorgang, den die Franzosen „le Hourra de l'Empereur"[1] nennen.

Am Tage nach dem Kriegsrat gab Napoleon vor, er wolle die

[1] das Hurra des Kaisers.

Truppen und den Ort der gelieferten und der noch zu liefernden Schlacht besichtigen, und ritt frühmorgens mit den Marschällen seiner Suite und einer Eskorte über das Gelände zwischen den Positionen seiner Truppen. Kosaken, die auf Beute ausgeritten waren, stießen auf den Kaiser selbst und hätten ihn um ein Haar gefangengenommen. Wenn die Kosaken Napoleon bei dieser Gelegenheit nicht gefangennahmen, so rettete ihn hier dasselbe, was von Moskau an die Franzosen ihrem Untergang entgegenführte, nämlich der lockende Reiz der Beute, auf die sich die Kosaken hier ebenso warfen wie bei Tarutino und über der sie ebenso wie bei Tarutino die Menschen außer acht ließen. Ohne sich viel um Napoleon zu kümmern, warfen sie sich auf die Beute, und Napoleon entkam.

Wenn also les enfants du Don[1] die Möglichkeit hatten, den Kaiser inmitten seiner Armee gefangenzunehmen, so lag es auf der Hand, daß man gar keine andere Wahl mehr hatte, als sich so schnell wie möglich auf dem nächsten bekannten Wege davonzumachen. Napoleon, der mit seinem vierzigjährigen Schmerbauch nicht mehr die alte Elastizität und Keckheit hatte, begriff diesen Wink des Schicksals. Und unter dem Einfluß des Schreckens, den die Kosaken ihm eingejagt hatten, pflichtete er Mouton unverzüglich bei und erteilte, wie seine Geschichtsschreiber sagen, den Befehl zum Rückzug auf der Smolensker Straße.

Der Umstand jedoch, daß Napoleon Mouton beipflichtete und die Truppen nun rückwärts gingen, beweist keineswegs, daß er das befohlen hat, sondern er beweist, daß die Kräfte, die auf die ganze Armee wirkten und sie auf der Moshaisker Straße zurückfluten ließen, zu gleicher Zeit auch auf Napoleon wirkten.

XIX

Wenn ein Mensch sich in Bewegung befindet, so erdenkt er sich für seine Bewegung immer ein Ziel. Um tausend Werst zu gehen, braucht der Mensch unbedingt den Gedanken, daß am Ende dieser tausend Werst irgend etwas besonders Vorteilhaftes liegt. Um die Kraft zu einer entsprechenden Bewegung zu finden, dazu bedarf man der Vorstellung von einem Gelobten Lande.

Das Gelobte Land war beim Hinmarsch der Franzosen Moskau, beim Rückmarsch die Heimat. Allein die Heimat war zu fern, und der Mensch, der tausend Werst zurücklegen soll, darf nicht immer das Endziel im Auge haben, sondern muß sich unter allen Umständen

[1] Die Kinder vom Don.

sagen können: wenn ich heute vierzig Werst gemacht habe, dann komme ich an einen Ort, wo ich mich erholen und die Nacht schlafen kann. Und dieser Ort steht während des Tagemarsches an der Stelle des endlichen Zieles und ihm gelten alle Wünsche und Hoffnungen. Und was den einzelnen Menschen bewegt und erfüllt, das bewegt und erfüllt eine ganze Menge von Menschen immer noch unverhältnismäßig stärker.

Für die Franzosen, die auf der alten Smolensker Landstraße zurückgingen, war das endliche Ziel, die Heimat, zu fern, und daher richteten sich alle Wünsche und Hoffnungen, mit einer angesichts der Vielköpfigkeit der Menge unverhältnismäßig gesteigerten Stärke auf das nächste Ziel, und das war Smolensk. Nicht etwa weil die Mannschaften gewußt hätten, daß in Smolensk große Mengen von Proviant und frische Truppen waren, nicht, weil man ihnen das gesagt hätte — vielmehr wußten die höheren Offiziere und Napoleon selbst ganz genau, daß dort wenig Proviant war —, sondern weil ihnen das allein die Kraft geben konnte, ihre Bewegung fortzusetzen und die gegenwärtigen Entbehrungen zu ertragen, strebten alle, ob sie nun mit der wirklichen Lage Bescheid wußten oder nicht, in ein und derselben Selbsttäuschung befangen, dem Gelobten Lande, also Smolensk zu.

Auf die große Landstraße gelangt, hasteten die Franzosen mit erstaunlicher Energie und unerhörter Schnelligkeit dem Ziele zu, das sie sich ausgedacht hatten. Außer dem einen Grunde der gemeinsamen Zielrichtung, welche die Massen der Franzosen zu einem Ganzen zusammenschweißte und ihnen eine gewisse Energie verlieh, gab es noch einen zweiten Grund, der sie aneinanderband. Dieser Grund war ihre gewaltige Anzahl. Ihre riesige Masse zog gleichsam auf Grund des physikalischen Gesetzes der Adhäsion die einzelnen Menschenatome an sich. Sie bewegten sich vorwärts, weil sie eben zusammen eine Masse von Hunderttausenden bildeten, vergleichbar einem ganzen Staatswesen.

Jeder einzelne von ihnen hatte nur einen Wunsch, sich gefangenzugeben und dadurch allen Schrecken und Nöten zu entgehen. Indessen zog einerseits die Kraft der gemeinsamen Smolensker Zielrichtung einen jeden mit sich, und andrerseits konnte ein ganzes Armeekorps sich doch nicht einer Kompanie gefangengeben, und obwohl die Franzosen jeden geeigneten Anlaß benutzten, um sich voneinander abzusondern und sich unter dem geringsten, halbwegs möglichen Vorwande gefangenzugeben, so waren solche Vorwände doch nicht immer zur Hand. Schon ihre große Zahl und der Umstand, daß sie so schnell und so eng zusammengedrängt marschierten, nahm ihnen diese Möglichkeit und erschwerte es den Russen nicht nur, diese Bewegung, welcher die ganze Energie all dieser Massen von Fran=

zosen galt, zum Stillstand zu bringen, sondern machte es ihnen unmöglich. Ein mechanisches Zerreißen des Körpers konnte den bereits im Gange befindlichen Zersetzungsprozeß nicht über einen bestimmten Grad hinaus beschleunigen.

Ein Schneeball kann nicht in einem Augenblick schmelzen. Es gibt einen bestimmten Zeitpunkt, vor dessen Erreichung kein Wärmeaufwand den Schnee zum Schmelzen bringen kann. Vielmehr wird der verbleibende Schnee um so fester, je größer die Wärme ist.

Von den russischen Heerführern begriff das niemand als Kutusow. Kaum hatte die Flucht der französischen Armee eine klar erkennbare Richtung, die der Smolensker Straße, genommen, als auch schon alles eintraf, was Konownizyn in der Nacht vom 11. zum 12. Oktober vorausgesehen hatte. Alle höheren Heerführer wollten sich hervortun, feindliche Truppenteile abschneiden, umgehen, gefangennehmen, zurückwerfen, und alle drangen auf einen Angriff.

Kutusow setzte als einziger alle seine Kräfte dafür ein – aber diese Kräfte sind bei keinem Oberkommandierenden sehr groß –, daß ein Angriff unterblieb.

Er konnte den Leuten seiner Umgebung nicht sagen, was wir heute sagen: wozu eine Schlacht, wozu den Feinden den Weg verlegen und die eigenen Leute verlieren und die Unglücklichen mit unmenschlicher Grausamkeit niedermachen, wozu das alles, da ja von Moskau bis Wjasma auch ohne eine Schlacht ein Drittel dieses Heeres abschmolz? Allein aus seiner Greisenweisheit schöpfend, sagte er ihnen, was sie eigentlich wohl hätten verstehen müssen, er sprach von der goldenen Brücke, die man dem fliehenden Feinde bauen soll, und sie machten sich über ihn lustig, verleumdeten ihn und tobten und schrien und taten sich groß mit ihrer Courage angesichts des verendenden Wildes.

In der Nähe von Wjasma konnten Jermolow, Miloradowitsch, Platow und andere, die in der Nähe der Franzosen waren, ihr Verlangen, zwei französische Korps abzuschneiden und zu werfen, nicht mehr zügeln. An Kutusow schickten sie, um ihn von dieser Absicht in Kenntnis zu setzen, statt der Meldung ein Kuvert, das nichts enthielt als ein Blatt Papier.

Und so viel Mühe Kutusow sich auch gab, die Truppen zurückzuhalten, unsere Truppen griffen trotzdem an und suchten dem Feinde den Weg zu verlegen. Infanterieregimenter gingen, wie berichtet wird, mit Trommelschlag und klingendem Spiel zum Angriff vor und töteten und verstümmelten Tausende von Menschen.

Was aber das Abschneiden angeht, – sie haben niemanden abgeschnitten und niemanden geworfen. Und das französische Heer, durch die Gefahr nur noch fester zusammengeschweißt, setzte, gleichmäßig schmelzend, seinen verderblichen Marsch auf Smolensk fort.

SECHSTER TEIL

I

Die Schlacht bei Borodino mit ihren Folgeerscheinungen, der Besetzung Moskaus und der Flucht der Franzosen, ohne daß neue Schlachten geliefert worden wären, ist eine der lehrreichsten Erscheinungen der Geschichte.

Alle Historiker stimmen darin überein, daß die jeweilige äußere Leistungsfähigkeit von Staaten und Völkern bei ihren Zusammenstößen miteinander ihren Ausdruck in Kriegen findet und daß die politische Macht der Staaten und Völker in unmittelbarer Abhängigkeit von ihren größeren oder geringeren kriegerischen Erfolgen zunimmt oder sich verringert.

Wie merkwürdig nun auch die Schilderungen der Geschichtsschreiber anmuten mögen, daß irgendein König oder Kaiser, der mit einem anderen König oder Kaiser uneins geworden war, ein Heer sammelte, mit dem Heer seines Feindes kämpfte, die Oberhand gewann, drei-, fünf-, zehntausend Menschen tötete und infolgedessen einen Staat und ein ganzes, mehrere Millionen zählendes Volk unterwarf, wie unverständlich es auch sein mag, daß eine Niederlage, die doch lediglich die Armee, mithin ein Hundertstel der gesamten Volkskräfte traf, das ganze Volk zur Unterwerfung gezwungen haben soll, — alle Tatsachen der Geschichte erhärten, soweit wir sie kennen, die Richtigkeit der Auffassung, daß größere oder geringere Erfolge, die das Heer eines Volkes gegen das Heer eines anderen Volkes davonträgt, die Ursachen oder doch sehr wichtige Symptome einer Zunahme oder Verringerung der Kräfte der betreffenden Völker sind. Das Heer hat einen Sieg erfochten, und augenblicks wachsen die Rechte des siegreichen Volkes zum Nachteil des besiegten. Das Heer hat eine Niederlage erlitten, und sogleich verliert das Volk je nach den Ausmaßen der Niederlage einen größeren oder geringeren Teil seiner Rechte, und wenn die Niederlage seines Heeres eine vollständige war, muß es sich vollständig unterwerfen.

So ist es, wie die Geschichte uns lehrt, von den ältesten Zeiten an bis auf den heutigen Tag gewesen. Alle Kriege Napoleons dienen diesem Satz zur Erhärtung. Genau im Verhältnis zur Niederlage der österreichischen Truppen verliert Österreich einen Teil seiner Rechte, und Frankreich nimmt an Rechten und an Kraft zu. Der Sieg der Franzosen bei Jena und Auerstedt vernichtet Preußens selbständige Existenz.

Nun aber haben die Franzosen im Jahre 1812 unweit von Moskau einen Sieg erfochten und Moskau besetzt, und auf Grund dieser Ereignisse hört nicht etwa Rußland zu existieren auf, sondern, ohne daß neue Schlachten geliefert worden wären, hört die sechshunderttausend Mann starke Armee und weiterhin das Frankreich Napoleons auf zu existieren. Es ist nicht möglich, die Tatsachen mit Gewalt dem oben dargelegten geschichtlichen Erfahrungssatz anzupassen und zu sagen, bei Borodino seien die Russen im Besitz des Schlachtfeldes verblieben oder es hätte nach der Besetzung Moskaus noch weitere Schlachten gegeben, die schließlich zur Vernichtung der napoleonischen Armee geführt hätten.

Nach dem Siege der Franzosen bei Borodino hat es nicht nur nicht eine einzige Generalschlacht, sondern überhaupt nicht einen einzigen nennenswerten Kampf mehr gegeben, und die französische Armee hörte trotzdem auf zu existieren. Was bedeutet das? Wäre dieses Beispiel der chinesischen Geschichte entnommen, so könnten wir sagen, der Vorgang sei nicht historisch – das Schlupfloch der Historiker, wenn ihnen etwas nicht in ihren Kram paßt –, und wenn wir es hier mit einem zeitlich sehr eng begrenzten Zusammenstoß zu tun hätten, bei dem nur kleine Truppenmengen mitgewirkt hätten, so könnten wir in diesem Vorgang einen Ausnahmefall sehen, aber dieses Geschehnis spielte sich vor den Augen unserer Väter ab, für die es um Leben oder Tod des Vaterlandes ging, und dieser Krieg war der größte von allen, die wir kennen.

Der Feldzug von 1812 hat mit der Periode von Borodino bis zur Vertreibung der Franzosen den Nachweis dafür geliefert, daß eine gewonnene Schlacht nicht nur nicht die Eroberung eines Landes nach sich zu ziehen brauchte, sondern nicht einmal als ein sicheres Symptom für die Eroberung eines Landes anzusehen ist; er hat den Nachweis erbracht, daß die Kraft, die das Schicksal der Völker entscheidet, nicht in den Eroberern liegt, nicht einmal in den Armeen und Schlachten, sondern in etwas anderem.

Die französischen Historiker, die uns die Lage des französischen Heeres vor dem Abmarsch von Moskau darstellen, versichern, es sei bei der Großen Armee alles in bester Ordnung gewesen, abgesehen von der Kavallerie, der Artillerie und dem Train, die an der zur Ernährung der Pferde und des Hornviehs nötigen Fourage

Mangel gehabt hätten. Diesem Übelstand habe man nicht abhelfen können, weil die umwohnenden Bauern ihr Heu nicht den Franzosen überlassen, sondern es verbrannt hätten.

Also führte die gewonnene Schlacht in diesem Fall nicht zu den herkömmlichen Ergebnissen, weil die Bauern Karp und Wlas, die nach dem Abmarsch der Franzosen mit ihren Wagen nach Moskau kamen, um die Stadt zu plündern, und die überhaupt, was ihre Person angeht, keinerlei Heroismus an den Tag legten, ebenso wie die ganze unzählbare Menge all der anderen Bauern, die es ihnen gleichtaten, ihr Heu nicht nach Moskau fuhren, um es den Franzosen für gutes Geld zu überlassen, sondern es verbrannten.

Wir wollen uns zwei Leute vorstellen, die sich nach allen Regeln der Fechtkunst auf Degen schlagen. Der Zweikampf hat schon recht lange gedauert. Plötzlich merkt der eine von ihnen, daß er verwundet ist. Er ist sich darüber klar, daß es sich hier nicht um einen Scherz handelt, sondern daß es um sein Leben geht. Er wirft also den Degen weg, nimmt den ersten besten Knüppel, der gerade zur Hand ist, und fängt nun an, mit ihm herumzuwirtschaften. Wir wollen uns aber ferner vorstellen, daß dieser Mann, der so vernünftigerweise das beste und einfachste Mittel zur Erreichung seines Zieles angewandt hat, zugleich für alle ritterlichen Traditionen schwärmt, daher nachträglich den wirklichen Hergang verschleiern will und nun behauptet, er habe nach allen Regeln der Kunst seinen Sieg mit dem Degen erfochten. Es läßt sich denken, was für ein Durcheinander und was für eine Unklarheit sich aus einer solchen Darstellung des vorgefallenen Zweikampfes ergeben müßte.

Der Fechter, der einen Kampf nach den Regeln der Kunst verlangte, das waren die Franzosen. Der Gegner dieses Fechters, der den Degen wegwarf und einen Knüppel in die Hand nahm, das waren die Russen. Die Leute, die den ganzen Vorgang nach den Regeln der Fechtkunst zu erklären suchen, das sind die Historiker, die über dieses Ereignis geschrieben haben.

Seit dem Brande von Smolensk gab es einen Krieg, der mit allen Traditionen, die von früheren Kriegen herrühren, nicht das geringste mehr gemein hatte. Die Einäscherung von Städten und Dörfern, das Zurückgehen nach den einzelnen Schlachten, der Schlag von Borodino und dann wieder das Zurückgehen, der Brand Moskaus, die Jagd auf die Marodeure, das Abfangen der Transporte, der Franktireurkrieg – das alles waren Abweichungen von den Regeln.

Napoleon empfand das, und seit er in Moskau, in der von den Regeln der Fechtkunst vorgeschriebenen Positur stehend, plötzlich in der Hand des Gegners statt des Degens einen gegen ihn erhobenen Knüppel hatte sehen müssen, hörte er nicht auf, sich bei Kutusow und Kaiser Alexander darüber zu beklagen, daß der Krieg gegen alle Regeln geführt würde – als ob es für das Umbringen von Menschen überhaupt irgendwelche Regeln geben könnte. Obwohl aber die Franzosen darüber Klage führten, daß die Regeln nicht beobachtet wurden, und obwohl es manchen hochgestellten Russen aus irgend-einem Grunde peinlich war, mit einem Knüppel zuschlagen zu sollen, während sie sich doch lieber nach allen Regeln in Quart- oder Terz-auslage aufgestellt und etwa einen kunstvollen Primausfall und der-gleichen mehr gemacht hätten – der Knüppel des Volkskrieges hatte sich in all seiner drohenden und großartigen Kraft erhoben und erhob sich ohne weiteres immer von neuem und fiel immer wieder nieder, ohne nach irgendeines Menschen Geschmack oder nach irgend-welchen Regeln zu fragen, mit törichter Einfalt, aber völliger Zweck-mäßigkeit, und drosch, als gelte es einen Nagel einzuschlagen, im-mer wieder auf die Franzosen ein, bis die ganze Invasionsarmee hin war.

Wohl dem Volke, das nicht wie die Franzosen im Jahre 1813 nach allen Regeln der Kunst salutiert, den Degen umkehrt und seinen Griff mit einer graziösen und höflichen Bewegung dem großmütigen Sieger überreicht! Wohl dem Volke, das vielmehr im Augenblick der Prüfung, ohne zu fragen, nach welchen Regeln andere in ähn-lichen Fällen gehandelt haben mögen, mit selbstverständlicher Leich-tigkeit den ersten besten Knüppel in die Hand nimmt und mit ihm so lange losdrischt, bis in seiner Seele das Gefühl der Erbitterung und des Rachedurstes von dem Gefühl der Verachtung und des Mit-leids abgelöst wird.

II

Eine der handgreiflichsten und vorteilhaftesten Abweichungen von den sogenannten Kriegsregeln ist das Vorgehen einzelner Men-schen gegen Menschen, die zu Haufen zusammengeballt sind. Eine solche Art des Vorgehens läßt sich immer beobachten, sobald ein Krieg den Charakter eines Volkskrieges annimmt. Es handelt sich hierbei darum, daß nicht geschlossene Haufen geschlossenen Haufen gegenübertreten, sondern daß die Menschen sich voneinander ab-sondern, einzeln angreifen und sofort fliehen, sobald man ihnen mit größeren Streitkräften zu Leibe gehen will, aber dann selbst wieder angreifen, sobald sich eine Gelegenheit bietet. So haben es die Guerillakämpfer in Spanien gemacht, die Bergstämme im Kau-kasus und die Russen im Jahre 1812.

Einen Krieg dieser Art bezeichnete man als Guerilla und meinte mit dieser Bezeichnung auch seinen Begriff festgelegt zu haben. Indessen läßt sich ein Krieg dieser Art nicht nur mit keinen Regeln in Einklang bringen, sondern widerspricht geradezu einer herkömmlichen und als unfehlbar anerkannten taktischen Regel. Diese Regel besagt, der Angreifer müsse seine Truppen konzentrieren, um im Augenblick des Kampfes stärker zu sein als sein Gegner.

Der Guerillakrieg, der, wie die Geschichte erweist, immer erfolgreich ist, widerspricht dieser Regel durchaus.

Dieser Widerspruch rührt daher, daß die Kriegswissenschaft die Kampfkraft einer Partei für identisch mit ihrer zahlenmäßigen Stärke hält. Die Kriegswissenschaft sagt: je mehr Truppen, um so größer die Kampfkraft. Les gros bataillons ont toujours raison.[1] Wenn die Kriegswissenschaft so spricht, so ist es, als wollte die Mechanik bei der Betrachtung von Kräften nur von deren Verhältnis zu ihren Massen ausgehen und sagen, die Kräfte seien einander deswegen gleich oder ungleich, weil ihre Massen einander gleich oder ungleich seien.

Die Kraft, das heißt das Maß der erzielten Bewegung, hat als Faktoren die Masse und ihre Geschwindigkeit.

Ebenso hat im Kriege die Kampfkraft der Truppen als Faktoren die Masse und noch etwas anderes, nämlich ein unbekanntes X.

Die Kriegswissenschaft stößt in der Geschichte auf eine unabsehbare Anzahl von Beispielen dafür, daß Truppenmasse und Truppenkraft nicht zusammenfallen und daß kleine Abteilungen ihnen zahlenmäßig überlegene besiegen, erkennt infolgedessen dunkel die Existenz dieses unbekannten Koeffizienten an und will ihn bald in der geometrisch bedingten Aufstellung der Truppen, bald in ihrer Bewaffnung, bald aber — und dies ist das Beliebteste — in der Genialität der Heerführer finden. Aber mag man auch den Koeffizienten in allen diesen Dingen suchen, man gelangt damit nie zu Ergebnissen, die mit den historischen Tatsachen übereinstimmen.

Indessen braucht man nur die zugunsten der Helden aufgekommene falsche Auffassung von der Wirksamkeit der Anordnungen, die von den Heeresleitungen im Kriege getroffen werden, fallenzulassen, und schon läßt dieses unbekannte X sich finden.

Dieses X ist der Geist des Heeres, das heißt der größere oder geringere Drang aller der Menschen, die das Heer bilden, zu kämpfen und sich Gefahren auszusetzen, und dieser Drang ist ganz unabhängig davon, ob die Menschen unter dem Kommando von Genies oder Nichtgenies kämpfen, in drei oder in zwei Linien, mit Knüppeln oder mit Gewehren, die dreißigmal in der Minute schießen. Die

1 Das Recht ist immer auf seiten der stärkeren Bataillone.

Menschen, deren Drang nach dem Kampf am stärksten ist, werden es auch immer verstehen, sich die für den Kampf vorteilhaftesten Vorbedingungen zu schaffen.

Der Geist des Heeres ist der Koeffizient, mit dem die Masse multipliziert werden muß, damit sich als Produkt die Kraft ergibt. Aufgabe der Wissenschaft ist es, diesen unbekannten Koeffizienten, den Geist des Heeres, nach seiner Bedeutung und seinem Wert ausfindig zu machen und zu beziffern.

Diese Aufgabe kann erst gelöst werden, wenn wir aufhören, an die Stelle des ganzen unbekannten X willkürlicherweise die Umstände zu setzen, unter denen die Kraft in Erscheinung tritt, also die Anordnungen des Feldherrn, die Bewaffnung usw. und diese Umstände für den wirklichen Wert des Koeffizienten zu halten, und wenn wir statt dessen dieses unbekannte X in seinem ganzen Umfange als das anerkennen, was es wirklich ist, nämlich als den größeren oder geringeren Drang zu kämpfen und sich Gefahren auszusetzen. Erst dann können wir hoffen, die unbekannte Größe selbst zu finden; in diesem Falle müssen wir die uns bekannten historischen Tatsachen durch Gleichungen ausdrücken, um dann durch Eliminierung der Größe X zur Feststellung ihres Wertes gelangen zu können.

Zehn Mann, Bataillone oder Divisionen haben mit fünfzehn Mann, Bataillonen oder Divisionen gekämpft und sie besiegt, das heißt sie ausnahmslos getötet oder gefangengenommen und selbst vier Mann, Bataillone oder Divisionen verloren; die Verluste betragen also auf der einen Seite vier, auf der andern fünfzehn. Folglich waren die vier der einen Seite gleich den fünfzehn der andern Seite, und es ergibt sich die Gleichung $4x = 15y$ und die weitere Gleichung $x : y = 15 : 4$. Diese Gleichung gibt nicht den Wert der Unbekannten, aber sie gibt das Verhältnis zwischen zwei Unbekannten. Und wenn man nun beliebige historische Einheiten – Schlachten, Feldzüge, Kriegsperioden – in derartige Gleichungen bringt, so erhält man Zahlenreihen, in denen bestimmte Gesetze existieren müssen, Gesetze, die sich entdecken lassen müssen.

Die taktische Regel, daß man beim Angriff in Massen, beim Rückzuge aber in Einzelteile aufgelöst kämpfen muß, erhärtet, ohne daß man es sich recht klarmacht, die Wahrheit, daß die Kraft eines Heeres von seinem Geist abhängt. Es bedarf einer größeren, nur durch die Bewegung in Massen zu erreichenden Disziplin, um Menschen in den Kugelregen zu führen, als um sich angreifender Feinde zu erwehren. Aber diese Regel berücksichtigt doch den Geist des Heeres nicht ausreichend, erweist sich daher immer wieder als unzutreffend und steht zur Wirklichkeit namentlich dort in einem eindrucksvollen Widerspruch, wo ein besonders starker Aufschwung oder ein besonders starkes Sinken des Geistes der Truppe in die Erscheinung tritt, nämlich in allen Volkskriegen.

Obwohl sich die Franzosen der erwähnten taktischen Regel zufolge auf ihrem Rückzuge im Jahre 1812 aufgelöst und einzeln hätten verteidigen müssen, ballen sie sich zu Haufen zusammen, weil der Geist des Heeres so gesunken ist, daß nur die Masse das Heer noch zusammenhält. Im Gegensatz zu ihnen hätten auf Grund der gleichen taktischen Regel die Russen in Massen angreifen müssen, lösten sich aber in Wirklichkeit in ganz kleine Einzelteile auf, weil ihr Geist einen solchen Aufschwung genommen hatte, daß die einzelnen Menschen ohne ausdrücklichen Befehl auf die Franzosen einhieben und keiner Nötigung bedurften, um Mühen und Gefahren auf sich zu nehmen.

III

Die sogenannte Guerilla begann beim Einzuge des Feindes in Smolensk.

Bereits ehe die Guerilla offiziell von unserer Regierung gebilligt worden war, waren viele tausend Mann von der feindlichen Armee – Zurückgebliebene, Marodeure, Requisitionskommandos – von den Kosaken und Bauern totgeschlagen worden, und zwar mit der gleichen instinktiven Selbstverständlichkeit, mit der Hunde einen herrenlos zugelaufenen tollen Hund totbeißen. Denis Dawydow mit seiner feinen russischen Witterung hatte als erster die Bedeutung dieses furchtbaren Knüppels begriffen, der die Franzosen vernichtete, ohne nach den Regeln der Kriegskunst zu fragen, und ihm gebührt der Ruhm, den ersten Schritt zur Legalisierung dieser Art der Kriegführung getan zu haben.

Am 24. August entstand Dawydows erstes Freikorps, dem bald viele andere folgen sollten. Und je länger der Feldzug anhielt, um so größer wurde die Zahl dieser Freikorps.

Die Freischärler vernichteten die Große Armee Teil für Teil. Sie sammelten die zur Erde gefallenen Blätter, die von dem verdorrten Baum des französischen Heeres ganz von selbst niederrieselten, und manchmal schüttelten sie diesen Baum auch geradezu. Im Oktober, als die Franzosen in Richtung Smolensk flohen, gab es Hunderte solcher Abteilungen von verschiedenster Größe und verschiedenstem Charakter. Es gab Formationen, die alle Methoden einer regulären Armee übernommen hatten, mit Infanterie, Artillerie, Stäben und mit allem, was eine reguläre Armee an Erleichterungen und Annehmlichkeiten bieten kann, es gab berittene, rein aus Kosaken zusammengesetzte Abteilungen, es gab kleinere, aus Fußgängern und Rei=

tern gemischte, es gab Scharen, die nur aus Bauern und Gutsbesitzern bestanden und von denen niemand wußte. Ein Küster führte eine Freischar und nahm im Laufe eines Monats mehrere hundert Mann gefangen, die Frau eines Dorfältesten, Wassilissa, schlug Hunderte von Franzosen tot.

Ende Oktober war die Guerilla voll aufgeflammt. Die erste Periode dieses Krieges, in der die Freischärler sich selbst noch über ihre Dreistigkeit wunderten, jeden Augenblick von den Franzosen umzingelt und gefangen zu werden fürchteten und sich in unausgesetzter Erwartung feindlicher Vorstöße in den Wäldern verborgen hielten, ohne abzusatteln, ja fast ohne aus dem Sattel zu kommen, diese erste Periode war schon vorüber. Jetzt hatte dieser Krieg bereits eine ganz bestimmte Form gewonnen, und alle wußten ganz genau, was man gegen die Franzosen unternehmen durfte und was nicht. Jetzt galt nur noch denjenigen Freikorpsführern, die nach allen Regeln der Kunst mit richtigen Stäben operierten und sich in ganz bestimmten Entfernungen von den Franzosen hielten, vieles für unmöglich. Den kleinen Freischaren aber, die schon seit langem am Werk waren und sich die Franzosen aus der Nähe angesehen hatten, galt manches als möglich, woran die Führer der größeren Formationen gar nicht einmal zu denken wagten. Die Kosaken und Bauern aber, die sich zwischen den Franzosen herumschlichen, hielten dafür, daß jetzt bereits alles und jedes möglich sei.

Am 22. Oktober war Denissow, der ebenfalls ein Freikorps führte, mit seinen Leuten gerade innerlich und äußerlich besonders im Brennpunkt dieses Freischarenkrieges. Vom frühen Morgen an waren sie unterwegs, den ganzen Tag über waren sie in den Wäldern längs der großen Landstraße einer aus Kavalleriebagage und russischen Gefangenen bestehenden feindlichen Kolonne auf den Fersen, die ohne unmittelbare Fühlung mit anderen französischen Formationen, aber, wie aus Kundschafter- und Gefangenenaussagen hervorging, mit einer starken Bedeckung in Richtung Smolensk marschierte. Von dieser Kolonne hatten nicht nur Denissow und Dolochow erfahren — Dolochow war ebenfalls unter die Freischärler gegangen und marschierte mit seinen Leuten nicht sehr weit von Denissow —, sondern auch die Führer einiger größerer, mit richtigen Stäben arbeitender Formationen; alle wußten sie von dieser Kolonne und wetzten sich schon die Zähne auf sie, wie Denissow sich ausdrückte. Zwei von ihnen, ein Pole und ein Deutscher, hatten fast gleichzeitig an Denissow die Aufforderung geschickt, er möchte sich mit ihnen vereinigen, um die Kolonne dann gemeinsam zu überfallen.

„Nein, Bruder, ich rasiere mich selbst", sagte Denissow, nachdem er diese beiden Schreiben gelesen hatte, und schrieb an den Deutschen, es sei zwar sein sehnlichster Wunsch, unter der Führung eines so hervorragenden und berühmten Generals zu operieren, er müsse sich aber dieses Glück versagen, weil er sich bereits dem polnischen General unterstellt habe. Dem polnischen General schrieb er einen ganz ähnlichen Brief, des Inhalts, er habe sich bereits dem Deutschen unterstellt.

Denissow verfuhr so, weil er beabsichtigte, mit Dolochow gemeinsam diese Kolonne anzugreifen und an sich zu bringen, obwohl sie beide nur eine Handvoll Leute hatten. Von sich aus hatte er den beiden Generälen überhaupt keine Mitteilung von seinem Vorhaben machen wollen. Die Kolonne marschierte am 22. Oktober von dem Dorf Mikulino zu dem Dorf Schamschewo. Links begleiteten diesen ganzen Weg ausgedehnte Wälder, die stellenweise bis unmittelbar an den Weg reichten, stellenweise eine Werst und mehr ablagen. Durch diese Wälder war Denissow mit seinen Leuten den ganzen Tag geritten, bald tief in ihrem Innern, bald mehr an den Rändern, ohne die marschierenden Franzosen aus den Augen zu verlieren. Am Morgen waren einige Kosaken von Denissows Freikorps unweit von Mikulino, wo der Wald bis hart an den Weg reichte, zwei im aufgeweichten Schmutz steckengebliebene französische Bagagewagen mit Kavalleriesätteln in die Hände gefallen, und sie hatten sie in den Wald gebracht. Von da an war die ganze Abteilung den Franzosen bis zum Abend auf den Fersen geblieben, ohne sie zu überfallen. Man mußte sie ganz ruhig, ohne sie in Schrecken zu setzen, bis Schamschewo kommen lassen, dann sich mit Dolochow vereinigen, der gegen Abend zu einer letzten Besprechung in ein Wildhüterhäuschen, eine Werst von Schamschewo, kommen sollte, darauf beim Morgengrauen wie ein Blitz aus heiterem Himmel von zwei Seiten über sie herfallen und alle mit einem Schlage niedermachen und gefangennehmen.

Weiter hinten, zwei Werst von Mikulino, dort wo der Wald bis hart an den Weg reichte, waren sechs Kosaken zurückgelassen worden, um sofort Meldung zu machen, wenn etwa neue französische Kolonnen auftauchen sollten.

Ebenso sollte Dolochow jenseits von Schamschewo den Weg beobachten, damit man darüber unterrichtet war, in welcher Entfernung sich die nächsten vor der Kolonne hermarschierenden französischen Truppen befanden. Man schätzte die Kolonne auf etwa fünfzehnhundert Mann. Denissow hatte zweihundert, Dolochow mochte ebenso viele haben. Aber die zahlenmäßige Überlegenheit konnte Denissow nicht hindern. Nur ein Umstand war, der unbedingt aufgeklärt werden mußte, nämlich aus was für Waffengattungen die Bedeckungsmannschaft bestand. Und deshalb mußte Denissow eine „Zunge" in die Hände bekommen, das heißt einen Mann von der feindlichen Kolonne. Bei dem Überfall auf die Bagagewagen am Morgen war es so hastig zugegangen, daß die Kosaken alle Franzosen, die bei den Wagen gewesen waren, niedergemacht und nur einen kleinen Trommlerjungen, der hinter seinen Kameraden zurückgeblieben war und keinerlei zuverlässige Angaben über die Truppen der Kolonne machen konnte, lebend mitgenommen hatten.

Denissow hielt es für gefährlich, noch einen zweiten Überfall vorzunehmen, um nicht die ganze Kolonne zu alarmieren, und darum schickte er den zu seiner Schar gehörenden Bauern Tichon Schtscherbatyw nach Schamschewo vor, um, wenn es möglich wäre, wenigstens einen der dorthin vorangesandten französischen Quartiermacher zu fangen.

IV

Es war ein warmer, regnerischer Herbsttag. Himmel und Horizont hatten die gleiche Farbe trüben Wassers. Bald schien die niedergehende Feuchtigkeit nur Nebel zu sein, bald war es plötzlich ein schräg fallender, großtröpfiger Regen.

Auf einem mageren Vollblutpferde mit straffen Flanken ritt Denissow in Filzmantel und Schaffellmütze, von denen das Wasser in Strömen troff. Ebenso wie sein Pferd, das den Kopf schief hielt und die Ohren gespitzt hatte, spähte er aufmerksam vor sich, das Gesicht vor dem schräg fallenden Regen verzogen. Sein abgemagertes, mit dichtem, kurzem, schwarzem Bart bestandenes Gesicht sah gereizt aus.

Neben Denissow ritt sein Mitarbeiter, der Jessaul Lowaiskij *, ebenfalls in Filzmantel und Schaffellmütze, auf einem gutgenährten, großen, donischen Pferde.

Lowaiskij war ein langer Mensch, flach wie ein Brett, hatte ein weißes Gesicht, blonde Haare, nah beieinanderstehende helle Augen und einen Ausdruck ruhigen Selbstbewußtseins in Gesicht und Haltung. Obwohl man nicht hätte deutlich bezeichnen können, worin das Besondere des Pferdes und des Reiters bestand, so sah man doch beim ersten Blick auf Jessaul und auf Denissow, daß Denissow sich naß und unbehaglich fühlte und daß Denissow ein Mensch war, der sich auf ein Pferd gesetzt hatte, während man beim ersten Blick auf den Jessaul sah, daß ihm ebenso ruhig und behaglich zumute war wie sonst und daß er nicht ein Mensch war, der sich auf ein Pferd gesetzt hatte, sondern ein Mensch, der mit seinem Pferde ein einziges, nun die Kraft von zweien in sich vereinendes Wesen bildete. Einige Schritte vor ihnen her ging der über und über durchnäßte

* Anm. am Schluß des Buches

Bauer, der ihnen den Weg zu zeigen hatte. Er trug einen grauen Kaftan und eine weiße Nachtmütze.

Einige Schritte hinter ihnen ritt ein junger Offizier in blauem französischem Mantel auf einem mageren, zierlichen Kirgisenpferdchen mit riesigem Schweif und riesiger Mähne.

Sein Nebenmann war ein Husar, der hinter sich auf der Kruppe seines Pferdes einen Jungen in zerrissener französischer Montur und blauer Mütze sitzen hatte. Der Junge hielt sich mit seinen vor Kälte rot gewordenen Händen an dem Husaren fest, zappelte mit den bloßen Füßen, um sich zu erwärmen, und sah mit hochgezogenen Augenbrauen verwundert um sich. Es war der am Morgen gefangengenommene französische Trommler.

Weiter hinten kamen auf dem schmalen, ausgefahrenen, von dichten Bäumen gesäumten Waldwege zu dreien und vieren die Husaren, darauf die Kosaken, einige in Filzmänteln, andere in französischen Mänteln, wieder andere in Pferdedecken, die sie sich über die Köpfe gezogen hatten. Die Pferde, Füchse und Braune, wirkten in ihren regendurchnäßten Fellen wie Rappen. Ihre Hälse sahen merkwürdig schlank aus, so naß waren die Mähnen. Sie dampften. Kleidungsstücke, Sättel, Zügel, alles war naß, glitschig und schlaff, ebenso wie der Erdboden und die abgefallenen Blätter, die den ganzen Weg bedeckten. Die Menschen hockten zerzaust da, sorgfältig bestrebt, jede Bewegung zu vermeiden, um das Wasser, das schon ihre Haut erreicht hatte, zu erwärmen und das kalte, das sich immer von neuem unter dem Gesäß, an den Knien und am Halse sammelte, nicht weitersickern zu lassen. Mitten zwischen den mit weiten Abständen reitenden Kosaken rumpelten die am Morgen eingebrachten Bagagewagen, vor die außer den französischen auch noch gesattelte Kosakenpferde gespannt waren, über Baumstümpfe und Reisig und holperten über die mit Wasser gefüllten Radspuren auf dem Wege.

Denissows Pferd umging eine Pfütze auf dem Wege und kam dabei zu sehr seitlich ab, so daß das Knie des Reiters gegen einen Baum geriet.

„Satan du!" schrie Denissow wütend und schlug das Pferd zähnefletschend dreimal mit der Peitsche. Schmutz und Regenwasser spritzten über ihn und seine Kameraden hin.

Denissow war schlechter Laune, teils weil es so regnete, teils weil er sehr hungrig war – seit dem Morgen hatte noch keiner etwas zu sich genommen –, vor allem aber weil bis jetzt noch keine Nachrichten von Dolochow da waren und der nach einer „Zunge" Ausgeschickte noch nicht zurückgekehrt war.

„So eine gute Gelegenheit, einen Transport zu überfallen, wie heute bietet sich kaum zum zweitenmal. Die Sache allein zu machen, das wäre zu riskant, schiebt man sie aber auf, so schnappt einem eines der größeren Korps die Beute vor der Nase weg", sagte Denissow und spähte unausgesetzt nach vorne in der Meinung, nun müßte er doch endlich den erwarteten Boten von Dolochow zu Gesicht bekommen.

Als sie über eine Schneise kamen, die rechter Hand einen weiten Blick frei ließ, machte Denissow halt.

„Da kommt was geritten", sagte er.

Der Jessaul sah nach der bezeichneten Richtung.

„Es sind zwei Reiter, ein Offizier und ein Kosak. Der Oberstleutnant selbst scheint es mir aber dezidiert nicht zu sein", sagte der Jessaul, der eine Vorliebe für Ausdrücke hatte, wie sie unter Kosaken sonst nicht recht gebräuchlich sind.

Die Reiter verschwanden jetzt in einer Bodenfalte und tauchten erst nach einigen Minuten wieder auf. Voran ritt in müdem Galopp, das Pferd mit der Peitsche antreibend, ein Offizier, zerzaust und bis auf die Haut naß, mit Hosen, die ihm bis über die Knie hinaufgerutscht waren. Hinter ihm trabte, in den Bügeln stehend, ein Kosak. Der Offizier, noch ein halber Knabe, mit einem breiten rotbackigem Gesicht und flinken, vergnügten Augen, galoppierte auf Denissow zu und übergab ihm ein durchnäßtes Kuvert.

„Vom General", sagte er. „Entschuldigen Sie, daß es so naß geworden ist."

Denissow nahm das Kuvert verdrießlich entgegen und öffnete es.

„Da redeten nun alle, wie gefährlich es wäre, weiß Gott wie gefährlich!" sagte der Offizier zum Jessaul, während Denissow den Brief las. „Übrigens hatten ich und Komarow" – er zeigte auf den Kosaken – „uns für alle Fälle vorgesehen. Jeder zwei Pisto ... aber was ist denn das?" unterbrach er sich selbst, als er den französischen Trommler sah. „Ein Gefangener? Waren Sie schon im Gefecht? Darf man ein paar Worte mit ihm sprechen?"

„Rostow! Petja!" schrie in diesem Augenblick Denissow, nachdem er den Brief durchflogen hatte. „Ja, warum hast du denn nicht gleich gesagt, wer du bist?" Und Denissow wandte sich lächelnd dem Offizier zu und streckte ihm die Hand hin.

Dieser Offizier war Petja Rostow.

Während seines ganzen Herritts hatte Petja sich darauf vorbereitet, wie er sich Denissow gegenüber verhalten wollte, ohne seiner Würde als der eines Erwachsenen und Offiziers etwas zu vergeben: er wollte in keiner Weise an ihre alte Bekanntschaft anknüpfen. Kaum aber hatte Denissow ihn angelächelt, als Petja auch schon zu strahlen und vor Freude rot zu werden begann. Er vergaß all das offizielle Wesen, das er sich zurechtgelegt hatte, begann zu erzählen, wie er an den Franzosen vorbeigeritten sei und wie er sich freue, daß man ihm diesen Auftrag anvertraut habe und daß er in der Schlacht bei Wjasma mit dabei gewesen sei und einer von seinen Husaren sich dort besonders hervorgetan habe.

„Na, ich freue mich auch, dich zu sehen", fiel Denissow ihm ins Wort, und sein Gesicht war wieder ebenso sorgenvoll wie zuvor.

„Michail Feoklitytsch, das ist wieder von dem Deutschen", sagte er zum Jessaul. „Er gehört zu dessen Formation."

Und Denissow gab dem Jessaul den Inhalt des soeben erhaltenen Schreibens wieder: der deutsche General wiederholte seinen Vorschlag. Denissow solle zu ihm stoßen und den Überfall auf den Transport mit ihm gemeinsam machen.

„Nehmen wir ihn morgen nicht, so schnappt er ihn uns vor der Nase weg", schloß er.

Während Denissow mit dem Jessaul sprach, brachte Petja, der angesichts des kalten Tones, mit welchem Denissow sprach, verlegen geworden war und annahm, er sei durch die unvorschriftsmäßige Verfassung seiner Hosen hervorgerufen, seine heraufgerutschten Hosen unter dem Mantel, und so unauffällig wie möglich, damit niemand es merken sollte, wieder in Ordnung und suchte dabei eine möglichst kriegerische Miene zur Schau zu tragen.

„Haben Ew. Hochwohlgeboren sonst noch Befehle für mich?" sagte er, die Hand am Mützenschirm, zu Denissow und kehrte damit wieder zu dem Spiel „Adjutant und General" zurück, auf das er sich unterwegs vorbereitet hatte. „Soll ich vielleicht bei Ew. Hochwohlgeboren bleiben?"

„Befehle?" meinte Denissow nachdenklich. „Ja, kannst du denn bis morgen hierbleiben?"

„Ach, bitte . . . Darf ich bei Ihnen bleiben?" rief Petja.

„Ja, was ist dir eigentlich von deinem General befohlen worden? Sollst du gleich wieder umkehren?" fragte Denissow.

Petja wurde rot.

„Befohlen hat er mir gar nichts. Ich glaube, ich darf wohl bleiben, nicht wahr?" antwortete er fragend.

„Na, schön", sagte Denissow.

Dann wandte er sich an seine Leute und gab Befehl, das Freikorps sollte zu dem in Aussicht genommenen Lagerplatz beim Wildhüterhäuschen im Walde marschieren, der Offizier auf dem Kirgisenpferdchen aber, der bei Denissow Adjutantendienste versah, sollte sich auf die Suche nach Dolochow machen und fragen, ob er abends kommen würde. Denissow selbst wollte mit dem Jessaul und Petja an den Waldsaum bei Schamschewo reiten, um die Örtlichkeit in Augenschein zu nehmen, wo die Franzosen biwakieren und wo sie am nächsten Tage angegriffen werden sollten.

„Na du, alter Herr", wandte er sich an den wegkundigen Bauern, „führe uns nach Schamschewo."

Denissow, Petja, der Jessaul, der Husar mit dem Trommler und einige Kosaken ritten links durch eine Schlucht auf den Waldrand zu.

V

Der Regen hatte nachgelassen, nur der Nebel und einzelne Wassertröpfchen von den Baumzweigen sickerten immer noch herunter. Denissow, der Jessaul und Petja ritten schweigend hinter dem Bauern mit der Nachtmütze her, der sie den Weg zum Waldsaum führte und mit seinen weit auswärts gerichteten, mit Bastschuhen bekleideten Füßen flink und geräuschlos über Wurzeln und nasses Laub stapfte.

Als sie auf der Kuppe eines sanft gewellten Hügels angelangt waren, hielt der Bauer inne, sah sich um und nahm dann die Richtung auf eine Waldgegend, in der die Baumwand lichter zu werden anfing. An einer großen, noch immer belaubten Eiche machte er halt und winkte die andern mit einer geheimnisvollen Handbewegung zu sich. Denissow und Petja ritten zu ihm. Vom Standort des Bauern aus konnte man die Franzosen sehen. Dicht hinter dem Waldrande zog sich ein Sommerungsfeld von der halben Höhe des Hügels an nach unten. Rechter Hand, jenseits einer steilen Schlucht, sah man ein kleines Dörfchen und ein bescheidenes Herrenhaus mit zerstörten Dächern. In diesem Dörfchen und auf diesem Gutshof und auf dem ganzen Abhang der Schlucht, im Garten, am Brunnen, um den Teich und auf dem ganzen Wege, der von der Brücke bergauf zum Dorf führte, waren, kaum zweihundert Klafter entfernt, im hin und her wogenden Nebel Menschenhaufen zu sehen. Man hörte deutlich die fremdartigen Rufe, mit denen sie die mühsam ihre Fuhren bergauf schleppenden Pferde anschrien, und die Worte, die sie einander zuriefen.

„Den Gefangenen her!" sagte Denissow gedämpft, ohne ein Auge von den Franzosen zu wenden.

Der Husar saß ab, hob den Jungen vom Sattel und kam mit ihm zu Denissow. Denissow zeigte auf die Franzosen und fragte, was für Truppen das seien. Der Junge sah Denissow, die kalten Hände in die Taschen gesteckt, mit hochgezogenen Augenbrauen verängstigt an, und obwohl er offensichtlich alles gern sagen wollte, was er wußte, verhaspelte er sich in seinen Antworten und beantwortete schließlich nur noch die Fragen, die sich mit einer Bestätigung beantworten ließen. Denissow runzelte die Stirn, ließ ihn stehen und wandte sich an den Jessaul, um ihm seine Ansicht auseinanderzusetzen.

Petja drehte seinen Kopf mit flinken Bewegungen bald hierhin, bald dahin, sah bald auf den Trommler, bald auf Denissow, bald auf den Jessaul und bald auf die Franzosen im Dorfe und auf dem Wege, eifrig bestrebt, sich nur ja nichts Wichtiges entgehen zu lassen.

„Ob Dolochow nun kommt oder nicht, wir müssen den Transport nehmen! Was?" sagte Denissow mit lustig blitzenden Augen.

„Die Örtlichkeit ist kommode", meinte der Jessaul.

„Die Infanterie schicken wir über die Ebene, durch die Sümpfe", fuhr Denissow fort. „Sie schleicht sich an den Garten heran. Sie kommen mit den Kosaken von da aus angeritten" — Denissow deutete auf den Wald hinter dem Dorf — „und ich mit meinen Husaren von hier aus. Als Signal wird ein Schuß abgefeuert, und dann ..."

„Durch die Senkung geht es nicht, da ist es zu morastig", meinte der Jessaul. „Die Pferde bleiben stecken, müssen weiter links herum ..."

Während sie dieses halblaute Gespräch führten, knallte unten, in der Nähe des Teiches ein Schuß, ein weißes Rauchwölkchen stieg auf, ein zweiter Schuß folgte, und jetzt erscholl bei den Franzosen auf halber Höhe des Berges ein Schrei, der wie ein hundertstimmiger Freudenschrei wirkte! Im ersten Augenblick waren sowohl Denissow als auch der Jessaul zurückgesprungen. Sie waren so nahe, daß sie glauben mußten, dieses Schießen und Schreien gelte ihnen. Aber das war keineswegs der Fall. Unten lief ein Mensch in irgendeinem roten Kleidungsstück über die Sümpfe. Offenbar hatten die Franzosen auf ihn geschossen, und er war auch der Anlaß ihres Geschreis.

„Das ist ja unser Tichon!" sagte der Jessaul.

„Tatsächlich! Das ist er! So ein Aas!" sagte Denissow.

„Der kommt durch!" meinte der Jessaul und kniff die Augen zusammen.

Der Mann, den sie Tichon nannten, war auf das Flüßchen zugerannt, hatte sich platschend hineingeworfen, so daß es nach allen Seiten spritzte, war dann für einen Augenblick verschwunden, arbeitete sich darauf, ganz schwarz vom Sumpfwasser, auf allen vieren wieder heraus und rannte weiter. Die Franzosen, die ihm nachgesetzt hatten, waren vor dem Flüßchen stehengeblieben.

„Ein gewandter Hund!" sagte der Jessaul.

„Das Aas!" brummte Denissow vor sich hin, immer noch mit einem gewissen Ärger. „Und was hat er denn bis jetzt gemacht?"

„Wer ist das?" fragte Petja.

„Unser Kundschafter. Ich hatte ihn geschickt, um eine ‚Zunge' zu holen."

„Ach so", sagte Petja schon bei Denissows ersten Worten und nickte, als sei ihm jetzt alles klar, obwohl er nicht das geringste begriffen hatte.

Tichon Schtscherbaty war einer der unentbehrlichsten Leute vom ganzen Freikorps. Er war ein Bauer aus Pokrowskoje bei Gshatj. Als Denissow ganz im Anfang nach Pokrowskoje kam und, wie er es immer tat, den Dorfältesten zu sich rufen ließ und ihn fragte, was er von den Franzosen wisse, da antwortete der Dorfälteste, wie es alle Dorfältesten taten, mit einer Miene, als beschuldige man ihn eines Verbrechens, er wisse gar nichts, er habe keine Ahnung. Als Denissow ihm aber dann klargemacht hatte, daß es sich für ihn darum handelte, die Franzosen zu schlagen, und als er darauf fragte, ob nicht herumstreifende Franzosen in ihrer Gegend gesehen worden seien, da sagte der Dorfälteste, „Mirodeure" seien freilich ab und zu dagewesen, aber bei ihnen im Dorfe habe sich um diese Dinge niemand gekümmert als Tischka Schtscherbaty. Denissow ließ Tichon kommen, lobte ihn wegen seiner Rührigkeit und sagte ihm in Gegenwart des Dorfältesten einige Worte über die Treue zu Zar und Vaterland und den Haß gegen die Franzosen, den alle Söhne des Vaterlandes empfinden müßten.

„Wir tun den Franzosen nichts Böses", sagte Tichon, der über Denissows Worten offenbar etwas ängstlich geworden war. „Wir haben nur so ein bißchen mit den Kerlen herumgemacht, so, wie es einem eben Spaß macht. Mirodeure haben wir wohl vielleicht so Stücker zwanzig totgeschlagen, aber sonst haben wir nichts Böses getan . . ."

Am folgenden Tage, als Denissow von Pokrowskoje abrückte und diesen Bauern schon wieder ganz vergessen hatte, wurde ihm gemeldet, Tichon habe gebeten, sich dem Freikorps anschließen zu dürfen. Denissow befahl, ihn dazubehalten.

Tichon, der anfangs zu den gröbsten Arbeiten, zum Feueranmachen, Wasserholen, Pferdeabhäuten und dergleichen mehr verwendet worden war, legte bald eine große Neigung und Eignung zum Franktireurkrieg an den Tag. Er ging nachts auf Beute aus und brachte jedesmal französische Bekleidungsstücke und Waffen mit, und wenn es ihm befohlen worden war, auch Gefangene. Denissow ließ Tichon nun nicht mehr zum Arbeitsdienst heranziehen, nahm ihn zu Rekognoszierungen mit und stellte ihn bei der Kosakenabteilung ein.

Tichon ritt ungern und ging immer zu Fuß, ohne indessen hinter den Berittenen zurückzubleiben. Bewaffnet war er mit einer Muskete, die er mehr zum Spaß trug, einer Pike und einem Beil, das er ebenso gewandt handhabte wie der Wolf seine Zähne, mit denen er mit gleicher Leichtigkeit einen Floh aus seinem Fell holt und dicke Knochen zermalmt. Tichon spaltete ebenso sicher mit seinem Beil kräftigen Schwunges einen Balken, wie er damit, das Beil am Rücken haltend, kleine Holzpflöcke herstellte oder Löffel schnitzte. Tichon nahm in Denissows Freikorps eine besondere Ausnahmestellung ein. Galt es etwas besonders Schwieriges und Unangenehmes, etwa einen Wagen durch Anheben mit der Schulter aus dem Schmutz zu schaffen, einen Gaul am Schwanz aus dem Sumpf zu ziehen, ein totes Pferd abzuhäuten, sich mitten unter die Franzosen zu schleichen, an einem Tag fünfzig Werst zu machen, dann deuteten alle lachend auf Tichon.

„Dem macht's nichts aus, der Satan hat ja eine Gesundheit wie ein Gaul", hieß es von ihm.

Einmal hatte ein Franzose, den Tichon gefangennehmen wollte, mit der Pistole auf ihn geschossen und ihn in die Weichteile des Rückens getroffen. Diese Wunde, die Tichon nur mit äußerlicher und innerlicher Anwendung von Schnaps zum Heilen brachte, war für die ganze Abteilung ein Gegenstand der muntersten Scherze gewesen, auf die auch Tichon gern eingegangen war.

„Na, Bruder, jetzt hast du wohl genug? Das hat dich wohl umgeschmissen?" hatten die Kosaken gelacht.

Tichon hatte dann getan, als werde er wütend, die Glieder verrenkt und das Gesicht verzerrt und war mit den lächerlichsten Schimpfworten über die Franzosen losgezogen. Dieser Zwischenfall hatte auf Tichon keine andere Wirkung gehabt, als daß er von nun an nur noch selten Gefangene einbrachte.

Tichon war der brauchbarste und tapferste Mann des Freikorps. Niemand spürte mehr Gelegenheiten zu Überfällen auf, niemand fing und tötete mehr Franzosen als er; und dabei war er der Allerweltslustigmacher für die Kosaken und Husaren und gefiel sich durchaus in dieser Stellung.

Diesmal war Tichon in der Nacht zuvor von Denissow nach Schamschewo geschickt worden, um eine ‚Zunge' zu holen. Aber ob er nun sich mit einem einzelnen Franzosen nicht hatte zufriedengeben wollen oder ob er zu lange in den Tag hineingeschlafen hatte, jedenfalls hatte er sich am hellen Tage durchs Gebüsch mitten unter die Franzosen geschlichen und war, wie Denissow und seine Begleiter es von oben aus hatten beobachten können, von ihnen entdeckt worden.

VI

Denissow sprach mit dem Jessaul noch eine Zeitlang über den morgigen Überfall, den er jetzt, da er die Franzosen aus nächster Nähe vor sich sah, endgültig beschlossen zu haben schien. Dann wandte er sein Pferd um und ritt zurück.

„Na, Bruder, also jetzt reiten wir mal hin und trocknen uns", sagte er zu Petja.

In der Nähe des Wildhüterhäuschens angelangt, machte Denissow halt und lugte in den Wald. Im Walde ging zwischen den Bäumen mit weit ausgreifenden und elastischen Schritten seiner langen Beine ein Mann in Jacke und Bastschuhen, auf dem Kopfe einen Hut nach Kasaner Art, ein Gewehr über der Schulter, ein Beil im Gürtel. Kaum hatte dieser Mann Denissow gesehen, als er hastig irgend etwas ins Gesträuch warf, den nassen Hut mit der herunterhängenden Krempe abnahm und auf den Kommandeur zukam. Es war Tichon.

Sein von Blatternarben und Runzeln durchfurchtes Gesicht mit den kleinen, nah beieinanderstehenden Augen glänzte vor guter Laune und Selbstzufriedenheit. Er hatte den Kopf gehoben und starrte Denissow an, und er sah aus, als verhielte er sich nur mit Mühe das Lachen.

„Na, wo warst du denn so lange?" fragte Denissow.

„Wo ich war? Nach Franzosen gegangen", erwiderte Tichon rasch und ohne jede Schüchternheit mit seinem heiseren und doch wohlklingenden Baß.

„Warum bist du denn bei Tag hingekrochen? Hornochse du! Na, wie ist es, natürlich fingst du also keinen?"

„Fangen fing ich schon einen", antwortete Tichon.

„Wo ist er?"

„Ich fing ihn ganz früh, als es noch dämmerig war", fuhr Tichon fort und stellte sich auf seinen flachen, auswärts gerichteten Füßen in den Bastschuhen noch breitbeiniger hin, „und ich habe ihn auch in den Wald gebracht. Dann sehe ich, mit dem ist nichts los. Ich denke, gehst du noch mal und holst dir einen andern, der mehr taugt."

„Na, das ist mir der Richtige", sagte Denissow zum Jessaul. „Warum hast du ihn denn nicht hergebracht? Du hättest . . ."

„Warum sollte ich ihn denn herbringen?" fiel Tichon ihm ärgerlich ins Wort. „Wo doch nichts mit ihm los war. Glauben Sie vielleicht, ich weiß nicht, was für welche Sie brauchen?"

„So eine Bestie! . . . Na, und dann?"

„Also ging ich nach einem andern", erzählte Tichon weiter, „kroch in den Wald und legte mich hin, so auf diese Art." Tichon warf sich plötzlich geschmeidig auf den Bauch, um zu zeigen, wie er es gemacht hatte. „Kommt so einer angetrudelt. Ich ihm an den Wanst, so auf diese Art." Tichon machte einen raschen und gewandten Sprung. „ ‚Komm mit!' sage ich, ‚zum Obersten'. Er fängt an zu schreien, und schon sind vier andere da. Also los auf mich mit ihren Säbelchen. Ich mit dem Beil, so auf diese Art, und schrei: ‚Was wollt ihr? Christus soll euch helfen!' " brüllte Tichon, fuchtelte mit den Händen, machte ein drohendes Gesicht und warf die Brust heraus.

„Na, wir haben ja von oben gesehen, wie du dich durch die

Pfützen dünn machtest", sagte der Jessaul und kniff die blanken Augen zusammen.

Petja hätte am liebsten losgelacht, sah aber, daß die andern sich das Lachen verhielten. Er ließ die Augen rasch von Tichons Gesicht auf das Gesicht des Jessauls und das Gesicht Denissows gleiten und verstand nicht, was das alles heißen sollte.

„Gib hier keine Zirkusvorstellung", sagte Denissow mit einem gereizten Räuspern. „Warum hast du den ersten nicht hergebracht?"

Tichon begann sich mit der einen Hand den Rücken, mit der andern den Kopf zu kratzen. Dann aber verzog sich plötzlich seine ganze Schnauze zu einem strahlenden, dummen Lächeln, über dem die Zahnlücke sichtbar wurde, der er seinen Namen verdankte *. Denissow grinste, und Petja platzte heraus, und nun stimmte auch Tichon in sein Gelächter ein.

„Ja was denn, es war ja gar nichts mit ihm anzufangen", sagte Tichon, „was er auf dem Leibe hatte, das taugte einen Dreck, warum hätte ich ihn da erst herbringen sollen? Und dann war er auch so grob, Ew. Wohlgeboren. ‚Was?' sagte er, ‚mein Vater war überhaupt General, ich komme nicht mit!' So hat er gesagt."

„So ein Hornochse!" schimpfte Denissow. „Ich brauchte doch einen Kerl zum Ausfragen . . ."

„Ausgefragt habe ich ihn ja auch", sagte Tichon. „Er sagte: ‚Ich weiß nichts Genaues.' Er sagt, die unsrigen sind wohl sehr viel, aber es ist mit ihnen nichts los, nichts als Dicktuer. Macht nur richtigen Krach, sagte er, dann habt ihr sie schon alle", schloß Tichon und sah Denissow strahlend und mit großer Sicherheit in die Augen.

„Ich werde dir hundert aufzählen lassen, aber gründlich, um dir die Zirkusspielerei auszutreiben", sagte Denissow streng.

„Aber warum denn gleich so böse?" antwortete Tichon. „Habe ich mir vielleicht Ihre Franzosen nicht angesehen? Laß es nur dunkel werden, dann hole ich dir meinetwegen gleich Stücker drei, von welcher Sorte du willst."

„Na, also denn los", sagte Denissow und ritt mit verdrießlichem Gesicht und ohne ein weiteres Wort zu verlieren auf das Wildhüterhäuschen zu.

Tichon ging hinterdrein, und Petja hörte, wie die Kosaken mit ihm und über ihn lachten: es handelte sich um irgendwelche Stiefel, die er ins Gesträuch geworfen hätte.

Als die erheiternde Wirkung nachgelassen hatte, die Tichons Erzählung und sein Grinsen auf Petja gehabt hatte, und es Petja für einen Augenblick zum Bewußtsein kam, daß dieser Tichon einen Menschen getötet hatte, da wurde es ihm bedrückt und befangen

* Anm. am Schluß des Buches

zumut. Er sah sich nach dem gefangenen Trommler um, und es ging ihm wie ein Stich durchs Herz. Aber das ging rasch vorüber. Er hielt es für nötig, den Kopf nicht hängenzulassen, sich forsch zu zeigen und den Jessaul wichtig über die geplante Unternehmung auszufragen, um sich der Gesellschaft, in der er sich befand, nicht unwert zu zeigen.

Sie hatten das Wildhüterhäuschen noch nicht erreicht, als ihnen der zu Dolochow geschickte Offizier begegnete. Er meldete, Dolochow werde selbst unverzüglich kommen und sei, was ihn angehe, zu allem bereit.

Denissow wurde plötzlich wieder vergnügt und rief Petja zu sich. „Na, und jetzt erzähle mir, wie es dir ergangen ist", sagte er.

VII

Als Petja bald nach dem Aufbruch von Moskau seine Angehörigen verlassen hatte, war er zu seinem Regiment gegangen und bald darauf als Ordonnanz zu einem General abkommandiert worden, der eine größere Abteilung unter sich hatte. Seit er zum Offizier befördert war und namentlich seit er der Feldarmee angehörte, mit der er an der Schlacht von Wjasma teilgenommen hatte, befand Petja sich in einem ununterbrochenen Zustande glücklicher Erregung und Freude darüber, daß er jetzt schon erwachsen war, und hatte in begeisterter Beflissenheit keinen anderen Gedanken als den, nur ja keine Gelegenheit, bei der wirkliches Heldentum an den Tag gelegt werden konnte, zu verpassen. Er war überglücklich über alles, was er bei der Armee sah und erlebte, und doch war es ihm immer, als würden die richtigen, die eigentlichen Heldentaten gerade dort verrichtet, wo er nicht war. Und darum drängte es ihn immer woandershin.

Als sein General am 21. Oktober den Wunsch geäußert hatte, jemanden zum Freikorps Denissow zu schicken, da hatte Petja so flehentlich gebeten, doch ihn zu schicken, daß der General ihm keinen abschlägigen Bescheid hatte geben mögen. Als er ihn dann aber abfertigte, fiel dem General Petjas sinnloses Verhalten in der Schlacht bei Wjasma ein, wo Petja statt an seinen Bestimmungsort zu reiten, in die französische Feuerzone an der Vorpostenkette gejagt war und dort zweimal seine Pistole abgefeuert hatte, und daher untersagte der General ihm zum Schluß noch einmal ausdrücklich, sich an irgendwelchen Aktionen Denissows zu beteiligen. Das war nun auch der Grund gewesen, weswegen Petja so rot und verlegen geworden war, als Denissow ihn gefragt hatte, ob er bei ihm bleiben dürfe. Als sie vorhin durch den Wald geritten waren, da hatte Petja immer noch gemeint, er müsse in strenger Pflichterfüllung sofort wieder umkehren. Als er dann aber die Franzosen und Tichon gesehen und als er erfahren hatte, daß in der Nacht unter allen Umständen angegriffen werden sollte, da war er mit jener Geschwindigkeit, mit der junge Leute den Standpunkt zu wechseln pflegen, von dieser Auffassung zur entgegengesetzten übergesprungen und hatte sich gesagt, sein General, den er bis dahin sehr hoch geschätzt hatte, sei nichts wert, sei ein Deutscher, Denissow aber ein Held und der Jessaul ein Held und Tichon auch ein Held, und es wäre für ihn eine Schande, wenn er diese Helden in einem so entscheidenden Augenblick verließe.

Es dämmerte schon, als sie bei dem Wildhüterhäuschen anlangten. Im Halbdunkel sah man gesattelte Pferde stehen und die Kosaken und Husaren lagern, die auf der Lichtung Reisighütten gebaut und in einer baumbestandenen Schlucht, wo es von den Franzosen nicht gesehen werden konnte, ein rötlich flammendes Feuer angezündet hatten. Im Flur des kleinen Häuschens hackte ein Kosak mit aufgekrempelten Ärmeln Hammelfleisch. In der Stube waren drei Offiziere von Denissows Freikorps damit beschäftigt, mit Hilfe einer Tür einen Tisch herzustellen. Petja zog die nasse Uniform aus, gab sie zum Trocknen und griff dann unverzüglich mit zu, um den Offizieren bei der Herrichtung des Eßtisches zu helfen.

In zehn Minuten war der Tisch fertig. Er war mit einer Serviette bedeckt und trug Schnaps, eine Flasche Rum, Weißbrot und gebratenes Hammelfleisch mit Salz. Als Petja mit den Offizieren am Tisch saß und das fette, prächtig duftende Hammelfleisch zerriß, so daß ihm der Talg über die Finger lief, da befand er sich in einem kinderhaft verzückten Zustand zärtlicher Liebe zu allen Menschen und war infolgedessen auch überzeugt, daß die andern ihn ebenso lieb hatten.

„Also, was meinen Sie, Wassilij Feodorowitsch?" wandte er sich an Denissow. „Es macht doch weiter nichts aus, wenn ich noch für einen Tag bei Ihnen bleibe?" Und Denissows Antwort vorwegnehmend, fuhr er fort: „Ich habe ja doch Befehl bekommen, mich hier umzuhören, na, und ich höre mich hier ja auch um ... Stellen Sie mich nur dorthin ... dorthin, wo ... ich meine, wo es am meisten drauf ankommt ... Ich bin ja nicht auf Orden und Ehrenzeichen aus ... sondern was ich möchte ..."

Petja biß die Zähne aufeinander, sah sich um, zuckte mit dem hochaufgerichteten Kopf und machte eine verlegene Handbewegung.

„Wo es am meisten drauf ankommt ..." wiederholte Denissow lächelnd.

„Ach bitte, geben Sie mir doch ein ganz selbständiges Kommando, wo ich so richtig kommandieren kann", fuhr Petja fort. „Was kann das Ihnen schon ausmachen? ... Ach so, Sie brauchen ein Messer?" wandte er sich an einen Offizier, der sich ein Stück von dem Hammelfleisch abschneiden wollte.

Er reichte ihm sein Taschenmesser. Der Offizier sagte ein paar Worte über die Güte des Messers.

„Bitte, nehmen Sie es ganz an sich. Ich habe noch eine ganze Anzahl solcher Messer", sagte Petja errötend. „Herr des Himmels! Das habe ich ja ganz vergessen", rief er plötzlich. „Ich habe ja Rosinen, wundervolle Rosinen, wissen Sie, solche Rosinen ganz ohne Kerne. Wir haben einen neuen Marketender, und der hat großartige Sachen. Ich habe mir gleich zehn Pfund gekauft, ich bin es so gewohnt, dazwischen etwas Süßes zu essen. Wollen Sie?" Und Petja rannte auf den Flur zu seinem Kosaken und kam gleich darauf mit einem Freßbeutel wieder, in dem fünf Pfund Rosinen waren. „Greifen Sie zu, meine Herren, greifen Sie zu."

„Vielleicht haben Sie Verwendung für eine Kaffeemaschine?" wandte er sich dann an den Jessaul. „Ich habe bei unserem Marketender eine ganz famose Kaffeemaschine gekauft! Der hat überhaupt tadellose Sachen. Und dann ist er auch so ehrlich. Darauf kommt es ja vor allem an. Ich werde sie Ihnen schicken, ganz bestimmt. Und vielleicht sind Ihnen die Feuersteine ausgegangen oder geben nicht mehr ordentlich Feuer? So etwas kommt ja vor. Ich habe mir einen Vorrat mitgenommen, da habe ich gleich hundert Stück drin." Er zeigte auf den Freßbeutel. „Ich habe sie sehr billig gekauft. Bitte, nehmen Sie doch, wieviel Sie brauchen, wenn Sie wollen, auch alle ..."

Dann erschrak er plötzlich, fürchtete, er sei schon zu sehr ins Schwadronieren hineingekommen, wurde rot und verstummte.

Er begann sein Gedächtnis zu durchforschen, ob er nicht noch irgend etwas Dummes gesagt oder getan habe. Und als er so die Erinnerungen des heutigen Tages an sich vorüberziehen ließ, da fiel ihm plötzlich der französische Trommlerjunge ein. „Wir haben es hier herrlich, aber er? Wo haben Sie ihn wohl hingetan? Hat er was zu essen gekriegt? Haben sie ihm auch nichts getan?" dachte er. Aber weil er das Gefühl hatte, schon zu viel von seinen Feuersteinen gefaselt zu haben, so hatte er jetzt Bedenken.

„Geht es auch an, daß ich nach ihm frage?" dachte er. „Sie werden vielleicht sagen: er ist selbst noch ein kleiner Junge, darum tut ihm der andere Junge leid. Morgen will ich ihnen schon zeigen, daß ich kein Junge mehr bin! Wird es peinlich werden, wenn ich nach ihm frage? Na, einerlei!" Und augenblicks sagte er, ganz rot werdend und die Offiziere ängstlich ansehend, ob sie nicht am Ende spöttische Gesichter machen würden:

„Kann man nicht den Jungen kommen lassen, der heute gefangengenommen wurde? Und ihm etwas zu essen geben ... vielleicht ..."

„Ja, der arme Bengel", meinte Denissow und fand offenbar gar nichts Beschämendes darin, daß Petja an ihn erinnert hatte. „Lassen wir ihn doch kommen. Er heißt Vincent Bosse. Rufen wir ihn doch."

„Ich rufe ihn", sagte Petja.

„Schön, schön. Armer Bengel", sagte Denissow noch einmal.

Petja war schon an der Tür, als Denissow das sagte. Jetzt schlängelte er sich zwischen den Offizieren durch, bis er hart vor Denissow stand.

„Erlauben Sie mir, Sie zu küssen, mein Liebster", sagte er. „Ach, wie herrlich das ist! Wie herrlich das ist!"

Und er küßte Denissow und stürzte dann hinaus.

„Bosse! Vincent!" schrie Petja von der Tür aus.

„Wen wünschen Sie, gnädiger Herr?" fragte eine Stimme aus der Dunkelheit.

Petja erwiderte, er wolle den Franzosenjungen haben, der heute früh gefangengenommen worden sei.

„Ah! Wessennij?" sagte der Kosak.

Aus dem Namen Vincent hatten die Kosaken bereits „Wessennij" und die Bauern und Soldaten „Wissenja" gemacht. Bei beiden Namensverstümmelungen verschmolz der Gedanke an den Frühling * mit der Vorstellung der zarten Jugend des Jungen.

„Er wärmt sich da irgendwo am Feuer. He, Wissenja! Wissenja! Wessennij!" wurde nun in der Dunkelheit der Ruf mit lautem Lachen weitergegeben. „Ein gewandter kleiner Kerl!" sagte ein Husar, der neben Petja stand. „Wir haben ihm vorhin zu essen gegeben. Einen Hunger hatte er wie ein Wolf."

Durch die Dunkelheit kamen Schritte, und nun patschte der Trommler mit seinen nackten Füßen durch den Schmutz auf die Tür zu.

„Ah, c'est vous!" sagte Petja. „Voulez-vous manger? N'ayez pas peur, on ne vous fera pas de mal", setzte er hinzu und berührte freundlich und schüchtern seinen Arm. „Entrez, entrez." [1]

„Merci, monsieur", antwortete der Trommler mit einer zitternden, fast an ein ganz kleines Kind erinnernden Stimme und wischte sich seine schmutzigen Füße an der Schwelle ab.

Petja hätte dem Trommler noch vieles sagen mögen, wagte es aber nicht. Er stand verlegen neben ihm im Flur. Dann nahm er im Finstern seine Hand und drückte sie.

„Entrez, entrez", wiederholte er mit zärtlichem Flüstern.

„Ach, was könnte ich wohl für ihn tun?" dachte Petja, während er die Tür öffnete und dem Jungen den Vortritt ließ.

* Anm. am Schluß des Buches

1 Ah, Sie sind es! Wollen Sie essen? Haben Sie keine Angst, man wird Ihnen nichts Böses tun. Kommen Sie nur herein, kommen Sie herein!

Als der Trommler eingetreten war, setzte Petja sich in ziemlicher Entfernung von ihm hin, weil er glaubte, es könnte seiner Würde Eintrag tun, wenn er sich zu viel um ihn kümmerte. Er tastete nur nach dem Geld in seiner Tasche und war sich nicht recht klar darüber, ob er sich nicht würde schämen müssen, wenn er es dem Trommler gäbe.

VIII

Von dem Trommler, dem auf Denissows Geheiß Schnaps und Hammelfleisch gegeben wurde und für den Denissow einen russischen Kaftan holen ließ, weil er ihn nicht mit den übrigen Gefangenen wegschicken, sondern bei seiner Truppe behalten wollte, wurde Petjas Aufmerksamkeit durch Dolochows Kommen wieder abgezogen. Petja hatte bei der Armee viel von Dolochows Tapferkeit und von seiner Grausamkeit gegen die Franzosen erzählen hören, und daher sah er ihn, seit Dolochow eingetreten war, unverwandt an, suchte seiner Haltung immer noch mehr Schneid zu geben und machte ruckartige Bewegungen mit dem hochgereckten Kopf, um in einer Gesellschaft, wie es die Dolochows war, auch mit Ehren bestehen zu können.

Merkwürdig betroffen und überrascht war Petja von Dolochows einfachem Äußeren.

Denissow trug einen Kosakenrock, einen langen Bart und auf der Brust ein Bild des heiligen Nikolai, des Wundertäters, und die Besonderheit seiner Stellung fand auch durchaus in seiner Sprechweise und seinem ganzen Benehmen ihren Ausdruck. Dolochow dagegen, der früher in Moskau ein persisches Kostüm getragen hatte, sah jetzt wie der stutzerhafteste Gardeoffizier aus. Sein Gesicht war sauber rasiert, er trug einen wattierten Überrock mit den Abzeichen der Garde, das Georgkreuz im Knopfloch, und auf dem Kopf eine einfache, gerade aufgesetzte Militärmütze. Er legte seinen nassen Filzmantel in einer Ecke der Stube ab, ging dann auf Denissow zu und richtete sofort eine Menge sachlicher Fragen an ihn, ohne irgendeinen von den anderen zu begrüßen. Denissow berichtete ihm von den Absichten, welche die großen Formationen auf den Transport hatten, und von Petjas Mission und wiederholte dann, was er den beiden Generälen geantwortet hatte. Darauf erzählte er alles, was er von der französischen Kolonne wußte.

„Schön. Man muß aber dahinterkommen, um was für Truppen es sich handelt und wie stark sie sind", sagte Dolochow. „Jemand wird hinreiten müssen. Bevor wir genau wissen, wie stark sie sind, können wir es nicht auf einen Kampf ankommen lassen. Ich liebe klare Verhältnisse und Gründlichkeit. Hat jemand von den Herren Lust, mit mir ins französische Lager zu reiten? Uniformen habe ich bei mir."

„Ich, ich ... ich reite mit Ihnen!" rief Petja.

„Es scheint mir ganz überflüssig, daß du hinreiten willst", sagte Denissow zu Dolochow. „Von dem hier gar nicht zu reden, dem erlaube ich das um keinen Preis."

„Das wäre ja noch schöner!" rief Petja. „Warum soll ich denn nicht reiten?"

„Deswegen, weil es keinen Sinn hat."

„Sie müssen mich schon entschuldigen, aber ... aber ... also, ich reite, basta. Nehmen Sie mich mit?" wandte er sich an Dolochow.

„Warum nicht?" erwiderte Dolochow zerstreut, und sein Blick fiel gerade in diesem Augenblick auf das Gesicht des französischen Trommlers. „Hast du dies Jüngelchen schon lange bei dir?" fragte er Denissow.

„Heute gefangengenommen, hat aber von nichts eine Ahnung. Ich habe ihn bei mir behalten."

„Na, und was tust du mit den übrigen?" fragte Dolochow.

„Was ich mit denen tue? Die schicke ich mit einem Anschreiben weg und lasse mir den Empfang bescheinigen!" rief Denissow und war plötzlich rot geworden. „Und ich kann dreist sagen, daß ich noch keinen auf dem Gewissen habe. Ist es für dich denn wirklich so schwierig, dreißig oder dreihundert Mann unter Bewachung in die Stadt zu schicken, daß du lieber — ich spreche ganz unumwunden — deine Soldatenehre besudelst?"

„Wenn das kleine Gräflein hier mit seinen sechzehn Jahren so charmante Auffassungen äußerte, das wäre schließlich in der Ordnung", antwortete Dolochow mit kaltem Spott. „Du solltest aber solche Dinge schon hinter dir haben."

„Aber ich sage doch gar nichts, ich sage nur, daß ich unbedingt mit Ihnen reiten will", warf Petja schüchtern ein.

„Aber Leute wie wir beide, Bruder, sollten solche Galanterien beiseite lassen", fuhr Dolochow fort, und es war, als bereite es ihm eine besondere Genugtuung, über diesen Gegenstand zu sprechen, der Denissow so wild zu machen schien. „Na, und warum hast du gerade diesen zu dir genommen?" fragte er kopfschüttelnd. „Weil er dir leid tut? Wir wissen ja Bescheid, was es mit deinen Empfangsbescheinigungen auf sich hat. Hundert Mann schickst du hin, und dreißig kommen an. Sie sterben unterwegs vor Hunger, oder sie werden totgeschlagen. Kommt es nicht ganz auf dasselbe heraus, als wenn man sie gar nicht erst mitschleppt?"

Der Jessaul blinzelte mit seinen hellen Augen und nickte beifällig.

„Natürlich kommt es auf dasselbe heraus, das läßt sich nicht leugnen. Aber ich will es nicht auf mein Gewissen nehmen. Du sagst, sie sterben. Schön. Aber ich will es nicht gewesen sein", sagte Denissow.

Dolochow lachte.

„Warum haben sie mich nicht schon zwanzigmal gefangengenommen? Und wenn sie uns fangen, mich und dich mit deiner ganzen Ritterlichkeit, da gibt es keinen Unterschied, schon hängen wir am nächsten Ast."

Dolochow schwieg. Dann sagte er:

„Aber jetzt zur Sache. Mein Kosak soll mit dem Bündel kommen! Ich habe zwei französische Uniformen mitgebracht. Also wie ist es, reiten wir zusammen?" fragte er Petja.

„Ich? Ja, ja, unter allen Umständen!" rief Petja, ganz rot geworden, mit einem Seitenblick auf Denissow, und hatte fast Tränen in den Augen vor Aufregung.

Während Dolochow und Denissow darüber stritten, wie man mit den Gefangenen zu verfahren habe, hatte Petja wieder ein Gefühl des Unbehagens und der Scheu gehabt und hatte wieder nicht recht dahinterkommen können, wovon eigentlich die Rede war. „Wenn so hervorragende Männer so denken, dann wird es wohl auch richtig und gut sein", dachte er. „Und vor allem soll Denissow sich nur nicht einbilden, ich müßte mich in allem nach ihm richten und er brauchte nur so zu befehlen. Ich reite ganz bestimmt mit Dolochow ins französische Lager. Wenn er das kann, kann ich das auch!"

Auf alle Vorstellungen Denissows, er solle dableiben, antwortete Petja nur, er sei ebenso wie Dolochow an klare Verhältnisse und Gründlichkeit gewöhnt und tue nichts blindlings, und die Gefahr mache ihm nichts aus.

„Und das müssen Sie doch selbst zugeben, wenn man nicht genau weiß, wie stark sie sind ... Davon kann das Leben von Hunderten abhängen, und wir sind bloß zwei, und dann möchte ich es auch so furchtbar gern, und ich reite also mit, ganz bestimmt, unter allen Umständen! Versuchen Sie gar nicht erst, mich zu halten, damit machen Sie es nur noch schlimmer ...", sagte er.

IX

Petja und Dolochow ritten in französischen Mänteln und Tschakos auf die Schneise, von der Denissow sich das Lager angesehen hatte, und dann über den Waldrand hinaus talwärts durch die Dunkelheit. Hier ließ Dolochow die Begleitkosaken zurück und ritt in starkem Trabe auf die Brücke zu. Petja ritt neben ihm, kaum mehr bei Sinnen vor Aufregung.

„Wenn wir hereinfallen – ich ergebe mich nicht lebendig, ich habe eine Pistole", flüsterte er.

„Sprich kein Russisch!" zischte Dolochow ihm zu, und im gleichen Augenblick schrie eine Stimme aus dem Dunkel: „Qui vive?[1] Gleichzeitig knackte der Hahn eines Gewehrs.

Petja schoß das Blut ins Gesicht, und er griff nach seiner Pistole.

„Lanciers du 6me",[2] sagte Dolochow, ohne die Gangart zu verstärken oder abzukürzen.

Auf der Brücke stand die Silhouette eines Postens.

„Mot d'ordre!"[3]

Dolochow parierte sein Pferd und ritt jetzt im Schritt.

„Dites donc, le colonel Gérard est ici?"[4] fragte er.

„Mot d'ordre!" wiederholte der Posten, ohne auf die Frage zu antworten, und vertrat den Reitern den Weg.

„Quand un officier fait sa ronde, les sentinelles ne demandent pas le mot d'ordre!" schnauzte Dolochow in plötzlicher Wut den Posten an und ritt auf ihn zu. „Je vous demande, si le colonel est ici?"[5]

Und ohne die Antwort des zur Seite tretenden Postens abzuwarten, ritt Dolochow im Schritt bergan.

Als er einen Menschen schattengleich seinen Weg überqueren sah, hielt Dolochow ihn an und fragte ihn, wo der Kommandeur und die Offiziere seien. Der Gefragte, ein Soldat mit einem Sack über der Schulter, blieb stehen, trat dicht an Dolochows Pferd heran, berührte es mit der Hand und erzählte harmlos und freundlich, der Kommandeur und die Offiziere seien oben auf dem Berge, rechter Hand, auf dem Hof der ferme, wie er den Herrenhof nannte.

Nun ritten sie weiter und hörten rechts und links französische Gespräche um die Lagerfeuer. Dolochow schwenkte in den Herrenhof ein. Hinter dem Tor saß er ab und ging auf ein großes, hoch aufflammendes Lagerfeuer zu, um das einige Menschen in lautem Gespräch saßen. In dem überkochenden Kessel brodelte es, und ein Soldat mit blauem Mantel und Nachtmütze kniete, hell vom Feuer beschienen, davor und rührte mit einem Ladestock in dem Kessel.

„Oh, c'est un dur à cuire",[6] meinte einer von den Offizieren, die jenseits des Feuers im Dunkel saßen.

„Il les fera marcher les lapins",[7] sagte ein anderer lachend.

[1] Halt, wer da?
[2] Ulanen vom 6ten.
[3] Die Parole.
[4] Sagen Sie mal, ist der Oberst Gèrard hier?
[5] Wenn ein Offfzier die Runde macht, so haben die Posten nicht nach der Parole zu fragen. Ich frage Sie, ob der Oberst hier ist?
[6] Oh, der ist aber zu hart zum Kochen.
[7] Er wird ihnen schon Beine machen, den Kaninchen!

Beide verstummten und äugten in die Finsternis, als sie zwei Männer mit Pferden auf das Lagerfeuer zukommen hörten.

„Bonjour, messieurs!" [1] sagte Dolochow laut und deutlich.

Die Offiziere, die jenseits des Feuers im Dunkel gesessen hatten, gerieten jetzt in Bewegung, und einer, ein langer Mensch mit gerecktem Halse, kam um das Feuer herum auf Dolochow zu.

„C'est vous, Clément?" sagte er. „D'où, diable . . ." [2] Aber er brach ab, als er seinen Irrtum erkannt hatte, runzelte leicht die Stirn, begrüßte nun Dolochow, wie man einen Menschen begrüßt, den man nicht kennt, und fragte ihn, womit er ihm dienen könne.

Dolochow erzählte, er und sein Kamerad suchten ihr Regiment wieder einzuholen, und fragte, jetzt an alle zugleich gewandt, ob die Offiziere nichts vom sechsten Regiment wüßten. Niemand wußte etwas, und Petja hatte den Eindruck, daß die Offiziere ihn und Dolochow mit Feindseligkeit und Mißtrauen anzusehen begannen. Einige Sekunden sagte keiner ein Wort.

„Si vous comptez sur la soupe de soir, vous venez trop tard",[3] sagte eine Stimme aus der Dunkelheit jenseits des Lagerfeuers mit verhaltenem Lachen.

Dolochow erwiderte, sie hätten keinen Hunger und müßten noch in der Nacht weiter.

Er übergab die Pferde dem Soldaten, der im Feldkessel gerührt hatte, und kauerte sich neben dem Offizier mit dem langen Halse am Feuer nieder. Dieser Offizier sah Dolochow unverwandt an und fragte ihn dann noch einmal, von welchem Regiment er sei. Dolochow gab keine Antwort, als hätte er die Frage gar nicht gehört, zog ein kurzes französisches Pfeifchen aus der Tasche, zündete es an und erkundigte sich bei dem Offizier, wie weit man auf der Straße vor ihnen sicher vor den Kosaken sei.

„Les brigands sont partout",[4] bemerkte jemand hinter dem Feuer.

Dolochow meinte, die Kosaken seien doch nur für Nachzügler eine Gefahr, wie für ihn und seinen Kameraden, und setzte dann fragend hinzu, daß die Kosaken es doch wohl nicht riskieren würden, größere Abteilungen zu überfallen. Niemand antwortete.

„Na, jetzt wird er sich davonmachen", dachte Petja jeden Augenblick, während er am Feuer stand und dem Gespräch zuhörte. Allein Dolochow nahm das unterbrochene Gespräch wieder auf und begann sich ganz ohne Umschweife zu erkundigen, wie stark die einzelnen Bataillone seien und um wieviel Bataillone und um wieviel Gefangene es sich handele. Als er nach den russischen Gefangenen fragte, die bei der Abteilung waren, sagte er:

[1] Guten Tag, meine Herren!
[2] Sind Sie es, Clément? Woher zum Teufel . . .
[3] Wenn Sie auf die Abendsuppe rechnen, so kommen Sie zu spät.
[4] Diese Räuber sind überall.

„La vilaine affaire de traîner ces cadavres après soi. Vaudrait mieux fusiller cette canaille.“ [1] Und dabei lachte er so laut und merkwürdig, daß Petja glaubte, jetzt müßten die Franzosen den Betrug augenblicklich durchschauen, und unwillkürlich einen Schritt vom Feuer zurücktrat.

Niemand antwortete auf Dolchows Bemerkung oder schloß sich seinem Lachen an, und ein französischer Offizier, der bis jetzt nicht zu sehen gewesen war, da er in seinen Mantel eingehüllt am Boden gelegen hatte, richtete sich ein wenig auf und flüsterte einem seiner Kameraden etwas zu. Dolochow erhob sich und rief den Soldaten mit den Pferden.

„Kriegen wir die Pferde oder nicht?“ dachte Petja und drängte sich unwillkürlich zu Dolochow.

Die Pferde kriegten sie.

„Bonjour, messieurs“, sagte Dolochow.

Petja hatte „Bon soir“ sagen wollen, brachte aber keinen Laut über die Lippen. Die Offiziere flüsterten miteinander. Es dauerte eine ganze Weile, bis Dolochow im Sattel war, weil sein Pferd nicht stehen wollte. Dann ritt er im Schritt durch das Tor. Petja ritt neben ihm, empfand das Verlangen, sich umzusehen, um festzustellen, ob die Franzosen hinter ihnen herkamen oder nicht, wagte es aber nicht.

Wieder auf dem Landwege angekommen, ritt Dolochow nicht zurück aufs Feld, sondern mitten durch das Dorf. Einmal hielt er an und horchte. „Hörst du?“ sagte er. Petja hörte Russisch sprechen und sah die dunklen Gestalten russischer Gefangener um ihre Feuer. Darauf ritten Petja und Dolochow bergab zur Brücke, vorbei an dem Posten, der verdrießlich auf der Brücke auf und ab ging, ohne ein Wort zu sagen, und kamen dann in die Geländefalte, wo die Kosaken sie erwarteten.

„Na, also nun lebe wohl. Sage Denissow: beim Morgengrauen, auf den ersten Schuß“, sagte Dolochow und wollte abreiten, aber Petja hielt ihn fest.

„Nein!“ rief er. „So ein Held wie Sie! Ach, wie wundervoll! Wie herrlich! Wie ich für Sie schwärme!“

„Schön, schön“, sagte Dolochow.

Allein Petja ließ ihn nicht los und Dolochow gewahrte im Dunkeln, wie Petja sich zu ihm hinüberbeugte. Er wollte sich mit ihm küssen. Dolochow küßte ihn, lachte, wandte sein Pferd und war in der Dunkelheit verschwunden.

[1] Es ist lästig, diese Kadaver hinter sich herzuschleppen. Es wäre viel besser, man erschösse dieses Gesindel.

X

In das Wildhüterhäuschen zurückgekehrt, fand Petja im Flur Denissow, der ihn aufgeregt und unruhig erwartete und sich Vorwürfe darüber machte, daß er ihn überhaupt fortgelassen hatte.

„Gott sei Dank!" rief er. „Na, Gott sei Dank!" sagte er immer wieder, während er Petjas begeisterte Erzählung anhörte. „Und der Teufel soll dich holen, ich habe deinetwegen nicht geschlafen! Na, Gott sei Dank, jetzt leg dich hin. Bis es Morgen wird, können wir noch etwas dämmern."

„Ja . . . Nein", sagte Petja. „Mir ist noch gar nicht nach Schlafen zumut. Und ich weiß auch, wie ich darin bin: bin ich einmal eingeschlafen, dann ist es auch um mich geschehen. Und dann bin ich auch gewohnt, vor dem Gefecht nicht zu schlafen."

Petja saß noch eine Zeitlang in der Stube, dachte selig an alle Einzelheiten seines Rittes und malte sich lebhaft aus, wie es morgen sein würde. Dann, als er sah, daß Denissow eingeschlafen war, stand er auf und ging ins Freie.

Draußen war es noch ganz dunkel. Es regnete nicht mehr, aber von den Bäumen fielen noch Tropfen. Unweit des Häuschens sah man die schwarzen Umrisse der von den Kosaken gebauten Reisighütten und der aneinandergekoppelten Pferde. Hinter dem Häuschen standen die schwarzen Massen der beiden Bagagewagen, daneben die Pferde der Bespannung, und aus der Schlucht kam der rote Schein des niederbrennenden Feuers. Auch von den Kosaken und Husaren war noch mancher wach, und hier und dort hörte man durch das Geräusch der fallenden Tropfen und der kauenden Pferde gedämpfte, fast flüsternde Stimmen.

Als Petja aus dem Flur ins Freie getreten war, lugte er in der Dunkelheit umher und ging dann zu den Bagagewagen. Unter den Wagen schnarchte jemand, und rings herum standen gesattelte Pferde und kauten Hafer. Petja erkannte trotz der Finsternis sein Pferd, das er „Karabach" nannte, obwohl es keineswegs kaukasischer, sondern kleinrussischer Herkunft war, und ging zu ihm.

„Na, Karabach, morgen wollen wir aber unsere Sache machen!" sagte er, schnupperte an seinen Nüstern herum und küßte es.

„Na, gnädiger Herr, schlafen Sie nicht?" meinte ein Kosak, der unter einem der Bagagewagen saß.

„Nein. Na . . . Lichatschow, so heißt du ja wohl? Ich bin eben erst zurückgekommen. Wir waren zu den Franzosen geritten."

Und Petja erzählte dem Kosaken nicht nur ausführlich von seinem Ritt, sondern setzte ihm auch auseinander, warum er mitgeritten sei und daß er es für richtiger halte, sein Leben bei der Vorbereitung einer Sache aufs Spiel zu setzen, als eine Sache unvorbereitet und aufs Geratewohl zu unternehmen.

„Ja, ja, Sie sollten aber doch noch etwas schlafen", sagte der Kosak.

„Nein, ich bin es so gewohnt", antwortete Petja. „Aber sind denn die Feuersteine an euren Pistolen auch noch gut? Ich habe welche mitgebracht. Brauchst du welche? Ich gebe dir gern von meinen ab."

Der Kosak kam ein wenig unter dem Wagen hervorgekrochen, um sich Petja aus größerer Nähe anzusehen.

„Ich bin nämlich gewohnt, in allen Dingen auf klare Verhältnisse und Gründlichkeit zu sehen", sagte Petja. „Manche gehen so aufs Geratewohl ins Zeug, haben sich auf nichts vorbereitet und müssen es nachher bereuen. Davon halte ich nichts."

„Das ist wahr", sagte der Kosak.

„Ja, und was ich noch sagen wollte, lieber Freund, bitte, schleife mir doch meinen Säbel, er ist etwas abgestum . . ." Petja stockte, weil er nicht lügen wollte: der Säbel war noch nie richtig scharf gewesen. „Kannst du das machen?"

„Warum nicht? Gewiß."

Lichatschow stand auf, wühlte in einem Bündel herum, und bald darauf hörte Petja das kriegerische Geräusch von Stahl und Schleifstein. Er kletterte auf den Bagagewagen und setzte sich auf den Rand. Unter dem Wagen schliff der Kosak den Säbel.

„Wie ist das, schlafen die Kerls alle?" fragte Petja.

„Einer schläft, der andere schläft wieder nicht."

„Na, und der Junge?"

„Wessennij? Der hat sich im Flur hingeschmissen. Angst macht Schlaf. War froh, daß er sich hinschmeißen konnte."

Eine geraume Weile sagte Petja nichts mehr und horchte auf das Geräusch des Schleifens. Dann kamen Schritte aus dem Dunkel, und eine schwarze Gestalt stand vor ihm.

„Was schleifst du?" fragte der Mann, der an den Bagagewagen gekommen war.

„Dem Herrn da seinen Säbel."

„Das laß ich mir gefallen", sagte der Mann, den Petja für einen Husaren hielt. „Habt ihr noch einen Trinkbecher hier?"

„Da, beim Rade."

Der Husar nahm den Trinkbecher.

„Jetzt wird's auch bald hell", sagte er gähnend und verschwand wieder im Dunkeln.

Petja mußte wissen, daß er im Walde war, beim Freikorps Denissow, eine Werst von der Landstraße, daß er auf einem erbeuteten französischen Bagagewagen saß, an dem Pferde angebunden standen, daß unter ihm der Kosak Lichatschow hockte und ihm seinen Säbel schliff, daß der große schwarze Fleck zur Rechten ein Wild=

hüterhäuschen und der grellrote Fleck zur Linken ein niederbrennendes Lagerfeuer war, daß der Mann, der nach dem Becher gefragt hatte, ein Husar war, der trinken wollte, aber von dem allem wußte er nichts und wollte auch nichts davon wissen. Er war in einem Zauberreich, in welchem nichts so war wie in der Wirklichkeit. Der große schwarze Fleck konnte freilich ein Wildhüterhäuschen sein, ebensogut aber auch eine Höhle, die tief in das Innere der Erde hineinführte. Der rote Fleck war möglicherweise ein Feuer, möglicherweise aber auch das Auge eines riesenhaften Ungeheuers. Vielleicht saß er wirklich auf einem Bagagewagen, vielleicht saß er aber auch nicht auf einem Bagagewagen, sondern auf einem gräßlich hohen Turm, und der Turm war so hoch, daß man, wenn man herunterfiel, bis zum Erdboden einen ganzen Tag, einen ganzen Monat flog, immerzu flog und niemals ankam. Vielleicht saß ja unter dem Bagagewagen ganz einfach der Kosak Lichatschow, aber ebensogut konnte da doch auch der beste, tapferste, wundervollste, in jeder Beziehung herrlichste Mensch von der ganzen Welt sitzen, von dem nur niemand etwas wußte. Vielleicht war wirklich ein Husar gekommen und war dann nach Wasser ins Tal gegangen, vielleicht war er soeben aber nicht nur seinen Blicken entschwunden, sondern war überhaupt entschwunden und es gab ihn gar nicht mehr.

Was Petja jetzt auch zu sehen bekommen hätte, gewundert hätte er sich über nichts. Er war in einem Zauberreiche, in welchem alles möglich war.

Er sah zum Himmel auf. Und der Himmel war ebenso verzaubert wie die Erde. Der Himmel war wie ein sauberes Stück schwarzen Tuches, und über den Baumwipfeln jagten Wolken hin, als wollten sie die Sterne den Blicken der Menschen freigeben. Manchmal war es, als wolle der Himmel ganz klar werden und sich ohne jede Wolkenumhüllung in seiner reinen Schwärze zeigen. Dann wieder sah es so aus, als seien diese reinen schwarzen Stellen nur dunkle Wolken. Manchmal war es, als höbe sich der Himmel einem über dem Kopf ganz, ganz hoch in die Höhe, dann wieder, als habe er sich ganz heruntergelassen, so daß man mit der Hand hinlangen könnte.

Petja schloß die Augen und schaukelte sich hin und her.

Tropfen klatschten.

Man hörte leise sprechen. Der Pferde wieherten und schlugen. Irgend jemand schnarchte.

„Ossst, sst, osst, ssst ...", zischte der Säbel über dem Schleifen, und plötzlich hörte Petja einen harmonischen Musikchor eine fremdartige Hymne von feierlicher Süße spielen. Petja war ebenso musikalisch wie Natascha, musikalischer als Nikolai, hatte aber nie Musikunterricht gehabt und nie viel Nachdenken auf Musik verwandt, und darum waren auch die Motive, die ihm plötzlich in den

Ohren klangen, etwas ganz Neues für ihn und hatten etwas besonders Anziehendes. Die Musik spielte lauter und lauter. Die Melodie schwoll an und ging von einem Instrument auf das andere über. Es war das, was man als Fuge bezeichnet – freilich hatte Petja keine Ahnung davon, was eine Fuge ist. Jedes Instrument, bald ein geigen- bald ein trompetenähnliches – obwohl sie schöner und reiner klangen als Geigen und Trompeten –, jedes Instrument spielte seine Partie und verschmolz, noch bevor es mit seinem Motiv fertig war, mit einem andern, das fast das gleiche Motiv aufgriff, und mit einem dritten und vierten, und alle verschmolzen sie miteinander und lösten sich wieder voneinander und rannen dann wieder zu feierlich-sakralen oder grell aufblitzenden und siegesjauchzenden Klängen zusammen.

„Ach ja, das ist ja alles nur ein Traum", sagte sich Petja, und der Kopf sank ihm auf die Brust. „Das ist nur so in meinen Ohren. Aber vielleicht ist das meine eigene Musik. Na, noch einmal. Los, Musik, meine eigene Musik! Los!"

Er schloß die Augen. Und nun zitterten die Töne wie aus weiter Ferne von verschiedenen Seiten heran, fügten sich zueinander, lösten sich wieder, verschmolzen abermals, und nun war alles zu dem gleichen süßen und feierlichen Hymnus zusammengeströmt. „Ach, wie wundervoll das ist! Soviel ich nur will und wie ich es nur will", dachte Petja. Er versuchte diesen ungeheuren Chor von Instrumenten nach seinem Willen zu lenken.

„Leiser, leiser, jetzt ganz ersterben lassen!" Und die Töne gehorchten ihm. „Jetzt voller, munterer, noch freudiger, noch freudiger!" Und nun stiegen triumphierende Klänge immer lauter werdend aus unbekannter Tiefe auf. „Und jetzt die Gesangstimmen! Einsetzen!" befahl Petja. Und nun erschollen, anfangs noch ganz aus der Ferne, erst Männer- und dann Frauenstimmen. Die Stimmen wuchsen in gleichmäßig anschwellender feierlicher Kraftentfaltung. Und Petja wurde es bange und froh zugleich über ihrer wundervollen Schönheit.

Der Gesang verschmolz mit einem triumphierenden Siegesmarsch, und die Tropfen klatschten, und der Säbel zischte Ossst ssst ssst, und die Pferde schlugen aus und wieherten, und alle diese Geräusche störten den Chor nicht, sondern gingen harmonisch in ihn ein.

Petja wußte nicht, wie lange das anhielt: er war ganz hingerissen und wunderte sich selbst in einem fort über seine Hingerissenheit, und es tat ihm nur leid, daß er sie keinem andern Menschen zugänglich machen konnte.

Lichatschows freundliche Stimme weckte ihn:

„Fertig, Ew. Wohlgeboren, damit können Sie einen Franzosen in zwei Hälften spalten."

Petja kam zu sich.

„Es wird schon hell, wahrhaftig, es wird hell!" rief er.

Die Pferde, die man bisher nicht hatte sehen können, waren jetzt schon bis auf die Schwänze sichtbar, und durch die kahlen Zweige schimmerte eine wässerige Helle. Petja schüttelte sich, sprang herunter, zog einen Rubel aus der Tasche und gab ihn Lichatschow. Dann tat er probeweise einen Lufthieb und steckte den Säbel in die Scheide. Die Kosaken koppelten die Pferde los und sattelten nach.

„Da kommt auch der Kommandeur", sagte Lichatschow.

Aus der Tür des Häuschens trat Denissow und rief Petja zu, er solle sich fertigmachen.

XI

Im Halbdunkel suchten die Leute nun ihre Pferde heraus, sattelten nach und traten berittweise an. Denissow stand am Häuschen und erteilte seine letzten Befehle. Die Infanterie marschierte, mit hundert Beinen durch die Pfützen patschend, zuerst ab und war bald in dem Nebel der Morgenfrühe zwischen den Bäumen verschwunden. Der Jessaul hatte seinen Kosaken noch allerhand Befehle zu geben. Petja hielt sein Pferd am Zügel und wartete mit Ungeduld auf den Befehl zum Aufsitzen. Das Gesicht, das er sich mit kaltem Wasser gewaschen hatte, besonders aber die Augen brannten ihn wie Feuer, über seinen Rücken lief ein Frösteln, und in seinem ganzen Körper spürte er ein rasches und taktmäßiges Zittern.

„Na, ist bei euch alles soweit?" sagte Denissow. „Pferde vorführen!"

Die Pferde wurden vorgeführt. Denissow ärgerte sich über seinen Kosaken, weil der Sattelgurt nicht scharf genug angezogen war, und schimpfte ihn während des Aufsitzens aus. Petja schob den Fuß in den Bügel, das Pferd schnappte, wie es das immer tat, nach seinem Bein, aber Petja sprang rasch in den Sattel, als fühle er sein eigenes Gewicht gar nicht, sah sich flüchtig nach den Husaren um, die hinter ihm im Halbdunkel anritten, und ritt zu Denissow.

„Wassilij Feodorowitsch, Sie geben mir doch irgendeinen besonderen Auftrag? Bitte, bitte, um Gottes willen!" sagte er.

Denissow schien Petjas Existenz ganz vergessen zu haben. Jetzt warf er ihm einen Blick zu.

„Ich bitte mir nur eins aus", sagte er streng. „Tu, was ich dir sage, und mische dich in nichts."

Während des ganzen Marsches sprach Denissow mit Petja kein Wort mehr und ritt schweigend dahin. Als sie am Waldsaum waren, fing es über dem Felde schon recht hell zu werden an.

Denissow flüsterte ein wenig mit dem Jessaul, und nun ritten die Kosaken an Petja und Denissow vorbei. Als sie alle vorbei waren, setzte Denissow sein Pferd wieder in Bewegung und ritt bergab. Auf die Hinterhand gelehnt, gleitend, trugen die Pferde ihre Reiter talab. Petja ritt neben Denissow. Das Zittern in seinem ganzen Körper wurde immer stärker. Es wurde heller und heller, und der Nebel ließ das Entferntere nicht so recht unterscheiden. Unten angelangt, sah Denissow sich noch einmal um und nickte dann dem neben ihm haltenden Kosaken zu.

„Das Signal!" sagte er.

Der Kosak hob den Arm, und der Schuß krachte. Und im selben Augenblick scholl vorne der Hufschlag galoppierender Pferde, und von allen Seiten hörte man Schreien und weitere Schüsse.

In dem Augenblick, in welchem zuerst Hufschlag und Geschrei laut wurden, gab Petja seinem Pferde einen Schlag, ließ ihm die Zügel und galoppierte vorwärts, ohne auf Denissow zu hören, der ihm irgend etwas nachschrie. Petja war es, als sei es mit dem Augenblick des Signalschusses plötzlich mittäglich hell geworden. Er jagte auf die Brücke zu. Vor ihm galoppierten die Kosaken auf der Landstraße. An der Brücke stieß er mit einem zurückgebliebenen Kosaken zusammen und jagte weiter. Weiter vorne liefen irgendwelche Leute – das mußten Franzosen sein – von rechts nach links über die Straße. Einer fiel unter Petjas Pferd in den Schmutz.

Vor einem Bauernhause drängten sich Kosaken zusammen und taten irgend etwas. Mitten aus diesem Haufen drang ein grauenvoller Schrei. Petja jagte auf den Haufen zu, und das erste, was er sah, war das bleiche Gesicht eines Franzosen mit zitterndem Unterkiefer, der eine auf ihn gerichtete Pike am Schaft gepackt hatte.

„Hurra! ... Kinder ... Wir ...", schrie Petja, ließ dem erregten Pferde die Zügel und galoppierte weiter ins Dorf.

Weiter vorne hörte man schießen. Kosaken, Husaren und abgerissene russische Gefangene stürzten von beiden Seiten der Straße heran und schrien laut und verworren. Ein stattlicher Franzose mit einem roten und grimmigen Gesicht, im blauen Mantel und ohne Mütze, wehrte sich mit dem Bajonett gegen die Husaren. Als Petja ankam, war der Franzose schon gefallen. „Wieder zu spät!" zuckte es Petja durch den Kopf, und er jagte dorthin, von wo die meisten Schüsse kamen. Die Schüsse kamen aus dem Hof des Herrenhauses, wo er in der Nacht mit Dolochow gewesen war. Die Franzosen hatten sich hier in dem dicht verwachsenen Garten hinter dem geflochtenen Zaun festgesetzt und schossen auf die Kosaken, die sich in dichter Menge um das Tor drängten. Auf das Tor zureitend, sah Petja in Pulverdampf Dolochow, dessen Gesicht blaß und grünlich war und der seinen Leuten irgend etwas zuschrie. „Seitlich herum! Infanterie abwarten!" schrie er gerade in dem Augenblick, in welchem Petja auf ihn zukam.

„Warten? ... Hurra!" schrie Petja und jagte, ohne einen Augenblick zu zögern, dorthin, von wo die Schüsse kamen und wo der Pulverdampf am dichtesten war.

Eine Salve krachte, Kugeln pfiffen, und manche von ihnen klatschten irgendwo hinein. Die Kosaken und Dolochow galoppierten hinter Petja durch das Tor in den Hof. Die Franzosen in dem dichten, hin und her wallenden Rauch warfen die Waffen weg, kamen aus dem Gebüsch heraus und liefen den Kosaken entgegen oder rannten bergab auf den Teich zu. Petja galoppierte über den Hof, statt aber die Zügel in der Hand zu behalten, warf er beide Arme mit einer merkwürdigen und hastigen Bewegung in die Luft und rutschte vom Sattel immer mehr auf die eine Seite herüber. Das Pferd lief auf ein im Morgenlicht glimmendes Lagerfeuer zu, wich zurück, und Petja fiel schwer auf die feuchte Erde. Die Kosaken sahen, wie seine Arme und Beine rasch hin und her zuckten, obwohl der Kopf sich nicht bewegte. Eine Kugel hatte ihn in den Kopf getroffen.

Dolochow verhandelte mit dem dienstältesten französischen Offizier, der, ein Taschentuch am Degen, hinter dem Hause hervorgekommen war und sich zur Kapitulation bereit erklärt hatte, saß dann ab, und ging zu Petja, der mit ausgebreiteten Armen regungslos dalag.

„Fertig", sagte er finster und ging Denissow entgegen, der eben durch das Tor auf ihn zugeritten kam.

„Tot?" schrie Denissow, der schon von weitem sah, wie Petja dalag, und diese Lage genau kannte.

„Fertig", wiederholte Dolochow, als bereite es ihm eine besondere Genugtuung, dieses Wort aussprechen zu können, und ging dann rasch zu den Gefangenen, um die sich hastig die Kosaken drängten. „Mitnehmen tun wir sie nicht!" rief er Denissow zu.

Denissow gab keine Antwort. Er ritt auf Petja zu, stieg vom Pferde und drehte Petjas blut- und schmutzbesudeltes, schon bleich gewordenes Gesicht zu sich.

„Ich bin es so gewohnt, ab und zu etwas Süßes zu essen. Es sind ausgezeichnete Rosinen, greifen Sie nur alle zu", ging es ihm durch den Kopf. Und die Kosaken sahen sich erstaunt nach Denissow um, als er sich mit einigen nach Hundegebell klingenden Lauten rasch abwandte, an den Zaun ging und sich gegen ihn lehnte.

Unter den von Denissow und Dolochow befreiten russischen Gefangenen war auch Pierre Besuchow.

XII

Hinsichtlich der Gefangenenabteilung, bei der Pierre sich befand, waren während ihres ganzen Marsches von Moskau an keinerlei neue Befehle der zuständigen französischen Kommandobehörde mehr ergangen. Am 22. Oktober war diese Abteilung nicht mehr mit den Formationen und Kolonnen zusammen, mit denen sie aus Moskau ausgerückt war. Die Trainkolonne mit Feldzwieback, die in den ersten Tagen hinter ihr fuhr, war zur Hälfte von Kosaken weggenommen worden, und die andere Hälfte fuhr jetzt weiter vorne; von den unberittenen Kavalleristen, die anfangs vor der Gefangenenabteilung marschiert waren, war nicht ein einziger mehr da, sie hatten sich alle davongemacht. Statt der Artillerie, welche die Gefangenen anfangs vor sich gesehen hatten, fuhren jetzt vor ihnen die endlosen von Westfalen eskortierten Bagagekolonnen des Marschalls Junot. Hinter den Gefangenen kam eine Kavalleriebagage.

Von Wjasma an marschierte die französische Armee, die sich früher auf drei Kolonnen verteilt hatte, in einem einzigen Klumpen. Die Auflösungserscheinungen, die Pierre beim ersten Biwak gleich hinter Moskau beobachten konnte, hatten jetzt den denkbar größten Umfang angenommen.

Rechts und links der Marschstraße lagen Pferdekadaver in dichten Reihen. Zerlumpte Nachzügler verschiedener Formationen schlossen sich in unaufhörlichem Wechsel bald der marschierenden Kolonne an, bald blieben sie wieder zurück.

Einige Male während des Marsches war fälschlicherweise Alarm geschlagen worden, und die Begleitmannschaften hatten die Gewehre erhoben, geschossen, Hals über Kopf in wildem Gedränge das Weite gesucht, sich dann aber wieder gesammelt und sich gegenseitig wegen ihrer unbegründeten Angst beschimpft.

Diese drei miteinander marschierenden Formationen, die Kavalleriebagage, das Gefangenendepot und Junots Bagage, bildeten immer noch in gewisser Hinsicht etwas Geschlossenes und Ganzes, obwohl jede einzelne von ihnen rasch zusammenschmolz.

Die Kavalleriebagage, die anfangs hundertzwanzig Fuhrwerke gehabt hatte, bestand jetzt nur noch aus sechzig, die übrigen waren an die Kosaken verlorengegangen oder zurückgelassen worden. Ebenso waren von Junots Bagage einige Fuhrwerke im Stich gelassen oder dem Feinde in die Hände gefallen. Drei Wagen waren von Nachzüglern des Korps Davout überfallen und ausgeraubt worden. Aus dem, was die Deutschen sich erzählten, erfuhr Pierre, daß diese Bagagekolonne eine stärkere Bedeckung hatte als das Gefangenendepot und daß einer von ihren Kameraden, ein Soldat deutscher Nationalität, auf persönlichen Befehl des Marschalls erschossen worden war, weil man bei ihm einen dem Marschall gehörigen silbernen Löffel gefunden hatte.

Am stärksten zusammengeschmolzen war indessen von allen drei Formationen das Gefangenendepot. Von den aus Moskau abgerückten dreihundertdreißig Mann waren knapp hundert nachgeblieben. Die Gefangenen wurden von ihren Begleitmannschaften noch mehr als Last empfunden als die Sättel der Kavalleriebagage und die Wagenkolonnen Junots von den ihrigen. Sie begriffen, daß die Sättel und Junots Löffel noch zu irgend etwas gut waren, aber daß hungernde und frierende Soldaten ebenso hungernde und frierende Russen hüten und bewachen sollten, die unterwegs halbtot liegenblieben und dann befehlsgemäß erschossen wurden, das war ihnen nicht nur unverständlich, sondern auch widerlich. Es war, als widerstrebte es den Begleitmannschaften angesichts der eigenen traurigen Lage, sich dem Mitleid mit den Gefangenen, das sie doch empfanden, zu überlassen und damit ihre eigene Lage noch zu verschlimmern, und das war anscheinend der Grund dafür, weshalb sie so besonders gereizt und rauh mit ihnen umgingen.

Als in Dorogobush die Begleitmannschaften ihre Gefangenen in einen Pferdestall gesperrt und sich selbst entfernt hatten, um die Magazine der eigenen Armee zu plündern, da hatten sich einige Gefangene unter der Wand durchgegraben und die Flucht ergriffen, waren aber von den Franzosen erwischt und erschossen worden.

Die beim Abmarsch von Moskau eingeführte Ordnung, nach der die gefangenen Offiziere von den Mannschaften getrennt marschierten, war längst in Fortfall geraten; alle, die überhaupt gehen konnten, gingen zusammen, und Pierre hatte sich bereits am dritten Marschtage wieder zu Karatajew und seinem krummbeinigen, schmutzfarbenen Hunde gesellt, der sich Karatajew zum Herrn auserkoren hatte.

Karatajew hatte am dritten Tage nach dem Abmarsch von Moskau wieder einen Rückfall jenes Fiebers erlitten, um dessentwillen er im Moskauer Spital gelegen hatte, und je mehr seine Kräfte nachließen, um so mehr begann Pierre sich von ihm fernzuhalten. Pierre mußte, ohne selbst zu wissen warum, seit Karatajews Kräfte nachließen, sich selbst Gewalt antun, um noch zu ihm zu gehen. Und wenn er auf ihn zukam, und das leise Stöhnen hörte, mit dem Karatajew sich gewöhnlich niederlegte, sobald die Kolonne rastete, und wenn er den von Karatajew ausgehenden, jetzt immer stärker werdenden Geruch spürte, dann entfernte Pierre sich von ihm so weit wie möglich und dachte auch nicht mehr an ihn.

In der Gefangenschaft, im Schuppen, hatte Pierre weniger mit seinem Verstande als mit seinem ganzen Wesen, seinem ganzen Leben erfaßt, daß der Mensch geschaffen ist, glücklich zu sein, daß sein Glück in ihm selbst liegt, in der Befriedigung seiner natürlichen menschlichen Bedürfnisse, und daß alles Unglück nicht dem Mangel, sondern dem Überfluß entspringt. Aber jetzt, in diesen drei letzten, auf dem Marsch verbrachten Wochen, war ihm noch eine neue, tröstliche Wahrheit aufgegangen; er hatte erkannt, daß es auf der Welt nichts Furchtbares gibt. Er hatte erkannt, daß, wenn es auf der Welt keine Situation gibt, in welcher der Mensch glücklich und vollkommen frei ist, es ebensowenig eine Situation gibt, in welcher er unglücklich und unfrei ist. Er hatte erkannt, daß es eine Grenze der Leiden und eine Grenze der Freiheit gibt und daß diese Grenze sehr nahe liegt, daß der Mensch, der darunter leidet, wenn in seinem Rosenbett ein einziges Blättchen nicht richtig liegt, genauso leidet, wie er jetzt litt, wenn er auf der nackten, feuchten Erde schlief oder am Feuer lag und eine Seite seines Körpers fror und die andere schwitzte, daß er früher beim Anziehen seiner engen Lackschuhe genauso gelitten hatte wie er jetzt beim Marschieren mit bloßen, wundenbedeckten Füßen litt – denn sein Schuhzeug war längst hin.

Er erkannte, daß er damals, als er – wie er gemeint hatte, aus freien Stücken –, seine Frau geheiratet hatte, nicht freier gewesen war als jetzt, da er für die Nacht in einen Pferdestall gesperrt wurde. Das Ärgste von alledem, was er später als Leiden bezeichnete, jetzt aber kaum als Leiden empfand, das waren die unbeschuhten, mit Wunden und Schorf bedeckten Füße. Das Pferdefleisch war schmackhaft und sättigend. Das Salpeteraroma des statt des Salzes verwendeten Schießpulvers sogar angenehm. Sehr kalt war es auch nicht, denn tags wurde es einem vom Marschieren warm, und nachts gab es Lagerfeuer, dazu gab auch die dichte Masse der Läuse an seinem Körper eine gewisse Wärme. Das einzig wirklich Schlimme in der ersten Zeit war der Zustand seiner Füße.

Als Pierre am zweiten Marschtage am Lagerfeuer die Wunden an seinen Füßen betrachtete, da schien es ihm unmöglich, auch nur noch einen Schritt weiter zu machen. Als dann nachher aber alle aufstanden, da ging er ebenfalls, wenn auch ein wenig hinkend, und etwas später, als er sich warm gelaufen hatte, spürte er kaum mehr den Schmerz, obwohl seine Füße am Abend noch grauenvoller anzusehen waren. Aber er sah sie kaum mehr an und dachte an andere Dinge.

Erst jetzt begriff Pierre die ganze ungeheure Stärke der menschlichen Vitalität und die Heilkraft, die in der Fähigkeit des Menschen liegt, seine Aufmerksamkeit von einem Dinge abzuwenden und auf ein anderes zu richten, vergleichbar dem Sicherheitsventil des Dampfkessels, das den überschüssigen Dampf hinausläßt, sobald seine Mächtigkeit eine bestimmte Norm übersteigt.

Er hatte weder gesehen noch gehört, wie die zurückbleibenden

Gefangenen erschossen wurden, obwohl schon mehr als hundert von ihnen auf diese Weise ums Leben gekommen waren. Er dachte nicht an Karatajew, der von Tag zu Tag schwächer wurde und offensichtlich dem gleichen Schicksal entgegenging. Noch weniger dachte Pierre an sich selbst. Je schwerer seine Lage wurde, je grauenvoller das, was noch vor ihm lag, desto weniger hatten die Gedanken, Erinnerungen und Vorstellungen, die sein Inneres erfüllten und Freude und Trost mit sich brachten, mit seiner äußeren Lage zu tun.

XIII

Um die Mittagsstunde des 22. Oktober marschierte Pierre auf der schmutzigen, glitschigen Straße bergan und sah dabei auf seine Füße und die Unebenheiten des Weges. Hin und wieder warf er einen Blick auf die wohlbekannte Schar um ihn her und sah dann wieder auf seine Füße. Die Menschen um ihn und seine Füße, das war ihm beides gleichermaßen zugehörig und vertraut. Der bläulich schmutzfarbene, krummbeinige Köter, der „Graue", lief vergnügt am Straßenrande entlang, zog, als wolle er seine Gewandtheit und gute Laune zeigen, die eine Hinterpfote ein und tänzelte auf den drei übrigen, um dann wieder auf allen vieren bellend auf die Krähen zuzustürzen, die auf den Kadavern hockten. Der Graue war lustiger und wohlgenährter als in Moskau. Überall lag Fleisch verschiedener Art, Menschenfleisch und Pferdefleisch, in allen Stadien der Zersetzung, und da die Wölfe wegen der marschierenden Menschen nicht herankamen, so konnte der Graue nach Herzenslust fressen.

Seit dem Morgen war Regen gefallen und wenn es einmal so aussah, als sei der Regen vorbei und der Himmel werde sich aufhellen, so regnete es nach einer kurzen Unterbrechung wieder um so stärker. Die Straße hatte sich so mit Regenwasser vollgesogen, daß sie kein neues mehr aufnehmen konnte, und die Radspuren waren zu förmlichen Bächen geworden.

Pierre sah sich ab und zu nach beiden Seiten um und zählte dabei seine Schritte, immer nach jedem dritten einen Finger einknickend. Im stillen sagte er dabei zum Regen: „Immer feste, immer feste, mach es nur immer noch toller, immer noch toller!"

Er glaubte an nichts zu denken, aber irgendwo, ganz fern, ganz tief bewegten sich starke und tröstende Gedanken in seiner Seele. Das war der Nachhall, gleichsam der Extrakt aus einem Gespräch, das er tags zuvor mit Karatajew gehabt hatte.

Pierre war es am niedergebrannten nächtlichen Biwakfeuer zu kalt geworden, und so war er aufgestanden und zum nächsten, noch in voller Flamme stehenden Feuer gegangen. An diesem Feuer saß Platon, der sich seinen Mantel wie ein Meßgewand über den Kopf gezogen hatte und einem Kameraden mit seiner sicheren und wohllautenden, wenn auch schwachen und kränklichen Stimme eine Pierre bereits bekannte Geschichte erzählte. Mitternacht war vorbei. Es war die Zeit, in der Karatajew nach seinem Fieberanfall gewöhnlich etwas auflebte und nun besonders munter war. Als Pierre ans Feuer kam und Platons schwache und kränkliche Stimme hörte und sein vom Feuer grell beleuchtetes jämmerliches Gesicht sah, da fühlte er ein widerwärtiges Stechen im Herzen. Er erschrak über die Anwandlung von Mitleid mit diesem Menschen, die über ihn gekommen war, und wollte sich entfernen, aber ein drittes Feuer gab es nicht, und so ließ sich denn Pierre hier nieder und gab sich Mühe, Platon nicht anzusehen.

„Na, was macht denn deine Gesundheit?" fragte er.

„Meine Gesundheit? Das ist nicht so wichtig. Gott gibt Kummer durch Krankheit, aber darum noch nicht den Tod", sagte Karatajew und nahm dann gleich wieder die unterbrochene Erzählung auf.

„Und da, mein Bruder du", fuhr Platon fort, und auf seinem mageren, blassen Gesicht lag ein Lächeln und in seinen Augen ein besonders freudiger Glanz, „also und da, mein Bruder du . . ."

Pierre kannte diese Geschichte längst, Karatajew hatte sie ihm allein wohl an die sechsmal erzählt und immer mit einer ganz besonders freudigen Gehobenheit. Wenn Pierre sie aber auch noch so gut kannte, er hörte doch jetzt zu, als handle es sich für ihn um etwas Neues, und das stille Entzücken, das Karatajew offensichtlich über seine Erzählung empfand, teilte sich auch Pierre mit. Es war die Geschichte von dem alten Kaufmann, der in aller Gottseligkeit und Ehrbarkeit mit seiner Familie gelebt hatte und dann mit einem andern Kaufmann, einem sehr reichen Manne, zum Jahrmarkt von Makarjew gefahren war.

Unterwegs kehrten beide in einem Gasthause ein und gingen zur Ruhe, und am andern Tage wurde der reiche Kaufmann ermordet und beraubt aufgefunden. Unter dem Kissen des alten Kaufmanns fand man ein blutiges Messer. Der Kaufmann wurde verurteilt, geknutet und dann mit aufgeschlitzten Nasenlöchern — „ganz wie es sich gehört, wie es eben die Ordnung ist", sagte Karatajew — zur Zwangsarbeit verschickt.

„Und dann, mein Bruder du" — an dieser Stelle war Pierre dazugekommen — „vergehen so zehn Jahre oder noch mehr. Also der alte Mann ist auf Zwangsarbeit. Wie das so sein muß, er ergibt sich in in alles und tut nichts Böses. Nur bittet er Gott, er solle ihn sterben lassen. Also schön. Und in einer Nacht sind die Sträflinge einmal so zusammen, ebenso wie wir, und das Alterchen ist auch dabei. Und da kommt er so ins Erzählen, und jeder sagt, für was er büßen muß und womit er sich vor Gott schuldig gemacht hat. Also sie erzählen: der hat jemand umgebracht, der gleich zwei, der hat was angezündet, der ist von den Soldaten durchgebrannt, so für nichts und wieder nichts. Na, und da fragen sie auch das Alterchen. ‚Großväterchen', fragen sie, ‚für was mußt du denn leiden?' Und er sagt: ‚Ich, meine lieben Brüder ihr', sagt er, ‚ich muß leiden für meine Sünden und für die Sünden aller Menschen. Aber umgebracht habe ich keinen und habe auch nichts genommen, was mir nicht gehörte, und wenn ein Bruder in Not war, dann habe ich ihm abgegeben. Ich, meine lieben Brüder ihr, ich war ein Kaufmann', sagt er, ‚und großen Reichtum hatte ich auch', sagt er. Also so und so hat er ihnen das gesagt. Und dann erzählt er ihnen, alles so nach der Ordnung, wie das eben gewesen war. ‚Ich gräme mich nicht viel um mich', sagt er. ‚Mich hat Gott eben heimgesucht. Nur, was mir leid tut, das ist meine Alte zu Hause und meine Kinderchen', sagt er. Und dann fängt das Alterchen an zu weinen. Jetzt war aber unter diesen Sträflingen auch derselbe, der den Kaufmann umgebracht hatte. ‚Großväterchen', sagt der, ‚wo war denn das? Und wann und in welchem Monat?' Und dann fragt er ihn nach allem. Und da tat ihm das Herz weh. Und da geht er so auf diese Manier auf das Alterchen zu und bums! schmeißt er sich ihm vor die Füße. ‚Wegen mir bist du ins Verderben gekommen, Alterchen', sagt er. ‚Das ist die reine Wahrheit', sagt er. ‚Um nichts und in voller Unschuld leidet dieser Mann, Kinderchen. Ich selbst', sagt er, ‚ich habe das getan und dir das Messer unter den Kopf gelegt, während du schliefst. Verzeih mir, Großväterchen', sagt er, ‚um Christi willen', sagt er."

Karatajew schwieg eine Weile, sah mit seinem freudigen Lächeln ins Feuer und rückte das Brennholz zurecht.

„Also und da sagt das Alterchen: ‚Gott wird dir verzeihen', sagt er, ‚vor Gott sind wir alle Sünder. Ich leide für meine Sünden.' Und dann weinte er bittere Tränen. Und was glaubst du, lieber Falke du", sagte Karatajew, und sein glückliches Lächeln wurde immer strahlender und strahlender, als liege in dem, was er jetzt gleich zu erzählen hatte, der Hauptreiz und der eigentliche Sinn seiner Erzählung, „— und was glaubst du, mein lieber Falke du, dieser Mörder meldete sich von selbst bei der Obrigkeit. ‚Sechs Menschen', sagt er, ‚habe ich umgebracht' — er war ein großer Übeltäter gewesen — ‚aber am meisten leid ist es mir um dies Alterchen. Er soll nicht mehr wegen mir weinen.' Er setzte also alles auseinander, sie schrieben ein Papier und schickten das, wohin das so gehört. Es war sehr weit ab, und bis da ein Gericht war und ein Prozeß, das dauerte lange, und bis sie dann alle Papiere geschrieben hatten, wie das so bei der Obrigkeit sein muß. Es kam bis zum Zaren. Und dann, wie es soweit war, da kam vom Zaren ein Befehl, den Kaufmann loszulassen und ihm eine Belohnung zu geben, wieviel das Gericht dort bestimmt hatte. Dies Papier kam, und jetzt wollten sie das Alterchen suchen: ‚Wo ist das Alterchen, das für nichts und ohne Schuld gelitten hat? Der Zar hat ein Papier geschickt!' Und so suchten sie also." Karatajews Unterkiefer zitterte. „Aber Gott hatte ihn schon weggenommen, er war gestorben. Ja, also so war das, mein Falke du", schloß Karatajew und sah eine lange Zeit schweigend und lächelnd vor sich hin.

Nicht diese Erzählung selbst, sondern ihr geheimer Sinn und die selige Freude, die während dieser Erzählung aus Karatajews Gesicht gestrahlt hatte, und die geheime Bedeutung dieser seligen Freude, das war es, was Pierres Seele mit einer verworren beglückenden Freude erfüllte.

XIV

„A vos places!" [1] schrie plötzlich eine Stimme. Unter den Gefangenen und Begleitmannschaften entstand eine Art von freudiger Bestürzung und Verwirrung, als müßte sich jetzt etwas Glückliches und Feierliches ereignen. Von allen Seiten schollen Kommandorufe, und von links her kamen tadellos gekleidete Kavalleristen auf guten Pferden an den Gefangenen vorübergetrabt. Auf allen Gesichtern lag jener Ausdruck der Spannung, der den Menschen eigen zu sein pflegt, wenn irgendein großer Machthaber kommt. Die Gefangenen drängten sich zu einem Klumpen zusammen, sie wurden vom Wege gestoßen, und die Begleitmannschaften traten an.

„L'Empereur! l'Empereur! le maréchal! le duc!" [2]

Und kaum war die gutgenährte Kavallerie-Eskorte vorbei, als eine Kutsche angerasselt kam, lang bespannt, von Schimmeln gezogen. Pierre sah für eine Sekunde ein ruhiges, gutgebildetes, wohlgenährtes und weißes Gesicht unter einem Dreispitz. Es gehörte einem der Marschälle. Der Blick des Marschalls traf Pierres vierschrötige, auffallende Gestalt, und in dem Ausdruck, mit welchem dieser Marschall die Stirn runzelte und das Gesicht abwandte, glaubte Pierre zugleich Mitleid zu erkennen als auch den Wunsch, dieses Mitleid zu verhehlen.

Der General, der das Kommando über das Depot hatte, jagte, sein mageres Pferd antreibend, mit rotem und erschrockenem Gesicht der Kutsche nach. Einige Offiziere traten zusammen, und eine große

[1] Auf eure Plätze!
[2] Der Kaiser! Der Kaiser! Der Marschall! Der Herzog!

Menge von Soldaten drängte sich um sie. Alle hatten sie erregte und gespannte Gesichter.

„Qu'est-ce qu'il a dit? Qu'est-ce qu'il a dit?" [1] hörte Pierre.

Als der Marschall vorbeigekommen war, hatten die Gefangenen sich zusammengedrängt, und Pierre hatte Karatajew erblickt, den er an diesem Tage noch nicht zu Gesicht bekommen hatte. Karatajew hatte in seinem kümmerlichen Mantel, gegen eine Birke gelehnt, dagesessen. Auf seinem Gesicht lag wieder der Ausdruck freudiger Rührung, den es tags zuvor bei der Erzählung von dem unschuldigen Leiden des Kaufmanns angenommen hatte, darüber hinaus aber leuchtete es von einer stillen Feierlichkeit.

Karatajew sah Pierre mit seinen guten, runden, jetzt leicht von Tränen verhangenen Augen an und bat ihn damit offenbar, zu ihm zu kommen, weil er ihm etwas sagen wollte. Allein Pierre war es um seiner selbst willen zu schrecklich. Er tat, als hätte er den Blick nicht wahrgenommen, und entfernte sich hastig. Als die Gefangenen wieder aufbrachen, sah Pierre noch einmal zurück. Karatajew saß am Wegrande, immer noch gegen die Birke gelehnt, und zwei Franzosen standen dabei und redeten miteinander. Pierre sah sich nicht wieder um. Mit seinem hinkenden Gang ging er weiter bergauf.

Weit hinter ihm, dort, wo Karatajew saß, fiel ein Schuß. Pierre hörte diesen Schuß ganz deutlich, im gleichen Augenblick aber fiel es ihm ein, daß er ja mit einer schon vor dem Vorbeifahren des Marschalls begonnenen Berechnung, nämlich wieviel Tagemärsche es noch bis Smolensk waren, noch nicht fertig geworden war. Und er nahm seine Berechnung wieder auf. Gleich darauf überholten ihn die beiden französischen Soldaten, von denen der eine ein abgeschossenes, noch rauchendes Gewehr in der Hand hatte. Beide waren sie blaß, und in ihrem Gesichtsausdruck – der eine warf einen scheuen Blick auf Pierre – lag etwas, das Pierre an das Gehaben des jungen Soldaten bei der Exekution erinnerte. Pierre sah ihn an, und es fiel ihm ein, daß dieser Soldat vorgestern versehentlich sein Hemd verbrannt hatte, als er es am Lagerfeuer hatte trocknen wollen, und daß die andern ihn deswegen ausgelacht hatten.

Ganz weit hinten, dort, wo Karatajew gesessen hatte, hörte Pierre jetzt den Hund heulen. „So ein dummes Vieh, weswegen heult es", dachte Pierre.

Die Kameraden, die neben Pierre gingen, hatten sich ebensowenig wie er umgedreht, als der Schuß gefallen war und der Hund angefangen hatte zu heulen, aber auf allen Gesichtern lag ein Ausdruck großen Ernstes.

[1] Was hat er gesagt, was hat er gesagt?

XV

Die Kavalleriebagage, die Gefangenen und die Bagagekolonnen des Marschalls machten in dem Dorfe Schamschewo halt. Alles scharte sich dichtgedrängt um die Lagerfeuer. Pierre trat an eins der Feuer, verzehrte ein Stück gebratenes Pferdefleisch, legte sich mit dem Rücken zum Feuer und war augenblicks eingeschlafen. Sein Schlaf glich dem in Moshaisk nach der Schlacht von Borodino.

Wieder rannen Wirklichkeit und Traumgebilde zusammen und sprach jemand, er selbst oder ein anderer, Gedanken aus, und zwar die gleichen, die er damals in Moshaisk hatte aussprechen hören.

„Das Leben ist alles. Das Leben ist Gott. Alles ändert sich, alles bewegt sich, und diese Bewegung ist Gott. Und solange das Leben da ist, ist auch die Seligkeit da, mit der wir uns der Gottheit bewußt werden. Das Leben lieben, heißt Gott lieben. Das Schwerste und Beglückendste ist es, dieses Leben, auch wenn man leidet, wenn man schuldlos leidet, zu lieben."

„Karatajew!" zuckte es Pierre durch den Sinn.

Und plötzlich stand vor Pierres Augen ganz lebhaftig sein längst vergessener, freundlicher, alter Geographielehrer, der ihn in der Schweiz unterrichtet hatte. „Paß einmal auf", sagte der Alte und zeigte Pierre einen Globus. Dieser Globus war eine lebendige, hin und her wogende Kugel ohne klar erkennbare Grenzen. Ihre ganze Oberfläche bestand aus eng aneinandergeschmiegten Tropfen. Und alle diese Tropfen waren in steter Bewegung, rannen hin und her, und bald flossen mehrere zu einem zusammen, bald löste sich wieder ein Tropfen in viele andere auf. Jeder Tropfen hatte das Bestreben, auseinanderzufließen und so viel Raum einzunehmen, wie er konnte, die andern aber hatten dasselbe Bestreben, preßten ihn zusammen, ließen ihn manchmal völlig verschwinden, rannen manchmal aber auch mit ihm in eins zusammen.

„Das ist das Leben", sagte der alte Lehrer.

„Wie das einfach und klar ist", dachte Pierre. „Wie war es nur möglich, daß ich das nicht längst gewußt habe?"

In der Mitte ist Gott, und jeder Tropfen hat das Bestreben, sich auszubreiten, um ihn in denkbar größten Ausmaßen widerzuspiegeln. Und jeder Tropfen wächst und rinnt mit anderen zusammen und wird zusammengepreßt und wird an der Oberfläche vernichtet und sinkt in die Tiefe und taucht wieder empor. So war es ja auch mit Karatajew, eben war er auseinandergeflossen und verschwunden. „Vous avez compris, mon enfant?" sagte der Lehrer.

„Vous avez compris, sacré-nom ..." [1], schrie eine Stimme, und Pierre erwachte.

[1] Haben Sie verstanden, mein Kind? Haben Sie verstanden, zum Donnerwetter?

Er setzte sich auf. Am Lagerfeuer kauerte ein Franzose an einer Stelle, von der er eben einen russischen Soldaten weggestoßen hatte, und briet sich ein auf seinen Ladestock gespießtes Stück Fleisch. Die sehnigen, dichtbehaarten, roten und kurzfingrigen Hände hantierten geschickt unter den aufgekrempelten Ärmeln mit dem Ladestock. Das braune, düstere Gesicht mit den zusammengezogenen Augenbrauen war im Schein der glühenden Holzscheite deutlich zu sehen.

„Ça lui est bien égal", brummte er mit einer raschen Wendung zu einem neben ihm stehenden Kameraden. „Brigand. Va!"[1]

Und der Soldat mit dem Ladestock warf Pierre einen finsteren Blick zu. Pierre wandte sich ab und starrte in die Dunkelheit. Ein gefangener Russe, derselbe, den der Franzose vom Feuer weggestoßen hatte, hockte ein wenig abseits vom Feuer und liebkoste mit der Hand irgend etwas, das Pierre zunächst nicht recht erkannte. Dann sah er genauer hin und erkannte das bläuliche Hündchen, das schwanzwedelnd neben dem Soldaten hockte.

„Ah, bist du auch wieder da?" sagte Pierre. „Ja, Pla ..." Er sprach nicht weiter.

Plötzlich standen allerlei Erinnerungen, eng miteinander verbunden, zu gleicher Zeit vor ihm: der Blick, mit dem Platon ihn angesehen hatte, als er unter der Birke saß, der Schuß, der an der gleichen Stelle gefallen war, das Geheul des Hundes, die schuldbewußten Gesichter der beiden Franzosen, die an ihm vorbeigerannt waren, das abgeschossene, noch rauchende Gewehr, und dann kam es ihm plötzlich zum Bewußtsein, daß Karatajew ja hier gar nicht mehr mit biwakierte und er war schon so weit, daß er im nächsten Augenblicke begriffen hätte: Karatajew ist tot. Aber da tauchte in seiner Seele, Gott mochte wissen, wie, die Erinnerung an einen Sommerabend auf, den er mit einer schönen Polin auf dem Balkon seines Kiewer Hauses verlebt hatte. Und ohne die andrängenden Erinnerungen des heutigen Tages zu einem Tatsachenbilde zusammenzuschließen und daraus ein Fazit zu ziehen, schloß Pierre die Augen, und der Blick auf das sommerliche Land verschmolz mit der Erinnerung an ein Bad und an die flüssige, hin und her wogende Kugel, und er ließ sich in ein Wasser gleiten, und das Wasser schlug über seinem Kopf zusammen.

*

Vor Sonnenaufgang weckte ihn lautes, fast pausenloses Schießen und Schreien. Einige Franzosen rannten an ihm vorüber.

„Les cosaques!" schrie einer von ihnen, und im nächsten Augenblick drängten sich lauter russische Gesichter um Pierre.

[1] Das ist ihm ganz gleichgültig, Geh weg, Halunke!

Lange konnte Pierre nicht begreifen, was um ihn vorging. Von allen Seiten hörte er die Freudenschreie seiner Gefährten.

„Brüder! Täubchen ihr! Ihr Liebsten!" schrien alte Soldaten weinend und umarmten Kosaken und Husaren.

Die Husaren und Kosaken hatten sich um die Gefangenen geschart und boten ihnen geschäftig Kleidungsstücke oder Stiefel oder Brot an. Pierre saß mitten unter ihnen und schluchzte, außerstande, ein Wort herauszubringen, er fiel dem ersten besten Soldaten in seiner Nähe um den Hals und küßte ihn weinend.

Dolochow stand am Hoftor unweit des Herrenhauses mit dem abgedeckten Dach und ließ einen Haufen entwaffneter Franzosen an sich vorbeimarschieren. Die Franzosen, noch in großer Aufregung über alles Geschehene, sprachen laut miteinander, aber ihr Gespräch verstummte, wenn sie an Dolochow vorüberkamen, der sich mit der Reitpeitsche leicht gegen die Stiefel schlug und sie mit seinem kalten, gläsernen, nichts Gutes verheißenden Blick ansah. Auf der anderen Seite stand Dolochows Pferdebursche und zählte die Gefangenen; jedesmal, wenn wieder ein Hundert voll war, machte er einen Kreidestrich am Tor.

„Wie viele?" fragte Dolochow den zählenden Kosaken.

„Über zweihundert", antwortete der Kosak.

„Filez, filez", sagte Dolochow, der diesen Ausdruck von den Franzosen übernommen hatte, und in seinem Blick funkelte ein grausamer Glanz, während seine Augen über die vorbeimarschierenden Gefangenen glitten.

Einige Kosaken trugen Petja Rostows Leichnam zu der im Garten ausgehobenen Grube, und Denissow ging mit finsterem Gesicht, die Pelzmütze in der Hand, hinter ihnen her.

XVI

Am 28. Oktober setzte schärferer Frost ein, und nun nahm die Flucht der Franzosen insofern einen tragischeren Charakter an, als die Leute bald fast erfroren, bald sich wieder bis zum Versengen an die Glut der Lagerfeuer drängten, während der Kaiser, die Könige und Herzöge in dicken Pelzen mit den geraubten Kostbarkeiten in ihren Kaleschen dahinfuhren; im Grunde aber nahm der Prozeß der Flucht und des Zerfalls der französischen Armee unverändert seinen Fortgang.

Von Moskau bis Wjasma waren von der dreiundsiebzigtausend Mann starken französischen Armee – die Garde, die während des ganzen Krieges sich lediglich auf Plündern beschränkt hatte, nicht eingerechnet – nur noch sechsunddreißigtausend Mann nachgeblieben, und dabei betrugen die Verluste aus den Kämpfen knapp fünftausend. Dies war das erste Glied einer geometrischen Reihe, aus dem die folgenden sich mathematisch mit Zuverlässigkeit ableiten ließen. Die französische Armee schmolz und zerging in der gleichen Proportion von Moskau bis Wjasma, von Wjasma bis Smolensk, von Smolensk bis zur Beresina, von der Beresina bis Wilna, ganz unabhängig von der schärferen oder weniger scharfen Kälte, der Verfolgung, der Verstopfung der Straßen und allen sonstigen Einzelumständen. Von Wjasma ab marschierten die französischen Truppen nicht mehr in drei Kolonnen, sondern schoben sich zu einem Klumpen ineinander und machten solchergestalt den ganzen weiteren Marsch. Berthier schrieb an seinen Herrn und Gebieter – man weiß ja, was für Abweichungen von der Wahrheit militärische Befehlshaber sich bei Schilderungen der Lage ihrer Truppen herausnehmen – das folgende:

„Ich halte es für meine Schuldigkeit, Ew. Majestät von dem Zustande in Kenntnis zu setzen, in welchem Ew. Majestät Truppen sich bei den einzelnen Armeekorps, die ich während der letzten zwei oder drei Tage verschiedentlich zu beobachten Gelegenheit hatte, befinden. Ihr Zustand ist fast der völligen Zerfalls. Die Zahl der Mannschaften, die den Fahnen folgen, macht bei den einzelnen Regimentern ausnahmslos kaum ein Viertel aus. Die übrigen ziehen gruppenweise in verschiedenen Richtungen auf eigene Faust durchs Land in der Hoffnung, Lebensmittel zu finden, und um sich der Disziplin zu entwinden. Smolensk gilt ihnen allgemein als der Punkt, wo sie Erholung zu finden hoffen. Häufig sah man in den letzten Tagen Soldaten, die ihre Munition und ihre Waffen wegwarfen. Unter diesen Umständen gebietet das Interesse des Dienstes Ew. Majestät, mögen Ew. Majestät weitere Pläne sein, welche sie wollen, daß die Armee in Smolensk gesammelt und endlich von allem gereinigt wird, was sich im Gefecht nicht verwenden läßt, von unberittenen Kavalleristen, nicht mehr waffenfähigen Leuten, überflüssiger Bagage und einem Teil des Artillerieparks, soweit dieser dem sonstigen Truppenbestand nicht mehr entspricht. Außerdem bedarf es einiger Ruhetage und der Beschaffung von Lebensmitteln für die von Hunger und Anstrengungen mitgenommenen Mannschaften. Viele sind in diesen letzten Tagen auf dem Marsch und in den Biwaks gestorben. Der geschilderte Zustand verschlechtert sich unaufhörlich und läßt besorgen, daß, wenn nicht schleunigst Remedur geschaffen wird, die Truppen für den Fall eines Kampfes nicht mehr in der Hand der Führung sein dürften. Den 9. November, 30 Werst von Smolensk."

Als die Franzosen sich über Smolensk ergossen, das ihnen als das Gelobte Land gegolten hatte, da schlugen sie einander um ein paar Lebensmittel tot, raubten die eigenen Magazine aus und setzten ihre Flucht fort, als es nichts mehr auszurauben gab.

Alle marschierten sie, ohne zu wissen, wohin und warum.

Und Napoleons Genie wußte das am allerwenigsten, da ja niemand da war, der ihm hätte Befehle geben können. Aber trotzdem behielten er und die Männer seiner Umgebung alle die alten Gewohnheiten bei: es gab Befehle, Briefe, Rapporte und ordres du jour; man nannte einander Sire, Mon Cousin, Prince d'Eckmuhl, Roi de Naples, usw., aber die Befehle und Rapporte standen nur auf dem Papier, nichts von dem Befohlenen wurde ausgeführt, weil nichts ausgeführt werden konnte, und obwohl sie sich gegenseitig mit Majestät und Hoheit und Vetter anredeten, so fühlten sie doch alle, daß sie jämmerliche und verworfene Menschen waren, die viel Schlimmes angerichtet hatten, für das sie jetzt büßen mußten. Und obwohl sie sich den Anschein gaben, immer noch für die Armee zu sorgen, so dachten sie ohne Ausnahme doch nur an sich selbst und an die beste und schnellste Manier, sich davonzumachen und in Sicherheit zu bringen.

XVII

Die Operationen der russischen und der französischen Armee während der Periode des Rückzuges von Moskau bis zum Njemen erinnern an jene Art des Blindekuhspiels, bei der beide Spieler die Augen verbunden haben und der eine hin und wieder mit einem Glöckchen klingelt, um dem andern, der ihn fangen soll, einen Anhaltspunkt zu geben. Anfangs klingelt er gänzlich furchtlos, wenn seine Lage aber erst ungünstiger geworden ist, dann vermeidet er jedes Geräusch, sucht seinem Feinde zu entgehen und läuft ihm oft gerade dabei unmittelbar in die Arme.

Anfangs klingelten die Napoleonischen Truppen noch — das war in der ersten Periode ihres Marsches auf der Kalugaer Straße —, dann aber, als sie auf die Smolensker Straße gelangt waren, flüchteten sie, den Klöppel des Glöckchens mit der Hand festhaltend, und liefen oft, während sie den Russen zu entgehen glaubten, geradeswegs in ihre Arme.

Bei der Schnelligkeit, mit der die Franzosen flohen und die Russen ihnen nachsetzten und der daraus resultierenden Erschöpfung der Pferde konnte das wichtigste Mittel zur Erlangung einer auch nur halbwegs zutreffenden Orientierung über die Situation des Feindes nicht zur Anwendung kommen, nämlich die Kavalleriepatrouillen. Abgesehen davon konnten angesichts des häufigen und raschen Ortswechsels beider Armeen Nachrichten, selbst wenn solche vorlagen, doch nicht rechtzeitig anlangen. Wenn am zweiten die Nachricht kam, die feindliche Armee sei am ersten da und da gewesen, so hatte diese Armee am dritten, wenn man auf Grund dieser Nachricht irgend etwas hätte unternehmen können, abermals zwei Tagemärsche gemacht und befand sich schon wieder in einer ganz anderen Stellung.

Die eine Armee war auf der Flucht, die andere auf der Verfolgung. Von Smolensk an kam für die Franzosen eine ganze Reihe verschiedener Marschstraßen in Betracht, und man sollte glauben, die Franzosen hätten während der vier Tage in Smolensk Stellung und Anmarschrichtung des Feindes erkunden, sich etwas Brauchbares ausdenken, und irgend etwas Neues unternehmen müssen. Aber nach dieser viertägigen Marschpause flüchteten ihre Haufen wieder nicht nach rechts und nicht nach links, sondern ohne alle Manöver und planmäßigen Bewegungen auf der denkbar schlechtesten Straße, der Straße nach Krasnoje und Orscha, weiter, also auf dem Geleise, das sie auf ihrem Vormarsch ausgetreten hatten.

Die Franzosen erwarteten den Feind nicht von vorne, sondern von hinten und flohen mit sehr großen Abständen, die bis zu vierundzwanzig Stunden ausmachten. Allen voran floh der Kaiser, dann kamen die Könige, dann die Herzöge. In dem Glauben, Napoleon werde eine Schwenkung nach rechts machen und über den Dnjepr gehen, was das einzig Gescheite gewesen wäre, machte die russische Armee ebenfalls eine Schwenkung nach rechts und erreichte so die große Straße nach Krasnoje. Und hier stießen die Franzosen wie beim Blindekuhspiel auf unsere Avantgarde. Als sie hier ganz überraschend die Feinde vor sich sahen, gerieten sie in Verwirrung, machten erschrocken halt, ließen dann aber die Kameraden weiter hinten im Stich und setzten ihre Flucht fort. Und hier hasteten die einzelnen französischen Truppenteile, genau wie beim Spießrutenlaufen einer nach dem anderen, drei Tage lang an den russischen Truppen vorüber, erst die Truppen des Vizekönigs, darauf die Davouts, darauf die Neys. Sie ließen einander ausnahmslos im Stich, desgleichen alle ihre Bagage und ihre Artillerie, verloren die Hälfte ihres Bestandes und entkamen endlich nur durch einen mehrere Nächte beanspruchenden Marsch, der sie im Halbkreis rechter Hand um die Russen herumführte.

Ney, der als letzter marschierte, weil er trotz der schlimmen Lage der Franzosen oder auch gerade wegen dieser schlimmen Lage die Diele hatte schlagen wollen, an der sich das Kind beim Fallen weh getan hatte, und mit dem Sprengen der Mauern von Smolensk, die doch keinen Menschen störten, einige Zeit verloren hatte, Ney, der mit seinem zehntausend Mann starken Korps als letzter marschierte, und auf Orscha zu flüchtete, verlor fast alle seine Leute und sämtliche Kanonen, mußte sich nachts durch die Wälder schlagen, um dann verstohlen über den Dnjepr gehen zu können, und hatte nur noch tausend Mann, als er endlich Napoleon erreichte.

Von Orscha aus flohen die Franzosen auf der Wilnaer Straße weiter und spielten dabei genauso wie bisher mit den nachsetzenden Russen Blindekuh. An der Beresina gab es wieder ein großes Durcheinander, viele ertranken, viele ergaben sich; wer sich aber an das andere Ufer hinübergearbeitet hatte, der floh weiter. Der höchste Führer des französischen Heeres wickelte sich in seinen Pelz, setzte sich in einen Schlitten, ließ seine Kameraden im Stich und jagte allein weiter. Wer noch bei Kräften war, der entkam gleichfalls, die andern ergaben sich oder fanden den Tod.

XVIII

Der Gedanke liegt nahe, bei einer Schilderung dieser Kriegsphase, also der Flucht der Franzosen, wo sie alles nur Erdenkliche taten, um sich selbst zugrunde zu richten, wo in keiner einzigen Bewegung dieses Menschenklumpens von der Schwenkung auf die Kalugaer Straße bis zur Flucht des obersten Heerführers selbst auch nur der geringste Sinn steckte – der Gedanke liegt nahe, bei einer Schilderung dieser Kriegsphase müßte es den Geschichtsschreibern, die alles, was die Massen tun, auf die Willensäußerung eines einzelnen Menschen zurückzuführen pflegen, unmöglich sein, ihre gewohnte Darstellungsweise auch angesichts dieses Rückzuges anzuwenden. Aber nein. Es sind Berge von Büchern über diese Periode des Feldzuges geschrieben worden, und überall hören wir von Anordnungen Napoleons und von seinen tiefsinnigen Plänen und Manövern, mit denen er die Bewegungen seines Heeres geleitet haben soll, und von den genialen Befehlen seiner Marschälle.

Der Rückzug von Malo-Jaroslawez zu einer Zeit, in welcher Napoleon der Marsch in ein an Lebensmitteln reiches Gebiet freistand und er ohne weiteres die Parallelstraße, auf der ihn Kutusow nachher verfolgte, hätte einschlagen können, dieser törichte Rückzug durch einen beiderseits der Straße verwüsteten Landstrich wird uns als Ergebnis verschiedener tiefsinniger Erwägungen dargestellt. Und ebenso tiefsinnigen Erwägungen soll sein Rückzug von Smolensk nach Orscha zuzuschreiben sein. Dann wird uns der Heroismus geschildert, den er bei Krasnoje an den Tag gelegt haben soll, wo er eine Schlacht habe annehmen und persönlich leiten wollen. Er ging mit einem Birkenstock herum und sagte: „J'ai assez fait l'empereur, il est temps de faire le général"[1] und floh trotzdem gleich darauf weiter und überließ die aufgelösten Teile seiner Armee, die weiter hinter ihm waren, ihrem Schicksal.

Dann wird uns von der Seelengröße der Marschälle berichtet, besonders von der Neys, bei dem diese Seelengröße darin bestand, daß er sich nachts auf einem Umwege durch den Wald durcharbeitete, dann über den Dnjepr ging und schließlich in voller Flucht, ohne seine Fahnen und seine Artillerie und nur mit einem Zehntel seiner Truppen, Orscha erreichte.

Und zu guter Letzt stellen die Geschichtsschreiber uns auch noch die endliche Abreise des großen Kaisers von seiner heroischen Armee als etwas Großes und Geniales dar. Selbst dieser letzte Schritt, das heißt sein Davonlaufen, als das, was man in der gewöhnlichen Sprache der Menschen als den äußersten Grad der Gemeinheit bezeichnet und dessen man jedes Kind sich schämen lehrt, auch dieser Schritt findet in der Sprache der Geschichtsschreiber seine Rechtfertigung.

Wenn es gar keine Möglichkeit mehr gibt, die so elastischen Fäden der historischen Deduktion noch mehr auszudehnen, wenn eine Handlung ganz unbestreitbar und offensichtlich allem ins Gesicht schlägt, was die ganze Menschheit gut oder auch nur einwandfrei nennt, da stellt sich für die Geschichtsschreiber als Retter ihr Begriff von Größe ein. Es ist, als schließe diese Größe die Möglichkeit aus, den Maßstab von Gut und Böse anzulegen. Für den wahrhaft Großen gibt es nichts Böses. Es gibt keine Greueltat, welche dem einmal als groß Anerkannten als Schuld angerechnet werden dürfte.

„C'est grand!"[2] sagen die Geschichtsschreiber und da gibt es weder gut noch böse mehr, sondern nur „grand" und „nicht grand". Grand ist gut, nicht grand ist böse. Grand ist für die Geschichtsschreiber eine Eigenschaft irgendwelcher besonderer, von ihnen als Helden bezeichneter Lebewesen. Und wenn Napoleon sich in einen warmen Pelz wickelt, sich nach Hause aus dem Staube macht und so nicht nur seine Gefährten, sondern auch die Menschen, die er selbst hierhergeführt hat – wie er sich einbildet –, in ihrem Elend verläßt, so kann er dabei das Gefühl haben que c'est grand, und sein Gewissen kann ganz ruhig sein.

„Du sublime" – und er sieht etwas Sublimes in sich – „au ridicule il n'y a qu'un pas", sagt er selbst. Und die ganze Welt plap-

[1] Ich bin lange genug als Kaiser aufgetreten, jetzt ist es Zeit, General zu sein.
[2] Das ist groß!

pert seit fünfzig Jahren nach: „Sublime, Grand! Napoleon le Grand! Du sublime au ridicule il n'y a qu'un pas!"[1]

Und keinem Menschen kommt der Gedanke, daß man, gibt man die Existenz einer mit dem Maßstabe von Gut und Böse nicht meßbaren Größe zu, damit nur die eigene Nichtigkeit und unmeßbare Winzigkeit zugibt.

Für uns, denen Christus den Maßstab für Gut und Böse gegeben hat, gibt es nichts, das nicht mit diesem Maßstabe gemessen werden dürfte. Und es ist keine Größe, wo nicht Einfalt, Güte und Wahrheit sind.

XIX

Welcher Russe hätte nicht bei der Lektüre von Schilderungen dieser letzten Periode des Feldzuges von 1812 ein drückendes Gefühl von Ärger, Unbefriedigtsein und Unklarheit empfunden, wer sich nicht folgende Fragen vorgelegt: Warum wurden nicht alle Franzosen gefangengenommen oder vernichtet, obwohl alle drei ihnen an Zahl überlegenen Armeen sie eingekreist hielten, obwohl die aus jeder Disziplin und Ordnung geratenen, hungernden und frierenden Franzosen sich massenhaft ergaben und obwohl — wie uns die Geschichte ja berichtet — die Russen doch gar nichts anderes im Auge hatten, als eben alle Franzosen in ihrem Marsch zu hemmen, sie abzuschneiden und gefangenzunehmen? Warum erreichte das russische Heer, das doch den Franzosen, damals noch zahlenmäßig unterlegen, die Schlacht bei Borodino geliefert hatte, jetzt nicht sein Ziel, nämlich die Franzosen gefangenzunehmen, obwohl es sie von drei Seiten her umklammert hielt? Sind die Franzosen uns denn tatsächlich so sehr überlegen, daß wir sie nicht vollständig schlagen konnten, obwohl wir sie mit zahlenmäßig stärkeren Kräften umklammert hatten? Wie war das möglich?

Die Geschichte, wenigstens das, was man mit diesem Namen bezeichnet, beantwortet uns alle diese Fragen dahin, das sei so gewesen, weil Kutusow und Tormassow und Tschitschagow und noch der und der nicht die und die Manöver gemacht hätten.

Aber warum machten sie denn alle diese Manöver nicht? Warum wurden sie nicht vor ein Kriegsgericht gestellt und zum Tode verurteilt, wenn sie doch schuld daran waren, daß das gesteckte Ziel nicht erreicht wurde? Gibt man aber auch zu, daß Kutusow und Tschitschagow und alle die anderen an diesem angeblich mangelhaften Erfolge der Russen schuld sein sollen, so ist damit immer

[1] Vom Erhabenen zum Lächerlichen ist nur ein Schritt ... Erhaben! Groß! Napoleon der Große! vom Erhabenen zum Lächerlichen ist nur ein Schritt.

noch nicht erklärt, weshalb in den Situationen, in denen sich die russischen Truppen bei Krasnoje und an der Beresina befanden — in beiden Fällen waren die Russen der zahlenmäßig überlegene Teil —, nicht das französische Heer samt allen Marschällen, Königen und Kaisern gefangengenommen wurde, worin doch das Ziel der Russen bestanden haben soll.

Die Erklärung dieser sonderbaren Erscheinung, welche die russischen Kriegshistoriker uns geben, nämlich, Kutusow habe ein angriffsweises Vorgehen verhindert, trifft nicht zu, da wir ja wissen, daß bei Wjasma und Tarutino Kutusows Wille nicht ausreichte, um die Truppen an angriffsweisem Vorgehen zu verhindern. Warum wurde das russische Heer, das mit viel schwächeren Kräften bei Borodino den Sieg über den damals auf dem Gipfelpunkt seiner Kraft stehenden Feind davontrug, bei Krasnoje und an der Beresina, wo es zahlenmäßig in der Übermacht war, von den aufgelösten Haufen der Franzosen besiegt?

Wenn das Ziel der Russen darin bestand, Napoleon und die Marschälle abzuschneiden und gefangenzunehmen, und wenn dieses Ziel nicht nur unerreicht blieb, sondern auch alle Versuche, es zu erreichen, jedesmal in der schmählichsten Weise fehlschlugen, so wird diese letzte Periode des Feldzuges von den Franzosen durchaus mit Recht als eine Reihe von Siegen und von den russischen Historikern durchaus mit Unrecht als Siegeszug der russischen Waffen hingestellt.

Die russischen Kriegshistoriker kommen, soweit sie sich streng an die Gesetze der Logik halten, aller lyrischen Tiraden von Mannesmut und Hingabe und dergleichen unerachtet, unwillkürlich zu dem Schlusse, der sie dann ebenso unwillkürlich auch zum äußeren Eingeständnis dieses Schlusses führt, daß der Rückzug der Franzosen von Moskau für Napoleon eine Reihe von Siegen, für Kutusow eine Reihe von Niederlagen gewesen ist.

Wenn wir aber auch alle nationale Eitelkeit beiseite lassen, haben wir doch das Gefühl, daß dieser Schluß in sich selbst einen Widerspruch enthält, weil ja die Reihe ihrer Siege die Franzosen zum völligen Untergang und die Reihe ihrer Niederlagen die Russen zur vollständigen Vernichtung des Feindes und zur Säuberung ihres Vaterlandes von den Eindringlingen führte.

Dieser Widerspruch hat seinen Grund darin, daß die Historiker, welche die Ereignisse an Hand von Briefen der Souveräne und Generäle, an Hand von Relationen, Rapporten, Plänen und so weiter studieren, dieser letzten Periode des Krieges von 1812 fälschlicherweise ein Ziel unterschieben, das nie existiert hat, ein Ziel, das darin bestanden haben soll, Napoleon mitsamt seinen Marschällen und seiner Armee abzuschneiden und gefangenzunehmen.

Ein solches Ziel hat es nie gegeben und hätte es auch nie geben können, weil es sinnlos und vollkommen unerreichbar gewesen wäre. Ein solches Ziel wäre sinnlos gewesen, erstens, weil die aufgelöste Napoleonische Armee mit aller ihr nur möglichen Geschwindigkeit aus Rußland floh, das heißt, also gerade das tat, was jeder Russe nur wünschen konnte. Warum hätte man also noch allerhand Operationen gegen die Franzosen vornehmen sollen, wenn sie doch schon so schnell flohen, wie es nur in ihren Kräften stand?

Sinnlos wäre es zweitens gewesen, Menschen zum Stehen bringen zu wollen, deren gesamte Energie auf die Fortsetzung ihrer Flucht gerichtet war.

Sinnlos wäre es drittens gewesen, Verluste des eigenen Heeres zu riskieren, nur um die französischen Armeen zu vernichten, deren Vernichtung bereits ohne Einwirkung äußerer Ursachen in solcher Progression vor sich ging, daß sie, obwohl ihnen nirgends der Weg versperrt wurde, nur das über die Grenze bringen konnten, was sie schließlich im Dezember hinübergebracht haben, nämlich ein Hundertstel des ganzen Heeres.

Sinnlos wäre viertens der Wunsch gewesen, den Kaiser, die Könige, die Herzöge gefangenzunehmen, deren Gefangennahme nur alle weiteren Schritte der Russen aufs höchste erschwert hätte, was selbst die gewiegtesten Diplomaten jener Zeit, wie J. Maistre und andere eingeräumt haben. Noch sinnloser wäre der Wunsch gewesen, französische Korps gefangenzunehmen, da doch die eigenen Truppen bis Krasnoje bereits auf die Hälfte ihres Bestandes zusammenschmolzen und man für die Korps von Gefangenen ganze Divisionen zum Transport hätte abkommandieren müssen und da die eigenen Leute nicht immer ausreichend verpflegt werden konnten, während die bereits früher eingebrachten Gefangenen vor Hunger starben.

Der ganze tiefsinnige Plan, Napoleon mit seiner Armee abzuschneiden und gefangenzunehmen, gemahnt an den Plan eines Gärtners, dem eine Kuh in sein Gemüsefeld gekommen ist und das Gemüse zertrampelt und der nun an das Tor laufen und die Kuh auf den Kopf hauen wollte. Das einzige, was sich zur Entschuldigung des Gärtners anführen ließe, wäre der Umstand, daß er eben sehr wütend und erregt sein mag. Von den Urhebern des in Rede stehenden Planes hätte man aber auch das nicht sagen können, da sie unter dem Zertrampeln der Gemüsebeete ja nicht zu leiden hatten.

Ganz abgesehen davon, daß es sinnlos gewesen wäre, Napoleon mit seiner Armee abschneiden zu wollen, es wäre auch unmöglich gewesen.

Unmöglich wäre es erstens deswegen gewesen, weil man ja aus Erfahrung weiß, daß die Bewegungen der einzelnen Kolonnen, auch wenn es sich nur um ein und dieselbe Schlacht und um Entfernungen von fünf Werst handelt, nie im Einklang mit den vorher festgesetzten Plänen vor sich gehen, mithin also die Wahrscheinlichkeit, Tschitschagow, Kutusow und Wittgenstein könnten zur rechten Zeit an einer bestimmten Stelle zusammentreffen, so gering war, daß sie bereits der Unmöglichkeit gleichkam, wie das ja auch der Ansicht Kutusows entsprach, der schon damals, als ihm ein solcher Plan zugeschickt wurde, zu bedenken gegeben hatte, daß Diversionen auf größere Entfernungen nie zu den gewünschten Ergebnissen führen.

Unmöglich wäre es zweitens gewesen, weil es zur Paralysierung des Beharrungsvermögens, mit dem Napoleons Heer sich rückwärts bewegte, ganz wesentlich größerer Truppenmassen bedurft hätte, als sie den Russen zur Verfügung standen.

Unmöglich wäre es drittens gewesen, weil der militärische Ausdruck „Abschneiden" überhaupt sinnlos ist. Abschneiden kann man ein Stück Brot, aber nicht eine Armee. Eine Armee abschneiden, ihr den Weg verlegen, das ist überhaupt unmöglich, denn sie hat immer noch Raum genug um sich her, um sich auf Umwegen davonmachen zu können, und schließlich gibt es auch noch die Nacht, während der man nicht sehen kann, wovon die großen Gelehrten der Kriegswissenschaft sich an Hand der Beispiele von Krasnoje oder der Beresina überzeugen könnten, wenn sie es nicht wissen sollten. Gefangenehmen kann man überhaupt nur jemanden, der selbst damit einverstanden ist, wie man ja an sich auch keine Schwalbe fangen kann, außer wenn sie sich einem auf die Hand setzt. Gefangennehmen kann man jemanden, der sich nach allen Regeln der Strategie und Taktik ergibt, wie die Deutschen das machen. Aber den französischen Truppen wollte das verständlicherweise keineswegs einleuchten, da sie der gleiche Tod des Verhungerns und Erfrierens auf der Flucht wie in der Gefangenschaft erwartete.

Unmöglich aber wäre es viertens deswegen gewesen, weil — und das ist die Hauptsache —, solange die Welt steht, noch nie ein Krieg unter so grauenvollen Verhältnissen geführt worden ist, wie es die von 1812 waren, und weil die russischen Truppen bei der Verfolgung der Franzosen bereits alle ihre Kräfte einsetzten und jede Mehrleistung Selbstvernichtung bedeutet hätte.

Bei ihrem Marsch von Tarutino bis Krasnoje verlor die russische Armee fünfzigtausend Mann an Kranken und sonstigen Zurückbleibenden, also eine Zahl, die der Bevölkerung einer großen Gouvernementsstadt entspricht. Die Armee büßte, obwohl keine Schlachten geschlagen wurden, die Hälfte ihrer Leute ein.

Und von dieser Periode des Feldzuges, da die Truppen ohne Stiefel und Pelze, ohne ausreichende Verpflegung, ohne Branntwein, durch Monate im Schnee und bei fünfzehn Grad Kälte nächtigen mußten, da der Tag nicht mehr hatte als sieben oder acht Stunden und sonst Nacht war, während der ja die Disziplin ihren Einfluß verliert, da die Leute nicht, wie es in der Schlacht ist, nur für einige Stunden in den Bereich des Sterbens, in welchem es keine Disziplin mehr gibt, geführt wurden, sondern durch Monate in jedem Augenblick mit dem Hunger- und Kältetode zu kämpfen hatten, da in einem Monat die halbe Armee umkam, von dieser Periode des Feldzuges erzählen uns die Historiker, Miloradowitsch hätte den und den Flankenmarsch machen müssen und Tormassow wieder den und den, und Tschitschagow hätte die und die Umgruppierungen vornehmen sollen – Umgruppierungen im Schnee, der den Leuten bis über die Knie ging! – und der und der habe auf die und die Weise die Franzosen geworfen und abgeschnitten und so weiter und so weiter.

Die im Felde stehenden Russen, von denen die Hälfte dabei umkam, taten alles, was sie konnten und mußten, um ein Ziel zu erreichen, das der Würde des ganzen Volkes entsprach, und sind nicht schuld daran, daß andere Russen, die in warmen Stuben saßen, Dinge ausheckten, die vollkommen unmöglich waren.

Dieser ganze merkwürdige, heute unbegreiflich wirkende Widerspruch zwischen den Tatsachen und dem Niederschlag, den diese Tatsachen in der Geschichtsschreibung gefunden haben, hat seinen Grund darin, daß die Historiker, die über diese Ereignisse geschrieben haben, eben eine Geschichte der schönen Gefühle und Aussprüche einzelner Generäle, nicht aber eine Geschichte der Ereignisse geschrieben haben. Ihnen kommen irgendwelche Äußerungen Miloradowitschs und die Orden und Ehrenzeichen, die diesem oder jenem General verliehen wurden, und die Projekte, die dieser und jener General entwarfen, sehr fesselnd vor, aber die Frage nach den Fünfzigtausend, die in Spitälern und Massengräbern blieben, hat für sie nicht einmal ein flüchtiges Interesse, weil ihre Studien andern Dingen gelten.

Indessen braucht man nur vom Studium der Rapporte und Schlachtenpläne abzusehen und sich in die Bewegung all der Hunderttausende von Menschen zu vertiefen, die an den Ereignissen unmittelbar teilnahmen, und alle Fragen, die vorher unlösbar schienen, finden plötzlich mit ganz überraschender Leichtigkeit und Einfachheit ihre jeden Zweifel ausschließende Lösung.

Das Ziel, Napoleon mit seiner Armee abzuschneiden, hat nie bestanden, außer in der Phantasie von vielleicht einem Dutzend Menschen. Ein solches Ziel konnte nicht bestehen, weil es sinnlos und unerreichbar war.

Das Ziel des russischen Volkes war dieses eine: seine Erde von den fremden Eindringlingen frei zu machen. Dieses Ziel ist erreicht worden, zum ersten ganz von selbst, da ja die Franzosen flohen und man also nichts weiter zu tun brauchte, als ihre Bewegung ungestört vor sich gehen zu lassen, zum zweiten durch den Volkskrieg, der die Franzosen vernichtete, und zum dritten dadurch, daß die große russische Armee unmittelbar hinter den Franzosen herzog, bereit, Gewalt anzuwenden, für den Fall, daß die Bewegung der Franzosen zum Stehen kommen sollte.

Die russische Armee mußte wirken wie die Peitsche auf ein laufendes Tier. Und der erfahrene Treiber wußte, daß es nichts Zweckmäßigeres gibt, als die Peitsche drohend in die Höhe zu halten, nicht aber das laufende Tier über den Kopf zu schlagen.

SIEBENTER TEIL

I

Wenn der Mensch ein Tier sterben sieht, so befällt ihn ein Gefühl des Grauens: das, was ihn selbst ausmacht und seinen eigenen Wesenskern bildet, das wird hier vor seinen Augen vernichtet, es hört auf zu sein. Ist es aber ein Mensch, was da stirbt, und ein geliebter und nahestehender Mensch, dann empfindet man außer dem Grauen angesichts der Vernichtung eines Lebens in seiner Seele einen Riß, eine Wunde, die ebenso wie eine physische Wunde manchmal zum Tode führt, manchmal verheilt, immer aber schmerzt und gegen jede das Brennen erneuernde Berührung von außen her empfindlich bleibt.

Nach dem Tode des Fürsten Andrej hatten Natascha und Prinzessin Marja gleichermaßen diese Empfindung. Seelisch niedergedrückt und zusammengepreßt von der Wolke des Todes, die drohungsvoll über ihnen gehangen hatte, wagten sie dem Leben noch nicht wieder ins Gesicht zu sehen. Mit aller Behutsamkeit hüteten sie ihre noch offenen Wunden vor Berührungen, die ihnen weh tun und sie verletzen konnten. Alles, eine rasch auf der Straße vorbeifahrende Equipage, die Meldung, das Mittagessen sei bereit, die Frage des Stubenmädchens, welches Kleid sie herrichten sollte, und, was das Schlimmste war, ein Wort geheuchelter, schwächlicher Anteilnahme, alles das erneuerte das schmerzliche Brennen der Wunde, wirkte verletzend, zerriß die unentbehrliche Stille, in der beide dem für sie immer noch nicht verstummten furchtbaren, tiefernsten Chore lauschten, und störte sie beim Schauen in jene geheimnisvollen, unendlichen Fernen, die für Augenblicke geöffnet vor ihnen lagen.

Nur wenn sie zu zweit waren, gab es nichts Verletzendes, nichts, das weh tat. Sie sprachen wenig miteinander. Wenn sie aber sprachen, so galt ihr Gespräch gleichgültigen Dingen. Beide vermieden es gleichermaßen, das Gespräch auf irgend etwas zu bringen, was auf die Zukunft Bezug hatte.

Es wäre ihnen als eine Beschimpfung seines Andenkens erschienen, überhaupt die Möglichkeit einer Zukunft zuzugeben. Mit noch größerer Behutsamkeit gingen sie in ihren Gesprächen um alles herum, was eine Beziehung zu dem Verstorbenen hätte haben können. Es war ihnen, als lasse sich das von ihnen Durchlebte und Durchfühlte mit Worten nicht ausdrücken. Es war ihnen, als müsse jedes irgendwelchen Einzelheiten seines Lebens geltende Wort die Größe und Heiligkeit des Mysteriums zerstören, das sich vor ihren Augen vollzogen hatte.

Die unaufhörliche Zurückhaltung, die sie sich in ihren Gesprächen auferlegten, das beständige Vermeiden alles dessen, was die Rede hätte auf ihn bringen können, dieses unablässige Haltmachen an der Grenze dessen, was nicht ausgesprochen werden durfte, ließ ihnen alles, was sie empfanden, noch reiner und klarer vor die Seele treten.

Allein eine reine und vollkommene Trauer ist ebenso unmöglich wie eine reine und vollkommene Freude. Als erste wurde Prinzessin Marja, kraft ihrer Stellung als alleinige selbständige Herrin ihres Geschicks und Leiterin und Erzieherin ihres Neffen, vom Leben selbst aus jener Welt der Trauer, in der sie die ersten beiden Wochen gelebt hatte, abgerufen. Sie erhielt Briefe von Verwandten, die beantwortet werden mußten; das Zimmer, in welchem Nikoluschka schlief, war feucht, und er begann zu husten; Alpatytsch kam nach Jaroslawl mit geschäftlichen Abrechnungen und redete ihr zu, nach Moskau in das Haus in der Wosdwishenkestraße überzusiedeln, das unversehrt geblieben war und nur geringfügiger Reparaturen bedurfte. Das Leben stand nicht still, und es hieß leben. So schwer es Prinzessin Marja auch fiel, sich von jener Welt einsamer Beschauung, in der sie bis jetzt gelebt hatte, zu trennen, und so schmerzlich und in gewissem Sinne beschämend sie es auch empfand, Natascha allein zu lassen – die Sorgen des Lebens forderten ihren Tribut, und wider Willen mußte sie sich ihnen überlassen. Sie ging mit Alpatytsch die Abrechnungen durch, ratschlagte mit Dessales über die Erziehung ihres Neffen und traf Anordnungen und Vorbereitungen für die Übersiedlung nach Moskau. Natascha blieb allein und ging nun auch Prinzessin Marja aus dem Wege, seit diese begonnen hatte, sich mit den Abreisevorbereitungen zu beschäftigen.

Prinzessin Marja schlug der Gräfin vor, Natascha mit ihr nach Moskau fahren zu lassen, und sowohl die Mutter als auch der Vater, die Nataschas Kräfte von Tag zu Tag hinschwinden sahen und eine Ortsveränderung und den Beistand der Moskauer Ärzte für nutzbringend hielten, gingen mit Freuden auf diesen Vorschlag ein.

„Ich will nirgendwo hinfahren", antwortete Natascha, als ihr dieser Vorschlag unterbreitet wurde, „bitte, laßt mich nur in Ruhe!" Und mit diesen Worten verließ sie rasch das Zimmer und hatte

Mühe, ihre Tränen zurückzuhalten. Tränen weniger des Kummers als des Ärgers und der Erbitterung.

Seit Natascha sich von Prinzessin Marja im Stich und in ihrem Kummer allein gelassen fühlte, saß sie den größten Teil des Tages allein in ihrem Zimmer in einer Ecke des Diwans, die Füße hochgezogen, zerriß oder zerknüllte irgendeinen Gegenstand mit ihren schlanken, fieberig sensibel gewordenen Fingern und starrte dabei unverwandt und regungslos auf das, worauf ihr Blick einmal gefallen war. Diese Einsamkeit raubte ihre Kräfte und folterte sie, dennoch meinte sie sie nicht entbehren zu können. Kam jemand zu ihr ins Zimmer, so fuhr sie rasch auf, gab ihrem Blick eine andere Richtung und einen anderen Ausdruck, machte sich über ein Buch oder eine Handarbeit her und wartete offenbar mit Ungeduld darauf, daß der Störende sich wieder entfernte.

Sie hatte immer die Empfindung, jetzt gleich, im allernächsten Augenblick schon werde sie endlich das begreifen und in seinen letzten Tiefen erfassen, worauf sie mit so furchtbarer unerträglicher Frage ihren inneren Blick geheftet hielt.

Ende Dezember saß Natascha wieder einmal in ihrem schwarzen Wollkleide, den Zopf nachlässig zu einem Knoten aufgesteckt, mager und bleich mit hochgezogenen Füßen in ihrer Diwanecke, knüllte gewaltsam die Enden ihres Gürtels zusammen und ließ sie dann wieder auseinanderschnellen und sah in den Türwinkel.

Sie sah dorthin, wohin er von ihr gegangen war, nach dem jenseitigen Ufer des Lebens. Und dieses Leben am jenseitigen Ufer, an das sie früher nie gedacht hatte und das ihr früher als etwas so Fernes, Unwahrscheinliches erschienen war, das war ihr jetzt näher und vertrauter, verständlicher als das Leben im Diesseits, in welchem es doch nichts gab als Leere und Zerstörung oder Leiden und Kränkung.

Sie sah dorthin, wo sie ihn wußte; aber sie konnte ihn nicht anders sehen, als wie sie ihn hier gesehen hatte. Sie sah ihn wieder so, wie sie ihn in Mytischtschi, in Troiza, in Jaroslawl gesehen hatte.

Sie sah sein Gesicht, hörte seine Stimme und wiederholte, was er zu ihr und was sie zu ihm gesagt hatte, und erdachte sich manchmal noch darüber hinaus Dinge, die er und sie damals hätten sagen können.

Da liegt er vor ihr in seinem Lehnstuhl, in seinen samtüberzogenen Pelz gehüllt, den Kopf in die magere, blasse Hand gestützt. Die Brust liegt grauenvoll tief, die Schultern sind hochgezogen. Die Lippen pressen sich fest aufeinander, die Augen glänzen, und auf der blassen Stirn bildet sich eine Falte und verschwindet wieder. Sein eines Bein zuckt hastig, aber kaum wahrnehmbar hin und her. Natascha weiß, daß er mit einem quälenden Schmerz kämpft. Was hat es mit diesem

Schmerz auf sich? Wozu dieser Schmerz? Was empfindet er dabei? Wie äußert sich dieser Schmerz in ihm? denkt Natascha. Da hat er wahrgenommen, daß sie ihn beobachtet und über ihn nachdenkt, hat zu ihr aufgesehen und, ohne daß er doch gelächelt hätte, angefangen zu sprechen.

„Eines ist furchtbar", hat er gesagt, „das ist, sich fürs ganze Leben an einen leidenden Menschen zu binden. Das ist eine lebenslängliche Folter." Und er hat sie mit einem prüfenden Blick angesehen. Natascha hat wie immer geantwortet, bevor sie sich ihre Antwort überdacht hat, und hat gesagt: „Das kann doch nicht immer so sein, das bleibt ja nicht so. Sie werden ja gesund werden, ganz gesund."

Jetzt sah sie ihn wieder so vor sich und machte alles damals Empfundene noch einmal durch. Der lange, traurige, strenge Blick, mit dem er sie bei diesen Worten angesehen hatte, stand wieder vor ihr, und sie begriff, was dieser langanhaltende Blick alles an Vorwurf und Verzweiflung enthalten hatte.

„Ich gab ihm darin recht", sagte Natascha jetzt zu sich selbst, „daß es grauenvoll wäre, wenn er ewig leidend bliebe. Ich meinte das damals aber nur so, es würde für *ihn* grauenvoll sein, und er verstand mich falsch. Er glaubte, es würde für *mich* grauenvoll sein. Damals wollte er noch leben, und hatte Furcht vor dem Tode. Und ich habe so plump, so dumm zu ihm gesprochen. Aber ich meinte das ja gar nicht. Ich meinte ja etwas ganz anderes. Hätte ich sagen wollen, was ich meinte, so hätte ich gesagt: und wenn ich ihn selbst sterben sehen müßte, eine Ewigkeit lang hier vor meinen Augen sterben sehen müßte, ich wäre noch glücklich im Vergleich zu dem, was ich jetzt bin. Jetzt . . . das ist das völlige Nichts, da ist niemand. Hat er das gewußt? Nein. Er hat es nicht gewußt und wird es nie erfahren. Und jetzt läßt sich das nie, nie mehr gutmachen." Und jetzt hörte sie ihn wieder seine Worte von damals sagen, aber dieses Mal gab Natascha ihm eine andere Antwort. Sie fiel ihm ins Wort und sagte: „Grauenvoll für Sie, aber nicht für mich. Sie wissen, daß mein Leben nichts ist ohne Sie und daß es für mich kein schöneres Glück geben kann, als mit Ihnen leiden zu dürfen." Und nun nahm er ihre Hand und drückte sie, wie er sie an jenem fürchterlichen Abend, vier Tage vor seinem Tode, gedrückt hatte. Und dann sagte sie ihm noch manche Worte der Zärtlichkeit und Liebe, die sie ihm damals hätte sagen können und jetzt nur noch in ihrer Phantasie aussprechen konnte. „Ich liebe dich! . . . dich . . . dich, dich liebe ich . . ." sagte sie, die Hände krampfhaft verschlungen und die Zähne mit wütender Gewalt gegeneinandergepreßt.

Und dann nahm ein süßer Kummer von ihr Besitz, und die Tränen traten ihr schon in die Augen, dann aber legte sie sich plötzlich die Frage vor, zu wem sie eigentlich spreche, wo er sei und wer er jetzt eigentlich sei. Und wieder breitete sich ein trockener und harter Zweifel über alles, und wieder sah sie, die Augenbrauen qualvoll zusammengezogen, dorthin, wo er jetzt war. Und da war es ihr plötzlich, als sei sie in das Geheimnis eingedrungen ... aber gerade in dem Augenblick, da das Unfaßliche sich ihr erschließen zu wollen schien, da drang das laute Geklapper der Türklinke schmerzhaft an ihr Ohr. Hastig und ohne die gewohnte Rücksichtnahme, mit einem erschrockenen, ihr sonst gar nicht eigenen Gesichtsausdruck kam Dunjascha, das Stubenmädchen, ins Zimmer.

„Wollen Sie bitte sofort zu Papa kommen", sagte Dunjascha fremd und erregt. „Ein Unglück ... Peter Iljitsch ... Ein Brief ..." stammelte sie schluchzend.

II

Außer dem allgemeinen Gefühl einer Entfremdung allen Menschen gegenüber empfand Natascha in dieser Zeit noch ein besonderes Gefühl der Entfremdung gegenüber ihren Angehörigen. Sie alle, der Vater, die Mutter, Sonja, waren für sie etwas so Vertrautes, Altgewohntes, Alltägliches, daß alle ihre ausgesprochenen oder schweigend geäußerten Empfindungen ihr als ein Herabziehen jener Welt erschienen in der sie die letzte Zeit über gelebt hatte, und darum hatte Natascha für sie nicht nur Gleichgültigkeit, sondern sogar feindselige Empfindungen.

Sie hatte jetzt gehört, was Dunjascha von Peter Iljitsch und von einem Unglück gesagt hatte, hatte es aber nicht verstanden.

„Was für ein Unglück wird das schon sein, was für ein Unglück kann denen denn überhaupt zustoßen? Bei denen geht ja alles seinen altgewohnten, ruhigen Gang", dachte Natascha.

Als sie den Saal betrat, sah sie den Vater hastig aus dem Zimmer der Gräfin kommen. Sein Gesicht war faltig und tränenfeucht. Offenbar hatte er rasch das Zimmer der Gräfin verlassen, um dem Schluchzen, das ihn in der Kehle würgte, freien Lauf lassen zu können. Jetzt sah er Natascha, machte mit den Händen eine Gebärde der Verzweiflung und brach in ein krampfartiges, schmerzgeschütteltes Schluchzen aus, das sein rundliches, weiches Gesicht völlig entstellte.

„Pe ... Petja ... Geh zu ihr, geh zu ihr, sie ... sie ... verlangt nach dir .. " Und mit einem kinderhaften Aufschluchzen trippelte er mit seinen schwach gewordenen Beinen rasch auf einen Stuhl zu, fiel förmlich in ihn und verhüllte das Gesicht mit den Händen.

Plötzlich lief es wie ein elektrischer Strom durch Nataschas ganzes Wesen. Irgend etwas schlug so gegen ihr Herz, daß es furchtbar weh tat. Zu dem Gefühl dieses furchtbaren Schmerzes gesellte sich eine Empfindung, als reiße sich in ihrem Innern etwas von ihr und als stürbe sie. Allein unmittelbar nach diesem Schmerz fühlte sie augenblicks, wie das Verbot der Teilnahme am Leben, das über ihr gelegen hatte, plötzlich von ihr genommen wurde.

Sie rannte auf den Vater zu, der aber winkte kraftlos mit der Hand und zeigte auf die Tür der Mutter. Bleich und mit zitterndem Unterkiefer kam Prinzessin Marja aus der Tür, nahm Nataschas Hand und sprach einige Worte. Natascha sah sie nicht und hörte sie nicht. Sie ging rasch zur Tür, machte einen Augenblick halt, als läge sie mit sich selbst im Streit, und stürzte dann zu ihrer Mutter.

Die Gräfin lag in einer merkwürdig ungeschickten Stellung lang im Lehnstuhl und schlug mit dem Kopf gegen die Wand. Sonja und die Dienstmädchen hielten sie an den Armen fest.

„Natascha soll kommen, Natascha!" schrie die Gräfin. „Es ist nicht wahr, es ist nicht wahr ... er lügt ... Natascha soll kommen!" schrie sie und stieß die Mädchen zurück. „Macht, daß ihr wegkommt, ihr alle, es ist ja gar nicht wahr! Tot? ... Hahaha! Es ist nicht wahr!"

Natascha kniete sich halb in den Lehnstuhl, beugte sich über die Mutter, umarmte sie, richtete sie mit überraschender Kraft auf, zog den Kopf der Mutter zu sich und schmiegte sich an sie.

„Mamachen! ... Täubchen ... Ich bin ja da, liebstes bestes Mamachen ..." flüsterte sie, ohne auch nur für eine Sekunde zu verstummen.

Sie ließ die Mutter nicht los, stritt zärtlich mit ihr, verlangte Kissen und Wasser und öffnete der Mutter, halb knöpfend, halb reißend, das Kleid. „Liebstes, bestes Mamachen, Täubchen, süßes, süßes Mamachen", flüsterte sie ununterbrochen, küßte ihr die Hände, den Kopf, das Gesicht und fühlte, wie ihr selbst die Tränen unaufhaltsam in Bächen über das Gesicht liefen und Nase und Backen jucken machten.

Die Gräfin preßte die Hand der Tochter, schloß die Augen und verhielt sich einen Augenblick lang ruhig. Auf einmal aber fuhr sie mit einer Geschwindigkeit, die niemand an ihr kannte, in die Höhe, sah sich wie von Sinnen um, erblickte Natascha und begann deren Kopf zu pressen, so stark sie nur konnte. Dann wandte sie Nataschas schmerzverzerrtes Gesicht zu sich und sah lange hinein.

„Natascha, du liebst mich doch", flüsterte sie vertrauensvoll. „Natascha, du machst mir doch nichts vor? Du sagst mir doch die ganze Wahrheit?"

Natascha sah sie aus tränenverhangenen Augen an, und in ihrem Gesicht lag nur eine flehentliche Bitte um Verzeihung und Liebe.

„Liebstes, bestes Mamachen", wiederholte sie und riß alle ihre Liebeskräfte zusammen, um auf irgendeine Weise der Mutter das

Übermaß ihres Kummers abzunehmen. Und die Mutter, die in ohnmächtigem Kampf gegen die Tatsachen sich weigerte, das Geschehene hinzunehmen und zu glauben, daß ihr lebensblühender geliebter Junge tot sein sollte, während sie selbst noch lebte, rettete sich aus der Welt der Tatsachen abermals in die der Umnachtung.

Natascha vermochte sich später nicht mehr daran zu erinnern, wie dieser Tag und diese Nacht und der folgende Tag und die folgende Nacht vergangen waren. Sie schlief nicht und wich nicht von ihrer Mutter. Nataschas hartnäckige und geduldige Liebe umschloß die Gräfin von Sekunde zu Sekunde immer von neuem, nicht im Sinne einer Tröstung oder einer Deutung des Geschehenen, sondern im Sinne eines Aufrufes zur Wiederkehr in das Leben.

In der dritten Nacht wurde die Gräfin für einige Minuten ruhig, und Natascha schloß die Augen, legte den Ellbogen auf die Lehne ihres Sessels und stützte den Kopf in die Hand. Das Bett knarrte, Natascha öffnete die Augen. Die Gräfin hatte sich im Bett aufgerichtet und sprach leise vor sich hin.

„Ich bin ja so froh, daß du gekommen bist, Petja. Du bist gewiß müde, willst du Tee?" Natascha war an das Bett der Mutter getreten. „Und hübscher bist du geworden, ein richtiger Mann", fuhr die Gräfin fort und nahm die Hand der Tochter.

„Mamachen, was reden Sie!"

„Natascha, er ist nicht mehr, er ist nicht mehr."

Und nun umarmte die Gräfin ihre Tochter und begann zum ersten Male zu weinen.

III

Prinzessin Marja hatte ihre Abreise verschoben. Sonja und der Graf wollten Natascha ablösen, indessen ging das nicht. Sie sahen, daß nur Natascha die Mutter vor sinnloser Verzweiflung schützen konnte. Drei Wochen lang war Natascha ununterbrochen um die Mutter, schlief in ihrem Zimmer auf einem Lehnstuhl, gab ihr zu essen und zu trinken und sprach unausgesetzt mit ihr, sprach deshalb, weil allein schon ihre zärtliche, liebkosende Stimme eine beruhigende Wirkung auf die Gräfin hatte.

Die Herzenswunde der Mutter konnte nicht heilen. Mit Petjas Tod war die Hälfte ihres Lebens von ihr gerissen worden. Einen Monat nach Petjas Tode, der sie als frische und muntere Frau von fünfzig Jahren angetroffen hatte, verließ sie ihr Zimmer als eine alte Frau, schon halb erstorben und ohne am Leben noch Anteil zu nehmen. Allein die gleiche Wunde, welche die Gräfin halbwegs getötet hatte, diese neue Wunde hatte Natascha wieder ins Leben zurückgerufen.

Eine Herzenswunde, hervorgerufen durch eine Verletzung des seelischen Körpers, hat mit einer Wunde des physischen Körpers das gemein, daß sie, so seltsam das klingt, ebenso wie diese lediglich auf Grund der von innen nach außen brechenden Lebenskraft verheilt, wenn erst tief im Innern der Heilungsprozeß begonnen hat und die Ränder der Wunde angefangen haben, sich zu schließen.

So heilte auch Nataschas Wunde. Sie hatte geglaubt, ihr Leben sei zu Ende. Plötzlich aber bewies ihr die Liebe zur Mutter, daß der Urgrund ihres Lebens, die Liebe, noch in ihr lebte. Die Liebe erwachte wieder, und damit erwachte auch das Leben.

Die letzten Tage des Fürsten Andrej hatten Natascha und Prinzessin Marja einander sehr nahegebracht. Das neue Unglück band sie jetzt noch enger aneinander. Prinzessin Marja hatte ihre Abreise verschoben und in den letzten drei Wochen für Natascha gesorgt wie für ein krankes Kind. Denn die letzte Zeit, die Natascha im Zimmer der Mutter verbracht hatte, war für ihre physischen Kräfte eine sehr starke Belastung gewesen.

Einmal, es war um die Mittagsstunde, gewahrte Prinzessin Marja, daß Natascha in einem Fieberschauer zitterte, führte sie mit sich in ihr Zimmer und legte sie auf ihr Bett. Natascha ließ auch alles mit sich geschehen, aber als Prinzessin Marja die Fenstervorhänge zugezogen hatte und darauf gehen wollte, da rief Natascha sie zu sich.

„Ich kann nicht schlafen, Marie, bleib doch noch ein bißchen bei mir sitzen."

„Du bist müde, versuche doch, einzuschlafen."

„Nein, nein. Warum hast du mich hierhergebracht? Sie wird nach mir fragen."

„Es geht ihr schon viel, viel besser. Sie hat heute schon so ruhig und freundlich gesprochen", sagte Prinzessin Marja.

Natascha lag auf dem Bett und betrachtete in der herrschenden Dämmerung Prinzessin Marjas Gesicht.

„Sieht sie ihm ähnlich?" dachte Natascha. „Ja, und doch auch wieder nicht. Aber sie hat so etwas Besonderes, Fremdes, ganz Neues, das ich früher nicht an ihr gesehen habe. Und sie ist mir gut. Was mag im tiefsten in ihr stecken? Lauter Gutes. Aber was denkt sie, was hält sie von mir? Ja, sie ist ein wundervoller Mensch."

„Mascha", sagte sie schüchtern und zog Prinzessin Marjas Hand zu sich. „Mascha, du mußt nicht denken, ich sei schlecht. Nein? Mascha, mein Täubchen, wie lieb ich dich habe! Wir wollen ganz, ganz vertraut miteinander sein."

Und Natascha umarmte Prinzessin Marja und küßte ihr einmal über das andere Hände und Gesicht. Prinzessin Marja empfand Beschämung und Freude über diese Gefühlsäußerung Nataschas.

Von diesem Tage an bestand zwischen Prinzessin Marja und

Natascha eine jener leidenschaftlichen und zärtlichen Freundschaften, wie sie nur unter Frauen möglich sind. Unaufhörlich küßten sie sich, hatten zärtliche Worte füreinander und brachten den größten Teil ihrer Zeit miteinander zu. War eine von ihnen hinausgegangen, so wurde die andere unruhig und hatte es eilig, wieder mit ihr zusammenzukommen. Sie hatten das Gefühl, miteinander eine geschlossenere Einheit zu bilden, als es jede für sich vermochte. Beide verband eine Empfindung, die stärker war als Freundschaft, nämlich die Empfindung der völligen Unmöglichkeit eines Lebens ohne einander.

Bisweilen sagten sie ganze Stunden hindurch kein Wort, bisweilen begannen sie miteinander zu sprechen, wenn sie schon in ihren Betten lagen, und sprachen dann miteinander, bis es Morgen wurde. Meist sprachen sie von weit zurückliegenden Dingen. Prinzessin Marja erzählte von ihrer Kindheit, von ihrer Mutter, ihrem Vater, ihrer damaligen Innenwelt, und Natascha, die sich früher gelassen und verständnislos von diesem Leben der Ergebung, des Gehorsams und von der Poesie christlicher Selbstverleugnung abgewandt hatte, gewann jetzt, mit Prinzessin Marja in Liebe verbunden, auch Prinzessin Marjas Vergangenheit lieb und erfaßte nun auch diese Seite des Lebens, die ihr früher unbegreiflich gewesen war. Sie dachte nicht daran, nun demütigen Gehorsam und Selbstverleugnung auch zu Bestandteilen ihres Lebens zu machen, weil sie es gewohnt war, andere Freuden zu suchen, aber sie lernte jetzt auch diese ihr früher unverständlichen Tugenden verstehen und lieben. Und für Prinzessin Marja erschloß sich, wenn sie Natascha von ihrer Kindheit und ersten Jugend erzählen hörte, ebenfalls eine Seite des Lebens, der sie bisher verständnislos gegenübergestanden hatte, der Glaube an das Leben und die Seligkeit des Lebens.

Genau ebenso wie bisher sprachen sie auch jetzt nie von *ihm*, um, wie sie meinten, nicht mit Worten der Erhabenheit des Gefühles, das sie in sich spürten, Eintrag zu tun. Und daß sie so ganz von ihm schwiegen, das ließ sie allmählich und ohne daß sie selbst es wußten, dahinkommen, ihn zu vergessen.

Natascha war so mager, blaß und elend geworden, daß alle unentwegt von ihrem Befinden sprachen, und dieser Schwächezustand war ihr selbst nur recht. Dennoch überkam sie bisweilen eine plötzliche Furcht, weniger, sie könne sterben, als vielmehr krank und hinfällig werden und ihre Schönheit verlieren, und unwillkürlich musterte sie manchmal aufmerksam ihren nackten Arm und war dann betroffen über seine Magerkeit, oder betrachtete sich morgens im Spiegel ihr lang gewordenes und ihr ganz jämmerlich erscheinendes Gesicht. Es war ihr, als müsse das eben so sein, gleichzeitig empfand sie aber doch Bangigkeit und Gram.

Einmal war sie rasch die Treppe hinaufgelaufen und hatte Atembeklemmungen verspürt. Sofort dachte sie sich, ohne sich dieser Absicht bewußt zu werden, noch etwas aus, was sie unten zu erledigen hätte, und lief dann noch einmal die Treppe hinauf, um ihre Kräfte auf die Probe zu stellen und sich zu beobachten.

Ein anderes Mal rief sie Dunjascha, und dabei hatte ihre Stimme plötzlich etwas Zittriges. Obwohl sie Dunjascha bereits kommen hörte, rief sie nun noch einmal und rief jetzt mit dem Brustton, mit dem sie sang, und lauschte gespannt.

Sie wußte es nicht, sie hätte es auch nicht geglaubt, aber durch die Schlammschicht, die über ihrer Seele lag und die sie für undurchdringlich hielt, brachen bereits feine, zarte, junge Grasspitzen, die sich dann mit ihren Wurzeln immer fester einsenken und mit frischlebendigen Schößlingen ihren Kummer so überwuchern sollten, daß bald nichts mehr von ihm zu sehen und zu spüren sein würde. Die Wunde vernarbte von innen her.

Ende Januar fuhr Prinzessin Marja nach Moskau, und der Graf setzte es durch, daß Natascha mit ihr fuhr, um die Moskauer Ärzte zu konsultieren.

IV

Nach dem Zusammenstoß bei Wjasma, wo Kutusow seine ungeduldigen Truppen am Zurückwerfen, Abschneiden usw. der Franzosen nicht mehr hatte hindern können, vollzog sich die fernere Bewegung der flüchtenden Franzosen und der verfolgenden Russen bis Krasnoje ohne weitere Kämpfe. Die Geschwindigkeit der Flucht war so groß, daß die nachsetzende russische Armee mit den Franzosen nicht Schritt zu halten vermochte, daß die Pferde der Artillerie und Kavallerie nicht weiterkonnten und die Meldungen über den Marsch der Franzosen beim Einlaufen stets schon überholt waren.

Die Mannschaften der russischen Armee waren von diesem ununterbrochenen Vormarsch, vierzig Werst am Tage, so mitgenommen, daß an eine Verstärkung des Marschtempos nicht zu denken war.

Will man ein Bild von der Erschöpfung der russischen Armee gewinnen, so muß man sich nur klarmachen, was es heißen will, daß die russische Armee, die an Toten und Verwundeten während des ganzen Marsches von Tarutino an knapp fünftausend, an Gefangenen knapp hundert Leute verloren hatte und beim Abmarsch von Tarutino hunderttausend Mann stark gewesen war, nur noch fünfzigtausend Mann hatte, als sie nach Krasnoje kam.

Der schnelle Verfolgungsmarsch der Russen wirkte auf ihre Armee ebenso nachteilig wie die Flucht der Franzosen auf die ihre. Der

Unterschied bestand nur darin, daß die russische Armee aus freien Stücken vorrückte, unbeeinflußt von einer Untergangsdrohung, wie sie über der französischen Armee hing, und daß die marschkrank zurückbleibenden Franzosen dem Feinde in die Hände fielen, die marschkranken Russen aber unter ihren eigenen Landsleuten blie= ben. Die Hauptursache für das Zusammenschmelzen der Napoleo= nischen Armee war ihre Marschgeschwindigkeit, wie das ent= sprechende Zusammenschmelzen der russischen Truppen unwider= leglich beweist.

Kutusows ganze Tatkraft richtete sich ebenso wie bei Tarutino und Wjasma darauf, diese für die Franzosen so verderbliche Bewe= gung, soweit es in seiner Macht stand, nicht zu hemmen, wie es die Generäle in Petersburg und bei der Armee wollten, sondern ihr Vorschub zu leisten und den Marsch der eigenen Truppen zu er= leichtern.

Abgesehen davon aber gab es für Kutusow, da angesichts der großen Marschgeschwindigkeit die Erschöpfung der Truppen eine so beträchtliche und der Abgang ein so riesiger war, noch einen weiteren Grund, die Marschgeschwindigkeit zu verringern und sich abwartend zu verhalten. Das Ziel der russischen Truppen war die Verfolgung der Franzosen. Wohin die Franzosen sich weiter wenden würden, wußte man nicht, und mithin hatten unsere Truppen um so größere Entfernungen zurückzulegen, je näher sie den Franzosen im Nacken saßen, während sie die Zickzackbewegungen der Fran= zosen nicht mitzumachen brauchten und immer den kürzesten Weg wählen konnten, wenn sie mit einem gewissen Abstande hinter den Franzosen hermarschierten. Bei allen den kunstvollen Manövern, die von den einzelnen Generälen vorgeschlagen wurden, handelte es sich um Umgruppierungen und Truppenverschiebungen, das heißt also um eine Erhöhung der geforderten Marschleistung, während es kein anderes vernünftiges Ziel geben konnte, als diese Marschleistun= gen herabzusetzen. Und diesem Ziel galt während des ganzen Feld= zuges von Moskau bis Wilna Kutusows ganze Tätigkeit, nicht nur gelegentlich und vorübergehend, sondern mit solcher Folgerichtig= keit, daß er nicht ein einzigesmal von ihm abging.

Kutusow wußte, nicht auf Grund verstandesmäßiger Erwägungen oder wissenschaftlicher Erkenntnis, sondern mit jeder Fiber seines Wesens, mit der er fühlte, was jeder russische Soldat fühlte, daß die Franzosen besiegt waren, daß die Feinde flohen und daß man sie bis zur Grenze eskortieren mußte, gleichzeitig fühlte er aber, genau wie es seine Soldaten fühlten, die ganze Schwere dieses mit Rücksicht auf seine Geschwindigkeit und die Jahreszeit unerhörten Vormarsches.

Den Generälen aber, besonders den nichtrussischen, die sich gern hervortun, die Mitwelt in Erstaunen setzen, zu irgendeinem Zweck irgendeinen Herzog oder König gefangennehmen wollten, diesen Generälen schien es gerade jetzt, da doch jede Schlacht eine ekelhafte Sinnlosigkeit war, an der Zeit, eine Schlacht zu liefern und irgend jemand zu besiegen. Kutusow zuckte nur die Achseln, wenn sie ihm, einer nach dem andern, mit ihren Projekten kamen, Projekten, die von schlechtbeschuhten, nicht mit Pelzwerk versehenen, halb verhungerten Soldaten ausgeführt werden sollten, die in einem Monat, ohne Schlachten geschlagen zu haben, auf die Hälfte zusammengeschmolzen waren und die, selbst wenn die Franzosen die den Russen bequemste, also die gerade Fluchtlinie einschlugen, bis zur Grenze doch noch eine größere Entfernung zurückzulegen hatten als die, welche hinter ihnen lag.

Diese Sucht, sich hervorzutun und schöne Manöver zu machen, den Feind zu werfen und abzuschneiden, trat namentlich dann in die Erscheinung, wenn die russischen Truppen auf die französischen stießen. So war es auch bei Krasnoje, wo man darauf gerechnet hatte, eine der drei französischen Kolonnen vor sich zu haben und tatsächlich auf Napoleon selbst mit sechzehntausend Mann* stieß. Und obwohl Kutusow alle Kräfte in Bewegung setzte, um diesen verderblichen Zusammenstoß zu vermeiden und seine Truppen zu schonen, konnte er es doch nicht hindern, daß die erschöpfte russische Armee bei Krasnoje drei Tage lang auf die ohnehin schon auseinandergefallenen französischen Horden losschlug.

Toll hatte eine Disposition aufgestellt: „Die erste Kolonne marschiert und so weiter", und wie immer kam nichts zur Ausführung, was in der Disposition vorgesehen war. Prinz Eugen von Württemberg beschoß von einer Anhöhe aus die vorbeifliehenden Haufen der Franzosen und forderte Verstärkung, die aber nicht kam. Die Franzosen suchten nachts im Bogen um die Russen herumzufliehen, zerstreuten sich, versteckten sich in den Wäldern und schleppten sich weiter, so gut jeder konnte.

Miloradowitsch, von dem der Ausspruch überliefert ist, mit den wirtschaftlichen Angelegenheiten seines Detachements solle man ihn ungeschoren lassen, Miloradowitsch, der nie zu finden war, wenn man seiner bedurfte, Miloradowitsch, der „Chevalier sans peur et sans reproche"[1], wie er sich selbst nannte, Miloradowitsch, der immer eine Vorliebe für Unterhandlungen mit den Franzosen hatte, schickte auch dieses Mal Parlamentäre hinüber, die zur Kapitulation auffordern sollten, verlor damit seine Zeit und tat nicht, was ihm befohlen war.

* Anm. am Schluß des Buches.
1 Ritter ohne Furcht und Tadel.

Er ritt zu seinen Kavalleristen, zeigte auf eine französische Kolonne und sagte: „Diese Kolonne schenke ich euch, Kinder."

Und nun trabten die Kavalleristen auf ihren Pferden, die kaum mehr vom Fleck konnten und mit Sporen und Säbeln angetrieben werden mußten, mit der größten Mühe auf die ihnen geschenkte Kolonne, das heißt auf einen Haufen vor Kälte und Hunger halbtoter Franzosen zu, und die geschenkte Kolonne streckte die Waffen und ergab sich, was sie schon lange gewollt hatte.

Bei Krasnoje wurden sechsundzwanzigtausend Gefangene eingebracht und Hunderte von Kanonen erbeutet, dazu auch noch irgendein Stock, der als Marschallstab bezeichnet wurde, und man zankte sich, wer sich dabei am meisten hervorgetan habe, und war sehr zufrieden mit dem Erreichten, bedauerte indessen lebhaft, daß man nicht Napoleon oder wenigstens irgendeinen besseren Heros, einen Marschall oder ähnliches gefangen hatte, und schimpfte deswegen aufeinander, namentlich aber auf Kutusow.

Diese ihren Leidenschaften hörigen Menschen waren nichts als blinde Vollstrecker des harten und traurigen Gesetzes der Notwendigkeit, hielten sich aber für Helden und ihr Tun für das Würdigste und Edelste von der Welt. Sie machten Kutusow Vorwürfe und sagten, er habe es ihnen gleich vom Kriegsbeginn an immer wieder verwehrt, Napoleon zu besiegen, er habe keine anderen Gedanken, als wie er seine Leidenschaften befriedigen könne, und habe Polotnjanyje Sawody nur deswegen nicht verlassen wollen, weil er es dort so ruhig und gemütlich gehabt habe, er habe bei Krasnoje ein weiteres Vorgehen verhindert, weil er von Napoleons Anwesenheit gehört und daraufhin den Kopf völlig verloren habe, es sei anzunehmen, daß er mit Napoleon unter einer Decke stecke, von ihm bestochen* sei und so weiter und so weiter.

Und nicht genug, daß die Zeitgenossen, die sich von ihren Leidenschaften fortreißen ließen, so redeten, auch Nachwelt und Geschichte haben Napoleon als „Grand" anerkannt, während Kutusow von den Ausländern als ein schlauer, wollüstiger, altersschwacher Höfling und von den Russen als zweideutige und nicht ganz klare Figur bezeichnet wurde, als eine Art Popanz, der nur auf Grund seines russischen Namens einen gewissen Nutzen gebracht habe...

V

In den Jahren 1812 und 1813 hat man Kutusow manche Fehler vorgeworfen, die er begangen haben soll. Der Kaiser war unzufrieden mit ihm. Und in einer kürzlich auf Allerhöchsten Befehl ver-

* Anm. am Schluß des Buches.

faßten geschichtlichen Darstellung heißt es, Kutusow sei ein schlauer, höfischer Lügner gewesen, der vor dem Namen Napoleon Angst gehabt und durch seine Fehler bei Krasnoje und an der Beresina dem russischen Heer den Ruhm eines vollen Sieges über die Franzosen genommen habe*.

Das ist das Schicksal nicht der großen Männer, nicht das grand-homme, den der russische Verstand nicht anerkennen kann, sondern das Schicksal jener seltenen, immer alleinstehenden Menschen, die den Willen der Vorsehung erfassen und ihm ihren persönlichen Willen unterordnen. Der Haß und die Verachtung der großen Menge strafen diese Männer dafür, daß sie einen Blick in die höchsten Gesetze taten.

Für die russischen Historiker – es ist seltsam und grauenhaft, daß man das sagen muß – ist Napoleon, dieses allergeringste Werkzeug der Geschichte, dieser Mensch, der nie und nirgends, nicht einmal im Exil eine menschliche Würde an den Tag gelegt hat, Gegenstand des Entzückens und der Begeisterung, für sie ist er ein „Grand". Kutusow aber, der Mann, der vom Beginn seiner Tätigkeit bis zu ihrem Ende im Jahre 1812, von Borodino bis Wilna, sich nie auch nur mit einer einzigen Handlung oder einem einzigen Wort untreu wurde und ein Beispiel, wie die Geschichte deren wenige kennt, von Selbstverleugnung und der Fähigkeit, im Gegenwärtigen schon den Sinn des Zukünftigen zu erkennen, gibt, dieser Kutusow stellt sich ihnen als eine unbedeutende, zweideutige und kümmerliche Gestalt dar, und wenn sie auf Kutusow und das Jahr 1812 zu sprechen kommen, so haben sie anscheinend immer erst eine gewisse Scham zu überwinden. Dabei kann man sich schwerlich eine zweite Persönlichkeit der Geschichte vorstellen, deren Tun so unabänderlich und beharrlich auf das gleiche Ziel gerichtet gewesen wäre. Auch ist es schwer, sich ein würdigeres und mit dem Willen des gesamten Volkes deutlicher zusammenfallendes Ziel auszudenken. Noch schwerer aber wäre es, in der Geschichte ein zweites Beispiel dafür zu finden, daß ein Ziel, welches eine geschichtliche Persönlichkeit sich gesteckt hat, so vollkommen erreicht worden wäre wie das Ziel, dessen Erreichung Kutusows ganzes Tun im Jahre 1812 galt.

Kutusow sprach nie von vierzig Jahrhunderten, die von den Pyramiden herniederschauten, von den Opfern, die er dem Vaterlande brächte, von dem, was er vollbringen wolle oder vollbracht habe. Er sprach überhaupt nicht von sich, er setzte sich nicht in Szene, er wirkte stets wie der schlichteste und gewöhnlichste Mensch von der Welt, und was er sagte, das waren die schlichtesten und gewöhnlichsten Dinge von der Welt. Er schrieb Briefe an seine

* Anm. am Schluß des Buches.

Töchter und Madame de Staël, las Romane, war gern mit schönen Frauen zusammen, liebte ein Späßchen im Umgang mit seinen Generälen, Offizieren und Soldaten und widersprach nie den Leuten, die ihm irgend etwas beweisen wollten. Als Graf Rastoptschin auf der Jausabrücke in seinem Wagen angejagt kam und Kutusow persönlich den Untergang Moskaus zum Vorwurf machte und sagte: „Aber Sie haben doch gelobt, Moskau nicht ohne eine Schlacht aufzugeben!" da erwiderte Kutusow: „Ich werde Moskau auch nicht ohne eine Schlacht aufgeben", obwohl Moskau damals bereits aufgegeben war. Als Araktschejew, vom Kaiser geschickt, zu ihm kam und sagte: Die gesamte Artillerie müsse Jermolow unterstellt werden, da erwiderte Kutusow: „Ja, ich habe das selbst erst eben gesagt" — obwohl er sich einen Augenblick früher noch ganz anders geäußert hatte. Was ging es ihn an, ihn, der als einziger inmitten der hirnlosen Menge um ihn her die ganze ungeheure Bedeutung des Geschehenden begriff, was ging es ihn an, ob Graf Rastoptschin sich selber oder ihm die Schuld an dem Unglück der Hauptstadt beimaß? Und noch gleichgültiger war es ihm, wem die Artillerie unterstellt wurde.

Nicht nur bei solchen Anlässen, sondern immer war dieser alte Mensch der Überzeugung, die ihn die Erfahrung eines Lebens gelehrt hatte, daß es ja gar nicht die Gedanken und die diesen Gedanken zur Verdeutlichung dienenden Worte sind, die den Menschen ihre Antriebe geben, und so redete er denn nicht nur bei diesen Anlässen, sondern auch sonst immer wieder vollkommen sinnlose Worte daher, die ersten besten, die ihm gerade auf die Lippen kamen. Aber dieser selbe Mensch, der es mit seinen Worten so wenig genau nahm, hat doch im Laufe seiner ganzen Tätigkeit auch nicht ein Wort gesprochen, das mit dem einzigen Ziele, auf das er während des ganzen Krieges losging, nicht im Einklang gestanden hätte. Mehr als einmal hat er, wenn auch offenbar nur sehr ungern und mit dem drückenden Bewußtsein, doch nicht verstanden zu werden, unter den verschiedensten Umständen seiner Auffassung Ausdruck gegeben. Was die Schlacht bei Borodino angeht, mit der ja die Disharmonie zwischen ihm und den Männern seiner Umgebung einsetzte, so hat er als einziger ausdrücklich gesagt, die Schlacht bei Borodino ist ein Sieg, und dieses auch mündlich, in seinen Rapporten und Berichten bis an seinen Tod wiederholt. Er hat als einziger gesagt, der Fall Moskaus sei noch nicht der Fall Rußlands. Die ihm von Lauriston überbrachten Friedensvorschläge beantwortete er dahin, der Friede sei unmöglich, weil das ganze Volk ihn ablehne. Während des Rückzuges der Franzosen hat er als einziger gesagt, alle Manöver seien überflüssig, alles mache sich von selbst und zwar besser, als wir es wünschen könnten, dem

Feinde müsse man eine goldene Brücke bauen, weder die Schlacht von Tarutino noch die von Wjasma oder Krasnoje sei notwendig gewesen, man dürfe nicht ohne kampffähige Mannschaft an der Grenze ankommen, und für zehn Franzosen gebe er nicht einmal einen einzigen Russen. Und er als einziger, dieser angebliche Höfling, der Araktschejew angelogen haben soll, um sich beim Kaiser in Gunst zu setzen, er, dieser angebliche Höfling, sagt in Wilna als einziger, eine weitere Kriegführung im Auslande sei schädlich und sinnlos, und nimmt die Ungnade des Kaisers in Kauf.

Aber seine Worte allein sind noch kein zureichender Beweis dafür, daß er damals den Sinn des Geschehenden erkannte. Seine Handlungen sind alle ohne die geringste Abweichung auf das gleiche Ziel gerichtet. Dieses Ziel war ein dreifaches: es galt zum ersten, alle Kräfte für den Zusammenstoß mit den Franzosen anzuspannen, zum zweiten, sie zu besiegen, und zum dritten, sie aus Rußland zu vertreiben und dabei die schwere Lage des Volkes und Heeres nicht noch schwerer zu machen.

Er, dieser Zauderer Kutusow, dessen Devise Geduld und Zeit hieß, Feind aller entscheidenden Aktionen, er liefert die Schlacht bei Borodino, nachdem er die Vorbereitungen zu ihr mit beispielloser Feierlichkeit umgeben hat. Er, derselbe Kutusow, der bei Austerlitz schon vor dem Beginn der Schlacht sagte, wir würden sie verlieren, behauptet als einziger bei Borodino, die Schlacht sei gewonnen, obwohl alle Generäle sie für verloren erklären, und bleibt bei dieser Behauptung bis an seinen Tod, obwohl alle ihm widersprechen und es in der Geschichte kein Beispiel dafür gibt, daß ein Heer sich nach einer siegreichen Schlacht hätte zurückziehen müssen. Er als einziger blieb während des ganzen Rückzuges der Napoleonischen Armee dabei, man dürfe keine Schlachten mehr liefern, die jetzt keinen Sinn mehr hätten, keinen neuen Krieg anfangen und die russischen Grenzen nicht überschreiten.

Es ist heute nicht schwer, die Bedeutung dessen zu erfassen, was damals geschah – vorausgesetzt, daß man dem, was die Massen tun, nicht Ziele unterstellt, die nur in den Köpfen eines Dutzend Menschen spuken –, da ja alles, was damals geschah, samt seinen Folgeerscheinungen übersehbar vor uns liegt.

Wie aber konnte damals dieser Greis als einziger und im Gegensatz zur allgemeinen Auffassung mit solcher Gewißheit erahnen, was das instinktive Fühlen und Denken des ganzen Volkes angesichts des Geschehenden für eine Richtung wies, daß er während seiner ganzen Amtsdauer kein einziges Mal von ihr abwich?

Dieses merkwürdige Einblicksvermögen in den Sinn des Geschehenden wurzelte in jenem volksmäßigen und volkstümlichen Empfinden, das er in seiner ganzen Reinheit und Stärke in sich trug.

Allein der Umstand, daß das Volk in ihm dieses Empfinden witterte und wirken sah, ließ es diesen bei Hofe in Ungnade gefallenen Greis gegen den Willen des Zaren auf so sonderbaren Wegen zum Repräsentanten des Volkskrieges wählen. Und allein dieses Empfinden hob ihn auf jene höchste menschliche Höhe, von der aus er als Oberkommandierender alle seine Kräfte nicht daransetzte, Menschen zu töten und zu vernichten, sondern sie zu retten und zu schonen.

Diese schlichte, bescheidene und darum wahrhaft große Gestalt ließ sich nicht in jene verlogene Normalfasson des europäischen Helden und vermeintlichen Menschenlenkers pressen, welche die Geschichtswissenschaft sich ausgedacht hat.

Für einen Lakaien kann es keinen wirklich großen Menschen geben, weil der Lakai eben seinen Lakaienbegriff von Größe hat.

VI

Der 5. November war der erste Tag der sogenannten Schlacht von Krasnoje. Gegen Abend, als es bereits – nach vielen Zänkereien und Fehlern der Generäle, die nicht dorthin gelangt waren, wohin sie sollten, und nach längerem Herumhetzen von Adjutanten mit Gegenbefehlen – deutlich geworden war, daß der Feind überall floh und es zu einer eigentlichen Schlacht nicht kommen konnte und auch nicht mehr kommen würde, brach Kutusow von Krasnoje auf und ritt nach Dobroje, wohin an diesem Tage das Hauptquartier verlegt worden war.

Der Tag war klar und kalt. Kutusow saß auf seinem feisten Schimmelchen, und hinter ihm ritt die riesige Suite von Generälen, die ungehalten auf ihn waren und hinter seinem Rücken über ihn tuschelten. Längs des ganzen Weges drängten sich die Haufen der heute eingebrachten französischen Gefangenen – im ganzen hatte der Tag siebentausend Gefangene ergeben – um die Lagerfeuer, um sich zu wärmen. Unweit von Dobroje stand am Wege neben einer langen Reihe unbespannter französischer Geschütze eine riesige Menge zerlumpter, notdürftig verbundener und mit allerhand zufällig aufgegriffenen Kleidungsstücken gegen die Kälte vermummter Gefangener in summendem Gespräch. Als der Oberkommandierende näher kam, verstummte das Summen, und aller Augen hafteten auf Kutusow, der in seinem wattierten, über den krummgeduckten Schultern gebuckelten Mantel, die weiße, rotbesetzte Mütze auf dem Kopf, langsam angeritten kam. Einer der Generäle berichtete Kutusow, wo diese Geschütze und Gefangenen den Russen in die Hände gefallen waren.

Kutusow schien in sorgenvolle Gedanken versunken und hörte gar nicht zu. Er kniff die Augen ungehalten zusammen und ließ den Blick lange auf einigen Gefangenen ruhen, die ihm durch ihr besonders jämmerliches Aussehen auffielen. Ein großer Teil der französischen Soldaten war durch erfrorene Nasen und Wangen entstellt, und fast alle hatten sie rote, verschwollene und eiternde Augen.

Ein Trupp Franzosen stand hart am Straßenrande, und zwei von ihnen – des einen Gesicht war über und über mit verkrusteten Wunden bedeckt – zerrissen mit den Händen ein Stück rohes Fleisch. Etwas Grauenvolles und Tierisches lag in dem flüchtigen Blick, den sie auf die Vorbeireitenden warfen, und in dem Ausdruck von Wut, mit dem der Soldat mit dem verkrusteten Gesicht Kutusow ansah, um sich dann gleich wieder abzuwenden und sich wieder über sein Fleisch herzumachen.

Kutusow betrachtete diese beiden Franzosen eine geraume Zeit lang mit großer Aufmerksamkeit; er verzog Stirnhaut und Augenbrauen noch mehr und wiegte den Kopf gedankenvoll hin und her. An einer anderen Stelle fiel ihm ein russischer Soldat auf, der einem Franzosen lachend auf die Schulter klopfte und freundlich mit ihm sprach. Und wieder wiegte Kutusow mit dem gleichen Ausdruck den Kopf.

„Was sagst du?" fragte er den General, der immer noch nicht mit seinem Bericht fertig war und nun den Oberkommandierenden auf die vor der Front des Preobrashenskij-Regiments aufgestellten erbeuteten französischen Fahnen aufmerksam machen wollte.

„Aha, die Fahnen", sagte Kutusow und es kostete ihn sichtlich Mühe, sich aus seinen Gedanken zu reißen.

Er sah sich zerstreut um. Tausende von Augen blickten von allen Seiten auf ihn, Tausende von Menschen warteten darauf, was er sagen würde.

Vor der Front des Preobrashenskij-Regiments machte er halt, ächzte vernehmlich und schloß die Augen. Jemand aus der Suite machte den Soldaten, welche die Fahnen hielten, ein Zeichen, und sie kamen näher und stellten die Fahnen rings um den Oberkommandierenden auf. Kutusow schwieg noch einige Sekunden, dann hob er mit sichtlichem Widerstreben den Kopf und begann zu sprechen, wie seine Stellung es unerbittlich verlangte. Scharen von Offizieren hatten sich um ihn gedrängt. Er musterte mit einem aufmerksamen Blick den Kreis der Offiziere, und erkannte diesen und jenen wieder.

„Ich danke euch allen!" sagte er, zu den Soldaten und dann wieder zu den Offizieren gewandt. In der Stille, die um ihn herrschte, waren die langsam über seine Lippen kommenden Worte mit großer Deutlichkeit zu hören. „Ich danke euch allen für die Treue, mit der ihr eure schwere Pflicht erfüllt habt. Der Sieg ist ein völliger, und

Rußland wird euch nicht vergessen. Ihr habt euch Ruhm erfochten für alle Zeiten."

Dann schwieg er einen Augenblick und sah sich um.

„Beuge ihm den Kopf, beuge ihm den Kopf", sagte er zu einem Soldaten, der einen französischen Adler hielt und ihn von ungefähr vor der Fahne des Preobrashenskij=Regiments ein wenig gesenkt hatte. „Tiefer, tiefer, ja, so ist es recht!" Dann wandte er sich mit einer raschen Bewegung des Kinnes den Soldaten zu und rief: „Hurra, Kinder!"

„Hurra=ra=ra!" brüllten Tausende von Stimmen.

Während des Hurrageschreis duckte Kutusow sich im Sattel zu=sammen, hielt den Kopf gesenkt, und sein Auge leuchtete in einem sanften, aber wohl auch leicht spöttischen Glanz.

„Und nun noch etwas, Brüder", sagte er, als das Hurragebrüll verstummt war. Und plötzlich hatte er eine ganz andere Stimme und einen ganz anderen Gesichtsausdruck: vorhin hatte der Oberkom=mandierende gesprochen, jetzt nahm ein einfacher alter Mann das Wort, weil er seinen Kameraden etwas offenbar sehr Wichtiges zu sagen hatte.

Durch die Schar der Offiziere und durch die Reihen der Mann=schaften lief eine Bewegung, jeder schob sich zurecht, um besser zu hören, was Kutusow sagen wollte.

„Nämlich das wollte ich euch noch sagen, Brüder. Ich weiß, ihr habt es schwer, aber was läßt sich da machen! Haltet aus, es ist nicht mehr viel, was noch vor euch liegt. Haben wir die Gäste hin=ausgeleitet, dann erholen wir uns. Der Zar wird eure Dienste nicht vergessen. Ihr habt es schwer, aber ihr seid doch wenigstens im eigenen Lande. Aber die da ... da seht, wie weit es mit ihnen ge=kommen ist", sagte er und deutete dabei auf die Gefangenen. „Schlimmer als die letzten Bettler. Solange sie noch stark waren, haben wir uns nicht geschont und mit uns kein Mitleid gehabt, jetzt können wir Mitleid mit ihnen haben und sie schonen. Sie sind auch Menschen. Nicht wahr, Kinder?"

Er blickte um sich und las in allen diesen ehrerbietig an ihm hän=genden Blicken erst ein wenig Überraschung, dann volle Zustim=mung, und nun wurde sein Gesicht immer heller und heller von einem altersmilden Lächeln, das die Haut um Mundwinkel und Augen zu strahlenförmigen Runzeln verzog. Eine Weile schwieg er und hielt den Kopf wieder gesenkt, als schwanke er.

„Aber das will ich doch auch sagen, wer hat sie gebeten, zu uns zu kommen? Das geschieht ihnen schon recht, mögen sie uns doch alle am ...", sagte er dann mit plötzlichem Heben des Kopfes.

Und dann gab er seinem Pferd einen Schlag mit der Peitsche und galoppierte davon, zum erstenmal in ganzen Feldzuge, und ließ die vergnügt lachenden und hurraschreienden Soldaten, die jetzt weg=treten durften, hinter sich.

Was Kutusow gesagt hatte, das hatten die Truppen kaum ver=standen. Niemand hätte wohl den Inhalt der feierlich beginnenden und mit volkstümlicher Altväterderbheit schließenden Rede des Feld=marschalls wiedergeben können, aber die Leute hatten nicht nur den herzlichen Sinn dieser Rede verstanden, sondern es lag das gleiche Gefühl feierlicher Großartigkeit im Verein mit Mitleid für die Feinde und dem Bewußtsein der Gerechtigkeit der eigenen Sache, das gerade in der Altväterderbheit und zugleich Gutmütigkeit dieses Schimpf=worts zum Ausdruck gekommen war, es lag dieses selbe Gefühl ja in der Seele jedes einzelnen Soldaten und hatte in dem gar nicht verstummen wollenden freudigen Geschrei seinen Ausdruck gefun=den. Als sich darauf einer der Generäle an Kutusow mit der Frage wandte, ob er nicht seine Kalesche befehle, da brach Kutusow, sicht=lich in großer Gemütserregung, statt zu antworten, plötzlich in Schluchzen aus.

VII

Am 8. November, am letzten Tage der Kämpfe bei Krasnoje, däm=merte es bereits, als die Truppen an ihre Biwakplätze kamen. Der ganze Tag war windstill und kalt gewesen, nur dazwischen hatte es ein wenig geschneit, wurde aber gegen Abend ganz klar. Durch die Schneeflöckchen sah man jetzt den bläulich=schwarzen Sternenhim=mel, und der Frost begann stärker zu werden.

Ein Musketierregiment, das dreitausend Mann stark von Tarutino abmarschiert und jetzt bis auf neunhundert zusammengeschmolzen war, langte als eine der ersten Formationen auf dem in Aussicht genommenen Biwakplatze, einem an der großen Landstraße gele=genen Dorfe, an. Die Quartiermacher, die das Regiment empfingen, erklärten, alle Bauernhäuser seien voll von kranken und toten Fran=zosen, Kavalleristen und Stäben. Nur für den Regimentskomman=deur stehe noch ein Haus zur Verfügung. Der Regimentskomman=deur ritt auf dieses Haus zu. Das Regiment marschierte durch das Dorf und setzte bei den letzten Häusern die Gewehre zusammen.

Wie ein Riesentier mit ungezählten Gliedmaßen machte sich das Regiment nun an die Arbeit, um sich seine Lagerstätte und seine Nahrung herzurichten. Ein Teil der Soldaten ergoß sich in den rechter Hand des Dorfes gelegenen Birkenwald, bis an die Knie im Schnee, und sofort hörte man aus dem Walde das Zuschlagen der Beile und Seitengewehre, lustiges Stimmengewirr und das Krachen brechender Äste. Ein anderer Teil summte geschäftig um das Biwak=zentrum, die Regimentsbagage mit den eng zusammengedrängt stehenden Pferden, holte Feldkessel und Zwiebacksäcke von den Wagen und schüttete den Pferden Futter. Der dritte Teil zerstreute sich im Dorf, richtete Quartiere für die Regiments- und Bataillonsstäbe her, räumte die Franzosenleichen weg, die noch in den Häusern lagen, und schleppte Bretter, trockenes Holz und Dachstroh zum Feueranmachen und Flechtzäune zum Hüttenbau von den Höfen.

Ein Trupp von fünfzehn Mann mühte sich mit munterem Geschrei ab, jenseits der Häuser am Dorfrande die hohe Flechtwand eines Schuppens einzureißen, dessen Dach bereits abgenommen war.

„Na, also jetzt, alle zugleich, dagegenstemmen!" wurde geschrien, und in der nächtlichen Dunkelheit wankte die mächtige schneebestäubte Flechtwand mit frosthartem Knistern hin und her. Immer häufiger krachte es in den eingerammten Pfosten, und endlich fiel die Wand und mit ihr zugleich die Soldaten, die sich gegen sie gestemmt hatten. Nun wurde laut und mit derber Fröhlichkeit geschrien und gelacht.

„Immer zu zweien anpacken! Stange her zum Unterstemmen! Ja, so ist es richtig! Was kriechst du denn da herum? Na, auf einen Ruck! Singen, und dann im Takt!" Nun verstummten alle, und eine nicht sehr laute Stimme von sammetähnlichem Wohlklang begann zu singen. Am Ende der dritten Strophe, unmittelbar im Anschluß an den letzten Ton, schrien zwanzig Stimmen zugleich: „Uuuu! Sie rührt sich schon! Jetzt alle zusammen! Feste, Kinder!" Aber trotz allen vereinten Bemühungen bekamen sie die Flechtwand kaum von der Stelle, und in der jetzt einsetzenden Stille hörte man Keuchen und Schnaufen.

„He, ihr da, von der sechsten Kompanie! Ihr Hundesöhne, ihr Satanskerle! Packt doch mit an, wir helfen euch dann auch mal." Etwa zwanzig Mann von der sechsten Kompanie, die gerade auf dem Rückwege ins Dorf waren, kamen ihnen zu Hilfe, und nun bewegte sich die fünf Klafter lange und einen Klafter breite Flechtwand, in der Mitte sich einsenkend, den keuchenden Soldaten mit hartem Druck in die Schultern schneidend, auf der Dorfstraße vorwärts.

„Los doch, was ist denn? ... Fällt er da hin, so ein Dummkopf ... warum bleibst du denn stehen? Das ist ja doch ..." die vergnügten, sehr eindeutigen Schimpfworte wollten gar nicht abreißen.

„Was macht ihr denn da?" schrie plötzlich die befehlsgewohnte Stimme eines Mannes, der den Trägern hastig entgegenkam. „Dicht dabei sind die Herren, der General selbst ist im Hause drin, und ihr Satanskerle wollt hier Krach machen und schimpfen! Ich will euch helfen!" schrie der Feldwebel und schlug den ersten besten Soldaten aus aller Kraft über den Rücken. „Geht's denn nicht ohne Geschrei ab?"

Die Soldaten verstummten. Der Soldat, den der Feldwebel geschlagen hatte, wischte sich krächzend und hustend das Blut vom Gesicht, das der Feldwebel gegen die Wand gestoßen hatte.

„So ein Teufel, wie er gleich zuschlägt! Die ganze Schnauze hab ich voll Blut", sagte er halblaut und ängstlich, als der Feldwebel fort war.

„Das gefällt dir wohl nicht?" lachte ein anderer, und nun schleppten sie ihre Wand einigermaßen geräuschlos weiter.

Als sie an den Häusern vorbei waren, sprachen sie wieder ebenso laut wie zuvor und flochten wieder die gleichen ziellosen Schimpfereien in ihr Gespräch.

In dem Hause, vor welchem der Feldwebel sie angehalten hatte, hatten sich die höheren Chargen des Regiments zusammengefunden und unterhielten sich beim Tee lebhaft über den Tag, der hinter ihnen lag, und die Manöver, die der kommende bringen sollte. Es war die Rede von einem Flankenmarsch nach links, durch den der Vizekönig abgeschnitten und gefangengenommen werden sollte.

Als die Soldaten mit ihrer Flechtwand am Biwakplatz ankamen, brannten schon überall die Feuer. Das Holz knisterte, der Schnee schmolz und die dunklen Schatten der Soldaten glitten nach allen Richtungen über den zertrampelten Schnee durcheinander.

Überall waren Beile und Seitengewehre in Tätigkeit. Alles Notwendige geschah, ohne daß irgendein Befehl deswegen gegeben wurde. Brennholz wurde für die ganze Nacht angeschleppt, Hütten für die Offiziere gebaut, Kochgeschirre aufs Feuer gesetzt, Gewehre und Munition in Ordnung gebracht.

Die von der achten Kompanie angeschleppte Flechtwand wurde nach Norden zu halbkreisförmig aufgestellt und mit Stangen gestützt und davor ein Feuer angezündet. Dann schlugen die Trommler den Zapfenstreich, die Leute traten zum Appell an, verzehrten ihr Abendbrot und legten sich für die Nacht an die Feuer; einige brachten ihr Schuhwerk in Ordnung, andere rauchten eine Pfeife, wieder andere zogen sich ganz nackt aus, um ihre Läuse auszuräuchern.

VIII

Der Gedanke liegt nahe, unter den fast unvorstellbar schwierigen Existenzverhältnissen, in denen sich die russischen Soldaten damals befanden, ohne warme Stiefel, ohne Pelzwerk, ohne ein Dach überm Kopf, im Schnee bei achtzehn Grad Kälte, sogar ohne die volle Verpflegungsportion — denn der Proviant konnte nicht immer schnell genug nachkommen —, der Gedanke liegt nahe, die Soldaten hätten einen denkbar traurigen und niederschmetternden Anblick gewähren müssen.

Tatsächlich hatte aber das Heer ganz im Gegenteil, selbst unter den günstigsten materiellen Verhältnissen, noch nie einen so munteren und frischen Eindruck gemacht wie jetzt. Das rührte daher, daß von Tag zu Tag alles, was welk und schwach zu werden begann, aus dem Heere ausschied. Was physisch und psychisch schwach war, das war schon längst zurückgeblieben; was bei den Fahnen geblieben war, das war seinen inneren und äußeren Kräften nach die Blüte des Heeres.

Bei der achten Kompanie, die sich die Flechtwand als Bollwerk gegen Schnee und Wind aufgestellt hatte, war eine große Menge von Mannschaften zusammengeströmt. Zwei Feldwebel hatten sich zu ihnen gesetzt, und ihr Feuer glomm heller als die anderen. Für das Recht, an der Flechtwand sitzen zu dürfen, verlangten sie einen Tribut in Gestalt von Brennholz.

„He, Makejew, wo bei allen Teufeln hast du denn gesteckt? Hatten dich die Wölfe gefressen? Schlepp mal Holz an!" schrie ein rothaariger, braunhäutiger Soldat, der vor dem beißenden Rauche mit zugekniffenen Augen blinzelte, aber trotzdem sich nicht vom Feuer rührte. „Na, dann geh du wenigstens, du Krähe, und schlepp Holz an", rief er dann einem andern zu.

Der Rothaarige war weder Unteroffizier noch Gefreiter, aber ein besonders strammer Soldat, und so hatte er sich eine Art Befehlsgewalt über die Schwächeren angeeignet. Der magere, kleine Mensch mit dem spitzen Näschen, der den Spitznamen Krähe hatte, stand gehorsam auf und wollte sich bereits aufmachen, um zu tun, was der Rothaarige ihn geheißen hatte; aber da trat schon die schlanke, gutgewachsene Gestalt eines jungen Soldaten, der eine Last Holz trug, in den erhellten Kreis um das Lagerfeuer.

„Gib her. Das ist ja famos."

Sie brachen die Äste in kleine Stücke, warfen sie aufs Feuer, fachten die Glut mit Blasen und Mäntelschwenken an, und die Flamme begann zu zischen und zu knistern. Sie rückten heran und setzten ihre Pfeifen in Brand. Der hübsche junge Soldat, der das Holz angeschleppt hatte, stemmte die Arme in die Seiten und begann flink und gewandt mit seinen eiskalten Füßen auf der Stelle hin und her zu tanzen.

„Mütterchen, wie ist der Tau so kalt, für uns arme junge Musketiere ..." sang er im Takt seiner Tanzschritte, und es klang, als stieße ihm bei jeder Silbe des Liedes ein Schlucken auf.

„Holla, dir fliegen ja die Sohlen weg!" rief der Rothaarige, als er sah, daß dem Tänzer die Sohle am Stiefel hin und her schlenkerte. „Das ist für die Sohlen das reine Gift."

Der Tänzer hielt inne, riß den herumschlenkernden Lederfetzen vom Stiefel und warf ihn ins Feuer.

„Wahrhaftig, Bruder", sagte er, setzte sich, holte aus seinem Tornister einen Fetzen blaues französisches Tuch und umwickelte seinen Fuß damit. „Beide Füße sind ganz starr gefroren", setzte er dazu und streckte die Beine ans Feuer.

„Jetzt sollen wir bald neue Stiefel empfangen. Wenn wir die Franzosen alle abgetan haben, dann kriegen wir lauter neue Sachen, jeder zwei Garnituren."

„Guck doch, Petrow, dieser Hundesohn, ist auch zurückgeblieben", sagte einer der Feldwebel.

„Das habe ich schon lange erwartet", meinte der andere.

„Na ja, so ein schwaches kleines Kerlchen."

„In der dritten Kompanie sollen gestern beim Abendappell neun Mann gefehlt haben."

„Ja, sag doch selbst, wie willst du laufen, wenn dir die Füße abgefroren sind?"

„Ach, dummes Geschwätz", meinte der Feldwebel.

„Du möchtest es wohl gern auch so machen wie Petrow?" meinte ein alter Soldat tadelnd zu dem, der von den erfrorenen Füßen gesprochen hatte.

„Ja, wie ist es aber nun damit?" sagte plötzlich der spitznäsige Soldat, den die andern Krähe nannten, mit kläglich zitternder Stimme und richtete sich hinter dem Feuer auf. „Wer ordentlich bei Fleisch war, der magert ab, und wer immer schon mager war, der stirbt. Mit mir ist das auch so. Weiter kann ich nicht", sagte er plötzlich mit großer Entschiedenheit zum Feldwebel. „Laß mich ins Spital schicken, mir zerreißt's die Glieder, sonst bleibe ich unterwegs zurück."

„Na, das wird schon werden, wird schon werden", antwortete der Feldwebel ruhig.

Der kleine Soldat verstummte, und die Unterhaltung ging weiter. Einer schlug ein neues Thema an.

„Heute sind doch so viele Franzosen gefangen worden, aber Stiefel, ich meine, was so richtig Stiefel sind, also richtige Stiefel hat keiner von ihnen gehabt", sagte er.

„Die Kosaken haben ihnen alles weggenommen. Als sie für ihren Oberst das Haus ausräumten, da haben sie sie herausgeschleppt. Ein Jammer, anzusehen, Kinder", meinte der Tänzer. „Beklauten sie von oben bis unten, einer war noch am Leben, wahrhaftig, hat auch noch irgend etwas gesagt, so in denen ihrer Sprache."

„Aber feine Leute sind es doch, Kinder", sagte der erste. „Weiß, also genauso weiß wie Birken. Und dann auch tapfer, das muß man ihnen schon lassen, so, was eben feine Leute sind."

„Na, was hast du denn gedacht? Bei denen werden doch auch die Feinen zu den Rekruten genommen."

„Aber kein Wort Russisch verstehen sie", sagte der Tänzer mit einem Lächeln verständnisloser Verwunderung. „Ich sag zu ihm: Woher bist du?, und da hat er nur etwas geplappert, so auf seine Art. Sonderbare Leute!"

„Und das ist doch auch so eine komische Sache, Brüder", sagte wieder der, der sich über die weiße Haut der Franzosen gewundert hatte, „bei Moshaisk haben mir die Bauern erzählt, wie sie die Toten wegschaffen wollten, da, wo doch die Schlacht war, also wißt ihr, was sie mir gesagt haben? ‚Also stell dir vor, denen ihre Toten haben einen ganzen Monat dagelegen, und was meinst du', sagt der Bauer, ‚denen ihre Toten waren immer noch so sauber wie weißes Papier und haben nicht für eine Kopeke gestunken.'"

„Na ja, das kam wohl von der Kälte?" warf einer ein.

„Was du für ein Schlaukopf bist! Von der Kälte! Heiß ist es damals doch noch gewesen! Wenn es vom Frost käme, dann wären unsere Toten doch auch nicht verwest. Aber das hat mir der Bauer gesagt, kam man zu einem von unsern, dann, hat er gesagt, also dann war er ganz verfault und voll Würmer. Also wir haben sie mit Tüchern zugedeckt und dann die Gesichter weggesteckt und sie dann weggeschleppt, aber wir haben das kaum fertiggebracht. Und denen ihre, sagt der Bauer, waren so weiß wie Papier und stanken nicht für eine Kopeke."

Alle schwiegen ehrfürchtig.

„Das muß von der Nahrung sein", meinte der Feldwebel. „Die haben eben mehr Herrennahrung gefressen."

Niemand widersprach.

„Und dann hat mir dieser Bauer bei Moshaisk auch noch erzählt, da, wo die Schlacht gewesen ist, also da haben die Leute von zehn Dörfern mit Pferden und Wagen kommen müssen und sind zwanzig Tage gefahren und haben doch die Toten nicht alle auf den Haufen kriegen können, und dann noch diese Wölfe, sagt er."

„Ja, das war mal eine Schlacht!" sagte der alte Soldat. „Daran wird man noch lange denken. Aber alles, was nachher war, das war nur so eine Leuteschinderei."

„Ja, ja, Onkelchen, und dann sind wir vorgestern auf sie losgelaufen, und was soll ich dir sagen, sie ließen uns erst gar nicht bis zu ihnen kommen. Schmissen schon vorher die Gewehre weg. Und dann auf die Knie. Pardon! haben sie geschrien. Das ist nur so ein Beispiel. Aber es heißt, Platon hat den Polion selbst zweimal gefangengenommen. Aber er hat den Spruch nicht gewußt. Er fängt ihn, hat ihn schon richtig in der Hand, aber da verwandelt er sich in einen Vogel, fliegt los, und weg ist er. Und umbringen kann man ihn ja auch nicht."

„Was du auch immer zusammenschwindelst, Kisselew, von dir kann man wirklich was lernen."

„Was heißt schwindeln? Wo es doch die reine Wahrheit ist."

„Ich würde das so machen: Hätte ich ihn mal in die Finger gekriegt, ich möchte ihn in die Erde eingraben. Und nachher müßte er baumeln. So viel Menschen, wie der auf dem Gewissen hat."

„Na, wie es auch ist, wir werden der Sache ein Ende machen, der soll uns nicht entwischen", sagte der alte Soldat gähnend.

Das Gespräch verstummte, die Soldaten streckten sich aus.

„Guck doch, was da Sterne sind, gar nicht zu zählen! Was man so sagt, da haben alte Weiber Leinwand ausgehängt", meinte ein Soldat, der sich die Milchstraße ansah.

„Das bedeutet ein gutes Kornjahr, Kinder."

„Es wird noch Holz nötig sein."

„Der Rücken wird einem warm, und der Bauch friert. Komisch."

„Herr Gott!"

„Stoß mich doch nicht weg! Glaubst du vielleicht, das Feuer ist bloß für dich, was? Guck doch, wie der sich da breitmachen will!"

Es wurde still, und man hörte einige Schläfer schnarchen; die übrigen wälzten sich von der einen Seite auf die andere, um sich gleichmäßig zu wärmen, und ab und zu machte noch einer eine Bemerkung. Von einem anderen Feuer, vielleicht hundert Schritte entfernt, kam lustiges Gelächter einer größeren Anzahl von Menschen herüber.

„Guck doch, was die bei der fünften Kompanie zu grinsen haben", meinte ein Soldat. „Und so ein Haufen von Leuten ist da zusammengekrochen!"

Ein Soldat stand auf und ging zur fünften Kompanie.

„Da gibt's einen Mordsspaß", sagte er, als er zurückkam. „Da haben sich zwei Franzosen angedrückt. Der eine ist ganz erfroren, aber der andere ist so ein schneidiger Hund, gar nicht zu glauben! Singen kann er auch."

„So? Wollen wir doch mal sehen!"

Und einige Soldaten gingen zur fünften Kompanie.

IX

Die fünfte Kompanie biwakierte am Waldrande. Ein riesiges Lagerfeuer flammte grell mitten im Schnee und beleuchtete die bereift herunterhängenden Baumzweige.

Um Mitternacht hörten die Soldaten von der fünften Kompanie im Walde Schritte und knackende Zweige.

„Kinder, ein Bär", meinte ein Soldat.

Alle hoben die Köpfe und horchten, und aus dem Walde kamen zwei aneinandergeklammerte, sehr merkwürdig gekleidete menschliche Gestalten in den hellen Lichtschein des Feuers.

Es waren zwei Franzosen, die sich im Walde verborgen gehalten hatten. Als sie auf das Feuer zutraten, sagten sie ein paar Worte zu den Soldaten, die diesen unverständlich blieben. Der eine war ein hochgewachsener Mann mit einer Offiziersmütze und schien vollständig von Kräften gekommen zu sein. Als er beim Feuer angelangt war, wollte er sich setzen, fiel aber auf den Boden. Der andere, ein kleiner stämmiger Soldat, der sich ein Tuch um die Backen gebunden hatte, war noch besser bei Kräften. Er hob seinen Kameraden auf, zeigte dann auf seinen Mund und sagte irgend etwas. Die Soldaten scharten sich um die Franzosen, legten dem Kranken einen Mantel unter und brachten beiden Grütze und Schnaps.

Der ganz von Kräften gekommene französische Offizier war Rambal, der mit dem Tuch sein Bursche Morel.

Als Morel Schnaps getrunken und ein Kochgeschirr voll Grütze ausgelöffelt hatte, da kam plötzlich eine krankhafte Lustigkeit über ihn, und er begann nun, in seiner für die Soldaten doch unverständlichen Sprache unaufhörlich auf sie einzureden. Rambal wies das Essen zurück, lag stumm, einen Ellbogen aufgestützt, am Feuer und sah die russischen Soldaten aus seinen geröteten Augen stumpf an. Hin und wieder ließ er ein langgezogenes Stöhnen hören und verstummte dann wieder. Morel deutete auf Rambals Schultern, um den Soldaten begreiflich zu machen, daß es ein Offizier war und daß er sich erwärmen müsse. Ein russischer Offizier, der zum Feuer gekommen war, schickte einen Soldaten zum Obersten mit der Anfrage, ob er nicht einen französischen Offizier in sein Quartier lassen wolle, damit er sich erwärmen könnte. Der Soldat kam zurück und berichtete, der Oberst habe befohlen, den Offizier zu ihm zu bringen, und nun wurde Rambal bedeutet, er solle hingehen. Rambal stand auf und wollte sich auf den Weg machen. Aber er taumelte und wäre gefallen, wenn ein neben ihm stehender Soldat ihn nicht gestützt hätte.

„Na, du willst es wohl auch nicht wieder tun?" sagte ein Soldat mit spöttischem Zwinkern zu Rambal.

„Ach, du Dummkopf! Was kohlst du da? Das schickt sich doch nicht! So ein richtiger Bauernkerl, wahrhaftig!" schalten nun alle den Soldaten, der sich diesen Scherz herausgenommen hatte.

Die Leute scharten sich um Rambal, zwei von ihnen faßten die Hände übers Kreuz und trugen ihn so zum Quartier des Obersten. Rambal hatte den Trägern die Arme um die Hälse gelegt und sagte kläglich:

„Oh, mes braves, oh mes bons, mes bons amis! Voilà des

hommes! oh, mes braves, mes bons amis!"[1] und wie ein Kind ließ er den Kopf gegen die Schulter des einen sinken.

Unterdessen saß Morel mitten unter den Soldaten, auf dem besten Platz am Feuer.

Der kleine stämmige Franzose mit den entzündeten, tränenden Augen trug nicht nur nach Weiberart ein Tuch um die Militärmütze gebunden, sondern stak auch in einem jämmerlichen Weiberpelz. Offenbar war ihm der Schnaps zu Kopf gestiegen, er umarmte seinen nächsten Nachbarn und sang mit seiner heiseren, abgebrochenen Stimme ein französisches Lied. Die Soldaten sahen ihn an und hielten sich vor Lachen den Bauch.

„Los, los, das mußt du mich auch lehren, was? Das kann ich auch bald. Was meinst du?" sagte der, den Morel umarmt hatte; es war der Spaßmacher und Vorsänger der Kompanie.

„Vive Henri quatre, vive ce roi vaillant", sang Morel zwinkernd. „Ce diable à quatre ..."[2]

„Wiwarikà! Wiv seruwaru! Sidjabljakà ..." wiederholte der Soldat, mit dem Arm taktierend, und traf die Melodie in der Tat recht geschickt.

„Wie der das heraus hat! Hohohoho!" scholl es lachend mit derber Lustigkeit von allen Seiten.

Morel verzog ein wenig das Gesicht und lachte dann mit.

„Na, und nun weiter, weiter!"

„Qui eut le triple talent
De boire, de battre
Et d'être un vert galant ......"[3]

„Das ist auch fein! Na, jetzt versuch du, Saletajew."

„Kü ..." brachte Saletajew mühsam heraus. „Kü-ü-ü ..." hielt er den Ton aus und gab sich die größte Mühe, die Lippen so weit wie möglich voneinander zu bekommen. „Letriptala de bu de ba i detrawagala", sang er.

„Ho, großartig! Das ist mal ein Franzose! Hohohoho!"

„Na, willst du noch was essen?" wurde Morel wieder gefragt.

„Gib ihm noch ein bißchen Grütze, der frißt sich nicht so bald satt, so verhungert ist der."

Sie gaben ihm noch einmal Grütze, und Morel lachte und machte sich über das dritte Kochgeschirr her. Die Rekruten grinsten vergnügt, während sie ihm zusahen. Die alten Soldaten auf der anderen Seite des Feuers hielten es für unschicklich, sich mit solchen Dummheiten abzugeben, aber ab und zu richtete sich auch der eine oder

[1] Oh, meine Tapferen! Oh, meine guten, guten Freunde! Das sind Männer! Oh, meine tapferen, meine guten Freunde!
[2] Es lebe Heinrich IV.! Es lebe dieser heldenmütige König! Dieser Teufel mit vier ...
[3] Der drei Dinge gut verstand: Er konnte trinken, er konnte raufen, er war als Weiberfreund bekannt ...

der andere von ihnen auf den Ellbogen auf und sah lächelnd zu Morel hinüber.

„Sind auch Menschen", meinte einer von ihnen und wickelte sich in seinen Mantel. „Auch der Wermut wächst auf seiner eigenen Wurzel."

„Herr Gott, seht doch, diese Menge von Sternen! Das bedeutet strengen Frost."

Allmählich wurde alles still. Die Sterne glitzerten ruhig am schwarzen Himmel, als wüßten sie, daß ihnen niemand mehr zusah. Bald aufglänzend, bald gedämpfter funkelnd, bald mit ihrem Licht zitternd, unterredeten sie sich eifrig miteinander über irgend etwas Beseligendes, aber von Geheimnissen Verhülltes.

X

Die französischen Truppen schmolzen gleichmäßig in einer mathematisch vollkommen einwandfreien Progression dahin. Und jener Übergang über die Beresina, über den so viel geschrieben worden ist, war nur eine einzelne Zwischenstufe innerhalb des Vernichtungsprozesses, den die französische Armee durchzumachen hatte, und nicht im geringsten eine besonders entscheidende Episode des Feldzuges. Wenn die Franzosen so viel über die Beresina geschrieben haben und noch schreiben, so ist das darauf zurückzuführen, daß auf der brechenden Beresinabrücke all das Unglück, das die französische Armee bis dahin eine geraume Zeit über ununterbrochen erdulden mußte, sich nunmehr plötzlich in einem einzigen Moment in ein Schauspiel von gewaltiger Tragik, das sich dem Gedächtnis aller tief eingraben sollte, zusammendrängte. Die Russen aber haben von der Beresina nur deswegen so viel gesprochen und geschrieben, weil in Petersburg, weitab vom Kriegsschauplatz, der Plan entworfen worden war, und zwar von Pfuel, Napoleon an der Beresina in einer strategischen Falle zu fangen. Alle waren überzeugt, es würde alles genauso zugehen, wie dieser Plan es vorsah, und daher blieb man nachher dabei, der Übergang über die Beresina und nichts anderes habe das Verderben der Franzosen besiegelt. Tatsächlich waren dagegen die Folgen des Übergangs über die Beresina für die Franzosen, was den Verlust an Geschützen und Gefangenen betraf, unvergleichlich weniger verderblich als Krasnoje, wie die Zahlen dartun.

Der Übergang über die Beresina hat eigentlich keine andere Bedeutung als die, daß er die Falschheit aller Abschneidungspläne und die Richtigkeit der einzig möglichen, von Kutusow wie auch von allen Truppen, also von der Masse, verlangten Handlungsweise, nämlich eines bloßen Begleitens des Feindes augenscheinlich und unwiderleglich dartat. Der Haufen der Franzosen floh mit beständig wachsender Geschwindigkeit und setzte alle seine Kräfte an die Erreichung dieses Zieles. Er floh wie ein krankgeschossenes Stück Wild, und es gab für ihn gar keine Möglichkeit, unterwegs haltzumachen. Das geht nicht einmal so sehr aus den für den Übergang getroffenen Anordnungen und Vorbereitungen als vielmehr aus der Art hervor, mit der die Truppen schließlich über die Brücken gingen. Als die Brücken zusammengebrochen waren, da ergaben sich die waffenlosen Soldaten, die französischen Zivilisten, Weiber und Kinder, die in Moskau gelebt und sich jetzt der französischen Bagage angeschlossen hatten, nicht etwa den Russen, sondern stürzten alle auf Grund des Gesetzes der Trägheit weiter vor, in die Boote, in das eisige Wasser.

Dieses Bestreben war durchaus vernünftig. Die Lage der Flüchtigen und der Verfolger war gleich arg. Blieb man wenigstens bei seinen eigenen Leuten, so konnte man in der Not allenfalls auf den Beistand eines Kameraden hoffen und wußte doch, daß man immerhin noch unter seinesgleichen einen bestimmten Platz und eine festumrissene Position einnahm. Ergab man sich den Russen, so war man in der gleichen elenden Lage, stand aber, was die Teilung aller Lebensmittel und sonst notwendigen Dinge anging, eine Stufe tiefer. Die Franzosen brauchten gar nicht erst zuverlässige Nachrichten davon, daß die Hälfte der Gefangenen, mit denen die Russen, obwohl sie sie gern gerettet hätten, nichts anzufangen wußten, vor Kälte und Hunger umkam; sie fühlten, daß es gar nicht anders sein konnte. Die menschenfreundlichsten russischen Befehlshaber und die in russischen Diensten stehenden Franzosen, die durchaus ein Herz für ihre Landsleute hatten, konnten nichts für die Gefangenen tun. Die Franzosen kamen in demselben Elend um, unter dem das russische Heer zu leiden hatte. Man konnte doch nicht den hungrigen, von allem Notwendigen entblößten Soldaten noch Brot und Kleidungsstücke wegnehmen, um sie den zwar nicht weiter schädlichen, auch nicht weiter verhaßten und im Grunde keine große Schuld tragenden, aber einfach überflüssigen Franzosen zu geben. Manche taten freilich auch das, aber das waren nur Ausnahmefälle.

Hinter sich wußten die Franzosen das sichere Verderben, vor ihnen aber gab es noch Hoffnung. Die Schiffe waren verbrannt, eine andere Rettung als gemeinsame Flucht gab es nicht, und so setzten die Franzosen denn alle ihre Kräfte an diese gemeinsame Flucht.

Je weiter die Franzosen auf ihrer Flucht gelangten, je jämmerlicher es um ihre Überreste stand, vornehmlich jenseits der Beresina, auf die man im Zusammenhang mit dem in Petersburg ausgearbeiteten Plan ganz besondere Hoffnungen gesetzt hatte, um so wilder flackerte die leidenschaftliche Zwietracht der russischen Heerführer auf, die sich gegenseitig, namentlich aber Kutusow alle möglichen Verschuldungen zur Last legten. Sie nahmen an, man werde ihnen die Schuld am Fehlschlagen des Petersburger Beresinaplanes beimessen, und so ließen sie es immer deutlicher zum Ausdruck kommen, wie unzufrieden sie mit ihm waren, wie wenig sie ihn schätzten und wie er von ihnen überhaupt nicht mehr ernst genommen wurde. Diese höhnische Geringschätzung kam natürlich nur in durchaus ehrerbietigen Formen zum Ausdruck, in Formen, die Kutusow nicht einmal die Handhabe zu der Frage boten, was man ihm denn eigentlich vorzuwerfen habe. Sie sprachen gar nicht mehr im Ernst mit ihm; hatten sie ihm etwas vorzutragen und sich von ihm eine Entscheidung zu erbitten, so taten sie, als hätten sie damit eine traurige Zeremonie zu verrichten, zwinkerten sich hinter seinem Rücken zu und suchten ihn auf Schritt und Tritt zu hintergehen.

Gerade weil diese Leute ihn nicht verstehen konnten, galt es ihnen als ausgemacht, daß mit dem alten Manne ja doch nicht zu reden sei, daß er den Tiefsinn ihrer Pläne ja doch nie begreifen und man nie andere Antworten als seine hergebrachten Phrasen — für sie waren das nur Phrasen — von ihm bekommen könne, etwa, daß man dem Feinde eine goldene Brücke bauen müsse, daß man nicht mit einer Horde von Vagabunden an der Grenze ankommen dürfe und so weiter. Derartiges hatte er ihnen schon oft gesagt. Und alles, was er sagte, zum Beispiel, man müsse auf das Herankommen der Lebensmittelzufuhren warten, oder die Leute seien für noch gewaltsamere Bewegungen zu schlecht beschuht, das alles war so simpel, während ihre eigenen Vorschläge so kompliziert und klug waren, daß es ihrer Meinung nach auf der Hand lag, Kutusow sei eben töricht und alt, sie aber geniale Feldherren, denen nur Kutusows dienstliche Machtstellung fehlte.

Namentlich nachdem die Vereinigung der Kutusowschen Armee mit der des glänzenden Admirals und Helden von Petersburg, Wittgenstein, vollzogen war, stieg diese Stimmung, dieser Stabstratsch bis zum äußersten. Kutusow merkte es wohl, zuckte aber nur seufzend die Achseln. Nur einmal nach dem Übergang über die Beresina wurde er wütend und richtete an Bennigsen, der dem Kaiser von sich aus eine Schilderung der Lage gegeben hatte, folgendes Schreiben:

„Ew. Hohe Exzellenz wollen sich angesichts Ihres ungünstigen Gesundheitszustandes mit Empfang dieses Schreibens nach Kaluga begeben, wo Sie weitere Befehle und Willensmeinungen seitens Seiner Kaiserlichen Majestät abzuwarten haben."

Aber unmittelbar, nachdem Bennigsen abgeschoben war, traf bei der Armee der Großfürst Konstantin Pawlowitsch ein, der bereits zu Beginn des Feldzuges bei der Armee gewesen, dann aber von

Kutusow entfernt worden war. Bei der Armee angelangt, teilte der Großfürst Kutusow mit, Seine Majestät der Kaiser sei recht ungehalten über die schwächlichen Erfolge unserer Truppen und die Langsamkeit des Vormarsches. Seine Majestät der Kaiser gedenke sich demnächst selbst zur Armee zu begeben. Der alte Mann, in höfischen Dingen ebenso erfahren wie in militärischen, dieser Kutusow, der im August dieses Jahres gegen den Willen des Kaisers zum Oberkommandierenden auserkoren worden war, der Mann, der den Großfürsten-Thronfolger von der Armee entfernt, der Mann, der auf Grund seiner unbeschränkten Machtstellung gegen den Willen des Kaisers die Aufgabe Moskaus befohlen hatte, dieser Kutusow begriff jetzt auf der Stelle, daß seine Zeit vorbei und seine Rolle ausgespielt war und daß er diese angebliche unumschränkte Machtstellung nicht mehr hatte. Und er begriff das nicht nur angesichts der Lage bei Hofe, sondern sah einerseits, daß die militärische Aufgabe, bei der er seine Rolle zu spielen gehabt hatte, zu Ende war, und fühlte darum, daß der Sinn seiner Berufung erfüllt war; und auf der anderen Seite spürte er gerade jetzt die physische Ermüdung seines alten Körpers und die unabweisbare Notwendigkeit physischer Erholung.

XI

Am 29. November ritt Kutusow in Wilna ein, in sein gutes Wilna, wie er zu sagen pflegte. Zweimal im Laufe seiner Dienstzeit war Kutusow Gouverneur von Wilna gewesen. In dem reichen und unversehrt gebliebenen Wilna fand Kutusow außer den vielen Annehmlichkeiten des Lebens, die er seit so langer Zeit nicht mehr hatte haben können, manche alten Freunde und alten Erinnerungen. Und nun tat er mit einem Schlage alle militärischen und staatsmännischen Sorgen von sich und ließ sich – in sein gewohntes gemächliches Leben zurücksinken (soweit die um ihn her kochenden Leidenschaften das irgend gestatteten), als gehe ihn all das weltgeschichtliche Geschehen der letzten Zeit und der nächsten Zukunft nichts mehr an.

Tschitschagow, einer von den allerleidenschaftlichsten Zurückwerfern und Abschneidern, Tschitschagow, der anfangs eine Diversion nach Griechenland, dann eine nach Warschau hatte machen wollen, aber nicht ein einziges Mal dorthin zu bringen war, wohin er befehlsgemäß gehen sollte, Tschitschagow, der bekannt war um der unumwundenen Keckheit willen, mit der er zum Kaiser zu sprechen pflegte, Tschitschagow, der sich Kutusow durch eine besondere Wohltat verbunden zu haben meinte, weil er im Jahre 1811

– als er unter Übergehung Kutusows zum Friedenschluß mit der Türkei entsandt worden war und sich hatte überzeugen müssen, daß der Friede tatsächlich bereits abgeschlossen war – dem Kaiser gegenüber zugegeben hatte, das Verdienst des Friedensschlusses gebühre Kutusow, dieser gleiche Tschitschagow empfing als erster Kutusow am Eingang des Wilnaer Palais, das zum Quartier für Kutusow hergerichtet war. In Marineuniform, den Dolch an der Seite, die Mütze unter dem Arm, übergab er Kutusow den schriftlichen Kommandorapport und überreichte ihm die Schlüssel der Stadt. Die verächtlich-ehrerbietige Haltung der jüngeren Generation gegenüber dem kindisch gewordenen Greise prägte sich auch im höchsten Grade in Tschitschagows ganzem Wesen aus, der von allen den gegen Kutusow in Umlauf gesetzten Vorwürfen bereits unterrichtet war.

Im Gespräch mit Tschitschagow sagte Kutusow unter anderem, Tschitschagows Equipagen und sein Eßservice, die in Borisow dem Feinde in die Hände gefallen waren, seien unversehrt geblieben und würden ihm wieder zugestellt werden.

„C'est pour me dire que je n'ai pas de quoi manger . . . Je puis au contraire vous fournir de tout dans le cas même où vous voudriez donner des dîners",[1] bemerkte Tschitschagow aufbrausend. Alles, was er sagte, sollte ihm ein Übergewicht über Kutusow geben, und so nahm er an, Kutusow lasse sich auch in allem, was er selbst sagte, von einem ähnlichen Bestreben leiten.

Kutusow lächelte sein feines scharfes Lächeln, zuckte die Achseln und erwiderte: „Ce n'est que pour vous dire ce que je vous dis."[2]

In Wilna ließ Kutusow gegen den Willen des Kaisers den größten Teil der Truppen haltmachen. Kutusow lebte während seines Wilnaer Aufenthalts, wie seine Umgebung behauptete, überaus liederlich und kam dadurch physisch recht herunter. Um die Angelegenheiten der Armee kümmerte er sich nur sehr widerwillig, überließ alles seinen Generälen und vertrieb sich die Zeit bis zum Eintreffen des Kaisers recht vergnüglich.

Der Kaiser war mit seinem Gefolge, dem Grafen Tolstoi, dem Fürsten Wolkonskij, Araktschejew und anderen am 7. Dezember von Petersburg abgefahren, traf am 11. Dezember in Wilna ein und fuhr in seinem Reiseschlitten geradewegs zum Palais. Obwohl es sehr kalt war, standen etwa hundert Generäle und Stabsoffiziere in voller Paradeuniform vor dem Palais, dazu eine Ehrenwache vom Semeonowskij-Regiment.

Ein Kurier kam mit schweißnassen Pferden in der Troika vor dem

[1] Damit wollen Sie mir wohl sagen, daß ich kein Geschirr habe, von dem ich essen könnte . . . ? Ich kann Ihnen im Gegenteil alles liefern, selbst für den Fall, daß Sie Diners geben möchten.

[2] Ich will damit nichts anderes ausdrücken, als was ich sage.

Kaiser her auf das Palais zugejagt und schrie: „Er kommt! Er kommt!" Konownizyn stürzte in den Flur, um Kutusow Meldung zu machen, der in einer kleinen Portiersloge wartete.

Einen Augenblick später erschien die dicke, große Gestalt des Greises, in voller Paradeuniform, alle Insignien seines Ranges, Orden und Ehrenzeichen auf der Brust, die Schärpe um den Bauch, in seinem schaukelnden Gange auf der Freitreppe. Kutusow setzte den Dreispitz auf, nahm die Handschuhe in die Hand, ging in seitlicher Richtung mühsam die Treppe hinunter und ließ sich den Rapport einhändigen, der dem Kaiser überreicht werden sollte.

Laufen, Flüstern, noch eine rasend vorbeihuschende Troika, und dann hingen alle Augen an dem heranjagenden Schlitten, in welchem der Kaiser und Wolkonskij bereits zu erkennen waren.

Auf Grund fünfzigjähriger Gewöhnung brachte das alles den alten General in eine unruhige physische Erregung; mit hastiger Geschäftigkeit fingerte er an seiner Uniform herum, rückte den Hut zurecht und warf sich mit einem Schlage im selben Augenblick, in welchem der Kaiser den Blick beim Aussteigen zu ihm hob, in stramme, militärische Haltung, überreichte den Rapport und begann dann mit seiner gemessenen, nach freundlichem Überredenwollen klingenden Stimme zu sprechen.

Der Kaiser überflog Kutusows ganze Gestalt mit einem raschen Blick, dann verfinsterte sich für einen Augenblick sein Gesicht, indessen hatte er sich sofort wieder in der Gewalt, trat auf den alten General zu, und umarmte ihn. Wie Umarmungen meistens auf Kutusow zu wirken pflegten, so auch diese, bei der es sich nicht nur um eine gewohnheitsmäßige Reaktion handelte, sondern sich für Kutusow auch allerhand geheime Nebengedanken einstellen mußten: er begann zu schluchzen.

Der Kaiser begrüßte die Offiziere und die Ehrenwache vom Semeonowskij-Regiment, schüttelte dem Alten noch einmal die Hand und ging mit ihm ins Palais.

Als der Kaiser dann mit dem Feldmarschall allein war, sprach er ihm seine Unzufriedenheit mit der Langsamkeit der Verfolgung und den bei Krasnoje und an der Beresina gemachten Fehlern aus und setzte ihm auseinander, wie er sich den bevorstehenden Feldzug im Auslande dachte. Kutusow machte weder Einwände noch Bemerkungen. Der gleiche Ausdruck gedankenlosen Gehorsams, mit dem er vor sieben Jahren die Befehle des Kaisers auf dem Felde von Austerlitz angehört hatte, lag auch jetzt unverrückbar auf seinem Gesicht.

Als Kutusow aus dem kaiserlichen Kabinett kam und mit seinem schwerfälligen, watschelnden Gang, den Kopf gesenkt, durch den Saal ging, hielt eine Stimme ihn an.

„Ew. Durchlaucht", sagte jemand.

Kutusow hob den Kopf und sah lange dem Grafen Tolstoi in die Augen, der mit einem kleinen Gegenstande auf einer silbernen Schüssel vor ihm stand. Es war, als begreife Kutusow nicht, was man von ihm wolle.

Dann schien er plötzlich zu sich zu kommen, über sein gedunsenes Gesicht glitt ein kaum wahrnehmbares Lächeln, er verneigte sich tief und ehrfurchtsvoll und nahm den Gegenstand von der Schüssel. Es war das Georgskreuz erster Klasse.

XII

Am folgenden Tage gab es beim Feldmarschall ein Diner und einen Ball, und der Kaiser würdigte diese Veranstaltungen seiner Gegenwart. Kutusow war mit dem Georgskreuz erster Klasse dekoriert worden, und der Kaiser erwies ihm die höchsten Ehren, aber dabei wußte doch jeder, daß der Kaiser mit dem Feldmarschall unzufrieden war. Der Anstand wurde gewahrt, und der Kaiser ging dabei mit gutem Beispiel voran, aber alle wußten, daß der Alte manches auf dem Kerbholz hatte und nichts mehr taugte. Als Kutusow dem Kaiser, zufolge der alten, noch aus der Zeit der Kaiserin Katharina stammenden Sitte, beim Betreten des Ballsaals die erbeuteten Fahnen zu Füßen legen ließ, da runzelte der Kaiser, unangenehm berührt, die Stirn und sagte etwas, aus dem einige ein „Alter Komödiant" heraushören wollten.

Die Unzufriedenheit des Kaisers mit Kutusow nahm während des Wilnaer Aufenthaltes zu, besonders weil Kutusow die Bedeutung des bevorstehenden Feldzuges offenbar nicht verstehen wollte oder konnte.

Als der Kaiser am nächsten Morgen zu den bei ihm versammelten Offizieren sagte: „Sie haben nicht Rußland allein gerettet, Sie haben Europa gerettet", da begriffen alle, daß der Krieg noch nicht zu Ende war.

Nur Kutusow wollte es nicht begreifen und sagte ganz offen, ein neuer Krieg könne Rußlands Lage nicht verbessern und seinen Ruhm nicht mehren, sondern seine Lage nur verschlechtern und ihm manches von der Ruhmeshöhe nehmen, auf der es seiner Meinung nach jetzt stand. Er gab sich große Mühe, dem Kaiser zu beweisen, daß es nicht möglich sei, die erforderlichen neuen Truppen zusammenzubringen, sprach von der schweren Lage der Bevölkerung, der Möglichkeit von Mißerfolgen und so weiter.

Da der Feldmarschall so dachte, konnte er natürlich nur als Stö=

rung, als Hemmschuh für den bevorstehenden Krieg erscheinen. Man wollte aber Zusammenstöße mit dem Alten vermeiden, und schließlich fand sich ganz von selbst ein Ausweg, der darin bestand, daß man dem Oberkommandierenden, wie man es schon bei Austerlitz und dann mit Barclay zu Beginn dieses Feldzuges gemacht hatte, ohne ihn zu brüskieren und ohne ihm den wahren Sinn dieser Maßnahme ausdrücklich mitzuteilen, den Boden der Macht, auf dem er stand, unter den Füßen wegzog und sie dem Kaiser selbst übertrug.

Zu diesem Ende wurde der Stab allmählich umformiert und alle wesentlichen Machtbefugnisse des Kutusowschen Stabes illusorisch gemacht und auf den Kaiser übertragen. Toll, Konownizyn, Jermolow wurden zu anderweitiger Verwendung bestimmt. Allgemein sagte man ganz rückhaltlos, der Feldmarschall sei sehr hinfällig und seine Gesundheit sei nicht mehr die beste.

Er mußte gesundheitlich angegriffen sein, damit seine Stelle einem Nachfolger übergeben werden konnte. Und er war auch in der Tat gesundheitlich angegriffen.

Wie es sich damals ganz natürlich und einfach und folgerichtig so gemacht hatte, daß Kutusow aus der Türkei in den Petersburger Kameralhof gekommen war, um die Aufstellung der Miliz in die Hände zu nehmen, und wie er dann die Armee übernommen hatte, als das eben einfach eine Notwendigkeit geworden war, genauso natürlich, einfach und folgerichtig machte es sich jetzt, daß Kutusows Rolle ausgespielt war, daß an seine Stelle ein neuer, ebenfalls notwendig gewordener Mann trat.

Der Krieg von 1812 sollte außer seinem nationalen, jedem russischen Herzen teuren Sinn auch noch einen anderen Sinn haben, einen europäischen.

Auf die Völkerbewegung von Westen nach Osten sollte eine Völkerbewegung von Osten nach Westen folgen, und dieser neue Krieg bedurfte eines neuen Mannes, eines Mannes mit anderen Eigenschaften, Anschauungen und Leitmotiven als Kutusow.

Alexander I. war ebenso unentbehrlich für die Völkerbewegung von Osten nach Westen und für die Wiederherstellung der Völkergrenzen, wie es Kutusow für die Rettung und den Ruhm Rußlands gewesen war.

Kutusow begriff nicht, was das heißen sollte: Europa, Gleichgewicht, Napoleon. Er konnte das nicht begreifen. Nachdem der Feind vernichtet, Rußland befreit und auf die höchste Stufe seines Ruhmes gebracht worden war, da blieb dem Repräsentanten des russischen Volkes, dem russischen Menschen eben als russischem Menschen nichts mehr zu tun übrig. Dem Repräsentanten des Volkskrieges blieb nichts mehr übrig als der Tod. Und er starb.

XIII

Wie das zu sein pflegt, empfand Pierre die ganze Schwere der physischen Entbehrungen und Anstrengungen, die er in der Gefangenschaft hatte durchmachen müssen, erst, als diese Anstrengungen und Entbehrungen zu Ende waren. Nach seiner Befreiung aus der Gefangenschaft begab er sich nach Orel und erkrankte hier drei Tage nach seiner Ankunft, als er sich gerade nach Kiew aufmachen wollte. Drei Monate lag er in Orel, wie die Ärzte sagten, an Gallenfieber. Obwohl er ärztlich behandelt, zur Ader gelassen und mit allerlei Arzneien angefüllt wurde, genas er doch.

Alles, was zwischen seiner Befreiung und seiner Erkrankung lag, ging fast spurlos an Pierre vorüber. Er erinnerte sich später nur noch an das graue, melancholische, zwischen Regen und Schneefall wechselnde Wetter, eine tiefe, physisch bedingte Beklommenheit, Schmerzen in den Beinen und in der Seite, erinnerte sich an den allgemeinen Eindruck von Unglück und Menschenleid, erinnerte sich an die ihm sehr unangenehme Neugier der Offiziere und Generäle, die ihn immer wieder ausfragten, an die vielen Schwierigkeiten, die er hatte überwinden müssen, um zu einem Wagen und Pferden zu kommen, und erinnerte sich vor allem daran, wie unfähig jedes Gedankens und Gefühls er in dieser Zeit gewesen war. Am Tage seiner Befreiung hatte er Petja Rostows Leiche gesehen. Am selben Tage hatte er erfahren, daß Fürst Andrej nach der Schlacht von Borodino noch über einen Monat gelebt hatte und erst vor kurzem in Jaroslawl im Hause der Rostows gestorben war. Denissow, von dem Pierre diese Neuigkeiten hörte, hatte an diesem Tage auch Hélènes Tod erwähnt, in der Annahme, Pierre sei längst von ihm unterrichtet. Das alles war Pierre damals nur merkwürdig vorgekommen. Er hatte empfunden, daß er die Bedeutung aller dieser Mitteilungen noch nicht zu begreifen vermochte. Er hatte nur danach getrachtet, so schnell wie möglich aus dieser Zone, in der die Menschen einander umbrachten, zu entrinnen, an irgendeinen stillen Zufluchtsort zu gelangen und dort wieder zu sich selbst zu kommen, sich zu erholen und alles das Sonderbare und Neue, das er in dieser Zeit erfahren hatte, gedanklich zu verarbeiten. Aber in Orel eingetroffen, war er sofort erkrankt. Als er aus seinen Fieberdelirien wieder zu sich kam, sah er zwei aus Moskau gekommene Leute seines Gesindes um sich, Terentij und Waska, dazu noch die älteste Prinzessin, die auf einem von Pierres Gütern in der Gegend von Jelez Wohnung genommen hatte und nun auf die Kunde von seiner Befreiung und Erkrankung gekommen war, um ihn zu pflegen.

Während seiner Genesung hatte Pierre Mühe, sich allmählich von den festgewurzelten Eindrücken und Gewohnheiten der letzten Mo=

nate loszumachen und sich daran zu gewöhnen, daß ihn morgens früh niemand weiterjagte, daß ihm niemand sein warmes Bett wegnahm und daß er mit aller Sicherheit auf Mittagsmahlzeit, Tee und Abendessen rechnen durfte. Im Traum aber sah er sich noch lange immer wieder im Milieu seiner Gefangenenzeit. Ebenso hatte Pierre Mühe, allmählich alles das zu erfassen, was er seit seiner Befreiung erfahren hatte: den Tod des Fürsten Andrej, den Tod seiner Frau, den Untergang der französischen Armee.

Während seiner Genesungszeit erfüllte seine ganze Seele das freudige Gefühl der Freiheit, jener vollen, unentreißbaren Freiheit, die der Mensch in sich hat und die ihm zum erstenmal bei dem ersten Biwak hinter Moskau zum Bewußtsein gekommen war. Er wunderte sich darüber, daß diese innere, von allen äußeren Umständen unabhängige Freiheit jetzt gleichsam zum Überfluß und Luxus auch noch mit einer äußeren Freiheit gepaart war und von ihr verschönert wurde. Er war allein in einer fremden Stadt und hatte keine Bekannten. Niemand wollte etwas von ihm, niemand verlangte, daß er hierhin oder dorthin kam. Er hatte alles, was er wollte und der Gedanke an seine Frau, der früher eine ewige Qual für ihn gewesen war, dieser Gedanke existierte jetzt gar nicht mehr, da ja auch sie selbst nicht mehr existierte.

„Ach, wie schön das ist! Wie wundervoll!" sagte er sich, wenn man ihm den sauber gedeckten Tisch mit der wohlriechenden Bouillon heranschob oder wenn er sich zur Nacht in sein weiches, sauberes Bett legte oder wenn es ihm einfiel, daß es weder Frau noch Franzosen mehr gab. „Ach, wie schön das ist! Wie wundervoll!"

Und nach alter Gewohnheit legte er sich die Frage vor: „Nun, und weiter? Was werde ich tun?" Und sofort gab er sich die Antwort: „Nichts. Ich werde leben. Ach, wie wundervoll!"

Das, um das er sich früher so gequält, was er in einem fort gesucht hatte, ein Lebensziel, das existierte jetzt für ihn nicht mehr. Nicht, daß etwa das gesuchte Lebensziel nur zufällig gerade jetzt nicht für ihn existiert hätte, nein, er fühlte, daß es überhaupt nicht existierte und nicht existieren konnte. Und gerade das gab ihm jenes volle, freudige Bewußtsein der Freiheit, das um diese Zeit sein Glück ausmachte.

Er konnte kein Ziel haben, weil er jetzt den Glauben hatte, nicht den Glauben an irgendwelche Grundsätze oder Worte oder Gedankensysteme, aber an den lebendigen, immer erfühlbaren Gott. Früher hatte er ihn in Zielen gesucht, die er selbst sich gesetzt hatte. Dieses Suchen nach einem Ziel war nur ein Suchen nach Gott gewesen. Und plötzlich, in seiner Gefangenschaft, nicht mit Worten, nicht mit verstandesmäßigem Nachdenken, sondern mit seinem unmittelbaren Gefühl hatte er das erkannt, was seine alte Kinderfrau ihm schon vor vielen Jahren gesagt hatte, daß Gott hier ist, dort, überall. Er hatte in der Gefangenschaft erkannt, daß Gott in Karatajew größer, unendlicher und unfaßlicher war als in dem Baumeister der Welten, wie ihn die Maurer auffaßten. Er hatte das Gefühl eines Menschen, der seinen Blick lange angestrengt in die Ferne gerichtet hat und nun plötzlich vor seinen Füßen findet, was er suchte. Er hatte sein ganzes Leben lang hierhin und dorthin gesehen, über die Köpfe der Menschen seiner Umgebung hinweg, und hätte sich doch die Augen gar nicht so sehr aus dem Kopf sehen, sondern ganz einfach vor sich hinblicken sollen. Früher hatte er in keinem Dinge das Große, Unfaßliche und Unendliche zu sehen vermocht. Er hatte nur gefühlt, daß es irgendwo sein mußte, und hatte es gesucht. In allem Nahen und Faßlichen hatte er etwas Begrenztes, Kleines, Irdisches, Sinnloses zu sehen geglaubt. Er hatte sich mit dem Fernrohr des Verstandes bewaffnet und den Blick in die Ferne gerichtet, dorthin, wo dieses Kleine, Irdische im Nebel der Ferne ihn, nur weil es nicht deutlich zu sehen war, groß und unendlich dünkte. So hatte sich ihm das Leben innerhalb der europäischen Kultursphäre im Gegensatz zum volksmäßig Russischen, so hatten sich ihm Politik, Maurerei, Philosophie, Philanthropie dargestellt. Aber in Augenblicken, die er als Augenblicke der Schwäche empfunden hatte, war sein Verstand auch in diese Ferne gedrungen, und er hatte dieses Kleine, Irdische, Sinnlose auch dort wahrgenommen. Jetzt aber hatte er gelernt, das Große, Ewige und Unendliche in allem zu sehen, und nun warf er mit aller Natürlichkeit und Selbstverständlichkeit das Fernrohr fort, mit dem er bis jetzt über die Köpfe der Menschen hinweggesehen hatte, denn nun wollte er sehen, was wirklich groß, ewig und unendlich war, und sich an seinem Anblick freuen, und schaute nun freudig auf das Leben um ihn her, dieses ewig sich ändernde, ewig große, unfaßliche und unendliche Leben. Und je mehr er aus der Nähe und in die Nähe sah, um so ruhiger und glücklicher wurde er. Die grauenvolle Frage: „Warum?“, die früher alle seine aus Vernunftschlüssen errichteten Gebäude zum Stürzen gebracht hatte, existierte jetzt nicht mehr für ihn. Jetzt hatte er für die Frage: „Warum?“ in seiner Seele immer die schlichte Antwort bereit: darum, weil Gott ist, dieser Gott, ohne dessen Willen kein Haar vom Haupte eines Menschen fällt.

XIV

Pierre hatte sich äußerlich kaum verändert. Nach außen hin wirkte er noch genauso wie früher. Ebenso wie früher war er zerstreut und schien nie mit dem, was er gerade vor Augen hatte, sondern immer mit etwas Eigenem und Besonderem beschäftigt. Der Unterschied zwischen seinem einstigen und jetzigen Zustande lag darin, daß er früher, wenn er vergessen hatte oder gar nicht wahrzunehmen schien, was vor ihm war oder was jemand zu ihm sagte, mit gequältem Stirnrunzeln irgend etwas, weit von ihm Abliegendes erkennen zu wollen und doch nicht erkennen zu können schien, während er jetzt, obwohl er immer noch häufig vergaß oder gar nicht wahrnahm, was man zu ihm sagte und was vor ihm war, dabei gleichzeitig mit einem kaum merklichen, ein wenig spöttisch wirkenden Lächeln auf das sah, was vor ihm war, und auf das hörte, was man zu ihm sagte, wenn er auch offensichtlich auf irgend etwas ganz anderes sah und auf irgend etwas ganz anderes hörte. Früher hatte er für einen zwar guten, aber unglücklichen Menschen gegolten, und darum hatten die Leute sich unwillkürlich von ihm ferngehalten. Jetzt spielte beständig ein Lächeln der Lebensfreude um seinen Mund, und aus seinen Augen leuchtete der Anteil, den er an den Menschen nahm, und die Frage: sind sie auch ebenso zufrieden wie ich? Und darum tat es den Menschen wohl, wenn sie mit ihm zusammen waren.

Früher hatte er viel gesprochen, sich leicht in Hitze geredet und wenig zugehört, jetzt aber ließ er sich nur selten im Gespräch hinreißen und wußte so zuzuhören, daß die Menschen ihm gern ihre tiefsten Herzensgeheimnisse anvertrauten.

Die Prinzessin, die ihn niemals gern gehabt und noch eine besondere Feindschaft gegen ihn empfunden hatte, seit sie sich ihm nach dem Tode des alten Grafen verpflichtet fühlte, gewahrte zu ihrem Ärger und Erstaunen schon nach kurzem Aufenthalt in Orel, wohin sie mit der Absicht gekommen war, Pierre darzutun, daß sie es trotz seiner Undankbarkeit für ihre Pflicht hielt, ihn zu pflegen — die Prinzessin gewahrte bald, daß sie ihn gern hatte. Pierre machte nicht die geringsten Versuche, sich die Gunst der Prinzessin zu gewinnen. Er betrachtete sie nur mit einer gewissen Neugierde. Früher hatte die Prinzessin aus den Blicken, mit denen er sie ansah, Gleichgültigkeit und Spott herauslesen wollen, sich vor ihm ebenso verschlossen wie vor allen anderen Menschen und sich ihm nur von ihrer stachligen Seite gezeigt, jetzt aber hatte sie ganz im Gegensatz dazu das Gefühl, er habe sich gewissermaßen bis in ihre letzten Seelengründe hinein durchgegraben, und sie kehrte ihm, anfangs noch nicht ganz ohne Argwohn, dann aber mit aufrichtiger Dankbarkeit die bisher verhüllten guten Seiten ihres Charakters zu.

Der gewandteste Intrigant hätte sich nicht kunstvoller in das Vertrauen der Prinzessin hineinstehlen können als er mit seiner Praktik, die Erinnerungen ihrer besten Jugendjahre bei ihr wachzurufen und sich dafür zu interessieren. Und dabei bestand Pierres ganze

List nur darin, daß es ihm selbst eben Freude machte, in der böse gewordenen, eingeschrumpften und in ihrer Art hochmütigen Prinzessin menschliche Empfindungen wachzurufen.

„Ja, er ist ein sehr, sehr guter Mensch, sobald er nur unter dem Einfluß anständiger Menschen steht, solcher Menschen wie ich", dachte die Prinzessin.

Die Veränderung, die mit Pierre vor sich gegangen war, fiel auch seinen Dienern Terentij und Waska auf, soweit sie ihnen zugänglich war. Sie fanden ihn schlichter und umgänglicher. Manches Mal, wenn Terentij seinen Herrn ausgekleidet und ihm, den Anzug über dem Arm, die Stiefel in der Hand, eine gute Nacht gewünscht hatte, blieb er vor dem Hinausgehen noch ein wenig stehen und wartete, ob der Herr nicht noch ein kleines Gespräch anknüpfen wollte. Und meist hielt Pierre Terentij noch ein wenig zurück, weil er merkte, daß der gern noch etwas geplaudert hätte.

„Na, also dann erzähl doch mal ... ja, also, wo habt ihr damals denn eigentlich was zu essen hergekriegt?" fragte er wohl.

Und Terentij erzählte dann von der Zerstörung Moskaus und kam von ihr auf den seligen alten Grafen zu sprechen und stand, den Anzug über dem Arm, noch lange da und erzählte; dazwischen hörte er aber auch zu, was Pierre erzählte, und ging schließlich in dem angenehmen Gefühl eines nahen und freundschaftlichen Verhältnisses zu seinem Herrn ins Vorzimmer.

Der Arzt, der Pierre behandelte und jeden Tag nach ihm sah, hielt es zwar, wie das bei den Ärzten anscheinend sein muß, für seine Pflicht, sich die Miene eines Menschen zu geben, dem um der leidenden Menschheit willen jeder Augenblick kostbar ist, saß dabei aber stundenlang bei Pierre und erzählte ihm seine Lieblingsgeschichten und allerhand Beobachtungen, die er an den Charakteren seiner Patienten und besonders der weiblichen gemacht hatte.

„Ja, sehen Sie, sich mit einem Menschen zu unterhalten, wie Sie es sind, das ist eine Freude, das ist doch etwas anderes als mit den Provinzlern hier bei uns", sagte er.

In Orel wohnten einige gefangene französische Offiziere, und einen von ihnen, einen jungen Mann italienischer Nationalität, nahm der Arzt einmal mit zu Pierre.

Dieser Offizier kam mit der Zeit immer häufiger, und die Prinzessin machte sich über die Zärtlichkeit lustig, die der Italiener für Pierre bekundete.

Offenbar war es dem Italiener nur wohl, wenn er zu Pierre kommen und mit ihm plaudern und ihm von seiner Vergangenheit, seinem Leben zu Hause und seiner Schwämerei für Pierre erzählen und sich seinen Groll gegen die Franzosen und besonders gegen Napoleon von der Seele reden konnte.

„Wenn alle Russen auch nur eine entfernte Ähnlichkeit mit Ihnen haben", sagte er zu Pierre, „c'est un sacrilège que de faire la guerre à un peuple comme le vôtre.[1] Sie haben doch so viel von den Franzosen zu leiden gehabt und tragen ihnen nicht das geringste nach."

Und die schwärmerische Liebe des Italieners hatte Pierre doch nur damit gewonnen, daß er in ihm die besten Seiten seines Wesens wachgerufen und sich an ihnen gefreut hatte.

Als Pierres Oreler Zeit bereits ihrem Ende entgegenging, suchte ihn ein alter Logenbekannter, Graf Willarski, auf, derselbe, der ihn 1807 in die Loge eingeführt hatte. Willarski war mit einer gutsituierten, im Gouvernement Orel reichbegüterten Russin verheiratet und bekleidete in der Stadt vorübergehend irgendeinen Intendanturposten.

Als Willarski hörte, Besuchow sei in Orel, suchte er ihn auf, obwohl er nie sehr gut mit ihm bekannt gewesen war, und überschüttete ihn mit allen den freundschaftlichen Vertraulichkeiten, mit denen sich Menschen begrüßen, wenn sie einander in der Wüste begegnen. Willarski langweilte sich in Orel und war glücklich, einen Menschen getroffen zu haben, der seiner Gesellschaftsschicht angehörte und, wie er voraussetzte, seine Interessen teilte.

Allein er mußte bald mit Staunen wahrnehmen, daß Pierre allem, worin für Willarski die Quintessenz des Lebens bestand, sehr ferngerückt war und sich in Apathie und Egoismus verloren hatte – denn so definierte Willarski sich Pierres jetzige Art.

„Vous vous encroûtez, mon cher",[2] sagte er zu ihm.

Dessenungeachtet war Willarski jetzt lieber mit Pierre zusammen als früher und kam jeden Tag zu ihm. Pierre aber kam, wenn er Willarski ansah und ihn reden hörte, der Gedanke, er selbst sollte noch vor kurzem nicht viel anders gewesen sein als Willarski, merkwürdig und kaum faßlich vor.

Willarski war verheiratet, hatte Familie und war durch seine Familie, die Verwaltung des erheirateten Grundbesitzes und die Obliegenheiten seiner dienstlichen Stellung ziemlich in Anspruch genommen. Er sah aber in allen diesen Beschäftigungen im Grunde nur Lebenshemmnisse und untergeordnete, fast verächtliche Dinge, weil sie nur auf sein persönliches Wohl und das seiner Familie gerichtet waren, und Fragen des Krieges, der Verwaltung, der Politik, der Maurerei lagen ihm viel mehr am Herzen. Pierre versuchte gar nicht erst, ihn zu einer anderen Auffassung zu bringen, tadelte ihn auch nicht, sondern ergötzte sich an dieser merkwürdigen, wenn auch ihm so vertrauten Erscheinung mit dem stillen, frohen, ein wenig spöttischen Lächeln, das jetzt beständig auf seinem Gesicht lag.

[1] So ist es eine Freveltat, mit einem Volke wie dem Ihrigen Krieg zu führen.
[2] Sie verknöchern, mein Lieber.

Im Umgang mit Willarski, der Prinzessin, dem Arzt, überhaupt allen, mit denen er jetzt zusammenkam, legte Pierre einen neuen Zug an den Tag, der ihm das Wohlwollen aller Menschen eintrug, nämlich die Anerkennung der Möglichkeit, daß jeder Mensch auf eigene Art denken, empfinden und die Dinge der Welt ansehen könne, und die Anerkennung der Unmöglichkeit, daß ein Mensch je durch die Worte eines anderen seiner eigenen Art abwendig gemacht werden könne. Diese durchaus legale Besonderheit eines jeden Einzelmenschen, die auf Pierre früher aufreizend und erregend gewirkt hatte, machte jetzt das Fundament der Anteilnahme und des Interesses aus, die er für die anderen Menschen empfand. Die Verschiedenheit, ja der bisweilen geradezu schreiende Gegensatz zwischen den Auffassungen der Menschen und ihrer Lebensführung, aber auch zwischen den Ansichten des einen und denen des anderen, machte Pierre jetzt Freude und nötigte ihm nur noch ein sanftes, leicht mit Spott durchsetztes Lächeln ab.

Zu seiner eigenen Überraschung merkte Pierre jetzt, daß er auch in praktischen Dingen einen Schwerpunkt hatte, der ihm früher abging. Früher hatte jede geldliche Frage, besonders jede Bitte um Geld, wie solche angesichts seines großen Reichtums sehr häufig an ihn herantraten, ihn in Aufregung und Unsicherheit versetzt, aus denen er keinen Ausweg gesehen hatte. „Soll ich geben oder nicht?" hatte er sich gefragt. „Ich habe es, und er scheint es zu brauchen. Aber ein anderer braucht es noch dringender. Wer ist nun in der größeren Notlage? Und womöglich schwindeln mich alle beide nur an!" Und aus solcher Unsicherheit hatte er früher keinen Ausweg gefunden und allen gegeben, solange er noch etwas zu geben hatte. Genauso ratlos war er früher aber auch bei allen die Verwaltung seines Vermögens betreffenden Fragen gewesen, wenn einer gesagt hatte, er müsse so und so verfahren, und der andere ihm gerade das Gegenteil anriet.

Jetzt entdeckte er zu seinem eigenen Erstaunen, daß es in allen diesen Fragen gar keine Unklarheit und Ratlosigkeit mehr gab. Er hatte jetzt in sich selbst einen Richter, der auf Grund von Gesetzen, die Pierre selbst nicht kannte, seine Entscheidungen darüber fällte, was zu tun und was zu lassen war.

Geldangelegenheiten ließen ihn zwar noch ebenso kalt wie früher, aber er wußte jetzt mit aller Bestimmtheit, was zu tun und was zu lassen war. Zum erstenmal trat die Tätigkeit dieses neuen Richters in die Erscheinung, als ein gefangener französischer Oberst zu Pierre kam, viel von seinen Heldentaten zu erzählen wußte und ihn zum Schluß bat oder beinah schon von ihm verlangte, Pierre möge ihm viertausend Franken geben, die er seiner Frau und seinen Kindern schicken wolle. Pierre schlug ihm das ab, ohne daß es ihm die ge=

ringsten Schwierigkeiten machte, und war nachher selbst ganz erstaunt darüber, wie einfach und leicht diese Weigerung, die ihm früher eine unüberwindliche Schwierigkeit bedeutet hätte, sich hatte aussprechen lassen. Gleichzeitig mit diesem Vorfall aber war ihm der Gedanke gekommen, er müsse unbedingt irgendeine List anwenden, um bei seiner Abreise von Orel den italienischen Offizier dahin zu bringen, eine Summe Geldes, die er offenbar dringend brauchte, von ihm anzunehmen. Einen neuen Beweis für die Sicherheit, die er in praktischen Dingen erlangt hatte, lieferte ihm die Entscheidung, die er traf, als es sich um die Schulden seiner Frau und die Frage des Wiederaufbaus oder Nichtwiederaufbaus seiner Häuser in Moskau und Umgegend handelte.

Sein Oberintendant war zu ihm nach Orel gekommen, und Pierre hatte mit ihm einen allgemeinen Überschlag darüber gemacht, wie sich seine jetzt zu erwartenden Einkünfte zu den früheren verhielten. Nach der Aufstellung des Oberintendanten hatte Pierre durch den Brand Moskaus Verluste in einer Höhe von rund zwei Millionen gehabt.

Der Oberintendant hatte, um diese Verluste wettzumachen, einen Plan ausgearbeitet, den er Pierre jetzt vorlegte, und nach diesem Plan sollten ungeachtet dieser Verluste seine Einnahmen nicht nur keine Einbuße erfahren, sondern sogar noch wachsen: Pierre sollte sich weigern, die hinterlassenen Schulden der Gräfin zu bezahlen, wozu er auch gesetzlich nicht verpflichtet sei, und sollte von einer Wiederherstellung der Häuser in Moskau und Umgegend, deren Unterhalt, ohne daß sie irgend etwas einbrachten, achtzigtausend Rubel im Jahre verschlang, absehen.

„Ja, ja, das stimmt", sagte Pierre mit einem fröhlichen Lächeln. „Ja, ja, ich kann alles beides lassen, und bin dann also durch den Brand Moskaus nur noch reicher geworden."

Allein im Januar kam Saweljitsch aus Moskau, berichtete, wie es jetzt in Moskau aussah, und sprach von dem Kostenanschlage für die Wiederherstellung der Stadt- und Landhäuser, den der Baumeister ihm vorgelegt hatte, in einer Weise, als handle es sich dabei um eine bereits längst entschiedene Sache. Gleichzeitig bekam Pierre Briefe vom Fürsten Wassilij und anderen Bekannten aus Petersburg. In diesen Briefen war von den Schulden seiner Frau die Rede. Und nun sagte sich Pierre, der Plan seines Oberintendanten, der ihm erst so gut gefallen hatte, sei doch nicht so ganz einwandfrei, und er müsse nach Petersburg fahren, um die Angelegenheiten seiner Frau in Ordnung zu bringen, und müsse in Moskau bauen lassen. Warum das so sein mußte, wußte er nicht, aber er wußte mit unzweifelhafter Sicherheit, daß es so sein mußte. Seine Einnahmen mußten angesichts dieses Entschlusses um drei Viertel zurückgehen. Aber er fühlte, daß es sein mußte.

Willarski wollte um diese Zeit nach Moskau fahren, und sie vereinbarten, die Reise gemeinsam zu machen.

Pierre hatte während seiner ganzen Oreler Genesungszeit ein Gefühl von Freude, Freiheit, frischem Leben empfunden. Als er sich nun aber während seiner Reise unter freiem Himmel fand und Hunderte von neuen Gesichtern sah, da wurde diese Empfindung noch kräftiger und inniger. Es war ihm während der ganzen Fahrt so freudig zumut wie einem Schüler auf einer Ferienreise. Alle Menschen, der Postkutscher, der Posthalter, die Bauern auf der Straße oder in den Dörfern, alle hatten für ihn etwas vollständig Neues. Willarskis Gesellschaft, Willarskis Bemerkungen, die auf ein ständiges Jammern über die Armut, die Unwissenheit, die Rückständigkeit Rußlands im Vergleich zu Europa hinausliefen, steigerten nur noch Pierres Freude. Wo Willarski nichts als Leichenstarre sah, da gewahrte Pierre eine übermächtige Lebenskraft, die Kraft, die auf dieser riesigen Schneefläche das Leben dieses ganz in sich geschlossenen, eigen= und einzigartigen Volkes erhielt. Er widersprach Willarski nicht, und da ein scheinbares Beipflichten das einfachste Mittel war, um fruchtlosen Erörterungen aus dem Wege zu gehen, so lächelte er vergnügt beim Zuhören, als sei er durchaus seiner Meinung.

XV

Wie es schwer zu erklären ist, warum und wohin die Ameisen herumhasten, wenn man ihnen ihren Haufen zerstört hat, die einen von dem Haufen wegeilen und dabei Körnchen, Eier und Leichen mit sich schleppen, während die anderen wieder dem zerstörten Haufen zustreben, warum sie einander stoßen, einander nachrennen, miteinander kämpfen, ebenso schwer scheint es, die Gründe zu erklären, die nach dem Abmarsch der Franzosen die Russen wieder an jener ehemals Moskau geheißenen Stelle zusammenströmen ließen. Allein wie man beim Anblick der um den zerstörten Haufen herumrennenden Ameisen trotz der gänzlichen Zerstörung des Haufens an der Zähigkeit, der Energie und der unzählbaren Menge der herumwimmelnden Insekten gewahr wird, daß freilich alles zerstört, dennoch aber irgend etwas Unzerstörbares, Unkörperliches, das im Grunde die eigentliche Kraft des Haufens ausgemacht hat, erhalten geblieben ist, so war im Oktober auch Moskau, obwohl es keine Behörden, keine Kirchen und Heiligtümer, keine Handelswerte, keine Häuser mehr gab, immer doch noch das Moskau, das es im August gewesen war. Es war alles zerstört bis auf jenes Körperlose, aber Mächtige und Unzerstörbare.

Die Impulse der nach dem Abmarsch der Franzosen von allen Seiten auf Moskau zuflutenden Menschen waren verschiedenartiger, persönlicher und in der ersten Zeit überwiegend triebhafter und animalischer Natur. Nur ein Impuls war allen gemeinsam, der Drang dorthin, der Drang, an der Stelle, die früher Moskau geheißen hatte, auf irgendeine Weise ihre Kräfte spielen zu lassen.

Nach einer Woche hatte Moskau bereits fünfzehntausend Einwohner, nach zwei Wochen fünfundzwanzigtausend, und so weiter. Diese Zahl stieg ununterbrochen und hatte im Herbst 1813 bereits die Einwohnerzahl von 1812 hinter sich gelassen.

Die ersten Russen, die in Moskau einzogen, waren die Kosaken des Detachements Wintzingerode, dazu Bauern aus den umliegenden Dörfern und geflüchtete Moskowiter, die sich in der Nähe der Stadt versteckt gehalten hatten. Die Russen, die in das zerstörte Moskau einzogen, fanden es geplündert vor und fingen nun ebenfalls an zu plündern. Sie setzten das fort, was die Franzosen getrieben hatten. Ganze bäuerliche Wagenzüge kamen nach Moskau, um alles in ihre Dörfer abzuschleppen, was herrenlos in den zerstörten Moskauer Häusern und Straßen umherlag. Die Kosaken schleppten in ihre Zelte, was sie irgend konnten, die Besitzer der einzelnen Häuser wiederum packten alles zusammen, was sie in anderen Häusern gefunden hatten, schafften es in die ihrigen und gaben vor, es handele sich um ihr Eigentum.

Allein nach den ersten Plünderern kamen andere und abermals andere, und das Plündern wurde von Tag zu Tag schwieriger und nahm immer bestimmtere Formen an, je mehr Plünderer es wurden.

Die Franzosen hatten Moskau freilich verlassen gefunden, aber doch noch mit allem versehen, was den von organischen Regeln geleiteten Lebensprozeß einer Stadt bedingt, mit allem, was die Bedürfnisse des Handels, des Gewerbes, des Luxus, der staatlichen Verwaltung und der Religion mit sich bringen. Diese Gebilde waren zwar leblos, existierten aber trotzdem noch. Da waren Verkaufsstände, Geschäfte, Magazine, Kornspeicher, Bazare, zum größten Teil noch voll von Waren, da waren Fabriken und gewerbliche Werkstätten, da waren Palais und reiche Häuser, voll von Luxusgegenständen, da waren Krankenhäuser, Gefängnisse, Kanzleien, Kirchen, Kathedralen. Während des Aufenthalts der Franzosen zerfielen diese Bildungen städtischen Wesens mehr und mehr, und schließlich war alles zu einem einzigen, leblosen, ununterscheidbaren Plünderungsfelde geworden.

Je länger die französische Plünderung anhielt, um so gründlicher zerstörte sie die Reichtümer Moskaus und die Kräfte der Plünderer.

Die russische Plünderung, mit der die Russen ihre Hauptstadt wieder in Besitz zu nehmen begannen, stellte, je länger sie anhielt und je mehr Menschen an ihr teilnahmen, um so schneller den Reichtum Moskaus und das normale Leben der Stadt wieder her.

Außer den Plünderern strömte, teils von Neugier, teils von Amtspflichten, teils von wirtschaftlicher Berechnung getrieben, eine bunte Menge, Hausbesitzer, Geistliche, höhere und niedere Beamte, Kaufleute, Handwerker, Bauern, von allen Seiten nach Moskau wie Blut zum Herzen.

Nach einer Woche wurden die Bauern, die mit leeren Wagen gekommen waren, um allerhand Gegenstände fortzuschaffen, schon von behördlichen Organen angehalten und gezwungen, Leichen aus der Stadt abzufahren. Andere Bauern, die von dem Pech ihrer Genossen gehört hatten, kamen mit Getreide, Hafer und Heu in die Stadt und unterboten einander, so daß die Preise bald niedriger waren als zuvor. Tag für Tag kamen Arbeits- und Unternehmergemeinschaften vom Zimmermannsgewerbe in der Hoffnung auf reichen Verdienst nach Moskau, und überall wurden neue Häuser gebaut und alte, nur teilweise verbrannte, wiederhergestellt. Die Kaufleute begannen in ihren Verkaufsständen wieder Waren feilzuhalten. In ausgebrannten Steinhäusern nisteten sich Garküchen und Herbergen ein. In vielen Kirchen, die dem Brande nicht zum Opfer gefallen waren, nahm die Geistlichkeit ihre Gottesdienste wieder auf. Auf Grund von Gelübden und Stiftungen gelangten wieder die zum Kult erforderlichen Gegenstände in die Kirchen als Ersatz für das Geraubte. Die Beamten nagelten Wachstuch auf ihre Tische und richteten in kleinen Kammern wieder ihre Aktenschränke ein. Regierungsbehörden und Polizei verfügten über das, was die Franzosen zurückgelassen hatten. Die Besitzer derjenigen Häuser, in denen sich viele von den Franzosen aus anderen Häusern zusammengeschleppte und dann zurückgelassene Gegenstände fanden, glaubten eine Ungerechtigkeit darin zu erblicken, daß alle diese Sachen in den Facettenpalast geschafft werden sollten, und klagten laut, während die anderen wieder dabei blieben, die Franzosen hätten doch die Sachen aus verschiedenen Häusern an eine Stelle zusammengeschleppt, und darum sei es ungerecht, die Sachen dem Besitzer des Hauses zu lassen, in dem sie zufällig gefunden worden seien. Man schimpfte auf die Polizei, bestach sie, machte Kostenanschläge, in denen das Zehnfache vom Wert der verbrannten fiskalischen Objekte figurierte, forderte Auszahlung von Unterstützungsgeldern. Graf Rastoptschin erließ Proklamationen.

XVI

Ende Januar traf Pierre in Moskau ein und bezog ein unversehrt gebliebenes Nebengebäude. Er suchte den Grafen Rastoptschin und einige nach Moskau zurückgekehrte Bekannte auf und hatte eigentlich vor, drei Tage nach seiner Ankunft nach Petersburg abzureisen. Allgemein wurde der Sieg bejubelt, in der zerstörten und nun langsam wieder zu sich kommenden Hauptstadt kochte alles von Leben. Alle freuten sich, daß Pierre gekommen war, alle wollten ihn sehen, alle fragten ihn nach seinen Erlebnissen aus. Pierre fühlte eine freundliche Zuneigung für alle, mit denen er zusammenkam, war aber unwillkürlich im Verkehr mit allen auf seiner Hut, um sich nicht irgendwie zu binden. Alle Fragen, die sie an ihn richteten, wichtige oder ganz unwesentliche, etwa wo er wohnen werde, ob er bauen wolle, wann er nach Petersburg abreise und ob er vielleicht so gut sein wolle, ein kleines Kästchen mitzunehmen, beantwortete er mit einem: „Ja, vielleicht", einem: „Ich glaube", und so weiter.

Was Rostows anging, so hörte er, sie seien in Kostroma. An Natascha dachte er nur selten. Dachte er einmal an sie, so war es nur wie eine wohltuende Erinnerung an Längstvergangenes. Er fühlte sich nicht nur von allen Bedingungen des realen Lebens frei, sondern auch von diesem Gefühl, das ihn jetzt wie etwas gewaltsam Erdachtes, ihm von ihm selbst Aufgenötigtes anmutete.

Am dritten Tage seines Moskauer Aufenthalts hörte er von Drubezkois, Prinzessin Marja sei in Moskau. Pierre hatte häufig an den Tod, die Leiden und die letzten Tage des Fürsten Andrej gedacht, und diese Gedanken kamen ihm jetzt mit neuer Lebendigkeit. Er hatte beim Mittagessen erfahren, daß Prinzessin Marja in Moskau in ihrem vom Feuer verschont gebliebenen Hause an der Wosdwishenka wohnte, und fuhr noch am selben Abend zu ihr.

Unterwegs dachte Pierre in einem fort an den Fürsten Andrej, an die Freundschaft, die sie beide verbunden hatte, an die verschiedenen Zusammentreffen, die sie miteinander gehabt hatten, und ganz besonders an das letzte in Borodino.

„Ob er wirklich in dieser verbitterten Stimmung gestorben ist, in der er damals war? Ob ihm nicht doch noch vor dem Tode der Sinn des Lebens aufgegangen ist?" dachte Pierre. Karatajew fiel ihm ein und dessen Tod, und unwillkürlich verglich er diese beiden Männer miteinander, die so sehr verschieden gewesen waren und doch wieder darin einander so ähnlich, daß er sie beide so sehr gern gehabt hatte und daß sie beide lebendig gewesen und jetzt tot waren.

In sehr ernster Stimmung kam Pierre beim Hause des alten Fürsten an. Dieses Haus war ganz unversehrt. Man sah wohl einzelne Spuren von Zerstörungsversuchen, aber der Gesamteindruck war doch der gleiche geblieben. Der alte Diener, der Pierre empfing, schien den Besucher durch seine strenge Miene darauf aufmerksam machen zu wollen, daß die Ordnung des Hauses trotz dem Tode des Fürsten unverändert weiterbestehe; er sagte, die Prinzessin hätte sich bereits in ihre Gemächer verfügt und empfinge sonntags.

„Melde mich trotzdem, vielleicht werde ich doch empfangen", sagte Pierre.

„Zu Befehl", erwiderte der Diener. „Wollen Sie sich bitte ins Porträtzimmer bemühen."

Einige Augenblicke später kam der Diener mit Dessales zu Pierre ins Porträtzimmer. Dessales sagte Pierre im Auftrage der Prinzessin, sie würde sich sehr freuen, ihn zu sehen und lasse ihn bitten, wenn er diesen Verstoß gegen die Etikette freundlichst übersehen wolle, nach oben zu kommen, in ihre Zimmer.

In einem niedrigen, nur von einer einzigen Kerze erleuchteten Zimmerchen saß die Prinzessin und noch irgendein weibliches Wesen in Schwarz. Pierre erinnerte sich, daß die Prinzessin immer Gesellschafterinnen um sich gehabt hatte, wußte aber nicht, wer und von welcher Art diese Gesellschafterinnen gewesen waren, und konnte sich dessen auch nicht entsinnen. „Das ist auch eine Gesellschafterin", dachte er, als er die schwarzgekleidete Dame sah.

Die Prinzessin erhob sich rasch, kam ihm entgegen und streckte ihm die Hand hin.

„Ja", sagte sie mit einem Blick auf sein verändertes Gesicht, nachdem er ihr die Hand geküßt hatte, „also so sehen wir uns jetzt wieder. Er hat auch in der letzten Zeit häufig von Ihnen gesprochen", setzte sie hinzu und ließ ihren Blick von Pierre zu der Gesellschafterin hinüberwandern. Pierre fiel dabei vorübergehend eine gewisse schüchterne Verlegenheit an ihr auf.

„Ich habe mich so gefreut, als ich von Ihrer Rettung hörte", fuhr sie fort. „Das war die einzige frohe Nachricht, die wir nach langer Zeit wieder bekamen."

Die Prinzessin sah sich abermals und noch unruhiger als vorhin nach der Gesellschafterin um und wollte etwas sagen, aber Pierre fiel ihr ins Wort.

„Sie können sich ja vorstellen, daß ich gar nichts von ihm wußte", sagte er. „Ich dachte, er wäre im Kampf getötet worden. Was ich von ihm hörte, das hörte ich so gesprächsweise, aus dritter Hand. Ich weiß nur, daß er zu Rostows geriet. Was für ein merkwürdiges Zusammentreffen."

Pierre hatte schnell und lebhaft gesprochen. Einmal fiel sein Blick auf das Gesicht der Gesellschafterin, und er gewahrte, daß ihre Augen mit freundlichem Interesse an ihm hingen, und nun hatte er, wie das während eines Gesprächs ja manchmal der Fall ist, das unbestimmte Gefühl, diese Gesellschafterin in Schwarz müsse doch ein liebes, gutes, prachtvolles Geschöpf sein, vor der er sich in seinem intimen Gespräch mit Prinzessin Marja nicht zu genieren brauchte. Bei seinen letzten Worten mit der Erwähnung der Familie Rostow nahm der Ausdruck von Verlegenheit auf Prinzessin Marjas Gesicht noch zu. Ihre Augen glitten wieder von Pierres Gesicht zu dem der schwarzgekleideten Dame herüber, und sie sagte:

„Sie erkennen sie am Ende gar nicht?"

Pierre schaute noch einmal in das blasse, feine Gesicht der Gesellschafterin mit den schwarzen Augen und dem eigentümlich geformten Mund. Etwas Vertrautes, längst Vergessenes, mehr als nur Sympathisches sah ihm aus diesen aufmerksamen Augen entgegen.

„Aber nein, es kann nicht sein", dachte er. „Dieses strenge, magere, bleiche, altgewordene Gesicht! Sie kann es gar nicht sein. Sie erinnert nur an sie." Allein in diesem Augenblick sagte Prinzessin Marja: „Natascha." Und nun lächelte das Gesicht mit den aufmerksamen Augen mühsam und angestrengt, und es war, als öffne sich eine eingerostete Tür, und plötzlich wehte Pierre aus dieser Tür jenes längst vergessene Glück entgegen, an das er lange nicht mehr gedacht hatte und am allerwenigsten in diesem Augenblick. Jetzt wehte es ihm entgegen wie ein Duft, hüllte ihn ein und nahm ihn ganz hin. Als sie lächelte, da gab es keinen Zweifel mehr: es war Natascha, und er liebte sie.

Ganz unwillkürlich offenbarte Pierre ihr, Prinzessin Marja und vor allem sich selbst gleich im ersten Augenblick das Geheimnis, das ihm selbst bisher unbewußt gewesen war. Er errötete freudig und schmerzlich zugleich. Er wollte seine Erregung verbergen, allein, je mehr er sie zu verbergen suchte, um so deutlicher offenbarte er es sich, ihr, der Prinzessin Marja, daß er Natascha liebte, deutlicher, als die klarsten Worte es vermocht hätten.

„Ach was, das hat nichts zu sagen, das ist nur, weil ich auf diese Begegnung so gar nicht vorbereitet war", dachte Pierre. Aber als er dann das unterbrochene Gespräch mit Prinzessin Marja wieder aufnehmen wollte, da mußte er doch gleich wieder Natascha ansehen, und jetzt bedeckte eine noch dunklere Röte sein Gesicht, und eine noch mächtigere Erregung von Freude und Bangigkeit kam über seine Seele. Er verhaspelte sich und blieb mitten in einem Satz stecken.

Daß Pierre Natascha nicht recht wahrgenommen hatte, das kam daher, daß er so gar nicht darauf vorbereitet war, sie hier zu treffen. Daß er sie aber nicht erkannt hatte, das lag an der ungeheuren Veränderung, die mit ihr vorgegangen war, seit er sie zuletzt gesehen hatte. Sie war abgemagert und blaß geworden. Aber das war es nicht, was es fast unmöglich gemacht hatte, sie wiederzuerkennen:

anfangs hatte er sie deswegen nicht erkennen können, weil auf diesem Gesicht, in dessen Augen früher immer ein heimliches Lächeln der Lebensfreude geglommen hatte, jetzt auch nicht der Schatten eines Lächelns gelegen hatte, als er hereingekommen war und den ersten Blick auf sie geworfen hatte. Nichts war dagewesen als ihre Augen, aufmerksame, gütige und traurig fragende Augen.

Pierres Verwirrung teilte sich Natascha nicht mit, sondern rief in ihr nur eine frohe Empfindung hervor, die ihr Gesicht mit einem kaum wahrnehmbaren Glanz übergoß.

XVII

„Sie ist bei mir zu Gast", sagte Prinzessin Marja. „Der Graf und die Gräfin kommen in den nächsten Tagen nach. Die Gräfin ist in einem furchtbaren Zustande. Natascha selbst hatte aber auch ärztliche Behandlung nötig. Sie haben sie mit Gewalt von Hause weggeschickt. Wir sind dann zusammen hierhergekommen."

„Ja, ob jetzt wohl eine Familie ist, die nicht ihren Kummer zu tragen hätte?" sagte Pierre zu Natascha. „Sie wissen ja, es war gerade an dem Tage, als wir befreit wurden. Ich habe ihn gesehen! Was war er doch für ein entzückender Junge!"

Natascha sah ihn an, ohne zu antworten, aber ihre Augen weiteten sich und leuchteten auf.

„Was läßt sich da sagen oder ausdenken, um einen zu trösten?" meinte Pierre. „Nichts. Warum mußte so ein herrlicher, lebenstrotzender Junge sterben?"

„Ja, in unserer Zeit müßte es schwer sein, ohne Glauben zu leben ...", fing Prinzessin Marja an.

„Ja, ja. Das ist es, das ist es!" fiel Pierre ihr hastig ins Wort.

„Warum schwer?" fragte Natascha und sah Pierre aufmerksam in die Augen.

„Warum?" wiederholte Prinzessin Marja. „Allein schon der Gedanke daran, was uns jenseits des Grabes ..."

Natascha hörte nicht weiter, was Prinzessin Marja sagte, und sah Pierre wieder fragend an.

„Und dann auch, weil nur der Mensch, der an einen alles lenkenden Gott glaubt, einen Verlust ertragen kann, wie es der der Prinzessin Marja ist und ... und Ihrer", sagte Pierre.

Natascha hatte den Mund schon geöffnet, um etwas zu sagen, hielt dann aber plötzlich inne. Pierre wandte den Blick rasch von ihrem Gesicht und fragte Prinzessin Marja nach den letzten Lebenstagen seines Freundes.

Pierres Verlegenheit war jetzt fast ganz fort, aber gleichzeitig fühlte er, daß auch seine ganze frühere Freiheit fort war. Er fühlte, daß es jetzt für jedes seiner Worte, jede seiner Handlungen einen Richter gab, dessen Urteil ihm mehr galt als das Urteil aller Menschen auf der Welt. Sprach er jetzt, so suchte er sich auch schon im gleichen Augenblick den Eindruck vorzustellen, den seine Worte auf Natascha machten. Er legte seine Worte nicht gerade darauf an, ihr zu gefallen, aber was er auch sagte, er beurteilte dabei sich selbst von ihrem Gesichtspunkt aus.

Verständlicherweise hatte Prinzessin Marja anfangs nur widerwillig davon erzählt, wie sie den Fürsten Andrej vorgefunden hatte. Allein Pierres Fragen, die lebhafte und unruhige Sprache seiner Augen, sein vor Aufregung zuckendes Gesicht ließen sie allmählich auf Einzelheiten eingehen, die sie für sich selbst in ihre Erinnerung zurückzurufen sich gescheut hätte.

„Ja, ja, also so war es", sagte Pierre, mit dem ganzen Oberkörper zu Prinzessin Marja vorgebeugt und ihre Erzählung mit größter Begier aufnehmend. „Ja, ja, also er war ruhiger geworden? Weicher als früher? Er hat mit allen Kräften seiner Seele immer so sehr nach diesem einen getrachtet: ein vollkommener Mensch zu werden, daß er gar keine Todesfurcht haben konnte. Die Mängel, die ihm anhafteten, wenn er überhaupt welche hatte, die stammten nicht aus ihm selbst. Also weicher war er geworden?" Dann wandte er sich plötzlich zu Natascha, sah sie mit Tränen in den Augen an und sagte: „Was für ein Glück, daß er Sie wiedersehen durfte."

Über Nataschas Gesicht lief ein Zittern. Sie zog die Augenbrauen zusammen und sah einen Augenblick zu Boden. Ein wenig schwankte sie noch, ob sie reden sollte oder nicht.

„Ja, das war ein Glück", sagte sie mit leiser Bruststimme. „Für mich war es bestimmt ein Glück." Eine Weile schwieg sie und fuhr dann fort: „Und er ... er ... er sagte, er habe es sich gerade in dem Augenblick gewünscht, als ich zu ihm kam ..."

Natascha versagte die Stimme. Sie wurde rot, verkrampfte die um die Knie geschlungenen Hände, hob dann plötzlich mit einer Selbstüberwindung, die ihr offenbar nicht leichtfiel, den Kopf und sagte schnell:

„Wir wußten noch von nichts, als wir von Moskau abfuhren. Ich wagte gar nicht, nach ihm zu fragen. Und dann sagte Sonja mir plötzlich, er sei unter unseren Verwundeten. Ich konnte nichts denken und mir gar kein Bild von seinem Zustand machen, ich fühlte nur, daß ich ihn sehen und bei ihm sein mußte."

Ihre Stimme zitterte, und sie atmete keuchend.

Und ohne sich durch irgendwelche Zwischenfragen unterbrechen zu lassen, erzählte sie, was sie noch keinem Menschen erzählt hatte:

alles, was sie in diesen drei Wochen unterwegs und in Jaroslawl durchgemacht hatte.

Pierre hörte ihr mit offenem Munde zu, sah sie unverwandt an und hatte die Augen voll von Tränen. Er hörte ihr zu und war mit seinen Gedanken weder beim Fürsten Andrej, noch beim Tode, noch bei dem, was sie da erzählte. Er hörte ihr nur zu und empfand nur Mitleid mit ihr, um dessentwillen, was sie jetzt beim Erzählen leiden mußte.

Die Prinzessin hatte ein ganz verzerrtes Gesicht, so viel Gewalt mußte sie sich antun, um sich der Tränen zu erwehren. Sie saß neben Natascha und hörte jetzt zum ersten Male die Geschichte dieser letzten Liebestage ihres Bruders und Nataschas.

Diese qualvolle und zugleich beglückende Erzählung war für Natascha offenbar eine Notwendigkeit.

In ihrer Erzählung gingen die belanglosesten Einzelheiten mit den abgründigsten seelischen Mysterien wirr durcheinander, und es war, als könne sie gar kein Ende finden. Manchmal wiederholte sie das gleiche mehrere Male.

Hinter der Tür hörte man jetzt Dessales fragen, ob Nikoluschka hereinkommen dürfe, um Gute Nacht zu sagen.

„Ja, und das ist auch alles, das ist alles", sagte Natascha.

Sie stand rasch auf, gerade als Nikoluschka hereinkam, ging, beinah laufend zur Tür, stieß mit dem Kopf gegen den von der Portiere verdeckten Türrahmen und stürzte dann hinaus, mit einem Stöhnen, halb von körperlichem Schmerz, halb von seelischem Kummer erpreßt.

Pierre starrte auf die Tür, die sich hinter ihr geschlossen hatte, und konnte gar nicht begreifen, wie es zugegangen war, daß er nun plötzlich so gänzlich allein auf der Welt war. Prinzessin Marja weckte ihn aus seiner Versunkenheit, indem sie ihn auf ihren inzwischen hereingekommenen Neffen aufmerksam machte. Nikoluschkas seinem Vater so ähnliche Gesicht machte Pierre in diesem Augenblick innerer Erschütterung und Rührung einen solchen Eindruck, daß er Nikoluschka nur schnell küßte und dann hastig aufstand, sein Taschentuch hervorzog und ans Fenster ging.

Als Pierre sich bald darauf von Prinzessin Marja verabschieden wollte, hielt sie ihn noch zurück.

„Aber nein", sagte sie, „Natascha und ich gehen manchmal doch erst gegen drei Uhr schlafen. Bitte, bleiben Sie noch ein Weilchen da. Ich will jetzt dafür sorgen, daß das Abendessen serviert wird. Gehen Sie einstweilen nach unten, wir kommen gleich nach."

Bevor Pierre hinausging, sagte die Prinzessin noch:

„Das war das erstemal, daß sie in dieser Weise über ihn gesprochen hat."

XVIII

Pierre wurde in das große, hellerleuchtete Eßzimmer geführt. Nach einigen Minuten hörte er Schritte, und die Prinzessin und Natascha kamen herein. Natascha war ruhig, obwohl von ihrem alten Lächeln noch immer nichts zu sehen war, sondern ein strenger Ernst aus ihrem Gesicht sprach. Prinzessin Marja, Natascha und Pierre empfanden gleichermaßen jenes Gefühl der Befangenheit, das sich gewöhnlich einstellt, wenn man ein ernstes und wirklich herzöffnendes Gespräch hinter sich hat. In solchen Fällen ist es unmöglich, das Gespräch von vorhin wieder aufzunehmen, man schämt sich gewissermaßen, von belanglosen Dingen zu reden, und es erscheint einem bedrückend, gar nichts zu sagen, weil man doch gern sprechen möchte und ein Schweigen in solchen Augenblicken etwas Erzwungenes und Gekünsteltes hat. Sie gingen schweigend zu Tisch. Die Diener rückten die Stühle ab und schoben sie wieder heran. Pierre schlug die kalte Serviette auseinander und sah dann Natascha und Prinzessin Marja an, fest entschlossen, das Schweigen zu brechen. Offenbar hatten beide gleichzeitig denselben Beschluß gefaßt, und nun glänzte in beider Augen das Eingeständnis dessen, daß es im Leben schließlich auch Dinge gab, mit denen man zufrieden sein konnte, und daß es nicht nur Kummer, sondern auch Freuden zu geben hatte.

„Trinken Sie einen Schnaps, Graf?" fragte Prinzessin Marja, und diese Worte scheuchten die Schatten der Vergangenheit mit einem Schlag davon. „Erzählen Sie uns doch etwas von Ihren Erlebnissen, man berichtet ja die unwahrscheinlichsten Wunder von Ihnen."

„Ja", sagte Pierre mit jenem Lächeln sanften Spottes, das ihm jetzt schon ganz zur Gewohnheit geworden war. „Sogar mir erzählt man solche Wunder, wie ich sie nicht einmal im Traum gesehen habe. Marja Abramowna hatte mich neulich zu sich eingeladen und hat mir dann ununterbrochen erzählt, was mir alles passiert sei oder doch hätte passieren müssen. Stepan Stepanytsch hat mir auch gute Lehren gegeben, nämlich wie ich meine Abenteuer erzählen sollte. Überhaupt habe ich die Beobachtung gemacht, daß es sehr behaglich und erholsam ist, ein interessanter Mensch zu sein — und ein interessanter Mensch bin ich jetzt ja —: man lädt mich ein und erzählt mir was."

Natascha lächelte und wollte eine Bemerkung machen, aber Prinzessin Marja fiel ihr ins Wort und sagte:

„Es heißt, Sie hätten hier in Moskau Verluste in Höhe von zwei Millionen gehabt. Stimmt das?"

„Und dabei bin ich dreimal so reich geworden, wie ich vorher war", erwiderte Pierre.

Pierre pflegte immer noch zu behaupten, er sei dreimal so reich geworden wie vorher, obwohl sich angesichts der Schulden seiner Frau und der in Aussicht genommenen Wiederherstellung seiner Häuser seine Vermögensverhältnisse durchaus verändert hatten.

„Daß ich gewonnen habe, das unterliegt keinem Zweifel", sagte er ernsthaft. „Allein schon, weil ich meine Freiheit..." Er besann sich und brach ab, weil ihm dieses Thema doch zu egozentrisch erschien.

„Und Sie bauen wieder?"

„Ja, Saweljitsch hat es so bestimmt."

„Sagen Sie, Sie wußten noch nichts vom Tode der Gräfin, als Sie damals hier in Moskau zurückblieben?" fragte Prinzessin Marja und wurde im selben Augenblick schon rot, weil ihr einfiel, sie unterschöbe seinen Worten mit dieser zeitlich an seine Äußerung über die wiedergewonnene Freiheit anknüpfenden Frage vielleicht einen Sinn, den er gar nicht hatte hineinlegen wollen.

„Nein", erwiderte Pierre, der offenbar in der Deutung, die Prinzessin Marja seiner Bemerkung über die wiedererlangte Freiheit gab, nichts Verfängliches fand. „Ich erfuhr es gleich bei meiner Befreiung, und Sie können sich gar keinen Begriff davon machen, wie erschüttert ich war. Wir waren nicht gerade vorbildliche Eheleute", sagte er rasch, als er bei einem Blick auf Natascha sah, wie gespannt sie darauf wartete, in welcher Weise er von seiner Frau sprechen würde. „Aber dieses Ende hat mich doch furchtbar erschüttert. Wenn zwei Menschen schlecht miteinander stehen, so sind immer alle beide daran schuld. Und die eigene Schuld lastet plötzlich so furchtbar schwer auf einem, sobald der andere nicht mehr ist. Und dann, solch ein Tod: ohne Freunde, ohne Tröstung! Es ist mir sehr, sehr leid um sie", schloß er und las mit Genugtuung auf Nataschas Gesicht, wie erfreut und beifällig sie diese Äußerungen aufnahm.

„Ja, und nun sind Sie wieder ledig und Heiratskandidat", sagte Prinzessin Marja.

Pierre wurde plötzlich dunkelrot und zwang sich eine geraume Weile, Natascha nicht anzusehen. Als er sich das endlich wieder gestattete, sah er auf ihrem Gesicht einen kalten, strengen und, wie es ihm scheinen wollte, einen verachtungsvollen Ausdruck.

„Aber Napoleon haben Sie doch tatsächlich gesehen und gesprochen, wie man uns erzählt hat?" fragte Prinzessin Marja.

Pierre lachte.

„Keine Spur! Alle scheinen zu glauben, Gefangenschaft wäre identisch mit Zu-Besuch-sein bei Napoleon. Nicht nur, daß ich ihn nicht gesehen habe, ich habe nicht einmal etwas von ihm gehört. Ich war in viel, viel schlechterer Gesellschaft."

Das Abendessen neigte sich seinem Ende zu, und Pierre, der anfangs nicht von seiner Gefangenschaft hatte erzählen wollen, kam allmählich doch ins Erzählen.

„Aber das stimmt doch, daß Sie hier in Moskau zurückblieben, um Napoleon zu ermorden?" fragte Natascha mit einem leichten Lächeln. „Ich dachte es mir gleich, als wir Sie damals beim Sucharewturm trafen, wissen Sie noch?"

Pierre gab das zu und geriet nun, von den Fragen, die Prinzessin Marja, noch mehr aber Natascha an ihn richtete, geleitet, allmählich in eine ausführliche Schilderung seiner Abenteuer hinein.

Anfangs erzählte er mit jener sanften Ironie, mit der er jetzt auf die Menschen, noch mehr aber auf sich selbst sah; dann aber, als er auf die Greuel und Jammerszenen zu sprechen kam, deren Zeuge er gewesen war, da geriet er in Eifer, ohne es selbst zu merken, und sprach mit der gebändigten Erregung eines Menschen, der in seiner Erinnerung noch einmal die starken Eindrücke des Erlebten auf sich wirken läßt.

Prinzessin Marja sah mit einem sanften Lächeln bald Pierre, bald Natascha an. Aus allem, was er erzählte, sprach zu ihr nur Pierre und seine große Herzensgüte. Natascha hielt den Kopf in die Hand gestützt und folgte, ohne einen Augenblick in ihrer gespannten Aufmerksamkeit nachzulassen, Pierres Erzählung; ihr Gesichtsausdruck wechselte unaufhörlich, je nachdem, was Pierre gerade erzählte, und offenbar erlebte sie alles noch einmal mit ihm. Nicht nur ihre Blicke, sondern auch ihre Ausrufe und kurzen Zwischenfragen zeigten Pierre, daß sie aus seiner Erzählung immer gerade das heraushörte, worauf es ihm ankam. Es war deutlich zu merken, daß sie nicht nur das in sich aufnahm, was er erzählte, sondern auch das, was er nicht recht in Worte zu fassen vermochte, so gern er es gewollt hätte. Als er an die Episode mit dem Kind und der Frau kam, für die er eintreten wollte, und die dann zum Anlaß seiner Verhaftung wurde, da schilderte er den Hergang folgendermaßen: „Es war ein grauenhafter Anblick, diese verlassenen Kinder, manche in den Flammen ... ich war dabei, wie ein Kind gerettet wurde ... Frauen, denen die Franzosen ihre Habseligkeiten wegrissen, die Schmucksachen fortnahmen ... " Pierre errötete und blieb stecken.

„Dann kam eine Patrouille, und alle Männer außer denen, die geplündert hatten, wurden verhaftet. Also ich auch", sagte er schließlich.

„Sie haben uns bestimmt nicht alles erzählt. Sie haben bestimmt noch irgend etwas Besonderes getan", meinte Natascha, machte eine kleine Pause und setzte dann hinzu: „Etwas Schönes."

Pierre fuhr in seiner Erzählung fort. Als er an die Exekution kam, wollte er die grauenvollen Einzelheiten übergehen, Natascha bestand aber darauf, daß er nichts ausließ.

Pierre wollte gerade von Karatajew erzählen – er war schon aufgestanden und wanderte im Zimmer auf und ab, und Natascha folgte ihm mit ihren Blicken –, brach dann aber ab.

„Nein, was ich von ihm gelernt habe, das können Sie doch nicht verstehen, von diesem schlichten Analphabeten, diesem einfältigen Toren."

„Nein, nein, Sie müssen alles erzählen", sagte Natascha. „Und was ist aus ihm geworden?"

„Totgeschossen, fast in meiner nächsten Nähe."

Und nun schilderte Pierre die letzte Zeit des Rückzuges, berichtete von Karatajews Krankheit und von seinem Sterben, und dabei zitterte seine Stimme unausgesetzt.

Pierre erzählte seine Erlebnisse so, wie er sie selbst in der Rückerinnerung noch nie gesehen hatte. In allem Erlebten glaubte er jetzt einen Sinn zu sehen, der ihm bisher noch gar nicht aufgegangen war. Jetzt, während er all dieses Natascha erzählte, empfand er jene seltene Freude, die Frauen einem Manne mit ihrem Zuhören machen können, nicht die sogenannten klugen Frauen, die beim Zuhören nur danach trachten, entweder das Gehörte ihrem Gedächtnis einzuverleiben, um damit ihren inneren Besitz zu vermehren und es gelegentlich wieder von sich geben zu können, oder ihre eigenen Gedanken dagegenzusetzen und so schnell wie möglich einige kluge Redensarten vorzubringen, die sie sich in der winzigen Werkstätte ihres Verstandes hergestellt haben, sondern die Frauen, die diesen Namen wirklich verdienen, weil sie die echt weibliche Fähigkeit haben, aus allem, was der Mann vorbringt, das Beste herauszufühlen und in sich zu saugen. Nataschas ganzes Wesen war jetzt, ohne daß sie selbst es wußte, ganz Aufmerksamkeit und Aufnahmebereitschaft: kein Wort, keine stimmliche Nuance, kein Blick, keine Zukkung eines Gesichtsmuskels, keine Gebärde Pierres konnten ihr entgehen. Das noch nicht einmal ausgesprochene Wort fing sie im Fluge auf und trug es geradeswegs in ihr weit offenstehendes Herz und erfühlte den verborgenen Sinn allen Kampfes und aller Arbeit, die Pierres Seele erfüllt hatten.

Prinzessin Marja hatte wohl volles Verständnis und herzliches Interesse für Pierres Erzählung, allein sie sah jetzt etwas anderes, das all ihre Gedanken an sich zog: sie sah die Möglichkeit einer Liebe Nataschas und Pierres, die beide glücklich machen mußte. Und dieser Gedanke, der ihr jetzt zum erstenmal gekommen war, füllte ihr ganzes Herz mit Freude.

Es war drei Uhr nachts. Die Diener kamen mit verdrießlichen und vorwurfsvollen Gesichtern, um neue Kerzen zu bringen, allein niemand beachtete sie.

Pierre war mit seiner Erzählung zu Ende. Natascha sah ihn immer noch mit ihren leuchtenden, lebensvollen Augen unverwandt und aufmerksam an, als würde sie gern auch noch hinter das kommen, was er vielleicht ausgelassen hatte. Pierre hob hin und wieder in schamhafter und glücklicher Verlegenheit den Blick zu ihr und suchte sich irgend etwas auszudenken, was er jetzt vorbringen könnte, um dem Gespräch eine andere Richtung zu geben. Prinzessin Marja sagte nichts. Keiner kam darauf, daß es schon drei Uhr nachts und Schlafengehenszeit war.

„Man spricht immer von Unglück und Leiden", sagte Pierre, „aber wenn man mich jetzt, hier in diesem Augenblick, fragte: willst du wieder sein, was du vor deiner Gefangenenzeit warst, oder das alles noch einmal von vorne erleben? – um Gottes willen, dann schon lieber noch einmal Gefangenschaft und Pferdefleisch! Wir denken immer, wenn wir von unserem ausgetretenen Gewohnheitspfad geworfen werden: jetzt ist alles verloren! Und gerade dann fängt doch für uns das Neue, das Bessere an. Solange es noch ein Leben gibt, solange gibt es auch noch ein Glück. Wieviel, wieviel liegt doch noch vor einem! Das möchte ich auch besonders Ihnen sagen", sagte er zu Natascha.

„Ja, ja", erwiderte sie, als habe sie auf etwas ganz anderes zu antworten, „ich möchte ja auch nichts anderes wünschen, als nur alles noch einmal von Anfang an zu erleben."

Pierre sah sie aufmerksam an.

„Ja, sonst nichts!" bekräftigte Natascha.

„Das stimmt doch nicht, das stimmt doch nicht!" rief Pierre. „Es ist doch nicht meine Schuld, daß ich lebe und leben will, und bei Ihnen liegt das doch genau ebenso."

Natascha ließ plötzlich den Kopf in die Hände sinken und begann zu weinen.

„Was hast du, Natascha?" fragte Prinzessin Marja.

„Nichts, nichts." Durch einen Schleier von Tränen hindurch lächelte sie Pierre zu. „Leben Sie wohl, es ist Zeit zum Schlafengehen."

Pierre stand auf und verabschiedete sich.

*

Wie jeden Abend, sprachen Prinzessin Marja und Natascha noch eine Zeitlang im Schlafzimmer miteinander. Ihr Gespräch bewegte sich um Pierres Erzählung. Was sie von ihm selbst dachte, äußerte Prinzessin Marja nicht. Und auch Natascha sprach nicht von ihm.

„Jetzt also gute Nacht, Marie", sagte Natascha. „Weißt du, wir sprechen doch nur deswegen nicht von ihm", sie meinte den Fürsten Andrej, „weil wir uns scheuen, unsere Empfindungen breitzutreten und zu profanieren, aber ich fürchte manchmal, auf diese Weise vergessen wir ihn allmählich."

Prinzessin Marja seufzte betrübt und räumte mit diesem Seufzer die Berechtigung dessen ein, was Natascha gesagt hatte, mußte ihr aber doch widersprechen.

„Ja, kann denn das überhaupt sein, daß wir ihn vergessen?" meinte sie.

„Ich habe es heute als eine solche Wohltat empfunden, daß ich mir einmal alles von der Seele erzählte, es war wohl schwer und es tat weh, aber es war doch gut. Es war sehr gut", sagte Natascha. „Ich bin gewiß, er hat ihn sehr gern gehabt. Darum habe ich es ihm auch erzählt ... Es ist doch nicht schlimm, daß ich es ihm erzählt habe?" fragte sie dann und war plötzlich rot geworden.

„Pierre? O nein! Er ist doch ein wundervoller Mensch", antwortete Prinzessin Marja.

„Weißt du, Marie", sagte Natascha und hatte plötzlich wieder ihr altes lustiges Lächeln, das Prinzessin Marja lange nicht mehr an ihr gesehen hatte. „Ich finde, er ist gewissermaßen so sauber und frisch und glatt, als käme er geradeswegs aus der Badewanne. Verstehst du, sozusagen aus einer moralischen Badewanne. Habe ich nicht recht?"

„Ja", antwortete Prinzessin Marja. „Er hat sich sehr zu seinem Vorteil verändert."

„Und dieser kurze Überrock und diese kurzen Haare ... Genau, aber auch ganz genau wie aus der Badewanne ... an Papa kenne ich so etwas auch ..."

„Ich kann es gut verstehen, daß ‚er' keinen Menschen so gern gehabt hat wie ihn", sagte Prinzessin Marja und dachte an den Fürsten Andrej.

„Ja, und dabei ist er doch so ganz anders. Es heißt ja, Männer freunden sich gerade miteinander an, wenn sie ganz verschieden sind. Das muß wohl stimmen. Wirklich, er hat doch nicht die geringste Ähnlichkeit mit ihm, aber auch nicht die geringste, findest du nicht auch?"

„Ja, und dabei ist er doch wundervoll."

„Na, jetzt gute Nacht", antwortete Natascha.

Und das lustige Lächeln blieb noch lange auf ihrem Gesicht liegen, als habe sie es dort vergessen.

XIX

Pierre konnte in dieser Nacht lange keinen Schlaf finden; er ging im Zimmer auf und nieder, bald die Stirn in Falten legend, wie einer, der mit schwerwiegenden Gedanken beschäftigt ist, bald plötzlich auffahrend und die Achseln zuckend, bald glücklich vor sich hin lächelnd.

Er dachte an den Fürsten Andrej, an Natascha, an beider Liebe zueinander. Bald empfand er Eifersucht auf Nataschas Vergangenheit, bald schalt er sich selbst deswegen, bald verzieh er es sich wieder. Es war schon sechs Uhr früh, und immer noch wanderte er in seinem Zimmer auf und nieder.

„Na, was ist da zu machen? Wenn es nun gar nicht anders geht? Was ist da zu machen? Also, dann muß es eben sein", sagte er zu sich selbst, zog sich rasch aus und legte sich ins Bett, glücklich und aufgeregt, aber befreit von Zweifeln und Unschlüssigkeit.

„Dieses Glück mag mir noch so sonderbar, ja, noch so unmöglich vorkommen, es muß alles getan werden, damit wir Mann und Frau werden", sagte er.

Pierre hatte noch ganz vor kurzem den kommenden Freitag zum Tag seiner Abreise nach Petersburg bestimmt. Als er jetzt erwachte – es war Donnerstag –, da kam Saweljitsch zu ihm, um Weisungen wegen des Einpackens einzuholen.

„Wieso nach Petersburg? Was heißt das: Petersburg? Wer soll nach Petersburg?" fragte er sich unwillkürlich, wenn auch nur in Gedanken. „Ja, vor langer Zeit habe ich einmal an irgend so etwas gedacht, ja, bevor das da gekommen ist, da dachte ich allerdings einmal daran, aus irgendeinem Grunde nach Petersburg zu fahren", entsann er sich dann. „Schließlich, warum nicht? Vielleicht fahre ich auch. Was für ein guter, vorsorglicher Mensch er doch ist, an alles denkt er!" dachte er, als sein Blick dann wieder Saweljitschs altem Gesicht begegnete. „Und was für ein sympathisches Lächeln er hat!"

„Wie ist es damit, hast du noch immer keine Lust, freigelassen zu werden, Saweljitsch?" fragte Pierre.

„Was sollte ich damit anfangen, Ew. Erlaucht? Beim alten Grafen, Gott habe ihn selig!, bin ich doch schon gern gewesen, und von Ihnen habe ich doch auch nie etwas Böses erfahren."

„Na, und deine Kinder?"

„Die werden ebensogut aushalten wie ich, Ew. Erlaucht. Bei solchen Herren kann man schon leben."

„Na, aber meine Erben?" warf Pierre ein. „Womöglich heirate ich plötzlich . . . das könnte ja schließlich passieren", setzte er mit einem unwillkürlichen Lächeln hinzu.

„Wenn ich mir die Freiheit nehmen darf: das wäre gar nicht schlecht. Ew. Erlaucht."

„Na ja, er glaubt, das wäre so einfach", dachte Pierre. „Er weiß nicht, wie furchtbar und wie gefährlich das ist. Entweder überstürzt man es oder verschleppt es . . . schauderhaft!"

„Also was belieben Sie zu befehlen? Belieben Sie morgen zu fahren?" fragte Saweljitsch.

„Nein, ich will es noch ein wenig verschieben. Ich sage dir dann schon noch Bescheid. Nichts für ungut, daß ich dir jetzt die Schererei gemacht habe", sagte Pierre, und als er dann Saweljitsch lächeln sah, da dachte er: „Wie merkwürdig ist das doch, er weiß noch gar nicht, daß mir jetzt ganz Petersburg gestohlen werden kann und vor allem erst das eine entschieden werden muß, übrigens weiß er es ganz bestimmt und tut nur so, als wüßte er von nichts. Soll ich mit ihm davon sprechen? Wie wird er sich dazu stellen? Nein, ein anderes Mal, später."

Beim Frühstück erzählte Pierre der Prinzessin, daß er gestern bei Prinzessin Marja gewesen war und dort, „also können Sie sich vorstellen, wen?" getroffen habe: Natascha Rostowa.

Die Prinzessin gab sich den Anschein, als könne sie in dieser Mitteilung ebensowenig etwas Außergewöhnliches erblicken, als wenn Pierre ihr erzählt hätte, er hätte Anna Semeonowna gesehen.

„Kennen Sie sie? fragte Pierre.

„Ich habe die Prinzessin wohl hin und wieder gesehen", antwortete sie. „Ich habe einmal gehört, sie sollte den jungen Rostow heiraten. Für die Rostows wäre das ja sehr gut gewesen. Man sagt ja, sie sollen sehr schlimm dran sein."

„Nein, ob Sie die Rostowa kennen?"

„Ich habe damals nur von dieser Geschichte reden hören. Sehr wenig erfreulich."

„Nein, sie versteht mich nicht oder sie tut wenigstens so", dachte Pierre. „Am besten sage ich ihr auch nichts."

Ebenso wie Saweljitsch hatte auch die Prinzessin ihrerseits Anteil an Pierres Reisevorbereitungen genommen und ihm den Proviant für unterwegs hergerichtet.

„Wie gut sie alle sind", dachte Pierre, „daß sie sich jetzt noch mit all diesen Dingen zu schaffen machen, die sie doch unmöglich mehr interessieren können. Und alles nur meinetwegen, das ist doch wirklich zum Erstaunen!"

Am gleichen Tage kam der Polizeimeister zu Pierre und legte ihm nahe, doch irgend jemand mit einer Vollmacht in den Facettenpalast zu schicken, wo heute die Ausgabe der zusammengeschleppten Sachen an ihre Eigentümer stattfinden sollte.

„Und auch der", dachte Pierre während seines Gesprächs mit dem Polizeimeister, „was für ein famoser, gut aussehender Offizier und was für ein sympathischer Mensch! Gerade jetzt, wo er doch sicher alle Hände voll zu tun hat, kümmert er sich noch um solche Bagatellen. Und da heißt es noch, er sei bestechlich und verstünde es, seinen Vorteil wahrzunehmen. So ein Unsinn! Und wenn auch, warum sollte er denn nicht? Er ist doch darauf erzogen. Und so machen es ja alle. Aber was er für ein sympathisches, freundliches Gesicht hat und wie er mir zulächelt."

Pierre fuhr zum Mittagessen zu Prinzessin Marja.

Während er durch die Straßen fuhr, vorbei an den niedergebrannten Häusern, erstaunte er immer wieder über die Schönheit dieser Trümmer. Die Schornsteine der Häuser, die verfallenen Mauern, malerisch, an den Rhein und das Kolosseum gemahnend, erstreckten sich weithin durch die vom Brande betroffenen Stadtviertel, Ruine hinter Ruine. Alle, die er unterwegs sah, die Kutscher, die Lohnschlitten und deren Insassen, die Balken behauenden Zimmerleute, die Straßenhändlerinnen und Budenbesitzer, alle sahen sie Pierre mit strahlenden, lustigen Gesichtern an, als wollten sie sagen: „Na, da ist er ja! Also dann wollen wir mal sehen, was das jetzt geben wird!"

Als er Prinzessin Marjas Haus betrat, da schien es ihm plötzlich durchaus nicht sicher, daß er gestern hier gewesen sei und Natascha gesehen und gesprochen haben sollte. „Vielleicht habe ich mir das nur ausgedacht. Vielleicht komme ich hinein und kriege keinen Menschen zu sehen." Aber er war noch nicht im Zimmer, als er schon mit allen Fasern seines Wesens ihre Gegenwart spürte, die sich ihm darin kundgab, daß seine Freiheit plötzlich wieder fort war.

Natascha hatte wieder das weichfaltige schwarze Kleid und die Frisur von gestern und war dabei doch eine ganz andere. Wenn sie gestern, als er ins Zimmer kam, so ausgesehen hätte, er hätte sie augenblicks erkannt.

Sie war jetzt wieder die, die er gekannt hatte, als sie noch fast ein Kind, und dann, als sie die Braut des Fürsten Andrej gewesen war. Im Leuchten ihrer Augen lag etwas Fragendes, und der Ausdruck ihres Gesichts war freundlich und nicht ohne eine gewisse Spitzbüberei.

Nach dem Diner wäre Pierre am liebsten noch den ganzen Abend über dageblieben, allein Prinzessin Marja wollte zum Vigilgottesdienst, und Pierre schloß sich den beiden an.

Andern Tages kam er schon in aller Frühe, blieb zum Essen da und verbrachte dort auch den Rest des Tages. Obgleich Prinzessin Marja und Natascha sich offenbar sehr freuten, ihn bei sich zu haben, und obgleich dieses Haus für Pierre jetzt zum Mittelpunkt seines Lebens geworden war, so hatten sie sich gegen Abend doch so ausgegeben, daß sie nicht mehr recht wußten, wovon sie reden sollten, und so ging das Gespräch nur noch zwischen gleichgültigen Themen hin und her und geriet oft ins Stocken. Pierre blieb so lange, daß Prinzessin Marja und Natascha schließlich in später Abendstunde schon miteinander Blicke zu wechseln begannen und offenbar erwarteten, er möchte doch endlich aufbrechen. Pierre merkte das und konnte doch nicht weggehen. Er fühlte sich bedrückt und befangen, blieb aber unentwegt sitzen, weil er einfach nicht imstande war, aufzustehen und sich zu verabschieden.

Prinzessin Marja sah, daß man auf diese Weise zu keinem Ende kommen konnte, stand als erste auf, klagte über Migräne und wollte sich zurückziehen.

„Und morgen fahren Sie nun nach Petersburg?" fragte sie.

„Nein, ich fahre nicht", antwortete Pierre hastig, verwundert und beinahe beleidigt. „Ja ... nein ... nach Petersburg? Doch, ich fahre morgen. Aber ich wollte mich noch nicht heute verabschieden. Ich spreche noch einmal vor, vielleicht haben Sie mir noch Bestellungen aufzutragen."

Er errötete, blieb aber immer noch vor Prinzessin Marja stehen und machte keine Anstalten aufzubrechen.

Natascha gab ihm die Hand und zog sich zurück. Prinzessin Marja dagegen setzte sich, statt ebenfalls hinauszugehen, in einen Sessel und sah Pierre mit ihrem leuchtenden, tiefen Blick ernst und forschend an. Die Müdigkeit, die sie vorhin so unverkennbar bekundet hatte, war jetzt gänzlich fort. Sie ließ einen schweren, lange anhaltenden Seufzer hören, und es war, als wolle sie sich mit diesem Seufzer zu einem langen Gespräch bereitmachen.

Kaum war Natascha fort, als auch Pierres Verlegenheit und Befangenheit augenblicks verschwanden und statt dessen eine aufgeregte Lebhaftigkeit über ihn kam. Mit einer raschen Bewegung rückte er auf seinem Sessel dicht an den der Prinzessin Marja heran.

„Ja, ich wollte Ihnen etwas sagen", sagte er und beantwortete damit eine Frage, die sie nicht mit Worten, aber mit ihrem Blick an ihn gerichtet hatte. „Prinzessin, helfen Sie mir. Was soll ich tun? Kann ich mir Hoffnung machen? Prinzessin, liebe, gute Prinzessin, hören Sie mich an. Ich weiß alles, ich weiß, daß ich ihrer nicht wert bin. Ich weiß, daß es zur Zeit noch nicht möglich ist, mit ihr davon anzufangen. Aber ich will ihr Bruder sein. Nein, das nicht, ich will das nicht, ich kann das auch nicht und ..."

Er hielt inne und fuhr sich mit der Hand über Gesicht und Augen.

„Also, die Sache ist doch die", fuhr er fort und mußte sich offenbar Gewalt antun, um zusammenhängend zu reden. „Ich weiß nicht, seit wann ich sie liebe. Aber ich habe mein ganzes Leben lang nur sie, sie ganz allein geliebt und liebe sie so, daß ich mir kein Leben ohne sie denken kann. Sie jetzt schon um ihre Hand zu bitten, das wage ich nicht, aber der Gedanke, sie könnte vielleicht mein werden und ich ... ich verpaßte diese ... diese Möglichkeit, das wäre grauenvoll. Sagen Sie, darf ich mir Hoffnung machen? Sagen Sie, was soll ich tun?"

Sie antwortete nicht, er schwieg eine Weile, faßte dann ihre Hand und sagte beschwörend: „Liebe Prinzessin!"

„Ich denke darüber nach, was Sie mir da gesagt haben", erwiderte sie dann. „Und da muß ich Ihnen sagen: Sie haben recht, jetzt ihr von Liebe zu sprechen, das ..."

Die Prinzessin hielt inne. Sie hatte sagen wollen: „Jetzt ihr von Liebe zu sprechen, das wäre unmöglich", war aber mitten im Satz verstummt, im Gedanken daran, daß sie ja seit drei Tagen Zeugin jener plötzlich mit Natascha geschehenen Veränderung war und daß Natascha ganz bestimmt keineswegs verletzt sein würde, wenn Pierre ihr seine Liebe erklärte, sondern im Gegenteil nichts wünschte als das.

„Jetzt ihr von Liebe zu sprechen ... das geht nicht", sagte Prinzessin Marja dennoch.

„Aber was soll ich denn tun?"

„Vertrauen Sie mir die ganze Sache an", antwortete Prinzessin Marja. „Ich weiß ..."

Pierre starrte ihr in die Augen.

„Also? Also?" sagte er.

„Ich weiß, Natascha liebt Sie ... das heißt, sie wird Sie liebgewinnen", verbesserte Prinzessin Marja sich selbst.

Sie hatte diese Worte noch kaum ausgesprochen, als Pierre auch schon aufsprang und mit förmlich bestürztem Gesicht Prinzessin Marja bei der Hand faßte.

„Woher wollen Sie das wissen? Sie glauben, ich darf mir Hoffnung machen? Sie glauben?"

„Ja, ich glaube wohl", antwortete Prinzessin Marja lächelnd. „Schreiben Sie an Nataschas Eltern und überlassen Sie das Weitere mir. Ich will es Natascha sagen, sobald es angeht. Ich wünsche es mir ja selbst. Und mit dem Herzen weiß ich auch, daß es gelingen wird."

„Nein, das kann ja gar nicht sein! Wie glücklich ich bin! Aber es kann ja nicht sein ... wie glücklich ich bin! Nein, es kann nicht sein!" stammelte Pierre und küßte Prinzessin Marja die Hände.

„Fahren Sie ruhig nach Petersburg, das wäre das beste. Und ich schreibe Ihnen schon", sagte sie.

„Nach Petersburg? Ich soll fahren? Ja, schön, ich fahre. Aber morgen kann ich doch noch einmal herkommen?"

Am nächsten Tage kam Pierre, um sich zu verabschieden. Natascha war weniger lebhaft als in den letzten Tagen; Pierre aber war es an diesem Tage, wenn er ihr in die Augen sah, bisweilen zumute, als sei er völlig ausgelöscht, als gebe es weder ihn mehr noch sie, sondern nur ein einziges großes Gefühl von Glück. „Kann es denn sein? Nein, es ist doch unmöglich", sagte er sich bei jedem ihrer Blicke, Handbewegungen, Worte, von denen lauter Freude in sein Herz strömte.

Als er sich von ihr verabschieden wollte und ihre schlanke,

magere Hand nahm, da behielt er sie unwillkürlich etwas länger in der seinen.

„Diese Hand, dieses Gesicht, diese Augen, all diese Kleinodien weiblicher Anmut, die ich bisher ja gar nicht gekannt habe, wird das alles wirklich für immer mir gehören, mir vertraut und gewohnt werden, wie ich selbst es mir bin? Nein, das ist doch unmöglich!"

„Leben Sie wohl, Graf", sagte sie laut und setzte dann mit gedämpfter Stimme hinzu: „Sie werden mir sehr fehlen."

Und diese schlichten Worte und der Blick und der Gesichtsausdruck, die diese Worte begleitet hatten, das gab nun für Pierre zwei Monate hindurch einen Gegenstand unerschöpflicher Erinnerungen, deutender Gedanken und glücklicher Träumereien ab.

„Sie werden mir sehr fehlen ... Ja, ja, wie hatte sie doch gesagt? Ja: ‚Sie werden mir sehr fehlen.' Ach, wie glücklich bin ich! Was sind das nur für Dinge! Wie glücklich ich bin!" dachte Pierre.

XX

Was Pierre jetzt innerlich erlebte, hatte keine Ähnlichkeit mit dem, was er vor seiner Verlobung mit Hélène, also in einer äußerlich ähnlichen Lage empfunden hatte.

Wenn er sich jetzt wiederholte, was er gesagt hatte, so empfand er dabei nicht wie damals ein schmerzliches Gefühl der Beschämung und dachte nicht: Ach, warum habe ich statt dessen nicht das und das gesagt und warum, warum habe ich nur gesagt: Je vous aime?[1]

Sondern wenn er sich jetzt jedes ihrer und jedes seiner Worte mit allen Einzelheiten, jeder Miene und jedem Lächeln, die es begleitet hatten, ins Gedächtnis zurückrief, so zog es ihn nicht, etwas davon zu streichen oder hinzuzufügen: er wollte nichts, als es sich wiederholen. Es gab auch nicht den Schatten eines Zweifels, ob das, was er begonnen hatte, etwa gut oder schlecht sei. Hin und wieder kam ihm aber ein anderer qualvoller Zweifel: Ist nicht alles nur ein Traum? Hat Prinzessin Marja sich nicht getäuscht? Bin ich nicht zu hochmütig und selbstbewußt? Ich glaube meiner Sache ganz sicher zu sein, und nun wird Prinzessin Marja ihr plötzlich alles sagen, wie wir es ja vereinbart haben, und sie wird lächeln und wird sagen: wie merkwürdig! Da hat er sich aber getäuscht. Weiß er denn gar nicht, daß er weiter nichts ist als ein Mensch, eben einfach ein Mensch, und ich? ... ja, ich bin doch ganz etwas anderes, etwas Höheres.

[1] Ich liebe Sie.

Das war der einzige Zweifel, mit dem Pierre es manchmal zu tun hatte. Zukunftspläne machte er auch nicht mehr. Das Glück, das vor ihm lag, schien ihm so phantastisch, daß es nur zu kommen brauchte, um alles weitere gegenstandslos zu machen. Darüber hinaus konnte es nichts mehr geben.

Über Pierre war eine Art seligen Irrsinns gekommen, dessen er sich nie für fähig gehalten hätte. Der ganze Sinn des Lebens, nicht nur seines eigenen, sondern des Lebens der ganzen Welt schien ihm in seiner Liebe und der Möglichkeit einer Gegenliebe Nataschas beschlossen zu sein. Bisweilen war es ihm, als dächte kein Mensch an etwas anderes als an das Glück, das Pierre Besuchow bevorstand. Bisweilen war es ihm, als freuten sich alle genauso wie er selbst und suchten diese Freude nur zu verhehlen und täten nur so, als hätten sie auch andere Interessen. In jedem Wort, in jeder Gebärde fand er eine Beziehung zu seinem Glück. Häufig verblüffte er die Menschen, mit denen er zusammenkam, durch seine vielsagenden, auf ein geheimes Einverständnis deutenden, glücklichen Blicke und durch die Art, mit der er ihnen zulächelte. Machte er sich dann aber klar, daß die Leute von seinem Glück ja nichts wissen konnten, dann taten sie ihm herzlich leid, und er hätte ihnen so gern klargemacht, daß alles, was sie taten und trieben, ja doch nichts anderes war als lauter schales und dummes Zeug, keines Gedankens wert. Sprach jemand davon, er solle doch irgendeine amtliche Tätigkeit übernehmen, oder war die Rede von allgemeinen und politischen Dingen, etwa vom Kriege, und trat dabei die Auffassung zutage, das Glück aller Menschen hänge von diesem oder jenem Ausgang des Krieges oder dieser und jener politischen Verhandlung ab, so hörte er mit einem Lächeln sanften Mitleides zu und verblüffte seine Gesprächspartner mit seinen sonderbaren Bemerkungen. Aber wie diejenigen Menschen, die Pierre für den eigentlichen Sinn des Lebens, das heißt für seine Liebe, Verständnis zu haben schienen, so standen auch die Unglücklichen, denen dieses Verständnis offenbar fehlte, ja, so standen in dieser Zeit überhaupt alle Menschen so sehr vom Licht des in ihm selbst strahlenden Gefühles beleuchtet vor ihm, daß er sich gar nicht erst die geringste Mühe zu geben brauchte, um sofort in jedem Menschen, mit dem er zusammenkam, alles zu sehen, was an Gutem und Liebenswertem in ihm steckte.

Beim Ordnen der Vermögensangelegenheiten und Papiere seiner verstorbenen Frau konnte er ihrer mit keinem andern Gefühl als dem des Mitleides gedenken, weil sie das Glück, das er jetzt kannte, nicht hatte kennen dürfen. Im Fürsten Wassilij, der jetzt besonders stolz war, weil ihm eine Rangerhöhung und ein neuer Ordensstern zuteil geworden waren, sah er einen rührenden, herzensguten und bemitleidenswerten alten Mann.

Pierre dachte in der Folge noch oft an diese Zeit seligen Irrsinns zurück. Was er sich in dieser Zeit an Urteilen über Menschen und Dinge gebildet hatte, das hielt er für immer als sicheren Besitz fest. Er beschränkte sich nicht darauf, sich später von dieser Art, Menschen und Dinge zu betrachten, nicht förmlich abzuwenden, sondern nahm vielmehr, wenn er in innere Zweifel oder in Widerspruch mit sich selber geriet, seine Zuflucht zu der Anschauungsweise, die er in dieser Zeit des Irrsinns gehabt hatte, und diese Anschauungsweise behielt immer recht.

„Vielleicht habe ich damals als komischer Sonderling gewirkt", dachte er, „aber ich war damals nicht so verrückt, wie es ausgesehen haben mag, im Gegenteil, damals war ich klüger und scharfblickender als je und hatte das rechte Verständnis für alles im Leben, das des Verständnisses wert ist, weil ich ... nun eben weil ich glücklich war."

Pierres Irrsinn bestand darin, daß er nicht wie einst erst auf persönliche Motive — darunter verstand er schätzbare Vorzüge der betreffenden Menschen — wartete, um die Menschen liebhaben zu können, sondern daß sein ganzes Herz von Liebe erfüllt war, daß er die Menschen liebte, ohne einen Grund dazu zu haben, und darin unwiderlegliche Gründe fand, um derentwillen sie der Liebe wert waren.

XXI

An jenem ersten Abend, an dem Natascha nach Pierres Aufbruch mit einem lustigen und leicht spöttischen Lächeln zu Prinzessin Marja geäußert hatte: „Aber auch ganz genau wie aus der Badewanne, und dieser kurze Überrock und diese kurzen Haare" — an diesem Abend, ja vielleicht in diesem Augenblick war in Nataschas Seele etwas erwacht, das bisher verborgen und ihr selbst unbewußt darin gelebt hatte, nun aber durch nichts mehr verdrängt werden konnte.

Alles, Gesicht, Gang, Blick, Stimme, alles an ihr war plötzlich anders geworden. Lebenskräfte, Glückshoffnungen, an die sie nie mehr geglaubt hätte, waren an die Oberfläche gedrungen und forderten, daß ihnen Genüge geschehe. Es war, als habe Natascha von diesem ersten Abend an alles vergessen, was bisher ihr Leben ausgemacht hatte. Mit keinem Wort hatte sie mehr über ihr Schicksal oder ihren Zustand geklagt, mit keinem Wort an Vergangenes gerührt. Sie scheute sich nicht mehr, fröhliche Zukunftspläne zu machen. Von Pierre sprach sie selten, wenn aber Prinzessin Marja seinen Namen nannte, dann loderte in ihren Augen ein Glanz auf, der lange erloschen gewesen war, und auf ihre Lippen trat ein eigentümliches Lächeln.

Prinzessin Marja war anfangs über die mit Natascha geschehene Veränderung verwundert gewesen; dann aber machte diese Veränderung sie betrübt, nachdem sie ihren Sinn erkannt hatte. „Hat sie denn den Bruder so wenig geliebt, daß sie ihn so schnell vergessen konnte?" dachte Prinzessin Marja, wenn sie sich die mit Natascha vorgegangene Veränderung durch den Sinn gehen ließ. War sie aber mit Natascha zusammen, so machte sie ihr keine Vorwürfe und empfand auch keinen Zorn auf sie. Die in Natascha so mächtig erwachte Lebenskraft hatte offenbar etwas so Elementares und war ihr selbst so unerwartet gekommen, daß Prinzessin Marja in Nataschas Gegenwart fühlte, sie habe kein Recht, ihr auch nur in Gedanken deswegen Vorwürfe zu machen. Natascha überließ sich diesem neuen Gefühl mit solcher Rückhaltlosigkeit und Aufrichtigkeit, daß sie nicht einmal den Versuch machte, die Freude und Fröhlichkeit zu verbergen, die an die Stelle ihres Kummers getreten war.

Als Prinzessin Marja nach der nächtlichen Aussprache mit Pierre ins Schlafzimmer zurückgekehrt war, da war Natascha ihr an der Schwelle entgegengekommen.

„Hat er etwas gesagt? Ja? Hat er etwas gesagt?" fragte sie immer wieder.

Und auf Nataschas Gesicht lag ein Ausdruck der Freude und zugleich eines Schuldbewußtseins, das Prinzessin Marja bat, ihr diese Freude zu verzeihen.

„Ich wollte an der Tür horchen, aber ich wußte doch, daß du es mir sagen würdest."

So gut Prinzessin Marja auch den Blick verstand, mit dem Natascha sie ansah, und so sehr dieser Blick sie rührte und so leid es ihr tat, Natascha in dieser zitternden Erregung zu sehen – ihre Worte trafen Prinzessin Marja im ersten Augenblick dennoch verletzend. Sie dachte an ihren Bruder und an seine Liebe.

„Aber was ist da zu tun? Sie kann nicht anders", sagte sie sich dann.

Und nun gab sie Natascha mit traurigem, ein wenig strengem Gesicht wieder, was Pierre gesagt hatte. Natascha war sehr überrascht, als sie hörte, Pierre fahre nach Petersburg.

„Nach Petersburg!" wiederholte sie verständnislos.

Dann sah sie Prinzessin Marjas traurigen Gesichtsausdruck, erfaßte sofort die Ursache ihrer Traurigkeit und brach plötzlich in Tränen aus.

„Marie", sagte sie, „lehre du mich, was ich tun soll. Ich habe solche Angst, etwas Unrechtes zu tun. Ich will tun, was du mir sagen wirst. Lehre du mich . . ."

„Du liebst ihn?"

„Ja", flüsterte Natascha.

„Warum weinst du denn? Ich bin mit dir glücklich?", sagte Prinzessin Marja und hatte Natascha um dieser Tränen willen schon alle ihre Freude von Herzen verziehen.

„Es wird ja noch nicht sobald sein, wer weiß wann. Aber denke doch, was für ein Glück, wenn ich seine Frau werde und du Nicolas heiratest!"

„Natascha, ich habe dich doch schon einmal gebeten, davon nicht zu sprechen, reden wir lieber von dir."

Eine Zeitlang schwiegen beide.

„Warum, warum muß er denn nur nach Petersburg fahren?" sagte Natascha dann unvermittelt und beantwortete sich gleich darauf selbst ihre Frage: „Nein, nein, das muß wohl so sein ... Ja, Marie? Das muß wohl so sein ..."

EPILOG

I

Sieben Jahre waren vergangen. Das aufgeregte Meer des europäischen Geschehens war in seine Ufer zurückgeflutet. Es schien still geworden zu sein; allein die geheimnisvollen Kräfte, welche die Bewegungen der Menschheit bedingen — geheimnisvoll, weil die Gesetze, von denen diese Bewegungen abhängen, uns unbekannt sind —, wirkten weiter.

Obwohl die Oberfläche des Meeres der Weltgeschichte regungslos dalag, so bewegte sich die Menschheit dennoch ununterbrochen weiter, wie die Zeit sich ununterbrochen weiterbewegt. Gruppen menschlicher Zusammenschlüsse bildeten sich mannigfach und fielen wieder auseinander; Anstöße bereiteten sich vor zum Entstehen und Wiederzerfallen staatlicher Bildungen, nationaler Umgruppierungen.

Das Meer der Geschichte brandete nicht mehr in wilden Stößen von einem Ufer zum andern, allein in seiner Tiefe brauste und stürmte es dennoch. Die Männer der Geschichte wurden nicht mehr wie früher von den Wogen von einem Ufer zum andern getragen, vielmehr war es jetzt, als würden sie im Kreise um dieselbe Stelle herumgedreht. Die Männer der Geschichte, die früher an der Spitze ihrer Truppen durch Kriegsbefehle, Marschbefehle, Schlachtenbefehle die Bewegungen der Massen reflektiert hatten, reflektierten die brausende Bewegung jetzt in Form von politischen und diplomatischen Kombinationen, Gesetzen, Verträgen . . .

Diese Periode im Handeln der Männer der Geschichte nennen die Historiker die Reaktion. Wenn sie das Handeln dieser Männer der Geschichte darstellen, die ihrer Meinung nach die Ursachen jener von ihnen als Reaktion bezeichneten Erscheinungen waren, so gehen die Historiker streng mit ihnen ins Gericht. Alle bekannten Persönlichkeiten jener Zeit, von Alexander und Napoleon bis zu Madame de Staël, dem Archimandriten Photij *, Schelling, Fichte, Chateau-

* Anm. am Schluß des Buches.

briand und ähnlichen müssen an diesem strengen Gerichtshof vorbeidefilieren und werden freigesprochen oder verurteilt, je nachdem, ob sie sich im Sinne des „Fortschritts" oder dem der „Reaktion" betätigt haben. Die Historiker erzählen uns, daß auch in Rußland in dieser Zeit eine Reaktion stattgehabt habe und daß der Hauptschuldige an dieser Reaktion Alexander I. gewesen sei, der gleiche Alexander I., den die gleichen Geschichtsschreiber uns als den spiritus rector der liberalen Bestrebungen seiner ersten Regierungszeit und den spiritus rector der Rettung Rußlands schildern. In der heutigen russischen Literatur gibt es vom Gymnasiasten bis zum gelehrten Historiker keinen Menschen, der nicht sein Steinchen auf Alexander wegen alles in dieser Periode seiner Regierung getanen Unrechts würfe.

„Er hätte so und so handeln müssen. In diesem Falle war seine Handlungsweise gut, in jenem schlecht. Sein Vorgehen zu Beginn seiner Regierung und im Jahre 1812 verdient alles Lob, aber dann hat er sehr übel getan, als er Polen eine Konstitution gab, die Heilige Allianz schuf, Araktschejew eine so unumschränkte Macht überließ, Golizyn und den Mystizismus und später Schischkow und Photij groß werden ließ und förderte. Er hat sehr übel getan, daß er einen so pedantischen Gamaschendienst einführte, das Semeonowskij-Regiment auflöste und so weiter."

Wollte man alle die Vorwürfe aufzählen, welche die Historiker auf Grund ihrer Kenntnis dessen, was der Menschheit in Wahrheit frommt, ihm gemacht haben, so könnte man zehn Bogen vollschreiben.

Was hat es mit diesen Vorwürfen auf sich?

Jene Handlungen, mit denen Alexander I. die Billigung der Historiker gefunden hat, also die liberalen Bestrebungen seiner ersten Regierungsjahre, sein Kampf mit Napoleon, die 1812 bewiesene Charakterstärke, der Feldzug von 1813, haben sie ihren Ursprung nicht in den gleichen Quellen — blutsmäßig bedingte Besonderheiten, Erziehung, Leben, kurz alles, was die Persönlichkeit Alexanders zu dem machte, was sie eben war — wie jene Handlungen, mit denen er sich den Tadel der Historiker zugezogen hat, die Heilige Allianz, die Wiederherstellung Polens, die Reaktion der zwanziger Jahre?

Worin besteht nun eigentlich das Wesen dieser Vorwürfe?

Darin, daß eine historische Persönlichkeit wie Alexander I., eine Persönlichkeit, die auf der denkbar höchsten Stufe menschlicher Macht stand, gleichsam im Brennpunkt des blendenden Lichts aller auf ihn konzentrierten geschichtlichen Ausstrahlungen, eine Persönlichkeit, die jenen von der Macht einfach nicht zu trennenden überstarken Einflüssen der Intrige, des Betruges, der Schmeichelei, der angenehmen Selbsttäuschung ausgesetzt war, eine Persönlichkeit, die in jeder Minute ihres Leben die Verantwortung für alles europäische Geschehen auf sich lasten fühlte, eine nicht konstruierte, sondern lebendige und leibhaftige Persönlichkeit, die wie jeder Mensch ihre eigenen persönlichen Gewohnheiten, ihre Leidenschaften, ihren Zug zum Guten, Schönen und Wahren hatte — also darin, daß diese Persönlichkeit vor einem halben Jahrhundert nicht etwa vor dem Richterstuhle der Ethik schlimm gehandelt hätte — das machen die Historiker Alexander ja gar nicht zum Vorwurf —, sondern daß diese Persönlichkeit über das Heil der Menschheit nicht genauso dachte, wie es heute ein Professor tut, der sich von früh auf mit der Wissenschaft befaßt hat, das heißt, mit dem Lesen von irgendwelchen Büchern, dem Anhören von irgendwelchen Kollegs und dem Exzerpieren dieser Bücher und Nachschreiben dieser Kollegs in ein hierzu bestimmtes Heftchen.

Aber selbst wenn wir annehmen, Alexander I. habe sich vor fünfzig Jahren darüber getäuscht, worin das Heil der Völker besteht, so müssen wir zwangsmäßig auch annehmen, daß der Geschichtsschreiber, der sich jetzt zum Richter über Alexander aufwirft, nach einiger Zeit mit seiner Anschauung von dem, worin das Heil der Menschheit besteht, genau ebenso als Anhänger einer durchaus unzutreffenden Ansicht dastehen wird. Diese Annahme ist um so natürlicher und zwingender, als wir bei einem Blick auf die Entwicklung der Geschichte ja sehen, daß sich mit jedem Jahr und jedem neuen Autor die Ansicht darüber, worin das Heil der Menschheit besteht, durchaus ändert, so daß, was seinerzeit als ein Ingrediens der Wohlfahrt erschien, sich bereits nach zehn Jahren als ein Übel darstellt, und umgekehrt. Allein das ist noch nicht alles, denn zudem finden wir im gleichen geschichtlichen Zeitraum einander vollkommen entgegengesetzte Auffassungen von dem, was ein Ingrediens der menschlichen Wohlfahrt, und dem, was ein Unheil ist. So sehen die einen in der polnischen Konstitution und der Heiligen Allianz Verdienste Alexanders, die andern leiten daraus einen Vorwurf für ihn ab.

Von allem, was Alexander und Napoleon getan haben, darf man nicht sagen, es sei nützlich oder schädlich gewesen, denn wir können ja nicht sagen, wofür es nützlich und wofür es schädlich war. Wenn das Tun dieser beiden Männer irgend jemandem mißfällt, so mißfällt es ihm doch nur deswegen, weil es mit seinen beschränkten Begriffen von dem, worin die Wohlfahrt der Menschen besteht, nicht übereinstimmt. Mag ich auch das Heil darin sehen, daß mein Vaterhaus in Moskau im Jahre 1812 unversehrt blieb, oder im Ruhm der russischen Waffen, oder im Aufblühen der Petersburger oder sonst einer beliebigen Universität, oder in der Freiheit Polens, oder in der Hegemonie Rußlands, oder im europäischen Gleichgewicht, oder in einer bestimmten Art europäischer Aufklärung, die man als

Fortschritt bezeichnet –, ich muß auf jeden Fall einräumen, daß das Tun jeder historischen Persönlichkeit außer diesen noch andere, mehr auf das Allgemeine gerichtete und mir nicht zugängliche Ziele hat.

Aber setzen wir einmal den Fall, die sogenannte Wissenschaft sei imstande, alle Widersprüche miteinander in Einklang zu bringen und habe für die Persönlichkeiten und Ereignisse der Geschichte einen unabänderlichen Maßstab von Gut und Böse.

Setzen wir den Fall, Alexander hätte die Freiheit gehabt, in allen Dingen anders zu handeln, als er tasächlich gehandelt hat. Setzen wir den Fall, er wäre in der Lage gewesen, nach der Vorschrift derjenigen, die ihn jetzt angreifen und mit ihrer Professorenweisheit so ganz genau darüber Bescheid wissen, wo das Endziel für die Bewegung der Menschheit liegt, auf Grund des Programmes Nationalität, Freiheit, Gleichheit und Fortschritt – denn ein anderes scheint ja nicht in Frage kommen zu dürfen –, als des Programmes, das ihm seine heutigen Ankläger gegeben hätten, zu regieren. Setzen wir den Fall, dieses Programm ließe sich tatsächlich verwirklichen und wäre in die Praxis umgesetzt worden und Alexander hätte nach ihm gehandelt. Was wäre dann aus der Tätigkeit aller der Männer geworden, die damals in Opposition gegen die Richtung der Regierung standen, also aus einer von diesen Historikern als gut und nützlich hingestellten Tätigkeit? Es hätte diese Tätigkeit nicht gegeben, es hätte kein Leben gegeben, es hätte überhaupt nichts gegeben.

Mit der Annahme, das menschliche Leben könne nach den Grundsätzen des Verstandes geleitet werden, verneint man die Möglichkeit des Lebens selbst.

II

Bleibt man nach Art der Historiker bei der Annahme, die großen Männer führten die Menschheit ganz bestimmten Zielen zu, wie man sie entweder in der Größe Rußlands oder Frankreichs oder im europäischen Gleichgewicht oder in der Ausbreitung revolutionärer Ideen oder im allgemeinen Fortschritt oder Gott weiß wo sonst noch zu sehen glaubt, so gibt es keine Möglichkeit, die Erscheinung der Geschichte ohne Zuhilfenahme der Begriffe „Zufall" und „Genie" zu erklären.

Bestand das Ziel der europäischen Kriege im Anfang dieses Jahrhunderts in der Größe Rußlands, so konnte dieses Ziel auch ohne alle vorhergehenden Kriege und ohne die französische Invasion erreicht werden. War das Ziel die Größe Frankreichs, so konnte auch dieses Ziel ohne Revolution und ohne Kaisertum erreicht werden.

Bestand das Ziel in der Verbreitung bestimmter Ideen, so wäre das Drucken von Büchern zu seiner Erreichung wesentlich geeigneter gewesen, als Soldaten es sein konnten. Bestand das Ziel in zivilisatorischem Fortschritt, so sollte man fast meinen dürfen, neben der Vernichtung von Menschen und ihren wirtschaftlichen Werten hätte es zur Ausbreitung der Zivilisation auch noch andere und zweckmäßigere Wege geben können.

Warum ist denn alles so gekommen und nicht anders? Einfach, weil es so gekommen ist.

„Der *Zufall* hat eine Lage geschaffen, das *Genie* sich ihrer bedient", sagt die Geschichte. Aber was heißt Zufall? Und was heißt Genie?

Die Worte *Zufall* und *Genie* bezeichnen nichts tatsächlich Existierendes, und die Begriffe, die sie ausdrücken wollen, sind darum auch nicht zu definieren. Diese Worte sind nur ein Hilfsmittel, mit dem man bestimmte Erscheinungen bis zu einem gewissen Grade erklären zu können meint. Ich kenne den Grund der und der Erscheinung nicht und bin sogar der Meinung, daß ich ihn nicht kennen kann, darum quäle ich mich gar nicht erst mit Versuchen ab, ihn kennenzulernen, sondern sage einfach: „Zufall". Ich sehe eine Kraft Wirkungen hervorbringen, die mit den gewöhnlichen menschlichen Leistungen überhaupt nicht verglichen werden können, ich kann mir nicht erklären, woher das kommt, und sage: „Genie".

Auf eine Hammelherde muß derjenige Hammel als Genie wirken, der jeden Abend vom Hirten zur Fütterung in einen besonderen Stall getrieben und darum noch einmal so fett wird wie die andern. Und der Umstand, daß jeden Abend gerade dieser Hammel nicht in den gemeinsamen Raum, sondern zur Hafermast in einen besonderen Raum kommt und daß schließlich gerade dieser über und über mit Fett gepolsterte Hammel geschlachtet wird, das muß auf die übrigen als überaus sonderbare Verkettung seiner Genialität mit einer ganzen Reihe ungewöhnlicher Zufälligkeiten wirken.

Allein die Hammel brauchen nur den Gedanken fallenzulassen, alles, was mit ihnen geschehe, das geschehe nur zur Erreichung ihrer Hammelziele, sie brauchen sich nur mit dem Gedanken vertraut zu machen, daß alle Ereignisse ihres Lebens auch noch andere Ziele haben können, die sie nicht verstehen, und schon werden sie die Einheitlichkeit und Konsequenz im Schicksal des Masthammels wahrnehmen. Wenn sie auch nicht dahinterkommen, zu welchem Zweck man ihn gemästet hatte, so werden sie doch wenigstens dahinterkommen, daß nichts, was mit dem Hammel geschah, von ungefähr geschah, und nun werden sie weder den Begriff des Zufalls noch den des Genies mehr brauchen.

Erst wenn wir uns von dem Bestreben losmachen, immer einen

nahen und uns verständlichen Zweck zu finden, und wenn wir einräumen, daß der Endzweck unserm Verstande nicht zugänglich ist, dann erst werden wir die Konsequenz und einheitliche Zweckmäßigkeit im Leben der historischen Persönlichkeiten wahrnehmen, die Gründe der alle gewöhnliche Menschenleistung übersteigenden Wirkungen, die sie hervorgebracht haben, werden sich uns erschließen, und wir werden uns nicht mehr zu Worten wie „Zufall" und „Genie" zu flüchten brauchen.

Wir brauchen nur zuzugeben, daß wir den Zweck aller dieser von den Völkerbewegungen Europas geschlagenen Wellen nicht kennen, sondern nur die Tatsachen selbst, nämlich ein großes Gemetzel, erst in Frankreich, darauf in Italien, Afrika, Preußen, Österreich, Spanien und Rußland, und daß die Bewegung von Westen nach Osten und darauf von Osten nach Westen das Wesen dieser Ereignisse und das Endziel, auf das sie sich zu entwickeln, darstellt, und wir brauchen schon nicht mehr etwas über jede Norm Hinausgehendes und „Geniales" in den Charakteren Napoleons und Alexanders zu sehen, ja, wir brauchen uns diese Menschen gar nicht einmal anders vorzustellen als alle übrigen, und wir brauchen die an sich unbedeutenden Ereignisse, welche diese Männer zu dem machten, was sie wurden, nicht für „Zufälligkeiten" zu erklären, sondern sehen klar, daß alle diese unbedeutenden Ereignisse notwendig waren.

Sehen wir also davon ab, das Endziel der Ereignisse ergründen zu wollen, so erkennen wir deutlich, daß, wie sich für keine Pflanze andere, zweckentsprechendere Blüten und Pollenkörner erdenken lassen als die, die sie nun einmal hervorbringt, sich ebensowenig zwei andere Männer erdenken lassen, die ihrer ganzen Art und Entwicklung nach so sehr bis in die geringfügigsten Einzelheiten der Bestimmung entsprochen hätten, die sie zu erfüllen haben sollten.

III

Kern und Grundlage des europäischen Geschehens zu Anfang des jetzigen Jahrhunderts ist die kriegerische Massenbewegung der europäischen Völker von Westen nach Osten und darauf von Osten nach Westen. Das erste war die Bewegung von Westen nach Osten. Es bedurfte dreier Vorbedingungen, um die Völker des Westens zu jener kriegerischen Bewegung auf Moskau fähig zu machen: Erstens mußten sie sich zu einer Militärmacht von solcher Größe zusammenschließen, wie sie allein den Zusammenstoß mit der Militärmacht des Ostens aushalten konnte, zweitens mußten sie mit allen eingewurzelten Überlieferungen und Gewohnheiten brechen und drittens mußten sie, während sie diese Kriegsbewegung ausführten, an ihrer Spitze einen Mann haben, der sowohl für sich selbst als auch für sie allen Betrug, allen Raub und Mord, die bei dieser Bewegung stattfinden mußten, auf sich zu nehmen und zu rechtfertigen vermochte.

Und nun sehen wir diese Voraussetzungen, von der Französischen Revolution angefangen, allmählich in Erfüllung gehen: die alte, in ihren Größenverhältnissen nicht zureichende Gruppierung fällt auseinander, die alten Gewohnheiten und Überlieferungen geraten in Fortfall, Schritt für Schritt entwickelt sich ein System neuer Maßstäbe, neuer Gewohnheiten und Überlieferungen, und schon reift der Mann heran, der an der Spitze der künftigen Bewegung stehen und die Verantwortung für alles Geschehenmüssen auf sich nehmen soll.

Ein Mensch ohne Überzeugungen, ohne eingewurzelte Gewohnheiten, ohne Überlieferungen, ohne Namen, nicht einmal Franzose von Geburt, wird durch die merkwürdigst anmutenden Zufälligkeiten mitten durch den das ganze Land erfüllenden Parteihader hindurch vorwärtsgetragen und gelangt, ohne sich einer dieser Parteien verschrieben zu haben, an eine Stelle von überragender Bedeutung.

Die Unwissenheit seiner Kameraden, die Schwäche und Gehaltlosigkeit seiner Gegner, das Offenherzige seiner Verlogenheit und seine blendende, selbstüberzeugte Beschränktheit lassen diesen Mann an die Spitze einer Armee gelangen. Das hervorragende Mannschaftsmaterial der italienischen Armee, die geringe Kampflust des Feindes und die eigene jungenhafte Keckheit und Selbstgewißheit verschaffen ihm militärischen Ruhm. Eine unzählbare Menge sogenannter Zufälligkeiten ebnet ihm überall die Wege. Die Ungnade, in die er bei den leitenden Männern Frankreichs gerät, dient ihm zum Vorteil. Seine Versuche, eine andere Laufbahn einzuschlagen als die ihm von der Vorsehung zugedachte, schlagen fehl: weder wird er in den russischen Heeresdienst übernommen noch wird ihm die erstrebte Position in der Türkei zuteil. Während der italienischen Feldzüge gerät er mehrfach bis hart an den Rand des Verderbens und wird jedesmal auf die überraschendste Weise gerettet. Die russischen Truppen, also gerade diejenigen, die seinen Nimbus hätten zerstören können, gelangen auf Grund aller möglicher diplomatischer Kombinationen nicht nach Europa, solange er dort ist.

Aus Italien zurückgekehrt, findet er die Pariser Regierung in jenem Stadium des Verfallprozesses, in welchem die in eine solche Regierung hineingeratenen Männer unweigerlich zerrieben und erledigt werden müssen. Und da ergibt sich für ihn ganz von selbst ein Ausweg aus dieser gefährlichen Lage, nämlich in Gestalt der sinnlosen und unmotivierten Expedition nach Afrika. Wiederum ebnen ihm jetzt sogenannte Zufälligkeiten die Wege. Das unein=

nehmbare Malta kapituliert ohne einen einzigen Schuß. Die unvorsichtigsten Maßnahmen sind von Erfolg gekrönt. Die feindliche Flotte, die später kein einziges Boot passieren läßt, läßt jetzt eine ganze Armee passieren. In Afrika wird eine Reihe von Greueltaten an nahezu waffenlosen Einwohnern verübt. Und die Menschen, die diese Greueltaten verüben, und vor allem ihr Führer, reden sich noch ein, das sei herrlich, das sei ruhmvoll, das sei eines Caesar, eines Alexander von Mazedonien würdig und das sei gut.

Jenes Ideal von „Ruhm" und von „Größe", das darin besteht, daß man die eigenen Verbrechen nicht nur für harmlos, sondern noch für einen Anlaß ganz besonderen Stolzes hält und im Zusammenhang damit ihnen eine geheimnisvolle, übernatürliche Bedeutung beilegt, jenes Ideal, das diesen Mann und alle seine Anhänger von nun an leiten sollte, entwickelt sich in Afrika zu seiner ganzen Maßlosigkeit. Was er auch tut, alles glückt ihm. Die Pest rührt ihn nicht an. Die grausame Ermordung der Gefangenen wird ihm nicht zur Last gelegt. Sein jungenhaft unvorsichtiger, grundloser und unedler Aufbruch von Afrika, wo er die Kameraden in ihrem Unglück im Stich läßt, wird ihm als Verdienst angerechnet, und abermals läßt die feindliche Flotte ihn zweimal entwischen. Und zu der Zeit, da er, bereits vollständig berauscht von den mit so viel Glück begangenen Verbrechen, durchaus auf seine Rolle vorbereitet, ohne jeden klar erkennbaren Grund nach Paris kommt, hat der Zerfallsprozeß der republikanischen Regierung, die ihn noch vor einem Jahr hätte verderben können, gerade seinen Höhepunkt erreicht, und nun kann der Umstand, daß er in Paris ist, den parteipolitisch noch nicht Abgestempelten nur zur Höhe führen.

Er hat keinerlei festen Plan, er sieht überall Gefahren für sich, allein die Parteien hängen sich in ihrer Ratlosigkeit an ihn und fordern seine Mitarbeit.

Er allein mit seinem in Italien und Ägypten entwickelten Ideal von Ruhm und Größe, mit dem Irrsinn seiner Selbstvergötterung, mit seiner Dreistigkeit, wo es ein Verbrechen gilt, mit seiner Verlogenheit, die wie Geradeherzigkeit wirkt, er allein vermag das, was geschehen soll, auf sich zu nehmen und zu rechtfertigen.

Er soll und muß auf die Stelle, die seiner wartet, und darum wird er, fast ohne daß er seinen Willen dazu eingesetzt hätte, ungeachtet seiner Unschlüssigkeit, des Fehlens eines bestimmten Planes, aller falschen Schritte, die er tut, in eine Verschwörung verwickelt, die auf das Ansichreißen der ausschlaggebenden Macht abzielt, und diese Verschwörung wird von Erfolg gekrönt.

Man stößt ihn in eine Sitzung der regierenden Männer. Er erschrickt, hält sich für verloren und will fliehen, tut so, als fiele er in Ohnmacht, spricht unsinnige Dinge, die ihm den Untergang hät=

ten bringen müssen. Allein die Frankreich regierenden Männer, ehemals so scharfsichtig und stolz, fühlen ihre Rolle ausgespielt, sind darum noch ratloser als er und finden keineswegs die Sprache, die sie hätten finden müssen, um an der Macht zu bleiben und ihn zu vernichten.

Eine „Zufälligkeit", Millionen solcher „Zufälligkeiten" lassen ihn in den Besitz der ausschlaggebenden Macht kommen, und alle Menschen helfen ihm, sich in dieser Macht zu befestigen, als hätten sie sich dazu verschworen. „Zufälligkeiten" haben den Männern, die damals Frankreich regierten, solche Charaktere gegeben, daß sie sich ihm unterwarfen, „Zufälligkeiten" haben den Charakter Pauls I. gebildet, der Napoleons Machtstellung anerkannte, eine „Zufälligkeit" läßt ein gegen ihn gerichtetes Komplott entstehen, das, weit entfernt, ihm zu schaden, seine Machtstellung noch fester gründet. Eine „Zufälligkeit" spielt ihm Enghien in die Hände und läßt ihn diesen fast von ungefähr töten und damit die Menge, besser als alle anderen Argumente es vermocht hätten, davon überzeugen, daß er, da er die Macht hat, auch das Recht hat. Eine „Zufälligkeit" läßt ihn die Expedition nach England, die offenbar seinen Untergang im Gefolge gehabt hätte, zwar mit aller Kraft vorbereiten, dann aber plötzlich unausgeführt lassen und statt dessen unversehens die Österreicher unter Mack überfallen, die kampflos kapitulieren. „Zufälligkeit" und „Genialität" schenken ihm bei Austerlitz den Sieg, und „zufällig" erkennen jetzt alle Menschen, nicht nur die Franzosen, sondern ganz Europa mit alleiniger Ausnahme Englands, das auch an dem, was weiter zu geschehen hat, keinen Anteil nimmt, „zufällig" erkennen sie nun alle, obwohl sie bisher angesichts seiner Verbrechen nur Grauen und Abscheu empfunden haben, seine Macht, seinen selbstgewählten Titel und sein Ideal von Größe und Ruhm an, das sie alle jetzt prachtvoll und vernünftig deucht.

Als handle es sich um eine beispielgebende Vorübung für die kommende Bewegung, tendieren die Kräfte des Westens mehrere Male mit immer festerer Kraft und immer größerer zahlenmäßiger Stärke in den Jahren 1805 1806, 1807, 1809 nach Osten. Im Jahre 1811 verschmilzt die in Frankreich entstandene Menschengruppe mit den Völkern Mitteleuropas zu einer ungeheuren Gruppierung. Zugleich mit dem Wachsen der zu seiner Verfügung stehenden Menschengruppe wächst auch die Rechtfertigungs- und Verantwortungskraft des Mannes, der an der Spitze dieser Bewegung steht. In der zehnjährigen Vorbereitungsperiode, die der großen Bewegung vorhergeht, hat er mit allen Kronenträgern von Europa zu tun. Die blamierten Gebieter der Welt können dem Napoleonischen Ideal von Ruhm und Größe, so sinnlos es ist, kein vernünftiges Ideal entgegenstellen. Sie drängen sich, ihm ihre Erbärmlichkeit zu zeigen.

Der König von Preußen schickt seine Frau zu dem großen Mann, um ihn gnädig zu stimmen, der Kaiser von Österreich empfindet es als eine Gnade, daß dieser Mann eine Tochter des Kaiserhauses in sein Bett nimmt, der Papst, Hüter des Heiligtums der Völker, stellt sich mitsamt der Religion dem großen Mann zur Verfügung, um seinen Glanz noch zu erhöhen. Nicht eigentlich, daß Napoleon selbst sich auf seine Rolle vorbereitet, sondern seine ganze Umgebung bereitet ihn dazu vor, die Verantwortung alles dessen, was geschieht, auf sich zu nehmen. Kein Schritt, den er tut, keine Gemeinheit, die er begeht, keine erbärmliche Betrügerei, die er sich zuschulden kommen läßt – die auf den Lippen seiner Umgebung nicht augenblicks zu einer großen Tat geworden wäre. Das schönste Fest, das die Deutschen sich für ihn nur ausdenken können, ist die Feier von Jena und Auerstedt. Nicht nur er ist groß, sondern es sind auch seine Vorfahren, seine Brüder, seine Stiefsöhne, seine Schwäger. Alles geschieht, um ihm die letzte Verstandeskraft zu nehmen und ihn zu seiner grauenvollen Rolle herzurichten. Und als er selbst soweit ist, da sind auch seine Streitkräfte soweit.

Die Invasionsarmee zieht nach Osten und erreicht ihr Endziel, nämlich Moskau. Die Hauptstadt ist besetzt, das russische Heer furchtbarer geschlagen, als es je feindliche Heere in früheren Kriegen von Austerlitz bis Wagram waren. Aber nun tritt plötzlich statt der „Zufälligkeiten" und der „Genialität", die ihn bisher über eine ununterbrochene Reihe von Erfolgen mit so großer Konsequenz zu dem vorbestimmten Ziele führten, eine unzählbare Menge in entgegengesetzter Richtung wirkender „Zufälligkeiten" in die Erscheinung, von dem Schnupfen bei Borodino bis zu den Frösten und dem Funken, durch den Moskau in Brand geriet, und wo bisher „Genialität" war, da zeigt sich jetzt eine beispiellose Dummheit und Gemeinheit.

Die Invasionsarmee flieht, kehrt um, flieht abermals, und alle Zufälligkeiten sind jetzt nie mehr für ihn, sondern immer gegen ihn.

Alsdann setzt die Gegenbewegung von Osten nach Westen ein, und ihr ganzer Verlauf ähnelt bemerkenswerterweise dem der ihr vorangegangenen Bewegung von Westen nach Osten. Die gleichen Versuche einer Bewegung von Osten nach Westen gehen der großen Bewegung voraus – es handelt sich um die Jahre 1805, 1807 und 1809 –, wir beobachteten die gleiche Zusammenschweißung zu einer Gruppe von ungeheuren Ausmaßen, den gleichen Anschluß der mitteleuropäischen Völker an die Bewegung, das gleiche Schwanken auf halbem Wege und die gleiche progressive Geschwindigkeit nach Maßgabe der Annäherung an das Ziel.

Paris, das letzte Ziel, wird erreicht. Napoleons Regierung und Heer sind vernichtet. Napoleon selbst ist zu einer Sinnlosigkeit geworden, alles, was er je getan hat, ist plötzlich jämmerlich und ekelhaft. Allein da setzt wieder eine unerklärliche „Zufälligkeit" ein; die Verbündeten hassen freilich Napoleon, in welchem sie den Urheber alles dessen sehen, was sie durchmachen mußten; seiner Heereskraft und Regierungsgewalt beraubt, schändlicher und hinterlistiger Verbrechen überführt, hätte er für sie doch eigentlich das gleiche sein müssen, was er vor zehn Jahren für sie war und nach einem Jahr wieder werden sollte, nämlich ein außerhalb des Gesetzes stehender Räuber. Aber auf Grund eine seltsamen Zufälligkeit sieht ihn keiner in diesem Licht. Seine Rolle ist noch nicht ausgespielt. Den gleichen Menschen, in dem sie zehn Jahre früher und wieder ein Jahr später einen außerhalb des Gesetzes stehenden Räuber sehen, den schicken sie jetzt auf eine Insel, zwei Tagereisen von Frankreich, geben ihm die Herrschaft über diese Insel, statten ihn mit einer Leibgarde und, ohne daß man eigentlich weiß warum, noch mit Millionensummen aus.

IV

Die Bewegung der Völker beginnt in ihre Ufer zurückzufluten. Die Wellen der großen Bewegung sind verebbt, und auf dem still gewordenen Meer bilden sich Kreise, in denen die Diplomaten umhergetrieben werden, in dem Wahn, sie seien es gewesen, die endlich die Bewegung zum Verebben gebracht haben.

Aber das still gewordene Meer schwillt plötzlich von neuem. Die Diplomaten bilden sich ein, sie selbst und ihre verschiedenen Unstimmigkeiten hätten diesen neuen Kräfteandrang hervorgerufen, sie rechnen mit einem Kriege zwischen ihren Souveränen, und die Lage scheint unentwirrbar. Allein die Woge, deren Anschwellen sie spüren, kommt nicht von daher angerollt, woher die Diplomaten sie erwarten. Denn die anschwellende Woge ist wieder die alte, und die Bewegung hat den gleichen Ausgangspunkt: Paris. Von Westen her brandet die Bewegung ein letztes Mal zurück, und dieses Zurückbranden soll nunmehr die unentwirrbar scheinenden diplomatischen Verwicklungen lösen und der kriegerischen Bewegung dieser Periode ein Ziel setzen.

Der Mann, der Frankreich fast in eine Wüstenei verwandelt hat, kommt allein, ohne ein Komplott, ohne Soldaten nach Frankreich. Jeder Wachtposten kann ihn verhaften, allein auf Grund einer sonderbaren Zufälligkeit verhaftet ihn niemand, sondern alle begrüßen im Gegenteil enthusiastisch den Mann, den sie einen Tag zuvor verflucht haben und einen Monat darauf wieder verfluchen werden.

Dieser Mann ist doch notwendig, um die letzte gemeinsame Aktion zu rechtfertigen.

Die Aktion findet statt.

Die letzte Rolle ist ausgespielt. Der Schauspieler wird geheißen, sich auszuziehen und das aufgelegte Schwarz von den Augenbrauen und das aufgelegte Rot von den Wangen zu waschen: man hat keine Verwendung mehr für ihn.

Und nun bringt dieser Mann in der Einsamkeit seiner Insel mehrere Jahre damit zu, sich selbst eine jämmerliche Komödie vorzuspielen, zu intrigieren und zu lügen, um seine Handlungen zu rechtfertigen, während solch eine Rechtfertigung doch schon sinnlos geworden ist, und aller Welt darzutun, was es eigentlich mit diesem merkwürdigen Ding auf sich hatte, das die Leute für eine schöpferische Kraft gehalten hatten, während es nur das Werkzeug einer unsichtbaren Hand gewesen war.

Das Drama war zu Ende und der Schauspieler wieder umgekleidet, und nun zeigte der Theaterdirektor uns diesen Schauspieler in seiner wirklichen Gestalt.

„Da seht, an was ihr geglaubt habt! Das ist er! Seht ihr jetzt, daß nicht er, sondern ich es war, der euch in Bewegung gesetzt hat?"

Allein die Augen der Menschen waren noch so beeinflußt von der gewaltigen Bewegung, die sie mitangesehen hatten, daß sie das lange nicht verstehen wollten.

Eine noch größere Folgerichtigkeit und Notwendigkeit läßt das Leben Alexanders des Ersten erkennen, des Mannes, der an der Spitze der Gegenbewegung von Osten nach Westen stand.

Wie mußte der Mann beschaffen sein, der, alle anderen überragend und überstrahlend, an der Spitze dieser Bewegung von Osten nach Westen stehen sollte?

Er mußte Gerechtigkeitsgefühl haben, Teilnahme für die Dinge Europas, aber die Teilnahme eines Fernstehenden, die durch kleine Eigeninteressen nicht beschattet wird, mußte an sittlicher Höhe weit über allen anderen gekrönten Häuptern jener Zeit stehen, mußte eine gütige und herzensgewinnende Persönlichkeit sein, mußte Ursache zu persönlicher Erbitterung gegen Napoleon haben. Und alles das trifft auf Alexander I. zu, alles das ist durch unzählbare sogenannte Zufälligkeiten aus seinem bisherigen Leben vorbereitet, durch seine Erziehung, den Liberalismus seiner ersten Regierungszeit, die Ratgeber seiner Umgebung, Austerlitz, Tilsit, Erfurt.

Während des Volkskrieges tritt dieser Mann nicht in Aktion, da er nicht notwendig ist. Kaum aber erweist sich ein allgemeiner europäischer Krieg als unumgänglich, als dieser Mann auch schon im gegebenen Augenblick seinen Platz einnimmt, die europäischen Völker vereint und zum Ziele führt.

Das Ziel ist erreicht. Nach dem letzten Kriege, dem von 1815, steht Alexander auf dem Gipfelpunkt menschenmöglicher Macht. Welchen Gebrauch macht er von ihr?

Alexander I., der Befrieder Europas, der Mann, der von jung auf kein anderes Ziel kannte als die Wohlfahrt seiner Völker, der erste Anreger und Schöpfer liberaler Neuerungen in seinem Vaterlande, begreift jetzt, da er im Besitz höchster Machtfülle und damit im Besitz der Möglichkeit, seine Völker wahrhaft zu beglücken, erscheint, in derselben Zeit, in der Napoleon in seinem Exil kindische und verlogene Pläne entwirft, wie glücklich er wohl die Menschheit machen würde, wenn er noch an der Macht wäre — Alexander I. begreift, nachdem er seine Bestimmung erfüllt und Gottes Hand über sich gespürt hat, plötzlich die Nichtigkeit dieser vermeintlichen Macht, sagt sich von ihr los, legt sie in die Hände von Menschen, die er selbst verachtet und die seine Verachtung verdienen, und sagt nur:

„Nicht uns, nicht uns, sondern Deinem Namen die Ehre! Ich bin ein Mensch wie ihr, laßt mich als Mensch leben und an meine Seele und meinen Gott denken."

*

Wie die Sonne und jedes Ätheratom in sich selbst eine abgeschlossene Kugel darstellt und gleichzeitig doch nur ein Atom des in seinen ungeheuren Ausmaßen der menschlichen Fassungskraft unzugänglichen Universums ist, so trägt auch jede Persönlichkeit ihren Zweck in sich selbst und trägt doch diesen Zweck gleichzeitig deswegen in sich, um damit den menschlicher Fassungskraft unzugänglichen allgemeinen Zwecken und Zielen zu dienen.

Eine Biene, die auf einer Blume saß, hat ein Kind gestochen. Und nun hat das Kind Angst vor den Bienen und sagt, der Zweck der Bienen bestehe darin, Menschen zu stechen. Der Poet kann sich nicht sattsehen an der Biene, die aus dem Blütenkelch ihren Honig saugt, und sagt, der Zweck der Biene bestehe darin, das Aroma der Blüten in sich zu trinken. Der Imker sieht die Biene Blütenstaub sammeln und in den Bienenkorb schaffen und sagt, der Zweck der Biene bestehe in der Honigbereitung. Ein anderer Imker, der das Leben des Bienenvolkes sorgfältiger beobachtet hat, sagt, die Biene sammle den Blütenstaub, um ihren Nachwuchs zu ernähren und sich eine Königin großzuziehen, und ihr Zweck bestehe in der Fortpflanzung der Art. Der Botaniker sieht die Biene mit dem Blütenstaube einer diözischen Blume zum Stempel einer anderen hinüberfliegen und ihn befruchten und erblickt hierin den Zweck der Biene. Ein anderer, der sein Augenmerk auf das Weiterwandern von Pflanzen gerichtet hat, sieht die Biene diesem Weiterwandern Vorschub leisten, und dieser neue Beobachter kann nun sagen, der Zweck der Biene bestehe wieder hierin. Allein der Endzweck der Biene ist weder durch den ersten noch durch den zweiten, noch durch den dritten Zweck – eben als solchen, die der menschlichen Fassungskraft zugänglich sind –, erschöpfend gekennzeichnet. Je höher sich der menschliche Geist beim Entdecken solcher Zwecke aufschwingt, um so klarer liegt für ihn die Unzulänglichkeit des Endzwecks für die menschliche Fassungskraft auf der Hand.

Dem Menschen ist nichts weiter zugänglich als die Beobachtung der Wechselbeziehungen zwischen dem Leben der Bienen und anderen Erscheinungen des Lebens. Das gleiche gilt von den Zwecken und Zielen der Männer der Geschichte und den Zwecken und Zielen der Völker.

V

Nataschas Hochzeit mit Besuchow, die im Jahre 1813 stattfand, war das letzte freudige Ereignis, das der Familie Rostow in ihrem alten Bestande zuteil wurde. Im gleichen Jahre starb Graf Ilja Andrejewitsch, und mit seinem Tode zerfiel, wie das in solchen Fällen zu geschehen pflegt, die Familie in ihrer bisherigen Form.

Die Geschehnisse des letzten Jahres, der Brand Moskaus und die Flucht nach Jaroslawl, das Sterben des Fürsten Andrej und Nataschas Verzweiflung, Petjas Tod, der tiefe Kummer der Gräfin, das alles war wie ein Hagel von Schlägen auf das Haupt des alten Grafen gefallen. Es war, als vermochte er die ganze Bedeutung aller dieser Geschehnisse nicht mehr zu begreifen und empfand dieses Unvermögen selbst; so duckte er gewissermaßen den alten Kopf, als erwarte, ja als erhoffe er neue Schläge, die endlich auch für ihn ein Ende bringen sollten. Er schien bald ängstlich und zerfahren, bald unnatürlich lebhaft und unternehmungslustig.

Nataschas Hochzeit hatte ihn mit allem, was sie an äußeren Dingen mit sich brachte, eine Zeitlang beschäftigt. Er bestellte und arrangierte Diners und Soupers und wollte offensichtlich einen vergnügten Eindruck machen; allein seine Vergnügtheit griff nicht mehr, wie es früher gewesen war, auf die anderen über, sondern rief im Gegenteil bei den Menschen, die ihn kannten und gern hatten, nur Mitleid hervor.

Nach der Abreise des jungen Paares wurde er still und begann über Beklemmungen und Melancholien zu klagen. Einige Tage darauf erkrankte er und legte sich zu Bett. Ungeachtet allen tröstlichen Zuredens der Ärzte begriff er schon gleich in den ersten Tagen seiner Krankheit, daß er nicht wieder aufstehen sollte. Die Gräfin verbrachte zwei Wochen lang ihre Nächte unausgekleidet in einem

Lehnstuhl am Kopfende seines Bettes. Jedesmal, wenn sie ihm eine Arznei gab, küßte er ihr schluchzend die Hand, ohne zu sprechen. Am letzten Tage bat er seine Frau und seinen abwesenden Sohn unter strömenden Tränen um Vergebung für den wirtschaftlichen Ruin, den er über sie gebracht hatte; das war die Schuld, die ihn am meisten drückte. Nach Empfang der Sterbesakramente ging er still hinüber, und am nächsten Tage drängten sich in der Rostowschen Mietswohnung alle Bekannten der Familie, um dem Verschiedenen die letzte Ehre zu erweisen. Alle diese Bekannten, die so oft bei ihm diniert und getanzt, so oft über ihn gelächelt und gelacht hatten, sagten jetzt alle mit dem gleichen Gefühl des Selbstvorwurfs und der Rührung, als wollten sie sich vor irgend jemand rechtfertigen: „Ja, man kann sagen, was man will, er war doch wirklich ein famoser Mensch. Solche Leute trifft man heutzutage nicht wieder an ... und schließlich, wer hat nicht seine kleinen Schwächen?"

Er war gerade gestorben, als seine Vermögensverhältnisse so verworren und unübersichtlich geworden waren, daß man sich gar kein Bild davon machen konnte, was werden sollte, wenn es noch ein Jahr so weiterging.

Nikolai war mit der russischen Armee in Paris, als er die Nachricht vom Tode seines Vaters erhielt. Er reichte unverzüglich seinen Abschied ein und erbat sich, ohne die Erledigung des Abschiedsgesuchs abzuwarten, zunächst Urlaub und kam nach Moskau. Die finanzielle Lage war einen Monat nach dem Tode des Grafen vollkommen geklärt: allgemein war man überrascht von der Ungeheuerlichkeit der Gesamtschuld, die sich aus allen möglichen kleineren Beträgen, von denen niemand auch nur etwas vermutet hatte, zusammensetzte. Die Schulden betrugen das Doppelte des Vermögens.

Verwandte und Freunde rieten Nikolai, die Erbschaft auszuschlagen. Allein darin hätte Nikolai einen Vorwurf gegen das ihm heilige Andenken des Vaters gesehen, wollte davon also nichts hören und trat die Erbschaft und die mit ihr verbundene Schuldentilgungspflicht an.

Bei Lebzeiten des Grafen hatten die Gläubiger unter dem zwar schwer fixierbaren, aber mächtigen Einfluß der von ihm ausströmenden schrankenlosen Herzensgüte geschwiegen, kamen nun aber plötzlich mit ihren Forderungen. Wie das in solchen Fällen geht, gab es eine wilde Rivalität, jeder wollte als erster zu seinem Gelde gelangen, und gerade diejenigen, die wie Mitenka und andere geschenkweise Wechsel bekommen hatten, drängten jetzt am meisten. Nikolai wollten sie keine Frist, keine Erholungspause gönnen; und wer mit dem Alten, der doch die Schuld an den etwaigen Verlusten der Gläubiger trug, noch Mitleid gehabt hatte, der fiel jetzt erbarmungslos über den doch offenbar durchaus unschuldigen jungen

Erben her, der die Schuldentilgung aus freien Stücken übernommen hatte.

Alle Versuche Nikolais, die Dinge zum Bessern zu wenden, schlugen fehl; das Gut kam unter den Hammer und brachte doch nur die Hälfte seines Wertes, so daß weit mehr als die Hälfte der Schulden nicht bezahlt werden konnte. Nikolai nahm die dreißigtausend Rubel an, die sein Schwager Besuchow ihm anbot, um davon diejenigen Schulden zu bezahlen, die er als wirkliche Schulden, das heißt als auf Darlehen oder Warenlieferungen, nicht auf Schenkungen beruhende Verpflichtungen anerkannte. Um wegen der übrigen Schulden nicht in den Schuldturm zu kommen, mit dem ihn die Gläubiger bedrohten, trat er aufs neue in den Dienst.

Obwohl er bei der ersten Vakanz Regimentskommandeur geworden wäre, konnte er doch nicht wieder in die Armee eintreten, weil die Mutter sich jetzt an den Sohn klammerte als an das Letzte, was ihr das Leben noch wert machte; und obwohl er eine Abneigung dagegen hatte, im Kreise der vielen Bekannten von früher her in Moskau zu bleiben, und obwohl ihm der Zivildienst durchaus zuwider war, nahm er also doch in Moskau eine Stelle im Zivildienst an und hing die geliebte Uniform an den Nagel; er richtete sich mit der Mutter und Sonja in einer kleinen Wohnung der Siwzew-Wrashek-Straße ein.

Natascha und Pierre lebten damals in Petersburg und hatten keine rechte Vorstellung von Nikolais Lage. Nikolai, der von seinem Schwager Geld geliehen hatte, suchte ihm seine kümmerliche Lage zu verheimlichen. Diese war namentlich deswegen so schlimm, weil er mit seinen zwölfhundert Rubeln Gehalt nicht nur sich, Sonja und die Mutter erhalten mußte, sondern auch die Mutter so erhalten mußte, daß sie nicht merkte, wie arm sie waren. Die Gräfin hätte es nie verstehen können, daß man ohne den ihr von klein auf zur Gewohnheit gewordenen Luxus leben könnte, und verlangte, ohne eine Ahnung davon zu haben, in welche Schwierigkeiten sie ihren Sohn damit brachte, bald eine Equipage, um eine Bekannte abholen zu lassen — eine eigene Equipage hatten sie nicht mehr —, bald eine kostbare Delikatesse für sich oder Wein für den Sohn, bald Geld, um Natascha, Sonja und Nikolai selbst mit irgendeinem Geschenk eine Überraschung zu machen.

Sonja führte den Haushalt, pflegte ihre Tante, las ihr vor, ertrug ihre Launen und ihr heimliches Übelwollen und unterstützte Nikolai in seinem Bestreben, der alten Gräfin die Notlage, in der sie sich befanden, zu verhehlen. Nikolai empfand Sonja gegenüber eine unabtragbare Dankesschuld für alles, was sie an seiner Mutter tat, ihre Geduld und Selbstverleugnung rissen ihn zur Bewunderung hin, aber er trachtete, sich ihr fernzuhalten.

Im Grunde seines Herzens machte er es ihr gleichsam zum Vorwurf, daß sie allzu vollkommen war und ihm so gar keinen Grund gab, ihr in Wirklichkeit Vorwürfe zu machen. Sie hatte alles, um dessentwillen man Menschen schätzt, aber wenig, was ihn vermocht hätte, sie zu lieben. Und er fühlte seine Liebe immer geringer werden, je größer seine Hochschätzung für sie wurde. Er hielt sich an den Brief, in dem sie ihm seine Freiheit wiedergegeben hatte, und gab sich ihr gegenüber so, als wäre das einst zwischen ihnen Gewesene längst, längst vergessen und könnte unter keinen Umständen je wieder aufgenommen werden.

Nikolais Lage verschlimmerte sich beständig. Der Gedanke, von seinem Gehalt etwas zurücklegen zu können, erwies sich als utopisch. Nicht nur, daß er nichts zurücklegen konnte, nein, er verstrickte sich sogar in kleine Schulden, weil er die Wünsche der Mutter doch immer wieder berücksichtigen mußte. Einen Ausweg aus dieser Lage sah er nicht. Der Gedanke, eine reiche Erbin zu heiraten, was die Damen seiner Verwandtschaft ihm immer wieder nahelegten, widerstrebte ihm. Die andere Möglichkeit, die ihm einen Ausweg aus seiner schlimmen Lage hätte schaffen können – der Tod der Mutter –, kam ihm in den Sinn. Er wünschte nichts mehr, hoffte nichts mehr und empfand im tiefsten Grunde seines Herzens etwas von dem finsteren und harten Genuß, den das klaglose Ertragen schlimmer Verhältnisse gewähren kann. Er suchte den Bekannten von früher aus dem Wege zu gehen, weil ihm ihre Mitleidsbezeigungen und verletzenden Hilfsanerbietungen zuwider waren, mied jede Zerstreuung und Ablenkung und beschäftigte sich auch zu Hause mit nichts anderem, als daß er mit seiner Mutter Patiencen legte oder stumm im Zimmer umherwanderte und eine Pfeife nach der andern rauchte. Es war, als suchte er sich absichtlich die finstere Gemütsverfassung zu erhalten, in der allein er sich stark genug fühlte, um seine Lage zu ertragen.

VI

Zu Beginn des Winters kam Prinzessin Marja nach Moskau. Der Stadtklatsch unterrichtete sie bald von der Lage der Familie Rostow und davon, daß „der Sohn sich für die Mutter opfere", wie es in der Stadt hieß.

„Etwas anderes habe ich auch nicht von ihm erwartet", dachte Prinzessin Marja und fühlte sich in ihrer Liebe zu ihm freudig bestätigt. Angesichts ihrer freundschaftlichen und beinah schon verwandtschaftlichen Beziehungen zu der ganzen Familie hielt sie sich für verpflichtet, sie aufzusuchen. Dann aber dachte sie an ihr Zusammensein mit Nikolai in Woronesh und scheute davor zurück. Schließlich aber überwand sie sich selbst, was ihr nicht leichtfiel, und fuhr nun einige Wochen nach ihrer Ankunft in der Stadt zu Rostows.

Nikolai sah sie als ersten, da man nur durch sein Zimmer zur Gräfin kommen konnte. Kaum wurde Nikolai ihrer ansichtig, als sein Gesicht statt der Freude, die sie erwartet hatte, plötzlich Kälte, Starrheit und Stolz zeigte, einen Ausdruck, den Prinzessin Marja noch nie an ihm gesehen hatte. Nikolai fragte nach ihrem Befinden, führte sie zu seiner Mutter, saß noch fünf Minuten bei ihnen und zog sich dann wieder zurück.

Als die Prinzessin das Zimmer der Gräfin verlassen hatte, kam Nikolai ihr wieder entgegen und geleitete sie besonders konventionell und steif ins Vorzimmer. Als sie eine Bemerkung über den Gesundheitszustand der Gräfin machte, hatte er kein Wort der Erwiderung. „Was geht das Sie an? Lassen Sie mich zufrieden!" sagte sein Blick.

„Wozu kriecht sie hier herum? Was hat sie hier verloren? Ich kann diese Namen und alle diese Liebenswürdigkeiten nicht ausstehen!" sagte er laut, offenbar außerstande, seinen Ärger hinunterzuschlucken, kaum daß die Kutsche der Prinzessin abgerollt war.

Sonja war dabei.

„Ach, wie kann man nur so sprechen, Nicolas", sagte sie und konnte ihre Freude doch kaum verhehlen. „Sie ist doch so ein guter Mensch, und maman hat sie so gern."

Nikolai gab keine Antwort und hätte am liebsten nie wieder von der Prinzessin gesprochen. Allein seit diesem Besuch fing die Gräfin jeden Tag einige Male von ihr an.

Die Gräfin strich sie heraus, verlangte, Nikolai solle Prinzessin Marjas Besuch erwidern, und äußerte den Wunsch, sie häufiger zu sehen, wurde indessen jedesmal verdrießlich, wenn sie von ihr sprach.

Nikolai suchte stumm zu bleiben, wenn die Mutter von der Prinzessin sprach, aber damit reizte er die Gräfin nur noch mehr.

„Sie ist ein sehr ehrenwertes und gutes Mädchen", sagte sie. „Und du mußt ihren Besuch erwidern. So siehst du doch wieder einmal einen Menschen, hier bei uns mußt du ja noch ganz melancholisch werden vor Langeweile."

„Aber das lockt mich ja nicht im geringsten, Mamachen."

„Früher warst du immer dabei, unter Menschen zu kommen, und jetzt lockt es dich plötzlich nicht. Ich verstehe dich wirklich nicht, mein Lieber. Einmal grämst du dich vor Langeweile, und dann willst du plötzlich niemand sehen."

„Aber ich habe ja gar nicht gesagt, daß ich mich langweile."

„Natürlich tust du das, und jetzt sagst du auch noch, es lockt dich nicht, sie zu sehen. Sie ist ein sehr schätzbares Mädchen und hat dir immer gut gefallen. Weiß Gott, was dir jetzt plötzlich in den Kopf gekommen ist. Aber mir sagt ja keiner etwas."

„Aber wieso denn, Mamachen!"

„Wenn ich dir mit meiner Bitte noch irgend etwas Unangenehmes zumutete, aber ich bitte dich ja doch nur, eine Visite zu machen. Das ist schließlich eine einfache Höflichkeitspflicht ... Also, ich habe dich gebeten und mische mich nicht weiter ein, wenn du vor deiner Mutter Geheimnisse hast."

„Also schön, wenn Sie es wollen, will ich es tun."

„Mir liegt gar nichts dran, ich wünsche es nur deinetwegen."

Nikolai seufzte, zog seinen Schnurrbart durch die Zähne und begann eine Patience zu legen, um die Mutter auf andere Gedanken zu bringen.

Am folgenden, am dritten, am vierten Tage wiederholte sich das gleiche Gespräch.

Nach ihrem Besuch bei Rostows und der unerwartet kalten Art, mit der Nikolai sie empfangen hatte, gestand Prinzessin Marja sich, daß sie mit ihrem Zweifel, ob sie als erste einen Besuch bei Rostows machen sollte, im Recht gewesen war.

„Ich habe ja auch gar nichts anderes erwartet", sagte sie sich und rief dabei ihren Stolz zu Hilfe. „Er geht mich nichts an, und ich wollte ja nur die alte Gräfin sehen, die immer gut zu mir war und der ich viel Dank schulde."

Aber Gedankengänge dieser Art konnten ihr keine Ruhe geben: ein Gefühl, das der Reue glich, quälte sie, sooft sie an diesen Besuch zurückdachte. Obwohl sie fest entschlossen war, Rostows nicht wieder aufzusuchen und die ganze Angelegenheit zu vergessen, empfand sie beständig das Peinliche einer unklaren Situation. Und fragte sie sich, was es nun eigentlich war, das sie so quälte, so mußte sie sich eingestehen, daß es ihr Verhältnis zu Rostow war. Seine kalte Höflichkeit entsprach nicht seiner wirklichen Gesinnung gegen sie — das wußte sie —, sondern hinter ihr barg sich etwas anderes. Und sie mußte es herausbringen, was das war, eher würde sie nicht zur Ruhe kommen.

Um die Mitte des Winters saß sie eines Tages im Unterrichtszimmer, während ihr Neffe gerade seine Stunde hatte. Da wurde ihr gemeldet, Rostow sei gekommen. Fest entschlossen, ihr Geheimnis nicht preiszugeben und ihre Verlegenheit nicht kund werden zu lassen, ließ sie Mademoiselle Bourienne rufen und ging mit ihr zugleich in den Salon.

Beim ersten Blick auf Nikolais Gesicht sah sie, daß er nur in Erfüllung einer Höflichkeitspflicht gekommen war, und setzte sich fest vor, den gleichen Ton anzuschlagen, dessen er sich ihr gegenüber bedient hatte.

Sie sprachen vom Befinden der Gräfin, von gemeinsamen Bekannten, von den letzten Neuigkeiten vom Kriegsschauplatz, und als die zehn Minuten um waren, nach deren Verlauf der Anstand es dem Gast gestattet, sich wieder zu erheben, da stand Nikolai auf, um zu gehen.

Die Prinzessin hatte mit Mademoiselle Bouriennes Hilfe das Gespräch sehr gut durchgehalten, aber ganz zuletzt hatte das Sprechen über Dinge, mit denen sie nichts verband, sie so ermüdet, und der Gedanke, warum denn ihr allein von den Freuden des Lebens so wenig zuteil würde, nahm sie so hin, daß sie in einem Anfall von Zerstreutheit, mit ihren leuchtenden Augen vor sich hinsehend, es gar nicht wahrnahm, daß er sich erhob, und darum regungslos sitzen blieb.

Nikolai sah sie an, und weil er es nicht merken lassen wollte, daß er ihre Zerstreutheit wahrgenommen hatte, so sprach er ein paar Worte mit Mademoiselle Bourienne und warf dann wieder einen Blick auf die Prinzessin. Sie saß immer noch regungslos da, und auf ihrem zarten Gesicht lag ein Ausdruck inneren Leidens. Er empfand plötzlich Mitleid mit ihr und hatte das dunkle Gefühl, vielleicht selbst Ursache des Kummers zu sein, der aus ihrem Gesicht sprach. Er wollte ihr gern zu Hilfe kommen, wollte ihr etwas Freundliches sagen, aber es fiel ihm nicht das geringste ein.

„Leben Sie wohl, Prinzessin", sagte er.

Sie kam zu sich, wurde flammend rot und seufzte schwer auf.

„Ach, entschuldigen Sie", sagte sie wie eine Erwachende. „Sie wollen schon fort, Graf? Also dann leben Sie wohl! Aber das Kissen für die Gräfin?"

„Einen Augenblick, ich bringe es gleich", sagte Mademoiselle Bourienne und ging hinaus.

Beide schwiegen und sahen einander ab und zu an.

„Ja, Prinzessin", sagte Nikolai endlich mit einem melancholischen Lächeln, „es kommt einem so vor, als wäre es eben erst gewesen, und dabei ist doch so viel Wasser ins Meer geflossen, seit wir uns zum ersten Male sahen, damals in Bogutscharowo. Damals glaubten wir alle, wunders wie unglücklich zu sein, und jetzt möchte ich viel darum geben, wenn ich diese Zeit zurückbringen könnte ... Aber das kann man ja nicht."

Die Prinzessin sah ihm bei diesen Worten mit ihrem leuchtenden Blick unverwandt in die Augen. Es hatte den Anschein, als suche sie mühsam hinter einen geheimen Sinn zu kommen, der in seinen Worten verborgen lag und ihr hätte verkünden können, wie er im Herzen zu ihr stand.

„Ja, ja", sagte sie. „Aber Sie haben doch keinen Grund, sehnsüchtig in die Vergangenheit zu spähen, Graf. Soweit ich Ihr jetziges Leben übersehe, werden Sie immer mit Freuden daran zurückdenken können, denn Ihr Leben steht doch jetzt im Zeichen einer Selbstverleugnung, die ..."

„Dies Lob kann ich nicht gelten lassen", fiel er ihr rasch ins Wort. „Im Gegenteil, ich mache mir unausgesetzt Selbstvorwürfe ... Aber dieses Thema ist keineswegs interessant oder amüsant."

Und wieder nahm sein Blick den alten Ausdruck von Kälte und Steifheit an. Allein die Prinzessin sah in ihm schon wieder den Mann, den sie kannte und liebte, und nur mit diesem Mann sprach sie jetzt.

„Ich dachte, Sie würden mir erlauben, an diese Dinge zu rühren", sagte sie. „Wir waren einander doch so nahegekommen, Sie ... Ihre ganze Familie und ich, und so dachte ich, Sie würden es nicht für unangebracht halten, wenn ich meiner Anteilnahme einen solchen Ausdruck gab, aber da habe ich mich wohl getäuscht." In ihre Stimme kam plötzlich ein Zittern. Dann raffte sie sich zusammen. „Ich weiß nicht, warum, aber früher waren Sie anders und ..."

„Es gäbe tausend Antworten auf dieses Warum." Er betonte das Wort „warum" besonders nachdrücklich. „Ich danke Ihnen, Prinzessin", sagte er dann leise. „Manchmal ist es freilich schwer."

„Also das ist es! Also das ist der Grund!" sagte eine Stimme in Prinzessin Marjas Seele. „Nein, was mich zu ihm zog, das war nicht nur dieser fröhliche, gutherzige, offene Blick, nicht nur die schöne Außenseite, ich ahnte ja in ihm die edle, starke, opferwillige Seele", sagte sie zu sich selbst. „Ja, jetzt ist er arm, und ich bin reich ... Ja, nur das ist der Grund ... Ja, wenn das nicht wäre ..." Und nun stand die zärtliche Art vor ihr, die er früher gehabt hatte, und sie sah in sein gutes und trauriges Gesicht und hatte plötzlich begriffen, warum er jetzt so kalt war.

„Warum nur, Graf, warum nur?" rief sie auf einmal, fast schreiend, und machte unwillkürlich einen Schritt auf ihn zu. „Sagen Sie mir doch das ‚Warum'! Sie müssen es mir sagen."

Er schwieg.

„Ich kenne Ihr ‚Warum' nicht, Graf", fuhr sie fort. „Aber es ist mir so schwer zu denken, daß... Ich gebe das offen zu. Aus irgendeinem Grunde wollen Sie mir die Freundschaft wieder nehmen, die Sie früher für mich hatten. Und das tut mir weh." Sie hatte Tränen in den Augen und in der Kehle. „In meinem Leben hat es so wenig Glück gegeben, daß mich jeder Verlust hart treffen muß ... Verzeihen Sie mir, leben Sie wohl." Sie brach plötzlich in Tränen aus und wollte das Zimmer verlassen.

„Prinzessin! Bleiben Sie, um Gottes willen!" rief er, bestrebt, sie zu halten. „Prinzessin!"

Sie wandte sich um und sah ihn an. Einige Sekunden hindurch sahen sie sich schweigend in die Augen, und was so fern und unmöglich gewesen war, das wurde jetzt plötzlich nah, möglich und unumgänglich.

VII

Nach seiner Verheiratung mit Prinzessin Marja siedelte Nikolai mit seiner Frau, seiner Mutter und Sonja nach Lysyja Gory über, um sich dort ganz niederzulassen.

Ohne eines der Güter seiner Frau zu verkaufen, trug er im Laufe von vier Jahren die noch ausstehenden Schulden ab und konnte, da eine Cousine ihm testamentarisch ihr nicht sehr bedeutendes Vermögen vermacht hatte, auch Pierre seine Schuld zurückzahlen.

Nach einiger Zeit, im Jahre 1820, hatte Nikolai seine Vermögensverhältnisse so weit in Ordnung gebracht, daß er zu Lysyja Gory noch ein kleines Nachbargut hinzukaufen und über den Rückkauf des väterlichen Gutes Otradnoje verhandeln konnte. Dieser Rückkauf war von jeher einer seiner Lieblingsgedanken gewesen.

Anfangs hatte er sich nur der Landwirtschaft zugewandt, weil es eben sein mußte, hatte aber bald so viel Geschmack daran gefunden, daß er zu einem passionierten Landwirt wurde und diese Tätigkeit ihm das Liebste und fast das einzige war. Nikolai war ein einfacher Landwirt, liebte keine Neuerungen, am allerwenigsten die englischen, die damals gerade in Mode gekommen waren, lachte nur über theoretische Landwirtschaftshandbücher, hatte für die Anlage von Fabriken, kostspielige gewerbliche Unternehmungen, Aussaat teurer Getreidesorten nichts übrig und spezialisierte sich überhaupt nicht auf einen einzelnen bestimmten Landwirtschaftszweig. Er hatte immer nur das Gut als Ganzes vor Augen und nicht irgendeinen einzelnen Teil der Gutswirtschaft. Was ihm von allen Dingen auf seinem Gut am Herzen lag, das war nicht der Stickstoff oder Sauerstoff im Boden und in der Luft, nicht ein bestimmter Pflug oder der Dünger, sondern jenes Hauptwerkzeug, vermittels dessen Stickstoff, Sauerstoff, Dünger und Pflug erst zur Wirkung gelangen, das heißt, der Arbeiter, der Bauer. Als Nikolai sich mit der Landwirtschaft abzugeben und in ihre einzelnen Zweige einzudringen begann, da zog der Bauer sein Hauptaugenmerk auf sich; der Bauer stellte sich ihm nicht nur als Werkzeug, sondern auch als Zweck und Kriterium dar. Er suchte ihn erst kennenzulernen und dahinterzukommen, was der Bauer brauchte, was er für schlecht und was er für gut hielt, und wenn

Nikolai so tat, als befehle und verfüge er, so lag es in Wirklichkeit so, daß er bei den Bauern in die Schule ging, um sich mit ihrer Art, eine Sache anzupacken, ihrer Redeweise und ihrem Urteil über das, was gut und was schlecht war, vertraut zu machen. Und erst als er erfaßt hatte, was die Bauern für richtig und was sie für falsch hielten und worauf ihr Streben sich richtete, erst als er gelernt hatte, ihre Sprache zu sprechen und den verborgenen Sinn dessen, was sie sagten, zu verstehen, erst als er fühlte, daß er ihnen wirklich nahegekommen war, erst da begann er sie ohne Unsicherheit zu regieren, das heißt, die Pflicht zu erfüllen, die, was seine Bauern anging, zu erfüllen ihm oblag. Und Nikolais Art der Wirtschaftsführung zeitigte die glänzendsten Ergebnisse.

Als Nikolai die Bewirtschaftung des Gutes übernahm, machte er, ohne sich ein einziges Mal zu täuschen, gleichsam intuitiv gerade solche Leute zum Gutsvogt, Dorfältesten, Gemeindeschreiber, die von den Bauern selbst gewählt worden wären, wenn sie hätten wählen dürfen, und er brauchte sie nie durch andere zu ersetzen. Bevor er sich daranmachte, die chemischen Eigenschaften des Düngers zu ergründen, bevor er sich an „Debet und Credit" machte, wie er spöttisch die Rechnungsführung nannte, verschaffte er sich einen genauen Überblick über den bäuerlichen Viehbestand und trachtete ihn zu heben, soweit er irgend konnte. Die Bauernfamilien unterstützte er sehr großzügig, ließ aber nicht zu, daß sie sich teilten. Die Faulen, Liederlichen und Untüchtigen verfolgte er gleichermaßen und suchte sie nach Möglichkeit auszumerzen.

Bei der Aussaat und der Heu- und Getreideernte war er mit völlig gleicher Sorglichkeit auf seine eigenen Felder wie auf die der Bauern bedacht. Und bei wenigen Landwirten waren die Felder so zeitig und sorgsam bestellt und gemäht und brachten so viel Ertrag wie bei Nikolai.

Mit den unmittelbar zum Herrenhof gehörigen Leuten hatte er nur sehr ungern zu tun, nannte sie unnütze Fresser und ließ sie doch oft, wie allgemein gesagt wurde, zu üppig werden und verwöhnte sie: galt es, irgendeine Verfügung über einen dieser Hofesleute zu treffen, namentlich sobald es sich um die Notwendigkeit einer Bestrafung handelte, so war er unschlüssig und fragte jeden Menschen im Hause um Rat; nur wenn sich die Möglichkeit bot, einen von den Hofesleuten an Stelle eines Bauern zu den Soldaten zu geben, so tat er das, ohne auch nur einen Augenblick zu schwanken. Überhaupt war er sich nie im Zweifel, sobald es eine Entscheidung zu treffen galt, die sich auf die Bauern bezog. Jede seiner Entscheidungen und Anordnungen wurde von allen Bauern, abgesehen vielleicht von einem einzelnen oder ein paar Mißvergnügten, gutgeheißen, das wußte er.

Weder gestattete er es sich, nur weil er eben Neigung dazu verspürte, einen zu einer besonderen Arbeit heranzuziehen oder zu bestrafen, noch ließ er seinen persönlichen Wünschen die Zügel schießen, wenn es sich darum handelte, jemanden zu belohnen und seine Lage zu erleichtern. Er hätte nicht zu sagen vermocht, was für ein Maßstab es eigentlich war, der ihn das, was er tun, von dem, was er nicht tun durfte, unterscheiden lehrte, allein diesen Maßstab hatte er fest und unverrückbar in sich.

Wenn irgend etwas schiefgegangen war oder nicht klappen wollte, dann sagte er wohl ärgerlich: „Na ja, mit unserem russischen Volk ...“ und bildete sich ein, er könne den russischen Bauern nicht leiden.

Aber dabei liebte er „unser russisches Volk“ und das ganze Wesen dieses Volkes mit allen Kräften seiner Seele, und das war es ja auch, was ihn befähigte, jene einzig mögliche Art der Wirtschaftsführung, die ihn zu so guten Ergebnissen bringen sollte, zu erfassen und sich zu eigen zu machen.

Gräfin Marja war ganz eifersüchtig auf diese Passion ihres Mannes, und es tat ihr leid, daß sie nicht an ihr teilnehmen konnte; aber sie hatte eben kein Organ für die Freuden und Ärgerlichkeiten, die für ihn aus dieser fremden und weitabliegenden Welt flossen. Sie konnte nicht verstehen, warum er in einem solchen Zustande glücklicher Erregung war, wenn er sich schon beim Morgengrauen aufgemacht und den ganzen Morgen auf dem Felde oder der Tenne zugebracht hatte und dann von der Aussaat, der Heumahd oder Getreideernte zurückkam, um den Tee mit ihr zu trinken. Sie konnte nicht verstehen, was ihn so selig machte, wenn er voller Begeisterung von dem wohlhabenden, wirtschaftlichen Bauern Matwej Jermischin erzählte, der mit seiner Familie die ganze Nacht lang Garben gefahren und nun schon fertige Schober stehen habe, während bei allen andern das Korn noch auf dem Halm stand. Sie konnte nicht verstehen, warum er, zwischen Fenster und Balkon auf und nieder wandernd, unter seinem Schnurrbart so froh lächelte und dazu so lustig zwinkerte, wenn ein warmer Streifenregen auf die dürr aufkeimenden Hafersaaten fiel, oder warum er, wenn der Wind zur Zeit der Heumahd oder Getreideernte eine bedrohlich aussehende Regenwolke davonjagte, rot, sonnverbrannt und verschwitzt, mit einem Geruch von Wermut und Mariengras im Haar, von der Tenne kam und unter vergnügtem Händereiben sagte: „Na, jetzt nur noch ein Tag, und meins und das der Bauern ist alles herein.“

Noch weniger konnte sie verstehen, warum er mit seinem guten Herzen und seiner ständigen Bereitschaft, ihren Wünschen nicht nur entgegen- sondern sogar zuvorzukommen, fast in Verzweiflung geriet, wenn sie sich bei ihm für Bauernweiber oder Bauern einsetzte, die sich an sie gewandt hatten, um von bestimmten Arbeiten loszukommen, warum er, der gute Nicolas, ihr das so beharrlich abschlug und sie ärgerlich bat, sich doch nicht in seine Angelegenheiten zu mischen. Sie fühlte, daß er seine Welt für sich hatte, eine Welt, die er leidenschaftlich liebte, eine Welt, in der Gesetze galten, die sie nicht verstand.

Wenn sie, bestrebt, ihn zu verstehen, manchmal davon sprach, wie verdienstlich es doch sei, daß er so viel Gutes an seinen Leuten tue, dann wurde er ärgerlich und antwortete: „Ich denke ja gar nicht daran, das zu tun, so was käme mir nie in den Kopf, ich tue nie etwas deswegen, damit sie es gut haben. Alle diese Geschichten von dem Wohl unseres Nächsten, das ist alles nichts weiter als Schwärmerei und Weiberkram. Mir liegt nur daran, daß unsere Kinder nicht zu betteln brauchen, ich muß unser Vermögen hochbringen, solange ich noch am Leben bin, das ist die ganze Geschichte. Und dazu braucht man Strenge ... das ist es!" sagte er und ballte in seiner sanguinischen Art die Faust. „Und natürlich auch Gerechtigkeit", setzte er hinzu. „Weil der Bauer doch weder für sich noch für mich etwas schaffen kann, wenn er nackt und hungrig ist und nur einen einzigen Schinder im Stall hat."

Und daß Nikolai nie auf den Gedanken verfiel, er täte irgend etwas um der andern, um der Tugend willen, das war wohl gerade der Grund, weshalb alles, was er tat, so gute Früchte trug: sein Vermögen wuchs rasch, Bauern aus den Nachbardörfern kamen und baten, er möchte sie doch kaufen, und noch lange nach seinem Tode hielten die Leute das Andenken seiner Tätigkeit in hohen Ehren. „Das war mal ein richtiger Herr! Erst immer die Bauern, dann er selbst. Na, und durchgehen ließ er keinem was. Man kann nur sagen: eben ein Herr!"

VIII

Das einzige, was Nikolai bei seinem gutsherrlichen Wirken bisweilen peinlich in die Quere kam, war seine Neigung zum Jähzorn im Verein mit seiner alten Husarengewohnheit, immer gleich zuzuhauen. In der ersten Zeit fand er dabei weiter nichts Schlimmes, allein im zweiten Jahr seiner Ehe wurde er, was diese Art des Ahndens von Verstößen und Nachlässigkeiten anging, plötzlich anderer Meinung.

Eines Sommertages hatte Nikolai den Nachfolger des verstorbenen Dron, den jetzigen Dorfältesten von Bogutscharowo, dem allerhand Durchstechereien und Schludrigkeiten zur Last gelegt wurden, herbestellt. Nikolai ging zu ihm vor das Portal, und kaum daß der Dorfälteste die ersten Fragen beantwortet hatte, hörte man im Flur auch schon Zuschlagen und Geschrei. Als Nikolai zum Frühstück nach Hause kam, trat er auf seine Frau zu, die mit vorgebeugtem Kopf an ihrem Stickrahmen saß, und begann ihr nach seiner Gewohnheit alles zu erzählen, was er im Laufe des Morgens getrieben hatte, und kam unter anderem auch auf den Dorfältesten von Bogutscharowo zu sprechen. Gräfin Marja saß, abwechselnd rot und blaß werdend, die Lippen aufeinandergepreßt, immer noch mit gesenktem Kopf da und schwieg.

„So ein unverschämter Halunke", sagte ihr Mann, den die bloße Erinnerung wieder aufbrachte. „Na, hätte er mir doch gesagt, daß er betrunken war! Ich hatte es gar nicht gesehen ... Aber was hast du denn, Marie?" fragte er plötzlich.

Gräfin Marja hob den Kopf und wollte etwas sagen, dann aber senkte sie ihn schnell wieder und preßte die Lippen aufeinander.

„Was hast du? Was ist dir, Liebste?"

Die unschöne Gräfin Marja wurde immer schön, wenn sie weinte. Sie weinte nie vor Schmerzen oder aus Ärger, sondern immer nur aus Betrübtheit oder Mitleid. Und wenn sie weinte, gewannen ihre leuchtenden Augen einen Zauber, dem sich niemand entziehen konnte.

Als Nikolai jetzt ihre Hand nahm, da konnte sie nicht mehr an sich halten und brach in Tränen aus.

„Nicolas, ich habe es gesehen ... er ist ja nicht schuldlos, aber du, warum mußtest du ... Nicolas!" Und sie schlug die Hände vor das Gesicht.

Nikolai wurde dunkelrot, wandte sich ab und ging schweigend im Zimmer auf und nieder. Er verstand, worüber sie weinte; aber er brachte es doch nicht fertig, ihr so mit einemmal darin beizupflichten, daß etwas ihm von Kindheit an Gewohntes und zudem seiner Meinung nach allgemein Verbreitetes nun plötzlich etwas Schlimmes sein sollte. „Das sind so Sentiments, Weiberkram. Oder hat sie recht?" dachte er. Ehe er mit sich hierüber ins reine gekommen war, sah er noch einmal in ihr leidendes, liebendes Gesicht und begriff nun plötzlich, daß sie recht hatte und er im Grunde ja lange schon ein geheimes Schuldbewußtsein empfunden hatte.

„Marie", sagte er leise und trat auf sie zu, „so etwas wird nie mehr vorkommen, darauf gebe ich dir mein Wort. Nie mehr", wiederholte er mit zitternder Stimme wie ein Kind, das um Verzeihung bittet.

Die Gräfin weinte noch heftiger. Sie nahm die Hand des Mannes und küßte sie.

„Nicolas, wann hast du denn die Gemme zerbrochen?" fragte sie, um ein anderes Thema anzuschlagen, und betrachtete seine Hand, die einen Ring mit einem Laokoonskopf trug.

„Heute, es war die gleiche Geschichte. Ach, Marie, erinnere mich nicht mehr daran." Wieder war er flammend rot geworden. „Ich gebe dir mein Ehrenwort, es wird nie mehr vorkommen. Und dies hier soll mich mein ganzes Leben lang daran erinnern." Bei diesen Worten zeigte er auf die zerschlagene Gemme.

Von da an drehte Nikolai den Ring mit der zerschlagenen Gemme an seinem Finger, sobald ihm bei Auseinandersetzungen mit Dorfältesten und Verwaltern das Blut in den Kopf stieg und die Fäuste sich ballen wollten, und er schlug die Augen vor dem Menschen nieder, der ihn in Wut gebracht hatte. Zwei- oder dreimal im Jahr vergaß er sich indessen doch und kam dann zu seiner Frau, gestand es ihr ein und gelobte ihr von neuem, dies solle das letztemal gewesen sein.

„Marie, jetzt verachtest du mich bestimmt", sagte er dann, „und das verdiene ich ja auch."

Gräfin Marja suchte ihren Mann zu trösten und sagte bekümmert:

„Wenn du fühlst, daß du dich nicht mehr beherrschen kannst, dann geh weg, so schnell wie möglich weg."

In der adligen Gesellschaft des Gouvernements war Nikolai zwar geachtet, aber nicht sehr beliebt. Gegen die gemeinsamen Interessen des Adels verhielt er sich gleichgültig. Und teils hielt man ihn deswegen für hochmütig, teils für dumm. Der ganze Sommer, von der Frühjahrsaussaat bis zur Ernte, verging ihm in landwirtschaftlichen Beschäftigungen. Im Herbst widmete er sich mit dem gleichen sachlichen Ernst, den er für wirtschaftliche Dinge hatte, der Jagd und war dann mit seinen Koppeln, Pferden und Jägern oft einen oder zwei Monate fort. Im Winter fuhr er viel auf die andern ihm gehörigen Güter oder beschäftigte sich mit Lesen. Er las vorwiegend Geschichtswerke und ließ sich jährlich für eine bestimmte Summe Bücher schicken. Er suchte sich, wie er zu sagen pflegte, eine seriöse Bibliothek zusammenzustellen und hatte es sich zur Regel gemacht, sämtliche Bücher, die er sich anschaffte, auch durchzulesen. Sehr ernsthaft saß er in seinem Kabinett über dieser Lektüre, die er sich anfangs wie eine Pflicht auferlegt hatte, während sie ihm später zu einer gewohnheitsmäßigen Beschäftigung wurde, die ihm eine besondere Art von Genugtuung und das befriedigende Bewußtsein gewährte, daß er sich mit ernsten Dingen abgab. Abgesehen von den Fahrten, die aus geschäftlichen Anlässen notwendig waren, verbrachte er im Winter den größten Teil seiner Zeit zu Hause, in engster Verbundenheit mit seiner Familie und ganz eingesponnen in alle die kleinen Beziehungen zwischen der Mutter und den Kindern. Das Verhältnis zu seiner Frau wurde ein immer innigeres, und täglich entdeckte er neue Schätze des Herzens in ihr.

Sonja lebte, seit Nikolai verheiratet war, ebenfalls in seinem

Hause. Noch vor der Hochzeit hatte Nikolai Marja alles erzählt, was zwischen ihm und Sonja gewesen war, hatte dabei alle Schuld auf sich genommen und Sonja herausgestrichen. Er hatte Prinzessin Marja gebeten, freundlich und gut zu seiner Cousine zu sein. Gräfin Marja erkannte die ganze Schuld ihres Mannes und fühlte auch sich selbst Sonja gegenüber schuldig; sie glaubte, ihr Vermögen habe Einfluß auf Nikolais Wahl gehabt, sagte sich, daß sie Sonja nicht das geringste vorzuwerfen habe, und gab sich alle Mühe, sie lieb zu haben; dennoch aber brachte sie das nicht fertig, vielmehr entdeckte sie in ihrer Seele oft genug Gefühle des Übelwollens für Sonja und war außerstande, sie zu überwinden.

Eines Tages sprach sie mit ihrer Freundin Natascha von Sonja und von ihren eigenen immer wieder mißlingenden Versuchen, Sonja gerecht zu werden.

„Weißt du was?" sagte Natascha. „Du bist doch im Neuen Testament so beschlagen. Da gibts eine Stelle, die Sonja geradezu auf den Leib geschrieben ist."

„Und welche ist das?" fragte Gräfin Marja erstaunt.

„Wer hat, dem wird gegeben, wer aber nicht hat, dem wird genommen. Erinnerst du dich? Sie hat nicht. Warum, weiß ich nicht. Vielleicht kommt es daher, daß kein Egoismus in ihr steckt, ich weiß es nicht. Aber ihr wird genommen, und ihr ist alles genommen worden! Sie tut mir manchmal furchtbar leid; ich habe früher so sehr gewünscht, Nicolas möchte sie doch heiraten ... Aber ich hatte doch immer so eine Art Vorgefühl, daß daraus nichts werden würde. Sie ist eine taube Blüte, weißt du, so wie sie manchmal bei Erdbeeren sind. Dazwischen tut sie mir leid, dazwischen denke ich aber auch, sie empfindet das gar nicht so, wie wir es an ihrer Stelle empfinden würden."

Und obwohl Gräfin Marja Natascha auseinandersetzte, diese Worte des Evangeliums seien ganz anders zu verstehen, so mußte sie, wenn sie Sonja ansah, doch Nataschas Deutung beipflichten. In der Tat sah es auch so aus, als leide Sonja nicht unter ihrer Situation und habe sich mit ihrer Bestimmung, eine taube Blüte zu sein, durchaus abgefunden. Es war, als schätzte sie nicht so sehr die einzelnen Menschen wie vielmehr die ganze Familie. Wie eine Katze war sie weniger bei den Menschen als vielmehr im Hause heimisch geworden. Sie pflegte die alte Gräfin, hätschelte und verwöhnte die Kinder und war immer bereit, alle die kleinen Dienste zu tun, die ihr lagen; aber das alles nahmen die andern unwillkürlich mit allzu geringer Dankbarkeit hin ...

Das Herrenhaus von Lysyja Gory war wiederhergestellt worden, aber nicht mehr in dem Grandseigneursstil, den es unter dem verstorbenen Fürsten gehabt hatte.

Die noch in der Notzeit begonnenen Bauten waren mehr als schlicht. Das mächtige Haus, über dem alten Steinfundament aufgeführt, war aus Holz und nur von innen mit Kalk verputzt. Das große, sehr geräumige Haus mit dem ungestrichenen Dielenboden war möbliert mit denkbar einfachen harten Diwans und Sesseln, mit Tischen und Stühlen aus eigenem Birkenholz, von den Gutstischlern selbst hergestellt. Das geräumige Haus hatte eine reichliche Menge von Zimmern für die Dienerschaft und Abteilungen für Besuch. Verwandte der Rostows und Bolkonskijs kamen dazwischen familienweise mit sechzehn Pferden und Dutzenden von Dienstboten nach Lysyja Gory zu Besuch und blieben monatelang. Außerdem kamen viermal im Jahre, zu Nikolais und Marjas Namens- und Geburtstagen bis zu hundert Gäste für ein bis zwei Tage. Abgesehen davon ging das Leben mit unverrückbarer Regelmäßigkeit hin, mit den gewöhnlichen Beschäftigungen, Tee, Frühstück, Mittagessen, Abendbrot aus den selbstgewonnenen Vorräten.

IX

Es war am Tage vor dem Winter-Nikolaustage, am 5. Dezember des Jahre 1820. In diesem Jahr war Natascha mit ihren Kindern und ihrem Mann seit Beginn des Herbstes im Hause ihres Bruders zu Besuch. Pierre war indessen zur Zeit in Petersburg, wohin er in bestimmten persönlichen Angelegenheiten, von Lysyja Gory aus, wie er sagte, auf drei Wochen gefahren war; indessen war er jetzt schon die siebente Woche fort und wurde nun jeden Augenblick erwartet.

Am 5. Dezember war außer der Besuchowschen Familie bei Rostows auch noch ein alter Freund Nikolais zu Gast, der General außer Diensten Wassilij Feodorowitsch Denissow. Nikolai wußte, daß er am 6. Dezember, der ja sein Namenstag war und Scharen von Gästen bringen würde, seinen gewohnten tatarischen Halbrock ausziehen, Überrock und spitz zulaufende Stiefel anlegen, in die neue, von ihm erbaute Kirche fahren, darauf Glückwünsche entgegennehmen, zum Zugreifen nötigen und von den Adelswahlen und der letzten Ernte sprechen mußte; aber er meinte, es sich deswegen um so weniger nehmen lassen zu dürfen, den Tag vorher noch in gewohnter Weise zuzubringen. In der Zeit bis zum Mittagessen sah Nikolai die Abrechnungen durch, die der Vogt des Rjasaner Gutes, das dem Neffen seiner Frau gehörte, ihm geschickt hatte, schrieb zwei Geschäftsbriefe und machte einen Rundgang über die Tenne, den Vieh- und den Pferdehof. Er traf noch einige

Anordnungen gegen die für morgen als für einen hohen Feiertag zu erwartende allgemeine Betrunkenheit, ging dann zum Mittagessen und setzte sich, ohne daß er dazu gekommen wäre, mit seiner Frau noch ein paar Worte allein zu sprechen, an den langen Tisch mit den zwanzig Gedecken, an dem alle Hausgenossen versammelt waren, seine Mutter, die Belowa — eine alte Dame, die mit Nikolais Mutter zusammen wohnte —, seine Frau, seine drei Kinder, deren Gouvernante und Hofmeister, der Neffe mit seinem Hofmeister, Sonja, Denissow, Natascha, ihre drei Kinder, deren Gouvernante und der alte Michail Iwanytsch, der ehemalige Baumeister des alten Fürsten, der jetzt in Lysyja Gory seinen Lebensabend verbrachte.

Gräfin Marja saß Nikolai gegenüber am andern Ende des Tisches. Sowie ihr Mann sich an seinen Platz setzte, sagte Gräfin Marja sich sofort angesichts der Bewegung, mit der er die Serviette ergriff und die vor ihm stehenden Gläser — das Weinglas und das Schnapsgläschen — umstellte, er müsse schlechter Stimmung sein, wie das manchmal der Fall war, besonders vor der Suppe und wenn er geradeswegs aus der Wirtschaft zum Mittagessen kam. Gräfin Marja kannte das an ihm sehr gut, und wenn sie selbst in guter Verfassung war, so wartete sie ruhig ab, bis er die Suppe gegessen hatte, und fing dann erst an, mit ihm zu sprechen, und dann gab er meist bald zu, daß seine Verstimmung eigentlich ganz grundlos sei. Heute aber vergaß sie diese Taktik vollkommen, es tat ihr weh, daß er ohne Ursache auf sie böse war, und sie fühlte sich unglücklich. Sie fragte ihn, wo er gewesen sei. Er antwortete. Darauf fragte sie, ob er alles in Ordnung gefunden habe. Er runzelte die Stirn, weil er das Erzwungene ihres Tones empfand, und gab irgendeine hastige Antwort.

„Also habe ich mich nicht getäuscht!" dachte Gräfin Marja, „aber warum ist er mir denn böse?" Sie hatte aus dem Ton seiner Antwort herausgehört, daß er irgend etwas gegen sie hatte und das Gespräch abzubrechen wünschte. Sie wußte ja selbst, daß ihre Worte unnatürlich herausgekommen waren, konnte sich indessen doch nicht enthalten, noch einige weitere Fragen zu stellen.

Dank Denissow kam bald eine lebhafte, allgemeine Tischunterhaltung in Gang, die ein Sondergespräch zwischen Gräfin Marja und ihrem Mann nicht recht zuließ. Als alle aufgestanden waren und zur alten Gräfin gingen, um sich zu bedanken, streckte Gräfin Marja ihrem Mann die Hand hin, küßte ihn und fragte dabei, warum er ihr böse sei.

„Was du auch immer für komische Einfälle hast! Ich denke ja gar nicht daran, böse zu sein", sagte er.

Aber in dem Wort „immer" lag für Gräfin Marja die Antwort: „Ja, ich bin böse und will es nur nicht sagen."

Nikolai und seine Frau lebten so gut miteinander, daß selbst

Sonja und die alte Gräfin, die etwas eifersüchtig waren und darum gar nichts dagegen gehabt hätten, wenn es ab und zu Unstimmigkeiten zwischen beiden gegeben hätte, keinen Anlaß zu einem Vorwurf finden konnten, dennoch gab es auch zwischen Nikolai und Gräfin Marja Augenblicke der Feindseligkeit. Bisweilen, und zwar gerade nach Perioden ausgeglichensten Glückes konnte plötzlich über beide ein Gefühl der Entfremdung und Feindschaft kommen, und das war am häufigsten der Fall, wenn Gräfin Marja in andern Umständen war. Und gerade das traf jetzt zu.

„Na, messieurs et mesdames", sagte Nikolai laut und anscheinend vergnügt, und Gräfin Marja war es, als kehre er geflissentlich eine gute Laune heraus, um sie zu kränken. „Ich bin seit sechs Uhr auf den Beinen. Morgen muß ich ja alles über mich ergehen lassen, aber heute möchte ich mich doch noch drücken und ein wenig verschnaufen."

Und ohne noch ein Wort für Gräfin Marja zu haben, ging er in das kleine Diwanzimmer und streckte sich aus.

„So ist es ja immer", dachte Gräfin Marja. „Mit allen spricht er, nur mit mir nicht. Ich sehe ja, ich sehe ja, daß ich ihm zuwider bin. Besonders jetzt." Sie warf einen Blick auf ihren vorgewölbten Leib und betrachtete dann im Spiegel ihr gelblich blasses, mager gewordenes Gesicht, das die Augen jetzt noch größer erscheinen ließ als sonst.

Und nun irritierte sie alles, Denissows Schreien und Lachen, Nataschas Stimme und noch mehr als alles andere der schnelle Blick, den Sonja ihr zuwarf.

Sonja war immer die erste, gegen die sich Gräfin Marjas Gereiztheit zu richten pflegte.

Eine Zeitlang saß sie noch bei den Gästen, ohne irgend etwas von ihrer Unterhaltung in sich aufzunehmen, entfernte sich dann still und ging ins Kinderzimmer.

Die Kinder fuhren auf Stühlen nach Moskau und schlugen ihr vor, mitzutun. Sie setzte sich hin und spielte ein wenig mit ihnen, allein der Gedanke an ihren Mann und seine grundlose Mißstimmung quälte sie unausgesetzt. Sie stand auf, ging zum kleinen Diwanzimmer und gab sich dabei Mühe, nur mit den Zehenspitzen aufzutreten.

„Vielleicht schläft er gar nicht, dann spreche ich mich mit ihm aus", dachte sie. Andrjuscha, ihr Ältester, machte sie nach und kam, ebenfalls auf den Zehenspitzen, hinter ihr her. Gräfin Marja bemerkte ihn nicht.

„Chère Marie, il dort, je crois, il est si fatigué",[1] sagte Sonja, die

[1] Liebe Marie, ich glaube, er schläft; er ist so müde.

ihr im großen Diwanzimmer begegnete. Es war ihr, als begegne ihr Sonja auch wirklich überall. „Andrjuscha soll ihn nur nicht wecken."

Gräfin Marja blickte sich um, sah Andrjuscha hinter sich, fühlte, daß Sonja recht hatte, und gerade das machte sie so wütend, daß sie nur mit sichtlicher Mühe eine scharfe Entgegnung hinunterschluckte. Sie sagte nichts, und um Sonja doch nicht ganz den Willen zu tun, machte sie Andrjuscha mit der Hand ein Zeichen, er solle keinen Lärm machen, dürfe aber ruhig hinter ihr herkommen, und ging zur Tür. Sonja entfernte sich durch die andere Tür. Aus dem Zimmer, in welchem Nikolai schlief, kam sein gleichmäßiges, Gräfin Marja bis in die letzten Schattierungen hinein vertrautes Atmen. Als sie das hörte, glaubte sie seine glatte, wohlgebildete Stirn, seinen Schnurrbart, sein ganzes Gesicht vor sich zu sehen, das sie in nächtlicher Stille, wenn er schon schlief, oft so lange betrachtet hatte. Plötzlich rührte Nikolai sich ein wenig und räusperte sich. Und im gleichen Augenblick schrie auch schon Andrjuscha hinter der Tür: „Pappi, hier steht Mammi!" Gräfin Marja wurde ganz blaß vor Schrecken und winkte ihrem Sohn, er sollte doch still sein. Er schwieg, und dieses Schweigen, das wohl eine Minute anhielt, war Gräfin Marja fürchterlich. Sie wußte, wie empfindlich Nikolai dagegen war, wenn er im Schlaf gestört wurde. Plötzlich hörte sie hinter der Tür wieder Räuspern und Rascheln, und Nikolais Stimme sagte verdrießlich:

„Keine Minute können sie einen in Ruhe lassen. Marie, bist du es? Warum hast du ihn hergebracht?"

„Ich kam nur, um zu sehen ... ich wußte nicht ... verzeih ..."

Nikolai räusperte sich und sagte nichts mehr. Gräfin Marja zog sich zurück und brachte ihren Sohn ins Kinderzimmer. Fünf Minuten später lief die kleine schwarzäugige dreijährige Natascha, der Liebling des Vaters, die von ihrem Bruder gehört hatte, Pappi schlafe und Mammi sei im Diwanzimmer, ohne daß die Mutter es wahrnahm, zum Vater. Das schwarzäugige kleine Mädchen knarrte ohne jede Scheu mit der Tür, ging mit ihren kurzen Beinen in energischen Trippelschritten auf den Diwan zu, sah sich den schlafenden Vater an, der ihr den Rücken zukehrte, hob sich auf den Zehenspitzen und küßte die unter den Kopf geschobene Hand des Vaters. Nikolai drehte sich mit einem gerührten Lächeln um.

„Natascha, Natascha!" flüsterte Gräfin Marja ganz erschrocken von der Tür her. „Pappi will schlafen."

„Nein, Mama, er will gar nicht schlafen", antwortete die kleine Natascha, die ihrer Sache ganz sicher war. „Er lacht doch."

Nikolai ließ die Füße vom Diwan gleiten, richtete sich auf und nahm die Tochter in die Arme.

„Komm nur herein, Mascha", sagte er zu seiner Frau.

Gräfin Marja kam herein und setzte sich neben ihn.

„Ich hatte es gar nicht gesehen, daß er mir nachgelaufen kam", sagte sie schüchtern. „Ich war nur so hergekommen."

Nikolai, einen Arm um die Tochter geschlungen, sah seine Frau an, und als er den schuldbewußten Ausdruck ihres Gesichts gewahrte, schlang er den andern Arm um sie und küßte sie auf das Haar.

„Soll ich die Mama küssen?" fragte er Natascha.

Natascha lächelte verlegen.

„Noch mal!" sagte sie dann gebieterisch und zeigte auf die Stelle, wohin Nikolai geküßt hatte.

„Ich weiß nicht, warum du denkst, ich sei schlechter Laune", sagte Nikolai als Antwort auf die Frage, von der er wußte, daß sie unausgesprochen in ihrem Herzen lag.

„Du kannst dir gar keinen Begriff davon machen, wie unglücklich und verlassen ich mich immer fühle, wenn du so bist. Mir ist dann immer so zumut, als . . ."

„Marie, laß doch, das ist doch Unsinn. Schäm dich doch", sagte er lustig.

„Mir ist dann immer so zumut, als könntest du mich ja gar nicht liebhaben, weil ich doch so häßlich bin . . . schon immer . . . und gerade jetzt . . . wo ich doch . . ."

„Ach, wie komisch du bist! Es heißt doch immer: nicht das Schöne wird einem lieb, sondern das Geliebte wird schön. Nur Romanfiguren wie Malvina und ihresgleichen liebt man, weil sie schön sind. Ja, und liebe ich denn meine Frau? Lieben in diesem Sinne tue ich sie gar nicht, das ist etwas ganz anderes, ich weiß nicht, wie ich mich da ausdrücken soll. Wenn du nicht da bist und wenn wir irgend so eine Geschichte miteinander haben wie vorhin, dann bin ich einfach hin und zu gar nichts imstande. Na, liebe ich denn vielleicht meinen Finger? Lieben tu ich ihn nicht, aber versuch nur mal, ihn mir abzuschneiden."

„Nein, ich empfinde anders, aber ich verstehe dich. Du bist mir also nicht böse?"

„Furchtbar böse", sagte er lächelnd, stand auf, strich sich die Haare glatt und begann im Zimmer auf und ab zu gehen.

„Weißt du, Marie, was ich mir gedacht habe?" meinte er. Jetzt, nachdem sie sich versöhnt hatten, fing er augenblicks an, vor seiner Frau laut zu denken.

Er fragte gar nicht, ob sie bereit sei, ihn anzuhören: das war ihm ganz einerlei. Es war ihm ein Gedanke gekommen, also mußte sie an diesem Gedanken teilhaben. Und er erzählte ihr, er wolle Pierre zureden, doch noch bis zum Frühling dazubleiben.

Gräfin Marja hörte ihm zu, machte diese und jene Äußerung und begann nun ihrerseits laut zu denken. Ihre Gedanken galten den Kindern.

„Wie in der schon jetzt die Frau steckt!" sagte sie auf französisch und deutete auf die kleine Natascha. „Uns Frauen werft ihr immer Unlogik vor. Aber hier kannst du einmal unsere Logik sehen. Ich sage: Pappi will schlafen, und sie sagt: Nein, er lacht doch. Und sie hatte recht", sagte Gräfin Marja mit einem glücklichen Lächeln.

„Ja, ja!"

Und Nikolai nahm die Tochter auf seinen starken Arm, hob sie in die Höhe, setzte sie auf seine Schulter, hielt sie an den Füßen und ging mit ihr im Zimmer auf und ab. Vater und Tochter hatten dabei gleichermaßen gedankenlos glückliche Gesichter.

„Aber weißt du, du kannst auch ungerecht sein. Du liebst sie zu sehr", flüsterte Gräfin Marja auf französisch.

„Ja, aber was ist dabei zu machen? Ich gebe mir ja alle Mühe, es nicht zu zeigen ..."

In diesem Augenblick hörte man im Flur die Türrolle gehen und gleich darauf Schritte im Vorzimmer, als sei jemand angekommen.

„Da ist jemand gekommen."

„Das ist sicher Pierre. Ich will gehen und nachschauen", meinte Gräfin Marja und verließ das Zimmer.

Als sie draußen war, ging Nikolai sofort dazu über, die Tochter im Galopp durch das ganze Zimmer reiten zu lassen. Ganz außer Atem ließ er das lachende Mädchen endlich mit einer raschen Bewegung hinuntergleiten und drückte es gegen seine Brust. Seine Galoppsprünge erinnerten ihn an das Tanzen, und als er jetzt das kindlich runde glückliche Gesichtchen vor sich sah, da dachte er daran, wie sie wohl aussehen würde, wenn er sie als alter Herr ausführte und mit ihr Mazurka tanzte wie sein verstorbener Vater, der mit seiner Tochter gelegentlich den Küfer Danilo getanzt hatte.

„Er ist es, er ist es, Nicolas", sagte Gräfin Marja, als sie einige Minuten später wieder hereinkam. „Jetzt ist unsere Natascha aber munter geworden! Das muß man wirklich gesehen haben, wie selig sie war und wie er gleich sein Teil abkriegte, weil er erst jetzt zurückkommt. Na, komm nur schnell, komm! Einmal müßt ihr euch doch auch trennen können!" meinte sie und sah lächelnd die Kleine an, die sich an den Vater schmiegte.

Die Tochter an der Hand, ging Nikolai hinaus. Gräfin Marja blieb noch ein wenig im Diwanzimmer zurück.

„Nie, nie hätte ich geglaubt, daß ich so glücklich sein könnte", flüsterte sie vor sich hin. Ihr Gesicht strahlte von einem seligen Lächeln, im selben Augenblick seufzte sie aber auch auf, und aus ihrem tiefen Blick sprach ein stiller Kummer. Unwillkürlich mußte sie in diesem Augenblick daran denken, daß es außer dem Glück, das sie jetzt genoß, noch ein anderes Glück gab, auf das verzichten mußte, wer in dieser Form des Lebens sein Glück suchte.

X

Natascha hatte in den ersten Frühlingswochen des Jahres 1813 geheiratet und hatte jetzt, im Jahre 1820, bereits drei Töchter und einen Sohn, den sie sich sehr gewünscht hatte und jetzt selbst nährte. Sie war voller und breiter geworden, und in dieser kräftigen mütterlichen Gestalt erkannte man die schlanke, bewegliche Natascha von einst nur mühsam wieder. Ihre Gesichtszüge hatten etwas fester Umrissenes bekommen, und es lag ein Ausdruck ruhiger Weichheit und Klarheit in ihnen. Das unaufhörlich brennende Feuer der Munterkeit und des Lebens, das früher den Reiz dieses Gesichtes ausgemacht hatte, war verschwunden. Jetzt gewahrte man oft nur ihr Gesicht und ihren Körper, während von der Seele nichts zu sehen war. Nur das starke, schöne, fruchtbare Weib war sichtbar. Sehr selten loderte das Feuer von einst wieder auf. Das geschah nur in Augenblicken wie in diesem, als ihr Mann zurückkam, oder wenn ein krankes Kind gesundete, oder wenn sie mit Gräfin Marja vom Fürsten Andrej sprach – mit ihrem Mann sprach sie nie von ihm, da sie annahm, er könne auf das Andenken des Fürsten Andrej eifersüchtig werden – oder wenn sie zufällig – das war aber sehr selten – wieder einmal Lust hatte zu singen, was sie eigentlich ganz aufgegeben hatte, seit sie verheiratet war. Und in diesen seltenen Augenblicken eines Wiederaufloderns des alten Feuers in ihrem schönen, jetzt ganz entfalteten Körper war sie noch anziehender als dereinst.

Seit ihrer Verheiratung lebte Natascha mit ihrem Manne in Moskau, in Petersburg, auf Pierres Gut in der Nähe von Moskau oder bei der Mutter, also bei Nikolai. In der Gesellschaft sah man die junge Gräfin Besuchowa wenig, und wenn man sie dort sah, war man nicht sehr befriedigt von ihr. Sie war keineswegs sehr bestrickend oder besonders liebenswürdig. Nicht daß Natascha die Einsamkeit geliebt hätte – sie wußte nicht, liebte sie sie oder liebte sie sie nicht, es kam ihr aber so vor, als liebe sie sie wahrscheinlich doch nicht –, aber da sie Kinder zu tragen, zu gebären und zu nähren hatte und jeden Augenblick vom Leben ihres Mannes mit ihm teilte, so konnte sie diesen Ansprüchen nicht anders Genüge tun, als dadurch, daß sie sich von der großen Welt fernhielt. Alle, die Natascha als junges Mädchen gekannt hatten, waren sehr erstaunt über die mit ihr vorgegangene Veränderung, als sei das etwas ganz Unfaßliches. Nur die alte Gräfin mit ihrer Mutterwitterung verstand, daß alle Exzentrizitäten Nataschas keinen andern Grund gehabt hatten als den Drang nach einer Familie und einem Mann – wie sie das, nicht so sehr im Scherz als wirklich im Sinne eines Bekenntnisses einmal in Otradnoje in die Welt hinausgeschrien hatte –, und so war die Mutter eigentlich nur erstaunt über das Erstaunen der Menschen, die Natascha nicht verstanden und pflegte zu sagen, sie habe es von vornherein gewußt, daß Natascha noch einmal eine vorbildliche Frau und Mutter abgeben werde.

„Sie treibt es nur zu toll mit ihrer Liebe zu ihrem Mann und ihren Kindern", sagte die Gräfin. „Das fängt schon an dumm zu werden."

Natascha hielt sich nicht an jene goldene Regel, die immer wieder von klugen Leuten, besonders von Franzosen verkündigt wird, daß nämlich eine junge Frau nur ja nicht lässig werden, nur ja ihre Talente nicht ruhen lassen dürfe, sondern sich noch mehr als vor der Ehe mit der Pflege ihres Äußeren abgeben und den Mann genauso locken und fesseln müsse wie früher den Verehrer. Natascha hatte ganz im Gegenteil alle Lockmittel mit einem Schlage von sich getan, darunter auch ihr stärkstes, ihren Gesang. Und zwar hatte sie diesen gerade deswegen von sich getan, weil er eben so ein starkes Lockmittel war. Natascha war weder ängstlich auf ihre Manieren noch auf eine besondere Delikatesse im Reden bedacht, noch darauf, sich ihrem Mann in den vorteilhaftesten Stellungen zu zeigen, noch auf ihre Toilette, noch darauf, ihren Mann durch ihre Ansprüche nicht in Verlegenheit zu setzen. Sie tat genau das Gegenteil von dem, was diese Regeln vorschrieben. Sie hatte das Gefühl, diese früher instinktiv angewandten Lockmittel könnten jetzt nur lächerlich sein in den Augen ihres Mannes, dem sie sich vom ersten Augenblick an mit ihrem ganzen Wesen, mit ganzer Seele, ohne den Vorbehalt auch nur des abgelegensten Winkelchens hingegeben hatte. Was ihre Verbundenheit mit ihrem Mann so fest erhielt, das waren für ihr Empfinden nicht mehr jene poetischen Gefühle, die ihn zu ihr gezogen hatten, sondern etwas anderes, Undefinierbares, das aber so fest war wie das Band, das ihre eigene Seele mit ihrem eigenen Körper zusammenhielt.

Sich Locken zu toupieren, robes rondes zu tragen und Romanzen zu singen, um ihren Mann zu locken, das wäre ihr ebenso merkwürdig vorgekommen, wie etwa sich schön zu machen, um dann an sich selbst seine Freude zu haben. Sich schön zu machen, um andern zu gefallen, das hätte ihr vielleicht noch Spaß gemacht – genau wußte sie es nicht –, aber dazu hatte sie ganz einfach keine Zeit. Wenn sie sich weder mit Singen noch mit ihrer Toilette, noch mit einem sorgfältigen, vorherigen Zurechtlegen ihrer Worte abgab, so war der Hauptgrund der, daß sie dazu einfach keine Zeit hatte.

Man weiß, daß der Mensch die Fähigkeit hat, sich mit seinem ganzen Wesen in einen Gegenstand zu vertiefen, so gering dieser Gegenstand auch sein mag. Und man weiß, daß kein Gegenstand so gering sein kann, daß er nicht ins Unendliche wüchse, wenn man sich ihm ganz und ohne Rückhalt hingibt.

Der Gegenstand, in den Natascha sich ganz vertiefte, war ihre Familie, also ihr Mann, den sie so halten mußte, daß er ihr und dem Hause ungeteilt gehörte, und die Kinder, die sie zu tragen, zu gebären, zu nähren und aufzuziehen hatte.

Und je mehr sie, nicht mit dem Verstande, sondern mit ganzer Seele, mit allem ihrem Wesen in den Gegenstand eindrang, mit dem sie es zu tun hatte, um so mehr wuchs dieser Gegenstand unter dem Einfluß der Aufmerksamkeit, die sie ihm zuwandte, und um so schwächer und geringer kamen ihr die eigenen Kräfte vor, so daß sie doch nicht dazu kam, alles das zu tun, was sie tun zu müssen meinte, obwohl sie doch alle ihre Kräfte allein auf dieses eine richtete.

Erörterungen und Dispute über die Rechte der Frau, über die gegenseitigen Beziehungen innerhalb der Ehe, die Freiheit und Rechte beider Teile gab es damals genauso wie jetzt, wenn man auch noch nicht in unserem Sinne von „Fragen" sprach; allein diese Fragen waren Natascha nicht nur gänzlich uninteressant, sondern sie verstand nicht einmal, wozu sie aufgeworfen wurden.

Diese Fragen existierten damals genau wie heute nur für solche Menschen, die in der Ehe nichts sehen als ein Vergnügen, das die Gatten einander machen, das heißt, den Anlaß der Eheschließung, nicht aber den ganzen Sinn der Ehe, welcher in der Familie besteht.

Die Dispute von damals und die „Fragen" von heute erinnern an die Frage, wie man es einrichten muß, um das größtmögliche Vergnügen am Mittagessen zu haben, während Probleme dieser Art für diejenigen Menschen, die den Zweck des Mittagessens in der Ernährung und den Zweck der Ehe in der Familie sehen, weder damals existiert haben noch heute existieren.

Ist der Zweck des Mittagessens die Ernährung des Körpers, so erreicht derjenige, der auf einen Schlag zwei Mittagessen zu sich nimmt, vielleicht einen höheren Grad von Vergnügen, aber gelangt doch nicht zu seinem Zweck, weil zwei Mittagessen zugleich vom Magen nicht verdaut werden können.

Ist der Zweck der Ehe die Familie, so verschafft sich derjenige, der viele Männer beziehungsweise viele Frauen haben möchte, vielleicht eine beträchtliche Menge von Vergnügen, wird aber auf keinen Fall eine Familie haben. Die ganze Frage, ob der Zweck des Mittagessens die Ernährung und der Zweck der Ehe die Familie ist, kann nur auf eine Weise gelöst werden, und zwar darin, daß man nicht mehr essen soll, als der Magen verdauen kann, und nicht mehr Frauen beziehungsweise mehr Männer haben soll, als zur Gründung einer Familie notwendig ist, das heißt also einen beziehungsweise eine. Natascha hatte eines Mannes bedurft. Der Mann war ihr geworden. Und der Mann hatte ihr eine Familie gegeben. Und nicht nur, daß sie keinerlei Bedürfnis verspürte, nun etwa einen andern und bessern Mann zu haben, sondern da alle Kräfte ihres Innern darauf gerichtet waren, diesem Manne und der Familie zu dienen, so konnte sie sich auch gar nicht vorstellen, wie es wäre, wenn die Dinge anders lägen, und es lag ihr auch nicht das geringste daran, sich das etwa vorstellen zu können. Natascha legte auf den Umgang mit der Gesellschaft nicht den geringsten Wert, hing aber um so mehr an dem Umgang mit den Ihrigen, Gräfin Marja, dem Bruder, der Mutter und Sonja. Sie hing am Umgang mit diesen Menschen, zu denen sie mit ungemachten Haaren, im Morgenrock, freudestrahlend mit ihren großen Schritten aus dem Kinderzimmer angestürzt kommen und denen sie eine Windel, die statt eines grünen einen gelben Fleck aufwies, zeigen konnte, um sich dann die tröstliche Erklärung geben zu lassen, daß es dem Kinde unter diesen Umständen schon wesentlich besser gehen müßte.

Natascha ließ sich so weit gehen, daß ihre Kostüme, ihre Frisuren, ihre aufs Geratewohl hingesagten Worte, ihre Neigung zur Eifersucht — und eifersüchtig war sie auf Sonja, auf die Gouvernante, auf jedes hübsche und häßliche Frauenzimmer — schon ganz traditionelle Zielscheiben für den Witz ihrer Angehörigen geworden waren. Allgemein war man der Auffassung, Pierre stünde unter dem Pantoffel seiner Frau, und das traf auch zu. Schon in den ersten Tagen ihrer Ehe hatte Natascha mit aller Deutlichkeit erklärt, was sie von ihm verlangte. Pierre war sehr erstaunt über diese ihm völlig neue Anschauungsweise seiner Frau, nach der jeder einzelne Augenblick seines Lebens ihr und der Familie zu gehören habe. Pierre war sehr erstaunt über das, was seine Frau da von ihm verlangte, fühlte sich aber geschmeichelt und gab nach.

Pierres Pantoffelheldentum bestand darin, daß er es nicht wagte, in einem Gespräch mit einer andern Frau auch nur zu lächeln, geschweige denn ihr die Cour zu machen, daß er es nicht wagte, nur so, um die Zeit totzuschlagen, zu Clubdiners zu fahren, nicht wagte, für nichtige Launen Geld auszugeben, nicht wagte, auf lange Zeit zu verreisen, außer wenn es sich um Geschäfte handelte, unter welche Rubrik für seine Frau auch seine wissenschaftlichen Beschäftigungen fielen, denen sie großen Wert beilegte, ohne etwas davon zu verstehen. Dafür hatte Pierre das Recht, bei sich zu Hause nicht nur mit sich selbst, sondern auch mit seiner ganzen Familie nach Gutdünken zu schalten. Natascha hatte sich innerhalb ihres Hauses von vorneherein so gestellt, als sei sie die Sklavin ihres Mannes, und das ganze Haus ging auf den Zehenspitzen, wenn Pierre sich wissenschaftlich beschäftigte, also in seinem Kabinett las oder schrieb. Pierre brauchte nur irgendeine Passion zu bekunden, und vom selben Augenblick an wurde das, was er gern hatte, zu einer dauernden Einrichtung. Er brauchte nur einen Wunsch zu äußern, und Natascha flog und stürzte, um ihn zu erfüllen.

Das ganze Haus wurde nur von den vermeintlichen Willensäußerungen des Mannes geleitet, das heißt von Pierres Wünschen, die Natascha zu erraten suchte. Lebensweise, Wohnort, Anknüpfen von Bekanntschaften, Konnexionen, Nataschas Beschäftigungen, Kindererziehung — alles richtete sich nicht nur nach den Wünschen, die Pierre aussprach, sondern Natascha suchte auch an Hand der Gedankengänge, die Pierre in Gesprächen entwickelt hatte, zu erfühlen, in welche Richtung diese Gedankengänge seine Wünsche gelenkt haben könnten. Und sie erriet mit unfehlbarer Gewißheit, was der tiefste Grund seiner Wünsche war, und wenn sie es einmal erraten hatte, dann hielt sie mit großer Beharrlichkeit an der gefundenen Lösung fest. Wollte Pierre selbst einmal etwas, was seinen eigentlichen Wünschen zuwiderlief, so bekämpfte sie ihn mit seinen eigenen Waffen.

So hatte ihr Pierre zum Beispiel in einer schweren Zeit, die ihm ewig denkwürdig bleiben sollte, nach der Geburt des ersten, recht schwächlichen Kindes, als sie dreimal von einer Amme zur andern hatten übergehen müssen und Natascha schon ganz krank vor Aufregung war, einmal Rousseaus Auffassung von der Naturwidrigkeit und den schädlichen Wirkungen der Ernährung durch Ammen auseinandergesetzt, eine Auffassung, der er durchaus beipflichtete. Obwohl ihre Mutter und die Ärzte den Gedanken, Natascha könne selbst nähren, als etwas damals noch Unerhörtes und bestimmt nur Schädliches mit allen Mitteln bekämpften und obwohl auch ihr Mann in diesem Falle dagegen war, hatte Natascha beim folgenden Kinde ihren Kopf durchgesetzt und nährte von da an alle ihre Kinder selbst.

Sehr oft kam es zu kleinen Gereiztheiten, und die Eheleute zankten sich miteinander, nachher aber entdeckte Pierre zu seiner Freude und Verwunderung noch lange, lange Zeit später nicht nur in dem, was seine Frau sagte, sondern auch in dem, was sie tat, die Wirkung eben des Gedankens, gegen den sie angestritten hatte. Und er entdeckte nicht nur den Gedanken selbst wieder, sondern er fand ihn auch gereinigt von allem störenden Beiwerk, das er selbst dazugetan hatte, als er ihn, hingerissen von der Erregung der Auseinandersetzung, hatte laut werden lassen.

Pierre war jetzt sieben Jahre verheiratet und hatte das freudige, sichere Bewußtsein, daß er kein schlechter Mensch war, und dieses Bewußtsein kam ihm daher, daß er in seiner Frau sich selber widergespiegelt sah. In sich selbst fühlte er alles Gute und Böse unauflöslich vermengt und voneinander verdunkelt beisammenliegen. In seiner Frau aber spiegelte sich nur das wider, was in Wahrheit gut war, und was nicht vollkommen gut war, das hatte sich verloren. Und diese Widerspiegelung geschah nicht auf dem Wege eines logischen Denkprozesses, sondern mit einer geheimnisvollen Unmittelbarkeit.

XI

Vor zwei Monaten, als Pierre schon bei Rostows war, hatte er einen Brief vom Fürsten Feodor erhalten, der ihn bat, nach Petersburg zu kommen, um an der Erörterung einiger wichtiger Fragen teilzunehmen, mit denen die Mitglieder einer unter Pierres überaus tätiger Mitwirkung entstandenen Petersburger Vereinigung sich befaßten.

Als Natascha diesen Brief gelesen hatte – sie las alle Briefe, die an ihren Mann gerichtet waren –, meinte sie selbst, er sollte nach Petersburg fahren, obwohl sie immer sehr unter jeder Trennung von ihrem Mann litt. Allem, was in den Bereich seiner auf das Ideelle gerichteten Tätigkeit fiel, maß sie, ohne es verstehen zu können, einen ungeheuren Wert bei und war ständig in der Furcht, sie könnte ihren Mann in dieser Tätigkeit vielleicht stören. Pierre hatte den Brief ebenfalls bereits gelesen, sah sie mit einem Blick zaghafter Frage an, und sie antwortete mit der Bitte, er möchte doch fahren, nur möchte er von vornherein die Zeit seiner Rückkehr mit aller Bestimmtheit festlegen. Und der Urlaub, den Pierre erhielt, wurde auf vier Wochen festgesetzt.

Seit Pierres Urlaub abgelaufen war, was jetzt schon zwei Wochen zurücklag, befand sich Natascha unausgesetzt in einem Zustande der Angst, des Kummers und der Gereiztheit.

Denissow, jetzt ein mit allen Zuständen in der Armee und im Staat unzufriedener General a. D., war in diesen zwei Wochen zu Besuch gekommen und gewahrte Nataschas verändertes Wesen mit Überraschung und Betrübtheit, wie man sie wohl empfindet, wenn man das unähnliche Porträt eines ehedem geliebten Menschen ansieht. Ein melancholischer, grämlicher Blick, Antworten, die am Ziel vorbeischossen, und als Hauptthema die Kinderstube, das war alles, was er von der Zauberin von einst zu sehen und zu hören bekam.

Natascha war diese ganze Zeit über niedergeschlagen und gereizt, besonders wenn die Mutter, der Bruder, Sonja oder Gräfin Marja sie zu trösten, Pierre zu entschuldigen und Gründe für die Verzögerung seiner Rückkehr auszudenken suchten.

„Das ist ja alles dummes Zeug, lauter Unsinn – all dieses Raisonnement, das doch zu nichts führt, und alle diese albernen Vereine!“ So äußerte sich Natascha jetzt über die gleichen Dinge, an deren große Wichtigkeit sie sonst immer so fest geglaubt hatte.

Und sie ging ins Kinderzimmer, um Petja, ihren einzigen Jungen, zu nähren. Niemand wußte ihr so viel Beruhigendes und Verständiges zu sagen wie dieses kleine, drei Monate alte Wesen, wenn es an ihrer Brust lag und sie die Bewegung seines Mundes und das Schnaufen seines Näschens hörte. Dieses Wesen sagte: „Du bist böse, du bist eifersüchtig, du willst dich an ihm rächen, du machst dir Sorgen, aber sieh mich doch an, ich bin doch er selbst. In mir hast du ihn selbst hier ...“ Und darauf ließ sich nichts entgegnen. Das war mehr als wahr.

Natascha flüchtete sich in diesen zwei Wochen der Unruhe so häufig zu dem Kinde, um bei ihm Ruhe zu finden, und wirtschaftete so viel mit ihm herum, daß er viel zu viel Milch bekam und krank wurde. Darüber erschrak Natascha sehr, und dabei war diese Krankheit doch gerade das, was sie brauchte. Die Pflege des Kleinen nahm sie so hin, daß sie die Unruhe um den Mann nun leichter ertrug.

Sie nährte gerade, als Pierres Schlitten geräuschvoll vor dem Portal vorfuhr und die Kinderfrau, die genau wußte, womit sie ihre Herrin erfreuen konnte, mit strahlendem Gesicht hastig, aber dabei leise und behutsam zur Tür hereinkam.

„Ist er da?“ flüsterte Natascha rasch und bewegte sich nicht, um das eingeschlummerte Kind nicht zu wecken.

„Ja, Mütterchen“, flüsterte die Kinderfrau.

Natascha schoß das Blut ins Gesicht, und ihre Füße machten unwillkürlich eine Bewegung; allein jetzt aufspringen und davonstürzen, das ging nicht an. Das Kind schlug die Äuglein wieder auf und sah sie an. „Du bist hier“, schien es sagen zu wollen und schmatzte wieder faul mit den Lippen.

Nachdem Natascha das Kind behutsam abgesetzt hatte, schaukelte sie es noch ein wenig, übergab es der Kinderfrau und ging rasch zur Tür. An der Tür machte sie aber halt, als mache ihr Gewissen ihr einen Vorwurf aus ihrer Freude und der allzu großen Geschwindigkeit, mit der sie sich von ihrem Kinde trennte, und sie sah sich noch einmal um. Die Kinderfrau hob, die Ellbogen in der Höhe, das Kind gerade über das Geländer des Kinderbettchens.

„Gehen Sie doch schon, gehen Sie doch, Mütterchen, seien Sie ganz unbesorgt, gehen Sie doch“, flüsterte die Kinderfrau lächelnd mit der ganzen Familiarität, die das Verhältnis zwischen Kinderfrau und Herrin beherrschte.

Und nun rannte Natascha mit ihren leichten Schritten ins Vorzimmer. Denissow, der in diesem Augenblick, die Tabakspfeife im Munde, aus dem Kabinett in den Saal kam, erkannte jetzt zum erstenmal Natascha wieder. Ein hellglänzendes, freudiges Licht rann gleichsam stromweise von ihrem verklärten Gesicht.

„Er ist da!" rief sie ihm im Vorüberhuschen zu, und nun kam es Denissow vor, als sei er selbst ganz begeistert von Pierres Kommen, aus dem er sich doch eigentlich gar nicht so sehr viel machte.

Natascha flog ins Vorzimmer und sah eine hohe Gestalt im Pelz, die sich gerade den Gürtel losknüpfte. „Er! Er! Wirklich, er ist es!" dachte sie, flog auf ihn zu, umarmte ihn, schmiegte sich an seine Brust, bog dann den Kopf zurück und sah Pierre in das bereifte, rote, glückliche Gesicht. „Ja, er ist es, und glücklich und zufrieden ..."

Und plötzlich erinnerte sie sich an alle die Qualen der Erwartung, die sie in den letzten zwei Wochen hatte durchmachen müssen: das freudige Strahlen verschwand von ihrem Gesicht, sie zog die Stirn in Falten, und nun ergoß sich über Pierre ein Strom von Vorwürfen und bösen Worten.

„Ja, du läßt es dir gut gehen, du bist lustig und vergnügt, hast dich gut amüsiert ... Und ich? Hättest du wenigstens Mitleid mit den Kindern! Ich nähre, und jetzt ist mir die Milch verdorben ... Petja ist dem Tode nahe gewesen. Und du bist noch überaus heiter, ja, überaus heiter!"

Pierre wußte, daß er durchaus unschuldig war, weil er tatsächlich nicht früher hatte kommen können, wußte, daß dieser Wutausbruch ihrerseits ungehörig war, wußte, daß er nach zwei Minuten vorbei sein würde, und wußte vor allen Dingen, daß es ihm selbst froh und glücklich ums Herz war. Er hätte sie am liebsten strahlend angelächelt, aber daran traute er sich nicht einmal zu denken. Er machte ein klägliches, erschrockenes Gesicht und duckte sich.

„Ich konnte nicht eher kommen, bei Gott. Aber was macht Petja?"

„Jetzt kann man nicht klagen, wir können gleich zu ihm gehen. Aber daß sich dein Gewissen gar nicht geregt hat! Du hättest sehen sollen, wie völlig herunter ich war und was für Qualen ich gelitten habe ..."

„Aber gesund bist du doch?"

„Komm nur, komm nur", sagte sie, ohne seine Hand loszulassen, und sie gingen in ihre Zimmer.

Als Nikolai und seine Frau kamen, um Pierre zu begrüßen, war er im Kinderzimmer, hielt den inzwischen wach gewordenen Säugling auf der mächtigen Fläche der ausgestreckten rechten Hand und tätschelte ihn. Auf dem breiten Gesicht des Kleinen mit dem geöffneten, noch zahnlosen Mund schien ein vergnügliches Lächeln zu liegen. Der Sturm war längst vorbei, und ein heller, freudiger Sonnenschein strahlte von Nataschas Gesicht, als sie jetzt gerührt auf ihren Mann und ihren Sohn sah.

„Und gingen deine Besprechungen mit dem Fürsten Feodor gut ab?" fragte Natascha.

„Ja, ausgezeichnet."

„Sieh doch, er kann ihn schon halten!" Natascha meinte den Kleinen und seinen Kopf. „Aber, was ich erschrocken war ... Und hast du die Fürstin gesehen? Ist es wahr, daß sie in diesen ... diesen Kerl da verliebt ist?"

„Ja also, stell dir vor ..."

In diesem Augenblick kamen Nikolai und Gräfin Marja herein. Ohne seinen Sohn aus den Händen zu lassen, beugte Pierre sich zu ihnen, tauschte die Begrüßungsküsse und beantwortete ihre Fragen. Aber so viele interessante Dinge es auch zu besprechen gab, Pierres ganzes Interesse war offenbar doch bei dem Kinde mit dem wakkelnden, mützenbedeckten Köpfchen.

„Wie süß!" sagte Gräfin Marja, während sie das Kind ansah und mit ihm spielte. „Also das ist etwas, was ich nicht verstehen kann, Nicolas", wandte sie sich zu ihrem Mann, „daß du so gar kein Verständnis dafür hast, wie bezaubernd so ein kleines Wundertierchen ist."

„Das verstehe ich eben nicht, das ist nichts für mich", sagte Nikolai mit einem kühlen Blick auf das Kind. „Ein Stück Fleisch. Komm, Pierre."

„Aber die Hauptsache ist ja, daß er doch so ein zärtlicher Vater ist", sagte Gräfin Marja, als müsse sie ihn rechtfertigen. „aber erst, wenn sie schon ein Jahr oder so ..."

„Nein, Pierre kann es mit jeder Kinderfrau aufnehmen", fiel Natascha ein, „er sagt, seine Hand sei wie geschaffen für das Hinterteil eines Kindes. Seht doch!"

„Na, nicht nur dafür", lachte Pierre, nahm das Kind in die Arme und übergab es der Kinderfrau.

XII

Wie in jeder richtigen Familie lebten auch im Herrenhause von Lysyja Gory einige vollkommen verschiedene Welten nebeneinander, von denen jede den andern unter Wahrung ihrer Sonderart gewisse Konzessionen machte, so daß sie miteinander ein harmonisches Ganzes bildeten. Alles, was im Hause geschah, Frohes und Trauriges, war für alle diese Welten gleichermaßen wichtig. Indessen hatte jede dieser Welten durchaus ihre eigenen, von denen der anderen gänzlich unabhängigen Gründe, sich über irgend etwas, das nun gerade geschehen war, zu freuen oder bekümmert zu sein.

Pierres Ankunft war zum Beispiel ein frohes, wichtiges Ereignis und wurde als solches von allen Welten des Hauses empfunden.

Die Leute, die unbestechlichsten Richter der Herrschaft, da sie nicht nach Worten und Gefühlsäußerungen, sondern nach Taten und der ganzen Lebensführung urteilen, freuten sich über Pierres Rückkehr, weil sie wußten, daß jetzt der Hausherr nicht mehr tagein, tagaus durch die Wirtschaft gehen, daß er vergnügter und freundlicher sein werde, und dann auch im Hinblick auf den bevorstehenden Feiertag, bei dem Pierre sicherlich alle reich beschenken würde.

Die Kinder und die Gouvernanten freuten sich über Besuchows Rückkehr, weil niemand sie so zum Leben der Gesamtheit mit heranzog wie er. Er allein wußte auf dem Klavier jene Ecossaise zu spielen, nach der man, wenigstens wie er behauptete, alle möglichen Tänze tanzen konnte – übrigens seine einzige Pièce –, und außerdem hatte er sicherlich allen etwas mitgebracht.

Nikolenka, der jetzt ein kluger, fünfzehnjähriger, magerer Junge mit blonden Locken und schönen Augen, aber nicht von sehr fester Gesundheit war, freute sich deshalb, weil er an Onkel Pierre, wie er ihn nannte, mit leidenschaftlicher Liebe und Bewunderung hing. Niemand hatte Nikolenka gerade zu Pierre eine so besondere Liebe einzuflößen gesucht, und er hatte ihn nur selten zu sehen bekommen. Gräfin Marja, die seine Erziehung leitete, hatte sich die größte Mühe gegeben, um Nikolenka dahin zu bringen, daß er ihren Mann ebenso liebte, wie sie es tat, und Nikolenka liebte den Onkel ja auch, aber in seiner Liebe lag eine freilich kaum wahrnehmbare Note von Geringschätzung. Pierre aber vergötterte er. Er wollte nicht Husar und Ritter des Georgskreuzes werden wie Onkel Nikolai, er wollte gelehrt, klug und gut werden wie Pierre. Wenn Pierre im Zimmer war, lag auf Nikolenkos Gesicht immer ein freudiges Strahlen, und er wurde rot und konnte kaum Luft holen, wenn Pierre ihn anredete. Von dem, was Pierre sagte, verlor er kein Wort und vergegenwärtigte sich nachher allein oder mit Dessales jedes einzelne Wort, das Pierre gesagt hatte, und suchte seinen Sinn bis ins letzte zu erschöpfen. Pierres Vergangenheit, das viele Unglück, das er vor dem Jahre 1812 durchzumachen gehabt hatte – Nikolenka hatte einige darauf deutende Äußerungen aufgeschnappt und sich aus ihnen eine romantisch verworrene Vorstellung gebildet –, seine Abenteuer in Moskau, seine Gefangenenzeit, Platon Karatajew, von dem er Pierre hatte sprechen hören, seine Liebe zu Natascha, an welcher der Junge ebenfalls mit ganz besonderer Zuneigung hing, und vor allem seine Freundschaft für den Vater, an den Nikolenka wenig deutliche Erinnerungen hatte, das alles ließ ihn in Pierre einen Helden und fast einen Heiligen sehen.

Aus Bruchstücken von Äußerungen über seinen Vater und Natascha, aus der Ergriffenheit, mit der Pierre, aus der behutsamen, andächtigen Zärtlichkeit, mit der Natascha von ihm sprach, hatte der Junge, der eben erst anfing, von der Liebe etwas zu ahnen, sich so etwas zusammengereimt, sein Vater habe Natascha geliebt und sie sterbend seinem Freunde vermacht. Dieser Vater, von dem der Junge aus eigener Erinnerung nur sehr wenig wußte, stellte sich ihm als ein göttliches Wesen dar, von dem man sich kein körperhaftes Bild machen dürfe und an das er nie anders dachte als mit aussetzendem Herzschlage und Tränen der Trauer und schwärmerischer Begeisterung.

Jetzt war der Junge ganz selig über Pierres Rückkehr.

Die Gäste freuten sich über Pierres Rückkehr, weil er derjenige war, der jede Gesellschaft belebte und die einzelnen zu einer wirklichen geselligen Gemeinschaft zusammenzuschweißen wußte.

Die Erwachsenen im Hause, von seiner Frau gar nicht erst zu reden, freuten sich über seine Rückkehr als die eines guten Freundes, dessen Anwesenheit das Leben leichter und gemütlicher machte.

Die alten Damen freuten sich auch im Gedanken an die zu erwartenden Mitbringsel, noch mehr aber im Gedanken daran, daß Natascha jetzt wieder aufleben mußte.

Pierre wußte, wie alle diese Einzelwelten seine Rückkehr aufnahmen, und beeilte sich, jeder zuteil werden zu lassen, was sie erwartete.

Pierre, der zerstreuteste und vergeßlichste aller Menschen, hatte diesmal alle Einkäufe auf Grund einer von seiner Frau aufgestellten Liste vorgenommen und nichts vergessen, weder die Besorgungen für seine Schwiegermutter und seinen Schwager noch die Mitbringsel, ein Kleid für die Belowa und Spielzeug für die Neffen und Nichten. In der ersten Zeit seiner Ehe war es ihm sehr merkwürdig vorgekommen, daß seine Frau darauf bestand, er müsse alle geplanten Einkäufe nun auch wirklich vornehmen und dürfe nichts vergessen, und die ernsthafte Gekränktheit, mit der sie ihn empfangen hatte, als er von seiner ersten Reise zurückkam und alles vergessen hatte, hatte ihn ganz verdutzt gemacht. Dann aber hatte er sich allmählich daran gewöhnt. Er wußte, daß Natascha ihm nie Besorgungen für sie selbst und Besorgungen für andere nur auf sein eigenes Anerbieten hin auftrug, und darum fand er jetzt einen geradezu kindischen, ihm selbst überraschend kommenden Spaß daran, für das ganze Haus Geschenke zusammenzukaufen und keinen einzigen zu vergessen. Wenn Natascha ihm berechtigte Vorwürfe machte, so bezogen die sich nur darauf, daß er Überflüssiges gekauft und zu teuer bezahlt hatte. Allen seinen Mängeln, seiner Unordentlichkeit und Schluderei – Pierre hielt sie für Qualitäten – suchte Natascha, wie allgemein angenommen wurde, auch noch den Geiz beizugesellen.

Seit Pierre mit Familie und großem Haushalt lebte, was doch beträchtliche Aufwendungen erforderte, wunderte er sich immer wieder darüber, daß er kaum halb so viel ausgab wie früher und daß seine in der letzten Zeit, namentlich durch die Schulden seiner ersten Frau recht zerrütteten Verhältnisse wieder mehr in Ordnung kamen.

Das Leben war billiger geworden, weil es an feste Bedingungen gebunden war: jenen allerkostspieligsten Luxus, der darin besteht, daß man von Augenblick zu Augenblick mit seiner Art der Lebensführung wechseln kann, trieb Pierre nicht mehr, und es verlangte ihn auch gar nicht mehr nach ihm. Er fühlte, daß die Art seiner Lebensführung jetzt für immer, bis an seinen Tod, feststand, daß er gar nicht mehr die Möglichkeit hatte, von ihr abzugehen, und darum lebte er jetzt so billig.

Pierre kramte mit vergnügtem Lächeln seine Einkäufe aus.

„Na, aber das hier!" sagte er und rollte wie ein Kommis ein Stück Stoff auf.

Natascha saß ihm gegenüber, die älteste Tochter auf dem Schoß, und ließ ihre strahlenden Augen flink zwischen ihrem Mann und dem, was er ihr gerade zeigte, hin- und herhuschen.

„Das ist für die Belowa? Famos." Sie prüfte mit den Fingern die Güte des Stoffes. „Einen Rubel die Elle, ja?"

Pierre nannte den Preis.

„Recht teuer", meinte Natascha. „Na, die Kinder werden aber ihre Freude haben! Und maman auch. Aber das hättest du mir nicht mitbringen sollen", setzte sie dazu und konnte doch ein glückliches Lächeln nicht unterdrücken, während sie den perlenbesetzten goldenen Kamm – solche Kämme waren damals eben aufgekommen – betrachtete.

„Adèle wollte mich irremachen, sie meinte, ich kaufte zu wahllos durcheinander", sagte Pierre.

„Wann werde ich ihn wohl tragen?" Natascha steckte den Kamm in ihre Frisur. „Wenn wir Maschenka ausführen, vielleicht trägt man dann so etwas wieder. Na, komm mit."

Und sie nahmen die Mitbringsel an sich und gingen erst in das Kinderzimmer, dann zur alten Gräfin. Die Gräfin saß wie gewöhnlich mit der Belowa bei ihrer grande patience, als Pierre und Natascha in den Salon kamen, die Päckchen unter den Armen.

Die Gräfin hatte die sechzig bereits hinter sich. Ihr Haar war ganz grau geworden, und sie trug eine Haube, die ihr ganzes Gesicht in einer Rüsche rahmte. Ihr Gesicht war runzlig, die Augen hatten etwas Schläfriges.

Nachdem ihr jüngster Sohn und ihr Mann so rasch nacheinander gestorben waren, kam sie sich vor, als sei sie nur von ungefähr auf der Welt vergessen worden und ihr Dasein habe kein Ziel und keinen Sinn mehr. Sie aß, trank, schlief, wachte, aber leben tat sie nicht. Das Leben hatte keinerlei Eindrücke mehr für sie. Sie wollte nichts anderes vom Leben als Ruhe, und diese Ruhe konnte sie doch nur im Tode finden. Solange der Tod aber noch nicht kam, mußte sie leben, das heißt ihre Lebenskräfte auf irgendeine Weise spielen lassen. Im höchsten Grade ließ sich an ihr jene Wahrnehmung machen, die man bei ganz kleinen Kindern und ganz alten Menschen macht. Ihr Leben ließ keine nach außen gerichteten Zwecke mehr erkennen, sondern nur noch das Bedürfnis, ihre verschiedenen Neigungen und Fähigkeiten in Übung und Tätigkeit zu erhalten. Sie mußte essen, schlafen, denken, sprechen, weinen, arbeiten, sich ärgern und so weiter, nur weil sie einen Magen, ein Gehirn, eine Leber, Muskeln und Nerven hatte. Sie tat alles das, ohne daß eine äußere Veranlassung sie dazu trieb, nicht so, wie es Menschen im Vollbesitz ihrer Lebenskräfte tun, bei denen über dem Ziel, das sie im Auge haben, jenes andere Ziel, ihre Kräfte spielen zu lassen und zu betätigen, gar nicht auffällt. Sie sprach nur, weil es für sie eine physische Notwendigkeit war, Lungen und Zunge in Tätigkeit zu setzen. Sie weinte, wie ein ganz kleines Kind weint, weil sie das Bedürfnis hatte, angesammelte Feuchtigkeitsmengen auszuscheiden usw. Alles, was für Menschen im Vollbesitz der Lebenskraft ein Zweck sein kann, war für sie offenbar immer nur ein Anlaß.

So trat bei ihr morgens das Bedürfnis zutage, sich zu ärgern, besonders wenn sie am Abend zuvor etwas Fettes gegessen hatte, und als nächstliegenden Anlaß nahm sie dann die Harthörigkeit der Belowa.

Sie begann mit ihr eine Flüsterunterhaltung vom andern Ende des Zimmers her.

„Heute ist es anscheinend wärmer geworden, meine Liebe", raunte sie.

Und wenn dann die Belowa antwortete: „Natürlich, sie sind angekommen", dann brummte sie grimmig: „Mein Gott, taub und dumm zugleich!"

Ein anderer Anlaß war ihr Schnupftabak, der ihr bald zu trocken, bald zu feucht, bald nicht fein genug zerrieben vorkam.

Nach solchen Aufwallungen ergoß die Galle sich ihr ins Gesicht, und die Stubenmädchen wußten auf Grund untrüglicher Anzeichen, wann die Belowa wieder taub und der Tabak wieder zu feucht sein und das Gesicht der Gräfin wieder seine gebliche Farbe haben werde.

Ebenso wie sie von Zeit zu Zeit ihre Galle in Arbeit setzen mußte, so mußte sie hin und wieder auch die übrigen ihr noch verbliebenen Fähigkeiten in Aktion treten lassen, etwa die Denkfähigkeit, und den Anlaß hierzu gab die Patience. Spürte sie das Bedürfnis, ein wenig zu weinen, so mußte als Anlaß der selige Graf herhalten. Empfand sie die Notwendigkeit, sich etwas zu beunruhigen, so war Nikolai und seine Gesundheit ein geeigneter Anlaß. Mußte ein wenig Gift verspritzt werden, so wurde Gräfin Marja zum Anlaß genommen. Bedurfte ihre Stimme einer kleinen Übung — meist war das gegen sieben Uhr abends der Fall, nach einer kleinen Verdauungspause im dunkeln Zimmer —, so lieferten den Anlaß immer die gleichen Geschichten, die immer den gleichen Zuhörern erzählt wurden. Dieser Zustand der Alten war für keinen Menschen im ganzen Hause ein Geheimnis, obwohl nie von ihm gesprochen wurde und man sich ausnahmslos alle erdenkliche Mühe gab, der Gräfin zur Befriedigung derartiger Bedürfnisse zu verhelfen. Nur in seltenen Blicken bekümmerten Halblächelns, die zwischen Nikolai, Pierre, Natascha und Gräfin Marja manchmal hin und her gingen, kam das Verständnis, das jeder einzelne für den Zustand der Gräfin hatte, zum Ausdruck.

Allein diese Blicke besagten noch etwas Weiteres. Sie besagten, die Gräfin habe bereits alles getan, was das Leben von ihr verlangt habe, was man jetzt vor sich sehe, das sei doch nur noch ein Teil von ihr, sie alle würden einmal ebenso sein und sie fügten sich ihr mit Freuden und schluckten mit Freuden manches hinunter um dieses geliebten Wesens willen, das einst ebenso voll Leben gewesen war wie sie und jetzt so erbarmungswürdig wirkte. „Memento mori", sagten diese Blicke.

Und es waren im ganzen Hause, abgesehen von den kleinen Kindern, nur ein paar ganz üble und törichte Leute, die das nicht verstanden und ihr aus dem Wege gingen.

XIII

Als Pierre und seine Frau in den Salon kamen, hatte sie gerade ihr gewohntes Bedürfnis nach geistiger Betätigung und legte infolgedessen die grande patience, und obwohl sie gewohnheitsgemäß die Worte hersagte, mit denen sie Pierre oder ihren Sohn nach vorübergehender Abwesenheit immer begrüßte, nämlich: „Endlich, endlich, mein Lieber, wir hatten auch schon sehr gewartet. Na, Gott sei Dank!", und obwohl sie auch beim Entgegennehmen der Geschenke ihre ebenfalls feststehenden Redensarten vorbrachte, nämlich: „Der Geber ist mir noch lieber als das Geschenk, habe Dank, daß du gegen mich alte Frau noch so aufmerksam bist“, so war es dennoch unverkennbar, daß ihr Pierre in diesem Augenblick sehr ungelegen kam, weil er sie bei der grande patience störte, mit der sie noch nicht fertig geworden war. Sie legte die Patience zu Ende und machte sich erst dann an die Geschenke. Diese bestanden aus einem sehr hübsch gearbeiteten Spielkartenbehälter, einer hellblauen Deckeltasse aus Sèvresporzellan, mit Schäferinnenszenen bemalt, und einer goldenen Tabatiere mit dem Porträt des Grafen, das Pierre von einem Petersburger Miniaturmaler hatte anfertigen lassen. Die Gräfin hatte sich so etwas schon lange gewünscht. Eben war es ihr aber nicht nach Weinen zumut, und darum betrachtete sie das Porträt gleichgültig und hielt sich mehr an den Spielkartenbehälter.

„Habe vielen Dank, mein Lieber, du hast mir eine große Freude gemacht“, sagte sie mit einer ein für allemal feststehenden Wendung. „Aber das Schönste ist schon, daß du dich selbst wieder mitgebracht hast. Hier war schon ein ganz unglaublicher Zustand, und du solltest deine Frau ruhig einmal ausschimpfen. Was sollte das denn heißen? Sie war ja rein verrückt, solange du weg warst, für nichts ein Auge, für nichts ein Ohr“ – auch das war eine stehende Redensart bei ihr. „Sieh doch, Anna Timofejewna“, setzte sie hinzu, „was mein Schwiegersohn mir da für einen Spielkartenbehälter mitgebracht hat.“

Die Belowa bewunderte die Geschenke und war von ihrem Kleiderstoff ganz hingerissen.

Obwohl Pierre, Natascha, Nikolai, Gräfin Marja und Denissow gern über allerhand Dinge miteinander gesprochen hätten, die sich in Gegenwart der Gräfin nicht gut zu Gesprächsthemen eigneten, nicht etwa weil man ihr irgend etwas vorenthalten wollte, sondern weil sie in vielen Stücken so hinter den Dingen zurückgeblieben war, daß man, hatte man in ihrer Gegenwart irgendein Thema angeschlagen, immer wieder ihre zur Unzeit eingeschalteten Fragen beantworten und ihr zum soundsovielten Male erklären mußte, der und der sei doch tot, der und der habe sich verheiratet, was sie immer wieder vergaß – so saßen sie jetzt doch zur Teezeit wie immer im Salon um den Samowar, und Pierre beantwortete Fragen der Gräfin, mit deren Beantwortung sie nichts anfangen konnten und die niemand interessierten, und berichtete etwa, Fürst Wassilij sei recht alt geworden und Gräfin Marja Alexejewna lasse sich bestens empfehlen und dergleichen mehr.

Ein Gespräch dieser Art, das keinen interessierte, aber sich nicht umgehen ließ, zog sich über die ganze Teezeit hin. Alle erwachsenen Familienmitglieder waren um den runden Tisch mit dem Samowar versammelt, neben dem Sonja ihren Platz hatte. Die Kinder, Hofmeister und Gouvernanten hatten den Tee schon hinter sich, und man hörte ihre Stimmen aus dem Diwanzimmer nebenan. Beim Tee saßen sie alle auf ihren angestammten Plätzen. Nikolai hatte am Ofen vor einem kleinen Tischchen Platz genommen, wohin ihm der Tee gebracht wurde. Die alte Hündin Milka, eine Tochter Milkas der Ersten, lag auf einem Sessel neben ihm; ihr Gesicht war völlig grau geworden, und die großen schwarzen Augen fielen daher noch mehr auf als früher. Denissow mit seinem bereits leicht angegrauten krausen Haar, Schnurr- und Backenbart saß im geöffneten Überrock mit den Generalsabzeichen neben Gräfin Marja. Pierre saß zwischen seiner Frau und der alten Gräfin. Er erzählte allerlei, von dem er wußte, daß es die alte Frau interessieren konnte und ihr verständlich war. Er sprach von äußeren gesellschaftlichen Ereignissen und von Menschen, die einstmals den Kreis der Altersgenossen der Gräfin gebildet hatten und einstmals wirklich ein lebendiger selbständiger Kreis gewesen waren, jetzt aber zum größten Teil in der Welt zerstreut ebenso wie die Gräfin ihren Lebensabend damit hinbrachten, daß sie die liegengebliebenen Ähren auflasen, nachdem die Saat ihres Lebens längst aufgegangen und abgeerntet war. Aber eben diese ihre Altersgenossen stellten in den Augen der alten Gräfin die einzige ernst zu nehmende und wirkliche Welt dar. Natascha konnte Pierres angeregtem Wesen entnehmen, daß seine Reise interessant gewesen sein mußte und er gern vieles erzählt hätte, sich aber in Gegenwart der alten Gräfin nicht traute. Denissow, der ja nicht zur Familie gehörte und daher Pierres Zurückhaltung nicht verstand, außerdem zu den „Mißvergnügten" gehörte und sich infolgedessen für alles, was in Petersburg vorging, besonders interessierte, suchte Pierre unaufhörlich zu ausführlichen Schilderungen zu animieren, und verlangte von ihm bald Aufschlüsse über die soeben vorgefallene Geschichte mit dem Semeonowskij-Regiment, bald über die Stellung Araktschejews, bald über die Bibelgesellschaft. Pierre gab ihm einige Male nach und begann zu erzählen, allein Nikolai und Natascha brachten das Gespräch jedesmal wieder auf das Befinden des Fürsten Iwan und der Gräfin Marja Antonowna.

„Na, und wie ist es denn damit? Ist dieser ganze Schwindel, Goßner und die Tatarinowa – ist das alles tatsächlich noch im Schwange?" fragte Denissow.

„Was heißt: noch im Schwange?" antwortete Pierre lebhaft. „Es ist toller als je. Die Bibelgesellschaft ist jetzt die eigentliche Regierung!"

„Was soll das heißen, mon cher ami?" fragte die Gräfin, die ihren Tee getrunken hatte und jetzt offenbar einen Anlaß brauchte, um sich nach der Mahlzeit ein bißchen zu ärgern. „Was sprichst du denn da? Die Regierung? Das verstehe ich nicht."

„Ja, wissen Sie, maman", fiel Nikolai ein, der schon wußte, wie man solche Dinge in die Sprache der Mutter übersetzen mußte, „da hat Fürst Alexander Nikolajewitsch Golizyn eine Gesellschaft gegründet und soll dadurch einen ziemlichen Einfluß erlangt haben."

„Araktschejew und Golizyn", sagte Pierre unvorsichtigerweise, „das ist jetzt die ganze Regierung! Und was für eine! Überall wittern sie Verschwörungen, alles jagt ihnen Angst ein."

„Was denn? Fürst Alexander Nikolajewitsch sollte derartige Vorwürfe verdienen? Er ist ein höchst ehrenwerter Mensch. Ich bin damals bei Marja Antonowna mit ihm zusammen gewesen", meinte die Gräfin gekränkt, und als niemand etwas sagte, fuhr sie noch gekränkter fort: „Aber heutzutage scheint es ja nicht anders zu gehen, als daß jedem etwas angehängt werden muß. Eine Gesellschaft, die sich mit der Verbreitung des Evangeliums befaßt — was kann denn da Schlechtes dabei sein?" Und sie erhob sich — alle taten das gleiche — und rauschte mit strenger Miene ins Diwanzimmer an ihren Tisch.

In das befangene Schweigen, das dem Abgang der Gräfin gefolgt war, scholl aus dem Nebenzimmer das Lachen und Schwatzen von Kinderstimmen. Offenbar gab es unter den Kindern eine freudige Aufregung.

„Fertig, fertig!" hörte man die kleine Natascha lustig über alle andern Stimmen hinwegkreischen.

Pierre wechselte einen Blick mit Gräfin Marja und Nikolai, Natascha hatte er die ganze Zeit über unentwegt angesehen — und lächelte glücklich.

„Na, das ist doch eine wundervolle Musik!" meinte er.

„Da ist Anna Makarowna wohl gerade mit einem Strickstrumpf fertig geworden", sagte Gräfin Marja.

„Oh, da muß ich selbst mal nachsehen", rief Pierre und sprang auf, blieb dann aber an der Tür stehen und sagte: „Weißt du auch, warum ich diese Musik so besonders liebe? Wenn ich sie höre, dann weiß ich gleich von vornherein, daß alles gut geht. Als ich heute ankam, wurde mir immer ängstlicher zumut, je näher ich kam. Aber dann hörte ich schon gleich im Vorzimmer, wie Andrjuscha sich totlachen wollte, na, und da sagte ich mir gleich: es ist alles in schönster Ordnung . . ."

„Ich weiß, ich weiß, das kenne ich auch", pflichtete Nikolai ihm bei. „Aber mithereinkommen kann ich nicht, die Strümpfe sollen doch eine Überraschung für mich sein."

Pierre ging zu den Kindern hinein, und jetzt wurden Lachen und Schreien noch lauter.

„Na, also Anna Makarowna", hörte man Pierre sagen, „also jetzt hier in die Mitte, und dann kommandiere ich: eins, zwei, und wenn ich sage: drei, dann los! Du stellst dich hierher, und du kriegst gleich eins auf die Finger! Also jetzt: eins, zwei ..." Pierre verstummte, man hörte keinen Laut, dann schrie er: „Drei!"

Und nun erhob sich ein begeistertes Kindergeschrei im Nebenzimmer. „Es sind ja zwei, es sind ja zwei!" schrien sie.

Es handelte sich um die zwei Strümpfe, die Anna Makarowna auf Grund eines nur ihr bekannten Geheimverfahrens immer gleichzeitig strickte, um dann wenn sie fertig war, vor den Augen der Kinder triumphierend einen aus dem andern herauszuziehen.

XIV

Bald darauf kamen die Kinder, um gute Nacht zu sagen. Die Kinder küßten sich mit allen, die Hofmeister und Gouvernanten verbeugten sich und dann zogen sie sich mit ihren Schutzbefohlenen zurück. Nur Dessales und sein Zögling blieben noch. Der Hofmeister forderte seinen Zögling flüsternd auf, mit nach unten zu kommen.

„Non, Monsieur Dessalles, je demanderai à ma tante de rester",[1] antwortete Nikolenka Bolonskij ebenfalls im Flüsterton und ging auf seine Tante zu.

„Ma tante, erlauben Sie mir doch, noch hierzubleiben", bat er. Sein Gesicht drückte flehentliches Bitten, Aufregung und Enthusiasmus aus. Die Gräfin Marja sah ihn an und wandte sich dann zu Pierre.

„Wenn Sie da sind, kann er sich immer nicht losreißen", sagte sie zu ihm.

„Je vous le ramènerai tout à l'heure, Monsieur Dessales. Bonsoir",[2] sagte Pierre, streckte dem Schweizer die Hand hin und wandte sich lächelnd zu Nikolenka: „Wir zwei haben uns überhaupt noch nicht richtig gesehen. Marie, wie er ihm ähnlich wird", setzte er hinzu.

„Dem Vater?" fragte der Junge, purpurrot geworden, und sah mit schwärmerisch-glänzenden Augen zu Pierre auf.

Pierre nickte ihm zu und nahm dann wieder das Thema auf, in welchem die Kinder ihn unterbrochen hatten. Gräfin Marja arbeitete an ihrer Canevasstickerei, Nataschas Augen hingen unverwandt an ihrem Mann. Nikolai und Denissow waren aufgestanden, ließen sich die Pfeifen bringen, rauchten, baten die standhaft melancholisch am Samowar sitzende Sonja um Tee und überschütteten Pierre mit Fragen. Der lockenköpfige, kränkliche Junge saß, von keinem be-

[1] Nein, Herr Dessales, ich will meine Tante fragen, ob ich hierbleiben darf.
[2] Ich werde ihn gleich wieder zu Ihnen zurückbringen, Herr Dessales, gute Nacht.

achtet, mit glänzenden Augen in einer Ecke, hatte den Lockenkopf auf dem feinen Halse, der sich aus dem umgeschlagenen Kragen reckte, Pierre zugewandt, zuckte bisweilen zusammen und flüsterte vor sich hin, offenbar ganz einem ihm noch neuen, mächtigen Gefühl hingegeben.

Das Gespräch bewegte sich um jenen Tratsch aus den leitenden Sphären, den die meisten Menschen für das Wichtigste und Interessanteste der ganzen inneren Politik halten. Denissow, der mit der Regierung unzufrieden war, weil seine dienstliche Laufbahn sich nicht ganz nach seinem Wunsch gestaltet hatte, ließ sich sehr gern von all den Dummheiten erzählen, die seiner Meinung nach jetzt in Petersburg gemacht wurden, und quittierte Pierres Äußerungen mit bissigen und überaus deutlichen Bemerkungen.

„Früher mußte man ein Deutscher sein, jetzt muß man mit der Tatarinowa und Madame Krüdener tanzen und Eckartshausen und die Schriften der Brüderschaft lesen. Weiß Gott, ich hätte Lust, unsern guten alten Bonaparte noch einmal loszulassen. Der würde ihnen die Dummheiten schon austreiben. Na, ist denn das nicht hanebüchen, daß der Kommißhengst Schwartz das Semeonowskij-Regiment bekommen hat?" * schrie er.

Nikolai hatte zwar nicht Denissows Bestreben, alles und jedes schlecht zu finden, hielt es aber ebenfalls für eine sehr wertvolle und wichtige Sache, die Regierung zu kritisieren, und glaubte allen Ernstes, es habe außerordentlich viel zu bedeuten, daß A. das und das Ministerium und B. das und das Generalgouvernement anvertraut worden war, daß der Kaiser das und das und der und der Minister wieder das und das gesagt hatte. So hielt er es denn auch für nötig, sich für diese Dinge zu interessieren, und wollte daher von Pierre alles mögliche wissen. Und da diese beiden, Denissow und Nikolai, in einem fort Fragen der bezeichneten Art stellten, so blieb das Gespräch eben völlig im Rahmen des herkömmlichen Tratschens über die in der Regierung ausschlaggebenden Sphären.

Natascha, die alle Gesten und Gedanken ihres Mannes kannte, sah, daß Pierre seit langem das Gespräch in ein anderes Geleise bringen und dem Gedanken Ausdruck geben wollte, der ihm Herzenssache war — dem Gedanken, um dessentwillen er nach Petersburg gefahren war, um sich mit seinem neuen Freunde, dem Fürsten Feodor auszusprechen —, und da sie sah, daß ihm das nicht gelingen wollte, so kam sie ihm mit der Frage zu Hilfe, was er denn eigentlich mit dem Fürsten Feodor zu tun habe.

„Ja, worum handelt es sich denn da?" fragte Nikolai.

„Immer um die gleiche Sache", anwortete Pierre und ließ seine

* Anm. am Schluß des Buches.

Augen in der Runde umherwandern. „Alle sehen, daß die Dinge so sehr zum Schlimmen treiben, daß man nicht mehr ruhig zusehen darf und es die Schuldigkeit aller anständigen Leute ist, dem nach Kräften Widerstand zu leisten."

„Was können die anständigen Leute denn dabei tun?" entgegnete Nikolai mit leichtem Stirnrunzeln. „Was läßt sich denn da überhaupt tun?"

„Ja, siehst du ..."

„Gehen wir doch lieber in mein Kabinett", meinte Nikolai.

Natascha spitzte sich schon lange darauf, von der Kinderfrau zum Nähren gerufen zu werden; jetzt hörte sie sie rufen und ging ins Kinderzimmer. Gräfin Marja schloß sich ihr an. Die Männer gingen ins Kabinett, und Nikolenka Bolkonskij schlich sich auch dorthin, ohne daß der Onkel es merkte, und setzte sich in die dunkle Ecke zwischen Schreibtisch und Fenster.

„Na, also was meinen Sie denn, daß sich da tun ließe?" fragte Denissow.

„Das sind doch alles Utopien", sagte Nikolai.

„Also es handelt sich um folgendes", begann Pierre; er hatte sich nicht hingesetzt, sondern bald ging er im Zimmer auf und nieder, bald blieb er wieder stehen, stieß beim Sprechen mit der Zunge an und begleitete seine Worte mit lebhaften und schnellen Handbewegungen. „Also es handelt sich um folgendes. Die Situation in Petersburg ist die: der Kaiser hält sich von allem fern. Er hat sich ganz diesem Mystizismus hingegeben." Mystizismus verzieh Pierre jetzt keinem Menschen mehr. „Er will nichts als Ruhe, und diese Ruhe können ihm nur diese Leute sans foi ni loi[1] verschaffen, die, ohne mit der Wimper zu zucken, alles niedersäbeln und abwürgen: Magnizkij, Araktschejew e tutti quanti ... das mußt du doch zugeben, wenn du dich selbst nicht um deine Wirtschaft kümmern und nur deine Ruhe haben wolltest, so würdest du um so eher zum Ziel kommen, je härter und strenger dein Vogt wäre, nicht wahr?" wandte er sich zu Nikolai.

„Nu ja, aber was soll das?" sagte Nikolai.

„Nun, und so geht alles vor die Hunde. Bei den Behörden wird gestohlen und bestochen, in der Armee regiert ausschließlich der Stock, dazu Gamaschendienst, langsamer Schritt, Militärkolonien — die Leute werden geschunden, alle Bildung verhindert. Was jung und anständig ist, das wird unterdrückt! Alle sehen, daß es so nicht weitergehen kann. Alles ist zu straff gespannt und wird darum auf alle Fälle springen", sagte Pierre, wie die Menschen, seit es Regierungen gibt, immer sagen, wenn sie über das Vorgehen dieser oder

[1] ohne Treu und Glauben.

jener Regierung sprechen. „Ich habe den Leuten in Petersburg gesagt, wie ich die Dinge sehe."

„Wem denn?" fragte Denissow.

„Na, ihr könnt euch ja denken, wem", antwortete Pierre und streifte beide mit einem vielsagenden Blick. „Dem Fürsten Feodor und ihnen allen. In Volksbildungs- und Wohltätigkeitsbestrebungen zu wetteifern, das ist natürlich sehr gut, das ist ein schönes Ziel, dagegen läßt sich nichts sagen. Aber so wie die Dinge jetzt liegen, brauchen wir etwas ganz anderes."

In diesem Augenblick merkte Nikolai, daß sein Neffe im Zimmer war. Sein Gesicht verfinsterte sich. Er ging auf ihn zu.

„Was hast du hier zu suchen?"

„Warum? Laß ihn doch dableiben", sagte Pierre und legte Nikolai die Hand auf den Arm. Dann fuhr er fort: „Also ich habe ihnen gesagt: das ist zu wenig, jetzt brauchen wir etwas ganz anderes. Während ihr da steht und wartet, daß schon im nächsten Augenblick die allzu straff gespannte Saite springt, während alle auf den unvermeidlichen gewaltsamen Umsturz warten, müßte man viel engere Fühlung mit dem Volk und der Masse suchen und einander die Hände reichen, um der allgemeinen Katastrophe entgegenzuarbeiten. Alles, was jung und kräftig ist, wird zu jener herrschenden Clique hinübergezogen und dort verdorben. Den einen locken die Frauenzimmer, den zweiten die Karriere, den dritten die Eitelkeit und das Geld, und so gehen sie eben in dieses Lager über. Unabhängige, freie Männer wie Sie und ich, das gibt es überhaupt kaum mehr. Und darum sage ich: stellt unsere Vereinigung auf eine breitere Basis: mag das mot d'ordre[1] nicht bloß heißen Tugend, sondern auch Unabhängigkeit und Tat. Also in diesem Sinne habe ich mich in Petersburg geäußert."

Nikolai hatte seinem Neffen inzwischen den Rücken gekehrt, seinen Stuhl ärgerlich abgerückt und sich hingesetzt. Während Pierre sprach, hatte er sich ab und zu ungehalten geräuspert und sein Gesicht war immer verdrießlicher geworden. „Ja, und was sollen denn das für Taten sein?" rief er. „Und wie wollt ihr euch denn zur Regierung stellen?"

„Das will ich dir gleich sagen! Wir wollen der Regierung zu Hilfe kommen. Die Vereinigung braucht nicht geheim zu sein, wenn die Regierung sie zuläßt. Sie ist der Regierung nicht nur nicht feindlich, sondern ist eine Vereinigung wahrhaft konservativer Männer. Eine Vereinigung von Gentlemen im wahren Sinn dieses Wortes. Wir schließen uns nur deswegen zusammen, damit nicht irgendein Pugatschow kommt und meine und deine Kinder umbringt und

[1] Parole.

damit Araktschejew mich nicht in eine Militärkolonie schickt, nur darum schließen wir uns zusammen und haben kein anderes Ziel als das allgemeine Wohl und die allgemeine Sicherheit."

„Ja, aber es handelt sich um einen Geheimbund, also um etwas Staatsfeindliches und Schädliches, das nur Unheil stiften kann."

„Warum denn? Hat denn der Tugendbund, der Europa gerettet hat " — damals wagte man es noch nicht, sich zu dem Gedanken aufzuschwingen, daß Rußland doch Europa gerettet hatte, — „vielleicht irgendwelches Unheil gestiftet? Der Tugendbund war eben eine Vereinigung, die nach allem Guten, allen Tugenden strebte, er war die Liebe, die gegenseitige Hilfe, er war das, was Christus am Kreuz verkündigt hat . . ."

Natascha, die mitten in dieses Gespräch hinein dazugekommen war, sah ihren Mann freudig an. Sie freute sich nicht über das, was er sagte. Es interessierte sie nicht einmal, denn es wollte ihr scheinen, als sei das alles doch überaus einfach und als wisse sie das alles schon längst — und diesen Eindruck hatte sie deswegen, weil sie Pierres ganze Seele, also den Urgrund, aus dem alles dies stammte, so gut kannte —, sondern sie freute sich darüber, ihn so angeregt und enthusiastisch zu sehen.

Noch freudiger und enthusiastischer starrte der von allen vergessene Junge mit dem feinen Halse über dem umgeschlagenen Kragen auf Pierre. Jedes Wort, das über Pierres Lippen kam, ließ sein Herz hoch auflodern, und mit nervösen Fingerbewegungen zerbrach er, ohne es selbst gewahr zu werden, die Siegellackstangen und Federn auf dem Schreibtisch des Onkels, die ihm gerade in die Hände kamen.

„Die Sache ist keineswegs so, wie du meinst. Was den deutschen Tugendbund betrifft und diesen neuen Tugendbund, den ich anregen will, so handelt es sich um folgendes . . ."

„Na, Bruder, dieser Tugendbund mag ja für die Wurstmacher schon das Richtige gewesen sein, aber ich habe dafür nichts übrig, mir ist schon der Name fatal", sagte Denissow laut und bestimmt. „Daß alles ekelhaft und widerlich ist, finde ich ja auch. Aber für den Tugendbund habe ich nichts übrig. Der kann mir nicht gefallen, allein schon weil er sich selbst eben ‚Bund'* nennt. Also so sehe ich das an. Je suis votre homme." [1]

Pierre lächelte, Natascha mußte laut lachen, aber Nikolai zog die Augenbrauen noch finsterer zusammen und begann Pierre auseinanderzusetzen, daß nicht die geringsten Anzeichen auf einen kommenden Umsturz hindeuteten und daß die ganze Gefahr, von der er rede, nur in seiner Phantasie bestehe. Pierre bewies das Gegenteil,

* Anm. am Schluß des Buches.
[1] Ich bin Ihr Mann.

und da er der geistig Geschultere und Gewandtere war, so fühlte Nikolai sich bald in eine Sackgasse gedrängt. Das machte ihn nur noch grimmiger, denn im tiefsten Innern wußte er doch, daß seine Auffassung eine zweifelsfreie Richtigkeit für sich hatte, und dieses Wissen hatten ihm nicht logische Argumentationen vermittelt, sondern etwas, was stärker war als alle logischen Argumentationen.

„Hör mal zu, was ich dir jetzt sagen will", meinte er, stand auf und suchte mit nervösen Bewegungen seine Pfeife in die Ecke zu stellen, bis er sie schließlich hinfallen ließ. „Beweisen kann ich es dir nicht. Du sagst, bei uns sei alles schauderhaft und wir trieben einem Umsturz entgegen. Ich sehe nichts dergleichen. Aber du sagst, der Untertanen- und Soldateneid sei auch nur etwas Relatives, und da kann ich nur sagen: du bist mein bester Freund, das weißt du selbst, bringe aber eine geheime Gesellschaft auf die Beine und gehe mit ihr gegen die Regierung an, mag diese Regierung nun sein, wie sie will – dann weiß ich, daß es meine Schuldigkeit ist, der Regierung zu gehorchen. Mag mir Araktschejew meinetwegen in diesem Augenblick den Befehl geben, mit meiner Schwadron gegen euch anzureiten und einzuhauen – nicht eine Sekunde würde ich mich bedenken und anreiten. Denke darüber, wie du magst."

Diesen Worten folgte ein befangenes Schweigen. Als erste nahm Natascha wieder das Wort, trat für ihren Mann ein und griff ihren Bruder an. Was sie zu Pierres Verteidigung vorbrachte, war schwach und ungewandt, allein ihren Zweck erreichte sie doch. Das Gespräch wurde wieder aufgenommen, und zwar nicht mehr mit jener Note von unangenehmer Feindseligkeit, die in Nikolais letzten Worten gelegen hatte.

Als alle sich erhoben, um zum Abendessen zu gehen, trat Nikolenka Bolkonskij auf Pierre zu, ganz bleich, mit blitzenden und leuchtenden Augen.

„Onkel Pierre ... Sie ... nein ... Wenn Papa noch lebte ... würde er ebenso denken wie Sie?"

Pierre verstand sofort, was für eine eigenartige, selbständige, komplizierte und mächtige Gefühls- und Gedankenarbeit in diesem Jungen während des Gesprächs der Erwachsenen vorgegangen sein mußte, und während er sich ins Gedächtnis zurückrief, was er gesagt hatte, ärgerte er sich darüber, daß der Junge ihm zugehört hatte. Allein eine Antwort mußte er ihm doch geben.

„Ich glaube, ja", sagte er widerwillig und verließ das Kabinett.

Der Junge senkte den Kopf und schien jetzt erst wahrzunehmen, was er auf dem Schreibtisch angestellt hatte. Er wurde flammend rot und ging zu Nikolai. „Onkel, verzeih mir, ich habe das ... so ... ich habe das nicht mit Absicht gemacht", sagte er und zeigte auf die zerbrochenen Siegellackstangen und Federn.

Nikolai fuhr ärgerlich zusammen.

„Schön, schön", sagte er und warf die Siegellack-Trümmer und Federbruchstücke unter den Tisch.

Und offenbar nur mühsam den Zorn bändigend, der in ihm aufstieg, ließ er Nikolenka stehen und sagte: „Es war überhaupt ganz ungehörig, daß du mit dabei warst."

XV

Beim Abendessen war nicht mehr von Politik und geheimen Gesellschaften die Rede, sondern man kam auf ein Thema, das Nikolai sehr liebte, auf Erinnerungen vom Jahre 1812. Diesen Gegenstand hatte Denissow angeschnitten, und Pierre war ganz besonders freundlich und amüsant. Und als man auseinanderging, da empfanden alle Familienglieder wieder ein Gefühl herzlichster Verbundenheit.

Nach dem Abendessen ging Nikolai in sein Zimmer, zog sich aus und erteilte dem wartenden Verwalter seine Anweisungen für den nächsten Tag. Darauf ging er im Schlafrock ins Schlafzimmer und fand seine Frau, die Feder in der Hand, am Schreibtisch.

„Was schreibst du da, Marie?" fragte Nikolai.

Gräfin Marja wurde rot. Sie fürchtete, ihr Mann würde weder verstehen noch billigen können, was sie da schrieb. Sie hätte es ihm am liebsten vorenthalten, freute sich aber doch auch darüber, daß er sie über dem Schreiben angetroffen hatte und sie es ihm jetzt erklären mußte.

„Das ist ein Tagebuch, Nicolas", sagte sie und hielt ihm das bläuliche Heftchen hin, von dem bereits ein großer Teil in ihrer festen, etwas grobkörnigen Handschrift beschrieben war.

„Ein Tagebuch?" meinte Nikolai mit einer leichten Nuance von Spott und nahm das Heftchen in die Hand.

Es stand auf französisch drin:

„Den 4. Dezember. Andrjuscha" — der älteste Sohn — „wollte sich heute morgen nicht anziehen, und Mademoiselle Louise ließ mich herbitten. Er war launisch und bockig. Ich versuchte es mit Drohen, aber das brachte ihn nur noch mehr auf. Da nahm ich mir vor, die Sache ganz allein in Ordnung zu bringen, ließ ihn links liegen und begann mit der Kinderfrau die andern vorzunehmen, während ich ihm sagte, ich hätte ihn nicht lieb. Eine ganze Zeit lang sagte er nun nichts, als wäre er ganz betroffen davon. Dann kam er im Hemdchen auf mich zugerannt und schluchzte so, daß ich eine gehörige Zeit brauchte, um ihn wieder zu beruhigen. Am meisten litt er darunter, daß er mich betrübt hatte, das war ganz deutlich zu sehen. Als ich ihm am Abend seinen Zettel gab, da weinte er wieder jämmerlich und küßte mich. Bei ihm kann man alles mit Zärtlichkeit machen."

„Was war denn das für ein Zettel?" fragte Nikolai.

„Ich habe es jetzt so eingeführt, daß die größeren Kinder abends immer kleine Notizen bekommen, wie sie den Tag über gewesen sind."

Nikolai sah in die leuchtenden Augen, deren Blick auf seinem Gesicht lag, blätterte dann weiter und las dies und das. Das Tagebuch enthielt alle die kleinen Beobachtungen und Vorfälle aus dem Leben der Kinder, die der Mutter aufzeichnungswert erschienen waren, weil sich in ihnen die Charakteranlagen der Kinder mit besonderer Deutlichkeit geäußert hatten oder weil sich aus ihnen allgemeine Erziehungsmaximen gewinnen ließen. Meist handelte es sich um denkbar unbedeutende Kleinigkeiten, aber als solche empfand sie weder die Mutter noch der Vater, als er jetzt zum erstenmal in diesem Kindertagebuch las.

Unter dem heutigen Tage hieß es: „Mitja war bei Tisch ungezogen. Der Papa sagte, er sollte keinen Nachtisch bekommen, und er bekam auch keinen, sah aber die andern während des Nachtisches so jämmerlich und gierig an. Ich glaube, wenn man Kinder dadurch bestraft, daß man ihnen etwas Süßes vorenthält, so entwickelt man nur ihre Gier. Mit Nicolas zu besprechen."

Nikolai legte das kleine Buch wieder hin und sah seine Frau an. In ihren leuchtenden Augen lag die Frage, ob er dieses Tagebuch guthieß oder nicht. Es konnte gar kein Zweifel darüber sein, daß Nikolai die Methode seiner Frau nicht nur billigte, sondern bei dieser Gelegenheit wieder einmal von Gräfin Marja ganz hingerissen war.

„Vielleicht brauchte man es nicht so pedantisch zu machen, vielleicht könnte man es überhaupt bleiben lassen", dachte Nikolai. Was ihn aber daran hinriß, das war diese unermüdliche, unablässige Konzentration, mit der seine Frau an nichts anderes dachte als an die Charakterbildung der Kinder. Wenn Nikolai die Fähigkeit gehabt hätte, seine eigenen Empfindungen zu analysieren, so hätte er erkannt, daß seine beständige, zärtliche und stolze Liebe zu Gräfin Marja vor allem auf diesem Gefühl der Bewunderung beruhte, die er für ihr Innenleben und für die ihm selbst wenig zugängliche Welt gehobener Sittlichkeit empfand, in der seine Frau lebte.

Er war stolz darauf, daß sie so klug und gut war, er war sich des Abstandes bewußt, der ihn in der Welt des Geistigen von ihr trennte, und war um so glücklicher darüber, daß sie mit ihrer Seele nicht nur ihm gehörte, sondern geradezu einen Teil seines Selbst bildete. „Ich finde das sehr gut, Liebste", sagte er ernsthaft, schwieg einen Augenblick und setzte dann hinzu: „Aber mit mir selbst bin ich heute sehr unzufrieden. Du warst nicht im Kabinett. Ich geriet mit Pierre in die Haare und wurde leider etwas ausfallend. Aber es war auch wirklich unmöglich! Er ist ja noch so ein Kind! Ich weiß nicht, was er alles anstellen würde, wenn Natascha ihn nicht an der Kandare hätte. Kannst du dir vorstellen, warum er nach Petersburg gefahren war? ... Also sie haben da ..."

„Ja, ich weiß", fiel Gräfin Marja ihm ins Wort. „Natascha hat es mir erzählt."

„Na, also dann weißt du ja Bescheid", fuhr Nikolai fort und geriet bei der bloßen Erinnerung an die Debatte mit Pierre wieder vollkommen in Hitze. „Er wollte mir einreden, es sei die Schuldigkeit aller anständigen Menschen, gegen die Regierung anzugehen, während doch Eid und Pflicht ... Es tut mir leid, daß du nicht dabei warst. Und daraufhin fielen alle über mich her, auch Denissow und Natascha ... Natascha ist überhaupt zu spaßig. Sie hält ihn doch nach allen Regeln der Kunst unter dem Pantoffel, aber wenn es mal irgendeine Auseinandersetzung gibt, dann legt sie sofort los und spricht genau wie er – selbständig ausdrücken kann sie ja nichts", setzte Nikolai hinzu und überließ sich damit jener unwiderstehlichen Neigung, die uns gerade unsere liebsten und nächststehenden Menschen aburteilen heißt.

Nikolai kam gar nicht darauf, daß man das gleiche, was er jetzt von Nataschas Verhältnis zu Pierre sagte, Wort für Wort auch von seinem Verhältnis zu seiner Frau hätte sagen können.

„Ja, das ist mir auch schon aufgefallen", meinte Gräfin Marja.

„Als ich ihm dann sagte, Eid und Pflicht müßten höherstehen als alles andere, da fing er an, weiß Gott was alles vorzutragen. Ein Jammer, daß du nicht dabei warst. Was hättest du gesagt?"

„Meiner Meinung nach hast du vollkommen recht. Das habe ich Natascha auch gesagt. Pierre meint, alle hätten es jetzt so schwer, quälten sich, gäben allen möglichen Versuchungen nach, und wir hätten die Pflicht, unsern Nächsten zu helfen. Damit hat er selbstverständlich recht", sagte Gräfin Marja, „aber er vergißt dabei, daß wir noch andere Pflichten haben, die uns noch näher angehen und die Gott selbst uns gezeigt hat, und daß wir wohl uns selbst, aber nicht unsere Kinder aufs Spiel setzen dürfen."

„Na also, na also, siehst du, genau das habe ich ihm ja auch gesagt", fiel Nikolai ein und glaubte allen Ernstes, er habe wirklich genau das gesagt. „Aber sie waren gar nicht davon abzubringen, die Nächstenliebe und das Christentum verlangten ... na, und so weiter. Und das alles, während Nikolenka dabei war. Der hatte sich ins Kabinett hereingeschmuggelt, und hat da alles kaputt gemacht."

„Ach, weißt du, Nicolas, ich quäle mich sehr oft im Gedanken an Nikolenka", sagte Gräfin Marja. „Er ist so ein merkwürdiger Junge.

Und ich fürchte manchmal, ich kümmere mich nicht genug um ihn, weil mich unsere eigenen Kinder ja so in Anspruch nehmen. Alle haben wir unsere Kinder, alle unsere engeren Angehörigen, nur er hat niemand. Er ist immer allein mit seinen Gedanken."

„Na, ich glaube doch, seinetwegen hast du dir nichts vorzuwerfen. Du hast alles für ihn getan, was die zärtlichste Mutter nur für ihren Sohn tun kann, und tust es noch jetzt. Und selbstverständlich freue ich mich darüber. Er ist ein famoser Junge, ein ganz famoser Junge. Heute hörte er zu, was Pierre sagte und hatte dabei alles um ihn her vollständig vergessen. Und stell dir vor: wie wir zum Abendessen gehen wollen, da sehe ich, er hat auf meinem Schreibtisch alles zerbrochen, aber gründlich! Aber er hat es dann auch gleich gesagt. Ich habe noch nie beobachtet, daß er einmal die Unwahrheit gesagt hätte. Ein famoser Junge, ein ganz famoser Junge!" wiederholte Nikolai, dem Nikolenka im Grunde keineswegs zusagte und der darum immer geflissentlich betonte, was für ein famoser Junge er doch sei.

„Eine Mutter bin ich aber doch nicht für ihn", meinte Gräfin Marja. „Ich empfinde das selbst, und es drückt mich oft sehr. Er ist ein wunderbarer Junge, aber ich habe manchmal große Angst um ihn. Es wäre ihm sehr gut, wenn er mehr unter Altersgenossen käme."

„Na, das wird er ja auch bald haben, nächsten Sommer bringe ich ihn doch nach Petersburg", antwortete Nikolai und kam dann wieder auf das Gespräch in seinem Kabinett zurück, das ihn offenbar recht aufgeregt hatte. „Ja, Pierre ist immer ein Träumer gewesen und wird es auch bleiben. Was gehen mich denn alle diese Geschichten an, etwa daß Araktschejew nichts taugt und was es da sonst noch gibt? Was habe ich mich um alle diese Dinge gekümmert, als wir heirateten und ich noch so viel Schulden hatte, daß sie mich in den Schuldturm setzen wollten, und überdies noch eine Mutter, die nichts sehen und nichts begreifen konnte? Und dann kamst du, die Kinder kamen, die Arbeit kam. Bin ich denn zu meinem Vergnügen vom Morgen bis zum Abend in der Wirtschaft und im Kontor? Nein, ich weiß, daß ich arbeiten muß, um meiner Mutter einen ruhigen Lebensabend zu schaffen, um das herauszuwirtschaften, was du mir aus deinem Vermögen gegeben hast, und um die Kinder nicht als solche Bettler zurückzulassen, wie ich einer gewesen bin."

Gräfin Marja hätte gern erwidert, daß der Mensch doch nicht vom Brot allein lebt und daß Nikolai allen diesen äußeren Dingen zu viel Wert beilegte, allein sie wußte, daß es keinen Sinn gehabt hätte, das auszusprechen. Sie nahm nur seine Hand und küßte sie. Er sah darin einen Beweis dafür, das sie seine Auffassungen guthieß und teilte, und nachdem er eine Zeitlang stumm nachgedacht hatte, dachte er laut weiter.

„Weißt du, Marie", sagte er, „heute ist Ilja Mitrofanowitsch" — der Geschäftsführer — „von dem Gut im Gouvernement Tambow gekommen. Wie er erzählt, werden für den Wald schon achtzigtausend geboten."

Und nun begann er mit sehr eifriger Miene davon zu sprechen, daß er schon recht bald die Möglichkeit haben würde, Otradnoje zurückzukaufen. „Noch so zehn Jährchen, und ich kann den Kindern recht geordnete Verhältnisse hinterlassen."

Gräfin Marja hörte ihrem Mann zu und nahm alles in sich auf, was er sagte. Sie wußte, wenn er dabei war, laut zu denken, dann fragte er sie dazwischen, was er gesagt habe, und ärgerte sich, wenn er merkte, daß sie etwas anderes im Kopf gehabt hatte. Das Zuhören kostete sie aber eine beträchtliche Mühe, weil sie das, was er da sagte, nicht im geringsten interessierte. Sie sah ihn an und hatte dabei nicht eigentlich andere Gedanken im Kopf als vielmehr andere Empfindungen im Herzen. Sie empfand eine demütige, zärtliche Liebe für diesen Mann, dem doch nie alles das aufgehen konnte, was ihr selbst aufgegangen war, und es war, als mache gerade dieser Umstand ihre Liebe noch stärker und gebe ihr eine ganz besondere Nuance von leidenschaftlicher Zärtlichkeit. Abgesehen von dieser Empfindung, die sie ganz hinnahm und es ihr fast unmöglich machte, in alle Einzelheiten der Pläne einzudringen, die Nikolai vor ihr entwickelte, flogen ihr noch allerlei Gedanken durch den Sinn, die mit dem, was er ihr da erzählte, nichts zu tun hatten. Sie dachte an ihren Neffen — denn der Bericht ihres Mannes, wie aufgeregt Nikolenka während Pierres Ausführungen gewesen war, hatte sie sehr betroffen gemacht — und nun mußte sie wieder an verschiedene Eindrücke denken, die sie von seinem zarten, sensiblen Charakter empfangen hatte, und der Gedanke an den Neffen leitete ihre Gedanken zu ihren eigenen Kindern über. Nicht, daß sie den Neffen mit ihren eigenen Kindern verglichen hätte, allein sie verglich ihre Empfindungen für den Neffen mit ihren Empfindungen für die eigenen Kinder und mußte sich bekümmert sagen, daß ihrem Gefühl für Nikolenka noch etwas fehlte.

Manchmal kam ihr der Gedanke, das möge daher kommen, daß ihre eigenen Kinder doch noch so viel kleiner waren; dennoch fühlte sie sich Nikolenka gegenüber schuldig und gelobte sich im Herzen, sich zu bessern und das Unmögliche zu vollbringen, das heißt mitten in diesem irdischen Leben ihren Mann und ihre Kinder und Nikolenka und alle ihre Nächsten so zu lieben, wie Christus alle Menschen geliebt hatte. Gräfin Marjas Seele strebte unentwegt nach dem Unendlichen, Ewigen und Vollkommenen und konnte darum niemals zur Ruhe kommen.

Auf ihrem Gesicht erschien auch jetzt wieder der ernste und

strenge Ausdruck verborgenen, tiefen Leidens der Seele, die unter der Last des Körpers seufzte. Nikolai sah sie an. „Mein Gott! Was soll aus uns werden, wenn sie stirbt, und wenn ich ihr Gesicht mit diesem Ausdruck sehe, dann möchte ich sie dem Tode nahe glauben", dachte er. Dann trat er an das Heiligenbild und verrichtete sein Abendgebet.

XVI

Auch Natascha sprach, als sie an diesem Abend mit ihrem Mann allein war, mit ihm, wie eben nur Eheleute miteinander sprechen können; jeder errät und erfaßt mit erstaunlicher Klarheit und Geschwindigkeit die Gedanken des andern und teilt ihm die seinen mit, auf einem Wege, der weitab von allen Regeln der Logik liegt, ohne die Mittel der Entwicklung, der Folgerungen und Schlüsse, eben auf eine völlige eigene Weise. Natascha war derartig daran gewöhnt, mit ihrem Mann auf diese Weise zu sprechen, daß sie, wenn Pierre ihr irgendeinen Gedankengang mit den üblichen Methoden der Logik entwickelte, daran ein untrügliches Zeichen dafür hatte, daß zwischen ihr und ihrem Mann irgend etwas nicht stimmte. Fing er an, seine Gedanken mit logischen Gründen zu erhärten und sachlich, vernünftig und ruhig zu sprechen, und ließ sie sich dann verleiten, seinem Beispiel zu folgen, so wußte sie, daß ein Zerwürfnis vor der Tür stand.

Mit dem Augenblick, in welchem sie sich an diesem Abend allein gefunden hatten und Natascha mit weit geöffneten glückstrahlenden Augen leise auf ihn zugekommen war, plötzlich seinen Kopf ergriffen und ihn gegen die Brust geschmiegt und gesagt hatte: „Jetzt gehörst du mir ganz, ganz und gar, niemand sonst als mir, jetzt kommst du mir nicht mehr davon!" — mit diesem Augenblick hatte diese Art des allen Gesetzen der Logik widerstreitenden Gedankenaustausches eingesetzt, die allen Gesetzen der Logik schon allein deshalb widerstreiten mußte, weil immer im gleichen Augenblick von völlig verschiedenen Dingen die Rede war. Diese gleichzeitige Behandlung vieler verschiedener Dinge beeinträchtigte indessen die Klarheit des Verständnisses nicht im geringsten, sondern war vielmehr das zuverlässigste Kriterium dessen, daß sie einander durchaus verstanden.

Wie im Traume alles schief, sinnlos und voll von Widersprüchen ist bis auf das Gefühl, das den ganzen Traum beherrschend durchzieht, so waren auch bei diesem allen Verstandesgesetzen hohnsprechenden Gespräch nicht die einzelnen Reden und Gegenreden folgerichtig und klar, sondern das Gefühl, das sie beherrschend durchzog.

Natascha erzählte Pierre von dem Leben und Treiben ihres Bruders und davon, was sie in Pierres Abwesenheit durchgemacht hatte und wie sie in dieser Zeit eigentlich gar nicht recht gelebt habe und wie sie Marie in dieser Zeit noch lieber gewonnen habe als früher und wie Marie in jeder Hinsicht so viel besser sei als sie selbst. Während Natascha das sagte, erkannte sie ganz aufrichtig an, daß Marie viel, viel weiter sei als sie selbst, verlangte aber dabei doch zu gleicher Zeit von Pierre, daß er sie selbst nicht nur Marie, sondern auch allen andern Frauen vorzog und daß er das gerade jetzt, nachdem er in Petersburg wieder so viele Frauen gesehen hatte, deutlich zum Ausdruck brachte.

Pierre knüpfte an Nataschas Mitteilungen an und erzählte ihr, wie unerträglich es ihm gewesen sei, auf Petersburger Soireen und Diners mit Damen zusammen sein zu müssen.

„Ich habe es gänzlich verlernt, mit Damen Konversation zu machen", sagte er. „Es ist mir ganz einfach langweilig. Und besonders jetzt, wo ich so viel andere Dinge im Kopf hatte."

Natascha sah ihn unverwandt an und spann ihr Thema von vorhin noch weiter aus.

„Marie ist doch wirklich reizend!" sagte sie. „Wie sie sich in die Kinder hineinzuversetzen weiß! Als ob ihre Seelen vor ihr bloßlägen. Gestern zum Beispiel hatte Mitenka seinen Bock . . ."

„Und wie er seinem Vater ähnlich sieht", fiel Pierre ein.

Natascha hatte sofort erfaßt, warum er diese Bemerkung über Mitenkas Ähnlichkeit mit Nikolai gemacht hatte; die Erinnerung an seinen Disput mit dem Schwager drückte ihn noch ein wenig, und er wollte gern wissen, wie Natascha darüber dachte.

„Der große Nikolenka hat die Schwäche, daß er nicht um die Welt zustimmen kann, solange irgendeine Auffassung noch nicht allgemein anerkannt ist. Und ich weiß ja, daß du auf nichts so viel Wert legst wie gerade auf dieses ouvrir une carrière",[1] sagte sie und wiederholte damit eine Wendung, deren Pierre sich einmal bedient hatte.

„Nein, die Hauptsache ist die", antwortete Pierre, „das Nikolai in gedanklichen Beschäftigungen und Untersuchungen nichts sieht wie einen unterhaltenden Zeitvertreib. Siehst du, er legt sich eine Bibliothek an und hat es sich zum Grundsatz gemacht, kein neues Buch zu kaufen, ohne das letztgekaufte durchgelesen zu haben, Sismondi, Rousseau, Montesquieu." Pierre lächelte. „Du weißt ja, wie gut ich ihm bin, und . . ." Er wollte dem Gesagten seinen Stachel nehmen, allein Natascha fiel ihm ins Wort und gab ihm dadurch zu verstehen, daß es dessen gar nicht erst bedürfe.

[1] Eine Laufbahn zu ebnen.

„Also du meinst, für ihn ist alles Denken nur ein müßiger Zeitvertreib ..."

„Ja, und für mich ist alles übrige nur ein müßiger Zeitvertreib. In dieser ganzen Petersburger Zeit habe ich alle Menschen nur wie Traumgestalten empfunden. Wenn mich einmal ein Gedanke beschäftigt, dann ist alles übrige für mich nur müßiger Zeitvertreib."

„Ach, wie schade, daß ich nicht dabei war, wie du die Kinder begrüßt hast", meinte Natascha. „Welche hat sich denn am meisten gefreut? Sicher doch Lisa, nicht wahr?"

„Ja", erwiderte Pierre und war dann gleich wieder bei dem, was ihn so beschäftigte. „Nikolai sagt, man sollte überhaupt nicht denken. Aber ich kann es nicht lassen. Ich will gar nicht davon sprechen, daß ich in Petersburg das Gefühl hatte – dir kann ich es ja sagen –, wenn ich nicht wäre, so fiele alles wieder auseinander und jeder isolierte sich mit seinen persönlichen Interessen. Aber mir ist es gelungen, sie alle unter einen Hut zu bringen, und dann ist mein Gedankengang ja auch so einfach und klar. Sieh mal, ich sage ja gar nicht, wir sollen uns dieser und jener Maßnahme der Regierung widersetzen. Wir können ja auch irren. Ich sage ja nur: Ihr, die ihr wirklich das Gute wollt, reicht euch die Hände und laßt uns nur die eine Losung haben: tatkräftig zugreifende Tugend. Fürst Sergiej ist ein wundervoller Mensch und dazu noch so klug."

Natascha hätte nicht daran gezweifelt, daß Pierres Gedanke wirklich ein großer Gedanke war, aber eines machte sie ein wenig irre. Das war der Umstand, daß er ihr Mann war. „Ist es denn in Wirklichkeit möglich, daß ein Mensch, den die Öffentlichkeit so dringend nötig hat und der für sie so wichtig ist, zu gleicher Zeit mein Mann sein kann? Wie ist denn das nur gekommen?" Bedenken dieser Art hätte sie gern geäußert. „Ja, wer in aller Welt könnte denn beurteilen, ob er wirklich so viel klüger ist als alle die andern?" fragte sie sich und ließ in Gedanken alle die Leute Revue passieren, die Pierre besonders schätzte. Aber wie sie aus seinen Erzählungen wußte, schätzte er niemanden so wie Platon Karatajew.

„Weißt du, an wen ich jetzt denken muß?" meinte sie. „An Platon Karatajew. Wie würde der darüber denken? Würde er alles das gutheißen?"

Pierre wunderte sich über diese Frage nicht im geringsten. Er hatte den Gedankengang seiner Frau verstanden.

„Platon Karatajew?" antwortete er und überlegte eine Weile, augenscheinlich von Herzen bestrebt, sich vorzustellen, wie Karatajew über diese Dinge denken würde. „Er würde es nicht verstehen. Übrigens kann es doch sein, daß er es verstehen würde."

„Ich liebe dich so schrecklich!" sagte Natascha plötzlich, „ganz, ganz schrecklich!"

„Nein, er würde es nicht gutheißen", sagte Pierre nach einer Weile schweigenden Nachdenkens. „Was er gutheißen würde, das ist unser Familienleben. Es lag ihm so sehr viel daran, in allem Harmonie, Glück, Ruhe zu sehen, und ich hätte ihm mit Stolz unser Zusammenleben gezeigt. Du sprachst vorhin davon, wie es ist, wenn wir voneinander getrennt sind. Aber du glaubst gar nicht, was für ein ganz besonderes Gefühl ich für dich habe, wenn wir nicht zusammen sind ..."

„Vielleicht hast du mich dann ..." fing Natascha an.

„Nein, das ist es nicht. Ich habe dich immer lieb, und mehr als ich dich immer liebe, könnte ich dich gar nicht lieben. Aber hier handelt es sich um etwas Besonderes ... Na ja ..." Er vollendete den Satz nicht, denn ihre Blicke hatten sich getroffen und alles Unausgesprochene gesagt.

„Was das für eine dumme Redensart ist", sagte Natascha unvermittelt, „daß die Flitterwochen und überhaupt die erste Ehezeit am glücklichsten sein soll. Im Gegenteil, die beste Zeit ist das Jetzt. Wenn du nur nicht so viel fort wärest! Weißt du noch, wie wir uns manchmal gezankt haben? Und ich hatte doch immer unrecht. Ja, immer. Und weswegen wir uns eigentlich gezankt haben, das weiß ich jetzt nicht einmal mehr."

„Es war immer dasselbe", antwortete Pierre lächelnd, „nämlich die Eifers ..."

„Sprich es nicht aus, ich kann das nicht anhören!" rief Natascha, und in ihre Augen trat ein kaltes, böses Licht. Eine kleine Weile schwieg sie, dann fragte sie: „Hast du sie gesehen?"

„Nein, und wenn ich sie gesehen hätte, ich hätte sie doch nicht wiedererkannt."

Beide schwiegen.

„Ach, weißt du, als du im Kabinett deine Gedanken auseinandersetztest, da habe ich dich immer so angesehen", nahm Natascha wieder das Wort, offenbar bestrebt, die heraufgezogene Gewitterwolke wieder zu verscheuchen. „Also ihr beide seht euch ähnlich wie zwei Tropfen Wasser, du und der Junge. Aber jetzt muß ich auch zu ihm ... Es ist die höchste Zeit ... schade, daß ich gerade jetzt weg muß."

Einige Sekunden sagte keiner ein Wort. Dann begegneten sich plötzlich ihre Blicke, und nun fingen sie beide gleichzeitig an zu sprechen, Pierre mit selbstvergessener Begeisterung, Natascha mit einem stillen, glücklichen Lächeln. Als es ihnen zum Bewußtsein kam, daß sie beide gleichzeitig aufeinander einredeten, hielten sie inne, und jeder wollte dem andern den Vortritt lassen.

„Nein, was wolltest du sagen? Sprich doch, sprich doch!"

„Nein, sprich du nur. Bei mir war es gar nichts Besonderes, nur so dummes Zeug", meinte Natascha.

Pierre erzählte, was er gerade hatte erzählen wollen. Er berichtete also ganz hingerissen von seinen weiteren Erfolgen in Petersburg. Es war ihm in diesem Augenblick, als sei er dazu berufen, der ganzen russischen Öffentlichkeit und der ganzen Welt eine neue Bahn zu weisen.

„Ich wollte nur sagen, daß alle Gedanken, die wirklich Großes zeitigen, immer einfach sind. Mein ganzer Gedanke ist ja bloß der: wenn die Spitzbuben sich zusammentun und darum eine Macht sind, so müssen die anständigen Menschen eben dasselbe tun. Ist das nicht furchtbar einfach?"

„Ja."

„Und was wolltest du sagen?"

„Ach, nur so ... etwas ganz Belangloses."

„Nein, nein, sage es doch."

„Aber es ist doch ganz etwas Dummes", sagte Natascha, und das Lächeln auf ihrem Gesicht strahlte nun immer heller. „Ich wollte nur etwas von Petja sagen: als heute die Kinderfrau kam, um ihn mir abzunehmen, da lachte er, blinzelte und schmiegte sich an mich. Sicher hat er gedacht, er hätte sich jetzt versteckt. Er ist doch schrecklich süß! Hörst du, da fängt er an zu schreien! Na, dann einstweilen auf Wiedersehen!"

Und sie ging.

*

Zur gleichen Zeit brannte unten in Nikolenka Bolkonskijs Schlafzimmer wie immer das Nachtlämpchen — der Junge fürchtete sich im Dunkeln und hatte es sich nicht abgewöhnen lassen. Dessales schlief, gegen seine vier hohen Kissen gelehnt, und seine römische Nase gab regelmäßige Schnarchlaute von sich. Nikolenka war gerade, in kaltem Schweiß gebadet, aufgewacht, saß mit weit aufgerissenen Augen auf seinem Bett und starrte vor sich hin. Ein grauenvoller Traum hatte ihn geweckt. Er hatte in seinem Traum sich selbst und Pierre in Helmen gesehen, solchen Helmen, wie sie in seiner Plutarch-Ausgabe abgebildet waren. Er und Onkel Pierre zogen einem ungeheuren Heere voran. Dieses Heer bestand aus weißen, schräglaufenden Linien, die ähnlich wie die Spinnwebfäden, die im Herbst umherfliegen und die Dessales le fil de la Vierge[1] nannte, die ganze Luft erfüllten. Vor ihnen her zog der Ruhm: er war von gleichem Stoff wie diese Fäden, nur ein wenig körperhafter. Nikolenka und Pierre wurden näher und näher auf ihr Ziel zu-

[1] Fäden der Jungfrau.

getragen, und es war ihnen so leicht und freudig zumute. Plötzlich aber begannen die Fäden, die sie vorwärts trugen, nachzugeben, und sich zu verwirren, und beide begannen sie wieder ihr eigenes Gewicht zu empfinden. Und da stand mit einemmal Onkel Nikolai Iljitsch drohend und streng vor ihnen.

„Seid ihr das gewesen?" fragte er und deutete dabei auf die zerbrochenen Siegellackstangen und Federn. „Ich habe euch bisher liebgehabt, aber jetzt habe ich Befehle von Araktschejew bekommen und muß den ersten, der noch weiter vorrückt, töten." Nikolenka sah sich nach Pierre um, aber Pierre war nicht mehr da. Pierre war zum Vater geworden, zum Fürsten Andrej, und der Vater war ungreifbar und unkörperlich, aber er war da, und Nikolenka fühlte sich ganz schwach werden vor lauter Liebe, als er ihn sah: er fühlte, wie ihn alle Kraft verließ, wie er gar keine Knochen mehr hatte und gleichsam ganz sämig wurde. Der Vater streichelte ihn und hatte Mitleid mit ihm. Aber Onkel Nikolai Iljitsch kam näher und näher, das Entsetzen fiel über Nikolenka her, und er erwachte.

„Der Vater!" dachte er. „Der Vater" – obwohl es im Hause zwei sehr ähnliche Porträts gab, stellte Nikolenka sich den Fürsten Andrej nie in menschlicher Gestalt vor – „der Vater war bei mir und hat mich gestreichelt. Er war mit mir einverstanden, und er war auch mit Onkel Pierre einverstanden. Er kann mir sagen, was er will, ich werde alles tun. Mucius Scaevola hat seine Hand verbrennen lassen. Aber warum sollte so etwas nicht auch in meinem Leben möglich sein? Ich weiß, sie wollen alle, ich soll lernen. Und ich werde auch lernen. Aber einmal werde ich damit aufhören, und dann werde ich handeln. Ich bitte Gott nur um eins, es sollen mir ebensolche Dinge begegnen wie den Männern, von denen Plutarch schreibt, und ich werde ebenso handeln wie sie. Nein, ich werde noch besser handeln. Dann werden mich alle kennen, alle mich lieben, alle sich von mir begeistern lassen."

Und plötzlich fühlte Nikolenka ein Schluchzen, das ihm die Brust zusammenpreßte, und nun brach er in Tränen aus.

„Etes-vous indisposé?" [1] hörte er Dessales fragen.

„Non", antwortete Nikolenka und ließ den Kopf wieder auf das Kissen sinken.

„Monsieur Dessales ist so gut und anständig, ich liebe ihn", dachte er. „Und Onkel Pierre? Was ist der doch für ein herrlicher Mensch! Und der Vater? Der Vater! Der Vater! Ja, ich werde so handeln, daß sogar er mit mir zufrieden sein soll . . ."

[1] Fühlen Sie sich nicht wohl?

ANMERKUNGEN

Seite 7

Im Jahre 1805 hatte Napoleon die 1797 von ihm geschaffene Ligurische Republik Frankreich einverleibt und Lucca mit Massa-Carrara als Fürstentum seiner Schwester Elisa Baciocchi gegeben.
Witwe Pauls I., Mutter des regierenden Kaisers Alexander I.

Seite 43

Mischka oder Michael Iwanowitsch, eine im Russischen häufig gebrauchte scherzhafte Bezeichnung für den Bären, etwa dem deutschen „Petz" entsprechend.

Seite 44

Zehnrubelstücke.

Seite 47

Der Fähnrich war in der Kaiserlich-Russischen Armee ebenso wie in der österreichischen Offizierscharge.

Seite 48

Allen Datierungen liegt die julianische Zeitrechnung zugrunde.

Seite 56

Sprichwörtliche Wendung: durchsichtig.

Seite 62

Stephanie Gräfin Genlis (1746—1830), Erzieherin der Kinder des Herzogs Philippe Egalité, verfaßte außer zahlreichen Romanen und Memoirenbüchern auch moralisierende Jugendschriften.

Seite 65

Alte Sitte: der Kranke soll durch das Wagengerassel auf der Straße nicht gestört werden.

Seite 91

Russischer Volkstanz.

Seite 141

Kutusow.

Seite 151

Außer dem Titel „Exzellenz" gab es für die höheren Chargen der Generalität und des Zivildienstes noch den einer „Hohen Exzellenz".

Seite 154

Braunau.

Seite 158

Im Original deutsch.

Seite 172

Stabsrittmeister bzw. Stabskapitän bezeichnete in der russischen Armee die Rangstufe zwischen dem Oberleutnant und dem Rittmeister bzw. Kapitän, entsprach also dem Rittmeister oder Hauptmann in anderen Armeen. Ebenso entsprach der russische Rittmeisters- bzw. Kapitänsrang dem eines Majors in anderen Armeen. Demgemäß wurde im russischen Heere später auch die Majorscharge abgeschafft, so daß auf den Rittmeister bzw. Kapitän unmittelbar der Oberstleutnant folgte.

Seite 180

Häufig gebrauchte, geringschätzige Bezeichnung für die Deutschen.

Seite 193

Eine der sehr zahlreichen historischen Ungenauigkeiten Tolstois. Es handelte sich nicht um die Division Mortier, sondern um die Division Gazan, die vorübergehend mit zwei anderen Infanteriedivisionen und der Dragonerdivision zu einem besonderen Korps unter dem Befehl Mortiers vereinigt worden war. Übrigens waren nicht die Russen, sondern die Franzosen der angreifende Teil.

Seite 233

Kompanie hier auch bei der Artillerie die auf der Verpflegungsstärke beruhende Gesamtformation, die ihrerseits wieder die lediglich die Gefechtsstärke umfassende Batterie als Gefechtseinheit ausscheidet.
Artillerieunteroffizier.

Seite 239

Das russische „Wir freuen uns, uns bemühen zu dürfen" bzw. „Ich freue mich, mich bemühen zu dürfen" entspricht dem deutschen „Zu Befehl!" und ist die vorgeschriebene Wendung, mit der sowohl der einzelne Soldat wie auch die ganze Truppe die Anrede eines Vorgesetzten beantwortet.

Seite 239

Es war ein Angriff, von dem Thiers sagt: „ Les Russes se conduisirent vaillamment, et chose rare à la guerre, on vit deux masses d'infanterie marcher résolument l'une contre l'autre sans qu'aucune des deux cédât avant d'être abordée." (Die Russen führten sich tapfer, und, etwas Seltenes im Kriege, man sah zwei Massen Infanterie entschlossen gegeneinander vorrücken, ohne daß eine von den beiden nachgab, ehe sie handgemein wurden.) Und Napoleon äußerte auf St. Helena: „Quelques bataillons russes montrèrent de l'intrépidité." (Einige russische Bataillone zeigten Unerschrockenheit.)

Seite 271

Ljolja, Diminutivform von Jelena (Hélène).

Seite 293

Sprichwörtlich.

Seite 314

Alexanders Bruder Konstantin Pawlowitsch, der später zugunsten seines jüngeren Bruders, des nachmaligen Kaisers Nikolai I., auf den Thron verzichtete.

Seite 332

Czartoryski fühlte sich vor allen Dingen als Pole und hat sich während seiner langjährigen politischen Tätigkeit im Grunde ausschließlich von polnischen Interessen leiten lassen.

Seite 365

Die alte Bezeichnung für das Petersburger Marsfeld. Insofern ein Anachronismus, als dieser Platz damals noch gar nicht zu Paradezwecken benutzt wurde.

Seite 374

Die russischen Worte welitschestwo (Majestät) und wysotschestwo (Hoheit) lauten ähnlich.

Seite 440

Das russische „Wasja, Wasja!" entspricht etwa unserem „Miez, Miez".

Seite 523

Swaika ist ein Geschicklichkeitsspiel: es kommt darauf an, einen großen Nagel so zu werfen, daß er mit der Spitze durch einen am Boden liegenden Ring in die Erde dringt. Beim Kurnik wird mit einem Knüppel nach zu verschiedenen Figuren geordneten Holzklötzchen geworfen.

Seite 560

Sila Andreïtsch repräsentierte in einer damals eben erschienenen Publikation des Grafen Rastoptschin den Typus des ungeschliffenen, allem Ausländertum abholden Russen.

Seite 562

Araktschejew, der es vom gemeinen Kanonier zum allmächtigen Günstling Alexanders I. gebracht hatte, war ohne jede Bildung und stellt mit seiner stupiden Korporalsgrausamkeit eine der abstoßendsten Erscheinungen der russischen Geschichte dar.

Seite 590

Der Wirtschaftswert einer „Seele" entsprach etwa einer Rente von hundert Rubeln.

Seite 604

Marja Antonowna Naryschkina, Gattin des Hofmarschalls, die viele Jahre hindurch Alexanders Geliebte war. Sie hatte ihn auch nach Erfurt begleiten müssen, und er hielt mehrere ihrer Kinder für die seinigen.

Seite 812

Ein Augenzeuge (Chlapowski in seinen Denkwürdigkeiten) stellt den Hergang folgendermaßen dar: „Kozietulski, welcher an diesem Tage Dienst hatte, befahl der Kaiser, mit einer Schwadron über die Wilija zu gehen, da sich an der anderen Seite Kosaken zeigten. Die Schwadron schwamm hinüber, wobei einige Leute ertranken, und die Kosaken verschwanden ... Wir waren durch eine Furt gegangen, wenige Schritte von der Stelle, wo Kozietulski schwimmen mußte, und haben kaum unsere Schabracken naß gemacht, das Wasser ging den Pferden nur bis an den Bauch."

Seite 850

Im Original deutsch.

Seite 851

Tatsächlich war Pfuel (1779—1866), übrigens ein Jugendfreund Heinrich von Kleists, 1806 erst Hauptmann.

Seite 892

Man neigte damals dazu, in allen derartigen Wendungen Anspielungen auf die erhoffte Gewährung einer Konstitution zu erblicken.

Seite 930

Beliebte volkstümliche Näscherei.

Seite 1030

Tolstoi gibt das folgende Gespräch in deutscher Sprache, deren er sich überhaupt gelegentlich bedient, wenn es sich um Unterhaltungen zwischen Deutschen handelt. Der Kuriosität halber gebe ich diese Stelle ohne die geringsten Veränderungen wieder.

Seite 1041

Der 6. September 1812 entspricht dem 25. August alten Stils.

Seite 1089

Unbeschadet aller ehrfürchtigen Liebe zu Tolstois großer Schöpfung mag an dieser Stelle dem Übersetzer der Hinweis gestattet sein, daß Tolstoi in den historischen Partien des Buches den Tatsachen, seiner bestechenden Theorie zuliebe, oft mit unbekümmerter Willkür Gewalt antut. Das gilt namentlich auch von seiner Darstellung der Schlacht bei

Borodino. Die hier — und nicht erst hier — von Napoleon begangenen Fehler liegen auch für den Nichtsoldaten klar zutage und sind nicht erst in den warmen Studierstuben nachgeborener Historiker aufgestellt, sondern während der Schlacht selbst von den nächstbeteiligten urteilsfähigen Leidtragenden, den Marschällen und Unterführern — es sei erinnert an Äußerungen von Davout, Rapp, Ney, Eugen, Belliard, Berthier, Murat, Daru, Dumas usw. — bitter empfunden und mit Worten fassungslosen Staunens, tiefster Niedergeschlagenheit, ja alle Ehrfurchtsschranken überspringender Empörung und Erbitterung gekennzeichnet worden. Tolstoi widerspricht sich ja auch selbst, wenn er Napoleons Disposition als unklar und konfus bezeichnet, während er wenige Seiten später sagt, sie sei sogar besser gewesen als alle die früheren Dispositionen, auf Grund deren Napoleon seine Schlachten gewonnen habe. Ein Nachlassen der physischen und psychischen Kräfte Napoleons war unverkennbar, und es ist zur Erklärung seines anscheinend unbegreiflichen apathischen Verhaltens während der Schlacht nicht nur der leicht zu ironisierende Schnupfen, zu dem sich übrigens Fieber und Atemnot gesellten, sondern auch der Anfall seines furchtbar quälenden Blasenleidens heranzuziehen, den Napoleon gerade damals zu überstehen hatte. Vergleiche auch Napoleons Aussprüche von 1797 bzw. 1805: „Gesundheit ist die erste Bedingung zum Kriegführen, sie kann durch nichts ersetzt werden" und: „Zum Kriegführen gibt es nur eine gewisse Zeit. Ich selbst werde noch sechs Jahre dazu taugen und dann aufhören müssen."

Seite 1107

Je suis né Tatare.
Je voulus être Romain.
Les Francais m'appelèrent barbare,
Les Russes Georges Dandin.

Geboren wurde ich als ein Tatar,
als Römer wollt' ich bei der Nachwelt leben.
Die Franken haben mir den Namen „der Barbar",
die Russen den des Georges Dandin gegeben.

Seite 1254

Mit Rücksicht auf die kirchlichen Vorschriften.

Seite 1286

Krestjanin = Bauer, christianin = Christ.

Seite 1313

Der Chorunshij bei den Kosaken entspricht dem Leutnant bei den regulären Truppen.

Seite 1315

Torban, ein volkstümliches, guitarrenähnliches Instrument mit 27—36 Saiten.

Seite 1318

Die Schlacht bei Tarutino — in der Kriegsgeschichte auch als Treffen bei Winkowo bezeichnet — mußte in der Tat um einen Tag verschoben werden, weil Jermolow, der Stabschef der 1. Westarmee, unauffindbar gewesen war, so daß die Ausgabe der Befehle nicht hatte stattfinden können. Jermolow wurde daraufhin seiner Stellung als Stabschef enthoben und durch Konownizyn ersetzt, ohne daß das seiner großen Popularität bei Armee und Zivilbevölkerung hätte Eintrag tun können.

Seite 1371

Der Jessaul bei den Kosaken entspricht dem Kapitän bzw. Rittmeister bei den regulären Truppen.

Seite 1380

Schtscherbaty bedeutet: der mit der Zahnlücke.

Seite 1384

Wesna = Frühling.

Seite 1431

Der scheinbare Widerspruch zwischen dieser Zahl und der weiter unten angegebenen von 26 000 Gefangenen erklärt sich folgendermaßen: Die Russen stießen bei Krasnoje zunächst auf Napoleon mit der Garde, der hier stehengeblieben war, um das Nachrücken des Vizekönigs, Davouts und Neys zu erwarten — die andernfalls hätten abgeschnitten werden können —, und im weiteren Verlauf der Kämpfe traten auch die inzwischen herangekommenen Korps der letzteren in Aktion. Außerdem bezieht sich die Stärkeangabe von 16 000 Mann ausschließlich auf noch gefechtsfähige Mannschaften geschlossener Verbände — und zwar der Garde, der Weichsel-Legion und der Überbleibsel der Reserve-Kavallerie unter Latour-Maubourg —, während die 26 000 Gefangenen, abgesehen von denen des Korps Ney, sich größtenteils aus kaum noch bewaffneten Nachzüglern und Versprengten zusammensetzten. An Toten verloren die Franzosen 6000 Mann, während die Verluste der Russen 2000 Mann nicht überstiegen.

Seite 1432/33

Aufzeichnungen Wilsons.
Charakteristik Kutusows und Kritik der unbefriedigenden Ergebnisse der Kämpfe bei Krasnoje in Bogdanowitschs Geschichte des Jahres 1812.

Seite 1489

Photij vertrat mit Erfolg die Interessen der offiziellen Staatskirche gegenüber Alexanders rein gefühls- und stimmungsmäßigem, mystisch gerichtetem Christentum, wie es — freilich sehr stark mit politischen, höfischen, persönlichen Gesichtspunkten und Ränken durchsetzt — in der Gründung der „Bibelgesellschaft" seinen Ausdruck gefunden hatte.

Seite 1541

Alexander I. glaubte dem Offizierskorps seine revolutionären Neigungen durch einen unerbittlich den ganzen Tag ausfüllenden Gamaschendienst austreiben zu können und machte daher den verhaßten, pedantischen Schweizer Schwartz zum Kommandeur des Semeonowskij-Garderegiments, das auf diese Ernennung mit der Meuterei vom Herbst 1820 reagierte.

Seite 1544

Das dem Deutschen entlehnte russische Wort „bunt" bezeichnet eine revolutionäre Zusammenrottung. Unter den zahlreichen Geheimgesellschaften, die nach den Napoleonischen Kriegen in Rußland aufkamen, gab es auch einen „Tugendbund" — auch als Union du bien public bezeichnet —, dessen „Staatsgefährlichkeit" maßlos übertrieben worden ist. Immerhin verbanden ihn manche Fäden mit den eigentlichen Dekabristenorganisationen. Angesichts des starken Interesses, das Tolstoi diesen Dingen im Epilog zuwendet, darf daran erinnert werden, daß er ursprünglich nicht den Roman der Napoleonischen Epoche, sondern den der Regierungszeit Nikolais I. zu schreiben gedachte. Seine, dem Rußland Alexanders I. geltenden historischen Studien sollten ihm anfänglich nur ein Hilfsmittel sein, um das Werden des nikolaitischen Rußland aus den Fundamenten des alexandrinischen zu begreifen. Dann begann die Zeit der russisch-französischen Kriege ihn aber so zu fesseln, daß der ursprüngliche Plan in den Hintergrund trat und er diese Zeit zum Vorwurf seines Werkes wählte. Von dem anfänglich geplanten Roman haben sich Bruchstücke und Aufzeichnungen erhalten, deren einige später im „Chadshi-Murat" ihren Niederschlag fanden.

ANNÄHERUNGSVERSUCH

Nachwort von Heinrich Böll

Beim Lesen eines Romans, der vor mehr als hundert Jahren erschien, vergißt man leicht, daß er, als er erschien, schon in die Kategorie »historischer Roman« gehörte. *Krieg und Frieden* ist geschrieben in den Jahren 1863–1869, der Stoff des Romans liegt in der russischen Geschichte zwischen 1805 und 1813, der Epilog etwa im Jahr 1820. Der sechsunddreißigjährige Tolstoi trat diesen langen Marsch fast sechzig Jahre nach 1805 an; er war also ungefähr in der Lage eines Autors, der im Jahre 1973 einen Roman zu schreiben unternähme, der mit dem Jahr 1914 begänne. Wenn da Leser und Kritiker gelegentlich klagen, daß Autoren sich fünfundzwanzig Jahre nach 1945 noch mit dem Zweiten Weltkrieg beschäftigen, so haben sie immer noch nicht begriffen, daß der Stoff nicht den Autor, sondern der Autor den Stoff macht. Jeder Roman ist, wenn nicht utopisch, historisch, auch der sogenannte Gegenwartsroman. Schon die unvermeidliche Frist, die zwischen Schreiben und Drucklegung verstreicht, macht den verarbeiteten Stoff zu Geschichte. Die zeitliche Distanz ist eine relative Größe, zumal nicht einmal die Geschichtswissenschaft zu »objektiven« Ergebnissen kommt: alles bleibt umstritten, wird ständig korrigiert, sobald sich neue Archive öffnen, irgendein Briefwechsel ausgegraben wird oder jemand einen neuen »Aspekt« entdeckt. Auf dem Hintergrund umstrittener Daten der deutschen Geschichte, dem 30. 1. 33, dem 30. 6. 34, dem 20. 7. 44, sind schon ganze Bibliotheken von Forschungsergebnissen und Analysen gehäuft, und immer noch bleibt vieles dunkel, unerklärlich, und so unternehmen Historie, Psychologie und Literatur, getrennt voneinander, Annäherungsversuche. Ich glaube nicht an Konkurrenz zwischen irgendeiner Wissenschaft und etwa der Literatur; die Literatur unternimmt auf ihre Weise Annäherungsversuche, indem sie dem geschichtlichen Stoff Personen auflädt, die keine »Geschichte gemacht haben«.

Es mögen sich die Distanzen verringern, der Wunsch des zeitgenössischen Lesers, mit der Geschichte »fertig« zu werden, sie als »abgefertigt« betrachten zu dürfen, dem ein immer größer werdendes Maß an miterlebter und anfallender Geschichte entspricht, ist verständlich. Das Verlangen nach Gegenwart und Gegenwärtigkeit ist groß, die Abneigung gegen Geschichte wächst wie die Abneigung gegen Theologie und das Verlangen nach Mythos und Religion, oft schwer erkennbar und gelegentlich »pervers« verkleidet. Mit dieser Geschichtsüberfütterung hat wahrscheinlich der Wunsch nach neuen Ausdrucksformen, nach dem permanenten Kunstwerk zu tun, das sich mit jedem Ruck des Sekundenzeigers verändert und doch bleibt, Vergänglichkeit in Unvergänglichkeit aufgehoben. Jeden Tag ein halbes Dutzend geschichtliche Augenblicke; unterzeichnete Verträge, gebrochene Verträge, kein Krieg, kein Bürgerkrieg, nur permanent gebrochene Waffenstillstände; Interventionen, Militärhilfe, Invasionen, die Strategie des Dollars, nur kein Krieg. Den gibt's nicht. Wir leben in tiefem Frieden. Demonstrationen, Studenten erschossen, streikende Arbeiter eingesperrt und hin und wieder lüftet ein Filmregisseur, ein Autor, Maler oder Komponist den Deckel über ganzen, zum Schweigen verurteilten Kontinenten: Südamerika, Mittelamerika, Afrika, und wir erfahren ein wenig von der verborgenen, geheimen Geschichte ganzer Kontinente, deren offizielle Geschichte anderswo bestimmt und geschrieben wird. Wir erfahren zuviel und zuwenig, und in dem Augenblick, wo es gedruckt wird, ist alles schon geschehen, Geschichte. Was hat nicht alles »Geschichte gemacht«? Plötzlich steht da etwas, ein greifbares, fürchterliches Zeichen: eine Mauer quer durch Berlin. Ist die Mauer nicht, vom Standpunkt eines stoffbesessenen Autors aus, der sich weigern muß, Überschriften für die Bild-Zeitung zu liefern, eine Antwort auf Gegenwart und Vergangenheit zugleich, auf angehäufte Geschichte, die mit den Deutschordensrittern begonnen haben mag (wahrscheinlich früher) und aus einem jahrhundertealten Mißtrauen, Umwerben, aus Angst und Bewunderung zugleich, aus mißglückten Annäherungsversuchen von Osteuropa nach Westeuropa und umgekehrt, Unterwerfungsversuchen nach beiden Richtungen, und bedenkt man, daß die russische und die deutsche Geschichte, als sie noch von beiden Ländern halbwegs »gemacht« werden konnte, auf zwei Personen ruhte, Vettern, die einander mit »Dear Willy« und »Dear Nicky« anredeten, zwei extrem traurigen und absurden »Geschichtsträgern« Europas, und daß es da einen ersten und zweiten Weltkrieg gab und noch keinen Frieden; daß Geschichte gemacht wurde von Menschen, für die Europa am Rhein, wenn's hochkommt, an der Elbe aufhört, dauernde Kränkungen, Lockungen, im Tweedrock der Freiheit – und plötzlich steht da eine Mauer, die ein- und aussperrt; Schotten dicht, den Rücken zugekehrt. Dear Willy! Dear Nicky! Der eine war auf eine verrückte Weise zu »deutsch« und der andere auf eine verrückte Weise zu »russisch«, und beide hatten sie »englische« Physiognomien. Eine wahnwitzige »Vetternwirtschaft«, und die uralte Angst Westeuropas, daß diese beiden Riesen, von denen der eine ganz, der andere halb östlich ist, einander hätten in die Arme fallen können. Angst vor und Hoffnung auf Deutschland, verwandelt später in eine permanente Verkennung der Wünsche und der politischen Kraft jener vielfach verratenen »deutschen Arbeiterklasse«. Und da gibt es ja nicht nur und gab nicht nur Rußland und die Sowjetunion; Polen gibt es und Litauen, Lettland, Estland, und es gibt da einen Staat, der Tschechoslowakei heißt, in dem man eine unsichtbare, schreckliche Mauer errichtet hat. Und es gibt da auf irgendwelchen Landkarten, die bei Konferenzen benutzt werden, seltsam ungenaues Bleistiftgekritzel, wirres Gekräusel: verkannte Geschichte Osteuropas. Eins ist gewiß: *einer* da am Konferenztisch kannte die Geschichte Osteuropas. Und plötzlich, viele Jahre später nach so viel Verkennung, steht da eine Mauer, an der sich Geschichte staut, weil immer noch kein Frieden geschlossen ist. Kein Krieg und kein Frieden. Und am vorläufigen Ende einer kaum meßbar langen Geschichte stehen Hochhäuser an einer Mauer, ein Hotel, von dem aus man »von oben herab«, ganz und gar in »Menschenwürde« gekleidet, auf jene hinabblicken kann, die man schamlos besichtigt; selbst Staatsbesucher scheuen sich nicht, das Treppchen hinaufzusteigen und kopfschüttelnd, empört, bewegt, einmal rasch hinüberzublicken und so zu tun, als hätte es nie einen ersten, keinen zweiten Weltkrieg gegeben, nicht Hitler oder Napoleon, nicht die permanente Arroganz des Westens gegenüber dem Osten, nicht die Un- und Untermenschenideologie und keine Konferenzen in Yalta und Potsdam und nicht die naive Vorstellung geschichtemachender Militärs, Berlin wäre ja nicht so wichtig. So haben Ost und West sich auf einen Besichtigungswert reduziert. Nur ein totaler Poet kann Geschichtslosigkeit anstreben oder sie einfach als künstliche Position einnehmen — und außerdem können es offenbar Politiker oder geschichtemachende Militärs, die verletzliche und vielfach verletzte Grenzen, diesen europäischen Grenzwirrwarr alexandrinisch zu lösen versuchen, ohne Alexander zu sein. Bei denen, die Poesie ohnehin ablehnen (auf der Suche nach einer neuen, die anders heißen wird) und sich gleichzeitig gegen die plumpen politischen und militärischen Versuche empören, die einer ähnlichen Verkennung von Geschichte entsprechen, verstehe ich die Geschichtslosigkeit nicht. Mir jedenfalls erklärt die Lektüre von Krieg und Frieden (u. a. natürlich, das ist vorausgesetzt) die Mauer in Berlin besser als die beiderseits recht hohl klingenden Parolen, und ich gebe zu: eine solche Verteidigung eines doppelt historischen Romans ist weit hergeholt. Möglicherweise läßt sich das Naheliegende durchs Weithergeholte manchmal ganz gut erklären.

Was ist das für ein Land, in dem die Deutschen sich immer »russischer« geriert haben als die Russen selbst (so wie die Deutschen immer päpstlicher als alle Päpste waren)? Es gibt Möglichkeiten, sich dieses Land anzuschauen: die gesamte Literatur Rußlands, Riesenspaziergänge, einer davon und einer der wichtigsten ist *Krieg und Frieden*. Ein zweifach historischer Roman von diesem gewaltigen Umfang! Dieses Buch ist auf verschiedenen Ebenen ständig gegenwärtig. Seine ungebrochene und ununterbrochene Beliebtheit hat viele Gründe. Der erste mag der keineswegs verwerfliche Wunsch nach Information sein, der mit dem zweiten zu tun hat, den ich lieber negativ ausdrücke, weil unser Verhältnis zur »Unterhaltungsliteratur« auf eine krampfhafte Weise gebrochen ist: das Buch *langweilt nicht;* es hat Längen, gewiß, ganze Passagen, in denen der Autor eigensinnig und eigenwillig darauf besteht, seine Ansichten darzulegen; ich warne den Leser davor, diese Passagen überschlagen und sich den Eigensinn des Autors Tolstoi ersparen zu wollen. Jedem Autor seine Wörtlichkeit, jedem Autor seine Längen, seinen Eigensinn. Unser Verhältnis zur Wörtlichkeit ist – ich hoffe, nicht endgültig – bildungsverkrampft. Eine Sache, die *verständlich* ist, sich mitteilen kann, ist schon fast verdächtig, journalistisch zu sein, und eine Sache gar, die »unterhält«, ist das nicht, um Gottes willen, wie heißt es doch, ja natürlich, das ist doch »feuilletonistisch«. Die »eigentliche« deutsche Sprache ist doch jener pseudomystische Jargon, den man unter Eingeweihten Mittelhochböhmisch nennt. Eine Sache muß schwer sein, fast unverständlich, und wenn sie gar am Ende noch »populär« wird – dann aber rasch die Finger weg, da macht man sich ja regelrecht schmutzig, denn populär bedeutet ja wohl doch »im Grunde« vulgär. Einer, der liest, nur um zu lesen, einfach, um zu lesen, weil es ihm möglicherweise Spaß macht, dem fehlt doch jeder Anspruch! Und jeglicher Bildungswille, wahrscheinlich die entsprechende Vorbereitung und ganz gewiß die Vorbildung. Wie kann denn jemand zum Beispiel Tolstois Napoleon-Bild beurteilen, wenn er historisch ungebildet ist? Was ist das für ein Mensch, der da ganz und gar unvorbereitet nach Italien fährt und sich etwa mit der erstaunlichen Stadt Siena konfrontiert? Ich bekenne mich schuldig: ich bin so einer, auch als Leser. Auch. Auch. Natürlich bin ich nebenbei auch, weils mir Spaß gemacht hat, ein wenig »gebildet«, und – es ist schwer zu leugnen: ich bin auch ein Autor, schreibe Romane, lauter Annäherungsversuche an die Unerklärlichkeiten der jüngeren deutschen Geschichte. Außerdem habe ich noch eine Eigenschaft, die unabhängig von Bildung und Autorschaft ist: ich bin neugierig, bis zu einem Maß, das mich manchmal ganz ganz knapp vor der Indiskretion erst zum Halten bringt. Und auch nach der dritten Lektüre von *Krieg und Frieden* ist meine Neugier noch nicht gestillt, jene Neugier, die Literaturkritiker bis zur Raserei treiben, Leser verrückt machen, Autoren aber, die ihr Rumpelstilzchen noch nicht ganz und gar ausverkauft haben, einen ungeheuren Spaß machen kann, die neugierige Frage nämlich: wo steckt denn in einem solchen Roman dieser Bursche, der Autor, wie hat er sich getarnt, wo hat er sich versteckt? Natürlich spürt man ihn gleich, wenn er den Zeigefinger hochhebt und zu dozieren beginnt, aber was nützt mir ein Zeigefinger, ich will den ganzen Burschen haben, ihn sehen. Einem eingefleischten Vorurteil zufolge (wer mag das aufgebracht haben?) versteckt sich der Autor meistens in irgendeinem sympathischen Helden oder einer Heldin. Ich glaube, ja, ich glaube (denn wissen tu ich nicht viel) das nicht. Möglicherweise gäbe es eine Möglichkeit, den Autor wirklich in seinem »Gesamtwerk« zu entdecken: man addiere sämtliche Personen, *sämtliche:* vom Diener, der einen Krug Wasser bringt und endgültig wieder verschwindet, bis zu irgendeiner Art von geschichtlicher Persönlichkeit, Napoleon oder der so – sämtliche Personen, die da auf- und wieder abtreten, männliche und weibliche, ganz gleich, ob es sich um einen Autor oder eine Autorin handelt – und ziehe dann aus dieser Summe die siebte Wurzel. Ich gebe zu, daß ich diese Methode nicht beherrsche und meine Hoffnungen der Kybernetik anvertraue, die uns eines Tages jegliche Art von Autor von irgendeiner Maschine wird ausspucken lassen. Bis dahin bin ich, wie jeder andere Leser auch, darauf angewiesen, den Autor auf die übliche unzulängliche Art und Weise ausfindig zu machen: indem ich sein gesamtes Werk lese und jeder, jeder auftretenden Person auf die Finger und auf den Mund gucke, wenn nötig, sogar unter den Rock. Biographien sind gewöhnlich mißglückte Annäherungsversuche, Autobiographien peinliche, ich glaube (wieder dieser verfluchte Glaube!), die Autobiographie eines Autors verbirgt sich in seinem Gesamtwerk. Neugierig bin ich aber nicht nur auf den Autor, auch auf anderes: auf die stoffliche, die materielle Darbietung des russischen Adels; seine Leichtfertigkeit und seinen Leichtsinn, seine möglichen Verdienste, seine Verschwendungssucht, seine snobistische Vergnügungssucht; auch die Frage nach seiner Menschlichkeit ist noch offen.

Es gibt in *Krieg und Frieden* sehr viele »geschichtliche Augenblicke«, in denen die ganze Last der Geschichte auf historisch unbedeutende Personen fällt. Natascha Rostow, die einige »Auftritte« hat, hat ihren größten in der Stunde der Flucht aus dem brennenden Moskau. Der für Millionen Menschen auf dieser Welt sehr gegenwärtige quälende Unterschied zwischen Flucht und Umzug, auch den meisten von uns unvergessen, ist für die Besitzenden (und da rächt sich die Geschichte!) von besonderer Qual. Während die Rostows ihre Flucht vorbereiten, wobei man feststellt, daß es sogar einen Garderobenwagen gibt und einen hauseigenen deutschen Tanzlehrer mit Familie, bricht der übliche Streit aus, was denn nun mitgenommen werden soll; darüber hinaus wird schließlich die Entscheidung fällig, ob man sich für Möbel, Kleider, Bücher oder für Verwundete entscheiden soll. Um das Maß voll zu machen, naht da noch der deutsche Schwiegersohn Berg, er hat Extramöbelwünsche, es ist ihm da ein »reizender Toilettentisch«, ein »wahrhaft entzückendes Stück« und spottbillig (Nebbich, wenn die ganze Stadt abbrennt!) angeboten worden, genau das Stück, das er seiner Frau schon lange schenken wollte. Und wer entscheidet diesen Streit, der sich zu einem Gewitter an Gereiztheit zusammenballt? Nicht der Herr Graf, nicht die Gräfin oder gar der mediokre Berg – die zwanzigjährige Natascha hat ihren historischen Augenblick, ihr Auftritt besteht darin, das Selbstverständliche zu entscheiden, und sie drückt sich recht deutlich aus: »Meiner Meinung nach«, schreit sie, »ist das eine Gemeinheit, eine Scheußlichkeit, eine ... ach, ich weiß nicht! Sind wir denn vielleicht Deutsche?« Wird ein Deutscher mit diesem Volltreffer konfrontiert, so wird er betrübt sein und gleichzeitig triumphieren, triumphieren mag er sogar als Deutscher, da es ihm so sehr am Selbstverständnis fehlt, oder wie man das nennt, dann aber wird er, muß er betrübt sein als Exemplar jener Gattung, die Mensch heißt, und zu der er – mag's noch so unwahrscheinlich klingen – letzten Endes doch gehört. Natürlich kennen wir alle diesen Besitzfetischismus, der Millionen Fluchten kennzeichnete, der sich an Einmachgläser, Kopfkissen oder Blumentöpfe klammerte. Ist das deutsch? Sind nicht Nataschas Mutter, ein wenig sogar ihr Vater, der sich nicht zum Selbstverständlichen entscheiden kann, ein bißchen deutsch? Vielleicht haben die Deutschen erst im Zweiten Weltkrieg gelernt, jenen seltsamen Besitz zu schätzen, den man das nackte Leben nennt; man hat ihnen wohl nie beigebracht, um des Lebens willen zu leben – so wenig, wie um des Lesens willen zu lesen. Ihr Fluch ist auch ihr Segen, diese ständige Suche nach dem »Sinn« des Lebens – und mag er sich auch, zum Fetisch pervertiert, in einem Blumentopf finden.

Nataschas energische Entscheidung hat aber auch, und das macht diese Entscheidung so menschlich wie »romanhaft«, die Konsequenz, daß mit den Verwundeten ihr ehemaliger Verlobter Andrej Bolkonskij in die Obhut der Familie Rostow und damit wieder in Nataschas Nähe gerät. Der moderne Roman(cier) verachtet solche Fädeleien, der lesende Autor beginnt hier, seiner Naivität nicht mehr zu glauben, der unvoreingenommene Leser mag sich aber getrost seinen Gefühlen und Gedanken überlassen und sich sagen: »Nein, so was!« Er soll auch, ohne auch nur die geringsten Komplexe zu bekommen, derart eingefädelte Romanwirklichkeit für eine »wahre Geschichte« nehmen und immer noch auf das Happy-End warten, nicht jenes, das sich am Schluß wirklich ereignet, sondern auf das vorgeschobene Ideal-Happy-End, in dem Andrej Bolkonskij und Natascha Rostow sich »gefunden« hätten. Wissen sollte der Leser auch, daß Tolstoi für *Krieg und Frieden* tatsächlich den banalsten aller banalen Romantitel eine Zeitlang erwogen hat »Ende gut – alles gut«. Ein für Intellektuelle möglicherweise abschreckender Titel, der sie höchstens auf ein paar Umwegen anziehen könnte. Wenige Romane der Weltliteratur sind so geeignet, das Lesen zu lehren, wie *Krieg und Frieden*.

Tolstoi kommt dem Leser ständig entgegen und schreckt ihn ständig wieder ab, weil er immer wieder den warnenden Zeigefinger erhebt. Nirgendwo wird auch nur andeutungsweise etwas wie Anbiederung versucht, die sich sowohl in bloßem Entgegenkommen wie in bloßer Abschreckung verbergen kann.

Schon im ersten Teil des Romans, der ein knappes Zehntel des Gesamtumfanges ausmacht, erfolgt der Ein- und Aufmarsch des gesamten Personals, das sich je nach Zeit, Geschichte, Zeitgeschichte und Milieu, mit dem entsprechenden Nebenpersonal umgeben, finden wird; dieses Personal, das Tolstoi streckenweise mit ganzen Kapiteln Philosophie und Militärgeschichte zudeckt, aus dem es sich dann, den Staub von den Haaren schüttelnd, wieder lebendig erhebt. Schon nach knapp einhundertfünfzig Seiten sind sie alle da: die Kuragin, Rostow, Drubezkoj und Bolkonskij, und es taucht jener merkwürdige, linkische und dickliche Mensch auf, dieser ewig zerstreute Pierre Besuchow, der die somnambule Sicherheit hat, im rechten Augenblick an der rechten Stelle aufzutauchen, um — wie der Tölpel im Märchen — das schönste Mädchen, das meiste Geld, die meiste Geschichte einzuheimsen: die gewaltige Erbschaft seines Vaters, auf die er angesichts der Kamarillen im Sterbezimmer und angesichts seiner Ungeschicklichkeit wenig Aussicht hat; die Schlacht bei Borodino, den Brand Moskaus, Napoleons Lächerlichkeit, außerdem noch jenes Erlebnis, das in solchen Zeitläuften kein Zeitgenosse versäumen sollte: Gefängnis und Gefangenschaft; und am Schluß bekommt er sogar noch Natascha. Pierre Besuchow hat eine verfluchte Ähnlichkeit mit jenem Burschen, der mit einer toten Krähe und ein wenig Straßenschlamm in der Tasche der melancholischen Prinzessin als einziger zu Braten, Soße und Lachen verhilft. Tolstoi ist mit Besuchow etwas gelungen, das kaum einem Romancier außer ihm gelungen ist: einen Helden zu schaffen, den man ganz sympathisch findet, mit dem man sich aber kaum »identifizieren« möchte. Es gibt so viele Tölpel, und so wenige davon bekommen die Prinzessin, und wer möchte schon ein Tölpel sein, auf die geringe Chance hin, die ein Märchen bietet? Wer würde, wenn er den Roman zum ersten Mal liest, darauf wetten, daß es mit diesem Pierre ein »Ende gut« nehmen könnte. Dieser liebenswürdige mittelmäßige Mensch, der grüblerisch und doch kein rechter Grübler ist, der zwar eindeutig und nachweisbar männlichen Geschlechts und doch kein »rechter Mann« ist, dieser Brillenträger, dem man nicht einmal seine Lasterhaftigkeit so recht glaubt, ihm gegenüber wird sogar der gewaltige General Kutusow zur Charge; dieser Dilettant, dem die Reformen auf seinen Gütern mißlingen, weil er zu faul ist, sich mit den entsprechenden Theorien zu befassen und die richtigen Leute zu suchen; der sich durch den ältesten und dümmsten aller Tricks mit Helene Kuragin verkuppeln läßt, durch das brennende Moskau stolpert, den kindlichen Gedanken im Kopf, Napoleon umzubringen; ein mißglückter Millionär, der am Lagerfeuer froh wird um einen Schlag Suppe und ein Stück Brot: er ist der Held, und er, er führt die Braut heim. Ihm gehört Natascha; er gerät, zufällig und ahnungslos an den Punkt, wo die Schlacht von Borodino sich entscheidet: er, der in peinlichem Zivil durch die Aufmarschstellungen fährt, er wird zum »Frontkämpfer«. Hat Tolstoi nicht als erster Autor dem Krieg jene Komponente gegeben, die wir immer noch scheuen, weil uns »Heldentum« und »Schicksal« doch immer noch als Tabu gelten: die Komponente der Lächerlichkeit derjenigen, die Kriege machen.

Dostojewskijs *Raskolnikow* und der *Idiot* sind fast gleichzeitig mit *Krieg und Frieden* erschienen (1866 und 1868), da ich kaum annehmen kann, die beiden hätten einander auf den Schreibtisch geblickt — und blicken lassen! —, mag es Zufall sein, daß Raskolnikow und Fürst Myschkin (im Idioten) gewisse Ähnlichkeiten mit dem dicklichen Pierre haben. Natürlich sind weder Raskolnikow noch Myschkin auch nur annähernd dick vorstellbar, möglicherweise aber steckt in solch scheinbar nebensächlichen physiologischen Details ein Ansatz, die beiden großen Gegensätze der russischen Literatur des 19. Jahrhunderts in ihrer Verschiedenheit zu erkennen und in ihrer gegensätzlichen Methode der Verstofflichung ihrer Vorstellungen. Ich jedenfalls denke mir Raskolnikow und Myschkin extrem mager, die einzigen *jugendlichen* Helden Dostojewskijs, denen ich eine gewisse Leibesfülle zubilligen könnte, wären der unglückliche Michail Karamasow und der ungemein sympathische Rasumichin, Raskolnikows Freund; und es mag auch sein, daß Aljoscha Karamasow später ein wenig Fett ansetzen würde. Nur wenige Male auf mehr als eintausendfünfhundert Seiten gerät Pierre Besuchow in jenen Zustand, der jugendlichen Dostojewskij-Helden nicht nur vertraut, der ihnen permanent ist: außer sich. In einer Auseinandersetzung mit seiner extrem bösen Frau Helene und nach der Entführung Nataschas durch seinen Schwager Anatol. In solchem Augenblick ist er duellreif und weiß doch vorher, wie lächerlich Duelle sind. In einem weiteren Detail der Verstofflichung unterscheiden sich Dostojewskij und Tolstoi, in der Materialisation von Hurenhaftigkeit. Ich halte Sonja Marmeladova für eine der unsterblichen Frauengestalten der Weltliteratur, aber eins glaube ich ihr bis heute nicht: daß sie eine Hure war; der Maslova in Tolstois *Auferstehung* glaube ich's. Wie sie dazu geworden ist, wäre eine weitere Frage.

Dem Leser mag dieser Aufmarsch des gesamten Personals auf den ersten einhundertfünfzig Seiten eines Romans nicht so waghalsig vorkommen wie dem lesenden Autor. Alle großen Romane Tolstois sind »gewagt« — und gewonnen: *Krieg und Frieden, Anna Karenina* und *Auferstehung.* Im ersten Teil von *Krieg und Frieden* tritt die Moskauer, die Petersburger Gesellschaft, der Land- und der Stadtadel fast in Regimentsstärke an, ganze Sippen, Gute und Böse, Geschwätzigkeit, Frömmelei, Verworfenheit, Kinder, Erwachsene, Greise, französisch parlierend, verspätete Voltaires und Rousseaus; Intrigantentum, Großzügigkeit, Gemeinheit. Was soll aus ihnen allen werden, vor allem aus diesem Tölpel Besuchow, der zu allem Überfluß auch noch das Herz auf der Zunge trägt? Vierzehnhundert Seiten später ist die Beute eingebracht: Krieg, Frieden, Rußland zwischen 1805 und 1813, seine Gesellschaft, seine Angst, seine unheimliche Ruhe, seine Bauern, seine Soldaten, Kaufleute, sein listiges Zögern gegenüber Napoleon, der die Räumung Moskaus mißversteht, vor den Toren Moskaus die Honneurs der Bojaren erwartet, der recht ärgerlich ist, weil sie ihn so lange warten lassen, und dann in die schweigende, eisig schweigende Stadt, in die schon schwelende, später lichterloh brennende Falle hineintappt, er, der wahnwitzig genug war, diesem unendlichen Horizont entgegenzumarschieren. Wer dächte nicht, wenn er über das Jahr 1812 liest, an das Jahr 1941, als eine weitere und weitaus dümmere Arroganz und Verkennung des europäischen Westens zugunsten des Ostens fällig war: der Einmarsch der deutschen Armee, die zwischen Juni und November Leningrad und Stalingrad und Moskau erobert und gleichzeitig auch noch innerhalb von viereinhalb Monaten den russischen Winter, ohne halbwegs dazu ausgerüstet zu sein, »besiegt« haben wollte. Natürlich wird da in strategischen Erinnerungen herumspekuliert auf dem WENN WENN. Die Antwort war deutlich: der härteste Winter seit einhundert Jahren kam, und es half kein WENN. Große Schlachtenlenker können später immer auf WENNS spekulieren, ein Autor darf es nie. Hitlers »Beresina« dauerte drei Winter, aber am Ende war ein halbverkohlter Leichnam vor einem Bunker in Berlin, und ein verratenes, verlassenes, verkauftes Volk — und fünfundzwanzig Jahre später blickt man vom Springerhochhaus und vom Hilton Hotel »von oben herab« wie auf Affen im Zoo und hat noch nicht gemerkt, daß die eigene Äffigkeit sich schon zu zeigen beginnt. Nein, nein, frei möchten die Menschen schon sein, aber was es bedeutet, durch Deutsche befreit zu werden, das werden sie nicht so bald vergessen.

Da ich eine (vielleicht glückliche) Veranlagung habe, Inhalte zu vergessen, mir sie immer wieder und immer nur in ihrer Verstofflichung nahebringen lasse, erfüllt mich bei jeder Lektüre von *Krieg und Frieden* am Ende des ersten Teils, den man als eine Art Exposition betrachten kann, die gleiche Bangigkeit: wie wird er diesen großen Aufmarsch durch die Zeiten, über die Runden bringen? Natürlich weiß ich, daß es da zwei Handlungsträger gibt, auf die sich ein

Autor einigermaßen verlassen kann, einen weiblichen, den Frieden, einen männlichen, den Krieg, und ich weiß auch inzwischen, daß mit Natascha nicht alles glatt gehen wird: das ideale Brautpaar, Natascha Rostow und Andrej Bolkonskij, sie werden sich nicht kriegen, und das böse, geschickt angelegte Vorhaben des alten Kuragin, die beiden großen Vermögen Bolkonskij und Besuchow durch Verkupplungsversuche, von denen der eine nur vorübergehend gelingt, einzuheimsen, wird doch am »Ende gut —alles gut« vereitelt. Sogar für finanziellen Lastenausgleich wird gesorgt, die durch Verschwendung ruinierten Rostows können aufatmen: Natascha heiratet Pierre und Nikolai heiratet Marja Bolkonskaja. Ist das nicht ein Märchen? Ist Tolstoi nicht eine groß angelegte, großartige Täuschung gelungen, mit diesem alltäglichen, durchschnittlichen Besuchow, den jeder für so »wirklich« hält? Ist er nicht unwirklicher als Napoleon und Kutusow, als dieser ganze historisch verbürgte Hinter- und Vordergrund, diese wie bei einem historischen Prachtschinken vielschichtig ausgespachtelte Grundierung, die Tolstoi braucht, um Pierre Boden unter die Füße zu schaffen?

Vor dem Happy-End vergehen noch acht Jahre und vierzehnhundert Romanseiten, es kommen noch weitere vierzehn Teile, ein Epilog und nicht weniger als insgesamt dreihundertunddreiundfünfzig Kapitel. Dem geneigten Leser mögen solche Zahlenangaben unwichtig, ja, wie eine frivole Zerstückelung vorkommen, für den lesenden Autor sind sie von genauso großer Wichtigkeit wie der gesamte Inhalt und das umfangreiche Personal mit allen seinen Problemen. Schließlich wird an jedem Roman herumgestückelt, herausgeschnitten, geklebt, geändert — ein Vorgang, den man gemeinhin Komposition nennt; diese Zerstückelung gehört zu dem Vorgang, den man den schöpferischen Prozeß zu nennen beliebt. Solche Ziffern und Zahlenwerte bringen den Rhythmus nahe, den Atem, mit dem ein Autor auf solch einer langen Reise sparsam umgehen muß. Die Durchschnittslänge jedes der fünfzehn Teile beträgt etwa einhundertfünf, die Durchschnittslänge jedes Kapitels zwischen vier und fünf Seiten. Glücklicherweise erreicht keiner der Teile und erreichen nur wenige Kapitel diesen »Durchschnittswert«. Das Berechenbare erweist sich als unberechenbar; natürlich ist solch ein Roman nicht rechnerisch erfaßbar, und doch hat er seine Endlichkeit, hat er seine Länge und sogar Längen, hat er eine vom Autor höchstpersönlich vorgenommene Einteilung in Bücher, Kapitel, Abschnitte. Ich weiß nicht, ob es schon kybernetische Messungen von Romanrhythmen gibt, ich hielte sie für aufschlußreich, und gäbe es sie, würde ich gern *Krieg und Frieden* und den *Raskolnikow* miteinander vergleichen, diese beiden Atemproben gern nebeneinander sehen. Wahrscheinlich ergäben beide, rhythmisch geröntgt, materialisiert, phantastische

Grafiken als Nebenprodukte der Literatur. Auf eine Formel verkürzt, ein weiterer Vergleich zwischen Tolstoi und Dostojewskij: Tolstoi ist auch in der allerkürzesten seiner Erzählungen langatmig, Dostojewskij kurzatmig bis zur Atemlosigkeit. Im *Raskolnikow* ist auf eine fürs neunzehnte Jahrhundert sensationelle Weise schon der Zeitraffer am Werk. Man weiß gar nicht, und es ist auch nicht interessant zu wissen, wie lange die Spieldauer des Romans ist, ob drei oder fünf Tage, ob Wochen oder Monate: er ist in einem Augenblick vorüber. Bei Tolstoi schreitet man durch Jahrhunderte. Natascha ist bei Beginn dreizehn Jahre alt, am eigentlichen Ende des Romans ist sie einundzwanzig: knappe acht Jahre, die wie eine Ewigkeit erscheinen. Entkleidet man die Wörter langatmig und kurzatmig der negativen Nebenbedeutung, die sie im Deutschen haben, nimmt sie einfach als »technische Werte«, so kann man vielleicht die unterschiedlichen Rhythmen erkennen. Dostojewskij, jedenfalls der späte, wirkt auch in seinen umfangreichen Romanen, die immerhin an die tausend Seiten gehen, kurzatmig. Natürlich ist darin auch der Unterschied der Arbeitsweise und -bedingungen erkennbar.

Ich stelle mir in diesem Annäherungsversuch vor, das Rußland des neunzehnten Jahrhunderts sei in diesen beiden so verschiedenen Autoren gut aufgehoben und gut ausgedrückt. Tolstoi überraschenderweise der *jüngere*, der uns älter vorkommt, weil er älter geworden ist. Ich kann hier nicht die Gestirne Puschkin, Gogol, Tschechow, Lermontow und Gontscharow noch in meine Überlegungen einbeziehen und nicht die zahlreichen Satelliten der russischen Literatur des neunzehnten Jahrhunderts, was notwendig wäre, um dem Eigenschaftswort »russisch« auch nur annähernd Hintergrund zu geben. Ist Pierre so russisch wie Nataschas Deutsche deutsch; dieser Mensch, der ziemlich genau in der Mitte des Romans von sich selbst denkt: »Und er war nichts als der reiche Mann einer untreuen Frau, ein Kammerherr außer Dienst, der an gutem Essen und Trinken seine Freude hatte und wohl auch ein wenig auf die Regierung schalt, wenn er nach einem reichlichen Diner mit aufgeknöpftem Rock dasaß, Mitglied des Moskauer Englischen Klubs und allgemein beliebtes Mitglied der Moskauer Gesellschaft. Eine längere Zeit hindurch konnte er sich auch noch nicht recht mit dem Gedanken abfinden, daß er selbst nun ein richtiger Moskauer Kammerherr außer Dienst sein sollte – ein Typus, den er vor sieben Jahren so grimmig verachtet hatte«. Ist er russisch oder der frivole Dolochow, mit dem er sich duelliert? Ist es Bolkonskji oder der letzten Endes doch ein wenig schnöde und nicht überaus intelligente Nikolai Rostow, der Sonja sitzenläßt? Und was ist mit Anatol Kuragin oder dem Streber und erfolgreichen Karrieristen Boris Drubezkoj? Wer ist der »russischere« oder gar der »russischste« von allen? Vielleicht muß man tun, was man nicht tun darf: eine Nationalbezeichnung steigern und in den Superlativ setzen, um herauszufinden, wie fragwürdig sie sind. Was ist das für eine Eigenschaft, die man nicht steigern darf und kann? Und wo bleiben die Gestalten Dostojewskijs, Gogols, Puschkins – ist Myschkin russischer als der liebenswürdige kleine Petja Rostow, der in den letzten Augenblicken des Krieges noch sterben muß und den man sich so gut als friedliches bramarbasierendes Großväterchen an einem Kamin vorstellen kann? Möglicherweise sollte man die Methode, die ich vorgeschlagen habe, um den Autor aus seinem Gesamtwerk herauszufinden, auch auf Nationen anwenden: das gesamte Personal ihrer Literaturen, ihrer Politik, ihrer Wirtschaft und Landwirtschaft etc. *addieren*, aus dieser gewaltigen Summe die siebte Wurzel ziehen – und wäre dann berechtigt, ein Eigenschaftswort wie russisch oder deutsch in Gebrauch zu nehmen. Natürlich reklamieren die Nationen ihre »Gestalten«, und kein Russe wird auch nur auf einen von ihnen verzichten wollen: nicht auf Rasumichin, der so russisch ist wie jeder andere und kein anderer, und nicht auf Levin oder Vronskij, Kuragin und Bolkonskij. Nicht ohne Neid gebe ich zu: es ist ein reich bevölkerter Kosmos von Frauen und Männern in der russischen Literatur, bei uns geht's ein wenig sparsamer zu – aber was ist denn auch nur annähernd *typisch* russisch, so, daß einer ohne Zögern das Eigenschaftswort anwenden könnte? Betrachte man sich genau, was allein in *Krieg und Frieden* als typisch deutsch angeboten wird, so bleibt außer dem Volltreffer von Natascha noch genügend Munition. Da wird ein Sprichwort zitiert: »Der Deutsche drischt auch auf dem Beilrücken noch Korn«, und es wimmelt da von deutschen Beratern im Generalstab:

»Pfuel war einer jener hoffnungslos, unerschütterlich, fanatisch selbstbewußten Menschen, wie man sie eben nur unter Deutschen findet, und zwar weil nur bei den Deutschen das Selbstbewußtsein auf einer abstrakten Idee basiert, nämlich der Idee der Wissenschaft, das heißt, des vermeintlichen Besitzes der vollkommenen Wahrheit. Das Selbstbewußtsein des Franzosen beruht auf dem Glauben der unwiderstehlich bezaubernden Wirkung seiner geistigen wie körperlichen Erscheinung auf Männer und Frauen. Das Selbstbewußtsein des Engländers fußt auf der Überzeugung, Bürger des am besten eingerichteten Staates der Welt zu sein und daher, eben als Engländer, immer zu wissen, was er zu tun hat und desgleichen immer zu wissen, daß dasjenige, was er, eben als Engländer, tut, ohne Zweifel gut und richtig ist. Das Selbstbewußtsein des Italieners gründet sich darauf, daß er von Haus aus aufgeregt ist und leicht sich selbst und andere vergißt. Das Selbstbewußtsein des Russen hat seine Wurzeln darin, daß er nichts weiß und nichts wissen will, weil er nicht glaubt, daß man überhaupt etwas wissen könne. Das Selbstbewußtsein des

Deutschen aber ist ärger, hartnäckiger und unangenehmer als das aller anderen Völker, eben weil er sich einbildet, er kenne die Wahrheit, das heißt die Wissenschaft, die er sich selbst ausgedacht hat, aber für die absolute Wahrheit hält.«

»Pfuel wirkte noch typischer als alle diese. Einen solchen deutschen Theoretiker, der alles, was diese anderen an sich gehabt hatten, in so prägnanter Weise in sich vereinigte, hatte Fürst Andrej noch nie gesehen.« Mögen die Engländer, Franzosen und Italiener sich mit ihrer Nationalitäs-Definition konfrontieren, ich schreibe hier als einer, der einigen Grund hat, sich als Deutscher zu bezeichnen.

Erröten wir, schämen wir uns, oder ärgern wir uns nur, wenn wir das lesen? Kommt es uns nicht doch irgendwie — leider eben nur irgendwie — zutreffend vor? Sind nicht die Ideologen der DDR irgendwie die Pfuels des Ostblocks, die, die es immer genau, die es besser wissen, die im Besitz der »vermeintlichen Kenntnis«, der »reinen Wahrheit« sind und »pfueln« nicht die harten Pragmatiker der BRD tüchtig im westlichen Lager herum? Waren nicht die großen Strategen des Eroberungskrieges gegen die Sowjetunion alle mehr oder weniger Pfuels, die gewonnen hätten, wenn — ja, wenn nicht der härteste, strengste Winter seit hundert Jahren gekommen wäre. Aber dieser Winter kam, und er kam auch für die Rote Armee.

Ich bilde mir nicht ein, dieses Problem der Nationalitätsbezeichnung, der Urteile und Vorurteile auch nur andeutungsweise lösen zu können. Ich frage mich nur, ob es nicht besser wäre, Nationalitätsbezeichnungen für eine Weile aus dem Verkehr zu ziehen, bis die noch zu erfindenden Computer, die wahrscheinlich zwei Kilometer breit sein müßten, mit den entsprechenden Daten gefüttert werden können und uns ein Kärtchen liefern, auf dem die Formel steht für das, was man russisch oder deutsch nennen könnte? Noch hat keine Nation, kein Volk, keine nationale Literatur angefangen, die Adjektive zu überprüfen, mit denen man sich selbst und andere bezeichnet. Man kann sich die Ausdrücklichkeit irgendeiner Nation nicht aussuchen, nicht auf ein paar Autoren oder gar ein paar ihrer Gestalten reduzieren. Literatur im Export ist voller Gefahr der Zufälligkeiten. Heinrich Heine würde wichtiger und deutlicher, wenn man ihn überall in seiner Differenz zu Stifter sehen könnte. In gewissen Teilen der Welt gilt Wagner als *die* deutsche Musik, und was nicht so wagnerisch ist, gilt dann nicht mehr als deutsch. Wann hört ein Deutscher auf, für die Ausländer deutsch zu sein? Wer ist russischer, Tolstoi oder Dostojewskij? Welche beiden Autoren könnten weiter voneinander entfernt sein; ist Poe amerikanischer als Jack London, oder Stifter deutscher als Heine? Und Hölderlin — wer wird die Entfernung zwischen ihm und Heine messen? Ist Stifter nicht gerade in seiner Eigenschaft als der sanfte Unmensch, als der ihn Arno Schmidt bezeichnet hat von einer bedrückenden Modernität, seine Beschränkung auf Sachen, auf Steine, Möbel, während die Menschen auf eine gespenstische Weise »verpuppt« bleiben, nicht schon fast eine ins neunzehnte Jahrhundert vorverlegte Exemplikation des nouveau roman, und ist Heines Frivolität und Bosheit nicht viel mehr rheinisch als jüdisch? Wann wird erst dieser Wortkontinent »jüdisch« erforscht?

Auf. weitere Formeln verkürzt: Tolstoi ist der Autor des Landes und der Landwirtschaft, Dostojewskij der Autor der Großstadt. Es gibt kaum eine gelungenere Verstofflichung von Land und Landschaft, ihren Menschen, den Tieren als die in *Krieg und Frieden* eingebaute Wolfsjagd: das ist wohl wirklich Rußland, denkt man, und es ist da das andere Rußland: Dostojewskijs Kleinbürger und Intellektuelle in den Großstädten. Die irdische Religiosität Tolstois, die metaphysische Dostojewskijs. Ich weigere mich und werde mich weiterhin weigern, zwischen den beiden zu *wählen*. Ich nehme sie zusammen und Puschkin, Gogol, Lermontov und viele andere noch dazu und habe dann, bevor wir den Riesencomputer installiert haben, etwas in der Hand, das ich für mich annähernd russisch nennen könnte.

Tolstoi und Dostojewskij haben auch eine verschiedene Bedeutung und Gegenwärtigkeit in der Sowjetunion. Puschkin, Gogol und Tolstoi sind wohl die am wenigsten ideologisch umstrittenen, und wen wird es wundern, daß Tolstoi ideologisch der beliebtere war und bleiben wird. Ein Autor, den man – könnte man das Wort noch gebrauchen – als den größten Realisten der russischen Literatur bezeichnen kann, der als junger Mensch, nachdem er Augenzeuge vom Sterben seines Bruders Nikolai gewesen war, während der Beerdigung seines Bruders auf den Gedanken kam, ein materialistisches Evangelium, das »Leben Christi als eines Materialisten« zu schreiben; ein Autor, von dem kein Geringerer als Lenin gesagt hat: »Bevor dieser Graf zu schreiben begann, gab es in der russischen Literatur keine echten Bauern.«

Fünfzig Jahre nach der Revolution, im Jahr des hundertsten Geburtstags Lenins, gibt es Anzeichen dafür, daß – nicht etwa Tolstoi,, Puschkins oder Gogols Zeit vorüber ist – und doch Dostojewskijs Zeit kommt. Die ungeheure Dankbarkeit und der Respekt, den man der Literatur in der Sowjetunion zollt, haben nicht zur Folge, daß der eine den anderen ablöst – es sieht nur so aus, als würde die längst fällige Ergänzung durch Dostojewskij vollzogen. Das ist nicht immer abhängig von der genehmigten Auflagenhöhe. Manche Manuskripte von Solshenizyn sollen, nicht gedruckt, sondern privat vervielfältigt, in zwanzig- bis dreißigtausend Exemplaren kursieren. Das bedeutet einige Hunderttausend Leser. Ein solcher Autor ist, auch wenn er nicht gedruckt wird, präsent, und gewiß ist auch Dostojewskij in der Sowjetunion präsent. Der Zusammenhang der Dostojewskij-Renaissance mit einer religiösen ist unverkennbar. Ob Ost und West, über die Mauern hinweg, ihre Positionen wechseln? Gewiß nicht in ihrer Administration. Die wird im Westen weiterhin das Banner des Christentums flattern lassen, jedenfalls nicht einziehen und der Osten wird offiziell die Flagge des Atheismus gehißt halten. Die beiden Fahnen werden weiterhin oberflächliche Beobachter täuschen. Weiterhin wird man den sozialen Materialismus, der im Westen aufkommt, als Mode abtun (für diese sozialen Materialisten müßte Tolstoi so etwas wie eine Bibel sein — er, der gesagt hat »Die Wurzel allen Übels ist das Eigentum«) — wie man die religiöse Renaissance in der Sowjetunion als Mode abtun wird. An der Verfrontung wird sich wahrscheinlich nichts ändern: die westlichen Fortschrittler werden die neue Entwicklung in der Sowjetunion als reaktionär abtun und im Osten wird man die westlichen Vorstellungen als soziale Illusionen betrachten. Bei der Analyse der zu erwartenden Vorgänge wird ein Werk wie *Die Dämonen* wichtig sein: die Ermordung Schatovs, die in dem Augenblick erfolgt, wo er ein »neues Leben« beginnen will, dieses sinnlose intellektuelle Planspiel, als Gehorsamsvehikel, das gleichzeitig magische Bindung durch Blutschuld vollzieht — sie wird sich immer wieder wiederholen. Tolstoi ist der weitaus irdischere, materiellere, stofflichere. Dostojewskij ist der spirituellere, der »ungemütlichere« auch, bis in die stofflichen Details, etwa das Verhältnis seiner Hauptgestalten zum Essen; modern ausgedrückt, sind sie alle Imbißstuben-, Würstchenbuden-, Snackbar-Esser, während man bei Tolstoi gern und ausgiebig zu Tisch sitzt.

Im Rußland des neunzehnten Jahrhunderts fielen die großen Worte Freiheit, Gleichheit, Brüderlichkeit auf einen Grund, der vom westeuropäischen völlig verschieden war. Das Verhältnis Rußlands zum Humanismus — alle Fragilität, Mißbräuchlichkeit, alle Facetten und Verfälschungen, die der Begriff inzwischen erfahren hat, vorausgesetzt — ist ein vom Westen Europas verschiedenes. Die Geschichte hat diese Worte und Begriffe Rußland anders zugetragen, und bis auf den heutigen Tag trägt sich dort alles anders zu. Auch der Begriff der Solidarität hat bis auf den heutigen Tag eine andere Geschichte und andere Selbstverständlichkeiten der Verwirklichung. Man trug und trägt dort seine politische Haft wie hierzulande seine Orden, die Ehrfurcht vor dem Gefangenen hat erst nachgelassen und wird weiter nachlassen mit dem Aufkommen einer neuen Klasse Mensch: dem sowjetischen Spießer, der haben will, wonach auch die westlichen Spießer verlangen: Ruhe und Ordnung. Die politischen Häftlinge in Tolstois *Auferstehung* erkennen sehr wohl in der unglücklichen Maslova das Opfer gesellschaftlicher, also politischer Verhältnisse, und sie sind es letzten Endes, die sie an sich nehmen und befreien, auch sie als politischen Häftling akzeptieren.

Der Respekt vor Schriftstellern und Intellektuellen ist immer groß gewesen, weil sie es waren, die traditionsgemäß Veränderungen der Herrschaftsverhältnisse betrieben. Das »Samisdat«, das privat vervielfältigte und verbreitete Manuskript, das sich der Zensur entzog und doch populär wurde (wie heutzutage u. a. Solschenizyns Manuskripte) hat Tradition, und aus dieser Tradition ergibt sich ein anderes Verhältnis zur Popularität, die westlichen Intellektuellen immer noch suspekt erscheint. Wir werden es nie ganz begreifen, noch weniger exakt analysieren können, schon deshalb nicht, weil wir die Differenzen, die vielen Nuancen zwischen Sowjetrußland, den übrigen Sowjetrepubliken und den anderen sozialistischen Staaten nie ganz wahrnehmen.

Annähernd habe ich, nehme ich die russische Literatur des neunzehnten Jahrhundert als Ganzes, so etwas wie eine Vorstellung von russisch, und in *Krieg und Frieden* auch nur annähernd Tolstoi. Es gibt ja noch die ungeheuren Entfernungen, die sich im Gesamtwerk eines Autors verbergen, wie die Spannungen innerhalb des Begriffs »Slawisch«. Ist der Dostojewskij des *Spielers* ein anderer als der der *Brüder Karamasow?* Wo bleibt da jene, mindestens gleichbleibende, möglichst permanent gesteigerte Qualität, die die Pfuels der Literaturkritik von einem Autor fordern? Als Romane sind *Anna Karenina* und *Auferstehung* besser als *Krieg und Frieden*, mit seinen vielen Zeigefingern, hinter denen das umfangreiche Personal zeitweise verschwindet, und gewiß haben schon viele kluge Leute die Schwäche des Epilogs festgestellt. Sie haben recht, er ist enttäuschend: Natascha, knapp dreißig, schon zur Matrone geworden, ein recht durchschnittliches, nicht übermäßig, aber angemessen eifersüchtiges Hausmüterchen, und Pierre kann man sich gut vorstellen, wie er da mit Nikolai und dem unverwüstlich-sympathischen Denissow, der's letzten Endes doch zum General gebracht hat, am Feuer sitzt; im Dämmer, mit einer undefinierbaren Kappe auf dem Kopf, könnte er beides zugleich sein: Großväterchen und Großmütterchen. Der ein wenig beschränkte Nikolai an der Seite einer so ungeheuer guten Seele wie Marja Bolkonskaja, die eine hervorragende Äbtissin abgegeben hätte. Und eines Tages wird da der peinliche Berg, auch längst General, hereinspazieren, und, wie ich ihn kenne, wird er den Verlust jener »entzückenden« Kommode, die im brennenden Moskau zurückblieb, beklagen und wird diesen Verlust gleichzeitig ein wenig als Heldentat genießen.

Nach soviel Aufwand, Erregung, Leiden und Leidenschaft endet alles so schrecklich normal. Hat da einer letzten Endes doch mit sehr viel Kanonen nur ein paar Spatzen erlegt? Wird man sich nach dem reichlichen Essen nur die Weste aufknöpfen und ein bißchen auf die Regierung schimpfen? Wird nicht am Ende sogar die weibliche Leserin die Lust verlieren, sich noch mit *dieser* Natascha zu »identifizieren«? So wie der männliche Leser kaum noch Neid auf Pierre empfindet? Natürlich bleibt da allerletzten Endes der kleine Nikolenka Bolkonskij, der von seinem Vater träumt und von Pierre schwärmt und der Großes vollbringen möchte, neue Hoffnung, neuer Anfang. Mir kommt dieser Epilog wie ein bewußt gezielter Schlag vor, ein nasses Handtuch. Wäre Tolstoi überhaupt in der Lage gewesen, Kitsch zu produzieren, so hätte er es wahrscheinlich bewußt kitschig gemacht wie den vorgesehenen Titel: »Ende gut – alles gut«! Doch nicht einmal der Epilog ist kitschig, er ist ganz bewußt anti-idealistisch, scheint mir, und mag dem Wunsch des Autors entsprechen, wenigstens in seinem Werk etwas zu verstofflichen, was er nie fand: Alltäglichkeit. Für einen so wenig alltäglichen Menschen wie Tolstoi muß diese Alltäglichkeit ein Traum gewesen sein, wie es für alltägliche Menschen ein Traum sein mag, »das Leben eines Künstlers« zu führen, und diese normale Ehealltäglichkeit am Ende des Romans ist ja auf eine sehr bittere Weise in den davorliegenden Teilen des Romans in Frage gestellt. »Eine böse Sache, was?«

»Was soll böse sein, Väterchen?«

»Die Frau!« sagte der alte Fürst kurz und mit Nachdruck.

»Ich verstehe Sie nicht«, erwiderte Fürst Andrej.

»Da ist nichts zu machen, Freundchen«, sagte der alte Fürst. »Alle sind sie sich gleich, und scheiden lassen kann man sich nicht. Keine Angst, ich sage es niemand. Und du weißt es ja selbst.«

Diese Anspielung auf Andrejs Verhältnis zu seiner Frau Lisa ist sarkastisch und treffend. Und hat man, wenn man dieses Happy-End liest, vergessen, daß Natascha tatsächlich bereit war, sich als Verlobte Andrejs von einem Schurken wie Anatol Kuragin entführen zu lassen? Es bleibt genug, diesem glücklichen Ende nicht ganz zu trauen. Vielleicht soll an diesem glücklichen Ende auch angedeutet werden, daß die Geschichte, große und kleine Kriege, für die, die daran teilnahmen und überlebten, zu einem kümmerlichen Gesprächsstoff zusammenschrumpft. Wenn die Kriege lange genug dauern, werden aus Hauptleuten eben Obristen und Generäle, und selbst der streitbare Denissow, der für sein hungernden Soldaten Lebensmittel raubte, im Lazarett fast verelendete, überraschenderweise zeitweise zum Querulanten wird – auch er endet in Gemütlichkeit. Ich finde dieses Ende gar nicht so happy, mag's auch so gemeint gewesen sein.

Wenige Jahre bevor er an die Niederschrift von *Krieg und Frieden* ging, hat Tolstoi in einem Brief geschrieben: »Um anständig zu leben, soll man sich selbst anstrengen, verstrickt werden, ringen und kämpfen, Fehler machen, anfangen und aufgeben, wieder beginnen und aufgeben und ständig kämpfen und sich selbst berauben. Friede und Ruhe ist nichts weiter als Niedrigkeit der Seele.« Vielleicht ist dieses Zitat, das sich um viele gleichbedeutende erweitern ließe, der einzig mögliche Kommentar zum glücklichen Ende von *Krieg und Frieden.*

Es gäbe viel über die Person Tolstoi zu sagen, über sein Verhältnis zu »Größe«, das er an Napoleon expliziert, über seine Haltung zum »Krieg«, den er wie eine blutige und absurde Lächerlichkeit sieht, wiederum verkörpert für ihn in der Lächerlichkeit Napoleons, dessen Aktivität in der Passivität des brennenden Moskau gelähmt wird; über Tolstoi und den Westen, den Katholizismus (Helene Kuragins allerletzte Verworfenheit besteht schließlich darin, daß sie auch noch katholisch wird!). Biographisches wäre anzumerken, Tolstois ständige Erduldung des Gegensatzes zwischen Leben, Werk und Lehre, in diesem Dreieck riß es ihn dauernd hin und her, und wenn »Frieden und Ruhe nichts weiter als Niedrigkeit der Seele« sind, dann war seine Seele alles andere als niedrig. Er war kein Olympier, obwohl man ihn gern auf einige Throne gesetzt hätte, und er starb schließlich wie eine Dostojewskij-Gestalt: ganz und gar unweise, von den Widersprüchlichkeiten seines Lebens zerrissen, und es blieb ihm, auch nach dem Tode, nichts erspart; die Tür seines Eheschlafzimmers wurde weit geöffnet, sein Bettuch gelüpft; mehr Mißverständnisse und unglückselige Verkennung, auch Mißtrauen, als zwischen ihm und seiner Frau, ihm und dem größeren Teil seiner Familie, ihm und seinen Jüngern, seinen Anhängern, den Tolstoianern, kann es kaum geben. Nichts, nichts blieb ihm erspart. Keine Spur, nicht der Schimmer einer Andeutung von einem glücklichen Ende.

Haben wir unsere Neugier gestillt, den Verfasser gefunden, sein Versteck aufgestöbert? Wo und worin steckt er? In Bolkonskij, in Pierre, in Anatol Kuragin etwa, in den beiden Nechljudovs (zweimal im *Marquer* und in *Auferstehung,* gibt er seinen Helden diesen Namen), steckt er in Levin, der mit seiner Kitty ähnlich glücklich endet wie Pierre mit Natascha? Hat er sich in Kutusows Rockaufschlag versteckt oder in Bagrations Tabaksbeutel? In Speranski, dem zaristischen Chefideologen? Bei Nataschas Onkel, wo die selige Wolfsjagd selig endet? Wo ist dieser Autor, dieser Mensch, von dem wir wissen, daß er im Bett eines Bahnwärters starb, vom Ruhm verfolgt und von der Reflexion des Ruhms auf seine Familie getötet. Darf ich vorschlagen, daß wir ihn in Frieden lassen? Ihm gestatten, gewesen zu sein, nicht nur in Werk, Leben und Lehre, was schon ausreichen würde, *gespalten* auch noch in Bolkonskij, Besuchow, Levin und Oblonski, mit »Zügen«, möglicherweise sogar von Vronskij, einem »Anflug« von Speranskij, zwei Nechljudovs und etwa dreihundert anderen.

Und müßte man ihm nicht gerechterweise auch die Chance geben, sich in einigen Frauen versteckt zu haben und versteckt zu halten. Genügt es nicht zu wissen, daß ihm nichts erspart blieb, nicht einmal – was er als Ehre empfunden haben wird – die öffentliche Exkommunikation durch die russisch-orthodoxe Kirche? Meine Neugier ist jedenfalls gestillt, und bevor ich mich hoffnungslos verpfuele, gebe ich ihm das letzte Wort. Von Tolstoi über Menschen gesagt, könnte es uns, auf Nationen angewendet, vielleicht weiterhelfen: »Es ist ein sehr gewöhnlicher und sehr weit verbreiteter Aberglaube, daß jedes menschliche Wesen gewisse endgültige Eigenschaften habe, daß wir entweder gut oder schlecht seien, klug oder dumm, energisch oder passiv usw. Aber die Menschen sind nicht so. Wir können sagen, daß ein bestimmter Mensch öfter gut als schlecht ist, öfter klug als dumm, öfter energisch als passiv und umgekehrt, aber es wäre unrichtig, von irgendeinem einzelnen Menschen zu sagen, er sei einfach gut oder klug, schlecht oder dumm. Aber so klassifizieren wir dauernd die Menschen – und das ist falsch. Menschliche Wesen sind wie Flüsse – das Wasser, das in ihnen allen fließt, ist in jedem Fall das gleiche, aber jeder Fluß ist an einer Stelle schmal, an einer anderen breit, manchmal ruhig oder klar oder kalt, manchmal trüb und ein andermal wieder warm. Und Menschen sind genauso. Jeder Mensch hat die Keime aller menschlichen Eigenschaften in sich, alle kommen zu verschiedenen Zeiten zum Vorschein, und oftmals wird er sich charakterlos benehmen, trotzdem ist er immer noch die gleiche Person. Bei manchen Menschen sind solche Umschläge sehr plötzlich.« *(Auferstehung.)* Vielleicht ist das ein Annäherungsversuch an sich selbst; vielleicht nicht einmal der beste, und – wie mancher Leser denken wird – zu »einfach«. Gewiß war Tolstoi selbst viel, viel komplizierter als dieser sein Annäherungsversuch an eine Definition des Menschlichen. Er war sich selbst unerklärlich.

[Aus: Heinrich Böll, *Neue politische und literarische Schriften,* Köln 1973, Verlag Kiepenheuer & Witsch. Erstdruck: München 1970.]

INHALT

Buch 1

Buch 2